新訂
作家・小説家
人名事典

日外アソシエーツ

Novelist and Dramatist in Japan
A Biographical Dictionary

2nd Edition

Compiled by
Nichigai Associates, Inc.

©2002 by Nichigai Associates, Inc.
Printed in Japan

本書はディジタルデータでご利用いただくことができます。詳細はお問い合わせください。

●編集担当● 宮川 淳
装丁：重原 隆

刊行にあたって

　1990年代以降、日本の小説・フィクション分野をめぐる環境は大きく変容し、日本文学の二大潮流である純文学と大衆文学との区別は曖昧になりつつある。このことはエンターテインメント作家の芥川賞受賞や純文学作家の直木賞受賞、J文学あるいはJ-POPなどと呼ばれる若手作家の台頭などからも見て取れる。しかし一方では、1997年の埴谷雄高など、文壇長老の死があたかも旧来の文学の死であるかのごとく大きく取り上げられる背景に、若手作家の力不足を指摘する声があることも事実である。また、1994年に大江健三郎がノーベル文学賞を受賞するなど日本人作家が言語の枠を越えて国際的に評価されるかたわら、柳美里や陳舜臣など在日外国人作家が日本文学の一翼を担う一方の主役としての地位を揺るぎないものとしている。

　本書は、小社が1990年12月に刊行した「作家・小説家人名事典」を全面改訂したものである。明治期の文豪から現在活躍中の新鋭作家まで、小説を中心に戯曲・シナリオ・児童文学などフィクションの分野で活動する作家を対象とし、ノンフィクション・ルポルタージュ作家も一部収録している。今回の版では、前版に収録した人物に加え、文学賞受賞者など新進気鋭の作家や、近年再評価を受けている作家、他分野の著名人でフィクション分野でも活躍が目立つ人物などを、物故者を含めて幅広く収録するよう努めた。また前版収録の人物についても記述を最新のものに改めた。一方で、前版に収録した人物のうち、記載情報の少ない人物やフィクション分野での活動が確認できない人物を一部割愛したものもある。その結果、収録人数は5,958人となった。

編集にあたってはできる限り最新かつ正確な情報を反映するよう気を配ったが、不十分な点や収録されるべき人物が未収録となったこともあるかと思われる。お気付きの点などご教示いただければ幸いである。
　本書が、前版にもまして多くの方々に活用されることを願っている。

　2002年8月

　　　　　　　　　　　　　　　　　　　　　日外アソシエーツ

凡　　例

1. **基本原則**
   (1) 明治期の人物から現在活躍中の作家まで、小説を中心に戯曲・シナリオ・児童文学などフィクションの分野で活動した人物、および一部のノンフィクション・ルポルタージュ作家も含め5,958人を収録した。日本人を中心に、在日外国人など日本と縁の深い外国人作家も収録した。
   (2) 受賞歴、略歴事項、物故情報等については、出来るだけ最新かつ正確な情報をもりこむように努めた。

2. **記載事項**
   記載事項ならびにその順序は次の通りである。
   　　職業・肩書き／⑰専門分野／国国籍／生生年月日／没没年月日／出出生（出身）地／本名、旧姓（名）、別名／学学歴、学位／資資格／興興味テーマ／賞受賞名／歴経歴／団所属団体名／家家族／ホームページアドレス
   (1) 丸つき漢字は各事項の略号である。なお、名前項目は「本名＝」の形式をとった。
   (2) 国籍は外国籍を持っている場合のみとした。

3. **見出し人名**
   (1) 見出しは、本名・筆名・別名などのうち、一般に最も多く使用されている名称を採用し、適宜、不採用の名からの参照を立てた。
   (2) 使用漢字は、原則として常用漢字、新字体に統一した。
   (3) 読みのかな表記は、原則として現代かなづかいに拠った。ただし、ぢ→じ、づ→ずにそれぞれ統一した。
   (4) 韓国・朝鮮人名は漢字で表記し、読みは民族読みに拠った。なお適宜、日本語読みからの参照を立てた。

4．見出し人名の排列
   (1) 見出し人名の姓・名をそれぞれ一単位とし、姓・名の順に読みの五十音順で排列した。
   (2) 濁音・半濁音は清音、促音・拗音はそれぞれ一字とみなして排列し、長音符は無視した。

5．参考資料
   「データベースWHO」日外アソシエーツ
   「データベースBOOKPLUS」日外アソシエーツ
   「児童文学事典」東京書籍
   「新潮日本文学辞典」新潮社
   「日本戯曲総目録」全日本アマチュア演劇協議会
   「日本近代文学大事典」講談社
   「日本シナリオ大系」映人社
   その他、各種人名録、事典、日本文学関連の文献など

人名目次

【あ】

阿井 景子 （作家） …………………………… 3
阿井 渉介 （作家） …………………………… 3
愛川 晶 （推理作家） ………………………… 3
藍川 晶子 （小説家） ………………………… 3
相沢 嘉久治 （放送作家） …………………… 3
愛沢 匡 （小説家） …………………………… 3
相沢 直人 （作家） …………………………… 3
会津 信吾 （作家，エッセイスト） ………… 3
相葉 芳久 （シナリオライター） …………… 3
相見 とし子 （作家） ………………………… 4
饗庭 篁村 （小説家，劇評家） ……………… 4
蒼井 雄 （推理作家） ………………………… 4
青江 舜二郎 （劇作家，評論家） …………… 4
青垣 進 （新潮新人賞を受賞） ……………… 4
青木 雨彦 （コラムニスト，評論家） ……… 4
青木 和 （小説家） …………………………… 4
青木 健作 （小説家） ………………………… 4
青木 茂 （児童文学作家） …………………… 4
青木 信光 （小説家） ………………………… 5
青木 慎治 （作家） …………………………… 5
青木 健 （詩人，小説家，文芸評論家） …… 5
青木 隼人 （小説家） ………………………… 5
青木 雅子 （童話作家） ……………………… 5
青木 弓髙 （小説家） ………………………… 5
青崎 庚次 （小説家） ………………………… 5
青島 利幸 （放送作家） ……………………… 5
青島 美幸 （放送作家，エッセイスト，タレント）
　………………………………………………… 5
青島 幸男 （タレント，作家） ……………… 6
青島 楓子 （フリーライター，小説家） …… 6
青野 聡 （小説家） …………………………… 6
青羽 空 （画家，イラストレーター，童話作家） … 6
青柳 士郎 （コスモス文学新人賞受賞） …… 6
青柳 友子 （推理作家） ……………………… 6
青柳 緑 （作家） ……………………………… 7
青山 恭子 （女優，シナリオライター） …… 7
青山 健司 （造船技師） ……………………… 7
青山 光二 （小説家） ………………………… 7
青山 淳平 （小説家，高校教師） …………… 7
青山 真治 （映画監督） ……………………… 7
青山 瞋 （オール読物推理小説新人賞を受賞） … 7
赤石 宏 （小説家，教育家） ………………… 7

赤岩 隆 （三重大学人文学部文化学科助教授） … 8
赤江 瀑 （小説家） …………………………… 8
赤川 次郎 （推理作家） ……………………… 8
赤川 武助 （児童文学作家） ………………… 8
赤木 けい子 （小説家） ……………………… 8
赤木 駿介 （小説家） ………………………… 8
赤木 由子 （児童文学作家） ………………… 8
赤木 里絵 （小説家） ………………………… 8
赤座 憲久 （児童文学作家，詩人） ………… 9
赤坂 清一 （小説家） ………………………… 9
赤坂 長義 （放送作家，映画監督） ………… 9
赤坂 真理 （小説家） ………………………… 9
赤坂 好美 （小説家） ………………………… 9
明石 鉄也 （小説家） ………………………… 9
明石 敏夫 （小説家） ………………………… 9
赤瀬川 原平 （画家，小説家） ……………… 9
赤瀬川 隼 （小説家） ………………………… 10
あかね るつ （児童文学作家） ……………… 10
赤羽 じゅんこ （児童文学者） ……………… 10
赤羽 堯 （作家） ……………………………… 10
赤羽 建美 （小説家，エッセイスト） ……… 10
あかほり さとる （小説家，漫画原作者） … 11
赤松 マサエ （児童文学作家） ……………… 11
赤松 光夫 （小説家） ………………………… 11
赤嶺 誠紀 （小説家，建築設備士） ………… 11
阿川 弘之 （小説家） ………………………… 11
阿木 翁助 （劇作家） ………………………… 11
阿木 慎太郎 （小説家） ……………………… 12
亜木 冬彦 （ミステリー作家） ……………… 12
安芸 由夫 （小説家） ………………………… 12
阿貴 良一 （児童文学作家，詩人） ………… 12
安芸 礼太郎 （小説家） ……………………… 12
秋川 ゆみ （児童文学作家） ………………… 12
秋口 ぎぐる （小説家） ……………………… 12
秋里 光彦 （小説家，文芸評論家） ………… 12
秋沢 三郎 （小説家） ………………………… 12
秋月 桂太 （劇作家，放送作家） …………… 12
秋月 煌 （小説家） …………………………… 13
秋月 達郎 （小説家） ………………………… 13
秋月 ともみ （著述業，劇作家） …………… 13
秋田 雨雀 （劇作家，小説家，児童文学作家） … 13
秋田 佐知子 （シナリオライター） ………… 13
秋田 大三郎 （児童文学作家，元・小学校教師） … 13
秋田 禎信 （小説家） ………………………… 13
秋津 透 （小説家） …………………………… 14
秋永 芳郎 （小説家，ノンフィクション作家） … 14
秋葉 千景 （小説家） ………………………… 14

(7)

秋葉 てる代 （童話作家） …… 14	朝比奈 知彦 （作家, 作詞家, マーケティングコンサルタント） …… 21
秋浜 悟史 （劇作家, 演出家） …… 14	朝比奈 尚行 （俳優, 放送作家, 演出家） …… 21
秋原 勝二 （作家） …… 14	朝比奈 蓉子 （童話作家） …… 21
秋水 一威 （小説家） …… 14	朝吹 登水子 （翻訳家, 作家, フランス文学者） · 21
秋元 藍 （小説家, 彫刻家） …… 14	朝間 義隆 （映画監督, 脚本家） …… 21
秋元 松代 （劇作家） …… 14	朝松 健 （小説家, 翻訳家） …… 21
秋元 康 （作詞家, 放送作家） …… 15	浅見 淵 （小説家, 文芸評論家） …… 22
秋山 シュン太郎 （脚本家, 演出家） …… 15	浅見 美穂子 （児童文学作家） …… 22
秋山 鉄 （劇作家） …… 15	朝山 蜻一 （小説家, 評論家） …… 22
秋山 正香 （小説家） …… 15	浅利 佳一郎 （小説家） …… 22
秋山 満 （フリーライター, 映画評論家） …… 15	味尾 長太 （作家） …… 22
阿久 悠 （作詞家, 小説家） …… 15	足柄 定之 （小説家） …… 22
芥 正彦 （劇作家, 演出家, 俳優） …… 16	芦川 澄子 （推理作家） …… 22
芥川 龍之介 （小説家, 俳人） …… 16	芦川 照葉 （歌舞伎脚本家） …… 22
阿久根 星斗 （小説家） …… 16	芦沢 俊郎 （シナリオライター） …… 22
阿久根 治子 （児童文学作家, 童謡詩人） …… 16	足田 ひろ美 （童話作家） …… 23
明田 鉄男 （著述業） …… 17	蘆野 徳子 （劇作家） …… 23
明野 照葉 （小説家） …… 17	芦原 すなお （小説家） …… 23
揚野 浩 （小説家） …… 17	芦辺 拓 （推理作家） …… 23
浅井 京子 （小説家） …… 17	飛鳥 高 （推理作家） …… 23
浅井 隆 （映画プロデューサー） …… 17	飛鳥 ひろし （脚本家, 映画監督） …… 23
朝稲 日出男 （小説家） …… 17	飛鳥部 勝則 （小説家） …… 23
浅尾 政行 （映画監督） …… 17	梓 林太郎 （推理作家） …… 23
旭丘 光志 （作家, ノンフィクション作家） …… 17	梓沢 要 （作家） …… 24
阿坂 卯一郎 （劇作家） …… 18	安土 肇 （小説家） …… 24
浅賀 美奈子 （すばる文学賞佳作を受賞） …… 18	東城 太郎 （小説家） …… 24
朝海 さちこ （作家, 評論家, 脚本家） …… 18	東 直己 （推理作家） …… 24
浅川 かよ子 （児童文学作家） …… 18	我妻 正義 （シナリオライター） …… 24
浅川 純 （推理作家） …… 18	東 隆明 （作家, 俳優, 演出家） …… 24
浅川 じゅん （児童文学作家, 小学校教師） …… 18	安住 磨奈 （ノンフィクションライター, 小説家）
阿佐川 麻里 （童話作家） …… 18	…… 24
浅川 由貴 （毎日童話新人賞受賞） …… 18	阿蘇 弘 （小説家） …… 24
浅黄 斑 （小説家） …… 18	麻創 けい子 （脚本家, 演出家） …… 24
あさぎり 夕 （漫画家, 小説家） …… 19	麻生 圭子 （作詞家, エッセイスト） …… 24
朝倉 薫 （作家, 演出家） …… 19	麻生 燦 （小説家） …… 25
麻倉 一矢 （小説家） …… 19	麻生 俊平 （小説家） …… 25
朝倉 賢 （放送作家） …… 19	麻生 久 （社会運動家, 政治家, 小説家） …… 25
浅田 健三 （映画プロデューサー, シナリオ作家）	足立 和葉 （小説家） …… 25
…… 19	足立 欽一 （劇作家） …… 25
浅田 耕三 （小説家, 元・高校教師） …… 19	足立 浩二 （群像新人文学賞を受賞） …… 25
浅田 次郎 （小説家） …… 19	足立 俊 （童話作家） …… 25
阿佐田 哲也 ⇒色川 武大 を見よ	足立 寿美 （作家, エッセイスト） …… 25
浅田 晃彦 （作家） …… 19	安達 征一郎 （小説家, 児童文学作家） …… 25
浅野 彬 （実践童話の会代表） …… 20	安達 省吾 （小川未明文学賞大賞を受賞） …… 26
あさの あつこ （児童文学作家） …… 20	足立 妙子 （小説家） …… 26
あざの 耕平 （小説家） …… 20	安達 千夏 （小説家） …… 26
浅野 妙子 （シナリオライター） …… 20	足立 直郎 （小説家, 劇作家, 演劇評論家） …… 26
浅野 裕子 （作詞家, モデル, 作家） …… 20	足立 康 （小説家, 英文学者） …… 26
浅野 誠 （医師） …… 20	阿智 太郎 （ゲーム小説家） …… 26
浅野 竜 （児童文学作家） …… 20	厚木 たか （シナリオライター） …… 26
浅原 六朗 （小説家） …… 20	熱田 五郎 （小説家） …… 26
朝比奈 愛子 （芸能プロデューサー, 小説家） ·· 20	渥美 志保 （シナリオライター） …… 26
朝比奈 恵士 （小説家, 詩人, フリージャーナリスト） …… 21	渥美 饒児 （小説家） …… 27

阿刀田 高 （小説家） …………… 27	新井 恵美子 （ノンフィクション作家） …… 34
阿南 哲朗 （詩人, 童話作家） …… 27	新井 紀一 （小説家） …………… 34
姉小路 祐 （推理作家） ………… 27	新井 愚太郎 （高校教師, 小説家） … 34
安引 宏 （小説家） ……………… 27	荒井 潤 （シンガーソングライター, 小説家） … 34
我孫子 武丸 （推理作家） ……… 27	荒井 伸也 （作家, 流通評論家） … 35
あびる としこ （児童文学作家） … 27	荒井 千明 （小説家） …………… 35
阿武 天風 （編集者, 小説家） …… 27	新井 千裕 （小説家） …………… 35
阿夫利 千恵 （作家） …………… 28	新井 一 （シナリオライター） …… 35
阿部 昭 （小説家） ……………… 28	荒井 晴彦 （シナリオライター, 映画監督） …… 35
阿部 和重 （小説家） …………… 28	新井 英生 （作家） ……………… 35
阿部 喜和子 （小説家） ………… 28	新井 満 （小説家, 作曲家, 映像プロデューサー） … 35
阿部 邦子 （童話作家） ………… 28	新井 素子 （SF作家） …………… 36
阿部 桂一 （シナリオライター） … 28	荒尾 和彦 （小説家, 漫画原作者） … 36
安部 公房 （小説家, 劇作家） …… 28	荒川 稔久 （脚本家, 小説家） …… 36
阿部 智 （推理作家） …………… 29	荒川 法勝 （詩人, 小説家） ……… 36
阿部 忍 （小説家） ……………… 29	荒川 佳夫 （小説家） …………… 36
安部 譲二 （小説家） …………… 29	荒川 義英 （小説家） …………… 36
安倍 季雄 （児童文学者, 口演童話家） … 29	荒木 昭夫 （児童文学作家） …… 36
安部 隆宏 （作家） ……………… 29	荒木 郁子 （小説家） …………… 36
安倍 照男 （脚本家） …………… 29	荒木 一郎 （シンガーソングライター, 小説家） · 36
阿部 知二 （小説家, 評論家, 英文学者） … 29	荒木 スミシ （小説家） ………… 37
阿部 夏丸 （文筆家） …………… 30	荒木 精之 （作家） ……………… 37
阿部 牧郎 （小説家） …………… 30	荒木 巍 （小説家） ……………… 37
阿部 光子 （小説家, 牧師） ……… 30	荒木 太郎 （小説家） …………… 37
安部 宗雄 （歴史小説家） ……… 30	荒木 芳久 （放送作家, シナリオライター） … 37
阿部 陽一 （小説家） …………… 30	荒木田 真穂 （脚本家） ………… 37
阿部 よしこ （児童文学作家） …… 30	荒沢 勝太郎 （随筆家, 小説家） … 37
阿部 芳久 （東北福祉大学社会福祉学部教授） · · 30	嵐山 光三郎 （小説家, エッセイスト, 編集者） · 38
安部 龍太郎 （小説家） ………… 31	荒馬 間 （小説家, 脚本家） ……… 38
天城 健太郎 （童話作家） ……… 31	荒巻 義雄 （SF作家） …………… 38
天樹 征丸 （小説家, マンガ原作者, トリックメーカー） … 31	荒俣 宏 （翻訳家, 評論家, 小説家） … 38
雨城 まさみ （小説家） ………… 31	有明 夏夫 （小説家） …………… 38
天城 ゆりか （小説家） ………… 31	有川 靖夫 （大田区議） ………… 38
天沢 退二郎 （詩人, 評論家） …… 31	有城 乃三朗 （評論家, 劇作家） … 39
天沼 春樹 （児童文学作家, 翻訳家） … 31	有坂 悠子 （女流新人賞を受賞） … 39
天野 衡児 （演出家, 放送作家） … 32	有沢 まみず （小説家） ………… 39
天野 天街 （劇作家, 演出家） …… 32	有島 生馬 （洋画家, 小説家, 随筆家） … 39
雨宮 処凜 （小説家） …………… 32	有島 武郎 （小説家） …………… 39
雨森 零 （文芸賞を受賞） ……… 32	有栖川 有栖 （推理作家） ……… 39
あまん きみこ （児童文学作家） … 32	蟻浪 五郎 （推理作家, 川柳作家） … 39
阿万 鯱人 （小説家） …………… 32	有馬 繁雄 （小説家） …………… 40
阿見 宏介 （作家, 演出家） ……… 32	有馬 頼義 （小説家） …………… 40
網野 菊 （小説家） ……………… 33	有本 隆 （童話作家） …………… 40
雨野 士郎 （文楽作家） ………… 33	有本 倶子 （作家, 歌人） ………… 40
雨宮 町子 （推理小説家） ……… 33	有吉 佐和子 （小説家, 劇作家） … 40
天羽 沙夜 （小説家） …………… 33	有吉 玉青 （作家） ……………… 40
天羽 孔明 （小説家） …………… 33	有賀 喜代子 （作家） …………… 41
鴉紋 洋 （小説家） ……………… 33	安房 直子 （児童文学作家） …… 41
綾辻 行人 （推理作家） ………… 33	泡坂 妻夫 （推理小説家, 紋章上絵師） … 41
綾乃 なつき （小説家） ………… 33	淡島 寒月 （小説家, 随筆家, 俳人） … 41
鮎川 哲也 （推理作家） ………… 33	安斎 あざみ （文學界新人賞を受賞） … 41
阿由葉 稜 （小説家） …………… 34	安西 篤子 （小説家） …………… 41
荒 松雄 （推理作家） …………… 34	安西 水丸 （イラストレーター, 作家, エッセイスト） … 41

| 安東 郁 （著述業） …… 42
| 安藤 鶴夫 （演劇評論家, 小説家） …… 42
| 安藤 俊子 （作家） …… 42
| 安藤 はつえ （放送作家） …… 42
| 安藤 日出男 （脚本家, 放送作家） …… 42
| 安東 みきえ （児童文学作家） …… 42
| 安藤 美紀夫 （児童文学作家, イタリア児童文学研究家） …… 42
| 安藤 康子 （小説家） …… 43
| 安東 能明 （小説家） …… 43
| 庵原 高子 （小説家） …… 43

【い】

李 優蘭 （小説家） …… 43
李 起昇 （小説家） …… 43
井 賢治 （作家） …… 43
李 恢成 （小説家） …… 43
李 良枝 （小説家, 韓国舞踊家） …… 44
伊井 圭 （小説家） …… 44
伊井 直行 （小説家） …… 44
飯尾 憲士 （小説家） …… 44
飯沢 匡 （劇作家, 演出家, 小説家） …… 44
飯嶋 和一 （小説家） …… 45
飯島 亀太郎 （小説家） …… 45
飯島 早苗 （劇作家, 女優, コピーライター） …… 45
飯島 敏宏 （テレビディレクター, 映画監督, 脚本家） …… 45
飯塚 朗 （小説家, 中国文学者） …… 45
飯田 豊二 （小説家） …… 45
いいだ もも （作家, 評論家, 革命運動家） …… 45
飯田 雪子 （小説家） …… 45
いいだ よしこ （児童文学作家） …… 46
飯田 栄彦 （児童文学作家） …… 46
飯野 陽子 （脚本家） …… 46
飯星 景子 （タレント, 作家） …… 46
飯干 晃一 （小説家） …… 46
家城 久子 （シナリオライター） …… 46
家田 荘子 （ノンフィクション作家, 尼僧） …… 46
伊飼 美津枝 （児童文学作家） …… 47
伊賀山 昌三 （劇作家） …… 47
五十嵐 貴久 （小説家） …… 47
五十嵐 勉 （「アジアウェーブ」編集長） …… 47
五十嵐 均 （小説家） …… 47
五十嵐 フミ （作家） …… 47
井川 耕一郎 （映画作家, 脚本家） …… 47
井川 沙代 （児童文学作家） …… 47
井川 滋 （小説家, 評論家） …… 48
壱岐 琢磨 （小説家） …… 48
生島 治郎 （小説家） …… 48
幾瀬 勝彬 （作家） …… 48
生田 葵山 （小説家, 劇作家） …… 48

生田 きよみ （児童文学作家） …… 48
生田 秀之 （シナリオライター） …… 48
生田 庄司 （潮賞を受賞） …… 48
生田 長江 （評論家, 小説家, 劇作家） …… 48
生田 蝶介 （歌人, 小説家） …… 49
生田 直親 （小説家） …… 49
生田 花世 （小説家, 詩人） …… 49
生田 万 （劇作家, 演出家, 俳優） …… 49
井口 朝生 （小説家） …… 49
井口 克己 （作家, 詩人） …… 49
井口 恵之 （翻訳家, 小説家） …… 49
井口 真吾 （作家） …… 50
井口 民樹 （小説家, ノンフィクション作家） …… 50
井口 直子 （児童文学作家） …… 50
井口 泰子 （推理作家, 放送評論家） …… 50
池 俊行 （シナリオライター, 映画プロデューサー） …… 50
池井戸 潤 （作家） …… 50
池内 紀 （文芸評論家） …… 50
池上 永一 （小説家） …… 51
池上 義一 （小説家, 放送作家） …… 51
池上 信一 （小説家） …… 51
池川 恵子 （童話作家） …… 51
池川 禎昭 （童話作家） …… 51
池沢 夏樹 （小説家, 詩人, 評論家） …… 51
池田 かずお （福島正実記念SF童話賞佳作入選） …… 51
池田 和之 （作家） …… 52
池田 香代子 （作家, 翻訳家） …… 52
池田 亀鑑 （国文学者, 小説家） …… 52
池田 小菊 （小説家） …… 52
池田 澄子 （歌人, 児童文学作家） …… 52
池田 大伍 （劇作家） …… 52
池田 忠雄 （脚本家, 映画監督） …… 52
池田 起教 （NHKシナリオコンクールに入選） …… 53
池田 太郎 （シナリオライター） …… 53
池田 得太郎 （小説家, 文芸評論家） …… 53
池田 富保 （映画監督） …… 53
池田 夏子 （児童文学作家） …… 53
池田 宣政 （児童文学者） …… 53
池田 寿枝 （児童文学作家） …… 53
池田 裕幾 （放送作家, 小説家） …… 53
池田 浩子 （小説家） …… 54
池田 博 （シナリオライター, 元・映画監督） …… 54
池田 政之 （劇作家, クリエイティブディレクター）
池田 満寿夫 （版画家, 作家, 映画監督） …… 54
池田 岬 （小説家） …… 54
池田 みち子 （小説家） …… 54
池田 ヤス子 （児童文学作家） …… 54
池田 雄一 （脚本家, 推理作家） …… 54
池田 陽一 （日本民主主義文学同盟伊豆支部長） …… 55
池田 蘭子 （小説家） …… 55
池谷 信三郎 （小説家, 劇作家） …… 55

人名	頁
池永 陽（小説家, コピーライター）	55
池波 正太郎（小説家）	55
池端 俊策（脚本家）	55
池原 はな（児童文学作家）	56
池宮 彰一郎（脚本家, 小説家）	56
池谷 充子（シナリオライター）	56
生駒 茂（日本童話会賞受賞）	56
伊佐 千尋（作家）	56
伊坂 幸太郎（小説家）	56
井坂 浩子（関西文学賞を受賞）	56
勇 知之（小説家, 郷土史家）	56
諫山 陽太郎（ノンフィクション作家）	56
石和 鷹（小説家）	57
伊沢 勉（俳優, 劇作家）	57
井沢 満（脚本家, 作家）	57
井沢 元彦（作家）	57
伊沢 由美子（児童文学作家）	57
石 一郎（作家）	57
石井 喜一（シナリオライター）	57
石井 計記（小説家）	58
石井 重衛（小説家, 劇作家）	58
石井 仁（作家, 医師）	58
いしい しんじ（作家）	58
石井 代蔵（作家）	58
石井 竜生（推理作家）	58
石井 敏弘（推理作家）	58
石井 まさみ（劇画家, 小説家）	58
石井 美佳（翻訳家）	58
石井 睦美（児童文学作家）	58
石井 桃子（児童文学作家, 児童文化運動家, 翻訳家）	59
いしい やすよ（絵本作家）	59
石井 由昌（童話作家）	59
石垣 香代（童話作家）	59
石神 悦子（児童文学作家）	59
石上 玄一郎（小説家）	59
石川 英輔（作家）	59
石川 久美子（児童文学作家）	60
石川 桂郎（小説家, 俳人, 随筆家）	60
石川 考士（演出家, 脚本家）	60
石川 淳（小説家）	60
いしかわ じゅん（漫画家）	60
石川 真介（小説家）	60
石川 泰輔（作家, 高校教師）	60
石川 喬司（作家, 文芸評論家）	61
石川 啄木（歌人, 詩人, 小説家）	61
石川 達三（小説家）	61
石川 悌二（小説家, 伝記研究家）	61
石川 利光（小説家, 評論家）	61
石川 宏宇（小説家）	61
石川 洋子（東京成徳短期大学幼児教育科助教授）	61
石川 雅也（シナリオライター）	62
石川 美香穂（城戸賞に入選）	62
石川 光男（児童文学作家）	62
石川 裕人（劇作家, 演出家）	62
イシグロ, カズオ（小説家）	62
石黒 達昌（小説家, 医師）	62
石黒 つぎ子（童話作家）	62
石坂 洋次郎（小説家）	62
石崎 一正（劇作家）	63
石崎 勝久（演劇評論家, 劇作家）	63
石沢 英太郎（小説家）	63
石津 嵐（作家）	63
石塚 克彦（演出家, ミュージカル作家）	63
石塚 喜久三（作家）	63
石塚 京助（小説家）	63
石塚 友二（小説家, 俳人）	64
石塚 長雄（小説家）	64
石月 正広（小説家）	64
石田 郁男（小説家）	64
石田 衣良（小説家）	64
石田 英湾（群馬マクロビオティックセンター主宰）	64
石田 三郎（詩人, 児童文学作家）	64
石田 甚太郎（作家）	64
石田 はじめ（児童文学作家）	65
石田 寛人（駐チェコ大使）	65
石田 ゆうこ（フリーライター）	65
伊地知 進（小説家）	65
石堂 淑朗（脚本家, 小説家）	65
石堂 秀夫（作家）	65
石飛 仁（ジャーナリスト, ノンフィクション作家, 劇作家）	65
石飛 卓美（小説家）	66
石野 径一郎（小説家）	66
石橋 愛子（小説家）	66
石橋 思案（小説家）	66
石橋 嵩（小説家）	66
石橋 忍月（文芸評論家, 小説家, 弁護士）	66
石橋 まみ（児童文学作家）	66
石浜 金作（小説家）	66
石浜 恒夫（小説家, 詩人）	66
石原 信一（作詞家, ノンフィクション作家）	67
石原 慎太郎（小説家）	67
石原 てるこ（児童文学作家）	67
石原 藤夫（SF作家）	67
石原 文雄（小説家）	67
伊島 りすと（小説家）	68
石松 愛弘（シナリオライター, 作家）	68
石丸 梧平（作家, 評論家, 宗教思想家）	68
石光 葆（小説家）	68
石牟礼 道子（作家）	68
石森 延男（児童文学者, 国語教育家）	68
石森 史郎（シナリオライター, 映画プロデューサー）	68
石山 浩一郎（劇作家, 演出家）	69

(11)

石山 滋夫（小説家，評論家） …………… 69	一ノ瀬 綾（作家） …………………… 76
維住 玲子（小説家） …………………… 69	一瀬 直行（詩人，小説家） ………… 76
伊集院 静（小説家，演出家，CMディレクター）… 69	一戸 務（小説家，中国文学者） …… 76
伊集院 斉（美学者，小説家，評論家） ……… 69	一戸 冬彦（作家） …………………… 76
泉 鏡花（小説家） ……………………… 69	一宮 猪吉郎（新聞記者，小説家） … 76
泉 啓子（児童文学作家） ……………… 70	市橋 一宏（小説家） ………………… 77
泉 三太郎（小説家，翻訳家） ………… 70	市原 麻里子（小説家） ……………… 77
泉 斜汀（小説家） ……………………… 70	市原 麟一郎（児童文学作家） ……… 77
泉 淳（教育相談所主宰者，作家） …… 70	一丸 俊憲（小説家） ………………… 77
和泉 聖治（映画監督，シナリオライター） … 70	市村 薫（文学界新人賞を受賞） …… 77
泉 大八（小説家） ……………………… 70	市山 隆一（シナリオライター，プロデューサー）
泉 久恵（童話作家） …………………… 71	……………………………………… 77
泉 秀樹（小説家，写真家） …………… 71	五木 寛之（小説家） ………………… 77
和泉 ひろみ（小説家） ………………… 71	井辻 朱美（翻訳家，歌人，小説家） … 78
泉 優二（小説家，映画監督） ………… 71	一色 悦子（児童文学作家） ………… 78
いずみ 凛（劇作家） …………………… 71	一色 銀河（「若草野球部狂想曲」の著者） 78
いずみだ まきこ（児童文学作家） …… 71	一色 さち子（児童文学作家） ……… 78
五十公野 清一（小説家） ……………… 71	一色 次郎（小説家） ………………… 78
泉本 三樹（小説家，児童文学者） …… 71	一色 伸幸（脚本家） ………………… 78
出雲 真奈夫（文筆家） ………………… 71	一藤木 杏子（作家） ………………… 78
出雲井 晶（小説家，歌人，日本画家） … 72	一筆庵 可候（探偵小説家） ………… 79
伊勢 暁史（ジャーナリスト，作家，ルポライター）	井手 伊代子（劇作家） ……………… 79
……………………………………… 72	井手 諤六（小説家） ………………… 79
井瀬 伴（小説家） ……………………… 72	井手 蕉雨（劇作家） ………………… 79
伊勢 英子（絵本画家，児童文学作家，エッセイス	井出 千昌（フリーライター，小説家） … 79
ト） ……………………………………… 72	井手 俊郎（シナリオライター） …… 79
磯 萍水（小説家） ……………………… 72	井出 孫六（小説家） ………………… 79
磯貝 治良（小説家） …………………… 72	井手 雅人（シナリオライター） …… 79
五十目 昼鹿（小説家） ………………… 72	伊藤 海彦（詩人，シナリオライター） … 79
五十部 希江（高校教師，小説家） …… 73	伊藤 永之介（小説家） ……………… 80
五十里 幸太郎（小説家，評論家） …… 73	伊東 挙位（口演童話家） …………… 80
井田 絃声（小説家） …………………… 73	伊東 京一（小説家） ………………… 80
井田 誠一（作詞家，放送作家） ……… 73	伊藤 清（キリンテクノシステム社長） … 80
井田 敏（脚本家） ……………………… 73	伊藤 銀月（評論家，小説家） ……… 80
板垣 守正（劇作家，政治家） ………… 73	伊藤 桂一（小説家，詩人） ………… 80
板坂 康弘（小説家，競輪評論家） …… 73	井東 憲（小説家，評論家） ………… 81
板床 勝美（小説家） …………………… 73	伊藤 栄（小説家） …………………… 81
井谷 昌喜（作家） ……………………… 73	伊藤 佐喜雄（小説家） ……………… 81
伊丹 あき（脚本家） …………………… 73	伊藤 左千夫（歌人，小説家） ……… 81
伊丹 十三（映画監督，俳優） ………… 73	伊東 信（小説家，児童文学作家） … 81
伊丹 万作（映画監督，脚本家） ……… 74	伊藤 伸司（作家，会社経営） ……… 81
板見 陽子（読売「女性ヒューマン・ドキュメン	伊藤 信二（詩人，小説家） ………… 81
タリー」大賞を受賞） ………………… 74	伊藤 整（小説家，評論家，詩人） … 81
市川 栄一（児童文学作家） …………… 74	いとう せいこう（クリエーター，小説家，タレ
市川 崑（映画監督） …………………… 74	ント） …………………………………… 82
市川 しのぶ（小説家） ………………… 75	伊東 専三（新聞記者，戯作者） …… 82
市川 森一（脚本家，劇作家，小説家） … 75	伊東 大輔（映画監督） ……………… 82
市川 信夫（児童文学作家） …………… 75	伊東 妙子（シナリオライター） …… 82
市川 温子（フェミナ賞を受賞） ……… 76	伊藤 隆弘（脚本家） ………………… 82
市川 靖人（小説家） …………………… 76	伊藤 貴麿（小説家，児童文学作家，翻訳家） … 83
一条 明（作家） ………………………… 76	伊藤 たかみ（作家） ………………… 83
一条 栄子（元・推理作家） …………… 76	伊藤 武三（劇作家） ………………… 83
一条 諦輔（音楽家，デザイナー，作家） … 76	伊藤 痴遊（1代目）（講談師） ……… 83
一条 理希（小説家） …………………… 76	伊藤 悉（雑誌出資者，劇作家） …… 83

伊藤 貞助 （劇作家） …………………… 83	井上 健次 （小説家） …………………… 90
伊藤 尚子 （シナリオライター） ………… 83	井上 郷 （小説家） ……………………… 90
伊藤 信夫 （小説家, 脚本家） …………… 84	井上 幸一郎 （小説家, 評論家） ………… 90
伊東 久子 （童話作家） ………………… 84	井上 こみち （児童文学作家） …………… 91
伊藤 秀裕 （映画プロデューサー, シナリオライター） ………………………………… 84	井上 祥一 （新人映画シナリオコンクールで佳作受賞） ……………………………… 91
伊藤 人誉 （小説家, 翻訳家） …………… 84	井上 孝 （小説家, 評論家） ……………… 91
伊東 寛 （児童文学作家, 絵本画家） …… 84	井上 卓也 （作家） ……………………… 91
伊藤 沆 （作家） ………………………… 84	井上 猛 （小説家, 児童文学作家） ……… 91
伊東 麻紀 （小説家） …………………… 84	井上 武彦 （小説家） …………………… 91
伊藤 松雄 （劇作家, 小説家, 演出家） … 84	井上 立士 （小説家） …………………… 91
伊藤 充子 （童話作家） ………………… 85	井上 剛 （SF作家） ……………………… 91
伊藤 三男 （小説家） …………………… 85	井上 俊夫 （詩人, 小説家） ……………… 91
伊藤 靖 （小説家） ……………………… 85	井上 寿彦 （児童文学作家） …………… 91
伊藤 遊 （児童文学作家） ……………… 85	井上 友一郎 （小説家） ………………… 92
伊東 六郎 （翻訳家, 小説家） …………… 85	井上 尚登 （小説家） …………………… 92
伊藤 緑郎 （小説家） …………………… 85	井上 尚美 （小説家） …………………… 92
糸賀 美賀子 （児童文学作家） …………… 85	井上 ひさし （小説家, 劇作家） ………… 92
糸川 京子 （児童文学作家） …………… 85	いのうえ ひょう （詩人, 小説家） ……… 93
稲岡 達人 （児童文学作家, 翻訳家） …… 85	伊野上 裕伸 （作家） …………………… 93
稲岡 奴之助 （小説家） ………………… 85	井上 二美 （児童文学作家） …………… 93
稲垣 史生 （時代考証家, 小説家） ……… 86	井上 正子 （シナリオライター） ………… 93
稲垣 足穂 （小説家, 詩人） ……………… 86	井上 雅彦 （小説家） …………………… 93
稲垣 浩 （映画監督） …………………… 86	井上 瑞基 （小さな童話大賞を受賞） …… 93
稲垣 昌子 （児童文学者） ……………… 86	井上 光晴 （小説家, 詩人） ……………… 93
稲垣 真美 （作家, 評論家） ……………… 86	井上 靖 （小説家） ……………………… 94
稲垣 瑞雄 （小説家, 詩人） ……………… 87	井上 夕香 （児童文学作家） …………… 94
稲沢 潤子 （作家） ……………………… 87	井上 雪 （作家, 俳人） …………………… 94
稲葉 真吾 （小説家） …………………… 87	井上 由美子 （脚本家） ………………… 94
稲葉 真弓 （小説家） …………………… 87	井上 夢人 （小説家） …………………… 95
稲葉 洋子 （児童文学作家） …………… 87	井上 よう子 （児童文学作家） …………… 95
稲見 一良 （小説家） …………………… 87	井上 笠園 （小説家） …………………… 95
犬井 邦益 （劇作家） …………………… 87	猪瀬 直樹 （作家） ……………………… 95
乾 信一郎 （小説家, 翻訳家） …………… 87	猪俣 勝人 （シナリオライター） ………… 95
いぬい とみこ （児童文学作家） ………… 88	伊庭 孝 （音楽評論家, 演出家, 劇作家） … 95
乾 浩 （小説家） ………………………… 88	伊波 南哲 （詩人, 小説家） ……………… 96
乾 竜三 （小説家, 工学技術者） ………… 88	井葉野 篤三 （小説家） ………………… 96
乾谷 敦子 （児童文学作家） …………… 88	伊原 青々園 （劇評家, 演劇学者, 劇作家） … 96
狗飼 恭子 （詩人, 小説家） ……………… 88	井原 まなみ （推理作家） ……………… 96
犬養 健 （政治家, 小説家） ……………… 88	茨木 昭 （児童文学作家） ……………… 96
犬飼 千澄 （作家） ……………………… 88	伊吹 知佐子 （文筆家） ………………… 96
犬養 智子 （評論家, 作家） ……………… 89	伊吹 仁美 （シナリオライター） ………… 96
犬塚 稔 （シナリオライター, 映画監督, 演出家） … 89	伊吹 六郎 （劇作家, 詩人） ……………… 96
犬田 卯 （小説家, 評論家, 農民運動家） ……… 89	井伏 鱒二 （小説家） …………………… 97
猪野 清秀 （パソコンライター, ゲームライター） … 89	伊馬 春部 （放送作家, 歌人） …………… 97
猪野 省三 （児童文学者） ……………… 89	今井 泉 （小説家） ……………………… 97
井上 唖々 （小説家, 俳人） ……………… 89	今井 恭子 （文筆家） …………………… 97
井上 明子 （小説家, 児童文学作家） …… 90	今井 潤 （作家） ………………………… 97
井上 荒野 （小説家） …………………… 90	今井 詔二 （シナリオライター） ………… 97
井上 梅次 （映画監督, 放送作家） ……… 90	今井 聖 （俳人, シナリオライター） …… 97
井上 寛治 （放送作家, コピーライター, 詩人） · 90	今井 誉次郎 （綴方教育研究家, 児童文学作家） … 98
井上 淳 （小説家） ……………………… 90	今井 達夫 （小説家） …………………… 98
井上 健二 （シナリオライター） ………… 90	今井 雅子 （コピーライター, 脚本家） …… 98
	今井 雅之 （俳優, 脚本家, 演出家） ……… 98

(13)

今江 祥智 （児童文学者） ……………… 98	岩田 烏山 （小説家） ……………… 105
今関 信子 （童話作家） ……………… 98	岩田 賛 （推理作家） ……………… 105
今戸 公徳 （シナリオライター） ……… 99	岩田 準子 （小説家） ……………… 105
今西 祐行 （児童文学作家） …………… 99	岩田 宏 （詩人，翻訳家） ………… 106
今野 賢三 （小説家，社会運動家） …… 99	岩田 学 （小説家） ……………… 106
今村 葦子 （児童文学作家） …………… 99	岩田 礼 （小説家） ……………… 106
今邑 彩 （推理作家） ……………… 99	岩藤 雪夫 （小説家） ……………… 106
今村 昌平 （映画監督） …………… 100	岩野 喜久代 （歌人，小説家） ……… 106
今村 文人 （脚本家） ……………… 100	岩野 泡鳴 （詩人，小説家，劇作家） … 106
今村 実 （鳥取女子短期大学日本文学科助教授） 100	岩橋 郁郎 （日本児童文学会奨励賞を受賞） … 106
今村 了介 （作家） ……………… 100	岩橋 邦枝 （小説家） ……………… 106
井村 叡 （小説家） ……………… 100	岩橋 昌美 （女流新人賞を受賞） …… 107
井村 恭一 （小説家） ……………… 100	岩淵 慶造 （童話作家，絵本画家） … 107
伊良波 尹吉 （沖縄演劇俳優，沖縄歌劇作家） 100	岩間 鶴夫 （映画監督，シナリオライター） … 107
入江 幸子 （児童文学者） ………… 101	いわま まりこ （児童文学作家） …… 107
入江 曜子 （　　　　） …………… 101	岩間 芳樹 （脚本家） ……………… 107
入江 好之 （詩人，児童文学作家） … 101	岩松 了 （劇作家，演出家，俳優） 107
入馬 兵庫 （小説家） ……………… 101	石見 まき子 （児童文学作家） …… 108
色川 武大 （小説家） ……………… 101	岩村 蓬 （俳人，作家，編集者） … 108
岩井 志麻子 （小説家） …………… 101	イワモト ケンチ （映画監督） ……… 108
岩井 信実 （詩人） ……………… 101	岩本 敏男 （児童文学作家） ……… 108
岩井 護 （作家，文芸評論家） …… 102	岩本 宜明 （フリーライター） …… 108
岩井 三四二 （歴史群像大賞を受賞） … 102	岩森 道子 （小説家） ……………… 108
祝 康成 （ジャーナリスト，小説家） 102	巌谷 小波 （児童文学者，小説家，俳人） … 108
岩井 ゆきの （童謡作家，童話作家） 102	巌谷 槙一 （劇作家，演出家） …… 108
岩井川 皓二 （湯沢市議） ………… 102	
巌 宏士 （小説家，プログラマー） … 102	
岩川 隆 （ノンフィクション作家，競馬評論家） 102	【う】
岩城 捷介 （小説家） ……………… 102	
岩木 章太郎 （推理作家） ………… 102	有為 エンジェル （小説家） ……… 109
岩倉 政治 （小説家） ……………… 102	宇井 無愁 （小説家，落語研究家） … 109
岩豪 友樹子 （シナリオライター） … 103	植木 誠 （児童文学作家） ……… 109
岩越 昌三 （小説家） ……………… 103	植草 圭之助 （シナリオライター） … 109
岩佐 氏寿 （劇作家，映画製作者，記録映画作家） 103	宇江佐 真理 （小説家） …………… 109
岩佐 憲一 （シナリオライター） …… 103	上坂 高生 （小説家，児童文学作家） 109
岩佐 教之 （家庭教育コンサルタント，児童文学作家） 103	上里 春生 （社会運動家，詩人，劇作家） 109
岩佐 まもる （小説家） …………… 103	上沢 謙二 （児童文学者） ………… 110
岩阪 恵子 （小説家） ……………… 103	植条 則夫 （作家，エッセイスト） … 110
岩崎 明 （教育評論家） ………… 104	上田 菊枝 （児童文学作家） ……… 110
岩崎 京子 （童話作家） …………… 104	上田 啓子 （三重県文学新人賞を受賞） 110
岩崎 栄 （小説家） ……………… 104	上田 周二 （小説家） ……………… 110
岩崎 葬花 （新派劇座付き作者） …… 104	上田 次郎 （人形劇作家・演出家） … 110
岩崎 純孝 （翻訳家，児童文学者，イタリア文学者） 104	植田 紳爾 （演出家，劇作家） …… 110
岩崎 正吾 （ミステリー作家） …… 104	植田 草介 （小説家） ……………… 111
岩崎 正裕 （劇作家，演出家） …… 104	上田 広 （小説家） ……………… 111
岩崎 保子 （小説家） ……………… 104	上田 三四二 （歌人，文芸評論家，医師） 111
岩崎 嘉秋 （佐川航空ヘリコプター事業部顧問） 105	上田 理恵 （小説家） ……………… 111
岩下 俊作 （　　　　） …………… 105	上竹 瑞夫 （作家） ……………… 111
岩下 小葉 （小説家，編集者） …… 105	上西 晴治 （小説家） ……………… 111
岩瀬 成子 （児童文学作家） ……… 105	上野 歩 （小説家） ……………… 111
岩田 篤 （小説家） ……………… 105	上野 喜美子 （童話作家） ………… 111
	上野 恵子 （小学校教師） ………… 111
	上埜 紗知子 （小説家） …………… 112

上野 俊介 (小説家) ……… 112	内田 康夫 (推理作家) ……… 119
上野 壮夫 (詩人, 小説家) ……… 112	内田 麟太郎 (児童文学作家, 詩人) ……… 119
上野 たま子 (放送作家, 映画評論家) ……… 112	内田 魯庵 (評論家, 小説家, 翻訳家) ……… 119
上野 哲也 (小説家) ……… 112	内館 牧子 (脚本家) ……… 119
上野 虎雄 (評論家, 戯曲家) ……… 112	内出 遼子 (シナリオライター, 女優) ……… 119
上野 葉子 (評論家, 小説家) ……… 112	内村 直也 (劇作家) ……… 119
上野 瞭 (児童文学作家・評論家) ……… 112	内村 幹子 (作家) ……… 120
上野 凌弘 (作家) ……… 113	内山 惣十郎 (作家) ……… 120
上橋 菜穂子 (小説家) ……… 113	内山 安雄 (作家) ……… 120
上前 淳一郎 (ノンフィクション作家) ……… 113	内山 揺光 (歌人, 小説家) ……… 120
植松 二郎 (フリーライター, 小説家) ……… 113	宇津木 澄 (放送作家) ……… 120
植松 要作 (児童文学作家) ……… 113	宇津木 元 (シナリオライター) ……… 120
植村 達雄 (演出家, 脚本家) ……… 113	内海 重典 (演出家, 劇作家) ……… 121
上村 照夫 (童話作家) ……… 113	うつみ 宮土理 (タレント, 司会者, 小説家) ……… 121
ウエモト メグミ (小説家) ……… 114	内海 隆一郎 (小説家) ……… 121
植山 周一郎 (国際経営コンサルタント, 作家, 翻訳家) ……… 114	右遠 俊郎 (小説家) ……… 121
宇尾 房子 (フリーライター) ……… 114	烏兎沼 宏之 (地方史研究家) ……… 121
魚住 直子 (童話作家) ……… 114	卯野 和子 (児童文学作家) ……… 121
魚住 陽子 (小説家) ……… 114	宇野 克彦 (児童文学作家) ……… 121
宇梶 紀夫 (小説家) ……… 114	宇野 喜代之介 (小説家, 教育者) ……… 122
宇神 幸男 (小説家, 音楽評論家) ……… 114	宇能 鴻一郎 (小説家) ……… 122
鵜川 章子 (詩人, 小説家) ……… 114	宇野 浩二 (小説家) ……… 122
右近 稜 (詩人, 童話作家) ……… 115	宇野 四郎 (演出家, 小説家, 劇作家) ……… 122
宇佐見 英治 (詩人, 評論家) ……… 115	宇野 千代 (作家) ……… 122
宇佐美 游 (フリーライター) ……… 115	宇野 信夫 (劇作家, 演出家) ……… 122
宇治 芳雄 (作家) ……… 115	鵜野 幸恵 (函館港イルミナシオン映画祭シナリオ大賞グランプリを受賞) ……… 123
牛島 信 (弁護士) ……… 115	冲方 丁 (小説家, ゲーム企画製作者) ……… 123
牛島 春子 (小説家) ……… 115	生方 敏郎 (随筆家, 評論家) ……… 123
牛原 虚彦 (映画監督, 劇作家, 映画評論家) ……… 115	海月 ルイ (小説家) ……… 123
氏原 大作 (児童文学作家) ……… 115	海辺 鷹彦 (小説家) ……… 123
牛丸 仁 (児童文学作家, 小学校教師) ……… 116	梅崎 春生 (小説家) ……… 123
薄井 清 (作家) ……… 116	梅崎 光生 (小説家) ……… 123
薄井 ゆうじ (小説家, 広告プランナー) ……… 116	梅田 晴夫 (劇作家, 風俗研究家, フランス演劇研究家) ……… 124
臼井 吉見 (評論家, 小説家) ……… 116	梅田 真理 (児童文学作家) ……… 124
薄田 斬雲 (小説家, ジャーナリスト) ……… 116	梅田 みか (小説家, 脚本家) ……… 124
鵜野 昭彦 (放送作家) ……… 116	梅田 香子 (作家, ジャーナリスト) ……… 124
宇髙 伸一 ……… 116	梅田 昌志郎 (小説家, 翻訳家, 文芸評論家) ……… 124
宇田川 文海 (小説家, 新聞記者) ……… 116	梅谷 卓司 (シナリオライター) ……… 124
宇田川 優子 (児童文学作家) ……… 116	梅原 克文 (シナリオライター) ……… 124
歌野 晶午 (小説家) ……… 117	梅原 稜子 (小説家) ……… 125
打海 文三 (小説家) ……… 117	梅本 育子 (小説家, 詩人) ……… 125
打木 村治 (小説家, 児童文学作家) ……… 117	楳本 捨三 (小説家) ……… 125
内嶋 善之助 (劇作家, 舞台演出家) ……… 117	梅本 弘 (小説家) ……… 125
内田 栄一 (劇作家, 演出家, 脚本家) ……… 117	梅若 猶彦 (能楽師(観世流シテ方)) ……… 125
内田 映一 (児童文学作家) ……… 117	宇山 圭一 (シナリオライター) ……… 125
内田 弘一 (シナリオライター) ……… 117	浦上 后三郎 (ドイツ文学者, 小説家) ……… 125
内田 春菊 (漫画家, エッセイスト, 小説家) ……… 118	浦澄 彬 (小説家) ……… 125
内田 聖子 (児童文学作家) ……… 118	浦辻 純子 (女優, シナリオライター) ……… 125
内田 庶 (児童文学作家, 翻訳家) ……… 118	瓜生 喬 (劇作家, 演出家, 俳優) ……… 126
内田 照子 (作家, 文芸評論家) ……… 118	瓜生 卓造 (小説家) ……… 126
内田 百閒 (小説家, 随筆家, 俳人) ……… 118	瓜生 正美 (演出家, 劇作家) ……… 126
内田 浩三 (福島正実記念SF童話賞佳作入選) ……… 118	漆原 智良 (教育評論家, 児童文学作家) ……… 126
内田 幹樹 (小説家, 航空士) ……… 119	

宇留野 元一 （小説家） ………………… 126
嬉野 秋彦 （小説家） ………………… 126
海野 十三 （小説家） ………………… 126

【え】

映島 巡 （小説家） …………………… 127
永来 重明 （放送作家） ………………… 127
江頭 美智留 （脚本家） ………………… 127
江川 闘彦 （児童文学作家） …………… 127
江川 晴 （作家, 看護婦） ……………… 127
江口 渙 （小説家, 評論家, 児童文学者） … 127
江口 幹 （評論家, 小説家） …………… 127
江国 香織 （児童文学作家, 小説家） …… 128
江崎 惇 （作家） ……………………… 128
江崎 俊平 （小説家, 歌人） …………… 128
江崎 誠致 （小説家） …………………… 128
江崎 雪子 （童話作家） ………………… 128
江連 卓 （シナリオライター） ………… 128
顕田島 一二郎 （歌人, 作家） ………… 129
悦田 喜和雄 （小説家） ………………… 129
越中谷 利一 （小説家, 俳人） ………… 129
江藤 初生 （児童文学作家） …………… 129
えとう 乱星 （小説家） ………………… 129
江戸川 乱歩 （推理作家） ……………… 129
江夏 美好 （作家） ……………………… 129
恵庭 恵存 （読売テレビゴールデンシナリオ賞最優秀賞を受賞） ………………… 130
榎 祐平 （シナリオライター） ………… 130
榎木 洋子 （小説家） …………………… 130
榎本 了 （作家, 元・高校教師） ……… 130
榎本 滋民 （劇作家, 演出家, 小説家） … 130
江場 秀志 （作家, 医師） ……………… 130
江波戸 哲夫 （小説家, ノンフィクション作家） … 130
江原 小弥太 （小説家） ………………… 130
海老沢 泰久 （小説家） ………………… 131
江馬 修 （小説家） ……………………… 131
江馬 道夫 （劇作家, 小説家） ………… 131
江見 水蔭 （小説家） …………………… 131
江宮 隆之 （小説家） …………………… 131
エム・ナマエ （イラストレーター, 児童文学作家） ……………………………… 131
江守 徹 （俳優, 演出家, 劇作家） …… 131
円 つぶら （小説家） …………………… 132
エンジェル, ジェルミ （写真家） ……… 132
円城寺 清臣 （演劇評論家, 舞踊作家） … 132
円地 文子 （作家） ……………………… 132
遠藤 明範 （脚本家, 小説家） ………… 132
遠藤 彩見 （シナリオライター） ……… 132
遠藤 和子 （児童文学作家） …………… 133
遠藤 公男 （児童文学作家） …………… 133
遠藤 清子 （小説家, 評論家, 婦人運動家） … 133

遠藤 周作 （小説家） …………………… 133
遠藤 純子 （新潮新人賞を受賞） ……… 133
遠藤 琢郎 （演出家, 劇作家） ………… 133
遠藤 恒彦 （推理作家） ………………… 134
遠藤 寛子 （児童文学作家） …………… 134
遠藤 允 （小説家, ジャーナリスト） … 134
遠藤 みえ子 （児童文学作家） ………… 134
遠藤 瓔子 （エッセイスト） …………… 134

【お】

及川 和男 （小説家, ノンフィクション作家, 児童文学作家） ……………………… 134
おいかわ さちえ （児童文学作家） …… 134
逢坂 剛 （小説家） ……………………… 134
逢坂 勉 （劇作家, 演出家, テレビディレクター） … 135
王塚 跣 （作家） ………………………… 135
鶯亭 金升 （戯作者, 新聞記者） ……… 135
青海 静雄 （作家） ……………………… 135
王領寺 静 ⇒藤本ひとみ を見よ
大井 ひろし （小説家, 高校講師） …… 135
大井 冷光 （児童文学作家, 口演童話家） … 135
大池 唯雄 （作家） ……………………… 136
大石 英司 （作家） ……………………… 136
大石 圭 （小説家） ……………………… 136
大石 静 （女優, 演出家, 脚本家） …… 136
大石 千代子 （小説家） ………………… 136
大石 直紀 （ミステリー作家） ………… 136
大石 真 （児童文学作家） ……………… 136
大石 もり子 （歌人, 児童文学作家, 社会福祉活動家） ………………………… 137
大泉 黒石 （小説家, ロシア文学者） … 137
大出 光貴 （作家） ……………………… 137
大岩 鉱 （評論家, 小説家） …………… 137
大海 赫 （児童文学作家, 画家） ……… 137
大江 いくの （オール読物新人賞を受賞） … 137
大江 健三郎 （小説家, 評論家） ……… 137
大江 賢次 （小説家） …………………… 138
大江 権八 （劇作家） …………………… 138
おおえ ひで （児童文学作家） ………… 138
大岡 玲 （小説家） ……………………… 138
大岡 昇平 （小説家, フランス文学者） … 138
大鋸 一正 （小説家） …………………… 139
大垣 肇 （劇作家） ……………………… 139
大鐘 稔彦 （医師, 作家） ……………… 139
大川 悦生 （児童文学作家） …………… 139
大川 俊道 （シナリオライター, 映画監督） … 139
大川 富之助 （日中文化交流センター客員） … 139
大河原 孝夫 （映画監督） ……………… 139
大木 直太郎 （劇作家, 演劇評論家） … 140
大木 雄二 （歌人, 児童文学者） ……… 140
正親町 公和 （小説家） ………………… 140

大久保 権八（コピーライター, 小説家）‥‥‥ 140	大舘 欣一（作家）‥‥‥‥‥‥‥‥‥‥‥ 147
大久保 忍（作家, 民間療法研究家）‥‥‥‥ 140	大谷 晃一（作家）‥‥‥‥‥‥‥‥‥‥‥ 147
大久保 智弘（作家）‥‥‥‥‥‥‥‥‥‥‥ 140	大谷 忠一郎（詩人）‥‥‥‥‥‥‥‥‥‥ 147
大久保 房男（作家, 評論家, 編集者）‥‥‥ 140	大谷 藤子（小説家）‥‥‥‥‥‥‥‥‥‥ 147
大隈 俊雄（劇作家）‥‥‥‥‥‥‥‥‥‥‥ 140	大谷 美和子（児童文学作家）‥‥‥‥‥‥ 147
大隈 三好（小説家）‥‥‥‥‥‥‥‥‥‥‥ 140	大谷 羊太郎（推理作家）‥‥‥‥‥‥‥‥ 148
大熊 義和（童話作家）‥‥‥‥‥‥‥‥‥‥ 141	大多和 由男（SF作家）‥‥‥‥‥‥‥‥‥ 148
大倉 崇裕（小説家, 翻訳家）‥‥‥‥‥‥‥ 141	大塚 篤子（児童文学作家）‥‥‥‥‥‥‥ 148
大倉 燁子（小説家）‥‥‥‥‥‥‥‥‥‥‥ 141	大塚 伊奈利（小説家）‥‥‥‥‥‥‥‥‥ 148
大倉 桃郎（小説家, 児童文学者）‥‥‥‥‥ 141	大塚 英子（作家）‥‥‥‥‥‥‥‥‥‥‥ 148
大蔵 宏之（児童文学作家）‥‥‥‥‥‥‥‥ 141	大塚 銀悦（小説家）‥‥‥‥‥‥‥‥‥‥ 148
大栗 丹後（小説家）‥‥‥‥‥‥‥‥‥‥‥ 141	大塚 楠緒子（歌人, 小説家）‥‥‥‥‥‥ 148
大河内 常平（推理作家）‥‥‥‥‥‥‥‥‥ 141	大塚 菜生（童話作家）‥‥‥‥‥‥‥‥‥ 148
大阪 圭吉（推理作家）‥‥‥‥‥‥‥‥‥‥ 141	大塚 ヒロユキ（グラフィックデザイナー, イラ
大崎 和子（児童文学作家）‥‥‥‥‥‥‥‥ 141	ストレーター, 小説家）‥‥‥‥‥‥‥‥ 149
大沢 在昌（推理作家）‥‥‥‥‥‥‥‥‥‥ 142	大塚 雅春（小説家, 歌人）‥‥‥‥‥‥‥ 149
大沢 天仙（小説家）‥‥‥‥‥‥‥‥‥‥‥ 142	大槻 ケンヂ（ロック歌手, SF作家）‥‥‥ 149
大沢 幹夫（劇作家）‥‥‥‥‥‥‥‥‥‥‥ 142	大月 隆仗（評論家, 小説家）‥‥‥‥‥‥ 149
大路 和子（小説家）‥‥‥‥‥‥‥‥‥‥‥ 142	大槻 哲郎（児童文学作家）‥‥‥‥‥‥‥ 149
大鹿 卓（詩人, 小説家）‥‥‥‥‥‥‥‥‥ 142	大坪 かず子（児童文学作家, 俳人）‥‥‥ 149
大下 宇陀児（小説家）‥‥‥‥‥‥‥‥‥‥ 142	大坪 砂男（小説家）‥‥‥‥‥‥‥‥‥‥ 149
大下 英治（作家, ルポライター）‥‥‥‥‥ 142	大坪 草二郎（歌人, 小説家）‥‥‥‥‥‥ 149
大嶋 拓（映像作家）‥‥‥‥‥‥‥‥‥‥‥ 143	大鶴 義丹（作家, 俳優）‥‥‥‥‥‥‥‥ 150
大島 渚（映画監督）‥‥‥‥‥‥‥‥‥‥‥ 143	大伴 昌司（映画評論家, 作家）‥‥‥‥‥ 150
大嶋 寛（作家）‥‥‥‥‥‥‥‥‥‥‥‥‥ 143	大友 幸男（作家）‥‥‥‥‥‥‥‥‥‥‥ 150
大島 昌宏（小説家）‥‥‥‥‥‥‥‥‥‥‥ 143	鳳 いく太（劇作家, 演出家）‥‥‥‥‥‥ 150
大島 真寿美（小説家）‥‥‥‥‥‥‥‥‥‥ 144	大西 赤人（小説家）‥‥‥‥‥‥‥‥‥‥ 150
大島 万世（劇作家）‥‥‥‥‥‥‥‥‥‥‥ 144	大西 功（小説家）‥‥‥‥‥‥‥‥‥‥‥ 150
大城 貞俊（詩人, 小説家）‥‥‥‥‥‥‥‥ 144	大西 悦子（小説家, 映画・テレビプロデューサー）
大城 立裕（作家, 戯曲家）‥‥‥‥‥‥‥‥ 144	‥‥‥‥‥‥‥‥‥‥‥‥‥‥‥‥‥‥‥ 150
大城 将保（沖縄県立博物館学芸課長）‥‥‥ 144	大西 巨人（小説家, 評論家）‥‥‥‥‥‥ 151
大隅 真一（児童劇作家, 元・小学校教師）‥ 144	大西 伝一郎（児童文学作家）‥‥‥‥‥‥ 151
おおすみ 正秋（劇作家, 演出家）‥‥‥‥‥ 144	大西 信行（放送作家, 劇作家）‥‥‥‥‥ 151
大瀬 喬雄（小説家）‥‥‥‥‥‥‥‥‥‥‥ 145	大貫 和夫（小説家, 詩人）‥‥‥‥‥‥‥ 151
大関 柊郎（劇作家）‥‥‥‥‥‥‥‥‥‥‥ 145	大貫 晶川（詩人, 小説家）‥‥‥‥‥‥‥ 151
大迫 倫子（小説家）‥‥‥‥‥‥‥‥‥‥‥ 145	大貫 哲義（作家, スポーツライター, 脚本家）‥ 151
太田 経子（小説家）‥‥‥‥‥‥‥‥‥‥‥ 145	大野 芳（作家）‥‥‥‥‥‥‥‥‥‥‥‥ 151
太田 玉茗（詩人, 小説家）‥‥‥‥‥‥‥‥ 145	大野 哲郎（児童文学作家, シナリオライター）‥ 152
太田 健一（小説家）‥‥‥‥‥‥‥‥‥‥‥ 145	大野 允子（児童文学作家）‥‥‥‥‥‥‥ 152
太田 皓一（映画プロデューサー, 推理作家）‥ 145	大野 靖子（脚本家）‥‥‥‥‥‥‥‥‥‥ 152
太田 倭子（詩人, 小説家）‥‥‥‥‥‥‥‥ 145	大野木 寛（シナリオライター, 小説家）‥ 152
太田 省吾（劇作家, 演出家）‥‥‥‥‥‥‥ 145	大庭 桂（児童文学作家）‥‥‥‥‥‥‥‥ 152
太田 忠司（小説家）‥‥‥‥‥‥‥‥‥‥‥ 146	大庭 さち子（小説家）‥‥‥‥‥‥‥‥‥ 152
太田 忠久（作家）‥‥‥‥‥‥‥‥‥‥‥‥ 146	大庭 武年（推理作家）‥‥‥‥‥‥‥‥‥ 152
太田 千鶴夫（小説家, 警察医）‥‥‥‥‥‥ 146	大庭 秀雄（映画監督）‥‥‥‥‥‥‥‥‥ 152
太田 俊夫（推理作家）‥‥‥‥‥‥‥‥‥‥ 146	大庭 みな子（小説家）‥‥‥‥‥‥‥‥‥ 153
太田 治子（作家）‥‥‥‥‥‥‥‥‥‥‥‥ 146	大場 美代子（小説家）‥‥‥‥‥‥‥‥‥ 153
太田 博也（児童文学作家）‥‥‥‥‥‥‥‥ 146	大橋 乙羽（小説家, 紀行作家, 出版人）‥ 153
太田 靖之（医師, 小説家）‥‥‥‥‥‥‥‥ 146	大橋 喜一（劇作家）‥‥‥‥‥‥‥‥‥‥ 153
太田 洋子（作家）‥‥‥‥‥‥‥‥‥‥‥‥ 146	大橋 泰彦（劇作家, 演出家）‥‥‥‥‥‥ 153
太田 蘭三（推理作家）‥‥‥‥‥‥‥‥‥‥ 147	大浜 則子（小説家）‥‥‥‥‥‥‥‥‥‥ 153
大滝 重直（小説家）‥‥‥‥‥‥‥‥‥‥‥ 147	大林 清（小説家, 劇作家）‥‥‥‥‥‥‥ 153
太田黒 克彦（児童文学者, 随筆家）‥‥‥‥ 147	大林 しげる（作家, 詩人）‥‥‥‥‥‥‥ 154
大竹 研（脚本家）‥‥‥‥‥‥‥‥‥‥‥‥ 147	大原 興三郎（児童文学作家）‥‥‥‥‥‥ 154

大原 富枝 （小説家） …………… 154	岡田 三郎 （小説家, 文芸評論家） …………… 160
大原 蛍 （劇作家, 演出家） …………… 154	岡田 鯱彦 （小説家） …………… 160
大原 まり子 （SF作家） …………… 154	岡田 淳 （児童文学作家） …………… 160
大原 豊 （シナリオライター, 作詞家） …………… 154	岡田 誠三 （小説家） …………… 160
大久 秀憲 （小説家） …………… 155	岡田 禎子 （劇作家） …………… 160
大日向 葵 （小説家, 俳人） …………… 155	岡田 徳次郎 （小説家, 詩人） …………… 161
大平 陽介 （小説家） …………… 155	尾形 十三雄 （シナリオライター） …………… 161
大平 よし子 （童話作家） …………… 155	岡田 なおり （児童文学作家） …………… 161
大間 茜 （フジテレビヤングシナリオ大賞を受賞） …………… 155	岡田 信子 （ノンフィクション作家） …………… 161
	岡田 秀文 （小説家） …………… 161
大町 美千代 （劇作家） …………… 155	岡田 正代 （シナリオライター） …………… 161
大峰 順二 （劇作家, 演出家） …………… 155	岡田 美知代 （小説家, 婦人記者） …………… 161
大村 嘉代子 （劇作家） …………… 155	岡田 みゆき （小説家） …………… 161
大村 麻梨子 （フードコーディネーター, 元・ディスクジョッキー） …………… 155	岡田 睦 （小説家） …………… 162
	岡田 八千代 （小説家, 劇作家, 劇評家） …………… 162
大森 一樹 （映画監督, シナリオライター） …………… 155	岡田 豊 （脚本家, 演出家） …………… 162
大森 清男 （ミニチュア製作家, 作家） …………… 156	岡田 ゆたか （児童文学作家, 絵本作家） …………… 162
大森 寿美男 （シナリオライター） …………… 156	岡田 好恵 （翻訳家, 作家） …………… 162
大森 隆司 （歴史小説家） …………… 156	岡田 恵和 （脚本家） …………… 162
大森 痴雪 （劇作家, 劇評家） …………… 156	岡田 美子 （小説家） …………… 162
大森 眠歩 （劇作家） …………… 156	緒方 善浩 （童話作家） …………… 163
大屋 研一 （小説家） …………… 156	岡戸 武平 （作家） …………… 163
大藪 郁子 （シナリオライター, 劇作家） …………… 156	岡野 薫子 （児童文学作家, エッセイスト） …………… 163
大藪 春彦 （小説家） …………… 156	岡野 竹時 （歌舞伎作家） …………… 163
大山 広光 （劇作家, 演劇評論家, 詩人） …………… 157	岡野 半牧 （小説家） …………… 163
岡 栄一郎 （劇作家） …………… 157	丘乃 れい （シナリオライター） …………… 163
岡 鬼太郎 （劇評家, 劇作家, 小説家） …………… 157	岡上 鈴江 （児童文学作家, 随筆家, 翻訳家） …………… 163
岡 一太 （児童文学者, エスペランチスト） …………… 157	岡部 耕大 （劇作家, 演出家, 小説家） …………… 164
丘 草太郎 （劇作家, 翻訳家） …………… 157	岡松 和夫 （小説家） …………… 164
丘 修三 （児童文学作家） …………… 157	丘美 丈二郎 （推理作家） …………… 164
岡 丈紀 （戯作家） …………… 157	岡村 柿紅 （劇作家, 劇評家） …………… 164
岡 信子 （児童文学作家） …………… 158	岡村 隆 （旅行ジャーナリスト, 作家） …………… 164
岡江 多紀 （作家） …………… 158	岡村 民 （詩人, 児童文学者） …………… 164
岡崎 栄 （テレビ演出家, シナリオライター） …………… 158	岡村 弘 （小説家, 独文学者） …………… 164
岡崎 弘明 （著述家） …………… 158	岡村 雄輔 （推理作家） …………… 164
岡崎 柾男 （劇作家, 演出家, ノンフィクション作家） …………… 158	岡本 章 （演出家, 劇作家, 俳優） …………… 164
	岡本 一郎 （放送作家, 児童文学作家） …………… 165
岡崎 由紀子 （脚本家） …………… 158	岡本 克己 （シナリオライター） …………… 165
岡崎 祥久 （小説家） …………… 158	岡本 かの子 （小説家, 歌人, 仏教研究家） …………… 165
岡沢 ゆみ （児童文学作家） …………… 158	岡本 起泉 （戯作者, 新聞記者） …………… 165
小笠原 恭子 （小説家） …………… 159	岡本 綺堂 （劇作家, 小説家, 劇評家） …………… 165
小笠原 慧 （小説家, 精神科医） …………… 159	岡本 喜八 （映画監督） …………… 165
小笠原 貞 （小説家） …………… 159	岡本 賢一 （小説家） …………… 166
小笠原 貴雄 （小説家） …………… 159	岡本 功司 （シナリオライター） …………… 166
小笠原 忠 （小説家） …………… 159	岡本 さとる （脚本家） …………… 166
小笠原 白也 （小説家, 新聞記者） …………… 159	岡本 小夜子 （児童文学作家, 詩人） …………… 166
岡下 一郎 （小説家） …………… 159	岡本 澄子 （作家, 翻訳家） …………… 166
岡島 伸吾 （防衛医科大学校教務課長） …………… 159	岡本 文良 （児童文学作家） …………… 166
岡嶋 二人 ⇒井上夢人、徳山諄一 を見よ	岡本 螢 （シナリオライター） …………… 166
	岡本 学 （作家） …………… 166
岡田 悦哉 （詩人） …………… 159	岡本 良雄 （児童文学作家） …………… 167
岡田 貴久子 （児童文学作家） …………… 159	岡本 好古 （小説家） …………… 167
岡田 敬二 （演出家, 脚本家） …………… 160	岡本 霊華 （作家） …………… 167
緒方 栄 （作家） …………… 160	岡安 伸治 （劇作家, 演出家） …………… 167

(18)

岡山 徹 （翻訳家, コラムニスト, 作家） ……… 167	尾崎 一雄 （小説家） …………………… 174
小川 秋子 （児童文学作家） ……………… 167	尾崎 紅葉 （小説家） …………………… 174
小川 英 （シナリオライター） …………… 167	尾崎 士郎 （小説家） …………………… 174
小川 煙村 （小説家, 戯曲家） …………… 167	小崎 政房 （劇作家, 演出家, 映画監督） … 174
小川 勝己 （小説家） ……………………… 168	尾崎 昌躬 （小説家） …………………… 175
小川 国夫 （小説家） ……………………… 168	尾崎 将也 （シナリオライター） ………… 175
小川 正 （映画監督, シナリオライター） … 168	尾崎 護 （小説家） …………………… 175
小川 竜生 （作家, イベント演出家） ……… 168	尾崎 美紀 （童話作家） ………………… 175
小川 信夫 （児童劇作家） ………………… 168	尾崎 翠 （小説家） …………………… 175
小川 美那子 （女優, 小説家） …………… 168	尾崎 諒馬 （小説家） …………………… 175
小川 みなみ （高校教師） ………………… 168	長田 午狂 （劇作家, 演出家, 作詞家） …… 175
小川 未明 （小説家, 児童文学作家） …… 168	長田 秋濤 （フランス文学者, 劇作家） …… 175
小川 洋子 （小説家） ……………………… 169	小山内 薫 （演出家, 劇作家, 演劇評論家） … 175
小川内 初枝 （小説家） …………………… 169	小山内 宏 （軍事評論家） ……………… 176
荻 史朗 （小説家） ……………………… 169	小山内 美江子 （シナリオライター） …… 176
小木曽 新 （作家） ………………………… 169	長部 日出雄 （小説家） ………………… 176
翁 久允 （小説家, 評論家, ジャーナリスト） … 169	長見 義三 （小説家） …………………… 176
荻野 アンナ （小説家） …………………… 169	大仏 次郎 （小説家） …………………… 176
沖野 岩三郎 （小説家, 評論家, 牧師） …… 170	小沢 章友 （小説家） …………………… 177
荻野 智美 （「Silent Death 森と死と風と」の著者） ……………………………………… 170	小沢 艶都古 （古代史研究家, 小説家, イラストレーター） ……………………………… 177
荻野 美和 （劇作家, 演出家, 女優） ……… 170	小沢 清 （小説家） …………………… 177
荻野目 悠樹 （小説家） …………………… 170	小沢 さとし （児童文学作家） ………… 177
荻原 孝範 （写真家, 編集者, 小説家） …… 170	小沢 正 （児童文学作家） …………… 177
荻原 雄一 （小説家, 写真家） …………… 170	小沢 信男 （詩人, 評論家） …………… 177
荻原 規子 （児童文学作家） ……………… 170	小沢 春雄 （通信機械工業会専務理事） … 178
荻原 秀夫 （小説家） ……………………… 170	小沢 不二夫 （劇作家） ………………… 178
荻原 浩 （コピーライター） ……………… 171	小沢 冬雄 （小説家） …………………… 178
おぎわら やすひろ （児童文学作家） …… 171	小沢 真理子 （児童文学作家） ………… 178
奥泉 光 （小説家） ……………………… 171	小沢 美智恵 （小説家） ………………… 178
奥田 継夫 （児童文学作家, 翻訳家, 評論家） … 171	押川 国秋 （小説家, 脚本家） ………… 178
奥田 哲也 （推理作家） …………………… 171	押川 春浪 （冒険小説家） ……………… 178
小口 正明 （作家） ………………………… 171	押川 昌一 （劇作家） …………………… 178
奥寺 佐渡子 （シナリオライター） ……… 171	緒島 英二 （児童文学作家） …………… 178
小国 英雄 （脚本家） ……………………… 171	尾島 菊子 （小説家） …………………… 179
奥野 忠昭 （小説家） ……………………… 172	小津 安二郎 （映画監督） ……………… 179
奥野 他見男 （小説家） …………………… 172	尾関 岩治 （児童文学者, 評論家） …… 179
小熊 文彦 （ハヤカワ・ミステリコンテストで入賞） …………………………………………… 172	尾関 忠雄 （小説家） …………………… 179
奥村 玄次郎 （探偵小説作家, 新聞記者） … 172	小薗江 圭子 （童話作家, エッセイスト, イラストレーター） ……………………………… 179
奥谷 俊介 （小説家） ……………………… 172	織田 五二七 （作家, 医師） …………… 179
奥山 一夫 （児童文学作家） ……………… 172	小田 勝造 （小説家） …………………… 180
小倉 明 （児童文学作家） ……………… 172	織田 作之助 （小説家） ………………… 180
巨椋 修 （漫画家, 小説家） …………… 172	小田 淳 （小説家） …………………… 180
小倉 龍男 （小説家） ……………………… 172	織田 正吉 （放送作家, 著述業） ……… 180
小倉 千恵 （テキスタイルデザイナー） … 172	小田 仁二郎 （作家） …………………… 180
小栗 康平 （映画監督） …………………… 172	織田 卓之 （北日本文学賞を受賞） …… 180
小栗 勉 （作家） ………………………… 173	小田 武雄 （作家） …………………… 180
小栗 風葉 （小説家） ……………………… 173	小田 嶽夫 （小説家, 中国文学研究者） … 180
小栗 虫太郎 （小説家） …………………… 173	織田 秀雄 （教育運動家, 詩人, 児童文学作家） … 180
桶本 典子 （小説家） ……………………… 173	小田 牧央 （SF作家） ………………… 181
小郷 穆子 （小説家） ……………………… 173	小田 実 （小説家, 評論家） …………… 181
生越 嘉治 （児童劇作家） ………………… 173	尾高 修也 （小説家） …………………… 181
尾崎 昭代 （詩人, 童話作家） …………… 174	小高 宏子 （小説家） …………………… 181

(19)

小高根 二郎 (詩人, 伝記作家) ……… 181
小田原 直知 (「海燕」新人文学賞受賞) …… 181
越智 春海 (作家, 元・陸軍大尉) …… 181
落合 恵子 (作家, エッセイスト) ……… 181
落合 茂 (小説家) ……………… 182
落合 聡三郎 (児童劇作家) ………… 182
落合 浪雄 (劇作家, 演出家) ……… 182
落合 信彦 (国際ジャーナリスト, 作家) … 182
越智田 一男 (児童文学作家) ……… 182
乙一 (小説家) ………………… 183
乙骨 淑子 (児童文学作家) ………… 183
尾辻 克彦 ⇒ 赤瀬川原平 を見よ
尾辻 紀子 (児童文学作家, 作家) …… 183
乙川 優三郎 (作家) ……………… 183
鬼塚 りつ子 (児童文学作家) ……… 183
小沼 丹 (小説家) ………………… 183
小野 和子 (児童文学作家, 翻訳家) … 183
小野 孝二 (作家) ……………… 183
小野 耕世 (映画・漫画評論家, SF作家) … 184
おの ちゅうこう (詩人, 児童文学者) … 184
小野 春夫 (児童文学作家) ………… 184
小野 浩 (児童文学作家) ………… 184
小野 不二野 (劇作家, 演出家) …… 184
小野 不由美 (小説家) …………… 184
小野 政方 (童話作家) …………… 184
小野 正嗣 (作家) ………………… 184
小野 美智子 (小説家) …………… 185
小野 稔 (作家) ………………… 185
小野 宮吉 (俳優, 演出家, 劇作家) … 185
小野 竜之助 (シナリオライター) …… 185
小納 弘 (児童文学作家) ………… 185
尾上 新兵衛 (口演童話作家) ……… 185
小野木 朝子 (小説家) …………… 185
小野田 勇 (劇作家, 脚本家) ……… 185
小野田 十九 (郷土史家, 作家) …… 185
小野田 遙 (関西文学賞を受賞) …… 186
小野寺 丈 (俳優, 劇作家) ………… 186
小幡 欣治 (劇作家, 演出家) ……… 186
小原 美智子 (童話作家) ………… 186
小原 美治 (潮賞優秀作を受賞) …… 186
小尾 十三 (小説家) ……………… 186
帯 正子 (小説家, 劇作家) ………… 186
帯谷 瑛之介 (放送作家) ………… 186
小本 小笛 (毎日児童小説最優秀賞を受賞) … 186
小柳津 浩 (劇作家) ……………… 186
折戸 康二 (フリーライター) ……… 186
折原 一 (推理作家) ……………… 187
折原 みと (漫画家, 小説家) ……… 187
折目 博子 (作家) ………………… 187
恩田 陸 (小説家) ……………… 187
恩地 日出夫 (映画監督) ………… 187

【か】

甲斐 英輔 (小説家) …………… 187
甲斐 弦 (作家) ………………… 188
甲斐 ゆみ代 (小説家) …………… 188
海音寺 潮五郎 (小説家) ………… 188
海賀 変哲 (雑誌記者, 小説家) …… 188
開高 健 (小説家) ……………… 188
海渡 英祐 (推理作家) …………… 189
海庭 良和 (小説家) …………… 189
海原 卓 (シナリオライター, 法律コンサルタント) ……………………… 189
帰山 教正 (映画監督, 映画技術研究者) … 189
加賀 淳子 (小説家) …………… 189
加賀 乙彦 (小説家, 医師) ……… 189
鏡 明 (SF作家, 文芸評論家) …… 190
加賀美 しげ子 (放送作家) ……… 190
香川 茂 (作家, 児童文学者) …… 190
香川 登枝緒 (放送作家) ………… 190
香川 まさひと (シナリオライター) … 190
柿沼 瑛子 (翻訳家, 小説家) …… 190
垣根 涼介 (ミステリー作家) …… 190
垣花 浩瀚 (小説家) …………… 191
鍵山 博史 (農村文化運動家, 小説家) … 191
岳 真也 (作家, 翻訳家) ………… 191
加来 安代 (児童文学作家) ……… 191
角田 雅子 (児童文学作家) ……… 191
角田 光男 (児童文学作家) ……… 191
角田 光代 (作家) ……………… 191
角山 勝義 (詩人, 児童文学作家) … 191
景山 民夫 (放送作家, 小説家, エッセイスト) … 192
影山 雄作 (作家) ……………… 192
笠井 潔 (小説家, 評論家) ……… 192
葛西 佐紀 (女優) ……………… 192
葛西 善蔵 (作家) ……………… 192
葛西 瑞絵 (童話作家) ………… 192
香咲 弥須子 (作家) …………… 192
笠原 和夫 (脚本家) …………… 193
笠原 和郎 (映画監督, シナリオライター) … 193
笠原 健治郎 (小説家) ………… 193
笠原 淳 (小説家) ……………… 193
笠原 卓 (推理作家) …………… 193
笠原 肇 (児童文学作家, 元・高校教師) … 193
笠原 真智子 (読売テレビシナリオ大賞優秀賞を受賞) ……………… 193
笠原 靖 (小説家, イラストレーター) … 193
笠原 良三 (シナリオライター, 放送作家) … 194
風間 一輝 (小説家, グラフィックデザイナー, パズル作家) …………… 194
風間 益三 (ユーモア作家) ……… 194
風巻 絃一 (小説家) …………… 194

風見 治 （作家） ……………… 194	片瀬 二郎 （小説家） ……………… 200
風見 潤 （小説家, 翻訳家） ……… 194	片田江 全雄 （小説家） …………… 200
風見 玲子 （歌手, 推理作家） …… 194	片野 喜章 （オール読物新人賞を受賞） …… 200
加地 慶子 （小説家） ……………… 194	片山 恭一 （作家） ………………… 200
梶 大介 （詩人, 作家, 山谷活動家） … 194	片山 香 （小説家） ………………… 201
梶 龍雄 （推理作家） ……………… 195	片山 昌造 （小説家, 児童文学作家） … 201
加治 将一 （小説家, 建築プロデューサー） … 195	片山 剛 （金蘭短期大学国文科助教授） … 201
鹿地 亘 （小説家, 評論家） ……… 195	片山 奈保子 （小説家） …………… 201
梶井 俊介 （小説家, 高校教師） … 195	片山 ゆかり （小説家） …………… 201
梶井 基次郎 （小説家） …………… 195	勝 諺蔵(3代目) （歌舞伎狂言作者） … 201
梶尾 真治 （SF作家） ……………… 195	勝浦 雄 （小説家） ………………… 201
梶川 敦子 （小説家） ……………… 196	かつお きんや （児童文学作家, 児童文学研究者）
梶野 悳三 （小説家） ……………… 196	…………………………………………… 201
樫原 一郎 （小説家） ……………… 196	勝木 康介 （小説家） ……………… 201
柏原 えつとむ （洋画家, 児童文学作家, 造形作家） … 196	勝野 ふじ子 （小説家） …………… 201
鹿島 和夫 （児童文学作家） ……… 196	勝目 梓 （小説家） ………………… 202
鹿島 孝二 （作家） ………………… 196	勝目 貴久 （シナリオライター） … 202
鹿島 春光 （小説家） ……………… 196	勝山 俊介 （評論家, 劇作家） …… 202
鹿島 鳴秋 （童謡詩人, 童話作家） … 196	桂 一郎 （放送作家） ……………… 202
鹿島田 真希 （小説家） …………… 197	桂 千穂 （脚本家, 映画評論家） … 202
梶山 季之 （小説家, ルポライター） … 197	桂 英澄 （小説家, 文芸評論家） … 202
カシュウ タツミ （コピーライター, 小説家） … 197	桂 芳久 （小説家, 評論家） ……… 202
柏木 彩 （小説家） ………………… 197	葛城 範子 （小説家） ……………… 203
柏木 薫 （小説家） ………………… 197	加藤 暁子 （児童劇作家, 人形劇指導者） … 203
柏木 抄蘭 （女流新人賞を受賞） … 197	加藤 晃 （鍼灸業, 作家） ………… 203
柏木 四郎 （作家） ………………… 197	加藤 有芳 （シナリオライター） … 203
柏木 智二 （農民文学賞特別賞を受賞） … 197	加藤 栄次 （立川美術学院講師） … 203
柏木 春彦 （小説家） ……………… 197	加藤 薫 （作家） …………………… 203
柏田 道夫 （シナリオライター, 小説家） … 197	加藤 籌子 （小説家） ……………… 203
柏戸 比呂子 （シナリオライター） … 197	加藤 公彦 （小説家） ……………… 203
柏葉 幸子 （児童文学作家） ……… 198	加藤 蚯蚓 （新聞記者, 探偵小説作家） … 203
柏原 兵三 （小説家, ドイツ文学者） … 198	加藤 秀 （作家, 児童文学者） …… 203
梶原 葉月 （作家） ………………… 198	加藤 周一 （文芸評論家, 作家） … 203
春日 太郎 （劇作家） ……………… 198	加堂 秀三 （小説家） ……………… 204
春日 彦二 （推理作家） …………… 198	加藤 純子 （小説家, 児童文学作家） … 204
数野 和夫 （小説家） ……………… 198	加藤 真司 （歴史群像大賞を受賞） … 204
香住 春吾 （小説家, 放送作家） … 198	加藤 泰 （映画監督, シナリオライター） … 204
香住 泰 （小説家） ………………… 198	加藤 多一 （童話作家, 評論家） … 204
霞 流一 （ミステリー作家） ……… 199	加藤 喬 （開高健賞奨励賞を受賞） … 205
粕谷 知世 （小説家） ……………… 199	加藤 武雄 （小説家） ……………… 205
風野 潮 （作家） …………………… 199	加藤 直 （演出家, 劇作家） ……… 205
風野 真知雄 （作家） ……………… 199	加藤 千恵 （シナリオライター） … 205
片岡 薫 （脚本家） ………………… 199	加藤 輝男 （児童文学作家） ……… 205
かたおか しろう （児童劇作家） … 199	加藤 輝治 （児童文学作家, 中学校教師） … 205
片岡 鉄兵 （小説家） ……………… 199	加藤 徹 （広島大学総合科学部助教授） … 205
片岡 輝 （児童文学作家, 詩人, メディアプロデューサー） … 199	加藤 伸代 （シナリオライター） … 206
片岡 文男 （作家） ………………… 200	加藤 博子 （フェミナ賞を受賞） … 206
片岡 貢 （小説家） ………………… 200	加藤 宏美 （シナリオライター） … 206
片岡 義男 （作家） ………………… 200	加藤 文治 （シナリオライター） … 206
片桐 樹童 （小説家） ……………… 200	加藤 昌雄 （小説家） ……………… 206
片桐 紀美子 （シナリオライター） … 200	加藤 まさを （挿絵画家, 童謡詩人, 小説家） … 206
片桐 里香 （作家） ………………… 200	加藤 学生 （シナリオライター, 小説家） … 206
	加藤 道夫 （劇作家） ……………… 206
	加藤 美知代 （フジテレビヤングシナリオ大賞を受賞） ……………………………………… 206

(21)

加藤 満男 (シナリオライター) ……… 207	鎌田 純一 (小説家) ……………… 214
加藤 宗哉 (小説家) ……………… 207	鎌田 敏夫 (脚本家) ……………… 214
加藤 盟 (映画監督) ……………… 207	上泉 秀信 (劇作家, 評論家, 新聞記者) 214
加藤 明治 (児童文学者) ………… 207	神尾 正武 (小説家) ……………… 214
加藤 祐司 (シナリオライター) ……… 207	上川 龍次 (織田作之助賞を受賞) … 214
加藤 幸一 (小説家) ……………… 207	神条 佑多 (童話作家) …………… 214
門田 泰明 (作家) ………………… 207	上条 さなえ (児童文学作家) …… 214
角野 栄子 (児童文学作家) ……… 207	上条 由美子 (児童文学作家) …… 215
上遠野 浩平 (小説家) …………… 208	上正路 理砂 (作家) ……………… 215
門林 真由美 (児童文学作家) …… 208	上種 ミスズ (児童文学作家) …… 215
香取 俊介 (脚本家, 作家) ……… 208	上地 ちづ子 (児童文学作家, 紙芝居研究家) 215
門脇 照男 (作家) ………………… 208	上司 小剣 (小説家) ……………… 215
金井 明 (小説家) ………………… 208	神野 オキナ (小説家) …………… 215
金井 貴一 (シナリオライター) ……… 208	上林 栄樹 (映画監督) …………… 215
金井 美恵子 (小説家, 詩人) …… 208	神谷 鶴伴 (童話作家) …………… 215
仮名垣 魯文 (戯作者, 新聞記者) 209	加宮 貴一 (小説家) ……………… 216
金川 太郎 (小説家) ……………… 209	神谷 登志子 (児童文学作家) …… 216
金治 直美 (児童文学作家) ……… 209	上山 雅輔 (劇作家) ……………… 216
金杉 忠男 (劇作家, 演出家) …… 209	神山 圭介 (小説家) ……………… 216
かなまる よしあき (作家) ……… 209	上山 トモ子 (児童文学作家) …… 216
金谷 完治 (小説家) ……………… 209	上領 彩 (小説家) ………………… 216
金谷 祐司 (シナリオライター) ……… 209	嘉村 礒多 (小説家) ……………… 216
加奈山 径 (小説家) ……………… 209	亀井 宏 (作家) …………………… 216
蟹谷 勉 (小説家) ………………… 209	かめおか ゆみこ (童話作家) …… 216
金親 清 (小説家) ………………… 209	亀島 貞夫 (小説家, 編集者) …… 216
金貝 省三 (劇作家) ……………… 210	亀島 靖 (劇作家, プロデューサー) 217
金子 和子 (童話作家) …………… 210	亀之園 智子 (児童文学作家) …… 217
金子 きみ (作家, 歌人) ………… 210	亀屋原 徳 (劇作家) ……………… 217
金子 修介 (映画監督, 脚本家) … 210	亀和田 武 (作家, キャスター) … 217
金子 春夢 (劇作家, 評論家) …… 210	鴨川 清作 (劇作家, 演出家) …… 217
金子 蕉 (児童館勤務) …………… 210	加門 七海 (小説家, 風水研究家) 217
金子 正次 (俳優, 脚本家) ……… 210	萱野 葵 (小説家) ………………… 217
金子 成人 (脚本家) ……………… 211	茅野 泉 (作家) …………………… 217
金子 光晴 (詩人) ………………… 211	香山 暁子 (小説家) ……………… 217
金子 洋文 (小説家, 劇作家, 演出家) 211	香山 彬子 (児童文学作家) ……… 217
鐘下 辰男 (演出家, 劇作家, 俳優) 211	香山 滋 (小説家) ………………… 218
金城 一紀 (小説家) ……………… 212	香山 純 (小説家, 進学塾講師) … 218
金田 喜兵衛 (稲武小学校校長) … 212	嘉陽 安男 (作家) ………………… 218
兼八 善兼 (演出家, 劇作家, 演劇評論家) 212	唐 十郎 (劇作家, 演出家, 俳優) 218
金平 正 (児童文学作家) ………… 212	狩 久 (推理作家) ………………… 218
加野 厚志 (小説家) ……………… 212	狩場 直史 (脚本家) ……………… 218
狩野 絵美子 (小説家) …………… 212	川井 志保 (劇作家, 高校教師) … 218
狩野 鐘太郎 (劇作家) …………… 212	川井 正 (作家) …………………… 218
狩野 あざみ (小説家) …………… 212	川内 康範 (小説家, 作詞家, 評論家) 218
加納 一朗 (推理作家) …………… 212	川上 喜久子 (小説家) …………… 219
加納 佳代 (シナリオライター) ……… 213	川上 健一 (小説家) ……………… 219
狩野 晃一 (小説家, 劇作家, 舞踊家(神崎流)) 213	川上 宗薫 (小説家) ……………… 219
加能 作次郎 (小説家) …………… 213	川上 直衛 (小説家) ……………… 219
加納 朋子 (小説家) ……………… 213	川上 直志 (「氷雪の花」の著者) 219
狩野 洋一 (麻雀士, 小説家) …… 213	河上 迅彦 (小説家) ……………… 219
香納 諒一 (推理作家) …………… 213	川上 眉山 (小説家) ……………… 219
鹿原 育 (小説家) ………………… 213	川上 弘美 (小説家) ……………… 219
冠木 新市 (シナリオライター) ……… 214	川上 稔 (小説家) ………………… 220
鎌田 三平 (翻訳家, 小説家) …… 214	川北 亮司 (児童文学作家, 漫画原作者) 220

川桐 信彦 （詩人, 評論家） …………… 220	川俣 晃自 （小説家, 劇作家） …………… 227
川口 一郎 （劇作家, 演出家） …………… 220	川又 千秋 （SF・推理作家） …………… 227
川口 汐子 （児童文学作家, 歌人） ……… 220	川道 岩見 （作家） ……………………… 227
川口 尚輝 （演出家, 劇作家） …………… 220	川村 愛子 （「私のピーターパン」の著者） …… 227
川口 半平 （児童文学作家, 教育者） …… 220	川村 晃 （小説家） ……………………… 227
川口 松太郎 （小説家, 劇作家, 演出家） … 221	川村 克彦 （シナリオライター） ………… 227
川崎 彰彦 （作家, 詩人, 文芸評論家） …… 221	川村 花菱 （劇作家, 演出家） …………… 227
川崎 九越 （小説家, 放送作家） ………… 221	河村 季里 （作家） ……………………… 227
川崎 草志 （小説家） …………………… 221	川村 たかし （児童文学作家） …………… 228
川崎 大治 （児童文学者） ……………… 221	川村 毅 （演出家, 劇作家, 俳優） ……… 228
川崎 長太郎 （小説家） ………………… 221	川村 文郎 （童話作家） ………………… 228
川崎 照代 （劇作家） …………………… 221	川村 真澄 （作詞家） …………………… 228
川崎 徹 （コピーライター, CMディレクター, 小説家） …………………………………… 222	川村 光夫 （劇作家, 演出家） …………… 228
	河本 勲 （小説家） ……………………… 228
川崎 洋 （詩人, 放送作家） …………… 222	川本 俊二 （小説家） …………………… 228
河崎 義祐 （映画監督, 脚本家, ドキュメンタリー作家） ………………………………… 222	川本 信幹 （小説家） …………………… 229
	川本 旗子 （作家, 作詞・作曲家） ……… 229
川崎 備寛 （小説家, 翻訳家） …………… 222	韓 ⇒韓（ハン）を見よ
川重 茂子 （児童文学作家） …………… 222	康 珍化 （作詞家, シナリオライター） …… 229
川島 吾朗 （駒沢小学校校長） ………… 222	菅 孝行 （劇作家, 評論家） …………… 229
川島 順平 （劇作家） …………………… 223	神吉 拓郎 （小説家, 劇作家, 随筆家） …… 229
河島 忠 （小説家） ……………………… 223	神坂 一 （小説家） ……………………… 229
川島 徹 （小学校教頭, 作家） ………… 223	神崎 あおい （漫画原作者, 作家） ……… 229
川島 透 （映画監督） …………………… 223	神崎 武雄 （小説家） …………………… 229
川島 康之 （小説家） …………………… 223	神崎 照子 （小説家） …………………… 230
川島 雄三 （映画監督） ………………… 223	神沢 利子 （児童文学作家） …………… 230
川尻 泰司 （人形劇演出家・脚本家） …… 223	神田 和子 （共同石油創作童話賞最優秀賞を受賞） …………………………………… 230
川尻 宝岑 （歌舞伎脚本作者, 劇通家） … 223	
川添 利基 （小説家, 劇作家, 演出家） … 224	神田 順 （作家） ………………………… 230
川田 功 （海軍少佐, 推理作家） ……… 224	神田 千砂 （歯科衛生士） ……………… 230
川田 武 （SF作家） …………………… 224	菅野 邦夫 （随筆家, 張り絵作家） ……… 230
川田 みちこ （小説家） ………………… 224	菅野 国春 （ジャーナリスト, 心霊ライター, 作家） …………………………………… 230
川田 弥一郎 （作家, 医師） …………… 224	
河竹 新七（3代目） （歌舞伎狂言作者） … 224	管野 スガ （社会主義運動家, 新聞記者） … 230
河竹 黙阿弥 （歌舞伎狂言作家） ……… 224	上林 暁 （小説家） ……………………… 231
河内 仙介 （小説家） …………………… 224	神林 長平 （SF作家） ………………… 231
川名 完次 （映画字幕翻訳家, 推理作家） … 224	蒲原 春夫 （小説家） …………………… 231
川西 蘭 （小説家） ……………………… 225	鎌原 正巳 （小説家） …………………… 231
川野 彰子 （作家） ……………………… 225	神戸 淳吉 （児童文学作家） …………… 231
川野 京輔 （小説家, 劇作家, ラジオディレクター） ………………………………… 225	神戸 俊平 （獣医, 児童文学作家） ……… 231
	かんべ むさし （小説家） ……………… 231
河俣 規世佳 （児童文学作家） ………… 225	神戸 雄一 （詩人, 小説家） …………… 232
川端 裕人 （小説家, フリーライター） …… 225	
川端 康成 （小説家） …………………… 225	
川端 要寿 （小説家） …………………… 225	【き】
河林 満 （小説家） ……………………… 226	
河原 潤子 （児童文学作家） …………… 226	木内 恭子 （童話作家） ………………… 232
河原 晋也 （作家） ……………………… 226	木内 高音 （児童文学者, 編集者） ……… 232
河原 辰三 （小説家） …………………… 226	木内 宏 （ジャーナリスト, ライター） …… 232
河原 雅彦 （劇作家, 演出家, 俳優） …… 226	樹川 さとみ （小説家, イラストレーター） … 232
河辺 和夫 （映画監督） ………………… 226	木々 高太郎 ⇒林髞を見よ
川辺 一外 （脚本家） …………………… 226	木々 康子 （作家） ……………………… 232
川辺 為三 （小説家） …………………… 226	菊井 俊行 （フリーライター） …………… 232
川辺 豊三 （推理作家） ………………… 226	

(23)

菊岡 久利 （詩人, 小説家, 画家）	232	
菊岡 襄治 （小説家）	233	
菊沖 薫 （作家）	233	
菊島 隆三 （シナリオライター, 映画プロデューサー）	233	
菊田 一夫 （劇作家, 演劇プロデューサー）	233	
菊田 義孝 （文芸評論家, 小説家）	233	
菊地 昭典 （シナリオライター）	233	
菊池 寛 （小説家, 劇作家）	233	
菊地 慶一 （児童文学作家）	234	
菊地 敬一 （児童文学作家, 郷土史家）	234	
菊池 重三郎 （翻訳家, 小説家, 随筆家）	234	
菊池 章一 （文芸評論家）	234	
菊池 澄子 （児童文学作家, 元・養護教師）	234	
菊地 俊 （児童文学作家）	235	
菊地 正 （児童文学作家, 僧侶）	235	
菊地 正 （詩人, 小説家）	235	
菊地 智子 （作家）	235	
菊地 信夫 （シナリオライター）	235	
菊地 秀行 （小説家）	235	
菊池 幽芳 （小説家, 新聞記者）	235	
菊地 有起 （シナリオライター）	236	
菊亭 香水 （小説家, 新聞記者）	236	
菊村 到 （小説家）	236	
菊村 礼 （劇作家）	236	
菊谷 栄 （脚本家, 洋画家）	236	
木崎 さと子 （小説家）	236	
木崎 巴 （文学界新人賞を受賞）	236	
如月 天音 （小説家）	236	
如月 小春 （劇作家, 演出家）	236	
如月 敏 （シナリオライター）	237	
木地 雅映子 （群像新人文学賞を受賞）	237	
岸 恵子 （女優, 作家）	237	
岸 武雄 （児童文学作家）	237	
きし としこ （児童文学作家）	237	
岸 信子 （エッセイスト）	238	
岸 宏子 （小説家, 放送作家）	238	
岸 松雄 （映画評論家, シナリオライター）	238	
貴司 山治	238	
貴志 祐介 （小説家）	238	
岸川 悦子 （児童文学作家, 童謡作家）	238	
岸田 衿子 （詩人, 童話作家）	238	
岸田 今日子 （女優）	239	
岸田 国士 （劇作家, 小説家, 翻訳家）	239	
岸田 幸四郎 （作家）	239	
岸田 辰弥 （劇作家, 演出家, 俳優）	239	
きしだ みつお （劇作家, 評論家）	240	
岸田 理生 （劇作家, 演出家）	240	
岸間 信子 （シナリオライター, 小説家）	240	
木島 始 （詩人, 評論家, 小説家）	240	
岸本 進一 （童話作家）	240	
岸本 みか （小説家, 詩人, 元・中学校教師）	240	
喜尚 晃一 （作家）	240	
来生 えつこ （作詞家, 小説家）	241	
木月 さえこ （脚本家）	241	
北 篤 （作家, 評論家）	241	
北 影一 （作家, 詩人）	241	
北 重人 （オール読物推理小説新人賞を受賞）	241	
紀田 順一郎 （評論家, 作家）	241	
北 彰介 （児童文学作家, 児童文化運動家）	241	
喜多 唯志 （小説家）	242	
北 洋 （推理作家）	242	
北 ふうこ （児童文学作家）	242	
きだ みのる （小説家, 評論家, 翻訳家）	242	
北 杜夫 （小説家）	242	
北泉 優子 （小説家, シナリオライター）	242	
北尾 亀男 （小説家, 劇作家）	243	
北岡 克子	243	
北岡 耕二 （文学界新人賞を受賞）	243	
北方 謙三 （作家）	243	
北上 創 （小説家）	243	
北川 悦吏子 （脚本家）	243	
北川 晃二 （作家）	243	
北川 幸比古 （児童文学作家）	243	
北川 千代 （児童文学作家, 小説家）	244	
北小路 功光 （小説家, 歌人, 美術史家）	244	
北里 宇一郎 （映画監督, 脚本家）	244	
北沢 喜代治 （小説家）	244	
北沢 栄 （ジャーナリスト）	244	
北沢 節 （小説家, 評論家）	244	
北沢 朔 （文筆業, 小学校教師）	244	
喜多嶋 隆 （小説家）	244	
北島 春信 （児童劇作家, 元・小学校教諭）	245	
北城 恵 （作家, フリーライター）	245	
北園 孝吉 （小説家）	245	
北田 薄氷 （小説家）	245	
北田 倫 （小説家, 歌人）	245	
北田 玲一郎 （作家, 司法書士）	245	
北野 安騎夫 （小説家）	245	
北野 ひろし （劇作家, 演出家）	245	
北野 勇作 （作家）	245	
北畠 八穂 （詩人, 小説家, 児童文学作家）	246	
北林 透馬 （小説家）	246	
北原 亜以子 （作家）	246	
北原 樹 （児童文学作家）	246	
北原 和美 （児童文学作家）	246	
北原 双治 （作家）	246	
北原 武夫 （作家, 評論家）	246	
北原 なお （小説家）	247	
北原 白秋 （詩人, 歌人, 童謡作家）	247	
北原 文雄 （作家）	247	
北原 宗積 （児童文学作家）	247	
北原 優 （シナリオライター）	247	
北原 リエ （作家, 元・女優）	247	
北町 一郎 （小説家）	247	
北村 秋 （作家）	247	
北村 薫 （推理作家）	248	
北村 喜八 （演出家, 演劇評論家, 劇作家）	248	

北村 けんじ (児童文学作家)	248	金 陽子 (小説家)	255
北村 小松 (劇作家, シナリオ作家, 小説家)	248	金 蓮花 (小説家)	255
北村 周一 (作家)	248	木村 曙 (小説家)	256
喜多村 進 (小説家)	248	木村 逸司 (小説家)	256
北村 想 (劇作家)	248	木村 快 (劇作家, 演出家)	256
北村 染衣 (小説家)	249	木村 和彦 (小説家)	256
北村 勉 (シナリオライター)	249	木村 毅 (文芸評論家, 小説家, 文学史家)	256
北村 馬骨 (劇作家)	249	木村 錦花 (演劇研究家, 劇作家)	256
北村 寿夫 (劇作家, 児童文学作家, 小説家)	249	木村 桂子 (児童文学作家)	256
北村 英明 (著述家, 作詞家, 作曲家)	249	きむら けん (児童文学作家)	257
北村 洪史 (小説家)	249	木村 研 (児童文学作家, 絵本画家, 漫画家)	257
北村 学 (劇作家, 作詞家)	249	木村 幸子 (児童文学作家)	257
北村 満緒 (小説家)	250	木村 智美 (シナリオライター)	257
北森 鴻 (小説家)	250	木村 修吉郎 (戯曲家, 小説家, 雑誌編集者)	257
北山 幸太郎 (高校教師)	250	木村 庄三郎 (小説家, 翻訳家)	257
城戸 光子 (舞台演出家)	250	木村 譲二 (評論家, 作家)	257
城戸 礼 (小説家)	250	木村 仁良 (翻訳家, ミステリー研究家, 小説家)	
鬼頭 隆 (童話作家)	250		257
鬼内 仙次 (小説家)	250	木村 次郎 (詩人, 児童文学作家)	257
衣笠 貞之助 (映画監督)	250	木村 荘十 (小説家)	258
鬼怒川 浩 (推理作家)	250	木村 荘太 (小説家, 文芸評論家, 随筆家)	258
衣巻 省三 (詩人, 小説家)	250	木村 恒 (新聞記者, 小説家)	258
木根 尚登 (ギタリスト, 小説家)	251	木村 徳太郎 (児童文学作家)	258
木野 工 (小説家)	251	木村 俊樹 (映画プロデューサー, 脚本家)	258
キノトール (劇作家, 演出家)	251	木村 富子 (劇作家, 舞踊作家)	258
木下 恵介 (映画監督, 脚本家)	251	木村 英代 (作家)	258
木下 順一 (小説家)	252	木村 不二男 (小説家, 童謡詩人)	258
木下 順二 (劇作家)	252	木村 政子 (作家)	259
樹下 昌史 (長崎県大西海農協長)	252	木村 迪夫 (詩人, 小説家)	259
樹下 太郎 (小説家)	252	木村 幹 (小説家, 翻訳家)	259
木下 利和 (小説家)	252	木村 泰崇 (フリーライター)	259
木下 尚江 (キリスト教社会主義者, 小説家, 新聞記者)	252	きむら ゆういち (児童文学作家, イラストレーター)	259
木之下 のり子 (児童文学作家)	253	木村 嘉長 (ジャーナリスト, 劇作家, 詩人)	259
木下 文緒 (海燕新人文学賞を受賞)	253	木本 正次 (作家)	259
木下 正実 (小説家)	253	木本 平八郎 (作家)	259
木下 径子 (作家)	253	木屋 進 (小説家)	259
木下 杢太郎 (詩人, 皮膚医学者)	253	喜安 幸夫 (台湾政治史研究家, 小説家)	260
儀府 成一 (小説家, 評論家)	253	木山 捷平 (作家, 詩人)	260
木辺 弘児 (児童文学作家)	253	邱 永漢 (作家, 経済評論家, 経営コンサルタント)	
儀間 海邦 (作家)	253		260
君塚 良一 (シナリオライター)	253	牛 次郎 (劇画原作者, 作家, 僧侶)	260
木宮 高彦 (弁護士, 作家)	254	邱 世嬪 (作家)	260
金 史良 (小説家)	254	京極 夏彦 (小説家, グラフィックデザイナー)	260
金 在南 (小説家)	254	京都 伸二 (小説家, 脚本家)	261
金 重明 (作家)	254	響堂 新 (ミステリー作家)	261
金 仁秀 (小説家)	254	今日泊 亜蘭 (SF作家)	261
金 秀吉 (映画監督, シナリオライター)	254	清岡 純子 (写真家, 作家)	261
金 石範 (小説家)	255	清岡 卓行 (詩人, 小説家, 評論家)	261
金 達寿 (小説家)	255	清川 妙 (小説家)	262
金 蒼生 (小説家)	255	曲水 漁郎 (探偵小説作家)	262
金 鶴泳 (小説家)	255	清松 みゆき (システムデザイナー, 小説家, 翻訳家)	262
金 晃 (童話作家)	255	清見 陸郎 (劇作家, 美術評論家)	262
金 真須美 (作家)	255		

(25)

吉良 任市 （詩人, 小説家） …… 262	楠 茂宣 （小学校教師, 児童文学作家） …… 267
帰来 広三 （小説家, 俳人） …… 262	楠木 誠一郎 （推理作家） …… 268
帰来 冨士子 （俳人, フリーライター） …… 262	葛原 しげる （童謡詩人, 童話作家） …… 268
桐谷 正 （小説家） …… 262	葛巻 義敏 （小説家, 研究家） …… 268
桐野 作人 （歴史作家） …… 262	楠見 朋彦 （歌人, 小説家） …… 268
桐野 夏生 （小説家） …… 262	楠本 幸男 （劇作家） …… 268
きりぶち 輝 （児童文学作家） …… 263	葛山 二郎 （推理作家） …… 268
桐山 襲 （作家） …… 263	楠山 正雄 （演劇評論家, 児童文学者） …… 268
桐生 悠三 （小説家） …… 263	久世 光彦 （作家, テレビプロデューサー, 作詞家）
桐生 祐狩 （小説家, 劇作家） …… 263	…… 268
紀和 鏡 （推理作家） …… 263	朽木 寒三 （作家） …… 269
金 ⇒金（キム）を見よ	久綱 さざれ （小説家） …… 269
金城 哲夫 （シナリオライター, 劇作家） …… 263	工藤 亜希子 （作家） …… 269
銀林 みのる （日本ファンタジー大賞を受賞） …… 263	宮藤 官九郎 （脚本家, 構成作家, 俳優） …… 269
金原 徹郎 （児童文学作家） …… 263	工藤 欣弥 （小説家） …… 269
	工藤 健策 （作家） …… 269
	工藤 隆雄 （フリーライター） …… 269
	工藤 隆 （劇作家） …… 270
【く】	工藤 直子 （詩人, 児童文学作家） …… 270
	工藤 美知尋 （劇作家） …… 270
	工藤 美代子 （ノンフィクション作家） …… 270
陸 直次郎 （小説家） …… 263	邦枝 完二 （小説家） …… 270
久我 なつみ （小説家） …… 263	国枝 史郎 （小説家, 劇作家） …… 270
久鬼 高治 （小説家） …… 264	国木田 独歩 （小説家, 詩人） …… 271
九鬼 紫郎 （推理作家） …… 264	国木田 治子 （小説家） …… 271
九鬼 雅範 （城戸賞を受賞） …… 264	国弘 威雄 （シナリオライター） …… 271
日下 圭介 （推理作家） …… 264	国松 俊英 （児童文学作家） …… 271
日下 諶 （小説家） …… 264	邦光 史郎 （小説家） …… 271
日下 初子 （小説家） …… 264	久野 豊彦 （小説家, 評論家, 経済学者） …… 271
久坂 葉子 （小説家） …… 264	久野 麗 （シナリオライター） …… 272
草上 仁 （SF作家） …… 264	窪 邦雄 （高校教師） …… 272
草谷 桂子 （児童文学作家） …… 265	久保 栄 （劇作家, 演出家, 小説家） …… 272
草川 俊 （小説家） …… 265	久保 喬 （児童文学作家, 小説家） …… 272
草川 隆 （SF作家, 推理作家） …… 265	久保 斉 （小説家, 歌人） …… 272
草川 八重子 （小説家） …… 265	久保 三千雄 （小説家） …… 272
草薙 渉 （小説家） …… 265	窪川 鶴次郎 （文芸評論家） …… 272
草野 柴二 （翻訳家, 小説家） …… 265	窪田 篤人 （シナリオライター） …… 273
草野 准子 （日本語教師） …… 265	窪田 啓作 （翻訳家, 作家, 詩人） …… 273
草野 たき （児童文学作家） …… 265	窪田 志穂 …… 273
草野 比佐男 （詩人, 小説家, 農業） …… 265	久保田 昭三 （児童文学作家） …… 273
草部 和子 （小説家, 評論家, 劇作家） …… 266	久保田 傑 （映画監督, シナリオライター） …… 273
草間 平作 （翻訳家, 作家） …… 266	窪田 精 （作家） …… 273
草間 弥生 （画家, 彫刻家, 小説家） …… 266	久保田 彦作 （狂言作者, 戯作者） …… 273
草村 北星 （小説家, 出版業者） …… 266	久保田 正子 （児童文学作家） …… 273
串田 和美 （演出家, 劇作家, 俳優） …… 266	久保田 万太郎 （小説家, 劇作家, 演出家） …… 274
串田 誠一 （弁護士, 小説家） …… 266	久保田 弥代 …… 274
串田 杢弥 （俳優） …… 266	久保田 義夫 （小説家） …… 274
久嶋 薫 （小説家） …… 267	窪田 僚 （作家） …… 274
鯨 統一郎 （推理作家） …… 267	熊井 啓 （映画監督, 脚本家） …… 274
鯨 洋一郎 （医師, 小説家） …… 267	熊王 徳平 （小説家） …… 275
葛岡 雄治 （児童劇作家） …… 267	熊谷 勲 （映画監督） …… 275
楠田 匡介 （小説家） …… 267	熊谷 宗秀 （小説家, 保護司） …… 275
楠田 清 （劇作家） …… 267	熊谷 達也 （小説家） …… 275
楠田 芳子 （脚本家） …… 267	熊谷 独 （ミステリー作家） …… 275
楠 誉子 （児童文学作家） …… 267	

熊谷 政江 （作家）	275
神代 辰巳 （映画監督, シナリオライター）	275
くまた 泉 （児童文学者）	276
久美 沙織 （小説家）	276
久米 元一 （児童文学者）	276
久米 秀治 （小説家）	276
久米 直子 （童話作家）	276
久米 正雄 （小説家, 劇作家, 俳人）	276
久米 穣 （翻訳家, 児童文学作家）	276
雲井 瑠璃 （小説家）	276
雲村 俊慥 （小説家, 文芸評論家）	277
倉掛 晴美 （図書館司書, 児童文学作家）	277
倉阪 鬼一郎 （小説家, 歌人, 俳人）	277
倉沢 佐知代 （シナリオライター）	277
倉島 竹二郎 （小説家, 将棋評論家）	277
倉田 潮 （評論家, 小説家）	277
倉田 淳 （劇作家, 演出家）	277
倉田 艶子 （劇作家）	277
倉田 百三 （劇作家, 評論家）	277
倉知 淳 （小説家）	278
倉橋 由美子 （小説家）	278
倉橋 燿子 （小説家）	278
蔵原 惟繕 （映画監督）	278
蔵原 伸二郎 （詩人, 小説家）	278
倉光 俊夫 （小説家）	278
倉本 四郎 （評論家）	278
倉本 聰 （シナリオライター, 映画監督）	279
倉本 由布 （小説家）	279
久利 武 （性風俗研究家, 作家）	279
栗 良平 （児童文学作家）	279
栗賀 大介	279
栗田 勇 （小説家, 評論家）	279
栗田 藤平	280
栗林 佐知 （小説現代新人賞を受賞）	280
栗原 一登 （児童劇作家, 演出家）	280
栗原 直子 （児童文学作家）	280
栗原 登 （教育者, 児童劇作家）	280
栗原 玲児 （キャスター, 推理作家）	280
栗本 薫　　⇒中島梓を見よ	
栗山 章 （作家, 評論家, 音楽プロデューサー）	280
栗山 良八郎 （小説家）	280
久留島 武彦 （児童文学者, 口演童話家）	281
来栖 良夫 （児童文学作家）	281
車谷 長吉 （小説家）	281
車谷 弘 （俳人, 編集者）	281
来水 明子	281
胡桃沢 耕史 （小説家）	281
黒井 千次 （小説家）	282
黒岩 重吾 （小説家）	282
黒岩 竜太 （小説家）	282
黒岩 涙香 （ジャーナリスト, 翻訳家, 探偵小説家）	282
黒川 博行 （推理作家）	282
黒川 欣映 （劇作家, 演出家）	283
黒木 淳吉 （作家）	283
黒木 清次 （詩人, 小説家）	283
黒木 まさお （児童文学作家）	283
黒木 亮 （小説家）	283
黒崎 緑 （小説家）	283
黒沢 明 （映画監督）	283
黒島 伝治 （小説家）	284
黒須 紀一郎 （テレビプロデューサー, 小説家）	284
黒住 格 （医師, 小説家）	284
黒田 晶 （文芸賞を受賞）	284
黒田 絵里 （童話作家）	284
黒田 けい （福島正実記念SF童話賞大賞を受賞）	285
黒田 湖山 （小説家）	285
黒田 信一 （フリーライター）	285
くろだ みどり （児童文学作家, 画家）	285
黒武 洋 （シナリオライター, 演出家）	285
黒土 三男 （シナリオライター, 映画監督）	285
黒沼 健 （翻訳家, 小説家）	285
黒羽 英二 （詩人, 劇作家, 小説家）	285
黒部 亨 （小説家）	285
黒柳 啓子 （児童文学作家）	286
黒柳 徹子 （女優）	286
畔柳 二美 （小説家）	286
久和 まり （小説家）	286
久和崎 康 （児童指導員）	286
桑田 健司 （シナリオライター）	286
桑原 一世 （小説家）	287
桑原 恭子 （小説家）	287
桑原 譲太郎 （小説家）	287
桑原 真理子 （シナリオライター）	287
桑原 水菜 （小説家）	287
薫 くみこ （児童文学作家, 広告デザイナー）	287
群司 次郎正 （小説家）	287

【け】

食満 南北 （劇作家）	287
ケラリーノ・サンドロヴィッチ （演出家, 劇作家, ミュージシャン）	287
玄 月 （小説家）	288
謙 東弥 （作家）	288
源氏 鶏太 （小説家）	288
軒上 泊 （小説家）	288
剣持 鷹士 （弁護士, 小説家）	288
玄侑 宗久 （僧侶, 小説家）	288

【こ】

高 史明 （小説家）	289

こ

高 賛侑 （劇作家, 小説家, 詩人） …… 289	河野 貴子 （児童文学作家, フリーライター） ‥ 296
小嵐 九八郎 （小説家, 歌人） …… 289	河野 典生 （小説家） …… 297
小池 勇 （児童文学作家） …… 289	高野 冬子 （小説家） …… 297
小池 修一郎 （演出家, 脚本家） …… 289	河野 桐谷 （劇作家, 美術評論家） …… 297
小池 慎太郎 （劇作家, 演出家） …… 289	高野 麻葱 （小説家） …… 297
小池 タミ子 （児童文学作家, 放送作家） …… 290	河野 光子 （中学校教師） …… 297
小池 豊一 （作家） …… 290	河野 義博 （劇作家） …… 297
小池 博史 （演出家, 劇作家） …… 290	郷原 茂樹 （作家） …… 297
小池 富美子 （小説家） …… 290	郷原 建樹 （文筆家） …… 297
小池 まや （小説家, 詩人） …… 290	弘法 春見 （小説家, 英文学者） …… 297
小池 真理子 （推理作家） …… 290	香山 美子 （児童文学作家, 童謡詩人） …… 297
小池 倫代 （シナリオライター） …… 290	高良 留美子 （詩人, 評論家, 小説家） …… 298
小池 康生 （シナリオライター） …… 291	郡 順史 （小説家） …… 298
後池田 真也 （小説家） …… 291	郡 虎彦 （劇作家, 小説家） …… 298
小石 房子 （作家） …… 291	古賀 悦子 （童話作家） …… 298
小泉 喜美子 （推理作家, 翻訳家） …… 291	古賀 龍視 （小説家） …… 298
小泉 志津男 （作家） …… 291	古賀 珠子 （小説家） …… 298
小泉 堯史 （映画監督, 脚本家） …… 291	小風 さち （翻訳家, 児童文学作家） …… 298
小泉 長三 （小説家） …… 291	小金井 喜美子 （翻訳家, 小説家, 随筆家） …… 298
小泉 鉄 （小説家, 翻訳家） …… 291	古木 鉄太郎 （小説家） …… 299
小泉 八雲 （日本研究家, 小説家, 随筆家） …… 292	小木曽 左今次 （小説家） …… 299
小泉 譲 （小説家） …… 292	国分 一太郎 （教育評論家, 児童文学者） …… 299
小出 正吾 （児童文学作家） …… 292	国分寺 公彦 （小説家） …… 299
小糸 のぶ （小説家） …… 292	小久保 均 （作家） …… 299
高 ⇒高(コ)を見よ	小熊 人志 （劇作家） …… 299
郷 静子 （小説家） …… 292	木暮 正夫 （児童文学作家） …… 299
康 珍化 ⇒康珍化(カン・ジンファ)を見よ	木暮 亮 （小説家, ドイツ文学者） …… 300
耕 治人 （詩人, 小説家） …… 292	小佐井 伸二 （作家, フランス文学者） …… 300
甲賀 三郎 （小説家） …… 292	小堺 昭三 （小説家） …… 300
鴻上 尚史 （劇作家, 演出家, 作家） …… 293	小酒井 不木 （探偵小説家, 医学者） …… 300
高斎 正 （作家） …… 293	小崎 佳奈子 （童話作家） …… 300
神坂 次郎 （小説家） …… 293	古志 太郎 （小説家） …… 300
向坂 唯雄 （作家, 元・機関士） …… 293	越沼 初美 （小説家） …… 300
上崎 美恵子 （児童文学作家） …… 293	小島 曠太郎 （作家） …… 300
香里 了子 （小説家） …… 294	小島 昻 （小説家, 劇作家） …… 300
高城 高 （推理作家） …… 294	小島 貞二 （演芸評論家, 相撲評論家, 放送作家） …… 301
浩祥 まきこ （小説家） …… 294	
神津 カンナ （エッセイスト, 作家） …… 294	小島 直記 （作家） …… 301
神津 友好 （演芸作家, 放送作家） …… 294	小島 信夫 （小説家） …… 301
香月 日輪 （児童文学作家） …… 294	児島 襄 （戦史研究家, 作家） …… 301
高月 理乃 （読売テレビシナリオ大賞を受賞） …… 294	児島 冬樹 （SF作家, 大学助教授） …… 301
幸田 文 （小説家, 随筆家） …… 295	小島 政二郎 （小説家） …… 302
合田 圭希 （作家） …… 295	小嶋 雄二 （児童文学作家, 小学校教師） …… 302
幸田 進 （作家） …… 295	越水 利江子 （児童文学作家, 挿絵画家, イラストレーター） …… 302
郷田 悳 （劇作家, 演出家） …… 295	孤舟 漁隠 …… 302
幸田 真音 （作家） …… 295	五所 平之助 （映画監督, 俳人） …… 302
幸田 露伴 （小説家, 随筆家, 考証家） …… 295	古城 十忍 （劇作家, 演出家） …… 302
合戸 陽 （シナリオライター） …… 296	古城 槇子 （小説家） …… 302
幸堂 得知 （小説家, 劇作家, 劇評家） …… 296	小杉 英了 （著述家, 脚本家） …… 302
光永 鉄夫 （小説家） …… 296	小杉 健治 （小説家） …… 303
金南 一夫 （潮賞を受賞） …… 296	小杉 天外 （小説家） …… 303
神波 史男 （シナリオライター） …… 296	小関 順二 （スポーツライター） …… 303
河野 修一郎 （小説家） …… 296	小関 礼司 （劇作家） …… 303
河野 多恵子 （小説家） …… 296	

(28)

古世古 和子 （児童文学作家） ………… 303	小林 宗吉 （劇作家） ………………… 309
五代 剛 （小説家） ……………………… 303	小林 多喜二 （小説家, 左翼運動家） … 310
五代 夏夫 （作家） ……………………… 303	小林 正 （シナリオライター） ………… 310
小竹 陽一朗 （文芸賞佳作を受賞） …… 303	小林 竜雄 （シナリオライター） ……… 310
木谷 恭介 （小説家, 旅行評論家） …… 303	小林 達夫 （小説家） …………………… 310
小谷 剛 （小説家, 医師） ……………… 304	小林 長太郎 （織田作之助賞を受賞） … 310
彴 健二 （小説家） ……………………… 304	小林 哲夫 （小説家） …………………… 310
児玉 辰春 （児童文学作家） …………… 304	小林 信彦 （作家） ……………………… 310
こだま ともこ （児童文学作家, 翻訳家） … 304	小林 英文 （小説家） …………………… 311
児玉 兵衛 （小説家） …………………… 304	小林 仁美 （オール読物推理小説新人賞を受賞） 311
胡蝶園 若菜 （戯作者） ………………… 304	こばやし ひろし （劇作家, 演出家） … 311
小手鞠 るい （フリーライター, 詩人） …… 304	小林 正樹 （映画監督） ………………… 311
小寺 菊子 （小説家, 児童文学作家） … 304	小林 政治 （実業家, 小説家） ………… 311
後藤 恵理子 （小説家） ………………… 305	小林 政広 （映画監督, 脚本家） ……… 311
後藤 紀一 （日本画家, 詩人, 小説家） … 305	小林 勝 （小説家, 劇作家） …………… 311
後藤 末雄 （小説家, フランス文学者） … 305	小林 勝 （劇作家, シナリオライター） … 312
後藤 崇 （児童文学作家） ……………… 305	小林 光恵 （作家, 元・看護婦） ……… 312
後藤 宙外 （小説家, 評論家） ………… 305	小林 美代子 （小説家） ………………… 312
後藤 伝 （作家） ………………………… 305	小林 泰三 （小説家） …………………… 312
後藤 楢根 （児童文学者） ……………… 305	こばやし ユカ （コピーライター, エッセイスト）
後藤 ひろひと （シナリオライター, 演出家） · 305	……………………………………………… 312
牛島 富美二 （小説家） ………………… 305	小林 悠紀子 （児童文学作家） ………… 312
五島 勉 （小説家） ……………………… 306	小林 よしのり （漫画家, 脚本家） …… 312
後藤 みな子 （小説家） ………………… 306	小林 玲子 （児童文学作家） …………… 313
後藤 みわこ （童話作家） ……………… 306	小林 礼子 （児童文学作家） …………… 313
後藤 明生 （小説家） …………………… 306	小春 久一郎 （詩人, 児童文学作家） … 313
後藤 竜二 （児童文学作家） …………… 306	小檜山 博 （小説家） …………………… 313
後藤 亮 （評論家, 小説家） …………… 306	小堀 杏奴 （随筆家, 小説家） ………… 313
小中 千昭 （脚本家, 映画監督） ……… 307	小堀 甚二 （小説家, 劇作家, 評論家） 313
小中 陽太郎 （作家, 評論家） ………… 307	小堀 文一 （文筆家） …………………… 313
児波 いさき （小説家） ………………… 307	駒 敏郎 （作家, 文芸評論家） ………… 313
小西 健之助 （小説家） ………………… 307	駒井 妙子 （小説家） …………………… 314
小沼 燦 （小説家） ……………………… 307	駒瀬 銑吾 （小説家, 中学校教師） …… 314
小沼 まり子 （小説家） ………………… 307	駒田 信二 （小説家, 中国文学者, 文芸評論家） 314
此君 那由子 （作家） …………………… 307	小松 君郎 （シナリオライター） ……… 314
木庭 久美子 （劇作家） ………………… 307	小松 左京 （SF作家） …………………… 314
小橋 博史 （作家） ……………………… 307	小松 重男 （小説家） …………………… 314
小浜 清志 （小説家） …………………… 308	小松 幹生 （劇作家, 児童文学作家） … 314
小林 勇 （生協連ユーコープ事業連合商品検査センター所長） ……………………………… 308	小松 光宏 （脚本家） …………………… 315
小林 井津志 （さきがけ文学賞を受賞） … 308	小松 由加子 （小説家） ………………… 315
小林 佳詞子 （作家） …………………… 308	小松崎 和男 （映画監督） ……………… 315
小林 和夫 （放送作家） ………………… 308	小見 さゆり （小説家, 税理士） ……… 315
小林 哥津 （随筆家, 小説家） ………… 308	五味 康祐 （小説家） …………………… 315
小林 克己 （経営コンサルタント, 小説家, 翻訳家） ……………………………………… 308	五味川 純平 （小説家） ………………… 315
小林 勝美 （小説家） …………………… 308	小水 一男 （映画監督, カメラマン, シナリオライター） ………………………………… 315
小林 紀美子 （児童文学作家） ………… 308	小南 武朗 （劇作家） …………………… 315
小林 久三 （推理作家） ………………… 308	小峰 隆生 （映画監督, 作家） ………… 315
小林 恭二 （小説家, 俳人） …………… 309	小峰 元 （推理作家） …………………… 316
小林 しげる （児童文学作家） ………… 309	小宮山 佳 （児童文学者） ……………… 316
小林 蹴月 （小説家, 劇作家） ………… 309	小宮山 天香 （新聞記者, 翻訳家, 小説家） 316
小林 純一 （児童文学作家, 童謡詩人） 309	小宮山 量平 （児童文学作家, 評論家, 編集者） 316
小林 清之介 （作家, 俳人） …………… 309	小紫 淘太 （小説家） …………………… 316
	小室 信介 （新聞記者, 政治小説家） … 316

(29)

小室 隆之 (小説家)	316
小室 みつ子 (小説家, 作詞家, 歌手)	316
米谷 ふみ子 (小説家, 洋画家, 翻訳家)	317
小森 香折 (童話作家)	317
小森 健太朗 (小説家)	317
小森 隆司 (小説家)	317
古屋 芳雄 (小説家, 劇作家, 公衆衛生学者)	317
子安 武人 (声優, 作家)	317
小梁川 洋 (小説家)	317
小柳 恵美子 (小説家)	317
小柳 順治 (漫画原作者, 小説家)	318
小柳 由里 (TBS新鋭シナリオ大賞を受賞)	318
小山 勇 (児童文学作家)	318
小山 いと子 (小説家)	318
小山 勝清 (小説家)	318
小山 寛二 (小説家)	318
小山 清 (小説家)	318
小山 真弓 (小説家, シナリオライター)	318
こやま 峰子 (児童文学作家, 詩人)	318
小山 祐士 (劇作家)	319
小山 龍太郎 (作家)	319
是枝 裕和 (映画監督, シナリオライター, ドキュメンタリー作家)	319
是方 那穂子 (小説家)	319
こわせ たまみ (作詞家, 作家)	319
今 官一 (小説家, 詩人)	319
今 東光 (小説家, 僧侶)	320
今 日出海 (小説家, 評論家, 演出家)	320
紺 弓之進 (小説家)	320
渾大防 小平 (詩人)	320
近藤 経一 (劇作家, 小説家, ゴルフ評論家)	320
近藤 啓太郎 (作家, 美術評論家)	321
近藤 健 (児童文学作家)	321
近藤 昭二 (シナリオライター, テレビディレクター)	321
近藤 精一郎 (作家)	321
近藤 節也 (評論家, 小説家, 元・映画監督)	321
権藤 千秋 (児童文学作家)	321
近藤 富枝 (ノンフィクション作家, 小説家)	321
近藤 尚子 (児童文学作家)	321
近藤 弘子 (海燕新人文学賞を受賞)	322
近藤 史恵 (小説家)	322
近藤 文夫 (文筆家, 元・中学校校長)	322
近藤 三知子 (高校教師)	322
権道 実 (推理作家)	322
近藤 陽次 (小説家)	322
近藤 若菜 (劇作家, シナリオライター)	322
今野 東 (アナウンサー)	322
今野 いず美 (脚本家, コピーライター, 小説家)	322
近野 一余 (児童文学作家)	323
今野 緒雪 (小説家)	323
今野 和子 (児童文学作家)	323
今野 勉 (テレビディレクター, 演出家, 脚本家)	323
こんの とよこ (児童文学作家)	323
今野 敏 (小説家)	323
金野 むつ江 (女優, 演出家, 脚本家)	323
今野 雄二 (映画評論家)	323

【さ】

崔 洋一 ⇒崔洋一(チェ・ヤンイル)を見よ	
斎賀 琴子 (歌人, 小説家)	324
彩霞園 柳香 (戯作者)	324
斉木 晴子 (小説家)	324
斎木 寿夫 (作家)	324
斉城 昌美 (小説家)	324
三枝 礼三 (作家, 牧師)	324
西光 万吉 (社会運動家, 部落解放運動家, 農民運動家)	324
税所 隆介 (オール読物推理小説新人賞を受賞)	324
西条 照太郎 (シナリオライター)	324
西条 嫩子 (詩人, 童謡作家)	324
西条 益美 (児童文学作家)	325
西条 道彦 (放送作家, 小説家)	325
斎田 喬 (児童劇作家, 画家)	325
斎藤 明 (シナリオライター, 芸能評論家)	325
斎藤 明美 (ノンフィクション作家, 小説家)	325
斉藤 朱実 (小説家)	325
斎藤 惇夫 (児童文学作家)	325
斉藤 栄美 (児童文学作家)	325
斎藤 葵和子 (歌人, 童話作家)	326
斎藤 恵子 (小説家, 高校教師)	326
斎藤 栄 (推理作家)	326
斎藤 貞郎 (映画監督)	326
斉藤 静子 (児童文学作家, エッセイスト, 詩人)	326
斎藤 純 (小説家)	326
斎藤 昌三 (小説家, 翻訳家)	326
斎藤 せつ子 (小説家)	327
斎藤 田鶴子 (児童文学作家)	327
斎藤 忠 (著述家)	327
斉藤 珠緒 (シナリオライター)	327
斎藤 弔花 (新聞記者, 小説家, 随筆家)	327
斎藤 利雄 (小説家)	327
斎藤 豊吉 (劇作家)	327
斉藤 直子 (小説家)	327
西東 登 (推理作家)	327
斎藤 肇 (作家)	327
斎藤 晴輝 (児童文学作家)	328
斎藤 久志 (映画監督, 脚本家)	328
斎藤 博 (シナリオライター)	328
斉藤 洋 (児童文学作家)	328
斉藤 ひろし (シナリオライター, 小説家)	328
斎藤 史 (歌人)	328

斎藤 史子 （大阪女性文芸賞を受賞） ………	329
斎藤 冬海 （小説家） ………………………	329
斎藤 澪 （推理作家） ………………………	329
斎藤 洋大 （「亜州新報」編集長） …………	329
斎藤 尚子 （児童文学作家） ………………	329
斎藤 吉見 （小説家） ………………………	329
斎藤 隆介 （児童文学作家） ………………	329
斎藤 龍太郎 （編集者, 小説家, 評論家） ……	330
斎藤 了一 （児童文学作家） ………………	330
斎藤 良輔 （シナリオライター） …………	330
斎藤 緑雨 （小説家, 評論家, 随筆家） ……	330
斎藤 憐 （劇作家, 演出家, ノンフィクション作家）	
………………………………………………	330
佐浦 文香 （小説新潮長篇新人賞を受賞） ……	330
佐江 衆一 （小説家） ………………………	330
佐伯 一麦 （作家） …………………………	331
佐伯 けい （シナリオライター） …………	331
佐伯 スミエ （作家） ………………………	331
佐伯 千秋 （児童文学者） …………………	331
佐伯 俊道 （シナリオライター） …………	331
佐伯 洋 （高校教師, 作詞家, 詩人） ………	331
佐伯 泰英 （小説家, 写真家） ……………	331
冴桐 由 （小説家） …………………………	332
三枝 和子 （小説家） ………………………	332
さえぐさ ひろこ （童話作家） ……………	332
三枝 零一 （小説家） ………………………	332
早乙女 勝元 （作家） ………………………	332
早乙女 朋子 （小説家） ……………………	332
早乙女 貢 （作家） …………………………	333
佐賀 潜 （小説家, 弁護士） ………………	333
酒井 明 （文筆家） …………………………	333
酒井 朝彦 （児童文学者） …………………	333
酒井 嘉七 （推理作家） ……………………	333
酒井 一至 （劇作家, 演出家） ……………	333
酒井 俊 （劇作家, 演出家） ………………	333
坂井 真弥 （東京大学出版会編集総務部長） …	333
堺 誠一郎 （小説家, 編集者） ……………	334
酒井 忠博 （文筆家） ………………………	334
堺 利彦 （社会主義者, ジャーナリスト, 評論家）	334
酒井 伸子 （児童文学作家） ………………	334
坂井 ひろ子 （児童文学作家） ……………	334
酒井 牧子 （女流新人賞を受賞） …………	334
酒井 真右 （詩人, 小説家） ………………	334
酒井 松男 （小説家） ………………………	334
酒井 真人 （小説家, 映画評論家） ………	335
酒井 龍輔 ……………………………………	335
堺屋 太一 （作家, 経済評論家） …………	335
坂上 天陽 …………………………………	335
栄枝 郁郎 …………………………………	335
坂上 かつえ （シナリオライター） ………	335
坂上 弘 （小説家） …………………………	335
坂上 万里子 （毎日児童小説最優秀賞を受賞） …	335
榊 一郎 （小説家） …………………………	335
榊原 和希 （小説家） ………………………	336

榊原 政常 （劇作家） ………………………	336
榊山 潤 （小説家） …………………………	336
坂口 安吾 （小説家） ………………………	336
坂口 褝子 （小説家） ………………………	336
坂崎 斌 （新聞記者, 小説家, 政治家） ……	336
坂崎 美代子 （小説家） ……………………	336
嵯峨島 昭　⇒宇能鴻一郎 を見よ	
逆瀬川 樹生 （潮賞を受賞） ………………	337
阪田 寛夫 （小説家, 詩人） ………………	337
坂田 義和 （シナリオライター） …………	337
坂谷 照美 （作家） …………………………	337
坂手 洋二 （劇作家, 演出家） ……………	337
阪中 正夫 （劇作家） ………………………	337
坂根 美佳 （小説家） ………………………	337
嵯峨の屋 おむろ （小説家, 詩人） ………	338
坂本 昭和 （小説家） ………………………	338
坂本 慶子 （児童文学作家） ………………	338
坂本 光一 （小説家） ………………………	338
坂本 四方太 （俳人, 写生文作家） ………	338
坂元 純 （児童文学作家, 医師） …………	338
阪本 順治 （映画監督） ……………………	338
坂本 石創 （小説家） ………………………	339
坂本 忠士 （シナリオライター） …………	339
坂本 公延 （広島女学院大学文学部教授） …	339
坂本 のこ （童話作家） ……………………	339
阪本 勝 （政治家, 評論家） ………………	339
坂元 裕二 （脚本家） ………………………	339
坂本 遼 （詩人, 児童文学者） ……………	339
逆山 洋 （ミステリー作家） ………………	339
相良 俊輔 （小説家） ………………………	340
佐川 一政 （作家） …………………………	340
佐川 桓彦 （推理作家） ……………………	340
佐川 不二男 （フリーライター） …………	340
寒川 道夫 （綴方教育研究家, 国語教育学者） ……	340
佐川 光晴 （小説家） ………………………	340
佐木 隆三 （小説家） ………………………	340
鷲沢 萠 （小説家） …………………………	341
咲田 哲宏 （小説家） ………………………	341
咲村 観 （小説家） …………………………	341
崎村 裕 （小説家） …………………………	341
崎村 亮介 （小説家） ………………………	341
崎山 麻夫 （九州芸術祭文学賞最優秀作を受賞）	341
崎山 正毅 （評論家, 翻訳家） ……………	341
崎山 多美 （小説家） ………………………	341
崎山 猷逸 （小説家） ………………………	341
作間 謙二郎 （劇作家） ……………………	341
さくま ゆうこ （作家） ……………………	342
桜井 亜美 （小説家） ………………………	342
桜井 滋人 （詩人, 評論家, 翻訳家） ……	342
桜井 武晴 （シナリオライター, 小説家） …	342
桜井 剛 （シナリオライター） ……………	342
桜井 輝昭 （作曲家, 作家） ………………	342
桜井 信夫 （児童文学作家） ………………	342
桜井 牧 （小説家） …………………………	342

(31)

桜井 増雄	（小説家, 評論家, 詩人）	342
桜木 紫乃	（小説家）	343
桜沢 順	（小説家）	343
桜田 晋也	（作家）	343
桜田 佐	（フランス文学者, 児童文学者）	343
桜田 常久	（作家, 歴史家）	343
桜田 十九郎	（冒険小説家）	343
桜田 百衛	（小説家）	343
酒見 賢一	（小説家）	343
左近 隆	（小説家）	343
左近 蘭子	（童話作家, 翻訳家）	344
紗々 亜璃須	（小説家）	344
笹川 奎治	（児童文学作家）	344
佐々木 逸郎	（詩人, 放送作家）	344
佐々木 悦子	（童話作家）	344
佐々木 赫子	（児童文学作家）	344
佐々木 一夫	（作家）	344
佐々木 基一	（文芸評論家, 作家）	344
佐々木 邦	（小説家, 英文学者）	344
佐佐木 邦子	（小説家）	345
佐々木 国広	（小説家, 俳人）	345
佐々木 淳	（推理作家）	345
佐々木 俊介	（小説家）	345
佐々木 湘	（小説家）	345
佐々木 セツ	（作家）	345
佐々木 孝丸	（翻訳家, 演出家, 俳優）	345
佐々木 たづ	（児童文学者）	345
佐々木 千之	（小説家）	345
佐左木 俊郎	（小説家）	346
佐々木 知子	（脚本家）	346
佐々木 初子	（小説家）	346
佐々木 博子	（ノンフィクション作家, 劇作家）	346
佐々木 浩久	（映画監督, 脚本家）	346
佐佐木 武観	（シナリオライター, 演出家）	346
ささき ふさ	（小説家）	346
佐々木 正夫	（作家, 随筆家）	346
佐々木 丸美	（小説家）	347
佐々木 味津三	（小説家）	347
佐佐木 茂索	（小説家, 編集者）	347
佐々木 譲	（作家）	347
笹倉 明	（作家）	347
笹子 勝哉	（評論家, ノンフィクション作家）	347
笹沢 左保	（小説家）	347
笹本 寅	（小説家, ジャーナリスト）	348
笹山 久三	（作家）	348
佐治 乾	（脚本家）	348
佐治 祐吉	（小説家）	348
笹生 陽子	（児童文学作家）	348
佐多 稲子	（作家）	348
定金 伸治	（小説家）	349
佐竹 一彦	（小説家, 元・警察官）	349
佐竹 申伍	（小説家）	349
佐竹 龍夫	（小説家）	349
佐竹 守一郎	（劇作家, 新舞踊作家）	349
貞永 方久	（映画監督, 脚本家）	349
定村 忠士	（劇作家, 編集者）	349
薩川 昭夫	（シナリオライター）	349
五月 祥子	（フリーライター）	349
佐々 克明	（作家）	350
佐々 三雄	（小説家）	350
颯手 達治	（作家）	350
佐藤 愛子	（小説家）	350
佐藤 饗子	（劇作家）	350
佐藤 亜紀	（小説家）	350
佐藤 亜有子	（小説家）	350
沙藤 一樹	（日本ホラー小説大賞短編賞を受賞）	350
佐藤 和正	（作家）	351
佐藤 貴美子	（作家）	351
佐藤 州男	（児童文学作家）	351
佐藤 ケイ	（小説家）	351
佐藤 賢一	（小説家）	351
佐藤 健志	（作家, 評論家）	351
佐藤 紅緑	（小説家, 劇作家, 俳人）	351
佐藤 さち子	（詩人, 児童文学者）	351
佐藤 さとる	（児童文学作家）	352
佐藤 三治郎	（建築士）	352
佐藤 茂	（日本ファンタジーノベル大賞優秀賞を受賞）	352
佐藤 秀逸	（小説家）	352
佐藤 純弥	（映画監督）	352
佐藤 尚	（演出家, 女優, 劇作家）	352
佐藤 正午	（小説家）	352
佐藤 信介	（映画監督, 脚本家）	353
佐藤 善一	（小説家, 随筆家）	353
佐藤 大	（デジタル文化活動家, 小説家）	353
佐藤 大輔	（軍事シミュレーション作家）	353
佐藤 多佳子	（児童文学作家）	353
佐藤 ちあき	（「花雪小雪」の著者）	353
佐藤 鉄章	（小説家, 古代史家）	353
佐藤 哲也	（小説家）	353
佐藤 得二	（哲学者, 小説家）	354
佐藤 智加	（河出文芸賞優秀作を受賞）	354
サトウ ハチロー	（詩人, 作詞家, 児童文学家）	354
佐藤 春夫	（詩人, 小説家, 評論家）	354
佐藤 晴樹	（劇作家）	354
佐藤 風人	（作家, 俳人）	354
さとう まきこ	（児童文学作家）	355
佐藤 信	（劇作家, 演出家）	355
佐藤 真佐美	（児童文学作家）	355
佐藤 雅通	（高校教師）	355
佐藤 雅美	（作家）	355
佐藤 碧子	（作家）	355
佐藤 民宝	（小説家, 評論家）	355
佐藤 睦子	（小説家）	355
佐藤 宗信	（小説家）	356
佐藤 迷羊	（小説家）	356
さとう もとかつ	（児童文学作家）	356

佐藤 泰志 （小説家） …………… 356
佐藤 ユミ子 （小学校教師） ………… 356
佐藤 洋二郎 （小説家） …………… 356
佐藤 義美 （童謡詩人, 童話作家） ………… 356
佐藤 流葉 （小説家） …………… 356
佐藤 緑葉 （小説家, 詩人, 翻訳家） ………… 356
佐藤 玲子 （小説家） …………… 357
さとう わきこ （絵本作家, 児童文学作家） … 357
里見 敦子 （小説家） …………… 357
里見 弴 （小説家） …………… 357
里村 欣三 （小説家） …………… 357
里吉 しげみ （劇作家, 演出家） ………… 357
真田 和 （小説現代推理新人賞を受賞） ………… 357
さねとう あきら （児童文学作家, 劇作家） ‥ 357
佐野 浅夫 （俳優, 童話作家） ………… 358
佐野 袈裟美 （劇作家, 評論家, 社会運動家） ‥ 358
佐野 天声 （劇作家, 小説家） ………… 358
佐野 寿人 （小説家） …………… 358
左能 典代 （作家） …………… 358
佐野 文哉 （小説家, 国文学研究家） ………… 358
佐野 洋 （推理作家） …………… 359
佐橘 富三郎 （歌舞伎狂言作者, 劇作家） ………… 359
佐原 晃 （小説家） …………… 359
寒川 光太郎 （小説家） …………… 359
寒川 鼠骨 （俳人, 写生文作家） ………… 359
佐文字 雄策 （小説家） …………… 359
佐山 泰三 （タイゾー倶楽部長） ………… 359
沙羅 双樹 （小説家） …………… 359
皿海 達哉 （児童文学作家, 高校教師） ………… 360
さらだ たまこ （放送作家, エッセイスト, フードコーディネーター） …………… 360
沙和 宋一 （児童文学者, 小説家） ………… 360
沢 ちひろ （作詞家, 小説家） ………… 360
沢井 信一郎 （映画監督） …………… 360
沢木 耕太郎 （ノンフィクション作家） ………… 360
沢島 忠 （映画監督, 演出家, 劇作家） ………… 361
沢田 一樹 （編集者） …………… 361
沢田 黒蔵 （小説家） …………… 361
沢田 誠一 （小説家） …………… 361
沢田 俊子 （童話作家） …………… 361
沢田 徳子 （児童文学作家） ………… 361
沢田 ふじ子 （小説家） …………… 361
沢田 撫松 （小説家, 新聞記者） ………… 361
沢田 美喜男 （脚本家） …………… 362
沢地 久枝 （ノンフィクション作家, 評論家） ‥ 362
沢野 久雄 （作家） …………… 362
沢野 ひとし （イラストレーター, 作家） ………… 362
沢村 凜 （小説家） …………… 362
沢良木 和生 （小説家） …………… 362
三条 三輪 （劇作家, 演出家, 医師） ………… 362

【し】

椎名 桜子 （作家） …………… 363
椎名 誠 （作家, 映画監督, 雑誌編集者） ………… 363
椎名 龍治 （放送作家, 劇作家, 脚本家） ………… 363
椎名 麟三 （小説家, 劇作家） ………… 363
椎葉 周 （小説家） …………… 363
ジェームス三木 （脚本家, 作家） ………… 363
塩崎 豪士 （文学界新人賞を受賞） ………… 364
塩沢 清 （児童文学作家） ………… 364
塩田 明彦 （映画監督） …………… 364
塩田 剛 （作家） …………… 364
塩田 千種 （シナリオライター） ………… 364
塩田 道夫 （小説家） …………… 364
塩谷 賛 （作家, 露伴研究者） ………… 364
塩月 赳 （小説家, 評論家） ………… 365
塩野 七生 （作家） …………… 365
塩野 米松 （小説家） …………… 365
塩見 鮮一郎 （作家） …………… 365
潮山 長三 （小説家） …………… 365
志賀 直哉 （小説家） …………… 365
志賀 葉子 （文筆家, 歌人） ………… 365
しかた しん （劇作家, 児童文学者） ………… 366
式 貴士 （SF作家, 占星術者） ………… 366
敷村 良子 （文筆業） …………… 366
重兼 芳子 （小説家） …………… 366
重松 清 （作家, フリーライター） ………… 366
獅子 文六 （小説家, 劇作家, 演出家） ………… 366
雫井 脩介 （ミステリー作家） ………… 367
雫石 とみ （小説家） …………… 367
信田 秀一 （童話作家, 児童誌編集者） ………… 367
四大 海 （俳優, 脚本家, 演出家） ………… 367
司代 隆三 （歌人, 小説家, 評論家） ………… 367
四反田 五郎 （小説家, 文芸評論家） ………… 367
志智 双六 （小説家） …………… 367
品川 能正 （劇作家, 演出家） ………… 367
篠 綾子 （著述家, 高校教師） ………… 368
篠 貴一郎 （小説家） …………… 368
司野 道輔 （作家） …………… 368
志野 亮一郎 （小説家） …………… 368
篠崎 淳之介 （劇作家, 演出家） ………… 368
篠崎 徳太郎 （児童劇作家, 詩人, 教育者） ………… 368
篠田 節子 （小説家） …………… 368
篠田 仙果　　⇒笠亭仙果 を見よ
篠田 達明 （医師, 小説家） ………… 368
篠田 真由美 （作家） …………… 369
篠藤 由里 （作家） …………… 369
篠原 久美子 （劇作家） …………… 369
篠原 一 （作家） …………… 369
篠原 美季 （小説家） …………… 369
篠原 嶺葉 （小説家） …………… 369

(33)

紫宮 葵	（小説家）	369	島田 裕巳 （文筆業, 劇作家）	377
柴 英三郎	（シナリオライター）	369	島田 文彦 （小説家）	377
斯波 四郎	（小説家）	369	島田 雅彦 （小説家）	377
芝 颱吉	（小説家）	369	島田 三樹彦 （脚本家）	377
司馬 遼太郎	（小説家）	369	島田 理聡 （小説家）	377
柴木 よしき	（横溝正史賞を受賞）	370	島田 柳川 （小説家）	378
芝木 好子	（小説家）	370	島原 健三 （作家, 詩人, 翻訳家）	378
芝田 勝茂	（児童文学作家）	370	島村 敬一 （小説家）	378
柴田 翔	（小説家）	370	島村 匠 （小説家）	378
柴田 宗徳	（文筆家）	371	島村 進 （小説家）	378
柴田 侑宏	（ミュージカル作家・演出家）	371	島村 民蔵 （劇作家, 演劇研究家）	378
柴田 よしき	（小説家）	371	島村 利正 （小説家）	378
柴田 流星	（小説家, 翻訳家, 編集者）	371	島村 抱月 （評論家, 美学者, 新劇運動家）	378
柴田 錬三郎	（小説家）	371	島村 木綿子 （毎日新聞社小さな童話大賞を受賞）	
柴野 民三	（児童文学作家, 童謡詩人）	371		379
柴村 紀代	（児童文学作家）	372	島村 洋子 （小説家）	379
柴山 芳隆	（高校教師, 作家）	372	嶋本 達嗣 （博報堂生活総合研究所主任研究員）	379
渋江 保	（作家）	372	島本 久恵 （小説家, 歌人）	379
渋川 驍	（小説家, 文芸評論家）	372	島本 征彦 （作家）	379
渋沢 青花	（編集者, 児童文学作家）	372	島本 理生 （群像新人文学賞優秀作を受賞）	379
渋沢 龍彦	（文芸評論家, フランス文学者, 作家）		地味井 平造 （画家, 推理作家）	379
		372	清水 曙美 （放送作家）	379
渋谷 愛子	（児童文学者）	372	清水 アリカ （小説家）	379
渋谷 勲	（児童文学作家）	373	清水 一行 （小説家）	379
渋谷 天外(2代目)	（俳優, 劇作家, 演出家）	373	清水 邦夫 （劇作家, 演出家, 小説家）	380
渋谷 英樹	（小説家）	373	清水 健太郎 （小説家）	380
渋谷 美枝子	（著述家）	373	清水 三朗 （小説家, 童話作家, 画家）	380
渋谷 実	（映画監督）	373	清水 紫琴 （小説家）	380
紫芳 山人	（小説家）	373	清水 信 （文芸評論家）	380
島 一春	（作家）	373	志水 辰夫 （小説家）	380
島 公靖	（舞台・テレビ美術家, 劇作家, 俳人）	374	清水 達也 （児童文学作家）	381
島 京子	（小説家, エッセイスト）	374	清水 たみ子 （童謡詩人, 児童文学作家）	381
島 耕二	（映画監督, 俳優）	374	清水 津十無 （脚本家）	381
島 さち子	（小説家）	374	清水 昇 （小説家）	381
島 東吉	（俳人, 小説家）	374	清水 朔 （小説家）	381
志摩 のぶこ	（児童文学作家, 元・タレント）	374	清水 治一 （著述家, 教育評論家, 元・高校野球監督）	381
島 比呂志	（作家）	374	清水 博子 （小説家）	381
島 宏	（映画監督）	374	清水 美季 （小説家）	381
志麻 友紀		375	しみず みちを （児童文学作家, 絵本作家）	381
島 遼伍	（小説家）	375	清水 芽美子 （推理作家）	382
島内 透	（推理作家）	375	清水 基吉 （小説家, 俳人）	382
島尾 敏雄	（小説家）	375	清水 有生 （脚本家）	382
島尾 ミホ	（小説家）	375	清水 義範 （小説家）	382
嶋岡 晨	（詩人, 評論家, 小説家）	375	清水 柳一 （演出家, 劇作家）	382
島木 健作	（小説家, 農民運動家）	376	清水 寥人 （小説家, 俳人）	382
島崎 藤村	（小説家, 詩人）	376	志村 一矢 （小説家）	382
島田 一男	（小説家）	376	志村 正浩 （映画監督）	383
島田 和夫	（小説家）	376	志村 敏夫 （映画監督, シナリオライター）	383
島田 和世	（小説家, 俳人）	376	下井 葉子 （小説家）	383
島田 清次郎	（小説家）	376	下飯坂 菊馬 （シナリオライター）	383
島田 荘司	（推理作家, 占星術師, イラストレーター）	376	霜川 遠志 （劇作家）	383
島田 ばく	（児童文学作家, 詩人）	377	下川 香苗 （小説家）	383
島田 元	（映画監督, 脚本家, 作曲家）	377	下川 博 （シナリオライター）	383

霜越 かほる （小説家） ……………… 383
下沢 勝井 （小説家） ……………… 383
子母沢 寛 （小説家） ……………… 384
志茂田 景樹 （小説家） ……………… 384
霜多 正次 （小説家, 評論家） ……………… 384
霜田 史光 （詩人, 小説家） ……………… 384
霜月 一生 （作家） ……………… 384
下畑 卓 （児童文学者） ……………… 384
下村 悦夫 （小説家, 歌人） ……………… 384
下村 湖人 （小説家, 教育者） ……………… 385
下村 千秋 （小説家） ……………… 385
ジャガー柿沢 （元・プロボクサー） ……………… 385
謝名元 慶福 （劇作家） ……………… 385
張 赫宙 （作家） ……………… 385
上海 太郎 （俳優, 劇作家） ……………… 385
十一谷 義三郎 （小説家） ……………… 385
十菱 愛彦 （劇作家, 小説家） ……………… 386
首藤 瓜於 （フリーライター） ……………… 386
首藤 剛志 （シナリオライター, 小説家） ……………… 386
城 左門 （詩人, 小説家） ……………… 386
城 夏子 （小説家） ……………… 386
城 悠輔 （放送作家） ……………… 386
城 雪穂 （作家） ……………… 386
勝賀瀬 季彦 （小説家） ……………… 386
将基 美佐 （シナリオライター） ……………… 386
生源寺 美子 （児童文学作家） ……………… 387
庄司 薫 （小説家） ……………… 387
庄司 総一 （小説家） ……………… 387
庄司 肇 （小説家, 評論家, 医師） ……………… 387
城島 明彦 （作家） ……………… 387
翔田 寛 （小説家） ……………… 387
勝田 紫津子 （英語インストラクター, 児童文学作家） ……………… 387
正道 かほる （童話作家） ……………… 387
庄野 英二 （児童文学作家, 小説家） ……………… 387
生野 幸吉 （詩人, 小説家, ドイツ文学者） ……………… 388
条野 採菊 （戯作者, 新聞記者） ……………… 388
庄野 潤三 （小説家） ……………… 388
庄野 誠一 （小説家） ……………… 388
城野 隆 （小説家） ……………… 389
笙 頼子 （小説家） ……………… 389
鄭 義信 （劇作家, 俳優） ……………… 389
鄭 承博 （小説家） ……………… 389
白井 喬二 （小説家） ……………… 389
白井 信隆 （小説家） ……………… 389
白石 一郎 （小説家） ……………… 389
白石 かおる （小説家） ……………… 390
白石 潔 （評論家, 推理作家） ……………… 390
白石 実三 （小説家, 随筆家） ……………… 390
白石 征 （劇作家, 演出家） ……………… 390
白石 フミヨ （小説家） ……………… 390
白石 弥生 （作家, 印刷会社勤務） ……………… 390
白川 渥 （小説家） ……………… 390
白川 慧 （小説家） ……………… 390

白川 冴 （映像ディレクター, シナリオライター, 劇画原作者） ……………… 390
白川 道 （小説家） ……………… 391
白川 正芳 （文芸評論家, 作家） ……………… 391
白川 ゆうき （文学界新人賞佳作入選） ……………… 391
白木 茂 （児童文学翻訳家, 児童文学作家） ……………… 391
素木 しづ （小説家） ……………… 391
白坂 依志夫 （シナリオライター） ……………… 391
白崎 昭一郎 （医師, 作家） ……………… 392
白崎 秀雄 （小説家, 美術評論家） ……………… 392
白鳥 あかね （シナリオライター, スクリプター） ……………… 392
白根 孝美 （作家） ……………… 392
白柳 秀湖 （小説家, 評論家, 史論家） ……………… 392
白柳 美彦 （小説家, 評論家, 翻訳家） ……………… 392
子竜 蛍 （小説家） ……………… 392
代田 昇 （評論家, 作家） ……………… 392
シロツグ トヨシ （海燕新人文学賞を受賞） ……………… 393
城原 真理 （作家） ……………… 393
次良丸 忍 （児童文学作家） ……………… 393
城山 三郎 （小説家） ……………… 393
神 一行 （ジャーナリスト, ノンフィクション作家） ……………… 393
新 和男 （シナリオライター, 構成作家） ……………… 393
仁賀 克雄 （小説家, 翻訳家, 評論家） ……………… 393
新開 ゆり子 （児童文学作家, 詩人） ……………… 394
新川 和江 （詩人, 児童文学作家） ……………… 394
新宮 正春 （作家） ……………… 394
神西 清 （小説家, 評論家, 翻訳家） ……………… 394
新庄 節美 （グラフィックデザイナー, 児童文学作家） ……………… 394
新城 卓 （映画監督） ……………… 394
新章 文子 （小説家） ……………… 395
新谷 佳彦 （小説家, 詩人） ……………… 395
陣出 達朗 （小説家） ……………… 395
新戸 雅章 （SF評論家, 作家） ……………… 395
新藤 兼人 （映画監督, 脚本家） ……………… 395
しんどう ぎんこ （児童文学作家） ……………… 396
真堂 樹 （小説家） ……………… 396
新野 剛志 （小説家） ……………… 396
神野 洋三 （小説家） ……………… 396
榛葉 英治 （作家） ……………… 396
新橋 遊吉 （小説家） ……………… 396
神保 史郎 （漫画原作者, 小説家） ……………… 396
真保 裕一 （推理作家, アニメーション作家） ……………… 396

【 す 】

翠 羅臼 （劇作家） ……………… 397
末永 いつ （小説家） ……………… 397
末永 直海 （作家） ……………… 397
末広 鉄腸 （政治家, 小説家） ……………… 397

末弘 喜久 (小説家) ……………… 397	鈴木 悦夫 (児童文学作家, 放送作家, 作詞家) … 404
末吉 暁子 (児童文学作家) ……… 397	鈴木 輝一郎 (小説家) ……………… 404
須賀 しのぶ (小説家) …………… 397	鈴木 京子 (童話作家) ……………… 404
菅 忠雄 (小説家, 編集者) ……… 397	鈴木 清 (作家, 評論家) …………… 404
菅 浩江 (小説家) ………………… 398	鈴木 清 (小説家) …………………… 405
菅 龍一 (劇作家) ………………… 398	鈴木 喜代春 (教育評論家, 児童文学作家) … 405
菅井 建 (児童劇作家) …………… 398	鈴木 敬子 (アンデルセン親子童話大賞優秀賞を受賞) …………………………………… 405
菅村 敬次郎 (札幌開成高校校長) 398	
すがやみつる (漫画家, 作家) …… 398	鈴木 桂子 (川崎市総合教育センター研修指導主事) ……………………………………… 405
須川 栄三 (映画監督) …………… 398	
菅原 寛 (劇作家) ………………… 398	鈴木 光司 (小説家) ………………… 405
菅原 光二 (写真家, 童話作家) … 399	鈴木 貞美 (小説家, 文芸評論家) … 405
菅原 政雄 (小説家, 元・中学校教師) 399	鈴木 聡 (劇作家, コピーライター, 演出家) … 406
菅原 正志 (俳優, 演出家, 劇作家) 399	鈴木 佐代子 (作家) ………………… 406
菅原 康 (編集者, 小説家, 住宅評論家) 399	鈴木 重雄 (けいせい出版社長) …… 406
杉 贋阿弥 (歌舞伎劇評家, 脚本家) 399	鈴木 氏亨 …………………………… 406
杉 みき子 (児童文学作家) ……… 399	すずき じゅんいち (映画監督) …… 406
杉 洋子 (小説家) ………………… 399	鈴木 俊平 (小説家) ………………… 406
杉浦 久幸 (劇作家) ……………… 400	鈴木 助次郎 (小説家, 歌人) ……… 406
杉浦 明平 (小説家, 評論家) …… 400	鈴木 清剛 (小説家) ………………… 406
杉坂 幸月 (小説家) ……………… 400	鈴木 誠司 (小説家) ………………… 407
杉田 幸三 (小説家) ……………… 400	鈴木 清順 (映画監督, 脚本家, 俳優) … 407
杉田 博明 (小説家) ……………… 400	鈴木 清次郎 (小説家) ……………… 407
杉谷 代水 (詩人, 劇作家) ……… 400	鈴木 泉三郎 (劇作家) ……………… 407
杉原 善之介 (小説家) …………… 400	鈴木 善太郎 (小説家, 劇作家) …… 407
杉村 暎一 (小説家) ……………… 400	鈴木 隆 (児童文学作家) …………… 407
杉村 楚人冠 (新聞記者, 随筆家, 俳人) 401	鈴木 隆之 (建築家, 小説家) ……… 407
杉村 正彦 (「ちゃんちいの青春夢模様」の著者) …………………………………… 401	鈴木 トミエ (童話・絵本作家) …… 408
	鈴木 尚之 (シナリオライター) …… 408
杉本 章子 (小説家) ……………… 401	鈴木 則文 (映画監督) ……………… 408
杉本 鉞子 (小説家) ……………… 401	鈴木 彦次郎 (小説家) ……………… 408
杉本 苑子 (小説家) ……………… 401	鈴木 浩彦 (俳人, 児童文学作家) … 408
杉本 利男 (小説家) ……………… 401	鈴木 まさあき (文筆家) …………… 408
杉本 捷雄 (小説家) ……………… 401	鈴木 政男 (劇作家) ………………… 409
杉本 晴子 (小説家) ……………… 402	鈴木 三重吉 (児童文学者, 小説家) 409
椙本 まさを (小説家) …………… 402	鈴木 美智子 (毎日児童小説最優秀を受賞) … 409
杉本 守 (放送作家) ……………… 402	鈴木 みち子 (児童文学作家) ……… 409
杉本 りえ (小説家) ……………… 402	鈴木 実 (児童文学作家) …………… 409
杉本 蓮 (小説家) ………………… 402	鈴木 ムク (ライター, 作家) ……… 409
杉森 久英 (小説家, 評論家) …… 402	鈴木 元一 (劇作家) ………………… 409
杉屋 薫 (シナリオライター) …… 402	鈴木 ゆき江 (童話作家) …………… 409
杉山 亮 (おもちゃ作家, 児童文学作家) 402	鈴木 幸夫 (俳人, 推理作家) ……… 409
杉山 義法 (シナリオライター) … 403	寿々喜多 呂九平 (シナリオライター) … 410
杉山 恵治 (新潮新人賞を受賞) … 403	鈴田 孝 (経済ジャーナリスト, 株式評論家, 小説家) ……………………………… 410
杉山 正樹 (文芸評論家, 小説家, 劇作家) 403	
菅生 浩 (児童文学作家) ………… 403	涼元 悠一 (小説家) ………………… 410
須崎 勝弥 (シナリオライター) … 403	須田 作次 (小説家) ………………… 410
図子 慧 (作家) …………………… 403	須田 三郎 (児童文学作家) ………… 410
図子 英雄 (小説家, 詩人) ……… 403	須田 輪太郎 (児童劇作家) ………… 410
鈴江 俊郎 (演出家, 劇作家) …… 403	須知 徳平 (作家, 児童文学作家) … 410
鈴木 いづみ (小説家, 元・女優) 404	須藤 明生 (小説家) ………………… 410
鈴木 鎮一 (小説家) ……………… 404	須藤 晃 (小説家, 音楽プロデューサー) … 410
鈴木 英治 (小説家) ……………… 404	須藤 克三 (児童文学者, 教育者, 農村文化運動指導者) ………………………………… 411
鈴木 悦 (小説家, 労働運動家) … 404	

須藤 鐘一（小説家）………… 411
須藤 南翠（小説家,新聞記者）………… 411
須藤 靖貴（小説家）………… 411
砂田 明（劇作家,演出家,俳優）………… 411
砂田 弘（児童文学者）………… 411
砂本 量（テレビプロデューサー,脚本家）…… 412
洲之内 徹（美術評論家,小説家,画商）……… 412
角 ひろみ（芝居坂道ストア座長）………… 412
鷲見 房子（浄瑠璃作家）………… 412
住井 すゑ（小説家,児童文学作家）………… 412
炭釜 宗充（小説家,詩人）………… 412
隅田 国治（シナリオライター）………… 412
角田 嘉久（小説家）………… 413
すやま たけし（童話作家）………… 413
須山 ユキヱ（小説家）………… 413
諏訪 三郎（小説家,編集者）………… 413

【せ】

清野 栄一（作家,DJ）………… 413
青来 有一（小説家）………… 413
清涼院 流水（推理作家）………… 413
瀬尾 七重（児童文学作家）………… 413
瀬川 如皐(3代目)（歌舞伎作家）………… 414
瀬川 如皐(5代目)（劇作家）………… 414
瀬川 昌男（小説家,科学解説ライター）…… 414
瀬川 由利（歴史群像大賞を受賞）………… 414
関 俊介（小説家）………… 414
関 英雄（児童文学作家,批評家）………… 414
関 みな子（文筆家）………… 414
関川 周（小説家）………… 414
関川 夏央（ノンフィクション作家）………… 414
関口 次郎（劇作家,演出家）………… 415
関口 多景士（シナリオライター,小説家）… 415
関口 芙沙恵（小説家）………… 415
関口 甫四郎（小説家）………… 415
関沢 新一（シナリオライター,作詞家）…… 415
関澄 一輝（シナリオライター）………… 415
関根 文之助（評論家,放送作家）………… 415
関本 郁夫（映画監督,脚本家）………… 416
関谷 ただし（児童文学作家）………… 416
関山 健二（映画監督）………… 416
瀬古 美恵（童話作家）………… 416
瀬下 耽（推理作家）………… 416
瀬々 敬久（映画監督,脚本家）………… 416
瀬田 貞二（児童文学者,翻訳家,評論家）… 416
摂津 茂和（小説家,ゴルフ評論家）………… 416
瀬戸 英一(1代目)（劇作家,劇評家,小説家）… 417
瀬戸内 寂聴（小説家,尼僧）………… 417
瀬戸口 寅雄（小説家）………… 417
瀬名 秀明（小説家）………… 417
妹尾 アキ夫（翻訳家,小説家）………… 417

妹尾 河童（舞台美術家,エッセイスト）…… 418
芹沢 清実（国民文化祭児童文学賞受賞）… 418
芹沢 光治良（小説家）………… 418
千田 夏光（評論家,ノンフィクション作家,小説家）………… 418
ぜんとう ひろよ（シナリオライター）…… 418

【そ】

蘇 曼殊（小説家）………… 419
宗 瑛（小説家）………… 419
宗 左近（詩人,評論家,フランス文学者）… 419
蒼 龍一（小説家）………… 419
蒼社 廉三（推理作家）………… 419
宗田 理（小説家）………… 419
左右田 謙（推理作家）………… 419
草野 唯雄（推理作家）………… 419
相馬 繁美（作家）………… 420
相馬 泰三（小説家）………… 420
相馬 隆（推理作家）………… 420
草間 彌雄（劇作家）………… 420
宗谷 真爾（小説家,文芸・美術評論家,医師）… 420
添田 唖蝉坊（壮士演歌師,詩人）………… 420
添田 知道（作家,演歌研究家）………… 420
曽我廼家 五郎（喜劇俳優,劇作家）………… 421
曽我廼家 十郎（喜劇俳優,脚本家）………… 421
曽我廼家 十吾（喜劇俳優,脚本家）………… 421
祖田 浩一（作家）………… 421
曽田 文子（作家,コピーライター）………… 421
外岡 立人（小説家,医師）………… 421
曽野 綾子（小説家）………… 421
園池 公致（小説家）………… 422
園河 銀灰色（「小説現代」新人賞を受賞）… 422
園田 英樹（作家,シナリオライター）……… 422
園部 晃三（作家）………… 422
薗部 芳ün（小説家）………… 422
祖父江 一郎（作家,脚本家）………… 422
ゾペティ,デビット（作家）………… 423
染崎 延房（作家(戯作者),新聞記者）…… 423
反町 守治（童話作家）………… 423

【た】

田井 洋子（劇作家,放送作家）………… 423
醍醐 麻沙夫（作家）………… 423
大道 珠貴（小説家）………… 423
台場 達也（劇作家）………… 423
平 安寿子（小説家）………… 424
平 純夏（児童文学作家）………… 424

たいら まさお (放送作家, 児童文学作家) … 424	髙野 澄 (作家, 日本史研究家) … 431
平 龍生 (推理作家) … 424	鷹野 つぎ (小説家, 評論家, 随筆家) … 431
田岡 典夫 (小説家) … 424	髙野 正巳 (国文学者, 児童文学者) … 431
髙井 信 (小説家) … 424	鷹野 祐希 (小説家) … 431
髙井 美樹 (童話作家, イラストレーター) … 424	髙野 裕美子 (翻訳家) … 431
髙井 有一 (小説家) … 424	鷹野 良仁 (小説家) … 432
髙石 きづた (小説家) … 425	髙野 亘 (群像新人文学賞を受賞) … 432
髙泉 淳子 (女優, 劇作家) … 425	髙場 詩朗 (絵図家) … 432
髙市 俊次 (小説家) … 425	鷹羽 十九哉 (推理作家) … 432
髙岩 肇 (シナリオライター) … 425	髙橋 昭 (児童文学作家, 読書運動家) … 432
髙尾 光 (小説家) … 425	髙橋 いさを (劇作家, 演出家) … 432
髙尾 稔 (小説家) … 425	髙橋 一起 (小説家) … 432
髙岡 水平 (中央公論新人賞を受賞) … 425	髙橋 うらら (児童文学作家) … 432
髙垣 眸 (作家) … 425	髙橋 治 (小説家, 映画監督) … 432
髙木 あきこ (詩人, 児童文学作家) … 426	髙橋 和巳 (小説家, 評論家, 中国文学者) … 433
髙木 彬光 (推理作家) … 426	髙橋 克彦 (浮世絵研究家, 作家) … 433
髙木 功 (シナリオライター) … 426	髙橋 揆一郎 (作家) … 433
髙木 卓 (小説家, ドイツ文学者, 音楽評論家) · 426	髙橋 京子 (小説家) … 433
髙木 敏子 (児童文学作家) … 426	髙橋 健 (動物作家) … 433
髙木 俊朗 (小説家, 元・映画監督) … 426	髙橋 源一郎 (小説家) … 434
髙樹 のぶ子 (小説家) … 427	髙橋 玄洋 (放送作家, 劇作家, 小説家) … 434
髙城 肇 (シナリオライター) … 427	髙橋 幸雄 (作家) … 434
髙木 凛 (シナリオライター) … 427	髙橋 新吉 (詩人, 小説家, 美術評論家) … 434
タカクラ テル (政治家, 小説家, 言語学者) … 427	髙橋 季暉 (劇作家) … 434
髙桑 義生 (小説家, 俳人) … 427	髙橋 太華 (児童文学者, 小説家, 編集者) … 434
髙崎 節子 (小説家) … 428	髙橋 たか子 (小説家) … 435
髙崎 絋子 (小説家) … 428	髙橋 丈雄 (小説家, 劇作家) … 435
タカシ トシコ (児童文学作家) … 428	髙橋 辰雄 (放送作家, 演出家) … 435
髙士 与市 (児童文学作家) … 428	髙橋 忠治 (児童文学作家, 詩人) … 435
髙嶋 哲夫 (作家) … 428	髙橋 蝶子 (児童文学作家) … 435
髙須 智士 (小説家) … 428	髙橋 鉄 (性風俗作家, 小説家, 評論家) … 435
髙杉 良 (作家) … 428	髙橋 哲郎 (著述家) … 435
髙瀬 羽皐 (ジャーナリスト, 社会事業家) … 428	髙橋 照夫 (小説家) … 436
髙瀬 千図 (小説家) … 429	髙橋 直樹 (作家) … 436
髙瀬 文淵 (評論家, 小説家) … 429	髙橋 ななを (小説家) … 436
髙瀬 無弦 (童話作家) … 429	髙橋 洋 (脚本家) … 436
髙田 英太郎 (作家, 高校教師) … 429	髙橋 宏幸 (児童文学作家, 絵本作家) … 436
髙田 桂子 (児童文学作家) … 429	髙橋 文樹 (小説家) … 436
髙田 宏治 (シナリオライター) … 429	髙橋 昌男 (小説家) … 436
髙田 純 (シナリオライター) … 429	髙橋 昌規 (著述家) … 436
髙田 保 (劇作家, 随筆家, 小説家) … 429	髙橋 町子 (小説家) … 436
髙田 大嗣 (シナリオライター) … 430	髙橋 三千綱 (小説家) … 436
髙田 ふみよし (放送作家) … 430	髙橋 光子 (小説家) … 437
髙田 六常 (とやま文学賞を受賞) … 430	髙橋 稔 (シナリオライター) … 437
髙千穂 遥 (SF作家, アニメーションプロデューサー) … 430	髙橋 泰邦 (海洋作家, 翻訳家) … 437
髙任 和夫 (小説家) … 430	髙橋 靖子 (スタイリスト) … 437
髙堂 要 (劇作家, 演出家) … 430	髙橋 洋子 (小説家, 女優) … 437
髙遠 砂夜 (小説家) … 430	髙橋 義夫 (小説家) … 437
髙楼 方子 (児童文学作家) … 430	髙橋 和島 (小説家) … 437
髙取 英 (劇作家, 詩人, マンガ評論家) … 431	髙畑 京一郎 (小説家) … 438
髙梨 悦子 (作家) … 431	髙畠 久 (シナリオライター, 映画・テレビプロデューサー) … 438
髙梨 久 (演出家, シナリオライター) … 431	髙畠 藍泉 (戯作者, 新聞記者) … 438
髙野 和明 (脚本家) … 431	髙浜 虚子 (俳人, 小説家) … 438

人名	頁	人名	頁
高林 聡子（「トラ吉の宝物」の著者）	438	竹内 克子（シナリオライター）	445
高林 潤子（児童文学作家）	438	竹内 恵子（児童文学作家）	445
高林 沓子（ライター）	438	竹内 銃一郎（劇作家，演出家）	445
高原 弘吉（推理作家）	438	竹内 正一（小説家）	446
高藤 彰子（シナリオライター）	439	竹内 昌平（労働運動家，小説家）	446
高星 由美子（シナリオライター）	439	竹内 智恵子（小説家）	446
高見 広春（小説家）	439	竹内 てるよ（詩人，児童文学者）	446
高見 順（小説家，詩人）	439	竹内 日出男（脚本家）	446
高見沢 潤子（劇作家，評論家，随筆家）	439	竹内 紘子（詩人，児童文学作家，高校教師）	446
嵩峰 龍二（作家）	439	竹内 ひろみち（童話作家）	446
高村 薫（推理作家）	439	竹内 真（小説家）	446
高村 健一（脚本家，演出家）	440	竹内 泰宏（小説家，文芸評論家）	447
篁 笙子（フリーライター，アナウンサー）	440	竹内 勇太郎（劇作家，脚本家，小説家）	447
高村 たかし（童話作家）	440	たけうち りうと（小説家）	447
高本 公夫（作家）	440	竹岡 範男（詩人，小説家，僧侶）	447
鷹守 諫也（小説家）	440	竹岡 葉月（小説家）	447
高森 一栄子（作家，貿易商）	440	竹折 勉（作家）	447
高森 千穂（児童文学作家）	440	武上 純希（小説家，放送作家）	447
高谷 伸（劇作家，演劇・舞踊評論家）	440	竹河 聖（作家）	447
高安 月郊（詩人，劇作家，評論家）	440	武川 みづえ（児童文学作家）	447
高柳 芳夫（作家）	441	竹越 和夫（演劇評論家，作家）	448
高山 栄子（児童文学作家）	441	竹崎 有斐（児童文学作家）	448
高山 久由（児童文学作家）	441	竹下 文子（児童文学作家）	448
高山 由紀子（シナリオライター）	441	竹下 龍之介（福島正実記念SF童話大賞を受賞）	
高山 洋治（小説家）	441		448
高城 修三（小説家）	441	竹柴 其水（歌舞伎狂言作者）	448
滝 大作（放送作家，劇作家，演出家）	441	竹島 将（作家）	448
多岐 友伊（小説家）	441	武田 亜公（児童文学作家，童謡詩人）	448
滝井 孝作（小説家，俳人）	442	武田 敦（映画プロデューサー，シナリオライター）	
滝井 純（児童文学作家）	442		449
多岐川 恭（推理作家）	442	武田 一度（劇作家，演出家，俳優）	449
滝川 駿（小説家）	442	武田 英子（児童文学作家）	449
滝口 康彦（小説家）	442	武田 鶯塘（俳人，記者，小説家）	449
滝沢 敦子（児童文学作家）	442	武田 仰天子（小説家）	449
滝沢 解（劇作家，劇画脚本家）	442	武田 幸一（童話作家）	449
滝沢 素水（実業家，児童文学作家，編集者）	442	武田 交来（作家(戯作者)）	449
滝沢 美恵子（小説家）	443	武田 繁太郎（小説家）	449
滝沢 充子（演出家，劇作家）	443	武田 泰淳（小説家，中国文学研究家）	450
滝本 竜彦（小説家）	443	武田 武彦（作家，翻訳家）	450
滝本 陽一郎（小説家）	443	武田 鉄矢（俳優，歌手）	450
鐸木 能光（作曲家，フリーライター，小説家）	443	竹田 敏彦（小説家，劇作家）	450
田口 掬汀（小説家，劇作家，美術批評家）	443	竹田 敏行（小説家）	450
田口 賢司（テレビプロデューサー，小説家）	443	竹田 真砂子（作家）	451
田口 孝太郎（劇作家，歌人）	443	竹田 まゆみ（児童文学作家）	451
田口 竹男（劇作家）	444	武田 美穂（イラストレーター，児童文学作家）	451
田口 幸彦（作家）	444	武田 八洲満（小説家）	451
田口 ランディ（小説家，コラムニスト）	444	武田 雄一郎（作家）	451
田久保 英夫（小説家）	444	武田 麟太郎（作家）	451
武井 岳史（俳優，児童劇作家）	444	武谷 千保美（児童文学作家）	451
武井 遵（作家）	444	武智 鉄二（演出家，演劇評論家，映画監督）	452
武井 武雄（童画家，版画家，童話作家）	444	武富 良祐（陸上競技コーチ，文筆家）	452
武井 博（児童文学作家）	445	竹中 亮（作家）	452
竹内 一郎（演出家，演劇評論家，劇作家）	445	竹西 寛子（小説家，評論家）	452
竹内 逸（美術評論家，小説家，随筆家）	445	竹貫 佳水（小説家，編集者）	452

(39)

竹野 栄 (児童文学作家)	452	辰野 九紫 (小説家)	459
武野 藤介 (小説家, 評論家)	452	龍野 咲人 (詩人, 小説家)	459
竹野 雅人 (小説家)	452	竜口 亘 (小説家, 歯科医)	459
竹野 昌代 (文学界新人賞を受賞)	453	たつみや 章 (小説家)	459
竹之内 静雄 (作家)	453	伊達 一行 (小説家)	459
武林 無想庵 (小説家, 翻訳家)	453	伊達 虔 (小説家)	459
竹原 素子 (小説家)	453	館 淳一 (小説家, ルポライター, 風俗評論家)	459
武宮 閣之 (児童文学作家)	453	伊達 豊 (児童劇作家)	459
竹村 篤 (小説家)	453	舘 有紀 (小説家, 医師)	460
竹村 潔 (シナリオライター)	453	立石 美和 (劇作家, 小説家)	460
竹村 直伸 (推理作家)	453	館岡 謙之助 (シナリオライター)	460
竹本 員子 (小説家, 児童文学作家, イラストレーター)	453	立岡 洋二 (小説家, フリーライター)	460
		立川 談四楼 (落語家, 小説家)	460
竹本 健治 (小説家)	454	建倉 圭介 (横溝正史賞佳作を受賞)	460
竹森 一男 (小説家)	454	立野 信之 (小説家, 評論家)	460
竹森 千珂 (朝日新人文学賞を受賞)	454	立松 和平 (小説家)	460
武谷 牧子 (小説家)	454	田中 晶子 (シナリオライター)	461
竹山 道雄 (ドイツ文学者, 評論家)	454	田中 阿里子 (小説家, 歌人)	461
竹山 洋 (脚本家, 小説家)	454	田中 育美 (童話作家)	461
田郷 虎雄 (劇作家, 小説家)	454	田中 宇一郎 (小説家, 童話作家)	461
太宰 治 (小説家)	454	田中 雨村 (小説家, 邦楽評論家)	461
田坂 具隆 (映画監督)	455	田中 介二 (小説家, 俳優)	461
田崎 久美子 (小説家)	455	田中 和夫 (小説家)	461
田崎 弘章 (佐世保工業高等専門学校助教授)	455	田中 香津子 (盲学校教師)	462
田沢 稲舟 (小説家)	455	田中 喜三 (脚本家, 劇作家)	462
田島 栄 (脚本家)	455	田中 健三 (作家, 漁業協同組合職員)	462
田島 淳 (劇作家)	455	田中 光二 (小説家)	462
田島 象二 (戯文家, 新聞記者)	456	田中 貢太郎 (小説家, 随筆家)	462
田島 伸二 (児童文学作家, エッセイスト)	456	田中 小実昌 (小説家, 翻訳家)	462
多島 斗志之 (小説家, 広告制作ディレクター)	456	田中 志津 (小説家)	462
田島 一	456	田中 純 (小説家, 評論家)	463
田島 義雄 (児童演劇評論家)	456	田中 順三 (小説家)	463
田代 倫 (小説家)	456	田中 澄江 (劇作家, 小説家)	463
多田 漁山人 (小説家, 戯曲家)	456	田中 総一郎 (劇作家, 演出家)	463
多田 省軒 (探偵小説作家)	456	田中 艸太郎 (小説家, 文芸評論家)	463
多田 鉄雄 (小説家, 詩人)	456	田中 崇博 (小説家)	463
多田 徹 (劇作家, 児童演劇活動家)	456	田中 千禾夫 (劇作家, 演出家)	464
但田 富雄 (小説家, 元・高校教師)	457	田中 千里 (香川菊池寛賞を受賞)	464
多田 尋子 (小説家)	457	田中 哲弥 (小説家)	464
多田 裕計 (小説家, 俳人)	457	田中 敏樹 (小説家)	464
ただの 仁子 (児童文学作家)	457	田中 富雄 (放送作家, 私塾経営)	464
橘 恭介 (小説家)	457	田中 英光 (小説家)	464
橘 外男 (小説家)	457	田中 博 (児童文学作家, 著述家)	464
橘 もも (ティーンズハート大賞佳作を受賞)	457	田中 啓文 (小説家)	465
立花 夕子 (ラジオたんぱドラマ大賞を受賞)	457	田中 文雄 (小説家)	465
橘 有未 (小説家)	457	田中 文子 (文筆家)	465
橘 善男 (小説家)	458	田中 雅美 (小説家)	465
立原 えりか (児童文学作家)	458	田中 守幸 (劇作家, 演出家)	465
立原 とうや (小説家)	458	田中 康夫 (小説家)	465
立原 正秋 (小説家)	458	田中 泰高 (小説家)	465
立原 りう (シナリオライター)	458	田中 夕風 (小説家, 国文学者)	465
龍尾 洋一 (SF作家, 児童文学作家)	458	田中 陽造 (シナリオライター)	466
立川 洋三 (小説家, ドイツ文学者)	458	田中 芳樹 (小説家)	466
龍田 慶子 (小説家, 能楽研究家)	458	田中 りえ (小説家)	466

田中 涼葉 (小説家) ……… 466	田宮 虎彦 (小説家) ……… 473
棚田 吾郎 (シナリオライター) ……… 466	田向 正健 (シナリオライター) ……… 473
田辺 耕一郎 (小説家, 評論家) ……… 466	田村 幸二 (シナリオライター) ……… 474
田辺 聖子 (小説家) ……… 466	田村 順子 (クラブ順子経営) ……… 474
田辺 茂一 (出版人, 随筆家) ……… 467	田村 松魚 (小説家) ……… 474
田波 靖男 (脚本家, 映画プロデューサー) … 467	田村 泰次郎 (小説家) ……… 474
谷 克二 (小説家) ……… 467	田村 孟 (脚本家, 小説家) ……… 474
谷 活東 (小説家, 俳人) ……… 467	田村 登正 (小説家) ……… 474
谷 けい子 (詩人, 童話作家) ……… 467	田村 俊子 (小説家) ……… 474
谿 渓太郎 (放送作家) ……… 467	田村 西男 (小説家, 劇作家, 劇評家) ……… 475
谷 甲州 (SF作家) ……… 468	田村 優之 (新聞記者, 小説家) ……… 475
谷 恒生 (小説家) ……… 468	田村 喜子 (ノンフィクション作家) ……… 475
谷 譲次　⇒林不忘 を見よ	為永 春江 (作家(戯作者)) ……… 475
谷 真介 (児童文学作家) ……… 468	田山 花袋 (小説家, 詩人) ……… 475
谷 俊彦 (作家) ……… 468	樽谷 春緒 (シナリオライター) ……… 475
谷 正純 (劇作家, 演出家) ……… 468	多和田 葉子 (小説家) ……… 475
谷 瑞恵 (小説家) ……… 468	団 鬼六 (作家) ……… 475
谷 竜治 (小説家) ……… 468	檀 一雄 (小説家) ……… 476
谷岡 亜紀 (劇作家, 歌人) ……… 468	丹 潔 (小説家) ……… 476
谷川 健一 (評論家) ……… 469	檀 良彦 (作家) ……… 476
谷口 茂 (小説家, ドイツ文学者) ……… 469	ダンカン (コメディアン, 俳優, 構成作家) … 476
谷口 千吉 (映画監督) ……… 469	丹沢 泰 (海燕新人文学賞を受賞) ……… 476
谷口 善太郎 (政治家, 作家) ……… 469	丹野 てい子 (児童文学者) ……… 476
谷口 武 (児童文学作家, 教育者) ……… 469	団野 文丈 (群像新人文学賞優秀作に入賞) … 476
谷口 哲秋 (作家) ……… 469	
谷口 裕貴 (SF作家) ……… 469	
谷口 葉子 (作家) ……… 469	【 ち 】
谷崎 潤一郎 (小説家) ……… 470	
谷崎 淳子 (高校教師) ……… 470	崔 洋一 (映画監督) ……… 476
谷崎 精二 (小説家, 評論家, 英文学者) ……… 470	近石 綬子 (劇作家) ……… 477
谷崎 旭寿 (作家) ……… 470	近松 秋江 (小説家) ……… 477
谷村 志穂 (作家) ……… 470	知切 光歳 (劇作家, 小説家) ……… 477
谷村 礼三郎 (文筆業) ……… 470	遅塚 麗水 (小説家, ジャーナリスト, 紀行文家) ……… 477
谷本 敏雄 (小説家) ……… 471	千世 まゆ子 (児童文学作家) ……… 477
谷屋 充 (劇作家, 演出家) ……… 471	千田 三四郎 (作家) ……… 477
谷山 浩子 (シンガーソングライター, 作家) 471	知念 正真 (劇作家, 演出家) ……… 478
種村 直樹 (レイルウェイ・ライター, 推理作家) ……… 471	知念 正昭 (高校教師) ……… 478
田野 武裕 (小説家, 医師) ……… 471	知念 正文 (俳優, 劇作家, 演出家) ……… 478
田場 美津子 (作家) ……… 471	茅野 隆司 (作家) ……… 478
田畑 修一郎 (小説家) ……… 471	茅野 裕城子 (作家) ……… 478
田畑 麦彦 (作家) ……… 472	千葉 清士 (小説家) ……… 478
田原 総一朗 (ジャーナリスト, ノンフィクション作家, テレビキャスター) ……… 472	千葉 暁 (作家, 編集者) ……… 478
田部 俊行 (シナリオライター) ……… 472	千葉 茂樹 (映画監督, 脚本家) ……… 478
玉井 裕志 (元・酪農家, 小説家) ……… 472	千葉 茂 (劇作家) ……… 479
玉井 政雄 (作家) ……… 472	千葉 治平 (小説家) ……… 479
玉岡 かおる (小説家) ……… 472	千葉 省三 (児童文学者) ……… 479
たまおか みちこ (児童文学作家) ……… 472	千葉 新太郎 (脚本家) ……… 479
玉川 一郎 (作家) ……… 473	千葉 多喜子 (脚本家) ……… 479
玉川 雄介 (童話作家) ……… 473	千葉 幹夫 (児童文学作家) ……… 479
玉木 明 (小説家, ジャーナリスト) ……… 473	千葉 龍 (小説家, 詩人) ……… 479
玉貫 寛 (作家, 俳人, 外科医師) ……… 473	茶木 滋 (童謡詩人, 童話作家) ……… 479
玉木 正之 (スポーツライター, 音楽評論家, 小説家) ……… 473	張 赫宙　⇒張赫宙(ジャン・ヒョクジュ)を見よ

(41)

千代原 真智子（児童文学者）‥‥‥‥ 480
陳 舜臣（小説家）‥‥‥‥‥‥‥‥ 480

【つ】

つか こうへい（劇作家, 小説家, 演出家）‥‥ 480
塚越 享生（小説家）‥‥‥‥‥‥‥ 480
司城 志朗（小説家）‥‥‥‥‥‥‥ 481
塚田 正公（児童文学作家）‥‥‥‥ 481
塚原 健二郎（児童文学者, 童話作家）‥ 481
塚原 渋柿園（小説家）‥‥‥‥‥‥ 481
津上 忠（劇作家, 演出家）‥‥‥‥ 481
塚本 邦雄（歌人, 小説家, 評論家）‥ 481
塚本 青史（小説家）‥‥‥‥‥‥‥ 482
津川 泉（放送作家, 劇作家）‥‥‥ 482
津川 武一（政治家, 評論家, 医師）‥ 482
津川 正四（作家, 文芸評論家）‥‥ 482
次田 万貴子（作家, 歌人）‥‥‥‥ 482
月足 亮（オール読物新人賞受賞）‥ 482
槻野 けい（児童文学作家）‥‥‥‥ 482
月乃 光司（「窓の外は青—アルコール依存症から
　　　の脱出」の著者）‥‥‥‥‥ 482
月俣 留美（文芸山口賞を受賞）‥‥ 483
月本 裕（フリーライター, 編集者）‥ 483
佃 血秋（映画監督, シナリオライター）‥ 483
佃 実夫（作家）‥‥‥‥‥‥‥‥‥ 483
佃 典彦（劇作家, 演出家, 俳優）‥ 483
筑波 昭（作家）‥‥‥‥‥‥‥‥‥ 483
柘植 久慶（軍事ジャーナリスト, 小説家）‥ 483
辻 章（作家）‥‥‥‥‥‥‥‥‥‥ 484
辻 勝三郎（作家）‥‥‥‥‥‥‥‥ 484
辻 邦（児童文学作家）‥‥‥‥‥‥ 484
辻 邦生（小説家）‥‥‥‥‥‥‥‥ 484
辻 仁成（小説家, ミュージシャン, 映画監督）‥ 484
辻 信太郎（映画プロデューサー, 作家）‥ 485
辻 久一（シナリオライター, 映画プロデューサー）
　　　‥‥‥‥‥‥‥‥‥‥‥‥ 485
辻 真先（小説家, アニメ脚本家, 漫画原作者）‥ 485
辻 昌利（小説家, コピーライター）‥ 485
辻 美沙子（小説家）‥‥‥‥‥‥‥ 485
辻 征夫（詩人, 小説家）‥‥‥‥‥ 485
辻 由子（小説家, 詩人）‥‥‥‥‥ 486
辻 亮一（小説家）‥‥‥‥‥‥‥‥ 486
辻井 喬　⇒堤清二 を見よ
辻井 南青紀 ‥‥‥‥‥‥‥‥‥‥ 486
辻井 良（小説家, 元・CMディレクター）‥ 486
辻内 智貴（小説家）‥‥‥‥‥‥‥ 486
辻原 登（小説家）‥‥‥‥‥‥‥‥ 486
都島 紫香（童話作家）‥‥‥‥‥‥ 486
津島 佑子（小説家）‥‥‥‥‥‥‥ 486
辻村 乙人（小説家）‥‥‥‥‥‥‥ 487
辻村 もと子（小説家）‥‥‥‥‥‥ 487

辻本 久美子（北の戯曲大賞を受賞）‥‥ 487
辻本 浩太郎（小説家, 演出家）‥‥ 487
辻山 春子（劇作家）‥‥‥‥‥‥‥ 487
都築 隆広（小説家）‥‥‥‥‥‥‥ 487
都築 直子（スカイダイバー, 小説家）‥ 487
都筑 均（小説家）‥‥‥‥‥‥‥‥ 487
都筑 道夫（推理作家）‥‥‥‥‥‥ 488
続橋 利雄（児童文学作家）‥‥‥‥ 488
津田 光造（小説家, 評論家）‥‥‥ 488
津田 さち子（小説家, 随筆家）‥‥ 488
津田 三郎（作家）‥‥‥‥‥‥‥‥ 488
津田 信（小説家）‥‥‥‥‥‥‥‥ 488
津田 幸於（映画評論家, シナリオライター）‥ 488
土田 耕平（歌人, 童話作家）‥‥‥ 488
土田 英生（劇作家, 演出家, 俳優）‥ 488
土屋 清（劇作家）‥‥‥‥‥‥‥‥ 489
土屋 純（高校教師）‥‥‥‥‥‥‥ 489
土屋 隆夫（推理作家）‥‥‥‥‥‥ 489
土屋 弘光（劇作家, 元・高校教師）‥ 489
土家 由岐雄（児童文学作家）‥‥‥ 489
筒井 敬介（児童文学作家, 劇作家）‥ 489
筒井 敏雄（小説家）‥‥‥‥‥‥‥ 489
筒井 ともみ（シナリオライター, 小説家）‥ 489
筒井 広志（作家, 作曲家）‥‥‥‥ 490
筒井 康隆（小説家, 俳優）‥‥‥‥ 490
筒井 頼子（絵本作家）‥‥‥‥‥‥ 490
堤 しゅんぺい（児童文学作家）‥‥ 490
堤 清二（詩人, 小説家）‥‥‥‥‥ 490
堤 千代（小説家）‥‥‥‥‥‥‥‥ 491
堤 春恵（劇作家）‥‥‥‥‥‥‥‥ 491
堤 亮二（児童文学作家）‥‥‥‥‥ 491
綱田 紀美子（文筆家）‥‥‥‥‥‥ 491
綱淵 謙錠（作家）‥‥‥‥‥‥‥‥ 491
恒川 陽一郎（小説家, 詩人）‥‥‥ 491
恒松 恭助（小説家, 放送作家）‥‥ 492
津野 創一（推理作家）‥‥‥‥‥‥ 492
角田 喜久雄（小説家）‥‥‥‥‥‥ 492
津野田 幸作（医師, 小説家）‥‥‥ 492
角田 房子（ノンフィクション作家, 小説家）‥ 492
椿 八郎（推理作家, 眼科医）‥‥‥ 492
椿 実（小説家, 神話研究家）‥‥‥ 492
津原 泰水（小説家）‥‥‥‥‥‥‥ 493
壺井 栄（小説家, 童話作家）‥‥‥ 493
壺井 昭治（脚本家）‥‥‥‥‥‥‥ 493
坪内 士行（劇作家, 舞踊評論家）‥ 493
坪内 逍遙（作家, 評論家, 劇作家）‥ 493
坪田 譲治（児童文学作家, 小説家）‥ 493
坪田 ひかる（童話作家）‥‥‥‥‥ 494
坪田 宏（推理作家）‥‥‥‥‥‥‥ 494
壺田 正一（小説家, 元・中学校教師）‥ 494
坪田 勝（劇作家）‥‥‥‥‥‥‥‥ 494
妻木 新平（小説家）‥‥‥‥‥‥‥ 494
津村 京村（劇作家, 小説家）‥‥‥ 494
津村 秀介（推理作家）‥‥‥‥‥‥ 494

(42)

津村 節子（小説家）…………………… 494
津本 陽（小説家）………………………… 495
津山 紘一（小説家）……………………… 495
鶴岡 千代子（童話作家）………………… 495
鶴ケ野 勉（作家, 高校教師）…………… 495
鶴島 美智子（児童文学作家）…………… 495
鶴田 知也（小説家）……………………… 495
釣巻 礼公（推理作家）…………………… 495
鶴見 正夫（童謡詩人, 児童文学作家）… 495
鶴見 祐輔（政治家, 評論家, 小説家）… 496

【て】

鄭　⇒鄭（ジョン）を見よ
出口 敏雄（劇作家）……………………… 496
出口 富美子（詩人, 小説家, フリーライター）… 496
出口 裕弘（小説家, フランス文学者）… 496
出久根 達郎（作家）……………………… 496
豊島 英彦（医師, 小説家）……………… 497
手島 悠介（児童文学作家）……………… 497
手塚 英孝（小説家, 評論家）…………… 497
てつま よしとう（小説家）……………… 497
出村 孝雄（童話作家）…………………… 497
寺内 小春（シナリオライター）………… 497
寺内 大吉（小説家, スポーツ評論家, 僧侶）… 497
寺尾 幸夫（小説家）……………………… 498
寺門 秀雄（作家）………………………… 498
寺久保 友哉（作家, 医師）……………… 498
寺崎 浩（小説家, 詩人）………………… 498
寺沢 正美（教師, 児童文学作家）……… 498
寺島 アキ子（劇作家, 放送作家）……… 498
寺島 俊治（児童文学作家, 小学校教師）… 498
寺田 鼎（小説家, 翻訳家）……………… 498
寺田 憲史（脚本家）……………………… 498
寺田 太郎（シナリオライター）………… 499
寺田 敏雄（シナリオライター）………… 499
寺田 信義（シナリオライター）………… 499
寺林 峻（小説家, 僧侶）………………… 499
寺村 輝夫（児童文学作家）……………… 499
寺村 朋輝（群像新人文学賞を受賞）…… 499
寺山 修司（歌人, 詩人, 劇作家）……… 499
寺山 富三（児童文学作家）……………… 500
田 漢（劇作家）…………………………… 500
典厩 五郎（推理作家, シナリオライター）… 500
天童 荒太（小説家）……………………… 500
天藤 真（推理作家）……………………… 500
天堂 晋助（著述家, 小説家）…………… 501

【と】

戸井 十月（作家, 映像ディレクター）… 501
土井 行夫（劇作家, 放送作家）………… 501
土居 良一（小説家）……………………… 501
戸石 泰一（小説家）……………………… 501
戸板 康二（演劇評論家, 小説家）……… 501
十市 梨夫（作家, 果樹栽培業者）……… 502
東海 散士（政治家, 小説家, ジャーナリスト）… 502
堂垣 園江（小説家）……………………… 502
東郷 実（小説家, ジャーナリスト）…… 502
東郷 隆（軍事評論家, 作家）…………… 502
東条 泰子（児童文学作家）……………… 502
藤堂 志津子（小説家）…………………… 502
東野 光生（作家, 日本画家）…………… 502
東野 司（SF作家）………………………… 503
東野辺 薫（小説家）……………………… 503
堂場 瞬一（小説家, 新聞記者）………… 503
堂本 昭彦（作家）………………………… 503
堂本 茂（作家）…………………………… 503
堂本 正樹（演劇評論家, 劇作家, 演出家）… 503
童門 冬二（作家）………………………… 503
遠矢 徹彦（小説家）……………………… 503
蟷螂 襲（劇作家, 俳優）………………… 504
遠山 あき（小説家）……………………… 504
遠山 順一（経済ジャーナリスト, 小説家）… 504
十返 肇（評論家, 小説家）……………… 504
戸梶 圭太（作家）………………………… 504
富樫 利一（作家）………………………… 504
富樫 倫太郎（文筆業）…………………… 504
渡嘉敷 守礼（俳優, 劇作家）…………… 504
戸川 猪佐武（政治評論家）……………… 504
戸川 貞雄（小説家）……………………… 505
戸川 静子（小説家）……………………… 505
戸川 昌子（推理作家, シャンソン歌手）… 505
戸川 幸夫（作家）………………………… 505
とき ありえ（児童文学作家）…………… 505
土岐 雄三（小説家）……………………… 505
鴇田 英太郎（劇作家）…………………… 506
時無 ゆたか（小説家）…………………… 506
磨家 信一（岡山・吉備の国文学賞を受賞）… 506
常盤 新平（翻訳家, 随筆家, 小説家）… 506
徳田 一穂（小説家）……………………… 506
徳田 秋声（作家）………………………… 506
徳田 戯二（小説家）……………………… 506
徳冨 愛子（徳冨蘆花の妻）……………… 506
徳冨 蘆花……………………………………… 507
徳永 和子（児童文学作家）……………… 507
徳永 真一郎（小説家, 随筆家）………… 507
徳永 直（小説家）………………………… 507
徳山 諄一（小説家）……………………… 507

(43)

土佐 文雄（小説家）……… 508	鳥越 碧（フリーライター）……… 515
戸沢 正保（英文学者, 小説家, 翻訳家）…… 508	鳥海 仟（演出家, 脚本家）……… 515
としまか をり（児童文学作家）……… 508	十和田 操（小説家）……… 515
戸塚 博司（児童劇作家）……… 508	
とだ かずこ（児童文学作家）……… 508	
戸田 和代（児童文学作家）……… 508	【 な 】
戸田 欽堂（民権論者, 戯作者）……… 508	
戸田 鎮子……… 508	内木 文英（劇作家, 脚本家）……… 515
戸田 房子（作家, 評論家）……… 508	内藤 辰雄（小説家）……… 515
利根川 裕（小説家, 文芸評論家, 司会者）… 509	内藤 千代子（小説家）……… 516
外村 繁（小説家）……… 509	内藤 初穂（作家）……… 516
外村 民彦（ジャーナリスト, 児童文学作家）‥ 509	内藤 裕敬（演出家, 劇作家）……… 516
鳥羽 亮（小説家）……… 509	内藤 誠（映画監督, 脚本家, 翻訳家）……… 516
土橋 成男（劇作家）……… 509	内藤 幸政（劇作家, 神官）……… 516
土橋 治重（詩人, 歴史作家）……… 509	内流 悠人（新潮ミステリー倶楽部賞を受賞）… 516
土橋 寿（児童文学作家）……… 510	奈浦 なほ（劇作家, エッセイスト, フリーライター）……… 516
戸部 新十郎（小説家）……… 510	直井 潔（小説家）……… 516
泊 篤志（劇作家）……… 510	直居 欽哉（シナリオライター, 放送作家）…… 517
泊里 仁美（シナリオライター）……… 510	直木 三十五（小説家, 映画監督, 出版プロデューサー）……… 517
泊 美津子（小説CLUB新人賞を受賞）…… 510	直良 三樹子（小説家）……… 517
富岡 多恵子（小説家, 詩人）……… 510	中 勘助（小説家, 詩人, 随筆家）……… 517
冨川 元文（シナリオライター）……… 510	那珂 孝平（小説家）……… 517
富崎 喜代美（小説家）……… 511	永井 愛（劇作家, 演出家）……… 517
富沢 有為男（画家, 小説家）……… 511	長井 彬（推理作家）……… 518
富島 健夫（小説家）……… 511	永井 明（児童文学作家）……… 518
富田 祐弘（アニメ作家, 小説家）……… 511	永井 荷風（小説家, 随筆家）……… 518
富田 常雄（小説家）……… 511	永井 するみ（小説家）……… 518
富永 滋人（著述家）……… 511	中井 拓志（日本ホラー小説大賞長編賞を受賞）… 518
富永 敏治（児童文学作家）……… 511	永井 龍男（小説家）……… 518
富永 直久（作家）……… 512	中井 紀夫（小説家）……… 519
富永 浩史（小説家）……… 512	中井 英夫（小説家, 詩人）……… 519
富野 由悠季（アニメーション作家）……… 512	永井 浩（詩人, 放送作家）……… 519
富ノ沢 麟太郎（小説家）……… 512	永井 萠二（児童文学作家）……… 519
富安 陽一（児童文学作家）……… 512	中井 正晃（小説家）……… 519
友清 恵子（小説家, 詩人）……… 512	永井 路子（小説家）……… 519
友田 多喜雄（詩人, 児童文学作家）……… 512	永井 泰宇（作家, 劇画原作者）……… 520
友成 純一（映画評論家, フリーライター, 作家）……… 512	中井 由希恵（小説家）……… 520
伴野 朗（作家）……… 513	永井 義男（作家）……… 520
土門 弘幸（ゲーム小説作家）……… 513	永井 柳太郎（政治家, 評論家, 戯曲家）…… 520
豊岡 佐一郎（劇作家, 演出家）……… 513	永井 麟太郎（児童劇作家）……… 520
豊島 与志雄（小説家, 翻訳家）……… 513	長井 るり子（児童文学作家）……… 520
豊田 有恒（作家）……… 513	中石 孝（小説家）……… 520
豊田 一郎（作家）……… 513	永石 拓（小説現代新人賞を受賞）……… 520
豊田 行二（小説家）……… 513	中内 蝶二（劇作家, 劇評家, 小説家）…… 520
豊田 穣（作家）……… 514	中江 良夫（劇作家）……… 521
豊田 三郎（小説家）……… 514	長尾 宇迦（小説家）……… 521
豊田 四郎（映画監督）……… 514	長尾 健一（児童文学作家）……… 521
豊田 次雄（俳人, 童話作家）……… 514	長尾 広生（シナリオライター）……… 521
豊田 正子（作家）……… 514	長尾 誠夫（高校教師, 作家）……… 521
鳥井 綾子（小説家）……… 514	長尾 良（小説家）……… 521
鳥井 架南子（推理作家）……… 514	中尾 三十里（児童文学作家）……… 521
鳥海 永行（アニメーション監督, 小説家）…… 515	
鳥飼 久裕（小説家, 編集者）……… 515	

長尾 雄 (小説家, 演芸評論家, 随筆家) ……… 521	中島 欣也 (作家) ……… 528
長尾 由多加 (推理作家) ……… 521	中島 孤島 (小説家, 評論家, 翻訳家) ……… 529
長尾 喜又 (演出家, 劇作家, 翻訳家) ……… 522	中島 貞夫 (映画監督) ……… 529
中岡 京平 (シナリオライター) ……… 522	中島 たい子 (シナリオライター) ……… 529
長岡 千代子 (北日本文学賞を受賞) ……… 522	中島 丈博 (脚本家, 映画監督) ……… 529
長沖 一 (放送作家) ……… 522	中島 千恵子 (児童文学作家, 放送作家) ……… 529
中上 健次 (作家) ……… 522	中島 直人 (小説家) ……… 529
中紙 輝一 (酪農家, 作家) ……… 522	中島 信子 (児童文学作家) ……… 529
中上 紀 (小説家) ……… 522	中嶋 博行 (弁護士, 推理作家) ……… 530
中川 圭士 (小説家) ……… 523	中島 道子 (作家) ……… 530
中川 剛 (小説家) ……… 523	中島 睦美 (児童文学作家) ……… 530
中川 静子 (作家) ……… 523	長嶋 有 (小説家) ……… 530
中川 童二 (小説家) ……… 523	中島 らも (ライター, プランナー) ……… 530
仲川 利久 (脚本家, 演出家, 元・テレビプロデューサー) ……… 523	中条 厚 (作家) ……… 530
	中条 孝子 (小説家) ……… 530
中川 なをみ (児童文学作家) ……… 523	永瀬 三吾 (推理作家) ……… 531
中川 順夫 (シナリオライター, 映画監督) …… 523	長瀬 隆 (小説家) ……… 531
中川 広子 (函館港イルミナシオン映画祭シナリオ大賞を受賞) ……… 523	長瀬 正枝 (作家) ……… 531
	中薗 英助 (小説家) ……… 531
中川 正文 (児童文学作家, 児童文化研究家, 人形劇演出家) ……… 524	中薗 健司 (シナリオライター) ……… 531
	中薗 ミホ (シナリオライター) ……… 531
中河 与一 (小説家) ……… 524	永田 衡吉 (民俗芸能研究家, 劇作家) ……… 531
中川 芳三 (脚本家, 演出家) ……… 524	中田 耕治 (小説家, 劇作家, 文芸評論家) ……… 532
中川 芳郎 (小説家) ……… 524	中田 早紀 (小説家) ……… 532
中川 李枝子 (児童文学作家) ……… 524	中田 重顕 (小説家) ……… 532
仲木 貞一 (劇作家, 演劇評論家) ……… 524	中田 竜雄 (シナリオライター) ……… 532
仲倉 重郎 (映画監督, シナリオライター) …… 525	長田 秀雄 (詩人, 劇作家, 小説家) ……… 532
中倉 真知子 (文筆家) ……… 525	永田 秀郎 (劇作家, 元・高校教師) ……… 532
永倉 萬治 (作家) ……… 525	長田 幹彦 (小説家) ……… 532
長坂 秀佳 (シナリオライター, 小説家) ……… 525	中田 よう子 (児童文学作家) ……… 533
長崎 謙二郎 (小説家, 弁士) ……… 525	長竹 三郎 (小説家) ……… 533
長崎 源之助 (児童文学作家) ……… 525	中谷 彰宏 (作家, 俳優, 演出家) ……… 533
長崎 夏海 (児童文学作家) ……… 526	中谷 孝雄 (小説家) ……… 533
中里 介山 (小説家) ……… 526	中谷 徳太郎 (小説家, 劇作家) ……… 533
中里 喜昭 (小説家) ……… 526	中津 文彦 (推理作家) ……… 533
中里 恒子 (小説家) ……… 526	中津 攸子 (俳人, 作家) ……… 533
中里 融司 (小説家, 漫画原作者) ……… 526	長塚 圭史 (脚本家, 演出家) ……… 533
中沢 けい (小説家) ……… 526	長塚 節 (歌人, 小説家) ……… 534
永沢 慶樹 (脚本家) ……… 527	長堂 英吉 (小説家) ……… 534
中沢 茂 (小説家) ……… 527	中堂 利夫 (推理作家) ……… 534
中沢 静雄 (小説家) ……… 527	中戸川 吉二 (小説家) ……… 534
中沢 晶子 (児童文学作家) ……… 527	中西 伊之助 (社会主義運動家, 小説家) …… 534
仲沢 清太郎 (劇作家) ……… 527	中西 卓郎 (小説家) ……… 534
長沢 雅彦 (映画監督, 脚本家) ……… 527	中西 武夫 (劇作家, 演出家, 演劇評論家) …… 534
中沢 正弘 (小説家) ……… 527	中西 梅花 (小説家, 詩人) ……… 535
中沢 巠夫 (小説家) ……… 527	中西 芳朗 (旅行文学作家) ……… 535
中沢 ゆかり (北日本文学賞を受賞) ……… 527	なかにし 礼 (小説家, 作詞家, 演出家) …… 535
仲路 さとる (小説家) ……… 528	長野 京子 (児童文学作家, 放送作家) ……… 535
中島 梓 (小説家, 文芸評論家, 演出家) …… 528	中野 孝次 (作家, ドイツ文学者) ……… 535
中島 敦 (小説家) ……… 528	中野 晃輔 (フリーライター) ……… 536
中島 淳彦 (劇作家) ……… 528	中野 光風 (小説家) ……… 536
中島 あやこ (童話作家) ……… 528	中野 重治 (詩人, 小説家, 評論家) ……… 536
中島 和夫 (作家, 文芸評論家) ……… 528	中野 章子 (エッセイスト, 小説家) ……… 536
中島 かずき (劇作家) ……… 528	中野 隆夫 (作家) ……… 536

(45)

なかの　　　　　　　　　　　　　人　名　目　次

中野　輝士（児童文学作家）………… 536
長野　信子（作家）………… 536
中野　秀人（詩人、画家、評論家）………… 536
中野　勝（群像新人文学賞優秀作受賞）………… 537
長野　まゆみ（作家）………… 537
中野　みち子（児童文学作家）………… 537
中野　実（劇作家、小説家）………… 537
中野　美代子（小説家、評論家）………… 537
中野　良浩（オール読物推理小説新人賞を受賞）………… 537
中場　利一（小説家）………… 537
永畑　道子（評論家、作家、女性史研究）………… 537
永原　孝道（詩人、作家）………… 538
中原　昌也（ミュージシャン、作家）………… 538
中平　まみ（小説家）………… 538
仲町　貞子（作家）………… 538
中町　信（推理作家）………… 538
永松　定（小説家、英文学者、翻訳家）………… 538
永見　徳太郎（劇作家、南蛮美術研究家）………… 538
永見　隆二（シナリオライター）………… 539
中村　彰彦（作家、文芸評論家）………… 539
中村　晃（歴史作家）………… 539
中村　敦夫（俳優、作家、脚本家）………… 539
中村　うさぎ（小説家）………… 539
中村　恵里加 ………… 540
中村　和恵（小説家）………… 540
中村　花痩（小説家、俳人）………… 540
中村　勝行（脚本家、小説家）………… 540
中村　きい子（小説家）………… 540
中村　吉蔵（劇作家、小説家、演劇研究家）………… 540
中村　喬（琉球新報文化部副部長）………… 540
中村　欣一（劇作家）………… 540
中村　草田男（俳人）………… 541
中村　ケイジ（作家）………… 541
中村　幻児（映画監督、脚本家）………… 541
中村　光至（小説家）………… 541
中村　古峡（小説家、医師）………… 541
中村　弧月（文芸評論家、小説家）………… 541
中村　暁（脚本家、演出家）………… 542
中村　真一郎（作家、文芸評論家、詩人）………… 542
中村　新太郎（児童文学作家、評論家）………… 542
中村　星湖（小説家、評論家、翻訳家）………… 542
中村　武志（小説家、随筆家）………… 542
中村　達夫（作家）………… 542
中村　地平（小説家）………… 543
中村　ときを（作家）………… 543
中村　豊秀（作家）………… 543
中村　八朗（小説家）………… 543
中村　正常（劇作家、小説家）………… 543
中村　正軌（作家）………… 543
仲村　雅彦（作家）………… 543
中村　正弘（推理作家）………… 543
中村　昌義（小説家）………… 544
中村　光夫（文芸評論家、小説家）………… 544
なかむら　みのる（小説家）………… 544

中村　武羅夫（編集者、小説家、評論家）………… 544
中村　守己（文筆家、シナリオライター）………… 544
中村　隆資（小説家）………… 544
中村　ルミ子（児童文学作家）………… 544
中村　令子（アンデルセンのメルヘン大賞を受賞）………… 544
中本　たか子（小説家）………… 545
長森　光代（歌人、小説家）………… 545
中谷　無涯（小説家、詩人）………… 545
中康　弘通（史家、作家、歌人）………… 545
中山　あい子（小説家）………… 545
永山　一郎（詩人、小説家）………… 545
中山　エイ子（児童文学作家）………… 545
中山　可穂（小説家）………… 545
中山　義秀（小説家）………… 545
中山　幸太（小説家）………… 546
中山　白峰（小説家）………… 546
中山　士朗（作家）………… 546
中山　善三郎（劇作家、随筆家）………… 546
中山　堅恵（文筆業）………… 546
中山　茅集子（小説家）………… 546
中山　千夏（作家、タレント）………… 546
中山　登紀子（小説家）………… 546
中山　知子（童謡詩人、童話作家、翻訳家）………… 547
永山　則夫（小説家）………… 547
中山　正男（小説家、実業家）………… 547
中山　みどり（詩人、小説家）………… 547
長与　善郎（小説家、劇作家、評論家）………… 547
半井　桃水（小説家）………… 547
仲若　直子（小説家）………… 548
中渡瀬　正晃（小説家）………… 548
南木　佳士（小説家、医師）………… 548
名木田　恵子（ジュニア小説家、漫画原作者）………… 548
納言　恭平（小説家、評論家）………… 548
梨木　香歩（児童文学作家）………… 548
那須　国男（評論家、小説家）………… 548
那須　辰造（小説家、児童文学者、翻訳家）………… 549
那須　正幹（児童文学作家）………… 549
那須　真知子（脚本家）………… 549
那須　与志樹（読売テレビゴールデンシナリオ賞を受賞）………… 549
那須田　敏子（児童文学作家）………… 549
那須田　稔（児童文学作家）………… 549
なだ　いなだ（作家、評論家、精神科医）………… 550
夏　文彦（作家）………… 550
夏井　孝裕（劇作家、演出家）………… 550
夏川　裕樹（小説家）………… 550
夏樹　静子（作家）………… 550
夏堀　正元（小説家）………… 550
夏目　漱石（小説家、英文学者）………… 551
夏目　大介　⇒和久峻三　を見よ
夏目　漢（小説家、詩人）………… 551
名取　高史（シナリオライター）………… 551
七尾　あきら（SF作家）………… 551

(46)

鍋島 寿美枝（児童文学作家）	551
生江 健次（劇作家, 小説家）	551
生瀬 勝久（俳優, 劇作家, 演出家）	551
奈街 三郎（児童文学者）	551
並河 亮（英文学者, 翻訳家, 劇作家）	552
並木 鏡太郎（映画監督）	552
波山 不規夫（小説家）	552
滑川 道夫（児童文学者, 児童文化評論家）	552
楢 信子（小説家, 評論家）	552
奈良 裕明（作家）	553
楢崎 勤（小説家, 編集者）	553
奈良迫 ミチ（作家）	553
楢山 芙二夫（小説家）	553
成井 豊（脚本家, 演出家）	553
成沢 昌茂（脚本家, 演出家, 映画監督）	553
成島 行雄（劇作家, 文筆家）	553
成島 柳北（漢詩人, 随筆家, ジャーナリスト）	554
成瀬 正一（フランス文学者, 小説家）	554
成瀬 巳喜男（映画監督）	554
成瀬 無極（ドイツ文学者, 随筆家, 劇作家）	554
鳴海 丈（作家, 漫画原作者）	554
鳴海 章（小説家）	554
鳴海 風（小説家）	554
なるみや ますみ（童話作家）	555
成本 和子（童話作家, 詩人）	555
鳴山 草平（小説家）	555
礑 文兵（小説家）	555
南木 顕生（シナリオライター）	555
南家 礼子（小説家, ブライダルアドバイザー）	555
南条 三郎（小説家）	555
南条 竹則（翻訳家）	555
南条 範夫（小説家, 経済学者）	555
難波 利三	556
南原 幹雄	556
南部 樹未子（小説家）	556
南部 修太郎（小説家）	556
南部 英夫（映画監督）	556
南坊 義道（作家）	556
南里 征典（作家）	556

【 に 】

新妻 澄子（小説家）	557
新津 きよみ（推理作家）	557
新沼 孝夫（フリーライター）	557
新美 てるこ（児童文学作家）	557
新美 南吉（童話作家, 児童文学者）	557
新山 新太郎（農民作家, 農民運動家）	557
仁王門 大五郎（劇作家, 演出家）	557
二階堂 黎人（小説家）	558
仁川 髙丸（作家）	558
仁木 悦子（推理作家）	558

仁木 雄太郎（問題小説創刊30周年記念懸賞を受賞）	558
ニコル, C.W.（作家, 探検家, ナチュラリスト）	558
西内 ミナミ（児童文学作家）	558
西浦 一輝（小説家）	558
西尾 正（推理作家）	559
西岡 光秋（詩人, 評論家, 小説家）	559
西荻 弓絵（シナリオライター）	559
西垣 通（小説家）	559
西川 紀子（児童文学作家）	559
西川 夏代（児童文学作家）	559
西川 のぶ子（小説家）	559
西川 久子（作家）	559
西川 満（詩人, 作家）	560
西木 正明（小説家, ノンフィクション作家）	560
西口 克己（作家）	560
西沢 杏子（詩人, 児童文学作家）	560
西沢 正太郎（児童文学者）	560
西沢 裕子（シナリオライター）	560
西沢 実（劇作家, 作詞家）	560
西沢 揚太郎（劇作家, 演劇評論家）	561
西島 大（劇作家）	561
西田 一夫（シナリオライター）	561
西田 シャトナー（劇作家, 演出家）	561
西田 俊也（小説家）	561
西田 豊子（劇作家）	561
西田 政治（推理作家, 翻訳家）	561
西谷 史（作家）	561
西谷 洋（農民作家）	562
仁科 透（推理作家）	562
西野 辰吉（作家, 評論家）	562
西原 啓（小説家）	562
西原 健次（小説家）	562
西村 文（児童文学作家）	562
西村 恭子（フリーライター）	562
西村 京太郎（推理作家）	562
西村 健治（シナリオライター, 俳優）	563
西村 滋（児童文学作家, ノンフィクション作家）	563
西村 寿行（推理作家）	563
西村 渚山（小説家）	563
西村 聡淳（作家）	563
西村 孝史（広告プランナー, シナリオライター）	563
西村 天囚（ジャーナリスト, 小説家, 漢学者）	563
西村 宣之（シナリオライター）	564
西村 望（作家）	564
西村 まり子（童話作家）	564
西村 祐見子（童話作家）	564
西本 鶏介（昭和女子大学文学部教授）	564
西山 あつ子（毎日童話新人賞最優秀新人賞を受賞）	564
西山 敏夫（児童文学者）	564
西山 安雄（小説家, 医師）	564

| 二反長 半 (小説家, 児童文学作家) ………… 564
| 新田 一実 ⇒後藤恵理子,
| 里見敦子 を見よ
| 新田 潤 (小説家) ……………………… 565
| 新田 純子 (作家) ……………………… 565
| 新田 次郎 (小説家) …………………… 565
| 新田 静湾 (小説家) …………………… 565
| 新田 晴彦 (翻訳家) …………………… 565
| 仁田 義男 (小説家) …………………… 565
| 日塔 淳子 (劇作家) …………………… 565
| 二取 由子 (作家) ……………………… 565
| 二宮 隆雄 (作家, 元・ヨット選手) ……… 566
| 二宮 由紀子 (童話作家) ……………… 566
| 楡 周平 (小説家) ……………………… 566
| 楡井 亜木子 (小説家) ………………… 566
| 丹羽 昌一 (サントリーミステリー大賞を受賞) … 566
| 新羽 精之 (推理作家) ………………… 566
| 丹羽 正 (小説家) ……………………… 566
| 丹羽 文雄 (小説家) …………………… 566

【ぬ】

額田 六福 (劇作家) …………………… 566
貫井 徳郎 (ミステリー作家) …………… 567
沼 正三 (小説家) ……………………… 567
沼口 勝之 (小説家) …………………… 567
沼田 陽一 (作家) ……………………… 567

【ね】

ねじめ 正一 (詩人, 小説家) …………… 567
根野 村夫 (シナリオライター) ………… 567

【の】

野阿 梓 (SF作家) ……………………… 568
野一色 幹夫 (小説家, 随筆家) ………… 568
能坂 利雄 (作家, 紋章研究家) ………… 568
野上 彰 (詩人, 劇作家) ………………… 568
野上 龍雄 (シナリオライター) ………… 568
野上 弥生子 (小説家) ………………… 568
野口 赫宙 (小説家) …………………… 569
野口 すみ子 (児童文学作家) ………… 569
野口 武彦 (文芸批評家) ……………… 569
野口 達二 (劇作家) …………………… 569
野口 冨士男 (小説家) ………………… 569
野口 喜洋 (小説家) …………………… 569

野坂 昭如 (小説家, 歌手) ……………… 570
野崎 六助 (映画・ミステリー評論家, 文芸評論
  家, 作家) …………………………… 570
野沢 純 (小説家) ……………………… 570
野沢 尚 (脚本家, 小説家) ……………… 570
野島 伸司 (脚本家) …………………… 570
能島 武文 (劇作家, 演劇評論家, 翻訳家) … 571
野島 辰次 (小説家) …………………… 571
野島 千恵子 (作家) …………………… 571
野島 誠 (九州芸術祭文学賞最優秀賞受賞) … 571
野尻 抱介 (SF作家) …………………… 571
能勢 紘也 (シナリオライター) ………… 571
野田 高梧 (シナリオライター) ………… 571
野田 秀樹 (劇作家, 演出家, 俳優) ……… 572
野田 昌宏 (テレビ・プロデューサー, SF作家) … 572
野中 ともそ (ライター, 小説家, イラストレー
  ター) ……………………………… 572
野中 友博 (劇作家) …………………… 572
野中 柊 (翻訳家, 小説家) ……………… 572
野長瀬 正夫 (詩人, 児童文学者) ……… 573
乃南 アサ (推理作家) ………………… 573
野原 一夫 (作家, 文芸評論家) ………… 573
野原 なおこ (児童文学作家) ………… 573
野火 晃 (作家, ジャーナリスト, 児童文学作家) … 573
延江 浩 (ラジオプロデューサー, 作家) … 573
伸岡 律 (小説家) ……………………… 573
延原 謙 (翻訳家, 編集者, 小説家) ……… 573
信本 敬子 (脚本家) …………………… 574
野辺地 天馬 (牧師, 童話作家, 口演童話家) … 574
登坂 北嶺 (小説家) …………………… 574
野間 宏 (小説家, 評論家, 詩人) ………… 574
野間井 淳 (新潮新人賞を受賞) ……… 574
野町 祥太郎 (小説家) ………………… 574
野溝 七生子 (小説家, 近代文学研究家) … 574
野村 愛正 (小説家, 俳人) ……………… 574
野村 一秋 (児童文学作家, 元・小学校教師) … 575
野村 かほり (小説家) ………………… 575
野村 胡堂 (小説家, 音楽評論家) ……… 575
野村 順一 (作家, 建築家) ……………… 575
野村 尚吾 (小説家) …………………… 575
野村 昇司 (児童文学作家) …………… 575
野村 敏雄 (小説家) …………………… 575
野村 政夫 (児童劇作家, 小説家) ……… 576
野村 正樹 (推理作家) ………………… 576
野村 美月 (小説家) …………………… 576
野村 ゆき (童話作家) ………………… 576
野村 芳太郎 (映画監督) ……………… 576
野村 吉哉 (詩人, 童話作家) …………… 576
野本 淳一 (児童文学作家) …………… 576
野本 隆 (小説家) ……………………… 577
野元 正 (小説家) ……………………… 577
野矢 一郎 (童話作家, 小学校教師) …… 577
法月 一生 (シナリオライター) ………… 577
法月 綸太郎 (推理作家) ……………… 577

乘峯 栄一 （作家） ………………………… 577
野呂 邦暢 （小説家） ………………………… 577
野呂 重雄 （小説家） ………………………… 577

【 は 】

灰崎 抗 （小説家） ………………………… 578
灰谷 健次郎 （児童文学作家） …………… 578
梅亭 金鵞 （作家(戯作者)) …………………… 578
灰野 庄平 （劇作家, 演劇評論家・研究家） …… 578
荻山 綾音 （群像新人文学賞優秀作に入賞） … 578
波木里 正吉 （小説家） ……………………… 578
萩原 一学 （児童文学作家） …………………… 578
萩原 乙彦 （作家(戯作者), 俳人） …………… 579
萩原 亨 （小説家） ……………………… 579
萩原 雪夫 （歌舞伎舞踊作家） …………… 579
萩原 葉子 （小説家, エッセイスト） …………… 579
萩原 良彦 （作家） ……………………… 579
朴 重鎬 （小説家） ……………………… 579
間 太平 （小説家） ……………………… 579
迫間 健 （放送作家, 劇作家, 演出家） …… 580
蓮治 英哉 （小説家） ……………………… 580
土師 清二 （小説家, 俳人） …………………… 580
橋浦 方人 （映画監督, シナリオライター） … 580
橋爪 健 （詩人, 評論家, 小説家） …………… 580
橋爪 彦七 （小説家） ……………………… 580
橋田 寿賀子 （脚本家, 劇作家） …………… 580
羽島 トオル （音楽ディレクター, 小説家） … 581
橋村 明可梨 （童話作家） …………………… 581
橋本 以蔵 （映画監督, シナリオライター） … 581
橋本 英吉 （小説家） ……………………… 581
橋本 栄子 （脚本家） ……………………… 581
橋本 治 （作家） ……………………… 581
橋本 和子 （シナリオライター） …………… 581
橋本 勝三郎 （作家） ……………………… 582
橋本 康司郎 （コピーライター） …………… 582
橋本 五郎 （推理作家） …………………… 582
橋本 忍 （脚本家, 映画プロデューサー） … 582
橋元 淳一郎 （SF作家） …………………… 582
橋本 信吾 （シナリオライター） …………… 582
橋本 武 （民俗研究家） …………………… 582
橋本 紡 （小説家） ……………………… 582
橋本 都耶子 （作家） ……………………… 583
橋本 ときひこ （児童文学作家, 小学校教師） … 583
橋本 浩 （小説家） ……………………… 583
橋本 昌樹 （小説家） ……………………… 583
橋本 雄介 （小説家） ……………………… 583
橋谷 桂子 （童話作家） …………………… 583
長谷 健 （小説家, 児童文学者） …………… 583
長谷 敏司 （小説家） ……………………… 583
馳 星周 （推理作家） …………………… 583
長谷 基弘 （劇作家, 演出家） …………… 584

長谷川 修 （小説家） ……………………… 584
長谷川 公之 （シナリオライター, 美術評論家） 584
長谷川 憲司 （小説家） …………………… 584
長谷川 幸延 （小説家, 劇作家, 演出家） …… 584
長谷川 孝治 （劇作家, 演出家） …………… 584
長谷川 時雨 （劇作家, 小説家, 随筆家） …… 584
長谷川 潤二 （小説家） …………………… 585
長谷川 四郎 （作家, 詩人, 翻訳家） ………… 585
長谷川 伸 （小説家, 劇作家） …………… 585
長谷川 卓 （小説家） …………………… 585
長谷川 美智子 （児童文学作家） …………… 585
長谷川 康夫 （演出家, 映画監督, 劇作家） … 585
長谷部 慶次 （シナリオライター） …………… 586
長谷部 孝 （劇作家） ……………………… 586
畑 耕一 （小説家, 評論家, 劇作家） ……… 586
秦 恒平 （小説家, 文芸評論家） …………… 586
秦 豊吉 （随筆家, 翻訳家, 小説家） ……… 586
畑 正憲 （随筆家, 動物文学者） …………… 586
畑 嶺明 （シナリオライター） …………… 587
畑 裕子 （小説家） ……………………… 587
羽太 雄平 （作家） ……………………… 587
羽田 令子 （小説家） ……………………… 587
畠 祐美子 （劇団リ・ボン主宰） …………… 587
畠中 恵 （小説家） ……………………… 587
畑沢 聖悟 （俳優, 劇作家, 脚本家） ……… 587
畑島 喜久生 （詩人, 児童文学作家） ……… 588
畑中 弘子 （児童文学作家） …………… 588
畑中 康雄 （作家） ……………………… 588
波多野 忠夫 （小説家, パズル作家） ……… 588
羽田野 直子 （シナリオライター） …………… 588
波多野 鷹 （作家） ……………………… 588
畑本 秋一 （映画監督, シナリオライター） … 588
畑山 博 （小説家） ……………………… 589
蜂屋 誠一 （作家） ……………………… 589
蜂谷 緑 （小説家, 劇作家） …………… 589
八匠 衆一 （小説家） ……………………… 589
八田 尚之 （シナリオライター, 劇作家, 演出家）
　　　　　 …………………………………… 589
八田 元夫 （演出家, 劇作家） …………… 589
服部 ケイ （シナリオライター, 劇作家, 演出家）
　　　　　 …………………………………… 589
服部 慎一 （作家） ……………………… 590
服部 武四郎 （シナリオライター, 作家） …… 590
服部 撫松 （戯文家, ジャーナリスト） …… 590
服部 真澄 （小説家, 編集者） …………… 590
服部 まゆみ （版画家, 小説家） …………… 590
初野 晴 （ミステリー作家） …………… 590
花井 愛子 （小説家, マンガ原作者, コピーライ
　　　　　 ター） ……………………………… 590
花井 俊子 （小説家） …………………… 591
花井 泰子 （児童文学作家） …………… 591
花烏賊 康繁 （児童文学作家） …………… 591
花岡 大学 （児童文学作家） …………… 591
花笠 文京(2代目) （戯作者） ………………… 591

(49)

羽中田 誠 (小説家)	591
花形 みつる (小説家)	591
花木 深 (小説家)	592
華城 文子 (小説家)	592
花田 明子 (劇作家)	592
花田 清輝 (評論家, 小説家, 劇作家)	592
花登 筐 (放送作家, 小説家, 劇作家)	592
花房 柳外 (新派劇作者)	592
花村 奨 (小説家, 詩人)	592
花村 萬月 (小説家)	592
花谷 玲子 (中国新聞社新人登壇・文芸作品懸賞募集第3席入賞)	593
花輪 莞爾 (小説家, 翻訳家)	593
塙 英夫 (小説家)	593
羽生田 敏 (児童文学者)	593
埴原 一亟 (小説家)	593
埴谷 雄高 (小説家, 評論家)	593
埴輪 史郎 (推理作家)	593
羽根田 康美 (文学界新人賞を受賞)	593
羽田 幸男 (童話作家)	594
馬場 啓一 (エッセイスト, 小説家)	594
馬場 信浩 (小説家)	594
羽場 博行 (推理作家)	594
幅 房子 (童話作家)	594
馬場 真人 (CFプランナー, 小説家)	594
馬場 真理子 (児童文学作家)	594
馬場 ゆみ (小説家)	594
帚木 蓬生 (小説家, 医師)	594
羽深 律 (編集者, ライター)	595
浜 祥子 (童謡詩人, 童話作家)	595
浜 たかや (児童文学作家)	595
はま まさのり (小説家)	595
はま みつを (児童文学作家)	595
浜尾 四郎 (探偵小説家, 弁護士)	595
浜口 賢治 (小説家, 童話作家)	595
浜口 隆義 (小説家)	595
浜口 拓 (「青い鳥」編集委員)	595
浜崎 健自 (高校教師, 作家)	595
浜崎 達也 (小説家)	596
浜田 糸衛 (作家, 婦人運動家)	596
浜田 金広 (シナリオライター)	596
浜田 けい子 (児童文学作家)	596
浜田 隼雄 (小説家)	596
浜田 広介 (児童文学作家)	596
浜田 順子 (文芸賞を受賞)	596
浜野 えつひろ (児童文学作家)	597
浜野 健三郎 (小説家)	597
浜野 卓也 (作家, 文芸評論家)	597
浜本 浩 (小説家)	597
早川 三代治 (経済学者, 小説家)	597
早坂 暁 (作家, 脚本家, 演出家)	597
早坂 久子 (劇作家, 詩人)	598
林 郁 (作家)	598
林 逸馬 (小説家)	598
林 えり子 (作家)	598
林 一夫 (児童文学作家, 医事評論家)	598
林 京子 (小説家)	598
林 圭一 (劇作家, 演出家, シナリオライター)	598
林 黒土 (児童文学作家, 児童文学者)	599
林 俊 (作家)	599
林 青梧 (小説家)	599
林 髞 (生理学者, 推理作家)	599
林 多加志 (フリーライター)	599
はやし たかし (放送作家, 童話作家, コント作家)	599
林 トモアキ (小説家)	599
林 二九太 (劇作家, 小説家)	600
林 秀彦 (作家)	600
林 弘明 (シナリオライター)	600
林 房雄 (小説家, 評論家)	600
林 不忘 (小説家, 翻訳家)	600
林 芙美子 (小説家, 詩人)	600
林 柾木 (小説家)	601
林 真理子 (小説家, エッセイスト)	601
林 和 (劇作家)	601
林 容一郎 (詩人, 小説家)	601
林 禧男 (放送作家)	601
林葉 直子 (タレント, 元・棋士)	601
林原 玉枝 (児童文学作家)	602
早瀬 利之 (作家, ゴルフ評論家)	602
早野 梓 (小説家)	602
早野 美智代 (児童文学作家)	602
早船 ちよ (小説家, 児童文学作家, 児童文化運動家)	602
葉山 修平 (小説家)	602
羽山 信樹 (小説家)	602
葉山 嘉樹 (小説家)	603
はやみね かおる (児童文学作家)	603
原 勝文 (作家)	603
原 源一 (劇作家)	603
原 健三郎 (衆院議員)	603
原 岳人 (日本ファンタジーノベル大賞優秀賞を受賞)	603
原 民喜 (小説家, 詩人)	603
原 千代海 (劇作家, 演劇評論家, フランス文学者)	604
原 のぶこ (児童文学作家)	604
原 秀雄 (弁護士, 作家)	604
原 弘子 (作家)	604
原 抱一庵 (小説家, 翻訳家)	604
原 百代 (作家, 翻訳家)	604
原 寮 (作家, ジャズピアニスト)	604
原口 真智子 (小説家)	604
原島 将郎 (シナリオライター)	605
原田 一美 (児童文学作家)	605
原田 謙次 (歌人, 小説家)	605
原田 重信 (作家)	605
原田 譲二 (詩人, 新聞記者)	605

ひらかわ

原田 真介 (小説家) ………………… 605
原田 種夫 (作家, 詩人) …………… 605
原田 真人 (映画監督, 映画評論家) … 605
原田 宗典 (作家, コピーライター) …… 606
原田 康子 (小説家) ………………… 606
ハリス, ジェームス (英語講師) …… 606
張山 秀一 (童話作家) ……………… 606
春江 一也 (小説家, 外交官) ……… 606
春木 一夫 (作家) …………………… 606
春口 裕子 (小説家) ………………… 607
榛名 しおり (小説家) ……………… 607
春山 希義 (小説家) ………………… 607
伴 和子 (児童文学作家) …………… 607
韓 丘庸 (児童文学作家) …………… 607
番 伸二 (小説家) …………………… 607
ハーン, ラフカディオ ⇒小泉八雲 を見よ
韓 龍茂 (詩人, ジャーナリスト, 翻訳家) … 607
番匠谷 英一 (劇作家, ドイツ文学者) … 607
半田 義之 (小説家) ………………… 608
坂東 賢治 (脚本家) ………………… 608
坂東 真砂子 (作家) ………………… 608
板東 三百 (小説家) ………………… 608
坂の 外夜 (童話作家, 玩具デザイナー) … 608
半村 良 (小説家) …………………… 608

【ひ】

火浦 功 (SF作家) ………………… 608
比江島 重孝 (児童文学作家) ……… 609
比嘉 辰夫 (詩人, 作家) …………… 609
比影 佑典 (児童文学作家) ………… 609
日影 丈吉 (推理作家, フランス料理研究家) … 609
東 栄一 (医療ジャーナリスト, ノンフィクション
　作家) ……………………………… 609
東 君平 (漫画家, イラストレーター, 絵本・童話
　作家) ……………………………… 609
東 多江子 (シナリオライター) …… 609
東 菜奈 (絵本作家) ………………… 610
東 理夫 (小説家, エッセイスト) … 610
東 峰夫 (小説家) …………………… 610
東 由多加 (演出家, 映画監督, 劇作家) … 610
東 陽一 (映画監督, 脚本家) ……… 610
東野 圭吾 (推理作家) ……………… 610
東坊城 恭長 (映画監督, 俳優) …… 611
干刈 あがた (小説家) ……………… 611
ひかわ 玲子 (SF作家) …………… 611
氷川 瓏 (推理作家) ………………… 611
疋田 哲夫 (放送作家) ……………… 611
引間 徹 (小説家) …………………… 611
樋口 一葉 (小説家, 歌人) ………… 611
樋口 紅陽 (作家) …………………… 612
樋口 茂子 (小説家, 放送作家) …… 612

樋口 修吉 (小説家) ………………… 612
樋口 範子 (小説家, 翻訳家) ……… 612
樋口 有介 (小説家) ………………… 612
日暮 裕一 (シナリオライター) …… 612
ひこ・田中 (児童文学作家, テレビゲーム評論家)
　……………………………………… 612
比佐 芳武 (シナリオライター) …… 613
久板 栄二郎 (劇作家, シナリオライター) … 613
久生 十蘭 (小説家, 劇作家, 演出家) … 613
火坂 雅志 (小説家) ………………… 613
久高 明子 (童話作家) ……………… 613
久間 十義 (小説家) ………………… 613
久松 一声 (劇作家) ………………… 613
久松 義典 (教育家, 政治家, 新聞記者) … 613
久丸 修 (小説家, テレビ・ディレクター) … 614
久山 秀子 (推理作家) ……………… 614
飛沢 磨利子 (小説家) ……………… 614
ひしい のりこ (児童文学作家) …… 614
土方 鉄 (作家, 評論家, 俳人) …… 614
斐太 猪之介 (新聞記者, 小説家) … 614
肥田 美代子 (児童文学作家) ……… 614
人見 嘉久彦 (劇作家, 演出家) …… 614
日向 康 (小説家, ノンフィクション作家) … 614
日夏 英太郎 (脚本家, 映画監督) … 615
火野 葦平 (小説家) ………………… 615
日野 啓三 (小説家, 評論家) ……… 615
日野 多香子 (児童文学作家) ……… 615
日比 茂樹 (児童文学作家) ………… 615
響 リュウ (作曲家, 劇作家, 演出家) … 616
日比野 士朗 (小説家) ……………… 616
氷室 冴子 (小説家) ………………… 616
姫野 カオルコ (作家) ……………… 616
檜山 良昭 (推理作家) ……………… 616
日向 章一郎 (作家) ………………… 616
兵本 善矩 (小説家) ………………… 616
ピョン キジャ (童話作家, 翻訳家) … 616
陽羅 義光 (小説家, 詩人) ………… 617
平井 秋子 (文筆業) ………………… 617
平井 和正 (SF作家) ……………… 617
平井 信作 (小説家) ………………… 617
平井 蒼太 (推理作家, 風俗文献収集家) … 617
平井 晩村 (詩人, 小説家) ………… 617
平石 耕一 (劇作家, 演出家) ……… 617
平石 貴樹 (小説家) ………………… 617
平泉 和美 (毎日児童小説コンクール小学生向
　き部門で最優秀賞を受賞) ……… 618
平出 修 (歌人, 小説家, 弁護士) … 618
平岩 弓枝 (小説家, 劇作家) ……… 618
平尾 勝彦 (児童文学作家) ………… 618
平尾 不孤 (小説家) ………………… 618
平岡 篤頼 (文芸評論家, フランス文学者, 小説
　家) ………………………………… 618
平賀 春郊 (小説家, 歌人) ………… 619
平川 虎臣 (小説家) ………………… 619

(51)

平木 国夫 (小説家) ……………… 619
平木 白星 (詩人, 戯曲家) ………… 619
平沢 計七 (労働運動家, 劇作家, 小説家) …… 619
平田 オリザ (劇作家, 演出家) …… 619
平田 敬 (小説家) ……………… 620
平田 兼三 (劇作家, 演出家) ……… 620
平田 小六 (小説家, 評論家) ……… 620
平田 晋策 (軍事問題評論家, 児童文学者) … 620
平田 俊子 (詩人) ……………… 620
平塚 武二 (児童文学作家) ……… 620
平戸 敬二 (劇作家) …………… 620
平中 悠一 (小説家) …………… 620
平野 厚 (児童文学作家) ……… 621
平野 威馬雄 (詩人, 児童文学者, 小説家) … 621
平野 啓一郎 (小説家) …………… 621
平野 純 (作家) ……………… 621
平野 直 (童話作家, 童謡詩人) …… 621
平野 温美 (北見工業大学教授) …… 621
平野 文 (声優, 小説家) ……… 621
平野 ますみ (児童文学作家, 童謡詩人) … 622
平野 稜子 (作家, 詩人) ……… 622
平野 零児 (小説家) …………… 622
平林 英子 (小説家) …………… 622
平林 規好 (小説家) …………… 622
平林 たい子 (小説家) …………… 622
平林 敏彦 (詩人, 作家) ……… 622
平林 彪吾 (小説家) …………… 623
平松 誠治 (中央公論新人賞を受賞) … 623
平松 哲夫 (児童文学作家, 放送作家) … 623
平谷 美樹 (小説家) …………… 623
平山 寿三郎 (小説家) …………… 623
平山 蘆江 (小説家, 随筆家) …… 623
日向 真幸来 (小説家) …………… 623
比留間 千稲 (小説家) …………… 623
比留間 久夫 (小説家) …………… 623
広井 王子 (コンピュータゲーム・プランナー, 小説家, マルチクリエイター) …………… 623
広池 秋子 (ヨーガ健康法研究指導家, 小説家) 624
広岡 千明 (翻訳家) …………… 624
広越 たかし (児童文学作家) …… 624
ヒロコ・ムトー (エッセイスト, 作詞家) … 624
広沢 栄 (シナリオライター) …… 624
広沢 康郎 (作家) ……………… 624
広島 友好 (劇作家, 詩人) ……… 625
広瀬 襄 (映画監督) …………… 625
広瀬 寿美子 (放送脚本新人賞優秀賞を受賞) … 625
広瀬 隆 (反原発運動家, ノンフィクション作家) …………… 625
広瀬 正 (小説家) ……………… 625
広瀬 仁紀 (小説家) …………… 625
広瀬 寿子 (児童文学作家) …… 625
広瀬 麻紀 (童話作家) …………… 625
広瀬 誠 (作家) ……………… 626
広田 衣世 (童話作家) …………… 626

弘田 静憲 (小説家) …………… 626
広田 雅之 (劇作家) …………… 626
ひろた みを (ノンフィクション作家) …… 626
広田 美知男 (フリーライター) …… 626
広田 睦 (セシールシナリオ大賞を受賞) … 626
広谷 鏡子 (小説家) …………… 626
広津 和郎 (小説家, 評論家) …… 626
弘津 千代 (劇作家) …………… 627
広津 桃子 (作家) ……………… 627
広津 柳浪 (小説家) …………… 627
広野 八郎 (作家) ……………… 627
広鰭 恵利子 (童話作家) ………… 627
広部 直春 (小説家) …………… 627
広山 義慶 (推理作家) …………… 627
広渡 常敏 (演出家, 劇作家) …… 628

【ふ】

深井 迪子 (小説家) …………… 628
深尾 道典 (シナリオライター, 映画監督) … 628
深沢 一夫 (放送作家, 児童文学作家) … 628
深沢 七郎 (小説家) …………… 628
深沢 美潮 (作家) ……………… 628
深田 久弥 (小説家, 山岳紀行家, ヒマラヤ研究家) …………… 628
深田 祐介 (小説家, 評論家) …… 629
深津 篤史 (劇作家) …………… 629
深見 真 (小説家) ……………… 629
深谷 晶子 (小説家) …………… 629
深谷 仁一 (シナリオライター) …… 629
深谷 忠記 (推理作家) …………… 629
福 明子 (小学校教師) …………… 629
福井 馨 (小説家) ……………… 629
福井 和 (児童文学作家) ……… 629
福井 晴敏 (小説家) …………… 630
福岡 さだお (病院事務員) ……… 630
福岡 徹 (小説家, 医師) ……… 630
福川 祐司 (児童文学作家) ……… 630
福沢 英敏 (作家) ……………… 630
福島 佐丞 (児童文学者, 童話作家) … 630
福島 順子 (新人登壇で文芸2席を受賞) … 630
福島 次郎 (小説家) …………… 630
福島 のりよ (児童文学作家) …… 630
福島 正実 (小説家, 評論家, 翻訳家) … 631
福住 一義 (「男の隠れ家」編集長) … 631
福田 紀一 (作家) ……………… 631
福田 清人 (小説家, 児童文学作家, 評論家) … 631
福田 琴月 (小説家, 児童文学作家) … 631
福田 蛍二 (作家) ……………… 631
福田 卓郎 (シナリオライター) …… 631
福田 健雄 (児童文学作家) ……… 632
福田 恒存 (評論家, 劇作家, 演出家) … 632

福田 登女子 （小説家）	632
福田 洋 （推理作家）	632
福田 百合子 （小説家）	632
福田 陽一郎 （演出家, シナリオライター）	632
福田 善之 （劇作家, 演出家）	633
福地 源一郎 （ジャーナリスト, 劇作家, 小説家）	633
福地 文乃 （小説家）	633
福地 誠 （文筆家）	633
福富 哲 （テレビプロデューサー）	633
福永 恭助 （小説家, 国語学者）	633
福永 渙 （詩人, 翻訳家, 小説家）	634
福永 武彦 （小説家, 評論家）	634
福永 法弘 （俳人, 小説家）	634
福永 令三 （児童文学作家）	634
福村 久 （小説家）	634
覆面 作家 （作家）	634
福本 和也 （推理作家）	634
福本 武久 （作家）	634
福元 正実 （小説家, 神官）	634
不二 今日子 （小説家）	635
藤 桂子 （推理作家）	635
藤 公之介 （作詞家, 放送作家, 詩人）	635
富士 正晴 （小説家, 詩人）	635
藤 真知子 （児童文学作家）	635
藤 水名子 （小説家）	635
藤井 薫 （劇作家）	635
藤井 重夫 （小説家）	635
藤井 青銅 （小説家, 放送作家）	636
藤井 則行 （詩人, 児童文学作家, 高校教師）	636
藤井 博古 （作家）	636
藤井 まさみ （児童文学作家）	636
藤井 真澄 （劇作家）	636
藤枝 静男 （小説家）	636
藤岡 真 （CMディレクター）	636
藤岡 筑邨 （俳人, 作家）	636
武鹿 悦子 （童謡詩人, 児童文学作家）	637
藤蔭 道子 （作家）	637
藤上 貴矢 （漫画原作家, 小説家）	637
藤川 桂介 （作家）	637
藤川 健夫 （劇作家）	637
藤川 能 （小説家）	637
藤木 靖子 （作家）	637
藤口 透吾 （小説家）	637
藤崎 慎吾 （SF作家）	637
藤沢 浅二郎 （新派俳優, 作家）	638
藤沢 清典 （作家, 中学校教師）	638
藤沢 古雪 （劇作家）	638
藤沢 周 （小説家）	638
藤沢 周平 （小説家）	638
藤沢 清造 （小説家, 劇作家, 劇評家）	638
藤沢 桓夫 （作家）	638
藤沢 美雄 （民話作家）	639
藤島 一虎 （小説家）	639
藤島 泰輔 （小説家）	639
藤末 千鶴 （九州大学附属病院看護部長）	639
藤瀬 凡夫 （元・高校教師）	639
藤田 晃 （作家）	639
ふじた あさや （劇作家, 演出家）	639
藤田 健二 （小説家, ノンフィクション作家）	639
藤田 五郎 （作家）	640
藤田 圭雄 （童謡詩人・研究家, 児童文学作家, 作詞家）	640
藤田 伝 （劇作家, 演出家）	640
藤田 敏雄 （劇作家, 作詞家）	640
藤田 敏八 （映画監督, 俳優）	640
藤田 のぼる （児童文学評論家, 作家）	641
藤田 博保 （児童文学作家）	641
藤田 富美恵 （児童文学作家）	641
藤田 雅矢 （小説家）	641
藤田 美佐子 （小説家）	641
藤田 宜永 （小説家, エッセイスト, 翻訳家）	641
藤波 祐子 （児童文学作家）	641
藤野 古白 （俳人, 劇作家）	641
藤野 千夜 （小説家）	642
椹野 道流 （作家, 医師）	642
藤林 愛夏 （レディース・ミステリー特別賞を受賞）	642
藤巻 幸作 （果実栽培業）	642
不二牧 駿 （作家）	642
伏見 晃 （シナリオライター）	642
伏見 丘太郎 （小説家）	642
伏見 健二 （ゲームデザイナー, 小説家）	642
藤村 耕造 （弁護士）	642
藤村 正太 （推理作家）	642
藤本 義一 （小説家, 放送作家, テレビ司会者）	643
藤本 恵子 （小説家）	643
藤本 泉 （作家）	643
藤本 たか子 （児童文学作家）	643
藤本 藤陰 （小説家）	643
藤本 信行 （シナリオライター）	643
藤本 ひとみ （作家）	643
冨士本 由紀 （作家, コピーライター）	644
藤森 慨 （小説家）	644
藤森 淳三 （小説家, 評論家）	644
藤森 司郎 （作家）	644
藤森 成吉 （小説家, 劇作家, 俳人）	644
藤原 伊織 （小説家）	644
藤原 一生 （児童文学作家）	644
藤原 宰太郎 （推理作家, 推理トリック研究家）	645
藤原 審爾 （作家）	645
藤原 新也 （写真家, 作家, 画家）	645
藤原 征矢 （小説家, ジャーナリスト）	645
藤原 京 （小説家）	645
藤原 てい （小説家, 随筆家）	645
藤原 智美 （小説家）	645
藤原 真莉 （作家）	645
布勢 博一 （放送作家）	646

ふせ　　　　　　　人名目次

布施 雅男（作家） ………… 646
総生 寛（戯作者） ………… 646
二葉亭 四迷（小説家, 翻訳家） … 646
筆内 幸子（作家） ………… 646
舟木 重雄（小説家） ………… 646
舟木 重信（ドイツ文学者, 小説家） … 646
舩木 繁（作家） ………… 646
船越 義彰（作家, 詩人） ………… 646
舟越 健之輔（ノンフィクション作家, 詩人, 小説家） ………… 647
舩坂 弘（小説家） ………… 647
舟崎 靖子（児童文学作家, 小説家） … 647
舟崎 克彦（童話作家, 絵本作家, 挿絵画家） … 647
船地 慧（作家） ………… 647
船戸 安之（小説家） ………… 648
船戸 与一（小説家） ………… 648
舟橋 和郎（シナリオライター） ………… 648
舩橋 幸恵（童話作家） ………… 648
舟橋 聖一（小説家, 劇作家） ………… 648
船山 馨（小説家） ………… 648
武馬 美恵子（児童文学作家） ………… 649
夫馬 基彦（小説家） ………… 649
麓 昌平（推理作家） ………… 649
冬 敏之（小説家） ………… 649
冬木 薫（作家） ………… 649
ふゆき たかし（作家） ………… 649
古井 由吉（小説家, エッセイスト, 翻訳家） … 649
古井戸 敦美（著述業, 俳優） ………… 650
古岡 孝信（小説家） ………… 650
古川 嘉一郎（放送作家, 演芸評論家, 小説家） … 650
古川 魁蕾（戯作者, 新聞記者） ………… 650
古川 薫（小説家） ………… 650
古川 登志夫（声優, 俳優, 演出家） ………… 650
古川 日出男（舞台演出家, 小説家） ………… 650
古川 良範（劇作家, シナリオライター） ………… 650
古沢 元（小説家） ………… 651
古沢 安二郎（小説家） ………… 651
古庄 健一（福岡県立大川高校演劇部顧問） … 651
古荘 正朗（小説家） ………… 651
古田 足日（児童文学作家・評論家） ………… 651
古田 求（シナリオライター） ………… 651
古田 芳生（小説家, 銀行員） ………… 651
古館 清太郎（翻訳家, 小説家） ………… 651
古橋 秀之（小説家） ………… 651
古山 高麗雄（小説家） ………… 652
古山 知己（高校教師） ………… 652

【へ】

別所 真紀子（詩人, 作家） ………… 652
別唐 晶司（京都大学医学部助手） ………… 652
別宮 貞徳（小説家） ………… 652

別役 実（劇作家, 童話作家） ………… 652
辺見 じゅん（ノンフィクション作家, 歌人） · 653
逸見 広（小説家） ………… 653
辺見 庸（小説家, ノンフィクション作家） … 653

【ほ】

北条 民雄（小説家） ………… 653
北条 秀司（劇作家, 演出家） ………… 653
北条 誠（小説家, 放送作家, 劇作家） ………… 654
蓬田 耕作（作家） ………… 654
芳地 隆介（戯曲家） ………… 654
蓬莱 泰三（放送作家, 作詩家） ………… 654
朴 重鎬　⇒朴重鎬（パク・ジュンホ）を見よ
保坂 和志（小説家） ………… 654
保阪 正康（ノンフィクション作家, 評論家） · 654
星 四郎（劇作家） ………… 655
星 新一（SF作家） ………… 655
星川 清司（小説家, 元・シナリオライター） · 655
星田 三平（推理作家） ………… 655
保篠 龍緒（翻訳家, 小説家） ………… 655
星野 天知（小説家, 評論家） ………… 655
星野 智幸（小説家） ………… 655
星野 有三（児童文学作家） ………… 656
穂積 純太郎（劇作家） ………… 656
穂積 驚（小説家, 劇作家） ………… 656
細井 和喜蔵（小説家, 社会運動家） ………… 656
細川 武子（児童文学者） ………… 656
細川 董（小説家, 洋画家, 哲学者） ………… 656
細川 真理子（薬剤師） ………… 656
細越 夏村（詩人, 小説家） ………… 656
細田 源吉（小説家） ………… 657
細田 民樹（小説家） ………… 657
細野 孝二郎（小説家） ………… 657
細野 耕三（作家） ………… 657
細屋 満実（農業手伝い） ………… 657
帆田 春樹（小説家, 詩人） ………… 657
堀田 あけみ（小説家） ………… 657
堀田 清美（劇作家） ………… 657
堀田 昇一（小説家） ………… 658
堀田 善衞（作家, 文芸評論家） ………… 658
保前 信英（小説家） ………… 658
堀 晃（SF作家, 推理作家） ………… 658
堀 和久（小説家） ………… 658
堀 辰雄（小説家） ………… 658
堀 直子（児童文学作家） ………… 659
堀井 清（小説家） ………… 659
堀池 撫子（シナリオライター, エッセイスト） ………… 659
堀内 新泉（小説家, 詩人） ………… 659
堀内 純子（児童文学作家） ………… 659
堀江 潤（吉野せい賞を受賞） ………… 659
堀江 史朗（劇作家, 脚本家, プロデューサー） ………… 659

(54)

堀江 敏幸 （作家）	659
堀江 林之助 （劇作家）	660
堀尾 青史 （児童文学作家, 紙芝居作家）	660
堀川 潭 （小説家）	660
堀川 弘通 （映画監督）	660
堀切 和雅 （脚本家, 演出家, 作詞家）	660
堀越 真 （脚本家, 劇作家）	660
堀沢 光儀 （作家）	660
堀場 正雄 （詩人, 小説家, 評論家）	661
本郷 純子 （小説家, 随筆家）	661
本沢 みなみ （小説家）	661
本所 次郎 （経済作家, 経済ジャーナリスト）	661
本庄 桂輔 （劇作家, 小説家, フランス演劇研究家）	661
本城 美智子 （小説家, エッセイスト）	661
本庄 陸男 （小説家, 教育評論家）	661
本田 緒生 （推理作家）	661
本田 節子 （歌人, 作家）	662
本多 孝好 （小説家）	662
本田 美禅 （小説家）	662
本田 昌子 （児童文学作家）	662
本多 美智子 （小説家）	662
本間 久 （小説家, 批評家）	662
本間 正樹 （フリーライター, 児童文学作家）	662
本間 芳男 （作家）	662
本村 拓哉 （函館山ロープウェイ映画祭シナリオ大賞を受賞）	662

【ま】

舞坂 あき （小説家）	662
米田 孝 （児童劇作家）	663
前川 麻子 （女優, 演出家, 脚本家）	663
前川 宏司 （放送作家, 劇作家）	663
前川 康男 （児童文学作家）	663
前川 愛子 （作家）	663
前田 晁 （小説家, 翻訳家）	663
前田 曙山 （小説家, 園芸家）	663
前田 純敬 （小説家）	664
前田 珠子 （小説家）	664
前田 朋子 （小説家）	664
前田 悠衣 （女優, シナリオライター）	664
前田 依詩子 （小説家）	664
前田河 広一郎 （作家）	664
真壁 茂夫 （演出家, 劇作家, 俳優）	664
牧 逸馬 ⇒林不忘を見よ	
真木 桂之助 （作家）	664
真木 健一 （小説家）	664
槇 晧志 （詩人, 児童文学作家, 美術評論家）	665
槇 佐知子 （作家, 古典医学研究家）	665
牧 杜子尾 （児童劇作家）	665
真樹 日佐夫 （小説家, 劇画原作者, 空手家）	665
槇 ひろし （童話作家, 現代美術家）	665
真木 洋三 （作家）	665
蒔岡 雪子 （文筆家）	665
真岸 務 （作家, 元・高校教師）	666
牧瀬 五夫 （作家, 医師）	666
牧南 恭子 （作家）	666
牧野 英二 （小説家）	666
まきの えり （小説家）	666
牧野 修 （小説家）	666
牧野 省三 （映画監督, 映画製作者）	666
牧野 信一 （小説家）	666
牧野 誠義 （児童文学作家）	667
牧野 節子 （児童文学作家）	667
マキノ ノゾミ （劇作家, 演出家）	667
牧野 不二夫 （劇作家）	667
牧野 吉晴 （美術評論家, 小説家）	667
牧原 あかり （児童文学作家）	667
槇本 楠郎 （児童文学者, 歌人）	667
牧屋 善三 （小説家）	668
正岡 容 （小説家, 演芸評論家）	668
まさき えみこ （児童文学作家, 小学校教師）	668
真崎 かや （作家）	668
正木 としか （小説家）	668
正木 不如丘 （小説家, 俳人, 医師）	668
正延 哲士 （作家）	668
正宗 白鳥 （小説家, 劇作家, 評論家）	669
正本 ノン （作家）	669
真尾 悦子 （作家）	669
間嶋 稔 （作家, 元・高校教師）	669
真下 五一 （作家, 随筆家）	669
桝井 寿郎 （小説家）	669
真杉 静枝 （作家）	669
増田 明子 （児童文学作家）	669
増田 篤夫 （小説家, 評論家）	670
益田 太郎冠者 （劇作家, 実業家）	670
舛田 利雄 （映画監督, シナリオライター）	670
増田 久雄 （映画プロデューサー, シナリオライター）	670
増田 みず子 （小説家）	670
増本 勲 （「ライオンの考えごと」の著者）	670
桝本 清 （演出家, 劇作家, 映画監督）	670
舛山 六太 （小説家）	671
間瀬 昇 （作家, 医師）	671
又吉 栄喜 （作家）	671
町田 康 （小説家, ロック歌手, 俳優）	671
町田 トシコ （小説家）	671
町田 日出子 （翻訳家, 児童文学作家）	671
町田 柳塘 （小説家）	672
街原 めえり （児童文学作家）	672
松井 計 （小説家）	672
松井 今朝子 （歌舞伎研究家・脚本家）	672
松居 松翁 （劇作家, 舞台監督）	672
松居 スーザン （児童文学作家, 翻訳家）	672
松居 直 （児童文学者）	672

氏名	頁
松井 千尋 (小説家)	673
松井 智 (童話作家)	673
松居 友 (児童文学作家)	673
松井 稔 (シナリオライター, 元・映画監督)	673
松井 安俊 (著述家)	673
松浦 健郎 (脚本家, 映画監督)	673
松浦 沢治 (小説家)	673
松浦 淳 (医師)	673
松浦 節 (元・高校教師)	673
松浦 寿輝 (小説家, 詩人, 映画評論家)	674
松浦 理英子 (小説家)	674
松尾 光治 (文学界新人賞を受賞)	674
松尾 スズキ (演出家, 劇作家, 俳優)	674
松尾 由美 (小説家)	674
松岡 享子 (児童文学作家, 翻訳家, 評論家)	674
松岡 圭祐 (小説家, 催眠術師, 臨床心理士)	675
松岡 弘一 (小説家)	675
松岡 沙鷗 (小説家)	675
松岡 清治 (シナリオライター)	675
松岡 節 (児童文学作家)	675
松岡 照夫 (小説家)	675
松岡 やよい (小説家)	675
松岡 譲 (小説家, 随筆家)	675
松岡 義和 (劇作家, 元・中学校教師)	675
松木 功 (シナリオライター, プロデューサー)	676
松樹 剛史 (小説家)	676
真継 伸彦 (小説家, 文芸評論家, 俳人)	676
松木 ひろし (シナリオライター)	676
松倉 紫苑 (小説家)	676
松坂 忠則 (カナモジカイ理事長)	676
松崎 博臣 (シナリオライター, 映画監督)	676
松崎 美保 (小説家)	676
松崎 洋二 (小説家)	677
松沢 睦実 (児童文学作家)	677
松下 宗彦 (白百合女子大学名誉教授)	677
松下 竜一 (小説家, 市民運動家)	677
松代 達生 (作家)	677
松田 瓊子 (作家)	677
松田 章一 (劇作家)	677
松田 昭三 (脚本家)	677
松田 司郎 (児童文学作家, 評論家)	677
松田 竹の嶋人 (小説家)	678
松田 解子 (小説家)	678
松田 範祐 (児童文学作家, 高校教師)	678
松田 寛夫 (シナリオライター)	678
松田 正隆 (劇作家, 演出家, 俳優)	678
松田 美智子 (ノンフィクション作家, 小説家)	678
松田 良夫 (小説家)	679
松谷 健二 (翻訳家, ドイツ文学研究家)	679
松谷 みよ子 (児童文学作家)	679
松永 延造 (小説家, 詩人)	679
松永 健哉 (教育家, 小説家)	679
松永 尚子 (劇作家)	679
松永 義弘 (作家)	680
松浪 和夫 (読売テレビゴールデンシナリオ賞最優秀賞を受賞)	680
松波 治郎 (小説家, 随筆家)	680
松野 大介 (小説家, 元・コメディアン)	680
松野 正子 (児童文学作家, 翻訳家)	680
松原 一枝 (小説家)	680
松原 喜美子 (児童文学作家)	680
松原 澄子 (エッセイスト, 児童文学作家)	680
松原 敏春 (脚本家, 劇作家, 演出家)	681
松原 二十三階堂 (小説家, 記録文学者, 新聞記者)	681
松原 至大 (童話作家, 翻訳家, 児童文学者)	681
松原 由美子 (児童文学作家, 編集者)	681
松村 栄子 (小説家)	681
松村 隆 (「江さし草」編集長)	681
松村 春輔 (劇作家)	682
松村 秀樹 (医師, 作家)	682
松村 美樹子 (童話作家)	682
松村 光生 (小説家)	682
松村 茂平 (小説家, 詩人)	682
松村 喜雄 (推理作家, 評論家, 翻訳家)	682
松本 ありさ (作家)	682
松本 功 (シナリオライター)	682
松本 きょうじ (俳優, 劇作家, 演出家)	682
松本 苦味 (劇作家, 翻訳家)	683
松本 健一 (評論家, 小説家)	683
松本 賢吾 (小説家)	683
松本 幸子 (作家)	683
松本 清張 (小説家)	683
松本 泰 (推理作家, 翻訳家)	683
松本 隆 (作家, 作詞家)	684
松本 孝 (作家)	684
松本 利昭 (小説家, 詩人)	684
松本 富生 (小説家, 歌人)	684
松本 真樹 (新人テレビシナリオコンクールで奨励賞を受賞)	684
松本 稔 (脚本家)	684
松本 泰人 (小説家, ヘアデザイナー)	684
松本 雄吉 (演出家, 劇作家)	684
松本 侑子 (作家)	685
松本 祐佳 (児童文学作家)	685
松本 之子 (児童文学作家)	685
松本 梨江 (児童文学作家)	685
松谷 雅志 (小説家)	685
松山 思水 (編集者, 児童文学者)	685
松山 善三 (映画監督, 脚本家)	685
間所 ひさこ (児童文学作家, 詩人)	685
真殿 皎 (小説家, 詩人)	686
真鍋 和子 (児童文学作家)	686
真鍋 呉夫 (小説家, 俳人)	686
真鍋 秀夫 (劇作家)	686
真鍋 元之 (小説家, 大衆文学研究家)	686
真鍋 鱗二郎 (作家)	686
間野 絢子 (作家)	686

真野 さよ (小説家)	686
馬淵 量司 (小説家)	686
馬渕 冷佑 (国語教育家, 童話作家)	686
真船 豊 (劇作家, 小説家)	687
間宮 茂輔 (小説家)	687
真山 青果 (劇作家, 小説家, 考証家)	687
真山 美保 (劇作家, 演出家)	687
真弓 あきら (小説家)	687
眉村 卓 (小説家)	687
丸内 敏治 (シナリオライター)	688
丸尾 聡 (劇作家, 演出家, 俳優)	688
丸尾 長顕 (演出家, 作家)	688
丸岡 明 (小説家, 能楽評論家)	688
まるおか かずこ (児童文学作家)	688
丸岡 九華 (詩人, 小説家)	688
丸川 賀世子 (小説家)	689
丸林 久信 (放送作家, 映画監督)	689
丸茂 ジュン (小説家)	689
丸元 淑生 (小説家, 栄養学ジャーナリスト)	689
丸谷 才一 (作家, 評論家)	689
丸山 金治 (小説家)	690
丸山 健二 (小説家)	690
丸山 昇一 (シナリオライター)	690
円山 園子 (小説家)	690
円山 夢久 (「リングテイル」の著者)	690
丸山 義二 (小説家)	690
万造寺 斉 (歌人, 小説家, 英文学者)	690
万亭 応賀 (作家(戯作者))	690

【 み 】

三浦 綾子 (小説家)	690
三浦 清史 (児童文学作家, 小説家)	691
三浦 清宏 (小説家)	691
三浦 恵 (文芸賞を受賞)	691
三浦 佐久子 (小説家)	691
三浦 朱門 (小説家)	691
三浦 精子 (児童文学作家)	692
三浦 哲郎 (小説家)	692
三浦 浩 (作家)	692
三浦 真奈美 (小説家)	692
三浦 美知子 (童話作家, 俳人)	692
みお ちづる (児童文学作家)	692
三上 於菟吉 (小説家)	692
三上 慶子 (小説家)	693
三上 秀吉 (小説家)	693
三神 弘 (小説家)	693
三神 真彦 (映像作家, 作家)	693
美川 きよ (小説家)	693
見川 鯛山 (作家, 医師)	693
三木 愛花 (新聞記者, 戯文家)	693
三木 蒐一 (小説家)	693
三木 澄子 (小説家, 児童文学者)	693
三木 卓 (詩人, 小説家, 童話作家)	694
三木 天遊 (詩人, 小説家)	694
ミキオ・E (コピーライター, コラムニスト)	694
右来 左往 (劇作家, 演出家)	694
右田 寅彦 (戯作家, 歌舞伎狂言作者)	694
三雲 岳斗 (小説家)	694
御坂 真之 (推理作家)	694
岬 兄悟 (SF作家)	694
岬 三郎 (小説家)	695
三咲 光郎 (小説家)	695
見沢 知廉 (作家, 思想家, エッセイスト)	695
三品 蘭渓 (戯作者, 新聞記者)	695
三島 霜川 (小説家, 劇評家)	695
三島 通陽 (政治家, 小説家)	695
三島 由紀夫 (小説家, 劇作家)	695
三島 黎子 (北日本文学賞選奨を受賞)	696
御荘 金吾 (放送作家)	696
水芦 光子 (小説家)	696
水上 あや (小説家)	696
水上 多世 (詩人, 童話作家)	696
水上 貴史 (劇作家)	696
水上 勉 (小説家)	696
水上 不二 (児童文学作家)	697
水上 美佐雄 (児童文学作家)	697
水上 呂理 (推理作家)	697
水城 昭彦 (小説家, フリーライター)	697
水樹 あきら (小説家)	697
水木 京太 (劇作家, 演劇評論家)	697
水木 久美雄 (劇作家)	697
水城 雄 (小説家)	697
水木 ゆうか (小説家)	698
水木 楊 (作家)	698
水木 洋子 (シナリオライター, 劇作家)	698
水木 亮 (作家)	698
水城 嶺子 (編集者, 作家)	698
水沢 渓 (作家, 評論家)	698
水沢 龍樹 (作家)	699
水島 あやめ (児童文学作家)	699
みづしま 志穂 (児童文学作家)	699
水島 爾保布 (日本画家, 漫画家, 小説家)	699
水田 南陽 (小説家, 新聞記者, 翻訳家)	699
水谷 準 (作家, 翻訳家)	699
水谷 竹紫 (演出家, 劇作家)	699
水谷 俊之 (映画監督)	699
水谷 不倒 (国文学者, 小説家)	700
水谷 まさる (詩人, 児童文学者)	700
水谷 龍二 (劇作家)	700
水藤 春夫 (児童文学者, 児童文学研究家)	700
水野 仙子 (小説家)	700
水野 泰治 (小説家)	700
水野 尚子 (講談社児童文学新人賞受賞者)	700
瑞納 美鳳 (小説家)	700
水野 葉舟 (歌人, 詩人, 随筆家)	701

水野 良（ゲームデザイナー, 小説家） …… 701	南川 潤（小説家） …………… 707
水橋 文美江（シナリオライター） …… 701	南沢 十七（小説家, 翻訳家） …… 708
水原 明人（放送作家） ………… 701	峰 専治（小説家, 僧侶） …… 708
三角 寛（小説家, 山窩研究家） …… 701	峯 雪栄（小説家） ………… 708
水村 美苗（小説家） ………… 701	峰 隆一郎（小説家） ………… 708
水杜 明珠（小説家） ………… 701	みねかわ なおみ（児童文学者） …… 708
水守 亀之助（小説家） ………… 702	峰岸 幸作（小説家） ………… 708
水守 三郎（脚本家） ………… 702	峰原 緑子（小説家） ………… 708
溝口 敦（ノンフィクション作家, ジャーナリスト, 社会評論家） …… 702	箕浦 敏子（児童文学作家） …… 708
	見延 典子（小説家） ………… 708
溝口 勝美（映画プロデューサー, シナリオライター） …… 702	三原 和人（喜劇作家） ………… 709
	三原 誠（作家） ……………… 709
溝口 健二（映画監督） ………… 702	三村 伸太郎（シナリオライター） …… 709
三田 薫子（小説家） ………… 702	三村 晴彦（映画監督, シナリオライター） …… 709
三田 完（テレビディレクター, テレビプロデューサー） …… 703	三村 雅子（シナリオライター） …… 709
	三村 渉（シナリオライター） …… 709
三田 純市（劇作家, 小説家, 芸能評論家） … 703	宮 静枝（詩人, 小説家） …… 709
三田 つばめ（小説家） ………… 703	宮 林太郎（作家, 医師） …… 709
三田 照子（児童文学作家） …… 703	宮井 千津子（作家） ………… 709
美田 徹（児童文芸新人賞受賞） …… 703	宮内 勝典（小説家） ………… 709
三田 誠広（小説家） ………… 703	宮内 寒弥（小説家） ………… 709
三谷 幸喜（脚本家, 映画監督） …… 703	宮内 婦貴子（脚本家） ………… 710
三谷 秀治（衆院議員） ………… 704	宮尾 登美子（小説家） ………… 710
弥谷 まゆ美（作家） ………… 704	宮川 一郎（劇作家, シナリオライター） …… 710
三田村 信行（児童文学作家） …… 704	宮川 ひろ（児童文学作家） …… 710
三田村 博史（小説家） ………… 704	宮城 絢子（シナリオライター, フリーライター） …… 710
道井 直次（演出家, 演劇評論家, 劇作家） …… 704	
光石 介太郎（小説家） ………… 704	宮城 賢秀（小説家） ………… 710
三石 由起子（小説家, 翻訳家） …… 704	宮城 しず（小説家） ………… 711
光岡 明（小説家） ……………… 704	宮城谷 昌光（小説家） ………… 711
光丘 真理（女優） ……………… 705	宮口 しづえ（児童文学作家） …… 711
三津木 春影（小説家） ………… 705	三宅 彰（サントリーミステリー大賞を受賞） … 711
三津木 貞子（小説家） ………… 705	三宅 幾三郎（小説家, 英文学者） …… 711
三越 左千夫（詩人, 児童文学作家） …… 705	三宅 花圃（小説家, 随筆家, 歌人） …… 711
光瀬 俊明（小説家, 宗教家） …… 705	三宅 孝太郎（小説家） ………… 711
光瀬 龍（SF作家） …………… 705	三宅 青軒（小説家） ………… 711
三土 修平（作家） ……………… 705	三宅 千代（歌人, 小説家） …… 712
三橋 一夫（小説家） ………… 705	三宅 艶子（作家, 評論家） …… 712
光用 穆（小説家） ……………… 706	三宅 知子（童謡詩人, 児童文学作家） …… 712
三戸岡 道夫（小説家） ………… 706	三宅 直子（シナリオライター） …… 712
緑川 七央（小説家） ………… 706	三宅 雅子（作家, 歌人） ……… 712
緑川 貢（作家） ……………… 706	三宅 正幸（児童文学作家） …… 712
水上 滝太郎（小説家, 評論家, 劇作家） …… 706	三宅 やす子（小説家, 評論家） …… 712
水上 洋子（作家, インタビュアー） …… 706	三宅 由岐子（劇作家） ………… 713
皆川 博子（小説家） ………… 706	宮越 郷平（小説家） ………… 713
水沢 蝶児（SF作家, ジャーナリスト） …… 706	宮崎 晃（映画監督） ………… 713
湊 邦三（小説家） ……………… 707	宮崎 一雨（小説家, 児童文学作家） …… 713
南 新二（小説家, 新聞記者） …… 707	宮崎 和雄（小説家） ………… 713
南 達彦（小説家） ……………… 707	宮崎 康平（詩人, 作家） ……… 713
三波 利夫（小説家, 評論家） …… 707	宮崎 耕平（イラストレーター） …… 713
南 英男（小説家） ……………… 707	宮崎 湖処子（詩人, 小説家, 評論家） …… 713
南 史子（児童文学作家） ……… 707	宮崎 三昧（小説家） ………… 714
南 幸夫（小説家） ……………… 707	宮崎 惇（作家） ……………… 714
みなみ らんぼう（シンガーソングライター, エッセイスト） …… 707	宮崎 登志子（作家） ………… 714

(58)

宮崎 博史 (小説家) ……………… 714	三輪 裕子 (児童文学作家) ……………… 721
宮崎 学 (作家) ……………… 714	三輪 弘忠 (教育者) ……………… 721
宮崎 夢柳 (新聞記者, 翻訳家, 小説家) …… 714	三輪 令子 (シナリオライター) ……………… 721
宮崎 恭子 (演出家, 脚本家) ……………… 714	
宮沢 章夫 (劇作家, 演出家) ……………… 715	
宮沢 賢治 (詩人, 童話作家) ……………… 715	【 む 】
宮地 佐一郎 (作家, 詩人) ……………… 715	
宮下 和男 (児童文学作家) ……………… 715	向井 豊昭 (小説家) ……………… 721
宮下 全司 (児童文学作家) ……………… 715	武川 重太郎 (小説家) ……………… 722
宮下 均 (医師, 小説家) ……………… 715	椋 鳩十 (作家, 児童文学者) ……………… 722
宮下 正美 (教育者, 児童文学者) ……………… 716	夢幻 (小説家) ……………… 722
宮下 洋二 (小説家, 詩人) ……………… 716	向田 邦子 (脚本家, 小説家) ……………… 722
宮島 清 (民話作家) ……………… 716	虫明 亜呂無 (作家, 評論家) ……………… 722
宮嶋 資夫 (アナーキスト, 小説家) ……………… 716	武者小路 実篤 (小説家, 劇作家, 随筆家) …… 722
宮田 一誠 (小説家) ……………… 716	武藤 直治 (評論家, 劇作家) ……………… 723
宮田 達男 (放送作家, 映画プロデューサー, テレビプロデューサー) ……………… 716	棟居 仁 (フリーライター) ……………… 723
宮田 正治 (児童文学作家) ……………… 716	棟田 博 (小説家) ……………… 723
宮地 嘉六 (小説家) ……………… 716	武良 竜彦 (児童文学作家, ルポライター) …… 723
宮津 博 (劇作家, 演出家) ……………… 716	村井 弦斎 (小説家, 新聞記者) ……………… 723
宮寺 清一 (小説家) ……………… 717	村井 志摩子 (演出家, 劇作家, 翻訳家) …… 723
宮野 慶子 (児童文学作家, ノンフィクション作家) ……………… 717	村尾 靖子 (作家, 児童文学作家) ……………… 724
宮野 素美子 (児童文学作家) ……………… 717	村岡 花子 (児童文学作家・翻訳家) ……………… 724
宮野 妙子 (創作テレビドラマ脚本懸賞公募に佳作入選) ……………… 717	村上 章子 (小説家) ……………… 724
宮之内 一平 (作家) ……………… 717	村上 昭美 (児童文学作家) ……………… 724
宮乃崎 桜子 (小説家) ……………… 717	村上 一郎 (評論家, 作家, 歌人) ……………… 724
宮原 昭夫 (作家) ……………… 717	村上 元三 (小説家, 劇作家) ……………… 724
宮原 晃一郎 (北欧文学者, 児童文学者) …… 717	村上 徳三郎 (シナリオライター) ……………… 725
宮原 龍雄 (推理作家) ……………… 717	村上 浪六 (小説家) ……………… 725
宮原 無花樹 (児童文学作家) ……………… 717	村上 信彦 (小説家, 評論家) ……………… 725
宮部 みゆき (推理作家) ……………… 718	村上 春樹 (小説家) ……………… 725
三山 進 (推理作家) ……………… 718	村上 ひとし (小説家, 児童文学作家) …… 725
宮本 研 (劇作家) ……………… 718	村上 兵衛 (社会評論家, 小説家) ……………… 726
宮本 輝 (小説家) ……………… 718	村上 政彦 (作家) ……………… 726
宮本 徳蔵 (小説家) ……………… 718	村上 幸雄 (児童文学作家, 児童文化運動家) …… 726
宮本 昌孝 (小説家) ……………… 719	村上 龍 (小説家) ……………… 726
宮本 幹也 (小説家) ……………… 719	村雨 貞郎 (推理作家) ……………… 726
宮本 美智子 (作家) ……………… 719	村雨 退二郎 (小説家) ……………… 726
宮本 百合子 (小説家, 評論家) ……………… 719	村瀬 継弥 ……………… 727
宮本 美夫 (童話作家, 俳優) ……………… 719	村田 喜代子 (小説家) ……………… 727
宮森 さつき (劇作家) ……………… 719	村田 修子 (劇作家) ……………… 727
宮脇 俊三 (作家) ……………… 719	村中 李衣 (児童文学作家) ……………… 727
宮脇 紀雄 (児童文学作家) ……………… 720	村野 民子 (作家) ……………… 727
三好 一光 (小説家, 劇作家) ……………… 720	村橋 明郎 (映画監督, 脚本家) ……………… 727
三好 京三 (小説家) ……………… 720	村松 孝明 (作家) ……………… 727
三好 十郎 (劇作家, 詩人) ……………… 720	村松 駿吉 (小説家) ……………… 728
三好 徹 (小説家) ……………… 720	村松 梢風 (小説家) ……………… 728
三好 文夫 (小説家, アイヌ研究家) ……………… 720	村松 友視 (小説家) ……………… 728
三好 庸太 (詩人, 児童文学作家) ……………… 721	村松 道平 (シナリオライター) ……………… 728
三輪 和雄 (医師, ノンフィクション作家) …… 721	村本 健太郎 (海燕新人文学賞を受賞) ……………… 728
三輪 滋 (児童文学作家, イラストレーター) …… 721	村山 亜土 (児童劇作家) ……………… 728
三輪 秀彦 (作家, 翻訳家) ……………… 721	村山 籌子 (児童文学作家) ……………… 729
	村山 桂子 (児童文学作家) ……………… 729
	村山 早紀 (童話作家) ……………… 729

村山 節 (高校教師) ……………… 729	本吉 欠伸 (小説家) ……………… 734
村山 鳥逕 (小説家, 牧師) ………… 729	本吉 晴夫 (医師, 小説家) ………… 734
村山 知義 (劇作家, 演出家, 画家) ……… 729	桃井 章 (シナリオライター) ……… 734
村山 富士子 (小説家) …………… 729	桃田 のん (劇作家, 演出家) ……… 735
村山 泰弘 (創作テレビドラマ脚本懸賞公募に佳作入選) ………………………… 729	桃谷 方子 (小説家) ……………… 735
	森 敦 (小説家) …………………… 735
村山 由佳 (童話作家, 小説家) …… 729	森 いたる (児童文学作家) ……… 735
村山 リウ (評論家, 小説家) ……… 730	森 一歩 (児童文学作家, 詩人) …… 735
室井 光広 (文芸評論家, 作家, 詩人) … 730	森 詠 (小説家) …………………… 735
室生 朝子 (随筆家, 小説家) ……… 730	森 絵都 (フリーライター, 児童文学作家) …… 735
室生 犀星 (詩人, 小説家) ………… 730	森 鷗外 (小説家, 評論家, 陸軍軍医) …… 736
室賀 信夫 (児童文学者) ………… 731	モリ, キョウコ (小説家) ………… 736
室積 光 (劇作家, 俳優) ………… 731	森 暁紅 (編集者, 演芸記者, 戯文家) …… 736
室伏 哲郎 (評論家, 作家, イベントプロデューサー) …………………………… 731	森 啓朔 (小説家, 作詞家) ………… 736
	もり けん (童話作家) …………… 736
	森 三郎 (児童文学者) …………… 737
	森 志げ (小説家) ………………… 737
【め】	森 滋 (シナリオライター) ……… 737
	森 純 (小説家) …………………… 737
冥王 まさ子 (小説家) …………… 731	森 淳一 (映画監督, 脚本家) ……… 737
目取真 俊 (小説家) ……………… 731	森 進一 (作家) …………………… 737
	森 鈴 (小説家) …………………… 737
	森 誠一郎 (会社員) ……………… 737
【も】	森 青花 (小説家) ………………… 737
	盛 善吉 (脚本家, 映画監督) ……… 738
茂市 久美子 (児童文学作家) …… 731	森 荘已池 (作家, 詩人) …………… 738
毛利 志生子 (小説家) …………… 732	森 忠明 (児童文学作家) ………… 738
毛利 恒之 (放送作家) …………… 732	森 直子 (潮賞を受賞) …………… 738
最上 一平 (児童文学作家) ……… 732	森 宣子 (フリーライター, 小説家) …… 738
最上 二郎 (児童文学作家) ……… 732	森 はな (小説家) ………………… 738
茂木 草介 (放送作家) …………… 732	森 治美 (シナリオライター) …… 738
母田 裕高 (作家) ………………… 732	森 万紀子 (小説家) ……………… 739
望月 清士 (小説家) ……………… 732	森 真沙子 (ミステリー作家) …… 739
望月 茂 (評論家, 小説家) ………… 732	森 雅裕 (作家) …………………… 739
望月 新三郎 (児童文学作家) …… 732	森 茉莉 (小説家, 随筆家) ………… 739
望月 としの (小説家, 婦人運動家) … 733	森 美樹 (小説家) ………………… 739
望月 義 (作家) …………………… 733	森 三千代 (詩人, 小説家) ………… 739
望月 由孝 (高校教師) …………… 733	森 百合子 (児童文学作家) ……… 739
望月 芳郎 (童話作家) …………… 733	森 瑶子 (小説家) ………………… 739
持谷 靖子 (民話作家) …………… 733	森 与志男 (小説家) ……………… 740
茂木 隆治 (小説家) ……………… 733	森 類 (随筆家) …………………… 740
素 九鬼子 (小説家) ……………… 733	森 礼子 (小説家, 劇作家) ………… 740
本岡 類 (推理作家) ……………… 733	森井 睦 (俳優, 演出家, 劇作家) …… 740
元木 国雄 (小説家) ……………… 733	森泉 笙子 (作家) ………………… 740
本村 義雄 (「くまごろう号」主宰) … 733	森泉 博行 (劇作家, 演出家) ……… 740
元持 栄美 (放送作家, 脚本家) …… 734	森内 俊雄 (作家) ………………… 740
本山 節弥 (劇作家) ……………… 734	森岡 利行 (シナリオライター, 俳優) … 741
本山 荻舟 (小説家, 料理研究家, 演劇評論家) …………………………… 734	森岡 浩之 (SF作家) ……………… 741
	森川 哲郎 (作家) ………………… 741
本山 大生 (脚本家) ……………… 734	森川 英太朗 (映画プロデューサー, シナリオライター) ……………………………… 741
もとやま ゆうた (児童文学作家, フリーライター) ……………………………… 734	森木 正一 (推理作家) …………… 741
	森久保 仙太朗 (児童文学作家, 歌人, 教育評論家) ………………………………… 741

森崎 東 （映画監督,脚本家） ･･････････ 741
森崎 和江 （詩人,評論家,作家） ･･････････ 742
森沢 徳夫 （探偵小説作家） ･･････････ 742
森下 雨村 （翻訳家,小説家） ･･････････ 742
森下 一仁 （SF作家） ･･････････ 742
森下 研 （児童文学作家,放送作家） ･･････ 742
森下 陽 （千代田区区民課主事） ･･････ 742
森下 直 （脚本家） ･･････････ 742
森下 真理 （児童文学作家,歌人） ･･････ 743
森尻 純夫 （劇作家,演出家） ･･････････ 743
森田 功 （小説家,随筆家,医師） ･････ 743
森田 定治 （作家） ･･････････ 743
森田 信義 （映画プロデューサー,劇作家） ･･ 743
森田 誠吾 （小説家） ･･････････ 743
森田 草平 （小説家,翻訳家） ･･････････ 743
森田 たま （随筆家） ･･････････ 743
もりた なるお （小説家,漫画家） ･･････ 744
森田 博 （児童劇作家,元・中学校教師） ･･････ 744
森田 文 （児童文学作家） ･･････････ 744
盛田 勝寛 （桂浜水族館飼育研究員） ･･ 744
森田 素夫 （小説家） ･･････････ 744
森田 雄蔵 （小説家） ･･････････ 744
森田 芳光 （映画監督） ･･････････ 744
盛田 隆二 （小説家） ･･････････ 745
森谷 司郎 （映画監督） ･･････････ 745
守友 恒 （推理作家） ･･････････ 745
森永 武治 （シナリオライター,放送ディレクター）
･･････････････････････ 745
森野 昭 （潮賞を受賞） ･･････････ 745
森福 都 （小説家） ･･････････ 745
森峰 あきら （児童文学作家） ･･････ 745
森村 桂 （小説家,画家） ･･････････ 745
森村 誠一 （小説家） ･･････････ 746
森村 南 （「陋巷の狗」の著者） ･･････ 746
森本 巌夫 （小説家） ･･････････ 746
森本 薫 （劇作家） ･･････････ 746
森本 忠 （小説家） ･･････････ 746
森本 房子 （小説家） ･･････････ 746
森本 由紀子 （小説家） ･･････････ 746
森谷 美加 （日本の子どもふるさと大賞創作口演童話大賞を受賞） ･･････････ 747
森山 清隆 （推理作家） ･･････････ 747
森山 啓 （小説家,詩人,評論家） ･････ 747
森山 京 （児童文学作家） ･･････････ 747
杜山 悠 （小説家） ･･････････ 747
森脇 道 （小説家） ･･････････ 747
諸井 薫 （作家,エッセイスト,出版プロデューサー） ･･････････ 747
諸井 条次 （劇作家） ･･････････ 748
両沢 和幸 （映画監督,テレビプロデューサー,シナリオライター） ･････ 748
諸田 玲子 （小説家） ･･････････ 748
諸橋 宏明 （シナリオライター,小説家） ･････ 748
諸星 澄子 （小説家） ･･････････ 748
紋田 正博 （高校教師） ･･････････ 748

【 や 】

八重樫 実 （作家） ･･････････ 748
八起 正道 （児童文学作家） ･･････ 748
矢川 澄子 （小説家,詩人,翻訳家） ･････ 748
八木 柊一郎 （劇作家） ･･････････ 749
八木 荘司 （作家） ･･････････ 749
八木 東作 （小説家,劇作家） ･･････ 749
八木 紀子 （毎日童話新人賞最優秀新人賞を受賞）
･･････････････････････ 749
八木 保太郎 （シナリオライター） ･･････ 749
八木 義徳 ･･････････ 749
八木 隆一郎 （劇作家,放送作家） ･････ 750
八木沢 武孝 （映画監督） ･･････････ 750
八木田 宜子 （児童文学作家） ･･････ 750
八切 止夫 （小説家） ･･････････ 750
矢口 敦子 （小説家） ･･････････ 750
矢崎 藍 （作家） ･･････････ 750
矢崎 存美 （小説家） ･･････････ 750
矢崎 節夫 （児童文学作家,童謡詩人） ･･ 751
矢崎 充彦 （映画監督） ･･････････ 751
矢島 さら （小説家） ･･････････ 751
矢嶋 輝夫 （小説家） ･･････････ 751
矢島 誠 （作家） ･･････････ 751
矢島 正雄 （シナリオライター） ･･････ 751
矢代 静一 （劇作家,演出家） ･･････ 751
安井 健太郎 （小説家） ･･････････ 752
安江 生代 （児童文学作家） ･･････ 752
安岡 章太郎 （小説家） ･･････････ 752
安岡 伸好 （小説家） ･･････････ 752
安川 茂雄 （登山家,作家） ･･････ 752
安田 二郎 （著述家,証券アナリスト,経済評論家） ･･････････ 752
安田 雅企 （小説家） ･･････････ 752
安田 真奈 （映画監督） ･･････････ 753
安田 満 （小説家,ジャーナリスト） ･･････ 753
保田 良雄 （小説家） ･･････････ 753
保高 徳蔵 （小説家） ･･････････ 753
保高 みさ子 （小説家） ･･････････ 753
安成 二郎 （歌人,ジャーナリスト,小説家） ･･ 753
安原 暢 （小説家） ･･････････ 753
安彦 良和 （漫画家,アニメーション作家） ･･ 753
八住 利雄 （シナリオライター,劇作家） ･････ 754
矢田 挿雲 （小説家,俳人） ･･････ 754
矢田 津世子 （小説家） ･･････････ 754
矢玉 四郎 （童話作家,画家） ･･････ 754
八束 澄子 （作家） ･･････････ 754
八剣 浩太郎 （小説家） ･･････････ 755
梁 雅子 （小説家,エッセイスト） ･･････ 755
柳井 隆雄 （シナリオライター） ･･････ 755
柳川 春葉 （小説家） ･･････････ 755

(61)

柳川 真一 (シナリオライター)	755	山崎 厚子 (小説家)	762
柳 広司 (小説家)	755	山崎 香織 (児童文学作家)	762
柳 蒼二郎 (小説家)	755	山崎 馨 (児童文学作家)	762
柳沢 昭成 (放送作家)	755	山崎 巌 (シナリオライター)	762
柳沢 類寿 (シナリオライター)	755	山崎 紫紅 (劇作家, 詩人)	762
柳田 知怒夫 (小説家)	756	山崎 純 (シナリオライター)	762
柳田 のり子 (小説家)	756	山崎 哲 (劇作家, 演出家)	762
柳原 一日 (小説家)	756	山崎 豊子 (小説家)	763
柳町 健郎 (小説家)	756	山崎 なずな (児童文学作家)	763
柳谷 圭子 (児童文学作家, 翻訳家)	756	山崎 秀雄 (小説家)	763
柳瀬 直人 (小説家)	756	山崎 人功 (作家, 農業)	763
梁取 三義 (作詞家, 作家)	756	山崎 正和 (劇作家, 評論家, 演出家)	763
矢野 朗 (小説家)	756	山崎 光夫 (小説家)	763
矢野 徹 (SF作家, 翻訳家)	756	山崎 洋子 (推理作家)	764
矢野 龍渓 (小説家, 政治家, ジャーナリスト)	757	山崎 陽子 (童話作家, ミュージカル脚本家)	764
矢野目 源一 (詩人, 翻訳家, 小説家)	757	山里 永吉 (画家, 作家, 歴史家)	764
矢作 俊彦 (作家, 映画監督)	757	山里 禎子 (児童文学作家)	764
八幡 政男 (小説家)	757	山里 るり (児童文学者, 詩人)	764
矢彦沢 典子 (小説家)	757	山路 ひろ子 (小説家)	764
八尋 舜右 (詩人, 歴史作家)	757	山下 勇 (徳島地方気象台調査官)	764
八尋 不二 (シナリオライター)	757	山下 喬子 (小説家)	764
簸 景三 (作家)	757	山下 三郎 (劇作家)	765
矢吹 透 (小説家)	758	山下 惣一 (小説家)	765
矢部 美智代 (児童文学作家)	758	山下 智恵子 (小説家)	765
山内 謙吾 (小説家)	758	山下 明生 (児童文学作家, 翻訳家)	765
山内 将史 (毎日童話新人賞最優秀新人賞受賞)	758	山下 夕美子 (児童文学作家)	765
山浦 弘靖 (推理作家, シナリオライター)	758	山下 利三郎 (推理作家)	765
山尾 悠子 (SF作家)	758	山科 誠 (作家)	765
山岡 荘八 (小説家)	758	山代 巴 (小説家)	766
山岡 徳貴子 (女優, 脚本家)	758	山田 詠美 (小説家)	766
山形 雄策 (シナリオライター)	759	山田 一夫 (小説家)	766
山上 伊太郎 (シナリオライター, 映画監督)	759	山田 克郎 (小説家)	766
山上 龍彦 (小説家, 漫画家)	759	山田 旭南 (小説家)	766
山上 貞一 (演劇評論家, 小説家)	759	山田 芝之園 (小説家, 浪華文士)	766
山川 清 (九州芸術祭文学賞福岡県優秀賞受賞)	759	山田 順子 (小説家)	767
山川 健一 (小説家, ロックミュージシャン)	759	山田 正三 (小説家)	767
山川 方夫 (小説家)	759	山田 清三郎 (小説家, 評論家, 詩人)	767
山川 亮 (小説家)	760	山田 太一 (脚本家, 小説家)	767
山岸 一章 (小説家, ルポライター)	760	山田 多賀市 (小説家)	767
山岸 荷葉 (小説家)	760	山田 隆之 (シナリオライター)	767
山岸 幸子 (童話作家)	760	山田 民雄 (劇作家)	767
山際 淳司 (ノンフィクション作家, 小説家)	760	山田 時özə (劇作家)	768
山口 泉 (小説家)	760	山田 トキヨ (児童文学作家)	768
山口 寒水 (小説家)	760	山田 とし (小説家)	768
山口 正介 (小説家, 映画評論家, エッセイスト)	760	山田 智彦 (小説家)	768
山口 蜂夫 (小説家)	760	山田 直堯 (小説家)	768
山口 瞳 (小説家, 随筆家)	761	山田 信夫 (シナリオライター)	768
山口 寛士 (ノンフィクション作家)	761	山田 野理夫 (作家, 詩人, 歴史家)	768
山口 雅也 (評論家, エッセイスト, 推理作家)	761	山田 美妙 (小説家, 詩人, 国語学者)	768
山口 勇子 (小説家, 児童文学作家)	761	山田 浩 (人形劇作家)	769
山口 洋子 (小説家, 作詞家, クラブ経営者)	761	山田 風太郎 (小説家)	769
山倉 盛彦 (作家, 神官)	761	山田 風見子 (フリーライター)	769
山崎 斌 (小説家, 評論家)	762	山田 正紀 (小説家)	769
		山田 正弘 (詩人, 放送作家, シナリオ作家)	769

山田 道保 (小説家)	769
山田 啓代 (小説家)	769
山田 稔 (小説家)	769
山田 宗樹 (推理作家)	770
山田 もと (児童文学作家)	770
山手 樹一郎 (小説家)	770
大和 真也 (小説家)	770
大和屋 竺 (シナリオライター, 映画監督)	770
山名 美和子 (小説家)	770
山中 利子 (童話作家)	770
山中 恒 (児童文学作家)	770
山中 峯太郎 (作家, 児童文学者)	771
山主 敏子 (児童文学作家)	771
山根 幸子 (児童文学作家)	771
山野 浩一 (小説家, 評論家)	771
山野 ひろを (「毎日児童小説」最優秀作品著者)	771
山ノ内 早苗 (大阪女性文芸賞を受賞)	772
山内 秋生 (児童文学作家)	772
山内 久 (シナリオライター)	772
山内 泰雄 (シナリオライター)	772
山之内 幸夫 (弁護士, 作家)	772
山村 魏 (小説家)	772
山村 正夫 (推理作家)	772
山村 美紗 (推理作家)	773
山室 和子 (児童文学作家)	773
山室 一広 (作家)	773
山本 勇夫 (小説家)	773
山本 一力 (小説家)	773
山本 音也 (編集者)	773
山本 嘉次郎 (映画監督)	773
山本 和夫 (詩人, 児童文学作家, 小説家)	773
山元 清多 (劇作家, 演劇評論家)	774
山本 久美子 (児童文学作家)	774
山本 恵子 (小説家)	774
山本 恵三 (小説家)	774
山本 甲士 (推理作家)	774
山本 薩夫 (映画監督)	774
山本 茂実 (小説家)	774
山本 修一 (フリーライター)	775
山本 周五郎 (小説家)	775
山本 禾太郎 (小説家)	775
山本 英明 (シナリオライター)	775
山本 弘 (SF作家, ゲームデザイナー)	775
山本 藤枝 (女性史研究家, 児童文学作家, 詩人)	775
山本 文緒 (小説家)	775
山本 政志 (映画監督)	776
山本 昌代 (作家)	776
山本 三鈴 (小説家, 随筆家, 詩人)	776
山本 道子 (小説家)	776
山元 護久 (児童文学作家, 放送作家)	776
山本 悠介 (小説家, 脚本家)	776
山本 有三 (小説家, 劇作家)	776
山本 露葉 (詩人, 小説家)	777
八本 正幸 (小説家)	777
鑓田 研一 (評論家, 小説家)	777
梁 石日 (作家, 詩人)	777

【 ゆ 】

湯浅 克衛 (小説家)	777
湯浅 真生 (小説家, 宗教家)	777
唯川 恵 (小説家, エッセイスト)	777
柳 美里 (小説家, 劇作家, 演出家)	778
有紀 恵美 (児童文学作家)	778
結城 和義 (潮賞を受賞)	778
結城 恭介 (SF作家)	778
結城 五郎 (医師, 小説家)	778
結城 昌治 (作家)	778
結城 信一 (小説家)	779
結城 辰二 (グラフィックデザイナー)	779
結城 真子 (作家)	779
佑木 美紀 (小説家)	779
釉木 淑乃 (エッセイスト)	779
結城 亮一 (作家)	779
ゆうき りん (小説家)	779
遊道 渉 (鍼灸師)	779
友谷 蒼 (小説家)	779
湯川 豊彦 (フリーライター)	779
由起 しげ子 (小説家)	779
行友 李風 (小説家, 劇作家)	780
雪室 俊一 (放送作家)	780
湯郷 将和 (作家)	780
柚木 象吉 (児童文学作家, 教育雑誌ライター)	780
譲原 昌子 (小説家)	780
弓館 小鰐 (新聞記者, 小説家, スポーツ評論家)	780
祐未 みらの (作家)	780
弓原 望 (小説家)	780
夢野 久作 (小説家)	780
夢枕 獏 (作家)	781
湯本 明子 (著述家)	781
湯本 香樹実 (シナリオライター)	781
由良 弥生 (小説家)	781
ユール (小説家)	781

【 よ 】

麗羅 (推理作家)	781
横井 慎治 (劇作家)	781
横井 幸雄 (小説家)	782
横内 謙介 (演出家, 劇作家)	782

(63)

横内 好幸 (北九州市立井堀小学校校長)	782	吉田 十四雄 (作家)	789
横沢 彰 (児童文学作家)	782	吉田 知子 (小説家)	789
横田 順弥 (SF作家)	782	吉田 直樹 (小説家)	789
横田 創 (群像新人文学賞を受賞)	782	吉田 直哉 (映像作家, 作家)	789
横田 弘行 (放送作家)	782	吉田 典子 (小説家)	789
横田 文子 (小説家)	782	吉田 比砂子 (児童文学作家, 小説家)	790
横田 与志 (シナリオライター)	782	吉田 秀樹 (編集者)	790
横溝 正史 (推理作家)	783	吉田 弘秋 (小説家)	790
横溝 美晶 (小説家)	783	吉田 浩 (フリーライター, 児童文学作家)	790
横光 晃 (放送作家, 脚本家)	783	吉田 文五 (放送作家, 作詩家, 劇作家)	790
横光 利一 (小説家)	783	吉田 満 (作家)	790
横森 理香 (エッセイスト, 作家)	783	吉田 弥生 (シナリオライター)	790
横谷 芳枝 (作家)	784	吉田 縁 (小説家)	790
横山 昭作 (児童文学作家)	784	吉田 義昭 (放送作家)	791
横山 秀夫 (作家)	784	吉田 与志雄 (小説家)	791
横山 正雄 (小説家)	784	吉田 喜重 (映画監督)	791
横山 美智子 (小説家, 児童文学作家)	784	吉田 よりこ (児童文学作家)	791
横山 充男 (児童文学作家)	784	義経 進之 (作家)	791
横山 由和 (演出家, 劇作家, 俳優)	784	吉富 利通 (小説家)	791
与謝野 晶子 (歌人, 詩人)	784	吉富 有 (小説家)	791
吉井 勇 (歌人, 劇作家, 小説家)	785	吉留 路樹 (作家)	791
吉井 恵璃子 (小説家)	785	吉永 淳一 (放送作家, 舞台演出家)	791
吉井 よう子 (作家)	785	吉永 達彦 (小説家)	791
吉井川 洋 (放送作家)	785	吉永 みち子 (ノンフィクション作家, 元・競馬記者)	792
吉植 芙美子 (童話作家)	785	吉成 美和子 (わが子におくる創作童話の優良賞を受賞)	792
吉尾 なつ子 (小説家)	785	吉野 臥城 (詩人, 俳人, 評論家)	792
吉岡 紋 (小説家)	785	吉野 一穂 (作家)	792
吉岡 忍 (ノンフィクション作家)	786	吉野 亀三郎 (小説家)	792
吉岡 達夫 (小説家)	786	吉野 賛十 (推理作家)	792
吉岡 恒夫 (映画評論家, 劇作家)	786	吉野 せい (作家)	793
芳岡 堂太 (小説家)	786	吉野 壮児 (小説家, 翻訳家)	793
吉岡 平 (小説家)	786	吉野 光 (小説家)	793
吉開 那津子 (小説家)	786	芳野 昌之 (作家, ミステリ書評家)	793
吉川 潮 (演芸評論家, 小説家)	786	吉橋 通夫 (児童文学作家)	793
吉川 英治 (小説家)	786	吉原 晶子 (児童文学作家)	793
吉川 英明 (小説家)	787	吉原 公一郎 (作家, 評論家)	793
吉川 隆代 (池内祥三文学奨励賞を受賞)	787	吉松 安弘 (映画監督, 脚本家, ノンフィクション作家)	793
吉川 良 (小説家)	787	吉村 昭 (小説家)	794
吉川 良太郎 (SF作家)	787	吉村 公雄 (作家, 詩人, 随筆家)	794
吉住 侑子	787	吉村 健二 (児童文学作家)	794
吉田 金重 (小説家)	787	吉村 滋 (小説家)	794
吉田 甲子太郎 (児童文学作家・翻訳家)	787	吉村 正一郎 (小説家)	794
吉田 恵子 (小説家, シナリオライター)	787	吉村 達也 (推理作家)	794
吉田 健一 (評論家, 英文学者, 小説家)	787	吉村 登 (小説家, 劇作家)	794
吉田 絃二郎 (小説家, 劇作家, 随筆家)	788	吉村 萬壱	795
吉田 修一 (小説家)	788	吉目木 晴彦 (小説家)	795
吉田 直 (「ジェノサイド・エンジェル」の著者)	788	吉本 直志郎 (児童文学作家)	795
	788	吉本 ばなな (小説家)	795
吉田 尚志 (児童文学作家)	788	吉本 由美 (エッセイスト)	795
吉田 剛 (シナリオライター, 映画監督)	788	吉屋 信子 (小説家)	795
吉田 達子 (児童文学作家)	788	吉行 エイスケ (小説家)	796
吉田 司 (作家)	788		
吉田 哲郎 (シナリオライター)	788		
吉田 とし (児童文学作家)	789		

吉行 淳之介 （小説家） ・・・・・・・・・・・・・・・・ 796
吉行 理恵 （詩人, 小説家） ・・・・・・・・・・・・ 796
依田 学海 （漢学者, 演劇改良家, 劇評家） ・・・・ 796
与田 準一 （児童文学者, 詩人） ・・・・・・・・・・ 797
依田 義賢 （シナリオライター） ・・・・・・・・・・ 797
淀野 隆三 （小説家, 翻訳家） ・・・・・・・・・・ 797
米窪 満亮 （労働運動家, 政治家, 小説家） ・・・・ 797
米倉 テルミ （作家） ・・・・・・・・・・・・・・・ 797
米田 庄三郎 （医師, 推理作家） ・・・・・・・・・ 797
米光 関月 （小説家） ・・・・・・・・・・・・・・・ 798
米村 圭伍 （小説家） ・・・・・・・・・・・・・・・ 798
米村 晃多郎 （作家） ・・・・・・・・・・・・・・・ 798
米山 公啓 （作家, 医師） ・・・・・・・・・・・・ 798
よもぎ 律子 （童話作家） ・・・・・・・・・・・・ 798

【ら】

羅門 祐人 （作家, ゲームデザイナー） ・・・・・・・・ 798
蘭 郁二郎 （小説家） ・・・・・・・・・・・・・・・ 798

【り】

李　　⇒李（イ）を見よ
六道 慧 （小説家） ・・・・・・・・・・・・・・・・・ 798
リービ 英雄 （作家） ・・・・・・・・・・・・・・・ 799
龍 一京 （作家） ・・・・・・・・・・・・・・・・・ 799
劉 寒吉 （小説家） ・・・・・・・・・・・・・・・・・ 799
隆 慶一郎 （シナリオライター, 小説家） ・・・・・・・ 799
柳 美里　⇒柳美里（ユウ・ミリ）を見よ
柳眄亭 友彦 （探偵小説作家） ・・・・・・・・・・ 799
流山児 祥 （プロデューサー, 演出家, 俳優） ・・ 799
柳水亭 種清 （作家(戯作者)） ・・・・・・・・・・ 800
龍胆寺 雄 （作家, サボテン研究家） ・・・・・・ 800
笠亭 仙果 （戯作者） ・・・・・・・・・・・・・・・ 800
梁 石日　⇒梁石日（ヤン・ソクイル）を見よ
寮 美千子 （児童文学作家, 小説家） ・・・・・・・ 800
リンゼイ 美恵子 （小説家, 翻訳家, 通訳） ・・・ 800

【る】

ルディー 和子 （ウィトン・アクトン社代表取締
　　役） ・・・・・・・・・・・・・・・・・・・・・・・・・ 800

【れ】

麗羅　　⇒麗羅（ヨ・ラ）を見よ
連城 三紀彦 （小説家, 僧侶） ・・・・・・・・・・ 801

【ろ】

六郷 一 （推理作家） ・・・・・・・・・・・・・・・ 801

【わ】

若合 春侑 （小説家） ・・・・・・・・・・・・・・・ 801
若一 光司 （作家） ・・・・・・・・・・・・・・・・・ 801
若尾 徳平 （シナリオライター） ・・・・・・・・・・ 801
若木 未生 （作家） ・・・・・・・・・・・・・・・・・ 802
若桜木 虔 （小説家, スポーツ栄養評論家） ・・ 802
若城 希伊子 （脚本家, 小説家） ・・・・・・・・ 802
若杉 慧 （小説家） ・・・・・・・・・・・・・・・・・ 802
若杉 鳥子 （歌人, 小説家） ・・・・・・・・・・・ 802
若竹 七海 （推理作家） ・・・・・・・・・・・・・・ 802
若月 紫蘭 （劇作家, 演劇研究家, 国文学者） ・・ 802
若林 つや （小説家） ・・・・・・・・・・・・・・・ 803
若林 利代 （児童文学作家） ・・・・・・・・・・ 803
若山 三郎 （小説家） ・・・・・・・・・・・・・・・ 803
和木 清三郎 （編集者, 小説家） ・・・・・・・・ 803
和久 峻三 （推理作家, 弁護士） ・・・・・・・・ 803
和気 律次郎 （翻訳家, 小説家） ・・・・・・・・ 803
和沢 昌治 （俳優） ・・・・・・・・・・・・・・・・・ 803
鷲尾 雨工 （小説家） ・・・・・・・・・・・・・・・ 804
鷲尾 三郎 （推理作家） ・・・・・・・・・・・・・・ 804
鷲尾 旌刀 （新聞記者, 作家） ・・・・・・・・・・ 804
和城 弘志 （小説家） ・・・・・・・・・・・・・・・ 804
和田 安里子 （作家） ・・・・・・・・・・・・・・・ 804
和田 稲積 （新聞記者, 小説家） ・・・・・・・・ 804
和田 顕太 （作家） ・・・・・・・・・・・・・・・・・ 804
和田 勝一 （劇作家） ・・・・・・・・・・・・・・・ 804
和田 勝恵 （児童文学作家） ・・・・・・・・・・ 804
和田 憲明 （劇作家, 演出家） ・・・・・・・・・・ 805
和田 周 （劇作家, 演出家, 俳優） ・・・・・・・・ 805
和田 伝 （小説家） ・・・・・・・・・・・・・・・・・ 805
和田 徹 （小説家, 高校教師） ・・・・・・・・・・ 805
和田 夏十 （シナリオライター） ・・・・・・・・・ 805
和田 登 （児童文学作家） ・・・・・・・・・・・・ 805
和田 はつ子 （小説家） ・・・・・・・・・・・・・・ 805
和田 ゆりえ （作家） ・・・・・・・・・・・・・・・ 806
和田 芳恵 （文芸評論家, 小説家） ・・・・・・・ 806
和田 義雄 （児童文学作家） ・・・・・・・・・・ 806

(65)

和田 義臣 （児童劇作家, 絵本作家） ……… 806
渡壁 忠紀 （高校教師） …………………… 806
渡瀬 草一郎 （小説家） …………………… 806
綿谷 雪 （歴史研究家, 小説家） …………… 806
渡辺 明 （作家） …………………………… 807
渡辺 えり子 （女優, 劇作家, 演出家） …… 807
渡辺 温 （小説家） ………………………… 807
渡辺 一雄 （小説家） ……………………… 807
渡辺 勝利 （小説家） ……………………… 807
渡辺 霞亭 （小説家） ……………………… 807
渡辺 喜恵子 （小説家） …………………… 808
渡辺 清彦 （福島県立医科大学助手） …… 808
渡辺 啓助 （推理作家） …………………… 808
渡辺 剣次 （脚本家, 推理小説研究家） … 808
渡辺 乾介 （ジャーナリスト） …………… 808
渡辺 孝 （小説家, 養蜂業） ……………… 808
渡辺 茂男 （作家, 評論家, 翻訳家） …… 808
渡辺 淳一 （小説家） ……………………… 809
渡辺 毅 （文筆業） ………………………… 809
渡部 忠 （「奥会津伊南川の物語」の著者） … 809
渡辺 利弥 （作家） ………………………… 809
渡辺 とみ （児童文学作家） ……………… 809
渡辺 均 （小説家, 新聞記者） …………… 809
渡辺 房男 （小説家） ……………………… 809
渡辺 文則 （ビジネス・ストーリー大賞を受賞） 810
渡辺 真理子 （作家） ……………………… 810
渡辺 黙禅 （小説家） ……………………… 810
渡部 盛造 （作家） ………………………… 810
渡辺 由自 （シナリオライター） ………… 810
渡辺 由佳里 （小説家） …………………… 810
渡辺 行男 （小説家） ……………………… 810
渡辺 龍二 （小説家） ……………………… 810
渡辺 わらん （児童文学作家） …………… 810
綿貫 六助 （小説家） ……………………… 810
綿矢 りさ （小説家） ……………………… 810
渡 平民 （劇作家） ………………………… 810
わたり むつこ （児童文学作家, 絵本作家） … 811
渡川 浩美 （童話作家） …………………… 811
渡野 玖美 （作家） ………………………… 811
和巻 耿介 （小説家） ……………………… 811

作家・小説家人名事典

【あ】

阿井 景子　あい・けいこ
作家　[生]昭和7年1月16日　[出]長崎県長崎市　本名＝浦順子(うら・じゅんこ)　[学]佐賀大学教育学部(昭和29年)卒　[歴]高校教師をへて雑誌編集者となり、のち作家活動に入る。また、本名で家事評論家としても活躍。著書に「花4日の紅なく」「龍馬の妻」「築山殿無残」「西郷家の女たち」「超人―十八か国語に通じた南方熊楠と妻」ほか。　[団]日本文芸家協会

阿井 渉介　あい・しょうすけ
作家　[生]昭和16年12月2日　[出]中国・北京　本名＝阿井文瓶　[学]早稲田大学文学部哲学科卒　[賞]小説現代新人賞(第35回)(昭和55年)「第八東龍丸」　[歴]シナリオライターとして「特捜最前線」など約1000本のシナリオを手がける。昭和55年小説現代新人賞受賞を機に小説家に転向。著書に「卑弥呼殺人事件」「能登・泣き砂の殺意」「京都・原宿ハウスマヌカン殺人事件」「第八東龍丸」「汝が崇めたるを焼け」など。　[団]日本シナリオ作家協会

愛川 晶　あいかわ・あきら
推理作家　[生]昭和32年　[出]福島県　本名＝三瓶隆志　旧筆名＝水越薫　[学]筑波大学第二学群比較文化学類卒　[賞]鮎川哲也賞(第5回)(平成6年)「化身」　[歴]高校教師を務める一方、昭和60年水越薫の筆名でミステリー小説を執筆。62年オール読物推理小説新人賞や平成5年小説推理新人賞など計4回新人賞の最終候補にノミネートされた。6年「化身」で鮎川哲也賞を受賞。同年筆名を水越薫から愛川晶に改名。著書に「海の仮面」「夜宴 美少女代理探偵の殺人ファイル」「黄昏の罠」「光子地獄蝶」「鏡の奥の他人」、短編集「根津愛(代理)探偵事務所」などがある。

藍川 晶子　あいかわ・しょうこ
小説家　[賞]ティーンズハート大賞(大賞，第9回)「真昼の星」　[歴]著書に「真昼の星」がある。5月13日生まれ。

相沢 嘉久治　あいざわ・かくじ
放送作家　(株)いちい書房代表取締役　[生]昭和9年4月22日　[出]山形県東村山郡山辺町　[学]早稲田大学文学部中退　[歴]劇団中芸を経て昭和34年東京芸術座結成に参加。44年同劇団退団、以後フリーの劇作家、放送作家として活躍。51年山形県に帰り、執筆活動を続けている。特に57年7月に刊行した「服部敬雄・山形新聞社長・山形放送社長・山形テレビ相談役に問う？」は山形県を支配するマスメディアの“黒い部分”にメスを入れた作として注目され、県政財界人に大きな影響を与えた。そして「マスコミの集中排除」運動を行ない、エフエム山形、テレビユー山形の開局を促進した。ほかの著書に「山形県民に訴える」「新しい山形の建設は…」「『マスコミの集中排除』運動の記録」(全5冊)など。テレビ作品に「親の目子の目・遠い道のりを…」がある。　[団]日本放送作家協会

愛沢 匡　あいざわ・ただし
小説家　[生]昭和51年　[賞]バイオハザード小説大賞(金賞)「BIOHAZARD ローズ・ブランク」　[歴]大学ではラテンアメリカ文学を専攻。作品に「BIOHAZARD ローズ・ブランク」がある。

相沢 直人　あいざわ・なおと
作家　相沢美術館長　[生]大正13年2月14日　[出]新潟県燕市　本名＝狩野直人　[学]三条商工学校卒　[歴]会社経営の傍ら、昭和38～48年季刊誌「ツバメジャーナル」を編集・発行。40年企画展による画廊を運営。平成元年寺泊に相沢美術館を開館。著書に市政批判の紙礫10年の記録をまとめた「花なき薔薇」の他、「お父ッつあまの微笑」「理想的兵卒」や、小説集「そうれィば」「死ニイソギ」などがある。　[団]日本文芸化協会

会津 信吾　あいず・しんご
作家　エッセイスト　[生]昭和34年　[出]東京都中野区　[学]駒沢大学経済学部卒　[賞]日本SF大賞(第9回)(昭和63年)「快男児・押川春浪」　[歴]代表作に横田順弥との共著「押川春浪伝」「新日本SFこてん古典」など。

相葉 芳久　あいば・よしひさ
シナリオライター　[生]昭和32年　[出]千葉市　[学]日本大学映画学科卒　[歴]高校3年の時、淀川長治の講演を聞いたのがきっかけとなり、脚本家を目ざす。大学時代に書いた作品は学科主任賞を受賞。卒業後は広告会社に就職したが、性に合わず2年で退社。アルバイトをしながらシナリオに取り組む。農業にも興味を持ち始めていたことから、放送作家の倉本聡氏が昭和59年春に始めた脚本家、俳優養成機関「富良野塾」に第1期生として合格、農業に携わりながらシナリオの修業を積む。60年5月、倉本氏の推薦でテレビドラマの脚本を執筆。天売島での現地取材をして書きあげた「天を売る島」が同年10月札幌テレビで放映され、注目を集めた。

相見 とし子 あいみ・としこ
作家 ⊕大正14年 ⓒ日本女子大学国文科卒 ⊛昭和32年「魔法瓶」が芥川賞と直木賞の同時候補となる。他の著書に「あるひととしのうた」「わたしからあなたへ」「京都盆地」「相見とし子作品集」がある。

饗庭 篁村 あえば・こうそん
小説家 劇評家 ⊕安政2年8月15日(1855年) ⓧ大正11年6月20日 ⊕江戸・下谷竜泉寺町(東京都台東区) 本名=饗庭与三郎 別号=龍泉居士、太阿居士、竹の屋(舎)主人 ⓒ質屋に3年奉公し、以後放浪生活をしたが、明治7年文選工として読売新聞社に入社し、9年編集掛となる。この頃から文才を認められ、16年竹の屋主人の号にて「初卯みやげ 両国奇文」を刊行し、以後「当世商人気質」「人の噂」「掘出しもの」などを発表。江戸小説の伝承を継承しながら西欧文学を学び、ポーの「黒猫」などの翻訳もした。22年読売新聞社を退社し東京朝日新聞社に入社。小説、評論、劇評、紀行など明治10年代から30年代にかけて幅広く活躍した。作品集に「むら竹」(全20巻)がある。

蒼井 雄 あおい・ゆう
推理作家 ⊕明治42年1月27日 ⓧ昭和50年7月21日 ⊕京都府宇治 本名=藤田優三 ⓒ大阪市立都島工業学校電気科(昭和2年)卒 ⊛工業学校卒業後宇治川電気に入社。再編にともなって関西配電、関西電力に勤務。昭和9年「狂燥曲殺人事件」を発表。春秋社の書下し長篇募集にて「船富家の惨劇」が一等入選して11年に刊行。以後「瀬戸内海の惨劇」「霧しぶく山」「黒潮殺人事件」などを発表し、24年以降筆を絶った。

青江 舜二郎 あおえ・しゅんじろう
劇作家 評論家 ⊕明治37年11月26日 ⓧ昭和58年4月30日 ⊕秋田県秋田市 本名=大嶋長三郎(おおしま・ちょうざぶろう) ⓒ東京帝国大学印度哲学科(昭和4年)卒 ⊛岸田演劇賞(第5回)(昭和33年)「法隆寺」 ⓑ在学中「新思潮」同人となって「水のほとり」などを発表し、小山内薫に師事する。卒業後、香川県庁に社会教育主事として昭和6年から4年間勤務。13年応召し、21年まで中国に滞留し、戦後は日本大学講師、東京電機大学教授に就任する一方、「悲劇喜劇」で後進の指導をしながら、33年岸田演劇賞を受賞した「法隆寺」をはじめ、「河口」「一葉舟」「実験室」などを発表。評論でも「演劇の本質と人間の形成」「日本芸能の源流」などの著作があり、劇作家、評論家として活躍し、またテレビ、ラジオでも活躍した。 ⊚日本文芸家協会、日本演劇協会 ⊛息子=大嶋拓(映画監督)

青垣 進 あおがき・すすむ
新潮新人賞を受賞 ⊕昭和35年 ⊕埼玉県 ⊛新潮新人賞(第30回)(平成10年)「底ぬけ」 ⓑ埼玉県立川越南高校の国語教師を務める傍ら、小説を執筆。平成10年新潮新人賞を受賞。

青木 雨彦 あおき・あめひこ
コラムニスト 評論家 ⊕昭和7年11月17日 ⓧ平成3年3月2日 ⊕神奈川県横浜市保土ケ谷 本名=青木福雄(あおき・ふくお) ⓒ早稲田大学文学部仏文科卒、早稲田大学大学院修士課程修了 ⊛日本推理作家協会賞(第3回)(昭和53年)「課外授業」 ⓑ「東京タイムズ」記者、学習参考書編集者などを経てフリーに。「週刊朝日」連載の「青木雨彦の人間万歳」で276人とパンダ2匹というインタビューの"最長不倒記録"を樹立。サラリーマン問題などの社会評論やミステリーを書き、53年ミステリーにおける男と女の研究「課外授業」で、第3回日本推理作家協会賞を受賞。「長女の本」「洒落れた関係」「冗談の作法」「男の帰り道」など作品多数。

青木 和 あおき・かず
小説家 ⊕昭和36年12月27日 ⓒ関西学院大学文学部卒 ⊛平成12年「イミューン」で第1回日本SF新人賞佳作入選。

青木 健作 あおき・けんさく
小説家 法政大学名誉教授 ⊕明治16年11月27日 ⓧ昭和39年12月16日 ⊕山口県都濃郡富田村(現・新南陽市) 本名=井本健作 旧姓(名)=青木 ⓒ東京帝大哲学科美学専攻卒 ⓑ成田中学を経て、法政大学文学部教官を30年余りつとめる。一方、成田中学の同僚鈴木三重吉の影響で「ホトトギス」に短編を発表するようになる。また、俳句もこの頃より漱石の影響を受けはじめる。明治42年「鼬鼠(いたち)」、45年「お絹」を発表(大正2年刊)、作家として認められる。以後、大正初期の「帝国文学」出身の新進作家として活躍、「骨」「彷徨」「若き教師の悩み」などを発表し、昭和3年「青木健作短篇集」を刊行。他に随筆集「椎の実」「ひとりあるき」、句集「落椎」がある。 ⊛長男=井本農一(お茶の水女子大学名誉教授)

青木 茂 あおき・しげる
児童文学作家 ⊕明治30年3月30日 ⓧ昭和57年3月27日 ⊕東京市芝区麻布本村町(現・東京都港区) ⓒ麻布中学校(明治43年)中退 ⊛技術院最高賞(昭和19年)、久留島武彦文化賞(昭和49年) ⓑ中学中退後、農園での花作りを生業としながら童話を書き、大正7年「詩人の夢」を発表し、9年「智と力兄弟の話」を刊行。昭和6年「児童文学」同人となり、19年

「大空の鏡」を刊行。戦後も21年「大海の口笛」を刊行し、25年NHKの連続ラジオドラマ「三太物語」で全国的に知名度を高めた。他の主な作品に「赤い心臓のミイラ」「三太の日記」などがある。なお、戦時中に町工場をつくり、金属化学技術の特技で技術院賞を受賞した。

青木 信光 あおき・しんこう

小説家 [専]性文学 [生]昭和5年 [出]東京 [賞]読売テレビ11PM大賞(第1回) [歴]昭和41年「性医学カード」に出版したミリオンセラーになって以来、性関係の本を発刊。主著に「発禁図書壱号館」「新版世界性医科学全集」「悦肉記」「性の美学」「大正禁秘抄」「発禁文学館」など。 [団]日本作家協会

青木 慎治 あおき・しんじ

作家 トリオ・ジャパン(移植患者国際機構日本支部)会長 徳島大学医学部非常勤講師 [生]昭和5年 [出]大阪府大阪市 [学]日本大学芸術学部中退 [歴]昭和21年上海から引き揚げ。東急エージェンシー勤務の後、故椎名悦三郎代議士の秘書を10年余り務めるかたわら経営コンサルタント会社を経営。昭和62年アルコール性肝炎がもとで肝硬変となり、最後の望みをかけた肝臓移植手術を受けるため渡米。平成元年カリフォルニア州立大学サンフランシスコ病院で移植を受けた。3年発足した移植患者国際機構(TRIO)の日本支部トリオ・ジャパン会長に就任。徳島大学医学部非常勤講師もつとめる。一方、闘病後、小説も書き始め、作品に「迷走航路」「北風のマイ・ウェイ」などがある。他の著書に「肝移植 私は生きている」。

青木 健 あおき・たけし

詩人 小説家 文芸評論家 [生]昭和19年9月21日 [出]岐阜県 [学]名古屋大学法学部卒 [賞]新潮文学新人賞(昭和59年)「星からの風」 [歴]名古屋大学大学院国際開発研究科客員研究員、愛知淑徳大学講師、中原中也の会理事、小島信夫文学賞の会事務局長も務める。詩集に「振動尺」、著書に「星からの風」「頑是ない歌―内なる中原中也」「中原中也」「剥製の詩学―富永太郎再見」「日本の恋歌」(共著)他。

青木 隼人 あおき・はやと

小説家 [生]昭和18年 [出]群馬県 本名=青木伸昌 [歴]昭和37年千代田化工建設に入社。東南アジア、中東各地に長期出張活動。平成11年退職。同人誌「でふねの会」等に所属して文筆修業。昭和52年～54年にはイラン革命に巻き込まれ、イラク脱出、バグダットを経て危うく帰国した。その後執筆活動に専念。

青木 雅子 あおき・まさこ

童話作家 所沢市教育委員長 [生]昭和9年4月7日 [出]埼玉県所沢市 [学]早稲田大学文学部卒 [賞]ベルママン童話賞(優秀賞,第1回)、埼玉文芸賞(第18回)(昭和61年)「サツマイモの女王」、子ども世界新人賞(第15回) [歴]所沢の「家庭新聞」にふるさと童話を5年間連載。昭和59年所沢飛行場に取材した「つばさの歌声」、60年製茶機発明の高林謙三を書いた「みどりのしずくを求めて」を発表。61年べにあかを発見した浦和の山田いちの伝記「サツマイモの女王」を執筆、この作品で埼玉文芸賞を受賞した。他に童話雑誌「子ども世界」、同人誌「はんの木」などに作品を発表。他の作品に共著「ともだち100人つくろう」など。 [団]児童文化の会、むさしの児童文化の会

青木 弓高 あおき・ゆみたか

小説家 [賞]ファンタジーロマン大賞佳作(第1回)(平成4年)「美貌戦記」 [歴]著書に「美貌戦記」がある。

青崎 庚次 あおさき・こうじ

小説家 [賞]九州芸術祭文学賞(第15回)(昭和59年)「黍の葉揺れやまず」 [歴]昭和41年横浜から郷里の鹿児島に戻り、40歳ころから、歴史・時代物の小説を書き始める。作品に「初雪」「芭蕉越え」「あの城を取れ」などがある。

青島 利幸 あおしま・としゆき

放送作家 [生]昭和36年2月13日 [出]東京都 [学]日本大学文学部卒 [歴]レナウンに入社するが、10ケ月で退職。放送作家になりたくて昭和59年からアシスタントディレクターを務め、のちバラエティー番組の構成作家の一員となる。60年3月からは「サザエさん」のライター陣の準レギュラー、61年には初めての長編ドラマ「少公女セーコ」を発表。他の作品にテレビ「噂的達人」(TBS)、アニメ「キテレツ大百科」(CX)、著書に「原宿ポップビート」などがある。 [家]父=青島幸男(作家・元東京都知事)、姉=青島美幸(放送作家)

青島 美幸 あおしま・みゆき

放送作家 エッセイスト タレント [生]昭和34年2月7日 [出]東京都 [学]和洋女子大学英文科(昭和57年)卒 [歴]13歳でテレビドラマ初出演。中学・高校時代はドラマのほか、幼児向け番組、ラジオのDJなどにレギュラー出演。昭和57年から1年、糸井重里と組んでNHK教育テレビ「YOU」の司会を務めた後、フジテレビ「料理万才」や日本テレビ「ウルトラクイズ」のレギュラー作家。作詞、エッセイも手がける。出版社社長。平成7年、10年参院選比例区に二院クラブから立候補するが落

選。著書に「みんなブスを好きになれ」「ああ親をケトばす日」「黄色い電車」「ちょっとバアサン、あんたのことだよ」「みんなブスにひざまずけ」「ダールンの虹」など。
[家]父＝青島幸男（作家・元東京都知事）、弟＝青島利幸（放送作家）

青島 幸男　あおしま・ゆきお
タレント　作家　二院クラブ代表　元・東京都知事　元・参院議員　[生]昭和7年7月17日　[出]東京市日本橋区堀留町（現・中央区）　[学]早稲田大学商学部（昭和30年）卒、早稲田大学大学院中退　[賞]直木賞（第35回）（昭和56年）「人間万事塞翁が丙午」、カンヌ国際映画祭批評家週間入選「鐘」　[歴]日本橋の仕出し弁当屋「弁菊」の二男に生まれる。昭和34年フジテレビ「おとなの漫画」の台本を執筆、植木等の歌った“スーダラ節”、38年坂本九が歌った「明日があるさ」の作詞も手掛ける。41年青島幸男プロ製作の映画「鐘」を脚本・監督・主演で撮り、カンヌ国際映画祭批評家週間に入選。以来、テレビを中心に脚本「泣いてたまるか」「意地悪婆さん」（主演も）、司会「お昼のワイドショー」、タレント「シャボン玉ホリデー」と大活躍していたが、43年政治家に転向、参議院全国区に当選する。以後政見放送と公報以外の選挙運動をしない方式で連続4選。この間、市川房枝亡き後二院クラブの代表となる。平成元年4月予算の強行採決に抗議して辞任。同年の参院選で落選。4年復帰し、通算5期。7年辞職して東京都知事選に立候補。政党の応援を一切受けず、政見放送以外は選挙運動も全くしないという独自のスタイルで、保革相乗りの石原元官房副長官を破って当選。同年5月東京都市博の中止を決断した。11年4月の知事選には出馬せず、退任。以後、タレント活動を再開する。13年映画「釣りバカ日誌」にゲスト出演。同年二院クラブより参院選比例区に立候補。小説も書き、昭和56年には「人間万事塞翁が丙午」で直木賞受賞。ほかの著書に「蒼天に翔ける」「極楽トンボ」「青島の意地悪議員日記」「繁昌にほんばし弁菊」などがある。　[団]日本映画監督協会、日本作詩家協会
[家]長女＝青島美幸（放送作家）、息子＝青島利幸（放送作家）

青鳥 楓子　あおとり・ふうこ
フリーライター　小説家　[生]昭和33年7月16日　[出]長野県　[歴]雑誌記者をつとめた後、輸入雑貨店店員、予備校講師、DJ、パン屋店員、広告代理店勤務等を経てフリーライターに。ヤングアダルト小説「シナモンは愛のスクープ」がある。

青野 聡　あおの・そう
小説家　[生]昭和18年7月27日　[出]東京都　[学]早稲田大学文学部（昭和41年）中退　[賞]芥川賞（第81回）（昭和54年）「愚者の夜」、野間文芸新人賞（第6回）（昭和59年）「女からの声」、芸術選奨文部大臣賞（第38回・昭62年度）（昭和63年）「人間のいとなみ」、読売文学賞小説賞（第43回）（平成4年）「母よ」　[歴]22歳の時から5年間フランスを根拠地としてオランダ、インド、ネパール、グアテマラなどを放浪。その後フリーライターとなり、「愚者の夜」で昭和54年度上半期の芥川賞を受賞。代表作に「天地報道」「母と子の契約」「試みのユダヤ・コンプレックス」「さまよえる日本人とオレンジ色の海」「人間のいとなみ」など。　[団]日本文芸家協会
[家]父＝青野季吉（文芸評論家）、妻＝佳村萠（女優）

青羽 空　あおはね・そら
画家　イラストレーター　童話作家　[生]昭和40年　[出]大阪府　[歴]平成4年以来、現代童画展に毎年出品。5年ファンタジー・イラスト・グランプリに、7年手づくりの絵本展及びKFSアートコンテストに各々入選。油彩、水彩、アクリル画を得意とし、童話作家としても活動する。絵担当に溝江玲子・作「ウリ坊、サツマイモ王国へいく」などがある。　[団]現代童画会（会友）

青柳 士郎　あおやぎ・しろう
コスモス文学新人賞受賞者　[生]昭和13年　[出]新潟県古志郡上組村（現・長岡市宮内）　[学]立教大学法学部（昭和38年）卒　[賞]新風舎出版賞（奨励賞，第14回）（平成12年）「錦鯉の里」、コスモス文学新人賞（第77回）（平成12年）「錦鯉の里」　[歴]昭和38年明治生命保険、平成5年明生システムサービス勤務を経て、11年退職。12年「錦鯉の里」で新風舎出版賞奨励賞、コスモス文学新人賞を受賞。のち長岡社で大学・大学院の学生に対する奨学育英ボランティア活動、中国系犯罪抑制のため司法通訳人養成支援ボランティア活動などを行う。

青柳 友子　あおやぎ・ともこ
推理作家　[生]昭和14年3月30日　[没]平成3年　[出]東京　[学]立教大学大学院（昭和46年）修了　[歴]大学在学中から作家・丹羽文雄の文学者の会に所属し、純文学作家を志す。文学界新人賞候補となり、芥川賞を目指すが、やがて転向。昭和54年頃よりミステリーを書き始め、著書に「快楽者」「死の横浜唱婦館」など。　[団]日本推理作家協会

青柳 緑　あおやぎ・みどり
作家　[生]大正3年　[没]昭和62年12月14日　[出]旧朝鮮・京城　[学]京都女子大学卒　[歴]昭和12年毎日新聞大阪本社入社、社会部、サンデー毎日、仏教芸術編集部を経て、作家となる。聾唖を扱った「鉛の壁」で中央公論新人賞佳作となる。代表作に「李王の刺客」（小説）、「癩に捧げた80年」（伝記）など。

青山 恭子　あおやま・きょうこ
女優　シナリオライター　[生]昭和28年4月13日　[出]富山市　本名＝松井恭子　[学]女子美術短期大学（昭和49年）卒　[歴]短大在学中に、東京演劇アンサンブルに入り、舞台「森は生きている」でデビュー。昭和53年「四畳半・猥褻な情事」で映画デビュー。「果てしなき絶頂」「ピンクサロン・好色五人女」「団地妻・狙われた寝室」「団鬼六・縄と肌」などのポルノ作品に出演。その後テレビドラマに時々出ていたが、シナリオライターの養成学校に通って最近はシナリオで生計をたてている。

青山 健司　あおやま・けんじ
造船技師　日立造船有明工場勤務　[生]昭和20年　[出]愛媛県松山市　本名＝青木俊雄　[学]九州大学工学部卒　[賞]文芸賞（S55年度）「囚人のうた」　[歴]日立造船有明工場に勤務するかたわら小説を志し、処女作「囚人のうた」が55年度文芸賞に選ばれた。

青山 光二　あおやま・こうじ
小説家　日本文芸著作権保護同盟会長　[生]大正2年2月23日　[出]兵庫県神戸市　[学]東京帝国大学文学部卒　[賞]小説新潮賞（第13回）（昭和42年）「修羅の人」、平林たい子文学賞（第8回）（昭和55年）「闘いの構図」、勲四等旭日小綬章（平成10年）　[歴]昭和10年東大在学中、織田作之助らと同人誌「海風」を創刊、16年解散する。滋賀県立長浜商業教諭、玉川学園教授などを経て、戦後は文筆業に専念。24年「夜の訪問者」を刊行、作家として出発。55年「闘いの構図」で第8回平林たい子文学賞を受賞。平成2年永山則夫死刑囚が文芸家協会入会を申請した際、同協会入会委員長として入会を拒否の陳述をして論議を呼んだ。ほかに、「小説・織田作之助」「修羅の人」「竹生島心中」「われらが風狂の師」「父島の夜の渚で」など。　[団]日本文芸家協会（理事）、日本文芸著作権保護同盟（会長）、日本ペンクラブ

青山 淳平　あおやま・じゅんぺい
小説家　高校教師（東温高等学校）　[生]昭和24年　[出]山口県下関市　本名＝河野健（こうの・けん）　[学]松山商科大学大学院（昭和52年）修了　[賞]愛媛出版文化賞「人、それぞれの本懐」　[歴]愛媛県立松山西高、東温高などに勤務する一方、小説を執筆。著書に「人、それぞれの本懐」「司令の桜」。

青山 真治　あおやま・しんじ
映画監督　[生]昭和39年7月13日　[出]福岡県北九州市　[学]立教大学文学部卒　[賞]日本映画プロフェッショナル大賞（第6回，平8年度）（平成9年）「Helpless」、カンヌ国際映画祭国際映画批評家連盟賞・世界キリスト教賞（平成12年）「EUREKA」、三島由紀夫賞（第14回）（平成13年）「EUREKA」、北九州市民文化奨励賞（平成13年）、高崎映画祭作品賞（第16回）（平成14年）「EUREKA」　[歴]高校時代ロックバンドを結成、ギターを担当。大学で8ミリ映画製作を始め「夜までひとっとび」などを発表。蓮実重彦の「映画表現論」に影響を受ける。万田邦敏の紹介で美術助手として映画界入り。のち、フリー助監督で黒沢清、佐々木浩久に就く。雑誌に映画評も執筆。平成7年Vシネマ「教科書にない！」で監督デビュー。若手監督を強くサポートし、広島のセレブレーション・シネマ101にビクトル・エリゼ、ジョナス・メカスらと並んで作品を発表。8年「Helpless」で劇場映画デビュー。9年「チンピラ」、11年「シェイディー・グローヴ」、12年「路地へ」を発表。同年「EUREKA（ユリイカ）」でカンヌ国際映画祭国際映画批評家連盟賞、世界キリスト教賞、13年同名の小説で三島由紀夫賞を受賞。他の作品に「月の砂漠」などがある。14年女優のとよた真帆と結婚。　[家]妻＝とよた真帆（女優）

青山 瞑　あおやま・めい
オール読物推理小説新人賞を受賞　[生]昭和19年3月1日　[出]東京都　本名＝中村典義　[学]中央大学理工学部卒　[賞]オール読物推理小説新人賞（第31回）（平成4年）「帰らざる旅」　[歴]共同通信社勤務。

赤石 宏　あかいし・ひろし
小説家　教育家　[生]大正15年　[出]青森・弘前　[学]青森青年師範卒　[賞]東奥小説賞（第2回）　[歴]弘前市内の小学校、中学校を歴任。弘前市立和徳小学校長を経て、執筆に専念。著書に「津軽殺人風土記・送り絵美人」「鬼戸の笛」「津軽のこわい話」「みちのく犯科帖・三部作」など。

赤岩 隆　あかいわ・たかし

三重大学人文学部文化学科助教授　[専]英文学 アフリカ文学　[生]昭和32年　[出]三重県　筆名＝葉月堅　[学]一橋大学社会学部卒、東京都立大学大学院人文科学研究科英文学専攻修士課程修了　[興]18世紀英国における文学と政治　[賞]日本ファンタジーノベル大賞（優秀賞，第8回）（平成8年）「アイランド」　[歴]三重大学講師を経て、助教授。訳書にJ.M.クッツェー「ダスクランド」がある。また葉月堅のペンネームで作家活動も行い、著書に「アイランド」がある。

赤江 瀑　あかえ・ばく

小説家　[生]昭和8年4月22日　[出]山口県下関市　本名＝長谷川敬（はせがわ・たかし）　[学]日本大学芸術学部（昭和30年）中退　[興]劇作志向　[賞]小説現代新人賞（第15回）（昭和45年）「ニジンスキーの手」、山口県芸術文化振興奨励賞（昭和47年）、角川小説賞（第1回）（昭和49年）「オイディプスの刃」、泉鏡花文学賞（第12回）（昭和59年）「八雲が殺した」　[歴]日大在学中より詩誌「詩世紀」に詩を発表。のち、ラジオ・ドラマがNHK脚本募集に入選、シナリオ・ライターとなる。昭和45年処女小説「ニジンスキーの手」が第15回「小説現代」新人賞を受賞して文壇にデビュー。以来、あやかし、よう美な世界を精力的に書き、愛と死の美学、夢幻とエロスの文学、と呼ばれる境地を開いた。49年「オイディプスの刃」で第1回角川小説賞、59年「海峡」ほかで泉鏡花文学賞を受賞。ほかに「罪喰い」「ポセイドン変幻」「正倉院の矢」「金環食の影飾り」など。　[団]日本文芸家協会、日本近代文学館

赤川 次郎　あかがわ・じろう

推理作家　[生]昭和23年2月29日　[出]福岡県福岡市博多区　[学]桐朋高卒　[賞]オール讀物推理小説新人賞（第15回）（昭和51年）「幽霊列車」、角川小説賞（第7回）（昭和55年）「悪妻に捧げるレクイエム」　[歴]日本機械学会編集部に勤務のかたわら小説を書き始める。軽妙な発想と文体で連作推理を手がけ、「三毛猫ホームズ」シリーズなどを発表。昭和51年「幽霊列車」でオール讀物推理小説新人賞を受賞しデビュー。53年退職し、小説に専念。女子高校生を中心に圧倒的な人気を受けるベストセラー作家となり、57年度の長者番付作家部門ではいきなり、松本清張に続く第2位に名を連ねる。58年度〜平成7年度は13年連続1位。9年度再び1位。昭和60年には「上役のいない月曜日」が直木賞候補となった。デビュー25年目となる平成12年、著作が400冊を突破する。代表作に「マリオネットの罠」「セーラー服と機関銃」「探偵物語」「ヴァージン・ロード」「早春物語」「ふたり」など。　[団]日本推理作家協会、日本文芸家協会

赤川 武助　あかがわ・ぶすけ

児童文学作家　[生]明治39年12月6日　[没]昭和29年3月17日　[出]島根県益田町　[学]国学院大学中退　[賞]野間文芸奨励賞（第1回）（昭和16年）「僕の戦場日記」　[歴]国学院大学中退後、「譚海」や「少年世界」「少年倶楽部」「少女倶楽部」など多くの少年少女雑誌に児童文学を発表。デ・アミーチス「クーオレ」中の「母を尋ねて三千里」の翻案、「源吾旅日記」で注目される。昭和16年、中支出征の体験を記した「僕の戦場日記」で第1回の野間文芸奨励賞を受賞。戦後は冒険もの、動物ものに転じ、「少年密林王」などを発表した。

赤木 けい子　あかぎ・けいこ

小説家　[生]大正9年2月23日　[出]岡山県　本名＝青木優　[学]パルモア女子英学院専門部修了　[賞]岡山県文学選奨（第1回・小説戯曲）（昭和41年）「ふいご峠」　[歴]著書に「島と大陸のあいだ」。

赤木 駿介　あかぎ・しゅんすけ

小説家　[生]昭和4年4月22日　[出]神奈川県横浜市　本名＝白井三千雄　[学]横浜二中卒　[賞]サンデー毎日新人賞（第5回・時代小説部門）（昭和49年）「蟻と麝香」　[歴]著書に「わが旅はわが心のままに」「春潮記」「エドウィン・ダンの生涯」「天下を汝に」「春砂」などがある。また平成2年まで30年間競馬評論家としても活躍した。

赤木 由子　あかぎ・よしこ

児童文学作家　[生]昭和2年11月1日　[没]昭和63年9月13日　[出]旧満州　本名＝千代谷菊　[学]鞍山常磐高女（中国）（昭和19年）卒　[賞]児童福祉文学賞奨励賞（昭和44年）「はだかの天使」、野間児童文芸賞（第16回）（昭和53年）「草の根こぞう仙吉」　[歴]昭和28年頃から文学活動を開始、文芸雑誌、業界紙の記者を経て、本格的な創作活動にはいる。53年児童文学研究会（後にあめんぼの会と改称）を発足させる。56年には少女時代を中国で過した体験から、侵略戦争の正体を少女の眼を通して追求した大河小説「二つの国の物語」三部作を15年かかって完結させた。ほかに障害児問題を扱った「はだかの天使」や「草の根こぞう仙吉」などがある。　[団]日本児童文学者協会、日本子どもの本研究会、青年婦人問題研究会

赤木 里絵　あかぎ・りえ

小説家　[生]昭和48年10月11日　[出]長野県　[学]松川高卒　[歴]平成2年高2年の時に「水色の夏」がコバルト・ノベル大賞佳作に入選。以後、コバルト文庫で作品を発表。著書に「真夏のエンジェル」「悲しみのワンダーランド」など。

赤座 憲久　あかざ・のりひさ
児童文学作家　詩人　元・大垣女子短期大学幼児教育科教授　⊕昭和2年3月21日　⊕岐阜県各務原市　⊜岐阜師範卒　⊕日本児童文学史　⊕毎日出版文化賞(第16回)(昭和37年)「目のみえぬ子ら」、講談社児童文学新人賞(第5回)(昭和39年)「大杉の地蔵」、新美南吉文学賞(第13回)(昭和55年)「雪と泥沼」、サンケイ児童出版文化賞(第35回)(昭和63年)「雨のにおい　星の声」、新美南吉児童文学賞(第6回)(昭和63年)「雨のにおい　星の声」、日本児童文芸家協会賞(第13回)(平成1年)「かかみ野の土」「かかみ野の空」　⊕昭和22年岐阜市加納小教諭、29年県立盲学校を経て、46年大垣女子短期大学教授。日本児童文学者協会、中部児童文学会などの会員、児童文学月刊誌「コボたち」の監修委員。児童文学作品、民話、研究書、啓もう書、実践記録など多数。62年3月還暦を機に、「赤座憲久自選歌集」「多岐亡羊」「幼児の発想と童話の論理」の3冊を出し、総著作数を年齢と同じ60冊にした。平成3年3月教授を退任。他の著書に「目の見える子ら」「ふわり太平洋」「幼児の発想と童話の論理」「新美南吉覚書」「再考・新美南吉」「雨のにおい星の声」など。　⊕日本児童文学者協会、日本子どもの本研究会、日本児童文学学会、中部児童文学会、岐阜児童文学研究会、国際児童図書評議会　⊕娘＝あかねるつ(児童作家)

赤坂 清一　あかさか・せいいち
小説家　⊕大正15年　⊕東京　⊜中央大学法学部(旧制)(昭和27年)卒　⊕読売短編小説賞(第93回)(昭和41年)「駒踊り」　⊕昭和38年「文芸首都」、「茫」同人に。著書に「青武台」。

赤坂 長義　あかさか・ちょうぎ
放送作家　映画監督　多摩美術大学名誉教授　⊕ドラマ　ドキュメンタリー　映像心理学　⊕大正10年1月3日　平成6年6月26日　⊕東京市神田小川町　⊜東京帝大文学部(昭和20年)卒　⊕芸術祭賞テレビ部門(団体受賞)(第12回・昭32年度)「ぶっつけ本番」、日本民間放送連盟賞金賞(昭和34年)「人間開発」、モンテカルロ映画祭グランプリ(昭和39年)「疎開絵日記」、ギャラクシー賞(昭和39年)「疎開絵日記」　⊕昭和22年新東宝に入社、31年監督となり、32年フリー。東京家庭裁判所調停委員もつとめる。43年多摩美術大学教授に就任、のち名誉教授。作品に「ヌードモデル殺人事件」「九千万の明るい瞳」(新東宝)、ドキュメンタリー「アラスカひのき」「大道舞踊家パリに渡る」「疎開絵日記」など。テレビ草創期にもドラマで活躍、「日真名氏飛び出す」「七人の刑事」他を手掛けた。　⊕日本放送作家協会

赤坂 真理　あかさか・まり
小説家　⊕昭和39年5月13日　⊕東京都　⊜慶応義塾大学法学部政治学科卒　⊕野間文芸新人賞(第22回)(平成12年)「ミューズ」　⊕中学卒業後、米国・カリフォルニアに留学。雑誌「SALE2(セールセカンド)」の編集に携わるうち、小説を書くようになり、平成7年「起爆音」で作家デビュー。8年「ヴァニーユ」と「ヴォイセズ」を発表し、評論家・三浦雅士や詩人・荒川洋治から高い評価を受ける。9年初の長編「蝶の皮膚の下」が三島賞候補に、11年「ヴァイブレーター」が芥川賞候補となる。同年11月中編「ミューズ」を発表、12年同作品が野間文芸新人賞を受賞。

赤坂 好美　あかさか・よしみ
小説家　⊕昭和41年　⊕兵庫県　⊜跡見学園女子大学卒、バンタンデザイン研究所卒　⊕同人誌でイラストを描きながら北京師範大学に語学留学。平成2年「天馬千里行」でデビュー。中国歴史小説と同時に日本の戦国武将への関心も強く、真田一族の長篇に意欲を燃やす。共著に「チャイナ・ドリーム─中国夢幻譚〈2〉」がある。

明石 鉄也　あかし・てつや
小説家　⊕明治38年　⊗(没年不詳)　⊕鳥取県　本名＝永井恭　⊜東京帝大文科大学仏文科中退　⊕「改造」懸賞創作(第2回)(昭和4年)「故郷」　⊕東大中退後アナーキストになり、昭和3年アナ系詩人達の左翼芸術同盟に参加し「左翼芸術」に「起重機」などを発表。のちナップに参加し、4年「故郷」が「改造」の懸賞小説に入選する。以後プロレタリア作家として活躍し、5年「失業者の歌」「鉄の規律」を刊行したが、間もなく大衆小説に転じ「呂宋の月」「川上音二郎」「楠木正行」などを発表した。

明石 敏夫　あかし・としお
小説家　⊕明治30年6月11日　⊗昭和45年10月10日　⊕長崎県南松浦郡岐宿村　⊜慶応義塾普通部中退　⊕中学中退後、家業の酒造業を手伝ったが、それになじまず上京して正宗白鳥、ついで芥川龍之介に接近する。大正15年「父と子」「半生」を発表したが、十分な世評を得ずに帰郷する。昭和45年「あのころの芥川龍之介」を発表した。

赤瀬川 原平　あかせがわ・げんぺい
画家　小説家　中京大学文学部客員教授　⊕昭和12年3月27日　⊕大分県大分市　本名＝赤瀬川克彦(あかせがわ・かつひこ)　別名(小説家)＝尾辻克彦(おつじ・かつひこ)　⊜旭丘高卒、武蔵野美術学校(昭和32年)中退　⊕中央公論新人賞(第5回)(昭和54年)「肌ざわり」、芥川賞(第

84回)(昭和56年)「父が消えた」、野間文芸新人賞(第5回)(昭和58年)「雪野」、講談社エッセイ賞(第3回)(昭和62年)「東京路上探検記」、JTB紀行文学大賞(第2回)(平成5年)「仙人の桜、俗人の桜」、毎日出版文化賞(第53回)(平成11年)「老人力」　[歴]昭和35年美術家の荒川修作らと共にネオ・ダダイズム・オルガナイザーを結成し、ポップアートの先駆的活動を赤瀬川原平のペンネームで展開。のちイラストレーターに。38年には千円札の模写作品を発表、この作品が通貨及証券模造取締法違反に問われ、39年起訴、千円札裁判として話題となった。著書に「オブジェを持った無産者」「櫻画報激動の1250日」「ガリバーの虫めがね」「カメラが欲しい」「東京路上探検記」「超芸術トマソン」「千利休・無言の前衛」「目利きのヒミツ」「優柔不断術」「赤瀬川原平の今月のタイトルマッチ」などがある。また、尾辻克彦の名で書いた「肌ざわり」(中央公論新人賞受賞)で作家活動も開始する。「父が消えた」で、56年第84回芥川賞、「雪野」で58年野間文芸新人賞受賞。他に「出口」「ライカ同盟」などの小説がある。また映画評論、宮武外骨の研究などにかかわり、路上観察学会設立など幅広く活躍。平成10年「老人力」「老人力のふしぎ」などを出版、ボケや物忘れを“老人力がついた”と言い換え、価値感の転換をはかる“老人力”を提唱。11年朝日新聞書評委員、14年中京大学客員教授。　[団]日本文芸家協会、路上観察学会　[家]兄＝赤瀬川隼(作家)

赤瀬川 隼　あかせがわ・しゅん

作家　[生]昭和6年11月5日　[出]三重県四日市　本名＝赤瀬川隼彦　[学]大分一高卒　[賞]吉川英治文学新人賞(第4回)(昭和58年)「球は転々宇宙間」、直木賞(第113回)(平成7年)「白球残映」　[歴]住友銀行勤務などを経て文筆業に入る。昭和58年奇想天外な近未来野球小説「球は転々宇宙間」で吉川英治文学新人賞を受賞しデビュー。以後「捕手はまだか」「一九四六年のプレイボール」と野球小説を発表し、実力ある新人として中間小説界に登場。その後「ホモ・アビアランス」「潮もかなひぬ」「青磁のひと」など歴史小説、恋愛小説も発表している。平成7年「白球残映」で直木賞受賞。　[団]日本文芸家協会、日本ペンクラブ　[家]弟＝赤瀬川原平(小説家・美術家)

あかね るつ

児童文学作家　[生]昭和34年8月26日　[出]岐阜県岐阜市　本名＝赤座留津　[学]橘女子大学卒　[歴]児童文学作家・赤座憲久の一人娘で大学では児童文学を専攻。父との共著書「新美南吉覚書」もある。日本児童文学創作教室第8、9期生、中部児童文学会同人。平成3年作家としての初めての作品「おばけ貯金」を出版。他の著書に「サイレンは鳴りつづける」「アライグマのコンチェルト」「たにんどんぶり」など。　[団]日本子どもの本研究会、中部児童文学会　[家]父＝赤座憲久(児童文学作家)

赤羽 じゅんこ　あかはね・じゅんこ

児童文学者　[生]昭和33年　[出]東京都　[賞]新・北陸文学賞「おとなりは魔女」、こどもの国絵本原作大賞「のはらのスカート」　[歴]「おとなりは魔女」で新・北陸文学賞を、絵本の原作「のはらのスカート」でこどもの国絵本原作大賞を受賞。「ももたろう」同人。単行本に「おとなりは魔女」などがある。

赤羽 堯　あかばね・たかし

作家　[生]昭和12年8月26日　[没]平成9年1月22日　[出]青森県弘前市　本名＝庄司英樹　[学]明治大学卒　[歴]20代の前半に世界各地を放浪し、国際情勢を身をもって体験。帰国後、週刊誌の記者を経て、「スパイ特急」で文壇にデビュー。昭和61年「脱出のパスポート」が第96回直木賞候補に選ばれた。主として海外を舞台にしたスパイ小説・歴史小説を書く。著書に「裏切りの墓標」「ソフィアからの密使」「国際スパイ戦争13の記録」「カラコルムの悲劇」「復讐、そして栄光」「チンギス・ハーン英雄伝」など。

赤羽 建美　あかばね・たつみ

小説家　エッセイスト　元・「ギャルズライフ」編集長　[生]昭和19年1月14日　[出]東京都　筆名＝宝生茜(ほうしょう・あかね)　[学]早稲田大学文学部国文科卒　[賞]文学界新人賞(第57回)(昭和58年)「住宅」　[歴]夜間私立高教師、「週刊プレイボーイ」記者などを経て、フリーカメラマンとなり、森山大道に師事。その後、フリーライター、アンカーなどをやり、主婦の友社に入社。「主婦の友」編集部勤務のあと、昭和53年「ギャルズライフ」創刊以来、編集長を務める。のち作家に転身、58年小説「住宅」が第57回「文学界」新人賞を受賞。芥川賞候補になるも落選。近年はペンネーム宝生茜でホラー・ミステリーの分野にも進出、またエッセイストとしても活躍。著書に「犬も歩けば死体に」「OL花子の探偵デビュー」「ハッピー・ロード」「電脳世紀」「日本のシ語」「恋の嵐」「上司を動かす」、宝生茜名義で「闇迷路」「猟奇の夏」などがある。　[団]日本文芸家協会　[家]妻＝赤羽淑子(音楽プロモーター)

あかほり さとる

小説家　漫画原作者　[生]昭和40年3月8日　[出]愛知県半田市　[学]明治大学卒　[歴]小山高生率いる“ぶらざあのっぽ”に参加。その後、竜の子プロダクションで文芸を担当、「天空戦記シュラト」「NG騎士ラムネ&40」などのシリーズ構成、脚本、漫画原作等を手掛ける。「小説 天空戦記シュラト」で小説デビュー。手掛けた主な作品に、テレビアニメ「ジャンケンマン」「VS騎士ラムネ&40炎」「爆裂ハンター」、漫画原作に「爆れつハンター」「Child神さマン」「スーパータートルズ」などがある。

赤松 マサエ　あかまつ・まさえ

児童文学作家　[生]大正11年　[出]京都府　[学]京都女子師範(現・京都教育大学)専攻科卒　[賞]ヒューマンかざぐるま賞(第4回)(平成4年)　[歴]京都市内の中学校、小学校の教師を務めた。教職の後半、育成学級の担任をした関係で退職後、伏見共同作業所所長に。大阪児童文化の会「ぶらんこ」同人。作品に「あじさい学級の歌」「雲の上の学校」、著書に「がんばれ！たんぽぽ学級」「世界一のカレー屋さん」(共著)など。
[団]児童文化の会、日本児童文学者協会

赤松 光夫　あかまつ・みつお

小説家　[生]昭和6年3月3日　[出]徳島県阿波郡市場町　本名＝赤松光雄(あかまつ・みお)　[学]京都大学文学部卒　[興]密教　[歴]僧侶の家に生まれる。大学卒後、女学生雑誌の編集者を経て、昭和36年に推理小説「虹の罠」を発表。翌年から作家生活に入る。その後、青年小説、官能小説で特異な分野を開拓。特に十代ヤングの手記、資料収集をもとにした証言記録で著名。最近は密教へ傾斜しインドなどへ精力的に取材している。著書に「はだかの青春」「首のない血脈」「尼僧殺人巡礼」「聖子の青春」「さまよえる青春」のほか、官能小説など多数。
[団]日本推理作家協会、日本文芸家協会

赤嶺 誠紀　あかみね・せいき

小説家　建築設備士　[生]昭和13年1月18日　[出]沖縄県那覇市西新町　筆名＝阿嘉誠一郎　[学]首里高卒　[賞]文芸賞(昭和50年)「世の中や」、沖縄タイムス芸術選賞奨励賞(昭和54年)　[歴]著書に「世の中や」「大航海時代の琉球」「時の流れに」「明日になれば」「ぬじふぁ考」「群星」「進貢船物語―ある船頭の一生」などがある。

阿川 弘之　あがわ・ひろゆき

小説家　[生]大正9年12月24日　[出]広島県広島市白島九軒町　[学]東京帝国大学文学部国文学科(昭和17年)卒　[資]日本芸術院会員　[賞]読売文学賞(小説賞，第4回)(昭和27年)「春の城」、サンケイ児童出版文化賞(第7回)(昭和35年)「なかよし特急」、新潮社文学賞(第13回)(昭和41年)「山本五十六」、日本芸術院賞(恩賜賞，第35回)(昭和53年)、交通文化賞(昭和58年)、日本文学大賞(第19回)(昭和62年)「井上成美」、文化功労者(平成5年)、毎日文化賞(第48回)(平成6年)「志賀直哉〈上・下〉」、野間文芸賞(第47回)(平成6年)「志賀直哉〈上・下〉」、海洋文学大賞(特別賞，第3回)(平成11年)、文化勲章(平成11年)、広島県名誉県民(平成11年)、読売文学賞(随筆・紀行賞，第53回)(平成14年)「食味風々録」
[歴]旧制高校在学中から小説を書きはじめ、昭和14年矢山哲治、真鍋呉夫らと同人雑誌「こおろ」(のち「こをろ」と改称)を創刊。17年21歳で東大を繰り上げ卒業し海軍予備学生として佐世保海兵団に入団。19年海軍中尉として中国漢口に赴き通信諜報の仕事に従事、20年海軍大尉として敗戦を迎え21年帰国。同年生涯の師となった志賀直哉を知り、処女作「年年歳歳」を発表。27年「春の城」で読売文学賞を受賞し、ついで30年「雲の墓標」を発表して作家としての地位を確立。自らの戦争体験や広島をえがいた作品が多く、その一方で41年に新潮社文学賞を受賞した「山本五十六」や「米内光政」「井上成美」「志賀直哉」などの伝記小説も多い。平成7年高松宮宣仁殿下が残した「高松宮日記」が発見されると、その編纂校訂に参画。11年文化勲章を受章。代表作としては、ほかに「カリフォルニヤ」「舷燈」「水の上の会話」「暗い波濤」「軍艦長門の生涯」などのほか、随筆・紀行文に「お早く御乗車願います」「ヨーロッパ特急」「故園黄葉」「食味風々録」、「阿川弘之自選作品」(全10巻，新潮社)など。
[団]日本文芸家協会(理事)　[家]長男＝阿川尚之(弁護士)、長女＝阿川佐和子(エッセイスト)

阿木 翁助　あぎ・おうすけ

劇作家　日本放送作家協会会長　元・日本テレビ放送網常務　[生]明治45年7月14日　[出]長野県諏訪郡下諏訪町　本名＝安達鉄翁(あだち・てつお)　[学]諏訪中(昭和5年)卒　[興]老人問題、非行少年問題　[賞]紫綬褒章(昭和52年)、勲四等旭日小綬章(昭和58年)、日本文芸大賞(第3回)(昭和58年)「悪魔の侵略」　[歴]昭和5年小説家を志し上京。築地小劇場演劇研究所に入り、9年にはムーラン・ルージュ文芸部、新派文芸部に入って劇作家としての道を歩み始め、「女中あい史」の脚本で名をあげる。戦後は、ラジオ、テレビの脚本を数多く手がけ、昭和の演劇、芸能史を彩った作品は千本を越える。日本テレビの芸能局長、常務製作本部長を歴任。40年日本放送作家協会理事長に就任。主な作品に戯曲「冬の星」「長女」「青い林檎」、ラジオ「花くれない」、テレビ「徳川家康」などがあり、著書に「演劇の青春」「しみる言葉」がある。
[団]日本演劇協会(特別顧問)、日本放送作家協

会(会長)　[家]長男＝安達隆夫(東宝演劇部プロデューサー)

阿木 慎太郎　あぎ・しんたろう

小説家　(株)クン社長　[生]昭和14年1月9日　[出]東京　本名＝野上英之(のがみ・ひでゆき)　別筆名＝白山進、阿木慎一郎(あぎ・しんいちろう)　[学]慶応義塾大学法学部(昭和37年)卒　[歴]東宝宣伝部、テレビ部、企画担当取締役、東宝映画取締役を経て、クン社長に。ロスにも事務所を設立、年に半分以上は米国に滞在し、事業に執筆にと活躍。東宝在職中の昭和54年「愛と憎しみの宴」でデビュー。著書に「幸福の設計」「されど愛の日々に」「美貌人」「カサブランカ憂鬱」「バルガスの首」などの他、本名の野上英之名で評伝「聖林の王 早川雪洲」を執筆。　[団]日本文芸家協会、日本映画テレビプロデューサー協会、日本推理作家協会　[家]妻＝豊原ミツ子(テレビリポーター)

亜木 冬彦　あぎ・ふゆひこ

ミステリー作家　[生]昭和35年　[出]広島県　[学]東京薬科大学卒　[賞]横溝正史賞特別賞「殺人の駒音」　[歴]薬剤師として勤めるかたわら執筆活動に従事。著書に「殺人の駒音」がある。

安芸 由夫　あき・よしお

小説家　[専]日本文学　文章論　[生]大正9年5月19日　[出]埼玉県加須市　本名＝中里富美雄(なかざと・ふみお)　[学]国学院大学文学部卒、東京大学文学部国文科研究生修了　[歴]昭和55年東京都立日野高校校長を停年退職してから、短大で現代文学や文章論を教える。57年から東京・国立市にあるカルチャーセンターで随筆教室の講師も担当。一方、安芸由夫の筆名で小説も書き、「ナポリの父親」「非行少女」などがある。ほかの著書に「私の中の古典」「教師の文章読本」「楽しいエッセイ作法」「古典の中の愛のかたち」「自分史入門」など。　[団]日本文芸家協会

阿貴 良一　あき・りょういち

児童文学作家　詩人　[生]明治44年7月24日　[出]岡山県　本名＝江口章　[賞]現代少年文学賞(第5回)(昭和47年)　[歴]昭和7年「大阪童話教育研究会」に参加。14年「新児童文学集団」を結成、劇団「ドウゲキ」の中心メンバーとして児童劇を書く。主な作品に「東京の匂い」「家のない子の心になって」など。　[団]日本児童文学者協会、美術グループ日の会

安芸 礼太郎　あき・れいたろう

作家　[生]大正13年8月　[出]北海道函館市　[学]京都大学(昭和26年)卒　[賞]岸田戯曲賞奨励賞(昭和29年)　[歴]昭和29年岸田戯曲賞奨励賞受賞。著書に「幸福の階段」。

秋川 ゆみ　あきかわ・ゆみ

児童文学作家　[生]昭和5年　[出]東京都　[学]山脇高女卒　[歴]長崎源之助主宰の幹塾で童話の創作を学ぶ。枝の会会員として5年間、同人誌活動をする。のち、梢の会に所属。著書に「あさってからスパゲティ」「やまぐちくんはビリか?」(分担執筆)、エッセイ集「屋根のない家」、詩集に「茱苑のようにそまって」がある。　[団]日本児童文学者協会

秋口 ぎぐる　あきぐち・ぎぐる

小説家　[生]昭和51年　[出]大阪府　[賞]富士見ファンタジア長編小説大賞(審査員特別賞，第10回)「並列バイオ」　[歴]「並列バイオ」で小説家デビュー。「月刊ドラゴンマガジン」に「粛正プラトニック」を連載。著書に〈ショットガン刑事(デカ)〉シリーズなど。

秋里 光彦　あきさと・みつひこ

小説家　文芸評論家　[生]昭和34年　[出]三重県桑名市　本名＝加藤幹也　別筆名＝高原英理(たかはら・えいり)、葉月幹人　[学]立教大学文学部日本文学科卒、東京工業大学大学院社会理工学部博士課程　[賞]幻想文学新人賞(第1回)(昭和60年)「少女のための鏖殺作法」、群像新人賞(評論部門優秀賞，第39回)(平成8年)「語りの事故現場」　[歴]昭和60年「少女のための鏖殺作法」で幻想文学新人賞を受賞後、幻想小説・怪奇小説を発表する。平成8年群像新人賞評論部門優秀賞を受賞後は文芸評論も手がける。他の著書に、葉月幹人名義で詩集「うさと私」、評論「少女領域」、秋里光彦名義で小説「闇の司」などがある。東京工業大学大学院社会理工学部博士課程在学。

秋沢 三郎　あきさわ・さぶろう

小説家　[生]明治36年11月19日　[出]広島県呉市　[学]東京帝大英文科(昭和3年)卒　[歴]東京帝大在学中、上林暁らと「風車」を創刊し、昭和3年「三人の先生」を発表。卒業後は産経新聞に入り、後に文化部長として活躍した。戦後は35年に伊藤整らの同人雑誌「春夏秋冬」に参加し、小説「停年」などを発表した。

秋月 桂太　あきずき・けいた

劇作家　放送作家　[生]明治39年3月21日　[没]昭和54年11月16日　[出]新潟県　本名＝秋月浩霊(あきずき・こうれい)　[学]法政大学英文科中退　[賞]国民演劇脚本情報局総裁賞(第1回)(昭和17年)「耕す人」　[歴]法政大学中退後劇作家となり、昭和17年「耕す人」で国民演劇脚本第1回情報局総裁賞を受賞。戦後はNHKの専属ライターとして、「光を掲げた人々」「ラジオ小劇場」などを執筆する。一方、「現代劇」同人となり、庶民の哀感と善意の人々を描く作家として

活躍した。舞台作品に「路地のあけくれ」「母の上京」などがあるほか、戯曲集「耕す人」、児童劇集「青空の子供たち」がある。

秋月 煌　あきずき・こう

小説家　[生]昭和25年　[出]東京都　本名＝中根進　[学]立教大学英文科卒　[賞]日本海文学賞「技打殺人事件」、小説新潮長編新人賞（第2回）（平成8年）「決闘ワルツ」　[歴]長い間放浪生活を経て、富山県の豪雪地帯に入植、林業に従事。同地で創作に励む。著書に「決闘ワルツ」など。

秋月 達郎　あきずき・たつろう

小説家　[生]昭和34年5月15日　[出]愛知県半田市　本名＝稲生達朗（いのう・たつお）　別名＝橘薫（たちばな・かおる）　[学]早稲田大学卒　[歴]大学時代は映画制作グループひぐらしに所属。卒業後、数年間海外を放浪した後、東映に入社。映画「スケバン刑事」「はいからさんが通る」等のプロデューサーを経て、平成元年小説家に転身、「鏡の中の私」で作家デビュー。ジュヴナイルや架空戦記を中心に執筆。歴史小説も手がける。著書に「アルテミスの反乱―2039」「ミルキー・ウェイ探偵団」「修学旅行は終わらない」「パンゲア三国志」シリーズ、「帝国の決断」「天翔の艦隊」他。　[団]日本文芸家協会、日本推理作家協会　http://www.cac-net.ne.jp/~fallmoon/

秋月 ともみ　あきずき・ともみ

著述家　劇作家　[生]昭和9年　[出]兵庫県神戸市　筆名＝スミノフ，ヤーナ　[学]同志社大学法学部（昭和30年）卒　[歴]大卒後レコード会社でディレクターとして勤務した後、様々な職業に就く。のちLP企画、作詞、演劇指導、演出、TV台本などに従事。傍ら小説を執筆し、ヤーナ・スミノフの名で戯曲も手掛ける。著書に「観世三代記 秘すれば花―歴史の襞にかくれた一族」がある。

秋田 雨雀　あきた・うじゃく

劇作家　小説家　児童文学作家　社会運動家　[生]明治16年1月30日　[没]昭和37年5月12日　[出]青森県南津軽郡黒石町（現・黒石市）　本名＝秋田徳三　[学]東京専門学校（現・早稲田大学）英文科（明治40年）卒　[賞]黒石市名誉市民（昭和35年）　[歴]中学時代から島崎藤村の影響を受け詩を志す。東京専門学校在学中の明治37年詩集「黎明」を刊行。18篇を収め唯一の単行詩集となった。卒業後は島村抱月に認められて40年処女小説「同性の恋」を発表し、以後新進作家として活躍。イプセン会の書記をつとめ、戯曲への関心を深める。42年小山内薫の自由劇場に参加。大正2年には芸術座創立に参加するが、3年に脱退し、美術劇場を結成。以後、芸術座、先駆座などに参加。4年エロシェンコを知り、エスペラントを学ぶ。8年頃から童話を試みる。10年日本社会主義同盟に加わり、13年フェビアン協会を設立。昭和2年ソ連を訪れ、3年国際文化研究所長、4年プロレタリア科学研究所所長に就任。6年日本プロレタリア・エスペラント同盟を創立。9年新協劇団結成に参画し事務長となり、「テアトロ」を創刊。15年検挙される。戦後も活躍し、23年舞台芸術学院院長、24年共産党に入党、25年には日本児童文学者協会会長に就任した。代表作に「幻影と夜曲」「埋れた春」「国境の夜」「骸骨の舞跳」、童話集「東の子供へ」「太陽と花園」などがあり、ほかに「雨雀自伝」「秋田雨雀日記」（全5巻）がある。

秋田 佐知子　あきた・さちこ

シナリオライター　[生]昭和18年2月14日　[出]宮崎県延岡市　[学]日本大学芸術学部放送学科（昭和40年）卒　[歴]昭和40年に大学を出て郷里の宮崎で教壇に立ったあと43年に上京、会社勤めをしながらシナリオ作家協会の講座に通い、53年夏にTBSの「微笑」で一人立ち。54年暮れにはNHK大阪放送局のテレビ小説「虹を織る」を手がけた。平成10年駅伝ランナーの女性を描いた漫画「彩風（かぜ）のランナー」の原作を担当。他の作品にテレビ「花いちばん」「花らんまん」「花ちりめん」「ダンプかあちゃん」「優しい関係」「ある朝突然に・・」「砂の上の家」「あゝ、重度痴呆病棟」、映画「小さな胸の五円玉」など。

秋田 大三郎　あきた・だいざぶろう

児童文学作家　元・小学校教師　[生]大正13年　[没]平成8年4月13日　[出]東京　[学]法政大学高等師範部歴史地理科卒　[賞]リブラン創作童話優秀賞（第1回）「てっちゃんの空色のビー玉」　[歴]小学校教師として長年東京都江戸川区立平井小学校など下町の小学校に勤務。また、全国生活指導研究協議会、少年少女組織を育てる全国センター、江戸川子育て教育センターなどにかかわる。退職後は、創作活動の傍ら地域の公園で紙芝居を行う。著書に「楽しさは子どもの主食です〈秋田大三郎教育ノート2〉」、児童文学に「てっちゃんの空色のビー玉」などがある。

秋田 禎信　あきた・よしのぶ

小説家　[歴]「ひとつ火の粉の雪の中」でファンタジア長編小説大賞に準入選し、小説家デビュー。他の著書に〈魔術士オーフェン〉シリーズ、〈エンジェル・ハウリング〉シリーズ、「閉鎖のシステム」などがある。3月2日生まれ。

秋津 透　あきつ・とおる

小説家　[生]昭和35年2月16日　[出]東京都　[学]早稲田大学文学部卒　[歴]公務員生活のかたわら執筆活動を続け、「魔獣戦士ルナ・ヴァルガー」でプロデビュー。他の著書に「閃光戦隊ジュエルスターズ」シリーズ、「女王陛下」シリーズなどがある。 http://member.nifty.ne.jp/AKITSUSHIMA

秋永 芳郎　あきなが・よしろう

小説家　ノンフィクション作家　[生]明治37年1月8日　[没]平成5年11月13日　[出]長崎県佐世保市　本名＝秋永義男　[学]関西学院高等部英文科中退　[賞]航空文学賞(第1回)(昭和17年)「翼の人々」　[歴]昭和5～14年大阪毎日新聞記者をつとめ、のち作家に転じる。主な作品に「翼の人々」「羽仁もと子伝」「黒い落日」「反逆と祈り」「青函トンネル」など。　[団]日本文芸家協会

秋葉 千景　あきば・ちかげ

小説家　[出]新潟県　[学]東海大学文学部日本文学科卒　[賞]角川学園小説大賞(奨励賞，第4回)「蛹の中の十日間」　[歴]大学での専攻は、芥川龍之介。「藪の中」を題材に卒業論文を書くが未完のため、自分なりに論文を完成させるつもりで、小説執筆を開始。「蛹の中の十日間」で第4回角川学園小説大賞奨励賞を受賞し、同作品で小説家デビュー。

秋葉 てる代　あきば・てるよ

童話作家　[生]昭和26年　[出]千葉県　[学]共立女子大学卒　[賞]日本童謡賞(新人賞，第30回)(平成12年)「おかしのすきな魔法使い」　[歴]小学校教師のかたわら、童謡、童話などの創作活動を続ける。詩集に「ハープムーンの夜に」「おかしのすきな魔法使い」ほか。　[団]日本児童文芸家協会、日本童謡協会

秋浜 悟史　あきはま・さとし

劇作家　演出家　大阪芸術大学教授　兵庫県立ピッコロ劇団代表　[専]戯曲　脚本　[生]昭和9年3月20日　[出]岩手県渋民村(現・玉山村)　[学]早稲田大学文学部演劇科(昭和33年)卒　[賞]紀伊国屋演劇賞(第1回，第32回)(昭和41年・平成9年)「ほらんばか」「風の中の街」、岸田戯曲賞(昭和43年)「幼児たちの後の祭り」、芸術祭賞(演劇部門，優秀賞)(平成9年)「風の中の街」　[歴]早大在学中の昭和31年戯曲「英雄たち」を発表。卒業後は岩波映画に8年勤め、その間「ほらんばか」「冬眠まんざい」「幼児たちの後の祭り」などを発表、42年「東北の四つの季節」を刊行。40年から48年まで劇団三十人会に参加し「しらけおばけ」「鎮魂歌抹殺」などを発表した。平成6年設立された、全国初の県立劇団ピッコロ劇団代表もつとめる。　[団]日本文芸家協会、日本演出者協会、日本演劇学会

秋原 勝二　あきはら・かつじ

作家　「作文」同人　[生]大正2年6月　[出]福島市　[学]大連満鉄育成学校(昭和5年)卒　[歴]昭和5年満鉄に入社。経理部に務めるかたわら、大連の文芸同人誌「作文」の同人となり、小説を発表。引き揚げ後、39年に「作文」を復刊。著作に「岩手チベットの夕空」「故郷喪失」(全5巻)「満州日本人の彷徨」など。

秋水 一威　あきみ・かずい

小説家　[生]昭和46年2月12日　[賞]パレットノベル大賞(第16回)「恋月夜」　[歴]短期大学卒業後、社会人生活を経て、執筆活動をはじめる。「恋月夜」で第16回パレットノベル大賞を受賞して作家デビュー。著書に「若様まいる！」がある。

秋元 藍　あきもと・あい

小説家　彫刻家　[生]昭和10年　[出]福岡県北九州市　[学]共立女子大学文芸学部芸術専攻科卒　[賞]大衆文学研究賞(評論・伝記部門，第8回)(平成6年)「碑文 花の生涯」　[歴]舟橋聖一に師事。彫刻家集団・創型会会員。著書に「眠られぬ夜の旅」「聖徳太子と法隆寺」「碑文 花の生涯」「ハナコの首」、共著に「エリザベス女王とイギリスの栄光」「武田信玄100話」「物語 キリシタン大名の妻たち」他。　[団]日本ペンクラブ

秋元 松代　あきもと・まつよ

劇作家　[専]新劇の創作戯曲　[生]明治44年1月2日　[没]平成13年4月24日　[出]神奈川県横浜市　[学]小卒　[賞]芸術祭賞(奨励賞，ラジオ部門，第15回，昭35年度)「常陸坊海尊」、田村俊子賞(第5回)(昭和39年)「常陸坊海尊」、芸術祭賞(演劇部門，第23回，昭43年度)「常陸坊海尊」、毎日芸術賞(第11回)(昭和44年)「かさぶた式部考」、読売文学賞(戯曲賞，第27回)(昭和50年)「七人みさき」、紀伊国屋演劇賞(第10回)(昭和50年)「アディオス号の歌」、菊田一夫演劇賞(第4回，昭53年度)(昭和54年)「近松心中物語」、紫綬褒章(昭和54年)、演劇功労者(第6回)(昭和60年)　[歴]戦後、三好十郎の戯曲研究会に入り、30歳を過ぎてから戯曲を書き始める。昭和22年初の戯曲「軽塵」を発表。24年「礼服」が俳優座で上演され、注目を集めた。以来、古典や各地の伝説を題材に、数多くの作品を発表。39年「常陸坊海尊」で芸術祭賞、田村俊子賞、44年「かさぶた式部考」で毎日芸術賞、50年「七人みさき」で読売文学賞などを受賞。54年近松門左衛門の作品を基にした「近松心中物語」を発表、蜷川幸雄の演出で帝国劇場で初演され大ヒット。以後度々再演され、平成13年には上演1000回を超えた。戦後を代表する女性劇作家で、完全主義者の孤高の作家と言われた。他の作品に「村岡伊平治」「山ほととぎすほし

いまま」「心中宵庚申」「おさんの恋」などのほか「秋元松代全作品集」（全3巻，大和書房）がある。　㊸日本演劇協会、日本文芸家協会　㊷兄＝秋元不死男（俳人）

秋元 康　あきもと・やすし
作詞家　放送作家　㊷昭和31年5月2日　㊸東京都目黒区　㊹中大附属高卒、中央大学文学部中退　㊺FNS歌謡祭グランプリ（第13回・最優秀作詞賞）（昭和61年）、銀座音楽祭特別賞（第16回）（昭和61年）、日本レコードセールス大賞作詞賞（第19回，20回）（昭和61年、62年）㊻中大附属高2年の時コメディ番組の台本をラジオ局に持ち込み、以後ラジオ・テレビの放送作家となる。「ザ・ベストテン」「オールナイトフジ」などを手掛ける。昭和58年から作詞活動も始め、小泉今日子「なんてったってアイドル」など次々とヒットをとばす。代表作に美空ひばり「川の流れのように」、藤谷美和子・大内義昭「愛が生まれた日」など。とんねるず、おニャン子クラブなどの仕掛人として知られる。また、映画「君は僕をスキになる」の企画に携わり、平成3年には「グッバイ・ママ」（松阪慶子主演）で映画監督としてもデビュー。8年松竹の奥山和由プロデューサーと共同でソフト製作会社ネクスト・エンターテインメントを設立。10年セガ・エンタープライゼス社外取締役に就任、ゲーム機"ドリームキャスト"のCM「湯川専務シリーズ」を手がける。14年作詞活動20周年記念CDボックス「秋元流」を発売。他の企画番組に「おしゃれカンケイ」（日テレ系）、「輝く日本の星」「筋肉番付」（TBS）、映画監督作品に「川の流れのように」、映画原作・脚本に「恋と花火と観覧車」など。著書に「恋について僕が話そう」「男の気持ちがわからない君へ」「そのうち結婚する君へ」「人生には好きなことしかやる時間がない」など多数。

秋山 シュン太郎　あきやま・しゅんたろう
脚本家　演出家　㊷昭和32年8月29日　㊸岡山県　㊹大阪教育大学卒　劇団虚航船団パラメトリックオーケストラに所属、座付き作家、演出家として活動。昭和56年「人力ヒコーキのバラード」でキャビン'85戯曲賞佳作賞を受賞。社会問題を取り上げた作品が多い。平成11年50歳以上の演劇未経験者からなる発起塾を大阪に創立。演技、歌、ダンスを基礎から指導し、ミュージカル公演を開催。のち同塾は全国7ケ所に増え、平成14年7月ニューヨーク公演を行う。　㊸日本劇作家協会　http://www.hokkijuku.net/akiyama.htm

秋山 鉄　あきやま・てつ
小説家　㊷昭和37年　㊸大阪府豊中市　本名＝末永道久　㊹関西学院大学文学部美学科音楽学専攻中退　㊺小説新潮長篇新人賞（第4回）（平成10年）「居酒屋野郎ナニワブシ」　㊻高校卒業後5浪し、様々な職を経て、関western学院大学文学部美学科に入学、音楽学を専攻。その間ジャーナリスト深代惇郎の本に触発され社会部記者を志し、新聞社などを受験したが失敗。それをきっかけに大学も中退し、以後日本語学校教師や自動車工場の期間工などの仕事に就く。一方、小説に取り組み、長編「居酒屋野郎ナニワブシ」などを執筆。

秋山 正香　あきやま・まさか
小説家　㊷明治36年11月24日　㊸昭和41年10月31日　㊹埼玉県忍町　㊺早大政経学部中退　㊻大正15年、大阪朝日新聞の懸賞小説に応募した「道中双六」が入選。以後、昭和13年発表の「般若」が芥川賞候補作品になり、16年には「蒻の葉」を発表。そのほか「泥沼」「花咲く隠れ家」などの小説や、評伝「高山樗牛」などの著書がある。

秋山 満　あきやま・みつる
フリーライター　映画評論家　秋山プロダクション主宰　㊷昭和19年8月25日　㊸茨城県　㊹明治大学文学部（昭和42年）卒　㊻明治大学在学中にシナリオ研究所で学び、エキストラのアルバイトをするかたわら、映画評論にも手を染める。昭和42年、数社の出版社を経て、43年虫プロ商事入社。「COM」の編集に携わる。45年退社後、フリーライターに。その後秋山プロダクションを設立、映画評論・劇画原作・小説執筆・週刊誌の取材記者と、幅広い分野で活躍している。著書に「COMの青春」。

阿久 悠　あく・ゆう
作詞家　小説家　兵庫エフエムラジオ放送最高顧問　㊷昭和12年2月7日　㊸兵庫県五色町（淡路島）　本名＝深田公之（ふかだ・ひろゆき）　㊹明治大学文学部（昭和34年）卒　㊺日本レコードセールス大賞（作詩賞、第4回～12回）（昭和46年～54年）、日本レコード大賞（大賞、第13回・16回・18回・19回・20回・22回）（昭和46年・49年・51年・52年・53年・55年）、日本レコード大賞（作詩賞、第15回・17回・27回・28回・36回）（昭和48年・50年・60年・61年・平成6年）、日本作詩大賞（大賞、第7回・9回・10回・14回・15回・17回・21回）（昭和49年・51年・52年・56年・57年・59年・63年）、日本レコード大賞（西条八十賞、第18回）（昭和51年）、FNS歌謡グランプリ（グランプリ、第5回）（昭和53年）、古賀政男記念音楽大賞（プロ作品・優秀賞、第1回・3回）（昭和55年・57年）、横溝正史

賞(昭和57年)「殺人狂時代ユリエ」、古賀政男記念音楽大賞(プロ作品・大賞、第8回)(昭和62年)「追憶」、日本レコード大賞(作詞賞、第38回)(平成8年)「蛍の提灯」、菊池寛賞(第45回)(平成9年)、スポニチ文化芸術大賞(グランプリ、第7回)(平成11年)、紫綬褒章(平成11年)、島清恋愛文学賞(第7回)(平成12年)「詩小説」
⑯昭和34年広告代理店・宣弘社に入社し、39年に退職するまで、CM制作、番組企画に携わる。退職後放送作家として独立、43年から作詞を始める。前期の代表作に北原ミレイの「ざんげの値打ちもない」(45年)があり、その後は山本リンダ、ピンクレディ、沢田研二らのヒット曲を次々と書き、日本レコード大賞や日本作詩大賞の常連となる。また「スター誕生」の番組企画など、テレビや劇画の企画・原作の分野でも活躍。53年には「ゴリラの首の懸賞金」で作家としてデビュー。翌54年「瀬戸内少年野球団」が直木賞候補になり、59年篠田正浩監督のもとで映画化された。57年には推理小説「殺人狂時代ユリエ」で横溝正史賞を受賞。平成元年兵庫エフエム会長に就任、のち最高顧問。9年作詞家デビュー30周年を記念したCD全集「移りゆく時代、唇に詩 阿久悠大全集」を発売。他の作品に「また逢う日まで」「ピンポンパン体操」「さらば友よ」「北の宿から」「勝手にしやがれ」「津軽海峡冬景色」「UFO」「もしもピアノが弾けたなら」「契り」「北の蛍」「熱き心に」「蛍の提灯」など。著書に「ちりめんじゃこの詩」「飢餓旅行」「絹婚式」「家族の神話」「ラヂオ」、短編集「詩小説」など。
㊿日本文芸家協会 http://www.aqqq.co.jp/

芥 正彦　あくた・まさひこ
劇作家　演出家　俳優　劇団ホモフィクタス主宰　㊤昭和21年1月7日　㊥東京都　㊦東京大学除籍　⑯昭和40年東京大学入学と同時に劇団駒場に参加、3年の時から全共闘運動に加わる。全共闘運動の拠点の一つだった東大闘争当時、劇団駒場を率いて"天才"とも"奇才"とも呼ばれ、東大全共闘のオーガナイザーでもあり、代表的なアジテーターでもあった。44年5月駒場で開かれた三島由紀夫と東大全共闘との討論の際、赤ん坊を抱いて現れ、三島と激論を交わした。53年女優・中島葵とともに劇団ホモフィクタスを結成、公演を行う傍ら、プロデューサー、演出家、俳優として活躍。62年は銀座セゾン劇場での土方巽追悼公演の一部を受け持ち、63年にはドラマ「桜子は微笑う」(TBS)に出演した。

芥川 龍之介　あくたがわ・りゅうのすけ
小説家　俳人　㊤明治25年3月1日　㊨昭和2年7月24日　㊥東京市京橋区入船町(現・東京都中央区)　別号＝柳川隆之介、澄江堂主人(ちょうこうどうしゅじん)、寿陵余子(じゅりょうよし)、俳号＝我鬼　㊦東京帝国大学英文科(大正5年)卒　⑯母発狂のため母方の伯父の養子となる。府立三中、一高を経て東大に入学。夏目漱石門下となり、大正3年第3・4次「新思潮」を菊池寛らと刊行。5年海軍機関学校教官となり、東京を離れるが、8年大阪毎日新聞社の社員となり創作に専念する。この間、「鼻」「芋粥」「手巾(ハンケチ)」で注目され、作家としての地位を確立。大正期の作品に今昔物語集などから取材した「羅生門」「藪の中」「地獄変」、馬琴が主人公の「戯作三昧」、芭蕉の死を描いた「枯野抄」、童話「蜘蛛の糸」「杜子春」「トロッコ」など。また7年頃から俳句を高浜虚子に学び、「ホトトギス」に作品発表。ほかに特定の知友あての書簡に自作の詩を記し、3冊の詩作ノートを残す。短歌、河童絵などにも才覚を著した。14年頃から体調が崩れ、「河童」や警句集「侏儒の言葉」などを発表するが、昭和2年久米正雄に託した遺書「或旧友へ送る手記」を残して自殺、その死は知識人に強い衝撃を与えた。遺稿に評論「西方の人」、小説「歯車」「或阿呆の一生」、句集「澄江堂句集」、詩集「澄江堂遺珠Sois belle, sois triste」(佐藤春夫編)など。「芥川龍之介全集」(全12巻、岩波書店)他がある。命日には河童忌が営まれている。
㉒長男＝芥川比呂志(俳優・演出家)、三男＝芥川也寸志(作曲家)

阿久根 星斗　あくね・せいと
小説家　㊤大正8年7月28日　㊨平成7年12月2日　㊥鹿児島県加世田市　本名＝阿久根正和　㊦大倉高商(現・東京経済大学)卒、東京商大(現・一橋大学)卒　鹿児島新報文学賞、南日本文学賞(第15回)(昭和62年)「永遠に消えず」　⑯召集、闘病生活を経て文筆活動に入る。海音寺潮五郎をしのぶ会(海潮忌)代表世話人。「九州文学」同人。著書に「永遠に消えず」「士魂の譜」「薩摩藩大奥」他。　㊿日本文芸家協会

阿久根 治子　あくね・はるこ
児童文学作家　童謡詩人　㊤昭和8年1月6日　㊥愛知県名古屋市　㊦愛知県立女子短期大学国文科(昭和29年)卒　㉑サンケイ児童出版文化賞(第16回)(昭和44年)「やまとたける」　⑯昭和35年「モクモク町のある一年」でデビュー。44年古代文学を素材とした「やまとたける」で第16回サンケイ児童出版文化賞を受賞。ほかに「少年の橋」「流刑の皇子」など。詩人としても活躍し、NHKみんなのうた「星の実」

などがある。 [団]日本児童文学学会、日本音楽著作権協会、中部児童文学会

明田 鉄男 あけた・てつお

著述業 元・滋賀女子短期大学秘書科教授 [専]日本文化論 [生]大正10年8月18日 [出]愛媛県宇和島市 旧姓(名)=巴 [学]京都帝国大学法学部政治学科(昭和19年)卒 [賞]オール讀物新人賞(第24回)(昭和39年)「月明に飛ぶ」 [歴]京都新聞記者を経て、昭和27年読売新聞大阪本社に入社、編集局勤務。50年論説委員。59年定年退職後、霊山歴史館(京都)主任研究員。62年～平成4年滋賀女子短期大学教授。著書に「幕末京都」「乱世京都」「考証幕末京都四民の生活」、「幕末維新全殉難者名鑑」(全4巻)「日本花街史」、共著に「坂本龍馬事典」他。 [団]日本ペンクラブ

明野 照葉 あけの・てるは

小説家 [生]昭和34年6月25日 [出]東京都 本名=田原葉子 [学]東京女子大学文理学部卒 [賞]オール讀物推理小説新人賞(平成10年)「雨女」、松本清張賞(第7回)(平成12年)「輪(RINKAI)廻」 [歴]出版社の在宅業務に従事しながら、小説を執筆。平成10年「雨女」でオール讀物推理小説新人賞、12年「輪(RINKAI)廻」で松本清張賞を受賞。

揚野 浩 あげの・ひろし

小説家 [生]昭和15年 [出]鹿児島県枕崎市 [学]福岡工(昭和33年)卒 [歴]昭和26年のルース台風で一家離散後、福岡の親類のもとに引き取られる。その後鉱山技師を目指すが炭鉱が斜陽化し、日雇い労働者に。一時福岡市消防局に勤めた頃から小説を書き始め、北九州国民文化会議九州文学学校福岡教室に通う。45年反戦・反基地運動などのシンボルとなっていたファントムジェット機を題材にした小説「F4ファントムジェット戦闘機を降ろせ」を、「新日本文学」に発表。博多港の港湾労働者として働きながら、同誌に「人生漫画」「ゲリラの棲む岸壁」、「小説現代」にユーモア小説「プロレタリア競艇哀話」を発表。港のプロレタリア群像が繰り広げる笑いとペーソスあふれる作品で注目される。

浅井 京子 あさい・きょうこ

小説家 [生]昭和23年6月7日 [出]北海道上川郡清水町 [学]旭川大学経済学部卒 [賞]潮賞(第1回・小説部門)(昭和57年)「小さなモスクワ。あなたに」 [歴]大学でロシア語を学ぶ。昭和53年日ソ貿易のモスクワ駐在員を務めた。57年第1回潮賞を受賞。58年プーシキン大学に留学。

浅井 隆 あさい・たかし

映画プロデューサー 「ダイス」編集長 [生]昭和30年 [学]池田高(昭和49年)卒 [歴]寺山修司主宰の演劇実験室・天井桟敷に入り、演出助手を務め映画「ボクサー」「上海異人娼館」に参加。昭和59年天井桟敷解散、61年アップリンクを設立、映画配給やビデオ販売、書籍の編集出版を始め、ロンドンの映像作家デレク・ジャーマンの映画の日本での配給をほとんど手がける。平成4年初めて撮ったTVドラマ「90日間トテナム・パブ」(フジ)では制作・監督・脚本を担当。インディーズ雑誌「ダイス」編集長も務める。

朝稲 日出男 あさいね・ひでお

小説家 [生]昭和20年4月8日 [出]埼玉県 本名=朝稲亮博 [学]中央大学法学部卒 [賞]太宰治賞優秀作(第14回)(昭和53年)「あしたのジョーは死んだのか」、野性時代新人文学賞(第5回)(昭和53年)「彼の町に逃れよ」、泉鏡花賞(第15回)(昭和62年)「シュージの放浪」 [歴]昭和53年「あしたのジョーは死んだのか」が太宰治賞優秀作に、「彼の町に逃れよ」が野性時代新人賞に選ばれデビュー。著書に「シュージの放浪」「辻馬車走れよ！」など。

浅尾 政行 あさお・まさゆき

映画監督 [生]昭和24年11月22日 [出]東京都 [学]多摩芸術学園映画学科(昭和48年)卒 [賞]城戸賞佳作入選(昭和56年)「とりたての輝き」 [歴]東映教育映画部の契約助監督を経て、フリーに。昭和56年シナリオで城戸賞佳作入選を果たした「とりたての輝き」を自ら撮り、監督としてデビューした。作品は他に「ブレイクタウン物語」。

旭丘 光志 あさおか・こうじ

作家 ノンフィクション作家 [専]教育問題 東洋医学 気功 宗教 [生]昭和13年1月2日 [出]北海道札幌市 本名=川崎敏明(かわさき・としあき) 雅号=酔夢(えいむ) [学]月寒高卒 [興]教育のニューパラダイム、精神世界と物質世界の一体性、地球環境生命 [歴]ADデザイナー、劇作家、シナリオライターを経て、昭和52年より小説、評論、ルポルタージュを執筆。特に医療分野、教育問題についての取材と鋭い分析、提言に定評がある。著書に「山村留学」「自ら学習する子はなぜ育ったか」「夢は片手に重いけど」「ガン・糖尿病・肝疾患に克つ切り札！機能性食品 AHCC治療最前線」など。 [団]日本ジャーナリスト会議、日本脚本家連盟、日本ホリスティック医学協会、日本代替医療学会

阿坂 卯一郎　あさか・ういちろう
劇作家　[生]明治43年2月28日　[出]鹿児島県　本名＝野辺行十郎　[学]国学院大学高等師範部(昭和8年)卒業　[賞]芸術祭奨励賞(脚本部)(昭和33年)「風変りな景色」　[歴]出版社勤務を経て高校教員となり、東京都中等学校演劇研究会(現・東京都高等学校演劇研究会)を創設して、高校演劇のための戯曲を書き、その指導に当る。昭和33年「風変りな景色」で芸術祭奨励賞を受賞。代表作を集成した「阿坂卯一郎一幕劇集」を34年に刊行した。　[団]全国高校演劇協議会

浅賀 美奈子　あさが・みなこ
すばる文学賞佳作を受賞　[生]昭和43年　[出]福島県　本名＝渡辺美奈　[学]福島大学　[賞]すばる文学賞佳作(第13回)(平成1年)「夢よりもっと現実的なお伽噺」　[歴]福島大学に在学中の平成元年、すばる文学賞佳作を受賞。

朝海 さちこ　あさかい・さちこ
作家　評論家　脚本家　作詞家　[出]北海道　[賞]新人脚本賞「草原の若人たち」、太宰治賞(第10回)(昭和49年)「谷間の生霊たち」、現代評論社賞「偶像白衣の天使」、毎日郷土賞「非情の街で」　[歴]学生時代から執筆活動に入る。脚本「草原の若人たち」で新人脚本賞、「谷間の生霊たち」で太宰治賞を受賞。創作・評論・脚本・レコードの作詞など、多方面で活躍。作品に「偶像白衣の天使」(現代評論社賞)「非情の街で」(毎日郷土賞)「ひとりぼっちのコロ」など。

浅川 かよ子　あさかわ・かよこ
児童文学作家　[生]大正6年4月22日　[出]長野県上伊那郡箕輪町　[学]名古屋通信講習所卒　[賞]信州児童文学会作品賞(第8回)(昭和43年)「じゅうたんの涙」、塚原健二郎文学賞(第9回)(昭和61年)「木曽のばあちゃん騎手」　[歴]郵便局に勤務。昭和11年「アララギ」に入会。その後、結婚のため上京したが戦渦にあい、終戦後は開墾百姓をしながら作歌をつづける。独学で保母資格を取得、30年より穂高町立保育園に勤務し、園長となる。39年信州児童文学会に入り、童話を書き始め、50年退職後は創作と児童文化に専念。主な著書に「丸木小屋のうた」「更級埴科の民話」「木曽のばあちゃん騎手」「木曽馬ツユの手まりうた」、共著に「ふたりだけの雪合戦」他。　[団]信州児童文学会、日本児童文学者協会

浅川 純　あさかわ・じゅん
推理作家　[生]昭和14年12月27日　[出]沖縄県那覇市　本名＝新崎寛尚　[学]京都大学法学部卒　[賞]オール讀物推理小説新人賞(第25回)(昭和61年)「世紀末をよろしく」　[歴]日立製作所に勤務するが、40歳になったのを機に退職。日本を脱出しカナダやネパールに滞在。自己表現の手段として文章を書き始め、昭和61年「世紀末をよろしく」で第25回オール讀物推理小説新人賞を受賞、推理作家としてデビュー。他に「ハイテク特急誘拐事件」「社内犯罪講座」「最終人事の殺意」「死体の壁」「変わるカイシャの中若男女」「人生リフォームing」など。　[団]日本推理作家協会、日本文芸家協会

浅川 じゅん　あさかわ・じゅん
児童文学作家　小学校教師　[生]昭和23年12月26日　[出]群馬県　本名＝今井衣子　[学]群馬大学教育学部卒　[賞]群馬県文学賞(第17回)(昭和54年)「なきむし魔女先生」、日本児童文学者協会新人賞(第13回)(昭和55年)「なきむし魔女先生」　[歴]主な作品に「小さいおねえちゃんと大きな妹」「なきむしおばけ」「こまった先生のどうぶつびょういん」「なきむし魔女先生」。　[団]日本児童文学者協会

阿佐川 麻里　あさかわ・まり
童話作家　[生]昭和30年　[出]静岡県　別名＝中村真里子(なかむら・まりこ)　[賞]MOE童話大賞童話賞(第8回)(昭和62年)「こことは別の場所」、MOE童話大賞童話賞(第9回)(昭和63年)「やがてまあるく」　[歴]短大卒業後、奈良と大阪に9年間住む。その経験をもとに大阪弁で書いた物語で昭和62年から2年連続MOE童話大賞童話賞を受賞。著書に「三日間の幽霊」など。

浅川 由貴　あさかわ・ゆき
第4回毎日童話新人賞受賞者;写植会社の校正係　[生]昭和28年　本名＝水橋由紀江　[学]新潟大学教育学部卒　[賞]毎日童話新人賞(第4回)「一年生になった王さま」　[歴]群馬県高崎市で公立幼稚園の先生をしていた。

浅黄 斑　あさぎ・まだら
小説家　[生]昭和21年　[出]兵庫県神戸市　本名＝外本次男　[学]関西大学工学部卒　[賞]小説推理新人賞(第14回)(平成4年)「雨中の客」　[歴]同人誌活動を経て、平成4年デビュー。著書に「死者からの手紙4+1の告発」「カロンの舟歌」「きょうも風さん吹きすぎる」がある。　[団]日本推理作家協会、日本文芸家クラブ、日本文芸家協会

あさぎり 夕　あさぎり・ゆう
漫画家　小説家　[出]東京都　本名＝高野夕里子　[賞]講談社漫画賞(第11回)(昭和62年)「なな色マジック」　[歴]昭和51年11月「なかよし」に「光をめざして飛んでいけ」を発表してデビュー。以後同誌を舞台として活躍。代表作に「なな色マジック」「花詩集 くしでまりによせて」などがある。また、小説も手がけ、〈泉&由鷹〉シリーズ、〈瑞穂と剛の用心棒〉シリーズなどがある。7月21日生まれ。

朝倉 薫　あさくら・かおる
作家　演出家　朝倉薫劇団主宰　[生]昭和23年　[出]熊本県　[歴]上京後、雑誌編集者になり、コミック誌「少女フレンド」で当時人気の西城秀樹や郷ひろみ物語などを担当。昭和52年ビクター音産(現・ビクターエンターテインメント)に契約の音楽プロデューサーとして入社、竹宮恵子や萩尾望都ら人気漫画家を題材にしたアルバムなど数々のヒット作品を手がけた。平成4年桜井智主演「裸月物語」で朝倉薫劇団を旗揚げ。以後、作家、演出家として活動し、ストレートプレーからミュージカルまでこなす。作品に「桃のプリンセス」「ジルバ」「13番目の旋律」「ガラス工場にセレナーデ」「ひたすら声優志願」「深い霧のホテル」など。

麻倉 一矢　あさくら・かずや
小説家　[生]昭和22年12月2日　[出]兵庫県　本名＝久保智洋　[学]東京大学文学部卒　[歴]広告代理店勤務を経て、ノンフィクション作家となる。その間、海外の古代文明遺跡を取材踏破する。密教とオカルトに造詣が深く、昭和62年「魔宮伝」を発表。他の作品に「剣王伝」など。

朝倉 賢　あさくら・けん
放送作家　[生]昭和7年3月2日　[出]北海道札幌市　[学]北海道学芸大学札幌分校(昭和27年)卒　[歴]中学校教師を経て、昭和33年札幌市役所に入り、主に広報を担当。民生局長、60年市民局長などを歴任し、62年収入役。平成元年退任し、札幌市中小企業共済センター理事長、のち相談役。また放送作家としても活躍し、著作に「鮫たちの樹氷」「札幌発・札幌行き」などがある。「くりま」の会同人。　[団]日本ペンクラブ、日本放送作家協会(北海道支部長)

浅田 健三　あさだ・けんぞう
映画プロデューサー　シナリオ作家　[生]明治38年4月25日　[没]昭和60年12月8日　[出]兵庫県加西市　本名＝浅田董(あさだ・ただし)　別名＝浅田健二(あさだ・けんじ)　[学]京城帝大文学部(昭和2年)卒　[歴]新聞記者、パラマウント及びフォックス映画の宣伝部、俳優などを経て、東宝、東映、日活で20年にわたり映画プロデュースに当る。代表作は「抜き打ちの竜」「人間狩り」「関東無宿」など。昭和44年には映画製作会社アカデミープロダクションを設立した。　[団]日本映画テレビプロデューサー協会　[家]妻＝滝鈴子(女優)

浅田 耕三　あさだ・こうぞう
小説家　元・高校教師　[生]昭和5年　[賞]歴史文学賞(第10回)(昭和61年)「首化粧」、兵庫県半どんの会文化賞、姫路文化賞　[歴]兵庫県立山崎高校教諭などを務める傍ら、昭和51年頃から歴史短編小説を執筆。53年創作集「叛心」を出版。他の著書に「斑猫の剣」など。

浅田 次郎　あさだ・じろう
小説家　[生]昭和26年12月13日　[出]東京都　本名＝岩田康次郎　[学]中大杉並高卒　[賞]吉川英治文学新人賞(第16回)(平成7年)「地下鉄(メトロ)にのって」、直木賞(第117回)(平成9年)「鉄道員(ぽっぽや)」、柴田錬三郎賞(第13回)(平成12年)「壬生義士伝」、ベスト・ドレッサー賞(学術文芸部門，第29回)(平成12年)　[歴]三島由紀夫の自決をきっかけに自衛隊に入隊。満期除隊後、マルチ商法など様々な職業を経て、40歳のとき「とられてたまるか！」でデビュー。平成9年7月「鉄道員(ぽっぽや)」で第117回直木賞を受賞。初期に目立った極道小説から都会小説、歴史小説、ミステリー、エッセイなど著作は多岐にわたる。10年短編集「鉄道員(ぽっぽや)」の一編「ラブ・レター」、11年「鉄道員」、12年「天国までの百マイル」が映画化される。他の著書に「気分はピカレスク」「プリズンホテル」「極道界」「蒼穹の昴〈上・下〉」「日輪の遺産」「地下鉄(メトロ)にのって」「月のしずく」「蒼穹の昴」「珍妃の井戸」「勝負の極意」「見知らぬ妻へ」「満天の星」「壬生義士伝」「椿姫」「歩兵の本領」「オー・マイ・ガアッ！」など。ブティック経営。　[団]日本文芸家協会

阿佐田 哲也　あさだ・てつや
⇒色川武大(いろかわ・たけひろ)を見よ

浅田 晃彦　あさだ・てるひこ
作家　[生]大正4年8月11日　[出]群馬県　[学]慶応義塾大学医学部卒　[賞]作家賞(昭和32年)、鉄道ペンクラブ賞(昭和41年)、風説文学賞(昭和51年)、高橋元吉文化賞(昭和55年)、郷土史研究賞(昭和57年)　[歴]軍医、開業医、船医、国鉄医を経て、作家となる。「猿」発行人、「風雷」同人、「放参会」主宰。著書に「オレンジの皮」「オンボロ船医の世界診療」「マラリア戦記」「坂口安吾桐生日記」「大前田栄五郎の生涯」「茶将高山右近」など。　[団]日本文芸家協会

浅野 彬　あさの・あきら
実践童話の会代表　[専]国語教育　口演童話　[生]昭和5年3月10日　[出]岐阜市　[学]岐阜大学学芸学部卒　[賞]久留島武彦文化賞(昭和41年)、中日教育賞(昭和47年)、岐阜県芸術文化奨励賞(昭和52年)、新美南吉文学賞(昭和58年)「今様美濃の語り部たち」　[歴]岐阜市内で小学校教師をつとめる傍ら昭和31年同会を結成、以来子供の心をつかむ話し方の研究に取り組みながら、童話の口演会を4百回以上開く。58年これまでの語りを活字にした「今様美濃の語り部たち」で、第16回新美南吉文学賞を受賞。

あさの あつこ
児童文学作家　[生]昭和29年　[出]岡山県英田郡　本名＝浅野あつ子　[学]青山学院大学文学部卒　[賞]野間児童文芸賞(第35回)(平成9年)「バッテリー」、日本児童文学者協会賞(第39回)(平成11年)「バッテリーII」　[歴]全国児童文学同人誌連絡会、「季節風」同人。作品に「ほたる館物語」「ゆうれい君と一子」「一子のしったひみつ」「あかね色の風」「バッテリー」「バッテリーII」などがある。　[団]日本児童文学者協会

あざの 耕平　あざの・こうへい
小説家　[賞]ファンタジア長編小説大賞(第9回)　[歴]平成11年「ブートレガーズ 神仙酒コンチェルト」で小説家デビュー。

浅野 妙子　あさの・たえこ
シナリオライター　[生]昭和36年10月4日　[学]慶応義塾大学仏文科(昭和59年)卒　[歴]大学卒業後、日本放送作家教室に5年間在籍。平成7年フジテレビのシナリオコンクールで大賞を受賞し、以後シナリオライターとして活躍。テレビドラマの脚本に「ミセス シンデレラ」「神様、もう少しだけ」「ラブ・ジェネレーション」「婚外恋愛」などがある。

浅野 裕子　あさの・ひろこ
作詞家　モデル　作家　[生]昭和27年1月18日　[出]静岡県　[学]静岡英和学院卒　[歴]「装苑」誌専属モデルを経て、昭和54年秋にはポーラ化粧品の「女にかえる秋」のキャンペーンモデルに選ばれるなど、モデルとして活躍の後、作詞や少女小説を手がけるようになる。詞の作品に「蘇る金狼」のテーマ、「タブー」「少女人形」など。平成8年ALINEを設立し、シルク・ハンカチーフをプロデュース。著書に「自分のスタイルを見つける本」、エッセイ集「奇数の女」、小説「クラッシュハート」「天国のような寒い夏」、「一週間で、とびきりおしゃれになる方法」「1日30秒エレガンス」などがある。

浅野 誠　あさの・まこと
医師　千葉県精神科医療センター診療部長　[専]精神医学　[生]昭和21年12月5日　[出]新潟県　本名＝遠山高史(とおやま・たかし)　[学]千葉大学医学部(昭和48年)卒　[興]精神分裂病治療論　[賞]千葉文学賞(第12回)(昭和44年)「講堂」　[歴]千葉大学研修医を経て、昭和52年館山病院精神科科長、59年茂原保健所長、60年千葉県精神科医療センター診療部長に就任。著書に「ビジネスマンの精神病棟」、共著に「精神病を知る本」など。　[団]日本精神神経学会、日本犯罪学会

浅野 竜　あさの・りゅう
児童文学作家　[生]昭和21年　[出]静岡県　[賞]日本児童文学創作コンクール入賞(第13回)(平成3年)「みかん」　[歴]「ばやし」同人。著書に「妹をぬすんだ黒い悪魔」がある。　[団]全国児童文学同人誌連絡会

浅原 六朗　あさはら・ろくろう
小説家　日本大学教授　[生]明治28年2月22日　[没]昭和52年10月22日　[出]長野県北安曇郡池田町　別名＝浅原鏡村(あさはら・きょうそん)　[学]早稲田大学英文科(大正8年)卒　[歴]大正8年から昭和3年まで実業の日本社に勤務し「少女之友」などを編集。自作の童謡「てるてる坊主」などのほか、詩も掲載する。大正14年創刊の「不同調」に同人として参加、「ある鳥瞰図」などを発表。昭和4年「近代生活」同人となり、また十三人倶楽部に参加。5年結成の新興芸術派倶楽部では有力な働き手として、モダニズム文学運動をする。5年「女群行進」を刊行し、6年「混血児ジヨオヂ」を発表。7年には久野豊彦との共著「新社会派文学」を刊行した。俳句は戦時中横光利一に奨められて始め、戦後俳句と人間の会の中心になって活躍。代表作に「或る自殺階級者」「H子との交渉」、句集に「紅鱒」「定本浅原六朗句集」、詩集に「春ぞらのとり」などがある。

朝比奈 愛子　あさひな・あいこ
芸能プロデューサー　小説家　リボン・ミュージックオフィス専務　[生]昭和14年11月22日　[出]東京都大田区　[学]三田高中退　[賞]女流新人賞(第31回)(昭和63年)「赤土の庭」　[歴]昭和33年姉・雪村いづみとのデュエット「シュガー・キャンディ」で歌手デビュー。のち芸能・イベント企画プロデューサーに転じる。63年小説「赤土の庭」で群像新人賞を受賞。　[家]姉＝雪村いづみ(歌手)

朝比奈 恵子　あさひな・けいこ
小説家　詩人　フリージャーナリスト　茶道家　[生]昭和30年2月　[学]学習院大学文学部フランス文学科(昭和52年)卒　[歴]20代半ばに雑誌特派員として3年間パリに滞在。のち昭和59年小説「アデュー」、詩集「愛、そして…」でデビュー。一方、茶道家としても活躍。格式にとらわれない自由なスタイルでの茶の湯文化を広めている。他の著書に「茶の心、そして宇宙」「茶の湯そして禅」など。

朝比奈 知彦　あさひな・ともひこ
作家　作詞家　マーケティングコンサルタント　[生]昭和14年　[出]北海道小樽市　本名＝吉田喜久雄　[学]北海道大学経済学部経済学科卒　[歴]花王で販売、マーケティング部ブランドマネジャー、セールス・プロモーション・マネジャーを歴任。12年勤めた後、2年間アパレルメーカーのミカレディに転じ宣伝課長。さらに外資系広告代理店にて営業局部長、セールス・プロモーション局スーパーバイザーを15年余り務め退職。会社勤めの傍ら、作詞家として歌謡曲60余曲、CM曲10数本をリリース。退職後は小説とマーケティング評論を中心に活動、ビジネス誌、マーケティング誌に寄稿する。著書に「小説 退職勧告」、「辞めないが勝ち」「ビジネスマン、心のリフォーム」「夫婦(ふたり)で楽しく五掛け生活」(サラリーマン三部作)などがある。

朝比奈 尚行　あさひな・なおゆき
俳優　放送作家　演出家　時々自動主宰　[生]昭和23年8月9日　[出]神奈川県　[学]桐朋学園演劇科卒　[歴]昭和44年「海賊」で俳優としてデビュー。48年劇団自動座を創立し、作・演出も行なう。57年自動座を解散、時々自動を結成。音楽と演劇を融合させた新しい舞台芸術「ローテクコンベンション」シリーズなどを手がける。

朝比奈 蓉子　あさひな・ようこ
童話作家　[出]福岡県　[学]筑紫女子学園短期大学卒　[歴]「へそまがりパパに花たばを」が第3回「童話の海」に入選し、デビュー作となる。

朝吹 登水子　あさぶき・とみこ
翻訳家　作家　フランス文学者　[生]大正6年2月27日　[出]東京都港区高輪　本名＝朝吹登水(あさぶき・とみ)　[学]パリ大学フォネチック科(昭和13年)卒　[興]サルトルとボーヴォワール　[賞]勲三等瑞宝章(昭和63年)、東京都文化賞(平成10年)、レジオン・ド・ヌール勲章(平成12年)　[歴]昭和11～14年ブッフェモン女学校(フランス)とパリ大学留学。25年再渡仏、27年パリ・オートクチュールデザイナー資格をとる。29年サガンの「悲しみよこんにちは」、ボーヴォワールやディオールなどの本を翻訳。52年小説「愛のむこう側」を発表。ほかに「ボーヴォワールとサガン」「もうひとつの愛」「パリの男たち」などがある。「愛のむこう側」は中国語とフランス語訳でも出版。　[団]日本文芸家協会、日中文化協会　[家]祖父＝長岡外史、父＝朝吹常吉(実業家)、母＝朝吹磯子(歌人)、兄＝朝吹英一(木琴奏者)、朝吹三吉(仏文学者)、朝吹四郎(建築家)

朝間 義隆　あさま・よしたか
映画監督　脚本家　[生]昭和15年6月29日　[出]宮城県仙台市若林　[学]上智大学文学部英文科(昭和40年)卒　[賞]年間代表シナリオ(昭46年度，48年度，49年度，50年度，51年度，52年度，53年度，55年度)「男はつらいよ」「幸福の黄色いハンカチ」「イーハトーブの赤い屋根」他、毎日映画コンクール脚本賞(昭48年度，52年度，平12年度)、日本アカデミー賞脚本賞(第2回，4回，17回)(昭和53年，56年，平成6年)「男はつらいよシリーズ」「幸福の黄色いハンカチ」「遙かなる山の呼び声」「男はつらいよ寅次郎ハイビスカスの花」「学校」ほか　[歴]松竹大船撮影所演出助手に合格。山田洋次監督に見い出され、「男はつらいよ」シリーズや、「幸福の黄色いハンカチ」などのシナリオを共同執筆する。昭和54年「俺たちの交響楽」で監督デビュー。55年松竹を退社、契約監督となり、「思えば遠くへ来たもんだ」(55年)「ときめき海岸物語」(59年)など地方出身の主人公の青春映画を発表、62年には大作「二十四の瞳」を撮る。他に「椿姫」(63年)など、シナリオに山田作品「同胞」「遙かなる山の呼び声」「キネマの天地」「息子」「学校」や、「俺は田舎のプレスリー」など。

朝松 健　あさまつ・けん
小説家　翻訳家　[生]昭和31年4月10日　[出]北海道札幌市　本名＝松井克弘　[学]東洋大学文学部仏教学科卒　[歴]出版社で海外怪奇小説の翻訳出版に携わる傍ら、西洋魔術を研究。紀田順一郎、矢野浩三郎に師事した後、昭和60年フリーとなる。61年「魔教の幻影」でデビュー。以後、ホラー小説、オカルト小説を精力的に発表する一方、ナンセンスの新境地を拓きつつある。訳書に、P.J.ファーマー「淫獣の幻影」、ブライアン・ラムレイ「黒の召喚者」、著書に「逆宇宙ハンターズ」シリーズ、「逆宇宙レイザーズ」シリーズ、「私闘学園」シリーズなど。　[団]日本推理作家協会、日本文芸家協会
http://homepage1.nifty.com/uncle-dagon/

浅見 淵　あさみ・ふかし
小説家　文芸評論家　⑰明治32年6月24日　⑱昭和48年3月28日　⑲兵庫県神戸市生田区　⑳早稲田大学国文学科卒　㉑中学時代から「文章世界」に詩などを投稿し、早大在学中「朝」同人となり、大正14年「山」を発表。以後「文芸城」「新正統派」など多くの同人雑誌に参加して創作、評論を多く発表。昭和11年「現代作家研究」を刊行し、12年創作集「目醒時計」を刊行。他の創作集に「無国籍の女」「青い頭」「燈下頬杖」などがあり、評論随筆集として「現代作家論」「市井集」「昭和の作家たち」などがある。また文学史家としても活躍し「昭和文壇側面史」「史伝早稲田文学」の著書がある。

浅見 美穂子　あさみ・みほこ
児童文学作家　⑰昭和11年　⑲東京　㉒毎日児童小説準入選(第32回)　㉓児童文学同人誌「あっぷの会」所属。著書に「ホームズおじいちゃんあらわる」「パパは名優」。

朝山 蜻一　あさやま・せいいち
小説家　評論家　⑰明治40年7月18日　⑱昭和54年2月15日　⑲東京・日本橋　本名＝桑山善之助(くわやま・ぜんのすけ)　筆名＝桑山裕(くわやま・ひろし)　㉑神田錦城中学校中退　中学中退後京都ユニバーサル撮影所の助監督などを務めるが、昭和8年以降レタリング業。14年から桑山裕の筆名で「紀元」などに小説や評論を発表。24年「くびられた隠者」が「宝石」100万円懸賞候補となり、探偵小説を書き始める。以後「白日の夢」「巫女」「不思議な世界の死」などを発表。純文学作品集に「彫金師の娘」がある。40年頃から発明に没頭して音響装置や高速艇の特許をとる。その分野の著書に、本名を用いた「笑いの科学」「構造数数新論」などがある。

浅利 佳一郎　あさり・けいいちろう
小説家　⑰昭和15年10月30日　⑲秋田県　本名＝浅利佳典　㉑中央大学文学部英文科中退　㉒オール読物推理小説新人賞(第18回)(昭和54年)「いつの間にか・写し絵」　㉓週刊誌「女性自身」の記者、フリーの編集者を経て、作家活動に入る。都会派ミステリー作家として中間小説雑誌を主舞台に活躍。著書に「遺言書の見える観客席」「東京ドーム殺人事件」「夜族探偵」など。　㉔日本推理作家協会

味尾 長太　あじお・ちょうた
作家　元・文化放送広報部長　⑰昭和6年　⑲東京都　本名＝木村忠　㉑立教大学文学部卒　㉒オール読物新人賞(第67回)(昭和62年)「ジャパゆき梅子」　㉓文化放送に入社。アナウンサーを経て、広報・宣伝を担当。広報部長に。昭和61年退職し、小説書きに専念。

足柄 定之　あしがら・さだゆき
小説家　⑰昭和2年4月1日　⑲神奈川県　本名＝瀬戸定雄　㉑高等小学校卒　㉓国鉄に入り、車輛掛、検車掛、検修掛などをし、その間組合分会長として活躍。昭和28年、朝鮮戦争に際しての米軍占領下の国鉄労働者のたたかいを描いた「鉄路のひびき」を発表し、29年に刊行。日本民主主義文学同盟に参加し、「突破口」「結集点」などの作品がある。

芦川 澄子　あしかわ・すみこ
推理作家　⑰昭和2年11月1日　⑲東京　本名＝古屋浩子　㉑甲南高女卒　㉓高女卒業後、洋裁とその付属品店を経営したりした。病気療養中の昭和34年「週刊朝日・宝石」共催の推理小説募集に「愛と死を見つめて」が一等入選する。その他の作品に「眼は口ほどに…」「道づれ」「魑」などがあるが、39年で筆を絶った。

芦川 照葉　あしかわ・てりは
歌舞伎脚本家　㉒上田秋成研究　⑰昭和34年　⑲兵庫県芦屋市　本名＝永石匡子(ながいし・きょうこ)　㉑相愛女子短期大学国文科卒　㉓相愛女子短期大学助手として上田秋成を研究。芝居好きで、歌舞伎にも精通していたことから、歌舞伎の新作脚本募集に応募、昭和59年国立劇場で「北洲霊異」として上演された。筆名の由来は、自宅近くの芦屋川と好きな鏡花作品からという。後、古典演劇の創作に専念。主な作品に文楽「石の花」、舞踏劇「一の谷物語」など。著書に「原ノ城―芦川照葉戯曲集」がある。

芦沢 俊郎　あしざわ・としろう
シナリオライター　⑰昭和5年6月26日　⑲東京　㉑早稲田大学文学部(昭和27年)卒　㉓少年時代を中国・天津で過ごす。昭和27年松竹大船撮影所脚本部に入社。30年専属契約となり、34年からフリー。テレビドラマを中心に幅広く活躍。とくに昼の帯ドラマは草創期から約20年執筆をつづけた。主な映画作品に松竹「あの波の果てまで」(3部作)、「禁男の砂」「いつか来るさよなら」、日活「真紅な海が呼んでるぜ」「修道女ルナの告白」、東映「動天」など。テレビでは「二十四の瞳」「古都」「影の軍団」「水戸黄門」「大岡越前」などがある。

足田 ひろ美　あしだ・ひろみ
童話作家　[生]昭和14年12月　[出]岡山県真庭郡久世町　[学]勝山高(昭和33年)卒　[賞]岡山しみんの童話最優秀賞(昭57年度)、岡山県文学選奨(童話部門, 昭61年度)、カネボウ・ミセス童話大賞(優秀賞, 第10回)(平成2年)　[歴]あべくまお主宰「ちいさい童話」に短編「キャラメルの思い出」を掲載。昭和57年以後受賞を重ねる。著書に「かあさんねていろよ」、共著に「一日一題〈5〉」などがある。　[団]日本児童文学者協会

蘆野 徳子　あしの・とくこ
劇作家　[出]ベルリン　[学]白百合高等女学校(昭和21年)卒　[歴]昭和27年から54年まで、中島健蔵氏の助手をつとめる。その間、34年から37年まで、東大仏文研究室勤務。1960―70年代に演劇脚本執筆、上演された作品に、「おお、爆破」「父よ、あなたは強かった」「広野、人稀なり」。著書に「メタセコイアの光―中島健蔵の像(かたち)」。

芦原 すなお　あしはら・すなお
小説家　[生]昭和24年9月13日　[出]香川県観音寺市　本名＝蔦原直昭(つたはら・なおあき)　[学]早稲田大学文学部独文科卒、早稲田大学大学院文学研究科英文学専攻博士課程中退　[賞]文芸賞(第27回)(平成2年)「青春デンデケデケデケ」、直木賞(第105回)(平成3年)「青春デンデケデケデケ」　[歴]昭和61年12月第1長編「スサノオ自伝」で集英社よりデビュー。平成4年3月帝京女子短期大学英文科専任講師を辞し、創作に専念。著書に「青春デンデケデケデケ」「スサノオ自伝」「官能記」「ミミズクとオリーブ」などがある。　[団]日本文芸家協会

芦辺 拓　あしべ・たく
推理作家　「本格推理マガジン」編集長　[生]昭和33年5月21日　[出]大阪府大阪市　本名＝小畠逸介　[学]同志社大学法学部法律学科(昭和57年)卒　[賞]幻想文学新人賞(入選, 第2回)(昭和61年)「異類五種」、鮎川哲也賞(第1回)(平成2年)「殺人喜劇の13人」　[歴]中学時代から創作を始める。昭和57年読売新聞大阪本社に入社。傍ら執筆を続け、61年「幻想文学」新人賞に短編「異類五種」が入選。平成2年「殺人喜劇の13人」で鮎川哲也賞を受賞。6年作家専業となり、本格ミステリを中心に執筆。12年から「本格推理マガジン」編集長も務める。他の著書に「十三番目の陪審員」「歴史街道殺人事件」「不思議の国のアリバイ」「真説ルパン対ホームズ」「和時計の館の殺人」「時の誘拐」「死体の冷めないうちに」など。

飛鳥 高　あすか・たかし
推理作家　元・清水建設常務　[生]大正10年2月12日　[出]山口県防府市　本名＝烏田専右(からすだ・せんすけ)　[学]東京帝大工学部建築学科(昭和17年)卒　工学博士　[賞]日本探偵作家クラブ賞(第15回)(昭和37年)「細い赤い糸」、日本建築学会賞(昭49年度)(昭和50年)　[歴]昭和35年清水建設入社。常務、技術研究所長、技術本部長を歴任。61年よりポリテクニックコンサルタンツ社長。一方、21年処女作「犯罪の場」が「宝石」の第1回懸賞入選作となり、以後推理小説を多く発表。37年「細い赤い糸」で日本探偵作家クラブ賞(現・日本推理作家協会賞)を受賞。他の作品に「疑惑の夜」「死を運ぶトラック」「甦る疑惑」「虚ろな車」「顔の中の落日」「死刑台へどうぞ」「ガラスの檻」などがある。
[団]日本建築学会、日本推理作家協会、日本文芸家協会

飛鳥 ひろし　あすか・ひろし
脚本家　映画監督　大阪芸術大学教授　[生]昭和10年8月6日　[出]東京都杉並区成宗　本名＝鳥居元宏(とりい・もとひろ)　[学]早稲田大学文学部演劇科(昭和34年)卒　[歴]昭和34年東映京都に入社。内田吐夢、田坂具隆、マキノ雅裕、加藤泰らに助監督として師事するかたわら、38年からは脚本執筆も始める。40年監督昇進、41年「十七人の忍者・大血戦」でデビュー。代表作に“極道”シリーズ、「渡世人列伝」「昭和おんな博徒」など。46年以後はフリー。54年から東映京都俳優養成所講師、のち大阪芸大教授に就任。脚本は飛鳥ひろしの名で書き、「大岡越前」「影同心」など多数。またテレビ演出も手がけ「銭形平次」(フジ)「大奥」(関西テレビ)「遠山の金さん」(テレ朝)「水戸黄門」(TBS)など人気時代劇シリーズを担当した。
[団]日本シナリオ作家協会

飛鳥部 勝則　あすかべ・かつのり
小説家　[生]昭和39年　[出]新潟県　[学]新潟大学大学院教育学研究科修了　[賞]鮎川哲也賞(第9回)(平成10年)「殉教カテリナ車輪」　[歴]公務員の傍ら、執筆活動。平成10年「殉教カテリナ車輪」にて第9回鮎川哲也賞を受賞。著書に「バベル消滅」がある。

梓 林太郎　あずさ・りんたろう
推理作家　[生]昭和8年1月20日　[出]長野県　本名＝林隆司　[賞]エンターテイメント小説大賞(第3回)(昭和55年)「九月の渓で」　[歴]長年の登山経験を活かした山岳ミステリーや、都会人の複雑な人間模様を主題にした作品が得意。著書に「北アルプス冬山殺人事件」「岳人隊」「風葬連峰」「南アルプス光ファイバー殺人事件」

「遭難遺体の告発」など。 [団]日本ペンクラブ、日本推理作家協会、日本文芸家協会

梓沢 要　あずさわ・かなめ

作家　[生]昭和28年7月20日　[出]静岡県磐田郡豊岡村　本名＝永田道子　[学]明治大学文学部史学地理学科卒　[賞]歴史文学賞(第18回)(平成5年)「喜娘(きじょう)」　[歴]著書に「阿修羅」「喜娘(きじょう)」「百枚の定家」「正倉院の秘宝」「橘三千代」など。　[団]日本推理作家協会、日本文芸家協会

安土 肇　あずち・はじめ

小説家　[生]昭和14年　[出]静岡県　[学]清水東高卒　[賞]伊豆文学大賞(優秀賞, 第2回)(平成10年)「咸臨丸の船匠」、海洋文学大賞(第4回)(平成12年)「寛政猿兵衛師」　[歴]広告代理店でコピーライターとして勤務。昭和49年広告会社設立に参画し、以降制作部門担当常務として経営に従事。平成10年退職し、以後創作に専念する。12年「寛政猿兵衛師」で海洋文学大賞を受賞。

東 城太郎　あずま・じょうたろう

小説家　[生]昭和34年　[出]東京都　[歴]幼時より中国文学に魅かれながらも大学は法律を専攻。大学を卒業後、会社勤めをする傍ら、独学にて中国文学、歴史、香港映画などを研究。別ペンネームで、中国志怪小説に材を取った短篇を数本、雑誌に発表した以外、本格的な小説は「拳侠黄飛鴻」が初挑戦。中国伝奇小説から歴史小説、伝説の類いまで、その興味は幅広い。

東 直己　あずま・なおみ

推理作家　[生]昭和31年　[出]北海道札幌市　[学]北海道大学文学部西洋哲学科中退　[賞]日本推理作家協会賞(第54回)(平成13年)「残光」　[歴]土木作業員、ポスター貼り、タウン誌編集者などを経て、平成4年〈探偵シリーズ〉の「探偵はバーにいる」でデビュー。他の著書にススキノシリーズ「バーにかかってきた電話」「残光」、「沈黙の橋」「消えた少年」「渇き」などがある。

我妻 正義　あずま・まさよし

シナリオライター　[生]昭和30年　[学]横浜放送映画専門学院(1期)卒　[歴]在学中からシナリオライター馬場当の助手を務め、のち助監督、ディレクター、プロデューサーを経てシナリオライターに。主な作品に映画「名門！多古西応援団」、テレビ「スケバン刑事3」「少女コマンドーIZUMI」、ビデオシネマ「監禁逃亡」「大人になりたい」「野獣伝説」「サギ」などがある。

東 隆明　あずま・りゅうめい

作家　俳優　演出家　脚本家　プロデューサー　(株)東企画代表　劇団「顔」主宰　[生]昭和19年9月28日　[出]和歌山市　[学]和歌山商高卒　[歴]俳優、演出、脚本、プロデュース、小説並びに超能力治療を行う。さらに芸能プロダクション(株)「東企画」、劇団「顔」、パブの経営と多方面に活躍。映画「炎のごとく」「北の螢」、テレビ「Gメン75」などに出演。著書に「ナポレオン」。

安住 磨奈　あずみ・まな

ノンフィクションライター　小説家　[生]昭和45年1月14日　[出]北海道札幌市　[学]高校(定時制)中退　[歴]中学2年生のとき、父親の転勤にともない上京、当時からミニコミ誌に参加。昭和63年4月「おっかけパラダイス」を出版。以後、ノンフィクションライター兼小説家として雑誌にコラム等を連載。平成8年男児を出産。著書は他に「ガール・ミーツ・ボーイ」「ヒューズがとんだ」「怒れるプリン」など。

阿蘇 弘　あそ・ひろし

小説家　[没](生没年不詳)　[出]東京　[歴]給仕、印刷工などとして働き、昭和7年「慰問金」を「プロレタリア文学」に発表。以後「待機」「工場新春」「邦子」などを発表。9年、文学建設者同人。10年アナーキックな心情から次第に階級的に覚醒していく印刷労働者の姿を日記風に描いた「少年」を林房雄との共著という形で刊行し、注目された。

麻創 けい子　あそう・けいこ

脚本家　演出家　アトリエあうん主宰　[出]大阪府大阪市　本名＝石黒啓子　[学]岐阜西工卒　[賞]名古屋市文化振興賞戯曲部門(佳作, 第1回)(昭和60年)「蕎麦助寄席囃子」、名古屋市文化振興事業団芸術創造賞(第9回)(平成5年)、前島賞、民放祭優秀賞、名古屋市芸術奨励賞(平成13年)　[歴]建設会社に勤めながら演劇活動を続け、昭和60年「蕎麦助寄席囃子」で第1回名古屋文化振興賞戯曲部門で佳作受賞。以後芝居の台本、放送台本を執筆。平成10年よりアトリエあうんを主宰。他の作品に「火吹竹の女」「セピア色のその日に」「月待つ宿に雨降りて」「航海」「やっとかめ探偵団」などがある。

麻生 圭子　あそう・けいこ

作詞家　エッセイスト　[生]昭和32年7月8日　[出]大分県日田市　[学]女子美術短期大学中退　[歴]在学中に結婚するが2年で離婚し、昭和56年ベルリンへ。作詞家をめざし、旅行中に書き留めた詞が、帰国後、山下久美子のアルバムに採用されてデビュー。同年吉川晃司のヒット曲「ユー・ガッタ・チャンス」を書き下し、一躍

売れっ子作家の仲間入りをする。以後、小泉今日子、中森明菜、浅香唯らの作詞を多く手がける。ほかに、小説、エッセイを雑誌に発表し、63年には、小説「ベルリン冬物語」、翻訳絵本「スノーホワイトニューヨーク」を刊行。平成8年結婚を機に東京から京都に移住。その他の著書に「東京育ちの京都案内」「東京育ちの京町家暮らし」、共著に「17粒の媚薬」、シナリオに「ラ・ミリッサ」。

麻生 燦　あそう・さん
小説家　㊐昭和34年　㊞徳島県　㊫日本大学芸術学部放送学科卒　㊪早耳ファンタジー・グランプリ(第1回)(平成8年)「南京町虎笛奇譚」　㊧ラジオのパーソナリティ、NHKのADのアルバイトなどを経て、広告代理店に入社。CMプランナーを仕事としながら、執筆活動を始める。著書に「南京町虎笛奇譚―風水バスターズ」がある。

麻生 俊平　あそう・しゅんぺい
小説家　㊫早稲田大学第一文学部文芸専修卒　㊧編集者の傍ら小説家としても活動。のち小説家に専念。「ポート・タウン・ブルース」で第2回ファンタジア長編小説大賞準入選。代表作に「ザンヤルマの剣士」シリーズがある。

麻生 久　あそう・ひさし
社会運動家　政治家　小説家　衆院議員　社会大衆党書記長　㊐明治24年5月24日　㊣昭和15年9月6日　㊞大分県玖珠郡東飯田村　筆名＝麻山改介　㊫東京帝大仏法科(大正6年)卒　㊧大正6年東京日日新聞記者となる。友愛会に入会し、鉱山ストで入獄。その後河野密らと日本労農党を創立。昭和7年社会大衆党書記長となり、実権を掌握。社大党を率いて近衛新党計画に参画、衆院議員をつとめた。著書に「濁流に泳ぐ」「黎明」「父よ悲しむ勿れ」など。　㊥長男＝麻生良方(政治家)

足立 和葉　あだち・かよ
小説家　㊐昭和48年10月　㊫愛知淑徳大学文学部卒　㊪パレットノベル大賞(佳作賞, 第15回)(平成8年)「日輪の割れる日」　㊧パレットノベル大賞(第15回)で文庫デビュー。OL生活のかたわら、小説を書く。著書に「日輪の割れる日」がある。

足立 欽一　あだち・きんいち
劇作家　書肆聚芳閣社主　㊐明治26年7月10日　㊣昭和28年12月29日　㊞東京・新宿　㊧徳田秋声に師事して創作を発表するかたわら、出版社聚芳閣をおこし、大正13年自分自身の戯曲集「愛闘」をはじめ「迦留陀夷」「女人供養」などを刊行、また徳田秋声の「恋愛放浪」や豊島与志雄、里見弴などの文芸書を多く刊行。秋声の「仮装人物」のモデルとしても知られている。

足立 浩二　あだち・こうじ
群像新人文学賞を受賞　㊐昭和44年　㊞広島県　㊫立教大学文学部　㊪群像新人文学賞(第36回・小説部門)(平成5年)「暗い森を抜けるための方法」　㊧立教大学文学部4年在学中の平成5年、群像新人文学賞を受賞。

足立 俊　あだち・しゅん
童話作家　㊐昭和4年　㊞鳥取県米子市　㊫鳥取大学学芸学部卒、関西大学文学部卒　㊧大阪市、岸和田市の小学校教員を退職後、童話、民話の創作に専念する。講談社長編童話新人賞佳作入選、小学館児童劇脚本賞、児童憲章愛の会に童話入選、木の国サミットの「木にまつわる創作民話」入選。著書に「桃と赤おに」などがある。　㊒日本民話の会

足立 寿美　あだち・すみ
作家　エッセイスト　㊕児童心理　病理心理　麻薬中毒者の生態　㊐昭和12年11月12日　㊞大阪　本名＝Sovak, Adachi Sumi(そヴぁっく, あだち・すみ)　㊫お茶の水女子大学卒、コーネル大学大学院(昭和40年)修士課程修了　㊖水爆開発過程について　㊧大学卒業後、愛育病院の研究所に勤務し、NHK・TV「理科一年」を担当。昭和37年フルブライト奨学金を得て米国に留学、コーネル大学にて病理心理学を学ぶ。41年ブリュッセル自由大学でフランス語を学んだ後、46年から53年にかけて、カリフォルニア大学医学部精神科の研究員。ヒロポン中毒者の生態学、麻薬に関する基礎研究に携わる。同研究員を辞任後は、エッセイ、短篇小説、ノンフィクションを執筆するかたわら、日本、米国、ヨーロッパの交流に向けてさまざまな努力を続けている。著書に「オッペンハイマーとテラー」「カウント・ゼロ―原爆投下前夜」。

安達 征一郎　あだち・せいいちろう
小説家　児童文学作家　㊐大正15年7月20日　㊞鹿児島県(奄美大島)　本名＝森永勝己　㊫旧制中卒　㊧敗戦後密航して宮崎県の港に。その時の体験を生かして、以後南島人の痛みを書き続ける。「怨の儀式」「日出づる海日沈む海」が直木賞候補となり、ほかに「祭りの海」など。児童文学作品に「てまひま船長」シリーズがある。　㊒日本児童文学者協会、日本文芸家協会

安達 省吾 あだち・せいご
小川未明文学賞大賞を受賞 [生]昭和16年 [出]京都府 [学]慶応義塾大学文学部卒 [賞]岳人紀行文学賞(最優秀賞)(昭和60年)、小川未明文学賞(大賞, 第5回)「アルビダの夢」 [歴]昭和60年ころから児童文学作品などを執筆、61、62年月刊誌「母の友」にモシ族の民話翻訳を掲載。著書に「アルビダの夢」がある。

足立 妙子 あだち・たえこ
小説家 [出]北海道札幌市 [賞]北海道新聞文学賞佳作(第25回)(平成3年)「風紋」 [歴]昭和57年夫の転勤で室蘭に移り、室蘭文学塾に参加したことがきっかけで小説を書き始める。女性だけの同人誌「白雲木」「蟹」同人。平成3年「風紋」で北海道新聞文学賞佳作となる。

安達 千夏 あだち・ちか
小説家 [生]昭和40年 [出]山形県 [賞]すばる文学賞(平成10年)「あなたがほしい」 [歴]地元の大学を卒業後、事務機器販売会社のインストラクターとしてOL生活を送った後、20歳で結婚。その後、専業主婦の傍ら小説を書き、応募するようになる。平成10年4回目の挑戦ですばる文学賞を受賞。受賞作品「あなたがほしい」は翌年の芥川賞候補にもなる。

足立 直郎 あだち・なおろう
小説家 劇作家 演劇評論家 [専]江戸歌舞伎研究 [生]明治29年12月14日 [没]昭和55年10月10日 [出]千葉県 本名＝足立直太郎(あだち・なおたろう) 別号＝高梨直郎 [学]早大国文科卒 [歴]橋田東声の「珊瑚礁」により抒情歌人として出発。大正末期から小説、戯曲、演劇評論と幅広く活躍。歌集に「傷める花」、小説集「買はれた貞操」、劇評集に「江戸歌舞伎の女形」「歌舞伎への情熱」などがある。

足立 康 あだち・やすし
小説家 英文学者 青山学院女子短期大学教授 [専]アメリカ文学 [生]昭和10年11月26日 [出]東京 [学]慶応義塾大学文学部英文学科卒、慶応義塾大学大学院文学研究科英文学専攻(昭和36年)修了、テキサス大学大学院アメリカ文明研究科博士課程単位取得退学 [賞]群像新人文学賞(第1回・評論部門)(昭和33年)「宝石の文学」 [歴]慶大4年在学中の昭和33年「宝石の文学」で第1回群像新人文学賞(評論部門)を受賞。大学院修了後、36年経済学部助手を経て、41年より5年間アメリカのテキサス州立大学に留学、のち青山学院女子短大教授。訳書にダリ「わが秘められた生涯」、R.ナッシュ「人物アメリカ史」(上下)、ほかに小説「かわあそび」などがある。 [団]アメリカ学会、日本英文学会、日本文芸家協会

阿智 太郎 あち・たろう
ゲーム小説家 [生]昭和53年10月3日 [出]長野県 [賞]電撃ゲーム小説大賞(銀賞, 第4回)(平成9年) [歴]高校で演劇の世界に足を踏み入れる。平成9年電撃ゲーム小説大賞銀賞を受賞。シカゴを経て、英国に暮らすが、12年帰国。作品に「僕の血を吸わないで」「僕の血を吸わないで〈2〉ピーマン戦争」「僕の血を吸わないで〈3〉ドッキンドッキ大作戦」などがある。

厚木 たか あつぎ・たか
シナリオライター [専]記録映画 [生]明治40年3月3日 [没]平成10年5月19日 [出]群馬県 本名＝芳賀松枝 [学]日本女子大学英文科卒 [賞]教育映画祭最高賞ブルーリボン賞(昭和33年)「おふくろのバス旅行」、ライプチヒ国際映画祭金鳩賞(昭和50年)「われわれは監視する―核基地横須賀」 [歴]PCL文芸課芸術映画社勤務するかたわら記録映画のシナリオを執筆。昭和5年日本プロレタリア映画同盟に参加。12年英国の記録映画作家ポール・ローサの「ドキュメンタリーフィルム」を翻訳、戦前の映画製作現場に影響を与えた。16年戦時下、情報局の干渉に抵抗し「或る保母の記録」を制作。21年婦人民主クラブの結成に参加。中央委員、「婦人民主新聞」編集長を務めた。33年オーストリアで原水爆禁止を訴え、50年「われわれは監視する―核基地横須賀」を共同制作。一貫して女の視点から平和、婦人、子どもをテーマとした映画制作、婦人運動に取り組んだ。54年には日本初の眺望権裁判に勝訴。

熱田 五郎 あつた・ごろう
小説家 [生]大正1年11月14日 [没]昭和35年11月20日 [出]北海道 本名＝渋谷天珍児 [学]倶知安町準教員養成所卒 [歴]高等小学校教員をしていた昭和7年に上京し、10年旭ガラス鶴見工場に溶解工として入社する。11年「馬鹿野郎」を発表し、戦後は労組書記長に就任し、22年「さむい窓」を発表。他の作品に「P硝子工場の切り手たち」などがあり、没後「うつくしき曇天の街」が刊行された。

渥美 志保 あつみ・しほ
シナリオライター [生]昭和44年 [出]東京都 [学]明治大学文学部卒 [賞]日本テレビシナリオ登竜門優秀賞(第1回)(平成7年)「断食少年」 [歴]1年間勤めた会社を退職後、シナリオの勉強を始める。2年目から派遣社員として広告代理店で働きながらシナリオ学校で竹内日出男に師事。平成7年第1回日本テレビシナリオ登竜門で「断食少年」が優秀賞を受賞。日本テレビの10代向けの深夜ドラマや、TBSテレビ2時間ドラマ「塀の中の女たち3」などのシナリオ

を執筆。脚本家として活躍する傍ら、雑誌に映画紹介記事も書く。

渥美 饒児　あつみ・じょうじ

小説家　[生]昭和28年5月27日　[出]静岡県浜松市　本名＝渥美丈児　[学]日本大学文理学部社会学科卒　[賞]文芸賞(昭和59年)「ミッドナイト・ホモサピエンス」　[歴]広告代理店勤務を経て、昭和52年頃から小説を書き始める。59年動物園の飼育係をする主人公を通して現代文明への問題提起をした「ミッドナイト・ホモサピエンス」で文芸賞を受賞。61年同作品のNHKラジオドラマ化がされた。著書に「ジョン・レノンをめぐる旅」「孤蝶の夢―小説北村透谷」など。　[団]日本文芸家協会

阿刀田 高　あとうだ・たかし

小説家　[生]昭和10年1月13日　[出]東京　[学]早稲田大学文学部仏文科卒　[賞]日本推理作家協会賞(第32回)(昭和54年)「来訪者」、直木賞(第81回)(昭和54年)「ナポレオン狂」、吉川英治文学賞(第29回)(平成7年)「新トロイア物語」　[歴]国立国会図書館に司書として11年間勤務。かたわらコラムを発表して著名となり、のち推理・幻想小説を発表、その独特のブラックユーモアが新しい中間小説としての領域を開いた。昭和53年「冷蔵庫より愛をこめて」でデビュー。54年「来訪者」で日本推理作家協会賞、同年短篇集「ナポレオン狂」で第81回直木賞を受賞。日本推理作家協会理事長、直木賞選考委員なども務めた。ほかに「夢判断」「左巻きの時計」「だれかに似た人」「ブラック・ユーモア入門」「詭弁の話術」「夜の旅人」「Vの悲劇」「他人同士」「新トロイア物語」など多数。「松本清張小説セレクション」(全36巻，中央公論社)の編集も担当。　[団]日本文芸家協会(常務理事)、日本推理作家協会、日本ペンクラブ(理事)

阿南 哲朗　あなん・てつろう

詩人　童話作家　[生]明治36年　[没]昭和54年8月2日　[出]大分県　本名＝阿南竹千代(あなん・たけちよ)　[賞]フクニチ児童文化賞(第1回)、久留島武彦文化賞(第5回)　[歴]若くして小倉で「三萩野詩社」を興し詩誌「揺藍」を発行。北九州市到津遊園園長時代、夏季学校を開校、久留島武彦を招くなどして口演童話を盛んにし、児童文化運動に尽力。九州童話連盟会長も務めた。詩集に「石に響く」「寄せてかへして」、童話集に「よるの動物園」(1〜4)などがある。

姉小路 祐　あねこうじ・ゆう

推理作家　[生]昭和27年　[出]京都府京都市　本名＝田中修　[学]大阪市立大学法学部卒　[賞]横溝正史賞(第11回)(平成3年)「動く不動産」　[歴]平成元年「真実の合奏」で第9回横溝正史賞佳作入選しデビュー。他に「有罪率99%の壁」など法廷物や〈刑事長〉シリーズがある。

安引 宏　あびき・ひろし

小説家　[生]昭和8年8月24日　[出]山梨県大月市　[学]東京大学文学部英文学科卒　[賞]中央公論新人賞(昭和50年)「祝祭のための特別興業」　[歴]「展望」編集部、「すばる」創刊編集長を経て、昭和50年「祝祭のための特別興業」で再開第1回中央公論新人賞受賞、文筆活動に入る。著書に「印度の誘惑」「背教者」「死の舞踏」などの小説のほか「カルカッタ大全」などの紀行や訳書「インド・光と風」「インド・闇の領域」がある。　[団]日本文芸家協会

我孫子 武丸　あびこ・たけまる

推理作家　[生]昭和37年10月7日　[出]兵庫県西宮市　本名＝鈴木哲　[学]京都大学文学部哲学科中退　[歴]京大在学中は推理小説研究会に所属。在学中の平成元年「8の殺人」でデビュー。11年から作家の井上夢人、笠井潔と共に電子出版の専門会社・e-ノベルズ(現・イーノベルズアソシエイツ)を立ち上げ、自作を直販する。他の著書に「0の殺人」「メビウスの殺人」「人形は眠れない」。　[団]日本文芸家協会

あびる としこ

児童文学作家　[生]昭和36年　[出]千葉県　本名＝畔蒜敏子　[学]茨城大学理学部数学科卒　[賞]志木市いろは文学賞(大賞，第7回)　[歴]第17期児童文学学校卒業。「ひなつぼし」同人。作品に「スタートライン」「あいつの宝物」がある。　[団]全国児童文学同人誌連絡会

阿武 天風　あぶ・てんぷう

編集者　小説家　「冒険世界」主筆　[生]明治15年9月8日　[没]昭和3年6月22日　[出]山口県阿武郡三見村　本名＝阿武信一　別号＝阿武激浪庵、虎髯大尉　[学]海兵卒　[歴]海軍兵学校に入り、後に予備海軍少尉となる。のち作家を志し、博文館発行の「冒険世界」に海軍随筆、探検実話、冒険小説等を発表。常連寄稿家として活躍し、明治44博文館に入社、45年1月から編集兼発行人となる。この間、「妖魔王国」「巨腕鉄公」「極南の迷宮」などの冒険小説を発表。著書に「海上生活 怒濤譚」「太陽は勝てり」、押川春浪との共著「派濤武人」などがある。

阿夫利 千恵　あふり・ちえ

作家　⊕大正6年　⊕神奈川県平塚市　本名＝出倉千恵　⊕帝国女子医学薬学専門学校（現・東邦大学）（昭和14年）卒　⊕北九州市自分史文学賞（第7回，大賞）（平成9年）「蕎麦の花」

⊕薬剤師として働いたのち，障害児を持つ開業医と結婚し，家業を支える。一方幼い頃から文学に親しみ，短歌誌「アララギ」で短歌にも励む。昭和53年小説集「水明り」を出版。63年70歳の時，歌集「無」を自費出版。平成8年「児童文芸」に童話を発表。他の著書に自分史「結婚（「蕎麦の花」改題）」「妖の女帝 持統天皇」。

阿部 昭　あべ・あきら

小説家　⊕昭和9年9月22日　⊕平成1年5月19日　⊕神奈川県藤沢市　⊕東京大学文学部仏文科（昭和34年）卒　⊕文学界新人賞（第15回）（昭和37年）「子供部屋」，毎日出版文化賞（昭和48年）「千年」，芸術選奨新人賞（昭和51年）「人生の一日」　⊕東京放送に勤務する傍ら小説を書き，37年第一作「子供部屋」で文学界新人賞受賞，文壇にデビュー。40年の「幼年詩篇」46年「司令の休暇」などの作品でいわゆる〈内向の世代〉と称される作家の代表的存在としての地位を確立した。46年退社して作家に専念。51年には「人生の一日」で芸術選奨新人賞を受賞。他に「過ぎし楽しき年」「緑の年の日記」など。「阿部昭全作品」（全8巻，福武書店），「阿部昭集」（全13巻・別巻1，岩波書店）がある。

阿部 和重　あべ・かずしげ

小説家　⊕映画　⊕昭和43年9月23日　⊕山形県東根市　⊕日本映画学校映像科・映画演出コース（平成2年）卒　⊕群像新人文学賞（小説部門，第37回）（平成6年）「アメリカの夜」，野間文芸新人賞（第21回）（平成11年）「無情の世界」

⊕高校中退後，日本映画学校に進学。のち自主映画作りの傍ら，20歳頃から小説に取り組み，平成6年「アメリカの夜」で群像新人文学賞を受賞。長編「インディヴィジュアル・プロダクション」などで注目される。他の著書に「ABC戦争」「公爵夫人邸の午後のパーティー」「無情の世界」「ニッポニアニッポン」など。

⊕日本文芸家協会

阿部 喜和子　あべ・きわこ

小説家　⊕昭和34年3月30日　⊕宮城県牡鹿郡　筆名＝土井喜和　⊕東海大学大学部史学科卒　⊕幻想文学新人賞佳作（第2回）（昭和61年）

⊕著書に「時間樹」がある。

阿部 邦子　あべ・くにこ

童話作家　⊕昭和25年　⊕宮城県仙台市　⊕尚絅女学院高卒，仙台デザインスクール専科卒

⊕三越仙台支店，今野屋企画室勤務を経て，昭和56年牡鹿町に帰って家を継ぎ，民宿の経営にあたる。一方，52年頃から童話を書き始め，雑誌社の童話募集で優秀賞を受賞したのをきっかけに，地元紙「石巻かほく」に連載もの「おれは海の子」を書きつづったり，童話雑誌「のん」などに寄稿を続ける。62年初の単行本「うみべの小さなおきゃくさま」を出版。他の著書に「マンマ質問箱―がんなんかに負けてたまるかともに歩もう，闘おう」がある。

阿部 桂一　あべ・けいいち

シナリオライター　⊕大正12年11月11日　⊕平成3年8月15日　⊕宮城県　⊕日本大学工学部中退　⊕新人映画シナリオコンクール佳作（第8回）（昭和33年）「戦争」，芸術祭奨励賞「むしけら」，シナリオ功労賞（平成4年）

⊕鉄工場経営，記者などを経て，シナリオ作家を志望し「シナリオ文芸」同人となる。シナリオコンクールに主席入選し，以降映画やテレビのシナリオを書く。主な作品にテレビ「むしけら」「三匹の侍」，映画「花と怒濤」「雪の降る町を」など多数。

安部 公房　あべ・こうぼう

小説家　劇作家　⊕大正13年3月7日　⊕平成5年1月22日　⊕旧満州・奉天　本名＝安部公房（あべ・きみふさ）　⊕東京大学医学部（昭和23年）卒　⊕アメリカ芸術院名誉会員（平成4年）　⊕戦後文学賞（第2回）（昭和26年）「赤い繭」，芥川賞（第25回）（昭和26年）「壁―S・カルマ氏の犯罪」，岸田演劇賞（第5回）（昭和33年）「幽霊はここにいる」，読売文学賞（第14回・小説賞）（昭和37年）「砂の女」，年間代表シナリオ賞（昭和37年度）「おとし穴」，年間代表シナリオ賞（昭和39年度）「砂の女」，谷崎潤一郎賞（第3回）（昭和42年）「友達」，芸術選奨文部大臣賞（第22回・文学・評論部門）（昭和46年）「未必の故意」，読売文学賞（第26回・戯曲賞）（昭和49年）「緑色のストッキング」

⊕在学中に"夜の会"に参加し，昭和23年「終りし道の標べに」で文壇にデビュー。26年「壁―S・カルマ氏の犯罪」で芥川賞受賞。独自の手法を駆使して小説・戯曲の新分野を切り開く。48年演劇グループ"安部公房スタジオ"を結成，自ら演出にもあたった。作品の多くは海外で翻訳・上演され国際的評価も高い。小説に「砂の女」「他人の顔」「榎本武揚」「燃えつきた地図」「箱男」「方舟さくら丸」「カンガルー・ノート」など，戯曲に「幽霊はここにいる」「友達」「未必の故意」など。「安部公房全作品」（全15巻，新潮社），「安部公房全集」（全29巻，新潮社）がある。戦後文学賞，岸田演劇

賞、読売文学賞、谷崎文学賞など受賞多数。
[家]妻=安部真知(舞台美術家)

阿部 智　あべ・さとし

推理作家　[生]昭和37年1月4日　[出]宮城県牡鹿郡牡鹿町網地島　[学]仙台電波高専中退　[賞]横溝正史賞(第9回)(平成1年)「消された航跡」
[歴]テレビディレクターを目指したが挫折。その後ウェイターなどのアルバイトをしながら推理小説を書き、江戸川乱歩賞や小説推理新人賞に応募。昭和58年海上保安庁に入庁。のち警備救難部通信業務管理官通信運用官付。平成元年「消された航跡」で横溝正史賞を受賞し、作家としてデビュー。他に「復讐の海線(シーライン)」「疑制の絆」。

阿部 忍　あべ・しのぶ

小説家　[出]福岡県　[学]高小卒　[賞]九州芸術祭文学賞最優秀作品賞(第24回)(平成6年)「ヒロの詩」　[歴]3歳で両親を亡くし、親類の家で育つ。高小卒業後、予科練に入り防府海軍通信学校で終戦を迎える。戦後三菱化成黒崎工場で補修工を務めたが、昭和25年レッドパージを受け、以後溶接工や日雇い、町工場の経営、原発作業員など様々な仕事を経て老人ホームの夜間警備の仕事に就く。一方20年代野間宏の小説「暗い絵」に衝撃を受け文学を志す。以来同人誌にも属さず、仕事の傍らひたすら北九州の労働者の生活を追う小説を書き続け、「ヒロの詩」などを執筆。

安部 譲二　あべ・じょうじ

小説家　[生]昭和12年5月17日　[出]東京都品川区五反田　本名=安部直也　[学]保善高(定時制)卒
[賞]日本新語流行語大賞(昭和62年)　[歴]麻布中学在学中の14歳からぐれ始め、16歳で暴力団・安藤組組員に。以後、ばくち打ち、手本引胴師(てほんびきどうし)、プロボクサー、キックボクシング解説者、三島由紀夫の用心棒、日本航空パーサーなど職を変えた。20代で2度服役した後、昭和50年府中刑務所に収監される(刑期4年)。出所後足を洗い、獄中時代に見た刑務所の人間像をもとに、61年「塀の中の懲りない面々」を執筆。つづいて「塀の中のプレイ・ボール」「極道渡世の素敵な面々」などを刊行、ベストセラー作家となる。　[家]息子=遠藤正二朗(コンピュータゲームソフト原作者)

安倍 季雄　あべ・すえお

児童文学者　口演童話家　全国童話人協会委員長　[生]明治13年9月7日　[没]昭和37年12月19日　[出]山形県　号=村羊　[歴]明治41年時事新報社に入社し、「少年」「少女」の編集主幹となる。昭和4年退社し、東京中央放送局コドモ・テキスト編集顧問となり、そのかたわら口演童話の開拓につとめ、大阪毎日新聞嘱託講師として全国各地に講演旅行する。27年全国童話人協会を設立し、後に委員長となる。著書に「話のコツ」「愛のふるさと」「式辞挨拶座談のコツ」などがある。

安部 隆宏　あべ・たかひろ

作家　[専]創作　評論(広義のエッセイ)　[生]昭和6年8月24日　[出]福岡県北九州市八幡西区東貞元　本名=安部通宏(あべ・みちひろ)　筆名=御崎昏(みさき・くるる)、俳号=帆歩(はんぽ)
[学]九州大学中退　[興]男女関係の心理探究　[歴]随筆「四匹の犬」が「現代名作随筆百人撰」に収録される。著書に長編小説「記憶違い」、中編小説集「チューリップ紀」、随筆集「一人称で」など。　[団]日本随筆家協会(理事)

安倍 照男　あべ・てるお

脚本家　[生]昭和36年　[出]大阪府豊中市　[賞]城戸賞(第21回)(平成7年)「こんちねんたる」
[歴]作詞家、フリーライターを経て、脚本家に。主な作品にNHKドラマ「極楽遊園地」、映画「こんちねんたる」「のど自慢」「ビッグ・ショー!ハワイに唄えば」(以上共同脚本)など。

阿部 知二　あべ・ともじ

小説家　評論家　英文学者　[生]明治36年6月26日　[没]昭和48年4月23日　[出]岡山県勝田郡湯郷村(現・英田郡美作町湯郷)　[学]東京帝国大学英文科(昭和2年)卒　[賞]文学界賞(第10回)(昭和11年)「冬の宿」、サンケイ児童出版文化賞(第18回)(昭和46年)「旧約聖書物語」(翻訳)
[歴]東大在学中の大正14年「化生」を発表し、昭和5年発表の「日独対抗競技」で文壇に出る。同年短篇集「恋とアフリカ」「海と愛撫」、評論集「主知的文学論」を刊行し、以後作家、評論家、英文学者として幅広く活躍。昭和10年代を代表する作家として「冬の宿」「幸福」「北京」「風雪」など多くの長篇を発表し、戦後も「人工庭園」「日月の窓」「白い塔」「捕囚」などを発表した。他に「文学論」「世界文学の流れ」「メルヴィル」「ヨーロッパ紀行」などの評論、「バイロン詩集」「白鯨」など多くの翻訳書もある。「阿部知二全集」(全13巻,河出書房新社)が刊行されている。平成4年11月阿部知二研究会(会長=阿部良雄・東大教授)が発足。
[家]息子=阿部良雄(東京大学名誉教授)、娘=阿部紀子(インターナショナル・フィールドサービス代表)

阿部 夏丸　あべ・なつまる

文筆家　おーぷんはうす主宰　[生]昭和35年　[出]愛知県豊田市　本名＝阿部茂　[学]名古屋芸術大学中退　[賞]坪田譲治文学賞（第11回）（平成8年）「泣けない魚たち」、椋鳩十文学賞（第6回）（平成8年）「泣けない魚たち」　[歴]幼稚園絵画講師から豊田市内の書店店長となり、書籍販売。平成4年俳句結社「松籟」同人。6年子供たちの豊かな心を育てようと、絵画造形の指導をする創造空間・おーぷんはうすを開設した。著書に「泣けない魚たち」「オグリの子」「見えない敵」「カメをつって考えた」などがある。

阿部 牧郎　あべ・まきお

小説家　[生]昭和8年9月4日　[出]京都府京都市　[学]京都大学文学部仏文科（昭和32年）卒　[賞]直木賞（第98回）（昭和63年）「それぞれの終楽章」、鹿角市民栄誉章（昭和63年）、ギャラクシー賞個人賞（第27回）（平成2年）　[歴]戦争中、秋田県鹿角に疎開。セールスマンや業界紙の記者を務め、26歳から同人誌に書き出す。昭和42年「空のなかのプール」が文学界新人賞候補、翌年「蛸と精鋭」が下半期直木賞候補。以来直木賞候補になること8回目にして、63年「それぞれの終楽章」で直木賞を受賞した。オフィスラブなどを描くエンタテインメント作家として活躍。近年は歴史小説も手がける。作品に「金曜日の寝室」「誘惑調査室」「小説・安宅産業」「嵯峨野物語」「ドン・キホーテ軍団」「危険な秋」「袋叩きの土地」など。　[団]日本文芸家協会

阿部 光子　あべ・みつこ

小説家　牧師　日本基督教団和泉多摩川教会正牧師　[生]大正1年12月25日　[出]東京　本名＝山室光　[学]日本女子大学（昭和7年）中退、日本聖書神学校（昭和42年）卒　[賞]田村俊子賞（第5回）（昭和39年）「遅い目覚めながらも」「神学校一年生」、女流文学賞（第8回）（昭和44年）「遅い目覚めながらも」、キリスト教功労者（第25回）（平成6年）　[歴]佐佐木信綱門下に入り、助手として務めたのち、昭和18年日本救世軍司令官・山室軍平の長男・武甫と結婚。三男三女の養育のかたわら、39年から42年まで日本聖書神学校に通い、46年日本基督教団正教師となり伝道に努める。その間小説も書き始め、第一作「猫柳」（昭16年）が芥川賞候補となる。「遅い目覚めながらも」が39年田村俊子賞、44年女流文学賞を受け、本格的に小説家として出発する。ほかに「旅路の終りではなく」「未知の世界へ」「『或る女』の生涯」などがある。　[団]日本文芸家協会、女流文学者会　[家]夫＝山室武甫（救世軍軍友・故人）

安部 宗雄　あべ・むねお

歴史小説家　宮城県医師会事務局業務課長　[出]宮城県牡鹿郡牡鹿町（網地島）　筆名＝安部宗男（あべ・むねお）　[学]中央大学卒　[歴]5年間東京のメーカー勤務を経て仙台市に戻り、宮城県医師会事務局に勤務。一方、子供の頃から書くことが好きで、旅行記や体験記などを書くうち、昭和59年初の作品「流人」をを完成。続いて書き上げた「網地島物語」を出版。以来「仙台藩伊達家の女たち」「元文の黒船」など東北を舞台にした歴史小説を書き続ける。平成2年大学の時から興味を持ち続けた平泉を舞台に奥州藤原氏の滅亡を描いた「平泉最後の日」を出版。

阿部 陽一　あべ・よういち

小説家　[生]昭和35年7月22日　[出]徳島県　[学]学習院大学法学部政治学科（昭和59年）卒　[賞]江戸川乱歩賞（第36回）（平成2年）「フェニックスの弔鐘」　[歴]日本経済新聞社社員を経て、日経BP社勤務。傍ら小説を書き、平成元年「クレムリンの道化師」が江戸川乱歩賞候補となり、翌年「フェニックスの弔鐘」で同賞を受賞。他の著書に「水晶の夜から来たスパイ」がある。
[団]日本推理作家協会

阿部 よしこ　あべ・よしこ

児童文学作家　(福)けやきの郷常務理事　[生]昭和7年3月14日　[出]栃木県佐野市　本名＝阿部叔子　[学]早稲田大学文学部卒　[賞]児童文芸新人賞（第14回）（昭和60年）「なぞの鳥屋敷」　[歴]大卒後、ラジオ東京（現・TBS）に入社。昭和46年まで「赤胴鈴之助」など児童番組のディレクターを務める。幼い頃から読書好きだったこともあって、児童文学の世界へ。60年2作目の「なぞの鳥屋敷」が第14回児童文芸新人賞を受賞。自身の息子が重い自閉症だったことから、自閉症者を持つ親たちと協力し、社会福祉法人・けやきの郷を設立、常務理事。他の著書に「小さなぼくの友だち」「合言葉はノー・プロブレム」など。

阿部 芳久　あべ・よしひさ

東北福祉大学社会福祉学部教授　[専]教育学　[生]昭和23年8月14日　[出]静岡県清水市　[学]宮城教育大学（昭和47年）卒、東北大学大学院教育学研究科心身欠陥学専攻（昭和49年）修士課程修了　[賞]全日本特殊教育研究連盟研究奨励賞（昭和61年）、実践障害児教育創刊10周年記念懸賞論文第1席、国民文化祭児童文学部門国民文化祭実行委員会会長賞（第8回）　[歴]宮城県立光明養護学校、仙台市立荒町小学校（情緒障害学級担当）に13年間勤務。のち東北福祉大学助教授を経て、教授。著書に「入門障害児教育の授業」、共著に「実践自閉児の学習」、児童文学

に「はちみつレモンでバトンタッチ」など。
㊿日本特殊教育学会、日本教育心理学会

安部 龍太郎　あべ・りゅうたろう
小説家　㊷昭和30年6月20日　㊿福岡県　本名=安部良法　㊿久留米高専機械工学科卒　㊿学生時代から太宰治、坂口安吾などの作品を読み、作家を志して卒業後上京。東京都大田区役所に就職、区立図書館司書をしながら同人誌に作品を書き続ける。昭和62年退職し各誌の新人賞への応募を重ねる。応募作品が評価され、同年新潮文庫「時代小説大全集2」に収められた「師直の恋」で作家デビュー。平成元年3月から1年間、週刊誌に「日本史 血の年表」を連載。3年これを元に「血の日本史」(第4回山本周五郎賞候補)を出版。他に「関ケ原連判状」「金沢城嵐の間」「黄金海流」「風の如く水の如く」「信長燃ゆ」がある。　㊿日本文芸家協会

天城 健太郎　あまぎ・けんたろう
童話作家　㊷昭和4年　㊿静岡県　本名=野沢重信　㊿化学会社研究員、大学研究所員、コピーライターを経て、30余年にわたり教員をつとめる。その後、童話作家。童話・創作の編集指導教室・N&Cクリエイティブを設立。著書に「きつねの忍者」「海火の塔」「聖なる旅」など。　㊿日本児童文芸家協会

天樹 征丸　あまぎ・せいまる
小説家　マンガ原作者　トリックメーカー　㊿東京都　㊿「週刊少年マガジン」連載の「金田一少年の事件簿」にもトリックメーカーとして参加している。作品に「金田一少年の事件簿 オペラ座館・新たなる殺人」「金田一少年の事件簿 幽霊客船殺人事件」「金田一少年の事件簿 電脳山荘殺人事件」「金田一少年の事件簿 鬼火島殺人事件」「金田一少年の事件簿 上海魚人伝説殺人事件」「金田一少年の事件簿 雷祭殺人事件」がある。

雨城 まさみ　あまぎ・まさみ
小説家　㊷昭和35年12月2日　㊿神奈川県川崎市　本名=中沢雅美　日本大学文理学部国文学科卒　㊿パレットノベル大賞(佳作、第10回)　㊿麻布大学附属渕野辺高教諭を経て、小説を執筆。著書に「薔薇色放課後パラダイス」がある。

天城 ゆりか　あまぎ・ゆりか
小説家　㊷昭和45年3月6日　㊿大阪市立大学　㊿コース文学賞横田順弥大賞(第22回)　㊿昭和61年、高2のとき第22回コース文学賞で横田順弥大賞を受賞。平成2年「かぐや姫にGOOD BYE」で小説家としてデビュー。

天沢 退二郎　あまざわ・たいじろう
詩人　評論家　明治学院大学文学部フランス文学科教授　㊿フランス文学　宮沢賢治　㊷昭和11年7月31日　㊿東京市芝区三田小山町　㊿東京大学文学部仏文科(昭和36年)卒、東京大学大学院フランス語フランス文学(昭和42年)博士課程修了　㊿アンリ・ボスコ、ジュリアン・グラック、アンドレ・ドーテル、フランソワ・ヴィヨン、聖杯物語群、泉鏡花　㊿歴程賞(第15回)(昭和52年)「Les invisibles」、高見順賞(第15回)(昭和60年)「〈地獄〉にて」、岩手日報文学賞賢治賞(第2回)(昭和62年)「《宮沢賢治》鑑」、宮沢賢治賞イーハトーブ賞(賢治賞)(第11回)(平成13年)、読売文学賞(詩歌俳句賞、第53回)(平成14年)「幽明偶輪歌」　㊿幼年期を満州で過ごし、昭和21年引揚げ、新潟県、千葉県に住む。中学時代から宮沢賢治の詩・童話に親しみ、詩作を始める。東京大学大学院では中世フランス文学を専攻、同人誌「舟唄」「暴走」「×(バッテン)」「凶区」に詩や評論・少年小説を発表。この間、39～41年パリ大学に留学。42年以降明治学院大学専任教員を務める。詩集に「道道」「朝の河」「時間錯誤」「Les invisibles(目に見えぬものたち)」「血と野菜」「〈地獄〉にて」「欄外紀行」「幽明偶輪歌」、評論に「宮沢賢治の彼方へ」「紙の鏡」「詩はどこに住んでいるか」「中島みゆきを求めて」、童話に「光車よ、まわれ!」「闇の中のオレンジ」、ほかにジョルジュ・バタイユ、ロブ=グリエ、ジュリアン・グラック、アンリ・ボスコなどの翻訳がある。　㊿日本フランス語フランス文学会、日本文芸家協会、国際アーサー王学会、宮沢賢治学会イーハトーブセンター、Amitié HenriBosco

天沼 春樹　あまぬま・はるき
児童文学作家　翻訳家　日本ツェッペリン協会会長　日本グリム協会事務局長　中央大学兼任講師　㊿ドイツ現代文学　児童文学　㊷昭和28年　㊿埼玉県川越市　別名=あまぬまはるき　㊿中央大学大学院(昭和57年)博士課程修了　㊿日本児童文芸家協会賞(第21回)(平成9年)「水に棲む猫」　㊿ドイツ現代文学、児童文学を幅広く研究し、中央大学、法政大学などで講義している。その傍ら、創作・翻訳活動を続ける。1920年代のツェッペリン伯号の世界一周記録を研究し、もう1度大型飛行船を飛ばすべく、日本ツェッペリン協会を組織し初代会長に就任。著書に「夢童子」「メルヘン標本箱」「水に棲む猫」、訳書にヤン・デ・ツァンガー「不良とよばれたベン」、マンロ「ひこうせん」他。　㊿日本児童文芸家協会、日本独文学会

天野 衡児　あまの・こうじ

演出家　放送作家　劇団伽羅倶梨代表　⽣昭和4年2月15日　没平成14年6月16日　出兵庫県　本名＝長尾正光　学水戸航空通信学校卒　歴昭和32年関西芸術座の結成に参加。45年退団後、55年劇団伽羅倶梨を旗揚げ。関西各地の地域活性化のためのミュージカルなどを多く手掛けた。主な作品にテレビ「中学生時代」(UTN)、ミュージカル「ミュージカル・FIND OUT」(オズの魔法使いより)、「大阪FOREVER」など。

天野 天街　あまの・てんがい

劇作家　演出家　少年王者館主宰　⽣昭和35年　出愛知県一宮市　本名＝天野英則　賞オーバーハウゼン国際短編映画祭グランプリ(第41回)(平成7年)「トワイライツ」、メルボルン国際映画祭短編部門グランプリ(第44回)(平成7年)「トワイライツ」、名古屋市芸術奨励賞(平8年度)　歴生家が貸本屋で、水木しげるや杉浦茂などの漫画を読んで育つ。昭和54年名古屋にて劇団紅十字会を4人で結成、七ツ寺共同スタジオを拠点に活動、宣伝、舞台美術、役者、作・演出を担当。57年演劇集団少年王者館を結成、以後年2回のペースで公演する。途中大学を4年で中退、印刷会社の企画デザイン部に就職するが1年で退社。平成7年映画監督作品「トワイライツ」(16ミリ)がオーバーハウゼン国際短編映画祭及び、メルボルン国際映画祭短編部門でグランプリを受賞。

雨宮 処凛　あまみや・かりん

作家　⽣昭和50年1月17日　出北海道　旧グループ名＝維新赤誠塾、大日本テロル　歴10代の時、いじめと自殺未遂を経験。平成8年民族主義に目覚め、超国家主義"民族の意志"同盟の活動家となる。10年右翼パンクバンド・維新赤誠塾を結成、ボーカルを担当。"ミニスカ右翼"の異名をとる。11年イラクの音楽祭に日本代表として招待される。12年反天皇制を主義とする映画監督・土屋豊に見出され、ドキュメント映画「新しい神様」に主演。同作品はベルリン国際映画祭フォーラム部門に正式招待され、高い評価を受ける。雑誌「PiG」、一水会機関紙「レコンキスタ」にエッセイも連載。13年「生き地獄天国」で作家デビュー、その後は主に著述活動を行う。他の著書に小説「暴力恋愛」、「自殺のコスト」がある。

雨森 零　あまもり・ぜろ

文芸賞を受賞　⽣昭和45年　出山形市　学明海大学中退、カンバーランド・ユニバーシティー(米国)　賞文芸賞(第31回)(平成6年)「首飾り」　歴映画に興味を持ち、21歳の時大学を中退後渡米。テネシー州のカンバーランド・ユニバーシティーに在籍し、主に心理学と文学を学ぶ。

傍ら音楽活動を展開、19歳頃から小説も執筆。平成6年米国での転学準備のため一時帰国。

あまん きみこ

児童文学作家　⽣昭和6年8月13日　出宮崎県日南市　本名＝阿万紀美子(あまん・きみこ)　学日本女子大学家政学部児童学科卒　賞日本児童文学者協会新人賞(第1回)(昭和43年)「車のいろは空のいろ」、野間児童文芸賞推奨作品賞(第6回)(昭和43年)「車のいろは空のいろ」、サンケイ児童出版文化賞(第26回)(昭和54年)「ひつじぐものむこうに」、旺文社児童文学賞(第3回)(昭和55年)「こがねの舟」、小学館文学賞(第32回)(昭和58年)「ちいちゃんのかげおくり」、野間児童文芸賞(第27回)(平成1年)「おっこちゃんとタンタンうさぎ」、ひろすけ童話賞(第1回)(平成2年)「だあれもいない？」、京都府あけぼの賞(第2回)(平成2年)、ヒューマンかざぐるま賞(第9回)(平成9年)、紫綬褒章(平成13年)　歴日本児童文学者協会の新日本童話教室第1期生。主婦の傍ら、坪田譲治の「びわの実学校」に「くましんし」を投稿。昭和43年「車のいろは空のいろ」で日本児童文学者協会新人賞、野間児童文芸賞推奨作品賞を受賞。以来、数多くのファンタジックな童話や絵本を発表。主な作品に「こがねの舟」「かえりみち」「みちくさ一年生」「もうひとつの空」「すずかけ写真館」「おっこちゃんとタンタンうさぎ」「だあれもいない？」など。所日本児童文学者協会、日本文芸家協会　他夫＝阿万英昭(日本製薬会長・故人)

阿万 鯱人　あまん・しゃちと

小説家　⽣大正7年1月24日　出宮崎県　本名＝阿万為人　学専修大学経済学部卒　賞九州文学賞(第6回)(昭和48年)「てびら台地」　歴同人誌「遍歴」主宰。著書に「熊ん蜂つり」「アンデルセン盆地」「1人でもやっぱり村である」「あなたへの書翰」など。　所日本文芸家協会

阿見 宏介　あみ・こうすけ

作家　演出家　⽣昭和6年4月5日　出東京　本名＝鈴木久尋(すずき・ひさひろ)　学学習院大学政経学部(昭和30年)卒　賞芸術選奨文部大臣賞(昭和50年)、日本放送作家協会演出者賞(昭和50年)　歴昭和30年文化放送文芸部に勤務。ドラマプロデューサーとして芸術祭各賞を14年にわたって連続受賞する。61年よりフリーライターとして、特に歴史物を中心に雑誌に寄稿し活躍。著書に「大坂城に死す―悲劇の名将真田幸村」「伊達政宗の勝ち残る経営戦略」「春日局の陰謀」「家康と幸村」ほか。　所日本文芸家協会、アジア放送文化交流会(専務理事)、日本ペンクラブ

網野 菊　あみの・きく

小説家　[生]明治33年1月16日　[没]昭和53年5月15日　[出]東京市麻布区(現・東京都港区)　[学]日本女子大学英文科(大正9年)卒　[資]日本芸術院会員(昭和44年)　[賞]女流文学者賞(第2回)(昭和23年)「金の棺」、芸術選奨文部大臣賞(第12回)(昭和36年)「さくらの花」、女流文学賞(第1回)(昭和37年)「さくらの花」、読売文学賞(小説賞, 第19回)(昭和42年)「一期一会」、日本芸術院賞(第24回)(昭和42年)　[歴]大正9年短篇集「あき」を刊行。母校同窓会に勤め、10年から英語教員もする。12年より志賀直哉に師事し、15年「光子」を刊行し、以後も「妻たち」「若い日」などを刊行。昭和23年「金の棺」で女流文学者賞を受賞し、「さくらの花」で36年芸術選奨を、37年女流文学賞を受賞。42年には「一期一会」で読売文学賞を受賞し、またこの年の日本芸術院賞を受賞した。他の作品に「汽車の中で」「ゆれる葦」「冬の花」など。「網野菊全集」(全3巻)も刊行されている。

雨野 士郎　あめの・しろう

文楽作家　マタエ西村社長　[生]大正13年2月28日　[出]東京　本名＝西村清(にしむら・きよし)　[学]中央大学専門部経済学科卒　[賞]文楽なにわ賞(第1回)(平成4年)「茨田池物語」　[歴]昭和16年兼松商店に入社。在社中に中央大夜間部を卒業。西村四商店を経て、38年呉服問屋・マタエ西村社長。一方、新作文楽の執筆を手掛け、作品に「茨田池物語」「箱根関茶壺騒動」などがある。

雨宮 町子　あめみや・まちこ

推理小説家　[生]昭和29年　[出]東京都　[学]早稲田大学文学部哲学科卒　[賞]新潮ミステリー倶楽部賞(第2回)(平成9年)「Kの残り香」　[歴]小説を執筆するため、航空会社を辞め、テレビ番組制作会社のリサーチャーに。平成6年から推理小説に取り組む。著書に「骸の誘惑」など。

天羽 沙夜　あもう・さや

小説家　[出]福島県　[賞]電撃ゲーム小説大賞(銀賞, 第3回)「ダーク・アイズ」　[歴]主な作品に「ダーク・アイズ」「探偵紳士DASH!」がある。11月27日生まれ。　[団]日本推理作家協会

天羽 孔明　あもう・つねあき

小説家　[生]昭和35年　[出]大阪府　[歴]10代のころから同人誌などで小説を書き、SF作家堀晃主宰の創作同人「ソリトン」などで活躍。中国の古典では怪談話が大好きで「聊斎志異」「西遊記」などをよく読む。共著に「三国志 飛翔伝説」「三国志の不思議な話」がある。

鵜紋 洋　あもん・ひろし

小説家　[生]昭和38年4月20日　[出]東京都　[賞]日本文芸家クラブ大賞(長編小説賞)「柳生斬魔伝」　[歴]建築家を志したものの、数度に亘り挫折。その後、若狭の原発作業員、渋谷のパソコン・ショップのプログラマーを経て、昭和63年〈カル・ブラ〉で作家デビュー。著書に「夢みる帝司に御用心」「黒鉄の浮遊城が堕ちる時」「柳生斬魔伝」など。

綾辻 行人　あやつじ・ゆきと

推理作家　[生]昭和35年12月23日　[出]京都府　本名＝内田直行　[学]京都大学教育学部卒、京都大学大学院教育社会学専攻博士課程修了　[賞]日本推理作家協会賞(第45回)(平成4年)「時計館の殺人」　[歴]小学校時代から原稿用紙百枚を超える作品を書く。大学では推理小説研究会に所属。昭和62年3年前に江戸川乱歩賞に応募した「十角館の殺人」を刊行して推理作家としてデビュー。その後も〈館シリーズ〉が好評。大学での専攻は逸脱行動論・犯罪社会学。筆名は作家・島田荘司の命名。他の著書に「霧越邸殺人事件」「時計館殺人事件」、短編集「眼球綺譚」「フリークス」などがある。[団]日本文芸家協会、日本推理作家協会　[家]妻＝小野不由美(作家)

綾乃 なつき　あやの・なつき

小説家　[生]昭和45年3月22日　[出]大阪府　[学]同志社女子大学短期大学部日本語日本文学科卒　[歴]コバルト・ノベル大賞とファンタジー・ロマン大賞の最終候補に残り、デビューの足がかりを得る。平成6年「月影のソムル」でデビュー。著書に「残夢―月影のソムル〈2〉」「国守りの魔女」などがある。

鮎川 哲也　あゆかわ・てつや

推理作家　[生]大正8年2月14日　[出]旧満州　本名＝中川透　[学]札蘭屯中学校卒　[賞]「宝石」懸賞小説百万円懸賞(昭和24年)、日本推理作家協会賞(第13回)(昭和34年)「黒い白鳥」「憎悪の化石」　[歴]中国大陸育ち。昭和23年以後、「ペトロフ事件」「黒いトランク」「朱の絶筆」など本格推理の傑作を次々と生み、時刻表推理小説の第一人者。最近は埋もれた名作発掘に尽力し、名アンソロジストとして知られる。経歴・私生活を一切公開しないので有名。平成2年推理小説を対象にした鮎川哲也賞が創設された。その他の作品に「黒い白鳥」「憎悪の化石」「戌神は何を見たか」「鮎川哲也長編推理小説全集」(全6巻, 立風書房)などがある。[団]日本推理作家協会

阿由葉 稜　あゆば・りょう

小説家　[生]昭和26年　[出]千葉県　本名＝和泉正直　別筆名＝笹本稜平(ささもと・りょうへい)　[学]立教大学社会学部社会学科卒　[賞]サントリーミステリー大賞・読者賞(第18回)(平成13年)「時の渚」　[歴]出版社勤務を経て、フリーライターに。オンライン上の人気ソフト「Pommy's TCat」の作者としても活躍。平成12年阿由葉稜名義による「暗号」で小説家デビュー。13年笹本稜平名義の「時の渚」で第18回サントリーミステリー大賞及び読者賞を受賞。

荒 松雄　あら・まつお

推理作家　東京大学名誉教授　[専]南アジア史(インド・イスラム史)　[生]大正10年5月7日　[出]東京・浅草材木町　筆名＝新谷識(しんたに・しき)　[学]東京帝国大学文学部東洋史学科(昭和19年)卒、ベナレスヒンズー大学(インド)大学院修了　M.A.　[資]日本学士院会員(平成7年)　[賞]オール読物推理小説新人賞(第14回)(昭和50年)「死は誰のもの」、日本学士院賞(昭和53年)「インド史におけるイスラム聖廟」　[歴]浅草の材木問屋の9代目として生まれる。昭和29年ニューデリーのインド政府外国語学校で日本語を教えながら、遺跡を巡る。のち東京大学東洋文化研究所教授となりインド史を教え、退官後、名誉教授に。昭和57年津田塾大学教授、のち恵泉女学園大学教授。平成元年遺跡を使って社会と宗教の関わりを解いた「中世インドの権力と宗教」を出版、"異質なるものの共存"を追究する。推理小説も書き、ペンネーム・新谷識は、インド哲学の唯識論の「阿頼耶識」(あらやしき)に因む。他の著書に「現代インドの社会と政治」「インド史におけるイスラム聖廟」「ヒンドゥー教とイスラム教」「多重都市デリー」、創作集「殺人願望症候群」などがある。　[団]日本文芸家協会

新井 恵美子　あらい・えみこ

ノンフィクション作家　[生]昭和14年2月28日　[出]東京　旧姓(名)＝岩堀　[学]学習院大学文学部国文科(昭和34年)中退　[賞]随筆サンケイ賞、ノンフィクション児童文学賞奨励賞「樺太からきた少女」、横浜市福祉童話大賞「サエ子とハマッ子」、潮賞(優秀作, 第15回)(平成8年)「歌に救われた命―モンテンルパの夜明け」　[歴]結婚のため大学を中退。主婦業のかたわら新聞の投書欄やPR誌などに文章を書き続ける。児童文学に挑戦していたが、のちにノンフィクションを志すようになった。もっぱら戦争にまつわる話をテーマに取り組む。随筆誌「雑魚」同人。童話に「風にのる六年生」「100てんかあさん一年生」「サエ子とハマッ子」、エッセイ集「雨ふり草」、ノンフィクション「ダバオの君が代」「腹いっぱい食うために―『平凡』を創刊した父岩堀喜之助の話」「箱根山のドイツ兵」「歌に救われた命―モンテンルパの夜明け」などがある。　[団]日本文芸家協会　[家]父＝岩堀喜之助(平凡出版創立者)、夫＝新井喜美夫(東急エージェンシー会長)

新井 紀一　あらい・きいち

小説家　[生]明治23年2月22日　[没]昭和41年3月11日　[出]群馬県多野郡吉井町　筆名＝別院一郎　[学]四谷第一尋常高小卒　[歴]高小卒業後、東京砲兵工廠の見習い職工となる。大正5年から各誌に投稿し、後に「中央文学」で水守亀之助の助手となる。雑誌「黒煙」に参加、8年処女作「暗い顔」を発表し、大正期の労働者文学、反戦文学の代表作家となる。9年から13年まで、時事新報社に勤務した。主な著書に「二人の文学青年」「燃ゆる反抗」「雨の八号室」などがある。昭和10年代に入ってからは戦争文学を多く書き「敗走千里」「督戦隊」などの著書がある。ほかに「鶏小屋の番兵」「父いづこ」「秀美の慰問袋」などの児童文学作品もある。

新井 愚太郎　あらい・ぐたろう

高校教師(聖望学園高校)　小説家　[生]昭和2年　[出]東京　本名＝新井昭(あらい・あきら)　[学]青山学院大学文学部基督教学科卒　[歴]昭和29年青山学院大学在学中「現代ユーモア文学全集」コント募集に投稿、「信太郎日記」が優秀佳作として認められる。56年埼玉県知事より私立学校永年勤続表彰、次いで61年に再度表彰される。のち埼玉県飯能市聖望学園高等学校英語科研究室並びに図書館勤務。著書に「新黒潮天保捕物水滸伝大漁の銚子飯岡助五郎捕物帳」「小説名侠飯岡助五郎」。

荒井 潤　あらい・じゅん

シンガーソングライター　小説家　[生]昭和27年12月5日　[出]東京都　[学]東京大学法学部卒、東京大学大学院博士課程　[歴]大学院在学中の昭和58年、タナカソネを皮肉ったザレ唄風ポップス「ナカよく角のたたない唄」を作詞作曲し、自ら歌ってレコーディングした。以後クルマ社会、アフリカ飢餓などを題材に次々と曲を作り、発表。時代の社会現象、典型的な事件などをテーマに作詩・作曲して、ナウいポップスに仕立て上げ、レコード、テープ化してイベントがらみで発表する、自称ポップスジャーナリスト。また、作家としても活躍し、著書に「美少年(バナナ・ボーイ)は地球を救う」「ハートロック」、詩集に「九百九十円の光源氏」がある。

荒井 伸也　あらい・しんや
作家　流通評論家　サミット会長　[生]昭和12年7月12日　[出]東京　筆名＝安土敏(あずち・さとし)　[学]東京大学法学部(昭和35年)卒　[興]サラリーマンの幸せ　[歴]昭和35年住友商事に入社。45年サミットストア(現・サミット)に出向、48年取締役、53年常務、58年専務、63年副社長を経て、平成6年社長に就任。13年会長。9年住友商事顧問を務めた。一方、昭和56年「小説流通産業」(文庫名「小説スーパーマーケット」)で作家としてデビュー。同書は映画「スーパーの女」(伊丹十三監督)の原作となった。ほかに「企業家サラリーマン」「日本スーパーマーケット原論」「ライバル」、本名で「スーパーマーケット・チェーン」がある。「企業家サラリーマン」はカリフォルニア大学出版部から英訳出版された。

荒井 千明　あらい・ちあき
小説家　[生]昭和40年　[出]神奈川県横浜市　[賞]ファミ通エンタテインメント大賞(小説部門,第1回)「UNDER TRAP」　[歴]大学卒業後、ライター稼業などの傍ら、文筆活動を続ける。「UNDER TRAP」で小説家デビュー。

新井 千裕　あらい・ちひろ
小説家　[生]昭和29年1月27日　[出]新潟県　[学]早稲田大学法学部卒　[賞]群像新人文学賞(第29回)(昭和61年)「復活祭のためのレクイエム」　[歴]新宿区役所職員を経て、コピーライターに。かたわら小説を執筆し、著書に「忘れ蝶のメモリー」「復活祭のためのレクイエム」「天国の水族館」「チューリップ・ガーデンを夢みて」がある。　[団]日本文芸家協会

新井 一　あらい・はじめ
シナリオライター　[没]平成9年11月23日　[出]東京・麹町　[学]水産講習所(現・東京水産大学)卒　[歴]学校卒業後、文芸春秋に入社。のち東京映画に転じ、シナリオライターとして活躍。映画「駅前団地」など"駅前シリーズ"の他、映画、舞台に200本以上の脚本を執筆。のち、退社し、昭和47年シナリオセンターを創設。多くのシナリオ作家を指導・育成し、"シナリオドクター""新井クリニック"と呼ばれた。著書に「シナリオの基礎技術」「プロデューサー入門」「シナリオの技術」などがある。　[団]シナリオ作家協会　[家]娘＝小林幸恵(シナリオ・センター社長)

荒井 晴彦　あらい・はるひこ
シナリオライター　映画監督　「映画芸術」編集長　[生]昭和22年1月26日　[出]東京都　[学]早稲田大学文学部抹籍　[賞]くまもと映画祭脚本賞、毎日映画コンクール脚本賞(昭59年度)「Wの悲劇」、キネマ旬報賞脚本賞(昭59年度,63年度)　[歴]若松孝二プロダクションの助監督などを務めた後、昭和52年日活「新宿乱れ街/いくまで待って」で脚本家としてデビュー。平成元年季刊「映画芸術」編集長に就任。2年初のTVドラマ「誘惑」を執筆。主な作品に映画「赫い髪の女」(54年)「ダブルベッド」「遠雷」(56年)「時代屋の女房」「Wの悲劇」「ひとひらの雪」など。平成9年「身も心も」で監督デビュー。

新井 英生　あらい・ひでお
作家　[生]昭和8年1月15日　[没]平成9年9月15日　[出]大阪府堺市　本名＝天野秀夫(あまの・ひでお)　[学]早稲田大学文学部中退　[賞]池内祥三文学奨励賞(第10回)(昭和55年)「北の朝」、大阪松竹脚本賞「おらんだ西鶴」　[歴]通信社記者、脚本家を経た後、作家となる。著書に「頼朝と政子」「実説 元禄忠臣蔵」「裏切りの研究」「三百諸侯おもしろ史話」「新選組の謎88」他。　[団]新鷹会、日本文芸家協会

新井 満　あらい・まん
小説家　作曲家　映像プロデューサー　[生]昭和21年5月7日　[出]新潟県新潟市　[学]上智大学法学部(昭和45年)卒　[興]環境問題　[賞]野間文芸新人賞(第40回)(昭和62年)「ヴェクサシオン」、芥川賞(第99回)(昭和63年)「尋ね人の時間」　[歴]昭和45年電通に入社。CFプロデューサーとして大阪支社に4年、神戸支社に6年つとめ、56年東京本社へ。スポーツ・文化事業局映像事業部参事、のち映像事業局映像事業2部部長として、環境ビデオ制作に従事。また、長野五輪イメージ監督を務める。平成8年10月ソフト開発事業センター文化事業部部長。一方、昭和49年に森敦宅で即興に歌った「組曲月山」をはじめ、「ワインカラーのときめき」などシンガーソングライターとしても活躍。また、61年より小説も書き始め、ノミネートされること4回目にして63年「尋ね人の時間」が芥川賞を受賞した。他の著書に「サンセット・ビーチ・ホテル」「ヴェクサシオン」「足し算の時代 引き算の思想」「環境ビデオの時代」「カフカの外套」「森敦―月に還った人」など。　[団]日本ペンクラブ(理事)、日本文芸家協会　[家]妻＝新井紀子(随筆家)

新井 素子　あらい・もとこ

SF作家　㋰昭和35年8月8日　㋛東京都練馬区　本名＝手嶋素子(てしま・もとこ)　旧姓(名)＝新井　㋕立教大学文学部独文科(昭和58年)卒　㋔奇想天外SF新人賞(佳作入選)(第1回)「あたしの中の…」、星雲賞(第12回・13回)(昭和56年・57年)「グリーン・レクイエム」「ネプチューン」、日本SF大賞(第20回)(平成11年)「チグリスとユーフラテス」　㋕高校時代に書いた「あたしの中の…」が第1回奇想天外SF新人賞佳作に選ばれてデビュー。高校生を中心とした若者たちの圧倒的な支持を得る。昭和56～57年日本SF大会において星雲賞を連続受賞。作品はほかに「グリーン・レクイエム」「星へ行く船」「ブラックキャット」「…絶句」「扉を開けて」「結婚物語」「チグリスとユーフラテス」「ディアナ・ディア・ディアス」など、訳書にネイプ「ぬいぐるみさんとの暮らし方」など。　㋛日本SF作家クラブ、日本推理作家協会、日本文芸家協会

荒尾 和彦　あらお・かずひこ

小説家　漫画原作者　㋰昭和31年4月　㋛福岡県博多市　㋕名古屋学院大学中退　㋔小説現代新人賞(第63回)(平成7年)「苦い酒」　㋕昭和58年講談社1000万円長編小説賞に応募し578編の中から佳作入選となり、59年「拳の伝説」でデビュー。他の著書に「大強奪」「剛state伝説」「野獣球場」「震度7が残した108の教訓」、漫画原作に「それぞれの甲子園」「おちんちん」「毒裁判者」などがある。

荒川 稔久　あらかわ・なるひさ

脚本家　小説家　㋰昭和39年3月14日　㋛愛知県　㋕愛知県立大学国文科卒　㋕テレビアニメ「ドテラマン」で脚本家としてデビュー。「仮面ライダーBLACK」「魔動王グランゾート」「アイドル伝説えり子」「鳥人戦隊ジェットマン」などを手がける。平成2年「超魔神伝説〈1〉/旅立ちのアクアス」で作家としてデビュー。

荒川 法勝　あらかわ・のりかつ

詩人　小説家　元・多摩美術大学教授　㋰大正10年9月7日　㋥平成10年5月6日　㋛岩手県下閉伊郡釜石町　別名＝荒川法勝(あらかわ・ほうしょう)　㋕慶応義塾大学文学部哲学科卒　㋕昭和26年佐原一高教諭、34年成東高教諭に就任。40年第3次千葉県詩人クラブ初代会長に就任。52年日本現代詩人会常任理事。平成元年多摩美術大学教授。著書に「天開山」「宮沢賢治詩がたみ・野の師父」「伊藤左千夫の生涯」「波のうえの国」「泉鏡花」「長宗我部元親」　、詩集に「生物祭」「鯨」「宇宙の旅」「奇説・慶安太平記」「花は花でも」「荒川法勝詩集」(土曜美術社)などがある。

㋛日本ペンクラブ、日本文芸家協会、日本現代詩人会

荒川 佳夫　あらかわ・よしお

小説家　㋰昭和44年　㋛広島県　㋕趣味の模型製作を通じて軍事に興味を持つようになり、中・高生時代はシミュレーション・ゲームに夢中となる。のち作家を志し、「翼持つ龍のように」が第3回歴史群像大賞佳作となる。著書に「陸軍空母機動部隊戦記〈1〉/艦戦『隼』発進セヨ！」がある。

荒川 義英　あらかわ・よしひで

小説家　㋰明治27年(？)　㋥大正8年10月2日　㋛愛知県　㋕大正3年「一青年の手記」を発表して注目され、以後「廃兵救尉会」「生田長江氏を論ず」などを発表。満州放浪中の大正9年に逝去したが、生年や逝去日、履歴などは不詳のままとなっている。

荒木 昭夫　あらき・あきお

児童文学作家　㋕児童演劇　㋰昭和6年3月31日　㋛京都府　本名＝高橋昭彦(たかはし・てるひこ)　㋕立命館大学二部経済学部中退　㋔斎田喬戯曲賞佳作賞(第12回)(昭和51年)「つちぐも」　㋕作品に「つちぐも」「わるいこおおかみ」など。

荒木 郁子　あらき・いくこ

小説家　㋰明治21年3月3日　㋥昭和18年2月26日　㋛東京・神田　㋕東京女子美術学校卒　㋕「青鞜」の同人として活躍し、創刊号の明治44年「喜劇煩神の戯れ」を発表。以後も「道子」「闇の花」「死の前」などを発表し、大正3年「火の娘」を刊行。岩野泡鳴の弟子で、泡鳴没後はその墓碑を建てた。

荒木 一郎　あらき・いちろう

シンガーソングライター　小説家　㋰昭和19年1月8日　㋛東京　㋕青山学院高等部(昭和37年)卒　㋔日本レコード大賞新人賞(昭和41年)、芸術祭奨励賞(昭和41年)　㋕在学中から作曲を続ける。NHK「バス通り裏」でドラマデビュー、昭和41年「893愚連隊」で映画デビュー、個性的な演技で注目される。同年「空に星があるように」で歌手デビュー、レコード大賞新人賞、「ある若者の唄」で芸術祭奨励賞を受賞。42年「今夜は踊ろう」はミリオンセラーとなる。他にシングル「いとしのマックス」「シーン・フォニック」など。またプロデューサー、小説家としても活躍。著書に「後ろ向きのジョーカー」「荒木一郎のビッグ・マジック講座」「シャワールームの女」など。

荒木 スミシ　あらき・すみし
小説家　555LABEL主宰　[生]昭和43年　[出]兵庫県　本名＝山中圭一　[歴]中学生頃から8ミリ映画を撮り、昭和62年「ダチ」で第2回フジテレビヤングシナリオ大賞佳作に入選。その後、555LABEL(トリプルファイブレーベル)を主宰し、神戸を拠点に活動。平成9年阪神大震災後の若者の心の動きをとらえた小説「シンプルライフ・シンドローム」を出版。阪神地区でベストセラーになり話題に。脚本、監督として同タイトルの映画を2年がかりで自主製作し、10年神戸100年映画祭で未完成作を公開以後、関西各地で自主上映を続ける。他の著書に「グッバイ・チョコレート・ヘヴン」などがある。
http://www.kh.rim.or.jp/~sumishi

荒木 精之　あらき・せいし
作家　日本談義社主宰　熊本県文化協会会長
[生]明治40年1月7日　[没]昭和56年12月30日　[出]熊本県菊池市　[学]日本大学文学部史学科(昭和9年)卒　[賞]西日本文化賞(昭和38年)
[歴]在学中から「新早稲田文学」などの同人誌に作品を発表、中山義秀、石川達三らと交わる。昭和13年に熊本市で月刊文化雑誌の「日本談義」を創刊してから独力で編集・発行を続けたほか、45～55年熊本県文化協会会長をつとめ、九州文化協会副会長も務めるなど、九州文化界のまとめ役だった。明治9年に熊本で反乱を起こした神風連の研究と顕彰がライフワークで、著書に「神のやうな女―小説集」「小説集放浪の果て」「肥後民話」「環境と血」「神風連実記」「加藤清正」「河上彦斎」「私の地方文化論」「積乱雲―明治九年、熊本」など。終戦時には抗戦を叫んで尊王義勇軍を結成し"昭和神風連"と呼ばれた。戦後、地労委、県教委など歴任。

荒木 巍　あらき・たかし
小説家　[生]明治38年10月6日　[没]昭和25年6月4日　[出]東京　本名＝下村是隆　別名＝下村恭介
[学]東京帝大支那文学科(昭和7年)卒　[歴]大学在学中に「文芸尖端」「集団」の同人として作品を発表。昭和8年「その一つのもの」が「改造」懸賞小説に当選、文壇に出た。同年高見順、渋川驍らと雑誌「日暦」を創刊。11年武田麟太郎主宰の「人民文庫」創刊に執筆者として参加。戦後は「新人」の編集長となった。他に「真昼の蜂」「炎天」「渦の中」「詩と真実」などがある。

荒木 太郎　あらき・たろう
小説家　[生]明治45年3月23日　[出]長野県原村
[学]早稲田大学文学部英文科(昭和12年)卒　[歴]昭和13年「晴雨」を発表し、以後「発電所」などを発表して応召する。戦後は「文学者」に加わり「春の歌」などを発表し、40年長篇「裸の木」を刊行した。　[団]日本文芸家協会

荒木 芳久　あらき・よしひさ
放送作家　シナリオライター　[生]昭和14年4月8日　[出]東京　[学]日本大学映画学科卒　[歴]雑誌記者、業界紙記者を経て、昭和43年シナリオ研究所に入所。修了後シナリオライター・直居欽哉に師事。主な作品にテレビ「ひみつのアッコちゃん」「遠山の金さん捕物帳」「特別機動捜査隊」「科学捜査官」「名探偵ホームズ」「木曜ゴールデンドラマ 父と娘・七色の絆」、映画「春情夢」などがある。　[団]日本シナリオ作家協会、日本放送作家協会

荒木田 真穂　あらきだ・まほ
脚本家　[出]北海道夕張市　[学]北海道大学大学院農学研究科修了　[賞]有島青少年文芸賞優秀賞(昭和56年)「白いサーカス」、有島青少年文芸賞最優秀賞(昭和57年)「白髪まじりの少年たち」、トリノ国際映画祭最優秀脚本賞(第17回)(平成11年)「7/25(nana - ni - go)」
[歴]小学生の頃から、小説家に憧れる。昭和56年「白いサーカス」で有島青少年文芸賞の優秀賞、57年「白髪まじりの少年たち」で同賞最優秀賞を受賞。北海道新聞社勤務を経て、自主映画や芝居の脚本を手がける。平成11年作品「7/25(nana - ni - go)」が第17回トリノ国際映画祭で最優秀脚本賞を受賞。

荒沢 勝太郎　あらさわ・かつたろう
随筆家　小説家　釧路文学団体協議会会長
[生]大正2年4月15日　[没]平成6年4月2日　[出]旧樺太・真岡　[学]法政大学政経学部(昭和13年)中退
[賞]釧路市文化賞(昭和60年)、北海道新聞文化賞社会文化賞(第47回)(平成5年)　[歴]昭和7年樺太日日新聞を経て、10年上京、大学を中退し13年日刊紙「中央情報」記者となる。15年樺太に戻り豊原(ユジノサハリンスク)で樺太庁の広報紙を手がけた後、「雑誌樺太」編集長。18年海軍に応召、鳥取県米子で敗戦を迎える。24年東北海道新聞報道部長を経て、25年釧路市商工会議所業務部長、32年釧路市役所に入り、経済部長、議会事務局長を歴任。50年定年退職後は執筆活動に専念。のち釧路文学団体協議会会長。随筆誌「やち坊主」同人。樺太時代から小説を書き、代表作に「北の系譜」「鶴の舞」「やせ犬」など。そのほか著書に写真と随筆「亜寒帯の花」シリーズ、随筆「花の釧路湿原」「北海道ハマナスの旅」、紀行「遙かなるサハリン」

「原生林・知床」、40年間にわたる樺太文壇の激動史「樺太文学史」(全4巻)などがある。 [団]北海道自然保護協会

嵐山 光三郎　あらしやま・こうざぶろう

小説家　エッセイスト　編集者　[生]昭和17年1月10日　[出]静岡県中野町　本名＝祐乗坊英昭(ゆうじょうぼう・ひであき)　[学]国学院大学文学部国文科(昭和40年)卒　[賞]講談社エッセイ賞(第4回)(昭和63年)「素人包丁記」、日本雑学大賞(第19回)(平成10年)、JTB紀行文学大賞(第9回)(平成12年)「芭蕉の誘惑」　[歴]大学では隠者文学を専攻。金田元彦教授に師事する。そのころ小説やブレヒト劇も手がけ、劇作家の唐十郎と知り合う。卒業後、平凡社に入社。月刊「太陽」編集長を経て、青人社を設立。月刊「ドリブ」初代編集長。のち作家活動に専念。著書に、小説「口笛の歌が聴こえる」「恋横丁恋暦」「同窓会奇談」「逆鱗組七人衆」「夕焼け少年」「夕焼け学校」「徒然草殺しの硯」、エッセイ「素人包丁記」「芭蕉の誘惑」の他に、評論、対談集など多数。日本ごはん党党首も務める。 [団]日本文芸家協会、日本ペンクラブ

荒馬 間　あらば・かん

小説家　脚本家　[生]昭和17年　[没]平成9年11月　[出]兵庫県神戸市　本名＝古市東洋司　[学]アラバマ州立大学(米国)史学科(昭和41年)卒、リビングストン大学大学院修士課程修了　[賞]オール読物推理小説新人賞(第24回)(昭和60年)「新・執行猶予考」、菊池寛ドラマ賞(第2回)(平成4年)「水汲み女」　[歴]昭和54年3月末まで朝日放送テレビに勤務。在局中、テレビドラマ「必殺仕置人」などの脚本を執筆。著書に「新・執行猶予考」「おじゃれ女八丈島」「駆ける密書」などがある。

荒巻 義雄　あらまき・よしお

SF作家　札幌時計台ギャラリー・オーナー　[生]昭和8年4月12日　[出]北海道小樽市　本名＝荒巻義雅(あらまき・よしまさ)　[学]早稲田大学文学部心理学科卒、北海学園大学工学部建築学科卒　[歴]早大文学部心理学科を卒業後、出版社の編集者に。昭和37年家業の建築業を継ぐため札幌へ。北海学園大工学部建築学科に学び、2級建築士の資格をとる。同年短編「大いなる正午」でSF界にデビュー。他の作品に「白き日旅立てば不死」「神聖代」「空白の十字架」「エッシャー宇宙の殺人」「紺碧の艦隊」「旭日の艦隊」「新旭日の艦隊」「新紺碧の艦隊」などがある。作家活動のかたわら、札幌時計台ギャラリーのオーナー、静修女子大学(現・札幌国際大学)教授も務める。 [団]日本SF作家クラブ、日本ペンクラブ、日本文芸家協会

荒俣 宏　あらまた・ひろし

翻訳家　評論家　小説家　[専]幻想文学　神秘学　博物学　路上観察学　[生]昭和22年7月17日　[出]東京都台東区上野　[学]慶応義塾大学法学部(昭和45年)卒　[賞]ベストフットワーカーズ賞(第1回)(昭和62年)、日本SF大賞(第8回)(昭和62年)「帝都物語」、サントリー学芸賞(平成1年)「世界大博物図鑑第二巻 魚類」　[歴]昭和45年日魯漁業に入社。コンピューター・プログラマーとして9年間務め、54年退社。フリーの翻訳家として独立。翻訳は大学時代から始め、「コナンシリーズ」「ラブクラフト全集」「ダンセイニ幻想小説集」など。紀田順一郎らと雑誌「幻想と怪奇」を発行、海外の異端文学の収集を行う。また、神秘学、博物学関係の著作も多く、「理科系の文学誌」「図鑑の博物誌」「目玉と脳の大冒険」「別世界通信」「世界神秘学事典」「世界幻想作家事典」などがある。62年には初めて書いた大河小説「帝都物語」(全10巻，角川書店)が350万部のベストセラーとなり、実相寺昭雄監督により映画化もされた。平成6年ライフワークの「世界大博物図鑑」(全5巻・別巻2，平凡社)が完結。他の著書に「ヨーロッパ・ホラー紀行」「アレクサンダー戦記」などがある。 [団]路上観察学会、日本文芸家協会

有明 夏夫　ありあけ・なつお

小説家　[生]昭和11年5月11日　[出]大阪府　本名＝斉藤義和　[学]同志社大学工学部中退　[賞]小説現代新人賞(第18回)(昭和47年)「FL無宿のテーマ」、直木賞(第80回)(昭和53年)「大浪花諸人往来」　[歴]機械関係の仕事に10年余勤めて辞し作家に。昭和47年ユーモラスな処女作短篇「FL無宿のテーマ」で第18回「小説現代」新人賞受賞。53年明治初期の大阪を舞台に目明しの活躍を描いた「耳なし源蔵召捕記事・大浪花諸人往来」で第80回直木賞を受賞。ほかにFLシリーズをまとめた「FL無宿の叛逆」、歴史小説「幕末早春賦」、耳なし源蔵シリーズ「狸はどこへ行った」などがある。 [団]日本文芸家協会

有川 靖夫　ありかわ・やすお

大田区議(公明党)　[生]昭和18年　[出]東京都品川区　[学]山形大学教育学部卒　[歴]「現代政治」編集主任、「公明新聞」社会部記者、代議士秘書などを経て、大田区議に当選。平成5年副議長。この間、中国、ソ連を訪問。ノンフィクション作家としても知られる。著書に「官僚たちの聖域」「小説農産物輸入」など。

有城 乃三朗　ありき・だいざぶろう

評論家　劇作家　矛の会(劇団)主宰　[生]昭和7年　[出]広島県　本名=新宅昭男　別名=有城三朗　[学]立命館大学法学部卒　[歴]大映京都撮影所脚本部入所。シナリオ・ライター(筆名=有城三朗)、出版社勤務、雑誌記者、新聞記者などを経てフリーとなる。著書に「炎の女の70年」「福沢諭吉の人生・処生・教育語録」「梅原日本学を嗤う」のほか、戯曲に「磐井の反乱」がある。

有坂 悠子　ありさか・ゆうこ

女流新人賞を受賞　[生]昭和26年　[出]福島県いわき市　[学]立教大学文学部仏文科卒　[賞]女流新人賞(平成5年)「定数」　[歴]米国のサンタモニカで高校教師を務める。

有沢 まみず　ありさわ・まみず

小説家　[生]昭和52年　[賞]電撃ゲーム小説大賞(銀賞，第8回)(平成14年)「インフィニティ・ゼロ」　[歴]著書に「インフィニティ・ゼロ」がある。

有島 生馬　ありしま・いくま

洋画家　小説家　随筆家　[生]明治15年11月26日　[没]昭和49年9月15日　[出]神奈川県横浜月岡町　本名=有島壬生馬(ありしま・みぶま)　号=雨東生、十月亭　[学]東京外語伊太利語科(明治37年)卒　[資]帝国美術院会員(昭和10年)　[賞]文化功労者(昭和39年)　[歴]東京外語卒業後、藤島武二の門に入り、明治38年から43年にかけてヨーロッパに留学。イタリアでデュランに師事、ローマ美術学校に学び、ついでパリでラファエル・コランに師事。セザンヌ回顧展をみて感動し、以後印象派風の作品を描く。帰国後、43年に創刊された「白樺」同人となり、創刊号に「羅馬にて」を発表し、2、3号に「画家ポール・セザンヌ」を発表、以後多くの小説、小品、評論、随筆を発表。また43年には滞欧作品展を開いた。大正2年創作集「蝙蝠の如く」を刊行、以後「南欧の日」「暴君へ」「死ぬほど」などを刊行。また大正3年二科会を結成、「鬼」「熊谷守一像」などを出品。昭和10年二科会を脱退、11年一水会を創立。文壇、画壇と幅広く活躍したが、大正期後半からは主として画業に専念した。他の著書に、エミール・ベルナールの翻訳「回想のセザンヌ」、随想集「片方の心」「美術の秋」などがある。　[家]兄=有島武郎(作家)、弟=里見弴(作家)

有島 武郎　ありしま・たけお

小説家　[生]明治11年3月4日　[没]大正12年6月9日　[出]東京府第四大区三小区小石川水道町(現・文京区)　名乗り=行正、号=泉谷、由井ケ浜兵六、勁隼生　[学]学習院中等科卒、札幌農学校卒　[歴]学習院卒業後、札幌農学校に進む。この頃、キリスト教を知る。農学校卒業後の明治36年アメリカに3年間留学。帰国後、東北帝大農科大学予科教授に就任。一方、43年に創刊された「白樺」同人に加わり「かんかん虫」「或る女のグリンプス」などを発表。大正4年「宣言」を発表、自己の本能の要求に生きようとする人間と環境を描き、以後も「惜みなく愛は奪ふ」「カインの末裔」「クララの出家」「小さき者へ」「生れ出づる悩み」などを発表し、8年近代リアリズムの代表作とされる「或る女」を完成させた。11年「宣言一つ」を発表し、自己の立場を表明、また財産放棄や生活改革を考え、狩太農場を解放した。同年個人雑誌「泉」を創刊するが、12年婦人記者・波多野秋子と心中死した。詩作品に「草の葉」「群集」「大道の秋」など。「有島武郎全集」(全15巻・別巻1，筑摩書房)がある。　[家]弟=有島生馬(画家)、里見弴(小説家)、長男=森雅之(俳優)、息子=神尾行三(「父有島武郎と私」の著者)

有栖川 有栖　ありすがわ・ありす

推理作家　本格ミステリ作家クラブ会長　[生]昭和34年4月26日　[出]大阪府大阪市　本名=上原正英　[学]同志社大学法学部法律学科(昭和57年)卒　[賞]咲くやこの花賞(平成8年)　[歴]小学生の時、小説家になろうと決意し、中学2年で江戸川乱歩賞に応募。大学在学中、推理小説研究会に所属。平成元年「月光ゲーム」でデビュー。書店勤務を続けながら、創作活動を行う。6年作家専業となる。12年本格ミステリ作家クラブを設立、会長。著書に「孤島パズル」「マジックミラー」「双頭の悪魔」「46番目の密室」「スウェーデン館の謎」「ブラジル蝶の謎」「英国庭園の謎」「ダリの繭」「朱色の研究」「ペルシャ猫の謎」などがある。　[団]日本推理作家協会、日本文芸家協会、本格ミステリ作家クラブ

蟻浪 五郎　ありなみ・ごろう

推理作家　川柳作家　[生]大正3年5月15日　[出]台湾　本名=相沢誠　別名=青池研吉(あおいけ・けんきち)、号(川柳)=火山至　[歴]昭和21年台湾から引き揚げ後、新潟県の小学校教師となる。傍ら、24年「宝石」に「雨の挿話」を発表。以後、「花粉霧」「火山島の初夜」を、また青池研吉の別名で「ロック」に「飛行する死人」を発表している。4作目を最後に筆を断つ。「新潟日報」川柳欄の常連でもあった。

有馬 繁雄　ありま・しげお

小説家　⊕大正7年　⊖鹿児島県姶良郡吉松町　㉕中央大学法学部卒　㊙南日本新聞社に入社。大島、宮崎両支社長を務める。同人誌「南日本文学」創刊メンバーで、昭和28年「新潮」に発表した短編小説「コツ士」で注目され、第3回太宰治賞に応募した小説「水の記憶」が最終審査に残る。著書に「沖縄は戦場だった」がある。

有馬 頼義　ありま・よりちか

小説家　⊕大正7年2月14日　⊗昭和55年4月15日　⊖東京　㉕第一早稲田高等学院中退　㊙国民演劇脚本(情報局賞、第4回)(昭和19年)「晴雪賦」、直木賞(第31回)(昭和29年)「終身未決囚」、日本探偵作家クラブ賞(第12回)(昭和34年)「四万人の目撃者」　㊙早くから小説を書き始め、早稲田高等学院在学中の19歳で短編集「崩壊」を刊行。その後3年ほど中国に従軍、帰国して同盟通信(現・共同通信)社会部記者に。終戦後は日刊スポーツ記者になったが、小説を書き続け、29年には「終身未決囚」により直木賞を受け、本格的作家生活に入る。34年推理小説「四万人の目撃者」で探偵作家クラブ賞を受け、推理小説ブームの創成期を担った。45年に第7次「早稲田文学」編集長。47年ガス自殺未遂をおこすが、48年からは東京空襲を記録する会の理事長として活躍した。父は旧久留米藩主・元伯爵の有馬頼寧。野球好きとしても有名で、東京セネスタースのオーナーだった。「有馬頼義推理小説全集」(全5巻, 東邦出版社)がある。　㊛父=有馬頼寧(旧久留米藩主・元伯爵)

有本 隆　ありもと・たかし

童話作家　⊕昭和35年3月　⊖長崎県　㉕大阪芸術大学芸術学部文芸学科(昭和57年)卒　㊙JOMO童話賞(優秀賞、第28回)　㊙よみうり文化センター創作童話教室講師を務めた後、ほめる研究会代表。著書に「作文指導心得」がある。

有本 倶子　ありもと・ともこ

作家　歌人　⊕昭和19年4月2日　⊖兵庫県　㉕同志社大学文学部(昭和44年)卒　㊙10年におよぶ難病を克服してのち、障害児学級教諭となる。昭和44年「形成」に参加し、木俣修に師事。63年「形成」同人。著書に「保育園っ子」「いじめられっ子ばんざい」、詩集に「ねえ、ママきいて」、歌集に「雪ものがたり」、童話に「但馬の鮎太郎」、評伝に「落葉の賦」「つひに北を指す針」「蟹の眠―島崎英彦の生涯」「評伝大西民子」などがある。　㊛父=北村南朝(歌人)

有吉 佐和子　ありよし・さわこ

小説家　劇作家　⊕昭和6年1月20日　⊗昭和59年8月30日　⊖和歌山県和歌山市真砂町　㉕東京女子大学短期大学部英語科(昭和27年)卒　㊙小説新潮賞(第10回)(昭和39年)「香華」、女流文学賞(第6回)(昭和42年)「華岡青洲の妻」、芸術選奨文部大臣賞(第20回)(昭和44年)「出雲の阿国」、毎日芸術賞(第20回・昭和53年度)(昭和54年)「和宮様御留」　㊙横浜正金銀行勤務の父とともに幼時から外国で暮らし、国内でも転校を繰り返した。在学中から創作活動を始め、昭和31年伝統芸術の世界を描いた「地唄」が芥川賞候補となって文壇にデビュー。その後、「紀ノ川」「香華」「有田川」「華岡青洲の妻」「出雲の阿国」「和宮様御留」と数々のヒット作を放ったが、やがて社会問題に鋭い目を向け、ボケ老人を扱った「恍惚の人」(47年)、環境汚染問題に迫った「複合汚染」はともに大ベストセラーとなり、"恍惚の人""複合汚染"はその年の流行語になった。また演劇方面にも造詣が深く、劇作家として歌舞伎、文楽、大衆演劇、新劇、宝塚、日本舞踊とあらゆる分野に作品を提供する一方、「香華」「華岡青洲の妻」など自ら脚色・演出した作品も少なくない。また、34年に米国に留学、曽野綾子とともにその和魂洋才ぶりが注目を集め、"才女時代"といわれた。37年興行師・神彰と結婚、2年後に離婚。「有吉佐和子選集」(第1期・全13巻/第2期・全13巻, 新潮社)がある。　㊙日本文芸家協会、女流文学者会　㊛娘=有吉玉青(作家)

有吉 玉青　ありよし・たまお

作家　⊕昭和38年11月16日　⊖東京都　本名=清水玉青　㉕早稲田大学文学部哲学科(昭和61年)卒、東京大学文学部美学芸術学専攻卒、東京大学大学院人文科学研究科中退、ニューヨーク大学大学院演劇学科(平成4年)修了　㊙坪田譲治文学賞(第5回)(平成2年)「身がわり」　㊙作家有吉佐和子の一人娘。英国留学中の昭和59年母が急逝。母の死後日記をつけるようになり、それを元に自分を確立していった足どりをまとめた「身がわり―母・有吉佐和子との日日」を平成元年に出版。同年弁護士と結婚。同年秋ニューヨーク大学大学院に入学、演劇学を学び、5年帰国。他の著書に「ニューヨークの空間」「私はまだまだお尻が青い」「黄色いリボン」「ねむい幸福」、訳書にO.ヘンリー「最後のひと葉」などがある。　㊙日本文芸家協会、美学会東部会　㊛母=有吉佐和子(作家・故人)、父=神彰(元アートライフ社長・元国際プロモーター・故人)

有賀 喜代子　あるが・きよこ

作家　[生]明治42年11月21日　[出]東京　本名＝有賀喜代　[賞]女流文学新人賞(第1回)(昭和33年)「子種」　[歴]若い頃作家を志望したが、父親に反対される。敗戦後、朝鮮から夫の郷里の長野県諏訪郡富士見町の農村に引き揚げ、農村生活の厳しさ、封建的な人間関係を体験。7年後岡谷市に移り、村での生活を書き綴る。長男にすすめられ、書き直して「子種」とし、昭和33年第1回女流文学新人賞に応募、同賞を受賞した。他に「おらが蕎麦」などがある。「中部文学」同人。　[団]日本ペンクラブ

安房 直子　あわ・なおこ

児童文学作家　[生]昭和18年1月5日　[没]平成5年2月25日　[出]東京都　本名＝峰岸直子　[学]日本女子大学国文科卒　[賞]日本児童文学者協会新人賞(第3回)(昭和45年)「さんしょっ子」、小学館文学賞(第22回)(昭和48年)「風と木の歌」、野間児童文芸賞(第20回)(昭和57年)「遠いのばらの村」、新美南吉児童文学賞(第3回)(昭和60年)「風のローラースケート」、ひろすけ童話賞(第2回)(平成3年)「小夜の物語」、赤い鳥文学賞(特別賞, 第24回)(平成6年)「花豆の煮えるまで」　[歴]山室静に師事し、児童文学同人誌「海賊」に参加。昭和45年「さんしょっ子」で日本児童文学者協会新人賞、48年童話集「風と木の歌」で小学館文学賞受賞。他に童話集「北風のわすれたハンカチ」「白いおうむの森」「風のローラースケート」がある。　[団]日本児童文学者協会、日本文芸家協会　[家]夫＝峰岸明(横浜国立大学教授)

泡坂 妻夫　あわさか・つまお

推理小説家　紋章上絵師　[生]昭和8年5月9日　[出]東京・神田鍛冶町　本名＝厚川昌男(あつかわ・まさお)　[学]九段高卒　[賞]石田天海賞(昭和43年)、幻影城新人賞(第1回)(昭和51年)「DL2号機事件」、日本推理作家協会賞(昭和53年)「乱れからくり」、角川小説賞(第9回)(昭和57年)「喜劇悲奇劇」、泉鏡花賞(第16回)(昭和63年)「折鶴」、直木賞(第103回)(平成2年)「蔭桔梗」　[歴]高校卒業後、家業の紋章上絵師の仕事につく。昭和51年初作「DL2号機事件」で第1回「幻影城」誌新人賞佳作、53年「乱れからくり」は日本推理作家協会賞、79回直木賞候補にも選ばれる。平成2年「蔭桔梗」で直木賞受賞。他の著書に「喜劇悲喜劇」「折鶴」「花嫁は二度眠る」「11枚のとらんぷ」「家紋の話」「奇術探偵曽我佳城全集」など。アマチュア奇術家としても40年のキャリアを持ち、「魔術館の一夜」「四角な鞄」「厚川冒男作品集」などの奇術書もある。　[団]日本推理作家協会、インターナショナル・ブラザーフッド・オブ・マジシャンズ、邪宗門奇術クラブ、日本文芸家協会

淡島 寒月　あわしま・かんげつ

小説家　随筆家　俳人　画家　[生]安政6年10月23日(1859年)　[没]大正15年2月23日　[出]東京・日本橋馬喰町　本名＝淡島宝受郎　別号＝愛鶴軒、梵雲庵　[歴]福沢諭吉の刺激で欧米文化にあこがれ、アメリカ帰化を願っていたが、明治13、14年頃から江戸文化に親しみ、西鶴に傾倒し、明治期における元禄文学復興、特に西鶴調復活の推進力となった。のち禅、考古学、キリスト教、進化論、社会主義などの思想遍歴をするが、晩年は玩具収集に熱中した。小説に「百美人」「馬加物語」などがあり、没後「寒月遺稿連句集」「寒月句集」などが刊行された。　[家]父＝淡島椿岳(画家)

安斎 あざみ　あんざい・あざみ

文学界新人賞を受賞　[生]昭和39年　[出]東京都　本名＝丸山良美　[学]一橋大学社会心理学専攻卒　[賞]文学界新人賞(第74回)(平成4年)「樹木内侵入臨床士」　[歴]銀行勤務3か月ののち、大学の同級生と結婚。平成3年から創作を始める。作品に「樹木内侵入臨床士」。

安西 篤子　あんざい・あつこ

小説家　[生]昭和2年8月11日　[出]東京都　[学]神奈川県立第一高女(昭和20年)卒　[賞]直木賞(第52回)(昭和39年)「張少子の話」、女流文学賞(第32回)(平成5年)「黒鳥」、神奈川文化賞(平成6年)　[歴]父は銀行員で、少女期にドイツで7年間、中国で7年間を過ごす。中山義秀に師事し文学の道へ。中国の歴史に興味を持ち、その知識を生かした短編「張少子の話」で昭和39年下期第52回直木賞を受賞。故中山義秀門下として同人誌「新誌」「南北」に寄り作品を発表。歴史物も多数発表し、著書に「家康の母」「女人紋様」「悲愁中宮」「千姫微笑」「歴史に抗う女たち」「愛染灯籠」「累卵」「義経の母」「武家女夫録」「黒鳥」、エッセイ「歴史のいたずら」、共著「新時代のパイオニアたち—人物近代女性史」など多数。また56年神奈川県教育委員となり、62年教育委員長もつとめた。　[団]日本文芸家協会、日本ペンクラブ　[家]妹＝杉本晴子(小説家)

安西 水丸　あんざい・みずまる

イラストレーター　作家　エッセイスト　[専]イラスト　漫画　装丁　[生]昭和17年7月22日　[出]東京　本名＝渡辺昇　[学]日本大学芸術学部美術学科(昭和39年)卒　[賞]朝日広告賞、毎日広告賞、日本グラフィック展年間作家賞優秀賞、キネ旬報賞読者賞　[歴]勤めていた電通を辞め、昭和44年ニューヨークに渡り、デザインスタジオに2年間勤務。帰国後、平凡社を経て、56年イラストレーターとして独立し、安西水丸事務所を設立。繊細なタッチのイラストで人気を

得る。小説やエッセーなどの文章も好評で、月に200枚程度は書き上げる。著書に「青の時代」「ポストカード」「普通の人」「アマリリス」「青インクの東京地図」「70パーセントの青空」「バードの妹」など、絵本に「ピッキーとポッキー」「バスに乗りたかったおばけ」などがある。㊿東京デザイナーズ・スペース（TDS）、東京イラストレーターズ・ソサエティ、日本グラフィックデザイン協会（JAGDA）、日本文芸家協会、東京俳句倶楽部

安東 郁　あんどう・かおる
著述業　㊸昭和36年　㊷大分県別府市　筆名＝あんどうかおる　㊹星薬科大学（昭和62年）卒　㊺シナリオ作家協会大伴昌司賞・奨励賞（第3回）（平成2年）「それぞれの青春」　㊻病院薬剤師を2年半経験の後、文筆業に。医療ジャーナリスト、メディカルプランナー、コピーライターの他、脚本、詩作なども手掛ける。主な著書に「脳によく効くクスリ」「インターネットXファイル」、監修に「男と女のドラッグ事典」、脚本作品に「不法滞在」「10ぴきのかえる」（アニメ）など。
http://www.d3.dion.ne.jp/~kandou/

安藤 鶴夫　あんどう・つるお
演劇評論家　小説家　㊸明治41年11月16日　㊼昭和44年9月9日　㊷東京・浅草　本名＝花島鶴夫（はなしま・つるお）　㊹法政大学文学部仏文科（昭和9年）卒　㊺直木賞（第50回）（昭和38年）「巷談本牧亭」、勲四等旭日小綬章　㊻昭和9年法政大学を卒業し、14〜22年都新聞（現・東京新聞）に勤務し、以後文筆に専念。久保田万太郎に心酔し、15年迄下町の浅草、本所に住む。都新聞時代は文楽、落語の批評を担当。21年「落語鑑賞」を連載して注目され、25年以降は読売新聞社嘱託として劇評を執筆。38年「巷談本牧亭」で直木賞を受賞、小説、随筆の分野で下町好みの独自の世界をひらいていった。没後「安藤鶴夫作品集」（全6巻、朝日新聞社）が刊行された。　㊾父＝竹本都太夫（8代目）

安藤 俊子　あんどう・としこ
作家　㊸昭和5年　㊷岐阜県多治見市　㊹右眼は失明、左眼は弱視だったが、一般の尋常小学校で学ぶ。結婚後、喫茶店、民芸料理店などを経営。離婚を経て、名古屋で陶芸ギャラリーを兼ねた民芸料理屋・美濃路を開店。加藤唐九郎などが出入りする多治見一の文化サロンとして一時成功するが、贋茶碗をつかみ、800万の借金からサラ金苦に陥る。店を売り、昭和58年より家政婦をして借金を返済する傍ら、執筆。「東濃文学」同人。その後、"ひとり語り"も始め、各地で舞台に立つ。著書に「盲目の怪憎英哉伝」「サラ金マーチ」「炎」。　㊿中部ペンクラブ

安藤 はつえ　あんどう・はつえ
放送作家　「あいふぉーらむ」（婦人問題情報誌）編集長　日本BPW連合会会長　㊻婦人問題　㊸大正6年8月14日　㊷東京　本名＝真島初枝　㊹日本女子大学中退　㊻満州より引揚げてから、女も経済力をつけなければと、NHKに投稿、以来放送作家となる。代表作にNHKテレビ「牧場の春」、NHKラジオ連続ドラマ「浜木綿の花咲くころ」、ニッポン放送の録音構成「婦人の手帖」など。昭和56年雑誌「あいふぉーらむ」創刊、編集長となる。　㊿日本汎太平洋東南アジア婦人協会、日本放送作家協会、国際BPW連合会

安藤 日出男　あんどう・ひでお
脚本家　放送作家　㊸昭和2年8月3日　㊼平成14年3月20日　㊷東京　㊹東京大学英文学科（昭和28年）卒　㊺芸術祭文部大臣奨励賞（昭和37年）　㊻昭和28年大映東京撮影所企画部に入り、32年退社。以降執筆活動に入る。主な作品に、映画「東京大空襲」「検事霧島三郎」「からっ風野郎」、テレビ「ザ・ガードマン」「水戸黄門」「鬼平犯科帳」「荒野の素浪人」「大岡越前」「四国が島でなくなる日」、著書に「幻の空母・信濃」など。　㊿日本シナリオ作家協会、日本放送作家協会

安東 みきえ　あんどう・みきえ
児童文学作家　㊸昭和28年　㊷山梨県甲府市　本名＝安東美貴恵　㊹女子美術短期大学卒　㊺カネボウ・ミセス童話大賞（アイデア賞）（平成3年）、毎日新聞社小さな童話大賞（第11回）（平成6年）「ふゆのひだまり」、椋鳩十児童文学賞（第11回）（平成13年）「天のシーソー」　㊻平成2年カルチャーセンターの童話を書く講座に入ったのをきっかけに童話を書き始める。また仲間と作ったサークル、えんぴつクラブで合評会なども開き、様々な公募に投稿。平成9年度から「中学国語1」（光村図書）に作品「そこまで とべたら」が収録されている。著書に「天のシーソー」、絵本「どこまでいっても はんぶんこ」など。

安藤 美紀夫　あんどう・みきお
児童文学作家　イタリア児童文学研究家　日本女子大学家政学部児童学科教授　㊸昭和5年1月12日　㊼平成2年3月17日　㊷京都市　本名＝安藤一郎（あんどう・いちろう）　㊹京都大学文学部イタリア文学科（昭和29年）卒　㊺サンケイ児童出版文化賞（第9回）（昭和37年）「白いりす」、高山賞（第1回）（昭和37年）「ピノッキオとクオーレ」、サンケイ児童出版文化賞（第13回）

(昭和41年)「ポイヤウンベ物語」、国際アンデルセン賞国内賞(第4回)(昭和42年)「ポイヤウンベ物語」、サンケイ児童出版文化賞(第20回)(昭和48年)「でんでんむしの競馬」、日本児童文学者協会賞(第13回)(昭和48年)「でんでんむしの競馬」、野間児童文芸賞(第11回)(昭和48年)「でんでんむしの競馬」、赤い鳥文学賞(第3回)(昭和48年)「でんでんむしの競馬」 [歴]北海道の高校に18年間勤めたのち、日本女子大に転じる。はじめ、イタリア児童文学研究家として論文・翻訳を発表していたが、北海道の自然を描いた創作「白いりす」により創作活動を開始。以後、研究者と作家を兼ねる。ほかの作品に「ポイヤウンベ物語」「プチコット村へいく」「でんでんむしの競馬」「おばあちゃんの犬ジョータン」「風の十字路」など。研究書に「世界児童文学ノート」(1〜3)「児童文化」、訳書にアミーチス「クオーレ—愛の学校」ペトリーニ「緑のほのお少年団」コッローディ「ピノッキオのぼうけん」などがある。 [団]日本児童文学者協会(理事)、日本児童文学学会(理事)、イタリア学会

安藤 康子　あんどう・やすこ

小説家　[生]昭和11年　[出]大阪府　[学]大阪女子大学国文学科(昭和34年)卒　[賞]芸術祭奨励賞(テレビ部門)(昭和37年)「一坪の空」、九州芸術祭文学賞(第14回)(昭和58年)「揺れる季節」、詩と真実賞(第21回)(平成4年)「緋色の旋律」 [歴]昭和34年関西テレビ放送に入社。編成局社会教養課、演出課に勤務して、42年退職。「詩と真実」同人。作品集に「光満ちる午後」がある。

安東 能明　あんどう・よしあき

小説家　[生]昭和31年　[出]静岡県天竜市　[学]明治大学政治経済学部卒　[賞]日本推理サスペンス大賞(優秀作，第7回)(平成6年)「褐色の標的」、ホラーサスペンス大賞(特別賞，第1回)「鬼子母神」 [歴]昭和55年から浜松市役所に勤務。国民健康保健課を経て、企画課に所属。一方63年から推理小説を執筆。平成6年「褐色の標的」(「死が舞い降りた」と改題、出版)が日本推理サスペンス大賞優秀作となる。著書に「鬼子母神」。

庵原 高子　あんばら・たかこ

小説家　[生]昭和9年　[出]東京　[学]慶応義塾大学文学部卒　[歴]高校時代から小説を書き始め、昭和33年「三田文学」に発表の「降誕祭の手紙」が同年度下半期の芥川賞候補となる。その後、故・山川方夫の小説指導を受けた。作品集に「姉妹」がある。 [団]三田文学会

【い】

李 優蘭　イ・ウラン

小説家　[国]韓国　[生]1946年　[出]東京　本名＝李英淑　[賞]山梨県芸術祭賞(優秀賞，平2年度)「土の匂い」、やまなし文学賞(第3回)('95年)「川べりの家族」 [歴]在日韓国人2世。1975年から山梨県に在住し、夫の経営する焼肉店、ぼくりの役員を務める。この間、小説に取り組み、自身の差別体験をもとにした「土の匂い」で山梨県芸術祭優秀賞を受賞。他の作品に「川べりの家族」など。同人誌「絣」の同人。また中学、高校などで日韓関係、差別問題をテーマにした講演活動を続ける。

李 起昇　イ・ギスン

小説家　[生]1952年5月30日　[出]山口県　[学]福岡大学商学部卒　[賞]群像新人文学賞(第28回・小説部門)('85年)「ゼロはん」

井 賢治　い・けんじ

作家　[生]昭和7年10月9日　[出]熊本県阿蘇郡産山村　[学]産山中田尻分校(昭和24年)卒　[賞]熊日緑のリボン賞(昭和54年)、地上文学賞(昭和57年)「息子の時代」 [歴]中学卒業後、農業一筋。52年農作業中に転落。全身マヒで1年半入院、車イスの重度身障者に。手の機能回復訓練のため小説を書き始め、ハンディを克服して執筆。作品に「春の泥」「杉の香」「息子の時代」など。

李 恢成　イ・フェソン

小説家　[生]1935年2月26日　[出]旧樺太・真岡町　[学]早稲田大学文学部露文科('61年)卒　[賞]群像新人文学賞(第12回)('69年)「またふたたびの道」、芥川賞(第66回)('72年)「砧をうつ女」、野間文芸賞(第47回)('94年)「百年の旅人たち〈上・下〉」 [歴]旧樺太(サハリン)在住の朝鮮人2世として生まれる。1947年強制送還されて大村収容所に収監。のち札幌で20歳まで過ごす。大学卒後、朝鮮総連中央教育部、朝鮮新報社に勤務し、さらにコピーライター、経済誌記者などをしながら、創作活動に入る。'69年「またふたたびの道」で群像新人文学賞を受け、文壇にデビュー。'72年「砧をうつ女」で第66回芥川賞を受賞し、在日朝鮮人を代表する作家の一人となる。'87年から在日韓国・朝鮮人の季刊文芸誌「民濤」主宰。'90年在日韓国・朝鮮人による在日民主文学芸術人協議会結成に尽力。'98年5月朝鮮国籍から韓国国籍に変更。ほかに「青丘の宿」「約束の土地」「見果てぬ夢」

「百年の旅人たち〈上・下〉」、紀行「サハリンへの旅」「流域へ」など。 [団]日本文芸家協会

李 良枝 イ・ヤンジ

小説家 韓国舞踊家 [生]昭和30年3月15日 [没]平成4年5月22日 [出]山梨県南都留郡西桂町(現・富士吉田市) 本名＝田中淑枝(たなか・よしえ) [学]早稲田大学社会科学部(昭和50年)中退、ソウル大学国語国文学科(昭和63年)卒 [賞]芥川賞(第100回)(平成1年)「由熙」 [歴]在日韓国人2世。9歳の時日本に帰化。家出して京都府立鴨沂高校に編入し、民族意識に目覚める。早大を2年で中退したのち、冤罪事件として知られる丸正事件(昭和30年)の支援運動に関わる。55年韓国語を学ぶために祖国に渡り、56年ソウル大に入学。舞踊家・金淑子に弟子入りし、文筆活動の傍ら練習を続ける。57年から韓国名の李良枝で小説を書き始め、「ナビ・タリョン」「かずきめ」「刻」などの中短編小説を発表、それぞれ芥川賞候補となり、「由熙(ゆひ)」で第100回芥川賞を受賞した。平成元年ソウルで、金淑子の公演に出演する。 [家]父＝田中浩(五湖観光社長)、妹＝カマーゴさか江(元「We're」編集長)

伊井 圭 いい・けい

小説家 [生]昭和23年 [出]埼玉県 [賞]創元推理短編賞(第3回)(平成8年)「高塔奇譚」 [歴]平成8年「高塔奇譚」で創元推理短編賞を受賞。10年受賞作を含む短編5話を連作としてまとめた「啄木鳥探偵処」を発表し、小説家デビュー。

伊井 直行 いい・なおゆき

小説家 東海大学文学部日本文学科助教授 [生]昭和28年9月1日 [出]宮崎県延岡市大瀬 [学]慶応義塾大学文学部史学科民族学・考古学専攻卒 [賞]群像新人文学賞(小説部門,第26回)(昭和58年)「草のかんむり」、野間文芸新人賞(第11回)(平成1年)「さして重要でない一日」、平林たい子賞(小説部門,第22回)(平成6年)「進化の時計」、読売文学賞(小説賞,第52回)(平成13年)「濁った激流にかかる橋」 [歴]京都の出版社に5年半勤務後、昭和58年秋退職。同年「草のかんむり」で群像新人賞を受賞し、文壇にデビュー。同じ作品で芥川賞候補に選ばれ、7月の第91回芥川賞でも「パパの伝説」でノミネートされる。切実な問題をユーモアも織りまぜて描いた作品が多い。平成9年「三田文学」編集長を務めた。他の作品に「さして重要でない一日」「湯微島訪問記」「進化の時計」「濁った激流にかかる橋」などがある。 [団]日本文芸家協会

飯尾 憲士 いいお・けんし

小説家 [生]大正15年8月21日 [出]大分県竹田市 [学]五高文科(昭和24年)卒 [賞]すばる文学賞入選(第2回)(昭和53年)「海の向うの血」 [歴]陸士(60期)出身。業界誌編集などの後、昭和47年から文筆で独立。「海の向うの血」で第2回すばる文学賞入選。「ソウルの位牌」「隻眼の人」などで芥川賞候補に3回。57年「自決」で直木賞候補。以後、堅実な作家活動を続ける。ほかに「島に陽が昇る」「艦と人」、特攻で戦死した朝鮮人航空士官をテーマにした「開聞岳」、自殺した潜水艦設計技師・緒明亮乍をとりあげた「静かな自裁」などの作品がある。平成7年「ソウルの位牌」が韓国で出版される。 [団]日本文芸家協会

飯沢 匡 いいざわ・ただす

劇作家 演出家 小説家 [生]明治42年7月23日 [没]平成6年10月9日 [出]和歌山県和歌山市 本名＝伊沢紀(いざわ・ただす) [学]文化学院美術科(昭和8年)卒 [資]日本芸術院会員(昭和58年) [賞]NHKラジオ賞(昭和18年)「再会」、岸田演劇賞(第1回)(昭和29年)「二号」、サンケイ児童出版文化賞(第1回)(昭和29年)「ヘンデルとグレーテル」、NHK放送文化賞(第9回・昭32年度)、読売文学賞(第19回・戯曲賞)(昭和42年)「五人のモヨノ」、斎田喬戯曲賞(第5回)(昭和44年)「みんなのカーリ」、小野宮吉戯曲平和賞(第6回)(昭和45年)「もう一人のヒト」、紀伊国屋演劇賞(第7回)(昭和47年)「沈氏の日本夫人」「騒がしい子守唄」、毎日芸術賞(第20回・昭53年度)「夜の笑い」 [歴]昭和8年東京朝日新聞社入社。戦後、「婦人朝日」「アサヒグラフ」編集長を歴任。29年退社、作家生活に入る。この間、7年から劇作を始め、9年に「藤原閣下の燕尾服」がテアトル・コメディで上演され注目を集める。18年日本の中国侵略を批判した「北京の幽霊」を文学座で初演。26年米軍占領下の不自由さを皮肉った「崑崙山の人々」を文学座で上演し、喜劇作家としての地位を確立。29年「二号」で第1回岸田演劇賞、42年「五人のモヨノ」で読売文学賞を受賞。戦中戦後の政治、世相への鋭い諷刺を笑いにつつみ、戦争否定、圧政批判のレジスタンスの姿勢を貫いた。また、ラジオ、テレビ、新派、歌舞伎、狂言、大衆劇、児童劇と幅広い分野で活躍。他の代表作に「鳥獣合戦」「無害な毒薬」「もう一人のひと」「夜の笑い」、「飯沢匡喜劇集」(全6巻)などがある。放送劇としては「ヤン坊ニン坊トン坊」「ブーフーウー」で好評を博した。翻訳ものの演出も手がける。他の著書に小説「帽子と鉢巻」「乞食円空」「芝居―見る・作る」「飯沢匡狂言集」などがある。 [団]日本文芸家協会 [家]父＝伊沢多喜男(枢密顧問官)、兄＝伊沢竜作(元関東特殊製鋼常務)

飯嶋 和一　いいじま・かずいち

小説家　[生]昭和27年12月20日　[出]山形県山形市　[学]法政大学文学部卒　[賞]小説現代新人賞（第40回・昭58年上半期）「プロミスト・ランド」、文芸賞（第25回）（昭和63年）「汝ふたたび故郷へ帰れず」　[歴]千葉県船橋市の中学教師をしながらペンを執り、「プロミスト・ランド」で昭和58年度小説現代新人賞を受賞。その後予備校講師のかたわら、小説執筆を続け、63年「汝ふたたび故郷へ帰れず」で河出書房新社の文芸賞を受賞。その他の著書に「雷電本紀」「神無き月十番目の夜」「始祖鳥記」がある。

飯島 亀太郎　いいじま・かめたろう

小説家　[生]大正5年　[出]埼玉県大里郡花園町　[歴]日中・太平洋戦争に衛生兵として従軍。23軍波8603部隊患者輸送部第4班に所属。香港島攻略戦、雷州半島進駐、第1期湘桂作戦、第2期西江作戦などに参加。東京都製麺協組常務理事。また文芸同人誌「青灯」「游」、句誌「風声」各同人。著書に「有情の青春」「珠江の青春」「脱走兵―死線の恋」などがある。

飯島 早苗　いいじま・さなえ

劇作家　女優　コピーライター　自転車キンクリート座付作家　[生]昭和38年10月12日　[出]東京都　[学]日本女子大学文学部国文科（昭和61年）卒　[歴]昭和57年日本女子大学在学中に、同級生と劇団「自転車キンクリート」を結成し、「荒野の貧乏性」で旗上げ。以来、同劇団で作家兼役者として活躍。主な作品に「MID-NIGHT UP-RIGHT」「シャンデリア・トラブル」「ほどける呼吸」「ソープオペラ」など。また、ラジオCMのコピーライターとしても活躍、「ザナックス」「サンチェーン」等のCMを手がける。エッセイ集に「ハッピーエンドに眠れない」がある。

飯島 敏宏　いいじま・としひろ

テレビディレクター　映画監督　脚本家　木下プロダクション社長　[生]昭和7年9月3日　[出]東京都文京区本郷　筆名＝千束北男　[学]慶応義塾大学文学部（昭和31年）卒　[歴]昭和32年TBS演出部に入り、テレビ・ディレクターとして出発。35年から「柔道一代」「ウルトラマン」「怪奇大作戦」などを演出、ヒットさせる。39年円谷プロに出向。44年木下恵介プロへ出向、「人間の歌」シリーズに手堅い演出を見せる。平成6年木下プロダクション社長。作品は他に「金曜日の妻たちへ」シリーズなど。

飯塚 朗　いいずか・あきら

小説家　中国文学者　元・北海道大学教授　[専]中国文学（五四以後の文学）　[生]明治40年9月2日　[没]平成1年2月23日　[出]神奈川県横浜市　[学]東京帝国大学文学部中国哲学中国文学科（昭和11年）卒業　[歴]中国・北京滞在6年。昭和19年応召。21年復員後、北海道大学、関西大学教授を歴任。著訳書に「家」「故事遍歴」「中国四千年の女たち」「中国故事」「紅楼夢」など。[団]東京支那学会、現代中国学会、日本文芸家協会

飯田 豊二　いいだ・とよじ

小説家　[生]明治31年3月1日　[出]愛知県稲沢町　[学]東京工業機械科卒　[歴]9歳から20歳まで寺の小僧をした後、上京して東京工業に入学。卒業後は市役所に勤めるが、大正11年金星堂に入社し、「世界文学」「文芸時代」などの編集をする。またアナキズム系の作家としても活躍、さらに解放座、解放劇場などの劇団も組織した。

いいだ もも

作家　評論家　革命運動家　アソシエ21世話人　[生]大正15年1月10日　[出]東京都港区　本名＝飯田桃　別名＝宮本治　[学]東京帝国大学法学部卒　[興]マルクス主義の再生　[歴]昭和24年日本銀行に入るが結核のため間もなく退職。療養中、新日本文学会などの文化活動に参加、処女作「斥候よ夜はなお長きや」を発表。その後、水戸市で梅本克己らと水戸唯物論研究会活動をし、農民運動のオルグなど共産党の地域活動に力を注ぐ。40年共産党を離れ、新左翼運動と文筆活動に精を出す。54年「季刊クライシス」を創刊。原理論と現象論を巧みにつなぎ、政治、経済、国際問題から文化、文学まで多彩な論考を明快に料理する。アソシエ21世話人。著書に小説「アメリカの英雄」「神の鼻の黒い穴」、「ヒロヒトの赤い帽子」「なぜ天皇制か」「現代社会主義再考」「にっぽん笑市民派」「エコロジーとマルクス主義」「管理社会の神話」「ポスト・モダン思想の解読」「赤と緑」「社会主義の終焉と資本主義の破局」「マルクスは死せりマルクス万歳」など多数。[団]新日本文学会、思想の科学研究会

飯田 雪子　いいだ・ゆきこ

小説家　[生]昭和44年2月1日　[出]静岡県　[学]静岡大学教育学部卒　[賞]ティーンズハート大賞（第1回）（平成6年）「忘れないで～FORGET ME NOT」　[歴]グラフィックデザイナーを経て、執筆に専念。若い世代向きの「忘れないで～FORGET ME NOT」などを執筆。静岡大学SF研究会に所属。他の著書に「地下十七階の亡霊」など。　http://www.geocities.co.jp/Technopolis/5534/

いいだ よしこ

児童文学作家　金沢大学がん研究所協力研究員　[専]生化学　分子生物学　[生]昭和12年　[出]愛知県名古屋市　本名＝飯田慈子(いいだ・よしこ)　[学]名古屋大学理学部化学科(昭和35年)卒、東京大学大学院生物化学専攻修士課程修了　[賞]泉鏡花記念金沢市民文学賞(第16回)(昭和63年)「かがやく山のひみつ」　[歴]昭和39年金沢大学助手となり、のち現職。一方、金沢子どもの本研究会、子ども劇場、学童保育運動にもたずさわる。主な作品に「かがやく山のひみつ」「空とぶ木のひみつ」「青い玉のひみつ」「サンショウウオの池」など。　[団]北陸児童文学協会、金沢子どもの本研究会　[家]夫＝飯田克平(金沢がん研助教授)

飯田 栄彦　いいだ・よしひこ

児童文学作家　[生]昭和19年7月13日　[出]福岡県甘木市　[学]早稲田大学教育学部国語国文学科卒　[賞]講談社児童文学新人賞(第13回)(昭和47年)「燃えながら飛んだよ！」、野間児童文芸賞推奨作品賞(第13回)(昭和50年)「飛べよ、トミー！」、日本児童文学者協会賞(第26回)(昭和61年)「昔、そこに森があった」　[歴]第1作「燃えながら飛んだよ!」第2作「飛べよ、トミー!」の他代表作に「ゴンちゃんなんばしよるとや?」「昔、そこに森があった」などがある。

飯野 陽子　いいの・ようこ

脚本家　[生]昭和38年　[出]北海道　[学]札幌大学女子短期大学部(昭和58年)卒　[歴]3年間のOL生活を経て、昭和61年倉本聡主宰・富良野塾に4期生として入る。卒業後、札幌で放送作家として活動を始め、平成6年に上京。活動をドラマに絞る。作品にテレビ「ガラス細工の家」「勇気をだして」「モナリザの微笑」、ラジオ「ムーンライトハウスの女たち」などがある。

飯星 景子　いいぼし・けいこ

タレント　作家　[生]昭和38年2月23日　[出]大阪府　[学]桐朋学園大学短期大学部演劇科(昭和59年)卒　[歴]大学卒業後、タレントとしてデビュー。NTV「ザ・ワイド」、TBS「怪傑熟女 心配ご無用」「サンデー・ジャポン」「SPO-LOVE2002」、CX「とくダネ！」、YTV「おひるバン!!」、KTV「2時ドキッ！」等のテレビやラジオ、イベントの司会等で幅広く活動。作家としては、週刊誌での連載のほか、数々の短編小説集を出版。

飯干 晃一　いいぼし・こういち

小説家　[生]昭和2年6月2日　[没]平成8年3月2日　[出]大阪府　[学]京都大学法学部(昭和25年)卒　[歴]読売新聞社会部記者を経て、作家に。新聞記者時代、15年間にわたって組織暴力団追及に健筆を振るった。著書に「生贄」「仁義なき戦い」「日本の首領」(1〜6)「山口組三代目(野望篇・怒濤篇)」「実録 柳川組の戦闘」「ホテル探偵」、「犯」(共著)などがあり、映画化された作品も多い。また、娘の飯星景子の統一協会に入信から脱会までを描いた「われら父親は闘う」は、話題になった。　[家]娘＝飯星恵子(女優)

家城 久子　いえき・ひさこ

シナリオライター　[生]大正13年　[没]平成9年7月　[出]東京　[学]青山女子専門部卒　[歴]昭和22年「雲流るる果てに」「路傍の石」など多数の名作を生み出した映画監督・家城巳代治と結婚。夫の仕事に触発され女優となり、シナリオも書く。51年夫を癌で亡くし、遺作シナリオ「わが青春のイレブン」映画化の総プロデュースを行う。59年楽しく充実した結婚生活を軸に戦後映画界や夫の苦労をつづった「エンドマークはつけないで」を出版。著書は他に「したたかに愛燃えて」「素晴らしき臓器工場」など。　[家]夫＝家城巳代治(映画監督・故人)

家田 荘子　いえだ・しょうこ

ノンフィクション作家　尼僧　[出]愛知県　出家名＝紫永(しえい)　[興]光の当たっていない社会問題　[賞]大宅壮一ノンフィクション賞(第22回)(平成3年)「私を抱いてそしてキスして—エイズ患者と過ごした一年間の壮絶記録」　[歴]高校在学中から女優として映画、テレビなどに出演。その後OL生活を経て、フリーライターに転身。六本木に出没する黒人と周辺の女性たちのルポを「週刊文春」に連載し、「俺の黒い肌に群がった女たち」で作家デビュー。構想、取材に2年をかけた2作目の「極道の妻たち」は映画化もされ、反響を呼ぶ。昭和61年には「代議士の妻たち」を出版、TBSより放映される。平成元年には「エイズ患者と過ごした一年間の壮絶記録」を「週刊ポスト」に連載、「私を抱いてそしてキスして—エイズ患者と過ごした一年間の壮絶記録」にまとめられ、3年大宅壮一ノンフィクション賞を受賞。他に「イエローキャブ」などのベストセラーもあり、数多くの作品が映画化されている。社会問題の裏側を自ら体あたり取材し、つねに問題探知し続けると同時にハードバイオレンス小説、コミックの原作も手がける。講演活動も行う。11年鹿児島市の真言宗最福寺で得度、出家する。

伊飼 美津枝　いかい・みつえ
児童文学作家　⊕昭和14年6月16日　⊕福岡県　⊕筑紫中央高卒　⊛カネボウ・ミセス童話大賞（第5回）(昭和60年)「おじいちゃんのひみつ」
⊕手作りの絵本から、昭和58年童話に転向。近所の主婦4人でそれぞれの家を持ち回り教室にして創作に励む。59年、第4回カネボウ・ミセス童話大賞に応募するが落選。60年再度応募し、「おじいちゃんのひみつ」で大賞を受賞。

伊賀山 昌三　いがやま・しょうぞう
劇作家　⊕明治33年3月25日　⊕昭和31年5月12日　⊕秋田県　筆名＝伊賀山精三　⊕専修大学付属商業卒　⊛大学卒業後三省堂に入社。劇作を志し岸田国士に師事して「劇作」同人となり、昭和7年発表の「唯ひとりの人」、8年発表の「騒音」などで認められる。他の作品に「むささび」「通り魔」などがあり、没後「伊賀山昌三一幕劇集」が刊行された。

五十嵐 貴久　いがらし・たかひさ
小説家　⊕昭和36年　⊕東京都　⊕成蹊大学卒　⊛ホラーサスペンス大賞（第2回）(平成14年)「黒髪の沼」　⊕大学卒業後、扶桑社に入社。テレビ・ラジオ関連本の「おニャン子クラブ写真集」「料理の鉄人」などの編集に携わった後、販売部に勤務。小説も手掛け、平成14年「黒髪の沼」でホラーサスペンス大賞を受賞、同年「リカ」と改題して出版。

五十嵐 勉　いがらし・つとむ
「アジアウェーブ」編集長　⊕昭和24年　⊕山梨県　⊕早稲田大学文学部文芸科卒　⊛群像新人長編小説新人賞（第2回）(昭和54年)「流謫の島」、インターネット文芸新人賞（第1回）(平成10年)「緑の手紙」　⊕戦争を自分の目で確めるため、昭和59年からタイやカンボジアを放浪、ベトナム軍の砲撃で17人が亡くなった事件も目撃した。タイでは季刊誌「東南アジア通信」を刊行。平成2年日本に戻り、3年情報誌「アジアウェーブ」を創刊、編集長として発行を続け、アジアの素顔を伝える。一方、戦争をテーマに小説を書き始める。10年カンボジア難民青年と、日本語教師の姿を描いた「緑の手紙」が、第1回インターネット文芸新人賞を受賞。作家集団塊（KAI）メンバー。

五十嵐 均　いがらし・ひとし
小説家　ミストラル社長　⊕昭和12年　⊕東京　本名＝五十嵐鋼三　⊕慶応義塾大学法学部卒　⊛横溝正史賞（第14回）(平成6年)「ヴィオロンのため息の―高原のDデイ」　⊕総合商社を経て、朝日物産を設立、商事、ゴルフ場、不動産業を自営。昭和51年富士通系の出版社・エディット取締役兼務、53年社長。その後ミストラルに改組、実妹・夏樹静子の作品の海外出版、国内TVドラマ制作を手がける。53年松本清張らと霧プロダクション創立。またエラリー・クイーンと親交があり、没年まで推理小説の指導を受ける。60年EQMMに「ザ・ビジョー」を執筆。著書に「ヴィオロンのため息の―高原のDデイ」「審判の日」がある。
⊛MWA（ミステリーライターズ・オブ・アメリカ）、日本文芸家協会、日本推理作家協会
⊛妹＝夏樹静子（作家）

五十嵐 フミ　いがらし・ふみ
作家　⊕農民文学　⊕大正14年　⊕山形県山形市　⊕山形市立第七小高等科卒　⊛昭和15年山形馬見ケ崎郵便局に勤務。20年退職し、21年長兄戦病死のため婿養子を迎えて農業に従事。32年農民文学懇談会「地下水」同人（平成7年退会）、昭和41年「もんぺの子」同人に。東北農家の困窮、女性にふりかかる過酷な労働を農家の嫁の目でとらえた「水かげろうの詩」は、農民文学賞候補となった。「妹たちのかがり火の会」会員、文芸誌「寒昴」同人。他の著書に「きのうも今日もあさっても」「小説・風鳴門」「泥とおしろい」などがある。

井川 耕一郎　いかわ・こういちろう
映画作家　脚本家　⊕昭和37年7月27日　⊕東京都世田谷区　⊕早稲田大学政経学部経済学科(昭和62年)卒　⊛ぴあフィルム・フェスティバル入選（第10回）(昭和62年)「ついのすみか」
⊕在学中よりシネマ研究会に属し、8ミリ映画「鬼越のこと」等を撮る。「せなせなな」と「ついのすみか」(昭和61年)は62年ぴあフィルム・フェスティバルで高い評価を受けた。同年清水宏次朗のビデオ「PIER39―$100万NIGHTの片隅で」のドラマ部分を演出。その後、AVの脚本を手がける。

井川 沙代　いがわ・さよ
児童文学作家　⊕昭和17年7月2日　⊕岐阜県吉城郡神岡町　⊕岐阜県立船津高卒　⊛茨城文学賞（昭和63年）「かあさんの山」
⊕東京都豊島区千早図書館で、幼児に絵本の読み聞かせをしながら、児童文学の世界に入る。いばらき子どもライブラリーを中心に、自宅で子ども文庫を開設。土浦市内の公立幼稚園で、絵本の紹介や、母子のよみきかせ活動など、地域活動を実践。「青い星」同人。著書に「かあさんの山」「茨城の民話」(共著)他。
⊛日本児童文学者協会、児童文化の会

井川 滋 いかわ・しげし

小説家 評論家 [生]明治21年2月2日 [没]大正14年12月19日 [出]東京 [学]慶応大学文学科(明治44年)卒 [歴]慶大卒業後、慶応義塾普通部英語教員となり、大正11年から予科教員を兼ねた。永井荷風主宰の「三田文学」の編集助手となり、学生時代の明治44年「逢魔時」を発表。以後も「三田文学」誌上に随想、小品、月評、新刊批評などを発表した。

壱岐 琢磨 いき・たくま

小説家 [生]昭和34年 [出]大阪府 [学]神戸大学工学部(昭和58年)卒 [賞]菊池寛ドラマ賞(大賞,第4回)(平成6年)「撫子」 [歴]著書に「深層の恐竜」などがある。

生島 治郎 いくしま・じろう

小説家 [生]昭和8年1月25日 [出]中国・上海 本名=小泉太郎(こいずみ・たろう) [学]早稲田大学文学部英文科(昭和30年)卒 [賞]直木賞(第57回)(昭和42年)「追いつめる」 [歴]昭和30年早川書房に入社。36年から「エラリイ・クイーンズ・ミステリー・マガジン」の編集長をつとめ、38年独立。39年「傷痕の街」で本格的ハードボイルド小説を日本にうちたてた。42年「追いつめる」で直木賞受賞。4年間続いたテレビの「非情のライセンス」は「凶悪」シリーズが下敷きだった。59年韓国生まれのソープ嬢と再婚。その結婚体験を綴った私小説「片翼だけの天使」はベストセラーとなり映画化されたが、平成10年離婚。11年「片翼シリーズ」の完結編として「暗雲」を発表した。他の著書に「黄土の奔流」「世紀末の殺人」「死者だけが血を流す」「男たちのブルース」「異端の英雄」など。平成8年8月から「週刊ポスト」に「暗雲」を連載。元年〜5年日本推理作家協会理事長を務めた。 [団]日本ペンクラブ(理事)、日本推理作家協会(理事)、日本文芸家協会

幾瀬 勝彬 いくせ・かつあき

作家 [生]大正10年8月15日 [没]平成7年4月 [出]北海道札幌市 [学]早稲田大学国文科(昭和17年)中退 [歴]昭和17年早大在学中に海軍飛行予備学生に志願。海軍大尉としてラバウルで終戦を迎える。21年復員。NHK、日本放送などで番組制作に当り、のちに会社役員となる。45年「盲腸と癌」を発表し、以後長編「死を呼ぶクイズ」「北まくら殺人事件」などの推理小説、「神風特攻第一号」「海軍式男の作法22章」などの戦記を発表。

生田 葵山 いくた・きざん

小説家 劇作家 [生]明治9年4月14日 [没]昭和20年12月31日 [出]京都市御幸橋 本名=生田盈五郎 別号=葵(あおい) [学]東洋英学塾卒 [歴]17歳で上京して巌谷小波の門に入り、明治31年「花すみれ」「応募兵」を発表。また「少年世界」などに数多くの児童向け作品も発表。32年永井荷風らと「活文壇」を創刊し、高踏的な浪漫主義文学を提唱した。代表作に「三本杭」「友垣」「片手套」「和蘭皿」「富美子姫」などがある。大正5年洋行し、それ以降は劇作に転じた。

生田 きよみ いくた・きよみ

児童文学作家 [生]昭和21年9月2日 [出]愛知県半田市 [学]名古屋市立女子短期大学卒 [賞]絵本とおはなし新人賞推奨作品賞(第2回)(昭和56年)「さんすうなんかだいきらい」 [歴]著書に「ゲンちゃんて呼ばれた日」「さきは六年生」他。「どんかく」同人。 [団]日本児童文学者協会、北陸児童文学協会

生田 秀之 いくた・しゅうし

シナリオライター [賞]TBS新鋭シナリオ大賞(佳作,第3回)(平成4年) [歴]平成4年TBS新鋭シナリオ大賞佳作受賞。以後、東京電力PRビデオなどのCMビデオを執筆。著書に「真夏の涙」がある。

生田 庄司 いくた・しょうじ

潮賞小説部門優秀作を受賞 [生]昭和27年8月7日 [出]熊本県 本名=宮城日出男 [賞]潮賞(第12回・小説部門優秀作)(平成5年)「アレキシシミア」 [歴]新聞社に勤務。

生田 長江 いくた・ちょうこう

評論家 小説家 劇作家 翻訳家 文明批評家 [生]明治15年4月21日 [没]昭和11年1月11日 [出]鳥取県日野郡根雨町大字貝原村 本名=生田弘治 別号=星郊 [学]東京帝大哲学科(明治39年)卒 [歴]馬場孤蝶に師事し、早くから「新声」「明星」などに評論、翻訳、美文を発表。明治39年発表の「小栗風葉論」で認められる。40年閨秀文学会を結成し、平塚らいてう、山川菊栄らを教えた。同年「文学入門」を刊行。ニーチェの「ツァラツウストラ」(44年刊)を翻訳するなど評論家、翻訳家、思想家、また劇作家として幅広く活躍した。大正3年森田草平と「反響」を創刊。代表作に評論集「最近の小説家」「超近代派宣言」「徹底人道主義」「宗教至上」などがあり、他にマルクス「資本論」(第1分冊)、「ニイチェ全集」、ダンテ「神曲」などの翻訳、また小説集、戯曲集と著書は数多い。

生田 蝶介　いくた・ちょうすけ

歌人　小説家　[生]明治22年5月26日　[没]昭和51年5月3日　[出]山口県下関市長府　本名＝生田調介　旧姓(名)＝田嶋　[学]早稲田大学英文科中退　[歴]明治42年博文館に入社。昭和2年編集長で辞職。この間「講説雑誌」を創刊し歌壇欄を設け多くの短歌愛好者を育てた。一方、中学時代から「中学文壇」などに投稿し、「スバル」「白樺」に小説も書く。大正5年第一歌集「長旅」を刊行し、13年歌誌「吾妹」を創刊、主宰する。15年小説「聖火燃ゆ」を「主婦の友」に連載。著書はほかに、歌集「宝玉」「白鳥座」、「日本和歌史」「大鳥の羽具の山考」など多数。
[家]長男＝生田友也(歌人)

生田 直親　いくた・なおちか

小説家　[生]昭和4年12月31日　[没]平成5年3月18日　[出]東京　本名＝生田直近(いくた・なおちか)　[学]福島県立川俣工(昭和20年)中退　[賞]文部大臣賞(昭和38年)「煙の王様」　[歴]昭和31年「映画の友」懸賞シナリオ入賞を機に上京。テレビの脚本家として「判決」「火曜日の女」など多くのシナリオを執筆。49年「誘拐197X年」で推理界にデビュー。書下ろし長編に作家生命を賭け、パニック小説、伝奇ミステリー、山岳サスペンス、時代小説など精力的に作品を発表している。著書に「ソ連侵略198X年」「東京大地震M8」「殺意の大滑降」「コンピュータ完全犯罪」「京都怨霊殺人事件」「金沢怨霊殺人事件」「葭の河」他多数がある。　[団]日本文芸家協会

生田 花世　いくた・はなよ

小説家　詩人　[生]明治21年10月15日　[没]昭和45年12月8日　[出]徳島県板野郡松島村泉谷　旧姓(名)＝西崎花世　筆名＝長曽我部菊子　[学]徳島県立高女卒　[歴]小学校教師の傍ら、「女子文壇」に長曽我部菊子の名で寄稿。明治43年上京し、教師、訪問記者を経て、大正2年「青鞜」同人。翌年生田春月と共同生活をはじめ、「ビアトリス」「処女地」等へ詩・小説を発表。また、長谷川時雨の「女人芸術」創刊に尽力し、春月死後は「詩と人生」を主宰。昭和29年「源氏物語」の講義を始め、生田源氏の会と称せられた。詩集に「春の土」、小説集に「燃ゆる頭」などがある。
[家]夫＝生田春月(詩人)

生田 万　いくた・よろず

劇作家　演出家　俳優　ブリキの自発団主宰
[生]昭和24年8月30日　[出]東京都中野区　本名＝吉田謙一(よしだ・けんいち)　[学]早稲田大学政治経済学部(昭和49年)卒　[歴]昭和44年学生劇団「こだま」に入り、演劇活動開始。45年寺山修司の市街劇「人力飛行機ソロモン」に出演。同年劇団「魔呵魔呵」の結成に俳優として参加、翌年から劇作・演出をはじめる。同劇団解散後の昭和56年に「ブリキの自発団」を結成し、同年「ユービック・いとしの半生命」でデビュー。銀粉蝶、片桐はいりなどの人気女優を擁する代表的なアングラ劇団に成長。他の舞台作品に代表作「夜の子供」(昭61年)「かくも長き快楽」(61年)「柔らかい肌」(62年)などのほか「卵の楽園」「ナンシー・トマトの三つの聖痕」「小さな王国」「最後から2番目のナンシー・トマト」など。自ら俳優としても活躍し、「碧い彗星の一夜」に客演の他、TBS系「幸せさがし」「親にはナイショ」にレギュラー出演。
[家]妻＝銀粉蝶(本名吉田輝子・女優)、弟＝吉田荘治(早大ラグビー部コーチ)

井口 朝生　いぐち・あさお

小説家　[生]大正14年5月6日　[没]平成11年4月9日　[出]東京　[学]日本大学文学部史学科卒
[賞]日本作家クラブ賞(小説部門，第1回)(昭和48年)「雑兵伝」「すみだ川余情」　[歴]旧制中学卒業後、陸軍に入り、北支派遣軍・関東軍を転々とし、戦後はシベリア抑留生活を送る。昭和24年復員後、日大卒業。以来作家となる。時代小説「狼火と旗と」が第45回直木賞候補となり、ついで48年「雑兵伝」「すみだ川余情」で第1回日本作家クラブ賞を受賞。「時代」同人。ほかの作品に「武田雑兵伝」「伊達政宗」「真田幸村」「霜ふる夜」「山姫の砦」などがある。
[団]日本文芸家協会　[家]父＝山手樹一郎(小説家)

井口 克己　いぐち・かつみ

作家　詩人　[生]昭和13年2月5日　[出]岡山県英田郡作東町白水　[学]日本大学卒、早稲田大学文学部卒、法政大学大学院(昭和52年)博士課程修了　[賞]末川博賞、農民文学賞(第36回)(平成5年)「井口克己詩集 幻郷鳥獣虫魚譜」　[歴]農業に従事した後、地方公務員を経て、昭和52年教職につく。法政大学社会学部非常勤講師なども務める。著書に小説集「ミミズと菊のファンタジー」、詩集「幻郷心臓百景」など。
[団]日本社会学会、日本農民文学会、日本現代詩人会、日本文芸家協会

井口 恵之　いぐち・しげゆき

翻訳家　小説家　[生]昭和4年5月10日　[出]東京
[学]早稲田大学文学部英文科(昭和26年)卒　[歴]第73回・77回直木賞候補となる。「秋田文学」同人。駒沢女子大学講師。訳書にグレンジャー「目立ちすぎる死体」「シカゴ発・殺人報道」、ジョン・クルーズ「叛逆の赤い星」他。

井口 真吾　いぐち・しんご

作家　Z PLAN FACTORY主宰　[生]昭和32年　[出]広島県　[歴]昭和58年漫画雑誌「ガロ」でデビュー。59年、26歳で「Z PLAN FACTORY」を設立。小説の執筆、オブジェ制作、イベント計画と、活動は多岐にわたる。61年に、「愛するグラジオラスのための幸福なランチ」シリーズの短編小説を集めたブックレット「可哀想な妹」と通称"Z CHAN BOX"こと「THE Z CHAN—LOVE IN THE SNOW」を発表。

井口 民樹　いぐち・たみき

小説家　ノンフィクション作家　[生]昭和9年12月23日　[出]和歌山県　[学]早稲田大学文学部英文科卒　[興]丸山ワクチン問題　[歴]「週刊サンケイ」編集部を経て「新週刊」に参加の後、フリーに。"衝撃の告白"シリーズを執筆し、芸能界の注目を集める。著書に「小説森進一」「三冠騎手吉永正人」、「外科病棟の陰謀」「東京大壊滅」「愚徹のひと丸山千里」「再考丸山ワクチン」など。　[団]日本文芸家協会

井口 直子　いぐち・なおこ

児童文学作家　[生]昭和22年2月17日　[出]京都府　[学]大阪女子商卒　[賞]講談社児童文学新人賞佳作(昭和59年)「オタスケ事務所・本日開店!」　[歴]銀行勤務の後、昭和58～60年フェーマススクールで児童文学を学ぶ。著書に「ただいま友情レーダー発信中！」「オタスケ事務所・本日開店！」。

井口 泰子　いぐち・やすこ

推理作家　放送評論家　[生]昭和12年5月26日　[没]平成13年2月18日　[出]徳島県徳島市　[学]笠岡高卒、シナリオ研究所(15期)、放送大学教養学部卒　[賞]サンデー毎日新人賞(第1回)(昭和45年)「東名ハイウエイバス・ドリーム号」　[歴]ラジオ・テレビライターを経て、昭和42年浪速書房に入社、「推理界」編集長となる。45年「東名ハイウエイバス・ドリーム号」が第1回小説サンデー毎日新人賞に入選。55年に発生した富山長野連続殺人事件を取材、共謀共同正犯とされた男性被告の弁護に協力、「フェアレディZの軌跡」「脅迫する女」を執筆、冤罪を主張し、社会派推理作家として知られた。また放送評論家としても活躍、放送批評懇談会常務理事を務めた。他の著書に「殺人は西へ」「愛と死の航路」「未婚の母」「三重波紋」「山陽路殺人事件」「小説 瀬戸大橋」など。　[団]日本推理作家協会、日本文芸家協会

池 俊行　いけ・としゆき

シナリオライター　映画プロデューサー　[生]明治42年12月2日　[没]平成2年12月26日　[出]高知県　[歴]昭和3年小説家を志して稲垣足穂の門下に。16年朝日新聞社、内日本移動文化協会フィルム課長、17年昭和演劇文芸部長、25年大和映画社文芸部長などを経て、30年新東宝に入社しシナリオとプロデュースを手がける。34年退社後はシナリオ、小説を執筆のほか、弁士としても活躍。主な作品に、シナリオ「エノケンの天一坊」「エノケンの石川五右衛門」「天保六花撰」「お嬢さんワンマン社長」「踏切りを越えて」「土佐風土記」などのほか、自主製作映画「人間の骨」、小説「女優蜂」、著書に「活動写真名せりふ集」などがある。　[団]日本シナリオ作家協会

池井戸 潤　いけいど・じゅん

作家　プラネットサーブ代表取締役　[生]昭和38年　[出]岐阜県　[学]慶応義塾大学文学部社会学科卒、慶応義塾大学法学部法律学科卒　[賞]江戸川乱歩賞(第44回)(平成10年)「果つる底なき」　[歴]昭和63年三菱銀行(現・東京三菱銀行)に入行、一貫して法人融資を担当する。平成7年独立し、プラネットサーブ代表取締役に就任、経営管理、事務効率化のためのデータベース・デザインを手掛ける。また小説も執筆し、10年「果つる底なき」で江戸川乱歩賞を受賞。著書に「お金を借りる会社の心得 銀行取扱説明書」「貸し渋りに勝つ 銀行借入はこうする」「M1」「銀行狐」などがある。　http://home.att.ne.jp/orange/ikedo/

池内 紀　いけうち・おさむ

文芸評論家　元・東京大学文学部教授　[専]ドイツ文学　[生]昭和15年11月25日　[出]兵庫県姫路市　[学]東京外国語大学独語学科(昭和38年)卒、東京大学大学院人文科学研究科独語独文学専攻(昭和40年)修士課程修了　[興]J.アメリー、F.カフカ　[賞]亀井勝一郎賞(第8回)(昭和54年)「諷刺の文学」、講談社エッセイ賞(第10回)(平成6年)「海山のあいだ」、アミューズ・IWC・アチーヴァー・オブ・ザ・イヤー(第2回, 平7年度)(平成8年)、毎日出版文化賞(企画部門, 第54回)(平成12年)「ファウスト」、桑原武夫学芸賞(第5回)(平成14年)「ゲーテさんこんばんは」　[歴]神戸大学、東京都立大学助教授、東京大学助教授を経て、平成3年教授。8年退任。世紀末ウィーン文化の研究で知られ、オーストリア文学の紹介につくす。特にカール・クラウスやエリアス・カネッティの翻訳などが著名。9年朝日新聞書評委員。13年オーストリアの新聞のコラムを担当。主著にエッセイ・評論「諷刺の文学」「喜劇・人間百科」「ウィーン

の世紀末」「世紀末と楽園幻想」「天狗洞食客記」「闇にひとつ炬火あり」「地球の上に朝がくる」「ことばの演芸館」「新編綴方教室」「海山のあいだ」「姿の消し方―幻想人物コレクション」「ゲーテさんこんばんは」、小説「天のある人―二十三の物語」、訳書にクラウス「人類最期の日々」、カネッティ「眩暈」「ホフマン短篇集」「カフカ短篇集」、ゲーテ「ファウスト」など。温泉研究家でもあり、雑誌「AMUSE」に連載「温泉とっておき」を執筆。 [団]日本独文学会、日本文芸家協会 [家]弟＝池内了(名古屋大学教授・天体物理学)

池上 永一 いけがみ・えいいち

小説家 [生]昭和45年5月24日 [出]沖縄県石垣市 本名＝又吉真也 [学]早稲田大学人間科学部人間健康科学科催眠専攻中退 [賞]日本ファンタジーノベル大賞(第6回)(平成6年)「バガージマヌパナス」 [歴]平成6年「バガージマヌパナス」で日本ファンタジーノベル賞を受賞。他の著書に「風車祭(カジマヤー)」「復活、へび女」などがある。 [団]日本文芸家協会

池上 義一 いけがみ・ぎいち

小説家 放送作家 [没]平成4年9月9日 [出]兵庫県 筆名＝山田赤麿(やまだ・あかまろ) [歴]関西放送作家界の草分け的存在で、山田赤麿の筆名でラジオ「少年ターザンは行く」などが代表作。また池上義一の名で小説「夢殿の人」などを発表。同人誌「わが仲間」を主宰、宮本輝を育てた。

池上 信一 いけがみ・しんいち

小説家 [生]明治44年4月16日 [没]昭和45年3月4日 [出]山形県米沢市 別名＝谷中初四郎 [学]早大文学部国文科(昭和10年)卒 [賞]講談社倶楽部賞(第1回)(昭和26年)「柳寿司物語」 [歴]昭和11年「山蟹」が「サンデー毎日」の懸賞小説に佳作入選し、以後大衆文学を志す。26年「柳寿司物語」で第1回の講談倶楽部賞を受賞。他の作品に「馬狂いの女たち」「落語倫理学」などがある。31年「小説会議」を創刊した。

池川 恵子 いけがわ・けいこ

童話作家 [生]昭和40年 [出]静岡県浜松市 [賞]遠鉄ストア童話大賞(優秀賞，第1回)(平成5年)「おばあさんと桜の木」、熊野の里児童文学賞(大賞，第3回)「海辺のボタン工場」 [歴]著書に「おばあさんと桜の木」「海辺のボタン工場」がある。

池川 禎昭 いけがわ・よしあき

童話作家 [生]昭和8年7月8日 [出]香川県 本名＝池川一 [学]法政大学経済学部卒 [賞]現代少年文学賞(第7回)(昭和48年)「松葉杖の詩」 [歴]著作に「プロ野球五十年の歩み」「菊姫観音」「お星さまの望遠鏡」ほか。 [団]日本児童文芸家協会、日本文芸家協会、現代少年文学の会

池沢 夏樹 いけざわ・なつき

小説家 詩人 評論家 翻訳家 芥川賞選考委員 [生]昭和20年7月7日 [出]北海道帯広市 [学]富士高卒、埼玉大学理工学部中退 [賞]芸術祭賞優秀賞(昭和59年)「オイディプス遍歴」(作詞)、中央公論新人賞(昭和62年)「スティル・ライフ」、芥川賞(第98回)(昭和63年)「スティル・ライフ」、小学館文学賞(第41回)(平成4年)「南の島のティオ」、読売文学賞(随筆紀行賞，第44回)(平成5年)「母なる自然のおっぱい」、谷崎潤一郎賞(第29回)(平成5年)「マシアス・ギリの失脚」、伊藤整文学賞(評論部門，第5回)(平成6年)「楽しい終末」、JTB紀行文学大賞(第5回)(平成8年)「ハワイイ紀行」、毎日出版文化賞(文学芸術部門，第54回)(平成12年)「花を運ぶ妹」、芸術選奨文部科学大臣賞(第51回，平12年度)(平成13年)「すばらしい新世界」 [歴]昭和50年から3年間ギリシャに滞在。現代ギリシャ詩人の詩を翻訳し、「ユリイカ」を中心に発表。詩、翻訳の他に映画評論、小説も手がける。63年小説「スティル・ライフ」で第98回芥川賞と中央公論新人賞を受賞。平成7年芥川賞選考委員となる。12年沖縄の現在を多角的に収めたCD-ROM「オキナワなんでも事典」を出版。同年、7年ぶりに長編小説「花を運ぶ妹」を刊行。13年朝日新聞に小説「静かな大地」を連載。著書はほかに小説「ヤー・チャイカ」「真昼のプリニウス」「真昼のプール」「南の島のティオ」「マシアス・ギリの失脚」「花を運ぶ妹」「すばらしい新世界」、詩集「塩の道」「最も長い河に関する省察」、エッセイ集「見えない博物館」「ブッキッシュな世界像」「母なる自然のおっぱい」、評論に「楽しい終末」「新世紀へようこそ」、訳書にヴォネガット「母なる夜」、アップダイク「クーデタ」などがある。 [家]父＝福永武彦(作家・故人)、娘＝池沢春菜(声優) http://www.impala.jp

池田 かずこ いけだ・かずこ

福島正実記念SF童話賞佳作入選 [生]昭和17年 [出]兵庫県神戸市 [学]帝塚山学院短期大学卒 [賞]福島正実記念SF童話賞(佳作，第10回)(平成5年)「だんだらものがたり」 [歴]児童文学同人誌「こうべ」同人。

池田 和之　いけだ・かずゆき

作家　キコムズ会長　[生]昭和4年10月15日　[出]高知県　[学]京都大学法学部(昭和27年)卒　[歴]日本テレビ事業局長、日本衛星放送常務を経て、プロモーション会社のキコムズ会長となる。作家としての作品に「ペルソナ・グラーダ(好ましからざる人々)」「呪いのダイヤ・カラミティ」がある。

池田 香代子　いけだ・かよこ

作家　翻訳家　[専]ドイツ文学　口承文芸　[生]昭和23年12月21日　[出]東京都　[学]東京都立大学人文学部ドイツ文学科卒　[賞]マックス・ダウテンダイフェーダー賞(第1回)(平成10年)「猫たちの森」　[歴]早稲田大学非常勤講師、中央大学非常勤講師を務める。米国の環境学者ドネラ・メドウズのコラムがインターネット上に電子メールで流され、受けとった人々により加筆されたメールを、平成13年C.ダグラス・ラミスと共に年鑑や専門機関に照合、現実に近い数字に加筆修正・翻訳し「世界がもし100人の村だったら」として出版、ベストセラーとなる。他の訳書に「グリム童話集」(全4巻)、「夢の王国—夢解釈の四千年」「ライン河と粉ひきラートラウフ」、ヨースタイン・ゴルデル「ソフィーの世界」、ピリンチ「猫たちの森」など。[団]日本口承文芸学会、日本文芸家協会　[家]夫＝池田信雄(東京大学教授)

池田 亀鑑　いけだ・きかん

国文学者　小説家　東京大学教授　[専]平安朝文学　[生]明治29年12月9日　[没]昭和31年12月19日　[出]鳥取県日野郡福成村(現・日南町)　筆名＝池田芙蓉(いけだ・ふよう)、青山桜洲、村岡筑水、北小路春房　[学]東京帝国大学文学部国文学科(大正15年)卒　文学博士(東京大学)(昭和23年)　[歴]女子学習院助教授を経て、大正15年東京帝大文学部副手、昭和9年助教授、30年教授となる。この間、大正大学教授、日本女子専門学校教授、昭和女子大学日本文学科科長、立教大学教授を務める。平安朝文学、特に「源氏物語」の権威で、28年から31年にかけて「源氏物語大成」全8巻を刊行。異本を比較して古典の原型を明らかにする文献批判学研究の第一人者。ほかに「宮廷女流日記文学」「伊勢物語に就きての研究」「古典の批判的処置に関する研究」「平安時代の生活と文学」「研究枕草子」などの著書がある。紫式部学会の創設、雑誌「むらさき」の編集など啓蒙的活動のほか、池田芙蓉などのペンネームを用いて、多くの少年少女小説を発表したこともある。作品に「馬賊の唄」「白萩の曲」「悲しき野菊」「香炉の夢」など。「池田亀鑑選集」(全4巻)がある。

池田 小菊　いけだ・こぎく

小説家　[生]明治25年3月15日　[没]昭和42年3月9日　[出]和歌山県　[学]和歌山女子師範(明治45年)卒　[歴]奈良女高師訓導時代の大正14年「帰る日」を「朝日新聞」に連載して刊行する。15年志賀直哉を知り、以後師事する。昭和11年「鳩」を発表。13年発表の「奈良」は芥川賞候補作品となる。戦後は22年から37年迄、奈良県民主婦人団体会長に就任。著書に「来年の春」「かがみ」「奈良」「東大寺物語 愛と死」などがある。

池田 澄子　いけだ・すみこ

歌人　児童文学作家　[生]大正11年5月6日　[没]平成8年10月10日　[出]東京都千代田区　[歴]10代から「少女画報」や「少女の友」などに詩や童話を投稿するなど文学に熱中する。第二次大戦で同人誌が解体し、戦後結婚、育児などで文学から遠ざかる。昭和40年頃、短歌の同人誌に入会。同年会社を経営していた夫が網膜はく離で闘病生活に入り、のち失明。夫の会社への送迎のほか、社長秘書、会計、経理監査などを務め、57年退職。平成元年乳がんの手術を受ける。その時のガン告知の問題や夫との日々の思いをつづり、2年歌集「透きとほる窓」を出版。「白路」所属。児童文学作家としても「波の子チャップ」などがあり、「立川のむかし話」の編集も手がける。他の著書に「愛の点字図書館長」。9年立川公園に歌碑が建立された。[家]夫＝池田敏郎(日本盲人経営者クラブ会長)

池田 大伍　いけだ・だいご

劇作家　[生]明治18年9月6日　[没]昭和17年1月8日　[出]東京府京橋区銀座(現・東京都中央区)　本名＝池田銀次郎　[学]早稲田大学英文科(明治40年)卒　[歴]早大時代から演劇を志し、明治44年に改組された文芸協会で坪内逍遙会長のもと演芸主任をつとめる。大正2年無名会を結成し、その第2回公演に「滝口時頼」を発表。以後「茨木屋幸斎」「西郷と豚姫」「名月八幡祭」「男達ばやり」などを発表。2代目市川左団次のブレーンとして知られ、昭和3年には左団次一座の訪ソ歌舞伎団に文芸部長の格で同行し、訪ソ公演を成功させた。晩年は河竹繁俊に協力して「演劇大事典」の編集に着手した。「池田大伍戯曲選集」、「元曲五種」(復刻)がある。

池田 忠雄　いけだ・ただお

脚本家　映画監督　[生]明治38年2月5日　[没]昭和39年5月12日　[出]東京・下谷妥女町　[学]早大仏文科卒　[歴]直参旗本の家系に生まれ、東京下町で育った生ッ粋の江戸っ子。大学卒後、松竹蒲田の脚本部に入社。小津安二郎監督と組んだ作品が多く、「出来ごころ」「浮草物語」「戸田家の兄弟」「父ありき」などの名作があり、他

の代表作に「浅草の灯」「暖流」「陸軍」がある。また自ら監督した作品8本をのこした。

池田 起教　いけだ・たつのり
NHKシナリオコンクールに入選　[出]長崎県島原市　筆名＝綾瀬麦彦　[学]島原高卒　[賞]九州劇場シナリオコンクール(第8回)(平成3年)「銀河を散歩」　[歴]自由業を営む傍らシナリオを執筆。平成3年NHK福岡放送局が募集した九州劇場シナリオコンクールに入選。入選作「銀河を散歩」は同年4月NHKラジオドラマとして放送された。

池田 太郎　いけだ・たろう
シナリオライター　[生]昭和15年3月5日　[出]静岡県　[学]東京学芸大学(昭和39年)卒　[賞]新人映画シナリオコンクール佳作(第28回)(昭和53年)「限りなき逃走」、新人テレビシナリオコンクール入選(第17回)(昭和54年)、城戸賞準入賞(第9回)(昭和58年)「夢の街の殺人者—死は、わが友」　[歴]会社員、教員、カウンセラー、映画評論家などを経てシナリオライターに。作品にテレビ「鬼平犯科帳」シリーズ、戯曲「辻立ち路通・芭蕉異聞」、映画「ひかりごけ」等がある。

池田 得太郎　いけだ・とくたろう
小説家　文芸評論家　[生]昭和11年3月　[出]東京　[学]日本大学工学部(昭和31年)中退　[歴]文学を志したその年の昭和33年に「家畜小屋」を「中央公論」新人賞に応募し、佳作となる。以後「鶏の脚」「弟子たち」「ノラの箱舟殺人事件」などを発表するが、作品は少ない。

池田 富保　いけだ・とみやす
映画監督　[生]明治25年5月15日　[没]昭和43年9月24日　[出]兵庫県美嚢郡中吉村　本名＝池田民治　芸名＝中村喜当、尾上松三郎、筆名＝長谷部武臣、滝川紅葉、別名＝池田菁穂
[歴]旅役者をしていた父とともに幼い頃から旅まわり一座に加わる。尾上松之助の紹介で大正8年日活俳優部に入社し中村喜当、のち尾上松三郎の名で若立役を演じる。大正10年監督部に転向し、「渡し守と武士」で監督としてデビュー。その後日活の首席監督として活躍。また長谷部武臣、滝川紅葉のペンネームで脚本を執筆。ひところ池田浩久の秘書と脚本部長を兼務した。戦時中製作本数の制限にともなって解雇された。主な作品には「大久保彦左衛門」「水戸黄門」「尊王攘夷」など。

池田 夏子　いけだ・なつこ
児童文学作家　[生]大正8年　[出]埼玉県浦和市　[賞]現代少年詩集秀作賞(第1回)(平成3年)「にいちゃんの木」　[歴]「あめんぼの会」「あんなもないと」同人。長年、保護司を務める。著書に「つまずいた子らと共に—保護司と子どもたちの28年」、「子育ては親育て」「戦争を語りつごう」(以上共著)、詩集に「主婦ざかり」、絵本に「かんごふさん」がある。　[団]日本児童文学者協会

池田 宣政　いけだ・のぶまさ
児童文学者　児童文芸協会顧問　[生]明治26年1月20日　[没]昭和55年7月14日　[出]東京府東秋留(現・秋川市)　本名＝池田宜政(いけだ・よしまさ)　筆名＝南洋一郎(みなみ・よういちろう)、萩江信正(はぎえ・のぶまさ)　[学]青山師範学校(大正2年)卒　[歴]給仕をしながら正則英語学校夜学で英語を、青山師範学校時代は独語を独習。小学校教員の大正15年「なつかしき丁抹の少年」(単行本「桜ん坊の思ひ出」)を少年倶楽部に投稿。以後少年小説作家として次々と作品を発表。「リンカーン物語」「偉人野口英世」などの伝記もの、南洋一郎の名で「吼える密林」「緑の無人島」などの冒険小説、翻訳の「怪盗ルパン全集」、さらに荻江信正の名でスポーツ物語など旺盛な執筆活動を続けた。そのほか、「南洋一郎全集」(全12巻・ポプラ社)が刊行されている。

池田 寿枝　いけだ・ひさえ
児童文学作家　[生]大正10年　[出]旧朝鮮・忠清南道　[学]京城女子師範卒　[歴]旧朝鮮の京城で小学校教師を務め、戦後、佐賀県内の小学校に勤務。この間に童話に興味を持ち、短編集「お日さまになろう」「愛のフーランパ」を出版。昭和56年から“ひしのみ童話会”を主宰。57年童話会会員から作品を募集し、58年「先生のとっておきの話(佐賀編)」「いじめっ子は人気者」としてまとめた。ロールカラーに富んだ明るくユニークな作風で知られる。著書に「マサヒロの夏」「野辺の花咲く—高田保馬博士の生涯」など。　[団]日本児童文芸家協会

池田 裕幾　いけだ・ひろき
放送作家　小説家　[生]昭和39年4月28日　[出]大阪府　[学]甲南大学卒　[歴]大学卒業後、上京。秋元康に師事し、放送作家。「とんねるずの生でダラダラいかせて」など多数のテレビ番組制作にかかわる。平成11年小・中学生男女26人で結成したパフォーマンス集団、PRECOCIのデビュー曲「いーじゃん!」の作詞を担当。「ハートブレイクバスターズ」で小説家としてデビュー。

池田 浩子　いけだ・ひろこ

小説家　[生]昭和41年　[出]宮崎県　[賞]日本動物児童文学賞(昭和4年)「がらくた置き場のたからもの」　[歴]平成4年「がらくた置き場のたからもの」で日本動物児童文学賞を受賞。他の著書に「席がえドキドキ四年生」「のら犬のクラスメイト」「真昼の花火とオールディーズ」など。

池田 博　いけだ・ひろし

シナリオライター　元・映画監督　日本大学芸術学部映画学科教授　[専]映画演出・制作　[生]昭和6年1月24日　[出]千葉市院内町　[学]日本大学専門部芸術科映画科(昭和26年)卒　[歴]昭和26年松竹大船撮影所に演出助手として入社。川島雄三、番匠義彰ら多数の監督につき、34年「バラ少女」で監督デビュー。「痛快太郎」など8本の長編を撮ったあと、44年松竹を退社、日大芸術学部映画学科専任講師に。47年助教授、のち教授。テレビドラマの脚本も手がけ、主な作品にテレビ「ダイヤル110番」「特ダネ記者」(日テレ)、映画「外濠殺人事件」(松竹)などがあり、著書に「映画の言語」がある。　[団]日本映画テレビ技術協会、日本映像学会、日本放送作家協会

池田 政之　いけだ・まさゆき

劇作家　クリエイティブディレクター　[生]昭和34年　[出]兵庫県西脇市　[歴]京都の大学を卒業し、グラフィックデザイナーとして働いていたが、24歳の時上京、シャディ企画部、ルート・CRTを経て、独立。昭和61年俳優の山下規介と事務所を持ち、俳優としても籍を置く。62年スタジオSKY&池田屋きかくCO., LTDを設立、自作の作品でプロデュースも手がける。作品に「物言へぬ鸚鵡の兄妹」「鷹の玉座」「紫式部の秘密」「花の茶碗」。またシャディのカタログ、東京ディズニーランド、三井生命大樹の企画等を手がけ、クリエイティブディレクターとしても活躍する。

池田 満寿夫　いけだ・ますお

版画家　作家　映画監督　[生]昭和9年2月23日　[没]平成9年3月8日　[出]旧満州・奉天　[学]長野北高(昭和27年)卒　[賞]東京国際版画ビエンナーレ展入選(第1回)(昭和32年)、東京国際版画ビエンナーレ展文部大臣賞(第2回)(昭和35年)、東京都知事賞(昭和37年)、東京国際版画ビエンナーレ展国内大賞(第4回)(昭和40年)、ベネチア・ビエンナーレ展版画部門大賞(昭和41年)、芸術選奨(昭和42年)、リュブリアナ国際版画展ユーゴスラビア芸術アカデミー賞(第8回)(昭和44年)、野生時代新人文学賞(昭和51年)「エーゲ海に捧ぐ」、芥川賞(昭和52年)「エーゲ海に捧ぐ」、フジサンケイ・ビエンナーレ現代国際彫刻展(優秀賞,第2回)(平成7年)「犀」　[歴]高校卒業後、上京し芸大を3度受験し失敗。似顔絵などで生計をたてながら油絵を書きつづける。のち銅版画を制作するようになり、昭和32年第1回東京国際版画ビエンナーレ展に入選、第2回の同展で文部大臣賞、第4回では国内大賞、さらに41年ベネチア・ビエンナーレで版画部門大賞を受賞。多くの賞を受けるとともに国内外で個展を開催。その後小説を書き始め、52年「エーゲ海に捧ぐ」で芥川賞受賞。同作品は自身の手によって映画化され、ポルノか芸術かと話題を呼んだ。54年からバイオリニストの佐藤陽子とパートナーとして同居。55〜58年「池田満寿夫25年の歩み」展を全国巡回。映画監督、舞台演出、写真、陶芸など幅広く活躍。著書はほかに「窓からローマが見える」(自身の監督により映画化)「マンハッタン・ラプソディ」「これが写楽だ」など。平成9年4月長野市に池田満寿夫美術館が開館。没後、池田満寿夫記念芸術賞が創設された。　[団]日本文芸家協会、日本映画監督協会

池田 岬　いけだ・みさき

小説家　[生]大正3年4月6日　[没]昭和52年1月29日　[出]福岡県　[学]文化学院卒　[歴]昭和12年「文学会議」を創刊し、後に「九州文学」と合流する。戦後「文学生活」「宴」などの同人雑誌に「青い庭」「歌のない国」などを発表。著書に「その旗のこちらで」(昭34)などがある。

池田 みち子　いけだ・みちこ

小説家　[生]大正3年4月10日　[出]京都府　[学]日本大学芸術科(昭和13年)卒　[賞]平林たい子賞(第9回)(昭和56年)「無縁仏」　[歴]戦前は日本写真公社、赤色救援会の事務所で働き、戦後文筆生活に入る。昭和25年発表の「醜婦伝」で注目され、35年頃から山谷に取材した小説を書き、「無縁仏」で56年に平林たい子賞を受賞。ほかに「黒い手」「山谷の女たち」「生きる」などがある。　[団]日本文芸家協会

池田 ヤス子　いけだ・やすこ

児童文学作家　「ぼんがら」主宰　角川文庫感想文コンクール審査員　[生]昭和12年　[出]山形県長井市　[学]米沢女子短期大学卒　[賞]山新文学賞「仙吉」　[歴]北海道で教師。帰郷後、情報誌編集を手伝う。親子読書「もんぺの子」「現代の創作児童文学9」に童話を執筆。作品に「仙吉」「明日コルドバへ」「常呂川」。

池田 雄一　いけだ・ゆういち

脚本家　推理作家　[生]昭和12年1月6日　[出]東京　[学]早稲田大学文学部(昭和35年)卒　[歴]昭和35年東映脚本課に入社。42年同社専属脚本家、44年フリーとなり、「キイハンター」「Gメン75」をはじめ数百本のシナリオを手がける。57年

「不帰水道」が徳間文庫発刊記念懸賞小説に入選し、作家としてデビュー。著書に「幹事長の犯罪」「カルチャーセンター殺人講座」「サバイバル殺人事件」など。 ㊿日本シナリオ作家協会、日本アカデミー賞協会

池田 陽一　いけだ・よういち
日本民主主義文学同盟伊豆支部長　㊹佐賀県　㊥伊豆文学賞最優秀賞(第1回)(平成10年)「紙谷橋(かみやばし)」　㊨中学時代映画感想文が県内1位となり、小説家に憧れる。その後家業の農業を嫌って18歳の時上京、職を転々とし文学と無縁の生活を送ったのち、58歳の時胃の病気をきっかけに文学教室に通う。平成7年東京から同県・河津町に移り、日本民主主義文学同盟伊豆支部を結成、支部長を務める。　㊿日本民主主義文学同盟伊豆支部(支部長)

池田 蘭子　いけだ・らんこ
小説家　「立川文庫」創作グループのメンバーの一人　㊤明治26年9月10日　㊦昭和51年1月4日　㊹愛媛県今治市　旧姓(名)＝山田　㊨3歳の時、不慮の事故で足を悪くする。幼少時から速記講談執筆の仲間に加わり、後の「立川文庫」創作グループの一人となった。著書に「立川文庫」成立の事情を記した自伝的小説「女紋」(昭35)がある。

池谷 信三郎　いけたに・しんざぶろう
小説家　劇作家　㊤明治33年10月15日　㊦昭和8年12月21日　㊹東京市京橋区船松町(現・東京都中央区)　㊥東京帝大法学部(大正11年)中退　㊨一高時代から小説、詩、短歌などを「校友会雑誌」などに発表。大正11年東京帝大に入学したが、休学してベルリン大学に行き、ヨーロッパ文学を吸収する。12年関東大震災で実家が焼失したため帰国、自活を余儀なくされる。14年「時事新報」の懸賞小説に「望郷」が当選、新感覚派の作家としてデビュー。以後作家生活に入る。同年劇団心座を村山知義らと結成し、「三月三十二日」を築地小劇場で上演し、戯曲も執筆するようになる。昭和5年心座が発展的解消した後、舟橋聖一らと蝙蝠座を結成した。他の代表作に「橘」「有閑夫人」などがあり、「池谷信三郎全集」(全1巻)が刊行されている。

池永 陽　いけなが・よう
小説家　コピーライター　㊤昭和25年6月29日　㊹愛知県豊橋市　㊥岐南工卒　㊥小説すばる新人賞(第11回)(平成10年)「走るジイサン」　㊨グラフィックデザイナーを経て、フリーのコピーライターとして活躍。平成7年から新人文学賞への応募を始め、10年「走るジイサン」で第11回小説すばる新人賞を受賞し、作家デビュー。他の著書に「ひらひら」がある。

池波 正太郎　いけなみ・しょうたろう
小説家　㊤大正12年1月25日　㊦平成2年5月3日　㊹東京市浅草区聖天町(現・台東区)　㊥下谷西町小卒　㊥新鷹会賞奨励賞(第2回)(昭和30年)「太鼓」、新鷹会賞(第4回)「天城峠」、直木賞(第43回)(昭和35年)「錯乱」、小説現代ゴールデン読者賞(第5回)(昭和47年)「殺しの四人」、小説現代ゴールデン読者賞(第7回)(昭和48年)「春雪仕掛針」、吉川英治文学賞(第11回)(昭和52年)、大谷竹次郎賞(第6回)(昭和52年度)「市松小僧の女」、紫綬褒章(昭和61年)、菊池寛賞(第36回)(昭和63年)　㊨小学校卒後、株式仲買店に勤務。のち、昭和17年国民勤労訓練所に入り、所内の訓練風景を描いた短文「駆足」を書く。戦中は海軍に入隊。戦後東京都庁に勤め、24年より長谷川伸に師事、戯曲執筆に励む。新国劇によって、その戯曲の数々が上演された。一方、5回直木賞候補となり、6回目の35年「錯乱」で第43回直木賞受賞。以後、時代(歴史)小説家として活躍。江戸時代の庶民の生活をいきいきと描写した作品で知られ、代表作に「鬼平犯科帳」シリーズ、「剣客商売」シリーズ、「必殺仕掛人」シリーズは映画、テレビでも高い人気を得た。また「恩田木工」以来、真田家を扱った小説も多く、大長編「真田太平記」を始め、短編「三代の風雪」などがある。他の代表作に「おとこの秘図」「編笠十兵衛」「雲霧仁左衛門」「戦国幻想曲」「賊将」などがある。また映画、食物に関するエッセイも多く書いている。　㊿日本文芸家協会

池端 俊策　いけはた・しゅんさく
脚本家　日本映画学校講師　㊤昭和21年1月7日　㊹広島県呉市　㊥明治大学政治経済学部卒　㊥芸術祭優秀賞「仮の宿なるを」、プラハ国際テレビ祭最優秀脚本賞「約束の旅」、向田邦子賞(第3回・昭59年度)(昭和60年)「私を深く埋めて」「羽田浦地図」「危険な年ごろ」、芸術選奨文部大臣新人賞(放送部門・昭59年度)(昭和60年)「私を深く埋めて」「危険な年ごろ」、ベノデ国際映画祭グランプリ(第1回)(平成11年)「あつもの」　㊨在学中、シナリオ研究所で勉強。竜の子プロに半年勤務後シナリオライターに。昭和53年TBS「東芝日曜劇場」でデビュー。今村昌平監督「復讐するは我にあり」「楢山節考」の第1稿を手がける。主にTVドラマの脚本を担当。代表作にテレビ「大久保清の犯罪」「イエスの方舟」「約束の旅」「私を深く埋めて」「羽田浦地図」「危険な年ごろ」「百年の男」、映画「優駿」など。平成3年NHK大河ドラマ「太平記」の脚本を担当。11年映画「あつもの―杢平(もくへい)の秋」で初監督。著書に「池端俊策ドラマ集」。　㊿日本シナリオ作家協会、日本放送作家協会

池原 はな　いけはら・はな

児童文学作家　[生]大正10年12月16日　[出]兵庫県姫路市　[学]愛知県刈谷高女卒　[賞]講談社児童文学新人賞(第21回)「きつねっ子先生」　[歴]著書に「きつねっ子先生」「それゆけどーれ先生!」「ちいさいおばさん」。　[団]中部児童文学会

池宮 彰一郎　いけみや・しょういちろう

脚本家　小説家　[生]大正12年5月16日　[出]東京　本名=池上金男(いけがみ・かねお)　[学]沼津商卒　[賞]京都市民映画祭脚本賞(昭和38年)、シナリオ功労賞(平成4年)、新田次郎文学賞(第12回)(平成5年)「四十七人の刺客」、柴田錬三郎賞(第12回)(平成11年)「島津奔る」　[歴]昭和15年渡満、18年に現地召集で陸軍入隊。その後南方戦線を経て、21年復員。24年新東宝シナリオ研究生になり、大映を経て、27年映画脚本家として独立。本名・池上金男の名で数多くの脚本を手掛け、テレビにも進出、歴史、時代ものの第一人者となる。代表作に映画「十三人の刺客」「大殺陣」「紅の流れ星」「雲霧仁左衛門」、テレビ「必殺仕掛人」「大岡越前」など。その後、池宮彰一郎として小説家に転じる。著書に「鉄血の島」「幻の関東軍解体計画」、小説に「四十七人の刺客」「高杉晋作」「島津奔る」「遁げろ家康」「本能寺」などがある。　[団]日本シナリオ作家協会、日本文芸家協会

池谷 充子　いけや・のぶこ

シナリオライター　[生]昭和3年　[出]旧満州・大連　[学]青山学院女子短期大学英文科卒　[賞]創作ラジオドラマ脚本懸賞準入選(昭和48年)「シナリオ募ります」、創作ラジオドラマ脚本懸賞佳作(第14回)(昭和61年)「吹雪幻想」　[歴]シナリオセンターで森栄晃に師事。昭和48年「シナリオを募ります」で創作ラジオドラマ脚本懸賞準入選。61年「吹雪幻想」で同賞佳作。

生駒 茂　いこま・しげる

日本童話会賞受賞　[生]大正10年　[賞]日本童話会賞(昭和61年度)(昭和62年)「シクラメン・ブラームス」　[歴]「シクラメン・ブラームス」により昭和61年度日本童話会賞を受賞。

伊佐 千尋　いさ・ちひろ

作家　陪審裁判を考える会代表　[専]陪審制度　[生]昭和4年6月27日　[出]東京　[学]甲府中(旧制)4年修了　[興]参審論を排し，陪審の導入　[賞]大宅壮一ノンフィクション賞(第9回)(昭和53年)「逆転」　[歴]昭和25年貿易と在日米軍の物資調達会社を設立。39年の日本人による米兵殺傷事件の裁判を描いた作品「逆転」で52年度大宅壮一ノンフィクション賞を受賞、NHKでテレビ放映された。以後、作家活動に入る。ほかに沖縄・反戦をテーマにした「検屍」「炎上」「司法の犯罪」「沖縄の怒り」や、「法廷—弁護士たちの孤独な闘い」「フェアウェイのギャングたち」「衝突—成田空港東峰十字路事件」などがある。55年「逆転」の作中人物の実名の是非を問う“プライバシー裁判”を起こされて、話題となる。また、復帰前の沖縄で裁判の陪審員をつとめた経験から、陪審制度の実現について関心を持つようになり、56年陪審裁判を考える会を発足させた。　[家]父=八島太郎(反戦亡命画家)、息子=伊佐敦(翻訳家)

伊坂 幸太郎　いさか・こうたろう

小説家　[生]昭和46年　[出]千葉県　[学]東北大学法学部(平成7年)卒　[賞]新潮ミステリー倶楽部賞(第5回)(平成12年)「オーデュボンの祈り」　[歴]システムエンジニアの傍ら小説を執筆。平成8年「悪党たちが目にしみる」がサントリーミステリー大賞佳作。12年「オーデュボンの祈り」で新潮ミステリー倶楽部賞を受賞、同年これを出版。

井坂 浩子　いさか・ひろこ

関西文学賞を受賞　[生]昭和3年　[出]兵庫県尼崎市　[学]ロヨラ大学大学院(シカゴ)(昭和43年)修士課程修了　[賞]関西文学賞小説部門(第23回)(平成1年)　[歴]平成元年小説「蔓草の院」で第23回関西文学賞を受賞。米国三井物産ロサンゼルス店勤務。

勇 知之　いさみ・ともゆき

小説家　郷土史家　[生]昭和21年1月11日　[出]熊本県鹿本郡植木町　[学]立命館大学経済学部(昭和44年)卒　[歴]昭和45年(株)肥後銀行紺屋町支店長席、47年週刊熊本新聞社記者を務める。その後、イサミ薬局に勤務。また、小説家として活躍する一方、西南の役研究家、熊本県郷土史研究家としての著書も多い。著書に「軍旗」「田原坂考」「日録・田原坂戦記」他。　[団]日本ペンクラブ、熊本県文化協会(常務理事)

諫山 陽太郎　いさやま・ようたろう

ノンフィクション作家　[生]昭和37年10月23日　[出]大分県日田市　[学]愛媛大学理学部生物学科(昭和59年)卒、愛媛大学大学院(昭和60年)修士課程中退　[歴]フリーランスのルポライターとして平成元年から環境問題、ゴミ問題、夫婦別姓問題を中心に執筆。著書に「別姓結婚物語」「家・愛・姓 近代日本の家族思想」、共著に「産まない選択」、小説「天涯の子ら」など。　[団]結婚改姓を考える会　[家]パートナー=緒方由紀子(結婚改姓を考える会会員)

石和 鷹　いさわ・たか

小説家　元・「すばる」編集長　[生]昭和8年11月6日　[没]平成9年4月22日　[出]埼玉県　本名＝水城顕　[学]早稲田大学第二文学部仏文科卒　[賞]泉鏡花文学賞（第17回）（平成1年）「野分酒場」、芸術選奨文部大臣賞（第45回，平6年度）（平成7年）「クルー」、伊藤整文学賞（第8回）（平成9年）「地獄は一定すみかぞかし」　[歴]集英社に入社し、昭和51年から10年間「すばる」編集長をつとめた。60年「掌の護符」「果つる日」で芥川賞候補となる。63年末退社し作家に専念。他の著書に「瓢湖へ」「野分酒場」「八月の独白」「蓮の星月夜」「レストラン喝采亭」「残夢集」「クルー」「地獄は一定すみかぞかし」、エッセイ集「深夜の独笑」。　[団]日本文芸家協会

伊沢 勉　いざわ・つとむ

俳優　劇作家　[生]昭和33年2月14日　[出]愛知県岡崎市　[賞]名古屋文化振興賞（平成5年）、TARG賞（文化部門，第8回）（平成6年）　[歴]20歳で上京、劇団を転々としたのち北村想のプロジェクト・ナビに所属。佃典彦作の一人芝居「審判」を演じ、本拠地名古屋で文化振興賞を受賞、昭和63年東京でも公演した。他の舞台に裸踊りが話題になった「伊沢勉あ・ほーまんす」など。

井沢 満　いざわ・まん

脚本家　作家　[生]昭和20年8月6日　[出]旧朝鮮・京城　[学]早稲田大学文学部仏文科中退　[賞]芸術祭賞優秀賞（昭58年度）「話すことはない」、プラハ国際テレビ祭金賞（第20回）「みちしるべ」、民間放送連盟祭優秀賞「うさぎ、はねた！」、テレビ大賞優秀賞「しあわせの国青い鳥ぱたぱた？」、芸術選奨新人賞（第41回）（平成3年）　[歴]昭和20年長崎へ引き揚げ、4歳の時大分県別府へ。大学中退後、文学座の養成所に入るが、まもなくオーストラリアへ放浪の旅。42年帰国。同年ラジオドラマのシナリオ募集に応募し佳作入選。以後アルバイトをしながらシナリオ修業。49年NHKFM「化粧部屋の2人」でデビュー。テレビの代表作に「話すことはない」（58年）、「家族あわせ」（60年）、「いちばん太鼓」（60年）、「青春家族」（平1年）や「外科医・有森冴子」「同窓会」など、映画のシナリオに「ハリマオ」、戯曲に「曽根崎新宿」がある。　[団]日本音楽著作権協会、日本文芸家協会、日本放送作家協会、日本脚本家連盟

井沢 元彦　いざわ・もとひこ

作家　[生]昭和29年2月1日　[出]東京都杉並区（籍）　[学]早稲田大学法学部（昭和52年）卒　[興]時代ミステリー、歴史小説、SF小説、歴史ノンフィクション　[賞]江戸川乱歩賞（第26回）（昭和55年）「猿丸幻視行」、なごやか賞（第8回）（昭和62年）　[歴]在学中の昭和50年「倒錯の報復」が第21回江戸川乱歩賞候補作となる。55年26歳の時「猿丸幻視行」で第26回江戸川乱歩賞を受賞。伝説の猿丸太夫と柿本人麻呂の謎に、若き日の折口信夫が挑むという構成が高く評価された。東京放送（TBS）報道局政治経済部記者を経て、60年より執筆に専念。著書に「本廟寺焼亡」「六歌仙暗殺考」「義経幻殺録」「信濃戦雲録」（1〜4）「忠臣蔵 元禄十五年の反逆」「殺人ドライブロード」「隠された帝」「恨の法廷」「言霊」「義経はここにいる」「逆説の日本史」など。　[団]日本推理作家協会（常任理事）、冒険作家クラブ、日本文芸家協会、日本SF作家クラブ　[家]父＝井沢慶一（シービイシーテレビ映画社社長）　http://www.gyakusetsu-j.com/

伊沢 由美子　いざわ・ゆみこ

児童文学作家　[生]昭和22年10月23日　[出]千葉県　[学]独協大学外国語学部卒　[賞]北川千代賞（第11回）（昭和54年）「海と街の日」、日本児童文学者協会新人賞（第13回）（昭和55年）「ひろしの歌がきこえる」、サンケイ児童出版文化賞（第29回）（昭和57年）「かれ草色の風をありがとう」、小学館文学賞（第31回）（昭和57年）「かれ草色の風をありがとう」、野間児童文芸賞推奨作品賞（第20回）（昭和57年）「かれ草色の風をありがとう」、新美南吉児童文学賞（第4回）（昭和61年）「あしたもあ・そ・ぼ」　[歴]児童文学者協会第3期児童文学学校修了。代表作に「ひろしの歌がきこえる」「かれ草色の風をありがとう」「走りぬけて、風」「あしたもあ・そ・ぼ」がある。

石 一郎　いし・いちろう

作家　[専]アメリカ小説（20世紀）　[生]明治44年8月1日　[出]茨城県　[学]東京帝国大学文学部英文科（昭和10年）卒　[興]ヘミングウェイ、ラフカディオ・ハーン作家像　[歴]昭和10年東京新聞社文化部勤務、33年明治大学教授、54年定年退職し、大学院文学部講師。39、41、46、48年の4回アメリカ・ヨーロッパ視察。著書に「ヘミングウェイ研究」「小説・小泉八雲」など。　[団]日本英文学会、日本アメリカ文学会

石井 喜一　いしい・きいち

シナリオライター　[生]大正13年4月8日　[出]東京　[学]日本大学芸術学部（昭和24年）卒　[賞]シナリオ功労賞（第18回）（平成6年）　[歴]昭和30年シナリオ作家・松浦健郎に師事。33年大映作品「嵐の講道館」でシナリオライターとしてデビュー。34年日活脚本部に移り、「二連銃の男」「哀愁の高道路」などを手がけたのち国際放映、日映新社で記録映画の制作にかかわった。のち竜の子プロ、日本アニメに移りテレビアニメの分野で活動。「てんとう虫の

歌」「タイムボカン」など約50本のアニメ脚本を執筆。

石井 計記　いしい・けいき

小説家　甲陽書房社長　「中部文学」主宰　[生]大正7年11月21日　[没]平成11年2月22日　[出]山梨県　[賞]日本文芸大賞歴史文学賞(第4回)(昭和59年)「黎明以前—山県大弐」、前田晁文化賞(第4回)(平成2年)　[歴]著書に「黎明以前—山県大弐」「戦国武道鑑」など。　[団]日本文芸家協会、日本ペンクラブ

石井 重衛　いしい・じゅうえ

小説家　劇作家　元・福島女子短期大学助教授　[専]国語学　[生]大正14年8月26日　[出]福島県白河市　筆名＝関河惇(せきかわ・じゅん)　[学]法政大学文学部日本文学科卒　[興]句読点と表記法　[歴]福島県教員を定年退職後、福島女子短期大学事務局就職課長、学生部長講師などを経て、同大助教授。「福島自由人」「高校演劇」同人。著書に「関河惇脚本集」「幻想の画家関根正二」「青春を駆け抜けた男」、小説「銀色のメダル」「オレンジ色の校舎」「初音」など多数。　[団]日本演劇学会、劇作家協会

石井 仁　いしい・じん

作家　医師　[没]昭和59年6月3日　本名＝石井末之助(いしい・すえのすけ)　[学]京都大学医学専門部卒　[歴]医院開業の傍ら作家活動をし、昭和35年には小説「類人猷」が芥川賞候補作品に。56年夏、肺がんで入院したが、以後入退院を繰り返しながら闘病を続け、医師であり患者でもある視点から、がんと闘う自分を題材にした小説集「狙癌者(キャンサー・キャリアー)」を発表、話題を呼んだ。

いしい しんじ

作家　[生]昭和41年2月　[出]大阪府　[学]京都大学文学部仏文科卒　[歴]リクルートに入社、就職雑誌の編集者に。知人に配ったアフリカ旅行日記が好評だったのがきっかけで、平成6年退社し、執筆活動に専念する。著書に「アムステルダムの犬」「シーラカンス」「うなぎのダンス」、小説集に「とーきょう いしい あるき」などがある。

石井 代蔵　いしい・だいぞう

作家　[生]昭和11年3月29日　[出]和歌山県和歌山市　本名＝石井三郎(いしい・さぶろう)　[学]早稲田大学文学部史学科西洋史専修(昭和34年)卒　[興]アメリカインディアンの神話と伝説と文学　[歴]昭和44年「週刊サンケイ」記者時代にデビュー作「押しの一手」が第14回小説現代新人賞候補となる。46年サンケイ新聞社を退社し、文筆に専念。以来、「相撲風雲児列伝」「土俵の修羅」など相撲小説を中心に実録作品に専念。ほかに「兵士の踊り—小説竹橋事件」「巨人の肖像—双葉山と力道山」「贈誥の絵筆—小説能谷守」「千代の富士一代」などがある。　[団]日本文芸家協会

石井 竜生　いしい・たつお

推理作家　[生]昭和15年　[出]神奈川県　本名＝石井竜雄　[学]早稲田大学大学院修了　[賞]横溝正史賞(昭和60年)「見返り美人を消せ」　[歴]昭和47年東京・豊島区の学校警備主事となり、大地震などの災害時避難場所となる学校を核とした防災コミュニティーづくりに取り組む。のち図書館嘱託職員に。また推理小説を書き、妻・井原まなみとの合作「見返り美人を消せ」で、60年横溝正史賞を受賞。他の著書に〈警察署長〉シリーズなどがある。　[団]日本推理作家協会　[家]妻＝井原まなみ(推理作家)

石井 敏弘　いしい・としひろ

推理作家　[生]昭和37年12月19日　[出]岡山県　[学]岡山商科大学卒　[賞]江戸川乱歩賞(第33回)(昭和62年)「風のターン・ロード」　[歴]大卒後、小説を書きながらアルバイト生活を続け、昭和62年「風のターン・ロード」で、第33回江戸川乱歩賞を史上最年少で受賞。受賞作はバイク小説風ミステリー。他の作に伝奇アクション「Dの鏡」、青春小説「バイク物語」、本格推理「業火」など。バイク歴は高校時代から。　[団]日本文芸家協会、日本推理作家協会

石井 まさみ　いしい・まさみ

劇画家　小説家　[生]昭和16年　[出]千葉県　[歴]日活撮影所美術部図案科を経て、グラフィック・デザイナーとなる。後に劇画家として独立。主に時代物、ミステリーの分野で活躍している。劇画作品に「戦国武将列伝」「春日局」など。著書に〈星が丘ミステリータウン〉シリーズ「ねらわれたフラワーショップ」「怪盗ブルー・サンダー」、挿絵に「地球絶滅動物記」他。

石井 美佳　いしい・みか

翻訳家　[生]昭和29年2月20日　[出]東京都　本名＝目黒美佳　[学]青山学院大学文学部史学科卒、サンフランシスコ州立大学大学院修了　[賞]読売テレビゴールデンシナリオ賞最優秀賞(第12回)(平成4年)、創作テレビドラマ脚本懸賞公募(第18回・佳作)(平成5年)「川島家の食卓」　[歴]通訳を経てシナリオを書き始める。

石井 睦美　いしい・むつみ

児童文学作家　[生]昭和32年　[出]神奈川県　[学]フェリス女学院大学文学部卒　[賞]花いちもんめ小さな童話大賞(第3回)(昭和61年)「五月のはじめ、日曜日の朝で」、新美南吉児童文学賞(第8回)(平成2年)「五月のはじめ、日曜日の

朝で」 [歴]4年間、出版社に勤務。著書に「パパはステキな男のおばさん」「そらいろのひまわり」など。

石井 桃子　いしい・ももこ

児童文学作家 児童文化運動家 翻訳家 かつら文庫主宰 東京子ども図書館理事 [生]明治40年3月10日 [出]埼玉県浦和市 [学]日本女子大学英文科(昭和3年)卒 [資]日本芸術院会員(平成9年) [賞]芸術選奨文部大臣賞(文学・評論部門,第1回)(昭和25年)「ノンちゃん雲に乗る」、菊池寛賞(第2回)(昭和29年)、国際アンデルセン賞(国内賞,第3回)(昭和40年)「三月ひなのつき」、サンケイ児童出版文化賞(昭和30年・41年・51年)、児童福祉文化賞(昭和44年・49年・51年)、日本翻訳文化賞(昭和49年)、文庫功労賞(伊藤忠記念財団)(昭和55年)、日本芸術院賞(第49回,平4年度)(平成5年)、読売文学賞(小説賞,第46回,平6年度)(平成7年)「幻の朱い実」 [歴]文芸春秋社、新潮社、岩波書店などで児童書の企画編集に携わり、傍ら英米の児童文学の翻訳にあたる。昭和22年に出版した「ノンちゃん雲に乗る」はベストセラーとなり、25年芸術選奨文部大臣賞受賞。35年「子どもと文学」(共著)の批評で戦後の児童文学界に大きな波紋を投じ、自宅での文庫活動の記録「子どもの図書館」(昭40)はその後の家庭文庫活動のテキストとして広く読まれた。ミルン「クマのプーさん」の翻訳でも知られる。平成10年8月「石井桃子集」(全7巻)の刊行が始まる。他の作品に「ヤマのトムさん」「ふしぎなたいこ」「幼ものがたり」「幻の朱い実」など。 [団]国際児童図書評議会日本支部、日本文芸家協会

いしい やすよ

絵本作家 [生]昭和20年 [出]山梨県 [学]女子美術短大卒、女子美術短期大学専攻科修了 [賞]新風舎えほんコンテスト優秀賞「くろとももちゃん―ゆきのひ」 [歴]グラフィックデザイナー、造形絵画教室教師を経て、自然の中にあそぶ子どもや動物をテーマにした絵本・童話を創作、研究。絵本に「くろとももちゃん―ゆきのひ」がある。 [団]森の会

石井 由昌　いしい・よしまさ

童話作家 元・千葉市立横戸小学校校長 [生]昭和9年 [出]千葉県 [学]千葉大学教育学部卒 [賞]日本童話会ベスト3賞「友だち」 [歴]千葉市立横戸小学校長などを歴任。日本童話会、日本児童文学者協会千葉支部・小さな窓の会にて童話の実作を学ぶ。小説に「肉塊の微笑」、童話に「友だち」「はるかな夜明け」「さとるくんのたんてい」「こざるのキッキ」「カエル病院のガマはかせ」他。

石垣 香代　いしがき・かよ

童話作家 [生]大正10年 [出]静岡県 [歴]尋常高等小学校卒業後、日本赤十字社の看護婦となり、上海第一陸軍病院に勤務。昭和21年復員し、静岡県の診療所に勤務。23年結婚して静岡市に住み、農業、酪農のかたわら童話を書く。「するが」同人。著書に「水とコウリャンの団子―さよさんの太平洋戦争」「レンゲのくびかざり」、共著に「わが子におくる創作童話」などがある。 [団]児童文化の会

石神 悦子　いしがみ・えつこ

児童文学作家 [生]昭和28年 [出]神奈川県横浜市 [学]フェリス女学院大学卒 [賞]家の光童話賞(第2回)(昭和62年)「まくらのピクニック」、いちごえほん童話と絵本グランプリ優秀賞(第3回)(平成2年)「おうちはさびしい」、夢見る子供童話賞(児童文学部門)(平成5年)「満月、満月、そっこぬけ！」、ゆきのまち幻想文学賞(準大賞,第6回)(平成8年)「雪だるま五人兄弟」 [歴]昭和62年北川幸比古にユニカレッジ(童話創作講座)の通信生として師事。著書に「まくらのピクニック」「おうちはさびしい」「お客さまはひいおばあちゃん」「満月、満月、そっこぬけ！」「雪だるま五人兄弟」他がある。

石上 玄一郎　いしがみ・げんいちろう

小説家 大阪成蹊女子短期大学名誉教授 [生]明治43年3月27日 [出]岩手県盛岡市 本名＝上田重彦(うえだ・しげひこ) [学]弘前高(昭和5年)中退 [歴]弘前高校時代、左翼運動で検挙され退学となる。昭和10年「鼬」を発表し、同人雑誌「大鴉」に参加。14年「針」を発表し、15年発表の第1創作集「絵姿」で作家として認められる。以後「精神病学教室」(18年)「緑地帯」(19年)などを発表し、戦後も「氷河期」「ミネルヴァの夜」「自殺案内者」「黄金分割」「彷徨えるユダヤ人」「輪廻と転生」「牧口常三郎と新渡戸稲造」「エジプトの死者の書」「太宰治と私―激浪の青春」などを発表。27年「現象」を創刊し、31年大阪成蹊女子短大教授に就任した。「石上玄一郎作品集」(全3巻,冬樹社)がある。

石川 英輔　いしかわ・えいすけ

作家 ミカ製版取締役 武蔵野美術大学視覚伝達デザイン学科講師 [専]SF小説 江戸学 [生]昭和8年9月30日 [出]京都府京都市伏見区 [学]国際基督教大学中退、東京都立大学理学部中退 [賞]日本印刷学会技術賞(第1回)(昭和51年)「ダイレクトスクリーニングの研究」 [歴]SFを執筆する他、独自に江戸風俗を研究。著書に「SF西遊記」「SF水滸伝」「大江戸神仙伝」「亜空間不動産株式会社」「プロジェクト・ゼロ」「大江戸えねるぎー事情」など。 [団]日本SF作家クラブ、日本ペンクラブ、日本文芸家協会

石川 久美子　いしかわ・くみこ

児童文学作家　[生]昭和8年　[出]東京　[歴]昭和19年静岡県土肥町に学童疎開、20年青森県弘前市に再疎開して終戦を迎える。31年大学を卒業、以後59年まで小学校教師を務めた。学童疎開体験を綴った「はらぺこものがたり」を月刊「がくゆう」の懸賞募集に応募し入賞。「みいちゃんと、いっしょよ」がラジオ番組で放送される。著書に「はらぺこものがたり」「アキちゃん、ふたり」がある。

石川 桂郎　いしかわ・けいろう

小説家　俳人　随筆家　「風土」主宰　[生]明治42年8月6日　[没]昭和50年11月6日　[出]東京・三田　本名＝石川一雄　[学]高小卒　[賞]俳人協会賞(第1回)(昭和36年)「含羞」、読売文学賞(第25回・随筆紀行賞)(昭和48年)「俳人風狂列伝」、蛇笏賞(第9回)(昭和50年)　[歴]高小卒後、家業の理髪業を継ぐ。昭和9年杉田久女の門に入り、12年石田波郷らの「鶴」に参加し、14年同人。同年横光利一に師事。23年「馬酔木」同人となる。31年第1句集「含羞」を刊行し、以後「竹取」「高蘆」などを刊行。36年「含羞」で第1回俳人協会賞を、48年「俳人風狂列伝」で読売文学賞を受賞し、50年にはそれまでの業績で蛇笏賞を受賞。他に「剃刀日記」「妻の温泉」などの小説集もある。また「俳句」や「俳句研究」などの編集長を歴任し、自らは「風土」を主宰した。　[家]妻＝手塚美佐(俳人)

石川 考一　いしかわ・こういち

小説家　[生]昭和45年　[出]宮城県　[賞]少年ジャンプ小説ノンフィクション大賞(入選，第2回)「BLACK ONIX」　[歴]作品に「BLACK ONIX(ブラック・オニキス＝黒水晶)」がある。

石川 耕士　いしかわ・こうじ

演出家　脚本家　[学]早稲田大学文学部演劇科卒、早稲田大学大学院文学研究科　[歴]昭和54年文学座入団、59年座員。学生時代から歌舞伎、浄瑠璃、義太夫節などに関心をもつ。昭和61年近松門左衛門の浄瑠璃のせりふに乗せて現代の風俗を描く「心中・近松の夏」の構成と演出でデビューする。62年仲間と演劇企画集団ちかまつ芝居を結成、「出世景清」「国性爺合戦」を発表。平成2年文学座8月公演「出雲の阿国」の脚本を担当。

石川 淳　いしかわ・じゅん

小説家　[生]明治32年3月7日　[没]昭和62年12月29日　[出]東京市浅草区三好町　旧姓(名)＝斯波　号＝夷斎　[学]東京外国語専門学校仏語科(大正9年)卒　[資]日本芸術院会員(昭和38年)　[賞]芥川賞(第4回)(昭和11年)「普賢」、芸術選奨文部大臣賞(第7回・文学・評論部門)(昭和31年)「紫苑物語」、日本芸術院賞(第17回・文芸部門)(昭和35年)、読売文学賞(第32回・評論・伝記賞)(昭和55年)「江戸文学掌記」、朝日賞(昭和57年)　[歴]大正13年から14年にかけて、福岡高校に講師として勤務。12年アナトール・フランスの「赤い百合」を翻訳刊行し、以後もジッドなどの作品を多く翻訳する。昭和10年処女作「佳人」を発表し、11年「普賢」で芥川賞を受賞して文壇に登場。戦争中は江戸文学の研究に取り組む一方で、16年評論「森鴎外」を発表し注目される。戦後、21年「黄金伝説」を発表し、以後幅広く活躍。31年「紫苑物語」で芸術選奨を受賞し、35年日本芸術院賞を受賞。また「江戸文学掌記」で55年に読売文学賞を、57年には朝日賞を受賞。ほかの主な作品に小説「焼跡のイエス」「鷹」「鳴神」「白頭吟」「天馬賦」「狂風記」、評論「渡辺崋山」「文学大概」「夷斎俚言」などがあり、和・漢・洋にわたる該博な学識には定評がある。「石川淳全集」(増補版全13巻，筑摩書房)などもある。

いしかわ じゅん

漫画家　[生]昭和26年2月15日　[出]愛知県豊田市　[学]明治大学商学部卒　[歴]トヨタ自工を経て漫画家生活へ。青年誌、少年誌へギャグ漫画を多く描き、キャラクターのパンク・ドラゴンに人気集中。小説、映画出演など多方面に活躍。代表作に「憂国」「薔薇の木に薔薇の花咲く」「寒い朝」「ドラゴン・ブギ」。また昭和61年初のエッセイ集「吉祥寺気分」を出版。　[家]妻＝藤臣柊子(漫画家)

石川 真介　いしかわ・しんすけ

小説家　[生]昭和28年　[出]福井県鯖江市　[学]東京大学法学部公法学科(昭和53年)卒　[賞]鮎川哲也賞(第2回)(平成3年)「不連続線」　[歴]トヨタ自動車本社勤務のサラリーマン生活の傍ら推理小説を執筆。作品に「越前の女」「三河路殺人慕情」など。福井県ふるさと大使。

石川 泰輔　いしかわ・たいすけ

作家　高校教師　[生]大正9年9月14日　[出]新潟県糸魚川市大字山寺　本名＝石川山衛(いしかわ・やまえ)　[学]新京工業大学採鉱学科(昭和18年)卒　[歴]台湾で終戦。戦後、中央鉱業、北海重機各社長などを経て、駒沢大附属苫小牧高校教諭、教頭を務める。苫小牧文学の会、山音文学会、苫小牧市民文芸などを中心に創作を続け、作品に長編小説「から松よ芽吹け」「春くると思えば」、短編小説集「びんごさんご」などがある。　[団]苫小牧文学の会、山音文学会

石川 喬司　いしかわ・たかし
作家　文芸評論家　[専]SF　競馬　[生]昭和5年9月17日　[出]愛媛県　[学]東京大学文学部仏文科(昭和28年)卒　[興]時間論　[賞]日本推理作家協会賞(第31回)(昭和52年)「SFの時代」　[歴]毎日新聞記者時代から推理小説、SF小説を手がけ、出版局編集次長などを歴任して昭和46年作家として独立。競馬解説から評論に至るまで活躍の範囲は幅広い。競馬関係の著書に、「石川喬司競馬全集」がある。名馬の殿堂委員会、輸入種牡馬委員会の選考委員をを歴任。日本推理作家協会賞を受賞した「SFの時代」をはじめ「エーゲ海の殺人」「アリスの不思議な旅」「魔法つかいの夏」など著書多数。　[団]日本文芸家協会、日本推理作家協会(理事)、日本ペンクラブ、日本SF作家クラブ、アジア・アフリカ作家会議

石川 啄木　いしかわ・たくぼく
歌人　詩人　小説家　[生]明治19年2月20日　[没]明治45年4月13日　[出]岩手県北岩手郡渋民村　本名＝石川一(いしかわ・はじめ)　別号＝白蘋(はくひん)　[学]盛岡中(明治35年)中退　[歴]在学時から新詩社の社友となり詩作に専念、明治35年上京し、与謝野鉄幹の知遇を得る。38年詩集「あこがれ」を出版、明星派の詩人として知られる。同年結婚、故郷での代用教員生活を経て40年から函館、札幌、小樽、釧路など北海道を転々とする。41年再び上京後、「赤痢」「足跡」など小説を書き続けるが、生活は苦しく、そうした中から短歌が生まれる。42年東京朝日新聞の校正係となり、のち朝日歌壇の選者。43年「一握の砂」の三行分かち書き、新鮮・大胆な表現によって“生活派”の歌人として広く知られる。晩年幸徳秋水、クロポトキンらの社会主義思想に接近、その姿勢は45年の「悲しき玩具」などに表現される。他に詩集「呼子と口笛」、小説「雲は天才である」、評論「時代閉塞の現状」があるほか、「石川啄木全集」(全8巻，筑摩書房)がある。　[家]祖父＝工藤常房(南部藩士)

石川 達三　いしかわ・たつぞう
小説家　日本ペンクラブ会長　[生]明治38年7月2日　[没]昭和60年1月31日　[出]秋田県横手市　[学]早稲田大学英文科中退　[資]日本芸術院会員(昭和51年)　[賞]芥川賞(第1回)(昭和10年)「蒼氓」、文芸春秋読者賞(第26回)(昭和39年)「私ひとりの私」、菊池寛賞(第17回)(昭和44年)、勲三等旭日中綬章(昭和53年)　[歴]昭和5年ブラジルに移民として渡り数ケ月で帰国したが、その体験をもとに書いた「蒼氓」で10年に第1回芥川賞を受賞。13年には中央公論特派員として中支戦線に従軍した見聞による「生きている兵隊」が筆禍事件を起こし、戦後は社会派作家として、各時代の社会問題を描き出しては数々の話題作、ベストセラーを生んだ。この間、日本文芸家協会理事長、日本ペンクラブ会長、日本文芸著作権保護同盟会長を歴任。ペンクラブ会長時代には、いわゆる“二つの自由”発言で若い作家たちと対立した。51年日本芸術院会員。主な作品に「風にそよぐ葦」「人間の壁」「金環蝕」「四十八歳の抵抗」など。

石川 悌二　いしかわ・ていじ
小説家　伝記研究家　[生]大正5年8月24日　[出]東京　[学]早稲田大学国文科(昭和18年)卒　[歴]昭和22年「魚紋」を発表して小説家を志し、48年「近代作家の基礎的研究」を刊行。東京都公文書館主任調査員としての職業をもつ一方で、作家、伝記研究家として活躍している。

石川 利光　いしかわ・としみつ
小説家　評論家　[生]大正3年2月3日　[没]平成13年7月14日　[出]大分県日田市丸山町　筆名＝石川利光(いしかわ・りこう)　[学]早稲田大学中退、法政大学文学部国文科(昭和14年)卒　[賞]芥川賞(第25回)(昭和26年)「春の草」　[歴]大学時代から多くの同人雑誌に関係して小説や評論を発表。戦後は新太陽社重役を経て、次元社社長をつとめた。昭和25年発表の「夜の貌」が芥川賞候補作品となり、26年発表の「春の草」で芥川賞を受賞。この他の作品に「忘れ扇」「風と木の葉」「末の町」「花芯のうずき」「夜の貌」などがある。また丹羽文雄主宰の「文学者」の発行に尽力し、多くの新人を育てた。　[団]日本文芸家協会

石川 宏宇　いしかわ・ひろお
小説家　[学]女子美術大学卒　[歴]「サドル」で平成12年度コバルト・ノベル大賞佳作受賞。他の著書に「マイ・フェア・ファミリー」など。8月3日生まれ。

石川 洋子　いしかわ・ひろこ
東京成徳短期大学幼児教育科助教授　[専]児童学　[生]昭和28年10月8日　[出]宮城県仙台市　筆名＝石川ひろ子　[学]宮城教育大学教育学部卒、日本女子大学大学院家政学研究科児童学専攻修士課程修了　[賞]毎日児童小説賞(第37回)(昭和63年)「まぼろしのレーシングカー」、家の光童話賞(第2回)(昭和63年)「おんぶライオン」　[歴]慈恵看護専門学校非常勤講師もつとめる。著書に「しつけの絵本」(共著)。　[団]日本教育心理学会、日本小児保健学会、日本保育学会

石川 雅也　いしかわ・まさや

シナリオライター　[生]昭和36年　[出]岩手県　[学]慶応義塾大学卒　[歴]大学在学中松竹シナリオ研究所で学ぶ。卒業後編集者生活の傍ら、YMCAシナリオ講座で、下飯坂菊馬、鈴木尚之、勝目貴之、加藤正人に学び、平成5年シナリオライターとしてデビュー。主な作品に、下飯坂菊馬、高橋留美と共作のテレビドラマ「花の咲く家」や、映画「これがシノギや」「極つぶし」、Vシネマ「ミナミの帝王」シリーズなどがある。

石川 美香穂　いしかわ・みかほ

城戸賞に入選　[生]昭和49年　[出]北海道根室市　[学]根室高卒、日本映画学校映像科　[賞]城戸賞(第19回)(平成5年)「海と桜」　[歴]根室高卒業後、平成4年日本映画学校映像科に入学し、シナリオを書く。

石川 光男　いしかわ・みつお

児童文学作家　[生]大正7年8月19日　[没]昭和56年4月10日　[出]東京都新宿区　[学]立正大学宗教科中退　[賞]野間児童文芸賞奨励作品賞(第1回)(昭和38年)「若草色の汽船」　[歴]昭和14年、陸軍技術本部で製図手をしたあと、児童文学研究所に入り、児童雑誌「ルーペ」などの編集に従事した。18年応召、特務艦「白沙」に乗船して魚雷攻撃を受けるが九死に一生を得る。21年復員。新潮社出版部に入社し、児童雑誌「銀河」編集、出版部次長などをつとめ、35年退社。47年にはジュニア・ノンフィクション作家協会設立に参加し、児童文学の新生面を開拓した。著書に「若草色の汽船」「正義に生きる」「血と砂」など。
[団]日本児童文学者協会

石川 裕人　いしかわ・ゆうじん

劇作家　演出家　十月劇場主宰　[生]昭和28年9月21日　[出]山形県東根市　本名=石川裕二　[学]名取高卒　[賞]宮城県芸術選奨(新人賞，平2年度)(平成3年)、宮城県芸術選奨(平8年度)(平成9年)　[歴]高校在学中唐十郎の赤テントを見て、演劇に魅せられ、文化祭等で自ら脚本を書き友人と上演する。卒業後、仙台に出て働きながら劇団を結成。最初は座敷童子、次いで洪洋社、昭和57年十月劇場を結成。作品に「絆の都」「無窮のアリア」「百年劇場“仙台座幻想”」など。

イシグロ，カズオ

小説家　[国]英国　[生]1954年11月8日　[出]日本・長崎県長崎市　日本名=石黒一雄　[学]ケント大学英文学専攻卒、カンタベリー大学哲学専攻卒、イーストアングリア大学大学院創作科修士課程修了　[賞]ウィニフレッド・ホルトビー賞(英国王立文学協会)('82年)「女たちの遠い夏」、ウィットブレッド文学賞('87年)「浮世の画家」、ブッカー賞('89年)「The Remains of The Day(日の名残り)」、OBE勲章('95年)　[歴]海洋学者の父の英国立海洋研究所招致に伴い、5歳の時渡英。1970年代末から小説執筆を始め、'82年長編「A Pale View of Hills(女たちの遠い夏)」で英国文壇にデビュー、同年の新鋭イギリス作家ベスト20に選ばれた。'83年英国籍を取得。'87年2作目「An Artist of The Floating World(浮世の画家)」で英国の文学賞“ウィットブレッド賞”を受賞。ともにヨーロッパの文学界で好評を博し、第1作が13カ国、第2作が12カ国で翻訳され、ペンギンのペーパーバックにもなっている。'89年「The Remains of The Day(日の名残り)」はブッカー賞を受賞し、映画化された。またこの作品で英国の作家ベスト20に入る。他の著書に「充たされざる者」「わたしたちが孤児だったころ」など。

石黒 達昌　いしぐろ・たつあき

小説家　医師　[専]精神医学　[生]昭和36年9月5日　[出]北海道深川市　[学]東京大学医学部(昭和62年)卒、東京大学大学院　医学博士(東京大学)(平成7年)　[興]癌転移の分子機構　[賞]海燕新人文学賞(第8回)(平成1年)「最終上映」　[歴]東京大学病院第1外科で癌患者などの臨床を続ける傍ら、研究室で癌の転移について研究。一方、小説を執筆。平成6年小説「平成3年5月2日、後天性免疫不全症候群にて急逝された明寺伸彦博士、並びに、」が第110回芥川賞、野間文芸新人賞、泉鏡花賞の候補となる。著書に「最終上映」「新化」「ALICE」など。
[団]日本文芸家協会

石黒 つぎ子　いしぐろ・つぎこ

童話作家　[生]明治34年　[没]昭和37年　[出]鹿児島県　[学]神戸聖使女学院　[歴]婦人伝導師となり、大阪聖バルナバ病院に勤務。傍ら大阪童話教育研究会の設立に参加。日曜学校向けの劇脚本、童話などを執筆。童話集に「きいろいふうせん」、幼児劇集に「じんごんがん」などがある。和歌山市のみどり幼稚園の初代園長を務めた。

石坂 洋次郎　いしざか・ようじろう

小説家　[生]明治33年1月25日(戸籍:7月25日)　[没]昭和61年10月7日　[出]青森県弘前市代官町　[学]慶応義塾大学文学部国文科(昭和14年)卒　[賞]三田文学賞(第1回)(昭和10年)「若い人」、菊池寛賞(第14回)(昭和41年)　[歴]小学校の頃より同人雑誌などに小説を書く。弘前中、慶大を経て、大正14年青森県立弘前高女、15年秋田県立横手高女、のち横手中学などで教師を務める。この間、昭和2年「三田文学」に掲

載された第1作「海をみに行く」で注目され、8年から同誌に連載された「若い人」が評判となり、10年第1回三田文学賞を受賞。つづいて11年に発表した「麦死なず」で作家としての地位を確立。「若い人」は12年に刊行されベストセラーとなるが、13年軍人誣告罪で告訴され、これを機に上京して、作家活動に専念。戦中は陸軍報道班としてフィリピンに赴いた。戦後は「青い山脈」や「石中先生行状記」で圧倒的な人気を得、流行作家となる。以後、「丘は花ざかり」「陽のあたる坂道」「あじさいの歌」「光る海」など話題作を次々と発表、その殆んどが映画化やドラマ化されヒットした。41年菊池寛賞受賞。三田文学会長を務めるなど、若手作家の面倒見もよく慕われていたが、46年うら夫人と死別してからは殆ど小説を書いていなかった。「石坂洋次郎文庫」（全20巻，新潮社）、「石坂洋次郎短編全集」（全3巻，講談社）がある。

石崎 一正　いしざき・かずまさ

劇作家　[生]大正12年11月20日　[没]平成9年1月12日　[出]新潟県　[学]蔵前工（昭和18年）卒　[歴]三好十郎に師事し、戯曲座、炎座で活動。のち青山杉作記念俳優養成所教務主任。昭和23年処女戯曲「夏草」を発表、以後戯曲を書き続ける。手がけた演出に「地熱」「草むす屍」「明日の教師たち」「天明みちのくのアリア」「トスキナア」など。著書に「石崎一正戯曲集」、「演劇小事典」（共著）がある。　[家]妻＝織賀邦江（女優）

石崎 勝久　いしざき・かつひさ

演劇評論家　劇作家　[生]昭和5年10月23日　[没]平成6年3月12日　[出]愛知県　[学]明治大学文学部国文学科卒、早稲田大学文学部英文学科卒　[歴]内外タイムス、日本教育新聞の記者をしたあとフリーに。著書に「菊五郎のすべて」「裸の女神たち」「ザ・ニチゲキ・ミュージック・ホール」など。　[団]放送批評家懇談会

石沢 英太郎　いしざわ・えいたろう

小説家　[生]大正5年5月17日　[没]昭和63年6月16日　[出]旧満洲・大連　本名＝沢井寛　[学]大連商卒　[賞]双葉推理小説賞（昭和41年）「羊歯行」、日本推理作家協会賞（第30回）（昭和52年）「視線」　[歴]53歳で文筆生活に入る。九州を多く舞台にした、硬質で端正な推理小説を生み出し、昭和41年「羊歯行」で双葉推理小説賞、52年「視線」で第30回日本推理作家協会賞を受賞。映画の研究家としても知られた。その後、脳こうそくの後遺症で入退院を繰り返し、63年病気を苦に自殺。著書に「唐三彩の謎」「中洲ネオン街殺人事件」「ゴルフツァー殺人事件」「少数派」など。　[団]日本推理作家協会、日本文芸家協会　[家]長男＝野阿梓（作家）

石津 嵐　いしず・あらし

作家　[生]昭和13年　[出]福島県いわき市　筆名＝磐紀一郎（ばん・きいちろう）　[学]日本大学中退　[歴]大学中退後、手塚治虫に師事。虫プロダクションの文芸課長として、日本初のテレビアニメーション「鉄腕アトム」の脚本を担当。以後数多くのアニメを手がける。後作家活動に入り、「キャプテン・シャーク・シリーズ」「イシスの神」などを発表。豊田有恒とともに「宇宙戦艦ヤマト」の原作も書いた。「孤狼よ！遠き残照に哭け」などのサスペンス小説を手がけた後、時代小説「吉宗影御用」を発表。

石塚 克彦　いしずか・かつひこ

演出家　ミュージカル作家　[生]昭和12年8月4日　[出]栃木県那須郡烏山町　[学]武蔵野美術学校油絵科卒　[賞]日本舞台芸術家組合賞（第3回）（昭和62年）、芸術祭賞（昭和60年）「親父と嫁さん」　[歴]武蔵野美校で棟方志功に師事。卒業後、奈良へ遊学、画家活動の傍ら舞台美術を手掛け演劇界に入る。26歳の頃からシナリオライター山形雄策に師事し、新劇の脚本を書き始めるが、のちミュージカル作家に転身。昭和58年劇団ふるさときゃらばんを結成、日本の風土に根ざした大衆ミュージカルを創造し全国各地で上演。最初の作品「親父と嫁さん」は60年度芸術祭に初参加し、芸術祭賞を受賞。以後の作品に「ユーAh！マイSUN社員」「ザ・結婚」「兄んちゃん」「ムラは3・3・7拍子」など。コミカルでエネルギッシュな舞台で人気を博す。平成4年バルセロナ五輪芸術祭へ参加。また地方巡業の傍ら、棚田の保存運動を展開、平成11年棚田学会設立に尽力。

石塚 喜久三　いしずか・きくぞう

小説家　[生]明治37年9月5日　[没]昭和62年10月1日　[出]北海道小樽市花園町　[学]函館師範（昭和4年）卒　[賞]芥川賞（第17回）（昭和18年）「纏足の頃」　[歴]小樽国民学校教員を経て渡蒙。華北交通張家口鉄路局に勤務し、蒙疆文芸懇話会幹事となる。昭和18年「纏足の頃」で芥川賞を受賞。戦後も「花の海」「回春室」「肉体の山河」などを刊行した。

石塚 京助　いしずか・きょうすけ

小説家　[生]昭和19年　[出]東京・京橋　[賞]小説新潮新人賞（第4回）（昭和63年）「気紛れ発一本松町行き」　[歴]写真専門学校卒業後、雑誌のカメラマン、フリーエディターを経て、作家に。著書に「気紛れ発一本松町行き」、時代物短編集「走る清七」など。

石塚 友二　いしずか・ともじ
小説家　俳人　㋷明治39年9月20日　㋹昭和61年2月8日　㋒新潟県西蒲原郡笹岡村（現・笹神村）　㋕笹岡高等小学校（大正10年）卒　㋙池谷信三郎賞（昭和18年）「松風」、神奈川文化賞（第29回）（昭和55年）、聖教文化賞（昭和61年）
㋧大正13年上京。書店勤務のかたわら、横光利一に文学を、水原秋桜子に俳句を学ぶ。昭和17年短編「松風」が芥川賞候補になり、翌年池谷信三郎賞を受賞。石田波郷とともに俳誌「鶴」を創刊、「俳句研究」に「方寸虚実」を発表して注目された。戦後復刊した「鶴」を波郷没後主宰。小説集に「松風」「橘守」、句集に「百萬」「磯風」「光塵」「曠日」「玉縄抄」などのほか、随筆集「とぼけ旅人」「春立つ日」「日遺番匠」などがある。　㋬俳人協会

石塚 長雄　いしずか・ながお
小説家　㋷昭和14年　㋒茨城県水海道市　㋕下館一高中退　㋙埼玉文学賞（第16回）（昭和60年）「風の路」、茨城文学賞（第11回）（昭和61年）「残りの花」
㋧昭和56年「黄泉日記」で長塚節文学賞佳作。「水戸評論」同人。著書に「茜色の広い空」がある。

石月 正広　いしずき・まさひろ
小説家　㋷昭和25年　㋒東京都　㋙日本文芸家クラブ大賞（短編小説部門賞、第9回）「食む」
㋧昭和61年から小説を書き始める。競馬小説と時代小説を中心に執筆。「食む」で第9回日本文芸家クラブ大賞短編小説部門賞を受賞。一方、別名で官能小説も手掛ける。石月正広名義の著書に「写楽・二百年の振り子」「閨中指南」などがある。

石田 郁男　いしだ・いくお
小説家　紀ノ国屋フランス駐在員　㋒岡山県　㋕日本大学芸術学部中退、リヨン大学大学院中世文学専攻修士課程修了　㋙群像新人文学賞（小説部門・第31回）（昭和63年）「アルチュール・エリソンの素描」
㋧22歳で渡仏。リヨン大学で学んだのち東京・北青山のスーパー紀ノ国屋フランス駐在員となる。滞仏14年。昭和63年にフランスでの異邦人として生活を描いた「アルチュール・エリソンの素描」で第31回群像新人文学賞を受賞した。

石田 衣良　いしだ・いら
小説家　㋷昭和35年　㋒東京都　㋕成蹊大学経済学部卒　㋙オール讀物推理小説新人賞（平成9年）「池袋ウエストゲートパーク」
㋧広告制作会社勤務を経て、フリーのコピーライターとして活動。一方、高校時代から小説などを乱読し、仕事の傍ら、小説を執筆。平成9年「池袋ウエストゲートパーク」で、オール讀物推理小説新人賞を受賞し、小説家デビュー。10年連作短編をまとめた同名の単行本を出版、ドラマ化され、話題となる。他の著書に「うつくしい子ども」「少年計数機」など。

石田 英湾　いしだ・えいわん
群馬マクロビオティックセンター主宰　お米を正しく食べよう運動主宰　㋕高崎高（昭和30年）卒　㋙上毛文学賞（第10回）（昭和50年）「ウォーリィの二日」
㋧昭和50年小説「ウォーリィの二日」により第10回上毛文学賞受賞。のち、群馬・マクロビオティック・センター、"お米を正しく食べよう運動"主宰。著書に「生活革命＝玄米正食法」「元気の革命－陰陽は宇宙の根本法則である」「食べもので病気は治せる」など。　㋬日本CI協会（理事）

石田 三郎　いしだ・さぶろう
詩人　児童文学作家　元・千葉県肢体不自由児施設長　㋷昭和7年4月15日　筆名＝わらびさぶろう（わらび・さぶろう）　㋕千葉大学医学部卒　医学博士（昭和44年）　㋧昭和44～63年千葉県肢体不自由児施設長、平成元年～10年千葉リハビリテーションセンター施設局長を経て、11年松戸市発達センター非常勤講師、千葉大学非常勤講師などを務める。著書に「介護福祉士・ケアマネジャーのためのリハビリテーション医学」がある。一方、わらびさぶろうの筆名で詩人、児童文学作家としても活躍。「舟」「青い地球」同人。著書に「おとなの童話」「もぐらのもぐちゃん」、詩集「負の原点より」がある。　㋬日本詩人クラブ、千葉県詩人クラブ

石田 甚太郎　いしだ・じんたろう
作家　㋷大正11年3月27日　㋒福島県いわき市錦町　本名＝正木欽七（まさき・きんしち）　㋕関東学院高商部卒　㋙日本の東南アジア諸国に対する戦争責任（特にフィリピン・香港など）、フィリピン人・香港人の戦争体験　㋙日教組文学賞（第3回）（昭和43年）「仮面の時代」
㋧艦船勤務から復員し、中小企業に勤めたあと、新制中学発足の年に社会科教師となる。作文教育や教育サークルに参加し、教育実践記録や短篇小説などを書く。昭和52年退職し、作家に。著書に「未知の国との対面」「名誉白人ジャパニーズ」「魔の遺産」「ヤマトンチュの沖縄日記」「プルメリアの白い花―軍靴の響きは消せない」「殺した殺された」など。　㋬新日本文学会、日本アジア・アフリカ作家会議

石田 はじめ　いしだ・はじめ

児童文学作家　㊓昭和27年　㊞北海道　本名＝石田初子　㊫小川未明文学賞優秀賞(第7回)(平成10年)「遙かなる隣人」　㊧子どもたちを活字離れから取り戻したいという思いから、絵本の読み聞かせや創作を始める。作品に「ホロヌカップのユキ」(原作「遙かなる隣人」)がある。

石田 寛人　いしだ・ひろと

駐チェコ大使　元・科学技術庁事務次官　㊓昭和16年9月16日　㊞石川県小松市　筆名＝北市屋安寛　㊫東京大学工学部原子力工学科(昭和39年)卒　㊫文楽なにわ賞(第2回・佳作)(平成5年)「秋津見恋之手鏡(あきづにみるこひのてかがみ)」　㊧昭和39年科学技術庁に入り、原子力局政策課長、会計課長、平成元年官房審議官、3年原子力局長、6年7月科学審議官を経て、7年事務次官に就任。10年退官。11年同庁出身の初の大使として駐チェコ大使に就任。幼い頃から浄瑠璃に親しみ、大学時代は赤門宝生会に在籍して謡曲をたしなむ。元年頃から歌舞伎や文楽の脚本を書く。

石田 ゆうこ　いしだ・ゆうこ

フリーライター　㊓昭和42年　㊞千葉県　㊫福島正実記念SF童話賞(大賞，第15回)(平成10年)「100年目のハッピーバースデー」　㊧昭和61年情報関連出版社に入社し、広告制作の仕事に携わる。日本脚本家連盟ライターズスクール第16期フリーライター養成教室修了の後、平成9年退社。著書に「100年目のハッピーバースデー」がある。

伊地知 進　いじち・すすむ

小説家　㊓明治37年4月30日　㊋昭和41年11月26日　㊞福岡県　本名＝秋葉三郎　㊫陸士卒　㊧退役陸軍大尉の軍人作家として、昭和15年戦争文学「将軍と参謀そして兵」を発表。それ以前、11年発表の「廟行鎮再び」は直木賞候補作品となる。戦後は筆を折り、新東産業東京支店長などを勤めた。

石堂 淑朗　いしどう・としろう

脚本家　小説家　帝京平成大学教授　㊓昭和7年7月17日　㊞広島県尾道市　㊫東京大学文学部独文学科(昭和30年)卒　㊫シナリオ賞(第12，15回・昭35，38年度)「太陽の墓場」「非行少女」、年間代表シナリオ(昭45，58，平元年度)「無常」「暗室」「黒い雨」、アジア太平洋映画祭脚本賞(第34回)(平成1年)「黒い雨」、日本アカデミー賞脚本賞(第12回)(平成2年)「黒い雨」　㊧昭和30年松竹大船撮影所演出部に入り、渋谷実監督に師事。のちシナリオを書くが、35年独立プロを結成。大島渚と共同で「太陽の墓場」「日本の夜と霧」を執筆。のちフリーのシナリオライターとして活躍。ほかに「非行少女」「暗室」「無常」「曼荼羅」「黒い雨」「現代の青年像」「顔を見ればわかる」「辛口気分」「日本人の敵は日本人だ」など。平成3年日本シナリオ作家協会会長、4〜8年日本映画学校校長。8年近畿大学教授、のち帝京平成大学教授。
㊐日本シナリオ作家協会

石堂 秀夫　いしどう・ひでお

作家　㊕日本史(江戸期以降)　松尾芭蕉，A.カミュ，ドストエフスキーの研究　㊓昭和11年　㊞東京・目黒　㊫三田高夜間部中退　㊩日本における東北地方独立構想、山形県庄内地方(小説)、日本海時代への展望　㊫総評文学賞(第6回)(昭和44年)「那覇の港で」　㊧昭和27年郵政省東京地方簡易保険局に勤務。一時期共産党に入党。38年劇団・四季マネージャーを経て、39年日本海事広報協会に入り、新聞・雑誌の編集に携わる一方、同協会に労組を結成、初代委員長となる。44年小説「那覇の港で」により第6回総評文学賞を受賞、46年退職し、執筆生活に入る。長編小説「詐欺師たち」「子ども連れの女」「砂丘の森」「最高試合」「明治秘史 不敬罪“天皇ごっこ”」、ルポ「基地と闘う新島」「おくのほそ道全行程を往く」などのほか、新劇評、映画評、文芸評論、歴史紀行なども著す。

石飛 仁　いしとび・じん

ジャーナリスト　ノンフィクション作家　劇作家　演出家　いしとびじん事務所代表　不死鳥主宰　㊕近現代史　近現代演劇史　出現王朝スサノオノミコト研究(鉄史を中心に)　㊓昭和17年8月1日　㊞島根県　本名＝樋口仁一(ひぐち・じんいち)　㊫駒沢大学文学部国文科(昭和39年)卒　㊩日本的戦後の日本、戦後平和運動の欠陥、あの世とこの世　㊧昭和40年劇団青俳演出部を経て、42年蜷川幸雄らと現代人劇場を結成。のち劇団不死鳥を主宰。1960年代の小劇場運動で活躍。作・演出「疾走する不死鳥のように」を最後に、45年ジャーナリストに転進。47年から「女性自身」シリーズ人間専属記者として活躍。事実の劇場を主宰。主な著書に「中国人強制連行の記録」「風の使者・ゼノ神父」「夢の砂漠」「ドキュメント・悪魔の証明」「人間の記録88」「だから私は野菜党」、共著に「愛が引き裂かれたとき」など。
㊐全日本著作家協会(理事)、日中問題研究会(理事)

石飛 卓美　いしとび・たくみ
小説家 [生]昭和26年6月14日 [出]島根県飯石郡三刀屋町 [学]大阪経済大学卒 [賞]SFファンジン大賞(昭和60年) [歴]椎茸の栽培をするかたわら、26歳で三刀屋町議に当選(1期)。この頃、同人誌「星群」に参加し、SF小説を書く。昭和62年豊田有恒に認められて「人狐伝」で長編デビュー。少女小説からアダルトもの、ホラー・サスペンスと幅広くこなす。著書に「二人の森のラビリンス」「滅びの時間流」「惟神伝」など。

石野 径一郎　いしの・けいいちろう
小説家 [生]明治42年3月28日 [没]平成2年8月3日 [出]沖縄県首里 本名=石野朝和 [学]法政大学文学部国文科(昭和7年)卒 [歴]教員生活のかたわら、江戸時代の沖縄を研究。編集者などを経て、昭和17年歴史小説「南島経営」でデビュー。戦後の25年姫百合部隊の最後を描いた「ひめゆりの塔」を刊行。その後も沖縄と戦争を追及し「疎開船」「沖縄の民」「沖縄の顔」などを発表。

石橋 愛子　いしばし・あいこ
小説家 [生]大正5年 [出]東京 [賞]日本随筆家協会賞(昭和57年)、日本作家クラブ賞(平成1年) [歴]「松柏」会員。著書に「愛のかたち」「愛の小函」他。 [団]日本作家クラブ

石橋 思案　いしばし・しあん
小説家 [生]慶応3年6月2日(1867年) [没]昭和2年1月28日 [出]神奈川県横浜弁天町 本名=石橋助三郎 別号=雨香、自劣亭 [学]東京帝大文科中退 [歴]明治18年尾崎紅葉らと硯友社をおこす。「仇桜遊里廼夜嵐」「乙女心」「京鹿子」など、明治文壇で江戸草双紙、人情本的な戯作的恋愛小説を発表。26年いさみ新聞社に入り、以後中京新聞、団々珍聞、中央新聞、読売新聞を経て、博文館に入り「文芸倶楽部」を編集。

石橋 嵩　いしばし・たかし
小説家 [生]大正12年4月17日 [出]東京・蒲田(現・東京都大田区) [学]専修大学経済学部(昭和21年)卒、正教神学校(昭和34年)卒 [歴]胸部疾患の療養生活を長く続け、三井生命勤務を経て、ギリシャ正教の神学校に学ぶ。卒業後、神田駿河台のニコライ堂にある教会の会計係を10年間務めたのち、執筆生活に入る。昭和61年に長編小説「すべて天使の如く—神学者と接客婦」を刊行。

石橋 忍月　いしばし・にんげつ
文芸評論家 小説家 弁護士 [生]慶応1年9月1日(1865年) [没]大正15年2月1日 [出]筑後国上妻郡湯辺田村(福岡県) 本名=石橋友吉 別号=福洲学人、筑水漁夫、懐郷生、嵐山人、萩の門、気取半之丞 [学]帝大法科大学(現・東大)独法科(明治24年)卒 [歴]学生時代からドイツ文学に親しみ、明治20年から21年にかけて坪内逍遙、二葉亭四迷を論じ評論家として注目される。また21年には小説「都鳥」を、22年「夏木立」を発表し、以後作家、評論家として活躍。評論家としては森鴎外の初期小説を批判し、"舞姫論争""幽玄論争"を展開した。24年東京帝大を卒業し内務省に入るが、翌25年に辞職し、以後北国新聞を経て弁護士となり、長崎地裁判事にもなる。また長崎市議会、県議会の議員もつとめた。また一方では、尾崎紅葉と知己だった頃から俳句を始め、長崎の碧梧桐門下の田中田士英らと"あざみ会"を興す。「太白」誌を創刊、郷土に月並俳句一掃の新風を送る。漢学の素養から蕪村調をよくした。著書に「石橋忍月評論集」、「忍月全集」(全4巻, 八木書房)がある。 [家]三男=山本健吉(本名=石橋貞吉, 文芸評論家)

石橋 まみ　いしばし・まみ
児童文学作家 [生]昭和37年 [出]神奈川県 本名=石橋真美 [賞]いちごえほん童話と絵本グランプリ賞(第2回)、いちごえほん童話と絵本優秀賞「父親こうかん会」 [歴]著書に「みかちゃんの弟」「父親こうかん会」「高速道路に出るおばけ」(共著)。

石浜 金作　いしはま・きんさく
小説家 [生]明治32年2月28日 [没]昭和43年11月21日 [出]東京・京橋木挽町 [学]東京帝大英文学科(大正13年)卒 [歴]大正10年川端康成らと第6次「新思潮」を創刊し、12年創刊の「文芸春秋」や、13年創刊の「文芸時代」の同人となる。新感覚派の作家として活躍し、「酔人酔生」「壊滅」「ある死ある生」「都会の幽霊」「無駄な入獄」などの作品がある。昭和10年以降は文壇から離れた。 [家]父=石浜鉄郎(時事新報社)

石浜 恒夫　いしはま・つねお
小説家 詩人 [生]大正12年2月24日 [出]大阪府大阪市 筆名(作詩)=ステヤン・ストランド [学]東京帝大文学部美術史科(昭和23年)卒 [賞]紺綬褒章(昭和50年)、大阪芸術賞(昭和60年) [歴]織田作之助や従兄の藤沢桓夫の影響で、昭和21年に創刊された「文学雑誌」の同人となる。24年川端康成の推薦で「みずからを売らず」を「文学往来」に、「ぎゃんぐ・ぽうえっと」を「人間」に発表。以後、川端康成に師事する。28年「らぷそでい・いん・ぶるう」が芥

川賞候補作品になる。大阪の盛り場を好んで歩き、「道頓堀左岸」「地球上自由人」などの作品がある。大阪市教育委員もつとめる。[団]日本ペンクラブ、南太平洋協会、日本文芸家協会　[家]父＝石浜純太郎（東洋史学者）

石原 信一　いしはら・しんいち

作詞家　ノンフィクション作家　[生]昭和23年6月22日　[出]福島県会津若松市　[学]青山学院大学文学部日本文学科（昭和48年）卒　[賞]日本アレンジャー協会作詞賞（昭和50年）、日本作詞大賞優秀賞（昭和58年）、古賀政男記念音楽賞グランプリ（昭和59年）　[歴]学生時代より劇団「青山小劇場」を主宰、オリジナル脚本・演出で「赤い靴はいてた女の子」等を公演。ルポルタージュ、ノンフィクション、作詞などを手がけ、昭和62年には東京・銀座博品館劇場オリジナルミュージッカル「真梨亜」を原作・脚本・作詞で公演した。ヒューマン・ドキュメントに取り組んでいる。著書に「不知火—八代亜紀」「吉田拓郎・挽歌を撃て」など。

石原 慎太郎　いしはら・しんたろう

小説家　東京都知事　元・衆院議員（自民党）　元・運輸相　[生]昭和7年9月30日　[出]兵庫県神戸市　[学]一橋大学法学部社会学科（昭和31年）卒　[賞]文学界新人賞（第1回）（昭和30年）「太陽の季節」、芥川賞（第34回）（昭和31年）「太陽の季節」、芸術選奨文部大臣賞（第21回）（昭和45年）「化石の森」、平林たい子文学賞（第16回）（昭和63年）「生還」、イエローリボン賞（昭和63年）、毎日出版文化賞（特別賞，第50回）（平成8年）「弟」、正論大賞（第15回）（平成11年）、財界賞（特別賞）（平成12年）、海洋文学大賞（特別賞，第6回）（平成14年）　[歴]大学在学中の昭和30年、「太陽の季節」で華々しく文壇に登場、“太陽族”“慎太郎刈り”などの風俗を生み出す。33年に江藤淳、大江健三郎らと若い日本の会を結成、43年に体制内変革を唱えて参院選全国区に無所属で立候補し、トップ当選。自民党に入党し、47年以来衆院に8選。中川一郎らと自民党内タカ派の青嵐会を創設、50年東京都知事選で美濃部知事に敗北。51年福田内閣の環境庁長官、62年竹下内閣の運輸相。中川派の幹事長を務めていたが、58年中川一郎の死去の後、同派の会長代行に就任。その後安倍派、三塚派に所属。平成元年自民党総裁選に出馬したが落選。同年ソニー会長・盛田昭夫との共著「NOと言える日本」が反米的だとして米国議会で話題にされ、ベストセラーとなる。7年4月在職25年を区切りに衆院議員を辞職。同年12月芥川賞選考委員となる。8年弟・裕次郎を描いた小説「弟」を刊行しベストセラーに。11年4月政党の支援を得ない無党派候補として24年振りに東京都知事選に立候補、その強いリーダーシップが評価されて当選した。他の著書に「化石の森」「生還」や初期評論集「価値紊乱者の光栄」、散文詩集「風と神との黙約」、「石原慎太郎短編全集」（全2巻，新潮社）「三島由紀夫の日蝕」「宣戦布告『no』と言える日本経済」「法華経を生きる」「僕は結婚しない」など。　[団]日本外洋帆走協会（名誉会長）、日本文芸家協会（理事）、日本ペンクラブ（理事）　[家]弟＝石原裕次郎（俳優・故人）、長男＝石原伸晃（衆院議員）、二男＝石原良純（俳優）

石原 てるこ　いしはら・てるこ

児童文学作家　[生]昭和33年　[出]東京都　[学]日本大学芸術学部美術学科卒　[賞]野間児童文芸賞新人賞（第28回）（平成2年）「友だち貸します」、椋鳩十児童文学賞（第1回）（平成3年）「友だち貸します」　[歴]著書に「DOWNTOWN通信 友だち貸します」。

石原 藤夫　いしはら・ふじお

SF作家　元・玉川大学工学部電子工学科教授　[専]電子情報通信工学　マイクロ波工学　SF書誌　[生]昭和8年4月1日　[出]東京・原宿　[学]早稲田大学理工学部電気通信学科（昭和32年）卒　工学博士（昭和40年）　[興]宇宙、生命、進化　[賞]稲田記念学術奨励金（第15回・昭36年度）、星雲賞（昭和60年，62年）、日本SF大賞特別賞（第12回）（平成3年）「SF図書総目録〈1971-80年〉」　[歴]昭和32年電電公社に入る。電気通信研究所導波管研究室長、電波研究室長を経て、55年玉川大学工学部教授に就任。またSF作家としても活躍、中でも「ハイウェイ惑星」に始まる〈惑星シリーズ〉は日本を代表するハードSFとして著名。同時に、SF図書の収集・整理にも力を入れ、「『SFマガジン』インデックス」「SF図書解説総目録〈1946-70年〉,〈1971-80年〉」などのSF書誌を刊行。作品は他に「コンピュータが死んだ日」「生きている海」など。また「SFロボット学入門」「ニュートンとアインシュタイン」などの科学解説書もある。　[団]電子情報通信学会、日本物理学会:日本天文学会、日本文芸家協会、日本推理作家協会、日本ペンクラブ、日本SF作家クラブ

石原 文雄　いしはら・ふみお

小説家　[生]明治33年　[没]昭和46年　[出]山梨県市川大門町　[歴]旅館・奈良屋を営みながら小説を書き、昭和6年同人誌「風車」を伊藤整らの同人誌「文芸レビュー」と合同して「新作家」とする。さらに15年「中部文学」を創刊し、作品を発表。長編「太陽樹」が新潮賞候補となり、21年には「断崖の村」が第13回芥川賞候補になった。山と畑に囲まれた地域の風土を最大限に生かして、そこで暮らす農民の姿を生き生きと描いた作品が多い。

伊島 りすと　いじま・りすと

小説家　[生]昭和23年　[出]東京都品川区　[賞]日本ホラー小説大賞(第8回)(平成13年)「ジュリエット」　[歴]平成13年「ジュリエット」で第8回日本ホラー小説大賞を受賞。

石松 愛弘　いしまつ・よしひろ

シナリオライター　作家　[生]昭和7年6月1日　[出]福岡県飯塚市　筆名＝宗方翔(むなかた・しょう)　[学]東京大学文学部美学美術史学科(昭和32年)卒　[歴]昭和28年東宝シナリオ研究会に参加。32年大学卒後、脚本研究生として大映に入社、企画部に所属。37年大映と脚本家契約し、44年大映倒産とともにフリーとなる。主な作品に、映画「黒の試走車」「ある殺し屋」「続組織暴力」「桜の代紋」「北京的西瓜」、テレビ「華やかな荒野」(TBS)「価格破壊」(NHK)「パリ行最終便」(テレビ朝日)「はぐれ刑事純情派」など。著書に「葬神」、宗方翔名義で「大野郡右衛門」など。

石丸 梧平　いしまる・ごへい

小説家　評論家　宗教思想家　[生]明治19年4月5日　[没]昭和44年4月8日　[出]大阪府豊中市　[学]早大国史学科卒　[歴]中学教諭をしていたが、文学を志して大正8年「船場のぼんち」を自費出版して認められ、11年「人間親鸞」を刊行。13年妻喜世子と人間創造社を結成し「人生創造」「生きて生く道」「子供の生活記録と修身教育」などを創刊して評論活動をし、「禅のある人生」などを刊行した。　[家]妻＝石丸喜世子(小説家)

石光 葆　いしみつ・しげる

小説家　[生]明治40年3月1日　[没]昭和63年3月6日　[出]広島市　[学]東京帝大国文科卒　[歴]東京帝大在学中に「集団」に参加し、のち「日暦」「人民文庫」に参加。著書に「明暗の境」「若い夢」「高見順」などがある。　[団]日本文芸家協会

石牟礼 道子　いしむれ・みちこ

作家　[生]昭和2年3月11日　[出]熊本県水俣市　旧姓(名)＝白石　[学]水俣町立実務学校(昭和18年)卒　[賞]熊日文学賞(第11回・辞退)(昭和44年)「苦海浄土―わが水俣病」、大宅ノンフィクション賞(第1回・辞退)(昭和45年)「苦海浄土―わが水俣病」、マグサイサイ賞(昭和49年)、西日本文化賞(第45回・社会文化部門)(昭和61年)、紫式部文学賞(第3回)(平成5年)「十六夜(いざよい)橋」、朝日賞(平成14年)　[歴]生後まもなく水俣に移り、以後同地に住む。昭和22年20歳で結婚。短歌の投稿や、同人誌創刊にかかわる。33年谷川雁のサークル村結成に参加。43年水俣病対策市民会議の発足に参加。44年患者を訪ね歩いての聞き書き「苦海浄土―わが水俣病」を出版。同書は第11回熊日文学賞、第1回大宅ノンフィクション賞に選ばれるが、辞退。以後も患者と共にチッソ東京本社すわりこみなどをしながら、「不知火海」「流民の都」「天の魚」「椿の海の記」などで水俣病告発を続ける。一方、俳句にも親しみ、作品は大岡信著「折々のうた」にも採り上げられ、句集に「无」がある。著書は他に「西南役伝説」「おえん遊行」「常世の樹」「十六夜(いざよい)橋」「アニマ(魂)の鳥」など。　[団]暗河の会、日本文芸家協会

石森 延男　いしもり・のぶお

児童文学者　国語教育家　昭和女子大学名誉教授　[生]明治30年6月16日　[没]昭和62年8月14日　[出]北海道札幌市中央区　[学]東京高等師範学校文科(大正12年)卒　[賞]新潮社文芸賞(第15回)(昭和15年)「咲き出す少年群」、サンケイ児童出版文化賞(第5回)(昭和33年)「コタンの口笛」、小川未明文学賞(第1回)(昭和33年)「コタンの口笛」、野間児童文芸賞(第1回)(昭和38年)「パンのみやげ話」、国際アンデルセン賞国内賞(第5回)(昭和44年)、勲四等旭日小綬章(昭和45年)　[歴]札幌師範卒後、2年の教員生活を経て大正8年上京、東京高師に入学。卒業後、香川師範などで教える。15年国語教科書編纂官として満州へ赴任。昭和14年に文部省図書館勤務となって帰国、「ひろがる雲」「燕たち」「ふるさとの絵」の三部作をはじめ多くの児童書を執筆。終戦後は23年に小、中、高校用の最後の国定国語教科書の完成に尽力して24年に退官、著作活動に入る。32年に発表した「コタンの口笛」は第1回小川未明賞を受賞、ベストセラーとなり、長編児童文学隆盛のきっかけとなった。また唱歌、童謡の作詞も手がけ、作品に「野菊」がある。「パンのみやげ話」「桐の花」「石森延男児童文学全集」(全15巻)など著書多数。　[団]日本詩人クラブ　[家]父＝石森和男(詩人・歌人)

石森 史郎　いしもり・ふみお

シナリオライター　映画プロデューサー　シナリオ塾寺小屋主宰　石森史郎プロダクション代表　東京写真専門学校主任教授　[生]昭和6年7月31日　[出]北海道苫前郡羽幌町　別名＝松宮螢子(まつみや・けいこ)　[学]日本大学芸術学部映画学科(昭和30年)卒　[賞]芸術祭賞優秀賞「母と娘の絆」(テレビ)、年間代表シナリオ(昭和41年，47年)「私は泣かない」「約束」「旅の重さ」、毎日映画コンクール脚本賞(昭和47年)「約束」「旅の重さ」、芸術選奨文部大臣新人賞(第23回)(昭和47年)、日本民間放送連盟賞優秀賞(昭和58年)「みちづれ」、日本アカデミー賞脚本賞(平成5年)　[歴]在学中、第4回新人映

画シナリオコンクールに「晩鐘」が佳作入選。昭和30年近畿広告(現・大広)に入社。34年退社し、テレビ「ママちょっと来て」でシナリオデビュー。38年日活に入社、「噂の風来坊」で映画デビュー。47年「約束」「旅の重さ」で毎日映画コンクール脚本賞、芸術選奨文部大臣新人賞受賞。48年松竹と専属契約し、主に青春像を書く。他の主な作品に、映画「私は泣かない」「同棲時代」「ふれあい」「愛と誠」「泥だらけの純情」「博多っ子純情」「銀河鉄道999」「青春デンデケデケデケ」、テレビ「水色の時」「必殺仕置人」「みちづれ」など多数。また、石森史郎プロダクションを設立し、58年長編ドキュメンタリー「光と風のきずな」などをプロデュース。63年には劇映画「虹をかける天使たち」で監督デビュー。55年東京写真専門学校講師、のち教授。平成2年シナリオ塾寺小屋を主宰。著書に「シナリオへの道」「東州斉写楽─SHARAKU, WHO？」がある。

石山 浩一郎 いしやま・こういちろう
劇作家 演出家 演劇集団プロジェクトぴあ主宰 ㊤昭和14年9月4日 ㊥福岡県八女郡立花町 本名＝古庄健一(ふるしょう・けんいち) ㊦福岡学芸大学(昭和38年) ㊤青年劇場戯曲賞「神露渕村夜叉伝」 ㊥昭和38年戸畑中央高校に赴任以来、福岡県内の高校で教鞭をとり、のち福岡農高に移る。かたわら38年劇作研究会同人となり、劇団テアトルハカタの文芸演出役として市民劇団活動(作・演出)をつづける。その後、演劇集団プロジェクトぴあ主宰。戯曲作品に「まなつ幻生」「ザ・シアター」(共)、「皿山炎上」「神露渕村夜叉伝」など多数。㊦日本劇作家協会

石山 滋夫 いしやま・しげお
小説家 評論家 ㊤大正6年9月11日 ㊥長崎県 本名＝小峰昇 ㊦広島高師英語科(昭和14年)卒 ㊤九州文学賞(第3回)(昭和45年)「軍歌残唱」 ㊥昭和26年「黄金部落」主宰を経て、30年から20年間「九州作家」主宰をつとめる。作品に「遙かなる彼方」「評伝高島秋帆」など。㊦日本文芸家協会

維住 玲子 いじゅう・れいこ
小説家 ㊤昭和34年6月 ㊥北海道帯広市 本名＝熊谷玲子 ㊦札幌大学女子短期大学部国文科(昭和54年)卒 ㊤女流新人賞(平成6年)「ブリザード」 ㊥主婦業の傍ら小説を執筆。作品に「夜汽車」「ブリザード」「ブラボーセブン」などがある。

伊集院 静 いじゅういん・しずか
小説家 演出家 CMディレクター 作詞家 オフィス伊集院代表取締役 ㊤昭和25年2月9日 ㊥山口県防府市 本名＝西山忠来(にしやま・ただき) 別名＝伊達歩(だて・あゆみ) ㊦立教大学文学部卒 ㊤吉川英治文学新人賞(平成3年)「乳房」、直木賞(第107回)(平成4年)「受け月」、柴田錬三郎賞(第7回)(平成6年)「機関車先生」、吉川英治文学賞(第36回)(平成14年)「ごろごろ」 ㊥在日韓国人2世で昭和49年帰化。広告代理店に勤め、2年後にフリーのCFディレクターに。テレビCMで脚光を浴び、作品は500本にのぼる。とりわけカネボウ化粧品のキャンペーンで音楽と映像による新鮮なイメージ作りは広告界に衝撃を与え、夏目雅子を起用した「クッキー・フェース」は話題となった。54年から松任谷由実のコンサートの演出に取り組み、以後、阿川泰子、松田聖子らを手がける。また伊達歩というペンネームで作詞も手がけ、近藤真彦の「ギンギラギンにさりげなく」「愚か者」などの作品がある。59年夏女優の夏目雅子と結婚したが、60年9月急性白血病で失くす。63年より文筆活動に専念。平成4年「受け月」で第107回直木賞を受賞。9年「機関車先生」がアニメ映画化される。他の著書に「乳房」「海峡」「ごろごろ」、エッセイ集「あの子のカーネーション」「時計をはずして」、短編集「三年坂」などがある。のち女優篠ひろ子と結婚。㊦日本文芸家協会 ㊥妻＝篠ひろ子(女優)、娘＝西山繭子(タレント)、姉＝西山栄子(ファッションコーディネーター)

伊集院 斉 いしゅういん・ひとし
美学者 小説家 評論家 ㊤明治28年8月4日 ㊦昭和51年8月21日 ㊥鹿児島県 本名＝相良徳三(さがら・とくぞう) ㊦東京帝大美学科卒 ㊥毎日新聞を経て成城高校、日大、北京師範大、宮崎大、成城大などで美学を講義する。昭和初期には大衆文学や大衆文学論を執筆した。著書に小説集「種子島渡来記」「展望車の窓から」、評論「大衆文学論」などがあり、ほかにG.メテディス「喜劇論」の翻訳などがある。

泉 鏡花 いずみ・きょうか
小説家 ㊤明治6年11月4日 ㊦昭和14年9月7日 ㊥石川県石川郡金沢町(現・金沢市下новら町) 本名＝泉鏡太郎 別号＝畠芋之助(はた・いものすけ) ㊦北陸英和学校(明治20年)中退 ㊥9歳で母を失う。尾崎紅葉の影響を受け、明治23年上京し、24年紅葉門下生となる。26年「冠弥左衛門」を発表。28年世俗の道徳を批判した「夜行巡査」「外科室」を「文芸倶楽部」に発表し、"観念小説"作家として認められる。以後29年の「照葉狂言」や、遊廓に取材した「辰

巳茶談」他、幽玄怪奇の世界をテーマにした「高野聖」(33年)などを著す。32年芸者桃太郎と結婚後は、芸妓を主人公にした「湯島詣」(32年)、自身の結婚経緯を綴った「婦系図」、「歌行燈」「白鷺」などを発表。硯友社系の作家として、唯美的、ロマンティックな作品は耽美派の先駆となった。大正期に入ってからは「日本橋」や戯曲「天守物語」などを、昭和に入ってからも「薄紅梅」などを発表し、明治・大正・昭和の3代にわたって活躍した。江戸文芸につらなる作風は、新派の舞台や映画でも多くとりあげられている。一方、俳句にも親しみ紅葉の紫吟社連衆の一人であった。100句余の俳句がある。辞世の句「露草や赤のまんまもなつかしき」。「泉鏡花全集」(全28巻・別巻1、岩波書店)がある。昭和48年泉鏡花文学賞が設けられた。
㊎祖父=中田万三郎(葛野流太鼓師)

泉 啓子　いずみ・けいこ
児童文学作家　㊷昭和23年9月4日　㊔東京都　㊛早稲田大学文学部卒　㊞児童文学者協会新人賞(昭和60年)「風の音をきかせてよ」　㊙広告関係の仕事、教員などを経て作家活動に入る。地域で、本の読み聞かせ、文庫活動などをつづけている。「季節風」同人。著書に「ぼくんちのかいだん」「トリトリ5年4組の場合」「サイレントビート一夜明けまでにつたえたいのは」など。　㊟日本児童文学者協会、全国児童文学同人誌連絡会

泉 三太郎　いずみ・さんたろう
小説家　翻訳家　図書出版社代表取締役　㊷ロシア文学・演劇　㊞大正15年4月21日　㊔東京都目黒区　本名=山下三郎　㊛東京外語露文科(昭和24年)卒　㊙図書出版社代表取締役の他、出版流通対策協議会会長、のち相談役をつとめる。この間、昭和20~30年代に「新日本文学」「人民文学」誌上でロシア文学、演劇を紹介。訳書にアルブーゾフ「イルクーツク物語」、小説に「黒い種子」などがある。
㊟全日本狩猟倶楽部(副会長)、日本文芸家協会

泉 斜汀　いずみ・しゃてい
小説家　㊷明治13年1月31日　㊸昭和8年3月30日　㊔石川県金沢　本名=泉豊春　㊙兄鏡花の指導で紅葉門下生となり、明治33年「監督喇叭」を発表。下町小説、狭斜小説を多く発表し、「木遣くづし」「離縁状」「廃屋」などのほか、著書に「松葉家の娘」「深川染」などがある。　㊎兄=泉鏡花

泉 淳　いずみ・じゅん
教育相談所主宰者　作家　㊷大正11年　㊔高知県長岡郡本山町　㊛同志社大学　㊞歴史文学賞(第5回)(昭和56年)「火田の女」　㊙同志社大在学中に学徒出陣。戦後、戦災孤児とヒッピー生活をしつつ社会教育に携わる。昭和25年小学校教員となったが、32年退職。35年から高知市内で教育相談所・東相学園を主宰し、父母、教師らの教育相談に当るほか、10数人の子供を集めて学習指導をする。また、56年第5回歴史文学賞を「火田の女」で受賞。他の著書に「愛の記録」「ジロッペ物語」「瀬戸の鷹 小早川隆景」など。

和泉 聖治　いずみ・せいじ
映画監督　シナリオライター　㊷昭和21年9月25日　㊔神奈川県横須賀市汐入町　本名=木俣堯美　㊛京都外大附属高卒　㊞ギャラクシー賞「たとえばこんな~」、ATP賞「ヴァージン・ロード」　㊙高卒後、船乗り、ダンプの運転手、バーテンダーをしながらイラストレーターを志す。昭和41年上京、ゴダールの「勝手にしやがれ」で映画に魅せられ、成人映画監督をしていた父親(木俣堯喬)の経営するプロダクション入社、助監督となる。昭和47年「赤い空洞」で監督デビュー。以来独立プロで成人映画を80本近く演出したが、57年一般映画第1作「オン・ザ・ロード」を監督。以後「沙耶のいる透視図」「南へ走れ、海の道を!」「極道渡世の素敵な面々」「さらば愛しのやくざ」「フィレンツェの風に抱かれて」「流れ板七人」「実録・新宿(ジュク)の顔/新宿愚連隊物語」「平成金融道 裁き人」など幅広い作品を手がける。テレビの演出・脚本の道へも進み、主な作品に「都会に堕ちた女」「ヴァージン・ロード」「のぶ子マイウェイ」(フジ)などがある。
㊎父=木俣堯喬(映画監督)

泉 大八　いずみ・だいはち
小説家　㊷昭和3年8月25日　㊔鹿児島県出水　本名=百武平八郎(ひゃくたけ・へいはちろう)　㊛七高中退　㊞東京でアルバイト生活を経て、国家公務員技術職五級合格。昭和27~43年電話局勤務。仕事の余暇に小説を書き、34年「空想党員」でアカハタ短編小説入選、35年「ブレーメン分会」で芥川賞候補に。36年「アクチュアルな女」などを「新日本文学」に発表し、労働者文学の旗手として注目されるが、40年頃より性を主題とする大衆小説に転じ、「欲望のラッシュ」「瘋癲通勤日記」「性教育ママ」「セクシートラベル」などを書く。　㊟新日本文学会、日本文芸家協会

泉 久恵　いずみ・ひさえ

童話作家　[生]昭和16年　[出]大阪府大阪市　[賞]日本児童文芸家協会新人賞(平成3年)「マリアムのひみつの小箱」　[歴]昭和43年女性ばかりの山岳会ユングフラウが組織した西アジア親善隊に参加、トルコやイランの山に登り、イスラムの世界を知る。以後、イスラム社会に関心を持ち、51〜53年アフガニスタンのカブール大学でペルシャ文字を学ぶ。平成3年「マリヤムのひみつの小箱」で日本児童文芸家協会新人賞を受賞。他に童話「世にもふしぎなバラ・ヒサール物語」「ゆめ 夢 かいます」や、一般向けの「国際結婚イスラームの花嫁」などがある。

泉 秀樹　いずみ・ひでき

小説家　写真家　泉秀樹事務所代表取締役　[専]日本史　中国文学　[生]昭和18年3月16日　[出]静岡県浜松市　[学]慶応義塾大学文学部中国文学科(昭和40年)卒　[興]戦国期および幕末維新史、街道紀行　[賞]新潮新人賞(第5回)(昭和48年)「剥製博物館」　[歴]産経新聞記者、「三田文学」編集者などを経て、作家として独立。昭和48年小説「剥製博物館」で第5回新潮新人賞を受賞。写真家としても活動している。著書に「幕末維新人物100話」「西郷隆盛と大久保利通」「信長101話」「文物の街道」〈I・II〉「狙撃」「商人道極意」など。　[団]日本文芸家協会

和泉 ひろみ　いずみ・ひろみ

小説家　[生]昭和23年9月14日　[出]沖縄県　本名＝下地ひろみ　[学]那覇高卒　[賞]小説新潮新人賞(第1回)(平成7年)「あなたへの贈り物」　[歴]主婦業の傍ら平成5年より小説を書き始める。平成7年「あなたへの贈り物」で第1回小説新潮新人賞を受賞。　[団]日本文芸家協会

泉 優二　いずみ・ゆうじ

小説家　映画監督　[生]昭和21年2月5日　[出]東京都　本名＝鈴木孝志(すずき・たかし)　[学]大崎高卒　[興]スポーツ全般　[歴]19歳で映画監督を志し、学校を中退して助監督となる。大映映画を経て、昭和46年フリー。47年中部日本放送のDJの時にオートバイ・レーサー片山敬済と出合い、53年にドキュメントTVを制作した。55年「汚れた英雄」のヨーロッパ撮影に携わり、59年には劇場用ドキュメント映画「甦るヒーロー 片山敬済」を監督。60年映画「ウインディー」の原作小説を執筆し、以後、創作活動を続ける。また、チーム・タケシマの監督としてオートバイ・レースにも関わっている。著書に「チャンピオン・ライダー」「サンセット・ビーチ」「僕らはドリーム・ビリーバー」「グランプリ・サーカス」「さよならと言ってくれ」など。　[団]日本文芸家協会、日本冒険作家クラブ

いずみ 凛　いずみ・りん

劇作家　[出]岐阜市　[学]中央大学卒　[歴]中国中央戯劇学院で京劇などの伝統劇を学ぶ。のち岐阜県の劇団はぐるまで6年間役者として活動後劇作家に。平成3年から文化庁の芸術インターシップ研修員として演出家の広渡常敏に師事。5年文化庁芸術活動特別推進事業として上演される東京演劇アンサンブル公演「ぼくの鳥あげる」(佐野洋子原作)で脚色を担当。　[家]父＝こばやしひろし(劇団はぐるま主宰)、妹＝汲田薫(女優)

いずみだ まきこ

児童文学作家　[生]昭和8年1月2日　[出]大阪府　本名＝持田槙子　[学]大阪市立大学家政学部(現・生活科学部)児童学科卒　[賞]講談社児童文学新人賞佳作(第26回)(昭和60年)「ぼくにおじいちゃんがいた」　[歴]児童文学誌「こうべ」、「児童文学評論」同人。昭和58年日本児童文学創作コンクール評論部門佳作入選、60年「ぼくにおじいちゃんがいた」で第26回講談社児童文学新人賞佳作入選。61年同作品を「しぶちん変奏曲」と改題して刊行する。

五十公野 清一　いずみの・せいいち

小説家　[生]明治35年2月26日　[没]昭和41年6月25日　[出]山形県　[学]高小卒　[歴]高小卒業後農業に従事し、後に川崎浅野セメントに勤務。その間独学で学び、大正15年「農民」を自費出版する。以後、土の文学論を展開し「文学建設者」「民族」等の同人雑誌で活躍し、昭和17年「大地主」を刊行。戦後は少年小説、野球小説などで活躍し、「巣について」「日本三球人」などの著書を刊行した。

泉本 三樹　いずみもと・みき

小説家　児童文学者　[生]明治37年6月15日　[没]昭和45年10月21日　[出]長崎市外高浜村　本名＝泉本三樹男　[学]長崎県立師範学校(大正15年)卒、日大中退　[歴]長崎県立師範学校卒業後、日大に進み、一年で中退。昭和9年「改造」の懸賞小説に応募した「少女の空気銃」が佳作入選となり、それを機に上京し、作家生活に入る。10年「少女の空気銃」を収録した「少年歳事記」を刊行。他に童話集「金魚と時計」などがある。

出雲 真奈夫　いずも・まなぶ

文筆家　[生]大正15年　[出]福岡県　[賞]千葉文学賞(第31回)(昭和61年)「京子の夏」　[歴]昭和23年松戸市小学校に勤務。以後市川市小学校、県立養護学校などに勤務。61年葉山修平を知り、「だりん」同人となり、作品を発表。著書に「出雲真奈夫集」「黄金の芽」、短編集「少年たち」などがある。

出雲井 晶　いずもい・あき

小説家　歌人　日本画家　日本の神話伝承館館主　㋐大正15年9月11日　㋑北海道岩見沢　本名＝光定芳子　旧姓(名)＝籠田芳子(こもりた・よしこ)　㋒和歌山高女卒　文学博士(米国)　㋓内閣総理大臣賞、美術協会大賞、国際芸術文化賞、日本文芸大賞女流文学奨励賞(第6回)(昭和61年)「春の皇后」、池内祥三文学賞(第22回)(平成4年)「同居離婚」、紺綬褒章(昭和55年)、勲四等瑞宝章(平成9年)　㋔昭和56年9月の老人福祉週間を前に小説「花かげの詩」を出版。文筆活動のかたわら、教育・婦人・高齢者問題などの講演活動を行う。絵画の方では、日仏現代美術展、パリ・ル・サロン展など入選多数。著書は他に「教科書が教えない日本の神話」「にっぽんのかみさまのおはなし」「誰も教えてくれなかった日本神話」「昭和天皇」など。　㋕日本文芸家協会、日本ペンクラブ、日本現代美術家連盟(常任理事)

伊勢 暁史　いせ・あきふみ

ジャーナリスト　作家　ルポライター　㋓経済小説　経済界の人物史　㋐昭和19年11月3日　㋑京都府　本名＝進藤康明　㋒明治大学法学部卒　㋓JNLAブロンズ特別賞(平成4年)「当代人間模様シリーズ」　㋔出版社勤務、業界誌記者を経て、フリーのジャーナリスト、作家として活躍。取材グループ・しぇのば舎を主宰。幅広い分野の告発ものを手掛け、経済小説も書く。著書に「税務署残酷物語」「NHK大研究」「経営者たちの神々」「代議士秘書の内幕」「NHKの21世紀戦略」など。　㋕東アジア研究会、日本文芸家クラブ

井瀬 伴　いせ・ばん

小説家　㋐昭和4年　㋑岡山県総社市　本名＝難波聖爾　㋒東京芸術大学(昭和28年)卒　㋓岡山県文学選奨(昭和51年)(小説部門)、聖良寛文学賞(平成3年)　㋔昭和28年帰省し高校講師となる。31年中央美術学園教師、中央美術協会会員。35年中学校教師。43年岡山彫刻会に所属。その後、郷土の古代史に興味を持ち独学で研究、著作活動を始める。52年「岡山文芸」同人、60年「岡山文芸」主宰。平成元年教員を辞め、公民館長、5年退職。著書に「はばたけ巨鶩(おおわし)」「新備州戦国記」「瀬尾太郎兼康」他がある。

伊勢 英子　いせ・ひでこ

絵本画家　児童文学作家　エッセイスト　㋐昭和24年5月13日　㋑北海道札幌市　本名＝石井英子　別名＝いせひでこ　㋒東京芸術大学デザイン科(昭和47年)卒　㋓サンケイ児童出版文化賞(第32回)(昭和60年)「だっくん あそぼうよシリーズ」、日本の絵本賞絵本にっぽん賞(第8回)(昭和60年)「むぎわらぼうし」、野間児童文芸賞新人賞(第26回)(昭和63年)「マキちゃんのえにっき」、赤い鳥さし絵賞(第7回)(平成5年)「アカネちゃんのなみだの海」、産経児童出版文化賞(第41回・第43回)(平成6年・8年)「グレイがまってるから」「水仙月の四日」　㋔1年間フランスでイラストを勉強する。タブロー制作のほか子どもの本の仕事も多い。昭和60年「だっくん あそぼうよ」シリーズで第32回サンケイ児童出版文化賞を受賞。同年「むぎわらぼうし」で第8回日本の絵本賞・絵本にっぽん賞を受賞。ほかに絵本「あかちゃんなんかすててきて」「ざしき童子のはなし」「よだかの星」「水仙月の四日」、さし絵「白鳥のふたごものがたり」「あかねちゃんとお客さんのパパ」「アカネちゃんのなみだの海」「1000の風 1000のチェロ」、童話「マキちゃんのえにっき」、児童書に「グレイがまってるから」、エッセイ「カザルスへの旅」などがある。　㋕日本文芸家協会

磯 萍水　いそ・ひょうすい

小説家　㋐明治13年1月15日　㋑昭和42年11月25日　㋑上州・高崎(現・群馬県)　本名＝磯清　㋔江見水蔭門下生として、明治32年「雨乞物語」を発表し、33年発表の「逢魔ケ淵」「紫草紙」で文壇に登場。社会小説を多く書き「横浜の暗面」「木下川」などの作品がある。一時期銀行員になったこともあるが、他の作品に「脚本袖頭巾」「うき寝」や随想「武蔵野風物志」「秋灯記」などの著書がある。

磯貝 治良　いそがい・じろう

小説家　「架橋」編集発行人　㋐昭和12年　㋑愛知県半田市　㋒愛知大学法経学部卒　㋔地元・名古屋で作家活動。1960年代の終わり頃、金石範著「鴉の死」を読んで感じた"緊張感とテーマの衝撃力"の大きさが、その目を在日朝鮮人作家に向けさせる。文学を通じて日本人と在日朝鮮人の交流をと呼びかけ、昭和52年"在日朝鮮人文学を読む会"を発足、毎月1回の例会を続ける。文芸誌「架橋」も発行。著書に「始源の光」「れんみんの中国」「戦後日本文学の中の朝鮮・韓国」。

五十目 昼鹿　いそのめ・ひるか

小説家　釜石税務署長　㋐昭和20年　㋑秋田県南秋田郡五城目町　本名＝菅原寿男　㋓河北文学賞(平成9年)「破格の夢」　㋔昭和45年「しかるに胸を打ちて」、47年「攻める」でそれぞれ文学界新人賞候補。

五十部 希江　いそべ・きえ
高校教師　小説家　[生]昭和18年　[出]岡山県　[学]金城学院大学大学院修了　[賞]健友館文学賞(第1回)(平成12年)「小説鉄幹」　[歴]大学院時代は与謝野晶子研究に取り組み、のち高校教師として勤務。平成12年「小説鉄幹」で第1回健友館文学賞に入賞。

五十里 幸太郎　いそり・こうたろう
小説家　評論家　[生]明治29年4月13日　[没]昭和34年5月25日　[出]東京・上野池ノ端　[学]正則英語学校高等科修了　[歴]アテネ・フランセに学び、馬場孤蝶、生田長江に師事、また大杉栄とも交流、アナキスト文芸誌「矛盾」を編集、発行人を務めた。さらに文明評論誌、東京日日新聞記者を経て中国に渡り、会社社長などを歴任、戦後平凡社勤務。著書に「労働問題」「音楽舞踊十五講」、随想「険難の道」、小説「ダラストライキ」などがある。

井田 絃声　いだ・げんせい
小説家　[生]明治19年2月　[没](没年不詳)　[出]東京　本名＝井田秀明　[学]東京府立一中卒　[歴]一中卒業後、創作を志して巌谷小波の門下生となる。明治30年発表の「隅田川」をはじめ「盲目」「最後の小町」などの脚本がある。大正2年「京都」を刊行。没年は確認されていない。

井田 誠一　いだ・せいいち
作詞家　放送作家　[生]明治41年8月13日　[没]平成5年10月12日　[出]東京　[学]早稲田大学文学部英文科(昭和7年)卒　[賞]読売演劇文化賞(昭和23年)「焔の朝」　[歴]作品にテレビ「アルベルト・シュバイツェル」(NHK)、戯曲「焔の朝」、作詞「東京シューシャインボーイ」「若いお巡りさん」「泣かないで」などがある。　[団]JASRAC(評議員)、日本作詞家協会(顧問)

井田 敏　いだ・びん
脚本家　[生]昭和5年12月5日　[出]福岡県大牟田市　[学]熊本大学卒　[賞]ギャラクシー賞(昭和45年)「飛べやオガキ」、民放祭優秀賞(昭和55年)「どさまわり青春模様」　[歴]主な作品にラジオ「ガラスの壁の中で」「どさまわり青春模様」、テレビ「飛べやオガキ」など。著書に「まぼろしの五線譜―江文也という『日本人』」。　[団]日本放送作家協会(理事)

板垣 守正　いたがき・もりまさ
劇作家　政治家　[生]明治33年3月15日　[没]昭和26年7月16日　[出]東京　[学]東京帝大社会学科卒　[歴]大正13年から「戯曲時代」「創造文芸」などに戯曲を発表し、人生派文学を提唱する。15年無形社を主宰。同年戯曲集「自由党異変」を刊行。昭和3年民政党に入党、政界に入るが、6年「板垣退助全集」を編集する。　[家]祖父＝板垣退助

板坂 康弘　いたさか・やすひろ
小説家　競輪評論家　[生]昭和10年6月15日　[出]東京　本名＝板坂義彦　[学]東北大学文学部中退　[賞]小説クラブ新人賞(第5回)(昭和56年)「裸婦の光線」　[歴]一生楽に過ごしたいと夢みてトップ屋、バーテン、靴磨き、競輪、競馬、カジノなどをやり、麻雀で生活したこともある。20代後半に週刊誌記者から文筆業に。また「近代麻雀」を創刊し、編集長を務める。昭和56年「裸婦の光線」で小説クラブ新人賞を受賞。以後、「丸の内狩人」「限りなく優しい関係」「赤い欲望連鎖」「不倫の仕掛人」など次々と発表。劇画原作にも取り組み、700本を手がけた。競馬、競輪の評論家でもある。　[団]日本文芸家協会

板床 勝美　いたどこ・かつみ
小説家　[生]昭和37年　[出]熊本県　[学]水俣工卒　[賞]盲導犬サーブ記念動物とわたし文学賞(第1回)(平成4年)　[歴]同人誌「青い鳥」同人。平成4年盲導犬サーブ記念動物とわたし文学賞大賞を受賞。著書に「タンポポとゆうき」などがある。

井谷 昌喜　いたに・まさき
作家　読売新聞広報部次長　[生]昭和16年11月6日　[出]北海道　[学]法政大学法学部卒　[賞]日本ミステリー文学大賞(新人賞，第1回)(平成9年)「F」　[歴]昭和39年読売新聞社に入社。婦人部、社会部、整理部などを経て、広報部次長。小説を執筆、著書に「貪食細胞」「裁かれる受胎」「標的ウイルス」「F」など。

伊丹 あき　いたみ・あき
脚本家　[生]昭和43年10月30日　[出]徳島県徳島市　[学]日本映画学校　[賞]今村昌平賞(平成7年)「チャンスコール」　[歴]高校卒業後、徳島市役所に5年間勤務。のちシナリオライターを目指して、東京の日本映画学校に入学。平成7年卒業制作の「チャンスコール」が今村昌平賞を受賞。9年豊川悦司主演の映画「Lie lie Lie(ライライライ)」で脚本家デビュー。

伊丹 十三　いたみ・じゅうぞう
映画監督　俳優　[生]昭和8年5月15日　[没]平成9年12月20日　[出]愛媛県　本名＝池内義弘(いけうち・よしひろ)　通称＝池内岳彦　[学]松山南高(昭和29年)卒、舞台芸術学院卒　[賞]キネマ旬報賞助演男優賞(昭58年度)「家族ゲーム」「細雪」、藤本賞(第4回)(昭和59年)「お葬式」、毎日映画コンクール監督賞(第39回・昭59年度)「お葬式」、ブルーリボン賞監督賞(第27回・昭59年度)「お葬式」、山路ふみ子賞(第8回)(昭和

59年)、日本アカデミー賞監督賞・脚本賞(第8回・昭59年度)(昭和60年)「お葬式」、キネマ旬報賞日本映画作品賞・監督賞(昭59年度)「お葬式」、キネマ旬報賞監督・脚本賞(昭62年度)「マルサの女」、毎日映画コンクール脚本賞(昭62年度)「マルサの女」、ゴールデン・アロー賞映画賞(第25回)(昭和63年)「マルサの女」「マルサの女2」、日本アカデミー賞監督賞・脚本賞(第11回・昭62年度)(昭和63年)「マルサの女」、日本映画テレビプロデューサー協会賞特別賞(平成5年)、ゴールデン・アロー賞映画賞(第30回)(平成5年)「ミンボーの女」 ㊧昭和35年大映入社。"一三"の芸名で「嫌い嫌い嫌い」で俳優として主役デビュー。以後は脇役に回り、36年フリーとなる。米国映画「北京の55日」(38年)「ロードジム」(40年)に出演し、国際的俳優として活躍。42年"十三"と改名。その後の映画出演作に「もう頬づえはつかない」「細雪」「家族ゲーム」「草迷宮」ほか。多芸多才ぶりはつとに知られ、エッセイスト、翻訳家であり、商業デザイン、育児・料理・服飾評論なども手がけたこともある。59年自ら脚本を書き、演出した映画「お葬式」で監督デビュー。毎日映画コンクールをはじめ、数々の賞を独占した。その後も「タンポポ」「マルサの女」「マルサの女2」「あげまん」「大病人」「静かな生活」「スーパーの女」などを監督、好評を得る。63年にはホラー映画「スウィートホーム」の製作を担当。平成4年「ミンボーの女」発表後、暴漢に襲われ負傷(8年9月犯人は実刑判決となる)。この事件をもとに、9年「マルタイの女」を製作。また同年三谷幸喜脚本の「3番テーブルの客」でテレビドラマを初演出。著書に「女たちよ!」「ヨーロッパ退屈日記」「日本世間噺大系」「自分たちよ!」『「マルサの女」日記」「フランス料理と私と」、訳書に「主夫と生活」など多数。夫人は女優の宮本信子。㊙父＝伊丹万作(映画監督)、妻＝宮本信子(女優)、長男＝池内万作(俳優)、二男＝伊丹万平(俳優)

伊丹 万作　いたみ・まんさく

映画監督 脚本家　㊌明治33年1月2日　㊧昭和21年9月21日　㊋愛媛県松山市湊町　本名＝池内義豊　雅号＝池内愚美　㊥松山中(大正6年)卒　㊨中学卒業後、上京して鉄道院に勤め、そのかたわら洋画を学ぶ。退職して少年雑誌に挿絵を書いていたが、シナリオも書くようになり、昭和3年片岡千恵蔵プロダクションに脚本家兼助監督として入社、同年自作の「仇討流転」で監督デビュー。以後幅広く活躍し、JO、東宝、日活と動く。7年「国士無双」、9年「武道大鑑」、10年「忠治売出す」で地位を確立。自作のほか、志賀直哉「赤西蠣太」(11年)など多くの文芸作品の脚色監督もした。13年以降は健康にすぐれず、シナリオに専念。代表作に「無法松の一生」(16年)「手をつなぐ子等」(19年)がある。一方、評論、随筆も多く記し「影画雑記」「静臥雑記」などの著書がある。没後、志賀直哉、中野重治らの監修で「伊丹万作全集」(全3巻、筑摩書房)が刊行された。㊙長男＝伊丹十三(俳優・映画監督)、長女＝伊丹ゆかり(作家大江健三郎夫人)、孫＝池内万作(俳優)、伊丹万平(俳優)

板見 陽子　いたみ・ようこ

第8回読売「女性ヒューマン・ドキュメンタリー」大賞で受賞　㊌昭和42年9月30日　㊋熊本県立短期大学定時制　㊥女性ヒューマン・ドキュメンタリー大賞カネボウスペシャル優秀賞(第8回)(昭和62年)　㊨3歳の時両手両足マヒとなって重度障害のハンディを背負いながら小、中学校と普通学校に通った。昭和62年、第8回読売「女性ヒューマン・ドキュメンタリー大賞」カネボウスペシャル優秀賞を受賞。「ダイヤリー車椅子の青春日記」という題でテレビドラマ化され、同名の小説として出版された。熊本県立定時制江津高校を卒業して熊本県立短期大学に進学。

市川 栄一　いちかわ・えいいち

児童文学作家　秩父市文化団体連合会会長　秩父むかしむかしの会会長　㊌昭和4年11月22日　㊋埼玉県秩父市　㊥熊谷中卒　㊥「文学広場」童話部門年度賞(昭和35年)　㊨昭和24年から40年間、秩父市・飯能市・日高市の小学校に勤務し、飯能市立芦ケ久保小学校教頭などを歴任。在職中から民話の採集・再話を続け、優れた民話を後世に伝えるため語りにも力を注ぐ。「草笛」同人。主な作品に「おてんばあっ子は一年生」「秩父まつり」「埼玉県の民話」などがある。　㊥日本児童文学者協会、日本子どもの本研究会、秩父児童文学の会

市川 崑　いちかわ・こん

映画監督　㊌大正4年11月20日　㊋三重県宇治山田市(現・伊勢市)　本名＝市川儀一　㊥市岡商中退　㊥ベネチア国際映画祭サン・ジョルジョ賞(昭和31年)「ビルマの竪琴」、カンヌ国際映画祭審査員特別賞(昭和35年)「鍵」、ブルーリボン賞(監督賞、昭和34年度・35年度・37年度)「鍵」「野火」「おとうと」「私は二歳」「破戒」、毎日映画コンクール監督賞(昭和35年度・37年度)「おとうと」「女経」「私は二歳」「破戒」、キネマ旬報賞(監督賞、昭和35年度・37年度)「おとうと」「私は二歳」、芸術選奨(昭37年度)「私は二歳」「破戒」、毎日芸術賞(昭和40年)「東京オリンピック」、カンヌ国際映画祭青少年向き最優秀映画賞(昭和40年)「東京

オリンピック」、市川雷蔵賞(第2回)(昭和54年)、紫綬褒章(昭和57年)、牧野省三賞(第26回)(昭和59年)、勲四等旭日小綬章(昭和63年)、東京国際映画祭審査員特別賞(インターナショナル・コンペ，第7回)(平成6年)「四十七人の刺客」、文化功労者(平成6年)、ベルリン国際映画祭ベルリナーレ・カメラ賞(第50回)(平成12年)、山路ふみ子賞(文化賞，第24回)(平成12年)、川喜多賞(第19回)(平成13年)、モントリオール国際映画祭功労賞(第25回)(平成13年)　[歴]4歳の時、母とともに大阪市に移る。漫画好きの少年から映画志望に転じ、昭和8年京都太秦のJOスタジオ(東宝映画の前身)に入社しトーキー・アニメーションを担当。22年東宝大争議の時、新東宝で「東宝千一夜」を助監督のまま演出し、23年「花ひらく」で監督デビュー。26年東宝に移り、28年「プーサン」で風俗喜劇作家として注目される。30年日活に移り、同年の「こころ」を境に文学作品を原作としたシリアス・ドラマに向かい、「ビルマの竪琴」(31年)、大映に転じて「処刑の部屋」(31年)「炎上」(33年)「鍵」(34年)「野火」(34年)「おとうと」(35年)「ぼんち」(35年)「私は二歳」(37年)「破戒」(37年)などを撮る。40年「東京オリンピック」は"記録か芸術か"で物議を醸した。48年崑プロ設立、同年「股旅」を製作・監督。以後の作品に「犬神家の一族」(51年)「悪魔の手毬唄」(52年)「細雪」(58年)「おはん」(59年)「映画女優」(62年)「四十七人の刺客」(平6年)「八つ墓村」(8年)「かあちゃん」(13年)などがある。昭和57年紫綬褒章受章。平成6年文化功労者に選ばれる。11年、昭和44年7月黒沢明、木下恵介、小林正樹らと世界の話題になる映画を作ろうと四騎の会を結成し、合同執筆した時代劇脚本「どら平太」を映画化。12年ベルリン国際映画祭でベルリナーレ・カメラ賞(特別功労賞)を受賞。13年モントリオール国際映画祭で功労賞を受賞。　[団]日本映画監督協会　[家]妻=和田夏十(シナリオ作家・故人)

市川 しのぶ　いちかわ・しのぶ

小説家　[生]昭和18年　[出]愛知県名古屋市　[学]名古屋市立高(昭和37年)卒　[賞]岐阜市文芸祭賞(市教育賞，児童文学の部)(昭和59年)、岐阜市文芸祭賞(市教育賞，短篇小説の部)(昭和60年)、名古屋タイムズ社文芸大賞(平成9年)「白薔薇のエチュード」　[歴]昭和59年「五つの花の物語」を出版。同年岐阜市文芸祭児童文学の部市教育賞、60年岐阜市文芸祭短篇小説の部市教育賞、平成9年名古屋タイムズ社文芸大賞を受賞。「弦」同人。共著に「主婦の創作選集」「日本全国文学大系〈1〉」がある。　[団]中部ペンクラブ

市川 森一　いちかわ・しんいち

脚本家　劇作家　小説家　日本放送作家協会理事長　[生]昭和16年4月17日　[出]長崎県諫早市　[学]日本大学芸術学部映画学科シナリオコース(昭和40年)卒　[賞]大谷竹次郎賞(第8回・昭54年度)「黄金の日日」、芸術選奨文部大臣新人賞(放送部門)(第31回・昭55年度)(昭和56年)「港町純情シネマ」他、芸術祭賞優秀賞(テレビドラマ部門)(昭和57年)「十二年間の嘘―乳と蜜の流れる地よ」、向田邦子賞(第1回)(昭和58年)「淋しいのはお前だけじゃない」、テレビ大賞(第15回・昭57年度)「淋しいのはお前だけじゃない」、ギャラクシー賞(第20回・昭57年度)「淋しいのはお前だけじゃない」、日本民間放送連盟賞(数回)、年間代表シナリオ(昭63年度)「異人たちとの夏」、芸術選奨文部大臣賞(放送部門)(第39回・昭63年度)(平成1年)「明日・1945年8月8日・長崎」、日本アカデミー賞最優秀脚本賞(第12回・昭63年度)(平成1年)「異人たちとの夏」　[歴]漫画少年、映画青年を経て脚本家を目ざす。昭和41年「怪獣ブースカ」でデビュー、以後「ウルトラセブン」「帰ってきたウルトラマン」「ウルトラマンA」を手がけ、テレビを中心に活動。脱ホームドラマ、脱リアリズムで常に新機軸に挑戦、現代のメルヘンを描き、"フィクション復興の旗手"と呼ばれる。63年には「異人たちとの夏」で映画シナリオも手がける。平成12年日本放送作家協会理事長に就任。他の作品に「傷だらけの天使」「新坊ちゃん」「黄金の日日」「ダウンタウン物語」「港町純情シネマ」「淋しいのはお前だけじゃない」「山河燃ゆ」「聖母モモ子シリーズ・十二年間の嘘」「夢の島」「もどり橋」「明日・1945年8月8日・長崎」「おいね」「夢暦長崎奉行」など、戯曲「ヴェリズモオペラをどうぞ！」、小説「紙ヒコーキが飛ばせない」、ロックオペラ「楽劇・AZUCHI」がある。テレビのコメンテーターとしても活躍。　[団]日本放送作家協会、日本脚本家連盟、日本ペンクラブ、日本文芸家協会　[家]妻=柴田美保子(女優)

市川 信夫　いちかわ・のぶお

児童文学作家　上越保健医療福祉専門学校校長　[専]民俗学　[生]昭和7年12月3日　[出]新潟県高田市　[学]新潟大学教育学部卒　[賞]日本福祉文化賞(平成3年)「ふみ子の海 上・下」　[歴]小学校教師となり、昭和46年から高田盲学校に勤務。昭和30年坪田譲治を知り、「びわの実文庫」で創作にはげむ。また、民俗学者だった父・信次の遺志を継ぎ高田瞽女の研究など地域文化の堀りおこしに取り組む。「上越新聞」のコラムニストでもある。主な作品に「たった一つのむかし」「雪と雲の歌」「雪の町へ来た異人さん」などがある。　[団]日本児童文学者協会

市川 温子　いちかわ・はるこ
淑徳専門学校非常勤講師　フェミナ賞を受賞　[生]昭和24年　[出]高知県　本名＝盛岡温子　[学]お茶の水女子大学卒　[賞]フェミナ賞(第3回)(平成3年)「ぐりーん・ふいっしゅ」

市川 靖人　いちかわ・やすと
小説家　辰己興業代表者　[生]大正11年6月15日　[出]山梨県　本名＝市川安人　[学]法政大学専門部法科中退、海軍甲種飛行予科練習生(第8期)(昭和16年)卒　[賞]日本随筆家協会賞(第2回)(昭和53年)、農民文学賞(第33回)(平成2年)「悲しき木霊」　[歴]昭和56〜62年雑誌「丸」エキストラ版に小説「悲しき飛行靴」連載。また、61年より「月刊小説」に「海軍馬鹿物語」連載。日本農民文学会編集委員、監事をつとめる。著書に「ああ、海軍ばか物語」。　[団]日本文芸家協会、日本随筆家協会、日本農民文学会

一条 明　いちじょう・あきら
作家　[生]大正11年9月11日　[没]昭和62年　[出]東京　本名＝高橋保　[学]日本大学芸術学部演劇科卒　[歴]新樹社同人。著書に「いのちの灯」「女優一代・貞奴」など。　[団]日本文芸家協会、作家クラブ(常任理事)

一条 栄子　いちじょう・えいこ
元・推理作家　本名＝北本栄子　旧筆名＝小流智尼(おるちに)　[歴]大正14年「探偵趣味」同人となり、小流智尼の筆名で「無用の犯罪」を発表。15年「サンデー毎日」大衆文芸の第1回募集で「そばかす伝次」が入選する。昭和2年「平野川殺人事件」を発表するが、4年で筆を絶った。

一条 諦輔　いちじょう・ていすけ
音楽家　デザイナー　作家　[生]昭和20年　[出]旧満州　筆名＝森道夫(もり・みちお)　[歴]10代の終わり頃から、“呼び屋”で儲け、多重的才能を発揮しはじめる。作詞作曲家としてCMソングなど500曲を作り、高級オートクチュールのデザインをし、作家としては森道夫のペンネームで昭和55年中央公論新人賞、野性時代新人文学賞の候補にもなる。

一条 理希　いちじょう・りき
小説家　[出]新潟県　[賞]ファンタジーロマン大賞(佳作，第3回)(平成6年)「パラノイア7」
[歴]平成6年「パラノイア7」でデビュー。著書に「パラノイア7」「グラウンド・ゼロ―破滅への起爆点」「サイケデリック・レスキュー」などがある。11月4日生まれ。

一ノ瀬 綾　いちのせ・あや
作家　[生]昭和7年6月19日　[出]長野県　本名＝掛川たつよ　[学]上田染谷丘高併設中卒　[賞]農民文学賞(第12回)(昭和43年)「春の終り」、田村俊子賞(第16回)(昭和50年)「黄の花」　[歴]著書に「黄の花」「独り暮らし」「幻の碧き湖」など。
[団]日本文芸家協会、新日本文学会

一瀬 直行　いちのせ・なおゆき
詩人　小説家　[生]明治37年2月17日　[没]昭和53年11月14日　[出]東京・浅草　本名＝一瀬沢竜(いちのせ・たくりゅう)　[学]大正大学中退　[歴]大正大学予科在学中から詩作を始め、川路柳虹主宰の「炬火」に発表し、大正15年詩集「都会の雲」を刊行。その後小説に転じ、昭和13年「隣家の人々」が第7回芥川賞候補作品となる。東京・下町に住み、下町に材をとった作品を多く発表、「浅草物語」「ゲイボーイ」「山谷の女たち」などを刊行。「随筆東京・下町」の著書もある。

一戸 務　いちのへ・つとむ
小説家　中国文学者　[生]明治37年8月19日　[出]東京　[学]東大支那文学科卒　[歴]昭和5年前後から、芸術派の作家として第10次「新思潮」「文芸レビュー」「新作家」「文学生活」などの同人に参加。10年「竹籔の家」を刊行。戦争中は支那文学の翻訳、紹介につとめ、周作人「苦茶随筆」や「支那の発見」などを刊行、中国文学者として活躍した。

一戸 冬彦　いちのへ・ふゆひこ
作家　産能短期大学講師　[生]昭和22年1月3日
[出]青森県五所川原市　[学]中央大学卒、早稲田大学専攻科国文科修了　[賞]日本文芸大賞(第7回・現代文学新人賞)(昭和62年)「黒白の踊り」、コスモス文学新人賞(平3年度)「不正入学の陰謀」
[歴]フリーの週刊誌記者、高校教師などを経て、産能短期大学に勤務。著書に「選挙参謀」「黒白の踊り」「霧の視界」「小説・教育界―荒んだ学園の狂詩曲」など。　[団]日本ペンクラブ、日本文芸家協会、全国大学国語国文学会

一宮 猪吉郎　いちのみや・いきちろう
新聞記者　小説家　[没]明治15年2月7日　号＝嘯風子　[歴]明治初期の新聞記者として活躍し、大阪朝日新聞社入社後、正楽寺住職安満期勝了のことを書いて讒謗律に問われ、判決の日に自殺したといわれている。20歳に満たなかったらしい。唯一の著書に「東洋綺談 鳳縁情誌」(明14)がある。

市橋 一宏　いちはし・かずひろ
小説家　⽣明治40年6月17日　⽣東京・浅草　本名=市橋一　⽣本所高等小学校卒　⽣サンデー毎日大衆文芸入賞(第7回)(昭和5年)「不良少年とレヴューの踊り子」　⽣高小卒業後、職人や工場勤めをしながらカジノ・フォリーなどに出入りし、昭和5年「サンデー毎日」の第7回大衆文芸に「不良少年とレヴューの踊り子」を応募して入選する。以後、踊り子や玉の井を舞台にした小説を発表し、戦後は新鷹会に参加して「高橋お伝」などの時代小説も発表している。

市原 麻里子　いちはら・まりこ
小説家　⽣昭和36年9月23日　⽣鳥取県　筆名=間万里子　⽣成城大学文芸学部卒　⽣歴史文学賞(第22回)(平成10年)「天保の雪」　⽣平成10年間万里子名義で「天保の雪」を発表、歴史文学賞を受賞。　⽣日本文芸家協会

市原 麟一郎　いちはら・りんいちろう
児童文学作家　土佐民話の会主宰　⽣大正10年11月22日　⽣高知県須崎市　⽣日本大学高師部地歴科(昭和18年)卒　⽣高知県文化賞(昭和62年)　⽣須崎工教員を経て、昭和19年応召。復員後、55年まで高校教師をつとめ、退職後、土佐民話の会主宰。月刊「土佐の民話」を発行して、民話を記録伝承すると共に、次の世代へ語り継ぐため、民話紙芝居をもって保育園・幼稚園・小学校などへの巡回公演を行っている。著書に「土佐の民話」「土佐の怪談」「土佐艶笑譚」などがある。　⽣土佐民話の会

一丸 俊憲　いちまる・しゅんけん
小説家　筆名=いちまるとしお(いちまる・としお)　⽣僧侶の息子に生まれる。のち教職の道に進み、国語、漢文の教師として福岡工を振り出しに福岡中校長、博多工校長などを歴任。昭和43年退職後福岡県・冷泉町の冷泉公民館館長を務めた。一方小説が好きで60歳から本格的に執筆活動に取り組み、祖父の兄で筑前琵琶旭会の宗家・橘智定や伯母の筑前琵琶奏者・秋根利恵(旭嵐)を題材とした短編小説集を出版。平成4年姉の同奏者・一丸キクエ(旭菊)の半生を描いた2冊目の短編小説「花の饗宴」をいちまるとしおの名で出版。　⽣姉=一丸キクエ(旭菊・筑前琵琶奏者)

市村 薫　いちむら・かおる
文学界新人賞を受賞　⽣昭和28年1月　⽣広島県　本名=井上明信　⽣広島大学文学部中退　⽣文学界新人賞(第73回)(平成3年)「名前のない表札」　⽣法律事務所に事務員として勤務。

市山 隆一　いちやま・りゅういち
シナリオライター　プロデューサー　⽣昭和23年　⽣神奈川県　本名=市山達己　⽣小説現代新人賞(第65回)(平成9年)「紙ヒコーキ飛んだ」　⽣プロデューサー、映画のシナリオライターとして活躍する傍ら、小説にも取り組み、「紙ヒコーキ飛んだ」を執筆。

五木 寛之　いつき・ひろゆき
小説家　⽣昭和7年9月30日　⽣福岡県八女市　旧姓(名)=松延　⽣早稲田大学文学部露文科(昭和32年)中退　⽣小説現代新人賞(第6回)(昭和41年上期)「さらばモスクワ愚連隊」、直木賞(第56回)(昭和41年下期)「蒼ざめた馬を見よ」、吉川英治文学賞(第10回)(昭和51年)「青春の門 筑豊篇」、全日本文具協会ベスト・オフィス・ユーザー賞(平成3年)、龍谷特別賞(平成7年)、新風賞(第28回)(平成6年)「生きるヒント」　⽣教職にあった両親と朝鮮各地に住んだが、平壌第一中学1年の時、敗戦。昭和22年福岡に引き揚げ、27年早稲田大学露文科に入学したが、5年後、授業料滞納で学籍抹消となる。以後、業界誌編集長、ラジオ番組制作、CMソングの作詞や放送台本の執筆などで活躍。40年ソ連・北欧を旅行し、41年「さらばモスクワ愚連隊」で小説現代新人賞を受けたのをきっかけに、作家活動に入る。同年「蒼ざめた馬を見よ」で直木賞受賞。以降新聞小説などを中心に多作し幅広い読者層を獲得。テレビ等にも出演し、ダンディーぶりなどで人気があった。56年から休筆、京都の龍谷大学で仏教史を学び、60年から執筆を再開。鈴鹿国際大学教授、直木賞選考委員もつとめる。平成13年エッセイ「大河の一滴」が映画化される。また同年よりシリーズ「日本人のこころ」(全6巻、講談社)が刊行される。14年ベストセラーとなった「大河の一滴」「他力」「人生の目的」などから一部抜粋し、英訳したエッセイ集「TARIKI」が米国の季刊書評誌「FOREWORD MAGAZINE」のブック・オブ・ザ・イヤー精神世界部門ブロンズ賞に選ばれる。他の代表作に「四季・奈津子」「四季・布由子」「四季・波留子」「四季・亜希子」の〈四季〉シリーズ、「朱鷺の墓」「青春の門」「戒厳令の夜」「風の王国」「蓮如－われ深き淵より」(戯曲)、エッセイ「風に吹かれて」「ゴキブリの歌」「地図のない旅」「生きるヒント」、訳書に「かもめのジョナサン」「リンゴの花咲く湖」「リトル ターン」など。ほかに「五木寛之小説全集」(全36巻・補1巻、講談社)「五木寛之エッセイ全集」(全12巻、講談社)「五木寛之クラシック小説集」(全6巻、小学館)がある。　⽣日本ペンクラブ(理事)、日本文芸家協会(理事)、日本推理作家協会

井辻 朱美　いつじ・あけみ

翻訳家　歌人　小説家　白百合女子大学文学部助教授　[専]SF　ファンタジー　英米文学　オペラ・オペレッタ　[生]昭和30年12月12日　[出]東京都新宿区　本名＝黒崎朱美(くろさき・あけみ)　[学]東京大学理学部生物学科卒、東京大学大学院比較文学比較文化専攻(昭和55年)修士課程修了　[興]ファンタジーの文体　[賞]短歌研究新人賞(第21回)(昭和53年)「水の中のフリュート」、星雲賞(海外長編翻訳部門)(第17回)「エルリック・シリーズ」、フォア・レディーズ賞(昭和55年)、産経児童出版文化賞(第43回)(平成8年)「歌う石」　[歴]東大理学部では人類学を専攻、大学院では比較文化を学ぶ。塚本邦雄らの前衛短歌が好きで、大学時代に「詩歌」に入会。53年「水の中のフリュート」で第21回短歌研究新人賞受賞。従来にない発想と新鮮な語感で注目を浴びる。59年「詩歌」終刊にともない、同人誌「かばん」創刊、また57年より詩人一色真理らと同人誌「黄金時代」に参加。歌集に「地球追放」「水族」、詩集に「エルフランドの角笛」がある。一方、スプリンガーなど米国の作家の翻訳も手がけ、訳書に「歌う石」、ムアコック〈エルリック〉シリーズ、児童書「トロールのばけものどり」などがある。若い女性歌人10人の集まり“6・9三十一文字集会”のメンバー。熱烈なワグナー愛好家でもある。　[団]日本ワーグナー協会、日本オペレッタ協会、日本文芸家協会

一色 悦子　いっしき・えつこ

児童文学作家　[生]昭和16年10月26日　[出]福島県郡山市　[学]京都女子大学短大部文科卒　[賞]毎日児童小説賞入賞「受験連盟」　[歴]主著に「海からのしょうたいじょう」「どろぼう橋わたれ」「そうすけべんとうやです」「安珍と清姫」など。「山彦」同人。　[団]日本児童文学者協会、福島児童文学研究会

一色 銀河　いっしき・ぎんが

「若草野球部狂想曲」の著者　[出]兵庫県尼崎市　[学]尼崎工卒　[賞]電撃ゲーム小説大賞(銀賞，第6回)(平成11年)「若草野球部狂想曲」　[歴]高校卒業後、就職。友人に勧められて小説を書き始め、平成11年「若草野球部狂想曲」で電撃ゲーム小説大賞銀賞を受賞。

一色 さち子　いっしき・さちこ

児童文学作家　[生]昭和8年　[出]栃木県　[歴]昭和58年、日本児童文芸家協会の「童話教室」受講。協会の創立30周年記念創作童話コンクールで、「くまごめさん、コーヒーショップへいく」が佳作入選。　[団]まいまいの会(童話創作グループ)

一色 次郎　いっしき・じろう

小説家　[生]大正5年5月1日　[没]昭和63年5月25日　[出]鹿児島県沖永良部島　本名＝大屋典一(おおや・てんいち)　[賞]太宰治賞(第3回)(昭和42年)「青幻記」、菊池寛賞(昭和49年)、サンケイ児童出版文化賞(昭和50年)「サンゴしょうに飛び出せ」　[歴]3歳の時父が沖永良部島の抗争事件に巻き込まれ獄死。母とも生別。鹿児島市に移った祖父にひきとられる。21歳の時上京。結核で島に帰って死んだ母への思いを綴った「青幻記」で昭和42年太宰治賞受賞。また、西日本新聞東京支社時代の日記をもとにした「日本空襲記」を出版、早乙女勝元らと「東京大空襲・戦災誌」を編集して、49年菊池寛賞を受けた。53年には女性死刑囚をテーマにした小説「魔性」を書き、仏文学者・白井浩司ら5人の文化人グループで「死刑廃止をすすめるつどい」を結成。講演会、出版活動を通して世論づくりを進めた。　[団]日本文芸家協会、死刑廃止をすすめるつどい

一色 伸幸　いっしき・のぶゆき

脚本家　[生]昭和35年2月24日　[出]東京都　[学]青山学院大学英文科(昭和57年)中退　[賞]日本アカデミー賞脚本賞(平成2年)「病院へ行こう」、放送文化基金賞奨励賞(第17回)(平成3年)「ネットワーク・ベイビー」、ヨコハマ映画祭脚本賞(第15回)(平成5年)「僕らはみんな生きている」ほか、おおさか映画祭脚本賞(第19回・平5年度)「僕らはみんな生きている」ほか　[歴]松竹シナリオ研究所第1期を経て、霧プロへ。昭和57年火曜サスペンス劇場「松本清張の脊梁」(古田求協同)でデビュー。以降、野村芳太郎の助監督、プロットライターを経て、59年頃から脚本家に専念。作品にアニメ「ミームいろいろ夢の旅」「宇宙船サジタリウス」、テレビ「私鉄沿線97分署」「ハーフポテトな俺たち」「ネットワーク・ベイビー」「それでも僕は母になりたい」、映画「主婦と性生活」(村上修協同)「BE FREE!」「私をスキーに連れてって」「恐怖のヤッちゃん」「木村家の人びと」「彼女が水着に着がえたら」「病院へ行こう」「波の数だけ抱きしめて」「七人のおたく」「僕らはみんな生きている」「香港大夜総会〜タッチ&マギー」など。

一藤木 杏子　いっとうぎ・ようこ

作家　[生]昭和37年2月17日　[出]神奈川県横浜市　本名＝渡辺かおり　[歴]昭和58年第1回コバルト・ノベル大賞に「たとえば、十九の時のアルバムに」が佳作入選。著書に「くどき上手なピーターパン」「ラスト・シーンでほほえんで」「ファースト・シーンはろまんてぃっく」「エンドマークは乙女ちっく」「えぴろーぐはファーストKISS」他。

一筆庵 可候　いっぴつあん・かこう
探偵小説作家　⑳(生没年不詳)　本名=富田一郎　⑱万朝報の創業時代に黒岩涙香に協力した。明治25年「金狐」、26年「妖霊星」などの探偵趣味の時代物を発表。同年「探偵実話 美人罪」を刊行。また28年には外国種の翻案物「大悪人」を刊行している。

井手 伊代子　いで・いよこ
劇作家　⊕昭和16年3月1日　⊕静岡県　⊕慶応義塾大学通信教育部(昭和58年)卒　⊕文化庁舞台芸術創作奨励賞(現代演劇部門、第15回、平4年度)「あざみの蜜」　⊕平成3年日本演劇協会付属劇作家塾修了。

井手 詞六　いで・かろく
小説家　⊕明治32年4月　⊕昭和3年3月29日　⊕岡山県玉島町　⊕金光中学中退　⊕父の死で一家離散、病弱の体にむち打ち文学を修め、大正10年朝日新聞懸賞長編小説に応募し、作品「新しき生へ」が1等に当選。他に「炬火を翳す人々」などがある。

井手 蕉雨　いで・しょうう
劇作家　⑳(生没年不詳)　⑱明治末期～大正初期に「演芸画報」「新小説」などの雑誌に戯曲作品を執筆。明治43年中村吉蔵が新社会劇団を設立した際、東京座において「牧師の家」「親」を上演。主な作品に戯曲「黄金大王」「清正最後」「高山彦九郎」「恋の火起請」「井筒」など。

井出 千晶　いで・ちあき
フリーライター　小説家　⊕昭和34年3月5日　⊕北海道札幌市　⊕フェリス女学院大学卒　⊕フリーライターとして、主に雑誌のファッション記事やエッセイを執筆するかたわら、漫画の原作も手がける。また、少女小説家としても活躍。原作に「それいゆパラダイス」、著書に「ハートにコスモス」「ポケットに、ハイネ」「海辺のトリステス」など。

井手 俊郎　いで・としろう
シナリオライター　⊕明治43年4月11日　⊕昭和63年7月3日　⊕佐賀県　筆名(併用)=権藤利英、三木克巳　⊕東京高等工芸(現・千葉大学工学部)卒　⑳年間代表シナリオ(昭24, 26, 28, 29, 30, 31, 38, 41, 45, 52年度)　⊕パピリオ化粧品、アサヒビール、婦人画報社などの宣伝部嘱託を経て、昭和12年東宝映画興業課に入社。直営館の支配人として各地を転任したあと、戦後、撮影所の文芸部に移り、24年今井正監督の「青い山脈」のシナリオを執筆。東宝争議後退社し、藤本プロに移るが、26年からフリーとなり、シナリオ作家として活躍した。主なシナリオに「めし」「にごりえ」「三等重役」「江分利満氏の優雅な生活」「点と線」「古都」などがある。　⑱長男=井手峻(元・プロ野球選手)

井出 孫六　いで・まごろく
小説家　日本文芸家協会理事　⊕昭和6年9月29日　⊕長野県南佐久郡臼田町　⊕東京大学文学部仏文科(昭和30年)卒　⊕江戸期民衆史、近代史、戦後史　⊕直木賞(第72回)(昭和50年)「アトラス伝説」、大仏次郎賞(第13回)(昭和61年)「終わりなき旅」　⊕昭和33年中央公論社に入社。同人誌「層」に加わり、40年「非英雄伝」「太陽の葬送」を発表。44年退社後は著述に専念、「秩父困民党群像」(48年)「峠の廃道」(50年)などを著わす。50年洋画家・川上冬崖を主人公にした「アトラス伝説」で直木賞受賞。手堅い資料分析と熱っぽい想像力とで組み立ててゆく実証的創作方法を打ち立てる。ほかに「抵抗の新聞人・桐生悠々」「峠―はるかなる語り部」「島へ」「終わりなき旅―中国残留孤児の歴史と現在」「ねじ釘の如く―画家・柳瀬正夢の軌跡」などがある。　⊕日本文芸家協会(理事)、日本ペンクラブ、日中文化交流協会(理事)　⊕姉=丸岡秀子(評論家・故人)、兄=井出一太郎(元衆議院議員・故人)、井出源四郎(千葉大名誉教授)

井手 雅人　いで・まさと
シナリオライター　元・日本シナリオ作家協会常務理事　⊕大正9年1月1日　⊕平成1年7月17日　⊕佐賀市赤松町　⊕豊島師範本科第一部(昭和16年)卒　⑳年間代表シナリオ(昭和33, 36年, 39年, 40年, 43年, 53年, 55年, 58年)　⊕軍隊生活を経て、戦後小学校教員となり、昭和23年新東宝労務課に入社。この頃より作家の故・長谷川伸に師事して小説を書き始め、26年にシナリオ第1作「暁の急襲」を発表。同年企画部に配属。29年退社し、以降フリーのシナリオライターとして日本映画の名作・大作を手がける。60年から平成元年3月まで日本シナリオ作家協会常務理事を務めた。主な作品に映画「点と線」「妻は告白する」「五弁の椿」「赤ひげ」「証人の椅子」「黒部の太陽」「鬼畜」「影武者」「乱」「次郎物語」、テレビ「鬼平犯科帳」シリーズなど。

伊藤 海彦　いとう・うみひこ
詩人　シナリオライター　⊕大正14年1月1日　⊕平成7年10月20日　⊕東京・渋谷　⊕日本大学芸術科(昭和22年)卒　⊕イタリア賞(昭和33年, 38年, 48年)、芸術祭賞優秀賞(昭和40年)「飛翔」　⊕中学教諭、出版社勤務を経て、放送作家となる。昭和24年NHK専属、32年フリー。一方、17歳ごろから詩作を始め、「高原」「アル

ビレオ」を経て、「同時代」「地球」同人。放送詩劇の分野で活躍、新しいタイプのラジオ・ドラマを創造した。代表作に「夜が生まれるとき」「吹いてくる記憶」「この青きもの」「こどもとことば」「遠い横顔」「銃声」などがあり、詩集に「黒い微笑」「影の変奏」、童謡集「風と花粉」などがある。 ㊿日本現代詩人会、日本脚本家連盟、新・波の会

伊藤 永之介　いとう・えいのすけ

小説家　㊀明治36年11月21日　㊁昭和34年7月26日　㊂秋田県秋田市西根小屋本町　本名＝伊藤栄之助　㊃秋田市中通尋常高小(大正7年)卒　㊄新潮社文芸賞(第2回)(昭和14年)「鶯」、小学館文学賞(第2回)(昭和28年)「五郎ぎつね」　㊅高小卒業後、大正7年から9年まで日銀支店の行員見習いを務める。この間「国民新聞」などに投稿し、10年新秋田新聞社に入社。13年上京し、やまと新聞に入社。同年創刊された「文芸戦線」に参加し「泥溝」(どぶ)などを発表。また「文芸時代」にも「犬養健氏の芸術」などを発表。昭和2年労芸に参加し、以後プロレタリア文学、農民文学の作家として活躍。昭和10年代は「鳥」「鴉」「鶯」などの鳥類ものを発表し、戦後も「雪代とその一家」「なつかしの山河」「警察日記」などを発表。29年には日本農民文学会を結成し、会長に就任した。その他の主要作品に「万宝山」「馬」「南米航路」などがあり、「伊藤永之介作品集」(全3巻、ニトリア書房)がある。

伊東 挙位　いとう・きよい

口演童話家　㊅児童文化功労者賞(第14回)(昭和47年)、久留島武彦文化賞(第18回)(昭和53年)　㊆戦前は東京府社会事業協会の職員、戦時中は奈良で図書館司書、戦後東京で保育関係の学校講師をつとめた。その一方、童話や民話を子どもたちに語り続けてきた、口演童話家の最長老でもある。

伊東 京一　いとう・きょういち

小説家　㊂東京都・神田　㊅平成12年第2回ファミ通エンタテインメント大賞小説部門に「深緑の魔女」で入賞。「BIOME」で小説家デビュー。

伊藤 清　いとう・きよし

元・キリンテクノシステム社長　㊀昭和8年6月27日　㊂愛知県　㊃一橋大学商学部(昭和31年)卒　㊅昭和31年麒麟麦酒(現・キリンビール)入社。62年人材開発部長、平成元年経営技術開発本部審議役などを経て、2年キリンシステム社長に就任。6年退任。一方、高校時代から演劇部に所属し、就職後シナリオ創作を開始。テレビドラマ、映画のシナリオを30本以上手掛ける。合唱グループ結成ののち、昭和62年よりミュージカルの上演を始め、平成4年ミュージカル劇団"ステージドア"を旗揚げ。共著に「日本の広告キャンペーン」「90年代へのマーケティング戦略」「説得のビジネス」など。 ㊿日本旅行作家協会

伊藤 銀月　いとう・ぎんげつ

評論家　小説家　㊀明治4年10月21日　㊁昭和19年1月4日　㊂秋田市保戸野諏訪町　本名＝伊藤銀二　㊃秋田県立秋田中学中退　㊅17歳で中学を中退して上京し、各地を転々とした後、27歳で万朝報記者となる。以後、「銀月式」とうたわれた独特の文章で小説、歴史、人物論、紀行随筆と幅広く活躍し、明治34年「詩的東京」を刊行。著書は多く「美的小社会」「町の仙女」「美酒美女」「冷火熱火」「大日本民族史」などがある。

伊藤 桂一　いとう・けいいち

小説家　詩人　元・日本現代詩人会会長　㊀大正6年8月23日　㊂三重県四日市市　㊄世田谷中(旧制)卒　㊆日本芸術院会員(平成13年)　㊅第二次大戦関係の戦記　㊄千葉亀雄賞(第4回・昭27年度)「夏の鶯」、直木賞(第46回)(昭和36年)「蛍の河」、芸術選奨文部大臣賞(第34回・昭58年度)「静かなノモンハン」、吉川英治文学賞(第18回)(昭和59年)「静かなノモンハン」、紫綬褒章(昭和60年)、地球賞(第22回)(平成9年)「連翹の帯」、日本芸術院恩賜賞(第57回, 平12年度)(平成13年)　㊅4歳の時、住職だった父を交通事故で亡くし、大阪、東京を転々とする。15、6歳の頃から詩や文を書き始め、商社などに勤めながら詩作を続ける。昭和13年現役入隊。中国大陸を転戦し、一兵卒として7年間過ごしたことはのちの人生観、文学観に大きな影響を及ぼした。戦後は出版社勤務の傍ら、36年戦場体験を描いた「蛍の河」で直木賞受賞。以後、「黄土の記憶」「悲しき戦記」などの戦場小説を次々と発表、58年には「静かなノモンハン」で芸術選奨文部大臣賞と吉川英治文学賞をそれぞれ受賞した。戦後も詩作をつづけ、26～36年詩誌「山河」を主宰。他の著書に「かかる軍人ありき」「イラワジは渦巻くとも」「軍人たちの伝統」など、詩集「竹の思想」「伊藤桂一詩集」「連翹の帯」などがある。60年9月日本現代詩人会会長に就任。 ㊿日本文芸家協会(理事)、日本ペンクラブ、日本現代詩人会

井東 憲　いとう・けん

小説家　評論家　[生]明治28年8月27日　[没]昭和20年　[出]静岡県静岡市　本名=伊藤憲　[学]明治大学法科(大正8年)卒　[歴]質屋の小僧など多くの職業を転々とし、大正8年明治大学を卒業。労働者文学の作家として活躍し、12年「地獄の出来事」を刊行。「文芸市場」の編集にも参加した。プロレタリア文学の隆盛と共に作家としての活躍はへり、昭和2年上海に渡航、数次にわたり滞在。10年代は中国の書、中国に関する啓蒙書などを刊行した。他の著書に「有島武郎の芸術と生涯」「変態人情史」「上海夜話」「赤い魔窟と血の旗」「井東憲詩集」などがある。

伊藤 栄　いとう・さかえ

小説家　[生]昭和3年3月16日　[出]埼玉県　[学]東京逓信講習所卒　[歴]東京中央電信局勤務を経て、文筆業に。時代小説「こんぴらふねふね」が第97回直木賞候補となる。著書に「広重浮世絵ばなし」「異聞 万華鏡」「秘湯の旅」「枕絵師・英泉」など。

伊藤 佐喜雄　いとう・さきお

小説家　[生]明治43年8月3日　[没]昭和46年10月17日　[出]島根県津和野町　[学]大阪高中退　[賞]池谷信三郎賞(第9回)(昭和17年)「春の鼓笛」　[歴]大阪高校在学中、左翼運動に関係するが、後に「コギト」「日本浪曼派」の作家として活躍。昭和10年から12年にかけて「花の宴」を発表し、第2回芥川賞候補作品になる。17年「春の鼓笛」で池谷信三郎賞を受賞。その他の著書に「森鴎外」「日本浪曼派」などがある。　[家]母=伊沢蘭奢(女優)

伊藤 左千夫　いとう・さちお

歌人　小説家　[生]元治1年8月18日(1864年)　[没]大正2年7月30日　[出]上総国武射郡殿台村(現・千葉県山武郡成東町殿台)　本名=伊藤幸次郎　別号=春園、無一塵庵主人　[学]明治法律学校(現・明治大学)中退　[歴]明治法律学校に入学するが、病気のため中途退学し、農事を手伝い、また牛乳搾取業を営むかたわら、明治33年より子規に師事する。36年「馬酔木」を創刊し、根岸派の代表歌人として多くの短歌、歌論を発表。「馬酔木」廃刊の41年には「アララギ」を創刊し、後進の育成に努め、島木赤彦、中村憲吉、斎藤茂吉らを育てた。明治歌壇に新風をふきこんだ一方で、子規から学んだ写生文で名作「野菊の墓」や「隣の嫁」などの小説も発表した。「左千夫歌集」「左千夫歌論集」のほか、「左千夫全集」(全9巻, 岩波書店)がある。

伊東 信　いとう・しん

小説家　児童文学作家　[生]昭和3年9月12日　[出]山形県酒田市　本名=斎藤吉信　[学]中央大学文学部英文科卒　[賞]リアリズム文学賞(昭和39年)、多喜二百合子賞(第1回)(昭和44年)「地獄鉤」　[歴]戦時中は海軍の予科練に入隊し、復員後は造船工、船員、記者などの仕事をし、苦学して大学を卒業。まぐろ船での漁業資本、漁業労働者の実態を描いた「地獄鉤」で、昭和44年に第1回の多喜二・百合子賞を受賞。日本民主主義文学同盟の中堅作家として活躍し、「航跡はいまだ」「燃える海」「ガダルカナルの夜光虫」「巨船沈没」などの作品がある。また、創作児童文学も手がけ、主な作品に「SOS地底より」「南の島に鐘が鳴る」などがある。

伊藤 伸司　いとう・しんじ

作家　会社経営　[賞]三重県文学新人賞(昭和47年)「ラブ・ミー・テンダー」　[歴]中学卒業後、小企業に就職。18歳の時、「17歳の時」を発表し作家の道に入る。昭和40年上京、個人誌「舟」を発刊。その後帰郷して結婚、ホンダに勤務する。47年「ラブ・ミー・テンダー」で三重県文学新人賞受賞。48年、ホンダを退職して、自動車修理・販売の会社を設立し社長となる。

伊藤 信二　いとう・しんじ

詩人　小説家　[生]明治40年10月30日　[没]昭和7年8月14日　[出]北海道小樽市稲穂町　[学]小樽中学中退　[歴]小樽中学2年の時に家が倒産し、北海製罐で働く。回覧雑誌「赤ゑ」を作る。3・15事件の直前、小林多喜二らと小樽合同労働組合で仕事をする。その後、ナップの小樽支部を創設し、投獄されたりした。

伊藤 整　いとう・せい

小説家　評論家　詩人　日本近代文学館理事長　東京工業大学教授　[生]明治38年1月16日　[没]昭和44年11月15日　[出]北海道松前郡　本名=伊藤整(いとう・ひとし)　[学]小樽高商卒、東京商科大学(現・一橋大学)(昭和6年)中退　[資]日本芸術院会員(昭和43年)　[賞]菊池寛賞(第11回)(昭和38年)「日本文壇史」、日本芸術院賞(第23回)(昭和41年)、日本文学大賞(第2回)(昭和45年)「変容」　[歴]小樽高商在学中から短歌や詩の習作を試み、「椎の木」同人となって、大正15年詩集「雪明りの路」を刊行。東京商大在学中に北川冬彦、春山行夫、瀬沼茂樹らを知り、後に詩集「冬夜」として、この当時の詩作品をまとめた。昭和4年「文芸レビュー」を創刊、新心理主義的な小説や評論を発表。また「ユリシイズ」などの翻訳も刊行する。7年小説集「生物祭」、評論集「新心理主義文学」を刊行し、以後、小説、評論、翻訳などの分野で幅広く活躍。戦争中は「得能五郎の生活と意見」「得能

物語」などを発表。25年、ロレンスの「チャタレイ夫人の恋人」を翻訳刊行したが、猥褻文書とされ、"チャタレイ裁判"の被告人となる。27年より「日本文壇史」を連載し、没年の44年まで続けられ、全18巻で中絶した。この「日本文壇史」で38年に菊池寛賞を受賞、また41年には日本芸術院賞を受賞し、没後の45年には「変容」で日本文学大賞を受賞した。一方、日大、早大を経て、東京工大専任講師、33年から教授を務めた。晩年は日本近代文学館の設立に尽力し、高見順亡き後、第2代理事長として活躍した。他の主な作品として「幽鬼の街」「鳴海仙吉」「火の鳥」「若い詩人の肖像」「氾濫」「発掘」、定本「伊藤整詩集」などがあり、評論などでも「小説の方法」「文学入門」「小説の認識」「芸術は何のためにあるか」、「伊藤整氏の生活と意見」「女性に関する十二章」、「太平洋戦争日記」（全3巻）など代表作は多く、それらの作品は「伊藤整全集」（全24巻、新潮社）におさめられている。平成2年伊藤整文学賞が創設された。8年には二男・礼によって「チャタレイ夫人の恋人」の改訂版が刊行された。
㊂長男＝伊藤滋（東大名誉教授・都市計画学）、二男＝伊藤礼（日大教授・英文学）

いとう せいこう

クリエーター　小説家　タレント　劇作家　演出家　エムパイヤ・スネーク・ビルディング取締役　㊍昭和36年3月19日　㊊東京都　本名＝伊藤正幸　㊗早稲田大学法学部卒　㊐講談社エッセイ賞（第15回）（平成11年）「ボタニカル・ライフ」　㊥講談社に入社し、「ホットドッグプレス」編集部に所属。自身の企画による連載マンガ「業界くん物語」が評判となり、同名のLPをプロデュース。その中の1曲「夜霧のハウスマヌカン」が大ヒットし、注目を集めた。昭和61年講談社を退社し、エムパイヤ・スネーク・ビルディングを設立し、フリーのプロデューサー、作詞家、タレントとして幅広く活躍。また、新しいギャグ・ユニット「ラジカル・ガジベリビンバ・システム」を結成し、役者としても頭角を現わす。NHK教育テレビ「土曜倶楽部」の司会者もつとめる。平成3年湾岸戦争への日本加担に反対する声明に参加。12年TBSテレビ「ウンナンのホントコ！」に出演、「未来日記」の仕掛け人として話題に。13年NHK教育テレビ「天才ビットくん」に出演。14年ケラリーノ・サンドロヴィッチらとともに"空飛ぶ雲の上団五郎一座"を旗揚げ。著書に小説「ノーライフキング」「ワールズ・エンド・ガーデン」（三島賞候補作）、「WORLDATLAS」「難解な絵本」「ボタニカル・ライフ植物生活」、共著に「コンビニエンス物語」「Mの世代―ぼくらとミヤザキ君」など。　http://www.famousdoor.co.jp/seiko/index-j.html

伊東 専三　　いとう・せんぞう

新聞記者　戯作者　㊍嘉永3年（1850年）　㊡大正3年10月16日　㊊江戸・浅草　戯号＝橘塘　㊥浅草の菓子舖船橋屋の主人で、大蔵省にも勤務したが、仮名垣魯文門下に入り、「仮名読」「有喜世」「絵入自由」の新聞社を転々とし、その間「水錦隅田曙」「開明奇談写真廼仇討」などの戯作を発表した。

伊藤 大輔　　いとう・だいすけ

映画監督　㊍明治31年10月13日　㊡昭和56年7月19日　㊊愛媛県宇和島市　㊗松山中（大正6年）卒　㊐ブルーリボン賞監督賞（昭和36年度）「反逆児」、紫綬褒章（昭和37年）、牧野省三賞（第6回）（昭和38年）、年間代表シナリオ（昭36、46年度）「反逆児」「真剣勝負二刀流開眼」、山路ふみ子賞功労賞（第2回・昭53年度）　㊥製図工をしたあと松竹蒲田を経て帝キネに入り、大正13年に「酒中日記」で監督デビュー。同年初時代劇作品「剣は裁く」を発表。14年東邦映画製作に移籍。同年奈良に伊藤映画研究所を設立し「京子と倭文子」を製作・監督。15年には日活京都に入社、新人の大河内伝次郎主演で「長恨」を撮影、この作品が映画史に残る時代劇の名コンビの初作品となった。昭和2年伝次郎を主演に傑作といわれる「忠次旅日記」3部作を発表し、不動の地位を築いた。初のトーキー作品は8年の「丹下左膳・第一篇」（主演は伝次郎）。その後は作品らしい作品もなく、戦後の22年に復帰、23年代表作の「王将」（大映）が生まれ、36年には「反逆児」（東映）が芸術祭賞を受賞。45年の「幕末」が遺作となった。伝次郎、阪東妻三郎、月形竜之介らを起用して男の悲しみを描いた多くの作品でファンを魅了、"時代劇の父"ともいわれた。作品脚本などの遺品12万点は、京都文化博物館に伊藤大輔文庫として公開されている。

伊東 妙子　　いとう・たえこ

シナリオライター　㊍昭和33年　㊊長野県　㊗上田東高（昭和52年）卒　㊐新人テレビシナリオコンクール佳作（第27回）（昭和63年）「劣等感同盟」　㊥高校を出て上京、事務職のかたわらシナリオを書く。昭和63年9月第27回新人テレビシナリオコンクールで「劣等感同盟」が佳作となった。

伊藤 隆弘　　いとう・たかひろ

脚本家　元・舟入高等学校（広島市）校長　㊍昭和13年　㊊岡山県岡山市下片上町　㊗広島大学教育学部卒　㊐全アマ創作脚本賞、谷本清平和賞（第11回）（平成11年）　㊥昭和38年国語教諭として広島市立舟入高校に赴任以来、同校演劇部顧問兼座付き作者として高校演劇を指導。44年高校演劇連盟全国大会への出場を

契機に創作劇を手がけるようになり、自らの空襲体験を原点に原爆を書き続ける。62年作品「明日に舞う」「おお、ごっど」(50年)、「灯の河に」(53年)、「銀輪のうた」(59年)などを集めた「伊藤隆弘脚本集」が刊行された。戯曲集には「文の林にわけ入りし…」がある。のちに同校校長に就任。平成11年退任。12年開催の国民文化祭実行委員会では演劇部門を担当。

伊藤 貴麿　いとう・たかまろ

小説家　児童文学作家　翻訳家　[生]明治26年9月5日　[没]昭和42年10月30日　[出]兵庫県神戸　本名＝伊東利雄　[学]早稲田大学英文科(大正9年)卒　[歴]大正13年創刊の「文芸時代」同人となり、その年短編集「カステラ」を刊行。その前年「赤い鳥」に「水面亭の仙人」を発表してから、童話創作と中国童話の翻訳・翻案をする。昭和期に入って「童話文学」「児童文学」の同人となり、11年に第一童話集「龍」を刊行。この間、独学による中国文学研究もすすめ、16年初の全訳「西遊記」(上下)、18年「中華民国童話集・孔子さまと琴の音」を刊行した。戦後も児童文学活動をし、中国民話集「ぼたんの女神」「錦の中の仙女」などを発表した。

伊藤 たかみ　いとう・たかみ

作家　[生]昭和46年　[出]兵庫県神戸市　[学]早稲田大学政治経済学部卒　[賞]文芸賞(第32回)(平成7年)「助手席にて、グルグル・ダンスを踊って」、小学館児童出版文化賞(第49回)(平成12年)「ミカ」　[歴]大学で映画サークルに所属し、8ミリ映画を製作。在学中、「助手席にて、グルグル・ダンスを踊って」で河出書房新社の文芸賞を受賞。完成度の高い青春小説の書き手として注目を集める。他の著書に「17歳のヒット・パレード(B面)」「卒業式はマリファナの花束を抱いて」「ロスト・ストーリー」「ミカ」など。

伊藤 武三　いとう・たけぞう

劇作家　[生]大正15年　[出]秋田県平鹿郡平鹿町醍醐　[学]慶応義塾大学文学部史学科卒　[歴]秋田県庁勤務の後、県内の小、中、高校の教師を務め、県立横手城南高を最後に昭和61年定年退職。この間、高校演劇部の顧問を務め、発表会で秋田県内を巡回。秋田弁の創作劇が好評だったことから、定年退職後、あきた弁にこだわる会の結成に取りかかる。63年10月詩の朗読や一人芝居による旗上げ公演を実施。自らを“あきた弁の劇作家”と称し、作品に「嫁ききん」「青春葬送曲」など。秋田魁新報「月曜論壇」の常任執筆者。著書に「月曜日のひとりごと」「はずれ先生回想録」など。　[団]あきた弁にこだわる会

伊藤 痴遊(1代目)　いとう・ちゆう

講談師　[生]慶応3年2月15日(1867年)　[没]昭和13年9月25日　[出]神奈川・横浜　本名＝伊藤仁太郎　号＝双木舎痴遊　[歴]小学校に学んだだけで、以後独学。明治14年自由党に入り、壮士として活躍。17年頃から政治知識普及などのため政治講談を始める。25年痴遊と名乗り、以来「新講談」と称して、明治維新の偉人伝、明治の政界裏面史などを得意とした。また星亨の知遇を得て政治活動に従い、衆院議員に2度当選した。さらに話術の振興を策して「話術倶楽部」発足させ、「痴遊雑誌」を創刊した。話術の巧さでは近代の名人の一人にかぞえられる。著書に「明治裏面史」「維新十傑」などのほか、「伊藤痴遊全集」(正18巻・続12巻，平凡社)がある。

伊藤 忞　いとう・つとむ

雑誌出資者　劇作家　[生]明治29年10月4日　[没]昭和59年8月12日　[出]千葉県五井町(現・市原市)　[歴]地主の家に生れ、大正11年「新興文学」を創刊し、プロレタリア文学運動に参加し、自らも小説や戯曲を発表。他にも「簇生」「千葉文化」などを創刊。13年「生血の壺」を刊行。昭和期に入ってからは民族主義者となり、「進撃」などで活躍し、7年「佐倉義民事件」を刊行。10年頃、筆を捨てた。

伊藤 貞助　いとう・ていすけ

劇作家　[生]明治34年9月30日　[没]昭和22年3月7日　[出]茨城県笠間町　筆名＝佐分武(さぶ・たけし)　[学]東洋大学文学科卒　[歴]東洋大卒業後、博文館に入社。在学中から劇作を志し、昭和2年労芸に参加し「文芸戦線」などに作品を発表。5年労芸を脱退し、ナップに参加。12年長塚節の「土」を脚本し、新築地劇団で上演。13年から15年にかけて、共産党再建の嫌疑で2度検挙される。戦争末期「高原農業」「日本の河童」を発表。戦後は俳優座文芸部員として活躍し、29年「常盤炭田」を発表。「伊藤貞助一幕劇集」がある。

伊藤 尚子　いとう・なおこ

シナリオライター　[生]昭和36年6月　[出]東京都葛飾区柴又　本名＝河治尚子　[学]日本大学芸術学部映画学科卒　[賞]新人映画シナリオコンクール(第36回)(昭和61年)「曖・昧・Me」　[歴]中学3年生の時からシナリオ・センターに通い、大学入学後は松竹シナリオ研究所に籍を置く。以後城戸賞を目標に書いていて、昭和59年、「嘘が好きなの」で第10回城戸賞準入賞。CBSソニーグループに入社するが、シナリオ書きたさに退職、日本映画監督協会の事務を務める。61年には「曖・昧・Me」が第36回新人映画シナリオコンクールに入選、「さむらい空

色の砂時計」が第12回城戸賞準入賞。同年、松竹シナリオ研の"新人会"に参加、62年4月「アイドルを探せ」でデビュー。

伊藤 信夫　いとう・のぶお

小説家　脚本家　[生]大正9年6月27日　[出]岩手県一関市　[学]明治大学文芸科(昭和18年)卒　[歴]昭和18年9月東京宝塚劇場文芸部入社するが、19年12月戦災により、休職。21年退職し、舟橋聖一の演劇アシスタントになる。32年東宝演劇部嘱託となり、制作プロデューサーなどを務める。41年国立劇場文芸部に移り、制作室長、芸能部副部長を歴任。61年定年退職。「南総里見八犬伝」「絵島生島」「花の生涯」などの脚色を担当。著書に「影法師の詠」など。

伊東 久子　いとう・ひさこ

童話作家　[生]昭和34年　[出]愛知県　[学]文京保育専門学校(現・文京女子大学)卒　[賞]毎日童話新人賞(最優秀賞, 第18回)(平成6年)「ジョンはかせのどうぶつびょういん」　[歴]農業を営むかたわら童話を書き続ける。作品に「ジョンはかせのどうぶつびょういん」「ジョンはかせのたんじょう日」がある。

伊藤 秀裕　いとう・ひでひろ

映画プロデューサー　シナリオライター　[生]昭和23年2月29日　[出]秋田県秋田市　[学]東京教育大学文学部社会学科(昭和47年)卒　[歴]電通を経て、昭和48年日活に入社。神代辰巳、西村昭五郎に助監督として師事、54年「団地妻・肉欲の陶酔」で監督デビュー。以後「団鬼六・女秘書縄調教」「ハネムーンは無人島」などのにっかつ作品を監督。56年退社後、フリーで活躍。59年ビッグバンを設立。プロデュース中心となり、神代辰巳「ベッドタイム・アイズ」、木下恵介「父」、松山善三「母」、等を手掛ける。平成3年映像企画製作会社エクセレントフィルムを設立。主な脚本作品に「凶銃ルガーP08」「棒の哀しみ」がある。　[団]日本映画監督協会

伊藤 人誉　いとう・ひとよ

小説家　翻訳家　[生]大正2年3月21日　[出]東京　本名=伊藤隆幸　[学]東京逓信講習所卒、アテネ・フランセ中退　[歴]昭和18年処女作「岩小屋」を発表。「小説界」「文学四季」「小説と詩と評論」などの同人雑誌に参加。「登山者」「ガールフレンド」「猟人」などの著書がある。技術英語翻訳も手掛ける。　[団]新日本文学会

伊東 寛　いとう・ひろし

児童文学作家　絵本画家　[生]昭和32年　[出]東京都練馬区　筆名=いとうひろし　[学]早稲田大学教育学部卒　[賞]絵本にっぽん賞(平成2年)「ルラルさんのにわ」、児童文芸新人賞(第20回)(平成3年)「マンホールからこんにちわ」、路傍の石幼少年文学賞(第14回)(平成4年)「おさるのまいにち」「おさるはおさる」、産経児童出版文化賞(第42回)(平成7年)「おさるになるひ」、講談社出版文化賞(絵本賞)(平成8年)「だいじょうぶ だいじょうぶ」、日本絵本賞(読者賞, 第4回)(平成11年)「くもくん」、けんぶち絵本の里大賞(びばからす賞, 第9回)(平成11年)「くもくん」　[歴]大学在学中より絵本作家を志し、ユーモラスな線描や落ち葉のコラージュで注目される。絵本に「みんながおしゃべりはじめるぞ」「ルラルさんのにわ」「マンホールからこんにちわ」「おさるのまいにち」「おさるはおさる」「おさるになるひ」「だいじょうぶだいじょうぶ」「くもくん」、挿絵に「東京ダウンタウン」「ぼくのじしんえにっき」他多数。

伊藤 沆　いとう・ひろし

作家　中日新聞社相談役　[生]大正3年8月4日　[没]昭和59年4月20日　[出]愛知県豊田市　[学]早稲田大学卒　[歴]昭和12年名古屋新聞社(中日新聞の前身)入社。編集局文化部長、企画局長兼出版部長などを経て、42年監査役、43年東京本社(東京新聞)編集局長。44年取締役、46年常務スポーツ・出版担当に就任。47年出版局長、48年東京中日総局長などを兼ねた。文筆活動にも携わり、小説「帰化人伝」「馬瀬川」などの著作がある。「作家」同人。

伊東 麻紀　いとう・まき

小説家　[生]昭和33年　[出]茨城県　別筆名=月森聖巳(つきもり・さとみ)　[学]お茶の水女子大学中退　[歴]高校時代から同人誌活動を続け、大学在学中はSF研で活躍。出版社アルバイトの傍ら、執筆活動を行う。「優しく歌って…」で作家としてデビュー。著書に「宝剣物語」「メルクリウスの旅」「幻夢の貴公子」など。平成12年月森聖巳の名でホラー小説「願い事」を執筆。　[家]夫=野口幸夫(翻訳家)　http://www1.ttcn.ne.jp/~tsukimori/

伊藤 松雄　いとう・まつお

劇作家　小説家　演出家　[生]明治28年1月13日　[没]昭和22年8月5日　[出]長野県諏訪郡　[学]早稲田大学英文科卒　[歴]大正2年有楽座に籍をおいて作者兼演出を担当した。このほか国民座、新文芸協会、舞台協会で新劇の演出に当たり、また民衆のための平民演劇論を試みた。15年郷土上諏訪町で「村の劇場・町の劇場」を主宰、郷土劇運動に力を入れた。昭和4年に再

上京、日本蓄音機の文芸顧問となり、新民謡を次々創作した。その間、児童読物、伝記、大衆読物など著作は多く、戯曲集「郷土戯曲危急」「想思草」、シナリオ集「忘れな草」、また翻訳脚本「カラマゾフ兄弟」「夜」などがある。

伊藤 充子　いとう・みちこ

童話作家　[生]昭和37年　[出]東京都　[学]東京外国語大学ヒンディ語学科卒　[賞]ニッサン童話と絵本のグランプリ(優秀賞)　[歴]児童文学作家の安房直子に師事。矢崎節夫主宰「貝がら」同人。ニッサン童話と絵本のグランプリ優秀賞を受賞。平成12年初の単行本「クリーニングやさんのふしぎなカレンダー」を出版。

伊藤 三男　いとう・みつお

小説家　[生]明治45年　[出]東京　[学]国学院大学国文科卒　[歴]20代で雑誌の懸賞小説に首席当選以来翻訳小説を愛読し、機械関係の会社役員を退職後小説を執筆。一方、娘で小説家の森瑤子に初の時代小説の執筆を勧め取材旅行にも同行。平成5年娘が急逝し、八分通り完成していた「甲比丹(カピタン)」の原稿を整理し、生前聞いていた結末をあとがきに加えて、6年一周忌を機に完成させて刊行した。著書に「森瑤子 わが娘の断章」。　[家]娘＝森瑤子(小説家・故人)

伊藤 靖　いとう・やすし

小説家　[生]明治26年8月　[没](没年不詳)　[出]福島県須賀川町　[学]東京帝大薬学科卒　[歴]東京帝大卒業後、星製薬会社などの技師をつとめる。大正11年に新潮社から刊行された長編小説「発掘」は藤森成吉、中戸川吉二などに認められた。その後の事は分っていない。

伊藤 遊　いとう・ゆう

児童文学作家　[生]昭和34年　[出]京都府京都市　[学]立命館大学文学部史学科卒　[賞]児童文学ファンタジー大賞(第3回)(平成9年)「鬼の橋」、小川未明文学賞(優秀賞, 第6回)(平成9年)「フシギ稲荷」　[歴]平成8年はじめての長編「なるかみ」で第2回児童文学ファンタジー大賞佳作を受賞、以後本格的に創作をはじめる。著書に「鬼の橋」がある。

伊東 六郎　いとう・ろくろう

翻訳家　小説家　[専]ロシア文学　[生]明治21年7月18日　[没](没年不詳)　[出]東京　ペンネーム＝荷香　[学]東京帝大文学科(大正5年)中退　[歴]大学在学中からチェーホフの翻訳や詩を発表する。大学を中退し、大正2年帝国文学会庶務委員となり、3年編集委員となる。訳書にアンドレーエフ「アナテマ」、チェーホフ「女天下」などがある。小説家としても「陣痛」などの作品がある。また自から高踏書房を経営した。

伊藤 緑郎　いとう・ろくろう

小説家　[歴]15歳のとき分教場の代用教員になったのを振り出しに、秋田県南部の小中学校や県立高校を経て、羽後町飯沢小学校長を最後に43年間の教員生活を終える。かたわら文学を志し「秋田文学」に参加、廃刊後は「雪国文学会」を主宰して後進の育成にも努める。一貫して「村の春秋」のタイトルで村の四季とそこで生活する人々の哀歓を綴り、各号には号数と「北方山脈に生きる」「栗駒風物誌」「保呂羽を越えて」などのサブタイトルを付けている。地域の文化活動のリーダーとして活躍。青年時代に陸上競技800メートルで国内5位の記録を出したこともある。

糸賀 美賀子　いとが・みかこ

児童文学作家　[生]昭和35年　[出]茨城県　[学]東京デザイナー学院編集デザイン科卒　[賞]毎日新聞はないちもんめ小さな童話大賞編集部賞、児童文芸新人賞(第17回)(昭和63年)「坂田くんにナイスピッチ」　[歴]短編「坂田くん」で毎日新聞はないちもんめ〈小さな童話〉大賞編集部賞を受賞。“障害者”と“健常者”が街で共に生きることをめざす「わらじの会」会員。会報にショートショートを連載するなどしながら、意欲的に活動している。著書に「坂田くんにナイスピッチ」。　[団]わらじの会

糸川 京子　いとかわ・きょうこ

児童文学作家　[生]昭和11年1月15日　[出]東京　[学]白梅学園短期大学保育科卒　[賞]北川千代賞佳作入選(第9回)「ハーイ・ニッポン」　[歴]コミカルな明るさを作風とする。多摩児童文学研究会「同時代人」同人を経て、「地平」同人。作品に「反省文はラブレター」「電話番まかせてよ！」「ママはウルトラあわてんぼう」、〈友くんの料理教室〉シリーズなどがある。　[団]日本児童文学者協会

稲岡 達子　いなおか・たつこ

児童文学作家　翻訳家　[生]昭和17年3月28日　[出]奈良県　[学]青山学院大学英米文学科卒　[賞]神奈川県民共済創作童話大賞(第1回)　[歴]翻訳業の後、童話創作の勉強を始める。著書に「やまぐちくんはビリか？」(分担執筆)、訳書にスカーリー「スーパーマーケットじけん」「パイをぬすんだのはだれ」などがある。

稲岡 奴之助　いなおか・ぬのすけ

小説家　[生]明治6年1月　[没](没年不詳)　[出]京都　本名＝稲岡正文　別号＝蓼花、桜庵　[歴]村上浪六の門下生になり、明治29年「八十氏川」を刊行して文壇に登場。「やまと新聞」「二六新報」「講談倶楽部」などに大衆小説を連載する。著書に「獅子王」「海賊大王」などがある。

稲垣 史生　いながき・しせい

時代考証家　小説家　㊙考証学　㊤明治45年5月12日　㊦平成8年2月27日　㊥富山県砺波市　本名＝稲垣秀忠（いながき・ひでただ）　別筆名＝稲垣一城　㊥早稲田大学文学部国文科（昭和11年）卒　㊥サンデー毎日大衆文芸（昭和17年）「京包線にて」、放送文化基金賞（第1回）（昭和50年）、オール読物新人賞（昭和37年）「花の御所」、埼玉文化賞（第30回）（昭和62年）　㊥戦前は「都新聞」（現・「東京新聞」）記者、海軍省嘱託などを務める。戦後、「サンニュースフォト」記者、雑誌編集長を歴任。昭和38年頃から文筆生活に入る。NHKテレビ「竜馬がゆく」「樅ノ木は残った」「勝海舟」などテレビ・映画で時代考証の第一人者として活躍。著書に「江戸生活事典」「江戸武家事典」「考証日本史」「歴史考証事典」（全6巻）「考証風流大名列伝」などがある。一城の筆名で小説も書き、昭和17年「京包線にて」や37年オール読物新人賞を受賞した「花の御所」などがある。　㊥日本文芸家協会

稲垣 足穂　いながき・たるほ

小説家　詩人　㊤明治33年12月26日　㊦昭和52年10月25日　㊥大阪府大阪市船場　㊥関西学院普通部（大正8年）卒　㊥日本文学大賞（第1回）（昭和44年）「少年愛の美学」　㊥少年時代、航海家を夢み、光学機械に興味を抱く。関西学院卒業後、複葉機の製作にたずさわり、「ヒコーキ」も一つのテーマとなる。ついで絵画に興味を持ち、未来派美術協会展、三科インディペンデント展に出品する一方、佐藤春夫の知遇を得て、大正12年「一千一秒物語」を刊行。昭和6年アルコールとニコチンの中毒にかかり、創作不能となる。10年代は無頼的な生活をし、21年少年愛をあつかった「彼等」および自己を認識論的にみた「弥勒」で復帰。25年結婚を機に京都に移住、文壇から遠ざかる。44年「少年愛の美学」で日本文学大賞を受賞し、以後、反伝統的なエロスの世界が見直される。また、詩人としても「稲垣足穂詩集」「稲垣足穂全詩集―1900‐1977」があり、他の代表作に「第三半球物語」「天体嗜好症」「明石」「ヰタ・マキニカリス」「A感覚とV感覚」「東京遁走曲」「僕の"ユリーカ"」「ヴァニラとマニラ」「タルホ・コスモロジー」「ライト兄弟に始まる」など。「稲垣足穂大全」（全6巻、現代思潮社）、「多留保集」（全8巻・別巻1、潮出版社）、「稲垣足穂全集」（全13巻、筑摩書房）がある。

稲垣 浩　いながき・ひろし

映画監督　㊤明治38年12月30日　㊦昭和55年5月21日　㊥東京・本郷　本名＝稲垣浩二郎　筆名＝梶原金八、藤木弓　㊙年間代表シナリオ（第1回・昭24年度）「忘れられた子等」、アカデミー賞外国映画賞（昭和31年）「宮本武蔵」、ベネチア国際映画祭グランプリ（昭和33年）「無法松の一生」、牧野省三賞（第22回）（昭和55年）　㊥大正11年に日活向島撮影所に俳優として入る。伊藤大輔の伊藤映画研究所に参加し、シナリオを学ぶ。衣笠貞之助の助監督を務めた後、3年片岡千恵蔵主演の「天下太平記」で監督デビュー。その後は各映画会社を転々として100本以上の映画を監督したが、18年に作った阪東妻三郎主演の「無法松の一生」は戦前の日本映画を代表する名作といわれ、戦後の33年に三船敏郎主演で再映画化されてベネチア国際映画祭のグランプリ賞を受賞した。またこれに先立つ31年には「宮本武蔵」がアカデミー賞外国映画賞を受賞している。その後東京宝映プロの代表に就任、タレントの指導や演劇活動を行った。他の主な作品に「旅の青空」（7年）「股旅千一夜」（11年）「海を渡る祭礼」（16年）「手をつなぐ子等」（23年）「佐々木小次郎」シリーズ（25～26年）など。　㊙父＝東明二郎（俳優）

稲垣 昌子　いながき・まさこ

児童文学者　㊤明治40年1月10日　㊦昭和56年10月6日　㊥東京　旧姓（名）＝藤原昌子　㊥梅花女専卒、早稲田大学英文科修了　㊙NHK児童文学賞奨励賞（第3回）（昭和40年）「マアおばさんはネコが好き」、日本児童文学者協会賞（第5回）（昭和40年）　㊥梅花女専卒業後、早大英文科で学び、卒了後は早大図書館に勤務。昭和30年頃児童文学同人誌「だ・かぽ」に参加して童話を書き、昭和39年刊行の「マアおばさんはネコが好き」でNHK児童文学賞を受賞。以後「かあさんがんばる」「もくれん通りであそぼうよ」などを刊行。没後、夫達郎の手で私家版「猫の絵暦」が刊行された。　㊥日本児童文学者協会　㊙夫＝稲垣達郎（国文学者・故人）

稲垣 真美　いながき・まさみ

作家　評論家　明日インターナショナル代表取締役　㊙美学　創作　評論　劇作　㊤大正15年2月8日　㊥京都府八幡町（現・八幡市）　㊥東京大学文学部卒、東京大学大学院人文科学研究科美学専攻（昭和30年）修了　㊙空海　浄土宗の仏教学者を父にもち、京都・鴨川沿いで育つ。当時の木内重四郎京都府知事の構想で、大正7年実験的に特殊な英才教育を実施した京都府立師範学校附属小第二教室で学んだ。後に139人もの博士を生んだ同校の実態を調べ、昭

和55年「ある英才教育の発見―実験教室60年の追跡調査」を刊行。ノベルの形で事実を書く記録文学的手法を得意とする。また、愛酒家としても知られる。他の著書に「兵役を拒否した日本人」「ほんものの日本酒選び」「現代の名酒二百選」、監修に「尾崎翠全集」(全2巻，筑摩書房)など。 ㊐美学会、日本ペンクラブ、日本文芸家協会

稲垣 瑞雄　いながき・みずお

小説家　詩人　「双鷲」主宰　㊓昭和7年2月3日　㊒愛知県豊橋市　㊕東京大学文学部仏文科卒　㊤作家賞(第21回)(昭和60年)「曇る時」　㊖教師となり、東京都立立川高校で英語と仏語を担当。一方昭和37年、同人誌「ドン」に創刊から参加、48年に短編集「残り鮎」を自費出版した。49年からは職場結婚した楢信子と二人誌「双鷲」を年2回出し続けている。詩集に「音の絵」などがある。 ㊐日本文芸家協会　㊫妻＝楢信子(小説家)

稲沢 潤子　いなざわ・じゅんこ

作家　㊓昭和15年10月5日　㊒東京　本名＝岩田淳子　㊕名古屋大学文学部哲学科卒　㊤多喜二・百合子賞(第19回)(昭和62年)「地熱」　㊖出版社勤務を経て文筆活動に。作品に「紀子の場合」「星の旅」「風の匂う野」「夕張のこころ」「いのちの肖像」「地熱」など。 ㊐日本文芸家協会、日本民主主義文学同盟

稲葉 真吾　いなば・しんご

小説家　㊓明治42年8月15日　㊚平成3年5月7日　㊒静岡県伊東市　㊖昭和4年以来大工職人として生活の傍ら文学に関心を持ち、多くの同人誌に参加。第16回芥川賞候補となる。著書に「炎と倶に」「町大工」「かんなくず」など。同人誌「碑」主宰。

稲葉 真弓　いなば・まゆみ

小説家　㊓昭和25年3月8日　㊒愛知県海部郡佐屋町　㊕津島高卒、東京デザイナー学院卒　㊤婦人公論女流新人賞(第16回)(昭和48年)「蒼い影の傷みを」、作品賞(第1回)(昭和55年)「ホテル・ザンビア」、女流文学賞(第17回)(平成4年)「エンドレス・ワルツ」、平林たい子文学賞(小説部門，第23回)(平成7年)「声の娼婦」　㊖昭和51年上京。デザイナーを経て、編集プロダクションに勤務。初め詩を書いていたが、のち同人誌「作家」に拠り小説を書きはじめる。作品に「蒼い影の傷みを」「ホテル・ザンビア」「エンドレス・ワルツ」「声の娼婦」、作品集に「琥珀の町」「抱かれる」、詩集に「ほろびの音」などがある。

稲葉 洋子　いなば・ようこ

児童文学作家　㊤毎日児童小説優秀賞(小学生向け，第46回)(平成9年)「東京迷い道」　㊖作品に「お千代さんの荷物の中には」「せりふはふたつ」「東京迷い道」などがある。共著に「だいすき少女の童話5年生」など。鶏の会所属。

稲見 一良　いなみ・いつら

小説家　㊓昭和6年1月1日　㊚平成6年2月24日　㊒大阪市　㊤双葉推理賞1席「凍土のなかから」、山本周五郎賞(第4回)(平成3年)「ダック・コール」　㊖30代末にミステリー小説を執筆。その後テレビCF・記録映画の企画制作会社のプロデューサーとなるが、肝臓がんの宣告を受けてから執筆を再開。若い頃に熱中した狩猟を題材にした小説などを手がける。昭和58年エッセイ「ガンロッカーのある書斎」をミステリマガジンに連載。著書にラジオドラマ化された「密猟志願」を収めた「ダック・コール」や「ダブルオー・バック」「ソー・ザップ!」「男は旗」などがある。

犬井 邦益　いぬい・くにます

劇作家　㊓昭和26年3月14日　㊒新潟県新発田市　㊕早稲田大学教育学部(昭和51年)卒　㊖早稲田詩人会出身。昭和51年より神奈川県の公立高校国語教師。傍ら、58年劇団・龍昇企画に参加、旗揚げ公演「風花の駅」を作・演出。平成元年龍昇企画解散後、前川麻子を加えマニャーナ・セラ・マニャーナ結成、11月旗揚げ公演「猫の話」を上演。高校教師と劇作家の二足のわらじをはく。

乾 信一郎　いぬい・しんいちろう

小説家　翻訳家　㊓明治39年5月15日　㊚平成12年1月29日　㊒熊本県　本名＝上塚貞雄(うえつか・さだお)　㊕青山学院高等学部商科(昭和5年)卒　㊖1912年母と帰国し、熊本に住む。昭和3年「新青年」に翻訳を投稿し、採用される。5年博文館に入社。「新青年」編集部を経て、10年「講談雑誌」編集長、12年「新青年」編集長。13年退社後は文筆生活に入る。戦後はNHKの連続放送劇「青いノート」「コロの物語」の放送作家として活躍。ユーモア小説家として知られ、代表作に「羽のある鯨」「炉辺夜話」など。動物をテーマにした著作も多い。ほかに、ウッドハウスのユーモア小説、マッカレー「地下鉄サム」、「アガサ・クリスティー自伝」「時計じかけのオレンジ」などの翻訳で知られている。他に青春記「新青年の頃」、エッセイ集「おかしなネコの物語」など。 ㊐日本文芸家協会

いぬい とみこ

児童文学作家　ムーシカ文庫主宰　[生]大正13年3月3日　[没]平成14年1月16日　[出]東京　本名＝乾富子　[学]日本女子大学国文科中退、平安女学院専攻部保育科(昭和19年)卒　[賞]児童文学者協会新人賞(第4回)(昭和29年)「つぐみ」、毎日出版文化賞(第11回)(昭和32年)「ながいながいペンギンの話」、国際アンデルセン賞(国内賞，第1回・第2回)(昭和36年・昭和38年)「木かげの家の小人たち」「北極のムーシカミーシカ」、野間児童文芸賞(第3回)(昭和40年)「うみねこの空」、サンケイ児童出版文化賞(第29回・第30回・第34回)(昭和57年・昭和58年・昭和62年)「雪の夜の幻想」「山んば見習いのむすめ」「白鳥のふたごものがたり」、赤い鳥文学賞(第13回)(昭和58年)「山んば見習いのむすめ」、路傍の石文学賞(第9回)(昭和62年)　[歴]戦時中は東京・大森で、のち山口県柳井町(現・柳井市)で保育園に勤める。昭和21、2年ごろから創作を始め、「子どもの村」「童話」などに投稿。25年日本児童文学者協会新人会に入り、同時に神戸淳吉らと同人誌「豆の木」を創刊。同年岩波書店入社、「岩波少年文庫」など児童図書編集者として勤めながら創作を続ける。32年「ながいながいペンギンの話」を発表し、ロングセラーとなり、第11回毎日出版文化賞受賞。40年“ムーシカ文庫”を開く。45年退社し、創作に専念。他の主な作品に「ふたごのこぐま」「木かげの家の小人たち」「北極のムーシカミーシカ」「うみねこの空」「光の消えた日」「雪の夜の幻想」「山んば見習いのむすめ」「白鳥のふたごものがたり」(3部作)など。平成13年作品「光の消えた日」の舞台となった戦時保育園・ほまれ園のある柳井市尾ノ上に記念碑が建てられた。　[団]日本文芸家協会、日本児童文学者協会、国際児童図書評議会

乾 浩　いぬい・ひろし

小説家　[生]昭和22年　[出]山口県　本名＝浜田浩　[学]東京教育大学(現・筑波大学)芸術学科卒、中央大学法学部法律学科卒、法政大学大学院日本史学専攻修士課程修了　[賞]歴史文学賞(第25回)(平成13年)「北夷の海」　[歴]筑波大附属小教諭の傍ら、文学同人“槇の会”に所属。平成13年「北夷の海」で第25回歴史文学賞を受賞。

乾 竜三　いぬい・りゅうぞう

小説家　工学技術者　[専]精密機械　[生]昭和7年　[出]東京都　本名＝鈴木宣雄　[学]ゲッチンケン大学(西独)精密機械工学科卒、マサチューセッツ工科大学(米国)経営工学科卒　[歴]NASAの関連企業をはじめ、米国の数多くの企業で主任技術者として研究開発に参画。ユダヤ系企業を12年間経営、米国、西独、香港に支社をもつ技術開発会社の会長をつとめる。世界で初の電子シャッター・カメラの発明者として著名で、ほかにも多数の国際パテントをもっている。著書に「一千億ドルを奪回せよ」「よきサマリア人の謀略」「クレムリンの壁を破れ」。

乾谷 敦子　いぬいや・あつこ

児童文学作家　[生]大正10年1月1日　[出]京都府　[学]奈良女子高等師範学校文科卒　[賞]「童話」作品ベスト3賞(第2・3・6)(昭40・41・44年度)、日本童話会賞(第3回・昭41年度)「さざなみの都」、ジュニア・ノンフィクション文学賞(第4回)(昭和52年)「古都に燃ゆ」　[歴]主に畿内の歴史文学を書いている。代表作に「さざなみの都」「燈籠の天人」「古都に燃ゆ」などがある。　[団]日本児童文学者協会、日本童話会

狗飼 恭子　いぬかい・きょうこ

詩人　小説家　[生]昭和49年　[出]埼玉県　[歴]平成4年高3の時第1回TOKYO FM「LOVE STATION」ショート・ストーリー・グランプリで佳作受賞。これを機会に本格的に文章を書き始める。著書に詩集「オレンジが歯にしみたから」、小説「冷蔵庫を壊す」「月のこおり」「おしまいの時間(とき)」「南国再見」などがある。

犬養 健　いぬかい・たける

政治家　小説家　法相　民主党総裁　衆院議員　[生]明治29年7月28日　[没]昭和35年8月28日　[出]東京市牛込区馬場下町(現・東京都新宿区)　[学]東京帝国大学文科大学哲学科中退　[歴]犬養毅の長男に生まれる。学習院時代に「白樺」の影響を受け、東大在学中の大正6年「一つの時代」を「白樺」に発表。以後「家鴨の出世」「二人兄弟」など多くの小説を発表し、12年「一つの時代」を刊行。以後「南国」「家鴨の出世」「南京六月祭」などを刊行した。昭和5年父の跡を継ぎ、政友会から衆院議員に当選、以来11期務める。この間、日支事変では汪兆銘の南京政府工作に尽力。16年ゾルゲ事件に関連して起訴されたが無罪となる。戦後は公職追放解除後、進歩党結成に参加し、23年には民主党総裁となる。26年自由党に入り、27年吉田内閣の法相に就任したが、29年の造船疑獄事件で指揮権を発動し、その責任をとって辞任した。他の著書に「楊子江は今も流れている」がある。　[家]父＝犬養毅(元政友会総裁)、長女＝犬養道子(評論家)、長男＝犬養康彦(元共同通信社長)、娘＝安藤和津(エッセイスト)

犬飼 千澄　いぬかい・ちずみ

作家　[出]東京　[学]山梨大教育学部　[賞]山梨県芸術祭賞(昭58年度)「薄荷」　[歴]甲府一高2年の時膠原(こうげん)病となり中退、闘病生活を続けながらNHK学園高を卒業。父の勧めで短編小説を書き始め、「薄荷」で昭和58年山梨県

芸術祭賞を受賞。アフリカを舞台に天然痘の赤ん坊を育てる母親を描いたクレイトン・ベス原作の「大きな木の下で」を翻訳、60年度の青少年読書感想文全国コンクールの課題図書に選ばれる。　㊙父=犬飼和雄(児童文学研究家・法大教授)

犬養 智子　いぬかい・ともこ
評論家　作家　㊙女性問題　高齢者問題　㊙昭和6年4月18日　㊙東京市麻布区　旧姓(名)=波多野智子　㊙学習院大学政経学部政治学科(昭和29年)卒、イリノイ大学大学院ジャーナリズム&マスコミュニケーションズ学科修了　㊙女性の生き方と男女の共存、高齢者の生活と暮らし、都市問題(文化的町並を保存すること)　㊙シカゴデイリーニュース東京支局勤務を経て、評論活動に入る。昭和43年に出版した「家事秘訣集」は"ジャガイモは洗濯機で洗え"など家事サボタージュ論を説いてベストセラー。他に「男と女のおいしい関係」「トモコの日本ステキ宣言」「女25歳からの生き方」「女30代からのステキな人生」「いまが素敵で生きる」「楽しんで生きる」「パパは96歳—うちの父娘のつきあい」などの著書がある。評論の他に、イラスト・童話・小説・推理小説・翻訳も手がける。犬養健元法相の長男・康彦と大恋愛の末、学生結婚したが、53年離婚。全国地名保存連盟副会長を務める。　㊙日本文芸家協会、日本ペンクラブ　㊙娘=犬養亜美(フリーライター)

犬塚 稔　いぬずか・みのる
シナリオライター　映画監督　演出家　㊙明治34年2月15日　㊙台湾・台北　㊙台北中平　㊙劇作家の子に生まれ、台北銀行勤務の頃から演劇に興味を持つ。白井信太郎の知遇を得て、大正3年松竹下加茂脚本部に入社。「お辰の死」「お伝地獄」「狂った一頁」などの脚本を執筆。昭和2年林長二郎(のちの長谷川一夫)松竹入社第1作「稚児の剣法」の脚本を書いたところ、監督も命じられ、この作品で監督デビュー。この後、阪妻プロ、日活京都、第一映画と移ったが、11年松竹に復帰した。その後、大映と契約。戦前は、阪東妻三郎、林長二郎らの時代劇を多数監督(殆んどが脚本も執筆)。戦後は主に脚本で活躍し、「照る日くもる日」「雪の渡り鳥」「お嬢吉三」「関の弥太っぺ」「不知火検校」「座頭市」シリーズなどを手がけた。平成14年京都映画界の回想録「映画は陽炎の如く」を刊行。　㊙父=大須賀豊(劇作家)

犬田 卯　いぬた・しげる
小説家　評論家　農民運動家　㊙明治24年8月23日　㊙昭和32年7月21日　㊙茨城県稲敷郡牛久村(現・牛久市)　㊙相馬高小卒　㊙高小卒業後、農業に従事しながら苦学をする。25歳で上京し、大正6年博文館に入社。11年頃から小説や評論を発表し、文学による農民解放をめざし、13年農民文芸研究会を結成。その後身である農民文芸会から昭和2年「農民」を創刊。以後、6年農民自治文化運動連盟、7年農民作家同盟を結成するなど、一貫して農民文学運動を推進した。10年牛久村に退く。主な作品に「土に生れて」「土にひそむ」「土にあえぐ」「土の芸術と土の生活」四連作、「農村」「地方」などがあり、没後の33年に「日本農民文学史」が刊行された。　㊙妻=住井すゑ(小説家)、長男=犬田章(元東洋大学教授)、二男=犬田充(東海大学教授)、二女=増田れい子(ジャーナリスト)

猪野 清秀　いの・きよひで
パソコンライター　ゲームライター　㊙昭和43年　㊙早稲田大学商学部卒　㊙パソコン・ゲーム機のソフトの紹介、攻略記事を執筆。一方歴史や戦略物を中心としたシミュレーションゲームに深い興味を持ち、史実や時代背景も研究、小説も執筆。著書に逆転ミッドウェー海戦シリーズ「第二航空戦隊健在なり」「第一戦隊突入せり」「第一機動部隊出撃せよ」などがある。

猪野 省三　いの・しょうぞう
児童文学者　㊙明治38年7月20日　㊙昭和60年1月　㊙栃木県鹿沼町　㊙宇都宮中学校(大正11年)卒　㊙中学卒業後、代用教員をしていたが、昭和2年上京して太平洋画会研究所の画学生となる。のち日本プロレタリア芸術連盟に参加し、3年「ドンドンやき」を発表。以後プロレタリア児童文学作家として活躍。戦後も児童文学者として幅広く活躍。著書に「希望の百円さつ」「ジュニアの夢」「化石原人の告白」などがある。　㊙日本児童文学者協会(名誉会員)

井上 唖々　いのうえ・ああ
小説家　俳人　㊙明治11年1月30日　㊙大正12年7月11日　㊙愛知県名古屋市　本名=井上精一　別号=九穂、玉山、桐放散士　㊙東大独文科中退　㊙東大を中退し、籾山書店、毎夕新聞社などに勤務する。漢字に詳しく、俳句も作っており、巌谷小波の木曜会に参加し、のち荷風の「文明」「花月」に協力。作品に小説「夜の人」や警句集「猿論語」などがある。

井上 明子　いのうえ・あきこ
小説家　児童文学作家　[生]昭和8年4月29日　[出]東京　本名＝野口昭子　[学]唐津市立第一中　[歴]少女時代より作家をこころざし、読売新聞社主催の成人の日記念論文「はたちの願い」で入賞したのをきっかけに、同人誌で勉強を始める。ルポライターを経て、主に少年少女小説・童話などの分野で活躍。主な作品に「悲しみ時代」「ぼくはドキどきボーイ!」「四年二組の転校生」「五年二組の小さな恋」「六年三組、レモン色の恋」「今日からわたしシンデレラガール」他多数。　[団]日本児童文芸家協会(理事)

井上 荒野　いのうえ・あれの
小説家　[生]昭和36年2月4日　[出]東京都中野区　[学]成蹊大学文学部英文学科(昭和58年)卒　[賞]フエミナ賞(第1回)(平成1年)「わたしのヌレエフ」　[歴]高校の課外活動で創作を始め、大学時代から同人誌「劇作クラブ」に短編を発表。大学卒業後、出版社で3年間アルバイトをしたあと、大学受験生向け新聞のフリーライターに。仕事の傍ら書き上げた小説「わたしのヌレエフ」で、平成元年第1回フエミナ賞受賞。NHK「現代ジャーナル」の司会をつとめる。作品集に「グラジオラスの耳」。　[団]日本文芸家協会　[家]父＝井上光晴(作家・故人)

井上 梅次　いのうえ・うめつぐ
映画監督　放送作家　[生]大正12年5月31日　[出]京都市下京区堺町松原下ル　[学]慶応義塾大学経済学部(昭和22年)卒　[賞]シナリオ功労賞(平成4年)、ゴールデングローリー賞(平成7年)　[歴]昭和22年新東宝の助監督となり、佐伯清、千葉泰樹に師事。27年「恋の応援団長」で監督デビュー。日活製作再開直後の30年日活に移籍、「死の十字路」「火の鳥」など発表。さらに32年にデビューした石原裕次郎の主演作を連続的に演出し、裕次郎をスターとして開花させた。その代表作に「勝利者」「鷲と鷹」「嵐を呼ぶ男」などがある。34年末日活を退め、以後フリーで多様な作品を手がけ、40年以降は香港映画、テレビ映画、舞台演出で活躍。　[団]日本映画監督協会、日本シナリオ作家協会　[家]妻＝月丘夢路(女優)

井上 寛治　いのうえ・かんじ
放送作家　コピーライター　詩人　[生]昭和11年3月28日　[出]旧朝鮮・京城　本名＝井上寛治(いのうえ・ひろはる)　[学]戸畑三中(昭和26年)卒　[賞]芸術祭賞奨励賞(第19回)「3分44秒」、日本民間放送連盟賞優秀賞(昭52年度)「巷説遠賀川」、TCC賞会長賞(第4回)、福岡市文学賞(第4回・昭48年度)、朝日広告賞(昭和55年)　[歴]電通九州支社ディレクターをつとめる。主な作品にテレビ「博多屋台物語」(NHK)、ラジオ「3分44秒」「カフェテラスの二人」(NHK)、詩集に「四季のプロムナード」「兄」、小説に「白い椅子」「さらばアリヨール」など。「九」「九州文学」同人。　[団]日本放送作家協会、福岡コピーライターズクラブ、福岡県詩人会、日本文芸家協会、日本脚本家連盟

井上 淳　いのうえ・きよし
小説家　[生]昭和27年9月29日　[出]愛知県名古屋市　[学]早稲田大学政治経済学部(昭和51年)卒　[賞]サントリーミステリー大賞読者賞(第2回)(昭和58年)「懐しき友へ―オールド・フレンズ」　[歴]経済誌の記者6年を経て、作家活動に入る。主著に「懐しき友へ―オールド・フレンズ」「鷹はしなやかに闇を舞う」「トラブルメイカー」「殺戮者」「ハートブレイクシティ」など。　[団]日本文芸家協会

井上 健二　いのうえ・けんじ
シナリオライター　近代映画社第一編集部編集長　[生]昭和4年12月17日　[出]香川県　[学]高松高商卒　[賞]芸術祭公募脚本文部大臣賞(第22回)「叫び」(NHK)　[歴]雑誌の編集の傍ら好きでシナリオを書いてきた。脚本の一般公募で入選や最優秀作品に選ばれた実績を持つ。主な作品にテレビ「叫び」「顔」「木曜ゴールデンドラマ」など。

井上 健次　いのうえ・けんじ
小説家　[生]明治41年6月7日　[出]佐賀県　[学]佐世保海軍工廠教習所本科(昭和2年)卒　[歴]昭和4年に上京し、5年「文芸戦線」の同人となり、「能率工場法」「官業」などを発表。その後「文芸首都」に参加。著書に「潜水艦第四十三号」「大洪水」などがある。

井上 郷　いのうえ・ごう
小説家　[生]大正4年　[出]島根県　本名＝井上三郎　[学]大連満鉄育成学校(昭和9年)卒　[歴]大正13年満州に渡る。昭和12年「作文」同人となる。20年応召、敗戦によりシベリアに抑留、22年祖国に帰還。33年小説「生活保護法」が第1回群像新人文学賞候補となる。著書に「大連」「幻郷」「シベリアの記録」がある。

井上 幸次郎　いのうえ・こうじろう
小説家　評論家　[生]明治35年9月25日　[没]昭和21年8月22日　[出]大阪府　[学]早大英文科(昭和2年)卒　[歴]早大在学中に「信天翁」に参加。昭和3年「悪魔払」を「不同調」新人号に発表。同年「新正統派」に参加し、「孫」や「片上伸論」などを発表。他の作品に「宇野千代論」「川端康成論」などがある。

井上 こみち　いのうえ・こみち
児童文学作家　[生]昭和15年　[出]埼玉県川口市　[賞]朝日小学生新聞「お母さんの童話」コンクール入選(昭和56年)、日本動物児童文学賞(第1回)(平成1年)「元気で！ロディ―日本育ちの盲導犬、韓国第一号に」　[歴]婦人雑誌編集部に勤務後、ライターとして活動を続け、インタビュー記事を多く手がける。昭和56年朝日小学生新聞の「お母さんの童話」コンクール入選をきっかけに創作活動に入り、動物を主人公にしたノンフィクション性の高い読物を多く手がけている。著書に「砂は歌い続ける」「つばさの音がきこえるかい」「犬の消えた日」「元気で！ロディ」など。　[団]日本児童文芸家協会

井上 祥一　いのうえ・しょういち
新人映画シナリオコンクールで佳作受賞　[生]昭和38年　[出]千葉県市川市　[学]法政大学卒　[賞]新人映画シナリオコンクール佳作(第40回)(平成2年)「罪と罰(クライム)'89」　[歴]広告代理店に勤務。新聞・ビデオ・折込等の制作を経て企画畑に。

井上 孝　いのうえ・たかし
小説家　翻訳家　[生]大正4年8月2日　[没]平成14年6月17日　[出]山口県下関市　[学]早稲田大学文学部仏文科卒　[歴]昭和13年「仮睡の基督」などを「黙示」に発表し、後「早稲田文学」の編集に参加。24年「苔の花花」を刊行して注目された。他の著書に「東京0番地」「火の民」「筑紫飄風記」「不知火ものがたり」など。　[団]日本フランス語フランス文学会、日本文芸家協会

井上 卓也　いのうえ・たくや
作家　[生]昭和20年　[出]東京都　[学]慶応義塾大学文学部西洋史学科(昭和42年)卒、慶応義塾大学大学院修了　[歴]昭和45年電通入社。第1クリエーティブ局に勤務。国鉄「フルムーン」「エキゾチックジャパン」、ネッスル「違いがわかる男」、公共広告機構などを担当。また小説を手がけ、作品に「遠い声」など。他に著書「グッドバイ、マイ・ゴッドファーザー―父・井上靖へのレクイエム」。　[家]父=井上靖(作家・故人)、母=井上ふみ(井上靖記念文化財団理事長)、兄=井上修一(筑波大学教授)

井上 猛　いのうえ・たけし
小説家　児童文学作家　[生]昭和15年　[出]東京　[学]日本大学法学部卒　[賞]日本動物児童文学賞(優秀賞, 第5回)　[歴]著書に「罠」「魔術師」「飛べ金色のハト」などがある。

井上 武彦　いのうえ・たけひこ
小説家　「文芸中部」代表　[生]大正14年　[出]広島県呉市　本名=井上武弘　[学]広島高(旧制)卒　[賞]日本文芸大賞現代文学奨励賞(第8回)(昭和63年)「インド幻想」　[歴]伊勢新聞編集局長、三重県文化課長、文化会館長を歴任して、フリーとなる。この間、昭和40年「銀色の構図」、43年「死の武器―特殊潜航艇異聞」で直木賞候補。著書に「同行二人」など。

井上 立士　いのうえ・たつお
小説家　[生]明治45年　[没]昭和18年9月17日　[出]滋賀県大津市　[学]早大中退　[歴]「星座」同人として小説を書きはじめ、昭和15年青年芸術派を結成し「男女」「華燭」「もっと光を」「花嫁」などを発表。16年書下ろしの「男性解放」を刊行するが、発禁となる。19年には「編隊飛行」を刊行した。

井上 剛　いのうえ・つよし
SF作家　[生]昭和39年　[出]京都府　[学]京都大学文学部国語学国文学専攻卒　[賞]日本SF新人賞(第3回)(平成14年)「マーブル騒動記」　[歴]平成14年「マーブル騒動記」で日本SF新人賞を受賞。

井上 俊夫　いのうえ・としお
詩人　小説家　[生]大正11年5月11日　[出]大阪府寝屋川市　本名=中村俊夫　[学]旧制工業学校中退　[賞]H氏賞(第7回)(昭和32年)「野にかかる虹」、関西文学選奨(第15回・昭58年度)「葦を刈る女」　[歴]農業に従事しつつ詩作を行う。「山河」、「列島」同人。大阪現代詩人会の詩誌「大阪」の編集代表者。朝日カルチャーセンター、帝塚山学院短期大学などで講師もつとめる。詩集に「野にかかる虹」「井上俊夫詩集」、評論「農民文学論」、地誌「淀川」、小説「ベッド・タウン」などがある。　[団]日本文芸家協会、日本現代詩人会

井上 寿彦　いのうえ・としひこ
児童文学作家　東海学園女子短期大学助教授　[生]昭和11年8月11日　[出]愛知県名古屋市　[学]名古屋大学文学部国文科卒　[賞]北川千代賞(第11回)(昭和54年)「田園詩人はどこへ行く」　[歴]東海学園女子短期大学講師を経て、助教授。主な作品に「みどりの森は猫電通り」「チャチャさんへの不思議な手紙」がある。　[団]日本児童文学者協会、全国教職員文芸協会、中部児童文学会、岐阜児童文学会

井上 友一郎　いのうえ・ともいちろう

小説家　[生]明治42年3月15日　[没]平成9年7月1日　[出]大阪府西成郡中津町　本名＝井上友一　[学]早稲田大学文学部仏文科（昭和11年）卒　[歴]商業学校在学中、野球と小説乱読で学業を怠け、そのために中退し、その後各中学を転々とする。昭和5年早稲田大学に入学し、6年「森林公園」を発表して川端康成に認められる。同人雑誌「桜」などに関係し、9年「道化者」を発表。11年「人民文庫」に参加。また都新聞に入り、13年特派員として中国戦線に従軍した。14年「残夢」を発表し、15年「波の上」を刊行して作家となる。以後、多くの現代小説、時代小説などを発表。24年に発表した「絶壁」は北原武夫や宇野千代をモデルにしたとして物議を醸した。日本文芸家協会理事などを経て、45年にゴルフ場の霞台カントリークラブを創立、自ら社長となる。主な作品に「竹夫人」「蝶になるまで」等があり、中間小説としても「銀座二十四帖」「女給夕子の一生」などの作品がある。
[団]日本ペンクラブ、日本文芸英協会

井上 尚登　いのうえ・なおと

小説家　[生]昭和34年　[出]神奈川県相模原市　[学]東海大学工学部電気工学科卒　[賞]横溝正史賞（第19回）（平成11年）「T.R.Y.」　[歴]会社員を経て、13年間放送作家としてクイズの作成や番組の構成に携わる。平成8年よりアルバイトのかたわら小説を執筆。11年著書「T.R.Y.（トライ）」で第19回横溝正史賞正賞を受賞し作家デビュー。他の著書に「C.H.E（チェ）」がある。

井上 尚美　いのうえ・なおみ

小説家　[歴]小説の他、多数のゲームブック、コンピュータゲームのシナリオ等を手がける。代表作「少年魔術師インディ」は平成4年ファミコン用ソフト化、小説化、コミック化される。バンタンデザインスクール電脳クリエーション課で、ゲームシナリオの講師も務める。著書に「小説ウルティマ クエスト・オブ・アバタール」「小説ドルアーガの塔」などがある。

井上 ひさし　いのうえ・ひさし

小説家　劇作家　日本ペンクラブ副会長　仙台市文学館館長　直木賞選考委員　こまつ座文芸部長　[生]昭和9年11月17日　[出]山形県東置賜郡小松町（現・川西町）　本名＝井上廈（いのうえ・ひさし）　[学]上智大学外国語学部フランス語学科（昭和38年）卒　[賞]芸術祭賞脚本奨励賞（昭35年度）「うかうか三十・ちょろちょろ四十」、岸田国士戯曲賞（第17回）（昭和46年）「表裏源内蛙合戦」「道元の冒険」、斎田喬戯曲賞（第7回）（昭和46年）「十一ぴきのネコ」、芸術選奨文部大臣新人賞（昭和47年）「道元の冒険」、直木賞（第67回）（昭和47年）「手鎖心中」、小説現代ゴールデン読者賞（第6回）（昭和47年）「いとしのブリジッド・バルドー」、読売文学賞（戯曲賞・第31回）（昭和54年）「しみじみ日本・乃木大将」「小林一茶」、紀伊国屋演劇賞（個人賞）（昭和54年）「しみじみ日本・乃木大将」「小林一茶」、日本SF大賞（第2回）（昭和56年）「吉里吉里人」、読売文学賞（小説賞・第33回）（昭和57年）「吉里吉里人」、吉川英治文学賞（昭和60年）「腹鼓記」「不忠臣蔵」、テアトロ演劇賞（第15回）（昭和63年）「昭和庶民伝」、土木学会賞著作賞（平成3年）「四千万歩の男」、谷崎潤一郎賞（第27回）（平成3年）「シャンハイムーン」、イーハトーブ賞（第9回）（平成11年）、菊池寛賞（第47回）（平成11年）、朝日賞（平12年度）（平成13年）
[歴]大学在学中から浅草のフランス座で文芸部員兼進行係として働き、昭和33年放送作家としてスタート。39年からのNHKテレビの人形劇「ひょっこりひょうたん島」の台本で世に知られ、44年戯曲「日本人のへそ」で注目された。46年「モッキンポット師の後始末」で小説界にもデビュー。同年岸田戯曲賞を受けた「道元の冒険」などで喜劇作家の地位を獲得する一方、中間小説作家としても活躍し、「手鎖心中」で47年上期の直木賞を受賞。“笑いの魔術師”“現代の戯作者”などといわれる。56年「吉里吉里人」で日本SF大賞受賞。以後、戯曲、小説、エッセイに数多くの話題作を生み、多才ぶりを見せている。58年より直木賞選考委員、同年こまつ座の座付作者となる。筆の遅さから“遅筆堂主人”とも呼ばれる。62年自宅の書庫の本（約13万冊）をそっくり故郷の川西町に移し、“遅筆堂文庫”が開館、63年から同地で生活者大学校を開催し校長となる。平成8年作曲家の三枝成彰らと書籍や音楽CDなど著作物の再販売価格維持制度（再販制度）廃止に反対する会を結成。10年仙台市文学館初代館長、11年4月吉野作造記念館名誉館長に就任。他の著書に「青葉繁れる」「四十一番の少年」「おれたちと大砲」「木の枕草紙」「社史に見る太平洋戦争」「四千万歩の男」「東京セブンローズ」、共著に「新・日本共産党宣言」、戯曲に「天保十二年のシェイクスピア」「藪原検校」「雨」「しみじみ日本・乃木大将」「小林一茶」「イーハトーボの劇列車」「頭痛肩こり樋口一葉」「国語元年」「人間合格」「連鎖街のひとびと」「きらめく星座」「黙阿彌オペラ」「紙屋町さくらホテル」「化粧二題」などがある。　[団]日本文芸家協会（理事）、日本ペンクラブ（副会長）、日本劇作家協会
[家]妻＝米原ゆり（料理研究家）、娘＝井上都（こまつ座座長）、井上麻矢（エッセイスト）

いのうえ ひょう
詩人　小説家　黎明社代表　[生]昭和13年7月9日　[出]北海道中川郡池田町　本名=井上彪　[学]北海道大学文学部卒　[賞]北海道新聞文学賞(佳作,第31回)(平成9年)「俺の幻日(まほろび)」　[歴]昭和37年北海道新聞社に入社。整理記者を経て、編集局調査研究室専門委員。のち黎明社代表を務め、詩と創作の同人誌「黎」を主宰。創作集に「雪くる前」「汝」「俺の幻日(まほろび)」、詩集に「優しき懲罪」、「ちりぬるを」がある。　[団]日本文芸家協会

伊野上 裕伸　いのうえ・ひろのぶ
作家　[生]昭和13年　[出]大阪府　本名=井上裕伸　[学]国学院大学文学部日本文学科卒、国学院大学大学院中退　[賞]オール読物推理小説新人賞(第33回)(平成6年)「赤い血の流れの果て」、サントリーミステリー大賞(読者賞,第13回)(平成8年)「火の壁」、日本リスクマネジメント学会文学賞「火の壁」　[歴]都立高校国語講師を経て、昭和43年から東亜興信所、第一調査などで探偵業に従事。50年から損害保険調査会社・審調社に勤務し、保険金詐取事件の調査を行う。傍ら、推理小説を執筆し、「赤い血の流れの果て」で作家デビュー。他の著書に「火の壁」「逆転調査」など。

井上 二美　いのうえ・ふみ
児童文学作家　[生]大正11年11月12日　[出]旧樺太・豊原市　本名=井上ふみ　[学]豊原尋常高小卒　[賞]北の児童文学賞(第5回)「イヌ佐藤の星座」　[歴]昭和32年より新聞「婦人新報」の記者兼編集にあたり、童話・短歌等を発表。また、夫の枯木虎夫亡きあと「詩風土」を主宰。児童文学誌「森の仲間」同人。著書に「サハリン物語　イヌ佐藤の星座」。　[団]日本児童文学者協会、北海道児童文学の会　[家]夫=枯木虎夫(詩人・故人)

井上 正子　いのうえ・まさこ
シナリオライター　[生]昭和15年10月　[学]立教大学文学部卒　[歴]小学館に入り、雑誌の編集に携わる。結婚して退社。編集や校正の仕事をやりながらシナリオ作家協会の講座に通い、昭和60年4期研修科修了。第24回新人テレビシナリオコンクールで佳作入選。62年には「丘の上」で第37回新人映画シナリオコンクール入選。代表作に映画「Tomorrow/明日」など。　[団]日本シナリオ作家協会

井上 雅彦　いのうえ・まさひこ
小説家　[生]昭和35年　[出]東京都新宿区　[学]明治大学商学部卒　[賞]日本SF大賞(特別賞,第19回)(平成10年)「異形コレクション」　[歴]昭和58年星新一ショートショートコンテストで「よけいなものが」が優秀作に。幻想怪奇の短編を中心に活躍。著書に「異人館の妖魔(ファンタズマ)」「ディオダディ館の夜」、監修に「異形コレクション」(全6巻,広済堂文庫)がある。

井上 瑞基　いのうえ・みずき
小さな童話大賞を史上最年少の8歳で受賞　[賞]小さな童話大賞(第18回)(平成13年)「おいしいりょう理」　[歴]姉の地元童話コンクール入賞経験に刺激され、平成13年春休みの1週間で応募作を書き上げ、小さな童話大賞を史上最年少の8歳で受賞。半田市立乙川小3年。

井上 光晴　いのうえ・みつはる
小説家　詩人　[生]大正15年5月15日　[没]平成4年5月30日　[出]長崎県崎戸町　[学]電波兵器技術養成所卒　[賞]年間代表シナリオ賞(昭45年度)　[歴]幼くして両親を中国で失ない、佐世保、伊万里、崎戸を転々とする。高小中退後、長崎県の海底炭鉱で働きながら専検合格。昭和20年共産党に入党、24年九州地方常任委員などを務める。この間、22年ガリ版詩集「むぎ」を刊行。ついで23年大場康二郎との共著詩集「すばらしき人間群」を刊行した。新日本文学会にも参加したが、44年退会。25年に「書かれざる一章」「病める部分」が党内所感派より批判を浴び、28年に離党。日本のスターリン主義批判の先駆者となる。31年上京、「週刊新潮」記者などを経て文筆活動に入り、33年吉本隆明・奥野健男らと「現代批評」を創刊、同誌に「虚構のクレーン」(35年刊)を発表。38年「地の群れ」で作家としての地位を確立。天皇、原爆、炭鉱、朝鮮戦争をテーマとした作品を書き続ける。45年個人誌「辺境」を、54年野間宏らと「使者」を創刊。52年から各地で文学伝習所を開講する。平成元年・2年にがんの手術を受ける。他の代表作に「ガダルカナル戦詩集」「死者の時」「他国の死」「黒い森林」「心優しき叛逆者たち」「憑かれた人」などがあるほか、「井上光晴長篇小説全集」(全15巻,福武書店)、「井上光晴作品集」「新作品集」「第三作品集」(3期13巻,勁草書房)が刊行されている。　[団]日本文芸家協会　[家]長女=井上荒野(フリーライター)

井上 靖　いのうえ・やすし

小説家　日中文化交流協会会長　国際ペンクラブ本部副会長　日本近代文学館名誉館長　北京大学名誉教授　[生]明治40年5月6日　[没]平成3年1月29日　[出]静岡県田方郡上狩野村湯ケ島(現・天城湯ケ島町)　[学]京都帝国大学文学部哲学科(昭和11年)卒　[資]日本芸術院会員(昭和39年)　[賞]千葉亀雄賞(第1回)(昭和11年)「流転」、芥川賞(第22回)(昭和24年)「闘牛」、芸術選奨文部大臣賞(第8回)(昭和32年)「天平の甍」、日本芸術院賞(第15回)(昭和33年)「氷壁」、文芸春秋読者賞(第18回)(昭和35年)「蒼き狼」、野間文芸賞(第14回)(昭和36年)「淀どの日記」、読売文学賞(第15回・小説賞)(昭和38年)「風濤」、日本文学大賞(第1回)(昭和44年)「おろしや国酔夢譚」、文化勲章(昭和51年)、菊池寛賞(昭和55年)、日本文学大賞(第14回)(昭和57年)「本覚坊遺文」、ブルーレーク賞(平成1年)、野間文芸賞(第42回)(平成1年)「孔子」　[歴]中学生の時はじめて詩に関心を持ち、高校時代「日本海詩人」に詩を発表、大学時代「焔」の同人となる。のち「サンデー毎日」の懸賞小説に「初恋物語」などが入選し、昭和11年大阪毎日新聞社に入社。同年「流転」で千葉亀雄賞を受賞。「サンデー毎日」編集部を経て、学芸部記者をつとめる。戦後の21〜23年の間は、詩作に力を注ぎ、後の小説のモティーフ、主人公の原型となる作品を多く書く。24年以降再び小説を書き始め、同年「闘牛」で芥川賞を受賞。26年毎日新聞社を退職し、以後作家として幅広く活躍。他の代表作に、現代小説「猟銃」「比良のシャクナゲ」「ある偽作家の生涯」「氷壁」(芸術院賞)「射程」「あすなろ」「あした来る人」「夏草冬濤」などがあり、歴史小説に「風林火山」「淀どの日記」(野間文芸賞)「おろしや国酔夢譚」(日本文学大賞)「本覚坊遺文」(日本文学大賞)、大陸を題材にしたものに「天平の甍」(芸術選奨)「蒼き狼」「楼蘭」「敦煌」「風濤」(読売文学賞)「孔子」、詩集に「北国」「地中海」「運河」「井上靖シルクロード詩集」などがある。また中国をはじめ、海外を多く旅行し、55年「井上靖とNHK『シルクロード』取材班」に対して菊池寛賞が与えられた。日本文芸家協会会長(昭44〜47)、日本ペンクラブ会長(昭56〜60)、日中文化交流協会会長(昭55〜)など公私の役職も多くつとめ、39年日本芸術院会員となり、51年文化勲章を受章した。「井上靖小説全集」(全32巻，新潮社)、「井上靖歴史小説集」(全11巻，岩波書店)、「井上靖エッセイ全集」(全10巻，学研)、「井上靖全集」(全28巻，別巻1，新潮社)。　[団]日本文芸家協会、日本ペンクラブ(理事)　[家]妻＝井上ふみ(井上靖記念文化財団理事長)、長男＝井上修一(筑波大学教授)、二男＝井上卓也(作家・電通クリエイティブ制作局)、二女＝黒田佳子(詩人)

井上 夕香　いのうえ・ゆうか

児童文学作家　[生]昭和10年1月2日　[出]東京　本名＝井上文子　[学]日の本女学院卒　[賞]毎日児童小説新人賞(第25回)(昭和51年)「ハムスター物語」、小川未明文学賞優秀賞(第1回)(平成4年)「魔女の子モッチ」、けんぶち絵本の里大賞(びばからす賞，第9回)(平成11年)　[歴]平成7年JICAより環境問題専門家として派遣された夫と共にヨルダンへ。児童館などで英語を教え、ヨルダン文化の会を主宰。著書に「ちびダコハッポン」「ドーナツおばさんがやってきた」、共著に「11月のおはなし」「星空のシロ」ほか。「魔女の子モッチ」は中国で翻訳出版される。　[団]日本児童文芸家協会、日本文芸家協会

井上 雪　いのうえ・ゆき

作家　俳人　光徳寺(浄土真宗東本願寺派)坊守　[生]昭和6年2月9日　[没]平成11年4月2日　[出]石川県金沢市　本名＝井上幸子(いのうえ・ゆきこ)　旧姓(名)＝長井　[学]金沢女専文科卒　[賞]大宅壮一ノンフィクション賞(佳作)(昭和56年)「廓のおんな」、泉鏡花記念金沢市民文学賞(平成3年)「紙の真鯉」　[歴]昭和22年「風」に入会。47年「雪垣」創刊に参加し、編集長をつとめる。ねばり強い取材でノンフィクションを書き、56年「廓のおんな」が大宅壮一ノンフィクション賞佳作となる。57年京都本願寺で得度し、光徳寺坊守。平成元年小説同人誌「雪嶺文学」発刊、編集長。他の著書に「おととの海」「加賀の田舎料理」「北陸に生きる」、句集に「素顔」「白絣」「自註・井上雪集」などがある。　[団]俳人協会、日本文芸家協会、日本ペンクラブ

井上 由美子　いのうえ・ゆみこ

脚本家　[生]昭和36年　[出]兵庫県　[学]立命館大学文学部卒　[賞]シナリオ作家協会大伴昌司賞(第3回)(平成2年)「フィッシュ・ダンス」、芸術選奨新人賞(第46回，平7年度)(平成8年)「この指とまれ」、橋田寿賀子賞(橋田賞，第7回)(平成11年)　[歴]昭和60年テレビ東京入社、63年退社。シナリオ作家協会シナリオ講座で学び、13期研修科卒。アルバイト生活の傍らシナリオを執筆。平成3年日本シナリオ作家協会会員。作品に「フィッシュ・ダンス」、「マダムりんこの事件帖」「金曜日の食卓」「生きがいドラマシリーズ・銀の雫」「この指とまれ」「ギフト」など。夫は報道ディレクター。　[団]日本シナリオ作家協会

井上 夢人　いのうえ・ゆめひと

小説家　イーノベルズアソシエイツ取締役　㊓昭和25年12月19日　㊒福岡県　本名＝井上泉(いのうえ・いずみ)　旧筆名＝岡嶋二人(おかじま・ふたり)　㊔多摩芸術学園映画科中退　㊕江戸川乱歩賞(第28回)(昭和57年)「焦茶色のパステル」、日本推理作家協会賞(第39回)(昭和61年)「チョレートゲーム」、吉川英治文学新人賞(第10回)(平成1年)「99%の誘拐」　㊖映画製作、自営業、シナリオライターなどさまざまな職業を経て、フリーライターに。昭和57年会社員の徳山諄一とコンビを組み"岡嶋二人"という共作筆名で書いた競馬ミステリー「焦茶色のパステル」が第28回江戸川乱歩賞を受賞。"岡嶋二人"は映画「おかしな二人」をもじったもの。以後共作をつづけ、「チョコレートゲーム」「99%の誘拐」「クラインの壺」など多数あるが、平成元年コンビを解消。以後、井上夢人のペンネームで「ダレカガナカニイル…」「パワー・オフ」など作家活動を継続。コンピュータを題材とした作品も多く、8年4月から「99人の最終電車」をインターネットで連載している。11年小説家の我孫子武丸、笠井潔と共に電子出版の専門会社e-ノベルズを開設し、PDFファイル化された小説作品をオンライン販売する。12年5月株式会社・イーノベルズアソシエイツに社名変更。サーバ管理やウェブデザインを一手に引き受け運営を行う。　㊗日本推理作家協会　http://www.justnet.or.jp/naminori/99/who/who.htm

井上 よう子　いのうえ・ようこ

児童文学作家　㊓昭和31年1月10日　㊒神奈川県横浜市　㊔静岡大学農学部卒　㊖大学卒業後、児童文学の創作をはじめる。昭和58年第2回月刊MOE「連載童話公募」に「高原の夏にかんぱい」が入選。著書に「どってんロボットぴいすけ」「きょうはワニようび」「団地の二階はおばけ屋敷」など。

井上 笠園　いのうえ・りつえん

小説家　㊓慶応3年1月(1867年)　㊫明治33年1月　㊒下総国佐倉(千葉県)　本名＝井上真雄　号＝笠園、槐堂仙史　㊔慶応義塾卒　㊖書店金港堂、都新聞社、土陽新聞社などを経て明治26年大阪毎日新聞社に入社。勤めながら小説を書き「鶯宿梅」「金釵傳」「玉胡蝶」などの作品がある。

猪瀬 直樹　いのせ・なおき

作家　㊙日本政治思想史　㊓昭和21年11月20日　㊒長野県長野市　㊔信州大学人文学部卒　㊕大宅壮一ノンフィクション賞(第18回)(昭和62年)「ミカドの肖像」、ジャポネズリー研究学会特別賞(第7回)(昭和62年)「ミカドの肖像」　㊖出版社勤務などを経て、作家となる。昭和58年の「天皇の影法師」から本格的に活動。62年「ミカドの肖像」で大宅壮一ノンフィクション賞を受賞。平成7年三島由紀夫の評伝「ペルソナ」を、10年川端康成と大宅壮一の評伝「マガジン青春譜」を、12年太宰治の評伝「ピカレスク」を発表、壮大な構想をもとに書いた評伝三部作は日本現代文学史に一石を投じた。テレビのコメンテイターとしても活躍。12年政府税制調査会委員、13年小泉政権の行革断行評議会委員、14年道路四公団民営化推進委員会委員となる。高速道路整備計画の凍結を主張する改革急進派として知られる。他の著書に「日本凡人伝」「昭和16年夏の敗戦」「土地の神話」「欲望のメディア」「ニュースの考古学」「黒船の世紀」「唱歌誕生」「日本国の研究」など。劇画「ラストニュース」の原作も手掛ける。13年9月より「日本の近代 猪瀬直樹著作集」(全12巻, 小学館)が刊行される。　㊗日本文芸家協会、日本カジノ学会、日本ペンクラブ(理事, 言論表現委員会委員長)　http://www02.so-net.ne.jp/~inose

猪俣 勝人　いのまた・かつひと

シナリオライター　日本大学芸術学部教授　㊓明治44年6月27日　㊫昭和54年8月7日　㊒東京都　㊔日本大学芸術学科卒　㊕シナリオ賞(昭25, 26, 27年度)「執行猶予」「風雪二十年」「現代人」　㊖昭和17年まで松竹蒲田撮影所脚本部に勤務し、退社後は国民脚本社を創立。戦後は「シナリオ文芸」を創刊するなどシナリオライターとして活躍。代表作に「執行猶予」「現代人」「風雪二十年」「大菩薩峠」などがある。また独立プロ・シナリオ文芸協会をおこし、34年自主映画作品「城ケ島の雨」「白か黒か」の監督をつとめる。映画史研究にも力を注ぎ、著書に「世界映画名作全史」「日本映画名作全史」「世界映画俳優全史」「日本映画俳優全史」などがある。　㊗日本シナリオ作家協会(理事)、放送批評懇談会(理事)

伊庭 孝　いば・たかし

音楽評論家　演出家　劇作家　俳優　㊓明治20年12月1日　㊫昭和12年2月25日　㊒東京　㊔同志社大学神学部中退　㊖同志社大学中退後、警醒社の洋書係となる。明治45年「演劇評論」を創刊し、また近代劇協会を創立。演出家、劇作家として活躍し、新劇社、PM公演社も主宰するなど、草創期の新劇運動に貢献する。大正6年には歌舞劇協会を組織し、浅草オペラの発展に寄与する。また12年頃からは楽壇に進出、昭和2年近衛秀麿らとラジオで歌劇を放送し、解説にあたるなど、オペラ運動の先駆者となる。また、邦楽の理論化にもつくした。著書に「音楽読本」「日本音

楽概論」「雨安居荘雑筆」などがある。
㊕父=伊庭想太郎(星享の暗殺者)

伊波 南哲　いば・なんてつ

詩人　小説家　⊕明治35年9月8日　⊗昭和51年12月28日　⊕沖縄県八重山大浜間切登野城(現・石垣市)　本名=伊波興英　⊕登野城尋常高等小学校卒　㊕大正12年近衛兵として上京し、除退後警視庁に入り、昭和16年迄勤務。そのかたわら、佐藤惣之助に師事し、"詩之家"同人となって昭和2年「南国の白百合」を刊行。その後、郷土に密着した「沖縄の民族」「沖縄風土記」「沖縄風物詩集」などを発表し、11年長編叙事詩「オヤケ・アカハチ」を刊行、映画化された。16年には小説「交番日記」を刊行。戦後21年八重山に帰り、22〜28年石垣市教育厚生課長を務める傍ら、八重山童話協会を設立し、「八重山文化」などに詩を発表。その後上京し、各雑誌に詩や随筆を発表し、「虹」を主宰した。他の著書に詩集「銅鑼の憂鬱」「伊波南哲詩集」「近衛兵物語」などがある。

井葉野 篤三　いばの・とくぞう

小説家　⊕明治35年10月11日　⊗昭和21年3月10日　⊕大阪府　本名=井葉野徳造　⊕第二早稲田高等学院文学部独文科(大正15年)卒　㊕大正14年同人雑誌「朝」の創刊に参加して小説を書き、昭和11年「豆狸」を刊行。他の作品に「蝶呂松の頭」などがある。15年頃大阪に帰り、大鉄映画劇場支配人をつとめ、その後大阪時事新報学芸部につとめた。

伊原 青々園　いはら・せいせいえん

劇評家　演劇学者　劇作家　小説家　⊕演劇史　⊕明治3年4月24日　⊗昭和16年7月26日　⊕島根県松江市　本名=伊原敏郎　⊕第一高等中学校(明治25年)中退　文学博士(早稲田大学)(昭和11年)　⊕朝日賞(昭和9年)　㊕小学校卒業後郡役所の給仕となって独学し、島根県立一中に入学。卒業後上京して一高に入学するが、明治25年中退して二六新報社に入社し、劇評を執筆する。その後、時論日報社、早稲田文学社を経て、30年都新聞社に入社、劇評欄を担当する。この間、小説「後面」や脚本「取かへ心中」などを発表。33年「歌舞伎」を創刊、35年から「日本演劇史」を発表。また「出雲の阿国」などの戯曲や小説も発表するなど幅広く活躍した。著書は「日本演劇史」「近世日本演劇史」「明治演劇史」の三部作をはじめ「市川団十郎」「歌右衛門自伝」「歌舞伎年表」(全8巻)など数多くある。

井原 まなみ　いはら・まなみ

推理作家　⊕昭和13年　⊕広島県　⊕中央大学法学部卒　⊕オール読物推理小説新人賞(第15回)(昭和51年)「アルハンブラの思い出」、構溝正史賞(第5回)(昭和60年)「見返り美人を消せ」、東京朝日100周年記念懸賞論文入賞「わたしの東京改革論」　㊕国家公務員上級職員、宅建主任者を経て、文筆業に。著書に「シーラカンスの海」、夫・石井竜生との合作に「アルハンブラの思い出」「見返り美人を消せ」など。　㊕日本推理作家協会　㊕夫=石井竜生(推理作家)

茨木 昭　いばらき・あきら

児童文学作家　⊕昭和2年12月23日　⊕大阪市福島区　⊕京都臨時教員養成所物理化学科卒　⊕講談社児童文学新人賞佳作(昭和51年)「蓮根村のむすこたち」　㊕中学校教師のかたわら創作を始め、昭和49年毎日中学生新聞に「西向き地蔵の秘密」を連載。51年「蓮根村のむすこたち」が講談社児童文学新人賞に佳作入賞。著書に「セッターはおれだ」等がある。　㊕日本児童文芸家協会

伊吹 知佐子　いぶき・ちさこ

文筆家　⊕昭和9年　⊕滋賀県東浅井郡湖北町　⊕京都府立大学文学部国文科卒　⊕静岡県芸術祭県知事賞(文学部門)(昭和39年)、滋賀県文学祭(出版部門)(平成6年)　㊕昭和36年から静岡市に住み、文芸同人誌「紅炉」同人。47年大津市に移る。著書に「華の宴(うたげ)」「扉の前」がある。

井吹 仁美　いぶき・ひとみ

シナリオライター　⊕昭和2年　⊕静岡県浜松市　⊕浜松高等女学校卒　⊕NHK芸術祭ラジオドラマ1位(昭和30年)「かまきり」　㊕昭和30年NHK募集の芸術祭ラジオドラマに「かまきり」が1位に入選。以来脚本家として活躍、ラジオドラマ「鳥なき里」「駆け込み寺の女たち」「風のうた」、テレビドラマ「ただいま11人」「みなしごハッチ」等を手がける。著書に「嫁を生きる」。

伊吹 六郎　いぶき・ろくろう

劇作家　詩人　⊕明治41年2月24日　⊗平成5年2月4日　⊕熊本県　本名=富永彦十郎　⊕早稲田大学文学部英文科卒　㊕昭和23年熊本市で「詩と真実」を創刊、初代編集発行人を務めた。その後上京し、脚本家としても活躍。著書に「鳥虫戯詩」がある。

井伏 鱒二　いぶせ・ますじ
小説家　[生]明治31年2月15日　[没]平成5年7月10日　[出]広島県深安郡加茂村粟根　本名＝井伏満寿二(いぶせ・ますじ)　[学]早稲田大学仏文学科(大正11年)中退　[資]日本芸術院会員(昭和34年)　[賞]直木賞(第6回)(昭和12年)「ジョン万次郎漂流記」、読売文学賞(第1回・小説賞)(昭和24年)「本日休診」、日本芸術院賞(第12回・文芸部門)(昭和31年)「漂民宇三郎」、野間文芸賞(第19回)(昭和41年)「黒い雨」、文化勲章(昭和41年)、読売文学賞(第23回・随筆・紀行賞)(昭和46年)「早稲田の森」、東京都名誉都民(平成2年)　[歴]日本画家を志すが文学に転じ、早大仏文科に学ぶ。同級の青木南八の励ましで創作を始め、大正8年「やんま」「たま虫を見る」、15年「鯉」、昭和4年「山椒魚」「屋根の上のサワン」を執筆。5年に刊行された短編集「夜ふけと梅の花」で注目され、その中の「山椒魚」はユーモアと人生に対する冷徹な観照、画眼による自然観察に他の追随を許さぬ完成度を見せた。以降戦時も戦後もユニークな作家として活動。12年に「ジョン万次郎漂流記」で直木賞、31年「漂民宇三郎」で芸術院賞、41年には文化勲章を受けた。原爆をテーマにした戦争記録文学「黒い雨」のほか、好きな酒と釣りの随筆も多い。一方、詩作も手がけ、「厄除け詩集」「仲秋明月」がある。他に「さざなみ軍記」「集金旅行」「多甚古村」「本日休診」「遙拝隊長」「珍品堂主人」「鞆ノ津茶会記」や自伝的小説「雞肋集」、60年に亘る荻窪生活を綴った「荻窪風土記」、随筆「早稲田の森」「太宰治」、訳書に「ドリトル先生」シリーズなど。「井伏鱒二全集」(全12巻，筑摩書房)「井伏鱒二自選全集」(全12巻，新潮社)がある。平成9年「黒い雨」の直筆原稿が福山市に寄贈された。

伊馬 春部　いま・はるべ
放送作家　歌人　日本放送作家協会理事　[生]明治41年5月30日　[没]昭和59年3月17日　[出]福岡県　本名＝高崎英雄　別名＝伊馬鵜平　[学]国学院大学文学部卒　[賞]芸術祭賞奨励賞(第16回・昭36年度)「国の東」(NHK)、NHK放送文化賞(第7回)(昭和31年)、毎日芸術賞(第6回)(昭和40年)、紫綬褒章(昭和48年)、勲四等旭日小綬章(昭和54年)　[歴]昭和7年東京・新宿のムーラン・ルージュ文芸部に入り、ユーモアとペーソスあふれるレビューや喜劇を書いて、草創期のムーラン・ルージュを支えた。戦後はラジオドラマで活躍し、7年間人気を呼んだ「向う三軒両隣り」の作家の一人。またNHKの実験作として日本初のテレビドラマの台本「夕餉前」(15年)を執筆。歌人でもあり、51年には歌会始の召人にも選ばれている。太宰治との交友でも知られ、著書に「桜桃の記・もう一人の太宰治」「伊馬春部ラジオドラマ選集」など。

今井 泉　いまい・いずみ
小説家　[生]昭和10年6月5日　[出]高知県高知市　[学]神戸商船大学航海科卒　[賞]サントリーミステリー大賞読者賞(平成3年)「碇泊なき海図」　[歴]国鉄に入り、青函連絡船の航海士を経て、昭和45年同船長、56年宇高連絡船船長、40歳から小説を書き始め、「溟(くら)い海峡」が59年上期の直木賞候補作に選ばれた。他の作品に「碇泊(とまり)なき海図」「ガラスの墓標」。「晨」同人。　[団]日本文芸家協会

今井 恭子　いまい・きょうこ
文筆家　[生]昭和24年6月24日　[出]東京都杉並区(本籍)　本名＝隅田恭子(すみだ・きょうこ)　[学]上智大学外国語学部英語学科(昭和47年)卒、上智大学大学院理工学研究科生物科学専攻(昭和57年)修士課程修了　[賞]小さな童話大賞(落合恵子賞，第10回)、関西文学賞(随筆エッセイ部門，第30回)(平成8年)「黒い仔羊の記憶」、らいらっく文学賞(第21回)(平成12年)「引き継がれし者」　[歴]外資系企業でセクレタリーとして勤務後、動物行動学に興味を持ち、上智大学大学院自然人類学教室でチンパンジーの石器使用行動を研究。昭和58年米国留学を機に執筆活動。英語教育のかたわら随筆、童話を執筆。「関西文学」同人。著書に「麦を踏む女」がある。

今井 潤　いまい・じゅん
作家　[生]明治43年8月15日　[出]長野県　本名＝今村義雄　[学]東洋大学専門学校卒　[歴]文芸美術国民健保組合常務理事を務める。短篇集に「青年文学者」「愛の山河」、随筆集に「めぐり逢い」など。　[団]日本文芸家協会、文芸美術国民健保組合(常務理事)

今井 詔二　いまい・しょうじ
シナリオライター　[生]昭和26年12月27日　[出]東京都　[学]墨田川高卒　[歴]小学生の頃からシナリオライターを志望。22歳の時テレビ「白い滑走路」(TBS)でデビュー。主な作品にテレビ「オレの息子は元気印」「風少女」「妻たちの社宅戦争」(日テレ)、「新・夜明けの刑事」「赤い絆」「噂の刑事トミーとマツ」「禁じられたマリコ」(TBS)、「翔んだライバル」「セーラー服と機関銃」(フジ)、「法医学教室の事件ファイル」(テレ朝)など。

今井 聖　いまい・せい
俳人　シナリオライター　「街」主宰　[生]昭和25年10月12日　[出]新潟県　本名＝今井邦博　[学]明治学院大学文学部英文科卒　[賞]寒雷集賞(第6回)(昭和56年)　[歴]高校教師をつとめる傍ら句作。昭和46年「寒雷」に入会し、同誌同人。加藤楸邨に師事。のち俳誌「街」主宰。句集に

「北限」があり、「現代俳句の精鋭I」に作品が収録される。平成2年から馬場当に師事し、テレビドラマなどの脚本を手がける。映画作品に「エイジアン・ブルー 浮島丸サコン」がある。著書に「楸邨俳句365日」（分担執筆）。㊵日本文芸家協会、俳人協会

今井 誉次郎 いまい・たかじろう
綴方教育研究家 児童文学作家 ㊷明治39年1月25日 ㊶昭和52年12月16日 ㊵岐阜県 筆名＝江馬泰 ㊸岐阜師範学校（現・岐阜大）卒 ㊹毎日出版文化賞（第4回）（昭和25年）「農村社会科カリキュラムの実践」㊺昭和5年、岐阜市加納小学校兼岐阜県女子師範訓導を依頼退職して上京。雑誌「綴方生活」「綴方読本」などの編集に従事し、綴方、児童文学、労働運動に関わる。その後、東京の小学校に勤務、20年西多摩郡成木村の疎開学園で敗戦。21年「明るい学校」の創刊に参加。25年「農村社会科カリキュラムの実践」で毎日出版文化賞受賞。27年退職後、日本作文の会初代委員長を務めた。著書はほかに「新しい村の少年たち」「帰らぬ教え子」「国語教育論」「教育生活50年」、童話「たぬきの学校」などがある。

今井 達夫 いまい・たつお
小説家 ㊷明治37年3月3日 ㊶昭和53年5月6日 ㊵神奈川県横浜市 本名＝今井達雄 ㊸慶応義塾大学文学部中退 ㊹三田文学賞（第2回）（昭和11年）「青い鳥を探す方法」㊺慶大在学中から戯曲を発表し、中退後は博文館、時事新報社などに勤務する。そのかたわら小説を発表し、昭和11年「青い鳥を探す方法」で三田文学賞を受賞。「水上滝太郎」をはじめ、多くの著書がある。

今井 雅子 いまい・まさこ
コピーライター 脚本家 ㊵大阪府堺市 ㊸京都大学教育学部教育学科 ㊹交通事故撲滅キャンペーン十秒提言最優秀賞（平成3年）、函館港イルミナシオン映画祭シナリオ大賞準グランプリ（平成11年） ㊺高校2年の時1年間カリフォルニア州シミバレー高に留学。京大教育学部に進み、同大応援団のチアリーダーを務める。一方応募マニアで文具マーケッティング、シューズ券キャンペーンなどで入賞や佳作多数。平成3年交通事故撲滅キャンペーン十秒提言最優秀賞を受賞。のち東京の外資系広告会社に就職し、コピーライターとして活躍。11年函館を舞台にした脚本で函館港イルミナシオン映画祭シナリオ大賞準グランプリを獲得、「パコダテ人」として映画化される。

今井 雅之 いまい・まさゆき
俳優 脚本家 演出家 エル・エンバニー主宰 ㊷昭和36年4月21日 ㊵兵庫県 ㊸法政大学文学部英文学科卒 ㊹芸術祭賞（演劇部門）（平成3年）「ザ・ウィンズ・オヴ・ゴッド」、ソサイエティ・オブ・ライターズ芸術賞（平成5年）、キネマ旬報賞（新人男優賞、第41回）（平成8年）㊺陸上自衛隊を経て大学に入り、いくつかの俳優養成所を経て奈良橋陽子のもとで、ニューヨークのアクターズ・スタジオの演技訓練に出会う。自作（原作・脚本）の「THE WINDS OF GOD」を自ら演じ、平成3年秋、ロサンゼルスで英語で初演、同年の東京公演で芸術祭賞を受賞。4年秋にはニューヨーク公演、5年にはアクターズ・スタジオで公演。7年映画公開、原作・脚本・主演を務める。10年にはブロードウェー公演を成功させた。11年にはブロードウェーで日本人初の長期公演を行う。主な出演に映画「撃てばかげろう」「遊びの時間は終わらない」「八つ墓村」、テレビ「東京湾ブルース」「ええにょぼ」「味いちもんめ」「この街が好きやねん」「愛は正義」など。著書に「Suppinぶるうす」がある。

今江 祥智 いまえ・よしとも
児童文学者 ㊷昭和7年1月15日 ㊵大阪府大阪市 ㊸同志社大学英文学科（昭和29年）卒 ㊹現代児童文学史、イブ・モンタン ㊹サンケイ児童出版文化賞（第14回）（昭和42年）、児童福祉文化賞（昭和42年）、日本児童文学者協会賞（第14回）（昭和49年）「ぼんぼん」、野間児童文芸賞（第15回）（昭和52年）「兄貴」、路傍の石文学賞（第10回）（昭和63年）、小学館児童出版文化賞（第45回）（平成8年）「でんでんだいこいのち」、紫綬褒章（平成11年） ㊺中学教員、児童書編集者生活を経て創作活動に入り、昭和35年「山のむこうは青い海だった」を刊行。43年京都の聖母女学院短期大学教授となり児童文学を講じる。42年「海の日曜日」でサンケイ児童出版文化賞および児童福祉文化賞を、49年「ぼんぼん」で日本児童文学者協会賞を、52年「兄貴」で野間児童文芸賞を受賞。従来の日本児童文学に欠けていた空想の楽しさを開拓し、幅広く活躍。ほかの著書に「大人の時間子どもの時間」「子どもの国からの挨拶」「優しさごっこ」「絵本の新世界」「でんでんだいこいのち」「今江祥智の本」（全36巻、理論社）など多数。㊵日本児童文学者協会

今関 信子 いまぜき・のぶこ
童話作家 ㊷昭和17年10月16日 ㊵東京 ㊸東京保育女子学院卒 ㊹北川千代賞奨励作品賞（第13回）（昭和56年）「まじょかあさん空をとぶ」 ㊺幼稚園教諭を経て、創作

活動に入る。創作の会「萌」に参加。著書に「小犬の裁判はじめます」「地球のおへそはどこにある」「さよならの日のねずみ花火」「大地に地雷はにあわない」など。㊙日本児童文学者協会(理事)、日本子どもの本研究会、滋賀県児童図書研究会

今戸 公徳　いまど・きみのり
シナリオライター　元・日本映像芸術学院九州校校長　㊗大正14年1月1日　㊙大分県宇佐市　㊚ふるさと大分選奨受賞、日本シナリオ作家協会シナリオ功労賞(平成6年)　㊙毎日新聞広告局に勤務する傍ら、井手雅人に師事、脚本を書く。テレビ創成期のシナリオ作家集団Zプロに属し、「ダイヤル110番」などのテレビ番組で活躍。昭和38年家業の宇佐神宮のお神酒造りを継ぐ。豊後仏教芸術研究会主宰。58〜63年日本映像学院九州校校長。著書に「ふるさと想い出写真集」がある。

今西 祐行　いまにし・すけゆき
児童文学作家　日本近代文学館評議員　㊗大正12年10月28日　㊙大阪府中河内郡縄手村(現・東大阪市六万寺町)　㊚早稲田大学文学部仏文科(昭和22年)卒　㊚児童文学者協会新人賞(第6回)(昭和31年)「ゆみこのりす」、NHK児童文学賞(奨励賞、第4回)(昭和41年)「肥後の石工」、日本児童文学者協会賞(第6回)(昭和41年)「肥後の石工」、国際アンデルセン賞国内賞(第4回)(昭和42年)「肥後の石工」、野間児童文芸賞(第7回)(昭和44年)「浦上の旅人たち」、日本児童文芸家協会賞(第5回)(昭和55年)「光と風と雲と樹と」、小学館文学賞(第29回)(昭和55年)「光と風と雲と樹と」、路傍の石文学賞(第8回)(昭和61年)「マタルペシュヤ物語」、芸術選奨文部大臣賞(第41回)(平成3年)、モービル児童文化賞(第26回)(平成3年)、紫綬褒章(平成4年)、勲四等旭日小綬章(平成11年)、神奈川文化賞(平成13年)　㊙早稲田高等学院在学中の昭和17年早大童話会に入会、機関誌「童話会」に処女作「ハコちゃん」を発表。早大進学後、学徒出陣。戦後復学し、22年卒業後、出版社勤務を経て、34年より創作活動に専念。この間、31年「ゆみこのりす」で児童文学者協会新人賞受賞。童話雑誌「びわの実学校」編集同人。代表作に「ヒロシマのうた」「肥後の石工」「浦上の旅人たち」「光と風と雲と樹と」などがあるほか、「今西祐行全集」(全15巻)がある。被爆直後の広島で兵士として救護活動に加わった体験は、今西作品の最大のモチーフになっている。また62年には神奈川県・藤野町に文化・教育活動の場"私立菅井農業小学校"を開校、地域文化の向上・発展にも尽力。㊙日本文芸家協会、日本児童文学者協会

今野 賢三　いまの・けんぞう
小説家　社会運動家　㊗明治26年8月26日　㊣昭和44年10月18日　㊙秋田県南秋田郡土崎港町肴町(現・秋田市)　本名=今野賢蔵　別筆名=小川洛陽　㊚土崎尋常高等小学校卒　㊙高小卒業後、呉服屋手伝い、新聞配達、職工見習い、豆乳配達などの仕事を転々とし、大正6年上京。上京後も洗濯屋店員、東京ガス会社常夫、中央郵便局集配人などをしながら弁士修業をし、帰郷して弁士となる。11年再度上京して「種蒔く人」に参加し「火事の夜まで」などを発表。その後「文芸戦線」に参加してプロレタリア文学作家として活躍。14年頃より近江谷友治とともに秋田の労農派の中心人物として多くの小作争議、労働争議を指揮した。著書に「汽笛」や「暁」三部作などがある。

今村 葦子　いまむら・あしこ
児童文学作家　㊗昭和22年1月20日　㊙熊本県球磨郡球磨村渡乙　本名=今村淑子(いまむら・よしこ)　㊚武蔵野美術短期大学デザイン専攻科卒　㊚野間児童文芸推奨作品賞(第24回)(昭和61年)「ふたつの家のちえ子」、坪田譲治文学賞(第2回)(昭和62年)「ふたつの家のちえ子」、芸術選奨文部大臣新人賞(昭和61年度)(昭和62年)「ふたつの家のちえ子」、路傍の石幼少年文学賞(第10回)(昭和63年)「ふたつの家のちえ子」「良夫とかね子」「あほうどり」、野間児童文芸賞(第26回)(平成3年)「かがりちゃん」、日本の絵本賞絵本にっぽん大賞(平成3年)「ぶな森のキッキ」、ひろすけ童話賞(第4回)(平成5年)「まつぼっくり公園のふるいブランコ」　㊙広告代理店を経てフリーのコピーライター。昭和55年頃から児童文学雑誌「子どもの館」に投稿を始める。61年5月評論社より刊行された処女作「ふたつの家のちえ子」が野間児童文芸推奨作品賞、第2回坪田譲治文学賞、芸術選奨文部大臣新人賞、路傍の石幼少年文学賞を受賞。ほかに「良夫とかな子」「あほうどり」「はじめてのゆき」「ロビンソンおじさん」「はつ子とひな子」など。

今邑 彩　いまむら・あや
推理作家　㊗昭和30年3月13日　㊙長野県長野市　本名=今井恵子　㊚都留文科大学英文科卒　㊙会社勤務を経て、フリーに。平成元年鮎川哲也賞の前身である"鮎川哲也と13の謎"に本名の今井恵子の名で応募し13番目の椅子を受賞。受賞を機に筆名を今邑彩と改め、推理小説を中心にホラーなどを手がける。著書に「卍の殺人」「i(アイ)」「『裏窓』殺人事件」「少女Aの殺人」「赤いべべ着せよ…」など。　㊙日本文芸家協会

今村 昌平　いまむら・しょうへい

映画監督　日本映画学校理事長　今村プロダクション代表　[生]大正15年9月15日　[出]東京市木挽町(現・東京都中央区)　[学]早稲田大学文学部西洋史学科(昭和26年)卒　[賞]年間代表シナリオ(昭和32年・34年・37年・39年・41年・42年・43年・58年・62年)、キネマ旬報賞(監督賞，昭38年度・43年度・54年度)「にっぽん昆虫記」「神々の深き欲望」「復讐するは我にあり」、毎日映画コンクール監督賞(昭38年度・42年度)「にっぽん昆虫記」「人間蒸発」、ブルーリボン賞(監督賞，昭38年度・54年度)、芸術選奨文部大臣賞(第19回，映画部門)(昭和43年)「神々の深き欲望」、山路ふみ子賞(昭和54年)、日本アカデミー賞(監督賞)(昭和55年)「復讐するは我にあり」、カンヌ国際映画祭グランプリ(昭和58年)「楢山節考」、マルティニ映画大賞(第2回)(平成1年)「黒い雨」、牧野省三賞(第31回)(平成1年)、アジア太平洋映画祭脚本賞(第34回)(平成1年)「黒い雨」、毎日芸術賞(第31回，平元年度)、キネマ旬報賞(監督賞，第63回，平元年度)「黒い雨」、日本カトリック映画賞(第14回)(平成1年)「黒い雨」、日本アカデミー賞(監督賞，第13回)(平成2年)「黒い雨」、カンヌ国際映画祭グランプリ(平成9年)「うなぎ」、川喜多賞(第15回)(平成9年)、山路ふみ子賞(映画賞，第21回)(平成9年)、エランドール特別賞(平9年度)、毎日映画コンクール監督賞(第52回，平9年度)「うなぎ」、日本アカデミー賞(監督賞，第21回)(平成10年)「うなぎ」、東京都文化賞(平成10年)　[歴]昭和26年松竹大船撮影所に助監督として入社。小津安二郎、野村芳太郎監督などについたあと、29年川島雄三に従って日活に移り、33年「盗まれた欲情」で監督デビュー。以後日活で「果しなき欲望」(33年)「にあんちゃん」(34年)「豚と軍艦」(36年)「にっぽん昆虫記」(38年)「赤い殺意」(39年)などを撮り、40年に今村プロ設立後も「エロ事師たちより・人類学入門」(41年)「人間蒸発」(42年，記録映画)「神々の深き欲望」(43年)「復讐するは我にあり」(54年)「ええじゃないか」(56年)など、日本人の生と性を凝視したリアリズム映画を追究、一時代を画した。58年「楢山節考」でカンヌ映画祭グランプリを受賞、平成元年には「黒い雨」で各種映画賞を独占。9年、8年ぶりに「うなぎ」を撮り、カンヌ映画祭で同作品が2度目のグランプリを受賞。他の作品に「カンゾー先生」「赤い橋の下のぬるい水」などがある。昭和50年横浜放送映画専門学院(現・日本映画学校)を設立、後進の育成にも当たる。　[家]息子＝天願大介(映画監督・雑誌編集者)

今村 文人　いまむら・ふみと

脚本家　[生]昭和11年7月9日　[没]平成12年10月29日　[出]長野県飯田市　[学]飯田長姫高土木科卒　[歴]シナリオ研究所第4期修了後、昭和35年松浦プロダクションに入社。37年フリーとなる。テレビドラマの脚本に「白い巨塔」「特別機動捜査隊」「非情のライセンス」「ザ・ガードマン」「暴れん坊将軍」「孤独の賭」「将軍家光忍び旅」「遠山の金さん」などがある。　[団]日本シナリオ作家協会

今村 実　いまむら・みのる

鳥取女子短期大学日本文学科助教授　[専]国文学　[生]昭和6年10月5日　[出]鳥取県　[学]鳥取大学学校教育学部第二種乙類卒　[興]私小説論―日本近代文学における文学修道僧たちの生活と表現　[賞]太宰治賞佳作賞(第10回)(昭和49年)、歴史文学賞佳作賞(第3回)(昭和54年)　[歴]鳥取県立博物館勤務、鳥取女子短期大学講師を経て、平成9年同大助教授。著書に小説集「辰の字のある木地師」がある。　[団]木地師学会

今村 了介　いまむら・りょうすけ

作家　[生]昭和4年3月10日　[没]平成13年3月21日　[出]鹿児島県鹿児島市　本名＝今村勝紀(いまむら・かつのり)　[学]中央大学専門部中退　[賞]オール読物新人賞(昭和40年)「蒼天」　[歴]青年運動新聞社編集局次長。尾崎士郎に師事。「まほろば」同人。主な作品に「曠野」「西南戦争始末記」「壮士ひとたび去って復た還らず」「士魂烈々」などがある。　[団]日本文芸家協会

井村 叡　いむら・えい

小説家　「文芸京都」主宰　[生]昭和4年　[出]京都府　本名＝猪田春生　[学]立命館大学卒　[賞]北日本文学賞(第16回)(昭和57年)「老人の朝」　[歴]著書に「老人の朝」「京おんな・四季」「老人十色」。　[団]日本ペンクラブ、関西文学会

井村 恭一　いむら・きょういち

小説家　[生]昭和42年5月14日　[出]山口県徳山市　[学]立教大学文学部中退　[賞]日本ファンタジーノベル大賞(第9回)(平成9年)「ベイスボイル・ブック」　[歴]大学を中退後アルバイト生活の傍ら、小説家を志す。平成9年「ベイスボイル・ブック」で日本ファンタジーノベル大賞を受賞。　[団]日本文芸家協会

伊良波 尹吉　いらは・いんきち

沖縄演劇俳優　沖縄歌劇作家　[生]明治19年　[没]昭和26年　[出]沖縄県与那原　[歴]農家に生まれ、15歳の時、旅役者となった。やがて本舞台に二枚目として活躍、その間、口述で沖縄歌劇を創作、「奥山の牡丹」など約200編の歌劇作品を残した。

入江 幸子　いりえ・さちこ

児童文学者　[生]昭和5年　[出]福岡県　[学]福岡学芸大学国文科(昭和26年)卒　[賞]フクニチ新聞児童文化賞(昭和56年)　[歴]学卒後、福岡市立中学校で国語教諭として、27年間教鞭をとる。昭和50年ころから「ちっちゃなちっちゃな童話集」を仲間と発行し昭和55年には「どうしてハトは銅像が好きなの」という歴史物語を出版した。作品は他に「ぼくもパパみたいになるのかな」「元気で命中に参ります」などがある。　[団]日本児童文芸家協会

入江 曜子　いりえ・ようこ

小説家　[生]昭和10年2月13日　[出]東京　本名＝春名殷子　[学]慶応義塾大学文学部卒　[賞]新田次郎文学賞(第8回)(平成1年)「我が名はエリザベス」　[歴]著書に「我が名はエリザベス」「海の影」「貴妃は毒殺されたか」、共訳書にR.F.ジョンストン「紫禁城の黄昏」、ニム・ウェールズ「中国に賭けた青春」などがある。　[団]日本文芸家協会、三田文学会、日中文化交流協会、日本ペンクラブ　[家]夫＝春名徹(ノンフィクション作家)

入江 好之　いりえ・よしゆき

詩人　児童文学作家　北書房代表　[生]明治40年9月4日　[出]北海道小樽市　本名＝入江好行(いりえ・よしゆき)　[学]旭川師範学校卒　[賞]北海道文化賞(昭和53年)　[歴]在学中の大正11年詩誌「北斗星」を創刊。13年旭川師範出身者と詩誌「青光」を創刊。昭和11年第一詩集「あしかび」を刊行。教師として綴方教育に力を入れたが、弾圧を受け、教職を追われて18年満州へ渡る。シベリア抑留を経て、24年帰国。31年北海道詩人協会を創立し、20年間事務局長をつとめた。日本児童文学者協会北海道支部長。戦後の詩集に「凍る季節」「花と鳥と少年」がある。一方、北書房を経営し道内詩人の詩集などを数多く出版した。　[団]日本児童文学者協会

入馬 兵庫　いるま・ひょうご

小説家　[生]昭和43年　[出]岡山県岡山市　本名＝三羽省吾　[賞]小説新潮長編新人賞(第8回)(平成14年)「ハナづらにキツいのを一発」　[歴]会社員。平成14年「ハナづらにキツいのを一発」で第8回小説新潮長編新人賞を受賞。

色川 武大　いろかわ・たけひろ

小説家　[生]昭和4年3月28日　[没]平成1年4月10日　[出]東京・神楽坂　筆名＝阿佐田哲也(あさだ・てつや)、井上志摩夫(いのうえ・しまお)　[学]東京市立三中中退　[賞]中央公論新人賞(第6回)(昭和36年)「黒い布」、泉鏡花文学賞(第5回)(昭和52年)「怪しい来客簿」、直木賞(第79回)(昭和53年)「離婚」、川端康成文学賞(第9回)(昭和57年)「百」、読売文学賞(第40回・小説賞)(平成1年)「狂人日記」　[歴]中学時代に麻雀を覚え、勤労工場時代に腕をみがき、終戦の17歳の時から本格的に麻雀打ちの道に入る。その後「小説クラブ」の編集者となる。昭和36年「黒い布」で中央公論新人賞を受賞するが、その後低迷。43年阿佐田哲也の筆名で「週刊大衆」に書き続けた麻雀小説が大ヒットし、"麻雀の神様"と呼ばれ、なかでも「麻雀放浪記」は麻雀小説の古典といわれ、大ロングセラーをつづける。麻雀小説、芸人小説で大衆作家としての地歩を固めた後、52年に本名の色川武大で発表した連作「怪しい来客簿」で泉鏡花文学賞、53年に「離婚」で直木賞、57年には「百」で川端康成文学賞を受賞。また、難病ナルコレプシーに悩まされ続けた体験にもとづく長編「狂人日記」で、平成元年読売文学賞を受賞。映画、ジャズ、演芸に精通しその分野のエッセイも数多い。9年若い頃のペンネーム"井上志摩夫"の名で書いた遺稿が単行本化される。「色川武大阿佐田哲也全集」(全16巻，福武書店)がある。

岩井 志麻子　いわい・しまこ

小説家　[生]昭和39年12月5日　[出]岡山県和気郡和気町　別名＝竹内志麻子(たけうち・しまこ)　[学]和気閑谷高卒　[賞]日本ホラー小説大賞(第6回)(平成11年)「ぼっけぇ、きょうてえ」、山本周五郎賞(第13回)(平成12年)「ぼっけぇ、きょうてえ」　[歴]高校生だった昭和57年第3回小説ジュニア短編小説新人賞佳作入選。22歳の時、別名義で少女小説家としてデビュー。マンガのノベライズも手掛ける。平成11年「ぼっけぇ、きょうてえ」で日本ホラー小説大賞を受賞。著書に竹内志麻子名義「夢みるうさぎとポリスボーイ」「そこでそのまま恋をして」「制服のマリア」「空にキス」「夜啼きの森」、ノベライズ「花より男子」などがある。　[団]日本文芸家協会、日本推理作家協会

岩井 信実　いわい・のぶざね

詩人　[生]明治26年　[没]昭和2年　[出]宮城県仙台市　[学]熊本医専(現・熊本大学)(大正10年)卒　[歴]大正7年「坩堝」(るつぼ)を創刊。10年京都へ移り、医師のかたわら詩や童謡童話の作品集を出版した。東本願寺の童話雑誌「ヨロコビ」も主宰。妻・よしのが幼い娘の言葉を発表するために雑誌「童謡・童話」を出すなど、夫婦で子供の表現を記録した幼児詩、仏教童話運動などの文学活動を行う。　[家]妻＝岩井ゆきの(童謡・童話作家)

岩井 護　いわい・まもる
作家　文芸評論家　㊫博多の郷土史　㊓昭和4年11月7日　㊥福岡県飯塚市　㊫西南学院大学文商学部商学科(昭和28年)卒　㊫小説現代新人賞(第10回)(昭和43年)「雪の日のおりん」、福岡市文学賞(第3回・昭和47年度)　㊫著書に「雪の日のおりん」「まぼろしの南方録」「踏絵奉行」「福沢諭吉」「西南戦争」などがある。
㊫日本文芸家協会

岩井 三四二　いわい・みよじ
歴史群像大賞を受賞　㊓昭和33年　㊥岐阜県
㊫一橋大学経済学部卒　㊫小説現代新人賞(第64回)(平成8年)「一所懸命」、歴史群像大賞(第5回)(平成10年)「簒奪者」　㊫大学卒業後、会社員として勤務の傍ら小説を執筆。平成10年斎藤道三の若き日を描いた「簒奪者」が第5回歴史群像大賞を受賞。

祝 康成　いわい・やすなり
ジャーナリスト　小説家　㊓昭和35年　㊥鹿児島県　筆名＝永瀬隼介(ながせ・しゅんすけ)
㊫国学院大学卒　㊫「週刊新潮」記者を経て、平成3年よりフリーに。事件ノンフィクションを中心に活躍。著書に祝康成名義で「19歳の結末―一家4人惨殺事件」「真相はこれだ！」、永瀬隼介名義で「サイレント・ボーダー」「アッシュロード」がある。

岩井 ゆきの　いわい・ゆきの
童謡作家　童話作家　㊫京都で医学生だった詩人・岩井信実と知り合い、結婚。初めての子供允子(のぶこ)のつぶやく"詩的言葉"を発表するために「童謡・童話」という雑誌を出し、また允子の名で「つぶれたお馬」(大正2年)、「波のお馬」(昭和2年)と、2冊の童謡集を刊行する。また信実とともに東本願寺の童話雑誌「ヨロコビ」も主宰するなど、仏教童話運動でも活動した。　㊫夫＝岩井信実(詩人)

岩井川 皓二　いわいかわ・こうじ
湯沢市議　さきがけ文学賞受賞　㊓昭和17年7月24日　㊥秋田県湯沢市　㊫武蔵野美術大学通信教育部卒　㊫地上文学賞(家の光協会)、さきがけ文学賞(第7回)(平成2年)「夜のトマト」

巌 宏士　いわお・ひろし
小説家　プログラマー　㊓昭和38年　㊥岩手県花巻市　㊫平成8年、第1回ソノラマ文庫大賞佳作となった「バウンティハンター・ローズ」で作家デビュー。本業はプログラマー。ほかの作品に「バウンティハンター・ローズ〈2〉/火炎の鞭」がある。

岩川 隆　いわかわ・たかし
ノンフィクション作家　競馬評論家　㊓昭和8年1月25日　㊫平成13年7月15日　㊥山口県徳山市　㊫広島大学文学部独文科卒　㊫講談社ノンフィクション賞(第17回)(平成7年)「孤島の土なるとも」、JRA賞馬事文化賞(平成6年)
㊫卒業後上京し、大学の先輩に当る梶山季之率いるトップ屋集団"梶山師団"に所属してジャーナリストの基本を徹底的に学ぶ。創刊直後の「週刊文春」記者、「週刊公論」「週刊女性」「平凡パンチ」などを経て作家に。政治、経済、社会物から競馬物に至る幅広い守備範囲で活躍。57年初の本格小説「海峡」は直木賞候補となった。他に「神を信ぜず」「多くを語らず」(以上直木賞候補)、「決定的瞬間」「孤島の土となるとも」「競馬人間学」「馬券人間学」「広く天下の優駿を求む」などがある。
㊫日本文芸家協会

岩城 捷介　いわき・しょうすけ
小説家　㊓昭和17年　㊥中国・開封　㊫早稲田大学国語国文科卒　㊫協同広告のCMディレクターを長く続け、のち映像プロデューサーを経て、総合商社の日産丸紅商事に勤務。この間、CM界のウラ話を書いたエッセイを出版。第35回オール読物推理小説新人賞候補となったことを機に、本格的な執筆活動に入る。

岩木 章太郎　いわき・しょうたろう
推理作家　読売新聞社会部記者　㊓昭和28年3月3日　㊥青森県　㊫東京教育大学文学部史学科(昭和51年)卒　㊫サントリーミステリー大賞佳作賞(第6回)(昭和63年)「新古今殺人草紙」
㊫昭和51年読売新聞社に入社。地方部前橋支局などを経て社会部記者に。本業の傍ら、年1作のペースでミステリーを執筆。昭和63年処女作「新古今殺人草紙」でサントリーミステリー大賞佳作賞を受賞。著書に「捜査一課が敗けた」他。

岩倉 政治　いわくら・まさじ
小説家　㊓明治36年3月4日　㊫平成12年5月6日　㊥富山県東砺波郡高瀬村(現・井波町)
筆名＝巌木勝　㊫大谷大学哲学科(昭和7年)卒
㊫農民文学有馬賞(第3回)(昭和15年)「村長日記」、富山県文化賞(昭和58年)、富山新聞文化賞(昭和59年)、北日本新聞文化賞(昭和59年)
㊫貧しい農家の10人兄弟の末子に生まれる。福野農学校卒業後、様々な職を転々とし、大正15年大谷大学に入学。在学中、鈴木大拙に仏教を学び親鸞を研究、戸坂潤から思想上の影響を受ける。昭和7年大学卒業後、東京に出て唯物論研究会に加り、巌木勝の筆名で評論活動も行ない、「日本宗教史講和」(10年)、「仏教論」(12年)を刊行。日本プロレタリア文化同

盟(コップ)などに参加し、思想検束、拷問、転向、再検挙などくりかえした。この間、農民文学を書き、昭和14年発表の処女作「稲熱病」は芥川賞候補になり、15年には「村長日記」で農民文学有馬賞を受賞した。戦後も創作活動に専念し、58年80歳になって、10年がかりで書き上げた2500枚の自伝的大河小説「無告の記」(3部作)を完成した。他の著書に「行者道宗」「田螺のうた」「空気がなくなる日」「真人鈴木大拙」などがある。24年に日本共産党に入党。日本民主主義文学同盟所属。　[団]AA作家会議日本協議会、日本文芸家協会、日本民主文学同盟　[家]二女＝岩倉高子(女優)、息子＝岩倉政城(東北大学助教授)

岩豪 友樹子　いわごう・ゆきこ

シナリオライター　[出]愛知県名古屋市　[学]神戸女子大学文学部国文学科(昭和53年)卒　[賞]新作歌舞伎脚本募集佳作(平3年度)(平成4年)「大力茶屋」　[歴]学生時代通信講座でシナリオの書き方を学ぶ。卒業後ミニコミ誌記者、コピーライターを経て、フリーに。平成元年姫路市制百年記念シロトピア博公募で「新・天主物語―うわさの女たち」が入選し、上演される。初の歌舞伎脚本「大力(たいりき)茶屋」が新作歌舞伎脚本募集佳作に入選。8年東京・国立劇場と大阪・国立文楽劇場で、織田紘二演出、中村富十郎主演で上演される。この他、5年度の国立劇場脚本募集で「松平忠度豊後配流始末」が佳作入選。

岩越 昌三　いわこし・しょうぞう

小説家　[生]明治42年　[出]神奈川県小田原　[学]早稲田大学国文科中退　[歴]昭和10年「早稲田文学」の新人創作号に「石生藻」を発表し、同題の作品集を15年に刊行。高校教員をつとめながら作品を書き続け「われに一人の乙女ありき」「神道斎霊狐師伝」などの著書がある。

岩佐 氏寿　いわさ・うじとし

劇作家　映画製作者　記録映画作家　[生]明治44年12月2日　[没]昭和53年11月22日　[出]京都市北区上賀茂南大路町　[学]東京外語仏文科(昭和9年)中退　[賞]産業映画コンクール大賞「水のある砂漠」、サンケイ児童出版文化賞奨励賞(昭和31年)「佐久間物語」　[歴]昭和6年劇団東童に入り、「河から来たお祭」「ドン・キホーテ」などを発表。のち新協劇団に参加し、また映画に移り日本映画社、岩波映画、東映などで監督をし、38年日本技術映画社(現・鹿島映画社)の創立に参加。脚本として「どっこい生きてる」、製作・脚本として「超高層のあけぼの」、監督として「津浪っ子」などの作品がある。

岩佐 憲一　いわさ・けんいち

シナリオライター　[生]昭和29年6月8日　[没]平成8年7月17日　[出]北海道札幌市　[学]文化学院美術科中退　[賞]ヤング・ジャンプ懸賞公募漫画原作部門佳作入選(昭和58年，60年)、創作テレビドラマ脚本懸賞公募入選(第10回)(昭和60年)「インディアン人形」、民間放送連盟賞優秀賞(昭62年度)「乾杯！春いちばん」　[歴]学院中退後、地図製作会社に6年間勤務。この間、「放送作家教室」や「劇画漫画研究会」の会員となり、昭和58年と60年にヤング・ジャンプの懸賞公募漫画原作部門で佳作入選。60年、第10回創作テレビドラマ脚本懸賞公募に「インディアン人形」で入選、「冬のヒッチハイカー」と改題されNHKで放送される。代表作に「それでも家を買いました」「魚河岸のプリンセス」。他に「A列車でいこう」「乾杯！春一番」などがある。

岩佐 教之　いわさ・のりゆき

家庭教育コンサルタント　児童文学作家　元・川崎市立新作小学校長　[専]児童劇　[生]昭和3年　[出]東京　筆名＝滝井純(たきい・じゅん)　[学]神奈川師範卒　[賞]神奈川県民功労賞(平成1年)、日本児童演劇協会賞(平成2年)「滝井純学校劇選集」　[歴]神奈川県川崎市で教職を続けるかたわら児童劇作家としても活躍。昭和54年川崎市立古川小学校長、60年川崎市立新作小学校長。川崎市校長会情報部長、全国連合小学校長会理事などを歴任。退職後、家庭教育コンサルタントとなる。著書に「目で見るたより」「小学生話し方教室」「子どもの心をむすぶ学校・PTAだより12カ月」「滝井純学校劇選集」、共著に「ゲーム百選」他。

岩佐 まもる　いわさ・まもる

小説家　[生]昭和48年　[学]山口大学教育学部卒　[賞]スニーカー大賞(優秀賞，第4回)「ダンスインザウインド」　[歴]著書に「ダンスインザウインド」「シーキングザブラッド」がある。

岩阪 恵子　いわさか・けいこ

小説家　[生]昭和21年6月17日　[出]大阪府大阪市　本名＝清岡恵子　[学]関西学院大学文学部史学科卒　[賞]野間文芸新人賞(第8回)(昭和61年)「ミモザの林を」、平林たい子文学賞(第20回)(平成4年)「画家小出楢重の肖像」、芸術選奨文部大臣賞(第44回・平5年度)「淀川にちかい町から」、紫式部文学賞(第4回)(平成6年)「淀川にちかい町から」、川端康成文学賞(第26回)(平成12年)「雨のち雨？」　[歴]高校時代から詩作を始め、大学時代詩集「ジョヴァンニ」を自費出版。のち小説に転向し、主な作品に「蝉の声がして」「螢の村」「藤下余情」「ミモザの林を」「画家小出楢重の肖像」「淀川にちかい町から」「木山さ

ん、捷平さん」「雨のち雨？」などがある。
[団]日本文芸家協会　[家]夫＝清岡卓行（小説家）

岩崎 明　いわさき・あきら
教育評論家　元・川崎市立平小学校長　[専]児童演劇　演劇教育　言語教育　[生]昭和4年1月28日　[出]山口県徳山市　[学]山口師範学校特設研究科修了　[興]学校における演劇教育方法論　[賞]日本児童演劇協会賞（平2年度）(平成3年)、川崎市教育奨励賞（第1回）(昭和45年)　[歴]川崎市立平小学校長を退職の後、台本創作、演劇指導、教育評論活動に従事。主な作品に「からす岩の秘密」「永遠なる水音」、著書に「かんたんにできる運動会」（編著）など。　[団]日本児童演劇協会、日本児童劇作の会

岩崎 京子　いわさき・きょうこ
童話作家　[生]大正11年10月26日　[出]東京都豊島区　[学]恵泉女学園高等部卒　[賞]児童文学者協会新人賞（第8回）(昭和34年)「さぎ」、講談社児童文学新人賞（第4回）(昭和38年)「しらさぎものがたり」、野間児童文芸賞（第8回）(昭和45年)「鯉のいる村」、芸術選奨文部大臣賞（第21回）(昭和45年)「鯉のいる村」、日本児童文学者協会賞（第14回）(昭和49年)「花咲か」、児童福祉文化賞（昭和57年)「久留米がすりのうた」、児童文化功労賞（第37回）(平成10年)　[歴]昭和23年頃から童話を書き始め、与田準一に師事。34年処女作「さぎ」で第8回児童文学者協会新人賞を受賞してデビュー。45年「鯉のいる村」で野間児童文芸賞、57年「久留米がすりのうた」で児童福祉文化賞受賞。著作多数。
[団]日本児童文学者協会

岩崎 栄　いわさき・さかえ
小説家　[生]明治26年6月29日　[没]昭和48年3月5日　[出]岡山県児島郡由加町(現・倉敷市)　筆名＝佐山英太郎　[学]岡山商卒　[歴]昭和3年上京し東京日日新聞に入社。社会部、学芸部に勤務し、各副部長を歴任。15年退社。それ以前から時代物・現代物・実話物など小説を多く執筆した。「文学建設」同人。主な作品に「新宝島」「岸田吟香」「山岡鉄舟」「徳川女系図」などがある。

岩崎 舜花　いわさき・しゅんか
新派劇座付き作者　[生]元治1年（1864年）
[没]大正12年　[出]江戸　筆名＝竹柴信三　[歴]新聞記者、教師、官吏、壮士などを経て、明治21年三世河竹新七に入門して竹柴信三と名乗る。25年川上音二郎の座付き作者となって「意外」などを脚色。また「乳姉妹」「金色夜叉」などの小説も脚色。童話劇「狐の裁判」などの作品もある。

岩崎 純孝　いわさき・じゅんこう
翻訳者　児童文学者　イタリア文学者　[生]明治34年4月9日　[没]昭和46年2月27日　[出]静岡県　本名＝岩崎純孝(いわさき・よしたか)　[学]東京外国語学校伊語科（大正10年）卒　[歴]東京外語卒業後、翻訳者、児童文学作家とし活躍。ボッカッチョ「デカメロン」、ダヌンツィオ「死の勝利」をはじめ、児童文学作品の翻訳に「ピノキオ」や「ビーバーの冒険」などがあり、創作童話に「沙漠の秘密」「馬と少年」などがある。

岩崎 正吾　いわさき・せいご
ミステリー作家　(株)山梨ふるさと文庫代表
[生]昭和19年11月11日　[出]山梨県甲府市　[学]早稲田大学文学部哲学科卒　[歴]大学時代、劇団こだまに所属。昭和57年山梨で唯一の専業出版社"山梨ふるさと文庫"を設立。同社の文化情報誌「えすぷりぬーぼー」編集長も務める。一方、62年に「横溝正史殺人事件あるいは悪魔の子守唄」でミステリー作家としてデビュー。山梨学院大学講師も務める。著書に「正・続 甲州庶民伝」（共著)、「風よ、緑よ、故郷よ」「ハムレットの殺人一首」「清里開拓物語」「探偵の秋あるいは猥の悲劇」「闇かがやく島へ」「異説本能寺・信長殺すべし」など。
[団]日本文芸家協会

岩崎 正裕　いわさき・まさひろ
劇作家　演出家　199Q太陽族主宰　[生]昭和38年　[出]三重県鈴鹿市　[学]大阪芸術大学舞台芸術学科　[賞]OMS戯曲賞佳作（第1回）(平成6年)「レ・ボリューション」、OMS戯曲賞大賞（第4回）(平成9年)「ここからは遠い国」　[歴]昭和57年大学在学中、劇団・大阪太陽族（現・199Q太陽族）を旗揚げ。その後も公共ホールの職員を務めながら劇団活動を続け、劇作家、演出家として活躍。かつては原発問題などを取り上げる社会派として知られたが、その後、人間関係の中に現代社会の縮図をくみ取り、人間の心情を描くことを得意としている。作品に「レ・ボリューション」「ここからは遠い国」「ぼちぼちいこか」などがある。平成9年伊丹市・アイホールで新作「透明ノ庭」を上演。

岩崎 保子　いわさき・やすこ
小説家　[生]昭和43年4月9日　[出]北海道札幌市
[学]神田外語学院卒　[賞]すばる文学賞（第21回）(平成9年)「世間知らず」　[歴]19歳頃から小説を書き始める。神田外語学院を卒業後、ニューヨークに留学。帰国後、出版社勤務、オーディオ製品の取扱説明書を書くテクニカルライターを経て、執筆活動に専念。著書に「世間知らず」がある。

岩崎 嘉秋　いわさき・よしあき
佐川航空(株)ヘリコプター事業部顧問　⊕大正7年9月19日　⊗福島県郡山市西田町　⊗田村中(昭和11年)卒　⊗埼玉文芸賞(第9回)(昭和53年)「飾れない勲章」　⊗昭和12年海軍を志願して戦艦陸奥に乗り組む。15年操縦練習生を卒業、航空兵となり宇佐航空隊へ。19年飛行兵曹長に任官、第1001航空隊付となる。21年台湾より復員。22年セメント瓦製造業に従事。30年自営業を廃し、海上自衛隊に入隊。32年ヘリコプター操縦講習を受け、のち操縦教官に。36年除隊し、朝日ヘリコプターに入社。59年同社を退職、新日本国内航空を経て、佐川航空に転じ、ヘリコプター事業部顧問。この間、小説を学ぶ。「文芸事始」同人。著書に戦記「われレパルスに投弾命中せり」、専門書「ヘリコプターと物資輸送」、歌集「鳥人の歌」「航跡雲」、伝記「パイロット一代—明治の気骨・深牧安生伝」など。

岩下 俊作　いわした・しゅんさく
小説家　⊕明治39年11月16日　⊗昭和55年1月30日　⊕福岡県企救郡足立村(現・北九州市小倉北区香春口)　本名＝八田秀吉(はった・ひできち)　⊗小倉工機械科(旧制)(昭和2年)卒　⊗昭和3年八幡製鉄所(現・新日鉄)に入社。かたわら劉寒吉、火野葦平らと同人雑誌「とらんしつと」や「九州文学」で詩作していたが、14年小倉の人力車夫を主人公に初めて書いた小説「富島松五郎伝」が「改造」の懸賞小説で佳作に入選。15年直木賞候補になり文壇に認められたほか、18年には「無法松の一生」のタイトルで映画化されて大ヒットした。のち新派劇や新国劇にもなる。36年に八幡製鉄を退社後、明治通信北九州支社に勤務、小倉在住のまま作家生活を続けた。他の代表作に「縄」「焔と氷」「明治恋風」など。

岩下 小葉　いわした・しょうよう
小説家　編集者　⊕昭和8年　⊕熊本県　本名＝岩下天年　⊗早稲田大学(明治42年)卒　⊗明治43年実業之日本社に入社。「日本少年」「少女の友」の編集に携わる。大正元年「幼年の友」主筆。8年再度「少女の友」担当となり5年間務める。著書に「心のふる郷」、翻訳に「秘密の花園」など。

岩瀬 成子　いわせ・じょうこ
児童文学作家　⊕昭和25年8月25日　⊕山口県玖珂郡　本名＝原成子　⊗岩国商卒　⊗日本児童文学者協会新人賞(第11回)(昭和53年)「朝はだんだん見えてくる」、産経児童出版文化賞(第39回)(平成4年)、小学館文学賞(第41回)(平成4年)「『うそじゃないよ』と谷川くんはいった」、路傍の石文学賞(第17回)(平成7年)「迷い鳥とぶ」「ステゴザウルス」　⊗昭和49年聖母女学院短大聴講生として、児童文学を学ぶ。主な作品に「わたしねこ」「額の中の街」「アトリエの馬」「小さな獣たちの冬」「『うそじゃないよ』と谷川くんはいった」「アルマジロのしっぽ」など。デビュー作の「朝はだんだん見えてくる」は劇団民芸により舞台化された。

岩田 篤　いわた・あつし
小説家　⊕昭和11年　⊗60歳を機に第二の青春を志して小説に挑戦。岩手家に伝わる桓武平氏の流れをくむ「小栗系図」を題材に論文を発表後、説教節「小栗判官」にヒントを得た「幻の絵師小栗宗湛、今までにない視点からとらえた「越後騒動万華鏡」を出版。小栗より岩田に改姓後、明治維新まで過した備中足守藩(岡山)は豊臣秀吉の正室高台院寧々の子孫の里で、歌人木下長嘯子・木下利玄・蘭学者緒方洪庵・悉曇学岩田寂厳など文人・絵師が傑出。それらを題材に新しい視点と構想で描いている最中、平成11年9月くも膜下出血で入院。生死をさまよったが奇跡的に回復し、12年2月に退院。

岩田 烏山　いわた・うざん
小説家　⊕明治7年　⊗(没年不詳)　⊕群馬県館林　本名＝岩田千克　⊗博文館で「文芸倶楽部」の編集に従事する一方、創作もして明治36年「愛」を発表。以後「母の罪」「一年」などを発表するが、大正時代には活動していない。

岩田 賛　いわた・さん
推理作家　⊕明治42年3月14日　⊗昭和60年5月30日　⊕東京　本名＝岩田賛(いわた・たすく)　⊗東京高等工芸学校印刷工業科卒　⊗肺結核で療養中の昭和7年に探偵小説を翻訳、「新青年」にケント「第二の銃声」等が掲載される。学校卒業後、横須賀の海軍工廠に勤め、戦後は横須賀市役所の渉外課に定年まで勤務。22年「宝石」の懸賞小説に「砥石」が入選。以後「風車」「絢子の幻覚」「ユダの遺書」などを発表。他にカー「黒死荘殺人事件」、クイーン「Zの悲劇」などの翻訳もある。30年には科学冒険小説を新聞連載するが、やがて絶筆。

岩田 準子　いわた・じゅんこ
小説家　⊕昭和42年　⊕三重県鳥羽市　⊗祖父は江戸川乱歩、竹久夢二らと深い親交のあった挿絵画家で民俗学者の岩田準一。鳥羽市内の観光施設に勤めたが20代半ばに退職し、執筆活動に入る。平成13年、祖父・準一と江戸川乱歩をモデルに6年がかりで書き上げた小説「二青年図—乱歩と岩田準一」を刊行。⊗日本推理作家協会　⊗祖父＝岩田準一(挿画家・故人)

岩田 宏　いわた・ひろし
詩人　翻訳家　[専]ロシア文学　[生]昭和7年3月3日　[出]北海道虻田郡東倶知安　本名＝小笠原豊樹(おがさわら・とよき)　[学]東京外国語大学ロシア語科中退　[賞]歴程賞(第5回)(昭和42年)　[歴]昭和30年青木書店勤務。詩作は「詩学研究会」への投稿から始まり、詩誌「今日」「鰐」同人として活躍。31年第一詩集「独裁」を刊行。「マヤコフスキー選集」(1〜3)や、ソルジェニーツィン「ガン病棟」(2巻・新潮社)の翻訳者としても知られる。ほかの作品に詩集「いやな唄」「頭脳の戦争」「グァンタナモ」「岩田宏詩集」、小説「踊ろうぜ」「ぬるい風」「なりななむ」、エッセイ集「同志たち、ごはんですよ」など。また、評論も多い。　[団]日本文芸家協会

岩田 学　いわた・まなぶ
小説家　[生]昭和9年　筆名＝草野亘　[学]早稲田大学卒　[歴]福岡KBCでスポーツディレクターを5年、広告会社電通で17年、主にCM制作に携わり、作品は1000本以上に。その後脱サラして制作会社の副社長、社長を務めたが倒産。のち作家活動を続け、月刊「小説宝石」に小説を連載。著書に「テレビ広告界」がある。

岩田 礼　いわた・れい
小説家　「九州作家」発行人　[生]大正10年11月27日　[出]宮崎県　本名＝戸嶋和郎　[賞]自分史文学賞大賞(第1回)(平成3年)「聖馬昇天 坂本繁二郎と私」　[歴]昭和18年毎日新聞西部本社に入社。すぐに応召し、21年2月復員。毎日新聞に復帰し、久留米、徳山支局長、学芸課副参事。51年定年退職。著書に「坂本繁二郎」「香月泰男」「軍務局長斬殺」「天皇暗殺」など。　[団]日本文芸家協会

岩藤 雪夫　いわとう・ゆきお
小説家　[生]明治35年4月1日　[出]岡山県津山市(本籍)　本名＝岩藤俤　[学]早稲田工手技機械科(大正8年)卒　[賞]横浜文学賞(第1回)(平成1年)　[歴]鉄道省の仕上げ工、船員、土工などをしながら労働運動に近づいて労芸に参加し、昭和2年「売られた彼等」を発表。以後、プロレタリア文学の文戦派作家として活躍し「ガトフ・ノセグダア」「鉄」「賃銀奴隷宣言」などを発表。戦後は労働、文化運動に関係し、作家としては「歯車」「生産係」などの作品がある。

岩野 喜久代　いわの・きくよ
歌人　小説家　[生]明治36年1月3日　[出]広島県　[学]東京府女子師範(大正11年)卒、東洋大学倫理教育部　[歴]大正14年大東出版社創立者・岩野真雄と結婚。昭和5年与謝野寛・晶子夫妻に師事して新詩社同人となり、17年晶子の後を受け文化学院にて短歌を指導。26年歌誌「浅間嶺」を創刊、43年まで主宰する。43年夫の死去にともない大東出版社代表となる。歌集に「苔の花」「さまるかんどの秋」、小説に「大正三輪浄閑寺」「夕日に向って」、編著に「与謝野晶子書簡集」などがある。

岩野 泡鳴　いわの・ほうめい
詩人　小説家　劇作家　評論家　[生]明治6年1月20日　[没]大正9年5月9日　[出]兵庫県淡路島洲本　本名＝岩野美衛(いわの・よしえ)　別筆名＝白滴子、阿波寺鳴門左衛門　[学]明治学院普通学部本科中退、仙台神学校(東北学院)　[歴]少年時代伝道師になるつもりで受洗するが、のちにエマソンにひかれ、また政治家をも志す。雑誌記者、英語教師、新聞記者などをしながら文学を志し、明治34年詩集「露じも」を刊行。35年「明星」に参加。36年から43年にかけて「少年」に毎号少年詩を発表。39年評論「神秘的半獣主義」を発表し、42年小説「耽溺」を刊行。浪漫主義の詩人として出発し、のちに自然主義文学の作家となる。詩人、評論家、作家として幅広く活躍し、詩集としてはほかに「闇の盃盤」などがあり、評論家としてはほかに「悲痛の哲理」「古神道大義」などがある。小説家としては「耽溺」のほか「発展」などの「泡鳴五部作」などの作品がある。自然主義作家としてはめずらしく思想的であったが、晩年は日本主義を唱道した。「復刻版泡鳴全集」(全18巻)がある。

岩橋 郁郎　いわはし・いくろう
第12回日本児童文学会奨励賞を受賞　[賞]日本児童文学学会奨励賞(昭和63年)「少年倶楽部と読者たち」　[歴]昭和63年「少年倶楽部と読者たち」で第12回日本児童文学学会奨励賞受賞。

岩橋 邦枝　いわはし・くにえ
小説家　[生]昭和9年10月10日　[出]広島県広島市　本名＝根本邦枝(ねもと・くにえ)　[学]お茶の水女子大学文教育学部(昭和32年)卒　[賞]学生小説コンクール(第2回)(昭和29年)「つちくれ」、婦人公論女流新人賞(昭和29年)「つちくれ」、平林たい子文学賞(第10回)(昭和57年)「浅い眠り」、芸術奨励新人賞(昭和60年)「伴侶」、女流文学賞(第17回)(平成4年)「浮橋」、新田次郎文学賞(第13回)(平成6年)「評伝 長谷川時雨」　[歴]在学中の昭和29年、「つちくれ」が「文芸」第2回全国学生小説コンクールに入選。31年発表の「逆光線」などの奔放な作風で“女慎太郎”の異名を取る。その後、週刊誌記者を経て家庭に入るが、51年20年ぶりに短篇集「静かなみじかい午後」を出版。57年には次の連作集「浅い眠り」で平林たい子文学賞を受賞。他の作品に「伴侶」「浮橋」「評伝 長谷川時雨」など。

[団]日本文芸家協会、女流文学者会、日本ペンクラブ(理事)

岩橋 昌美　いわはし・まさみ
女流新人賞を受賞　[生]昭和34年11月　[出]兵庫県宝塚市　[学]葺合高(昭和53年)卒　[賞]女流新人賞(平成7年)「空を失くした日」　[歴]20歳で上京。ファッション・美容関係の専門学校に進み、5年間会社勤務を経験後、26歳で結婚し、主婦業に専念。一方、平成4年頃から小説に取り組み、7年阪神大震災の神戸を舞台にした「空を失くした日」を執筆。

岩淵 慶造　いわぶち・けいぞう
童話作家　絵本画家　[生]昭和17年1月18日　[出]青森県弘前市　[学]亜細亜大学商学部卒　[歴]デザイナー、イラストレーターののち、「SFマガジン」誌で挿絵画家に転向、出版美術の世界に。主に児童書のさし絵、装画等を手がけ、作品に「どこにいるの」「カルガモさんのお通りだ」「報道」「あのころ春は早くきた」「かえってきたサケ」「名探偵シャーロックホームズ全集」(全22巻，岩崎書店)など多数。

岩間 鶴夫　いわま・つるお
映画監督　シナリオライター　[生]大正2年3月28日　[没]平成1年12月6日　[出]神奈川県横浜市　[学]日本大学文理学部哲学科(昭和15年)卒　[歴]昭和15年松竹大船撮影所助監督部に入社。小津安二郎、原研吉らにつく。25年「大学の虎」で監督昇進。中堅監督として精力的に活動を続け、「美貌と罪」「風のうちそと」など34本を監督。39年以降はテレビ映画の演出を手がけ、「愛染かつら」「月よりの使者」などのヒット作により昼メロのパイオニアとなった。テレビ脚本では37年の「新東京地図」などがある。

いわま まりこ
児童文学作家　[生]昭和16年5月26日　[出]北海道　本名＝岩間真理子　[学]北海道教育大学卒　[賞]日本児童文芸家協会新人賞(第16回)(昭和62年)「ねこがパンツをはいたなら」　[歴]童話創作グループ「おじゃまむし」の一員。作品に「あまんじゃくがやってきた」「ネコがパンツをはいたなら」などがある。　[団]中部児童文学会

岩間 芳樹　いわま・よしき
脚本家　日本放送作家協会理事長　[生]昭和4年10月31日　[没]平成11年6月13日　[出]福島県福島市　[学]早稲田大学文学部中退　[賞]福島県文学賞(戯曲，第5回)(昭和27年)「岩間芳樹ラジオドラマ選集」、芸術選奨放送部門大臣賞(第32回・昭56年度)「マリコ」、エミー賞国際優秀賞(昭和58年)「ビゴーを知っていますか」(NHK)、民間放送連盟賞(昭和58年)「海からの声」(東北放送)、ギャラクシー大賞(昭和57年)「ショパン・わが魂のポロネーズ」、芸術祭賞大賞(昭和58年)「上海幻影路」(TBS)、日本アカデミー賞優秀作品賞(昭和60年)「植村直己物語」、放送文化基金賞(昭和62年)「炎の料理人・北大路魯山人」「童は見たり」、中国金虎賞(平成2年)「林檎の木の下で」、モンテカルロテレビ祭賞(平成4年)「冬の旅」、向田邦子賞(第12回)(平成6年)「定年・長い余白」、紫綬褒章(平成7年)　[歴]静岡県で生まれ、小学校5年の時に父の転勤で福島市へ。早大生当時の戦後まもない頃からラジオ放送の魅力にひかれ、ドラマの脚本を書き出した。ドキュメンタリーを得意とし、「天皇の世紀」「空白の900分—国鉄総裁怪死事件」「マリコ」などの社会派ドラマを次々と生み出す。58年夏、フランス全土に放送されて好評を博した日仏合作のテレビドラマ「ビゴーを知っていますか」の脚本も書き、エミー賞国際優秀賞受賞。晩年は中国、旧ソ連、ポーランド、旧西独などとの国際共同制作テレビドラマ、映画の脚本を多く書いた。他に映画「植村直己物語」「鉄道員」、「ショパン・わが魂のポロネーズ」「蝶の道」など。
[団]日本文芸家協会、日本ペンクラブ、日本文芸著作権保護同盟(評議員)、日本放送作家協会、日中文化交流協会

岩松 了　いわまつ・りょう
劇作家　演出家　俳優　[生]昭和27年3月26日　[出]長崎県東彼杵郡川棚町　[学]東京外国語大学ロシア語学科中退　[賞]岸田国士戯曲賞(第33回)(平成1年)「蒲団と達磨」、紀伊国屋演劇賞(第28回)(平成5年)「鳩を飼う姉妹」「こわれゆく男」、読売文学賞(戯曲シナリオ賞，第49回，平9年度)(平成10年)「テレビ・デイズ」
[歴]大学2年の時、役者を志して劇団自由劇場に入団。後、柄本明、ベンガルらとコント集団・東京乾電池を結成し、昭和53年から劇団東京乾電池所属。作、演出、出演に活躍。主な作品に61年初演の「お茶と説教」に続く〈町内シリーズ〉三部作、63年初演の「蒲団と達磨」にはじまる〈お父さんの性生活シリーズ〉三部作、「鳩を飼う姉妹」「テレビ・デイズ」など。一方テレビ、ラジオの脚本も手がけ、平成元年映画「バカヤロー！2」では監督もした。平成2年から1年間休養、4年市民参加劇「アイスクリームマン」プロデュース公演後、劇団を離れる。のち竹中直人の会に所属。9年には映画「東京日和」(竹中直人監督)の脚本を手掛けた。他の作・演出作品に「こわれゆく男」「夏ホテル」「虹を渡る女」「『三人姉妹』を追放されしトゥーゼンバフの物語」などがある。

石見 まき子　いわみ・まきこ

児童文学作家　[生]昭和14年4月30日　[出]兵庫県神戸市　本名＝石見真輝子　[学]兵庫県立星陵高校卒　[賞]日本児童文学創作コンクール入選(第2回)(昭和55年)「バースるーむパーティ」　[歴]「松ぼっくり」、「きびっ子」各同人。代表作に「日曜日はパンを焼く日」「探偵隊長は五年生」「海とめんどりとがいこつめがね」がある。　[団]日本児童文学者協会、岡山児童文学会

岩村 蓬　いわむら・よもぎ

俳人　作家　編集者　元・講談社児童局長　[生]大正11年6月8日　[没]平成12年11月4日　[出]東京・牛込　本名＝岩村光介(いわむら・みつすけ)　別号＝岩村明河(いわむら・めいか)、別名＝岩村光介(いわむら・こうすけ)　[学]東京大学経済学部(昭和25年)卒　[歴]昭和16年台北帝大予科に入学。松村一雄教授に師事し、俳句と連句の実作を学ぶ。戦後講談社に入り、児童書の編集に携わる。児童局長を最後に定年退職。またこの間、37年に「麦」の同人となり、「氷海」「狩」を経て、62年「草苑」同人。著書に「半眼」「遠望」「鮎と蜉蝣の時」「草の絮」など。　[団]俳人協会、現代俳句協会

イワモト ケンチ

映画監督　[生]昭和36年9月30日　[出]愛知県春日井市　本名＝岩本賢次　[学]横浜放送映画専門学院(現・日本映画学校)(昭和57年)卒　[興]海外マーケットの開拓　[賞]ATG脚本賞(平元年度)「東京ダンボール」、ベルリン国際映画祭ウォルフガング・シュタウテ賞(第41回)(平成3年)「菊池」　[歴]昭和60年24歳のとき漫画家としてデビュー。「平凡パンチ」「ヤングマガジン」などに連載ものを描き、「ライフ」「精神安定剤」を出版。平成元年、4年間描き続けた漫画の筆を折り、以後制作会社ボルテックス・ジャパンを設立して映画の仕事に。シナリオ「東京ダンボール」を手がけた後、平成2年35ミリでの初監督作品「菊池」を完成させる。20代の青年の日常を淡々と綴った「菊池」は、ベルリン、モントリオールなど多くの国際映画祭に招かれた。5年「行楽猿」を公開。

岩本 敏男　いわもと・としお

児童文学作家　[生]昭和2年2月17日　[出]京都府京都市　[学]京都師範卒、立命館大学文学部国文科中退　[賞]赤い鳥文学賞(第11回)(昭和56年)「からすがカアカア鳴いている」　[歴]京都師範卒業後、結核を患い以後入院と手術を繰り返しながら放送作家をめざす。「馬車の会」メンバーとなり、昭和46年「赤い風船」を刊行。主な作品に「からすがカアカア鳴いている」「おかあさんあっちむいてて」「かもめ町からこんにちわ」「ねむれなくなる本」「むかしぼくも一年生だった」など。　[団]日本児童文学者協会

岩本 宣明　いわもと・のあ

フリーライター　[生]昭和36年　[学]京都大学文学部哲学科宗教学専攻卒　[賞]菊池寛ドラマ賞(平成5年)「新聞記者」(戯曲)　[歴]キリスト教伝道師の家に生まれる。舞台照明家、毎日新聞社会部記者を経て、平成5年からフリー。著書に「新聞の作り方」「新宿リトルバンコク」がある。

岩森 道子　いわもり・みちこ

作家　[出]山口県下関市　[学]京都女子大学文学部国文科卒　[賞]女のエッセイ(九電)特選(昭和62年)、九州芸術祭文学賞(第18回)(昭和63年)「雪迎え」　[歴]昭和50年に文芸誌「海峡派」の同人となり小説を書き始める。63年「雪迎え」が第99回芥川賞候補となる。

巌谷 小波　いわや・さざなみ

児童文学者　小説家　俳人　[生]明治3年6月6日　[没]昭和8年9月5日　[出]東京府麹町平河町(現・東京都千代田区)　本名＝巌谷季雄(いわや・すえお)　別名＝漣山人、大江小波、楽天居　[歴]進学を放棄して、明治20年硯友社に入る。24年に創作童話「こがね丸」を発表後、児童読物の執筆に専念。27年博文館に入社し、「幼年世界」「少女世界」「少年世界」の主筆となる。31年1月から「少年世界」に「新八犬伝」を連載して長編児童文学に新機軸をもたらした。また叢書「日本昔噺」「日本お伽噺」「世界お伽噺」を編纂し、童話口演をするなど児童文学に貢献した。「小波お伽全集」(全15巻)がある。俳人としても一家をなし、句集「さつら波」がある。　[家]父＝巌谷一六(書家・貴院議員)、長男＝巌谷槇一(劇作家)、二男＝巌谷栄二(児童文学研究家)、四男＝巌谷大四(文芸評論家)

巌谷 槇一　いわや・しんいち

劇作家　演出家　[生]明治33年9月12日　[没]昭和50年10月6日　[出]東京　本名＝巌谷三一(いわや・さんいち)　[学]東京外国語学校仏語科(大正12年)卒、東京帝国大学国文科中退　[歴]小山内薫に師事。大正13年松竹に入社し、14年歌舞伎座舞台監督となり、昭和29年歌舞伎座監事室長となる。その間に劇作をし、「大地は微笑む」「男の花道」「残菊物語」などを脚色した。また真山青果、岡本綺堂の作品の演出を多く手がけ、昭和16年からの前進座による「元禄忠臣蔵」連続上演ではそのすべての演出を担当した。　[家]父＝巌谷小波(児童文学者)、弟＝巌谷栄二(児童文学研究者)、巌谷大四(評論家)

【う】

有為 エンジェル　うい・えんじぇる

小説家　[生]昭和23年6月9日　[出]長野県　本名＝千田有為子　[学]千歳丘高中退　[賞]群像新人長編小説賞(第5回)(昭和57年)「前奏曲」、泉鏡花賞(第19回)(平成3年)「踊ろう、マヤ」　[歴]美術展の企画、テレビのレポーターなどを経て、昭和44年ニューヨーク、46年ロンドンで板前、菜食レストラン経営などで暮らす。56年英国人音楽家の夫と別居して帰国後、小説家としてデビュー。著書に「前奏曲(プレリュード)」「奇跡」「ロンドンの夏は素敵」「姫子・イン・ロンドン」や娘の事故死をテーマにした「踊ろう、マヤ」「神の子の接吻」など。　[団]日本文芸家協会

宇井 無愁　うい・むしゅう

小説家　落語研究家　[生]明治42年3月10日　[没]平成4年10月19日　[出]大阪市　本名＝宮本鉱一郎　[学]大阪貿易校卒　[賞]サンデー毎日大衆文芸賞(第22回)(昭和13年)「ねずみ娘」、ユーモア賞(第1回)(昭和15年)　[歴]新派の劇作家、大阪新聞記者などをつとめる。昭和13年「ねずみ娘」が「サンデー毎日」大衆文芸賞を受賞し、14年には「きつね馬」が直木賞候補作となる。15年の第1回ユーモア賞受賞を機に、以後ユーモア作家として文筆活動に専念する。ほかの著書に「パチンコ人生」「日本人の笑い」「落語のふるさと」などがある。　[団]日本演劇協会

植木 誠　うえき・まこと

児童文学作家　[生]昭和3年　[出]栃木県　[学]宇都宮大学教育学部(昭和26年)卒、早稲田大学文学部卒　[歴]栃木県小山中教諭を経て、上京。荒川区立尾久西小、台東区立今戸中、足立区立第八中などの国語教師を務める。この間、白血病に倒れた二女・亜紀子(昭和58年死去)の闘病記(5歳〜11歳)をまとめた遺文集「天国のかけはし」を自費出版。その後、「あっ子ちゃんの日記」が出版社から発行され反響を呼ぶ。59年定年を待たず退職し、夫婦だけの出版社・教研学習社を設立。以後、「ママ、ごめんね」「パパ、泣かないで」「チイちゃんだけがなぜ」「永遠の親友証明書」「それから7年」「入院初夜は東京ナイト」「『あっ子の日記』の大波紋」など〈あっ子の日記シリーズ〉を刊行。60年著書をもとに映画「ママ、ごめんね」も製作された。平成6年埼玉県立衛生短期大学非常勤講師。

植草 圭之助　うえくさ・けいのすけ

シナリオライター　[生]明治43年3月5日　[没]平成5年12月19日　[出]東京　本名＝植草銈之助　[学]京華商業中退　[賞]シナリオ功労賞(第17回)(平成5年)　[歴]菊池寛主宰の脚本研究会に入り、戯曲を書く。昭和16年「佐宗医院」五幕が文学座で上演される。その後シナリオに転じ、17年の第1作「母の地図」(島津保次郎監督)につづき、「今ひとたびの」(五所平之助監督)を発表。戦後は、小学校以来の同級生だった黒沢明とコンビを組んで「素晴らしき日曜日」「酔いどれ天使」などのシナリオを担当、戦後映画史に大きな足跡を残した。以後、テレビを経て、48年には小説「冬の花・悠子」を発表した。　[団]日本放送作家協会、日本文芸家協会

宇江佐 真理　うえざ・まり

小説家　[生]昭和24年10月20日　[出]北海道函館市　本名＝伊藤香　[学]函館大谷女子短期大学家政科卒　[賞]オール読物新人賞(第75回)(平成7年)「幻の声」、吉川英治文学新人賞(第21回)(平成12年)「深川恋物語」、中山義秀文学賞(第7回)(平成13年)「余寒の雪」　[歴]8年半のOL生活を経て主婦作家に。高校時代から創作を始め、「高一コース」の小説応募を皮切りに、時代小説大賞などで最終選考まで残る。著書に「幻の声—髪結い伊三次捕物余話」「紫紺のつばめ」「深川恋物語」「余寒の雪」「春風ぞ吹く」がある。　[団]日本文芸家協会

上坂 高生　うえさか・たかお

小説家　児童文学作家　[生]大正15年12月20日　[出]兵庫県　[学]兵庫師範本科(昭和24年)卒、早稲田大学文学部(昭和25年)中退　[賞]小説新潮賞(第1回)(昭和30年)「みち潮」、ジュニア・ノンフィクション賞(第4回)(昭和52年)「あかりのない夜」、横浜文学賞(第7回)(平成13年)　[歴]公立小学校教師を33年間務める。傍ら創作活動に従事。文芸誌「碑(いしぶみ)」編集発行責任者。代表作に「信彦と新しい仲間たち」「あかりのない夜」「近代建築のパイオニア」「空が落ちてくる」「閉塞前線」などがある。　[団]日本文芸家協会、日本ペンクラブ、ノンフィクション児童文学の会

上里 春生　うえさと・はるお

社会運動家　詩人　劇作家　[生]明治30年　[没]昭和14年6月2日　[出]沖縄県伊江村(伊江島)　幼名＝春助　[学]沖縄県立農林学校中退　[歴]上京して三木露風に師事、詩、戯曲など創作を続けた。大正12年の関東大震災で大阪に移り、共産主義研究グループ・赤琉会に参加。昭和6年沖縄に帰り、大宜味村村政革新同盟を結成、革新運動を指導、検挙十数回、治安維持法違反で2年

間服役した。10年サイパン島に渡り、「南洋朝日新聞」主筆となり新聞記者生活を送った。著書に「江戸書籍商史」、戯曲「琉球飢ゆ」「ジンギスカン物語」などがある。

上沢 謙二　うえさわ・けんじ

児童文学者　[生]明治23年11月21日　[没]昭和53年7月7日　[出]栃木県上都賀郡東大芦村　筆名＝あがたしげる(あがた・しげる)　[学]ワシントン州立大学教育学部卒　[歴]日本日曜学校協会主事、子供之友編集主任、キリスト教文化協会長などを歴任する。大正6年「又逢ふ日まで」を刊行。以後キリスト教児童文学として口演童話、幼児童話を執筆し「世界クリスマス童話集」などの著書がある。のちに栃木県鹿沼幼稚園長として活躍した。

植条 則夫　うえじょう・のりお

作家　エッセイスト　関西大学社会学部社会学科教授　[専]映像論　広告　[生]昭和9年9月26日　[出]大阪府　[学]関西大学文学部卒、関西大学法学部卒、関西大学経済学部卒、和歌山大学大学院経済学研究科(昭和43年)修士課程修了　[興]アメリカにおけるマスメディア広告研究、公共広告、広告表現の研究　[賞]広告電通賞、毎日広告賞、朝日広告賞、日本広告学会賞、通産大臣賞、サントリー奨励賞　[歴]電通大阪支社ディレクターを経て、関西大学社会学部教授。作家、評論家としても活躍。また釣歴も長く、風俗学的視点からみた魚に関する著作も多く「夕刊フジ」に「植条則夫のフィッシング・トリップ」、「報知新聞」に「肴の話」、月刊誌「フィッシング」に「魚の風土記」などの長期連載がある。著書に「映像の時代」「広告の発想」「植条則夫のコピー教室」「対決企業の広告戦略」、編著に「映像学原論」などマスコミ・広告・映像論関係のほか、創作、エッセイ集に「カムイチェプ物語」「ウナギはモーツァルトがお好き」「京の道」「魚たちの風土記—人は魚とどうかかわってきたか」など多数。　[団]日本映像学会、日本マスコミュニケーション学会、日本広告学会、日本児童文学者協会、ニューヨークADC

上田 菊枝　うえだ・きくえ

児童文学作家　[生]大正1年　[出]高知県土佐市波介　[学]土佐高女(昭和4年)卒　[歴]口神ノ川小学校を皮切りに、高知県西部の小、中学校で34年間教師をつとめた。一方、高女時代に童話を書き始め、教員生活のかたわら創作に励む。昭和31年同人誌「草の葉」、45年「こうち童話」各創刊時から同人として参加し、のち退会するまで積極的に童話を発表。46年第一童話集「虹の化石」に続き、63年第二童話集「がり屋村のサビ」を出版。

上田 啓子　うえだ・けいこ

三重県文学新人賞の受賞者　筆名＝吉田啓子　[学]京都女子大学国文科卒　[賞]三重県文学新人賞(小説部門)(昭和57年)　[歴]高校時代から小説を書く。昭和57年度三重県文学新人賞を受賞した。対象作は、1人娘との交流を描いた近作「娘よ」と、結婚前後の昭和40年～45年に書いた「四年の青春」など4編の連作。主婦業と小説は別個の存在とするため、筆名を旧姓にしている。　[団]伊勢文芸の会

上田 周二　うえだ・しゅうじ

小説家　[専]詩　エッセイ　幻想文学　[生]大正15年2月1日　[出]東京　本名＝上田修司　[学]慶応義塾大学文学部英文科卒　[歴]大学在学中は、西脇順三郎からD.H.ロレンスの講義を受ける。同人詩「時間と空間」を主宰し、小説を書く。著書に「闇の扉」「詩人乾直恵」「深夜のビルディング」など。東京の明正高校の教頭をつとめた。　[団]日本詩人クラブ、日本文芸家協会、日本ペンクラブ、日本現代詩人会

上田 次郎　うえだ・じろう

人形劇作家・演出家　元・劇団ジロー主宰　元・日本人形劇人協会理事長　[専]戯曲　脚本(児童書)　挿画(児童書)　[生]大正4年9月16日　[没]平成12年5月31日　[出]長野県上田市　本名＝岩田光弘(いわた・みつひろ)　[学]日本神学校卒　[歴]劇団ジロー主宰、日本人形劇人協会理事長、日本折り紙協会理事。少年少女雑誌の表紙、さし絵を描くほか、NHKテレビなどでも活躍。著書に「たのしい工作」「たのしい折り紙」「たのしい指人形のすべて」などがある。　[団]国際人形劇連盟(UNIMA)

植田 紳爾　うえだ・しんじ

演出家　劇作家　宝塚歌劇団理事長　阪急電鉄取締役　[生]昭和8年1月1日　[出]大阪府大阪市　本名＝山村紳爾　[学]早稲田大学第一文学部演劇科卒　[賞]松尾芸能賞(優秀賞，第14回)(平成5年)、紫綬褒章(平成8年)、菊田一夫演劇賞(特別賞，第27回)(平成14年)　[歴]昭和32年宝劇歌劇団に入団。同年「舞い込んだ神様」でデビュー。49年長谷川一夫と共同演出した「ベルサイユのばら」が大ヒット。以後1200回を超える公演が行われる。主な作品に「我が家は山の彼方に」「白夜わが愛」「戦争と平和」「風と共に去りぬ」などがある。他に外部演出も手がけ、63年文楽「舞い茸」の演出をする。平成元年創立75周年記念公演で「ベルサイユのばら」を再演した。6年宝塚クリエイティブアーツ社長、8年宝塚歌劇団理事長、阪急電鉄取締役に就任。　[団]日本演劇協会(常任理事)　[家]息子＝山村若(3代目・日本舞踊家)

植田 草介　うえだ・そうすけ
小説家　[生]昭和14年1月25日　[出]東京・赤坂　本名＝植田靖郎　[学]明治大学法学部(昭和36年)卒　[賞]小説新潮新人賞(第9回)(昭和56年)「ダイアン」　[歴]昭和36年東通に入社。のち合併で丸紅に移り、鉄鋼原料の輸入、国内販売に携わる。51年ニューヨーク駐在員となり、小説を書き始める。代表作に「忘れられたオフィス」「ダイアン」「歪んだ鉄骨」。　[団]日本文芸家協会

上田 広　うえだ・ひろし
小説家　[生]明治38年6月18日　[没]昭和41年2月27日　[出]千葉県　本名＝浜田昇　[学]鉄道省教習所機械科卒　[歴]高小卒業後鉄道に勤務しながら、苦学をして鉄道省教習所機械科を卒業。大正15年鉄道第二連隊に入隊し、昭和3年除隊。4年「鍛冶場」を創刊。9年「文学建設者」に参加。10年から14年まで応召し、その間の13年に「黄塵」を発表。以後戦争小説を多く発表し、「建設戦記」「一帰還作家の手記」などの著書がある。

上田 三四二　うえだ・みよじ
歌人　文芸評論家　医師　清瀬上宮病院医師　[生]大正12年7月21日　[没]平成1年1月8日　[出]兵庫県小野市　[学]京都帝国大学医学部(昭和23年)卒　[賞]群像新人文学賞(第4回)(昭和36年)「斎藤茂吉論」、短歌研究賞(第6回)(昭和43年)「佐渡玄冬」、迢空賞(第9回)(昭和50年)「湧井」、亀井勝一郎賞(第7回)(昭和50年)「眩暈を鎮めるもの」、「短歌」愛読者賞(第5回)(昭和53年)「島木赤彦」、平林たい子賞(第7回)(昭和54年)「うつしみ」、日本歌人クラブ賞(第10回)(昭和58年)「遊行」、読売文学賞(第36回・評論・伝記賞)(昭和59年)「この世この生」、芸術選奨文部大臣賞(第35回)(昭和59年)「惜身命」、野間文芸賞(第39回)(昭和61年)「島木赤彦」、日本芸術院賞(第43回)(昭和62年)、紫綬褒章(昭和62年)、川端康成文学賞(第15回)(昭和63年)「祝婚」　[歴]昭和23年医師となる。20年より歌作を始め、「新月」同人を経て、49年より無所属。28年処女歌集「黙契」以後、短歌評論の面でも活動を始め、「斎藤茂吉論」などを発表。50年歌集「湧井」で迢空賞、評論集「眩暈を鎮めるもの」で亀井勝一郎賞、58年歌集「遊行」で日本歌人クラブ賞、63年小説「祝婚」で川端康成文学賞を受賞。宮中歌会始選者もつとめた。　[団]日本文芸家協会、現代歌人協会

上田 理恵　うえだ・りえ
小説家　[生]昭和37年10月20日　[出]長野県松本市　本名＝垂見理恵(たるみ・りえ)　[学]長野西高卒、青山学院大学経営学部(二部)中退　[興]ユング　[賞]新潮新人賞(第20回)(昭和63年)「温かな素足」　[歴]東京国税局に5年間勤務の後昭和61年退職、フリーライターとして「現代」「PHP」「日経ビジネス」誌などに無署名記事を執筆。のち小説も手がけ、作品に「温かな素足」「愛の少し手前」など。

上竹 瑞夫　うえたけ・みずお
作家　[生]昭和15年11月16日　[出]栃木県　[学]早稲田大学国文学科卒、ブザンソン大学(フランス)修了　[歴]雑誌記者を経て、著述に専念。著書に「みちのく旅情」「残映の季節」「炎の環」「上信越慕情」「謀略・小説日米半導体戦争」「滅びの狂詩曲」「十年先を駆け抜けた男」「ソニー逆転の全戦略」などがある。　[団]日本文芸家協会、日本ペンクラブ

上西 晴治　うえにし・はるじ
小説家　[生]大正14年1月7日　[出]北海道浦幌町字十勝太　[学]大東文化大学日本文学科(昭和28年)卒　[賞]読売新聞短篇小説賞(第75回)(昭和39年)「玉風の吹く頃」、北海道新聞文学賞(第14回)(昭和55年)「コシャマインの末裔」、伊藤整文学賞(第4回)(平成5年)「十勝平野」　[歴]昭和28～58年札幌工業高校国語教師として勤務のかたわら執筆活動をつづけ、39年「玉風の吹く頃」で読売新聞短篇小説賞を受賞。同人誌「札幌文学」などで本格的な創作活動に入り、八木義徳に師事。作品に「オコシップの遺品」「ニシパの歌」「ポロヌイ峠」「コシャマインの末裔」「十勝平野」〈上・下〉など。　[団]新日本文学会、日本文芸家協会

上野 歩　うえの・あゆむ
小説家　[生]昭和37年　[出]東京都　[学]専修大学文学部国文科卒　[賞]小説すばる新人賞(第7回)(平成6年)「恋人といっしょになるでしょう」　[歴]業界紙、テレビ雑誌編集の仕事を経て、平成2年から環境調査会社に入社。のち企画室主任に。一方仕事の傍ら小説を執筆。

上野 喜美子　うえの・きみこ
童話作家　[生]昭和36年　[出]岐阜県養老郡養老町　[賞]日本童話会新人賞(昭61年度)「秋にみつけた話」、日本童話会賞奨励賞(昭63年度)(平成1年)「緑の声」　[歴]アルバイトをしながら童話の創作を続け、「秋にみつけた話」で昭和61年度日本童話会新人賞受賞。

上野 恵子　うえの・けいこ
小学校教師(太宰府小)　カネボウ・ミセス童話大賞を受賞　[賞]カネボウ・ミセス童話大賞(第17回)(平成9年)「フライパンとダンス」　[歴]太宰府市・太宰府小の教諭を務め、3年生を担任。一方、中学時代に童話作家・安房直子の作品に感銘を受ける。のち教師の傍ら、平成2年頃から年1作のペースで童話を書き続ける。

上埜 紗知子　うえの・さちこ

小説家　本名＝上野祥子　㋸金沢大学文学部英文科卒　㊤泉鏡花記念金沢市民文学賞（第24回）（平成8年）「五月の晴れた日のように」　㋡ジャーナリスト、教授秘書などを経て、ワープロ・オペレーター。平成8年「五月の晴れた日のように」で第24回泉鏡花記念金沢市民文学賞を受賞。

上野 俊介　うえの・しゅんすけ

小説家　㋬大正1年10月5日　㋱昭和21年2月22日　㋰新潟県刈羽郡田尻村　㋸早稲田大学仏文科（昭和11年）卒、早稲田大学政経学部（昭和18年）卒　㋡昭和9年「黙示」を創刊。早くから横光利一の影響を受け、11年「外套」を発表。16年早大政経学部に再入学し、卒業後の18年朝鮮に渡った。没後の26年、遺稿集「丹頂」が刊行された。

上野 壮夫　うえの・たけお

詩人　小説家　㋬明治38年6月2日　㋱昭和54年6月5日　㋰茨城県　㋸早稲田高等学院露文学科中退　㋡アナーキズム系の「黒嵐時代」などの同人を経て、昭和4年「文芸戦線」に参加する。一方、昭和2年に労農芸術家連盟の書記長となるが、間もなく前衛芸術家同盟の結成に加わり、その後日本プロレタリア作家同盟に加入する。プロレタリア運動解体後は「人民文庫」に参加し、16年日本青年文学会委員長に就任。その後、花王石鹸奉天支店に勤務。主な作品に小説「跳弾」「日華製粉工場」や、詩「戦争へ」などがあるほか、詩集「黒の時代」、随筆集「老けてゆく革命」がある。

上野 たま子　うえの・たまこ

放送作家　映画評論家　プロジェクト・ユウ代表　㋬大正13年3月30日　㋰山梨県　㋸新潟高女卒　㋡「映画ストーリー」編集部員、パラマウント映画宣伝部員、CIC映画宣伝部次長を経て、フリー。出版プロダクション、プロジェクト・ユウ代表。ラジオ・テレビの放送作家として活動する他、映画評論家としても活躍。日本映画ペンクラブ幹事・事務局長を歴任。俳句同人誌「四季」主宰。主な作品にラジオ「夏女覚書」、テレビ「オカリーナの森」「女性専科」など。また、「映画ストーリー」編集部で向田邦子と同僚で、長年交友を続ける。「向日葵と黒い帽子―向田邦子の青春・銀座・映画・恋」「向田邦子・映画の手帖」（共編著）などの著書がある。㋕日本映画ペンクラブ、日本放送作家協会、日本脚本家連盟

上野 哲也　うえの・てつや

小説家　㋱昭和29年1月　㋰福岡県田川郡赤池町　㋸田川高卒　㊤小説現代新人賞（第67回）（平成11年）、坪田譲治文学賞（第16回）（平成13年）「ニライカナイの空で」　㋡高校卒業後、上京し小説家を志す。平成11年第67回小説現代新人賞を受賞。平成12年初の書き下ろし長篇「ニライカナイの空で」を出版。

上野 虎雄　うえの・とらお

評論家　戯曲家　㋬明治27年　㋱（没年不詳）　㋰福島県三池郡駅馬村白川　㋡三井鉱山社員。「新小説」などの編集委員を経て、「種蒔く人」同人となり、大正11年自由思想家組合に参加。表現主義、ダダイズム、未来派等の影響のもとに多くの文芸評論や演劇論、舞踊論を発表。著書に小説戯曲集「胎児」や長篇戯曲「泥沼」がある。

上野 葉子　うえの・ようこ

評論家　小説家　㋬明治19年　㋱昭和3年　㋰岐阜県　本名＝稲葉てつ　㋸東京女高師文科卒　㋡福井高女教員となり、結婚後は夫の任地佐世保で教鞭をとる。明治44年「青鞜」に「痛みと芸術と」を発表するなど、体制批判の姿勢で小説、評論を発表した。没後の昭和3年「葉子全集」全2巻が刊行された。

上野 瞭　うえの・りょう

児童文学作家・評論家　同志社女子大学名誉教授　㊤現代の創作―方法・発想・可能性　児童文化　㋬昭和3年8月16日　㋱平成14年1月27日　㋰京都府京都市　本名＝上野瞭（うえの・あきら）　㋸同志社大学文学部文化学科（昭和27年）卒　㊤日本児童文学者協会賞（第23回）（昭和58年）「ひげよ、さらば」、京都新聞五大賞文化賞（平成5年）　㋡昭和20年舞鶴海軍工廠に勤めた後、代用教員、21年立命館大学専門部を経て、同志社大学文化学科に編入、27年に卒業して平安高校に勤務。この間、25年に「童話集＝蟻」を出版。片山悠らの同人誌「馬車」に評論を執筆。42年に評論「戦後児童文学論」を出版して注目され、43年長編創作「ちょんまげ手まり歌」を出版。以後「わたしの児童文学ノート」（45年）「現代の児童文学」（47年）「ネバーランドの発想」（49年）「われらの時代のピーターパン」（53年）「アリスたちの麦わら帽子」（59年）など児童文学評論集をつぎつぎと執筆。49年から同志社女子大学で児童文化を担当した。創作としては「ひげよ、さらば」「さらば、おやじどの」「もしもし、こちらライオン」「日本宝島」などの他、大人向けの長編小説「砂の上のロビンソン」（平成元年映画化）「アリスの穴の中で」「三軒目のドラキュラ」、エッセイ集「ただいま故障中」他がある。

[団]日本児童文学者協会、国際児童図書評議会日本支部会、日本文芸家協会

上野 凌弘　うえの・りょうこう

作家　霊界研究会主宰　[生]明治45年　[出]岡山県　[学]同文書院卒　[賞]国際アカデミー賞(昭和61年)　[歴]著書に「オロチョンの裔」「額田姫王」「女王卑弥呼」「成吉思汗=義経伝説の謎」「コタンの女」「闇の古代史」「神になる天武」ほか。　[団]日本ペンクラブ、国際ペンクラブ

上橋 菜穂子　うえはし・なおこ

小説家　川村学園女子大学教育学部社会教育学科講師　[専]文化人類学　ファンタジー　[生]昭和37年7月15日　[出]東京都　[学]立教大学文学部卒、立教大学大学院(昭和62年)博士課程修了　[興]アボリジニ　[賞]日本児童文学者協会新人賞(第25回)(平成4年)「月の森に、カミよ眠れ」、野間児童文芸賞(新人賞，第34回)(平成8年)「精霊の守り人」、産経児童出版文化賞(ニッポン放送賞，第44回)(平成9年)「精霊の守り人」、日本児童文学者協会賞(第40回)(平成12年)「闇の守り人」、路傍の石文学賞(第23回)(平成13年)「精霊の守り人」「闇の守り人」「夢の守り人」　[歴]女子栄養大学助手、武蔵野女子短期大学非常勤講師、のち川村学園女子大学講師。オーストラリア先住民族の文化変容などの研究をする。また、大学院時代に「精霊の木」を発表し小説家デビュー。著書に「隣のアボリジニ—小さな町に暮らす先住民」、小説「月の森に、カミよ眠れ」「精霊の守り人」「闇の守り人」「夢の守り人」など。　[団]日本文芸家協会、日本民族学会、日本児童文学者協会

上前 淳一郎　うえまえ・じゅんいちろう

ノンフィクション作家　[生]昭和9年3月31日　[出]岐阜県　筆名=古荘多聞(ふるしょう・たもん)　[学]東京外国語大学英米語科(昭和34年)卒　[興]昭和史の事件、人物全般　[賞]日本ノンフィクション賞(第3回)(昭和51年)「太平洋の生還者」、大宅壮一ノンフィクション賞(第8回)(昭和52年)「太平洋の生還者」、文芸春秋読者賞(第42回)(昭和55年)「洞爺丸はなぜ沈んだか」　[歴]昭和34年朝日新聞社入社。通信部、社会部記者を経て、41年退職し、以後フリーに。52年「太平洋の生還者」で大宅壮一ノンフィクション賞受賞。文芸春秋を主な発表場とし、著書に「支店長はなぜ死んだか」「現代史の死角」「サンリオの奇跡」「山より大きな猪」「狂気/ピアノ殺人事件」「複合大噴火 1783年夏」やコラム「読むクスリ」「人・ひんと・ヒット」などがある。また筆名・古荘多聞で時代小説「瓦版屋左吉綴込帳」を発表。　[団]日本文芸家協会

植松 二郎　うえまつ・じろう

フリーライター　小説家　[生]昭和22年8月30日　[出]兵庫県神戸市東灘区　[学]早稲田大学政経学部卒　[賞]東京コピーライターズクラブ新人賞(昭和47年)、毎日児童小説最優秀賞(平成3年)「ペンフレンド」、織田作之助賞(第12回)(平成7年)「春陽のベリーロール」　[歴]広告会社勤務中通信講座で中学教師の資格を取得。日本デザインセンター勤務を経て、フリーライター。また平成3年4月から6月まで毎日小学生新聞に少年小説「ペンフレンド」を連載。著書に「ペンフレンド」「かえだま日曜日」「人びとの走路」など。また日本盲人マラソン協会理事もつとめる。

植松 要作　うえまつ・ようさく

児童文学作家　[生]昭和6年5月7日　[没]昭和63年1月16日　[出]山形県北村山郡東根町　[学]村山農学校卒　[賞]日本児童文学者協会賞(第1回)(昭和36年)「山が泣いている」　[歴]祖父の代から経営する果樹園が戦時中に海軍に接収され、移転したリンゴ園が戦後、在日米軍に接収されたため、「大高根基地反対闘争」に参加。この経緯を4人の仲間と執筆した「山が泣いている」で日本児童文学者協会賞を受賞した。ほかに「りんごのうた」「野うさぎ村の戦争」「さくらんぼひとつ」などがある。　[団]山形童話の会、日本児童文学者協会、日本子どもの本研究会

植村 達雄　うえむら・たつお

演出家　脚本家　花企画主宰　[生]昭和17年12月6日　[出]旧朝鮮　[学]舞台芸術学院(昭和40年)卒　[歴]東京芸術座、転形劇場を経て、牧武士主宰の演劇集団・赤い花の「明治の柩」で、主役の旗中正造を演じるなど役者として活動する傍ら詩を制作。いいだもも作「斤候よ夜はまだ長きや」から脚色、構成、演出、美術を手がけるようになり、昭和46年劇団花企画を主宰。以後作・演出家として、「その道を行けば」「7年目の秋」など年1、2本のペースで公演を続ける。60年から一時活動を停止。平成2年「シャルル・クロの夕べ」で活動を再開。T.ウィリアムズの初期一幕物とカール・クラウス原作「人類最後の日日」の台本・演出を担当。脚本家として3年「堕天女の夫」や4年歴史ドラマ「被告の椅子」「夢の華」、6年「相沢三郎の世界」などを制作。

上村 照夫　うえむら・てるお

童話作家　筆名=てる緒　[賞]久留島武彦文化賞個人賞(第27回)(昭和62年)　[歴]昭和21年、戦後の荒廃の中にいる子供たちに夢を与えようと、一人で人吉児童文化研究会を発足。日本のアンデルセンとうたわれていた久留島武彦氏に師事し、ウナギ屋の家業を営む傍ら人吉・球磨

地方で紙芝居、人形劇、童話の口演を行ない、各地のわらべ歌や子守唄の取材活動を続けた。27年からは人吉市内で児童を対象に童話大会を開催。29年間審査委員長を務め、また自宅で「母親の童話教室」を主催。62年6月、児童文化の普及向上の功績により久留島武彦賞を受賞。著作に「挽歌五木の子守唄」「五木の子守唄ノート」「熊本宮崎のわらべ歌」、童話集に「柿の木横丁」などがある。

ウエモト メグミ
小説家 ㊤昭和42年 ㊥東京都 ㊫大阪モード学園卒 ㊧専門学校卒業後、タワーレコードに勤務。平成10年季刊文芸「リトルモア」第1回ストリートノベル大賞佳作入選、同年「リトルモア」VOL.6秋の号に「This Charming Man」を発表し小説家デビュー。

植山 周一郎 うえやま・しゅういちろう
国際経営コンサルタント 作家 翻訳家 植山事務所代表取締役社長 パシフィック・センチュリー・サイバーワークス・ジャパン・リミテッド・エグゼクティブ・ヴァイス・プレジデント ㊤昭和20年3月15日 ㊥静岡県 ㊫一橋大学経済学部(昭和43年)卒 ㊧英国ソニーで8年間マーケティング担当後、ソニー本社で宣伝部次長を歴任。昭和56年に独立し、植山事務所を設立。ヴァージン・グループのリチャード・ブランソン会長のアドバイザー。サッチャー元英国首相の日本代表として、平成3年以来毎年彼女を日本に招待し、講演会などを企画。テレビ・ラジオ番組の企画・司会及び講演など多数。著訳書は「パストラル」「H型人間輝く」「マンビネス」「ヴァージン」など40冊。「週刊ゴルフダイジェスト」に連載小説「マッチプレイ」を執筆中。12年3月から香港のインターネット企業グループであるパシフィック・センチュリー・サイバーワークス・ジャパン・リミテッドのエグゼクティブ・ヴァイス・プレジデントに就任。

宇尾 房子 うお・ふさこ
フリーライター ㊤大正13年11月21日 ㊥岩手県盛岡市 ㊫富山高女(昭和16年)卒 ㊧昭和26年北日本放送に入社し、27～30年プロデューサーとして婦人番組の制作を担当。38年「文芸首都」に入会、終刊のち「日本きゃらばん」「公園」等の同人に参加。58年よりフリーライターとして昭和史や医学関係の著書を発表。著書に「女の耳」「走る女」「愛の雫はピアノの音色」「私の腎臓を売ります」などがある。

魚住 直子 うおずみ・なおこ
童話作家 ㊤昭和41年 ㊥福岡県福岡市 本名＝佐々木直子 ㊫広島大学教育学部心理学科卒 ㊮講談社児童文学新人賞(第36回)(平成7年)「非・バランス」 ㊧平成7年第2回学研読み特賞に入選。同年「非・バランス」で講談社児童文学新人賞を受賞し、デビュー(13年に映画化)。他の著書に「超・ハーモニー」「海そうシャンプー」「象のダンス」「ハッピーファミリー」など。

魚住 陽子 うおずみ・ようこ
小説家 ㊤昭和26年10月23日 ㊥埼玉県比企郡小川町 本名＝加藤陽子 ㊫小川高(昭和45年)卒 ㊮朝日新人文学賞(第1回)(平成1年)「奇術師の家」 ㊧紀伊国屋書店を経て、出版社に勤務。同人誌で詩を書いていたが、結婚後の昭和61年池袋コミュニティ・カレッジの小説講座「こみゅにてい」に通って小説を書き始め、同人誌「コミュニティ」に62年頃から作品を発表。平成元年「静かな家」が芥川賞候補に。同年「奇術師の家」で第1回朝日新人文学賞を受賞。著書に短編集「雪の絵」などがある。
㊐日本文芸家協会

宇梶 紀夫 うかじ・のりお
小説家 ㊤昭和23年5月14日 ㊥栃木県河内郡上河内村 ㊫宇都宮大学農学部(昭和47年)卒 ㊮地上文学賞(平成2年)「りんの響き」 ㊧全国農業改良普及協会に勤務。著書に「小説 マリリンモンローを抱いて」がある。 ㊐農政ジャーナリストの会、日本農民文学会

宇神 幸男 うがみ・ゆきお
小説家 音楽評論家 ㊤昭和27年2月3日 ㊥愛媛県宇和島市 本名＝神応幸男(かんおう・ゆきお) ㊫宇和島南高(昭和48年)卒 ㊧宇和島市役所職員。高校時代から小説家を目指すが、芽が出ず29歳の時一旦筆を折る。4年後、再び文芸を志し、趣味のクラシック音楽の評論・解説を地元新聞などに投稿。平成2年音楽ミステリー「神宿る手」で作家デビューした。他の著書に「消えたオーケストラ」(3年)「ニーベルングの城」(4年)「美神の黄昏」(5年)のシリーズ4部作や短編集「髪を截(き)る女」がある。

鵜川 章子 うかわ・しょうこ
詩人 小説家 ㊤昭和4年1月12日 ㊥北海道札幌市 ㊫北海道第一師範(昭和24年)卒 ㊮新日本文学賞佳作(第8回)(昭和44年)「聖職者たち」、社会新報文学賞(第3回)(昭和45年)「負の花」、文学界新人賞佳作(昭和50年) ㊧昭和28年詩誌「律動」同人。29年北海道詩人協会員、北海道詩集に参加。38年詩誌「詩の村」同人。43年より詩誌「核」同人。62年詩誌「雨

彦」創刊に参加、同人に。一方、43年頃から小説を書き始め、49年8〜11月まで北海道新聞日曜版に「まがり角」を連載。詩集に「北天の青」「石の塔」「斜塔」「死亡広告」などがある。[団]北海道詩人協会(常任理事)　[家]夫=鵜川五郎(詩人)

右近 稜　うこん・りょう
詩人　童話作家　(株)右近社長　[生]昭和2年12月31日　[出]北海道　[学]法政大学文学部(昭和29年)卒　[歴]東京地裁経理事務官を務め、のち裁判所関係に勤務。昭和37年坂田真珠に入り、星和商事、光稜商事を経て、46年右近を開業、社長に就任。また日本詩人クラブに所属し、著書に「かまきりのタクトで」「ぼんぼん時計」「梢」などがある。「森」「日本詩人」同人。

宇佐見 英治　うさみ・えいじ
詩人　評論家　明治大学名誉教授　[専]フランス文学　[生]大正7年1月13日　[出]大阪府大阪市　[学]東京帝国大学文学部倫理学科(昭和16年)卒　[賞]歴程賞(第20回)(昭和57年)「雲と天人」、宮沢賢治賞(第7回)(平成9年)　[歴]第一次、第二次の「同時代」同人として活躍。「歴程」にも参加し、また昭和63年まで明治大学教授をつとめ、評論、小説、詩、エッセイ、翻訳など多方面で活躍。33年刊行の短編小説集「ピエールはどこにいる」をはじめ、「縄文の幻想」「迷路の奥」「石を聴く」「雲と天人」「芸術家の眼」などの著書がある。　[団]日本文芸家協会

宇佐美 游　うさみ・ゆう
フリーライター　[生]昭和37年　[出]青森県　[学]マリネロビューティーカレッジ(米国)卒　[賞]小説新潮長篇新人賞(第6回)(平成12年)「調子のいい女」　[歴]モデル、商社OL、米国でネイルアーティスト、シンガポールで不動産会社勤務を経て、「CREA」「SPA!」「ダ・ヴィンチ」などの雑誌でフリーのライターとして活躍。平成12年「調子のいい女」で第6回小説新潮長篇新人賞を受賞。

宇治 芳雄　うじ・よしお
作家　悠飛社代表取締役　[生]昭和21年7月27日　[出]大阪府　別名(児童文学)=矢張・雄太郎　[学]明治大学法学部法律学科卒　[興]政治、教育、経済、社会における組織と人間のあり方　[歴]サンケイ新聞記者、「週刊現代」アンカーを経て著作活動に入る。昭和63年悠飛社を設立、代表取締役。著書に「洗脳の時代」「傷ついた戦士」「虚構の教育」「汝はサロマ湖にて戦死せり」「禁断の教育」「電通解剖」など。また、矢張雄太郎のペンネームで児童書「まぼろしの大誘かい事件」「記憶そう失の少年」「7人の容疑者」「消えたスチュワーデス」「なぞの幽霊別荘」「オババが町にやってきた」などを執筆。　[団]日本ペンクラブ　http://www.yuhisha.co.jp

牛島 信　うしじま・しん
弁護士　[生]昭和24年9月30日　[出]宮崎県　[学]東京大学法学部卒　[歴]東京と広島で2年間検事を務めた後、堪能な英語が生かせる国際弁護士として法律事務所に所属。昭和60年独立後、国内外の弁護士が所属する法律事務所を主宰し、多数の国内外企業をクライアントに持つ。平成9年企業小説「株主総会」で作家デビュー。他の著書に「株主代表訴訟」がある。

牛島 春子　うしじま・はるこ
小説家　[生]大正2年2月25日　[出]福岡県久留米市　[学]久留米高女(昭和4年)卒　[歴]北九州で左翼運動に従事。昭和10年結婚とともに渡満。12年、「王属官」が第1回満州国建国記念文芸賞に入選し満州文壇にデビュー。ついで16年、満洲新聞連載小説「祝といふ男」が第12回芥川賞有力候補になる。21年引き揚げ。戦後は「九州文学」同人、新日本文学会会員として活躍。著書に「霧雨の夜の男 菅生事件」「ある微笑」など。　[団]日本アジア・アフリカ作家会議

牛原 虚彦　うしはら・きよひこ
映画監督　劇作家　映画評論家　[生]明治30年3月22日　[没]昭和60年5月20日　[出]熊本市京町　本名=牛原清彦　[学]東大英文科(大正9年)卒　[賞]勲四等旭日小綬章(昭和43年)、毎日映画コンクール特別賞(昭59年度)　[歴]大学卒業と同時に松竹キネマに入り、翌年「山暮るる」で監督デビュー。たびたび渡米してはハリウッドの映画手法を学び邦画に新風を吹き込んだ。無声映画時代からの監督で、わが国映画界の最長老。代表作に「母いづこ」「陸の王者」「若者よ、なぜ泣くか」などがあり、昭和27年に第一線を退くまでの監督作品は103本を数える。その後は日大芸術学部客員教授として後進の指導に当たってきた。毎日映画コンクール創設メンバーの1人。　[家]長男=牛原陽一(映画監督・故人)

氏原 大作　うじはら・だいさく
児童文学作家　[生]明治38年3月20日　[没]昭和31年12月31日　[出]山口県阿武郡地福村　本名=原阜(はら・とおる)　[歴]小学校教員をしていたが、支那事変で出征し、昭和17年帰還して、作家生活に入る。戦場での体験を記した「幼き者の旗」「いくさ土産」をはじめ、「少年倶楽部」などにも作品を発表。戦後も「花の木鉄道」などを発表した。「氏原大作全集」全4巻(条例出版)がある。

牛丸 仁　うしまる・ひとし
児童文学作家　小学校教師　⽣昭和9年3月26日　⽣長野県　⽣信州大学教育学部卒　⽣塚原健二郎文学賞(第10回)(昭和63年)「旗に風」　⽣代表作に「諏訪盆地の民話」「天狗のまつり」「塗師の峠」などがある。　⽣日本児童文学者協会、信州児童文学会

薄井 清　うすい・きよし
作家　⽣農民文学(創作とルポルタージュ)　⽣昭和5年2月17日　⽣東京都町田市下山田町　⽣日本獣医畜産専門学校(昭和24年)卒　⽣農民文学賞(第1回)(昭和31年)「燃焼」、地上文学賞(第28回)(昭和55年)「権兵衛の生涯」　⽣農家に生まれ、昭和24〜47年農業改良普及員として東京都に勤務する。傍ら農民文学活動を行い、31年「燃焼」で第1回農民文学賞、55年には「権兵衛の生涯」で地上文学賞を受賞。著書に「都が土を狂わせる」「あの鳥を撃て」「証言・農の軌跡」「農業の崩壊と抵抗」「東京から農業が消えた日」など。　⽣日本農民文学会、新日本文学会、日本文芸家協会

薄井 ゆうじ　うすい・ゆうじ
小説家　広告プランナー　⽣昭和24年1月1日　⽣茨城県水戸市　本名＝薄井雄二　別名(イラスト)＝たの・かえる(たのかえる)　⽣土浦一高卒　⽣小説現代新人賞(第51回)(昭和63年)「残像少年」、吉川英治文学新人賞(第15回)(平成6年)「樹の上の草魚」　⽣20歳から"たのかえる"のペンネームで週刊誌などにイラストを掲載。31歳で編集・広告プロダクションを設立。昭和63年作家デビュー。著書に「残像少年」「天使猫のいる部屋」「透明な方舟」「樹の上の草魚」「青の時間」などがある。　⽣日本文芸家協会

臼井 吉見　うすい・よしみ
評論家　小説家　⽣明治38年6月17日　⽣昭和62年7月12日　⽣長野県南安曇郡会場村　⽣東京帝国大学文科(昭和4年)卒　⽣日本芸術院会員　⽣芸術選奨文部大臣賞(文学・評論部門)(昭和31年)「近代文学論争」、谷崎潤一郎賞(昭和49年)「安曇野」　⽣筑摩書房の名付け親。十数年間伊那中学校、松本女子師範学校などで教えた後、昭和18年上京。東京女子大学で教鞭を執る。戦後「展望」の編集長に。名ジャーナリストとして椎名麟三ら多くの作家を育てる一方、小説家や批評家としての多彩な才能と、一貫した姿勢、自由人としての風格は定評があった。また53年川端康成のモデル小説「事故の顛末」は遺族と裁判となった(のち和解)。著書は谷崎潤一郎賞受賞の「安曇野」、絶筆の「獅子座」(未完)、「近代文学論争」「芭蕉覚え書」等多数。　⽣日本ペンクラブ

薄田 斬雲　うすだ・ざんうん
小説家　ジャーナリスト　⽣明治10年1月27日　⽣昭和31年3月27日　⽣青森県弘前市　本名＝薄田貞敬　⽣東京専門学校文学科選科(明治32年)卒　⽣京城日報記者、早大出版部編集員などを歴任。その一方で作家として活躍し、明治39年発表の「濛気」をはじめ、「平凡な悲劇」など、多くの短篇小説、戯曲、翻訳、随筆などを発表。著書に「天下之記者」「ヨボ記」などがある。

鶉野 昭彦　うずの・あきひこ
放送作家　⽣昭和9年4月30日　⽣大阪府　⽣同志社大学中退　⽣芸術祭賞優秀賞(昭和44年)「真夜中のぶるうす」、芸術祭賞文部大臣賞(昭和43年)「めぐりあい」、芸術祭賞優秀賞(昭和49年)「女優志願」、日本民間放送連盟賞金賞(昭和59年)「映画を食った男」　⽣主な作品にラジオ「めぐりあい」「女優志願」(NHK)、テレビ「映画を食った男」(ABC)など。　⽣妻＝新屋英子(女優)、娘＝鶉野樹里(女優)

宇高 伸一　うだか・しんいち
小説家　⽣明治19年6月25日　⽣昭和18年3月10日　⽣新潟県直江津　本名＝宇高信一　旧姓(名)＝佐藤　⽣早稲田大学英文科(明治43年)卒　⽣呉海軍工廠や広島山陽中学などにつとめながら、フランス文学を修め、また小説などを発表する。ゾラの「ナナ」(大11)をはじめ、メリメの「カルメン・コロンバ」などの訳書があり、小説としては「黄色液」などの作品がある。

宇田川 文海　うだがわ・ぶんかい
小説家　新聞記者　⽣弘化5年2月24日(1848年)　⽣昭和5年1月6日　⽣江戸本郷新町(現・東京)　号＝半痴、除々庵主人、別名＝鳥山棗三、法名＝恵海　⽣12歳で得度し仏道精神に努める。明治3年文部省御用の活版所に勤め、その後6年に「遐邇新聞」主筆となり、「神戸港新聞」「大阪日日新聞」などを経て、14年「朝日新聞」に入社。入社後同紙に「勤王佐藤 巷説二葉松」などを発表し、小説家としても活躍する。23年「大阪毎日新聞」に入社し「うらかた」などを発表した。

宇田川 優子　うだがわ・ゆうこ
児童文学作家　⽣昭和37年　⽣東京都　⽣上智大学文学部卒　⽣児童文芸新人賞(第18回)(平成1年)「ふたりだけのひとりぼっち」　⽣外資系の銀行に勤務するかたわら、児童文学を執筆。平成元年「アキコ11歳ふたりだけのひとりぼっち」でデビューし、児童文芸新人賞を受賞。ファンタジーや翻訳にも意欲をもやす。他の著書に「探偵なんか大きらい」。

歌野 晶午 うたの・しょうご

小説家 ㊤昭和36年 ㊥福岡県福岡市 ㊦東京農工大学農学部環境保護学科卒 ㊧出版プロダクションにつとめるが、島田荘司を訪ねたのがきっかけとなり、昭和63年「長い家の殺人」で推理作家としてデビュー。著書に「白い家の殺人」「死体を買う男」「ガラス張りの誘拐」「さらわれたい女」「世界の終わり、あるいは始まり」など。

打海 文三 うちうみ・ぶんぞう

小説家 ㊤昭和23年 ㊥東京都 本名=荒井一作 ㊨横溝正史賞(優秀作、第13回)(平成5年)「灰姫 鏡の国のスパイ」 ㊧30代半ばまで映画の助監督を務め、テレビ映画「ウルトラマンタロウ」や企業のPR映画を手掛ける。記録映画で農業を取材したことがきっかけで、その後山梨県で農業を営む。平成4年作家デビュー。著書に「灰姫 鏡の国のスパイ」「時には懺悔を」「されど修羅ゆく君は」「兇眼」「ハルビン・カフェ」などがある。

打木 村治 うちき・むらじ

小説家 児童文学作家 ㊤明治37年4月21日 ㊦平成2年5月29日 ㊥埼玉県 本名=打木保(うちき・たもつ) ㊦早稲田大学政治経済学部経済学科(昭和3年)卒業 ㊨小学館文学賞(第6回)(昭和32年)「夢のまのこと」、芸術選奨文部大臣賞(第23回・文芸評論部門)(昭和47年)「天の園」、サンケイ児童出版文化賞(第20回)(昭和48年)「天の園」、勲四等瑞宝章(昭和49年)、日本児童文芸家協会賞(第3回)(昭和53年)「大地の園」 ㊧大学卒業後、しばらく大蔵省に勤める。昭和10年「喉仏」、11年「晩春騒」「或る手工業者」を発表して作家となり、「部落史」「支流を集めて」「光をつくる人々」など農民小説を発表。戦後は「農民文学」の創刊に加わる一方で児童文学も著し、「生きている山脈」「夢のまのこと」などを発表。47年刊行の自伝的大河小説「天の園」(全6巻)では芸術選奨、サンケイ児童出版文化賞を受賞した。ほかに「大地の園」(全4巻)がある。 ㊤日本児童文芸家協会(顧問)、日本文芸家協会、日本ペンクラブ、日本農民文学会 ㊨長男=打木城太郎(立教大学教授)

内嶋 善之助 うちじま・ぜんのすけ

劇作家 舞台演出家 創作プロジェクトHAL主宰 ㊥長崎県島原市 ㊦島原高卒 ㊧19歳で島原市職員、25歳から11年間島原文化会館に勤務。このころから演劇をベースに舞台創作を展開。昭和61年から創作プロジェクト・HALを主宰。島原市立三会公民館に勤務。他に郷土誌への寄稿、健康づくりのヨガ指導など、幅広く活動。また雲仙・普賢岳の災害を詩や劇曲で伝える活動も行う。演劇作品にひとり芝居シリーズ「トーク・マイセルフ」、朗読作品に「幸庵とおすわ」、創作ファンタジー「四郎幻想」、創作ステージ「言葉のコンサート」など30余。著書に戯曲「島原・天草の乱レクイエム」「火の山の記憶—モノトーンの町」「眉山幻想」などがある。

内田 栄一 うちだ・えいいち

劇作家 演出家 脚本家 ㊨天皇制問題 ㊤昭和5年7月31日 ㊦平成6年3月27日 ㊥岡山市 ㊦鎌倉アカデミア中退 ㊧安部公房に師事し、昭和30年小説「浮浪」を「文芸」に発表してデビュー。37年第1戯曲「表具師幸吉」を発表。発見の会、はみだし劇場、クスボリ共同隊、東京ザットマン、銀幕少年王ランニングシアターなど、アングラ演劇で劇作家・演出家として活躍。映画シナリオは藤田敏八の「妹」を皮切りに「バージンブルース」「スローなブギにしてくれ」「海燕ジョーの奇跡」、若松孝二の「水のないプール」、流山児祥の「血風ロック」、神代辰己の「赤い帽子の女」など多数。平成3年8ミリ「きらい・じゃないよ」で映画初監督。4年劇場用映画「きらい・じゃないよ2」を発表。著書に評論「生理空間」、小説「クレヨンの夏」「コカコーラの秋」、戯曲集に「吠え王オホーツク」「聖・混乱出血鬼」などがある。

内田 映一 うちだ・えいいち

児童文学作家 ㊤昭和8年 ㊥埼玉県秩父市 本名=内田栄一 ㊧郵便局に就職し、平成5年に定年退職するまで勤務。かたわら童話を手がける。昭和33年同人誌「草笛」が発行され、同人。34年「少年画報」の少年小説募集に応募して入選。短編が多い。著書に「ねずみ小僧の谷」、共著に「埼玉県の民話」「よばれなかったおたんじょうかい二年生」「山のロクロー」他。 ㊤日本児童文学者協会

内田 弘三 うちだ・こうぞう

シナリオライター ㊤大正14年1月21日 ㊥神奈川県 ㊦明治大学法学部卒 ㊨日本シナリオ作家協会シナリオ功労賞(平成6年) ㊧大学在学中より三村伸太郎に師事。昭和24年東宝シナリオ研究生となり、26年同社入社。企画部で脚本執筆にあたる。36年同社映画製作中止により退社し、以後フリーで活躍。主な作品に「鉄血の魂」「女王蜂の怒り」「決着」(映画)、「夫婦百景」「伝七捕物帳」(テレビ)など。 ㊤日本作家クラブ

内田 春菊　うちだ・しゅんぎく

漫画家　エッセイスト　小説家　女優　[生]昭和34年8月7日　[出]長崎県長崎市　本名＝久保滋子　[学]上野高卒、慶応義塾大学哲学科（通信制）中退　[賞]Bunkamuraドゥマゴ文学賞（第4回）（平成6年）「私たちは繁殖している」「ファザーファッカー」　[歴]子どもの頃から絵と歌が好きで中学卒業後、一時上京。昭和55年に再び上京して、ジャズボーカル教室、通信制の高校と大学に通うかたわら、アルバイトにクラブ歌手、漫画の持ち込みを続け、59年春四コマ漫画「シーラカンス・ブレイン」（小説推理）で漫画家としてデビュー。明るいエロチシズムと新しいセンスで一躍人気作家となる。60年初の単行本「春菊」を出版、以後さまざまな作品に取り組む。62年刊行の「南くんの恋人」で読者層を大きく広げ、63年から「週刊宝石」に連載された「水物語」や、学校や家族に溶け込めない少女の気持ちを描いた「物陰に足拍子」は文壇からも高い評価を受けた。ほかに「シーラカンスOL」「シーラカンス・ロマンス1・2」「アドレッセンス」「鬱でも愛して」「四つのお願い」など。エッセイ集「見守ってやって下さい」執筆、東京乾電池公演の脚本・演出・出演などでもマルチタレントぶりを発揮。平成5年発表した自伝小説「ファザーファッカー」と7年発表の「キオミ」は直木賞候補となる。他の著書に「私たちは繁殖している」「あたしのこと憶えてる？」「あなたも妊婦写真を撮ろう」など。またグループ、アベックスのボーカル、作詞、振りつけを務め、9年4月ファーストアルバム「ある日あなたと草の上で」をリリース。13年映画「ビジターQ」に出演。12年俳優の貴山侑哉と結婚。　[家]夫＝貴山侑哉（俳優）
http://www.uchida-jp.com/

内田 聖子　うちだ・せいこ

児童文学作家　[生]昭和18年　[出]福島県　[学]早稲田大学教育学部（昭和41年）卒　[賞]農民文学賞（第37回）（平成6年）「駆けろ鉄兵」　[歴]昭和45年語学教育団体において子供の言語教育に取り組む。55年ベターホーム協会会員、日本児童文芸家協会会員。著書に「故郷・鮭とでん粉の村」「駆けろ鉄兵・田鶴記」がある。
[団]日本児童文芸家協会、ベターホーム協会

内田 庶　うちだ・ちかし

児童文学作家　翻訳家　日本ユニ・エージェンシー代表　[専]著作権　内外出版比較　[生]昭和3年11月6日　[出]東京　本名＝宮田昇（みやた・のぼる）　[学]明治大学文学科中退　[歴]早川書房編集部、チャールズ・イー・タトル商会著作権部を経て、日本ユニ・エージェンシー代表取締役。海外の著作物の仲介を業とする傍ら、児童読物の創作・翻訳を数多く手がける。著書に「人類のあけぼの号」「宇宙人スサノオ」、訳書に「宇宙船ドクター」「未来少年コナン」、宮田昇の本名で「東は東、西は西」「翻訳出版の実務」「戦後『翻訳』風雲録」などがある。
[団]少年文芸作家クラブ、日本出版学会

内田 照子　うちだ・てるこ

作家　文芸評論家　[生]昭和21年7月23日　[出]鳥取県　[学]尾道短期大学国文科卒、法政大学文学部日本文学科卒　[歴]大阪文学学校、放送作家教室等を経て、昭和35年から同人誌に参加。「新文学」「関西文学」等ののち、「AMAZON」同人となる。41年「梶井基次郎論」、42年「戦争文学覚書」、48年「椎名麟三論」を発表。59年1〜3月「日本海新聞」に“海外文学への扉”を月2回連載。著書に「荒野の殉死—椎名麟三の文学と時代」「海外文学—その風景と思索」、小説集に「光の砦」「北へ行く」「秋と六つの短編」「終りなるもの」「恩寵の夏」がある。
[団]日本文芸家協会、日本ペンクラブ、日本近代文学会

内田 百閒　うちだ・ひゃっけん

小説家　随筆家　俳人　[生]明治22年5月29日　[没]昭和46年4月20日　[出]岡山県岡山市古京町　本名＝内田栄造　初号＝流石、別号＝百鬼園　[学]東京帝大文科大学独文科（大正3年）卒　[歴]中学時代から「文章世界」などに投稿し、大学入学後漱石に師事。大正5年から陸軍士官学校、海軍機関学校、法政大学などでドイツ語を教える。9年法政大学を退職後、文筆活動に専念。10年短編集「冥土」を刊行して文学的出発をし、昭和8年に「百鬼園随筆」によって一躍文名があがる。以来、ユーモラスな味をもつ随筆家として活躍。42年芸術院会員に推されたが、辞退して話題となった。一方、早くから俳句に親しみ、学生時代に六高俳句会を結成。のち旧師志田素琴主宰「東炎」同人。戦後は村山古郷主宰「べんがら」同人を経て、主宰し活躍した。著書はほかに、短編集「旅順入城式」「実説艸平記」「贋作吾輩は猫である」、随筆集「続百鬼園随筆」「漱石雑記帖」、旅行記「阿房列車」、お伽噺集「王様の背中」、句集「百鬼園俳句帖」「百鬼園俳句」「内田百閒句集」など数多くある。また「内田百閒全集」（全10巻，講談社）、「新輯内田百閒全集」（全25巻，福武書店）が刊行されている。　[家]長女＝内山多美野（モードエモード社専務）

内田 浩示　うちだ・ひろし

福島正実記念SF童話賞佳作入選　[生]昭和40年　[出]静岡県浜松市　[学]一橋大学卒　[賞]福島正実記念SF童話賞（佳作・第10回）（平成5年）「にんげんのたまご」　[歴]東京銀行協会に勤務。

内田 幹樹　うちだ・もとき

小説家　航空士　[賞]サントリーミステリー大賞(優秀作品賞)(第14回)「パイロット・イン・コマンド」　[歴]昭和40年航空会社に入社。国内線、国際線に乗務して、のちボーイング747-400型機長。この間10数年にわたり、操縦教官としてラインパイロットの教育に当たる。のち、フェアリンク社でCRJ機長。飛行時間1万4000時間。「パイロット・イン・コマンド」で第14回サントリーミステリー大賞優秀作品賞を受賞。他の著書に「タイフーン・トラップ 機体消失」「機長からアナウンス」「機長からアナウンス〈2〉」など。

内田 康夫　うちだ・やすお

推理作家　[生]昭和9年11月15日　[出]東京都北区西ケ原　[学]東洋大学文学部卒　[賞]日本文芸家クラブ大賞(特別賞，第5回)(平成8年)　[歴]コピーライター、テレビCM制作会社を経て、昭和55年「死者の木霊」で作家としてデビュー。57年から文筆に専念。特にフリーライター・浅見光彦を主人公とする作品に人気があり、映画化されている。作品に「本因坊殺人事件」「後鳥羽伝説殺人事件」「『萩原朔太郎』の亡霊」「平家伝説殺人事件」「遠野殺人事件」「高千穂伝説殺人事件」「天河伝説殺人事件」「華の下にて」「蜃気楼」「透明な遺書」「姫島殺人事件」「幸福の手紙」「遺骨」「藍色回廊殺人事件」「はちまん〈上・下〉」など。平成9年、8年度高額納税者番付作家部門1位となる。　[団]日本推理作家協会、日本文芸家協会　[家]妻＝早坂真紀(作家)

内田 麟太郎　うちだ・りんたろう

児童文学作家　詩人　[生]昭和16年2月11日　[出]福岡県大牟田市　[学]大牟田北高卒　[興]ナンセンス・テール　[賞]絵本にっぽん賞(第9回)「さかさまライオン」、小学館児童出版文化賞(第46回)(平成9年)「うそつきのつき」　[歴]在学中文芸部・美術部に所属。19歳で上京、看板書きの傍ら童話を制作。著書に「少年少女猫諸君！」「魔法の勉強はじめます」、詩集に「内田麟太郎詩集」、絵本に「さかさまライオン」「こっそり おてがみ」「だれかにあたったはずなんだ」「うそつきのつき」など。　[団]日本文芸家協会、日本現代詩人会、日本児童文学者協会

内田 魯庵　うちだ・ろあん

評論家　小説家　翻訳家　[生]慶応4年閏4月5日(1868年)　[没]昭和4年6月29日　[出]江戸・下谷車坂六軒町　本名＝内田貢(うちだ・みつぎ)　幼名＝貢太郎、別号＝不知庵、藤阿弥、三文字屋金平　[学]大学予備門(一高)中退、東京専門学校(現・早稲田大学)(明治20年)中退　[歴]明治21年評論「山田美妙大人の小説」を「女学雑誌」に発表、以後同誌に小説批評、書評などを掲載し、新人批評家として注目される。23年以後二葉亭四迷と親交を深め、彼の助言を得て体系的文学論「文学一斑」を25年に刊行。一方、ロシア文学に早くから影響を受け、25年ドストエフスキーの「罪と罰」の翻訳を刊行。文学は常に社会・人生の問題と真剣に取組むべきことを主張し、31年に社会小説の傑作「くれの廿八日」を、35年には「社会百面相」などを発表して好評を博す。34年丸善に入社、書籍部顧問として「学鐙」を編集。晩年は文壇から離れ、読書家・趣味人として生きた。他に明治文壇回想録「思ひ出す人々」、「内田魯庵全集」(全13巻・別1巻，ゆまに書房)がある。　[家]息子＝内田巌(洋画家)

内館 牧子　うちだて・まきこ

脚本家　[生]昭和23年9月10日　[出]秋田県秋田市　[学]武蔵野美術大学デザイン科(昭和45年)卒　[賞]SJ賞(平成3年)、橋田寿賀子賞(第1回)(平成5年)、経済界大賞(フラワー賞，第26回)(平成12年)　[歴]三菱重工業のOLを経てシナリオライターに。昭和56年「ドラマ」新人賞佳作入選。「特捜最前線」プロット募集入選。58年よりNHKラジオドラマを手掛け、60年NHKテレビ朗読ドラマ「男どき・女どき」を執筆。NHK連続テレビ小説では、平成4年「ひらり」、12年「私の青空」を執筆。ほかに映画「BU・SU」、テレビのトレンディードラマ「想い出にかわるまで」「クリスマス・イヴ」「あしたがあるから」「寝たふりしてる男たち」「都合のいい女」「昔の男」、小説「リトルボーイ・リトルガール」「義務と演技」、エッセイ「切ないOLに捧ぐ」などがある。9年のNHK大河ドラマ「毛利元就」で初の時代劇を手掛ける。10年国語審議会委員となる。また大の相撲好きでも知られ、12年女性としては初めて日本相撲協会の横綱審議委員に就任。14年東京都教育委員となる。　[団]日本放送作家協会、日本脚本家連盟

内出 遼子　うちで・りょうこ

シナリオライター　女優　[生]昭和15年2月24日　[出]大阪府　本名＝内出良子　[学]海南高卒　[賞]大阪文化祭賞(府知事賞)(昭和39年)「お墓の学校」　[歴]主な作品に戯曲「お墓の学校」、テレビ「部長刑事」(ABC)など。

内村 直也　うちむら・なおや

劇作家　[生]明治42年8月15日　[没]平成1年7月27日　[出]東京・青山　本名＝菅原実　[学]慶応義塾大学経済学部(昭和7年)卒　[賞]NHK放送文化賞(昭和35年)、毎日芸術賞(昭和39年)、紫綬褒章(昭和49年)、勲三等旭日中綬章(昭和57年)、イタリア放送協会賞「漁夫」(QR)　[歴]演出家・菅原卓の実弟。学生時代より岸田国士に師事、演劇誌「劇作」創刊同人になる。昭和10

年同誌に初作「秋水嶺」を発表、築地座で初演される。一方、父の残した電気会社に就職。以後、劇作家との二足のわらじをはくが、27年以降劇作に専念。国際演劇協会(ITI)日本センター会長や、中央教育審議会委員もつとめた。作品に「遠い凱歌」「時と緋笠一家」「沖縄」「えり子とともに」「跫音」など。著書に「ドラマトゥルギー研究」「女優・田村秋子」「ラジオ・ドラマ方法論」「テレビ・ドラマ入門」など。放送作家としてよりも、近代心理劇の劇作術の一般化に貢献した。「雪の降る街を」の作詞者としても有名。「内村直也戯曲集」がある。没後内村直也賞(ITI)が設けられた。
㊐日本演劇協会(常任理事)　㊇兄＝菅原卓(演出家)

内村 幹子　うちむら・みきこ

作家　㊤大正12年12月9日　㊥福岡県北九州市小倉　本名＝宇山翠(うやま・みどり)　㊫小倉高女卒　㊮神戸女流文学賞(第19回)(昭和60年)「いちじく」、歴史文学賞(第10回)(昭和60年)「今様ごよみ」　㊧大学職員、占領軍の通訳を経て、昭和36年小倉市役所入り。2年後の5市合併後は、北九州市の広報課、消費生活センター、市立大学附属図書館と20年ほど公務員生活を送る。退職の前後から創作活動に入り、門司市在住の文芸評論家・星加輝光の勧めで北九州市の同人誌「九州作家」同人となる。50年朝日ジャーナルで記録文学「基地の中の青春」が入選。著書に「もうひとつの小倉」「富子繚乱」、短編集「いちじく」など。　㊐日本文芸家協会、北九州森鴎外記念会

内山 惣十郎　うちやま・そうじゅうろう

作家　㊤明治30年　㊦昭和48年2月6日　㊥東京　本名＝竹内壮治　㊧絵を竹久夢二に、音楽を本居長世、樋口信平に、舞踊を藤間勘翁に学んだ。大正2年近代劇協会に入り、本居長世らの国民歌劇協会に参加しオペラの舞台に立った。また舞台装置、衣装美術、考証などでも活躍、草創期の浅草オペラに貢献した。5年には伊庭孝らと歌舞劇協会を結成、甲府の桜座で日本初のミュージカル「海浜の女王」を上演した。10年大阪の生駒歌劇団に参加したが、同座解散後は松竹脚本部にいた。12年関東大震災で浅草オペラが壊滅、昭和4年浅草電気館で電気館レビューを作り、脚本、演出、衣装などを担当した。9年丸の内の日本劇場演出部長に迎えられ、アメリカからマーカス・ショーを呼ぶなど、アメリカレビューを日本に紹介した。著書に「浅草レビューの生活」「浅草オペラの生活」「落語家の生活」などがある。

内山 安雄　うちやま・やすお

作家　㊤昭和26年　㊥北海道勇払郡厚真町　㊫慶応義塾大学文学部卒、慶応義塾大学大学院中退　㊧苫小牧高時代ベトナム反戦運動に取り組む。大学在学中より旅行代理店の駐在員としてヨーロッパを放浪し、雑誌記者、レポーターなどを経て、昭和55年ベトナム少年を主人公にした「不法留学生」で作家としてデビュー。著書に「凱旋門に銃口を」「ラブ・マイナス・ゼロ」「青春の熱風」「海峡を越える女豹」「ナンミン・ロード」「ベトとシンシア」「上海トラップ」など。

内山 揺光　うちやま・ようこう

歌人　小説家　㊤明治32年10月　㊥静岡県浜名郡　本名＝内山重治　通称＝内山治重　㊧小学校卒後、教員生活2年3が月、病院薬局勤務5年、鍼灸按摩業50年を務める。著書に宗教論文「科学の時代の神と悟り」、歌集「濤と漣」、小説集「天地一家の春、天災と人間、渦巻く人間」、物語詩「天国・地獄」、他に「目標九十九歳」、「婿と仲人」など。短歌誌「槻の木」「まひる野」同人。

宇津木 澄　うつぎ・きよし

放送作家　㊤大正11年3月31日　㊥東京　㊫早稲田大学文学部国文学科卒　㊮上毛出版文化賞「寒い朝、青春は終った」　㊧雑誌・書籍編集者を経て、昭和36年放送作家となる。主にラジオドラマ、ドキュメンタリー番組を手がける。主な著書に「リカに命をわけてください」「寒い朝、青春は終った」「生きるってすばらしい」など。　㊐日本放送作家協会

宇津木 元　うつぎ・はじめ

シナリオライター　㊤昭和3年2月18日　㊥長野県諏訪郡下諏訪町　本名＝鵜飼貞正　㊫諏訪中(昭和18年)中退　㊮国際教育映画コンクール金賞(昭50年度)「波」、国際教育映画コンクール銀賞(昭51年度)「光を集める」　㊧昭和18年中学4年在学中に志願して予科練習生として入隊。33年NHK本局(教育局)のライターとなり、45年からはフリーのシナリオライター兼ディレクターとして活動。53年映像と音声の企画制作会社・デックスを創設し、平成2年まで社長を務めた。主な作品に教育映画「波」「光を集める」、著書に「明日を築いた人々」(全10巻)など。
㊐日本放送作家協会

内海 重典　うつみ・しげのり

演出家　劇作家　宝塚歌劇団名誉理事　�生大正4年11月10日　㊌平成11年3月1日　㊍大阪府大阪市　㊎関西学院中等部(昭和8年)卒　㊏兵庫県文化賞(昭和48年)、勲四等瑞宝章(昭和62年)　㊔大阪通信局に勤務ののち、投稿した脚本「ふるさとの唄」が採用され、昭和14年宝塚歌劇団に入団。同年「高原の秋」で演出家デビュー。22年春日野八千代、乙羽信子コンビによる「南の哀愁」、24年越路吹雪の「ブギウギ巴里」など立て続けにヒットを飛ばした。36年より理事。宝塚音楽出版社社長なども務めた。手がけた作品は「船遊女」「若草物語」「嵐が丘」「ベルサイユのばら」など。また40年大阪万博の開会式、56年ポートピア'81、60年ユニバーシアード神戸大会の開会式プロデューサーもつとめた。

うつみ 宮土理　うつみ・みどり

タレント　司会者　小説家　�生昭和18年10月1日　㊍東京・世田谷　本名=井川三重子　旧姓(名)=内海三笑子　㊎実践女子大学文学部英文科(昭和40年)卒　㊔昭和40年朝日新聞社に入社、英字誌の見習記者となる。41年日本テレビ「ロンパールーム」の2代目先生役に起用され、その後、同局「ゲバゲバ90分」などへの出演で人気者に。ドラマ出演や歌謡番組の司会などに活躍。53年俳優・愛川欽也と結婚し一時引退するが、ニッポン放送「ホカホカ大放送」でカムバック。以後「3時のあなた」の司会や「いい朝8時」「さんまのスーパーからくりTV」などに出演。愛称はケロンパ。作家・駒田信二に師事し、小説も書く。58年「ちいちゃんしゃがみこまないで」を出版。他の著書に「急ぐ男」などがある。　㊐女流文学者協会　㊛夫=愛川欽也(俳優)

内海 隆一郎　うつみ・りゅういちろう

小説家　�生昭和12年6月29日　㊍岩手県一関市　㊎立教大学社会学部卒　㊏文学界新人賞(昭和44年)「雪洞にて」　㊔出版社勤務、フリーの編集者を経て、作家活動に入る。昭和44年「雪洞にて」で文学界新人賞を受賞。翌年「蟹の町」が芥川賞候補となる。統一地方選挙があった62年、選挙違反にスポットを当てたノンフィクション「千二百五十日の逃亡」が話題になった。平成9年日本脳外科の父・中田瑞穂の生涯を描いた小説「静かに雪の降るは好き」を刊行。他の著書に「欅通りの人々」「金色の箱」「人びとの忘れもの」「人びとの旅路」「家族の肖像」「人びとの光景」「波多町」など。　㊐日本文芸家協会、日本ペンクラブ、日本文芸著作権保護同盟(理事)

右遠 俊郎　うどお・としお

小説家　�生大正15年9月1日　㊍岡山県岡山市　㊎東京大学文学部国文科(昭和28年)卒　㊔麻布学園教諭をつとめながら、新日本文学会を経て、日本民主主義文学同盟に参加。昭和34年発表の「無傷の論理」は芥川賞候補作品となる。主な著書に「無傷の論理」「病犬と月」「野にさけぶ秋」「さえてるやつら」などがある。　㊐日本文芸家協会、日本民主主義文学同盟

烏兎沼 宏之　うとぬま・ひろし

地方史研究家　藻南文化研究所代表　元・山辺町立作谷沢小学校(山形県)校長　�生昭和4年　㊍山形県東村山郡中山町　㊎山形師範(昭和25年)卒　㊏北の児童文学賞(第2回)(昭和61年)「霊をよぶ人びと」、真壁仁野の文化賞(第3回)(昭和63年)「村巫女オナカマの研究」　㊔昭和25年山形県の作谷沢小学校に赴任、それから34年後の59年校長として再び同校へ。62年退職。かつて修験者たちの聖なる土地だった作谷沢に伝わる俚談(りだん)、民話をもとに、63年「まんだら世界の民話」を出版。その他の著書に「わらし子とおっかあたち」「霊をよぶ人びと」「山形ふしぎ紀行―井上円了の足跡を辿る」などがある。　㊐山形県児童文学研究会、山形童話の会、やまがた児童文化会議(常任理事)

卯野 和子　うの・かずこ

児童文学作家　�生昭和7年6月8日　㊍広島県　本名=宇野和子　㊎奈良女子大学文学部英語英文科卒　㊏講談社児童文学新人賞(第12回)(昭和46年)「ポケットの中の赤ちゃん」　㊔代表作に「ポケットの中の赤ちゃん」「チョンコのおてつだい」「三人じぞう」「びっくりたまご」「ねこはおふろがだいきらい」「おたふくか」がある。　㊐日本児童文芸家協会、国際児童図書評議会日本支部

宇野 克彦　うの・かつひこ

児童文学作家　�生昭和7年8月29日　㊍埼玉県東松山市　㊎早稲田大学理工学部電気工学科卒　㊔北海道の炭鉱に勤務後、東京の電気会社へ転じる。軽いタッチのファンタジーを得意とし、代表的童話集に「小さなキツネがやってくる」「こぶただ110ばん」があり、主な作品に「おしっこおばけのもっさり」「ケンの宇宙は子どもの宇宙」「ホットケーキはすきだけど…」などがある。　㊐日本児童文学者協会

宇野 喜代之介　うの・きよのすけ

小説家　教育者　[生]明治27年4月6日　[没]（没年不詳）　[出]茨城県水戸市　[学]東京帝国大学独文科（大正7年）卒　[歴]在学中に舟木重信らと「異象」を創刊。大正8年「新小説」に発表した「人柱」で認められ、10年「お弓の結婚」を刊行。12年以降創作を断念し、東京府立高校、弘前高校の校長などを歴任した。

宇能 鴻一郎　うの・こういちろう

小説家　[生]昭和9年7月25日　[出]北海道札幌市　本名＝鵜野広澄　別筆名＝嵯峨島昭（さがしま・あきら）　[学]東京大学文学部国文学科（昭和34年）卒、東京大学大学院博士課程中退　[賞]芥川賞（第46回）（昭和36年）「鯨神」　[歴]昭和34年同人雑誌「半世界」に加わり、「食人と現代芸術」などを発表。36年「光りの飢え」が芥川賞候補作品となり、豊かな空想力で話題となる。37年「鯨神」で芥川賞を受賞。以後、作家生活に入り「猪の宴」「密戯」「完全な女」「不倫」「視姦」などを発表。その後、中間小説の分野に移り、性風俗もので流行作家となって、著書は数多い。また、47年以降は嵯峨島昭の筆名で推理小説を書き、代表作に「デリシャス殺人事件」「グルメ刑事」などがある。グルメとしても有名。ヨット、ゴルフ、スキーと趣味も幅広く、横浜の自宅と東京の仕事場での二元生活をしている。　[団]日本文芸家協会

宇野 浩二　うの・こうじ

小説家　[生]明治24年7月26日　[没]昭和36年9月21日　[出]福岡県福岡市　本名＝宇野格次郎　[学]早稲田大学英文科予科（大正4年）中退　[資]日本芸術院会員　[賞]菊池寛賞（第2回）（昭和14年）、読売文学賞（第2回・小説賞）（昭和25年）「思ひ川」　[歴]大学在学中の明治43年「清二郎の記憶」を発表し、大正2年「清二郎 夢見る子」を刊行。8年「蔵の中」「苦の世界」を発表し、新進作家として注目され、以後「子を貸し屋」「遊女」「軍港行進曲」などを刊行。昭和2年精神異常に陥り、入退院をくり返したが、8年「枯木のある風景」を発表し、文壇に復帰。同年広津和郎、川端康成、小林秀雄らと、雑誌「文学界」を創刊。以後「枯野の夢」「器用貧乏」などを発表し、14年に菊池寛賞を受賞。戦後も25年に「思ひ川」で読売文学賞を受賞し、また「世にも不思議な物語」などを発表。文芸評論、随筆、児童文学の面でも活躍し、「芥川龍之介」や「葛西善蔵論」「近松秋江論」、創作童話集「少女小説・哀れ知る頃」「海の夢山の夢」などの著書がある。「宇野浩二全集」（全12巻，中央公論社）。

宇野 四郎　うの・しろう

演出家　小説家　劇作家　[生]明治26年4月12日　[没]昭和6年2月10日　[出]東京　筆名＝伊豆四郎、坂下一六　[学]慶応義塾大学文学部卒　[歴]大正初年にとりで社創立同人となり、舞台装置家を志す。7年帝劇文芸部に入社し、有楽座主任、文芸部長などを歴任し、多くの舞台演出にあたる。8年以降は小説や戯曲も発表し「正義派と大野」「間宮一家」などの作品がある。

宇野 千代　うの・ちよ

作家　[生]明治30年11月28日　[没]平成8年6月10日　[出]山口県玖珂郡横山村（現・岩国市川西町）　[学]岩国高女（大正3年）卒　[資]日本芸術院会員（昭和47年）　[賞]野間文芸賞（第10回）（昭和32年）「おはん」、女流文学者賞（第9回）（昭和33年）「おはん」、日本芸術院賞（第28回）（昭和46年）、女流文学賞（第10回）（昭和46年）「幸福」、勲三等瑞宝章（昭和49年）、菊池寛賞（第30回）（昭和57年）、文化功労者（平成2年）　[歴]小学校教員を経て、大正6年上京。ホテルの給仕、記者などを務め、芥川龍之介、久米正雄らと知り合う。8年結婚し、夫とともに札幌に渡るが、10年処女作「脂粉の顔」が「時事新報」の懸賞に当選すると夫を捨てて上京、作家活動に入る。尾崎士郎、東郷青児らと華やかな恋愛生活を送り、昭和11年スタイル社を創立、服飾雑誌「スタイル」を発刊。14年には北原武夫と結婚。戦後二人で同社を再興し「きもの読本」などを出したが、経営困難となり、倒産後の39年北原と離婚。東郷をモデルにした「色ざんげ」の他、「おはん」「刺す」「風の音」「或る一人の女の話」「薄墨の桜」など多くの作品を残した。58年「毎日新聞」に連載した自伝「生きて行く私」がベストセラーとなった。平成2年文化功労者。着物のデザイナーとしても有名。「宇野千代全集」（全12巻，中央公論社）がある。
[団]日本文芸家協会、日本ペンクラブ

宇野 信夫　うの・のぶお

劇作家　演出家　[生]明治37年7月7日　[没]平成3年10月28日　[出]東京・浅草　本名＝宇野信男　[学]慶応義塾大学文学部国文科（昭和4年）卒　[資]日本芸術院会員（昭和47年）　[賞]NHK放送文化賞（第21回・昭44年度）、芸術選奨文部大臣賞（昭和46年）「柳影沢蛍火」、紫綬褒章（昭和47年）、菊池寛賞（第25回）（昭和52年）、勲三等瑞宝章（昭和53年）、大谷竹次郎賞（第8回・昭54年度）「森鴎外原作・山椒太夫」、文化功労者（昭和60年）　[歴]歌舞伎を中心とする劇作・演出家の第一人者。慶大在学中から戯曲を書き、昭和8年「ひと夜」でデビュー。10年、6代目尾上菊五郎のために書き下ろした「巷談宵宮雨（こうだんよみやのあめ）」が評判となり、以

来6代目とのコンビで「人情噺小判一両」「髑髏妻」「初松魚」など新作歌舞伎の傑作を次々と世に送り出した。戦後は近松の世話物「曽根崎心中」などの新演出を試み、新風を送り込んだ。江戸下町の人情ばなしを小説、エッセーに描き、数々の名編も発表。著書に「大部屋役者」「しゃれた言葉」「人の生きるは何んのため」「菊五郎夜話」など多数。「宇野信夫戯曲選集」(全5巻)の他、小説集、随筆集もある。
㊞日本文芸家協会

鵜野 幸恵　うの・ゆきえ

函館港イルミナシオン映画祭シナリオ大賞グランプリを受賞　㊦北海道函館市　㊫北海道綜合美術専門学校(現・北海道芸術デザイン専門学校)卒　㊩函館港イルミナシオン映画祭シナリオ大賞グランプリ(第5回)(平成12年)「オー・ド・ヴィ」　㊧画材店勤務を経て、平成5年バーテンダーを6年間務める。12年よりフランスに語学留学。同年「オー・ド・ヴィ(生命の水)」で第5回函館港イルミナシオン映画祭のシナリオ大賞を受賞、映画化もされる。

冲方 丁　うぶかた・とう

小説家　ゲーム企画製作者　㊤昭和52年2月14日　㊦岐阜県　㊫早稲田大学中退　㊩スニーカー大賞(金賞，第1回)(平成8年)「黒い季節」　㊧大学在学中の平成8年「黒い季節」で第1回スニーカー大賞金賞を受賞し、小説家デビュー。のち執筆活動、ゲーム企画製作に携わり、大学中退。

生方 敏郎　うぶかた・としろう

随筆家　評論家　㊤明治15年8月24日　㊨昭和44年8月6日　㊦群馬県沼田町　㊫早大英文科(明治39年)卒　㊧明治40年東京朝日新聞の記者となり、その後やまと新聞、大正日日新聞に転じ、早稲田文学社記者もつとめる。その間、小説、評論、翻訳など多くを発表し、大正4年「敏郎集」を刊行。15年には「明治大正見聞史」を刊行。昭和2年個人誌「ゆもりすと」を創刊し、戦時中は「古人今人」を発行した。他の著書に「人のアラ世間のアラ」「虐げられた笑い」「哄笑・微笑・苦笑」など多くあり、翻訳でもフランス「タイス」などがある。

海月 ルイ　うみずき・るい

小説家　㊤昭和33年　㊦京都府京都市　本名＝西野裕子(にしの・ゆうこ)　旧姓(名)＝中川　㊫華頂女子短期大学卒　㊩九州さが大衆文学賞(第5回)(平成10年)「シガレット・ロマンス」、オール讀物推理小説新人賞(第37回)(平成10年)「逃げ水の見える日」、サントリーミステリー大賞・読者賞(第19回)「子盗り」　㊧自宅でピアノを教える傍ら、カルチャーセンターの小説講座で文章修業をし、平成10年「シガレット・ロマンス」で九州さが大衆文学賞を受賞。他の作品に「逃げ水の見える日」など。
㊎父＝中川平(京都地主神社宮司)

海辺 鷹彦　うみべ・たかひこ

小説家　㊥創造性開発技法　AI　㊤昭和21年10月31日　㊦長崎県　本名＝海辺和彦(うみべ・かずひこ)　㊫防衛大学校基礎工学中退　㊩文学界新人賞(第58回)(昭和59年)「端黒豹紋」　㊧昭和44年神戸製鋼溶接技術部、51年博報堂広報室、56年能力開発研究所、60年日本交流開発人工知能グループ長を経て、民間活力開発機構情報センター室長。かたわら小説も書き、59年「端黒豹紋」で第58回文学界新人賞を受けた。また「黄色い斥候」「ボラ蔵の翼」で第93、95回芥川賞候補となる。他の著書に「平成・貴族回帰線」「日本大使館付駐在武官」など。
㊞日本創造学会、AI学会、日本文芸家協会

梅崎 春生　うめざき・はるお

小説家　㊤大正4年2月15日　㊨昭和40年7月19日　㊦福岡市簀子町　㊫東京帝大文科大学国文科(昭和11年)卒　㊩直木賞(第32回)(昭和29年)「ボロ家の春秋」、新潮社文学賞(第2回)(昭和30年)「砂時計」、芸術選奨文部大臣賞(第14回・文学・評論部門)(昭和38年)「狂い凧」　㊧東大卒業後、東京市教育局教育研究所雇員となり、昭和17年召集を受けたが病気のため即日帰郷となる。その後東芝に入社したが、19年海軍に召集され、暗号特技兵となる。21年、海軍体験を描いた「桜島」が評判になり、引き続き「日の果て」「ルネタの市民兵」などを発表し、戦後派の有力作家となる。29年「ボロ家の春秋」で直木賞を受賞し、30年「砂時計」で新潮社文学賞を、38年「狂い凧」で芸術選奨を受賞した。その他の作品に「B島風物誌」「山名の場合」「幻化」など。「梅崎春生全集」(全7巻，沖積舎)がある。　㊎娘＝梅崎史子(作家)

梅崎 光生　うめざき・みつお

小説家　元・神奈川工科大学教授　㊥哲学
㊤大正1年11月25日　㊨平成12年9月23日
㊦福岡県福岡市　㊫東京文理科大学哲学科卒
㊧2度の応召体験をもとに「無人島」などの戦記ものや、戦争体験をもとにした日常生活などをえがく作品を書き続ける。著書に「ルソン島」「ショーペンハウアーの笛」、作品集に「暗い渓流」(昭46)や「春の旋風」(昭49)などがある。梅崎春生の実兄で、「ももんが」同人。
㊞日本文芸家協会、哲学会　㊎弟＝梅崎春生(小説家)

梅田 晴夫　うめだ・はるお
劇作家　風俗研究家　フランス演劇研究家
[生]大正9年8月12日　[没]昭和55年12月21日
[出]東京　本名＝梅田晃　[学]慶応義塾大学文学部仏文学科(昭和19年)卒　[賞]水上滝太郎賞(第2回)(昭和24年)「五月の花」　[歴]学生時代から「三田文学」編集に携わる。小説「五月の花」で昭和24年度の水上滝太郎賞受賞。博報堂取締役を経て40年から作家生活に専念し、代表作に戯曲「未知なるもの」、ラジオドラマ「母の肖像」など。フランスの喜劇作家ラビッシュの翻訳紹介者としても知られ、30年を超える収集趣味をいかした著書「THE万年筆」「THEパイプ」「紳士の美学」、訳書「フランス俳優論」などで雑学の大家の評をえた。
[家]娘＝梅田みか(放送作家)

梅田 真理　うめだ・まり
児童文学作家　慶応義塾大学卒　[賞]ぶんけい創作児童文学賞(佳作，第2回)(平成4年)「夢色の風にふかれて」、毎日児童小説最優秀賞(小学生向け部門・第42回)(平成5年)「おばあちゃんの小さな庭で」　[歴]日本児童文学者協会主催の児童文学学校12期生。同期生と同人誌「ユーカリ」を発行。一男一女の母、児童文学の創作を続ける。作品に「夢色の風にふかれて」がある。

梅田 みか　うめだ・みか
小説家　脚本家　[生]昭和40年2月1日　[出]東京都
[学]慶応義塾大学文学部卒　[歴]出版社勤務を経て、シナリオライターとなる。ドラマからアイドルものまでを幅広く手掛けるかたわら、小説も執筆。著書に「あなたが恋を見つける場所」「別れの十二カ月」「愛された娘」「思いどおりの恋をする方法」「恋人を見つける80の方法」「愛人の掟」シリーズなど。脚本に映画「花より男子」、テレビドラマ「半熟卵」「ハッピーマニア」「お水の花道」「愛人の掟 あなたに逢いたくて」などがある。　[団]日本文芸家協会
[家]父＝梅田晴夫(作家・故人)

梅田 香子　うめだ・ようこ
作家　ジャーナリスト　[専]メジャーリーグ
[生]昭和39年　[出]東京都国分寺市　本名＝菊田香子(きくた・ようこ)　[学]実践女子短期大学英文科(昭和61年)卒　[興]メジャーリーグ・ベースボール、ワールドスポーツ　[歴]教育図書センターに入社。学生時代からあたためていた構想をまとめて、「勝利投手」として発表。61年度河出書房新社の文芸賞は惜しくも逃したが、佳作に選ばれる。受賞決定後、東燃石油化学経理課に転職したが、62年1月退社し、作家に専念。平成3年10月シカゴ在住のブルースギタリスト菊田俊介と結婚。「Number」「週刊ベースボール」などに大リーグコラムを連載。他の著書に「プロ野球愛情物語(ラブ・ストーリー)」「ダグアウト・ストーリー」などがある。
http://www.bluesox.com

梅田 昌志郎　うめだ・よしろう
小説家　翻訳家　文芸評論家　文化学院講師
[専]英文学　[生]昭和2年12月10日　[出]北海道札幌市　本名＝梅田芳朗(うめだ・よしろう)　[学]北海道大学法文学部英文科(昭和26年)卒、北海道大学大学院中退　[興]腐敗の日常性　[賞]中央公論新人賞(昭和35年)「海と死者」　[歴]北海道大学大学院在籍の頃、「札幌文学」同人となり作品を発表。中学や予備校の講師、北海道大学図書館職員などを経て、昭和32年科学技術庁に入り、外国調査係長。35年「海と死者」が中央公論新人賞を受賞、以後、「中央公論」「風景」「新日本文学」などに作品を発表。43年科学技術庁退職。46年より法政大学、47年より文化学院でそれぞれ英語・英文学・小説ゼミなどを担当。旺文社文庫に翻訳「ロレンス短編集」、F.ウェルマン著「反対尋問」などがある。
[団]日本文芸家協会

梅谷 卓司　うめたに・たくじ
シナリオライター　[生]昭和4年　[出]中国・旅順
[学]大阪外国語大学スペイン語学科卒　[賞]週刊朝日・東宝劇団舞台劇賞「噂の武将」、サンデー毎日・毎日放送テレビドラマ賞「ばってら」、新聞協会・新聞週間ドラマ賞「45時間目の太陽」、週刊読売ノンフィクション賞「親子どんぶり聞書」、国連ユニセフ・ブリタニカ・国連児童劇賞「ジョンの天国はどこだ」
[歴]商社マンとして海外駐在員や広告代理店に勤務の後、イベントプロデューサーの傍ら、シナリオや戯曲、テレビドラマ等の執筆活動に入る。著書に「末広がりの記」「蒼天に架ける」「ギフト新時代」「過潮の譜―岸和田藩儒・相馬九方と幕末の学者群像」がある。

梅原 克文　うめはら・かつふみ
小説家　[生]昭和35年9月5日　[出]富山県富山市
本名＝梅原克哉　[学]関東学園大学経済学部卒
[賞]ファンジン大賞(平成2年)「二重螺旋の悪魔」、日本推理作家協会賞(長編部門，第49回)(平成8年)「ソリトンの悪魔」　[歴]2年半のコンピュータ・ソフト会社勤務を経て、アルバイト生活を続けながら執筆活動に入る。平成5年「二重螺旋の悪魔」でデビュー。SFやミステリなどの枠にとらわれない、ノン・ジャンルのスーパー・エンタテインメントをめざす。著書に「迷走皇帝」「ソリトンの悪魔」「カムナビ」「サイファン・ムーン」など。
[団]日本推理作家協会

梅原 稜子　うめはら・りょうこ
小説家　[生]昭和17年10月4日　[出]愛媛県　本名＝松代智子　[学]早稲田大学文学部国文科(昭和41年)卒　[賞]平林たい子文学賞(第12回)(昭和59年)「四国山」　[歴]8年間中央公論社に勤めたあと、昭和46年「円い旗の河床」が文学界新人賞佳作となりデビュー。59年四国88カ所の霊場を模した小山を舞台とした「双身 四国山」で、綿密な資料調べと構成が評価され第12回平林たい子文学賞を受賞。他の作に「掌の光景」。　[団]日本ペンクラブ、日本文芸家協会　[家]夫＝松代洋一(帝京大教授)

梅本 育子　うめもと・いくこ
小説家　詩人　[生]昭和5年2月6日　[出]東京　本名＝矢萩郁子　[学]昭和女子大学附属高女中退　[歴]20代から詩を書き始め、のち「円卓」に参加して小説を書き、「文学者」で活躍。昭和44～46年「文学者」に作家吉田絃二郎の晩年を描いた「時雨のあと」を連載。以後は小説に専念。著書に「浮寝の花」「昼顔」「桃色月夜」「川越夜舟」「御殿孔雀・絵島物語」、詩集に「幻を持てる人」「火の匂」などがある。　[団]日本文芸家協会、大衆文学研究会

楳本 捨三　うめもと・すてぞう
小説家　[専]関東軍と満洲　[生]明治36年4月7日　[出]群馬県　[学]日本大学文学芸術専攻科中退　[興]昭和史の中の関東軍　[歴]日大在学中から戯曲を執筆する。昭和14年渡満してジンギスカン研究に取り組み、21年帰国。その間「成吉思汗」全3巻を刊行し、また19年に航空文学会を創設。戦後は戦争実録ものを著し「ソ連進駐」「ある女の終幕」「関東軍」などの著書がある。　[団]日本文芸家協会

梅本 弘　うめもと・ひろし
小説家　[生]昭和33年　[出]茨城県　[学]武蔵野美術大学卒　[歴]戦記翻訳、フィンランド軍の研究家としても知られる。月刊の模型雑誌「モデルグラフィックス」の編集長もつとめる。平成7年ニッポン放送のドラマ「雑想ノート」の脚本を担当。著書に「雪中の奇跡」「ビルマの虎―ハッピータイガー戦記」「逆襲の虎」、訳書に「空対空爆撃戦隊」「SS戦車隊」などがある。

梅若 猶彦　うめわか・なおひこ
能楽師(観世流シテ方)　静岡文化芸術大学文化政策学部芸術文化学科助教授　ロンドン大学客員教授　[専]日本古典芸術　身体哲学　[生]昭和33年　[出]大阪府箕面市　[学]上智大学外国語学部比較文化学科(昭和56年)卒、ロンドン大学大学院博士課程修了　Ph.D.(ロンドン大学)(平成7年)　[歴]父の梅若猶義に師事。昭和36年仕舞「猩々」で初舞台。42年「土蜘蛛」で初シテ。43年初面「石橋」を14歳でひらく。63年創作能「イエズスの洗礼」をバチカン宮殿、ローマのアルジェンティーナ劇場などで公演。平成3年創作能「安土の聖母」を発表。同年よりロンドン大学で4年間の比較演劇学の研究を始める。6年ロンドンのスプリングローデッドダンスフェスティバルに参加、創作舞踊「Qui Affinity」を発表。7年ロンドン大学客員講師、国際日本文化研究センター共同研究員。同年カナダ・日本合作映画「HIROSHIMA」に出演。9年作家の加賀乙彦書下ろし、野田暉行作曲、森英恵が衣装担当の創作能「高山右近」を発表。12年静岡文化芸術大学助教授。共著に「Contemporary Theatre East and West」。　[家]父＝梅若猶義、母＝梅若ローザ、祖父＝梅若万三郎(12代目)、曽祖父＝梅若実(1代目)

宇山 圭子　うやま・けいこ
シナリオライター　[生]昭和33年3月29日　本名＝島原圭子　[歴]中学、高校時代から書くことが好きで、短大卒業後、会社勤務の傍ら、ライターズスクールの放送作家教室で脚本の勉強を始める。卒業作品で教室の新人賞を受賞。昭和60年読売テレビ「火の蛾」でシナリオライターとしてデビューし、61年「通り過ぎた駅」などを手がけた。平成7年日本テレビ「禁じられた遊び」で、初の連続ドラマの脚本を担当。

浦上 后三郎　うらかみ・ごさぶろう
ドイツ文学者　小説家　元・早稲田大学法学部教授　[生]明治30年12月1日　[没]昭和37年12月7日　[出]岡山市　本名＝浦上五三郎(うらがみ・ごさぶろう)　[学]早稲田大学独文科(大正11年)卒　[歴]大正6年「新愛知」新聞に小説「灯」が二等入選する。早大卒業後は早大で教壇に立ち、多くの戯曲を発表する。昭和5年以降は研究に専念し「ライン牧歌譜」「ミニヨン」「詩と真実」などの著書がある。

浦澄 彬　うらずみ・あきら
小説家　[生]昭和42年3月　[出]大阪府茨木市　[学]大阪芸術大学芸術学部卒　[賞]関西文学選奨(奨励賞，第1回)(平成12年)　[歴]高校教師の傍ら、小説を執筆。平成11年「関西文学」同人。著書に小説「パブロのいる店で」、評論集「村上春樹を歩く」などがある。
http://www5b.biglobe.ne.jp/~urazumi/

浦辻 純子　うらつじ・じゅんこ
女優　シナリオライター　[歴]福岡市で舞台女優、脚本家として活動。テレビ番組やCMに出演するほか、企業PRビデオの製作やラジオドラマの脚本も手がけるなど活躍。映画監督・石井聡亙が主宰する福岡実践映画塾に、シナリオ「ロンリープラネット」が採用され、初監督

も務めた。平成8年市内で発表し、舞台劇とロケーション撮影を組み合わせた手法が注目を集めた。

瓜生 喬　うりゅう・たかし
劇作家　演出家　俳優　劇団炎主宰　タイ国立芸術大学演劇セミナー講師　[生]昭和6年3月28日　[出]長野県松本市　本名＝上条孝之　[学]同志社大学文学部卒　[賞]全国民放連優秀賞、タイ文化功労賞(平成9年)　[歴]昭和37年信州松本に劇団炎を創設し、民話劇などを全国や海外で上演し続ける。NHKドラマライターとして数百本もの作品を書き下ろし、57年にはNHKニュースワイドリポーターとしても活躍。49〜51年にはピラニア軍団初出演の「刑事(でか)」に作・演出を手がける。60年自作・自演出・主演のオリジナル民話大作「あやかし羅城門・鬼」を発表する。また10年以上にわたるタイ国との演劇文化交流により、タイ政府文部省から王冠と黄金の楯を2度にわたり授与される(54〜61年)。平成9年には長年の文化貢献に対してタイの文化功労賞が贈られた。著書に「お母さまのための語り聞かせ・信濃路の民話を語ってひとり旅」「麻織る里に月映えて」「花鳥風月そして雪」などがある。

瓜生 卓造　うりゅう・たくぞう
小説家　[生]大正9年1月6日　[没]昭和57年6月1日　[出]兵庫県神戸市　[学]早稲田大学政治経済学部(昭和18年)卒　[賞]読売文学賞(第29回・随筆・紀行賞)(昭和52年)「檜原村紀聞」　[歴]早大スキー部に所属し、耐久レース選手として活躍。昭和20年、雑誌「文学者」「早稲田文学」の編集に携わるかたわら執筆活動を始め、28年「金精峠」で認められた。30年、31年には芥川賞、直木賞候補にもなった。のち登山や探検を題材にした作品に新分野を開き、代表作に「大雪原」「単独登攀」「流氷」「銀嶺に死す」などがある。ほかに「日本山岳文学史」、紀行文「檜原村紀聞」などもある。

瓜生 正美　うりゅう・まさみ
演出家　劇作家　[生]大正13年11月30日　[出]福岡県　[学]五高卒　[歴]昭和39年秋田雨雀・土方与志記念青年劇場に入団、のち代表、首席演出家。日本演劇者協会理事も務め、平成9〜11年日本劇団協議会会長。演出した作品に「ロミオとジュリエット」「十二夜」「青春の砦」など。[団]日本演出者協会　[家]弟＝瓜生良介(演出家・鍼灸師)

漆原 智良　うるしばら・ともよし
教育評論家　児童文学作家　立教大学講師　[専]作文指導　読書指導　教育論(家庭教育)　[生]昭和9年1月19日　[出]東京・浅草　筆名＝漆原ともよし(うるしばら・ともよし)　[学]法政大学文学部日本文学科卒　[賞]NHK放送記念祭賞(昭和38年)「近くて遠い島」　[歴]戦争孤児となり、生活苦から中学を中退。18歳で中学卒業認定試験に合格。大卒後、昭和36〜39年八丈小島の鳥打小・中学校に赴任するなど東京都内で28年間教師をつとめ、平成元年中途依願退職。以降、講演・執筆活動に専念。立教大学、実践女子短期大学、秋草学園短期大学各講師をつとめる。著書に「おかあさん」「子どもの心がはじけるとき」「愛と黒潮の瞳」「たのしい作文教室」「坊ちゃんから伊豆の踊り子まで」「1・2年の作文」「3・4年の作文」「5・6年の作文」「すきになってもいいでしょうか」「ふるさとはヤギの島に」など多数。　[団]日本児童文学者協会、日本児童文芸家協会(理事)

宇留野 元一　うるの・もとかず
小説家　[生]大正7年3月24日　[出]秋田県横手市　本名＝宇留野元三　[学]東京商科大学(昭和17年)卒　[歴]昭和23年太宰治の推薦で「表現」に「樹海」を発表して注目され、以後「あじさゐの花」などを発表。著書に「樹海」「雪の中の第一歩」「夜の迷路」などがある。　[団]民主主義文学同盟

嬉野 秋彦　うれしの・あきひこ
小説家　[生]昭和46年4月19日　[出]栃木県　筆名＝うれしのあきひこ　[賞]集英社ファンタジーロマン大賞(第3回)「皓月に白き虎の啼く」　[歴]国立大学在学中、「皓月に白き虎の啼く」で集英社ファンタジーロマン大賞を受賞、作家生活に入る。作品に「哀号天地に満ちる朝」「残秋記」「魔星またたく刻」「二千年目の魔女—チキチキ美少女神仙伝！〈2〉」などがある。

海野 十三　うんの・じゅうざ
小説家　[生]明治30年12月26日　[没]昭和24年5月17日　[出]兵庫県神戸市　本名＝佐野昌一　別名＝丘丘十郎(おか・おかじゅうろう)　[学]早稲田大学理工学部電気科(大正15年)卒　[歴]9歳のとき神戸に移り住む。大学で電気工学を専攻し、卒業後逓信省電気試験所研究員となる。昭和2年頃から科学随筆や小説を書き始め、3年「電気風呂の怪死事件」を発表し、推理小説家としてデビュー。以後「振動魔」「爬虫館事件」「赤外線男」「俘囚」「地球盗難」などSF風な探偵小説を多く発表。日本のSF小説の先駆者となる。12年丘丘十郎の名で「軍用鼠」を発表して以来、次第に軍事小説を書くようになり、17年海軍報道班員として従軍し、それを契機と

して文学挺身隊を作った。戦後は健康がすぐれず、推理コントや短編を発表するにとどまった。「海野十三集」(全4巻, 桃源社)、「海野十三敗戦日記」がある。

【え】

映島 巡　えいしま・じゅん

小説家　[生]昭和39年　[出]福岡県　別名＝ナガシマエミ　[賞]ジャンプ小説NF大賞(第4回)「ZERO」　[歴]「ZERO」で第4回ジャンプ小説・NF大賞大賞を受賞。ナガシマエミの筆名で占い、心理テストも執筆する。著書に「ZERO」がある。

永来 重明　えいらい・じゅうめい

放送作家　[生]大正3年7月19日　[没]昭和58年11月11日　[出]大阪府　本名＝永来重明(えいらい・しげあき)　[学]東京大学文学部美学科(昭和12年)卒　[歴]戦後、米国スタンフォード大に留学した。20年代後半から30年代前半のラジオ全盛期にNHKの専属作家として活躍、27年にラジオミュージカル「僕と私のカレンダー」、28年にラジオコメディー「欲望という名の電車」などの代表作を書いた。51年には人生を回顧した随筆「残照の青春」を出版している。他の作品にラジオ「朝の口笛・花嫁以前のこと」、テレビ「火星を買った男」「ルートマイスナー」(日テレ)、「それでも星は生れる」(NHK)など。

江頭 美智留　えがしら・みちる

脚本家　[生]昭和37年10月11日　[出]兵庫県神戸市　[学]西宮東高卒　[賞]読売ゴールデンシナリオ賞(優秀賞)　[歴]高校時代は演劇クラブに所属して戯曲を書き、卒業後、受験戦争をテーマにした作品で読売ゴールデンシナリオ賞を受賞。受賞をきっかけに上京し、平成2年火曜サスペンス劇場「人生相談殺人事件」で脚本家デビュー。他の作品に花嫁シリーズや「世にも奇妙な物語」、連続ドラマ「ジェラシー」「引っ越せますか」(以上共同執筆)「横浜心中」「ザ・シェフ」「ナースのお仕事」「名探偵保健室のオバさん」「凍りつく夏」「イマジン」など。著書に「造花」がある。

江川 圀彦　えがわ・くにひこ

児童文学作家　[生]昭和15年9月15日　[出]愛知県瀬戸市　[学]明治大学文学部卒　[賞]講談社児童文学新人賞佳作(第15回)「神様がみんなを笑わせた」　[歴]江川学習園を経営。「中部児童文学」に「やい、はぬけねしょんべんじじい！」などの作品を数多く発表。著書に「神様がみんなを笑わせた」「おれはカットン」「立花マサミは男か女か？」。　[団]日本児童文学者協会、中部児童文学会

江川 晴　えがわ・はる

作家　看護婦　[生]大正13年3月1日　[出]東京　本名＝長岡房枝　[学]慶応義塾大学医学部附属厚生女子学院卒　[賞]読売女性ヒューマン・ドキュメンタリー大賞優秀賞(第1回)(昭和55年)「小児病棟」　[歴]慶応義塾大学病院に勤務。結婚で一時退職、その後復職し、昭和58年まで日本軽金属診療所に勤務。この間、シナリオ講座で学び55年「小児病棟」で第1回読売女性ヒューマン・ドキュメンタリー大賞優秀賞受賞。他に「看護婦物語」「野に咲く花たち」「産婦人科病棟」「外科東病棟」など。　[団]日本文芸家協会、日本ペンクラブ

江口 渙　えぐち・かん

小説家　評論家　児童文学者　歌人　社会運動家　[生]明治20年7月20日　[没]昭和50年1月18日　[出]東京市麹町区(現・東京都千代田区)　旧訓＝江口渙(えぐち・きよし)　[学]東京帝大英文科(大正5年)中退　[賞]多喜二百合子賞(第2回・昭45年度)(昭和46年)「わけしいのちの歌」　[歴]中学時代から短歌や詩を投稿する。大正5年東大を卒業直前に退学し、東京日日新聞社会部記者となるが、すぐに退社、「帝国文学」編集委員となる。在学中から小説や評論を発表していたが、6年に創刊した「星座」に「貴様は国賊だ」を発表、また「帝国文学」に「児を殺す話」を発表して注目され、7年「労働者誘拐」を発表。9年創立された日本社会主義同盟の執行委員となり、昭和に入ってマルクス主義に接近し、日本プロレタリア作家同盟中央委員となるなど、プロレタリア文学の分野で活躍。その間、武蔵野町会議員に当選、また検挙、投獄をくり返す。昭和20年日本共産党に入党し、新日本文学会幹事に選任され、40年創立された日本民主主義文学同盟では幹事会議長になる。45年歌集「わけしいのちの歌」で多喜二・百合子賞を受賞。他の主な作品に「赤い矢帆」「性格破産者」「恋と牢獄」「彼と彼の内臓」「三つの死」「花嫁と馬一匹」、評論「新芸術と新人」、自伝「わが文学半生記」、「江口渙自選作品集」(全3巻)などがある。

江口 幹　えぐち・かん

評論家　小説家　[専]現代社会批判　[生]昭和6年2月24日　[出]岩手県大船渡市　[学]仙台陸軍幼年学校(昭和20年夏)中退、成城中(旧制)(昭和20年秋)中退　[興]コルネリュウス・カストリアディスの思想　[歴]アナキズム運動、労働運動などを経て、著述業。小説、評論などを通じて現代文明を批判し、新しい社会変革のあり方を探っている。ヴァレリイ、東洋古美術、西洋中

世史に親しむ。著書に「方位を求めて」「自由を生きる」「疎外から自治へ―評伝カストリアディス」など。訳書にルーラン「現代世界と精神」、カストリアディス「社会主義の再生は可能か―マルクス主義と革命理論」「社会主義か野蛮か」などがある。

江国 香織　えくに・かおり
児童文学作家　小説家　[生]昭和39年3月21日　[出]東京都世田谷区　[学]目白学園女子短期大学国文科卒　[賞]はないちもんめ小さな童話賞(大賞)(昭和62年)「草之丞の話」、フェミナ賞(第1回)(平成1年)「409ラドクリフ」、産経児童出版文化賞(第38回)(平成3年)「こうばしい日々」、坪田譲治文学賞(第7回)(平成4年)「こうばしい日々」、紫式部文学賞(第2回)(平成4年)「きらきらひかる」、路傍の石文学賞(第21回)(平成11年)「ぼくの小鳥ちゃん」、山本周五郎賞(第15回)(平成14年)「泳ぐのに、安全でも適切でもありません」　[歴]出版社勤務を経て、昭和62年から1年間米国デラウェア大学に留学。平成元年小説「409ラドクリフ」でフェミナ賞受賞。同年6月に短編童話集が出版される。11年自身が女の視点から、辻仁成が男の視点からひとつの恋を描いた共作恋愛小説「冷静と情熱のあいだ Rosso」を刊行、13年同作品が映画化される。他の著書に小説「つめたいよるに」「こうばしい日々」「きらきらひかる」「落下する夕方」「ぼくの小鳥ちゃん」「神様のボート」「ウエハースの椅子」「泳ぐのに、安全でも適切でもありません」、童話「桃子」「草之丞の話」「東京タワー」、「江国香織とっておき作品集」、辻仁成との共著「恋するために生まれた」など。　[団]日本文芸家協会　[家]父＝江国滋(随筆家・故人)、母＝東条勢津子(元童謡歌手)

江崎 惇　えざき・あつし
作家　[生]大正4年9月18日　[没]平成7年1月8日　[出]静岡県静岡市　本名＝関野惇　[学]慶応義塾大学中退　[賞]日本作家クラブ賞(第5回)(昭和53年)「蛇捕り宇一譚」、勲六等旭日章、静岡市文化教育功労者(平成4年)　[歴]放送局勤務の後、文筆業に入る。歴史小説を多数発表、次郎長研究家として知られる。昭和53年に「蛇捕り宇一譚」で日本作家クラブ賞を受賞。著書に「徳川家康と女人達」「真説・清水次郎長」「史実山田長政」「ドキュメント 明治の清水次郎長」他。　[団]日本ペンクラブ、大衆文学研究会、日本文芸家クラブ(名誉会員)、日本文芸家協会

江崎 俊平　えざき・しゅんぺい
小説家　歌人　[専]日本城郭の研究　[生]大正15年11月14日　[没]平成12年12月20日　[出]福岡県福岡市博多区　本名＝卜部祐典(うらべ・すけのり)　[学]福岡商卒　[歴]昭和29年より文筆生活に入り、歌人から小説家となる。時代小説の他、城郭研究や人物評伝を執筆。時代小説「闇法師変化」は映画化された。著書に「日本の城」「城その伝説と秘話」「日本名匠列伝」「日本剣豪列伝」「間違いだらけの人物史」　、長編小説「剣は流れる」「夕雲峠」など。
[団]日本城郭協会

江崎 誠致　えさき・まさのり
小説家　[生]大正11年1月21日　[没]平成13年5月24日　[出]福岡県久留米市　[学]明善中(昭和14年)中退　[賞]直木賞(第37回)(昭和32年)「ルソンの谷間」　[歴]上京して小山書店営業部に勤務。戦後、昭和21年に復員して小山書店に復帰、24年冬芽書房を設立。翌25年朝鮮動乱勃発とともに書房を解散し、政治活動に入る。のち文筆に専念し、32年「ルソンの谷間」で第37回直木賞受賞。ほかに「名人碁所」「石の鼓動」「十字路」「呉清原」など。囲碁に通じ、文壇本因坊の肩書を持ったこともある。
[団]日本文芸家協会

江崎 雪子　えざき・ゆきこ
童話作家　[生]昭和25年1月11日　[出]静岡県静岡市　[学]日本女子大学英文科　[賞]日本児童文芸家協会新人賞(第16回)(昭和62年)「こねこムーのおくりもの」　[歴]大学2年生の時重症筋無力症の診断を受け、大学4年の時から8年半入院、以後闘病生活を続ける。昭和56年から児童文学の創作を行い、61年「こねこムーのおくりもの」でデビュー。他の作品に「えっちゃんとこねこムー」「こねこムーとえっちゃんのともだち」「こねこムーとナナちゃん」「きっと明日は―雪子二十年の闘病記」。

江連 卓　えずれ・たかし
シナリオライター　[生]昭和16年6月2日　[出]栃木県那須郡塩原町　[学]早稲田大学文学部演劇科卒　[歴]東宝演劇部、劇団「幻想劇場」主宰を経て、脚本家に。主な作品にテレビ「不良少女と呼ばれて」「乳姉妹」「春日八郎物語」「赤い迷宮」（TBS)、「ヤヌスの鏡」「スワンの涙」「テニス少女夢伝説！愛と響子」（フジ)、戯曲「蘭の眠り」「狼少女」など。
[団]早大演劇学会

頴田島 一二郎　えたじま・いちじろう
歌人　作家　ポトナム短歌会代表　大阪歌人クラブ名誉会長　[生]明治34年4月23日　[没]平成5年1月19日　[出]東京都中央区　本名＝内田虎之助　[学]京城中(大正7年)卒　[賞]大阪朝日新聞懸賞小説当選(昭和5年)「踊る幻影」、中央公論新人賞(第3回)(昭和10年)「待避駅」、尼崎市民芸術賞(昭和48年)、大阪府文化芸術功労者表彰、大阪市民文化功労者表彰、藍綬褒章(昭和56年)　[歴]大正10年小泉苳三に師事し、歌誌「ポトナム」創刊と同時に参加。昭和6年文芸時報社に入り、「芸術新聞」の編集に携わる。同年第一歌集「仙魚集」を発表。のち、同社理事及び「芸術新聞」編集長。32年から「ポトナム」発行及び編集代表となる。そのほか、大阪歌人クラブ会長、「大阪万葉集」編纂代表、大阪阿倍野産経学園、大阪梅田第一産経学園各短歌部講師を務める。著書に「流民」「この冬の壁」、歌集に「ここも紅」「祭は昨日」「いのちの器」などがある。　[団]日本文芸家協会、現代歌人協会、大阪歌人クラブ、日本歌人クラブ(名誉会長)　[家]妻＝佐野喜美子(歌人・故人)

悦田 喜和雄　えつだ・きわお
小説家　[生]明治29年8月21日　[出]徳島県　[歴]農業に従事する傍ら、「文章世界」に投稿、武者小路実篤を敬愛し、「新しき村」にも参加した。大正13年雑誌「改造」に掲げた「叔母」で注目され、以後、「くだかれた心」「バクチ(博奕)」などを発表。弱者を主人公にした農民文学の佳作が多い。戦後は四国文学会の代表者を務めた。戦後の作品に「新しき日」「綾の鼓」がある。

越中谷 利一　えっちゅうや・りいち
小説家　俳人　[生]明治34年7月22日　[没]昭和45年6月5日　[出]秋田市　[学]日本大学夜間部　[歴]日大在学中の大正9年日本社会主義同盟に加盟する。10年入隊するが12年に除隊。以後、プロレタリア文学作家として活躍し、日本無産派文芸連盟、日本無産者芸術連盟に加入。その間「一兵卒の震災手記」などを発表。昭和8年検挙され、9年出獄して満鉄に入社。敗戦後、満州から引上げ、「東海繊維経済新聞」を創刊した。没後、遺句集「蝕甚」、「越中谷利一著作集」が刊行された。

江藤 初生　えとう・はつみ
児童文学作家　[生]昭和7年10月12日　[出]東京都　[学]立教女学院高等学校卒　[歴]野間教育研究所を経て、児童文学の世界に入る。NHK「お母さんの勉強室」の司会を経験するなかで、子どもをめぐる文化に関心をよせるようになった。作品に「カラスになったぼく」「ちちお屋パパやコオカシヤ」「大きな窓のキャンパスで」「マネキン・フーガはぐるぐる回る」など。　[団]日本児童文学者協会、中部児童文学会、全国児童文学同人誌連絡会

えとう 乱星　えとう・らんせい
小説家　[生]昭和24年8月12日　[出]熊本県　本名＝衛藤誠　[学]慶応義塾大学通信科中退　[歴]漫画同人誌を主宰し、劇画の原作などを手がける。平成元年「中風越後」が小説CLUB新人賞佳作に入選。以後、時代小説を手がける。著書に「蛍丸伝奇」「十六武蔵」「総司還らず」など。　[団]日本文芸家協会　http://www.interq.or.jp/red/ran/main.htm

江戸川 乱歩　えどがわ・らんぽ
推理作家　日本推理作家協会初代理事長　[生]明治27年10月21日　[没]昭和40年7月28日　[出]三重県名賀郡名張町(現・名張市)　本名＝平井太郎　[学]早稲田大学政経学部(大正5年)卒　[賞]日本探偵作家クラブ賞(第5回)(昭和26年)「幻影城」、紫綬褒章(昭和36年)　[歴]貿易商社、造船所、新聞記者、古本屋、シナそば屋などの職を転々とし、大正12年「二銭銅貨」を発表。以後「D坂の殺人事件」などを発表して、作家として認められる。14年処女短編集「心理試験」を刊行、また横溝正史らと「探偵趣味」を創刊。以後、探偵作家として活躍し、怪奇な謎と科学的推理による本格的推理小説の分野を開拓し、探偵・明智小五郎の生みの親として知られた。昭和22年日本探偵作家クラブが設立され初代会長となる。また21年に「宝石」を創刊し、編集する。26年評論集「幻影城」で日本探偵作家クラブ賞(現・日本推理作家協会賞)を受賞した。日本の推理小説の本格的確立を達成した功績は大きく、29年には江戸川乱歩賞が設定された。38年探偵作家クラブが推理作家協会と組織を改め、初代理事長に就任したが、翌40年に死去。筆名はエドガー・アラン・ポーに由来している。代表作はほかに「パノラマ島奇譚」「陰獣」「怪人二十面相」「青銅の魔人」などがあり、「江戸川乱歩全集」(全25巻，講談社)が刊行される。また、「黒蜥蜴」「屋根裏の散歩者」「双生児」など多くの作品が映画化された。　[家]長男＝平井隆太郎(立教大学名誉教授)

江夏 美好　えなつ・みよし
作家　[生]大正12年　[没]昭和57年7月17日　[出]岐阜県吉城郡神岡町　本名＝中野美与志　[学]高山高女中退　[賞]田村俊子賞(昭和46年)「下々の女」　[歴]昭和24年「南海鳥獣店」、27年「ごんぼ」を発表して注目された。34年より、同人誌「東海文学」を主宰。故郷の飛騨地方に生きる庶民の女の生涯を描いた長編小説「下々の女」で46年に第11回田村俊子賞を受賞。小説「脱走記」と「流離の記」は直木賞候補ともなった。

56年から口腔がんで闘病生活を続けたが、「針千本 私のガン闘病記」を地元紙に連載し終えたのち、57年7月18日自宅で自殺した。「死だけが私の唯一のあこがれ」との遺書があった。

恵庭 恵存　えにわ・けいぞん

読売テレビゴールデンシナリオ賞最優秀賞を受賞　本名＝新和男　[学]明治大学卒　[賞]読売テレビゴールデンシナリオ賞最優秀賞（第11回）（平成3年）「形のない家族」　[歴]印刷会社勤務などを経て家業手伝いの傍ら、小説、シナリオなどを執筆。

榎 祐平　えのき・ゆうへい

シナリオライター　[生]昭和35年11月　[出]東京都　[学]早稲田大学第一文学部仏文科（昭和59年）卒　[歴]小さい時から映画好きで、昭和59年松竹に入社。事務仕事の傍ら、シナリオを書く。62、63年「柔らかなグレーのコメディ」「COPY」で城戸賞候補に。平成元年シナリオ作家協会シナリオ講座第12期研修科修了。同年「東京上空いらっしゃいませ」を城戸賞に出品するが落選。その後書き直し、ディレクターズ・カンパニーのシナリオ募集に入選。2年相米慎二監督によって映画化され、脚本家としてデビュー。　[団]シナリオ作家協会

榎木 洋子　えのき・ようこ

小説家　[生]昭和41年10月3日　[出]東京都　[学]光が丘高卒　[賞]コバルト読者大賞（平成2年）「特別の夏休み」　[歴]OLをしながら小説を書く。著書に〈リダーロイス〉シリーズ「東方の魔女」、〈サキト〉シリーズ「青い黄金」、「龍と魔法使い」などがある。　http://www.din.or.jp/~yo-ko/

榎本 了　えのもと・さとる

作家　元・高校教師　さいたま豆本の会主宰　東松山市立図書館嘱託　[生]大正12年7月27日　[出]埼玉県北足立郡大宮町（現・大宮市）　[学]二松学舎専門学校、日本大学法文学部文科（昭和24年）卒　[歴]埼玉県立小川女子高校、松山女子高校、鴻巣女子高校各教諭を歴任し、昭和58年に退職。東松山市立図書館嘱託、埼玉県史協力員などを務める。この間、野田宇太郎の「文学散歩友の会」、埼玉詩話会、打木村治の「作家群」などの同人として活躍したほか、50年より「さいたま豆本の会」を主宰、「掌篇埼玉文学散歩」などの豆本の出版を開始。著作に「榎本了小説集」「榎本了詩文集77」「情事」など。

榎本 滋民　えのもと・しげたみ

劇作家　演出家　小説家　[生]昭和5年2月21日　[出]東京　[学]国学院大学文学部中退　[賞]オール読物一幕物戯曲入選（昭和36年）、四人の会賞（昭和41年）、芸術祭大賞（昭和52年）、大谷竹次郎賞（第27回）（平成10年）「鶴賀松千歳泰平」　[歴]近世文学・芸能の研究を経て、戯曲・小説の創作を手がけ、演出も行う。昭和36年「花の吉原百人斬り」をはじめ、代表作に「同期の桜」「暁天の星」「汝等青少年学徒」「寺田屋お登勢」「たぬき」「愛染め高尾」「お前極楽」「鶴賀松千歳泰平」などがあり、百編以上の作品は、商業演劇、歌舞伎、新劇など広範に及ぶ。落語に造詣が深く、「古典落語の世界」「落語小劇場」「古典落語の力」などの著書もある。　[団]日本文芸家協会、日本演劇協会

江場 秀志　えば・ひでし

作家　医師　信州大学医学部附属病院精神科講師　[生]昭和21年　[出]茨城県　本名＝庄田秀志　[学]信州大学医学部卒　[賞]信州文学賞（第4回）（昭和53年）「切られた絵」、すばる文学賞（第9回）（昭和60年）「午後の祠り」　[歴]大学在学中から文芸同人誌「屋上」に参加。昭和53〜61年沖縄に滞在し、57年には「奇妙な果実」により新沖縄文学賞に入選。63年「午後の祠り」によりすばる文学賞を受賞。その後、信州大学医学部附属病院精神科講師となる。著書に「黄泉（よみじ）の森」。

江波戸 哲夫　えばと・てつお

小説家　ノンフィクション作家　[生]昭和21年7月10日　[出]東京都　[学]東京大学経済学部（昭和44年）卒　[歴]三井銀行を1年で退職し、学陽書房編集部に勤務。昭和58年フリーとなり、主に政治、経済周辺の解説、読み物を雑誌に執筆。コメ問題にも詳しい。著書に「兜町」「小説大蔵省」「小説通産省」「小説都市銀行」「欲望の破綻—サラ金の中の日本人」「総合商社」「ビッグストア」「西山町物語」「柔らかな凶器」「集団左遷」「辞めてよかった！」、共著に「コメ問題の落とし穴」など。　[団]日本文芸家協会

江原 小弥太　えはら・こやた

小説家　[生]明治15年10月4日　[没]昭和53年4月2日　[出]新潟県柏崎　[学]新潟県立高田師範（明治33年）卒　[歴]東京物理学校時代に人生問題に関心を抱き、キリスト教に接近する。一時期江原書店を経営したこともあるが、大正10年前後の宗教文学流行の気運で文壇に登場した。主な作品に10年刊行の「新約」をはじめ「復活」「旧約」「野人」などがある。

海老沢 泰久　えびさわ・やすひさ

小説家　[生]昭和25年1月22日　[出]茨城県　[学]国学院大学文学部卒　[賞]小説新潮新人賞(第2回)(昭和49年)「乱(らん)」、新田次郎文学賞(第7回)(昭和63年)「F1地上の夢」、直木賞(第111回)(平成6年)「帰郷」　[歴]昭和49年「乱」で小説新潮新人賞を受賞後、国学院大学折口博士記念古代研究所に勤める傍ら、執筆活動を続ける。52年著述業に専念。平成6年「帰郷」で第111回直木賞受賞。著書に「監督」「F2グランプリ」「ただ栄光のために」「F1地上の夢」「空を飛んだオッチ」など。　[団]日本文芸家協会

江馬 修　えま・なかし

小説家　[生]明治22年12月12日　[没]昭和50年1月23日　[出]岐阜県高山市　通称＝江馬修(えま・しゅう)　[学]斐太中中退　[歴]斐太中学を中退して上京、東京市水道局に勤めながら田山花袋に師事。明治44年短編小説「酒」を早稲田文学に発表、作家生活に入った。白樺派の人道主義に影響され、大正5年長編「受難者」、6年「暗礁」を発表、新進ヒューマニズム作家として知られた。関東大震災を機に左翼思想に傾き、15年渡欧。帰国後、日本プロレタリア作家同盟に参加、「戦旗」編集に当たり、「黒人の兄弟」「きみ子の経験」、戯曲「阿片戦争」などを発表。昭和7年弾圧を逃れて郷里飛騨高山に帰り、13年長編歴史小説「山の民」を自費出版した。戦後、新日本文学会に属し、25年藤森成吉らと「人民文学」創刊に参加した。「山の民」は改作を重ね、48年最終稿を刊行。他に「本郷村善九郎」「氷の河」、自伝「一作家の歩み」、「江馬修作品集」(全4巻)などがある。
[家]妻＝豊田正子(小説家)

江馬 道夫　えま・みちお

劇作家　小説家　[生]大正10年　[出]熊本県　[学]熊本逓信講習所卒　[賞]菊池寛ドラマ賞(平8年度)「桐の花影」　[歴]熊本県御船郵便局、熊本逓信局を経て、電々公社本社(東京)に勤務。退職後、執筆活動に入る。小説に「蛇の藏」、戯曲に「桐の花影―江馬道夫戯曲集」などがある。

江見 水蔭　えみ・すいいん

小説家　[生]明治2年8月12日　[没]昭和9年11月3日　[出]岡山県岡山市壱番町　本名＝江見忠功(えみ・ただかつ)　別号＝怒濤庵、水蔭亭雨外、半翠隠士　[歴]明治14年軍人を志して上京するが、文学に関心を抱き、21年硯友社同人に。22年「旅絵師」を発表して作家生活に入る。25年江水社をおこし、文芸誌「小桜縅」を創刊。27年中央新聞に入社、「電光石火」などの軍事短編小説を連載。以後読売新聞、神戸新聞記者を経て、33年博文館に入り、「太平洋」主筆、「少年世界」主筆もつとめた。35年退社。のち冒険小説、探検記を手がけ、41年成功雑誌社の「探検世界」主筆となり、同誌主宰の雪中富士登山に隊長として参加。主な作品に「女房殺し」「炭焼の煙」「絶壁」「新潮来曲」などがある。ほかに「自己中心明治文壇史」(昭2)があり、明治文学史の貴重な資料となっている。

江宮 隆之　えみや・たかゆき

小説家　山梨日日新聞富士吉田総支社長　[生]昭和23年4月23日　[出]山梨県　筆名＝中村高志(なかむら・たかし)　[学]中央大学法学部(昭和47年)卒　[賞]歴史文学賞(第13回)(平成1年)「経清記」、中村星湖文学賞(第8回)(平成6年)「白磁の人」　[歴]昭和47年山梨日日新聞社に入社。61年文化部長、62年東京支社編集部長、63年東京支社長、平成元年編集局次長を経て、7年富士吉田総支社長。一方小説にも取り組み俳人・富田木歩の俳句に興味を持ち伝記小説「冬小風」を発表。元年娼婦俳人と呼ばれた鈴木しづ子の俳句集「春雷」を読んで以来しづ子にひかれ足跡をたどった。平成4年それらをもとに小説「凍てる指」を出版。他の小説に「白磁の人」がある。

エム・ナマエ

イラストレーター　児童文学作家　[生]昭和23年9月1日　[出]東京都　本名＝生江雅則(なまえ・まさのり)　[学]慶応義塾大学法学部中退　[賞]児童文芸新人賞(第18回)(平成1年)「UFOリンゴと宇宙ネコ」、障害者アートバンク大賞(第2回)(平成2年)、サンリオ美術賞(第18回)(平成4年)、JLNAブロンズ賞グランプリ　[歴]大学在学中に21歳で個展を開き、昭和59年頃まで児童書のイラストレーターとして活躍。61年若年性糖尿病が原因で失明。その後“光は失っても心は伝えたい”と児童向けの小説やイラストを書き始め、ほのぼのとした絵は一般企業や官公庁のポスターやサンリオ文具など数多く使われている。平成8年CD-ROM画集を出版。12年“子どものための総合コレクション”で北米デビューを果たす。著書に「みつやくんのマークX」「ちょっとそこまでパンかいに」「UFOリンゴと宇宙ネコ」「エムナマエ詩画集1・夢のつばさをはばたいて」「夢宙卵」「フレンズ」などがある。　[団]日本児童出版美術家連盟、国際児童図書評議会日本支部

江守 徹　えもり・とおる

俳優　演出家　劇作家　翻訳家　[生]昭和19年1月25日　[出]東京都　本名＝加藤徹夫　[学]北園高(昭和37年)卒、文学座附属演劇研究所(昭和38年)修了　[賞]紀伊国屋演劇賞(個人賞)(昭和48年)「オセロー」、テアトロ演劇賞(昭57年度)「アマデウス」、名古屋演劇ペンクラブ年間賞(昭和58年・平成3年)「シラノ・ド・ベルジュラッ

ク」「人生は、ガタゴト列車に乗って…」、読売演劇大賞(優秀演出家賞)(平成6年)「ウエストサイドワルツ」「恋ぶみ屋一葉」 [歴]昭和38年文学座附属演劇研究所卒業、同年「トスカ」で初舞台。39年「大麦入りのチキンスープ」の主役に抜擢されてその才能を認められる。41年文学座座員となり、以来「美しきものの伝説」「ハムレット」「オセロー」「審判」「欲望という名の電車」「アマデウス」「シラノ・ド・ベルジュラック」「エドマンド・キーン」「マクベス」など次々と大役を演じ、新劇界の若手実力派のホープとなる。56年「ハムレット」を初演出し、以後「オセロー」「ウエストサイドワルツ」(翻訳も)「欲望という名の電車」「かもめ」「恋ぶみ屋一葉」などで好評を博す。「似顔絵の人」など戯曲の作者、翻訳者としても活躍。江守徹の芸名は、フランスの喜劇作家モリエールのアナグラム。またテレビ・映画にも多数出演し、代表作にテレビ「元禄太平記」「八代将軍吉宗」「美味しんぼ」「徳川慶喜」「葵～徳川三代」、映画「社葬」「マルタイの女」「39 刑法三十九条」など。

円 つぶら　えん・つぶら

小説家 [生]昭和20年10月5日 [出]大阪府 本名＝清水規子 [学]武庫川女子大学卒 [賞]小説新潮新人賞(第3回)(昭和50年)「ノーモア・家族」 [歴]大らかな性を描き話題に。著書に「ノーモア・家族」「上手な女」「ひも」「祇園祭殺人事件」など。 [団]日本文芸家協会、日本ペンクラブ、日本文芸家クラブ(理事)、旅のペンクラブ(理事)

エンジェル，ジェルミ　Angel, Jeremy

写真家 [国]英国 [生]1951年3月17日 [出]ケント州ヘイスティング [学]オックスフォード大学動物学専攻卒、ロンドン大学大学院社会人類学コース修了 [賞]動物文学賞 [歴]1976年来日。'83年まで北海道のムツゴロウ王国で暮らす。その間独学で日本語を学び、家ネコの社会行動について研究。'78年から写真家兼通訳として畑正憲と海外取材を始める。執筆、テレビ番組制作、写真撮影に活躍。'93年から長野県富士見町に暮らす。著書に「猫ふえちゃった」「海にかえった4頭のクジラ」「ぼくの動物訪問記―みんなで地球に住んでいる！」「ジェルミ・エンジェルの野生誌」などがある。

円城寺 清臣　えんじょうじ・きよおみ

演劇評論家 舞踊作家 [生]明治35年6月1日 [没]昭和52年9月11日 [出]東京 [学]逗子開成中学卒 [歴]大正11年から昭和4年まで帝国劇場文芸部に勤め，6年から13年まで早大演劇博物館に勤務する。その一方で舞踊劇台本や演劇台本を執筆。戦後は舞踊、音曲の作詞家として活躍する一方、演芸通話会、黒衣朗読会のメンバーとして活躍した。 [家]父＝円城寺清(万朝報主筆)

円地 文子　えんち・ふみこ

小説家 [生]明治38年10月2日 [没]昭和61年11月14日 [出]東京市浅草区向柳原町 本名＝円地富美(えんち・ふみ) [学]日本女子大学附属高女(大正11年)中退 [資]日本芸術院会員 [賞]女流文学者賞(第6回)(昭和29年)「ひもじい月日」、野間文芸賞(第10回)(昭和32年)「女坂」、女流文学賞(第5回)(昭和41年)「なまみこ物語」、谷崎潤一郎賞(第5回)(昭和44年)「朱を奪ふもの」「傷ある翼」「虹と修羅」、日本文学大賞(第4回)(昭和47年)「遊魂」、文化功労者(昭和54年)、文化勲章(昭和60年) [歴]国語学者上田万年の娘。大正15年雑誌「歌舞伎」に戯曲「ふるさと」が当選。昭和3年「女人芸術」掲載の「晩春騒夜」が築地小劇場で上演され好評。5年結婚、戦中は武田麟太郎らとも接触するが、病気、被災で不遇な時代長く、小説家として認められたのは、49歳の春「ひもじい月日」(29年女流文学者会賞)であった。さらに「なまみこ物語」(41年女流文学賞)は円地文学の一つの達成を示したもの。42年から「源氏物語」の現代語訳に着手、病を得ながらも全10巻を完訳。知的作風と女の妖を描くことで定評がある。作品はほかに「朱を奪うもの」「遊魂」(47年日本文学大賞)「食卓のない家」など。60年文化勲章受章。 [団]日本文芸家協会、日本ペンクラブ、日本女流文学者会 [家]父＝上田万年(国学者)、娘＝冨家素子(作家)

遠藤 明範　えんどう・あきのり

脚本家 小説家 [生]昭和34年10月6日 [出]神奈川県 本名＝遠藤昇 [学]同志社大学文学部心理学専攻卒 [歴]昭和59年脚本家に。デビュー作は「超力ロボ・ガラット」。「機動戦士Zガンダム」「ガンダムZZ」などのアニメーションでシナリオライターとして活躍。「舞い降りた天使」「成層圏(ストラト)ファイター」「ワイルド・フォース」シリーズなど、小説も手がける。

遠藤 彩見　えんどう・あやみ

シナリオライター [生]昭和44年 [出]東京都 [学]所沢中央高(平成3年)卒 [賞]新人テレビシナリオコンクール佳作(第27回)(昭和63年)「君に想いを」 [歴]シナリオ講座研究科9期終了。昭和63年9月「君に想いを」が第27回新人テレビシナリオコンクールで佳作入選。他の作品に「心カラ」がある。

遠藤 和子　えんどう・かずこ

児童文学作家　㊐大正14年1月15日　㊞富山県富山市　㊫富山師範本科(昭和19年)卒　㊥子どもの文化賞(第9回)(昭和64年)　㊧教員生活の傍ら、劇作、童話、教育実践記録などを発表。昭和54年退職後は、富山女子短期大学講師として言語学を教えながら執筆を続ける。著書に「星になったおばあちゃん」「オロロのいる村」「佐々成政」「ライチョウは生きる」「富山の薬売り」など。　㊑日本児童演劇協会、日本児童文芸家協会、日本ペンクラブ、日本児童演劇協会、日本文芸家協会

遠藤 公男　えんどう・きみお

児童文学作家　日本野鳥の会評議員　㊫動物文学　㊐昭和8年3月30日　㊞岩手県一関市　㊫一関一高卒　㊥ジュニア・ノンフィクション文学賞(第2回)(昭和50年)「帰らぬオオワシ」、日本児童文学者協会新人賞(第9回)(昭和51年)「帰らぬオオワシ」、日本児童文芸家協会賞(第8回)(昭和59年)「ツグミたちの荒野」　㊧岩手県山間部の分校で教師をしながら、野生動物の生態研究に打ちこむ。昭和48年村の体験を書いた「原生林のコウモリ」が課題図書となり、教員を退職、動物文学の道へ。58年動物の命を守る側から描いたノンフィクション「ツグミたちの荒野」を刊行。他に「帰らぬオオワシ」などがある。　㊑日本児童文学者協会、日本野鳥の会、日本哺乳動物学会

遠藤 清子　えんどう・きよこ

小説家　評論家　婦人運動家　㊐明治15年2月11日　㊰大正9年12月18日　㊞東京府神田区猿楽町(現・東京都千代田区)　旧姓(名)＝木村　筆名＝岩野清子(いわの・きよこ)　㊫東京府立第一高女中退、東京府教育伝習所卒　㊧小学校教員、大阪日報記者などをつとめながら、治安警察法改正運動などに参加。明治42年作家・岩野泡鳴と知り合い同棲し、「青鞜」などで岩野清子の筆名で文筆活動をする。大正2年結婚。4年「愛の争闘」を刊行。6年泡鳴と離婚したのちは、洋画家の遠藤達之助と再婚。9年新婦人協会に参加、婦人参政権運動に活動。

遠藤 周作　えんどう・しゅうさく

小説家　㊐大正12年3月27日　㊰平成8年9月29日　㊞東京・巣鴨　雅号＝狐狸庵山人　㊫慶応義塾大学文学部仏文学科(昭和24年)卒　㊮日本芸術院会員　㊥芥川賞(第33回)(昭和30年)「白い人」、新潮社文学賞(第5回)(昭和33年)「海と毒薬」、毎日出版文化賞(第12回)(昭和33年)「海と毒薬」、谷崎潤一郎賞(第2回)(昭和41年)「沈黙」、日本芸術院賞(文芸部門，第35回)(昭和53年)、読売文学賞(評論・伝記賞，第30回)(昭和53年)「キリストの誕生」、野間文芸賞(第33回)(昭和55年)「侍」、文化功労者(昭和63年)、毎日芸術賞(第35回)(平成6年)「深い河(ディープ・リバー)」、文化勲章(平成7年)　㊧大正15年父の転勤で旧満州・大連に移るが、昭和8年日本に戻り神戸に住む。9年10歳で受洗。18年慶大文学部予科に入学、20年仏文科に進学し、22年「カトリック作家の問題」を「三田文学」に発表、24年同人となる。25年フランスへ留学し、リヨン大で現代カトリック文学を研究した。28年帰国。30年「白い人」で芥川賞、41年に「沈黙」で谷崎潤一郎賞受賞。「海と毒薬」「イエスの生涯」「侍」などの純文学と、エッセイ「狐狸庵閑話」「ぐうたら人間学」やユーモア小説「おバカさん」「大変だァ」などを見事に書き分ける。56年芸術院会員となり、60年～平成元年日本ペンクラブ会長。また、ズブの素人劇団・樹座や音痴で楽譜の読めないオヤジの合唱団・コール・パパスの座長も務めた。7年文化勲章受章。「遠藤周作文学全集」(全15巻，新潮社)がある。
㊑日本ペンクラブ、日本文芸家協会　㊎妻＝遠藤順子、長男＝遠藤龍之介(フジテレビ)

遠藤 純子　えんどう・じゅんこ

新潮新人賞を受賞　㊞旧満州　㊫東京学芸大学卒　㊥新潮新人賞(小説部門，第31回)(平成11年)「クレア、冬の音」　㊧旧満州で育つ。平成7年まで都立高校教師をつとめた。

遠藤 啄郎　えんどう・たくお

演出家　劇作家　横浜ボートシアター代表
㊫脚本　演出　仮面デザイン製作　㊐昭和3年12月4日　㊞北海道旭川市　本名＝遠藤琢郎
㊫東京芸術大学油絵科(昭和27年)卒　㊥紀伊国屋演劇賞(第18回)(昭和58年)「小栗判官・照手姫」　㊧中学の美術教師、画家、放送作家を経て、40歳過ぎから演劇の世界へ。代々木小劇場を結成、5年間ヨーロッパをまわって解散。しばらく仮面作りを教えたりした後、再び演劇の世界にもどり、昭和47年に劇団・太陽の手を結成、主宰。49年にYOSHI&カンパニーに参加し、及田勝弘、土取利行と共に欧州各地を巡演。帰国後、68/71黒色テントに協力参加、「西遊記」などの演出を担当。廃船が劇場という若者たちに共感して、56年横浜ボートシアターを結成。仮面劇「小栗判官・照手姫」「マハーバーラタ1・若きアビマニュの死」「マハーバーラタ2」を作・演出して高い評価を得る。平成元年「小栗判官・照手姫」でエジンバラ国際演劇祭に、3年同作でニューヨーク国際芸術祭に参加。多摩美術大学、日本オペラ振興会各講師を務める。著書に「YBT・横浜ボートシアターの世界」。　㊎妻＝緒方規矩子(舞台衣装デザイナー)

遠藤 恒彦　えんどう・つねひこ

推理作家　元・北陸電気工業常務　㋝大正2年8月1日　㋜昭和59年11月15日　㋩宮城県栗原郡　筆名＝藤雪夫(ふじ・ゆきお)、遠藤桂子　㋩東北帝国大学工学部電気工学科(昭和14年)卒　工学博士　㊣紫綬褒章　㋶昭和25年東京の機械メーカーに就職して間もなく、遠藤桂子の名で書いた処女作「渦潮」が「宝石」懸賞の1席、30年11月講談社の新人公募で藤雪夫名義の「獅子座」が2席となる。その後34年までに短編を10編ほど発表しただけで執筆活動は中断。33年から北陸電気工業で技術畑を歩み、53年常務を最後に退職。この間、工学博士号取得。55年から「獅子座」の再執筆を長女の藤桂子と始め、59年出版され好評を得るが直後に急逝した。　㊣長女＝藤桂子(推理作家・本名＝森川桂子)

遠藤 寛子　えんどう・ひろこ

児童文学作家　㋝昭和6年7月20日　㋩三重県松阪市　㋩三重大学、法政大学文学部史学科卒　㊣明治の商船の歴史　㊣北川千代賞(第1回)(昭和44年)「ふかい雪の中で」、サンケイ児童出版文化賞(第21回)(昭和49年)「算法少女」　㋶地方で中学校教師をしながら創作をはじめる。昭和35年「あしびの花」を「毎日中学生新聞」に連載。39年上京し、東京都立北養護学校教諭を務めるかたわら、児童文学作家として活躍。主な著書に「ふかい雪の中で」「算法少女」「この犬をさがしてください」「米沢英和女学校」「NDCのなぞをとけ」「消えた楽譜をついせきせよ一名探偵はデュエットで」など。　㊣日本英学史学会、日本児童文学学会、日本出版美術研究会

遠藤 允　えんどう・まこと

小説家　ジャーナリスト　㋝昭和21年6月25日　㋩山口県　本名＝中島允久　旧姓(名)＝遠藤　㋩横浜市立大学文理学部卒　㊣神奈川新聞社に入社。社会部、文化部、整理部などに勤務し、昭和62年退社、以後フリーのジャーナリスト、小説家として活躍。小学校のPTA会長を務めた経験から、子どもや教育の問題に関心が深い。著書に「判決の朝」「静波の家─ある連続殺人事件の記録」「パサデナ物語」「難民の家」「生命をください！ルポ骨髄移植」など。　㊣日本文芸家協会

遠藤 みえ子　えんどう・みえこ

児童文学作家　㋝昭和15年2月25日　㋩岡山県倉敷市　本名＝遠藤美枝子　㋩東京女子大学文理学部英米文学科卒　㊣小川未明文学賞優秀賞(第5回)「スージーさんとテケテンテン」　㋶「バオバブ」の会同人。都立高校で英語を教えるかたわら、英米児童文学の翻訳を手がける。その後、恵泉女学園短期大学非常勤講師と

なり、童話の創作などを行う。創作児童文学に「ピストルおばさん」「ぼく一年生だい」「こまったこまったたんじょう会」「スージーさんとテケテンテン」、共著に「仏教説話大系」など。　㊣日本児童文学者協会

遠藤 瓔子　えんどう・ようこ

エッセイスト　㋝昭和14年　㋩兵庫県神戸市　㋩同志社大学英文科中退　㋶日本航空に入社。スチュワーデス時代に、同社でパーサーをしていた安部讓二と知り合い結婚。昭和43年青山でジャズクラブ・ロブロイを経営。51年離婚、ロブロイも閉店。以後はコピーライター、童話作家、エッセイストとして活躍。62年ロブロイにまつわる思い出をつづった「青山『ロブロイ』物語」を出版し、話題となった。平成11年継母の介護体験を綴った「継母ボケて　鉄人となる」を出版。他に小説「テニス巌流島」、「男の器量の見抜き方」など。

【 お 】

及川 和男　おいかわ・かずお

小説家　ノンフィクション作家　児童文学作家　㋝昭和8年10月13日　㋩東京　㋩一関一高卒　㊣現実変革の可能性　㊣岩手日報新聞小説賞(第1回)(昭和32年)「美しき未明」、岩手日報新聞小説賞(第4回)(昭和35年)「青の季節」、多喜二・百合子賞(第7回)(昭和50年)「深き流れとなりて」　㋶銀行に24年間勤務し、昭和51年退職、作家生活に入る。小説・ルポ・児童文学など幅広い分野で活動。著書に「深き流れとなりて」「村長ありき」「春の岸辺」「生命村長」「若きいのちへの旅」「鐘を鳴らして旅立て」「藤村永遠の恋人　佐藤輔子」など多数。　㊣日本文芸家協会、日本ペンクラブ、島崎藤村学会

おいかわ さちえ

児童文学作家　㋝昭和41年　㋩岩手県　㋩岩谷堂高卒　㊣創作童話コンクールなどで佳作・入選多数。動物を主人公にした作品が多い。著書に「たったひとつの思い出─ケンとコロの子犬物語」「なぜタミばあちゃんはボケたか」「女王犬、アレックスの夢」などがある。　㊣日本児童文学者協会

逢坂 剛　おうさか・ごう

小説家　日本推理作家協会理事長　㊣スペイン現代史　㋝昭和18年11月1日　㋩東京都文京区駒込　本名＝中浩正　㋩中央大学法学部(昭和41年)卒　㊣日西関係史　㊣オール読物推理

小説新人賞(第19回)(昭和55年)「暗殺者グラナダに死す」、直木賞(第96回)(昭和62年)「カディスの赤い星」、日本推理作家協会賞(第40回)(昭和62年)「カディスの赤い星」、日本冒険小説協会大賞(第5回)(昭和62年)「カディスの赤い星」 ㊥昭和41年博報堂に入り、51年広報室副主幹、のち室長代理となる。中学時代から探偵小説、ハードボイルドを書き始め、55年「暗殺者グラナダに死す」でオール読物推理小説新人賞を受賞。以後「百舌の叫ぶ夜」など長編のほか短編集も出す。ギター、フラメンコが好きでスペインにも度々旅し、ギターとスペイン内戦を扱った「カディスの赤い星」(62年)で第96回直木賞、第40回日本推理作家協会賞、第5回日本冒険小説協会大賞を受賞。また「フロイトは文学といえます」と言い、作品でもフロイト理論を使うなど、人間の心理を掘り下げる新しいタイプの書き手を目ざしている。平成2年朝日新聞にスペインを舞台にした「斜影はるかな国」を連載。8年日本文芸家協会理事。9年博報堂を退職。13年日本推理作家協会理事長。ほかに「クリヴィツキー症候群」「よみがえる百舌」「燃える地の果てに」「イベリアの雷鳴」「重蔵始末」など。 ㊥日本推理作家協会、日本文芸家協会、日本ペンクラブ ㊥父=中一弥(挿絵画家)

逢坂 勉　おうさか・つとむ
劇作家　演出家　テレビディレクター　㊤昭和12年9月29日　㊥愛媛県　本名=山像信夫(やまがた・のぶお)　㊥同志社大学(昭和36年)卒　㊥昭和22年旧満州から引き揚げる。36年関西テレビに入社。「母の記録」でディレクターデビュー。「どてらい男」など花登筺作品をはじめ、「雪国」「伊豆の踊子」「ぼんち」など多くのドラマのディレクターを務めたが、53年関西テレビを退社。その後はフリーの劇作家・演出家として活躍。演出作にテレビ「台所太平記」「木瓜の花」「女監察医室生亜季子」シリーズ(NTV)、「夫婦ねずみ今夜が勝負」(テレビ東京)など、舞台「近藤真彦・坊ちゃん」「島倉千代子・花と竜」「逢うが別れのはじめとは」など。 ㊥妻=野川由美子(女優)、娘=山像かおり(女優)

王塚 跣　おうつか・せん
作家　㊤大正6年3月4日　㊦平成7年1月8日　㊥福岡県田川郡川崎町　本名=大塚正　㊥高小卒　㊥北九州市文化賞(第1回)　㊥八幡製鉄所に勤務しながら、岩下俊作に師事。「九州文学」「九州作家」同人。著書に「筑豊一代」「性と死のバラード」など。 ㊥日本文芸家協会

鴬亭 金升　おうてい・きんしょう
戯作者　新聞記者　㊤慶応4年3月16日(1868年)　㊦昭和29年10月31日　㊥下総国八木ケ谷村(千葉県)　本名=長井総太郎　㊥「団々珍聞(まるまるちんぶん)」の投書家を経て、江戸の戯作者・梅亭金鵞門下となって滑稽戯文、雑俳を学び鴬亭金升を名乗る。団々社員となり、さらに「改進」「万朝報」「中央」「読売」「都」「東京毎日」の各新聞社を転々とした。戯作者、落語作家、都々逸・長唄・清元などの作詞、雑俳の宗匠としても活躍した。著書に「明治のおもかげ」があり、没後、「鴬亭金升日記」が刊行された。

青海 静雄　おうみ・しずお
作家　「午前」主宰　九州産業大学名誉教授　㊥英文学　㊤大正11年5月　㊥福岡県飯塚市　本名=和田静雄(わだ・しずお)　㊥九州大学文学部英米文学科(旧制)(昭和25年)卒　㊥D.H.ロレンスの文学　㊥福岡市文学賞(昭和52年)「ベレー帽」　㊥昭和25年福岡県立高校の英語の教師、36年九州商科大学(現・九州産業大学)講師、のち助教授を経て、教授。平成元年定年退職し名誉教授。日本ロレンス協会会長も務めた。一方、作家としても活躍し、第三次「午前」の編集者の1人。「残り火」「老いの闇」など老人の孤独と性格異状を扱った作品がある。 ㊥日本ロレンス協会(顧問)、日本英文学会

王領寺 静　おうりょうじ・しずか
⇒藤本ひとみ(ふじもと・ひとみ)を見よ

大井 ひろし　おおい・ひろし
小説家　高校講師(島田工業高校)　静岡県歴史教育者協議会会長　㊤昭和6年　㊥静岡県志太郡大井川町　本名=鈴木博　㊥静岡大学教育学部(昭和27年)卒　㊥静岡県芸術祭賞(平元年度)「大崩海岸」　㊥平成3年まで焼津市内の中学校に勤務。藤枝市立青島中学校講師を経て、県立島田工業高校非常勤講師。静岡県歴史教育者協議会会長。静岡県民教連季刊「静岡の教育」編集委員。著書に「大崩海岸」「おとうちゃんの日記」(共著)他。 ㊥静岡県近代史研究会、静岡県地域史研究会、志太生活教育同好会

大井 冷光　おおい・れいこう
児童文学作家　口演童話家　㊤明治18年11月7日　㊦大正10年3月5日　㊥富山県上新川郡三郷村(現・富山市水橋)　本名=大井信勝　㊥野農学校(昭和36年)卒　㊥井上江花に認められて高岡新報社に勤め、転じて富山日報社の記者となる。立山に登って感動、明治41年最初の立山総合研究書ともいうべき名著「立山案内」を著述刊行した。やがて越中の民話に材を得た「姉倉ひめ」「佐伯有頼」など童話を

次々と発表。44年久留島武彦を頼って上京、早蕨幼稚園に勤めるかたわら童話の編集を担当。大正元年時事新報社に入社、「少年」「少女」の主筆となり、数多くの作品を発表。また西欧童話を勉強する他、自作童話の自演(口演)のため全国各地に奔走する生活を送る。大正10年3月立山を開いた少年有頼の銅像を建てて郷土の子供の心のしるべにしたいという念願の中途で惜しくも死亡した。代表作品に「雲の子ども」「千人結び」など、作品集に「母のお伽噺・合本」「大井冷光集」(全5巻)がある。

大池 唯雄　おおいけ・ただお

小説家　[生]明治41年10月30日　[没]昭和45年5月27日　[出]宮城県柴田郡柴田町　本名＝小池忠雄　[学]東北帝国大学文学部卒　[賞]直木賞(第8回)(昭和13年)「秋田口の兄弟」「兜首」　[歴]昭和10年「サンデー毎日」の懸賞に「おらんだ楽兵」が当選し、13年には「秋田口の兄弟」「兜首」で東北出身者として初めて直木賞を受賞。以後大佛次郎や山本周五郎からの上京の誘いを断って、郷里で郷土資料を素材にした歴史小説を発表し、戦後は柴田町公民館長に就任した。他に原田甲斐をテーマにした戯曲や、戊辰戦争を描いた遺作「炎の時代」などがある。

大石 英司　おおいし・えいじ

作家　[生]昭和36年4月8日　[出]鹿児島県鹿屋市　本名＝大石暢　[歴]「朝日ジャーナル」などでフリーライターとして活躍。昭和61年「B－1爆撃機を追え」でデビュー。軍事サスペンスを描く作家として注目される。著書に「カナリアが囁く街」「原子力空母(カール・ビンソン)を阻止せよ」「戦略原潜(レニングラード)浮上せず〈上・下〉」「原潜海峡を封鎖せよ」「アジア覇権戦争」「原油争奪戦争」「新世紀日米大戦」シリーズなど。　[団]日本推理作家協会、日本文芸家協会

大石 圭　おおいし・けい

小説家　[生]昭和36年5月10日　[出]東京都　本名＝大石太郎　[学]法政大学文学部卒　[歴]会社員をしていた平成5年「履き忘れたもう片方の靴」が文芸賞佳作となる。著書に「いつかあなたは森に眠る」「出生率0(ゼロ)」「死者の体温」「アンダー・ユア・ヘッド」など。

大石 静　おおいし・しずか

女優　演出家　脚本家　元・劇団二兎社主宰　[生]昭和26年9月15日　[出]東京都・お茶の水　本名＝高橋静　旧姓(名)＝犬塚　[学]日本女子大学文学部国文科(昭和49年)卒　[賞]向田邦子賞(第15回)(平成9年)「ふたりっ子」、橋田寿賀子賞(個人賞，第5回)(平成9年)「ふたりっ子」　[歴]昭和49年青年座附属の俳優養成所に入所。春秋団を経て、56年永井愛とともに女性2人だけの劇団"二兎社"を旗揚げ、交互に作･演出･主演をつとめる。初舞台が「異郷に死す」、主要出演演目に「森の主」「兎たちのバラード」などがある。テレビ・映画の脚本家としても活躍。平成3年永井作「許せない女」を最後に脚本に専念。8年NHK朝の連続ドラマ「ふたりっ子」の脚本を手掛け、大ヒットとなる。その他の主な作品にテレビ「水曜日の恋人たち」「時間ですよ！たびたび」「鎌倉ペンション物語」「おとなの選択」「あきまへんで！」(TBS)「ヴァンサンカン・結婚」(フジ)、「オードリー」(NHK)、映画「ツルモク独身寮」など。エッセイ集に「わたしってブスだったの？」「ねこの恋」などがある。　[団]脚本家連盟、放送作家協会、日本文芸家協会　[家]夫＝高橋正篤(演劇プロデューサー)

大石 千代子　おおいし・ちよこ

小説家　[生]明治40年2月7日　[没]昭和54年1月5日　[出]福岡県　本名＝有山千代子　[歴]外務省勤務の夫にしたがって、ブラジル、フィリピンに10数年在住する。その体験を小説として発表した昭和14年刊行の「ベンゲット移民」をはじめ「山に生きる人々」「底のない沼」などの著書がある。

大石 直紀　おおいし・なおき

ミステリー作家　[生]昭和33年4月27日　[出]静岡県島田市　[学]関西大学文学部史学科卒　[賞]日本ミステリー文学大賞(新人賞，第2回)(平成11年)「パレスチナから来た少女」　[歴]フリーアナウンサー、牧夫、塾講師など職を転々としながら、世界を旅し、平成5～6年スウェーデンのイェーテボリ大学日本語補助教員。のちフリーライター、ミステリー作家として活躍。著書に「パレスチナから来た少女」「誘拐から誘拐まで」など。

大石 真　おおいし・まこと

児童文学作家　[生]大正14年12月8日　[没]平成2年9月4日　[出]埼玉県北足立郡白子村(現・和光市)　本名＝大石まこと　[学]早稲田大学文学部英文科(昭和25年)卒　[賞]児童文学者協会新人賞(第3回)(昭和28年)「風信器」、小学館文学賞(第12回)(昭和38年)「見えなくなったクロ」、サンケイ児童出版文化賞(第17回)(昭和45年)「ハンス・ペテルソン名作集」、野間児童文芸賞(第28回)(平成2年)「眠れない子」、日本児童文学者協会特別賞(平成3年)「眠れない子」　[歴]小峰書店勤務の傍ら、早大童話会OBの「びわの実」に童話を発表。昭和28年「風信器」で日本児童文学者協会新人賞、38年「見えなくなったクロ」で小学館文学賞を受けた。42年小峰書店を編集長で退職。作品は主と

して学校の児童を描くことが多いが、「ふしぎなつむじ風」に見るような奔放な空想とユーモアが渾然一体となっているのが特徴。ほかに「チョコレート戦争」「くいしんぼ行進曲」「たっちゃんとトムとチム」「教室205号」「大石真児童文学全集」(全16巻)など、訳書にジャック・ロンドン「野生の呼び声」などがある。「びわの実学校」同人。㊥日本児童文学者協会(理事)、日本児童文芸家協会、日本文芸家協会

大石 もり子　おおいし・もりこ

歌人　児童文学作家　社会福祉活動家　㊌昭和2年　㊥長野県佐久市岩村田　㊴朝日新聞社ともしび賞(昭和30年)、足立区社会福祉賞(昭和58年)、日本文芸大賞童話努力賞(第19回)(平成11年)「黒いバイオリン」　㊥昭和25年大石五郎と結婚、三女の母となる。社会的活動として、42年若柳流名取となり、健康体操を創案、その普及と法務省の保護司として社会福祉に貢献。43年より「火曜日サロン」(老人サロン)を主宰。文学活動としては、29年第4回毎日女流短歌入選、55年「母と娘の歌集」を、平成2年には童話集「マリは父さん子」を出版。他の著書に「黒いバイオリン」「マリの青春」など。「源流」同人。㊥足立歌人クラブ、児童文化の会、足立木の芽会

大泉 黒石　おおいずみ・こくせき

小説家　ロシア文学者　㊌明治27年7月27日　㊦昭和32年10月26日　㊥長崎県長崎市　本名＝大泉清　㊴一高中退　㊥父がロシア人だったので、少年時代をロシア、ヨーロッパですごす。大正8年「俺の自叙伝」を発表して注目される。創作、ロシア文学の面で活躍したが、文壇からは排除された。「黒石怪奇物語集」などの怪奇小説、「人間開業」などのユーモア小説、「峡谷と温泉」などの紀行のほか、ロシア文学のものとして「露西亜文学史」やゴーリキーの翻訳「どん底」などの著書がある。63年から全集が刊行。㊙父はアレキサンドル、ワホヴィッチ(ロシア外交官)、三男＝大泉滉(俳優)

大出 光貴　おおいで・みつたか

作家　㊌昭和36年11月17日　㊥北海道富良野市　㊴専修大学経済学部卒　㊥大学時代よりSFファンとして活動し、外資系会社勤務を経て、作家となる。SF大会のスタッフ、ファンジンの編集などを経験。昭和59年SF同人誌「宇宙塵」に入会。平成2年「スペースオペラ」の特集本で日本SFファンジン大賞を受賞。著書に「ルパン三世〈9〉灼熱の監獄島」(双葉文庫ゲームブックシリーズ)「小説 ウィザードリィ」(双葉社ファンタジーノベルシリーズ)などがある。

大岩 鉱　おおいわ・こう

評論家　小説家　㊌明治34年7月20日　㊥愛知県　㊴東京帝大経済学・英文科卒　㊥農民文学賞(第10回)(昭和41年)「杉っぺ菩薩」　㊥東大卒業後、日本蚕糸新聞主幹などをつとめる。プロテスタント文学集団「たね」の同人として活躍し、昭和41年「杉っぺ菩薩」で農民文学賞を受賞。小説集「静と動と」(昭46)のほか「正宗白鳥論」(昭39)などの著書がある。

大海 赫　おおうみ・あかし

児童文学作家　画家　㊌昭和6年9月16日　㊥東京・新橋　㊴早稲田大学仏文科卒、早稲田大学大学院仏文研究科修了　㊥独自に哲学、心理学を学ぶかたわら、勉強の苦手な子ども達のための青葉研修塾を開く。その後、古書店「牧書房」を営む。やがて童話を書き始め、自作に絵も描くようになる。悪魔をモチーフとした異色の童話で注目を集め、作品に「クロイヌ家具店」「びんの中のこどもたち」「ベンケーさんのおかしなロボット」など。㊥日本児童文芸家協会、現代童画会

大江 いくの　おおえ・いくの

オール読物新人賞を受賞　㊌昭和33年9月　㊥東京都　本名＝高野いくの　㊴上智大学法学部卒　㊥オール読物新人賞(第70回)(平成2年)「制服」　㊥結婚後、英国留学中の夫に同行、オックスフォードに在住。

大江 健三郎　おおえ・けんざぶろう

小説家　評論家　㊌昭和10年1月31日　㊥愛媛県喜多郡大瀬村(現・内子町大瀬)　㊴東京大学文学部仏文学科(昭和34年)卒　㊥米国芸術アカデミー外国人名誉会員(平成9年)　㊥芥川賞(第39回)(昭和33年)「飼育」、新潮社文学賞(第11回)(昭和39年)「個人的な体験」、谷崎潤一郎賞(第3回)(昭和42年)「万延元年のフットボール」、野間文芸賞(第26回)(昭和48年)「洪水はわが魂に及び」、読売文学賞(第34回)(昭和58年)「『雨の木』を聴く女たち」、大仏次郎賞(第10回)(昭和58年)「新しい人よ眼ざめよ」、川端康成文学賞(第11回)(昭和59年)「河馬に嚙まれる」、ユーロパリア89ジャパン文学賞(平成1年)、伊藤整文学賞(第1回)(平成2年)「人生の親戚」、モンデッロ賞五大陸賞(イタリア)(平成5年)、ノーベル文学賞(平成6年)、朝日賞(平成7年)、グランザネ・カブール(イタリア)(平成8年)、ハーバード大学名誉博士号(平成12年)、レジオン・ド・ヌール勲章コマンドール章(平成14年)　㊥東京大学仏文科在学中の昭和32年「奇妙な仕事」で東大五月祭賞を受賞。「死者の奢り」で作家として認められ、33年「飼育」で芥川賞受賞、新しい文学の旗手的存在となる。36年「セヴンティーン」で右翼団体から執拗な脅迫

を受ける。国際的作家としても幅広く活躍し、アジア・アフリカ作家会議などにたびたび出席する。受賞は数多く、主なものとして42年「万延元年のフットボール」で谷崎潤一郎賞、48年「洪水はわが魂に及び」で野間文芸賞、59年「河馬に嚙まれる」で川端康成文学賞を受賞。同年文芸春秋社の雑誌「諸君！」の論調に抗議して芥川賞選考委員を辞任したが、平成2年請われて6年ぶりに復帰、9年まで務める。6年日本人としては2人目のノーベル文学賞を受賞。同賞受賞後の文化勲章受章は辞退。8年8月～9年5月米国プリンストン大学客員講師。9年1月米国芸術アカデミー外国人名誉会員に選ばれる。12年高校時代からの友人で義兄でもあった映画監督の伊丹十三を描いた小説「取り替え子」を刊行。他の著作に「芽むしり 仔撃ち」「われらの時代」「性的人間」「個人的な体験」「ピンチランナー調書」「同時代ゲーム」「懐かしい年への手紙」「人生の親戚」「治療塔」「治療塔惑星」「静かな生活」「燃えあがる緑の木」「宙返り」など。評論家としても行動的な姿勢を示し、「厳粛な綱渡り」「持続する志」「ヒロシマ・ノート」「沖縄ノート」「新しい小説のために」などのほか講演集「核時代の想像力」、重藤文夫との対話「原爆後の人間」や「状況へ」などの著書がある。作品集に「大江健三郎全作品」（第1期・第2期各全6巻，新潮社）、「大江健三郎同時代論集」（全10巻，岩波書店）、自選全集「大江健三郎小説」（全10巻，新潮社）がある。　[団]日本ペンクラブ、日本文芸家協会
[家]長男＝大江光（作曲家）

大江 賢次　おおえ・けんじ

小説家　[生]明治38年9月20日　[没]昭和62年2月1日　[出]鳥取県日野郡溝口町　[学]溝口小学校（大正7年）卒　[歴]小作農の家に生まれ、小卒後、農事の暇に炭ガマ作り、トンネル工事などに従事、傍ら好きな文章修業を続ける。21歳で実業之日本社に入社するが両親を失い郷里にもどり、23歳で再び上京、新しき村に共鳴し武者小路実篤の書生に。「三田文学」に創作を発表する一方、片岡鉄兵の物心両面の援助を受け、その影響でプロレタリア文学に近づく。出世作は昭和5年、雑誌「改造」懸賞小説で2位に入選した「シベリア」。ほかに「絶唱」、自伝「アゴ伝」「望郷」などがある。　[家]妻＝おおえひで（児童文学者）

大江 権八　おおえ・ごんぱち

劇作家　東根市立高崎公民館長　[出]山形県東根市　[賞]山形県教育功労賞（平成6年）　[歴]教員生活を経て、昭和62年から東根市立高崎公民館長を務める。一方、学校、地域で長く演劇に携わり、同年戯曲集「峠の小春」を出版。登場人物の一人で、同市から北海道に入植し、新得町の基礎を築いたといわれる村山和十郎が、平成3年生誕100年を迎えることがわかり、市長のメッセージを伝えるため新得町を訪問。それを機に6年友好都市になり、それを記念し村山の生涯を描いた戯曲「北飛翔」を執筆。7年住民手作りの劇として東根市で初上演され、8年新得町でも公演。

おおえ ひで

児童文学作家　[生]大正1年12月10日　[没]平成8年　[出]長崎県西彼杵郡高浜村　本名＝大江ヒデ（おおえ・ひで）　[学]高小卒　[賞]未明文学奨励賞（第5回）（昭和36年）「南の風の物語」、小学館文学賞（第20回）（昭和46年）「八月がくるたびに」
[歴]19歳の時上京。独学で専検に合格し保育園の保母となる。小説家・大江賢次と結婚後、児童文学の創作を始め、昭和36年処女作「南の風の物語」で第5回未明文学奨励賞を受賞した。他の作品に、戦争児童文学の代表作ともいうべき「八月がくるたびに」、「ベレ帽おじいさん」「りよおばあさん」などがある。
[団]日本児童文学者協会、長崎証言の会
[家]夫＝大江賢次（小説家・故人）

大岡 玲　おおおか・あきら

小説家　[専]イタリア語　[生]昭和33年10月16日
[出]東京都三鷹市　[学]東京外国語大学外国語学部イタリア語学科卒、東京外国語大学大学院外国語学研究科ロマンス系言語専攻修士課程修了　[賞]三島由紀夫賞（第2回）（平成1年）「黄昏のストーム・シーディング」、芥川賞（第102回）（平成2年）「表層生活」　[歴]詩人・大岡信と脚本家・深瀬サキの長男。美術系専門学校で美術史を担当。平成元年武蔵野美大で文献研究の講座を担当。20代初めから小説を書き始め、2年「表層生活」で芥川賞を受賞。他の著書に「黄昏のストーム・シーディング」「ヒ・ノ・マ・ル」「森の人」「ねぇ、ここなおして」「ブラック・マジック」など。　[団]日本文芸家協会
[家]父＝大岡信（詩人）、母＝深瀬サキ（劇作家）、祖父＝大岡博（歌人）

大岡 昇平　おおおか・しょうへい

小説家　フランス文学者　日本近代文学館常務理事　[生]明治42年3月6日　[没]昭和63年12月25日　[出]東京市牛込区新小川町　[学]京都帝国大学仏文学科（昭和7年）卒　[賞]横光利一賞（第1回）（昭和24年）「俘虜記」、読売文学賞（第3回・小説賞）（昭和26年）「野火」、新潮社文学賞（第8回）（昭和36年）「花影」、毎日出版文化賞（第15回）（昭和36年）「花影」、毎日芸術大賞（昭和46年）「レイテ戦記」、野間文芸賞（第27回）（昭和49年）「中原中也」、朝日賞（昭和51年）、日本推理作家協会賞（第31回・長篇部門）（昭和52年）「事件」、読売文学賞（第40回・

評論伝記賞）（平成1年）「小説家夏目漱石」
㊳京大卒業後、スタンダールの「パルムの僧院」を読み、以後スタンダールに傾倒する。国民新聞、帝国酸素、川崎重工業に勤務する傍ら、「作品」「文学界」等にスタンダールの翻訳・研究や評論文を発表。昭和19年召集され、ミンドロ島に従軍。復員後、この間の捕虜生活を中心に描いた「俘虜記」で24年第1回横光利一賞受賞。25年「武蔵野夫人」がベストセラーとなる。以後、文筆活動に入り、26年「野火」で読売文学賞、36年「花影」で新潮社文学賞および毎日出版文化賞、52年「事件」で日本推理作家協会賞など受賞多数。作品はほかに「酸素」「天誅組」「レイテ戦記」「中原中也」「富永太郎」「堺港攘夷始末」「小説家夏目漱石」など。46年芸術院会員への推挙を辞退している。「大岡昇平全集」（全16巻、中央公論社）、「大岡昇平集」（全18巻、岩波書店）、「大岡昇平全集」（全23巻別巻1、筑摩書房）がある。
㊳日本文芸家協会

大鋸 一正　おおが・かずまさ
小説家　㊷昭和39年7月10日　㊸岐阜県　㊹多摩美術大学造形学部デザイン学科卒　㊺文芸賞（優秀作、第33回）「フレア」　㊻著書に「フレア」「ヒコ」「春の完成」「緑ノ鳥」がある。
㊳日本文芸家協会

大垣 肇　おおがき・はじめ
劇作家　㊷明治43年2月7日　㊹昭和54年5月3日　㊸東京　本名＝真田与四男　㊹法政大学国文科中退　㊺真山青果を劇作の師とし、創作するとともに労働運動に従事。戦後は大森で書店経営をしながら創作をつづけ、「幸運の黄金の矢」「時しはわれに辛かりき」「水沢の一夜」「親鸞」（正、続）など発表。
㊼父＝佐藤紅緑（作家）、兄＝サトウハチロー（詩人）、妹＝佐藤愛子（作家）

大鐘 稔彦　おおがね・としひこ
医師　作家　東鷲宮病院副院長　㊺消化器外科　㊷昭和18年　㊸愛知県名古屋市　筆名＝高山路爛（たかやま・ろらん）　㊹京都大学医学部（昭和43年）卒　㊻昭和43年神戸製鋼病院、45年国保町立高島病院、49年長浜赤十字病院勤務を経て、53年西大宮病院院長。同年日本の医療を考える会（のち、日本の医療を良くする会）を発足し、閉鎖的な医療界を告発した。61年には解散を余儀なくされる。62年日心会一心病院外科部長。平成元年4月〜6年消化器・成人病センター・ホスピスの上尾甦生病院院長。さらに常盤台外科病院外科部長ののち、東鷲宮病院副院長。一方、大学在学中から昭和53年まで個人文芸誌「Polaris」（月刊）を発行。高山路爛のペンネームで「ある船医の思い出」「罪ある人びと」「王国への道」「我が半生の素描」などを発表。専門書に「実践の手術手技」「癌の告知」「虫垂炎―100年の変遷・その臨床と病理」などがある。　㊳国際保健医療学会（評議員）

大川 悦生　おおかわ・えっせい
児童文学作家　㊺日本伝承文芸（民話）
㊷昭和5年7月6日　㊹平成10年3月27日　㊸長野県更級郡　本名＝大川悦生（おおかわ・よしお）
㊹早稲田大学文学部仏文科卒　㊺サンケイ児童出版文化賞（第27回）（昭和55年）「たなばたむかし」　㊻"民話を語る会"を主宰し、民話の研究及び伝承に尽力。東京都原爆被害者団体協議会後援会世話人も務めた。平成11年広島の原爆を通して平和の尊さを訴えた作品「はとよ ひろしまの空を」がアニメ映画化され、絵本にもなった。主な著書に「おかあさんの木」「子どもがはじめてであう民話」（全10巻）「へっこきじっさま一代記」「広島・長崎からの伝言」など多数。
㊳日本児童文学者協会、日本子どもの本研究会、東京被爆者後援会（世話人）

大川 俊道　おおかわ・としみち
シナリオライター　映画監督　㊷昭和32年　㊸茨城県　㊹明治大学法学部卒　㊺くまもと映画祭脚本賞（第13回・ヤングシネマ部門）（平成1年）「ころがし涼太」「激突!モンスターバス」　㊻昭和57年「太陽にほえろ!」でシナリオライターとしてデビュー。以後、同番組のレギュラー作家に。作品にアニメ「キャッツアイ」「ルパン三世」、TVドラマ「ベイシティ刑事」「ハングマンGOGO」、映画「あぶない刑事」「またまたあぶない刑事」「あぶない刑事リターンズ」など。その後、ビデオシネマ「クライムハンター」などの監督を経て、平成6年「No Body」で劇場用映画監督としてデビュー。
㊳日本映画監督協会

大川 富之助　おおかわ・とみのすけ
日中文化交流センター客員　㊷明治42年　㊸東京　㊹二松学舎中国文学科卒、立正大学文学部歴史地理学科卒、日本大学経済学部経営学科卒　㊺伊東市芸術祭教育委員会賞（小説部門）、伊東市芸術祭市長賞（小説部門）　㊻著書に「孔子外伝」「小説 百家争鳴―中国思想の源流」がある。

大河原 孝夫　おおかわら・たかお
映画監督　㊷昭和24年10月20日　㊸千葉県　㊹早稲田大学教育学部卒　㊺城戸賞（準入選、第13回、昭和62年度）「超少女REIKO」　㊻昭和48年東宝入社、助監督部入り。森谷司郎監督「日本沈没」についたのが初仕事で、以後舛田利雄「野獣死すべし」、浦山桐郎「青春の門」、

黒沢明「影武者」、蔵原惟繕「春の鐘」などのほか岡本喜八、降旗康男監督らの作品につく。自作のシナリオ「超少女REIKO」が映画化されることになり、平成3年同作品で監督デビュー。他の作品に「ゴジラVSメカゴジラ」「ヤマトタケル」「誘拐」「ゴジラ2000ミレニアム」など。

大木 直太郎　おおき・なおたろう

劇作家　演劇評論家　明治大学名誉教授　[専]日本古代中世演劇史　戯曲論　[生]明治34年4月3日　[没]昭和60年9月1日　[出]山梨県甲府市　[学]明治大学文芸科(昭和10年)卒　[賞]勲三等瑞宝章(昭和48年)　[歴]劇作を志し、13年戯曲「みちのくの僧兵」の上演以来創作に専念。のち明大教授。著書に「劇作法」「演劇論」「陸奥の僧兵」「学校演劇について」「現代演劇論大系」などがある。43年以来度々ソ連に渡り、モスクワコメディ劇場を中心に演劇を研究、46年にはタガンカ劇場名誉劇団員に推された。[団]日本文芸家協会、芸能史研究会、演劇学会

大木 雄二　おおき・ゆうじ

歌人　児童文学者　[生]明治28年5月7日　[没]昭和38年7月21日　[出]群馬県　本名＝大木雄三　[歴]小学校教員を経て上京し、大正8年「こども雑誌」の編集者となる。同時に童話を書き始め「金の星」などに作品を発表する。昭和3年新興童話作家連盟の結成に参加し「可愛い敵め」を発表。以後も童話作家として活躍し、著書に「月夜の馬車」「なきむしうさぎ」「二宮金次郎」などがある。

正親町 公和　おおぎまち・きんかず

小説家　[生]明治14年10月14日　[没]昭和35年12月7日　[出]東京　筆名＝高尾清五郎　[学]学習院　[歴]学習院在学中の明治33年「白樺」を創刊し、小説「万屋」を発表。以後「白樺」誌上に小説、小品を発表。初期「白樺」編集発行人でもあった。大正3年以降、実業家となった。

大久保 権八　おおくぼ・ごんぱち

コピーライター　小説家　[学]早稲田大学第一文学部仏文科中退　[賞]オール讀物新人賞(第56回)「百合野通りから」　[歴]大手広告代理店の制作会社などを経て、フリーのコピーライターとなる。小説「百合野通りから」で第56回オール讀物新人賞を受賞。著書に「実録サラ金ガイド」など。

大久保 忍　おおくぼ・しのぶ

作家　民間療法研究家　[専]幸田露伴　[生]昭和8年3月26日　[出]蒙古(現・モンゴル)　本名＝高橋忍(たかはし・しのぶ)　[興]凶悪犯罪　[歴]創作の傍ら、世界各国をめぐり、各地の民間療法を収集する。漢方療法への造詣も深い。著書に小説「馬賊の唄」「女奴隷船」「日本妖人伝」「大米龍雲の遺書—人殺しつつ寺詣り」の他、「民間マル秘療法」(3巻)「民間マル秘体操」「中国四千年の健康マル秘百科」など。

大久保 智弘　おおくぼ・ともひろ

作家　[生]昭和22年8月23日　[出]長野県茅野市　[学]立教大学文学部(昭和46年)卒　[賞]時代小説大賞(第5回)(平成6年)「わが胸は蒼茫たり」　[歴]中学校教師を経て、都立高の教師を務める。傍ら時代小説を執筆。著書に「水の砦—福島正則最後の闘い」「江戸群炎記」「勇者は懼れず」「わが胸は蒼茫たり」「木霊風説」などがある。[団]日本文芸家協会

大久保 房男　おおくぼ・ふさお

作家　評論家　編集者　講談社顧問　光文社顧問　[生]大正10年9月1日　[出]三重県　[学]慶応義塾大学文学部国文科(昭和21年)卒　[賞]芸術選奨文部大臣新人賞(第42回・平3年度)(平成4年)「小説・海のまつりごと」　[歴]昭和21年講談社入社。「群像」編集部、編集長20年ののち、「婦人倶楽部」編集長、「週刊現代」初代編集長を歴任。48年監査役、のち顧問。日本ペンクラブ理事、日本大学芸術学部、東京教育大学講師もつとめた。主著に「文士と文壇」「文芸編集者はかく考える」「海のまつりごと」など。[団]日本ペンクラブ、三田文学会、日本文芸家協会

大隈 俊雄　おおくま・としお

劇作家　[生]明治34年1月5日　[出]福岡県　[学]早稲田大学露文科中退　[歴]昭和3年、市川左団次のソ連公演に随行する。5年「吼えろ支那」を刊行して、新興演劇運動を推進する。劇作家として活躍し、他に「黄金街」「中山忠光卿」などの著書があり、編著に「市川左団次歌舞伎紀行」がある。

大隈 三好　おおくま・みよし

小説家　[専]歴史小説　歴史評論　[生]明治39年1月12日　[没]平成4年10月3日　[出]佐賀県　筆名＝妻屋大助(つまや・だいすけ)　[学]佐賀師範卒、日本大学中退　[賞]サンデー毎日大衆文芸賞、小説新潮賞(第5回)(昭和33年)「焼残反故」　[歴]教員生活、映画公社勤務などを経て作家生活に入り、昭和33年「焼残反故」で小説新潮賞を受賞。歴史小説が多く、著書は「流人の生活・伊豆七島流人史」「神風連」「盲人の生活」など多数。

大熊 義和　おおくま・よしかず
童話作家　[生]昭和12年　[出]埼玉県　[学]熊谷商卒　[歴]高校卒業後、家業の豆腐屋を継ぐ。傍ら、友人のすすめで童謡を作りはじめ、作詞家・結城よしおが創刊した童謡同人誌に参加、1年後に作品がレコード化される。また、日本童話会に童話を発表。著書に教育画劇「ちょうちょとなわとび」「はっしゃオーライ」「あめのみえないちょうちょ」「てっちゃんのえほん」などがある。

大倉 崇裕　おおくら・たかひろ
小説家　翻訳家　[生]昭和43年　[出]京都府　筆名＝円谷夏樹　[学]学習院大学法部卒　[賞]小説推理新人賞(平成10年)「ツール&ストール」　[歴]出版社勤務を経て、フリー。平成10年円谷夏樹の筆名で「ツール&ストール」が小説推理新人賞を受賞。「刑事コロンボ 殺しの序曲」「刑事コロンボ 死の引受人」などの翻訳も手掛ける。

大倉 燁子　おおくら・てるこ
小説家　[生]明治19年4月12日　[没]昭和35年7月18日　[出]東京・本郷弓町　本名＝物集芳子　[学]東京女高師中退　[歴]二葉亭四迷や森下雨村らに小説の指導を受け、昭和10年刊行の「踊る影絵」で、最初の女流探偵作家として文壇に登場する。他の作品に「殺人流線型」「笑ふ花束」「影なき女」などがある。

大倉 桃郎　おおくら・とうろう
小説家　児童文学者　[生]明治12年11月17日　[没]昭和19年4月22日　[出]香川県仲多度郡本島村　本名＝大倉国松　別号＝琴峰、黒風白雨桜、舟町彩二　[歴]少年時代、海軍工廠の造舟図工をしていたが、後に上京して国語伝習所で国語を学ぶ。「文庫」に多くの作品を投稿し、「万朝報」の懸賞小説で「女渡守」など多くの作品が1等当選作となる。日露戦争前後2度にわたって応召、従軍中の明治38年「琵琶歌」が大阪朝日新聞第1回懸賞小説に入選し一躍文名があがる。40年「万朝報」記者となり、大正13年退社後、執筆に専念する。以後、家庭小説、歴史小説を書きつづけ、晩年は講談社の「少年倶楽部」などの常連執筆者として「おや星子星」など少年少女小説を多く書いた。他の作品に「旧山河」「平和の日まで」「屍の中より」「万石浪人」「少年戦線」「中江藤樹」「頼山陽」などがある。

大蔵 宏之　おおくら・ひろゆき
児童文学作家　[生]明治41年11月4日　[没]平成6年5月17日　[出]奈良県　本名＝大蔵新蔵　[学]関西大学中退　[歴]大阪市東区史編纂係を経て、NHKに勤務。青少年部主管などを務めた。かたわら「新児童文学」などを創刊し、昭和18年童話集「お父さんの戦友」を刊行。以後児童文学作家として活躍し「戦争っ子」「ぼくは負けない」「朝の太陽」「光ったお星さま」「ひこいちとんちばなし」などの著書がある。　[団]日本児童文芸家協会

大栗 丹後　おおぐり・たんご
小説家　[生]昭和3年　[出]大分県　[歴]30年間テレビ、新聞などマスコミ業界に身をおく。かたわら時代小説を執筆。“裏隠密シリーズ”が有名。また「赤胴鈴之助」の作詞でも知られる。他に「江戸城風雲録」「風をつかむ—三井創業物語」「物語・名将一期一会」など。　[団]日本文芸家クラブ

大河内 常平　おおこうち・つねひら
推理作家　[生]大正14年2月9日　[没]昭和61年6月26日　[出]東京　本名＝山田常平　[学]日本大学芸術学部(昭和22年)卒　[賞]日赤金色有功章(昭和48年)、紺綬褒章(昭和49年)　[歴]昭和24年雑誌「宝石」の長編募集に入選し、以後作家となる。代々徳川幕府の書院番を務めた家に生まれ、日本刀の鑑定などに詳しい。代表作に「九十九本の妖刀」「クレイ少佐の死」「赤い月」など。　[団]探偵作家クラブ　[家]妻＝山田雅子(茶道教授)

大阪 圭吉　おおさか・けいきち
推理作家　[生]明治45年3月20日　[没]昭和20年7月2日　[出]愛知県新城町(現・新城市)　本名＝鈴木福太郎　[学]日本大学商業学校(昭和6年)卒　[歴]昭和7年「デパートの絞刑吏」で作家として出発。9年に探偵小説専門誌「ぷろふいる」に発表した短編「とむらい機関車」が代表作といわれる。「石塚幽霊」「三狂人」などのほか、ユーモア小説、風俗小説、スパイ小説もある。17年本格的な作家活動のため上京し、少国民文学報国会に勤務。期待の新人として注目された。戦時中は日本文学報国会会計課長になるが、18年応召、20年ルソン島で戦死した。

大崎 和子　おおさき・かずこ
児童文学作家　[生]昭和7年3月2日　[出]北海道上川郡下川町　[学]札幌南高卒　[賞]室蘭文芸賞(第1回)(昭和61年)　[歴]結婚後、長男のための本を選んでいるうちに、児童文学に興味を持ち、執筆するようになる。室蘭の文学研究会「蘭の会」と道内の児童文学同人誌「まゆ」に所属。昭和59年、立風書房が北海道児童文学全集発刊記念として募集した100万円懸賞児童文学作品に応募した「ぼくの太陽」が当選。ほかに「港南町から港北町へ」など。　[団]蘭の会、まゆ

大沢 在昌　おおさわ・ありまさ

推理作家　[生]昭和31年3月8日　[出]愛知県名古屋市　[学]慶応義塾大学法学部(昭和52年)中退　[賞]小説推理新人賞(第1回)(昭和53年)「感傷の街角」、日本冒険小説協会最優秀短編賞(第4回)(昭和61年)「深夜曲馬団」、吉川英治文学新人賞(平成3年)「新宿鮫」、日本推理作家協会賞(第44回)(平成3年)「新宿鮫」、直木賞(第110回)(平成6年)「新宿鮫 無間人形」　[歴]中学時代より作家を志し、大学中退後、本格的に作家を目指す。昭和53年デビュー作「感傷の街角」で第1回小説推理新人賞受賞。61年「深夜曲馬団」で第4回日本冒険小説協会最優秀短編賞受賞。平成3年「新宿鮫」で吉川英治文学新人賞を受賞、6年シリーズ第4作「新宿鮫無間人形」で直木賞を受賞した。4年には自らの作家活動をバックアップする会社として大沢オフィスを設立、社長として宮部みゆき、京極夏彦を抱えている。他の著書に「ダブル・トラップ」「ジャングルの儀式」「標的走路」「アルバイト探偵(アイ)」「毒猿」「雪蛍」「眠たい奴ら」「涙はふくな、凍るまで」「北の狩人」「撃つ薔薇」「心では重すぎる」など。　[団]日本推理作家協会(常任理事)、日本ペンクラブ、日本文芸家協会　http://www.osawa-office.co.jp/

大沢 天仙　おおさわ・てんせん

小説家　[生]明治6年(?)　[没]明治39年(?)　[出]上総鶴舞町(現・千葉県)　本名＝大沢興国　[歴]早くから演劇界に関係し、また北海道で仏門に入る。江見水蔭の門下生として、明治29年「退院患者」を発表。以後「暗黒店」「明暗」や「鉄窓の月」「脱監囚」などを発表。大衆小説が多いが「続高僧伝」など仏教文芸書もある。また36年創刊の「仏教文芸」の編集にも関係した。

大沢 幹夫　おおさわ・みきお

劇作家　[生]明治44年3月31日　[出]熊本県　本名＝杉本重臣　[学]広島高等師範英語科中退　[歴]プロレタリア演劇で活躍し、東京左翼劇場に所属して「機関車」や小林多喜二「沼尻村」などの脚本を発表。またコップ常任、プロット書記長代理などもつとめる。戦後は新協劇団に参加し、昭和26年東京喜劇座に参加した。戦後の作品に「忘られぬ五月一日」などがある。

大路 和子　おおじ・かずこ

小説家　[生]昭和10年6月10日　[出]和歌山県田辺市　本名＝稲垣和子　[学]慶応義塾大学文学部卒　[賞]日本旅行記賞佳作入選(第5回)(昭和54年)「波濤への旅」、歴史読本歴史文学賞(第6回)(昭和57年)「補陀落山へ」　[歴]和歌山県で英語塾を経営していたが、昭和54年塾を人手に譲って上京、予備校の時間講師として教える一方、小説を書き始める。著書に「清姫物語」「沖田総司を歩く」など。　[団]日本ペンクラブ、大衆文学研究会、日本文芸家協会

大鹿 卓　おおしか・たく

詩人　小説家　[生]明治31年8月25日　[没]昭和34年2月1日　[出]愛知県海東郡津島町　本名＝大鹿秀三(おおしか・ひでぞう)　[学]秋田鉱山専門学校冶金科(大正10年)卒、京都帝国大学経済学部中退　[賞]中央公論原稿募集入選(第3回)(昭和10年)「野蛮人」、新潮社文芸賞(第5回)(昭和17年)「渡良瀬川」　[歴]大学中退後東京に戻り、大正11年東京府立第八高女の化学教師となる。この頃から詩作をはじめ、15年「兵隊」を刊行。昭和に入って小説に転じ、10年に教員をやめて作家生活に入り、佐藤春夫に師事する。14年「文芸日本」を創刊。16年足尾銅山鉱毒事件を扱った「渡良瀬川」を刊行、17年に新潮賞を受賞。他の作品に「都塵」「谷中村事件」などがある。　[家]兄＝金子光晴(詩人)

大下 宇陀児　おおした・うだる

小説家　[生]明治29年11月15日　[没]昭和41年8月11日　[出]長野県上伊那郡箕輪町　本名＝木下龍夫　[学]九州帝国大学工学部応用化学科(大正10年)卒　[賞]日本探偵作家クラブ賞(第4回)(昭和25年)「石の下の記録」　[歴]大学卒業後農商務省臨時窒素研究所に勤務。そのかたわら大正14年発表の「金口の巻煙草」などの探偵小説を数多く発表し、昭和4年以降作家に専念する。戦前の作品には「蛭川博士」「義眼」「情鬼」「鉄の舌」などがあり、戦後は社会機構に息づく人間の犯罪心理に焦点をあわせた作品を多数発表、23年「石の下の記録」で探偵作家クラブ賞を受賞。27〜29年探偵クラブ会長、また22年からNHKラジオの「二十の扉」のレギュラーを12年間務めた。

大下 英治　おおした・えいじ

作家　ルポライター　[生]昭和19年6月7日　[出]広島県安芸郡府中町　本名＝大下英治(おおした・ひではる)　[学]広島大学文学部仏文科卒　[興]政治、経済、芸能、スポーツ、歴史　[賞]日本文芸大賞現代文学賞(昭60年度)「修羅の群れ」、ギャラクシー賞(平成1年)「映画三国志」、ギャラクシー賞(平成3年)「A少年の6日間の空白」　[歴]大宅マスコミ塾第7期生。昭和44〜57年「週刊文春」記者として活躍。56年「小説電通」で作家としてデビュー。57年には竹久みちを追及した「三越の女帝」を発表、反響を呼ぶ。ほかの著書に「小説田中軍団」「修羅の群れ」「小説三越・十三人のユダ」「美空ひばり時代をうたう」「梟商小佐野賢治の昭和戦国史」「捨て身の首領・小説金丸信」「蘇える松田優作」「自民

党燃ゆ」「魔性のシンデレラ(松田聖子ストーリー)」「人間 小沢一郎 一を以て貫く」「太地喜和子伝説」「孫正義起業の若き獅子」「新説鈴木その子」などがある。 [団]日本文芸家協会

大嶋 拓　おおしま・たく

映像作家 [生]昭和38年4月6日 [出]東京都世田谷区 [学]慶応義塾大学文学部卒 [歴]小学3年生頃から8ミリを回し始める。昭和52年中学2年の時に「ひとかけらの青春」で第1回ぴあフィルムフェスティバル入選、以後同フェスティバルの常連となり、63年「ドコニイルノ?」で再び入選。同年大林宣彦監督のビデオ作品で脚本家としてデビュー。シナリオ作品に「ツルモク独身寮」などがある。平成5年初のシナリオ・監督作品「カナカナ」を製作、海外の映画祭で大きな反響を呼び、7年日本でも公開。 [家]父=青江舜二郎(劇作家・故人)

大島 渚　おおしま・なぎさ

映画監督 大島渚プロダクション代表 [生]昭和7年3月31日 [出]京都府京都市左京区吉田町 [学]京都大学法学部(昭和29年)卒 [賞]日本映画監督協会新人賞(第1回, 昭35年度)「青春残酷物語」、ブルーリボン賞(新人賞, 昭35年度)「青春残酷物語」、芸術祭賞(テレビ部門)(昭和35年)「青春の深き淵より」、年間代表シナリオ(昭35年度・42年度・43年度)「太陽の墓場」「日本春歌考」「絞死刑」、ギャラクシー賞(第1回)(昭和38年)「忘れられた皇軍」、日本映画記者会賞(最優秀作品賞)(昭和41年)「白昼の通り魔」、キネマ旬報賞(脚本賞, 日本映画監督賞・脚本賞, 読者選出日本映画監督賞, 昭43年度・46年度・58年度)「絞死刑」「儀式」「戦場のメリー・クリスマス」、毎日映画コンクール脚本賞, 監督賞・脚本賞(昭46年度・58年度)「儀式」「戦場のメリー・クリスマス」、英国映画協会賞(昭和51年)「愛のコリーダ」、シカゴ国際映画祭審査員特別賞(昭和51年)「愛のコリーダ」、カンヌ国際映画祭最優秀監督賞(昭和53年)「愛の亡霊」、ブルーリボン賞(特別賞, 昭58年度)、川喜多賞(昭和60年)、ハイビジョンアウォード特別功績者(平成10年)、牧野省三賞(平成11年)、芸術選奨文部大臣賞(平11年度)(平成12年)「御法度」、サンクトペテルブルク国際映画祭グランプリ(平成12年)「御法度」、紫綬褒章(平成12年)、毎日芸術賞(第42回, 平12年度)(平成13年)「御法度」 [歴]昭和29年松竹大船撮影所に助監督として入社し、大庭秀雄監督らにつく。オリジナル脚本による監督をめざし31年以降主宰誌「7人」及び「シナリオ集」に11本の脚本を発表。34年「愛と希望の街」(脚本では「鳩を売る少年」)で監督デビュー。続いて「青春残酷物語」「太陽の墓場」を発表、"松竹ヌーベル・バーグ"の旗手となるが、「日本の夜と霧」のトラブルで、36年退社。同年独立プロ・創造社を設立。以後、「飼育」「白昼の通り魔」「日本春歌考」「絞死刑」「少年」「儀式」などの佳作を撮る。48年創造社は解散、50年大島渚プロを設立。その後も話題の作品は絶えず、51年「愛のコリーダ」、53年「愛の亡霊」、58年「戦場のメリー・クリスマス」、61年「マックス、モン・アムール」といずれも外国との合作映画を発表し受賞も多数。またテレビでは人生相談回答やワイドショーで"タレント性"も発揮、ほかに講演、著述など多方面で活躍。55年～平成8年日本映画監督協会理事長。東京国立近代美術館フィルムセンター運営委員、川喜多記念映画文化財団理事も務める。平成8年2月脳出血で倒れ、一時は右半身不随となるが、リハビリを続け、9月にはテレビに復帰。11年故松田優作の長男、松田龍平や、ビートたけしなどを起用し、12年ぶりの映画「御法度」を監督。12年公開当時ボカシやカットが全体の3分の1に及んだ話題作「愛のコリーダ」が、修整を大幅に削減されて公開される。同年紫綬褒章を受章。著書は「日本の夜と霧」「絞死刑」などシナリオ集をはじめ、評論「戦後映画・破壊と創造」「体験的戦後映像論」「女たち、もっと素敵に」「男と女のちょっと気になる話」「大島渚1960」「理屈はいい、こういう人間が愚かなんだ」など多数。 [団]日本映画監督協会 [家]妻=小山明子(女優)

大嶋 寛　おおしま・ひろし

作家 [専]国文学 [生]昭和6年 [出]北海道空知郡中富良野町 [学]北海道大学文学部国文学科(昭和29年)卒 [賞]地方出版文化功労賞「松窓乙二伝―北の芭蕉」 [歴]釧路湖陵、夕張北、伊達、札幌西各高校に国語科教諭として勤務。平成3年退職。著書に「松窓乙二伝―北の芭蕉」、小説「ポセイドンの怒り」がある。 [団]北大国文学会、日本近世文学会

大島 昌宏　おおしま・まさひろ

小説家 [生]昭和9年7月27日 [没]平成11年12月14日 [出]福井県福井市 本名=藤野昌宏 [学]日本大学芸術学部映画科(昭和32年)卒 [賞]新田次郎文学賞(第11回)(平成4年)「九頭竜川」、中山義秀文学賞(第3回)(平成7年)「罪なくして斬られる―小栗上野介」 [歴]中央宣興に勤務の傍ら、テレビCMを手がける。著書に「九頭竜川」「罪なくして斬られる―小栗上野介」「そろばん武士道」「北の海鳴り小説・中島三郎助」「柳生宗矩」「海の隼」がある。 [団]日本文芸家協会、大衆文学研究会

大島 真寿美　おおしま・ますみ
小説家　[生]昭和37年　[出]愛知県名古屋市　[学]南山短期大学人間関係学科卒　[賞]文学界新人賞(第74回)(平成4年)「春の手品師」　[歴]高校時代からSF小説や戯曲を書き始める。父の経営する商事会社に勤務の傍ら、昭和59年劇団・垂直分布を結成して劇作・演出を担当。平成2年から小説を書き始める。4年垂直分布を解散。作品に「宙(ソラ)の家」「春の手品師」。

大島 万世　おおしま・まんせい
劇作家　[没](生没年不詳)　[歴]昭和初期～20年頃に活躍し「解放」「新演劇」などの雑誌に戯曲を執筆。また、「新演劇」の編集人も務めた。主な作品に戯曲「紙幣の戯れ」「地獄の街」「伊豆の頼朝」「新しい麓」、作品集「貰い風呂」「大島万世戯曲集」など。　[団]日本文学報国会、くろがね会、日本演劇協会、国民演劇会、早稲田演劇協会

大城 貞俊　おおしろ・さだとし
詩人　小説家　[生]昭和24年　[出]沖縄県　[学]琉球大学法文学部国語国文学科(昭和47年)卒　[賞]沖縄タイムス芸術選賞(文学評論部門奨励賞)(平成2年)、具志川市文学賞(平成4年)「椎の川」、沖縄市戯曲大賞(平成9年)「山のサバニ」、九州芸術祭文学賞(佳作)(平成13年)　[歴]高校教師の傍ら、詩を創作。のち沖縄県内の私立中学・高校で国語教師を務める。詩誌「EKE」「グループZO」同人、「詩と詩論・貘」主宰。詩集に「秩序への不安」「百足の夢」「夢・夢夢街道」「大城貞俊詩集」、評論集に「沖縄・戦後詩人論」「沖縄・戦後詩史」、小説に「椎の川」がある。

大城 立裕　おおしろ・たつひろ
小説家　戯曲家　元・沖縄県立博物館長　[生]大正14年9月19日　[出]沖縄県中頭郡中城村　[学]東亜同文書院大学中退　[賞]芥川賞(第57回)(昭和42年)「カクテル・パーティー」、紫綬褒章(平成2年)、平林たい子文学賞(第21回・小説部門)(平成5年)「日の果てから」　[歴]上海の東亜同文書院に進んだが、学半ばで現地入隊。戦後、高校教師から昭和25年琉球政府職員に。41年同通商課長、46年沖縄県沖縄史料編集所長などを経て、58～61年沖縄県立博物館長をつとめる。そのかたわら、戯曲、小説に手を染め、42年基地にかかわって反抗と贖罪の倫理を問うた「カクテル・パーティー」で沖縄初の芥川賞作家に。小説だけでなく沖縄の伝説・歴史・文化と幅広い活動を行う。また沖縄芝居実験劇場に参加、沖縄方言の作品「世替りや世替りや」が62年の紀伊国屋演劇賞特別賞を受賞。11年沖縄の宮廷芸能・組踊の戦後初の新作創作に着手。「真珠道」「海の天境」「山原船(やんばるぶね)」「花の幻」「遁ぎれ、結婚(にーびち)」の5番を完成させ、13年台本集「琉球楽劇集真珠道」を出版。他に「小説・琉球処分」「女神」「私の沖縄教育論」「般若心経入門」「対馬丸」「花の碑」「天女死すとも」「休息のエネルギー」「神の魚」「日の果てから」、全集に「大城立裕全集」(全13巻，勉誠出版)など。　[団]日本文芸家協会

大城 将保　おおしろ・まさやす
沖縄県立博物館学芸課長　[専]沖縄近現代史　[生]昭和14年10月18日　[出]沖縄県玉城村仲村渠　筆名＝嶋津与志(しま・つよし)　[学]早稲田大学教育学部社会科学科卒　[興]沖縄戦史、歴史小説　[賞]沖縄タイムス芸術選賞(昭和49年)、琉球新報短編小説賞(第1回)　[歴]私立高校教師、沖縄県立沖縄史料編集所専門員、県教育庁文化課主任専門員、沖縄県立博物館主幹を経て、学芸課長。「沖縄県史」「大宜味村史」などの戦時記録、県立平和祈念資料館の展示作成等にたずさわる。平成9年には喜劇「めんそーれ沖縄」の脚本を手掛けた。著書に「沖縄戦を考える」「沖縄戦―未来への証言」「琉球政府」、小説に「かんからさんしん物語」「琉球王国衰亡史」、シナリオに「戦場ぬ童」など。　[団]沖縄歴史研究会、日本科学者会議、沖縄戦を考える会、沖縄平和ガイドの会

大隅 真一　おおすみ・しんいち
児童劇作家　元・小学校教師　[生]大正13年9月29日　[出]福島県　[学]福島師範学校(昭和19年)卒　[賞]演劇教育賞(戯曲部門)(昭和47年)「イソップ物語」　[歴]昭和19年福島県小高小学校に勤務。29年日本演劇教育連盟会員となる。47年日本演劇教育連盟の演劇教育賞戯曲部門を、構成劇「イソップ物語」で受賞。この間福島県教組教文部長を歴任。59年福島県小高小学校勤務を最後に退職。著書に「劇のある教室を求めて」。　[団]日本演劇教育連盟(全国委員)、日本児童演劇協会、福島県民間教育研究団体協議会(常任事務局員)

おおすみ 正秋　おおすみ・まさあき
劇作家　演出家　元・飛行船(劇団)主宰　[生]昭和9年11月26日　[出]兵庫県神戸市　本名＝大隅正秋　[歴]昭和41年劇団・飛行船の創設に参加して、41年縫いぐるみ人形劇「3びきのこぶた」を初演。以来ぬいぐるみ劇(マスクプレイ)の劇団を率いて世界を回り、人気を博す。特に「ピノキオ物語」は上演回数1000回に及んだ。のちフリー。主なテレビ・アニメ作品に「ムーミン」(44年)、「ルパン三世」(46年)、「子鹿物語」(59年)など。平成4年劇場用映画「走れメロス」を監督。8年舞台「稽古場・はてしない物語」で脚本・演出を担当。のち東京工科大学ク

リエイティブラボ・アドバイザーを務める。㊿日本映画監督協会

大瀬 喬雄　おおせ・たかお

小説家　㊌大正13年2月14日　㊗佐賀県佐賀郡富士町大字下合瀬　本名=合瀬忠男　㊗佐賀師範卒、熊本予備士官学校卒　㊗玄海文学賞（第1回）（平成5年）「赤とんぼ」　㊗陸軍中野学校在学中に終戦。古湯小学校、佐賀師範附属小学校などを経て退職。会社員、塾経営後、和裁を習う。その間小説を執筆、昭和50年「薮の墓」が問題小説新人賞候補、52年「曲者」改め「刀と十字架」が小説現代新人賞候補となる。「九州文学」「城」同人。著書に「山湖幻記」がある。

大関 柊郎　おおぜき・しゅうろう

劇作家　㊌明治23年12月10日　㊣（没年不詳）　㊗茨城県北条町　本名=大関太一郎　㊗東京外国語学校仏語学科卒　㊗ボストン大学文科に学んだのち、東京日日新聞の記者を経て、大正3～10年演劇研究のため欧米諸国を歴遊する。14年からは宝塚少女歌劇の作者兼教師もつとめ、劇作家として活躍。11年刊行の「嵐」をはじめ「常陸山谷右衛門」「原敬」などの著書があり、翻訳にも「現代仏蘭西戯曲傑作叢書」などがある。

大迫 倫子　おおせこ・りんこ

小説家　㊌大正4年1月22日　㊗米国　㊗東京成女高女卒　㊗婦人画報社に勤務。そのかたわら作家として活躍、昭和15年「娘時代」を刊行。第二次大戦中は中支へ従軍した。他の著書に「娘の真実」「三十代の女」「女の欲望」「偽善の貞節」「愛と死と幸福の行方」などがある。

太田 経子　おおた・きょうこ

小説家　㊌昭和3年8月15日　㊗静岡県沼津市　㊗都立第五高女（昭和20年）卒　㊗会社員を経て結婚後、小説を書くようになる。志賀直哉、長与善郎の影響を受け、のち石川利光に師事して「文学者」「女流」に参加。昭和32年同人誌に発表した「渇き」が室生犀星に認められる。他の著書に「黯い暦」「重き第二の性」「ゆらめき」「英泉秘画 青眉の女」などがある。㊿日本文芸家協会、日本ペンクラブ

太田 玉茗　おおた・ぎょくめい

詩人　小説家　㊌明治4年5月6日　㊣昭和2年4月6日　㊗埼玉県行田　本名=伊藤蔵三　別名=太田玄綱、三村玄綱　㊗曹洞専門本校大学林（現・駒沢大学）（明治21年）卒、東京専門学校文学科（明治27年）卒　㊗小学時代に寺に預けられ、12歳で僧籍に入る。明治21年から「穎才新誌」に投稿をはじめ田山花袋を知り、「少年園」に新体詩を発表して認められる。30年花袋、柳田国男、国木田独歩、嵯峨の屋御室らと「抒情詩」を刊行。また真宗勧学院教授に就任するが、32年建福寺住職となり、41年頃文壇を離れた。

太田 健一　おおた・けんいち

小説家　㊌昭和39年11月26日　㊗東京都　㊗上智大学経済学部卒　㊗サイバーパンク、フィリップ・K・ディック　㊗海燕新人文学賞（第7回）（昭和63年）「人生は疑似体験ゲーム」　㊗サイバーパンク小説に触発され、学生時代から同人誌に執筆。昭和63年「人生は疑似体験ゲーム」で注目される。他の作品に「神と人間のプロトコル」、作品集に「脳細胞日記」がある。日立電気勤務。

太田 皓一　おおた・こういち

映画プロデューサー　推理作家　㊌明治38年8月17日　㊗福岡市　筆名=夢座海二（ゆめざ・かいじ）　㊗法政大学英文科（昭和12年）卒　㊗松竹蒲田・大船撮影所を経て、日本映画社に勤務。戦後はフリーで短編記録映画の製作を手がける。一方、推理作家として、昭和24年に「赤は紫の中に隠れている」を発表。作品に「どんたく囃子」「空翔ける殺人」「歓喜魔符」など。

大田 倭子　おおた・しずこ

詩人　小説家　㊌昭和4年8月30日　㊗京都府京都市　㊗京都府立第二高女卒　㊗かわさき文学賞デルタ賞（第18・20回）（昭和49、昭和51年）「あの町」「靄の中」、かわさき文学賞美須賞（第19回）（昭和50年）「婆様の覚え書きより」、かわさき文学賞推薦（第20回）（昭和51年）「306号室」、小谷剛文学賞（第3回）（平成6年）　㊗児童合唱曲、歌曲、児童オペレッタ、オペラ台本などを書く。文芸同人誌「季刊作家」同人、詩誌「青焔」同人。著書に「太田倭子詩集」「藍みち―藍の染色史」「時を彩る」などがある。㊿日本音楽著作権協会、日本文芸家協会

太田 省吾　おおた・しょうご

劇作家　演出家　京都造形芸術大学教授　元・転形劇場主宰　㊌昭和14年9月24日　㊗中国・済南　㊗学習院大学政治学科（昭和37年）中退　㊗岸田国士戯曲賞（第22回）（昭和52年）「小町風伝」　㊗劇団発見の会を経て、昭和43年劇団転形劇場の創立に参加し、45年から主宰。小劇場演劇の第一世代に属し、「沈黙」を重視したユニークな舞台を創り上げ、56年には完全な沈黙劇「水の駅」を上演し話題を呼んだ。63年12月転形劇場を解散。湘南台文化センター市民シアター芸術監督。平成8年5月米国3都市で「更地」を公演。また近畿大学文芸学部教授を経て、京都造形芸術大学教授を務める。著

書に戯曲集「小町風伝」「老花夜想」、演劇論集「飛翔と懸垂」「裸形の劇場」「動詞の陰鬱」「劇の希望」がある。　団日本劇作家協会

太田 忠司　おおた・ただし

小説家　生昭和34年2月24日　出愛知県名古屋市　本名＝山本忠司　学名古屋工業大学電気工学科卒　歴昭和56年星新一ショートショートコンテストで「帰郷」が優秀作に選ばれる。平成2年推理小説「僕の殺人」で本格デビュー。他に「夜叉沼事件」などの〈少年探偵狩野俊介〉シリーズ、「Jの少女たち」などの〈元警察官阿南〉シリーズ、「上海香炉の謎」などの〈作家探偵霞田志郎〉シリーズ、「刑事失格」、〈新宿少年探偵団〉シリーズ、「3LDK要塞山崎家」などがある。　団日本推理作家協会、日本文芸家協会　http://www2.cjn.or.jp/~tadashi/

太田 忠久　おおた・ただひさ

作家　生昭和4年2月6日　出岡山県神郷町　学千屋高小(昭和17年)卒　賞農民文学賞(第11回)(昭和43年)「おれんの死」　歴岡山県神郷町釜村で農業のかたわら執筆。作品に「土塊」「米づくりの悲哀」「むらの選挙」「三日月の影」、「講座農を生きる〈2〉〈5〉」(分担執筆)など。

太田 千鶴夫　おおた・ちずお

小説家　警察医　生明治39年3月21日　没昭和43年5月19日　出鹿児島県　本名＝肥後栄吉　学千葉医大卒　賞「改造」懸賞創作入選(第4回)(昭和6年)「墜落の歌」　歴警視庁に警察医として勤務するかたわら執筆活動をし、昭和9年「警察医の日記」を刊行。他に紀行文「ブロードウェイの旅人」などの著書がある。

太田 俊夫　おおた・としお

推理作家　生大正2年7月29日　没平成5年8月21日　出東京　学東京京北実業高卒　歴カメラメーカーのワルツ会社に勤務するかたわら「文学者」同人となる。会社の倒産を機会に創作に専念し、昭和47年「暗雲」が直木賞候補に。49年「幻の天堂兵団」以来、「千分の一秒殺人事件」「脱獄容疑」「流星企業」などの著書がある。　団日本文芸家協会、日本推理作家協会

太田 治子　おおた・はるこ

作家　生昭和22年11月12日　出神奈川県小田原市　本名＝高木治子(たかぎ・はるこ)　学明治学院大学文学部英文学科(昭和45年)卒　賞坪田譲治文学賞(第1回)(昭和61年)「心映えの記」　歴高校2年の時に書いた手記「十七歳のノート」が話題となる。大学卒業後、OL生活を経て、昭和51～54年NHK「日曜美術館」のアシスタントをつとめ、傍ら小説「青春失恋記」で作家活動を再開。「母の万年筆」「気ままなお弁当箱」などのエッセイのほか、「ノスタルジア美術館」「私のヨーロッパ美術紀行」「万里子とわたしの美術館」などの美術書、「マリちゃんの人魚姫」などの童話もある。61年母との思い出を綴った「心映えの記」により第1回坪田譲治文学賞受賞。　団日本文芸家協会　家父＝太宰治、母＝太田静子

太田 博也　おおた・ひろや

児童文学作家　アビリティ教育研究所主宰　全国刑囚友の会主宰　生大正6年8月22日　出東京　学第二高等学校中退　歴昭和8年童話雑誌「お話の木」に風刺童話を発表して小川未明に認められる。14年創刊の「日本の子供」の編集者をつとめ、16年「ドン氏の行列」を刊行。以後児童文学作家として活躍し「ポリコの町」「にせ者さよなら」「風ぐるま」などを刊行。また、賀川豊彦に強い影響を受け、全国刑囚友の会を組織し、キリスト者として人権保護運動に活躍、41年には「生きている死者 死刑囚は訴える」を刊行した。

太田 靖之　おおた・やすゆき

医師　小説家　生昭和36年　出東京都　学琉球大学理学部海洋学科卒、Bicol Christian College of Medicine(平成3年)卒　歴東洋サルベージ勤務を経て、フィリピンへ。平成3年当地の医科大学を卒業、インターン研修ののち、4年フィリピン医師国家試験に合格、同国で日本人として初めての医師開業免許発行を持つ。インターン研修を受けた病院での出来事を描いた著書「緊急呼出し―エマージェンツー・コール」は平成7年大森一樹監督によって映画化された。

大田 洋子　おおた・ようこ

小説家　生明治36年11月20日　没昭和38年12月10日　出広島市西地方町　本名＝大田初子　学進徳実科高女(広島市)(大正12年)卒　賞女流文学者賞(第4回)(昭和27年)「人間襤褸」、平和文化賞(文化人会議)(昭和29年)「半人間」　歴高女卒業後教員生活をしていたが、結婚に失敗した後、女給などをして文学を志す。昭和4年「聖母のゐる黄昏」を発表。14年「海女」が「中央公論」の知識階級総動員懸賞に、15年「桜の国」が「朝日新聞」創刊50周年記念懸賞小説にそれぞれ1等入選し、広く世に知られた。20年疎開先の広島で被爆、その体験を記録した小説「屍の街」を書くが占領軍の報道管制ですぐには発表出来なかった。以後、代表作「人間襤褸」「半人間」「夕凪の街と人と」などを発表。晩年は私小説風な心理小説「八十歳」などで新境地を開いた。「大田洋子集」(全4巻)がある。

太田 蘭三　おおた・らんぞう

推理作家　[生]昭和4年4月19日　[出]三重県鈴鹿市　本名＝太田等　[学]中央大学法学部卒　[歴]昭和53年「殺意の三面峡谷」でデビュー。推理小説の他、レジャーライターとしても活躍し、雑誌「つり人」などにエッセイや時代小説を連載。登山歴、釣り歴は50年に及ぶ。主な作品に「脱獄山脈」「誘拐山脈」「顔のない刑事」「三人目の容疑者」「尾瀬の墓標」「南アルプス殺人峡谷」「破牢の人」「発射痕」「葦が泣く」など。　[団]日本文芸家協会

大滝 重直　おおたき・しげなお

小説家　[生]明治43年11月5日　[没]平成2年7月4日　[出]秋田県　[学]秋田県立本荘中(昭和4年)卒　[賞]大陸開拓文学賞(第1回)(昭和18年)「解氷期」　[歴]秋田魁新報社に5年間勤務したのち、石原莞爾中将の指導を受け、中国に渡り農村調査に従事。島木健作に師事、昭和18年「解氷期」で第1回大陸開拓文学賞を受けた。戦後はベーリング海や北欧を巡歴し、主にルポルタージュを執筆。著書に「バッハ」「ベートーヴェン」「白夜の海」「ホロンバイル日記」「ひとびとの星座」などがある。　[団]日本農民文学会

太田黒 克彦　おおたぐろ・かつひこ

児童文学者　随筆家　[生]明治28年7月1日　[没]昭和43年10月28日　[出]熊本市　[学]済々黌中退　[賞]野間文芸奨励賞(第5回)(昭和20年)「小ぶなものがたり」　[歴]16歳で上京して雑誌記者となり、30歳頃から文筆生活に入る。昭和17年随筆集「水辺手帖」を刊行。戦後は児童文学作家となり、31年刊行の「マスの大旅行」をはじめ「山ばとクル」「小ぶなものがたり」などの著書がある。

大竹 研　おおたけ・けん

脚本家　[賞]フジテレビヤングシナリオ大賞(第11回)(平成11年)「離婚疎開」　[歴]向田邦子の「あ・うん」との出会いがきっかけで約1年間務めた新聞記者を辞め、独学で脚本家を志す。平成10年フジテレビヤングシナリオ大賞で最終選考に残り、11年実体験をもとにした「離婚疎開」が、第11回同シナリオ大賞を受賞。同作品のドラマ化とドラマ「少年H」の企画に参加。

大舘 欣一　おおだち・きんいち

作家　[生]昭和9年6月15日　[出]埼玉県所沢市　[学]川越高卒　[賞]国民文化会議小説賞(第1回)(昭和36年)、総評文学賞(第20回)(昭和58年)、農民文学賞(第32回)(平成1年)「一礼の事」　[歴]NTT社員。著書に「ダイヤルは生きている」「総評文学賞作品集」「焦熱の街」「御犬養育村始末」「遠くの行列」などがある。　[団]全電通作業集団、労働者文学会議、日本文芸家協会

大谷 晃一　おおたに・こういち

作家　元・帝塚山学院大学学長　[専]史伝　歴史小説　伝記文学　近代日本文学　大阪学　[生]大正12年11月25日　[出]大阪府大阪市　[学]関西学院大学法文学部文学科卒　[興]楠木正成、高山右近、森鴎外、谷崎潤一郎、与謝蕪村、上島鬼貫、井原西鶴　[賞]日本エッセイスト・クラブ賞(第19回)(昭和46年)「続関西名作の風土」、大阪市民表彰(昭和58年)、伊丹市民文化賞(昭和59年)、大阪芸術賞(平成1年)　[歴]朝日新聞編集委員を務めた後、帝塚山学院大学文学部教授。のち名誉教授。平成9年学長に就任。13年退任。「評伝・梶井基次郎」「鴎外、屈辱に死す」「仮面の谷崎潤一郎」「評伝武田麟太郎」など評伝の話題作多数。歴史小説「楠木正成」「上田秋成」「井原西鶴」などの作品もある。　[団]日本文芸家協会、日本エッセイストクラブ、なにわ文化研究会(副座長)

大谷 忠一郎　おおたに・ちゅういちろう

詩人　[生]明治35年11月29日　[没]昭和38年4月12日　[出]福島県白河　本名＝大谷忠吉　[学]下野中卒　[賞]福島県文学賞(小説, 第1回)(昭和23年)「月宮殿」　[歴]中学卒業後「北方詩人」「日本詩人」に参加し、大正13年詩集「沙原を歩む」を刊行。以後「北方の曲」「村」「牡鹿半島の人々」「空色のポスト」などを刊行した。

大谷 藤子　おおたに・ふじこ

小説家　[生]明治36年11月3日　[没]昭和52年11月1日　[出]埼玉県秩父郡両神村　本名＝大谷トウ(おおや・とう)　[学]三田高女卒　[賞]「改造」懸賞創作2等(第7回)(昭和9年)「半生」、女流文学者賞(第5回)(昭和28年)「釣瓶の音」、女流文学賞(第9回)(昭和45年)「再会」　[歴]昭和3年「待たれぬもの」を発表して認められ、文壇に出る。のち「日暦」に参加し、9年「半生」が「改造」の懸賞小説に当選して新進作家の位置を確立する。戦後も多くの作品を発表し、28年「釣瓶の音」で女流文学賞を受賞。著書に「須崎屋」「谷間の店」「青い果実」「最後の客」「再会」などがある。

大谷 美和子　おおたに・みわこ

児童文学作家　[生]昭和19年12月21日　[出]福岡県　[学]鳳高卒　[賞]児童文芸新人賞(第18回)(平成1年)「ようこそスイング家族」、野間児童文芸新人賞(第26回)(平成3年)「きんいろの木」、日本児童文芸家協会賞(第20回)(平成8年)「またね」　[歴]昭和52年頃から同人「ふらここ童話会」参加し、児童小説を書き始める。61年、第35回毎日児童小説に「遠い町」で入選する。作品に「るっちゃんのおくりもの」「ようこそスイング家族」「またね」など。

大谷 羊太郎　おおたに・ようたろう

推理作家　[生]昭和6年2月16日　[出]大阪府東大阪市　本名＝大谷一夫　[学]慶応義塾大学文学部国文学科中退　[賞]江戸川乱歩賞(第16回)(昭和45年)「殺意の演奏」　[歴]音楽プロダクションを経営するかたわら小説を書き、昭和43年「推理界」に「死を運ぶギター」を発表。45年「殺意の演奏」で第16回江戸川乱歩賞を受賞。本格推理小説の論理的謎解きを守り、長年の芸能界生活を生かした「虹色の陥穽」「殺人変奏曲」「玉虫色の殺意」や、「悪人は三度死ぬ」「殺人の二重奏」「完全密室殺人事件」「雨の夜の殺意」など長短編を多数発表。
[団]日本推理作家協会、日本ペンクラブ、日本文芸家協会

大多和 由男　おおたわ・よしお

SF作家　メガネの春田社長　[歴]昭和45年眼鏡光学士一級を取得し、同年眼鏡技術認定店となる。50年メガネの春田社長に就任し、平成6年には会員制のメガネ店に組織替えして注目を浴びる。一方、昭和37年SF同人誌「宇宙塵」に「敗北」を発表し、41年SF小説集「活火山」を自費出版。52年講談社「日本SF原点への招待〈2〉」に「近眼バンザイ」を掲載。著書に「メガネって楽しいね」がある。

大塚 篤子　おおつか・あつこ

児童文学作家　[生]昭和17年　[出]愛知県名古屋市　[学]昭和女子大学文学部卒　[賞]日本児童文学者協会新人賞(第23回)(平成2年)「海辺の家の秘密」　[歴]児童文学創作集団「亜空間」同人。著書に「少年野球チーム 逆転!! ジドターズ」「海辺の家の秘密」「うわさの4時ねえさん」。
[団]日本児童文芸家協会

大塚 伊奈利　おおつか・いなり

小説家　[生]昭和23年3月1日　本名＝大塚克茂
[歴]21歳で大型免許を取得し、競走馬を運ぶ馬運車や生コン車などの運転手を経て、平成3年からタクシー運転手に。一方、4年自宅近くの図書館の感想文が「京都市図書館報」に掲載されたのを機に、社会事象や時事問題にもテーマを広げ、新聞に投稿、4回連続で採用された。以来独学で筆を磨き、仕事を通じた人間模様を題材に小説を執筆。8年出版社ユニプランの本「京の毒談と変見」に原稿が掲載される。10年短編5編を収めた「The Memoirs of タクシードライバー―ジョッキーの竜」で小説家デビュー。

大塚 英子　おおつか・えいこ

作家　[生]昭和13年1月　[出]東京　[学]上田染谷丘高(昭和31年)卒　[歴]高校卒業後、北海道放送東京支社勤務を経て、昭和40年銀座のクラブ・ピアノのホステスになり、その後文壇バー・ゴードンに勤めた。クラブで出合った作家の故吉行淳之介と28年間親しく交際。吉行の代表作「暗室」の主人公夏枝のモデルとされる。7年日記をもとに回想記「『暗室』のなかで―吉行淳之介と私が隠れた深い穴」を出版。11年ゴードンで知り合った安部公房、大江健三郎ら現代の文豪の素顔を綴った「夜の文豪博物記」を刊行。他の著書に小説集「妖夢」、「『暗室』日記」など。

大塚 銀悦　おおつか・ぎんえつ

小説家　[生]昭和25年12月12日　[出]東京都江戸川区　[学]葛飾野高卒　[歴]高校在学中から全国を放浪。土木作業員、販売員など様々な職業を経て、執筆を始める。「久遠」が平成9年文学界新人賞候補、11年三島賞候補となる。10年「濁世」、11年「壺中の獄」がそれぞれ芥川賞候補となる。

大塚 楠緒子　おおつか・くすおこ

歌人　小説家　[生]明治8年8月9日　[没]明治43年11月9日　[出]東京　本名＝大塚久寿雄　別名＝大塚楠緒子(おおつか・なおこ)、大塚楠緒(おおつか・くすお)　[学]東京女子師範附属女学校(明治26年)卒　[歴]少女時代から竹柏園に入門し、短歌、美文を発表する。一葉の影響をうけ、明治28年「くれゆく秋」を、30年「しのび音」などの小説を発表し、女流作家として期待される。その他の作品に「客間」「別な女の顔」「露」などがあり、著書に「晴小袖」「暁露集」などがある。
[家]父＝大塚正男(東京控訴院長)、夫＝大塚保治(美学者)

大塚 菜生　おおつか・なお

童話作家　[生]昭和42年　[出]福岡県福岡市
[学]島根県立島根女子短期大学卒　[賞]恐竜文化賞(優秀賞)(平成7年)「地球はぼくらのたからもの」　、福島正実記念SF童話大賞(第13回)(平成8年)「ぼくのわがまま電池」
[歴]OL生活を経て、主婦業。平成7年「地球はぼくらのたからもの」で恐竜文化賞(福井県勝山市主催)の優秀賞を、8年には「ぼくのわがまま電池」で第13回福島正実記念SF童話大賞を受賞する。創作集団プロミネンス会員。他の著書に「あんことそっぷ」などがある。　[団]日本児童文学者協会　http://www.geocities.co.jp/Milkyway-Kaigan.5333/

大塚 ヒロユキ　おおつか・ひろゆき
グラフィックデザイナー　イラストレーター　小説家　[生]昭和42年　[学]桑沢デザイン研究所卒　[賞]新風舎出版賞(優秀賞)(第9回)「APE LITTLE FOOL」　[歴]グラフィックデザイナー、イラストレーターとして活動。一方、平成8年頃から執筆活動に入る。第9回新風舎出版賞優秀賞を受賞。著書に「APE LITTLE FOOL」がある。

大塚 雅春　おおつか・まさはる
小説家　歌人　[生]大正6年3月12日　[没]平成12年5月1日　[出]高知県香美郡土佐山田町　本名=大塚忠雄　[学]高知工卒　[歴]戦国時代に材を取り、歴史ものの時代作家として活躍。主な作品に「戦国ロマンシリーズ」(全6巻)「柳生十兵衛」「女忍秘抄」「盗賊大将」「小説日蓮」、歌集「冬雁」などがある。　[団]日本文芸家協会、日本作家クラブ、日本歌人クラブ　[家]妻=大塚布見子(歌人)

大槻 ケンヂ　おおつき・けんじ
ロック歌手　SF作家　[生]昭和41年2月6日　[出]東京都　本名=大槻賢二　グループ名=特撮(とくさつ)、旧グループ名=筋肉少女帯(きんにくしょうじょたい)、筆名(詩)=大槻ケンジ　[学]東京国際大学中退　[賞]日本レコード大賞(優秀アルバム賞,第32回)(平成2年)「サーカス団パノラマ島へ帰る」、星雲賞(日本短編部門,第25回・26回)(平成7年・8年)「くるぐる使い」「のの子の復讐ジグジグ」　[歴]中学2年の時、YMOの音楽に影響されバンドを組む。昭和57年高校の時にハードロック・グループ筋肉少女帯を結成し、ライブハウスで活動。62年ナゴム・レコードから発表したシングル「高木ブー伝説」が話題を呼び、63年アルバム「仏陀L」でメジャーデビュー。ハードなサウンドと特異な歌詩で人気を集め、"パンクロックの帝王""ロック界の異端児"と呼ばれる。平成11年筋肉少女帯を脱退。12年特撮を結成。空手バカボンなどのユニットでの活動のほか、テレビ、ラジオのパーソナリティ、映画出演、著作活動でも活躍。アルバムに「ボヨヨン・ロック」「月光虫」「最後の聖戦」「爆誕」、著書にエッセイ「オーケンのほほん日記ソリッド」、小説「くるぐる使い」「グミ・チョコレート・パイン」、詩集「リンウッド・テラスの心霊フィルム」など。　[団]日本SF作家クラブ
http://www.tkma.co.jp/tjc/tokusatsu/

大月 隆仗　おおつき・たかより
評論家　小説家　[生]明治16年5月6日　[没]昭和46年3月24日　[出]岡山県　別号=高陽　[学]東洋大学哲学科卒　[歴]読売新聞記者などをつとめ、また佐々醒雪の助手をし、岩野泡鳴の弟子としても知られている。評論家として「文学の調和」「文学の審美」、作家として「嗜欲の一皿」などがあり、他に従軍記「兵軍行」などの著書がある。

大槻 哲郎　おおつき・てつろう
児童文学作家　[賞]新美南吉童話賞(優秀賞)(平成12年)「めじるしの石」　[歴]印刷会社で働く一方、童話を執筆。平成12年「めじるしの石」で新美南吉童話賞優秀賞を受賞。　[団]日本児童文芸家協会

大坪 かず子　おおつぼ・かずこ
児童文学作家　俳人　[生]昭和8年7月6日　[出]長野県松本市　本名=大坪和子　[学]蟻ケ崎高卒　[賞]日本童話会賞(第15回・昭53年度)(昭和54年)「おしゅん」、日本童話会賞(第20回・昭58年度)(昭和59年)「コタロー日記」、塚原健二郎文学賞(第8回)(昭和61年)「スウボンの笛」　[歴]松本の老舗の飲食店の長女に生まれ、信州大医学部学生と結婚。夫に家業を任せ、3男1女の子育てと両親の看病に明け暮れるかたわら、昭和40年頃から文学の同人誌に参加。54年から信州児童文学会に入会、生活童話の創作に取り組む。童話同人誌「獏の家」編集発行人。作品に「おしゅん」「ユングイの笛」「コタロー日記」。俳人としても知られ、34年に「若葉」同人となり、後に藤岡筑邨の「りんどう」に入会。　[団]日本児童文学者協会、俳人協会、日本童話会、信州児童文学会

大坪 砂男　おおつぼ・すなお
小説家　[生]明治37年2月1日　[没]昭和40年1月12日　[出]東京・牛込　本名=和田六郎　別名=大坪沙男　[学]東京薬専(大正15年)卒　[賞]日本探偵作家クラブ賞(第3回)(昭和24年)「私刑」　[歴]昭和4年警視庁鑑識課に勤務し、退職後、画商などを経て、23年「天狗」「赤痣の女」を発表。以後推理小説作家として活躍し、25年「私刑」で探偵作家クラブ賞を受賞。ポー文学の継承を目差し、「幻影城」「花束」「虚影」などの作品を発表するが、34年ごろ創作の筆を絶つ。没後の47年「大坪砂男全集」(全2巻,薔薇十字社)が刊行された。　[家]父=和田維四郎(元東京大学教授・八幡製作所長)

大坪 草二郎　おおつぼ・そうじろう
歌人　小説家　[生]明治33年2月11日　[没]昭和29年11月25日　[出]福岡県　本名=竹下市助　[歴]大正10年島木赤彦に師事して「アララギ」に参加し、昭和5年「つばさ」を、12年「あさひこ」を創刊する。歌人として「短歌初学」「良寛の生涯とその歌」などがあり、作家としては「人間西行」や戯曲「大海人皇子」、児童書「良寛さま」「日本の子供たち」「からくり儀右衛門」などの著書がある。

大鶴 義丹　おおつる・ぎたん

小説家　俳優　㊤昭和43年4月24日　㊥東京都　本名＝大靏義丹　㊫日本大学芸術学部文芸科中退　㊛すばる文学賞(第14回)(平成2年)「スプラッシュ」　㊯父は劇作家の唐十郎。子供時代から状況劇場と共に全国を巡回。和光学園高1年の昭和59年NHKドラマ「安寿子の靴」で俳優デビュー。63年にっかつ映画「首都高速トライアル」の主役に抜擢された。平成2年父の脚本によるNHK「緑の果て」に主演。他の出演に映画「秘祭」「OTSUYU」「プライド」、ドラマ「匂いガラス」(作・唐十郎)「逢いたい時にあなたはいない」「ひまわり」「赤穂浪士」「怒る男わらう女」「それぞれの断崖」「壬生義士伝」など。平成元年には小説「スプラッシュ」で作家としてデビューし、同作品ですばる文学賞を受賞。他の著書に「湾岸馬賊」「東京亜熱帯」「フェイス」「ワイド・ショウ」「オキナワガール」などがある。7年歌手のマルシアと結婚。　㊇父＝唐十郎(作家・唐組主宰)、母＝李麗仙(女優)、妻＝マルシア(歌手)、祖父＝大鶴日出栄(フジテレビプロデューサー)

大伴 昌司　おおとも・しょうじ

映画評論家　作家　㊤昭和11年2月3日　㊡昭和48年1月27日　本名＝四至本豊治　大伴秀司　㊫慶応義塾大学文学部史学科(昭和33年)卒、シナリオ研究所卒　㊯在学中に、紀田順一郎と共に、「推理小説同好会」に加入、ミステリー研究・批評を手がける。その後、SF小説・評論に本領を発揮し、「SRマンスリイ」「密室」「ヒッチコックマガジン」「SFマガジン」などに執筆。また、「トッポ・ジージョ」「ウルトラマン」シリーズなどのテレビ番組のシナリオ・構成や児童向け雑誌の企画、ディスクジョッキー、エッセイなども手がけた。主な作品に小説「ゲイト・パス」「恋人」、著書にキネマ旬報の「世界怪物怪獣大全集」「怪奇と恐怖」「世界SF映画大鑑」、朝日ソノラマの「怪獣解剖図鑑」や「ウルトラ怪獣図鑑」などがある。昭和62年母・四至本アイさんの寄付により、「シナリオ作家協会大伴昌司賞」が設立された。

大友 幸男　おおとも・ゆきお

小説家　元・岩手日報学芸部長　㊤大正13年9月15日　㊡平成12年12月22日　㊥岩手県陸前高田市高田町　筆名＝大正十三造(たいしょう・とみぞう)　㊛講談倶楽部賞(第14回)(昭和35年)「槍」　㊯昭和29年岩手日報報道部長を経て、31年学芸部長。在職中の35年時代小説「槍」で第14回講談倶楽部賞を受賞。37年作家専念のため退社。その後、時代小説、経済、歴史物などを発表した。著書に「翔けろ蒼鷹」「南部盛岡藩史略〈上・下〉」「盛岡商人伝」「岩手の古地名物語」「江釣子古墳群の謎」などがある。

鳳 いく太　おおとり・いくた

劇作家　演出家　游劇社主宰　㊤昭和25年3月9日　㊥神奈川県川崎市　本名＝木野三佐男　㊫専修大学文学部中退　㊛タイニイアリス演劇賞(戯曲賞，第1回)(平成8年)「家族の神話」　㊯昭和54年游劇社を設立。作、演出を担当。平成2年から主宰。作品に「家族の神話」「小動物の正しい飼育法」などがある。

大西 赤人　おおにし・あかひと

小説家　㊤昭和30年7月6日　㊥神奈川県横浜市　㊫木崎中(浦和市)卒　㊕人間はなぜ自分よりも下位の存在を欲するか　㊯作家大西巨人の長男。生まれつきの血友病を理由に、浦和高校への入学を拒否された。中学2年より創作をはじめ、16歳で短編集「善人は若死にをする」を発表、脚光を浴びた。その後も著作活動をつづけ、長編ミステリや映画評も手がける。ほかの著書に「生と死の弁証法」「君、見よ、双眼の色」「影踏み」「鎖された夏」「悪意の不在」など。　㊇父＝大西巨人(小説家・評論家)

大西 功　おおにし・いさお

小説家　㊤昭和10年　㊥大阪府大阪市　㊫関西学院大学卒　㊛千葉文学賞(第34回)(平成2年)「D港ダスビダーニア」、さきがけ文学賞(第9回)(平成4年)「凍てついた暦」、織田作之助賞(第10回)(平成5年)「ストルイピン特急―越境者杉本良吉の旅路」、自由都市文学賞(第9回)(平成9年)「乾いた花」　㊯昭和58年3歳から引き揚げまでの12年間の満州での体験をまとめた手記「されどわが満州」を「文芸春秋」に発表。それがきっかけとなり26年間勤めた日立造船を50歳で退職後、会社役員を務める傍ら54歳から再び創作に取り組む。失明の残留孤児を描いた処女作以降、引き揚げ夫婦の心中を扱った第2作、ノモンハン事件での捕虜を描いた第3作、女優・岡田嘉子とロシアへ恋の逃避行を決行した杉本良吉を扱った第4作目「ストルイピン特急―越境者杉本良吉の旅路」を執筆。他に「乾いた花」がある。

大西 悦子　おおにし・えつこ

小説家　映画・テレビプロデューサー　(株)磯田事務所プロデューサー　㊤昭和23年1月28日　㊥兵庫県神戸市　旧姓(名)＝磯田　㊯昭和57年磯田事務所にプロデューサー補として入社。日本テレビ「妻たちの初体験」へのプロデューサー補としての出向を経て、プロデューサーに。日本テレビ「赤い鳩が死んだ」「花嫁の母」、テレビ東京「原島弁護士の愛と悲しみ」の他、映画「塀の中の懲りない面々」「塀の中のプレイボール」などの作品を手がける。著書に「女プロデューサー奮戦す」「溝口健二を愛した女」などがある。　㊞日本文芸家協会

大西 巨人　おおにし・きょじん

小説家　評論家　㋐大正8年8月20日　㋑福岡県福岡市　本名＝大西巨人（おおにし・のりと）　㋒九州帝国大学法学部（昭和14年）中退　㋓毎日新聞西部本社に入社。昭和17年対馬要塞重砲兵連隊に入隊。戦後、福岡市で総合雑誌「文化展望」を編集し、日本共産党入党。22年「近代文学」同人。24年処女作「精神の氷点」を発表。27年上京し、新日本文学会常任中央委員となる。同年、評論「欲情との結託」で野間宏の『真空地帯』を大衆追随主義と批判、その論点は発展し、29年より党の芸術運動組織、文学運動再編をめぐって宮本顕治と論争。30年谷崎潤一郎賞を辞退。36年共産党と事実上絶縁状態となり、47年新日本文学会を退会。また、血友病の長男・大西赤人が46年高校入学を拒否したことに対して、以後告発・抗告・特別抗告の裁判闘争を行った。この間、戦後文学の一金字塔ともされる長編「神聖喜劇」を「新日本文学」（昭35〜45年）に連載し、その後書き継いで55年に完成した。一貫して戦争・政治・差別問題を中心に反権力の立場で執筆活動を行う。小説はほかに「精神の氷点」「黄金伝説」「天路の奈落」「運命の賭け」などがあり、評論集に「戦争と性と革命」「巨人批評集」「大西巨人文芸論叢」、短編集に「二十一世紀前夜祭」などがある。
㋔長男＝大西赤人（作家）

大西 伝一郎　おおにし・でんいちろう

児童文学作家　元・中萩小学校（新居浜市）校長　㋐昭和10年2月19日　㋑愛媛県西条市　㋒玉川大学文学部（昭和32年）卒　㋓読売教育賞「僻地教育の記録」　㋔小学校教師を務めるかたわら、昭和34年より椋鳩十に師事し、35年から愛媛県下で親子読書運動に取り組む。50年より創作活動もはじめ、代表作に「たぬきと人力車」「ネパールにかけるにじの橋」などがある。ほかに「僻地教育の記録」「ほめて育てることのよさ」「母と子の20分間読書と家庭教育」などの著書がある。㋕日本児童文学者協会、日本子どもの本研究会、愛媛子どもの本研究会（理事）

大西 信行　おおにし・のぶゆき

放送作家　劇作家　㋐昭和4年5月8日　㋑東京・神楽坂　㋒早稲田大学中退　㋓昭和29〜40年NHK芸能局勤務。以後、劇作家、演出家として独立。日本脚本家連盟理事、日本演劇協会理事なども務める。作品にテレビ「御宿かわせみ」（NHK）「ピンクカード」（関西テレビ）「水戸黄門」（TBS）、戯曲「かわいい女」「怪談牡丹灯籠」「おその」などのほか、著書に「名人橘家円喬」「大江戸知る識る帳」「浪花節繁昌記」などがある。

大貫 和夫　おおぬき・かずお

小説家　詩人　㋐昭和11年　㋑埼玉県北埼玉郡　㋒早稲田大学文学部卒　㋓18才の時詩人・村野四郎を知り「詩学」に参加。大学時代は「文学者」「早稲田文学」「文芸首都」等に参加。一方、丹羽文雄を知り、小説「拷問」「畸型」「白衣の人」等を発表。その後、稲門詩人会を結成。同人会「棄の会」を主宰。「文学者」廃刊後、「新日文」に参加。詩集に「赤い月の頃」「深淵」「バラバラの夕暮れ」「ぼろんじ」、著書に「拷問―他五篇」などがある。

大貫 晶川　おおぬき・しょうせん

詩人　小説家　㋐明治20年2月23日　㋑大正1年11月2日　本名＝大貫雪之助　㋒東京帝国大学英文科（大正1年）卒　㋓中学時代から詩、短歌を発表し、明治39年新詩社に入る。この頃から「お須磨」などの小説を発表。東大時代にはツルゲーネフの翻訳なども発表し、43年第2次「新思潮」を創刊して活躍したが、東大を卒業した年の秋に急逝した。
㋔妹＝岡本かの子（小説家・歌人）

大貫 哲義　おおぬき・てつよし

作家　スポーツライター　脚本家　大貫哲義事務所代表　㋐昭和3年　㋑神奈川県　㋒早稲田大学卒　㋓交通フィルムフェスティバル・グランプリ（第1回・ミュンヘン）「転落事故」（脚本）　㋔雑誌編集長を経て、昭和35年より作家活動に入る。TBS「七人の刑事」やミュンヘンの交通フィルムフェスティバルでのグランプリ受賞作「転落事故」など脚本多数。スポーツライター歴も古く、「サッカーマガジン」「サッカーダイジェスト」誌などに、サッカーレポートや各種大会総評などを執筆。各地での講演も多い。著書に「小説運慶」「不滅のサッカー王―釜本選手とその仲間たち」「わが子のこころが見えますか」「三浦知良のサッカー留学物語」「武田修宏物語」「わが子の頭をよくしませんか」「わが子の非行がなぜ見えない」「動！小嶺忠敏の熱い風」など。

大野 芳　おおの・かおる

作家　㋮特攻隊　癌　㋐昭和16年8月10日　㋑愛知県稲沢市　㋒明治大学法学部（昭和39年）卒　㋔尊厳死、老い　㋓潮賞（ノンフィクション部門特別賞、第1回）（昭和57年）「北針（きたばり）大正の陣江万次郎たち」　㋔昭和39年新宿ステーションビルディング入社。42年退社し、以後フリーとなる。「週刊ポスト」「女性セブン」などの雑誌に執筆の後、「週刊朝日」「潮」などに人物ルポルタージュを連載する。著書に「ママぼくをまた生んでね」「ぼく死にたくない」「オリンポスの使徒」「羅府に甦る」「1984年の特攻機」、小説「ハンガリア舞曲を

もう一度」「葬送曲」「瀕死の白鳥」など。
㉝日本文芸家協会

大野 哲郎　おおの・てつろう
児童文学作家　シナリオライター　㊼京都府　㉕同志社大学英文科卒　㉚NHK物語最優秀作入賞（昭和36年）「ノブさん」　㉚毎日新聞記者を経て、児童文学作家。シナリオ作品に「ノブさん」、ラジオドラマに「幻の隠岐共和国」「雪の青く光る」「昭夫の日記」、テレビドラマにNHK「さわやか3組」他。著書に「港の見える町」「まけるな健」「野鳥と少年」他。

大野 允子　おおの・みつこ
児童文学作家　㊼昭和6年8月30日　㊼広島県加計町　㉕広島大学文学部（昭和29年）卒　㉚高等女学校2年の時、広島で原爆にあう。10年間高校の国語教師をつとめるかたわら広島の同人誌「子どもの家」に創作を発表し、昭和38年同人誌の童話集「つるのとぶ日」を出版。以来、ヒロシマの話を書きつづける。主な作品に「海に立つにじ」「夕焼けの記憶」「かあさんのうた」「母の川」「げんさん」「八月の少女たち」「いないいない、いない」など多数。
㉝日本児童文学者協会、日本子どもの本研究会

大野 靖子　おおの・やすこ
脚本家　㊼昭和3年1月30日　㊼東京・麻布　本名＝大野靖　㉕東京都立第三高女（現・駒場高）卒　㉚日本アカデミー賞（脚本優秀賞）（昭和59年）「居酒屋兆治」、放送文化基金賞（昭和57年）、年間代表シナリオ（昭57年度）「未完の大局」、日本婦人放送者懇談会賞（第11回、昭58年度）、紫綬褒章（平成9年）　㉚故三好十郎らに師事。昭和37年から8年間フジテレビ、さらに12年間NHKで、ドラマの脚本を手がける。「三匹の侍」「眠狂四郎」などの時代劇や、女性で初めてNHK大河ドラマ「国盗り物語」を書く。55年放送のNHK「ザ・商社」はエリート商社マンの挫折する経済ドラマ、名古屋―テレビ朝日系「蒼い狼」もジンギスカンの征服ドラマと、男っぽい世界を描き、骨太いイメージが強い。他にテレビ「その人の名を知らず」「加賀百万石」、映画「居酒屋兆治」など。
㉝日本放送作家協会

大野木 寛　おおのぎ・ひろし
シナリオライター　小説家　㊼昭和34年8月　㊼東京都　本名＝山田呈人　㉕慶応義塾大学文学部国文科卒　㉚テレビアニメ「超時空要塞マクロス」で脚本家デビュー。「超時空世紀オーガス」「エルガイム」「Zガンダム」等人気アニメ作品に脚本家として参加。平成2年「AOI」シリーズで作家デビュー。小説に「血けむり

南蛮城」「必殺お嬢花火」などがある。　㉝日本放送作家協会

大庭 桂　おおば・けい
児童文学作家　㊼昭和32年　㊼熊本県　㉕西南学院大学文学部外国語学科卒　㉚毎日児童小説優秀賞（小学生向き、第46回・第48回）「夢屋ものがたり」「竜の谷のひみつ」、長塚節文学賞大賞（短編小説部門、第1回）（平成9年）「恋歌」　㉚児童文学のほか、翻訳などを手掛ける。平成9年「夢屋ものがたり」で毎日児童小説優秀賞を受賞、同年「恋歌」で長塚節文学賞大賞を受賞、11年「竜の谷のひみつ」で毎日児童小説優秀賞を受賞。著書に「竜の谷のひみつ」「夢屋ものがたり」「恋歌」がある。

大庭 さち子　おおば・さちこ
小説家　㊼明治37年7月10日　㊙平成9年3月15日　㊼京都府　本名＝片桐君子　㉕同志社女専英文科（大正14年）卒　㉚「サンデー毎日」大衆文芸賞第一席（第25回）（昭和54年）「妻と戦争」　㉚京都華頂高女で教師を務める傍ら小説を執筆し、昭和14年「妻と戦争」が「サンデー毎日」大衆文芸賞で首席当選する。以後「夜の奇蹟」「夜の暦」などを刊行。またトレース「女の兵舎」の翻訳や、「ベートーベン」などの伝記作品もある。　㉝日本文芸家協会、東京作家クラブ

大庭 武年　おおば・たけとし
推理作家　㊼明治37年9月7日　㊙昭和20年8月10日　㊼旧満州　㉕早稲田大学文学部卒　㉚満州日報記者時代の昭和5年「十三号室の殺人」が「新青年」の懸賞小説に入選する。以後映画化された「港の抒情詩」、「小盗児市場の殺人」などを発表するが、12年「ぷろふいる」に発表した「舞姫失踪事件」を最後に、わずか10編足らずで筆を絶った。

大庭 秀雄　おおば・ひでお
映画監督　㊼明治43年2月28日生　㊙平成9年3月10日　㊼東京市赤坂区青山　㉕慶応義塾大学文学部国文科（昭和9年）卒　㉚昭和9年松竹蒲田撮影所の大監督野村芳亭に紹介され、助手となる。佐々木康に師事、助監督のかたわら脚本も執筆。14年「良人の価値」で監督デビュー。以降、大船調メロドラマ、ホームドラマを撮る。戦後の25年「長崎の鐘」「帰郷」を発表、好評を博す。28～29年松竹の大ヒット作「君の名は」三部作を監督、一躍松竹のエースとなる。ほかに「絵島生島」「女舞」「春日和」などがある。のち、日本映画学校などで映画演出の講師を務めた。　㉝日本映画監督協会
㉜妻＝森川まさみ（女優）

大庭 みな子　おおば・みなこ

小説家　⽣昭和5年11月11日　⽣東京・渋谷　本名＝大庭美奈子(おおば・みなこ)　旧姓(名)＝椎名　⽣津田塾大学英文科(昭和28年)卒　⽣日本芸術院会員(平成3年)　⽣自然　⽣群像新人文学賞(第11回)(昭和43年)「三匹の蟹」、芥川賞(第59回)(昭和43年)「三匹の蟹」、女流文学賞(第14回)(昭和50年)「がらくた博物館」、谷崎潤一郎賞(第18回)(昭和57年)「寂兮寥兮」、野間文芸賞(第39回)(昭和61年)「啼く鳥の」、川端康成文学賞(第16回)(平成1年)、読売文学賞(評論・伝記賞、第42回)(平成3年)「津田梅子」、川端康成文学賞(第23回)(平成8年)「赤い満月」、勲三等瑞宝章(平成14年)　⽣大学在学中は演劇部で活躍。一時は女優になろうかと迷ったが、文学の道へ。昭和43年「三匹の蟹」を「群像」に投稿して、同新人賞、ついで芥川賞を受け、一躍その名を高めた。57年には「寂兮寥兮(かたちもなく)」で谷崎潤一郎賞受賞。「寂兮寥兮」は平成2年ドイツ語に訳され、版を重ねている。ほかに「ふなくい虫」「浦島草」「がらくた博物館」「新輯お伽草子」「津田梅子」など。この間昭和62年～平成9年芥川賞選考委員。高見順賞選考委員、日本文芸家協会理事、日本ペンクラブ副会長などを歴任。　⽣日本文芸家協会、日本ペンクラブ　⽣夫＝大庭利雄(アラスカパルプ取締役)

大場 美代子　おおば・みよこ

脚本家　⽣明治百年脚本賞入選(昭和42年)「成政」、日本演劇興行協会脚本賞佳作(第1回)(平成2年)「狐に憑かれた濃姫」　⽣戦中、16歳の時母を亡くし、戦後父、弟妹の世話に追われながらも歌舞伎見学と小説に親しみ、生きがいを求めシナリオ教室へ。昭和42年処女作歌舞伎脚本「成政」が毎日新聞社と松竹共催の明治百年脚本賞に入選し、故・川口松太郎の手で芸術祭参加作品として上演。その後脚本家を目指す。脚本「源実朝」が演劇雑誌に掲載されるなどしたが、病を得て作家への道を一度あきらめる。しかし健康回復後再びペンを握り、復帰第一作「狐に憑かれた濃姫」が平成2年日本演劇興行協会の第1回日本演劇興行協会脚本賞佳作を受賞。

大橋 乙羽　おおはし・おとわ

小説家　紀行作家　出版人　博文館支配人　⽣明治2年6月4日　⽣明治34年6月1日　⽣山形県米沢　本名＝大橋又太郎　旧姓(名)＝渡部　別号＝乙羽庵、二橋生、蚯蚓庵　⽣小卒　⽣小学校卒業後商家に奉公するが、早くから文学を志し明治19年「美人の俤」を発表。のち上京し、東陽堂の美術記者として「風俗画報」などの編集に従事。22年硯友社の同人となり、「霹靂一声」「露小袖」「霜庭の虫」「上杉鷹山公」などを刊行。27年博文館館主・大橋佐平の娘婿となり、博文館に入社、出版人としても活躍する。俳句は秋声会に属して紅葉門。特に紀行文に力を注いだ。「若菜籠」「花鳥集」「俳諧独学」「千山万水」「耶馬渓」などの著書もある。

大橋 喜一　おおはし・きいち

劇作家　⽣労働者演劇　⽣大正6年10月28日　⽣東京都江東区　⽣高小卒　⽣核兵器に関する問題　⽣新劇戯曲賞(昭和31年)「楠三吉の青春」、小野宮吉劇曲平和賞(昭和43年)「ゼロの記録」　⽣高等小学校を卒業後、町工場を転々とする。昭和13年に応召、復員後、東芝電気小向工場に入社。織本順吉らと演劇部をつくり、処女劇曲「茅生え」を書く。24年人員整理で職場を追われ、劇団青俳を経て、36年劇団民芸へ。職場出身で活躍している数少ない専門作家。作品に「銀河鉄道の恋人たち」「大橋喜一戯曲集」などがある。　⽣日本文芸家協会

大橋 泰彦　おおはし・やすひこ

劇作家　演出家　劇団離風霊船代表　⽣昭和31年　⽣神奈川県横浜市　⽣武蔵工業大学電気科中退　⽣岸田国士戯曲賞(第32回)(昭和63年)「ゴジラ」　⽣在学中から演劇活動をし、昭和58年妻の劇団女優・伊東由美子と劇団離風霊船(りぶれせん)を結成。同劇団代表を務め演出家、劇作家として活動。作品に「ダンスはうまく踊れない」「四畳半床之下」「ゴジラ」「赤い鳥逃げた」など。　⽣妻＝伊東由美子(女優)

大浜 則子　おおはま・のりこ

小説家　⽣昭和20年　⽣北海道札幌市　⽣札幌静修高卒　⽣東北北海道文学賞(第7回)(平成9年)「あぜ道」、海洋文学大賞(優秀賞、第1回)(平成9年)「迎え火」、とまみん文学賞(第8回)(平成11年)「母の世界」　⽣「文芸東北」、室蘭「ざいんの会」会員。著書に「あぜ道」がある。

大林 清　おおばやし・きよし

小説家　劇作家　日本脚本家連盟理事長　⽣明治41年4月25日　⽣平成11年10月27日　⽣東京・芝　⽣慶応義塾大学文学部(昭和7年)中退　⽣野間文芸奨励賞(第3回)(昭和18年)「庄内士族」、紫綬褒章(昭和41年)、芸術祭優秀賞(昭和49年)「ひつきはあかしといへど」(QR)、勲四等旭日小綬章、勲三等瑞宝章(平成2年)　⽣昭和14年頃、長谷川伸主宰の劇作研究会で舞台脚本を執筆。その後NHKのラジオドラマを手がけ、戦後は民放局のドラマも担当する。日本放送作家組合(現・日本脚本家連盟)の創立以来、理事長を務め、日本著作者団体協議会会長など文化団体の会長、理事、評議員など歴任。主な作品にラジオ「明治の曲」「午前二時のブルース」「哀愁の園」「ひつきはあかしと

いへど」、テレビ「愛は遠く」「あの波の果てまで」「幸せになりたい」、著書に「清らかに咲ける」「恋に朽ちなん」「この地果てるまで」「庄内士族」など。 [団]日本文芸家協会、日本文芸著作権保護同盟、日本演劇協会、日本脚本家連盟、日本放送作家協会

大林 しげる　おおばやし・しげる

作家　詩人　「文芸東北」主宰　[生]大正12年2月1日　[出]宮城県　本名＝大林良二　[歴]福島民友新聞宮城本社編集局次長を経て、ビル新聞社代表取締役編集主幹。この間、昭和34年文芸東北(文芸総合同人誌)の創刊号を出す。38年に8カ月休刊した。詩集に「童の瞳」「ほのほ」「モルダウの流れに」「飛翔する馬のうた」「樹氷の詩」「果てしなく切れ目なく」「追憶」、翻訳詩集「挿致環・誰かこの旗を高く掲げてはためかす」、他に「永遠のふるさと」「光の中でみたもの」「人間の旗・小説吉田松陰」(上・下)など。 [団]日本文芸家協会、日本ペンクラブ、日本現代詩人会、日本詩人クラブ

大原 興三郎　おおはら・こうざぶろう

児童文学作家　[生]昭和16年1月3日　[出]静岡県　[学]商業美術教修所　[賞]静岡県芸術祭奨励賞、講談社児童文学新人賞(第19回)(昭和53年)「海からきたイワン」、野間児童文芸賞(推奨作品賞,第18回)(昭和55年)「海からきたイワン」、児童文芸新人賞(第9回)(昭和55年)「海からきたイワン」、日本児童文芸家協会賞(第18回)(平成6年)「なぞのイースター島」　[歴]広告美術業自営のかたわら、文学を志す。児童工作・野外活動教室を主催している。昭和55年に「海からきたイワン」で野間児童文芸推奨作品賞、児童文芸新人賞を受賞、新風を巻き起こす。主な作品に「おおい雲よ！」「おじさんは原始人だった」「なしの木球場9回裏」「いたずら天才クラブ」「なぞのイースター島」など多数。 [団]日本児童文芸家協会、日本児童文学者協会

大原 富枝　おおはら・とみえ

小説家　[生]大正1年9月28日　[没]平成12年1月27日　[出]高知県長岡郡吉野村(現・本山町)　[学]高知女子師範中退　[資]日本芸術院会員(平成10年)　[賞]女流文学者賞(第8回)(昭和32年)「ストマイつんぼ」、毎日出版文化賞(第14回)(昭和35年)「婉という女」、野間文芸賞(第13回)(昭和35年)「婉という女」、女流文学賞(第9回)(昭和44年)「於雪―土佐一条家の崩壊」、勲三等瑞宝章(平成2年)、日本芸術院賞恩賜賞(文芸部門,第54回,平9年度)(平成10年)　[歴]9歳で母と死別。在学中にかっ血し、10年近く結核の療養生活を送る。23歳から小説を書き始め、昭和10年「氷雨」で文壇にデビュー。12年「祝出征」で芥川賞候補に。16年生家の没落を機に29歳で上京、「文芸首都」同人として文学修業をする。戦後も病いを抱えた身で生計のために働きつつ小説を書き続け、32年「ストマイつんぼ」で第8回女流文学者賞を受賞。以後「婉という女」「於雪―土佐一条家の崩壊」などの話題作を発表。51年64歳でカトリックの洗礼を受け、イエスの方舟事件を題材にした「アブラハムの幕舎」を発表。ほかに「地上を旅する者」「地籟」「詩歌と出会う時」などの作品や、「大原富枝全集」(全8巻,小沢書店)がある。蔵書や記念品を出身地の本山町に寄贈、平成3年大原富枝文学館としてオープン。また大原富枝文学賞を設けた。 [団]日本文芸家協会、日本ペンクラブ、日本女流文学者会

大原 蛍　おおはら・ほたる

劇作家　演出家　「東北幻野」主宰　[生]昭和25年8月22日　[出]山形県新庄市　本名＝渡部泰山　[賞]山形県芸術祭優秀演劇賞(平成7年・9年)「無声慟哭・賢治の声」「風の景色」　[歴]高校教師。東北幻野を主宰する傍ら、美術評論でも活躍。代表作に「魚類の薔薇・遙かな暗みへ」「白舵」、著書に「最上叙景・枯木野の色」「迷宮の泉」「大原蛍戯曲集」などがある。

大原 まり子　おおはら・まりこ

SF作家　[生]昭和34年3月20日　[出]大阪府　[学]聖心女子大学文学部教育学科心理学専攻卒　[賞]星雲賞「ハイブリッド・チャイルド」、日本SF大賞(第15回)(平成6年)「戦争を演じた神々たち」　[歴]昭和55年「一人で歩いていった猫」が早川書房の第6回SFコンテストで佳作に選ばれ、作家デビュー。以来、スケールの大きい仮想世界を書きつづけ、モダン・スペース・オペラの旗手として独自の地位を確立。平成11年日本SF作家クラブ会長。代表作に「銀河ネットワークで歌を歌ったクジラ」「機械神アスラ」「イル&クラムジー物語」「未来視たち」「ハイブリッド・チャイルド」「戦争を演じた神々たち」「タイム・リーパー」など。 [団]日本SF作家クラブ(会長)、日本文芸家協会、日本ペンクラブ　[家]夫＝岬兄悟(作家)　http://homepage2.nifty.com/mohara/welcome.htm

大原 豊　おおはら・ゆたか

シナリオライター　作詞家　[生]昭和21年4月18日　[出]福島県郡山市　別名＝おおはらゆたか　[学]明治大学文学部中退　[歴]昭和48年第12回新人テレビシナリオコンクール佳作入選、49年第24回新人映画コンクール準入選。TVドラマのフリーの助監督を10年間続けた後、シナリオライターに。主なTVドラマシナリオに「俺たちの旅」「ゆうひが丘の総理大臣」「天皇の料理番」「妻たちの危険な関係」。映画「ヨーロッパ特急」で脚本・監督を手がける。

大久 秀憲　おおひさ・ひでのり
小説家　㊐昭和47年　㊑宮城県桃生郡鳴瀬町　㊫早稲田大学文学部文芸科卒　㊓早稲田文学新人賞(第13回)(平成9年)「葛西夏休み日記帳」、すばる文学賞(第24回)(平成12年)「ロマンティック」　㊞早大に8年間在籍し、卒業後も親からの仕送りを受けて小説に取り組む。平成12年「ロマンティック」で第24回すばる文学賞を受賞。

大日向 葵　おおひなた・あおい
小説家　俳人　㊐大正12年6月4日　㊑京都府　本名＝吉田甸(よしだ・おさむ)　号＝宇秋　㊫慶応義塾大学文学部卒　㊓サンデー毎日大衆文芸賞(第44回)(昭和28年)「ゲーテル物語」　㊞七高在学中に学徒動員となり、サイパンで米軍捕虜となる。その体験を「マッコイ病院」として昭和22年に刊行。28年「ゲーテル物語」が「サンデー毎日」大衆文芸に入選した。その他の著書に「生きて還る」など。　㊖日本ペンクラブ

大平 陽介　おおひら・ようすけ
小説家　㊐明治37年1月16日　㊑福島県　本名＝八幡良一　㊫中央大学(大正12年)中退　㊞大学中退後、新潮社に勤務する。武道小説や児童文学作家としての活躍し「満月秘文」「三原山の小天狗」などの著書がある。また「文化放送十年史」「フジテレビ十年史」などの編著書もある。

大平 よし子　おおひら・よしこ
童話作家　㊐大正9年　㊑宮崎県　㊫昭和女子大学国文科卒　㊓現代少年文学賞(第6回)(昭和49年)「大平よし子詩集」　㊞童話集、童謡、レコードなど幅広く手がけている。　㊖日本児童文芸家協会、日本童謡協会

大間 茜　おおま・あかね
フジテレビヤングシナリオ大賞を受賞　㊐昭和35年　㊑愛知県　㊓フジテレビヤングシナリオ大賞(第7回)(平成7年)　㊞会社勤務の傍ら、シナリオを書く。

大町 美千代　おおまち・みちよ
劇作家　㊐昭和35年　㊑京都市　㊫日本大学芸術学部演劇科　㊞故・寺山修司の最後の秘蔵っ子といわれる。天井桟敷には参加しなかったが、「百年の孤独」の脚本執筆に協力、寺山に師事。主な作品に「下北沢幻影夜話」など。

大峰 順二　おおみね・じゅんじ
劇作家　演出家　㊐昭和22年　㊑群馬県館林市　㊞劇団・銅鑼に所属。舞台演出に「バレエ・ユバ」「暮らしの詩」、TV演出に「拓魂＝たっこん」「世襲選挙を問う」「君のいる町」、戯曲に「燃える雪」「されどわが町」、著書に「小さな旅・恭子」「ルポルタージュ 四万十川の流れる街で―四万十診療所訪問記」などがある。

大村 嘉代子　おおむら・かよこ
劇作家　㊐明治17年5月24日　㊀昭和28年5月3日　㊑群馬・高崎　㊫日本女子大学(明治37年)卒　㊞結婚後に岡本綺堂門下生となり、大正9年「みだれ金春」が帝劇で上演され、劇作家として活躍。「たそがれ集」「水調集」などの著書があり、劇評も多く発表した。

大村 麻梨子　おおむら・まりこ
フードコーディネーター　元・ディスクジョッキー　富士通ジャズ・フェスティバル・プロデューサー　㊐昭和4年　㊑東京・麻布箪笥町　旧姓(名)＝大久保　㊫聖心女子学院中退　㊓文学界新人賞(第83回)(平成8年)「ギルド」　㊞17～19歳の2年間米軍民間情報局図書館に勤務。昭和23年日系2世の軍属と結婚。30年俳優養成機関の研究生となり、ラジオやテレビに端役で出演。36年民放ラジオ番組のディスク・ジョッキーを始め、39年TBSラジオ「ララバイ・オブ・トーキョー」で人気が出始め、この番組の全国版「ララバイ・オブ・ミッドナイト」でファンを増やす。42年「デイト・スポット」、その後の「パック・イン・ミュージック」「マリコの今晩とっておき」などで人気が沸騰。NHKテレビ「ネコジャラ市の11人」にも出演。48年DJの仕事を全て降り、49年渡米。ロサンゼルスでCMフィルムやジャズレコードを制作、次いで日本でのジャズ・フェスティバルのプロデューサーを務め、のちフードコーディネーターに。著書に「母への尋問―昭和二十年、夏」「ギルド」など。

大森 一樹　おおもり・かずき
映画監督　シナリオライター　ファーストウッド・エンタテインメント代表取締役　大阪電気通信大学情報工学部教授　㊐昭和27年3月3日　㊑兵庫県芦屋市　㊫京都府立医科大学(昭和55年)卒　㊓城戸賞(第3回)(昭和52年)「オレンジロード急行」、おおさか映画祭新人監督賞(第4回・昭53年度)「オレンジロード急行」、年間シナリオ(昭55年度)「ピポクラテスたち」、芸術選奨文部大臣新人賞(第38回・昭62年度)(昭和63年)「トットチャンネル」「〈さよなら〉の女たち」、おおさか映画祭監督賞(昭62年度)「恋する女たち」、京都府文化賞奨励賞(第13回)(平成7年)　㊞高校時代から8ミリ映画に熱

中し、医学生時代に16ミリ「暗くなるまで待てない！」等で自主映画作家として注目を集める。昭和53年城戸賞受賞の自作シナリオによる松竹映画「オレンジロード急行」で映画監督デビュー。55年大学生活10年の体験から「ヒポクラテスたち」で医学生の姿を描き、注目を浴びる。57年若手監督による制作会社、ディレクターズ・カンパニーに参加。平成11年阪神大震災の復興事業として兵庫県宝塚市に開館する映画館、シネ・ピピアのオープン記念として、制作費100万円の低予算で短編映画「明るくなるまでこの恋を」を自主制作する。他の作品に「風の歌を聴け」「すかんぴんウォーク」「恋する女たち」「トットチャンネル」「ゴジラVSビオランテ」シリーズ、「満月」「ゴジラVSキングギドラ」「ジューンブライド 6月19日の花嫁」「ナトゥ～踊る！ニンジャ伝説」「走れ！イチロー」や鴻上尚史らとの共同作「ボクが病気になった理由(わけ)」、アニメ「風を見た少年」など。12年大阪電気通信大学教授に就任。著書に「〈さよなら〉の女たち」の現場日記「映画物語」「震災ファミリー」がある。
[家]父＝大森郁乎(元神鋼病院副院長)

大森 清男　おおもり・きよお
ミニチュア製作家　作家　[生]大正10年4月22日　[出]岐阜県高山市　[学]高山西小高等科(昭和9年)卒　[賞]岐阜県芸術文化奨励賞(昭和56年)「飛騨の盗人神様」　[歴]少年時代から版画や模型作りに熱中し、趣味が本職となる。高山市日の出町に住み高山祭りの屋台ミニチュアなどを製作するかたわら、飛騨を題材にした小説や詩の創作活動もしている。岐阜県芸術文化奨励賞を受けた「飛騨の盗人神様」、「飛騨の火薬物語」、詩集「ドカ雪降ったよ」などの著書がある。
[団]日本音楽著作権協会、日本詩人連盟会

大森 寿美男　おおもり・すみお
シナリオライター　[生]昭和42年　[出]神奈川県横浜市　[賞]向田邦子賞(第19回，平12年度)(平成13年)「泥棒家族」「トトの世界」　[歴]演劇活動を経て、シナリオライターに。映画「お墓がない！」でデビュー。脚本にテレビドラマ「夜逃げ屋本舗」「泥棒家族」「トトの世界」、映画「39 刑法第三十九条」「黒い家」などがある。

大森 隆司　おおもり・たかし
歴史小説家　[生]昭和21年　[出]栃木市　[学]東京教育大学卒　[歴]営業マンとして活躍した後、文筆活動に入る。全国各地で講演活動も行う。主な著書に小説「下野の動乱」「お楽の方と春日局」「足利尊氏」「足利尊氏の生涯」、「名族紀氏の末裔 下野国益子家の変遷」「太平記49の謎」など。

大森 痴雪　おおもり・ちせつ
劇作家　劇評家　[生]明治10年12月13日　[没]昭和11年5月26日　[出]東京・日本橋浜町　本名＝大森鶴雄　[学]慶応義塾卒　[歴]大阪朝日新聞、大阪毎日新聞の記者を経て、大正6年松竹文芸部に入社。「藤十郎の恋」「秋成の家」など多くの脚本を発表し、関西劇団の座付作者の大御所となった。

大森 眠歩　おおもり・みんぽ
劇作家　[生]明治32年3月27日　[没](没年不詳)　[出]東京・神田　本名＝大森梵　[歴]小学校卒業後井草仙真に師事するが、のちに油絵に転じる。転々流浪の生活をしながら、大正11年処女作の戯曲「今」を発表。戯曲集に「幻想時代」がある。

大屋 研一　おおや・けんいち
小説家　[生]昭和14年　[出]栃木県足利郡小俣町　[学]早稲田大学文学部英米文学専攻　[賞]さきがけ文学賞(選奨，第11回)「短編・泥の街」、さきがけ文学賞(選奨，第12回)「ロギング・ロード」、奥の細道文学賞優秀賞「愛山渓」　[歴]高校教師、編集者を経て、昭和46年からフリーで取材執筆。渡良瀬川のほとりに育ち、少年期から山歩きを続け、自然と人間のかかわりをテーマとする。名山名木より名もなき山や草木に親しむ。20代後半から小説を執筆。著書に「熔樹(バンヤン)」「少年たちの欅」、短編集「むかしの少年も闘っていた」、ノンフィクション「渡良瀬川」、ルポ「アイシャの村」、伝記「スコット」などがある。

大薮 郁子　おおやぶ・いくこ
シナリオライター　劇作家　[生]昭和4年8月13日　[出]旧朝鮮・京城　本名＝斎藤郁子　[学]東京女子大学英米文学科卒　[賞]菊田一夫演劇賞(第3回・昭52年度)(昭和53年)　[歴]昭和36年「うわさ島」(NHK)でデビュー。主な作品にTBS「花もめん」、NHK「ハイカラさん」、フジ「化粧」、戯曲「木瓜の花」「新版・香華」など。
[団]日本演劇協会、日本放送作家協会、日本脚本家連盟

大薮 春彦　おおやぶ・はるひこ
小説家　[生]昭和10年2月22日　[没]平成8年2月26日　[出]香川県　[学]早稲田大学教育学部中退　[歴]高松一高を経て、早大に進学。射撃部で活躍する傍ら小説を書く。昭和33年在学中に書いた「野獣死すべし」が江戸川乱歩に激賞され、中退して作家生活へ。日本におけるハードボイルド・ミステリーの先駆者。著書は、ほかに「歯には歯を」「蘇える金狼」「汚れた英雄」「傭兵たちの挽歌」など130冊を超える。早稲田大学射撃部コーチもつとめた。亡後、大薮

春彦賞が創設された。平成14年世田谷文学館に遺品が寄贈される。　[団]日本推理作家協会、丹沢大物狩猟クラブ(顧問)

大山 広光　おおやま・ひろみつ
劇作家　演劇評論家　詩人　雑誌編集者　[生]明治31年9月1日　[没]昭和45年1月10日　[出]大阪市　[学]早稲田大学文学部仏文科(大正12年)卒　[歴]早大在学中から民衆座に出演する。中村吉蔵の門下生として「演劇研究」同人となる。昭和8年発表の「頼山陽」をはじめ多くの戯曲があり、劇作家、演劇評論家、雑誌編集者として幅広く活動。「現代日本画壇史」などの著書のほか、訳書に「アルフレッド・ドゥ・ミュッセ詩集」がある。また大正末期に「楽園」「謝肉祭」「日本詩人」「早稲田文学」などに詩や訳詩、詩論を発表、詩人としても活躍した。

岡 栄一郎　おか・えいいちろう
劇作家　[生]明治23年12月2日　[没]昭和41年12月18日　[出]石川県金沢　[学]東京帝国大学英文科(大正6年)卒　[歴]漱石門から親友の芥川龍之助にすすめられて劇作に転じ、大正末から昭和にかけて新解釈を施した史劇や演劇評論、小説などを発表。代表作に「意地」「槍持定助」などがある。昭和12年頃から日活多摩川撮影所嘱託として映画製作にも携わった。

岡 鬼太郎　おか・おにたろう
劇評家　劇作家　小説家　[生]明治5年8月1日　[没]昭和18年10月29日　[出]東京・芝山内(現・東京都港区)　本名＝岡嘉太郎(おか・よしたろう)　別号＝鬼吟　[学]慶応義塾大学(明治25年)卒　[歴]慶応義塾卒業後の明治26年時事新報に入社、社会部に籍をおき、あわせて演芸記事も担当する。28年報知新聞に転じ"鬼太郎"の筆名で劇評を発表するが、のちに千代田日報に転じ、35年退社。36年「義太夫秘訣」を処女出版し、以後劇評家、劇作家、小説家として活躍する。代表作に小説「昼夜帯」「合三味線」「あつま唄」、戯曲「今様薩摩歌」「世話狂言集」「世話時代狂言集」、劇評書「鬼言冗語」「歌舞伎眼鏡」「歌舞伎と文楽」などがある。　[家]長男＝岡鹿之助(洋画家)

岡 一太　おか・かずた
児童文学者　エスペランチスト　[生]明治36年3月27日　[没]昭和61年6月12日　[出]岡山県窪郡三須村(現・総社市)　[学]関西中学校(岡山・私立)卒　[賞]久留島武彦文化賞、小坂賞(昭和28年)　[歴]中学卒業後、母校の作文の講師を務める。早くからエスペラントを学び、昭和3年結成の新興童話作家連盟に参加し、「少年戦旗」「童話運動」などに童謡を発表。プロレタリア・エスペラント同盟(PEU)を結成、中央委員として活動、弾圧を受け逮捕される。戦後は児童劇や童話をつぎつぎに発表。28年エスペラントを児童文学に持ち込んだ功労で小坂賞受賞。また人類の平和を願ったザメンホフの精神を少年少女の胸に刻みつけて欲しいと、少年少女用の「ザメンホフ伝」を出版したことで知られる。ほかの著書に、児童劇「歌をわれらに」「緑の星の下に」、「人生案内」「希望の歌」「あすへの旅立ち」「わが名はエスペラント」などがある。　[団]日本児童文学者協会(名誉会員)

丘 草太郎　おか・くさたろう
劇作家　翻訳家　[没](生没年不詳)　[歴]「劇と詩」に戯曲を、次いで日夏耿之介らの同人誌「聖盃」(のち仮面と改題)に大正2年「黒き帆影の船」「三味の音」、3年「魘はれる者」「死へまでの階段」など情調劇を書いた。また「新潮」「早稲田文学」などに5年ごろまで執筆、翻訳梗概「ゾラ物語」がある。

丘 修三　おか・しゅうぞう
児童文学作家　[専]障害児教育　[生]昭和16年4月5日　[出]熊本県上益城郡甲佐町　本名＝渋江孝夫　[学]東京学芸大学卒、東京教育大学卒　[賞]日本児童文学創作コンクール入賞(第8回)(昭和61年)「こおろぎ」、日本児童文学者協会新人賞(第20回)(昭和62年)「ぼくのお姉さん」、新美南吉児童文学賞(第5回)(昭和62年)「ぼくのお姉さん」、坪田譲治文学賞(第3回)(昭和63年)「ぼくのお姉さん」、小学館文学賞(第42回)(平成5年)「少年の日々」、産経児童出版文化賞(ニッポン放送賞，第48回)(平成13年)「口で歩く」　[歴]東京都立立川養護学校教諭を務める傍ら、昭和58年ごろから児童文学者協会創作教室等で勉強をはじめ、61年「こおろぎ」で同協会創作コンクール入賞。「ばやしの会」同人。主な作品に「ぼくのお姉さん」「風にふかれて」「ぼくらの竹やぶ2億円事件」「少年の日々」など、著書に「ケンと健一」「障害児の表現活動」「生きる力を育てる」「障害児の福祉と教育」「口で歩く」など。　[団]日本児童文学者協会、演劇教育連盟

岡 丈紀　おか・じょうき
戯作者　[没]明治22年3月　本名＝河原英吉　別号＝河丈紀、琴亭文彦、風来山人(3世)　[歴]鉄道関係の仕事に従事していたが、仮名垣魯文を知り「仮名読新聞」「いろは新聞」の客員として読物を執筆。代表作に「浮世機関西洋鑑」がある。

岡 信子　おか・のぶこ

児童文学作家　[生]昭和12年3月13日　[出]東京　[学]日本女子体育短期大学幼児教育科卒　[賞]日本児童文芸家協会賞(第22回)(平成10年)「花・ねこ・子犬・しゃぼん玉」　[歴]在学中から童話を書き、約4年間の幼児園教諭を経て、児童文学作家となる。作品「はなのみち」は長期間、教科書(岩崎書店)に掲載されている。著作に「夜あるくお人形」「海の見える観覧車」「けんかのけんた」「花・ねこ・子犬・しゃぼん玉」などがある。　[団]日本児童文芸家協会

岡江 多紀　おかえ・たき

作家　[生]昭和28年6月16日　[出]神奈川県中郡大磯町　本名=佐久間妙子　[学]早稲田大学文学部演劇学科卒　[賞]小説現代新人賞(第33回)(昭和54年)「夜更けにスローダンス」　[歴]出版社に勤めながら小説を書いていたが、昭和54年「夜更けにスローダンス」で小説現代新人賞を受賞。58年初め退社、作家として独立した。丸茂ジュン、中村嘉子と共に若手女流ポルノご三家と称されるが、ミステリーものも得意とする。著書に「黒の葉脈」「燃え尽きてトワイライト」「上海ブルース」「鑑定主文」など。　[団]日本文芸家協会、日本推理作家協会

岡崎 栄　おかざき・さかえ

テレビ演出家　シナリオライター　[生]昭和5年1月11日　[出]茨城県　[学]東京教育大学文学部英米文学科(昭和28年)卒　[賞]芸術選奨文部大臣賞(昭和54年)「逆転」など、松尾芸能賞(優秀賞)(平成8年)、NHK放送文化賞(功労賞, 平7年度)(平成8年)、紫綬褒章(平成8年)、ザ・ヒットメーカー'97(平成9年)　[歴]昭和28年NHK入局。テレビ第一世代の名物ディレクターで、初のカラーによる大河ドラマやバラエティードラマなどを手がけた。作品に「若い季節」「天と地と」「天下御免」。51年にドラマ部からスペシャル番組部に移ってからは、NHK特集「輝け命の日々よ」「春楡ようたえ」やドラマ「マリコ」、大型企画「The Day」などを制作。62年1月退職し、NHKエンタープライズ(現・NHKエンタープライズ21)に勤務。のちフリー。平成7年日中合作ドラマ「大地の子」の脚本を担当。事実へのこだわりから、ノンフィクションドラマというジャンルを編み出し、13年「遭難」を演出。

岡崎 弘明　おかざき・ひろあき

著述家　(株)帝国データバンクネットコミュニケーション代表　[生]昭和35年4月4日　[出]熊本県熊本市　[学]早稲田大学商学部卒　[賞]ファンタジーノベル大賞優秀賞(第2回)(平成2年)「英雄ラファシ伝」　[歴]帝国データバンクに入社し、企業調査を担当。のち帝国データバンクネットコミュニケーション代表。一方、サラリーマン生活の傍ら小説などを執筆。著書に「経営リスク総点検」「新世紀産業の動向」「eコマースで勝つ会社滅びる会社」、小説に「月のしずく100%ジュース」「英雄ラファシ伝」「恋愛過敏症」などがある。　[団]日本文芸家協会

岡崎 柾男　おかざき・まさお

劇作家　演出家　ノンフィクション作家　映像演劇評論家　季刊「げんごろう」編集長　季刊「創作舞踊」編集長　劇団すぎのこ常務理事　[専]芸能史　首都圏の伝説・民話・"悪所"研究　[生]昭和7年1月22日　[出]鹿児島県　本名=岡崎正男(おかざき・まさお)　別名=鴨一平(かも・いっぺい)　[学]鹿児島大学中退　[興]女性による舞台朗読の指導、アジアの演劇・舞踊・芸能集団との交流・共同制作、ぬいぐるみ人形の芸能、人形・玩具と戦争、"蔭の玩具"について　[歴]戯曲、ミュージカル、放送、人形劇の台本を多数執筆・演出。海外数カ国で翻訳上演されている。また、祭・劇場のこけら落しの企画・演出、国際行事の演出・制作なども手掛ける。著書に「下総の唄歌」「謎のなんじゃもんじゃ 千葉の民話」「江戸の闇・魔界めぐり」など。　[団]東洋音楽学会、日本人形玩具学会(運営委員)、日本石仏協会、日本演出者協会

岡崎 由紀子　おかざき・ゆきこ

脚本家　[生]昭和35年11月5日　[出]山形県山形市　[学]上智大学文学部哲学科卒　[歴]テレビドラマを多く手がけ、「彼と彼女の事情」「七人のOLがゆく!」「ひとりでできるもん!」などがある。平成11年出版の著書「アイ・ラヴ・ユー」が同名で映画化される。　[団]日本脚本家連盟、日本放送作家協会

岡崎 祥久　おかざき・よしひさ

小説家　[生]昭和43年8月17日　[出]東京都　[学]早稲田大学第2文学部卒　[賞]群像新人文学賞(小説部門, 第40回)(平成9年)「秒速10センチの越冬」、野間文芸新人賞(第22回)(平成12年)「楽天屋」　[歴]大学時代から小説を書き始める。卒業後、フリーター、専門学校生を経て、平成9年「秒速10センチの越冬」で群像新人文学賞を受賞。他の著書に「楽天屋」「バンビーノ」など。

岡沢 ゆみ　おかざわ・ゆみ

児童文学作家　[出]新潟県糸魚川市　[学]日本児童教育専門学校児童文学科卒　[賞]ぶんけい創作児童文学賞(第5回)(平成7年)「ヤング・リーブス・ブーキー」、椋鳩十児童文学賞(第8回)(平成10年)「バイ・バイ—11歳の旅だち」　[歴]著書に「ヤング・リーブス・ブーキー」「バイ・バイ—11歳の旅だち」などがある。

小笠原 恭子　おがさわら・きょうこ

小説家　武蔵大学人文学部日本文化学科教授　[専]日本文学(中・近世)　日本演劇史　[生]昭和11年1月9日　[出]東京・本郷　筆名＝小笠原京(おがさわら・きょう)　[学]お茶の水女子大学文教育学部文学科国文学専攻(昭和32年)卒、国学院大学大学院文学研究科日本文学専攻(昭和39年)博士課程修了　[興]日本演劇の戯曲構造　[賞]日本演劇学会賞(昭和47年)、日本雑学大賞(第18回)(平成9年)　[歴]国学院大学助手、成蹊大学文学部日本文化学科助手、同助教授を経て、武蔵大学人文学部日本文化学科教授。著書に「出雲のおくに」「かぶきの誕生」「都市と劇場―中近世の鎮魂・遊楽・権力」「芸能の視座」他。また、小笠原京の筆名で時代小説「瑠璃菊の女―旗本絵師描留め帳」「寒桜の恋」「旗本絵師 藤村新三郎」を出版。　[団]日本演劇学会、近世文学会

小笠原 慧　おがさわら・けい

小説家　精神科医　[生]昭和35年　[出]香川県　本名＝岡田尊司　別筆名＝小笠原あむ(おがさわら・あむ)　[学]東京大学哲学科中退、京都大学医学部卒　医学博士　[賞]横溝正史賞(奨励賞，第19回)(平成11年)、横溝正史賞(第20回)(平成12年)「DZ(ディーズィー)」　[歴]大阪府で精神科医として勤務。一方、30代半ばから本格的に小説を執筆。平成11年小笠原あむの名で応募した作品が横溝正史賞奨励賞を受賞。12年「DZ(ディーズィー)」が、横溝正史賞を受賞。単行本は小笠原慧の名で出版。

小笠原 貞　おがさわら・さだ

小説家　[生]明治20年　[没]昭和63年　[出]宮城県　別称＝小笠原さだ　[学]女子美術学校卒　[歴]「女子文壇」に多くの作品を投稿し、明治45年「青鞜」に参加。主な作品に「客」「或る夜」「泥水」などがあり、「客」は大正2年刊行の「青鞜小説集」に収録された。

小笠原 貴雄　おがさわら・たかお

小説家　国士館大学教授　[生]大正6年10月8日　[没]昭和49年2月1日　[出]山口県　本名＝小笠原好彦　[学]早稲田大学国史科(昭和16年)卒　[歴]「文学季刊」「文学行動」などに作品を発表し、「色欲」「オリンパス物語」などの作品があり、昭和23年「ゴーゴリ喫茶店」を刊行した。

小笠原 忠　おがさわら・ちゅう

小説家　[生]明治38年10月6日　[没]昭和59年　[出]群馬県伊勢崎市　[学]早稲田大学国文科(昭和4年)卒　[歴]「文学者」に参加し、昭和40年発表の「鳩の橋」は芥川賞候補作品となる。著書に「裏路」「火の蕾」「会津八一歌がたみ奈良」などがある。

小笠原 白也　おがさわら・はくや

小説家　新聞記者　[没](生没年不詳)　[出]大阪府　本名＝小笠原語咲(おがさわら・ごさく)　[歴]大阪府下中島村小学校校長をつとめていたが、明治40年発表の「嫁ケ淵」が大阪毎日新聞懸賞小説に当選する。42年「女教師」を刊行して大阪毎日に入社、同紙に「妹」「三人の母」などを発表した。

岡下 一郎　おかした・いちろう

小説家　[生]明治28年12月22日　[没](没年不詳)　[出]愛知県名古屋市　[学]高小卒　[歴]高小卒業後、鉄道火夫、魚屋、新聞配達、煮豆売、郵便配達夫など多くの仕事を転々とし、上京して藤井真澄に文学を学ぶ。大正12年「歯車」を発表。昭和4年プロレタリア作家同盟員となった。

岡島 伸吾　おかじま・しんご

防衛医科大学校教務課長　[生]昭和30年2月　[出]愛知県　本名＝木全伸吾　[学]横浜国立大学経済学部(昭和53年)卒　[賞]松本清張賞(佳作賞，第2回)(平成7年)「さざんか」　[歴]防衛庁に入庁。幹部要員として装備局、人事局、防衛施設庁。昭和62年運輸省に出向後、防衛施設庁労務企画課補佐、調達実施本部調整課補佐を経て、防衛医科大学校教務課長。傍ら小説を書き始め、カルチャーセンター・ミステリー教室などに通う。

岡嶋 二人　おかじま・ふたり

⇒井上夢人(いのうえ・ゆめひと)，徳山 諄一(とくやま・じゅんいち)を見よ

岡田 悦哉　おかだ・えつさい

詩人　[生]明治42年4月18日　[出]千葉県東葛飾郡野田町(現・野田市)　本名＝岡田友右衛門　[学]開成中(昭和3年)卒　[賞]文芸首都賞(昭和18年)「山羊点描」　[歴]家業に就き、昭和27年(株)岡友を創立、代表取締役に。この間、18年に佐藤惣之助主宰の「詩の家」に入会、「文芸首都」、前衛詩人連盟などにも参加。「野田文学」同人。著書に「わがウシャブテイ」「ひいらぎやノート」(私家版)、創作集「山羊点描」「幸町界隈」などがある。

岡田 貴久子　おかだ・きくこ

児童文学作家　[生]昭和29年　[学]同志社大学文学部英文学科卒、日本児童文学学校(第11期)修了　[賞]毎日童話新人賞優秀賞(第7回)(昭和58年)「ブンさんの海」、アンデルセンのメルヘン大賞優秀賞「12色のつばさ」　[歴]児童文学作品のほかに青春小説も手がける。著書に「うみうります」(「ブンさんの海」改題)、「わたしのちゃめウサギをさがして！」「怪盗クロネコ団あらわる！」などがある。

岡田 敬二　おかだ・けいじ
演出家　脚本家　宝塚クリエイティブアーツ社長　[生]昭和16年2月19日　[出]東京　[学]早稲田大学文学部卒　[歴]大学在学中は映画研究会に所属。昭和36年2年の時見た映画「ウエストサイド物語」をきっかけにミュージカルに熱中。宝塚歌劇団の演出家・白井鉄造に脚本が認められ、卒業後演出助手として入団。42年「若者達のバラード」でデビュー。のち脚本家としても活躍。パリの伝統的なレビューを受け継ごうと、59年頃からロマンチック・レビュー路線を提唱、「魅惑」などを手がける。平成5年トミー・チューンと「グランドホテル」を共同演出。6年宝塚歌劇80周年の「ラ・カンタータ！」の脚本、演出を担当。海外ミュージカル「アップル・ツリー」「ディーン」「キス・ミー・ケイト」なども手掛けた。舟木一夫公演など外部演出も多く、日本を代表するレビュー・ミュージカル作家・演出家の一人。
[家]妻＝岡田泰子（元宝塚女優・脚本家）

緒方 栄　おがた・さかえ
作家　[賞]国鉄文芸年度賞「ヤッコラヤノヤア」、交通ペンクラブ賞「ドライブマップ」　[歴]鉄道公安職員から国鉄門鉄博多車掌区へ。傍ら国鉄をテーマにした小説を多く発表。作品に国鉄病院勤務の青年の気持ちを描いた「使い番」、鉄道公安官時代の体験を生かした短編集「鉄道公安官物語」「特捜鉄道公安官」など。
[団]九州文学、九州作家

岡田 三郎　おかだ・さぶろう
小説家　文芸評論家　[生]明治23年2月4日　[没]昭和29年4月12日　[出]北海道松前郡福山町　[学]早稲田大学英文科（大正8年）卒　[歴]中学卒業後、画家を志して上京、太平洋画会研究所に通い、またゴム櫛工場で働くが、帰道して2年間の兵役に服す。大正3年再上京して早大に入学。7年「涯なき路」が「新愛知」の懸賞に1等当選し、以後「影」「熊」「風」などを発表。早大卒業後は博文館に入社し「文章世界」を編集。そのかたわら「地平線」を創刊する。9年「泥濘」「兵営時代」などを発表し、10年短篇集「涯なき路」長篇「青春」を刊行。博文館を退職して、12年迄フランスに遊学。13年「巴里」を刊行。14年「文芸日本」を主宰、また「不同調」同人となり、昭和4年「近代生活」に参加。新興芸術派の作家として活躍し「三月変」などを発表。15年には「伸六行状記」を刊行したが、戦後はみるべき作品がなかった。

岡田 鯱彦　おかだ・しゃちひこ
小説家　元・東京学芸大学教授　[専]国文学　[生]明治40年12月19日　[没]平成5年8月4日　[出]東京　本名＝岡田藤吉（おかだ・とうきち）　[学]東京帝大文学部国文学科（昭和13年）卒　[歴]各学校を歴任後、昭和24〜46年東京学芸大学教授をつとめる。24年「妖鬼の呪言」が「宝石」の懸賞小説に一等入選、以後作家としても活躍。「薫大将と匂の宮」「幽溟荘の殺人」「樹海の殺人」などを発表、35年で筆を絶った。　[団]日本児童文芸家協会

岡田 淳　おかだ・じゅん
児童文学作家　[生]昭和22年1月16日　[出]兵庫県西宮市　[学]神戸大学教育学部美術科卒　[賞]日本児童文学者協会新人賞（第14回）（昭和56年）「放課後の時間割」、サンケイ児童出版文化賞（第31回）（昭和59年）「雨やどりはすべり台の下で」、うつのみやこども賞（昭60年度）「二分間の冒険」、日本児童文学者協会賞（第27回）（昭和62年）「学校ウサギをつかまえろ」、赤い鳥文学賞（第18回）（昭和63年）「扉のむこうの物語」、うつのみやこども賞（昭60年度）「二分間の冒険」、路傍の石文学賞幼少年文学賞（第15回）（平成5年）「びりっかすの神さま」「星モグラ サンジの伝説」、野間児童文芸賞（第33回）（平成7年）「こそあどの森の動物」　[歴]小学校の図工専任教師のかたわら、ファンタジーを発表し続け、作品に「放課後の時間割」「雨やどりはすべり台の下で」「リクエストは星の話」「二分間の冒険」「学校ウサギをつかまえろ」「扉のむこうの物語」「びりっかすの神さま」「星モグラ サンジの伝説」など。
[団]日本児童文学者協会、日本文芸家協会

岡田 誠三　おかだ・せいぞう
小説家　[生]大正2年3月8日　[没]平成6年6月21日　[出]大阪市　[学]大阪外国語学校英語科（昭和11年）卒　[賞]直木賞（第19回）（昭和19年）「ニューギニヤ山岳戦」　[歴]昭和11年朝日新聞社大阪本社社会部に入社し、戦時下、南支仏印、ニューギニヤ方面に特派員として従軍。ポート・モレスビー作戦を描いた「ニューギニヤ山岳戦」により、19年直木賞受賞。43年定年退職し、以後は執筆に専念。作品はほかに「失はれた部隊—ポート・モレスビー作戦惨敗の報告」「定年後」「雪華の乱—大塩平八郎」「字余り人生」「定年後以後」など。

岡田 禎子　おかだ・ていこ
劇作家　[生]明治35年3月6日　[没]平成2年1月10日　[出]愛媛県温泉郡石井村南土居　本名＝岡田禎子（おかだ・よしこ）　[学]東京女子大学（大正12年）卒　[歴]東京女子大在学中から岡本綺堂に師事し、昭和4年「夢魔」を発表し、5年「正子と

その職業」を刊行。以後戯曲作家とし、また小説家としても活躍し「祖国」「白い花」「ナイチンゲール伝」「病院船従軍記」などを刊行。19年故郷松山に帰り、戦後は愛媛県教育委員などをつとめた。58年「岡田禎子作品集」がまとめられた。 [家]父=岡田温(元衆院議員)

岡田 徳次郎 おかだ・とくじろう

小説家 詩人 [生]明治39年 [没]昭和55年 [出]兵庫県明石市魚町 [学]高等小学校卒 [歴]独学で英語、珠算、簿記などを修め、大阪鉄道管理局に勤務、この頃から川柳を始め、麻生路郎に師事。同時期、同郷の作家稲垣足穂の知遇を得る。昭和20～29年大分県の日田市役所に勤務、「九州文学」「作家」「詩文化」などに詩、小説を発表。30年「銀杏物語」で芥川賞候補となる。同年妻と離婚、一子を連れて放浪、のちに大阪の株式業界紙の編集者となる。この頃懸命に創作に打ち込むが、「銀杏物語」以後、再び脚光を浴びることはなかった。生涯一冊の本も上梓していない。代表作は、詩では「旅情」「石」「黄昏」「星の砂」など、小説では「木立」「虎」「不動」「しらゆき抄」など。

尾形 十三雄 おがた・とみお

シナリオライター [生]明治37年3月4日 [没]昭和60年2月26日 [出]高知市大津 本名=尾崎好明 筆名=尾崎芳燁、尾崎優之助 [学]高知県立第一中学卒、済南薬専卒 [歴]大正12年東亜キネマ脚本部入社。以後、松竹脚本部、日活京都脚本部・監督・企画部、興亜映画製作者、京都公楽館支配人、横田興業専務、ミラー映画常務を経て、東映京都のシナリオライターとなる。作品は映画「水戸黄門漫遊記」「桃太郎侍」両シリーズ、テレビ番組「矢車剣之助」「琴姫七変化」など多数。 [団]日本シナリオ作家協会

岡田 なおこ おかだ・なおこ

児童文学作家 [生]昭和36年 [出]東京都 本名=岡田尚子 [学]光明養護学校卒、深沢高卒 [賞]野間児童文芸賞新人賞(第30回)(平成4年)「薫ing」 [歴]脳性まひによる四肢体幹障害者。日本児童文学者協会主催の児童文学学校、創作教室を修講。著書に「薫ing」「真夏のSCENE」「ノートにかいたながれ星」「なおこになる日」などがある。 [団]じゅうさん樹同人会、かくの会、全国児童文学同人誌連絡会

岡田 信子 おかだ・のぶこ

ノンフィクション作家 [国]米国 [生]昭和6年12月 [出]東京・神田 [学]早稲田大学政治経済学部卒 [賞]オール読物新人賞(昭和54年)「ニューオーリンズ・ブルース」 [歴]10代の頃から米国に憧れ、昭和32年留学してミシガン大学、ジョージタウン大学大学院に学ぶ。日系2世と結婚し、34年米国市民となる。国務省通訳、メリーランド州政府ケースワーカーなどをしながら、小説やドキュメンタリーを執筆。54年「ニューオーリンズ・ブルース」で「オール読物」新人賞を受賞。55年「貧しいアメリカ」刊行。58年帰国。「週刊女性」に連載記事を執筆しつつ、3歳からの子どもの英語教育や講演活動に携わる。他の著書に「ワシントンの女」「メリーランド婦人科病棟」「213の教訓でつづる―たった一人、老後を生きる」など。

岡田 秀文 おかだ・ひでふみ

小説家 [生]昭和38年 [出]東京都 [学]明治大学農学部卒 [賞]小説推理新人賞(平成11年)「見知らぬ侍」、日本ミステリー文学大賞(新人賞,第5回)(平成13年)「太閤暗殺」 [歴]平成11年「見知らぬ侍」で小説推理新人賞を受賞。他の作品に「太閤暗殺」がある。外資系製薬会社勤務。

岡田 正代 おかだ・まさよ

シナリオライター 東和映画社長 川喜多記念映画文化財団理事長 [生]昭和9年8月18日 [出]東京 [学]明治学院大学文学部英文科(昭和32年)卒 [歴]東和映画宣伝部、アメリカTV映画の台本翻訳などを経て、昭和42年シナリオ研究所18期研修科3期を修了。43年毎日放送百万円懸賞テレビドラマに次席入選し、放送作家に。42年「祭囃子」(日テレ)でデビュー。フジTV系の奥様劇場で中心ライターとして活躍。平成6年川喜多記念映画文化財団理事長に就任。代表作にテレビ「剣」(日テレ)、「三婆」「家と女房と男の名誉」(フジ)、「男上手女上手」(テレ朝)、映画「別れの詩」「阿寒に果つ」など。 [家]夫=岡田晋吉(日本テレビプロデューサー)

岡田 美知代 おかだ・みちよ

小説家 婦人記者 [生]明治18年4月10日 [没]昭和43年1月19日 [出]広島県甲奴郡上下町 [学]津田塾に学ぶ [歴]明治37年上京して田山花袋宅に寄寓し、花袋の指導をうけながら津田塾に通う。のち「主婦之友」の婦人記者として渡米し、終戦直前に帰国。39年発表の「キーちゃん」をはじめ「侮辱」「里子」などの作品がある。

岡田 みゆき おかだ・みゆき

小説家 [生]大正6年10月5日 [出]徳島市 本名=岡田ミユキ [学]徳島県女子師範専攻科卒 [賞]婦人公論女流新人賞(佳作)(昭和35年)「谷間の神」 [歴]小中学校教諭を経て作家活動。「徳島作家」同人、徳島県作家協会理事。昭和36年「石ころ」が第45回芥川賞候補、87年「実験観察記録」が第9回新潮社同人雑誌賞候補、41年「棲息」が第23回文学界新人賞候補、42年「美しい森」が第24回文学界新人賞候補になる。著

書に「タヒラの人々」「椅子のくつ」「ホルトの木の実」などがある。 [団]徳島県作家協会、波の歴史を小説にする会

岡田 睦　おかだ・むつみ

小説家 [生]昭和7年1月18日 [出]東京 [学]日本大学芸術学部映画科・文芸科(昭和27年)中退、慶応義塾大学文学部卒 [歴]学生時代は映画とハワイアンバンドに熱中。東宝のシナリオ研究会にも所属。就職試験に失敗してから小説家を志す。軽みのあるユーモラスな作品が多く、著書に「ワニの泪」「賑やかな部屋」「乳房」「凶器」などがある。 [団]日本ペンクラブ、日本文芸家協会

岡田 八千代　おかだ・やちよ

小説家 劇作家 劇評家 演劇家 [生]明治16年12月3日 [没]昭和37年2月10日 [出]広島市 旧姓(名)=小山内 別号=芹影、芹影女、伊達虫子 [学]成女学校(明治35年)卒 [歴]明治35年成女学校を卒業、兄小山内薫の影響を受け戯曲、小説を書き「明星」に「めぐりあひ」を発表。36年三木竹二の「歌舞技」に劇評を書いた。39年洋画家岡田三郎助と結婚。40年長編小説「新緑」、45年短編集「絵具箱」、戯曲「黄楊の櫛」を書いた。「青鞜社」にも参加、大正11年児童劇団芽生座を結成、児童劇の脚色、演出に当たった。12年長谷川時雨と女人芸術社を興し、女流文学の振興に尽くした。戦後23年日本女流劇作家協会を結成、後進の育成に努めた。小説集に「門の草」「新緑」、回想録「若き日の小山内薫」などがある。 [家]夫=岡田三郎助(洋画家)、兄=小山内薫

岡田 豊　おかだ・ゆたか

脚本家 演出家 [専]演劇 オペラ [生]昭和7年3月30日 [出]神奈川県 [学]開成高卒 [賞]銀座みゆき館劇場戯曲賞(第1回) [歴]3歳の時父を亡くし、終戦直後の13歳頃、東京・上野で靴磨きを経験。その後劇団俳優座に所属、多くの演劇の脚本や演出を手がける。平成11年終戦直後の上野駅周辺の雑踏を再現・舞台化した米国ニューヨークのオフ・ブロードウェイミュージカル「トーキョーカンカン」の作・演出を担当。日本で唯一のSSDC(全米舞台演出家協会)正会員。著書に「十五夜物語」「ブロードウェイの狼たち」「正常の狂気」、小説「すべてのことの始まりはその男のスケベ心から始まった」など。

岡田 ゆたか　おかだ・ゆたか

児童文学作家 絵本作家 [生]昭和22年 [出]山形県山形市 [学]明治大学卒、東洋美術学校卒 [賞]手づくり絵本コンテスト文部大臣奨励賞(昭和54年)、絵本にっぽん新人賞(第5回)(昭和57年)「ぼくの町」 [歴]千葉県行徳でラーメン店を営業していたが、昭和54年手づくり絵本コンテスト文部大臣奨励賞受賞を機に閉店。東洋美術学校で学び、57年から広告製作会社に勤務。同年「ぼくの町」で絵本にっぽん新人賞受賞。絵本作品に「はしれもう太」「おいしいラーメンてんこうせい」「じしんかみなりかじじいちゃん」、創作童話に〈たんじょう日〉シリーズ、「ぼくと兄ちゃんの大旅行」など。 [団]日本児童出版美術家連盟

岡田 好恵　おかだ・よしえ

翻訳家 作家 [専]児童向け伝記 [生]昭和25年 [出]静岡県熱海市 [学]青山学院大学文学部仏文科卒 [賞]福島正実記念SF童話賞(第4回)「地球をかいにきたゾウ宇宙人」 [歴]工業用英語・仏語の翻訳の仕事をしながら、ユニ・カレッジで仏語ミステリーの翻訳を学ぶ。著書に「地球をかいにきたゾウ宇宙人」「アインシュタイン」「ダイアナ妃」、訳書に「ポツダムの罠」「コンピュータ探偵ミネルバ」「ぼくらの学校たてこもり大作戦」など。

岡田 恵和　おかだ・よしかず

脚本家 [生]昭和34年 [出]東京都三鷹市 [学]和光大学人文学部中退 [賞]ATP賞グランプリ(平10年度)「君の手がささやいている」、橋田賞(第7回)(平成11年)「君の手がささやいている第2章」、芸術選奨文部大臣新人賞(第50回, 平11年度)(平成12年)「彼女たちの時代」、向田邦子賞(第20回, 平13年度)(平成14年)「ちゅらさん」、橋田賞(第10回)(平成14年)「ちゅらさん」 [歴]企画会社勤務を経て、平成元年TBSドラマチック22「香港から来た女」でシナリオライターデビュー。主な作品に映画「スパイゲーム」「シャイなあんちくしょう」「シーズレイン」、OV「湾岸ミッドナイト2.3」、テレビ「南くんの恋人」「若者のすべて」「輝く季節の中で」「最高の恋人」「まだ恋は始まらない」「イグアナの娘」「ドク」「ビーチボーイズ」「ランデヴー」「君の手がささやいている〈1～3章〉」「彼女たちの時代」「ちゅらさん」「夢のカリフォルニア」、著書に「ドラマを書く」などがある。

岡田 美子　おかだ・よしこ

小説家 [生]明治35年 [没]昭和42年 [出]鳥取県西伯郡名和町 旧姓(名)=桑本 [学]米子高女(大正11年)卒 [歴]鳥取県立米子高等女学校卒業後、小学校の代用教員となり、創作活動を始める。大正12年病死した姉の後妻に入り結婚。劇作

家の岸田国士に師事、フランスの近代劇などに親しむ。昭和18年創作集「生命の灯」を刊行、戦後も新聞小説やNHK鳥取、広島放送局に放送劇台本を執筆した。27年には自ら主宰する文芸誌「女人文芸」を創刊、発行。志賀直哉を鳥取県の各地に案内するなど、県内外の文学同好者との交流も深めた。作品に「谷間」「あの娘この娘」「家風の中の女」、戯曲に「恨みの春」、ラジオドラマに「深い雪」「冬鞄」など。

緒方 善浩　おがた・よしひろ

童話作家　本名＝緒方禎浩　[学]防衛大学校卒　[歴]昭和53年防衛大学校に入学。少林寺拳法部のリーダーとして全国大会で優勝するなど活躍したが、4年生の時脳腫瘍を患い、自衛官への夢を断念。その後リハビリで右半身まひの後遺症を克服し、童話を書き始める。星をキーワードに、メルヘンやSFなど5編書き上げ、うち2編を自費出版、児童文学のコンクールにも応募。平成8年と9年、童話「星のふるさと」「星めぐり」を出版し、童話作家デビュー。

岡戸 武平　おかど・ぶへい

作家　[生]明治30年12月31日　[没]昭和61年8月31日　[出]愛知県知多郡横須賀町(現・東海市)　[賞]愛知県文化功労者(昭和35年)　[歴]大正7年名古屋新聞社に入社。のち推理作家・小酒井不木の助手を経て、上京、博文館に入社。「文芸倶楽部」の編集などに携わり、7年退社。昭和8年作家生活に入り、伝記、時代、推理小説など幅広い著作がある。戦後、中部経済新聞社の客員を務めた。著書に「五体の積木」「蠢く触手」「小泉八雲」「殺人芸術」「全力投球」など。

岡野 薫子　おかの・かおるこ

児童文学作家　エッセイスト　[専]科学読み物　[生]昭和4年2月28日　[出]東京　[学]東京農業教育専門学校附設女子部卒　[興]時間　[賞]サンケイ児童出版文化賞(第11回)(昭和39年)「銀色ラッコのなみだ」、NHK児童文学奨励賞(第3回)(昭和39年)「銀色ラッコのなみだ」、野間児童文芸推奨作品賞(第3回)(昭和40年)「ヤマネコのきょうだい」、動物愛護協会賞(昭和50年)、講談社出版文化賞(昭和52年)「ミドリがひろったふしぎなかさ」　[歴]科学映画のシナリオライターから児童文学に転じ、昭和39年「銀色ラッコのなみだ」でサンケイ児童出版文化賞、40年「ヤマネコのきょうだい」で野間児童文芸賞を受賞。59年には作家生活20周年記念として「銀色ラッコのなみだ」「カモシカの谷」を著者装丁とさし絵による私家版として出版した。他に“森のネズミシリーズ”や「卵のかたちから」「私を呼ぶ自然の仲間」「太平洋戦争下の学校生活」など数多くの作品がある。動物保護審議会委員も務める。
[団]日本文芸家協会

岡野 竹時　おかの・たけし

歌舞伎作家　[専]歌舞伎脚本　[生]昭和35年7月15日　[出]東京都葛飾区　[学]中央大学法学部卒、中央大学大学院法学研究科修了　[賞]大谷竹次郎賞奨励賞(第21回)(平成5年)　[歴]祖母の影響で3歳頃から歌舞伎に親しむ。のち中村梅玉の「桐一葉」の舞台に感銘を受け東京都市開発株式会社企画部勤務の傍ら歌舞伎の脚本づくりに取り組む。平成2年国立劇場新作歌舞伎脚本の優秀作第二席に作品「忠度(ただのり)」が入選。4年謡曲「鉢木」を題材にした作品「冬桜」が佳作に入選。同年12月「忠度」が国立劇場で8年ぶりの新作歌舞伎として上演された。

岡野 半牧　おかの・はんぼく

小説家　[生]嘉永1年5月2日(1848年)　[没]明治29年1月11日　[出]和泉国(現・大阪府)　本名＝岡野武平　別号＝桐廼舎鳳居　[歴]大阪新聞を経て、明治12年朝日新聞に入社。編集者として続きものを執筆し、代表作に「諺説蘆辺の鶴」「引たり引たり」などがある。

丘乃 れい　おかの・れい

シナリオライター　[専]児童教育映画　[生]昭和22年　[出]京都府京都市　本名＝西村久子　[学]同志社高卒　[賞]教育映画祭優秀作品賞「はばたけ明日への瞳」「ありがとうハーナ」　[歴]昭和44年俳優の重久剛一と結婚。洛西ニュータウンの児童館に勤務しながら新井一にシナリオを学び、61年児童教育映画「はばたけ明日への瞳」でデビュー。平成10年には人権啓発映画「残照の中で」を初監督。シナリオを手掛けた作品に、映画「ありがとうハーナ」「雨の指もじ」「約束」「君の心にパス」、ひとり芝居「かつぎ屋の歌」など。作品は夫がプロデュースで協力。
[団]日本シナリオ作家協会　[家]夫＝重久剛一(俳優)

岡上 鈴江　おかのうえ・すずえ

児童文学作家　随筆家　翻訳家　[生]大正2年5月3日　[出]東京　[学]日本女子大学英文学科(昭和10年)卒　[歴]外務省勤務数年を経て作家活動に入る。創作童話「スウおばさん大すき」ほか、随筆集に「父小川未明」「父未明とわたし」など。英米児童文学の訳書は「小公女」「小公子」「すてきなまま母」「ポリーのねがい」など、50余巻もある。　[団]日本児童文学者協会、日本児童文芸家協会(顧問)　[家]父＝小川未明(児童文学者)

岡部 耕大　おかべ・こうだい
劇作家　演出家　小説家　劇団空間演技代表　岡部企画代表取締役　[生]昭和20年4月8日　[出]長崎県松浦市　本名＝岡部耕大(おかべ・こうた)　[学]伊万里高(昭和39年)卒、東海大学広報学科中退　[賞]岸田国士戯曲賞(第23回)(昭和54年)「肥前松浦兄弟心中」、紀伊国屋演劇賞(第23回)(昭和63年)「亜也子」　[歴]昭和39年映画監督を志して上京。東海大学中退、風間杜夫らの劇団三十人会を経て、45年劇団空間演技を結成、処女作の「トンテントン」で旗上げ。以後「倭人伝」を初めとする"松浦四部作"、「哀しき狙撃手」などを作・演出。54年「肥前松浦兄妹心中」で第23回岸田国士賞受賞。故郷・肥前松浦の人々の生きざまを舞台化し、方言をふんだんに使った戯曲に特徴がある。他の作に「闇市愚連隊」「黒い花びら—侠客・千代之介の生涯」「お侠」「精霊流し」「肥前松浦女人塚」「亜也子」「鬼火」などがある。　[団]日本文芸家協会

岡松 和夫　おかまつ・かずお
小説家　関東学院女子短期大学国文科教授　[専]中世文学　[生]昭和6年6月23日　[出]福岡県福岡市　[学]東京大学文学部国文学科卒　[賞]文学界新人賞(第9回)(昭和34年)「壁」、芥川賞(第74回)(昭和50年)「志賀島」、新田次郎文学賞(第5回)(昭和61年)「異郷の歌」、木山捷平文学賞(第2回)(平成10年)「峠の棲家」　[歴]昭和34年「壁」で文学界新人賞を受賞。その後、同人誌「犀」に参加。45年白川正芳らと「朱羅」を創刊。50年「志賀島」で芥川賞を受賞。他の著書に「魂ふる日」「楠の森」「深く目覚めよ」「異郷の歌」「海の砦」「一休伝説」「峠の棲家」など。　[団]中世文学会、仏教文学会、日本文芸家協会

丘美 丈二郎　おかみ・じょうじろう
推理作家　[生]大正7年　[出]大阪府　本名＝兼弘正厚　[賞]探偵作家クラブ新人奨励賞(昭和29年)「鉛の小箱」　[歴]航空自衛隊パイロットをしていたが、退職後航空関係会社の役員をする。昭和24年「翡翠荘綺談」が「宝石」の短篇コンクールの三席に入選し、25年「勝部良平のメモ」が二席に入選する。29年「鉛の小箱」で探偵作家クラブの新人奨励賞を受賞。他の作品に「佐門谷」「ワルドシュタインの呪い」「トッカピー」などがあるが、33年で筆を絶った。

岡村 柿紅　おかむら・しこう
劇作家　劇評家　[生]明治14年9月14日　[没]大正14年5月6日　[出]高知市　本名＝岡村久寿治　[歴]明治34年から43年まで「中央新聞」「二六新報」「読売新聞」などで劇評家として活躍し、44年「演芸倶楽部」の編集主任となる。大正4年市村座に参加、また「新演芸」の主幹もつとめた。主な作品に「椀久末松山」「傾城三度笠」や舞踊劇「身替座禅」「悪太郎」などがある。

岡村 隆　おかむら・たかし
旅行ジャーナリスト　作家　「望星」編集長　[生]昭和23年　[出]宮崎県小林市　[学]法政大学文学部(昭和47年)卒　[歴]大学在学中探検部に籍を置き、スリランカ、アフガニスタン、パプアニューギニアなどで探検や調査を行う。旅行ジャーナリストを経て、仲間と編集プロダクション「見聞録」を運営。昭和59年秋モルディブを探査してその記録をまとめ、61年2月「モルディブ漂流」を出版した。平成9年4月総合教養雑誌「望星」編集長を務める。他に冒険小説「泥河の果てまで」がある。

岡村 民　おかむら・たみ
詩人　児童文学者　[生]明治34年3月22日　[没]昭和59年　[出]長野県上高井郡川田村(現・長野市若穂町川田)　[学]日本大学国文科中退　[賞]詩人タイムズ賞(第1回)(昭和57年)「光に向って」　[歴]プロレタリア詩人会に所属していたが、昭和23年「ポエム」を創刊。新詩人同人、新日本文学会会員。戦時中は童話を執筆し、15年「ヒヨコノハイキング」を、17年「竹馬」を刊行。詩集としては24年刊行の「ごろすけほう」、童謡詩集に39年刊行の「窓」などがある。長く私立みのる幼稚園を経営し、没年まで園長をつとめた。

岡村 弘　おかむら・ひろし
小説家　独文学者　神戸大学名誉教授　[専]ドイツ文学　[生]明治40年7月27日　[出]高知市　筆名＝倉本兵衛(くらもと・ひょうえ)　[学]東京帝大文学部独文科卒　[賞]勲三等旭日中綬章　[歴]倉本兵衛のペンネームで短編の私小説を書いていた作家でもある。神戸大学教授、梅花女子大学教授を歴任。

岡村 雄輔　おかむら・ゆうすけ
推理作家　[生]大正2年　[出]東京　[学]早稲田大学理工学部卒　[歴]昭和24年「紅鱒館の惨劇」が「宝石」の懸賞で選外佳作となり、同年「盲目が来りて笛を吹く」を発表する。以後の作品に「加里岬の踊子」「暗い海白い花」「青鷺はなぜ羽搏くか」などがある。

岡本 章　おかもと・あきら
演出家　劇作家　俳優　演劇評論家　錬肉工房主宰　[生]昭和24年8月22日　[出]奈良県　[学]早稲田大学第一文学部演劇科卒　[歴]昭和46年錬肉工房を旗揚げ、主宰。以後、伝統と前衛の出会いによる新たな身体表現の追求を掲げ、様々な芸術ジャンルとの連携や新作能への取り組みなど意欲的な活動を行う。作品に「須磨の女と

もだちへ」「水の鏡」「無」「ハムレットマシーン」「カフカ」などがある。

岡本 一郎　おかもと・いちろう

放送作家　児童文学作家　[生]昭和21年7月21日　[出]東京都　[学]早稲田大学文学部演劇科中退　[歴]大学在学中より、テレビ・ラジオ番組の構成台本を書き始め、NHK「おかあさんといっしょ」など子供向け番組を多数手がける。その他構成作品に「小さい魔女」(テレビ)、「TDA・ナイス・ウイング・サウンズ」(ラジオ)、絵本に「どうぶつえんのなつやすみ」などがある。　[団]日本放送作家協会

岡本 克己　おかもと・かつみ

脚本家　日本脚本家連盟理事長　[生]昭和5年2月3日　[没]平成14年4月11日　[出]鳥取県米子市　[学]早稲田大学教育学部(昭和28年)卒　[賞]芸術祭賞優秀賞(テレビドラマ部門)(第27回，昭47年度)「絆」　[歴]昭和29年から5年間ニッポン放送と契約、多くのラジオドラマを執筆。40年「駅」でNHK年間テレビドラマ脚本賞を受賞。以後、テレビドラマに専念。特に、各局の2時間ドラマで活躍。47年「絆」で芸術祭優秀賞を受賞。ほかに「花は花嫁」「幸福の断章」「愛と喝采と」(TBS)「走れ玩具」「人間模様・まあええわいな」(NHK)「牟田刑事官事件ファイル」「燃えて尽きたし」(テレビ朝日)「地方記者・立花陽介」など。

岡本 かの子　おかもと・かのこ

小説家　歌人　仏教研究家　[生]明治22年3月1日　[没]昭和14年2月18日　[出]神奈川県二子多摩川　本名＝岡本カノ　旧姓(名)＝大貫　[学]跡見女学校卒　[賞]文学界賞(第6回)(昭和11年)「鶴は病みき」　[歴]明治39年与謝野晶子に師事して新詩社に入り、大貫可能子の筆名で「明星」に短歌を発表、以後「スバル」でも活躍し、大正2年処女歌集「かろきねたみ」を刊行。その間明治43年に岡本一平と結婚し、44年に長男太郎をもうける。この頃ノイローゼになり、宗教遍歴の結果、大乗仏教にたどりつくが、以後仏教研究家としての名も高める。大正7年第二歌集「愛のなやみ」を刊行、14年第三歌集「浴身」を、昭和4年「わが最終歌集」を刊行。同年親子で渡欧、4年間小説を勉強。帰国後2年目より小説に専念しはじめ、11年芥川龍之介をモデルにした「鶴は病みき」を発表して文壇から注目される。以後「母子叙情」「巴里祭」「東海道五十三次」「老妓抄」「家霊」などの作品を相次いで発表したが、14年2月に豊満華麗な生涯を閉じた。没後、一平の手により「河明り」「雛妓」「生々流転」「女体開顕」などが発表された。「岡本かの子全集」(全15巻・補巻1・別巻2，冬樹社)がある。　[家]夫＝岡本一平(漫画家)、長男＝岡本太郎(画家)

岡本 起泉　おかもと・きせん

戯作者　新聞記者　[生]嘉永6年(1853年)　[没]明治15年7月20日　[出]江戸・深川　本名＝岡本勘造(おかもと・かんぞう)　別称＝貴泉　[歴]明治10年東京魁新聞社に入社し、つづきものを執筆。次いで有喜世新聞に入る。明治初期の戯作者文学作家として活躍し「夜嵐阿衣花廼仇夢」「其名も高橋毒婦の小伝 東京奇聞」などの毒婦ものや「島田一郎梅雨日記」「恨瀬戸恋神奈川」などの著書がある。

岡本 綺堂　おかもと・きどう

劇作家　小説家　劇評家　[生]明治5年10月15日　[没]昭和14年3月1日　[出]東京・芝高輪(現・東京都港区)　本名＝岡本敬二　別号＝狂綺堂、甲字楼主人　[学]東京府中学校(明治22年)卒　[資]帝国芸術院会員(昭和12年)　[歴]明治22年中学卒業と同時に東京日日新聞社に入社。のち中央新聞社、絵入日報社、東京新聞社と移り、36年東京日日新聞社に再勤し、39年東京毎日新聞社に移る。その間、劇評の傍ら劇作に励み、29年に「紫宸殿」を発表。41年2代目市川左団次のために「維新前後」を執筆し、明治座で上演される。つづいて44年「修禅寺物語」が上演され、新時代劇の作家として注目をあび、以後いわゆる“新歌舞伎”と呼ばれる新作を数多く発表。小説も執筆し、大正5年から「半七捕物帳」を発表、捕物帳の先駆を作る。戯曲の代表作としては「修禅寺物語」「室町御所」「鳥辺山心中」「番町皿屋敷」「権三と助十」「相馬の金さん」などがある。昭和5年「舞台」を創刊し、後進に作品発表の場を与え、12年帝国芸術院会員となった。一方、東日在社時代より句作を手がけ、同僚星野麦人主宰の「木太刀」選者を務めた。俳句・漢詩集「独吟」、「岡本綺堂日記」、「綺堂戯曲集」(全14巻，春陽堂)、「岡本綺堂劇曲選集」(全8巻，青蛙房)、「岡本綺堂読物選集」(全8巻，青蛙房)がある。　[家]養子＝岡本経一(青蛙房主人)

岡本 喜八　おかもと・きはち

映画監督　[生]大正13年2月17日　[出]鳥取県米子市　本名＝岡本喜八郎　[学]明治大学専門部商科(昭和18年)卒　[賞]毎日映画コンクール監督賞(昭43年度)「肉弾」、ヨコハマ映画祭特別賞(昭和61年)、紫綬褒章(平成1年)、日刊スポーツ映画大賞石原裕次郎賞(平成3年)「大誘拐」、日本アカデミー賞監督賞・脚本賞(第15回)(平成4年)「大誘拐」、日本映画批評家賞(特別賞，第5回，平7年度)(平成8年)　[歴]昭和18年東宝に入社。戦時中は陸軍に。復員して東宝に復職、助監督に。33年監督に昇格、「結婚のすべ

て」でデビュー。"暗黒街"シリーズ、"独立愚連隊"シリーズがヒットし、その独自の映像感覚で一時期ヒーロー的存在だった。ほかの作品に「江分利満氏の優雅な生活」「日本のいちばん長い日」「肉弾」「侍」「大誘拐」「遠い海から来たCOO」「助太刀屋助六」など。著書に「ななめがね」「シャーベット・ホームズ探偵団」「ただただ右往左往」。黒ずくめの服装によるダンディぶりは有名。　⑬日本映画監督協会　㊷妻=岡本みね子(喜八プロ専務・プロデューサー)

岡本 賢一　おかもと・けんいち
小説家　㊌昭和39年　㊐東京都八丈町(八丈島)　㊎日本ジャーナリスト専門学校卒　㊙SFファンジン大賞(平成6年)「鍋が笑う」、パスカル短編文学新人賞(第3回)(平成8年)「父の背中」　㊋平成6年「銀河聖船記シリーズ」でデビュー。「異形コレクション」「SFマガジン」などに短編を発表。著書に「ディアスの少女」「父の背中」「ゴーストエリアQ」などがある。　http://www.jali.or.jp/club/okamoto/

岡本 功　おかもと・こうじ
シナリオライター　㊌大正4年11月6日　㊐東京　㊎東京府立五中卒　㊋昭和11年松竹に入社。以後日活を経て、15年山本礼三郎劇団創立に参加し「人生劇場」を脚色。17年満鉄映画嘱託として渡満し、21年帰国。24年ラジオ・ドラマ「月夜と鈴虫」でデビューし、以後シナリオ作家として活躍。ドラマ集「証言」のほか「人生劇場主人・尾崎士郎」「永福柳軒という男」などの著書がある。　⑬日本文芸家協会

岡本 さとる　おかもと・さとる
脚本家　㊌昭和36年　㊐大阪府大阪市　本名=岡本智　別筆名=江科利夫　㊎立命館大学卒　㊋松竹入社。昭和61年松竹創立90周年事業の新歌舞伎脚本懸賞募集に入選。以後、岡本さとる、江科利夫の2つのペンネームで脚本を書く。演劇制作と並行して主に舞台の脚本、演出を手がけ、平成3年退社。本格的に創作活動に入る。のち姉と三都企画を設立。監修にアリ・カバキ「偽りのレイプーイタリア日本人女性6人強姦事件の真相」がある。

岡本 小夜子　おかもと・さよこ
児童文学作家　詩人　㊌昭和33年6月26日　㊐岡山県岡山市　㊎関西大学法学部(昭和56年)卒　㊙家の光童話賞(優秀賞)、アンデルセンメルヘン大賞(優秀賞)　㊋3歳から京都に住む。詩、児童文学を書くようになり、詩を「棚」「詩界」に発表。また「子どもの世界」「向日葵」「スコップ」「洛味」などの雑誌に童話を発表。ぶ

らんこ、森の会、葦舟の会各同人。著書に「ゆめうらないー京都ふあんたじい」「はなかげさん」「さくでんさんの笑い話」「ミサキ物語」、詩集「水のゆくえ」「沖の石」「ひとりぼっちの魔女」がある。　⑬日本児童文学者協会、児童文化の会、日本ペンクラブ、日本詩人クラブ

岡本 澄子　おかもと・すみこ
作家　翻訳家　㊌昭和22年　㊐島根県　本名=宇野澄子　㊎島根県立松江南高校卒　㊙文芸賞(第20回)(昭和61年)「零れた言葉」　㊋著書に小説「零れた言葉」がある。

岡本 文良　おかもと・ぶんりょう
児童文学作家　㊌昭和5年9月12日　㊐茨城県　㊎東京大学文学部卒　㊙ジュニア・ノンフィクション文学賞(第1回)(昭和49年)「冠鳥のオオミズナギドリ」　㊋出版社で児童図書・雑誌などの編集に携わったのち、作家生活に入る。主な著書に「如幻アショーカ」「シャカと天女と神の国」「秋子のゆくところ」「ことばの海へ雲にのって」「植村直己・地球地球冒険62万キロ」「ばらの心は海をわたった」など。　⑬日本児童文学者協会、ノンフィクション児童文学の会

岡本 螢　おかもと・ほたる
シナリオライター　㊌昭和31年2月22日　㊐東京都中央区日本橋　本名=岡本多美子　㊎日本大学芸術学部演劇科卒　㊋19歳の時、劇団テアトル・エコーの台本募集に応募し「半変化束恋道中(はんばけおたばこいのみちゆき)」で入選。以後戯曲やTV、ラジオの脚本を手がける。また漫画の原作としても多くの作品を発表し、昭和63年2月漫画家の刀根夕子と組んだ「おもひでぽろぽろ」で注目される。平成2年より自作の演劇プロデュース公演開始。同年「さくら」、4年「Medicineー薬」。

岡本 学　おかもと・まなぶ
作家　㊌昭和4年1月9日　㊐岡山県　本名=岡本巌　筆名=下江巌(しもえ・いわお)、一条立也(いちじょう・たつや)　㊎福岡第一師範(現・福岡教育大学)中退　㊙人間と宗教　㊋小説を志し、雑誌「文学界」「三田文学」などに中・短編を執筆。昭和34年地方公務員の体験をもとにした小説「馬つかい」(創作集「文学つかい」所収)で芥川賞候補となる。その後ダイヤモンド社で書籍・雑誌編集のかたわら下江巌、岡本学、一条立也などのペンネームでエッセイ等を多数執筆。平成元年退社。著書に「浅尾法灯の人間探究ー人生は力まない積極道で歩もう」「こころの器が経営者の器ー人間中心企業だけが生き残る」、共著に「奇書厚黒学」がある。

岡本 良雄　おかもと・よしお

児童文学作家　[生]大正2年6月10日　[没]昭和38年2月6日　[出]大阪府大阪市　[学]早稲田大学(昭和13年)卒　[賞]日本新人童話賞(第1回)(昭和15年)「八号館」、児童文学者協会児童文学賞(第1回)(昭和26年)「ラクダイ横町」　[歴]早大に入学した昭和10年、早大童話会機関誌「童苑」を創刊し「トンネル露地」を発表。13年大阪の製果会社に勤務し、そのかたわら大阪童話研究会の「子供と語る」を編集する。14年結成の新児童文学集団に参加し、15年上京する。17年「朝顔作りの英作」を刊行。プロレタリア児童文学に影響された生活童話作家として活躍した。戦後は日本児童文学者協会に参加し、「八号館」「安治川っ子」「イツモシズカニ」「ラクダイ横丁」「三人の0点くん」「のっぽ探偵ちび探偵」などを発表。「岡本良雄童話全集」(全3巻，講談社)がある。

岡本 好古　おかもと・よしふる

小説家　[専]歴史・時代小説　戦争小説　機械と人間　[生]昭和6年11月3日　[出]京都府京都市下京区四条小橋上ル西入真町　[興]生活文明の簡素質実化、史上人物に学ぶ反面教師論　[賞]小説現代新人賞(第17回)(昭和46年)「空母プロメテウス」　[歴]米駐留軍勤め、塾経営、欧文タイプ業など職を転々とし、懸賞小説に応募。昭和46年「空母プロメテウス」で小説現代新人賞受賞。以降「巨船」「蒼海からの通り魔」などの機械もの、「悲将ロンメル」「劫火の世紀」「日本海海戦」「兵器とは、戦争とは」など歴史・戦争ものを手がける。　[団]日本文芸家協会、日本ペンクラブ、日本推理作家協会

岡本 霊華　おかもと・れいか

小説家　[生]明治16年12月24日　[没]昭和3年11月11日　[出]愛知県　本名＝岡本霊華(おかもと・れいげ)　[学]明治義会中学卒　[歴]明治32年上京して、東京の中学に進み、35年小栗風葉の門に入る。40年「夜」を発表して文壇に登場し、以後「二十八歳」「漂浪」「母と私」などを発表し、44年以降文壇からきえた。

岡安 伸治　おかやす・しんじ

劇作家　演出家　桐朋学園大学短期大学部芸術科助教授　元・世仁下乃一座(よにげのいちざ)主宰　[生]昭和23年1月25日　[出]東京・谷中　[学]東京理科大学物理学科(二部)(昭和47年)卒　[賞]富山国際演劇祭最優秀賞(昭和58年)「別れが辻」、種田賞(昭和58年)、紀伊国屋演劇賞(昭60年度)「太平洋ベルトライン」、東京労演賞(昭60年度)「太平洋ベルトライン」　[歴]自動車整備士として働きながら、定時制高校を卒業、東京理科大の二部に入学して何となく演劇部に入る。さまざまな職業を体験。「天井棧敷」、「京浜協同劇団」を経て、昭和48年「世仁下乃一座(よにげのいちざ)」を結成。新種の社会派劇作家として注目されるが、平成8年同劇団を解散。代表作に「太平洋ベルトライン」「別れが辻」「ドリームエクスプレスAT」「とおりゃんせ」「仕掛花火」や昭和58年の大韓航空機撃墜事件を素材にした「リセット269」、空母ミッドウェー爆発事故を扱った「笑うトーキョー・ベイ」、著書に「岡安伸治戯曲集」がある。桐朋学園短期大学芸術科助教授、日本劇団協議会常務理事も務める。　[団]日本演出家協会

岡山 徹　おかやま・とおる

翻訳家　コラムニスト　作家　[生]昭和26年5月14日　[出]東京都杉並区永福町　[学]慶応義塾大学文学部英文科卒　[歴]学生時代より約10年間「キネマ旬報」でシナリオの翻訳を担当。音楽書、ビデオの字幕などの翻訳の他、映画のシナリオを執筆する。「週刊ST」にシナリオ採録形式の映画コラムを7年間連載。著書に「映画に“よく出る”英語表現」「映画でスラスラ日常英語」、小説「夏空よりも永遠に」、訳書に「コッポラ/地獄の黙示録の内幕」「マイクロ・ノーツ」「ミック・ジャガー語録」、レイ・コールマン「ジョン・レノン」など。

小川 秋子　おがわ・あきこ

児童文学作家　[生]昭和15年　[出]東京都青梅市　[学]東京高等栄養学校卒　[賞]日本童話会賞(昭和60年)「おんぼろミニカーのトップくん」　[歴]20年間栄養士として病院勤務。昭和57年日本童話会入会。その後、吉田タキノ主宰「窓の会」に学ぶ。著書に「おんぼろミニカーのトップくん」「はらぺこ伊助と大どろぼう」。

小川 英　おがわ・えい

シナリオライター　[生]昭和5年3月10日　[没]平成6年4月27日　[出]東京　本名＝小川英二　[学]中央大学法学部(昭和27年)卒　[賞]シナリオ功労賞(第19回)(平成7年)　[歴]昭和33年池田一朗に師事。36年日活と契約、のちフリーとなる。主な作品に、映画「さすらい」「黒い賭博師」「二人の世界」「伊賀忍法帖」「赤いハンカチ」、テレビ「太陽にほえろ!」(NTV)「遠山の金さん」「鬼平犯科帳」(テレビ朝日)など。　[団]日本シナリオ作家協会

小川 煙村　おがわ・えんそん

小説家　戯曲家　[生]明治10年9月25日　[没](没年不詳)　[出]京都市　本名＝小川多一郎　[歴]やまと新聞の記者をしていた明治34年に「人間物語」を発表し、ついで35年「死の女神」を発表して作家となる。脚本も書き、ユゴーの「九十三年」を翻案した「王党民党」のほか、「旅順」などの作品がある。

小川 勝己　おがわ・かつみ

小説家　[生]昭和40年8月6日　[出]長崎県　[学]九州産業大学商学部中退　[賞]横溝正史賞(第20回)(平成12年)「葬列」　[歴]平成12年「葬列」で横溝正史賞を受賞。他の著書に「彼岸の奴隷」がある。

小川 国夫　おがわ・くにお

小説家　大阪芸術大学芸術学部教授　[生]昭和2年12月21日　[出]静岡県志太郡藤枝町(現・藤枝市前島)　[学]東京大学国文科(昭和28年)中退　[賞]川端康成文学賞(第13回)(昭和61年)「逸民」、伊藤整文学賞(小説部門, 第5回)(平成6年)「悲しみの港」、読売文学賞(小説賞, 第50回)(平成11年)「ハシッシ・ギャング」、日本芸術院賞(平11年度)(平成12年)　[歴]幼時病弱で志賀直哉を読み、文士を夢みる。戦後、旧制静岡高校時代にカトリックに入信し、小説を書き始める。東大国文科在学中、昭和28年パリに3年間留学。帰国後同人誌「青銅時代」に参加。32年短編集「アポロンの島」を自費出版し、のちにこの作品は島尾敏雄に激賞される。代表作は他に「試みの岸」「或る聖書」「彼の故郷」「アフリカの死」「逸民」「生のさ中に」「悲しみの港」「ハシッシ・ギャング」など。遅筆、寡作で知られる。平成2年4月から大阪芸術大学教授。「小川国夫作品集」(全6巻・別1巻, 河出書房新社)「小川国夫全集」(全14巻, 小沢書店)がある。　[団]日本文芸家協会　[家]弟＝小川義次(能楽師・故人)

小川 正　おがわ・ただし

映画監督　シナリオライター　[生]明治39年11月10日　[出]北海道札幌市　筆名＝小川記正　[学]慶応義塾大学経済学部(昭和4年)卒　[歴]在学中の昭和3年松竹蒲田撮影所入社。6年新興キネマ、10年P・C・L等に在籍し、シナリオライター、プロデューサーとして活躍。21年仲間と雑誌「シナリオ」を創刊。22年フリーとなり、25年には小川プロを創立し社長。東宝・東映等の脚本を数多く手掛け、主な作品に映画「決闘の河」「笛吹童子」「やくざ大名」、テレビ「特別機動捜査隊」などがある。　[団]日本シナリオ作家協会

小川 竜生　おがわ・たつお

小説家　イベント演出家　[生]昭和27年1月11日　[出]大阪府　[歴]在阪の大学を中退。26歳の時よりイベントの演出家として数多くのイベントに携わり、博覧会のパビリオン運営なども手がける。東京と大阪にてイベント企画制作会社を営む。平成5年「グッドタイムス・バットタイムス―イベント屋・龍神薫」で作家デビュー。「小説宝石」等に執筆。自身の経験を生かした企業小説を次々に発表。他の著書に「利権空港」「野望の荒野」「極道『ソクラテス』」「桜と龍」「冬の稲妻」など。　[団]日本文芸家協会

小川 信夫　おがわ・のぶお

児童劇作家　現代教育文化研究所所長　[生]大正15年10月17日　[出]神奈川県津久井郡津久井町　[学]神奈川師範国文科卒、日本大学経済学部(昭和27年)卒　[賞]川崎市文化賞(平2年度)　[歴]川崎市の小学校教諭、市教育委員会指導主事、学校教育部長などを経て、川崎市総合教育センター所長に就任。その後、同センター専門員。平成9年現代教育文化研究所を設立、所長。全国教育研究所連盟理事、玉川大学講師なども務める。かたわら、斎田喬に師事して「うぐいすの鳴く峠」などの学校劇脚本を多く著す。著書に「小川信夫少年演劇作品選」「親に見えない子どもの世界」「子どもの心をひらく学級教育相談」、編著書に「みんなの学校劇」「新作六年生の学校劇」などがある。　[団]日本国語教育学会、日本人間関係学会、日本児童演劇協会(常任理事)、日本児童劇作の会

小川 美那子　おがわ・みなこ

女優　小説家　オガワ企画代表　[生]昭和37年3月4日　[出]宮城県　本名＝影沢銀子　[学]白石女子高卒　[賞]日本文芸家クラブ短編小説賞(平成10年)　[歴]高校在学中から、モデルのアルバイトを始める。卒業後、CFなどに出演しながら女優をめざし、昭和59年にっかつ「女子大生寮・SEX覗きショック」でデビュー。以後「マゾヒスト」「花と蛇/飼育編」などに出演。他の出演作に映画「極道の妻たち」「ミンボーの女」「大病人」、テレビ「女優時代」「岡引どぶ」「文吾捕物絵図」などがある。小説家としても活動し、平成10年日本文芸家クラブ短編小説賞を受賞。作品に「秘本」「殺人交差」「イリュージョン」など。　[団]日本文芸家協会

小川 みなみ　おがわ・みなみ

高校教師　[生]昭和25年　[出]石川県　[賞]児童文芸新人賞(第27回)(平成10年)「新しい森」　[歴]石川県の田園地帯で子供時代を過ごす。中・高時代、理科や社会はきらいだったが、高校で生物を教えるようになる。初めての著書「やわらかな記号」が、平成5年第34回講談社児童文学新人賞佳作となる。他の著書に「新しい森―2050年西新宿物語」など。

小川 未明　おがわ・みめい

小説家　児童文学作家　[生]明治15年4月7日　[没]昭和36年5月11日　[出]新潟県中頸城郡高田町(現・上越市)　本名＝小川健作　[学]早稲田大学英文科(明治38年)卒　[資]日本芸術院会員(昭和28年)　[賞]日本芸術院賞(昭和26年)、文化功労者(昭和28年)　[歴]明治38年「霰に霙」を発表して

注目をあび、40年処女短編集「愁人」を刊行。さらに新浪漫主義の作家として「薔薇と巫女」「魯鈍な猫」などを発表。この間、早稲田文学社に入り、児童文学雑誌「少年文庫」を編集、43年には処女童話集「赤い船」を刊行した。大正に入ってからは社会主義に近づき短編集「路上の一人」「小作人の死」などを発表するが、昭和に入ってからは小説を断念して童話執筆に専念する。大正時代の童話に「牛女」「赤い蝋燭と人魚」「野薔薇」などの名作があり、昭和期には8年の長編童話「雪原の少年」をはじめ多くの童話集を出した。また「赤い雲」「赤い鳥」「海と太陽」などの童謡作品も発表し、詩集に「あの山越えて」がある。戦後の21年児童文学協会初代会長に就任。26年童話全集で日本芸術院賞を受賞し、28年には日本芸術院会員、また文化功労者に推された。「定本・小川未明童話全集」(全16巻，講談社)がある。
[家]息子＝小川哲郎(洋画家)

小川 洋子　おがわ・ようこ

小説家　[生]昭和37年3月30日　[出]岡山県岡山市　[学]早稲田大学第一文学部文芸学科(昭和59年)卒　[賞]海燕新人文学賞(第7回)(昭和63年)「揚羽蝶が壊れる時」、芥川賞(第104回)(平成3年)「妊娠カレンダー」、岡山県文化奨励賞(平成3年)　[歴]昭和59年大学卒業後、岡山に戻り川崎医科大学秘書室に勤務。61年退職し結婚。63年「揚羽蝶が壊れる時」で第7回海燕新人文学賞を受賞。平成元年から「完璧な病室」「ダイヴィング・プール」「冷めない紅茶」と3回連続芥川賞候補となり、3年「妊娠カレンダー」で第104回芥川賞を受賞。他の著書に「完璧な病室」「アンジェリーナ」「沈黙博物館」、エッセイ集「妖精が舞い下りる夜」などがある。
[団]日本文芸家協会

小川内 初枝　おがわうち・はつえ

小説家　[生]昭和41年　[出]大阪府　[学]大阪女子大学国文学科卒　[賞]太宰治賞(第18回)(平成14年)「緊縛」　[歴]大学卒業後、広告、出版関係の会社勤務の傍ら、30歳頃から小説を書き始める。平成14年「緊縛」で第18回太宰治賞を受賞。

荻 史朗　おぎ・しろう

小説家　[生]昭和16年　[歴]様々な職種に就いたあと、ソ連、東西ヨーロッパ、中東、北アフリカ、東南アジアなど30数か国を放浪、その途中から雑誌や新聞に紀行文、ルポ等を連載する。スポーツ新聞や雑誌に自らの体験から得たバイオレンス小説を執筆。著書に「互い夢」「ザ・レイプ」「狂獣の躍る夜」。

小木曽 新　おぎそ・しん

作家　[生]昭和3年　[没]昭和62年3月28日　[出]岐阜県大垣市　[賞]作家賞(第6回)(昭和45年)「金色の大きな魚」、名古屋市芸術奨励賞(第1回)(昭和47年)　[歴]昭和28年から文学同人誌「作家」に所属。同誌で作品を発表。作品集「金色の大きな魚」で昭和45年に第6回作家賞、47年に第1回名古屋市芸術奨励賞。56年11月から59年3月まで、中日スポーツに「東海の球児たち」を連載した。

翁 久允　おきな・きゅういん

小説家　評論家　ジャーナリスト　[生]明治21年2月8日　[没]昭和48年2月14日　[出]富山県中新川郡東谷村(現・立山町)　[学]順天中　[歴]旧制富山中を中退後、明治38年上京し、順天中に編入。40年単身渡米。シアトルを中心に文学を志して創作活動を続け、42年現地の「旭新聞」の小説募集に2等入選する。45年帰国したが、大正3年再渡米し、サンフランシスコ近郊で「日米新聞」に関係する。13年短篇集「移植樹」を刊行。14年帰国し、15年「週刊朝日」編集長となる。一方、作家としても活躍。昭和7年にはインドを訪問し、タゴールに会う。10年から郷里に帰り、11年雑誌「高志人」を創刊、郷土研究に入る。他の著書に「コスモポリタンは語る」「道なき道」「アメリカ・ルンペン」「大陸の亡者」、自伝「わが一生」、「翁久允全集」(全10巻，高志人社)などがある。

荻野 アンナ　おぎの・あんな

小説家　慶応義塾大学文学部文学科助教授　[専]フランス文学　フランス語　[生]昭和31年11月7日　[出]神奈川県横浜市　本名＝荻野安奈(おぎの・あんな)　旧姓(名)＝ガイヤール，アンナ　[学]パリ第4大学(ソルボンヌ)(昭和61年)卒、慶応義塾大学大学院博士課程修了　文学博士(パリ大学)　[賞]芥川賞(第105回)(平成3年)「背負い水」、読売文学賞(小説賞，第53回)(平成14年)「ホラ吹きアンリの冒険」　[歴]父がフランス系米国人のためフランス国籍だったが、10歳の時日本に帰化。昭和58年から仏政府給費留学生として留学し、ラブレーと坂口安吾を研究。帰国後の63年「片翼のペガサス—安吾をめぐる戯作的私評論の試み」を「文学界」に発表して注目を浴びる。書評を手掛けたのを機に創作を始め、平成元年芥川賞候補となる。候補4回目の3年「背負い水」で芥川賞を受賞。13年父・アンリを軸に家族のルーツをたどる自伝的長編小説「ホラ吹きアンリの冒険」を刊行、同作品で読売文学賞を受賞。他の作品に「うちのお母ん(おかん)がお茶を飲む」「ドアを閉めるな」「スペインの城」「遊機体」「ブリューゲル、飛んだ」「私の愛毒書」「アイラブ安吾」「名探偵マリリン」「コジキ外伝」「食べる女」「ラブ

レー出帆」「けなげ」など。「スーパーモーニング」などテレビのコメンテーターでも活躍。⑬日本文芸家協会、日本フランス語フランス文学会 ㉘母＝江見絹子（洋画家）

沖野 岩三郎 おきの・いわさぶろう
小説家 評論家 牧師 ㊵明治9年1月5日 ㊳昭和31年1月31日 ㊷和歌山県日高郡寒川村 ㊸和歌山師範卒、明治学院神学科卒 ㊺役場の書記、寺の小僧、山林労働者などの職種を経て、明治31年小学校教師となる。35年受洗。37年上京し明治学院神学科に入学。40年日本基督教会新宮教会牧師となる。43年新宮で大逆事件にまきこまれ、危うく連座を免れる。この事件が宿命観の核となり、被告とその家族の救援活動に奔走。事件の真相を伝える秘密伝道を続けた。大正7年大逆事件を宿命として把えた小説「宿命」を発表。その後上京して芝三田統一基督教会牧師となるが、3年後牧師をやめ、以後文筆活動に専念。小説集に「煉瓦の雨」「渾沌」「生れざりせば」、評論に「基督論者のことば」、童話に「山六爺さん」「父恋し」などがある。また、戦時中は神道研究に没頭し、25年「書き改むべき日本歴史」などを刊行した。

荻野 智美 おぎの・さとみ
「Silent Death 森と死と風と」の著者 ㊵昭和35年 ㊷静岡県浜松市 ㊸聖隷浜松衛生短期大学（昭和58年）卒 ㊻あだち区民文学賞（佳作、第11回）「Silent Death 森と死と風と」㊺昭和58年〜平成元年聖隷浜松病院、聖隷三方原病院に勤務。5〜10年米国・ロサンゼルスの読売アメリカに勤務。11年東京都足立区の苑田第一病院を経て、12年から東京都杉並区のクロスロードに勤務。小説「Silent Death 森と死と風と」であだち区民文学賞佳作を受賞。

荻野 美和 おぎの・みわ
劇作家 演出家 女優 演劇倫理委員会座長 ㊸玉川大学（平成3年）卒 ㊻池袋演劇祭グランプリ（平成2年）「ギャング」㊺甲府市の女子高に在学中、山梨県の演劇コンクールで2回脚本賞を受賞。大学時代に劇団演劇倫理委員会を結成し、座長。卒業後もアルバイトをしながら活動を続ける。平成2年同劇団公演「学校」では作、演出、主演。3年「ちびっこギャング」の公演「OH！MY GOD」に客演。

荻野目 悠樹 おぎのめ・ゆうき
小説家 ㊵昭和40年2月2日 ㊷東京都 ㊸横浜市立大学商学部卒 ㊻集英社ロマン大賞（平成8年）「シインの毒」㊺学生時代は漫画家を目指す。のち会社勤務の傍ら、執筆活動に励む。著書に「シインの毒」「六人の凶王子」「暗殺者

（アサシン）は眠らない」「双星紀」がある。⑬日本文芸家協会

荻原 孝範 おぎはら・たかのり
写真家 編集者 小説家 スーパーエディター代表 ㊵昭和25年7月27日 ㊷長野県佐久市 筆名＝荻原一陽（おぎはら・いちよう） ㊸小諸商業高卒 ㊺佐久総合病院勤務を経て、編集制作会社・スーパーエディター代表に。雑誌に旅を中心とした写真を発表している。主な写真の仕事に「日本の鉄道」「日本列島鉄道大縦断」など。また荻原一陽名義で「黒い瞳のメイシス」などファンタジーを執筆。 ⑬日本写真家協会

荻原 雄一 おぎはら・ゆういち
小説家 写真家 名古屋自由学院短期大学文科助教授 ㊶日本近代文学 ㊵昭和26年2月11日 ㊷東京都 ㊸学習院大学卒、学習院大学大学院人文科学研究科国文学専攻修士課程修了 ㊺東京学芸大学講師を経て、名古屋自由学院短期大学助教授。またDJとしてFMぐんま「Mrタイフーンだぜ」、のち山陽放送ラジオ「荻原雄一の"ぼくの贈り物"」を担当。ほかにカメラマンとしてCM写真や南の島を撮り続けている。著書に「魂極る」「消えたモーテルジャック」「楽園の腐ったリンゴ」「北京のスカート」「小説 鴎外の恋」、評論集「バネ仕掛けの夢想」「サンタクロース学入門」、写真集「ゴーギャンへの誘惑」。 ⑬全国大学国語国文学会、日本近代文学会、日本児童文学会

荻原 規子 おぎわら・のりこ
児童文学作家 ㊵昭和34年4月22日 ㊷東京都渋谷区 ㊸早稲田大学教育学部国語国文科（昭和57年）卒 ㊻日本児童文学者協会新人賞（第22回）（平成1年）「空色勾玉」、産経児童出版文化賞（賞、第41回）（平成6年）「これは王国のかぎ」、赤い鳥児童文学賞「薄紅天女」㊺日本のファンタジーについて研究する傍ら、早大児童文学研究会で創作をはじめ、以後研鑽をつむ。著書に「空色勾玉」「白鳥異伝」「これは王国のかぎ」「西の善き魔女」など。

荻原 秀夫 おぎわら・ひでお
小説家 ㊵大正4年4月23日 ㊷群馬県 ㊸警察大学校卒 ㊺警視庁在職10年ののち、退官後作家生活に入る。ミステリーから時代小説まで幅広く活躍。主に警察小説を描き、ライフワークにしている。著書に「地下鉄連続殺人事件」「化粧の秘密」「華麗なる殺意」「戦国大名」「ダイヤル110番」シリーズなど。 ⑬日本文芸家協会

荻原 浩　おぎわら・ひろし
コピーライター　小説すばる新人賞を受賞
[生]昭和31年　[出]埼玉県　[学]成城大学卒　[賞]小説すばる新人賞(平成10年)(第10回)「オロロ畑でつかまえて」　[歴]広告制作会社勤務を経て、フリーのコピーライターに。

おぎわら やすひろ
児童文学作家　足立区立中川東小学校教頭
[生]昭和7年1月5日　[出]神奈川県　本名＝荻原靖弘　[学]東京学芸大学社会科卒　[賞]新人テレビシナリオコンクール(第15回)(昭和52年)「未武美津個展へどうぞ」　[歴]著書に「おれとおらとわし」「おんち蛙とドレミがっぱ」などがある。
[団]日本児童演劇協会

奥泉 光　おくいずみ・ひかる
小説家　近畿大学文芸学部文学科助教授　[生]昭和31年2月6日　[出]山形県　本名＝奥泉康弘
[学]国際基督教大学教養学部卒、国際基督教大学大学院文化研究科博士課程前期修了　[賞]瞠目反文学賞(第1回)(平成5年)「ノヴァーリスの引用」、野間文芸新人賞(第15回)(平成5年)「ノヴァーリスの引用」、マザーズ・フォレスト賞(平成5年)、芥川賞(第110回)(平成6年)「石の来歴」
[歴]昭和61年「すばる」に「地の鳥 天の魚群」を発表して注目を浴びる。作品に三島賞及び芥川賞候補作「滝」、三島賞候補作「葦と百合」、芥川賞候補作「暴力の舟」、野間文芸新人賞を受賞した「ノヴァーリスの引用」、「バナールな現象」「『我輩は猫である』殺人事件」「プラトン学園」「グランド・ミステリー」、訳書に「古代ユダヤ社会史」。平成6年「石の来歴」で芥川賞を受賞。8年日本文芸家協会理事に就任。11年朝日新聞書評委員。12年近畿大学助教授。
[団]日本文芸家協会(理事)

奥田 継夫　おくだ・つぐお
児童文学作家　翻訳家　評論家　[生]昭和9年10月28日　[出]大阪府大阪市　[学]同志社大学文学部英文科卒　[興]鬼について　[賞]ボローニャ国際児童図書展エルバ大賞(第13回)(昭和51年)「魔法おしえます」(絵・米倉斉加年)　[歴]クラブみーる経営のかたわら、児童文学の執筆に従事。昭和40年頃、乙骨淑子、掛川恭子、山下明生らのこだま児童文学会に参加。44年「ボクちゃんの戦場」でデビュー。同作品は60年大沢豊監督により映画化され、第36回ベルリン映画祭で数々の賞を受賞。63年には第1回ソフィア国際青少年映画祭に招待され、平成元年第1回モスクワ青少年映画祭では審査員をつとめた。その後「世界の疎開展」を企画する。他の作品・著書に「中学時代男女共学第一期生」「続いていた青い空」「夏時間 サマータイム」「いやしんぼ」「少年の時」「酒の肴があれば、呑むことにしよう」「ピースボートの夏」「君たちは性をどう考えるか」「世界にも学童疎開があった」などがあり、訳書に「ちいさいちいさいぞうのゆめ……です」、ベロニカ・レオ「リスの目―フィンランドからスウェーデンへ、北欧にもあった学童疎開」、エッセイ集に「子どもが大人になるとき」「どこかで鬼の話」「世界映画ライブラリー」など。
[団]日本児童文学者協会、日本国際児童図書評議会、日本ペンクラブ

奥田 哲也　おくだ・てつや
推理作家　[生]昭和33年　[出]大阪府大阪市　[学]立命館大学法学部卒　[賞]星新一ショートショートコンテスト優秀作(昭和59年)「懺悔」　[歴]昭和59年「SFマガジン」に「カメレオン」を発表。平成2年「霧の町の殺人」で長編デビュー。他の作品に「三重殺」「絵の中の殺人」「赤い柩」など。

小口 正明　おぐち・まさあき
作家　[生]昭和27年7月8日　[出]東京都　[学]早稲田大学理工学部卒、東京都立大学文学部フランス文学科卒　[賞]新潮新人賞(第23回)(平成3年)「十二階」　[歴]「文芸驢馬」「よんかい」同人。平成3年「十二階」で新潮新人賞受賞。高校教師。
[団]日本文芸家協会

奥寺 佐渡子　おくでら・さとこ
シナリオライター　[生]昭和41年　[出]岩手県
[学]東海大学卒　[賞]日本アカデミー賞優秀脚本賞(第19回)「学校の怪談」　[歴]コスモ石油に入社。その傍ら、平成2年荒井晴彦脚本のテレビドラマ「誘惑」(TBS)の脚本補としてデビュー。その後退職して映画「お引越し」の台本を共同執筆。作品に、映画「学校の怪談」「学校の怪談2」、オリジナルビデオ「人間交差点・雨」、テレビドラマ「お茶の間」(日本テレビ)など。

小国 英雄　おぐに・ひでお
脚本家　[生]明治37年7月9日　[没]平成8年2月5日　[出]青森県　[学]日本バプテスト神学校(現・関東学院)卒　[賞]勲四等瑞宝章(平成2年)　[歴]青年期に新しき村に参加。「山繭」などの小説を執筆。昭和4年に日活太秦に入社。日活多摩川、東宝を経て、フリー。戦前は伏水修監督「支那の夜」、マキノ正博監督「昨日消えた男」などのシナリオを手がけ、戦後は五所平之助監督「煙突の見える場所」をはじめ数多くの作品に参加。黒沢明作品のほとんどに加わったことでも知られる。著書にシナリオ集「海賊船」がある。　[団]日本シナリオ作家協会

奥野 忠昭　おくの・ただあき
小説家　和歌山大学教育学部教授　㊎昭和11年　㊐大阪府岸和田市　㊫大阪学芸大学(昭和35年)卒、大阪教育大学大学院(昭和56年)修了　㊥日教組文学賞(昭和44年)「煙へ飛翔」、神戸文学賞(昭和53年)「姥捨て」　㊞昭和44年「煙へ飛翔」、45年「空騒」で芥川賞候補となる。著書に「煙へ飛翔」「舟が見えてもいい」がある。

奥野 他見男　おくの・たみお
小説家　㊎明治22年6月16日　㊨昭和28年12月17日　㊐石川県金沢　本名＝西川他見男　㊫金沢薬専卒　㊞学生時代「北国新聞」に「凸坊日記」を連載し、大正4年「大学出の兵隊さん」を発表して一躍流行作家となる。「婦女界」「主婦之友」などにユーモア小説を発表し、「学士様なら娘をやろか」など多くの著書がある。

小熊 文彦　おぐま・ふみひこ
ハヤカワ・ミステリコンテストで入賞　㊎昭和38年　㊐新潟市　㊫拓殖大学卒　㊥ハヤカワ・ミステリ・コンテスト入賞(第1回)(平成2年)「天国は待つことができる」　㊞クリーニング店に勤務。

奥村 玄次郎　おくむら・げんじろう
探偵小説作家　新聞記者　㊨(生没年不詳)　㊐京都　㊞経歴など不明な点が多いが日出新聞の記者との説もある。明治22年「砂中の黄金」「朧夜の花」を刊行した。冒険探偵小説や探偵実話を執筆した。

奥谷 俊介　おくや・しゅんすけ
小説家　㊎昭和29年　㊐北海道釧路市　㊫早稲田大学教育学部卒　㊥小説CLUB新人賞(第10回)(昭和62年)「ザ・スペルマーズ」　㊞学生時代から小説家になるのが夢。劇画の原作者、肉体労働のアルバイトなど、職を転々としながら各種の懸賞に応募。昭和62年、第10回の小説CLUB新人賞を受賞。受賞作品は「ザ・スペルマーズ」。

奥山 一夫　おくやま・かずお
児童文学作家　㊐旧樺太・豊原(現・ロシア・サハリン州ユジノサハリンスク)　筆名＝奥山かずお　㊥講談社児童文学新人賞(佳作)(昭和54年)、小川未明文学賞(大賞，第9回)(平成12年)「のどしろの海」　㊞終戦直前に北海道へ引き揚げ、旭川や札幌を経て、昭和39年根室へ。50年頃から児童文学に取り組み、54年講談社児童文学新人賞佳作を受賞。56年「鮭を待つ少年」がテレビドラマ化される。平成12年「のどしろの海」で第9回小川未明文学賞大賞を受賞。

小倉 明　おぐら・あきら
児童文学作家　㊎昭和22年4月13日　㊐東京都　㊫東京学芸大学教育学部卒　㊥小川未明文学賞(優秀賞，第1回)「トレモスのパン屋」　㊞「牛」同人。主な作品に「トレモスのパン屋」「ぼくの町に行きませんか」「東京セントラル小学校のなぞ」「トレモスの風屋」などがある。

巨椋 修　おぐら・おさむ
漫画家　小説家　サゼン代表取締役　㊎昭和36年　㊐兵庫県神戸市　㊞昭和57年「デラックスマーガレット」に「おいらは北の海」を発表して漫画家デビュー。以後、劇画、4コマ漫画、イラストなどの創作活動をつづける。平成8年初の小説「実戦！ケンカ空手家烈伝」を発表。同年総合格闘技・陽明門護身拳法道場を発足。10年映画製作会社サゼンを設立、代表取締役。国際空手道連盟極真会館機関誌「極真魂」に劇画を連載。他の著書に小説「新版 丹下左膳」、「まんが コンビニクッキング」など。

小倉 龍男　おぐら・たつお
小説家　㊎大正4年11月10日　㊨昭和19年5月　㊐福岡県小倉市　本名＝杉村喜生　㊞幼い頃父を亡くしたことから、小学校卒業後ゴム商いの店員となり家計を支えた。その後職を転々とする傍ら夜間学校に通学、新劇や文学に傾倒。昭和8年広島の呉海兵団に入団、10年潜水艦乗り組みの任務に就く。14年23歳の時当時の有力な総合雑誌「改造」で小説「新兵群像」が2等に入選、新鋭の小説家として全国の注目を集める。以来海軍作家を志し、潜水艦乗組員の日常を書いた単行本「海流の声」「縹渺(ひょうびょう)」を出版。16年再び海軍に召集され、19年志半ばで戦死。同年「九州文学」に「小倉龍男追悼特集」が掲載された。

小倉 千恵　おぐら・ちえ
テキスタイルデザイナー　小説現代新人賞を受賞　㊎昭和39年　㊐神奈川県　㊫多摩美術大学卒　㊥小説現代新人賞(第56回)(平成3年)「ア・フール」

小栗 康平　おぐり・こうへい
映画監督　㊎昭和20年10月29日　㊐群馬県前橋市朝日町　㊫早稲田大学第二文学部演劇専修(昭和43年)卒　㊥日本映画監督協会新人奨励賞(昭55年度)「泥の河」、芸術選奨新人賞(昭和56年)「泥の河」、モスクワ映画祭銀賞(昭和56年)「泥の河」、ブルーリボン賞作品賞(第24回・昭56年度)「泥の河」、キネマ旬報賞監督賞(昭56年度)、毎日映画コンクール監督賞(昭56年度)、日本アカデミー賞監督賞(昭56年度)、ジョルジュ・サドゥール賞(フランス)(昭和59

年)「伽□子(かやこ)のために」、カンヌ映画祭大賞，国際映画批評家連盟賞(平成2年)「死の棘」、芸術選奨文部大臣賞(第41回)(平成3年)「死の棘」、モントリオール世界映画祭審査員特別大賞(第20回)(平成8年)「眠る男」、山路ふみ子映画賞(文化賞，第20回)(平成8年)、毎日芸術賞(第38回)(平成8年)「眠る男」、日本アカデミー賞会長特別賞(第20回，平8年度)(平成9年)「眠る男」、ベルリン国際映画祭芸術映画連盟賞(第47回)(平成9年)「眠る男」　[歴]文具商に生まれ、高2の時ワイダの「灰とダイヤモンド」を観て映画に興味を持つ。シナリオ・アシスタントを経て、フリー助監督として篠田正治、浦山桐郎の下で修業。昭和48年テレビ「流星人間ゾーン」を演出する。54年末木村元彦と知り合い、彼のプロデュースにより56年宮本輝原作「泥の河」で監督デビュー。自主上映が評判を呼び、全国公開され12の賞を獲得。2作目の「伽□子(かやこ)のために」(59年)も好評を博す。平成元年3作目「死の棘」を撮る。8年群馬県が製作費を出した「眠る男」が公開される。エッセイ集に「哀切と痛切」がある。

小栗 勉　おぐり・つとむ

作家　[生]昭和13年9月14日　[出]広島県呉市　[学]呉二河中卒　[歴]呉市交通局を経て、フリー。日本民主主義文学同盟員、呉支部長。平成11年広島県議選に立候補するが落選。著書に「軋むクレーン」「激動の徳島交通を訪ねて」など。　[団]日本民主主義文学同盟

小栗 風葉　おぐり・ふうよう

小説家　[生]明治8年2月3日　[没]大正15年1月15日　[出]愛知県知多郡半田村(現・半田市)　本名=加藤磯夫　旧姓(名)=小栗　幼名=磯平、別号=艶如子、拈華童子　[学]錦城中　[歴]小学生時代から文学に親しみ、明治23年上京、錦城中学に入るが、高等中学の入試に失敗して一旦帰郷。25年再び上京、「色是魔」発表後、尾崎紅葉の門下生となり、「名物男」などの作品を発表。泉鏡花とともに"紅葉門の双壁"といわれた。紅葉の未完の傑作「金色夜叉」を紅葉の亡後、故人そっくりの文章で完結させたことは有名。日清戦争後に多くの作品を発表するようになり、西洋近代文芸思潮を反映した作品を発表する。特に「亀甲鶴」は幸田露伴の推賞を受けた。33年結婚後は自然主義に傾き、38年から代表作「青春」を読売新聞に連載。大正期に入ってからは通俗長篇小説を多く発表。42年豊橋に帰郷。他の主な作品に「恋慕ながし」「世間師」などがある。

小栗 虫太郎　おぐり・むしたろう

小説家　[生]明治34年3月14日　[没]昭和21年2月10日　[出]東京市神田区旅籠町(現・東京都千代田区)　本名=小栗栄次郎(おぐり・えいじろう)　[学]京華中(大正7年)卒　[賞]新青年賞(第2回)(昭和14年)「大暗黒」　[歴]大正7年樋口電機商会に勤務。11～15年四海堂印刷所を経営する。その間に多くの小説を執筆。昭和8年「完全犯罪」を執筆し、探偵作家として注目され、9年"ファウスト"に取材したペダンティックな「黒死館殺人事件」を「新青年」に連載して衝撃を与えた。その後、新伝奇小説「鉄仮面の舌」、犯罪心理小説「白蟻」、「二十世紀鉄仮面」などの怪奇ロマンや、海外秘史・秘境をテーマに「皇后の影法師」「有尾人」などを発表。16年陸軍報道班員としてマレーに赴き、19年には菊芋から果糖を製造する事業に着手し、長野県に移ったが、21年に「悪霊」執筆中急死。52年「小栗虫太郎傑作選」(全5巻，社会思想社)、62年「小栗虫太郎集」(創元推理文庫)が刊行された。

桶本 典子　おけもと・のりこ

小説家　[生]昭和46年4月　[出]千葉県浦安市　[学]早稲田大学第二文学部文芸学科(平成6年)卒　[賞]浦安文学賞(第4回)(平成5年)、女流新人賞(佳作，第38回)(平成7年)「夢家族」　[歴]昭和63年から短歌結社「月光」にて短歌を学ぶ。さらに、研究所勤務の傍ら小説を執筆。書評も手がける。著書に「あなたが怖い」。

小郷 穆子　おごう・しずこ

小説家　栄光園園長　[生]大正15年3月25日　[出]大分県　[学]日本大学文理学部卒　[賞]九州芸術祭文学賞(第4回)(昭和57年)「ガラスの階段」、龍谷賞(平成8年)　[歴]父の開設した養護施設・栄光園を継ぎ、100人以上の子供の世話のかたわら、小説を書き、「九州文学」同人。少年非行をテーマにした5作めの「ガラスの階段」で九州文学賞を受賞。著書は他に「青春の標的」など。　[団]日本ペンクラブ、日本文芸家協会

生越 嘉治　おごせ・よしはる

児童劇作家　日本児童劇作の会会長　[生]昭和3年11月17日　[出]徳島県　[学]早稲田大学文学部卒　[賞]日本児童劇作家協会賞(昭30年度)「まっかっかの長者」「夢殿」、日本演劇教育連盟賞(昭和36年)「おおかみがきた！」　[歴]成城学園初等学校教諭を経て、教育雑誌・図書編集長、日本児童劇作の会会長などを歴任。厚生省中央児童福祉審議会委員。主として学校劇、児童劇の脚本を書く。著書に「たのしい劇あそび」「劇あそびの研究」「名作童話劇」「子ども版・三国志」(全10巻)「小学生のための『正しい日本語』トレーニング」(全3巻)など。

尾崎 昭代　おざき・あきよ

詩人　童話作家　[出]栃木県日光市　[賞]アンデルセンのメルヘン大賞(優秀賞，第14回)　[歴]詩と童話の誌「ミルキィウエイ」を発行。詩集に「風の椅子」、童話集に「少女のレッスン」などがある。

尾崎 一雄　おざき・かずお

小説家　[生]明治32年12月25日　[没]昭和58年3月31日　[出]神奈川県小田原市曽我谷津　[学]早稲田大学文学部国文科(昭和2年)卒　[資]日本芸術院会員(昭和39年)　[賞]芥川賞(第5回)(昭和12年)「暢気眼鏡」、野間文芸賞(第15回)(昭和37年)「まぼろしの記」、野間文芸賞(第28回)(昭和50年)「あの日この日」、文化勲章(昭和53年)　[歴]大正5年志賀直哉の「大津順吉」を読んで、作家を志願する。6年中学を卒業、法大で文学書を読み寄席や歌舞伎に通う。9年早稲田高等学院に入学し、学友会雑誌に「田川君の話」などを発表。13年早大国文科に進学、14年同人誌「主潮」を創刊して「二月の蜜蜂」を発表。昭和8年丹羽文雄らと同人誌「小説」を創刊。野性とユーモアの混合した独自の心境小説を産み出す。この頃「早稲田文学」の編集に携わる。12年「暢気眼鏡」で芥川賞を受賞して文壇に登場。19年胃潰瘍で倒れ、自らの病いを描いた「こほろぎ」、人間の生死の意味を追究した「虫のいろいろ」「まぼろしの記」などの作品を書く。「虫のいろいろ」は数か国で翻訳され、高い評価を得ている。晩年は神奈川県近代文学館の設立に尽力した。39年芸術院会員、53年文化勲章受章。全集に「尾崎一雄全集」(全15巻，筑摩書房)がある。　[家]父＝尾崎八束(神宮皇学館教授)

尾崎 紅葉　おざき・こうよう

小説家　[生]慶応3年12月16日(1867年)　[没]明治36年10月30日　[出]江戸芝中門前町　本名＝尾崎徳太郎　別号＝縁山、半可通人、俳号＝十千万堂　[学]東京帝大文科大学和文科(昭和23年)中退　[歴]東大予備門在学中の明治18年、山田美妙・石橋思案らと硯友社を結成し、「我楽多文庫」を創刊。23年帝大を中退したが既に作家として名を為しており、22年には「二人比丘尼色懺悔」を刊行、また読売新聞社に入社、「伽羅枕」「三人妻」などの長短篇を発表、文壇の大家となる。西鶴を学び、西洋文学によって心理的写実主義を学ぶ。29年写実主義の代表作「多情多恨」を発表し、30年から読売新聞に“貫一・お宮”で知られる「金色夜叉」を連載して爆発的なブームを起こすが未完のまま死去、小栗風葉が補完した。縁山、半可通人などの別号があり、熱心だった俳句には十千万堂の号がある。角田竹冷らと秋声会創立。俳誌「秋の声」創刊。句集に「紅葉山人俳句集」「紅葉句集」など。小説の面では多くの門下を育成し、泉鏡花、小栗風葉、徳田秋声、柳川春葉がその代表である。　[家]父＝尾崎惣蔵(谷斎)(根付彫師・幇間)

尾崎 士郎　おざき・しろう

小説家　[生]明治31年2月5日　[没]昭和39年2月19日　[出]愛知県幡豆郡上横須賀村(現・吉良町)　[学]早稲田大学政治経済科(大正8年)除籍　[賞]文芸懇話会賞(第3回)(昭和12年)「人生劇場」、文芸春秋読者賞(第3回)(昭和25年)「天皇機関説」、文化功労者(昭和39年)　[歴]中学時代から政治に関心を示し、社会主義運動にひかれ、堺利彦・山川均らと交わる。早大入学後、売文社同人となり、大正6年の早稲田騒動では指導者となる。10年「獄中より」が「時事新報」懸賞短編小説で2位入賞し、同年「逃避行」を刊行。この頃から社会主義を離れていき、宇野千代と同棲する。昭和8年から「人生劇場」を「都新聞」に連載し、「青春篇」を10年に刊行、ベストセラーとなり、以後流行作家として活躍する。その後、「愛慾篇」「残侠篇」などと続編7作を執筆、国民各層に熱烈なファンを作り出す程の国民文学的長編となった。14年発表の「篝火」以来、歴史小説も開拓した。太平洋戦争中は、中国やフィリッピンに派遣され、また大政翼賛会、文学報国会などを通じて戦争に協力し、戦後公職追放された。24年「ホーデン侍従」で復帰し、25年「天皇機関説」で「文芸春秋」読者賞を受賞。以後、文学の面のみならず、横綱審議会委員などとしても活躍した。未完の随筆自伝集「小説四十六年」「一文士の告白」などの他、「尾崎士郎全集」(全12巻，講談社)がある。

小崎 政房　おざき・まさふさ

劇作家　演出家　映画監督　[生]明治41年4月27日　[没]昭和57年6月22日　[出]京都市　別名(俳優)＝尾上紋弥、結城重三郎、松山宗三郎　[学]京都商業実習卒　[歴]大正15年映画界に入り、大都映画などの時代劇俳優として活躍。一方、昭和8年新宿のムーラン・ルージュ文芸部員となり、「西陣産業譜」「千日前裏通り」などの作品により花形作家としてファンを集めた。13年監督に転じ第1作「級長」を発表。15年大作「祖国」を作り、17年大映に移る。戦後は21年軽演劇の「空気座」を主宰、22年には「肉体の門」を脚色・演出し大ヒットさせた。のち劇団集体制作座主宰。その後ラジオドラマや舞台の脚本を数多く執筆した。

尾崎 昌躬　おざき・まさみ

小説家　⽣昭和18年9月30日　出兵庫県神戸市　本名=福本昌躬　龍谷大学文学部卒　受文学界新人賞(第64回)(昭和62年)「東明の浜」　昭和50年から東京・新宿でスナックを経営し、傍ら創作活動を続ける。59年、第1作目の作品「島の人(シマヌチュ)」が「早稲田文学」に掲載され、中上健次らの注目を集める。62年第64回文学界新人賞を受賞。受賞作品は「東明の浜」。

尾崎 将也　おざき・まさや

シナリオライター　⽣昭和35年4月17日　出兵庫県西宮市　関西学院大学文学部卒　受フジテレビ・ヤングシナリオ大賞(第5回)(平成4年)　広告会社に3年半勤務した後、退社。フリーの編集者をしながら、放送作家教室に学ぶ。平成4年フジテレビ・ヤングシナリオ大賞を受賞してから、テレビを中心にシナリオライターとして活動。6年「大失恋」で初めて映画シナリオを担当。TV作品に「夏子の酒」「課長・島耕作」「ミセス シンデレラ」「月下の棋士」など。

尾崎 護　おざき・まもる

小説家　国民生活金融公庫総裁　元・大蔵事務次官　⽣昭和10年5月20日　出東京　東京大学法学部(昭和33年)卒　昭和33年大蔵省に入省。主税局、在米大使館参事官、鈴木前首相秘書官、銀行局総務課長を経て、58年文書課長、59年近畿財務局長、60年審議官、63年12月主税局長、平成3年6月国税庁長官、4年6月大蔵事務次官を歴任。5年6月退官。8月国際金融情報センター顧問、6年国民金融公庫総裁、11年10月環境衛生金融公庫との統合に伴い、国民生活金融公庫総裁に就任。著書に「G7の税制」「税の常識」、小説「経綸のとき―小説三岡八郎」がある。　日本文芸家協会

尾崎 美紀　おざき・みき

童話作家　⽣昭和23年10月27日　出兵庫県姫路市　姫路西高卒　受ひょうごの童話入選、ニッサン童話と絵本のグランプリ童話大賞(第2回)(昭和61年)「まさかのさかな」　高校卒業後、数年間のOLを経て結婚。昭和51年頃より神戸市内の童話サークル「未来っ子」「みみずく」の同人。61年第2回ニッサン童話と絵本のグランプリ童話大賞を「まさかのさかな」で受賞。「おはなし愛の学校」「こどもポエムランド」に少年詩を発表。著書に「あ・し・あ・と」。　日本児童文学者協会、日本ペンクラブ

尾崎 翠　おざき・みどり

小説家　⽣明治29年12月20日　昭和46年7月8日　出鳥取県岩美郡岩美町　日本女子大学国文科(大正10年)中退　代用教員をしながら、18歳で「文章世界」に入選。大正8年日本女子大国文科入学。10年「新潮」に載った小説「無風帯から」が大学で問題となり退学。昭和6年「第七官界彷徨」で注目されるが、薬剤による幻覚症状や、愛情問題で入院生活を繰り返し、帰郷。以後、内職と読書で余生を過ごした。46年死去。天才的女性作家と呼ばれ、多数の研究者によって少女小説33編のほか、地方紙や雑誌に発表した文章、詩歌などが発掘された。没後作品集に「アップルパイの午後」「尾崎翠全集」(創樹社)「尾崎翠全集」(全2巻、筑摩書房)「ちくま日本文学全集―尾崎翠」がある。

尾崎 諒馬　おざき・りょうま

小説家　⽣昭和37年　出鹿児島県　早稲田大学理工学部卒　受横溝正史賞(佳作、第18回)(平成10年)「思案せり我が暗号」　平成10年「思案せり我が暗号」で横溝正史賞佳作を受賞、小説家デビュー。

長田 午狂　おさだ・ごきょう

劇作家　演出家　作詞家　⽣明治39年4月21日　出愛知県　本名=長田彦次郎　愛知県立第二中(大正13年)卒　勲四等瑞宝章(昭和54年)、舞踊芸術賞(功労賞、第47回)(平成12年)　昭和5年岡本綺堂主宰の舞台に入る。舞踊作品など多数執筆。作品に「小桐曽我」などがある。　日本演劇協会、日本舞踊協会埼玉支部(顧問)

長田 秋濤　おさだ・しゅうとう

フランス文学者　劇作家　⽣明治4年10月5日　大正4年12月25日　出静岡県静岡市外西草深　本名=長田忠一　別号=酔掃堂　18歳の時に法律研究のためイギリスに留学したが、すぐにパリに移って法学を研究する。そのかたわらコメデイ・フランセーズの楽屋に出入りし、フランス演劇の実情を見聞する。帰国後は政界や実業界で活躍するが、同時に演劇改良運動に参加する。明治30年、伊藤博文の欧米視察団に同行するが、以後は劇作家、仏文学者として活躍し「王冠」「祖国」「菊水」などを発表した。　父=長田銈太郎(仏学者)

小山内 薫　おさない・かおる

演出家　劇作家　演劇評論家　小説家　詩人　築地小劇場創立者　⽣明治14年7月26日　昭和3年12月25日　出広島県広島市　東京帝大文科大学英文科(明治39年)卒　大学時代から詩、小説、戯曲を書き、明治37年新派の伊

175

井蓉峰に招かれ、真砂座で「サフォ」「ロミオとジュリエット」などを翻案。劇評を書き、処女戯曲「非戦闘員」を発表。また39年には散文詩集「夢見草」、詩集「小野のわかれ」を出した。40年柳田国男、島崎藤村らとイプセン会を興し、42年洋行帰りの2代目左団次と自由劇場を創立、第1回試演にイプセン「ジョン・ガブリエル・ボルクマン」を上演して反響を呼び、つづいてチェーホフ、ゴーリキーなどの作品を上演、大正8年に解散する。明治45年～大正2年渡欧、帰国後、市村座顧問。13年土方与志らと築地小劇場創立、新劇運動第2期の開拓者となり、演出という仕事を確立し、多くの新劇俳優を育てた。その間、松竹キネマに入り松竹キネマ研究所長を務めるなど映画にも貢献した。小説では初期の短編のほか大正2年の自伝的長編「大川端」がある。昭和2年にはロシア革命10周年記念祭に国賓として招かれた。「小山内薫全集」（全8巻）がある。

小山内 宏　おさない・ひろし

軍事評論家　[生]大正5年6月11日　[没]昭和53年1月4日　[出]東京　[学]セント・トーマス大学（フィリピン）民族学科卒　[歴]昭和16年にフィリピンから帰国、南洋協会に勤務、17年に応召、フィリピン軍政部付となったが、病気のため20年5月帰還。陸軍中尉。戦後ジャーナリストとなり、35年の安保闘争以後渡米、各地の戦略研究所などを歩いて軍事問題を研究。33年からはベトナム、アメリカ、カナダなどを視察。40年「ヴェトナム戦争」を出版、ベストセラーになった。他に「軍国アメリカ」「これが自衛隊だ」、SF小説「第三次世界大戦」などがある。
[家]父＝小山内薫（劇作家）

小山内 美江子　おさない・みえこ

シナリオライター　[生]昭和5年1月8日　[出]神奈川県横浜市鶴見　本名＝笹平美江子（ささひら・みえこ）　[学]鶴見高女（昭和23年）卒　[賞]ダイヤモンドレディ賞（第5回）（平成2年）、SJ賞（平7年度）（平成8年）、橋田寿賀子賞（第4回）（平成8年）、エイボン女性年度賞（平成13年）　[歴]蒲鉾製造問屋を営む父親の芝居好きの血を受け継ぐ。昭和26年東京スクリプター協会員となり、映画のスクリプターを経て、37年TBSテレビ「キイハンター」でシナリオライターに。NHKテレビ小説「マー姉ちゃん」で人気を得、以後「3年B組金八先生」（TBS）や「親と子の誤算」「父母の誤算」などで教育・家庭問題をとりあげて話題を呼んだ。他にNHK大河ドラマ「徳川家康」「翔ぶが如く」など。「親と子と―裁かれる明日」「母と子の旅立ち（小山内美江子の本）」「本日は晴天なり」「そして幕があがった」などの著書もある。一方、ボランティア活動にも力を注ぎ、平成2年湾岸危機に揺れるヨルダンの難民キャンプへ行き、救援ボランティアに参加した。3年日本国際救援行動委員会設立に参加。5年カンボジアの子供に学校をつくる会（現・JHP・学校をつくる会）の設立に参加、代表をつとめる。　[団]日本シナリオ作家協会、日本花の会、日本放送作家協会、日本文芸家協会
[家]息子＝利重剛（俳優・映画監督）

長部 日出雄　おさべ・ひでお

小説家　[生]昭和9年9月3日　[出]青森県弘前市　[学]早稲田大学文学部社会学専修（昭和32年）中退　[賞]直木賞（第69回）（昭和48年）「津軽じょんから節」「津軽世去れ節」、芸術選奨文部大臣賞（昭和55年）「鬼が来た―棟方志功伝」、新田次郎文学賞（第6回）（昭和62年）「見知らぬ戦場」、紫綬褒章（平成14年）　[歴]昭和32年読売新聞社に入社。その後PR誌編集者などを経て、TVドキュメンタリーの構成、ルポ、映画評論などに携わる。44年頃より、小説とルポの執筆に専念。48年「津軽じょんから節」「津軽世去れ節」で第69回直木賞、55年「鬼が来た―棟方志功伝」で芸術選奨を受賞。以来、津軽という地方的な風土を舞台にする。他の著書に「密使 支倉常長」「映画監督」「見知らぬ戦場」「二十世紀を見抜いた男―マックス・ウェーバー物語」などがある。また、60年から映画好きのためのミニコミ紙「紙ヒコーキ通信」を発行し、63年自作の「夢の祭り」で念願の映画監督を務める。　[団]日本ペンクラブ、日本文芸家協会
[家]兄＝長部誠（写真家）

長見 義三　おさみ・ぎぞう

小説家　[生]明治41年5月13日　[没]平成6年4月21日　[出]北海道夕張郡長沼町　[学]早稲田大学文学部仏文科（昭和13年）卒　[賞]千歳市教育文化功労賞（昭和60年）、北海道文化賞（平成2年）
[歴]北海道農産物検査所に勤務し、昭和3年「母胎より塚穴へ」が小樽新聞の懸賞小説1等入選となる。上京して10年早大に入り、小説家・八木義徳と親交を結ぶ。在学中の10年「ほっちゃら魚族」を発表、14年「姫鱒」で第9回芥川賞候補となる。他の作品に「アイヌの学校」「別れの表情」「姫鱒」「ちとせ地名散歩」。戦後は北海道・千歳の米軍キャンプで通訳を務め、文壇から遠ざかる。平成5年10月「長見義三作品集」（全3冊，恒文社）及び作品集「姫鱒」（響文社）が刊行された。

大仏 次郎　おさらぎ・じろう

小説家　[生]明治30年10月9日　[没]昭和48年4月30日　[出]東京市牛込区　本名＝野尻清彦　別号＝安里礼次郎、八木春秋　[学]東京帝大政治学科（昭和10年）卒　[資]日本芸術院会員（昭和34年）
[賞]渡辺賞（第3回）（昭和4年）、日本芸術院賞（文芸部門・第6回）（昭和24年）「帰郷」、文化勲章

(昭和39年)、朝日文化賞(昭和40年)「パリ燃ゆ」、菊池寛賞(第17回)(昭和44年)「三姉妹」 [歴]大学卒業後、鎌倉女学校で1年間教員をし、大正11年よりしばらく外務省条約局に勤める。その間「泰西大盗伝」などを翻訳し、13年より「鞍馬天狗」を昭和34年まで連載する。15年「照る日曇る日」を連載して作家の地位を確立し、以後「赤穂浪士」など多くの小説を発表。時代小説、現代小説、ノンフィクションと幅広く活躍する。昭和20年8月より10月まで、東久邇宮内閣の内閣参与として政治参加し、21年から24年にかけては苦楽社を創立し、雑誌「苦楽」を主宰する。24年「帰郷」で芸術院賞を、40年「パリ燃ゆ」で朝日文化賞を、44年「三姉妹」で菊池寛賞を受賞したほか、34年日本芸術院会員となり、39年には文化勲章を受けた。作品は多く、他に「ごろつき船」「ゆうれい船」「乞食大将」「桜子」などの時代小説、「霧笛」「氷の階段」「宗方姉妹」「旅路」「風船」などの現代小説、「ドレフュース事件」「地霊」などの実録小説、「楊貴妃」「若き日の信長」などの戯曲、「日本人オイン」「花丸小鳥丸」などの少年文学があり、未完に終わった「天皇の世紀」もある。 [家]兄=野尻抱影(英文学者)

小沢 章友　おざわ・あきとも

小説家　十文字学園女子短期大学非常勤講師 [生]昭和24年11月10日 [出]佐賀県佐賀市　筆名=双蛇宮 [学]早稲田大学第一政治経済学部(昭和46年)卒 [賞]開高健賞(第2回・奨励賞)(平成5年)「遊民爺さん」 [歴]コピーライターを経て、NHK「みんなの歌」の作詞や雑誌「子どもの館」で児童文学、平安時代の幻想文学の執筆などを手がける。NHKFM「クロスオーバーイレブン」でスクリプトをレギュラー担当。著書に「玻璃物語」「沙羅と竜王」「ロックンロール・アルテミス」「千年の蛇」「天使祓い」、編訳書に「今昔物語―世にもふしぎな物語」などがある。 [団]日本推理作家協会、日本文芸家協会

小沢 艶都古　おざわ・えつこ

古代史研究家　小説家　イラストレーター　本名=小沢悦子 [歴]昭和43～46年フランス、アメリカに滞在。帰国後、イラスト、ポスターデザインなどを手がける傍ら「歴史読本」誌上で「古代天皇家の婚姻と皇位継承」を論じる。58年には古代史をテーマにした小説も手がけ、中央公論の女流新人賞候補となった。また、翻訳・演出家の夫・僥謳と作った小沢プロで、アニメ映画「北風と太陽」を制作、第2回イスラエル国際映画祭で高い評価を得ている。著書に「古代天皇家の皇子たち」「春日大社のおん祭の考察」「バーニー」など。 [家]夫=小沢僥謳(演出家)

小沢 清　おざわ・きよし

小説家 [生]大正11年4月26日 [出]大阪市玉造 [学]小卒 [歴]工場労働者となり、昭和13年東京電気(後の東芝)に入社。のち沖電気に勤務。21年「新日本文学」に短編小説「町工場」を発表。戦後職場から育った労働者作家として、注目される。また、この作品をきっかけに“勤労者文学論争”が行われた。25年作品集「町工場」を刊行。40年日本民主主義文学同盟に所属。ほかに「巣立ちの冬」「芽ぶき」などの著書がある。 [団]日本民主主義文学同盟

小沢 さとし　おざわ・さとし

児童文学作家 [生]昭和13年7月8日 [出]長野県　本名=小沢聡 [学]立教大学文学部日本文学科卒 [賞]日本児童文芸家協会新人賞(第1回)「青空大将」、塚原健二郎文学賞(第6回)(昭和58年)「黒潮物語」 [歴]主な作品に「青空大将」「黒潮物語」「おんがしのうた」などがある。 [団]日本児童文芸家協会、日本児童文学者協会、信州児童文学会、日本文芸家協会

小沢 正　おざわ・ただし

児童文学作家 [生]昭和12年9月27日 [出]東京・杉並 [学]早稲田大学教育学部(昭和37年)卒 [賞]NHK児童文学賞奨励賞(第4回)(昭和41年)「目をさませトラゴロウ」 [歴]大学在学中、早大童話会に所属し、幼年童話研究誌「ぷう」を創刊。児童図書出版社で保育絵本の編集に携わったのち、昭和38年退社。文筆生活に入り、NHK幼児番組の放送台本などを執筆。三田村信行、杉山経一らと同人誌「蜂起」を創刊。主な作品に「目をさませトラゴロウ」「まほうのチョーク」「三びきのたんてい」「のんびりこぶたとせかせかうさぎ」など多数。 [団]新日本文学会

小沢 信男　おざわ・のぶお

小説家　詩人　評論家 [生]昭和2年6月5日 [出]東京市芝区南佐久間町 [学]日本大学芸術学部文芸科卒 [興]戦後風俗史、江戸東京風俗史 [賞]桑原武夫学芸賞(第4回)(平成13年)「裸の大将一代記」 [歴]大学在学中に「新東京感傷散歩」が花田清輝に認められ、以後、新日本文学会、記録芸術の会に参加。小説、詩、戯曲、記録などの、ジャンルにこだわらない自在な方法を持ち、小説集「わが忘れなば」、詩集「赤面申告」などを発表。ほかの作品に「若きマチュウの悩み」「東京の人に送る恋文」「東京百景」「定本犯罪紳士録」「裸の大将一代記」など。 [団]新日本文学会、日本文芸家協会

小沢 春雄　おざわ・はるお

元・通信機械工業会専務理事　[生]大正10年5月11日　[出]山梨県　[学]中央大学卒　[賞]勲二等瑞宝章(平成4年)　[歴]電電公社に勤務し、昭和55年総務理事。56年通信機械工業会に入り専務理事となる。平成4年退任。サラリーマン作家としても知られ小説「人事異動」は5万部を売る。

小沢 不二夫　おざわ・ふじお

劇作家　[生]明治45年6月13日　[没]昭和41年5月15日　[出]東京　本名＝小沢不二雄　[学]法政大学専門部中退　[歴]劇作家として新国劇などの脚本を多く手がけ、戦後はラジオ、テレビの台本作家として活躍。また歌謡曲「リンゴ追分」の作詞も行った。新国劇上演の「おもかげ」、連続ラジオドラマ「サザエさん」などが代表作。

小沢 冬雄　おざわ・ふゆお

小説家　常葉学園大学教育学部教授　[専]比較文学　[生]昭和7年3月14日　[没]平成7年　[出]静岡県掛川市　本名＝小沢虎義(おざわ・とらよし)　[学]東京帝大文学部仏文科(昭和30年)卒　[賞]文芸賞(昭和49年)「鬼のいる杜で」　[歴]豊島区立高田中学、大成高等学校などの教諭を経て、昭和54年常葉学園短期大学講師、55年常葉学園大学講師、59年助教授、のち教授。この間、49年「鬼のいる杜で」文芸賞を受賞。50年「営巣記」、続く同年9月発表の「黒い風を見た…」が同年下半期芥川賞候補となった。52年「まひるの星」発表以後は文学活動をせず、53年春故郷に転居。著書に「サカジャウエアの水着・営巣記」、訳書にシンシア・ライラント「パパのオウム」。

小沢 真理子　おざわ・まりこ

児童文学作家　[出]茨城県水戸市　[学]早稲田大学教育学部理学科生物学専修卒　[賞]ぶんけい創作児童文学賞(第6回)(平成8年)「きっと、鳥日和 1970」　[歴]高校教師などを経て、平成2年から学習塾を営む。平成8年ぶんけい創作児童文学賞を受賞。著書に「きっと、鳥日和 1970」がある。

小沢 美智恵　おざわ・みちえ

小説家　[生]昭和29年9月9日　[出]茨城県　本名＝大野美智恵　[学]千葉大学人文学部人文学科国語国文学専攻卒　[賞]川又新人文学賞(最優秀賞，第1回)(平成5年)「妹たち」、蓮如賞(優秀作，第2回)(平成7年)「嘆きよ、僕をつらぬけ」　[歴]出版社勤務を経て、フリーの校正者。同人誌「かいだん」同人。作品に「妹たち」「嘆きよ、僕をつらぬけ」がある。　[団]日本文芸家協会

押川 国秋　おしかわ・くにあき

小説家　脚本家　[生]昭和10年4月24日　[出]宮崎県　本名＝押川正士(おしかわ・まさし)　[学]中央大学法学部卒　[賞]新人映画シナリオコンクール佳作(第9回)「罪」、時代小説大賞(第10回)(平成11年)「八丁堀慕情・流刑の女」　[歴]東映撮影所に入社。昭和34年映画「ふたりの休日」で脚本家デビュー。36年「特別機動捜査隊」以降、テレビドラマの脚本でも活躍する。のちフリーとなり、テレビ「必殺シリーズ」「遠山の金さんシリーズ」「特捜最前線」など40年間で700本以上の脚本を手掛ける。他の作品にテレビ「助け人走る」「キイハンター」「日本任侠伝」「裸の町」「青い太陽」「半七捕物帳」「ゴールドアイ」「プレイガール」、映画「ふたりの休日」「不良少女」「嵐の中の若者たち」など。60歳の時、小説家に転身。時代小説「十手人」でデビューし、同作品は平成13年にドラマ化された。　[団]日本シナリオ作家協会

押川 春浪　おしかわ・しゅんろう

冒険小説家　[生]明治9年3月21日　[没]大正3年11月16日　[出]愛媛県松山市小唐人町　本名＝押川方存(おしかわ・まさあり)　[学]東京専門学校(現・早稲田大学)英文科・政治科卒　[歴]東京専門学校在学中の明治33年「海島冒険奇譚 海底軍艦」を刊行し、その前後に刊行した「ヘーグの奇怪塔」と共に、冒険小説家として名をなす。以後「地底の王冠」「南極の怪事」「武侠の日本」「新日本島」などを次々に発表。37年博文館に入社し「日露戦争 写真画報」主幹となる。41年「冒険世界」を創刊し「怪人鉄塔」を連載。44年博文館退社。45年には「武侠世界」を創刊するなど、少年冒険小説作家として活躍した。また、スポーツ社交団体・天狗倶楽部を結成し、スポーツ振興に尽力、特に野球を第2国技にしようと奨励した。「春浪快著集」(全4巻)がある。　[家]父＝押川方義(教育家・宗教家)、弟＝押川清(野球人)

押川 昌一　おしかわ・しょういち

劇作家　[生]大正6年5月22日　[出]東京　[学]早稲田大学政経学部卒、早稲田大学文学部(昭和17年)中退　[歴]昭和17年前進座に入るが、19年文化座に移り20年同座文芸部員として渡満する。戦後は三好十郎に師事し、28年「風の音」を発表。他の作品に「安政異聞」「二葉亭四迷」などがあり、著書に「押川昌一戯曲集」がある。

緒島 英二　おじま・えいじ

児童文学作家　[生]昭和31年　[出]神奈川県茅ケ崎市　本名＝青木英二　[学]学習院大学卒　[賞]野間児童文芸賞(新人賞，第32回)(平成6年)「うさぎ色の季節」　[歴]「2ねん2くみげんきのげん」でデビュー。著書に「こちらジャンボ新聞

部 特ダネは海のにおい」「妖怪ばあさんのおくりもの」「うさぎ色の季節」など。　[団]全国同人誌連絡会、日本児童文学者協会

尾島 菊子　おじま・きくこ

小説家　[生]明治12年　[没]昭和31年　[出]富山県　[歴]少女時代に上京し、事務員、タイピストとして働くかたわら、少女小説を「少女の友」「少女画報」に発表。明治41年「趣味」に発表の「妹の縁」によって認められ、徳田秋声に師事。作品に「紅ほうづき」など。　[家]夫＝小寺建吉(画家)

小津 安二郎　おず・やすじろう

映画監督　[生]明治36年12月12日　[没]昭和38年12月12日　[出]三重県松阪市　[学]三重県立四中(現・伊勢高)(大正10年)卒　[資]日本芸術院会員(昭和37年)　[賞]毎日映画コンクール監督賞・脚本賞(第4回・昭24年度)「晩春」、シナリオ賞(昭24，25，26，27，28，31，33，35，37年度)「晩春」「宗方姉妹」「麦秋」「お茶漬の味」「東京物語」「早春」「彼岸花」「秋日和」、ブルーリボン賞監督賞(第2回・昭26年度)「麦秋」、毎日映画コンクール日本映画賞(昭26年度)「麦秋」、紫綬褒章(昭和33年)、日本芸術院賞(昭和34年)、芸術選奨文部大臣賞(昭和36年)、アジア映画祭監督賞(昭和36年)、ブルーリボン賞日本映画文化賞(昭和38年)、毎日映画コンクール特別賞(昭38年度)、NHK特別賞(昭和38年)　[歴]中学在学中、活動写真にとりつかれ、映画監督を志す。小学校の代用教員を経て、大正12年松竹蒲田撮影所入所。カメラ助手、監督助手を経て、昭和2年時代劇「懺悔の刃」で監督デビュー。4年「大学は出たけれど」5年「落第はしたけれど」で当時の就職難を扱い、庶民の哀歓を描いて小津リアリズムをうち出す。その後「東京の合唱」(6年)「生まれてはみたけれど」(7年)やトーキー「一人息子」(11年)を発表。シンガポールへの従軍を経て、戦後は撮影監督・厚田雄春と組んで、笠智衆、原節子らの出演で「晩春」(24年)「宗方姉妹」(25年)「麦秋」(26年)「お茶漬の味」(27年)「東京物語」(28年)「早春」(31年)「彼岸花」(33年)「秋日和」(35年)「小早川家の秋」(36年)など傑作を撮り、溝口健二と並ぶ日本映画界の巨匠として君臨した。37年には映画人として初めて芸術院会員となる。還暦の誕生日に没す。遺作は38年「秋刀魚の味」。低いカメラワーク、会話中の人物を正面からとらえる構図などの技法に独自のものがあり、海外でも高い評価を得ている。没後もしばしば映画祭で特集を組まれ、墓参に訪れる映画人が絶えない。60年には小津へのオマージュとしてヴィム・ヴェンダース監督により映画「東京画」が製作された。

尾関 岩治　おぜき・いわじ

児童文学者　評論家　岡山女子短期大学教授　[専]児童文化　[生]明治29年5月10日　[没]昭和55年4月25日　[出]岡山市　筆名＝尾関岩二(おぜき・いわじ)　[学]同志社大学英文科(大正9年)卒　[歴]大正9年毎日新聞学芸部入社。薄田泣菫部長の下で「サンデー毎日」の創刊に参画。昭和6年大阪時事新報(現・サンケイ新聞)入社、論説委員。30年から47年まで岡山女子短大教授、児童文化を講じた。児童文学作家として、童話、翻案、絵本など多彩な活動を展開、童話「お話のなる樹」「フェアリーのお姫様と鍵」「希望の馬」「ハッサンの黒ばら」などを発表。また、児童文学研究の分野でも多くの評論を残し、「童心芸術概論」「児童文学の理論と実際」「児童文化入門」などの著書がある。

尾関 忠雄　おぜき・ただお

小説家　美里幼稚園園長　元・尾関学園高校長　[生]昭和21年11月　[出]愛知県一宮市　[学]愛知大学文学部哲学科卒、龍谷大学大学院文学研究科哲学専攻修士課程修了　[歴]尾関学園高校長、美里幼稚園園長などを務める傍ら、昭和54年アンチ・ロマン「地獄自説」を出版。55年頃から「北斗」の同人として文学活動を続ける。「半身」同人、「青灯」同人。のち文芸誌「文学」主宰。他に「夢の王国」「西洋思想の潮流」「尾関忠雄文学全集」(全7巻，風媒社)などがある。　[家]兄＝尾関種雄(元尾関学園理事長)

小薗江 圭子　おそのえ・けいこ

童話作家　エッセイスト　イラストレーター　[生]昭和10年9月14日　[出]東京・銀座　本名＝平川圭子　[学]日本女子大学文学部英文科(昭和33年)卒　[歴]就職難だったため、アルバイトを本業にイラストを雑誌社に売り込み、後にぬいぐるみやアップリケの手芸を手掛ける。童話作家として活動する他、手芸、エッセイ、イラスト等で幅広く活躍。また森山良子のヒット曲「この広い野原いっぱい」の作詞者として知られる。童話に「耳かきのすきな王さま」、エッセイに「縁起のよい本」など。

織田 五二七　おだ・いふな

作家　医師　織田病院理事長　[生]大正6年5月27日　[出]佐賀県　[学]日本大学医学部(昭和16年)卒　医学博士(昭和35年)　[歴]海軍軍医大尉、軍艦常磐軍医長を務め、昭和30年佐賀県鹿島市織田病院院長、のち理事長。全日本病院協会顧問。傍ら、エッセイ、小説などを執筆し、著書に「海の戦士の物語」「大正ノスタルジア」「人生ロマンの日々」「青桐」「夢のミクロネシア—ポナペの恋」他。　[団]全日本病院協会(顧問)、日本ペンクラブ、日本文芸家協会

小田 勝造　おだ・かつぞう

小説家　[生]昭和6年11月15日　[出]大阪府大阪市　[学]早稲田大学国文科(昭和29年)中退　[賞]郵政文芸賞(第8回)「人間の灰」、郵政文芸賞(第9回)「生きて還れ」　[歴]著書に「帽子」「同窓会は夏に」「断たれた日々」など。　[団]日本文芸家協会

織田 作之助　おだ・さくのすけ

小説家　[生]大正2年10月26日　[没]昭和22年1月10日　[出]大阪府大阪市南区生玉前町　旧姓(名)=鈴木　[学]三高(昭和11年)中退　[歴]三高在学中の昭和10年、青山光二らの同人雑誌「海風」に参加。11年に三高を中退し、14年日本工業新聞社に入社する。同年「俗臭」が芥川賞候補となり、15年「夫婦善哉」を発表し、新進作家としての地位を確立。以後「二十歳」「青春の逆説」「五代友厚」や評論「西鶴新論」を発表。戦後は放浪とデカダンスな生活をし、ヒロポンを打ちながら「世相」「競馬」などを発表。また「二流文学論」「可能性の文学」などの評論を発表、ラジオドラマ「猿飛佐助」も手がけたが、無頼生活が昂じ「土曜夫人」未完のまま、大喀血で死去した。「織田作之助全集」(全8巻, 文泉堂)(全8巻, 講談社)がある。平成2年未発表の短編「蛇仲間」が発見された。
[家]妻=織田昭子(バー・アリババのママ)

小田 淳　おだ・じゅん

小説家　[生]昭和5年12月4日　[出]神奈川県　本名=杉本茂雄　[学]小田原商高卒　[賞]第二電電時代賞　[歴]根っからの釣り人で、昭和50年の「岩魚」以来、魚の話を書き続けている。58年には「サケを呼び戻す市民運動」の実際やサケの生態などを易しく解説した「カーンバック・サーモン」を著した。他の著書に「山女魚」「名竿」「鮎」など。　[団]日本ペンクラブ、大衆文学研究会、日本文芸家協会

織田 正吉　おだ・しょうきち

放送作家　著述業　日本笑い学会副会長　[生]昭和6年12月4日　[出]兵庫県神戸市　本名=構恒一(かまえ・つねいち)　[学]神戸大学法学部(昭和30年)卒　[興]笑い、ユーモア一般　[賞]上方お笑い大賞功労賞(昭和57年)、兵庫県文化賞(昭和63年)　[歴]大学在学中に漫画家に憧れて上京、鈴木義司らと漫画エポックに参加するが、鈴木の才能を前に、漫画家をあきらめる。昭和31年サンデー毎日大衆文芸賞に「雨の自転車」が入選。以後、放送作家として活躍。笑い、ユーモアに独自の理論を構成。著書に「絢爛たる暗号—百人一首の謎をとく」「笑いとユーモア」「日本のユーモア」(全3巻)など。

小田 仁二郎　おだ・じんじろう

作家　[生]明治43年12月8日　[没]昭和54年5月21日　[出]山形県　[学]早稲田大学仏文科(昭和10年)卒　[歴]都新聞社に勤めていたが、昭和23年「触手」を発表して作家となる。27年発表の「昆虫系」は芥川賞候補作品となる。他の作品に「流戒十郎うき世草紙」「背中と腹」などがある。

織田 卓之　おだ・たかゆき

北日本文学賞を受賞　[生]昭和26年　[出]石川県金沢市　本名=宮腰正男　[学]立命館大学卒　[賞]北日本文学賞(第25回)(平成3年)「残照」

小田 武雄　おだ・たけお

小説家　[生]大正2年12月23日　[没]昭和59年11月27日　[出]愛媛県松山市港町　[学]九州帝国大学経済学部(昭和14年)卒　[賞]千葉亀雄賞(第6回)(昭和29年)「絵はがき」、サンデー毎日大衆文芸賞(昭和29年, 30年, 31年, 32年)、オール読物新人賞(第11回)(昭和32年)「紙漉風土記」、小説新潮賞(第4回)(昭和33年)「舟形光背」　[歴]会社員、高校教師を経て、戦後小説家となる。昭和33年の「うぐいす」は直木賞候補となった。他の作品に「紙漉風土記」「舟形光背」「伊予歴史散歩」などがある。また俳誌「太陽系」「青玄」の同人でもあった。

小田 嶽夫　おだ・たけお

小説家　中国文学研究者　[専]現代文学　[生]明治33年7月5日　[没]昭和54年6月2日　[出]新潟県高田市堅春日山町(現・上越市)　本名=小田武夫(おだ・たけお)　[学]東京外国語学校支那語学科(大正11年)卒　[賞]芥川賞(第3回)(昭和11年)「城外」、平林たい子文学賞(第3回)(昭和50年)「郁達夫伝」　[歴]大正11年大学卒業と同時に外務省に入り、13年から昭和3年まで、書記生として杭州領事館に赴任する。昭和3年帰国、5年外務省を退職し、以後文学に専念。「文芸都市」同人となり、6年田畑修一郎らと「雄鶏」(のちの「麒麟」)を創刊。11年「城外」で芥川賞を受賞。12年上海に、14年北支那に遊び、16年から17年にかけてビルマに従軍。16年「魯迅伝」「紫禁城の人」を刊行。戦後は「裏がわの町」「真実の行方」「義和団事件」「小説坪田譲治」などを発表し、50年「郁達夫伝」で平林たい子賞を受賞。他に自伝「文学青春群像」、訳書「魯迅選集・創作編」「大過渡期」(茅盾著)などがある。

織田 秀雄　おだ・ひでお

教育運動家　詩人　児童文学作家　[生]明治41年12月10日　[没]昭和17年12月15日　[出]岩手県胆沢郡小山村(現・胆沢町)　筆名=織田顔(おだ・がん)　[学]岩手県立水沢農学校(大正15年)卒　[歴]代用教員などをしながら詩や童謡などを発

表し、昭和4年全国農民芸術連盟に加盟する。5年上京してマルクス書房に入社し、また新興教育研究所の創立に参加して「新興教育」を編集する。同年帰郷し社会科学研究、文化運動などを推進するが検挙され、懲役2年に処せられた。10年頃から創作に専念。没後の55年「織田秀雄作品集」が刊行された。

小田 牧央　おだ・まきお

SF作家　[生]昭和51年　[出]福井県鯖江市　[学]名古屋大学工学部　[賞]新風舎出版賞(最優秀賞, 第2回)(平成9年)「ピエロめざめよ めざめよピエロ」　[歴]大学でミステリ研究会に所属。大学の設備を利用し、「the looong fish」のタイトルで個人ホームページを開設。3本の短編小説、連載中の長編ホラーSF小説を公開。著書に「ピエロめざめよめざめよピエロ」がある。

小田 実　おだ・まこと

小説家　評論家　日本はこれでいいのか市民連合(日市連)代表　[生]昭和7年6月2日　[出]大阪府大阪市　[学]東京大学文学部言語学科(昭和32年)卒、東京大学大学院人文科学研究科西洋古典学専攻、ハーバード大学大学院　[賞]ロータス賞(昭和63年)、川端康成文学賞(第24回)(平成9年)「アボジ」　[歴]高校時代から小説を書き始め、中村真一郎に兄事したこともある。昭和33年渡米、フルブライト留学生としてハーバード大学に学び、ヨーロッパ、アジアの各国を無銭旅行しながら35年帰国。36年その体験記「何でも見てやろう」はベストセラーとなる。予備校講師を務めながら、40年ベトナムに平和を!市民連合(ベ平連)を結成、反戦運動の支柱として活躍する。停戦協定締結後はアジア人民との連帯をうたい、アジア人会議を結成した。55年色川大吉らと日市連(「日本はこれでいいのか」市民連合)を創設。同代表としてエネルギッシュな活動を続ける。阪神大震災後、被災者支援法制定を訴える運動に取り組んだ。平成13年慶応義塾大学特別招聘教授。テレビ朝日「朝まで生テレビ」などにも出演。「現代史」「冷え物」や56年から「群像」誌に10年間連載した「ベトナムから遠く離れて」(全3巻)「HIROSHIMA」「海冥」などの小説、「難死の思想」「鎖国の文学」「私と天皇」などの評論のほか、エッセイ「オモニ太平記」、「小田実全仕事」(全16巻)がある。　[団]日本アジア・アフリカ作家会議、日本文芸家協会、日本ペンクラブ、日本西洋古典学会　[家]妻=玄順恵(装丁画家)
http://www.dcn.ne.jp/~skana/oda.htm

尾高 修也　おだか・しゅうや

小説家　[生]昭和12年10月7日　[出]東京　本名=尾上潤一(おのえ・じゅんいち)　[学]早稲田大学政治経済学部新聞学科卒　[賞]文芸賞(第6回)(昭和47年)「危うい歳月」　[歴]昭和47年「危うい歳月」で文芸賞を受賞してデビュー。ほかに「恋人の樹」「塔の子」など。49年から日本大学芸術学部で教え、助教授を経て、教授。
[団]日本文芸家協会

小高 宏子　おだか・ひろこ

小説家　[出]神奈川県川崎市　[学]明の星女子短期大学卒　[歴]12月23日生まれ。OLを経て、小説を書き始める。「ぼくと桜のアブナイ関係」で第8回パレットノベル大賞入選。他の著書に「ナチュラル」「アップビートで行こう」「ツイン ラビリンス」などがある。

小高根 二郎　おだかね・じろう

詩人　伝記作家　[生]明治44年3月10日　[没]平成2年4月14日　[出]東京　[学]東北帝国大学法文学部(昭和9年)卒　[歴]日本レイヨン勤務の傍ら「四季」同人となり、昭和30年「果樹園」を創刊。40年「詩人・その生涯と運命—書簡と作品から見た伊東静雄」を刊行。詩集に「はぐれたる春の日の歌」、小説集に「浜木綿の歌」、評伝に「蓮田善明とその死」「棟方志功」「吉井勇」などがある。　[団]日本文芸家協会

小田原 直知　おだわら・なおとも

第2回「海燕」新人文学賞受賞　[生]昭和38年
[出]鹿児島市　[学]九州大学仏文科　[賞]海燕新人文学賞(第2回)(昭和58年)「ヤンのいた場所」
[歴]2作目の小説「ヤンのいた場所」で、昭和58年度の「海燕」新人文学賞を受賞。

越智 春海　おち・はるみ

作家　元・陸軍大尉　[生]大正7年　[出]広島県広島市　[学]広島修道中卒　[歴]昭和14年広島歩兵第11連隊入営。15年出征、仏領インドシナ作戦、マレー作戦に参加。その後南方各地を転戦。著書に「マレー戦記」「ビルマ最前線」「華南戦記」「ノモンハン事件」や、子ども向けの〈魔法の話〉シリーズ(「ラムドルの冒険」「金の矢 銀の矢」等)他。

落合 恵子　おちあい・けいこ

作家　エッセイスト　クレヨンハウスオーナー・主宰　[専]子ども　女性問題　[生]昭和20年1月15日　[出]栃木県宇都宮市　[学]明治大学文学部英米文学科卒　[興]教育問題、女性問題、高齢社会
[賞]日本文芸大賞(女流文学賞, 第2回)(昭和57年)、日本ジャーナリスト会議奨励賞(昭和62年)「女と戦争シリーズ」(文化放送)、日本婦人放送者懇談会賞(平成1年)、産経児童出版文

化賞(第41回)(平成6年)「そらをとんだたまごやき」、エイボン女性年度賞(功績賞)(平成10年)。㊙昭和42年文化放送にアナウンサーとして入社。深夜放送の「セイ！ヤング」で人気DJとなり、"レモンちゃん"の愛称で親しまれる。人気をかわれて女性誌に連載したエッセイ「スプーン一杯の幸せ」は6連作の単行本となり、ミリオンセラーに。49年退社して著述業に専念、直木賞候補にもなる。主著に「氷の女」「ザ・レイプ」「シングル・ガール」「結婚以上」「夏草の女たち」「アローン・アゲイン」「バーバラが歌っている」「あなたの庭では遊ばない」「そらをとんだたまごやき」(児童書)など。また、51年東京・原宿に児童書の専門店・クレヨンハウスを設立、画廊や小ホールも設置し、子供や女の視点に立ったイベントや文化活動を展開している。平成元年3月8日の国際婦人デーに、女性の本専門店・ミズ・クレヨンハウスを開店。教育情報誌「月刊子ども論」、幼児教育月刊誌「音楽広場」発行人。㊙日本ペンクラブ、日本文芸家協会

落合 茂 おちあい・しげる
小説家 ㊤明治41年10月9日 ㊦平成8年10月24日 ㊧東京 ㊨日本大学芸術科中退 ㊙昭和12年に創刊された「文芸復興」の同人となる。戦争中改題された「青年文学者」を経て、22年に復刊された第二次「文芸復興」に加わり、発行責任者となる。また「文学現代」にも同人として参加。「友情は限りなく」「ある女碑銘」「横町のひとびと」「複合日陰」などの他、「洗う風俗史」「中国漫画史話」などの著書がある。

落合 聡三郎 おちあい・そうざぶろう
児童劇作家 少年演劇センター代表 少年演劇主宰 ㊤明治43年3月14日 ㊦平成7年2月26日 ㊧東京 ㊨青山師範専攻科(昭和4年)卒 ㊥小学館児童文化賞(第3回)(昭和29年)「誕生会のおくりもの」、小原賞(昭和52年)、モンティロ・ロバット章(ブラジル)、ジョゼ・ボニファシオ・デ・アンドラーダ文化章(ブラジル) ㊙小学校教師のかたわら、昭和7年加藤光、米谷義郎らとともに学校劇研究会を設立。45年に港区立氷川小学校を退職するまで一貫して学校劇運動を推進、多数の児童劇脚本も執筆した。代表作に「学級図書館」「掃除当番」「お使い」、著作に「新しい学校劇」「子どもの劇」「落合聡三郎学校劇選集」などがある。 ㊙日本児童演劇協会(相談役)、国際児童青少年演劇協会日本センター(副会長)、日本演劇教育連盟(顧問)

落合 浪雄 おちあい・なみお
劇作家 演出家 ㊤明治12年1月18日 ㊦昭和13年3月4日 ㊧東京・浅草 本名＝落合昌太郎 ㊨東京帝大政治科 ㊥万朝報、東京日日新聞記者を経て玄文社に入社し、その松竹新派の座付役者となる。大正10年新劇座主事として演出を担当し、13年松竹蒲田撮影所脚本部長になる。主な作品に「影」「平手造酒」などがあり、著書に「社会生活学」(大9)がある。

落合 信彦 おちあい・のぶひこ
国際ジャーナリスト 作家 ㊥国際政治 国際問題 ㊤昭和17年1月8日 ㊧東京・浅草 ㊨オルブライト大学(米国)卒、テンプル大学大学院国際政治学修了 ㊥米ロによる超能力開発 ㊙昭和33年両国高校を卒業して渡米。11年余の滞米生活の後、オイルマンからジャーナリストに転身。51年「二人の首領」で文壇にデビュー。52年J.F.ケネディ暗殺事件の真犯人を追求した「二〇三九年の真実—ケネディを殺った男たち」を発表し注目される。以後"傍観者よりも当事者を選ぶ"という攻撃的な方法論を用い、世界各地の危険な"現場"に飛びこんで小説、ノンフィクションを数多く発表。著書に「男たちのバラード」「石油戦争」「アメリカの狂気と悲劇」「モサド、その真実」「傭兵部隊」「ただ栄光のためでなく」『聖地』荒れて」「激変—ゴルバチョフ革命の真実」「日本の常識を捨てろ！」「太陽の馬」「日本の正体」「烈炎に舞う〈上・下〉」「成り上がりの時代」「誰も見なかった中国」「恥と無駄の超大国・日本」「王たちの行進」「勝ち残りの『生き方』」「『豚』の人生『人間』の人生」「そして帝国は消えた」「10年後の自分が見えるヤツ1年後の自分も見えないヤツ」など多数。 ㊙日本文芸家協会

越智田 一男 おちだ・かずお
児童文学作家 別府大学短期大学部講師 ㊤昭和9年1月1日 ㊧愛媛県 ㊨大分大学学芸学部国語国文学科(昭和31年)卒 ㊥日本児童文芸家協会新人賞(第13回)(昭和58年)「北国の町」 ㊙昭和31年小学校教師となる。中学校教師を務めた後、別府市立野口小、朝日小の校長を歴任。平成6年定年退職。校長時代、全校児童の詩の暗唱運動、教師による"読み聞かせ運動"を提唱・実施した。のち、別府大学短期大学部講師。童話に「北国の町」、エッセイに「宿題はアイスクリーム」、共著に「心ふくらむおはなし〈6年生〉」がある。

乙一　おついち

小説家　[生]昭和53年　[出]福岡県　[賞]ジャンプ小説大賞(第6回)(平成8年)「夏と花火と私の死体」　[歴]平成8年「夏と花火と私の死体」が第6回ジャンプ小説・ノンフィクション大賞を17歳で受賞し、同作品で作家デビュー。他の著書に「暗黒童話」がある。

乙骨 淑子　おつこつ・よしこ

児童文学作家　[生]昭和4年7月7日　[没]昭和55年8月13日　[出]東京・神田　[学]桜蔭高女専攻科(昭和25年)卒　[賞]サンケイ児童出版文化賞(昭和39年)「ぴいちゃあしゃん」　[歴]上野図書館に勤め、昭和28年結婚。このころより児童文学の創作を始め、30年「こだま児童文学会」に入会。39年最初の長編「ぴいちゃあしゃん」を刊行、サンケイ児童出版文化賞を受賞。以後、社会的なテーマに取り組み、骨太の少年少女小説を書きつづけた。ほかに「八月の太陽を」「合言葉は手ぶくろの片っぽ」「十三歳の夏」「ピラミッド帽子よ、さようなら」などの作品がある。　[家]夫=乙骨明夫(近代詩研究家)

尾辻 克彦　おつじ・かつひこ

⇒赤瀬川原平(あかせがわ・げんぺい) を見よ

尾辻 紀子　おつじ・のりこ

児童文学作家　作家　[生]昭和10年2月10日　[出]神奈川県横浜市　[学]東京大学看護学校卒、法政大学文学部(通信教育)卒　[賞]埼玉文芸賞「チャプラからこんにちは」　[歴]日本児童文学学校4期生。著書に「チャプラ(草小屋)からこんにちは」など。また、一般向けに「近代看護への道—大関和の生涯」がある。　[団]日本児童文学者協会、日本文芸家協会

乙川 優三郎　おとかわ・ゆうざぶろう

作家　[生]昭和28年2月17日　[出]千葉県　本名=島田豊　[学]国府台高卒　[賞]オール読物新人賞(第76回)(平成8年)「藪燕(やぶさめ)」、時代小説大賞(第7回)(平成8年)「霧の橋」、山本周五郎賞(第14回)(平成13年)「五年の梅」、直木賞(第127回)(平成14年)「生きる」　[歴]ホテル・観光業の専門学校を経て、長野のホテルに勤務。昭和58年から5年間グアムの外資系ホテルに務めたのち、同ホテルの東京事務所長に。その後会社経営を経て、機械翻訳の下請業に携わる。平成8年「藪燕」でオール読物新人賞、「霧の橋」で第7回時代小説大賞を受賞。14年「生きる」で直木賞を受賞。他の著書に「喜知次」「蔓の端々」「五年の梅」などがある。　[団]日本文芸家協会

鬼塚 りつ子　おにずか・りつこ

児童文学作家　共立女子短期大学非常勤講師　[生]昭和15年6月19日　[出]鹿児島県　本名=鬼塚律子　[学]共立女子大学文芸学部卒　[賞]赤い靴児童文化大賞(特別賞・第11回)(平成2年)「赤いくつをはいた女の子」　[歴]「ななき」「きつつき」同人。「百人舎」舎員。主作品に「さっちゃんがきえた!」「チョコねこつれて1年生!」「おばあさんとあかいいす」「はと笛よ!」など。　[団]日本児童文学者協会、日本文芸家協会

小沼 丹　おぬま・たん

小説家　早稲田大学名誉教授　[専]英文学　[生]大正7年9月9日　[没]平成8年11月8日　[出]東京・下谷　本名=小沼救　[学]早稲田大学文学部英文科(昭和17年)卒　[資]日本芸術院会員(平成1年)　[賞]読売文学賞(小説賞, 第21回)(昭和44年)「懐中時計」、平林たい子文学賞(第3回)(昭和50年)「椋鳥日記」　[歴]中学教師を経て早大講師となり、昭和33年以来文学部教授。井伏鱒二に師事、29年「村のエトランジェ」が芥川賞候補に。43年発売した「懐中時計」で注目され、44年同名の短編集で読売文学賞を受賞。身辺に取材した作品が多く、静かな諦念とおおらかな人生の受容とが渾然と融け合った、作者の人生態度そのものから滲み出る独特の雰囲気が湛えられている。作品集「椋鳥日記」など。　[団]日本文芸家協会

小野 和子　おの・かずこ

児童文学作家　翻訳家　みやぎ民話の会代表　宮城県教育委員　[専]児童文学　[生]昭和9年6月18日　[出]岐阜県高山市　[学]東京女子大学日本文学科卒　[賞]みやぎ児童文化おてんとさん賞(平成7年)　[歴]昭和32年より仙台市に在住、みやぎ民話の会代表を務める。45年ごろから宮城を中心に東北各県の村を訪ね、土地の古老から各地に伝わる民話を聞き歩き、本にまとめている。著書に「たからげた」「さけのさんたろ」「七つの森」「宮城県の民話」、訳書にリチャード・スカリー「テインカーとタンカーのぼうけん」、M.D.テーラー「とどろく雷よ、私の叫びをきけ」などがある。　[団]日本児童文学者協会、みやぎ民話の会(代表)、日本民謡の会　[家]夫=小野四平(元宮城教育大学教授)

小野 孝二　おの・こうじ

作家　[生]明治43年9月1日　[出]愛知県名古屋市　[学]日本大学芸術科卒　[賞]池内祥三文学奨励賞(第4回)(昭和49年)「太平洋 おんな戦史シリーズ」　[歴]中日新聞社に入社。記者生活のかたわら創作活動をはじめる。「かたりべ」同人。著書に「太平洋おんな戦史」「火の兜・蒲生氏郷」「悪名太平記」、エッセイに「映画憂楽帖」な

どがある。 [団]日本文芸家協会、新鷹会、かたりべの会

小野 耕世 おの・こうせい

映画・漫画評論家 SF作家 [専]映画 アニメ [生]昭和14年11月28日 [出]東京都世田谷区 [学]国際基督教大学人文科学科(昭和38年)卒 [興]アジアの大衆文化、アメリカ漫画史 [歴]昭和38〜49年NHK教育局および国際局勤務。ディレクターをつとめたが、ATGと映画「キャロル」を製作して解雇される。59年から東京大学教養学部非常勤講師。著書に「ぼくの映画オモチャ箱」「スーパーマンが飛ぶ」「銀河連邦のクリスマス」「マンガがバイブル」「伝記・手塚治虫」「ドナルド・ダックの世界像」「アジアのマンガ」などがある。 [団]日本文芸家協会、日本SF作家クラブ、日本アニメーション協会、日本気球連盟、国際アニメーション連盟(ASIFA)

おの ちゅうこう

詩人 児童文学者 タラの木文学会長 児童文芸家協会顧問 [生]明治41年2月2日 [没]平成2年6月25日 [出]群馬県利根郡白沢村 本名＝小野忠孝(おの・ただよし) [学]群馬師範(現・群馬大学)卒 [賞]野間児童文芸推奨作品賞(昭和40年)「風は思い出をささやいた」、全線詩人賞(昭和42年)、児童文化功労者表彰(昭和54年)、日本児童文芸家協会賞(第6回)(昭和56年)「風にゆれる雑草」、群馬文化賞 [歴]小学校教師となり、詩人の河井酔茗に師事。昭和9年上京し、高等小学校教師のかたわら、詩作を続ける。13年「幼年倶楽部」に童話・童謡を発表したことが児童文学への転機となった。著書に「氏神さま」(のち「ふるさと物語」と改題)「定本・おの・ちゅうこう詩集」などがある。 [団]日本児童文芸家協会(顧問)、日本文芸家協会、日本ペンクラブ、日本詩人クラブ

小野 春夫 おの・はるお

児童文学作家 [生]明治43年3月23日 [出]岡山県吉備郡 [学]同志社大学高等商業中退 [歴]岡山で農民運動を続け、のち上京してプロレタリア文学運動に。文学雑誌「文学案内」や映画雑誌の編集、文化映画の脚本製作を行い、戦後は農村、林業関係の記録映画を製作。昭和47年児童文学作品「マタギの里」を発表。他に「飛騨のたくみ」「おもいでの森林鉄道」「エゾシカの原野」などがある。

小野 浩 おの・ひろし

児童文学作家 [生]明治27年6月29日 [没]昭和8年10月21日 [出]鹿児島県加茂郡竹原町 [学]早稲田大学英文科(大正6年)卒 [歴]中学時代「文章世界」に投稿し注目される。「赤い鳥」社に入社、10年以上「赤い鳥」の編集に携わり、また同誌上に「鰐」「かばんを追っかける話」「金のくびかざり」などを発表。主著に童話集「森の初雪」がある。その他「新青年」にフラックウッドの「意外つゞき」などを翻訳した。

小野 不二野 おの・ふじの

劇作家 演出家 テイク・ハート・カンパニー主宰 [出]大分県 [学]桐朋学園大学芸術学科卒 [歴]俳優・小沢栄太郎(故人)に師事。青年座や米国ブロードウェーなどで演劇修業、昭和60年劇団・テイク・ハート・カンパニーを設立、主宰。「いじめ白書」「藪の中」やミュージカル「あの頃」など上演。平成9年5月には東京の俳優座劇場で「貸席の女郎(おんな)」(原作・演出)を公演。

小野 不由美 おの・ふゆみ

小説家 [生]昭和35年12月24日 [出]大分県中津市 [学]大谷大学文学部仏教学科卒 [歴]大谷大学入学と同時に京都大学ミステリ研究会に入会。卒業後の昭和63年「バースデイ・イブは眠れない」でデビュー。ミステリータッチのラブコメディからスタートしたが、ファンタジー「十二国記」シリーズの他、ホラーや本格ミステリー作品なども執筆。他の作品に「悪霊がいっぱい!?」「呪われた十七歳」「屍鬼」「黒祠の島」など。 [家]夫＝綾辻行人(小説家)

小野 政方 おの・まさかた

童話作家 [生]明治18年 [没]昭和20年 [歴]明治末期の頃から児童文学創作を行う。大正9年研究社の「小学少女」の編集に携わる。代表作集に「お伽噺集」「あすさく花」などがある。アンデルセン童話の翻案にも特徴があった。

小野 正嗣 おの・まさつぐ

小説家 [生]昭和45年 [出]大分県南海部郡蒲江町 [学]東京大学大学院総合文化研究科博士課程、パリ第8大学 [賞]朝日新人文学賞(第12回)(平成13年)「水に埋もれる墓」、三島由紀夫賞(第15回)(平成14年)「にぎやかな湾に背負われた船」 [歴]東京大学大学院総合文化研究科博士課程に在籍し、パリ第8大学で研究生活を送る。フランス語圏カリブ海地域の文学を専攻。平成13年「水に埋もれる墓」で第12回朝日新人文学賞、14年「にぎやかな湾に背負われた船」で第15回三島由紀夫賞を受賞。訳書にエドゥアール・グリッサン「クレオールの詩学」がある。

小野 美智子　おの・みちこ
小説家　[生]明治23年9月8日　[没](没年不詳)　[出]山口県玖珂郡師木野村　[歴]明治40年前後に「秀才文壇」や「文庫」に匿名の投書をし、のちに作家となり「破れた心」「悪夢のあと」「海暗き夜」などを発表した。

小野 稔　おの・みのる
作家　[生]大正8年3月26日　[出]愛知県名古屋市　本名＝小野実　[学]同志社大学英文科(昭和18年)卒　[歴]昭和20年中部日本新聞社(現・中日新聞)記者となり、29年退社、パ・リーグ創設の球団毎日オリオンズ関連の仕事に携わる。44年FM愛知の放送番組制作会社を主宰。50〜60年私立愛知学園理事長を務める。この間、作家の武者小路実篤、外村繁らに師事。またシナリオを陣出達郎に師事。30年野球界の過熱したスカウト合戦を著した「あなた買います」がベストセラーとなった。他の著書に「史談女城主」「新女城主」「森蘭丸」「史談信長」「汪兆銘客死」、訳書に「人間喜劇」「つなみ」などがある。　[団]日本放送作家協会、日本文芸家協会

小野 宮吉　おの・みやきち
俳優　演出家　劇作家　[生]明治33年4月27日　[没]昭和11年11月20日　[出]東京市芝区高輪　[学]北海道帝大農科大学予科中退、慶応義塾卒　[歴]早くから演劇に関心を抱き、大正13年イプセン会の公演で初舞台をふみ、同年新築地劇場に参加。15年結成のマルクス主義芸術研究会に参加し、以後プロレタリア演劇で活躍し、俳優、演出家、劇作家として、また理論家としても活躍。昭和6年共産党に入党し検挙されたが、病気のため保釈され、以後は療養生活を続けた。　[家]妻＝関鑑子(ソプラノ歌手・うたごえ運動指導者)

小野 竜之助　おの・りゅうのすけ
シナリオライター　[生]昭和9年7月29日　[出]福岡県　本名＝徳田龍之助　共同筆名＝小松阿礼(こまつ・あれい)　[学]東京大学文学部(昭和33年)卒　[歴]昭和33年東映に入社、脚本家となる。34年「おれたちの真昼」(神波史男と共作)でデビュー。48年よりフリー。映画脚本に「若き日の次郎長」シリーズ、「真田風雲録」「ひも」「非行少女ヨーコ」「新幹線大爆破」など多数。著書に小説「イタズ」など。　[団]日本シナリオ作家協会

小納 弘　おのう・ひろし
児童文学作家　[生]昭和3年6月4日　[出]兵庫県西宮市　[学]浪速高等学校(旧制)文科中退　[歴]両親の故郷石川県加賀市で教師を務めるかたわら、昭和25年頃から詩作を始め、34年仲間と北陸児童文学協会を結成、同人誌「つのぶえ」で創作活動を行う。錦城小学校教頭を経て、庄小学校校長に。著書に「五色の九谷」「木の学校の三人組」「かわいくなくていいもん」など。　[団]日本児童文学者協会、北陸児童文学協会

尾上 新兵衛　おのえ・しんべえ
口演童話作家　[生]明治7年6月19日　[没]昭和35年6月27日　[出]大分県玖珠森町　[学]関西学院　[歴]軍隊生活の見聞録が「少年世界」に連載されたのをきっかけに、尾崎紅葉、児童文学者・巌谷小波の知遇を得る。大阪毎日新聞、横浜貿易新聞などを経て、明治36年お伽噺会を横浜蓬来町のメソジスト教会で開く。これ以後、主として口演童話作家として活躍、多くの門下生を育てた。

小野木 朝子　おのぎ・あさこ
小説家　[生]昭和7年5月11日　[出]熊本県　本名＝妻木香揚子　[学]京都大学法学部卒　[賞]文芸賞(第4回)(昭和45年)「クリスマスの旅」　[歴]熊本日日新聞に勤務していたが、結婚して退職。昭和39年「ミュゾットの館」が第7回「婦人公論」新人賞の佳作に入選する。45年には「クリスマスの旅」が文芸賞を受賞し、46年同名の作品集が刊行された。

小野田 勇　おのだ・いさむ
劇作家　脚本家　[生]大正9年1月22日　[没]平成9年7月15日　[出]東京・四谷　[学]中央大学(昭和16年)卒　[賞]久保田万太郎賞(第4回)(昭和42年)「おはなはん」、芸術選奨文部大臣賞(放送部門)(第22回・昭46年度)「男は度胸」、NHK放送文化賞(第24回・昭47年度)、紫綬褒章(昭和62年)、勲四等旭日小綬章(平成5年)　[歴]昭和21年東京放送劇団を経て、三木鶏郎らとラジオのニュースコントで活躍。30年芸術ドラマ「勝利者」で注目を集め、以後、作家活動に専念し、数多くのドラマや舞台脚本を手がける。代表作に「お父さんの季節」「若い季節」「おはなはん」「男は度胸」「銀座わが町」「楽天転々記」、戯曲「虹を渡るぺてん師」など。　[団]日本放送作家協会、日本演劇協会、日本脚本家連盟

小野田 十九　おのだ・じゅうく
郷土史家　作家　[生]大正14年2月15日　[出]埼玉県岩槻市　本名＝小野田政雄(おのだ・まさお)　[学]神戸高等商船岡山分校卒　[賞]海洋文芸賞「男の座標」　[歴]新潟県文化財保護指導委員、新潟県板碑悉皆調査総括調査委員、中条町文化財保護審議会委員、中条町史編纂委員会委員、東国文化研究会会員などを歴任。小説「男の座標」で海洋文芸賞を受賞。著書に「おきたま六面幢事典」など。

小野田 遙　おのだ・はるか

関西文学賞(小説部門)を受賞　[生]昭和23年　[出]静岡県掛川市　本名＝小野田恭二　[賞]関西文学賞(第24回・小説部門)(平成2年)「蛇街」

小野寺 丈　おのでら・じょう

俳優　劇作家　ジョー・カンパニー主宰　[生]昭和41年1月29日　[出]東京都　[学]日本大学芸術学部中退　[歴]昭和55年ドラマ「2年B組仙八先生」でデビュー。高校生のとき梅沢武生劇団で初舞台を踏む。19歳のときに初めてプロデュース公演を行い、62年劇団・JOE Companyを旗揚げした。平成2年「イシュタルの朝」を発表。他の出演作品にドラマ「HOTEL」「ウルトラマンダイナ」、舞台「八木節の女」などがある。10年亡父の未完の代表作「サイボーグ009」の完結編に向けて小説化に取り組む。　[家]父＝石ノ森章太郎(漫画家・故人)

小幡 欣治　おばた・きんじ

劇作家　演出家　[生]昭和3年6月12日　[出]東京　[学]京橋化工(昭和20年)卒　[賞]岸田国士戯曲賞(第2回)(昭和31年)「畸型児」、芸術選奨新人賞(第25回，昭49年度)「鶴の港」「菊枕」、芸術祭賞大賞(団体受賞)(第33回，昭53年度)「隣人戦争」、菊田一夫演劇賞(大賞，第1・14回，昭50，63年度)(昭和50年，平1年)「安来節の女」「にぎにぎ」「恍惚の人」「夢の宴」、菊田一夫演劇賞(特別賞，第19回，平5年度)(平成6年)「熊楠の家」、紫綬褒章(平成7年)、勲四等旭日小綬章(平成13年)　[歴]進駐軍宿舎のボーイなど職業を転々とし、傍ら劇作に励む。昭和25年「蟻部隊」でデビュー。31年「畸型児」で新劇戯曲賞受賞。商業演劇に移り、40年東宝と専属契約を結ぶ。49年芸術選奨新人賞、53年「隣人戦争」で芸術祭大賞を受賞した。戯曲集に「小幡欣治戯曲集」「熊楠の家・根岸庵律女」がある。他の作品に「熊楠の家」「いごっそう段六」「あかさたな」「三婆」「かの子かんのん」など。
[団]日本演劇協会、日本放送作家協会、日本文芸家協会

小原 美智子　おはら・みちこ

童話作家　クッキングハンズ経営　[生]昭和28年3月1日　[出]熊本県鹿本郡鹿北町　[賞]遠鉄ストア童話大賞(平成7年)「童話あゆみといっちゃんのジングルベル」　[歴]静岡県湖西市で夫と弁当屋クッキングハンズを開店。かたわら童話を書く。作品に「あゆみといっちゃんのジングルベル」がある。

小原 美治　おばら・よしはる

潮賞優秀作(小説部門)を受賞　[出]福岡市　本名＝丹野九州男　[学]上智社会福祉専門学校卒　[賞]潮賞優秀作(第10回・小説部門)(平成3年)「微熱」　[歴]上智大学中央図書館に臨時職員として勤務。傍ら小説などを執筆。

小尾 十三　おび・じゅうぞう

小説家　[生]明治42年10月26日　[没]昭和54年3月8日　[出]山梨県　[学]甲府商(旧制)中退　[賞]芥川賞(第19回)(昭和19年)「登攀」　[歴]教員など多くの職種を歴任し、昭和19年「登攀」で芥川賞を受賞。著書に「雑巾先生」「新世界」がある。

帯 正子　おび・まさこ

小説家　劇作家　[生]大正13年1月10日　[出]東京　本名＝帯刀正子(おびなた・まさこ)　[学]青山学院女子専門部家政科卒　[賞]女流新人賞(第8回)(昭和40年)「背広を買う」　[歴]作品に「離婚」「二つの灰皿」など。　[団]日本文芸家協会、日本ペンクラブ、日本女流文学者協会　[家]夫＝帯刀与志夫(元トーメン常務・故人)、娘＝帯淳子(タレント)

帯谷 瑛之介　おびや・えいのすけ

放送作家　博多町人文化連盟事務局長　[生]大正5年8月6日　[没]平成5年2月8日　[出]福岡市　本名＝帯谷英一郎　[学]光州中(昭和9年)卒　[賞]九州広告協会賞「いろいろな街の物語」、FCC賞「いろいろな街の物語」　[歴]テレビドラマに「さようならアイちゃん」(TBS)、「いろいろな街の物語」、作詞に「お茶のうた」、著書に「しあわせの唄」がある。　[団]日本放送作家協会(理事)

小本 小笛　おもと・こぶえ

第39回毎日児童小説最優秀賞を受賞　[出]武蔵野音楽大学卒　[賞]毎日児童小説最優秀賞(第39回)(平成2年)「木の花」　[歴]主婦の傍ら児童文学の研究会「窓の会」に所属し創作を続ける。
[団]窓の会

小柳津 浩　おやいず・ひろし

劇作家　[生]大正4年8月11日　[出]山梨県　[学]早大学院卒　[歴]「中部文学」同人。著書に「雲よ何処へ」「小柳津浩脚本集」など。　[団]日本文芸家協会、日本ペンクラブ

折戸 康二　おりと・こうじ

フリーライター　[生]昭和23年　[出]東京都　筆名＝あそかただし(あそか・ただし)　[歴]大阪学院、劇団青俳研究生を経て、コント・モーレツ集団びんぼう座の座付きライターとなり、あそか・ただしのペンネームで執筆。渋谷・道頓堀劇場、浅草・フランス座等で笑演劇の執筆もした。のち東京スポーツ新聞社、千葉政経レポー

トを経て、フリーライターに。作品に「ズッコケお妖の凶状旅」「犯し屋・サンマのセールス日記」「保険調査院」、著書に「ジャイアンツ忠臣蔵」がある。

折原 一　おりはら・いち
推理作家　[生]昭和26年11月16日　[出]埼玉県久喜市　[学]早稲田大学第一文学部卒　[賞]日本推理作家協会賞(長編部門, 第48回)(平成7年)「沈黙の教室」　[歴]日本交通交社に勤務し、「旅」副編集長を最後に昭和62年退社。この間60年に処女ミステリー「おせっかいな密室」がオール読物推理小説新人賞候補となる。63年作品集「五つの棺」でデビューし、「倒錯の舞踊(ロンド)」は江戸川乱歩賞候補となった。他の著書に「倒錯の死角」「螺旋館の殺人」「沈黙の教室」など。
[団]雨の会(推理作家集団)、日本推理作家協会
[家]妻＝新津きよみ(推理作家)

折原 みと　おりはら・みと
漫画家　小説家　[生]昭和39年1月27日　[出]茨城県石岡市　本名＝矢口美佐恵　[学]土浦二高(昭和57年)卒　[歴]昭和58年特撮の監督を目指して上京。NHK連続テレビ小説「おしん」にエキストラとして出演。趣味で描いていたイラストがうけて、「ポップティーン」など数誌のレギュラーに。60年夏、雑誌「ASUKA」で漫画家デビュー。のち、小説を書き始め、63年「夢みるように愛したい」で作家デビュー。以来、新刊が常に月間ベストセラーのトップになる程、少女たちの圧倒的な支持を得る。漫画作品に「瞳のラビリンス」「るり色プリンセス」「Cherry」「神様の言うとおり！」「君にKISSしたい」「With You」「がんばる者は救われる!」、小説作品に〈アナトゥール星伝〉シリーズの他、「ティーンエイジ・ブルー」「Over」「屋根裏のぼくのゆうれい」「Dokkin パラダイス」「情熱物語」など多数。

折目 博子　おりめ・ひろこ
作家　[生]昭和2年3月1日　[没]昭和61年11月11日　[出]京都市　本名＝作田博子　[学]京都府立女子専門学校卒業　[賞]京都市芸術文化協会賞(昭和57年)　[歴]「十日会」を主宰し、「文学空間」を発行。著書に「手のひらの星」「女の呼吸」など。　[団]日本ペンクラブ、日本文芸家協会
[家]夫＝作田啓一(京大名誉教授)

恩田 陸　おんだ・りく
小説家　[生]昭和39年10月25日　[出]宮城県仙台市　本名＝熊谷奈苗　[学]早稲田大学教育学部卒　[歴]生命保険会社、不動産会社などに勤務しながら執筆。平成3年「六番目の小夜子」が第3回日本ファンタジーノベル大賞最終候補になる。10年より執筆活動に専念。他の著書に「球形の季節」「不安な童話」「三月は深き紅の淵を」「光の帝国」「木曜組曲」「月の裏側」「ネバーランド」などがある。
[団]日本文芸家協会

恩地 日出夫　おんち・ひでお
映画監督　[生]昭和8年1月23日　[出]東京市世田谷区下馬(現・東京都)　[学]慶応義塾大学経済学部(昭和30年)卒　[賞]テレビ大賞(第12回・昭54年度)「戦後最大の誘拐—吉展ちゃん事件」、芸術祭賞優秀賞(テレビドラマ部門)(第34回・昭54年度)、年間代表シナリオ(昭60年度)「生きてみたいもう一度 新宿バス放火事件」、ベルリン国際映画祭ユニセフ特別賞(第42回)(平成4年)「四万十川」
[歴]昭和30年東宝に入社。堀川弘通監督につき、35年「黒い画集・あるサラリーマンの証言」でチーフ助監督、27歳という異例の若さで監督に昇進。36年「若い狼」でデビュー。「素晴らしい悪女」(38年)「あこがれ」「伊豆の踊り子」(41年)「めぐりあい」(43年)などでシャープな時代感覚の青春映画を生んだ。のちフリーとなり、テレビの2時間ドラマを年間5、6本手がけ、テレビ番組司会、CM製作などでも活躍。つくば科学博では松下館を担当した。他の作品に映画「地球(テラ)へ」(55年)「生きてみたいもう一度 新宿バス放火事件」(60年)「四万十川」(平3年)、テレビにドキュメンタリー「遠くへ行きたい」(45年)「名作のふるさと」(48年)、ドラマ「赤い迷路」(50年)「人間の証明」(52年)「飢我海峡」(53年)「戦後最大の誘拐—吉展ちゃん事件」(54年)「老いたる父と」(平2年)など。著書に「三島由紀夫の死」「女性の手段と方法」「砧撮影所とぼくの青春」など。
[団]日本映画監督協会(理事)

【か】

甲斐 英輔　かい・えいすけ
小説家　[生]昭和25年1月　[出]青森県　本名＝今福素身　[学]中央大学経済学部(昭和47年)卒
[賞]朝日新人文学賞(第3回)(平成3年)「ゆれる風景」　[歴]銀行勤めなどを経て、建築資材関係の総合メーカーに勤務。一方大学3年の時、ゼミ仲間と同人誌を作って以来書くことに熱中。会社勤めの傍らワープロで小説を書き続け、昭和61年から仲間と同人誌「天秤(てんびん)」を発行。作品に「ゆれる風景」などがある。

甲斐 弦　かい・ゆずる

作家　熊本学園大学名誉教授　㊫英文学　㊐明治43年10月18日　㊚平成12年8月21日　㊥熊本県阿蘇町　筆名＝森川譲(もりかわ・じょう)　㊫東京帝大文学部英文科(昭和8年)卒　㊩夏目漱石賞(佳作)(昭和22年)「ホロゴン」、農民文学賞「阿蘇」、熊日文学賞(第8回)(昭和41年)「明治十年」、勲四等瑞宝章(昭和58年)、熊本出版文化賞(昭和60年)、荒木精之文化賞(第13回)(平成5年)　㊞佐渡中学教諭、蒙古政府官史を経て、昭和20年応召。21年復員後、熊本語学専門学校教授、熊本短期大学教授を経て、29年熊本商科大学(現・熊本学園大学)教授。54年名誉教授。一方、23年「詩と真実」同人。一方、教職の傍ら小説「ホロゴン」や「阿蘇」などを執筆。また英国の作家オーウェルに心服し、「オーウェル紀行イギリス編」「オーウェル紀行スペイン編」などを刊行、優れた文明批評として評価された。他の著書に「明治十年」「1930年代の教訓」「GHQ検閲官」、訳書に「思い出のオーウェル」「ケストラー自伝・目に見えぬ文字」など。　㊟日本文芸家協会、日本英文学会、オーウェル会

甲斐 ゆみ代　かい・ゆみよ

小説家　㊐昭和22年11月4日　㊥北海道札幌市　本名＝山本由美子　㊫北海道教育大学卒　㊩北海道新聞文学賞(第24回)(平成2年)「背中あわせ」　㊞幌東中で国語教諭を務める。昭和59年川辺為三の随筆教室に入り、60年同教室が創作教室に統合されたのを機に創作にとりかかる。61年第1作「修治のラーメン」が完成、以来年1、2作のペースで書き続け、作品が全て「北方文芸」に掲載される。平成元年第5作「エノクの街路」が北海道新聞文学賞にノミネートされ、翌年第6作「背中あわせ」で同賞を受賞。著書に「あの人と呼びたい」「永遠のライフメント」。

海音寺 潮五郎　かいおんじ・ちょうごろう

小説家　㊐明治34年3月13日　㊚昭和52年12月1日　㊥鹿児島県伊佐郡大口村(現・大口市)　本名＝末富東作(すえとみ・とうさく)　㊫国学院大学高等師範部国漢科(大正15年)卒　㊩サンデー毎日大衆文芸入選(第5回)(昭和4年)「うたかた草紙」、サンデー毎日懸賞小説(昭和7年)「風雲」、直木賞(第3回)(昭和11年)「天正女合戦」、菊池寛賞(第16回)(昭和43年)、紫綬褒章(昭和47年)、文化功労者(昭和48年)、日本芸術院賞(第33回・文芸部門)(昭和51年)、大口市名誉市民(昭和52年)　㊞国学院大学卒業後、中学校の教師になる。昭和7年「風雲」が「サンデー毎日」の小説募集に当選し、9年退職、作家に専念する。11年「天正女合戦」で直木賞を受賞。以後、歴史小説、史伝物を中心に幅広く活躍し、43年菊池寛賞を受賞。また47年には紫綬褒章を受け、48年文化功労者。平安時代の「平将門」、鎌倉時代の「蒙古来る」、戦国時代の「天と地と」、幕末の「西郷と大久保」など、時代をとわず、壮大なスケールの長編小説を次々と発表した。一方、史伝作家の第一人者でもあり、「武将列伝」「悪人列伝」「赤穂浪士伝」などがある。他の代表作に「茶道太平記」「二本の銀杏」など。「海音寺潮五郎全集」(全21巻，朝日新聞社)がある。

海賀 変哲　かいが・へんてつ

雑誌記者　小説家　㊐明治4年12月5日　㊚大正12年4月13日　㊥福岡県　本名＝海賀篤磨　㊫札幌農学校卒　㊞明治39年博文館に入社し「文芸倶楽部」「少女世界」の編集をする。そのかたわらユーモア小説も執筆し「はつゝとめ」「新浮世風呂」などの作品があり、編著に「新式小説辞典」がある。

開高 健　かいこう・たけし

小説家　芥川賞選考委員　㊐昭和5年12月30日　㊚平成1年12月9日　㊥大阪府大阪市天王寺区平野町　㊫大阪市立大学法学部(昭和28年)卒　㊩芥川賞(第38回)(昭和32年)「裸の王様」、毎日出版文化賞(第22回)(昭和43年)「輝ける闇」、川端康成文学賞(第6回)(昭和54年)「玉、砕ける」、菊池寛賞(第29回)(昭和56年)、日本文学大賞(第19回・文芸部門)(昭和62年)「耳の物語」　㊞高校時代、大学時代と一家の生活を支えるために各種のアルバイトをし、その間余暇をみつけて読書に没頭、また語学を独習。昭和25年同人誌「えんぴつ」に参加し、26年「えんぴつ」解散記念に謄写版で長編小説「あかでみあめらんこりあ」を刊行。28年「名の無い街で」を「近代文学」に発表し、30年現在の会に参加。29年寿屋(現・サントリー)宣伝部に入社し、コピーライターとして洋酒トリスの名作宣伝コピーを次々発表する一方、「洋酒天国」「サントリー天国」を編集。32年中編小説「パニック」を発表し、同年「裸の王様」で芥川賞を受賞。33年作家に専念するため寿屋を退職、以後38年まで嘱託を務めた。35年中国を訪問し、以後も新聞社や雑誌社の特派員として東欧、中東、ソ連など世界各地をまわった。39年戦乱のベトナムに半年間滞在、戦闘に巻き込まれ九死に一生を得た。この時の体験をルポルタージュ「ベトナム戦記」(40年)として発表した他、43年長編小説「輝ける闇」に結実させた。また、小田実、鶴見俊輔らと共に呼びかけ人となり“ベトナムに平和を！市民・文化団体連合”(べ平連)を結成。その後も行動派作家として、数多くのルポルタージュを書いたが、特にプロ級の腕前を生かした釣り紀行には「もっと遠く！」「もっと広く！」「オーパ」

などの傑作がある。他の文学作品に「日本三文オペラ」「ロビンソンの末裔」「玉、砕ける」「夏の闇」「耳の物語」「珠玉」(3部作)「花終る闇」など。また、「開高健全集」(全22巻，新潮社)がある。没後、開高健賞が創設された。 [団]日本文芸家協会 [家]妻＝牧羊子(詩人)、娘＝開高道子(エッセイスト)

海渡 英祐　かいと・えいすけ

推理作家 [生]昭和9年9月24日 [出]東京 本名＝広江純一(ひろえ・じゅんいち) [学]東京大学法学部卒 [賞]江戸川乱歩賞(第13回)(昭和42年)「伯林—1888年」 [歴]戦後の満州引き揚げ者。東大在学中から高木彬光に師事。昭和36年「極東特派員」でデビュー。42年ドイツ留学時代の鴎外を主人公に、その青春の慕情と事件の推理を描いた「伯林—1888年」で第13回江戸川乱歩賞を受賞。ほかに「影の座標」「無印の本命」「霧の旅路」「燃えつきる日々」「黎明に吼える」「咸臨丸風雲録」など。 [団]日本文芸家協会、日本推理作家協会

海庭 良和　かいば・よしかず

小説家 [生]昭和10年7月8日 [出]青森県三戸郡三戸町 本名＝吉原忠男(よしはら・ただお) [学]東京慈恵会医科大学卒、シナリオ作家協会シナリオ研修所研修科(昭和33年)修了 [賞]オール読物新人賞(第59回)(昭和56年)「ハーレムのサムライ」 [歴]浦和市で外科医院を開業、埼玉県医師会常任理事も務める。昭和37年早川書房「SFマガジン」懸賞小説入選。その後「オール読物」に「エイズ都市」を、「別冊文芸春秋」に「タンジール通信」などを発表。著書に「巨構の殺意—多喜二の伝説」「B型肝炎殺人事件」「おくのほそ道殺人紀行」など。

海原 卓　かいばら・たく

シナリオライター 法律コンサルタント 都市法経済研究所長 [生]昭和2年11月24日 [出]北海道旭川市 本名＝大島英一(おおしま・えいいち) [学]中央大学法学部卒 [賞]いんなあとりっぷ人生論賞(第5回)「選択ということ」、読売テレビゴールデンシナリオ賞(最優秀賞，第4回)(昭和59年)「裁かれしもの」 [歴]大学時代に佐々木秀世衆院議員の公設秘書を務めたこともある。昭和28～50年弁護士。35年千葉銀行不正融資事件(レインボー事件)の主任弁護士を務め、レインボーの他の資金ぐりに関する事件で有罪となり、1年間の獄中生活を送る。それまでの体験から「選択ということ」を書き、第5回いんなあとりっぷ人生論賞を受賞。その後、シナリオライターに転身。本名の大島英一名義で「土地建物の法律実務」「氏名の変更」「かしこい遺産と相続の知恵」などの著書があり、海原卓名義でシナリオ作品「裁かれしもの」「向日葵は知っていた」、戯曲に「北の肖像」「佐々木秀世の生涯」、ポール牧の一人芝居「死刑囚」などを手掛ける。 [団]建築史学会、再開発コーディネーター協会、日本脚本家連盟、日本放送作家協会、日本住宅会議、日本劇作家協会

帰山 教正　かえりやま・のりまさ

映画監督 映画技術研究者 [生]明治26年3月1日 [没]昭和39年11月6日 [出]東京府麹町四番町 [学]東京高工機械科(大正3年)卒 [歴]大正2年謄写版刷りの同人誌「活動備忘録」を発行、第3号から活版印刷、誌名も「キネマレコード」と改め映画雑誌の草わけとなった。3年日本キネトフォンに入社、6年天然色映画活動写真株式会社(天活)に転じ、純映画劇運動を志して7～9年「生の輝き」「深山の乙女」を製作したが、弁士ら営業部の反対で公開は1年遅れた。第3作「白菊物語」はイタリア映画業者からの注文で、この時から映画芸術協会を名乗った。その後「湖畔の小鳥」「いくら強情でも」を作り、第6作「悲劇になるまで」7作「愛の骸」は松竹キネマで製作したが、間もなく監督をやめ、撮影、映写技術の指導に当たった。映画革新の先駆であった。著書に「活動写真劇の創作と撮影法」「映画の性的魅力」などがある。

加賀 淳子　かが・あつこ

小説家 [生]大正9年3月2日 [出]東京 本名＝吉村美名子 [学]高女卒 [歴]佐藤春夫に師事して、昭和24年「処世」でデビュー。以後歴史小説作家として「足軽女房・蔭武者」「女心乱麻」「無官の忍者」「現代人の日本史」などを刊行。42年喉頭がんを患い以来執筆活動を中断。

加賀 乙彦　かが・おとひこ

小説家 医師 日本ペンクラブ副会長 元・上智大学教授 [専]犯罪心理学 精神医学 [生]昭和4年4月22日 [出]東京・三田 本名＝小木貞孝(こぎ・さだたか) [学]東京大学医学部(昭和28年)卒 医学博士 [資]日本芸術院会員(平成12年) [興]第三世界の文学と映画、死刑廃止、脳死・臓器移植 [賞]芸術選奨新人賞(昭和43年)「フランドルの冬」、谷崎潤一郎賞(第9回)(昭和48年)「帰らざる夏」、日本文学大賞(第11回)(昭和54年)「宣告」、大仏次郎賞(第13回)(昭和61年)「湿原」、芸術選奨文部大臣賞(平成10年)、日本芸術院賞(平10年度)(平成11年)、井原西鶴賞(第2回)(平成11年)「永遠の都」 [歴]病院、刑務所勤務ののち、昭和32年フランス留学。パリ大学サンタンス病院、北仏サンヴナン病院に勤務し、35年帰国。東京大学附属病院精神科助手、東京医科歯科大学助教授、上智大学教授を経て、54年より文筆に専念。また、立原正秋らの同人誌「犀」に加わり、短編も発表した。初作は「フランドルの冬」(43年

芸術選奨新人賞)。フランス留学の体験をもとし、専門の精神医学を生かした作品が多く、わが国には数少ない長編作家のひとり。48年には名古屋陸軍幼年学校在学中の体験をもとにした「帰らざる夏」で第9回谷崎潤一郎賞受賞。平成11年「高山右近」がオペラ化され、海外公演も行われる。ほかの作品に「荒地を旅する者たち」「スケーターワルツ」「海霧」「宣告」「湿原」、大河小説「永遠の都」(全7巻)「夕映えの人」、評論に「文学と狂気」「ドストエフスキー」「日本の長編小説」、研究書に「死刑囚と無期囚の心理」などのほか、「加賀乙彦短編小説全集」(全5巻，潮出版社)がある。
[団]日本文芸家協会(理事)、日本ペンクラブ、日本近代文学館(理事)

鏡 明　かがみ・あきら
SF作家　文芸評論家　[生]昭和23年1月2日　[出]山形県山形市　[学]早稲田大学文学部卒　[歴]大学在学中から、ワセダ・ミステリー・クラブ、SF同人誌「宇宙気流」に所属。昭和45年「蜃気楼の戦士」の翻訳で文壇デビュー。傍ら、評論活動も行う。著書に「不死を狩る者」「不確定世界の探偵物語」などがある。　[団]日本SF作家クラブ

加賀美 しげ子　かがみ・しげこ
放送作家　[専]ドラマ　[出]静岡県　[学]清水西高卒　[歴]昭和50年「大江戸捜査網」の公募シナリオに「傷だらけの十手」が入選し、デビュー。代表作に「遙かなり母と娘の旅路」など。

香川 茂　かがわ・しげる
作家　児童文学者　[生]大正9年4月14日　[没]平成3年5月13日　[出]香川県高松市　[学]香川師範学校(昭和17年)卒　[賞]野間児童文芸賞(第5回)(昭和42年)「セトロの海」、小学館文学賞(第29回)(昭和55年)「高空10000メートルのかなたで」、児童文化功労者(第30回)(平成3年)
[歴]召集解除後の戦後教員となり、公立学校教職員誌「文芸広場」で活躍し、昭和42年「セトロの海」で野間児童文芸賞を受賞。55年中学校長を退職。同年「高空10000メートルのかなたで」で小学館文学賞を受賞。他に「南の浜にあつまれ」「パオの少年」などの作品がある。その一方で38年より20年間「中学生文学」の編集長をつとめ、中学生の作文指導、文学教育に功績をあげた。　[団]日本児童文芸家協会(理事)、日本文芸家協会、日本児童文学者協会

香川 登枝緒　かがわ・としお
放送作家　[生]大正6年8月23日　[没]平成6年3月29日　[出]大阪府大阪市南区畳屋町　本名＝加賀敏雄　[歴]小学生の頃から芝居、寄席の芸に関心を抱き、昭和14年より著作の道に入り、漫才台本を手がける。戦後、22年復員しテレビ時代とともに驚異的な視聴率をあげた「てなもんや三度笠」(37〜46年)「スチャラカ社員」(36〜42年)の作者として脚光を浴びた。のち松竹新喜劇の作家として活躍、上方お笑い芸のオーソリティー。著書に「てなもんや交遊録」「大阪の笑芸人」など。

香川 まさひと　かがわ・まさひと
シナリオライター　[生]昭和35年5月12日　[出]神奈川県横浜市　[学]和光大学文学部人間関係学科(昭和60年)卒　[賞]ぴあフィルム・フェスティバル入選(第6回，7回)(昭和58年，59年)「青春」「バスクリン・ナイト」　[歴]“お笑い”の表現として高校時代から8ミリ映画を制作し、大学入学後「青春」(昭和57年)「バスクリン・ナイト」(58年)「ボンノーはなおる」(59年)等を発表。大学卒業後古本屋やNHK演芸班でアルバイト生活を送る。平成元年Vシネマ「ねっけつ放課後クラブ」で脚本家デビューし、以後映画を中心に活躍。シナリオ作品に「ふざけろ！」「あさってDANCE」「お墓と離婚」など。

柿沼 瑛子　かきぬま・えいこ
翻訳家　小説家　[生]昭和28年5月　[出]神奈川県横浜市　[学]早稲田大学文学部日本史学科(昭和51年)卒　[歴]ワセダ・ミステリ・クラブ出身。主に英米文学の翻訳や書評を手がける。著書に小説「魔性の森」、共著に「本は男より役に立つ」「本は男より楽しい」、共編著に「耽美小説・ゲイ文学ガイドブック」、訳書に、D.グラップ「月を盗んだ少年」、R.ブロック「暗黒界の悪霊」、クラーク・A・スミス「魔界大国」、シモンズ「カーリーの歌」、ラッツ「稲妻に乗れ」など。

垣根 涼介　かきね・りょうすけ
ミステリー作家　[生]昭和41年4月27日　[出]長崎県諫早市　本名＝西山陽一郎　[学]筑波大学人間学類卒　[賞]サントリーミステリー大賞・読者賞(第17回)(平成12年)「午前三時のルースター」
[歴]かつて大地主だった家系に生まれ、3歳の時母を亡くす。リクルートに入社後始めた読書がきっかけで作家を志し、2年で退社。その後、旅行会社に勤務。傍ら、執筆活動を続け、平成12年「午前三時のルースター」で第17回サントリーミステリー大賞と読者賞を受賞。
[団]日本文芸家協会

垣花 浩濤　かきはな・こうとう

小説家　⊕大正11年5月27日　⊕沖縄県　本名＝垣花浩一　⊗善隣高商卒　⊕昭和34年勤評闘争をえがいた「解体以前」を「現象」に発表し、全国同人雑誌優秀作として「文学界」に転載される。ほかに「邂逅」「点」などの作品がある。　⊕新日本文学会、日本文芸家協会

鍵山 博史　かぎやま・ひろし

農村文化運動家　小説家　⊕明治34年1月20日　⊕高知県　本名＝鍵山博　⊗早稲田大学高等予科中退　⊕文芸時報社につとめるかたわら時評や童話を発表し、昭和4年産業組合中央会家の光部に入る。その間「耕人」「地上」を創刊し、12年「収穫―農民小説集」を編集するなど農民文学作家として活躍する。21年「農民雑記・季節風」を刊行した。

岳 真也　がく・しんや

作家　翻訳家　⊕昭和22年11月5日　⊕東京都渋谷区本町　本名＝井上裕（いのうえ・ゆたか）　⊗慶応義塾大学経済学部卒、慶応義塾大学大学院社会学研究科修了　⊕19歳で「三田文学」に作品を発表、学生作家としてデビュー。大卒後、作家として執筆活動のかたわら法政大学、バベル翻訳学院、早稲田情報ビジネス専門学校で教鞭をとる。文芸誌「えん」、「二十一世紀文学」主宰。平成4年には法政大学タクラマカン沙漠学術調査探検隊の一員として、中国のタクラマカン沙漠探検調査に参加。近年は歴史小説を執筆、主な作品に「吉良の言い分」「北越の竜」などがある。他の著書に「水の旅立ち」「きみ空を翔け、ぼく地を這う」「未完の青春」「愛のような日々」「インド塾の交差点」「今の、インドと日本」「在日ニッポン人の冒険」「風間」「東京妖かし」「骨肉の舞い」、エッセイ集に「根なし草の叫び声」「酒まくら、舌の旅」ほか。　⊕日本文芸家協会

加来 安代　かく・やすよ

児童文学作家　⊕昭和31年　⊕大分県　⊗東京家政大学短期大学部卒　⊕カネボウ・ミセス童話大賞「おなべがにげた」　⊕神戸朝日カルチャー童話の会を経て、同人誌「花」所属。著書に「おなべがにげた」がある。

角田 雅子　かくだ・まさこ

児童文学作家　東海女子短期大学講師　⊕昭和16年4月25日　⊕岐阜県岐阜市　筆名＝角田茉瑳子　⊗名古屋市立女子短期大学卒　⊕岩崎少年少女歴史小説入選（第5回）「紙すきのうた」、児童文芸新人賞（第17回）（昭和63年）「ゆきと弥助」　⊕昭和57年より児童文学の創作を始める。同年「足音がきこえる」で岐阜市文芸祭入選。その後、「竹人形」が「日本キリスト教児童文学全集 別巻2」に収録され、長編「紙すきのうた」（のち「ゆきと弥助」に改題）が第5回岩崎少年少女歴史小説に入選。ほかの作品に「うすむらさきいろのオカリナ」「鵜よ、清流にはばたけ」など。　⊕日本児童文学者協会

角田 光男　かくた・みつお

児童文学作家　⊕大正13年4月11日　⊕新潟県新津市　⊗高小卒　⊕毎日児童小説（第6回）（昭和31年）「南へ行く船」　⊕独学で教員となり、読書指導から創作へ向う。郷里での20余年の教員生活の後、昭和39年上京。以後創作に専念。作品に「日本海漂流隊」「ひびけ鬼だいこ」「おしゃべりな天使たちの教室」「雪の花のひらく音」「つむじまがりへそまがり」「まるはなてんぐとながいはなてんぐ」など。　⊕日本児童文学者協会、日本児童文芸家協会

角田 光代　かくた・みつよ

作家　⊕昭和42年3月8日　⊕神奈川県横浜市　別筆名＝彩河杏（さいかわ・あんず）　⊗早稲田大学文学部文芸科卒　⊕コバルト・ノベル大賞（第11回）（昭和63年）「お子様ランチ・ロックソース」、海燕新人文学賞（第9回）（平成2年）「幸福な遊戯」、野間文芸新人賞（第18回）（平成8年）「まどろむ夜のUFO」、坪田譲治文学賞（第13回）（平成10年）「ぼくはきみのおにいさん」、産経児童出版文化賞（フジテレビ賞，第46回）（平成11年）「キッドナップ・ツアー」、路傍の石文学賞（第22回）（平成12年）「キッドナップ・ツアー」　⊕昭和63年彩河杏の名でコバルト・ノベル大賞を受賞。「胸にほおばる、蛍草」「あなたの名をいく度も」などの少女小説を執筆。平成2年角田光代の名で海燕新人文学賞を受賞。角田名義の作品に「幸福な遊戯」「まどろむ夜のUFO」「ぼくはきみのおにいさん」「キッドナップ・ツアー」「地上八階の海」など。　⊕日本文芸家協会

角山 勝義　かくやま・かつよし

詩人　児童文学作家　元・日本児童文学者協会会長　元・日本児童ペンクラブ会長　⊕明治44年1月2日　⊗昭和57年3月8日　⊕新潟県大和町　⊕帝国石油、労働基準局、熊谷組に勤務。与田凖一の「チチノキ」同人となり、のち「子どもの詩研究」に詩を発表。創作童話を志し小川未明に師事する。「風と裸」同人。著書に小説「雲の子供」、郷土の民話集「民話の四季」（全4巻）、童謡集「みぞれ」などがある。

景山 民夫　かげやま・たみお
放送作家　小説家　エッセイスト　アンクル・プロダクションズ代表取締役　[生]昭和22年3月20日　[没]平成10年1月27日　[出]東京都千代田区神田　別名＝大岡鉄太郎(おおおおか・てつたろう)　[学]慶応義塾大学文学部中退、武蔵野美術短期大学デザイン科中退　[賞]講談社エッセイ賞(第2回)(昭和61年)「ONE FINE MESS 世間はスラップスティック」、吉川英治文学新人賞(第8回)(昭和62年)「虎口からの脱出」、直木賞(第99回)(昭和63年)「遠い海から来たCOO」、ベストドレッサー賞(第18回)(平成1年)　[歴]学生時代バンドを組んで東芝からレコードを出す一方、放送作家としての活動も始める。昭和44年渡米し、ニューヨークで1年半コーヒーショップシンガーとして生活。帰国後TBS系「ヤング720」の企画・演出担当を経て、日本テレビ「シャボン玉ホリデー」の放送作家となり、以後「クイズダービー」「11PM」「タモリ倶楽部」「ウソップランド」などを手がけた。かたわら、小説も書き始め、62年「虎口からの脱出」で吉川英治文学新人賞を受賞、63年には「遠い海から来たCOO(クー)」で直木賞を受賞した。他に長編小説「転がる石のように」「ガラスの遊園地」、短編集「休暇の土地」、エッセイ「普通の生活」などがある。平成3年大川隆法主宰・幸福の科学の信者として、雑誌「フライデー」による同会批判記事に対する抗議行動の先頭に立った。10年自宅の火災により焼死。　[団]日本文芸家協会、マスコミ倫理研究会　[家]父＝景山二郎(元関東管区警察局長)

影山 雄作　かげやま・ゆうさく
作家　[生]昭和23年12月3日　[出]神奈川県横浜市　[学]早稲田大学政経学部卒　[賞]中央公論新人賞(平成4年)「俺たちの水晶宮」　[団]日本文芸家協会

笠井 潔　かさい・きよし
小説家　評論家　[生]昭和23年11月18日　[出]東京都　[学]和光大学中退　[興]縄文学　[賞]角川小説賞(第5回)(昭和54年)「バイバイ・エンジェル」　[歴]昭和43年和光大入学、共産労働者党に入党、46年黒木龍思の名でプロレタリア学生同盟委員長。共労党解体後、作家に転向。49年渡仏、在仏中にパリを舞台にした探偵小説「バイバイ、エンジェル」を完成させる。平成11年小説家の井上夢人、我孫子武丸と共に電子出版の専門会社・e-ノベルズ(現・イーノベルズアソシエイツ)を立ち上げる。著書に「サマー・アポカリプスーロシュフォール家殺人事件」「ヴァンパイヤー戦争」、自伝「スキー的思考」などがある。一方、評論の分野でも活躍、「機械じかけの夢—私的SF作家論」「テロルの現象学」「戯れという制度」「ユートピアの冒険」など。　[団]日本推理作家協会

葛西 佐紀　かさい・さき
女優　[生]昭和26年7月30日　[出]愛知県　本名＝葛西満里　[賞]紀伊国屋演劇賞「青い実をたべた」　[歴]昭和48年劇団青い鳥創立、主宰。メンバー会員の総称である市堂令の名のもとに数多くのオリジナル作品を生み出している。代表作に「青い実をたべた」「ゆでたまご」「サイコロの責任」など。著書に「青い鳥チラチラミテル」「物語威風堂々」などがある。

葛西 善蔵　かさい・ぜんぞう
小説家　[生]明治20年1月16日　[没]昭和3年7月23日　[出]青森県中津軽郡弘前町松森町(現・弘前市)　[学]哲学館(現・東洋大)聴講生、早大文学部英文科聴講生　[歴]生家没落のため幼時より辛酸をなめ、様々な職業を経験して苦学する。上京を何度かくり返し、哲学館に学び、徳田秋声に師事。大正元年広津和郎らと「奇蹟」を創刊し、「哀しき父」「悪魔」を発表。私小説作家として認められたのは「子をつれて」を7年に刊行した頃からで、生活苦の中での借金、飲酒、放浪と無頼的な短い生涯であったが、渾然たる詩人作家の境地を示し、「不能者」「浮浪」「おせい」「蠢く者」「湖畔日記」「死児を生む」などをのこした。「葛西善蔵全集」(全3巻・別巻1，津軽書房・前筆名＝歌棄)がある。

葛西 瑞絵　かさい・みずえ
童話作家　[出]静岡県静岡市　[賞]アンデルセンのメルヘン大賞(優秀賞，第15回・17回)「ねこのお帰りなさい」「僕のペンギン」　[歴]童話が好きで、創作を自分自身への問いかけとして取り組む。「ねこのお帰りなさい」で第15回アンデルセンのメルヘン大賞優秀賞、「僕のペンギン」で第17回アンデルセンのメルヘン大賞優秀賞を受賞。

香咲 弥須子　かさき・やすこ
作家　[生]昭和34年1月31日　[出]東京都　[学]学習院大学文学部卒　[歴]大学在学時から始めていた編集ライターの仕事を卒業後も続ける。昭和57年カメラとペンで追いかけた竹の子族の写真集「原宿竹の子族」を処女出版。著書に「グッバイ/タンデムシート」「終わらない夏」「彼女の二重生活」、訳書にトニー・シャープレス「キャサリンが走り始めた場所」など。　[家]夫＝松本誠司(写真家)

笠原 和夫　かさはら・かずお
脚本家　[生]昭和2年5月8日　[出]東京・日本橋　[学]日本大学英文学科中退　[賞]京都市民映画祭脚本賞(昭和44年，49年)、キネマ旬報賞脚本賞(昭和48年)、日本アカデミー賞優秀脚本賞(昭和56年，58年)、映画の日の特別功労賞(昭和57年)、勲四等瑞宝章(平成10年)　[歴]海軍特別幹部候補生から米軍労務者、喫茶店経営などを転々として東映宣伝部に入る。昭和33年よりシナリオ執筆を始め、映画第1作は同年の「ひばりの花形探偵合戦」。38年頃から始まる東映任侠映画路線の中心的ライターとなり、とくに43年の「博奕打ち・総長賭博」は義理人情のしがらみと男の意地の葛藤という任侠もののパターンを極度に煮つめた作品として、このタイプの映画を代表する作品の一つとされている。51年よりフリー。他の主な作品に「東海道の顔役」「日本侠客伝」「仁義なき闘いシリーズ」「県警対組織暴力」「大日本帝国」「226」「浪人街」など。平成10年自伝「『妖しの民』と生まれきて」を出版。　[団]日本シナリオ作家協会

笠原 和郎　かさはら・かずお
映画監督　シナリオライター　[出]北海道根室市　[歴]18歳で上京。ポルノ映画の製作を経て、昭和55年全国をかけめぐり“もう一つの甲子園”と呼ばれる定時制高校野球を追って、ドキュメンタリー映画「燃えろ青春」(70分)を完成させた。他に国際児童年記念作品映画「明日のこどもたち」「天と地の戦い」などがある。著書に「ファースト・デートは死の用心！」。

笠原 健治郎　かさはら・けんじろう
小説家　[没](生没年不詳)　[歴]大正14年小林秀雄、富永太郎らと「山繭」の創刊に参加し「或る奇妙な絆のトリツク」を発表する。以後小説「恐怖の感情」などを発表し、昭和11年「小林秀雄文学読本」を編んだ。

笠原 淳　かさはら・じゅん
小説家　法政大学文学部教授　[生]昭和11年1月21日　[出]神奈川県川崎市　本名＝長野義弘　[学]法政大学経済学部(昭和35年)中退　[賞]小説現代新人賞(第12回)(昭和44年)「漂泊の門出」、新潮新人賞(第8回)(昭和51年)「ウォークライ」、芥川賞(第90回)(昭和59年)「杢二の世界」　[歴]高校時代は映画に通いつめる。のち、放送作家を養成するNHK脚本研究会に所属してラジオドラマを書いたが、小説に転向。昭和44年「漂泊の門出」で第12回小説現代新人賞、51年「ウォークライ」で第8回新潮新人賞を受賞。59年「杢二の世界」で第90回芥川賞を受賞。人情の機微と日常生活の不条理を新感覚で描いて定評がある。著書に「昆虫図譜」「眩暈」「夕日に赤い帆」「サイモンの塔」など。　[団]日本文芸家協会

笠原 卓　かさはら・たく
推理作家　[生]昭和8年2月20日　[出]東京　[学]早稲田大学第二文学部卒　[賞]オール読物推理小説新人賞佳作　[歴]電装機器会社に勤務。昭和44年「夜を裂く」でデビュー。48年「ゼロのある死角」で江戸川乱歩賞候補に選ばれる。他の作品に「仮面の祝祭2/3」「詐欺師の紋章」「詐欺師の饗宴」。

笠原 肇　かさはら・はじめ
児童文学作家　元・高校教師　「まゆ」主宰　[生]昭和10年12月17日　[出]北海道留萌市　本名＝小笠原洽嘉(おがさわら・ひろよし)　[学]東洋大学文学部中国哲学文学科卒　[賞]童話作品ベスト3賞(昭43，46，49，54年度)、日本童話会賞(平元年度)(平成2年)「あばよ、甲子園」　[歴]昭和31年同人誌「まゆ」を創刊。「童話」にも作品を発表。室蘭文芸協会会長、室蘭文学学校長、海の文学館常任理事を務める。代表作に「オンネ先生ばんざい」「港のトランペット」「笠原肇著作集」など。一方、平成8年まで北海道立室蘭清水丘高校などで国語を教え、教授学という学問の構築をめざして研究に打ち込む。9～10年中国浙江師範大学日本語教師。著書に「評伝斎藤喜博」「人間の変革・教師の変革」「俳句の授業」など。　[団]日本児童文学者協会、日本童話会、教授学研究の会

笠原 真智子　かさはら・まちこ
読売テレビシナリオ大賞優秀賞を受賞　[学]京都教育大学幼児教育科　[賞]読売テレビシナリオ大賞(優秀賞)(平成10年)「永遠の約束～臓器移植」　[歴]宇治市の岡屋小や、八幡市などで4年間小学校教師を務めのち、結婚退職。その後、東京・青山シナリオセンターの通信教育と集中講座でシナリオを学ぶ。

笠原 靖　かさはら・やすし
小説家　イラストレーター　[生]昭和13年　[出]福井県小浜市　[学]明治大学法学部卒　[賞]織田作之助賞(第7回)(平成2年)「夏の終り」　[歴]福井放送アナウンサー、学習研究社宣伝担当、アニメプロデューサーを経て、昭和62年フリーのイラストレーターに。一方小説も執筆、作品に「夏の終り」がある。著書に「ウルフ街道」「影のドーベルマン」「おれ、パグのゴエモン」などがある。

笠原 良三　かさはら・りょうぞう
シナリオライター　放送作家　⑭明治45年1月19日　⑯平成14年6月22日　⑰栃木県足利市　本名=笠原良三郎　⑱日本大学芸術学部映画学科(昭和8年)中退　⑲勲四等瑞宝章(平成4年)、藤本賞(特別賞、第19回、平11年度)(平成12年)　⑳映画「越前竹人形」「日本一の色男」「社長シリーズ」「サラリーマン出世太閤記」「若大将シリーズ」など東宝を中心に250本以上のシナリオを手掛けた。他の作品にテレビ「おもろい夫婦」、小説「小説・歌麿」など。　㉑日本シナリオ作家協会、日本放送作家協会

風間 一輝　かざま・いっき
小説家　グラフィックデザイナー　パズル作家　⑭昭和18年　⑯平成11年11月18日　⑰旧満州　本名=桜井一(さくらい・はじめ)　筆名=十久尾零児(じゅくび・れいじ)、酒ロ風太郎(さかぐち・ふうたろう)　⑱広告代理店のデザイン室、デザイン事務所、出版プロダクション、フリーなどを経て、あとりえ・ふぁいぶに所属。クイズ、パズル作家としても活躍。平成元年冒険サスペンス小説「男たちは北へ」で作家デビュー。他の著書に「ビッグパズル」「レディースパズル」「ミステリーマップ」「名探偵紳士録」「おいしい殺人教えます」「地図のない街」「されど卑しき道を」「漂泊者」「今夜も木枯し」「片道切符」など。

風間 益三　かざま・ますぞう
ユーモア作家　⑭昭和55年1月17日　筆名=小山鱈吉　⑱小山鱈吉のペンネームで昭和10年ごろから「新青年」などに執筆、代表作に「軍国の花嫁」などがある。　⑲兄=三木鶏一(小説家)、弟=風間完(洋画家)、妹=十返千鶴子(評論家)

風巻 紘一　かざまき・げんいち
小説家　⑱歴史小説　⑭大正13年3月15日　⑰東京　本名=植木拭(うえき・しげる)　⑱法政大学文学部中退　⑲日本史上の人物伝　第2次大戦に学徒応召。新聞・雑誌記者などを経て文筆生活に入る。広く歴史に取材した著作が多い。とくに独自の視点から歴史上の人物の分析を行なう。「新樹」同人。著書に「ある海援隊士」「指導者の戦略と決断」「武将の一言」「戦国名将勝ち残りの戦略」「家康入門」「龍馬とその妻」など。

風見 治　かざみ・おさむ
作家　⑭昭和7年　⑰長崎県長崎市　⑲南日本文学賞(昭和54年)「スフィンクスに」、九州芸術祭文学賞(最優秀作、第17回、昭61年度)「鼻の周辺」　⑳小学5年の時ハンセン病にかかり、昭和27年菊池恵楓園に入園、37年星塚敬愛園に移る。闘病生活の傍ら20歳頃から小説を書き始め、一貫してハンセン病をテーマに作品をまとめる。「火山地帯」同人。平成8年作品集「鼻の周辺」を刊行。他の作品に、短編「海の胤」等がある。

風見 潤　かざみ・じゅん
小説家　翻訳家　⑱SF　推理小説　⑭昭和26年1月1日　⑰埼玉県川越市　本名=加藤正美(かとう・まさみ)　⑱青山学院大学法学部(昭和49年)卒　⑲早川書房のSF、ミステリーの翻訳を手がける一方で、自ら、若い読者向けのミステリーやSF小説を執筆。作品に「出雲神話殺人事件」「清里幽霊事件」「殺意のわらべ唄」、訳書にホールドマン「終りなき戦い」、アダムス「銀河ヒッチハイク・ガイド」、ロード「パトモスの真珠」、グレイプ「マイアミ・バイス」などがある。　㉑日本推理作家協会、日本文芸家協会

風見 玲子　かざみ・れいこ
歌手　推理作家　⑭昭和32年3月5日　⑰大分県日田市　本名=樋口洋子　筆名=織田加絵　⑱高校卒業後上京、OL生活を経て、NHKのオーディションに合格し、昭和53年歌手として「ひとり花」でデビュー。一方北海道・阿寒湖のマリモ祭に行った時聞いた悲しいアイヌ伝説からヒントを得て、58年推理小説「雪中の女」を処女出版。翌年には「水晶占い殺人事件」も発表。61年には出身地日田市を舞台としたミステリー「0秒の悪魔」を出す。作家、歌手、作詞家、作曲家、DJ、リポーター、ハム無線技師など多彩な顔をもつ。

加地 慶子　かじ・けいこ
小説家　⑲北日本文学賞(選奨、第24回)(平成2年)「天の声」　⑳19年にわたり駒田信二に師事。「まくた」を中心に、「作家」「早稲田文学」「北日本新聞」「北方文芸」「三田文学」等に小説を発表。平成8年「消える夏」で第3回三田文学新人賞佳作を受ける。他の著書に「書きつづけて死ねばいいんです―駒田信二の遺した言葉」がある。　㉑三田文学会

梶 大介　かじ・だいすけ
詩人　作家　山谷活動家　⑭大正12年12月　⑯平成5年11月14日　⑰福岡県八幡市(現・北九州市)　本名=北岡守敏　⑱四国の極貧農出身の流れの板前の子として小料理屋で生まれ、北九州市八幡の小学校卒業後、13歳で家出上京。小僧ぐらしを転々とする。17歳から5年間軍属、兵隊として南方、中国を転戦。敗戦により、昭和21年に復員、上野の地下道ぐらしから山谷ドヤ街に入り、日雇労働者、屑拾いを主業としてどん底40年。この間、共同仕切り場

の創設を求めて一粒会を結成、30年東都資源回収労組の執行委員長となる。32年「バタヤ物語」で作家としてデビュー、39年には月刊「さんや」を創刊し闘争を呼びかけた。43年の山谷暴動の際は扇動の疑いで取り調べを受け、連合赤軍事件のリーダーをかくまい犯人蔵匿の罪に問われたこともある。一貫して山谷の解放を目指すが、仲間たちと共に自立するため、57年には山谷を去り、自立のための拠点を静岡県松崎町に作る。自然卵養鶏と畑作に従事しながら山谷を支えるが、平成3年病に倒れ引退。他の著書に「地に堕ちた天使」「日本の悲劇をたずねて」「粒ちゃんの灯」「山谷戦後史を生きて」（上・下）。

梶 龍雄　かじ・たつお

推理作家　[生]昭和3年11月21日　[没]平成2年8月1日　[出]岐阜県　本名＝可児秀夫(かに・ひでお)　[学]慶応義塾大学文学部英文学科(昭和26年)卒　[賞]江戸川乱歩賞(第23回)(昭和52年)「透明な季節」　[歴]小学館に入社し、昭和34年退社。児童読物の創作、海外推理小説の翻訳に従事しながら、27年より作品発表。52年「透明な季節」で第23回江戸川乱歩賞受賞。旧制高校シリーズ、旅情ミステリーなど幅広いジャンルで活躍。著書は他に「奥鬼怒密室村の惨劇」「奥秩父狐火殺人事件」「浅草殺人ラプソディ」「本郷菊坂殺人事件」「殺人回廊」など多数。
[団]日本推理作家協会、日本文芸家協会

加治 将一　かじ・まさかず

小説家　建築プロデューサー　[生]昭和23年　[出]北海道札幌市　[学]光星高等学園(昭和42年)卒　[歴]昭和53年渡米しロサンゼルスで不動産関係の仕事に従事。平成5年帰国しアメリカ住宅のプロデュースを営む。15年間の米国暮らしを経て帰国後に受けた日本社会での様々な逆カルチャーショックをもとに、日本的社会事情への批判、批評を綴ったエッセイ集「ビバリーヒルズ・コンプレックス」を7年に出版。他の著書に「ビバリーヒルズで夕食を」「キャシュを沈めろ」「読まずに建てるな」など。また講演・TV出演も多数。
http://www2s.biglobe.ne.jp/~kajim/

鹿地 亘　かじ・わたる

小説家　評論家　[専]中国文学　国文学　[生]明治36年5月1日　[没]昭和57年7月26日　[出]大分県西国東郡香々地町　本名＝瀬口貢(せぐち・みつぎ)　[学]東京帝国大学国文科卒、東京帝国大学大学院(昭和2年)博士課程修了　[歴]学生時代からプロレタリア文学運動に加わり、昭和5年「労働日記と靴」などを書き小説家として活躍。またナップの機関紙「戦旗」に評論や童話も書く。7年日本共産党に入党。9年治安維持法違反で検挙されたが獄中で転向し同年出獄。11年中国に渡り、戦時中、重慶で日本人民反戦同盟を結成、日本兵の投降工作や捕虜教育を担当。戦後帰国、神奈川県藤沢で肺結核療養中の26年11月、在日米軍諜報機関(キャノン機関)に拉致され、スパイの追及を受け監禁された(鹿地亘事件)。1年後釈放。また28年11月“米ソ二重スパイ事件”の共犯容疑で電波法違反で起訴されたが、44年無罪が確定。著書に「日本兵士の反戦運動」「謀略の告白」「もう空はなく地はなく」、小説「平和村記」「脱出」「火の如く風の如く」、回想「自伝的な文学史」、「鹿地亘作品集」などがある。

梶井 俊介　かじい・しゅんすけ

小説家　高校教師(松蔭女子学院)　[生]昭和29年　本名＝服部洋介(はっとり・ようすけ)　[学]上智大学英文科卒　[賞]文学界新人賞(第67回)(昭和63年)「僕であるための旅」　[歴]大学時代に書き始め、昭和56年短編小説6編を収めた処女作品集「黄色い爆弾」を出版した。63年「僕であるための旅」で文学界新人賞を受賞。

梶井 基次郎　かじい・もとじろう

小説家　[生]明治34年2月17日　[没]昭和7年3月24日　[出]大阪府大阪市西区土佐堀　[学]東京帝大文学部英文科(大正15年)中退　[歴]三高在学中から小説を書き始め、東大在学中の大正14年中谷孝雄・外村繁らと同人誌「青空」を創刊し、「檸檬(レモン)」を発表。同年「城のある町にて」「Kの昇天」などを発表。15年健康が許さず伊豆・湯ケ島温泉に滞在し、川端康成、広津和郎を知る。昭和2年肺を病む者の自意識を描いた「冬の日」、3年「冬の蠅」「蒼穹」「桜の樹の下には」を発表。同年帰郷し療養生活の傍ら「資本論」に没頭。5年から再び執筆、性の感覚をテーマに「愛撫」「闇の絵巻」「交尾」などを発表。6年「檸檬」を刊行、翌7年小林秀雄に評価されてようやく文壇の人となったが、程なく逝去。他の作に「のんきな患者」など。命日には檸檬忌が営まれている。「梶井基次郎全集」（全3巻，筑摩書房）がある。

梶尾 真治　かじお・しんじ

SF作家　[生]昭和22年12月24日　[出]熊本県熊本市　[学]福岡大学経済学部卒　[賞]日本SF大賞(第12回)(平成3年)「サラマンダー殲滅」、星雲賞(日本短編部門，第32回)(平成13年)「あしびきデイドリーム」　[歴]少年時代からSFを書きため、昭和46年「美亜へ贈る真珠」で作家デビュー。短編を中心に活動を続け、主著に「地球はプレイン・ヨーグルト」「時空祝祭日」「宇宙船『仰天』号の冒険」「未踏惑星キー・ラーゴ」「サラマンダー殲滅」「黄泉がえり」「おもいでエマノン」などがある。家業を継ぎ、カ

ジオ貝印石油社長を務める。　[団]日本文芸家協会、日本SF作家クラブ

梶川 敦子　かじかわ・あつこ

小説家　[出]東京都豊島区牛込　[学]白百合高女卒　[賞]群像新人賞(第2回)「死者の家」　[歴]著書に「天の残像」「芹沢光治良の世界」がある。

梶野 悳三　かじの・とくぞう

小説家　[生]明治34年1月29日　[没]昭和59年4月1日　[出]新潟県村上町　本名＝梶野正義(かじの・まさよし)　別名＝梶野千万騎(かじの・ちまき)　[学]小学卒　[歴]明治末、一家をあげて北海道札幌へ。大正10年横須賀海兵団に入団、5年後退団。この間柔道4段になり、のちその知識により、梶野千万騎の筆名で"試合もの"を書く。長谷川伸主宰の「新鷹会」に加入。筆名を悳三に改め、同会の機関誌「大衆文芸」に「鯨の町」を発表、海洋作家として知られるに至る。ほかに「鰊漁場」(映画「ジャコ万と鉄」の原作)などがある。

樫原 一郎　かしはら・いちろう

小説家　[生]大正8年10月19日　[出]佐賀県　本名＝八坂義信　[学]京城帝国大学中退　[歴]昭和30年「間諜ファイル21号」でデビュー。各国の警察に精通し、警察・刑事小説に独自の分野を開く。代表作に「警視庁物語」「小説警視庁」「国際刑事警察」など。　[団]日本文芸家協会

柏原 えつとむ　かしはら・えつとむ

洋画家　児童文学作家　造形作家　京都精華大学美術学部造形学科教授　[生]昭和16年5月3日　[出]兵庫県神戸市　本名＝柏原悦勉　筆名＝槙ひろし(まき・ひろし)　[学]多摩美術大学絵画科(昭和40年)卒　[賞]児童文学新人賞(昭和47年)「カポンをはいたけんじ」　[歴]'60年代から内外の現代美術展に参加。制作過程に他人を介在させるなど、斬新な試みで知られる。京都精華大学美術学部造形学科助教授、のち教授。作品にシリーズ〈Mr.Xとは何か〉〈イメージと認識〉〈方法のモンロー〉〈未熟な箱たち〉〈直感の海へ〉など。一方童話、絵本などの創作も手がけ著書に「カポンをはいたけんじ」「さかだちぎつね」「やぎのはかせのだいはつめい」他がある。

鹿島 和夫　かしま・かずお

児童文学作家　[専]子ども学(子どもの表現)　[生]昭和10年11月24日　[出]大阪府泉佐野市　[学]神戸大学教育学部卒　[興]子どもの文化と表現　[賞]北原白秋賞(第14回)(昭和54年)、読売教育賞最優秀賞(国語教育，第44回)(平成7年)　[歴]神戸市の小学校教師として志里池小、霞ケ丘小、湊小などに勤務。最初の赴任校で児童文学作家・灰谷健次郎の知遇を得、以後、児童詩教育の実践を続ける。主に1年生を担任し、「あのねちょう」を通した表現活動の実践に励む。昭和54年担当学級のテレビ・ドキュメント「一年一組」が放映され、個性的な学級経営が注目された。子どもたちの詩を編集した「一年一組せんせいあのね」は子どものすばらしい感性が評価されてロングセラーを続ける。また、子どもの表現を写真で確かめる実践もしており、日々撮り続けている子どもたちの表情を、雑誌「小学一年生」や産経新聞に発表。平成8～14年太陽の子保育園園長。親和女子大学児童教育学科非常勤講師も務める。エッセイに「ぼくの保育園日誌」がある。　[団]国語教育を学ぶ会

鹿島 孝二　かしま・こうじ

作家　日本文芸家協会常務理事　日本文芸著作権保護同盟理事　[生]明治38年4月21日　[没]昭和61年11月13日　[出]東京・下谷稲荷町　[学]早大高師部国漢科(昭和2年)卒　[賞]日本作家クラブ賞(第4回)(昭和51年)「湘南滑稽譚」　[歴]千葉県に生まれ、下谷稲荷町で育った下町っ子。大学卒業後、直ちに文筆生活に入り、時代の風俗をとらえた青春ユーモア小説を多く発表。日本高等鉄道学校の教師を務めたこともある。作品に「関白マダム」「湘南滑稽譚」「大正の下谷っ子」など。

鹿島 春光　かしま・はるみつ

小説家　[生]昭和34年　[出]北海道　本名＝宮下均　[学]東北大学(昭和36年)卒、札幌医科大学　[賞]朝日新人文学賞(第2回)(平成2年)「ぼくと相棒」　[歴]子供の頃から化石採集に熱中し、昭和58年東北大学在学中に大学の化石採集クラブで竜口亘(本名・猪苗代治)と出会い、以後2人でコンビを組み、化石探しを続ける。一方、これまでに単独でいくつかの小説の新人賞に応募し、63年には「誰もいない炭山(やま)」が文学界新人賞の候補にあがった。平成2年竜口亘との合作「ぼくと相棒」で第2回朝日新人文学賞を受賞。

鹿島 鳴秋　かしま・めいしゅう

童謡詩人　童話作家　[生]明治24年5月9日　[没]昭和29年6月7日　[出]東京・深川　本名＝鹿島佐太郎　[歴]大正初期に小学新報社をおこして「少年号」「少女号」などを発刊し、そこに多くの童謡や童話を発表する。童謡の代表作に「浜千鳥」「金魚の昼寝」「お山のお猿」などがある。昭和期に入って事業に失敗し、満州に渡る。戦時中は「満州日日新聞」学芸部に勤め、戦後は日本コロムビア専属となった。その後は学校劇の創作が多かった。著書に「鹿島鳴秋童謡小曲集」のほか、童話集「キャベツのお家」「魔法のなしの木」「なまけものと神さま」、学校劇

集「学校童謡劇集」「学校歌劇脚本集」などがある。

鹿島田 真希　かしまだ・まき

小説家　[生]昭和51年10月26日　[出]東京都　[学]白百合女子大学文学部仏語仏文科卒　[賞]文芸賞（第35回）（平成10年）「二匹」　[歴]平成10年「二匹」で文芸賞を受賞。他の作品に「レギオンの花嫁」がある。

梶山 季之　かじやま・としゆき

小説家　ルポライター　[生]昭和5年1月2日　[没]昭和50年5月11日　[出]広島県廿日市　筆名＝梶謙介、梶山季彦　[学]広島高等師範学校（現・広島大学）国文科（昭和26年）卒　[歴]昭和28年上京、「エスポアール」同人となる。ついで第15次「新思潮」同人。34年「週刊文春」ルポライターなどを経て、37年産業スパイ小説「黒の試走車」で一躍流行作家となる。その後「赤いダイヤ」「李朝残影」「夢の超特急」「影の凶器」などを次々に発表、同時にポルノ作家としても勇名をはせる。編集者と読者への徹底したサービス精神はその肉体を犠牲にし、50年旅先の香港で急死。なお、未完に終ったライフワーク「積乱雲」執筆のために蒐集された7千冊の図書が母親ゆかりの地にあるハワイ大学図書館に寄贈され、“梶山コレクション”として貴重資料室に納められている。平成10年遺族によりデビュー作「黒の試走車」など著書517冊がはつかいち市民図書館に寄贈された。「梶山季之自選作品集」（全16巻，集英社）がある。

カシュウ タツミ

コピーライター　小説家　[生]昭和41年　[出]広島県　[学]上智大学（昭和62年）中退　[賞]日本ホラー小説大賞（佳作，第1回）「混成種―HYBRID」　[歴]広告プロダクションでコピーライターを務めながら、執筆活動。著書に「混成種―HYBRID」がある。

柏木 彩　かしわぎ・あや

小説家　[賞]サンリオロマンス賞（第13回）（昭和62年）「蛍火の牧場で」　[歴]著書に小説「蛍火の牧場で」がある。

柏木 薫　かしわぎ・かおる

小説家　[生]昭和5年　[出]香川県（小豆島）　本名＝山下幸子　[学]相模女子大学（昭和26年）卒　[賞]織田作之助賞佳作入賞（第1回）（昭和59年）、小島輝正文学賞（第3回）（平成4年）「少年少女遁走曲」　[歴]昭和49年「崖」創刊同人。53年久坂葉子研究会主宰。市民の学校小説講師を務める。著書に「誰もいない海」「あるエトランゼの日記」、編著に「久坂葉子研究vol.1～2」、分担執筆に「女たちの群像」など。

柏木 抄蘭　かしわぎ・さら

女流新人賞を受賞　[生]昭和6年　[出]神奈川県横浜市　本名＝柏木光恵　[学]西宮高女卒　[賞]女流新人賞（第34回）（平成3年）「ブッダの垣根」　[歴]主婦業の傍ら小説を執筆。

柏木 四郎　かしわぎ・しろう

作家　[生]昭和19年　[出]福岡県門司市（現・北九州市）　本名＝緒方好樹　[学]京都大学経済学部（昭和41年）卒　[歴]昭和41年住友生命保険に入社。福岡支社営業課長などを経て、62年アークホテル岡山に出向、代表取締役。平成元年よりホテルニューアルカイックに出向、代表取締役。著書に「幕末海峡物語」「トンへ日本海物語」がある。

柏木 智二　かしわぎ・ともじ

農民文学賞特別賞を受賞　[生]明治42年　[出]岩手県　[賞]農民文学賞特別賞（第33回）（平成2年）「サイレンの鳴る村」

柏木 春彦　かしわぎ・はるひこ

小説家　[出]東京都　本名＝江崎直行　[学]慶応義塾大学通信教育部中退　[賞]織田作之助賞（第9回）（平成4年）「切腹」　[歴]中学3年の時登校拒否になり小説家を志す。のち職を転々とし放浪生活を送る。その間離婚も経験。29歳から本格的に創作活動に入り、明治維新のさなか外国人兵士と日本の地方藩士の間で発生した騒乱、神戸、堺両事件を題材とした時代小説「切腹」を執筆。

柏田 道夫　かしわだ・みちお

シナリオライター　小説家　シナリオ・センター講師　[生]昭和28年11月18日　[学]青山学院大学文学部日本文学科卒　[賞]大映企画シナリオコンクール企画部門入選（昭和57年）「PAIN号出帆！」、小説CLUB新人賞佳作（平成6年）「大道剣、飛蝶斬り」、歴史群像大賞（第2回）（平成7年）「桃鬼城伝奇」、オール讀物推理小説新人賞（平成7年）「二万三千日の幽霊」　[歴]雑誌編集者などを経て、フリーライター。シナリオセンター講師。平成3年「裏凶状討ち・風車の荊介」が講談社・朝日放送時代小説大賞最終候補に。6年「風の喪章」が文芸春秋「オール讀物」推理新人賞最終候補。入選、受賞作多数。著書に「桃鬼城伝奇」がある。

柏戸 比呂子　かしわど・ひろこ

シナリオライター　[生]昭和16年1月30日　[出]東京都　[学]東京女子大学英文科卒　[歴]フジテレビに入社。制作現場に従事するが、体調をくずし2年後に退社。その後、作家をめざし、田井洋子主宰の「しろかね劇作会」に入り、戯曲を書き始める。昭和51年「グランド劇場・九丁

目、泣いて笑った交差点女の中の男一匹」でデビュー。主な作品にテレビ「木曜ゴールデン・死よ驕るなかれ」「同・もっと生きたい！」「嫁と姑 女の立場」（日テレ）、戯曲「夢にて有らん」など。

柏葉 幸子 かしわば・さちこ

児童文学作家 [生]昭和28年6月9日 [出]岩手県宮古市 [学]東北薬科大学衛生薬学科卒 [賞]講談社児童文学新人賞（第15回）（昭和49年）「気ちがい通りのリナ」、日本児童文学者協会新人賞（第9回）（昭和51年）「霧のむこうのふしぎな町」、産経児童文化出版賞（フジテレビ賞，第45回）（平成10年）「ミラクル・ファミリー」 [歴]薬剤師として薬局に務める傍ら、児童文学を手がける。昭和49年「気ちがい通りのリナ」で第15回講談社児童文学新人賞を受賞。また「霧のむこうのふしぎな町」と改題した同作品で、51年第9回日本児童文学者協会新人賞を受賞。他に「地下室からのふしぎな旅」「ふしぎなおばあちゃんがいっぱい」「天井うらのふしぎな友達」「ミラクル・ファミリー」などの作品がある。

柏原 兵三 かしわばら・ひょうぞう

小説家 ドイツ文学者 東京芸術大学助教授 [生]昭和8年11月10日 [没]昭和47年2月13日 [出]千葉市 [学]東京大学教養学部独文科卒、東京大学大学院人文科学研究科（昭和37年）中退 [賞]芥川賞（第58回・昭42年度）（昭和43年）「徳山道助の帰郷」 [歴]中学3年の時に処女小説「星が岡年代記」を書く。昭和38〜40年ベルリン留学中、腎臓結石に悩まされ、帰国後、その体験を「仮りの栖」「ベルリン漂泊」「クラクフまで」などの作品にまとめた。43年「徳山道助の帰郷」で第58回芥川賞を受賞。45年より東京芸術大学助教授。その後多くの作品を書くかたわら、ドイツ文学の研究を積み、ヒルデスハイマーの「眠られぬ夜の旅」など翻訳も残した。46年以後、急激に健康が悪化。死後、「柏原兵三作品集」（全7巻）が刊行された。

梶原 葉月 かじわら・はずき

作家 [専]国際政治学 [生]昭和39年 [出]東京都 本名＝梶原はづき [学]法政大学卒 [興]外国人問題、女性問題、ゲイ問題、流行、風俗 [歴]16歳の時出版業界に入り、女子高生フリーライターとしてHな告白やアイドルの取材、映画紹介などを書く。大学卒業後、銀行に就職するが、1年で退職。のち少女小説家としてデビュー。エッセイ、コラム、テレビドラマの脚本やルポルタージュも手がける。著書に「アイドルなんて大きらいっ！」「王子様を買いに」「大好きって言って！」「恋愛相談」。

春日 太郎 かすが・たろう

劇作家 劇団テクノポリス [生]昭和41年 [出]愛媛県松山市 [学]筑波大学（平成2年）卒 [賞]テアトロ新人戯曲賞（第7回）（平成8年）「ストレイチルドレン」 [歴]子供の頃からデザイナーを志す。昭和56年松山市の学生科学賞で入選。平成2年産業デザイナーに。一方、5年劇団テクノポリスに入団。6年「翼をください」で初出演し、初めて美術も担当。その後オペラも経験。脚本も書き、7年処女作「ストレイチルドレン」に続き、8年第2作「バディズ」を公演。

春日 彦二 かすが・ひこじ

推理作家 [生]大正15年 [出]大阪府 [歴]時事通信社勤務を経て、新聞・雑誌関係の数種の職業に就く。昭和30年に作家としてデビューし、ミステリーを中心に作品を発表。「赤と黒殺人事件」で第5回江戸川乱歩賞候補となった他、代表作に「素人芝居殺人事件」「殺意の黙示録」「赤と黒の鎮魂棺」「大阪城爆破予告」などがある。 [団]日本推理作家協会

数野 和夫 かずの・かずお

小説家 [賞]山梨県芸術祭賞（昭和44年）「驟雨」、中村星湖賞（第13回）（平成11年）「舞扇」 [歴]昭和49年山梨日日新聞に小説「治承ノ賦」連載。他の作品に「石ノ華」「武士の鬣」などがある。 [団]日本ペンクラブ、山人会

香住 春吾 かすみ・しゅんご

推理作家 放送作家 [生]明治42年8月25日 [没]平成5年6月16日 [出]京都府京都市 本名＝浦辻良三郎 別名＝香住春作 [歴]戦前は歌劇や演劇関係の記事を執筆。戦後、汽船会社の経理課長などを経て、昭和26年より作家生活に入る。その間12年「白粉とポマード」を発表。23年関西探偵クラブを結成し、自ら幹事、書記長を務め、機関誌「K・T・S・C」を編集する。作品としては「カロリン海盆」「蔵を開く」「間貫子の死」などがある。また放送作家としても活躍し、「エンタツちょびひげ漫遊記」等のヒット作を多数手がける。主な脚本にテレビ「びっくり捕物帖」「部長刑事」など。31年以降筆を絶ったが、46年「団地の整理学」を刊行した。 [団]日本推理作家協会、日本放送作家協会

香住 泰 かすみ・たい

小説家 [生]昭和26年 [出]京都府 [学]同志社大学法学部（昭和49年）卒 [賞]小説推理新人賞（平成9年）「退屈解消アイテム」、大阪ミレニアム・ミステリー賞大阪21世紀協会賞（平成13年）「水都・乱出逢」 [歴]著書に「牙のある鳩のごとく」「錯覚都市」。 http://www.eonet.ne.jp/~kasumi/

霞 流一　かすみ・りゅういち
ミステリー作家　[生]昭和34年　[出]岡山県和気郡和気町　[学]早稲田大学政治経済学部(昭和57年)卒　[賞]横溝正史賞(佳作，第14回)(平成6年)「おなじ墓のムジナ 枕倉北商店街殺人事件」　[歴]在学中ワセダミステリクラブに所属。昭和57年東宝映画に入社。「ゴジラvsデストロイア」プロデューサー、平成8年「八つ墓村」の企画、制作に携わる。かたわら執筆活動に従事。6年「おなじ墓のムジナ」で作家デビュー。著書に「フォックスの死劇」がある。

粕谷 知世　かすや・ちせ
小説家　[生]昭和43年　[出]愛知県豊田市　[学]大阪外国語大学イスパニア語科卒　[賞]日本ファンタジーノベル大賞(第13回)(平成13年)「太陽と死者の記録」　[歴]大学在学中に本格的に小説を書き始める。農業団体職員を経て、東京都内の外資系商社で貿易事務員として働きながら執筆を続け、平成13年「太陽と死者の記録」で第13回日本ファンタジーノベル大賞を受賞。著書に「クロニカ―太陽と死者の記録」。

風野 潮　かぜの・うしお
作家　[生]昭和37年　[出]大阪府　本名＝井ノ口雅代　[学]桃山学院大学卒　[賞]講談社児童文学新人賞(第38回)(平成9年)「ビート・キッズ」、野間児童文芸新人賞(平成10年)「ビート・キッズ」、椋鳩十児童文学賞(第9回)(平成11年)「ビート・キッズ」　[歴]主婦業のかたわら漫画同人誌などに執筆。平成4年頃からファンタジー小説を書き始める。9年長編少年小説「ビート・キッズ」を初執筆し、講談社児童文学新人賞、野間児童文芸新人賞、椋鳩十児童文学賞の3賞を受賞。

風野 真知雄　かぜの・まちお
作家　[生]昭和26年7月20日　[出]福島県須賀川市　本名＝朝倉秀雄(あさくら・ひでお)　筆名＝野口ポチ　[学]立教大学法学部卒　[賞]歴史文学賞(第17回)(平成4年)「黒牛と妖怪」　[歴]フリーライターとして新聞、雑誌、広告などでギャグ物、ヤング風俗物、クイズを中心に執筆。その後、歴史文学の執筆にかかり、「黒牛と妖怪」で歴史文学賞を受賞。著書に「ツィンビー攻略法」「マッチ棒クイズ」「時刻表推理ゲーム」、小説「魔王信長」「筒井順慶」「西郷盗撮」など。

片岡 薫　かたおか・かおる
脚本家　[生]明治45年1月20日　[没]平成11年5月20日　[出]高知県香美郡山北村　[学]京都帝大法学部(昭和12年)中退　[賞]エジンバラ映画祭金賞「トランペット少年」、ベニス国際映画祭金賞「お姉さんといっしょ」、ブルーリボン賞「オモニと少年」　[歴]東京に出て新築地劇団に入団、シナリオ作家を目指す。昭和12年応召、除隊の後、16年日本映画社に入社、八木保太郎の門下となる。のち満映脚本部に入社し、現地応召。敗戦と共に戦争反対をとなえてシベリアの捕虜となる。24年復員、独立プロの映画運動に参加し、新理研映画に入社。劇団民芸所属を経て、フリー。主なシナリオ作品に「混血児」「狂宴」「少年死刑囚」「夜あけ朝あけ」「近くて遠い人」など、記録映画「トランペット少年」「オモニと少年」、テレビドラマ「樋口一葉」「こちら社会部」「愛と心のシリーズ」など。受賞多数。著書に「片岡薫シナリオ文学選集(全5巻)」「シベリア・エレジー」。　[団]日本シナリオ作家協会

かたおか しろう
児童劇作家　[生]昭和3年12月3日　[出]大阪府　本名＝片岡司郎　[学]大阪工業専門学校卒　[賞]斎田喬戯曲賞(第9回)(昭和48年)「大阪城の虎」、大阪府民劇場奨励賞「男どあほう大忠臣」　[歴]著書に「ごじんじょ山の鬼の村」「鬼ものがたり」「三人の戯曲集」「大阪むかしむかし」などがある。　[団]劇団2月、日本児童劇作家会議

片岡 鉄兵　かたおか・てっぺい
小説家　[生]明治27年2月2日　[没]昭和19年12月25日　[出]岡山県苫田郡芳野村寺元　[学]岡山県立津山中学(明治40年)、慶応義塾大学仏文科予科(大正3年)中退　[賞]渡辺賞(第2回)(昭和3年)　[歴]中学時代から「文章世界」などに投稿する。大正7年帰郷して新聞記者など転々としたが、9年上京して作家生活に入り「女の背姿」などを発表する。13年「文芸時代」創刊同人となり、新感覚派の作家として活躍するが、のちにプロレタリア文学に転じ、昭和3年労農党に入党する。5年大阪共産党事件で検挙され懲役2年に処せられたが、8年獄中で転向して下獄する。その間の3年に渡辺賞を受賞。出獄後は「花嫁学校」などの大衆小説を多く発表。代表作に「綱の上の少女」「生ける人形」「綾里村快挙録」「愛情の問題」などがある。

片岡 輝　かたおか・ひかる
児童文学作家　詩人　メディアプロデューサー　東京家政大学学長　[専]児童文学　児童文化　[生]昭和8年9月23日　[出]旧満州・大連　[学]慶応義塾大学法学部法律学科(昭和32年)卒　[興]世界の教育事情を比較研究　[賞]チェコドナウ賞(昭和48年)「ポッカポッコリ」(NHK)、スロバキア作家協会賞(昭和48年)「ポッカポッコリ」(NHK)　[歴]東京放送(TBS)入社。ラジオプロデューサー、放送記者を経て、フリー。のち東京家政大学教授、平成14年学長。児童文学、評論、作詩と多方面で活躍。子ども研究会世話人、国際アニメーション協会日本支部理事などを歴任。また、生涯教育に関心を持ち、海外事情視察や

各種プロジェクトを推進。作品に「忘れん星へいった月」「とんでったバナナ」など、著書に「日本人と感性」「性や死について話そう」「挑発としての言葉」、作詩に「合唱組曲〈ひとつの朝〉」「グリーン・グリーン」などがある。[団]子ども研究会、日本放送作家協会、国際アニメーション協会

片岡 文男　かたおか・ふみお
作家　[賞]北海道新聞文学賞(昭和55年)「コシャマインの末裔」　[歴]昭和55年「コシャマインの末裔」で道新文学賞を受賞。「オコシップの遺品」で52年上期芥川賞候補。「ハイベの季節」で同下期直木賞候補となる。

片岡 貢　かたおか・みつぐ
小説家　[生]明治36年12月1日　[没]昭和35年8月17日　[出]静岡県静岡市　[学]早稲田実業卒　[歴]昭和初年に報知新聞学芸部入社。昭和10年貴司山治、木村毅らと実録文学研究会をおこして小説を書き始める。14年に海音寺潮五郎らとともに同人誌「文学建設」を発刊した。戦争末期、新聞統合令発令に際し退社。代表作には「小栗主従」など。

片岡 義男　かたおか・よしお
小説家　[生]昭和15年3月20日　[出]東京　旧筆名＝テディ片岡　[学]早稲田大学法学部卒　[賞]野性時代新人賞(第2回)(昭和50年)「スローなブギにしてくれ」　[歴]1960〜70年代にかけて、テディ片岡の名で風俗評論を手がける。昭和49年「白い波の荒野」で作家デビュー。50年「スローなブギにしてくれ」で野性時代新人賞。「人生は野菜スープ」「マーマレードの朝」など、現代の若者の風俗を描き、そのファッショナブルでエスプリのきいた感覚は若者たちの人気を集める。映画化された作品も多い。62年自選作品集「31STORIES」(全2巻，晶文社)を発行。他の著書に「湾岸道路」「ぼくはプレスリーが大好き」「メイン・テーマ」「彼のオートバイ、彼女の島」「アメリカに生きる彼女たち」「東京青年」「波乗りの島」、「頬よせてホノルル」「映画を書く」、訳書に「ビートルズ詩集」など。日系3世。　[団]日本文芸家協会、日本推理作家協会

片桐 樹童　かたぎり・きどう
小説家　[生]昭和38年　[出]岐阜県　[賞]歴史群像大賞(第6回)(平成11年)「古事記呪殺変」　[歴]平成11年「古事記呪殺変」で歴史群像大賞を受賞。著書に「吉備真備陰陽変」。

片桐 紀美子　かたぎり・きみこ
シナリオライター　[生]昭和25年　[出]大阪市　[学]岸和田市立産業高校卒　[歴]生保事務、服地図案家などを経て、観光ホテル勤務。傍ら大阪シナリオ学校とシナリオ通信講座12期で学び、昭和62年「スラムの駅」が第37回新人映画シナリオコンクールに佳作入選、平成元年には「笑って許して」が第28回新人テレビシナリオコンクール奨励賞受賞。

片桐 里香　かたぎり・りか
作家　[生]昭和38年3月7日　[出]和歌山市　[学]甲南大学文学部社会学科卒　[賞]コバルト・ノベル大賞佳作(第7回)(昭和61年)「いつも通り」　[歴]昭和61年「いつも通り」で第7回コバルト・ノベル大賞佳作受賞。著書に「街は夢でいっぱい」「大事な土曜の午后」。

片瀬 二郎　かたせ・にろう
小説家　[生]昭和42年　[出]東京都　[学]青山学院大学経済学部卒　[賞]ENIXエンターテインメントホラー大賞「スリル」　[歴]平成13年「スリル」でENIXエンターテインメントホラー大賞を受賞し、兼業作家としてデビュー。

片田江 全雄　かたたえ・まさお
小説家　[生]明治24年1月7日　[没]昭和15年8月14日　[出]佐賀県神崎郡蓮池村　[学]上智大学中退　[歴]上智大学を中退し、大正9年「巷の子」を発表して作家となり、14年長篇「工場の朝」を刊行。その他の作品に「母」「弟の死」「柩の前の二人」や評論「農民文芸の考察」などがある。

片野 喜章　かたの・よしあき
オール読物新人賞を受賞　[生]昭和9年　[出]東京・築地　[学]法政大学文学部卒　[賞]オール読物新人賞(第74回)(平成6年)「寛政見立番付」　[歴]写真修整の家業を営む一方、昭和59年頃から小説を書き始める。谷崎潤一郎や永井荷風を敬愛し、評伝や随筆を好む。平成4年家業を休業、本格的に小説に取り組み、古代史から昭和初期の東京までを題材に「寛政見立番付」などを執筆。

片山 恭一　かたやま・きょういち
作家　[生]昭和34年　[出]愛媛県宇和島市　[学]九州大学大学院　[賞]文学界新人賞(第63回)(昭和61年)「気配」、福岡市文学賞(第20回)(平成2年)　[歴]著書に「きみの知らないところで世界は動く」「ジョン・レノンを信じるな」「世界の中心で、愛をさけぶ」、エッセイ集「DNAに負けない心」など。

片山 香　かたやま・こう

小説家　�昭和45年　�愛媛県宇和島市　�保健婦、HIVボランティアを経て上京し、都内病院救急部に看護婦として勤務。平成11年よりオンライン小説の執筆を開始、12年「アヤの肖像」で第1回オンライン小説新人賞に入賞。著書に「つめたい太陽」がある。

片山 昌造　かたやま・しょうぞう

小説家　児童文学作家　�明治44年12月12日　�埼玉県川越市　本名=片山昌村　�大正大学文学部英文科卒　�アテネ・フランセに学び、編集者となる。戦後、童話の執筆を続けるとともに、長崎造船大教授、長崎大講師を歴任。主な作品に「花ようるわしく」「森の子ミニー」「あかつきの子ら」「脱走者たち」などがある。�日本文芸家協会、日本ペンクラブ

片山 剛　かたやま・つよし

金蘭短期大学国文科助教授　�国文学　�昭和29年　�神戸大学大学院修了　�浄瑠璃脚本コンクール戯曲賞（平成8年）「名月乗桂木」

片山 奈保子　かたやま・なほこ

小説家　�昭和45年1月8日　�東京都　�清泉女子大学文学部卒　�コバルト・ノベル大賞（佳作・読者大賞、第29回、平10年度）「ペンギンの前で会いましょう」　�著書に「ペンギンの前で会いましょう」「汝、翼持つ者たちよ」「汝、歌声を望む者たちよ」がある。

片山 ゆかり　かたやま・ゆかり

小説家　�昭和26年12月25日　�長野県長野市　�長野高卒　�女流新人賞（平成2年）「春子のバラード」　�家事手伝いの傍ら小説を執筆。

勝 諺蔵(3代目)　かつ・げんぞう

歌舞伎狂言作者　�弘化1年（1844年）　�明治35年10月27日　�江戸浅草諏訪町　本名=高田彦兵衛　前名=勝彦助(1代目)、別名=竹柴諺蔵(2代目)　�明治11年、父の旧名を継いで諺蔵と改め、父子そろって関西の歌舞伎作者として活躍する。26年上京して春木座の立作者に。主な作品に「玉櫛笥箱崎文庫」「日蓮大士真実伝」「塩原多助経済鑑」などがある。　�父=河竹能進（歌舞伎狂言作者）

勝浦 雄　かつうら・ゆう

小説家　本名=勝浦雄人　�朝日新人文学賞（第10回）（平成11年）「ビハインド・ザ・マスク」　�大学浪人時代、評論家・小林秀雄と出会い、東京の大学でランボーを専攻。卒業後、アルバイト生活の傍ら作家を志し、東京湾岸埋め立て地の倉庫でアルバイトする10人の若者を題材にした「ビハインド・ザ・マスク」を執筆。同作品は平成11年朝日新人文学賞を受賞、「サンタクロース撲滅団」と改題して出版。

かつお きんや

児童文学作家　児童文学研究者　愛知県立大学名誉教授　�歴史児童文学　�昭和2年9月20日　�石川県金沢市　本名=勝尾金弥（かつお・きんや）　�金沢大学教育学部中学校教員養成課程（昭和28年）卒　�日本とアジア、児童文学論　�サンケイ児童出版文化賞（昭和44年）「天保の人びと」、泉鏡花記念金沢市民文学賞（昭和48年）「能登のお池づくり」、日本児童文学会奨励賞（第1回）（昭和52年）「黎明期の歴史児童文学」、日本児童文学者協会賞（昭和55年）「七つばなし百万石」、宇都宮子ども賞（昭和60年）「おばあさんのゾウ」、日本児童文学学会賞（第24回）（平成12年）「伝記児童文学のあゆみ」　�10～18歳の間、旅順・大連で過ごす。金沢市内の公立中学の社会科教師として18年在職、作文教育・演劇教育の実践に励む。金沢、能登の埋れた民衆史を探り、「天保の人びと」「辰巳用水をさぐる」などの歴史小説を書き、のち、児童文学の世界に入る。「つのぶえ」同人。昭和46年愛知県立大学文学部助教授を経て、児童教育学科教授。3年同大学附属図書館長を兼任。平成4年定年退官、同年4月梅花女子大学文学部児童文学科教授。著書に「能登のお池づくり」「黎明期の歴史児童文学」「七つばなし百万石」「人間・新美南吉」「森銑三と児童文学」「子どもの国からの贈りもの」「時をこえるロバの旅」「かつおきんや作品集」（全18巻、偕成社）「伝記児童文学のあゆみ」など多数。�日本児童文学学会、日本児童文学者協会（評議員）、日本生活教育連盟

勝木 康介　かつき・こうすけ

小説家　�昭和5年10月5日　�東京　本名=高木利夫　�東京大学文学部国文科卒　�群像新人文学賞（第13回）（昭和45年）「出発の周辺」　�東大卒業後、学習研究社に勤務する。そのかたわら小説を発表し、昭和45年「出発の周辺」で群像新人賞を受賞し、46年同名の作品集を刊行。他の作品に「遠い塔」「再び川へ」などがある。

勝野 ふじ子　かつの・ふじこ

小説家　�大正4年　�昭和19年　�鹿児島県入来町副田　�昭和14年「九州文学」に掲載された小説「蝶」で文壇デビュー、芥川賞選考会でも話題となった。その後「うしろかげ」「平田老人」など9編の小説と数編の短歌を残すが、肺結核のため29歳で死去。平成14年勝野ふじ子を偲ぶ会により故郷の鹿児島県入来町の樋脇川のほとりに文学碑が建立された。

勝目 梓　かつめ・あずさ

小説家 [生]昭和7年6月20日 [出]東京 [学]伊集院高中退 [賞]小説現代新人賞(第22回)(昭和49年)「寝台の方舟」、日本文芸大賞(第1回)(昭和56年) [歴]高校中退後、長崎の炭坑夫に。その後様々な職業につくが、24歳から3年間の結核療養中に小説と出合い、小説家を志し、昭和39年上京。同人誌「文芸首都」に属し、42年には芥川賞候補となる。49年「寝台の方舟」で小説現代新人賞受賞。社会の底辺に潜む男女の怨念と復讐を迫力に満ちた筆で書き続ける。作品に「血の裁き」「真夜中の使者」「悪の原生林」「戦士たちの弔鐘」など。 [団]日本文芸家協会、日本推理作家協会、日本ペンクラブ、日本文芸家クラブ

勝目 貴久　かつめ・たかひさ

シナリオライター [生]昭和9年3月16日 [出]神奈川県鎌倉市 [学]中央大学哲学科中退 [歴]昭和29年近代映画協会に入社、新藤兼人、吉村公三郎の助手をつとめる。31年シナリオ作家協会の新人シナリオ・コンクールに「血友家族」が当選。以後シナリオライターとして活躍。主な作品に映画「アフリカの島」「四年三組の旗」「ともだち」、テレビ「七人の刑事」「銭形平次」「ジャンケンけんちゃん」「オレゴンから愛」など。また、精神薄弱児施設を扱った長編ドキュメンタリー「われら人間家族」(監督も)など障害者問題を扱った作品も多く手がけている。

勝山 俊介　かつやま・しゅんすけ

評論家 劇作家 [生]昭和3年8月17日 [出]東京 本名＝西沢舜一(にしざわ・しゅんいち) [学]東京大学国文科中退 [賞]日本共産党創立記念作品募集45周年記念作品募集(戯曲)(昭和42年)「回転軸」、小野宮吉戯曲平和賞(第9回)(昭和48年)「風成の海碧く」、多喜二百合子賞(第8回)(昭和51年)「文学と現代イデオロギー」 [歴]昭和21年日本共産党へ入党し、政治活動の中でリアリズム戯曲を創作し、42年「回転軸」が日本共産党創立45周年記念文芸作品に入選する。48年「風成の海碧く」で小野宮吉戯曲平和賞を受賞。他の作品に「創世記」、戯曲集に「風の檻」、評論集に「文学と現代イデオロギー」、エッセイに「天橋義塾」「雁よ大空に翔べ」などがある。 [団]日本民主主義文学同盟、日本文芸家協会

桂 一郎　かつら・いちろう

放送作家 日本放送作家協会理事 日本放送作家組合理事 [生]大正6年1月21日 [没]昭和61年1月21日 [出]東京 [学]慶応義塾大学卒 [賞]芸術祭賞大賞(第12回・昭32年度)「ぶっつけ本番・姫重態・人命」、日本民間放送連盟賞文部大臣賞(昭34年度)「木馬の夢」 [歴]大卒後、東宝演劇本部を経て、シナリオ執筆を始める。放送作家の草分けで、昭和34年の日本放送作家協会設立時から同協会および日本放送作家組合の理事、48〜52年組合の常務理事を務めた。主な作品に映画「風立ちぬ」(東宝)、テレビ「人間の条件」「刑事物語」「ダイヤル110番」など。 [団]日本放送作家協会、日本放送作家組合

桂 千穂　かつら・ちほ

脚本家 映画評論家 [生]昭和4年8月27日 [出]岐阜県 本名＝島内三秀(しまうち・みつひで) [学]早稲田大学文学部演劇科(昭和29年)卒 [賞]早川書房SFコンテスト奨励賞(第1回・昭36年度)「私は死んでいた」、新人シナリオコンクール入選(第21回, 昭46年度)「血と薔薇は暗闇のうた」、アニメーション作品賞(昭58年度)「幻魔大戦」 [歴]昭和46年「血と薔薇は暗闇のうた」がシナリオコンクールに入選し、翌47年「薔薇の標的」でデビュー。主な作品に「白鳥の歌なんか聞こえない」「暴行切り裂きジャック」「俗物図鑑」「アイコ十六歳」「スタア」「HOUSEハウス」「廃市」「あした」、著書に「スクリプター・女たちの映画史」「にっぽん脚本家クロニカル」など。 [団]日本シナリオ作家協会(理事)

桂 英澄　かつら・ひでずみ

小説家 文芸評論家 [生]大正7年6月26日 [没]平成13年1月28日 [出]東京都文京区 [学]京都帝国大学文学部哲学科(昭和18年)卒 [歴]NHKに勤務。大学在学中より太宰治に師事し、戦後は一時期放浪生活に入ったが、胸を病んで8年間療養生活をする。後「立像」「現代人」などに創作を発表し、昭和46年発表の「寂光」は直木賞候補作品となる。埼玉県文化団体連合会副会長、浦和文芸家協会会長などを歴任。著書に「古都の女」「船のない港」「太宰治と津軽路」「万骨の野」などがある。 [団]日本文芸家協会、日本ペンクラブ、埼玉県文化団体連合会、浦和文芸家協会(会長)

桂 芳久　かつら・よしひさ

小説家 評論家 北里大学名誉教授 [生]昭和4年3月4日 [出]広島県 [学]慶応義塾大学文学部国文科(昭和29年)卒、慶応義塾大学大学院文学研究科(昭和32年)修了 [歴]「文学共和国」「三田文学」などの同人雑誌で活躍。昭和28年「刺草の蔭に」を発表し、文壇で注目される。北里大学教養部教授を務めた。著書に「海鳴りの遠くより」「火と碑」「水と火の伝承」「光の祭場」などがある。 [団]三田文学会(理事)、日本文芸家協会

葛城 範子　かつらぎ・のりこ
小説家　[生]昭和19年8月17日　[出]東京都　[学]文化女子短期大学卒、文化服装学院卒　[賞]池内祥三文学奨励賞(第16回)(昭和61年)「福の神」「スペアキー」「暗い珊瑚礁」　[歴]講談社に入社。女性誌の編集部を経て、小説家として活躍。著書に「加賀友禅殺人事件」「江戸小紋殺人事件」「龍文壷の殺意」がある。　[団]大衆文学研究会、新鷹会、日本文芸家協会

加藤 暁子　かとう・あきこ
児童劇作家　人形劇指導者　[生]昭和8年3月9日　[出]東京　[学]東京大学文学部美学美術史科(昭和30年)卒　[歴]劇団人形座に入る。昭和37年チェコスロバキアで東ヨーロッパの人形劇を学ぶ。人形劇団カラバス、いっすん座などで美術、台本、演技などを担当。横浜人形の家、日本演劇教育連盟、埼玉県立衛生短期大学などで人形劇の指導研究に従事。のち翻訳、研究にあたる。著書に「人形の国のガリバーさん」「保育室の中の人形劇」、翻訳戯曲に「ホップ・ステップ・ジャンプくん」「ガリバーさん」などがある。[団]国際人形劇連盟、日本演劇教育連盟、子どもの文化研究所

加藤 晃　かとう・あきら
鍼灸業　作家　[生]大正8年1月　[出]愛知県豊明市　[学]名古屋帝大数学科退学、国立東京視力障害センター鍼灸マッサージ課卒　[賞]世界盲人文学コンクール最高位賞(昭和50年)　[歴]陸軍工科学校を経て陸軍科学研究所に勤務。大学を失明で退学、マッサージなどを学びタイ国バンコク盲学校教師。帰国後、郷里で鍼灸業に従事。かたわら「医家芸術」誌、同人誌「芽」に創作、随筆を発表。著書に創作集「暗渠」「花の香」、「随所百題」などがある。

加藤 有芳　かとう・ありよし
シナリオライター　[専]アニメーション　教育映画　[生]昭和6年7月8日　[出]福岡県　[学]早稲田大学卒　[賞]文部大臣賞「母さんは歌ったよ」、教育映画祭最優秀作品賞「母さんは歌ったよ」[歴]主な作品に映画「地球の夜は真紅だぜ」「母さんは歌ったよ」、テレビ「ムーミン」(フジ)など。

加藤 栄次　かとう・えいじ
立川美術学院講師　小説現代新人賞(第48回・昭和62年)受賞者　[生]昭和29年7月3日　[出]岐阜県土岐市　[学]東京芸大卒　[賞]小説現代新人賞(第48回)(昭和62年)「真作譚」　[歴]絵画技法・材料の研究家で、立川美術学院講師を務める。

加藤 薫　かとう・かおる
作家　[生]昭和8年9月26日　[出]神奈川県横浜市　本名＝江間俊一　[学]学習院大学政経学部卒　[賞]オール読物推理小説新人賞(第8回)(昭和44年)「アルプスに死す」　[歴]昭和44年「アルプスに死す」で第8回のオール読物推理小説新人賞を受賞する。以後の作品は少なく、46年から47年にかけて「雪煙」を「スキージャーナル」に連載した。　[団]日本文芸家協会、日本推理作家協会

加藤 籌子　かとう・かずこ
小説家　[生]明治16年6月24日　[没]昭和31年12月26日　[出]愛知県豊橋　本名＝加藤かず　筆名＝小栗籌子　[歴]小栗風葉と結婚するが、家庭の事情で別居生活をし、明治42年発表の「留守居」や「多事」などを発表。風葉の死後は漢詩を多く発表した。　[家]夫＝小栗風葉(小説家)

加藤 公彦　かとう・きみひこ
小説家　[生]昭和4年　[没]昭和62年　[出]東京　本名＝加藤一男　[学]八雲高(昭和21年)卒　[賞]幻影城新人賞(昭和53年)　[歴]昭和24年東映シナリオライター、のち週刊誌ルポライターに。46年「週刊話題」に「肉体の宴」を連載。著書に「殺人津軽艶笑譚」「新選組殺人事件」。

加藤 蚯蚓　かとう・きゅういん
新聞記者　探偵小説作家　[没](生没年不詳)
[歴]経歴など不明な点が多い。明治34年金松堂より「娘玉乗り」を書き下した。探偵小説だが、毒婦の罪跡を述べたもので、異様な経歴談に人気を博した。

加藤 秀　かとう・しゅう
作家　児童文学者　[専]ミステリー　伝記　[生]大正14年12月26日　[出]秋田県　本名＝加藤市郎　[学]秋田師範卒　[歴]小・中学校の教師生活を経て、児童書出版で知られる偕成社で17年間児童図書の編集を担当したが、昭和45年に退社、以来作家生活に入る。科学物語を中心としてノンフィクションものが多い。著書に「心をうつ話いじん物語千年」「ひきさかれた大陸」「みちのく風流滑稽譚」「姿なき企業殺人」など。[団]日本文芸家協会、日本児童文学者協会、ノンフィクション児童文学の会

加藤 周一　かとう・しゅういち
文芸評論家　作家　元・上智大学教授　[専]日本思想史　日本文化史　[生]大正8年9月19日　[出]東京　別名＝藤沢正　[学]東京帝国大学医学部(昭和18年)卒　医学博士　[賞]大仏次郎賞(第7回)(昭和55年)「日本文学史序説」、フランス芸術文化勲章オフィシエ章(平成5年)、朝日賞(平成6年)、レジオン・ド・ヌール勲章オフィシエ

章(平成12年)　[歴]一高在学中に福永武彦、中村真一郎らを知り、東京帝大医学部進学後は仏文科の講義にも出、マチネ・ポエティクに参加。昭和21年福永、中村との共著「1946文学的考察」を、23年には「マチネ・ポエティク詩集」を刊行。また「近代文学」「方舟」などの同人となる。26年半給費留学生として渡仏し、医学研究のかたわら、フランスを中心にヨーロッパ各地の文化を研究し、30年帰国。医師をしながら「日本文化の雑種性」などを発表。33年医業を廃し、35年東京大学文学部講師に就任したが、秋にカナダのブリティッシュ・コロンビア大学に招かれ、以後ベルリン自由大学、エール大学教授となり、51年から上智大学教授。63年都立中央図書館長に就任。のち立命館大学客員教授。平成10年には78歳で初の戯曲「消えた版木 富永仲基異聞」を書く。ほかに評論「文学と現実」「抵抗の文学」「雑種文化」「現代ヨーロッパの精神」「日本文学史序説」、小説「ある晴れた日に」「運命」、自伝「羊の歌」、エッセイ「山中人閒話」「夕陽妄語」、詩歌集「薔薇譜」「加藤周一詩集」などの著書があり、文学・文化の面で幅広く活躍をしている。また、林達夫のあとを継いで平凡社「大百科事典」の編集長をつとめた。「加藤周一著作集」(全24巻，平凡社)、「加藤周一対話集」(全4巻・別巻1，かもがわ出版)がある。
[団]日本文芸家協会

加堂 秀三　かどう・しゅうぞう
小説家　[生]昭和15年4月11日　[没]平成13年2月2日　[出]大阪府　[学]高校中退　[賞]小説現代新人賞(第14回)(昭和45年)「町の底」、吉川英治文学新人賞(第1回)(昭和55年)「涸滝」　[歴]高校中退後、研磨工、サンドイッチマン、印刷工、貿易会社社員、コピーライターなどさまざまな職業に就きながら「潮流詩派」その他へ詩を発表。のちに小説に進出し、昭和45年「町の底」で小説現代新人賞、55年「涸滝」で第1回吉川英治文学新人賞を受賞、57年「舞台女優」で直木賞候補になった。以後、恋愛小説を中心に精力的に作品を発表。他に「青銅物語」などがある。長年体調が悪く、平成13年2月執筆の行き詰まりを記した遺書を残して自殺した。
[団]日本ペンクラブ、日本文芸家協会

加藤 純子　かとう・じゅんこ
小説家　児童文学作家　[生]昭和22年12月25日　[出]埼玉県秩父市　[学]慶応義塾大学文学部中退　[歴]都会に住むエリート少年少女たちの世界を斬新に描いた「初恋クレイジーパズル」でデビュー。作品に「卒業、さよならのコンサート」「ひみつの日記」「シンデレラにはもうなれない」「ゆれる13歳心はオレンジ・サマー」「ハンナのかばん」など。　[団]日本児童文学者協会、全国児童文学同人誌連絡会

加藤 真司　かとう・しんじ
建設省佐賀国道工事事務所副所長　歴史群像大賞を受賞　[学]名古屋大学農学部造園専攻卒　[賞]歴史群像大賞(第1回)(平成6年)「古事記が明かす邪馬台国の謎」　[歴]建設省関東建設局を経て、平成4年佐賀国道工事事務所副所長になり、国営吉野ケ里歴史公園整備の現地責任者を務める。一方、佐賀に着任後仕事のため考古学を独学するうち弥生時代を研究するようになり、古事記の記述と吉野ケ里遺跡に代表される最新発掘データを照合し、邪馬台国は畿内ではなく筑紫平野にあったとする説を打ち出した。それらをまとめ歴史ノンフィクション「古事記が明かす邪馬台国の謎」を執筆。

加藤 泰　かとう・たい
映画監督　シナリオライター　[生]大正5年8月24日　[没]昭和60年6月17日　[出]兵庫県神戸市　本名＝加藤泰通(かとう・やすみち)　[学]愛知県立工業学校中退　[賞]京都市民映画祭監督賞(昭和45年)、年間代表シナリオ(昭和48年)「日本侠花伝」、くまもと映画祭特別功労賞(第1回)(昭和50年)、ヨコハマ映画祭特別大賞(昭和56年)
[歴]昭和12年叔父の山中貞雄監督の紹介で東宝撮影所助監督部に入ったが、戦後は大映、東映へと移り、シナリオ、監督の両分野で活躍、ローアングルの長回しによる独特の映像を生んだ。37年の「瞼の母」、41年「沓掛時次郎・遊侠一匹」は戦後の股旅物の最高傑作といわれるが、任侠映画にもさえをみせ、藤純子の「緋牡丹博徒」シリーズのうち「花札勝負」など3作を監督している。シナリオ集「日本侠花伝」のほか、「遊侠一匹・加藤泰の世界」「映画監督山中貞雄」などの著書がある。　[団]日本シナリオ作家協会、日本映画監督協会

加藤 多一　かとう・たいち
童話作家　評論家　オホーツク文学館館長
[生]昭和9年6月1日　[出]北海道紋別郡滝上町　[学]北海道大学教育学部(昭和33年)卒　[興]北海道開拓史　[賞]新墾賞評論賞(第11回)(昭和45年)、童話作品ベスト3賞(昭和47年，54年)、日本童話会賞(第12回・昭50年度)(昭和51年)「白いエプロン白いヤギ」、北海道新聞文学賞佳作賞「ふぶきだ走れ」、北の児童文学賞(第1回)(昭和60年)「ふぶきの家のノンコ」、日本児童文学者協会賞(昭和61年)「草原—ぼくと子っこ牛の大地」、赤い鳥文学賞(第22回)(平成4年)「遠くへいく川」、北海道文化賞(平成7年)
[歴]大学時代から童話を書き始め、昭和33年札幌市役所に入ったのちも書き続ける。広報課長などを経て、58年市民文化室長に就任。61

年7月オープンした「札幌芸術の森」の実務責任者でもあった。同年12月退任、62年稚内北星学園短期大学教授。平成7年オホーツク文学館館長。「亜空間」「森の仲間」各同人。代表作に「白いエプロン白いヤギ」「ふぶきだ走れ」「原野にとぶ橇」「ふぶきの家のノンコ」など。
㊟日本児童文学者協会(評議員)、北海道児童文学の会、日本童話会

加藤 喬　かとう・たかし
米国国防総省言語学校日本語教官　開高健賞奨励賞を受賞　㊤昭和32年　㊥東京都　㊦独協大学中退、アラスカ州立大学卒、米国陸軍将校養成課程修了　㊨開高健賞奨励賞(第3回)(平成6年)「LT」　㊧昭和54年渡米し、働きながら短大を卒業。帰国後通訳としてタンザニアの合弁企業に就職。58年再渡米後、アラスカ州立大学フェアバンクス校で大学併設の陸軍将校養成課程(ROTC)を修了。米国市民権も取得し、62年陸軍少尉に。その後東洋哲学に関心を持ち、大学院で学ぶため依願退役で予備役に編入、修士号を取得した。在学中に湾岸戦争がおこり、現役志願してサウジアラビアで補給部隊の中隊長を務め、のち大尉として、米国防総省言語学校の日本語教官に。一方、自らの半生をまとめた小説「LT(尉官将校)」を執筆。
㊟父=福島正実(SF作家・SFマガジン初代編集長・故人)

加藤 武雄　かとう・たけお
小説家　㊤明治21年5月3日　㊥昭和31年9月1日　㊦神奈川県津久井郡川尻村　号=東海　㊨川尻小学校高等科(明治25年)卒　㊧小学校准教員の検定試験に合格し明治43年まで小学校教員を務める。この間、39年より「文章世界」「中学世界」などに投稿し投書界の花形となる。44年新潮社に入り、「文章倶楽部」「文学時代」の編集に従事。大正8年第1創作集「郷愁」で作家としてデビュー。郷土色豊かな作品の外、農民文学にも関心を示し農民文芸会の「農民」を発刊した。その後通俗小説、少女小説作家として活躍した。代表作に「祭の夜の出来事」「土を離れて」「悩ましき春」「長篇三人全集」(中村武羅夫、三上於菟吉と共著)、「君よ知るや南の国」「吹けよ春風」などがある。
㊟弟=加藤哲雄(歌人)

加藤 直　かとう・ただし
演出家　劇作家　神奈川芸術文化財団演劇部門プロデューサー　㊤昭和17年12月18日　㊥神奈川県横浜市　㊦上智大学外国学部仏語科中退、俳優座養成所(昭和41年)卒　㊧自主映画製作活動に携わった後、アングラ劇団・黒色テント68/71の設立に参加。「シュールレアリスム宣言」「西遊記」「都会のジャングル」「あちゃか商人」などの劇作・演出を手がける。一方、昭和55年頃からは音楽の知識の深さを武器に劇団外でも活躍しオペラ、ミュージカル、コンサートを演出、メジャーの世界でも注目される。62年銀座セゾン劇場で沢田研二とのコンビで「ANZUCHI」を上演し、大ヒット。以後、「沢田研二・ACTシリーズ」として続いた。また、オペラシアターこんにゃく座公演の「十二夜」はジロー・オペラ賞を、「セロ弾きのゴーシュ」が芸術祭賞を受賞。平成7年神奈川芸術文化財団演劇部門プロデューサーに就任。戯曲に「シュールレアリスム宣言」「ガリガリ博士の異常な愛情」「アメリカ」、合唱劇に「星から届いた歌」などがある。他にミュージカル「ピーターパン」などを手がける。

加藤 千恵　かとう・ちえ
シナリオライター　㊤昭和29年2月23日　㊥東京都　本名=加藤裕乃　㊦成城大学経済学部(昭和51年)卒　㊨TBS新鋭シナリオ賞入選(昭和62年)「東京フリーマーケット」　㊧昭和51～54年東京農大の学長室に勤務。独学でシナリオを書き始め、62年公募に初挑戦し、TBS新鋭シナリオ賞に入選。　㊟夫=加藤文彦

加藤 輝男　かとう・てるお
児童文学作家　㊤明治43年11月14日　㊥昭和49年12月28日　㊦東京　別名=加藤てる緒　㊦山梨師範卒　㊧小学校教師を経て新聞記者となり「毎日小学生新聞」などを編集し、昭和40年に退社。そのかたわら児童文学作家として活躍し、16年「旗を振る朝」を刊行。戦後は「トナカイ村」を主宰する。他の著書に「青空の子供たち」「ころげたやしのみ」「陽の照る椰子林」「残されたマスク」などがある。

加藤 輝治　かとう・てるじ
児童文学作家　中学校教師　㊤昭和9年6月23日　㊥奈良県　㊦奈良学芸大学卒　㊨毎日児童小説(第16回)(昭和41年)「ふりかえるな裕次」　㊧小・中学校教師を務める傍ら児童小説を書く。世界わたぼうし文学賞委員。代表作に「ふりかえるな裕次」「ナガマサの胸に勲章を」「こどくな少年の季節」「南代の少女」などがある。
㊟日本ペンクラブ

加藤 徹　かとう・とおる
広島大学総合科学部助教授　㊦中国文学　㊤昭和38年　㊥東京都北区赤羽　筆名=嘉藤徹　㊦東京大学文学部卒、東京大学大学院中国文学専攻　㊧大学時代、在日華僑の京劇愛好家の集団・東京票房に出入りし俳優座演出部員・木村鈴吉らが結成した京劇研究会に入り、役者、楽器伴奏者として活動。平成4年にはドイツの

劇作家ブレヒトの「ホラティ人とクリアティ人」を京劇化し、「東京的京劇」として上演、同年中国政府の支援を得て上海で公演。この間、2年北京大学に留学。5年広島大学専任講師、のち助教授。本名の加藤徹名義の著書に「演劇と映画」(共著)がある他、嘉藤徹のペンネームで小説「倭の風」「封神演義」などを発表する。
http://home.hiroshima-u.ac.jp/cato/

加藤 伸代　かとう・のぶよ
シナリオライター　[生]昭和34年　[出]神奈川県　[歴]劇団・天井桟敷を経て、神山征二郎監督のこぶしプロダクション、次いで神山プロダクション勤務。経理、映画製作事務を担当。そのころシナリオ講座に通い16期終了。平成6年「さくら」で脚本家デビュー。7年神山監督の東宝映画「ひめゆりの塔」で監督と共同脚本。他に劇場用アニメ「どすこい！わんぱく土俵」(松竹)、テレビドキュメンタリー「五粒の真珠」などがある。

加藤 博子　かとう・ひろこ
フェミナ賞を受賞　[生]昭和35年9月26日　[出]大阪府　[学]四条畷学園女子短期大学卒　[賞]フェミナ賞(第2回)(平成2年)「ヒロコ」　[歴]短大卒業後、職を転々と変え、人里離れた救護院で人目を忍んだ同棲生活を送る。これらの体験を小説にした「ヒロコ」で平成2年第2回フェミナ賞を受賞。4年単行本を出版。

加藤 宏美　かとう・ひろみ
シナリオライター　[生]昭和37年　[出]東京都　本名＝南部宏美　[学]日本デザイナー学院卒　[歴]国学院高校時代「太陽にほえろ！」に脚本が採用される。デザイン学院卒業後、グラフィック・デザイナーを経て、シナリオライターに。作品に「国語問題必勝法」(関西・フジ)など。平成8年公開のアニメ映画「PiPiピピ とべないホタル」の脚本を担当。

加藤 文治　かとう・ぶんじ
シナリオライター　[生]昭和7年11月6日　[出]神奈川県横浜市　[学]日本大学芸術学部卒　[興]現代的な喜劇番組　[歴]日本放送作家協会理事を務めた。主な作品にラジオ「二人の部屋」(NHK)、テレビ「そこが知りたい」(TBS)著書に「ザ・スキャンダル」など。[団]日本作家クラブ、日本放送作家協会、日本脚本家連盟

加藤 昌雄　かとう・まさお
小説家　[生]明治36年　[没]大正15年9月16日　[学]慶応義塾大学文学部卒　[歴]大正13年「橡」を創刊し「装飾」を発表。以後「最初の頁」「紅茶とウイスキイ」「新しき暴君」などを発表した。

加藤 まさを　かとう・まさお
挿絵画家　童謡詩人　小説家　[生]明治30年4月10日　[没]昭和52年11月1日　[出]静岡県藤枝市　本名＝加藤正男　別名＝藤枝春彦、蓬芳夫　[学]立教大学英文科卒　[歴]学生時代から抒情画風の挿絵を描き、「少女画報」「少女倶楽部」「令女界」に抒情画と抒情詩、童話を発表、小説も書いて、少女たちの人気を得、ジャーナリズムにもてはやされた。作品に童謡画集「かなりやの墓」「合歓の揺籃」、詩集「まさを抒情詩」、少女小説「遠い薔薇」「消えゆく虹」など。また死の直前「加藤まさを抒情画集」を出版。童謡「月の沙漠」は佐々木すぐる作曲で今なお愛唱され続け、千葉県御宿に記念碑がある。

加藤 学生　かとう・まなぶ
シナリオライター　小説家　[生]昭和23年10月27日　[出]北海道　本名＝加藤学　[学]忍岡高卒　[歴]平成6年堤幸彦監督原案による映画「さよならニッポン！」の脚本担当。他のTV脚本・構成作品に「シャボン玉ホリデー」「ゲバゲバ90分」「カリキュラマシーン」「八時だヨ全員集合！」「金田一少年の事件簿」「ドラマ23」、ラジオ作品に「オールナイト・ニッポン」「セイ・ヤング」など多数。小説に「美味しい殺人」「ムルロアの復讐」などがある。

加藤 道夫　かとう・みちお
劇作家　[生]大正7年10月17日　[没]昭和28年12月22日　[出]福岡県遠賀郡戸畑町　[学]慶応義塾大学英文科(昭和17年)卒　[賞]水上滝太郎賞(第1回)(昭和23年)「なよたけ」　[歴]3歳の時東京に転居。慶大予科に入り芥川比呂志、梅田晴夫らと知り合い、英語劇の舞台に立つ。大学英文科に進み、芥川らと研究劇団・新演劇研究会を結成し、劇作、戯曲翻訳も始める。昭和18年陸軍省通訳任官。同年秋戯曲「なよたけ」脱稿後従軍、ニューギニアでマラリアに罹り九死に一生を得て21年復員。22年長岡輝子、芥川らと麦の会を結成。23年「なよたけ」で第1回水上滝太郎賞受賞。24年文学座に入り劇作のほか演出も行う。戯曲「思ひ出を売る男」「襤褸と宝石」、児童劇「あまのじゃく」などの他、翻訳や評論も発表し、詩的美しさを持つ新進劇作家と期待されたが、自殺した。「加藤道夫全集」(全2巻，青土社)がある。
[家]妻＝加藤治子(女優)

加藤 美知代　かとう・みちよ
フジテレビヤングシナリオ大賞を受賞　[生]昭和44年　[出]新潟県　[学]日本大学芸術学部放送学科卒　[賞]フジテレビヤングシナリオ大賞(第10回)(平成10年)「すばらしい日々」　[歴]平成10年「すばらしい日々」でフジテレビヤングシナリオ大賞を受賞。

加藤 満男　かとう・みつお
シナリオライター　[生]昭和27年10月3日　[出]岐阜県土岐市　[学]多治見工卒　[賞]NHK名古屋放送局ラジオドラマコンクール(佳作)(昭和51年)「愛に走って」　[歴]著書に「愛に走って―NHKラジオドラマシナリオ集」がある。　[団]放送作家協会、脚本家連盟

加藤 宗哉　かとう・むねや
小説家　[生]昭和20年12月23日　[出]東京都　[学]慶応義塾大学経済学部卒　[歴]学生時代、第7次「三田文学」に参加、同誌に小説を発表。のち作家生活に入る。著書に小説「百日の肥育鶏」「彼らの諍い」などの他、「あなたはなぜ神など信ずるか」「神さまを見つけた30人」「日本の城下町」(共著)「死に至る恋―情死」他。　[団]日本文芸家協会

加藤 盟　かとう・めい
映画監督　[生]昭和11年3月21日　[出]東京　[学]舞台芸術学院(昭和31年)卒　[賞]ライプチヒ映画祭国際批評家賞「白鳥事件」、アジア映画祭脚本賞「先生のつうしんぼ」、国際児童年ユニセフ映画祭グランプリ(昭和54年)「アニメイム」　[歴]フリーの助監督として独立プロに参加、山本薩夫に師事。昭和45年短編「白鳥事件」で演出デビュー。「わんぱくパック」(青銅プロ)で長編デビュー。吉原幸夫と共同脚本「先生のつうしんぼ」(52年)でアジア映画祭脚本賞、映像構成を担当「アニメイム」で54年国際児童年ユニセフ映画祭グランプリを受賞した。長編第一作より一貫して親子映画運動のための子供向け作品を作り続けており、TVに「土曜日の虎」(TBS)「バッテンロボ丸」「どきんちょネムリン」(フジ)等。62年「オバケちゃん」(大映映像・共同映画全国系列会議)。　[団]日本映画監督協会

加藤 明治　かとう・めいじ
児童文学者　[生]明治44年5月23日　[没]昭和45年12月30日　[出]長野県上伊那郡南箕輪村　[学]長野師範卒　[賞]日本児童文学者協会新人賞(第9回)(昭和55年)「つるの声」、児童福祉文化賞(昭和40年)　[歴]昭和5年以降、小・中学校教員となり、そのかたわら児童文学に関心を抱き、のち自ら創作をし、35年刊行の「つるの声」で日本児童文学者協会児童文学新人賞を受賞。また40年刊行の「水つき学校」では児童福祉文化賞を受賞した。

加藤 祐司　かとう・ゆうじ
シナリオライター　[生]昭和32年　[出]宮城県仙台市　[学]東京芸術大学美術学部(昭和57年)卒　[賞]毎日映画コンクール脚本賞(昭和60年)「台風クラブ」　[歴]芸大大学院では、ビザンチン中世壁画を研究。そのかたわら松竹シナリオ研究所に学ぶ。「台風クラブ」がディレクターズ・カンパニー脚本賞に準入賞したのをきっかけに、大学院を2年で中退、シナリオ作家となる。「台風クラブ」は相米慎二監督の手で映画化され、'85年度毎日映画コンクール脚本賞を受賞。テレビシナリオ作品に「お坊っチャマにはわかるまい！」等がある。

加藤 幸子　かとう・ゆきこ
小説家　日本野鳥の会理事　城西大学女子短期大学部客員教授　[生]昭和11年9月26日　[出]北海道札幌市　本名＝白木幸子(しらき・ゆきこ)　[学]北海道大学農学部卒　[賞]新潮新人賞(第14回)(昭和57年)「野餓鬼のいた村」、芥川賞(第88回)(昭和58年)「夢の壁」、芸術選奨文部大臣賞(第41回)(平成3年)「尾崎翠の感覚世界」、毎日芸術賞(第43回)(平成14年)「長江」　[歴]昭和16年12月から6年間北京生活を送る。農林省農業技術研究所、日本自然保護協会などに勤めた後、大井埋立地の野鳥生息地保護運動に取り組む。48年頃から同人誌「文芸生活」に入る。「野餓鬼のいた村」で57年新潮新人賞を受け、「夢の壁」で58年芥川賞を受賞。著書は「翡翠色のメッセージ」「時の筏」「私の自然ウォッチング」「苺畑よ永遠に」「尾崎翠の感覚世界」「長江」ほか。　[団]日本文芸家協会、日本ペンクラブ(理事)

門田 泰明　かどた・やすあき
作家　[専]イギリス文学　広報宣伝学　[生]昭和15年5月31日　[出]大阪府　[興]電子工学、海洋学、医学、薬学、無線通信　[賞]全国学芸コンクール小説賞(昭和43年)　[歴]19歳で文芸誌「れもん」の同人となる。電機、医薬、商社の取締役、監査役を歴任。芥川賞作家の故・多田裕計に師事し、昭和54年小説宝石連載「闇の総理を撃て」でデビュー。社会派小説、恋愛小説、企業小説、サスペンスロマンなど広範な分野で活動。代表作に「天竺川」「春の乱」「人妻鬼」のほか、爆発的ベストセラーとなった〈黒豹シリーズ〉がある。

角野 栄子　かどの・えいこ
児童文学作家　[生]昭和10年1月1日　[出]東京　[学]早稲田大学教育学部英語英文学科(昭和32年)卒　[興]ファンタジーの長編　[賞]旺文社児童文学賞(第4回)(昭和56年)「スボン船長さんの話」、サンケイ児童出版文化賞大賞(第29回)(昭和57年)「大どろぼうブラブラ氏」、サンケイ児童出

版文化賞(第31回)(昭和59年)「おはいんなさいえりまきに」、路傍の石文学賞(第6回)(昭和59年)「わたしのママはしずかさん」「ズボン船長さんの話」、野間児童文芸賞(第23回)(昭和60年)「魔女の宅急便」、アンデルセン賞国内賞(昭和60年)「魔女の宅急便」、小学館文学賞(第34回)(昭和60年)「魔女の宅急便」、日本の絵本賞 絵本にっぽん賞特別賞(第15回)(平成4年)「あたらしいおふとん」、紫綬褒章(平成12年)　[歴]出版社勤務の後、昭和34年移民としてブラジルに渡り、2年間滞在。その体験を描いた「ルイジンニョ少年」が処女作。その後、本格的に児童文学の世界へ。56年「ズボン船長さんの話」で旺文社児童文学賞受賞。60年「魔女の宅急便」で野間児童文芸賞他を受賞、平成元年アニメ映画化されヒットした。また、4年には蜷川幸雄演出によりミュージカル化されヒットした。他の著書に「小さなおばけ」シリーズ、「おおどろぼうブラブラ氏」など多数。[団]国際児童図書評議会日本支部、日本ペンクラブ、日本文芸家協会

上遠野 浩平　かどの・こうへい

小説家　[専]ゲーム小説　[生]昭和43年12月12日　[出]千葉県　[学]法政大学第2経済学部商学科卒　[賞]電撃ゲーム小説大賞(平成9年)「ブギーポップは笑わない」　[歴]大学在学中から創作を始め、平成9年「ブギーポップは笑わない」で小説家デビュー。同作はシリーズ化され、ベストセラーとなる。12年には映画、テレビアニメ化される。他の作品に「殺竜事件」「紫骸城事件」「ぼくらは虚空に夜を視る」などがある。

門林 真由美　かどばやし・まゆみ

児童文学作家　[生]昭和42年　[出]大阪府　[学]大阪市立大学文学部卒　[賞]ニッサン童話と絵本のグランプリ(第9回・童話部門大賞(平成5年)「春のかんむり」　[歴]小学校時代に恩師の勧めで童話を書き始める。共著に「春のかんむり」がある。

香取 俊介　かとり・しゅんすけ

脚本家　作家　[生]昭和17年9月22日　[出]東京　[学]東京外国語大学露語科卒　[賞]ラジオドキュメンタリー芸術作品賞(平成1年)「ユダヤ人を救った1500枚のビザ」　[歴]昭和43年NHK報道局外国放送受信部に勤務。ドラマ番組班を経て、フリーの脚本家に転身。主な作品にテレビ「私生活」「山河燃ゆ」「家族物語」(NHK)、「女が会社を作るとき」(TBS)、「サンデー兆治の妻」「さすらい刑事」(テレ朝)など。ドキュメンタリーの構成、戯曲、小説も手がける。著書に「裂けた家族」「Jの影」「もうひとつの昭和—NHK外国放送受信部の人びと」「モダンガール」「マッカーサーが探した男」「いつか見た人」など。

門脇 照男　かどわき・てるお

作家　[生]大正13年11月7日　[出]香川県　[学]法政大学文学部卒　[賞]読売短編小説賞(昭和38年)「蛇」、香川菊池寛賞(昭和39年)「誕生日小景」　[歴]東京都や香川県で教職につき、平成4年四国学院大学非常勤講師で教員生活を退く。「瀬戸内文学」「無帽」同人。作品に「花火」「夕日」「狐火」「文学ひとり旅」など。　[団]日本文芸家協会

金井 明　かない・あきら

小説家　[生]昭和6年1月3日　[出]高知県高知市　[学]産業能率短期大学卒　[賞]椋庵文学賞(第17回)(昭和58年)「沈下橋」　[歴]作品に「死影の街」など。第二次大戦中、大阪～高知間の定期船・滋賀丸が室戸岬沖で米潜水艦の魚雷攻撃を受けて沈没、乗員・乗客190人のうち約150人が犠牲になった滋賀丸事件の真相を調査、平成2年調査結果をもとにした作品を出版する。曙企業代表取締役を務め、喫茶店を経営。

金井 貴一　かない・きいち

シナリオライター　[生]昭和11年　[出]大阪府八尾市　[学]近畿大学卒　[歴]昭和35年毎日テレビ「クラボウミステリー」のテレビ・ドラマ向け小説に「長すぎた電話」が佳作受賞。44年から5年間に、4度江戸川乱歩賞候補となる。60年朝日放送「部長刑事・刑事たちの長い日」でシナリオ・ライターとしてデビュー。シナリオ作品としてテレビに「近松青春日記・幻の女」(NHK)、「中学生日記」(NHK)、「部長刑事シリーズ」(朝日放送)など、映画に「舞妓物語」など多数がある。著書に「毒殺—小説帝銀事件」「小説 下山事件」。

金井 美恵子　かない・みえこ

小説家　詩人　[生]昭和22年11月3日　[出]群馬県高崎市　[学]高崎女子高卒　[賞]現代詩手帖賞(第8回)(昭和42年)、泉鏡花文学賞(第7回)(昭和54年)「プラトン的恋愛」、女流文学賞(第27回)(昭和63年)「タマや」　[歴]13歳で作家を夢み、19歳でデビュー。昭和42年「愛の生活」で第3回太宰賞次席となり、同年第8回現代詩手帖賞受賞。「凶区」同人としての詩作活動と並行して、アンチロマン風の小説を書き続ける。映画批評も手がける。著作に「夢の時間」「兎」「岸辺のない海」「プラトン的恋愛」「単語集」「文章教室」「本を書く人読まぬ人・とかくこの世はままならぬ」「恋愛太平記」「ページをめくる指」など、詩集に「マダム・ジュジュの家」「春の画の館」「花火」など。他に「金井美恵子全短編」(全3巻)がある。　[団]日本文芸家協会　[家]姉＝金井久美子(画家)

仮名垣 魯文　かながき・ろぶん

戯作者　新聞記者　[生]文政12年1月6日(1829年)　[没]明治27年11月8日　[出]江戸・京橋　本名=野崎文蔵(のざき・ぶんぞう)　幼名=兼吉、文蔵、別号=鈍亭、野狐庵、猫々道人　[歴]新橋竹川町の諸藩御用達鳥羽屋に丁稚奉公をし、そのかたわら戯作本を愛読。のち戯作者花笠文京に入門して放浪生活をする。安政の大地震で「安政見聞誌」を刊行し、文延元年から文久元年にかけて「滑稽冨士詣」を刊行し、戯作者として注目される。明治に入ってからは「西洋道中膝栗毛」「安愚楽鍋」などを刊行し、明治初期の戯作文学者として活躍。他の作品に「高橋阿伝夜刃譚」などがある。

金川 太郎　かながわ・たろう

小説家　[生]大正4年5月20日　[没]平成5年2月27日　[出]福岡県　[学]慶応義塾大学文学部卒　[賞]サンデー毎日大衆文芸賞(第33回)(昭和18年)「交流」、日本文芸大賞歴史文学賞(第1回)(昭和56年)　[歴]昭和15年から法務省に勤務。18年「サンデー毎日」の大衆文芸賞に「交流」が入選。25年「新樹」で読売新聞小説賞を受賞し、34年「次席検事」が直木賞候補作品となる。著書に「千人同心」「妖怪時代」など。　[団]日本文芸家協会、日本推理作家協会

金治 直美　かなじ・なおみ

児童文学作家　[生]昭和22年　[出]埼玉県　[賞]児童文芸新人賞(第30回)(平成13年)「さらば、猫の手」　[歴]児童文学研究会「さわらび」同人。平成12年「さらば、猫の手」でデビュー。　[団]日本児童文芸家協会

金杉 忠男　かなすぎ・ただお

劇作家　演出家　金杉忠男アソシエーツ主宰　[生]昭和15年12月25日　[没]平成9年11月12日　[出]東京　[学]足立高卒　[歴]昭和42年劇団中村座を結成し、代表に。小劇場第一世代の劇団として質の高い舞台づくりで評価を得る。平成2年3月解散。3年1月企画制作集団・金杉忠男アソシエーツを発足。代表作に「説教強盗」「四ツ木橋自転車隊」「プールサイド」「花の寺」など。

かなまる よしあき

作家　[生]昭和3年8月21日　[出]北海道室蘭市　本名=金丸義昭　別名=椎田潤志　[学]東北学院工業専門学校中退　[賞]北海道新文学賞(第13回)(昭和54年)「証人台」、室蘭文化連盟芸術賞(昭和55年)「証人台」、北海道産業貢献賞(平成2年)　[歴]昭和21年室蘭電気通信工事局に勤務するが、労働組合運動に加わったため、24年解雇される。広告美術業白羊社を自営。25年全逓室蘭文学サークル誌「はたちの周囲」を創刊し、以後いくつかの同人誌をおこして小説、評論を書いている。作品集「牧草地」など。「全逓北海道文学」「留萌文学」同人。　[団]新日本文学会、室蘭文芸協会、全道北海道文学サークル

金谷 完治　かなや・かんじ

小説家　[生]明治34年5月1日　[没]昭和21年1月5日　[学]早稲田大学卒　[歴]昭和5年「新科学的文芸」の、6年「新作家」の創刊に参加し、また「新文学研究」「文芸」などに小説を発表。主な作品に「アラシの斜面」「熒惑」などがある。

金谷 祐子　かなや・ゆうこ

シナリオライター　[生]昭和30年2月23日　[出]香川県　[学]東京デザイナー学院広報科卒　[歴]四国電力広報科勤務を経て、昭和55年コピーライターを目指して上京。仕事の傍ら放送作家教室に通い、在籍中の61年「創作テレビドラマ脚本懸賞」に入選。受賞作の「月夜のうさぎ」が初オンエア作となる。主な作品に「典奴どすえ！」(TBS)、「追いかけたいの！」「いつも誰かに恋してるッ」(フジ)、「やるっきゃないモン！」(テレ朝)、「温泉仲居物語」(テレビ東京)など。

加奈山 径　かなやま・けい

小説家　[生]昭和8年4月2日　[出]青森県　本名=金山虔　[学]早稲田大学文学部卒　[賞]日本文芸大賞(現代小説賞，第13回)「兎の復讐」、全作家賞(第10回)「上顎下顎観血手術」　[歴]小説に「煉瓦造りの家」「鐘の中」「檻の中」「上顎下顎観血手術」「兎の復讐」他。一方、長年運輸会社で人事を担当し、常務を務める。ビジネス関連の著書に「人事異事」「人兌換紙幣—物流経費削減の裏側」。　[団]日本ペンクラブ、日本文芸家協会、全国同人雑誌作家協会(常務理事)

蟹谷 勉　かにや・つとむ

小説家　[生]昭和28年　[出]栃木県　本名=加藤恵一　[学]広島大学大学院文学研究科(昭和55年)修了　[賞]具志川市文学賞(平成4年)「死に至るノーサイド」、日本海文学大賞(小説部門準大賞，第7回)(平成8年)「橘」　[歴]昭和57年より本格的にラグビーを始め、栃木不惑プレジデンツに所属。ラグビーを題材に小説を執筆。主な作品に「死に至るノーサイド」「たった一度だけのトライ」「橘」などがある。

金親 清　かねおや・きよし

小説家　[生]明治40年5月12日　[出]千葉県　[学]高小卒　[歴]プロレタリア文学運動に参加し、昭和6年日本プロレタリア作家同盟書記となる。同年「旱魃」を発表し、以後「製鉄起業祭」「裸の町」「習志野」などを発表。戦後、新日本文学会に参加し、25年日本共産党千葉県委員会

文化部長に就任。戦後の作品に「九十九里海区」「太陽が燃えるとき」などがある。 [団]民主主義文学同盟(名誉同盟員)

金貝 省三　かねがい・しょうぞう

劇作家 [生]大正3年2月5日 [没]昭和56年4月8日 [出]福岡県 本名＝金替正三(かねかい・しょうぞう) [学]青山学院大学文学部(昭和13年)卒 [歴]戦前、軽演劇のムーラン・ルージュで脚本、演出に腕を振るい、戦後は、一時、NHKのラジオ・ドラマ執筆で菊田一夫と競い合った。そのあとラジオ東京(現・東京放送)、新東宝を経て電通に入社、テレビ草創期の番組制作やCMづくりなどで活躍した。

金子 和子　かねこ・かずこ

童話作家 [生]昭和21年 [出]兵庫県神戸市 筆名＝かねこかずこ [学]松陰女子学院高(昭和40年)卒 [賞]カネボウ・ミセス童話大賞(第6回)(昭和61年)「ペンキ屋さんの青い空」 [歴]神戸の商家の末っ子として生まれた。親から言われるまま、日本舞踊、バレエ、琴、三味線などを習い、琴、三味線は名取の腕前。川崎製鉄に入社。昭和41年20歳で結婚。病気をきっかけに、創作活動に入る。作品に「ペンキ屋さんの青い空」「まほうのうんどうぐつ」「パパのおでかけ作戦三年生」「ぼくらの空きカン回収作戦」など。 [団]日本児童文学者協会、朝日カルチャー童話会

金子 きみ　かねこ・きみ

作家 歌人 [生]大正4年2月12日 [出]北海道湧別町 [学]上芭露高小(昭和5年)卒 [賞]平林たい子文学賞(第11回)(昭和58年)「東京のロビンソン」 [歴]多感な若い日を北海道の開拓地で農業に従事。昭和15年上京し、翌年歌集「草」を出版。戦後は小説にも進出、「裏山」などの作品を発表。40年北海道の原野を舞台にした作品「薮踏み鳴らし」は農民文学賞候補となった。戦時中の体験から、56年に「一粒の自負」というタイトルで「軍縮への提言」論文に応募、一席に。58年独り暮らしの女性をモデルにした小説「東京のロビンソン」で平林たい子文学賞受賞。 [団]日本文芸家協会、新短歌人連盟、草の実会

金子 修介　かねこ・しゅうすけ

映画監督 脚本家 [生]昭和30年6月8日 [出]東京都渋谷区初台 [学]東京学芸大学教育学部小学校教員養成課程国語科(昭和53年)卒 [賞]ヨコハマ映画祭新人監督賞(第10回)(昭和59年)「1999年の夏休み」、にっかつロマン大賞監督賞(第4回)(昭和63年)「ラスト・キャバレー」、ヨコハマ映画祭監督賞(第17回)(平成7年)「ガメラ・大怪獣空中決戦」、ブルーリボン賞監督賞(第38回，平7年度)(平成8年)「ガメラ・大怪獣空中決戦」、日本SF大賞(第17回)(平成8年)「ガメラ2・レギオン襲来」、日本文化デザイン会議賞(日本文化デザイン賞)(平成9年)、キネマ旬報読者ベストテン(平8年度)(平成9年)「ガメラ2・レギオン襲来」 [歴]三鷹高校在学中に8ミリ映画を製作し、監督を志す。昭和53年日活(現・にっかつ)に入社。助監督として、小原宏裕監督、森田芳光監督らに師事。56年TV「うる星やつら」でライターデビュー。映画脚本に「聖子の太股」「スケバン株式会社」など。59年2月「宇能鴻一郎の濡れて打つ」で監督デビュー。「メインテーマ」の助監督の後「OL百合族19歳」「イブちゃんの姫」「みんなあげちゃう」「いたずらロリータ」などにっかつロマンポルノを数多く手がけた。60年フリー。以後62年「恐怖のヤッちゃん」、63年「山田村ワルツ」「1999年の夏休み」「ラスト・キャバレー」、平成元年中山美穂主演「どっちにするの」、2年「香港パラダイス」、7年怪獣映画「ガメラ・大怪獣空中決戦」、8年「ガメラ2・レギオン襲来」、11年「ガメラ3・邪神(イリス)覚醒」、12年「クロスファイア」、13年「ゴジラ・モスラ・キングギドラ 大怪獣総攻撃」を発表。 [家]母＝金子静枝(きり絵作家)

金子 春夢　かねこ・しゅんむ

小説家 評論家 [生]明治4年11月 [没]明治32年3月30日 本名＝金子佐平 号＝斬馬剣禅、笹下庵主人 [歴]国民新聞記者、家庭雑誌主筆として活躍するかたわら、同紙誌などに小説、劇評などを発表。主な作品に明治24年刊行の「今深雪」をはじめ「うき島の荒浪」などがある。

金子 蕉　かねこ・しょう

児童館勤務 毎日童話新人賞(第11回・昭和62年)優秀賞受賞者 本名＝本山しず [賞]毎日童話新人賞優秀賞(第11回)(昭和62年)「大男やごろう」 [歴]児童館勤務のかたわら詩誌「ラ・メール」同人として詩作。童話も書き、昭和62年、第11回毎日童話新人賞で応募作「大男やごろう」が優秀賞を受賞する。ペンネームは「敬愛する詩人、金子光晴と恋人が研究している松尾芭蕉にちなんで」。

金子 正次　かねこ・しょうじ

俳優 脚本家 [生]昭和24年12月19日 [没]昭和58年11月6日 [出]愛媛県 [学]松山聖陵高卒、原宿学校(現・東京映像芸術学院)演技コース修了 [歴]内田栄一主宰の“東京ザットマン”に参加し、アングラ演劇俳優として小劇場を中心に活動。「美少女自動販売機」「昭和まぼろし花」など多数に出演。昭和55年に胃がんの手術をしたあと休養し、58年自ら脚本を書いて主演した映画「竜二」で映画界にデビュー。“80年代のヤクザ映画”と若い世代の圧倒的な支持を受け

たこの映画での好演で、58年新人賞の有力候補とみられていたが、同年11月6日すい臓がんのため33歳で急逝。亡後、脚本作品「チ・ン・ピ・ラ」「ちょうちん」「獅子王たちの夏」が相次いで映画化された。平成14年その生涯を描いた映画「竜二 Forever」が公開される。他に「金子正次遺作シナリオ集」がある。

金子 成人　かねこ・なりと

脚本家　[生]昭和24年1月15日　[出]長崎県佐世保市　[学]佐世保南高卒　[賞]放送文化基金賞「死にたがる子」、民間放送連盟賞「たぬきの休日」、芸術祭賞(放送音楽部門)(昭和58年)「異聞坊ちゃん」(作詞)、向田邦子賞(平9年度)(平成10年)「魚心あれば嫁心」「終わりのない童話」、橋田寿賀子賞(橋田賞，第7回)(平成11年)　[歴]高卒後上京し、職を転々としながらシナリオ研究所などでシナリオを勉強。倉本聡の個人指導を受け、29歳の時独立。昭和47年TBSドラマ「おはよう」でデビュー。代表作にテレビ「風神の門」「本郷菊坂赤門通り」「田中丸家ご一同様」「あんちゃん」「いつも輝いていた海」「真田太平記」「チョッちゃん」「走らんか!」「魚心あれば嫁心」「終わりのない童話」、映画「桃尻娘シリーズ」「タスマニア物語」、舞台「ジェルソミーナ」など。

金子 光晴　かねこ・みつはる

詩人　[生]明治28年12月25日　[没]昭和50年6月30日　[出]愛知県海東郡越治村(現・下切町)　本名＝森保和(もり・やすかず)　旧姓(名)＝大鹿、金子　[学]早稲田大学予科(大正4年)中退、東京美術学校(大正4年)中退、慶応義塾大学予科(大正5年)中退　[賞]読売文学賞(第5回・詩歌俳句賞)(昭和28年)「人間の悲劇」、歴程賞(第3回)(昭和40年)「IL」、芸術選奨文部大臣賞(第22回・文学評論部門)(昭和46年)「風流尸解記」　[歴]3歳の時、金子家の養子となり東京に移る。大正4年肺炎カタルを患い、詩作を始める。8年詩集「赤土の家」を出版し、美術商につれられて渡欧。10年帰国。12年フランス象徴詩の影響を受けた「こがね虫」で詩壇にデビューする。以後「水の流浪」「鱶沈む」などを発表。昭和3年から7年にかけて、妻の森三千代と共に東南アジアからヨーロッパを放浪し、12年に「鮫」を、15年に紀行文「マレー蘭印紀行」を刊行。戦時中は主として“抵抗と反戦の詩”を書きつづける。19年山中湖に疎開。戦後は「落下傘」「蛾」「鬼の児の唄」を次々に発表し、28年「人間の悲劇」で読売文学賞を受賞。その一方で、ボードレール「悪の華」やランボオ、アラゴンの詩集を翻訳する。「非情」「水勢」のあと、詩作はしばらく休止して自伝「詩人」などを発表し、40年「IL(イル)」を刊行し藤村記念歴程賞を受賞。その後も「若葉のうた」「愛情69」を発表し、46年小説「風流尸解記」で芸術選奨を受賞するなど幅広く活躍した。他に評論「日本人について」「絶望の精神史」「日本人の悲劇」、自伝小説「どくろ杯」、「金子光晴全集」(全15巻，中央公論社)がある。　[家]妻＝森三千代(小説家)、弟＝大鹿卓(詩人)

金子 洋文　かねこ・ようぶん

小説家　劇作家　演出家　元・参議院議員　[生]明治27年4月8日　[没]昭和60年3月21日　[出]秋田県秋田郡土崎港町(現・秋田市)　本名＝金子吉太郎　[学]秋田工業機械科(大正2年)卒　[歴]秋田工業を出て、文学を志し武者小路実篤に師事。社会主義運動に参加し、大正10年小牧近江らと「種蒔く人」を創刊。12年雑誌「解放」に発表した小説「地獄」が出世作となった。13年からは「種蒔く人」を受け継ぎ「文芸戦線」を発刊。昭和2年青野秀吉らと労農芸術家連盟を結成。以後、文芸戦線派の作家として活躍した。運動解体後は、戯曲、脚本、演劇の分野で活躍した。22年社会党の参院議員(全国区)を一期務めた後、社会党を励ます会副会長、松竹歌舞伎審議会専門委員、「劇と評論」編集委員。著書に創作集「地獄」「鴎」「白い未亡人」、戯曲集「投げ棄てられた指輪」「飛ぶ唄」「狐」「菊あかり」、随筆集「父と子」のほか、「金子洋文作品集」(全2巻，筑摩書房)がある。　[団]演劇協会、日本文芸家協会

鐘下 辰男　かねした・たつお

演出家　劇作家　俳優　THE・GAZIRA主宰　[生]昭和39年1月16日　[出]北海道河東郡鹿追町　[学]日本工学院専門学校演劇科(昭和59年)卒　[賞]パルテノン多摩演劇フェスティバル・グランプリ(平成1年)「曽根崎心中」、芸術選奨文部大臣新人賞(第42回・平3年度)(平成4年)「tatsuya」「1980年のブルースハープ」、紀伊国屋演劇賞(第32回)(平成9年)「PW」「寒花」、読売演劇大賞(演出家賞，第5回)(平成10年)「温室の前」「仮釈放」「どん底」　[歴]高校で演劇にのめり込み、昭和57年上京。59年劇団青年座研究所に入所、のち小劇団に2年在籍。62年公演ごとに役者を集める演劇企画集団THE・GAZIRA(ガジラ)を結成。新撰組、特攻隊、全共闘問題などをテーマに取り上げ、平成元年パルテノン小劇場フェスティバルで「曽根崎心中」により大賞を受賞。他の作品に「ワンス・アポン・ア・タイム・イン・京都」「Never Say BANZAI—鹿屋の四人」「ぼくの学校は戦場だった…」「特攻隊必勝法」(昭63年)、「汚れつちまった悲しみに…Nへの手紙」(平2年)、「tatsuya—最愛なる者の側へ」「1980年のブルースハープ」(平3年)、「寒花」「温室の前」(平9年)、「貪りと瞋りと愚かさと」(平10年)、「北の阿修羅は生きているか」「カストリ・エレジー」(平11年)、

「華々しき一族」、「レプリカ」(平12年)など。 [家]妻＝文月遊(THE・GAZIRAの女優)

金城 一紀　かねしろ・かずき

小説家　[国]韓国　[生]1968年　[出]埼玉県　別名＝岡田孝進　[賞]小説現代新人賞(第66回)('98年)「レヴォリューションNo.3」、直木賞(第123回)(2000年)「GO」　[歴]在日韓国人。小中学校は民族学校で学び、日本の高校に進学。1998年「レヴォリューションNo.3」で小説現代新人賞を受賞。2000年自伝的小説「GO」で直木賞を受賞、映画化もされる。他の作品に「ラン、ボーイズ、ラン」がある。

金田 喜兵衛　かねだ・きへえ

稲武小学校(愛知県)校長　[専]僻地教育　[生]昭和9年　[出]愛知県北設楽郡振草村　[学]愛知学芸大学(現・愛知教育大学)(昭和33年)卒　[賞]愛知県教育振興会「子とともに」児童文学賞奨励賞「とべ!ゆうたろうトンボ」　[歴]昭和31年より郷里の愛知県北設楽郡内の小中学校に勤務。愛知教育大学附属養護学校、愛知県教育委員会設楽教育事務所、愛知県教育センター、東栄町立御園小学校長、設楽町立清嶺中学校長を経て、平成元年稲武町立稲武小学校長。「とべ!ゆうたろうトンボ」で愛知県教育振興会「子とともに」児童文学賞奨励賞を受ける。著書に「とべ!ゆうたろうトンボ」「青いうんどうぐつ」「子うしのハナベエ日記」など。 [団]愛知県へき地教育研究協議会(副会長)

兼八 善兼　かねはち・よしかね

演出家　劇作家　演劇評論家　元・舞台芸術学院理事長　[生]昭和6年2月3日　[没]平成12年2月22日　[出]福井県　[学]早稲田大学露文科中退　[歴]新演劇研究所を経て、劇団初舞台で、昭和35年ベケットの「ゴドーを待ちながら」を演出(日本初演)。他に「マラー/サド」など不条理演劇や、「シェルブールの雨傘」などのミュージカル作品を数多く紹介した。舞台芸術学院理事長・学長も務めた。主要作品に「朝食は針のない目覚し時計」、翻訳に「チェーホフ短編集」がある。　[団]日本演出家協会

金平 正　かねひら・ただし

児童文学作家　玉川大学助教授　[専]教育学　[生]大正15年3月7日　[出]岡山県　[学]岡山師範学校卒　[興]小・中学国語教育、演劇教育，演劇的表現活動　[賞]日本児童演劇協会賞(昭和62年)　[歴]童話に「まりちゃんとにじ」「おばあちゃんの人形」「ぽっぽでさいこう」、歌集に「十風十雨」「蒼天」、共著に「日本の偉人・世界の偉人」「大昔のくらし」「たのしい小学校演劇」など。 [団]日本国語教育学会、日本児童文学学会、世界教育日本協会、日本児童文芸家協会、日本児童演劇協会、日本児童劇作の会

加野 厚志　かの・あつし

小説家　[生]昭和20年12月20日　[出]山口県山口市湯田　旧筆名＝加野厚　[学]日本大学文理学部中退　[賞]オール読物新人賞(第47回)(昭和52年)「天国の番人」　[歴]大阪や京都で港湾労務、漫才師など10数種の職を変転した後、昭和52年加野厚名義の「天国の番人」でオール読物新人賞を受賞。文筆の傍らNHK教育テレビ「若い広場」の司会者も務めた。60年に上京、創作に専念。ミステリー、ハードボイルド等の幅広いジャンルの作品を発表。平成7年ペンネームを加野厚志に変更し、初の時代小説「龍馬慕情」を出版。他の著書に「悪の迷宮」「島津義弘」「鮫」など。

狩野 絵美子　かの・えみこ

小説家　[生]昭和15年9月6日　[出]青森県　本名＝七戸絵美子　[学]藤女子短期大学英文科卒　[歴]朝日新聞社の「女性の小説」に応募、佳作入賞。留萌新聞に1年間連載したエッセーを、平成元年創作集「父の森」として出版。同人誌「三月派」を主宰。

狩野 鐘太郎　かの・しょうたろう

劇作家　[生]明治31年4月23日　[出]東京・神田　[学]東京工科学校電気科(大正9年)卒　[歴]電気機械の設計を経て聚芳閣編集部に入る。アナーキスティックの劇作や評論を発表し、大正14年戯曲集「市場・工場」を刊行した。

狩野 あざみ　かのう・あざみ

小説家　[生]昭和32年4月2日　[出]静岡県沼津市　本名＝門倉喜代江　[学]法政大学文学部日本文学科卒　[賞]歴史文学賞(第15回)(平成2年)「博浪沙異聞(はくろうさいぶん)」　[歴]広告代理店勤務などを経て、平成2年「博浪沙異聞」の第15回歴史文学賞受賞をきっかけに作家活動に入る。その後、「亜州黄龍伝奇」シリーズ、「華陽国志」シリーズ、「天邑の燎煙」など中国に材をとった作品の執筆を続ける。

加納 一朗　かのう・いちろう

推理作家　[生]昭和3年1月12日　[出]東京　本名＝山田武彦(やまだ・たけひこ)　[学]二松学舎専門学校卒　[興]映画史、中国史　[賞]日本推理作家協会賞(第37回)(昭和58年)「ホック氏の異郷の冒険」　[歴]少年期を大連で過ごし、二松学舎卒業後は地方公務員を経て編集者となる。SF同人誌「宇宙塵」に参加し、昭和35年「錆びついた機械」を発表。37年「歪んだ夜」を刊行。以後、推理小説、SF小説、児童読物小説と幅広く活躍し、58年「ホック氏の異郷の冒険」で日本推理作家協会賞を受賞。「白い残像」「背信の荒野」「女王陛下の留置場」「にごりえ殺人事件」など著書は数多い。また、ジュニア向けの作品

も数多く手がけている。なお、祖父は明治時代の作家山田美妙である。 ㊿日本文芸家協会、日本推理作家協会、日本著作権保護同盟（理事長） ㊿祖父＝山田美妙（作家）

加納 佳代　かのう・かよ

シナリオライター　㊷昭和33年　㊿早稲田大学第一文学部卒　㊿新人映画シナリオコンクール佳作(第37回、41回)「S62年、H3年」「骨の宴」「金の目青の目」　㊿松竹シナリオ研究所で学び、昭和62年「骨の宴」で第37回新人映画シナリオコンクールに佳作入選してデビュー。

狩野 晃一　かのう・こういち

小説家　劇作家　舞踊家(神崎流)　ジュネーブ州立大学文学部日本学科助教授　㊿日本古典芸能　能　㊷昭和21年1月12日　㊿東京都大田区大森　名取名＝神崎ひで一、筆名＝松永尚三（まつなが・なおみ）　㊿慶応義塾大学文学部美学美術史学科卒、慶応義塾大学大学院文学研究科国文学専攻（昭和48年）修士課程修了　㊿新作歌舞伎脚本賞佳作(松竹)(昭和63年)「むかしばなし 羅因伝説」　4歳の時から能の仕舞、謡を習い、高校時代は役者にあこがれ、新派の能をたたいたこともある。大学の専攻は美術史と国文学だったが、志やみ難く大学院では能楽を修め、劇作家を目ざす。卒業後渡米、昭和48年サンフランシスコ州立大学日本語学科客員教授を経て、54年ジュネーブ州立大学専任講師(助教授)に。日本語と古典芸能の講座を持つ。55年頃から帰国の度、地唄舞・神崎流の師匠につき、57年名取の資格を取る。63年スイスの伝説をもとに書いた歌舞伎脚本第一「むかしばなし 羅因伝説」が新橋演舞場で上演され話題を呼ぶ。モーリス・ベジャール・バレエ・カンパニー所属の三原英二主宰THATRE SOLEIL LEVANTの常任メンバー。著書に「サンフランシスコ・橘物語」、小説「子供の時間」、「能二十五番」（フランス語訳）。

加能 作次郎　かのう・さくじろう

小説家　㊷明治18年1月10日　㊸昭和16年8月5日　㊿石川県羽咋郡西海村(現・富来町)　㊿早稲田大学英文科(明治44年)卒　㊿明治31年京都に出、宿屋と薬局を営む伯父のもとで丁稚や下男として働き、伯父の死後は弁護士の事務所などを転々として36年帰郷。検定で小学校教師となるが、38年上京して苦学しながら早大に進む。43年「恭三の父」を、44年「厄年」を発表して文壇に出る。早大卒業後は早大出版部に入り「早稲田文学」を編集するが、大正2年博文館に入り「文章世界」の記者となって、6年編集主任。7年「世の中へ」を発表。以後「寂しき路」「小夜子」「傷ける群」「乳の匂ひ」などを発表した。なお昭和60年には生誕百年を記念して、能登の中高生を対象とした「加能文学賞」が設けられた。

加納 朋子　かのう・ともこ

小説家　㊷昭和41年10月19日　㊿福岡県北九州市　㊿立教大学女子短期大学部文芸科卒　㊿鮎川哲也賞(第3回)(平成4年)「ななつのこ」、日本推理作家協会賞(短編および連作短編集部門、第48回)(平成7年)「ガラスの麒麟」　㊿化学メーカー勤務を経て、平成4年「ななつのこ」が鮎川哲也賞を受賞し作家デビュー。他の作品に「ガラスの麒麟」「魔法飛行」「掌の中の小鳥」「いちばん初めにあった海」「月曜日の水玉模様」などがある。

狩野 洋一　かのう・よういち

麻雀士　小説家　㊷昭和17年　㊿北海道函館市　㊿30代半ばで麻雀プロに転向し、昭和56年麻雀の第6期最高位タイトルを獲得。のち、麻雀グループ・夢軍団の代表、よみうり日本テレビ文化センター講師を務めた。麻雀入門書、競馬ミステリーなどを執筆。著書に「麻雀を始める人の4日間習得法」「麻雀のあがり方と点の数え方」「勝ち組の麻雀」「ドンドン強くなる必殺麻雀」「私を熱くした名馬たち」、競馬ミステリー小説「平成ダービー殺人事件」「ダービーを盗んだ男」「修羅のリーチ」など。 ㊿日本推理作家協会

香納 諒一　かのう・りょういち

推理作家　㊷昭和38年1月16日　㊿神奈川県横浜市　本名＝玉井真　㊿早稲田大学文学部卒　㊿織田作之助賞(第7回・佳作)(平成2年)「影の彼方」、小説推理新人賞(第13回)(平成3年)「ハミングで二番まで」、日本推理作家協会賞(長編部門、第52回)(平成11年)「幻の女」　㊿大学在学中からライター活動を始め、出版社勤務の傍ら、作家を志す。平成12年退職し、執筆活動に専念。著書に「時よ夜の海に堕れ」「石の狩人」「梟の拳」「ただ去るが如く」「幻の女」「ヨコハマベイ・ブルース」「アウトロー」などがある。 ㊿日本文芸家協会、日本推理作家協会、日本冒険作家協会

鹿原 育　かのはら・いく

小説家　㊿愛知県　㊿愛知淑徳大学卒　㊿ウィングス小説大賞優秀賞(第8回)(平成6年)「君の嵐」、パレットノベルス大賞(佳作、第14回)(平成7年)「不滅の流れ星」　㊿11月10日生まれ。在学中の平成6年「君の嵐」でデビュー。7年文庫(パレット文庫)デビュー。著書に「不滅の流れ星」「波の彼方へ――レジェンド・オブ・ダーカス」がある。

冠木 新市　かぶき・しんいち

シナリオライター　[生]昭和26年　[出]福島県　[賞]アジア映画祭功労賞(昭和46年)　[歴]フィルム編集助手を経て、石坂浩二主催のシナリオ教室で日高真也の指導を受ける。昭和63年から映画監督市川崑に師事。平成3年「天河伝説殺人事件」シナリオ担当。企画・構成に「ゴジラ・デイズ―ゴジラ映画40年史」がある。

鎌田 三平　かまた・さんぺい

翻訳家　小説家　[専]英米文学(冒険小説　SF　ファンタジー　推理小説　コンピュータ・ノベル)　[生]昭和22年4月2日　[出]千葉県　本名＝滝田英雄(たきた・ひでお)　筆名＝宮田洋介(みやた・ようすけ)　[学]明治大学文学部(昭和47年)卒　[興]英国冒険小説の発生と変化　[歴]昭和47年早川書房入社。「ハヤカワ・ノベルズ」などの編集を担当しながら、「ハヤカワ・ミステリ・マガジン」に冒険小説のコラムを書く。54年退社し、翻訳家として独立。著書に「世界の冒険小説総解説」(責任編集)、訳書にレイナー「眼下の敵」、ハミルトン「殺しの標的」、シュミッツ「惑星カレスの魔女」、ブロック「盗まれた空母」、アンキーファー「荒鷲たちの挽歌」など。　[団]日本推理作家協会、日本冒険作家クラブ(事務局長)、マルタの鷹協会日本支部

鎌田 純一　かまだ・じゅんいち

小説家　[生]昭和9年10月8日　[没]平成12年10月4日　[出]北海道札幌市　[学]札幌西高卒　[賞]北海道新聞文学賞(第29回)(平成7年)「凍裂」　[歴]電気通信省(のちの日本電信電話)に勤める傍ら、20歳頃から同人誌「札幌文学」に小説を発表。一時仕事の都合で中断、平成3年退職後執筆活動に専念。

鎌田 敏夫　かまた・としお

脚本家　[生]昭和12年8月1日　[出]徳島県　[学]早稲田大学政経学部経済学科卒　[賞]毎日映画コンクール脚本賞(平成1年)「いこかもどろか」、芸術選奨文部大臣賞(第45回，平6年度)「29歳のクリスマス」、向田邦子賞(第13回)(平成7年)「29歳のクリスマス」　[歴]シナリオ研究所に入り、井手俊郎に師事。昭和47年「飛び出せ青春！」でデビュー。代表作にTBS「金曜日の妻たちへ」「男女7人～」シリーズのほか、NTV「俺たちの旅」(50年)「土曜ドラマ・十字路」(53年)「ちょっと、マイウェイ」(54年)、TBS「天皇の料理番」(55年)、フジ「ニューヨーク恋物語」(63年)「過ぎし日のセレナーデ」(平元年)「29歳のクリスマス」(平6年)「その気になるまで」(平8年)、映画「里見八犬伝」「いこかもどろか」など。　[団]日本シナリオ作家協会、日本文芸家協会、放送作家協会

上泉 秀信　かみいずみ・ひでのぶ

劇作家　評論家　新聞記者　[生]明治30年2月12日　[没]昭和26年5月14日　[出]山形県　[学]早稲田大学英文科中退　[歴]都新聞学芸部長、大政翼賛会文化副部長などを歴任。そのかたわら劇作家、評論家としても活躍し、戯曲集「村道」「『ふるさと』紀行」「旧友」などのほか「愛の建設者」「今昔」「わが山河」などの著書がある。

神尾 正武　かみお・まさたけ

小説家　[生]昭和27年11月1日　[出]長崎県　[学]国学院大学卒　[賞]長崎県文学賞(小説部門奨励賞)(平成3年)、佐世保文学賞(平成12年)　[歴]土地家屋調査士の傍ら、小説を執筆。著書に「松浦党戦旗」がある。九州文学同人。　[団]日本文芸家協会

上川 龍次　かみかわ・りゅうじ

織田作之助賞を受賞　[生]昭和42年1月28日　[出]和歌山県和歌山市　本名＝冨岡省吾(とみおか・しょうご)　[学]関西大学経済学部卒　[賞]織田作之助賞(第15回)(平成10年)「ネームレス・デイズ」　[歴]会社勤めの傍ら小説を執筆。平成10年織田作之助賞を受賞。

神季 佑多　かみき・ゆた

童話作家　[生]昭和43年　[出]東京都　[学]桜美林大学経済学部卒　[賞]福島正実記念SF童話賞(大賞，第16回)(平成11年)「わらいゴマまわれ!」、ひろすけ童話賞(第11回)(平成12年)「わらいゴマまわれ！」　[歴]遊具メーカー勤務などを経て、童話創作を開始。平成10年「まくらくんとまっくらくん」で第22回毎日童話新人賞優良賞を受賞。11年「わらいゴマまわれ！」で第16回福島正実記念SF童話賞大賞を受賞。　[団]新世紀創作童話会

上条 さなえ　かみじょう・さなえ

児童文学作家　[生]昭和25年3月8日　[出]東京都　本名＝上条早苗　[学]東京経済大学経済学部卒　[賞]山梨日日新聞社年度賞、はないちもんめ選者賞(第2回)　[歴]教員を経て、日本児童文学学校第八期修講後、山梨児童文学会、大石真児童文学教室で学ぶ。のち吉川市立児童館ワンダーランド館館長を務める傍ら、作品作りに取り組む。著書に「ペンション」「ペンション村はミルク色」「さんまマーチ」「さんまシンフォニー」「コロッケ天使」「友だちじゃないか」など。　[団]日本文芸家協会、児童文学者協会

上条 由美子　かみじょう・ゆみこ
児童文学作家　大阪YWCA千里こども図書室代表　㊗児童図書館サービス　㊍昭和7年7月5日　㊐山梨県　本名＝上田由美子(うえだ・ゆみこ)　㊗東京女子大学文学部心理学科(昭和30年)卒、ラトガース大学大学院ライブラリースクール児童図書館サービス専攻修士課程修了　㊗アリスン・アトリーの人と作品、ストーリーテリングと読み聞かせ　㊍昭和34年渡米。大学院在籍中より39年まで、ニュージャージー州トレントン市立公共図書館児童室に勤務。同年帰国。のち大阪薫英女子短期大学児童教育学科助教授を経て、教授。大阪YWCA千里こども図書室代表も務める。著書に「子どもと本のかけ橋」、昔話に「王子ヤンと風のおおかみ」、絵本に「さとしとさぶ」「きかんしゃボブ・ノブ」「おやすみ！ちいさいちいさいこうさぎ」、訳書にジョイス・L.ブリスリー「ミリー・モリー・マンデーのおはなし」「ストーリーテラーへの道」(共訳)などがある。

上正路 理砂　かみしょうじ・りさ
作家　㊍昭和38年9月9日　㊐北海道札幌市　㊗天理大学文学部(昭和61年)卒　㊗フェミナ賞(第3回)(平成3年)「やがて伝説が生まれる」　㊗家業手伝いの傍ら小説を執筆。平成3年「やがて伝説が生まれる」でフェミナ賞を受賞。他の著書に「大相撲をめぐる仁義なき女の闘い」など。

上種 ミスズ　かみたね・みすず
児童文学作家　㊍昭和15年　㊐山口県小野田市　㊗宇部学園女子高等学校卒、防府医師会附属看護学院卒　㊗講談社児童文学新人賞(第12回)(昭和46年)「天の車」、野間児童文芸賞推奨作品賞(第10回)(昭和47年)「天の車」　㊗防府医師会附属看護学院に入った頃より、SFに興味をもつ。著書に「天の車」「銀河の守護者」他。

上地 ちづ子　かみち・ちづこ
児童文学作家　紙芝居研究家　子どもの文化研究所代表　紙芝居研究会代表　㊍昭和10年8月16日　㊐東京　本名＝上地知寿子　㊗共立女子大学文芸学部卒　㊗北川千代賞佳作(第9回・昭和52年度)「ブーゲンビリアの国」、高橋五山奨励賞、高橋五山賞(平成2年)　㊗雑誌記者、コピーライターなどを経て、児童文学の創作、児童文化研究を志す。特に紙芝居の研究に取り組む。著書に「あしたは未来」「のびろ のびろ！ツタンカーメンのえんどう」「紙芝居の歴史」など。㊗日本児童文学者協会、子どもの文化研究所、日本演劇教育連盟

上司 小剣　かみつかさ・しょうけん
小説家　㊍明治7年12月15日　㊡昭和22年9月2日　㊐奈良市　本名＝上司延貴(かみつかさ・のぶたか)　㊗大阪予備学校(明治22年)中退　㊗日本芸術院会員(昭和21年)　㊗摂津の多田神社に生まれ、奈良で育つ。大阪予備学校中退後、小学校の代用教員をしていたが、明治30年上京して読売新聞社に入り、大正9年まで勤務。その間文芸部長兼社会部長、編集局長などを歴任。明治35年頃から読売新聞紙上に随筆などを発表し、38年に「小剣随筆、その日々」を刊行。39年生活改良誌「簡易生活」を創刊し、41年第一創作集「灰燼」を刊行して作家としても活躍する。その後の作品に「木像」「鱧の皮」「父の婚礼」「お光壮吉」「東京」「U新聞年代記」「平和主義者」、児童ものに「豚のばけもの」「西瓜どろぼう」などがある。また、蓄音器、レコード、相撲愛好家としても有名。

神野 オキナ　かみの・おきな
小説家　㊍昭和45年　㊐沖縄県　㊗日本えんため大賞(奨励賞，第1回)(平成11年)　㊗中学生の頃から小説家を志し、平成6年頃から文筆業を開始。11年日本えんため大賞奨励賞を受賞し、神野オキナのペンネームで活動。

上林 栄樹　かみばやし・えいき
映画監督　㊍昭和21年　㊐北海道札幌市　㊗北海道大学理学部地質学鉱物学科　㊗ATG脚本賞奨励賞(昭和59年)「叫び、時の橋の上の」　㊗在学中映画研究会に在籍し、昭和46年「鎖」製作。一時製作を中断するが、51年から年数本の割合で製作に入り「SPOON」(52年)「記憶の魚」(53年)中編「肖像集」(57年・16ミリ)などを製作。57年のベルリン映画祭ヤング・フォーラム部門やエジンバラ映画祭で好評を博し、59年「叫び、時の橋の上の」で、ATG脚本奨励賞。三台マルチ上映による「打楽器のための三つの肖像」(60年)などそのハイコントラストな画面は特徴的である。

神谷 鶴伴　かみや・かくはん
小説家　㊍明治7年8月13日　㊡(没年不詳)　㊐静岡県小笠郡　本名＝神谷徳太郎　㊗幸田露伴に師事し、明治32年「富士の煙」を、33年「見越の松」「椿姫」などを発表。「新小説」「文芸界」の編集を手がける他、「少年界」「少女界」の編集主任を務めた。晩年は愛鶴書院をおこし、大正末期から西鶴原本の複製の刊行に従事した。著書に「出廬抄註」「好色一代男註釈」などがある。

加宮 貴一　かみや・きいち
小説家　元・文京区議　⽣明治34年2月17日(戸籍:27日)　歿昭和61年6月23日　出岡山市　学慶大英文科(大正11年)卒　大正10年「鋭角すぎる」で中村星湖に認められ、13年「文芸時代」の創設に参加。昭和6年に「今日の文学」の編集長に就任。著書に「一斤のパン」「屏風物語」など。戦後は、22年から50年まで7期28年にわたって文京区議をつとめた。

神谷 登志子　かみや・としこ
児童文学作家　賞カネボウミセス童話大賞優秀賞(第8回)「傘」、家の光童話賞優秀賞(第3回)(昭和63年)「プズーのお店」　著書に「傘」「プズーのお店」「高速道路に出るおばけ」(共著)。

上山 雅輔　かみやま・がすけ
劇作家　日本演劇協会常任理事　劇団若草文芸演出部長　⽣明治38年2月23日　歿平成1年4月13日　出山口県　本名=上山正祐　学下関商(大正12年)卒　戦前、古川ロッパ一座の文芸演出部長で活躍。戦後は、昭和24年妻と劇団若草を創立、後進の指導にあたった。主な作品に「若様と三太夫」「髢のある坊や達」など。妻=深山容子(劇団若草会長)

神山 圭介　かみやま・けいすけ
小説家　⽣昭和4年8月　歿昭和60年1月16日　出神奈川県横浜市　本名=金子鉄麿(かねこ・かねまろ)　学東京大学独文卒　中央公論出版部長を経て作家活動に入り、「鴇色の武勲詩」は昭和51年下期の芥川賞候補に。戦争文学が多く、特攻隊に散った若者たちの最後の早慶戦を描いた「英霊たちの応援歌」は、テレビ・映画化された。他の著書に「修羅の春」「盗賊の風景」などがある。

上山 トモ子　かみやま・ともこ
児童文学作家　⽣昭和19年　出東京都　賞埼玉文芸賞(児童文学部門、第21回)(平成2年)「リンリンぼくのじてんしゃ」　昭和56年項から童話を学びはじめ、第8回カネボウミセス童話大賞において「アイスクリームが消えちゃった」が入選。創作童話サークル「さわらび」所属。著書に「くまさんのいす」「おばあさんのだいじなめがね」など。　所日本児童文芸家協会

上領 彩　かみりょう・あや
小説家　出福島県　別筆名=上原ありあ(うえはら・ありあ)　会社勤めを経て、執筆活動を始める。平成6年から小説を書き、9年から本名で詩作、短歌にも取り組み、11年トワイライト文学賞詩部門佳作優秀賞を受賞。著書に「ハニームーン・ゴースト」などがある。1月29日生まれ。　http://member.nifty.ne.jp/ayakam/

嘉村 礒多　かむら・いそた
小説家　⽣明治30年12月15日　歿昭和8年11月30日　出山口県吉敷郡仁保村(現・山口市仁保)　学山口中(現・山口高)(大正3年)中退　少年時代から文学書を多く読み、中学中退後も半農生活をしながら独学する。大正7年結婚するがまもなく妻との不和に悩むようになる。13年山口市の私立中村女学校の書記となり、生徒の求道会の指導にあたったが、14年妻子をすてて上京し、帝国酒醤油新報社に勤務。15年「不同調」の記者となる。昭和3年「業苦」「崖の下」を発表して文壇に注目され、4年「近代生活」同人となり、5年「崖の下」を刊行。私小説の極北を示す短篇作家として、以後「途上」「神前結婚」などを発表した。「嘉村礒多全集」(全2巻、桜楓社刊)がある。

亀井 宏　かめい・ひろし
作家　ノンフィクション　小説　⽣昭和9年5月26日　出和歌山県新宮市　学新宮高中退　大逆事件における大石誠之助、戦後史と自分史を重ね合わせる作業　賞小説現代新人賞(第14回)(昭和45年)「弱き者は死ね」、講談社ノンフィクション賞(第2回)(昭和55年)「ガダルカナル戦記」　敗戦は11歳のときたった一人で迎えた。20代後半に「新潮」に創作が採用され、昭和45年に「弱き者は死ね」で「小説現代」新人賞を受ける。「ガダルカナル戦記」(全3巻)は完成まで生存者2百人と接触し、7年の年月をついやした。ほかに「昭和の天皇と東条英機」「ミッドウェー戦記」など。　所日本文芸家協会

かめおか ゆみこ
童話作家　出北海道　本名=甕岡裕美子　賞共石創作童話賞(優秀賞, 第19回)(昭和63年)「ドアを描いたら」　中学時代より演劇活動に熱中。高校時代、有島武郎文芸賞に佳作入選したのがきっかけで児童文学を書くようになり、以後、ニッサン童話、共石童話他で入選。日本演劇教育連盟常任委員として月刊「演劇と教育」誌の編集に携わる。著書に「満月の夜はひみつの森へ」がある。　所日本演劇教育連盟(常任委員)

亀島 貞夫　かめしま・さだお
小説家　編集者　⽣大正10年3月14日　出大阪　学東京帝大国文科(昭和19年)卒　八雲書店に勤務し、退職後は群馬県の高校教員となる。そのかたわら小説を発表し、「赤門文学」「近代文学」などの同人になり「白日の記録」「驢馬の列」「時は停り」などの作品がある。

亀島 靖　かめしま・やすし
劇作家　プロデューサー　[生]昭和18年　[出]沖縄県那覇市　[学]早稲田大学第一商学部(昭和41年)卒　[歴]文化放送、ラジオ沖縄などを経て、沖縄コンベンションセンター事務局次長となり、イベントの演出を手がけ、世界のウチナンチュー大会など、沖縄県で開かれた第1回と冠のつくイベントの大半に携わった。一方、劇作家として活躍するほか、地元紙連載の劇画原作も手がける。平成6年自作自演で「耳で聞く琉球の歴史」のテープとCDを制作。著書に「琉球歴史の謎とロマン&世界遺産」。

亀之園 智子　かめのその・ともこ
児童文学作家　[出]兵庫県神戸市　本名＝山口智子　[学]松蔭女子学院大学国文科卒　[歴]昭和60年産経新聞社大阪本社企画の第2回創作童話公募に応募した「くみ子の詩」が優秀作に選ばれ、児童文学の世界へ。62年麦の芽出版社で、「カッパのなつこ」を連載。作品に「みんなのなみだおかあさんにあげて」「ぼくの手」「おくれてきたぼくの夏休み」など。

亀屋原 徳　かめやばら・とく
劇作家　[生]明治31年6月13日　[没]昭和17年3月21日　[出]広島県呉市　本名＝本地正輝　[学]呉一中中退　[歴]大正10年頃から文筆活動に専念して児童文学を発表。昭和7年「生きたのはどっちだ」が上演されてから劇作家となり「他人の幸福」「海鳴り」「貝殻島にて」などを発表。他に長篇小説「群生」「踏絵」などがある。

亀和田 武　かめわだ・たけし
作家　キャスター　[専]漫画　SF　[生]昭和24年1月30日　[出]栃木県　[学]成蹊大学文学部英文学科卒　[歴]自販機専門雑誌のアリス出版に入り、「劇画アリス」の編集長を経て、昭和56年「1963年のルイジアナ・ママ」で作家としてデビュー。59年テレビ朝日系「ミッドナイト六本木」で司会をつとめ、それをきっかけに顔が知られるようになる。平成4年より「スーパーワイド」、11年「スーパーモーニング」のキャスターとなる。著書に「まだ地上的な天使」「懶者読書日記」「時間街の殺」、甲斐バンドをテーマにした「愛を叫んだ歌」など。

鴨川 清作　かもがわ・せいさく
劇作家　演出家　[生]大正15年　[没]昭和51年8月11日　[出]大阪　[学]大阪音楽大卒　[賞]芸術祭奨励賞(昭和42年)「シャンゴ」　[歴]昭和29年宝塚歌劇団に入り、32年の「夏の祭り」が上演第1作。菊田一夫、高木史朗の演出助手の後、42年ミュージカル「シャンゴ」を発表、芸術祭奨励賞を受賞。不朽の名作といわれた。46年「ノバ・ボサノバ」「シンガース・シンガー」、50年「スター」などを発表したが、がんに倒れた。

加門 七海　かもん・ななみ
小説家　風水研究家　[生]昭和37年1月20日　[出]東京都墨田区　[学]多摩美術大学大学院修士課程修了　[歴]美術館に学芸員として勤務。その後、アルバイトを経て「人丸調伏令」で小説家としてプロデビュー。風水の二大勢力のひとつ、理派の風水を香港の風水師から学んだ風水研究者でもある。著書に「大江戸魔方陣」「東京魔方陣」「うわさの神仏 日本 闇めぐり」など。　[団]日本文芸家協会

萱野 葵　かやの・あおい
小説家　[生]昭和44年　[出]東京都　[学]上智大学卒　[賞]新潮新人賞(第29回)(平成9年)「叶えられた祈り」　[歴]平成9年新潮新人賞を受賞。著書に「段ボールハウスガール」がある。

茅野 泉　かやの・いずみ
作家　[生]昭和51年11月12日　[出]広島県　[賞]コバルト・ノベル大賞(第22回)「雨のなかへ」　[歴]高校2年のとき「雨のなかへ」で第22回コバルト・ノベル大賞を受賞。著書に「堕ちる月」「ぼくを呼ぶ声」「視線」などがある。

香山 暁子　かやま・あきこ
小説家　[生]昭和45年4月2日　[出]福島県郡山市　[学]東洋大学文学部国文学科卒　[賞]コバルト・ノベル大賞(平成7年上期)「りんご畑の樹の下で」　[歴]著書に「りんご畑の樹の下で」「リフレイン!—アムール達の伝言」がある。

香山 彬子　かやま・あきこ
児童文学作家　[生]大正13年7月15日　[没]平成11年10月2日　[出]東京　[学]東京女子医科大学(昭和29年)卒　[賞]講談社児童文学新人賞(第7回)(昭和41年)「シマフクロウの森」、サンケイ児童出版文化賞(第14回)(昭和42年)「シマフクロウの森」、日本児童文芸家協会賞(第5回)(昭和55年)「とうすけさん 笛をふいて!」　[歴]医師を志したが、闘病生活で断念し、児童文学に専念。主な作品に「金色のライオン」「シマフクロウの森」「ぷいぷい島シリーズ」「おばけのたらんたんたん」「ふかふかウサギシリーズ」(全5巻)、テレビ脚本に「オーロラ天使」「ライオンのえりまき」、ラジオ脚本に「山のコダマと白い鹿」。ほかにトウベ・ヤンソン「彫刻家の娘」などの翻訳もある。平成10年作品の原稿や挿絵の原画など約800点を世田谷文学館(東京)に寄贈。　[団]日本児童文学者協会、国際児童図書評議会、日本文芸家協会

香山 滋　かやま・しげる
小説家　⊕明治42年7月1日　⊗昭和50年2月7日　⊕東京市神楽坂(現・東京都新宿区)　本名=山田鈉治(やまだ・こうじ)　⊕法政大学経済学部中退　⊛宝石懸賞小説(探偵小説募集、第1回)(昭和21年)「オラン・ペンデクの復讐」、日本探偵作家クラブ賞(新人賞、第1回)(昭和23年)「海鰻荘奇談」　⊕大蔵省勤務のかたわら、昭和21年「オラン・ペンデクの復讐」が第1回の「宝石」懸賞小説に入選する。23年「海鰻荘奇談」で第1回探偵作家クラブ賞新人賞を受賞。幻想、怪奇、秘境ものの作品が多い。映画「ゴジラ」「ゴジラの逆襲」の原作も担当した。代表作に「ソロモンの桃」「火星への道」「霊魂は訴える」「妖蝶記」「香山滋全集」などがある。

香山 純　かやま・じゅん
小説家　進学塾講師　⊕昭和36年4月27日　大阪府　本名=朴純　⊕大阪府立三国丘高校卒　⊛中央公論新人賞(昭和62年)「どらきゅら綺談」　⊕昭和57年イギリスへ留学。ケンブリッジ・サティフィケート取得。62年「どらきゅら綺談」で中央公論新人賞を受賞。

嘉陽 安男　かよう・やすお
作家　⊕大正13年2月15日　⊕沖縄県那覇市　⊕沖縄県立第二中(旧制)卒　⊛沖縄タイムス芸術選賞大賞(第19回)(昭和59年)　⊕幸崎初中等学校教諭を経て、小禄初等学校教諭。傍ら、沖縄タイムス、新沖縄文学などに作品を発表。作品に「新説阿麻和利」「波涛―仲村権五郎伝」「雨だれ洞心中」「捕虜たちの島」「琉球戦国史」などがある。

唐 十郎　から・じゅうろう
劇作家　演出家　俳優　小説家　唐組主宰　横浜国立大学教育人間科学部教授　⊕昭和15年2月11日　⊕東京・下谷万年町　本名=大鶴義英(おおつる・よしひで)　⊕明治大学文学部演劇学科(昭和37年)卒　⊛岸田国士戯曲賞(第15回)(昭和44年)「少女仮面」、泉鏡花文学賞(第6回)(昭和53年)「海星・河童」、芥川賞(第88回)(昭和57年)「佐川君からの手紙」　⊕昭和37年"特権的肉体論"という演劇の新しいテーゼを掲げ、反新劇―小劇場運動を旗印に「状況劇場」を結成。42年新宿花園神社で"紅テント"を設置、以来基本的に"紅テント"での公演を行う。初期の代表作に「ジョン・シルバー」「腰巻お仙」など、中期に「二都物語」「唐版風の又三郎」「ジャガーの眼」「ねじの回転」などがある。また46年から小説家としても活躍。44年「少女仮面」で岸田戯曲賞、53年「海星・河童」で泉鏡花賞、57年「佐川君からの手紙」で芥川賞受賞。「唐十郎全作品集」(全10巻、冬樹社)を刊行。61年の公演を最後に状況劇場を解散。63年唐座を作り、3月東京・浅草に巨大テントでつくった"下町唐座"を完成、「さすらいのジェニー」を公演。その後の上演作に「セルロイドの乳首」など。現在、唐組主宰。平成9年韓国公演を行う。同年10月横浜国立大学教育人間科学部教授に就任。昭和42年に李礼仙(現・李麗仙)と結婚するが、63年4月離婚。　⊗父=大鶴日出栄(元テレビプロデューサー)、長男=大鶴義丹(俳優)

狩 久　かり・きゅう
推理作家　⊕大正11年2月10日　⊗昭和52年10月12日　⊕東京　本名=市橋久智　⊕慶応義塾大学工学部電気科卒　⊕昭和26年「落石」「永山」を「別冊宝石」に発表してデビュー。29年同人雑誌「密室」の東京代表編集者などを務めたが、37年で筆を絶つ。のちCF・PR関係の企画や編集を手がけ、50年にSF小説「追放」を発表している。

狩場 直史　かりば・ただし
脚本家　⊕昭和44年　⊕京都府　本名=新村直史　⊕京都大学文学部中退　⊛シアターコクーン戯曲賞(第2回)(平成7年)「零れる果実」　⊕劇団KTカムパニーに所属。平成7年鈴江俊郎と共同執筆した「零れる果実」が、第2回シアターコクーン戯曲賞を受賞。8年佐藤信、蜷川幸雄の2パターン演出で初演。

川井 志保　かわい・しほ
劇作家　高校教師(宮城県佐沼高)　⊕昭和25年　⊕宮城県　本名=中村泰介　⊛創作脚本賞(平成4年)「出発」　⊕若柳高校を経て、平成12年宮城県佐沼高校に勤務。国語科教諭、演劇部顧問。

川井 正　かわい・まさし
作家　⊕大正10年1月1日　⊗平成3年4月27日　⊕東京都台東区　⊕法政大学英文学科(昭和18年)卒　⊕TBSの放送部長、審議室委員などを経て、昭和51年に退社。戦記物中心に作家生活に入る。著書に「学徒出陣」「散華」など。　⊕日本文芸家協会

川内 康範　かわうち・こうはん
小説家　作詞家　評論家　シナリオ作家　⊕大正9年2月26日　⊕北海道函館市　⊕高小卒　⊛福島県文学賞(第1回)「愛怨記」、日本レコード大賞(第2回)(昭和35年)「誰よりも君を愛す」、日本作詞大賞(第2回)(昭和44年)「花と蝶」、ヤングフィステバル大賞(第1回)「おふくろさん」、古賀大賞(第2回)(昭和56年)「命あたえて」、勲四等瑞宝章(平成4年)　⊕様々な労働に従事しながら独学して上京。中河与

一、富沢有為男に師事し、詩誌「ぶらい」を創刊。また中河与一の主宰する「文芸世紀」に寄稿し「天の琴」「生きる葦」などを発表。著書に「恍惚の人」「虫けら」「天の琴」「生きる葦」などがあるが、テレビ小説の作家としての活躍が大きく、特に「月光仮面」では連続ドラマの先駆をなすものとして評価されている。作詞の面でも「おふくろさん」「誰よりも君を愛す」「恍惚のブルース」などの作品がある。

川上 喜久子　かわかみ・きくこ

小説家　[生]明治37年11月23日　[没]昭和60年12月4日　[出]静岡県小笠郡　旧姓(名)＝篠田　[学]山脇高女専攻科卒　[賞]文学界賞(第11回)(昭和11年)「滅亡の門」　[歴]与謝野晶子の門下生。島木健作、小林秀雄らとも親交があった。日本ペンクラブ、女流文学者会会員。「文学界」を中心に活躍し、昭和11年「滅亡の門」で第11回文学界賞受賞。その他の作品に「光仄かなり」「白銀の川」「陽炎の挽歌」など。

川上 健一　かわかみ・けんいち

小説家　[生]昭和24年8月7日　[出]青森県十和田市　[学]十和田工卒　[賞]小説現代新人賞(第28回,昭和52年上期)「跳べ、ジョー！B.Bの魂が見てるぞ」、坪田譲治文学賞(第17回)(平成14年)「翼はいつまでも」　[歴]十和田工では野球部に所属し、投手として活躍。上京後、スポーツ小説を手がけ、昭和52年「跳べ、ジョー！B.Bの魂が見てるぞ」で小説現代新人賞を受賞。他の著書に「監督と野郎ども」「女神がくれた八秒」「翼はいつまでも」などがある。

川上 宗薫　かわかみ・そうくん

小説家　[生]大正13年4月23日　[没]昭和60年10月13日　[出]愛媛県　本名＝川上宗薫(かわかみ・むねしげ)　[学]九州大学英文科(昭和25年)卒　[歴]キリスト教の牧師だった父親の関係で、大分、長崎で育つ。長崎の原爆で母と二人の妹を失う。大学を卒業後、長崎、千葉の高校で約10年、英語教師をつとめるかたわら純文学作家として執筆。昭和29年上期の芥川賞候補以来、同賞候補になること5回。その後、ハイティーン向の少女小説を手がけ、やがて現代の性を描く作家へ転身。大胆な官能描写による小説で流行作家となった。風俗小説やセックス小説に新分野を開いた作品には「夜の残り」「不倫」「銀座地獄変」などがあるが、60年5月にも「俺は癌だぞ、文句あっか」を執筆するなど、最後まで創作意欲は衰えなかった。「川上宗薫自撰全集」(全10巻)、「川上宗薫芥川賞候補作品集(全1巻)がある。　[団]日本文芸家協会、三田文学会

川上 直衛　かわかみ・なおえ

小説家　[生]大正8年3月13日　[出]東京　本名＝川上純郎　[歴]昭和29年書店好文堂開店。同年「死なぬ惣太」で講談倶楽部賞佳作1席。34年「首」で講談倶楽部賞佳作2席。35年雑誌「少女」に推理ものの連載を執筆。主な作品に「踏切」「お庭番秘情」など。

川上 直志　かわかみ・なおし

小説「氷雪の花」の著者　本名＝川上純郎　[賞]歴史文学賞(第6回)(昭和57年)「氷雪の花」　[歴]復員後同人雑誌のメンバーとなり、創作活動を始める。筆の方とは一時無縁になったが、再び書いた小説「氷雪の花」で、昭和57年第6回歴史文学賞を受賞。

河上 迅彦　かわかみ・はやひこ

小説家　「風土」編集発行人　[生]昭和8年1月18日　[出]高知県高知市　本名＝川上矩顕　[学]高知大学文理学部国文科卒　[賞]椋庵文学賞(昭和56年)「見えない女の子」　[歴]高知県立高校の国語教師を務める傍ら、小説を書く。昭和56年「見えない女の子」で椋庵文学賞を受賞。退職後、文芸同人誌「風土」の編集発行人を務める。著書に「銀河」がある。

川上 眉山　かわかみ・びざん

小説家　[生]明治2年3月5日　[没]明治41年6月15日　[出]大阪　本名＝川上亮(かわかみ・あきら)　別号＝烟波(えんぱ)、玄雪、黛子(たいし)　[学]東京帝大文科大学(明治23年)中退　[歴]明治19年硯友社同人となり、「我楽多文庫」に「雪の玉水」を発表、美文家として鳴らす。以後「老人若水」、23年「墨染桜」、25年「青嵐」など人生探究、社会批判の作品で地位を築き、続いて「蔦紅葉」「かがり舟」などを発表。28年反俗を描いた観念小説「大さかづき」「書記官」を発表。29年中央新聞に入社するが間もなく退社し、放浪生活に入る。35年「無言の声」「野人」、36年「観音岩」「二重帯」を発表して復活するが、41年突然自殺した。他に紀行「ふところ日記」など。「川上眉山全集」(全7巻，復刻版，臨川書店)がある。

川上 弘美　かわかみ・ひろみ

小説家　[生]昭和33年4月1日　[出]東京都　[学]お茶の水女子大学理学部生物学科卒　[賞]パスカル短編文学新人賞(第1回)(平成6年)「神様」、芥川賞(第115回)(平成8年)「蛇を踏む」、紫式部文学賞(第9回)(平成11年)「神様」、Bunkamuraドゥマゴ文学賞(第9回)(平成11年)「神様」、伊藤整文学賞(小説部門，第11回)(平成12年)「溺レる」、女流文学賞(第39回)(平成12年)「溺レる」、谷崎潤一郎賞(第37回)(平成13年)「センセイの鞄」　[歴]昭和57～61年田園調布双葉

中学高校に勤務。平成7年「婆」で芥川賞候補となり、8年「蛇を踏む」で第115回芥川賞を受賞。13年読売新聞夕刊に「光ってみえるもの、あれは」を連載。他の作品に「物語が、始まる」「いとしい」「トカゲ」「神様」「あるようなないような」「なんとなくな日々」「センセイの鞄」「ゆっくりさよならをとなえる」、短編集「溺レる」などがある。 [団]日本文芸家協会

川上 稔　かわかみ・みのる

小説家 [生]昭和50年1月3日 [出]東京都 [賞]電撃ゲーム小説大賞(金賞, 第3回)「パンツァーポリス1935」 [歴]「パンツァーポリス1935」で第3回電撃ゲーム小説大賞金賞を受賞。ほかの作品に「風水街都 香港」などがある。

川北 亮司　かわきた・りょうじ

児童文学作家 漫画原作者 [生]昭和22年10月31日 [出]東京都 別名＝川北りょうじ [学]早稲田大学文学部文芸学科卒 [賞]日本児童文学者協会新人賞(第4回)(昭和46年)「はらがへったじゃんけんぽん」 [歴]大学卒業後、児童文学研究集団「風車」「ある研」「燃える樹」などに参加。代表作に「はらがへったじゃんけんぽん」「はじめてのコンサート」「おれたちの夏休み」「へんしん!スグナクマン」「とべ!へんてこどり」などがある。 [団]日本児童文学者協会、日本子どもの本研究会 http://kawakita.tripod.co.jp/

川桐 信彦　かわぎり・のぶひこ

詩人 評論家 表現舎代表 [専]文芸評論 美術評論 [生]昭和7年8月24日 [出]熊本県 雅号＝東大寺乱(とうだいじ・らん) [学]慶応義塾大学文学部美学科(昭和34年)卒、京都大学大学院文学研究科修士課程修了 [歴]昭和35年日本RKO映画で、コピーライターとして映画宣伝を手掛ける。43年日本リーダースダイジェスト社勤務、46年東横学園女子短期大学講師、48年カツヤマキカイ取締役を経て、58年ベロメタル・ジャパンを設立し社長。のち、WAKABA商事会長。一方、子供のころから本好きで、14歳ごろから詩やエッセイを書く。大卒後も文筆活動を続け、東大寺乱のペンネームで小説、詩、評論に活躍。47年細田久雄と協同で表現舎を設立、自著「ファンクル・ヒッピーのうた」を出版。以後自著「脱獄の美学」「岡本太郎」を出版。他の著書に「表現の美学」「近代絵画」「美学大全—表現者の美意識」など、詩集に「砂漠を走る」「毎日が祭り」「ジュネーヴのハックルベリィ・フィン」がある。 [団]日本文芸家協会、三田芸術学会、日本ペンクラブ

川口 一郎　かわぐち・いちろう

劇作家 演出家 [生]明治33年9月30日 [没]昭和46年7月13日 [出]東京・芝 [学]明治学院(大正8年)卒 [歴]大正11年東洋生命保険に入るが、12年渡米しコロンビア大学演劇科で学び、昭和3年帰国。6年「二十六番館」の第一幕を発表。7年「劇作」同人となり「記念杯」「陽気な女達」などを発表。12年創立の文学座演出部主任となり、以後も劇作家、演出家として活躍し、演出では「ヘッダ・ガブラー」「欲望という名の電車」(ともに文学座)で高い評価を得る。死後、「川口一郎戯曲全集」(全1巻)が刊行された。

川口 汐子　かわぐち・しほこ

児童文学作家 歌人 [生]大正13年3月20日 [出]岡山県岡山市 本名＝川口志ほ子 別名＝川口志保子(かわぐち・しおこ) [学]奈良女高師文科卒 [賞]「童話」作品ベスト3賞(第5, 8回)(昭43, 46年度) [歴]昭和38年処女作「ロクの赤い馬」がモービル児童文学賞に佳作入選。以後童話をかく一方、45年から神戸常盤短期大学で児童文学の講義をうけもつ。のち兵庫女子短期大学教授。代表作に「十日間のお客」「三太の杉」「二つのハーモニカ」「よもたの扇」などがある。また、短歌は昭和16年「ごぎゃう」に入会し中河幹子に師事、のち「をだまき」同人。「螺旋階段」「冬の壺」「たゆらきの山」「つれづれに花」などの歌集がある。 [団]日本児童文学者協会、日本童話会、日本歌人クラブ、兵庫県歌人クラブ、日本ペンクラブ、日本文芸家協会

川口 尚輝　かわぐち・なおてる

演出家 劇作家 [生]明治32年7月22日 [出]兵庫県神戸市 [学]早稲田大学独文科(大正13年)卒、早稲田大学大学院中退 [歴]早大在学中「舞台芸術」同人となり、マンチウスの演劇史を翻訳する。大正14年「劇」を創刊。戯曲に「三角波」「驕帝踊る」などがあり、劇作家、演出家として活躍した。

川口 半平　かわぐち・はんぺい

児童文学作家 教育者 岐阜児童文学研究会設立者 元・岐阜県教育長 [生]明治30年2月19日 [没]平成2年4月26日 [出]岐阜県徳山村 [学]岐阜県師範学校卒 [歴]訓導、長良国民学校長、岐阜県視学官など歴任。その間生活綴方運動にも尽力した。戦後は村長、岐阜県議、県教育長などを歴任したが、昭和36年後輩に呼びかけて「岐阜児童文学研究会」を結成した。47年児童誌「コボたち」を創刊。主な作品に「山のコボたち」「なみだをふけ門太」などのほか、郷土の歴史物語が数多くある。 [団]岐阜児童文学研究会

川口 松太郎　かわぐち・まつたろう

小説家　劇作家　演出家　⽣明治32年10月1日　没昭和60年6月9日　出東京市浅草区今戸（現・東京都台東区）　本名＝松田松一　学山谷堀小卒　勲日本芸術院会員（昭和41年）　賞直木賞（第1回）（昭和10年）「鶴八鶴次郎」「風流深川唄」「明治一代女」、毎日演劇賞（昭和34年）、菊池寛賞（昭和38年）、吉川英治文学賞（昭和44年）「しぐれ茶屋おりく」、文化功労者（昭和48年）

歴小学校を出て質屋の小僧や警察署の給仕などさまざまな仕事をしたあと、久保田万太郎や小山内薫に師事し、17歳で文壇デビュー。菊池寛に認められ、昭和10年「鶴八鶴次郎」「風流深川唄」「明治一代女」などで第1回直木賞を受賞。また12年から「婦人倶楽部」に連載した「愛染かつら」は「花も嵐も…」の映画主題歌とともに爆発的人気を呼んだ。その後も「歌吉行燈」「長脇差団十郎」などの芸道物、「新吾十番勝負」などの時代物、「名妓」「祇園囃子」などの人情物など大衆文芸の幅広い分野で活躍し、"天性の語り部"とも呼ばれる一方、花柳章太郎、水谷八重子ら新派のため脚本・演出にも力を注いだ。また映画では大映専務、演劇では明治座取締役を務めた。「川口松太郎全集」（全16巻、講談社）がある。　家妻＝三益愛子（女優・故人）、長男＝川口浩（俳優・故人）、二男＝川口恒（元俳優）、三男＝川口厚（元俳優）、長女＝川口晶（元女優）

川崎 彰彦　かわさき・あきひこ

作家　詩人　文芸評論家　⽣昭和8年9月27日　出群馬県　学早稲田大学文学部露文学科卒　歴北海道新聞記者を経て、昭和42年からフリーの作家に。44年以降、大阪文学学校で後輩の指導にあたる傍ら、「まるい世界」ほか小説、詩の発表を続ける。56年と平成元年の2度の脳卒中発作を乗り越えて、平成5年私塾・西大寺文学ひろばを開設、受講者たちの散文・詩・連句の作品の批評を手がける。「燃える河馬」「雑記」同人。　属新日本文学会

川崎 九越　かわさき・くえつ

小説家　放送作家　⽣昭和6年6月22日　出東京　本名＝満坂太郎（みつさか・たろう）　学東京学芸大学卒　賞歴史文学賞（佳作、第20回）（平成7年）「倫敦の土産」、鮎川哲也賞（第7回）（平成8年）「海賊丸漂着異聞」　歴放送作家として30年余り活動を続け、平成8年「海賊丸漂着異聞」で第7回鮎川哲也賞を受賞。他の著書に「榎本武揚―幕末・明治、二度輝いた男」、主な作品にラジオ「百万の太陽」（NHK）、テレビ「黒の組曲」「長者町」（NHK）などがある。　属放送作家協会

川崎 草志　かわさき・そうし

小説家　⽣昭和36年　出愛媛県　学京都大学理学部動物学科卒　賞横溝正史ミステリ大賞（第21回）（平成13年）「長い腕」　歴セガ・エンタープライゼス、三菱電機を経て、ゲーム制作会社に勤務。平成13年「長い腕」で第21回横溝正史ミステリ大賞を受賞し、作家デビュー。

川崎 大治　かわさき・たいじ

児童文学者　元・日本児童文学者協会長　⽣明治35年3月29日　没昭和55年8月8日　出北海道札幌　本名＝池田政一（いけだ・まさいち）　学早稲田大学英文科（大正15年）卒　歴早大在学中から児童作家を志し、社会主義に傾倒してプロレタリア童謡集「小さい同志」を槇本楠郎らと昭和6年に刊行。左翼運動の衰退と共に生活童話に転じ、12年「ピリピリ電車」を刊行し、15年「太陽をかこむ子供たち」を刊行。戦争中は農繁期保育所の設置に尽力した、戦後は、紙芝居のほかに民主主義児童文学運動を推進、47年日本児童文学者協会会長に就任した。また、38年より東京家政大学教授として児童文学を講じた。著書はほかに「夕焼け雲の下」「川崎大治民話選」（全3巻）、紙芝居に「太郎熊次郎熊」などがある。

川崎 長太郎　かわさき・ちょうたろう

小説家　⽣明治34年11月26日（戸籍:12月5日）　没昭和60年11月6日　出神奈川県小田原市　学小田原中（大正7年）中退　賞菊池寛賞（第25回）（昭和52年）、神奈川県文化賞（昭和53年）、芸術選奨文部大臣賞（第31回・文芸評論部門）（昭和55年）「川崎長太郎自選全集」　歴大正9年「民衆」の同人になり詩や小説を書き始める。10年詩集「民情」を刊行。東京に出て、一時アナキズム運動に接近したが、14年「無題」で文壇にデビュー。以後、私小説一筋に執筆活動を続け、「路草」「朽花」「裸木」など芸者、娼婦との交渉を題材にした作品を発表した。戦後は、郷里の生家の物置に引きこもり、「抹香町」「鳳仙花」など身辺の話を素材にした作品を書いた。昭和52年に菊池寛賞、55年には「川崎長太郎自選全集」（全5巻）で芸術選奨文部大臣賞を受賞。　属日本文芸家協会

川崎 照代　かわさき・てるよ

劇作家　⽣昭和21年6月17日　出鹿児島県枕崎市　学共立女子大学文芸学部芸術学科卒、共立女子大学大学院文芸研究科演劇専攻修了　賞舞台芸術創作奨励特別賞（第1回・昭53年度）「塩祝申そう」　歴研究室助手などの傍ら創作。昭和53年枕崎の方言を駆使して書いた「塩祝（しおえ）申そう」で文化庁の舞台芸術創作奨励賞を受賞。共立女子大学非常勤講師。著書に「二人で乾杯」「川崎照代戯曲集」など。

川崎 徹　かわさき・とおる
コピーライター　CMディレクター　小説家　演出家　マザース顧問　㋖演劇　文学　㋴昭和23年1月2日　㋪東京・池袋　㋕早稲田大学政経学部卒　㋑広告、言語、人間　㋩ACC賞大賞、ADC賞最高賞、フジサンケイ広告大賞　㋭電通映画社(現・電通テック)のCM演出室に勤務。昭和48年フリーのCMディレクターとなり、プロダクション・マザースを中心に活躍。名作、話題作CMを連発し、代表作にナショナル・トランザム「高見山」、富士フイルム「それなりに」、就職情報「ヤリガイ」など。またCM作品を通して「よろしいんじゃないですか」「会社の方針」「おもしろまじめ」「いかにも一般大衆」など次々と流行語を作り出し、その不思議なおかしさは、"川崎病"などと呼ばれる多くの亜流CMを生んだ。その後、エッセイ、小説など執筆活動を始め、演出も手がける。著書に「川崎徹は万病に効くか?」「新小説集・たんぽぽは笑った」「カエルの宿」「空飛ぶホソカワさん」「1/8のために」「だから」などがある。㋲妻=桜井郁子(TVプロデューサー)

川崎 洋　かわさき・ひろし
詩人　放送作家　㋴昭和5年1月26日　㋪東京・馬込　㋕八女中(旧制)卒、西南学院専門学校英文科中退　㋑話し言葉、方言　㋩芸術祭賞奨励賞(昭和32年・41年)「魚と走る時」ほか、芸術選奨文部大臣賞(放送部門、第21回)(昭和45年)「ジャンボアフリカ」(脚本)、旺文社児童文学賞(第2回)(昭和54年)「ぼうしをかぶったオニの子」、無限賞(第8回)(昭和55年)「食物小屋」、高見順賞(第17回)(昭和61年)「ビスケットの空カン」、紫綬褒章(平成9年)、歴程賞(第36回)(平成10年)、神奈川文化賞(平成12年)　㋭昭和19年福岡に疎開、父が急死した26年に大学を中退して上京、横須賀の米軍キャンプなどに勤務。23年頃より詩作を始め、28年「櫂」を創刊し、30年「はくちょう」を刊行。32年から放送台本を主とした文筆生活に入る。主な著書に、詩集「木の考え方」「川崎洋詩集」「ビスケットの空カン」「ゴイサギが来た」、「方言の息づかい」「サイパンと呼ばれた男・横須賀物語」「わたしは軍国少年だった」「方言再考」「日本語探検」「日本の遊び歌」「大人のための教科書の歌」「かがやく日本語の悪態」など。ラジオ脚本に「魚と走る時」「ジャンボアフリカ」「人力飛行機から蚊帳の中まで」などがある。　㋛日本現代詩人会、日本文芸家協会、日本ペンクラブ、櫂の会(同人)

河崎 義祐　かわさき・よしすけ
映画監督　脚本家　ドキュメンタリー作家「銀の会」主宰　㋴昭和11年5月20日　㋪福井県福井市老松町　筆名=こしの玄達　㋕慶應義塾大学経済学部(昭和35年)卒　㋭昭和35年東宝本社に入社。宣伝部勤務。37年製作部演出助手係に転じ助監督となる。黒沢明「どですかでん」、岡本喜八「日本のいちばん長い日」、加藤泰「日本侠花伝」など40作品についた後、50年監督に昇進、「青い山脈」(三浦友和主演)でデビューした。その後も「残照」「炎の舞」「スニーカーぶるーす」「天国のキッス・プルメリアの伝説」などの映画や多数のテレビ映画を演出。58年からフリー。また、海外の教材不足の日系人学校に教材を送ったり、さわやか福祉財団の地域推進委員として、ボランティア活動の普及につとめる。平成9年よりSDSと名づけた、体が不自由な高齢者への映画の出前サービスを始める。著書に「母の大罪」「映画の創造」「父よ あなたは強かったか」「死と共に生きる」などがある。

川崎 備寛　かわさき・よしひろ
小説家　翻訳家　㋴明治24年3月13日　㋬昭和38年3月26日　㋪大阪府　㋕関西大学経済科中退　㋭会社員や女学校、中学校の教師を経て、大正14年創刊の「不同調」同人となり、新人生派を標榜する。作品に「白紙の遺書」「わが落下傘部隊」などがあり、翻訳にカーペンター「ホイットマン訪問記」やハッデン「愛の楽聖伝」などがある。戦後、川崎出版社を経営した。

川重 茂子　かわしげ・しげこ
児童文学作家　㋴昭和13年　㋪中国・長春(旧・新京)　㋩坪田譲治文学賞(第6回)(平成3年)「おどる牛」　㋛「丸木橋」同人。著書に「おどる牛」がある他、「探険隊長は五年生」「おみまいは船の汽笛」など多くの作品がある。

川島 吾朗　かわしま・ごろう
元・駒沢小学校校長　㋴大正15年5月16日　㋬平成4年3月20日　㋪三重県　㋕東京第一師範卒　㋩日本児童演劇協会賞(平3年度)(平成4年)　㋭東京都内の小学校教師を経て、駒沢小学校校長。のち埼玉大学教育学部非常勤講師に。学校劇、児童演劇に取り組んだほか、日本語音声表現教育を研究。著書に「新選たのしい小学校劇」「みんなでつくる学校放送」(以上編著書)、テレビドラマ、ラジオドラマの作品もある。　㋛日本児童演劇協会、日本国語教育学会

川島 順平　かわしま・じゅんぺい
劇作家　元・早稲田大学教授　⑨フランス演劇　㊗明治36年6月29日　㊙昭和60年2月23日　㊤東京都　㊥早稲田大学文学部仏文科（昭和2年）卒　㊦昭和7年までパリ大学に留学、演劇を学ぶ。帰国後、日本俳優学校講師に。9年東京宝塚劇場文芸部に入り、脚本演出を担当。また古川ロッパ一座の脚本を執筆、ヒット作「ガラマサどん」などを書いた。戦時中は三井物産サイゴン支店勤務。24年から49年まで早大文学部教授。著書に「ジャン・ジロドウの戯曲」「日本演劇百年のあゆみ」「現代のフランス劇」「奥様修学旅行」、訳書に「モリエール全集」、自叙伝に「八十日間世界一周」がある。
㊙父＝川島忠之助（翻訳家）

河島 忠　かわしま・ただし
小説家　㊗昭和10年1月1日　㊤明治大学工学部建築科（昭和32年）卒、明治大学大学院工学研究科建築学専攻（昭和34年）修士課程修了　㊆日本海文学大賞（第4回・小説部門）（平成5年）「てんくらげ」　㊦昭和35年明治大学職員。一方、文筆活動を続け、昭和56年放送文学賞佳作を受賞し、平成5年には日本海文学大賞を受賞。著書に「残照私記」がある。

川島 徹　かわしま・てつ
小学校教頭　作家　全国同人雑誌作家協会理事　㊗昭和20年9月26日　㊤栃木県那須郡馬頭町　本名＝中津原徹雄（なかつはら・てつお）　㊥宇都宮大学教育学部英語科（昭和42年）卒　㊆下野新聞新春文芸作品短編小説部門第1位（昭和61年）「悠久」、コスモス文学出版文化賞（第2回）「筑波山」　㊦芥川龍之介、三島由紀夫に親しみ、1字ずつとってペンネームとする。公立小学校で教壇に立ち、中学で英語を教え、のちに小学校教頭を務める。かたわら、創作を続け、作品集「二つの心」「三十五歳の人生論」を自費出版。昭和52年から栃木市の文芸雑誌「光芒」の編集専門委員を務める。「小説と詩と評論」同人。代表作に「桜」「悠久」、本名の中津原徹雄名義で「美しい少年たち」など。
㊟関西文学会

川島 透　かわしま・とおる
映画監督　㊗昭和24年9月11日　㊤福岡市　本名＝大石忠敏　㊥福岡高卒　㊦高校卒業後、美大を志望して上京。アングラ劇の舞台に立つほか、高校時代から手を染めていた8ミリ、16ミリで実験映画を多く撮る。CF、PR映画等の演出助手、監督を経て、昭和58年公開の「竜二」で映画監督デビュー。その後、「チ・ン・ピ・ラ」、チェッカーズの「TANTANたぬき」、薬師丸ひろ子の「野蛮人のように」、62年には「ハワイアン・ドリーム」と話題作を作る。63年アワナを設立、平成2年「就職戦線異状なし」のプロデュースを手がける。CM撮影に専念したのち、4年「挿絵と旅する男」を撮る。7年福岡ユニバーシアードの開閉会式の演出を担当。

川島 康之　かわしま・やすゆき
小説家　㊗昭和6年　㊤東京・浅草　㊥早稲田大学卒　㊆信用産業新報社企業小説コンクール入賞「挑戦」、神奈川県勤労者文芸コンクール入選　㊦広告代理店勤務を経て、S.S.コミュニケーションズ営業企画部勤務。「透谷は見た」「秋川物語」により歴史文学賞最終候補に残る。著書に「浅草まぼろし城」がある。
㊟大衆文学研究会

川島 雄三　かわしま・ゆうぞう
映画監督　㊗大正7年2月4日　㊙昭和38年6月11日　㊤青森県下北郡田名部町　㊥明治大学文学部（昭和10年）卒　㊦昭和13年松竹大船撮影所に助監督として入社。19年織田作之助の「還って来た男」で監督デビュー。戦後シミキンの「オオ！市民諸君」や「東京マダムと大阪夫人」などを作った。30年日活に移って織田の「わが町」（31年）、芝木好子の「洲崎パラダイス・赤信号」（31年）など風俗物を手がけ、時代劇「幕末太陽伝」で名声を上げた。このあと東宝系で「貸間あり」「夜の流れ」、大映で「雁の寺」「しとやかな獣」「女は二度生まれる」などを発表した。平成2年映画殿堂入り。

川尻 泰司　かわじり・たいじ
人形劇演出家・脚本家　人形劇団プーク代表　日本人形劇研究所所長　㊗大正3年6月15日　㊙平成6年6月25日　㊤東京　㊥東京府立第八中学校卒　㊆芸術祭奨励賞（昭和36年）「怪談噺牡丹燈籠」、モービル児童文化賞（昭和42年）、芸能功労者賞（昭和58年）　㊦昭和6年兄・川尻東次の創立した人形劇団プークに加入、7年兄の没後同劇団を主宰。戦時中弾圧をうけ、劇団活動を禁止されるが、戦後再開、46年には文楽以外では日本初の人形劇専門劇場"プーク人形劇場"を完成させた。「ファウスト博士」「逃げ出したジュピター」「怪談噺牡丹燈籠」などの演出を手がけ、人形劇映画に「セロ弾きのゴーシュ」、著書に「人形劇の本」「人形劇ノート」「日本人形劇発達史・考」などがある。
㊟日本人形劇人協会（会長）、ウニマ国際人形劇連盟　㊙兄＝川尻東次（劇団プーク創立者）

川尻 宝岑　かわじり・ほうしん
歌舞伎脚本作者　劇通家　㊗天保13年12月18日（1842年）　㊙明治43年8月10日　㊤江戸日本橋油町　本名＝川尻義祐　㊦明治22年日本演芸協会の委員となって演劇改良、脚本改良に尽した。依田学海との合作「吉野拾遺名歌誉」

などの作があり、しろうとの脚本を上演せしめた最初の人である。　㊥養子＝川尻清潭（演劇評論家）

川添 利基　かわぞえ・としもと
小説家　劇作家　演出家　㊤明治30年2月3日　㊦新潟県佐渡　㊧早稲田大学英文科、立教大学英文科　㊨大正9年同人誌「合唱」を創刊し、10年合唱小劇場を興す。10年松竹キネマに入社し、11年先駆座同人となり演出を担当。小説集「凝視」や「映画劇概論」などのほか、訳書にチェネー「劇場革命」などがある。

川田 功　かわだ・いさお
海軍少佐　推理作家　㊤明治15年　㊦昭和6年5月28日　㊨海軍少佐であったが、退官後の大正13年以降「砲弾をくぐりて」「尼港の怪婦人」「日米実戦記」などの戦争物語を発表した。15年以降、「酩酊」をはじめ「恐ろしいキッス」など約20篇の探偵小説を発表した。

川田 武　かわだ・たけし
SF作家　NHKクリエイティブ常務　㊤昭和16年3月16日　㊦京都府　㊧京都大学卒　㊨ハヤカワSFコンテスト佳作第1席（第4回）（昭和40年）「クロマキー・ブルー」　㊨平成2年NHK初のメディア・ミックス、宇宙船ヘリオスを共用して撮影したテレビ「銀河宇宙オデッセイ」映画「クライシス2050」を製作。またSF作家でもあり、著書に「戦慄の神像」「女王国トライアングル」などがある。

川田 みちこ　かわだ・みちこ
小説家　㊤昭和33年11月25日　㊦東京都　㊨平成2年「水になる」で第15回コバルト・ノベル大賞入選。著書に「星空の見えるキッチン」「初恋は魔法で二度する」他。

川田 弥一郎　かわだ・やいちろう
作家　医師　㊨外科　㊤昭和23年10月2日　㊦三重県松阪市　本名＝田上鉱一郎　㊧名古屋大学医学部卒　㊨江戸川乱歩賞（第38回）（平成4年）「白く長い廊下」　㊨外科医を務める傍ら推理小説を執筆。作品に「白く長い廊下」「炎天のランナー」などがある。　㊨推理作家協会、日本文芸家協会

河竹 新七(3代目)　かわたけ・しんしち
歌舞伎狂言作者　㊤天保13年(1842年)　㊦明治34年1月10日　㊧江戸・神田堅大工町　本名＝竹柴金作　幼名＝菊川金太郎、前名＝竹柴金作(1代目)　㊨明治5年立作者となり、17年3代目新七を襲名する。以後歌舞伎作者として新富座、市村座、歌舞伎座で活躍。主な作品に「塩原太助一代記」「江戸育御祭佐七」などがある。

河竹 黙阿弥　かわたけ・もくあみ
歌舞伎狂言作家　㊤文化13年2月3日(1816年)　㊦明治26年1月22日　㊧江戸・日本橋　本名＝吉村芳三郎　別名＝河竹新七(2代目)、古河黙阿弥、河竹其水　㊨天保5年19才で狂言作家鶴屋南北(5代目)に入門、14年河原崎座の立作者となり河竹新七(2代目)を襲名した。嘉永6年までの20年間は習作期で座付き作者の修業と補綴脚色に専念した。安政元年市村座で市川小団次(4代目)と提携、白浪毒婦ものを主とする生世話の名作を次々と放った。明治に入り、新富座の座付き作者となり、団十郎(9代目)らのために新作を生んだ。14年番付面から引退し黙阿弥と改めたが作家活動は続いた。生涯の作品の総計約360。「黙阿弥全集」全27巻がある。

河内 仙介　かわち・せんすけ
小説家　㊤明治31年10月21日　㊦昭和29年2月21日　㊧大阪市　本名＝塩野房次郎　㊧大阪市立甲種商卒　㊨直木賞(第11回)(昭和15年)「軍事郵便」　㊨昭和15年「軍事郵便」で第11回直木賞を受賞。創作集「遺書」をはじめ「風冴ゆる」などの小説がある。

川名 完次　かわな・かんじ
映画字幕翻訳家　推理作家　㊤明治36年1月4日　㊦昭和60年8月13日　㊧東京都　筆名＝川奈寛(かわな・かん)、高円寺文雄　㊧東洋大学中退　㊨ハリウッド映画全盛期の昭和30年代、「静かなる男」「雨に唄えば」「巴里のアメリカ人」など西部劇、ミュージカルの娯楽大作の翻訳を担当。また、推理作家としても知られ、昭和10年高円寺文雄名義で「聖ゲオルギー勲章」が「サンデー毎日」大衆文芸賞に入選。20年以降は川奈寛の筆名で「錦切れ取り」「殺意のプリズム」などの作品を発表した。

川西 蘭　かわにし・らん
小説家　㊤昭和35年2月21日　㊦広島県三原市　本名＝川西宏之　㊧早稲田大学政治経済学部経済学科(昭和59年)卒　㊨昭和55年大学在学中に19歳で発表した「春一番が吹くまで」(文芸賞最終選考作品)でデビュー。大学卒業後は作家業に専念。59年初めての書き下ろし長編「パイレーツによろしく」を刊行。以後「ラブソングが聴こえる部屋」「妖精物語」「こわれもの」「聖バレンタイン音楽堂の黄昏」「夏の少年」など続々と発表。ピート・ハミル原作の「ニューヨーク・スケッチブック」のカセットブック制作に参加するなど活動の場を広げている。　㊨日本文芸家協会、日本ペンクラブ

川野 彰子　かわの・あきこ

小説家　[没]昭和39年9月11日　[出]鹿児島県庵美大島　[学]立命館大学卒　[歴]学生時代に京都島原の遊廓近くに下宿し、そこに働く女たちに共感する。結婚して開業医夫人になったのち、創作に入り、昭和37年最初の小説「色模様」が上半期直木賞候補に。次の作品「凋落」も「群像」新人賞候補、「廓育ち」が38年下半期直木賞となるなど活躍。大型新人として前途を期待されていたが、39年に36歳の若さで急逝。作品集に「廓育ち」がある。

川野 京輔　かわの・きょうすけ

小説家　劇作家　ラジオディレクター　[生]昭和6年8月29日　[出]広島県　本名＝上野友夫(うえの・ともお)　別名(作詞)＝杉野まもる(すぎの・まもる)　[学]中央大学法学部卒　[歴]昭和29年NHKに入局。広島、松江を経て、35年から東京でラジオドラマを主に演出。また杉野まもる名義で歌謡曲の作詞も手がける。作家としては推理もの・歴史ものを多く手がける。著書に「音の世界」「声優」「飛鳥の謎」「これが科学捜査だ」「推理SFドラマの六〇年―ラジオ・テレビディレクターの現場から」「妖美幻想作品集たそがれの肉体」「原田甲斐―伊達騒動を推理する」など。

河俣 規世佳　かわばた・きよか

児童文学作家　[生]昭和34年　[出]三重県伊勢市　[学]武庫川女子大学卒　[賞]毎日児童小説コンクール最優秀賞(第50回)(平成13年)「おれんじ屋のきぬ子さん」、椋鳩十児童文学賞(第12回)(平成14年)「おれんじ屋のきぬ子さん」　[歴]三重県立南勢高校、志摩高校、明野高校で家庭科教師を務め、平成10年退職。11年頃から童話を書き始める。13年「おれんじ屋のきぬ子さん」で、第50回毎日児童小説コンクール最優秀賞、14年椋鳩十児童文学賞を受賞。

川端 裕人　かわばた・ひろと

小説家　フリーライター　[生]昭和39年　[出]千葉県千葉市　[学]東京大学教養学部(平成1年)卒　[賞]サントリーミステリー大賞(優秀作品賞，第15回)(平成10年)「夏のロケット」　[歴]平成元年日本テレビに入社。科学技術庁、気象庁などを担当後、総務局勤務。マナティ、イルカなどの海岸ほ乳類や日本の離島の生物相、亜南極のペンギンなどをテーマに調査、取材。平成9年退社、独立。同年〜10年ニューヨーク・コロンビア大学に研究員として在籍。自然と人間との関わりをテーマにしたネイチャーライティングを試みる。同年初の小説「夏のロケット」を刊行。著書に「クジラを捕って、考えた」「フロリダマナティの優雅なくらし」「イルカとぼくらの微妙な関係」「動物園にできること」、小説「リスクテイカー」などがある。

川端 康成　かわばた・やすなり

小説家　[生]明治32年6月11日(戸籍:14日)　[没]昭和47年4月16日　[出]大阪府大阪市北区此花町　[学]東京帝国大学国文科(大正13年)卒　[資]日本芸術院会員、米国芸術アカデミー外国人名誉会員　[賞]文芸懇話会賞(第3回)(昭和12年)「雪国」、菊池寛賞(昭和18年・33年)、日本芸術院賞(文芸部門・第8回)(昭和26年)「千羽鶴」、野間文芸賞(第7回)(昭和29年)「山の音」、ゲーテメダル(昭和34年)、フランス芸術文化勲章(昭和35年)、文化勲章(昭和36年)、ノーベル文学賞(昭和43年)　[歴]一高時代の大正8年「ちよ」を発表。10年第6次「新思潮」を創刊、2号に発表した「招魂祭一景」で文壇に登場。13年横光利一らと「文芸時代」を創刊し“新感覚派”の作家として活躍。15年代表作「伊豆の踊子」を発表。同年第一創作集「感情装飾」を刊行。以後「浅草紅団」「禽獣」「雪国」などを発表し、昭和12年「雪国」で文芸懇話会賞を受賞。18年「故園」「夕日」で菊池寛賞を受賞。戦中から戦後にかけて、鎌倉在住の作家達と鎌倉文庫をおこす。戦後は、26年「千羽鶴」で日本芸術院賞を、29年「山の音」で野間文芸賞を受賞したほか「名人」「みづうみ」「眠れる美女」「古都」など多くの作品がある。23〜40年日本ペンクラブ会長をつとめ、33年には国際ペンクラブ副会長に推されるなど国際的作家として活躍し、43年に日本人として初めてのノーベル文学賞を受賞。37年から湯川秀樹らの世界平和アピール七人委員会に参加、また東京都知事選挙で意中の候補者を推すなど社会的発言、行動もしたが、47年4月、逗子マリーナの仕事部屋でガス自殺をした。批評家としてもすぐれ、文芸時評を20年間続けた他、「美しい日本の私」「文学的自叙伝」「末期の眼」などのエッセイも刊行した。「川端康成全集」(全35巻・補2巻，新潮社)がある。

川端 要寿　かわばた・ようじゅ

小説家　[生]大正13年6月10日　[出]東京都江戸川区　[学]横浜高工(現・横浜国立大学)電気化学科卒　[歴]下小岩山で横綱栃錦と、東京府立化学工業学校で吉本隆明と同級。同人雑誌「北斗」「内部」「星座」「文学街」「小説家」に参加。戦後、数々の職業遍歴を経て昭和44年から東京・板橋の三和化学に勤務。競馬歴30年。著書に「堕ちよ！さらば―吉本隆明と私」「修羅の宴」「春日野清隆と昭和大相撲」「昭和文学の胎動―同人雑誌『日暦』初期ノート」「土俵の鬼二子山勝治伝」「奇人横綱 男女ノ川」など。
[団]日本文芸家協会

河林 満 かわばやし・みつる
小説家 ⽣昭和25年12月10日 ⽣福島県いわき市 ⽣立川高(定時制)卒 ⽣吉野せい賞奨励賞(第9回)、自治労文芸賞(第7回)、文学界新人賞(第70回)(平成2年)「渇水」 ⽣昭島、立川で育ち、いじめに遇って登校拒否になり定時制高校に進む。卒業後は昭島郵便局の配達員を経て立川市役所へ。水道部、図書館に勤務。平成2年4月から高松児童館主事。高校時代から小説を書き始め、勤務の傍ら創作活動を続ける。平成2年「渇水」が芥川賞候補となる。 ⽣日本文芸家協会

河原 潤子 かわはら・じゅんこ
児童文学作家 ⽣昭和33年 ⽣京都府京都市 ⽣立命館大学卒 ⽣児童文芸新人賞(第29回)(平成12年)「蝶々、とんだ」、日本児童文学者協会新人賞(第33回)(平成12年)「蝶々、とんだ」 ⽣校正業の傍ら、「ももたろう」同人として児童文学の創作を続ける。平成12年「蝶々、とんだ」で児童文芸新人賞、日本児童文学者協会新人賞を受賞。

河原 晋也 かわはら・しんや
作家 ⽣昭和18年 ⽣昭和62年8月11日 ⽣静岡県 本名=須田仁 ⽣早稲田大学政治経済学部卒 ⽣エンタテイメント小説大賞(第9回)(昭和61年)「出張神易」 ⽣翻訳を志して22歳の時鮎川信夫に師事。小説をすすめられて昭和43年「悲しきカフェ」を発表したが、出版社が倒産。以来土建屋、居酒屋など職業を転々としたあとペンキ屋となる。昭和61年、再び小説を書きはじめ、「出張神易」で第9回エンタテイメント小説大賞を受賞。62年「ペンキ屋通信」「幽霊船長」を発表し有望新人として注目をうけるが、同年8月文芸春秋編集者と電話で打ち合せ中急死。

河原 辰三 かわはら・たつぞう
小説家 ⽣明治30年1月29日 ⽣昭和24年2月28日 ⽣長野市桜枝町 号=達像 ⽣長野中学中退 ⽣読売新聞社員となりながら、教養主義の小説を発表した、大正10年の「報い求めぬ愛」や「若き救道者の嘆き」などの著書がある。

河原 雅彦 かわはら・まさひこ
劇作家 演出家 俳優 HIGHLEG JESUS総代 ⽣昭和44年 ⽣福井県 ⽣明治大学卒 ⽣明治大学在学中の平成4年、新宿や原宿の歩行者天国での路上ライブでネオ演芸集団HIGHKEG JESUSを旗揚げ、濃厚な全裸パフォーマンスなどで話題を呼ぶ。傍ら、俳優として三谷幸喜「ヴァンプショウ」、野田秀樹「2万7千光年の旅」「デジャ・ヴュ01」などの舞台に客演。戯曲執筆やテレビ、ラジオ出演

などでも行う。共著に「河原官九郎」など。
http://www.hello.to/highleg/

河辺 和夫 かわべ・かずお
映画監督 ⽣昭和5年4月5日 ⽣昭和57年11月30日 ⽣東京都目黒区 ⽣早稲田大学文学部芸術科(昭和28年)卒 ⽣シナリオ賞(第16回・昭39年度)「非行少年」、日本映画記者会賞 ⽣新東宝を経て日活に入り、久松静児、舛田利雄らの助監督を経て、昭和39年ドキュメンタリータッチの「非行少年」でデビュー。45年フリーとなり、ドキュメンタリー映画「燃える男長島茂雄・栄光の背番号3」(49年)や、テレビのドキュメンタリー番組を手がけた。

川辺 一外 かわべ・かずと
脚本家 元・松竹シナリオ研究所主任講師・所長 ⽣ドラマ創作 構成術研究 ⽣昭和6年10月28日 ⽣東京都杉並区阿佐ケ谷 ⽣一橋大学社会学部(昭和29年)卒 ⽣シナリオ創作についてチェックリスト方式の開発、国際的協力と提携 ⽣昭和29年松竹大船撮影所に助監督として入社。堀内真直監督に師事し、現場に即した多くのシナリオを書く。40年「007は二度死ぬ」の日本側チーフ助監督をつとめる。松竹映画製作本部、及びテレビ部で企画・ストーリーの立案に携わる一方、松竹シナリオ研究所専任講師をつとめ、のち主任講師。映画脚本に「帰ってきた縁談」「はったり野郎」「正々堂々」「学生重役」「生徒諸君!」、著書に「あゝ沖縄」「ドラマとは何か? ストーリー工学入門」など。

川辺 為三 かわべ・ためぞう
小説家 「北方文芸」編集人 ⽣昭和3年11月29日 ⽣平成11年4月16日 ⽣旧樺太・豊原市(現・ユージノ・サハリンスク) 筆名=水木秦(みずき・しん) ⽣北海道学芸大学札幌分校(現・北海道教育大学札幌校)国語科卒 ⽣北海道新聞文学賞(昭和59年)「岬から翔べ」、北海道文化賞(平成9年) ⽣昭和22年帰ロ。31年同人誌「凍橙」(のちに「くりま」と改題)を創刊、同人。47年「白釉無文」で新潮新人賞候補。59年創作集「岬から翔べ」で北海道新聞文学賞受賞。札幌北高教諭を経て、平成元年国学院女子短大専任講師、のち助教授。北海道文学館評議員、「北方文芸」編集委員、有島青少年文芸賞審査員もつとめた。他の作品に「閉じられた島」「島よ眠れ」などがある。

川辺 豊三 かわべ・とよぞう
推理作家 ⽣大正2年3月12日 ⽣神奈川県小田原市 本名=浅沼辰雄 旧筆名=足柄左右太、菱形伝次 ⽣小田原中学卒 ⽣宝石賞(第2回)(昭和36年)「蟻塚」 ⽣昭和27年「私は誰でしょう」が「別冊宝石」の新人25人集に採

られ、第一席で入賞。36年「蟻塚」で第2回宝石賞受賞。作品に「五人のマリア」「熱海ハイウエイ殺人事件」など。

川俣 晃自　かわまた・こうじ
小説家　劇作家　東京都立大学名誉教授　[専]フランス文学　[生]大正6年8月16日　[没]平成11年7月5日　[出]栃木県足利市　[学]東京帝国大学文学部仏蘭西文学科(昭和16年)卒　[賞]中央公論新人賞佳作(第2回)(昭和32年)「般若心経」、新劇岸田戯曲賞(第12回)(昭和41年)「関東平野」、勲三等旭日中綬章(平成3年)　[歴]昭和23～25年鎌倉アカデミア講師、24～55年東京都立大学人文学部専任講師、助教授、教授を歴任し、名誉教授。56年独協大学外国学部教授。この間38年、46年、52年、53年とパリのポール・ロワイヤル古文書館にて資料調査。著書に「美しい国」「シャルロッテ・フォン・エステルハイム」のほか訳書多数。また小説や戯曲も書き、主な作品に「般若心経」「チェブトイキン」「ル・コスタリカ」「関東平野」などがある。　[団]日本フランス語フランス文学会

川又 千秋　かわまた・ちあき
SF・推理作家　[生]昭和23年12月4日　[出]北海道小樽市　[学]慶応義塾大学文学部国文科卒　[賞]星雲賞(第12回)(昭和56年)、日本SF大賞(第5回)(昭和59年)「幻詩狩り」　[歴]昭和47年博報堂に入社。コピーライターをしながらSF専門誌に投稿を続ける。54年退社し、プロとしてデビュー。56年日本SF大会でファン投票によるグランプリを獲得。主著に「亜人戦士シリーズ」「宇宙港物語」「火星人先史」「幻詩狩り」「ラウバル烈風空戦録」など。又、評論に「夢の言葉・言葉の夢」がある。　[団]日本文芸家協会、日本SF作家クラブ、日本推理作家協会

川道 岩見　かわみち・いわみ
作家　元・諫早農業高等学校校長　[生]大正11年　[出]長崎県西彼杵郡時津町　[歴]長崎県内の中学、高校、県教委勤務を経て、北松農高、諫早農高の校長を歴任。昭和57年退職して生家に帰農する。時津町文化協会会長、長崎県文芸協会副会長を務める。「西九州文学」「河」同人。著書に「西海幻想」「伊太郎の飛行機」などがある。

川村 愛子　かわむら・あいこ
「私のピーターパン」の著者　旧姓(名)=長岡　筆名=岡愛子(おか・あいこ)　[歴]少女時代西洋の児童文学が好きで、愛読していたジェームズ・バリの「ピーターパン」をモデルに妹と空想の人形遊びで楽しんだ。東京の祖母の家から女学校に通っていた15歳の時、その遊びをもとに童話「私のピーターパン」を執筆。童話作家・鈴木三重吉に認められ、昭和10年から1年間雑誌「赤い鳥」に岡愛子の名で連載される。15年には単行本になり、戦後再版されたが、以後絶版に。平成8年愛読者らの協力で半世紀ぶりに復刊された。

川村 晃　かわむら・あきら
小説家　[生]昭和2年12月3日　[没]平成8年1月4日　[出]台湾　[学]陸軍航空通信校卒　[賞]芥川賞(第47回)(昭和37年)「美談の出発」　[歴]戦後共産党に入党し、積極的に活動するが、昭和33年離党する。筆耕生活をしながら35年「文学街」に参加し、37年「美談の出発」で芥川賞を受賞。以後「告白騒動」「ルン・プロ」「闇にひらく」「太陽と愛と」「斑鳩に日が昇るとき」などを発表している。　[団]日本文芸家協会

川村 克彦　かわむら・かつひこ
シナリオライター　[生]昭和27年　[出]静岡県静岡市　[学]創価大学大学院博士課程前期修了　[賞]シナノ企画シナリオコンクール(第1回)「青春の翼」　[歴]ジャパンプロデュース、(有)キューカンパニーを主宰。第1回シナノ企画シナリオコンクールに「青春の翼」が入選、映画化される。著書に「2001年の恐怖」。

川村 花菱　かわむら・かりょう
劇作家　演出家　[生]明治17年2月21日　[没]昭和29年9月1日　[出]東京・牛込筑土前町　本名=川村久輔(かわむら・きゅうすけ)　号=旗洗亭　[学]早稲田大学英文科(明治43年)卒　[歴]早大在学中から「歌舞伎」に劇評、脚本を発表し、明治43年藤沢愛二郎の俳優学校教師となり、44年処女作「女一人」を上演。45年有楽座の定期興行土曜劇場をおこす。土曜劇場解散後は芸術座に戻り、脚本部員兼興業主事となる。昭和に入ってからは新派劇のための脚色、演出をし、多くの新派俳優を育てた。大正12年「川村花菱脚本集」を刊行。代表作に「母三人」「三日の客」などがあり、没後「随筆・松井須磨子」が刊行された。

河村 季里　かわむら・きり
作家　[生]昭和19年　本名=田口具達　[学]早稲田大学卒　[歴]ジュニア小説を書き始める。その後一年間の世界放浪の後、「屋根のない車」で小説家としてデビュー。昭和52年、女優関根恵子と飛騨の山中で同棲生活を始める。54年公演中の彼女と失踪事件を起こし、その体験を小説「青春の巡礼」として発表した。

川村 たかし　かわむら・たかし

児童文学作家　元・梅花女子大学文学部児童文学科教授　⊕昭和6年11月8日　⊛奈良県五条市　本名＝川村隆(かわむら・たかし)
㊥奈良学芸大学文科甲類漢文学卒　㊸野間児童文芸賞(第16回)(昭和53年)「山へいく牛」、国際アンデルセン賞優良作品賞(昭和55年)、路傍の石文学賞(第2回)(昭和55年)「山へいく牛」「新十津川物語」、日本児童文学者協会賞(第21回)(昭和56年)「昼と夜のあいだ」、産経児童出版文化賞(大賞、第36回)(平成1年)「新十津川物語」、日本児童文学者協会賞(第29回)(平成1年)「新十津川物語」、日本児童文芸家協会賞(第19回)(平成7年)「天の太鼓」、紫綬褒章(平成13年)
㊞小・中・高の教員を経て、昭和57年梅花女子大学教授。その間、花岡大学に師事し、「近畿児童文化」「童話」同人として創作活動も行う。季刊雑誌「亜空間」を主宰。主な作品に「山へいく牛」や10年間かけて執筆した「新十津川物語」(全10巻)、「新十津川出国記」「天の太鼓」など。また元五条高校定時制野球部監督で、"もう一つの甲子園"の命名者でもある。
㊸児童文学創作集団、日本児童文学者協会、日本児童文芸家協会(会長)、日本ペンクラブ、日本文芸家協会

川村 毅　かわむら・たけし

演出家　劇作家　俳優　劇団第三エロチカ代表取締役　⊕昭和34年12月22日　⊛神奈川県横浜市　㊥明治大学政経学部(昭和58年)卒
㊸岸田国士戯曲賞(第30回)(昭和61年)「新宿八犬伝 第1巻・犬の誕生」　㊞昭和55年秋、在学中に仲間とともに第三エロチカを結成、座長となる。旗揚げ公演の「世紀末ラブ」では脚本・演出・主演をつとめる。58年6月の「ラディカル・パーティー」で注目を集め、60年「新宿八犬伝」を上演。テロリストやフリークスが都市で暴れるアナーキーな舞台で人気を集める。第一戯曲集「ジェノサイド」、第一小説集「砂のイマージュ」がある。平成元年同劇団のプロデューサー・平井佳子と結婚。2年映画「ラスト・フランケンシュタイン」を初監督。3年6月「マクベスという名の男」をドイツ国際演劇祭に招かれ、上演。反響を呼び、翌年ケベック・シティ、トロント、シカゴの国際演劇祭に招聘され、成功をおさめるなど、海外へ活動の場を広げる。他の作品に「ギッターズ」など。

川村 文郎　かわむら・ふみろう

童話作家　⊕昭和61年　⊛静岡県浜松市　㊥浜松市立蜆塚中　㊸遠鉄ストア童話大賞(平成14年)「ぼくたちの選手宣誓」　㊞浜松市立蜆塚中学2年生のとき、童話「待ちわびたプレーボール」で遠鉄ストア童話大賞の佳作に入選。平成14年童話「ぼくたちの選手宣誓」で同大賞を受賞。

川村 真澄　かわむら・ますみ

作詞家　⊕昭和32年10月22日　⊛東京都新宿区　㊥東洋女子短期大学英文科卒　㊞昭和60年作詞家としてデビュー。ミリオンセラーとなった渡辺美里「My Revolution」をはじめ、小泉今日子、久保田利伸、松本伊代など、ロックからアイドルポップスまで、幅広いアーチストの詞を手がける。若手女性作詞家としては、人気・実力ともNo1。最近は小説も執筆する。著書に「いつか王子様が」「雨が降る靴」「まちがい天使」。

川村 光夫　かわむら・みつお

劇作家　演出家　劇団「ぶどう座」主宰者　⊕大正11年3月10日　⊛岩手県和賀郡湯田村(現・湯田町)　㊥黒沢尻工(昭和16年)卒　㊸岩手日報文化賞(第43回)(平成2年)、勲五等瑞宝章(平成9年)　㊞岩手県の地域演劇集団「ぶどう座」を主宰、演出担当。昭和25年に同集団が創立された当時からメンバーとして活動。一方、湯田町(岩手県和賀郡)の農業委員会、役場等に勤務し、商工観光課長などを務めた。著書に「うたよみざる」「素顔をさらす俳優たち」など。

河本 勲　かわもと・いさお

小説家　⊕大正7年　⊛島根県　㊞6歳の時、郷里の岡山県に移住。昭和14年1月岡山歩兵第十連隊補充隊に入隊。同年4月独立歩兵第69大隊交代要員として南中国に向かう。その後各地を転戦。終戦時は南中国派遣軍教育隊に在籍(准尉職)21年4月に内地帰還。農業に従事。健康の回復を待つ。23年4月、倉庫業を主とする会社に入社。58年同社退社。59年からて私小説を書き始める。同年3月カルチャーセンターの「小説作法と鑑賞」の受講者となり、同人誌に作品を次々と発表。その間小説教室は中断したが、平成3年4月から復帰し、8年まで受講を続ける。講師が退職したのを機に9年から自宅にて創作活動を継続。

川本 俊二　かわもと・しゅんじ

小説家　⊕昭和43年6月27日　⊛広島県広島市　㊥関西大学文学部卒　㊸文芸賞(第28回)(平成3年)「rose」　㊞百貨店勤務の傍ら小説を執筆。平成3年「rose」で文芸賞を受賞。　㊸日本文芸家協会

川本 信幹　かわもと・のぶよし
小説家　日本体育大学教授　[専]国語表現法　[生]昭和8年　[出]広島県竹原市　筆名＝生口十朗(いくち・じゅうろう)　[学]広島大学教育学部、東京学芸大学国語科(昭和30年)卒　[歴]多年にわたり中学・高校の教科書編集、国語教育雑誌の企画編集に携わる。また都立国分寺高では野球部の監督もつとめた。その後、日本体育大学教授となるが、同校野球部コーチは兼任。一方、生口十朗の名で核廃絶を訴える小説家としても活躍。著書に「高等学校における表現指導の実際」「国語表現法」「魅力ある国語教室を創る」「21世紀を生きぬく日本語力」、生口十朗名義の著書に「緋の喪章」「死者への勲章」「日本の原爆文学」「蝉時雨」「白い夏」などがある。

川本 旗子　かわもと・はたこ
作家　作詞・作曲家　[出]旧満州・新京市　本名＝庄子亜郎(つぐお)　[歴]昭和54年雑誌「面白半分」の編集長となり、小説を書き始める。57年直木賞候補。ブティック経営者でもある。

韓　かん
⇒韓(ハン)を見よ

康 珍化　カン・ジンファ
作詞家　シナリオライター　[国]韓国　[生]1953年6月24日　[出]静岡県　[学]早稲田大学文学部西洋哲学科卒　[賞]日本レコード大賞作詞賞(第26回)('84年)「桃色吐息」、日本レコードセールス大賞作詩賞(第17回，18回)('84年，85年)、日本レコード大賞(第27回)('85年)「ミ・アモーレ」、日本アニメ大賞主題歌賞('85年)「タッチ」、日本歌謡大賞(第18回)('87年)「泣いてみりゃいいじゃん」　[歴]東北新社企画部勤務を経て、1978年山下久美子の「バスルームから愛をこめて」で作詞活動を始める。'85年中森明菜の「ミ・アモーレ」で日本レコード大賞作詞賞受賞。ほかに「桃色吐息」「悲しい色やね」「艶姿ナミダ娘」「涙をふいて」「神様ヘルプ」「泣いてみりゃいいじゃん」などビッグヒット曲の作詞を多く手がける。脚本作品に「19ナインティーン」「稲村ジェーン」「東京の休日」。著書に「いろんな気持ち」がある。

菅 孝行　かん・たかゆき
劇作家　評論家　[専]演劇　思想　[生]昭和14年7月17日　[出]東京　[学]東京大学文学部国文科(昭和37年)卒　[歴]東大劇研に参加、昭和36年「日本の夜と霧」を脚色、演出するなど学生演劇の興隆を導く。卒業後東映に入社し、演出助手となるが、労組副委員長を務め、監督への道を断たれて42年退社。テレビ映画の契約助監督に。47年演劇集団・不連続線を結成。54年解散後は評論活動が中心となる。演劇人会議事務局長を務める。戯曲集「ヴァカンス/ブルースを歌え」、評論集「解体する演劇」「天皇論ノート」「反昭和思想論」「関係としての身体」「戦後演劇」「感性からの自由を求めて」「女の自立・男の自立」「戦後民主主義の決算書」などがある。　[団]日本文芸家協会

神吉 拓郎　かんき・たくろう
小説家　劇作家　随筆家　[生]昭和3年9月11日　[没]平成6年6月28日　[出]東京・麻布　[学]成城高文科(昭和24年)卒　[賞]直木賞(第90回)(昭和59年)「私生活」、グルメ文学賞(第1回)(昭和60年)「たべもの芳名録」　[歴]昭和24年NHKに入り、「日曜娯楽版」などの放送台本を執筆。傍ら、雑誌のコラム、雑文、短篇小説などを手がける。43年放送の世界から引退。以後小説、エッセイに転じ、都会生活の哀愁を見事に描いた作品「私生活」によって、59年第90回直木賞受賞。主な著書に「ブラックバス」「芝の上のライオンたち」「東京気侭地図」など多数。　[団]やなぎ句会、日本文芸家協会、日本放送作家協会

神坂 一　かんざか・はじめ
小説家　[出]兵庫県　[歴]平成元年「スレイヤーズ！」で第1回ファンタジア長編小説大賞に入選し、デビュー。同作はシリーズ化、アニメ化されるなど好評を博し、長者番付作家部門でも上位に入る。他の著書に〈ロスト・ユニバース〉シリーズ、〈日帰りクエスト〉シリーズ、〈闇の運命を背負う者〉シリーズなど。

神崎 あおい　かんざき・あおい
漫画原作者　作家　[生]昭和34年1月15日　[出]大阪府　本名＝岸本慶子　筆名＝岸本けいこ(きしもと・けいこ)、くらしき里央(くらしき・りお)　[学]共立女子大学文芸学部卒　[賞]講談社少女漫画原作賞入賞(第3回)(昭和57年)「夜明けの吸血鬼」　[歴]昭和57年第三回講談社少女漫画原作賞に「夜明けの吸血鬼」で入賞。以来、「なかよし」に〈岸本けいこ〉〈神崎あおい〉のペンネームで少女マンガの原作を書く。著書に「マリエ・背番号16」「CATCHME!!幽霊くん」「ヨコハマ指輪物語」「青の迷宮」他。

神崎 武雄　かんざき・たけお
小説家　[生]明治39年6月18日　[没]昭和19年9月17日　[出]福岡県門司市　[学]早稲田大学文科(大正13年)中退　[賞]直木賞(第16回)(昭和17年)「寛容」　[歴]昭和15年新鷹会に加わり「大衆文芸」に「祖母の肖像」などを発表し、18年「寛容」で直木賞を受賞。17年海軍報道班員として南方に従軍中戦死した。

神崎 照子　かんざき・てるこ

小説家　[生]昭和25年　[出]東京都渋谷区　[賞]ゆきのまち幻想文学賞大賞(第1回)(平成3年)、ゆきのまち幻想文学賞長編賞(第4回)(平成6年)　[歴]作品に「幻の向こう側」などがある。

神沢 利子　かんざわ・としこ

児童文学作家　[生]大正13年1月29日　[出]北海道　本名＝古河トシ(ふるかわ・とし)　[学]文化学院文学部(昭和43年)卒　[賞]サンケイ児童出版文化賞(第22回)(昭和50年)「あひるのバーバちゃん」、日本児童文芸家協会賞(第2回)(昭和52年)「流れのほとり」、野間児童文芸賞(第17回)(昭和54年)「いないいないばあや」、日本文学者協会賞(第19回)(昭和54年)「いないいないばあや」、サンケイ児童出版文化賞(第28回)(昭和56年)「ゆきがくる？」、産経児童出版文化賞(第36回)(平成1年)「おやすみなさいまたあした」、産経児童出版文化賞大賞(第37回)(平成2年)「タランの白鳥」、日本童謡賞(平成4年)「おめでとうがいっぱい」、巌谷小波文芸賞(第18回)(平成7年)「神沢利子コレクション」(全5巻)、路傍の石文学賞(第18回)(平成8年)「神沢利子コレクション」(全5巻)、モービル児童文化賞(第31回)(平成8年)　[歴]詩作を経て、昭和30年頃から童話、童謡を書き始め、NHKで童謡を発表。著書に「くまの子ウーフ」「みるくぱんぼうや」「空色のたまご」など多数の創作のほか、詩の絵本に「いないいないの国へ」「お月さん舟でおでかけなされ」「ゆうちゃんのゆうは?」など。他に「神沢利子コレクション」(全5巻，あかね書房)がある。　[団]日本文芸家協会、国際児童図書評議会

神田 和子　かんだ・かずこ

共同石油創作童話賞最優秀賞を受賞　[出]青森県弘前市　[賞]共同石油創作童話賞最優秀賞(第22回)(平成3年)「なまえ まちがえた」　[歴]昭和61年頃から小説を書き始め、雑誌やラジオドラマの脚本などに入選。

神田 順　かんだ・じゅん

作家　[生]昭和23年3月13日　[出]兵庫県神戸市　[賞]小説新潮新人賞(第3回)(昭和60年)「新創世紀」　[歴]工業高校中退後、事務員、訪問セールスマン、ボウリングのインストラクター助手、沿岸荷役、政党専従書記局員、溶接工、バーテン、労働組合役員、国会議員秘書、をはじめ37回の転職経験を持つ。昭和60年初めての作品「新創世紀」で小説新潮新人賞を受賞。以後、ブラック・ユーモア・ミステリーを中心に執筆。また競馬好きで知られる。著書に「不運ないとこたち」、共著に「ウイニングポスト物語―愛と哀しみの競馬劇場」など。　[団]日本推理作家協会

神田 千砂　かんだ・ちさ

歯科衛生士　ニッサン童話と絵本のグランプリ　[生]昭和41年4月13日　[出]京都市　[学]札幌手稲高校卒、札幌歯科学院専卒　[賞]ニッサン童話と絵本のグランプリ(第4回)童話部門大賞(昭和63年)「月夜のバス」　[歴]小さい時から本を読むのが大好きで、童話を書き始めたのは中学2年のころから。昭和63年ニッサン童話と絵本のグランプリ童話部門の大賞を受賞。札幌中心街の歯科医院で働いているが、小説家や童話作家になる気は全くない。

管野 邦夫　かんの・くにお

随筆家　張り絵作家　仙台市野草園名誉園長　[生]昭和4年12月10日　[出]宮城県亘理郡亘理町　本名＝管野邦雄　[学]宮城県農学校専攻科(昭和24年)卒　[賞]モービル児童文化賞(第7回)(昭和47年)　[歴]昭和25年仙台市役所に入り、土木課緑地係、野草園主任を経て、46年仙台市野草園園長。平成2年定年退官。植物を題材にした童話文学や張り絵も多数制作。著書に「草木と語る」「草木と遊ぶ」など。

菅野 国春　かんの・くにはる

ジャーナリスト　心霊ライター　作家　[生]昭和10年5月14日　[出]岩手県江刺市岩谷堂　筆名＝白龍仁(はくりゅう・じん)、北野邦春(きたの・くにはる)　[学]国学院大学国文科卒　[興]失われ消えゆく日本文化、生活・職業のルポ・ドキュメント　[歴]週刊誌記者を経て、フリーのジャーナリストに。新宗教の研究から心霊の分野に関心を寄せ、心霊ライターとして活躍。著書に「神仏願かけの秘訣」「死にざまの研究」「ドキュメント神と霊の声を告げる人びと―運命に光をあてる奇跡の霊能者30名」、小説に「霊感商人」「純金商法狂詩曲」「霊能者の脅迫」「否婚の女たち」他、詩集に「言葉の水彩画」などがある。　[団]日本心霊科学協会、日本文芸家クラブ

管野 スガ　かんの・すが

社会主義運動家　新聞記者　[生]明治14年6月7日　[没]明治44年1月25日　[出]大阪市北区絹笠町　号＝幽月、別名＝管野須賀子(かんの・すがこ)　[歴]作家の宇田川文海に師事、「大阪新報」の記者になり、次第に社会主義運動に近づく。明治40年、荒畑寒村と結婚。翌年別居。「弁妻新報」「毎日電報」などの記者を経て、幸徳秋水らと運動を続け、何度か入獄。明治44年服役中に天皇暗殺計画(大逆事件)が発覚。連座して同年、絞首刑となる。手記「死出の道艸」、自伝小説「露子」のほか、「管野須賀子全集」がある。

上林 暁 かんばやし・あかつき

小説家 [生]明治35年10月6日 [没]昭和55年8月28日 [出]高知県幡多郡田ノ口村(現・大方町) 本名=徳広巌城(とくひろ・いわき) [学]東京帝国大学英文科(昭和2年)卒 [賞]芸術選奨文部大臣賞(第9回)(昭和34年)「春の坂」、読売文学賞(第16回・小説賞)(昭和40年)「白い屋形船」、川端康成文学賞(第1回)(昭和49年)「ブロンズの首」 [歴]昭和2年改造社に入社。雑誌「改造」の編集に従事のかたわら、同人誌「風車」や「新作家」に小説を発表。8年第一創作集「薔薇盗人」を刊行したのち文筆生活に入る。13年から私小説を書き続けたが、一連の"病妻もの"で知られ、とくに「聖ヨハネ病院にて」(21年)は戦後文学の傑作の一つ。27年に軽い脳出血で倒れ、37年に再発後は寝たきりとなったが、34年「春の坂」で芸術選奨、40年「白い屋形船」で読売文学賞、49年には「ブロンズの首」で第1回川端康成文学賞を受賞、伝統的私小説のとりでを守り抜いた。著書はほかに「ちちははの記」「ジョン・クレアの詩集」「上林暁全集」(増補改訂版・全19巻，筑摩書房)、句集に「木の葉髪」、合同句集「群島」などがある。

神林 長平 かんばやし・ちょうへい

SF作家 [生]昭和28年7月10日 [出]新潟県 本名=高柳清 [学]長岡高専卒 [賞]ハヤカワ・SFコンテスト佳作(第5回)(昭和54年)「狐と踊れ」、星雲賞(2回)、日本SF大賞(平成7年)「言壺」 [歴]昭和54年に短編「狐と踊れ」がSFコンテストに入選し、SF界にデビュー。その後書き下ろし長編「あなたの魂に安らぎあれ」や「七胴落とし」「プリズム」「今宵、銀河を杯にして」「完璧な涙」「戦闘妖精・雪風」、〈敵は海賊〉シリーズなど優れた作品を発表、本格SFの旗手として人気を集めている。SF大会で2年連続「星雲賞」受賞。 [団]日本SF作家クラブ、日本文芸家協会

蒲原 春夫 かんばら・はるお

小説家 [生]明治33年3月21日 [没]昭和35年9月1日 [出]長崎市 [学]長崎中学(大正7年)卒 [歴]芥川龍之介に師事し、『近代日本文芸読本』をはじめ多くの仕事を手伝う。昭和2年「南蛮船」を刊行。芥川の没後は、長崎で古本屋を営んだ。

鎌原 正巳 かんばら・まさみ

小説家 [生]明治38年5月14日 [没]昭和51年3月15日 [出]長野県 [学]京都帝大独文科中退 [歴]「麺麭」の同人となり、昭和14年「文学草紙」を創刊。早大出版部を経て、戦後は東京国立博物館に勤務。29年発表の「土佐日記」は芥川賞候補作品となる。著書に「蒙疆紀行」「長城線」「青春の家」「葉桜ごろの女」などがある。

神戸 淳吉 かんべ・じゅんきち

児童文学作家 [専]ノンフィクション児童文学 [生]大正9年5月31日 [出]東京都千代田区神田 [学]日本大学専門部社会科(昭和17年)卒 [興]伝記 [歴]社会事業大学職員などを経て、昭和25年いぬいとみこ、佐藤さとるらと同人誌「豆の木」を創刊。30年から創作に専念、岡本文良、木暮正夫らとノンフィクション児童文学の会をひらく。「子バトのクウク」「ジャングルのはこぶね」などの童話のほか、ノンフィクション「大仏建立物語」「元禄の白い砂」がある。 [団]日本児童文学者協会(評議員)、日本児童文芸家協会(顧問)、ノンフィクション児童文学の会、つくし親子読書会 [家]息子=神戸俊平(児童文学作家)

神戸 俊平 かんべ・しゅんぺい

獣医 児童文学作家 [生]昭和21年9月10日 [出]東京都港区 [学]日本大学農獣医学部卒、ナイロビ大学農獣医科大学院(昭和56年)修士課程修了 [賞]日本児童文芸家協会新人賞(第12回)(昭和57年)「ぼくとキキのアフリカ・サファリ」、毎日国際交流賞(第9回)(平成9年) [歴]福島県酪農組合の獣医を経て、昭和46年25歳の時単身アフリカ・ケニアへ。56年ナイロビ大学の獣医学修士を修了後、当地で獣医を開業。のちケニアのナイロビとマサイ地区の動物診療所で働く。傍ら童話を書き、57年にはチンパンジーの子供を連れてアフリカを放浪した体験記を童話「ぼくとキキのアフリカ・サファリ」にまとめた。他に「サバンナに生きる」「ケニアのどうぶつこじいん」「ドリトル先生は一年生」「熱血!!動物のお医者さん」などがある。 [家]父=神戸淳吉(児童文学作家)

かんべ むさし

小説家 [専]SF [生]昭和23年1月16日 [出]兵庫県 本名=阪上順(さかがみ・じゅん) [学]関西学院大学社会学部卒 [賞]日本SF大賞(第7回)(昭和61年)「笑い宇宙の旅芸人」 [歴]広告代理店に勤務していた昭和50年、処女作「決戦・日本シリーズ」が雑誌「SFマガジン」のコンテストで佳作となり、作家活動にはいる。著書に「建売住宅温泉峡」「言語破壊官」「すっとび晶子の大跳躍」「俺はロンメルだ」「サイコロ特攻隊」「かんちがい閉口坊」「大江戸馬鹿草子」「笑い宇宙の旅芸人」など。ナンセンスSFのショート・シート・短編の名手として知られ、そのスラップスティックなギャグ感覚は筒井康隆の後継者と目されている。 [団]日本文芸家協会、日本SF作家クラブ、日本推理作家協会

神戸 雄一　かんべ・ゆういち
詩人　小説家　[生]明治35年6月22日　[没]昭和29年2月25日　[出]宮崎県　[学]東洋大学中退
[歴]大正12年処女詩集「空と木橋との秋」を刊行。「ダム・ダム」などの同人になり、昭和に入って小説も書く。他の詩集に「岬・一点の僕」「新たなる日」などがあり、小説集に「番人」などがある。

【き】

木内 恭子　きうち・きょうこ
童話作家　[生]昭和15年　[出]東京都大田区　[学]日本女子衛生短期大学卒　[賞]埼玉文芸賞(児童文学部門準賞,第20回)(平成1年)「ヨメさんがほしい」　[歴]東京都で養護教師を6年務めた後、童話を書き始める。作品は童話雑誌「子どもの世界」、同人誌「はんの木」に発表。著書に「ヨメさんがほしい」、共著に「ともだち100人つくろう」「六〇〇字童話」「みなさんラーメン好きですか」がある。　[団]児童文化の会、むさしの児童文化の会

木内 高音　きうち・たかね
児童文学者　編集者　[生]明治29年2月28日　[没]昭和26年6月7日　[出]長野県　[学]早稲田大学英文科(大正8年)卒　[歴]赤い鳥社社員となり、のち中央公論社に入る。「赤い鳥」誌上に「やんちゃオートバイ」など多くの作品を発表した。中央公論社では出版部長、婦人公論編集長などを歴任し、のち新聞協会に勤務。戦後は「建設列車」など児童文学作家として活躍した。

木内 宏　きうち・ひろし
ジャーナリスト　ライター　元・朝日新聞東京本社「アエラ」編集部スタッフライター(編集委員)　[生]昭和15年3月14日　[出]群馬県前橋市　[学]東京大学文学部西洋史学科(昭和38年)卒　[興]北東アジア古代史(日本を含む)、民俗音楽　[歴]朝日新聞社に入社し、岡山支局、京都支局、大阪経済部、東京政治部、「朝日ジャーナル」編集部を経て、昭和63年2月「アエラ」編集部スタッフライター。平成6年退職しフリー。著書に「北の波濤に唄う」「賽の河原紀行」「礼文島、北深く」などのノンフィクションのほか、小説「ブダペスト悲歌」がある。

樹川 さとみ　きかわ・さとみ
小説家　イラストレーター　[生]昭和42年1月24日　[出]鹿児島県　別名=仁さとる　[学]佐賀大学教育学部特別教科教員養成課程卒　[賞]ウィングス小説大賞(第1回)(昭和63年)「環」　[歴]フリーのグラフィックデザイナー、タイルメーカーのデザイナーなどを経て、「環」で小説家デビュー。イラストレーターとしても活躍。著書に「永遠(とわ)の誓い」「星とともに時を超えて」「東方幻神異聞」などがある。　http://www01.u-page.so-net.ne.jp/pb3/s-kikawa

木々 高太郎　きぎ・たかたろう
⇒林髞(はやし・たかし)を見よ

木々 康子　きぎ・やすこ
作家　[生]昭和4年2月4日　[出]三重県津市　本名=林敦子(はやし・あつこ)　[学]東京女子大学卒
[賞]田村俊子賞(第17回)(昭和51年)「蒼龍の系譜」　[歴]日仏に膨大な資料を渉猟して、幕末期の画商・林忠正とその一族を研究。昭和62年忠正の生涯と時代背景をドキュメントした、評伝「林忠正とその時代―世紀末のパリと日本美術(ジャポニズム)」を出版。他の著書に「陽が昇るとき」「蒼龍の系譜」「敗戦まで」など。
[家]夫=林忠康(弁護士・故人)

菊井 俊行　きくい・としゆき
フリーライター　[生]昭和33年　[賞]わたぼうし音楽祭奈良市長賞(第22回)、KRY山口放送ラジオCM大賞(優秀賞,第7回)　[歴]大学4年の夏、精神分裂病を発病。学生時代、任意加入だった国民年金に加入していなかったため障害年金がもらえず、学生無年金障害者の会の活動に参加。ラジオドラマのシナリオ執筆、人形劇の台本執筆など、フリーライターとしても活動。著書に「キクちゃんのボチボチいこか」がある。

菊岡 久利　きくおか・くり
詩人　小説家　画家　[生]明治42年3月8日　[没]昭和45年4月22日　[出]青森県弘前市　本名=高木陸奥男(たかぎ・みちのくお)　別号=鷹樹寿之介
[学]海城中学(大正14年)中退、第一外国語学校ロシア語科卒　[歴]中学在学中、尾崎喜八らの「海」創刊に参加、昭和2年新居格らと「リベルテール」を創刊した。千家元麿に師事、アナーキストグループに加わり、秋田鉱山争議などに活躍、自ら「豚箱生活30回」と称する生活を送った。社会正義に燃える詩を叙事的発想で書き、11年詩集「貧時交」、13年「時の玩具」を、また詩文集「見える天使」などで才能を示した。のちムーラン・ルージュ脚本部の時、戯曲「野鴨は野鴨」を書き上演された。画家としても知られる。戦後23年高見順らと「日本未来

菊岡 襄治 きくおか・じょうじ
小説家 ㋷大正11年3月 ㋤(籍)熊本市 本名＝菊岡襄二 ㋱東洋大学国文科卒 ㋖昭和18年大学在学中に応召、甲種幹部候補生を経て陸軍航空隊に配属される。戦後、軍事評論家・伊藤正徳の薫陶を受く。旧海軍人脈との交遊も広く、彼らの戦争経験をもとにした小説を執筆。著書に「海軍河童の噺」「缶焚き長門」「天佑あるべし、攻撃せむ」他。

菊沖 薫 きくおき・かおる
作家 ㋷昭和25年2月4日 ㋱明治学院大学フランス文学科(昭和47年)卒、アリストテリウス大学ギリシャ語科(平成3年)卒 ㋖ギリシャに16年在住。平成4年毎日新聞社主催「小さな童話」大賞佳作受賞。18年毎日新聞社主催「小さな童話」大賞奨励賞受賞。

菊島 隆三 きくしま・りゅうぞう
シナリオライター 映画プロデューサー ㋷大正3年1月28日 ㋲平成1年3月18日 ㋤山梨県甲府市 本名＝菊嶋隆蔵 ㋱甲府商卒、文化学院(昭和8年)中退 ㋖シナリオ賞(昭24～25、29～32、35～38、40年度)「野良犬」「栄光への道」「黒い潮」「男ありて」「現代の欲望」「気違い部落」「女が階段を上る時」「悪い奴ほどよく眠る」「筑豊のこどもたち」「用心棒」「椿三十郎」「天国と地獄」「赤ひげ」、芸術祭文部大臣賞(第11回・昭31年度)「どたんば」(NHK)、ブルーリボン賞脚本賞(昭30,32年度)「男ありて」「六人の暗殺者」「気違い部落」、京都市民映画脚本賞(昭34年度)、毎日映画コンクール脚本賞(第18回・昭38年度)「天国と地獄」、サンケイ国民映画脚本賞(昭39年度)、シナリオ賞特別賞(昭39年度)「ある日本人」、エドガーアランポー賞(米国)(昭和40年)、紫綬褒章(昭和55年)、勲四等旭日小綬章、年間代表シナリオ(昭56,62年度)「謀殺・下山事件」「竹取物語」、前田晁文化賞(第3回)(平成1年) ㋖昭和8年家業の織物問屋を継ぐが、16年に廃業。戦後プロデューサーを志して上京、八住利雄門下に入る。22年東宝脚本部に入り、24年以降フリー。同年黒沢明監督の「野良犬」のシナリオでデビュー。以来「醜聞」「蜘蛛巣城」「隠し砦の三悪人」「悪い奴ほどよく眠る」「用心棒」「椿三十郎」「天国と地獄」「赤ひげ」など黒沢明作品の共同シナリオに参加。ほかの映画作品に「黒い潮」(29年)「叛乱」(29年)「男ありて」(30年)「六人の暗殺者」(30年)「現代の欲望」(31年)「気違い部落」(32年)「女が階段を上るとき」(35年)「謀殺・下山事件」(56年)など。また「筑豊のこどもたち」以来プロデューサーとしても活躍。著書に「菊島隆三シナリオ選集」(全3巻)がある。没後の平成10年菊島隆三賞が創設された。㋕日本ペンクラブ、シナリオ作家協会、日本演劇協会、日本文芸家協会

菊田 一夫 きくた・かずお
劇作家 演劇プロデューサー ㋷明治41年3月1日 ㋲昭和48年4月4日 ㋤台湾・台北 本名＝菊田数男 ㋖不遇な幼少時代を過ごし、昭和4年浅草公園劇場の文芸部に入る。やがて古川緑波と提携、「花咲く港」などの戯曲で才能を示す。戦後、ラジオドラマ「鐘の鳴る丘」で人気を集め、さらに「君の名は」の春樹と真知子の恋愛メロドラマは空前の大ヒット作となる。30年より東宝取締役となり、東京劇場、芸術座を主な舞台に毎月精力的な劇作活動を続けるとともに、プロデューサーとして「マイ・フェア・レディ」「王様と私」などのミュージカル日本初演を行なった。戯曲の代表作に「がめつい奴」「がしんたれ」「放浪記」がある。50年功績を記念して菊田一夫演劇賞が創設された。㋢妻＝菊田明子(元女優)

菊田 義孝 きくた・よしたか
文芸評論家 小説家 ㋷大正5年3月21日 ㋤宮城県仙台市 ㋱明治大学専門部文芸科卒 ㋖書籍、雑誌の編集者の傍ら、小説を書き始める。戦後は文筆活動に専心し、小説、評論、詩の各分野で作品を発表。著書に「人間脱出 太宰治論」「太宰治と罪の問題」、小説集「神の罠」、詩集に「魂の略歴」など。 ㋕日本文芸家協会

菊地 昭典 きくち・あきのり
シナリオライター ㋷昭和22年7月30日 ㋤宮城県仙台市 ㋱中央大学卒 ㋖シナリオ研究所を経て、映画監督で脚本家の新藤兼人らに師事。新藤の助監督ののちシナリオライターに。また宮城県内各地で映画の上映会を開くグループ・シネマ旅団代表も務める。シナリオの代表作に、テレビ「遙かなるダモイ 収容所から来た遺言」「TIME21女たちの甲子園」、映画「長江」「ウインディー」など。著書に高校時代の同級生・浅野史郎が知事選に初当選するまでの奮戦ぶりを描いた「アサノ課長が知事になれた理由」のほか、小説「きままにウーマン」などがある。 ㋕日本放送作家協会

菊池 寛 きくち・かん
小説家 劇作家 文芸春秋社創立者 ㋷明治21年12月26日 ㋲昭和23年3月6日 ㋤香川県高松市七番丁 本名＝菊池寛(きくち・ひろし) 筆名＝菊池比呂士、草田杜太郎 ㋱京都帝大文科大学英文科(大正5年)卒 ㋖一高在学中に芥

川龍之介らを知り、大正3年第3次「新思潮」に参加する。つづいて5年第4次「新思潮」に参加し、同誌に戯曲「屋上の狂人」「海の勇者」「奇蹟」「父帰る」などを発表。大学卒業後、時事新報社に入社。その後小説を書き始め、7年「無名作家の日記」「忠直卿行状記」、8年「恩讐の彼方に」などを発表して、作家としての地位を確立する。以後、小説、戯曲のみならず新劇運動にも関わり、通俗小説をも書き、流行作家となる。9年発表の「真珠夫人」が最初の通俗小説で、以後「第二の接吻」「東京行進曲」「三家庭」などを発表。一方、大正12年文芸春秋社を創立し「文芸春秋」を創刊。また10年に劇作家協会と小説家協会を結成し、15年には両者を合併して日本文芸家協会を組織し、昭和11年に初代会長に就任。10年には日本文学振興会を設立し芥川賞、直木賞、菊池寛賞を設け、新人発掘に功績を残した。12年帝国芸術院会員(22年12月辞任)。戦時中は日本文学報国会や大東亜文学者大会の役員をし、また18～21年大映社長を務めたが、戦後、公職追放をうけ、その解除をみないうちに死去した。「菊池寛文学全集」(全10巻，文芸春秋新社)がある。平成4年高松市昭和町に菊池寛記念館が開館。11年東京都内の古書店で、戯曲「藤十郎の恋」の原稿が発見された。
[家]妻＝菊池包子(元菊池寛記念会館社長)

菊地 慶一　きくち・けいいち
児童文学作家　「文芸網走」代表　網走歴史の会代表　網走叢書編集委員会代表　[生]昭和7年6月23日　[出]北海道旭川市　[学]仏教大学文学部国文学科卒　[賞]学研児童文学賞(第4回)、網走市文化賞(平成10年)　[歴]小学校教師を経て、東藻琴高校に赴任。網走南ケ丘高校で国語を担当。その間、昭和48年に「白いオホーツク―流氷の海の記録」を出版、流氷に材をとった児童文学作品を多く発表している。平成2年より文筆に専念。作品に「流氷の世界」「オホーツクの歌」などがある。　[団]日本児童文学者協会、北の仲間の会

菊池 敬一　きくち・けいいち
児童文学作家　郷土史家　[生]大正9年1月8日　[没]平成11年6月6日　[出]岩手県　筆名＝池敬(いけ・たかし)　[学]岩手師範学校本科(昭和17年)卒　[歴]昭和19年応召、終戦でシベリヤに抑留。23年復員し、教職のかたわら文筆活動による文化運動に入る。55年定年退職し、作家活動に専念。第1次「北の文学」同人。大牟羅良との共著「あの人は帰ってこなかった」でデビュー。他に「北天の星よ輝け」「故郷の星」などの児童文学作品のほか、「北国農民の物語」「ものいわぬ農民」「シベリア捕虜記」「おしらさま」などがある。　[団]岩手県児童文学研究会(会長)、日本子どもの本研究会、日本児童文学者協会

菊池 重三郎　きくち・しげさぶろう
翻訳家　小説家　随筆家　[生]明治34年7月3日　[没]昭和57年4月16日　[出]宮崎県東臼杵郡北方村(現・北方町)　[学]立教大学文学部英文科(大正14年)卒　[賞]宮崎県文化賞(昭和43年)「故郷の琴」　[歴]大正14年から3年間麻布中英語教師を務め、昭和3年渡欧。5年帰国、以後研究社、春秋社、新潮社に勤務。傍ら文筆活動にも努める。25年「芸術新潮」編集代行として創刊から62号まで携わり、30年退職。晩年の島崎藤村と親しく、藤村の死後、故郷の長野県・木曽馬籠に建てられた藤村記念堂設立に尽くした。主な翻訳に「チップス先生さようなら」「アラバマ物語」、著作に「ヤコブの梯子」「故郷の琴」「木曽路の旅」、詩集に「バンビの歌」など。

菊池 章一　きくち・しょういち
文芸評論家　[専]文芸評論　童話　[生]大正7年8月9日　[没]平成13年12月27日　[出]茨城県　筆名＝潮三吉、キクチ・ショーイチ　[学]慶応義塾大学経済学部(昭和17年)卒　[歴]昭和16年出版書肆昭森社勤務、19年茨城県立太田中学校講師、21年より文筆活動に入る。戦後、新日本文学会の論客として活躍。中野重治の会代表を務めた。著書に「戦後の論理」「作家・批評家」「戦後・文学の五十年」、童話「ぼくのダフネ王国」など多数。また潮三吉のペンネームで放送界で脚本家として活動した。　[団]日本文芸家協会、新日本文学会

菊地 澄子　きくち・すみこ
児童文学作家　元・養護教師　障害児の本を考える会代表　[専]障害児教育　[生]昭和9年11月2日　[出]広島県　[学]昭和女子大学卒　[歴]都立高校教諭となるが、3年後、東京教育大学附属大塚養護学校に移り、以後障害児教育に専念する。都立七生養護学校、都立多摩養護学校などの勤務を経て、都立南大沢学園養護学校教育相談員、東京都立大学非常勤講師。一方、昭和42年より児童文化の会に入り、井野川潔、早船ちよに師事して児童文学の創作を始める。また「障害児の本を考える会」を設立し、障害児の読書指導や「指文字かるた」の普及などに努める。代表作に「ひとりひとりの戦争」「三つ子のおねえちゃん」「テツヤのひみつ」「わたしのかあさん」があるほか、「学校教育と読書―七生養護学校の場合」「母と娘の自立戦争」「障害児の読書教育」などがある。　[団]日本児童文学者協会、日本子どもの本研究会、児童文化の会、障害児の本を考える会

菊池 俊　きくち・たかし
児童文学作家　[生]昭和22年7月24日　[出]東京都（八丈島）　[学]大東文化大学文学部中退　[賞]日本児童文学者協会新人賞（第10回）（昭和52年）「トビウオは木にとまったか」　[歴]大学中退後、中島製作所に勤めるかたわら創作活動を続ける。雑誌投稿、同人誌などで作品を発表。著書に「家出人が五人!?」「大逆転宝さがし」「トビウオは木にとまったか」「少年の日に」（共著）など。　[団]日本児童文学者協会

菊地 正　きくち・ただし
児童文学作家　僧侶　[専]児童文学　伝承文芸　宗教民俗学　[生]昭和2年10月24日　[出]東京　筆名＝菊地ただし、法名＝大玄正道(だいげん・しょうどう)　[学]立川専門学校経済科卒、東京都臨時教員養成所卒　[興]旅のきたないお坊さん　[賞]日本児童文学者協会新人賞（第5回）（昭和47年）「母と子の川」　[歴]小学校教師を経て、日本児童教育専門学校教師。その傍ら、文芸同人誌「作家群」「文苑」「文化」に、小説・シナリオ・詩歌を発表。昭和35年頃から児童文学の創作を始める。塚原健二郎、平塚武二らに師事し、多摩児童文学会「子どもの町」同人として作品を発表。51年に得度して臨済宗の禅僧となり、4年間の雲水修業で休筆していたが、57年復帰。代表作に「母と子の川」「野火の夜明け」「美しき季節」「おしゃかさま」「ヒロシマの子守唄」「まいこはまいごじゃありません」など。　[団]史料と伝承の会、日本児童文学者協会(監事)、八王子童話の会、桑都民俗の会、八王子むかしむかしの会、民族伝承会、日本民俗学会

菊池 正　きくち・ただし
詩人　小説家　[生]大正5年3月19日　[出]岩手県和賀郡立花村（現・北上市立花）　筆名＝佐賀連　[学]慶応義塾大学文学部（昭和16年）中退　[歴]樺太（現・サハリン）に育ち、戦後の昭和22年に引き揚げ。戦前より詩人としての活動を続け、詩集に「自らを戒むる歌」「陸橋」「葦」「果樹園」「幻燈画」「忍冬詩鈔」「菊池正詩集」、小説集に「鎮魂曲」「解氷期」「黄昏のララバイ」「山川の音」など。　[団]日本児童文学者協会、日本現代詩人会、日本文芸家協会、日本ペンクラブ

菊地 智子　きくち・ともこ
作家　金城短期大学英文科中退　[賞]鳥羽市マリン文学賞佳作（第2回）（平成3年）「海鳥の翔ぶ日」　[歴]戦後の民主化運動家である加藤今一郎が祖父、同じく小栗喬太郎が叔父に当たる。昭和55年に飛行機のライセンスを取得。空につかれた男を描き続けた。著書に「赤潮」「雲の吐息」などがある。　[家]祖父＝加藤今一郎(民主化運動家)

菊池 信夫　きくち・のぶお
シナリオライター　[生]昭和4年　[出]旧朝鮮　[学]京城大学理科教員養成所中退　[賞]日本シナリオ作家協会賞（シナリオ功労賞）（平成12年）　[歴]大学中退後、愛媛県に引き揚げ、西宇和郡磯津村（現・保内町）の小・中学校の教壇に立つ。情操教育のため課外授業に楽器の演奏や児童演劇を取り入れたことから作曲・演劇に興味を持ち、上京。警視庁に40年余在職し、退職後も東京防犯協会連合会に所属。この間、一貫して“母子愛”をテーマに非行防止用映画の脚本を書き続ける。作品に「この子どこの子」「和君返事して」「つぶれたハーモニカ」「背を向けないでお母さん！」「なぜ？非行に染まる子供たち」「親子だもんね」「大切なこどもたちです」など。　[団]日本アカデミー賞協会

菊地 秀行　きくち・ひでゆき
小説家　[生]昭和24年9月25日　[出]千葉県銚子市　[学]青山学院大学法学部（昭和47年）卒　[歴]大学在学中、推理小説研究会部長を務める。卒業後、週刊誌、女性誌の記者をしながら、同人誌「推理文化」への寄稿、SFの翻訳などを手がける。昭和57年SFジュブナイル「魔界都市《新宿》」でデビュー。性と暴力と伝奇を3本柱としたバイオレンス伝奇小説で“映像世代”の人気を博し、別名スプラッター作家とも呼ばれる。作品にベストセラー「魔界行」シリーズ、「妖魔戦線」シリーズ、「エイリアン」シリーズ、「魔界都市」シリーズのほか、「切り裂き街のジャック」「夜叉姫伝」「魔王伝」「妖戦記」「ブルー・マスク」「魔界医師メフィスト海妖美姫」「〈魔震〉戦線」「シビルの爪」「ブレード・マン」「鬼仮面」「シャドー“X”」など多数。　[団]日本推理作家協会、日本文芸家協会、日本ペンクラブ、文芸著作権保護同盟

菊池 幽芳　きくち・ゆうほう
小説家　新聞記者　大阪毎日新聞取締役　[生]明治3年10月27日　[没]昭和22年7月21日　[出]茨城県水戸　本名＝菊池清　[学]茨城県尋常中学校（水戸一高）（明治21年）卒　[歴]雇教師を経て明治24年大阪毎日新聞社に入り記者のかたわら小説を書き、同年「大阪文芸」に「片輪車」、25年「螢宿梅」、新聞に翻案小説「無言の誓」を発表、好評を博した。26年毎日系の文芸雑誌「この花草紙」を創刊した。文芸部主任、社会部長、学芸部長、副主幹などを歴任し、大正13年取締役となり、のち相談役となった。この間明治32年発表の「己が罪」は新派悲劇の家庭小説として注目され、36年の「乳姉妹」と共に代表作となった。41年渡仏、帰国後も「家なき児」「白蓮紅蓮」などを発表、新聞小説の第一人者として活躍、昭和14年に

引退した。「幽芳全集」(全15巻)がある。 [家]弟=戸沢姑射(英文学者)

菊池 有起　きくち・ゆき

シナリオライター　[生]昭和36年　[出]高知県　本名=菊池加奈　[学]徳島文理短大卒　[賞]新人テレビシナリオコンクール佳作(第25回)(昭和16年)「水蜜桃」　[歴]3年間の銀行員生活を経て、シナリオ講座5期基礎科・研修科を修了。昭和61年、新人テレビシナリオコンクールで佳作に入選した。入選作は「水蜜桃」。

菊亭 香水　きくてい・こうすい

小説家　新聞記者　[生]安政2年7月10日(1855年)　[没]昭和17年2月12日　[出]豊後国佐伯　本名=佐藤蔵太郎　別号=鶴谷　[学]大分県師範学校(明治8年)卒　[歴]鶴谷女学校の教員をしていたが、明治14年上京し、報知新聞社に入り、15年「月氷奇縁 艶才春話」を刊行。17年大阪毎朝新聞社に転じ、ついで神戸新報社に入る。33年記者生活を辞し、郷土史家として著述に専念した。主な作品に「惨風悲雨 世路日記」「東洋太平記」などがある。

菊村 到　きくむら・いたる

小説家　[専]推理小説　[生]大正14年5月15日　[没]平成11年4月3日　[出]神奈川県平塚市　本名=戸川雄次郎(とがわ・ゆうじろう)　[学]早稲田大学文学部英文科卒　[賞]文学界新人賞(第3回)(昭和32年)「不法所持」、芥川賞(第37回)(昭和32年)「硫黄島」、舞台芸術創作奨励特別賞(昭和58年)「祝い歌が流れる夜に」　[歴]読売新聞社入社。社会部、文化部を経る。昭和32年「不法所持」で文学界新人賞、「硫黄島」で第37回芥川賞を受賞し作家生活に入る。後年はエロティックなサスペンス小説を残した。著作に「あゝ江田島」「遠い海の声」「けものの眠り」「夜の扉を撃て」「女たちの森」「小説池田大作」「きらめいて愛」「赤い闇の未亡人」など。　[団]日本ペンクラブ、日本文芸家協会、日本推理作家協会、日本文芸著作権同盟(理事)　[家]父=戸川貞雄(元平塚市長)、兄=戸川猪佐武(政治評論家)

菊村 礼　きくむら・れい

劇作家　[生]昭和25年　[出]東京　[学]立教大学卒、立教大学大学院修了　[歴]大学、大学院で日本史、近世演劇を学ぶ。結婚、出産を経て脚本を書き始め、昭和61年橘田寿賀子原作の「忍の一字」の舞踊劇脚本でデビュー。63年7月三越劇場上演、金田龍之介の一人芝居「円空」の脚本を担当。ミュージカル作家を目指し、演出家・佐藤浩史に師事。　[家]母=田井洋子(劇作家)

菊谷 栄　きくや・さかえ

脚本家　洋画家　[生]明治34年　[没]昭和12年11月10日　[出]青森県油川村(現・青森市)　本名=菊谷栄蔵　[学]青森中(大正9年)卒、川端画学校、日本大学芸術科　[歴]19歳で画家を志して上京、川端画学校で学ぶ傍ら、日大芸術科で演劇研究をする。昭和3年白日会に入選し、同年青森の松木屋デパートで個展を開く。青森市の洋画の草分け的存在となる。5年浅草新カジノフォーリーに舞台装置家として参加。6年ピエール・ブリアント旗揚げで文芸部に所属。エノケン(榎本健一)の全盛期(昭和7〜12年)の脚本を手がけレビュー作家として知られた。主な作品に「リオ・リタ」「カルメン」「夏のデカメロン」「民謡六大学」「助六」などがある。

木崎 さと子　きざき・さとこ

小説家　[生]昭和14年11月6日　[出]富山県高岡市　本名=原田正子　[学]東京女子短期大学(昭和34年)卒　[賞]文学界新人賞(第51回)(昭和55年)「裸足」、芥川賞(第92回)(昭和60年)「青桐」、芸術選奨文部大臣新人賞(第38回・昭62年度)(昭和63年)「沈める寺」　[歴]2年間のOL生活を経て、昭和37年結婚と同時に渡仏、15年間アメリカ、フランスで暮らす。54年帰国、翌年第1作「裸足」で文学界新人賞を受賞し、芥川賞候補となる。60年6回目の候補作「青桐」で芥川賞を受賞。主な作品に「沈める寺」「火炎木」「離郷」「幸福の谷」など。　[団]日本文芸家協会　[家]夫=原田宏(筑波大名誉教授)、父=横山辰雄(富山大学名誉教授)

木崎 巴　きざき・ともえ

文学界新人賞を受賞　[生]昭和50年　[出]千葉県東金市　[学]和洋女子短期大学　[賞]文学界新人賞(第79回)(平成6年)「マイナス因子」　[歴]和洋女子短期大学2年生。高校時代は新体操部に所属。平成6年進路問題で悩んだ時期に書いた小説で、文学界新人賞を受賞。

如月 天音　きさらぎ・あまね

小説家　[出]東京都　[学]東京都立商科短期大学卒　[賞]歴史群像大賞(奨励賞，第6回)「鬼を見た童子」　[歴]長編小説「鬼を見た童子」が第6回歴史群像大賞奨励賞を受賞。他の著書に「天狗変—平安陰陽奇譚」がある。

如月 小春　きさらぎ・こはる

劇作家　演出家　劇団NOISE代表　[生]昭和31年2月19日　[没]平成12年12月19日　[出]東京都杉並区　本名=楫屋正子(かじや・まさこ)　旧姓(名)=伊藤　[学]東京女子大学文理学部哲学科卒　[賞]O夫人児童演劇賞(平6年度)(平成7年)、演劇教育賞(特別賞，第38回)(平成10年)　[歴]大学在学中の昭和51年東大演劇サークルと

合同で学生劇団・綺畸(きき)を結成。「ロミオとフリージアのある食卓」「アナザー」「工場物語」などを作・演出して注目を浴びた。57年退団。翌58年劇団NOISE(ノイズ)を結成し、「MORAL」「砂漠のように、やさしく」などを上演、演劇に実験的手法を持ちこんだパフォーマンスが人気を集め、1980年代の小劇場ブームの旗手の一人として活躍した。劇団活動の一方、アジア女性演劇会議実行委員長、日本ユネスコ国内委員会委員、兵庫県こどもの館演劇活動委員などを務めた。また、NHK「日本語再発見」のレギュラー、NHK-BS「週刊ブックレビュー」の司会を務めた。他の上演作品に「DOLL」「ISLAND」、著書に「如月小春戯曲集」「如月小春のフィールドノート」「私の耳は都市の耳」「都市民族の芝居小屋」「子規からの手紙」「月夜のサンタマリア」(脚本)などがある。平成12年12月講師を務めていた立教大学で倒れ入院先で死亡した。
[団]日本文芸家協会、日本ペンクラブ　[家]父＝伊藤富造(宇宙科学研究所名誉教授)

如月 敏　きさらぎ・びん
シナリオライター　[生]明治36年1月12日　[没]昭和40年9月27日　[出]東京・浅草　本名＝渡辺恒茂　[学]中央商卒　[歴]日本橋の鉄屋に勤めた後、国際活映株式会社宣伝部に転じ、次いで日活に入り、一時キネマ旬報社に勤めた。大正13年日活に帰り、畑本秋一にシナリオを学んだ。昭和2年伊奈精一監督の「新婚行進曲」のシナリオが第1回作品。以後伊奈とのコンビで現代劇作品を書き、時代劇「沓掛時次郎」「灰燼」、溝口健二のトーキー作「ふるさと」などのシナリオも書いた。その後新興キネマから東宝に転じた。著書に「如月敏シナリオ集」。

木地 雅映子　きじ・かえこ
群像新人文学賞を受賞　[生]昭和46年　[出]石川県　[学]日本大学芸術学部卒　[賞]群像新人文学賞(第36回・小説部門)(平成5年)「氷の海のガレオン」

岸 恵子　きし・けいこ
女優　作家　[生]昭和7年8月11日　[出]神奈川県横浜市　[学]平沼高(昭和26年)卒　[賞]東南アジア映画祭最優秀女優賞(第2回)(昭和30年)「亡命記」、毎日映画コンクール女優主演賞(昭35年度)(昭和36年)「おとうと」、ブルーリボン賞主演女優賞(昭35年度)(昭和36年)「おとうと」、日本映画テレビプロデューサー協会賞(特別賞)(昭和54年)、テレビ大賞優秀個人賞、日本文芸大賞(エッセイ賞,第3回)(昭和58年)「巴里の空はあかね雲」、毎日映画コンクール田中絹代賞(平2年度)(平成3年)、日本エッセイスト・クラブ賞(第42回)(平成6年)「ベラルーシの林檎」、日本映画批評家賞(ゴールデングローリー賞,第5回,平7年度)(平成8年)、神奈川文化賞(平成12年)、山路ふみ子映画賞(特別賞,第25回)(平成13年)、日刊スポーツ映画大賞主演女優賞(第14回)(平成13年)「かあちゃん」、日本アカデミー賞主演女優賞(第25回,平13年度)(平成14年)「かあちゃん」、フランス芸術文化勲章オフィシエ章(平成14年)　[歴]在学中より映画好きで、昭和26年松竹に入社。早くから新人のホープといわれた。28年「君の名は」のヒロイン役で不動の人気を得る。翌年"にんじん・くらぶ"を結成しフリーに。31年日仏合作映画「忘れえぬ慕情」(イヴ・シャンピ監督)に出演。32年シャンピ(故人)と結婚(50年離婚)。以後、フランスと日本を行き来して映画の仕事や文筆活動を行う。他の代表作に「女の園」「亡命記」「雪国」「おとうと」「怪談」「約束」「細雪」など。テレビ出演は46年から、「修羅の旅して」で各種賞をさらう。62年から2年間NHK衛星放送のキャスターもつとめた。平成3年には"テレビ・エッセイスト"なるものに挑戦し、4月からテレビ朝日の報道番組のパリ在住キャスター。8年3月日本人として初めて国連人口基金親善大使となり、ベトナムを訪問。9年退任。13年より日本を拠点として活動。同年市川崑監督の映画「かあちゃん」に主演。エッセイ、ルポルタージュ、小説など文筆家としても活躍し、著書に「巴里の空はあかね雲」「砂の界(くに)へ」「ベラルーシの林檎」「30年の物語」がある。14年フランスの芸術文化勲章・オフィシエを授与される。
[家]娘＝シャンピ,デルフィーヌ・マイコ(歌手)

岸 武雄　きし・たけお
児童文学作家　元・岐阜教育大学教授　[生]明治45年7月6日　[没]平成14年1月21日　[出]岐阜県藤橋村　[学]岐阜師範卒　[賞]野間児童文芸推奨作品賞(第9回)(昭和46年)「千本松原」、小学館文学賞(第28回)(昭和54年)「花ぶさとうげ」
[歴]教職のかたわら児童文学の創作にたずさわる。昭和34年岐阜児童文学研究会を結成、47年「コボたち」を仲間とともに創刊。昭和61年岐阜教育大学教授を最後に教職を退き、文筆活動に専念する。作品に宝暦治水を描いた「千本松原」(平成4年アニメ化)、「花ぶさとうげ」の他、「山の子どもとソーセージ」「幕末の科学者飯沼慾斎」「がんばれデメキン」などがある。
[団]日本児童文学者協会、中部児童文学会、岐阜児童文学研究会

きし としこ
児童文学作家　[出]石川県　[賞]日本児童文芸家協会年度賞(昭和51年)　[歴]作家の平林たい子さんと知り合って童話を書くことを勧められ、昭和47年に能登の思い出や祖母から聞いた昔話をもとに書いた童話でデビュー。51年には

児童文芸家協会の年度賞を受けた。その後、身体を悪くし53年から創作活動を休む。58年秋頃から政治の動きに興味を持ち始め、狂歌を添えた政治風刺漫画を描く。児童文学の代表作として「小指のひみつ」などがある。

岸 信子　きし・のぶこ

エッセイスト　㋴昭和30年　㋭熊本県宇土市　㋱長崎外国語短期大学卒　㋕通販生活カミさんの主張大賞、つきほし創作館最優秀賞(童話の部)、新風舎出版大賞(奨励賞)　㋱短大卒業後、郷里に帰り地元企業に就職。昭和58年結婚により退社、以後主婦業に専念。9人の子どもたちとの日常を材料にエッセイや童話を執筆、通販生活カミさんの主張大賞、主婦の友社生活エッセー大賞佳作、つきほし創作館童話の部最優秀賞、新風舎出版大賞奨励賞など新聞・雑誌等の公募で多数入選。著書に「子育てってたのしいよ!」がある。

岸 宏子　きし・ひろこ

小説家　放送作家　㋴大正11年5月5日　㋭三重県上野市　㋱阿山高女卒　㋕勤労文化賞(昭和17年)「醜女」、ギャラクシー賞(昭和51年)「巣箱」、紫綬褒章(平成2年)、東海テレビ文化賞(第24回)(平成3年)、NHK放送文化賞(第46回、平6年度)(平成7年)、勲四等宝冠章(平成7年)　㋱名古屋の放送局を中心に活躍。中部地方を舞台にした歴史ドラマが多い。主な脚本作品にNHKの銀河テレビ小説「旅びと」「祈願満願」や「もういちど春」「名古屋ラブソング」「ドアを叩くのは誰」「不熟につき」「江戸管理職哀歌」「嘘と明日があればこそ」など3千本余がある。歴史小説も得意とし、著書に「木っ端聖円空」「若き日の芭蕉」「本居家の女たち」「唐九郎まんげ鏡」や自伝的エッセイ「嘘と明日があればこそ」など。　㋵日本放送作家協会

岸 松雄　きし・まつお

映画評論家　シナリオライター　㋴明治39年9月18日　㋲昭和60年8月17日　㋭東京・日本橋　本名=阿字周一郎(あじ・しゅういちろう)　旧筆名=和田山滋　㋱慶応義塾大学理科(昭和5年)卒　㋕昭和5年ワーナー・ブラザース宣伝部に入り、8年キネマ旬報編集部に転じ、映画批評家となる。山中貞雄を発掘した。12年JOスタジオで助監督、13年「風車」で監督を経てシナリオライターに。22年新東宝に入社、30年退社。シナリオに「逢魔の辻」「エノケンの水滸伝」「小原庄助さん」「銀座化粧」その他多数。著書に「日本映画人伝」「私の映画史」「人物日本映画史」など。

貴司 山治　きし・やまじ

小説家　㋴明治32年12月22日　㋲昭和48年11月20日　㋭徳島県鳴門市鳴門町高島　本名=伊藤好市　㋱小卒　㋕大正9年大阪時事新報の懸賞小説に入選、同社記者となったが、15年上京、同年「霊の審判」が朝日新聞の懸賞小説に入選。昭和3年無産者新聞に「舞踏会事件」を書いたのを機に日本プロレタリア作家同盟に参加、「忍者武勇伝」「ゴー・ストップ」「赤い踊り子」「同志愛」などを発表、労働者に特に好評だった。昭和9年プロレタリア作家同盟が解散後「文学案内」「詩人」などを創刊、その後思想転換、戦後は開拓農民運動に熱を入れたが、25年から再び大衆小説を書いた。「浪人絵巻」「美女千人城」のほか戯曲「石田三成」「洋学年代記」などがある。　㋵妻=貴司悦子(児童文学者)

貴志 祐介　きし・ゆうすけ

小説家　㋴昭和34年　㋭大阪府大阪市　㋱京都大学経済学部(昭和57年)卒　㋕日本ホラー小説大賞(第4回)(平成9年)「黒い家」　㋕朝日生命に勤務後、作家に。平成11年「十三番目の人格—ISOLA」「黒い家」が映画化される。他の著書に「天使の囀」「クリムゾンの迷宮」「青の炎」などがある。

岸川 悦子　きしかわ・えつこ

児童文学作家　童謡作家　㋴昭和11年11月12日　㋭静岡県浜松市　㋱跡見学園短期大学国文科卒　㋕昭和59年甲状腺がんを患う。平成7年自作の童話「わたし、五等になりたい!」が映画化される。少女時代を過ごしたハルビンでの戦争体験を書き残したいと絵本「えっちゃんのせんそう」を執筆。13年同作品がアニメ化される。他に「トキンといってるよ」「わたし、ね、ちこちゃん」(全6巻)や骨髄移植をテーマにした「金色のクジラ」などの児童文学作品のほか、童謡「おしゃれな女の子」「風のはなし」「心の中を走る汽車」「地球が動いた日」「ぼくは、ジローです」「ジロー、生きててよかったね」などがある。「ジャングル・ジム」同人、数学研究会指導員。　㋵日本童謡協会、日本児童文学者協会、日本児童文芸家協会、日本音楽著作権協会

岸田 衿子　きしだ・えりこ

詩人　童話作家　㋴昭和4年1月5日　㋭東京　㋱東京芸術大学油絵科卒　㋕サンケイ児童出版文化賞大賞(第21回)(昭和49年)「かえってきたきつね」、シカゴ・トリビューン児童書スプリング・フェスティバル優秀賞「スガンさんのやぎ」　㋕昭和30年詩集「忘れた秋」を発表。49年には絵本「かえってきたきつね」でサンケイ児童出版文化賞大賞を受賞。主な著書に、詩集

「あかるい日の歌」「ソナチネの本」、エッセー集「風にいろをつけたひとだれ」「草色の切符を買って」、絵本に「ジオジオのかんむり」「かばくん」「スガンさんのやぎ」、訳書に「ケイト・ダーナウェイの遊びの絵本」などがある。㊐日本文芸家協会　㊎父＝岸田国士(劇作家・故人)、妹＝岸田今日子(女優)

岸田 今日子　きしだ・きょうこ

女優　㊓昭和5年4月29日　㊒東京都杉並区　㊫自由学園高等科(昭和24年)卒、文学座附属演劇研究所(昭和25年)修了　㊛岸田国士賞(文学座)(昭和34年)「人と狼」「薔薇と海賊」、テアトロン賞(昭35年度)「陽気な幽霊」、ブルーリボン賞(助演女優賞，昭37年度)「破戒」「秋刀魚の味」、毎日映画コンクール女優助演賞(昭37年度)「破戒」など、O夫人児童演劇賞(第5回)(平成1年)、紫綬褒章(平成6年)、ブルーリボン賞(助演女優賞，第39回，平8年度)(平成9年)「学校の怪談2」「八つ墓村」、日本エッセイストクラブ賞(第46回)(平成10年)「妄想の森」、紀伊国屋演劇賞(第34回)(平成11年)　㊞父は劇作家で文学座創立者の一人である岸田国士。文学座附属演劇研究所、アテネフランセを経て、昭和27年文学座に入る。この間、25年に「キティ颱風」で初舞台。「サロメ」「陽気な幽霊」など大作に主演し、新劇界の次代をになう女優としての地位を固める。38年文学座脱退、劇団雲に参加、「聖女ジャンヌ・ダーク」「じゃじゃ馬ならし」「マクベス」「薔薇の館」などに出演。50年、芥川、仲谷らと演劇集団円を創立。シリアスな役から喜劇まで卓抜した演技力を示す。一方、30年頃より映画・テレビにも出演、その個性的なマスクと的確な演技力が買われ、助演として各社の巨匠達の作品に数多く出演。映画の代表作は安部公房原作・勅使河原宏監督の「砂の女」で、高い評価を受けた。他の出演作に舞台「冬のライオン」「今日子」「欲望という名の電車」「ヘンリー四世」「更地」「桜の園」「虹を渡る女」、映画「学校の怪談2」「八つ墓村」「愛する」、テレビ「御家人斬九郎」「鍵師」シリーズ「徳川慶喜」など。また、アニメ「ムーミン」の声やNHKラジオ「私の本棚」の朗読など声・朗読・ナレーションの分野でも活躍。童話創作や執筆も手がけ、「子供にしてあげたお話 してあげなかったお話」「外国遠足日記帖」「時の記憶」「妄想の森」「大人にしてあげた小さなお話」などの著書がある。29年俳優の仲谷昇と結婚したが、52年離婚。　㊐日本文芸家協会　㊎父＝岸田国士(劇作家・故人)、姉＝岸田衿子(詩人)

岸田 国士　きしだ・くにお

劇作家　小説家　翻訳家　演出家　文学座創立者　㊓明治23年11月2日　㊜昭和29年3月5日　㊒東京市四谷区右京町(現・東京都新宿区)　㊫陸士(第24期)(明治45年)卒、東京帝大仏文科選科卒　㊛日本芸術院会員(昭和28年)　㊞陸軍幼年学校本科を経て、士官候補生として久留米歩兵第四八連隊に配属される。明治45年士官学校を卒業。大正3年病気で休職し、6年東京帝大仏文科選科に入学。8年から12年まで渡仏し、演劇の勉強をする。13年戯曲「古い玩具」「チロルの秋」を発表し、注目される。以後、演劇、小説、翻訳の分野で幅広く活躍。戯曲としては「紙風船」「牛山ホテル」「浅間山」「歳月」などがあり、小説では「由利旗江」「双面神」「落葉日記」「暖流」などがあり、翻訳では「にんじん」「ルナアル日記」「カザノヴァ回想録」などがある。また昭和12年に久保田万太郎、岩田豊雄とともに文学座を創立。演劇指導者として、演出家としても新劇の育成に多大な貢献をした。15～17年大政翼賛会の文化部長を務めたため、戦後公職追放となる。追放解除後の25年“雲の会”を結成して文学の立体化運動を始めた。28年岸田演劇賞が創設され、29年没後から岸田国士戯曲賞となって今日に引継がれている。「岸田国士全集」(全10巻，新潮社)「岸田国士全集」(戯曲7巻・小説11巻・評論随筆9巻，岩波書店)がある。㊎長女＝岸田衿子(詩人)、二女＝岸田今日子(女優)

岸田 幸四郎　きしだ・こうしろう

作家　㊓大正14年4月　㊜平成1年2月21日　㊫東京都高師文二(国漢)卒　㊞東京高師在学中に「麗子像」のモデルである岸田劉生の娘・麗子を知り、昭和24年に結婚。麗子が亡くなる37年まで生活を共にした。62年まで成蹊中学・高校の教諭を務める傍ら、同人誌「イワン」「断崖」、新しき村機関紙「この道」などに小説・評論などを発表している。著書に「劉生・1925年」「水色の朝」がある。

岸田 辰弥　きしだ・たつや

劇作家　演出家　俳優　㊓明治25年　㊜昭和19年　㊒東京　㊞大正元年青山杉作らが結成した新劇団とりで社に参加。9年伊庭孝の新星歌劇団で活躍。小林一三の招きで宝塚音楽歌劇学校の教師となり、宝塚レビューの黄金時代をつくった。昭和2～3年海外劇界視察のため欧米旅行。10年日劇ダンシング・チーム結成にかかわる。代表作に「モン・パリ」「イタリヤーナ」「ハレムの宮殿」「シンデレラ」など。著書に「少女歌劇脚本集」がある。　㊎父＝岸田吟香、兄＝岸田劉生

きしだ みつお

劇作家　評論家　㊐昭和7年　㊒青森県青森市　本名＝小倉三生　㊫東北大学経済学部(昭和29年)卒　㊍昭和29年青森銀行に入行。1960年代初めから、組合運動の中で演劇活動を展開。37年戯曲「製材のうた」以後主に劇作、他に評論を執筆。同人文芸誌「青森文学」編集人。平成3年青森銀行を退職。著書に「評伝 大塚甲山」、評論に「大塚甲山評伝 暁は再び来るなり」、戯曲集に「吹雪のうた」他。　㊞日本民主主義文学(同盟員)

岸田 理生　きしだ・りお

劇作家　演出家　岸田事務所+楽天団共同主宰　㊐昭和25年3月10日　㊒長野県　本名＝岸田理生(きしだ・みちお)　㊫中央大学法学部卒　㊕H・シクスス、トマス・ピンチョン　㊌岸田国士戯曲賞(第29回)(昭和60年)「糸地獄」、紀伊国屋演劇賞(第23回)(昭和63年)「終の栖・仮の宿」、くまもと映画祭脚本賞(第13回・一般部門)(平成1年)「1999年の夏休み」　㊍昭和48年寺山修司と出会い、49年演劇実験室・天井桟敷に参加、寺山と共同で演劇・映画の脚本を手がける。51年「眠る男」で劇作家デビュー。54年哥以劇場設立、座付役者を兼ねるが、56年7月同劇場が解散し、57年1月岸田理生事務所を創立、主宰する。同年「臘月記」で特異な作風を知られる。58年12月楽天団と合併、岸田事務所+楽天団を共同主宰、59年「宵待草」で旗揚げ。同年の「糸地獄」で岸田国士戯曲賞受賞。他の戯曲に「夢に見られた男」「墜ちる男」「夢の浮橋」「捨子物語」「火学お七」「ハノーヴァーの肉屋」「永遠—PART1.彼女」、著書・演劇論集に「吸血鬼・夢の浮橋」「私の吸血学」「忘れな草」「幻想遊戯」「恋」(3部作)、小説集「最後の子」「水妖記」、訳書に「マザーグース」「マリーゴールド ガーデン」などがある。また、商業演劇、テレビ、映画の台本にも活躍し、映画脚本に「ひらけチューリップ」「ボクサー」「草迷宮」などがある。

岸間 信明　きしま・のぶあき

シナリオライター　小説家　㊐昭和31年4月19日　㊒東京都町田市　㊫忠生高卒　㊌小説現代新人賞(第46回)(昭和61年)「野球せんとや生まれけん」　㊍「オバケのQ太郎」などのアニメのシナリオライターをしながら、小説やシナリオの新人賞に投稿を続け、昭和61年「野球をせんとや生まれけん」(のちに「ファイナル・ゲーム」と題して刊行)で第46回の小説現代新人賞を受賞。漫画原作も手がけ、小説家としても活躍。シナリオ作品にアニメ「おーい！竜馬」「それいけ！アンパンマン—おりがみ島つみき島の秘密」、小説に「ばっくどろっぷ・えれじい」がある。

木島 始　きじま・はじめ

詩人　評論家　小説家　㊓アメリカ文学　㊐昭和3年2月4日　㊒京都府京都市　本名＝小島昭三(こじま・しょうぞう)　㊫東京大学文学部英文科(昭和26年)卒　㊌日本童謡賞(第2回)(昭和47年)「もぐらのうた」、芸術祭大賞(音楽部門・合唱曲の作詩)(昭和57年)「鳥のうた」、想原秋記念日本私家本図書館賞特別賞(第2回)(平成2年)「空のとおりみち」　㊍東京都立大学附属高教諭を経て、法政大学教授。平成3年退職。在学中から詩誌「列島」などに加わり、昭和28年「木島始詩集」を刊行。ほかに、詩集「私の探照灯」「双飛のうた」、小説「ともかく道づれ」、童話「考えろ丹太！」、童謡集「もぐらのうた」「あわていきもののうた」、絵本「やせたいぶた」、評論集「詩・黒人・ジャズ(正,続)」「日本語のなかの日本」「もう一つの世界文学」など著書多数。詩作品は多くの作曲家により合唱曲となって楽譜出版されている。また、アメリカ文学のすぐれた翻訳・紹介者でもあり、とくにラングストン・ヒューズらの黒人文学研究の草分けとして高い評価を得る。　㊞新日本文学会、日本文芸家協会

岸本 進一　きしもと・しんいち

童話作家　㊐昭和20年　㊫京都教育大学卒　㊌児童文芸新人賞(第25回)(平成8年)「ノックアウトのその後で」　㊍23年間の小学校教師生活ののち平成2年退職。著書に童話「ひだまり色のチョーク」、共編児童詩集「すっぽんぽん」「たいようのおなら」「ノックアウトのその後で」などがある。

岸本 みか　きしもと・みか

小説家　詩人　元・中学教師　㊐昭和9年3月31日　㊒福岡県福岡市高宮　本名＝谷本照子　旧姓(名)＝有吉照子　旧筆名＝岸本己佳　㊫福岡学芸大学(昭和29年)2年課程修了　㊌福岡市民芸術祭賞(昭和46年，48年)、福岡市文学賞(昭和63年)　㊍少女時代を満州で過ごし、戦後、博多に引き揚げ。大学卒業後、福岡県下の多々良小、福岡市立百道中、次郎丸中などで、英語の教鞭を執る。この間、「文芸広場」「らむぷ」「午前」等の同人となり、詩、小説などの創作活動を続ける。昭和46年と48年に福岡市民芸術祭賞を受賞。代表作に「真夏の幻想」「風景画の男」「残影」「かがり火の恋」など。　㊞福岡市通訳協会、日本文芸家協会

喜尚 晃子　きしょう・あきこ

作家　手鞠文庫代表取締役　㊐昭和5年4月11日　㊒兵庫県養父郡　本名＝西村幸子(にしむら・さちこ)　㊫八鹿農蚕学校(兵庫県)卒　㊌日本作家クラブ奨励賞(小説部門)　㊍片倉工業和田山製糸所に2年間在職後、20歳で結婚、大阪で"間

"貸し"とお好み焼屋などの商売をしながら子供を育てる。夫の不動産業が軌道にのり、大阪文学学校に通い始める。40代にはいって小説を書き、自費出版を重ねた。昭和57年秋出版社・手鞠文庫を設立し、文芸雑誌「てまり」を創刊。「てまり」終刊後、「てまり文庫」を季刊で予告通り5年で終刊。作品に「しがらみ」「但馬・温泉町の民話と伝説」「月夜の娘」「まぼろしの喫茶店」「わたしの秘境」「海は夕焼け―前田純孝と但馬の四季」「ワープロの中の天使」など。㊟日本文芸家協会、日本作家クラブ

来生 えつこ　きすぎ・えつこ

作詞家　小説家　㊤昭和23年3月9日　㊥東京都　本名＝来生悦子　㊦女子美術短期大学服飾科(昭和43年)卒　㊣日本レコードセールス大賞(作詩賞、第15回)(昭和57年)、日本作曲大賞(中山・西条記念賞、第2回)(昭和57年)　㊨雑誌、PR誌の編集を経てフリーライターに。昭和45年から「話の特集」「COM」、PR誌の編集をしていたが、27歳で辞め結婚、のち離婚。実弟たかおの曲に詞をつけ始めたのがきっかけで51年プロでデビュー。作詞のかたわら、雑誌に連載コラムを執筆し、小説にも取り組む。作詞作品に「マイ・ラグジュアリー・ナイト」「セーラー服と機関銃」「セカンド・ラブ」「白いラビリンス」など。著書に「野ばらたち」「阪妻の縁結び」「いろはにオトコ」「わたくし的生活」「冷たくても夢中」などがある。㊟日本音楽著作権協会、日本文芸家協会　㊚弟＝来生たかお(作曲家)

木月 さえこ　きずき・さえこ

脚本家　本名＝石坂理江子　㊦国際基督教大学教養学部(昭和61年)卒　㊨フジテレビに入社、第一制作部配属となる。ディレクター見習い3年目の昭和62年暮れ、フジテレビが同年から創設した"ヤングシナリオ大賞"の最優秀作2作のドラマ化が決定、うち坂元裕二作「GIRL・LONG・SKIRT」をディレクターとして初演出する。「101回目のプロポーズ」「夏子の酒」などのセカンドディレクターを経て、平成6年「上を向いて歩こう！」で初のチーフディレクターを務める。体調を崩して1年間休職後、シナリオ学校に通う。その後、フジテレビを退社し、10年終戦記念ドラマ「二十六夜参り」の共同執筆で脚本家としてデビューする。㊚父＝山田太一(脚本家)

北 篤　きた・あつし

作家　評論家　㊤東北文化　心霊科学　㊥大正15年3月29日　㊥福島県会津　本名＝長嶋恒義　㊦早稲田大学文学部国文科卒　㊣福島県文学賞　㊨著書に「花愁」「松平容保」「会津の心」

「謎の高寺文化―古代東北を推理する」など。㊟日本文芸家協会、日本ペンクラブ

北 影一　きた・えいいち

作家　詩人　㊤昭和5年5月18日　㊥旧朝鮮・京城　本名＝坂本影一郎　㊦ソウル大学中退　㊣呉濁流新詩集特別賞、笠詩賞特別賞　㊨ソウルで育ち、思春期には共産党の活動に明け暮れる。朝鮮戦争時に、米軍の通訳に紛れ帰国。貿易商を経て、著述業に。著書に「第三の死」「革命は来たれども」「さらば戦場よ」「自由の地いずこ」、詩集に「余究在何星宿之下誕生」(中国文)など。㊟日本文芸家協会、日本ペンクラブ

北 重人　きた・しげひと

オール読物推理小説新人賞を受賞　㊤昭和23年　㊥山形県酒田市　㊦千葉大学卒　㊣オール読物推理小説新人賞(第38回)(平成11年)「超高層に懸かる月と、骨と」

紀田 順一郎　きだ・じゅんいちろう

評論家　作家　㊤出版・マスコミ　書物・読書論　情報処理　㊥昭和10年4月16日　㊥神奈川県横浜市　本名＝佐藤俊(さとう・たかし)　㊦慶応義塾大学経済学部(昭和33年)卒　㊨大衆メディア論、情報処理　㊣巌谷小波文芸賞(第16回)(平成5年)「少年小説大系(全11巻、別巻1)」、横浜文学賞(第5回)(平成11年)　㊨商社勤務を経て、書誌研究を始める。昭和39年出版の「現代人の読書」以来、書物、読書論を多く執筆。分野は近代史、文学、情報論、日本語論に及ぶ。他に「永井荷風」「内容見本における出版昭和史」「読書の整理学」「日本の書物」「世界の書物」「日記の虚実」「名著の伝記」「東京の下層社会」「本の椅子、耽読日記から」「日本語大博物館」「インターネット書斎術」やミステリー「鹿の幻影」「魔術的な急斜面」などの著書や、「紀田順一郎著作集」(全8巻、三一書房)。またパソコン、ワープロを使いこなし、一家言を持つ。㊟日本文芸家協会、日本ペンクラブ、日本出版学会　http://www.kibicify.ne.jp/~j-kida/

北 彰介　きた・しょうすけ

児童文学作家　児童文化運動家　青森県児童文学研究会会長　㊤創作童話　民話絵本　㊥昭和1年12月30日　㊥青森県青森市　本名＝山田昭一　㊦青森師範学校(昭和22年)卒　㊣青森市文化賞(平成7年)　㊨青森市内の中学校教師、青森市婦人青少年課長、青森市民図書館副館長などを歴任し、昭和55年退職。一方、口演童話に興味を持ち、地方に根ざした文化活動に取り組む。35年青森県児童文学研究会を発足。青森中央学院大学講師、県文化振興会議理事なども務める。主な作品に「へえ六がんばる」

「青森県むかしむかしえほん」「けんか山」「なんげえ むがしっこしかへがな」「せかいいちのはなし」(小学3年全国版国語教科書に採択)などがある。　[団]日本児童文学者協会、民話と文学の会、日本民話の会

喜多 唯志　きた・ただし

小説家　[生]昭和6年　[出]東京・目黒区　[賞]「問題小説」新人賞(第2回)「星空のマリオネット」　[歴]洋裁師を経て中華料理店(本支店6軒)を経営したが廃業。元・新日本文学会会員。「星空のマリオネット」は映画化、ビデオ化される。他の著書に「少年愛の連歌俳諧史―菅原道真から松尾芭蕉まで」がある。

北 洋　きた・ひろし

推理作家　横浜国立大学助教授　[生]大正10年7月23日　[没]昭和26年9月15日　[出]京都府　本名＝鈴木坦　[学]京都帝国大学理学部物理学科(昭和18年)卒　[歴]京大在学中の昭和21年から23年にかけて「ロック」を中心に、探偵小説の短編を十編ほど発表。代表作に「失楽園」。他に協立出版の科学誌に啓蒙的な記事や、朝日から「アトム君の冒険」という児童物も書いている。横浜国大教養部に赴任してからは筆を折った。

北 ふうこ　きた・ふうこ

児童文学作家　[出]大阪府大阪市　[賞]新美南吉童話賞(佳作，第8回)「細い細い三日月の夜」、毎日児童小説コンクール優秀賞(第50回)「まひるはくもり空」、学研読み特賞(第8回)「歩いて行こう」　[歴]高校卒後、コンピュータ関連会社でシステムエンジニアとして勤務。結婚退職後、子育ての傍ら童話創作を始める。著書に「おやしきおばばのてんてんパチンコ」がある。

きだ みのる

小説家　評論家　翻訳家　[生]明治28年1月11日　[没]昭和50年7月25日　[出]鹿児島県名瀬市(奄美大島)　本名＝山田吉彦(やまだ・よしひこ)　[学]慶応義塾大学理財科(大正6年)中退、パリ大学文学部(昭和14年)卒　[賞]毎日出版文化賞(第2回)(昭和23年)「気違い部落周游紀行」　[歴]慶大中退後、ジョセフ・コットに師事し、アテネ・フランセの教師となる。昭和8年から14年にかけてはパリ大学で古代社会学を学ぶ。帰国後翻訳・執筆に従事、学生達と八王子郊外の恩方村で「気違い部落」のモデルとなった廃寺に住み、23年「気違い部落周游紀行」を刊行、毎日出版文化賞を受賞した。以後、多彩で独特の創作、文明批評を発表。主な著書に評論「日本文化の根底に潜むもの」「部落の幸福論」「東京気違い部落」「ニッポン気違い列島」や小説「猟師と兎と賭と」「渚と潮」、自伝的作品「道徳を否む者」「人生逃亡者の記録」、紀行「南氷洋」「東南ア大陸ハプニング記」などがあり、翻訳面でも林達夫との共訳・ファーブル「昆虫記」(全20巻)の他デュルケム「社会学と哲学」やバンダ「知識人の反逆」など多くの作品がある。

北 杜夫　きた・もりお

小説家　[専]文学　精神医学　[生]昭和2年5月1日　[出]東京・青山　本名＝斎藤宗吉(さいとう・そうきち)　[学]東北大学医学部(昭和27年)卒　医学博士　[資]日本芸術院会員(平成8年)　[賞]芥川賞(第43回)(昭和35年)「夜と霧の隅で」、毎日出版文化賞(第18回)(昭和39年)「楡家の人びと」、婦人公論読者賞(第7回)(昭和44年)「どくとるマンボウ青春記」、日本文学大賞(文芸部門・第18回)(昭和61年)「輝ける碧き空の下で・第2部」、大仏次郎賞(第25回)(平成10年)「青年茂吉」「壮年茂吉」「茂吉彷徨」「茂吉晩年」、海洋文学大賞特別賞(第5回)(平成13年)　[歴]父は歌人で精神科医の斎藤茂吉。旧制松本高時代トーマス・マンに心酔、大学在学中「文芸首都」同人となる。卒業後慶大病院神経科助手、斎藤病院神経科医師として、昭和36年までつとめる。29年「幽霊」を自費出版。33～34年水産庁調査船「照洋丸」の船医となり、この体験を書いた「どくとるマンボウ航海記」が大ベストセラーとなってシリーズ化、作家に転身。35年「夜と霧の隅で」で第43回芥川賞受賞。39年「楡家の人びと」によって本格的市民小説を創造して作家としての地位を確立。61年ブラジル日系移民の歴史を描いた2600枚に及ぶ大作「輝ける碧き空の下で」(2巻)を発表。平成10年父の評伝「青年茂吉」「壮年茂吉」「茂吉彷徨」「茂吉晩年」が完結。他の著書に「白きたおやかな峰」「さびしい王様」、エッセイ「マンボウ愛妻記」「マンボウ遺言状」「孫ニモ負ケズ」など多数。また「北杜夫自選短編集」「北杜夫全集」(全15巻，新潮社)がある。　[団]日本文芸家協会　[家]父＝斎藤茂吉(歌人・故人)、母＝斎藤輝子(旅行家・故人)、兄＝斎藤茂太(精神科医・随筆家)

北泉 優子　きたいずみ・ゆうこ

小説家　シナリオライター　[生]昭和12年6月24日　[出]三重県　[歴]NHK勤務を経て、小説家・脚本家に。TVドラマ、演劇の原作者として活躍。代表作に小説「忍ぶ糸」「春の海鳴り」「絣の花」「魔の刻」「吉野物語」などがあり、いずれもテレビドラマ・映画化されている。他の脚本作品にテレビ「女は海」「母の系図」(日テレ)、「虹が燃える時」(TBS)、「判決」(テレ朝)など。

北尾 亀男　きたお・かめお
小説家　劇作家　[生]明治25年8月25日　[没]昭和33年2月8日　[出]東京市赤坂区(現・東京都港区)　[学]大倉商卒　[歴]明治41年「暗流」が「江湖」の懸賞に当選し、以後水野葉舟に師事し、「文章世界」記者となる。のち帝国飛行協会、演劇新潮編集部に入る。主な作品に「集散」「死刑囚」などがある。

北岡 克子　きたおか・かつこ
小説家　[生]昭和29年　[出]大阪府大阪市　[学]同志社大学経済学部卒　[賞]小川未明文学賞(大賞,第6回)(平成9年)「ぼくって弱虫」　[歴]自営業と歴史の現地ガイドをするかたわら、平成3年より江戸時代の市井物を中心に小説を執筆。杜山悠主宰「文学風」「我流」同人。著書に「ぼくって弱虫」がある。

北岡 耕二　きたおか・こうじ
文学界新人賞を受賞　[出]兵庫県　[学]一橋大学卒　[賞]文学界新人賞(第94回)(平成14年)「わたしの好きなハンバーガー」　[歴]電通を定年退職後、執筆にたずさわり、平成14年「わたしの好きなハンバーガー」で第94回文学界新人賞を受賞。

北方 謙三　きたかた・けんぞう
作家　直木賞選考委員　[専]ハードボイルド　歴史小説　[生]昭和22年10月26日　[出]神奈川県川崎市　[学]中央大学法学部(昭和47年)卒　[賞]日本冒険小説協会大賞(第1回)(昭和58年)「眠りなき夜」、吉川英治文学新人賞(第4回)(昭和58年)「眠りなき夜」、角川小説賞(第11回)(昭和59年)「過去 リメンバー」、日本推理作家協会賞(第38回・長篇部門)(昭和60年)「渇きの街」、日本文芸大賞(第5回)(昭和60年)「明日なき街角」、柴田錬三郎賞(第4回)(平成3年)「破軍の星」　[歴]学生時代は全共闘運動にかかわる。昭和45年小説「明るい街」でデビュー。以後、「新潮」「すばる」等で純文学作品を発表。エンターテインメント作家としての処女作「弔鐘はるかなり」(56年)で一躍脚光を浴び、58年「眠りなき夜」で第1回日本冒険小説協会大賞、第4回吉川英治文学新人賞を受賞。第2作の「逃れの街」は東宝系で映画化。他に「檻」「友よ、静かに瞑れ」「真夏の葬列」「錆」「夜よおまえは」「渇きの街」「過去 リメンバー」「明日なき街角」などの作品がある。平成元年「武王の門」を発表後、歴史小説に進出、「三国志」(全13巻)「楠木正成」「悪党の裔」「林蔵の貌」「破軍の星」「水滸伝」などがある。8年100冊目にあたる「明るい街へ」(短編集)を出版。9〜13年日本推理作家協会理事長、12年直木賞選考委員。　[団]日本文芸家協会、日本推理作家協会

北上 創　きたかみ・そう
小説家　[生]昭和18年　[出]静岡県三島市　本名＝井坂宏　[学]日本大学芸術学部卒　[賞]郵政文芸賞(第39回)(平成9年)「小綬鶏」　[歴]出版社を経て、三島郵便局勤務。平成9年「小綬鶏」で第39回郵政文芸賞を受賞。その後、「文芸三島」に作品を発表。他の著書に「彼岸の里」がある。

北川 悦吏子　きたがわ・えりこ
脚本家　[生]昭和36年12月24日　[出]岐阜県岐阜市　本名＝石原悦吏子　[学]早稲田大学第一文学部東洋哲学科卒　[賞]向田邦子賞(第18回)(平成12年)「ビューティフルライフ」、橋田賞(第8回)(平成12年)「ビューティフルライフ」、放送文化基金賞(脚本賞,第26回)(平成12年)「ビューティフルライフ」　[歴]にっかつ撮影所に入社、平成元年テレビ東京「赤い殺意の館」でデビュー。4年「素顔のままで」(フジ)の大ヒットで一躍脚光を浴びる。7年「愛していると言ってくれ」、8年「ロングバケーション」が大ヒットし、同名の小説も刊行。12年木村拓哉、常盤貴子主演の「ビューティフルライフ」は社会現象にもなり、40%を超える視聴率を記録、また、向田邦子賞他、テレビ各賞を総なめにした。他の作品に「世にも奇妙な物語」「あの頃に会いたい」「LOVE」「チャンス」「あすなろ白書」「LOVE STORY」「空から降る一億の星」、著書に「最後の恋」、エッセイ集「おんぶにだっこ」など。

北川 晃二　きたがわ・こうじ
作家　守谷組社長　「午前」「西域」主宰　元・フクニチ新聞社長　[生]大正9年6月4日　[没]平成6年2月27日　[出]福岡市　本名＝北川晃二(きたがわ・てるじ)　[学]西南学院高等部英文科(昭和18年)卒　[賞]九州小説賞(第1回)(昭和45年)「逃亡」、福岡市文化賞(第14回)(平成1年)　[歴]昭和26年夕刊フクニチ新聞社入社。44年工務局長、45年編集局長、48年取締役、51年社長を歴任し、56年退職。61年守谷組社長。福岡市人事委員会委員長。また21年6月創刊された同人雑誌「午前」に、創刊号以来ただひとり名を連ねていた。「午前」の創刊号では「逃亡」で第1回九州小説賞を受賞、27年「奔流」で芥川賞候補となる。ほかに「母の十字架」「青木繁・愛と彷徨」「黙してゆかむ・広田弘毅の生涯」などがある。

北川 幸比古　きたがわ・さちひこ
児童文学作家　[生]昭和5年10月10日　[出]東京・大久保　[学]早稲田大学国文科卒　[賞]ジュニア・ノンフィクション文学賞特別賞(昭和52年)、新美南吉児童文学賞(第1回)(昭和58年)「むずかしい本」　[歴]児童誌編集、詩書出版社自営ののち、少年雑誌に執筆。創作童話の他に詩、ノン

フィクション等の作品多数。童話集「むずかしい本」で第1回新美南吉児童文学賞受賞。主な作品に「宇平くんの大発明」「ちょっぴりてんさい1年生!」「貝がらをひろった」など。詩集に「草色の歌」がある。　[団]日本児童文学者協会(理事)、大衆読物研究会、子どもを守る会(理事)、少年文芸作家クラブ、日本文芸家協会

北川 千代　きたがわ・ちよ

児童文学作家　小説家　[生]明治27年6月14日　[没]昭和40年10月14日　[出]埼玉県大里郡大寄村(現・深谷市)　本名＝高野千代　別名＝江口千代(えぐち・ちよ)　[学]三輪田高女(明治44年)中退　[歴]女学校在学中から「少女世界」「少女の友」に詩文を投稿、また「少女倶楽部」にも少女小説を発表した。大正2年「たかね」創刊に参加。4年社会主義作家江口渙と結婚、江口姓で少女小説や童話を書いた。8年「赤い鳥」に童話「世界同盟」を発表。10年赤瀾会にも参加、社会主義思想に基づくヒューマンな作品を書く。11年江口と離婚、昭和9年労働運動家高野松太郎と結婚した。作品は「帰らぬ兄」「蝕める花」「楽園の外」「絹糸の草履」「桃色の王女」「明るい室」「春やいづこ」など。44年その業績を記念した児童文学の"北川千代賞"が設けられ、また「北川千代児童文学全集」(全2巻,講談社)が刊行された。　[家]夫＝高野松太郎(労働運動家)

北小路 功光　きたこうじ・いさみつ

小説家　歌人　美術史家　[生]明治34年4月23日　[没]平成1年2月27日　[出]東京　[学]東京帝大美術科中退　[歴]子爵北小路家に生れる。東京帝大中退後、シドニー大学で能、狂言を講義する。短歌、小説、戯曲、芝居の翻訳をしていたが、後に美術研究に専念。著書に「香道への招待」「花の行く方—後水尾天皇の時代」「修学院と桂離宮—後水尾天皇の生涯」「説庵歌集」などがある。　[団]日本文芸家協会　[家]母＝柳原白蓮

北里 宇一郎　きたざと・ういちろう

映画監督　脚本家　[生]昭和26年8月19日　[出]熊本県阿蘇郡小国町　[学]法政大学文学部卒　[歴]昭和46年から16ミリ映画を自主制作、「暗くなるまでこの華麗なる愛の詩をもういちどふたたび」(46年)「じゃんじゃかトリオのごくありふれた日常生活」(47年)など、岡本喜八やヒッチコックの映画の影響が大きくスラプスティック・コメディが多い。ほかに「古色騒然愛物語」(48年)「吸血鬼ふたたび」(49年)など。製作・監督・脚本・撮影すべて自分で行う。

北沢 喜代治　きたざわ・きよじ

小説家　[生]明治39年10月17日　[出]富山県滑川　[学]東京帝大国文科卒　[歴]昭和12年「鵜の巣」に「日之島の女」を発表し、戦後は「人さまざま」「そらみゝ」などを発表。著書に「日之島の女」をはじめ「夢三代」「妙な幸福」などがある。

北沢 栄　きたざわ・さかえ

ジャーナリスト　[生]昭和17年　[出]東京　[学]慶応義塾大学経済学部卒　[歴]共同通信社経済部記者、ニューヨーク特派員などを経て、スピーチデザイン・情報発信会社ザ・メッセージなど3社を経営。ジャーナリスト、著作家としても活動。著書に銀行小説「バベルの階段」「ダンテスからの伝言」、「各スピーチ創造」、訳書にゲリー・ウィルズ「リンカーンの三分間」がある。

北沢 節　きたざわ・せつ

小説家　評論家　魔女群団主宰　セツ・フォーラム主宰　武蔵野中央病院精神科主任薬剤師　[学]静岡薬科大学薬学部卒、国学院大学国文科中退　[歴]武蔵野中央病院で薬剤師を務める一方、小説家、文芸評論家として活躍。思想や深層心理をベースとする自然科学と社会・人文科学との接点を作品の中で展開する。「BIKING」同人、魔女群団、SETSUFORUMを主宰する。著書に「地下・光・空間そして人間」「地下文化の様相」(共著)。　[団]日本自然保護協会、万葉植物研究会

北沢 朔　きたざわ・はじめ

文筆業　小学校教師　[生]昭和17年　[出]山形県鶴岡市　[学]山形大学教育学部卒　[賞]船橋市文学賞(第4回)(平成4年)「自転車」　[歴]昭和40年小学校教員となる。平成4年「自転車」で第4回船橋市文学賞、7年「光の瞑想」で第29回関西文学賞佳作。著書に「見つめる窓辺」がある。

喜多嶋 隆　きたじま・たかし

小説家　[生]昭和24年5月10日　[出]東京・本郷　本名＝喜多嶋隆夫　[学]明治大学政経学部卒　[賞]小説現代新人賞(第36回)(昭和56年)「マルガリータを飲むには早すぎる」　[歴]コピーライター、CFディレクターを経て作家となり、青春小説・青春ミステリーを手がける。著書に「CF愚連隊」「CFガール」「ポニー・テールは、ふり向かない」「チャイナ・ドレスは似合わない」など。　[団]東京コピーライターズクラブ、日本文芸家協会、日本推理作家協会、ジャパンゲームフィッシュ協会

北島 春信　きたじま・はるのぶ

児童劇作家　元・小学校教諭　[生]昭和2年10月1日　[出]熊本県砥用町　[学]熊本師範卒、法政大学法学部法律学科卒　[賞]日本児童演劇協会賞「草っぱらの子どもたち」　[歴]昭和25年より成城学園初等学校教諭として演劇教育を実践。斎田喬に師事して多くの学校脚本も書く。日本児童劇作の会副会長、日本児童劇協会常任理事などを歴任。著書に「サクタロウの村ができた」「北島春信児童劇選」「成城学校劇六十年」、共著に「みんなの学校劇」「たのしい国語」「みんなで作る学校放送」などがある。　[団]日本児童劇協会(常任理事)

北城 恵　きたしろ・けい

作家　フリーライター　[専]人間について　[生]昭和22年11月6日　[出]北海道旭川市　本名=佐々木由美恵　旧姓(名)=志田　[興]ヒューマニズム　[賞]日本文芸大賞女流文学新人賞(第6回)(昭和61年)「西洋すぐりの記憶」　[歴]札幌でブティックKEI経営後、フリーライターとしてパリに在住。昭和61年作家としてデビュー。シナリオライター、エッセイストとしても活躍。著書に「西洋すぐりの記憶」「雪舞い慕情」「エンディングは女に任せろ」他。　[団]日本ペンクラブ

北園 孝吉　きたぞの・こうきち

小説家　[生]大正3年2月13日　[出]東京・日本橋　[賞]サンデー毎日大衆文芸賞(第21回)(昭和12年)「明日はお天気で」　[歴]昭和12年「明日はお天気で」がサンデー毎日大衆文芸賞に入選。ユーモア作家、歴史小説作家として活躍し「おとぼけ侍」「江戸最期の日」などの著書がある。

北田 薄氷　きただ・うすらい

小説家　[生]明治9年3月14日　[没]明治33年11月5日　[出]東京　本名=梶田尊子　旧姓(名)=北田　[学]東京府高等女学校(現・白鴎高校)退学　[歴]尾崎紅葉に師事し、明治27年「三人やもめ」を発表。のち「乳母」「白髪染」などを発表。31年挿絵画家梶田半古と結婚したが、33年死去。没後の34年「薄氷遺稿」が刊行された。　[家]夫=梶田半古(挿絵画家)

北田 倫　きただ・りん

小説家　歌人　[生]大正6年11月11日　[没]平成8年12月20日　[出]和歌山県有田市　[学]福岡大学商学部二部卒　[賞]福岡市文学賞(昭和58年)「幻のホテル」　[歴]昭和14年結婚と同時に渡満。敗戦、引揚、その後夫の会社の何度かの倒産を経て、再起・成功するまでの半生を描いた自伝小説「幻のホテル」「アカシアよ、ひそかに香れ」で58年福岡市文学賞を受賞。35歳の時、4児を抱えて福岡大学商学部二部に入学、商学士、教員免許の資格を得た。　[家]夫=北田光男(ベスト電器会長)、長男=北田葆光(ベスト電器社長)

北田 玲一郎　きただ・れいいちろう

作家　司法書士　司法書士北田事務所所長　[専]文学　法学　[生]昭和6年11月14日　[出]大阪府豊中市　本名=北田基司(きただ・もとし)　[学]池田中卒　[興]新巷談スタイルの確立　[賞]法務大臣表彰(昭和62年)　[歴]昭和27年司法書士となる。大阪司法書士会常任理事、同副会長を歴任し、日本司法書士会連合会司法書士史編纂委員。一方、作家としても活躍。「総合芸術」編集長も務めた。著書に「乞食学入門」「機械と太鼓」「小説司法書士」「北田玲一郎作品集」など。　[団]新日本文学会、アジア・アフリカ作家会議、日本ペンクラブ

北野 安騎夫　きたの・あきお

小説家　[生]昭和32年　[出]北海道夕張市　[学]日本大学芸術学部卒　[歴]在学中8ミリ映画製作に熱中。平成2年第13回小説CLUB新人賞に「蝗の王」で入選デビュー。以後同誌に意欲的に短編を発表。著書に「ウイルスハンター」「電脳(サイバー)ルシファー―ウイルスハンター・ケイ」、コミック原作に劇画「ウイルスハンター」などがある。

北野 ひろし　きたの・ひろし

劇作家　演出家　劇団三人芝居主宰　元・ONLYクライマックス主宰　[生]昭和32年　[学]立命館大学社会学部卒　[歴]役者の養成機関のホンダスタジオに入り、こけら落とし公演に出演。のち劇作、演出に取り組み入所3年目に上演した処女作「乗り遅れた終電車はジャングルになって沈んでいった」が好評を得る。昭和62年劇団ONLYクライマックスを結成し、東演パラータで旗あげ公演。以後同劇団で劇作・演出を手がけるほか他劇団への書きおろしやイベントの演出などでも活躍。代表作に「KATEIの問題」「あ・い・ま・い」「沈黙の自治会」「結婚契約破棄宣言」など。平成7年同劇団を解散、新たに前田一朗、中村まり子らと劇団三人芝居を結成。

北野 勇作　きたの・ゆうさく

作家　[生]昭和37年3月22日　[出]兵庫県高砂市　[学]甲南大学理学部応用物理学科卒　[賞]日本ファンタジーノベル大賞(優秀賞, 第4回)(平成4年)「昔、火星のあった場所」、桂雀三郎新作落語やぐら杯最優秀賞(第1回)(平成4年)「天動説」、日本SF大賞(第22回)(平成13年)「かめくん」　[歴]大学在学中は落語研究会に所属。神戸市の酒類卸会社に勤務の傍ら、SF、落語台本などを執筆。平成4年デビュー作である「昔、火星のあった場所」で日本ファンタジーノベル大賞優秀賞を受賞。また、劇団虚航船団パラメトリ

ックオーケストラの役者として舞台にも立つ。著書に「クラゲの海に浮かぶ舟」「かめくん」など。 http://www.jali.or.jp/ktn/hakoniwa

北畠 八穂　きたばたけ・やほ

詩人 小説家 児童文学作家 [生]明治36年10月5日 [没]昭和57年3月18日 [出]青森市莨町 本名＝北畠美代 [学]実践女学校高等女学部国文専攻科(大正12年)中退 [賞]野間児童文芸賞(第10回)(昭和47年)「鬼を飼うゴロ」、サンケイ児童出版文化賞(第19回)(昭和47年)「鬼を飼うゴロ」 [歴]高等女学校時代から文学に関心を抱き、実践女子大学に進んだが、カリエスのため退学する。20歳頃から詩作を始め、堀辰雄らとの交友の中で「歴程」「四季」などに作品を発表。病床生活中に川端康成らを知り、深田久弥と結婚するが、敗戦直後に離婚。昭和20年「自在人」を発表し、23年「もう一つの光を」を刊行。21年「十二歳の半年」で童話を発表し、47年「鬼を飼うゴロ」で野間児童文芸賞およびサンケイ児童出版文化賞を受賞。童話集として「ジロウ・ブーチン日記」「りんご一つ」「耳のそこのさかな」などがあり、その多くは郷里の津軽地方に題材を求めた。「北畠八穂児童文学全集」(講談社)がある。 [団]日本文芸家協会

北林 透馬　きたばやし・とうま

小説家 [生]明治37年12月10日 [没]昭和43年11月13日 [出]神奈川県横浜 本名＝清水金作 [学]上智大学独文科中退 [賞]文壇アンデパンダン第1席(昭和5年)「街の国際娘」 [歴]中央公論社が昭和5年11月に行った「文壇アンデパンダン」に「街の国際娘―ニシダ・トーマスの手記」が入選した。昭和初期の横浜や銀座の風俗を描いた好編で評判になった。その後も横浜を舞台にした「横浜の日本娘」「恐怖のヨコハマ」などを書き、戦後横浜ペンクラブ会長を務めた。

北原 亜以子　きたはら・あいこ

作家 [生]昭和13年1月20日 [出]東京・新橋 本名＝高野美枝 [学]千葉二高卒 [賞]小説現代新人賞(佳作)(昭和44年)「粉雪舞う」、新潮新人賞(第1回)(昭和44年)「ママは知らなかったのよ」、泉鏡花文学賞(第17回)(平成1年)「深川澪通り木戸番小屋」、直木賞(第109回)(平成5年)「恋忘れ草」、女流文学賞(第36回)(平成9年)「江戸風狂伝」 [歴]石油会社、商業写真スタジオなどに勤務ののち、コピーライターを経て文筆活動に入る。東京・日本橋の広告制作会社に勤務しながら創作活動を続ける。平成5年連作「恋忘れ草」で第109回直木賞を受賞、以後時代小説で活躍。代表作に「慶次郎縁側日記」シリーズや「深川澪通り木戸番小屋」「小説春日局」「まんがら茂平次」「江戸風狂伝」などがある。 [団]日本文芸家協会

北原 樹　きたはら・いつき

児童文学作家 [生]昭和22年5月23日 [出]神奈川県横浜市 本名＝北原静江 [学]東京教育大学文学部哲学科卒 [賞]カネボウ・ミセス童話大賞(第1回)(昭和56年)「くろねこパコのびっくりシチュー」、日本児童文学者協会新人賞(第15回)(昭和57年)「くろねこパコのびっくりシチュー」 [歴]雑誌編集者を経て、児童文学作家に。代表作に「くろねこパコのびっくりシチュー」「オオカミと七人のぼくたち」「気配はスィート」「聖魔女たち」などがある。

北原 和美　きたはら・かずみ

児童文学作家 [生]昭和29年3月22日 [出]愛知県名古屋市 [学]名古屋大学教育学部卒 [賞]名古屋文化振興賞(平成8年) [歴]著書に「黒いのら犬」「ゆめ風ふいたら」「ぷかりぷかりパン」「ふたりの風色ハーモニー」、紙芝居に「ななじゅうまるのおひなさま」他。

北原 双治　きたはら・そうじ

作家 [生]昭和25年4月13日 [出]北海道 本名＝高山吉雄 [学]法政大学文学部卒 [賞]新風小説官能小説大賞(第1回)(昭和59年)「マグリットの影」、日本文芸家クラブ賞(第1回・短編小説部門)(平成4年)「真夏のスクリーン」 [歴]書店、フリーライター等各種職業に従事。フェーマススクールズ伊藤教室、山村教室に学ぶ。著書に「絶頂寸前」「輪姦は復讐のサイン」「女人選び」「昏き闇の野獣」「密会の恋唄」の他、「魔杖追跡行」などのバイオレンス小説がある。 [団]日本推理作家協会、日本文芸家クラブ、日本文芸家協会

北原 武夫　きたはら・たけお

作家 評論家 [生]明治40年2月28日 [没]昭和48年9月29日 [出]神奈川県小田原市 [学]慶応義塾大学文学部国文科(昭和7年)卒 [歴]昭和7年都新聞に入社。8年坂口安吾らと同人雑誌「桜」を創刊。12年宇野千代と結婚、39年に離婚するまで27年間のつながりとなる。13年「妻」を発表して文壇に登場し、以後「雨」「桜ホテル」などを発表。16年陸軍報道班員としてジャワ島に随行。戦後、宇野千代とともにスタイル社を再興し、「スタイル」などを刊行するが34年倒産。以後、執筆活動に専念する。「マタイ伝」「聖家族」「告白的女性論」「霧雨」「情人」などを発表。文芸評論家としても活躍した。「北原武夫文学全集」(全5巻)がある。

北原 なお　きたはら・なお

小説家　[生]昭和40年　[出]長野県飯田市　[学]飯田女子短期大学卒　[賞]ゆきのまち幻想文学賞(大賞)(平成10年)、ゆきのまち幻想文学賞(長編賞)(平成11年)「ノアの住む国」　[歴]平成10年ゆきのまち幻想文学賞大賞を受賞し、11年「ノアの住む国」で同文学賞長編賞を受賞。

北原 白秋　きたはら・はくしゅう

詩人　歌人　童謡作家　[生]明治18年1月25日　[没]昭和17年11月2日　[出]福岡県山門郡沖端村大字沖端石場(現・柳川市)　本名＝北原隆吉(きたはら・りゅうきち)　[学]早稲田大学英文科予科(明治38年)中退　[資]帝国芸術院会員(昭和16年)　[歴]中学時代から「文庫」などに短歌を投書し、早大中退後の明治39年新詩社に入る。41年新詩社を退会、パンの会を興し、耽美主義運動を推進。「明星」「スバル」などに作品を発表し、42年第1詩集「邪宗門」を、44年抒情小曲集「思ひ出」を、大正2年第1歌集「桐の花」と詩集「東京景物詩」を刊行、以後詩歌各分野で幅広く活躍し、詩歌壇の重鎮となる。大正7年に創刊された「赤い鳥」では童謡面を担当し、千編に及ぶ童謡を発表すると同時に、創作童謡に新紀元を画した。また明治43年「屋上庭園」を創刊、以後も「朱欒」「地上巡礼」「ARS」「詩と音楽」「日光」「近代風景」など文学史上の重要な雑誌を多く創刊し、昭和10年には多磨短歌会を興し「多磨」を創刊した。詩、短歌、童謡、小説、評論、随筆、紀行など各分野で活躍し、生涯の著書は歌集「雲母(きらら)集」「渓流唱」「黒檜」、童謡集「トンボの眼玉」などを始め約200冊にのぼる。16年芸術院会員となったが、翌17年約5年にわたる闘病生活で死去した。没後の22年句集「竹林清興」が編まれた。「白秋全集」(全39巻・別巻1，岩波書店)がある。　[家]弟＝北原鉄雄(出版人)

北原 文雄　きたはら・ふみお

小説家　文芸淡路同人会代表　[生]昭和20年　[出]兵庫県洲本市(淡路島)　[学]法政大学文学部卒　[賞]農民文学賞(第38回)(平成7年)「田植え舞」　[歴]淡路農高、洲本高校の教諭を務める一方、小説を執筆。昭和48年文芸淡路同人会を設立、代表。著書に「島の構図」「田植え舞」「島の春」など。

北原 宗積　きたはら・むねかず

児童文学作家　[生]昭和6年　[出]長野県松本市　[学]信州大学工学部(昭和29年)卒　[賞]新美南吉文学賞佳作(第10回)(昭和52年)、日本児童文学創作コンクール入選(第1回)(昭和54年)「あしか」　[歴]中部日本放送入社。昭和51年退社、児童文学作家として活躍。詩集に「五十センチの空」、童話に「雪女のスケッチブック」「おはなしおはなしたのしいね」(共著)ほかがある。　[団]日本児童文学者協会、中部児童文学会

北原 優　きたはら・ゆう

シナリオライター　[生]昭和6年12月1日　[出]東京　本名＝是永孝子　[学]東京府立第一高女卒　[歴]若いころ、劇作家を志して演劇雑誌「悲劇喜劇」の戯曲研究会に入会。昭和30年「耳」で戯曲デビュー。その後、家庭に入っていたが、55年12月TBS系「日曜劇場・初めての仲人」でテレビドラマデビュー、以来ヒット作を次々と書き続けている。主な作品にテレビ「女ともだち」「おゆう」「東芝日曜劇場・さらば水着」(TBS)、「飛鳥へ、そしてまだ見ぬ子へ」(フジ)など。　[団]日本放送作家協会

北原 リエ　きたはら・りえ

作家　元・女優　[生]昭和33年12月11日　[出]東京都　本名＝冨永理絵　旧姓(名)＝伊東　芸名＝北原理絵(きたはら・りえ)　[学]中野女子高(大妻女子大学附属)卒　[賞]中央公論女流新人賞(昭和62年)「青い傷」　[歴]両親の経営するスナックで、客に来た日活監督にスカウトされ、昭和55年ロマンポルノ「ハードスキャンダル・性の漂流者」でデビュー。神代辰巳監督に見込まれるが、58年ジャズシンガーに転向。62年にはポルノ女優を主人公とした小説「青い傷」で中央公論女流新人賞を受賞し、小説家に転身した。著書に「プールサイド」「風が吹くまま」「あのひとの行方」などがある。　[団]日本文芸家協会

北町 一郎　きたまち・いちろう

小説家　[生]明治40年3月7日　[没]平成2年9月4日　[出]新潟県中蒲原郡小須戸町　本名＝会田毅(あいだ・たけし)　別名＝簇劉一郎　[学]東京商大(昭和7年)卒　[賞]サンデー毎日大衆文芸賞(第16回)(昭和10年)「賞与日前後」　[歴]東京商大在学中から詩作を始め、昭和3年詩集「手をもがれている塑像」を刊行。大学卒業後、婦女界社に入社し、編集者となる。10年「賞与日前後」が「サンデー毎日」大衆文芸賞に入選し、以後ユーモア小説作家として活躍。30年には「三等社員と女秘書」が映画化された。他に「啓子と狷介」などがある。詩歌発表の際は、本名の会田毅を筆名とし、「短歌創造」「立像」「新短歌」などに関係し、「新短歌論」の著書がある。　[団]日本文芸家協会、東京作家クラブ(理事)

北村 秋　きたむら・あき

小説家　[生]昭和42年2月8日　[学]東海大学卒　[賞]ホワイトハート大賞(恋愛・青春小説部門佳作賞，第1回)「総ては、あなたのために」　[歴]生命保険会社に4年間勤務後、創作活動に入る。著書に「総ては、あなたのために」「砂の月光」がある。

北村 薫　きたむら・かおる

推理作家　[生]昭和24年12月28日　[出]埼玉県　本名=宮本和男　[学]早稲田大学第一文学部(昭和47年)卒　[賞]日本推理作家協会賞(第44回)(平成3年)「夜の蝉」　[歴]高校で国語教師を務める傍ら、平成元年「空飛ぶ馬」でデビュー。若い女性を主人公にしたミステリーなどで着実に人気を高める。3年「夜の蝉」で日本推理作家協会賞を受賞。5年から執筆活動に専念。他に、小説「スキップ」「盤上の敵」「ターン」「朝霧」「リセット」、絵本「月の砂漠をさばさばと」、エッセイ「ミステリは万華鏡」などがある。[団]日本文芸家協会

北村 喜八　きたむら・きはち

演出家　演劇評論家　劇作家　国際演劇協会日本センター初代理事長　[生]明治31年11月17日　[没]昭和35年12月27日　[出]石川県小松市　[学]東京帝大文学部英文科(大正13年)卒　[歴]四高在学中に「心の歌」を刊行。東大在学中、帝大劇研究会で自作「狂人を守る三人」を上演する。大正13年東大卒業後、築地小劇場に参加し、多くの作品を翻訳するかたわら演出もする。昭和4年築地小劇場分裂後は劇団築地小劇場の副主事となる。11年北村演劇研究所を開設、12年これを母体として芸術小劇場を主宰。一方、「海の呼声」などの戯曲や評論も発表し、文化学院、日本大学芸術科講師として後進を育成する。戦後は新演劇人協会常任幹事として新劇再建に尽力し、25年には国際演劇協会(ITI)日本センターを設立し、26年理事長に就任。著書に「表現主義の戯曲」「演出入門」や戯曲集「美しき家族」などがある。[家]妻=村瀬幸子(女優)

北村 けんじ　きたむら・けんじ

児童文学作家　元・多度町立多度南小学校校長　[生]昭和4年9月14日　[出]三重県　本名=北村憲司(きたむら・けんじ)　[学]三重大学学芸学部養成科卒　[賞]毎日児童小説(第11回)(昭和36年)「小さな駅のむくれっ子」、新美南吉文学賞(第3回)(昭和45年)「ハトと飛んだぼく」、サンケイ児童出版文化賞(第19回)(昭和47年)「まぼろしの巨鯨シマ」、三重県文化奨励賞(昭和52年)、日本児童文学者協会賞(第36回)(平成8年)「ギンヤンマ飛ぶ空」、児童文化功労賞(第40回)(平成13年)、三重県文化賞大賞(第1回)(平成14年)　[歴]教師のかたわら児童文学の創作を始める。昭和25年日本児童文学者協会新人会、のち「新人会」、「子どもと文学」を経て、中部児童文学会の設立に参加。平成2年3月母校の小学校長を最後に退職。三重大学教育学部非常勤講師、三重芸術文化協会評議員を務める。代表作に「うりんこの山」「ハトと飛んだぼく」「まぼろしの巨鯨シマ」「トモカヅキのいる海」「なきむしクラスの1とうしょう」「ふたりぼっちのおるすばん」「くちぶえふいた子だあれ」「ぼくがサムライになった日」「ギンヤンマ飛ぶ空」などがある。[団]日本児童文学者協会、日本児童文芸家協会(顧問)、三重芸術文化協会

北村 小松　きたむら・こまつ

劇作家　シナリオ作家　小説家　[生]明治34年1月4日　[没]昭和39年4月27日　[出]青森県八戸市　[学]慶応義塾大学英文科(大正13年)卒　[歴]在学中から小山内薫に師事し、「ステッセル」「猿から貰った柿の種」等で劇作家として注目される。卒業後は松竹蒲田撮影所脚本部員となり、牛原虚彦とのコンビで「彼と東京」「彼と田園」「彼と人生」などの青春映画を手がける。昭和6年日本初の本格トーキー映画「マダムと女房」の脚本を手掛けるなど、昭和初年代の演劇・映画界で活躍した。モダンボーイとして流行の先端を行く生活ぶりは、当時の映画風俗に影響を与えた。また、少年小説にも筆を執り、「少年航空兵」「亜成層圏」「南極海の秘密」などの作品がある。他の作品に「久造老人」(2年)「恋愛第一課」(4年)「女よ！君の名を汚す勿れ」(5年)「淑女と髯」(6年)「限りなき舗道」(9年)など。

北村 周一　きたむら・しゅういち

作家　やまべゼミナール主宰　[生]昭和22年8月　[出]和歌山市　[学]関西学院大学経済学部(昭和46年)卒　[賞]現代文芸賞(昭和60年)「暮色」、北日本文学賞(第22回)(昭和62年)「ユーモレスク」、鳥羽市マリン文学賞佳作(第2回)(平成3年)「凪のあとさき」、関西文学賞佳作(第26回)(平成4年)「昆虫採集」　[歴]昭和46年ダイエー入社。51年退職し、学習塾やまべゼミナールを経営。小説集に「ぼく達の三周年」がある。関西文学、現代文芸各同人。

喜多村 進　きたむら・すすむ

小説家　[生]明治22年9月14日　[没]昭和33年11月1日　[出]和歌山市　旧筆名=南十三　[学]青山学院英文科卒　[歴]南葵文庫、帝大図書館に勤務し、昭和8年帰郷して文化活動をする。長篇「靄」や短篇集「青磁色の春」「紀州万華鏡」などの作品がある。

北村 想　きたむら・そう

劇作家　劇団プロジェクト・ナビ主宰　[生]昭和27年7月5日　[出]滋賀県大津市　本名=北村清司(きたむら・きよし)　[学]石山高(昭和45年)卒　[賞]岸田国士戯曲賞(第28回)(昭和59年)「十一人の少年」、名古屋市芸術奨励賞(昭和62年)、紀伊国屋演劇賞(第24回)(平成1年)「雪をわたって…第2稿・月のあかるさ」、東海テレビスポー

ツ芸能選奨(第3回)(平成4年)、松原英治若尾正也記念演劇賞(第4回)(平成12年)「螺子と振り子」　[歴]18歳の夏、大津からフラリと名古屋にやってきて、友人のいた中京大演劇部の芝居に出たり、脚本を書いているうち演劇にのめりこむ。大須で劇団・TPO師団を率いて8年間活動したあと、昭和57年"彗星'86"を結成。61年より劇団プロジェクト・ナビ主宰。59年劇団のために書き下ろした作品「十一人の少年」が戯曲の芥川賞ともいうべき岸田戯曲賞受賞。他に戯曲「寿歌(ほぎうた)」「ザ・シェルター」「虎ハリマオ」「雪をわたって…」「想稿・銀河鉄道の夜」「けんじの大じけん」「螺子と振り子」、長編小説「ケンジ」、エッセイ集「シンプルるん」など。平成7年"脱東京"宣言し、東京での公演を行なわないと発表。　[団]日本文芸家協会

北村 染衣　きたむら・そめい
小説家　[生]昭和44年12月30日　[出]宮崎県　[学]熊本大学文学部国語国文コース　[賞]コバルト・ノベル大賞佳作(平成3年)(第18回)「ぐみの木の下には」　[歴]熊本大学文学部在学中にコバルト・ノベル大賞佳作を受賞。著書に「ここに戻ってくるために―嵐ヶ丘高校ものがたり」がある。

北村 勉　きたむら・つとむ
シナリオライター　[没](生没年不詳)　[出]高知県　[学]京都帝国大学英文科卒　[歴]日活多摩川撮影所の脚本部員となり、昭和14年に長塚節原作の「土」を八木隆一郎と共同脚本。高い評価を受ける。15年には「暢気眼鏡」を館岡謙之助と17年には「山参道」18年「第五列の恐怖」を執筆。「将軍と参謀と兵」を書く。戦争の激化により故郷に疎開し機会を待つが間もなく死亡。

北村 馬骨　きたむら・ばこつ
小説家　[生]明治3年　[没]大正4年　[出]土佐国(現・高知県)　別号=浮世夢介、三唖　[歴]硯友社同人として、明治23年「変生天狗」を発表し、以後「石倉新五左衛門」「三日文学者」などを発表。晩年は地方新聞の作家になった。

北村 寿夫　きたむら・ひさお
劇作家　児童文学作家　小説家　[生]明治28年1月8日　[没]昭和57年1月3日　[出]東京市麹町区六番町(現・東京都千代田区)　本名=北村寿雄(きたむら・ひさお)　[学]早稲田大学文学部英文科中退　[賞]NHK放送文化賞(昭和32年)　[歴]学生時代から小山内薫に師事し、「劇と評論」の同人となって戯曲を発表。一方、大正9年創刊の「童話」の常連寄稿者としても活躍。その後童話、戯曲、小説から離れ、昭和8年ごろから放送劇に取り組み、11年日本放送協会文芸部主事となり、草創期のラジオドラマの作・演出を手がけた。戦後は人気ラジオドラマ「向う三軒両隣り」の共作者の一人として活躍。また27年4月から5年間続いた「笛吹童子」「紅孔雀」などの人気ラジオ・ドラマ・シリーズ「新諸国物語」の作者として子供たちを熱狂させた。ほかの著書に、童話劇集「おもちゃ箱」「蝶々のお手紙」、童話劇「チョビ助物語」、「北村寿夫放送劇脚本集」などがある。　[団]日本児童文学者協会名誉会員、日本文芸家協会

北村 英明　きたむら・ひであき
著述家　作詞家　作曲家　新人作詞家の会&新人作曲家の会主宰　[生]昭和21年5月5日　[出]熊本県球磨郡水上村湯山　筆名=北村英明(きたむら・えいめい)　[学]都留文科大学国文科卒　[賞]片岡精励賞(昭55年度)　[歴]昭和44～61年神奈川県下の小学校で16年間、中学校で1年間教鞭をとった後、文筆生活に入る。小説、音楽評論、コラムなど幅広いジャンルで活躍。著書に「やさしい作詞のABC」「作詩作曲でめしをくうには」「たのしい作詞のしかた」「ヒット演歌の作曲法」「作詞の心得」「シンガーソングライターのための作詞入門」「作詞のコツがわかれば音楽がおもしろい」「いちばんやさしい音楽史」「蒼い林檎の詩―無名作詞家作曲家物語」「頑固親父は受験トレーナー」「ふとかんちゃん」など。大学時代から全日本空手道選手権大会に連続12年出場している。　[団]日本作曲家協会、日本音楽著作権協会、日本ペンクラブ

北村 洪史　きたむら・ひろし
小説家　道北日報社専務　元・士別市民文芸の会会長　[生]昭和28年　[出]北海道士別市　本名=北村浩史　[学]明治大学経営学部卒　[賞]北方文芸賞(第3回)「ファミリー」　[歴]士別市の道北日報社に入社、記者、専務を務める。士別市民文芸の会理事、会長を歴任。自身も小説を書き、年1回刊行の「士別市民文芸」に作品を発表。原稿が集まらなくなり、平成11年の21号をもって休刊となる。

北村 学　きたむら・まなぶ
劇作家　作詞家　元・大阪学院大学教授　[生]明治44年3月25日　[没]平成6年10月13日　[出]大阪府　[学]龍谷大学支那学科(昭和16年)卒　[歴]戦前から大阪府の中学、高校、教育委員会に勤務し、のち大阪学院大学教授を務めた。傍ら、テレビ「桜狩」(NHK)、ラジオ「三老人」(CR)などの脚本を手がける。戯曲に「歌人有情」、著書に「白節詩鈔」がある。　[団]日本放送作家協会

北村 満緒　きたむら・みつお
小説家　⽣昭和11年　出兵庫県神戸市　本名＝北村允子（きたむら・みつこ）　学葺合高校卒　受女流新人賞（第29回）（昭和61年）「五月の気流」　代「五月の気流」が、丸山史さんの「ふたりぐらし」とともに、昭和61年度女流新人賞（中央公論主催）を受賞。京都市在住の主婦。

北森 鴻　きたもり・こう
小説家　⽣昭和36年　出山口県　本名＝新道研治　学駒沢大学文学部歴史学科卒　受少年サンデー原作賞佳作、鮎川哲也賞（第6回）（平成7年）「狂乱二十四孝」、日本推理作家協会賞（短編部門、第52回）（平成11年）「花の下にて春死なむ」　代フリーライターの傍ら、第1回光文社文庫本格推理小説の短編募集の入選作品で推理小説家デビュー。平成6年オール読物推理小説新人賞の候補に選ばれ、同候補作と同じモチーフで短編「狂乱二十四孝」を執筆。他の著書に「メビウス・レター」「花の下にて春死なむ」「屋上物語」「蜻蛉始末」など。

北山 幸太郎　きたやま・こうたろう
高校教師（白老東高校）　⽣昭和26年　出北海道苫小牧市　本名＝大阪幸弘　受東北海道文学賞（第5回）（平成7年）「ロバ君の問題点」　代白老東高の社会科教諭を務める一方、小説を執筆。「北海文学」同人。

城戸 光子　きど・みつこ
舞台演出家　⽣昭和27年　出福岡県　学西南学院大学文学部中退　受ファンタジーノベル大賞（優秀賞）（第8回）（平成8年）「青猫屋」　代串田和美主宰のオンシアター自由劇場、永井愛主宰の二兎社に演出助手として参加したのち、フリーの舞台演出助手として活動。平成6年「青猫屋」で第8回日本ファンタジーノベル大賞優秀賞を受賞し、同年「青猫屋」を出版。

城戸 礼　きど・れい
小説家　受大衆小説（アクション　推理　ユーモア）　⽣明治42年11月26日　出東京・新宿矢来町　本名＝上原昇（うえはら・のぼる）　学日本大学経済学部卒　代大学在学中「新青年」から作家デビュー。代表作に「地獄に賭ける三四郎」などの"三四郎シリーズ"と「殴り込み刑事」などの"刑事シリーズ"があり、作品数は300を越える。

鬼頭 隆　きとう・たかし
童話作家　代印刷関係の仕事を経て、昭和58年長男の誕生日に自ら創作した童話をプレゼントしたことがきっかけとなり童話作家に。以後名古屋市芸術創造センターなど各地で年1回創作童話朗読会を開くなど活動を続け、"おじん"と呼ばれ親しまれている。平成5年同センターで10周年記念創作童話会を開催、大作「褐色の少年ターニャと白いラクダ・ブジョー」などを発表し、障害を持つ子供やプロの人形劇団・夢知遊座やミュージカル女優・今津和江らも出演。

鬼内 仙次　きない・せんじ
小説家　⽣大正15年　出兵庫県　学関西学院大学文学部卒　受やまなし文学賞（第1回）（平成5年）「灯籠流し」　代昭和26年朝日放送に入社、プロデューサーを務め、59年作家生活に入る。著書に「大阪動物誌」「別離の季節」「島の墓標―私の『戦艦大和』」などがある。

衣笠 貞之助　きぬがさ・ていのすけ
映画監督　⽣明治29年1月1日　没昭和57年2月26日　出三重県亀山市　本名＝小亀貞之助（こがめ・ていのすけ）　学笹山塾（大正3年）修了　受ベニス国際映画祭大賞（昭和29年）、カンヌ映画祭グランプリ（昭和28年）　代15歳から女形として新派劇団を転々としたあと大正12年マキノ映画に入って映画監督に。その後独立プロで自作もしたが、間もなく松竹に迎えられ「雪之丞変化」などで軟派時代劇のスタイルを育て上げ、また戦後は東宝から大映に移り、カンヌ映画祭のグランプリ作品「地獄門」（昭和28年）のほか一連の泉鏡花のもので独自の映像美学を展開した。代表作には「日輪」「蛇姫様」「十字路」「湯島の白梅」なども。

鬼怒川 浩　きぬがわ・ひろし
推理作家　⽣大正2年12月11日　没昭和48年1月28日　出広島県佐伯郡平良村　本名＝中島謙二　学中央無線電信講習所卒　代広島商工局事務官を経て、地方教育委員を務める。昭和22年に「鸚鵡裁判」で「宝石」第1回懸賞募集に入選。27年からは放送作家専業となり、NHK広島局の契約ライターとして探偵ラジオドラマを多数執筆。その後上野友夫の影響でSFドラマも手がける。33年からはNHK松江局で推理ドラマを執筆。晩年は埼玉新聞社の嘱託として校閲の仕事に携わった。作品に「十三分間」「幽鬼警部」など。

衣巻 省三　きぬまき・せいぞう
詩人　小説家　⽣明治33年2月25日　没昭和53年8月14日　出兵庫県　学早稲田大学英文科中退　代佐藤春夫の門下生として、大正13年「春のさきがけ」を発表。のち「文芸レビュー」などに参加し、昭和9年から10年にかけて発表した「けしかけられた男」が第1回芥川賞候補作品となる。その他の作品に「黄昏学校」などがあり、ほかに詩集「足風琴」がある。

木根 尚登　きね・なおと

ギタリスト　小説家　[生]昭和32年9月26日　[出]東京都　グループ名＝TMネットワーク、旧グループ名＝TMN　[歴]昭和58年宇都宮隆、小室哲哉とTMネットワークを結成。フレッシュ・サウンズ・コンテストでグランプリを受賞し、翌59年「金曜日のライオン」でデビュー。ギターとキーボードを担当し、「Self Control」「SEVEN DAYS WAR」などのヒット曲を放つ。作曲家としても、渡辺美里、村井麻理子らに曲を提供している。63年には紅白歌合戦に初出場。63年アルバム「CAROL」制作に先立ち、同名の小説を執筆。これを機に、作家としても活動を始める。平成2年グループ名をTMNに改める。他の著書に「ユンカース・カム・ヒア」「月はピアノに誘われる」「A Tree of Time」「それでもいいと思ってた」「P」など。ソロアルバムに「Roots of the Tree」「NEVER TOO LATE」。6年5月TMNの活動に終止符を打つ。以後ソロの活動を続ける。8年小室哲哉サポートのアルバム「REMEMBER ME?」をリリース。9年映画「キリコの風景」に初出演。11年小室、宇都宮とともにTMネットワークを再結成し、シングル「10 YEARS AFTER」を発売。
http://www.komuro.org/kn/

木野 工　きの・たくみ

小説家　元・北海タイムス論説委員　[生]大正9年6月15日　[出]北海道旭川市　[学]北海道帝大工学部(昭和18年)卒　[賞]北海道新聞文学賞(第5回)(昭和46年)「襤褸」　[歴]戦後旭川の「冬濤」に参加し、何回か芥川賞、直木賞の候補になる。作品集に「凍雪」「樹と雪と甲虫と」「苫小牧港」などがあり、長編に北海道新聞文学賞受賞の「襤褸」がある。　[団]日本文芸家協会

キノ トール

劇作家　演出家　テアトル・エコー演出部　[生]大正11年5月31日　[没]平成11年11月29日　[出]東京　本名＝木下徹　[学]日本大学芸術学部(昭和18年)卒　[賞]芸術祭賞奨励賞(昭和31年)「勝利者」、芸術祭賞(昭和32年)「人命」(TBS)、モントルー国際コンクール特別賞(昭和35年)「午後のおしゃべり」(NHK)、日本民間放送連盟賞「時計のまわりで」(文化放送)　[歴]昭和24年独立劇場創立、同年三木鶏郎主宰の冗談工房に参加。のち放送台本シナリオ執筆。31年「勝利者」で芸術祭賞奨励賞を受賞し、32年「人命」で芸術祭賞を受賞した。NHKのラジオ番組「日曜娯楽版」に社会風刺劇や喜劇を書いて有名になり、その後「夢で逢いましょう」「光子の窓」「ゲバゲバ90分」などの人気番組を担当。のち劇団テアトル・エコーに所属し、舞台演出家として喜劇の上演に力を入れ、欧米の新作喜劇の翻訳劇を精力的に紹介した。　[団]日本演劇協会、日本放送作家組合　[家]妻＝ドクトル・チエコ(医事評論家)

木下 恵介　きのした・けいすけ

映画監督　脚本家　木下恵介プロ代表取締役　[生]大正1年12月5日　[没]平成10年12月30日　[出]静岡県浜松市伝馬町　本名＝木下正吉　[学]浜松工(昭和5年)卒、オリエンタル写真学校卒　[賞]山中貞雄賞(昭和18年)、毎日映画コンクール監督賞(昭23年度)「女」「肖像」「破戒」、年間代表シナリオ(昭和24年・26〜33年・35〜36年)、毎日映画コンクール脚本賞(昭26年度，28年度)、ブルーリボン賞(脚本賞，昭28年度・29年度)、毎日映画コンクール監督賞・脚本賞(昭29年度)「二十四の瞳」、ゴールデングローブ賞(最優秀外国映画賞)(昭和31年)「太陽とバラ」、毎日映画コンクール監督賞(昭33年度)「楢山節考」、キネマ旬報賞(日本映画監督賞，昭33年度)、溝口賞(第3回)(昭和35年)、芸術選奨文部大臣賞(昭39年度)、紫綬褒章(昭和52年)、映画の日特別功労章(第24回)(昭和54年)、日本カトリック映画賞(昭和55年・58年)、日本映画復興賞(第1回)(昭和58年)、牧野省三賞(第25回)(昭和58年)、勲四等旭日小綬章(昭和59年)、シンバ・アカデミー映画部門賞(昭和59年)、文化功労者(平成3年)、日本映画批評家賞(功労賞，第1回)(平成3年)、東京都文化賞(第8回)(平成4年)、毎日映画コンクール特別賞(第53回，平10年度)(平成11年)、ブルーリボン賞(特別賞，第41回，平10年度)(平成11年)　[歴]昭和8年松竹蒲田撮影所に入社。11年島津保次郎監督の助手となる。のち監督助手(助監督)を経て、15年応召。除隊後の18年「花咲く港」で監督デビュー、才能を注目される。19年「陸軍」を撮るが企画した陸軍から批判が出、辞表を出し蟄居する。戦後は21年力作「大曽根家の朝」で評価され、以後「わが恋せし乙女」「女」「破戒」「お嬢さん乾杯」「破れ太鼓」など問題作をつぎつぎと発表。26年には日本初の長編カラー映画「カルメン故郷に帰る」を製作、大成功を収める。その後も、「日本の悲劇」(28年)「女の園」(29年)「二十四の瞳」(29年)「野菊の如き君なりき」(30年)「喜びも悲しみも幾歳月」(32年)「楢山節考」(33年)「笛吹川」(35年)「永遠の人」(36年)「香華」(39年)など話題作・名作をつぎつぎに発表、松竹の黄金時代を築いた。抒情味の中に社会性を盛り込んだ作が得意だった。39年松竹を退社し、木下恵介プロを主宰。以降活動の場をテレビに移し「木下恵介劇場」などを手がける。その後の映画作品に「衝動殺人・息子よ」(54年)「父よ、母よ!」(55年)「この子を残して」(58年)などがある。
[団]日本映画監督協会、日本放送作家協会

[家]弟＝木下忠司（作曲家）、妹＝楠田芳子（脚本家）

木下 順一　きのした・じゅんいち

小説家　「街」発行人・編集長　函館文学学校講師　[生]昭和4年4月10日　[出]北海道函館市　[学]国学院大学文学部史学科中退、文部省図書館職員養成所（昭和29年）卒　[賞]函館市文化賞（第48回）（平成9年）、北海道新聞文学賞（第32回）（平成10年）「湯灌師」　[歴]中学教師、図書館司書などを経て、昭和36年季刊「函館百点」創刊と同時に編集長に。53年「街」に改名。平成7年12月号で400号に達成した同タウン誌の編集を一人で続けてきた。文学の方では昭和50年創立の函館文学学校講師を続ける一方、ロシア文学とロシア料理の会を主宰、また作品が文芸誌「早稲田文学」「辺境」などに掲載されるなど、創作活動も行う。平成8年同人文学誌「外套」を出す。著書に「人間」「湯灌師」「少年の日に」「函館 街並み今・昔」など。

木下 順二　きのした・じゅんじ

劇作家　[専]劇作　評論　小説　シェイクスピア　[生]大正3年8月2日　[出]熊本県　[学]東京帝国大学英文学科（昭和14年）卒、東京帝国大学大学院修了　[賞]岸田演劇賞（第1回）（昭和22年）「風浪」、毎日演劇賞（昭和24年）「夕鶴」、サンケイ児童出版文化賞（第6回）（昭和34年）「日本民話選」、毎日出版文化賞（昭和34年）「ドラマの世界」、毎日出版文化賞（昭和40年）「無限軌道」、読売文学賞（第30回・戯曲賞）（昭和53年）「子午線の祀り」、読売文学賞（第36回・随筆紀行賞）（昭和59年）「ぜんぶ馬の話」、朝日賞（昭和61年）、毎日芸術賞（第31回）（平成2年）「木下順二集」「シェイクスピア」、産経児童出版文化賞（第39回）（平成4年）「絵巻平家物語」　[歴]昭和14～38年法政大学講師、教授。劇作を志して戦時中から創作に従事し、「彦市ばなし」「夕鶴」などの民話劇で出発。「風浪」「山脈（やまなみ）」「オットーと呼ばれる日本人」「冬の時代」「神と人とのあいだ」「子午線の祀り」など現代的なテーマの戯曲により、戦後演劇の一つの典型を作りだした。これらの作品は主として山本安英を中心とした「ぶどうの会」や宇野重吉らの劇団民芸によって上演された。24年「夕鶴」で毎日演劇賞、29年「風浪」で岸田演劇賞、53年「子午線の祀り」で読売文学賞を受けるなど受賞多数。59年芸術院会員に選ばれるが辞退。平成3年13年ぶりの新作「巨匠」を発表。12年趣味で収集した国内有数の“馬の本”コレクション約3千冊を馬事文化財団に寄贈。「木下順二集」（全16巻，岩波書店）、木下順二訳「シェイクスピア」（全8巻，講談社）、「木下順二評論集」（全11巻，未来社）、「木下順二作品集」（全8巻，未来社）がある。

[団]日本文芸家協会、日本演劇協会、日本ペンクラブ、日本英文学会、日本シェイクスピア学会

樹下 昌史　きのした・しょうじ

長崎県大西海農協長　[生]大正10年3月　[出]中国・上海　本名＝木之下昌治　[学]長崎県立農学校、長崎県立青年学校教員養成所卒　[賞]農協法施行1周年記念論文長崎県知事賞、地上文学賞（昭和44年）「享保猪垣始末記」　[歴]陸軍中尉から教員、自衛官、長崎県西彼杵郡西海町教育長を経て現職。長崎県農協信連副会長、西海町文化協会長でもある。

樹下 太郎　きのした・たろう

小説家　[生]大正10年3月31日　[没]平成12年12月7日　[出]東京・池袋　本名＝増田稲之助　[学]京橋商（昭和13年）卒　[歴]理研スプリングに入社し、昭和18年応召。戦後は24年に福音電機に入社。この間21年「樹下」が読売演劇文化賞に佳作入選し、以後ドラマや放送台本を発表。33年「週刊朝日」「宝石」共催の懸賞に「悪魔の掌の上で」が佳作入選。以後サスペンスもの、推理小説、サラリーマン小説などで活躍。著書に「銀と青銅の差」「目撃者なし」「鎮魂の森」「休暇の死」などがある。　[団]日本文芸家協会、日本推理作家協会

木下 利和　きのした・としかず

小説家　[生]昭和16年　[出]兵庫県　[学]名古屋工業大学大学院（昭和41年）修士課程修了　[歴]東京芝浦電気（現・東芝）に入社し、コンピューター関連の業務に従事。OSの開発、FORTRAN、COBOL、PL/Iコンパイラーの開発に取り組む。昭和53年以降は、データベース、応用ソフトウェア、その他のソフトウェア分野における管理業務に従事。平成8年東芝を定年退職。のち自営業を営む。著書にミステリー小説「雪の野望」がある。

木下 尚江　きのした・なおえ

キリスト教社会主義者　小説家　新聞記者　社会運動家　[生]明治2年9月8日　[没]昭和12年11月5日　[出]信濃国松本天白町（現・長野県松本市）　筆名＝樹蔭生、緑鬢翁、松野翠、残陽生　[学]東京専門学校（現・早稲田大学）邦語法律科（明治21年）卒　[歴]郷里で弁護士開業、明治26年信府日報の主筆となり、30年中村太八郎らと普選運動を行い検挙された。32年上京して毎日新聞社に入り、廃娼運動、足尾鉱毒事件、星亨筆誅事件、天皇制批判の論説で活躍した。34年安部磯雄、幸徳秋水らと社会民主党の創立に参加。また幸徳らの週刊「平民新聞」を支援、日露非戦論を展開した。この時期に小説「火の柱」（37年）「良人の自白」（37～39年）などを発表。35年総選挙に立候補したが落選。

38年東京で立候補したが官憲の圧迫が強く演説会すら開けず、日比谷焼打事件で平民新聞は発行停止、平民社は解散に追い込まれた。38年石川三四郎らとキリスト教社会主義を唱導して雑誌「新紀元」を発刊、時事評論の筆をふるった。39年以降母に死別の打撃も加わり、心機一転、社会主義を捨て、毎日新聞を退き、「新紀元」を廃刊、伊香保に転居。小説「霊か肉か」を書き、次いで三河島に隠栖、「乞食」を書いた。43年岡田虎二郎の下で静坐法の修行に入った。「木下尚江集」(全4巻，春秋社)、「木下尚江著作集」(全15巻，明治文献社)があり、平成元年より「木下尚江全集」(全20巻，教文館)が刊行される。

木之下 のり子　きのした・のりこ

児童文学作家　[生]昭和19年　[出]東京都　[賞]毎日小さな童話大賞(佳作)(第10回)、児童文芸新人賞(第23回)(平成6年)「あすにむかって、容子」　[歴]「みち・ぐるうぷ」同人。著書に「あすにむかって、容子」がある。

木下 文緒　きのした・ふみお

海燕新人文学賞を受賞　[生]昭和40年　[出]神奈川県　[学]青山学院大学文学部日本文学科卒　[賞]海燕新人文学賞(第8回)(平成1年)「レプリカント・パレード」

木下 正実　きのした・まさみ

小説家　[生]昭和25年　[出]滋賀県甲賀郡信楽町　[学]立命館大文学部人文学科卒　[歴]滋賀県職員、県議秘書、新聞記者などを経て、昭和56年から創作に専念。文芸「葦牙」編集同人。また、信楽で都市住民と地域住民の交流を図る“風と土の会”結成に加わり、タウン誌「セ・ランドしがらき」の編集長を務める。滋賀県芸術祭小説コンクール部門の選者。著書に「季節のめぐみ」「季節の断層」「彼岸花」他。　[団]日本ペンクラブ

木下 径子　きのした・みちこ

作家　[生]昭和10年9月　[出]東京　本名＝斉藤博子　[学]早稲田大学第二文学部仏文科中退　[歴]昭和30年より8年間東京放送に難務。「四人」同人。著書に「紅焔」「女作家養成所」、作品集に「白い蝶」など。　[団]日本文芸家協会、日本ペンクラブ

木下 杢太郎　きのした・もくたろう

詩人　皮膚医学者　東京帝国大学医学部教授　[生]明治18年8月1日　[没]昭和20年10月15日　[出]静岡県賀茂郡湯川村(現・伊東市湯川)　本名＝太田正雄(おおた・まさお)　別号＝竹下数太郎、きしのあかしや、地下一尺生など　[学]東京帝大医科大学皮膚科(明治44年)卒　医学博士(東京帝大)(大正11年)　[歴]東京帝大医科大学在学中の明治40年新詩社に入り、「明星」に詩などを発表。41年北原白秋とパンの会を結成。42年創刊された「スバル」に小説「荒布橋」を発表し、引き続き戯曲「南蛮寺門前」を発表し、44年には「和泉屋染物店」を発表。白秋とともに耽美派の代表的存在となる。44年医科大学卒業後も皮膚医学を専攻しながら、芸術活動をたゆまなかった。大正5年満鉄・南満医学堂教授に就任し、10年から13年にかけてアメリカ・ヨーロッパに医学留学。帰国後は愛知医大、東北帝大、東京帝大の医学部教授を歴任した。医学者であると同時に、詩人、劇作家、小説家、美術家、キリシタン史研究家として幅広く活躍。著書に詩集「食後の唄」(大8)「木下杢太郎詩集」(昭5)、戯曲「和泉屋染物店」(明45)、小説集「唐草表紙」(大4)、美術論集「印象派以後」(大5)をはじめ、「地下一尺集」「大同石仏寺」「えすぱにや・ぽるつがる記」などのほか、「木下杢太郎日記」(全5巻)、「木下杢太郎全集」(全25巻，岩波書店)がある。　[家]長男＝河合正一(建築学者)

儀府 成一　ぎふ・せいいち

小説家　評論家　[生]明治42年1月3日　[出]岩手県　本名＝藤本光孝　[歴]19歳で詩を書き、「岩手詩集」を編著する。その際宮沢賢治と知り合う。出版社勤務のかたわら童話を発表。代表作に「河馬の名刺」「暮色の鶏」「雪色のペガサス」「人間宮沢賢治」などがある。

木辺 弘児　きべ・こうじ

小説家　[生]昭和6年　[出]兵庫県神戸市　[学]大阪大学理学部卒　[歴]ミノルタカメラに入社し、主として研究開発に従事。昭和55年頃より小説を書きはじめる。「水果て」で第87回、「月の踏み跡」で第92回芥川賞候補となる。「せる」同人。著書に「水果て」「沖見」「廃虚のパースペクティブ」他。

儀間 海邦　ぎま・かいほう

作家　[生]昭和17年　[出]カロリン諸島ポナペ島　本名＝儀間和夫　[学]沖縄県立中部農林高中退　[歴]ブラジル移住のため、高校を中退し、昭和37年沖縄開発青年隊終了。移住を断念し、上京。60年フジタ工業を退社。その後、執筆に専念。著書に全国学校図書館協議会選定図書となった「沖縄の少年」「東海の赤い地図」など。

君塚 良一　きみずか・りょういち

シナリオライター　[生]昭和33年　[出]東京都　[学]日本大学芸術学部放送学科卒　[賞]キネマ旬報賞読者賞(平12年度)(平成13年)「脚本〈シナリオ〉通りにはいかない!」　[歴]萩本欽一に弟子入りし、主にバラエティー番組で実績を重ねる。昭和63年「季節はずれの海岸物語」でシ

ナリオライターデビュー。平成4年初めての連続ドラマ「ずっとあなたが好きだった」(TBS)を執筆、大ヒットとなり冬彦さんブームを起こした。8年映画「パラサイト・イヴ」のシナリオを担当。9年刑事ドラマ「踊る大捜査線」がヒット、10年には映画化される。他の作品にドラマ「ラブコンプレックス」など。著書に「踊る大捜査線 湾岸警察署事件簿」がある。

木宮 高彦　きみや・たかひこ
弁護士　作家　[専]環境法学　交通法学　保険法学　[生]大正9年7月2日　[出]福岡県福岡市　俳号＝零子(れいし)、画号＝紫水(しすい)　[学]京都帝国大学法学部政治学科(昭和22年)卒　[興]現代日本の法律問題、近世文学、誹諧　[歴]昭和25年司法修習修了後、名古屋、富山、長野、横浜、東京の各地検検事、法務総合研究所教官を歴任。40年退官、弁護士に。最高裁民事規則制定諮問委員会委員、東京地裁借地借家鑑定委員などを務める。著書に「注釈道路交通法」「特別刑法詳解」「注釈自動車損失賠償保障法」「公害概論」「自動車事故の法律相談」「学校事故の法律相談」「消費者保護の法律相談」「ゴルフの法律相談」などがある。法律書の他に「徳川家康―その隠された謎の真相」「小説与謝蕪村」などがあり作家としても活躍。
[団]東京弁護士会、日本交通法学会(理事)、交通事故紛争処理センター、自動車保険料率算定会、人間環境問題研究会

金 史良　キム・サリャン
小説家　[国]朝鮮　[生]1914年3月3日　[没]1950年11月　[出]平壌　本名＝金時昌(キム・シチャン)
[学]東京帝国大学文学部('39年)卒　[歴]平壌高等普通学校に在学中、反日的な学内騒動に関与し、退学させられ渡日。佐賀高から東大に入り、卒業後の1939年「文芸首都」同人に参加、10月号掲載の「光の中に」が翌'40年上半期の芥川賞候補作に選ばれる。その後相次いで作品を発表し、同年第一小説集「光の中に」を上梓。戦時中は朝鮮へ帰り、日・朝両語で小説を発表。'42年小説集「故郷」を上梓。'43年「太白山脈」を「国民文学」に連載。戦後、北朝鮮にて、「馬息嶺」などの小説のほか「雷声」その他の戯曲を多く執筆した。'50年朝鮮戦争勃発後、従軍作家として南下中、心臓病がもとで隊列を離れて消息を絶った。「金史良全集」(全4巻)がある。

金 在南　キム・ジェナム
小説家　京都学園大学非常勤講師　[国]韓国
[生]1932年　[出]全羅南道木浦市　本名＝姜得遠(カン・ドゥクウォン)　[学]早稲田大学文学部露文科卒　[賞]関西文学選奨(第22回)('90年)「戸狩峠」
[歴]1952年来日。大卒後、大阪朝鮮学校、のち大阪外国語大学で教鞭をとる。「朝鮮新報」に長編小説「つつじの花咲くころ」や短編小説数編を朝鮮語で発表。その後在日団体・総聯を離れ、'82年朝鮮籍から韓国籍に移り、日本語で創作をはじめる。著書に「暗渠の中から」「くらやみの夕顔」「戸狩峠」「鳳仙花のうた」がある。

金 重明　キム・ジュンミョン
作家　[生]1956年2月11日　[出]東京都　[学]東京大学教養課程中退、大阪外国語大学朝鮮語学科('79年)中退　[賞]朝日新人文学賞(第8回)('97年)「鳳積術」　[歴]在日2世で、高校の時日本名・金井をやめ金を名乗る。大学中退後、塾教師、工員、翻訳などを経て、1990年11月デビュー作「幻の大国手」を発表。他の作品に「鳳積術」「皐の民」、訳書に「キム・ミンギ―韓国民衆歌謡の"希望"と"壁"」などがある。

金 仁秀　キム・ジンスー
小説家　[出]大阪府　[学]朝鮮高級学校卒　[賞]新風舎出版賞('97年)「バァーガンディー色の扉」、ヒューマニティ大阪市長賞(優秀作品賞)('98年)「ダブル」　[歴]在日3世。高校を卒業後、派遣社員などを経て、27歳で渡米。カリフォルニア大学に学び社会学と女性学を専攻。のちサンフランシスコで米国人向けに日系企業との取引法を伝授するコンサルタント業の傍ら執筆活動。差別問題について、人々が考えるきっかけを作りたいと小説を目指す。第1作「バァーガンディー色の扉」はエイズ患者の差別を扱い新風舎出版賞を、第2作は在日韓国人の差別をとりあげた劇曲「ダブル」でヒューマニティ大阪市長賞優秀作品賞を受賞。

金 秀吉　キム・スギル
映画監督　シナリオライター　[国]韓国　[生]1961年11月27日　[出]大阪市東淀川区　[学]横浜放送映画専門学院('83年)卒　[賞]城戸賞準入賞('81年)「潤の街」、おおさか映画祭新人監督賞('86年)「君は裸足の神を見たか」、年間代表シナリオ('89年)「潤の街」　[歴]高校3年生の時、今村昌平監督の映画を観て感銘をうけ、横浜放送映画専門学校(現・日本映画学校)に入学。在学中、シナリオ「潤(ユン)の街」が1981年度の城戸賞準入選する。卒業後の'84年「湾岸道路」の脚本を担当して映画界にデビュー。'86年「君は裸足の神を見たか」で監督デビュー。'91年ゴミ問題を扱った「あーす」の製作・脚本・監督を手掛ける。他の作品に「尚美/蜜代」などがある。

金 石範　キム・ソクボム

小説家　[国]朝鮮　[生]1925年10月2日　[出]大阪府大阪市　[学]京都大学文学部美学科卒　[賞]大仏次郎賞(第11回)('84年)「火山島」、毎日芸術賞(第39回,'97年度)('98年)　[歴]両親は済州島出身。朝鮮高校教員、朝鮮新報記者を経て、執筆活動に専念。1948年の米占領下の済州島での人民蜂起を強烈に表現した短編集「鴉の死」('67年)、民衆的な深い苦渋とユーモアを描いた「万徳幽霊奇譚」('70年)で広く認められた。同じ題材で'83年には「火山島第一部」(全3巻)を発表、反響を呼ぶ。'68年朝鮮民主主義人民共和国をめぐる意見の対立から朝鮮総連を脱退。'85年以来指紋押捺を拒否。'76年～'95年9月「文学界」に「火山島」を連載、単行本化され'97年全7巻を完結させる。ほかに評論集「ことばの呪縛—在日朝鮮人文学と日本語」「祭司なき祭り」「民族・ことば・文学」「『在日』の思想」、小説「夜」「往生異聞」「1945年夏」「幽冥の肖像」など。

金 達寿　キム・タルス

小説家　[国]韓国　[生]1919年11月27日　[没]1997年5月24日　[出]慶尚南道昌原郡　[学]日本大学専門部芸術科('41年)卒　[賞]平和文化賞(日本文化人会議)('57年)　[歴]1930年10歳のとき日本に渡航、以後屑拾いや土方、見習い工員などで働きながら、小学校夜間部、夜間中学、神田の正則英語学校などに通う。大学在学中、大学の雑誌「芸術科」に第1作「位置」を発表、以後、卒業までに大沢達雄のペンネームで「をやじ」「雑草」などを書く。'41年～45年まで神奈川新聞記者。この間'43年5月から1年間ソウルの京城日報記者となる。終戦直後、在日朝鮮人連盟の結成に参加。'46年日本語の朝鮮事情紹介誌「民主朝鮮」の創刊、編集に携わり、ここに「後裔の街」を連載し、作家としての活動を開始する。'52年～53年「玄海灘」で高い評価と大きな反響を呼ぶ。その後、朝鮮戦争、'60年前後の文学者の大量離党問題などの渦中にあって、一貫して朝鮮人への差別を直視し、古代からの日朝関係を探る。著書に「太白山脈」「朴達(パウタル)の裁判」「密航者」「日本の中の朝鮮文化」(全12巻)「金達寿小説全集」(全7巻)「金達寿評論集」など多数。　[団]日本文芸家協会、新日本文学会、リアリズム研究会、文学芸術の会、現代文学研究会

金 蒼生　キム・チャンセン

小説家　[生]1951年　[出]大阪府大阪市生野区　[歴]東大阪市で古本屋を経営の傍ら、在日文芸誌「民涛」に小説を発表。著書に「わたしの猪飼野」「金蒼生作品集 赤い実」「イカイノ発コリアン歌留多」がある。

金 鶴泳　キム・ハクヨン

小説家　[国]韓国　[生]1938年9月14日　[没]1985年1月4日　[出]群馬県多野郡新町　本名＝金広正(キム・クァンジョン)　[学]東京大学工学部卒、東京大学大学院合成化学専攻('69年)博士課程修了　[歴]在日韓国人2世。大学院在学中の1966(昭和41)年、吃音と在日韓国人の民族問題をテーマにした「凍える口」で文芸賞を受賞。その後、「石の道」「夏の亀裂」などで第4回芥川賞候補となり在日作家として注目された。他の作品に「あるこーるらんぷ」「郷愁は終り、そしてわれらは…」「土の悲しみ」などがあり、韓国系新聞「統一日報」の論説委員もつとめた。

金 晃　キム・ファン

童話作家　[国]北朝鮮　[生]1960年　[出]京都府京都市　[学]朝鮮大学校生物科卒、仏教大学教育学部(通信制)　[賞]つのむれ文庫創作童話賞(優秀賞)('98年)「赤い手ぶくろをしたカマキリ」　[歴]在日朝鮮人3世。大学卒業後、8年間民族学校の教壇に立つ。のち童話作家として活躍。著書に「ニシクジラは海の虹」など。　[団]日本児童文学者協会、アジア児童文学日本センター会

金 真須美　キム・マスミ

作家　[生]1961年　[出]京都府京都市　[学]ノートルダム女子大学('83年)卒　[賞]文芸賞(優秀作,第32回)('95年)「メソッド」、大阪女性文芸賞「贋ダイヤを弔う」　[歴]在日3世。主にシェークスピアを上演する劇団・桜会で学び、結婚後、フリーライターのかたわら自作自演の一人芝居の公演を行う。著書に「メソッド」がある。

金 陽子　キム・ヤンジャ

小説家　[国]韓国　[生]1945年5月18日　[出]ソウル　[学]住吉高(大阪府)卒　[賞]女流新人賞('85年)「ひとすじの髪」　[歴]1954年母、兄とともに密航して父のいる日本に。早くから小説家を志望し、高卒後は大阪、東京で主としてコピーライターとして生計を立てる。30歳過ぎから小説を書き始め、'85年「ひとすじの髪」で中央公論「女流新人賞」を受賞する。在日韓国人としての自分の感性に忠実に生き、日本のよき隣人として発言していくことを希望する。

金 蓮花　キム・ヨンファ

小説家　[生]1962年3月20日　[出]東京都　本名＝金秀美　[学]朝鮮大学師範教育学部美術科卒　[賞]コバルト・ノベル大賞(第23回)('94年)「銀葉亭茶話—金剛山綺譚」　[歴]在日朝鮮人3世。会社勤務の傍ら、1993年から小説を執筆。コバルト文庫に「舞姫打鈴」「薔姫綺譚」「水の都の物語」など。　[団]在日朝鮮人文学芸術同盟

木村 曙　きむら・あけぼの

小説家　[生]明治5年3月3日　[没]明治23年10月19日　[出]兵庫県神戸　本名＝木村栄子　別姓＝岡本　[学]東京高女(現・お茶の水女子大)卒　[歴]東京高等女学校卒業後、海外留学を志したが許されず、家業の牛肉店を手伝う。そのかたわら小説を執筆し、進歩的女性をえがいた「婦女の鑑」や「操くらべ」「わか松」などの作品がある。　[家]異母弟＝木村荘太(小説家)、木村荘八(洋画家)、木村荘十(小説家)、木村荘十二(映画監督)

木村 逸司　きむら・いつし

小説家　溪水社社長　[生]昭和17年　[出]広島県豊田郡川尻町　[学]広島大学文学部卒　[賞]中国新聞短編小説コンクール入選(昭和39年)　[歴]自動車車体メーカーでの人事・秘書、医療品会社での貿易担当などを経て、昭和50年に広島で出版社・溪水社設立。人文系学術書を中心に、小説・詩・短歌・エッセイも出版。小説も書き39年には中国新聞短編小説コンクールに入選。同人誌・個人誌にも多数発表。

木村 快　きむら・かい

劇作家　演出家　現代座代表　[生]昭和11年2月6日　[出]旧朝鮮・慶尚北道大邱　[学]広島市職町中(昭和26年)卒　[歴]昭和20年終戦により内地へ引揚げる。中学卒業後、建設業、印刷業関係の仕事を渡り歩き、34年新制作座演劇研究所を経て新制作座入団。40年統一劇場を設立し、以来各地での公演は64回を超える。50年山田洋次監督「同胞(はらから)」で紹介された。平成2年現代座と改称。共著に「日本人と人間関係」「ただうたいたいためだけにうたうのではない」、著書に「地球の裏側で出会った日本」。

木村 和彦　きむら・かずひこ

小説家　[生]昭和6年　[出]福岡県　[賞]部落解放文学賞(第3回)(昭和52年)「新地海岸」　[歴]昭和28～63年高校教師を務める。一方、51年季刊文芸同人誌「海峡派」の同人となり、55年～平成11年主宰。のち解放文学同人誌「革の会」会員。著書に「アイウルラ」がある。

木村 毅　きむら・き

文芸評論家　小説家　文学史家　元・明治文化研究会会長　[生]明治27年2月12日　[没]昭和54年9月18日　[出]岡山県勝南郡勝間田村(現・勝田郡勝央町)　[学]早稲田大学文学部英文学科(大正6年)卒　文学博士(早稲田大学)(昭和36年)　[賞]菊池寛賞(第26回)(昭和53年)　[歴]小学生時代から文学に親しみ、「少年世界」などに投稿する。大学卒業後、大正7年1月に隆文館に入社したが、11月創立されたばかりの春秋社に入社し、12年まで勤務する。13年「小説の創作と鑑賞」を刊行し、14年には「小説研究十六講」及び第1創作集「兎と妓生と」を刊行。13年日本フェビアン協会を創設、また吉野作造、尾佐竹猛を中心に結成された明治文化研究会に参加、「明治文化全集」の編集に貢献。以後、幅広い分野で活躍し、大正から昭和初期にかけての円本全集の企画にも参加する。昭和3年から5年にかけて、ヨーロッパ各地を旅行。戦後も幅広く活躍し、早稲田大、上智大、明治大、立教大などで教え、37年松陰女子大学教授に就任。36年には母校早稲田大学より文学博士号を授与される。また23年には第3代の明治文化研究会会長に就任したほか、自由出版協会理事長、東京都参与、早大史編纂学外委員などをつとめた。53年明治文化研究者として一時代を画し、文化交流に在野から幾多の貢献をし、常に時代の先導的役割を果たしたことで菊池寛賞を受賞。著書は数多く、ほかに「樗牛・鴎外・漱石」「文芸東西南北」「明治文学展望」「大衆文学十六講」「日本スポーツ文化史」「日米文学交流史の研究」「丸善外史」や小説「ラブーザお玉」「旅順攻囲軍」「明治建設」などがある。

木村 錦花　きむら・きんか

演劇研究家　劇作家　[生]明治10年5月16日　[没]昭和35年8月19日　[出]東京牛込　本名＝錦之助　[歴]父が初代市川左団次の門弟で、役者を心がけ市川高之助を名乗って舞台に立った。明治41年2代目左団次の改革興行の時、明治座に入り岡鬼太郎主事の下、同座興行主任となった。大正元年左団次一座が松竹専属となって松竹入社、14年幕内部長兼立作者代理、昭和3年松竹取締役となった。戦後は文筆活動に入り「研辰の討たれ」「東海道中膝栗毛」など創作60余編を書き、2代目市川猿之助が主に演じ好評だった。著作に「三角の雪」、遠藤為春との共著「助六由縁江戸桜」、「近世劇壇史」や「守田勘弥」「明治座物語」などがある。

木村 桂子　きむら・けいこ

児童文学作家　[生]昭和22年3月31日　[出]東京都　[学]大阪大学大学院工学研究科石油化学専攻修士課程修了　[賞]子とともに児童文学賞最優秀賞「泣くなあほマーク」　[歴]主婦の創作童話サークルに所属し、「泣くなあほマーク」(原題「からっぽの地球人」)で愛知県教育振興会「子とともに、児童文学賞」の最優秀賞を受け、故椋鳩十に認められる。著書に「屋根の上のゆうれい」や「いいつけ魔女クシュン」「魔女ジロリ先生のなみだ」など〈魔女の学校シリーズ〉他。　[団]こうへい童話の会

きむら けん

児童文学作家　[生]昭和20年　[出]旧満州・撫順　本名＝木村健　[賞]いろは文学賞(平成7年)「ねえちゃんのチンチン電車」、サーブ文学賞(大賞)(平成8年)「トロ引きイヌのクロとシロ」、いろは文学賞(大賞)(平成9年)「走れ、走れツトムのブルートレイン」　[歴]東京大学教育学部附属高・中学校教諭。かたわら鉄道を舞台とした物語を書き続ける。作品に「ねえちゃんのチンチン電車」「トロ引きイヌのクロとシロ」「走れ、走れツトムのブルートレイン」「トロッコ少年ペドロ」などがある。　[団]日本文芸家協会

木村 研　きむら・けん

児童文学作家　絵本画家　漫画家　子どもの教育と文化研究所研究員　[生]昭和24年7月13日　[出]鳥取県　[学]東京デザインカレッジ卒　[歴]出版社勤務を経て、執筆活動に入る。子どもの教育と文化研究所所員、「あめんぼ」同人。主な作品に「おしっこでるでる大さくせん」「おしゃれなバロロン」「おれたちの花火大会」「有毒動物のひみつ」「一人でもやるぞ!と旅に出た」などがある。　[団]日本児童文学者協会、児童文学研究会、紙芝居研究会、全国児童文学同人誌連絡会

木村 幸子　きむら・さちこ

児童文学作家　[生]昭和11年　[出]福島県いわき市　[学]法政大学文学部(昭和33年)卒　[賞]北川千代佳作賞「いつの日か私も」、児童文芸新人賞「二年生の小さなこいびと」　[歴]昭和49年日本児童文学者協会編「子どもの広場」シリーズに原稿応募したのを契機に創作活動に入る。「いつの日か私も」で北川千代佳作賞、「二年生の小さなこいびと」で児童文芸新人賞を受賞。「マッチ箱」同人。著書に「ブーツをはいた女の子」「おじいちゃんのダイヤモンド」「悪がきと宇宙人」や、エッセイ集「ふるさとハーブ物語」他。朝日生命保険相互会社に勤務。
[団]日本児童文学者協会

木村 智美　きむら・さとみ

シナリオライター　[生]昭和36年　[出]北海道根室市　[学]北海道立根室高卒　[歴]北海道拓殖バスのバスガイドを経て、昭和55年上京。シナリオセンターで基礎勉強をし、「にっかつ」のシナリオコンテストに入賞。57年、ロマンポルノ「あんねの子守唄」でデビュー以来、「ピンクカット、太く愛して」など5本が映画になる。60年10月にはテレビに進出、フジ「木曜ドラマシリーズ」の脚本を担当。61年栗本薫の原作を脚色した「ぼくらの時代」を執筆。長野県穂高町に住み、ペンションの手伝いや畑仕事の合間に執筆をする。

木村 修吉郎　きむら・しゅうきちろう

戯曲家　小説家　雑誌編集者　[生]明治28年2月4日　[没]昭和52年1月27日　[出]東京　別名＝木村修郎　[学]早稲田大学哲学科(大正13年)卒　[歴]大正6年踏路社を結成し、早くから演劇活動をする。昭和23年から「心」を編集。戯曲集「癰」や短篇集「無色の想念」などの著書がある。

木村 庄三郎　きむら・しょうざぶろう

小説家　翻訳家　[生]明治35年8月10日　[出]東京・本所　[学]慶応義塾大学仏文科(昭和4年)卒　[歴]慶大在学中から「青銅時代」「山繭」同人となる。主な作品に「富岡夫妻」「憂鬱な幸福」などがあり、他にモーパッサンの翻訳もある。

木村 譲二　きむら・じょうじ

評論家　作家　[専]軍事・安全保障問題　[生]昭和4年4月12日　[出]中国・漢口　筆名＝片瀬礼二(かたせ・れいじ)　[学]別府中(旧制)卒　[興]不正規戦、米ソの戦略　[歴]PANA通信の特派員としてベトナム戦争を取材。内外事情研究所主任研究員。その後、評論家及び作家として執筆活動。主な著書に「素顔の日本」「アメリカ西部の旅」「五十一番目の州」「ステルス高速艇」「軍事の記号学」や「特殊部隊シリーズ」「沖ノ鳥島は燃えているか」「黄金の鮫を追え」など。
[団]日本外国特派員協会

木村 仁良　きむら・じろう

翻訳家　ミステリー研究家　小説家　[生]昭和24年　[出]大阪府堺市　旧姓(名)＝木村二郎(きむら・じろう)　[学]ペイス大学(米国)(昭和47年)卒
[歴]高卒後、アメリカに留学、昭和47年ペイス大学卒業。44～56年ニューヨークに滞在して多くのミステリー作家と交友を持ち、独得のスタイルでミステリーの書評や情報を「ハヤカワ・ミステリ・マガジン」などに寄稿。帰国後翻訳家、ミステリー研究家として活躍。また新宿・下落合にマルタの鷹協会日本支部を設立、ハードボイルド愛好家たちの拠り所となる。主な訳書にショア「俺はレッド・ダイアモンド」「エースのダイヤモンド」、ホック「ホックと13人の仲間たち」「怪盗ニックの事件簿」、コリンズ「黒い風に向って歩け」、サイモン「大いなる賭け」「ワイルドターキー」など。著書にインタビュー集「尋問・自供」、「ニューヨークのフリックを知ってるかい」、小説「ヴェニスを見て死ね」がある。

木村 次郎　きむら・じろう

詩人　児童文学作家　[生]大正5年1月22日　[出]東京市渋谷区長谷戸町　[学]日本大学芸術科卒
[歴]群馬文学集団、ぐんま劇団・中芸に所属。群馬文化団体連絡会議議長を務める。また詩作は昭和7年頃から始め、在学中の昭和12年に金

子鉄雄との共著「過程」を刊行。次いで15年詩集「海流」を刊行した。他の詩集に「沈黙の歌」「源平の決戦」、舞踊劇台本に「花咲石」などがある。　[出]群馬作文の会

木村 荘十　きむら・そうじゅう

小説家　[生]明治30年1月12日　[没]昭和42年5月6日　[出]東京・神田　[学]慶応義塾大学中退　[賞]サンデー毎日大衆文芸賞(第11回)(昭和7年)「血縁」、直木賞(第13回)(昭和16年)「雲南守備兵」　[歴]大正6年第一次世界大戦中に渡英。休戦後帰国し満州日日新聞政治部長、満蒙評論社経営などを経て、昭和7年「血縁」でサンデー毎日文芸賞を、16年「雲南守備兵」で直木賞を受賞。他の作品に「嗤う自画像」「積乱雲」などがある。　[家]父=木村荘平(実業家)、姉=木村曙(作家)、兄=木村荘太(作家)、木村荘八(画家)、弟=木村荘十二(映画監督)

木村 荘太　きむら・そうた

小説家　文芸評論家　随筆家　[生]明治22年2月3日　[没]昭和25年4月15日　[出]東京　筆名=久木今作、木村艸太(きむら・そうた)　[学]京華中卒　[歴]明治43年第2次「新思潮」に参加し「前曲」などを発表。白樺派にも近づき、一時"新しき村"で暮らした。大正2年告白小説「牽引」を発表。また「ロマン・ロラン全集」などを翻訳。12年の関東大震災以後は千葉県遠山村に住み、農耕と読書に日を過し、ここから「農に生きる」「林園賦」などを刊行する。昭和25年「魔の宴」を刊行する直前に自殺した。　[家]父=木村荘平(実業家)、姉=木村曙(小説家)、弟=木村荘八(画家)、木村荘十(小説家)、木村荘十二(映画監督)

木村 恒　きむら・つね

新聞記者　小説家　[生]明治20年3月12日　[没]昭和27年4月26日　[出]埼玉県北埼玉郡埼玉村(現・行田市)　[学]早稲田大学専門部政治経済科(大正3年)卒　[歴]東京朝日、大阪朝日などの記者をしながら「新小説」などに創作を発表し「狂人の妻」「女の秘密」などの著書がある。

木村 徳太郎　きむら・とくたろう

児童文学作家　[出]大阪市天王寺区　[歴]大阪府庁勤務中に朝鮮に応召。復員後、奈良県に移り橿原神宮、御井神社、坐摩神社などに奉職。昭和57年滋賀県に移り、下新川神社、鹿島神社、八幡神社、新宮神社などの代表責任役員宮司。平成元年胃がん、肺がんの手術を行い、全ての役職を辞任する。一方、若いころより児童文学の研究、創作を行う。著書に「明治天皇さま」「青少年に与える心のよりどころの天皇様」「児童文学の周囲」、童話に「三吉と狼」「おかあさん」などがある。

木村 俊樹　きむら・としき

映画プロデューサー　脚本家　エクセレントフィルム　[生]昭和36年　脚本家名=龍一朗(りゅう・いちろう)　[歴]CMやサザンオールスターズなどのプロモーションビデオの演出を経て、エクセレントフィルムに所属し、プロデューサーとして活躍。「T.V.O」「不動」「武闘派仁義」「新・悲しきヒットマン」「鬼火」や、三池崇史監督の黒社会シリーズ「新宿黒社会チャイナ・マフィア戦争」「極道黒社会RAINY DOG」などの映画作品のほか、オリジナルビデオなどのプロデュースを手がける。傍ら、龍一朗の名で脚本家としても活動し、平成11年宮坂武志監督「鉄」、三池崇史監督「日本黒社会LEY LINES」などの脚本を手がけた。

木村 富子　きむら・とみこ

劇作家　舞踊作家　[生]明治23年10月10日　[没]昭和19年12月26日　[出]東京・浅草　旧姓(名)=赤倉　[学]日本橋高女卒　[歴]松井松翁に師事して劇作を学び、大正15年「玉菊」を発表。同年歌舞伎座で上演されて認められた。以後「心中雪夜話」「与三郎の月魄」などの戯曲のほか、従兄の2代目市川猿之助のために「高野物狂」「独楽」など多くの舞踊劇を書いた。戯曲集に「銀扇集」「草市」「すみだ川」など。　[家]夫=木村錦花(劇作家)

木村 英代　きむら・ひでよ

作家　[生]昭和11年　[出]東京　本名=池辺英世　[学]九州文化学園短期大学卒　[賞]九州芸術祭文学賞長崎県地区優秀賞(昭57年度)、フェミナ賞(第1回)(平成1年)「オー・フロイデ」　[歴]カルチャーセンターで茶道講師を務める。昭和57年度第13回九州芸術祭文学賞の長崎県地区優秀賞を受賞。これをきっかけに熊本市の文芸同人誌「詩と真実」に入り、作品を発表。平成元年2月、小説「オー・フロイデ」で第1回フェミナ賞(女性向け文芸誌「フェミナ」文芸新人賞)を受賞する。

木村 不二男　きむら・ふじお

小説家　童謡詩人　[没]昭和51年　[出]秋田県　[学]玉川大学卒　[賞]中央公論新人賞(昭和16年)「古譚の歌」　[歴]函館師範、文化学院を経て玉川大学に学ぶ。小学校教師として綴方教育運動に参加、傍ら「赤い鳥」に投稿する。昭和20年北海道に帰り小説、評論を発表。「童話」に評論「鈴木三重吉」を57回にわたって連載、ライフワークとなった。著書に「綴方の書」、童謡集「ニシパの祭」など。

木村 政子　きむら・まさこ

作家　[生]昭和15年　[出]北海道釧路市　[賞]北海道新聞文学賞(第25回)(平成3年)「爛壊」　[歴]昭和57年室蘭文学塾に参加して小説を書き始め、閉講後に有志で結成した創作集団らんふうに参加。編集を担当しながら創作活動を続ける。

木村 迪夫　きむら・みちお

詩人　小説家　[生]昭和10年10月9日　[出]山形県上山市　本名＝木村迪男　[学]上山農(昭和29年)卒　[賞]ベルリン映画祭国際映画批評家賞「ニッポン国古屋敷村」、農民文学賞(第30回)(昭和62年)「詩信・村の幻へ」、晩翠賞(平成3年)「まぎれ野の」　[歴]高校卒後、農業を営む。昭和33年真壁仁主宰の農民文学運動誌「地下水」に参加。37年市青年学級指導員として上山生産大学を開学。49年村のサークル詩誌「樹々」創刊など、農村文学運動のリーダーとして活躍。また、上山市教育委員も務める。著書に小説「減反騒動記」、ルポ「ゴミ屋の記」、詩集「少年記」「まぎれ野の」など。　[団]現代詩人会、農民文学会、日本文芸家協会

木村 幹　きむら・もとき

小説家　翻訳家　[生]明治22年1月10日　[没](没年不詳)　[出]長野県南佐久郡野沢町　[学]東京帝大政治科中退、東京帝大仏文科中退　[歴]豊島与志雄らと「自画像」に拠り、ついで大正6年創刊の「星座」同人となり創刊号に「銀座の帰り」を発表。8年刊行の「駒鳥」は発禁となる。またゾラの「居酒屋」「夢」などの翻訳もした。

木村 泰崇　きむら・やすたか

フリーライター　[生]昭和32年　[出]滋賀県　[学]日本大学文理学部哲学科卒　[賞]滋賀県文学祭小説部門芸術祭賞(第35回)　[歴]編集者、印刷会社勤務を経て、滋賀県内の公立中学校の国語教師。第35回滋賀県文学祭・小説部門芸術祭賞受賞。第22回彦根市民文芸作品・随筆部門特選。著書にエッセイ集「ブルー・ライト・メッセージ」、「近江ショートストーリーズ」「本のオルゴール」「Kimty―安土中学1年4組学級通信」などがある。

きむら ゆういち

児童文学作家　イラストレーター　[生]昭和23年4月14日　[出]東京都　本名＝木村裕一　筆名＝いちむらゆうき(いちむら・ゆうき)　[学]多摩美術大学美術学部絵画科卒　[賞]講談社出版文化賞(絵本賞，第26回)(平成7年)「あらしのよるに」、産経児童出版文化賞(JR賞，第42回)(平成7年)「あらしのよるに」　[歴]長年こども造形教室を運営。幼児から低学年に目を向けた絵本、童話やアニメーション制作、がらくたおもちゃづくりなどユニークな仕事を続ける。主な作品に〈コロコロちゃんシリーズ〉〈木村裕一しかけえほんシリーズ〉〈もしもしえほんシリーズ〉、「かいじゅうでんとう」「あらしのよるに」(全6巻)、「にげだしたおやつ」「キズだらけのりんご」など。　[団]国際児童図書評議会日本支部、児童図書評議会

http://www1.odn.ne.jp/kimura-yuuichi/

木村 嘉長　きむら・よしなが

ジャーナリスト　劇作家　詩人　[没]平成3年1月19日　[賞]イタリヤ賞大賞(昭和50年)「魚が消えたとき…」、イタリア・トリノ市賞(昭和57年)「蝶を追え」　[歴]戦後は、評論や放送作品などを執筆し、とくに詩劇の分野では国際的な評価を受けている。昭和34年ラジオ「人形ガ呼ンデイル」(芸術祭入賞・イタリヤ賞参加)、50年テレビ「魚が消えたとき…」(イタリヤ賞大賞)ほか、海外において数多くの作品を発表している。著書に「三島由紀夫のなかの魅死魔幽鬼夫」他。　[団]同盟クラブ

木本 正次　きもと・しょうじ

作家　[生]大正1年10月5日　[没]平成7年1月26日　[出]徳島県海部郡牟岐町　[学]神宮皇学館卒　[歴]昭和10年大阪毎日新聞社に入社し、42年定年退職するまで報道部長、編集委員などを歴任。在職中から新鷹会同人として大衆小説を発表し、後に記録小説で活躍。主な作品に「黒部の太陽」「香港の水」「四阪島」「反逆の走路・小説豊田喜一郎」「砂の十字架・鹿島人工港ノート」などがある。　[団]日本文芸家協会、新鷹会

木本 平八郎　きもと・へいはちろう

作家　元・参院議員(サラリーマン新党)　[生]大正15年8月9日　[出]大阪府枚方市　筆名＝八木大介(やぎ・だいすけ)　[学]京都大学経済学部(昭和26年)卒　[賞]日経懸賞経済小説賞(第2回)(昭和55年)「青年重役」　[歴]昭和26年協和交易(三菱商事の前身)に入社。36年からコロンビア三菱商事副支配人をつとめ、帰国後、機械総括部に配属され58年に次長で退職。同年の参議員比例代表区にサラリーマン新党のNO.2として立候補し、当選。のち離党して実年クラブ代表。平成元年は神奈川選挙区に転じるが落選。著書に「青年重役」「新さらりーまん塾」「横出世のすすめ」、共著に「あっ！と驚く国際マナーの常識・非常識」。

木屋 進　きや・すすむ

小説家　日本作家クラブ名誉会長　[生]大正9年3月6日　[没]平成13年6月9日　[出]千葉県香取郡下総町　本名＝清家藤雄　[学]千葉県立佐原中(旧制)卒　[賞]日本作家クラブ賞(第6回)(昭和55年)「花情記」　[歴]戦後、山手樹一郎の門下生

となり、「新樹」同人として小説を書き始める。昭和55年「花情記」で日本作家クラブ賞を受賞。他の著書に「忍者霧隠才蔵」「赤穂の塩影」「死闘川中島―武田信玄伝」など作品多数。[団]日本作家クラブ

喜安 幸夫　きやす・ゆきお

台湾政治史研究家　小説家　「中華週報」編集長　[生]昭和19年　[出]中国・天津　[学]国士舘大学政経学部(昭和44年)卒、台湾大学政治研究所(昭和47年)修了　[賞]日本文芸家クラブ大賞ノンフィクション賞(平成10年)「台湾の歴史」、池内祥三文学奨励賞(第30回)(平成12年)　[歴]国際学友会勤務、月刊「アジアの鼓動」誌編集委員等を経て、「中華週報」編集長。江戸時代を舞台にした歴史小説も手がける。著書に「台湾島抗日秘史」「台湾統治秘史」「アジアの叛逆」「木戸の闇裁き」など。　[団]日本文芸家クラブ、新鷹会

木山 捷平　きやま・しょうへい

小説家　詩人　[生]明治37年3月26日　[没]昭和43年8月23日　[出]岡山県小田郡新山村(現・笠岡市山口)　[学]東洋大学文科中退　[賞]芸術選奨文部大臣賞(第13回)(昭和37年)「大陸の細道」　[歴]中学時代から「文章倶楽部」などに詩などを投稿する。姫路師範第二部に入学、出石小学校で教鞭をとり、大正14年東洋大学に入学し、「朝」の同人となる。昭和4年詩集「野」を刊行し、6年には「メクラとチンバ」を刊行、以後小説に進む。8年「海豹」を創刊し、小説「出石」を発表、14年「抑制の日」を刊行した。満州で終戦を迎え、21年に帰国し、22年長篇「大陸の細道」の第1章「海の細道」を発表、「大陸の細道」は完結した37年に芸術選奨を受賞。ユーモラスな私小説作家として、特に31年以降活躍し、「耳学問」「苦いお茶」「茶の木」などの作品のほか、「木山捷平全集」(全8巻)がある。[家]妻=木山ミサヲ(歌人)

邱 永漢　きゅう・えいかん

作家　経済評論家　経営コンサルタント　邱永漢事務所代表取締役　[専]経済　経営　金儲け　食べ物　[生]大正13年3月28日　[出]台湾・台南　本名=丘永漢(きゅう・えいかん)　旧姓(名)=邱炳南　[学]東京帝国大学経済学部(昭和20年)卒　[賞]直木賞(第34回)(昭和30年)「香港」　[歴]東京帝大経済学部卒業後、一時帰台し、台湾独立運動に関与して、香港へ亡命し対日貿易を手がける。昭和29年から日本に定住、55年日本に帰化。30年「香港」で直木賞を受賞し、作家生活に入る。実業の才能を生かし株の投資、マネービル関係の入門書など書くと同時に、ビル経営など多角経営に乗りだす。平成4年香港へ移住。著書に「女の国籍」「金銭読本」「メシの食える経済学」「食は広州に在り」「ゼイキン報告」「邱永漢自選集」(全10巻)、「Qブックス」(全25巻)、「邱永漢ベスト・シリーズ」(全50巻)などがある。　[団]日本文芸家協会、日本エッセイストクラブ　[家]妻=邱苑蘭(料理研究家)、長男=邱世悦(不動産会社経営)、長女=邱世嬪(ヘクセンハウス経営)、次男=邱世原(ビデオアーティスト)、妹=臼田素娥(料理研究家・故人)

牛 次郎　ぎゅう・じろう

劇画原作者　作家　僧侶　願行寺(臨済宗)住職　[生]昭和15年5月19日　[出]東京都台東区浅草　本名=牛込記　僧名=牛込覚心(うしごめ・かくしん)　[学]上野高中退　[賞]野生時代新人文学賞(第8回)(昭和56年)「リリーちゃんとお幸せに」　[歴]コック、バンドマン、夕刊紙記者などを経て劇画の原作者となる。昭和45年牛次郎の筆名で作家デビュー。46年「釘師サブやん」、50年「包丁人味平」がヒット。56年「リリーちゃんとお幸せに」で第8回野生時代新人文学賞を受賞し、作家生活に入る。作品に「石の殺意」「親分探偵ポパイ」、著書に「苛虐教室」「パチンコ必勝法」「蓮華院流霊魂の書―死と友として生きる知恵」「生と死の般若心教」「流れ板竜二」などがある。61年11月静岡県熱海市の医王寺(臨済宗妙心寺派)で出家得度、平成元年伊東市に願行寺を建立、開山し、住職を務める。8年願行寺が文部大臣認証の単立寺院となり、管長兼住職となる。　[団]日本文芸家協会

邱 世嬪　きゅう・せいひん　(キュウ・サイパン)

作家　[生]昭和27年12月21日　[出]香港　本名=丘世嬪　[学]桑沢デザインスクール卒　[歴]料理研究家である母の実家は3代続く漢方薬屋。1歳半で日本へ。代官山と芦屋市で手づくりハム・ソーセージの店ヘクセンハウスを経営する。1997年中国茶の専門店“ブルーティー・サロン”をオープン。傍ら、雑誌を中心に料理や、エッセイを執筆。著書に「12宮占星術」「七転び八起きQ転び」「チャイナ・キッチン」「お腹の引き出し」「中国茶を召し上がれ」「天の力、地の力」、小説「八宝菜々」他。　[団]日本文芸家協会　[家]父=邱永漢(作家)、母=邱苑蘭(料理研究家)、兄=邱世悦(不動産会社経営)、弟=邱世原(ビデオアーティスト)

京極 夏彦　きょうごく・なつひこ

小説家　グラフィックデザイナー　[生]昭和38年3月26日　[出]北海道小樽市　本名=大江勝彦　[賞]日本推理作家協会賞(長編部門，第49回)(平成8年)「魍魎の匣(はこ)」、泉鏡花文学賞(第25回)(平成9年)「嗤う伊右衛門」　[歴]高卒後上京し、桑沢デザイン研究所に学ぶ。広告代理店勤務、制作プロダクションを経て、友人

らとデザイン事務所を設立。平成6年妖怪小説「姑獲鳥(うぶめ)の夏」で作家デビュー。本業はグラフィックデザイナーで、シナリオからビデオ編集まで何でもこなし、自分の作品のページレイアウトまで原稿執筆と同時におこなう。水木しげるのマニアで構成される関東水木会メンバー。12年初の映像化作品となったWOWOW「怪」シリーズで、原作、脚本、出演をこなす。他の作品に「魍魎の匣(はこ)」「狂骨の夢」「嗤う伊右衛門」「塗仏の宴 宴の支度」「どすこい(仮)」「ルー=ガルー」などがある。 [団]日本推理作家協会

京都 伸夫　きょうと・のぶお
小説家　脚本家　[生]大正3年3月3日　[出]徳島県小松島市　本名=長篠義臣　[学]京都帝大文学部卒　[歴]昭和12年日活京都撮影所脚本部に入社し、以後宝塚映画文芸部、宝塚劇団を経て応召。戦後はマキノ芸能社脚本演出部に入る。23年頃から文筆活動に入り「アコちゃん」「春日家の青春」「青春のお通り」などの作品がある。 [団]日本文芸家協会

響堂 新　きょうどう・しん
ミステリー作家　[生]昭和35年　[出]岡山県　[学]岡山大学医学部卒　[賞]新潮ミステリー倶楽部賞(島田荘司特別賞，第3回)(平成10年)「紫の悪魔」　[歴]大阪大学で分子生物学、ウイルス学を研究した後、平成6年から医師として関西国際空港で感染症の侵入防止業務、海外旅行者の健康相談などにあたる。10年「紫の悪魔」でデビューし、以後文筆に専念。著書に「血ダルマ熱」「超人計画」「飛行機に乗ってくる病原体—空港検疫官の見た感染症の現実」など。

今日泊 亜蘭　きょうどまり・あらん
SF作家　[生]明治45年7月28日　[出]東京・下谷根岸　本名=水島行衛(みずしま・ゆきえ)　別名=宇良島多浪　[学]上智大学外国語学部卒　[歴]アテネフランセ、大日本回教協会などで外国語を学び、翻訳、通訳などを務める。戦後、「文芸日本」「歴程」同人となり、ミステリー、SF短編の創作を始める。昭和32年日本初のSF同人グループ「おめがクラブ」に参加、翌33年「宇宙塵」に参加。37年「光の塔」を出版し、日本SF界に反響をよぶ。この間、34年「河太郎帰化」が直木賞候補となる。日本SF界の最長老。他の著書に「漂渺譚」「海王星市(ポセイドニア)から来た男」「宇宙兵物語」「我が月は緑」など。　[家]父=水島爾保布(画家・エッセイスト)

清岡 純子　きよおか・すみこ
写真家　作家　[生]大正10年6月22日　[出]京都府　[賞]世界写真展(西ドイツ・シュテルン主催)(昭和46年)、日本作家クラブ賞(第1回)(昭和48年)「日蓮女優」　[歴]旧子爵家の三女として生まれる。新日本新聞社、キネマ画報社、新歌舞伎座などの写真部を経て、昭和40年上京しフリーとなる。46年西ドイツ・シュテルン主催「世界写真展」で受賞ほか数々受賞。52年写真集「聖少女」を出版し、以後少女ヌードの第一人者に。また、小説家として「日蓮女優」で日本作家クラブ賞を受賞。写真集に、「尼寺」「野菊のような少女」「少女の詩」、小説に「昭栄尼抄」「妖花輪舞」など。　[団]日本写真協会

清岡 卓行　きよおか・たかゆき
詩人　小説家　評論家　フランス文学者　[生]大正11年6月29日　[出]高知県　[学]東京大学文学部仏文科(昭和26年)卒　[資]日本芸術院会員(平成8年)　[賞]芥川賞(第62回)(昭和44年)「アカシヤの大連」、読売文学賞(第30回・随筆紀行賞)(昭和53年)「芸術的な握手」、現代詩人賞(第3回)(昭和60年)「初冬の中国で」、芸術選奨文部大臣賞(第39回・昭63年度)(平成1年)「円き広場」、読売文学賞詩歌俳句賞(第41回)(平成2年)「ふしぎな鏡の店」、紫綬褒章(平成3年)、詩歌文学館賞(第7回)(平成4年)「パリの五月に」、日本芸術院賞(平6年度)(平成7年)「詩・小説・評論にわたる作家としての業績」、藤村記念歴程賞(第34回)(平成8年)「通り過ぎる女たち」、勲三等瑞宝章(平成10年)、野間文芸賞(第52回)(平成11年)「マロニエの花が言った」　[歴]大連で育ち、敗戦で引き揚げる。昭和24年在学のままプロ野球の日本野球連盟に就職、26年セ・リーグに移り試合日程の編成を担当。20年代末から斬新な詩を次々に発表。39年退社して法政大学講師となり、のち教授に就任。40年代には小説を書き始め、44年第1作「朝の悲しみ」を「群像」に発表、第2作「アカシヤの大連」で第62回芥川賞を受賞。代表作は他に小説「花の躁鬱」「フルートとオーボエ」「海の瞳」「鯨もいる秋の空」「詩礼伝家」「薔薇ぐるい」「李杜の国で」「大連港で」「マロニエの花が言った」など、評論「手の変幻」「抒情の前線」「萩原朔太郎『猫町』試論」、中国紀行「初冬の中国で」など。また詩人としても知られ、詩集「氷った焔(ほのお)」「日常」「四季のスケッチ」「西へ」「円き広場」「ふしぎな鏡の店」「パリの五月にて」「通り過ぎる女たち」などがある。60年には「清岡卓行全詩集」が刊行された。 [団]日本文芸家協会、日本ペンクラブ、日本現代詩人会

清川 妙　きよかわ・たえ
小説家 [専]万葉集 平安女流文学 [生]大正10年3月20日 [出]山口県山口市 [学]奈良女高師文科国語漢文選修卒 [興]万葉集、枕草子 [歴]教職を経たのち文筆活動に入る。小説、エッセイ、映画評論などを執筆のほか、万葉集・枕草子のエッセイ講座、講演活動など幅広く活躍。主な著書に「清川妙の万葉集」「心を伝える短い手紙」「しあわせの栞」「美しく生きる女の心ノート」「喜び上手の心ノート」など。

曲水 漁郎　きょくすい・ぎょろう
探偵小説作家 [没](生没年不詳) 本名＝小林芳三郎 [歴]経歴その他不明の点が多い。明治30年「大悪魔」を刊行。のちの江戸川乱歩の筆致を思わせるような文章を書いた。

清松 みゆき　きよまつ・みゆき
システムデザイナー 小説家 翻訳家 [生]昭和39年 [出]大分県 [学]京都大学理学部(平成1年)中退 [興]RPG [歴]グループSNEに所属。「ソード・ワールドRPG」「央華封神」のシステム・デザイナー。ゲームデザインだけでなく、小説、翻訳も手がける。著書に「T&Tがよくわかる本」、訳書に「魔術師の宝冠」やT&Tソロアドベンチャーシリーズ、ロール・プレイング・ゲーム「混沌の渦」(共訳)などがある。

清見 陸郎　きよみ・りくろう
劇作家 美術評論家 [生]明治19年10月11日 [没](没年不詳) [出]東京・神田猿楽町 [学]東京美術学校日本画科卒、早稲田大学文科中退 [歴]雑誌記者を経て根岸興行部脚本部員となる。明治41年処女戯曲「純愛」を発表。以後「宮古路豊後掾」「故国の家」などが上演されたが、劇作からは遠ざかり、「岡倉天心」「岩村透と近代美術」など美術関係の評伝を手がけた。

吉良 任市　きら・じんいち
詩人 小説家 [生]大正15年8月3日 [出]静岡県浜松市 [学]愛知大学文学部英文科(昭和29年)卒 [歴]昭和19年中島飛行機小泉製作所入社。22年五島小学校助教諭に転じ、29年浜松女子商業高校教諭、59年教頭を歴任。著書に「馬鹿墓」「遠州っ子」「骨喰鳥」など。 [団]日本文芸家協会 [家]妻＝吉田知子(小説家)

帰来 広三　きらい・こうぞう
小説家 俳人 [生]昭和2年2月 [出]香川県木田郡三木町 [賞]遍路宿賞(昭和49年)、香川菊池寛賞(第20回)(昭和60年)「傷疵」 [歴]昭和60年兵庫相互銀行を退職。ずいひつ遍路宿の会会員、伝統俳句協会会員、「かつらぎ」同人。

帰来 冨士子　きらい・ふじこ
俳人 フリーライター [出]香川県高松市中央町 [学]香川県立高松高女(昭和21年)卒 [賞]香川菊池寛賞(第22回・小説部門)(昭和62年)、北野財団懸賞論文(第12回)(平成2年) [歴]昭和21年日本銀行高松支店に勤務。49年同人誌を経て、フリーライターに。俳誌「かつらぎ」同人、随筆「遍路宿」同人。著書に「エッセイすてきな人へ」。 [団]香川創作歌謡研究会、日本伝統俳句協会、全日本音楽著作権協会

桐谷 正　きりたに・ただし
小説家 [生]昭和26年7月22日 [出]富山県婦負郡八尾町 [学]同志社大学文学部(昭和50年)卒 [賞]子とともに児童文学賞優秀賞(第14回)(平成2年)「龍の眠っている山」 [歴]名城大学職員。中学、高校時代から中国の古代に興味を持ち続け、歴史小説を書くようになる。昭和63年処女作「黒き龍―若き日の秦始皇」を執筆。平成元年「高漸離(こうぜんり)と筑(ちく)」で第14回歴史文学賞佳作を受賞。他の著書に「始皇帝を撃て」「柳絮」「張騫」、児童文学「龍の眠っている山」などがある。

桐野 作人　きりの・さくじん
歴史作家 タクマ社主宰 [生]昭和29年 [出]鹿児島県 [学]立命館大学文学部卒 [歴]歴史関係の出版社編集長を経て独立し、企画会社のタクマ社を設立。また歴史作家としても活躍。戦国、幕末維新から中国史まで扱う。著書に「名将を支えた戦国の異能群団」、小説「織田武神伝」などがある。

桐野 夏生　きりの・なつお
小説家 [生]昭和26年10月7日 [出]東京都杉並区 本名＝橋岡まり子 ロマンス小説家名＝野原野枝実(のばら・のえみ) [学]成蹊大学法学部卒 [賞]江戸川乱歩賞(第39回)(平成5年)「顔に降りかかる雨」、日本推理作家協会賞(第51回)(平成10年)「OUT」、直木賞(第121回)(平成11年)「柔らかな頬」 [歴]会社員を経て、作家に。野原野枝実の筆名でロマンス小説を、他に漫画の原作も手がける。平成5年「顔に降りかかる雨」で第39回江戸川乱歩賞を受賞、10年「OUT」は直木賞候補となり、第51回日本推理作家協会賞を受賞、11年「柔らかな頬」で第121回直木賞を受賞。他の著書に「小麦色のメモリー」「あいつがフィアンセだ！」「天使に見捨てられた夜」「ローズガーデン」他。
[団]日本文芸家協会

きりぶち 輝　きりぶち・あきら
児童文学作家　[生]大正13年8月2日　[出]東京　本名＝桐渕輝　[学]目白商卒　[賞]児童文化功労者賞(第34回)(平成7年)　[歴]児童雑誌などの編集者を経て、児童文学界に入る。著書に「空へ行きたい」「アンデルセン童話集」など。　[団]日本児童文学者協会(監事)、日本児童文芸家協会、ノンフィクション児童文学の会

桐山 襲　きりやま・かさね
作家　[生]昭和24年7月26日　[没]平成4年3月22日　[出]東京都　本名＝古屋和男(ふるや・かずお)　[学]早稲田大学卒　[歴]昭和58年「パルチザン伝説」で作家としてデビュー。「スターバト・マーテル」「風のクロニクル」で2度芥川賞候補になった。平成2年から悪性リンパ腫で入院。他の作に「亜熱帯の涙」「都市叙景断章」など。　[団]日本文芸家協会

桐生 悠三　きりゅう・ゆうぞう
小説家　[生]昭和14年1月16日　[出]台湾　本名＝前川光昭　[学]京都中京中卒　[賞]池内祥三文学奨励賞(第11回)(昭和56年)「母への皆勤賞」「似顔絵」　[歴]著書に「チェストかわら版」「残雪」「いつの日にか」など。　[団]新鷹会、日本文芸家協会

桐生 祐狩　きりゅう・ゆかり
小説家　劇作家　[生]昭和36年　[出]長野県松本市　[賞]日本ホラー小説大賞(長編賞,第8回)(平成13年)「夏の滴」　[歴]幼い頃から演劇、読書好きで、専門学校進学のため上京後、演劇の道へ。劇団の研究生の傍ら、創作活動に取り組む。写植会社に勤務の平成13年、「夏の滴」で第8回日本ホラー小説大賞長編賞を受賞。

紀和 鏡　きわ・きょう
推理作家　[生]昭和20年10月23日　[出]東京都杉並区　本名＝中上かすみ　[学]二階堂高卒　[歴]伝奇ロマン「Aの霊異記」でデビュー。児童書も手がける。また雑誌「マージカル」の編集、執筆でも活躍。著書に「鬼神伝説」「諏訪龍神伝説」「国境のない地図」など。　[団]日本推理作家協会　[家]夫＝中上健次(作家・故人)、長女＝中上紀(小説家)

金　きん
⇒金(キム)を見よ

金城 哲夫　きんじょう・てつお
シナリオライター　劇作家　[生]昭和13年7月5日　[没]昭和51年2月26日　[出]沖縄県　[学]玉川大学文学部教育学科(昭和36年)卒　[歴]幼少時代から中学まで沖縄県で過ごす。昭和29年上京、玉川学園高等部に入学。36年玉川大学卒業後、円谷英二の門下に入り、シナリオの勉強をする。37年沖縄民謡を題材にした映画「吉屋チルー物語」を製作。38年円谷プロダクションの設立と同時に参加。TBSテレビドラマ「絆」で脚本家としてデビュー。以後、円谷プロの文芸部員として「ウルトラQ」「ウルトラマン」「ウルトラセブン」などの番組を製作。“ウルトラマン”を創った男と言われる。44年円谷プロを辞め沖縄に帰る。沖縄芝居を書き、劇団を主宰した。また琉球放送のラジオキャスターとしても活躍。他の主な作品にテレビ「今に見ておれ」、ラジオ「日石チューンナップタイム」、戯曲「おきなわ」(沖縄海洋博出品)など。

銀林 みのる　ぎんばやし・みのる
日本ファンタジー大賞を受賞　[生]昭和35年　[出]東京都杉並区　本名＝因間倫雄　[学]東京学芸大学中退、東京建築専門学校卒　[賞]日本ファンタジーノベル大賞(第6回)(平成6年)「鉄塔 武蔵野線」　[歴]建築業、不動産業を経て、平成3年イタリア・フィレンツェに1年間遊学。

金原 徹郎　きんばら・てつろう
児童文学作家　[生]昭和24年5月14日　[出]長野県　[学]信州大学理学部物理学科卒　[賞]講談社児童文学新人賞(第14回)(昭和48年)「ドベねこメチャラムニュ」　[歴]代表作に「ドベねこメチャラムニュ」がある。

【く】

陸 直次郎　くが・なおじろう
小説家　[生]明治31年1月12日　[没]昭和19年8月11日　[出]東京・本郷　本名＝野沢嘉哉　[学]早稲田大学文科中退　[歴]時事新報社社会部、読売新聞出版部に勤めた後、昭和6年ころから文筆活動に専念。梅津勘兵衛、佃政ら侠客と交際、遊侠の世界を描いた、いわゆる悪漢小説が多く、「殴られた宗俊」などが代表作。　[家]息子＝野沢那智(俳優・声優)

久我 なつみ　くが・なつみ
小説家　[生]昭和29年　[出]京都府京都市　[学]同志社大学文学部卒　[賞]蓮如賞(第5回)(平成10年)「フェノロサと魔女の町」　[歴]学生時代、公募展に油絵が連続3回入選。のち、両親の影響で

小説を書きはじめ、数々の文学賞に投稿。平成10年初挑戦のノンフィクション「フェノロサと魔女の町」で第5回蓮如賞を受賞。著書に「ニューヨーク・トラップ」。 [家]父＝邦光史郎(小説家・故人)、母＝田中阿里子(小説家)

久鬼 高治　くき・こうじ

小説家　[生]大正3年　[出]東京　[学]保善夜間商業中退　[歴]15歳で塗装工見習となり、職人となる。一方、戦後サークル雑誌を経て、「新日本文学会」に入会。雑誌「新日本文学」に「真冬の記録」他数篇の小説を発表。昭和35年頃同会退会。57年に同人雑誌「煉瓦」創刊に参加。平成5年上半期同人雑誌優秀作に「ある夏の日日」(「煉瓦」12号掲載)が選ばれ、「文学界」6月号に転載される。著書に「北十間川夜話」「雨季茫茫」「果てしなく絡む藤蔓」などがある。

九鬼 紫郎　くき・しろう

推理作家　[生]明治43年4月18日　[出]神奈川県横浜市　本名＝森本紫郎　別名＝霧島四郎、九鬼澹(くき・たん)　[学]関東学院中中退　[歴]昭和6年「現場不在証明」を発表。以後「幻想夜曲」などの小説や評論を発表する。戦後は21年に再刊された「ぷろふいる」の編集をし、23年「仮面」に移る。34年以降、九鬼澹の筆名を九鬼紫郎とする。戦後の作品には「奇妙な十二時」「犯人はダレだ」「夜の顔役」「キリストの石」「大怪盗」「探偵小説百科」などがある。また霧島四郎の筆名で記したこともある。

九鬼 雅範　くき・まさのり

城戸賞を受賞　[生]昭和44年5月6日　[出]福島県いわき市　[学]日本映画学校映像科(平成2年)卒　[賞]城戸賞(第18回)(平成4年)「亜細亜の靴」　[歴]内装業のかたわら、自由制作映画を撮影。

日下 圭介　くさか・けいすけ

推理作家　[生]昭和15年1月21日　[出]東京　本名＝戸羽真一　[学]早稲田大学商学部(昭和38年)卒　[賞]江戸川乱歩賞(第21回)(昭和50年)「蝶たちは今…」、日本推理作家協会賞(短篇賞，第35回)(昭和57年)「鶯を呼ぶ少年」「木に登る犬」　[歴]協和発酵、東京イングリッシュセンターを経て、昭和40年朝日新聞整理部に勤務。記者のかたわら文筆活動も始める。著書に「蝶たちは今…」「鶯を呼ぶ少年」「木に登る犬」「悪夢は三度見る」「折鶴が知った・・・」「海鳥の墓標」「偶然の女」「神がみの戦場」など。　[団]日本推理作家協会、日本文芸家協会

日下 諗　くさか・しん

小説家　[生]明治20年6月17日　[没]昭和13年12月13日　本名＝正親町実慶　[学]東京帝大法学部経済科卒　[歴]里見弴、園池公致らと回覧雑誌「麦」を発行、ついで「白樺」の創刊に参加。日下諗の筆名で「給仕の室」「お島と猫」などの作品を発表したが、「白樺」での活動は大正元年12月まで。3年以降は日本興業銀行に務め、のち藤丸商会を経営した。　[家]兄＝正親町公和(小説家)

日下 初子　くさか・はつこ

小説家　[生]明治36年　[出]兵庫県三原郡市村　[学]奈良女高師文科(大正15年)卒　[歴]母校・神戸松蔭高女で教鞭を執り、結婚後退職。河井酔茗、島本久恵の同人を経て戦後、滝井孝作の「素直」同人となる。夫の死後、辺地の無名の百姓の生涯を調べ昭和49年に「喜田一統の系譜」をまとめる。著作に「福長村の歴史」伝記「喜田忠次郎のこと」小説「雑草のひと」「鏡」のほか、「使っていたことば―ラジオのできる以前・淡路島三原郡市村福長組のあたりで」がある。

久坂 葉子　くさか・ようこ

小説家　[生]昭和6年3月27日　[没]昭和27年12月31日　[出]兵庫県神戸市　本名＝川崎澄子(かわさき・すみこ)　[学]山手高女卒、相愛女専音楽部(昭和22年)中退　[歴]16歳から詩作を始め「文章倶楽部」に投稿。昭和24年同人雑誌「VIKING」に参加、富士正晴に師事。「入梅」でデビュー。25年発表の「ドミノのお告げ」が芥川賞候補作品となり、脚光を浴びる。その後、新日本放送の嘱託となってシナリオライターとしても活躍。27年現代演劇研究所の創立に参加し、戯曲「女たち」を上演。同年大晦日に遺書的作品「幾度目かの最期」を書き上げて自殺。没後作品集「女」、「久坂葉子詩集」「久坂葉子の手紙」「新編久坂葉子作品集」が刊行された。　[家]曽祖父＝川崎正蔵(実業家)

草上 仁　くさかみ・じん

SF作家　[生]昭和34年12月20日　[出]神奈川県　本名＝小浜耕己　[学]慶応義塾大学卒　[歴]住友生命大阪本社に勤務。在学中の昭和56年に第7回ハヤカワ・SFコンテストで佳作に入り、57年「割れた甲冑」でデビュー。著書に「こちらITT」「くらげの日」「時間不動産」「かれはロボット」「ウォッチャー」「星売り」など。　[団]日本文芸家協会

草谷 桂子　くさがや・けいこ

児童文学作家　[生]昭和18年　[出]静岡県　[学]榛原高卒　[賞]日本童話会A賞「豆がはぜるのは」、日本童話会B賞「トンネルのむこう」　[歴]同人誌「かしの木」所属。家庭文庫を主宰している。著書に「白いブラウスの秘密」「青い目のお客さん」「みどりの朝」など。　[団]日本児童文学者協会

草川 俊　くさかわ・しゅん

小説家　[生]大正3年8月13日　[出]宮城県石巻市　本名＝高橋善三郎　[学]宇都宮高等農林(現・宇都宮大学農学部)卒　[歴]山梨県立農事試験場、満州棉花協会、熱河省興隆県、満鉄北支事務局、華北交通に勤務。現地応召など10年余の大陸生活を経て、昭和21年に帰国。「下界の会」「無頼」同人。主著に「黄色い運河」「長城線」「大陸放浪記」など中国大陸を舞台にした小説をはじめ、「野菜の歳時記」「季節の手帳」など。　[団]日本文芸家協会

草川 隆　くさかわ・たかし

SF作家　推理作家　[生]昭和10年8月30日　[出]東京都杉並区　[学]国学院大学国文科卒　[歴]昭和39年SF同人誌「宇宙塵」に「灰色の基点」を連載、42年「時の呼ぶ声」と改題し刊行。これを機に、文筆活動に入る。51年以後、本格推理小説の執筆に意欲を燃やす。主な著書に「アポロは月に行かなかった」「奇蹟の油彩画」「妖界天女」「無縁坂殺人事件」「L特急『あずさ』の殺人」「個室寝台殺人事件」など多数。　[団]日本推理作家協会

草川 八重子　くさかわ・やえこ

小説家　[生]昭和9年　[出]京都府京都市右京区　[学]西京高卒　[賞]岡山吉備の国文学賞(短編部門)(平成3年)「黄色いコスモス」　[歴]全電通労組書記、その後地域の婦人運動に参加する。昭和52～62年寿岳文章、章子の資料整理などを手伝う。全電通書記時代より短編小説を発表。著書に「女の水脈」「少女の季節」「奔馬 河上肇の妻」「ある巨木 蔡東隆ものがたり」など。

草薙 渉　くさなぎ・わたる

小説家　[生]昭和22年4月3日　[出]和歌山県　本名＝中村貞一郎　[学]日本大学経済学部卒　[賞]小説すばる新人賞(第2回)(平成1年)「草小路鷹麿の東方見聞録」　[歴]平成元年「草小路鷹麿の東方見聞録」で第2回小説すばる新人賞受賞。他の作品に「からし色のワーゲン」「天が裂ける日」「鳩訳聖書」「十七歳のランナー」「天が裂ける日」「六月のうさぎたち」「黄色い雨」「インマイライフ'79」など。　[団]日本文芸家協会　http://www06.u-page.so-net.ne.jp/ka2/teiich/

草野 柴二　くさの・しばじ

翻訳家　小説家　[生]明治8年11月15日　[没](没年不詳)　[出]岡山県北和気郡羽仁村　本名＝若杉三郎　[学]東京帝国大学英文科(明治37年)卒　[歴]在学中からゲーテ「ヘルマン・ウント・ドロテア」、ディケンズ「クリスマスカロル」などの翻訳書を出す。北越地方の中学教師のかたわらモリエールの翻訳に当たり、明治37年6月の「明星」に「艶舌魔」、以来「白百合」「歌舞伎」などに15編の翻訳を発表、41年「モリエール全集」(全3巻)として刊行した。またツルゲーネフ、チェーホフなどロシアの短編小説、モーパッサン、ハウプトマン、イプセンの「海の夫人」なども翻訳。40年上京、私大の時間講師のかたわら41～43年「苦熱」(中央公論)「眷属」(新小説)など身辺小説風の作品20編を発表した。43年熊谷中学英語教師となり創作活動を続けた。

草野 准子　くさの・じゅんこ

日本語教師　[出]香川県　[学]大阪市立大学卒　[賞]文芸せたがや入選(昭和60～63年)、愛のサン・ジョルディ賞入賞(第4回・短編の部)(平成4年)　[歴]海外生活11年(香港・インドネシア)。平成元年ボランティアで日本語教師としてインドネシアへ。桜樹会同人。著書に「イルジャ紀行―インドネシア秘境の旅」がある。

草野 たき　くさの・たき

児童文学作家　[生]昭和45年　[出]神奈川県　[学]実践女子短期大学卒　[賞]講談社児童文学新人賞(第40回)(平成11年)「透きとおった糸をのばして」、児童文芸新人賞(第30回)(平成13年)「透きとおった糸をのばして」　[歴]平成11年「透きとおった糸をのばして」で講談社児童文学新人賞を受賞。

草野 比佐男　くさの・ひさお

詩人　小説家　農業　[生]昭和2年7月1日　[出]福島県石城郡永戸村(現・いわき市)　[学]福島農蚕学校(昭和20年)卒　[賞]農民文学賞(第6回)(昭和36年)「就眠儀式」、福島県文学賞(短歌，第14回)(昭和36年)「就眠儀式」、地上文学賞(第10回)(昭和37年)「新種」、福島県自由詩人賞(第1回)(昭和41年)、福島県文学賞(小説，第20回)(昭和42年)「懲りない男」　[歴]敗戦の年に農学校を出て農業を継ぐ。苦しい農作業のはけ口を短歌の道に求め昭和36年に処女歌集「就眠儀式」を出す。しかし、次第に短歌ではあきたらなくなり小説、詩、評論の道へ。生活が苦しくとも出稼ぎは百姓の誇りにもとる、と農作業を続ける。46年"出稼ぎ―離農"のあやまちを告発した詩作「村の女は眠れない」はテレビ化され全国的に反響を呼ぶ。評論に「わ

が攘夷」「沈黙の国生み」、草野心平を批判した「詩人の故郷」などがある。

草部 和子　くさべ・かずこ

小説家　評論家　劇作家　㊐昭和4年1月4日　㊒東京　旧姓(名)=大久保　㊫法政大学文学部(昭和28年)卒　㊩近代文学賞(第2回)(昭和35年)「硝子の広場」、舞台芸術創作奨励特別賞佳作(第10回)(昭和63年)「鬼恋伝説」　㊧昭和35年「硝子の広場」を「近代文学」に連載して近代文学賞を受賞。58年「DJヌバ」で放送文学賞佳作となる。他の作品に「遠い日のかげ」などがある。また多喜二・百合子の会のメンバーとして活躍。　㊐大衆文学研究会、日本文芸家協会

草間 平作　くさま・へいさく

翻訳家　作家　㊐明治25年　㊒長崎県　本名=牧山正彦　㊫東京大学法学部卒、京都大学文学部中退　㊧同志社大講師を経て翻訳生活に。ヒルティの「眠られぬ夜のために」「幸福論」、ベーベルの「婦人論」は有名。作品集に「雪とつばめ」がある。

草間 弥生　くさま・やよい

画家　彫刻家　小説家　㊐昭和4年3月22日　㊒長野県松本市　㊫京都美術工芸学校卒、ニューヨーク・アート・スチューデント・リーグ卒　㊩ベルギー国際映画祭賞、角川文学新人賞、イタリア・アカデミー金賞、ソ連芸術院ゴールドメダル、イタリア芸術の旗手賞、野性時代新人文学賞(昭和58年)「クリストファー男娼窟」、芸術選奨文部大臣賞(第50回,平11年度)(平成12年)「草間弥生 ニューヨーク/東京」展、朝日賞(平12年度)(平成13年)　㊧昭和32年渡米。無限に増殖する網や水玉模様による作品で注目を集めた。1960年代にはポップアートや環境芸術の分野で先駆的な活動を展開。その作品は性や暴力を直接思い起させる。41年ベネチア・ビエンナーレにミラー・ボールを1500個並べた「ナルシスの庭」を出品、自発的な参加であったが地元マスコミに大きく取り上げられ、世に出るきっかけとなった。48年健康を害して帰国、以来絵画と彫刻に専念。ジョージア・オキーフはじめ海外アーティストとの交流も多く、イギリス、アメリカ、フランスなどで個展多数。平成5年には第45回ベネチア・ビエンナーレの日本代表に選ばれる。10年ニューヨーク近代美術館(MoMA)で展覧会を開催。11年東京都現代美術館で「草間弥生ニューヨーク/東京」展を開催。また小説も手がけ、作品に「クリストファー男娼窟」「マンハッタン自殺未遂常習犯」「セントマルクス教会炎上」などがある。

草村 北星　くさむら・ほくせい

小説家　出版業者　㊐明治12年3月10日　㊡昭和25年5月25日　㊒熊本県高瀬町(現・玉名市岩崎)　本名=草村松雄　㊫東京専門学校(現・早稲田大学)文学科(明治33年)卒　㊧明治34年「女詩人」を発表し、のち金港堂に入り「青年界」「文芸界」などを編集。35年「浜子」を刊行、以後「澄子」「露子夫人」などを発表し家庭小説の代表的作家となる。37年金港堂を退職し、隆文館を創立し、大正期に入って龍吟社を創立した。

串田 和美　くしだ・かずよし

演出家　劇作家　俳優　日本大学総合科学研究所教授　元・オンシアター自由劇場代表　㊐昭和17年8月6日　㊒東京　旧芸名=藤川延也　㊫日本大学芸術学部演劇科中退、俳優座養成所(第14期生)(昭和40年)卒　㊧文学座を経て、昭和41年佐藤信、斎藤憐、吉田日出子らとともに劇団・自由劇場を結成。以後、小劇場演劇の旗手として活躍。50年オンシアター自由劇場を創設、51年自作の「幻の水族館」で話題を呼ぶ。以後、年平均4本のハイペースで上演活動を行い、とくに54年初演の「上海バンスキング」(斎藤憐作)が大ヒットした。63年には劇団自主製作映画「上海バンスキング」を発表。平成8年2月「黄昏のボードビル」の公演を最後に、同劇団は解散、約30年にわたる活動にピリオドを打った。一方、元年よりシアター・コクーン芸術監督を務め、俳優としても活躍。他の上演作に「もっと泣いてよフラッパー」「クスコ」「家鴨列車」「WORK No.1」「A列車」など。10年新国立劇場での「幽霊はここにいる」で2年ぶりに演劇活動を再開する。以後の作品に「セツアンの善人」など。日本大学教授も務める。　㊕父=串田孫一(随筆家)、長男=串田杢弥(俳優)、祖父=串田万蔵(三菱銀行会長)

串田 誠一　くしだ・せいいち

弁護士　小説家　㊐昭和33年6月20日　㊫法政大学(昭和57年)卒　㊧日弁連少年法「改正」対策委員会幹事、横浜弁護士会少年問題委員会所属。平成11年神奈川県議に立候補。著書に「よくわかる民法1〜6」「よくわかる会社法」「子ども法律カウンセリング―出生から20歳まで」(共著)、小説に弁護士響大介シリーズ「制通信権」「当たり屋」などがある。　㊐横浜弁護士会

串田 杢弥　くしだ・もくや

俳優　大回転劇団主宰　㊐昭和47年1月17日　㊒東京都　㊫千歳高(平成3年)卒　㊧父・串田和美の影響で、幼い頃から芝居に親しむ。高校卒業後、東京宝塚劇場の裏方のアルバイトを経験後、21歳頃劇団・黒テントの俳優基礎学校に在

籍。平成3年大回転劇団を旗揚げ。人集めから作、演出、役者までこなし、「本当の悪人」「すなっぽけDX(当社比)」「JUMP THEY SAY」などの芝居を上演。7年フランスのアヴィニヨン演劇祭に参加する黒テントの「ヴォイツェック」、父主宰のオンシアター自由劇場「スカパン」に出演。非社団法人日本エセ劇作家協会を創設。　[家]父＝串田和美(演出家・劇作家)

久嶋 薫　くしま・かおる

小説家　[生]昭和42年　[賞]コバルト・ノベル大賞佳作入選(H3年)(第17回)「夜風の通りすぎるまま」　[歴]著書に「南・レポート―がんばる婦人警官に愛の手を！」がある。

鯨 統一郎　くじら・とういちろう

推理作家　[学]国学院大学卒　[歴]平成8年「邪馬台国はどこですか?」で創元推理短編賞最終候補となる。10年同題の短編集でデビュー。同作は、「このミステリーがすごい」誌で8位に入るなど話題に。他の著書に「隕石誘拐」「九つの殺人メルヘン」がある。

鯨 洋一郎　くじら・よういちろう

医師　小説家　今宿病院院長　[専]精神医学　[生]昭和30年2月4日　[出]福岡県福岡市　[学]鹿児島大学医学部卒　医学博士　[賞]福岡放送二時間ドラマ・ストーリー大賞(平成2年)、民間放送連盟優秀賞(平成3年)「あゝ、重度痴呆病棟」　[歴]九州大学医学部精神医学教室、見立病院院長を経て、今宿病院院長。かたわら小説を手がけ、平成2年福岡放送で受賞した作品が、3年日本テレビ系「あゝ、重度痴呆病棟」として全国放送される。平成8年「ストーミー・ブルー」で小説家デビュー。他の著書に「迷妄のソフィア」。

葛岡 雄治　くずおか・ゆうじ

児童劇作家　群読研究会代表　日本演劇教育連盟副委員長　「演劇と教育」編集委員　[生]昭和5年5月14日　[出]長野県飯田市　[学]東京学芸大学卒　[歴]東京都豊島区高松小学校、同池袋第一小学校、板橋区立下赤塚小学校を経て、平成2年同紅梅小学校を最後に退職。のち嘱託として板橋区立志村第四小学校で日本語学級を担当。戯曲作品に「ぼくはラッパ手」「ニイハオの国から」、著書に「卒業式―ドラマとしての」「楽しい集会を開こう」「群読―表現教育としての」などがある。　[団]日本演劇教育連盟事務局長、板橋子ども劇場・群読指導研究会

楠田 匡介　くすだ・きょうすけ

小説家　[生]明治36年8月23日　[没]昭和41年9月23日　[出]北海道厚田郡　本名＝小松保爾　[歴]郵便局、会社勤めなどを経て女学校教師となり、また保護司、刑務所面接委員などになって推理小説作家となる。主な作品に「絞首台の下」「完全犯罪」などがあり、他に時代小説「べらんめえ浪人」など。

楠田 清　くすだ・きよし

劇作家　[生]明治38年11月21日　[没]平成4年3月13日　[出]三重県宇治山田市　筆名＝相良準、相良準三　[学]東洋大学文化学部　[歴]築地小劇場演劇部で俳優したのち、松竹下加茂撮影所で衣笠貞之助の助監督を務める。その後東宝に移り、昭和21年「命ある限り」で監督デビュー。東宝争議を機に同社を去り、数本の映画を監督した後、劇作に専念。主な監督作品に「恋狼火」「淑女と風船」、シナリオ・戯曲作品に「薔薇いくたびか」「湯島の白梅」(大映)、「かっぽれ」(美術座)など。

楠田 芳子　くすだ・よしこ

脚本家　[生]大正13年3月12日　[出]静岡県　[学]実践女子専家政研究科(昭和17年)卒　[賞]シナリオ功労賞(第17回)(平成5年)　[歴]昭和19年映画カメラマン楠田浩之と結婚。40年木下恵介プロダクションに参加し、45年フリー。主な作品に、映画「この広い空のどこかに」「夕焼け雲」「風の視線」、テレビ「氷点」「北の家族」などがある。　[家]夫＝楠田浩之(映画カメラマン)、兄＝木下恵介(映画監督・故人)、木下忠司(作曲家)、息子＝楠田泰之(テレビディレクター)

楠 誉子　くすのき・しげこ

児童文学作家　[生]昭和10年11月14日　[出]長野県　[学]法政大学英文学科卒　[賞]塚原健二郎文学賞奨励賞(第4回)(昭和56年)「こんぺいとうの雪」　[歴]私塾教師のかたわら児童文学の創作に取り組む。「海賊」同人、「木の花」同人。代表作に「八つのきつね物語」がある。

楠 茂宣　くすのき・しげのり

小学校教師(大津西小)　児童文学作家　はるかぜ絵本の会代表　[専]心の教育　総合的な学習　[生]昭和36年　[出]徳島県鳴門市　[学]鳴門教育大学大学院修士課程修了　[賞]手づくり童謡コンテスト・毎日童謡賞優秀賞(第3回)(平成1年)「いちにのさんかんび」　[歴]小学校の教壇に立ち、“心の教育”と“総合的な学習”の実践研究をすすめる傍ら、児童文学の創作を続ける。童話、童謡、詩を発表し、多くがコンテストなどで入賞。　[団]日本児童文学学会、日本道徳教育方法学会、日本児童文芸家協会、日本童謡協会、徳島児童文学会(会長)

楠木 誠一郎　くすのき・せいいちろう

推理作家　⊕昭和35年　⊕福岡県　⊕日本大学法学部(昭和57年)卒　⊕浦安文学賞奨励賞(第2回)(平成3年)「浮き舟」、日本文芸家クラブ大賞(第8回)(平成11年)「名探偵夏目漱石の事件簿」　⊕出版社に勤務し、歴史雑誌の編集に携わる。昭和59年歴史小説「糸屋随右衛門」を発表。平成8年「十二階の柩」でデビュー。11年専業作家となり、歴史推理小説に取り組む。著書に「日本史おもしろ推理―謎の殺人事件を追え」「帝国の霊柩」「『夜叉ケ池』殺人事件」「名探偵夏目漱石の事件簿」などがある。　⊕日本インターネット歴史作家協会、日本推理作家協会、日本文芸家クラブ、日本ペンクラブ
http://homepage1.nifty.com/skusunoki/

葛原 しげる　くずはら・しげる

童謡詩人　童話作家　⊕明治19年6月25日　⊗昭和36年12月7日　⊕広島県深安郡神辺町八尋　本名=葛原茲(くずはら・しげる)　別名=八尋一麿　⊕東京高師英語部(明治42年)卒　⊕明治42年精華学校初等科訓導、43年日本女子音楽学校講師、のち跡見高女、精華高女、中央音楽学校などで教べんをとった。戦後は広島の至誠女子高校長を務めた。その間、児童雑誌「小学生」などに新作童謡や童話を発表、3000余編が残されている。童謡の代表作に「夕日」「けんけん子きじ」「羽衣」などがあるほか、童謡集「かねがなる」「葛原しげる童謡集」「雀よこい」、評論「童謡の作り方」「童謡教育の理論と実際」がある。　⊕祖父=葛原勾当(箏曲家)

葛巻 義敏　くずまき・よしとし

小説家　研究家　⊕明治42年8月28日　⊕東京　⊕アテネ・フランセ卒　⊕昭和2年刊岩波版「芥川龍之介全集」の編集に堀辰雄らと従事。中野重治らの同人誌「驢馬」第11号から同人として参加、小説を発表。昭和6年坂口安吾らと「青い馬」創刊。芥川没後「ノート叢書 椒国志異」「芥川龍之介未定稿集」「芥川龍之介未定稿・デッサン集」などを整理編集刊行した。

楠見 朋彦　くすみ・ともひこ

歌人　小説家　⊕昭和47年10月10日　⊕大阪府大阪市　⊕立命館大学文学部哲学科卒　⊕すばる文学賞(第23回)(平成12年)「零歳の詩人」　⊕歌人・塚本邦雄の選歌誌「玲瓏」同人。旧ユーゴスラビア紛争に関心があり、集めていた資料をもとに、小説「零歳の詩人」を執筆。平成12年同作品で第23回すばる文学賞を受賞。　⊕日本文芸家協会

楠本 幸男　くすもと・ゆきお

劇作家　演劇集団和歌山事務局長　西日本劇作家の会事務局長　⊕昭和29年　⊕和歌山県和歌山市　⊕大阪市立大学文学部卒　⊕在学中より演劇集団和歌山に所属。効果係、役者、演出、劇作などの経験を経て、劇団事務局長。西日本劇作家の会事務局長も務める。主な作品に「天神町一番地―広島・あの頃・消えた町」(「優秀新人戯曲集1996」に集録)、「操縦不能」(「ドラマの森―1993」に集録)、「一番星、だれが見つけた」などがある。

葛山 二郎　くずやま・じろう

推理作家　⊕明治35年3月28日　⊕大阪府南河内郡　⊕高等工業学校建築科卒　⊕大正12年「噂と真相」が「新趣味」に入選。以後、「新青年」を中心に断続的に執筆。作品に「股から覗く」「赤いペンキを買った女」「影に聴く瞳」「蝕春鬼」など。

楠山 正雄　くすやま・まさお

演劇評論家　児童文学者　⊕明治17年11月4日　⊗昭和25年11月26日　⊕東京・銀座　⊕早稲田大学英文科(明治39年)卒　⊕明治39年早稲田文学社に入り「文芸百科全書」を編集。42年読売新聞社に入り、44年富山房に転社。44年「菊五郎と吉右衛門と」を発表して劇壇に認められ、以後演劇評論家として活躍。45年「シバヰ」を創刊し「死の前に」「油地獄」などの戯曲を発表。大正2年早大講師となり、4年辞任。芸術座の脚本部員となるが、8年芸術座が解体し、劇団から去る。その後「赤い鳥」などに児童文学を発表し、児童文学作家として活躍。「日本童話宝玉集」「歌舞伎評論」など数多くの著書がある。

久世 光彦　くぜ・てるひこ

作家　テレビプロデューサー　作詞家　カノックス代表　⊕昭和10年4月19日　⊕富山県富山市　筆名=小谷夏(こたに・なつ)、筆名(作詞)=市川睦月(いちかわ・むつき)　⊕東京大学文学部美学科(昭和35年)卒　⊕芸術選奨文部大臣賞(第42回、平3年度)(平成4年)「花迷宮―上海から来た女」「女正月」「向田邦子新春スペシャル」、Bunkamuraドゥマゴ文学賞(第3回)(平成5年)「蝶とヒットラー」、山本周五郎賞(第7回)(平成6年)「一九三四年冬―乱歩」、芸術選奨文部大臣賞(第47回、平8年度)(平成9年)「聖なる春」、紫綬褒章(平成10年)、泉鏡花文学賞(第29回)(平成13年)「蕭々館日録」　⊕昭和35年TBS入社。「七人の孫」「時間ですよ」「ムー一族」「寺内貫太郎一家」など数々のヒットドラマの脚本演出を手がけ、テレビ界の鬼才といわれた。54年自由な作品づくりをめざして退社、テレビ制作会社・カノックスを設立。"テレビ

はおもちゃ、ドラマ作りは遊び”がモットー。57年〜平成13年正月の「向田邦子スペシャル」を演出。東映「夢一族」で映画監督としてもデビュー。9年新派公演「浅草慕情—なつかしのパラダイス」で初の舞台演出、11年舞台「寺内貫太郎一家」の演出を手掛ける。また、作詞家として天地真理「ひとりじゃないの」、沢田研二「コバルトの季節の中で」などを手掛ける。近年は作家としても活躍。10年朝日新聞書評委員。著書に「昭和幻燈館」「花迷宮」「怖い絵」「蝶とヒットラー」「一九三四年冬—乱歩」「哲学者として」「聖なる春」「卑弥呼」「謎の母」「逃げ水半次無用帖」「蕭々館日録」「美の死」などがある。　[家]兄=久世公堯(参院議員)

朽木 寒三　くちき・かんぞう

作家　[生]大正14年5月20日　[出]北海道　本名=水口安典　[学]東京農工大学卒　[歴]19歳で中国大陸の戦争に最下級の歩兵兵士として従軍。戦後、その間に体験した小型砲をひく軍馬との泥まみれの生活を描いた伝記小説「馬賊戦記」を刊行、ロングセラーとなる。「人間像」同人。著書に「馬賊天鬼将軍伝」「少年マタギと名犬タケル」他。　[団]日本文芸家協会

久綱 さざれ　くつな・さざれ

小説家　(有)アスター代表　[生]昭和40年　[出]愛知県刈谷市　[学]名古屋大学文学部哲学科卒　[賞]ムー伝奇ノベル大賞優秀賞(第1回)(平成13年)「ダブル」　[歴]ソフトウェア開発会社勤務を経て、アスターを設立。平成11年詩人だった父の遺稿集出版に携わったのを機に、小説を書き始める。平成13年「ダブル」で第1回ムー伝奇ノベル大賞優秀賞を受賞し、作家デビュー。[家]父=谷沢辿(詩人・故人)

工藤 亜希子　くどう・あきこ

作家　[生]昭和40年　[出]熊本県　[学]熊本県立矢部高卒　[賞]潮賞(第4回・小説部門)(昭和60年)「6000日後の一瞬」　[歴]高校3年の時から小説を書き始める。昭和60年、2作目の「6000日後の一瞬」で第4回潮賞(小説部門)を受賞。高校卒業後、県外の紡績会社に就職したが、病気で退職。熊本市内に下宿してアルバイト生活。

宮藤 官九郎　くどう・かんくろう

脚本家　構成作家　俳優　コメディアン　[生]昭和45年7月19日　[出]宮城県　本名=宮藤俊一郎　ユニット名=グループ魂　[学]日本大学芸術学部卒　[賞]キネマ旬報賞(脚本賞, 平13年度)「GO」、ヨコハマ映画祭脚本賞(第23回)(平成14年)「GO」、毎日映画コンクール脚本賞(第56回, 平13年度)「GO」、読売文学賞(戯曲シナリオ賞, 第53回)(平成14年)「GO」、日本アカデミー賞(脚本賞, 第25回)(平成14年)「GO」　[歴]大学入学頃から放送作家を志し、21歳頃劇団大人計画に入団。コメディアン兼俳優として人気となり、パンク・ロックバンド風のコントユニット“グループ魂”を結成、ギターを担当し、「笑点」(日テレ)に出演。一方、「笑う子犬の生活」「笑う犬の冒険」(フジ)でコント作家、「コワイ童話」「悪いオンナ」(TBS)で脚本家として頭角を現わす。平成13年日韓共同製作映画「GO」で脚本を担当、同作品は映画賞の各賞を総ナメにする。他のドラマ出演に「おいしい関係」「二千年の恋」、映画出演に「CROSS」「ロックンロール・ミシン」、脚本に「池袋ウエストゲートパーク」「ロケット・ボーイ」「木更津キャッツアイ」など。
http://www9.big.or.jp/~otona/

工藤 欣弥　くどう・きんや

小説家　元・札幌芸術の森美術館館長　[生]大正10年7月30日　[出]東京　筆名=北野洸(きたの・こう)、冬木一(ふゆき・はじめ)　[学]大東文化専(昭和18年)卒、中央大学経済学部(昭和20年)中退　[賞]北海道新聞文学賞佳作(第26回)(平成4年)「弥生坂」、北海道新聞文化賞(社会部門, 第55回)(平成13年)　[歴]小、中学校教師を経て、昭和23年北海道庁に入る。38年教育委員会へ出向。42年道立美術館長、46年教育庁文化振興室長、文化課長、51年再び道立美術館長を歴任。52年三岸好太郎美術館が誕生し館長になり、11年間つとめた。平成2年10月開館の札幌芸術の森美術館館長に就任。8年退任。北海道文学館理事もつとめる。著書に「夜明けの美術館—道立美術館10年と建設運動の軌跡」がある。一方、ドフトエフスキーを好み、私小説を書く。「札幌文学」同人。作品に「ひらぎし物語」「弥生坂」「赤い雨傘」など。小唄の名取でもある。[団]日本ペンクラブ、日本文芸家協会、札幌文学会

工藤 健策　くどう・けんさく

作家　[生]昭和17年　[出]神奈川県横浜市　[学]明治大学卒　[賞]ビジネス・ストーリー大賞(平成1年)「主査」　[歴]ラジオ局に入社。アナウンサー、ディレクターとしてラグビー、サッカー、野球などを取材。その後、作家となりビジネスストーリーや演芸台本を執筆。著書に「Jリーグ崩壊」「小説 安土城炎上」などがある。

工藤 隆雄　くどう・たかお

フリーライター　[専]人物ルポ　旅記事　ガイド小説　[生]昭和28年12月24日　[出]青森県青森市　[学]日本大学芸術学部文芸学科卒　[賞]毎日児童小説(第41回・小学生向き優秀作品)(平成4年)「走れ、マタギ犬、シロ」、毎日児童小説(第43回・小学生向き優秀作品)(平成6年)　[歴]総合出版の・ぎょうせいに勤務した後、業界紙記者な

どを経て、フリーライター。「BE-PAL」「RVクルージング」「ビスターリ」「日経新聞」「毎日小学生新聞」など多数の雑誌・新聞に寄稿。平成元年ペン&フォト社を設立。著書に「ひとり歩きの登山技術」「富士の見える小屋」「マタギに学ぶ登山技術」「上手な山小屋利用術」「走れ、マタギ犬、シロ」「山小屋の主人の炉端話」など。　[団]日本山岳会

工藤 隆　くどう・たかし

劇作家　大東文化大学文学部日本文学科教授　[専]古代文学　演劇学　[生]昭和17年4月17日　[出]栃木県黒磯市　[学]東京大学経済学部経済学科(昭和41年)卒、早稲田大学大学院文学研究科芸術学(演劇)専攻博士課程修了　[興]祭式の視点から日本古代文学を分析　[歴]大東文化大学助教授を経て、教授。大学院在学中から、劇作・演出・評論で活動。その後、日本古代の研究に傾斜するようになり、以後、祭式・芸能の視点に立った古代文学関係の論文が多い。雲南民族学院客座研究員。著書に「日本芸能の始原的研究」「劇的世界論」「演劇とはなにか」「大嘗祭の始原」「古事記の生成」、戯曲集に「黄泉帰り」がある。　[団]古代文学会、上代文学会、日本演劇学会、日本民族学会

工藤 直子　くどう・なおこ

詩人　児童文学作家　[生]昭和10年11月2日　[出]台湾・朴子　本名＝松本直子　[学]お茶の水女子大学中国文学科卒　[賞]日本児童文学者協会新人賞(第16回)(昭和58年)「てつがくのライオン」、児童福祉文化賞(出版部門)(昭和63年)「のはらうた」(3部作)、サンケイ児童出版文化賞「ともだちは海のにおい」、芸術選奨新人賞(平元年度)(平成2年)「ともだちは緑のにおい」　[歴]博報堂に4年間勤め、女性初のコピーライターとして活躍するが、昭和40年退職しフリーとなる。ブラジル、フランス、日本国内を放浪。著作に草木や動物を主人公にした絵本「密林一きれいなひょうの話」「ねこ はしる」、童話「ともだちは海のにおい」「ともだちは緑のにおい」、詩集「てつがくのライオン」「のはらうた」(3部作)、エッセイ集「ライオンのしっぽ」など。　[団]日本文芸家協会

工藤 美知尋　くどう・みちひろ

劇作家　青山IGC学院主宰　[専]日本政治史　日本外交史　[生]昭和22年4月29日　[出]山形県　[学]日本大学法学部卒、東海大学大学院政治学研究科修士課程修了　政治学博士　[歴]ウィーン大学に留学。日本大学専任講師の後、社会人入試、大学院入試のための予備校・青山IGC学院を主宰。主な著書に「日本海軍と太平洋戦争(上・下)」「日ソ中立条約の研究」「東条英機暗殺計画―『高木惣吉資料』にみる日本海軍の終戦工作」「残照―劇物語『井上成美』」「学ぶ 社会人がめざす大学ガイド」「学ぶ 社会人がめざす大学院ガイド」、共著に「日本近代と戦争―国家戦略の分裂と錯誤(上・中・下)」などがある。　[団]国際法学会、日本政治学会

工藤 美代子　くどう・みよこ

ノンフィクション作家　[生]昭和25年3月27日　[出]東京都　[学]大妻女子高卒、コロンビア・カレッジ(カナダ)卒　[賞]講談社ノンフィクション賞(第13回)(平成3年)「工藤写真館の昭和」　[歴]昭和43年からチェコのカレル大学に留学。48年からバンクーバーに住む。カナダ日系移民の苦難に満ちた歴史を追い続け、58年日系カナダ義勇兵の記録「黄色い兵士達」を出版。ほかに「晩香坡(バンクーバー)の愛―田村俊子と鈴木悦」「カナダ遊妓楼に降る雪は」「女が複眼になるとき」「ホテル・ウランバートル」「工藤写真館の昭和」「寂しい声・西脇順三郎の生涯」「哀しい目つきの漂流者」「夢の途上―ラフカディオ・ハーンの生涯」「サムソナイトをひきずって」「野の人 会津八一」など。東京、バンクーバーを拠点に活動。　[団]日本文芸家協会　[家]夫＝加藤康男(恒文社21専務)、父＝池田恒雄(ベースボール・マガジン社会長・故人)、兄＝池田郁雄(ベースボールマガジン社社長・故人)、姉＝猪谷晶子(恒文社インターナショナル社長)、弟＝池田哲雄(ベースボール・マガジン社社長)、妹＝池田嘉子(スポーツライター)

邦枝 完二　くにえだ・かんじ

小説家　[生]明治25年12月28日　[没]昭和31年8月2日　[出]東京市麹町区平河町(現・東京都千代田区)　本名＝国枝莞爾　筆名＝双竹亭竹水　[学]東京外語イタリア語科専修科(大正3年)中退　[歴]大正元年「三田文学」に「廓の子」を発表、以後「朱欒」「ARS」「秀才文壇」などに小説、戯曲、詩を発表。4年「時事新報」の記者になり、9年帝国劇場文芸部に移り、その間「三田文学」などに作品を発表するが、12年から文筆業に専念した。昭和3年発表の「東洲斎写楽」以降、大衆作家として流行作家となり、9年から10年にかけて「お伝地獄」を発表した。他の作品として「歌麿」「おせん」などがあり、戦後も「東京一代女」や「恋あやめ」などを発表した。　[家]娘＝木村梢(エッセイスト・俳優木村功夫人)、クニエダヤスエ(テーブルコーディネーター)

国枝 史郎　くにえだ・しろう

小説家　劇作家　[生]明治21年10月10日　[没]昭和18年4月8日　[出]長野県諏訪郡宮川村字茅野　別名＝宮川茅野雄、鎌倉彦郎、西川菊次郎　[学]早稲田大学英文科中退　[歴]大学時代演劇に関心を抱き、大学を中退した大正3年大阪朝日

新聞社に入り演劇担当記者となる。6年松竹座の座付き作者となったが、バセドー氏病により、9年退社して以後大衆文学の作家生活に入る。戯曲集「レモンの花の咲く丘へ」「黒い外套の男」のほか、小説「蔦葛木曽桟」「紅白縮緬組」「神州纐纈城」「神秘昆虫館」「娘煙術師」「建設者」など多くの著書、作品があり、「国枝史郎伝奇文庫」(全28冊)も刊行されている。

国木田 独歩　くにきだ・どっぽ

小説家　詩人　㊓明治4年7月15日　㊚明治41年6月23日　㊍千葉県　本名=国木田哲夫　㊫東京専門学校(早大)中退　㊑明治20年上京し、民友社系の青年協会に入会する。24年、植村正久により受洗。評論、随筆を「文壇」「青年文学」「国民新聞」などに寄稿する。26年、大分県佐伯の鶴谷学園教師となったが、27年上京し、民友社に入社、日清戦争の海軍従軍記者として活躍する。その後「国民之友」を編集。以後、報知新聞社、民声新報社、敬業社、近事画報社に勤務。30年合著「抒情詩」を刊行。34年、最初の小説集「武蔵野」を刊行し、以後「独歩集」「運命」「濤声」を刊行。39年、独歩社を創設したが40年に破産した。代表作としては単行本の他「源叔父」「牛肉と馬鈴薯」「酒中日記」「運命論者」などがあり、死後に手記「欺かざるの記」が刊行された。

国木田 治子　くにきだ・はるこ

小説家　㊓明治12年8月7日　㊚昭和37年12月22日　㊍東京・神田　本名=国木田治　旧姓(名)=榎本　㊫麹町富士見小学校卒　㊑明治30年隣に住む国木田独歩を知り、31年8月結婚。独歩の勧めで35年ごろから「婦人界」に執筆、36年1月号に「貞ちゃん」を発表。41年の万朝報に書いた「破産」は代表作で、独歩経営の独歩社が解散するまでを描いている。
㊇夫=国木田独歩

国弘 威雄　くにひろ・たけお

シナリオライター　㊓昭和6年6月8日　㊍旧満州　㊫柳井高中退　㊔芸術祭賞奨励賞(テレビ部門)(昭和36年)「すりかえ」、ブルーリボン賞脚本賞(昭和39年)「幕末残酷物語」、日本シナリオ作家協会新人賞(昭和39年)、ギャラクシー賞(平成2年)「下弦の月」　㊑昭和21年引揚げ。公務員、塗装工、雑誌社、東芝労組書記局を経て、第7回新人映画シナリオコンクール入選後の32年シナリオ研究所に入所。橋本忍に師事。東宝、日活、東映と契約後フリーとなる。平成9年自らが中心となって葫蘆島を記録する会を結成。10年終戦後の混乱期に旧満州にいた日本人が引き揚げに使った港、葫蘆島をテーマにしたドキュメンタリー映画「葫蘆島大遣返」が完成。他の代表作に「幕末残酷物語」(39年)「風林火山」(44年)「樺太一九四五年夏、氷雪の門」など。　㊐日本シナリオ作家協会(常務理事)

国松 俊英　くにまつ・としひで

児童文学作家　㊓昭和15年11月12日　㊍滋賀県守山市　㊫同志社大学商学部(昭和39年)卒　㊔絵本評論賞(第1回)(昭和52年)「佐野洋子の世界」　㊑機械メーカーに入社、かたわら昭和40年同人誌「ピノキオ」に参加。のち同人誌「マッチ箱」に参加、51年「ホタルの町通信」でデビュー。54年会社をやめ、文筆活動に専念。野鳥の生活や保護をテーマにしたものが多く、主な作品に「おかしな金曜日」「かもめ団地の三振王」「シラサギのくらし」「おしどりからのおくりもの」「ふくろうのいる教室」「コアジサシの親子」「わたり鳥の干潟」「はばたけオオタカ」「トキよ舞い上がれ」「カラスの大研究」などの他、「ゲンジボタルと生きる―ホタルの研究に命を燃やした南喜市郎」「宮沢賢治 鳥の世界」がある。
㊐日本児童文学者協会、日本野鳥の会、日本野生生物基金日本委員会、ノンフィクション児童文学の会

邦光 史郎　くにみつ・しろう

小説家　㊓大正11年2月14日　㊚平成8年8月11日　㊍東京　本名=田中美佐雄　㊫高輪学園卒　㊔京都市文化功労者(平成4年)　㊑戦後、京都に住んで五味康祐らとともに「文学地帯」を創刊。昭和26年より放送ライターとなる。37年「欲望の媒体」「社外極秘」(直木賞候補)など企業ミステリーを発表。以降題材は歴史、財閥史、近未来と多方面にわたる。著書は「幕末創世記」「三井王国」「地下銀行」「幻の近江京」「武器商社」「小説 エネルギー戦争」「近江商人」「小説トヨタ王国」「時の旅人」「起業家列伝」など300冊を越える。熟年世代が集い、生きがいある第二の人生を考えようと結成されたセカンドライフの会代表。またグループST(ソフト・テクノロジー)の代表もつとめ、「十年後」「この社会の十年後」を著す。没後の平成9年遺族により父祖の地・京都府弥栄町に全著作445点を寄贈。　㊐日本文芸家協会、セカンドライフの会(代表)、グループST(ソフト・テクノロジー)(代表)　㊇妻=田中阿里子(作家)

久野 豊彦　くの・とよひこ

小説家　評論家　経済学者　㊓明治29年9月12日　㊚昭和46年1月26日　㊍愛知県名古屋市　㊫慶応義塾大学経済学部(大正13年)卒　㊑大正12年「葡萄園」を創刊し、15年発表の「桃色の象牙の塔」で注目される。昭和2年「第二のレェニン」を刊行し、以後「聯想の暴風」「ボー

ル紙の皇帝万歳」や評論集「新芸術とダグラスイズム」などを刊行。昭和7年頃から文壇を離れ、晩年は名古屋商科大学で経済学を講じた。

久野 麗　くの・れい

シナリオライター　[生]昭和30年　[出]東京都　[学]青山学院高等部卒　[賞]BK脚本募集入選「ショパンでさようなら」　[歴]秘書、翻訳業などを経て放送作家に。主にラジオの構成台本を執筆。河野洋事務所に所属。2児の母。90%は主婦。TBS「星野知子・素顔のままでPART2」を構成。共同脚本に「幸福物語」、脚本に「ショパンでさようなら」(BK脚本募集入選作)。

窪 邦雄　くぼ・くにお

高校教師(富山女子高校)　[専]演劇　[賞]中部日本高校演劇大会文部大臣賞(昭和59年, 62年)　[歴]昭和28年国語の高校教師になり、初めて演劇部の指導を担当。50年富山女子高校に移り、演劇部顧問に。毎年、既成の脚本を使わない創作劇に取り組み、59年はイタイイタイ病患者とその家族を題材にした脚本「神の川」、62年にはエイズを扱った「ひとの痛みは…ザ・ニッポン人論・その1」を上演。

久保 栄　くぼ・さかえ

劇作家　演出家　小説家　[生]明治33年12月28日　[没]昭和33年3月15日　[出]北海道札幌市　[学]東京帝大独文科(大正15年)卒　[賞]透谷賞「三人の木樵の話」「悪魔と若き人麿」、小野宮吉戯曲平和賞(昭和13年)「火山灰地」　[歴]府立一中時代から「ホトトギス」などに短歌を投稿し、一高在学中の大正7年「三人の木樵の話」が透谷賞に応募当選した。東大在学中に翻訳した「ホオゼ」が上演されたのを機会に、卒業後、築地小劇場文芸部に入り、小山内薫に師事した。昭和4年新築地劇団に参加、5年第一戯曲「新説国姓爺合戦」を上演。同年日本プロレタリア演劇同盟(プロット)に加盟し、以後プロレタリア演劇の面で活躍し、8年「五稜郭血書」を発表。プロレタリアへの弾圧強化で、9年プロットを解散し、新協劇団を結成、藤村原作の「夜明け前」を演出、リアリズム演劇の再出発となる。12年代表作「火山灰地」を刊行、13年に小野宮吉戯曲平和賞を受賞、同年新協劇団で初演。15年同劇団強制解散、2度検挙される。戦後は20年東京芸術劇場を設立。その後、劇団民芸に参加。また戯曲「林檎園日記」「日本の気象」などを発表する一方、評伝「小山内薫」や小説「のぼり窯」を発表。戯曲、小説、戯曲論、翻訳などの作品のほか、演出家としても幅広く活躍した。「久保栄全集」(全12巻, 三一書房)がある。

久保 喬　くぼ・たかし

児童文学作家　小説家　[生]明治39年11月13日　[没]平成10年10月23日　[出]愛媛県宇和島市　本名＝久保隆一郎　[学]東洋大学東洋文学科(昭和9年)中退　[賞]小学館文学賞(第14回)(昭和40年)「ビルの山ねこ」、日本児童文学者協会賞(第13回)(昭和48年)「赤い帆の舟」　[歴]松山商卒業後時計商に従事していたが、上京して東洋大学に進む。その間「国民文学」同人を経て、太宰治らと同人雑誌「青い花」を創刊。大学中退後は教養社に勤め、「少年文学」に参加して、昭和16年「光の国」を刊行。以後児童文学作家として活躍し、40年「ビルの山ねこ」で小学館文学賞を、48年「赤い帆の舟」で日本児童文学者協会賞を受賞。その他の作品に「星の子波の子」「ネロネロの子ら」「少年の石」「海はいつも新しい」「少年は海へ」などがある。　[団]日本児童文学者協会、日本児童文芸家協会、日本児童文学学会

久保 斉　くぼ・ひとし

小説家　歌人　元・「にぎたづ」主宰　[生]昭和14年　[没]平成5年2月17日　[出]愛媛県喜多郡内子町　[学]中央大学文学部卒　[賞]大学祭懸賞小説学長賞「獅子のくち」、にぎたづ賞「小説『妄』」　[歴]愛媛新聞社に勤務。大学在学中、処女作「獅子のくち」を書き、のち小説「妄」が第2回太宰治賞候補になる。大江昭太郎の後を受けて歌誌「にぎたづ」を主宰。短歌同人誌「水夫(かこ)」代表。著書に「たるにゆ犀」、小説集「求める鳥」「声」、父子歌集「スエルテ」がある。

久保 三千雄　くぼ・みちお

小説家　斎光社代表　[生]昭和12年　[出]岡山県岡山市　[賞]読売短篇小説賞(第27回)、ACC賞(第14回)　[歴]岡山県文化センター勤務を経て、編集企画会社・斎光社を設立。かたわら同人誌に小説を発表しはじめ、第27回読売短篇小説賞を受賞。コマーシャルフィルムで第14回ACC賞を受賞。著書に「男と女と女と」「浦上玉堂伝」「小説 春峰庵浮世絵贋作事件」などがある。

窪川 鶴次郎　くぼかわ・つるじろう

文芸評論家　[生]明治36年2月25日　[没]昭和49年6月15日　[出]静岡県　[学]四高(大正12年)中退　[歴]大正13年四高を中退、上京して貯金局に勤務。15年中野重治、堀辰雄らと同人誌「驢馬」を創刊、詩や小説を書く。昭和2年田島いね子(佐多稲子)と知り結婚した。政治運動に参加したが過労で倒れ、療養生活の後、日本無産者芸術団体協議会の機関誌「ナップ」の編集責任者となり、プロレタリア文学の評論家として活動。7年検挙され、8年転向出所。9年転向小説「風雪」を発表後、評論活動に入った。

20年いね子と離婚、戦後は新日本文学会のメンバーとして活躍した。29〜46年日本大学講師。評論に「〈真空地帯〉論」「石川啄木」「芥川龍之介」など。著書に「現代文学論」「近代短篇史展望」ほか。　長男=窪川健造(映画監督)、二女=佐多達枝(舞踊家)

窪田 篤人　くぼた・あつひと
シナリオライター　昭和4年12月10日　平成10年5月16日　東京　浜松一中(昭和22年)卒　浜松一中卒業後、劇団ムーラン・ルージュ文芸部に入り、処女作「桃色の宿題」を発表。劇団解散後は主としてテレビドラマを執筆。主な作品に「七人の孫」「おお、ヒバリ!」「マリーの桜」など。戯曲に「わが剣熟砂を染めよ」「草原の恋歌」、小説に「新宿ムーラン・ルージュ」がある。　日本放送作家協会、日本脚本家連盟

窪田 啓作　くぼた・けいさく
翻訳家　作家　詩人　元・欧州東京銀行頭取　フランス文学　本名=窪田開造(くぼた・かいぞう)　大正9年7月25日　神奈川県　東京帝大法学部(昭和18年)卒　昭和18年東京銀行入行。パリ、新橋各支店次長、国際投資部副参事役を経て、48年欧州東京銀行頭取となる。一方、在学中に加藤周一、中村真一郎らとマチネ・ポエティクを結成、新しい文学運動を起こす。「マチネ・ポエティク詩集」、短編集「掌」「街燈」のほか、カミュ「異邦人」「追放」をはじめ、エリュアール、J=グリーンなどフランス文学の翻訳が多い。　弟=窪田般弥(詩人)

窪田 志穂　くぼた・しほ
小説家　昭和47年5月13日　島根県　レモン文庫少女小説大賞(第1回・佳作)　著書に「初KISSは夢の中」がある。

久保田 昭三　くぼた・しょうぞう
児童文学作家　昭和4年11月24日　群馬県館林市　拓殖大学農業経済科卒　群馬県文学賞(児童文学部門)(昭和44年)「消えたカナリヤ」　戦後、地域でのサークル活動、平和・住民運動などに従事。昭和28年ごろから童話・脚本を書く。エコロジストを自認。主な作品に「てっぽうさわぎ」「消えたカナリヤ」「ヒナコといっしょ」「けっこんなんていやよ」「トロルのトーニャは女の子」「そよ風にのっけて」などがある。

久保田 傑　くぼた・すぐる
映画監督　シナリオライター　昭和39年9月19日　東京都　日本大学経済学部卒　城戸賞(第16回)(平成2年)「福本耕平かく走りき」　大学在学中から8ミリを手がけ、卒業後、日本映画学校映像科演出コースに入学。平成2年シナリオ「福本耕平かく走りき」が第16回城戸賞に入選、3年日本映画学校製作、バズ・カンパニー提携作品として自ら監督することになる。

窪田 精　くぼた・せい
作家　小説　ルポルタージュ　文芸評論　大正10年4月15日　山梨県高根町　東京高等工科学校(昭和13年)中退　現代史(とくに戦中・戦後の国民的・民俗的体験の小説化)　多喜二・百合子賞(第10回)(昭和53年)「海霧のある原野」　東京工科学校中退後、浪曲劇女剣劇を経て、松竹劇団に加入するが、昭和15年に検挙され、以後終戦時まで拘留される。戦後、日本共産党に入党し、新日本文学会に参加して、27年「フィンカム」を発表。以後、作家生活に入り、46年日本民主主義文学同盟副議長に就任。53年「海霧のある原野」で多喜二・百合子賞を受賞。他の代表作に「ある党員の告白」「春島物語」などがある。　日本文芸家協会、日本民主主義文学同盟(議長)

久保田 彦作　くぼた・ひこさく
狂言作者　戯作者　弘化3年(1846年)　明治31年1月3日　別名=村柑子、竹柴幸次、村岡幸次　尾上菊五郎(5代目)付きの作者となり、村柑子と号しのち村岡幸次とあらためた。一時劇界を離れ、明治6年ごろ東京府学区取締を拝命し小学校の建設に従事したが、8年ごろに劇界に復帰し河竹黙阿弥門下となり、竹柴幸次と称して狂言作者となる。また仮名垣魯文にひきたてられ11年に「鳥追阿松海上新話」を刊行し戯作者としても名をあげた。主な作品に「菊種延命袋」「荒磯割烹鯉魚腸」「浪枕江の島新語」など。

久保田 正子　くぼた・まさこ
児童文学作家　昭和18年1月15日　佐賀県鳥栖市　佐賀県立鳥栖高卒、京都第二日赤高等看護学院卒　子ども世界児童文化の会年度賞(第7回)「ひっこしオーライ」、小学館わが子におくる創作童話優秀賞(第1回)「あってふし木とさえもんじいさん」　「ひまわり」「コロナ子ども世界」同人。著書に「おひるまでかげぼうし」「こがらし山のコッペ」「ひっこしオーライ」「さがした分校まえ」(共著)他。　児童文化の会

久保田 万太郎　くぼた・まんたろう

小説家　劇作家　演出家　俳人　[生]明治22年11月7日　[没]昭和38年5月6日　[出]東京市浅草区田原町　俳号=暮雨、傘雨、甘亭　[学]慶応義塾大学文学部(大正3年)卒　[資]日本芸術院会員(昭和22年)　[賞]菊池寛賞(第4回)(昭和17年)、読売文学賞(第8回・小説賞)(昭和32年)「三の酉」、文化勲章(昭和32年)、NHK放送文化賞(昭和32年)　[歴]明治44年小説「朝顔」、戯曲「遊戯」が「三田文学」に発表され、また「太陽」に応募した戯曲「Prologue」が当選し、作家として出発する。45年「浅草」を刊行、以後小説、戯曲、俳句の面で幅広く活躍。大正期の代表作として「末枯」「寂しければ」などがあり、昭和初年代の作品として「大寺学校」「春泥」、10年代の作品として「釣堀にて」「花冷え」、戦後の作品として「市井人」「三の酉」などがあり、「三の酉」で32年に読売文学賞を受賞。昭和7年築地座が結成されて演出も手がけるようになり、12年には岸田国士、岩田豊雄らと文学座を結成、死ぬまで幹事をつとめた。俳句の面でも、2年「道芝」を刊行、また戦後は雑誌「春燈」を主宰した。17年菊池寛賞を受賞、22年芸術院会員となり、32年には文化勲章を受章、またNHK放送文化賞を受賞したほか、日本演劇協会会長に就任するなど、生涯にわたって幅広く活躍した。

久保田 弥代　くぼた・やしろ

小説家　[生]昭和45年9月　[出]東京都　[賞]ソノラマ文庫大賞(佳作, 第3回)(平成12年)「アーバン・ヘラクレス」　[歴]都立高校卒業後、専門学校に1年間通い、ゲームプランナーに。その後転職を重ね、見習いのプログラマーとして働く。平成12年作品「アーバン・ヘラクレス」がソノラマ文庫大賞の佳作入選し、小説家デビュー。

久保田 義夫　くぼた・よしお

小説家　[生]大正6年6月15日　[出]宮崎県都城市　本名=渡辺義夫　[学]京城帝大法文学部国文科(昭和16年)卒　[賞]熊本県文化懇話会賞(第8回)(昭和48年)「魂の中の死」　、熊日文学賞(第19回)(昭和52年)「徳永直論」　[歴]昭和16年仁川公立商業教諭、22年都城市立女子商業教諭、26年八代高校教諭、43年第一高校教諭などを歴任。52年退職、文筆業に専念。「詩と真実」編集発行人。久保田は旧性。著書に「黄色い蝶の降る日に」「魂の中の死」「小説と物語の間」「さらばラバウル—西部ニューブリテン島ツルブ戦記」他。　[団]日本文学協会、熊本県文化協会、日本文芸家協会、日本ペンクラブ

窪田 僚　くぼた・りょう

作家　[生]昭和27年6月7日　[出]北海道札幌市　[学]北海道大学工学部建築学科卒　[賞]ビックリハウス・エンピツ賞(第1回)　[歴]スタートは「ビックリハウス」への投稿で、編集者、コピーライターを経て、「ヘッドフォン・ララバイ」で小説デビュー。のちに映画化された。宣伝コピー、PR誌の原稿、札幌タウン誌にも連載を執筆。著書に「東京ラプソディ」「あのコとスペクタクル」「うらないトリオ・キューピッズシリーズ」など。

熊井 啓　くまい・けい

映画監督　脚本家　[生]昭和5年6月1日　[出]長野県南安曇郡豊科町　[学]信州大学文理学部社会科(昭和28年)卒　[賞]キネマ旬報賞(脚本賞, 昭40年度・47年度)、日本映画監督協会新人賞(昭和40年)、ブルーリボン賞(新人賞, 昭40年度)、芸術選奨文部大臣賞(昭47年度)「忍ぶ川」、キネマ旬報賞(日本映画監督賞, 昭47年度・49年度・61年度)「忍ぶ川」「サンダカン八番娼館・望郷」「海と毒薬」、ベルリン国際映画祭銀熊賞(昭和50年・62年)「サンダカン八番娼館・望郷」「海と毒薬」、毎日映画コンクール監督賞(昭61年度)「海と毒薬」、ブルーリボン賞(監督賞, 第29回, 昭61年度)「海と毒薬」、日本アカデミー賞(特別賞)(昭和62年)、ベネチア国際映画祭サンマルコ銀獅子賞(平成1年)「千利休」、シカゴ国際映画祭銀賞(第25回)(平成1年)「千利休」、モントリオール国際映画祭最優秀芸術貢献賞(第14回)(平成2年)「式部物語」、モントリオール国際映画祭エキュメニカル賞(第19回)(平成7年)「深い河」、紫綬褒章(平成7年)、日刊スポーツ映画大賞作品賞(第10回)(平成9年)「愛する」、ベルリン国際映画祭ベルリナーレ・カメラ賞(第51回)(平成13年)、勲四等旭日小綬章(平成13年)、山路ふみ子映画賞(福祉賞, 第25回)(平成13年)　[歴]昭和29年助監督として日活撮影所に入社。久松静児、田坂具隆ら監督につき、14本の脚本も執筆。39年「帝銀事件・死刑囚」で監督デビュー。翌年、野心作「日本列島」で社会派監督としての地位を確立。44年に退社し、以後フリーの映画監督として活躍。芸術選奨文部大臣賞、キネマ旬報賞など受賞多数。平成13年松本サリン事件を描いた「日本の黒い夏—冤罪」がベルリン国際映画祭に特別招待され、ベルリナーレ・カメラ賞(特別功労賞)を受賞。他の作品に「黒部の太陽」「地の群れ」「忍ぶ川」「サンダカン八番娼館・望郷」「天平の甍」「日本の熱い日々/謀殺・下山事件」「海と毒薬」「千利休・本覚坊遺文」「式部物語」「ひかりごけ」「深い河」「愛する」「海は見ていた」などがある。一作ごとに心血を注ぎ、撮影前の徹底

した調査ぶりは有名。平成13年勲四等旭日小綬章を受章。著書に「日本の秘境・高瀬渓谷」「映画と毒薬」「池塘春草の夢」などがある。
[団]日本映画監督協会、日本シナリオ作家協会
[家]妻＝熊井明子(エッセイスト)

熊王 徳平　くまおう・とくへい
小説家　[生]明治39年6月15日　[没]平成3年8月1日　[出]山梨県増穂町　[学]高小卒　[歴]床屋、行商などをしながら小説を書き始め、昭和6年日本プロレタリア作家同盟山梨支部結成。15年に芥川賞候補となった「いろは歌留多」でデビュー。山梨県在住の作家として土着性のある庶民的作品が多い。他の作品に直木賞候補となった「山峡町議選誌」や、「無名作家の手記」「甲州商人」(映画化題名「狐と狸」)「虎と狼」「田舎文士の生活と意見」など。

熊谷 勲　くまがい・いさお
映画監督　[生]昭和9年3月28日　[出]岩手県陸前高田市気仙町　[学]埼玉大学文学部哲学科(昭和31年)卒、東京大学大学院人文科学研究科哲学専攻(昭和33年)修了　[賞]年間代表シナリオ(昭46, 53年度)「女生きてます」「イーハトーブの赤い屋根」、動物愛護映画コンクール優秀賞「さよなら子猫ちゃん」「ゴンタとよばれた犬」、教育映画祭作品賞「日本の民謡シリーズ・蛇女房」　[歴]松竹に入社。助監督時代には山田洋次監督「下町の太陽」、森崎東監督「喜劇・女生きてます」などで脚本を担当。昭和53年児童向け映画「イーハトーブの赤い屋根」で監督デビュー。翌年松竹映像事業センターに転じ、「さよなら子猫ちゃん」(58年)「ゴンタとよばれた犬」(59年)「ユーロパ谷のドンベーズ」(61年)など多数の児童映画の制作監督にあたる。63年には内田建太郎「西遊記」をプロデュース。著書に「ゴンタとよばれた犬」。
[団]日本映画監督協会

熊谷 宗秀　くまがい・そうしゅう
小説家　保護司　仰西寺住職　石川県教誨師会名誉顧問　[出]石川県金沢市　[学]大谷大学中退
[賞]泉鏡花記念金沢市民文学賞小説集「尾てい骨」、北国風雪賞(第6回)(昭和63年)　[歴]大谷大学を病気中退。仰西寺住職で、教誨師、保護司など長年務め、作家活動も。

熊谷 達也　くまがい・たつや
小説家　[生]昭和33年　[出]宮城県登米郡中田町
[学]東京電機大学卒　[賞]小説すばる新人賞(第10回)(平成9年)「ウエンカムイの爪」、新田次郎文学賞(第19回)(平成12年)「漂泊の牙」
[歴]子供の頃から本が好きで、特にSF小説にのめり込む。大学浪人時代自作のSF小説を公募に出品。大学卒業後、埼玉県と宮城県での教員生活を経て、平成8年保険代理店業に転身。本格的に小説に取り組む。9年「ウエンカムイの爪」で小説すばる新人賞を受賞。他の著書に「漂泊の牙」「まほろばの疾風」がある。

熊谷 独　くまがい・ひとり
ミステリー作家　[生]昭和11年6月10日　[出]広島県　本名＝熊谷一男　[学]東京外国語大学ロシヤ語科(昭和36年)卒　[賞]サントリーミステリー大賞(第11回)(平成5年)「最後の逃亡者」
[歴]昭和36年和光交易入社。60年退社。平成5年「最後の逃亡者」がサントリーミステリー大賞を受賞。以後、旧ソ連やロシアを舞台にしたミステリーを描く。12年自伝的小説「尾道少年物語」を刊行。他の著書に「モスクワよ、さらば」「秘境からの脅迫者」「エルミタージュの鼠」など。

熊谷 政江　くまがい・まさえ
作家　[出]北海道札幌市　[学]藤女子短大国文科卒　[賞]北海道新聞文学賞(第21回)(昭和62年)「マドンナのごとく」　[歴]札幌北高在学中から詩作に没頭、19歳の時処女詩集「砂の憧憬」を出版。のち小説に転じ、「北方文芸」に作品を発表する。62年「マドンナのごとく」で北海道新聞文学賞を受賞した。

神代 辰巳　くましろ・たつみ
映画監督　シナリオライター　[生]昭和2年4月24日　[没]平成7年2月24日　[出]佐賀市水ケ江町
[学]早稲田大学文学部英文科(昭和27年)卒　[賞]日本シナリオ作家協会シナリオ賞「泥の木がじゃあめいているんだね」、キネマ旬報賞(脚本賞, 第18回, 昭47年度)「一条さゆり・濡れた欲情」「白い指の戯れ」、ブルーリボン賞(作品賞, 監督賞)「赫い髪の女」、クリオ賞金賞「ワンカップ大関」、ヨコハマ映画祭特別大賞(第7回, 昭60年度)、報知映画賞(監督賞, 第19回)(平成6年)「棒の哀しみ」、毎日映画コンクール(監督賞, 第49回, 平6年度)「棒の哀しみ」、日本映画批評家賞(監督賞)(平成7年)、高崎映画祭監督賞(第9回, 平6年度)「棒の哀しみ」、日本アカデミー賞(会長特別賞, 第19回)(平成8年)
[歴]微兵を避けて九大附属医専に進むが、のち小説家を志して文学部に入る。家業(薬種問屋)を継がず、昭和28年松竹京都撮影所助監督部に入社。30年日活に移り、斎藤武市組のチーフとして"渡り鳥"シリーズを手がける。40年「かぶりつき人生」で監督デビュー。46年からロマン・ポルノを手がけ、47年「濡れた唇」はじめ「一条さゆり・濡れた欲情」などの傑作を生む。55年フリーとなり、「ミスター・ミセス・ミス・ロンリー」や文芸作品の映画化にとりくむ。62年日活ロッポニカの「噛む女」を撮る。63年舞台「浅草紅団」を初演出。脚本やCMも

手がけ、著書に「神代辰巳オリジナルシナリオ集」「四畳半襖の裏張り」がある。44年女優・島崎雪子と結婚、のち離婚。他に「青春の蹉跌」(49)「赫い髪の女」(54)「戻り川心中」(58)「恋文」(60)「ベッドタイムアイズ」(62)「棒の哀しみ」(平6)など。

くまた 泉　くまた・せん
児童文学者　[出]東京　[学]戸板女子専門部師範卒　[賞]現代少年文学賞(第8回)(昭和53年)「とびだしたかげ」　[歴]児童図書出版社に勤務の傍ら、童話・詩を書き始める。昭和53年「とびだしたかげ」で第8回現代少年文学賞受賞。他に「かえってきた宇宙っ子」「あかちゃんのつくりかた」「もしもの町のおとなっ子」などの著書がある。

久美 沙織　くみ・さおり
小説家　[生]昭和34年4月30日　[出]岩手県盛岡市　本名=波多野稲子　旧姓(名)=菅原　[学]上智大学文学部哲学科卒　[歴]大学在学中の昭和54年「小説ジュニア」(のちの「Cobalt」)で短編デビュー。スピード感あふれる文体で、元気で明るい少女像を描く。著書に集英社コバルト文庫「ガラスのスニーカー」「きみの瞳にギャラクシィ」「夢のつづきはかためを閉じて」「ロマンチックをもう一杯」「抱いてアイフィニ」「丘の家のミッキー」「あけめやみ とじめやみ」など多数。　[団]日本SF作家クラブ、日本文芸家協会、日本推理作家協会　[家]夫=波多野鷹(小説家)

久米 元一　くめ・げんいち
児童文学者　[生]明治35年12月20日　[没]昭和54年2月23日　[出]東京　旧筆名=久米舷一　[学]高千穂高商(大正9年)中退　[歴]大正12年頃より童話雑誌「金の星」の懸賞童話に応募し、たびたび入選。13年金の星社に入社するが昭和初年退社し、以後執筆に専念。戦後は冒険、推理小説を主体とした少年少女小説を執筆。著書に「歌えぬうぐいす」「魔女の洞窟」「恐怖の仮面」「くまたろう」など。

久米 秀治　くめ・しゅうじ
小説家　[生]明治20年4月1日　[没]大正14年1月1日　[出]神奈川県横浜　[学]慶応義塾大学文学部哲学科(大正3年)卒　[歴]在学中の明治44年12月の「三田文学」に処女作「灯」を発表。「三田文学」「スバル」などに永井荷風の影響を受けた浪漫的作品を書いた。大学卒業後帝国劇場に入り、有楽座主事となり、劇場経営に従事。久保田万太郎ら執筆の「久米秀治追悼録」(三田文学)がある。

久米 直子　くめ・なおこ
童話作家　[出]東京　[学]武蔵野女子大学文学部卒　[賞]カネボウミセス童話大賞(優秀賞)(昭和62年)「二月二十九日は何の日?」　[歴]大学時代から童話を書き始める。著書に「ちよのさんの森のさんぽ」がある。

久米 正雄　くめ・まさお
小説家　劇作家　俳人　[生]明治24年11月23日　[没]昭和27年3月1日　[出]長野県小県郡上田町(現・上田市)　俳号=久米三汀(くめ・さんてい)　[学]東京帝大英文科(大正5年)卒　[歴]大正3年芥川龍之介らと第3次「新思潮」を創刊し、4年に漱石の門下生となる。5年「父の死」「阿武隈心中」などの小説、戯曲を発表し、作家として出発。漱石の娘・筆子との失恋事件をテーマにした「螢草」を7年に発表、以後、新聞、婦人雑誌などに多くの作品を連載し、菊池寛とならぶ代表的な流行作家として活躍。8年小山内薫らと国民文芸会を起こし、演劇改良運動にも参加した。主な作品に「受験生の手記」「ある医師の良心」「破船」「学生時代」「牛乳屋の兄弟」(戯曲)の他、句集に「牧唄」「返り花」などがある。戦時中は日本文学報国会の常任理事、事務局長を兼務。戦後は川端康成らと鎌倉文庫をはじめ、社長をつとめた。平成12年幼少期を過ごした郡山市に旧邸が移築され、久米正雄記念館が開館。

久米 穣　くめ・みのる
翻訳家　児童文学作家　[専]英米文学　ノンフィクション　科学書　[生]昭和6年10月22日　[出]神奈川県鎌倉市　筆名=久米みのる(くめ・みのる)　[学]文化学院文科(昭和58年)卒　[興]リヨン・ガーフィールド、イギリス児童文学、児童のためのシェークスピア　[賞]日本児童文芸家協会賞(特別賞,第25回)(平成13年)　[歴]昭和35年ごろ名探偵ホームズの翻訳に従事。その後、怪盗ルパンシリーズの翻訳を多数手がける。訳書に「悲劇の少女アンネ」「ひとときのヒーロー」「スポック博士のしつけ教育」「木箱にのった標流」、モーリス・ルブラン「水晶の栓」「怪盗ルパン怪紳士」などのルパンシリーズ、著書に「へんしんバットのひみつ」など。　[団]日本児童文芸家協会(評議員)、少年文芸作家クラブ(理事)、日本国際児童図書評議会

雲井 瑠璃　くもい・るり
小説家　本名=クモイ・ピルグリム,ルリコ〈Kumoi Pilgrim, Ruriko〉　[学]青山学院大学文学部卒、コロンビア大学、ケンブリッジ大学　[歴]5歳の時に両親とともに満州へ渡る。戦後の引き揚げ後、大学を卒業し、コロンビア大学、ケンブリッジ大学に留学。のち国際結婚。平成11年母をモデルにした英語の作品「瀬戸内を

泳ぐ魚のように」で小説家デビュー。ドイツのブックフェアで注目され欧州各国で翻訳出版、12年同作品を日本語に書き直し、日本でも出版される。

雲村 俊慥　くもむら・しゅんぞう

小説家　文芸評論家　[生]昭和9年4月3日　[出]新潟県中蒲原郡　評論家名＝沢村健　[学]日本大学法学部卒　[賞]日本文芸家クラブ大賞(長編小説部門，第6回)「小説・仙寿院裕子」　[歴]昭和32年光文社入社。「女性自身」「宝石」「文芸図書」「光文社文庫」の各編集部を経て、平成7年定年。以後フリーとして独立。著書に「愛は限りなく」「小説・仙寿院裕子―越後村松藩の維新」などがある。　[団]日本文芸家協会、江戸を歩く会、彩

倉掛 晴美　くらかけ・はるみ

図書館司書　児童文学作家　[出]長野県中野市　旧姓(名)＝穐山晴美　[歴]結婚後、夫の郷里である福岡県庄内町に移り住み、長年小中学校で学校図書館司書を務める。傍ら、日本児童文学者協会北九州支部「小さい旗の会」同人として創作活動を行う。平成10年帰省する際に乗ったフェリーで見た島根県の児童の壁新聞がきっかけとなり、12年児童と日本海を航行する定期フェリーとの交流を描いた「海の子の夢をのせて」を刊行、映画化もされる。

倉阪 鬼一郎　くらさか・きいちろう

小説家　歌人　俳人　[専]怪奇小説　[生]昭和35年1月28日　[出]三重県上野市　本名＝倉阪直武　[学]早稲田大学文学部文芸科卒、早稲田大学大学院文学研究科日本文学専攻中退　[歴]同人誌「金羊毛」「幻想卵」などに怪奇幻想小説を書く。また季刊「幻想文学」に書評・エッセイ等を多数発表。平成元年より作句開始。「俳句空間」投句を経て、「豈」同人。著書に「白い館の惨劇」「活字狂想曲」「夢の断片、悪夢の破片」、短編集「地底の鰐、天上の蛇」「怪奇十三夜」、歌集「日蝕の鷹、月蝕の蛇」、句集に「怪奇館」、訳書にストリブリング「カリブ諸島の手がかり」などがある。　[団]幻想文学会　[家]弟＝倉阪秀史(千葉大学教授)

倉沢 佐知代　くらさわ・さちよ

シナリオライター　[生]昭和24年　[出]東京都　[歴]デザイン学校卒、デザイナー社勤務。その後シナリオ作家協会東京・山手YMCA「シナリオ講座」に学ぶ。平成元年TBS月曜ドラマスペシャル「まくりの勝っちゃん一発逆転」で脚本家デビュー。主な作品にTBS東芝日曜劇場「ピンクエンジェルのさくらちゃん」、昼帯ドラマ「命の旅路」、日曜ラブ・ストーリー「パパと呼ばせて」、フジテレビ「君が見えない」など。

倉島 竹二郎　くらしま・たけじろう

小説家　将棋評論家　[生]明治35年11月9日　[没]昭和61年9月27日　[出]京都市　[学]慶応義塾大学文学部国文科(昭和4年)卒　[歴]将棋が強く、国民新聞に観戦記を載せたのがきっかけで東京日日新聞(現・毎日新聞)名人戦が創設された昭和10年、嘱託に引抜かれ、小説家志望が評論家となる。以来毎日新聞紙上で名人戦・王将戦の“将棋観戦記”を執筆。18年毎日新聞を退社し、戦後作家生活に入るが、再び将棋観戦記に健筆をふるう。著書に「将棋太平記」「近代将棋の名匠たち」、小説に「愛情の四季」「小説関根名人」などがある。将棋6段、囲碁5段、連珠5段、麻雀3段の腕前。　[団]棋道懇話会

倉田 潮　くらた・うしお

評論家　小説家　[生]明治22年7月10日　[没]昭和39年7月3日　[出]群馬県佐波郡玉村町　[学]東京帝大法科中退　[歴]職を転々としながら小説を書き、大正12年「新興文学」に「農民文学の提唱」を発表、翌13年「文芸と宗教」創刊号に小説「逃走」を発表したが発禁となった。しかし「新潮」「文壇」「文芸戦線」などに階級文芸や農民文芸などの評論を書き、喜劇風の小説「放浪」「肉魔」「老夫婦と小犬」などを発表した。他に「蝕まれたる魂」。

倉田 淳　くらた・じゅん

劇作家　演出家　スタジオライフ　[出]東京　[歴]「円」研究所の第1期生。昭和59年劇団スタジオライフを結成。63年から男優だけの劇団となり、若い女性に評判となる。平成2年シアターモリエールで「TAMAGOYAKI」を作・演出。8年より萩尾望都の人気漫画「トーマの心臓」を上演し、11年3度目の上演を行う。

倉田 艶子　くらた・つやこ

劇作家　[生]明治29年6月20日　[出]広島県比婆郡庄原町　筆名＝面足千木(おもたる・ちぎ)　[歴]大正11年「大雀命」「かねごと」2編を収めた戯曲「芸楽道場叢書」を出版、百三が序文を書いた。百三主宰の「生活者」にも参加、父の死後「挽歌」、母の死後「愛嬢」などを書いた。
[家]兄＝倉田百三(作家・故人)

倉田 百三　くらた・ひゃくぞう

劇作家　評論家　[生]明治24年2月23日　[没]昭和18年2月12日　[出]広島県三上郡庄原村(現・庄原市)　[学]一高(大正2年)中退　[歴]一高在学中に哲学論文を発表していたが、大正2年結核にかかり、療養のため中退する。4年西田天香が主宰する京都の一燈園に入り思索的な生活を続けた。5年「生命の川」を創刊し、戯曲「出家とその弟子」を連載。6年「出家とその弟子」を刊行し、大ベストセラーとなる。10年に刊

行した論文・随想集の「愛と認識との出発」は青春の思索書として広く読まれた。13年結婚、同年「超克」では合理主義的な生き方を摸索し、15年雑誌「生活者」を創刊するなど宗教と倫理の問題を追求したが、極度の強迫観念症に陥る。昭和4年回復後は国家主義に傾き、国民協会、新日本文化の会の幹部をつとめた。14年大陸旅行中過労から発病。他の主な戯曲に「俊寛」「歌はぬ人」「赤い霊魂」、小説に「親鸞聖人」や自伝「光り合ふいのち」、論集に「静思」「転身」「希臘主義と基督教主義との調和の道」「絶対的生活」など。「倉田百三選集」(全5巻，春秋社)などがある。

倉知 淳　くらち・じゅん

小説家　[生]昭和37年4月25日　[出]静岡県　[学]日本大学芸術学部演劇学科卒　[賞]若竹賞(平成5年)「競作 五十円玉二十枚の謎」　[歴]「日曜の夜は出たくない」でデビュー。著書に「星降り山荘の殺人」「過ぎ行く風はみどり色」「占い師はお昼寝中」「競作 五十円玉二十枚の謎」などがある。

倉橋 由美子　くらはし・ゆみこ

小説家　[生]昭和10年10月10日　[出]高知県香美郡土佐山田町　本名＝熊谷由美子　[学]京都女子大学中退、日本女子衛生短期大学(昭和31年)卒、明治大学仏文科(昭和35年)卒　[賞]明治大学長賞(昭和35年)「パルタイ」、女流文学者賞(第12回)(昭和36年)「パルタイ」、田村俊子賞(第3回)(昭和37年)、日本腰巻文学大賞(第6回)(昭和52年)「ビッグ・オーとの出会い―ぼくを探しに」、泉鏡花賞(第15回)(昭和62年)「アマノン国往還記」　[歴]昭和35年明大新聞に発表した「パルタイ」により脚光を浴び、同年の芥川賞の最終候補になる。41年アイオワ州立大学創作科に留学し、帰国後本格的執筆活動に入る。カフカ、サルトルなど西欧現代作家のスタイルに影響を受けつつ、独自の抽象的な作風を形成、日本では特異な文学的存在となる。代表作に「聖少女」「大人のための残酷童話」「反悲劇」「ヴァージニア」「スミヤキストQの冒険」「アマノン国往還記」「夢幻の宴」、訳書に「ビッグ・オーとの出会い」などのほか、「倉橋由美子全作品」(全8巻)がある。　[団]女流文学者会、日本文芸家協会

倉橋 燿子　くらはし・ようこ

小説家　[出]広島県　本名＝倉橋洋子　[学]上智大学文学部卒　[歴]女性誌の編集、ライターおよび、コマーシャルのコピーライターを経て、ジュニア小説の作家に。漫画の原作も手がける。著書に「スウィート・リトル・ダーリン」「悲しみは雪のように」「オン・ザ・ロード」「マッシュポテトのガールズハート」「夏色の天使(上・下)」「さようなら こんにちわ」(全20巻)「AGAIN―瞬間の中へ」などヤングアダルト小説多数。

蔵原 惟繕　くらはら・これよし

映画監督　[生]昭和2年5月31日　[出]ボルネオ(英領)　[学]日本大学芸術学部映画科(昭和27年)卒　[賞]赤い靴児童文化大賞(第4回)(昭和58年)「南極物語」、紫綬褒章(平成3年)、勲四等旭日小綬章(平成9年)　[歴]学生時代、山本嘉次郎の家に書生として住みこむ。昭和27年松竹の助監督、29年日活を経て、42年フリーに。監督第一作は「俺は待ってるぜ」(32年)。「憎いあンちくしょう」「黒い太陽」「執炎」など日活作品のあと53年「キタキツネ物語」、55年「象物語」を完成させる。58年には「南極物語」が大ヒット、日本映画空前の“配給収入56億円”の興行レコードを作った。他の作に「海へ―See You」「ストロベリーロード」。　[家]妻＝宮城野由美子(元女優)、弟＝蔵原惟二(映画監督)

蔵原 伸二郎　くらはら・しんじろう

詩人　小説家　[生]明治32年9月4日　[没]昭和40年3月16日　[出]熊本県阿蘇郡黒川村(現・阿蘇町)　本名＝蔵原惟賢(くらはら・これかた)　[学]慶応義塾大学仏文科卒　[賞]詩人懇話会賞(第4回)(昭和18年)「戦闘機」、日本詩人賞(第3回)(昭和19年)「戦闘機」「天日の子ら」、読売文学賞(第16回・詩歌・俳句賞)(昭和39年)「岩魚」　[歴]早くから詩作をはじめ「三田文学」や「コギト」に発表し、昭和14年「東洋の満月」を刊行。のち「四季」同人となり、18年刊行の「戦闘機」で日本詩人賞を受賞。その後「乾いた道」「岩魚」などを刊行。ほかに初期の小説集「猫のゐる風景」「目白師」や評論集「東洋の詩魂」「蔵原伸二郎選集」などの著書がある。

倉光 俊夫　くらみつ・としお

小説家　[生]明治41年11月12日　[没]昭和60年4月16日　[出]東京・浅草　[学]法政大学国文科(昭和8年)卒　[賞]芥川賞(第16回)(昭和17年)「連絡員」　[歴]朝日新聞社会部、松竹演劇部・映画部勤務を経て作家活動に入り、昭和17年「連絡員」で第16回芥川賞受賞。55年から私誌「蚯蚓」を発行。主な作品に「怪談」「冷べたい水の村」「津軽三味線」などがある。

倉本 四郎　くらもと・しろう

評論家　[生]昭和18年8月30日　[出]熊本県天草　本名＝山口四郎(やまぐち・しろう)　[学]熊本電波高卒　[歴]南日本新聞広告部、若者雑誌編集長を経てフリーとなり、主として週刊誌で人物論を執筆。昭和51年から「週刊ポスト」で3ページ書評「ポスト・ブックレビュー」を連載し、好評を得る。著書に評論「することがない青

春なのか」「出現する書物」「本の宇宙あるいはリリパットの遊泳」「恋情は思い余って器官にむかう」「鬼の宇宙誌」、小説「海の火」、童話「もじゃもじゃ天使ポパ」などがある。 ㊼日本文芸家協会

倉本 聡　くらもと・そう
シナリオライター　映画監督　富良野塾主宰　㊟昭和9年12月31日（戸籍：昭和10年1月1日）　㊙東京・代々木　本名＝山谷馨　㊦東京大学文学部美学科（昭和34年）卒　㊛テレビ大賞、芸術選奨文部大臣賞（昭和51年）、路傍の石文学賞（第4回）（昭和57年）「北の国から」、日本アカデミー賞脚本賞（第5回）（昭和57年）「駅STATION」、毎日映画コンクール脚本賞（第36回）（昭和57年）「駅STATION」、キネマ旬報賞脚本賞（第55回）（昭和57年）「駅STATION」、山路ふみ子映画賞文化財団特別賞（第10回）（昭和61年）、小学館文学賞（第36回）（昭和62年）「北の国から'87初恋」、モンブランデラルキュルチュール賞（平成8年）、紫綬褒章（平成12年）　㊡学生時代から新劇を志向。劇団仲間文芸部に在籍。昭和34年ニッポン放送入社。38年に退社後シナリオ作家として主にテレビドラマを執筆。代表作にテレビドラマ「文吾捕物絵図」「2丁目3番地」「勝海舟」「前略おふくろ様」「6羽のかもめ」「うちのホンカン」「浮浪雲」、映画「冬の華」「駅/STATION」などがあり、56年のテレビ「北の国から」で脚本賞を総なめに。この間、52年から北海道・富良野に移り住み、59年には私財を投じて、脚本家・俳優の養成機関"富良野塾"を創立。また61年には映画「時計・アデュー・リベール」を初監督した。平成元年東京で「富良野塾の記録・谷は眠っていた」を公演。9年にはカナダで「今日、悲別で」「ニングル」を公演。他の脚本に「昨日、悲別で」「ライスカレー」「玩具の神様」など。傍ら10年には海の環境保護を呼びかけるグループ・CCCニライカナイを結成。12年紫綬褒章を受章。「さらばテレビジョン」「新テレビ事情」「北の人名録」「いつも音楽があった」など著書多数。　㊼日本シナリオ作家協会　㊐兄＝山谷渉（生化学工業取締役相談役）

倉本 由布　くらもと・ゆう
小説家　㊟昭和42年6月14日　㊙静岡県浜松市　㊦共立女子大学文芸学部卒　㊡昭和59年高2のとき、第3回コバルト・ノベル大賞に「サマー・グリーン／夏の終わりに…」が佳作入選。高校生作家としてデビューする。集英社コバルト文庫「恋は風いろ不思議いろ」「シナモンハウスの午後」「ポケットにハート時計」など多数を上梓。平成3年「夢鏡―義高と大姫ものがたり」を発表後、主に鎌倉・戦国時代を舞台として歴史上の人物を独特な視点で描いた作品を発表。

久利 武　くり・たけし
性風俗研究家　作家　㊟大正15年　㊙東京　㊦東京都立小金井工業高校卒　㊡週刊誌記者を経て、性風俗研究家、作家、フリーライターとして活躍。著書に「怪盗お花七変化」（現代書林）、「悠裕介のおかしな大冒険」（同）、「秘中の秘本」（ベストセラーズ）など。

栗 良平　くり・りょうへい
児童文学作家　㊟昭和18年5月　㊙北海道砂川市　本名＝伊藤貢　㊦砂川北高卒　㊡砂川市立病院に就職。昔話を語る語り部おばあさんが少なくなっていることを知り、病院を退職。全国に残る民話を語り部達から収集する一方、自作他作をとわず、童話や民話を「口演」している。昭和62年実話をもとに、交通事故で一家の柱を失い多額の賠償に追われる母子と、母子をひそかに応援するそば屋夫婦の交情を描いた「一杯のかけそば」を創作。全国の幼稚園などで「口演」、ラジオなどでも取り上げられている。

栗賀 大介　くりが・だいすけ
小説家　幕末史　㊟大正7年4月18日　㊕平成2年4月19日　㊦東京農業大学卒　㊡学生時代に作家・子母沢寛と知り合ったのをきっかけに、幕末史に関心を持つ。卒業後、札幌で団体職員をつとめる傍ら研究を続け、昭和47年53歳で処女作「新選組興亡史―永倉新八」を出版。箱館戦争で江差沖に沈没した軍艦・開陽丸の研究をライフワークとし、55年作品「怒涛燃ゆ」前編を出版。後編の準備をする間がない内に次第に健康を害し、平成2年4月未完のまま没した。他の著書に「箱館戦争始末記」「北海道歴史散歩」など。　㊼北海道幕末維新史研究会

栗田 勇　くりた・いさむ
小説家　評論家　日本文化研究所名誉所長　元・駒沢女子大学人文学部日本文化学科教授　㊛フランス文学　美術評論　㊟昭和4年7月18日　㊙東京　㊦東京大学仏文科（昭和28年）卒、東京大学大学院（昭和30年）修了　㊛芸術選奨文部大臣賞（文学・評論部門，第28回）（昭和53年）「一遍上人―旅の思索者」、紫綬褒章（平成11年）　㊡明治大学、千葉大学、早稲田大学の各講師をつとめたあと、昭和35年から文筆活動に入り、翻訳、戯曲、絵画、建築など様々な分野で活躍。代表作に文芸評論集「反世界の魔―理念の中の政治」「文学の構想―象徴の復権」「神々の愛でし都」「一遍上人」「わがガウディ」、小説「愛奴」、詩集「サボテン」など。

作家・小説家人名事典

訳書に「ロートレアモン全集」の個人訳がある。他に「栗田勇著作集」(全12巻、講談社)。㊿日本フランス語フランス文学会、美術評論家連盟、日本文芸家協会、日本現代詩人会、地中会学会

栗田 藤平 くりた・とうへい
小説家 ㊿九州大学英文学科卒 ㊿旧制七高時代動員された長崎で原爆を免れ、その体験から毎日新聞記者時代「原爆を受けざるの記」をテーマに小説を執筆。また映画監督・藤林伸治との調査で、最晩年ヨーロッパに滞在した竹久夢二がベルリンで反ナチ運動に取り組んでいたことを知り、それがきっかけで夢二の研究に取り組む。長田幹雄著の「夢二日記」「夢二書簡」などを参考に、反権力、反体制の精神を持ち続けた夢二のもう一つの側面に光をあて、「風がひとり小説竹久夢二」を執筆、平成5年出版。夢二の後半生を描く続編も計画。

栗林 佐知 くりばやし・さち
小説現代新人賞を受賞 ㊿北海道札幌市 ㊿富山大学卒 ㊿小説現代新人賞(第70回)(平成14年)「券売機の恩返し」 ㊿家庭内暴力や児童虐待などの心の問題を扱う学術誌の編集を手掛ける傍ら、小説を書く。

栗原 一登 くりはら・かずと
児童劇作家 演出家 日本児童演劇協会会長 国際児童青少年演劇協会(アシテジ)日本センター会長 ㊿明治44年5月24日 ㊿平成6年12月19日 ㊿福岡県矢部村 ㊿日本大学芸術科(昭和14年)卒 ㊿勲三等瑞宝章(昭和63年)、矢部村名誉村民(平成1年)、児童文化功労者(第29回)(平成1年) ㊿小倉師範卒後、満州の大連で2年間教師を務めたのち、日大芸術科に入学。卒業後、日大芸術科講師、舞台芸術学院講師、舞台芸術研究所主事を務めた。昭和25年テレビ俳優学院理事長となるが、4年後解散、以降文筆業に入る。戦前から児童演劇に関心を持ち、戦後、新制作座初演の「泥かぶら」を演出。また国語教科書のために戯曲教材を数多く執筆するとともに、月刊誌「学生演劇」「学校劇場」を主宰。著書に「演劇の門」「青空」(児童劇集)「星と鬼たち」など。㊿日本児童演劇協会、国際児童青少年演劇協会日本センター(会長) ㊿娘=栗原小巻(女優)

栗原 直子 くりはら・なおこ
児童文学作家 ㊿昭和19年12月4日 ㊿東京都 ㊿日本大学文理学部国文科卒 ㊿埼玉文芸賞(第15回)「草加ものがたり」 ㊿著書に「あいつとぼく」「草加ものがたり」「夜あるき地蔵さま」、共著に「近代戦争文学」などがある。㊿日本児童文学者協会、児童文化の会、窓の会

栗原 登 くりはら・のぼる
教育者 児童劇作家 ㊿明治33年 ㊿千葉県 ㊿千葉県東金小学校教師となり、篠崎徳太郎とともに童謡劇を指導。のち東京市の小学校に移り、学校劇研究会に参加。戦後は船橋市の教育長を務めた。著書に「創作新学校劇」「先生と僕たち」「児童劇選集」(3巻)など。

栗原 玲児 くりはら・れいじ
キャスター 推理作家 東京LPガス常務 ㊿昭和8年8月16日 ㊿東京・代々木 ㊿慶応義塾大学文学部中国文学科卒 ㊿NHKを経て民放へ移り、「木島則夫モーニングショー」で名アシスタントと言われた。以来、キャスターとして社会問題、教育問題に取り組む。著書に「いじめを撃て」「田園調布連続殺人」。㊿妻=栗原はるみ(料理研究家)

栗本 薫 くりもと・かおる
⇒中島梓(なかじま・あずさ)を見よ

栗山 章 くりやま・しょう
作家 評論家 音楽プロデューサー 踏風舎主宰 ㊿昭和10年 ㊿福岡県福岡市中央区 ㊿立教大学経済学部卒、立教大学大学院文学研究科修士課程修了 ㊿ノンフィクション朝日ジャーナル大賞(優秀作、平元年度)「メリコンダラー頌」 ㊿ワーナーブラザーズレコードのアートディレクター、音楽プロデューサーとして活動。内藤洋子、舟木一夫、酒井和歌子、大原麗子、アグネス・ラムなどを手がける。のち踏風舎を主宰し、日本の新進舞台芸術家が国内・海外で活躍する場をつくりだすために力を注ぐ。昭和58年ジャマイカを旅行し、「メリコンダラー頌」を執筆。平成2年よりニューヨークを舞台にした執筆も行う。他の著書に「死ぬにはいい日だ―ブルース・ウィリアムズ写真集」(文章担当)、ノンフィクション小説「女王陛下の店―ニューヨーク漂流」、「ジャマイカの白い冬」「ドガ・ダンサーズ」「白馬のルンナ」「ここがニューヨークでなくても」など。

栗山 良八郎 くりやま・りょうはちろう
小説家 ㊿昭和4年 ㊿京都府 ㊿立命館大学中退 ㊿広告代理店に勤務しながら書いた「短剣」が昭和50年、第72回直木賞候補となる。51年「山桜」、56年「宝塚海軍航空隊」が同じく直木賞候補。著書に「とおない男」、ノンフィクション「捨てたもんじゃないね、日本人」など。

久留島 武彦　くるしま・たけひこ
児童文学者　口演童話家　[生]明治7年6月19日　[没]昭和35年6月27日　[出]大分県森町(現・玖珠町)　旧筆名＝尾上新兵衛(おのえ・しんべえ)　[学]関西学院神学部(明治27年)卒　[歴]関西学院に入り、明治24年受洗。27年日清戦争に従軍し、その見聞記を尾上新兵衛の筆名で「少年世界」に連載する。33年「戦塵」の題名で出版。これを機に巌谷小波を知り、木曜会に参加。新聞記者、貿易商社社員などを経て、39年お伽噺を中心に子どものための文化運動を推進する団体“お伽倶楽部”を創設、40年お伽劇団を結成。日本最初の児童演劇“お伽芝居”を企画・演出し、各地を巡業して口演童話をひろめた。一方、43年には東京・青山に早蕨幼稚園を創立、幼児教育に尽し、ボーイスカウト運動など青少年の社会教育にも力があった。著書に童話集「お伽講談」「羊仙人」「童話久留島名話集」のほか、「通俗雄弁術」「童話術講話」など。没後の昭和36年、その業績を記念して久留島武彦文化賞が設けられた。

来栖 良夫　くるす・よしお
児童文学作家　元・日本児童文学者協会理事長　[生]大正5年1月14日　[没]平成13年6月6日　[出]茨城県稲敷郡江戸崎町　旧姓(名)＝木村　[学]江戸崎農学校卒、青年学校教員養成所　[賞]日本児童文学者協会賞(第9回)(昭和44年)「くろ助」、中央児童福祉審議会賞(昭和56年)　[歴]昭和11年茨城県下の小学校教師となる。16年生活綴方事件で検挙される。18年応召し、21年中国より帰国。同年新世界社に就職し、「子供の広場」編集部に入り、児童文学を始める。44年「くろ助」で日本児童文学者協会賞を受賞。児童文学における歴史小説の名手として知られ、代表作に「おばけ雲」「江戸のおもちゃ」「文政丹後ばなし」「波浮の平六」「村いちばんのさくらの木」のほか、「来栖良夫児童文学全集」(全10巻，岩崎書店)などがある。25年日本作文の会の創立に参加、のち日本児童文学者協会理事長、日本子どもを守る会副会長などを務めた。　[団]日本児童文学者協会、日本子どもを守る会

車谷 長吉　くるまたに・ちょうきつ
小説家　[生]昭和20年7月1日　[出]兵庫県飾磨市(現・姫路市)　本名＝車谷嘉彦　[学]慶応義塾大学文学部(昭和43年)卒　[賞]芸術選奨(文部大臣新人賞，第43回，平4年度)(平成5年)「塩壺の匙」、三島由紀夫賞(第6回)(平成5年)「塩壺の匙」、平林たい子文学賞(小説部門，第25回)(平成9年)「漂流物」、直木賞(第119回)(平成10年)「赤目四十八滝心中未遂」、川端康成文学賞(第27回)(平成13年)「武蔵丸」　[歴]広告代理店、出版社勤務を経て、調理場の下働きとして関西各地を転々とする。のちセゾングループ嘱託。昭和47年短編小説「なんまんだぁ絵」を発表。平成4年20年かけて書かれた6作品を収めた第1作品集「塩壺の匙」を刊行。10年「赤目四十八滝心中未遂」で第119回直木賞を受賞。他の著書に「抜髪」、第2作品集「漂流物」などがある。　[団]日本文芸家協会　[家]妻＝高橋順子(詩人)

車谷 弘　くるまだに・ひろし
俳人　編集者　[生]明治39年8月28日　[没]昭和53年4月16日　[出]静岡県下田市　[学]東京薬専(昭和4年)卒　[賞]芸術選奨文部大臣賞 文学，評論部門(第27回)(昭和51年)「わが俳句交遊記」　[歴]昭和5年「サンデー毎日」の懸賞小説に投稿し入選。永井龍男と下宿をともにして小説修業にはげんだこともある。昭和6年文芸春秋社に入社し、「文芸春秋」編集長、編集局長、出版局長、専務などを歴任。俳句は久保田万太郎に師事し、句集に「佗助」「花野」がある。ほかに小説集「算盤の歌」、随筆集「銀座の柳」など。

来水 明子　くるみ・あきこ
小説家　[生]昭和7年1月26日　[出]東京・牛込　本名＝胡桃明子　別名＝佐藤明子　[学]駒場高卒　[賞]オール読物新人杯(第10回)(昭和32年)「寵臣」　[歴]参議院速記者養成所を卒業、参議院記録部速記課に勤務。昭和32年佐藤明子の名で書いた「寵臣」でオール読物新人杯を受賞、37年長編「背教者」が直木賞と第1回女流文学賞候補となり、次いで「涼月記」も直木賞候補となるなど、鋭い人間描写の歴史小説が注目された。ほかの著書に「短夜物語」「残花集」、「新時代のパイオニアたち―人物近代女性史」(共著)、「豊臣秀吉読本」(分担執筆)がある。

胡桃沢 耕史　くるみざわ・こうし
小説家　[生]大正14年4月26日　[没]平成6年3月22日　[出]東京・向島　本名＝清水正二郎(しみず・しょうじろう)　[学]拓殖大学商学部卒　[賞]オール読物新人杯(第7回)(昭和30年)「壮士再び帰らず」、日本推理作家協会賞(第36回)(昭和57年)「天山を越えて」、直木賞(第89回)(昭和58年)「黒パン俘虜記」　[歴]拓殖大予科2年の時、特務機関員として中国へ渡るが、終戦で捕虜となり2年半の抑留生活を送る。帰国後、映画の助監督や代用教員など職を転々とし、昭和28年から3年間NHKディレクターを務める。小説は戦後間もない頃から書き始め、30年「壮士再び帰らず」でオール読物新人杯を受賞。32年から38年まで「近代説話」同人となる。その後、本名清水正二郎の名前で500冊に及ぶポルノ小説を書く。42年突然“性豪作家・シミショー”の名を捨て、世界放浪の旅に出る。56年「旅人よ」

で直木賞候補となり、57年「天山を越えて」で日本推理作家協会賞を、58年「黒パン俘虜記」で直木賞を受賞。ほかに「翔んでる警視」「六十年目の密使」「太陽の祭り」「ぼくの小さな祖国」などの著書がある。㊽日本文芸家協会
㊷長女＝川池くるみ(ジャズピアニスト)

黒井 千次　くろい・せんじ
小説家　日本文芸家協会理事長　日本近代文学館副理事長　芥川賞選考委員　㊌昭和7年5月28日　㊍東京都杉並区高円寺　本名＝長部舜二郎(おさべ・しゅんじろう)　㊊東京大学経済学部経済学科卒　㊸日本芸術院会員(平成12年)
㊻芸術選奨新人賞(文学部門、第20回)(昭和44年)「時間」、谷崎潤一郎賞(第20回)(昭和59年)「群棲」、読売文学賞(小説賞、第46回、平6年度)(平成7年)「カーテンコール」、日本芸術院賞(平11年度)(平成12年)、毎日芸術賞(第42回、平12年度)(平成13年)「羽根と翼」
㊺富士重工に勤務するかたわら創作活動を続け、昭和44年には「時間」が芥川賞候補になる。翌年退社し、作家生活に入る。初期の頃は巨大企業に生きる勤め人の生態に焦点を当てる作品が多かったが、近年は家族にかかわる短編・連作にとりくむ。59年「群棲」で谷崎潤一郎賞受賞。芥川賞、海燕新人賞、講談社ノンフィクション賞、伊藤整賞の各選考委員も務める。平成10年日本近代文学館専務理事を経て、副理事長。14年日本文芸家協会理事長に就任。ほかに「走る家族」「五月巡歴」「春の道標」「眠れる霧に」「たまらん坂」「永遠なる子供エゴン・シーレ」「カーテンコール」「羽根と翼」「横断歩道」、短編集「指・涙・音」など。
㊽日本文芸家協会(理事長)、日本ペンクラブ(理事)、日本近代文学館(副理事長)、日中文化交流協会(代表理事)

黒岩 重吾　くろいわ・じゅうご
小説家　㊌大正13年2月25日　㊍大阪府大阪市此花区安治川通　㊊同志社大学法学部(昭和22年)卒　㊻サンデー毎日大衆文芸賞(第54回)(昭和33年)「ネオンと三角帽子」、直木賞(第44回、昭和35年下期)(昭和36年)「背徳のメス」、小説現代ゴールデン読者賞(第9回)(昭和49年)「小学生浪人」、吉川英治文学賞(第14回)(昭和55年)「天の川の太陽」、紫綬褒章(平成3年)、菊池寛賞(第40回)(平成4年)
㊺昭和19年早大大学在学中に学徒出陣、ソ連・満州国境で終戦を迎える。終戦後、急性小児麻痺で3年間療養生活を送ったことが文学の原点となる。職を転々として底辺社会をさまよい、35年に司馬遼太郎らの「近代説話」同人に。同年処女出版の「休日の断崖」が直木賞候補となり、36年釜ケ崎の診療所を舞台とした「背徳のメス」で第44回直木賞受賞。以後、社会派推理小説、風俗小説を次々に発表。また、「裸の背徳者」「人間の宿舎」「カオスの星屑」といった自伝的作品で注目を集めた。50年代に入ってから古代史小説で新境地を開き、55年壬申の乱を描いた「天の川の太陽」で吉川英治文学賞受賞。他に「紅蓮の女王」(推古天皇)「落日の王子」(蘇我入鹿)「日と影の王子」(聖徳太子)「天翔る白日」(大津皇子)など、奈良時代以前の人物を主人公とした長編小説が多い。また、戦災孤児をテーマとした大河小説「さらば星座」や、「黒岩重吾全集」(全30巻、中央公論社)がある。
㊽日本文芸家協会

黒岩 竜太　くろいわ・りゅうた
小説家　㊌昭和3年4月9日　㊍大阪府　本名＝黒岩圭吾　㊊関西学院大学文学部卒　㊻オール読物新人賞(第34回)(昭和44年)「裏通りの炎」

黒岩 涙香　くろいわ・るいこう
ジャーナリスト　翻訳家　探偵小説家　「万朝報」主宰　㊌文久2年9月29日(1862年)　㊼大正9年10月6日　㊍土佐国安芸郡川北村(高知県)　本名＝黒岩周六(くろいわ・しゅうろく)　別号＝民鉄、黒窟生　㊊大阪英語学校、慶応義塾中退
㊺明治12年上京し、以後多方面で執筆活動をする。16年「同盟改進新聞」主筆となり、19年「絵入自由新聞」主筆、22年「都新聞」などを経て、25年「万朝報」を創刊。論客として活躍する一方、多くの小説を翻訳し、22年刊行の「海底之冒険」で一躍その名を高めた。以後「鉄仮面」「巌窟王」「噫無情」などを次々と刊行し、翻案小説家として活躍する一方、「天人論」「人尊主義」「青年思想論」なども刊行。また大正4年には、大隈内閣擁立運動に挺身した。「黒岩涙香代表作集」(全6巻、光文社)がある。
㊷四男＝黒岩菊郎(東京農工大学名誉教授)、孫＝黒岩徹(毎日新聞編集委員)

黒川 博行　くろかわ・ひろゆき
推理作家　㊌昭和24年3月4日　㊍愛媛県今治市　㊊京都市立芸術大学彫刻科(昭和48年)卒
㊻サントリーミステリー大賞佳作賞(昭和57年)「二度のお別れ」、サントリーミステリー大賞(昭和61年)「キャッツアイころがった」、日本推理作家協会賞(短編及び連作短編集部門、第49回)(平成8年)「カウント・プラン」
㊺スーパー勤務を経て、高校の美術教師に。傍ら彫刻の個展を毎年開いていたが、個展をやめてから小説を書き始める。処女作「二度のお別れ」が昭和57年にサントリーミステリー大賞佳作賞に。以来毎年挑戦を続け、61年「キャッツアイころがった」でサントリーミステリー大賞を受賞。ほかに「海の稜線」「大博打」「切断」「封印」「疫病神」など。
㊽日本文芸家協会

黒川 欣映　くろかわ・よしてる
劇作家　演出家　法政大学文学部教授　アリストパネス・カンパニー(劇団)主宰　[専]アメリカ演劇　[生]昭和8年12月7日　[出]東京　[学]東京大学文学部英文学科(昭和31年)卒　[歴]昭和34年昭和女子大学附属高教諭、35年昭和女子大学非常勤講師、36年法政大学講師、38年助教授を経て、41年教授。劇団アリストパネス・カンパニー主宰。著書に「天皇志願」「兎追い鹿の山」「愚者の死」「ソ連ひとり旅」、共著に「モダン・アメリカン・ドラマ」「戦後アメリカ演劇の展開」「現代演劇としてのユージン・オニール」「現代英米の劇作家たち」、訳書にボールドウィン「次は火だ」、ストッパード「自由人登場」、M.エスリン「テレビ時代」などがある。
[団]アメリカ文学会、現代演劇研究会、アメリカ演劇研究者会議

黒木 淳吉　くろき・じゅんきち
作家　[生]大正13年11月7日　[出]宮崎県西都市　[学]宮崎工専卒　[賞]九州文学賞(第10回)(昭和52年)「夕映えの村」　[歴]中学校教諭を務めたのち、宮崎県博物館学芸員、県社会教育課主幹、県立図書館副館長、県総合博物館館長、県芸術文化協会会長を歴任。また戦後「龍舌蘭」「九州文学」同人として文学活動。短編集に「帯の記憶」「夏草」「夕映えの村」など。　[団]日本文芸家協会

黒木 清次　くろき・せいじ
詩人　小説家　エフエム宮崎社長　[生]大正4年5月2日　[没]昭和63年8月22日　[出]宮崎県西諸県郡須木村　[学]宮崎師範(昭和12年)卒　[賞]上海文学賞(第1回)「棉花記」、宮崎県文化賞(昭和41年)　[歴]昭和13年谷村博武らと同人誌「龍舌蘭」を創刊。14年中国に渡り、18年小説「棉花記」で上海文学賞を受賞、芥川賞候補となる。戦後、出版社を経て、25年宮崎日日新聞社入社。37年取締役、43年常務、48年専務、52年社長を歴任し、59年エフエム宮崎社長となる。この間38年「乾いた街」がH氏賞候補になった。著書に「黒木清次小説集」、「蘇州の賦」、詩集「麦と短鞬」「風景」がある。平成2年未刊詩を収めた「黒木清次詩集」が刊行された。
[団]日本現代詩人会、日本文芸家協会、日本詩人クラブ

黒木 まさお　くろき・まさお
児童文学作家　[生]大正2年1月31日　[出]鹿児島市　本名＝黒木正男　[学]東洋大学卒　[賞]日本児童文学者協会新人賞(第7回)(昭和49年)「ぼくらは6年生」　[歴]会社勤務中応召、昭和21年中国より帰還。24年埼玉県で小学校教諭となり、以後32年間小・中学校教師を務めた。一方、39年に「児童文化の会」に入り、井野川潔、早船ちよに師事して児童文学の創作を始める。代表作に「ぼくらは6年生」「苦境の町の少年たち」「いたずらっこいっちゃった」「ちろも1年生」などがある。
[団]日本児童文学者協会、児童文化の会

黒木 亮　くろき・りょう
小説家　[生]昭和32年　[出]北海道　[学]早稲田大学法学部卒　[歴]都市銀行に14年間勤務。在職中、海外派遣制度でエジプトのカイロ・アメリカン大学に留学。のちロンドン支店国際金融課で、中東、トルコ、アフリカ向け国際協調融資、航空機ファイナンス、プロジェクト・ファイナンス、貿易ファイナンスを手掛ける。その後、ロンドンの投資銀行を経て、総合商社英国現法プロジェクト金融部長。小説に「トップ・レフト」がある。

黒崎 緑　くろさき・みどり
小説家　[生]昭和33年6月26日　[出]兵庫県尼崎市　本名＝三輪緑　[学]同志社大学文学部英文科(昭和56年)卒　[賞]サントリーミステリー大賞・読者賞(第7回)(平成1年)「ワイングラスは殺意に満ちて」　[歴]大学で推理小説研究会に参加。56年村田機械に入社、59年結婚退職。専業主婦の傍ら、ミステリーを執筆。平成元年、「ワイングラスは殺意に満ちて」で第7回サントリーミステリー大賞・読者賞を受賞。好きな作家はディック・フランシス、クライヴ・カッスラー、コリン・デクスターなど。

黒沢 明　くろさわ・あきら
映画監督　[生]明治43年3月23日　[没]平成10年9月6日　[出]東京・大森立会川　[学]京華学園中(昭和3年)卒　[賞]山中貞雄賞(昭和18年)「姿三四郎」、毎日映画コンクール監督賞(第2回)(昭和23年)「素晴しき日曜日」「わが青春に悔なし」、毎日映画コンクール日本映画賞(第3回・7回・20回)(昭和24年・28年・41年)「酔いどれ天使」「生きる」「赤ひげ」、芸術祭賞(昭和24年)「野良犬」、ベネチア国際映画祭サン・マルコ金獅子賞(昭和26年)「羅生門」、毎日映画コンクール日本映画賞・脚本賞(昭和39年)「天国と地獄」、マグサイサイ賞(フィリピン)(昭和40年)、朝日文化賞(昭和40年)、アカデミー賞外国語映画賞(昭和50年)「デルス・ウザーラ」、文化功労者(昭和51年)、カンヌ国際映画祭パルム・ドール賞(昭和55年)「影武者」、毎日映画コンクール日本映画賞・監督賞(第35回・40回)(昭和56年・61年)「影武者」「乱」、レジオン・ド・ヌール勲章オフィシエ章(昭和59年)、川喜多賞(第2回)(昭和59年)、文化勲章(昭和60年)、ドナテルロ賞最優秀監督賞(昭和61年)「乱」、英国アカデミー賞外国語映画賞(昭和62年)「乱」、アカデミー賞特別名誉賞(第62回，平元年度)

(平成2年)、福岡アジア文化賞(第1回)(平成2年)、ソ連人民友好勲章(平成3年)、ライフ・アチーブメント賞(アジア系米人芸術家協会特別賞)(平成3年)、山路ふみ子賞(第15回)(平成3年)「八月の狂詩曲」、D.W.グリフィス賞(平成4年)、高松宮殿下記念世界文化賞(第4回)(平成4年)、京都賞(第10回)(平成6年)、東京都名誉都民(平成8年)、国民栄誉賞(平成10年)、日刊スポーツ映画大賞特別賞(第11回)(平成10年)、東京国際映画祭特別功労賞(第11回)(平成10年)、毎日映画コンクール特別賞(第53回, 平10年度)(平成11年)、ブルーリボン賞特別賞(第41回, 平10年度)(平成11年)、日本アカデミー賞脚本賞(第24回)(平成13年)「雨あがる」。㊙画家志望であったが、昭和11年PCL(同年東宝に合併)に入社、山本嘉次郎監督に師事。18年「姿三四郎」で監督デビュー。一作ごとに話題となり、海外でも高い評価を得て、世界の映画史に残る実績を示した。34年東宝専属を離れ、黒沢プロを設立。生涯に「酔どれ天使」「野良犬」「羅生門」「生きる」「蜘蛛巣城」「七人の侍」「赤ひげ」「デルス・ウザーラ」「影武者」「乱」「夢」「八月の狂詩曲」など30作品を製作。特に26年ベネチア映画祭グランプリ受賞の「羅生門」は、日本映画では初の国際グランプリとなり、"世界のクロサワ"の名を高めた。映画手法の面でも内外の映画作家に大きな影響を与え、世界の映画界の至宝といわれた。自作の映画のシナリオも数多く手がけた。59年仏レジオン・ド・ヌール勲章、60年文化勲章受章、平成2年アカデミー賞特別名誉賞などを受賞。11年遺稿の映画化作品「雨あがる」(小泉堯史監督)がベネチア国際映画祭で追悼上映された。著書に自伝「蝦蟇の油—自伝のようなもの」、「全集黒沢明」(全6巻, 岩波書店)がある。没後、敗戦後の日本に自信を与えた日本映画界の巨匠として国民栄誉賞が贈られた。㊙日本映画監督協会、日本シナリオ作家協会 ㊛妻=矢口陽子(元女優)、長男=黒沢久雄(映画プロデューサー)、娘=黒沢和子(映画衣装係)、孫=加藤隆之(俳優)、黒沢優(女優)

黒島 伝治 くろしま・でんじ

小説家 ㊌明治31年12月12日 ㊚昭和18年10月17日 ㊙香川県小豆郡苗羽村(現・内海町) ㊊内海実業補習学校(大正3年)卒 ㊙内海実業補習学校卒業後、1年ほど船山醤油会社の醸造工になる。大正6年上京、建物会社に勤めながら小説の勉強をする。8年衛生兵として入隊し、10年シベリア出征するが、胸を患い同年除隊となる。一時帰省するが、再び上京、世田谷太子堂の壺井繁治・栄夫妻の家に寄宿する。14年「電報」「結核病室」を発表して注目され、15年「銅貨二銭」「豚群」を発表、「文芸戦線」同人。以後プロレタリア文学の文戦派作家として活躍する。昭和2年労農芸術家連盟(労芸)創立に参加。5年脱退し、文戦打倒同盟を結成、機関誌「プロレタリア」を発行、全日本無産者芸術連盟(ナップ)所属の日本プロレタリア作家同盟に参加。8年小豆島に帰り療養生活を送る。著書に「橇」「氷河」「パルチザン・ウオルコフ」「武装せる市街」などがある。戦後30年にシベリア出兵の時の記録が「軍隊日記」として刊行された。㊛弟=黒島光治(関西外国語大教授)

黒須 紀一郎 くろす・きいちろう

テレビプロデューサー 小説家 ㊌昭和7年11月3日 ㊙千葉県 本名=黒須孝治 ㊊早稲田大学文学部(昭和30年)卒 ㊙昭和30年日活に入社。映像本部企画部長、テレビ本部企画部長を経て、61年フリープロデューサー。小説も執筆し、作品に「元禄蘇民伝」「天保蘇民伝」「覇王不比等」などがある。 ㊙日本文芸家協会

黒住 格 くろずみ・いたる

医師 小説家 NGOアジア眼科医療協力会理事長 ㊎眼科学 ㊌昭和9年12月6日 ㊚平成14年3月7日 ㊙岡山県黒崎村(現・倉敷市) ㊊徳島大学医学部(昭和35年)卒 ㊙岩橋武夫賞(昭和59年)、毎日社会福祉顕彰(第19回)(平成1年) ㊙兵庫医科大学眼科講師などを経て、芦屋市立病院に入り、眼科部長、診療局長を務める。傍ら、ネパールの失明者救済医療に力を入れ、昭和47年海外技術協力事業団(のちの国際協力事業団, JICA)のメンバーとして初めてネパールを訪れ、48年アジア眼科医療協力会を設立。宿坊を仮設病院にした"アイキャンプ(野外眼科診療)"で白内障手術などの医療支援を行い、現地の眼科医や医療技術者の養成にも尽力。平成8年ネパール国王から勲章を授与された。また学生時代から児童文学を書き始め、仲間と同人誌を出す。51年七曜を創設。著書に長編「草と太陽」、短編集「アリクイの町」「九年村」、エッセイ集「ネパール 神々の大地」、写真文集「ネパール通信」など。

黒田 晶 くろだ・あきら

文芸賞を受賞 ㊙千葉県 ㊊ブライトン大学 ㊙文芸賞(第37回)(平成12年)「YOU LOVE US」 ㊙英国・ブライトン大学在学中の平成12年「YOU LOVE US」で文芸賞を受賞。

黒田 絵里 くろだ・えり

童話作家 ビストロ・クリクリ経営 ㊌昭和23年 ㊙東京都 ㊙夫・本間堅一と共に、ビストロ・クリクリを営む。その合間にエッセイ、童話の執筆にも携わる。著書に「西参道ビストロ・クリクリ物語」「水の星・アキレスの伝説」

がある。 [家]夫=本間堅一(ビストロ・クリクリシェフ)

黒田 けい　くろだ・けい

福島正実記念SF童話賞大賞を受賞 [生]昭和21年 [出]群馬県 [賞]福島正実記念SF童話賞(奨励賞・第2回)、福島正実記念SF童話賞(大賞・第10回)(平成5年)「きまぐれなカミさま」 [歴]製紙会社に勤務。

黒田 湖山　くろだ・こざん

小説家 [生]明治11年5月25日 [没]大正15年2月18日 [出]滋賀県甲賀郡水口 本名=黒田直道 [学]東京専 [歴]巌谷小波の門下生としてキップリングの「狼少年」などを翻訳して文壇に出、社会的時文でも活躍。小説に「大学攻撃」などがある。

黒田 信一　くろだ・しんいち

フリーライター 元・ジャブ70ホール主宰 [生]昭和30年 [出]北海道小樽市 [学]札幌開成高卒 [歴]高校を卒業して映画宣伝の仕事をしていたが、「好きな映画を上映したい」と同僚2人と、昭和57年札幌に映画館JABB70ホールを開設。また映画雑誌「BANZAIまがじん」を創刊。映画を変に文化や芸術としてみず、すなおに娯楽として楽しむという編集方針がうけて、東京でも予想外の反響、3000部も売れて好評。平成3年ジャブ70ホールを閉館。8年初めての小説「ルチャリブレたちがゆく」を発表。他に雑誌や北海道新聞でエッセイ、コラムを執筆。著書に「夢の微熱」「ルチャリブレたちがゆく」「インド人、大東京をゆく」「まんぷく映画館」「アジア大バカ珍道中」など。

くろだ みどり

児童文学作家 画家 [出]群馬県前橋市 本名=黒田みどり [賞]アンデルセン童話大賞 [歴]油絵を由里明に、イラストを日美デザイン研究所に学ぶ。父と共著の句文集「父子草」の他、「空とぶ帆船」などがある。 [団]日本児童文学者協会、大阪児童文化の会 [家]父=原沢貞水(俳人)

黒武 洋　くろたけ・よう

シナリオライター 演出家 [生]昭和39年 [出]埼玉県 本名=国分洋 [学]一橋大学商学部卒 [賞]ホラーサスペンス大賞(第1回)「そして粛清の扉を」 [歴]銀行勤務を経て、フリーの脚本家、演出家として活動。平成8年映画「男はつらいよ」の最終作で初の助監督。11年「オアシス」で創作テレビドラマ脚本懸賞公募に入選する。「そして粛清の扉を」で第1回ホラーサスペンス大賞を受賞。

黒土 三男　くろつち・みつお

シナリオライター 映画監督 [生]昭和22年3月3日 [出]熊本県熊本市 [学]立教大学法学部卒 [賞]向田邦子賞(第7回)(平成1年)「とんぼ」「うさぎの休日」 [歴]在学中TBSで演出助手のアルバイトを始め、木下恵介に師事する。その後フランス遊学、業界誌記者などを経て、昭和54年TBS「コメットさん」で脚本家デビュー。主なTV作品に「突然の明日」「オレゴンから愛」「親子ゲーム」「親子ジグザグ」「花田春吉なんでもやります」「とんぼ」「うさぎの休日」「旅のはじまり」、「東京湾ブルース」「英二ふたたび」(演出も)「ボディガード」など。平成元年映画「オルゴール」(東映)で監督デビュー。他の監督作品に「渋滞」「英二」がある。

黒沼 健　くろぬま・けん

翻訳家 小説家 [生]明治35年5月1日 [没]昭和60年7月5日 [出]神奈川県横浜市 本名=左右田道雄(そうだ・みちお) [学]東京帝大法学部独法科(昭和3年)卒 [歴]昭和6年より探偵小説の翻訳に従事。また創作も手がけ、雑誌「新青年」を中心に推理小説を執筆。戦後は海外の怪奇物語、探険記などの翻訳、紹介などに活躍。東宝映画「ラドン」の原作者。日本文芸家協会会員、児童文芸家協会会員。著書に「謎と怪奇物語」「秘境物語」など、訳書にコニントン「九つの鍵」、ドロシー・セイヤーズ「大学祭の夜」、コーネル・ウールリッチ「黒衣の天使」などがある。

黒羽 英二　くろは・えいじ

詩人 劇作家 小説家 [生]昭和6年12月6日 [出]東京 [学]早稲田大学英文科(昭和31年)卒 [賞]文芸賞(第4回)(昭和45年)「目的補語」、現代詩人アンソロジー賞(第2回・優秀作品)(平成4年)「沖縄最終戦場地獄巡礼行」 [歴]「時間」「希望」に参加。昭和30年後藤明生らと「新早稲田文学」を創刊。神奈川県下で高校教師をつとめる。詩集に「目的補語」「いのちの旅」、著書に「黒羽英二戯曲集」など。

黒部 亨　くろべ・とおる

小説家 元・明石市教育委員長 [生]昭和4年1月27日 [出]鳥取県 [学]鳥取師範卒 [賞]群像新人文学賞(第8回)(昭和40年)「砂の関係」、サンデー毎日新人賞(第2回)(昭和46年)「片思慕の竹」 [歴]17年間の中学教師生活を経て、明石市教育委員に。昭和40年に「砂の関係」で群像新人賞に選ばれ、同年の芥川賞候補となる。主な著作に「遠い海鳴りの日」「兵庫県人」「明石桜」「幻にて候」「播磨妖刀伝」「荒木村重惜命記」など。 [団]日本文芸家協会

黒柳 啓子　くろやなぎ・けいこ

児童文学作家　[生]昭和9年　[出]愛知県　[学]愛知淑徳高卒　[賞]新美南吉賞佳作(第6回)、三木露風賞入選(第3回)(昭和62年)「ありんこのうた」　[歴]第3期児童文学学校に学ぶ。昭和60年名古屋市の童謡詩サークル・えんじゅの会に入会。著書に童謡詩集「砂かけ狐」「にょごにょご」、「現代少年詩集」(共著)。[団]中部児童文学、織音の会、えんじゅの会、民話と文学の会

黒柳 徹子　くろやなぎ・てつこ

女優　ユニセフ(国連児童基金)親善大使　世界野生生物基金(WWF)日本委員会理事　トット基金理事長　いわさきちひろ絵本美術館館長　[出]東京・乃木坂　[学]東京音楽大学声楽科(昭和27年)卒、文学座附属演劇研究所(昭和39年)修了　[賞]日本放送作家協会賞(女性演技者賞，第1回)(昭和36年)、テレビ大賞(優秀個人賞，第9回)(昭和52年)、日本女性放送者懇談会賞(SJ賞)(昭和53年)、国際障害者年障害関係功労者内閣総理大臣賞(昭和56年)、日本文芸大賞(ノンフィクション賞，第2回)(昭和57年)、新評賞(第2部門，第12回)(昭和57年)「窓ぎわのトットちゃん」、全日本ろうあ連盟厚生文化賞(昭和57年)、路傍の石文学賞(第5回)(昭和58年)「窓ぎわのトットちゃん」、NHK放送文化賞(第35回，昭58年度)(昭和59年)、ヤヌシュ・コルチャク賞(ポーランド)(昭和60年)「窓ぎわのトットちゃん」、ダイヤモンド・パーソナリティ賞(昭和60年)、ユニセフ子供生存賞(第1回)(昭和62年)、東京都文化賞(第7回)(平成3年)、外務大臣表彰(平成3年)、橘田賞(第3回)(平成7年)、毎日芸術賞(第38回)(平成8年)「幸せの背くらべ」「マスター・クラス」、子どものためのリーダーシップ賞(第1回)(平成12年)、朝日社会福祉賞(平13年度)(平成14年)　[歴]父はバイオリニストで新響(現・N響)のコンサートマスターをつとめた。音楽大学卒業後、NHK放送劇団に入り、昭和29年ラジオ「ヤン坊ニン坊トン坊」でデビュー。以来、NHK専属のテレビ女優第1号として活躍。その後、文学座研究所、ニューヨークのメリー・ターサイ演劇学校などで学び、米国のテレビ番組「トゥナイト・ショウ」など多くのテレビ番組に出演。51年から日本で初めてのトーク番組「徹子の部屋」の司会をつとめ、同番組は平成13年2月25周年を迎える。一方舞台女優としても活躍、「レティスとラベッジ」「口から耳へ耳から口へ」「カラミティ・ジェーン」「ニノチカ」「喜劇キューリー夫人」「幸せの背くらべ」「マスター・クラス」などに出演。10年劇団NLTの「マカロニ金融—喜劇四幕」で初演出。また著書「窓ぎわのトットちゃん」が700万部のベストセラー日本新記録を達成、米国、英国をはじめドイツ、ロシア、中国など世界31カ国で翻訳される。昭和56年その印税で社会福祉法人トット基金を設立。聾者の俳優の養成や手話教室等に力を注ぐ。59年ユニセフ親善大使に選ばれ、毎年アフリカ、アジアの各国を訪問、メディアを通じて、その現状の報告と募金活動に従事。他の著書に「トットチャンネル」「マイ・フレンズ」「トットの欠落帖」「チャックより愛をこめて」「つば広の帽子をかぶって」「トットの動物劇場」「トットちゃんとトットちゃんたち」等多数。　[団]日本ペンクラブ、日本文芸家協会　[家]父＝黒柳守綱(バイオリニスト)、母＝黒柳朝(エッセイスト)

畔柳 二美　くろやなぎ・ふみ

小説家　[生]明治45年1月14日　[没]昭和40年1月13日　[出]北海道千歳　旧姓(名)＝遠藤　[学]北海高女卒　[賞]毎日出版文化賞(第8回)(昭和29年)「姉妹」　[歴]高女時代から文学に親しみ、昭和7年佐多稲子と文通を始めた。8年上京し、12年結婚。夫の戦死を23年に知り、その悲しみから立ち直るため文学の世界に入る。24年佐多稲子の紹介で「女人芸術」に「夫婦とは」を発表。29年刊行の「姉妹」で毎日出版文化賞を受賞。他の作品に「こぶしの花の咲くころ」「風と雲と」「白い道」などがある。

久和 まり　くわ・まり

小説家　[生]昭和43年3月16日　[学]上智短期大学英語科卒　[賞]ロマン大賞(平10年度)　[歴]都市銀行などで7年半のOL生活を送り、ヨーロッパ放浪の旅に出る。帰国後執筆の初めての小説がロマン大賞を受賞する。著書に「冬の日の幻想」「英国少年園」などがある。

久和崎 康　くわさき・こう

児童指導員(神奈川県の施設)　本名＝平野謙吉　[学]法政大学法学部卒　[賞]小説現代新人賞(第34回)「ラインアップ」　[歴]学生時代児童指導員の存在を知り、生計の道に選んだ。「ラインアップ」(小説現代6月号掲載)で第34回小説現代新人賞を受ける。障害児問題は書ける立場にある人間の責任としてライフワークとしたいという。

桑田 健司　くわた・けんじ

シナリオライター　[生]昭和28年　[出]愛媛県　[学]横浜放送映画専門学院卒　[賞]城戸賞「14番目の椅子」　[歴]横浜放送映画専門学院時代、馬場当に師事。在学中に執筆したシナリオ「14番目の椅子」で城戸賞を受賞。以後、映画「ウェルター」、テレビ「月曜ドラマランド」「花のあすか組」「月曜女のサスペンス」などのほか、ビデオ、Vシネマ「ワイルドハーレー」や、多数の子供向けビデオ、企業のPRビデオなどを手がける。

桑原 一世　くわばら・いちよ

小説家　[生]昭和21年2月　[出]大阪府堺市　本名＝北中幸子　[学]京都女子大学国文科中退　[賞]すばる文学賞(第11回)(昭和62年)「クロス・ロード」　[歴]著書に「最後の王様」「ぼくは猫になりたい」「クロス・ロード」などがある。[家]夫＝北中正和(音楽評論家)

桑原 恭子　くわはら・きょうこ

小説家　[生]昭和7年　[出]愛知県名古屋市　[学]向陽高卒　[賞]作家賞(第4回)(昭和43年)「風のある日に」、名古屋市芸術賞(平成1年)　[歴]同人誌「作家」で創作活動を始め、昭和39年「裸の秒」が直木賞候補に。43年「風のある日に」で第4回作家賞を受賞。「貌」(58年7月終刊)同人として活動。著書に「旅人われは—小説・藤井達吉」「木霊たちの夏」やパチンコを題材にした「ちんじゃら風伝」、「競馬を創った男河田小龍」など。

桑原 譲太郎　くわはら・じょうたろう

小説家　[生]昭和27年2月　[出]長崎県佐世保市　本名＝桑原譲　[学]佐世保工卒　[歴]高校卒業後、演劇を志し19歳で上京。劇団を結成し、脚本・演出・俳優の三役に活躍。昭和61年「新宿純愛物語」で作家としてデビュー。この作品と「ボクの女に手を出すな」は映画化され、若い読者を獲得。「アウトローは静かに騒ぐ」など青春・恋愛小説を多数著す。他に「狼よ、荒野に散れ」「群狼伝説」「復讐の帝王」、歴史小説「炎の人信長」などがある。

桑原 真理子　くわばら・まりこ

シナリオライター　[生]昭和38年2月19日　[出]山口県萩市　[学]京都芸術短期大学中退　[賞]フジテレビヤングシナリオ大賞(第4回)(平成3年)「ラブ・シミュレーション」　[歴]シナリオ学校で脚本を勉強、平成元年夏から、派遣事務所の仕事をしながらシナリオを書き始め、コンクールに投稿を続けた。3年「ラヴ・シミュレーション」で第4回フジテレビヤングシナリオ大賞を受賞、同年6月オン・エア。

桑原 水菜　くわばら・みずな

小説家　[生]昭和44年9月23日　[出]千葉県　[学]中央大学文学部史学科卒　[賞]コバルト読者大賞(下期)(平成1年)　[歴]著書に「炎の蜃気楼」「風雲縛魔伝」「わだつみの楊貴妃」「真皓き残響妖刀乱舞」など。

薫 くみこ　くん・くみこ

児童文学作家　広告デザイナー　[生]昭和33年3月24日　[出]東京都久我山　本名＝大熊久美子　[学]女子美術大学産業デザイン科卒　[賞]児童文芸新人賞(第12回)(昭和58年)「12歳の合い言葉」、産経児童出版文化賞(フジテレビ賞，第41回)(平成6年)「風と夏と11歳—青奈とかほりの物語」　[歴]高島屋宣伝部ではポスター、車内広告、チラシなどの製作に当たる。偶然訪ねた出版社で、創作を勧められ、1ケ月ほどで書きあげた最初の長編「12歳の合い言葉」が昭和58年第12回児童文芸新人賞をとる。ほかに「12歳はいちどだけ」「広海(ひろみ)くん」「あぶない同級生」「おまかせ探偵局シリーズ」「風と夏と11歳—青奈とかほりの物語」などがある。

群司 次郎正　ぐんじ・じろうまさ

小説家　[生]明治38年11月27日　[没]昭和48年1月10日　[出]群馬県伊勢崎市　本名＝郡司次郎　[学]水戸中(大正12年)卒　[歴]大正12年東京の映画俳優学校に入り、一時心座に参加して新劇俳優を目指したが、のち作家に転向。昭和5年に発表した「ミス・ニッポン」「マダム・ニッポン」「侍ニッポン」、6年の「ミスター・ニッポン」の四部作がブームとなった。「発声満州」が発禁になってからはあまり作品を発表せず、晩年は船宿を経営。

【け】

食満 南北　けま・なんぼく

劇作家　[生]明治13年7月31日　[没]昭和32年5月14日　[出]大阪府堺市　本名＝食満貞二　[学]早稲田大学文科中退　[歴]福地桜痴の弟子となり、のちに大阪松竹に入社し「桜のもと」など多くの歌舞伎脚本を発表。「作者部屋から」「大阪の鴈治郎」などの著書がある。

ケラリーノ・サンドロヴィッチ

演出家　劇作家　ミュージシャン　ナイロン100°C主宰　[生]昭和38年1月3日　[出]東京都渋谷区　本名＝小林一三(こばやし・かずみ)　別名＝KERA(けら)、旧グループ名＝有頂天(うちょうてん)　[学]横浜放送映画専門学校(現・日本映画学校)中退　[賞]岸田国士戯曲賞(第43回)(平成11年)「フローズン・ビーチ」、鶴屋南北戯曲賞(平成14年)「室温」、朝日舞台芸術賞(最優秀舞台芸術賞，第1回)(平成14年)　[歴]昭和57年ロック・バンド“有頂天”を結成、KERAの名でリーダー兼ボーカリストをつとめる。ライブ・ハウスで“東京フリークス”を

運営、58年自主制作レーベルのナゴム・レコードを設立し、1stソノシート、1stアルバム「土俵王子」を出す。59年本格活動開始、60年から爆発的人気を呼ぶ。61年「BYE-BYE」でメジャーデビューしたが、63年再び自主制作活動に戻った。平成3年有頂天を解散。のちLONG VACATIONという新ユニットで活動。また、昭和60年劇団健康を旗揚げし、劇作と演出も手がけたが、平成4年劇団を解散。5年演劇ユニット・ナイロン100°Cを始める。13年元東京乾電池の広岡由里子らと2人でユニット・オリガト・プラスティコを結成し、旗揚げ公演で「カフカズ・ディック」を上演。14年いとうせいこうらとともに"空飛ぶ雲の上団五郎一座"を旗揚げ。ケラリーノ・サンドロヴィッチ名で演劇活動を行う。戯曲に「フローズン・ビーチ」「インスタント・ポルノグラフィー」「室温」、「すべての犬は天国へ行く」「ノーアート・ノーライフ」、アルバムに「ピース」、著書に「ケラの遺言」「私戯曲」など。

玄 月　げん・げつ

小説家　[生]昭和40年2月10日　[出]大阪府大阪市　本名＝玄峰豪(げん・みねひで)　[学]大阪市立南高卒　[賞]神戸ナビール文学賞(平成10年)「異境の落とし児」、小谷剛文学賞(第8回)(平成11年)「舞台役者の孤独」、芥川賞(第122回)(平成12年)「蔭の棲みか」　[歴]会社員、調理師などを経て、父の経営する婦人靴関連の工場を継ぐ。29歳で大阪文学学校小説教室で学び、平成8年の「白鴉」結成と同時に参加。「舞台役者の孤独」が「文学界」の10年下半期同人雑誌優秀作に選ばれ、「おっぱい」が11年上半期芥川賞候補となる。12年1月「蔭の棲みか」で第122回芥川賞を受賞。他の作品に「悪い噂」「未成年」などがある。在日韓国人2世。筆名の玄月は明るい月、真理を意味する陰暦9月の別称から取った。
[団]日本文芸家協会

謙 東弥　けん・はるや

作家　[生]昭和30年　[出]北海道　本名＝青柳克比古　[学]札幌西高中退　[賞]潮賞(小説部門優秀作,第14回)(平成7年)「トンニャット・ホテルの客」　[歴]平成7年「トンニャット・ホテルの客」で潮賞小説部門優秀作に選ばれる。11年ビルマ(現・ミャンマー)への旅行記「ビルマへの手紙」をCD-ROM形式の電子媒体で自費出版した。

源氏 鶏太　げんじ・けいた

小説家　日本文芸家協会理事　直木賞選考委員　[生]明治45年4月19日　[没]昭和60年9月12日　[出]富山県富山市　本名＝田中富雄(たなか・とみお)　[学]富山商(昭和5年)卒　[賞]直木賞(第25回)(昭和26年)「英語屋さん」「颱風さん」「御苦労さん」　、吉川英治文学賞(第5回)(昭和46年)「幽霊になった男」「口紅と鏡」、紫綬褒章(昭和51年)、勲三等瑞宝章(昭和58年)　[歴]昭和5年大阪の住友合資会社に入社、24年には新会社の設立に伴い東京に移ったが、31年に退職するまで25年余、サラリーマン生活を送る。この間、9年に新聞のユーモア小説に入選し、翌年「サンデー毎日」の大衆文芸欄に応募した「あすも青空」が佳作に入選、この時初めて源氏鶏太のペンネームを使う。戦後の22年「たばこ娘」を「オール読物」に投稿、採用され、以後勤めの傍ら執筆活動を続ける。26年「英語屋さん」などで直木賞を受賞。ついで26年8月～27年4月「サンデー毎日」に連載された「三等重役」が大ヒットし、題名は流行語ともなり、サラリーマン小説草分けの地位を不動なものとした。31年に専業作家となってからもサラリーマン小説のほか妖怪ものや老人ものを手がけた。33年から直木賞選考委員。他の主な作品に「ホープさん」「定年退職」「人事異動」「天上大風」「重役の椅子」「幽霊になった男」「口紅と鏡」など。「源氏鶏太全集」(全43巻,講談社)がある。
[団]日本文芸家協会、日本ペンクラブ　[家]長男＝田中継根(東北大助教授)

軒上 泊　けんじょう・はく

小説家　[生]昭和23年6月10日　[出]兵庫県加東郡滝野町　本名＝丸山良三　[学]神戸大学経営学部第二課程(昭和48年)卒　[賞]オール読物新人賞(第50回)(昭和52年)「九月の町」　[歴]神戸市役所職員、少年院法務教官等の職業を経て、昭和52年「九月の町」(のちに「サード」と改題)でデビュー。以後作家活動に入る。著書に「べっぴんの町」「ウエルター/サード」「またふたたびの冬」「君こそ心ときめく」「君よ日に新たなれ」他。　[団]日本文芸家協会

剣持 鷹士　けんもち・たかし

弁護士　小説家　[生]昭和37年　[出]福岡県春日市　[学]九州大学法学部卒　[賞]創元推理短編賞(第1回)(平成6年)「あきらめのよい相談者」　[歴]大学在学中に司法試験に合格、平成元年4月から法律事務所に勤務。一方、学生時代にミステリー好きの仲間と同人誌を発行したのがきっかけで、推理小説を執筆。7年初の短編集を刊行。

玄侑 宗久　げんゆう・そうきゅう

僧侶　小説家　福聚寺(臨済宗)副住職　[生]昭和31年　[出]福島県三春町　本名＝橋本宗久　[学]慶応義塾大学中国文学科卒　[賞]芥川賞(第125回)(平成13年)「中陰の花」　[歴]臨済宗福聚寺に生まれる。大学卒業後は、コピーライター、英会話教材のセールスマン、ナイトクラブのマネージャー、ごみ焼却場の作業員などを経験

し、昭和62年福聚寺副住職となる。僧職の傍ら、“死の周辺での心の交流”を主題に執筆活動も行い、デビュー作「水の舳先」が芥川賞候補となり、平成13年「中陰の花」で同賞を受賞。その他の作品に「宴」「アブラクサスの祭」がある。一方、カンボジア難民支援や反アパルトヘイトの美術展誘致、寺の本堂での演奏会開催など幅広く活動。

【こ】

高 史明　コ・サミョン

小説家　[国]北朝鮮　[生]1932年1月17日　[出]慶尚南道(本籍)　本名＝金天三(キム・チョンサム)　[学]彦島高小(現・江の浦中)('45年)中退　[興]親鸞の「教行信証」とドストエフスキー　[賞]サンケイ児童出版文化賞(第22回)('75年)「生きることの意味」、日本児童文学者協会賞(第15回)('75年)「生きることの意味」、青丘文化賞('90年)、仏教伝道文化賞(第27回)('93年)　[歴]軍需工場に動員、15歳より底辺労働者として職を転々とする。日本共産党に入党し活動するが朝鮮人ゆえに離党させられる。獄中で石川啄木詩集に感銘をうけ文学開眼。1971年「夜がときの歩みを暗くする時」でデビュー。作品に「彼方に光を求めて」「生きることの意味」「深きいのちに目覚めて」「いのちの優しさ」「少年の闇」、妻の百合子との共編で自殺した息子の遺稿集「ぼくは12歳—岡真史詩集」、他に「親鸞再発見」(共著)などがある。　[団]日本文芸家協会、アジア・アフリカ作家会議　[家]妻＝岡百合子(文筆家)、息子＝岡真史(「ぼくは12才」作者・故人)

高 賛侑　コ・チャンユ

劇作家　小説家　詩人　「レインボーネット」編集長　「サンボン(出会い)」主宰　[生]1947年　[出]大阪府大阪市都島区　[学]朝鮮大学校卒　[歴]在日韓国人2世。高校までは日本の学校で学ぶが朝鮮大学校に入って民族意識に目覚め、文芸活動も開始。1981年から関西を拠点に演劇創作を続け、'87年には戯曲集「光よ！甦れ」を出版。同年11月から大阪、東京などで上演された朝鮮語の創作劇「朝露のごとく」は韓国の学生たちの姿を描き、反響を呼ぶ。'83年在日朝鮮人の活動を紹介するミニコミ紙「サンボン」を、'88年在日のための文化生活情報誌「MILE(ミレ=未来)」を創刊し編集長。大阪府朝鮮人強制連行真相調査団団員。'98年在日の商工人らでつくる文化団体・良知会が母体となり、民間非営利団体レインボーネットが発足。インターネットを通じて発信する情報誌のまとめ役として編集長に就任。共著に「在日朝鮮人の生活と人権」、訳書に「山河ヨ、我ヲ抱ケ—発掘・韓国現代史の群像」など。　[団]自由ジャーナリストクラブ(世話人)、国際高麗学会

小嵐 九八郎　こあらし・くはちろう

小説家　歌人　[生]昭和19年7月31日　[出]秋田県能代市　本名＝工藤永人　筆名(短歌)＝米山信介　[学]早稲田大学政経学部卒　[賞]吉川英治文学新人賞(第16回)(平成7年)「刑務所ものがたり」　[歴]早大時代に過激派の活動家となり、通算5年刑務所生活を送る。劇画原作、歌人としても活躍。昭和61年小説家としてデビュー。競馬と相撲が好きで、野球は阪神タイガース。釣りの腕はプロ級。歌誌「未来」「りとむ」所属。著書に「流浪期(さすらいき)」「巨魚伝説」「刑務所ものがたり」「真幸くあらば」、歌集に「叙事がりらや小唄」、妻との共著に「川崎山王町 小嵐家の台所」など。平成5年には「清十郎」が直木賞候補となる。　[団]日本文芸家協会

小池 勇　こいけ・いさむ

児童文学作家　[生]昭和7年1月23日　[出]栃木県那須郡小川町　[学]慶応義塾大学文学部卒　[賞]文芸広場年度賞(昭43年度・童話部門)　[歴]元・小学校長。著書に「早春の頃—短篇少年小説集」がある。　[団]日本児童文学者協会

小池 修一郎　こいけ・しゅういちろう

演出家　脚本家　宝塚歌劇団　[生]昭和30年3月17日　[出]東京都　[学]慶応義塾大学文学部卒　[賞]菊田一夫演劇賞(平成4年)「華麗なるギャツビー」、千田是也賞(第3回，平12年度)(平成13年)「エリザベート」　[歴]ショー作家を目指し、昭和52年宝塚歌劇団に入る。平成2年のオリジナル「アポロンの迷宮」でデビュー。文学、美術、映画に精通した新感覚の演出家として活躍。3年雪組ミュージカル「華麗なるギャツビー」、9年「エリザベート」などで脚本と演出を担当。9年新宿コマ劇場「アニーよ銃をとれ」などで外部演出も手掛ける。

小池 慎太郎　こいけ・しんたろう

劇作家　演出家　[生]明治40年　[没]昭和54年　[出]東京都港区芝　本名＝小出新太郎　[学]早稲田大学英文科卒　[歴]学生時代の頃より劇、児童文学を研究。劇団東童文芸部に入り「風の又三郎」の脚色で注目される。昭和16年劇団新児童劇場を結成、代表となる。戦後はNHK専属作家として学校放送、子どもの時間など放送作品を多数執筆。代表作に「少年野口英世」「ピノキオ」「金の靴」など。

小池 タミ子　こいけ・たみこ

児童文学作家　放送作家　[専]児童劇　童話　絵本　[生]昭和3年1月18日　[出]東京　本名＝冨田タミ子　[学]東京都教員養成所(昭和19年)修了　[賞]日本児童演劇協会賞(昭33年度)「童話劇20選」、サンケイ児童出版文化賞(第27回)(昭和55年)「東書児童劇シリーズ・民話劇集」、O夫人児童演劇賞(第9回)(平成5年)　[歴]東京都の小学校教師のかたわら演劇教育の研究をつづけ、その後作家活動に入り、児童劇脚本、童話、童謡などを書く。昭和30年ごろからNHKテレビ・ラジオの児童・婦人・教育番組に執筆。また41〜43年テレビ朝日の劇遊び「なになろか」を構成。主な著書に「童話劇20選」「幼児の劇あそび」「たのしい劇あそび20選」、童話劇集「きつねはひとりでおにごっこ」「地獄のあばれん坊」、絵本「きみほんとのわにかい」「おばけユーラ」など。　[団]日本文芸家協会、日本演劇教育連盟、日本放送作家協会

小池 豊一　こいけ・とよかず

作家　日本放鷹協会副理事長　[生]昭和7年　[出]新潟県上越市　[賞]新潟日報文学賞(詩部門佳作入選, 第7回)(平成5年)「古文書」他、新潟県民芸術祭入選(小説文芸部門, 平6年度)「御鷹匠物語」、新潟県民芸術祭入選(現代詩文芸部門, 平8年度)「公園の広場にて」、新潟県民芸術祭入選(現代詩文芸部門, 平9年度)「橇」　[歴]新潟県公立小・中学校教師を経て、城東中学校校長を最後に退職、のち日本放鷹協会副理事長。傍ら執筆活動を行い、著書に「御鷹匠秘聞」「本邦の鷹匠制に関する史的研究」、詩集に「遠い雲のうらがわに」などがある。　[団]日本詩人クラブ、日本農民文学会、新潟県社会科教育研究会、高田文化協会(特別会員)

小池 博史　こいけ・ひろし

演出家　劇作家　パパ・タラフマラ主宰　つくば舞台芸術フェスティバル芸術監督　[生]昭和31年　[出]茨城県日立市　[学]一橋大学社会学部卒　[賞]パフォーミングアーツ大賞(「TOKYO JOURNAL」誌)(平成4年)　[歴]大学時代から演劇を始め、卒業後はTBSに入局。ドキュメンタリーのディレクターをしていたが、2年で退社。昭和57年大学のOBらとタラフマラ劇場を結成、62年パパ・タラフマラに改称。全作品の作・構成・演出を手がける。セリフもストーリーもなく、音楽とオブジェと人間が創り出す詩的空間ともいえる舞台は日本でよりも外国で先に受け入れられ、平成3年秋の英国公演では作品「パレード」を上演、絶賛を浴びる。4年同作品を東京、大阪などでも上演。8年からつくば舞台芸術フェスティバル芸術監督も務める。他の代表作に「アレッホ〜風を讃えるために」「海の動物園」「青」「ストーン・エイジ」「ブッシュ・オブ・ゴースツ」「城〜マクベス」「船を見る」「島〜ISLAND」「春昼」「WD」など。一方、CF、コンサート等の企画・演出も手掛ける。

小池 富美子　こいけ・ふみこ

小説家　[生]大正10年2月13日　[出]神奈川県横浜市　旧姓(名)＝野沢　[歴]女中や女工などをしながら昭和15年「公論」に「煉瓦女工」を発表、直ちに第一公論社の短編集に収録され、戦時下に新鮮な感動を呼んだ。戦後「新日本文学」に「女子共産党員の手記」を発表、民主主義文学同盟に所属。

小池 まや　こいけ・まや

小説家　詩人　[生]昭和22年　[出]熊本県天草郡　[賞]熊本県民文芸賞(昭和61年)、熊本現代詩新人賞(平成4年)「からくり」　[歴]「詩と真実」「アンブロシア」同人。著書に「微弱陣痛」、詩集に「からくり」「フルネームのとなり」がある。

小池 真理子　こいけ・まりこ

推理作家　[専]心理サスペンス　恐怖小説　[生]昭和27年10月28日　[出]東京都　[学]成蹊大学文学部英米文学科(昭和50年)卒　[興]医学問題、精神病理学　[賞]日本推理作家協会賞(第42回・短編賞)(平成1年)「妻の女友達」、直木賞(第114回)(平成8年)「恋」　[歴]出版社勤務の後、著作活動を始め、昭和53年エッセイ集「知的悪女のすすめ」でデビュー。60年より推理小説も手がける。平成8年「恋」で第114回直木賞を受賞。他の著書に「あなたから逃れられない」「蜘蛛のいる森」「彼女が愛した男」「殺意の爪」「仮面のマドンナ」「プワゾンの匂う女」「無伴奏」「絆」「欲望」「ひるの幻よるの夢」「薔薇いろのメランコリヤ」、夫・藤田宜永との共著に「夢色ふたり暮し」など多数。　[団]日本文芸家協会、日本推理作家協会　[家]夫＝藤田宜永(小説家)

小池 倫代　こいけ・みちよ

シナリオライター　[生]昭和33年4月27日　[出]北海道小樽市　[学]独協大学法学部卒　[賞]舞台芸術創作奨励賞(特別賞, 現代演劇部門)(平成2年)「恋歌(ラブソング)がきこえる」　[歴]東京都内の出版社に就職し、夜はシナリオセンターで学ぶ。その後東宝現代劇養成所戯曲科に入学、卒業作品が評価され、東宝戯曲研究会に参加を認められる。のち郷里に帰り、執筆に専念。作品に「恋歌(ラブソング)がきこえる」「源氏物語夜話・女三の宮」「メイ・ストリーム」「うたかた」「白蓮れんれん」「素晴らしき家族旅行」など。

小池 康生　こいけ・やすお
シナリオライター　㊓昭和31年7月30日　㊞大阪市　㊫今宮工高卒　㊧24歳のときNHKラジオドラマ「旅のきらいな女…」でデビュー。「氷の飾りもの」「タッチダウン」など多くのラジオドラマを執筆。テレビドラマに「田園のエイリアン」「直木賞サスペンス～脱出」、子供向け連続ドラマ「わんぱく天使」などがある。大阪新聞にエッセイ「感情線、暖房中」を連載。

後池田 真也　ごいけだ・しんや
小説家　㊓昭和44年　㊞熊本県　㊫福岡大学法学部卒　㊪学園小説大賞　㊧サラリーマンの傍ら、物書きの仕事をこなす。著書に「ハリケーン・ガール―トラブル・てりぶる・ハッカーズ」がある。

小石 房子　こいし・ふさこ
作家　㊒女性史　㊓昭和12年　㊞大分県大分市　㊫青山学院女子短期大学国文科卒　㊧短大在学中より、故・那須辰造に師事。約10年間幼児教育に携わった後、児童文学、のち歴史物を執筆する。「トナカイ村」同人。著書に「伝説の美しいお話」「人物日本の女性史100話」「流人100話」「女たちの本能寺」「花軍(はないくさ)―北政所波瀾の生涯」「巫女王 斉明」など。

小泉 喜美子　こいずみ・きみこ
推理作家　翻訳家　㊓昭和9年2月2日　㊔昭和60年11月7日　㊞東京・築地　本名＝杉山喜美子(すぎやま・きみこ)　旧筆名＝杉山季美子　㊫三田高(昭和27年)卒　㊧昭和28～35年ジャパン・タイムズに勤務。34年「エラリイ・クイーンズ・ミステリ・マガジン」第1回コンテストに「我が盲目の君」を投じ、准佳作となる。同年、同誌の編集長をしていた小泉太郎(生島治郎)と結婚。37年「弁護側の証人」がオール讀物推理小説新人賞に入選。この作品を長編化して、38年刊行。その後、作品を発表しなかったが、47年生島治郎と離婚後、執筆活動を展開。著書に「殺人はお好き?」「ダイナマイト円舞曲」など都会風ミステリーのほか、エッセイ集「メイン・ディッシュはミステリー」「ミステリー歳時記」「歌舞伎は花ざかり」など。翻訳家としても有名で、P.D.ジェイムズ、アーウィン・ショウらを中心に多数の作品を手がける。女流ミステリーの第一人者だった。60年11月2日、新宿のスナックの階段で転倒、頭を打って病院に運ばれたが意識が戻らぬまゝ7日死亡した。㊐日本推理作家協会、日本文芸家協会、日本ペンクラブ

小泉 志津男　こいずみ・しずお
作家　㊒スポーツ文化の歴史　㊓昭和12年9月19日　㊞東京都北区王子　㊫東京経済大学経済学部経済学科(昭和35年)卒　㊛生涯学習・スポーツ、中高年の健康問題　㊧東京スポーツ新聞社運動部記者として東京、メキシコ、ミュンヘン、モントリオール各オリンピック、バレーボール世界選手権ほかを取材、同社運動部長、文化部長、整理部長を歴任し、昭和56年作家となる。テレビのスポーツ番組の解説、オリンピック特派員なども務める。テレビドラマ「ワンツー・アタック」「ミュンヘンへの道」「ドン・チャック物語」「アタッカーYOU！」などの原作者。著書に「嵐と太陽・3部作」「白球に賭ける」「猫田は生きている」「富士フイルム男子バレーボールドキュメント 青春の色は緑」他。㊐生涯スポーツセンター(常任理事)、日本生活文化交流協会(理事長)

小泉 堯史　こいずみ・たかし
映画監督　脚本家　㊓昭和19年11月6日　㊞茨城県水戸市　㊫早稲田大学卒　㊪藤本賞(新人賞，第19回，平11年度)(平成12年)「雨あがる」、山路ふみ子賞(第24回)(平成12年)「雨あがる」㊧昭和46年から黒沢明監督の助監督を務める。平成11年同監督の最後の脚本となった「雨あがる」(山本周五郎原作)が黒沢組スタッフによって映画化されることになり、監督として初メガホンをとる。同年9月黒沢監督の一周忌にあたり、同作品がベネチア国際映画祭で追悼上映される。12年藤本賞新人賞を受賞。他の作品に「阿弥陀堂だより」がある。

小泉 長三　こいずみ・ちょうぞう
小説家　㊓明治11年2月6日　㊔昭和16年2月22日　㊞茨城県　㊧仮名垣魯文の指導を受け、万朝報記者として活躍。少年倶楽部に「赤熱の鞭」を発表したのが45歳、以後500編以上の時代小説を書いた。代表作は「鬼三味線」「嬌殺本調子」(「続鬼三味線」)など。

小泉 鉄　こいずみ・まがね
小説家　翻訳家　㊓明治19年12月1日　㊔昭和29年12月28日　㊞福島県　㊫東京帝大哲学科中退　㊧一高時代から文学を志し、第二次「新思潮」に参加。ついで、「白樺」同人となって翻訳、感想、小説、戯曲などで幅広く活躍。大正2年ポール・ゴーガンの「ノア・ノア」を翻訳。7年には戯曲「アダムとイヴ」を翻訳。ほかに「自分達二人」「三つの勝利」などの著書がある。

小泉 八雲　こいずみ・やくも

日本研究家　小説家　随筆家　⊕1850年6月27日　⊗1904年9月26日　⊕アメリカ　本名＝ハーン，ラフカディオ（Hearn, Lafcadio）　⑱アメリカで新聞記者を勤め，「異文学遺聞」「中国怪談集」「西印度諸島の二年間」などを刊行。明治23年来日。松江中学，熊本五高の英語教師，「神戸クロニクル」紙記者を経て，29年東京帝大文科大学講師，37年東京専門学校講師。その間，23年小泉セツと結婚，29年日本に帰化して小泉八雲と名乗る。日本各地を旅行し「知られざる日本の面影」「心」など日本を紹介する随筆集のほか，日本の伝説に取材した小説集「怪談」を発表。没後東大での講義集「人生と文学」「英文学史」が刊行された。「小泉八雲全集」（全17巻・別巻1，第一書房），「ラフカディオ・ハーン著作集」（全15巻，恒文社）などがある。

小泉 譲　こいずみ・ゆずる

小説家　⊕大正2年7月13日　⊕埼玉県川口市　⑰慶応義塾高等部（昭和9年）中退　⑱満鉄上海事務所調査部を経て，敗戦まで中国文化研究会，上海特別市政府に勤める。昭和18年「桑園地帯」が芥川賞候補となり，23年「死霊の宿」でみとめられて作家生活に入る。作品はほかに「不安の旋律」「八月の砂」「魯迅と内山完造」「評伝丹羽文雄」「小説天皇裕仁」「文学的女性論」など。丹羽文雄の「文学者」の重要メンバーの一人。また中国問題に関心が深く，日中文化交流協会員でもある。　㊥日本文芸家協会

小出 正吾　こいで・しょうご

児童文学作家　日本児童文芸家協会顧問　⊕明治30年1月5日　⊗平成2年10月8日　⊕静岡県三島市　⑰早稲田大学商学部（大正7年）卒　㊹童話賞（童話作家協会）（第2回）（昭和14年）「たあ坊」，放送文化賞，児童文化功労者（昭和42年），野間児童文芸賞（第13回）（昭和50年）「ジンタの音」，キリスト教功労者（第11回）（昭和55年）　⑱明治43年受洗。早大卒後，大洋商会に入社し大正11年インドネシアへ赴任。11年帰国し「聖フランシスと小さき兄弟」を出版。昭和2年短篇童話集「ろばの子」を刊行。5年明治学院中等部で日本基督教日曜学校主事を兼任し，月刊誌「日曜学校の友」主筆として活躍。10年明治学院大学教授となる。14年「たあ坊」により第2回童話作家協会賞を受賞。戦後は三島市に戻り，三島市教育委員長，三島文化協会総代などを務める。37年，41年AA作家会議に出席。41～45年まで日本児童文学者協会会長。代表作に「大きな虹」「風船虫」「のろまなローラ」「ジンタの音」「天使のとんでいる絵」，翻訳に「ドブリィ」などがある。㊥日本児童文学者協会，日本児童文芸家協会

小糸 のぶ　こいと・のぶ

小説家　⊕明治38年9月24日　⊗平成7年12月13日　⊕静岡市富士市　⑰静岡女子師範（大正12年）卒　⑱昭和16年内閣情報局の国民映画脚本に「母子草」を応募し，情報局長賞を受賞。24年発表の「おもかげ」は直木賞候補作品となる。その他作品に「処女雪」「若い樹」「純愛の砂」などがある。　㊥日本ペンクラブ，日本文芸家協会

高　こう

⇒高（コ）を見よ

郷 静子　ごう・しずこ

小説家　⊕昭和4年4月20日　⊕神奈川県横浜市　本名＝山口三千子　⑰鶴見高女（昭和22年）卒　㊹芥川賞（第68回）（昭和47年）「れくいえむ」　⑱戦争中は勤労動員，戦後は結核にかかり療養しながら，新日本文学会の日本文学学校に通う。戦争体験によった作品「れくいえむ」で，昭和47年度芥川賞受賞。ほかに「幽霊」「囲いの外」などがある。「横浜文学」同人。㊥日本文芸家協会

康 珍化　こう・ちんか

⇒康珍化（カン・ジンファ）を見よ

耕 治人　こう・はると

詩人　小説家　⊕明治39年8月1日　⊗昭和63年1月6日　⊕熊本県八代郡八代町　⑰明治学院高等部英文科（昭和3年）卒　㊹読売文学賞（第21回）（昭和44年）「一条の光」，平林たい子文学賞（第1回）（昭和48年）「この世に招かれて来た客」，芸術選奨文部大臣賞（第31回）（昭和55年）「耕治人全詩集」，熊本県近代文化功労者（平成9年）　⑱当初，画家を志し中川一政に教えを受けていたが，明治学院在学中に詩作に転じ，千家元麿に師事する。昭和3～7年主婦之友社に勤務。5年「耕治人詩集」，13年「水中の桑」を刊行。11年頃から小説も書き始める。私小説が多く「結婚」「指紋」「懐胎」などの作品がある。44年「一条の光」で読売文学賞，48年「この世に招かれて来た客」で平林たい子文学賞，55年「耕治人全詩集」で芸術選奨を受賞した。

甲賀 三郎　こうが・さぶろう

小説家　⊕明治26年10月5日　⊗昭和20年2月14日　⊕滋賀県蒲生郡日野町　本名＝春田能為　⑰東京帝国大学工科大学応用化学科卒　⑱和歌山市の染料会社の技師をしていたが，大正9年農商務省臨時窒素研究所に移る。そのかたわら小説を執筆し，12年「真珠塔の秘密」を発表し，以後「琥珀のパイプ」「支倉事件」「幽霊犯人」「体温計殺人事件」などを発表した。

鴻上 尚史　こうかみ・しょうじ
劇作家　演出家　作家　映画監督　劇団第三舞台主宰　[生]昭和33年8月2日　[出]愛媛県新居浜市　[学]早稲田大学法学部(昭和58年)卒　[興]演劇、映画、身体論　[賞]紀伊国屋演劇賞(団体賞，第22回)(昭和62年)「朝日のような夕日をつれて'87」、初日通信大賞演出賞(昭60・61・62年度)「朝日のような夕日をつれて」「デジャ・ヴュ'86」「ハッシャ・バイ」「朝日のような夕日をつれて'87」「モダンホラー特別篇」、初日通信大賞脚本賞(平1年度)「ピルグリム」、サンディエゴ映画祭最優秀短編賞(第9回)(平成6年)「トーキョーゲーム」、岸田国士戯曲賞(第39回)(平成7年)「スナフキンの手紙」　[歴]昭和56年早大演劇研究会を中心に劇団第三舞台を旗揚げ。"小劇場演劇の第三世代"といわれる野田秀樹らに続く第四世代とも呼ばれる。「朝日のような夕日をつれて」(56年)、「デジャ・ヴュ」(58年)、「モダン・ホラー」(59年)など核戦争や未来世界を題材にした通称"地球年代記"7部作で声価を高める。以降「スワンソングが聴こえる場所」「ハッシャ・バイ」「天使は瞳を閉じて」「ビルグリム」「ビー・セア・ナウ」「スナフキンの手紙」「パレード旅団」と次々に作品を発表。1980年代の小劇場ブームに乗って人気劇団となり、平成3年には英国公演も行った。9年9月より文化庁芸術家在外研修員として1年間ロンドン市立ギルドホール音楽演劇学校に留学。帰国後の11年6月新組織・鴻上ネットワークを旗揚げ、「ものがたり降る夜」に19年ぶりに出演する。13年第三舞台設立20周年記念公演「ファントム・ペイン」を最後に劇団活動を10年間休止すると発表。一方、DJ、エッセイでも活躍。映画の脚本・監督も手がけ、作品に「ジュリエット・ゲーム」「ボクが病気になった理由」がある。著書に「嘘が大好き」「冒険遊戯」「宇宙で眠るための方法について」「鴻上夕日堂の逆上」「ここではないどこかへ」「ドンキホーテのピアス」など。　[団]日本劇団協議会(理事)
http://www.thirdstage.com/

高斎 正　こうさい・ただし
作家　[生]昭和13年12月21日　[出]群馬県前橋市　[学]慶応義塾大学(昭和36年)卒　[興]自動車、オートバイ、モーターレーシング、飛行船、カメラ、自動車レースの歴史　[歴]大学卒業後、家業を手伝いながら、SF同人誌に小説を発表。昭和43年から自動車レース関係の書籍の翻訳を手がける。44年より短編小説を雑誌に連載し、46年「ムーン・バギー」としてカーSF短編集にまとめる。51年「ホンダがレースに復帰する時」で人気作家となる。平成2年「ミレミリアが復活する時」をきっかけに、自動車レースの歴史を調べはじめ、長編小説「馬なし馬車による走行会」で新ジャンルを拓く。他の著書に「モータースポーツ・ミセラニー」「欠陥 自動車業界」など。　[団]日本SF作家クラブ、日本推理作家協会、日本文芸家協会、日本ペンクラブ

神坂 次郎　こうさか・じろう
小説家　[専]歴史小説　時代小説　劇作　[生]昭和2年3月2日　[出]和歌山県有田市　本名＝中西久夫　[学]陸軍飛行学校(昭和19年)卒　[賞]大衆文学賞(第1回)(昭和33年)「鬼打ち猿丸」、日本文芸大賞(第2回)(昭和57年)「黒潮の岸辺」、文部大臣賞(地域文化功労・芸術部門)(昭和59年)、文部大臣賞最優秀賞(昭和57年)「南方熊楠その人と生涯」(教育映画)、大衆文学研究賞(評論伝記部門，第1回)(昭和62年)「縛られた巨人―南方熊楠の生涯」、和歌山県文化賞(平成2年)、南方熊楠賞(特別賞)(平成14年)　[歴]戦後、劇団俳優座演出部などを転々とし、土木技師、建設会社役員を経て、歴史小説を書き始める。昭和33年「鬼打ち猿丸」で大衆文学賞を受賞し、長谷川伸の門下となる。和歌山に在住し、創作活動を展開する。59年、18年がかりでまとめた「元禄御畳奉行の日記―尾張藩士の見た浮世」が60万部のロングセラーになり、ドラマ化もされる。ほかの著書に、ベストセラーの「縛られた巨人―南方熊楠の生涯」の他、「紀州史散策」(全5巻)「おかしな侍たち」「黒潮の岸辺」「今日われ生きてあり」「走れ乗合馬車」「おかしな大名たち」「修羅を生きる」「熊野御幸」「海の稲妻」など。　[団]日本文芸家協会、日本ペンクラブ(理事)、三田文学会、日本ライフル協会

向坂 唯雄　こうさか・ただお
作家　元・機関士　[生]昭和2年　[出]群馬県安中市　本名＝荻原幸一　[学]高小卒　[賞]総評文学賞(第1回)(昭和39年)「信じ服従し働く」　[歴]昭和16年、14歳で国鉄に入り、東京・田端機関区の庫内手。17年機関助士となり、蒸気機関車の缶焚きを経て、20年機関士に昇格。26年品川機関区へ異動し、ディーゼル機関車の機関士をつとめる。59年退職。勤務の傍ら、文芸誌「機関車文学」で長く活躍し、39年「信じ服従し働く」で第1回総評文学賞を受賞。また62年汗と油にまみれた職場の姿を綴った「機関車に憑かれた四十年」を出版し、話題になる。　[団]なずな

上崎 美恵子　こうざき・みえこ
児童文学作家　[生]大正13年11月15日　[没]平成9年9月2日　[出]福島県二本松市　本名＝上崎美枝子　[学]青山女学院高等女学部卒、和洋女子大学卒　[賞]赤い鳥文学賞(第6回)(昭和51年)「まほうのベンチ」「ちゃぷちゃっぷんの話」、サンケイ児童出版文化賞(第23回)(昭和51年)「ち

ゃぷちゃっぷんの話」、日本児童文芸家協会賞(第9回)(昭和60年)「だぶだぶだいすき」、ひろすけ童話賞(第6回)(平成7年)「ルビー色のホテル」　[歴]国立中野療養所で闘病中、アンデルセンなどに強い感動を受け、昭和35年ごろから童話を書き始める。52年処女長編「星からきた犬」を「中学生文学」に連載。代表作に「まほうのベンチ」「ちゃぷちゃっぷんの話」「長いシッポのポテトおじさん」「海がうたう歌」「だぶだぶだいすき」などがある。[団]日本児童文学者協会、日本児童文芸家協会、日本推理作家協会

香里 了子　こうさと・りょうこ

小説家　[生]昭和38年9月6日　[出]東京　本名=畠山香里　[学]早稲田大学教育学部卒　[賞]小説現代新人賞(第52回)(平成1年)「アスガルド」[歴]武蔵野美術大学職員。平成元年作品「アスガルド」で第52回小説現代新人賞を受賞。

高城 高　こうじょう・こう

推理作家　アドヴァンストテクノロジ社長[生]昭和10年1月17日　[出]北海道　本名=乳井洋一(にゅうい・よういち)　[学]東北大学文学部(昭和32年)卒　[歴]昭和32年北海道新聞社入社。旭川支社報道部次長、本社社会部次長を経て、59年網走支局長、平成元年文化部長、4年出版局長に就任。その後、テレビ北海道常務、アドヴァンストテクノロジ社長。推理作家としても知られ、作品に「X橋付近」「ラ・クカラチャ」「墓標なき墓場」がある。

浩祥 まきこ　こうじょう・まきこ

小説家　[生]昭和47年2月13日　[学]秋田大学教育学部卒　[賞]コバルトノベル大賞(読者大賞, 第26回)(平成7年)「ごむにんげん」　[歴]大学在学中に「ごむにんげん」で平成7年下期コバルト読者大賞受賞。著書に「DEARS」「ごむにんげん」「やさしい雨」「ねむる保健室」がある。

神津 カンナ　こうず・かんな

エッセイスト　作家　[生]昭和33年10月23日[出]東京都　本名=神津十月　[学]東洋英和女学院高等部(昭和50年)卒、サラ・ローレンス・カレッジ演劇学科(ニューヨーク)(昭和55年)中退[賞]JICA国際協力功労者賞(平成11年)　[歴]父は作曲家・神津善行、母は女優の中村メイ子。幼稚園から高校まで東洋英和で学ぶ。ニューヨークのサラ・ローレンス・カレッジ演劇学科に留学し、昭和55年帰国。以後、ラジオやテレビの司会、雑誌のエッセイと多彩に活躍。57年出版した第1作「親離れするとき読む本」は体験をもとにした家族論として話題となり、ベストセラーに。ほかにエッセイ「今日もまた百面相」「女の魅力IN・OUT」、小説「父に関する噂」「スターダスト」「美人女優」などの著書がある。ねむの木学園理事の他、平成9年政府税制調査会委員に。　[団]日本文芸家協会[家]父=神津善行(作曲家)、母=中村メイコ(女優)、妹=神津はづき(女優)、弟=神津善之介(画家)、祖父=中村正常(小説家)、祖母=中村チエコ(著述家)

神津 友好　こうず・ともよし

演芸作家　放送作家　[生]大正14年8月8日　[出]長野県上田市　[学]法政大学文学部英文科卒、上智大学文学部新聞学科卒　[賞]民間放送連盟賞娯楽部門最優秀賞「小沢昭一的こころ10周年スペシアル, 元祖蒲田行進曲」(TBS)　[歴]雑誌、業界紙記者を経て、昭和28年から演芸台本の専門作家となる。以後、演芸番組の構成、製作、審査なども手がける。テレビ時代の演芸の現状を憂い、自腹を切って“色もの”の分野での若手勉強会も主宰。「花王名人劇場」「テレビ演芸」のプロデューサーもつとめた。著書に「笑伝林家三平」「元祖蒲田行進曲」「にっぽん芸人図鑑」など。またアウトドア・ライフの専門家としても活動。ボーイスカウトの活動を通して子供たちに故郷意識を持つように指導する。日本レクリエーション協会の“余暇生活開発士”の資格も持つ。

香月 日輪　こうずき・ひのわ

児童文学作家　[生]昭和38年　[出]和歌山県　本名=杉野史乃ぶ　[学]聖ミカエル国際学校英語科卒[賞]日本児童文学者協会新人賞(第28回)(平成7年)「ワルガキ、幽霊にびびる—地獄堂霊界通信」　[歴]翻訳、声優などを目指しつつ、少女マンガの同人誌で創作活動。児童文学「地獄堂と三人悪と幽霊と」が第4回「童話の海」公募で佳作入選。著書に「ワルガキ、幽霊にびびる—地獄堂霊界通信」がある。

高月 理代　こうずき・りよ

読売テレビシナリオ大賞を受賞　[生]昭和34年[出]宮崎県　本名=長嶋理代　[学]東京厚生年金看護専門学校卒　[賞]読売テレビシナリオ大賞(第2回)(平成9年)「院内感染」　[歴]看護婦として宮崎県の病院に勤めていた頃、山田太一脚本のTVドラマ「ふぞろいの林檎たち」のシナリオ本に魅せられ、通信講座でシナリオを学ぶ。平成4年「降格予告」で読売テレビゴールデンシナリオ賞の佳作に入選。5年シナリオ作家を志し上京。6年結婚し、主婦業の傍ら「院内感染」などを執筆。

幸田 文　こうだ・あや
小説家　随筆家　[生]明治37年9月1日　[没]平成2年10月31日　[出]東京府南葛飾郡向島寺島(現・東京都墨田区)　[学]女子学院(大正11年)卒　[資]日本芸術院会員(昭和51年)　[賞]読売文学賞(第7回・小説賞)(昭和30年)「黒い裾」、新潮社文学賞(第3回)(昭和31年)「流れる」、日本芸術院賞(第13回)(昭和31年)「流れる」、女流文学賞(第12回)(昭和48年)「闘」　[歴]幸田露伴の二女。昭和3年清酒問屋に嫁いだが、13年離婚。娘を連れて生家に戻り、晩年の露伴の看護にあたる。22年露伴の病死に際して、雑誌「芸林閒歩」に「雑記」を発表、24年「父―その死」を刊行して、随筆家として注目される。一時絶筆を宣言、柳町の芸者置屋へ奉公したが、のち小説執筆に入り、31年「流れる」で新潮社文学賞と日本芸術院賞を受賞。ほかに「黒い裾」「闘」「おとうと」など。平安朝女流日記文学の伝統をひいた感覚的な文章に特色がある。没後、雑誌等に連載していた作品のうち、エッセイ「崩れ」「木」、長編小説「きもの」、短編小説集「台所のおと」、対談集「幸田文対話」などが単行本として出版された。「幸田文全集」(全7巻，中央公論社)がある。また50年には19年に落雷で焼失した奈良県斑鳩の法輪寺五重塔再建に尽力。　[団]日本文芸家協会　[家]父＝幸田露伴(小説家)、娘＝青木玉(作家)、孫＝青木奈緒(作家)

合田 圭希　ごうだ・けいき
作家　[生]昭和14年1月26日　[出]京都市　本名＝合田京子　[学]京都府立桃山高卒　[賞]織田作之助賞(第6回)(平成1年)「にわとり 翔んだ」　[歴]38歳のとき夫を癌で亡くし、以来女手一つで2人の子供を育てる。タイピスト、秘書などを経て、京都市内で喫茶店を経営。昭和60年瀬戸内寂聴主宰の「嵯峨野塾」に入塾、文章修業にはげむ。平成元年「にわとり 翔んだ」で織田作之助賞を受賞。

幸田 進　こうだ・すすむ
作家　清心保育園長　[生]昭和5年　[出]東京・羽田　[学]立教大学キリスト教学科(昭和29年)卒　[歴]昭和33年埼玉県浦和市にある聖望学園に勤務。のち校長代理。45年滋賀県に移住し、清心保育園長となる。この間、40年「灰になった女」が埼玉文学賞候補作に。「滋賀作家」「新文学山河」「ケルビム」等の同人。著書に「ピトンよ、響け」がある。

郷田 悳　ごうだ・とく
劇作家　演出家　[生]明治38年5月25日　[没]昭和41年7月18日　[出]大阪市　本名＝前田徳太郎　[学]大阪貿易語学校(大正12年)中退　[歴]大阪貿易語学校を中退して劇作をし、関西歌舞伎をはじめ新派、新国劇など幅広く脚色、演出を担当。代表作に「天野屋利兵衛」「実川延若(ぼんやん)」などがある。

幸田 真音　こうだ・まいん
作家　[生]昭和26年4月25日　[出]滋賀県　[歴]コンチネンタル・イリノイ・ナショナル銀行、AMF、バンカース・トラスト銀行、B.T.アジア証券を経て、平成2年アペックス・コーポレーションを設立、代表取締役。一方、国際金融市場に10年余かかわってきた経験から、経済小説家としても活躍。7年金融小説「回避(ザ・ヘッジ)」でデビュー。他の著書に「インタンジブル・ゲーム」「ニューヨーク・ウーマン・ストーリー」「傷」「日本国債」などがある。

幸田 露伴　こうだ・ろはん
小説家　随筆家　考証家　俳人　[生]慶応3年7月23日(1867年)　[没]昭和22年7月30日　[出]江戸・下谷三枚橋横町(現・東京都台東区)　本名＝幸田成行(こうだ・しげゆき)　幼名＝鉄四郎、別号＝蝸牛庵、叫雲老人、脱天子　[学]逓信省電信修技学校(明治17年)卒　文学博士(京都帝大)(明治44年)　[資]帝国学士院会員(昭和2年)、帝国芸術院会員(昭和12年)　[賞]文化勲章(第1回)(昭和12年)　[歴]幸田家は代々、幕府表坊主の家柄。明治18年電信技手として北海道余市の電信局に赴任したが、20年辞任して帰京。22年「露団々」「風流仏」を発表し、天才露伴の名が定まる。同年12月読売新聞の客員となり、23年「対髑髏」「一口剣」を発表。同年11月国会新聞社に入社、6年間在籍して代表作の「いさなとり」(24年)「五重塔」(24～25年)「風流微塵蔵」(26～28年，未完)などを「国会」に発表、尾崎紅葉と並ぶ小説家として評判になった。30年代に入って文筆活動の重点を評論、随筆、校訂、編著に移しはじめ、評論に「一国の首都」(32年)、随筆集に「長語」(34年)、校訂・編著に「狂言全集」(36年)などがある。36年長編「天うつ浪」(未完)などを書き、史伝でも「頼朝」「運命」「平将門」「蒲生氏郷」、戯曲「名和長年」の代表作を残した。大正9年から「芭蕉七部集」の評釈を手がける。昭和12年71歳で第1回文化勲章を受章。同年芸術院創設と同時に会員。その後13年に「幻談」、15年には「連環記」など重厚な作品を発表した。他に「露伴全集」(全41巻，岩波書店)がある。また明治20年頃から句作を始める。一時「新小説」の俳句選者になったこともあるが結社には属さず、折に触れての吟懐と、歴史的主題を句に詠

む〈ことが多かった。「蝸牛庵句集」がある。[家]兄＝郡司成忠(海軍大尉・開拓者)、弟＝幸田成友(歴史学者)、妹＝幸田延(ピアニスト)、安藤幸(バイオリニスト)、二女＝幸田文(小説家)、孫＝青木玉(随筆家)

合戸 陽　ごうと・あきら
シナリオライター　[生]昭和16年1月20日　[出]北海道　[学]法政大学卒　[賞]菊田賞戯曲部門入選(第2回・昭44年度)(昭和45年)「おゝ! 日本原住民」　[歴]主な作品に戯曲「おゝ! 日本原住民」、テレビ「宗谷物語」「六三四の剣」(テレビ東京)など。

幸堂 得知　こうどう・とくち
小説家　劇作家　劇評家　[生]天保14年1月(1843年)　[没]大正2年3月22日　[出]江戸・下谷車坂町　本名＝鈴木利平　幼名＝庄吉、平兵衛、別名＝劇神仙、東帰坊、竹鶯居得痴　[歴]早くから芝居を愛好する。上野輪王寺宮御用達を経て、明治9年三井銀行行員となる。21年退職し呉服商を営むが「東京朝日新聞」に読物を連載し、以後作家、劇作家、俳諧にと活躍する。また劇評家としても活躍。主な作品に「大当り素人芝居」「大通世界」「幸堂滑稽」「糸瓜の水」「時代狂句選」などがある。

光永 鉄夫　こうなが・てつお
小説家　[生]明治32年3月7日　[没]昭和55年3月28日　[出]青森県　本名＝山口武美　別名＝青旗青太郎　[学]青山学院中退、東洋大学卒　[歴]学生時代「自称イマジストの詩」など詩集を刊行、「日本沙翁書目集覧」第一編など書誌学の著もある。昭和16年滝井孝作の紹介で小説を発表、24年「雪明り」は芥川賞候補となった。

金南 一夫　こうなみ・かずお
潮賞を受賞　[生]昭和22年　[出]香川県　本名＝真鍋亘　[学]香川県立三豊工高卒　[賞]潮賞(第9回・小説部門)(平成2年)「風のゆくへ」　[歴]同人誌「四国作家」所属。医療事務員。著書に「風のゆくへ」。

神波 史男　こうなみ・ふみお
シナリオライター　[生]昭和9年1月10日　[出]東京・神田　[学]東京大学文学部仏文科(昭和33年)卒　[賞]年間代表シンリオ(昭和47年，56年，57年，59年，61年)、くまもと映画祭日本映画脚本賞(昭和53年)、日本アカデミー賞脚本賞(第10回)(昭和62年)「火宅の人」(共作)　[歴]昭和33年東映に入社し、京都撮影所の助監督を経て、本社の企画部脚本課に移る。35年共作の「おれたちの真昼」でライターデビュー。東映に10年在籍したのち、フリーとなる。主な作品に「真田風雲録」「非行少女ヨーコ」「日本残侠伝」「女囚さそりシリーズ」「人斬り与太・狂犬三兄弟」「新・仁義なき戦い」「白昼の死角」「野獣刑事」「未完の対局」「火宅の人」「メイクアップ」「おろしや国酔夢譚」など。

河野 修一郎　こうの・しゅういちろう
小説家　[生]昭和20年8月20日　[出]鹿児島県　[学]鹿児島大学工学部卒　[興]近現代史の中の人間像(ファシズム隆盛から科学万能の時代まで)　[賞]文学界新人賞(第32回)(昭和46年)「探照燈」、南日本文学賞(第2回)(昭和49年)「石を背負う父」　[歴]農薬製造販売会社に勤務したのち、作家としてデビュー。著書に「石を背負う父」「石切りの歌」「使者たちの船」など。[団]日本文芸家協会

河野 多恵子　こうの・たえこ
小説家　芥川賞選考委員　[生]大正15年4月30日　[出]大阪府大阪市西区西道頓堀　本名＝市川多恵子　[学]大阪府女子専門学校(現・大阪女子大学)経済科(昭和22年)卒　[資]日本芸術院会員(平成1年)　[賞]芥川賞(第49回)(昭和38年)「蟹」、女流文学賞(第6回)(昭和41年)「最後の時」、読売文学賞(第20回)(昭和43年)「不意の声」、読売文学賞(第28回)(昭和51年)「谷崎文学と肯定の欲望」、谷崎潤一郎賞(第16回)(昭和55年)「一年の牧歌」、日本芸術院賞(昭和59年)、野間文芸賞(第44回)(平成3年)「みいら採り猟奇譚」、伊藤整文学賞(第10回)(平成11年)「後日の話」、勲三等瑞宝章(平成11年)、毎日芸術賞(第41回)(平成11年)「後日の話」、川端康成文学賞(第28回)(平成14年)「半所有者」　[歴]谷崎文学に傾倒し、丹羽文雄の主宰する「文学者」の同人となる。作家を志し、昭和27年上京。「幼児狩り」で注目され、38年「蟹」で芥川賞受賞。漸次意識内の世界を描く観念的な作風を発展させ、41年「最後の時」で第6回女流文学賞、43年「不意の声」で第20回読売文学賞を受けた。59年には芸術院賞を受賞している。62年芥川賞選考委員、平成2年谷崎賞選考委員。平成6年米国の永住権を取得。代表作はほかに「回転扉」「雙夢」「みいら採り猟奇譚」「後日の話」「半所有者」など、短編集に「炎々の記」など。「河野多恵子全集」(全10巻，新潮社)もある。　[団]日本文芸家協会(理事)、日本ペンクラブ、女流文学者会　[家]夫＝市川泰(洋画家)

河野 貴子　こうの・たかこ
児童文学作家　フリーライター　「風」編集長　[生]昭和18年1月1日　[出]広島市　[学]鶴見女子短期大学国文科卒　[賞]児童文芸新人賞(第9回)(昭和55年)「机のなかのひみつ」　[歴]週刊誌のライターとなり、かたわら児童文学の創作を始める。代表作に「机のなかのひみつ」「お父

さんはおこりんぼ」「日本の動物園物語」などがある。

河野 典生　こうの・てんせい

小説家　[生]昭和10年1月27日　[出]高知県高知市　本名＝河野典生(こうの・のりお)　[学]明治大学文学部仏文科中退　[賞]日本推理作家協会賞(第17回)(昭和39年)「殺意という名の家畜」、角川小説賞(第2回)(昭和50年)「明日こそ鳥は羽ばたく」　[歴]昭和34年「ゴーウィング・マイ・ウェイ」が日本テレビ「夜のプリズム」賞に佳作入選。39年「殺意という名の家畜」で推理作家協会賞を受賞。正統派ハードボイルド、ジャズ小説、幻想小説など多彩な傾向の著書多数。代表作は「明日こそ鳥は羽ばたく」。他に「芸能界考現学」など。　[団]日本文芸家協会、日本推理作家協会、日本SF作家クラブ

高野 冬子　こうの・とうこ

小説家　[生]昭和49年9月27日　[出]愛知県名古屋市　[学]愛知大学文学部史学科卒　[歴]平成8年「楽園幻想」でコバルト読者大賞を受賞。作品に「Mother～そして、いつか帰るところ」「誘鬼の太刀」などがある。

河野 桐谷　こうの・とうこく

劇作家　美術評論家　[生]明治12年10月4日　[没]昭和19年11月15日　[出]東京・深川　本名＝河野譲　[学]東京専門学校　[歴]演劇研究に打ち込み、明治39年雑誌「趣味」に翻訳劇「稚き伴侶」、「早稲田文学」に「イプセンの著作梗概」などを発表。大正3年秋田雨雀らと美術劇場を創立した。のち国柱会の機関誌「開顕」を編集、美術誌「画堂」を主宰した。戯曲「西行の娘」「業平」、舞踊劇「羽衣」「石橋」、美術評論「橋本雅邦論」などがある。

高野 麻葱　こうの・まき

小説家　[生]昭和3年　[出]京都市・西陣　本名＝西村佳津　[学]精華高女卒　[賞]滋賀文学祭芸術祭賞(第1，8回)(昭和46年，54年)　[歴]高女卒業後、京都大学に勤務。昭和39年ごろから小説に取り組む。同人誌「くうかん」代表。

河野 光子　こうの・みつこ

中学校教師　「かな子ヴァイオリン」の著者　[生]昭和21年　[出]秋田県　[学]東洋大学文学部卒　[賞]八千代市教育功労賞(平成12年)、健友館文学賞(準佳作，第7回)(平成13年)「かな子ヴァイオリン」　[歴]昭和46年から千葉県八千代市の中学校に国語教師として勤務。この間、学級通信「船出」「合歓の花揺れて」「風」などを発行。平成12年八千代市教育功労賞を受賞。13年小説「かな子ヴァイオリン」が健友館文学賞準佳作となる。14年同作を刊行。

河野 義博　こうの・よしひろ

劇作家　[生]明治23年12月23日　[没](没年不詳)　[出]山梨県　[学]早稲田大学英文科(大正4年)卒　[歴]大正7年「サラセンの王宮」を発表して劇作家として登場し、14年「故郷」を発表。新芸術座の舞台監督もつとめたが、9年病気で山梨に帰郷する。10年「近代演劇史論」を刊行。戦後は東山梨郡の町村長会長などをつとめ、地方自治に貢献した。

郷原 茂樹　ごうはら・しげき

作家　大隅半島カルチャーロビー主宰　[生]昭和18年8月8日　[出]鹿児島県(大隅半島)　[学]東京舞台芸術学院卒　[歴]東京で演劇とシナリオを学ぶ。その後Uターンし、新聞記者を経て、フリーの作家となり、地域に根をおろした文化運動に取り組む。大隅半島カルチャー・ロビーや東京カルチャー・ロビーを主宰。鹿屋市内で洋菓子会社・フェスティバロを経営。著書に「奄美物語」「青空のハーモニー」「開聞太郎」「新しい時代は始まっている」ほか。

郷原 建樹　ごうはら・たてき

文筆家　敬心学苑園長　[生]昭和16年　[出]鹿児島県鹿屋市　[学]早稲田大学法学部(昭和40年)卒　[賞]日本文芸家クラブ大賞(第2回)(平成6年)「薩摩回転」　[歴]地元新聞社に勤務後、大宅壮一マスコミ塾に入門。昭和51年鹿屋市で学習塾、保育園・敬心学苑を設立、園長。鹿児島県議選落選後、「競争の社会から共創の社会へ」を標ぼうする「太陽文化の会」を主宰する社会運動家として活躍。著書に小説「薩摩回転」「奈良原喜左衛門の生涯」などがある。

弘法 春見　こうぼう・はるみ

小説家　英文学者　元・早稲田大学社会科学部教授　[生]明治34年12月6日　[没]昭和57年7月5日　[出]広島市塩谷町　[学]早稲田大学英文科(大正15年)卒　[歴]在学中、同人誌「風景」を創刊。昭和3年「新正統派」に参加し、「夕焼け」「冬日淡し」などを発表。その後創作を離れる。一方、英文学者として早大社会科学部教授を務めた。

香山 美子　こうやま・よしこ

児童文学作家　童謡詩人　[生]昭和3年10月10日　[出]東京　[学]金城女子専門学校国文科(昭和24年)卒　[賞]日本児童文学者協会賞(第3回)(昭和38年)「あり子の記」、NHK児童文学奨励賞(第1回)(昭和38年)「あり子の記」、ゴールデンディスク賞「げんこつ山のたぬきさん」、高橋五山賞(第27回)(平成1年)「だれかさんてだあれ」　[歴]昭和28年いぬいとみこらと同人誌「麦」を創刊。NHKの幼児番組の台本を執筆し、童謡の作詞もてがける。著書に「あり子の記」「ぼくはだいすけだいちゃんだ」「たんじょうびのま

ほうつかい」、童謡詩集に「4月ぼくは4年生になった」、童謡に「げんこつ山のたぬきさん」「いとまきのうた」「おはなしゆびさん」など。㊐日本児童文学者協会(評議員)、日本文芸家協会、日本童謡協会、詩と音楽の会、日本音楽著作権協会

高良 留美子　こうら・るみこ

詩人　評論家　小説家　㊤昭和7年12月16日　㊥東京都新宿区　本名＝竹内留美子(たけうち・るみこ)　㊫東京芸術大学(昭和28年)中退、慶応義塾大学法科(昭和31年)中退　㊮H氏賞(第13回)(昭和38年)「場所」、現代詩人賞(第6回)(昭和63年)「仮面の声」、丸山豊記念現代詩賞(第9回)(平成12年)「風の夜」　㊯学生時代より、夫の竹内泰宏と共に尖鋭な文学運動誌「希望」に依り、「詩組織」同人としても活躍。近年、日本ではほとんど知られていないアジア・アフリカの詩人たちの作品を訳し続けている。平成10年女性文化賞を創設する。著書に「高良留美子の思想世界」(全6巻)、詩集に「生徒と鳥」「場所」「見えない地面の上で」「仮面の声」「高良留美子詩集」「風の夜」、小説に「発つ時はいま」「時の迷宮・海は問いかける」、評論集に「物の言葉」「高群逸枝とボーヴォワール」「母性の解放」「女の選択」などがある。㊐日本現代詩人会、日本アジア・アフリカ作家会議、新日本文学会、日本文芸家協会、日本ペンクラブ　㊇母＝高良とみ(元参院議員)、父＝高良武久(慈恵医大名誉教授)、姉＝高良真木(洋画家)、夫＝竹内泰宏(小説家・故人)

郡 順史　こおり・じゅんし

小説家　㊤大正11年9月13日　㊥東京　本名＝高山恂史　㊫明治大学専門部卒　㊯昭和21年2月から約7年間娯楽雑誌編集者を務め、27年故山手樹一郎主宰の「新樹」同人となり、作家活動に入る。「葉隠」の研究に傾倒し、時代小説を多く創作。著書に「葉穏士魂」「介錯人」「八丁堀捕物ばなし」「北の士魂」など。　㊐日本文芸家協会、日本文芸家クラブ

郡 虎彦　こおり・とらひこ

劇作家　小説家　㊤明治23年6月28日　㊦大正13年10月6日　㊥東京市京橋区南八丁堀(現・東京都中央区)　旧姓(名)＝鈴木　筆名＝萱野二十一(かやの・はたかず)　㊫東京帝国大学文学部英文科中退　㊯学習院に入り、柳宗悦と回覧雑誌「桃園」を刊行、「白樺」創刊に際して最年少の同人として参加。明治43年「太陽」の懸賞募集に「松山一家」が当選、耽美派的な作家として知られ、戯曲、翻訳、評論、詩など幅広い分野で活躍。大正元年自作の「道成寺」が2代目市川左団次の自由劇場で上演される。2年にロンドンに渡り、ヘスター・M.セインズベリーの協力の下に、「Kanawa(鉄輪)」「Saul and David(王争曲)」「The Toils of Yoshitomo(義朝記)」などを英文で執筆、英国劇壇に特異な位置をしめる劇作家となる。13年にスイス・モンタナ山上のサナトリウムで客死。演劇論に「戯曲論議」「芸術覚書」など。

古賀 悦子　こが・えつこ

童話作家　㊤昭和45年　㊥佐賀県　㊫佐賀大学教育学部卒、佐賀大学大学院教育学研究科美術専修修了　㊮教育総研創作ファンタジー創作童話大賞(第1回)(平成8年)「はじまりのうた」　㊯著書に「はじまりのうた」がある。

古賀 龍視　こが・たつみ

小説家　㊤明治28年5月16日　㊦昭和7年11月28日　㊥福岡県　㊫早稲田大学文学部英文科卒　㊯大正10年横光利一らと同人誌「街」を創刊、11年中山義秀、小島勗らが参加して「塔」を出し、短編「兄」「影」などを発表した。13年横光、川端康成ら創刊の「文芸時代」には同人とならず寄稿だけ。14年今東光、金子洋文らと“反動的思想行為に反抗する”同人誌「文党」を創刊、評論、随筆に活躍した。

古賀 珠子　こが・たまこ

小説家　㊤昭和6年　㊥東京　本名＝田尻光代　㊫早稲田大学露文科中退　㊮群像新人賞(第3回)(昭和35年)「魔笛」　㊯「群像」に発表の「むかしの仲間」、「文学界」に書いた「帰省」と「魔笛」の以上3編を収めた「魔笛」がある。

小風 さち　こかぜ・さち

翻訳家　児童文学作家　㊤昭和30年　㊥東京都　㊫白百合女子大学文学部卒　㊮野間児童文芸賞(新人賞,第32回)(平成6年)「ゆびぬき小路の秘密」　㊯駐在員の夫と共に昭和52年より10年間、英国に滞在。帰国後、子どもの本の執筆、翻訳、随筆などを手掛ける。著書に「倫敦厩舎日記」「ゆびぬき小路の秘密」、絵本に「とべ!ちいさいプロペラき」、訳書に「きみとぼく」、ゲヴィン・ヘンクス「ジェシカがいちばん」他。㊇父＝松居直(福音館書店会長・児童文学者)、兄＝松居友(児童文学作家)、松居和(尺八奏者)

小金井 喜美子　こがねい・きみこ

翻訳家　小説家　随筆家　歌人　㊤明治3年11月29日　㊦昭和31年1月26日　㊥島根県津和野　本名＝小金井きみ　旧姓(名)＝森　別称＝小金井君子　㊫東京師範女子部附属女学校(明治21年)卒　㊯明治22年兄鴎外らと翻訳詩集「於母影」を発表し、以後翻訳文学者として「しがらみ草紙」を中心に活躍し、レールモントフの「浴泉記」などを発表した。昭和15年歌文集「泡沫千首」を刊行。他の著書に「森鴎外の

系族」「鴎外の思ひ出」がある。　㊫兄＝森鴎外、三木竹二(劇評家)、弟＝森潤三郎(近世学芸史研究家)、夫＝小金井良精(人類学者)、孫＝星新一(SF作家)

古木 鉄太郎　こき・てつたろう

小説家　㊓明治32年7月13日　㊚昭和29年3月2日　㊒鹿児島県　別名＝古木鉄也　㊕川内中卒　㊥大正10年上京して改造社に入社し、昭和3年退社して作家生活に。著書に「子の死と別れた妻」「紅いノート」「折舟」「大正の作家」などがある。　㊫息子＝古木春哉(文芸評論家)

小木曽 左今次　こぎそ・さこんじ

小説家　㊓昭和30年4月10日　㊒長野県　本名＝今井英昭　旧筆名＝滝井修志(たきい・しゅうし)　㊕早稲田大学第二文学部日本文学科卒　㊱潮賞(第6回・小説部門優秀作)(昭和62年)「岐路」、潮賞(第8回・小説部門優秀作)(平成1年)「躯(み)の果て」、自由都市文学賞(第3回)(平成3年)「心を解く」、関西文学賞(第26回)(平成4年)「老いつつ」、21世紀文学新人賞(第1回)(平成7年)「いななき」　㊥フリーライターの傍ら小説を執筆。平成2年より筆名を小木曽左今次と改め創作に専念。

国分 一太郎　こくぶん・いちたろう

教育評論家　児童文学者　農林水産省立農業者大学校講師　新日本文学会評議員　日本作文の会常任委員　教育科学研究会国語部会中央世話人会代表　㊪児童文学　教育研究と運動　㊓明治44年3月13日　㊚昭和60年2月12日　㊒山形県北村山郡東根町大字東根(現・東根市三日町)　㊕山形師範(昭和5年)卒　㊱サンケイ児童出版文化賞(第1回)(昭和29年)「綴方風土記(全8巻)」、児童文学者協会児童文学賞(第5回)(昭和30年)「鉄の町の少年」、毎日出版文化賞(昭和31年)、児童福祉文化賞(昭和36年)、日本作文の会賞(昭和56年)　㊥山形県内で小学校教諭となったが、日本教育労働者組合や生活綴方運動(北方教育運動)に参加し、地方教育運動の活動家、「つづり方教育」の推進者として知られるようになった。戦前は治安維持法違反に問われ運動も挫折するが、戦後は教育雑誌の編集に携わるかたわら、昭和26年「新しい綴方教室」を刊行し、同年"日本作文の会"結成に参加するなど、生活綴方復興運動、生活記録運動の指導的役割を果たした。一方、創作面では短編少年小説集「すこし昔のはなし」(23年)で児童文学者としての地位を固め、新日本文学会会員でもあった。主な著書に「鉄の町の少年」「りんご畑の四日間」「国語教育の現実像」「君ひとの子の師であれば」「国分一太郎文集」(全10巻，新評論)「国分一太郎児童文学集」(全6巻，小峰書店)など。　㊐日本児童文学者協会、新日本文学会、日本作文の会

国分寺 公彦　こくぶんじ・きみひこ

小説家　㊓昭和33年　㊒京都府京都市　㊕早稲田大学大学院修了、イースト・アングリア大学大学院修了　㊥大学院修了後、昭和63年英国イースト・アングリア大学大学院に留学。ポストモダン小説を研究、文学修士号を取得。帰国後、名古屋の短大などで教えながら、小説を執筆。10年大学を辞め、東京に転居。以来、シュタイナーの神秘主義研究と小説執筆に専念。11年ミステリーやホラーの枠をはみ出た超自我的心理小説「偽造手記」を出版。

小久保 均　こくぼ・ひとし

小説家　㊓昭和5年4月16日　㊒広島県　㊕広島大学文学部(昭和28年)卒　㊱広島文化賞(第7回)(昭和61年)　㊥昭和28年広島県立吉田高校社会科教諭となる。のち作家となり、47年「折れた八月」で直木賞、52年「夏の刻印」で芥川賞候補となる。　㊐日本文芸家協会

小熊 人志　こぐま・ひとし

劇作家　㊒愛知県名古屋市　本名＝小熊均　㊕南山大学文学部卒　㊥高校の非常勤の英語講師を務める。病身の母を助けるため7年間夜間の学習塾教師も経験。一方名古屋の劇団に入り沖縄問題や中国残留孤児を扱った脚本を担当。平成3年過労死をテーマにした芝居をするため5人の仲間と希求座を結成。4年旗上げ公演「突然の明日」の脚本を書いた。

木暮 正夫　こぐれ・まさお

児童文学作家　日本児童文学者協会理事長　㊓昭和14年1月12日　㊒群馬県前橋市　㊕前橋商(定時制)卒　㊱毎日児童小説(第9回)(昭和34年)「光をよぶ歌」、赤い鳥文学賞(第7回)(昭和52年)「また七ぎつね自転車にのる」、日本児童文学者協会賞(第27回)(昭和62年)「街かどの夏休み」　㊥高校卒業後、上京。映画館の助手や探偵社、鉄工所、料理屋、出版社、不動産屋と職を転々とする傍ら、児童文学を書く。昭和34年「光をよぶ歌」で毎日児童小説受賞。37年「ドブネズミ色の街」を出版。52年「また七ぎつね自転車にのる」で第7回赤い鳥文学賞受賞。他に「2人のからくり師」「時計は生きていた」「二ちょうめのおばけやしき」「街かどの夏休み」「三ちょうめのおばけ事件」「県別ふるさと童話館」(全50巻)などの作品がある。　㊐日本児童文学者協会(理事長)、日本民話の会、少年文芸作家クラブ、ノンフィクション児童文学の会

木暮 亮　こぐれ・りょう
小説家　ドイツ文学者　明治大学名誉教授　[生]明治29年7月1日　[没]昭和56年3月27日　[出]福島県　本名＝菅藤高徳(かんとう・たかのり)　[学]東京帝国大学文学部独文科卒　[歴]在学中に亀尾英四郎と同人誌「地上の子」を、その後昭和9年高木卓らと「意識」を創刊、主宰し、「作家精神」「新文学」と継承した。芥川龍之介、堀辰雄、坪田譲治らとも交遊があった。この間、明治大学教授となり、多くの創作を発表。戦後も明大に勤め、42年独協大学に転じた。「木暮亮作品集」(全3巻)がある。

小佐井 伸二　こさい・しんじ
作家　フランス文学者　青山学院大学文学部教授　[専]フランス小説　[生]昭和8年1月5日　[出]東京　[学]京都大学文学部フランス文学科(昭和30年)卒、京都大学大学院文学研究科フランス語学フランス文学専攻(昭和34年)博士課程中退　[歴]昭和34年より3年間京都大学文学部助手、37年より青山学院大学に勤務。著書に「白い伽藍のある遠景」「ある埋葬」「中世が見た夢」、訳書にチャールズ・モーガン「泉」、ウイティグ「子供の領分」など。　[団]日本フランス語フランス文学会、日本文芸家協会

小堺 昭三　こさかい・しょうぞう
小説家　[生]昭和3年5月24日　[没]平成7年3月7日　[出]福岡県大牟田市　[学]八幡中(昭和20年)卒　[歴]火野葦平の秘書をする傍ら、文学修業を積み、「週刊文春」のルポライターを経て、文筆活動に入る。昭和35年「基地」で芥川賞候補。「文学者」同人。昭和史を核にしたドキュメンタル・ノベル及び企業小説などで活躍。著書に「赤い風雪」「財閥が崩れる日」「自民党総裁選」「密告―昭和俳句弾圧事件」「小説連合赤軍」などがある。　[団]日本文芸家協会

小酒井 不木　こざかい・ふぼく
探偵小説家　医学者　[生]明治23年10月8日　[没]昭和4年4月1日　[出]愛知県海部郡蟹江町　本名＝小酒井光次　[学]東京帝国大学医学部(大正3年)卒　医学博士(大正10年)　[歴]血清学の研究医で東北帝大教授に招かれロンドン、パリに留学したが、肺結核で倒れる。任地に赴かないまま、大正11年に退職。静養中作家生活に入り、豊富な医学知識をもとに、医学随筆のほか、「人工心臓」「疑問の黒枠」「大雷雨の殺人」など探偵小説を発表。勃興期の文壇に刺激を与えた。また、海外作家の紹介者としても知られ、ドーセ「スミルノ博士の日記」「夜の冒険」、チェスタトン「孔雀の樹」などを訳した。その業績は「小酒井不木全集」(全17巻・改造社)にまとめられている。一方、那須茂竹に俳句の指導を受け、自宅で枯華句会を開催。また土師清二らとも句作した。句集に「不木句集」がある。50年その蔵書約2万冊が名古屋市に寄贈され、"蓬左文庫"が出来た。

小崎 佳奈子　こさき・かなこ
童話作家　[歴]神戸市立稗田小教諭の傍ら、創作童話を執筆。神戸市青少年問題協議会創作童話入選、児童憲章愛の会創作童話入選など受賞多数。著書に「こどもと歩く」「みすてないで」「瓦礫の中のほおずき―避難所となった小学校の一教師の体験」などがある。

古志 太郎　こし・たろう
小説家　日本農民文学会事務局長　[生]明治35年1月18日　[没]昭和57年7月21日　[出]鳥取県西伯郡高麗村(現・大山町)　[学]早稲田大学国文科(大正15年)卒　[歴]京華高女の教員をするかたわら地球座創立に参加し文芸部に入る。のちプロレタリア演劇活動に参加し「喘ぎつつ」などを発表し、昭和14年「山陰」を刊行。戦後は日本農民文学会長などをつとめた。他の著書に「佐藤信淵」「紅顔」がある。

越沼 初美　こしぬま・はつみ
小説家　[生]昭和36年12月8日　[出]東京都　[学]白鴎高卒、日本映画学校シナリオ科卒　[賞]小説現代新人賞(第39回)(昭和57年)「テイク・マイ・ピクチャー」　[歴]青春ユーモア小説、ミステリーなどの分野で活躍。著書に「夏のおくり物を胸に」「ボクのときめき殺人事件」「ボクの乙女ちっく殺人事件」「まっ暗闇で初恋祭」「二日酔いクン」などがある。

小島 曠太郎　こじま・こうたろう
作家　原始捕鯨(インドネシア・ラマレラ村)を調査研究　[生]昭和27年　[出]東京都　[学]明法高卒　[賞]産経児童出版文化賞(平成10年)「クジラと少年の海」　[歴]作家活動の傍ら、昭和60年頃から東部インドネシアを中心に海洋文化を調べる。63年から民族考古学者の江上幹幸(ともこ)とともに、インドネシアの民族文化を研究。平成5年原始捕鯨を続けているレンバタ島ラマレラ村を初めて訪れ、同島に魅せられて以来、ライフワークとして年2回同村に滞在し調査研究を続ける。数多くの論文や写真を発表し、9年児童書「クジラと少年の海」を刊行。他に江上との共著「クジラと生きる」「クジラがとれた日」がある。

小島 勗　こじま・つとむ
小説家　劇作家　[生]明治33年6月1日　[没]昭和8年1月6日　[出]長野県　[学]早稲田大学文学部哲学科(大正13年)卒　[歴]大正11年「塔」を創刊し「水の中」を発表。14年日本プロレタリア文芸連盟に参加し「地平に現れるもの」を発表するが、発禁となる。昭和2年労農芸術家連盟に参

加、のち脱退。6年日本プロレタリア作家同盟に所属。代表作に「ケルンの鐘」や「群盗」などの戯曲があり、著書に「遙かなる眺望」「ケルンの鐘」の2冊がある。

小島 貞二　こじま・ていじ
演芸評論家　相撲評論家　放送作家　国立劇場演芸場運営委員　有遊会(笑文芸研究会)代表　㋾寄席演芸　相撲　㋐大正8年3月21日　㋒愛知県豊橋市　筆名＝大須猛三　㋔豊橋中(現・時習館高)(昭和11年)卒　㋕明治の英国人の落語家・快楽亭ブラック研究　㋑日本民間放送連盟賞金賞(娯楽部門)(昭和46年)「勲章太鼓」(ニッポン放送)、豊橋文化振興特別賞(平成2年)　㋒旧制中学卒業後、漫画家をめざして上京するが、身の丈6尺という長身を買われて相撲部屋(出羽海部屋)へ入門。のち「野球界」編集部に入り、戦後は東京日日新聞記者を経て、民放開局とともに放送作家(演芸部)に転身。コロムビア・トップ・ライトの人気番組「起きぬけ漫才」の台本を10年以上書き、トップ・ライトを育てた。著書に「日本プロレス風雲録」「漫才世相史」「落語三百年」「こども古典落語」「雷電為右衛門」「びんぼう自慢」「定本・艶笑落語」や自伝「あるフンドシかつぎ一代記」など多数。　㋬日本放送作家協会、新鷹会　㋐息子＝小島豊美(音楽プロデューサー)

小島 直記　こじま・なおき
小説家　㋾経済小説　評伝　㋐大正8年5月1日　㋒福岡県八女郡福島町(現・八女市)　本名＝小嶋直記　㋔東京帝国大学経済学部(昭和18年)卒　㋑安岡正篤賞(第2回)(平成2年)　㋒海軍主計大尉で終戦を迎える。経済調査官を経て、昭和29年ブリヂストン入社。学生時代から檀一雄らの同人誌「こおろ」に参加し、30年には「人間の椅子」が芥川賞候補となる。40年ブリヂストンを退社し、文筆に専念。以後、経済小説や人物評伝の作品を数多く発表し、主な著書に「無冠の男」「出世を急ぐ男たち」「小説三井物産」「極道」「鬼よ、笑え」「老いに挫けぬ男たち」など。政・財界の人物ものが多い。58年三島市郊外に小嶋伝記文学館を開館した。「小島直記伝記文学全集」(全15巻)がある。
㋬日本文芸家協会

小島 信夫　こじま・のぶお
小説家　元・明治大学教授　㋾英語　㋐大正4年2月28日　㋒岐阜県稲葉郡加納町(現・岐阜市)　㋔東京帝国大学英文科(昭和16年)卒　㋑日本芸術院会員(平成1年)、芥川賞(第32回、昭和29年下期)(昭和30年)「アメリカン・スクール」、谷崎潤一郎賞(第1回)(昭和40年)「抱擁家族」、芸術選奨文部大臣賞(第23回・文学評論部門)(昭和47年)「私の作家評伝」、日本文学大賞(第13回)(昭和56年)「私の作家遍歴」、日本芸術院賞(第38回・文芸部門)(昭和56年)、野間文芸賞(第35回)(昭和57年)「別れる理由」、文化功労者(平成6年)、読売文学賞(小説賞, 第49回, 平9年度)(平成10年)「うるわしき日々」　㋒昭和16年日本中学教師に就任したが、17年入営して中国大陸に渡り、21年に復員。のち佐原女学校や小石川高校教師などを経て、29年から明治大学に勤務。「小銃」「吃音学院」などで3度芥川賞候補となり、30年「アメリカン・スクール」で第32回芥川賞を受賞。以後、"第三の新人"として幅広く活躍し、「墓碑銘」「女流」などを発表。40年「抱擁家族」で谷崎潤一郎賞を、57年足かけ14年に渡って連載した「別れる理由」で野間文芸賞を受賞。評論部門においても、47年「私の作家評伝」で芸術選奨、56年「私の作家遍歴」で日本文学大賞を受賞。また56年には日本芸術院賞を受賞。平成6年文化功労者。8年「抱擁家族」の続編「うるわしき日々」を新聞連載し、10年読売文学賞を受賞。他の作品に「管野満子の手紙」「原石鼎」がある。　㋬日本文芸家協会(監事)、近代文学館(評議員)

児島 襄　こじま・のぼる
戦史研究家　作家　㋐昭和2年1月26日　㋑平成13年3月27日　㋒東京　㋔東京大学法学部卒、東京大学大学院(昭和29年)修了　㋑毎日出版文化賞(昭和41年)「太平洋戦争」、菊池寛賞(第38回)(平成2年)、紫綬褒章(平成5年)　㋒旧制高校時代東京裁判の法廷に通う。これが原点になり、大学院では米国の極東政策を専攻。昭和29年共同通信社に入社。外信部記者となるが、日本の政治外交史の理解には戦争史の研究が欠かせないと考え、39年退社、作家活動に入る。41年「太平洋戦争」で毎日出版文化賞を受賞。以後、第二次大戦前後の日本をテーマに執筆。詳細な資料収集と関係者への取材を重ね、近現代の戦史、外交史を踏まえた作品を数多く発表した。代表作に「東京裁判」「天皇」(全5巻)、「第二次世界大戦」(全9巻)がある。平成2年独自の考察による日本近現代史の著作活動から菊池寛賞を受賞。他の著書に「将軍突撃せり―硫黄島戦記」「史録日本国憲法」「史説山下奉文」「指揮官」「参謀」「日本占領」「開戦前夜」「日露戦争」など、また「児島襄戦史著作集」(全12巻, 文芸春秋)がある。日本相撲協会の横綱審議会委員を務めた。
㋬国際文化会館、日本文芸家協会

児島 冬樹　こじま・ふゆき
SF作家　大学助教授　㋾経営学　㋐昭和25年　㋒北海道札幌市　㋔小樽商科大(昭和48年)卒、大阪市立大大学院経営学研究科(昭和53年)博士課程修了　㋑奇想天外SF新人賞(第3回)(昭

和55年)「ドッグファイター」　[歴]これまで「宇宙塵」「奇想天外」「獅子王」「星群」等の雑誌に短編SFを発表。著書として、「黄金の竜騎兵」「罪深き神々の惑星」「黄金の一角獣」他。

小島 政二郎　こじま・まさじろう

小説家　[生]明治27年1月31日　[没]平成6年3月24日　[出]東京市下谷区下谷町(現・東京都台東区)　俳号=燕子楼　[学]慶応義塾大学文学部卒　[歴]大正5年「オオソグラフイ」を発表以降、三田派の新人として注目され、大学卒業後は「赤い鳥」の編集を手伝い、その間に芥川龍之介を知る。12年「一枚看板」を発表し、13年「含羞」を刊行、以後中堅作家として活躍し「新居」「海燕」「眼中の人」「円朝」などを発表。大衆作家としても活躍する一方、「大鏡鑑賞」や「わが古典鑑賞」など古典鑑賞にも新分野を開いた。そのほか「聖胎拝受」や「鴎外 荷風 万太郎」など先輩作家を描いた作品もある。また芥川と共に句作にも励み、戦後はいとう句会に参加、句集はないが、「いとう句会句集」「木曜座談」、エッセイ集「場末風流」に収められている。　[団]日本文芸家協会

小嶋 雄二　こじま・ゆうじ

児童文学作家　小学校教師　[生]昭和17年12月22日　[出]東京　[賞]創作ラジオドラマ脚本懸賞公募佳作(第11，12回・昭57，58年度)「猫」「昨日までは満腹だった」　[歴]川崎市立の小学校教師を務める。「あめんぼの会」同人。著書に「40枚の卒業論文」「だんまりむしのハーモニカ」などがある。　[団]日本児童文学者協会、児童文学研究会、日本作文の会、生活・表現の会、日本教育版画協会

越水 利江子　こしみず・りえこ

児童文学作家　挿絵画家　イラストレーター　[出]京都府　[賞]日本児童文学者協会新人賞(第27回)(平成6年)「風のラヴソング」、芸術選奨新人賞(第45回，平6年度)「風のラヴソング」　[歴]昭和56年画家・田島征三と出会い絵筆を持つ。教科書や雑誌、単行本などの挿絵・イラストを手掛ける。作品に「風のラヴソング」「ファースト・ラヴ」などがある。

孤舟 漁隠　こしゅう・ぎょいん

小説家　[没](生没年不詳)　本名=宇野直次郎　号=嘯月　[歴]井上笠園などと同様関西で活躍した人で、明治26年大阪の積善館から「主税亮」という時代物を刊行している。探偵小説に「讃岐事件」「謀殺事件」がある。また黒岩涙香とも交渉があり涙香の「無惨」の焼き直し「三筋の髪の毛」を書いている。

五所 平之助　ごしょ・へいのすけ

映画監督　俳人　[生]明治35年2月1日　[没]昭和56年5月1日　[出]東京市神田区鍋町(現・東京都千代田区)　本名=五所平右衛門　俳号=五所亭　[学]慶応義塾商工学校(大正10年)卒　[賞]ベルリン国際映画祭国際平和賞(昭和28年)「煙突の見える場所」　[歴]大正12年松竹蒲田撮影所に助監督として入社、島津保次郎監督に師事して14年「南島の春」で監督デビュー。昭和6年日本で初めての本格的トーキー映画「マダムと女房」を発表。無声映画時代から戦後まで、監督した作品は約100本。代表作に「村の花嫁」「伊豆の踊子」「人生のお荷物」「新雪」「今ひとたびの」「煙突の見える場所」(28年のベルリン国際映画祭で入賞)「大阪の宿」「挽歌」「蛍火」「恐山の女」などがある。39年から16年間、日本映画監督協会理事長。五所亭の俳号での俳句も有名で、句集に「五所亭俳句集」「句集・生きる」がある。

古城 十忍　こじょう・としのぶ

劇作家　演出家　一跡二跳主宰　[生]昭和34年5月17日　[出]宮崎県小林　本名=古城俊伸　[学]熊本大学法文学部卒　[歴]熊本日日新聞政治経済部記者を経て、昭和61年上京、メンバー15人で劇団・一跡二跳を旗揚げ。劇作・演出を手がけ、尊厳死、葬送の自由、拒食症など現代人が抱える問題を辛口に切り取って上演する。著書に「赤のソリスト」「赤と朱のラプソディ」がある。　http://www.isseki.com/

古城 槙子　こじょう・まきこ

小説家　[生]昭和19年　[出]東京都　本名=葛城範子　[学]文化女子大学短期大学部卒　[賞]池内祥三文学奨励賞(第16回)(昭和61年)「暗い珊瑚礁」他　[歴]婦人雑誌、家庭実用書等の編集者を経て、葛城範子の本名でライター活動を始める。著書に「天竜川殺人事件」。

小杉 英了　こすぎ・えいりょう

著述家　脚本家　[生]昭和31年　[出]北海道　[学]関西学院大学仏文科卒　[歴]ロック・ミュージックとグノーシス派の洗礼から霊学を志し、ルドルフ・シュナイターの認識論を通って三島由紀夫の文化論に到る。著書に「三島由紀夫論 命の形」「シュタイナー入門」、訳書にゲオルグ・フォイアスティン「聖なる狂気 グルの現象学」、共訳にレイチェル・ストーム「ニューエイジの歴史と現在」など。オイリュトミー舞台公演の脚本として「謡曲・鬼阿闍梨」「外典・緑の蛇と百合姫の物語」などがある。

小杉 健治　こすぎ・けんじ
小説家 [専]推理小説 時代小説 [生]昭和22年3月20日 [出]東京・向島 [学]葛飾野高卒 [賞]オール読物推理小説新人賞(第22回)(昭和58年)「原島弁護士の処置」、日本推理作家協会賞(第41回・長編小説部門)(昭和63年)「絆」、吉川英治文学新人賞(第11回)(平成2年)「土俵を走る殺意」 [歴]高卒後コンピュータ専門学校に進み、プログラマーとなる。昭和58年「原島弁護士の処置」で第22回オール読物推理小説新人賞を受賞してデビュー。60年10年余勤務したデータベース会社を退社し、作家として独立。著書に「月村弁護士逆転法廷」「陰の判決」「二重裁判」「法廷の疑惑」「絆」「人情質屋の打算」など。 [団]日本文芸家協会、日本推理作家協会、日本ペンクラブ

小杉 天外　こすぎ・てんがい
小説家 [生]慶応1年9月19日(1865年) [没]昭和27年9月1日 [出]秋田県仙北郡六郷村 本名＝小杉為蔵(こすぎ・ためぞう) 別名＝小杉草秀、小杉くさひで [学]英吉利法律学校中退、東京専門学校中退 [賞]日本芸術院会員(昭和23年) [歴]明治21年、22年と上京し、斎藤緑雨を知り、25年「改良若旦那」を発表して文壇に登場。以後、観念小説、深刻小説の波にのって流行作家となる。代表作に「魔風恋風」「はつ姿」「はやり唄」「長者星」などがあり、明治30年代新写実の開拓者としての仕事をし、自然主義への道を開く役割をした。晩年は鎌倉で悠々自適の生活を送っていたが、戦後再び作品を発表し始め、短篇集「くだん草紙」を出版した。

小関 順二　こせき・じゅんじ
スポーツライター [生]昭和27年11月23日 [出]神奈川県横須賀市 [学]日本大学芸術学部(昭和50年)卒 [歴]フリーライターを経て、編集プロダクション・コスモ21に入り、のち編集長。傍らドラフト情報を収集、昭和63年から「月刊ドラフト情報」を発行し、マニアの集団・ドラフト会議倶楽部を主催。毎年11月中旬独自のアマチュア球界スカウティング情報をもとに"模擬ドラフト会議"を開催、全国アマ球界の選手情報に精通。平成13年独立してフリーに。著書に「プロ野球問題だらけの12球団」「ドラフト王国」など。小説「挟殺」もある。

小関 礼司　こせき・れいじ
劇作家 大月短期大学講師 [生]大正12年3月19日 [出]山形県西置賜郡飯豊町 [学]東京経済大学経済学部経済学科(昭和29年)卒 [歴]旧満州・奉天に渡り、雑誌編集、演劇活動に専念する。引揚げ後、大学に入学。卒業したのちは国会議員秘書を経て、大月市立大月短大附属高校教諭に。山梨県高校演劇連盟理事長、全国高校演劇連盟理事などを務め、高校演劇の発展に尽力。昭和49年頃から戯曲や児童小説、童話などの創作に取り組み、作品に「戯曲集 ピサの斜塔に朝がくる」などがある。58年より大月短大講師。 [団]山梨児童文学会、劇作研究会、山梨県高等学校演劇連盟(顧問)

古世古 和子　こせこ・かずこ
児童文学作家 [生]昭和4年11月20日 [出]旧満州 本名＝椚和子 [学]大連弥生高女卒、東京学芸大学教員養成課程修了 [歴]八王子市で教師を務め、昭和38年退職。この間28年「こども朝日新聞」に童話が入選。35年頃から同人誌「子どもの町」に作品を発表。仲間とともに甲武児童文学会、多摩児童文学研究会をおこす。「同時代」同人。代表作に「竜宮へいったトミばあやん」「つむじ風のち晴れ」「あしたの天気図」「八月の最終列車」「中国に残された子どもたち」などがある。 [団]日本児童文学者協会、甲武児童文学会、全国児童文学同人誌連

五代 剛　ごだい・ごう
小説家 [生]昭和36年2月5日 [出]東京都 [学]国際基督教大学卒 [賞]コバルトノベル大賞(第10回・小説)(昭和62年)「Seele(ゼーレ)」 [歴]作家を志し、18歳のときから文学賞や漫画原作に応募を続ける。大卒後、医学専門図書の編集に従事していたが、昭和62年から創作に専念。同年「Seele(ゼーレ)」で第10回コバルト・ノベル大賞を受賞。著書に「恋する乙女はふぁいてぃんぐ」「きみはぼくのピュア・テーマ」など。

五代 夏夫　ごだい・なつお
作家 [生]大正4年3月25日 [出]宮崎県 [学]満州建国大学研究院修了 [歴]満州国政府勤務などを経て、文筆生活に入る。芥川賞候補となったこともある。著書に「薩摩問わず語り 上・下」、共著に「西郷隆盛のすべて」「坂本龍馬事典」。

小竹 陽一朗　こたけ・よういちろう
文芸賞佳作を受賞 [生]昭和40年 [出]北海道 [学]函館中部高卒 [賞]文芸賞(第30回・佳作)(平成5年)「DMAC」 [歴]システムエンジニアとして勤務するかたわら、執筆活動を行う。

木谷 恭介　こたに・きょうすけ
小説家 旅行評論家 [生]昭和2年11月1日 [出]大阪府 本名＝西村俊一(にしむら・しゅんいち) [学]甲陽学院中(旧制)中退 [賞]小説CLUB新人賞(第1回)(昭和52年)「俺の拾った吉野太夫」 [歴]浅草の劇団「新風俗」、「三木トリロー」文芸部などを経て、ルポライターとして活躍。昭和52年頃より風俗関係の女性を題材にした小説で注目される。のち、旅情ミステリーの分野で活躍。主な著書に「小京都殺人水脈」「花舞

台殺人事件」「みちのく殺人列車」「紅の殺人海溝」「ヤッちゃん弁護士シリーズ」など。
㊞日本文芸家協会

小谷 剛　こたに・つよし
小説家　医師　「作家」主宰　㊐大正13年9月11日　㊏平成3年8月29日　㊞愛知県名古屋市　㊫名古屋大学附属医学専門部(昭和20年)卒　㊜芥川賞(第21回)(昭和24年)「確証」、中日文化賞(第28回)(昭和50年)、愛知県文化賞(昭和57年)　㊨昭和20年軍医として海軍に入隊。21年産婦人科医院を開業、23年から43年間同人雑誌「作家」を主宰。「確証」で24年芥川賞受賞。「医師と女」「不断煩悩」など、一貫して愛のあり方を追求した。ほかに「翼なき天使」「冬咲き模様」「連獅子」など。　㊞日本文芸家協会、日本ペンクラブ

谺 健二　こだま・けんじ
小説家　㊐昭和35年4月19日　㊞兵庫県神戸市垂水区　㊫大阪デザイナー学院　㊜鮎川哲也賞(第8回)(平成9年)「未明の悪夢」　㊨高校卒業後、大阪デザイナー学院でアニメーションを勉強。その後大阪市内のアニメーション会社に勤め、原画を描く。一方、子供の頃から本格派ミステリーが好きで、30代から短編を執筆。9年阪神大震災と連続殺人事件を組み合わせた長編「未明の悪夢」を執筆、鮎川哲也賞を受賞し作家デビューを果たす。

児玉 辰春　こだま・たつはる
児童文学作家　広島映画社社長　㊐昭和3年2月29日　㊞広島県大竹市　㊫神奈川大学工学部卒　㊨昭和24年大学に通いながら、横浜で4年間教師を務める。その後、広島で中学校の数学教師となる。63年広島市立三和中学校を定年退職後、創作活動に入る。著書に「自らひらく君の道」「脚のない飛行機」「まっ黒なおべんとう」「伸ちゃんのさんりんしゃ」。また、広島映画社を設立し、文化活動も行う。平成11年「よっちゃんのビー玉」がアニメ映画化される。

こだま ともこ
児童文学作家　翻訳家　㊪英米児童文学　㊐昭和17年2月17日　㊞東京　本名＝小玉知子　旧姓(名)＝相磯知子(あいそ・ともこ)　㊫早稲田大学文学部英文科(昭和39年)卒　㊙米児童文学の中のキリスト教　㊜産経児童出版文化賞(ニッポン放送賞,第47回)(平成12年)「レモネードを作ろう」　㊨昭和39～42年文化出版局勤務。のち、児童文学の翻訳および創作をはじめる。白百合女子大学児童文化学科講師。作品に「三じのおちゃにきてください」、訳書に「うさぎさんてつだってほしいの」「大草原の小さな家」、〈ザ・メニムズ〉シリーズ、ヴァージニア・ユウワー・ウルフ「レモネードを作ろう」など。
㊞日本国際児童図書評議会

児玉 兵衛　こだま・ひょうえ
小説家　共同出版社顧問　㊐明治42年10月25日　㊞兵庫県　本名＝児玉禎　㊫鳥取中卒、奉天鉄道警護学院高卒　㊨ソ連不法抑留問題等訴追国民会議座長を務めた。著書に「不凍港」「楡の戦場」など。　㊞日本文芸家協会、文学往来の会

胡蝶園 若菜　こちょうえん・わかな
戯作者　㊐安政1年(1855年)　㊏大正7年5月25日　㊞千葉県長生郡長南町佐坪　本名＝若菜貞爾　別号＝夢想楼、蝶々子、幻夢居士　㊨上京後神田区役所吏員を経て仮名垣魯文の門下となり、明治11年仮名読新聞記者。13年魁新聞に移り小説「月下氷人露糸萩」や花柳情話、演劇などを執筆。のち東京に戻り「自由燈」に「今浄海六波羅譚」その他を執筆。東京朝日新聞に創刊から7年軟派主任として在社した後、28年退社。放浪生活をおくり晩年は精神異常となり、精神病院にて死去。

小手鞠 るい　こてまり・るい
フリーライター　詩人　㊐昭和31年　㊞岡山県備前市伊部　本名＝川滝かおり(かわたき・かおり)　㊫同志社大学法学部卒　㊜海燕新人文学賞(第12回)(平成5年)「おとぎ話」　㊨文筆業を志してアルバイト中に在日米国人の翻訳家と結婚。雑誌のフリーライターとして活動する一方、詩人として創作活動に従事。平成4年米国に移住。著書に「国際結婚物語」「レイチェル・カーソン」、詩集「愛する人にうたいたい」「夕暮れ書店―川滝かおり詩集」、絵本「よわむしワタル」、小説「ガラスの森」「おとぎ話」、訳書に「働くママのこと、好き?」などがある。

小寺 菊子　こでら・きくこ
小説家　児童文学作家　㊐明治17年8月7日　㊏昭和31年11月26日　㊞富山市旅籠町　旧姓(名)＝尾島菊子　㊫東京府教員養成所卒　㊨富山市の薬舗・尾島家に生まれる。17歳のころ一家離散で上京し、小学校教師、タイピストなど務めるかたわら、作家を志し、徳田秋声に師事。明治44年、実父の犯罪に取材した「父の罪」が大阪朝日新聞社懸賞小説に入選し、連載されたことで作家としての基盤を確立した。大正の三閨秀の一人と称される。大正3年画家の小寺健吉と結婚。家庭環境を題材にした自伝的小説が多く、代表作は、「父の罪」のほか「赤坂」「河原の対面」など。また、40数編の少女小説作品を遺し、少女小説の草分け的存在の一人とみなされている。なお先年については諸説あり、はっきりしない。

後藤 恵理子　ごとう・えりこ
小説家　筆名=新田一実(にった・かずみ)　㊟"新田一実"は里見敦子との共同ペンネーム。アイデアも文章も完全に協同作業。著書に「邪龍戦記」「シミュレーションの渦」「魔鏡の姫神」「暗闇の狩人(コレクター)」など。

後藤 紀一　ごとう・きいち
日本画家　詩人　小説家　㋓大正4年1月17日　㋙平成2年9月11日　㋥山形県東村山郡山辺町　㋛高小卒　㋐芥川賞(第49回)(昭和38年)「少年の橋」　㋘友禅図案家・北井紅華に師事し、山形で図案工房を開く。日本画家として昭和27年日展入選。一方で「無窮動」「童会」を創刊、また「山形文学」同人となる。38年「少年の橋」で芥川賞を受賞。その他の作品に「林の陽だまり」などがある。　㋡山形県美術連盟　㊟父=後藤華平(日本画家)、娘=後藤栖子(日本画家)。

後藤 末雄　ごとう・すえお
小説家　フランス文学者　慶応義塾大学文学部教授　㋓明治19年10月25日　㋙昭和42年11月10日　㋥東京　㋛東京帝大仏文科(大正2年)卒　㋘一高時代「校友会雑誌」に詩、小説、戯曲など多くの作品を発表。第二次「新思潮」に参加し「推移」「忘却」などを発表し、大正3年には「素顔」を発表して注目される。また陸軍中央幼年学校でフランス語を教え、仏文学者としても活躍し、8年から慶大の教壇にたつ。主な著書に「支那思想のフランス西漸」「東西の文化流通」などがある。

後藤 崇　ごとう・たかし
児童文学作家　北九州児童文化連盟事務局長　㋥福岡県北九州市門司区　㋐北九州童話コンクール優勝(昭和30年)、九州童話賞(第1回)(昭和40年)　㋘昭和27年教師になる。のち北九州市立清水小、若園小校長を歴任。一方、34年頃から童話を書き始める。41年頃から「お話」にイメージ方式を取り入れ、幼稚園や保育園の先生、保母に指導する。平成平年「戦争と平和」をテーマにした童話「校長先生ずるいや」を出版、ほかに15冊の童話がある。　㋡全国童話人協会、九州童話連盟

後藤 宙外　ごとう・ちゅうがい
小説家　評論家　㋓慶応2年12月23日(1866年)　㋙昭和13年6月12日　㋥羽後国仙北郡払田村(現・秋田県仙北仙北町)　本名=後藤寅之助　㋛東京専門学校(現・早稲田大学)文学科(明治27年)卒　㋘明治27年、坪内逍遙のすすめで「美妙、紅葉、露伴の三作家を評す」を発表して注目され、また小説「ありのすさび」を28年にかけて発表。30年「新著月刊」を創刊し、自らも「思ひざめ」を刊行。32年春陽堂に入社し、43年1月まで「新小説」編集主任を務めた。大正3～4年秋田時事新報社社長。小説、評論の分野で活躍し、評論集としても「非自然主義」「明治文壇回顧録」などの著書がある。8年から8年間秋田県・六郷町長も務めた。郷土史の研究も進め、「六郷町郷土史一班」がある。

後藤 伝　ごとう・つとう
作家　㋓昭和16年1月1日　㋥東京都文京区本郷動坂町　㋛東京農工大学工学部機械工学科(昭和41年)卒　㋘昭和41年大和化工材に入社。53年よりシーマー技研に移籍。62年退社。この間、同人誌「むさしの文芸」、民主文学、沿々の会などに所属し、創作活動を続ける。作品に「油煙の中」「川沿いの道」「あした晴れるか」「遠波の音」「頼子の影」「湖のほとり」などがあり、創作集に「空は青く」がある。　㋡沿々の会

後藤 楢根　ごとう・ならね
児童文学者　日本童話会会長　日本子どもの歌の会会長　㋓明治41年2月2日　㋥大分県大分郡挟間町　本名=二宮楢根　㋛大分師範(昭和3年)卒　㋐モービル児童文化賞(第1回)、吉川英治賞(第2回)(昭和43年)、児童文化功労者(第22回)(昭和55年)　㋘少年時代から「赤い鳥」などの児童誌に投稿し、大分師範卒業後小学校教諭となる。その間新興日本童謡詩人会を創立、また「童謡詩人」を創刊して主宰。昭和15年上京し、毎日新聞社映画部に入り、18年大日本映画教育会主事となる。上京後、児童文学を書き始め、21年日本童話会を創設し、「童話」を創刊。著書に「光りに立つ子」「村童日記」「千里眼物語」などがあり、43年それまでの業績で吉川英治賞を受賞した。

後藤 ひろひと　ごとう・ひろひと
シナリオライター　演出家　㋥山形県山形市　㋙2月23日生まれ。大阪の劇団、遊気舎の座付き作家、演出家として活動する他、各種のプロデュース公演にも作品を提供。作品に「じゃばら」「人間風車」「源八橋西詰」など。

牛島 富美二　ごとう・ふみじ
小説家　㋓昭和15年　㋥岩手県大東町摺沢　本名=後藤文二　㋐宮城県芸術祭文芸賞(昭和51年)、宮城県芸術祭文芸賞(平成1年)、宮城県芸術選奨新人賞(昭和59年)　㋘「仙台文学」同人。著書に「霧の影燈籠」「峡谷の宿」などがある。　㋡宮城県芸術協会

五島 勉　ごとう・べん
作家　㊙オカルティズム　SF　予言研究　㊤昭和4年11月17日　㊥北海道函館市　本名＝後藤力　㊦東北大学法学部卒　㊧アルバイト原稿書きに始まり、上京して雑誌「知性」の常連執筆者に。週刊誌ブーム時代のトップ屋の草分け。第1次石油危機の時「ノストラダムスの大予言」を、第2次石油危機で同書パート2を刊行、ベストセラーとなり注目される。"文明は爛熟期にあり、必ず崩壊する"と予言。のち続編を次々と刊行し全10巻を数える。この他、小説作品に「カバラの呪い」「地球少年ジュン」「影の軍団」などがある。　㊥日本文芸家協会

後藤 みな子　ごとう・みなこ
小説家　㊤昭和11年10月28日　㊥長崎市　本名＝小林みな子　㊦活水女子短期大学英文科卒　㊨文芸賞(第5回)(昭和46年)「刻を曳く」　㊧出版社勤務のかたわら「層」同人として小説を書く。昭和46年「刻を曳く」で文芸賞を受賞。その他の作品に「三本の釘の重さ」「炭塵のふる町」などがある。　父＝後藤敏郎(長崎大学名誉教授)、兄＝後藤文康(フェリス女学院大学教授)

後藤 みわこ　ごとう・みわこ
童話作家　㊤昭和36年　㊥愛知県名古屋市　筆名＝ごとうみわこ　㊦日本工学院専門学校放送制作芸術科卒　㊨アンデルセンのメルヘン大賞(優秀賞、平8年)、ほのぼの童話館創作童話募集(一般の部ほのぼの大賞、第14回、平8年)「のびるマンション」、フェリシモ文学賞(大賞、第2回、平10年)「えひろい」、家の光童話賞(優秀賞、平10年)、福島正実記念SF童話賞(第17回)(平成12年)「ママがこわれた」　㊧主婦業の傍ら、童話を創作、入賞、受賞を重ねる。ごとうみわこの筆名でも執筆。平成12年「ママがこわれた」で福島正実記念SF童話賞を受賞。

後藤 明生　ごとう・めいせい
小説家　近畿大学文芸学部教授・学部長　㊤昭和7年4月4日　㊦平成11年8月2日　㊥福岡県朝倉郡朝倉町　本名＝後藤明正(ごとう・あきまさ)　㊦早稲田大学文学部露文科(昭和32年)卒　㊨学生小説コンクール佳作(第4回)(昭和30年)「赤と黒の記憶」、埼玉文芸賞(第1回)(昭和45年)「ああ胸が痛い」、平林たい子文学賞(第5回)(昭和52年)「夢かたり」、谷崎潤一郎賞(第17回)(昭和56年)「吉野大夫」、池田健太郎賞(第1回)(昭和57年)「笑いの方法―あるいはニコライ・ゴーゴリ」、芸術選奨文部大臣賞(平元年度)(平成2年)「首塚の上のアドバルーン」　㊧昭和21年福岡に引き揚げる。早大在学中から創作活動に入り、30年「赤と黒の記憶」が全国学生小説コンクールに入選。卒業後、博報堂、平凡出版(現・マガジンハウス)に勤務の傍ら同人雑誌で活躍。42年「人間の病気」で芥川賞候補になり、43年平凡出版を退社、以来文筆業に専念。52年「夢かたり」で平林たい子賞、56年「吉野大夫」で谷崎潤一郎賞受賞。他の代表作に、小説「挟み撃ち」「汝の隣人」「壁の中」「首塚の上のアドバルーン」「吉野大夫」、評論「笑いの方法―あるいはニコライ・ゴーゴリ」「ドストエフスキーのペテルブルグ」「カフカの迷宮」、62年の食道手術体験に基づく「メメント・モリ」などがある。平成元年近畿大学文芸学部教授、5年学部長。　㊥日本文芸家協会、日本ペンクラブ

後藤 竜二　ごとう・りゅうじ
児童文学作家　季節風代表　㊤昭和18年6月24日　㊥北海道美唄市　本名＝後藤隆二　㊦早稲田大学文学部英文科(昭和41年)卒　㊨野間児童文芸推奨作品賞(第8回)(昭和46年)「大地の冬のなかまたち」、日本児童文学者協会賞(第17回)(昭和52年)「白赤だすき小○の旗風」、旺文社児童文学賞(第2回)(昭和55年)「故郷」、日本児童文学者協会賞(第23回)(昭和58年)「少年たち」、野間児童文芸賞(第32回)(平成6年)「野心あらためず」　㊧早大入学と同時に早大少年文学会に入会。昭和41年村で働く子供を描いた「天使で大地はいっぱいだ」が講談社児童文学新人賞佳作に入選してデビュー。55年自伝小説「故郷」で旺文社児童文学賞、58年「少年たち」で第23回日本児童文学者協会賞を受賞。受験体制下の思春期にこだわり続ける。全国児童文学同人誌連絡会・季節風を結成し、代表。ほかの著書に「地平線の五人兄弟」「白赤だすき小○の旗風」「算数病院事件」「14歳―Fight」「野心あらためず」などのほか、幼年童話「1ねん1くみいちばんワル」「1ねん1くみ1ばんがんばる」などのシリーズがある。　㊥日本児童文学者協会(理事)、日本文芸家協会

後藤 亮　ごとう・りょう
評論家　小説家　㊙近代日本文学　㊤明治42年7月18日　㊥長崎県　㊦国学院大学師範部卒　㊨読売文学賞(第18回・評論伝記賞)(昭和41年)「正宗白鳥・文学と生涯」　㊧昭和12年「水温」を発表し、以後同人雑誌に発表。41年「正宗白鳥・文学と生涯」を刊行して読売文学賞を受賞。47年には小説「剣豪玄鳥の秘密」を発表し、「自然主義と耽美派の文学」を刊行した。　㊥日本近代文学会、日本文芸家協会

小中 千昭 こなか・ちあき

脚本家 映画監督 [生]昭和36年4月4日 [出]東京都 [学]成城大学卒 [歴]小学時代から8ミリ映画の制作を始め、大学で自主製作映画を撮り、映画記号学を学ぶ。その後TV、VPの演出、特殊映像を手がける。カルト・ホラー「邪願霊」の脚本、音楽、特撮を担当したのを機に脚本家に転身。SF、ホラーが専門。平成4年弟とこぐま兄弟舎を設立。監督作品に「ドライビング・ハイ」、脚本担当に劇場映画「TAROI」「死霊の罠2 ヒデキ」「THE DEFENDER」(原案も)、オリジナルビデオ「邪願霊」「ほんとにあった恐い話」「ドラッグレス」などがある。[団]日本文芸家協会 [家]弟=小中和哉(映画監督)

小中 陽太郎 こなか・ようたろう

作家 評論家 中部大学人文学部コミュニケーション学科教授 [専]コミュニケーション 日米文化比較 [生]昭和9年9月9日 [出]兵庫県神戸市 [学]東京大学文学部仏文学科(昭和33年)卒 [歴]昭和33年NHKに入局し、ディレクターとして「夢で逢いましょう」などにかかわる。39年NHKを退職。その後、野坂昭如の薫陶を得て、フリーのライターとしてルポルタージュ、コラムに活躍。40年からべ平連活動に参加。58年フルブライト教授としてウェスト・バージニア大学客員教授となる。のちニューヨーク市立大学ブルックリン校客員教授を経て、中部大学女子短期大学英語英米文化学科主任教授。ノンフィクション、歴史小説を著し、エッセイでは教育問題、政治問題など幅広い発言を行う。日本ペンクラブ理事・平和小委員会委員長として、東京国際大会以来、数々の国際会議に出席、言論の自由や平和問題に献身。平成4年バルセロナ・ペン大会日本代表。企業・公共団体での講演活動と共に、CNNデイウォッチ、民放各局のワイドショーでキャスター、コメンテーターとして活躍。著書に「私のなかのベトナム戦争」「東大法学部」(編)「小説内申書裁判」「王国の芸人たち」「天誅組始末記」「教育の誤算」「TVニュース戦争」「アメリカン・コラム」「ルポ司法試験」「ぼくは人々にあった」「娘がグローブを買う日」、訳書に「エヴァの日記」など多数。[団]日本ペンクラブ(専務理事)、日本文芸家協会、アジアキリスト教協議会(議長)

児波 いさき こなみ・いさき

小説家 [生]昭和37年2月21日 [出]宮崎県 [学]京都光華女子短期大学生活教養科卒 [賞]コバルト・ノベル大賞佳作(第14回)「つまずきゃ、青春」 [歴]「とっておきの夢しょって」でコバルト文庫デビュー。他の作品に「ジュリエット狂騒曲」「ここを吹く風」など。

小西 健之助 こにし・けんのすけ

小説家 成基学園出版局長 [生]昭和2年 [出]大分県中津市 [学]京都大学文学部史学科卒 [賞]歴史文学賞佳作(第12回)(昭和62年)「日本密偵始め」 [歴]報知新聞大阪本社を定年退職し、京都・成基学園の機関紙編集に従事。著書に「物語五稜郭秘話」「坂元龍馬七つの謎」(以上共著)など。

小沼 燦 こぬま・あきら

小説家 [生]大正13年1月30日 [出]東京 本名=綿貫一元 [学]明治大学政経学部卒 [賞]作家賞(第11回)(昭和50年)「雀」 [歴]著書に「金魚」「藪に入る女」。 [団]日本文芸家協会

小沼 まり子 こぬま・まりこ

小説家 [学]明の星女子短期大学フランス語科卒 [歴]イギリス留学後、銀行、証券会社勤務。「一人暮らしアパート発Waoブランド」で、平成12年度コバルト・ノベル大賞入選。他の著書に「Rude Girl」など。11月13日生まれ。

此君 那由子 このきみ・なゆこ

作家 [生]昭和31年 [出]兵庫県西宮市 [学]神戸大学大学院修士課程修了 [歴]「優しい天才」で第2回サンリオロマンス賞佳作受賞。その後、短編集「強気にレイデイ」を発表している。著書に「一夜のコンチエルト」。

木庭 久美子 こば・くみこ

劇作家 [生]昭和6年1月14日 [出]東京 本名=木庭久子 [学]明治大学文学部仏文学科卒 [賞]神奈川県演劇コンクール第1位(脚本)(昭和60年)「友達」、文化庁創作作品募集(昭和60年)「父親の肖像」、舞台芸術創作奨励賞(現代演劇特別賞)(昭和60年)「父親の肖像」、菊池寛ドラマ賞(奨励賞, 第1回)(平成3年)「カサブランカ」 [歴]大学での恩師、文芸評論家・中村光夫と結婚。昭和54年頃からシナリオの勉強をはじめ、NHKのテレビ・ドラマ公募などに入選。その後、戯曲を書き始める。作品に「友達」「父親の肖像」「わがよたれそつねならむ」「父が帰る家」「カサブランカ」「ピアフの妹」など、著書に木庭久美子戯曲集「さよならパーティ」がある。 [団]日本放送作家協会、日本文芸家協会 [家]夫=中村光夫(文芸評論家・故人)

小橋 博史 こばし・ひろし

作家 中日新聞編集局社会部 [生]大正11年3月1日 [出]石川県鹿島郡鹿島町 本名=小橋博(こばし・ひろし) [学]陸軍飛行通信学校(昭和17年)卒 [賞]講談倶楽部賞(第4回)(昭和28年)「俘虜の花道」、新鷹会賞(第4回・努力賞)(昭和31年)「落首」、新鷹会賞(第6回・努力特賞)(32年)「金と銀の暦」 [歴]新聞記者をつとめながら時

代小説を執筆。「俘虜の天気図」でデビュー。昭和31年「落首」が第35回直木賞候補となる。他の著書に「落首」「火と土と水の暦」「花の大正琴」など。　[団]日本文芸家協会、新鷹会

小浜 清志　こはま・きよし

小説家　[生]昭和25年12月9日　[出]沖縄県(由布島)　[学]八重山高卒　[賞]文学界新人賞(第66回)(昭和63年)「風の河」　[歴]昭和44年上京、劇場の舞台係、芸能プロダクションなど47種のアルバイトを経て、53年から東京都清掃局勤務。この間50年前後から小説を書き始め、63年故郷由布島を舞台にした小説「風の河」で第66回文学界新人賞受賞。他の作品に「光の群れ」。　[団]日本文芸家協会

小林 勇　こばやし・いさむ

生協連ユーコープ事業連合商品検査センター所長　[専]薬学　公衆衛生学　[生]昭和3年3月12日　[出]神奈川県平塚市　[学]陸士(61期)、星薬学専(昭和25年)卒　医学博士　[賞]かわさき文学賞(第8回)(昭和38年)　[歴]国立公衆衛生院、星薬科大学研究所、川崎市高津保健所、川崎市衛生研究所主幹を歴任し、昭和63年定年退職。その後生協連ユーコープ事業連合商品検査センター所長。また、観音崎自然博物館理事を務める。合成洗剤研究会副会長。専門分野著書に「よくわかる洗剤の話」「恐るべき水汚染」、共著に「図説洗剤のすべて」「みんなでためす洗剤と水汚染」など。また、「向日葵が咲いていた」、短編集「なければなくても別にかまいません」もある。　[団]日本公衆衛生学会(評議員)

小林 井津志　こばやし・いつし

さきがけ文学賞を受賞　[生]大正6年9月20日　[出]大阪市　本名＝小林一之　[学]台南師範卒　[賞]さきがけ文学賞(第6回)(平成1年)「天女」　[歴]看護学校講師のかたわら、執筆活動を続ける。

小林 佳詞子　こばやし・かしこ

作家　[生]昭和7年7月　[出]東京　本名＝小林佳枝子　[学]中央大学法学部法律学科(昭和33年)卒　[歴]昭和33〜40年文部事務官を務める。平成3年同人誌「コスモス文学」に参加。6年短編小説「夕凪」が第6回愛のサン・ジュルディ賞に入賞。著書に「旅のお方」がある。

小林 和夫　こばやし・かずお

放送作家　花巻タイプ印刷社経営　[専]ドラマ構成　ドキュメント　教育　[生]昭和3年5月16日　[出]東京　[学]東京府立第八中卒　[興]オペラ台本歌曲用作詩　[賞]NHKラジオドラマコンクール全国1位(昭和38年)「べこまぶり」((NHK盛岡)　[歴]主な作品にラジオ「べこまぶり」(NHK盛岡)、テレビ「春を呼ぶ遠野」(NHK)、「この生命燃えつきるとも」(岩手放送)などがある。

小林 哥津　こばやし・かつ

随筆家　小説家　[生]明治27年11月20日　[没]昭和49年6月25日　[出]東京・京橋　[学]仏英和高女卒、仏英和高女専攻科英文科修了　[歴]明治44年平塚らいてうらの青鞜社に参加、雑誌「青鞜」の編集助手となり、大正元年同誌に戯曲「お夏のなげき」、小説「麻酔剤」などを発表。3年退職し、外国文学書の翻訳、東京回想随筆や父清親の研究資料などについて執筆した。　[家]父＝小林清親(錦絵木版画家)

小林 克己　こばやし・かつみ

経営コンサルタント　小説家　翻訳家　経営コンサルタントセンター鎌倉企業代表取締役　東北女子大学講師　帝京短期大学講師　[専]国際文化論　イスラム学　[生]大正8年10月31日　[出]神奈川県横浜市　筆名＝佐伯洋(さえき・よう)　[学]明治大学政治経済学部卒、明治大学高等新聞研究科(昭和17年)卒　[興]マキャベリズム、ジュディズムとその周辺について　[賞]日本文芸大賞翻訳部門賞(第1回)(昭和56年)　[歴]サラリーマン生活の後、経営コンサルタントセンター“鎌倉企業”設立。講演、セミナーの講師等で活躍。傍ら、佐伯洋のペンネームで、小説・海外ルポルタージュ・翻訳を手がける。著書に「交際術」「悪の交際術」「マキャベリ処世術」「女の交際術」「家庭経済—“家計”の時代は終った」「イスラムの謎と矛盾」「黄金髪のコリーダ達」「悦虐の旋律」など。　[団]日本ペンクラブ

小林 勝美　こばやし・かつみ

小説家　全電通作家集団編集長　「ぱるす」編集長　[生]昭和11年5月3日　[出]東京　[賞]全電通文化年度賞入選(昭和49年)「乳母車」、全電通文化年度賞入選(昭和56年)「風とかざぐるま」、総評文学賞入選(第24回)(昭和62年)「俺の中のおれ」　[歴]著書に「土蔵の上の月」。　[団]労働者文学会

小林 紀美子　こばやし・きみこ

児童文学作家　[出]東京都　[学]東京学芸大学国語科卒　[賞]小川未明賞(優秀賞，第3回)「アレックス先生によろしく」　[歴]「アレックス先生によろしく」で第3回小川未明賞優秀賞を受賞。他の著書に「ジョーとぼく」。

小林 久三　こばやし・きゅうぞう

推理作家　[生]昭和10年11月15日　[出]茨城県古河市　旧筆名＝冬木鋭介　[学]東北大学文学部(昭和34年)卒　[興]江戸時代(とくに幕末)　[賞]江戸川乱歩賞(第20回)(昭和49年)「暗黒告知」、角川小説賞(第8回)(昭和56年)「父と子の炎」　[歴]松竹大船撮影所助監督を経て、映画プロデューサーとなる。昭和45年「推理界」に中編「零号試写室」を発表し、47年冬

木鋭介名義で「腐蝕色彩」がサンデー毎日新人賞を受賞。その後、49年「暗黒告知」で江戸川乱歩賞を受賞し、作家生活に入る。56年「父と子の炎」で角川小説賞を受賞。他に「黒衣の映画祭」「裂けた箱舟」「錆びた炎」「皇帝のいない八月」「歪んだ星座」「深海魚の眠り」など多くの作品がある。
㊐日本文芸家協会、日本推理作家協会

小林 恭二 こばやし・きょうじ
小説家 俳人 ㊓昭和32年11月9日 ㊍兵庫県西宮市 俳号=猫鮫 ㊫東京大学文学部美学科(昭和56年)卒 ㊮海燕新人文学賞(第3回)(昭和59年)「電話男」、三島由紀夫賞(第11回)(平成10年)「カブキの日」 ㊩東大文学部に入学し、小説を志したが、日本語の修業のため東大学生俳句会に入会。昭和50年「未定」同人、のち無所属。卒業後学習塾教師をしながら本格的に小説に取り組む。昭和59年処女作「電話男」で第3回「海燕」新人文学賞を受賞。以来"物語を解体した物語"にとりくみ、ポストモダン文学の旗手と呼ばれる。「迷宮生活」「小説伝・純愛伝」「ゼウスガーデン衰亡史」と話題作を発表、「小説伝」は第94回芥川賞候補に、「ゼウスガーデン衰亡史」は第1回三島賞候補となる。著書は、他に「実用青春俳句講座」「半島記・群島記」「荒野論」「俳句という遊び」「瓶の中の旅愁」「カブキの日」「モンスターフルーツの熟れる時」など。日本の伝統遊芸を幅広くたしなむ。
㊐日本文芸家協会

小林 しげる こばやし・しげる
児童文学作家 百枝小学校(大分県)校長 ㊓昭和14年 ㊍大分県大野郡三重町 ㊫玉川大学文学部教育学科卒 ㊮文芸広場年度賞(昭51年度) ㊩大分県内の公立中学校教師を経て、犬飼町立犬飼小学校通山分校教諭。野津町立戸上小学校教頭、大野町立北部小学校校長、清川村立西小学校校長などを経て、三重町立百枝小学校校長。読書教育の重要性を痛感し、教職員の文芸誌「文芸広場」に創作童話を発表。「まらかいと」同人。著書に「シロ、かえっておいで」「わすれんぼの天才と宇宙人」「おんぼろクッペ空をとぶ」他。 ㊐日本児童文芸家協会、日本児童文学者協会、日本子どもの本研究会

小林 蹴月 こばやし・しゅうげつ
小説家 劇作家 ㊓明治2年12月28日 ㊚昭和19年(?) ㊍長野県 本名=小林芳三郎 ㊩中央新聞、やまと新聞の記者を歴任し、同紙のほか「文芸倶楽部」などに小説を寄稿。著書に「うもれ咲」「夜半の鐘」などがある。

小林 純一 こばやし・じゅんいち
児童文学作家 童謡詩人 元・日本童謡協会理事長 日本児童文学者協会理事 日本音楽著作権協会常務理事 ㊓明治44年11月28日 ㊚昭和57年3月5日 ㊍東京・新宿 本名=小林純一郎 ㊫中央大学経済学科中退 ㊮日本童謡賞(第9回)(昭和54年)「少年詩集・茂作じいさん」「レコード・みつばちぶんぶん」、赤い鳥文学賞(第9回)(昭和54年)「茂作じいさん」、日本童謡賞(特別賞, 第25回)(平成7年)「小林純一・芥川也寸志遺作集 こどものうた」 ㊩北原白秋に師事。東京市、日本出版文化協会、日本少国民文化協会などに勤務のかたわら、第二次「赤い鳥」「チクタク」などに童謡の投稿を続けた。戦後は文筆に専念。また日本童謡協会、日本児童文学者協会設立に尽力し、理事長、常任理事を務めた。昭和54年少年詩集「茂作じいさん」で第9回「赤い鳥文学賞」受賞。ほかに作品集「太鼓が鳴る鳴る」「銀の触角」、童謡集「あひるのぎょうれつ」「みつばちぶんぶん」などがある。

小林 清之介 こばやし・せいのすけ
作家 俳人 ㊕動物文学 ㊓大正9年11月12日 ㊍東京・新宿 本名=小林清之助 ㊫東京YMCA英語専門学校卒 ㊖俳句にあらわれた鳥獣と昆虫 ㊮小学館文学賞(第23回)(昭和49年)「野鳥の四季」 、児童文化功労者(第30回)(平成3年) ㊩出版社の編集者を経て、作家活動に入る。文人同志の道楽句会を経て昭和39年角川源義に師事。同じ町田市内に住む石川桂郎と交友を深める。「河」「風土」同人。56年俳人協会幹事。また昆虫、鳥などの飼育観察をもとに、エッセイ風な作品や創作童話を書き、代表作に「スズメの四季」「鳥の歳時記」「日本野鳥記」「季語深耕・虫」「季語深耕・鳥」などがある。
㊐日本児童文芸家協会(評議員)、俳人協会(評議員)、日本鳥学会、日本児童文学者協会、日本昆虫学会、日本野鳥の会

小林 宗吉 こばやし・そうきち
劇作家 ㊓明治28年8月1日 ㊚昭和26年7月26日 ㊍宮崎市川原町 ㊫慶応義塾大学中退 ㊩外務省に入ったが、のち劇作に専心。戦時中海軍経理学校に勤めた。大正11年作品「深川の秋」が新国劇で上演され、以後同劇団に「紀伊国屋文左衛門」を書き、「カインの末裔」を脚色、ロスタンの「剣客商売」翻案、「女優奈々子の裁判」を執筆した。

小林 多喜二　こばやし・たきじ
小説家　左翼運動家　[生]明治36年10月13日　[没]昭和8年2月20日　[出]秋田県北秋田郡下川沿村川口(現・大館市川口)　別名＝堀英之助、伊東継、郷里基　[学]小樽高商(大正13年)卒　[歴]4歳で北海道に移住。小樽商業時代から短歌、詩、小品などを書きはじめ、小樽高商時代は詩や小説を書き「新興文学」などに投稿する。大正13年北海道拓殖銀行小樽支店に就職。また同人雑誌「クラルテ」を創刊。ゴーリキーなどの作品を通じてプロレタリア作家の自覚を持つようになる。昭和3年「一九二八年三月十五日」、4年「蟹工船」を発表。つづいて「不在地主」を発表して銀行を解雇され5年上京。共産党への資金援助で検挙される。6年保釈後は日本プロレタリア作家同盟書記長となり、非合法の共産党に入党し、地下生活に入る。8年2月20日築地署に検挙され、拷問死する。他の代表作に「工場細胞」「転形期の人々」「党生活者」などがあり、「右翼的偏向の諸問題」などの評論も多い。「小林多喜二全集」(全7巻，新日本出版社)がある。

小林 正　こばやし・ただし
シナリオライター　[没]昭和7年　[歴]大正15年日活大将軍で3作品ほど書くが、本領を発揮せずに昭和2年松竹蒲田に移り、「昭和時代」「海浜の女王」「悲恋剣闘」などを書く。4年再び日活に戻り、「都会交響楽」を畑本秋一と手がけ、オリジナル「汗」「生ける人形」、東亜や帝キネで「波浮の港」「まごころ」「太洋児出帆の港」を書く。5年「天国その日帰り」「ふるさと」、6年「ミスター・ニッポン」「ミス・ニッポン」「三面記事」「仇討選手」、7年「海に散る恋」「愛はどこまでも」「爆弾三勇士」と良質の脚本を書くが過労により死亡。

小林 竜雄　こばやし・たつお
シナリオライター　[生]昭和27年2月12日　[出]東京都豊島区　[学]早稲田大学文学部卒　[賞]城戸賞準入賞(第4回)(昭和53年)「もっとしなやかに、もっとしたたかに」、おおさか映画祭(第5回)(昭和54年)「ホワイト・ラブ」、年間代表シナリオ(昭和54年)「もっとしなやかに、もっとしたたかに」　[歴]早大在学中、友人と「シネ・サイクル叛頭脳」を結成。また、在学中よりフリー記者としてスポーツ新聞の映画欄を担当。昭和49年8ミリ「御巫の頭のスープ」を発表。53年「新・人間失格」(ATG)でシナリオライター(助監督も)としてデビュー。同年「もっとしなやかに、もっとしたたかに」で第4回城戸賞を準入賞し(翌年映画化)、一躍注目される。他の作品に、映画「ホワイト・ラブ」「もう頬づえはつかない」「天使を誘惑」「なかよし2」、テレビ「遙かなるマイ・ラブ」などがある。

小林 達夫　こばやし・たつお
小説家　[生]大正5年9月30日　[出]神奈川県　本名＝小林辰尾　[学]早稲田大学文学部独文科卒　[歴]昭和22年「文学行動」を復刊して編集し、そのかたわら小説を発表。39年(株)F・インターナショナル・コンサルタント会社にPR部長として入社。のち退職し、P・A・Cを創立。マスコミ研究会の顧問もつとめる。主な作品に小説「断層」「暗礁」「錬金術師」「風物語」など、その他の著書に「こんなパブリシティが企業をのばす」「パブリシティ入門」などがある。

小林 長太郎　こばやし・ちょうたろう
織田作之助賞を受賞　[出]鳥取県鳥取市　本名＝奥山満　[学]法政大学社会学部卒　[賞]織田作之助賞(第14回)(平成9年)「夢の乳房(にゅうぼう)」　[歴]小学生頃から小説家を志し、大学時代に学内の懸賞論文に応募。平成6年執筆活動を再開。団体職員。

小林 哲夫　こばやし・てつお
小説家　高知県断酒新生会会長　[生]昭和8年1月17日　[出]高知県高知市　[学]法政大学法学部中退　[賞]椋庵文学賞「航跡3」、高知県出版文化賞　[歴]アルコール中毒者であったが、昭和42年頃断酒会に入会。高知市で海運業を経営するかたわら、3代目の高知県断酒新生会会長を務める。ストレス解消にと文学の道へ。全日本断酒連盟初代会長を務めた松村春繁が断酒を行い人間性を回復するまでの伝記「松村春繁」を書き、平成2年出版。短編小説集に「航跡3」がある。

小林 信彦　こばやし・のぶひこ
作家　[生]昭和7年12月12日　[出]東京・東日本橋　[学]早稲田大学文学部英文科(昭和30年)卒　[賞]芸術選奨新人賞(昭和47年)「日本の喜劇人」　[歴]昭和34年以降4年間「ヒッチコック・マガジン」の編集に当たる。39年初の長編小説「虚栄の市」を発表。その後「紳士同盟」「超人探偵」「オヨヨ大統領シリーズ」「唐獅子シリーズ」などがベストセラーになる。その一方で純文学も書き、芥川賞候補、直木賞候補に各3回あがる。ほかの主な作品に「ちはやふる奥の細道」「ぼくたちの好きな戦争」「裏表忠臣蔵」「世間知らず」「世界でいちばん熱い島」「怪物がめざめる夜」「和菓子屋の息子」「ムーン・リヴァーの向こう側」「天才伝説横山やすし」「コラムは誘う」「おかしな男 渥美清」など。41年まで中原弓彦の別名で映画・演劇評論も手がけた。　[団]映画ペンクラブ、日本文芸家協会　[家]弟＝小林康彦(イラストレーター)

小林 英文　こばやし・ひでぶみ

小説家　[生]昭和3年2月　[学]長野農専(現・信州大学農学部)卒　[賞]農民文学賞(第19回)(昭和50年)「別れ作」、佐久文化賞(第7回)(平成1年)「コスモスの村」　[歴]高校、中学教師を経て、昭和27年から農業に従事する傍ら、農民文学を執筆。昭和50年「別れ作」で農民文学賞を受賞。著書に「コスモスの村」「鎌」などがある。　[団]日本農民文学会

小林 仁美　こばやし・ひとみ

オール讀物推理小説新人賞を受賞　[生]昭和34年　[出]静岡県　本名＝平野妙子　[学]浜松南高卒　[賞]オール讀物推理小説新人賞(第30回)(平成3年)「ひっそりとして、残酷な死」

こばやし ひろし

劇作家　演出家　劇団はぐるま主宰　[生]昭和2年4月21日　[出]岐阜県合渡村　本名＝小林宏昭　[学]龍谷大学卒　[歴]岐阜の浄土真宗本願寺派円成寺の三男に生まれる。龍谷大学在学中、学生運動や演劇活動に参加。昭和26年岐阜高校教師となり、やがて演劇部の顧問をつとめる。29年地方に文化の拠点を作ろうと、岐阜市に劇団はぐるまを結成。40年史実をもとに「郡上一揆」(のち「郡上の立百姓」と改題)を書き、評価されて、41年の訪中新劇団のレパートリーにとりあげられる。他の主な作品に歴史劇「櫨の木」「加波山」、中国3部作「カンナの咲き乱れるはて」「黄土にとけゆく赤い赤い陽は」「長江よ私たちの日々を忘れないでくれ」など。平成9年「カンナの咲き乱れるはて」など3作品が、中国で翻訳、出版された。　[家]長女＝いずみ凛(劇作家)、二女＝汲田薫(女優)

小林 正樹　こばやし・まさき

映画監督　[生]大正5年2月14日　[没]平成8年10月4日　[出]北海道小樽市　[学]早稲田大学文学部(昭和16年)卒　[賞]毎日映画コンクール監督賞(昭36年度)「人間の条件」、キネマ旬報賞監督賞(昭42年度)「上意討ち」、カンヌ国際映画祭監督功労賞(昭和46年)、毎日映画コンクール作品賞(昭50年度)「化石」、ブルーリボン賞作品賞(昭50年度)「化石」、紫綬褒章(昭和59年)、勲四等旭日小綬章(平成2年)、毎日映画コンクール特別賞(第51回，平8年度)(平成9年)、日本アカデミー賞会長特別賞(第20回，平8年度)(平成9年)　[歴]大学では東洋美術を専攻し、会津八一に師事。昭和16年松竹大船撮影所助監督部に入り、軍隊生活を経て、21年に復員、木下恵介監督に師事する。27年「息子の青春」で監督デビュー。「壁あつき部屋」「あなた買います」「黒い河」で評価され、34〜36年の大長編反戦映画「人間の条件」5部作で監督としての確固たる地位を築く。以後も「切腹」「上意討ち」「化石」「食卓のない家」などの名作を手がけた。57年足かけ5年の歳月をかけた長編記録映画「東京裁判」を完成させた。　[団]日本映画監督協会、四騎の会

小林 政治　こばやし・まさはる

実業家　小説家　[生]明治10年7月27日　[没]昭和31年9月16日　[出]兵庫県　筆名＝小林天眠　[歴]15歳で大阪へ奉公、22歳で毛布問屋を開業。その後、大阪変圧器を設立するなど実業家として活動。かたわら小林天眠のペンネームで小説を書き、明治29年「少年文集」に小説「難破船」を発表。30年浪華青年文学会を結成、「よしあし草」創刊に協力。「よしあし草」「関西文学」「新小説」「万朝報」などに小説を書いた。また与謝野寛・晶子夫妻の後援者で、晶子に「源氏物語」の全釈をさせるなどし、文人らの物質的援助をした。著書に「四十とせ前」「毛布五十年」などがある。平成4年自筆原稿や書簡類などからなる「天眠文庫」が京都府立総合資料館に寄贈された。

小林 政広　こばやし・まさひろ

映画監督　脚本家　[生]昭和29年1月6日　[出]東京都　別名＝小林宏一　[学]学習院高等科卒　[賞]城戸賞(第8回)(昭和57年)「名前のない黄色い猿たち」、ゆうばり国際映画祭ヤング・ファンタスティック部門グランプリ(平成9年)　[歴]20代前半にフォーク歌手を目指したが、のち映画助監督を目指してフランスへ。帰国後、郵便局員や業界紙記者などの職を転々とする。その後脚本を書きはじめ、昭和57年「名前のない黄色い猿たち」で城戸賞を受賞。平成8年「クロージング・タイム」では製作・監督・脚本を担当。11〜13年映画「海賊版」「殺し」「歩く、人」を3年連続でカンヌ国際映画祭に出品、高い評価を得る。脚本を手掛けた他の作品に「しあわせ志願」「ふるさと〜再会」「日本一のカッ飛び男」「ヘイ！あがり一丁」「クロワッサン症候群」「日曜劇場・ママ、愛してる」「ワイン殺人事件」「これでいいのだ」「おごるな、上司！」など。小林宏一名義でサトウトシキ監督などのピンク映画の脚本を手掛ける。

小林 勝　こばやし・まさる

小説家　劇作家　[生]昭和2年11月7日　[没]昭和46年3月25日　[出]旧朝鮮・慶尚南道晋州　[学]早稲田大学露文科(昭和26年)中退　[賞]新劇戯曲賞(第6回)(昭和35年)「檻」　[歴]早大在学中の昭和25年、レッド・パージ反対闘争で停学処分を受けて退学する。27年火焔壜闘争で逮捕され、29年懲役1年の実刑判決を受け、34年最高裁で上告棄却となる。この間、27年に「ある朝鮮人の話」を発表。31年発表の「フォード・一九二七年」「軍用露語教程」が芥川賞候補作品と

なる。35年発表の戯曲「檻」で新劇戯曲賞を受賞した。他の作品に「断層地帯」「強制招待旅行」「チョッパリ」などがある。

小林 勝　こばやし・まさる
劇作家　シナリオライター　早稲田大学講師　⑰明治35年7月22日　⑱昭和57年9月7日　⑲愛知県　本名=小林玄勝（こばやし・げんしょう）　㉒東京帝大美学美術史科卒　㉓在学中、第9次・第10次「新思潮」の同人となり、「五人組事件」などの戯曲を発表。東大卒業後、PCL（写真化学研究所）脚本部に所属し、映画シナリオを手がける。日本の映画シナリオ作家の草分けで、代表作は夏目漱石の作品を映画化した「坊ちゃん」「こころ」「吾輩は猫である」など。戦後は昭和25年から45年まで映倫審査員を務めた。また"ラジオ小説"という新しい放送形式を開拓した。

小林 光恵　こばやし・みつえ
作家　元・看護婦　ナイス・ナース・ネットワーク(N3)代表　⑰昭和35年　⑲茨城県　㉒東京警察病院看護専門学校卒　㉓東京警察病院、茨城県赤十字母子センターなどに看護婦として勤務。のち、日本エディタースクールに通い、編集プロダクション・フラスコ舎を設立、医療・看護分野を中心に執筆、編集に携わる。病院の枠を超えて看護婦同士が横のつながりを持つためのネットワーク、ナイス・ナース・ネットワーク(N3)代表として、イベントや機関誌の発行に取り組む。著書に「看護婦のとっておきドキドキ話」「気分よく病院へ行こう！〈外来編〉」「看護婦1年生物語ナースがまま」「病院はいつもパラダイス！」「ナースマン 新米看護士物語」など。人気漫画「おたんこナース」の原案も手掛ける。
http://www02.so-net.ne.jp/n-three/

小林 美代子　こばやし・みよこ
小説家　⑰大正6年3月19日　⑱昭和48年8月18日　⑲岩手県釜石　㉒福島県保原高小1年中退　㉓群像新人文学賞（第14回）（昭和46年）「髪の花」　㉔38歳の時ノイローゼから精神病院に5年間入院する。昭和41年「文芸首都」に入院中の作品「幻境」が掲載され、その後同誌に「さんま」「女の指」「老人と鉛の兵隊」を発表。46年群像新人文学賞受賞の「髪の花」で注目され、47年自伝的作品「繭となった女」を発表したが、翌年自殺、半月後発見された。遺稿「蝕まれた虹」がある。

小林 泰三　こばやし・やすみ
小説家　⑰昭和37年8月7日　⑲京都府　㉑大阪大学基礎工学部卒、大阪大学大学院修了　㉓日本ホラー小説短編賞（第2回）（平成7年）「玩具修理者」　㉔三洋電機ニューマテリアル研究所主任研究員として、移動体通信用デバイスの開発に従事。平成7年「玩具修理者」で日本ホラー小説短編賞を受賞。他の作品に「人獣細工」などがある。　㉖電子情報通信学会

こばやし ユカ
コピーライター　エッセイスト　⑲奈良市　㉒奈良女子大学文学部附属高卒　㉓高校を卒業後、関西で数々のアルバイトをしたのち、コピーライターになりたくて昭和59年単身上京。西武百貨店キャンペーン『あかぬけた地球人』、マガジンハウス「Hanako」創刊『キャリアとケッコンだけじゃ、いや』など、西武、西友、資生堂、ソニーなどの広告で活躍。また、新しい"少女感覚"が受けて「ビックリハウス」「スタジオボイス」「月刊カドカワ」といった若者雑誌にエッセイを連載するようになり、61年エッセイ集「くちびるに、うわのそら」を出版した。他に小説「ひとりになると冷蔵庫」やエッセイ集「となりのネコの愛しかた」などがある。

小林 悠紀子　こばやし・ゆきこ
児童文学作家　国際児童文庫協会副会長　だんだん文庫主宰　⑰昭和16年7月22日　⑲徳島県　筆名=小林たん子（こばやし・たんこ）　㉒東京女子大学（昭和38年）卒　㉓裏千家淡交会茶道童話賞「ひとえだのいちご」　㉔児童文学同人「パオパブ」に所属。昭和52年だんだん文庫、54年国際児童文庫協会を設立、副会長。著書に「ひとえだのいちご」、訳書にミンダルト・ヴィンストラ「お話のすむ家」がある。

小林 よしのり　こばやし・よしのり
漫画家　脚本家　⑰昭和28年8月31日　⑲福岡県福岡市　本名=小林善範　㉒福岡大学　㉓小学館漫画賞（第34回）（平成1年）「おぼっちゃまくん」　㉔大学在学中の昭和50年少年ギャグ漫画家としてデビュー。61年より「コロコロコミック」に「おぼっちゃまくん」を連載。主人公の使う"茶魔語"が話題となる。平成元年にはTVアニメ化され、大ヒット。「SPA!」に連載した「ゴーマニズム宣言」（のち「SAPIO」で「新・ゴーマニズム宣言」として連載）では、"ごーまんかましてよかですか？"の決めせりふで話題となる。オウム真理教との対立、薬害エイズ問題での厚生省告発、従軍慰安婦問題における発言など社会派の漫画家として活躍。映画「逆噴射家族」の脚本家としても知られる。他の作品に「東大一直線」〈正・新〉「東大快進

撃」「異能戦士」「戦争論争戦」「国家と戦争」などの。

小林 玲子 こばやし・れいこ
児童文学作家 ㊗昭和11年 ㊥ニッサン童話大賞（優秀賞）「白いブーツの小犬」 ㊥小学校や幼稚園で朗読の指導を行う。著書に「サケの子ピッチ」、共著に「かくれんぼなんかきらい」「だいすき少女の童話2年生」、エッセイに「海辺のそよ風」などがある。 ㊥中部児童文学会、日本児童文学会

小林 礼子 こばやし・れいこ
児童文学作家 ㊗昭和26年 ㊥愛知県名古屋市 ㊥名古屋市立保育短期大学卒 ㊥福島正実記念SF童話賞（第12回）、小川未明文学賞（大賞、第4回）「ガールフレンド」 ㊥塾、英会話講師を経て、創作を始める。第17回らいらっく文学賞佳作を受賞。作品に「エリートなぼくと恐怖の笑い声」がある。 ㊥創作集団プロミネンス

小春 久一郎 こはる・ひさいちろう
詩人 児童文学作家 ㊗大正1年 ㊨平成3年7月8日 ㊥大阪市 本名=今北正一 ㊥三木露風賞新しい童謡コンクール（優秀賞、第1回、昭和60年度）「ぼくはおばけ」、毎日童謡賞優秀賞（第1回）（昭和62年）「かばさん」 ㊥昭和10年木坂俊平らと大阪童謡芸術協会を設立。詩、曲、踊り一体の童謡運動を起こし、雑誌「童謡芸術」を19年まで発行。20年から雑誌「ひかりのくに」に童謡、童話を多数発表。49年こどものうたの会を結成、のち雑誌「こどものうた」発行。童謡集に「動物園」「おほしさまとんだ」などがある。 ㊛妻=飯島敏子（児童文学作家）

小檜山 博 こひやま・はく
小説家 ㊗昭和12年4月15日 ㊥北海道紋別郡滝上町 本名=小檜山博（こひやま・ひろし） ㊥苫小牧工卒 ㊥北方文芸賞（第1回）（昭和51年）「出刃」、北海道新聞文学賞（第17回・小説）（昭和58年）「光る女」、泉鏡花文学賞（第11回）（昭和58年）「光る女」 ㊥北海道新聞社に勤務するかたわら小説を書き、「北方文芸」を中心に創作を次々と発表。昭和51年「出刃」で北方文芸賞、58年には「光る女」で北海道新聞文学賞及び泉鏡花文学賞を受賞。ほかに「黯い足音」「夢の女」「離婚記」「地吹雪」「荒海」「地の音」「雪嵐」「無縁塚」などの作品がある。また映画「クマインカナバー」では原作・脚本を手がける。 ㊥日本文芸家協会、日本ペンクラブ

小堀 杏奴 こぼり・あんぬ
随筆家 小説家 ㊗明治42年5月27日 ㊨平成10年4月2日 ㊥東京市本郷区千駄木町 ㊥仏英和高女（昭和2年）卒 ㊥土川元夫賞（昭和60年） ㊥森鷗外の二女として生まれ、昭和11年鷗外の思い出を綴った「晩年の父」を刊行し評判になる。以後「森鷗外、妻への手紙」「回想」などを刊行し、鷗外研究の新資料となる。戦後は21年小説「冬の花束」を発表。また「春」「最終の花」「日々の思い」「小さな恋人」「春のかぎり」などの作品集を刊行した。 ㊥日本文芸家協会 ㊛父=森鷗外、母=森志げ（小説家）、夫=小堀四郎（洋画家）、兄=森於菟（解剖学者）、姉=森茉莉（小説家）、弟=森類（随筆家）

小堀 甚二 こぼり・じんじ
小説家 劇作家 評論家 ㊗明治34年8月21日 ㊨昭和34年11月30日 ㊥福岡市 本名=小堀清寿 筆名=河合実 ㊥小学校卒業後、上京して労働者生活。大正15年処女作の戯曲「或る貯蓄心」を発表してプロレタリア文学運動に参加、「文芸戦線」同人となる。昭和2年平林たい子と結婚。労農派の一員として政治評論を発表する。12年の人民戦線事件で検挙され、14年保釈されて土木下請業を経営。戦後は21年、民主人民連盟結成と同時に事務責任者となるが、のち反ソ・反共の文化自由会議を組織した。30年平林と離婚。作品は他に「妖怪を見た」など。

小堀 文一 こぼり・ぶんいち
文筆家 ㊗昭和2年4月 ㊥茨城県古河町（現・古河市） ㊥宇都宮高等農林学校（現・宇都宮大学農学部）（昭和22年）卒、立教大学社会学部労働法専攻 ㊥埼玉文学賞（第27回）（平成8年）「こおろぎ」 ㊥長年の会社勤務ののち文筆活動をはじめ、平成8年短編小説「こおろぎ」で第27回埼玉文学賞を受賞。文芸誌「修羅」編集同人。 ㊥埼玉文芸懇話会

駒 敏郎 こま・としお
作家 文芸評論家 ㊥日本史 ㊗大正14年6月7日 ㊥京都府京都市西陣 ㊥京都府立医科大学中退 ㊥京都学、老舗の研究 ㊥京都市芸術功労賞（平成6年） ㊥芝居に凝って、大学を中退。児童劇団の台本・演出の傍ら、昭和27年よりドラマの脚本を書きはじめる。NHK「日本の歴史」を担当し、本格的な歴史の勉強を開始。37年より著述業を業とし、傍ら57年から光華女子大学で京都学を講じる。著書に「北条政子」「日本魁物語」「京都の祭」「京の老舗」「京都名庭秘話」「京都散見」「戦国武将の謎」「大文字」「京都味の老舗」「心斎橋北詰」などがある。 ㊥日本文芸家協会

駒井 妙子　こまい・たえこ

小説家　「ひのき」主宰　[生]大正8年　[出]兵庫県神戸市　[学]聖心女子学院専門部(昭和15年)中退　[賞]神戸ナビール文学賞(小説部門佳作賞,第6回)(平成11年)「桜は今年も咲いた」　[歴]文芸同人誌「ひのき」主宰。大阪文学学校講師も務める。著書に「雀色の時刻」「日没、そのあと」「桜は今年も咲いた」「女たちの群像」(分担執筆)。

駒瀬 銑吾　こませ・せんご

小説家　中学校教師　[生]昭和9年　[出]愛知県名古屋市　[学]愛知学芸大学国語科(昭和35年)卒　[歴]「名古屋文学」同人。かたわら、名古屋市立大森中学校教諭を務める。著書に「わたしはカモメ」「子どもの詩と絵」「スプーンの上にぼくが乗っていた—今を生きる中学生の詩」、評論に「ロシヤ文学ノート」がある。　[団]中部ペンクラブ

駒田 信二　こまだ・しんじ

小説家　中国文学者　文芸評論家　[生]大正3年1月14日　[没]平成6年12月27日　[出]三重県芸濃町(原籍)　[学]東京帝国大学文学部中国文学科(昭和15年)卒　[賞]人間新人小説賞(第2回)(昭和23年)「脱出」、イタリア放送協会賞(昭和32年)、菊池寛賞(第27回)(昭和54年)　[歴]東京帝大在学中から「日本浪曼派」などの同人に加わる。昭和16年旧制松江高校教授となり、17年応召して中国に渡り、21年復員。復員後、松江高校に復職、後身の島根大学を30年に退職、上京。その間、23年に「脱出」で人間新人小説賞を受賞。その他の作品に「石の夜」「島」「新墨子物語」「対の思想」などがある。中国文学研究者としての仕事も多く「水滸伝」「今古奇観」「棠陰比事」などの翻訳がある。32〜55年「文学界」の同人雑誌評を担当し、54年には菊池寛賞を受賞。中国文学研究、作家、評論家として幅広く活躍し、桜美林大学教授、早稲田大学客員教授、武蔵野女子大学客員教授などを務めた。51年から朝日カルチャー・センター小説教室講師。他の著書に「新墨子物語」「対の思想」「谿の思想」「一条さゆりの性」など。　[団]日本文芸家協会、東方学会、日本中国学会、日本ペンクラブ　[家]兄=谷信一(美術史家)

小松 君郎　こまつ・きみお

シナリオライター　[生]大正7年10月19日　[出]静岡県　本名=小松公男　[学]慶応義塾大学卒　[興]ラテン・アメリカ文学　[賞]日本民間放送連盟賞受賞「でんでん太鼓」　[歴]主な作品にテレビ「天国の父ちゃん今日は」「時間ですよ」「でんでん太鼓」など。

小松 左京　こまつ・さきょう

SF作家　[生]昭和6年1月28日　[出]大阪府大阪市　本名=小松実　[学]京都大学文学部イタリア文学科(昭和29年)卒　[賞]日本推理作家協会賞(第27回)(昭和48年)「日本沈没」、日本SF大賞(第6回)(昭和60年)「首都消失」　[歴]京都大学在学時代に高橋和巳らと交わり、卒業後、職を転々とし、漫才台本作家になる。昭和38年「S・Fマガジン」の第1回コンテストで「地には平和を」が入賞しSF作家となり、「人類とその文明」を一貫したテーマとして、「日本アパッチ族」やミリオンセラーとなった「日本沈没」などの作品を発表。以後、「継ぐのは誰か?」「結晶星団」など宇宙を舞台とした壮大なスケールのSFを次々と発表。日本SF作家クラブ会長を務めた。また行動力のあるユニークな文明評論家としても有名で、45年には世界最初の国際SFシンポジウムを組織した。63年〜平成2年“花の万博”総合プロデューサーを務めた他、「紀元3000年へ挑む科学・技術・人・知性」などのノンフィクションを執筆。他の代表作に「復活の日」「果てしなき流れの果てに」「首都消失」「虚無回廊」、共編に「高橋和巳の文学とその世界」などがあり、映画「さよならジュピター」では脚本・製作・総監督をつとめた。11年小松左京賞が創設され、自ら選考にあたる。13年古稀を記念した個人雑誌「小松左京マガジン」を発行。同年自伝「威風堂々うかれ昭和史」を刊行した。14年大学在学中に“モリ・ミノル”のペンネームで描いた科学漫画が「幻の小松左京 モリ・ミノル漫画全集」(全4巻,小学館)として刊行される。　[団]日本推理作家協会、日本SF作家クラブ、日本文芸家協会

小松 重男　こまつ・しげお

小説家　[生]昭和6年2月24日　[出]新潟県新潟市　[学]新潟中(旧制)卒、鎌倉アカデミア演劇科卒　[賞]オール読物新人賞(第51回)(昭和52年)「年季奉公」　[歴]昭和61年「鰈の縁側」及び、63年「シベリヤ」が直木賞候補となる。その後は時代小説に転じ、「ずっこけ侍」「やっとこ侍」「蚤とり侍」「でんぐり侍」「旗本経済学」「幕末遠国奉行の日記」「御庭番秘聞」など。　[団]日本文芸家協会

小松 幹生　こまつ・みきお

劇作家　児童文学作家　[生]昭和16年3月9日　[出]高知県　[学]早稲田大学文学部演劇科卒　[歴]日常的な状況の中に奇想天外な事件を起こし、笑いの中に現代社会の本質を浮かび上がらせるという手法をみせる、喜劇作家。作品に「雨のワンマンカー」「心猿のごとく騒ぎ」「タランチュラ」「ブンナよ木からおりてこい」「八人の腕時計」「刺殺遊戯」など。　[団]劇作家協会(理事)

小松 光宏　こまつ・みつひろ
脚本家　⊕昭和34年　⊕東京都　⊗千葉大学工学部画像工学科卒　⊛新人映画シナリオコンクール入選(第38回)(昭和63年)「裏切り者に再ゲームを」、城戸賞準入賞(第16回)(平成2年)「ワープロ無宿」、オール読物推理小説新人賞(第32回)(平成5年)「すべて売り物」　⊛商社に入社するが映画への夢断ちがたく、退社。シナリオ講座8期に入り、昭和62年9月修了。

小松 由加子　こまつ・ゆかこ
小説家　⊕昭和49年11月19日　⊕熊本県
⊗熊本学園大学経済学科卒　⊛ノベル大賞(読者大賞)(平成9年)「機械の耳」「機械の耳」で平成9年度ノベル大賞読者大賞を受賞。児童文学、宮沢賢治、ぷよぷよが好きで、彫塑が特技。著書に「図書館戦隊ビブリオン」など。

小松崎 和男　こまつざき・かずお
映画監督　⊕昭和18年10月21日　⊕茨城県新治郡八郷町　⊗明治大学文学部文学科演劇学専攻(昭和42年)卒　⊛国際児童年シナリオコンクール最優秀作(映画センター全国連絡会議)(昭和54年)「三本足のアロー」
⊛昭和42年文映に入社。一年後フリーの助監督となる。新藤兼人他独立プロ系に主につき、52年「花と少年」(短編・学研)を初演出。54年国際児童年シナリオコンクールで「三本足のアロー」が最優秀作に選ばれ、翌年映画化。60年には親子映画「はしれリュウ」を監督。

小見 さゆり　こみ・さゆり
小説家　税理士　⊕昭和34年4月22日　⊕群馬県高崎市　⊗中央大学文学部(昭和57年)卒
⊛中央公論新人賞(平成3年)「悪い病気」
⊛昭和61年税理士試験に合格し、63年所沢市の会計事務所に勤務。平成元年自宅にて税理士事務所を開業。かたわら小説にも取り組む。作品に「悪い病気」「25オンスの猫」など。
⊕日本文芸家協会

五味 康祐　ごみ・やすすけ
小説家　⊕大正10年12月20日　⊕昭和55年4月1日　⊕大阪府大阪市難波町　通称＝五味康祐(ごみ・こうすけ)　⊗第二早稲田高等学院(昭和17年)中退、明治大学文芸科中退　⊛芥川賞(第28回)(昭和28年)「喪神」　⊛早稲田第二高等学院、明大に学び応召。復員後は亀井勝一郎を頼って上京、出版社の社外校正などで生計をたてる。昭和28年「喪神」で第28回芥川賞受賞。以後、剣豪作家として第一線にたち、「柳生連也斎」「柳生武芸帳」などを次々と発表。またプロ野球、とくに巨人軍には深い関心をもち、「一刀斎は背番号6」などの奇想天外な野球小説でも評判となった。音楽や手相にも明るく、マージャン通としても知られた。「五味康祐代表作集」(全10巻)がある。

五味川 純平　ごみかわ・じゅんぺい
小説家　⊕大正5年3月15日　⊕平成7年3月8日　⊕旧満州・大連　本名＝栗田茂　⊗東京外国語大学英文科(昭和15年)卒　⊛菊池寛賞(第26回)(昭和53年)　⊛東京外語在学中、思想問題で検挙されたが、昭和15年故郷の満州に帰り、軍需会社に勤務。18年応召し、関東軍の一兵士としてソ満国境の警備につく。23年帰国。その時の経験を「人間の条件」として昭和31年から33年にかけて全6冊で刊行し、大ベストセラー作家となる。その他の作品に「自由との契約」「歴史の実験」「孤独の賭け」「戦争と人間」などがある。　⊕日本文芸家協会

小水 一男　こみず・かずお
映画監督　カメラマン　シナリオライター
⊕昭和21年12月14日　⊕宮城県仙台市上杉　別名＝若杉虎　⊗日本大学芸術学部(昭和41年)中退　⊛学生時代に映画の助監督、脚本家、俳優として過ごし、昭和42年若松プロに入る。45年24歳で自ら脚本した「私を犯して」を監督。その後、長浜治に師事して写真家としても活動。55年「ラビットセックス・女子学生集団暴行事件」で映画界に復帰。61年"スプラッター・エロス"「処女のはらわた」「美女のはらわた」を連作。ピンク映画のシナリオ約60本、監督作品数約10本がある。通称"ガイラ"。他の作品にビートたけし企画「ほしをつぐもの」など。

小南 武朗　こみなみ・たけろう
劇作家　小樽短期大学学長　⊗国文学　⊕昭和2年11月28日　⊕北海道函館市　⊗北海道大学文学部国文科卒　⊛昭和33年北海道放送に入社。開局時(32年)からラジオ・テレビドラマの制作を担当。36年近鉄金曜劇場「オロロンの島」で芸術祭賞テレビ部門を受賞。57年放送番組審議会事務局長で定年退職。のち小樽女子短期大学助教授を経て、教授となり、平成7年学長に就任。11年4月小樽短期大学に名称変更。この間、昭和55年創作短編集「ぬばたま」を刊行。ドラマ、演劇の脚本の他、小説も執筆。他の著書に「自分にとっての美しい日本語」がある。　⊕北海道国文学会、全国大学国語国文学会

小峰 隆生　こみね・たかお
映画監督　作家　⊕昭和34年　⊕兵庫県神戸市　別名＝小峯隆生　⊗東海大学工学部航空宇宙学科(昭和56年)卒　⊛外資系コンピュータ会社に営業マンとして勤務後、昭和58年「週刊プレイボーイ」編集者に転身、映画コラムを10年間担当した。密室芸を得意とし"第2のタモリ"と

言われていたことから、60〜62年ラジオの深夜放送「オールナイトニッポン」のパーソナリティーに起用され、大評判となる。また、学生時代から自主映画の制作にあたり、平成6年若手監督の競作シリーズJ・MOVIE・WARS第2期に参加し「パオさんの復讐」を劇場公開。同年「拳銃王」で作家としてもデビュー。他の著書に「コミネのハリウッドメジャー・リーガー交友録」「マッカーサー暗殺」など。

小峰 元　こみね・はじめ

推理作家　[生]大正10年3月24日　[没]平成6年5月22日　[出]兵庫県神戸市　本名＝広岡澄夫(ひろおか・すみお)　[学]大阪外国語大学スペイン語科(昭和16年)卒　[賞]江戸川乱歩賞(第19回)(昭和48年)「アルキメデスは手を汚さない」　[歴]貿易商、教員、雑文業などを経て、昭和18年毎日新聞社に入社。大阪本社編集委員であった48年「アルキメデスは手を汚さない」で第19回江戸川乱歩賞を受賞。のち退社。他に「ピタゴラス豆畑に死す」「ディオゲネスは午前3時に笑う」などがある。　[団]日本文芸家協会、日本推理作家協会

小宮山 佳　こみやま・けい

児童文学者　[生]昭和24年2月25日　[出]大分県大分市　本名＝斎藤静子　[学]宮崎女子短期大学卒　[賞]久留島武彦児童文学祭第1席「カモシカチームにあつまれ」　[歴]詩や童話を書き、「九州童話」「円(つぶら)」「まらかいと」同人。代表作に「カモシカチームにあつまれ」(映画化)「むねのなかまで青空」「先生、こっちむいて二年生」などがある。

小宮山 天香　こみやま・てんこう

新聞記者　翻訳家　小説家　[生]安政2年4月11日(1855年)　[没]昭和5年3月20日　[出]常陸国磯浜(現・水戸)　本名＝小宮山桂介(こみやま・けいすけ)，小宮山 昌縣　[歴]新聞記者として「甲府観風新聞」をふり出しに「魁新聞」「大阪日報」などで健筆をふるう。明治20年「東京朝日新聞」の主筆としてむかえられ、「椿姫」「マダム・テレーズ」などの翻訳を発表し、政治小説、翻訳小説家として有名になった。

小宮山 量平　こみやま・りょうへい

児童文学作家　評論家　編集者　理論社顧問　[専]昭和史(現代史)　[生]大正5年5月12日　[出]長野県上田市　[学]東京商大専門部(現・一橋大学)(昭和14年)卒　[興]アメリカによる日本占領政策　[賞]路傍の石文学賞(特別賞，第20回)(平成10年)「千曲川」、児童文化功労賞(第37回)(平成10年)　[歴]在学中に雑誌「統制経済」を発行。昭和15年旭硝子入社。22年に雑誌「理論」を発行すると同時に理論社を設立し社長に就任。31年株式に改組し、50年会長となる。この間、24年に「近代経済学とマルクス主義経済学」「自然科学と社会科学の現代的交流」を刊行、当時の学生らによく読まれた。また、34年から創作児童文学の刊行を開始。同文学ブームの礎を築く一方、数多くの児童文学者を育て上げた。著書に「編集者とは何か」「子どもの本をつくる」「出版の正像を求めて-戦後出版史の覚書」「千曲川」「昭和時代落穂拾い」など。　[団]日本出版クラブ(理事)

小紫 淘太　こむらさき・とうた

小説家　[生]昭和19年　[出]兵庫県　本名＝小紫勝利　[学]札幌南高(定時制)卒　[歴]高校1年で中退し、自衛隊に入隊。24歳の時除隊後転職を重ねながら定時制高を卒業した。昭和49年からタクシー運転手になり、平成4年福岡市から大牟田市のタクシー会社に移籍。一方仕事の傍ら小説に取り組み短編「生と死と」「灯台」や紀行文「芭蕉への旅」などを執筆。4年「逃亡都市」を処女出版。

小室 信介　こむろ・しんすけ

新聞記者　政治小説家　自由党志士　[生]嘉永5年7月21日(1852年)　[没]明治18年8月25日　[出]丹後国宮津　旧姓(名)＝小笠原　号＝小室案外堂(こむろ・あんがいどう)、小室案外坊　[歴]小学校教師などをしていたが、国会開設運動に加わり、明治11年「京都日日新聞」おこす。12年には「大阪日報」に関係し、自由民権の論陣をはる。以後朝鮮や中国に渡り、自由党員として活躍。「勤王為経民権為緯 新編大和錦」「興亜綺談 夢恋々」などの著書がある。

小室 隆之　こむろ・たかゆき

小説家　[生]昭和16年　[出]神奈川県横浜市　[学]桑沢デザイン研究所卒　[歴]日本デザインセンター勤務を経て、独立して広告会社を設立、フリーの広告デザイナーとなる。伊集院静との出会いをきっかけに雑誌「インポケット」で小説家デビュー。50歳から文筆業に専念。著書に「寄り道 裏道 帰り道」「馬鹿なやつ」がある。

小室 みつ子　こむろ・みつこ

小説家　作詞家　歌手　[生]昭和32年12月29日　[出]茨城県土浦市　本名＝小室光子　[学]慶応義塾大学法学部(昭和55年)卒　[歴]昭和55年大学卒業後、シンガーソングライターとしてデビュー。56年シングル「エンジェル・ウォーク」とアルバム「甘い予感」を発表。以後、作詞家としても活躍。NHK関東ローカルニュース番組「いっと6けん」の音楽担当リポーターを務める。59年「COBALT」冬号に小説を発表し、作家としてもデビュー。著書に「ウサギは歌を歌わない」「スノウ・ホワイトが危い」「ピノキオはあ

きらめない」「マーメイドは忘れない」「ファイブ・ソングス」「彼女によろしく」「ドロップアウトストリート」「探しものはなんですか？」「未来からの訪問者 !?」など。

米谷 ふみ子　こめたに・ふみこ

小説家　洋画家:翻訳家　[生]昭和5年11月15日　[出]大阪府大阪市　本名=米谷富美子　米国名=Greenfeld, Foumiko Kometani　[学]大阪女子大学国文科卒　[賞]関西女流美術賞、文学界新人賞(第60回)(昭和60年)「遠来の客」、新潮新人賞(第17回)(昭和60年)「過越しの祭」、芥川賞(第94回)(昭和61年)「過越しの祭」、女流文学賞(第37回)(平成10年)「ファミリー・ビジネス」　[歴]二科会3年連続出品作が関西女流美術賞受賞。昭和35年抽象画勉強のため渡米。ユダヤ系アメリカ人の作家ジョシュ・グリーンフェルドと結婚。その後小説を書き始め、障害児をもつ親の心理を描いた「遠来の客」、国際結婚による心理的葛藤を書いた「過越しの祭」は、いずれも自分の体験を素材にしている。他の著書に「風転草(タンブルウイード)」「海の彼方の空遠く」「プロフェッサー・ディア」「ファミリー・ビジネス」や、差別問題や日本社会の歪みに触れたエッセー「マダム・キャタピラーのわめき」「なんや、これ？アメリカと日本」などがある。　[団]P.E.N.　[家]夫=グリーンフェルド, ジョシュ(作家・脚本家)

小森 香折　こもり・かおり

童話作家　同志社大学言語文化教育センター　[生]昭和33年　[出]東京都　橘本香折　[学]青山学院大学(西洋史)卒、学習院大学大学院(ドイツ文学)修了　[賞]小さな童話大賞(第12回・14回)「ぼくにぴったりの仕事」「トーマスの別宅」　[歴]ドイツ留学を経て、同志社大学言語文化教育センターに勤務。小森香折名義の著書に「お月さまのたまご」、訳書に「おこりんぼママ」、橘本香折名義の著書に「そばにいてあげる」「きょうりゅうサイダー」などがある。

小森 健太朗　こもり・けんたろう

小説家　[生]昭和40年　[出]大阪府　[学]東京大学文学部哲学科(平成1年)卒、東京大学大学院教育学研究科博士課程単位取得満期退学　[歴]昭和57年史上最年少の16歳で処女作「ローウェル城の密室」が第28回江戸川乱歩賞最終候補作となる。61年からコミックマーケットに参加、幻想・推理文学サークル「それぞれの季節」を主宰。著書に「コミケ殺人事件」「バビロン空中庭園の殺人」　、共訳にミハイル・ナイーミ「ミルダッドの書」　、カリールのジブラン「漂泊者」がある。
http://homepage2.nifty.com/kkomori/

小森 隆司　こもり・たかし

小説家　[出]岐阜県岐阜市　[学]愛知学院大学　[賞]織田作之助賞(第18回)(平成13年)「押し入れ」　[歴]公務員として働く傍ら、平成9年頃から小説を書き始める。平成13年「押し入れ」で第18回織田作之助賞を受賞。

古屋 芳雄　こや・よしお

小説家　劇作家　公衆衛生学者　日本医科大学教授　[生]明治23年8月27日　[没]昭和49年2月22日　[出]大分県速見郡東山香村　[学]東京帝大医科大学(大正5年)卒　医学博士(大正15年)　[歴]武者小路実篤に傾倒し、大正6年中川一政らと「青空」を創刊。8年小説「地を嗣ぐ者」、10年戯曲「地の塩」を刊行。のち文学を離れ、大正12年金沢医専教授、14年厚生省技師、21年国立公衆衛生院院長、31年日本医科大教授。日本家族計画連盟会長も務めた。この分野の著作に「医学統計法」「農村結核の研究」など。

子安 武人　こやす・たけひと

声優　作家　[生]昭和42年5月5日　[出]神奈川県横浜市　[歴]高校卒業後、声優プロダクション附属の養成所を経て声優に。アニメ「ボンバーマンビーダマン爆外伝」「ヴァイス クロイツ」(原作も執筆)、平成10年公開の「トランスフォーマービーストウォーズ」(東映)などに出演。「子安・氷上のゲムドラナイト」などラジオパーソナリティーも務めるほか、作家としても活躍。

小梁川 洋　こやながわ・ひろし

小説家　[生]昭和5年5月6日　[出]岩手県　本名=伊藤洋　[学]岩手大学卒　[歴]岩手県、東京都の小学校教師を務め、昭和43～49年東京都教育研究所理科教育現代化委員。その後、平成3年衆院議員公設秘書を経て、5年三井海上火災保険に入社、7年代理店を開設する。著書に「杖突峠」「鬼火」、共同執筆に「理科実験大辞典」などがある。　[団]日本文芸家協会、日本ペンクラブ

小柳 恵美子　こやなぎ・えみこ

小説家　[出]長崎市　[賞]九州沖縄芸術文学賞長崎地区優秀賞(昭和49年)「匂いのない花」　[歴]24歳の時三菱電機稲佐町板金工場に勤務中被爆。戦後同社勤務の傍ら原爆をテーマにした小説を書き続ける。昭和49年に完成した小説「匂いのない花」以後書き綴った5編の小説と5編の詩、戦時中の日記を収め、自らの被爆体験の集大成として小説集「浦上・揺れながら」を平成2年自費出版。

小柳 順治　こやなぎ・じゅんじ

漫画原作者　小説家　[生]昭和34年10月7日　[出]福岡県大牟田市　[学]中央大学経済学部卒　[歴]在学中から放送作家協会のシナリオ教室に通い、テレビアニメ「一休さん」のシナリオを手がけたことも。卒業後、2度就職するが2度ともまもなく退社。その後、まんが単行本や学習雑誌のまんがシナリオ、ジュニア小説などを手がける。まんが単行本では「漢字国語1年生」「節税法」「コミック知価革命」「ドラゴンクエスト・ロトの紋章」、小説では「はるかなる海の女王」などがある。

小柳 由里　こやなぎ・ゆり

TBS新鋭シナリオ大賞を受賞　[生]昭和47年5月6日　[出]東京都　[学]日本大学芸術学部文芸学科　[賞]TBS新鋭シナリオ大賞(第5回)(平成6年)「夜鷹百両」　[歴]小学3年の時山岡荘八の「徳川家康」全巻を読破して以来歴史ものに魅かれ、以後司馬遼太郎や池波正太郎らの作品を愛読。松竹シナリオ研究所23期を修了し、平成6年よりTBS「関口宏のサンデーモーニング」で構成作家の見習いをしながら、シナリオを勉強。日本大学芸術学部文芸学科4年。

小山 勇　こやま・いさむ

児童文学作家　[生]昭和28年2月5日　[出]神奈川県横須賀市　[学]横浜国立大学教育学部卒　[賞]石森延男児童文学奨励賞(第2回)(昭和53年)「かあさん早く見つけて」　[歴]小学校教諭の傍ら、長崎源之助主宰「幹塾」に学ぶ。「枝の会」同人。作品に「かあさん早くみつけて」「先生のおよめさんみつけた」「おねしょパジャマ」「大ぼうけん、ぼくらの夏」「おかえり、たっくん!」などがある。　[団]日本児童文学者協会

小山 いと子　こやま・いとこ

小説家　[生]明治34年7月13日　[没]平成1年7月25日　[出]高知市　旧姓(名)=池本　[学]九州高等女学校(大正8年)卒業　[賞]直木賞(第23回)(昭和25年)「執行猶予」　[歴]昭和3年雑誌「火の鳥」の創刊に参加。8年「婦人公論」懸賞に「海門橋」が当選して文壇デビュー。戦後の25年「執行猶予」で直木賞受賞。ほかに「ダム・サイト」「皇后さま」などがある。　[団]日本評論家協会(理事)、日本ペンクラブ、日本文芸家協会

小山 勝清　こやま・かつきよ

小説家　[生]明治29年3月29日　[没]昭和40年11月26日　[出]熊本県球磨郡相良村　[学]済々黌中(大正5年)中退　[賞]小学館文学賞(第5回)(昭和31年)「山犬少年」　[歴]堺利彦の門に入り、一時期社会主義運動を志したが、のち帰郷して農村生活に興味をもつ。再度上京して柳田国男に師事して民俗学を学び、大正14年「或村の近世史」を刊行。このころ童話や小説も書き始める。19年出家し、宮本武蔵の研究を進める。還俗してからは文筆に専念。27年熊本日日新聞に「それからの武蔵」を連載。31年少年小説「山犬少年」を「中学生の友」に連載。代表作に「牛使いの少年」「それからの武蔵」(全6巻)などがある。

小山 寛二　こやま・かんじ

小説家　[生]明治37年8月3日　[没]昭和57年11月27日　[出]熊本県八代市　[学]早稲田大学中退　[歴]労働運動に入ったが、のち民族主義に転向。昭和6年頃より講談社の雑誌に執筆を始め、大衆文学を書きつづけた。代表作に「曠野の父」「風雲万里」「江南碧血記」「細川ガラシヤ」など。随筆雑誌「騒友」主宰。

小山 清　こやま・きよし

小説家　[生]明治44年10月4日　[没]昭和40年3月6日　[出]東京・浅草新吉原　[学]明治学院中等部卒　[歴]中学校卒業後、蓄音器商組合に勤務し、のち新聞配達夫となる。この間に太宰治を知り、戦争中は太宰の疎開後、留守番役をする。昭和22年「離合」「聖アンデルセン」を発表し、以後文学に専念。同人誌「木靴」を主宰。地味な作風であるが「落穂拾い」「小さな町」「犬の生活」「日日の麺麭」などを発表した。キリスト教や理想主義を背景とした私小説作家であるが、33年失語症となり、不幸な晩年をすごした。

小山 真弓　こやま・まゆみ

小説家　シナリオライター　[生]昭和27年4月16日　[出]東京都　[学]法政大学卒、法政大学大学院日本文学科中退　[賞]コバルト読者大賞(平2年度上期)「血ぬられた貴婦人」　[歴]テレビドラマ、アニメ、ドキュメンタリー番組のシナリオ・構成、PR映画の台本作成など手がける。著書に集英社コバルト文庫「ミッドサマー・イヴにバラの花」など多数。

こやま 峰子　こやま・みねこ

児童文学作家　詩人　[出]東京　[賞]赤い靴児童文化賞(第13回)　[歴]童謡の作詞をする他、世界名作にゆかりの地をまわり紀行文を執筆。著書に「はじめの いーっぽ」「のらねこサムのクリスマス」、詩集に「さんかくじょうぎ」「キーワード」「ぴかぴかコンパス」、訳書に「だ・あ・れ」など。　[団]日本児童文芸家協会(理事)、日本童謡協会、詩と音楽の会

小山 祐士　こやま・ゆうし

劇作家　⽣明治37年3月29日　⽋昭和57年6月10日　⽣広島県福山市　学慶応義塾大学法学部(昭和6年)卒　賞岸田演劇賞(第3回)(昭和31年)「二人だけの舞踏会」、芸術選奨文部大臣賞(第19回・文学評論部門)(昭和43年)　歴在学中慶応劇研に入り小山内薫に傾倒。のち久保田万太郎、岸田国士に師事して戯曲を書き始め、昭和7年「劇作」同人となる。8年「十二月」、9年「瀬戸内海の子供ら」が築地座で上演され劇作家としての地位を確立。17年NHK嘱託となり放送劇を書く。20年岡山に疎開し、25年上京、以後「二人だけの舞踏会」「黄色い波」「泰山木の木の下で」などの佳作を発表、「本日休診」「自由学校」などのシナリオも多く書いた。「小山祐士戯曲集」(全5巻、テアトロ)がある。

小山 龍太郎　こやま・りゅうたろう

作家　⽣大正7年11月22日　⽋平成7年12月1日　⽣兵庫県　本名=川越嵩(かわごえ・たかし)　学東京府立九中(現・北園高)(昭和11年)卒　賞日本作家クラブ賞優秀作品賞(第2回・小説)(昭和49年)「女城」　歴歴史・時代小説を得意とし、現代経営戦略に関する著作もある。著書に「真説日本剣豪伝」「察気三術」「真田十勇士」「太平記に学ぶ」など。　所日本文芸家協会、日本文芸家クラブ(相談役)、江戸を語る会

是枝 裕和　これえだ・ひろかず

映画監督　シナリオライター　ドキュメンタリー作家　⽣昭和37年6月6日　⽣東京都　学早稲田大学文学部文芸科(昭和62年)卒　賞ギャラクシー賞優秀作品賞(第28回)「しかし…一福祉切り捨ての時代に」、新人テレビシナリオコンクール奨励賞(第28回)(平成1年)「ワンダフル・ライフ」、ATP賞優秀賞(平3年度)「もう一つの教育―伊那小学校春組の記録」、ギャラクシー月間賞「日本人になりたかった…」、ベネチア国際映画祭オゼッレドロ金メダル賞(第52回)(平成7年)「幻の光」、バンクーバー映画祭ドラゴン&タイガー・ヤングシネマ部門グランプリ(第14回)(平成7年)「幻の光」、シカゴ映画祭グランプリ(平成7年)「幻の光」、サンセバスチャン映画祭国際映画批評家連盟賞(第46回)(平成10年)「ワンダフル・ライフ」、三大陸映画祭グランプリ(フランス,第20回)(平成14年)「ワンダフルライフ」、高崎映画祭作品賞(第16回)(平成14年)「ディスタンス」　歴シナリオ講座で学び、昭和62年テレビマンユニオンメンバーに。「NONFIX」「しかし…福祉切り捨ての時代に」「もう一つの教育」「彼のいない八月/エイズを宣言した平田豊・二年間の生活記録」など、主にドキュメンタリーを手掛ける。平成7年初めて手掛けたフィクション映画「幻の光」がベネチア国際映画祭オゼッレドロ金メダル賞を受賞。他の作品に「ワンダフルライフ」「ディスタンス」などがある。著書に「しかし…ある福祉高級官僚死への軌跡」など。

是方 那穂子　これかた・なおこ

小説家　⽣東京都　学北里大学医学部中退　歴7月26日生まれ。「夜の魚」で小学館パレットノベル大賞佳作を受賞し、作家デビュー。著書に「冬の人魚姫」「原宿Aからはじまる」「R?MJ(エムジェイ)―ザ・ミステリーホスピタル」、共著に「小説♂(あだむ)と♀(いぶ)の方程式〈1〉」などがある。

こわせ たまみ

作詞家　作家　⽣昭和9年9月1日　⽣埼玉県　本名=小և瀬玉実　学早稲田大学商学部(昭和32年)卒　賞ボローニャ国際児童図書展エルバ賞(昭和61年)「そばのはなさいたひ」、下総皖一音楽賞(第1回)(昭和63年)、日本童謡賞(第19回)(平成1年)「ぼくの団地はクリスマスツリー」、サトウハチロー賞(平成6年)、埼玉文化賞　歴主に童謡、歌曲、合唱曲の作詩や、童話、絵本の創作をする。主な著書に「きつねとつきみそう」「そばのはなさいたひ」「ぼくの団地はクリスマスツリー」「うみのにじ」、作詩に合唱組曲「城下町の子ども」など。　所詩と音楽の会、日本童謡協会(副会長)

今 官一　こん・かんいち

小説家　詩人　⽣明治42年12月8日　⽋昭和58年3月1日　⽣青森県弘前市　学早稲田大学露文科(昭和5年)中退　賞直木賞(第35回)(昭和31年)「壁の花」　歴東奥義塾中学3年の時、詩人・福士幸次郎が教師として赴任。その影響を受けて詩作を始める。昭和9年太宰治らと「青い花」創刊。編集発行人となったが1号で終刊。翌10年「日本浪曼派」に合流。以降戦後にかけて「日本未来派」「歴程」などにも参加。文壇に独自の位置を占めた。19年応召、戦艦「長門」に乗船、レイテ沖海戦に参加、このときの体験を「幻花行」「不沈戦艦長門」に作品化した。31年作品集「壁の花」で第35回直木賞受賞。54年脳卒中で入院、翌年弘前市に帰郷、車イスの生活で口述筆記による作家活動を続けていた。主な著書に「海鷗の章」「龍の章」「巨いなる樹々の落葉」、詩集に「隅田川」などがある。

今 東光　こんˑとうこう
小説家　僧侶　天台宗権大僧正　中尊寺貫主　元・参院議員(自民党)　[生]明治31年3月26日　[没]昭和52年9月19日　[出]神奈川県横浜市　法名＝今春聴(こん・しゅんちょう)　[学]関西学院中等部中退　[賞]直木賞(第36回，昭31年度下期)(昭和32年)「お吟さま」　[歴]大正7年川端康成を知り、10年第6次「新思潮」に参加。12年「文芸春秋」、13年「文芸時代」の同人となり、「軍艦」「痩せた花嫁」などを発表し、新感覚派の作家として認められたが、14年菊池寛と対立して新感覚派から離れ、昭和4年にはプロレタリア作家同盟に加入。5年出家剃髪し、天台宗の僧侶となって比叡山に籠り、文壇から離れる。戦後、26年大阪府河内郡八尾(現・八尾市)の天台院住職となり、31年中外日報社長に就任。大阪河内の風土・人情を題材にした「闘鶏」「悪名」などの“河内もの”を執筆し人気を得る。32年「お吟さま」で直木賞を受賞して文壇に戻り、以後作家として華々しく活躍した。他の主な作品に「山椒魚」「春泥尼抄」「こまつなんきん」「小説河内風土記」などがある。41年から権大僧正として平泉の中尊寺貫主となり、43年から自民党の参議院議員となった。のち、全国各地にて辻説法、外務委員、自民党総務、天台宗枢機顧問などを歴任。随筆に「みみずく説法」がある。　[家]弟＝今日出海(小説家)

今 日出海　こん・ひでみ
小説家　評論家　演出家　国際交流基金理事長　国立劇場会長　元・文化庁長官　[生]明治36年11月6日　[没]昭和59年7月30日　[出]北海道函館市　[学]東京帝大文学部仏文科(昭和3年)卒・法学部中退　[賞]直木賞(第23回)(昭和25年)「天皇の帽子」、勲一等瑞宝章(昭和49年)、文化功労者(昭和53年)　[歴]昭和8年から20年まで明大でフランス文学の講師、教授のかたわら随筆、評論、翻訳、映画製作でと活躍。戦時中は陸軍報道班員として従軍し、18年「比島従軍」を発表。戦後は文部省に入り、社会教育局文化課長、芸術課長として芸術祭を推進、43年の文化庁独立とともに佐藤首相に請われて初代長官となり、4年間、文化行政にたずさわった。そのあと国際交流基金初代理事長、文化庁芸術祭執行委員長、国立劇場会長などを歴任。著作に直木賞作品の「天皇の帽子」のほか「山中放浪」「三木清における人間の研究」「海賊」、訳書にジイドの「地の糧」「田園交響曲」などがある。　[家]兄＝今東光(小説家)、娘＝今まど子(中大文学部教授)

紺 弓之進　こん・ゆみのしん
小説家　[生]明治33年10月27日　[没]昭和4年3月16日　[出]東京　本名＝近藤正夫　[学]早稲田大学文学部仏文科卒　[歴]浅見淵、逸見広らの同人誌「朝」に参加、次いで「文芸城」「新正統派」を経て「文芸都市」同人。大正14年「朝」に「夏」、15年「文芸城」に「無花果」などを発表、代表作とされる。昭和4年4月号「新正統派」が追悼号。

渾大防 小平　こんだいぼう・こへい
小説家　[生]明治23年7月30日　[没](没年不詳)　[出]岡山県岡山市　[学]国学院大学国文科卒　[歴]里見弴に師事。同人誌「現代文学」に参加し、大正13年小説「彼の一日」「春雷」など発表。昭和2年小説集「地熱」を刊行。のち横浜国立大学教授。

近藤 東　こんどう・あずま
詩人　[生]明治37年6月24日　[没]昭和63年10月23日　[出]岐阜市　[学]明治大学法学部(昭和3年)卒　[賞]改造詩賞(第1回)(昭和4年)「レエニンの月夜」、文芸汎論詩集賞(昭和16年)「万国旗」、横浜文化賞(昭和48年)、神奈川文化賞(昭和56年)　[歴]中学時代から北原白秋の影響を受け、明大在学中に「謝肉祭」を創刊。明大卒業後、鉄道省に入り、その一方で詩作をし、昭和4年「レエニンの月夜」が「改造」の懸賞詩に一等入選する。「詩と詩論」で活躍し、7年「抒情詩娘」を刊行。16年刊行の第二詩集「万国旗」で文芸汎論詩集賞を受賞。その間「詩法」を創刊し、また「新領土」にも参加。戦後は国鉄を中心に勤労詩を興し、35年から日本詩人会理事長、会長を務め、48年横浜文化賞を受賞。他の詩集に「紙の薔薇」「えぴつく・とぴつく」「婦人帽子の下の水蜜桃」などがあり、童話「鉄道の旗」「ハイジ物語」などの著書もある。　[団]日本文芸家協会、日本現代詩人会(名誉会員)、日本児童文学者協会(名誉会員)、横浜詩人会、日本詩人クラブ(名誉会員)

近藤 経一　こんどう・けいいち
劇作家　小説家　ゴルフ評論家　[生]明治30年4月28日　[没]昭和61年10月18日　[出]東京　[学]東京帝大国文科(大正11年)卒　[歴]早くから武者小路実篤の影響を受け、二高在学中の大正6年「蒔かれたる種」を刊行、また「生命の川」同人となる。のち「白樺」に「第二の誕生」などを発表。のち史劇を主とする戯曲を多く発表し「玄宗と楊貴妃」「ルクレシア」「七年の後」などの著書がある。大正13年渡米し、日活などでも映画制作をし、次いで文芸春秋社の「映画時代」編集者となった。　[家]長男＝近藤東郎(コンドウハルオ)(慶大医学部教授)

近藤 啓太郎　こんどう・けいたろう
作家　美術評論家　[生]大正9年3月25日　[没]平成14年2月1日　[出]三重県四日市市　[学]東京美術学校(現・東京芸術大学)日本画科(昭和17年)卒　[賞]芥川賞(第35回)(昭和31年)「海人舟」、読売文学賞(随筆紀行賞，第39回)(昭和63年)「奥村土牛」　[歴]戦後千葉県・鴨川に移り、一時、漁師生活を送る。昭和21年鴨川中学に図画教師として勤務するかたわら、25年から同郷の丹羽文雄主宰の「文学者」に参加し、小説を書き始める。吉行淳之介、安岡章太郎との交流から"第三の新人"と目された。31年「海人舟」で第35回芥川賞を受賞。他の代表作に「飛魚」「盛粧」「黒南風(くろはえ)」「冬の嵐」「海」や妻の癌による死を描いた「微笑」、エッセイ「犬馬鹿物語」「楽に死ぬのがなぜ悪い」、安岡との対談・エッセイ「齢八十いまなお勉強」など。鴨川を愛し、房総の漁師との交流生活など、文壇でも異色の傑物と評された。また日本画への造詣も深く、「大観伝」「近代日本画の巨匠たち」「菱田春草」「奥村土牛」など美術評論も手がけた。　[団]日本文芸家協会

近藤 健　こんどう・けん
児童文学作家　所沢市教育委員長　[生]大正2年12月20日　[没]平成1年5月4日　[出]秋田県山本郡八竜町鵜川　[学]日本大学専門部法律科卒　[賞]サンケイ児童出版文化賞(第7回)(昭和35年)「はだかっ子」　[歴]成人向け小説を書いていたが、昭和34年米軍基地周辺の子供を描いた少年少女小説「はだかっ子」を発表、これが映画化されて以後、児童文学者となった。他に「一本道」「山びこの声」などがある。

近藤 昭二　こんどう・しょうじ
シナリオライター　テレビディレクター　[生]昭和16年12月15日　[出]愛知県名古屋市　[学]日本大学芸術学部中退　[賞]年間代表シナリオ(昭和60年)「生きているうちが花なのよ死んだらそれまでよ党宣言」　[歴]主なシナリオ作品に映画「ロケーション」「生きているうちが花なのよ死んだらそれまでよ党宣言」、テレビ「赤い罠」(近代映画協会)など。　[団]日本シナリオ作家協会

近藤 精一郎　こんどう・せいいちろう
作家　「直線」(文学雑誌)主宰　[生]大正15年7月14日　[出]大阪府大阪市　本名＝近藤精男(こんどう・よしお)　[学]気象大学校卒　[歴]気象技術官、公立学校教師を経て、昭和52年市立図書館に転じる。吹田市教育委員会社会教育課長、吹田市立中央図書館長を歴任、59年退職。日本著作権協議会会友。兵庫歴史研究会初代会長。著書に「軍師真田幸村」「なにわ塚物語」「非常持出」「文学教室」「郷愁の海」「海の痣」「笛と盗賊」「片葉の葦」「白鳳の女帝」他。

近藤 節也　こんどう・せつや
評論家　小説家　元・映画監督　プロニプシア日本会長　[生]昭和4年5月5日　[出]東京市神田区駿河台町　[学]東京大学文学部美学美術史学科　[歴]昭和29年東映京都撮影所に入社。助監督として佐々木康に師事、36年監督に昇進し、37年「恋愛学校」でデビュー。40年東映を退社。その後、ファッションの会社や貿易店、レストランの経営に携わる。ウェディングドレスのフランスNo.1ブランド、プロニプシアの日本会長。また各種評論、翻訳、小説なども手がける。著書に「近藤節也映画脚本集」、小説「武烈大王紀」など。

権藤 千秋　ごんどう・ちあき
児童文学作家　[生]大正14年　[出]旧満州　筆名＝こんどうちあき　[歴]小学校教師を経て、児童文学同人誌「ブランコ」を主宰し、子ども文庫をひらく。著書に「気球にのった1年生」「佐賀県の民話、陶工李平」「おはなし愛の学校、ぼくたち空をとべる」「飛べ！赤い翼―冒険旅行家ジャピーを救った人びと」がある。　[団]日本児童文学者協会

近藤 富枝　こんどう・とみえ
ノンフィクション作家　小説家　[専]文壇史　有職(王朝装束)　[生]大正11年8月19日　[出]東京・田端　[学]東京女子大学国語専攻部(昭和18年)卒　[歴]文部省で教科書編纂に従事したのち、昭和19年NHKの第16期アナウンサーとなる。戦後結婚、退職。42歳で投稿を始め、主婦の友や朝日新聞に入選。主婦の友社の専属ルポライターとなる。43年「永井荷風がたみ」を発表。49年以降、文壇資料シリーズ「本郷菊富士ホテル」「田端文士村」「馬込文学地図」「信濃追分文学譜」を次々と出版。小説に「鹿鳴館殺人事件」「待てど暮らせど来ぬひとを―小説竹久夢二」など。また、平安時代に何枚もの紙を継ぎ合わせて作った王朝継ぎ紙にも造詣が深く、「王朝継ぎ紙」の著書がある。他に「服装から見た源氏物語」など。　[団]日本文芸家協会、日本ペンクラブ、日本風俗史学会、推理作家協会、民族衣裳文化普及協会

近藤 尚子　こんどう・なおこ
児童文学作家　[生]昭和27年　[出]愛知県　[学]津田塾大学学芸学部国際関係学科卒　[賞]講談社児童文学新人賞(佳作)(昭和63年)「ぼくの屋上にカンガルーがやってきた」　[歴]「ぼくの屋上にカンガルーがやってきた」でデビュー。企画製作会社に勤務。著書に「公園のなかまはホットケーキがだいすき」がある。

近藤 弘子　こんどう・ひろこ
海燕新人文学賞を受賞　㋛昭和36年6月1日　㋚愛知県名古屋市　㋕独協大学経済学部卒　㋔大阪女性文芸賞(第10回)、海燕新人文学賞(第12回)(平成5年)「遊食の家」　㋕平成3年会社勤務を辞め、小説を書き始める。

近藤 史恵　こんどう・ふみえ
小説家　㋛昭和44年5月20日　㋚大阪府大阪市　㋕大阪芸術大学文学部文芸学科卒　㋔鮎川哲也賞(第4回)(平成5年)「凍える島」　㋕平成5年「凍える島」で鮎川哲也賞を最年少受賞し、デビュー。著書に「ねむりねずみ」「ガーデン」「スタバトマーテル」など。

近藤 文夫　こんどう・ふみお
文筆家　元・中学校校長　㋛大正11年　㋚山形県米沢市　㋕山形師範(昭和17年)卒　㋔須藤克三記念北の児童文学賞(奨励賞、第5回)(昭和64年)「ビュンスクの歌声」　㋕山形県米沢市内小・中学校校長を歴任。米沢児童文化協会所属。著書に「日本美術史鑑賞テキスト」「絵の見方と育て方」「目で見る欧ソ抑留記」他。㋟米沢児童文化協会

近藤 三知子　こんどう・みちこ
高校教師(呉羽高校)　㋔全日本アマチュア演劇協議会創作脚本賞(昭和58年)、中部地区高校演劇大会名古屋ペンクラブ賞(昭和60年)、とやま文学賞(第5回)(昭和62年)「あの熱き夏の日々に」　㋕高岡工芸高在職時代から戯曲を書き始め、年に3本ぐらいずつ執筆。呉羽高校演劇部の顧問を務め、NHKのラジオドラマに挑戦。

権道 実　ごんどう・みのる
推理作家　元・福岡商科大学教授　㋐商学　㋛明治42年5月17日　㋚福岡県　筆名=赤沼三郎(あかぬま・さぶろう)　㋕九州帝大農学部(昭和9年)卒　㋔「サンデー毎日」大衆文芸(第15、22回)(昭和9、13年)　㋕福岡商大では商品検査と表示、消費者保護行政などを講じた。一方、昭和7年「解剖された花嫁」を発表。以後、現代小説、伝記小説、推理小説を執筆。代表作に「悪魔黙示録」「翡翠湖の悲劇」など。

近藤 陽次　こんどう・ようじ
小説家　NASA長官特別顧問　㋐天文学　天体物理学　㋗米国　㋛昭和8年5月26日　㋚茨城県日立市　筆名=コタニ、エリック　㋕東京外国語大学ポルトガル語科卒、ペンシルベニア大学大学院天文学専攻(昭和40年)博士課程修了　Ph.D.in Astronomy(ペンシルベニア大学)(昭和40年)　㋔紫外線観測、近接連星、恒星間物質、活動銀河系等　㋔NASA Group Achievement Award(昭和49年)、Johnson Space Center Certificate of Comendation Award(昭和50年)、Johnson Space Center Group Achievement Award(昭和51年)、NASA Medal for Exceptional Scientific Achievement(平成2年)　㋕東京外語大でポルトガル語を学び、ブラジルへ。その後米国に移って天文学を勉強。ペンシルベニア大学大学院で博士号を得てNASA(米航空宇宙局)の研究者となり、ロケット、気球、人工衛星などによる紫外線観測にたずさわる。57年ゴダード宇宙飛行センター国際紫外線天文台長などを経て、NASA長官特別顧問に。またSF小説も執筆。作品に「彗星爆弾地球直撃す」、スタートレック・シリーズ「中性子星の死」など。㋟American Astronomical Society、International Astronomical Union、American Association for the Advancement of Science、Committee for Space Research(COSPAR)、ScienceFiction & Fantasy Writers of America(SFWA)

近藤 若菜　こんどう・わかな
劇作家　シナリオライター　㋛明治42年1月7日　㋚兵庫県　㋕京都府立第一高女卒　㋔NHK入選(昭和23年)「再会」　㋕主な作品にラジオドラマ「再会」(NHK)、戯曲「オルガンをひく亡霊」「消えたプリマドンナ」「一幕物脚本集」など。㋟日本演劇協会、日本児童文芸家協会、東京作家クラブ、日本放送作家協会

今野 東　こんの・あずま
アナウンサー　衆院議員(民主党　宮城1区)　㋛昭和22年12月17日　㋚宮城県塩釜市　㋕明治学院大学(昭和46年)卒　㋔日本文芸大賞(現代文学新人賞)(平成4年)「相沢村れんげ条例」　㋕東北放送を中心にアナウンサーとして活躍。昭和62年にはテイチクからレコードデビューも果たす。55年からフリーに。平成9年から東北弁による民話寄席を開催。"東北弁の話芸"を追求する。12年衆院議員に当選。著書に「相沢村れんげ条例」がある。

今野 いず美　こんの・いずみ
脚本家　コピーライター　小説家　㋛昭和34年2月9日　㋚東京都　本名=前山いづみ　㋕山脇学園短期大学卒　㋕都市銀行で副頭取秘書を務めた後、昭和61年にテレビドラマ「太陽にほえろ!」でシナリオライターとしてデビュー。テレビ番組の取材、構成の他コピーライターとしても活躍。また、「殺人現場でファーストキッス」で少女小説作家としてデビュー。他の著書に「絶体絶命のバナナパフェ」「TOKYOお転女娘 殺人バチ・キラービーの巻」、漫画原作に「重役秘書リサ」など。

近野 一余　こんの・いちよ

児童文学作家　⊕大正13年　⊕山形県山形市　⊕法政大学卒　⊕日本動物児童文学奨励賞、盲導犬サーブ記念動物とわたし文学賞（優秀賞）　⊕東京都で小学校教員をし、墨田区立第一寺島小学校長を最後に定年退職。以後、児童文学を学ぶ。「季節風」会員。「童楽」同人。著書に「母の声が聞こえる」「お山のがっしょう」などがある。　⊕日本児童文芸家協会、児童文化の会

今野 緒雪　こんの・おゆき

小説家　⊕昭和40年6月2日　⊕東京都　⊕コバルト・ノベル大賞（平成5年）「夢の宮一竜のみた夢」、コバルト読者大賞（平成5年）「夢の宮一竜のみた夢」　⊕7年3カ月の銀行員生活を経て、執筆活動に入る。著書に「夢の宮一竜のみた夢」に始まる〈夢の宮〉シリーズの他、「スリピッシュ―東方牢城の主」などがある。

今野 和子　こんの・かずこ

児童文学作家　⊕昭和22年1月24日　⊕宮城県石巻市　⊕宮城教育大学卒　⊕ニッサン絵本と童話のグランプリ優秀賞（第2回）（昭和61年）「やきいもやさんのクリスマス」、カネボウ・ミセス童話大賞（第7回）（昭和62年）　⊕日本児童文学者協会の通信講座で学ぶ。「どんぐり童話会」同人。著書に「やきいもやさんのクリスマス」「だって、ボクの妹だもん」。　⊕新潟どんぐり童話会

今野 勉　こんの・つとむ

テレビディレクター　演出家　脚本家　テレビマンユニオン取締役相談役　武蔵野美術大学教授　⊕昭和11年4月2日　⊕北海道夕張市　⊕東北大学文学部卒　⊕イタリア賞（昭和39年）「土曜と月曜の間」、日本放送作家協会演出家賞「七人の刑事」、テレビ大賞「太平洋戦争秘話」「海は甦る」、放送文化基金賞（平成2年）、芸術選奨文部大臣賞（第46回、平7年度）（平成8年）「こころの王国 童話詩人・金子みすゞの世界」　⊕TBSに入り、ディレクターとして「七人の刑事」シリーズなどを手がける。55年退社し、萩元晴彦らと"テレビマンユニオン"を結成。専務、取締役を経て、取締役相談役。52年初の3時間ドラマ「海は甦る」「曠野のアリア」を制作し、高視聴率を上げた。社会ドラマをも心象風景で描き出す感性の持ち主。58年ノンフィクション「歴史の涙―炎のかげの女たち」を出版。61年「奇跡の人」の舞台演出に初挑戦。平成10年長野五輪閉会式、13年国際スポーツ大会のワールドゲームズ開会式のプロデュースも手がける。9年武蔵野美術大学教授に就任。他の著書に「今野勉のテレビズム宣言」がある。

こんの とよこ

児童文学作家　⊕昭和21年　⊕岩手県　本名＝金野とよ子　⊕桜町高卒　⊕講談社児童文学新人賞（入選）（平成3年）「雨ふり横丁はいつも大さわぎ」　⊕5歳から東京に住む。職を転々とした後、在日外国人の日本語教師のかたわら、児童文学の創作に入る。著作に「雨ふり横丁はいつも大さわぎ」がある。

今野 敏　こんの・びん

小説家　⊕昭和30年9月27日　⊕北海道三笠市　本名＝今野敏（こんの・さとし）　⊕上智大学文学部新聞学科卒　⊕問題小説新人賞（第4回）（昭和53年）「怪物が街にやってくる」　⊕上智大学在学中の昭和53年「怪物が街にやってくる」で問題小説新人賞を受賞。東芝EMIでディレクター、宣伝を務めたのち、作家に。著書に「妖獣のレクイエム」「茶室殺人伝説」「夢見るスーパーヒーロー」「超能力者狩り」、「新人類戦線」シリーズ、「聖拳伝説」3部作、警察小説「リオ」他多数。平成元年には"原発いらない人びと"から参院選比例区に立候補したが落選。　⊕日本文芸家協会、日本推理作家協会（常任理事）　http://www.age.ne.jp/x/b-konno/

金野 むつ江　こんの・むつえ

女優　演出家　脚本家　芝居小屋六面座座長　本名＝金野睦江　⊕常盤木学園高卒　⊕宮城県芸術選奨新人賞（昭和62年度）（昭和63年）、宮城県芸術選奨（平9年度）（平成10年）　⊕劇団麦での活動を経て、昭和59年劇団芝居小屋六面座を結成。座長をつとめるほか、台本・演出を手掛け、主役としても活躍。

今野 雄二　こんの・ゆうじ

映画評論家　⊕昭和18年10月5日　⊕北海道室蘭市　⊕国際基督教大学教養学部語学科（昭和42年）卒　⊕映画作家の映像スタイルの比較　⊕少年期から映画や音楽を愛好。平凡出版（現・マガジンハウス）入社。「平凡パンチ」「anan」編集部を経て、評論家として独立、新しい映画や音楽を日本に紹介する。また翻訳、作詞、テレビ出演など活動の場は広い。主な著訳書に「恋する男たち」「ブライアン・フェリー詩集」、小説集「きれいな病気」などがある。昭和59年にはベストドレッサーに選ばれた。

【さ】

崔 洋一　さい・よういち
⇒崔洋一（チェ・ヤンイル）を見よ

斎賀 琴子　さいが・ことこ

歌人　小説家　⊕明治25年12月5日　⊗昭和48年9月24日　⊕千葉県五井　本名=原田琴子(はらだ・ことこ)　旧姓(名)=斎賀　⊕日本女子大学中退　青鞜社に入り機関誌「青鞜」に私小説、短歌などを発表、「潮音」「創作」にも書いた。大正7年結婚、原田姓で万朝報、国民新聞などに執筆した。代表作は「をとめの頃」「許されぬ者」、歌集「さざ波」もある。　⊗夫=原田実(教育学者・早大教授・故人)

彩霞園 柳香　さいかえん・りゅうこう

戯作者　⊕安政4年(1857年)　⊗明治35年5月23日　⊕大阪　本名=広岡広太郎　旧姓(名)=雑貨　別号=豊州、東洋太郎　仮名垣魯文門下で、各新聞社で記者生活をおくり多くの戯作類を執筆した。実録的傾向の強い作品が多い。のち狂言作者となり川上音二郎らと地方巡業した。主な作品に「冬楓月夕栄」「蒔旗群馬噺」など。「復讐美談」「片輪車」など探偵小説の先駆となる作品もある。

斉木 晴子　さいき・はるこ

小説家　㊣小説ASUKA新人賞(読者大賞，第7回)　著書に「龍神さまの野望、その一歩。」「まごころを、君に―龍神さまリターンズ」がある。4月24日生まれ。

斎木 寿夫　さいき・ひさお

作家　広島ペンクラブ会長　⊕明治42年12月6日　⊗昭和62年10月19日　⊕山口市　本名=近藤久男(こんどう・ひさお)　⊕神戸高商(現・神戸大)(昭和7年)卒　⊗昭和25年「女音(おんなのこえ)」、26年「沙漠都市」で2年連続、芥川賞候補になった。

斉城 昌美　さいき・まさみ

小説家　⊕昭和29年5月10日　⊕三重県　本名=坂万里子　⊕椙山女子短期大学国文科卒　㊣トイショップの店長勤めのかたわら、SFサークルを主宰。のち、友人と共同で喫茶店経営を始め、その頃から小説を書き出す。平成2年「神狼記」シリーズでデビュー。SFファンタジー「魔術士の長い影」「黒狼秘譚」「ビザンツの鷲」などがある。

三枝 礼三　さいぐさ・れいぞう

作家　牧師　北星学園女子短期大学名誉教授　⊕昭和3年11月1日　⊕山梨県　⊕日本基督教神学専門学校卒　㊣昭和36年札幌で椎名麟三に出会い、たねの会に参加。日本基督教団伊予吉田教会牧師、北海道クリスチャンセンター主事、北星学園女子短期大学宗教主任を歴任。著書に「夜の運河」などがある。

西光 万吉　さいこう・まんきち

社会運動家　部落解放運動家　農民運動家　劇作家　全国水平社創立者　⊕明治28年4月17日　⊗昭和45年3月20日　⊕奈良県南葛城郡掖上村柏原北方(現・御所市)　本名=清原一隆　㊣二科展入選(2回)　真宗本願寺派の寺の住職の子として生まれる。部落差別のために中学を中退。上京して明治45年太平洋画会研究所に入り、二科展にも2回入選するが、これも断念して帰郷。大正9年日本社会主義同盟に加入。11年全国水平社創立大会で"水平社宣言"を起草。15年労働農民党の結成に参加し中央委員、昭和2年日本共産党に入党。3年3.15事件で検挙され、獄中で転向。8年仮釈放後は国家社会主義の立場から活動した。15年より和歌山県の打田町に移り住む。戦後は原水爆禁止を訴え独自の"国際和栄政策"を唱えた。劇作家としても活躍し、「浄火」「天誅組」などを発表し、大正13年「新民衆劇脚本集」を刊行。他に「不戦日本の自衛」「西光万吉著作集」(全4巻)がある。

税所 隆介　さいしょ・りゅうすけ

オール読物推理小説新人賞を受賞　⊕昭和41年　⊕鹿児島県　㊣オール読物推理小説新人賞(第35回)(平成9年)「かえるの子」

西条 照太郎　さいじょう・しょうたろう

シナリオライター　⊕明治35年9月6日　⊕静岡県　本名=土屋欣三　別名=波多謙治　⊕大成中中退　㊣大正14年帝国キネマ脚本部に入社。15年よりシナリオ執筆を始め、昭和30年代に映画界を去るまでに数百本を手がけた。その間マキノプロ、月形プロ、河合映画、東亜映画、宝塚キネマ、新興キネマ、大映、東映などの映画会社に所属し関西映画界に君臨した。主な作品に「裁かるる者」「憤怒」「修羅八荒」「悪魔の哄笑」「謎の道化師」「母恋草」「はだか大名」など。

西条 嫩子　さいじょう・ふたばこ

詩人　童謡作家　⊕フランス現代詩(ギルヴィック等)　⊕大正8年5月3日　⊗平成2年10月29日　⊕東京　本名=三井嫩子(みつい・ふたばこ)　⊕日本女子大学英文科卒、アテネ・フランセ卒　㊣西条八十の長女として生まれ、幼時から詩の世界になじむ。長じては、父八十とともに詩誌「ポエトロア」を編集発行。詩は洗練された抒情詩が多く、詩集に「後半球」「空気の痣」など。ほかに童謡、童話集、翻訳詩の他、評伝「父西条八十」、エッセイ集「父西条八十は私の白鳥だった」などの著書もある。昭和49年国際詩人会議に日本代表で出席。58年10月日本詩人クラブの5代目会長に就任。⊕日本詩人クラブ、日本ペンクラブ、日本児童

文学者協会、日本文芸家協会　[家]父＝西条八十(詩人)、兄＝西条八束(名大名誉教授)

西条 益美　さいじょう・ますみ
児童文学作家　[生]大正12年9月16日　[出]徳島市　本名＝西条益夫　[学]徳島師範卒　[賞]文芸広場賞、読売教育賞、鳴門市文化功労賞　[歴]小学校長などを経て、鳴門市水道50年史編纂室勤務。著書に「ガラスにかくんだ」「鳴門海峡」「伊助坊主おぼえ話」ほか。　[団]日本児童文学者協会、日本児童文芸家協会、徳島児童文学会

西条 道彦　さいじょう・みちひこ
放送作家　小説家　[生]昭和7年12月6日　[出]広島県福山市　本名＝増成道彦　筆名(小説)＝隼田聖四郎(はやた・せいしろう)　[学]早稲田大学文学部(昭和32年)卒　[歴]シナリオライターの猪俣勝人に師事。昭和37年戯曲「天と地の接吻」、テレビ「粘土の犬」(フジ)でデビュー。主な作品にテレビ「Uターン禁止」「産科・歯科」「春ですもの」「日本剣客伝シリーズ・沖田総司」「木曜ゴールデンドラマ・百円ケーキの歌」など。ほかに著書として「海賊王」「西条道彦のテレビドラマ創作講座」がある。　[団]日本放送作家協会(理事)、日本脚本家連盟(理事)

斎田 喬　さいだ・たかし
児童劇作家　画家　日本児童演劇協会名誉会長　[生]明治28年7月15日　[没]昭和51年5月1日　[出]香川県丸亀市　[学]香川県師範(大正5年)卒　[賞]芸術選奨文部大臣賞(昭和30年)「斎田喬児童演劇選集」　[歴]大正9年私立成城小学校教員となり、学校劇運動、自由画教育で活躍。その当時の作品として「子狐」「雀のお医者」などがある。昭和8年成城学園を退職後は児童劇作家として活躍し、児童劇団「テアトロ・ピッコロ」を指導。23年児童劇作家協会が設立されると委員長。のち同会の発展した日本児童演劇協会の名誉会長。著書に「斎田喬児童演劇選集」(全8巻)、「斎田喬自選学校劇脚本全集」(全6巻)など。

斎藤 明　さいとう・あきら
シナリオライター　芸能評論家　NHKシナリオライター　[専]ドラマ　構成　作詞　[生]昭和4年4月12日　[没]平成6年6月10日　[出]埼玉県　[学]早稲田大学文学部国文科(昭和28年)卒　[歴]淡交社編集部、北大路魯山人秘書、狂言“冠者会”事務企画担当などを経て、NHK放送芸能祭浪曲部門で昭和35、36年連続入選。以来NHKの邦楽の仕事を多く手がけた。文化庁芸術祭執行委員、神奈川県芸術祭運営委員なども務める。代表作にテレビ「ここに継ぐもの」、ラジオ「お好み邦楽選」、著書に「志ん朝のあまから暦」「志ん朝の日本語講座」などがある。　[団]日本放送作家協会、日本演劇学会

斎藤 明美　さいとう・あけみ
ノンフィクション作家　小説家　[生]昭和31年　[出]高知県土佐市　[学]津田塾大学卒　[賞]日本海文学大賞(奨励賞，第10回)(平成11年)　[歴]東京都内の私立女子校で7年間教師を務めた後、テレビ番組の構成作家を経て、昭和62年「週刊文春」記者となる。同誌で「『家』の履歴書」などを執筆。平成11年処女小説「青々と」で第10回日本海文学大賞奨励賞を受賞。他の著書に「高峰秀子の捨てられない荷物」がある。

斉藤 朱実　さいとう・あけみ
小説家　[生]昭和34年8月26日　[出]東京都　筆名＝渡辺容子(わたなべ・ようこ)、五島奈々　[学]東京女学館短期大学卒　[賞]小説現代新人賞(第59回)(平成4年)「売る女、脱ぐ女」、江戸川乱歩賞(第42回)(平成8年)「左手に告げるなかれ」　[歴]渡辺容子、五島奈々など4つのペンネームを持ち、20代前半からジュニア小説、ロマンス小説も手掛ける。胡桃沢耕史に強く勧められ、ハードカバー作家に。平成8年「左手に告げるなかれ」(渡辺容子名義)で江戸川乱歩賞を受賞。他の斉藤朱実名義の著書に「氷のパ・ド・ドゥー」、渡辺容子名義で「無制限」「流さるる石のごとく」などがある。　[団]日本推理作家協会

斎藤 惇夫　さいとう・あつお
児童文学作家　福音館書店専務　[生]昭和15年6月20日　[出]新潟県新潟市　[学]立教大学法学部(昭和37年)卒　[賞]日本児童文学者協会新人賞(第4回)(昭和46年)「グリックの冒険」、野間児童文芸賞(第21回)(昭和58年)「ガンバとカワウソの冒険」　[歴]電機会社を経て、福音館書店編集部に勤務し、子供の本の編集に携わる。取締役編集部長などを経て、専務。一方、昭和43年「グリックの冒険」でデビュー。「冒険者たち」「ガンバとカワウソの冒険」(ガンバ3部作)など。

斉藤 栄美　さいとう・えみ
児童文学作家　[生]昭和37年　[出]東京都　[学]青山学院女子短期大学卒　[賞]童話の海入選(第1回)「四年一組石川一家 席がえ、はんたい!!」　[歴]トヨタ自動車宣伝部に勤務。退職後、創作に励む。「サークル・拓」同人。著書に「四年一組石川一家 席がえ、はんたい!!」「男はだまってユーレイたいじ」「ハートがおかしい一週間」など。　[団]日本児童文学者協会

斎藤 葵和子　さいとう・きわこ
歌人　童話作家　赤い林檎社長　[生]昭和18年　[出]東京　[歴]昭和18年疎開以来母の郷里の青森に在住。夫・己千郎はリンゴの紅玉だけを素材に和菓子を創作販売する翁屋社長。自身も紅玉だけを素材に洋菓子を販売する赤い林檎の社長を務める。一方歌人、童話作家としても活躍し、歌集「りんごはるあき」「りんごふゆなつ」や童話「つぶつぶまめまめ」などを制作。
[家]夫＝斎藤己千郎（翁屋社長）

斎藤 恵子　さいとう・けいこ
小説家　高校教師(福島・勿来高)　[生]昭和32年　[出]福島県いわき市　[学]東北大学文学部史学科（日本思想史）卒　[賞]福島県文学賞奨励賞（昭和62年）「坂道」　[歴]学生時代、井上光晴主宰の文学伝習所の文芸講座に参加し、同人誌「文学伝習所北へ」の同人に。以後同誌に作品を発表し続けている。

斎藤 栄　さいとう・さかえ
推理作家　[専]国際公法　[生]昭和8年1月14日　[出]東京都大田区蒲田　[学]東京大学法学部（昭和30年）卒　[興]医事ミステリー　[賞]宝石中篇賞（第2回）（昭和38年）「機密」、江戸川乱歩賞（第12回）（昭和41年）「殺人の棋譜」、大山康晴賞（個人賞，第4回）（平成9年）　[歴]湘南高校在学中に、石原慎太郎らと同人誌を刊行。昭和30年から横浜市役所に勤務。公務員生活のかたわらミステリー創作に手を染める。47年企画調整室課長を経て市役所を辞め、作家活動に専念。以後、巧みなストーリーテラーとして数多くの長編推理小説を手がけ、著書は二百数十冊にも及ぶ。その作風は本格推理を軸に、社会現象・時代風俗と正面から取り組んだ緻密な構成を持ち、趣向に富んだものが多い。代表作に「紅の幻影」「奥の細道殺人事件」「紙の孔雀」「Nの悲劇」「方丈記殺人事件」、「水の魔法陣」などの〈魔法陣シリーズ〉、〈タロット日美子シリーズ〉、江戸川警部が活躍する〈殺人旅行シリーズ〉など。　[団]日本推理作家協会、日本文芸家協会

斎藤 貞郎　さいとう・さだろう
映画監督　松竹労組大船分会委員長　[生]昭和11年1月20日　[出]山形県東田川郡立川町　[学]東京大学文学部美学美術史学科（昭和35年）卒　[賞]マニラ映画祭国際カトリック映画協会最優秀賞「子どものころ戦争があった」、サレルノ児童青少年映画祭最優秀作品賞「子どものころ戦争があった」、年間代表シナリオ(昭53年度)「イーハトーブの赤い屋根」（共同執筆）　[歴]昭和35年松竹の助監督として入社。京都撮影所に配属。瀬川昌治、山田洋次らにつく。56年「子どものころ戦争があった」でデビュー、大きな反響を呼ぶ。他に「おじさんは原始人だった」、プロデュース作品に「イーハトーブの赤い屋根」など。この間41、2年頃の激しい合理化で組合活動を始め、松竹労組大船分会委員長に就任。　[団]日本映画監督協会

斉藤 静子　さいとう・しずこ
児童文学作家　エッセイスト　詩人　[生]昭和13年　[出]静岡県沼津市　[学]三島北高卒　[賞]静岡県芸術祭児童文学の部芸術祭賞、静岡県芸術祭奨励賞（第4回）、文芸三島賞（小説の部）　[歴]「ひまわり」「子ども世界」「がくゆう」「伊豆日日新聞」「静岡新聞」などで児童文学、エッセイ、詩にと幅広く活躍。ひまわりぐるうぷ同人。著書に「紙ふうせん」、「さかした分校まえ」「なんの花ひらいた」（以上共著）、「現代少年詩集'89」「現代少年詩集'91」がある。
[団]児童文化の会、童詩・童話研究会、日本児童文学者協会

斎藤 純　さいとう・じゅん
小説家　みちのく国際ミステリー映画祭ゼネラルプロデューサー　[生]昭和32年1月5日　[出]岩手県盛岡市　[学]立正大学文学部卒　[賞]北の文学最優秀賞（昭和59年）「辛口のカクテルを」、日本推理作家協会賞（短編部門，第47回）（平成6年）「ル・ジタン」　[歴]コピーライターの傍ら、出版社に投稿を続け、昭和59年「辛口のカクテルを」で北の文学最優秀賞を受賞。60年FM岩手に入社。ディレクターの傍ら、63年「テニス、そして殺人者のタンゴ」でデビュー、ハードボイルドの新たな旗手として注目される。平成3年小説家として独立。他の著書に「ダークネス、ダークネス」「黒のコサージュ」「オートバイ・ライフ」「モナリザの微笑」など。13年みちのく国際ミステリー映画祭ゼネラルプロデューサーに就任。　[団]日本文芸家協会、推理作家協会（理事）、日本ペンクラブ

斎藤 昌三　さいとう・しょうぞう
小説家　翻訳家　元・法政大学第一教養部教授　[専]近代フランス小説　フローベール　[生]昭和16年1月15日　[出]富山県高岡市　筆名＝海堂昌之（かいどう・まさゆき）　[学]東京大学文学部仏文科（昭和39年）卒、東京大学大学院人文科学研究科仏文学専攻（昭和45年）博士課程修了
[賞]文学界新人賞（第26回）（昭和43年）「拘禁」、太宰治賞（第6回）（昭和45年）「背後の時間」（海堂昌之名）　[歴]昭和43年より2年間パリ大学留学。45年法政大学講師、48年助教授、52年教授。のち著述業に専念。主著に「背後の時間」「リアリズムの時代」「フローベルの小説」など。
[団]日本フランス語フランス文学会

斎藤 せつ子　さいとう・せつこ

小説家　北の街社代表　[生]昭和5年4月　[出]青森県黒石市　[学]青森青年師範学校中退　[歴]19歳で結婚。昭和37年6月地元の書き手のためのスポンサー付きの発表の場として、文芸色の濃いタウン誌「北の街」を創刊し、翌月北の街社を設立。小説家としても、34年「青森文学」に入り、36年同人誌「土偶」創刊に参加。

斎藤 田鶴子　さいとう・たずこ

児童文学作家　[生]昭和9年7月15日　[没]昭和58年4月17日　[出]神奈川県　本名＝田村タヅ子　[学]早稲田大学教育学部英文学科卒　[賞]日本童話会賞(第6回)(昭和44年)　[歴]小峰書店編集部勤務ののち結婚。湘南たんぽぽの会を創立。昭和44年「ちごんぼ峠」で第6回日本童話会賞を受賞。童話集に「空から来た子」がある。　[団]日本児童文学者協会

斎藤 忠　さいとう・ただし

著述家　[専]クルマのメンテナンス，メカニズム　軍事関係　[生]昭和32年3月　[出]埼玉県大里郡大里村　筆名＝斎藤春樹　[学]早稲田大学政治経済学部卒　[興]クルマのメンテナンス、メカニズムの大百科、戦争の大百科などの著述、小説執筆活動の本格化　[歴]ライターとして多分野で筆をふるう一方、クルマ好きが高じて、自動車学校の教官となり、長年にわたり指導、教務主任を最後に辞職。その後、自動車ジャーナリストとして辛口の評論をする一方、月刊誌に小説を書くなどの執筆活動を行う。著書に「早く運転免許を取るコツ」「車の性能が絶好調になるメンテナンス100のコツ」「一冊で歴史上100の大失敗から教訓を得る」「イエスの謎と正体」、小説に「裁けるのはあなただけ」など。

斉藤 珠緒　さいとう・たまお

シナリオライター　[生]昭和37年　[出]神奈川県川崎市　[学]日本大学芸術学部映画学科卒　[歴]大学在学中に書いたシナリオが認められ、卒業後日本テレビの火曜サスペンス劇場で、シナリオライターデビュー。主な作品に、「はぐれ刑事純情派」、火曜ミステリー劇場「花嫁は容疑者」、火曜サスペンス劇場「陰膳」のほか、16ミリ文化映画「明日へのステップ」などがある。

斎藤 弔花　さいとう・ちょうか

新聞記者　小説家　随筆家　[生]明治10年2月8日　[没]昭和25年5月3日　[出]大阪府高槻市　本名＝斎藤謙蔵　[学]京都中学退学　[歴]金港堂、神戸新聞で記者などをし、明治42年神戸新聞社を退社。のち東京日日、関西日報などの記者をする。昭和17年「独歩と武蔵野」を刊行するなど、多くの著書がある。

斎藤 利雄　さいとう・としお

小説家　[生]明治36年12月30日　[没]昭和44年8月16日　[出]福島県伊達郡西飯野村　[学]小学校中退　[歴]小学校を中退し雑役夫などをしながら川端画学校に入る。大正11年メーデーに参加。12年検挙される。13年「文芸戦線」の美術部に入り、挿絵などを描く。昭和7年プロレタリア作家同盟同人となり、書記として働く。戦後は農民文学作家として活躍し、25年「橋のある風景」を刊行した。また、23年明治村共産党村会議員(2期)、同年阿武隈川漁業組合飯野支部長(終生)、43年飯野町町史編纂委員なども務める。　[団]新日本文学会福島支部

斎藤 豊吉　さいとう・とよきち

劇作家　[生]明治36年1月13日　[没]昭和51年12月24日　[出]東京　芸名(俳優)＝田川淳吉　[学]正則予備校中退　[歴]大正10年俳優として舞台協会に入る。昭和3年岡田嘉子一座に入り、本名で劇作家として活躍。5年劇団プペ・ダンサントを結成するが、8年解散。のち新宿のムーランルージュ文芸部長として活躍。戦後は、ラジオドラマや草創期のテレビドラマの脚本を執筆した。代表作に「煉瓦のかげ」「日真名氏飛び出す」など。　[家]妻＝外崎恵美子(新国劇女優)

斉藤 直子　さいとう・なおこ

小説家　[生]昭和41年　[出]新潟県長岡市　[学]立教大学文学部心理学科卒　[賞]日本ファンタジーノベル大賞(優秀賞，第12回)(平成12年)「仮想の騎士」　[歴]少女時代からの物語好きが高じ、東京都内の研究機関で非常勤職員として働きながら、小説を執筆。平成12年「仮想の騎士」で日本ファンタジーノベル大賞優秀賞を受賞。

西東 登　さいとう・のぼる

推理作家　[生]大正6年5月18日　[没]昭和55年11月1日　[出]東京・下谷　本名＝斎藤五郎(さいとう・ごろう)　[学]善隣高商卒、北京大学研究科修了　[賞]江戸川乱歩賞(第10回)(昭和39年)「蟻の木の下で」　[歴]昭和18年早登至名義で動物小説を発表。戦中は中国、南方と転戦。戦後はキネマ旬報記者やPR映画の製作に従事。その後、本格的なミステリー作家となり、39年に「蟻の木の下で」で第10回江戸川乱歩賞を受賞した。作品に「轍の下」「一匹の小さな虫」など。

斎藤 肇　さいとう・はじめ

作家　[生]昭和35年　[出]群馬県　[学]群馬大学情報工学科卒　[賞]星新一ショートショートコンテスト優秀賞　[歴]コンピュータメーカーで、フィールドSEとして4年間勤務の後退職、執筆活動に入る。昭和63年「思い通りにエンドマーク」で作家デビュー。ショートショートのほか、ミス

テリー、ファンタジーを手がける。著書に「魔法物語」「リクラノーム—水の都」他。

斎藤 晴輝　さいとう・はるてる

児童文学作家　[生]昭和10年2月27日　[出]東京・小石川　[学]早稲田大学文学部国文学科卒　[歴]山川出版社編集部、国際情報社で子ども雑誌の編集長を経て、広告会社製作局に勤務。かたわら、ミステリ、SF、児童文学などの創作活動をつづけ、昭和46年児童文学の初作「あゆの子アッポ」が講談社児童文学新人賞佳作に入選。ほかに「天まであがれ」「シラサギの森」「なぞなぞ・ことわざの本」「遠隔催眠術」などの著書がある。　[団]日本児童文学者協会(評議員)

斎藤 久志　さいとう・ひさし

映画監督　脚本家　[生]昭和34年10月5日　[出]東京都保谷市　[学]大阪芸術大学映像計画学科(昭和58年)中退　[賞]ぴあフィルム・フェスティバル入選(昭和60年)「うしろあたま」　[歴]高校在学中より8ミリ映画を撮る。昭和59年長編「うしろあたま」がPFF'85に入選、PFFスカラシップに選ばれ、16ミリ「はいかぶり姫物語」(61年・ぴあ)を製作。平成4年フジテレビ「最後のドライヴ」で脚本家としてデビュー。10年「フレンチドレッシング」で劇場用映画デビュー。他のシナリオ作品に映画「湾岸バッド・ボーイ・ブルー」「夢魔」「MIDORI」、監督作品に「サンデイドライブ」がある。

斎藤 博　さいとう・ひろし

シナリオライター　[生]昭和26年8月17日　[没]平成6年4月24日　[出]香川県　[学]東京都立大附属高卒　[賞]ヨコハマ映画祭脚本賞(昭62年度, 平1年度)「本場ぢょしこうマニュアル」「Aサインデイズ」、年間代表シナリオ(平1年度)「Aサインデイズ」、くまもと映画祭脚本賞(第9回)、シナリオ功労賞(第22回)(平成10年)　[歴]昭和45年足立正生監督の「噴出祈願」に出演。若松プロの助監督から、48年フリーの助監督となる。57年「女教師狩り」でシナリオライターとしてデビュー。ほかの主な作品に映画「セーラー服百合族」「指を濡らす女」「不純な関係」「Let's豪徳寺」「Aサインデイズ」「ボクの女に手を出すな」「さわこの恋」「乳房」、テレビ「桃尻娘」シリーズ、「離婚しない女」「恋物語」(TBS)「罪人なる我等のために」「飛ぶ男 堕ちる女」(NTV)。

斉藤 洋　さいとう・ひろし

児童文学作家　亜細亜大学教養部助教授　[専]ドイツ文学　[生]昭和27年　[出]東京都江戸川区小岩　[学]中央大学大学院文学研究科独文学専攻博士課程修了　[賞]講談社児童文学新人賞(第27回)(昭和61年)「ルドルフとイッパイアッテナ」、野間児童文芸賞(新人賞, 第26回)(昭和63年)「ルドルフともだちひとりだち」、路傍の石文学賞(幼少年文学賞, 第13回)(平成3年)、うつのみやこども賞(平成4年)「テーオバルトの騎士道入門」　[歴]亜細亜大学講師を経て、助教授。傍ら童話作家としても活躍し、代表作に「ルドルフとイッパイアッテナ」「ルドルフともだちひとりだち」「ドルオーテはつかねずみは異星人」「どうぶつえんのいっしゅうかん」「サマー・オブ・パールス」「ドルオーテ」「テーオバルトの騎士道入門」ほか。　[団]日本独文学会

斉藤 ひろし　さいとう・ひろし

シナリオライター　小説家　[生]昭和34年1月22日　[出]東京都　本名＝斉藤宏　[学]青山学院大学経営学部卒　[歴]学生時代から映画に傾倒し、昭和60年ディレクターズ・カンパニーのシナリオ募集で「シドニイ」が佳作入選。シナリオ作品に映画「遊びの時間は終らない」「国会へ行こう！」「シークレットワルツ」「シャ乱Qの演歌の花道」「SF サムライ フィクション」「秘密」、著書に「とられてたまるか!?-ヘヴンズ・ゲイトの戦い」など。

斎藤 史　さいとう・ふみ

歌人　「原型」主宰　[専]短歌　随筆　[生]明治42年2月14日　[没]平成14年4月26日　[出]東京　[学]小倉高女(大正14年)卒　[資]日本芸術院会員(平成5年)　[賞]日本歌人クラブ推薦歌集(昭和30年)「うたのゆくへ」、長野県文化功労賞(昭和35年)、迢空賞(第11回)(昭和52年)「ひたくれなゐ」、読売文学賞(詩歌俳句賞)(昭和61年)「渉りかゆかむ」、詩歌文学館賞(第9回)(平成6年)「秋天瑠璃」、斎藤茂吉短歌文学賞(第5回)(平成6年)「秋天瑠璃」、現代短歌大賞(第20回)(平成9年)「斎藤史全歌集」、勲三等瑞宝章(平成9年)、紫式部文学賞(第8回)(平成10年)「斎藤史全歌集1928-1993」　[歴]2.26事件に連座した陸軍少将で歌人の斎藤瀏の長女として東京に生まれ、父の任地の北海道・旭川、津、熊本などを転々とする。大正末から作歌を始め、歌誌「心の花」「短歌作品」「短歌人」などに発表。昭和15年五島美代子、佐藤佐太郎、前川佐美雄らとの合同歌集「新風十人」に参加。同年、11年に起きた2.26事件の影響が色濃い第1歌集「魚歌」で注目を集めた。戦後は疎開先の長野県に落ち着き、「うたのゆくへ」「密閉部落」などを次々と発表。37年から「原型」を主宰。生活苦や介護といった日常を詠む実験的な異色の作風で現代歌壇を先導した。52年「ひたくれなゐ」で迢空賞、61年「渉りかゆかむ」で読売文学賞を受賞。平成5年女流歌人として初の日本芸術院会員となり、9年の歌会始の儀では召人

として皇居に招かれるなど戦後を代表する女性歌人として知られた。他の歌集に「魚類」「秋天瑠璃」「風飜翻」、小説に「過ぎて行く歌」、対談集「ひたくれなゐに生きて」、「斎藤史全歌集」(大和書房)など多数。 ㉑日本歌人クラブ、現代歌人協会、日本文芸家協会 ㉜父＝斎藤瀏(陸軍少将・歌人)、長男＝斎藤宣彦(聖マリアンナ医科大学教授)

斎藤 史子　さいとう・ふみこ

大阪女性文芸賞を受賞　㉓昭和7年11月6日 ㉔宮城県仙台市　本名＝松長昌子　㉕東北大学文学部卒　㉖大阪女性文芸賞(第7回)(平成1年)「落日」　㉗学生時代から小説に興味を持ち、卒業後に書いた短編が河北新報懸賞小説に当選。その後は同人誌に作品を発表。結婚後、和歌山市に転居。主婦生活のかたわら俳句、エッセイなどの創作を続け、50歳頃再び小説を書き始めた。大阪市の同人誌「奇蹟」「とぽす」に入会。大学非常勤講師でもある。

斎藤 冬海　さいとう・ふゆみ

小説家　㉓昭和32年　㉔福島県会津若松市 ㉗短歌研究社の展転社等の編集部勤務を経て、平成元年北海道芦別市に移住し、正信寺住職で、俳人の西川徹郎と結婚。寺での法務の傍ら、小説、評論を中心に活動。作品に「斎藤冬海短編集」など。「柊・冬海ノート」の発行人。 ㉜夫＝西川徹郎(俳人)

斎藤 澪　さいとう・みお

推理作家　㉓昭和19年11月17日　㉔東京都 本名＝斎藤純子　㉕国学院大学文学部国文科卒 ㉖横溝正史賞(第1回)(昭和56年)「この子の七つのお祝いに」　㉗料理雑誌「マイクック」編集部を経て、広告代理店「サン・アド」に勤務し、PR誌の編集に携わりながら、推理小説を書き始める。昭和56年「この子の七つのお祝いに」で第1回横溝正史賞を受賞後退社し、作家活動に入る。ほかに「冬かもめ心中」「花のもとにて」など。　㉑日本文芸家協会、日本推理作家協会、日本ペンクラブ

斎藤 洋大　さいとう・ようだい

「亜州新報」編集長　元・気象庁名古屋航空測候所技術専門官　㉓昭和28年　本名＝斎藤勝 ㉔岐阜大学中退　㉖潮賞(第8回・小説部門)(平成1年)「水底の家」　㉗様々なアルバイトを経て昭和52年気象庁名古屋航空測候所の技術専門官となり、62年より小説を書き始める。平成5年文学活動を通じて知り合った仲間と共に日中両国語の月刊誌「亜州新報」を創刊、編集長を務める。

斎藤 尚子　さいとう・よしこ

児童文学作家　㉓大正5年2月25日　㉔中国・青島　本名＝野上尚子　㉕日本女子大学家政学部中退　㉖産経児童出版文化賞(第48回)(平成13年)「こいぬのジョリーとあそぼう」　㉗著書に「しほちゃんねつだした」「ソウルの青い空」「とっちゃん」「こいぬのジョリーとあそぼう」など。　㉑日本児童文学者協会

斎藤 吉見　さいとう・よしみ

小説家　新建新聞社参与　㉓昭和9年10月2日 ㉔長野県　㉕早稲田大学文学部フランス文学科卒　㉖日経経済小説賞佳作入選(第1回)(昭和54年)「倒産」　㉗サラリーマン生活のかたわら小説を書き、昭和54年「倒産」が第1回日経経済小説賞に佳作入選し、出版された。以後、書下ろしの経済小説を発表。著書に「乱脈銀行」「証券濁流」「迷走鉄骨」「略奪受注」「同族追放」「頭取指令」「武田信玄」「茜色の辞書」「日米特許侵害」など。　㉑日本文芸家協会、大衆文学研究会

斎藤 隆介　さいとう・りゅうすけ

児童文学作家　㉓大正6年1月25日　㉘昭和60年10月30日　㉔東京都渋谷区青山　本名＝斎藤隆勝(さいとう・たかかつ)　別名＝佐井東隆(さいとう・たかし)、大槻大介(おおつき・だいすけ) ㉕明治大学文学部文芸科(昭和3年)卒　㉖小学館文学賞(第17回)(昭和43年)「ベロ出しチョンマ」、サンケイ児童出版文化賞(第18回)(昭和46年)「ちょうちん屋のままっ子」、日本児童文学者協会賞(第18回)(昭和53年)「天の赤馬」 ㉗北海道新聞記者を経て、昭和20年7月秋田へ疎開し、秋田魁新聞社会部デスクとして入社。33年秋田より帰京、新制作座の演出などに携わる。一方、少年時代より作家を志し、映画や放送の台本を執筆したのち、25年に初めて斎藤隆介の筆名で短編「八郎」を発表。38〜43年日教組機関誌「教育新聞」に短編童話を連載。43年民衆のヒューマニズムを描いた処女童話集「ベロ出しチョンマ」が第17回小学館文学賞を受賞。以後、「立ってみなさい」「ゆき」「ちょうちん屋のままっ子」「天の赤馬」など優れた童話を次々に発表。ほかに、画家・滝平二郎とのコンビによる絵本「花さき山」「モチモチの木」、ノンフィクション「職人衆昔ばなし」「続職人衆昔ばなし」、「斎藤隆介全集」(全12巻，岩崎書店)などがある。 ㉑日本児童文学者協会

斎藤 龍太郎　さいとう・りゅうたろう
編集者　小説家　評論家　[生]明治29年4月24日　[没]昭和45年7月8日　[出]栃木県宇都宮市大寛町　[学]早稲田大学西洋哲学科(大正10年)卒　[歴]「蜘蛛」同人を経て、大正12年「文芸春秋」編集同人となり「テリヤ」などを発表。のち文芸春秋社員となり、昭和15年編集局長、18年専務取締役となった。他に日本編集者協会会長を務めた。著書に「ニイチェ哲学の本質」「ニイチェ論攷」などがある。

斎藤 了一　さいとう・りょういち
児童文学作家　[生]大正10年1月1日　[出]旧樺太　[学]海軍経理学校卒　[興]幕末から明治維新　[歴]日本童話会、同人誌「トナカイ村」などに参加。昭和34年アイヌの勇壮な生き方を描いた「荒野の魂」を刊行。ほかに短編集「土の花」「ぼくはおとなに」「源じいさんと竹とんぼ」などがある。　[団]日本児童文学者協会

斎藤 良輔　さいとう・りょうすけ
シナリオライター　[生]明治43年10月25日　[出]群馬県　本名＝斎藤良之助　[学]水戸高(旧制)中退　[賞]年間代表シナリオ(昭24〜28年，32年度)　[歴]松竹蒲田脚本研究所を経て、同社脚本部に入社。昭和8年「僕の丸髷」(成瀬己喜男監督)でデビュー。戦時中は軍の嘱託で、小津安二郎とともにインド独立の映画を作るためにシンガポール、ペナンなどに滞在。松竹蒲田時代から大船全盛期まで一貫して松竹のドル箱ライターとして活躍。のちフリー。主な作品に「象を食った連中」「シミキンのオオ市民諸君」「花の素顔」「てんやわんや」「自由学校」「本日休診」「やっさもっさ」「正義派」「二人だけの砦」「つゆのあとさき」など多数。　[団]日本シナリオ作家協会

斎藤 緑雨　さいとう・りょくう
小説家　評論家　随筆家　[生]慶応3年12月31日(1868年)　[没]明治37年4月13日　[出]伊勢国神戸(現・三重県鈴鹿市)　本名＝斎藤賢(さとう・まさる)　別号＝正直正太夫、江東みどり、真猿、緑雨酔客、登仙坊　[学]明治法律学校中退　[歴]神戸藩(現・鈴鹿市)典医の長男に生まれ、8歳の時一家で上京。明治17年「今日新聞」の編集に携わり仮名垣魯文に認められ、18年「自由之燈」記者となる。17年「初夏述懐」を発表し、19年初めて小説「善悪(ふたおもて)押絵羽子板」を発表。22年正直正太夫の名で「小説八宗」を著し、批評家デビュー。以後小説、評論の面で幅広く活躍。29年森鴎外・幸田露伴と合評「三人冗語」を開始、30年代には「おぼえ帳」などの随筆や「眼前口頭」などのアフォリズムに新しい作風をもたらした。37年自作の死亡広告「僕本月本日を以て目出度死去仕候間比段広告仕候也」を残して死去。「あま蛙」「かくれんぼ」「油地獄」「門三味線」などの作品がある。「斎藤緑雨全集」(全8巻，筑摩書房)が刊行されている。平成4年斎藤緑雨文学賞が創設された。　[家]父＝斎藤利光(神戸藩典医)

斎藤 憐　さいとう・れん
劇作家　演出家　ノンフィクション作家　[生]昭和15年12月25日　[出]旧朝鮮・平壌　本名＝安彦憐(あびこ・れん)　[学]早稲田大学文学部露文科(昭和37年)中退、俳優座養成所(第15期生)(昭和41年)卒　[賞]岸田国士戯曲賞(第24回)(昭和54年)「上海バンスキング」、菊田一夫演劇賞(第22回)(平成9年)「明治の雪」「女優」　[歴]昭和41年吉田日出子、串田和美らと劇団・自由劇場を結成、脚本を担当し話題作「赤目」「トラストD・E」を発表。45年退団してフリーとなる。54年1月「上海バンスキング」が自由劇場で初演、同年末第14回紀伊国屋演劇賞団体賞、第24回岸田国士戯曲賞を受賞。同作品は以後幾度も再演される大ヒットとなり、63年には映画化もされた。そのテーマにははぐれ者、滅びゆく者への温かい眼差しが一貫している。他の作品に「クスコ」「海光」(オペラ)「明治の雪」「女優」「恋ひ歌〜白蓮と龍介」、著書に「昭和のバンスキングたち」「幻の劇場 アーニー・パイル」などがある。　[団]日本劇作家協会(理事)　[家]妻＝安彦道代(編集者・元偕成社勤務)

佐浦 文香　さうら・あやか
小説新潮長篇新人賞を受賞　[生]昭和54年　[出]岩手県盛岡市　本名＝上滝綾(うえたき・あや)　[学]盛岡第二高　[賞]小説新潮長篇新人賞(第3回)(平成9年)「手紙」　[歴]小学5年から小説を執筆。英国南東部を舞台にした書簡形式の小説「手紙」など10作以上の作品がある。盛岡第二高2年。

佐江 衆一　さえ・しゅういち
小説家　神奈川文学振興会理事　[生]昭和9年1月19日　[出]東京・浅草　本名＝柿沼利招(かきぬま・としあき)　[学]栃木高卒、文化学院(昭和39年)卒　[興]現代の家族、足尾鉱毒事件　[賞]新潮社同人雑誌賞(昭和35年)「背」、新田次郎文学賞(第9回)(平成2年)「北の海明け」、Bunkamuraドゥマゴ文学賞(第5回)(平成7年)「黄落」、中山義秀賞(第4回)(平成8年)「江戸職人綺譚」　[歴]丸善、ナショナル宣伝研究所を経て、昭和35年「文芸首都」に「背」を発表。「繭」「すばらしい空」など5回芥川賞候補となる。46年「太陽よ、怒りを照らせ」の頃から社会問題に関心を寄せ、48年シージャック事件を扱った「闇の向うへ跳ぶ者」で注目を集める。58年には横浜市内で起きた中学生による浮浪者襲撃事件を追って寿町ドヤ街に住み込み、「横浜スト

リートライフ」を書きあげた。近年は時代小説に進出、「からたちの記」「江戸は廻灯籠」などがある。他の著作に「洪水を歩む田中正造の現在」「猫族の結婚」「闇の向こうへ跳ぶ者は」「遙か戦火を離れて」「浅草迷宮事件」「老熟家族」「リンゴの唄、僕らの出発」「北の海明け」「黄落(こうらく)」など。61年古武道の新派「円流」を創るなど、武道に詳しい。 [団]日本文芸家協会、日本ペンクラブ

佐伯 一麦　さえき・かずみ

作家　[生]昭和34年7月21日　[出]宮城県仙台市　本名=佐伯亨　[学]仙台一高中退　[賞]海燕新人文学賞(第3回)(昭和59年)「木を接ぐ」、野間文芸新人賞(第12回)(平成2年)「ショート・サーキット」、三島由紀夫賞(第4回)(平成3年)「ア・ルース・ボーイ」、木山捷平文学賞(第1回)(平成9年)「遠き山に日は落ちて」、宮城県芸術選奨(平8年度)(平成9年)　[歴]週刊誌記者などを経て、電気工に。かたわら執筆活動を続け、昭和59年「木を接ぐ」で海燕新人文学賞受賞。63年「端午」が第99回、平成2年「ショート・サーキット」が第103回芥川賞の候補となる。他の作品に「プレーリー・ドッグの街」「ア・ルース・ボーイ」「木の一族」「遠き山に日は落ちて」「雛の棲家」、エッセイ集に「蜘蛛の巣アンテナ」など。9年「ア・ルース・ボーイ」が映画化される。同年8月から1年間ノルウェーに滞在した。 [団]日本文芸家協会

佐伯 けい　さえき・けい

シナリオライター　[生]昭和24年　[出]神奈川県横浜市　[学]明治大学法学部卒　[賞]シナリオを募ります佳作入選(昭和60年)、創作ラジオドラマ脚本懸賞募集佳作入選(昭和61年)「傷あと」 [歴]シナリオセンター受講後、放送作家教室49期西条道彦クラスに在籍。第2回ATG脚本賞で最終選考に残る。昭和60年「シナリオを募ります」佳作入選。61年「傷あと」で創作ラジオドラマ脚本懸賞募集佳作入選。

佐伯 スミエ　さえき・すみえ

作家　ホノルル日系婦人会会長　[国]米国　[生]大正4年　[出]ハワイ　[学]ハワイ大学教育学部卒、コロンビア大学教育学部卒　教育学博士(昭和40年)　[歴]広島市出身の両親を持つ日系2世。18歳で結婚し主婦業に徹していたが、実姉の病死が転機となり復学。ハワイ大卒業後、4年間マッキンレー高校などで教鞭をとり、その後再び大学に戻って、ウィスコンシン大学とコロンビア大学教育学部に学んだ。のちハワイ大学などの教職を経て、ハワイ州教育省行政官を最後に退職。ホノルル日系婦人会会長を務める。かたわら小説家、エッセイストとして活躍。著書に「サチエ―ハワイの生んだ娘」「頑張れ」「ハワイの女」など。

佐伯 千秋　さえき・ちあき

児童文学者　[生]大正14年12月6日　[出]広島県広島市西大工町　本名=薦田千賀子(こもだ・ちかこ)　[学]広島県立第一高女卒、日本女子大学中退　[賞]小学館文学賞(第8回)(昭和34年)「燃えよ黄の花」　[歴]昭和29年頃から少女小説を発表。のちジュニア小説、青春小説の分野でも活躍し、34年「燃えよ黄の花」で小学館文学賞を受賞。主な作品に「潮風を待つ少女」「心に青き砂漠あり」などがある。　[団]日本児童文芸家協会

佐伯 俊道　さえき・としみち

シナリオライター　[生]昭和24年3月8日　[出]東京都　[学]学習院大学文学部哲学科中退　[歴]幼年時代をウィーンで暮らす。初等科から大学院まで学習院で学び、大学時代は映画研究会に所属。東京ムービー、東映助監督を経てシナリオライターになる。昭和56年映画「太陽のきずあと」でデビュー、にっかつを経て、テレビ界へ進む。主な映画作品に「連続殺人鬼・冷血」「悪魔の部屋」「美少女プロレス」「イヴちゃんの姫」「湯殿山麓呪い村」「パイレーツによろしく」など。テレビは2時間ドラマを中心に数多く手がけ、主なものに「ポニーテールはふり向かない」「おじさん改造講座」「美空ひばり物語」「終戦記念スペシャル・白旗の少女」(TBS)などがある。

佐伯 洋　さえき・ひろし

高校教師　作詞家　詩人　劇作家　[生]昭和18年　[出]岡山県牛窓　[学]香川大学卒　[賞]赤旗文化評論文学賞詩部門入賞(昭和48年)、青年劇場劇曲募集土方与志記念賞(昭和61年)、三木露風あたらしい童謡賞(昭和62年)　[歴]大阪府立高校の教師を務めながら合唱組曲「光れ 中学生」を作詞。〈中学生への愛〉をテーマに、生徒、教師、親の思いを3部作に書きあげた。13編の合唱組曲、100を超える作品を創作。戯曲「看護婦のおやじがんばる」は東京芸術座全国公演作品となる。現代詩誌「流域」同人で、詩集に「象の青い目」「よく似た日々のくりかえしだけれど」などがある。古典落語を愛好、生活つづり方運動や詩のサークルでも活躍。他の著書に「作詞法入門」「ことばに翼があったなら」など。

佐伯 泰英　さえき・やすひで

小説家　写真家　[専]スペイン文化　[生]昭和17年2月14日　[出]福岡県北九州市八幡西区折尾　[学]日本大学芸術学部映画学科(昭和41年)卒　[興]絵画、画家、日本のフラメンコ　[賞]プレイボーイドキュメントファイル大賞(第1回)(昭和57

年)「闘牛士エル・コンドベス1969年の叛乱」 ㊧フリーで映画、テレビコマーシャルフィルム制作に従事。昭和46年スペインへ移住し、4年間余り滞在。この間後半の2年間は闘牛士をカメラで追う生活を送り、"闘牛のカメラマン"として認められるとともに、57年その体験を書いた「闘牛士エル・コンドベス1969年の叛乱」でプレイボーイドキュメントファイル大賞を受賞してノンフィクション作家としてもスタート。61年「殺戮の夏コンドルは翔ぶ」で小説家デビュー。63年小説「復讐の秋 パンパ燃ゆ」を執筆。平成11年初の時代小説〈密命シリーズ〉を発表。他の著書に「闘牛」「角よ故国へ沈め」「アルハンブラ光の迷宮風の回廊」「狂気に生き」「ピカソ、青の時代の殺人」「ゲルニカに死す」「闘牛はなぜ殺されるか」「瑠璃の寺」「異風者」など。 ㊐日本文芸家協会、冒険作家クラブ、日本推理作家協会

冴桐 由　さえぎり・ゆう

小説家 ㊓昭和45年 ㊥千葉県四街道市 本名＝竹下正哲 ㊫北海道大学卒、北海道大学大学院農学研究科博士課程 ㊮太宰治賞(第15回)(平成11年)「最後の歌を越えて」 ㊧平成2年北海道大学に入学した頃、他人との見方の違いや議論がかみ合わない自分に気づき、作家を志す。同大大学院修士課程修了後、青年海外協力隊員としてエチオピアに渡った時アフリカ文化に触発され、一時帰国後、アフリカで半年間放浪生活を送る。その間執筆した長編小説「最後の歌を越えて」(のち「最後の歌」と改題)が11年21年ぶりに復活した第15回太宰治賞を受賞。10年から同大大学院農学研究科博士課程に在籍。

三枝 和子　さえぐさ・かずこ

小説家 ㊓昭和4年3月31日 ㊥兵庫県神戸市 ㊫関西学院大学文学部哲学科(昭和25年)卒、関西学院大学大学院中退 ㊙女性とその言語発想について ㊮田村俊子賞(第10回)(昭和44年)「処刑が行なわれている」、泉鏡花文学賞(第11回)(昭和58年)「鬼どもの夜は深い」、紫式部文学賞(第10回)(平成12年)「薬子の京」 ㊧神戸などで13年間中学教師のあと作家生活。「葬送の朝」「その日の始まりは雨」で注目され、昭和44年作品集「処刑が行なわれている」で田村俊子賞、58年「鬼どもの夜は深い」で泉鏡花文学賞を受賞。現実と超現実の交錯する前衛的な文学を追求している。他の代表作に「物語の消滅」「八月の修羅」「鏡の中の闇」「乱反射」「月の飛ぶ村」「野守の鏡」「思いがけず風の蝶」「薬子の京」や三部作「その日の夏」「その冬の死」「その夜の終りに」、評論「男たちのギリシア悲劇」「恋愛小説の陥穽」など。 ㊐日本文芸家協会、日本ペンクラブ(理事) ㊎夫＝森川達也(文芸評論家・住職)

さえぐさ ひろこ

童話作家 ㊓昭和29年 ㊥大阪府大阪市 ㊫同志社大学文学部英文学科卒 ㊮宝塚ファミリーランド童話コンクール特賞・日本アンデルセン協会賞(第6回)(昭和63年)、ニッサン童話と絵本のグランプリ(童話大賞，第11回)(平成7年)「モンジュイックのふくろう」 ㊧作品に「モンジュイックのふくろう」がある。

三枝 零一　さえぐさ・れいいち

小説家 ㊓昭和52年 ㊥兵庫県 ㊮電撃ゲーム小説大賞(銀賞)「ウィザーズ・ブレイン」(平成13年) ㊧大阪の大学院で物理学を専攻する傍ら、小説を執筆。処女作「ウィザーズ・ブレイン」で第7回電撃ゲーム小説大賞銀賞を受賞。

早乙女 勝元　さおとめ・かつもと

作家 ㊕現代史と平和の問題 ㊓昭和7年3月26日 ㊥東京都足立区 ㊫小学校高等科卒 ㊙東京大空襲、ベトナム戦争 ㊧12歳の時東京大空襲を経験。その後、下町の工場労働者となり、18歳で「下町の故郷」を発表。昭和31年「ハモニカ工場」を発表後は作家生活に専念。46年にルポルタージュ「東京大空襲」がベストセラーとなり、JCJ賞受賞。"空襲を記録する会"を結成し、戦争反対と民主主義擁護を訴える作品を書き続ける。「東京大空襲・戦災誌」(全5巻)、「日本の空襲」(全10巻)の編集にも尽力した。12年東京大空襲の資料を展示する"平和のための戦争・戦災資料センター"建設のための募金運動を行う。代表作に「火の瞳」「炎のあとに君よ」「わが街角」(全5巻)「ベトナムに春近く」「戦争と青春」などがあり、作品集に「早乙女勝元自選集」(全12巻，草の根出版社)がある。 ㊐日本文芸家協会、東京空襲を記録する会、下町文化の会 ㊎長男＝早乙女輝(映画「ダウンタウンヒーローズ」主演)

早乙女 朋子　さおとめ・ともこ

小説家 ㊓昭和40年12月13日 ㊥神奈川県横浜市 ㊫日本映画学校(昭和61年)卒 ㊮小説すばる新人賞(第8回)(平成7年)「バーバーの肖像」 ㊧9～13歳児童劇団に入りテレビドラマなどに出演。高校時代には新日本文学主催の文学学校に通った。昭和61年映画学校を卒業してにっかつに入社。平成元年からはフリーで映画宣伝業に携わる。7年初めて書いた小説「バーバーの肖像」で第8回小説すばる新人賞を受賞。他の著書に「子役白書」がある。夫はスポーツ紙記者。

早乙女 貢　さおとめ・みつぐ
作家　㊫日本歴史　近世史(特に明治維新)　㊐大正15年1月1日　㊥福島県会津若松　本名＝鐘ケ江秀吉　㊫慶応義塾大学文学部中退　㊮民族問題　㊫直木賞(第60回・昭43年度)「僑人の檻」、吉川英治文学賞(第23回)(平成1年)「会津士魂」　㊫会津藩士を曽祖父に持つ。同人誌「小説会議」に参加し、野心的作品を発表する。昭和43年にマリア・ルーズ号事件を扱った歴史小説「僑人の檻」で第60回直木賞を受賞。以後、実力派の歴史小説作家として、幅広い領域で活躍。また46年から月刊誌「歴史読本」に大河歴史小説「会津士魂」を31年間に渡り連載し、平成13年完結した。主に戦国期から幕末をテーマにした作品を得意とする。数少ない山本周五郎門下生の一人。他の代表作に「権謀」「血槍三代」「おけい」「沖田総司」「残映」「奇兵隊の叛乱」「北条早雲」「独眼龍政宗」「由比正雪」「会津士魂」(正・続21巻)、画文集「会津の侍」「ヨーロッパの午後」などがある。㊫日本ペンクラブ(理事)、日本文芸家協会(理事)、日本文芸著作権保護同盟(理事)

佐賀 潜　さが・せん
小説家　弁護士　㊐明治42年3月21日　㊚昭和45年8月31日　㊥東京　本名＝松下幸徳(まつした・ゆきのり)　㊫中央大学法学部卒　㊫江戸川乱歩賞(第8回)(昭和37年)「華やかな死体」　㊫昭和15年検事となり、福岡、千葉、東京などの地検検事を務め、21年弁護士を開業、森脇将光事件などを手掛ける。かたわら推理小説を記し、35年「ある疑惑」を刊行、37年「華やかな死体」で江戸川乱歩賞を受賞。推理小説としての事件小説、歴史小説、捕物帳を記し、「黒の記憶」「特捜圏外」「恐喝」「黒幕」「総理大臣秘書」などの作品がある。また「民法入門」「商法入門」などの法律入門書も記し、テレビタレントとしても活躍した。㊫弟＝松下紀久雄(漫画家)

酒井 明　さかい・あきら
文筆家　㊐昭和9年　㊥北海道浦河郡浦河町　㊫夕張北高定時制(昭和30年)卒　㊫新風舎出版賞(優秀賞，第5回)(平成10年)「遙かなり、地層」　㊫昭和27年北海道炭鉱夕張鉱業所第一鉱坑員。労組文学サークル誌「群鴉(ぐんあ)」に所属して創作活動に参加。43年退社、札幌で印刷業を始める。著書に「青い塑像」「続青い塑像」「報国のとき一炭山物語」がある。平成10年出版社の懸賞小説で「遙かなり、地層」が優秀賞を受賞。

酒井 朝彦　さかい・あさひこ
児童文学者　㊐明治27年10月1日　㊚昭和44年5月25日　㊥岐阜県中津川町(本籍)　本名＝酒井源一　㊫早稲田大学英文科(大正9年)卒　㊫大正9年「象徴」を創刊し「毛糸」を発表。10年研究社に入り「女学生」「中学生」を編集。11年「七つの地蔵の由来」を発表し、以後児童文学作家として活躍。昭和3年「童話文学」を創刊し「月夜をゆく川水」「雪夜の子馬」などを発表。10年「児童文学」を創刊し「ことこと虫」などを発表。作品集に「手のなかの虫」「山国の子ども」などがある。36年児童文学者協会会長。㊫児童文学者協会

酒井 嘉七　さかい・かしち
推理作家　㊚昭和22年　㊫外国貿易会社に勤務。昭和9年「亜米利加発第一信」で懸賞入選。作品に「空から消えた男」「ながうた勧進帳」、短編集「探偵十三号」がある。

酒井 一至　さかい・かずゆき
劇作家　演出家　秀芸塾塾長　竹楽歩主宰者　㊐昭和19年　㊥高知県高岡郡窪川町　㊫デザイン業を営む傍ら、映画監督で脚本家の松山善三に師事。のち劇団竹楽歩主宰。舞台「気がつけば芸人の女房」「夫婦」「兄弟」「野口雨情」「日々平安」「嘘と真実の間」「ごんぎつね」「いじめ」「坊っちゃんの孫」「坊ちゃん」「月光仮面殺人事件」「さんだらぼっち」「夢花火」「迷い橋」「パンドラの箱」「夢のまた夢」「バックステージパス」「すべての人の心に花を」「あに、おとうと」などの作・演出を手掛ける。新作落語、新作講談にも取り組む。境町文化協会理事、東北メモリアル代表取締役。著書に小説「雪柳」がある。㊫日本劇作家協会

酒井 俊　さかい・しゅん
劇作家　演出家　㊚昭和57年8月30日　本名＝吉田俊男　㊫戦前から浅草喜劇の世界に入り「デン助劇団」の専属作家兼演出家として活躍、「石井均一座」を創設した。著書に「浅草あれこれ話」。

坂井 真弥　さかい・しんや
東京大学出版会編集総務部長　㊐昭和9年　㊥愛知県名古屋市　筆名＝本田元弥　㊫京都大学仏文科卒　㊫文芸賞(昭和46年)「家のなか・なかの家」　㊫昭和38年東京大学出版会に入会。46年本田元弥の筆名で書いた「家のなか・なかの家」で文芸賞を受賞。63年自らの疎開体験をもとにした「疎開記—子供のとき戦争があった」を出版。

堺 誠一郎　さかい・せいいちろう

小説家　編集者　[生]明治38年9月11日　[没]平成5年6月3日　[出]長崎県　別名＝阿部正　[学]早稲田大学文学部仏文科中退　[賞]池谷信三郎賞(第9回)(昭和17年)「曠野の記録」　[歴]中央公論社に勤務し「中央公論」「婦人公論」の編集に携わり、のち出版部長を務める。昭和17年「曠野の記録」を刊行し、池谷信三郎賞を受賞。戦後は世界評論社を経て、30年から日本文芸家協会に勤務、31年書記局長をつとめた。ほかの著書に「キナバルの民」「三好十郎の仕事」(編)などがある。

酒井 忠博　さかい・ただひろ

文筆家　[生]昭和18年　[出]茨城県日立市　[賞]文芸ひたち賞(第1回)(昭和48年)　[歴]昭和48年「文芸生活」同人(平成元年終刊)。59年「関西文学」同人に推薦される。著書に「抛物線」がある。

堺 利彦　さかい・としひこ

社会主義者　ジャーナリスト　評論家　小説家　[生]明治3年11月25日　[没]昭和8年1月23日　[出]豊前国仲津郡豊津村(現・福岡県京都郡豊津町)　号＝堺枯川(さかい・こせん)、筆名＝貝塚渋六　[学]一高(明治21年)中退　[歴]豊津藩士族の子として生まれる。一高中退後、小学校教師、新聞記者などを経て、明治32年万朝報社に入社。35年社会主義協会に参加。日露戦争の開戦前夜、幸徳秋水、内村鑑三らと共に「万朝報」に非戦論を展開。36年同社退社後は幸徳と平民社を創設し、週刊「平民新聞」を発刊して社会主義の狼火をあげる。39年日本社会党結成に参加、同党禁止後は幸徳系の金曜会に属したが、41年赤旗事件で入獄。以後は売文社を拠点にマルクス主義の立場をつらぬき、"冬の時代"にも、風刺的な痛烈な戯文を書いて抵抗し、大正期の思想、社会運動に強い影響をあたえた。大正9年日本社会主義同盟を結成、11年日本共産党創立に参加して総務幹事長(委員長)に就任。翌年検挙後は社会民主主義に転じ、無産政党を支持。昭和2年共産党を脱党。4年普通選挙法による東京市会議員に最高点で当選。評論家・小説家としても活躍し、代表作に「悪魔」「肥えた旦那」「楽天囚人」「売文集」「猫のあくび」「猫の百日咳」など。「堺利彦全集」(全6巻)がある。　[家]妻＝堺為子(社会運動家)、長女＝近藤真柄(婦人運動家)

酒井 伸子　さかい・のぶこ

児童文学作家　[生]昭和11年　[出]長崎県対馬　[歴]昭和60年長崎新聞新春文芸・小説「ダムのほとりで」が佳作二席、61年公明新聞に「焼酎になったやまねこ」が入選し掲載され、平成3〜7年には求人誌「ガイド・ながさき」に童話が掲載される。著書に「童話集 一輪車の女の子」、随想集に「みなと」がある。　[団]新世紀創作童話会

坂井 ひろ子　さかい・ひろこ

児童文学作家　[生]昭和11年7月12日　[出]福岡県甘木市　本名＝坂井凞子　[学]福岡学芸大学小学課程中退　[賞]部落解放文学賞(児童文学部門,第24回)(平成10年)「闇の中の記憶―ムクゲの花は咲いていますか」　[歴]「小さい旗」同人。児童文学の普及に携わり、地域文庫、読書会を手がける。著書に「父さんと母さんの火」「ばばしゃん」「地の底の小鳥」「およし十七よめざかり」「走れ 車いすの犬『花子』」「ありがとう！山のガイド犬『平治』」「闇の中の記憶―ムクゲの花は咲いていますか」など。　[団]日本子どもの本研究会、日本児童文学者協会

酒井 牧子　さかい・まきこ

女流新人賞を受賞　[生]昭和22年　[出]愛知県名古屋市　[学]金城学院大学卒　[賞]女流新人賞(平成3年)「色彩のない風景」　[歴]少女時代から作家にあこがれ、大学では国文学を専攻。卒業後高校の国語教師として教檀に立ち、2人目の子供の出産まで17年間、仕事を続けた。主婦となってからカルチャーセンターの小説教室に半年ほど通い、平成2年夏、学生時代の友人らと始めた同人誌「SOSHITE」に初作品「色彩のない風景」を発表。

酒井 真右　さかい・まさう

詩人　小説家　[生]大正7年11月18日　[没]平成1年3月6日　[出]埼玉県　[学]宮城師範(現・宮城教育大学)初等科(昭和17年)卒　[歴]昭和12年志願して満洲で飛行第16連隊に入隊。15年除隊。戦前から組織活動をし、16年仙台憲兵隊に治安維持法違反容疑で検挙される。戦後は、教師生活を送るが、24年にレッドパージにあい、内灘・砂川などの基地反対闘争や地域文化サークル誌運動などに打ち込む。文筆活動も始め、33年共産党を脱党してからは小説、詩作に専念する。詩集に「日本部落冬物語」「十年」、小説に「寒冷前線」「高崎五万石騒動」、一茶を書いた「百舌ばっつけの青春」などがある。

酒井 松男　さかい・まつお

小説家　[生]明治36年1月12日　[没]昭和31年4月30日　[出]群馬県前橋市　[学]早稲田大学仏文科卒　[歴]「名人」を経て「新正統派」「小説」などの同人となり、のち「早稲田文学」に作品を発表。作品集「化けた風景」がある。

酒井 真人　さかい・まひと
小説家　映画評論家　[生]明治31年7月10日　[出]石川県金沢市　[学]東京帝大英文科卒　[歴]大正10年川端康成らと第6次「新思潮」を刊行、「恋三十日」などを書いた。文芸春秋編集同人を経て「文芸時代」同人となった。昭和3年戯曲「電報」を発表したが、のち映画評論に転じた。著書に「映写幕上の独裁者」、岸本水府との共著「三都盛り場風景」がある。

酒井 龍輔　さかい・りゅうすけ
小説家　[生]明治32年4月　[出]熊本県　[学]国学院大学高等師範部卒　[歴]郷里で小学校代用教員を2年勤務。平川虎臣、青柳優らと同人誌「文陣」を刊行。昭和10年「文芸」に「恋」を発表、次いで「落葉」「瓜畠」「秋風夢」などを書いた。

堺屋 太一　さかいや・たいち
作家　経済評論家　内閣特別顧問　元・経済企画庁長官　[生]昭和10年7月13日　[出]大阪府大阪市　本名＝池口小太郎(いけぐち・こたろう)　[学]東京大学経済学部(昭和35年)卒　[賞]正論大賞(第7回)(平成3年)、ルイーズ・ポメリー賞(第6回)(平成6年)、日本文化デザイン賞(大賞)(平成12年)　[歴]通産省入省。通商局、企業局、大臣官房などで大阪万博、沖縄海洋博、サンシャイン計画などを手がけるかたわら、ベストセラー小説「油断！」や「団塊の世代」「巨いなる企て」を執筆。「通商白書」を5回書き、昭和37年度版の“水平分業理論”は世界的に注目を浴びた。53年工業技術院研究開発官を最後に退官後は、執筆、テレビ、講演など幅広く活躍。著書にNHK大河ドラマになった「峠の群像」「豊臣秀長」「秀吉」や、「知価革命」「『大変』な時代」「日本とは何か」「組織の盛衰」「日本を創った12人」「豊国論」「次はこうなる」、訳書に「破局に備える」「フィアスコ」「アメリカ知価革命」など。平成9年朝日新聞に「平成30年」を連載。10年民間から小渕内閣の経済企画庁長官に登用される。11年1月、10月の改造でも留任。12年4月森連立内閣、7月第2次森連立内閣でも留任。12月内閣特別顧問。[団]日本文芸家協会　[家]妻＝池口史子(画家)

坂上 天陽　さかうえ・てんよう
小説家　[生]昭和54年　[出]愛媛県　[賞]歴史群像大賞(優秀賞，第6回)(平成11年)「天翔の謀」[歴]高等専門学校在学中に書いた長編小説「天翔の謀」が歴史群像大賞優秀賞を受賞。著書に「翔竜 政宗戦記〈1〉天翔の謀」などがある。

栄枝 郁郎　さかえだ・いくろう
小説家　なべや代表取締役　[出]石川県　筆名＝昌代九郎(さかえ・だいくろう)　[賞]加賀文芸賞(昭和61年)「惜春の賦」、加賀文芸賞「三州吉田橋」　[歴]小学高等科を卒業し、昭和16年石川県庁入り。24年退職し家業の「なべや」(金物屋)を継ぐ。青年時代から大の読書好きで、還暦をしおに店を息子にゆずり、念願の小説書きに専念。「加賀の歴史を小説にする会」昌代九郎の名で歴史小説を、本名で随筆を書き、「加賀文芸」などに発表している。

坂上 かつえ　さかがみ・かつえ
シナリオライター　[出]大阪府　[歴]昭和43年から10年間モダンダンスの世界で活躍。その間、舞踊台本を発表。その後結婚。一方、シナリオセンターで森栄晃に師事。平成6年脚本家デビュー。「火曜サスペンス劇場」の「刑事・鬼貫八郎」「女検事・霞夕子」「少女が死んだ夜」などを手がける。

坂上 弘　さかがみ・ひろし
小説家　慶応義塾大学出版会社長　「三田文学」編集長　[生]昭和11年2月13日　[出]東京　[学]慶應義塾大学文学部哲学科(昭和35年)卒　[賞]中央公論新人賞(昭和34年)「ある秋の出来事」、芸術選奨新人賞(昭和56年)「初めの愛」、読売文学賞(第43回，小説賞)(平成4年)「優しい碇泊地」、芸術選奨文部大臣賞(第42回，平3年度)(平成4年)「優しい碇泊地」、野間文芸賞(第45回)(平成4年)「田園風景」、川端康成文学賞(第24回)(平成9年)「台所」　[歴]大学在学中の昭和34年に「ある秋の出来事」が中央公論新人賞を受賞。翌35年大学卒業と同時に理研化学(現・リコー)に入社。以後会社勤務のかたわら執筆活動をつづける。平成7年10月定年退職し、母校の関連子会社・慶応通信社長に就任。8年慶応義塾大学出版会に社名変更。昭和56年には「初めの愛」で芸術選奨新人賞を受賞。ほかに「早春の記憶」「枇杷の季節」「優しい人々」「故人」「優しい碇泊地」「田園風景」など。[団]三田文学会(理事)、日本文芸家協会

坂上 万里子　さかがみ・まりこ
第39回毎日児童小説最優秀賞を受賞　[出]大阪市　[学]京都大学卒　[賞]毎日児童小説最優秀賞(第39回)(平成2年)「ぼくたちの夏」　[歴]主婦として生活する傍ら、人形劇グループでの活動や児童文学の創作を行う。

榊 一郎　さかき・いちろう
小説家　[歴]第9回富士見ファンタジア長編小説大賞準入選受賞作「ドラゴンズ・ウィル」で小説家デビュー。他の著書に「スクラップド・プリンセス」などがある。

榊原 和希　さかきばら・かずき

小説家　[生]昭和55年3月17日　[出]富山県　[歴]高校3年の時ノベル大賞に入賞し、作家デビュー。作品に「Run×」などがある。

榊原 政常　さかきばら・まさつね

劇作家　全国高校演劇協会名誉会長　[生]明治43年11月9日　[没]平成8年3月17日　[出]東京・神田　筆名＝南勝彦　[学]東京帝国大学文学部仏文科(昭和8年)卒　[歴]学生時代から歌舞伎に親しみ、大学卒業後「創作戯曲」同人となって「橘の下のダイヤモンド」などを発表。昭和13年から教職につき、忍岡高女などに勤務し、のちに都立南葛飾高、一橋高校長などを歴任。忍岡高時代に「外向一六八」「しんしゃく源氏物語」などを演劇部のために執筆し、高校演劇作家の第一人者となり、自立演劇、職業劇団などでも上演する。著書に「榊原政常戯曲集」「榊原政常作品集」(全5巻)などがある。

榊山 潤　さかきやま・じゅん

小説家　[生]明治33年11月21日　[没]昭和55年9月9日　[出]神奈川県横浜市　[賞]新潮社文芸賞(第3回)(昭和15年)「歴史」　[歴]大正13年時事新報社に入り、そのかたわら小説を発表。昭和6年同人誌「文学党員」「新科学的文芸」に参加。7年「蔓草の悲劇」を発表して注目され、以後創作に専念。13～14年長編小説「歴史」を発表し、作家的地位を確立する。14年同人誌「文学者」創刊にあたり、編集に従事。他の著書に「をかしな人たち」「上海戦線」「春扇」「ビルマの朝」などがあり、戦後も「明智光秀」「歩いている女」「ビルマ日記」などを発表した。初期には風俗小説や私小説、のちにルポルタージュや社会小説、歴史小説を手がける。趣味の囲碁の強さは有名で「文壇本因坊」戦でも繰り返し優勝した。

坂口 安吾　さかぐち・あんご

小説家　[生]明治39年10月20日　[没]昭和30年2月17日　[出]新潟県新津町大安寺(現・新津市)　本名＝坂口炳五(さかぐち・へいご)　[学]東洋大学印度哲学科(昭和5年)卒　[賞]日本探偵作家クラブ賞(第2回)(昭和23年)「不連続殺人事件」、文芸春秋読者賞(第2回)(昭和25年)「安吾巷談」　[歴]大正14年中学を卒業し、東京で代用教員を務めた後、15年東洋大学に入学。昭和6年「風博士」「黒谷村」を発表し、ファルス(笑劇)の精神を唱えて文壇にデビュー。この頃から、新進作家・矢田津世子と11年までくらす。13年「吹雪物語」を刊行。15年「現代文学」に参加し、17年ブルーノ・タウトの日本の伝統文化礼賛に反発し「日本文化私観」を発表。21年評論「堕落論」および小説「白痴」を発表し、戦後文学の突破口をつくったといわれる。以後、無頼派作家、新戯作派と呼ばれ流行作家となる。「道鏡」「桜の森の満開の下」「火」など旺盛な創作力を示すとともに、推理小説にも手を染め、「不連続殺人事件」などを発表し幅広く活躍。24年芥川賞選考委員に推される。26年には税金問題で国税庁と、競輪不正事件で自転車振興会を相手に奮闘し、注目をあびた。一方、「安吾巷談」「安吾新日本地理」などの文明批評的エッセイも書いた。「定本坂口安吾全集」(全13巻，冬樹社)がある。　[家]父＝坂口仁一郎(漢詩人・衆院議員)、妻＝坂口三千代(随筆家)、長男＝坂口綱男(写真家)

坂口 䙥子　さかぐち・れいこ

小説家　[生]大正3年9月30日　[出]熊本県八代市　旧姓(名)＝山本　[学]熊本女子師範二部(昭和8年)卒　[賞]台湾文学奨励賞(第1回)(昭和18年)、新潮社文学賞(第3回)(昭和28年)「蕃地」　[歴]小学校教員をしていたが、昭和15年結婚して台湾に渡る。戦後「文学者」に参加し、28年「蕃地」で新潮社文学賞を受賞。38年発表の「蕃婦ロポウの話」は芥川賞候補作品となった。ほかの作品に「蕃社の譜」「霧社」など。この間、25年玉名家政高教諭、32年八代商業高校教諭を務め、35年退職。　[団]日本文芸家協会

坂崎 斌　さかざき・びん

新聞記者　小説家　政治家　[生]嘉永6年11月18日(1853年)　[没]大正2年2月17日　[出]土佐国(高知県)　本名＝坂崎斌(さかざき・さかん)　号＝坂崎紫瀾(さかざき・しらん)、別名＝鉄香女史　[歴]江戸の土佐藩邸に侍医の子として生まれ、高知の藩校で漢学などを修める。明治6年上京して、板垣退助の愛国公党結成に参画。8年司法省に出仕し、松本裁判所判事となるが、10年松本新聞主筆に転じた。11年高知に帰り、百做社編集長、13年高知新聞編集長となり、盛んに民権論を唱えた。このため15年には不敬罪で禁錮3カ月の判決を受けた。17年自由党系の新聞「自由燈」が創刊されると上京して論説欄を担当。18年「自由燈」を退社。以後、諸新聞の記者をつとめながら、後藤象二郎、板垣退助らの伝記を執筆、「維新土佐勤王史」を著した。幕末維新の史実を題材にした「南の海 血潮の曙」「汗血千里駒」や、ユゴーの「93年」を翻案した「仏国革命 修羅の衢」などの作品がある。

坂崎 美代子　さかざき・みよこ

小説家　[出]島根県益田市　[賞]新風舎出版賞(フィクション部門，第9回)(平成11年)「チャームアングル」　[歴]高松で学生生活を送ったのち大阪へ移る。平成11年「チャームアングル」で第9回新風舎出版賞フィクション部門最優秀賞受賞。

嵯峨島 昭　さがしま・あきら
⇒宇能鴻一郎(うの・こういちろう) を見よ

逆瀬川 樹生　さかせがわ・じゅき
潮賞(小説部門)を受賞　[生]昭和34年4月6日　[出]広島県尾道市　本名＝岡本美代子　[学]帝塚山学院大学卒　[賞]潮賞小説部門(優秀作，第11回)(平成4年)「あなたが好き、と右手が言った」

阪田 寛夫　さかた・ひろお
小説家　詩人　[生]大正14年10月18日　[出]大阪府大阪市　[学]東京大学文学部国史学科(昭和26年)卒　[資]日本芸術院会員(平成2年)　[賞]久保田万太郎賞(昭和43年)「花子の旅行」(ラジオドラマ)、日本童謡賞(昭和48年)「うたえバンバン」、芥川賞(第72回)(昭和50年)「土の器」、赤い鳥文学賞(特別賞)(昭和51年)、野間児童文芸賞(第18回)(昭和55年)「トラジイちゃんの冒険」、赤い靴児童文化大賞(第1回)(昭和55年)「夕方のにおい」(詩集)、毎日出版文化賞(昭和59年)「わが小林一三」、絵本にっぽん大賞(第7回)(昭和59年)「ちさとじいたん」、巌谷小波文芸賞(第9回)(昭和61年)「ちさとじいたん」、川端康成文学賞(第14回)(昭和62年)「海道東征」、日本芸術院賞(第45回・恩賜賞)(平成1年)、赤い鳥文学賞(第20回・特別賞)(平成2年)「まどさんのうた」、産経児童出版文化賞(第40回・美術賞)(平成5年)「まどさんとさかたさんのことばあそび」、勲三等瑞宝章(平成7年)、モービル児童文化賞(第32回)(平成9年)　[歴]在学中の昭和25年三浦朱門らと第5次「新思潮」を興す。26年大阪朝日放送に入社、編成局ラジオ製作部次長を経て38年退社。以後文筆業に専念。詩、小説、放送脚本、童謡、絵本、ミュージカルと活動分野は多岐にわたる。代表作品に、詩集「わたしの動物園」「夕方のにおい」、小説「まどさん」「わが町」「海道東征」、児童書「トラジイちゃんの冒険」「ちさとじいたん」、童謡「さっちゃん」「おなかのへる歌」「うたえバンバン」、ミュージカル「さよならTYO」、「わが小林一三」「武者小路房子の場合」や児童文学者・宮崎丈二を描いた「ノンキが来た」など。50年「土の器」で第72回芥川賞受賞のほか受賞多数。[団]日本文芸家協会、日本音楽著作権協会　[家]娘＝大浦みずき(元宝塚スター)、兄＝阪田一夫(元阪田商会社長)

坂田 義和　さかた・よしかず
シナリオライター　[生]昭和31年11月24日　[出]福岡県福岡市　[学]早稲田大学社会科学部卒　[賞]城戸賞(第13回)(昭和62年)「傘物語」　[歴]昭和57年より松竹シナリオ研究所(2期生)に学ぶ。演歌雑誌・歌本の編集業などに従事。62年「街かど」で第37回新人映画シナリオコンクールに佳作入選。その後テレビドラマを手がけ、意欲的に活動。主な作品にテレビ「Wパパにオマケの子?!」「美談の行方」「母さん、これが息子の浪人生活です」「東京ホテル物語」「十手人」、映画「ゴールドラッシュ」など。[団]松竹シナリオ新人会

坂谷 照美　さかたに・てるみ
作家　[生]昭和23年9月　[出]香川県高松市　[学]広島大学文学部史学科(昭和46年)卒　[賞]文学界新人賞(第66回)(昭和63年)「四日間」　[歴]昭和46年高松市の中学教諭。48年医師と結婚後広島に移り、出産を経て51年ごろから創作を始める。57年第1回広島市民文芸作品で2席となり、同人誌「安芸文学」に入会。中国新聞主催「新人登壇・文芸作品懸賞募集」では、60、62年と2度佳作に。63年には「四日間」で文学界新人賞を受賞し、第99回芥川賞候補となる。他の作に「旧友」。

坂手 洋二　さかて・ようじ
劇作家　演出家　燐光群主宰　[生]昭和37年3月11日　[出]岡山県岡山市　[学]慶応義塾大学文学部国文科(昭和37年)卒　[賞]岸田国士戯曲賞(第36回)(平成3年)「ブレスレス―ゴミ袋を呼吸する夜の物語」、読売演劇大賞(演出家賞，第7回)(平成12年)「天皇と接吻」　[歴]山崎哲の転位21を経て、昭和59年劇団・燐光群を結成、「黄色犬紅蓮旗篇」を演出。以来、社会への批判性を内包する作品を発表しつづける。10年には「くじらの墓標」が英訳されロンドンで上演された。主な作品に「光文63年の表具師幸吉」「トーキョー裁判」「ブレスレス」「現代能楽集」「海の沸点」「沖縄ミルクプラントの皇后」「神々の国の首都」「天皇と接吻」「ピカドン・キジムナー」など。[団]陪審裁判を考える会、MTIVE発行委員会

阪中 正夫　さかなか・まさお
劇作家　[生]明治34年11月1日　[没]昭和33年7月24日　[出]和歌山県那賀郡　本名＝坂中正雄　[学]粉河中中退　[歴]詩作を志して大正13年上京し「六月は羽搏く」を刊行。のち岸田国士に師事して劇作家となり、昭和3年処女作「鳥篭を毀す」を発表。「劇作」の同人にも加わり、7年「馬」を発表。作品は多く、その他の代表作に「田舎道」などがある。

坂根 美佳　さかね・みか
児童文学作家　[生]昭和31年　[出]東京都　[学]東京女子大学哲学科卒　[賞]日本童話会新人賞(昭和59年)「パパへの手紙」　[歴]広告会社に勤務したのち、創作の勉強をはじめる。著書に「ゆめが丘いねむり番地」他。[団]日本童話会

嵯峨の屋 おむろ　さがのや・おむろ

小説家　詩人　⊕文久3年1月12日（1863年）
⊗昭和22年10月26日　⊕江戸・日本橋箱崎
本名＝矢崎鎮四郎　別名＝嵯峨の屋御室（さがのや・おむろ）、別号＝北邙散士、嵯峨の山人、矢崎嵯峨の屋（やざき・さがのや）、潮外、探美　⊗東京外語露語科（明治16年）卒　東京外語の下級だった二葉亭四迷の紹介で、明治19年坪内逍遙を訪れ、玄関番として寄遇。嵯峨の屋おむろの号を与えられた。20年処女作「浮世人情　守銭奴之肚」を出版。21年に「無味気」が出世作。作品には倫理的文明批評的傾向と、ツルゲーネフなどに影響を受けた浪漫的な面がある。また、辛苦の多かった少年時代の影響か、独自の厭世的感情感が「初恋」「野末の菊」「流転」など代表作にも見られる。詩人としては宮崎湖処子編「抒情詩」収録の「いつまで草」9編がある。明治39年から大正12年まで陸軍士官学校ロシア語教官を務めた。

坂本 昭和　さかもと・あきかず

小説家　⊕昭和19年　⊕熊本県阿蘇郡小国町
⊗熊本県立熊本農高卒　⊗地上文学賞（第31回）　⊗家業の農林業に従事。農閑期には森林組合の作業員として山で働きながら文筆活動を行う。「詩と真実」同人。著書に「変わりゆく村からの伝言」。⊗農民文学会

坂本 慶子　さかもと・けいこ

児童文学作家　⊕昭和43年　⊕福岡県　⊗山口女子大学児童文化学科卒　⊗日本の子どもふるさと大賞童話部門（第1回）「観覧車に乗ったライオン」　⊗著書に「観覧車に乗ったライオン」がある。

坂本 光一　さかもと・こういち

小説家　⊕昭和28年10月5日　⊕千葉県松戸市
本名＝太田俊明（おおた・としあき）　⊗東京大学農学部卒　⊗江戸川乱歩賞（第34回）（昭和63年）「白色の残像」　⊗東大野球部の遊撃手時代には、江川卓、松本匡史らと神宮で顔をあわせている。昭和53年三菱商事に入社。かたわら小説を書き始め、63年高校野球に材を取った「白色の残像」で江戸川乱歩賞を受賞。その他の著書に「ダブルトラップ」「ヘッドハンター」「幻のラリー——復活への1000日」。三菱商事情報産業総括部課長。　⊗日本推理作家協会

坂本 四方太　さかもと・しほうだ

俳人　写生文作家　⊕明治6年2月4日　⊗大正6年5月16日　⊕鳥取県岩井郡大谷村　本名＝坂本四方太（さかもと・よもた）　別号＝文泉子、角山人、虎穴生　⊗東京帝大文科大学国文科（明治32年）卒　⊗高浜虚子、河東碧梧桐に俳句の手ほどきをうけ、正岡子規に認められる。明治31年「ホトトギス」第16号から選者。32年子規庵の写生文研究会に参加し、こののち句作よりも写生文に力を入れた。著書は写生文集「寒玉集」「夢の如し」のほか、子規、漱石ほかとの共著で「写生文集」など。東京帝大助手を経て、41年助教授兼司書官を務めた。

坂元 純　さかもと・じゅん

児童文学作家　医師　⊕昭和40年　⊕東京都
⊗東京大学医学部（平成2年）卒、東京大学大学院医学系研究科　⊗椋鳩十児童文学賞（第7回）（平成9年）「ぼくのフェラーリ」　⊗小児外科医となり、その後大学院に在学。平成7年「ぼくのフェラーリ」が第36回講談社児童文学新人賞佳作となり、9年同作品で第7回椋鳩十賞を受賞。文担当の本に「中学入試にでる名作100——最前線情報」がある。

阪本 順治　さかもと・じゅんじ

映画監督　⊕昭和33年10月1日　⊕大阪府堺市
⊗横浜国立大学教育学部中退　⊗おおさか映画祭新人監督賞（平元年度）、くまもと映画祭監督賞（平元年度）、ヨコハマ映画祭作品賞・新人監督賞（平成1年）「どついたるねん」、毎日映画コンクール日本映画賞・新人賞（第44回、平元年度）「どついたるねん」、年間代表シナリオ（平元年度）「どついたるねん」、芸術選奨新人賞（平元年度）（平成2年）「どついたるねん」、日本映画監督協会新人賞（平元年度）「どついたるねん」、ヨコハマ映画祭作品賞・監督賞（第16回・22回、平6年度・12年度）「トカレフ」「顔」、キネマ旬報読者ベストテン（平8年度）（平成9年）「ビリケン」、日刊スポーツ映画大賞監督賞（第13回）（平成12年）「顔」「新・仁義なき戦い」、キネマ旬報読者ベストテン（平12年度）（平成13年）「顔」、キネマ旬報賞脚本賞（平12年度）（平成13年）「顔」、毎日映画コンクール監督賞（第55回、平12年度）（平成13年）「顔」、ブルーリボン賞（第43回）（平成13年）「顔」、日本アカデミー賞監督賞（第24回）（平成13年）「顔」、文化庁優秀映画大賞（平12年度）「顔」、日本映画プロフェッショナル大賞（監督賞、第10回）（平成13年）「顔」、高崎映画祭作品賞（第15回）（平成13年）「顔」
⊗石井聡互監督「爆烈都市」の美術助手として映画界に入る。川島秀樹監督「竜二」など5年間助監督を務め、平成元年元ボクサー・赤井英和主演の「どついたるねん」で監督デビュー、各種映画賞の監督新人賞を独占。12年藤山直美主演「顔」で国内の映画賞を総ナメした。14年金大中拉致事件を描いた日韓合作の政治サスペンス「KT」を監督、ベルリン国際映画祭に出品。その他の作品に「鉄拳」「王手」「トカレフ」「ボクサー・ジョー」「ビリケン」「愚か

者―傷だらけの天使」「新・仁義なき戦い」がある。

坂本 石創　さかもと・せきそう
小説家　⑱明治30年1月18日　⑲昭和24年1月24日　⑳愛媛県西宇和郡川之石町　本名＝坂本石蔵　㉑八幡浜商業(大正5年)卒　㉒在学中から田山花袋編集の「文章世界」に投稿、大正9年3月同誌上で花袋に認められ、10年処女作「開かれぬ扉」を出版した。11年「梅雨ばれ」も中村星湖に好評。雑誌「旅」にも紀行文を掲載。昭和4年花袋と絶縁して帰郷した。母校後輩の高橋新吉を辻潤らに紹介、詩壇に送り出した。

坂本 忠士　さかもと・ただし
シナリオライター　⑱大正7年3月29日　⑲平成5年11月10日　⑳愛媛県松山市　㉑日本大学芸術学部映画学科(昭和16年)卒　㉒芸術祭奨励賞(昭和33年)「青春宿」、シナリオ功労賞(平成3年)　㉓昭和15年松竹大船脚本研究所修了後、16年日活多摩川撮影所脚本部に入社。17年合併により大映多摩川脚本部、22年退社。25年より約10年間NHKと契約。のちフリー。主な作品に映画「別れも愉し」(22年)、テレビ「海の碑」(37年・NHK)、ラジオ「青春宿」(33年・NHK)など。平成4年自宅に映画専門の私設図書館、砂土手文廊(すなどてぶんろう)を開設。㉔日本シナリオ作家協会、日本放送作家協会

坂本 公延　さかもと・ただのぶ
広島女学院大学文学部教授　広島大学名誉教授　㉕英文学　⑱昭和6年7月23日　⑳兵庫県神戸市　㉑大阪大学大学院文学研究科(昭和32年)修士課程修了　文学博士(昭和54年)　㉒中国新聞社新人登壇文芸作品懸賞募集第1席(第20回)(昭和63年)「別れる理由」　㉓昭和52年広島大学教授に就任。7年広島女学院大学教授。著書に「とざされた対話」「創作の海図―不確実性の時代と文学」、編著に「ヴァージニア・ウルフ」「喪失についての考察」、短編小説に「島を知ったとき」など。㉔日本英文学会、中・四国英文学会

坂本 のこ　さかもと・のこ
童話作家　⑳東京都　㉑東洋大学社会学部卒　㉒ニッサン童話と絵本のグランプリ(童話大賞、第12回)(平成8年)「テムテムとなまえのないウサギ」　㉓地方公務員、塾講師などを務める。作品に「テムテムとなまえのないウサギ」がある。

阪本 勝　さかもと・まさる
政治家　評論家　兵庫県立近代美術館長　元・兵庫県知事　元・衆院議員(社会党)　⑱明治32年10月15日　⑲昭和50年3月22日　⑳兵庫県尼崎市　㉑東京帝大経済学部(大正11年)卒　㉓大阪毎日新聞学芸部記者となるが、その後社会主義運動家、プロレタリア文学作家、政治家、美術評論家として活躍。兵庫県議3期、衆院議員2期などを経て、昭和26年尼崎市長、29年兵庫県知事を歴任し、知事退任後は兵庫県立美術館長に就任した。6年戯曲「洛陽餓ゆ」を刊行、以後も「戯曲資本論」、随筆「市長の手帳」「知事の手帳」「流氷の記」、伝記「佐伯祐三」、歌集「風塵」などを刊行した。

坂元 裕二　さかもと・ゆうじ
脚本家　⑱昭和42年5月12日　⑳大阪府　㉑奈良育英高卒　㉒フジテレビヤングシナリオ大賞(第1回)(昭和62年)「GIRLLONG SKIRT」　㉓昭和62年第一作でフジのシナリオ大賞を受賞。山田良明プロデューサーの勧めで上京、フジテレビ第一制作部でアルバイトをする。平成元年から柴門ふみ原作の連続ドラマ「同・級・生」及び「東京ラブストーリー」の脚本を手がけ、ヒットする。3年米国映画「スタンド・バイ・ミー」の舞台化脚色・演出を担当。8年映画「ユーリ」で初監督。10年女優の森口瑤子と結婚。㉖妻＝森口瑤子(女優)

坂本 遼　さかもと・りょう
詩人　児童文学者　⑱明治37年9月1日　⑲昭和45年5月27日　⑳兵庫県加東郡東条町横谷　㉑関西学院英文科(昭和2年)卒　㉓大阪朝日新聞記者としての仕事をしながらも詩作を続け、「銅鑼」同人となり、昭和2年詩集「たんぽぽ」を刊行。戦後は竹中郁と共に関西で戦後の児童詩運動を展開して「きりん」を主宰、児童自由詩を広めた。その主張をまとめた著書に「子どもの綴方・詩」(昭28)がある。代表作は長編「きょうも生きて」「虹 まっ白いハト」など。没後「坂本遼作品集」「かきおきびより―坂本遼児童文学集」が刊行された。

逆山 洋　さかやま・ひろし
ミステリー作家　神戸大学文学部文学科助教授　㉕ドイツ音楽　⑱昭和24年3月10日　本名＝山口光一(やまぐち・こういち)　㉑東京大学卒、東京大学大学院人文科学研究科ドイツ語ドイツ文学専攻博士課程退学　㉒ヘルマン・ブロッホとその神話的文学　㉓フンボルト財団研究員、鹿児島大学助教授を経て、神戸大学文学部助教授。ドイツ音楽(シェーンベルク、ワーグナーなど)を講義。平成4年本名で「モルダウ河の淡い影」などを発表、ミステリ界の新星として注目を浴びる。他の著書に「ダビデ

の星のもとに」「誇り(プライド)」がある。⑯日本独文学会

相良 俊輔 さがら・しゅんすけ
小説家 ㊷大正9年 ㊶昭和54年8月 ㊵東京 ⑯文芸誌、娯楽誌の編集記者10余年を経て、作家に。文芸誌「不同調」に処女作「虚構の夜」を発表。以後、新聞連載小説や児童小説を執筆。著書に「機関車大将」「大雪原鉄道」「菊と龍」「夏の空」「流氷の海」「怒りの海」「海原が残った」(上、下)など。

佐川 一政 さがわ・いっせい
作家 パリ女子学生バラバラ殺人事件犯人 ㊷昭和24年4月26日 ㊶神奈川県 ㊸和光大学人文科卒、関西学院大学大学院修士課程修了、パリ第九大学東洋語学校日本語学科修士課程修了、パリ第三大学東洋文学科博士課程 ⑯パリ第三大学東洋文学科博士課程に留学していた昭和56年6月、かねてより交際のあったオランダ人留学生ルネ・ハルテヴェルト嬢をライフル銃で殺害。犯行の後、被害者の人肉を食べていたことから、パリ地裁は心神喪失を理由として不起訴処分を決定し、精神病院に収容させた。59年に日本の病院に身柄を移管して、継続治療のため帰国。60年8月退院。そのショッキングな事件とカニバリズムがマスコミの注目を浴び、収監中の58年に発表した手記「霧の中」も反響を呼んだ。平成元年幼女連続殺人事件に関しマスコミにコメントしたことで再び注目を浴び、以後作家生活に入る。他の著書に「生きていてすみません——僕が本を書く理由」「サンテ」「蜃気楼」「カニバリズム幻想」「少年A」など。

佐川 桓彦 さがわ・たけひこ
推理作家 ㊷昭和45年6月21日 本名=奥野 ⑯警察畑を歴任し、大阪警察学校教官など務める。昭和32年テレビ・ドラマ「部長刑事」の原作者となり、「事件地図」など書下し長篇を刊行。作品に「大阪駅」「琵琶湖事件」「暴力東海道線」「刑事の眼」などがあり、事件小説の分野で活躍した。

佐川 不二男 さがわ・ふじお
フリーライター S企画主宰 ㊷昭和3年 ㊶北海道小樽市 筆名=泉岳寺俊、冬木治郎 ㊸日本大学卒 ㊺北海道文学賞奨励賞(第2回)(昭和51年)「悪の影」、北海道文学賞佳作(昭和62年) ⑯振内高、釧路商高、江別高、当別高の数学教師を歴任。かたわら泉岳寺俊、冬木治郎の名で創作活動。現在はフリーライター。小説の他に、北海道電力異聞、熊射ちの記録等のルポもある。著書に「熟年者の米国留学記——オレゴンの空の下で」がある。

寒川 道夫 さがわ・みちお
綴方教育研究者 国語教育学者 元・明星学園小学校長 元・和光大学講師 ㊺国語教育 児童文学 ㊷明治43年2月25日 ㊶昭和52年8月17日 ㊵新潟県新津市 ㊸新潟県高田師範学校卒 ㊺日本児童文学者協会新人賞(昭和27年)「タカの子」 ⑯小学生の時、長岡の米騒動を見て衝撃を受け、中学時代、大杉栄虐殺を聞いて憤激、自治会で権力批判の演説をぶつなど多感な少年時代を送る。昭和5年新潟県古志郡一之貝小学校の教師。7年同郡黒条小学校に移り、生活綴方運動に参加。16年生活綴方事件に連座、2年間獄中生活。教職を奪われ、19~23年名古屋で工場勤務。戦後の23年教職に復帰、東京の明星学園に勤務、36年から同学園理事、小学校長、事務局長を経て45年退職。日本児童文学者協会、日本作文の会会員。「タカの子」で27年日本児童文学者協会新人賞を受賞。著書はほかに「書くこと」など。

佐川 光晴 さがわ・みつはる
小説家 ㊷昭和40年2月 ㊶神奈川県茅ケ崎市 ㊸北海道大学法学部(平成1年)卒 ㊺新潮新人賞(小説部門、第32回)(平成12年)「生活の設計」 ⑯出版社勤務を経て、食肉処理場に勤務する傍ら執筆活動を続ける。平成12年「生活の設計」で第32回新潮新人賞を受賞。13年2月会社勤めを辞め作家に専念。

佐木 隆三 さき・りゅうぞう
小説家 ㊷昭和12年4月14日 ㊶福岡県北九州市 本名=小先良三 ㊸八幡中央高(昭和31年)卒 ㊺新日本文学賞(第3回)(昭和38年)「ジャンケンポン協定」、直木賞(第74回)(昭和50年)「復讐するは我にあり」、伊藤整文学賞(第2回)(平成3年)「身分帳」 ⑯昭和16年帰国、高校卒業後の昭和31年八幡製鉄所に入社。労組中央委員などを歴任するかたわら小説を書き始め、38年に「ジャンケンポン協定」で新日本文学賞を受賞。翌年より文筆生活に入り、大鉄鋼資本の実態を衝く作品を発表する。その後、沖縄復帰闘争のシンパとして同島コザ市に住み込み、47年に機動隊員殺害の被疑者として誤認逮捕される。翌年千葉・市川に移住し、38年に起きた連続殺人事件について取材・執筆した「復讐するは我にあり」を発表。同作品が50年下期の直木賞を受賞して、一躍その名を知られる。ニュージャーナリズムの手法を駆使して、現代社会の暗部を描き続ける。63年国を相手に刑事裁判法廷でのメモ禁止は憲法違反との訴えをおこした。平成11年福岡・北九州市に移住。他の代表作に「鉄鋼帝国の神話」「ドキュメント狭山事件」「沖縄住民虐殺」「曠野へ——死刑囚の手記から」「越山田中角栄」「殺人百科」「海燕ジョーの奇跡」「勝ちを制するに到れり」「もう

一つの青春―日曜作家のころ」などがある。
[団]日本文芸家協会、日本文芸著作権保護同盟（理事）　[家]兄＝深田俊祐（作家）

鷺沢 萠　さぎさわ・めぐむ
小説家　[生]昭和43年6月20日　[出]東京都大田区雪谷　本名＝松尾めぐみ　[学]上智大学外国語学部ロシア語学科中退　[賞]文学界新人賞（第64回）（昭和62年）「川べりの道」、泉鏡花文学賞（第20回）（平成4年）「駆ける少年」
[歴]高校3年の時に書いた「川べりの道」で昭和62年文学界新人賞を最年少で受賞。平成元年「帰れぬ人々」が第101回芥川賞候補、2年には「果実の舟を川に流して」が三島賞候補となる。4年「駆ける少年」で泉鏡花文学賞受賞。作品集に「少年たちの終わらない夜」「スタイリッシュ・キッズ」「葉桜の日」「君はこの国を好きか」、訳書に「愛しのろくでなし」がある。
[団]日本文芸家協会

咲田 哲宏　さきた・てつひろ
小説家　[生]昭和48年　[出]愛知県　[賞]角川学園小説大賞（優秀賞，第4回）（平成12年）「竜が飛ばない日曜日」　[歴]平成12年「竜が飛ばない日曜日」で第4回角川学園小説大賞優秀賞を受賞。

咲村 観　さきむら・かん
小説家　[専]企業　経済　歴史　[生]昭和5年1月1日　[没]昭和63年4月24日　[出]香川県高松市　本名＝飯間清範（いいま・きよのり）　[学]東京大学法学部（昭和28年）卒業　[歴]昭和28年住友倉庫入社。51年病気のため東京支店次長を最後に退社し、作家生活に入る。52年「左遷」で企業小説家としてデビュー。他に「商戦」「再建」「商社一族」「メインバンク」「経営者失格」「小説小林一三」など。

崎村 裕　さきむら・ゆたか
小説家　「構想」主宰　本名＝清野竜　[学]信州大学　[歴]文芸誌「構想」を主宰、精力的な執筆活動続ける。平成13年本名・清野竜を主人公の名に使い、記録性を重視した手法で描いた自伝的小説「煩悩」を出版。他の著書に「宇宙人」「日曜日の詩」がある。元高校教師。
[団]日本ペンクラブ

崎村 亮介　さきむら・りょうすけ
小説家　[生]昭和26年2月16日　[出]岡山県　本名＝横田賢一（よこた・けんいち）　[学]同志社大学文学部卒　[賞]オール讀物新人賞（第68回）（昭和63年）「軟弱なからし明太子のある風景」
[歴]新聞記者の傍ら、36歳で小説を書き、初めて文学賞に応募。昭和63年オール讀物新人賞を受賞。

崎山 麻夫　さきやま・あさお
九州芸術祭文学賞最優秀作を受賞　[出]沖縄県国頭郡本部町　本名＝崎浜秀俊　[賞]新沖縄文学賞（平成8年）、琉球新報短編小説賞（平成9年）、九州芸術祭文学賞（最優秀作，第28回）（平成10年）「妖魔」　[歴]昭和61年から小説を書き始め、同人誌などに属さず、公募文学賞に応募を続ける。軍用地問題や海上へリポート問題など現代の沖縄が抱える様々な状況を生活とかかわる日常の部分で描き、短編「妖魔」などを執筆。沖縄県議会事務局の職員を務める。

崎山 正毅　さきやま・せいき
評論家　翻訳家　小説家　元・NHK国際局長
[生]明治36年8月16日　[出]大阪　[学]東京帝大英文科卒　[歴]大正13年「傾斜市街」の創刊に参加し、14年「辻馬車」の創刊に参加し、創刊号に「くもり火」を発表。のち「文芸都市」に参加。主な作品に「頭上の幽霊」「フラウ、サン、ヒップ」「人生の坂」「モダン・トピック」、訳書に「マンスフィールド短編集」などがある。
[家]兄＝崎山猷逸（小説家）

崎山 多美　さきやま・たみ
小説家　[生]昭和29年　[出]沖縄県（西表島）　本名＝平良邦子　[学]琉球大学国文科卒　[賞]新沖縄文学賞（佳作，第5回）（昭和54年）、九州芸術祭文学賞最優秀賞（第19回・昭63年度）（平成1年）「水上往還」　[歴]予備校教師の傍ら小説を書き続け、平成元年「水上往還」が、3年「シマ籠る」が芥川賞候補となる。他の作品に「ムイアニ由来記」、作品集に「くりかえしがえし」がある。

崎山 猷逸　さきやま・ゆういつ
小説家　[生]明治34年2月10日　[没]昭和36年12月21日　[出]大阪　[学]早稲田大学文学部中退　[歴]大正11年山野十三郎らと「黒猫」創刊、のち藤沢桓夫らの「龍舫」と合流して「傾斜市街」を、14年には「辻馬車」を刊行した。同誌に「毀われた木馬」などを発表、15年「新潮」新人号に「晴れた富士」を書いた。その後「文芸都市」同人となり「逢見ての」「二つながら」、「早稲田文学」に「明治四十年前後」を発表。

作間 謙二郎　さくま・けんじろう
劇作家　[生]大正7年3月4日　[没]平成11年5月18日　[出]宮城県岩沼市　[学]東北学院専門部卒
[賞]地域文化功労者文化大臣表彰（平成8年）
[歴]戦後、宮城県庁演劇部で活動。昭和32年仙台勤労者演劇協議会（現・仙台演劇鑑賞会）初代委員長、のち塩釜市公民館長を務めた。戯曲集に「熊の話」「犬を食ってはならない」などがある。

さくま ゆうこ
作家　㊤ロマン大賞（佳作，平11年度）　㊦著書に「1st・フレンド 水空の『青』」「1st・フレンドⅡ『白』の心機」「超心理療法士『希祥』金の食卓」がある。11月22日生まれ。

桜井 亜美　さくらい・あみ
小説家　㊦東京都　㊤社会学者の東京都立大学助教授・宮台真司の勧めで、小説を書き始める。平成8年援助交際を続ける17歳の女子高生アミの自分探しの物語「イノセントワールド」でデビュー。覆面作家・桜井亜美として、援助交際やレイプ、暴力など、10代の少年、少女たちの実像を描いた、「ガール」「エヴリシング」「トゥモロウズ・ソング」「ヴァージン・エクササイズ」「ファイナル・ブルー永遠」などを発表、同年代の圧倒的支持を得る。10年神戸連続児童殺傷事件の犯人として逮捕された酒鬼薔薇聖斗・少年Aをモデルにした「14 fourteen」を発表。同年デビュー作が下山天監督によって映画化された。　㊥日本文芸家協会

桜井 滋人　さくらい・しげと
詩人　評論家　翻訳家　小説家　㊤現代詩　㊦昭和8年7月21日　㊥埼玉県　本名＝桜井茂（さくらい・しげる）　筆名＝桜井左方人（さくらい・さほと）　㊥中央大学法学部法律科（昭和32年）卒　㊦昭和32年チェイスマンハッタン銀行勤務、40年より文筆業。著書に「熟年の生活設計」「風狂の人 金子光晴」「由比正雪」などの詩集に「女ごころの唄」、訳書に松本清張編「英米推理小説傑作選」などもある。　㊥日本文芸家協会

桜井 武晴　さくらい・たけはる
シナリオライター　小説家　㊦昭和45年　㊥東京都北区　㊤早稲田大学第二文学部演劇専修卒　㊦読売テレビ・シナリオ大賞（第1回）（平成7年）「光る眼」　㊦平成5年東宝映画に入社。企画、プロデュースに従事しながら、脚本家としても活躍。12年退社してからは脚本に専念。13年初の小説「シグナル」を刊行。

桜井 剛　さくらい・つよし
シナリオライター　㊦昭和52年　㊥茨城県　㊤日本テレビシナリオ登龍門2001大賞（平成13年）「青と白で水色」　㊦20歳で上京し、映像専門学校でシナリオを書き始める。青山シナリオセンター作家養成講座を修了後故郷の茨城に戻る。平成13年「青と白で水色」で日本テレビシナリオ登龍門2001大賞を受賞。同作品は、同年12月日本テレビ系でテレビドラマ化された。

桜井 輝昭　さくらい・てるあき
作曲家　作家　東京都新都市建設公社　㊦昭和14年　㊥東京都品川区　㊤千葉大学造園科卒　㊦小学生の頃から音楽好きで作曲を独学。昭和42年にはNHK「あなたのメロディー」に「雪まつりのヨーデル」が入賞したこともあるアマチュア作曲家。62年一市民の立場から核の廃絶を訴える交響組曲「HANKAKU（反核）」を作曲。誰もが歌える親しみやすい曲にと、歌詞は「反核」だけを300回も繰り返し、最後は大合唱になるという13分間の作品。他の作曲作品に「琴協奏曲第1番」「同2番」「潮騒」。また、小説「白鳥の剣 ヤマトタケル」「弥生の落日」などの著書もある。

桜井 信夫　さくらい・のぶお
児童文学作家　㊦昭和6年10月18日　㊥東京　本名＝伊藤信夫　㊤国学院大学国文科卒　㊤日本児童文学者協会賞（第39回）（平成11年）「ハテルマ・シキナ―よみがえりの島・波照間」、赤い鳥文学賞（平成11年）「ハテルマ・シキナ―よみがえりの島・波照間」　㊦編集者、コピーライターなどを経て、詩作、児童文学創作を始める。主な作品に「コンピューター人間」「げんばくとハマユウの花」「シカのくる分校」「わが子昭和新山」「大きな夢をタイヤにのせて」「ハテルマ・シキナ―よみがえりの島・波照間」、詩集「蒼碧」など。　㊥日本児童文学者協会、日本民話の会、ノンフィクション児童文学の会、日本文芸家協会

桜井 牧　さくらい・まき
小説家　㊤ファンタジア長編小説大賞（佳作，第7回）「月王」　㊦第7回ファンタジア長編小説大賞で佳作を受賞し、「月王」でデビュー。他の作品に「玻璃の惑星」「銀砂の月・坤の群青（あお）」などがある。

桜井 増雄　さくらい・ますお
小説家　評論家　詩人　日本詩文芸協会理事　㊦大正5年9月2日　㊦平成7年11月1日　㊥愛知県　㊤太平洋美術学校卒　㊤「新生日本文学」（昭和21年創刊）や「全線」（昭和35年創刊）を主宰し、自らも小説、評論、随筆、詩など幅広く発表する。昭和40年小説「処女」を刊行したのをはじめ、「大地の塔」「百家文苑録」「曲線列島」「武蔵野」「文芸随想感想集」、詩集「高嶺薔薇」などの多くの著書がある。　㊥著作家組合（中央常任委員）、日本詩文芸協会（名誉会長）、日本文芸家協会、日本児童文芸家協会（評議員）、日象展（名誉会長）

桜木 紫乃　さくらぎ・しの
小説家 [生]昭和40年 [出]北海道釧路市 本名＝金沢志保 筆名＝金沢伊代 [学]釧路東高卒 [賞]オール讀物新人賞(第82回)(平成14年)「雪虫」 [歴]中学、高校時代から創作を始める。地方裁判所勤務ののち、結婚後の31歳で一時中断していた創作を再開。道内誌で活動。平成14年農業後継者問題を取り上げた小説「雪虫」で第82回オール讀物新人賞を受賞。

桜沢 順　さくらざわ・じゅん
小説家 [生]昭和28年 [出]東京都 [学]独協大学経済学部卒 [賞]日本ホラー小説大賞(短編賞佳作,第3回)(平成8年) [歴]旅行会社勤務を経て、外国航空会社の日本代表に就任。のちシネマ・コンプレックス(複合映画館施設)の運営会社に勤務。平成8年「ブルキナ・ファソの夜」で日本ホラー小説大賞短編賞佳作を受賞。12年「アウグスティヌスの聖杯」で小説家デビュー。

桜田 晋也　さくらだ・しんや
作家 [生]昭和24年7月 [出]北海道札幌市 [歴]昭和47年評論「三島由紀夫その悲劇」を雑誌「浪漫」に発表。その後は55年に小説「南朝記」を奈良日日新聞に連載したことから、歴史小説の執筆活動に入る。他の著書に「足利高氏」「叛将 明智光秀〈青雲の巻〉〈雄略の巻〉」「北条政子」など。 [団]日本文芸家協会

桜田 佐　さくらだ・たすく
フランス文学者 児童文学者 [生]明治34年4月29日 [没]昭和35年12月20日 [出]東京・麻布 [学]東京帝大仏文科(大正14年)卒 [歴]大正15年東京高校教授。文部省在外研究員としてパリ大学に留学し、昭和4年帰国後ドーデの短篇集「風車小屋だより」「アルルの女」などを次々に翻訳した。戦後は法政大教授としてフランス語を講ずるかたわら児童文学者協会に所属して「家なき子」なども子供むけに翻訳する。昭和32年から34年にかけて長編児童小説「こどもの朝」「こどもの旅」「こどもの道」の三部作を発表した。

桜田 常久　さくらだ・つねひさ
小説家 歴史家 [生]明治30年1月20日 [没]昭和55年3月25日 [出]熊本県(本籍) 筆名＝並木宋之介 [学]東京帝大独文科(大正12年)卒 [賞]芥川賞(第12回)(昭和15年)「平賀源内」 [歴]在学中同人雑誌に関係し、戯作に関心を抱く。昭和15年歴史小説「薤露の章」が芥川賞候補となったのち、「平賀源内」で第12回芥川賞受賞。ほかに「探求者」「安藤昌益」「画狂人北斎」などがある。 [家]父＝桜田正彦(判事)

桜田 十九郎　さくらだ・とくろう
冒険小説家 [生]明治28年 [没]昭和55年3月 [出]愛知県宝飯郡塩津村(現・蒲郡市竹谷町) 本名＝福井穣(ふくい・ゆたか) [学]東京帝国大学医学部中退 [歴]昭和10年週刊誌の懸賞小説に入選したのを機に上京し、小説家となる。「悪霊の眼」「魔女の木像」「女面邪神魔・ラミア」「呪教十字章」「洛陽の岩窟」など海外を舞台にした異境物と呼ばれる冒険小説を推理小説誌「新青年」に掲載、大衆文壇に独自の分野を開き、江戸川乱歩や横溝正史らと並び称された。一時名古屋市東区に転居したが、17年始めに蒲郡に帰郷してから作品は途絶え、以後、幻の存在となる。その後農業の傍ら、塩津村会議長、同村長、蒲郡市教育委員長などを歴任した。平成12年「新青年」に最初に発表したとみられ作品自体知られていなかった「髑髏笛」が発見された。

桜田 百衛　さくらだ・ももえ
小説家 [生]安政6年(1859年) [没]明治16年1月18日 [出]備前国 号＝百華園主人 [学]東京外語学校中退 [歴]生年は安政6年あるいは4年といわれる。初期の政治小説家。明治7年愛国公党に参加するが、13年病をえて帰郷。14年自由党の結成に参加し15年「自由新聞」の創刊からデュマペールの「仏国革命起源 西洋血潮小暴風」を連載。同年「絵入自由新聞」に発刊の辞を寄せ、寄稿するが、その年の晩秋には病床につき、翌年1月没した。16年9月遺稿「阿国民造 自由廼錦袍」が刊行された。

酒見 賢一　さけみ・けんいち
小説家 [生]昭和38年11月26日 [出]福岡県久留米市 [学]愛知大学文学部中国哲学専攻(昭和63年)卒 [賞]日本ファンタジーノベル大賞(第1回)(平成1年)「後宮小説」、中島敦記念賞(平成4年)「墨攻」、新田次郎文学賞(第19回)(平成12年)「周公旦」 [歴]大学在学中から小説を書き始め、平成元年「後宮小説」で第1回日本ファンタジーノベル大賞を受賞。その他の著書に「墨攻」「ピュタゴラスの旅」「陋巷に在り」「周公旦」がある。

左近 隆　さこん・たかし
小説家 (株)エルグ代表取締役 [生]大正14年 [出]東京 [歴]新聞記者、業界紙編集長、商業デザイン制作会社エルグ代表取締役など兼務のかたわら時代小説を執筆。各社倶楽部雑誌に短編を多数発表。その後長編も手がけ、代表作に「俺は斬る」「御用留秘帖」。他に「江戸の落日」「素浪人峠」「さすらい若殿」「老いを斬る」など多数。

左近 蘭子　さこん・らんこ
童話作家　翻訳家　[生]昭和30年5月17日　[出]兵庫県西宮市　[学]慶応義塾大学大学院修了　[賞]毎日童話新人賞最優秀賞(第9回)(昭和60年)「かばはかせとたんていがえる」　[歴]著書に「なんでもこわします」「チンプンカン博物館」「かばはかせとたんていがえる」「シャンプーはかせとリンスちゃん」。

紗々 亜璃須　ささ・ありす
小説家　[出]オーストラリア　[学]日本大学文理学部心理学科卒　[賞]ホワイトハート大賞(優秀賞，第6回)「水仙の清姫」　[歴]12月9日生まれ。「水仙の清姫」でデビュー。著書に「寒椿の少女」「此君の戦姫」「風の娘」など。

笹川 奎治　ささかわ・けいじ
児童文学作家　[生]昭和2年　[出]千葉県　[賞]千葉児童文学賞(第8回)(昭和48年)「おねしょこいのぼり」、新美南吉童話賞最優秀賞(第2回)「おとうさんのつくえ」　[歴]著書に「おれウサギ係長」、共著に「死に神のサイン―ほんとうにあったおばけの話〈5〉」など。　[団]日本児童文学者協会

佐々木 逸郎　ささき・いつろう
詩人　放送作家　北海道文学館常任理事　[生]昭和2年11月28日　[没]平成4年1月17日　[出]北海道松前郡松前町　[学]函館高等計理学校中退　[賞]北海道新聞文学賞(昭和54年)「劇場」、芸術祭賞奨励賞，優秀賞(昭和40年，50年)　[歴]陸軍特別幹部候補生中に肺結核となり、昭和27年まで療養生活。NHK札幌資料室勤務を経て、同局専属脚本家。42年以降フリー。作品にテレビ「ふれあい広場・サンデー九」、ラジオ「顔」のほか、著書に詩集「劇場」、随筆集「北海道ひとり旅」など。　[団]北海道詩人協会(常任理事)、日本放送作家協会

佐々木 悦子　ささき・えつこ
童話作家　[学]早稲田大学ドイツ文学専攻卒　[賞]愛と夢の童話コンテストグランプリ(第5回)(平成13年)「サキの赤い石」　[歴]平成9年頃からカルチャースクールで童話の書き方を学び、家事の合間に自宅で執筆。平成13年「サキの赤い石」が第5回愛と夢の童話コンテストでグランプリを受賞。

佐々木 赫子　ささき・かくこ
児童文学作家　[生]昭和14年1月16日　[出]兵庫県神戸市　[学]岡山大学教育学部卒　[賞]日本童話会賞(第8回・昭46年度)「あしたは雨」、日本児童文学者協会新人賞(第6回)(昭和48年)「旅しばいの二日間」、厚生省児童福祉文化奨励賞「旅しばいのくるころ」、新美南吉児童文学賞(第2回)(昭和59年)「同級生たち」、日本児童文学者協会賞(第24回)(昭和59年)「同級生たち」、小学館文学賞(第38回)(平成1年)「月夜に消える」　[歴]昭和19年岡山県に疎開。4年間教師を務め、46年頃から児童文学創作を始める。「あしたは雨」「旅しばいのくるころ」「同級生たち」など岡山を舞台にした作品が多い。　[団]日本児童文学者協会、てんぐの会

佐々木 一夫　ささき・かずお
作家　[専]文学　[生]明治39年9月9日　[出]鳥取県倉吉市　[学]北谷小学校卒業　[興]戦時下の労働者の形象化　[歴]プロレタリア文学運動に参加。戦後は新日本文学会に加入、「檻の中」「北上村」などを発表。著作に「底流」「魅せられた季節」「夜道」「没落後」など。　[団]日本民主主義文学同盟

佐々木 基一　ささき・きいち
文芸評論家　作家　[生]大正3年11月30日　[没]平成5年4月25日　[出]広島県　本名＝永井善次郎　[学]東京帝国大学美学科(昭和13年)卒　[賞]野間文芸賞(平成2年)「私のチェーホフ」　[歴]東大在学中から荒正人、小田切秀雄と文芸学やマルクス主義文学論の研究会をはじめ、昭和19年に治安維持法違反で検挙されるまで続ける。卒業後は文部省、日伊協会に勤め、「映画評論」や大井広介らの「現代文学」、埴谷雄高らの「構想」同人となった。21年荒正人らと「近代文学」を創刊、「新日本文学会」にも属し、戦後文学の推進に努める。また花田清輝、野間宏、岡本太郎らと「夜の会」を結成、前衛芸術運動の拠点となった。37年に発表した「〈戦後文学〉は幻影だった」は戦後文学論争の発端となる。38年中央大学専任講師となり、40〜60年教授。50年頃からは戯曲や小説も手がけた。主著に「昭和文学の諸問題」「現代作家論」「リアリズムの探究」「芸術と革命」「映像論」「鎮魂―小説阿佐谷六丁目」「私のチェーホフ」など。平成9年蔵書約9千冊が広島大学に寄贈され、佐々木文庫が設立された。　[団]日本文芸家協会

佐々木 邦　ささき・くに
小説家　英文学者　元・明治学院大学教授　[生]明治16年5月4日　[没]昭和39年9月22日　[出]静岡県駿東郡清水町　[学]明治学院高等部(明治40年)卒　[賞]児童文芸功労賞(昭和36年)、紫綬褒章(昭和37年)　[歴]長年、六高、慶大予科、明治学院高等部で英語教師を務め、昭和3年から作家として専念。学生時代から英米のユーモア小説に興味を持ち、自身も明治42年「いたづら小僧日記」を出版。文壇への進出は大正7年の「主婦采配記」からで、以後、講談社系の倶楽部雑誌、婦人雑誌、少年少女雑誌に次々と家庭的ユーモア小説を発表した。昭和11年辰

野九紫らとユーモア作家倶楽部を結成、12年「ユーモアクラブ」を創刊。代表作に「珍太郎日記」「苦心の学友」「愚弟賢兄」「地に爪跡を残すもの」「トム君・サム君」「村の少年団」などがある。戦後、再び明治学院大学教授となり、24年から37年まで英文学を講じた。国際マーク・トウェーン協会名誉会員。「佐々木邦全集」（全10巻・補巻5，講談社）がある。

佐佐木 邦子　ささき・くにこ

小説家　[生]昭和24年4月6日　[出]宮城県仙台市　本名＝佐々木邦子　[学]宮城教育大学中学校教員養成課程卒　[賞]宮城県芸術選奨新人賞（昭和60年）「泥鬼」、中央公論新人賞（第11回）（昭和60年）「卵」　[歴]宮城一女高時代から小説を書き始める。大学1年の時から同人誌「飢餓群」や個人誌に投稿。主婦業の外に数学塾も開く。昭和56年NHKラジオドラマコンクールに「三ツ名沢」が当選。のち「仙台文学」同人となる。60年3月から「みやぎ民話の会」に入会し宮城県各地の民話を収集。同年第11回中央公論新人賞を受賞、芥川賞候補にもなり、短編作家としての将来性と文学的感性の高さが評価された。平成9年「オシラ祭文」が松本清張賞候補に。ほかに小説集「泥鬼」、短編集「卵」がある。　[団]みやぎ民話の会

佐々木 国広　ささき・くにひろ

小説家　俳人　大阪文学学校講師　[生]昭和13年6月1日　[出]大阪府大阪市　[賞]北日本文学賞（第10回）（昭和51年）「乳母車の記憶」　[歴]毎日新聞社勤務を経て、小説家となる。昭和39年「関西文学」同人。45年「半獣神」を創刊・主宰。47年「旅と湯と風」会員。平成12年俳句結社「築港」同人。また、9年から大阪文学学校講師を務める。著書に、短編集「乳母車の記憶」「朱の季節」「カウントダウン」「蕪村伝」「藪の女」、句集「桃源」「阿修羅」などがある。　[団]日本ペンクラブ

佐々木 淳　ささき・じゅん

推理作家　大阪市港湾局長　[生]昭和9年　[出]大阪府　本名＝佐々木伸　[学]京都大学大学院工学研究科（昭和34年）修士課程修了　工学博士　[歴]京都大学助手、オランダ・デルフト工科大学研究助手を経て、大阪市港湾局に勤務。昭和62年「消えた共犯者」でデビューした異色の推理作家でもある。著書に「姿なき共犯者」、共著に「基礎工学」など。

佐々木 俊介　ささき・しゅんすけ

小説家　[生]昭和42年9月27日　[出]青森県青森市　[学]専修大学文学部国文科卒　[歴]「繭の夏」が第6回鮎川哲也賞に佳作入選し、平成13年小説家デビュー。

佐々木 湘　ささき・しょう

小説家　[歴]平成6年「イノセント・イモラル・マミー」が第18回神戸文学賞佳作となる。著書に「ママにはKISSがよく似合う」がある。

佐々木 セツ　ささき・せつ

作家　[生]大正5年　[没]平成6年6月22日　[出]新潟県長岡市　筆名＝佐々木節子　[学]東京実践女子専門学校卒　[歴]「日通文学」同人。幕末の越後長岡藩の研究でも知られ、著書に佐々木節子のペンネームで「河井継之助の妻」などがある。ほかに「淡墨画」「江戸逸話事典」（共著）など。　[団]長岡郷土史研究会、福井県清水町文化財研究会　[家]長男＝佐々木英嗣（陸上自衛隊第十師団長）

佐々木 孝丸　ささき・たかまる

翻訳家　演出家　俳優　劇作家　エスペランチスト　[生]明治31年1月30日　[没]昭和61年12月28日　[出]香川県　筆名＝落合三郎、香川晋　[学]アテネ・フランセ卒　[歴]実家は香川の寺で、僧職を嫌い電信局に勤務。昭和9年にシェンケーヴィッチ「大洪水」を訳刊し、以後、演劇界に入る。前衛座、左翼劇場を経てプロット初代執行委員になる。主な演出出演に小林多喜二の「不在地主」、三好十郎の「炭塵」などの他、戯曲、翻案劇も多い。戦後は養子千秋実の「薔薇座」に関係し、映画・テレビ俳優としても活躍。戯曲作に「地獄の審判」「筑波秘録」「板垣退助」など。　[家]娘＝佐々木踏絵（元女優）

佐々木 たづ　ささき・たず

児童文学者　[生]昭和7年6月28日　[出]東京　本名＝佐々木多津　[学]駒場高中退　[賞]児童福祉文化賞（第1回）（昭和34年）「白い帽子の丘」、日本エッセイストクラブ賞（第13回）（昭和40年）「ロバータさあ歩きましょう」、野間児童文芸賞推奨作品賞（第7回）（昭和44年）「わたし日記を書いたの」、アンデルセン賞特別優良作品賞（昭和54年）「ロバータさあ歩きましょう」　[歴]高校時代、18歳のとき緑内障のため失明。昭和31年童話創作を志し、野村胡堂に師事。33年「白い帽子の丘」を刊行。他に「ロバータさあ歩きましょう」「わたし日記を書いたの」「こわっぱのかみさま」「キヨちゃんのまほう」などがある。　[団]日本エッセイストクラブ、JBBY

佐々木 千之　ささき・ちゆき

小説家　[生]明治35年5月4日　[出]北海道札幌　前筆名＝佐佐木千之（ささき・ちゆき）　[学]独協中卒　[歴]大正13年雑誌「新潮」の記者となり、葛西善蔵の担当。かたわら同人雑誌「短篇」を創刊。自伝的長編三部作「憂鬱なる河」（大正14～昭和3）で認められ、昭和3年文芸誌「文芸王国」を刊行。7年から14年まで小学館に勤務。17年

短編集「知性の春」を、18年伝記小説「葛西善蔵」を出版、58年同書を復刊した。戦後、25年に48歳の若さで脳軟化症に倒れ、右半身不自由となる。現在は奥多摩の老人ホームで、自叙伝を書き、俳句をつくる毎日を送っている。

佐左木 俊郎　ささき・としろう

小説家　[生]明治33年4月14日　[没]昭和8年3月13日　[出]宮城県玉造郡一栗村　[学]小学校卒　[歴]軽便鉄道の缶焚き、小学校代用教員などをしたのち18歳で上京、裁判所雇員などの職を転々。大正13年「首を失つた蜻蛉」が「文章倶楽部」に懸賞当選する。この頃から加藤武雄に近づき新潮社社員となって「文章倶楽部」「文学時代」の編集をする。その一方で農民文芸会に参加し、また「文芸戦線」にも参加。プロレタリア文学でも活躍するが、昭和4年十三人倶楽部に、5年新興芸術倶楽部に参加する。主な作品に「熊の出る開墾地」「黒い地帯」「都会地図の膨張」などがある。

佐々木 知子　ささき・ともこ

作家　参院議員(自民党　比例)　[生]昭和30年3月2日　[出]兵庫県神戸市　筆名＝松木麗(まつき・れい)　[学]神戸大学法学部(昭和53年)卒　[賞]横溝正史賞(第12回)(平成4年)「恋文」　[歴]明石市役所に1年間務め、昭和55年司法試験に合格。58年検事に任官、東京、松山、横浜、津の各地検、平成3年名古屋法務局訴訟部付検事を経て、5年国連アジア極東犯罪防止研修所教官。一方30歳頃から推理小説を書き始め、4年「恋文」で横溝正史賞を受賞。5年国連アジア極東犯罪防止研究所教官。10年自民党比例区から参院議員に当選。11年3月村上・亀井派に参加。
http://www2.tky.3web.ne.jp/~tsasaki1/

佐々木 初子　ささき・はつこ

小説家　[生]大正9年　[出]山口県　[学]厚狭高女卒、お茶の水家庭寮(学校)卒　[賞]千葉文学賞(昭和61年)「旧街道」、新人テレビシナリオコンクール佳作(平成2年)「白衣の影」　[歴]昭和14年に結婚。28年より36年間工場の経営者として働く。傍ら、趣味で執筆を続ける。32年エッセイ集「女の人生学校」を処女出版。その後小説を学ぶ。著書に「旧街道」「女たち」「八十歳の遺言」などがある。　[家]次男＝佐々木功(俳優)

佐々木 博子　ささき・ひろこ

ノンフィクション作家　劇作家　Hiro企画代表　[生]昭和13年12月23日　[出]福岡県北九州市八幡東区前田　旧姓(名)＝田中　[学]折尾高卒　[興]女の一生と老いの迎え方の聞き取り、人間の生きる姿勢　[歴]昭和48年まで新日鉄に勤務。カネミ油症事件をテーマに小説「化石の街」を書き、演劇を全国各地で公演。現在、主婦のノンフィクション作家として活躍。著書に「男たちの遺言」「沈黙の鉄路—国鉄ローカル線を行く」「終着駅のないルール」「メダリスト—水の女王田中聡子の半生」など。　[団]北九州文化懇話会

佐々木 浩久　ささき・ひろひさ

映画監督　脚本家　[生]昭和36年　[出]北海道　[歴]ディレクターズ・カンパニーの設立と同時に上京し、助監督に。以後長崎俊一、黒沢清の作品に全て参加。平成6年「情熱の荒野」で監督デビュー。同年「ナチュラル・ウーマン」で長編映画デビュー。他の作品に「発狂する唇」「血を吸う宇宙」などがある。

佐佐木 武観　ささき・ぶかん

シナリオライター　演出家　日本演劇協会常任理事　[生]大正12年12月28日　[没]平成12年7月22日　[出]岩手県大東町　本名＝佐々木武観(ささき・たけみ)　[学]札幌鉄道教習所普通科卒　[賞]国鉄文芸年度賞(第1回)(昭和24年)「荒原地」、菊池寛ドラマ賞(平成7年)「荻野吟子抄」　[歴]釧路で「北東文化」「北方文芸」「北海文学」に作品を発表。昭和24年自立劇団・北方芸術座を創立、自作公演を行う。26年上京して北条秀司に師事、31年明治座にて「牝熊」でデビュー。「北海文学」同人。自伝に「負けてたまるか」、主な作品に戯曲「荒原地」、ラジオ「林郷の歌」(NHK)、テレビ「魚師の海」(TBS)など。　[団]日本脚本家連盟、日本放送作家協会

ささき ふさ

小説家　[生]明治30年12月6日　[没]昭和24年10月4日　[出]東京　本名＝佐佐木房子　旧姓(名)＝大橋　[学]青山学院英文科(大正8年)卒　[歴]大正元年受洗。8年聖書を児童向けに書き下ろした「イスラエル物語」を処女出版。次いで「葡萄の花」「断髪」を大橋房の名で出版。12年第9回万国婦人参政権大会出席のため渡欧、14年芥川龍之介の媒酌で佐々木茂索と結婚。15年「ある対位」、昭和3年「女人芸術」に参加、「遠近」「ある日の出来事」「思ひ合はす」などを発表、5年には短編集「豹の部屋」を刊行。16年満州、北支旅行、18年伊東市へ疎開。戦後「おばあさん」「ゆがんだ格子」など。没後「ささきふさ作品集」が出された。
[家]夫＝佐々木茂索(作家・文芸春秋新社社長・故人)

佐々木 正夫　ささき・まさお

作家　随筆家　壺井栄文学館館長　「四国作家の会」主宰　[生]大正15年3月21日　[出]香川県仲多度郡琴平町　[学]丸亀高卒　[賞]国鉄総裁賞「機械の話」、香川菊池寛賞(第6回)(昭和45年)「讃岐文学散歩」、香川県文化功労者(平成7年)
[歴]「新作家」同人、「四国作家の会」「遍路宿」

主宰。小説「機械の話」で国鉄総裁賞を受賞。著書に小説「白い雲」、「ブルーガイド・ブックス〈27〉四国」など。 [団]日本ペンクラブ、日本文芸家協会

佐々木 丸美　ささき・まるみ

小説家 [生]昭和24年1月23日 [出]北海道石狩郡当別町 [学]北海学園大学法学部中退 [歴]昭和50年「雪の断章」でデビュー。ファンタジー、ミステリー・ロマンなど、独特のリリカルなムードを持った作品を発表している。著書に「忘れな草」「花嫁人形」「崖の館」など。

佐々木 味津三　ささき・みつぞう

小説家 [生]明治29年3月18日 [没]昭和9年2月6日 [出]愛知県北設楽郡下津具村 本名＝佐々木光三 [学]明治大学政経科(大正7年)卒 [歴]大学時代「大観」の記者となり、「葦毛の馬」「馬を殴り殺した少年」などを発表し、文壇から注目される。その後「地主の長男」「呪はしき生存」などを発表し、大正12年「文芸春秋」同人となり、13年「文芸時代」同人となるが、生活のため大衆文学に転じ、昭和3年「右門捕物帖」を、4年「旗本退屈男」を連載して好評を得る。以後多くの大衆小説を発表し、代表作に「風雲天満双紙」などがある。

佐佐木 茂索　ささき・もさく

小説家 編集者 文芸春秋新社社長 [生]明治27年11月11日 [没]昭和41年12月1日 [出]京都市上京区下立売千本西入稲葉町 [学]小学校卒 [歴]独学で勉強し、新潮社、中央美術社を経て、大正9年から時事新報社文芸部主任として14年迄勤める。その間「ある死・次の死」「選挙立合人」「曠日」などを発表して新進作家としての地位を固め、13年「春の外套」を刊行。以後「夢の話」「天ノ魚」「南京の皿」長篇「困った人達」などを刊行。昭和4年文芸春秋社に入社し総編集長となって、創作を絶ち、以後編集・出版事業に専念。10年には、菊池寛と芥川賞、直木賞を創設。21年文芸春秋新社社長に就任した。

佐々木 譲　ささき・ゆずる

作家 [生]昭和25年3月16日 [出]北海道札幌市 筆名＝佐々木譲(ささき・じょう) [学]札幌月寒高(昭和43年)卒 [賞]オール読物新人賞(第55回)(昭和54年)「鉄騎兵、跳んだ」、日本推理作家協会賞(第43回)(平成2年)「エトロフ発緊急電」、山本周五郎賞(第3回)(平成2年)「エトロフ発緊急電」、日本冒険小説協会大賞(平成2年)、新田次郎文学賞(第21回)(平成14年)「武揚伝」 [歴]本田技研に勤務中の昭和54年「鉄騎兵、跳んだ」で第55回オール読物新人賞を受賞。平成10年11月北海道中標津町の原野に仕事場を建てる。直木賞候補となった「ベルリン飛行指令」、山本周五郎賞、日本推理作家協会賞受賞の「エトロフ発緊急電」、「ストックホルム密使」は第二次大戦3部作。他の著作に「夜を急ぐ者よ」「振り返れば地平線」「五稜郭残党伝」「北辰群盗録」「武揚伝」など。 [団]日本ペンクラブ、日本推理作家協会

笹倉 明　ささくら・あきら

作家 [専]裁判関係 アジア関係 [生]昭和23年11月14日 [出]兵庫県西脇市 [学]早稲田大学文学部文芸科卒 [興]アジアを舞台の大河小説 [賞]すばる文学賞佳作(第7回)「海を越えた者たち」、サントリーミステリー大賞(第6回)(昭和63年)「漂流裁判」、直木賞(第101回)(平成1年)「遠い国からの殺人者」、杉の木賞(平成1年) [歴]コピーライター、フリーの雑誌記者などを経て作家となる。主な作品に「海を越えた者たち」「漂流裁判」「遠い国からの殺人者」「弁護士中町公一の事件簿 路上の幸福者」「にっぽん国恋愛事件」。 [団]日本文芸家協会、池永復権会

笹子 勝哉　ささご・かつや

評論家 ノンフィクション作家 [専]企業社会レポート(金融・商社関係) [生]昭和18年2月1日 [出]神奈川県横須賀市 [学]法政大学第一経済学部卒 [歴]大宅マスコミ塾を出て、経済誌記者、政経通信社「週刊政経速報」編集長を経て、昭和57年7月独立。金融の分野を得意としている。著書には「政治資金の構造」「商社金融」「銀行管理」などのノンフィクションレポートと、「頭取敗れたり」「頭取を罠にかけろ」などの政治経済小説がある。

笹沢 左保　ささざわ・さほ

小説家 [生]昭和5年11月15日 [出]神奈川県横浜市 本名＝笹沢勝(ささざわ・まさる) [学]関東学院高等部(昭和23年)卒 [賞]日本探偵作家クラブ賞(昭和36年)「人喰い」、日本ミステリー文学大賞(第3回)(平成11年) [歴]昭和27～35年郵政事務官として簡易保険局に勤務。33年「全逓文化」の公募小説に当選。35年「招かれざる客」で江戸川乱歩賞次席、翌年「人喰い」で探偵作家クラブ賞を受賞。36年に左保に改名し、本格ミステリー小説を手がける。股旅物にも新境地を開拓し、45年から執筆を開始した「木枯し紋次郎」シリーズはテレビ化もされ大ヒットとなる。57年父親のための「青年塾」を結成、世直し説法の講演行脚をする。代表作に「空白の起点」「六地蔵の影を斬る」「孤独なる追跡」「他殺岬」「骨肉の森」「詩人の家」など。多作ぶりはつとに有名で、平成7年著作が350冊を越える。5年9月には3度目の胃ガンの

笹本 寅 ささもと・とら
小説家　ジャーナリスト　⑰明治35年5月25日　⑱昭和51年11月20日　⑲佐賀県唐津市　⑳東洋大学中退　㉑野間文芸奨励賞(第1回)(昭和16年)「会津士魂」　㉒大正14年春秋社に入社し、中里介山の「大菩薩峠」刊行にたずさわる。昭和6年時事新報社に入社し、8年「文壇郷土史(プロ文学篇)」を刊行。9年退社し、以後執筆生活に入る。13年海音寺潮五郎ら約20名の大衆作家とともに「二十七日会」(のち東京作家クラブ)を結成。14年同人誌「文学建設」創刊に参加。他の著書に「文壇手帖」「中里介山伝」などがある。

笹山 久三 ささやま・きゅうぞう
小説家　⑰昭和25年9月12日　⑱高知県幡多郡西土佐村　本名=芝久己　⑲中村高西土佐分校卒　㉑文芸賞(第21回)(昭和62年)「四万十川」、坪田譲治文学賞(第4回)(平成1年)「四万十川」　㉒四万十川流域で育ち、高校卒業後上京、昭和44年横浜金沢郵便局に就職。集配課に所属し、配達の傍ら組合の教宣部長をつとめる。昭和62年ワープロ習得のつもりで手がけた自伝的な小説「四万十川第一部あつよしの夏」を発表、ドラマ化された。他の作に「四万十川第二部といわかれの日々に」「四万十川第三部青の芽ふくころは」「飢餓船」「郵便屋」がある。㉓日本文芸家協会

佐治 乾 さじ・すすむ
脚本家　⑰昭和4年1月13日　⑱平成13年2月7日　⑲兵庫県　⑳関西学院大学文学部英文科(昭和26年)卒　㉑年間代表シナリオ賞(第16回、昭39年度)「非行少年」(河辺和夫と共同)、年間代表シナリオ(昭51・53年度)「暴力!」(斎藤信行と共同)「人妻集団暴行致死事件」　㉒大映に入社するが、レッドパージのため退社。八木保太郎に師事し、シナリオ執筆の道に進む。昭和29年映画「ママの日記」(東宝)のシナリオを八木、北村勉と共同執筆。同年日活の専属ライターとなり、「少年死刑囚」「暗黒街の美女」などの作品で認められた。50年「南極物語」が大ヒット。東映アクション映画、日活ロマンポルノの他、テレビドラマなどを多く手がけた。主なシナリオ作品に映画「影なき声」「血の抗争」「橘のない川」「新仁義なき戦い・組長の首」「犯される」「血と砂」「殺人遊戯」、テレビドラマ「大都会PARTII」など。㉓日本シナリオ作家協会、日本放送作家協会

佐治 祐吉 さじ・ゆうきち
小説家　⑰明治27年6月11日　⑱昭和45年4月29日　⑲福島県会津若松　⑳東京帝国大学卒、東京帝国大学大学院修了　㉒大正7年東大同人誌第5次「新思潮」に参加、「ハルピンの一夜」「恐ろしき告白」などを発表。9年の三田文学に「涙」なども書いた。のち渋沢栄一の秘書、晩年東洋大、明大各講師。渋沢死後「渋沢栄一伝記資料」刊行に従事した。

笹生 陽子 さそう・ようこ
児童文学作家　⑰東京都　⑳慶応義塾大学文学部卒　㉑日本児童文学者協会新人賞(第30回)(平成8年)「ぼくらのサイテーの夏」、児童文芸新人賞(第26回)(平成8年)「ぼくらのサイテーの夏」　㉒平成7年「ジャンボジェットの飛ぶ街で」が講談社児童文学新人賞佳作となる。8年「ぼくらのサイテーの夏」で児童文学作家としてデビュー。同作品で第30回日本児童文学者協会新人賞、第26回児童文芸新人賞を受賞。著書に「ぼくらのサイテーの夏」「きのう、火星に行った」などがある。

佐多 稲子 さた・いねこ
作家　⑰明治37年6月1日(戸籍:明治37年9月25日)　⑱平成10年10月12日　⑲長崎県長崎市八百屋町　本名=佐田イネ(さた・いね)　旧筆名=窪川いね子、窪川稲子　⑳牛込小中退　㉑女流文学賞(昭和37年)「女の宿」、野間文芸賞(昭和47年)「樹影」、川端康成文学賞(昭和50年)「時に佇つ」、毎日芸術賞(昭和58年)「夏の栞-中野重治をおくる」、朝日賞(昭和59年)、読売文学賞(第37回、随筆・紀行賞)(昭和60年)「月の宴」　㉒小学入学時に母親を亡くし、大正4年一家で上京。小学5年からキャラメル工場やメリヤス工場などで働いた。のち最初の結婚に破れ、本郷のカフェに勤めるうち、そこに集う同人雑誌「驢馬」の中野重治、窪川鶴次郎らと知り合う。昭和4年窪川と結婚。夫の影響を受け、プロレタリア文学運動に入り、3年窪川いね子の名で処女作「キャラメル工場から」を「プロレタリア芸術」に発表。6～7年東京モスリン工場争議に取材した女工もの5部作でプロレタリア文学を代表する女流作家として活躍。6年日本プロレタリア文化連盟(コップ)に加盟、「働く婦人」の編集委員となる。7年には共産党に入党。11～13年初長編「くれなゐ」を発表。革命運動と家庭生活の間で悩み、20年離婚。同年秋より筆名・佐多稲子を使用する。戦後、新日本文学会、婦人民主クラブに所属。21年共産党に再入党するが、26年除名され、30年にひとたび復党、39年再び除名された。自らの体験をもとに様々な問題作を書き、50年「時に佇つ」で川端康成文学賞、58年「夏の栞—中野重治をおくる」で毎日芸術賞受賞。ほかの代表作に「素足の娘」

「私の東京地図」「みどりの並木道」「歯車」「女の宿」「渓流」「樹影」、随筆集「月の宴」などがあるほか、「佐多稲子作品集」(全15巻, 筑摩書房)「佐多稲子全集」(全18巻, 講談社)がある。㊟日本文芸家協会(名誉会員)、日本ペンクラブ、新日本文学会、婦人民主クラブ㊟長男＝窪川健造(テレビ映画監督)、二女＝佐多達枝(舞踊家)

定金 伸治　さだかね・しんじ

小説家　㊟昭和46年　㊟大阪府　㊟京都大学㊟「ジハード」で第1回ジャンプ小説・ノンフィクション大賞に入選。同作品はシリーズ化され、ジャンプノベルに連載され、単行本も9巻まで出版。

佐竹 一彦　さたけ・かずひこ

小説家　元・警察官　㊟昭和24年　㊟栃木県　本名＝松本豊　㊟明治大学農学部(昭和49年)卒　㊟オール読物推理小説新人賞(第29回)(平成2年)「わが羊に草を与えよ」㊟昭和49年警視庁入り。大森署を振り出しに調布署、昭島署を経て、58年第七機動隊に配属。53年の過激派による成田空港管制塔占拠事件の時は現場で警備に当たった。62年警部補で退職後、小説を書き始める。平成2年「わが羊に草を与えよ」でオール読物推理小説新人賞を受賞。4年には「凶刃『村正』殺人事件」が江戸川乱歩賞候補となる。12年著書「ショカツ」がテレビドラマ化される。他の作品に「刑事部屋」「よそ者」などがある。

佐竹 申伍　さたけ・しんご

小説家　㊟大正10年1月15日　㊟東京都文京区小石川　本名＝佐藤静夫(さとう・しずお)　㊟日本大学芸術学部映画科卒　㊟映画関係の仕事を経て、文筆活動に入る。著書に「闘将島左近」「真田幸村」「大石内蔵助」「岩崎弥太郎」「剛勇塙団右衛門」「蒲生氏郷」「湖北の鷹」など。㊟東京作家クラブ、日本文芸家協会

佐竹 龍夫　さたけ・たつお

小説家　㊟明治42年9月13日　㊟秋田県　㊟早稲田大学仏文科中退　㊟広津和郎を師と仰ぎ、昭和23年「俗物」「推移」「たそがれ」「狐狸の世界」の4短編を収めた「俗物」を出版、丹羽文雄が序を寄せた。以後七つの短編集「ひろぼにや」「都愁」などを出した。

佐竹 守一郎　さたけ・もりいちろう

劇作家　新舞踊作家　㊟明治21年3月14日　㊟昭和45年7月14日　㊟大阪　筆名＝香取仙之助㊟俳句を河東碧梧桐に学び、のち玄文社同人となり劇作に専心。大正11年8月号の「劇と評論」に戯曲「天石屋戸」などを発表。また12年には新舞踊「藤の夢」3部曲、「惜しむ春」を書いた。昭和5年花柳徳次(五条珠美)を率いて珠美会を結成、主宰し、劇作、舞踊作家として活躍した。戦後も日本舞踊界を指導。

貞永 方久　さだなが・まさひさ

映画監督　脚本家　㊟昭和6年9月22日　㊟大分県　㊟九州大学法学部(昭和31年)卒　㊟東京国際映画祭芸術貢献賞(第9回)(平成8年)　㊟昭和31年4月松竹大船撮影所演出部に入社。五所平之助、大庭秀雄らに助監督としてつく。36年からテレビ・ドキュメンタリーの演出を手がける。43年「復讐の歌が聞こえる」(共同監督)でデビュー。46年監督に昇進、「黒の斜面」で本格的デビュー。以後「嫉妬」「影の爪」「良寛」など発表。テレビ作品に「日本の魅力」シリーズ、「坊ちゃん」「必殺仕置人」などがある。㊟日本映画監督協会(理事)

定村 忠士　さだむら・ただし

劇作家　編集者　㊟人文諸科学　劇作　ドキュメンタリー　㊟昭和7年1月2日　㊟平成13年10月30日　㊟福岡県北九州市小倉　㊟東京大学文学部仏文科(昭和29年)卒　㊟日本読書新聞編集部に入社。のち日本読書新聞編集長を務めた。昭和40年ラボ教育センター入社。56年十代の会発起人の一人として同会創立に参加。のち日本エディタースクール出版部編集委員、同スクール講師。傍ら、劇団・ぶどうの会の文芸スタッフを務め、劇作家としても活躍。劇団民芸などに戯曲を書き下ろした。著作に「悪路王伝説」「写楽が現れた」、戯曲「マグダラの女」「悪路王と田村麻呂」「グラバーの息子 倉場富三郎の生涯」などがある。㊟日本フェノロサ学会、日本浮世絵協会

薩川 昭夫　さつかわ・あきお

シナリオライター　㊟昭和37年　㊟兵庫県神戸市　㊟早稲田大学文学部演劇科(昭和59年)卒　㊟大学では映画研究会に所属。松竹シナリオ研究所第4期修了。平成3年DORAMADOS「欲望のフルコース」(関西テレビ)でシナリオライターとしてデビュー。川島透監督作品「押絵と旅とする男」、実相寺昭雄監督作品「屋根裏の散歩者」のシナリオを担当した。

五月 祥子　さつき・しょうこ

フリーライター　㊟東京都　筆名＝沼五月、七瀬さつき(ななせ・さつき)　㊟東京都立井草高卒㊟少女マンガ原作などのフリーライターとなり、五月祥子の筆名でジュニア小説を、沼五月の筆名で推理小説を手がける。3月31日生まれ。著書に「ハロウイン殺人事件」「転校生は吸血鬼」、「松本城殺人事件」(共著)など。

佐々 克明　さっさ・かつあき
作家　[生]大正15年8月9日　[没]昭和61年10月20日　[出]福岡県福岡市　[学]東京大学法学部(昭和24年)卒　[歴]朝日新聞に入社。社会部記者など32年間務めたが、昭和56年退社。歴史もののフリーライターとして売出すかたわら、「病める巨象・朝日新聞私史」を月刊誌に連載した。著書に「まぼろしの帰運城」「織田信長」など。[団]東アジアの古代文化を考える会　[家]父=佐々弘雄(法学者)、妹=紀平梯子(元日本婦人有権者同盟会長)、弟=佐々淳行(内閣安全保障室長)

佐々 三雄　さっさ・みつお
小説家　[生]明治43年3月7日　[没]昭和22年2月24日　[出]愛知県名古屋市東区千種町　[学]早稲田大学露文科(昭和10年)卒　[歴]在学中「早稲田文科」同人として「峰」「憂碑」を、「早稲田文学」に「孤独の計」「献身」などを発表。昭和13年5編の連作私小説を「献身」に収録出版。平野謙、浅見淵、寺岡峰夫らが高く評価、その早世を惜しんだ。他に「昔の人に」「幼年の街」など。

颯手 達治　さって・たつじ
作家　[専]時代　歴史　[生]大正13年6月13日　[出]北海道札幌市　本名=吉田満　筆名=颯手規仁　[学]慶応義塾大学中退　[興]「弓と禅」の著者オイゲン・ヘリゲルの師・阿波研造の禅思想と生涯について　[賞]小説倶楽部賞(昭和31年)　[歴]新聞記者のかたわら同人雑誌に作品を発表。「新潮」などにも掲載される。初めて書いた時代小説が大衆文学の新人賞となり作家専業となる。以後時代小説を多数執筆し、著書百数十冊、総作品数百編におよぶ。「若さまもの」が有名。他に「女たちの忠臣蔵」「ひょうたん侍」「やまざる大名」などや小中学生向けの歴史物語がある。　[団]日本作家クラブ

佐藤 愛子　さとう・あいこ
小説家　[生]大正12年11月5日(戸籍:大正12年11月25日)　[出]兵庫県西宮市　[学]甲南高女(昭和16年)卒　[賞]直木賞(第61回)(昭和44年)「戦いすんで日が暮れて」、女流文学賞(第18回)(昭和54年)「幸福の絵」、日本文芸大賞(第8回)(昭和63年)、菊池寛賞(第48回)(平成12年)　[歴]昭和18年陸軍少尉と結婚して長野県伊奈町に移る。戦後千葉で帰農するが、25年離婚。同年「文芸首都」の同人となり、27年北杜夫、田畑麦彦らと同人誌「半世界」を創刊。31年に田畑と再婚するが、のち離婚。38年に「ソクラテスの妻」が第49回芥川賞候補になり、44年会社倒産の経験を基にした「戦いすんで日が暮れて」で第61回直木賞を受賞した。男性批判をこめた家庭小説を得意とする。代表作に父紅緑の伝記を描いた「花はくれない・小説佐藤紅緑」、自伝的小説「愛子」のほか、「鎮魂歌」「女優万里子」「血脈」などがある。
[団]日本文芸家協会、女流文学者会　[家]父=佐藤紅緑(小説家)、異母兄=サトウハチロー(詩人)、娘=糸杉紗衣(小説家)

佐藤 靄子　さとう・あいこ
劇作家　[歴]戦前に岡本綺堂の門下に入って舞台の脚本づくりを始め、文楽「牡丹燈籠」を脚本にした作品などがある。オペラにも強く惹かれ7年がかりで和製オペラ「お夏狂乱」の台本を書き上げた。平成2年作曲仙道作三、監修・振り付け岩井半四郎、二期会の協賛を得て、私財1千万円を投じて浅草公会堂で公演。著書に「六代竹本住大夫」、高名な書家で芸術院会員の父を語った「父・川村驥山」などがある。
[家]父=川村驥山(書家・故人)

佐藤 亜紀　さとう・あき
小説家　[生]昭和37年9月16日　[出]新潟県栃尾市　[学]成城大学卒、成城大学大学院西洋美術史専攻(昭和63年)修士課程修了　[賞]日本ファンタジーノベル大賞(第3回)(平成3年)「バルタザールの遍歴」　[歴]昭和63年〜平成元年渡仏し、ブサンソンの大学で西洋美術史を学ぶ。帰国後、2年間化繊会社勤務を経て、翻訳業に。一方中学時代、フランスの詩人アポリネールに魅せられて以来小説を書き続ける。著書に「バルタザールの遍歴」「戦争の法」「鏡の影」「モンティニーの狼男爵」「1809」「検察側の論告」などがある。　[家]夫=佐藤哲也(ファンタジーノベル大賞受賞)

佐藤 亜有子　さとう・あゆこ
小説家　[生]昭和44年10月19日　[出]岩手県　[学]東京大学文学部仏文科(平成7年)卒　[賞]文芸賞(優秀作,第33回)(平成8年)「ボディ・レンタル」　[歴]外資系コンピュータ会社のアルバイトや翻訳業を経て、執筆業に。「葡萄」は芥川賞候補に選ばれた。著書に「ボディ・レンタル」「生贄」「首輪」「東京大学殺人事件」などがある。

沙藤 一樹　さとう・かずき
日本ホラー小説大賞短編賞を受賞　[生]昭和49年　[出]兵庫県　[賞]日本ホラー小説大賞(短編賞,第4回)(平成9年)「D-ブリッジ・テープ」　[歴]早稲田大学商学部在学。著書に「D-ブリッジ・テープ」がある。

佐藤 和正　さとう・かずまさ
作家　[生]昭和7年　[没]平成3年10月1日　[出]北海道深川市　[学]日本大学芸術学部(昭和30年)卒　[歴]昭和14年満州国新京特別市(現・長春市)に一家で移住、当地で終戦を迎える。大学卒業後、河出書房入社。37年より文筆活動に入り、ノンフィクションを中心に執筆。主著に「最後の関東軍」「将軍・提督 妻たちの太平洋戦争」「艦と乗員たちの太平洋戦争」など。

佐藤 貴美子　さとう・きみこ
作家　[生]昭和8年　[出]大阪府大阪市淀川区　[学]椙山女学園中学部(昭和24年)卒　[賞]文化評論新人賞(昭和39年)「千代」、多喜二百合子賞(昭和60年)「母さんの樹」　[歴]昭和24年名古屋中公共職業安定所に就職。25年同安定所を退職し、名古屋市外電話局に就職。32年結婚し、全電通東海地方本部専従役員、34年全電通名古屋市外電話局支部調査交渉部長、のち日本電信電話東海ネットワークセンター勤務を経て、平成3年退職。この間、昭和37年自宅で池内共同保育所開所。39年小説「千代」で「文化評論」新人賞を受賞。著書に、「母親たちの夏」「母さんの樹」「つっぱり母さんの記」「わたしのカルメン 青春と小説修業」「銀の林」など。
[団]日本民主主義文学同盟

佐藤 州男　さとう・くにお
児童文学作家　[生]昭和5年12月6日　[没]平成6年10月5日　[出]新潟県村上市　[賞]石森児童文学賞第1位(昭和54年)、講談社児童文学新人賞佳作(昭和57年)、日本児童文芸家協会新人賞(第14回)(昭和60年)「海辺の町から」　[歴]30年にわたる教職のうち、最後の10数年間は障害児教育にたずさわる。昭和55年筋萎縮症のため教職をはなれ、著作生活にはいる。著書に「海べの町から」「新ちゃんがないた!」「死んでたまるか!」「ゴクツブシの天使」など。

佐藤 ケイ　さとう・けい
小説家　[賞]電撃ゲーム小説大賞(金賞, 第7回)「天国に涙はいらない」(平成13年)　[歴]大学院の修士課程に在籍するかたわら小説を書き、初めての応募で第7回電撃ゲーム小説大賞金賞受賞。11月11日生まれ。

佐藤 賢一　さとう・けんいち
小説家　[生]昭和43年3月12日　[出]山形県鶴岡市　[学]山形大学文学部西洋史学科(平成2年)卒、東北大学大学院文学研究科フランス文学専攻(平成10年)博士課程単位取得退学　[賞]小説すばる新人賞(第6回)(平成5年)「ジャガーになった男」、直木賞(第121回)(平成11年)「王妃の離婚」　[歴]平成5年東北大学大学院在学中に「ジャガーになった男」で第6回小説すばる新人賞を受賞し、本格西洋歴史小説の執筆を始める。のち大学院を中退し、執筆活動に専念。11年の「王妃の離婚」で第121回直木賞を受賞。他の著書に「傭兵ピエール」「赤目」「カルチェ・ラタン」「双頭の鷲」「二人のガスコン」など。
[団]日本文芸家協会

佐藤 健志　さとう・けんじ
作家　評論家　[専]国際関係論　[生]昭和41年　[出]東京都　[学]東京大学教養学部国際関係論学科(平成1年)卒、マサチューセッツ工科大学政治学部博士課程　[賞]舞台芸術創作奨励特別賞(昭63年度)「ブロークン・ジャパニーズ」　[歴]韓国の民主化を分析した卒業論文が画期的な韓国政治研究として注目された。また平成元年3月演劇「ブロークン・ジャパニーズ」の脚本によって文化庁から舞台芸術創作奨励特別賞を最年少で受賞。同年9月マサチューセッツ工科大学政治大学院博士課程に進学するが、休学して日本で小説、劇作の執筆にあたる。著書に長篇小説「チングー・韓国の友人」、評論「ゴジラとヤマトとぼくらの民主主義」。
[家]父=佐藤誠三郎(政治学者・東京大学名誉教授・故人)、母=佐藤欣子(弁護士)

佐藤 紅緑　さとう・こうろく
小説家　劇作家　俳人　児童文学者　[生]明治7年7月6日　[没]昭和24年6月3日　[出]青森県弘前市親方町　本名=佐藤洽六　[学]弘前中中退　[歴]明治26年上京し、27年日本新聞社に入社、子規に俳句の手ほどきをうける。28年帰郷し、東奥日報、陸奥日報、東北日報を経て、31年富山日報主筆となり、以後も万朝報などの記者を転々とする。37年「蕪村俳句評釈」を刊行。39年戯曲「侠艶録」、小説「行火」を発表して注目され、作家となる。大正12年外務省嘱託として映画研究のため外遊。昭和2年少年小説「あゝ玉杯に花受けて」を発表し、少年少女小説の大家となる。大衆小説、婦人小説、少年少女小説と幅広く活躍し、著書は数多く、代表作に「富士に題す」「乳房」などがあり、句集も「花紅柳録」などがある。晩年「ホトトギス」同人に迎えられた。
[家]息子=サトウハチロー(詩人)、娘=佐藤愛子(作家)

佐藤 さち子　さとう・さちこ
詩人　児童文学者　[生]明治44年4月26日　[出]宮城県　旧姓(名)=伊東　筆名=北山雅子(きたやま・まさこ)　[学]佐沼実科女学校中退　[歴]熱心なクリスチャンの一家に育ったが、肺病で次々と家族を失う。自身も体が弱く、佐沼実科女学校を中退。この頃から詩作を始め、「若草」「女人芸術」に寄稿。昭和4年上京。「プロレタリア詩」に参加し、北山雅子の筆名で活躍。の

ちプロレタリア作家同盟に入り、「ナップ」に作品を発表。戦後は新日本文学会、児童文学者協会に所属し、週刊「婦人民主新聞」編集長も務めた。著書に「ナイチンゲール」、詩集に「石群」などがある。 ㊹日本児童文学者協会、新日本文学会、婦人民主クラブ

佐藤 さとる　さとう・さとる
児童文学作家　㊷昭和3年2月13日　㊸神奈川県横須賀市逸見町西谷戸字柿ノ谷戸　本名=佐藤暁(さとう・さとる)　㊻関東学院工専建築科(昭和24年)卒　㊽毎日出版文化賞(第13回)(昭和34年)「だれも知らない小さな国」、児童文学者協会新人賞(第9回)(昭和35年)「だれも知らない小さな国」、国際アンデルセン賞国内賞(第1回)(昭和36年)「だれも知らない小さな国」、国際アンデルセン賞国内賞(第4回)(昭和42年)「おばあさんのひこうき」、野間児童文芸賞(第5回)(昭和42年)「おばあさんのひこうき」、児童福祉文化賞(昭和42年)「おばあさんのひこうき」、巌谷小波文芸賞(第11回)(昭和63年)　㊺日本童話会に入会、童話創作を志す。昭和24年童話雑誌「ぎんのすず」編集に携わる。25年同人誌「豆の木」を創刊。29年実業之日本社に入社。34年「だれも知らない小さな国」を刊行し、毎日出版文化賞、児童文学者協会新人賞などを受賞。以後〈コロボックル物語〉シリーズを出版。ファンタジーの名手として知られる。他に「おばあさんのひこうき」「ジュンとひみつの友だち」、〈赤んぼ大将〉シリーズ、「佐藤さとる全集」(全12巻、講談社)「佐藤さとるファンタジー全集」(全16巻、講談社)などがある。　㊹日本文芸家協会　㊿父=佐藤完一(歌人)

佐藤 三治郎　さとう・さんじろう
建築士　さきがけ文学賞を受賞　㊷昭和4年　㊸秋田県　㊽さきがけ文学賞選奨(第6回)(平成1年)「十字の石」　㊾著書に「十字の石」「さるこ沼哀歌」がある。

佐藤 茂　さとう・しげる
日本ファンタジーノベル大賞優秀賞を受賞　㊷昭和42年　㊸宮城県　㊻東北学院大学経済学部卒　㊽日本ファンタジーノベル大賞(優秀賞)(第9回)(平成9年)「競漕海域」　㊺中学生頃、宮崎駿の作品に感銘を受けて小説を書き始める。その後公務員を務める傍ら、「競漕海域」などを執筆。

佐藤 秀逸　さとう・しゅういつ
小説家　㊸宮城県仙台市　㊻日本大学中退　㊺昭和44年渡米。59年の帰国まで様々な仕事を手掛ける。平成12年冤罪でメキシコの刑務所に収容された体験を小説化した「たった一人のニッポン人」を出版。13年、14年間米国に暮らした自らの体験に基づいて、1970年代のロサンゼルスを舞台に、異国に夢を求め腕力と度胸でのし上ろうとした日本人たちの姿を描いた「異国に散った男たち」を出版。

佐藤 純弥　さとう・じゅんや
映画監督　㊷昭和7年11月6日　㊸東京都豊島区目白　㊻東京大学文学部仏文科(昭和31年)卒　㊽ブルーリボン賞新人賞(昭和38年)、キネマ旬報賞読者選出日本映画監督賞(昭和50年)「新幹線大爆破」、年間代表シナリオ(昭和50年)「新幹線大爆破」、中国金鶏賞特別賞(昭和58年)「未完の対局」、モントリオール国際映画祭グランプリ(第7回)(昭和59年)「未完の対局」、ブルーリボン賞スタッフ賞(昭和61年)「植村直己物語」、日本アカデミー賞監督賞(昭和63年度)(平成1年)「敦煌」　㊺昭和31年東映東京撮影所に入社。37年「陸軍残虐物語」で監督デビュー。ほかに、「廓育ち」「組織暴力」などを監督。43年東映を退社、優先本数契約に変える。48年からフリーになり、「新幹線大爆破」「君よ憤怒の河を渉れ」「人間の証明」「未完の対局」(日中合作)「空海」「おろしや国酔夢譚」(日ソ協力映画)などの大作を撮る。63年"幻の映画"といわれた井上靖原作の「敦煌」を中国ロケで完成させ、日本アカデミー賞を受賞。中国で最も人気のある映画監督となる。他の作品に「植村直己物語」「北原原ハ―Who are you？」など。著書に「シネマ遁走曲」がある。　㊿息子=佐藤東弥(演出家)、父=佐藤寒山(刀剣鑑定家)

佐藤 尚　さとう・しょう
演出家　女優　劇作家　尚一座主宰　くらぶ尚経営　㊷昭和32年9月　㊸デンマーク　㊺ヨーロッパで生まれヨーロッパで育つ。歌舞伎に魅せられて芝居活動を始め、昭和58年女性だけの歌舞伎劇団尚一座を結成、座長に。平成元年博品館劇場で「一の姫」を演出、主演。銀座で「くらぶ尚」を経営し、毎日短い芝居を演じている。自作脚本は100本以上。

佐藤 正午　さとう・しょうご
小説家　㊷昭和30年8月25日　㊸長崎県佐世保市　本名=佐藤謙隆　㊻北海道大学国文科中退　㊽すばる文学賞(昭和58年度)「永遠の1/2」　㊺野呂邦暢の影響を受けて大学4年頃から小説を書き始め、2年留年の後中退。その後佐世

でアルバイト生活を送りながら小説を書く。「永遠の1/2」で昭和58年度のすばる文学賞を受賞。平成元年「個人授業」が山本周五郎賞受賞候補に。他に「王様の結婚」「恋を数えて」「放蕩記」「彼女について知ることのすべて」、エッセイ集「私の犬まで愛して欲しい」など。「永遠の1/2」と「リボルバー」は映画化された。 [団]日本文芸家協会

佐藤 信介　さとう・しんすけ

映画監督　脚本家　[生]昭和45年　[出]広島県比婆郡東城町　[学]武蔵野美術大学大学院(平成8年)修士課程修了　[賞]PFFアワード(グランプリ)(平成6年)「寮内厳粛」　[歴]武蔵野美術大学で映画づくりを始め、在学中に短編映画「寮内厳粛」がPFFアワードのグランプリを受賞。知り合いの作品の助監督をする傍ら、映画「月島狂奏」「正門前行」「恋、した。」などを監督。平成10年テレビドラマ「なっちゃんの家」を演出。脚本担当作品に「ひまわり」「つげ義春ワールド」「たどんとちくわ」(たどんのみ)「東京夜曲」など。デジタルムービーカメラで短編ドラマを撮影するプロジェクト“ブロック・プラン”にも携わる。 http://www.cosm.co.jp/angle/

佐藤 善一　さとう・ぜんいち

小説家　随筆家　元・岩手県議　[生]明治39年3月15日　[出]岩手県山田町　[学]岩手師範専攻科(大正14年)卒　[歴]小学校校長を経て、山田町町長となるが、公職追放にあう。のち退職し、岩手県町村会会長、昭和42年岩手県議を歴任。一方、14年に「早稲田文学」に掲載された「龍の鬚」が芥川賞候補となり、宇野浩二に認められる。農耕のかたわら新聞小説、短篇、随筆を書きつづけた。著書に「宇野浩二」「佐藤善一作品」などがある。

佐藤 大　さとう・だい

デジタル文化活動家　小説家　[生]昭和44年7月24日　[出]埼玉県　本名＝佐藤保　[歴]高校卒業後、テレビのアシスタントディレクター、19歳で放送作家・雑誌ライター、20歳で作詞家として、沢田研二、吉田栄作のアルバムや「ドラゴンボールZ」「まじかる・タルるートくん」などの詞を手掛ける。21歳で小説家デビュー。さらに23歳でゲーム・デザイナー、24歳でフリーとなり、テクノ&クラブ・ミュージックへと傾倒、フロッグネーションを設立する。著書に「ラバーソウル・ラバーズ」「ジェネレーション」などがある。

佐藤 大輔　さとう・だいすけ

軍事シミュレーション作家　[生]昭和39年　[出]石川県　[歴]20歳の頃からシミュレーションゲームのデザインを手掛け、資料分析と歴史考証を元に「北海道侵攻」「SDFシリーズ」など多く作品を生み出す。「逆転・太平洋戦史」で軍事小説の新分野にデビュー。著書に「天界の迷宮」「レッドサン ブラッククロス」「地球連邦の興亡」「侵攻作戦 パシフィック・ストーム」「皇国の守護者」「信長征海伝」他。

佐藤 多佳子　さとう・たかこ

児童文学作家　[生]昭和37年11月16日　[出]東京都　本名＝稲山多佳子　[学]青山学院大学文学部卒　[賞]月刊MOE童話大賞(第10回・平1年度)「サマータイム」、産経児童出版文化賞(ニッポン放送賞，第41回)(平成6年)「ハンサム・ガール」、産経児童出版文化賞(第45回)(平成10年)「イグアナくんのおじゃまな毎日」、日本児童文学者協会賞(第38回)(平成10年)「イグアナくんのおじゃまな毎日」、路傍の石文学賞(第21回)(平成11年)「イグアナくんのおじゃまな毎日」　[歴]大学時代に児童文学サークルに入り、1年間の会社勤めの後、作家生活に入る。著書に「サマータイム」「五月の道しるべ」「裏階段のモクー」「スローモーション」「ハンサム・ガール」「九月の雨」「ごきげんな裏階段」「イグアナくんのおじゃまな毎日」などがある。

佐藤 ちあき　さとう・ちあき

「花雪小雪」の著者　[生]昭和54年11月22日　[学]千葉大学史学科　[賞]ロマン大賞(佳作，平13年度)「花雪小雪」　[歴]「花雪小雪」で平成13年度ロマン大賞佳作入賞。

佐藤 鉄章　さとう・てつしょう

小説家　古代史家　「奥羽文学」主幹　[生]大正3年1月9日　[没]平成2年3月20日　[出]秋田県大館市　本名＝佐藤有次郎　[学]中等教員検定　[歴]昭和16年文部省中等教員検定合格。秋田県下で教育生活を送る傍ら、執筆をつづけ、24年「北方文芸」主宰、30年「奥羽文学」を興して主幹となる。45年上京。著書に「季節風の彼方に」「隠された邪馬台国」「若い魂」「物語中国史」「小説・魏志倭人伝」など。

佐藤 哲也　さとう・てつや

小説家　[生]昭和35年12月25日　[出]静岡県浜松市　[学]成城大学法学部法律学科卒　[賞]日本ファンタジーノベル大賞(第5回)(平成5年)「イラハイ」　[歴]コンピュータ・ソフトウエアの会社に勤務。デヴィッド・ロッジ、クライブ・バーカーなどを愛読し、大学生の頃から小説を書き始める。平成5年「イラハイ」でデビュー。

他の著書に「沢蟹まけると意志の力」「ぬかるんでから」。 [家]妻＝佐藤亜紀（小説家）

佐藤 得二　さとう・とくじ

哲学者　小説家　[生]明治32年1月30日　[没]昭和45年2月5日　[出]岩手県　[学]東京帝大哲学科卒　[賞]直木賞（第49回）（昭和38年）「女のいくさ」　[歴]京城帝大予科、一高教授などを歴任し、文部省視学官もつとめる。昭和11年「仏教の日本的展開」を刊行するなど、哲学者として活躍。昭和38年「女のいくさ」で直木賞を受賞した。

佐藤 智加　さとう・ともか

河出文芸賞優秀作を受賞　[生]昭和58年　[出]愛知県　[学]天白高　[賞]文芸賞優秀作（第37回）（平成12年）「肉触」　[歴]子どもの頃からの読書好きが高じ、中学2年から童話や小説を執筆。平成12年小説「肉触」が、第37回河出文芸賞の優秀作に選ばれ、高校生としては堀田あけみ以来19年ぶりの入選となる。 [家]父＝佐藤房儀（中京大学大学院教授）

サトウ ハチロー

詩人　作詞家　児童文学作家　[生]明治36年5月23日　[没]昭和48年11月13日　[出]東京市牛込区（現・東京都新宿区）　本名＝佐藤八郎　別名＝陸奥速男、清水七郎、山野三郎　[学]立教中中退　[賞]芸術選奨文部大臣賞（昭和29年）「叱られ坊主」、日本レコード大賞（童謡賞，第4回）（昭和37年）、NHK放送文化賞（第14回）（昭和38年）、紫綬褒章（昭和41年）、勲三等瑞宝章（昭和48年）　[歴]小説家・佐藤紅緑の長男。早稲田をはじめ8つの中学を転々、自由奔放な生活を送りながら詩を作り、大正8年西条八十に師事。15年処女詩集「爪色の雨」で詩人としての地位を確立。同時にユーモア作家、軽演劇作者、童謡・歌謡曲の作詩家としても活躍。昭和32年野上彰らと「木曜会」を主宰して童謡復興運動に尽くし、日本童謡協会会長、日本作詞家協会会長、日本音楽著作権協会会長を務めた。また、NHKラジオ番組「話の泉」のレギュラーとしても知られた。主な作品に詩集「僕等の詩集」「おかあさん」、ユーモア小説「ジロリンタン物語」、童謡集「叱られ坊主」「木のぼり小僧」、歌謡曲「麗人の唄」「二人は若い」「リンゴの唄」「長崎の鐘」など。没後の52年より東京・文京区弥生2丁目にある自宅が記念館として開放されていたが、平成7年11月閉館、岩手県北上市に移転。8年5月同市にサトウハチロー記念館・叱られ坊主が開館。9年、昭和32年創刊の童謡同人誌「木曜手帖」が500号を迎える。 [家]父＝佐藤紅緑、異母妹＝佐藤愛子、妻＝佐藤房枝（元女優）、息子＝佐藤四郎（サトウハチロー記念館館長）

佐藤 春夫　さとう・はるお

詩人　小説家　評論家　[生]明治25年4月9日　[没]昭和39年5月6日　[出]和歌山県東牟婁郡新宮町（現・新宮市船町）　[学]慶応義塾大学予科文学部（大正2年）中退　[資]日本芸術院会員（昭和23年）　[賞]菊池寛賞（第5回）（昭和17年）「芬夷行」、読売文学賞（第4回，詩歌俳句賞）（昭和27年）「佐藤春夫全詩集」、読売文学賞（第6回，小説賞）（昭和29年）「晶子曼陀羅」、文化勲章（昭和35年）、新宮市名誉市民　[歴]中学時代から「明星」「趣味」などに歌を投稿。中学卒業後、上京して生田長江に師事し、東京新詩社に入る。明治43年頃堀口大学と交わる。大正2年慶応義塾を中退、この頃油絵に親しみ、二科会展で入選した。6年「西班牙犬の家」「病める薔薇」を発表し、作家として出発。「田園の憂鬱」「お絹とその兄弟」「都会の憂鬱」などを発表する一方で、10年には「殉情詩集」を刊行、15年には評論随筆集「退屈読本」を刊行した。昭和11年文化学院文学部長に就任。14年「戦線詩集」を刊行。17年「芬夷行」で菊池寛賞を受賞。23年芸術院会員となり、27年「佐藤春夫全詩集」で、29年「晶子曼陀羅」でそれぞれ読売文学賞を受賞し、35年には文化勲章を受けた。小説、詩、評論、随筆と幅広く活躍し、「車塵集」などの中国翻訳詩集もある。一方、5年8月当時谷崎潤一郎の妻だった千代と結婚、谷崎、佐藤、千代の3人連名の声明がいわゆる“夫人譲渡事件”として世間をにぎわせた。また内弟子3000人といわれる文壇の重鎮的存在でもあった。作品集に「自選佐藤春夫全集」（全10巻，河出書房）「佐藤春夫全集」（全12巻，講談社）「定本佐藤春夫全集」（全36巻，別巻2，臨川書店）、「佐藤春夫全詩集」（講談社）、「佐藤春夫文芸論集」（創恩社）など。 [家]妻＝佐藤千代、長男＝佐藤方哉（慶大教授）

佐藤 晴樹　さとう・はるき

劇作家　[生]昭和39年8月21日　[出]愛知県名古屋市　本名＝佐藤晴紀　[学]早稲田大学第二文学部西洋文化専修卒　[賞]テアトロ新人戯曲賞（第5回・佳作）（平成5年）「寺山修司の大冒険」　[歴]運転手として勤める傍らシナリオを執筆。

佐藤 風人　さとう・ふうじん

作家　俳人　[生]大正5年1月10日　[出]群馬県吾妻郡中之条町　本名＝佐藤義弘　[賞]風雷文学賞（第11回・散文文学部門）（平成1年）「源実朝の生涯」　[歴]著書に「源実朝の生涯」「句碑物語抄」がある。 [団]日本ペンクラブ、現代俳句協会、日本演劇協会、日本文芸家協会

さとう まきこ

児童文学作家 [生]昭和22年12月23日 [出]東京都 本名＝水科牧子 [学]上智大学仏文科中退 [賞]日本児童文学者協会新人賞(第6回)(昭和48年)「絵にかくとへんな家」、野間児童文芸賞(推奨作品賞,第20回)(昭和57年)「ハッピーバースデー」 [歴]NHKラジオのお話番組制作にも携わる。主な作品に「絵にかくとへんな家」「ハッピーバースデー」「いけませんせい！いけません」「がっこうはどうぶつえん」「おやつにまほうをかけないで」「こんにちはUFO」など。

佐藤 信　さとう・まこと

劇作家 演出家 世田谷パブリックシアター・ディレクター 東京学芸大学教授 [生]昭和18年8月23日 [出]東京都新宿区 [学]早稲田大学第二文学部西洋哲学専修中退、俳優座養成所(第14期生)(昭和40年)卒 [興]アジアの民衆演劇 [賞]紀伊国屋演劇賞(個人賞,第4回)(昭和44年)「おんなごろしあぶらの地獄」「鼠小僧次郎吉」、岸田国士戯曲賞(第16回)(昭和45年)「鼠小僧次郎吉」、中島健蔵音楽賞(平3年度) [歴]劇団・青年芸術劇場を経て、昭和41年串田和美、吉田日出子らと劇団・自由劇場を結成、第1作「イスメネ・地下鉄」を上演。43年演劇センター68(のち68/71)を設立、45年より移動劇場・黒テントによる公演を行なう。状況劇場の"紅テント"とともにテント芝居の双璧として若者の人気を集めた。唐十郎と並んで、ラディカルな演劇運動を展開、饒舌な口調で重く今日的な主題に取り組む。平成2年個人劇団・鴎座を旗揚げ。9年4月開場の世田谷パブリックシアターのディレクターを務める。のち東京学芸大学教授。主な戯曲に「ハロー・ヒーロ」「あたしのビートルズ」「鼠小僧次郎吉」(5連作)、「喜劇昭和の世界」3部作をなす「阿部定の犬」「キネマと怪人」「ブランキ殺し・上海の春」、「翼を燃やす天使たちの舞踏」「夜と夜の夜」「逆光線玉葱」「荷風のオペラ」など。また、オペラの演出でも知られ、日中共同オペラ「魔笛」、「オペラ支倉常長『遠い帆』」などを手がける。演劇論集に「眼球しゃぶり」がある。 [団]文化経済学会

佐藤 真佐美　さとう・まさみ

児童文学作家 山梨学院短期大学講師 [生]昭和14年3月29日 [出]北海道 [学]玉川大学文学部教育学科卒、韓国国際大学大学院中退 [賞]北川千代賞(第5回)「マンガの世界」 [歴]著述と印刷業に携わる。作品に「ジョンガラの歌がきこえる」「甲斐むかし話の世界」「知床岬探検隊」など。 [団]日本児童文学者協会(監事)、日本児童文芸家協会、日本農民文学会、山梨文芸協会(副会長)

佐藤 雅通　さとう・まさみち

高校教師(福島県立会津女子高) 「NZに吹いた風」の著者 [出]福島県会津若松市 [学]明治大学文学部卒 [賞]福島県文学賞(奨励賞,小説の部)(平成8年) [歴]福岡県立福島高校、西会津高校を経て、会津女子高校勤務。平成8年福島県文学賞奨励賞受賞。著書に若手教員海外派遣団NZ団での体験を綴った「NZに吹いた風」がある。

佐藤 雅美　さとう・まさよし

作家 [生]昭和16年1月14日 [出]兵庫県 [学]早稲田大学法学部卒 [賞]新田次郎文学賞(第4回)(昭和60年)「大君の通貨」、直木賞(第110回)(平成6年)「恵比寿屋喜兵衛手控え」 [歴]薬品会社など数社に勤務を経て、週刊誌記者に転じジャーナリストとなる。処女作「大君の通貨」で昭和60年第4回新田次郎文学賞を受賞。平成6年「恵比寿屋喜兵衛手控え」で第110回直木賞を受賞。史伝「薩摩藩経済官僚―回天資金を作った幕末テクノクラート」「幕末住友役員会」「主殿の税―田沼意次の経済改革」「開国―愚直の宰相・堀田正睦」や、連作シリーズ「八州廻り桑山重兵衛」「物書同心居眠紋蔵」などがある。 [団]日本文芸家協会 [家]兄＝佐藤耕一(ザ・ヒューマン社長)

佐藤 碧子　さとう・みどりこ

作家 [生]明治45年 [出]東京市下谷区龍泉寺町 [学]精華高等女学校(昭和4年)卒 [歴]昭和5年文芸春秋社に入社し、菊池寛の秘書に。13年結婚により同社を退職。菊池寛、川端康成に励まされ作家活動。昭和25年「雪化粧」で直木賞候補に。著書に「人間・菊池寛」「瀧の音 懐旧の川端康成」など。

佐藤 民宝　さとう・みんぽう

小説家 評論家 [生]明治45年3月3日 [没]昭和52年5月19日 [出]福島県 [学]法政大学社会学部卒 [歴]会津魁社長を経て、昭和28年福島民報社に入り、編集局主筆、取締役などを歴任。そのかたわら、戦前から農民文学作家として知られ、農民文学会の結成に参加。「希望峰」をはじめ「白虎隊」「小原庄助」「新農民文学論」などの著書がある。

佐藤 睦子　さとう・むつこ

小説家 [生]昭和9年6月3日 [出]北海道 [学]福島大学学芸学部卒 [賞]日本海文学大賞(小説部門奨励賞,第7回)(平成8年)「八月の風」 [歴]著書に「それでも明日」「がんばれ！証」「八月の風」などがある。 [団]日本文芸家協会

佐藤 宗弘　さとう・むねひろ

小説家　[生]昭和4年　[出]岩手県水沢市　筆名＝田中知太郎　[学]明治大学文学部英文科(昭和32年)卒　[歴]一関一高時代に結核にかかり、結核のため大学卒業まで11年を要する。高校教師の傍ら、昭和33～61年筆名田中知太郎で「文芸岩手」同人。読売短篇小説賞入賞2回、「新潮」新人賞佳作。短編小説集「冬の女」、作品集「毛鈎と三つの短編」、分担執筆に「藤原四代のすべて」など。

佐藤 迷羊　さとう・めいよう

小説家　[没]昭和12年　[出]山形県　本名＝佐藤稠松(さとう・しげまつ)　[学]東京専門学校文学科中退　[歴]明治28、9年ごろ坪内逍遥に師事、東京専門学校を中退後、新聞記者となり、創作活動もする。30年4～5月の早稲田文学に「うき草」、6～9月「高嶺の月」、31年5月の「新小説」に「谷間がくれ」などを発表した。その後教育者に転じた。

さとう もとかつ

児童文学作家　元・永崎小学校校長　[生]昭和7年　[出]宮城県仙台市　本名＝佐藤源勝　[学]東北大学卒　[賞]福島県文学奨励賞(第33回)　[歴]小名浜一小などを経て、永崎小校長で退職。著書に「源太となかまたち」「えほん風土記」「天田愚庵」、「福島県のふしぎな話〈第3集〉」(共著)がある。　[団]日本児童文学者協会

佐藤 泰志　さとう・やすし

小説家　[生]昭和24年4月26日　[没]平成2年10月10日　[出]北海道函館市　[学]国学院大学文学部卒　[賞]有島青少年文芸賞(第4回)(昭和41年)「青春の記録」、有島青少年文芸賞(第5回)(昭和42年)「市街戦の中のジャズメン」、作家賞(第16回)(昭和55年)「もう一つの朝」　[歴]印刷会社などに勤めながら創作活動を続け、昭和60年から文筆に専念。「きみの鳥はうたえる」「黄金の服」などで5回芥川賞候補、「そこのみにて光輝く」で三島由紀夫賞候補となる。他の作品に「大きなハードルと小さなハードル」「納屋のように広い心」など。平成2年「海炭市叙景」の連載を最後に自殺した。　[団]日本文芸家協会

佐藤 ユミ子　さとう・ゆみこ

小学校教師(柏市立柏第八小)　日本童話会賞(昭和63年度)を受賞　[専]児童文学　[出]新潟県中頸郡柿崎町　[賞]日本童話会賞(第25回・昭63年度)(平成1年)「踏べ！友美」　[歴]「童話」昭和63年9月号に掲載した「跳べ！友美」で、平成元年、昭和63年度の日本童話会賞を受賞。

佐藤 洋二郎　さとう・ようじろう

小説家　[生]昭和24年6月28日　[出]福岡県遠賀郡岡垣町　本名＝佐藤洋二　[学]中央大学経済学部卒　[賞]野間文芸新人賞(第17回)(平成7年)「夏至祭」、芸術選奨新人賞(第49回，平10年度)(平成11年)「岬の螢」、木山捷平文学賞(第5回)(平成13年)「イギリス山」　[歴]大学卒業後、友人と建設会社を興すが倒産。のち、さまざまなアルバイトをしながら小説を書き続ける。昭和51年初めての小説「湿地」を三田文学に発表。平成4年初めての小説集「河口へ」を出版。7年「夏至祭」で野間文芸新人賞を受賞、執筆に専念。他に「前へ、進め」「夢の扉」「神名火」「岬の螢」「イギリス山」「猫の喪中」などがある。東邦大学医療短期大学非常勤講師、西武コミュニティ・カレッジ講師も務める。　[団]日本文芸家協会、日中文化交流会、三田文学会

佐藤 義美　さとう・よしみ

童謡詩人　童話作家　[生]明治38年1月20日(戸籍＝5月20日)　[没]昭和43年12月16日　[出]大分県竹田市　[学]早稲田大学文学部国文科卒、早稲田大学大学院修了　[歴]戦時中日本出版文化協会児童出版課の仕事にたずさわり、戦後日本児童文学者協会創立に参加。早くから童謡を「赤い鳥」などに投稿し、児童文学作家として活躍。「いぬのおまわりさん」「アイスクリームのうた」といった「ABCこどものうた」や「NHKうたのえほん」などラジオ・テレビ放送のための童謡も多数つくる。童謡集に「雀の木」、童話集に「あるいた 雪だるま」など、著書多数。「佐藤義美全集」(全6巻)がある。大分県竹田市には佐藤義美記念館がある。

佐藤 流葉　さとう・りゅうよう

小説家　[生]明治10年5月15日　[没]明治33年9月16日　[出]山形市　本名＝佐藤繁蔵　[歴]中学校を卒業して上京、尾崎紅葉の門下となり、小説を修業。兵役などで山形に帰り、明治32～33年山形新聞、山形自由新聞に小説や新体詩を発表した。代表作に「渡守」「かたみの画」があるが、結核に倒れた。没後34年「流葉遺稿」が編集され、昭和47年翻刻版が出された。

佐藤 緑葉　さとう・りょくよう

小説家　詩人　翻訳家　元・東洋大学教授　[専]英米文学　[生]明治19年7月1日　[没]昭和35年9月2日　[出]群馬県吾妻郡東村　本名＝佐藤利吉　[学]早稲田大学英文科(明治42年)卒　[歴]早大時代北斗会に参加し、明治40年「秋」を発表して文壇に出る。大正3年散文詩と小品集「塑像」を刊行。10年長編「黎明」を出版するが、以後は法大の教職にもつき、学究生活に入り、戦後は東洋大学教授となる。他の著書に評伝「若山

牧水」や翻訳「ジキル博士とハイド氏」などがある。

佐藤 玲子　さとう・れいこ

小説家　緒里尽文学会編集発行人　[生]昭和6年　[出]北海道稚内市　[歴]昭和50年函館文学学校に学ぶ。「北方文芸」「晨」「蝸牛」に作品を発表。昭和60年「耀きの浜」で北海道新鋭小説集に入選。緒里尽文学会編集発行人。著書に短編集「観覧車」がある。　[団]北海道立文学館

さとう わきこ

絵本作家　児童文学作家　小さな絵本美術館主宰　[生]昭和12年　[出]東京　本名＝武井和貴子(たけい・わきこ)　旧姓(名)＝佐藤　[学]大泉高卒　[賞]絵本にっぽん賞(第1回)(昭和53年)「とりかえっこ」　[歴]印刷会社のデザインルームに勤務するが、イラストに興味を持ち、フリーの絵本製作に転向。幼児向けストーリー絵本で知られる。絵本作品に「ねえ、おきて」「ねえ、まだねてるの」「とりかえっこ」「たぬきがつくったへんな海」「どうしてないてるの?」「ちいさいねずみ」「おつかい」「ばばばあちゃん」など。童話に「くまのくまた」「小さなわらいばなし」(上下)などがある。　[団]日本児童出版美術家連盟、子どもの文化研究所、日本児童文学者協会

里見 敦子　さとみ・あつこ

小説家　[生]昭和34年　筆名＝新田一実(にった・かずみ)　[歴]"新田一実"は後藤恵理子との共同ペンネームで、アイデアも文章も完全に共同作業。著書に「邪龍戦記」「シミュレーションの渦」「魔鏡の姫神」「暗闇の狩人(コレクター)」など。

里見 弴　さとみ・とん

小説家　[生]明治21年7月14日　[没]昭和58年1月21日　[出]神奈川県横浜市　本名＝山内英夫(やまのうち・ひでお)　[学]東京帝大文科大学英文科(明治42年)中退　[資]日本芸術院会員(昭和22年)　[賞]菊池寛賞(第2回)(昭和14年)、読売文学賞(小説賞・第7回)(昭和30年)「恋ごころ」、文化勲章(昭和34年)、読売文学賞(第22回・随筆・紀行賞)(昭和45年)「五代の民」　[歴]武郎、生馬との"有島三兄弟"の末弟だが、母の実家を継いで山内姓を名乗る。生馬や志賀直哉の影響を受け、東京帝大英文科中退後の明治43年に雑誌「白樺」の創刊に参加。その後次第に「白樺」を離れたが、自前の"まごころ哲学"を貫き通し、「多情仏心」はじめ「安城家の兄弟」「かね」など数々の告白的自伝小説を残した。「極楽とんぼ」は戦後の代表作。日本芸術院会員となり、昭和34年に文化勲章を受章している。「里見弴全集」(全10巻，筑摩書房)がある。　[家]兄＝有島武郎(作家)、有島生馬(洋画家)、四男＝山内静夫(映画プロデューサー)

里村 欣三　さとむら・きんぞう

小説家　[生]明治35年3月13日　[没]昭和20年2月23日　[出]岡山県和気郡福河村　本名＝前川二享　[学]関西中学(大正7年)中退　[歴]中学中退後、職工、人夫、電車従業員など各種の職業をしながら各地を転々とする。大正11年入営するが、水死を装って脱営し、里村欣三の名で満州を転々とする。大正13年創刊された「文芸戦線」に小品などを発表し、15年同人となって「苦力頭の表情」などを発表、文戦派のプロレタリア作家として活躍する。この頃の作品に「デマゴーグ」「動乱」「兵乱」などがある。昭和12年から2年間、中国各地を特務員として転戦し、15年「第二の人生」を刊行。17年マレー戦線に従軍し、18年「河の民」を刊行。20年フィリッピン従軍中、戦線で死去した。

里吉 しげみ　さとよし・しげみ

劇作家　演出家　未来劇場主宰　[生]昭和10年2月18日　本名＝里吉重実　[学]立教大学社会学部卒　[賞]紀伊国屋演劇賞(第12回)(昭和52年)「猿」、芸術祭優秀賞(演劇部門)(昭59年度)　[歴]昭和36年劇団未来劇場に入り、その後主宰に。現代社会を素材にした"喜劇"を推理劇風に或いはミュージカル仕立てにした舞台に作り上げる。52年代表作「猿」で紀伊国屋演劇賞、また「緑屋夢六玉の井徒花心中」で59年度の芸術祭演劇部門優秀賞を受賞。平成10年未来劇場創立40周年記念公演で新作「甘き夢みし酔ひもせず…ん?」を演出。　[家]妻＝水森亜土(女優)

真田 和　さなだ・かず

小説現代推理新人賞を受賞　[生]昭和30年　[出]高知県　本名＝和田真　[学]九州芸術工科大学卒　[賞]小説現代推理新人賞(第3回)(平成9年)「ポリエステル系十八号」　[歴]システムエンジニアの仕事に携わる傍ら、小説に取り組み、長編推理小説「ポリエステル系十八号」などを執筆。一方中学時代から合唱部に所属し、その後地元合唱団の指揮者を務める。

さねとう あきら

児童文学作家　劇作家　[生]昭和10年1月16日　[出]東京　本名＝実藤述　[学]早稲田大学第一文学部演劇科中退　[賞]日本児童文学者協会新人賞(第5回)(昭和47年)「地べたっこさま」、サンケイ児童出版文化賞(推せん賞)(昭和47年)、野間児童文芸賞(推奨作品賞，第10回)(昭和47年)「地べたっこさま」、小学館文学賞(第28回)(昭和54年)「ジャンボコッコの伝説」、産経児童出版文化賞(第33回)(昭和61年)「東京石器

人戦争」　⑯在学中より児童劇の戯曲をかく。昭和47年、37歳の時の処女作品集「地べたっこさま」によって、日本児童文学者協会新人賞、サンケイ児童出版文化賞推せん賞、野間児童文芸賞推奨作品賞などを受賞。以後「なまけんぼの神さま」「ジャンボコッコの伝記」など次々に話題作を発表する。62年評論集「逆風に向かってはばたく」を刊行。　⑰日本児童劇作家会議

佐野 浅夫　さの・あさお
俳優　童話作家　㊤大正14年8月13日　㊦神奈川県横浜市天王町　㊥日本大学芸術学部中退　㊧久留島武彦文化賞(昭和50年)、モービル児童文化賞(昭和53年)、勲四等瑞宝章(平成8年)、ペスタロッチー教育賞(平成13年)　⑯昭和19年に劇団苦楽座に入り、丸山定夫、薄田研二に師事。20年3月「後に続くを信ず」で映画デビュー。21年に新協劇団再建に、25年には劇団民芸の再建に参加し、46年にフリーになるまで、多くの民芸公演に出演。映画出演作に「きけわだつみの声」「真空地帯」「ビルマの竪琴」「黒い河」「けんかえれじい」「地の群れ」などがあり、熊井啓作品の常連である。TVドラマにも多数出演しているが、43年より放映の「肝っ玉かあさん」(TBS)での頑固なそば屋の職人役が、茶の間の人気を独占。平成5年より時代劇「水戸黄門」の3代目黄門役をつとめる。また29年からNHKラジオ「お話でてこいのおじさんのお話」の創作・朗読を担当し、3000話を創作した。他の出演にテレビ「大岡越前」など。　⑱妻=佐野英子(故人)

佐野 袈裟美　さの・けさみ
劇作家　評論家　社会運動家　㊤明治19年2月2日　㊨昭和20年11月13日　㊦長野県埴科郡　㊥早稲田大学文学部英文科(明治45年)卒　⑯早大時代から社会運動に入り、大正11年プロレタリア文芸雑誌「シムーン」を創刊し、12年「種蒔く人」同人となり、13年「文芸戦線」同人となる。その一方で政治運動に参加し、昭和4年結成されたプロレタリア科学研究所の中央委員となる。12年検挙され、のち再び検挙され、獄中で病をえて敗戦直後に死亡した。著書に「支那歴史読本」「支那近代百年史」がある。

佐野 天声　さの・てんせい
小説家　劇作家　㊤明治10年4月25日　㊨昭和20年6月29日　㊦静岡県大宮町(現・富士宮市)　本名=角田喜三郎　㊥東京専門学校文科中退　⑯沼津中学卒業後上京、高村光雲を慕い彫刻家をめざしたが果たされず小説に転じ、明治32年万朝報の懸賞に「鐘の声」「富士川舟」を投稿、掲載された。35年国民新聞入社、すぐ退社し、同年2月中村春雨と共著の「黒塗馬車・篭坂峠」を出版、39年小説「露の曲」、40年戯曲「不死の誓」を出した。以後40年早稲田文学の作品募集に戯曲「意志」、都新聞懸賞に同「大農」が当選。その後戯曲「賢き人」「由比正雪」「銅山王」「剛柔」、小説「エトナの雪」「お芳婆さん」などを発表。その間帰郷したが、大正11年一家をあげて上京、昭和初めにかけ講談倶楽部に時代小説を執筆した。　⑱兄=角田浩々歌客(評論家)

佐野 寿人　さの・ひさと
小説家　読売テレビ東京制作部チーフ・プロデューサー　㊤昭和8年2月　㊦山梨県　㊥東北大学卒　㊧オール読物新人賞(第60回)(昭和57年)「タイアップ屋さん」　⑯昭和33年読売テレビ入社。「巨人の星」「ルパン三世」などのアニメ番組や、「木曜ゴールデンドラマ」のプロデューサーをつとめる。かたわら小説も手がけ、57年「タイアップ屋さん」で、第60回オール読物新人賞を受賞。他に「汚れていても・愛」、「テコンドガール・蘭子」シリーズなどの著書がある。

左能 典代　さの・ふみよ
作家　岩茶房代表　㊤昭和19年9月20日　㊦静岡県伊豆長岡　本名=佐野典代　㊥立教大学文学部英文学科(昭和42年)卒　㊧新潮新人賞(第15回)(昭和58年)「ハイデラパシャの魔法」　⑯新潮社の編集局に入り、「週刊新潮」記者に。3年後のニューヨーク出張が転機となり、同社を退社。ニューヨーク生活の後、世界を放浪。昭和52年写真雑誌へのルポ記事連載のため、東欧圏への取材旅行に出る。同記事は54年に「プラハの憂欝」(講談社現代新書)として出版され、作家生活に入る。小説「ハイデラパシャの魔法」では58年新潮新人賞を受賞。一方では仲間4人でつくった出版企画・制作会社グループ・マッスで放送局や新聞社関係の出版物も手がけた。その後、中国旅行をきっかけに中国茶に魅せられ、"岩茶(がんちゃ)"を飲ませる日中文化交流サロン・岩茶房を開く。他の著書に「茶と語る」など。　⑰日本文芸家協会

佐野 文哉　さの・ぶんさい
小説家　国文学研究家　㊤大正12年2月24日　㊦愛知県知多郡　本名=佐野金正　㊥中央大学専門部卒　㊧オール読物新人賞(第56回)(昭和55年)「北斎の弟子」　⑯主に時代小説を執筆。著書に「カナダの旅」「スペインの旅」「欲しがる女」など。

佐野 洋　さの・よう

推理作家　[生]昭和3年5月22日　[出]東京　本名＝丸山一郎　[学]東京大学文学部心理学科(昭和28年)卒　[賞]日本推理作家協会賞(第18回)(昭和40年)「華麗なる醜聞」、日本ミステリー文学大賞(第1回)(平成10年)　[歴]昭和28年読売新聞社入社。33年「週刊朝日」と「宝石」共催の短篇募集に「銅婚式」が入賞。34年「一本の鉛」など長編を続々発表して文筆専業となる。ほかに「華麗なる醜聞」「透明受胎」「轢き逃げ」「空が揺れる日」など一貫して本格推理に情熱を傾ける。48〜54年日本推理作家協会第4代理事長を務めた。　[団]日本推理作家協会(理事)、日本文芸家協会、日本ペンクラブ　[家]弟＝丸山昇(東大名誉教授・中国文学)

佐橋 富三郎　さばし・とみさぶろう

歌舞伎狂言作者　劇作家　[没]明治26年1月14日　[出]尾張国名古屋(愛知県)　[歴]幕末、上方で草双紙を刊行したが、明治初期の上方歌舞伎界で立作者として活躍した。20年頃東京劇界に移り春木座で活躍した。主な作品に翻訳劇「鞋補童教学」「其粉色陶器交易」や円朝の「塩原多助一代記」を脚色した「売炭翁春馬曳綱」など。

佐原 晃　さはら・あきら

小説家　[生]昭和40年　[出]和歌山県海南市　[学]和歌山工業高専卒　[歴]マルチ・メカニックライターを志向し、海軍軍人だった祖父の影響で軍事にも興味を持つ。第二次大戦の軍事機器の解説記事や、「帰ってきたウルトラマン」などでアニメ、特撮作品に登場した機械の解説も手掛ける。「雲海の覇者 渡洋爆撃機富嶽極北大作戦」で作家デビュー。他の著書に「伊九九潜・魔海戦域」がある。

寒川 光太郎　さむかわ・こうたろう

小説家　[生]明治41年1月1日　[没]昭和52年1月25日　[出]北海道羽幌町　本名＝菅原憲光　[学]法政大学(昭和4年)中退　[賞]芥川賞(第10回)(昭和14年)「密猟者」　[歴]樺太と満州で新聞記者、東京で喫茶店経営などしたのち、父の勤める樺太庁博物館館員となる。昭和12年上京、創作にはげみ、14年「密猟者」によって芥川賞を受賞して作家活動に入る。「海峡」「草人」「北風ぞ吹かん」をあいついで刊行。太平洋戦争中は海軍報道班員として2度、南方に従軍。その頃の著書に、紀行文集「薫風の島々」などがある。19年、フィリピンで米軍の捕虜となり、22年に帰国。その後は、大衆小説に転じ、「吹雪と原始林」「蝦夷太平記」「荒野の剣士」などを発表。　[家]父＝寒川繁蔵(植物学者)

寒川 鼠骨　さむかわ・そこつ

俳人　写生文作家　[生]明治8年11月3日　[没]昭和29年8月18日　[出]愛媛県松山市三番町　本名＝寒川陽光　[学]三高中退　[歴]同郷の河東碧梧桐の紹介で正岡子規に師事し、句作する。明治29年大阪朝日に入社するが、のちに「日本」記者となり、子規と親しく接した。写生文にすぐれており「ふうちゃん」「新囚人」などの作品があり、写生文集「寒川鼠骨集」まとめられている。子規の死後、「日本」を退社し、「医学時報」「日本及日本人」の編集に携ったが、大正13年以後は子規の遺稿編纂に力を傾け、「子規全集」「分類俳句全集」「子規千秋」「子規画日記」などを刊行。晩年は根岸の子規庵に住み、戦災後は復興に尽した。

佐文字 雄策　さもんじ・ゆうさく

小説家　[生]明治38年7月4日　[出]長崎市紺屋町　本名＝貞金敏明　別名＝佐文字勇策　[学]京華中卒　[賞]サンデー毎日大衆文芸賞(昭和7年)「浪人弥一郎」　[歴]昭和7年「浪人弥一郎」が「サンデー毎日」大衆文芸賞に入賞。9年「新興大衆文芸」を創刊。主著に「睦奥百万石」「緋ざくら奉行」「深編笠浪人」などがある。

佐山 泰三　さやま・たいぞう

インフォメイション・ティ・エス社長　タイゾー倶楽部座長　[生]昭和31年12月13日　[出]東京都新宿区　[学]日本大学芸術学部演劇学科(昭和53年)中退　[歴]25歳でオリンパス光学に入社、28歳で退社、ビデオ制作会社を設立。平成元年化粧品、洗剤などを販売するインフォメイション・ティ・エスを設立、社長。一方10歳から劇団こまどりに所属、子役としてNHKドラマに出演、今井正監督「橋のない川」で準主役、映画「小林多喜二」で多喜二の少年時代、東宝映画「海軍特別年少兵」で主役を務めた。タイゾー倶楽部という劇団を組織、座長で演出、脚本家として年2、3回公演を行う。

沙羅 双樹　さら・そうじゅ

小説家　[生]明治38年5月6日　[没]昭和58年1月20日　[出]埼玉県越谷市　本名＝大野熈(おおの・ひろし)　[学]日大専門部法科中退　[歴]高等小学校卒業後、文部省検定試験に合格し、日大に進んだが、中退して東京市庁に勤務。その後作家に転じ、昭和18年「東歌」を刊行。以後「時雨の鷹」「伊達騒動」「獄門帖」などを発表、また株式批評も記した。　[団]日本児童文芸家協会

皿海 達哉　さらがい・たつや

児童文学作家　高校教師(福山暁の星女子高校)　[生]昭和17年2月25日　[出]広島県福山市　[学]東京学芸大学乙類国語科(昭和42年)卒　[賞]野間児童文芸推奨作品賞(第15回)(昭和52年)「チッチゼミ鳴く木の下で」、旺文社児童文学賞(第1回)(昭和53年)「坂をのぼれば」、サンケイ児童出版文化賞(第26回)(昭和54年)「坂をのぼれば」、日本児童文学者協会賞(第28回)(昭和63年)「海のメダカ」　[歴]昭和42年浦和市立南高校を経て、56年広島県立松永高校教諭。一方、42年日比茂樹らと同人誌「牛」を創刊。48年在学中に書いた「にせまつり」「少年のしるし」を刊行。高校教師のかたわら、作家としてスタートする。他の作品に「チッチゼミの鳴く木の下で」「坂をのぼれば」「風のむこうに」「野口くんの勉強べや」「海のメダカ」などがある。　[団]日本児童文学者協会

さらだ たまこ

放送作家　エッセイスト　フードコーディネーター　[生]昭和34年7月17日　[出]東京都　本名＝股野尚子　[学]慶応義塾大学経済学部卒　[興]食文化全般、ヨーロッパの食生活の紹介、戯曲、女性の生き方、恋愛論　[歴]学生時代から、NHK「午後のロータリー」に出演する傍ら、ニッポン放送等で放送作家として活躍。卒業と同時にテレビ朝日「料理バンザイ！」の構成作家となる。主な担当番組に、日本テレビ「おしゃれ」「おとなの漫画BG4」、TBS「エモやんのああ言えば交遊録」、ニッポン放送「お早よう中年探偵団」他。著書に「ザ・タレントらばーゆ」「たまに行くならこんな店」「リッチランチin東京」「大切な人と飲むならこんな酒こんな店」「料理バンザイ！」「プロポーズはまだいらない」「ウェディング・ベルの鳴るまえに」、雑誌連載に「ちょっと味な話」「今週のタマゴでサラダ」など。書き下しのミュージカル「ザ・ピンクスポッツ」が上演された。　[団]日本脚本家連盟、日本放送作家協会、シェーヌ・デ・ローティスール協会、国際氷彫刻家連盟

沙和 宋一　さわ・そういち

児童文学者　小説家　元・東奥日報論説委員　[生]明治40年9月20日　[没]昭和43年1月1日　[出]茨城県結城郡水海道町(現・水海道市)　本名＝山中勝衛　[歴]印刷工をしていたが、昭和3年弘前の茶太楼新聞社に勤務する。4年の4.16事件で検挙され懲役3年に処せられる。出獄後は東奥日報社などに勤務し、その間何度か検挙される。戦後東奥日報社に復帰し、論説委員として活躍。新日本文学会員。また共産党にも参加した。著書に「オホーツク海」「北海の漁夫」「生活の探求」などがある。

沢 ちひろ　さわ・ちひろ

作詞家　小説家　[歴]昭和60年レベッカに提供した「ラブ・イズ・Cash」で作詞家デビュー。以後、うしろゆびさされ組、西城秀樹、高井麻巳子、渡辺満里奈、近藤真彦などのアイドル系や、アン・ルイス、沢田知可子、BEGINなどのロック・ニューミュージック系を中心に作品を提供する。のち小説、エッセイ、脚本執筆などの分野でも幅広く活動。エッセイに「たまゆら」がある。

沢井 信一郎　さわい・しんいちろう

映画監督　[生]昭和13年8月16日　[出]静岡県浜名郡雄踏町　本名＝沢井信治　[学]東京外国語大学独語科(昭和36年)卒　[賞]年間代表シナリオ(昭54年度・59年度)「トラック野郎御意見無用」「Wの悲劇」、キネマ旬報賞(脚本賞，第30回，昭59年度)「Wの悲劇」、くまもと映画祭監督賞(第9回，昭59年度)、毎日映画コンクール日本映画大賞・脚本賞(昭59年度)「Wの悲劇」、日本映画監督協会新人賞(第26回，昭60年度)「早春物語」、日本アカデミー賞(監督賞，第9回)(昭和61年)「早春物語」「Wの悲劇」、山路ふみ子賞(特別賞，第17回)(平成5年)、日刊スポーツ映画大賞(石原裕次郎賞，第6回)(平成5年)「わが愛の譜・滝廉太郎物語」　[歴]昭和36年東映に助監督として入社。マキノ雅裕監督「昭和残侠伝」シリーズなどにつき、「ごろつき」シリーズ、「トラック野郎」シリーズなどの脚本を数多く手がける。56年松田聖子主演の「野菊の墓」で監督デビューし、“42歳の新人監督”と評判になった。以後「Wの悲劇」(59年)「早春物語」(60年)「めぞん一刻」(61年)「ラブ・ストーリーを君に」(63年)など若手女優を起用したヒロイン映画を撮り、娯楽映画の新しい旗手といわれる。平成元年よりフリー。3年硬派の時代劇「福沢諭吉」を撮り新境地を開く。他に「わが愛の譜・滝廉太郎物語」(平5年)「日本一短い『母』への手紙」(7年)「時雨の記」(10年)など。テレビ作品に「かりそめの妻」「宇宙刑事シャイダー」など。

沢木 耕太郎　さわき・こうたろう

ノンフィクション作家　[生]昭和22年11月29日　[出]東京都大田区大森　[学]横浜国立大学経済学部(昭和45年)卒　[賞]大宅壮一ノンフィクション賞(第10回)(昭和54年)「テロルの決算」、新田次郎文学賞(第1回)(昭和57年)「一瞬の夏」、講談社エッセイ賞(第1回)(昭和60年)「バーボン・ストリート」、JTB紀行文学大賞(第2回)(平成5年)「深夜特急 第三便 飛光よ、飛光よ」　[歴]フリーのルポライターとして活動を始め、昭和45年「防人のブルース」を発表、早くからジャーナリズムに新風を送りこんできた。54年「テロルの決算」で大宅壮一ノンフィクショ

ン賞を受賞。ほかに「敗れざる者たち」「人の砂漠」やボクサー・カシアス内藤を描いた「一瞬の夏」、「バーボン・ストリート」「深夜特急」「2・4・6」「オリンピア ナチスの森で」「貧乏だけど贅沢」「世界は『使われなかった人生』であふれてる」、作家・檀一雄の妻の半生を描いた「檀」などがある。

沢島 忠　さわしま・ただし
映画監督　演出家　劇作家　㋾大正15年5月19日　㋰滋賀県愛知郡湖東町南花京　別名＝沢島正継　㋲同志社外専ロシヤ語科(昭和24年)卒、同志社大学中退　㋱京都市民映画祭新人賞(昭和33年)「かんざし小判」、ボルデギラ世界喜劇映画祭作品賞・監督賞(昭和36年)「殿さま弥次喜多」、京都市民映画祭監督賞(昭和34, 40年)「天下の一大事」「股旅三人やくざ」㋕京都の劇団を経て、昭和25年東横映画入り。32年「忍術御前試合」で監督デビュー。以後東映の時代劇王国を支え、「江戸の名物男 一心太助」「若さま侍捕物帖・紅鶴屋敷」(33年)「ひばりの森の石松」(35年)「ひばり・チエミの弥次喜多道中」(36年)「サラリーマン一心太助」などで、熱狂的ファンを獲得した。39年から美空ひばり、萬屋錦之介、大川橋蔵らの舞台演出を手がける。42年フリー、45年コマプロを創立。59年からは劇作も行う。平成13年自伝「沢島忠全仕事」を刊行。

沢田 一樹　さわだ・かずき
編集者　第2回ビジネス・ストーリー大賞を受賞　㋾昭和24年　㋰富山県　㋲早稲田大学政治経済学部政治学科卒　㋱ビジネス・ストーリー大賞(第2回)(平成3年)　㋕若者向け総合誌、一般週刊誌の編集に従事。

沢田 黒蔵　さわだ・くろぞう
小説家　㋾昭和37年1月28日　㋰静岡県浜松市　㋲法政大学法学部卒　㋱歴史群像大賞(優秀賞、第7回)「黄金の忍者」　㋕会社勤務のかたわら、小説を執筆。「黄金の忍者」で第7回歴史群像大賞優秀賞を受賞し、作家デビュー。

沢田 誠一　さわだ・せいいち
小説家　北海道文学館理事長　㋾大正9年9月18日　㋰北海道札幌市　㋲札幌商(昭和13年)卒　㋱北海道新聞文学賞(第2回)(昭和43年)「斧と楡のひつぎ」、北海道文化賞(昭和61年)　㋕昭和16年陸軍高射砲学校に入学し、以後、小樽、北千島などを転じ、終戦を中隊長で迎える。23年頃より小説を書き始め、27年「札幌文学」の編集責任者となり、28年同誌に「重い跫音」を連載した。42年北海道文学館の結成に参加。43年小笠原克らと「北方文芸」を創刊し、55年1月から編集発行人を務めるが、平成13年別冊3号で終刊。代表作に「准尉」「耳と微笑」「斧と楡のひつぎ」「北の夏」「商館」など。㋙日本文芸家協会、札幌文学会

沢田 俊子　さわだ・としこ
童話作家　㋰京都府京都市　㋱仏教童話大賞(第6回)「石ころじぞう」、家の光童話大賞(第7回)「さむがりやはよっといで」、恐竜文化賞・創作部門大賞(第1回)(平成8年)「モモイロハート そのこリュウ」　㋕童話を書き始めて6年、受賞のほか各種コンクールで入選多数。作品に「石ころじぞう」「さむがりやはよっといで」「モモイロハート そのこリュウ」などがある。㋙日本児童文芸家協会

沢田 徳子　さわだ・のりこ
児童文学作家　㋾昭和22年　㋰島根県　㋱処女作「星からきた子どもたち」(原題「夜明けのはこ舟」)で、第33回毎日児童小説に入選する。著書に「200年前にぼくがいた！」「きらめきのサフィール」他。

沢田 ふじ子　さわだ・ふじこ
小説家　㋾昭和21年9月5日　㋰愛知県半田市　㋲愛知県立女子大学(現・愛知県立大学)文学部卒　㋱小説現代新人賞(第24回)(昭和50年)「石女」、吉川英治文学新人賞(第3回)(昭和57年)「陸奥甲冑記」「寂野」　㋕高校教師、西陣織工等の勤めを経て、昭和48年作家としてデビュー。50年「石女」で第24回小説現代新人賞、57年「陸奥甲冑記」と「寂野(さびの)」で第3回吉川英治文学新人賞を受賞した。古代から近世を舞台に、ヒューマンな作風の歴史小説を執筆。資料を駆使した、独自の視点による解釈を行う。また63年から岐阜県春日村の村おこし運動にとりくむ。著作に「羅城門」「天平大仏記」「野菊の露」「染織草紙」「空蝉の花」「花僧」などがある。㋙日本ペンクラブ、日本文芸家協会

沢田 撫松　さわだ・ぶしょう
小説家　新聞記者　㋾明治4年5月1日　㋳昭和2年4月13日　㋰京都　本名＝沢田忠次郎　㋲明治法律学校卒　㋕二六新報、国民新聞、読売新聞などの新聞記者を20余年間務め、特に司法記者として犯罪事実をもとに、中央公論、婦人倶楽部、新小説などに物語を執筆した。主な短編に大正9年「女の心・男の心」、14年「春宵島原巷譚」、15年「秋雨の宿」、同年7月の週刊朝日「足にさはった女」などがある。

沢田 美喜男　さわだ・みきお

脚本家 [生]昭和38年 [出]栃木県 [学]宇都宮大学卒 [賞]テレビ朝日21世紀新人シナリオ大賞(第1回)(平成13年)「みそじ魂」 [歴]大学卒業後、セイコー電子工業に入社。退職後、役者を目指し、俳優養成所に入所。その後、お笑い芸人を目指し、太田プロに入り、平成3年インザナイスカーを結成するも、解散。7年日本脚本家連盟シナリオ講座に通い、ラジオドラマの脚本公募での佳作受賞をきっかけに、脚本家としてラジオドラマの仕事を続ける。13年「みそじ魂」で第1回テレビ朝日21世紀新人シナリオ大賞を受賞。

沢地 久枝　さわち・ひさえ

ノンフィクション作家 評論家 [専]昭和史研究 [生]昭和5年9月3日 [出]旧満州・吉林 [学]早稲田大学第二文学部日本文学科(昭和29年)卒 [賞]日本ノンフィクション賞(第5回)(昭和53年)「火はわが胸中にあり」、文芸春秋読者賞(第41回)(昭和54年)「昭和史のおんな」、エイボン女性年度賞(功績賞,第3回)(昭和56年)、菊池寛賞(第34回)(昭和61年)「記録 ミッドウェー海戦」 [歴]4歳のとき満州に渡り、そこで終戦をむかえる。昭和24年中央公論社に入社、38年「婦人公論」編集次長を最後に退社し、フリーとなる。五味川純平の資料助手の経験の中から、処女作「妻たちの二・二六事件」(47年)が生まれる。竹橋事件の謎「火はわが胸中にあり」(53年)で第5回日本ノンフィクション賞受賞。心臓疾患の後遺症に悩まされながらも、歴史の下積みの人々に視点をあわせた硬派のルポを書く。平成3年月刊「現代」別冊の女性誌「女たちへ」を編集。他の著書に「密約—外務省機密漏洩事件」「烙印の女たち」「暗い暦—2・26事件以後と武藤章」「愛が裁かれるとき」「あなたに似た人」「昭和史のおんな」「もうひとつの満州」「別れの余韻」「滄海(うみ)よ眠れ」「琉球布紀行」など。 [団]著作家組合、日本陶芸倶楽部

沢野 久雄　さわの・ひさお

作家 [専]小説 エッセイ [生]大正1年12月30日 [没]平成4年12月17日 [出]埼玉県浦和市 [学]早稲田大学文学部国文学専攻(昭和10年)卒 [歴]昭和11年都新聞(現・東京新聞)に入社。15年に朝日新聞社に移り、記者生活のかたわら小説を書き続ける。戦後の25年「挽歌」で芥川賞候補、27年にも「夜の河」で芥川賞候補となった。34年退社し以後作家業に専念。天性の叙情味と的確な風景描写を生かして、人間の心のかげりを描く特異な作風で知られる。他の代表作に「風と木の対話」「火口湖」「山頂の椅子」「惑いの午後」「失踪」「小説川端康成」などがある。60年肺がんを克服して闘病記「生きていた—『ガン』からの生還」を刊行。 [団]日本文芸家協会(監事)、日本近代文学館(評議員) [家]長女=沢野水纓(画家)

沢野 ひとし　さわの・ひとし

イラストレーター 作家 [生]昭和19年12月18日 [出]愛知県名古屋市 本名=沢野公 [学]法政大学文学部(昭和44年)中退 [賞]講談社出版文化賞(さし絵賞)(平成3年)「猫舐祭」ほか [歴]児童出版社に入社。後に高校の同級生・椎名誠との絶妙のコンビで「本の雑誌」をスタートさせる。以来「ワニ眼」の絵のイラストレーターとして人気を集め、サラリーマンとイラストレーターを兼業。昭和60年初のエッセイ集「ワニ眼物語」を刊行。他の著書に「少年少女絵物語」「休息の山」「センチメンタル」など。

沢村 凜　さわむら・りん

小説家 [生]昭和38年7月 [出]広島県広島市南区 本名=浦栃朋江 [学]鳥取大学農学部獣医学科卒 [賞]日本ファンタジーノベル大賞(優秀賞,第10回)(平成10年)「ヤンのいた島」 [歴]タウン誌や就職情報誌の編集にたずさわった後、「リフレイン」で作家デビュー。死刑問題を考えるひろしまフォーラム、反アパルトヘイト運動を軸に広島とアフリカを文化で結ぶ広島アフリカ講座等の市民運動にかかわる。他の著書に「グァテマラゆらゆら滞在記」「ヤンのいた島」がある。

沢良木 和生　さわらぎ・かずお

小説家 [生]昭和5年 [出]大阪府大阪市港区 [学]同志社大学中退 [賞]歴史群像大賞(佳作,第7回)「町人剣」 [歴]学生運動に参加し、大学を中退。その後、建設会社を設立。平成10年退職。著書に「町人剣」がある。

三条 三輪　さんじょう・みわ

劇作家 演出家 医師 虹の会主宰 劇団修羅一族主宰 [専]耳鼻咽喉科 [出]東京都 [学]東京女子医科大学卒 [歴]通院の医師を経て、品川で三条耳鼻咽喉科クリニックを開業。小さい頃から芝居が好きで、医師の仕事の傍ら、演劇活動を続ける。昭和33年小林和樹らと劇団芸術劇場設立。54年に退団したのちは女優、演出・作家として活躍し、「3.10東京大空襲」「東洋鬼」などを脚色。55年より演劇企画「虹の会」を主宰、後進の指導にあたる。61年劇団修羅一族を設立、第1回の旗上げ公演では731細菌部隊を描いた「731の幻想」を脚色、演出。作品は他に「ケラーの幻想」「万の宮病院始末記」「歌舞伎町幻想」など。

【し】

椎名 桜子　しいな・さくらこ
作家　にじゅうに社長　[生]昭和41年2月22日　[出]東京・原宿　[学]成城大学文芸学部文化史学科中退　[歴]成城大学文学部2年在学中の昭和62年、処女作「家族輪舞曲(ロンド)」がマガジンハウス編集者の目にとまり63年3月出版、4か月で8万部売れ、キネマ東京による映画化の際監督にも決定というラッキーなデビューを飾る。女性誌「アンアン」にモデル兼ライターとしてブティック、デザイナー探訪のコラムを連載した。「Bing」「月刊カドカワ」などにも連載を持った。平成元年第2作「おいしい水」を出版し、7月の都議選では選管ポスターのモデルをつとめ、テレビCMにも出演する。充電期間を経て、8年2月出版社・22(にじゅうに)を設立、「日本不思議旅行ガイド」を出版。

椎名 誠　しいな・まこと
作家　映画監督　雑誌編集者　「本の雑誌」編集長　[生]昭和19年6月14日　[出]千葉県幕張　[学]東京写真大学中退　[賞]吉川英治文学新人賞(第10回)(平成1年)「犬の系譜」、日本SF大賞(第11回)(平成2年)「アド・バード」、山路ふみ子賞(第17回・文化賞)(平成5年)、地球環境映像祭アースビジョン大賞(優秀賞，平7年度)(平成8年)「白い馬」、日本映画批評家賞(監督賞，第5回，平7年度)(平成8年)　[歴]昭和43〜55年ストアーズ社を退社するまで流通業界向け月刊誌「ストアーズレポート」編集長。51年毒とエスプリにみちた書評雑誌「本の雑誌」を創刊、編集長。54年より作家活動を開始。55年春にはエッセイ「さらば国分寺書店のオババ」がベストセラーとなり、若者の圧倒的人気を得る。独創的な擬音語の多用に文体の特色がある。エッセイ、ルポ、小説など幅広く手がけ、主著は「大規模小売店と流通戦争」「気分はダボダボソース」「わしらは怪しい探検隊」「哀愁の町に霧が降るのだ」「ジョン万作の逃亡」「岳物語」(正続)、「新橋烏森口青春篇」「犬の系譜」「白い手」(平成2年映画化)、「アド・バード」「本の雑誌血風録」「黄金時代」「波のむこうのかくれ島」ほか多数。また旺盛な好奇心は、離島踏査、格闘技、16ミリ映画、世界踏査へとひろがりをみせる。平成元年"地球元気村"の結成に参加、山梨県早川町で"自然塾"を開催する。2年映画「ガクの冒険」を製作、以後、「うみ・そら・さんごのいいつたえ」「あひるのうたがきこえてくるよ」「しずかなあやしい午後に」「白い馬」「遠難鮫腹海岸」などを発表。[団]日本文芸家協会　[家]妻＝渡辺一枝(エッセイスト)、長女＝渡辺葉(翻訳家・女優)

椎名 龍治　しいな・りゅうじ
放送作家　劇作家　脚本家　[生]大正5年5月6日　[出]東京　[賞]芸術祭賞奨励賞(ラジオ部門)(第17回・昭37年度)(昭和38年)「佳子は七つ、ガンで死んだ」(TBS)　[歴]ラジオドラマ「佳子は七つ、ガンで死んだ」で芸術祭奨励賞受賞。ほかにテレビ「大阪野郎」、戯曲「佐渡島他吉の生涯」などのほか、著書に「あの空をとべたら・中国残留孤児」がある。　[団]日本放送作家協会

椎名 麟三　しいな・りんぞう
小説家　劇作家　[生]明治44年10月1日　[没]昭和48年3月28日　[出]兵庫県飾磨郡会左村(現・姫路市)　本名＝大坪昇　[学]姫路中学中退、専検合格　[歴]中学中退後見習いコックなどを経、昭和3年宇田川電気電鉄部に見習い車掌として入社。車掌になってから組合運動をし、6年共産党員として検挙され、1年近く拘留される。後、新潟鉄工所に入社、文学書に親しむ。21年「深夜の酒宴」を発表して注目され、引続き「重き流れのなかに」「永遠なる序章」を発表、実存主義を基調とする戦後文学の代表的作家となる。25年頃思想的行詰りを感じたが、赤岩栄によって洗礼を受け、キリストによる思想的転回をみせ、30年「美しい女」で芸術選奨を受賞した。その他の主な作品に「深尾正治の手記」「赤い孤独者」「自由の彼方で」「神の道化師」「懲役人の告発」など。「椎名麟三全集」(全23巻，別巻1，冬樹社)がある。

椎葉 周　しいば・しゅう
小説家　[生]昭和48年　[出]兵庫県　[学]帝京大学文学部中退　[賞]角川スニーカー大賞(優秀賞，第5回)「ゼロから始めよ」　[歴]平成12年「ゼロから始めよ」で第5回角川スニーカー大賞優秀賞を受賞し、小説家デビュー。

ジェームス三木　じぇーむすみき
脚本家　作家　[生]昭和10年6月10日　[出]大阪府　本名＝山下清泉(やました・きよもと)　[学]市岡高中退、俳優座養成所中退　[賞]シナリオコンクール入選(第18回)(昭和42年)「アダムの星」、日本文芸大賞(脚本賞，第7回)(昭和62年)「澪つくし」「独眼竜政宗」、プラハ国際テレビ祭グランプリ(昭和62年)「父の詫び状」、イエローリボン賞(昭和63年)、放送文化基金賞(脚本賞，第23回)(平成9年)「憲法はまだか」、NHK放送文化賞(第50回)(平成11年)　[歴]初め俳優をめざすが、昭和30年テイチクレコードの新人コンクールに合格して歌手に転向。歌手生活は13年におよびリリースしたレコードは30枚を数えたが、いずれもヒットせず、クラブ専

属歌手として過ごす。42年第18回シナリオコンクールに1位入賞したのがきっかけで、脚本家に転じ、野村芳太郎に師事。44年「夕月」でデビュー。主な作品に映画「ある兵士の賭け」「ふりむけば愛」、TV「白い滑走路」「愛さずにはいられない」「澪つくし」「父の詫び状」「独眼竜政宗」「八代将軍吉宗」「憲法はまだか」など。平成元年金権選挙の実相を活写した異色の映画「善人の条件」では初めて原作・脚本・監督の三役をこなした。12年のNHK大河ドラマ「葵—徳川三代」の原作・脚本を担当。舞台演出、小説、エッセイなどでも活躍。小説に「翼をください」「龍の血」「存在の深き眠り」など。

塩崎 豪士　しおざき・たけし

文学界新人賞を受賞　㊐昭和34年　㊑東京都世田谷区　㊫立教大学文学部卒　㊮文学界新人賞(第81回)(平成7年)「目印はコンビニエンス」

塩沢 清　しおざわ・きよし

児童文学作家　西島小学校(山梨県)校長　㊐昭和3年2月9日　㊡平成3年5月　㊑山梨県　㊫明治大学文学部文芸科卒　㊮山梨県芸術祭児童文学の部芸術祭賞(昭和58年，59年)　㊧郷里で中学校教師、小学校校長をするかたわら、「地域子ども会」や「子ども劇団」を組織して、青少年文化運動に取り組む。その後、児童文学の創作を試みる。著書に「ガキ大将行進曲」「五年五組の秀才くん」など。　㊞日本児童文学者協会

塩田 明彦　しおた・あきひこ

映画監督　㊐昭和36年9月11日　㊑京都府舞鶴市　㊫立教大学卒　㊮PFF(入選，第7回)(昭和59年)「ファララ」、ゆうばり国際映画祭審査員特別賞・南俊子賞(第10回)(平成11年)「月光の囁き」、報知映画賞(新人賞，第24回)(平成11年)「月光の囁き」「どこまでもいこう」、日本映画監督協会新人賞(第40回，平11年度)(平成12年)「月光の囁き」「どこまでもいこう」、日本映画プロフェッショナル大賞第1位(第9回)(平成12年)「どこまでもいこう」、ナント三大陸映画祭審査員特別賞(第23回)(平成13年)「害虫」　㊧大学時代、黒沢清、万田邦敏等と共に映画サークルSPPに所属し、「優しい娘」「ファララ」などの8ミリ映画を発表。その後、同人誌「映画王」の中心メンバーとして映画評論を手がける一方、故大和屋竺監督に私淑し、脚本家として「勝手にしやがれ！/逆転計画」などを執筆。また、山口貴義監督の「恋のたそがれ」「ヤマトナデシコ」では撮影、照明を担当。8年「露出狂の女」で映画初監督。10年「月光の囁き」で劇場映画デビューし、同作品と「どこまでもいこう」で、同年の新人賞を総ナメにする。他の監督作品に「ギプス」「害虫」がある。共著に「ストリート・ムービー・キッズ—世紀末を疾走する映像作家10人」。

塩田 剛　しおた・ごう

作家　㊐昭和36年5月20日　㊑広島県　㊫国学院大学法学部卒　㊮コバルト・ノベル大賞佳作(第2回)(昭和58年)「I MISS YOU」　㊧大学在学中の昭和58年秋、第2回コバルト・ノベル大賞に「I MISS YOU」が佳作入選。著書に「白い夜のスノー・エンジェル」。

塩田 千種　しおだ・ちぐさ

シナリオライター　㊐昭和29年7月15日　㊑岐阜県　㊫船津高卒、原宿学校(現・東京映像芸術学院)卒　㊮芸術祭賞ラジオ部門優秀賞(昭58年度)「言葉探し 鬼探し」(NHK)　㊧原宿学校在学中、尾中洋一の指導で共同脚本の形で執筆した「新宿警察」でデビュー。主な作品にTV「大都会」「愛のサスペンス劇場」(日テレ)、「泣かせるあいつ」、映画「聖女伝説」「キッズ」、ラジオドラマ「言葉探し,鬼探し」(NHK)他。

塩田 道夫　しおだ・みちお

作家　㊕歴史小説　伝記　鉄道評論　㊐昭和11年2月29日　㊑秋田県横手市　㊯首都圏の変貌—2001年を目ざす複線と新駅、鉄道経営を着手した甲州人たち、本多正純の生涯—徳川創成期に活躍した老中　㊧帝国ホテル写真部、カメラ雑誌記者、雑誌「経済界」初代企画部長を経て、(社)日米文化振興会理事。この間、国際ロータリークラブ東京地区ガバナー事務所や経営同友会の広報担当を多年にわたり兼務し、政財界に多くの知己を得る。文学は山岡荘八に師事し、歴史小説、伝記小説、鉄道評論など幅広く執筆。著書に「この人この道」「人間勝海舟」「柳沢吉保の生涯」「太閤秀吉と淀君」「新幹線大上野駅」「国鉄再建最後の選択」「命燃ゆる政治家玉置和郎」「天皇と東条英機の苦悩」他多数。　㊞日米文化振興会(理事)

塩谷 賛　しおたに・さん

作家　露伴研究者　㊐大正5年8月28日　㊡昭和52年5月8日　㊑東京　本名＝土橋利彦(どばし・としひこ)　㊫東京府立第三中学校卒　㊮読売文学賞(第20回)「幸田露伴」　㊧甲鳥書林に入り、昭和17年雑誌記者として幸田露伴を訪問、弟子となった。19年辞職、失明した露伴のため口述筆記をその死まで続け「露伴評釈芭蕉七部集」を完成。以来露伴研究を続け、「露伴全集」(全40巻、別巻1)編集に参画。「露伴の魔—その文献的研究」、評伝の集大成「幸田露伴」を刊行。補遺「露伴と遊び」出版。他に中央公論に小説「壬申」、その続編「天皇」を書いている。

塩月 赳　しおつき・たけし
小説家　評論家　[生]明治42年1月12日　[没]昭和23年3月17日　[出]宮崎県　[学]東京帝大美学科卒　[歴]太宰治と親しく「海豹」に加わり、「浪漫古典」に作品を発表、「散文」を主宰した。その後「政界往来」に勤務、東洋経済から北京に行き、戦後帰国。小説「或る幸福」、評論集「薔薇の世紀」があり、太宰「佳日」のモデル。太宰より3カ月前に死去、薔薇忌が設定された。

塩野 七生　しおの・ななみ
作家　[専]歴史学　[生]昭和12年7月7日　[出]東京　[学]学習院大学文学部哲学科(昭和37年)卒　[賞]毎日出版文化賞(第24回)(昭和45年)「チェーザレ・ボルジアあるいは優雅なる冷酷」、サントリー学芸賞(第3回)(昭和57年)「海の都の物語」、菊池寛賞(第30回)(昭和57年)「海の都の物語」、女流文学賞(第27回)(昭和63年)「わが友マキアヴェッリ」、新潮学芸賞(第6回)(平成5年)「ローマ人の物語1」、司馬遼太郎賞(第2回)(平成10年)、文芸春秋読者賞(第63回)(平成14年)、イタリア国家功労勲章グランデ・ウッフィチャーレ章(平成14年)　[歴]昭和38年からフィレンツェ(イタリア)に留学、ルネッサンスを専攻。43年帰国後、「ルネサンスの女たち」「チェーザレ・ボルジアあるいは優雅なる冷酷」を出版、45年第24回毎日出版文化賞を受賞した。55年再びイタリアに渡り、フィレンツェに住む。シシリー島の貴族ジョゼッペ・シモーネ医師と結婚。57年「海の都の物語 ヴェネツィア共和国の一千年」で第30回菊池寛賞及びサントリー学芸賞を受賞。他の主な著書に「イタリアだより」「愛の年代記」「イタリア遺聞」「コンスタンティノープルの陥落」「わが友マキアヴェッリ」「ローマ人の物語〈1〜9〉」など。
[団]文化会議、日本文芸家協会

塩野 米松　しおの・よねまつ
作家　[生]昭和22年1月1日　[出]秋田県仙北郡角館町　筆名＝アンクル米松(あんくるよねまつ)
[学]東京理科大学理学部応用化学専攻卒
[歴]漫画雑誌「COM」の編集企画などを経て、のち1年の半分以上を山や川辺、旅先などで過ごし、その体験を雑誌などに、アンクル米松の名で発表、アウトドア作家として活躍。一方、普通の日本人の職業と生活を記録する聞書にも取り組む。平成4年処女小説「昔の地図」が芥川賞候補に。著書に「赤毛のアンのカントリーノート」「わんぱく野外遊び」「父さんの小さかったとき」「手業に学べ」「天から石が」「たぬきの掌」「大黒柱に刻まれた家族の百年」「失われた手仕事の思想」他。
[団]日本文芸家協会

塩見 鮮一郎　しおみ・せんいちろう
作家　[生]昭和13年2月6日　[出]岡山県岡山市
[学]岡山大学法文学部(昭和38年)卒　[興]差別全般と家制度，とくに表現論　[歴]昭和38年河出書房新社編集部に勤務、54年退職し作家に。「黄色い国の脱出口」以来、差別の根底と日本の歴史に迫ることで、市民社会の神話をトータルに問い続けている。ほかに小説「告別の儀式」「ハルハ河幻想」「浅草弾左衛門」(全3巻)「北条百歳」(全4巻)、評論「言語と差別」「都市社会と差別」「時刻表のクリティーク」など。

潮山 長三　しおやま・ちょうぞう
小説家　[生]明治25年1月1日　[没]昭和6年4月6日
[出]愛知県名古屋市中区矢場町　本名＝松村長之助　[学]名古屋市立商中退　[歴]名古屋新聞社に入り記者生活10余年、その間同紙に「闇の森心中」を連載、大正12年講談社から刊行。のち新愛知新聞社に移り、昭和4年上京して村松梢風に師事。他に「釣瓶心中」「五月闇の聖天呪殺」などがある。

志賀 直哉　しが・なおや
小説家　[生]明治16年2月20日　[没]昭和46年10月21日　[出]東京市麹町区内幸町　[学]東京帝国大学文学部国文学科(明治43年)中退　[資]日本芸術院会員　[賞]文化勲章(昭和24年)　[歴]明治18年上京し、22年学習院初等科入学。33〜40年内村鑑三の教えを聞く。中等科在学中に武者小路実篤や木下利玄を知り、文学を志す。36年高等科、39年東大英文科に入学。41年処女作「或る朝」を執筆、武者行路らと回覧雑誌「望野」を始める。43年有島武郎らと「白樺」を創刊し、「網走まで」を発表。職業・結婚をめぐって実業家の父と対立、大学を中退する。45年発表した「大津順吉」が文壇出世作。大正元年家を出て、以降尾道・大森山王・松江・京都・我孫子などを転々とする。3年勘解由小路(かでのこうじ)家の康(さだ)と結婚。6年8月父親と和解。「范の犯罪」「城の崎にて」「和解」「小僧の神様」などの他、唯一の長編「暗夜行路」を大正10年〜昭和12年に発表。絶対的な自我肯定の世界を非私小説として描き“小説の神様”と呼ばれた。戦後は「灰色の月」や「触まれた友情」などを発表したが、作品数は少ない。24年文化勲章を受章。「志賀直哉全集」(全15巻，岩波書店)(全9巻，改造社)がある。
[家]息子＝志賀直吉(元岩波書店常務)

志賀 葉子　しが・ようこ
文筆家　歌人　[生]大正10年11月7日　[出]旧朝鮮・江原道　本名＝白銀小浪　[学]千葉女子師範卒
[賞]日本文芸大賞(女流文学賞，第18回)(平成10年)「つらつら椿」　[歴]著書に「消えた神様」

「秋海棠」「つらつら椿」などがある。 ㊶日本ペンクラブ、歌人クラブ、日本文芸家協会

しかた しん

劇作家　児童文学者　劇団うりんこ名誉代表　愛知大学短期大学部文科教授　㊵演劇論　児童文化論　㊸昭和3年3月6日　㊶旧朝鮮・京城　本名＝四方晨(しかた・しん)　㊷愛知大学法経学部(昭和27年)卒　㊸マスコミ、ニューメディアと子どもの文化、児童演劇の構造　㊹中部日本放送に勤務したのち、昭和49年退社して劇作家となる。60年から出身地ソウルを舞台とした大河小説「国境」(5部完結)を書き始め、61年第1部を完成させた。62年愛知大学短期大学部教授。平成2年亜細亜児童文学大会に参加。その他の主な作品に「むくげとモーゼル」「笑えよヒラメくん」「どろぼう天使」など。また国際児童青少年演劇協会日本センターの副会長も兼務。㊶日本児童演劇協会(理事)、日本児童文学者協会(理事)、中部児童文学会(会長)、日本児童劇作家会議(事務局長)、国際児童青少年演劇協会日本センター、青少年劇作家会議(代表)

式 貴士　しき・たかし

SF作家　占星術者　㊸昭和8年2月6日　㊹平成3年2月18日　㊶東京　本名＝清水聡　別名＝ウラヌス星風、間羊太郎(はざま・ようたろう)、蘭光生(らん・こうせい)、小早川博　㊷千葉大学、早稲田大学大学院修了　㊸ワセダミステリクラブの創設者の一人。中学、高校で英語教師を務める傍ら、ペンネームを使い、様々なジャンルで執筆。昭和52年SF作家・式貴士としてデビュー。著書に「カンタン刑」「イースター菌」「連想トンネル」「虹のジプシー」など。他にSM作家・蘭光生として「愛奴を狩れ」「凌辱教室」「むさぼる！」、雑学研究家・間羊太郎として「新びっくり日本一世界一」「ミステリ博物館」「昆虫のふしぎ」、風俗研究家・小早川博として「門外不出オトナのいたずら」「トイレで読む本」などがある。㊶日本推理作家協会、日本文芸家協会

敷村 良子　しきむら・よしこ

文筆業　㊸昭和36年　㊶愛媛県松山市　㊷松山東高卒　㊸坊ちゃん文学賞(第4回)(平成7年)「がんばっていきまっしょい」　㊹上京してマスコミ専門学校に入る。その後コピーライターを経て、29歳の時帰郷、出版・広告会社に勤める。傍ら、同人誌の集まりに参加したことがきっかけで、小説に目覚める。7年退職。同年高校時代の実体験を下敷きに書いた青春小説「がんばっていきまっしょい」が坊ちゃん文学賞を受賞。他の著書に「明日のカキクケコ」、エッセイ集「ふだん冒険記」などがある。

重兼 芳子　しげかね・よしこ

小説家　ホームナーシング支援互助会世話人　㊸昭和2年3月7日　㊹平成5年8月22日　㊶北海道空知郡上砂川町　㊷西田川高女卒　㊸芥川賞(第81回)(昭和54年)「やまあいの煙」　㊹家庭に入り、主婦業のかたわら、読書、講演会にいそしむ。アサヒ・カルチャーセンターの聴講生となり、同人誌「まくな」に小説を執筆。同誌9号掲載の「髪」が第80回芥川賞候補作となり、昭和54年「やまあいの煙」で第81回芥川賞を受賞。50歳にして才能が開花した晩成の作家で、人間存在の究極的問いを寓意的に描く。また、炭鉱町で育った頃の事故や特攻隊員だった兄の自殺、娘の死などの経験から、生と死の問題、老人問題・ターミナルケアにも関心が深かった。主な著作に「うすい貝殻」「ジュラルミン色の空」「透けた耳朶」「平安なる命の日々」、ルポルタージュ「たたかう老人たち」「闇をてらす足おと—岩下壮一と神山復生病院物語」「見えすぎる眼」「雛の肌」「いのちと生きる」、エッセイ集「女房の揺り椅子」「女の老い支度」など。㊶日本文芸家協会　㊻夫＝重兼暢夫(元国土地理院院長)

重松 清　しげまつ・きよし

作家　フリーライター　㊸昭和38年3月6日　㊶岡山県久米郡久米町　筆名＝田村章(たむら・あきら)、岡田幸四郎　㊷早稲田大学教育学部卒　㊸坪田譲治文学賞(第14回)(平成11年)「ナイフ」、山本周五郎賞(第12回)(平成11年)「エイジ」、直木賞(第124回)(平成13年)「ビタミンF」　㊹出版社勤務を経て、フリーライターに。平成3年「ビフォア・ラン」で作家デビュー。11年「ナイフ」で坪田譲治文学賞、同年「エイジ」で山本周五郎賞、13年「ビタミンF」で直木賞を受賞。他の著書に「私が嫌いな私」「四十回のまばたき」「見張り塔からずっと」「幼な子われらに生まれ」「定年ゴジラ」「半パン・デイズ」「日曜日の夕刊」「カカシの夏休み」「隣人」などがある。また、田村章など20近いペンネームでドラマや映画のノベライズ、週刊紙記事のリライトも手がける。田村章名義の著書に「ネットワーク・ベイビー」「スキ！」「世にも奇妙な物語」など。

獅子 文六　しし・ぶんろく

小説家　劇作家　演出家　㊸明治26年7月1日　㊹昭和44年12月13日　㊶神奈川県横浜市弁天通　本名＝岩田豊雄(いわた・とよお)　㊷慶応義塾大学理科予科(大正2年)中退　㊸日本芸術院会員(昭和38年)　㊹朝日文化賞(昭和18年)「海軍」、日本芸術院賞(文芸部門、第19回)(昭和37年)、文化勲章(昭和44年)　㊺大正11年29歳で渡仏し演劇を学ぶ。14年帰国後は「近代劇全集」などの翻訳を行うかたわら、昭和2年新

劇協会に入会、翌年新劇研究所を創設するが1年で解散。12年岸田国士らと文学座を興し、以来同座幹事として発展に尽力した。15年「近代劇以後」を刊行し、劇作家、演出家として岩田豊雄の本名で生涯活躍する。そのかたわら獅子文六名で小説を発表し、「金色青春譜」「悦ちゃん」「南の風」などを発表。17年には唯一の本名で書いた作品「海軍」を発表。戦後も「自由学校」「てんやわんや」「娘と私」「大番」(全3巻)などユーモアあふれる作品を多く執筆した。「岩田豊雄演劇評論集」「岩田豊雄創作翻訳戯曲集」「獅子文六全集」(全16巻・別巻1,朝日新聞社)がある。　[家]妻＝獅子幸子

雫井 脩介　しずくい・しゅうすけ

ミステリー作家　[生]昭和43年11月14日　[出]愛知県小牧市　[学]専修大学文学部(平成3年)卒　[賞]新潮ミステリー倶楽部賞(第4回)(平成11年)「栄光一途」　[歴]出版社、平成6年社会保険労務士事務所勤務を経て、「栄光一途」で作家デビュー。11年第4回新潮ミステリー倶楽部賞を受賞。他の作品に「虚貌」がある。

雫石 とみ　しずくいし・とみ

小説家　[生]明治44年3月20日　[出]宮城県　[学]小卒　[賞]埼玉文芸賞準賞(小説・第10回)(昭和54年)「わが家の誕生」　[歴]小学校卒業後、子守、日雇いなどで家計を助ける。昭和6年両親の死後、上京。結婚し三児の母となるが、戦争ですべてを奪われ天涯孤独となる。30年頃から文筆活動を始める。63年銀の雫文芸賞を創設し、高齢化社会を豊かに描いた作品を募集。著書に「荒野に叫ぶ声—女収容所列島」「一人も楽し貧乏も楽し」「輝くわが最晩年—老人アパートの扉を開ければ」などがある。

信田 秀一　しだ・ひでかず

童話作家　児童誌編集者　[生]明治35年　[没]昭和49年　[出]青森県　[学]青森師範学校(大正11年)卒　[歴]卒業後上京。イデア書院の児童書の編集に携わる。傍ら「少女の友」などに童話を発表。昭和3年「お菓子の船」を処女出版。以降作家生活を続ける。一方小学館、誠文堂新光社、フタバの編集者を歴任。代表作に「マエネ先生の花園」「ぴょんきちめがね」など。

四大 海　しだい・かい

俳優　脚本家　演出家　S・W・A・T主宰　[生]昭和37年2月　[出]埼玉県　本名＝島田啓司　[学]玉川大学文学部芸術学科演劇専攻科卒　[歴]昭和58年大学3年の時大三帝国という劇団を旗揚げ、卒業後芝居を続けながらコントグループ笑パーティの付き人などを務め、コントに取り組んだ。傍ら劇作にも取り組み、平成3年「MY BOY」がパルテノン多摩のフェスティバルで準優勝し、高い評価を受けた。4年劇団名をS・W・A・T！に改名。5年24作目の「明日に架ける橋」が好評を博し、6年S・W・A・T！博品館劇場提携公演「改訂版 明日に架ける橋」として再演、演出も担当。同年「MY BOY」を同劇場で再演。

司代 隆三　しだい・りゅうぞう

歌人　小説家　評論家　[生]明治44年9月16日　[出]群馬県高崎市　本名＝司代隆蔵(しだい・りゅうぞう)　[学]青山学院(昭和8年)中退　[歴]青山学院入学後、共産青年同盟員となり、昭和8年検挙。9年鉄道省に入り、以後41年まで国鉄に勤務。その間短歌を学び、新日本歌人協会に参加、23年「一市民の歌」を刊行。他に歌集「群衆」、小説「ガード下の駅」や「石川啄木事典」「戦後の国鉄文学」などの著書がある。　[団]翰墨会

四反田 五郎　したんだ・ごろう

小説家　文芸評論家　ヘルマン・ヘッセ文学館館長　[生]大正15年4月1日　[出]広島県海田町　[学]清水高等商船中退　[歴]戦後、放射線影響研究所翻訳室に勤務。ドイツの文豪ヘルマン・ヘッセの知己を得、昭和37年日本ヘルマン・ヘッセ協会を設立。57年広島市の自宅2階を改造し、日本初のヘッセ文学館をオープン。ヘッセとの12年間に及ぶ往復書簡や、写真、スケッチなど約千点を並べる。著書に小説「殉愛」、「中河与一研究」「ヘッセへの道」(共著)など。

志智 双六　しち・そうろく

劇作家　[生]明治35年8月27日　[出]兵庫県　本名＝志智左右六　[学]京都帝大英文科(昭和2年)卒　[歴]各種学校で英語を教え、商業演劇用の脚本を執筆、また長谷川伸に師事、長谷川主宰「大衆文芸」に戯曲「近藤勇」を書いた。戦後大阪産業大学で英文解釈を講じ、かたわら戯曲、ユーモア小説を書いた。

品川 能正　しながわ・よしまさ

劇作家　演出家　東京ギンガ堂代表　[生]昭和31年　[出]山口県宇部市　[学]同志社大学　[歴]大学在学中から演劇活動を始める。昭和59年劇団OF・OF・OFを旗揚げ。平成4年プロデュース集団・東京ギンガ堂を発足。東京ギンガ堂での脚本、演出の他、他劇団、映画、テレビ、ラジオの脚本も手がける。超心理を追求し、シュール・サイコ・ドラマ(超現実的心理劇)を劇作のコンセプトとしている。平成6年夢野久作の「ドグラ・マグラ」を舞台化した「クレイジー・フルーツ～夢野Q作とドグラ・マグラ」を公演。同年日本劇作家大会でシンポジウム「夢野久作と劇作家」の司会役を務める。作品に「火計り—四百年の肖像」「フェイク—記憶の庭園」、著書に「KAZUK—ここがわたしの地球」など。

篠 綾子　しの・あやこ
著述家　高校教師(私立開智学園開智中・高)　⽣昭和46年　出埼玉県　学東京学芸大学教育学部卒、法政大学通信教育課程文学部史学科　賞健友館文学賞(第4回)(平成12年)「春の夜の夢のごとく」　著書に「春の夜の夢のごとく」がある。

篠 貴一郎　しの・きいちろう
小説家　⽣昭和29年1月9日　出大阪府豊中市　本名＝篠本和男(しのもと・かずお)　別筆名＝篠鷹之　学関西大学文学部史学科卒　賞コスモス文学新人賞(第28回)(平成1年)「一夜」、織田作之助賞(佳作)(平成4年)「風は吹いたのか」、自由都市文学賞(第5回)(平成5年)「風一勝負の日々」、日本文芸家クラブ大賞(第2回・短編小説部門)(平成5年)「淋しい香車」、健友館文学賞(第5回)(平成13年)「飛車を追う」　厚生労働事務官として難波社会保険事務所に勤務する傍ら、歴史小説を中心に執筆。著書に『信長記』残夢抄」「最後に海が見えた」「夜の果ての駅」、篠鷹之名義の「飛車を追う」他。　所日本文芸家クラブ

司野 道輔　しの・みちすけ
作家　⽣昭和2年4月11日　出北海道旭川市五条通　本名＝佐野道司　学陸軍航空士官学校、北海道大学農学部農芸化学科(昭和26年)卒　薬品会社、製菓会社を経て、北海道の公立高校教師に。昭和60年に退職。この間、31年に「細菌列車」を発表、創作活動を開始。郷土誌「豊談」、月刊「ダン」、北海道新聞などに小説を発表。代表作に「雪の記憶」「忘れかけた創作集」などのほか、評伝「上野山清貢伝」がある。

志野 亮一郎　しの・りょういちろう
小説家　⽣昭和10年　出東京　賞小説現代新人賞(第19回)(昭和47年)「拾った剣豪」　著「拾った剣豪」「二人のト伝」など時代小説を中心に執筆。

篠崎 淳之介　しのざき・じゅんのすけ
劇作家　演出家　⽣昭和7年　出青森県黒石市　本名＝原武夫　学青山学院大学経済学部卒　大学在学中の昭和30年、永六輔、北津青介らとアマチュア劇団の雲の会を結成。津軽弁で芝居やミュージカルを続け、劇作、演出を担当。31年青森放送入社、ラジオ・ディレクター。44年退社後上京、フリーのコピーライターをし、50年から凸版印刷社史センターの専属ライター。平成7年雲の会創立40周年記念公演として「雪幻の空ひいて」を青森県内で公演。

篠崎 徳太郎　しのざき・とくたろう
児童劇作家　詩人　教育者　⽣明治32年　卒昭和59年　出千葉県山武郡九十九里町　学東京外国語学校英語科卒　東金小学校や成城小学校で教鞭をとる傍ら、坪内逍遙の児童劇運動や学校劇の影響を受けて、子どもの劇指導に取り組む。昭和32年教職を辞して以後、斎田喬らと「日本幼児劇の会」を設立。著書は「幼児のための劇あそびの導き方」、共著「童謡劇」(2巻)のほか脚本集、詩集、童謡集など多数ある。

篠田 節子　しのだ・せつこ
小説家　⽣昭和30年10月23日　出東京都八王子市　学東京学芸大学卒　賞小説すばる新人賞(第3回)(平成2年)「絹の変容」、山本周五郎賞(第10回)(平成9年)「ゴサインタン」、直木賞(第117回)(平成9年)「女たちのジハード」　八王子市役所勤務を経て、平成2年12月退職、文筆に専念。同年SFホラーパニック「絹の変容」でデビュー。9年7月「女たちのジハード」で第117回直木賞を受賞。10年「ハルモニア」がテレビドラマ化される。ミステリー、SF、ホラー、恋愛、幻想小説など幅広いジャンルで人気を誇る。他の主著に「贋作師」「ブルー・ハネムーン」「神鳥(イビス)」「聖域」「愛逢い月」「夏の災厄」「カノン」「死神」「ゴサインタン」「第四の神話」「百年の恋」「インコは戻ってきたか」「弥勒」「妖桜忌」など。

篠田 仙果　しのだ・せんか
⇒笠亭仙果(りゅうてい・せんか)を見よ

篠田 達明　しのだ・たつあき
医師　小説家　愛知県心身障害者コロニー・こばと学園園長　整形外科学　リハビリテーション　⽣昭和12年10月7日　出愛知県一宮市　学名古屋大学医学部卒　障害児医療史　賞小説サンデー毎日時代小説新人賞(昭和54年)、歴史文学賞(新人物往来社)(第8回)(昭和59年)「にわか産婆・漱石」　長野日赤病院、名古屋第一病院を経て、昭和43年から愛知県心身障害者コロニーへ。62年こばと学園園長。子供の頃からものを書くのが好きで、41歳頃から少しずつ小説を書き始める。56年の「大御所の献上品」や「法王庁の避任法」が直木賞候補作になる。医学を題材にしたユニークな歴史ものが得意。著書に「にわか産婆・漱石」「元禄魔胎伝」「馬上才異聞」「聖母の鐘」など。　所日本医史学会、リハビリテーション医学会、日本文芸家協会

篠田 真由美　しのだ・まゆみ
作家　㋴昭和28年　㋷東京・本郷　㋱早稲田大学第二文学部(昭和52年)卒　㋭昭和55年夫とともにユーラシア一周旅行。60年北イタリアへひとり旅にでる。平成3年「琥珀の城の殺人」が第2回鮎川哲也賞の最終候補作となり、ミステリーの新人として注目される。他の著書に「北イタリア幻想旅行」「ドラキュラ公」「玄(くろ)い女神」「翡翠の城」「灰色の砦」「美貌の帳」「桜闇」「センチメンタル・ブルー」など。

篠藤 由里　しのとう・ゆり
作家　㋴昭和32年　福岡県福岡市　㋱国際基督教大学教養学部卒　㋭海燕新人文学賞(第10回)(平成3年)「ガンジーの空」

篠原 久美子　しのはら・くみこ
劇作家　㋭社会保険事務所勤務や舞台照明の仕事を続けながら演劇活動に取り組み、脚本を執筆。平成11年「マクベスの妻と呼ばれた女」が劇作家協会新人戯曲賞最終候補に、「ケプラー・あこがれの星海航路」が同年度の文化庁舞台芸術創作奨励賞佳作に選ばれる。他の作品に「ギフト」など。

篠原 一　しのはら・はじめ
作家　㋴昭和51年6月17日　㋷千葉県　本名＝篠原文子(しのはら・あやこ)　㋱立教大学文学部卒、立教大学大学院博士課程　㋭文学界新人賞(第77回)(平成5年)「壊音 KAI-ON」　㋭中学5年からSFやファンタジーを書き始める。平成5年文学界新人賞を最年少で受賞。著書に「壊音 KAI-ON」「誰がこまどり殺したの」「天国の扉」。　㋙日本文芸家協会

篠原 美季　しのはら・みき
小説家　㋭ホワイトハート大賞(優秀賞、第8回)(平成13年)「英国妖異譚」　㋭平成13年「英国妖異譚」で第8回ホワイトハート大賞優秀賞を受賞。4月9日生まれ。

篠原 嶺葉　しのはら・れいよう
小説家　㋴(生没年不詳)　本名＝篠原璽瓏　㋭明治35年ごろから娯楽本位の通俗小説を発表、39年「ハイカラ令嬢」、42年「田鶴子」「新金色夜叉」など、"立川文庫の明治家庭小説篇"(伊狩章)といわれ、「田鶴子」は尾崎紅葉の霊前に捧げた代表作。ほかに「換果篇」に採録された「青切符」、大正2年の「三人藤子」(前後編)などがある。永井荷風・大正14年11月の「断腸亭日乗」に、嶺葉が麻布区会議員候補になったという記事がある。

紫宮 葵　しのみや・あおい
小説家　㋭ホワイトハート大賞(第7回)(平成11年)「とおの眠りのみなめさめ」　㋭平成8年ホワイトハート大賞の最終選考に残る。11年「とおの眠りのみなめさめ」で同賞大賞を受章。12月15日生まれ。

柴 英三郎　しば・えいざぶろう
シナリオライター　㋴昭和2年3月18日　㋷東京・麹町　本名＝前田孝三郎　㋱陸士卒　㋭芸術祭賞優秀賞(昭54年度)「戦後最大の誘拐・吉展ちゃん事件」　㋭児童劇団文芸部、NHKのラジオ番組担当を経て、内田吐夢監督の映画「大菩薩峠」の脚本でデビュー。その後テレビ界へ移り、長時間ドラマやスペシャル・ドラマを中心に活躍。主な作品にテレビ「ある少女の死」、「時間ですよ」「眠る盃」「夜中の薔薇」(TBS)、「戦後最大の誘拐・吉展ちゃん事件」、「三匹の侍」「家政婦は見た！」シリーズ、「船長は見た」シリーズなど。

斯波 四郎　しば・しろう
小説家　㋴明治43年4月7日　㋶平成1年4月29日　㋷山口県　本名＝柴田四郎　㋱五高卒　㋭芥川賞(第41回)(昭和34年)「山塔」　㋭五高中退後上京し、10数種の職業を転々とする。昭和12年毎日新聞社に入社し、後に「サンデー毎日」の編集に従事する。28年「文学者」に加わり「少女幻影」を発表。30年森敦、今官一らと「立像」を創刊。32年「禽獣宣言」を刊行。34年「早稲田大学」に「山塔」を発表し、芥川賞を受賞。「山塔」のほか、「檸檬・ブラックの死」「愛と死の森」「月曜日の憂鬱」「含羞の花」などの著書がある。　㋙日本文芸家協会、日本ペンクラブ

芝 颱吉　しば・たいきち
小説家　㋴昭和6年　㋷栃木県宇都宮市　本名＝柳田秀夫　㋱宇都宮大学学芸学部卒　㋭栃木県芸術祭文芸部門1位「ある紙碑」　㋭在学中文芸部で活躍。栃木県の小学校教員となり、同人誌「現代」に所属、「破戒論」がラジオ栃木で取り上げられた。のち東京都内で小学校教員、平成3年定年退職。著書に小説「ある紙碑」がある。

司馬 遼太郎　しば・りょうたろう
小説家　㋴大正12年8月7日　㋶平成8年2月12日　㋷大阪府大阪市浪速区神田町　本名＝福田定一(ふくだ・ていいち)　㋱大阪外国語大学モンゴル語科(昭和18年)卒　㋭日本芸術院会員(昭和56年)　㋭講談倶楽部賞(第8回)(昭和31年)「ペルシャの幻術師」、直木賞(第42回)(昭和34年)「梟の城」、菊池寛賞(第14回)(昭和41年)「竜馬がゆく」「国盗り物語」、大阪芸術賞

（昭和42年）、文芸春秋読者賞（第30回）（昭和43年）「歴史を紀行する」、毎日芸術賞（昭和42年）「殉死」、吉川英治文学賞（第6回）（昭和47年）「世に棲む日日」、日本芸術院賞恩賜賞（文芸部門、第32回）（昭和50年）、読売文学賞（小説賞，第33回）（昭和56年）「ひとびとの跫音」、朝日賞（昭和57年度）、日本文学大賞（学芸部門、第16回）（昭和59年）「街道をゆく―南蛮のみちI」、放送文化賞（昭和60年）、読売文学賞（随筆紀行賞・第38回）（昭和61年）「ロシアについて」、明治村賞（昭和63年）、大仏次郎賞（第15回）（昭和63年）「韃靼疾風録」、文化功労者（平成3年）、文化勲章（平成5年）、東大阪市名誉市民（平成8年）、井原西鶴賞（第1回）（平成8年）、モンゴル北極星勲章（平成10年）⑰昭和18年に学徒出陣し、栃木県佐野で敗戦を迎える。その後、新日本新聞社を経て、23年産経新聞本社文化部に入り、36年出版局次長で退社するまで13年間勤務。在社中から歴史小説に手を染め、31年に第8回講談倶楽部賞、34年に「梟の城」で第42回直木賞を受賞した。32年胡桃沢耕史らと「近代説話」を創刊、36年から作家業に専念し、「風神の門」などの忍者物から、次第に本格的歴史小説の分野に進む。中でも、41年に菊池寛賞を受賞した「竜馬がゆく」「国盗り物語」などにより、歴史作家の地位を確立。以後、変革・動乱期の人間像を生々と描いた作品群により、数多くのファンを獲得。代表作は小説「殉死」「世に棲む日日」「坂の上の雲」「花神」「播磨灘物語」「空海の風景」「翔ぶが如く」「箱根の坂」「菜の花の沖」や紀行「街道をゆく」など多数あり、文明に関する評論・エッセイも多い。なお「司馬遼太郎全集」（全50巻、文芸春秋社）がある。平成8年5月兵庫県・姫路文学館に司馬遼太郎記念館室がオープンした。同年11月司馬遼太郎記念財団が設立された。13年大阪府東大阪市に旧居と安藤忠雄設計の建物からなる司馬遼太郎記念館がオープンした。　㊙日本ペンクラブ（理事）、日本文芸家協会（理事）　㊷妻＝福田みどり（司馬遼太郎記念財団理事長）

柴木 よしき　しばき・よしき
横溝正史賞を受賞　㊐昭和34年　㊐東京都㊦青山学院大学フランス文学科（昭和57年）卒㊥横溝正史賞（第15回、平6年度）「女神の永遠」⑰医療事務の仕事を経て、出版社に入社。平成4年退社。一方中、高校生時代、読書を好み、大学時代純文系の雑誌に投稿経験を持つ。退職後主婦業の傍ら推理小説を執筆。

芝木 好子　しばき・よしこ
小説家　日本ペンクラブ副会長　日本文芸家協会副理事長　㊐大正3年5月7日　㊐平成3年8月25日　㊐東京・浅草　本名＝大島好子（おおしま・よしこ）　㊦東京府立第一高女（昭和7年）卒㊥日本芸術院会員（昭和58年）　㊥芥川賞（第14回）（昭和16年）「青果の市」、女流文学者賞（第12回）（昭和36年）「湯葉」、小説新潮賞（第12回）（昭和41年）「夜の鶴」、女流文学賞（第11回）（昭和47年）「青磁帖」、日本芸術院賞恩賜賞（第38回・文芸部門）（昭和57年）、日本文学大賞（第16回・文芸部門）（昭和59年）「隅田川暮色」、東京都文化賞（第3回）（昭和62年）、毎日芸術賞（第29回）（昭和63年）「雪舞い」、文化功労者（平成1年）　㊥三菱経済研究所に事務員として勤め、YMCAの文学講座を受講。昭和13年に「文芸首都」同人となり、16年に発表した「青果の市」で第14回芥川賞を受賞。戦後は東京・洲崎特飲街を舞台にした「洲崎パラダイス」など、一連の洲崎ものや、自己の血縁に焦点をあてた「湯葉」「隅田川」「華燭」などの作品により、独自の領域を開いた。また、工芸家、染色家などに題材を取り、女性の人生の相克を鮮やかに描き尽した、芸術家小説シリーズが有名。平成元年文化功労者に選ばれる。代表作に「夜の鶴」「染彩」「築地川」「面影」「冬の椿」「青磁帖」「隅田川暮色」などのほか、「芝木好子作品集」（全5巻，読売新聞社）がある。㊙日本ペンクラブ（理事）、日本文芸家協会（副理事長）、文芸著作権保護同盟（理事）　㊷夫＝大島清（経済学者・筑波大名誉教授）

芝田 勝茂　しばた・かつも
児童文学作家　㊐昭和24年　㊐石川県羽咋市㊥児童文芸新人賞（第13回）（昭和59年）「虹へのさすらいの旅」、サンケイ児童出版文化賞（第38回）（平成3年）「ふるさとは、夏」　⑰十数年間、子どもたちのサマー・キャンプを企画、実行して数多くの少年少女たちと出会い、その体験のなかから数々の作品を発表。著書に「ドーム郡ものがたり」「虹へのさすらいの旅」「夜の子どもたち」「ふるさとは、夏」「アイドルをめざせ！」。　㊙日本児童文芸家協会

柴田 翔　しばた・しょう
小説家　共立女子大学教授　東京大学名誉教授　日本学術会議会員　㊐ドイツ文学　㊐昭和10年1月19日　㊐東京都足立区　㊦東京大学文学部独文科（昭和33年）卒、東京大学大学院文学研究科独語独文学専攻（昭和35年）修士課程修了㊥日本ゲーテ協会賞（昭和36年）「親和力研究」、芥川賞（第51回）（昭和39年）「されどわれらが日々―」　㊥東京大学助手、東京都立大学講師を経て、東京大学文学部教授となる。平成3年4月文学部長に就任。のち共立女子大学教授。第

18期日本学術会議会員。この間、昭和37～39年ドイツに留学。一方、東大大学院在学中に、同人誌「象」を友人たちと創刊。同誌に発表した「されどわれらが日々―」で、昭和39年第51回芥川賞を受賞。この作品は戦後青春の記念碑と称される。著書に「贈る言葉」「立ち尽す日々」「われら戦友たち」「燕のいる風景」「突然にシーリアス」、エッセイ「晴雨通信」「風車通信」などのほか、専門の独文学の書としてゲーテ『ファウスト』を読む」「内面世界に映る歴史―ゲーテ時代ドイツ文学史論」がある。
㊿日本文芸家協会、日本独文学会、日本ゲーテ協会 ㊸妻＝三宅榛名（作曲家）

柴田 宗徳　しばた・むねのり

文筆家　㊤昭和11年　㊥早稲田大学文学部卒　㊨中近世文学大賞（創作部門，第2回）（平成13年）「薩摩風雲録」　㊧愛媛県にて高校教師を務める傍ら、執筆も手がける。「流氷群」同人。作品に「大津皇子」「帰郷」「定年」、著書に「天武の翼」「金と竜―土佐絵師幕末風雲録」がある。

柴田 侑宏　しばた・ゆきひろ

ミュージカル作家・演出家　宝塚歌劇団理事座付作者　㊤昭和7年1月25日　㊥大阪府大阪市　㊦関西学院大学文学部（昭和31年）卒　㊨芸術選奨大衆部門新人賞（昭和50年度）「フィレンツェに燃える」、菊田一夫演劇賞（特別賞、第23回）（平成10年）　㊧昭和33年宝塚歌劇団の脚本公募に入選したのがきっかけで入団する。山本周五郎とスタンダールを題材にしたものが多い。55年頃から網膜障害で視力が落ちるが年2作のペースで書き続ける。代表作に「いのちある限り」「恋こそわが命」「誰がために鐘は鳴る」「忠臣蔵―花に散り雪に散り」など。
㊸兄＝松尾昭典（映画監督）

柴田 よしき　しばた・よしき

小説家　㊤昭和34年10月14日　㊥東京都　㊦青山学院大学文学部フランス文学科卒　㊨横溝正史賞（第15回）（平成7年）「RIKO―女神（ヴィーナス）の永遠」　㊧被服会社、病院勤務の後、出版社に入り京都に移住。結婚、長男出産後、退職。育児のかたわら小説の勉強を始める。本格ミステリー、ハードボイルドからSFまで幅広い作風を持つ。平成7年「RIKO―女神（ヴィーナス）の永遠」で第15回横溝正史賞を受賞。他の著書に「RIKO」「炎都」シリーズ、「聖母（マドンナ）の深き淵」などがある。
http://www.ceres.dti.ne.jp/~shibatay/

柴田 流星　しばた・りゅうせい

小説家　翻訳家　編集者　㊤明治12年2月28日　㊦大正2年9月27日　㊥東京・小石川（現・文京区）　本名＝柴田勇　㊧中学卒業後、イギリス人について英語を学び、のち巌谷小波の門下となる。夏目漱石の木曜会にも参加。時事新報社記者を経て、佐久良書房の編集者をつとめる。著書に「伝説の江戸」「残されたる江戸」「東京の女」「唯一人」などがあり、訳書に「アンナカレンナ」、永井荷風との共訳「船中の盗人」、塚原渋柿園との共訳「蛮勇」などがある。

柴田 錬三郎　しばた・れんざぶろう

小説家　㊤大正6年3月26日　㊦昭和53年6月30日　㊥岡山県邑久郡鶴山村（現・備前市鶴海）本名＝斎藤錬三郎　㊦慶応義塾大学文学部支那文学科（昭和15年）卒　㊨直木賞（第26回，昭26年度）（昭和27年）「イエスの裔」、吉川英治文学賞（第4回）（昭和45年）「三国志 英雄ここにあり」　㊧大学在学中から「三田文学」などに小説を発表。卒業後、日本出版協会に入り、17年衛生兵として応召。戦後は「日本読書新聞」の再刊に奔走した。のち「書評」編集長。24年日本読書新聞社を退社し、文筆に専念。26年「デス・マスク」で芥川賞候補となり、27年「イエスの裔」で第26回直木賞を受賞。31年より「週刊新潮」に「眠狂四郎無頼控」を連載して人気作家となり、以後「赤い影法師」「孤剣は折れず」「剣は知っていた」「運命峠」「剣鬼」など剣豪時代小説を発表。45年歴史小説「三国志 英雄ここにあり」で吉川英治文学賞を受賞。直木賞審査委員、日本文芸家協会評議員をつとめた。他に現代小説「図々しい奴」、エッセイ「地べたから物申す」があり、「柴田錬三郎時代小説全集」（全26巻，新潮社）、「柴田錬三郎自選時代小説全集」（全30巻，集英社）、「柴田錬三郎選集」（全18巻，集英社）が刊行されている。
㊸兄＝柴田剣太郎（元朝日新聞論説委員）

柴野 民三　しばの・たみぞう

児童文学作家　童謡詩人　㊤明治42年11月4日　㊦平成4年4月11日　㊥東京・京橋　㊦錦城商卒　㊨芸術祭賞奨励賞（昭和36年）「東京のうた」（共作）　㊧昭和4年私立大橋図書館に勤務し、児童図書室を担当。北原白秋に師事し、童謡誌「チチノキ」同人として詩作する。7年有賀連らと「チクタク」を創刊。10年大橋図書館を退職し、「お話の木」「コドモノヒカリ」を編集。14年「童話精神」を、22年「こどもペン」「少年ペン」を創刊し、24年から児童文学者として著述生活に入る。童謡の代表作に「秋」「冬空」「そら」などがあり、著書は童話集「まいごのありさん」「ねずみ花火」「コロのぼうけん」「ひまわり川の大くじら」、童謡集「かま

きりおばさん」などがある。 [団]日本児童文学者協会(名誉会員)

柴村 紀代　しばむら・きよ

児童文学作家 [生]昭和21年10月26日 [出]台湾 [学]藤女子大学国文科卒 [賞]北の児童文化賞(第6回)(平成2年) [歴]在学中、童話サークルに入会し、昭和42年同人誌「青い貘」を創刊。「ひらく」同人。主な著書に「おかあさんの湖」「うさぎ平の決闘」「やませ吹くジロの島」などがある。 [団]日本児童文学者協会、北海道児童文学の会

柴山 芳隆　しばやま・よしたか

高校教師 作家 [生]昭和17年5月25日 [出]秋田市 [学]東北大学文学部卒 [賞]さきがけ文学賞選奨(第6回)(平成1年)「湖の水」 [歴]高校教師をつとめるかたわら、文芸誌「北城」「松柏」に所属。「秋田文学」同人。著書に「しろがねの道」「桜の海」「水の系列」「風の紋様」。 [団]日本ペンクラブ

渋江 保　しぶえ・たもつ

作家 [生]安政4年(1857年) [没]昭和5年 [出]江戸(東京) 筆名=羽化仙史(うか・せんし)、渋江不鳴(しぶえ・ふめい)、乾坤独歩、府南隠士 [学]慶応義塾本科卒 [歴]教員や新聞編集者などを経て、出版社・博文館に入社し文筆活動に入る。16歳でカッケンズの「米国史」を翻訳。以後、無類の博識ぶりを発揮して、科学・数学・地理・歴史・文学・哲学・教育・心理学から催眠術・記憶術・手品のタネ本にまで及ぶ広範囲な分野の教養書を執筆。明治38年博文館を退社。以後、羽化仙史など4種類のペンネームを使って冒険小説、SF、怪奇小説を執筆した。主な著書に「百難旅行」(スティーブンソン原作)「月世界探検」「空中電気旅行」などがある。また、易学界でも先駆的研究家として高く評価されている。 [家]父=渋江抽斎(医家・書誌学者)

渋川 驍　しぶかわ・ぎょう

小説家 文芸評論家 [生]明治38年3月1日 [没]平成5年1月24日 [出]福岡県嘉穂郡穂波町 本名=山崎武雄 別名=町田純一(まちだ・じゅんいち) [学]東京帝大文学部倫理科(昭和5年)卒 [賞]平林たい子文学賞(第11回)(昭和58年)「出港」、芸術選奨文部大臣賞(第25回)(昭和49年)「宇野浩二論」 [歴]在学中、高見順、中村光夫らと共に「集団」を結成、同誌廃刊後、「日暦」同人に加わる。昭和9年「竜源寺」を発表し、広津和郎に激賞される。以後10年代には「樽切湖」「浅瀬」「外套」などを刊行。21年「柴笛」を刊行。戦中戦後を通じて、堅実な作風を固守し、近代文学の作家・作品論にも造詣が深い。自伝的長編小説「出港」で、58年度の第11回平林たい子賞を受賞。ほかの代表作に「銀色の線路」「議長ソクラテス」「黒南風」「ガラス絵」、評論として「森鴎外」「島崎藤村」「宇野浩二論」「書庫のキャレル—文学者と図書館」など。 [団]日本文芸家協会、日本ペンクラブ、近代文学会

渋沢 青花　しぶさわ・せいか

編集者 児童文学作家 元・実業之日本社編集長 [生]明治22年2月18日 [没]昭和58年5月19日 [出]東京・八丁堀 本名=渋沢寿三郎(しぶさわ・じゅさぶろう) 別号=孤星、素風 [学]早稲田大学英文学科(明治45年)卒業 [賞]児童文化功労者(昭和35年)、日本児童文芸家協会賞特別賞(第6回)(昭和56年)「大正の『日本少年』と『少女の友』」、日本児童文学学会賞特別賞(第6回)(昭和57年)「大正の『日本少年』と『少女の友』」 [歴]実業之日本社に入社。「少女の友」「日本少年」「小学男生」の編集長・主筆を務め、大正時代の少年少女雑誌隆盛の一翼を担った。大正12年退社、以降執筆に専念する。創作の傍ら、昭和12年には日本児童文化協会設立に尽力し、児童文芸の普及に務めた。著書に「椎の木小僧」「落花帖」「大正の『日本少年』と『少女の友』」など。 [団]日本児童文芸家協会(顧問)、現代少年文学作家集団(客員)

渋沢 龍彦　しぶさわ・たつひこ

文芸評論家 フランス文学者 作家 [生]昭和3年5月8日 [没]昭和62年8月5日 [出]東京市芝区高輪車町(現・港区) 本名=渋沢龍雄(しぶさわ・たつお) [学]東京大学文学部仏文科(昭和28年)卒 [賞]泉鏡花文学賞(第9回)(昭和56年)「唐草物語」、読売文学賞(第39回)(昭和63年)「高丘親王航海記」 [歴]大学卒業後、文筆生活に入る。マルキ・ド・サドや中世ヨーロッパの悪魔学の紹介など、翻訳、評論、エッセイ、小説と幅広く活躍。昭和34年出版のサド「悪徳の栄え」で筆禍を招き、いわゆる“サド裁判”になる。主著に「サド復活」「神聖受胎」「悪魔のいる文学史—神秘家と狂詩人」「胡桃の中の世界」「思考の紋章学」、小説「高丘親王航海記」、小説集「犬狼都市(キュノポリス)」「唐草物語」「ねむり姫」など。「渋沢龍彦集成」(全7巻,桃源社)「新編ビブリオテカ渋沢龍彦」(全10巻,白水社)がある。 [団]日本文芸家協会 [家]妹=渋沢幸子(フリーライター)

渋谷 愛子　しぶや・あいこ

児童文学者 尚絅女学院短期大学保育科非常勤講師 [生]昭和29年 [出]宮城県仙台市 [学]宮城学院女子大学音楽科卒 [賞]日本児童文学者協会新人賞(第34回)(平成13年)「わすれてもいいよ」 [歴]平成2年、3年に学研・読み特賞を受

賞。児童文学作品に「あきかんカンカラカンコン」「わすれてもいいよ」などがある。

渋谷 勲　しぶや・いさお
児童文学作家　⊕言語伝承（口承文芸）　⊕昭和16年2月7日　⊕東京都目黒区　筆名＝しぶやいさお　⊕東京都立園芸高校中退　⊕伝承なぞなぞ　⊕芸術祭賞優秀賞　⊕劇団「荒馬座」の創立に加わり、代表、創作演出を担当。昭和41年頃より日本各地の民俗芸能と民話の探訪をはじめる。著書に「なぞなぞ」「てんぷくちふく」「山を追われたくじら」など。アニメ映画のシナリオも手がけ、「いたちの子もりうた」「大造じいさんとガン」などの作品で芸術祭優秀賞、総理大臣賞、文部大臣賞などを受賞。⊕日本民話の会、日本児童文学者協会

渋谷 天外（2代目）　しぶや・てんがい
俳優　劇作家　演出家　松竹新喜劇創立者　⊕明治39年6月7日　⊕昭和58年3月18日　⊕京都府京都市祇園　本名＝渋谷一雄（しぶたに・かずお）　筆名＝館直志（たて・なおし）、詩買里人、川竹五十郎　⊕大阪市民文化賞（昭和32年）、紫綬褒章（昭和42年）、菊池寛賞（昭和43年）、勲四等旭日小綬章（昭和52年）　⊕父は喜劇役者で楽天会主宰の初代渋谷天外。大正3年8歳で初舞台後、楽天会の子役として活躍。父の死後、志賀廼家淡海一座を経て、昭和3年曽我廼家十吾らと松竹家庭劇を結成。4年2代目渋谷天外を襲名し、21年松竹家庭劇を脱退して劇団すいーとほーむを主宰。23年松竹新喜劇を創立。以後、舞台、ラジオ、映画と喜劇一筋に歩み、上方喜劇王の異名をとった。40年に脳血栓で倒れてからは実質上の座長を藤山寛美に譲った。半世紀を超す舞台生活で、「桂春団治」はじめ名演は数え切れぬが、大半が館直志（立て直しの意）の筆名による自作で、脚本数は1000本。主な作品に「わてらの年輪」「大人の童話」「銀の簪」「はるかなり道頓堀」「馬喰一代」「桂春団治」などがあり、著書に「笑うとくなはれ」「わが喜劇」がある。5年に女優の浪花千栄子と結婚するが25年に離婚している。⊕父＝渋谷天外（1代目）、二男＝渋谷天外（3代目）

渋谷 英樹　しぶや・ひでき
小説家　⊕昭和40年　⊕島根県　⊕少年ジャンプ小説ノンフィクション大賞（特別奨励賞・第1回）「万物の霊長は猫である」　⊕著書に「万物の霊長は猫である」などがある。

渋谷 美枝子　しぶや・みえこ
著述家　⊕キリシタン文化　⊕大正11年　⊕東京　⊕東京女子大学国文科（昭和19年9月）卒　⊕但島文学賞（平成8年）「『経消しの壺』によせて」　⊕但島文学会野火同人。著書に「豊岡カトリック教会沿革史」「常高院殿」「京極マリア」「経消しの壺」「物語　キリシタン大名の妻たち」（共著）がある。⊕キリシタン文化研究会、但島史研究会　⊕夫＝渋谷謙吉（医師・故人）

渋谷 実　しぶや・みのる
映画監督　⊕明治40年1月2日　⊕昭和55年12月20日　⊕東京市浅草区七軒町（現・台東区浅草）　⊕慶大英文科中退　⊕毎日映画コンクール監督賞（昭27年度）「現代人」「本日休診」　⊕昭和5年松竹蒲田撮影所に入所、成瀬巳喜男、五所平之助に師事し、12年「奥様に知らすべからず」で監督デビュー。戦後の映画全盛期に「てんやわんや」「自由学校」「本日休診」など混乱する戦後社会を風刺するヒット作を次々と発表。都会的感覚の乾いた風俗喜劇を得意とし、特に32年の「気違い部落」は高い評価を受けた。一方、「現代人」「青銅の基督」などの骨太の問題作も作った。

紫芳 山人　しほう・さんじん
小説家　⊕安政3年（1856年）　⊕大正12年7月20日　⊕美濃国大垣（岐阜県）　通称＝加藤瓢乎、別号＝藤の家紫芳　⊕明治の初め大垣から上京、読売新聞記者となり、連載小説を執筆、有名になったが、その後大阪に移住、大阪朝日新聞記者、晩年大正日日新聞に関係、雑誌「なにはがた」に多くの作品を発表。代表作に「鍛鐵場主」「稽古娘」「椿の花束」「にせ聟」「壹灣陣」などがある。

島 一春　しま・かずはる
作家　⊕農村を舞台にした小説　農村における宗教　⊕昭和5年5月5日　⊕熊本県天草郡竜ケ岳町　本名＝赤瀬一春（あかせ・かずはる）　⊕高小卒　⊕明治、大正、昭和を生きた農業村の女性の人生、習俗、その地の独特のことばを生かした小説と人間物語　⊕地上文学賞（第4回）（昭和31年）「老農夫」、農民文学賞（第3回）（昭和34年）「無常米」、日本文芸家クラブ大賞（エッセー・ノンフィクション部門、第6回）（平成9年）「のさり山河」　⊕戦時中、パイロットをめざして航空機乗員養成所に行き、戦後は孤島の採石所の人夫、肥料会社の工員などの仕事を転々とした。やがて結核にかかったが、その闘病中に書いた小説を集めて出版した「無常米」で、昭和34年に第3回農民文学賞を受賞。著書に産婆の口述を土台にした出産記録「産小屋の女たち」のほか、「きざま

れた風光」「椿坂」「燃える蝶」「大地は死んだか」「北の大地に燃ゆ」「殉教の島天草」「天草おんな恋歌」「行道に生きる」「はるかなる天の海」「燃える海」「のさり山河」など多数。
[団]日本文芸家協会、日本文芸家クラブ

島 公靖　しま・きみやす
舞台・テレビ美術家　劇作家　俳人　[生]明治42年6月13日　[没]平成4年7月25日　[出]香川県　筆名＝島公靖(しま・こうせい)、山村七之助　[学]東京美術学校図案科　[賞]伊藤熹朔賞テレビ部門(第4回・昭51年度)(昭和52年)「目撃」(NHK)　[歴]昭和3年伊藤熹朔に入門。舞台装置のほか、移動演劇用脚本も手がける。第二次春秋座脚本部を経て、前進座文芸部・美術部員となる。のち東宝、大映、松竹を経て、27年NHK入局。テレビ美術を手がけ、NHK美術センターのチーフ・デザイナーとなる。また45年頃から俳句を始め、安住敦・龍岡晋の手ほどきをうける。「春燈」所属。主な舞台美術にテレビ「転落の詩集」「目撃」(NHK)など。　[団]俳人協会

島 京子　しま・きょうこ
小説家　エッセイスト　[生]大正15年3月23日　[出]兵庫県神戸市　本名＝嶋井子　[学]神戸女子商中退　[賞]三洋新人文化賞(第1回)(昭和43年)「逃げた」、神戸市文化賞(昭63年度)　[歴]文学誌「VIKING」同人。昭和40年「渇不飲盗泉水」が第54回芥川賞候補となる。著書に「世相歳時記」「昼下りの食卓から」「母子幻想」「黎明の女たち」などがある。　[団]日本文芸家協会

島 耕二　しま・こうじ
映画監督　俳優　[生]明治34年2月16日　[没]昭和61年9月10日　[出]長崎市本紺屋町　本名＝鹿児島武彦　[学]長崎県立長崎中卒　[賞]モスクワ映画祭最優秀監督賞(第1回)(昭和34年)「いつか来た道」　[歴]大正14年、京都の日活大将軍撮影所に入所。2枚目俳優としてスタートを切り、内田吐夢、溝口健二監督らの作品に出演。代表作品に「情熱の詩人啄木」「裸の町」など。昭和14年監督に転進、「風の又三郎」「次郎物語」などで監督としての力量を認められた。戦後は新東宝、大映などで「銀座カンカン娘」「十代の性典」「細雪」などを撮り、「いつか来た道」で第1回モスクワ映画祭最優秀監督賞を受賞した。
[家]妻＝轟夕起子(女優)、長男＝片山明彦(記録映画演出家・元俳優)

島 さち子　しま・さちこ
小説家　[生]昭和3年12月19日　[出]新潟県　本名＝阿部リイ子　[学]慶応義塾大学卒　[賞]女流新人賞(第12回)(昭和44年)「存在のエコー」　[歴]著書に「のぞみの種子は二万年後に」「白を踊れ」「ソラ」。

島 東吉　しま・とうきち
俳人　小説家　[生]明治25年4月26日　[没]昭和39年1月25日　[出]東京・麹町　[歴]大正期から昭和初期にかけての大衆小説家。俳句は少年時代から父親の二世規矩庵梅秀について学ぶ。はじめ主として秋声会派の諸誌に関係して葉月吟社等を興し、「俳壇風景」を主宰した。のち、昭和6年2月創刊の「俳句月刊」の編集に参画、「曲水」「天の川」等にも寄稿。また戦後は西垣卍禅子の自由律誌「新俳句」にも関係をもった。句集に「東吉句集」、編著に「むさしの句集」、俳文集に「新版俳文読本」などがある。
[家]父＝規矩庵梅秀(2世)

志摩 のぶこ　しま・のぶこ
児童文学作家　元・タレント　[出]東京都
本名＝寺尾伸子　旧芸名＝志摩のぶ子　[学]明治学院大学文学部卒　[歴]大学在学中からNHK教育、TBSテレビなどのアシスタント、キャスターを経て、日本テレビ「ズームイン！！朝！」、フジテレビ「お天気レポート」に出演。その後、結婚した夫の転勤で福岡へ。引っ越しをきっかけに児童文学の執筆を始める。平成8年「およげないペンギンが空をとんだ日」「おおきな木」の2編を収めた著書を出版。
[家]祖父＝豊島与志雄(作家・故人)

島 比呂志　しま・ひろし
作家　[生]大正7年7月23日　[出]香川県　本名＝岸上薫　[学]東京高等農林学校獣医学科卒　[歴]昭和15年大陸科学院に勤務。19年東京農林専門学校(現・東京農工大学)の教員となる。助教授を経て、22年ハンセン病療養所大島青松園に入園。23年星塚敬愛園に転園後、本格的な執筆活動に入る。33年より同人雑誌「火山地帯」を主宰。平成10年評論集「らい予防法廃止の問題点」を刊行。らい予防による人権侵害を告発し続け、同年7月原告の一人として強制隔離政策の国家責任を問う国家賠償訴訟を熊本地裁に提訴。他の著書に童話集「銀の鈴」、作品集「生きてあれば」「奇妙な国」「女の国」「片居からの解放」「海の沙」「生存宣言」。
[団]日本文芸家協会、日本社会臨床学会

島 宏　しま・ひろし
映画監督　[生]昭和17年12月20日　[出]東京
[学]日本大学芸術学部卒　[歴]昭和39年大映京都撮影所に入社し、41年退社、フリーとなる。助監督、脚本家を経て、59年「朽ちた手押し車」を初監督。他の作品に「嵯峨野の宿」(62年)、「橘」(63年)のほか、ドキュメンタリーやTVドラマの脚本が多数ある。平成4年には10月から米国ロサンゼルスの地上局で放送する、現代日本紹介のテレビ番組「素顔の日本」の監督

を担当。著書に「米百俵―小林虎三郎の天命」がある。 ㊿日本映画監督協会

志麻 友紀 しま・ゆき
小説家 ㊿角川ルビー小説賞(ティーンズルビー部門優秀賞・読者賞，第1回)「ローゼンクロイツ」 ㊿著書に「ローゼンクロイツ」がある。8月31日生まれ。

島 遼伍 しま・りょうご
小説家 ㊿昭和32年 栃木県宇都宮市 本名＝佐藤日出男 ㊿大正大学英文科 ㊿栃木県芸術祭文芸賞(創作部門準文芸賞・奨励賞)、宇都宮市民芸術祭(文芸部門創作の部奨励賞) ㊿著書に「下野軍記」「陰謀の城」「下野風雲録」がある。

島内 透 しまうち・とおる
推理作家 ㊿大正12年9月6日 ㊿東京 本名＝島田重男 ㊿一橋大学社会学部中退 ㊿昭和35年「悪との契約」でデビュー。作品に「白いめまい」「白昼の曲がり角」と問題作を発表したが、突然筆を折る。その後10年余の沈黙を破り、「血の領収書」「死の波止場」などを発表。

島尾 敏雄 しまお・としお
小説家 鹿児島純心女子短期大学教授 ㊿大正6年4月18日 ㊿昭和61年11月12日 ㊿神奈川県横浜市 ㊿九州帝国大学法文学部東洋史科(昭和18年)卒 ㊿日本芸術院会員(昭和56年) ㊿戦後文学賞(第1回)(昭和25年)「出孤島記」、芸術選奨文部大臣賞(第11回・文学・評論部門)(昭和35年)「死の棘」、毎日出版文化賞(第26回)(昭和47年)「硝子障子のシルエット」、読売文学賞(第29回・小説賞)(昭和52年)「死の棘」、谷崎潤一郎賞(第13回)(昭和52年)「日の移ろい」、日本文学大賞(第10回)(昭和53年)「死の棘」、日本芸術院賞(第37回・文芸部門)(昭和55年)、川端康成文学賞(第10回)(昭和58年)「湾内の入江で」、野間文芸賞(昭和60年)「魚雷艇学生」 ㊿第2次大戦中は特攻隊隊長。昭和22年神戸外専(現・神戸市外国語大学)講師となり、「VIKING」に参加。23年第一創作集「単独旅行者」を刊行し注目される。「近代文学」「序曲」同人となる。25年特攻体験4部作のその1「出孤島記」で第1回戦後文学賞を受賞。27年上京するが、妻の神経症発病に伴い30年奄美大島に移住。この間「死の棘」(平成2年映画化)「日のちぢまり」など、いわゆる病妻物の作品を発表。33年鹿児島県立図書館奄美分館長、50年から鹿児島純心女子短期大学教授。52年神奈川県に転居。この間、米国、ソ連、東欧、インドなどへ旅行。56年日本芸術院会員となり、58年「湾内の入江で」で川端康成文学賞を受賞。同年再び鹿児島郊外へ移住。ほかの代表作に「夢の中での日常」「出発は遂に訪れず」「日の移ろい」「魚雷艇学生」があるほか「島尾敏雄全集」(全17巻、晶文社)がある。 ㊿日本文芸家協会 ㊿妻＝島尾ミホ(小説家)、長男＝島尾伸三(写真家)、弟＝島尾義郎(元丸紅常務)、孫＝しまおまほ(漫画家)

島尾 ミホ しまお・みほ
小説家 ㊿大正8年10月24日 ㊿福島県相馬郡小高町 旧姓(名)＝大平 ㊿日出高女卒 ㊿田村俊子賞(第15回)(昭和49年)「海辺の生と死」、南日本文学賞(第3回)(昭和50年)「海辺の生と死」 ㊿奄美群島加計呂麻島のおさの娘として生まれる。昭和20年国民学校の教師をしていた時、加計呂麻島の基地に海軍中尉として任官していた島尾敏雄を知り、21年神戸で結婚。27年東京に移るが、29年頃健康を害し、30年名瀬に転居。49年「海辺の生と死」を刊行し田村俊子賞を、翌50年に南日本文学賞を受賞。50年指宿、52年茅ケ崎、58年鹿児島に転居し、のち名瀬市に在住。他に「潮の満ち干」「祭り裏」などの作品がある。また48年に刊行された島尾敏雄の「東北と奄美の昔ばなし」で付録LPシートに奄美民話の吹込みをした。 ㊿日本文芸家協会 ㊿夫＝島尾敏雄(小説家・故人)、長男＝島尾伸三(写真家)、孫＝しまおまほ(漫画家)

嶋岡 晨 しまおか・しん
詩人 評論家 小説家 立正大学文学部教授 ㊿現代詩 ㊿昭和7年3月8日 ㊿高知県高岡郡窪川町 本名＝嶋岡晨(しまおか・あきら) ㊿明治大学文学部仏文科(昭和30年)卒、明治大学大学院文学研究科(昭和33年)修士課程修了 ㊿文学におけるヒューマニズムと抵抗のゆくえ、詩のネオロジスム ㊿岡本弥太賞(第3回)(昭和40年)「永久運動」、小熊秀雄賞(第32回)(平成11年)「乾杯」 ㊿昭和28年餌取定三、大野純と詩誌「貘」を創刊、詩作活動を始める。詩集に「薔薇色の逆説」「永久運動」「偶像」「産卵」「嶋岡晨詩集」「死定席」「乾杯」など。「裏返しの夜空」、「〈ポー〉の立つ時間」が第84・87回の芥川賞候補になるなど、小説でも活躍。他に「異説坂本竜馬」「土佐勤王党柿末」「詩とエロスの冒険」「高村光太郎」「伝記萩原朔太郎」「エリュアール選集」「昭和詩論史ノートポエジーへの挑戦」など多数の著書がある。明治大学文学部講師を経て、立正大学教授。 ㊿日本文芸家協会、日本近代文学会、萩原朔太郎研究会

島木 健作 しまき・けんさく
小説家 農民運動家 [生]明治36年9月7日 [没]昭和20年8月17日 [出]北海道札幌市 本名＝朝倉菊雄(あさくら・きくお) [学]東北帝大法学部選科(大正15年)中退 [賞]「万朝報」懸賞小説(第1571回)(大正9年)「章三の叔父」、中央公論原稿募集(第2回)(昭和9年)「盲目」、文学界賞(第9回)(昭和11年)「終章」、透谷文学賞(第2回)(昭和13年)「生活の探求」 [歴]高等小学校中退後、様々な仕事をしながら苦学し、大正14年東北帝大に入学。東北学連に加入し、その中心人物としてオルグ活動をする。15年日本農民組合香川県連合会書記となって農民運動に挺身し、昭和2年日本共産党に入党。この頃から胸を病む。3年逮捕され、公判闘争中に転向し、7年仮釈放されるが、肺の病に苦しむ。9年獄中体験を書いた「癩」「盲目」を発表し、第1創作集「獄」を刊行。以後作家として活躍し、11年「文学界」同人となり「終章」で文学界賞を受賞。12年長編「再建」「生活の探求」を刊行。その他の代表作として「黎明」「黒猫」「赤蛙」などがあり、「島木健作全集」(全15巻)が刊行されている。

島崎 藤村 しまざき・とうそん
小説家 詩人 [生]明治5年2月17日 [没]昭和18年8月22日 [出]東京 本名＝島崎春樹 別号＝無名氏、島の春、古藤庵、無声、枇杷坊、むせい、葡萄園主人、六窓居士 [学]明治学院(明治24年)卒 [資]帝国芸術院会員(昭和15年) [歴]馬籠宿の庄屋の家系に生れ、9歳で上京。明治学院卒業後、教員として明治25年明治女学校、29年東北学院、32年小諸義塾に勤める。その間、26年に北村透谷らと「文学界」を創刊。また30年に「若菜集」を刊行し、以後「一葉舟」「夏草」「落梅集」の詩集を刊行する一方、小説、散文も発表し、39年「破戒」を刊行。自然主義文学の代表的作家として、「春」「家」などを発表。大正2年渡仏し、帰国後に「新生」を、また「海へ」「エトランゼエ」などの紀行、感想文を発表した。昭和4年から10年にかけては、大作「夜明け前」を発表。10年日本ペンクラブ初代会長。11年ヨーロッパに再遊、15年帝国芸術院会員となる。詩、小説、紀行文、感想と作品は数多く、他に「眼鏡」などの童話集もある。絶筆「東方の門」。「島崎藤村全集」(全12巻・別巻1，筑摩書房)がある。 [団]日本報国文学会(名誉会員) [家]孫＝島崎緑二(画家・藤村記念郷理事長)

島田 一男 しまだ・かずお
小説家 [生]明治40年5月15日 [没]平成8年6月16日 [出]京都府京都市 [学]明治大学中退 [賞]日本推理作家協会賞(第4回・短篇賞)(昭和25年)「社会部記者」 [歴]昭和7年「満州日報」記者となり、戦時中は陸海軍報道班員として中国各地の作戦に従事。戦後作家活動に入る。33年から41年までNHK連続テレビドラマ「事件記者」の脚本を書き有名に。代表作に「社会部記者」や、一連の捜査官ものがある。46年日本推理作家協会理事長。 [団]日本推理作家協会(理事)、日本文芸家協会

島田 和夫 しまだ・かずお
小説家 [生]明治42年4月12日 [没]昭和20年3月24日 [出]山口県 本名＝上野市三郎 [学]早稲田大学中退 [歴]昭和7年ごろ日本プロレタリア作家同盟に入り、9～13年同人誌「新文学」編集発行人となり長編、評論を書いたが、14年渡満。「四壁暗けれど」「漁火」のほか「県城の空」がある。

島田 和世 しまだ・かずよ
小説家 俳人 [生]昭和5年12月1日 [出]東京 [学]済美高女中退 [歴]「かいだん」「貂」「寒雷」同人。平成11年「市井に生きる」が第9回自分史文学賞佳作に選ばれる。著書に「橘は燃えていた」「海溝図」などがある。 [団]俳人協会、日本文芸家協会

島田 清次郎 しまだ・せいじろう
小説家 [生]明治32年2月26日 [没]昭和5年4月29日 [出]石川県石川郡美川町 [学]金沢商本科中退 [歴]大正6年小説「地を超ゆる」を「中外日報」に発表。その縁で中外回報記者に迎えられたが2ケ月で追放され、上京する。8年生田長江の推薦により自伝的長編「地上」第1部を新潮社から刊行、長谷川如是閑、堺利彦らの絶讃を受けて大ベストセラーとなる。第4部を11年に刊行したが、若さによる体験不足と思想の浅薄のために一作ごとに内容は低下した。その後、急速に没落して困窮し、早発性痴呆症により精神病院に収容された。他の作品に短編集「大望」、戯曲集「帝王者」、評論集「勝利を前にして」などがある。

島田 荘司 しまだ・そうじ
推理作家 占星術師 イラストレーター [生]昭和23年10月12日 [出]広島県福山市昭和町 [学]武蔵野美術大学商業美術デザイン科卒 [歴]家業の商業インテリア、看板業を手伝った後、上京。昭和53年作家を志し、56年に怪奇ミステリー「占星術殺人事件」(第26回江戸川乱歩賞候補作)でデビュー。以来文筆活動に入り、59年発表の「漱石と倫敦ミイラ殺人事件」は直木

賞候補。猟奇的な発端から込み入ったトリックで読者を引きつける"新本格派"だが、「夏、19歳の肖像」のように青春小説の味わいのある作品もある。近年は日本の裁判制度や死刑制度に関する積極的な発言でも注目される。他に「御手洗潔の挨拶」「斜め屋敷の犯罪」「異邦の騎士」「奇想、天を動かす」「秋好事件」「御手洗さんと石岡君が行く」「島田荘司読本」「三浦和義事件」「ハリウッド・サーティフィケイト」など。好きなものは広島カープと車。

島田 ばく　しまだ・ばく

児童文学作家　詩人　㊌大正12年9月28日　㊍東京　本名＝島田守明　㊫大森高小(昭和14年)卒　㊮児童文化功労賞(第34回)(平成7年)　㊩著書に「日溜り中に」「なぎさの天使」「父の音」「リボンの小箱」など。　㊐日本児童文芸家協会(顧問)、日本ペンクラブ、日本詩人クラブ、日本文芸家協会

島田 元　しまだ・はじめ

映画監督　脚本家　作曲家　㊌昭和34年4月　㊍京都府京都市　㊫早稲田大学法学部(昭和58年)卒　㊩早大在学中は早稲田シネマ研究会に所属し、8ミリで10本の映画を制作、卒業後すぐに同研究会のOBが主宰する自主映画制作集団・高田馬場Tom Tom倶楽部に参加。特に4年生の時に制作した青春映画「リトルウィング」は「ぴあシネマフェスティバル」にも出品、自主映画ファンの高い評価を得る。「パスカルの群」(大島弓子・作)、「援助交際/特Aランクの女子校篇」など、監督、脚本作品多数。著書にジュニア小説「ファニーエンジェル探偵団」シリーズがある。

島田 裕巳　しまだ・ひろみ

文筆業　劇作家　元・日本女子大学文学部教授　㊝宗教学　㊌昭和28年11月8日　㊍東京都　㊫東京大学文学部宗教学科(昭和51年)卒、東京大学大学院人文科学研究科宗教学専攻(昭和59年)博士課程修了　㊙新々宗教、オウム真理教　㊩放送教育開発センター助教授、日本女子大学助教授を経て、平成7年教授。山岸会、一灯園などの共同体や公衆トイレの考察を通して、日本の社会構造や日本人の社会行動様式を宗教学的に研究。同年11月退職。著書に「フィールドとしての宗教体験」「戒名」、共著に「お嬢さんの感覚学」「洗脳体験」、戯曲に「五人の帰れない男たち」「水の味」などがある。

島田 文彦　しまだ・ふみひこ

小説家　㊌昭和17年　㊍鹿児島県　㊫鹿児島大学教育学部(昭和40年)卒、図書館短期大学別科(昭和40年)中退　㊮神奈川新聞文芸コンクール短篇小説部門入選(第2回)(昭和47年)「八月の光」　㊩昭和42年から神奈川県職員。著書に「うくらいな」がある。

島田 雅彦　しまだ・まさひこ

小説家　近畿大学文芸学部文学科助教授　㊌昭和36年3月13日　㊍神奈川県川崎市　㊫東京外国語大学ロシヤ語科(昭和59年)卒　㊮野間文芸新人賞(第6回)(昭和59年)「夢遊王国のための音楽」、泉鏡花文学賞(第20回)(平成4年)「彼岸先生」　㊩大学在学中に書いた「優しいサヨクのための嬉遊曲」が昭和58年第89回芥川賞候補作となり文壇デビュー。59年「夢遊王国のための音楽」で第6回野間文芸新人賞を受賞。現代の社会風潮と若者の意識の襞を微妙に描き分け、イロニーを含んだ軽い文体が人気を集める。また60年俳優として舞台に立ち、平成4年5月には自作「ルナ」を演出。同年「彼岸先生」で第20回泉鏡花文学賞受賞。8年日本文芸家協会理事、のち同協会電子メディア対応委員長に就任。12年オペラ「忠臣蔵」(三枝成彰作曲)の台本を手掛ける。他の作品に「亡命旅行者は叫び呟く」「天国が降ってくる」「僕は模造人間」「夢使い―レンタルチャイルドの新二都物語」「忘れられた帝国」「浮く女沈む男」「内乱の予感」「子どもを救え！」「自由死刑」「彗星の住人」、エッセイ集「認識マシーンへのレクイエム」「偽作家のリアルライフ」などがある。　㊐日本文芸家協会(理事)

島田 三樹彦　しまだ・みきひこ

脚本家　㊩大学卒業後、演劇担当として東京・神田の岩波ホールに入社。舞台演出や、名画の上映運動エキプ・ド・シネマの宣伝などの仕事に携わる。脚本家と演出家を志し、平成5年46歳の時退社。7年東京・下北沢のザ・スズナリで松本修演出により、自作の二人芝居「白い地図」が上演される。

島田 理聡　しまだ・りさ

小説家　㊌昭和42年9月25日　㊍東京都　㊫国際基督教大学大学院修士課程　㊮コバルト・ノベル大賞佳作(第17回)(平成3年)「パラダイス・ファミリー」　㊩平成3年「パラダイス・ファミリー」で第17回コバルト・ノベル大賞佳作入選。著書に「月の無邪気な夜の女王」がある。

島田 柳川　しまだ・りゅうせん

小説家　⑫(生没年不詳)　本名=島田薫　島田小葉、島田美翠、梅の家薫、美翠子、胡琴生　㊼尾崎紅葉門下の高足。小説は島田小葉の名で「横笛」「雨もる家」などを発表したにとどまるが、他に多くの探偵小説を残している。硯友社派の変わり種。明治26年「鬼美人」「小将姫」などを刊行。

島原 健三　しまはら・けんぞう

作家　詩人　翻訳家　成蹊大学名誉教授　㊼応用生物化学　化学史　㊥昭和3年3月22日　㊐東京都世田谷区　筆名=芹生一(せりう・はじめ)　㊊慶応義塾大学工学部応用化学科(昭和25年)卒　工学博士　㊼生物化学的方法によるキチンの精製と修飾　㊼化学工場勤務、高校教師を経て、昭和49年成蹊大学教授、のち名誉教授。一方、小説や詩作にも携わり、作品に詩集「四季」、小説「敷島のやまと心を」「ちいさな共和国」、訳書に「ふしぎの国のアリス」「鏡の国のアリス」「ピーターパンとウェンディ」などがある。　㊿日本農芸化学会、化学史学会(理事)、日本化学会、キチン・キトサン研究会(会長)

島村 敬一　しまむら・けいいち

小説家　㊼児童小説　歴史時代小説　㊥昭和14年　㊐島根県邑智郡大和村宮内　本名=長谷圭剛(はせ・けいごう)　別名=長谷圭剛(はせ・けいごう)　㊊早稲田大学中退、東京教育大学卒　㊼日本の近世の風俗を描く小説　㊈問題小説新人賞佳作(第8回)(昭和57年)「堕ちた鯉」、小説宝石エンタテイメント小説大賞(第6回)(昭和58年)「下総　紺足袋おぼえ書き」　㊼集英社の週刊誌、月刊誌の編集を経てフリーライターとなる。昭和41年「仕組まれたオートキャンプ」で作家としてデビュー。主にジュニア小説、児童小説を手がける。58年エンタテイメント小説大賞受賞後はは、本名の長谷圭剛で時代小説も執筆。著書に「一本買い必勝法」「的中一本買い」「かるわざ殺法」他多数。　㊿日本推理作家協会

島村 匠　しまむら・しょう

小説家　㊥昭和36年4月22日　㊐神奈川県横浜市　㊊横浜国立大学教育学部国語科(昭和60年)卒　㊈松本清張賞(第6回)(平成11年)「芳年冥府彷徨」　㊼大学卒業後、神奈川県内の高校教師となる。平成9年退職し、歯科医師向けの業界誌編集者を経て、高校の非常勤講師。平成11年「芳年冥府彷徨」で松本清張賞を受賞。

島村 進　しまむら・すすむ

小説家　㊥大正10年11月12日　㊐埼玉県加須　㊊東京帝大国文科中退　㊼昭和17年沖縄に行き、半年間国語教師を務める。著書に「沖縄の海は碧い」「無線塔」「源七履歴」(芥川賞候補)がある。

島村 民蔵　しまむら・たみぞう

劇作家　演劇研究家　㊥明治21年7月22日　⑫昭和45年11月15日　㊐東京・神田岩本町　号=甲鳥、柳水　㊊早稲田大学英文科(明治42年)卒、東京帝大独文科中退　㊼早大在学中坪内逍遙の指導を受け、ヨーロッパ近代劇を学ぶ。大正3年「大正文学」を主宰し、また早大で独文と演劇を講じる。昭和3年日大講師、戦後は静岡女子短大教授。戯曲も多く発表し「夜叉丸」「清十郎」「踊り熊」(児童劇)「修学院物語」などの戯曲集があり、演劇研究では「戯曲の本質」「子供の生活と芸術」「芸術学汎論」「日本芸術の大系」などの著書がある。

島村 利正　しまむら・としまさ

小説家　㊥明治45年3月25日　⑫昭和56年11月25日　㊐長野県上伊那郡高遠町　㊊正則英語学校卒　㊈平林たい子文学賞(第4回)(昭和51年)「青い沼」、読売文学賞(第31回・小説賞)(昭和54年)「妙高の秋」　㊼信州高遠に商家の総領息子として生まれる。文学少年で家業に興味を持てなかったことから、15歳の時に奈良の出版社・飛鳥園に入社。在住時代、志賀直哉、滝井孝作に師事する。昭和16年処女作長編「高麗人」が芥川賞候補となる。32年より文筆生活に入る。第3次「素直」同人。地味で静かな作品が多く、51年短編集「青い沼」で第4回平林たい子文学賞、54年作品集「妙高の秋」で第31回読売文学賞を受賞した。ほかに「残菊抄」「奈良登大路町」「碧水館残照」「奈良飛鳥園」、「島村利正全集」(全4巻、未知谷)などがある。

島村 抱月　しまむら・ほうげつ

評論家　美学者　新劇運動家　演出家　早稲田大学教授　芸術座主宰者　㊥明治4年1月10日　⑫大正7年11月5日　㊐石見国久佐村(島根県金城町)　本名=島村滝太郎　旧姓(名)=佐々山　㊊東京専門学校(現・早大)文学科(明治27年)卒　㊼東京専門学校で坪内逍遙の教えを受け、卒業後は「早稲田文学」記者となり、かたわら東京専門学校講師となる。「西鶴論」「新体詩の形について」などで評論家として認められ、33年共著「風雲集」を刊行。その間、読売新聞記者もつとめる。35年「新美辞学」を刊行し、38年までヨーロッパに留学。帰国後、早大教授に就任し、また39年再刊された「早稲田文学」主宰者となり「囚はれたる文芸」を発表。一方、逍遙の文芸協会で新劇指導者としても活躍し、

44年「人形の家」を帝劇で上演。大正2年文芸協会を退会、松井須磨子と共に芸術座を組織し、早大教授を辞した。以後はその主宰者・演出家として須磨子とともに全国を巡回するが、7年11月スペイン風邪のため死亡した。ほかの著書に評論集「近代文芸之研究」、脚本集「影と影」、小品集「雫」などがある。

島村 木綿子　しまむら・ゆうこ

毎日新聞社小さな童話大賞を受賞　[生]昭和36年　[出]熊本県　[賞]毎日新聞社小さな童話大賞(第15回)(平成10年)「うさぎのラジオ」　[歴]20代の頃から童話を書き始める。平成10年毎日新聞社小さな童話大賞を受賞。　[団]日本児童文芸家協会

島村 洋子　しまむら・ようこ

小説家　[生]昭和39年10月30日　[出]大阪府　[学]帝塚山学院短期大学卒　[賞]コバルト・ノベル大賞(第6回)(昭和60年)「独楽」　[歴]昭和60年青春小説誌「COBALT」の第6回コバルト・ノベル大賞に「独楽(ひとりたのしみ)」が入選。〈コバルトシリーズ〉に「お化粧伝説」「雨のお嬢さまストリート」「オール・マイ・ラヴィング」「愛したりない」「せずには帰れない」など、他に「マイルストーン」「ひみつの花園」などがある。　[団]日本文芸家協会

嶋本 達嗣　しまもと・たつし

博報堂生活総合研究所主任研究員　[生]昭和35年　[出]東京都　[学]東京工業大学電気電子工学科(昭和58年)卒　[賞]日本ファンタジーノベル大賞(優秀賞, 第7回)(平成7年)「バスストップの消息」　[歴]昭和58年博報堂に入社。マーケティング局に勤務。平成2年より博報堂生活総合研究所主任研究員。同研究所編の「『半分だけ』家族」「『五感』の時代」執筆に参画。

島本 久恵　しまもと・ひさえ

小説家　歌人　[生]明治26年2月2日　[没]昭和60年6月27日　[出]大阪府　[賞]芸術選奨文部大臣賞(第17回・文学評論部門)(昭和41年)「明治の女性たち」　[歴]詩人・故河井酔茗に見いだされ、大正2年「婦人之友社」に入り、創作の道に。12年酔茗と結婚、13年処女小説「失明」を発表。昭和8年から36年まで28年かけて6千枚の自伝小説「長流」を完成。41年、評伝「明治の女性たち」で芸術選奨文部大臣賞受賞をするなど、評論、評伝にも健筆をふるい、高齢になっても創作意欲は衰えを見せなかった。ほか著書に「貴族」「俚譜薔薇来歌」「母の証言」「明治詩人伝」などがある。　[家]夫=河井酔茗(詩人)、二男=島本融(群馬県立女子大教授)

島本 征彦　しまもと・ゆきひこ

作家　[出]高知県土佐市宇佐町　[学]大阪外国語大学中退　[賞]自治労文学賞(第4回)「闇と光―絵金と小龍」　[歴]土佐市役所に勤務。著書に「武市半平太」「真木慎介作品集」「土佐市物語」「幕末無頼山内容堂」他がある。

島本 理生　しまもと・りお

「シルエット」で群像新人文学賞優秀作を受賞　[生]昭和58年5月　[出]東京都　[賞]群像新人文学賞(優秀作, 第44回)(平成13年)「シルエット」　[歴]平成10年「ヨル」で鳩よ！掌編小説コンクール第2期10月号当選、年間MVPを受賞。都立高校在学中の13年「シルエット」で第44回群像新人文学賞優秀作を受賞。

地味井 平造　じみい・へいぞう

画家　推理作家　[生]明治38年1月7日　[没]昭和63年1月28日　[出]北海道函館市　本名=長谷川潾二郎　[歴]絵の勉強を続ける一方、大正15年「煙突奇談」を「探偵趣味」に発表して作家デビュー。以後、「新青年」等に断続的に執筆した。昭和6～7年渡仏し、帰国後は洋画家としての創作に専念。作品に「二人の会話」「魔」「水色の目の女」「人攫い」など。　[家]兄=林不忘(小説家)、弟=長谷川四郎

清水 曙美　しみず・あけみ

放送作家　[生]昭和15年　[出]北海道旭川市　[学]北海道学芸大学(現・北海道教育大学)旭川分校卒　[歴]子離れするために放送作家教室で半年、研修科で1年、放送作家・西条道彦に師事。昭和56年10作目「遺影」で放送脚本新人賞に入選、同年東芝日曜劇場「妻と妻」でデビュー。主な作品に「もう一度結婚」「家政婦・織枝の体験III」「妊娠ですよ」など。

清水 アリカ　しみず・ありか

小説家　[生]昭和38年2月1日　[出]兵庫県神戸市　本名=清水俊貴　[学]同志社大学卒　[賞]すばる文学賞(第14回)(平成2年)「革命のためのサウンドトラック」　[歴]コピーライターとしても活躍。著書に「革命のためのサウンドトラック」「天国」「デッドシティ・レイディオ」「チャーリーと水中眼鏡」などがある。

清水 一行　しみず・いっこう

小説家　[生]昭和6年1月12日　[出]東京・向島　本名=清水和幸(しみず・かずゆき)　[学]早大専法学部法律学科中退　[賞]日本推理作家協会賞(第28回)(昭和50年)「動脈列島」　[歴]週刊誌記者を経て、昭和41年証券界の内幕を描いた「兜町(シマ)」で文壇にデビュー。経済小説の草分け的存在。主な著書に「買占め」「動機」「虚業集団」「密閉集団」「重役室」「動脈列島」「女

教師」など。 ㊐日本文芸家協会、日本推理作家協会

清水 邦夫　しみず・くにお
劇作家　演出家　小説家　多摩美術大学教授　木冬社主宰　㊓昭和11年11月17日　㊒新潟県新井市　㊫早稲田大学文学部演劇科（昭和35年）卒　㊔年間代表シナリオ（昭38・43・46・55年度）、岸田国士戯曲賞（第18回）（昭和47年）「ぼくらが非情の大河をくだる時」、紀伊国屋演劇賞（第11回）（昭和51年）「夜よ、おれを叫びと逆毛で充す青春の夜よ」、芸術選奨文部大臣新人賞（第30回，昭54年度）「戯曲冒険小説」、泉鏡花文学賞（第8回）（昭和55年）「わが魂は輝く水なり」、テアトロ演劇賞（第8回，昭55年度）「わが魂は輝く水なり」、読売文学賞（戯曲賞，第35回）（昭和58年）「エレジー」、テアトロ演劇賞（第18回，平2年度）「弟よ」、芸術選奨文部大臣賞（演劇部門，第41回，平2年度）「弟よ」、芸術選奨文部大臣賞（文学部門，第43回，平4年度）「華やかな川、囚われの心」、紫綬褒章（平成14年）　㊩早大美術科に進むが当時早大で小さな学生劇団を主宰していた兄に刺激され、3年目に演劇科へ。その記念に書いた「署名人」が早稲田演劇賞を受ける。以来「逆光線ゲーム」をはじめ第18回岸田国士戯曲賞を受けた「ぼくらが非情の大河をくだる時」などの戯曲を書き、東京・新宿のアートシアター・新宿文化劇場を拠点に、演出家・蜷川幸雄とコンビを組んで、全共闘時代の若者の心情と深くかかわり、一時代を画した。他に「真情あふるる軽薄さ」「狂人なおもて往生をとぐ」「朝に死す」「戯曲冒険小説」「わが魂は輝く水なり」「エレジー」「タンゴ・冬の終わりに」「リターン」などの戯曲がある。岩波映画、現代人劇場、演劇集団桜社を経て、51年劇団・木冬社を設立。演出も手がけ、代表作に「楽屋」「弟よ」「恋する人びと—軍都とダンディズム」など。エッセイ「月潟村柳書」、小説「華やかな川、囚われの心」がある。　㊐日本文芸家協会、日本劇作家協会（理事）、日本演劇学会　㊕妻＝松本典子（女優）

清水 健太郎　しみず・けんたろう
小説家　㊓昭和40年4月　㊒東京都　㊫慶応義塾大学医学部卒　㊔ぶんりき大賞（第1回）（平成8年）「凡人」　㊩学生時代から小説を書き始め、平成元年「三田文学」に「夕立」を発表。8年「ぶんりき」に「凡人」「声」などの作品を発表。著書に「声」がある。

清水 三朗　しみず・さぶろう
小説家　童話作家　画家　㊕古代史　㊓大正7年4月1日　㊒東京　㊫日本大学芸術学部芸術学科（昭和21年）中退　㊩昭和19年「人煙」を発表。第2次大戦中はベトナムに従軍し、戦後は「高部ラオス」を24年に発表。作家、童話作家、画家と幅広く活躍。著書に「情痴」「赤土の祭典」「総括レイテ・セブ戦線」「物故作家私伝」などがある。　㊐東京作家クラブ、日本文芸家協会

清水 紫琴　しみず・しきん
小説家　㊓慶応4年1月1日（1868年）　㊚昭和8年7月31日　㊒岡山　本名＝古在豊子　旧姓（名）＝清水　別名＝古在紫琴（こざい・しきん）、清水つゆ子、号＝花園　㊫明治女学校卒　㊩女学校卒業後「女学雑誌」の記者となる。明治24年「こわれ指輪」で認められる。翌年、農科大助教授・古在由直と結婚、一時文学活動を休止するが、28年から復活。主要作に「心の鬼」「したゆく水」などがあり、32年最後の作品「移民学園」は「破戒」の原型といわれる。「清水紫琴全集」全1巻がある。　㊕夫＝古在由直（農芸化学者）、息子＝古在由重（哲学者）

清水 信　しみず・しん
文芸評論家　同人雑誌センター主幹　㊕現代文学　㊓大正9年11月20日　㊒長野県　㊫明治大学文芸科（昭和16年）卒　㊔近代文学賞（第3回）（昭和36年）「当世文人気質」　㊩戦時中、北京の日本大使館に勤務。昭和22年引き揚げ、鈴鹿に戻り新制中学の教師に。かたわら執筆活動を展開し、「関西文学」「北斗」同人となる。36年「近代文学」に連載していた「当世文人気質」で近代文学賞を受賞。37年より同人雑誌センター主幹。著書に評論集「日曜手帖」「作家と女性の間」のほか、「清水信詩集」、小説集「昨日の風」などがある。芥川賞の推薦委員。　㊐日本文芸家協会

志水 辰夫　しみず・たつお
小説家　㊓昭和11年12月17日　㊒高知県　本名＝川村光暁　㊫高知商卒　㊔日本推理作家協会賞（第39回）（昭和61年）「背いて故郷」、柴田錬三郎賞（第14回）（平成13年）「きのうの空」　㊩公務員を経て、26歳で上京。一時出版社に勤務するが、雑誌のフリーライターに転身、「婦人倶楽部」「微笑」などの仕事をする。40代に入ってから本格的に小説を書き始め、昭和56年「飢えて狼」でデビュー。1年1冊の寡作だが冒険小説のホープとして期待される。平成2年「帰りなん、いざ」が直木賞候補となる。他に「裂けて海峡」「深夜ふたたび」「生きずりの街」「尋ねて雪か」「情事」「きのうの空」などがある。　㊐日本冒険小説協会

清水 達也　しみず・たつや

児童文学作家　[生]昭和8年6月15日　[出]静岡県榛原郡金谷町　[学]静岡県立掛川西高(昭和27年)卒　[賞]静岡県芸術祭詩部門芸術祭賞(昭和39年)、学校図書館功労賞(全国SLA)(昭和55年)、静岡県読書推進功労賞(昭和58年)、野間読書推進賞　[歴]家山小学校教師、昭和39年静岡県立中央図書館、54年静岡県立教育研修所指導主事を経て、58年退職。その後フリーで創作活動、親子読書運動を続ける。また、54年から静岡県子どもの本研究会代表を務める。平成6年子どもの本の研究館・遊本館を設立。作品に「明神さんの大やまめ」「どろ田の村の送り舟」「火くいばあ」「いたずらこぎつね」「いちごばたけでつかまえた」など。[団]日本児童文学者協会、日本子どもの本研究会、静岡県子どもの本研究会(代表)、しずおか野の風の会

清水 たみ子　しみず・たみこ

童謡詩人　児童文学作家　[生]大正4年3月6日　[出]埼玉県　本名＝清水民　[学]東京府立第五高女(昭和7年)卒　[賞]児童文化功労者、芸術祭文部大臣賞(昭和33年)「チュウちゃんが動物園へ行ったお話」(共作)、芸術祭奨励賞(昭和36年)「東京のうた」(共作)、日本童謡賞(第21回)(平成3年)「かたつむりの詩」　[歴]第2次「赤い鳥」に昭和6年以降14編が入選する。のちに童謡同人誌「チチノキ」に参加し、戦後は幼年雑誌「子どもの村」編集部に勤務。かたわら、童謡や絵本の創作をつづけ、昭和28年から執筆に専念。童謡に「雀の卵」「雨ふりアパート」「戦争とかぼちゃ」など、詩集に「あまのじゃく」「かたつむりの詩」、童謡集に「ぞうおばさんのお店」がある。　[団]日本児童文学者協会、日本童謡協会

清水 津十無　しみず・つとむ

脚本家　[生]明治38年　[出]静岡県沼津市　[学]旧制中学中退　[歴]昭和7年松竹新派脚本募集に応募し当選。10年東宝劇団創立記念脚本募集に応募し当選。その後、サラリーマンに転身。70歳で退職した後、再び筆を執る。著書に小説「隅田川夢浮橋」、戯曲「吹きだまり」「吉原鎮魂譜」他。

清水 昇　しみず・のぼる

小説家　「上州文学」編集長　群馬県文学賞小説部門選考委員　[生]昭和19年12月6日　[出]群馬県　[学]富岡高卒　[歴]現代小説が主だが、時代物として、赤穂浅野家の逐電家老、大野九郎兵衛潜伏の地として伝わる磯部を中心に仇討ち本懐までの行動を調べあげた著書「小説大野九郎兵衛」で知られる。ほかに「孤高の剣」「上州路」「消された一族」など。　[団]赤穂義士顕彰会、群馬ペンクラブ(理事)、日本文芸家協会

清水 朔　しみず・はじめ

小説家　[生]昭和51年　[出]福岡県　[学]梅光女学院大学日本文学科卒　[賞]ノベル大賞(平成13年)　[歴]大学卒業後、研究機関の客員研究員を務めながら、小説を書き続ける。平成13年度ノベル大賞を受賞。

清水 治一　しみず・はるかず

著述家　教育評論家　元・高校野球監督　[専]児童演劇　児童文化　[没]平成12年2月1日　[出]大阪府大阪市　筆名＝まきごろう(まき・ごろう)　[学]大阪外国語大学卒　[歴]昭和20年19歳で母校・北野中(現・北野高)の野球部監督に就任。23年第20回選抜高校野球大会に出場、ベスト4入りした。北野高校と改称後の24年第21回大会で初優勝、25年第22回大会もベスト4入りした。私立高校野球部監督を経て、48年北野高校野球部監督に復帰。平成2年まで務めた。大学卒業後、教育の道に入る。教師生活を経て、独立し、作家、教育評論家として活躍。日本表現教育協会理事長、京都女子大学講師を務めた。また、“まき・ごろう”のペンネームで児童文学者としても知られた。著書に「未来っ子を育てるために(表現力に強くなるコツ)」「おヒナさん」「親思いの子に育てるには」、自伝風小説「おれたちゃ高校の野球バカ」などがある。[団]日本児童ペンクラブ(関西支部長)

清水 博子　しみず・ひろこ

小説家　[生]昭和43年6月2日　[出]北海道旭川市　[学]早稲田大学第一文学部卒　[賞]文学界新人賞(平成5年)、すばる文学賞(平成9年)「街の座標」、野間文芸新人賞(第23回)(平成13年)「処方箋」　[歴]大学3年から小説を書き始め、卒業後も創作に専念。平成9年「街の座標」ですばる文学賞を受賞し、文壇デビュー。他の著書に「処方箋」(13年上半期芥川賞候補作)などがある。

清水 美季　しみず・みき

小説家　[生]昭和23年10月7日　[学]東京理科大学理工学部数学科卒　[賞]ティーンズ・ノベルズ大賞佳作、コバルト短編小説新人賞佳作　[歴]著書に「CATCH！(キャッチ)―夢をつかんで」がある。

しみず みちを

児童文学作家　絵本作家　日本幼年教育研究会講師　[専]絵本研究　[生]昭和8年1月13日　[出]岐阜県岐阜市　本名＝清水美千子(しみず・みちこ)　別名＝清水道尾(しみず・みちお)　[学]日本女子大学中退　[歴]昭和47年「はじめてのおるすばん」で児童文学作家としてデビュー。日本子ども

の本研究会に属し、創作活動とともに児童書の研究、普及にも力を入れる。また、子供への読み聞かせの大切さを説き、自宅で“めんどり文庫”を開設。日本子どもの本研究会理事、吉村証子記念会常務理事などを務める。主な作品に「まもるくんがとんだよ」「わんぱくねこさくせん」「吾平さんときつね」「太一じぞう」「ちいちゃいえほん」、実践研究書に「読みきかせの発見」「絵本の世界」などがある。[団]日本子どもの本研究会、吉村証子記念会、日本児童文学者協会

清水 芽美子　しみず・めみこ

推理作家　[生]昭和33年　[出]東京都　[学]東京学芸大学教育学部卒　[賞]オール讀物推理小説新人賞(第39回)(平成13年)「ステージ」　[歴]アルバイトの傍ら、小説の書き方講座に通う。平成13年「ステージ」でオール讀物推理小説新人賞を受賞。

清水 基吉　しみず・もとよし

小説家　俳人　「日矢」主宰　鎌倉文学館館長　[生]大正7年8月31日　[出]東京　[学]東京市立一中中退、英語専門学校卒　[賞]芥川賞(第20回)(昭和19年)「雁立」　[歴]胸部疾患で療養中の昭和16年「鶴」に参加し、石田波郷を知る。この頃から小説も書き始め19年「雁立」で芥川賞を受賞。小説家としては「白河」「去年の雪」「夫婦万歳」などの作品がある。21年「鶴」同人となり、ついで「馬酔木」同人になる。33年「日矢」を創刊。34〜50年電通に勤務ののち、平成3年鎌倉文学館館長に就任。句集に「寒蕭々」「宿命」「冥府」「遊行」、著書に「虚空の歌」「俳諧師芭蕉」「俗中の真」「意中の俳人たち」などがある。　[団]俳人協会(名誉会員)、日本文芸家協会

清水 有生　しみず・ゆうき

脚本家　[生]昭和29年6月13日　[出]東京都杉並区　[学]東京都立北高(昭和48年)卒　[賞]TBS新鋭シナリオ賞(第1回)(昭和62年)「正しい御家族」、橋田賞(第6回)(平成10年)　[歴]昭和49年東京都板橋区役所の中途採用試験に合格。志村福祉事務所でケースワーカーとして勤務。60年シナリオ第2作がNHK創作テレビシナリオコンクールの最終選考に残り、シナリオ作家を志して退職。62年「正しい御家族」がTBSのシナリオ賞に入選し脚本家に。以後主にテレビドラマで活躍。主な作品に「家裁の人」「RUN」「こちら芝浦探偵社」「ホットドック」「冠婚葬祭部長」「あぐり」「すずらん」など。

清水 義範　しみず・よしのり

小説家　[専]SF　パスティッシュ　[生]昭和22年10月28日　[出]愛知県名古屋市　旧筆名＝沖慶介　[学]愛知教育大学国語科(昭和46年)卒　[興]パスティージュの面白さ　[賞]吉川英治文学新人賞(第22回)(昭和63年)「国語入試問題必勝法」　[歴]大学在学中に沖慶介のペンネームで同人雑誌活動をし、「宇宙塵」等に作品を発表。昭和46年半村良を頼って上京、広告会社・ジャックに勤務するかたわら、SFを中心に創作活動を続ける。56年「昭和御前試合」刊行を機に退社、以後、執筆に専念。のちに教育や学校をテーマにした小説も書く。他の著作に「魔界の剣闘士」「エスパー少年」シリーズ、「蕎麦ときしめん」「永遠のジャック&ベティ」「金鯱の夢」「国語入試問題必勝法」「虚構市立不条理中学校」「柏木誠治の生活」「尾張春風伝」、共著に「いやでも楽しめる算数」など。　[団]日本文芸家協会、日本ペンクラブ

清水 柳一　しみず・りゅういち

演出家　劇作家　劇団民芸演出文芸部　[生]昭和19年11月27日　[学]早稲田高校卒、ルムンバ大学(モスクワ)歴史文学部ロシア・ソビエト文学科(昭和46年)卒　[歴]モスクワのルムンバ大学を卒業して日本に帰り、劇団民芸に入る。故宇野重吉の演出助手を多数つとめたほか、昭和60年から61年にかけ、レニングラード・ボリショイ・ドラマ劇場に招かれ演出を研修。平成元年7月、盲目のロシア詩人エロシェンコの悲劇を書き下した創作劇「虹の旅」(2幕)を、ウラジオストクのレニンスキー・コムソモール劇場で地元のソ連人俳優を使って上演する。

清水 寥人　しみず・りょうじん

小説家　俳人　出版あさを社取締役　[生]大正9年11月27日　[没]平成6年11月21日　[出]群馬県　本名＝清水良信　[学]鉄道教習所卒　[歴]昭和47年旧国鉄を退職し、出版社・あさを社を設立。傍ら創作。著書に第50回芥川賞候補作「機関士ナポレオンの退職」や「小説・泰緬鉄道」「上州讃歌」「レムパン島」「牧水・上州の旅」(上下)、句集に「風樹」「春信抄」など。　[団]日本文芸家協会、群馬県文学会議、群馬ペンクラブ(理事)

志村 一矢　しむら・かずや

小説家　[生]昭和52年　[賞]電撃ゲーム小説大賞(選考委員特別賞，第5回)(平成11年)「月と貴女に花束を」　[歴]第5回電撃ゲーム小説大賞において選考委員特別賞を受賞。著書に「月と貴女に花束を」がある。

志村 正浩 しむら・せいこう
映画監督 ⽣昭和15年3月4日 ⽣岩手県花巻市四日町 ⽣慶応義塾大学文学部仏文科(昭和37年)卒 ⽣年間代表シナリオ(平元年度)「文学賞殺人事件―大いなる助走」 ⽣昭和37年東映京都撮影所製作部に入社し、助監督として工藤栄一、鈴木則文、中島貞夫らにつく。48年監督となり、「恐怖女子高校・不良悶絶グループ」を、続いて同シリーズ「アニマル同級生」を撮る。東映ポルノに新鋭誕生と期待がかけられたが、その後監督の機会がなく、50年企画課付となる一方、テレビの脚本を執筆する。

志村 敏夫 しむら・としお
映画監督 シナリオライター ⽣大正3年10月13日 ⽣昭和55年7月7日 ⽣静岡県島田市 ⽣日本大学映画科(昭和9年)卒 ⽣在学中からシナリオを手がけ、松竹蒲田の脚本研究生となる。昭和9年「五々の春」が映画化される。出征を経て、15年東宝脚本部に入る。伏見晁にシナリオを学び、また斉藤寅次郎の助監督をつとめる。戦後22年新東宝に入社、23年「群狼」で監督デビュー。のち国際放映に移る。プロデュースや小説執筆、ショーの構成など多方面で活躍した。他の監督作品に「照る日くもる日」(前後篇)「君ひとすじに」(3部作)など。

下井 葉子 しもい・ようこ
小説家 ⽣昭和40年 ⽣兵庫県神戸市 ⽣葺合高卒 ⽣群像新人文学賞(第30回・小説部門)(昭和62年)「あなたについて わたしについて」 ⽣平成元年沖縄八重山列島に10ヶ月間居住。2年秋からスペインに住み、6年5月帰国。著書に「はいぬしま」。

下飯坂 菊馬 しもいいざか・きくま
シナリオライター ⽣昭和2年8月22日 ⽣東京都世田谷区 ⽣東京外国語学校露語科(昭和22年)卒 ⽣翻訳業、大学講師を経て、昭和32年大映東京撮影所脚本作家養成所卒。32～37年大映と契約、38年以後フリー。主な作品に映画「図々しい奴」「温泉芸者」「二匹の牡犬」「夜の手配師」「女の意地」「玄海つれづれ節」、テレビ「江戸の旋風」「大奥」「半七捕物帳」「岡っ引どぶ」「鬼平犯科帳」「必殺仕掛人」「愛の嵐」「華の嵐」「牟田刑事官事件ファイル」など。一方、新藤兼人監督の「濹東綺譚」に出演、存在感のある風貌が好評で、以後「生きたい」「三文役者」などに出演する。 ⽣シナリオ作家協会

霜川 遠志 しもかわ・えんじ
劇作家 ⽣大正5年4月10日 ⽣福岡県 本名＝下川敏喜 ⽣日本大学国文科(昭和16年)卒 ⽣歴史文学賞(第4回)(昭和54年)「八代目団十郎の死」、芸術祭奨励賞(昭和56年)「藤野先生」 ⽣昭和17年伊馬春部に師事し、新宿のムーラン・ルージュ文芸部に入り、脚本を書く。26～30年明治製菓宣伝部に勤務。戦後はおもに新国劇に戯曲を書き、魯迅原作「阿Q正伝」の他、「藤野先生」「花なき薔薇」「私は人をだましたい」の魯迅三部作がある。49年、脚本「孫文」が駐日中国大使館の抗議を受け、上演中止となる。54年、ビルの夜警をしながら書いた初めての小説「八代目団十郎の死」で歴史文学賞を受賞する。 ⽣日本演劇協会

下川 香苗 しもかわ・かなえ
小説家 ⽣昭和39年9月6日 ⽣岐阜県 筆名＝星川翔 ⽣岐阜大学教育学部 ⽣コバルト短編小説新人賞(第3回)(昭和59年)「桜色の季節」 ⽣13歳のころから童話を書く。ジュニア小説を手がけ、昭和59年に第3回コバルト短編小説新人賞受賞。著書に「夕やけ色のラブレター」「虹いろイヤリング」「鳥のように、愛のように」など。

下川 博 しもかわ・ひろし
シナリオライター ⽣昭和23年2月10日 ⽣神奈川県 ⽣早稲田大学大学院演劇研究科中退 ⽣民間放送連盟賞「刑事被告人」、放送文化基金賞(優秀賞)「いかんでかんわ」 ⽣昭和61年NHK水曜ドラマ「武蔵坊弁慶」でデビュー。以後「ばら色の人生」「姉」を経て「中学生日記」レギュラー作家として執筆。ほかドキュメンタリー・ドラマ「新日本人の条件」のドラマ部分執筆、金曜時代劇「はやぶさ新八御用帳」脚本を執筆。著書に「一日私服登校―先生」がある。 ⽣日本脚本家連盟

霜越 かほる しもごえ・かほる
小説家 ⽣「高天原なリアル」で平成11年度ロマン大賞入選。著書に「双色の瞳」などがある。6月21日生まれ。

下沢 勝井 しもさわ・かつい
小説家 元・法政大学講師 ⽣近代・国語教育 ⽣昭和3年6月15日 ⽣長野県下伊那郡松川町 ⽣長野師範学校卒、法政大学文学部卒、法政大学大学院(昭和33年)修士課程修了 ⽣新日本文学賞(第22回)(平成2年)「がまの子蛙」 ⽣長野県で教師になり、2年後に上京。小・中・高校教師、早稲田速記学校講師、法政大学講師などを歴任。傍ら小説も書く。 ⽣日本文学協会、新日本文学会、日本文芸家協会

子母沢 寛　しもざわ・かん

小説家 [生]明治25年2月1日 [没]昭和43年7月19日 [出]北海道厚田郡厚田村 本名＝梅谷松太郎 [学]明治大学法学部(大正3年)卒 [賞]菊池寛賞(第10回)(昭和37年) [歴]彰義隊残党の御家人の孫として生まれ、その回顧談を聞いて育つ。大学卒業後、新聞社、電気商などに勤め、読売新聞社を経て、大正15年から東京日日新聞社に勤務し、侠客ものを書き始める。昭和3年「新選組始末記」を刊行、7年「国定忠治」を発表し、股旅もの作家として独立し、8年東京日日新聞社を退社。9年「突っかけ侍」を都新聞に連載して以後は御家人を主人公にしたものに転じ、16年から6年がかりで「勝海舟」を発表、海舟の父小吉を扱った「父子鷹」「おとこ鷹」とともに代表作となる。作品は他に「逃げ水」「遺臣伝」など。37年幕末明治時代を背景にした一連の作品で菊池寛賞を受賞した。「子母沢寛全集」(全25巻，講談社)がある。

志茂田 景樹　しもだ・かげき

小説家 [生]昭和15年3月25日 [出]静岡県伊東市 本名＝下田忠男 [学]中央大学法学部(昭和40年)卒 [賞]小説現代新人賞(第27回)(昭和51年)「やっとこ探偵」、直木賞(第83回)(昭和55年)「黄色い牙」、日本文芸大賞(第4回)(昭和59年)「気笛一声」、日本文芸家クラブ大賞(特別賞，第3回)(平成6年) [歴]保険調査員、週刊誌記者などを経て、昭和48年頃から文筆生活に入る。推理小説、風俗小説、伝奇小説、官能小説、ユーモア小説、歴史小説など多彩な作品群で人気を集める。また個人誌「KIBA」を発行。大胆なファッションでも知られ、「KIBA」ブランドでデザインも手がける。平成8年にはロックバンド・KAGEKIXをプロデュース。同年出版社KIBA BOOKを設立。11年春よりボランティアで読み聞かせの全国行脚を始める。主な作品に「やっとこ探偵」「黄色い牙」〈新黙示録〉シリーズ3部作、〈帝国の艦隊〉シリーズ、「法城壊滅の日」「邪馬台国の神符」「折伏鬼」「異端のファイル」「北辰の秘宝」、童話「どんぐりっと」など。 [団]日本文芸家協会 [家]妻＝下田光子(志茂田景樹事務所営業部)、息子＝下田大気(俳優)
http://www.at-m.or.jp/~kageki/

霜多 正次　しもた・せいじ

小説家 評論家 [生]大正2年9月5日 [出]沖縄県国頭郡今帰仁村 旧姓(名)＝島袋正次 [学]東京帝国大学文学部英文科(昭和14年)卒 [興]日本文化論 [賞]毎日出版文化賞(第11回)(昭和32年)「沖縄島」、平和文化賞(昭和33年)「沖縄島」、多喜二・百合子賞(第3回)(昭和46年)「明けもどろ」 [歴]高校時代から小説を書き始め、戦後「新日本文学」編集委員となる。昭和25年「木山一等兵と宣教師」を発表し、27年「文学芸術」を創刊。またリアリズム研究会結成を経て、39年新日本文学会を除名、40年日本民主主義文学同盟の創立に参加。幹事会副議長、のち議長をつとめる。「葦牙」同人。他の著書に「沖縄島」「守礼の民」「道の島」「日本兵」「ヤポネシア」「南の風」「私の戦後思想史」や評論集「文学と現代」、「霜多正次全集」(全5巻，沖積舎)などがある。 [団]日本文芸家協会

霜田 史光　しもた・のりみつ

詩人 小説家 [生]明治29年6月19日 [没]昭和8年3月11日 [出]埼玉県北足立郡美谷本村 本名＝霜田平治 [学]日本工業学校建築科卒 [歴]大正8年西条八十編集の「詩王」に参加、処女詩集「流れの秋」を刊行、口語自由詩人として出発。のち「日本民謡」を主宰、新民謡、童話などを発表、野口雨情との共編「日本民謡名作集」、童話集「夢の国」などがある。また14年頃から大衆文芸創作に従事、、著作集「日本十大剣客伝」などがある。

霜月 一生　しもつき・いっせい

作家 [生]昭和8年 [出]山口県長門市 本名＝中野武 [学]明治大学商学部卒 [歴]山口県立水産高校講師、大津高校体育コーチ等を経て、安田火災海上保険代理店経営、朝日生命保険士。そのかたわら社会派作家を目ざして著述活動。著書に「子思母峠」「経営参謀村田清風」「回天の奇襲高杉晋作」。

下畑 卓　しもはた・たく

児童文学者 [生]大正5年1月30日 [没]昭和19年4月10日 [出]兵庫県神戸市 [学]尼崎中卒 [歴]昭和10年大阪朝日新聞社に入社。14年同人誌「新児童文学」を創刊。のち東京朝日に転勤、「コドモアサヒ」の編集に従事。童話集「煉瓦の煙突」「みなとの風」があり、この中の「修学旅行」「大河原三郎右ヱ門」などが代表作。生活主義派の新人として嘱望されたが早世した。

下村 悦夫　しもむら・えつお

小説家 歌人 [生]明治27年2月16日 [没]昭和20年12月12日 [出]和歌山県新宮 本名＝下村悦雄 旧筆名＝紀潮雀(きの・ちょうじゃく)、号＝紅霞 [学]新宮男子高小(明治41年)卒 [歴]明治41年新宮銀行給士。40年退職して上京、歌人を志す。一方、生活のために「悲願千人斬」など数多くの講談を書き、平凡社の「現代大衆文学全集」に「下村悦夫集」(1冊)がある。歌集は「口笛」「熊野うた」を遺した。

下村 湖人　しもむら・こじん

小説家　教育者　台北高等学校校長　[生]明治17年10月3日　[没]昭和30年4月20日　[出]佐賀県神埼郡千歳村(現・千代田町)　本名＝下村虎六郎(しもむら・とらろくろう)　旧姓(名)＝内田　旧筆名＝下村虎人　[学]東京帝国大学英文学科(明治42年)卒　[歴]少年時代から「明星」などに詩歌を投稿し、大学時代は「帝国文学」編集員となる。卒業後は教員となり、佐賀県の中学校長、台湾の台北高校校長などをつとめる。昭和6年台湾総督府官僚と衝突して教員を辞し、上京して大日本青年団講習所長をつとめ、12年から著述生活に入る。16年「次郎物語」を出版、好評を博したため、戦後も書きつぎ第5部までで未完に終ったが、教養小説として広く世に知られた。ほかに「人生を語る」「論語物語」「下村湖人全集」(全10巻, 国土社)などがある。

下村 千秋　しもむら・ちあき

小説家　[生]明治26年9月4日　[没]昭和30年1月31日　[出]茨城県稲敷郡朝日村(現・阿見町)　[学]早稲田大学英文科(大正8年)卒　[歴]読売新聞に入ったが4カ月で退職。浅原六郎、牧野信一らと同人誌「十三人」を創刊、「ねぐら」などを発表、志賀直哉に認められた。大正13年第1創作集「刑罰」を刊行。以後創作に専念し、昭和2年脊椎カリエスになった妻との生活を描いた「彷徨」「炎天の下」などを発表したが、昭和初期プロレタリア文学の影響もあり、私娼の悲惨さを描いた「天国の記録」、ルンペン文学の先駆となった「街の浮浪者(ルンペン)」などを書くようになり同伴者作家として活躍。以後「暴風帯」「生々流転」などを経て20年長野県穂高町に疎開、戦後帰京し農村に取材した小説を多く書き、27年には戦後教育を鋭く批判した「中学生」を発表。作品集に「しかも彼等は行く」「彷徨」「中学生」などがある。

ジャガー柿沢　じゃがーかきざわ

元・プロボクサー　JKボクシングジム　[出]栃木県足利市　筆名＝浮草学(うきくさ・まなぶ)　[賞]栃木県文芸奨励賞「バトラーの譜」　[歴]高校を中退後上京し、中村ジムに入門。昭和40年プロデビューし、全日本新人王に。42年1引き分けを含む20連勝を達成、44年東洋ライト級チャンピオンに。その後世界を目指したが、その前哨戦でガッツ石松に判定で敗れた。のち東洋ライト級のタイトルも失い、中南米で試合を続けたのち、47年引退。10回の転職を経て、平成2年から庭掃除や営繕関係の会社グリーングラスサービスを経営。8年ボクシングを通じてイジメで悩んでいる子供を立ち直らせたいとJKボクシングジムを開設し、毎週土曜日2時間、小、中学生に無料開放。一方、浮草学の筆名で小説を執筆し、ボクサー体験を綴った小説「バトラーの譜」を同人誌「足利文林」に発表。

謝名元 慶福　じゃなもと・けいふく

劇作家　[生]昭和17年1月19日　[出]沖縄県　[学]コザ高(昭和35年)卒　[歴]戦後、3歳の頃から16歳まで沖縄本島東端の小さな島で暮らし、専門のライターではないが、執ように「命口説(ぬちくづち)」「美ら島」「海の一座」など沖縄の島をめぐるドラマを書いている。東京・池袋の「パモス青芸館」という小さな劇場が格好の発表の場になっている。著書に「アンマー達のカチャーシー」。

張 赫宙　ジャン・ヒョクジュ

作家　[生]1905年　[出]慶尚北道大邱　本名＝張恩重　日本名＝野口稔　[歴]高等普通学校卒業後教員として赴任した農村の実情と闘いを描いた「餓鬼道」が「改造」の第5回懸賞に入選したことをきっかけに、日本文壇に初の朝鮮人作家として登場。処女作「白楊木」など初期作品は民族性の濃いプロレタリア文学だったが、その後純粋文学作風に転じ、戦争末期には、「加藤清正」「岩本志願兵」など軍国小説を執筆。植民地支配の影響を強く受けた作家として知られる。戦前日本女性と結婚、戦後帰化した。自伝的作品に「嵐の詩」がある。

上海 太郎　しゃんはい・たろう

俳優　劇作家　上海太郎舞踏公司主宰　[生]昭和32年2月17日　[出]大阪府　本名＝甲斐田誠　[学]京都大学農学部中退　[歴]大学入学後、劇団そとばこまちに入団、昭和60年から3年間座長を務める。平成元年セリフなし、身体表現だけの上海太郎舞踏公司を結成。ダンスでもマイムでも芝居でもない、ジャンルにとらわれない新しい分野を目ざすという実験劇の発表を続け、関西の人気劇団に成長。作品に「ダーウィンのみた悪夢」(構成・主演)「俳優修行」など。

十一谷 義三郎　じゅういちや・ぎさぶろう

小説家　[生]明治30年10月14日　[没]昭和12年4月2日　[出]兵庫県神戸市元町　[学]東京帝大英文科(大正11年)卒　[賞]国民文芸賞(昭和3年)「唐人お吉」、渡辺賞(第3回)(昭和4年)　[歴]高校時代から文学を志し、大学入学の年、三宅幾三郎らと同人誌「行路」を創刊。大学卒業後東京府立一中に勤務。大正12年短篇集「静物」を刊行。13年文化学院に移り、また新感覚派の「文芸時代」創刊に参加する。昭和3年代表作「唐人お吉」を発表。7年には「神風連」を発表。その他の作品に「仕立屋マリ子の半生」「生活の花」「心の夕月」などがある。

十菱 愛彦　じゅうびし・よしひこ
劇作家　小説家　日本聖星学研究所長　[生]明治30年11月5日　[没]昭和54年9月6日　[出]兵庫県神戸市　[学]日本大学宗教学科中退　[歴]アテネ・フランセに学び、倉田百三に知遇された。大正10年処女戯曲「離婚への道」、次いで書き下ろし「愛の路は寂し」で認められた。牧野信一らと十日会を結成、「黒猫」「黒猫座」を主宰した。その後小説「第二の処女期」、14年の「処女の門」は発禁となり「闇に咲く」と改題して出版。他に戯曲「小栗上野の死」など。戦災後、占星学を研究、日本聖星学研究所長となった。

首藤 瓜於　しゅどう・うりお
フリーライター　現代美術振興協会(CASA)事務局長　「脳男」で江戸川乱歩賞を受賞
[生]昭和31年　[出]栃木県宇都宮市　本名＝斎藤秀幸　[学]上智大学法学部卒　[賞]江戸川乱歩賞(第46回)(平成12年)「脳男」　[歴]会社員を経て、東京・谷中にギャラリーを持ち、海外からの留学生に無料で個展会場として貸し出しなどを行う。平成3年頃友人たちと結成した美術支援活動団体・現代美術振興協会(CASA)の事務局長も務める。一方、フリーライターとしても活動を続け、推理小説を執筆。12年「脳男」が、第46回江戸川乱歩賞を受賞。
[団]現代美術振興協会

首藤 剛志　しゅどう・たけし
シナリオライター　小説家　[生]昭和24年8月18日　[出]福岡県　[学]千歳ケ丘高卒　[歴]19歳でシナリオデビュー。アニメ「アイドル天使 ようこそようこ」のシリーズ構成を手がける。小説家としては代表作に「ゴーショーグン」シリーズ、「ミンキー モモ」シリーズ、「永遠のフィレーナ」シリーズなど。戯曲に「ピノキオの冒険」がある。　[団]日本シナリオ作家協会

城 左門　じょう・さもん
詩人　小説家　[生]明治37年6月10日　[没]昭和51年11月27日　[出]東京・神田駿河台　本名＝稲並昌幸　別名(小説家)＝城昌幸(じょう・まさゆき)
[学]日本大学芸術科中退　[歴]詩人としては城左門、作家としては城昌幸。詩人として大正13年「東邦芸術」を創刊、以後「文芸汎論」なども創刊し、「パンテオン」などにも参加し、昭和5年「近世無頼」を刊行。他に「恩寵」やヴィヨンの翻訳詩などがある。作家としては大正14年「その暴風雨」を発表し「殺人婬楽」「死者の殺人」などのほか「若さま侍捕物手帖」などの捕物帖がある。その一方で、昭和21年から「宝石」編集長として活躍し、宝石賞をもうけるなど、新人養成につとめた。

城 夏子　じょう・なつこ
小説家　[生]明治35年5月5日　[没]平成7年1月13日　[出]和歌山県西牟婁郡すさみ町　本名＝福島静　筆名＝福島しづか　[学]和歌山高等女学校(大正8年)卒　[歴]女学校時代から詩や小説を投稿、吉屋信子に憧れ、佐藤春夫の詩に感動していた。卒業後、文学を志して上京、「令女界」編集者となり、童話や小説も書き、大正13年「薔薇の小道」を刊行。長谷川時雨に出会い「女人芸術」に参加、また「輝ク」にも作品を発表。その後アナーキストの影響を受けて「婦人戦線」に参加した。代表作に「白い貝殻」「野ばらの歌」「毬をつく女」「六つの晩年」「林の中の晩餐会」などのほか、随筆集「おてんば70歳」などがある。
[団]日本文芸家協会、日本女流文学者会

城 悠輔　じょう・ゆうすけ
放送作家　[生]大正11年5月20日　[没]平成11年10月18日　[出]東京　本名＝金沢信治　[学]赤坂商卒
[歴]昭和30年作曲を志してトリロー事務所に入る。永六輔とともにラジオ「冗談音楽」のコントを執筆。また、前田武彦らとともにテレビ「キス夫とミー子」など創生期の番組を手がけた。その後クレージー・キャッツなどのバラエティ番組の構成を経て、制作会社オフィス・トゥー・ワンを設立。主な作品にラジオ「演歌の虫」「老つばめ」、テレビ「サンデー志ん朝」「うわさのチャンネル」「時間ですよ」など。著書に「大江戸講談意外史」「ジョーカーズ・バイブル」などがある。　[団]日本放送作家協会

城 雪穂　じょう・ゆきほ
作家　[生]昭和2年8月2日　[没]平成13年6月10日
[出]宮崎県山之口町　本名＝藤井利秋　[学]宮崎大学教育学部卒　[賞]九州文学賞「藤江監物私譜」　[歴]同人誌「九州文学」に発表した4作目「藤江監物私譜」で九州文学賞を受賞した。
[団]日本作家クラブ

勝賀瀬 季彦　しょうがせ・すえひこ
小説家　[生]昭和5年9月　[出]東京　[学]東洋大学卒
[賞]さきがけ文学賞(第4回)(昭和62年)「由利の別れ」　[歴]中学校教諭、予備校講師を経て、執筆に専念。

将基 美佐　しょうき・みさ
シナリオライター　[生]昭和32年　[出]東京　[学]明治大学文学部史学地理学科卒　[賞]新人テレビシナリオコンクール奨励賞(第28回)(平成1年)「行春」、大伴昌司賞奨励賞(シナリオ作家協会)(第2回)(平成1年)「そして悲しくうたふもの」
[歴]シナリオ講座2期研修科修了。

生源寺 美子　しょうげんじ・はるこ

児童文学作家　㊓大正3年1月29日　㊒福島県岩瀬郡長沼町　㊫自由学園専門部(昭和9年)卒　㊔講談社児童文学新人賞(第6回)(昭和40年)「春をよぶ夢」、日本童話会賞(第2回)(昭和40年)「犬のいる家」、サンケイ児童出版文化賞(第13回)(昭和41年)「草の芽は青い」、野間児童文芸賞(第15回)(昭和52年)「雪ぼっこ物語」、児童文化功労者賞(第38回)(平成11年)　㊖昭和30年同人誌「童話」を創刊。40年処女作「草の芽は青い」が講談社児童文学作品募集に入選、翌年にはサンケイ児童出版文化賞も受賞。以後、絵本・童話・ノンフィクションと幅広く活躍。ほかの作品に「春をよぶ夢」「犬のいる家」「少女たち」「もうひとりのぼく」「マキオのひとり旅」「雪ぼっこ物語」「ななことみんな」「与謝野晶子」「フルートふいたのだあれ」「ルミのひみつのいぬ」「おかしなかくれんぼ」など。　㊐日本児童文学者協会、日本文芸家協会、日本子どもの本研究会

庄司 薫　しょうじ・かおる

小説家　㊓昭和12年4月19日　㊒東京　本名＝福田章二(ふくだ・しょうじ)　㊫東京大学法学部(昭和36年)卒　㊔中央公論新人賞(第3回)(昭和33年)「喪失」、芥川賞(第61回)(昭和44年)「赤頭巾ちゃん気をつけて」　㊖在学中、「喪失」で第3回中央公論新人賞を受賞して注目され、昭和44年「赤頭巾ちゃん気をつけて」で第61回芥川賞を受賞。その後“薫ちゃん四部作”を発表、ベストセラーとなる。ほかにエッセイ集「狼なんかこわくない」「バクの飼い主を目ざして」などがある。49年ピアニストの中村紘子と結婚。　㊐日本文芸家協会　㊕妻＝中村紘子(ピアニスト)

庄司 総一　しょうじ・そういち

小説家　㊓明治39年10月6日　㊚昭和36年11月28日　㊒山形県　筆名＝阿久見謙　㊫慶応義塾大学英文科(昭和6年)卒　㊔大東亜文学賞次賞(第1回)(昭和18年)「陳夫人」　㊖三田派の作家として活躍し、昭和15年「陳夫人」第一部を刊行し、17年第二部を完成して大東亜文学賞を受賞。他の作品に「残酷な季節」や評伝「ロレンスの生涯」などがある。

庄司 肇　しょうじ・はじめ

小説家　評論家　医師　「きゃらばんの会」主宰　㊠眼科学　㊓大正13年11月20日　㊒千葉県安房郡千倉町　㊫九州高等医専(現・久留米大学)(昭和24年)卒　㊖君津中央病院、千葉大学眼科を経て、昭和34年より木更津市で開業。27年から「文芸首都」に所属、36年から「日本きゃらばん」(のちに「きゃらばんの会」に改題)を主宰。小説集「夜のスケッチ」「泣き女・石男」「夏の光」「無名標本」、評論集「坂口安吾」「新戯作者論」、随想集「医者の歯ぎしり」「私の木更津地図」「風流眼球譚」、他に「庄司肇作品集」などがある。　㊐日本文芸家協会、日本眼科学会

城島 明彦　じょうじま・あきひこ

作家　㊓昭和21年7月10日　㊒三重県桑名市　本名＝小林一邦(こばやし・かずくに)　㊫早稲田大学政治経済学部卒　㊔オール讀物新人賞(第62回)(昭和58年)「けさらんぱさらん」　㊖東宝、ソニー勤務を経て、昭和59年より作家活動に入る。「けさらんぱさらん」で58年第62回オール讀物新人賞を受賞。著書に「協奏曲」「夜想曲」「恋歌」「不撓の軌跡」「ホンダ魂」「ソニー燃ゆ」など。　㊐日本ペンクラブ

翔田 寛　しょうだ・かん

小説家　小説推理新人賞を受賞　㊓昭和33年　㊒東京都　㊫学習院大学大学院人文科学研究科博士後期課程中退　㊔小説推理新人賞(第22回)(平成12年)「影踏み鬼」　㊖私立大学助教授として勤務の傍ら、小説を執筆。平成12年「影踏み鬼」で小説推理新人賞を受賞。

勝田 紫津子　しょうだ・しずこ

英語インストラクター　児童文学作家　㊒東京都　㊫上智大学文学部史学科卒　㊖児童英語教育のインストラクターをしながら作品を創作。「犬は犬なんだ」が、毎日中学生新聞に佳作入選。以後、教育誌などに作品を連載。また、児童よみもの研究会・絵本研究会に所属し、内外の児童書の研究評価の活動を続ける。「しいほるん」同人。著書に「日あたりっぱ大ゆれ」「きつねパンができたわけ」など。
㊐日本児童文芸家協会

正道 かほる　しょうどう・かほる

童話作家　㊒新潟県　㊫武蔵野美術短期大学商業デザイン科卒　㊔小さな童話大賞(山下明生賞)(昭和63年)「金魚」、小さな童話大賞(落合恵子賞)(平成3年)「でんぐりん」、日本児童文学者協会新人賞(第26回)(平成5年)「でんぐりん」、日本児童文芸家協会賞新人賞(平成5年)「でんぐりん」　㊖デザインスタジオ等に勤務ののち、新潟に帰って童話を書く。著書に「でんぐりん」などがある。

庄野 英二　しょうの・えいじ

児童文学作家　小説家　帝塚山学院大学名誉学長　㊓大正4年11月20日　㊚平成5年11月26日　㊒大阪府大阪市帝塚山　㊫関西学院大学文学部哲学科(昭和11年)卒　㊔日本エッセイストクラブ賞(第9回)(昭和36年)「ロッテルダムの灯」、大阪府芸術賞(昭和36年)、野間児

しょうの

童文芸賞(第2回)(昭和39年)「星の牧場」、日本児童文学者協会賞(第4回)(昭和39年)「星の牧場」、サンケイ児童出版文化賞(第11回)(昭和39年)「星の牧場」、NHK児童文学賞(奨励賞、第4回)(昭和41年)「雲の中のにじ」、赤い鳥文学賞(第7回)(昭和52年)「アルファベット群島」、巌谷小波文芸賞(第13回)(平成2年) ㊥在学中、坪田譲治の「お化けの世界」に感動し、坪田家を訪れ、文学の目を開かれる。昭和12年陸軍に入隊し、中国・南方を転戦、21年大尉で復員。23年帝塚山学院に勤務。中等部、高等部、短大を経て、帝塚山学院大学教授となり、57年~平成元年学長。一方、昭和22年から本格的な創作活動に入り、30年第一童話集「子供のデッキ」を刊行。以後、童話、小説、随筆、紀行と精力的に書きすすめる。代表作に童話「星の牧場」や「雲の中のにじ」「うみがめ丸漂流記」「アルファベット群島」、小説「ユングフラウの月」、随筆「ロッテルダムの灯」、自伝「鶏冠詩人伝」など。「庄野英二全集」(全11巻、偕成社)がある。"びわの実学校"同人。 ㊥日本文芸家協会、日本エッセイスト・クラブ、日本ペンクラブ ㊥父=庄野貞一(教育者)、弟=庄野潤三(小説家)

生野 幸吉　しょうの・こうきち
詩人　小説家　ドイツ文学者　千葉大学教授　東京大学名誉教授　㊤大正13年5月13日　㊦平成3年3月31日　㊧東京・高円寺　㊨東京帝国大学法学部政治科(昭和22年)卒、東京大学文学部独文科(昭和26年)卒　㊥高村光太郎賞(第9回)(昭和41年)「生野幸吉詩集」　㊥昭和26年東京大学文学部助手、29年東京水産大学講師、36年東京大学教養学部講師、39年東京大学文学部助教授、48年教授。60年定年退官し、大阪経済法科大学教授、61年千葉大教授。詩人としては、「歴程」同人で、「生野幸吉詩集」「浸礼」、詩論集「抒情の造型」などがある。ほかの著書に、小説集「私たち神のまま子は」「徒刑地」、エッセイ「闇の子午線パウル・ツェラン」、訳書リルケ「マルテの手記」「リルケ詩集」、キャロル「ふしぎの国のアリス」など。 ㊥日本文芸家協会、日本現代詩人会、日本独文学会

条野 採菊　じょうの・さいぎく
戯作者　新聞記者　㊤天保3年9月1日(1832年)　㊦明治35年1月24日　㊧江戸・日本橋　本名=条野伝平　別号=山々亭有人(さんさんてい・ありんど)、彩菊散人、朧月亭有人　㊥17歳で5世川柳に入門、東京本郷の呉服伊豆蔵の番頭時代、老中阿部伊勢守の知遇を得て戯作者となった。為永春水以来の人情本作家といわれ、代表作に「春色恋酒染分解」「春色江戸紫」「三人於七花暦封文」などがある。また文久から元治

作家・小説家人名事典

年間、三題噺のグループ粋興連を組織、仮名垣魯文らと創作活動を行い、三遊亭円朝ら落語家の技芸向上に寄与した。明治5年新聞記者に転身、浅草茅町1丁目の茶野の家で東京日日新聞を創刊し、7年には福地桜痴を主筆に迎えた。19年同社を離れ「やまと新聞」を創刊、呼びものに人気絶頂の三遊亭円朝の口演速記を載せて人気を集めた。新作人情噺の陰の作者といわれ、円朝支援の功績も大きい。このころは新聞連載小説も書いた。創作は他に「春色玉襷」「毬唄三人娘」などがあり、錦絵の一恵斎芳幾が挿絵を添えたものが多い。別号山々亭有人は「さんざんでありんす」をもじったといわれる。日本画家鏑木清方の父。 ㊥息子=鏑木清方(日本画家)

庄野 潤三　しょうの・じゅんぞう
小説家　㊤大正10年2月9日　㊨大阪府大阪市住吉区　㊧九州帝国大学法文学部東洋史学科(昭和19年)卒　㊥日本芸術院会員(昭和53年) ㊥芥川賞(第32回)(昭和29年)「プールサイド小景」、新潮社文学賞(第7回)(昭和35年)「静物」、読売文学賞(第17回・小説賞)(昭和40年)「夕べの雲」、芸術選奨文部大臣賞(第20回)(昭和44年)「紺野機業場」、野間文芸賞(第24回)(昭和46年)「絵合せ」、赤い鳥文学賞(第2回)(昭和47年)「明夫と良二」、毎日出版文化賞(第26回)(昭和47年)「明夫と良二」、日本芸術院賞(第29回)(昭和47年)、ケニオン大学名誉文学博士(オハイオ州)(昭和53年)、勲三等瑞宝章(平成5年) ㊥昭和19年入隊、敗戦を伊豆の基地で迎える。21年島尾敏雄らと同人誌「光耀」創刊。中学、高校の教師、朝日放送のプロデューサーをしながら小説を書く。28年短編集「愛撫」刊行。29年「プールサイド小景」により芥川賞受賞、文筆生活に入る。32年ロックフェラー財団の奨学金で、米国オハイオ州ガンビアに留学。人間生活の日常における微妙な危機の相をとらえた作品が多く、「静物」はその代表作。他に「夕べの雲」「野鴨」「絵合せ」「浮き燈台」「ガンビア滞在記」「サヴォイ・オペラ」「懐しきオハイオ」や、脳内出血後の記録「世をへだてて」、連作長編「インド綿の服」、「庄野潤三全集」(全10巻、講談社)などがある。また平成8年より日常生活を克明に書き留めたノートを元に小説を執筆。作品に「貝がらと海の音」「ピアノの音」「せきれい」「庭のつるばら」「鳥の水浴び」などがある。 ㊥日本文芸家協会 ㊥兄=庄野英二(児童文学作家)

庄野 誠一　しょうの・せいいち
小説家　㊤明治41年5月9日(戸籍=明治41年5月28日)　㊦平成4年1月25日　㊧東京・芝　㊨慶応義塾大学文学部仏文科中退　㊥水上滝太郎に師事し、昭和4年「亡命者、その人々」

を発表。以後「三田文学」などに多くの短篇を発表し、昭和10年「夜から」を連載して発表。その後闘病生活に入り、回復後は文芸春秋社、養徳社などに勤務。戦後も「智慧の環」などを発表。著書に「肥った紳士」などがある。
[団]三田文学会

城野 隆　じょうの・たかし
小説家　[生]昭和23年　[出]徳島県　本名＝鎌田雄三　[学]大阪教育大学卒　[賞]歴史文学賞(第24回)(平成12年)「妖怪の図」　[歴]平成12年「妖怪の図」で歴史文学賞を受賞。公立学校に勤務。

笙野 頼子　しょうの・よりこ
小説家　[生]昭和31年3月16日　[出]三重県伊勢市　本名＝市川頼子　[学]立命館大学法学部卒　[賞]群像新人賞(第24回)(昭和56年)「極楽」、野間文芸新人賞(第13回)(平成3年)「なにもしてない」、三島由紀夫賞(第7回)(平成6年)「二百回忌」、芥川賞(第111回)(平成6年)「タイムスリップ・コンビナート」、泉鏡花文学賞(第29回)(平成13年)「幽界森娘異聞」　[歴]モノローグの文体で現実と幻想の相関を追求。平成6年「タイムスリップ・コンビナート」で第111回芥川賞を受賞。他の作品に「皇帝」「居場所もなかった」「極楽」「呼ぶ植物」「虚空人魚」「硝子生命論」「母の発達」「東京妖浮遊」「てんたまおや知らズどっぺるげんげる」「なにもしてない」「二百回忌」「太陽の巫女」「レストレス・ドリーム」「説教師カニバットと百人の危ない美女」「ドン・キホーテの『論争』」「幽界森娘異聞」などがある。
[団]日本文芸家協会

鄭 義信　ジョン・イシン
劇作家　俳優　[国]韓国　[生]1957年7月11日　[出]兵庫県姫路市　[学]同志社大学文学部中退、横浜放送映画専門学校(現・日本映画学校)美術科卒　[賞]キネマ旬報賞脚本賞('93年度)('94年)「月はどっちに出ている」、毎日映画コンクール脚本賞(第48回, '93年度)('94年)「月はどっちに出ている」、岸田国士戯曲賞(第38回)('94年)「ザ・寺山 身捨つるほどの故郷はありや」、キネマ旬報賞脚本賞(第72回, '98年度)('99年)「愛を乞うひと」、菊島隆三賞(第1回)('98年)、日本アカデミー賞脚本賞(第22回, '98年度)('99年)「愛を乞うひと」　[歴]在日韓国人2世。松竹美術部勤務を経て、1983年劇団68/71(黒テント)入団、'87年劇団・新宿梁山泊の旗揚げに参加。役者兼座付き作家として「愛しのメディア」「チネチッタ(映像都市)」「それからの愛」など話題作を発表。'95年フリーになる。著書に「人魚伝説」「千年の孤独」、共著に「劇作家8人によるロジック・ゲーム」、脚本に「ザ・寺山 身捨つるほどの故郷はありや」「月はどっちに出ている」「犬・走る」(崔洋一との共同作品)「愛を乞うひと」などがある。

鄭 承博　ジョン・スンバク
小説家　[国]韓国　[生]1923年　[没]2001年1月17日　[出]慶尚北道安東部　[賞]農民文学賞('72年)「裸の捕虜」　[歴]10歳の時、単身で渡日した在日韓国人1世。建設現場を転々とし、戦後、淡路島で飲食店を営みながら、40歳頃から小説を書き始める。戦時中統制法違反で逮捕され、送り込まれた新潟のダム工事現場を舞台に書いた「裸の捕虜」が1972年農民文学賞を受賞、芥川賞候補となる。一貫して日本人と朝鮮人の民衆的なふれあい、在日韓国・朝鮮人の民衆史的な作品を描いていた。著書に「裸の捕虜」「私の出会った人々」「鄭承博著作集」(全6巻)など。

白井 喬二　しらい・きょうじ
小説家　[生]明治22年9月1日　[没]昭和55年11月9日　[出]神奈川県横浜市　本名＝井上義道(いのうえ・よしみち)　[学]日本大学政経科卒　[賞]紫綬褒章(昭和40年)、勲四等旭日小綬章(昭和43年)、長谷川伸賞(第4回)(昭和44年)　[歴]小学校教師、新聞記者などを経て、大衆小説を書き始め、大正5年「怪建築十二段返し」でデビュー。8年「松葉散らし」で広く知られ、13年から昭和2年にかけて執筆された「富士に立つ影」は、中里介山の「大菩薩峠」と並び称される。他の作品に「新撰組」「祖国は何処へ」「盤嶽の一生」などがある。14年には大衆小説家の親睦団体・二十一日会を結成するなど、大衆文学運動の指導者として活躍した。44年、第4回長谷川伸賞を受賞。　[家]長男＝井上博(NHKディレクター)

白井 信隆　しらい・のぶたか
小説家　[生]昭和49年　[出]大阪府堺市　[学]大谷大学文学部哲学科卒　[賞]電撃ゲーム小説大賞(金賞, 第5回)(平成10年)「月に笑く」　[歴]様々なアルバイトをしながら小説を執筆。平成10年「月に笑く」で電撃ゲーム小説大賞金賞を受賞。著書に「月に叢雲、花に風」「ガン・オーバー〈1, 2〉」などがある。

白石 一郎　しらいし・いちろう
小説家　[生]昭和6年11月9日　[出]旧朝鮮・釜山　[学]早稲田大学政経学部(昭和29年)卒　[賞]講談倶楽部賞(第10回)(昭和32年)「雑兵」、福岡市文学賞(第1回)(昭和45年)、直木賞(第97回)(昭和62年)「海狼伝」、柴田錬三郎賞(第5回)(平成4年)「戦鬼たちの海—織田水軍の将・九鬼嘉隆」、西日本文化賞(社会文化部門, 第54回)(平成7年)、海洋文学大賞(特別賞, 第2回)(平成10年)、吉川英治文学賞(第33回)(平成11年)「怒濤のごとく」　[歴]戦後長崎県佐世保に引き揚げ

る。大学在学中に民放宣伝用のラジオドラマに入選。卒業後サラリーマンとなるが、まもなく退社、昭和32年より博多で作家活動に専念する。45年上期の「孤島の騎士」から57年上期の「海賊たちの城」まで7回直木賞候補となり、62年「海狼伝」で受賞。「幻島記」「火災城」「島原大変」など九州を舞台にした歴史小説を多く発表、福岡藩を題材にした「十時半睡」シリーズはTV化された。また「海狼伝」「海王伝」「戦鬼たちの海」など、海を舞台として歴史小説でも有名。他の代表作に「風雲児」「怒涛のごとく」「海将」「航海者」などがある。[団]日本文芸家協会、日本ペンクラブ　[家]長男＝白石一文(小説家)、二男＝白石文郎(小説家)

白石 かおる　しらいし・かおる

小説家　[生]昭和46年　[学]山口大学経済学部卒、職業訓練学校デザイン科　[賞]スニーカー大賞(奨励賞，第5回)「上を向こうよ」　[歴]証券会社に就職するが3ケ月で退社。「上を向こうよ」で第5回スニーカー大賞を受賞し、小説家デビュー。職業訓練学校デザイン科在学。

白石 潔　しらいし・きよし

評論家　推理作家　元・報知新聞編集局長　[生]明治37年7月　[没]昭和44年2月19日　[出]東京　筆名＝碧川浩一　[学]明治大学政治経済学部卒　[歴]読売新聞社に入社。昭和24年報知新聞編集局長となり、江戸川乱歩の戦後最初の作品「断崖」を担当。評論集に「探偵小説の郷愁について」「行動文学としての探偵小説」があるほか、実作にも手を染め、碧川浩一名義で「借金鬼」「美の盗賊」などの作品がある。

白石 実三　しらいし・じつぞう

小説家　随筆家　[生]明治19年11月11日　[没]昭和12年12月2日　[出]群馬県安中　[学]早稲田大学英文科(明治42年)卒、早稲田大学法科中退、東京外語露語専修科(大正7年)卒　[歴]大正7年開発社に入社、ついで博文館に入社し「寸鉄」の編集を担当した。そのかたわら花袋の影響をうけた小説を発表。「養家」「母の骨」「兵舎生活」「K上等兵の死」などの作品があり、著書に「返らぬ過去」「姉妹」「武蔵野巡礼」などがある。

白石 征　しらいし・せい

劇作家　演出家　遊行舎代表　[生]昭和14年11月18日　[出]愛媛県今治市　[学]青山学院大学(昭和40年)卒　[歴]昭和40年新書館入社、編集者として寺山修司の作品を数多く手がける。48年取締役。平成2年退社、演劇活動を始める。作・演出に「新雪之丞変化―暗殺のオペラ」「落花の舞―暗殺のロンド」「小栗判官と照手姫―愛の奇蹟」、寺山作品の演出に「瓜の涙」「十三の砂山」「階段を半分降りたところ」など。著書に「新雪之丞変化―暗殺のオペラ」「小栗判官と照手姫―愛の奇蹟」、共著に「寺山修司・多面体」がある。

白石 フミヨ　しらいし・ふみよ

小説家　[生]昭和7年4月20日　[出]宮崎県　[学]富山県立第二高女卒、日本女子大学国文科中退、津田英語会修了　[賞]大地発刊賞(昭和57年)「一条秀子姫」　[歴]平林たい子門下。昭和32年に結婚し、38年より小松市在住。北陸中日新聞に「北陸おんな秘伝」「彩雲の抄」を連載。北陸を舞台にした歴史小説を執筆。著書に「朝倉義景」「丹羽長重」「小説 一条秀子姫」他。「金沢文学」同人。茶道師匠。

白石 弥生　しらいし・やよい

作家　印刷会社勤務　[賞]九州芸術祭文学賞佳作(第17回・昭61年度)「生年祝(としびー)」　[歴]異郷の女の強烈な異文化体験として、戦後から今日まで続く沖縄の問題を捉えた作品「生年祝(としびー)」で、昭和61年度九州芸術祭文学賞佳作賞を受賞。

白川 渥　しらかわ・あつし

小説家　元・神戸市教育委員長　明石短大名誉教授　[生]明治40年7月27日　[没]昭和61年2月9日　[出]愛媛県新居浜市　本名＝白川正美(しらかわ・まさみ)　[学]東京高師国漢科(昭和16年)卒　[歴]東京高師在学中から横光利一に師事。卒業後、鳥取、兵庫師範などで教べんをとるかたわら作家活動を続け、昭和15年、小説「崖」が芥川賞候補に。21年4月教育界から引退、「女の三章」「風来先生」などの作品を発表。そのほか「女人の館」「落雷」など。重厚、清潔な倫理感に根ざした作風で注目された。

白川 慧　しらかわ・けい

小説家　[出]神奈川県　別筆名＝禾田桃子　[歴]日本鋼管、広告代理店を経て、派遣OLに。その間、集英社ビジネスジャンプ漫画原作道場に入選、デビューを果たす。白川慧の他、禾田桃子など3つのペンネームを使用。白川慧名義の著書に「夢のつづきを花束にして」がある。

白川 冴　しらかわ・さえ

映像ディレクター　シナリオライター　劇画原作者　[生]昭和31年　[出]北海道　[賞]日本放送作家協会・NHK創作テレビドラマ脚本賞、科学技術映画祭科学技術長官賞、国際産業映画コンクール優秀賞、ビジネスビデオコンクール最優秀賞、SP広告電通賞、ビッグコミック原作賞(昭和61年)　[歴]フリーの映像ディレクターとしてCM、ドラマ、イベント、プロモーションなど多くの映像を手がける。劇画の原作も手がけ、著書(劇画原作)に「勇魚(いさな)」「官

僚天国 日本破産」、脚本に「日本経済 運命との闘い―AI序章」などがある。

白川 道　しらかわ・とおる
小説家　㋾昭和20年10月19日　㊙神奈川県・湘南　㋕一橋大学社会学部卒　㊙家電メーカー、広告代理店などを経て、株式投資顧問会社を経営。平成6年長編ハードボイルド小説「流星たちの宴」で作家デビュー。2作目「海は涸いていた」は、10年「絆―きずな」として根岸吉太郎監督によって映画化された。他の作品に「病葉流れて」「天国への階段〈上・下〉」などがある。　㊙日本推理作家協会

白川 正芳　しらかわ・まさよし
文芸評論家　作家　国学院大学講師　㊙近・現代の文学と思想　創作　㋾昭和12年1月2日　㊙福岡県大川市　㋕慶応義塾大学文学部英文学科（昭和39年）中退　㊙近代文学の再検討、言語論・メディア論、現代文学の動向、創作活動　㊙佐賀の同人誌「城」から出発、昭和37年「近代文学」に日本で初めて「埴谷雄高論」を発表して認められ、評論家としてデビュー。39年「近代文学」終刊後は「犀」に拠る。「埴谷雄高作品集」全14巻の解題を執筆した。56年から書評紙「週間読書人」で同人誌時評を担当。また囲碁対局の観戦記なども書き、58年に文壇名人となり、60年からは文壇本因坊を4回獲得。日本棋院囲碁6段。56年ソビエト作家同盟の招きで訪ソ。60年から4度にわたり、日本文化界囲碁代表団の一員として訪中、北京、上海など各地で中日囲碁交流の対局を行い、「週刊ポスト」に訪中記を執筆。著書に「埴谷雄高」「吉本隆明論」「稲垣足穂」「立原正秋」「現代文学の思想」「不可視の文学」「黙示の時代」「超時間文学論」「星の降る夜は私の星座」「ドストエフスキーへの旅」「碁は断にあり」「碁に勝てなければ他のことにも勝てない」「埴谷雄高論全集成」など。小説に「小さな王国」「光明寺の門」など。法政大学講師、信州大学講師を経て、国学院大学講師、東京経済大学講師。
㊙日本文芸家協会、日中友好交流協会

白川 ゆうき　しらかわ・ゆうき
文学界新人賞佳作入選　㋾昭和16年　㊙福島市　本名＝朝倉里子　㋕宮城県立白石女子高校卒　㊙文学界新人賞佳作（第65回）（昭和62年）「蔵王おろし」　㊙昭和62年「蔵王おろし」で第65回文学界新人賞佳作入選。

白木 茂　しらき・しげる
児童文学翻訳家　児童文学作家　㋾明治43年2月19日　㋙昭和52年8月5日　㊙青森県　本名＝小森賢六郎　㋕日本大学英文科（昭和9年）卒　㊙児童文化功労者（第29回）（平成1年）　㊙日大在学中から翻訳に従事し、昭和10年時事新報短篇小説に応募した「地下室の住人」が入選する。クルーティ「回転する車輪」など多くの作品を翻訳し、戦後は児童文学に専念。「ジェットと機関車」「原始少年ヤマヒコ」などの作品のほか、デイ・ヤング「ビリーと雄牛」などの訳書も数多い。またアンデルセン賞国内選考委員など、児童文学の面で幅広く活躍した。
㊙日本文芸家協会、日本児童文学会、少年文芸作家クラブ（会長）

素木 しづ　しらき・しず
小説家　㋾明治28年3月26日　㋙大正7年1月29日　㊙北海道札幌市　本名＝素木シヅ　㋕札幌高女（明治44年）卒　㊙女学校時代に結核性関節炎にかかり、大正元年上京後、右足を切断。翌年から森田草平に師事して文学を志し、同年処女作「松葉杖をつく女」を発表、3年「三十三の死」で作家としての地歩を固める。4年画家の上野山清貢と結婚、その後も創作を続け、亡くなるまで5年足らずの作家生活のうちに代表作「美しき牢獄」「たそがれの家の人々」など60編に及ぶ作品を遺した。　㊙夫＝上野山清貢（画家）、兄＝素木得一（昆虫学者）、息子＝上野山功一（俳優）、孫＝上野山絵基（歌手）

白坂 依志夫　しらさか・よしお
シナリオライター　㋾昭和7年9月1日　㊙東京　本名＝八住利義（やすみ・としよし）　㋕早稲田大学文学部（昭和29年）中退　㊙セックス、暴力、宗教　㊙芸術祭賞テレビ部門奨励賞（第13回）（昭和33年）「マンモスタワー」、年間代表シナリオ（昭和33年度、51年度、53年度）、おおさか映画祭脚本賞（第2回）（昭和51年）「大地の子守歌」
㊙早大在学中よりシナリオライターとして活躍。昭和30年大映多摩川撮影所に脚本家として入社。若い世代の作家の目を通して、多くの現代小説のシナリオを書き、特に増村保造監督とのコンビで好評を博した。主な作品に「永すぎた春」「巨人と玩具」「偽大学生」「氾濫」「野獣死すべし」「われらの時代」「けものみち」「アメリカひじき」「大地の子守歌」「曽根崎心中」など多数。　㊙日本シナリオ作家協会
㊙父＝八住利雄（シナリオライター）

白崎 昭一郎　しらさき・しょういちろう
医師　作家　元・福井工業大学工学部教授　[生]昭和2年1月17日　[出]東京　[学]京都大学医学部(昭和25年)卒　[歴]東京逓信病院、白十字会鹿島サナトリウム、福井保健所に勤務。昭和35年開業。62年開業医をやめ、福井県武生保健所長。のち、福井保健所長を経て、福井工業大学教授。かたわらノンフィクション小説や歴史小説を執筆し、52年「古代を追う人々」が角川ノンフィクション賞最終候補となる。元福井県史古代史部会副部会長。著書に「埋もれた王国」「越前若狭の古代史」「橋本左内」「東アジアの中の邪馬台国」、共著に「福井県の歴史」他。
[団]日本文芸家協会

白崎 秀雄　しらさき・ひでお
小説家　美術評論家　[専]伝記　伝記小説　[生]大正9年5月25日　[没]平成5年2月22日　[出]福井市　[学]文化学院文学部卒　[賞]日本エッセイストクラブ賞(第14回)(昭和41年)「真贋」　[歴]昭和13年上京し、16年雑誌「日本評論」編集部に入る。35年頃から古今の美術工芸品や工芸家に関する執筆を始める。著書に「真贋」「北大路魯山人」「鈍翁益田孝」「三渓原宮太郎」「耳庵松永安左エ門」「もう一つの生」「当世畸人伝」などがある。　[団]日本文芸家協会、日本エッセイストクラブ

白鳥 あかね　しらとり・あかね
シナリオライター　スクリプター　[生]昭和7年　[出]東京　[学]早稲田大学文学部卒　[歴]新藤兼人の「狼」でスクリプター助手を務め、昭和30年日活に入社。斎藤武市の「渡り鳥シリーズ」、神代辰巳の「恋人たちは濡れた」、藤田敏八の「帰らざる日々」、根岸吉太郎の「遠雷」など多数の作品に参加。脚本も執筆。日本映画学校・にっかつ芸術学院講師、川崎市市民ミュージアム上映委員、あきた十文字映画祭顧問、日本映画スクリプター協会副会長などを務めた。
[家]夫＝白鳥信一(映画監督・故人)

白根 孝美　しらね・たかみ
作家　葦真文社代表　[生]昭和10年2月30日　[出]福岡県秋月　[学]中央大学経済学部卒　[歴]地方紙の記者、業界紙の編集を経て、53年に葦真文(あししんぶん)社を設立。埋もれた作家や新人を発掘する地道な出版活動を一人で続ける。自らも作品を発表し、「天の花影」「留魂の譜」などの小説の他、「セールスマン列伝」「日日の慕情」などの著書がある。

白柳 秀湖　しらやなぎ・しゅうこ
小説家　評論家　史論家　[生]明治17年1月7日　[没]昭和25年11月9日　[出]静岡県引佐郡気賀町(現・細江町)　本名＝白柳武司　別号＝哲羊生、曙の里人、目黒里人　[学]早稲田大学文学科(明治40年)卒　[歴]早くから文学者になることを志し、平民社の運動に参加。隆文館，実業之世界社などに勤務し、明治41年論文集「鉄火石火」を刊行、42年創作集「黄昏」を刊行するが、のちに山路愛山の流れをくむ史論家として活躍し「財界太平記」「西園寺公望伝」「歴史と人間」などの著書がある。人物伝、人物志を得意とした。昭和17年日本文学報国会理事を務めたため、戦後、公職追放の処分をうけた。40年発表の「駅夫日記」(「黄昏」収録)がある。

白柳 美彦　しらやなぎ・よしひこ
小説家　評論家　翻訳家　[専]児童文学　[生]大正10年2月6日　[没]平成4年3月28日　[出]静岡県浜松市　[学]東京帝国大学農学部(昭和19年)卒　[歴]戦後、少年小説を書き始め、昭和22年「谷間の少女」を発表。40年ころから翻訳を始める。著書に「インド神話の口承」「ホメロスの丘―ハインリヒ・シュリーマン伝」、訳書に、シートン「シートン動物記」、スティーブンソン「宝島」、スコット・オデル「黒い真珠」、M.バラード「無人島の王さま」、G.マクドナルド「王女とカーディー少年」、R.アンダーヒル「ビーバーバード」などがある。
[団]日本文芸家協会

子竜 蛍　しりゅう・けい
小説家　[生]昭和29年11月25日　[出]富山県高岡市　[学]高岡商卒　[賞]歴史群像大賞(奨励賞，第2回)「不沈戦艦 紀伊」　[歴]アルミサッシ会社勤務、商店経営を経て、運送会社に勤務。かたわら執筆活動に従い、「不沈戦艦 紀伊」にて第2回歴史群像大賞の奨励賞を受賞。著書に「不沈戦艦 紀伊〈1，2〉」がある。

代田 昇　しろた・のぼる
評論家　作家　日本子どもの本研究会会長　[専]児童文学　読書教育　英国経済史　[生]大正13年2月2日　[没]平成12年4月3日　[出]長野県下伊那郡豊丘村　[学]愛知大学経済学部(旧制)(昭和25年)卒　[歴]昭和25年東京都公立学校教員、38年東京都立教育研究所々員、43年宮城教育大講師を兼務。同年日本子どもの本研究会事務局長となり、55年より別府大学短期大学部教授。中国・松花江大学客員教授。主な著書に「子供と文化と読書活動」、創作絵本「てんりゅう」「しなののぶんご」、創作文学「大阪からきたベル吉」「脱出」「たたされた2じかん」など。

シロツグ トヨシ

海燕新人文学賞を受賞　[生]昭和49年　[出]愛知県　本名＝稲田豊史　[学]横浜国立大学経済学部(平成9年)卒　[賞]海燕新人文学賞(第15回)(平成9年)「ゲーマーズ・ナイト」　[歴]自己表現の手段として文章を書き始め、エッセイ的な小説「ゲーマーズ・ナイト」を執筆。

城原 真理　しろはら・まり

作家　[生]昭和25年1月　[出]沖縄県　本名＝上原まり子・Roland　[賞]琉球新報児童文学賞(佳作賞)(平成5年)　[歴]昭和49年渡米、平成4年帰国。5年度琉球新報児童文学賞佳作受賞。著書に「神人」がある。

次良丸 忍　じろまる・しのぶ

児童文学作家　[生]昭和38年　[出]岐阜県大垣市　[学]名城大学法学部卒　[賞]新美南吉児童文学賞(第14回)(平成8年)「銀色の日々」　[歴]平成8年短編集「銀色の日々」で新美南吉児童文学賞を受賞。日本児童文学者協会事務局に勤務。TENの会、え！ほん党各同人。他の作品に「大空のきず」がある。

城山 三郎　しろやま・さぶろう

小説家　[生]昭和2年8月18日　[出]愛知県名古屋市中区　本名＝杉浦英一(すぎうら・えいいち)　[学]東京商科大学(現・一橋大学)理論経済学専攻(昭和27年)卒　[賞]文学界新人賞(第4回)(昭和32年)「輸出」、直木賞(第40回)(昭和33年)「総会屋錦城」、文芸春秋読者賞(第25回)(昭和38年)「硫黄島に死す」、吉川英治文学賞(第9回)(昭和50年)「落日燃ゆ」、毎日出版文化賞(昭和50年)「落日燃ゆ」、神奈川文化賞(平成3年)、菊池寛賞(第44回)(平成8年)「もう、きみには頼まない—石坂泰三の世界」　[歴]昭和27年愛知学芸大学(現・愛知教育大学)商業科助手となり、のち専任講師に。38年退職。この間、32年「輸出」で文学界新人賞受賞、33年「総会屋錦城」で直木賞受賞、作家としての地位を確立する。以後、企業の内幕とそこに展開する人間模様を描いた経済小説を書き続け、企業小説ブームの先駆けとなる。「大義の末」「乗取り」「辛酸」「小説日本銀行」「鼠」「雄気堂々」「落日燃ゆ」「官僚たちの夏」「毎日が日曜日」「素直な戦士たち」「男子の本懐」「勇者は語らず」「指揮官たちの特攻」など話題作を次々と発表。また「もう、きみには頼まない—石坂泰三の世界」では伝記文学の新地平を開く。K.ウォード「ビジネスマンの父より息子への30通の手紙」などの翻訳も手がける。「城山三郎全集」(第14巻，新潮社)がある。58年に第89回直木賞選考過程を不服として選考委員を辞任した。　[団]日本文芸家協会(理事)

神 一行　じん・いっこう

ジャーナリスト　ノンフィクション作家　[専]日本の権力構造(政・官・財)　[生]昭和21年12月4日　[出]東京都渋谷区　本名＝今里真人(いまざと・まこと)　別名＝岬龍一郎　[学]早稲田大学文学部中退　[興]世界の権力構造、日本古代史　[歴]在学中からジャーナリストとして活躍。昭和49年「主婦と生活」にドキュメント小説「桜ケ丘第6小学校」を連載、翌年刊行。その後政官界を舞台にノンフィクション作家として活躍。61年3月日本メディア情報センターを設立して社長に就任、2年間在職。また、歴史の謎解きに挑戦する日本史探偵団を主宰する。平成2年KKベストセラーズに取締役顧問となり、3年2月取締役編集局長。著書に「日本エリート軍団」「自治官僚」「大蔵官僚—超エリート集団の人派と野望」「閨閥—日本の支配家系」「陰謀うずまく藤原王朝の謎」など。また岬龍一郎名義で「新渡戸稲造・美しき日本人」「公務員の哲学」などがある。　[団]日本評論家協会

新 和男　しん・かずお

シナリオライター　構成作家　[生]昭和35年　[出]岐阜県　[学]明治大学卒　[賞]読売テレビゴールデンシナリオ賞(最優秀賞，第11回)「形のない家族」　[歴]ラジオ番組の構成やテレビドラマのシナリオを多く手掛ける。テレビドラマ「形のない家族」で第11回読売テレビゴールデンシナリオ賞最優秀賞を受賞。映画に「Focus」(平8年)がある。

仁賀 克雄　じんか・かつお

小説家　翻訳家　評論家　[専]ミステリ　SF　恐怖小説　犯罪ノンフィクション　[生]昭和11年12月23日　[出]神奈川県横浜市　本名＝大塚勘治(おおつか・かんじ)　[学]早稲田大学商学部(昭和36年)卒　[興]切り裂きジャックとその時代(世紀末の現代日本に社会状況が酷似している)、犯罪とその時代相、海外ミステリの評論、本格ミステリの執筆　[賞]総額2000万円懸賞小説募集佳作(昭和56年)「スフィンクス作戦」　[歴]在学中の昭和32年ワセダ・ミステリ・クラブを創立、同幹事長。これが縁で「ヒッチコック・マガジン」の海外ミステリ紹介欄を担当するうちに、ブロックやブラッドベリの短篇を翻訳。大卒後、石油会社に入社。海外勤務となり、以来国際派ビジネスマンとして活躍、のちエジプト石油開発常任監査役などを歴任。かたわら、ミステリ、SFなどの翻訳、創作を行う。56年徳間文庫懸賞小説に「スフィンクス作戦」を応募、佳作に入選。主著に「ロンドンの恐怖—切り裂きジャックとその時代」「海外ミステリ・ガイド」、訳書にバリンジャー「消された時間」、カーター・ディクソン「プレイグ・コートの殺人」、P.K.ディック「地図にない町」、コリン・

ウィルスン「切り裂きジャック」など多数。
[団]ワセダ・ミステリ・クラブ

新開 ゆり子　しんかい・ゆりこ
児童文学作家　詩人　[生]大正12年3月25日　[出]福島県原町市　本名＝新開ユリ子　[学]高平高等小学校卒　[賞]日本児童文学者協会農民文学賞(第14回)(昭和45年)「炎」、農民文学賞(第14回)(昭和45年)「炎」　[歴]昭和26年ころから「メルヘン」を発行、児童文学を始める。天明・天保の大飢きんを描いた「虹のたつ峰をこえて」「海からの夜あけ」「空を飛んださつまいも」のほか、「ひよどり山の尾根が燃える」などの作品がある。詩人でもあり、詩集に「炎」「草いきれ」がある。

新川 和江　しんかわ・かずえ
詩人　児童文学作家　[生]昭和4年4月22日　[出]茨城県結城市　旧姓(名)＝斎藤　[学]結城高女(昭和20年)卒　[賞]小学館文学賞(第9回)(昭和35年)「季節の花詩集」、室生犀星詩人賞(第5回)(昭和40年)「ローマの秋・その他」、現代詩人賞(第5回)(昭和62年)「ひきわり麦抄」、日本童謡賞(第22回)(平成4年)「星のおしごと」、丸山豊記念現代詩賞(第3回)(平成6年)「潮の庭から」、詩歌文学館賞(第13回)(平成10年)「けさの陽に」、児童文化功労賞(第37回)(平成10年)、藤村記念歴程賞(第37回)(平成11年)「はたはたと頁がめくれ…」、産経児童出版文化賞(JR賞，第47回)(平成12年)「いつもどこかで」、勲四等瑞宝章(平成12年)　[歴]在学中の昭和19年茨城県下館市(当時は町)に疎開してきた西条八十に詩を郵送したところ返事をもらったことから詩人となり詩誌「プレイアド」「地球」に参加。28年処女詩集「睡り椅子」を発表、注目を浴びる。西条の紹介で、少女雑誌に10年間少女小説を書いたこともある。学研「中1コース」に連載した「季節の花詩集」で認められる。日本現代詩人会理事長を経て、58年第14代会長に就任。同年、吉原幸子と女性季刊詩誌「現代詩ラ・メール」を編集・創刊。女流詩人の系譜作りを目ざす。平成5年4月40号で終刊。主な詩集に「新川和江詩集」「夢のうちそと」「水へのオード16」「はね橋」「けさの陽に」「はたはたと頁がめくれ…」「新川和江全詩集」、エッセイ集に「草いちご」「花嫁の財布」「朝ごとに生まれよ、私」「潮の庭から」(共著)、「いつもどこかで」などがある。のちに「地球」同人。昭和61年には第2回アジア詩人会議(ソウル)の運営委員長を務めた。
[団]日本文芸家協会、日本現代詩人会、日本児童文芸家協会、日本ペンクラブ　[家]夫＝新川淳(元トウシン専務・故人)

新宮 正春　しんぐう・まさはる
作家　ペン・アンド・アド専務　[生]昭和10年1月1日　[出]和歌山県新宮市　本名＝瀬古正春(せこ・まさはる)　[学]神奈川大学経済学部中退　[興]プロ野球経営論　[賞]小説現代新人賞(第15回)(昭和45年)「安南の六連銭」　[歴]報知新聞運動部記者時代に時代小説作家としてデビュー。のちに報知新聞嘱託。時代伝奇、スポーツ小説などでも活躍。著書は「不知火殺法」「鷹たちの砦」「忍法鍵屋の辻」「武蔵を倒した男」「陰の剣譜―青葉城秘聞」などの時代伝奇小説のほか、「後楽園球場殺人事件」「殺しのマウンド」「魔都の拳」「隠密ジャイアンツ」など野球ミステリー、スポーツ小説、ハードアクション多数。
[団]日本ペンクラブ、日本推理作家協会、日本文芸家協会、東京運動記者クラブ、日本徐福会

神西 清　じんざい・きよし
小説家　評論家　翻訳家　[専]ロシア文学　[生]明治36年11月15日　[没]昭和32年3月11日　[出]東京市牛込袋町　[学]東京外語露語部科(昭和3年)卒　[賞]池谷信三郎賞(第3回・昭12下)(昭和13年)、芸術選奨文部大臣賞・文学・評論部門(第2回・昭26)(昭和27年)　[歴]東京外語時代に「箒」を創刊し，早くから詩、戯曲、翻訳を発表。大学卒業後は北大図書館に勤務し，のち「山繭」に参加。北大を退職し、ソ連通商部に勤務。昭和5年「快復期」を発表、その一方で多くのロシア文学を翻訳し、13年ガルシンの翻訳で池谷信三郎賞を受賞。詩、小説、評論、翻訳と幅広く活躍し、小説の代表作に「灰色の眼の女」「春泥」「鸚鵡」「雪の宿り」「少年」などがあり、翻訳もチェーホフなど数多い。一高で知りあった堀辰雄の終生の友で、最高の理解者だった。

新庄 節美　しんじょう・せつみ
グラフィックデザイナー　児童文学作家
[生]昭和25年9月6日　[出]静岡県静岡市　[賞]講談社児童文学新人賞(第28回)(昭和62年)「夏休みだけ探偵団・二丁目の犬小屋盗難事件」
[歴]グラフィックデザイナーとして活動しながら、子ども向けの読み物を書き始める。作品に〈夏休みだけ探偵団〉シリーズやジュニア向けの〈スカーレット・パラソル〉シリーズがある。

新城 卓　しんじょう・たく
映画監督　日本映画学校講師　[生]昭和19年2月1日　[出]沖縄県那覇市西本町　[学]那覇商(昭和39年)卒、シナリオ研究所修了　[賞]年間代表シナリオ(昭58年度)「オキナワの少年」
[歴]今村昌平、浦山桐郎監督らのもとで13年間助監督をつとめ、昭和56年米軍の占領から本土復帰までの沖縄の状況を描いた青春映画「OKINAWAN BOYS オキナワの少年」(東峰夫原作)で監督デビュー。以後の作品に

「ザ・オーディション」(59年)「あいつに恋して」(62年)「パンダ物語」(63年)など。
[団]日本映画監督協会

新章 文子　しんしょう・ふみこ

小説家　[生]大正11年1月6日　[出]京都府京都市　本名＝中島光子　[学]京都府立第一高女(昭和14年)卒　[賞]江戸川乱歩賞(第5回)(昭和34年)「危険な関係」　[歴]宝塚少女歌劇に入り、昭和16年初舞台をふみ、18年退団。退団後は京都市役所などにつとめる。戦後童話などを書いていたが、34年「危険な関係」で江戸川乱歩賞を受賞。以後「バック・ミラー」「青子の周囲」「女の顔」などを発表。また易学の造詣も深く「四柱推命入門」を46年に刊行した。　[団]日本文芸家協会

新谷 佳彦　しんたに・よしひこ

小説家　詩人　企画研究会STUDIO COSMOS文化事業部代表　筆名＝三枝秋成(さえぐさ・しゅうせい)　[歴]企画研究会の主幹であると同時に、書籍出版の執筆者としても小説・詩集等、数多くの刊行を行なっている。著書に「詩集 夢に至る地図」「短編集 蜃気楼」「小説 夜の断片」などがある。

陣出 達朗　じんで・たつろう

小説家　日本作家クラブ会長　[生]明治40年2月14日　[没]昭和61年4月19日　[出]石川県　本名＝中村達男(なかむら・たつお)　旧筆名＝陣出達男　[学]旧制中卒　[賞]サンデー毎日大衆文芸(第12回)(昭和8年)「さいころの政」、日本作家クラブ賞(第2回・随筆)(昭和49年)「夏扇冬炉」　[歴]映画のシナリオライターから、戦時中に時代小説家に転身。故野村胡堂に師事、故江戸川乱歩とも親交を持ち、勧善懲悪の筋立てで、「遠山の金さん」、「伝七捕物帖」シリーズ、「富嶽秘帖」など多数の大衆小説を書き続けた。作品はテレビ、映画化されている。特に遠山の金さんがクライマックスで片肌を脱ぎ"桜吹雪"の入れ墨をみせて見えを切る名場面や「これにて1件落着」の名せりふ、伝七の十手さばきを創作したことでも知られる。日本作家クラブ名誉会長。　[団]日本文芸家協会

新戸 雅章　しんど・まさあき

SF評論家　作家　[生]昭和23年9月18日　[出]神奈川県藤沢市　筆名＝新田正明(にった・まさあき)　[学]横浜市立大学文理学部(昭和47年)卒　[歴]公務員を経て、編集プロダクションを経営。傍ら、SF評論、翻訳、創作に従事。昭和61年から「週刊読書人」でSF時評を担当。著書に「発明皇帝の遺産」「超人 ニコラ・テスラ」「逆立ちしたフランケンシュタイン」「バベッジのコンピュータ」、共著に「SFとは何か?」などのほか、新田正明の筆名で「湘南ドラゴン伝説」(1〜4)がある。

新藤 兼人　しんどう・かねと

映画監督　脚本家　近代映画協会会長　[生]明治45年4月22日　[出]広島県佐伯郡石内村(現・広島市佐伯区五日市町石内)　本名＝新藤兼登　[学]石内高小(昭和2年)卒　[賞]モスクワ国際映画祭グランプリ(昭和36年)「裸の島」、芸術選奨(昭38年度)「母」、モスクワ国際映画祭金賞(昭和47年)「裸の19歳」、キネマ旬報賞監督賞(昭50年度)「ある映画監督の生涯―溝口健二の記録」、毎日映画コンクール監督賞(昭50年度)、朝日賞(昭和51年)、牧野省三賞(第27回)(昭和60年)、勲四等旭日小綬章(昭和62年)、日本映画復興賞(平成1年)「さくら隊散る」、神奈川文化賞(第43回)(平成6年)、モスクワ国際映画祭批評家賞(第19回)(平成7年)「午後の遺言状」、山路ふみ子映画賞(第19回)(平成7年)「午後の遺言状」、報知映画賞最優秀作品賞(第20回)(平成7年)、日本映画ペンクラブ賞(平成7年)、日刊スポーツ映画大賞監督賞(第8回)(平成7年)、エランドール賞(特別賞，平7年度)(平成8年)、毎日映画コンクール監督賞(第50回，平7年度)、キネマ旬報賞(監督賞・脚本賞，平7年度)(平成8年)、日本アカデミー賞監督賞(第19回)(平成8年)、川喜多賞(第14回)(平成8年)、文化功労者(平成9年)、モスクワ国際映画祭グランプリ(第21回)(平成11年)「生きたい」、スポニチ文化芸術大賞(第8回)(平成12年)、藤本賞(特別賞，第20回)(平成13年)「三文役者」　[歴]高等小学校卒業後、昭和9年新興キネマ京都撮影所に入所。溝口健二に師事し、シナリオを勉強。18年「強風」が国民映画脚本公募に入選。同年興亜映画から松竹大船撮影所に脚本部員として移る。19年応召、復員後の20年松竹にもどる。映画化シナリオ第1作は21年の「待ちぼうけの女」。その後、吉村公三郎監督とコンビをくみ、「安城家の舞踏会」「わが生涯の輝ける日」などの脚本を書き、シナリオライターとしての地位を固めた。25年吉村監督とともに松竹を退社、独立プロ・近代映画協会を創立。26年独立第1作「偽れる盛装」が大ヒットし二人のコンビの最高傑作となる。同年宿願の「愛妻物語」で監督デビューを果たし、主演の乙羽信子とは終生のコンビとなる。また自作のシナリオを自ら監督する独立映画作家へと昇格。以来「原爆の子」「どぶ」「第五福竜丸」「裸の島」「母」「鬼婆」「裸の十九才」「ある映画監督の生涯―溝口健二の記録」「竹山ひとり旅」「地平線」「さくら隊散る」など名作をつぎつぎに発表。平成7年杉村春子主演、乙羽信子の遺作となった「午後の遺言状」は"老い"というテーマを軽快で洒脱なタッチで描き、大きな反

響を呼び、日本アカデミー賞監督賞など数々の賞を受賞。11年同作品で舞台初演出。同年「生きたい」でモスクワ国際映画祭グランプリとなり、昭和36年以来2度目の受賞を果たす。平成9年文化功労者。著書に「ある映画監督」「小説・田中絹代」「女の一生」、「新藤兼人の映画著作集」「新藤兼人の足跡」(全6巻)など。[団]シナリオ作家協会、日本映画監督協会　[家]妻＝乙羽信子(女優・故人)、孫＝新藤風(映画監督)

しんどう ぎんこ

児童文学作家　[生]昭和28年　[出]神奈川県逗子市　本名＝新藤銀子　[賞]講談社児童文学新人賞佳作(第29回)「ぼくがイルカにのった少年になる日まで」　[歴]フリーで、映画・テレビ映画のスクリプター(映画撮影の記録係)をする一方、児童文学を執筆。著書に「ぼくがイルカにのった少年になる日まで」「トライアングル」「花田花見はつきそい家出中！」。

真堂 樹　しんどう・たつき

小説家　[学]武蔵野女子大学文学部卒　[賞]コバルト・ノベル大賞(第24回)(平成6年)「春王冥府」　[歴]1月3日生まれ。図書館司書の傍ら、小説を執筆。著書に「龍は微睡む」「龍は花を喰らう」などがある。

新野 剛志　しんの・たけし

小説家　[生]昭和40年5月12日　[出]東京都　本名＝新野健史　[学]立教大学社会学部卒　[賞]江戸川乱歩賞(第45回)(平成11年)「八月のマルクス」　[歴]旅行会社勤務ののち退社。作家を志し、カプセルホテルなどを転々としながら放浪を続け、創作に励む。平成11年「マルクスの恋人」(のち「八月のマルクス」と改題)で第45回江戸川乱歩賞を受賞。他に「もう君を探さない」がある。

神野 洋三　じんの・ようぞう

小説家　[生]昭和5年4月14日　[出]旧満州・新京　[学]早稲田大学文学部仏文科(昭和30年)卒　[賞]小説新潮新人賞佳作(第1回)(昭和58年)「最初のアメリカ人」　[歴]著書に「小説家元」「弁護士の犯罪」「性的犯罪」「祖国はいずこ―韓又傑と中島成子の生涯」など。　[団]日本文芸家協会

榛葉 英治　しんば・えいじ

作家　[生]大正1年10月21日　[没]平成11年2月20日　[出]静岡県掛川市　[学]早稲田大学文学部英文科(昭和11年)卒　[賞]直木賞(第39回)(昭和33年)「赤い雪」　[歴]満州に渡り、満州国外交部に勤務。戦後、東北終戦連絡事務局で働いたが、昭和23年に辞職し上京。創作活動に入り、「渦」「淵」「流れ」の三部作を発表して注目を集める。33年敗戦後の混乱期の満州を舞台にした「赤い雪」で第39回直木賞を受賞。ほかの作品に「鉄条網の中」「蔵王」「大隈重信」「史疑/徳川家康」「冬の道」、エッセイ「川釣り礼賛」など。　[団]日本文芸家協会

新橋 遊吉　しんばし・ゆうきち

小説家　[生]昭和8年3月29日　[出]大阪府大阪市　本名＝馬庭胖(まにわ・ゆたか)　[学]初芝高(昭和28年)卒　[興]瀬戸内海賊　[賞]直木賞(第54回)(昭和40年)「八百長」　[歴]7年間の療養生活と、何度か失業ののち小さな町工場で旋盤工となる。この頃、妻の高校時代の先輩で高松市で同人雑誌「讃岐文学」を主宰していた永田敏之に勧められて作家になることを決意。「讃岐文学」に掲載された競馬小説「八百長」で昭和40年、直木賞を受賞。「競馬狂い」「競馬天使」「競馬放浪記」「馬券師街道」など、競馬小説を専門とする人気作家。「讃岐文学」「行人」同人。[団]日本文芸家協会、日本ペンクラブ

神保 史郎　じんぼ・しろう

漫画原作者　小説家　[生]昭和23年1月2日　[没]平成6年6月2日　[出]東京都　[学]都立荒川工高卒　[歴]高校在学中に児童読物作家となる。劇画原作、小説、作詩などを手がける。18歳の時に「サインはV！」を手掛け、昭和43年「少女フレンド」で連載を開始。東京五輪を契機に沸騰していたバレーボール熱も追い風となり、たちまち少女達の人気漫画となる。テレビドラマ化され、視聴率は46%を越えた。のちも少女漫画にこだわり、55年には「花の子ルンルン」を発表。他の劇画原作に「白い風」、小説に「あの子は委員長」など。

真保 裕一　しんぽ・ゆういち

推理作家　アニメーション作家　[生]昭和36年5月24日　[出]東京都　[学]国府台高卒　[賞]江戸川乱歩賞(第37回)(平成3年)「連鎖」、吉川英治文学新人賞(第17回)(平成8年)「ホワイトアウト」、山本周五郎賞(第10回)(平成9年)「奪取」、日本推理作家協会賞(長編部門，第50回)(平成9年)「奪取」　[歴]アニメ制作会社のアニメーションディレクターを務める。テレビアニメのストーリーから絵の構図まで全てを担当し「ギミア・ぶれいく」(TBSテレビ)の「笑ウせぇるすまん」などを手掛ける。一方小学生の頃から江戸川乱歩シリーズを読んでミステリーに熱中し、のち仕事の傍らミステリーを執筆。平成3年2作目の「連鎖」で江戸川乱歩賞を受賞。12年ベストセラーとなった「ホワイトアウト」が映画化され、自身で脚本を担当。他の著書に「取引」「震源」「朽ちた木樹々の枝の下で」「奪取」「奇跡の人」「防壁」「密告」「ボーダーライン」、短編集に「盗聴」など多数。[団]日本文芸家協会、日本推理作家協会

【 す 】

翠 羅臼　すい・らうす

劇作家　[生]昭和22年　[出]山形県酒田市　本名＝曽根原俊一　[賞]テアトロ新人戯曲賞(第8回)(平成9年)「ルナパーク・ミラージュ」　[歴]昭和48年劇団・曲馬館の結成に参加し、テント芝居で全国を巡演。解散後の58年夢一族の結成に参加。脱退後フリーで活躍。平成8年同劇団で上演された「ルナパーク・ミラージュ」が、9年第8回テアトロ新人戯曲賞を受賞。他の劇作に「漂流都市」「暗闇の漂白者」などがある。

末永 いつ　すえなが・いつ

小説家　[生]昭和37年9月26日　[出]鹿児島市　[学]蒲生高卒　[賞]ゆきのまち幻想文学賞(第1回・佳作賞)(平成3年)、ゆきのまち幻想文学賞(第3回・大賞)(平成5年)「紫色の雪ひら」　[歴]同人誌「みなみの手帖」「火山灰」に作品を発表。著書に「紫色の雲ひら」がある。

末永 直海　すえなが・なおみ

作家　[生]昭和37年　[出]福岡県北九州市　旧芸名＝桃の木舞(もものき・まい)　[学]北九州造形学院卒　[賞]蓮如賞優秀作(第3回)(平成8年)「薔薇の鬼ごっこ」　[歴]学生時代スポーツ紙にプレイゾーンをルポ。昭和59年桃の木舞の芸名でヌードグラビアのモデルやテレビタレントとして活動したのち、漫画家として「極道きゃらりんこ組」などを執筆、「少年ジャンプ」の連載も手がけた。62年から平成6年まで小林よしのりの秘書を務める。のちキャバレーのコンパニオンなどを経て、演歌歌手になり、老人ホームなどを回る。一方、小林のアドバイスで小説を書き始め、8年コンパニオンの体験をもとにしたノンフィクション「薔薇の鬼ごっこ」を執筆。他の著書に「百円シンガー極楽天使」「浮かれ桜」「煩悩配達人」などがある。
http://www.naomist.com/

末広 鉄腸　すえひろ・てっちょう

政治家　小説家　衆院議員(無所属)　[生]嘉永2年2月21日(1849年)　[没]明治29年2月5日　[出]伊予国宇和島笹町(愛媛県)　本名＝末広重恭(すえひろ・しげやす)　幼名＝雄三郎、字＝子倹、別号＝浩斎　[歴]藩校明倫館に学び、慶応元年17歳で藩校舎長、明治2年藩校教授となる。7年言論人をめざし上京、8年「曙新聞」に入社、同年「朝野新聞」に転じ、成島柳北とのコンビで活躍。14年自由党に入り、党議員となる。離党後政治小説を執筆し、19年「二十三年未来記」「雪中梅」、翌年「花間鶯」で大衆的人気を博す。21年外遊し、帰国後「国会新聞」を主宰。23年国会開設後は衆院議員となって活躍するが、26年ころ舌がんにかかり、29年に死亡。[家]二男＝末広恭二(造船学者)、孫＝末広恭雄(東大名誉教授)、末広重二(元気象庁長官)

末弘 喜久　すえひろ・よしひさ

小説家　[生]昭和31年　[出]大分県宇佐市　[学]福岡大学工学部　[賞]すばる文学賞(第24回)(平成12年)「塔」　[歴]高校時代から読書に熱中し、特にドストエフスキーなどの海外の作品に傾倒。その後、九電情報サービスに勤める傍ら、昭和55年頃から小説を書き始め、平成12年小説「塔」で第24回すばる文学賞を受賞。

末吉 暁子　すえよし・あきこ

児童文学作家　[生]昭和17年8月27日　[出]神奈川県横浜市　[学]青山学院女子短期大学英文科(昭和38年)卒　[賞]児童文芸新人賞(第6回)(昭和52年)「星に帰った少女」、日本児童文学者協会新人賞(第11回)(昭和53年)「星に帰った少女」、サンケイ児童出版文化賞(第32回)(昭和60年)「だっくんあそぼうよシリーズ」、野間児童文芸賞(第24回)(昭和61年)「ママの黄色い子象」、小学館児童出版文化賞(第48回)(平成11年)「雨ふり花さいた」　[歴]講談社に入社、児童図書の編集に携わる。のち退社し、創作活動に。昭和50年「かいじゅうになった女の子」でデビュー。52年「星に帰った少女」で児童文学者協会と児童文芸家協会の新人賞を受ける。作品はほかに「アミアミ人形の冒険」「けしゴムおばけ」「霧のふる部屋」「にげだした魔女のほうき」「おばけのおはるさんはかわいこちゃん？」「ママの黄色い子象」「雨ふり花さいた」など。[団]JBBY、鬼ケ島通信、日本文芸家協会、日本国際児童図書評議会

須賀 しのぶ　すが・しのぶ

小説家　[生]昭和47年11月7日　[学]上智大学文学部史学科卒　[賞]コバルト読者大賞(平成6年)　[歴]著書に「惑星童話」「キル・ゾーン―ジャングル戦線異常あり」などがある。

菅 忠雄　すが・ただお

小説家　編集者　[生]明治32年2月5日　[没]昭和17年7月9日　[出]東京・小石川早竹町　[学]上智大学中退　[歴]大正10年大仏次郎らと同人誌「潜在」を発行。13年夏目漱石の旧友だった父虎雄の紹介で菊池寛や久米正雄を知り文芸春秋社に入り、編集に従事、のち同誌およびオール読物の編集長となった。「文芸時代」の発起人の一人で、代表作に「銅鑼」「小山田夫婦の焦眉」などがあり、新進傑作小説全集の中に「関口次郎・菅忠雄集」がある。昭和11年ころから結核に倒れた。文芸春秋社客員。

菅 浩江　すが・ひろえ

小説家　㊕SF　㊣昭和38年4月21日　㊓京都府京都市　㊫桂高卒　㊮星雲賞(平成4年)「メルサスの少年」、星雲賞(日本短篇部門)(平成5年)「そばかすのフィギュア」、日本推理作家協会賞(第54回)(平成13年)「永遠の森」、星雲賞(日本長編部門, 第32回)(平成13年)「永遠の森 博物館惑星」　㊯高校在学中、「SF宝石」に短篇「ブルー・フライト」を発表。電子オルガン講師の肩書をもち、パソコンゲーム「サイレント・メビウス」「電脳学園シリーズ」の音楽を担当。著書に「ゆらぎの森のシエラ」「メルサスの少年」「雨の檻」「オルディコスの三使徒」「暁のビザンティラ」「永遠の森 博物館惑星」、景観シリーズ「鷺娘」、コミック原作に「王立宇宙軍・オネアミスの翼」などがある。㊐日本推理作家協会、日本SF作家クラブ、日本文芸家協会

菅 龍一　すが・りゅういち

劇作家　和光大学講師　神奈川教育文化研究所教育相談委員　㊣昭和8年3月23日　㊓香川県高松市　本名＝増賀光一　㊫京都大学理学部物理学科(昭和32年)卒　㊮岸田国士戯曲賞(第10回)(昭和39年)「女の勤行」　㊯32年間にわたり、高校教師(湘南高定時制など)を務める。傍ら実践記録や教育への姿勢を綴った著書を刊行。退職後、和光大学講師。著書に小説「善財童子ものがたり」のほか、「教育の原型を求めて」「子どもの心が見えるとき」「親とたたかう」「子どもが心を開くとき」など。戯曲では「女の勤行」で岸田戯曲賞を受賞している。㊐火山地帯

菅井 建　すがい・けん

児童劇作家　日本語文型教育研究会代表　㊣昭和3年1月1日　㊓岐阜県　本名＝菅井建吉(すがい・けんきち)　㊫松本高等学校(旧制)文科卒　㊮斎田喬戯曲賞(第18回)(昭和57年)「龍になって」　㊯著書に「見つかってよかった」「話しことばの練習帳」「文型文法のとりたて指導」などがある。　㊐児童劇脚本研究会「こまの会」、日本児童演劇協会、日本語文型教育研究会

菅村 敬次郎　すがむら・けいじろう

元・札幌開成高校校長　㊕高校演劇　㊓東京　㊫東京教育大学国文科卒　㊮全国高校演劇コンクール創作脚本賞(昭和55年)「あしたは天気」　㊯昼は演劇部、夜はアマチュア劇団の大学生活を送る。昭和41年札幌啓成高演劇部の顧問となり、42年初の戯曲「浪人」を書く。以来執筆を重ね、地区大会8回優勝までに。50年藻岩高に移り、3年連続地区優勝、55年全国優勝。自作脚本「あしたは天気」も創作脚本賞受賞。大会審査員を務めた。のち札幌開成高校校長となる。平成11年教え子、元同僚らにより戯曲集「あしたは天気」が自費出版される。㊐高文連

すがや みつる

漫画家　作家　オレンジ企画代表取締役　㊣昭和25年9月20日　㊓静岡県富士市　本名＝菅谷充(すがや・みつる)　㊫富士高(昭和44年)卒　㊮小学館漫画賞(第28回)(昭和58年)「ゲームセンターあらし」「こんにちは！マイコン」　㊯高校時代から石ノ森章太郎に師事。卒業後上京。昭和46年より石森プロのアシスタントとなり、47年「仮面ライダー」でデビュー。のち独立し、54年「ゲームセンターあらし」が大ヒット。以後、「こんにちは！マイコン」「こんにちはQCサークル」「饅頭(まんじゅう)こわい」(株マンガ)「いまパソコン通信がおもしろい」「できるヤツらのワープロ・パソコン通信」「CompuServe徹底活用マニュアル」などの情報漫画を数多く手がける。62年よりパソコン通信ネットワークNIFTY—Serveでオートレーシング・フォーラム(現・Motorsports nifty)のSysOpに就任。平成5年本名の菅谷充で近未来航空戦記「漆黒の独立航空隊」で作家としてもデビュー。自動車レース小説なども執筆。
http://homepage1.nifty.com/msugaya/

須川 栄三　すがわ・えいぞう

映画監督　㊣昭和5年9月8日　㊚平成10年10月2日　㊓大阪府大阪市西区新町　㊫東京大学経済学部(昭和28年)卒　㊮ファンタジー・スリラー・SF国際映画祭グランプリ(ベルギー)(第9回)(平成3年)「飛ぶ夢をしばらく見てない」、アジア太平洋映画祭特別賞(第36回)(平成4年)　㊯昭和28年東宝撮影所に入社。助監督として成瀬巳喜男らにつき、33年「青春白書・大人には分らない」で監督デビュー。34年「野獣死すべし」で注目を集めた。以後、「ある大阪の女」「僕たちの失敗」「けものみち」「野獣狩り」などを発表。51年東宝を退社し、須川プロを設立、「日本人のヘソ」(ATG提携)を製作・監督。「僕たちの失敗」などテレビドラマの脚本、演出も手がけた。61年には10年ぶりに「蛍川」を発表。平成2年「飛ぶ夢をしばらく見ない」が最後の監督作品となった。　㊜妻＝真理明美(女優)

菅原 寛　すがわら・かん

劇作家　㊣明治25年5月21日　㊚(没年不詳)　㊓山形県寒河江　㊫大谷大学印度仏教科(大正12年)卒　㊯都新聞、万朝報、報知新聞などの記者となり、大正中期から戯曲を書き始めた。また曽我廼家五九郎一座の文芸部に参加、のち松竹文芸部嘱託となった。昭和3年岡本綺堂に師事し、「舞台」に「研辰祟る」などを発表。

戯曲集「幻の舞踏」、著書に「随筆演劇風聞記」「心に残る人々」などがある。

菅原 光二　すがわら・こうじ
写真家　童話作家　⑱野鳥　㊤昭和14年7月9日　㊥青森県十和田市　本名＝菅原耕自　㊦三本木高卒　㊨幼時より野鳥や動物、きのこに親しみ、昭和41年写真の世界に入り、動物写真家として活躍。特にスズメやカラスなど身近な野鳥の生態を追っている。童話作家でもある。著書は「ムササビ―その生態を追う」「写真野鳥記」「写真セミの世界」「日本の野鳥」、「ツバメのくらし」「アオバズクの森」「ムクドリ」「カラスのクロシはがんばった」「日本フィールド博物記」など多数。　⑱日本写真家協会、日本哺乳動物学会、日本写真芸術学会、日本野鳥の会、日本冬虫花草の会、日本セミの会

菅原 政雄　すがわら・まさお
小説家　元・中学校教師　「高栄文学」主宰　㊤昭和8年11月2日　㊥北海道釧路市　本名＝菅原真青　㊦北海道学芸大学旭川分校（現・北海道教育大学旭川校）卒　㊨北見市文化功労賞（平成7年）、林白言文学賞（第5回）（平成12年）「激動の昭和戦前を生きた亀岡光枝の軌跡」　中学校教師となり、名寄や北見の中学で国語と英語を教える。一方、20余年に亘って集産党事件についての調査・研究を行い、昭和63年「集産党事件覚え書」（全6冊）を自費出版。平成3年北見叢書刊行会会長も務めた。また舞台の脚本も手がけ、10年には舞台を明治末期の札幌に設定した北海道版「若草物語」を発表。他に小説「残党」「黄色い花」、評論「北見文学史稿」、評伝「激動の昭和戦前を生きた亀岡光枝の軌跡」などの作品がある。　⑱新日本文学会

菅原 正志　すがわら・まさし
俳優　演出家　劇作家　キラー・クイーン主宰　㊤昭和37年7月14日　㊥神奈川県　㊦大阪芸術大学卒　㊨高校、大学での演劇活動を経て、昭和60年小劇場KILLER QUEENを創立。演劇以外でもCMやアテレコなど、活躍。平成元年6月上演の「同窓会」では、作・演出・出演の三役をこなした。

菅原 康　すがわら・やすし
編集者　小説家　住宅評論家　㊤昭和4年　㊥岩手県　㊦岩手医科大学予科中退　㊨農民文学賞（第8回）（昭和38年）「焼き子の唄」、潮賞（小説部門、第5回）（昭和61年）「津波」、鳥羽市マリン文学賞（第2回）（平成3年）「鬼籍の海」、日本海文学大賞（小説部門準大賞、第6回）（平成7年）「海女の島」　㊨雑誌編集長を経て、昭和41年「リビングデザインセンター」を創立。各出版社の住宅ムック数十点を編集。住宅セミナーなどの講師としても活躍。一方、執筆活動も行い、作品に「焼き子の唄」「津波」「鬼籍の海」「海女の島」などがある。　⑱日本ペンクラブ

杉 贋阿弥　すぎ・がんあみ
歌舞伎劇評家　脚本家　㊤明治3年3月10日　㊧大正6年5月13日　㊥備中国阿哲郡野馳村（岡山県）　本名＝杉諦一郎　㊨明治19年上京し、「郵便報知新聞」に入社、劇評を担当。以後「毎日新聞」「東京毎夕新聞」などにも劇評を担当。歌舞伎の演出に精通し、とくに丸本時代物（型物，義太夫狂言）の批評に優れた。著書に「舞台観察手引草」（大7）がある。

杉 みき子　すぎ・みきこ
児童文学作家　㊤昭和5年12月25日　㊥新潟県高田市（現・上越市）　本名＝小寺佐和子（こでら・さわこ）　㊦長野県女子専門学校国語科（昭和25年）卒　㊨児童文学者協会新人賞（第7回）（昭和32年）「かくまきの歌」、新潟県同人雑誌連盟賞（第3回）（昭和36年）「白い道の記憶」、新潟日報短編小説賞（第10回）（昭和45年）「マンドレークの声」、北陸児童文学賞（第7回）（昭和45年）「人魚のいない海」、小学館文学日本児童文学者協会新人賞（昭和32年）「かくまきの歌」、小学館文学賞（第21回）（昭和47年）「小さな雪の町の物語」、赤い鳥文学賞（第13回）（昭和58年）「小さな町の風景」　㊨孔版印刷業の傍ら児童文学を書きはじめ、関英雄に師事。昭和29年から「新潟日報」の常時童話募集に投稿、入選の常連となる。32年「かくまきの歌」ほかで児童文学者協会新人賞を受賞し、以後、短篇を主に数多くの作品を発表。いずれも北国の風土と生活を愛情をこめてうたいあげている。主な作品に「雪の下のうた」「小さな雪の町の物語」「白いセーターのおとこの子」「白いとんねる」「白いやねから歌がきこえる」「小さな町の風景」など。また新潟の歌誌「北潮」の同人で短歌の作も多い。　⑱日本児童文学者協会、高田未明会、日本文芸家協会

杉 洋子　すぎ・ようこ
小説家　㊤昭和13年11月14日　㊥京都府伏見市　本名＝神原弘子　㊦松山文化学院卒　㊨詩を手掛けた後、同人誌「九州作家」を経て、昭和62年から時代小説を書き始める。平成3年初の著作「粧刀（チャンドウ）」を刊行。九州、朝鮮半島など東シナ海沿岸と海をテーマに、歴史の中に生きた女性を力強く描く。他の著書に「おふだ流れ」「海潮音」、分担執筆に「物語 妻たちの忠臣蔵」などがある。　⑱日本文芸家協会

杉浦 久幸　すぎうら・ひさゆき

劇作家　もっきりや主宰　㊤岐阜大学農学部中退　㊥文化庁舞台芸術創作奨励賞（平6年度）「水面鏡」、劇作家協会新人戯曲賞（第2回）（平成9年）「あなたがわかったと言うまで」　大学時代劇研に所属。中退後東京演劇アンサンブルの養成所を経て、昭和59年劇団もっきりやを結成、劇団員の妻と2人だけで活動を続ける。平成8年度のテアトロ新人戯曲賞提出作品「ノーガード」が最終審査対象作として話題に。9年文学座アトリエで、6年度の文化庁舞台芸術創作奨励賞受賞作品「水面鏡」を上演。同年作品「あなたがわかったと言うまで」が、第2回劇作家協会新人戯曲賞を受賞。

杉浦 明平　すぎうら・みんぺい

小説家　評論家　㊤イタリア・ルネッサンス文学　㊥大正2年6月9日　㊦平成13年3月14日　㊨愛知県渥美郡福江町（現・渥美町）㊧東京帝国大学国文科（昭和11年）卒　㊥毎日出版文化賞（昭和46年）「小説渡辺崋山」、中日文化賞（第30回）（昭和52年）、翻訳特別功労賞（平成7年）「ミケランジェロの手紙」　雑貨商の長男に生まれ、旧制高校在学中に歌誌「アララギ」に属し、歌人として出発。大学在学中、寺田透らと同人雑誌「未成年」を創刊した。卒業後は原典によるイタリア・ルネサンスの研究を志し、東京外国語学校夜間部でイタリア語を習得。戦時中は日伊文化協会などに勤務しながらルネサンス研究に力を入れる。昭和20年以後、郷里の愛知県渥美町に定住し、農業をしながら作家・評論活動を続けた。24年日本共産党入党、37年離党。市民運動の相談にものり、30年前後には渥美町議を2期、町教育委員も務めた。この間、地方政治を扱った記録文学「ノリソダ騒動記」「村の選挙」「台風十三号始末記」「町会議員一年生」などを執筆。のち作家活動に専念し、歴史小説、評論、エッセイと幅広く活動した。他の著書に「田園組曲」「ルネッサンス文学の研究」「戦国乱世の文学」「維新前夜の文学」「小説渡辺崋山」「田園組曲」「養蜂記」「本そして本一読んで書いて五十年」「なつかしい大正」など。平成7年ライフワークにしてきた訳本「ミケランジェロの手紙」が完成。ほかにロダーリ「チポリーノの冒険」、レッジャーニ「犬と五人の子どもたち」など児童文学関係の翻訳もある。
㊦新日本文学会、日本文芸家協会

杉坂 幸月　すぎさか・こうげつ

小説家　㊥明治35年2月18日　㊦昭和5年12月7日　㊨岐阜県　㊧早稲田大学英文科卒　早大在学中の大正14年、尾崎一雄らと同人誌「主潮」を発刊し、「歪める笑」「黒い手」などを発表した。その後「文芸域」「新正統派」同人となり、小説を書いた。尾崎一雄の「アルバム」に登場する、家は真宗の寺。

杉田 幸三　すぎた・こうぞう

小説家　㊥大正12年12月24日　㊨東京　本名＝戸美川鷹　㊥池内祥三文学奨励賞（第8回）（昭和53年）「生籠り」　㊧昭和20年山岡荘八に師事、以後創作活動を続ける。著書に「梅と雪一水戸の天狗党」「安政の大獄」「戦国修羅の女」「エピソードで綴る天皇さま」「高杉晋作の生涯」「生籠り」「歴史おもしろ博物館」など。
㊦日本文芸家協会、新鷹会

杉田 博明　すぎた・ひろあき

小説家　㊥昭和11年1月9日　㊨京都府　㊧同志社大学法学部卒　㊥昭和35年京都新聞社入社。園部支局長、57年編集局編集委員を経て、60年文化部編集委員など歴任。著書に小説「祇園の女一文芸芸妓磯田多佳」「京の口うら」。
㊦日本文芸家協会

杉谷 代水　すぎたに・だいすい

詩人　劇作家　㊥明治7年8月21日　㊦大正4年4月21日　㊨島根県境港　本名＝杉谷虎蔵　㊧東京専門学校文学科中退　㊥鳥取高等小学校教師を経て、明治28年東京専門学校に入り病気中退。31年坪内逍遙の推薦で冨山房に入り、逍遙編の尋常小学校、高等小学校「国語読本」を編集。一方新体詩「海賊」「行雲歌」「夕しほ」などを発表。38年から歌劇を創作、修文館から「熊野」「小督」「太田道潅」などを刊行。早稲田文学に書いた戯曲「大極殿」は40年第1次文芸協会、第2回演芸大会に上演された。新作狂言「つぼさか」、唱歌「星の界」など60余編。著書に「学童日誌」「希臘神話」「作文講話及文範」（共著）、「書翰文講話及文範」「アラビヤンナイト」がある。

杉原 善之介　すぎはら・ぜんのすけ

小説家　㊥明治31年7月25日　㊦昭和19年3月10日　㊨東京・下谷区　本名＝杉原善之助　㊧京華中学卒　㊥白樺派に傾倒、大正4年「エゴ」に参加、5年「生命の川」、次いで昭和4年「竹」、6年「星雲」などの創刊に参画、創作のほか脚本、自伝小説などを発表した。20年の東京大空襲で死亡したと伝えられる。

杉村 暎子　すぎむら・えいこ

小説家　㊥昭和20年11月9日　㊨北海道札幌市　㊧北海道女子短期大学服飾美術科卒、京都藤川デザイン学院中退　㊥「北方文芸」などに作品を発表。著書に「青春のインクブルー」「ビビアン」「午後からずっと」「パストラル」他。

杉村 楚人冠　すぎむら・そじんかん
新聞記者　随筆家　俳人　朝日新聞調査部長　[生]明治5年7月25日(1872年)　[没]昭和20年10月3日　[出]和歌山県和歌山市谷町　本名＝杉村広太郎(すぎむら・こうたろう)　別号＝縦横　[学]英吉利法律学校(現・中央大学)、自由神学校先進学院(明治26年)卒　[歴]明治20年上京し英吉利法律学校(現・中央大学)に学ぶが病を得て帰郷、25年和歌山新報社記者となる。26年再び上京し、ユニテリアン協会の自由神学校先進学院に学ぶ。卒業後、正則英語学校教員や「反省雑誌」編集者を経て、32年米国公使館通訳となる。同年仏教清教徒同志会を結成、33年「新仏教」を創刊・編集した。36年東京朝日新聞社に入社、39年編集部長となり新聞の近代化に大きな役割をはたした。44年調査部を設け、初代部長となり、大正8年～昭和10年監査役・編集局顧問を務めた。この間、8年に縮刷版を発行し始め、11年には記事審査部を創設、12年「アサヒグラフ」を創刊して編集長を兼任。また、随筆家としても名を高め、「大英遊記」「湖畔吟」「山中説法」などがあり、ほかに「最近新聞紙学」や小説「うるさき人々」「旋風」など多数。「楚人冠全集」(全18巻)がある。

杉村 正彦　すぎむら・まさひこ
「ちゃんちいの青春夢模様」の著者　[生]昭和28年　[出]三重県鈴鹿市　[学]城山養護学校高等部(昭和47年)卒　[賞]四日市文芸賞(佳作)(平成1年，2年)、四日市文芸賞(平成4年)　[歴]平成4年「文宴」同人。著書に「ちゃんちいの青春夢模様」がある。

杉本 章子　すぎもと・あきこ
小説家　[生]昭和28年5月28日　[出]福岡県八女市　筆名＝風切辰巳　[学]ノートルダム清心女子大学卒、金城学院大学大学院修士課程修了　[賞]福岡市文学賞(第14回)(昭和58年)、直木賞(第100回)(平成1年)「東京新大橋雨中図」、福岡市文化賞(第14回)(平成1年)、福岡県文化賞(第2回)(平成7年)　[歴]幼児のときポリオにかかり、足が不自由に。大学で江戸文学を学び、たまたま卒論の延長で書いた儒者・寺門静軒を扱った「男の軌跡」が昭和54年度歴史文学賞の佳作に当選。以来歴史ものを手がけ、平成元年「東京新大橋雨中図」で第100回直木賞を受賞した。ほかの作品に「写楽まぼろし」「名主の裔」「残映」「間諜」など。　[団]日本文芸家協会

杉本 鉞子　すぎもと・えつこ
小説家　[生]明治6年　[没]昭和25年6月20日　[出]新潟県長岡　[歴]長岡藩の家老の家に生まれ、武士の娘として厳格に育てられた。明治31年渡米、米国で貿易商を営む杉本松雄と結婚。夫と死別後、雑誌や新聞に投稿、文豪クリストファ・モーレーに認められ、大正12年から雑誌「アジア」に「武士の娘」を連載。半自伝的な小説で、日本人として初めて米国のベストセラー作品となり、ドイツ、フランスなど7カ国語に翻訳された。その間コロンビア大学で日本文化史を講じたこともある。昭和2年帰国。他にF.ウェルズとの共著「成金の娘」「農夫の娘」「お鏡お祖母さま」などがある。

杉本 苑子　すぎもと・そのこ
小説家　[生]大正14年6月26日　[出]東京市牛込区(現・新宿区)　[学]文化学院(昭和24年)卒　[賞]サンデー毎日大衆文芸賞(第42回)(昭和27年)「燐の譜」、直木賞(第48回)(昭和37年)「孤愁の岸」、吉川英治文学賞(第12回)(昭和53年)「滝沢馬琴」、女流文学賞(第25回)(昭和61年)「穢土荘厳」、紫綬褒章(昭和62年)、文化功労者(平成7年)、放送文化賞(第50回)(平成11年)　[歴]昭和26年「申楽新記」が「サンデー毎日」懸賞小説に入選、吉川英治に師事。蓄積の時期を経て、36年に処女創作集「船と将軍」を刊行。37年には「孤愁の岸」で第48回直木賞を受賞。平成7年文化功労者に選ばれる。9年「杉本苑子全集」(全22巻，中央公論社)の刊行が始まる。古典に対する造詣の深さと、確かな構成力を持った歴史作家として知られる。ほかの代表作に「玉川兄弟」「鳥影の関」「滝沢馬琴」「新とはずがたり」「穢土荘厳」「汚名」など。　[団]日本ペンクラブ、日本文芸家協会、日本文芸著作権保護同盟(理事)

杉本 利男　すぎもと・としお
小説家　[生]昭和13年9月28日　[出]福井県　[学]中央大学文学部(英文)(昭和36年)卒、中央大学大学院修了　[賞]日本海文学大賞(小説部門準大賞，第6回)(平成7年)「野面吹く風」　[歴]駿台学園高校教員を務める傍ら、創作活動を続ける。平成11年定年退職。金沢文学会、小説芸術社各同人。著書に「錆びた十字架」「ホワイト・パラダイス」「うぶげの小島」「ジパングの風」などがある。　[団]日本文芸家協会

杉本 捷雄　すぎもと・はやお
小説家　[生]明治38年1月1日　[没]昭和45年11月17日　[出]大阪　[学]東洋大学卒　[歴]大正14年発表の「母心誕生」で川端康成に認められる。戦後は古窯研究にうちこみ、兵庫県陶芸館副館長をつとめた。著書に短篇集「牛蒡種」をはじめ「破れルバシカ」「丹波のやきもの」などがある。

杉本 晴子 すぎもと・はるこ
 小説家 ⑧昭和12年8月11日 ⑩中国・上海 本名＝岩沢晴子 ⑰立教大学英米文学科（昭和35年）卒 ⑲女流新人賞（第32回）（平成1年）「ビスクドール」 ⑯昭和57年から横浜市内の朝日カルチャーセンターで作家、駒田信二の教えを受け、駒田教室の同人誌である「蜂の会」所属。国民生活懸賞論文「わたしの消費者活動」入選、神奈川新聞文芸コンクール小説部門佳作受賞の経験を持つ。 ㉜姉＝安西篤子（作家）

椙本 まさを すぎもと・まさお
 小説家 ⑧（生没年不詳）⑩京都 本名＝国分まさ子 旧姓(名)＝椙本まさ子 ㉟津田青楓の紹介で夏目漱石に接近。明治44年平塚らいてうらの青鞜社結成で入社、会員となり「青鞜」誌上に「夕祭礼」「髪」「阿古屋茶屋」などを発表、京都を背景に生きる女を主として描き、精力的に活動したが、大正3年結婚して国分と改姓した。

杉本 守 すぎもと・まもる
 放送作家 ⑧昭和5年7月28日 ⑩和歌山県 ⑰日本大学卒 ⑲国連劇最優秀作品賞「花火」（NHK）、芸術祭賞ラジオドラマ公募奨励賞（第16回）（昭和36年度）「長くとも夜は明ける」 ⑯主な作品にラジオ「長くとも夜は明ける」、テレビ「夫婦不連続線」「花火」など。 ㉝日本音楽著作権協会、日本放送作家協会

杉本 りえ すぎもと・りえ
 小説家 ⑧昭和29年7月24日 ⑩富山県富山市 ⑰関西学院大学文学部心理学科卒 ⑲コバルトノベル大賞（第2回）（昭和58年）「未熟なナルシスト達」 ⑯昭和58年「未熟なナルシスト達」でデビュー。著書に「言いわすれたI LOVE YOU」「いつか、どこかで」「はれるや！タマ」「Wのクロネコ」など。

杉本 蓮 すぎもと・れん
 小説家 ⑧昭和37年7月15日 ⑰福島成蹊女子高卒 ⑯平成12年「KI・DO・U」で第1回日本SF新人賞佳作入選。

杉森 久英 すぎもり・ひさひで
 小説家 評論家 ⑧明治45年3月23日 ⑨平成9年1月20日 ⑩石川県七尾市 ⑰東京帝大文学部国文科（昭和9年）卒 ⑲直木賞（第47回）（昭和37年）「天才と狂人の間」、文芸春秋読者賞（第24回）（昭和38年）「昭和の謎信政伝」、平林たい子文学賞（第13回）（昭和60年）「能登」、毎日出版文化賞（第41回）（昭和62年）「近衛文麿」、勲三等瑞宝章（平成1年）、中日文化賞（第46回）（平成5年）、菊池寛賞（第41回）（平成5年）、七尾市名誉市民 ⑯在学中「新思潮」に参加。旧制中学教諭、中央公論社、日本図書館協会などを経て、戦後、河出書房に入社。「文芸」の編集長を務め、第1次戦後派の生長に尽力。昭和28年に「猿」で芥川賞候補となり、以後文筆生活に専念。諧謔、風刺的な中間小説を多数発表。37年に同郷の島田清次郎の生涯を描いた「天才と狂人の間」で第47回直木賞を受賞。これにより伝記小説作家として高い評価を得る。代表作に「辻政信」「徳田球一伝」「大風呂敷」「啄木の悲しき生涯」「大谷光瑞」「夕陽将軍―小説・石原莞爾」「小説坂口安吾」「天皇の料理番」など様々な分野の伝記作品がある他、風土的自伝小説「能登」がある。日本ペンクラブ副会長を務めた。 ㉝日本ペンクラブ、日本文芸家協会（理事） ㉜長女＝佐々木涼子（フランス文学者・舞踊評論家）

杉屋 薫 すぎや・かおる
 シナリオライター ⑧昭和20年3月29日 ⑩島根県出雲市 本名＝山根美奈 別筆名＝森薫、山根三奈 ⑰日本大学芸術学部映画科卒 ⑯大学在学中、TBSでタイムキーパーをしながら故・向田邦子に文章指導を受ける。ペンネーム森薫で昭和52年から放送されたテレビドラマ「ムー」「ムー一族」の脚本を一部書く。55年結婚を機に休筆。59年ペンネーム杉屋薫で脚本業を再開。TBS「朝の夢」「家庭の問題」などの脚本を担当。ペンネーム山根三奈で「甘いオムレツ―小椋佳の父と母の物語」の著書もある。 ㉝美術評論家協会

杉山 亮 すぎやま・あきら
 おもちゃ作家 児童文学作家 おもちゃいろいろ・なぞなぞ工房 ⑧昭和29年 ⑩東京都 ⑯昭和51年伊豆・利島の保育園に調理員として就職し、翌年保父となる。他に宇都宮・ひまわり幼稚園などで保父をつとめ、その頃から手づくりのおもちゃ迷路を作る。糸鋸ミシンと出会ったことがきっかけとなり、60年より埼玉県長瀞町にておもちゃいろいろ・なぞなぞ工房を主宰。糸鋸細工のユニークなパズルや発想豊かな迷路などで、熱心なファンを持つ。絵本や子ども向けの読み物だけでなく、大人向けの著作もあり、育児などについての講演活動も行う。著書に「おもちゃの勉強室」「子どもにもらった愉快な時間」「たからものくらべ」「ぼくは旅にでた―または、行きてかえりし物語」「子育てを遊ぼう！お父さん」、児童文学「トレジャーハンター山串団五郎」「用寛さんのおはなしめいろ」シリーズなどがある。

杉山 義法　すぎやま・ぎほう
シナリオライター　日本大学芸術学部映画学科講師　[生]昭和7年1月17日　[出]新潟県新発田市　[学]日本大学芸術学部映画学科卒　[歴]テレビ、舞台、記録映画など、幅広くシナリオを執筆。日本大学映画学科の監督コース講師も務める。平成8年演劇制作者集団ドラマバンクを旗揚げ、第1回公演は「日本つれづれ節」。作品に「風見鶏」「天と地と」「春の坂道」「宮本武蔵」「武蔵坊弁慶」などのほか、日本テレビ年末時代劇スペシャル「忠臣蔵」(昭和60年)「白虎隊」(61年)「田原坂」(62年)「五稜郭」(63年)「勝海舟」(平成2年)「源義経」(3年)を手がけ、著書に「源義経」がある。[団]日本放送作家協会、脚本家連盟

杉山 恵治　すぎやま・けいじ
新潮新人賞を受賞　[生]昭和23年　[出]青森県むつ市　[学]早稲田大学文学部中退　[賞]新潮新人賞(第21回)(平成1年)「縄文流」

杉山 正樹　すぎやま・まさき
文芸評論家　小説家　劇作家　元・朝日新聞出版局プロジェクト室幹事　[生]昭和8年11月18日　[出]東京　[学]日比谷高卒　[賞]芸術選奨文部大臣新人賞(第38回・昭62年度)(昭和63年)「郡虎彦—その夢と生涯」、新田次郎文学賞(第20回)(平成13年)「寺山修司・遊戯の人」、AICT演劇評論賞(平成13年)「寺山修司・遊戯の人」[歴]「短歌研究」「ユリイカ」「文芸」各誌の編集長を経て、昭和44年朝日新聞社入社。東京本社図書編集室次長、56年出版局編集委員、調査研究室主任研究員を経て、平成元年5月出版局プロジェクト室幹事。著書に「かぐやひめ」「寺山修司・遊戯の人」「郡虎彦・その夢と生涯」など。　[団]日本文芸家協会、三田文学会

菅生 浩　すごう・ひろし
児童文学作家　[生]昭和13年6月1日　[出]福島県郡山市　[学]安積高卒　[賞]日本児童文学者協会新人賞(第8回)(昭和50年)「巣立つ日まで」、路傍の石文学賞(第5回)(昭和58年)「子守学校」(三部作)　[歴]高卒後、上京し、数多くの職業に携わりながら、小説の道を模索。昭和50年に自伝的長編「巣立つ日まで」で日本児童文学者協会新人賞を受賞、作家生活に入る。調査、執筆に9年を要した労作の「子守学校」「子守学校の女先生」「さいなら子守学校」の三部作で、58年、第5回路傍の石文学賞を受賞。[団]日本児童文学者協会、日本子どもの本研究会

須崎 勝弥　すさき・かつや
シナリオライター　[生]大正11年1月1日　[出]鹿児島県　[学]東北大学法文学部(昭和19年)卒　[賞]シナリオ功労賞(平成4年)　[歴]昭和18年在学中の学徒動員により海軍に入隊。22年新東宝演出助手、28年大映と契約、30年東宝と契約、44年以降フリーとなる。作品は「連合艦隊」(東宝)、「人間魚雷回天」(新東宝)などの戦場ドラマと、「十代の性典」(大映)、「青春とは何だ」(NTV)、「太陽の恋人」(NTV)などの青春物語が多い。著書に「蔦文也の男の鍛え方」など。　[団]日本シナリオ作家協会

図子 慧　ずし・けい
作家　[生]昭和35年5月9日　[出]愛媛県　図子博子　[学]広島大学総合科学部卒　[賞]コバルト・ノベル大賞(第8回)(昭和61年・下)「グルト・フォルケンの神話」　[歴]広島の印刷会社にコピーライターとして1年半勤務した後、愛媛県に帰郷し、執筆活動に入る。著書に「シンデレラの夜と昼」「追いかけてはいけない」「王子さまは,孤独」など。

図子 英雄　ずし・ひでお
小説家　詩人　「原点」主宰　[生]昭和8年3月21日　[出]愛媛県西条市　[学]大分大学経済学部(昭和30年)卒　[賞]新潮新人賞(第19回)(昭和62年)「カワセミ」　[歴]昭和30年愛媛新聞社入社。文化部副部長、55年論説委員を経て、63年論説副委員長。31歳の時に初めて小説を書き、62年「カワセミ」が第19回新潮新人賞を受賞。他に「鵜匠」などの作品がある。また同人誌「原点」を主宰し、詩集に「地中の滝」「阿蘇夢幻」がある。　[団]日本文芸家協会、日本現代詩人会

鈴江 俊郎　すずえ・としろう
演出家　劇作家　劇団八時半主宰　近畿大学文芸学部講師　[生]昭和38年3月　[出]大阪府大阪市　[学]京都大学経済学部卒、京都大学大学院農学研究科農林経済学専攻(平成1年)中退　[賞]テアトル・イン・キャビン戯曲賞(第4回)(平成1年)「区切られた四角い直球」「ラクダのコブには水が入ってるんだぞ」、KYOTO演劇フェスティバル脚本賞・大賞「桜井」「待つ」、シアターコクーン戯曲賞(第2回)(平成7年)「零(こぼ)れる果実」、扇町ミュージアムスクエア戯曲賞(大賞,第2回)(平成7年)「ともだちが来た」、岸田国士戯曲賞(第40回,平7年度)(平成8年)「髪をかきあげる」、京都府文化賞(奨励賞,第15回)(平成9年)、京都市芸術新人賞(平成11年)　[歴]大学入学と同時に劇団そとばこまちに入団。一人で活動するため4ケ月後退団し、2年後劇団その1を結成。平成元年京都市役所に入り、傍ら戯曲やラジオドラマを書き続ける。2年8月「伝風(つたえて)黒の翼」を上演するなど

演劇を武器に社会変革を目指し、活動を続ける。5年退職し、演劇活動に専念。劇団八時半を旗揚げする。京都舞台芸術協会副会長、近畿大学文芸学部専任講師を務める。作品に「はたらく、かぜ」「桜井」「待つ」「髪をかきあげる」「零れる果実」「王様は白く思想する」など。著書に「靴のかかとの月・鈴江俊郎戯曲集」がある。

鈴木 いづみ　すずき・いずみ

小説家　元・女優　[生]昭和24年7月10日　[没]昭和61年2月　[出]静岡県伊東市湯川　本名＝坂本いづみ　芸名＝浅香なおみ　[学]伊東高(昭和43年)卒　[歴]昭和43年キーパンチャーとして伊東市役所に勤務。44年上京して映画界に入る。火石プロに属し、“浅香なおみ”の芸名でポルノ映画「処女の戯れ」でデビュー。この他「女性の性徴期」などに主演。かたわら小説を書き、45年「声のない日々」が文学界新人賞候補に選ばれ、小説家に転じる。著書に「あたしは天使じゃない」「愛するあなた」「恋のサイケデリック」「残酷メルヘン」「女と女の世の中」など。48年ジャズマンの阿部薫(53年死亡)と結婚、一児をもうけたが52年に離婚。死後の平成5年「声のない日々―鈴木いづみ短編集」が出版され、7年阿部薫との関係を描いた映画「エンドレス・ワルツ」が公開された。8年より「鈴木いづみ著作集」(全8巻)の刊行が始まる。

鈴木 鍈子　すずき・えいこ

小説家　[生]昭和11年　[出]岐阜県　[学]岐阜大学学芸学部卒　[賞]カネボウ・ミセス童話大賞(優秀賞)、岐阜文芸祭賞(児童文学部門)、岐阜文学祭市長賞(短編部門)　[歴]「季刊作家」同人。著書に「鉤爪」がある。　[団]日本児童文芸家協会、岐阜児童文学研究会

鈴木 英治　すずき・えいじ

小説家　[生]昭和35年　[出]静岡県沼津市　[学]明治大学経営学部卒　[賞]角川春樹小説賞(特別賞,第1回)(平成11年)「義元謀殺」　[歴]平成11年「駿府に吹く風」で第1回角川春樹小説賞特別賞を受賞、12年「義元謀殺」の題名で出版。

鈴木 悦　すずき・えつ

小説家　労働運動家　[生]明治19年10月17日　[没]昭和8年9月11日　[出]愛知県渥美郡尾津村　通称＝骨皮道人、別号(狂詩)＝愛柳痴史　[学]早稲田大学英文科(明治43年)卒　[歴]明治44年早稲田文学に「家なき人」を発表。大正3年春から福岡日日新聞に「芽生」を連載、4年「芽生」刊行。6年「白痴の子」、新潮の田村俊子特集号に「軟らかで艶っぽい」などを書いた。植竹書院、朝日新聞社などに勤め、その間田村松魚の妻田村俊子と恋愛。7年単身バンクーバーに渡り、大陸日報入社。後を追って渡米した俊子と結婚。13年民衆社を興し「日刊民衆」発行、日系労働者労組を指導、労働運動に投じた。昭和7年一時帰国。　[家]妻＝田村俊子(小説家)

鈴木 悦夫　すずき・えつお

児童文学作家　放送作家　作詞家　[生]昭和19年6月17日　[出]静岡県熱海市　筆名＝空木景(うつぎ・けい)　[学]早稲田大学教育学部卒　[賞]日本児童文学者協会新人賞(第2回)(昭和44年)　[歴]大学在学中より少年文学会に参加。出版社勤務を経てフリーとなる。児童文学の創作のほかに、テレビ・ラジオ・舞台・レコード等を手がける。「鬼ケ島通信」同人。著書に「空とぶカバとなぞのパリポリ男」「ぷうとぷっぷう」「ひみつのなぞなぞ」「幸せな家族」、空木景の筆名で「もう一つの原宿物語」「身がわり屋事件ノート〈1〉/心殺技をもつ少女」、放送台本にNHK「音楽の広場」、作詞にNHKみんなのうた「こだぬきポンポ」などがある。

鈴木 輝一郎　すずき・きいちろう

小説家　[生]昭和35年7月24日　[出]岐阜県大垣市　[学]日本大学経済学部卒　[賞]日本推理作家協会賞(第47回・短編部門)(平成6年)「めんどうみてあげるね」　[歴]TVゲームの営業を経て、家業の鈴木コテ製作所に入社。左官工具の製造・販売の傍ら執筆活動に入る。平成3年「情断!」で作家デビュー。近未来SFから時代小説まで幅広く活躍。著書に「狐狸ない紳士」「国書偽造」「新宿職安前託児所」「ご立派すぎて」「はぐれ五右衛門」「死して残せよ虎の皮―浅井長政伝」など。　[団]日本推理作家協会、日本文芸家協会、日本冒険作家クラブ、日本ペンクラブ　http://www3.famille.ne.jp/~kiichiro/

鈴木 京子　すずき・きょうこ

童話作家　[生]昭和35年　[出]北海道帯広市　[賞]日本童話会新人賞(昭62年度)「ぞうの鼻ブラシ」　[歴]高卒後、短大に入るが健康を損ない中退。この頃から童話を書き始め、日本童話会学生会員に。昭和57年、北海道・新得町の共働学舎を知り、同学舎へ。現在は主にニワトリ飼育を担当するかたわら童話を書き続け、「ぞうの鼻ブラシ」で62年度の日本童話会新人賞を受賞する。　[団]日本童話会(正会員)

鈴木 清　すずき・きよし

作家　評論家　エサ米研究全国連絡会代表委員　元・全日農副会長　元・横手市議　[専]農民問題　[生]明治40年4月29日　[出]秋田県旭村(現・横手市)　[学]山形高等学校文科3年(昭和4年)中退　[興]秋田県農民運動史、エサ米問題　[歴]在校時より山形県の農民運動に参加。上京して東京合同労組書記となり、昭和4年東京モスリン亀

戸工場に入社。共産党に入党し工場細胞を結成するが、4.16事件に連座。以後、文筆活動と小作農の生活に入る。14年に東北農業研究所を秋田市に設立し、県下の最高小作料を公定させ、適正小作料設定の運動を起こす。戦後、21年から旭村村長。23年に共産党に再入党、24年日農秋田県連合会(統一派)委員長となり、以後、中央常任委員・副会長などを歴任する。46年に秋田県議に当選。のち、横手市議、共産党秋田県名誉委員、全日農副会長・顧問、エサ米研究全国連絡会代表委員などを歴任。著書に「小説・監房細房」「農民運動の反省」など。
[団]日本民主主義文学同盟、全日本農民組合

鈴木 清　すずき・きよし

小説家　秋田県議(共産党)　[生]明治40年4月29日　[没]平成5年2月18日　[出]秋田県旭村(現・横手市)　[学]山形高中退　[歴]在学中、社会科学研究会に加わる。同盟休校を指導したことを理由に放校処分を受け、上京。東京合同労組書記を経て、東京モスリン亀戸工場の職工となる。日本共産党に入党し、工場細胞を組織して活動。昭和4年4.16(日本共産党弾圧)事件で検挙投獄され、6年5月保釈。この間、獄内で監房細胞を組織して活動を続けた。のち、34〜38年横手市議、46〜50年秋田県議を各1期務めた。日本共産党秋田県委員会名誉県委員。作家としても知られ、代表作に「監房細胞」がある。

鈴木 喜代春　すずき・きよはる

教育評論家　児童文学作家　[専]読書教育　社会科教育　[生]大正14年7月9日　[出]青森県南津軽郡田舎館村　[学]青森師範(昭和20年)卒　[賞]日本児童文芸家協会賞(第12回)(昭和63年)「津軽の山歌物語」　[歴]青森県、千葉県の小・中学校に38年間勤務。教職のかたわら作品を発表し、昭和37年「北風の子」でデビュー。松戸市立小金小学校校長を最後に教職を退き、のち、千葉大学教育学部講師を経て、創作活動に専念。著書に「白い河」(3部作)「空を泳ぐコイ」「ヒメマスよかえれ」「ほらと河童と雪女」「お母さんの不安にこたえて」「動く砂山」「津軽ボサマの旅三味線」「十三湖のばば」「津軽の山歌物語」「きよはる先生の一年生文庫」「空をとぶ一輪車」など。
[団]日本児童文学者協会、日本子どもの本研究会(副会長)

鈴木 敬子　すずき・けいこ

アンデルセン親子童話大賞優秀賞を受賞　[賞]アンデルセン親子童話大賞優秀賞(第1回)(平成4年)「かえるさんこんにちは」　[歴]成長する子供の姿を絵本にして残そうと平成2年から手作り絵本のサークルに参加。長男の話す言葉や絵をもとにした親子合作の絵本を思いつき「けいくんのほん」「かえるさんこんにちは」「ぼくがつくったぼくじょうのおはなし」などを制作。

鈴木 桂子　すずき・けいこ

川崎市総合教育センター研修指導主事　[生]昭和20年　[出]台湾　[学]横浜国立大学教育学部国語科卒　[賞]石森延男児童文学奨励賞(昭和55年)「ザリガニのいる町」、川崎市公立学校教育研究賞(昭57年度)、大村はま奨励賞(昭62年度)、博報賞(平8年度)　[歴]川崎市内の小学校教師となり、のち川崎市総合教育センター研修指導主事。この間、昭和50年東京教育大学に内地留学、59〜60年度川崎市教育研究所所員。著書に「子どもと生きる作文教室」「子どもとのびる国語教室」、童話「観音崎からの便り」、詩集「野に立つ子」などがある。

鈴木 光司　すずき・こうじ

小説家　[生]昭和32年5月13日　[出]神奈川県横浜市　本名＝鈴木晃司　[学]慶応義塾大学文学部仏文科卒　[賞]日本ファンタジーノベル大賞(優秀賞，第2回)(平成2年)「楽園」、吉川英治文学新人賞(第17回)(平成8年)「らせん」　[歴]高校時代はロック少年。大学時代から演劇の世界へ進み、シナリオセンターと劇団未来劇場に所属。昭和63年劇団を旗揚げ、シナリオ執筆、演出を手がける。平成2年日本ファンタジーノベル大賞を受賞した「楽園」で作家デビュー。同年「リング」が第10回横溝正史賞の最終候補に残り、ホラー小説家としても活躍。他の著書に「光射す海」「生と死の幻想」「らせん」「仄暗い水の底から」「ループ」「バースデイ」「シーズ ザ デイ」などがある。10年「リング」「らせん」が映画化、11年「リング」「らせん」がテレビドラマ化され、ホラーブームを巻き起こす。
[団]日本文芸家協会、三田文学会

鈴木 貞美　すずき・さだみ

小説家　文芸評論家　国際日本文化研究センター教授　[専]日本近・現代文芸　[生]昭和22年9月22日　[出]東京都小平市　旧筆名＝鈴木沙那美(すずき・さだみ)　[学]東京大学文学部仏文科(昭和47年)卒　[興]日本近・現代の文芸表現史　[賞]銀杏並木賞(昭和43年)「自由劇場」、五月祭賞第一席佳作(昭和43年)「羽化」、大衆文学研究賞(研究部門)(昭和63年)「新青年読本」　[歴]東洋大学助教授を経て、国際日本文化研究センター助教授、のち教授。著書に作品集「蟻」「言いだしかねて」、長編「谺」、評論「梶井基次郎―表現する魂」「人間の零度」「『昭和文学』のために」「日本の『文学』を考える」「日本文芸史―表現の流れ」(全7巻，共編)、「モダン都市文学シリーズ」(全10巻，共編)など。
[団]昭和文学会、日本近代文学会、日本文芸家協会、日本ペンクラブ

鈴木 聡　すずき・さとし
劇作家　コピーライター　演出家　劇団ラッパ屋主宰　[生]昭和34年3月1日　[出]東京都杉並区　[学]早稲田大学政治経済学部(昭和57年)卒　[賞]朝日広告部門賞、東京コピーライターズクラブ新人賞　[歴]昭和57年博報堂入社、三菱電機企業広告、サントリーウィスキー「1フィンガー、2フィンガー」等の広告を手がける。のち退社し、フリーでクリエイティブ・ディレクターとして活躍。傍ら、59年学生時代の演劇仲間を中心にサラリーマン新劇喇叭屋を旗揚げ、作・演出を担当。平成5年劇団ラッパ屋に改称。コメディー劇、人情喜劇を数多く発表。上演作に岸田国士賞候補になった「ショウは終った」や「マジカル・ヒステリー・ツアー」「会社物語」「サクラパパオー」など。11年10月から放映のNHK朝の連続テレビ小説「あすか」の脚本を担当。

鈴木 佐代子　すずき・さよこ
作家　[生]大正11年　[出]東京　[学]明治大学法科卒　[賞]女流新人賞(第9回)(昭和41年)「証文」　[歴]PR誌編集に携わり、その後音感教育個人指導を体験。昭和41年「証文」で婦人公論・女流新人賞を受賞して文筆活動に入る。著書に「証文」「ひいな曼々」「客家」「立原正秋 風姿伝」他。

鈴木 重雄　すずき・しげお
けいせい出版社長　元・サンケイ新聞文化部長　[生]大正6年　[没]昭和56年12月14日　[出]愛知県　[学]慶応義塾大学仏文科中退　[賞]水上滝太郎賞(第1回)(昭和23年)「黒い小屋」　[歴]「週刊サンケイ」編集長、産経新聞文化部長などを務めた。著書に小説「黒い小屋」。　[家]妻＝望月優子(女優・参院議員)、弟＝平野光雄(元産経新聞論説委員)

鈴木 氏亨　すずき・しこう
小説家　[生]明治18年10月2日　[没]昭和23年1月15日　[出]宮城県仙台市　[学]早稲田大学卒　[歴]雑誌「新小説」記者を経て大正12年「文芸春秋」創刊とともに編集同人、菊池寛の秘書を務め同社の経営に参画、昭和3年専務取締役となった。作家としては大衆小説「江戸囃男祭」、児童読物、新国劇上演の戯曲、「菊池寛伝」などがある。戦時中は軽井沢に疎開。

すずき じゅんいち
映画監督　[生]昭和27年5月21日　[出]神奈川県茅ケ崎市南湖　本名＝鈴木潤一　[学]東京大学文学部倫理学科(昭和50年)卒　[賞]映画ファンのための映画まつり新人監督賞「婦人科病棟」、ロマン大賞監督賞「赤い縄 果てるまで」　[歴]昭和50年助監督として日活に入社。神代辰巳・曽根中生・小原裕行らにつく。56年「婦人科病棟」で監督デビュー。以後、ロマンポルノを次々と撮り、59年よりフリー。60年オフィス・フリーを設立。同年より“すずきじゅんいち”の名義で作品を発表している。61年青年海外協力隊の映画製作分野の一員として、モロッコへ。63年より一般映画に進出。平成2年、3年文化庁派遣芸術家研修制度によりニューヨークに滞在。8年福島県本宮町の協力で「秋桜」を監督。他の作品に「女教師狩り」「制服肉奴隷」「赤い縄 果てるまで」「マリリンに逢いたい」「砂の上のロビンソン」「ハチ公物語」「ひとりね」「青空へシュート!」など。13年女優の榊原るみと結婚。　[家]妻＝榊原るみ(女優)

鈴木 俊平　すずき・しゅんぺい
小説家　[生]昭和2年5月7日　[出]茨城県北茨城市　本名＝鈴木俊一(すずき・しゅんいち)　[学]早稲田大学文学部仏文科卒　[歴]生家は酒造業。学生時代から同人誌活動を続け、卒業後茨城県の工業高校の教師を2年。生家の手伝いを2年半つとめるが再上京、昭和32年に長編「醗酵」を処女出版。自伝的、風俗心理風の小説を得意とする。代表作に、第二次大戦末期の日本軍の特別作戦を追った長編記録小説「風船爆弾」のほか、「白い壁の記憶」「試験管の夏」「病いとともに流転楽天」や書評集「文学的グリンプス」など。児童読物も手がけている。57年結核性腸腫瘍にかかったが、一命をとりとめ、59年茨城県五浦海岸の風船爆弾の基地跡に記念碑を建てた。　[団]日本文芸家協会、日本ペンクラブ

鈴木 助次郎　すずき・すけじろう
小説家　歌人　[生]大正15年12月7日　[出]東京都港区　[学]京都大学文学部(昭和25年)卒、京都大学大学院(昭和30年)修士課程修了　[歴]昭和25年静岡県立島田高校教諭、28年大阪勝山高校教諭を経て、31年昭和女子大学文学部講師、45年助教授、50年教授を歴任。短歌は田中常憲、吉井勇に師事。著書に「駿河大納言」「青春」、歌集に「銀泥」などがある。　[団]日本文芸家協会、京大英文学会

鈴木 清剛　すずき・せいごう
小説家　[生]昭和45年5月11日　[出]神奈川県　[学]文化服装学院卒　[賞]文芸賞(第34回)(平成9年)「ラジオデイズ」、三島由紀夫賞(第12回)(平成11年)「ロックンロールミシン」　[歴]コムデギャルソン企画生産部、文化服装学院講師を経て、平成9年初めての応募作品で第34回文芸賞を受賞し、「ラジオデイズ」で作家デビュー。他の作品に「ロックンロールミシン」「男の子女の子」がある。　[団]日本文芸家協会

鈴木 誠司　すずき・せいし

小説家　[生]昭和2年1月10日　[出]東京・浅草　[学]明治大学文学部卒　[賞]織田作之助賞(第8回)(平成3年)「常ならぬ者の棲む」　[歴]岩手県・千葉県で16年間の教師生活ののち、スナック、骨とう屋を経て、宮崎県野尻町でホテルを経営。一方学生時代、作家・織田作之助の作品に熱中。「文芸首都」他多くの同人誌に拠り小説に取り組み、古美術品商で体験した話をもとに、平成3年「常ならぬ者の棲む」を執筆。4年作家デビュー。著書に「果師たち」など。　[団]日本ペンクラブ、日本文芸家協会

鈴木 清順　すずき・せいじゅん

映画監督　脚本家　俳優　[生]大正12年5月24日　[出]東京市墨田区　本名＝鈴木清太郎(すずき・せいたろう)　[学]弘前高(旧制)(昭和23年)卒　[賞]ブルーリボン賞監督賞(昭55年度)「ツィゴイネルワイゼン」、キネマ旬報賞監督賞(昭55年度)、日本アカデミー賞監督賞(昭55年度)芸術選奨文部大臣賞、ベルリン国際映画祭審査員特別賞、CMフェスティバル銀賞「レナウンピッコロ/椅子と赤ちゃん」、紫綬褒章(平成2年)、勲四等旭日小綬章(平成8年)　[歴]昭和18年学徒出陣で応召し21年復員。23年高校卒業、鎌倉アカデミア映画科を経て、松竹の助監督試験に合格。26年からメロドラマ専門の岩門鶴夫監督専属助監督。29年日活に移籍し野口博志に師事、30年「勝利をわが手に」で監督としてデビュー、以後、和田浩治出演のアクション、宍戸錠のハードボイルドなどを連作。小林旭主演「関東無宿」や「肉体の門」「春婦伝」などで鮮な色彩感覚と映像リズムの独自の映像をつくり出し、“清順美学”といわれた。43年「けんかえれじい」発表後、社長と解雇事件を起こして日活を追われた。これに抗議したファンやスタッフらは“鈴木清順問題共闘会議”を結成、デモを行うなど、一時は社会問題に発展した。以後10年間映画製作はなく、52年の「悲愁物語」でカムバック。55年新方式上映で「ツィゴイネルワイゼン」を発表、国内外で高い評価を受けた。次作「陽炎座」も好評を博し、59年「カポネ大いに泣く」で一般向け劇場映画に復帰。61年12月「鈴木清順全映画」を刊行、話題を呼ぶ。平成2年「夢二」を撮影。13年10年ぶりの長編映画「ピストルオペラ」を監督し、ベネチア国際映画祭で特別上映される。また“山羊ひげ”の俳優としてテレビ「ムー一族」「美少女仮面ポワトリン」「素晴らしき家族旅行」「ひまわり」や映画「ヒポクラテスたち」「不夜城」などにも出演する。他の監督作に「ルパン3世・バビロンの黄金伝説」などがある。　[団]日本映画監督協会(監事)　[家]弟＝鈴木健二(元NHKアナウンサー)

鈴木 清次郎　すずき・せいじろう

小説家　[生]明治34年8月21日　[没]昭和35年2月12日　[出]東京　[歴]昭和4年「文芸戦線」に「巻の断層」を発表、次いで「人間売りたし」「朦朧百貨店」を同誌に書いた。のち左翼芸術家連盟、労農芸術家連盟に加わり、機関誌に「トーキー前後」を連載した。14年には旧文戦系の同人誌「双紙」に参加。15年「日本橋」が芥川賞候補となった。戦後は新日本文学会に参加。他に「黒白」などがある。

鈴木 泉三郎　すずき・せんざぶろう

劇作家　[生]明治26年5月10日　[没]大正13年10月6日　[出]東京・青山　筆名＝豊島屋主人、伊豆巳三郎　[学]大倉商夜学部卒　[歴]俳句に関心を抱き水野葉舟の門に入るが、芝居に興味を持ち、大正2年長編小説「破傘霙夜話」を発表して注目される。その後玄文社に入り「新演芸」の編集に従事し、そのかたわら戯曲、劇評を書く。代表作は13年発表の「生きてゐる小平次」であるが、その他の作品に「ラシヤメンの父」「二人の未亡人」などがある。

鈴木 善太郎　すずき・ぜんたろう

小説家　劇作家　[生]明治17年1月19日　[没]昭和26年5月19日　[出]福島県郡山市　[学]早稲田大学英文科(明治38年)卒　[歴]国民新聞から東京朝日新聞記者となり、秋風と号した。大正7年短編小説集「幻想」を発表、雑誌「文章倶楽部」には菊池寛、野村愛正と並ぶ新進三作家として登場した。研究座などでの新劇運動に参加、11年欧米遊学後はフェレンツ・モルナールの紹介に貢献した。作品には「白鳥」「リリオム」「開かれぬ手紙」「芝居は誂向き」などのほか、長編「山荘の人々」、映画小説「人間」、短編集「紙屋橋」、戯曲集「鸚鵡」、演劇論集「愛の劇場」、童話集「迷ひ子の家鴨」などがある。

鈴木 隆　すずき・たかし

児童文学作家　[生]大正8年8月12日　[没]平成10年1月25日　[出]岡山県玉野市　[学]早稲田大学文学部独文科卒　[歴]坪田譲治に師事して童話を書く。主な作品に「はやかご次郎助」「マッチのバイオリン」「はらまき大砲」など。青春小説「けんかえれじい」は昭和41年鈴木清順監督により映画化された。

鈴木 隆之　すずき・たかゆき

建築家　小説家　京都精華大学美術学部助教授　鈴木デザインネットワーク代表　「木野評論」編集長　[生]昭和36年　[出]千葉県千葉市　[学]京都大学工学部建築学科(昭和60年)卒　[賞]群像新人文学賞(第30回・小説部門)(昭和62年)「ポートレイト・イン・ナンバー」　[歴]アトリエ・ファイ建築研究所勤務を経て、独立。作品

に兵庫県西宮市の「笹井邸」など。かたわら執筆活動を続け、昭和62年「ポートレイト・イン・ナンバー」で第30回群像新人文学を受賞。京都精華大学発行の「木野評論」編集長。著書に「未来の地形」「エースをねらえ！論」「建築批判」他。

鈴木 トミヱ　すずき・とみえ

童話・絵本作家　「石狩百話」編纂委員　[専]郷土史　[生]昭和18年3月31日　[出]北海道留萌郡小平町鬼鹿　[学]札幌短期大学商業科卒　[賞]北海道青少年科学文化振興賞(昭和62年)、数納賞(第15回)(平成3年)　[歴]昭和51年石狩町教育委員会非常勤職員となり、児童館館長を歴任。町教委のパンフレットに載っていた「サケとわかもの」の原典が「川の主と笛の音」である事をつきとめ、まず紙芝居にして児童館で披露。その後郷土研究会の機関誌「いしかり暦」にペン画の挿絵を付けて発表、昭和58年「アイヌむかしばなし サケとわかもの」として出版した。その後も道内の郷土史を題材に絵本や童話を制作。平成2年には敗戦直後潜水艦の攻撃で沈んだ泰東丸など三船の遭難を記録した「海の中からの叫び」を刊行。犠牲者に朝鮮人もいた事実が明らかになった。8年石狩市市政施行を記念した庶民史「石狩百話」を執筆。[団]石狩町郷土研究会、北海道金工作家協会

鈴木 尚之　すずき・なおゆき

シナリオライター　日本シナリオ作家協会会長　[生]昭和4年10月5日　[出]岐阜県吉城郡国府町　[学]日本大学芸術学部(昭和28年)卒　[歴]昭和29年東映入社、助監督を経て、30年企画本部に移り、初め資料集めなどをしていたが、内田吐夢監督による「宮本武蔵」で初めて脚本を仕上げた。その後、「武士道残酷物語」で名を知られ、以後映画、テレビでシナリオライターとして活躍。昭和42年よりフリー。ほかに、映画「飢餓海峡」「五番町夕霧楼」、テレビ「三姉妹」などがある。

鈴木 則文　すずき・のりぶみ

映画監督　[生]昭和8年11月26日　[出]静岡県　[学]立命館大学中退　[賞]年間代表シナリオ(昭50, 62, 平元年度)「トラック野郎御意見無用」「塀の中の懲りない面々」「文学賞殺人事件 大いなる助走」、おおさか映画祭監督賞(第10回・昭59年度)「パンツの穴」、ヨコハマ映画祭特別大賞(第6回・昭59年度)、くまもと映画祭特別功労賞(第12回・昭62年度)　[歴]昭和29年東映京都撮影所に助監督として入社。40年藤田まこと主演「大阪ど根性物語・どえらい奴」で監督デビュー。村田英雄主演「男の勝負」(42年)北島三郎主演「兄弟仁義」(43年)「関東テキヤ一家」「シルクハットの大親分」(45年)など、専らB級やくざ映画シリーズを撮り続け、“緋牡丹博徒”シリーズの共同脚本も手がける。48年東映東京撮影所に転じ、池玲子主演のポルノを手がけ、「聖獣学園」で多岐川裕美を見出したほか、菅原文太の“トラック野郎”シリーズを大ヒットさせるなど、東映の代表的監督となる。その後も「伊賀野カバ丸」(58年)「パンツの穴」(59年)「大いなる助走」(63年)など、ワクにおさまらないコメディの資質を存分に発揮している。

鈴木 彦次郎　すずき・ひこじろう

小説家　元・岩手県教育委員長　[生]明治31年12月27日　[没]昭和50年7月23日　[出]東京市深川区島田町　[学]東京帝大国文科(大正13年)卒　[賞]岩手日報文化賞　[歴]大正10年川端康成らと第6次「新思想」を刊行し創作活動を始める。13年「文芸時代」の創刊に参加し、「宗次郎は跛だ」「蛇」などを発表。新感覚派の衰退後は農民小説・歴史小説・大衆小説に転じ、とくに相撲小説を多く発表。「七月の健康美」「巨石」「闘魂—二所ノ関物語」など多くの著書がある。昭和19年盛岡に疎開、戦後はこの地で文化運動を活発に行い、岩手県立図書館長、岩手県教育委員長などを務めた。他に東京薬科大学教授、盛岡短期大学教授を歴任。　[家]父＝鈴木巌(衆院議員)、弟＝鈴木小弥太(元・鹿島映画社長)

鈴木 浩彦　すずき・ひろひこ

俳人　児童文学作家　[生]昭和32年12月7日　[出]東京都三鷹市　本名＝鈴木一浩　[学]千葉大学人文学部卒　[賞]日本児童文芸家協会新人賞(昭和58年)「グランパのふしぎな薬」　[歴]代表作に「グランパのふしぎな薬」などのグランパシリーズ、「おとうさんのふしぎなカレーライス」「エースになるのもラクじゃない」などがある。

鈴木 まさあき　すずき・まさあき

文筆家　[生]昭和5年　[出]石川県小松市　本名＝鈴木正昭　[学]専修大学商経学部経済学科(昭和31年)卒　[賞]アカハタ短編小説賞(入選, 第1回)「耳鳴り」　[歴]昭和19年国民学校から海軍乙種飛行予科練(24期)に入り、松山海軍航空隊入隊。20年朝鮮鎮海特別守備隊から復員。25年郵政省東京鉄道郵便局に就職。大学在学中、専修文学研究会創立に参加、34年郵政省内、全逓文学会創立代表。雑誌「街」、全国勤労青少年ホーム協議会機関誌「ヤングプラザ」編集責任者。著書に長編「夏から冬へ」、短編「俺達のエッセンス」「根津物語」などがある。[団]労働者文学会議

鈴木 政男　すずき・まさお
劇作家　[生]大正6年10月19日　[出]山形県　[学]米沢中学夜間部中退　[歴]大日本印刷に入社し、演劇部で戯曲を書く。昭和25年「人間製本」が新協劇団で上演され注目を浴びるが、25年レッドパージで解職。前進座、新演に所属し、「美女カンテメ」「真空地帯」(脚色)「サークルものがたり」などを書いた。

鈴木 三重吉　すずき・みえきち
児童文学者　小説家　[生]明治15年9月29日　[没]昭和11年6月27日　[出]広島県広島市猿楽町(現・紙屋町)　[学]東京帝大英文科(明治41年)卒　[歴]明治39年夏目漱石の推薦で短編小説「千鳥」を発表し、40年短編集「千代紙」を刊行。41年大学卒業後の10月に成田中学の教頭となり、44年まで勤務。その間「山彦」「お三津さん」「文鳥」などを発表する。その後も長編小説「小鳥の巣」「桑の実」など多くの作品を発表するが、大正5年童話集「湖水の女」刊行後、童話を多く発表。6～7年中央大学講師。7年初の童話・童謡誌「赤い鳥」を創刊し、作家・画家・作曲家ら多くの執筆陣の協力を得てその編集に専念、自らは「古事記物語」などの再話・翻案を掲載した。「赤い鳥」は全国に自由画運動・綴方運動を普及させる一方、坪田譲二・与田準一ら多くの児童文学者を育てた。また「世界童話集」「日本児童文庫」「小学生全集」の編集も手がけた。「鈴木三重吉全集」(全6巻，岩波書店)がある。　[家]息子＝鈴木珊吉(日本輸送エンジニアリング社長)

鈴木 美智子　すずき・みちこ
毎日児童小説最優秀を受賞　[出]福島県　[学]京都女子大卒　[賞]毎日児童小説最優秀(第38回)(平成1年)「サウスポー」　[歴]毎日児童小説に第32回(昭和58年)から応募を続け、4回(32、33、36、37回)優秀作品に選ばれる。平成元年3月、「サウスポー」で同賞第38回の最優秀(小学生向き)を受賞した。

鈴木 みち子　すずき・みちこ
児童文学作家　[生]昭和17年　[出]静岡県浜北市　[賞]子ども世界年度賞(昭和54年)「おばあさんをよろしく」　[歴]井野川潔・早船ちよ夫妻に師事し、童話を学ぶ。作品は「からっ風」「コロナ子ども世界」「子ども世界」に多数発表。「コロナ子ども世界」「からっ風」同人。著書に「いいてがみですよ！」「うえん平への道」(共著)。　[団]児童文化の会

鈴木 実　すずき・みのる
児童文学作家　[生]昭和7年7月16日　[出]山形県山形市　[学]早稲田大学政経学部(昭和30年)卒、山形大学教育学部卒　[賞]日本児童文学者協会賞(第1回)(昭和35年)「山が泣いている」、真壁仁野の文化賞(第6回)(平成3年)「本・そこにいる私」　[歴]中学教師の傍ら、山形童話の会同人誌「もんぺの子」を中心に活動。同会代表を務めるなど山形の児童文化運動のリーダーの一人で、生活記録運動、児童文学活動に取り組む。主な作品に「山が泣いている」(共同創作)「オイノコは夜明けにほえる」「地しばりの歌」「ふるさともとめて花いちもんめ」やエッセイ集「本・そこにいる私」「1995年日本の子どもの死」などがある。　[団]日本児童文学者協会、日本子どもの本研究会、山形童話の会

鈴木 ムク　すずき・むく
ライター　作家　[賞]小川未明文学賞(優秀賞，第3回)(平成6年)　[歴]ヨーロッパ、アジア、アフリカを旅し、下町や村に滞在する。小説にも取り組む。著書に「子連れで行くハワイ」がある。

鈴木 元一　すずき・もといち
劇作家　[生]大正12年　[没]昭和31年12月27日　[出]東京　[歴]国鉄大井工機部に入り、演劇部で作家活動しながら職場を離れなかった。戦後昭和23年から職場の仲間のために「モハ30073」「空転」「御料車物語」「安全塔物語」などを書き、民芸、ぶどうの会などの専門劇団で上演された。労働者の生の息吹きが伝わる戯曲が多い。

鈴木 ゆき江　すずき・ゆきえ
童話作家　[生]昭和17年　[出]静岡県磐田郡富岡村(現・豊田町)　[学]静岡県立保育専門学院卒　[賞]遠鉄ストア童話大賞(第5回)(平成9年)「なの花のチャイム」　[歴]平成7年第1回熊野の里児童文学賞に入選。著書に「コカリナの海―小さな木の笛の物語」がある。

鈴木 幸夫　すずき・ゆきお
俳人　推理作家　跡見学園短期大学学長　早稲田大学名誉教授　[専]英米文学　[生]明治45年1月28日　[没]昭和61年12月24日　[出]大阪市西区　筆名＝千代有三(ちよ・ゆうぞう)　[学]早稲田大学文学部英文科(昭和9年)卒、早稲田大学大学院(昭和11年)修了　[賞]勲三等瑞宝章(昭和59年)　[歴]昭和11年横須賀高工教授、早大講師、助教授を経て、26年教授に就任。57年名誉教授となり、跡見学園短大学長に。著書に「現代英米文学の意匠」、訳書にジョイス「フィネガン徹夜祭」などがある。また千代有三のペンネー

ムで推理小説を書き、「痴人の宴」などの作品がある。 ㊟日本英学会、比較文学会、日本文芸家協会、日本ペンクラブ

寿々喜多 呂九平 すすきた・ろくへい
シナリオライター ㊤明治32年12月18日 ㊥鹿児島県 本名=神脇満(かみわき・みつる) ㊟大正11年マキノ省三の知己を得て、マキノ映画台本部に入る。撮影所近くの下宿に同居していた役者たちの中に後の阪東妻三郎がおり、自らのシナリオ作品に主演させるようマキノに推薦し成功をおさめる。阪妻・時代劇の一時代を築いたのち、昭和5年帝国キネマに移り監督に転じるが、これといった傑作は撮れずに終わった。ペンネームは大阪夏の陣で活躍した"薄田隼人正"に由来する。主な作品に「紫頭巾」「影法師」「雄呂血」「鏡山競艶録」「花嫁剣法」「快傑鷹」など多数。

鈴田 孝 すずた・たかし
経済ジャーナリスト 株式評論家 小説家 ㊤昭和27年8月15日 ㊥東京都町田市 筆名=島誠一郎(しま・せいいちろう)、別名=鈴田孝史(すずた・たかし) ㊧早稲田大学(昭和51年)卒 ㊟生命保険、証券会社勤務ののち、新聞雑誌記者に。「経済界」編集部を経て、経済ジャーナリスト、株式評論家、小説家として活躍。著書に「謀略のM&A」「兜町の夜明けはいつか」「社内一揆」「悪業の決算書」。

涼元 悠一 すずもと・ゆういち
小説家 ㊤昭和44年1月13日 ㊥静岡県清水市 本名=鈴木裕二 ㊧清水東高卒 ㊟日本ファンタジーノベル大賞(優秀賞、第10回)(平成10年)「青猫の街」 ㊟平成3年「我が青春の北西壁」でコバルト・ノベル大賞入選。他の著書に「あいつはダンディー・ライオン」「青猫の街」など。 http://wwwZu.biglobe.ne.jp/~zumo/

須田 作次 すだ・さくじ
小説家 ㊤大正14年9月16日 ㊥福島県 ㊧日本大学芸術学部中退 ㊟家業に従事しながら主に雑誌「文学者」に小説を書き、昭和32年「異本在原業平」を発表、37年民話を再構成した「烏のしらが」、38年「草の情」などを発刊した。中村真一郎は「深沢七郎の路線にある人」と評した。

須田 三郎 すだ・さぶろう
児童文学作家 ㊤昭和4年 ㊥茨城県 ㊧横浜市立大卒 ㊟東京新聞社に31年間勤め、昭和63年定年退職。カルチャーセンターで長崎源之助の指導を受け、以後、児童読み物の創作に専念。著書に童話集「北利根橘」、「やまぐちくんはビリか?」(分担執筆)がある。

須田 輪太郎 すだ・りんたろう
児童劇作家 人形劇団ひとみ座代表 ㊤昭和3年8月15日 ㊥東京 本名=穂苅尚三 ㊧東京鉄道教習所専修科卒 ㊞放送文化賞(第50回)(平成11年) ㊟国鉄大井工場勤務を経て、ひとみ座に入団。昭和38年ひとみ座とTBSの合作テレビ人形劇「伊賀の影丸」では、脚本・監督・主演をこなす。39年4月から5年間放映されたNHK「ひょっこりひょうたん島」の人形操作にもあたった。平成8年日本人では11人目となる国際人形劇連盟(UNIMA)名誉会員に選ばれる。著書に「現代人形劇作品集」(1・5巻)、「須田輪太郎集」などがある。 ㊟現代人形劇センター(常務理事)、日本児童演劇協会(常任理事)、国際人形劇連盟(名誉会員)

須知 徳平 すち・とくへい
小説家 児童文学作家 ㊤大正10年7月28日 ㊥岩手県盛岡市 本名=須知茂(すち・しげる) 筆名=佐川茂 ㊧国学院大学専門部(昭和20年)卒 ㊞講談社児童文学新人賞(昭和37年)「ミルナの座敷」、吉川英治賞(第1回)(昭和38年)「春来る鬼」 ㊟旧満州吉林省の農事合作社勤務を経て、国学院大学専門部で折口信夫の講義を聴講する。卒業と同時に出征し、戦後、北海道、岩手県で中学、高校の教諭を歴任。のち盛岡大学文学部教授。昭和37年、デビュー作である小説「ミルナの座敷」で講談社児童文学新人賞を受賞。以後、児童文学作品を多く発表し、38年「春来る鬼」で第1回の吉川英治賞を受賞。その他の作品に「アッカの斜塔」「人形は見ていた」「宮沢賢治」「新渡戸稲造」「北を守る馬」などがある。 ㊟日本文芸家協会、日本児童文芸家協会(顧問)

須藤 明生 すどう・あきお
小説家 ㊤昭和14年1月 ㊥栃木県 ㊧日本大学法学部卒 ㊟様々な職業に従事した後、建築会社、芸能プロ、キックボクシングジムを経営。その傍ら、同人誌「史道」を主宰。余技として闘犬、古武道および格闘技評論。マタギ小説「雪山に生きる」でデビュー。著書に「放れマタギ抄」「闘犬物語」「人狼(ディンゴ)」「六代目極道修業」他。 ㊟日本ペンクラブ

須藤 晃 すどう・あきら
小説家 音楽プロデューサー カリントファクトリー ㊤昭和27年8月6日 ㊥富山県 ㊧東京大学文学部英米文学科卒 ㊟昭和52年CBSソニー入社。のちソニー・ミュージック・エンターテイメントで音楽プロデューサーとして尾崎豊、浜田省吾らを手掛け、ヒット曲を生む。平成8年カリントファクトリーを設立。傍ら、小説を執筆。著書に小説「僕とアスファルトの夜」「地上の虹」「アイスクリーム・エンペ

ラー」、エッセイ「尾崎豊が伝えたかったこと」、訳書に「ごちゃまぜ」などがある。
http://www.karinto.co.jp/opening.html

須藤 克三　すどう・かつぞう
児童文学者　教育者　農村文化運動指導者　元・宮城学院大学講師　元・山形新聞論説委員　[生]明治39年10月30日　[没]昭和57年10月18日　[出]山形県東置賜郡宮内(現・南陽市宮内)　[学]山形師範卒、日本大学高等師範部(昭和6年)卒　[賞]斎藤茂吉文化賞(第2回)(昭和31年)、久留島武彦文化賞(昭和47年)　[歴]小学校教師、「教材王国」編集者を務める。この間、「学芸会用学校劇珠玉集」や「らくがき教案簿」などを出版。昭和20年戦災に遇い帰郷、山形新聞論説委員、文化部長となる。26年山形県児童文化研究会、29年には山形童話の会を設立。戦後の山形の児童文化、農村文化運動などにたずさわり、無着成恭の「山びこ学校」の産婆役を果たした。かたわら代表作「出かせぎ村のゾロ」など社会性の強い童話を書いた。ほかに「村の社会教育」「農村青年の生き方」「村の青年団」「ふるさとに生きる」、歌集「流蔭」などの著書がある。47年久留島武彦文化賞受賞。日本児童文学者協会顧問、山形県芸術文化会議会長。
[団]日本児童文学者協会、山形とんと昔の会

須藤 鐘一　すどう・しょういち
小説家　[生]明治19年2月1日　[没]昭和31年3月9日　[出]島根県能義郡比田村(現・広瀬町)　本名＝須藤荘一　[学]早稲田大学英文科(明治43年)卒　[歴]報知新聞記者から大正2年博文館に入り「淑女画報」の編集主任を勤める。そのかたわら自らも創作をし、7年「白鼠を飼ふ」を発表。8年「傷める花片」を刊行した。他の著書に「愛憎」「勝敗」「人間哀史」などのほか、句集「春待」など多くの著書がある。

須藤 南翠　すどう・なんすい
小説家　新聞記者　[生]安政4年11月3日(1857年)　[没]大正9年2月4日　[出]伊予国宇和島(現・愛媛県)　本名＝須藤光暉(すどう・みつてる)　幼名＝孟、別号＝土屋南翠、土屋郁之助、揚外堂主人、古蒼楼、坎坷山人　[学]松山師範卒　[歴]三津浜小教員をしていたが、間もなく上京して放浪生活をし、明治11年「有喜世新聞」に印刷工として入り、のちに探訪員、編集部員となる。そのかたわら雑報や時事諷喩の戯文を発表。16年「有喜世新聞」が発行停止となるが、「開花新聞」として再発足するのに尽力。この頃から創作活動に入り、同年「昔語千代田刃傷」を発表し、以後「旭日美譚」などを発表。毒婦もので人気を博す。18年徴兵令違反で重禁錮6カ月の処分を受け、出獄後は政治小説家として「新粧之佳人」などを発表。25年大阪朝日新聞社に招かれて関西に移住、「優兵士」や劇評などを発表。同年浪華文学会を結成し、「浪花文学」を発行。他の主な作品に「照日葵」「緑蓑談」などがある。

須藤 靖貴　すどう・やすたか
小説家　[生]昭和39年　[出]東京都　[学]駒沢大学文学部卒　[賞]小説新潮長篇新人賞(第5回)(平成11年)「俺はどしゃぶり」　[歴]製薬会社勤務を経て、出版社に入社し、フットボールや相撲の雑誌編集部に在籍。その後、健康雑誌「だいじょうぶ」の編集部に勤務。一方、小学5年の時、井上ひさしの「ブンとフン」を読んで以来、小説に熱中。平成11年、4年がかりで執筆した処女作「俺はどしゃぶり」で第5回小説新潮長篇新人賞を受賞。同年6月退職し、フリーライターをしながら執筆活動に専念する。

砂田 明　すなだ・あきら
劇作家　演出家　俳優　不知火座(劇団)主宰　[専]演劇　水俣病患者支援運動　[生]昭和3年3月7日　[没]平成5年7月16日　[出]京都市　[学]神戸高等商船学校機関科(昭和22年)卒、舞台芸術学院(昭和26年)卒　[賞]紀伊国屋演劇賞特別賞(第15回)(昭和55年)「海よ母よ子どもらよ」　[歴]戦後間もなく佐分利信の内弟子となり約20年間新劇の舞台に立つ。昭和42年劇団・地球座を設立。45年水俣病を見据えた石牟礼道子の著書「苦海浄土」を読んで感銘を受け、東京・水俣病を告発する会の代表世話人となり、全国をたくはつ行脚。翌年から一人芝居「天の魚(いを)」(劇・苦海浄土)を全国巡演し、500回を超えた。47年に水俣へ移り、個人誌「不知火の海から」(季刊)を発刊。54年から患者の田上義春と乙女塚農園を始め、その一角に水俣病犠牲者の霊を弔う乙女塚を建立するため、一人芝居「海よ母よ子どもらよ」の全国勧進公演を行い、59年末には500回を記録した。59年に反戦・反核・反公害の交響詩劇「鎮魂歌—ヒロシマ・ナガサキ」を、63年には朗読詩劇「鎮魂歌—女の平和」を自費出版した。

砂田 弘　すなだ・ひろし
児童文学者　元・山口女子大学文学部教授　[生]昭和8年5月26日　[出]旧朝鮮・浦項　[学]早稲田大学文学部仏文科卒　[賞]サンデー毎日大衆文芸賞(第55回)(昭和34年)「二つのボール」、日本児童文学者協会賞(第11回)(昭和46年)「さらばハイウェイ」、ジュニア・ノンフィクション文学賞(昭和52年)　[歴]出版社に勤務、昭和36年「東京のサンタクロース」を発表して注目され、37年以後児童文学に専念。千葉大学、早稲田大学、日本女子大学などの非常勤講師を経て、56年〜59年山口女子大学文学部教授。この間雑誌「日本児童文学」の編集長も務め

た。主な作品に「道子の朝」「さらばハイウェイ」「二死満塁」など。　㊐日本児童文学者協会、新日本文学会、日本文芸家協会、児童文学批評の会

砂本 量　すなもと・はかる

テレビプロデューサー　脚本家　元・大映映像プロデューサー　㊀昭和33年　㊋神奈川県横須賀市　本名＝鈴木良紀　㊫立教大学文学部卒　㊜城戸賞(準入選)(平成3年)「ボールパークで夢を見て」　㊑大映に入社し、プロデューサーとなり、テレビドラマ、映画、オリジナルビデオを担当。一方、学生時代からシナリオを書き、平成2年からテレビドラマのシナリオを手がけ始める。劇場用シナリオデビュー作は4年「ひき逃げファミリー」。平成2年以後水谷俊之監督とコンビを組み、「カプセルマン」「悶絶！電脳固め」「おたくの嫁とり」(兼脚本)などのTVドラマをプロデュース。東宝ビデオ「離婚ゲーム」では脚本も執筆。7年1月大映を退社。

洲之内 徹　すのうち・とおる

美術評論家　小説家　画商　現代画廊経営者　㊀大正2年1月17日　㊁昭和62年10月28日　㊋愛媛県松山市　㊫東京美術学校(現・東京芸術大学)建築科(昭和7年)中退　㊑昭和7年東京美術学校中退後、帰郷して左翼運動を続け、検挙。13年北支那方面軍嘱託として中国に渡り、対共情報を担当。戦後、小説を書き始め、「棗の木の下」などの作品を発表し、数回、横光利一賞、芥川賞の候補となる。33年戦友田村泰次郎経営の現代画廊(東京・銀座)に入社、35年経営を引継ぐ。晩年は12年に亘り「芸術新潮」に美術評論風エッセー「気まぐれ美術館」を連載、その一部を60年「人魚を見た人」として出版。

角 ひろみ　すみ・ひろみ

芝居屋坂道ストア座長　㊫宝塚北高演劇科卒　㊜劇作家協会新人戯曲賞(第4回)(平成11年)「あくびと風の威力」　㊑平成7年宝塚北高演劇科の同級生だった女性9人で劇団・芝居屋坂道ストアを旗揚げ。座長を務め、脚本も担当。同年1月初公演。10年神戸アートビレッジセンターで震災をテーマに取り上げた7回目公演「あくびと風の威力」を上演。

鷲見 房子　すみ・ふさこ

浄瑠璃作家　㊁平成10年2月17日　㊋兵庫県神戸市　㊫第一神戸高女卒　㊜文部省地域文化功労者(昭和60年)、勲五等瑞宝章(平成1年)　㊑文楽の人形使い桐竹紋十郎と出会い、勧められて浄瑠璃を書く。三味線の野沢喜左衛門の作曲で、昭和36年4月第一作「水映縁友綱(みずにうつすえにしのともづな)」を岐阜市で披露公演。37年6月東京・三越劇場で一般公演。他の作品に「宝暦治水噂聞書」「細香」。著書に、随筆集「浄瑠璃妻」、句集「わすれ川」など。

住井 すゑ　すみい・すえ

小説家　児童文学作家　㊀明治35年1月7日　㊁平成9年6月16日　㊋奈良県磯城郡平野村(現・田原本町)　本名＝犬田すゑ　㊫原元高女卒　㊜小学館文学賞(第1回)(昭和27年)「みかん」、毎日出版文化賞(第8回)(昭和29年)「夜あけ朝あけ」　㊑小学校教員資格認定試験に合格。大正8年に上京して講談社の編集記者となるが、女性社員差別に抗議して1年で退社。10年「相剋」で作家としてデビューし、以降作家活動に専念。同年農民文学者・犬田卯と結婚、4人の子を育てながら農民文学運動を続けた。昭和5年「大地にひらく」、18年「大地の倫理」を刊行。戦後は児童文学を書き始め、29年の「夜あけ朝あけ」は映画化・劇化され評判となる。33年から大河小説「橋のない川」(6部)に取り組む。その後、自庭にミニ映画館兼学習舎・抱樸舎を開き、文化交流の場とする。「橋のない川」は知られざるロングセラーで、中国語や英語にも翻訳刊行され、水平社70周年記念で東陽一監督により再映画化された。平成4年「橋のない川」(第7巻)が刊行されるが、未完のまま9年老衰で死去。他の著書に「向い風」「長久保赤水」「野づらは星あかり」「わたしの少年少女物語」(全3巻)、エッセイ「牛久沼のほとり」、自伝「愛といのちと」(共著)、「住井すゑ対話集」(全3巻)、「住井すゑ作品集」(全8巻)がある。　㊐部落問題研究会　㊕夫＝犬田卯(農民文学者)、長男＝犬田章(元東洋大学教授)、二男＝犬田充(東海大学教授)、二女＝増田れい子(ジャーナリスト)

炭釜 宗充　すみがま・むねみつ

小説家　詩人　㊀昭和42年8月25日　㊋青森県八戸市　㊫八戸高卒　㊜新風舎出版賞(大賞, 第4回)(平成10年)「冬子の場合」　㊑小説や詩を書き始め、地元紙「デーリー東北新聞」の詩壇に数回入選し、同詩壇の平成9年度年間賞2位となる。10年「冬子の場合」により第4回新風舎出版賞大賞を受賞。

隅田 国治　すみだ・くにはる

シナリオライター　㊀昭和30年6月11日　㊋長崎市　㊫東海大学海洋学部卒、東海大学海洋学専攻科卒、横浜放送映画専門学院卒　㊜城戸賞(第17回)入選　㊑昭和57年福丸産業を退職。映専に入り、シナリオライターを志す。

角田 嘉久　すみた・よしひさ
小説家　「九州文学」編集世話人　[没]昭和56年6月13日　[学]立命館大学文学部卒　[賞]九州文学賞(第5回)(昭和47年)「筑後川」　[歴]昭和47年「筑後川」で第5回九州文学賞。主な著書は「九州の宿」「或る馬賊芸者・伝」など。　[団]日本文芸家協会

すやま たけし
童話作家　[生]昭和26年　[出]東京都　本名＝須山健史　[学]日本大学理工学部(昭和48年)卒　[賞]詩とメルヘン賞(第13回)(昭和62年)　[歴]社会人となって2年目にプールで首の骨を折り、頸椎損傷で両手足マヒに。2年の入院生活を経て、退院3年目から仮名タイプで詩を書き始め、後にワープロで物語を書くようになる。ショート・ショートや短編小説でSF的な幻想世界をつづり、「詩とメルヘン」誌に投稿、"メルヘン作家"に。代表作に「霧笛」「ナーガラ町のクリスマス」など。昭和62年年間最優秀の詩とメルヘン賞を受賞、同年初のメルヘン集「火星の砂時計」も出版された。

須山 ユキヱ　すやま・ゆきえ
小説家　[生]大正6年1月25日　[没]平成13年1月　[出]福岡県　[学]川田高実女(現・田川東高)卒　[賞]鎌倉文庫女流新人賞(第1回)(昭和22年)「法税」、北日本文学賞選奨(第15回)(昭和56年)「林雪」、女流新人賞(第24回)(昭和56年)「延段」　[歴]福岡県書記を経て、九州大学理学部図書館に勤務。昭和22年「法税」で鎌倉文庫女流新人賞を受賞。他の作品に「林雪」「延段」「全日本リッチ感覚事典」「紫式部幻影」、「富山県の民話」(共著)など。

諏訪 三郎　すわ・さぶろう
小説家　編集者　[生]明治29年12月3日　[没]昭和49年6月14日　[出]福島県安積郡　本名＝半沢成二　[歴]高小卒業後上京して夜学に通学。のち中央公論社、中外商業新報社などの記者を歴任する。そのかたわら作家を志し、志賀直哉、佐藤春夫に私淑し、大正13年創刊の「文芸時代」同人となり、「『紳士の話』と失業者」「経験派」などの作品を発表。他の作品に「応援隊」「剥がれゆくもの」などがある。昭和5年以降は少女小説、婦人小説などの大衆作家に転じ、16年刊行の「大地の朝」などを発表。他の著書に「ビルディングの生棲者」「就職戦線」などがある。

【せ】

清野 栄一　せいの・えいいち
作家　DJ　[生]昭和41年　[出]福島県　[学]慶応義塾大学経済学部卒　[賞]文学界新人賞(第81回)(平成7年)「デッドエンド・スカイ」　[歴]編集者を経て、フリー・ジャーナリストに。ルポルタージュ、音楽記事などを月刊誌に執筆。平成7年「デッドエンド・スカイ」で文学界新人賞を受賞。

青来 有一　せいらい・ゆういち
小説家　長崎市障害福祉課総務企画係長　[生]昭和33年12月13日　[出]長崎県長崎市　本名＝中村明俊　[学]長崎大学教育学部卒　[賞]文学界新人賞(第80回)(平成7年)「ジェロニモの十字架」、芥川賞(第124回)(平成13年)「聖水」　[歴]長崎市役所に入り、商工課を経て、教育委員会文化財課、学校教育課、のち障害福祉課総務企画係長。一方、30歳頃から小説を執筆。平成7年「ジェロニモの十字架」で文学界新人賞、13年「聖水」で芥川賞を受賞。他の著書に「信長の守護神」などがある。　[団]日本文芸家協会

清涼院 流水　せいりょういん・りゅうすい
推理作家　[生]昭和49年8月9日　[出]兵庫県西宮市　[学]京都大学経済学部　[賞]講談社メフィスト賞(第2回)(平成8年)「コズミック」　[歴]絵、彫刻、手工芸品などを手がける芸術家の母親の方針で、幼い頃から芸術や創作の教育を受け、漫画、作文、各種楽器、作曲などのほか、中学・高校では回し読み小説を書いた。京都大学に進学後推理研に入り、本格的に推理小説を書き始める。平成8年のデビュー作「コズミック」は、型破りな探偵や真相などが、既存ミステリー界から賛否両論を浴びた。他の著書に「ジョーカー」「19ボックス 新みすてり創世記」「カーニバル―人類最後の事件」など。

瀬尾 七重　せお・ななえ
児童文学作家　[生]昭和17年4月6日　[出]東京　[学]立教大学文学部日本文学科卒　[賞]野間児童文芸賞推奨作品賞(第6回)(昭和43年)「ロザンドの木馬」、日本児童文芸家協会賞(第11回)(昭和62年)「さようなら葉っぱこ」、ひろすけ童話賞(第9回)(平成10年)「さくらの花でんしゃ」　[歴]在学中、福田清人に師事し、児童文学の道を歩む。著作に「ロザンドの木馬」「風の子ファンタジー」「銀の糸のあみもの店」「さようなら葉っぱこ」「さくらの花でんしゃ」ほか。

[団]日本児童文芸家協会、日本児童文学学会、日本文芸家協会

瀬川 如皐(3代目)　せがわ・じょこう

歌舞伎作家　[生]文化3年(1806年)　[没]明治14年6月28日　[出]江戸　[歴]鶴屋南北(5代目)の門に入り、お家もの、世話ものに秀でた。「東山桜荘子(佐倉宗吾)」「与話情浮名横櫛(切られ与三)」などの名作を残した。

瀬川 如皐(5代目)　せがわ・じょこう

劇作家　[生]明治21年　[没]昭和32年11月11日　本名＝川村千臣　[歴]4代目如皐の実子で、幼時から舞台に立ち、川上音二郎の欧米巡演に随行したりした。のち大阪松竹の文芸部に籍を置き、歌舞伎や新派の脚本を書き、演出面も担当した。如皐のほか春郎の名を使い、その作品は千余編に及んだ。　[家]父＝瀬川如皐(4代目)

瀬川 昌男　せがわ・まさお

小説家　科学解説ライター　[専]心理学　天文学　精神宇宙研究　[生]昭和6年6月6日　[出]東京都杉並区　[学]東京教育大学教育学部心理学科(昭和29年)卒　[興]星座の神話・伝説、星名の由来　[歴]卒業後、自宅にて脳波および心理学研究の傍ら、文筆活動に従事。科学解説と少年向きSF小説を手がけ、昭和31年処女作「火星に咲く花」を発表して注目される。著書は、宇宙SFに「白鳥座61番星」「ゲバネコ大行進」「ドラコニアワールド」(全5巻)、科学解説に「星座博物館」(全5巻)、「星座ものがたり」(全4巻)、NFに「月への巨大な跳躍」「魔神からマシンへ」「平賀源内」などがある。　[団]日本心理学会、日本脳波・筋電図学会、日本天文学会、日本文芸家協会、日本児童文芸家協会、日本超心理学会

瀬川 由利　せがわ・ゆり

歴史群像大賞を受賞　[生]昭和35年　[出]東京都　筆名＝金丸まゆみ(かねまる・まゆみ)　[賞]歴史群像大賞(第3回)(平成8年)「伏竜伝―始皇帝の封印」　[歴]大学卒業後約2年間サンデー毎日の編集記者として働いたのち、家業の卸問屋の見習いに。結婚後切り絵イラストレーターとして、金丸まゆみの名で活躍。一方、平成6年から小説を書き始める。7年中国・秦時代を舞台にしたファンタジー・アクション「伏竜伝―始皇帝の封印」を執筆。

関 俊介　せき・しゅんすけ

小説家　[生]昭和51年　[賞]角川学園小説大賞(金賞)(第1回)「歪む教室」　[歴]射手座。専門学校卒。「歪む教室」で第1回角川学園小説大賞の金賞を受賞してデビュー。ほかの作品に「RAIN - BELL」がある。

関 英雄　せき・ひでお

児童文学作家　批評家　日本児童文学者協会会長　[生]明治45年1月24日　[没]平成8年4月12日　[出]愛知県名古屋市中区　[学]立正商(昭和5年)卒　[賞]サンケイ児童出版文化賞大賞(第15回)(昭和43年)「千葉省三童話全集」(編)、日本児童文学者協会賞(第12回)(昭和47年)「小さい心の旅」、赤い鳥文学賞(第2回)(昭和47年)「白い蝶の記」「小さい心の旅」、日本児童文学学会賞(第8回)(昭和59年)「体験的児童文学史 前編・大正の果実」、巌谷小波文芸賞(第8回)(昭和60年)「体験的児童文学史」(全2巻)、日本児童文学者協会賞(第25回)(昭和60年)「体験的児童文学史」(全2巻)、神奈川文化賞(昭和63年)、勲四等瑞宝章(平成3年)　[歴]少年時代より児童文学作家を志し、「童話」や「童話文学」などに作品を投稿する。夜間学校卒業後、読売新聞社、都新聞社勤務を経て、昭和16年帝国教育出版社に入社し、絵雑誌「コドモノヒカリ」の編集にあたる。17年第一童話集「北国の犬」を刊行。戦後、21年に新世界社に入社し「子供の広場」の編集に従事。25年以降執筆に専念。この間、21年に児童文学者協会創立発起人となり、40年以降理事長を務める。著書はほかに自伝的長編「小さい心の旅」、評論集「新編児童文学論」「体験的児童文学史」(全2巻)などがある。[団]日本児童文学者協会、日本文芸家協会　[家]長男＝関曠野(評論家)

関 みな子　せき・みなこ

文筆家　「草の葉」主宰　[生]明治37年8月21日　[没]平成10年3月12日　[出]高知県南国市　[学]同志社女子専門学校英文科卒　[賞]高知ペンクラブ賞(昭和62年)　[歴]昭和31年創作集「草の葉」を創刊。同誌の編集や後進の指導にあたる。高知新聞に「土佐の婦人たち」「いろいろかいろ」を連載した他、54年高知文学学校講師、高知ペンクラブ委員なども務めた。　[団]高知ペンクラブ

関川 周　せきかわ・しゅう

小説家　[生]大正1年11月25日　[没]昭和62年2月9日　[出]新潟県中蒲原郡五泉町　本名＝関川周作　別名＝石上当　[学]明治大学中退　[歴]昭和15年「晩年の抒情」がサンデー毎日大衆文芸賞に入選して小説家となる。代表作に「エスキモー夫婦」「スエズ運河物語」「ドヤ街」など。

関川 夏央　せきかわ・なつお

ノンフィクション作家　[専]コラム　小説　文芸評論　[生]昭和24年11月25日　[出]新潟県長岡市　本名＝早川哲夫　[学]上智大学外国語学部中退　[賞]講談社ノンフィクション賞(第7回)(昭和60年)「海峡を越えたホームラン」、日本漫画家協会賞(第22回・優秀賞)(平成5年)「坊ちゃんの時

代」、手塚治虫文化賞(マンガ大賞，第2回)(平成10年)「坊ちゃんの時代」、司馬遼太郎賞(第4回)(平成12年) [歴]出版社勤務などを経て、フリー。ノンフィクションライターとして、昭和54年以来たびたび韓国へ行き、59年1月「ソウルの練習問題」を発表。60年「海峡を越えたホームラン」を著し、日韓の文化衝突をえぐり出した新しい時代のルポルタージュとして、第7回講談社ノンフィクション賞を受賞。早稲田大学客員教授も務める。「『坊ちゃん』の時代」「名探偵に名前はない」「ソウルの練習問題」「二葉亭四迷の明治四十一年」「退屈な迷宮」「砂のように眠る」や、山口文憲との対談集「東京的日常」、共著に「北朝鮮軍、動く」がある。
[団]日本文芸家協会、日本ペンクラブ(理事)

関口 次郎 せきぐち・じろう

劇作家 演出家 [生]明治26年6月16日 [没]昭和54年5月9日 [出]福井県敦賀市 本名＝関口二郎 [学]東京帝大独文科(大正7年)卒 [賞]紫綬褒章(昭和38年) [歴]大正7年大阪朝日新聞社入社。そのかたわら劇作にはげみ、10年に発表した劇曲「母親」が認められ、劇作家としての位置を確立する。12年退社、劇作に専念。13年創刊された「演劇新潮」では編集同人に。劇作に「鴉」「乞食と夢」など。一方、新劇協会の上演に加わるなど、新国劇や新劇の演出を手がけ、昭和2年岸田国士、岩田豊雄らと新劇研究所を設立。日本移動演劇連盟常務理事、東京放送嘱託、日本大講師、日本アマチュア演劇連盟会長などを務めた。

関口 多景士 せきぐち・たけし

シナリオライター 小説家 [生]大正5年9月1日 本名＝関口健 [学]日本大学法学部(昭和16年)卒 [賞]菊池寛ドラマ賞奨励賞(第1回)(平成3年)「意地無情」 [歴]民間会社につとめ、昭和23年埼玉県庁に入り、41年に退職。その間、いくつかの汚職事件などをかいま見る。「熱い砂」などいくつかが映画化される。告発の著書4冊の他、「利休切腹」などがある。

関口 芙沙恵 せきぐち・ふさえ

小説家 [生]昭和19年1月14日 [出]群馬県 本名＝関口房枝 [学]本庄高卒 [賞]サントリーミステリー大賞読者賞(第8回)(平成2年)「蜂の殺意」 [歴]高校卒業後、会計事務所などに勤務。山村正夫の「エンタテイメント教室」で創作を学ぶ。平成2年サントリーミステリー大賞読者賞を受賞して執筆活動に入る。著書に「黒バラ荘殺人事件」「ゴッホ・呪われた肖像」など。
[団]日本文芸家協会、日本推理作家協会

関口 甫四郎 せきぐち・ほしろう

小説家 [出]東京都新宿区 [歴]服飾デザイナー、経済興信所調査員など二十種類あまりにおよぶ各種職業を遍歴したのち執筆活動に入る。歴史推理小説「北溟の鷹」が、第26回江戸川乱歩賞の候補作となる。作品に「旅の事件簿」「鉄道回文殺人事件」他。

関沢 新一 せきざわ・しんいち

シナリオライター 作詞家 [生]大正9年6月2日 [没]平成4年11月19日 [出]京都市 [賞]日本レコード大賞(第7回)(昭和40年)、紫綬褒章(平成2年)、シナリオ功労賞(平成3年) [歴]昭和14年から京都で漫画映画の製作に携わるが、16年応召、21年復員。23年清水宏主宰の「蜂の巣プロ」に入り、助監督として清水宏に師事。38年「都会の横顔」以来脚本家として一本立ちし、主に娯楽映画のライターとして活躍、とくに「モスラ」「キングコング対ゴジラ」などのSF映画でその独創力を発揮した。歌謡曲の作詞家としては1000曲以上の作詞をし、「涙の連絡船」などヒット作も多い。また熱烈な鉄道ファンで、写真集「滅びゆく蒸気機関車」「汽車」などがある。 [団]日本作詩家協会、日本シナリオ作家協会

関澄 一輝 せきずみ・かずてる

シナリオライター [生]昭和14年 [出]旧満州・大連 [賞]BK脚本募集入選「ゴー！ベイビー ゴー」 [歴]フリーのカメラマンとして、NHKテレビ「ふるさとのアルバム」などを手がける。昭和59年からシナリオを書き出し懸賞応募を開始。BK脚本募集に「ゴー！ベイビー ゴー」で入選、以後脚本家として活躍。作品にフジテレビ「君の瞳をタイホする！」、NHKテレビ「キッド・ストリート」「中学生日記」など。

関根 文之助 せきね・ぶんのすけ

評論家 放送作家 日本芸術学園理事長 共愛学園名誉学園長 高千穂商科大学名誉教授 [専]宗教学 [生]大正1年9月28日 [没]平成6年1月16日 [出]東京 [学]国学院大学文学部(昭和9年)卒 文学博士、哲学博士 [賞]勲三等瑞宝章(昭和60年) [歴]明治学院教諭、聖書改訳委員、東洋英和女学院短期大学教授、共愛学園長、同名誉学園長を経て、高千穂商科大学教授。のち図書館長、学長を歴任し、同大名誉教授。著書に「聖書ものがたり」「日本精神史とキリスト教」「両親教育のすすめ」など多数。放送作家としても知られ、テレビ作品に「15日早いクリスマス」、ラジオ作品に「光に生きた人びと」などがある。
[団]神道宗教学会、日本放送作家協会

関本 郁夫　せきもと・いくお
映画監督　脚本家　[生]昭和17年7月18日　[出]京都府京都市下京区　[学]伏見高(現・伏見工)建築科卒　[賞]ヨコハマ映画祭特別大賞(第17回)(平成7年)　[歴]昭和36年東映京都撮影所美術課入社。39年製作課助監督に転属。鈴木則文、中島貞夫監督らにつくかたわら、「温泉スッポン芸者」シリーズなどのシナリオを執筆。48年「女番長・タイマン勝負」で監督昇進。58年フリーとなる。主な監督作品に「女番長・玉突き遊び」「トルコ渡り鳥」「大奥浮世風呂」「女帝」「クレージーボーイズ」「東雲楼・女の乱」「極道の妻たち 赫い絆」など。脚本作品に「狂った野獣」「河内のオッサンの唄」「姉妹坂」など。

関谷 ただし　せきや・ただし
児童文学作家　[賞]新・北陸児童文学賞(第2回)(平成3年)「げた箱の中の神さま」　[歴]中学校教師を務める一方、執筆活動を行う。「てんぐの会」同人。著書に「だいすき少女の童話5年生」(共著)。　[団]日本児童文学者協会

関山 健二　せきやま・けんじ
映画監督　[生]昭和29年1月5日　[出]北海道　[学]大阪府立大学工学部(昭和51年)卒　[歴]幼児期の頃から戯曲、小説、放送劇を書き始める。大学在学中の昭和48年に友人と神出鬼没団を設立し、名画の自主上映を始めるが、49年からシナリオ執筆、映画制作へと進む。50年大阪無減社において映像作家集団マチネー旗揚げ大映写大会に「ベトナム人留学生」と「彼女」を出品、同年東京アピアにおける「ハイロ・イン・ザンバラ」にも出品。51年90分の劇映画「ジョー」を制作、卒業と同時に大阪、神戸、京都、東京で自主上映を行う。

瀬古 美恵　せこ・よしえ
童話作家　[生]昭和34年2月11日　[出]東京都　旧姓(名)=渡辺美恵(わたなべ・よしえ)　[学]日本女子大学文学部・家政学部卒　[歴]東京都墨田区菊川の材木問屋経営、渡辺妙子さんの一人娘。日本女子大在学中より学生誌「目白文学」に小説、童話等を発表。卒業後は幼稚園勤務のかたわら、同人誌「光源」にファンタジーあふれる作品を毎号精力的に発表、同誌の中心的存在として注目を集める。昭和59年11月、ロス五輪後“花嫁募集宣言”をしたマラソンの瀬古利彦選手と電撃的に婚約を発表、60年に結婚。

瀬下 耽　せじも・たん
推理作家　[生]明治37年2月24日　[没]平成1年　[出]新潟県柏崎市　本名=瀬下綱良　[学]慶応義塾大学法学部卒　[歴]中学5年生の時「柘榴病」を同人誌に発表し、のち「新青年」に掲載。大学予科の頃には級友と同人誌を発行。脚本家を志すが、結核発表によって断念。写真協会に勤務した後、戦時中に柏崎の帝国石油に移る。昭和2年懸賞創作募集に「綱」が二席入選。以後、「新青年」を中心に作品を発表。8年に断筆。20年代に「手紙」など数編を発表。代表作に「柘榴病」「海の嘆き」など。

瀬々 敬久　ぜぜ・たかひさ
映画監督　脚本家　[生]昭和35年　[出]大分県　[学]京都大学　[賞]高崎映画祭監督賞(第16回)(平成14年)「RUSH!」　[歴]大学在学中から自主制作映画を撮り始め、平成元年「課外授業・暴行」(原題「羽田へ行ってみろ海賊になったガキどもが今やと出発を待っている」)で監督デビュー。9年「KOKKURI/こっくりさん」「雷魚」を発表。他の作品に「汚れた女」「アナーキー・イン・じゃぱんすけ」「HYSTERIC」「RUSH!」などがある。時事問題、社会問題を題材とした独特の作風で知られる。

瀬田 貞二　せた・ていじ
児童文学者　翻訳家　評論家　絵本作家　[生]大正5年4月26日　[没]昭和54年8月21日　[出]東京・本郷　[学]東京帝国大学文学部国文科(昭和16年)卒　[賞]サンケイ児童出版文化賞(昭和32年,38年,41年,42年)、日本翻約文化賞(昭和50年)、児童福祉文化賞奨励賞(昭和52年)、絵本にっぽん賞(第2回)(昭和54年)「きょうはなんのひ?」、毎日出版文化賞特別賞(第36回)(昭和57年)「落穂ひろい」　[歴]昭和11年中村草田男に師事、俳誌「万緑」創刊に参加。戦後「万緑」の編集、公立夜間中学教師を経て、24年平凡社に入社。「児童百科事典」(全24巻)の編集長をつとめ、31年完成。以後、子どもの本の創作、翻訳(主として英米児童文学)、昔話の再話、児童文化の研究・評論に専念する。主な訳書にC.S.ルイス「ナルニア国ものがたり」(全7巻)、トールキン「ホビットの冒険」「指輪物語」などがあり、ほかに絵本も数多く発表。作品に「おとうさんのラッパばなし」「きょうはなんのひ?」「あふりかのたいこ」「わらしべ長者」「かさじぞう」など。また評論家としても知られ、「子どもと文学」「絵本と子ども」(以上共著)、「幼い子の文学」「落穂ひろい」「絵本論」などの著書がある。

摂津 茂和　せっつ・もわ
小説家　ゴルフ評論家　日本ゴルフ協会ミュージアム運営副委員長　[生]明治32年7月21日　[没]昭和63年8月26日　[出]東京　本名=近藤高男　[学]慶応義塾大学法学部政治科(大正13年)卒　[賞]新潮社文芸賞(第5回)(昭和17年)「三代目」　[歴]大学卒業後、実業に従事していたが、昭和14年「のぶ子刀自の太っ腹」を雑誌「新青年」に発表。以後ユーモア小説作家として活躍。現代

ユーモア文学全集「摂津茂和集」がある。またゴルフ史家としても著名で、Golf Collector's Society(米国)創立会員。日本ゴルフ協会史料委員長としてゴルフ・ミュージアムの立案企画、資料・展示品の収集整理などに貢献し、のちミュージアム運営副委員長も務めた。ゴルフに関する著訳書に「偉大なるゴルフ」「古典ゴルフひと口噺」など。 ㊟日本ゴルフ協会、日本文芸家協会 ㊞長男=近藤久男(米国三井物産社長)

瀬戸 英一(1代目) せと・えいいち
劇作家 劇評家 小説家 ㊤明治25年7月21日 ㊦昭和9年4月11日 ㊥大阪府大阪市曽根崎新地 筆名=闇太郎、碧虚郎 ㊦大倉商中退 ㊟岡鬼太郎に師事し、闇太郎の筆名で国民新聞などに劇評を発表。大正元年伊井蓉峰一座の座付作者となり「報恩美談」を発表。5年松竹文芸部に入り「人来鳥」「小猿七之助」「夜の鳥」など約100篇の作品を発表し、昭和6年発表の「二筋道」がヒットし、翌年にかけて8篇の連作を上演した。花柳界の義理と人情をあつかった作品が多く、昭和期における新派劇復興のきっかけを作る。そのかたわら第三次「劇と評論」の編集を担当し、また花柳小説も多く発表した。没後の11年「瀬戸英一情話選集」「瀬戸英一脚本選集」が刊行された。
㊞父=瀬戸半眠(小説家)、弟=瀬戸英一(2代目)(俳優)

瀬戸内 寂聴 せとうち・じゃくちょう
小説家 尼僧 寂庵庵主 天台宗権大僧都 ㊤大正11年5月15日 ㊥徳島県徳島市塀裏町 旧姓(名)=瀬戸内晴美 旧筆名=瀬戸内晴美(せとうち・はるみ) ㊦東京女子大学国語専攻部(昭和18年)卒 ㊟源氏物語 ㊨新潮同人雑誌賞(第3回)(昭和31年)「女子大生・曲愛玲」、田村俊子賞(第1回)(昭和35年)「田村俊子」、女流文学賞(第2回)(昭和38年)「夏の終り」、谷崎潤一郎賞(第28回)(平成4年)「花に問え」、京都府文化賞特別功労賞(第11回)(平成5年)、徳島県文化賞(平成6年)、芸術選奨文部大臣賞(第46回,平7年度)(平成8年)「白道」、文化功労者(平成9年)、放送文化賞(第49回)(平成10年)、ダイヤモンドレディ賞(第13回)(平成10年)、徳島名誉市民(平成12年)、日本文芸大賞(第20回)(平成12年)「源氏物語」、野間文芸賞(第54回)(平成13年)「場所」、大谷竹次郎賞(第30回)(平成13年)「源氏物語」 ㊟在学中に結婚して中国に渡り、1女をもうける。北京から引揚げ後、恋愛のため離婚し、創作活動に入る。昭和31年「女子大生・曲愛玲」で新潮同人雑誌賞、32年「新潮」に発表した「花芯」がポルノと評され、失意の歳月をおくる。35年伝記文学に新局面を開いた「田村俊子」(第1回田村俊子賞)で再起、才能が花ひらく。38年「夏の終り」で第2回女流文学賞を受賞し、作家としての地位を築く。以後、「かの子撩乱」「美は乱調にあり」「青鞜」など強烈な女たちの伝記的小説を多数執筆。また西行、一遍、良寛という在家よりの出家の動機をさぐる仏教三部作「白道」「花に問え」「手毬」を発表。同年、48年中尊寺で得度受戒、仏子号は寂聴。53年大律師となる。54年京都・嵯峨野に寂庵を建て、60年には在家のための道場サガノサンガを開く。56年より徳島県で文化講座・寂聴塾を開くなど多彩に活躍。62年岩手県浄法寺町の天台寺住職に就任。また63年～平成4年敦賀女子短期大学学長。10年「瀬戸内寂聴訳 源氏物語」(全10巻,講談社)の全訳が完成。同年11月宇治市に開館する源氏物語ミュージアムの名誉館長に就任。13年「瀬戸内寂聴全集」(全20巻,新潮社)の刊行が始まる。
㊟日本文芸家協会、日本ペンクラブ

瀬戸口 寅雄 せとぐち・とらお
小説家 ㊤明治39年5月23日 ㊦昭和62年3月24日 ㊥鹿児島県大口市 本名=瀬木俊郎 ㊦日大法科卒 ㊟毎日新聞記者の傍ら、裁判実話などを執筆。戦後時代小説作家となる。代表作に「裁かれる人々」(昭和12年)、「恋飛脚鼠小僧」(30年)などのほか、映画化された「ふり袖捕物帖」がある。

瀬名 秀明 せな・ひであき
小説家 宮城大学看護学部講師 ㊟生化学 ㊤昭和43年1月17日 ㊥静岡県静岡市 本名=鈴木秀明 ㊦東北大学薬学部卒、東北大学大学院薬学研究科博士課程修了 ㊨日本ホラー小説大賞(第2回)(平成7年)「パラサイト・イヴ」、日本SF大賞(第19回)(平成10年)「BRAIN VALLEY」 ㊟推理小説好きで、ホラー小説の執筆を始める。東北大学大学院博士課程に在籍中の平成7年「パラサイト・イヴ」を刊行、160万部のベストセラーとなる。9年には映画化された。同年4月宮城大学講師となる。他の著書に「BRAIN VALLEY」「八月の博物館」などがある。 ㊟日本文芸家協会

妹尾 アキ夫 せのお・あきお
翻訳家 小説家 ㊟英米文学 ㊤明治25年3月4日 ㊦昭和37年4月19日 ㊥岡山県津山市 本名=妹尾韶夫 ㊦早稲田大学英文科(大正8年)卒 ㊟大正11年8月の「新青年」にフリーマンの「謎の犯人」を訳載、以来オーモニア、ビーストン、B.オースチンらの短編を翻訳、推理小説翻訳の第一人者として活躍。長編の翻訳には「矢の家」「赤い家の秘密」「災厄の町」「第四の郵便屋」「病院殺人事件」「耳すます家」などがある。創作にも「凍るアラベスク」「本

牧のヴィナス」「深夜の音楽葬」など幻想美を追求した作品がある。

妹尾 河童　せのお・かっぱ

舞台美術家　エッセイスト　[生]昭和5年6月23日　[出]兵庫県神戸市　[学]神戸第二中(昭和22年)卒　[賞]伊庭歌劇賞(昭和31年)、芸術祭賞奨励賞(テレビ部門)(昭和35年)、ギャラクシー賞(昭和43年)、伊藤熹朔賞(テレビ部門，第1回，昭48年度)「ミュージックフェアー」、芸術祭賞優秀賞(演劇部門)(昭和49年)、紀伊国屋演劇賞(第12回)(昭和52年)「結城人形座公演『ヴォイツェク』」、サントリー音楽賞(第12回，昭55年度)(昭和56年)、伊藤熹朔賞(舞台部門，第14回，昭61年度)「ラ・ボエーム」「罠」、グローバル舞台賞(平成3年)、毎日出版文化賞(第51回)(平成9年)「少年H」、読売演劇大賞(スタッフ賞，第5回)(平成10年)、都民文化栄誉章(平成10年)　[歴]小磯良平に師事。昭和27年上京、藤原義江宅に居候。舞台裏で働きながら、舞台美術デザインを独学。29年オペラ「トスカ」で舞台美術家としてデビュー。33年フジテレビに入り、映像美術を担当。55年独立。演劇、ミュージカルなどの舞台を始め、テレビ美術やCF美術など映像デザインの分野まで幅広く活躍。平成9年半自伝的小説「少年H」がベストセラーとなる。またエッセイストとしても知られ、著書に細密イラスト入りの「河童が覗いたヨーロッパ」「河童が覗いたニッポン」「河童が覗いたインド」、野坂昭如との共著に「少年Hと少年A」などがある。　[家]妻＝風間茂子(家事評論家)、娘＝あべまみ(ホリプロ文化事業部プロデューサー)

芹沢 清実　せりざわ・きよみ

国民文化祭児童文学賞受賞　[学]東京都立大学経済学部卒、東京都立大学大学院人文科学研究科教育学専攻修士課程修了　[賞]国民文化祭児童文学賞(平成1年)「ムギワラ脱走団」　[歴]学習塾で教師を務める。

芹沢 光治良　せりざわ・こうじろう

小説家　[生]明治29年5月4日　[没]平成5年3月23日　[出]静岡県駿東郡楊原村(現・沼津市)　[学]東京帝大経済学部(大正11年)卒、ソルボンヌ大学(昭和3年)卒　[資]日本芸術院会員(昭和45年)　[賞]「改造」懸賞創作1等(第3回)(昭和5年)「ブルジョア」、文学界賞(第12回)(昭和12年)「現代大衆文学の性格(特集)」(島木健作ほか3名と共に)、芸術選奨文部大臣賞(文学・評論部門，第15回)(昭和39年)「人間の運命」、勲三等瑞宝章(昭和42年)、日本芸術院賞(文芸部門，第25回)(昭和43年)「人間の運命」、フランス芸術文化勲章コマンドール章(昭和49年)　[歴]大正11年農商務省に入るが、14年に退職し、フランスに留学、ソルボンヌ大学で学ぶ。昭和2年卒論完成直後に結核で倒れ、スイスで療養し、4年に帰国。5年「ブルジョア」が「改造」の懸賞小説に一等当選する。中央大学の講師をしていたが、7年に退職し、以後作家として活躍。「愛と死の書」「巴里に死す」「教祖様(おやさま)」「人間の運命」「人間の幸福」などの作品がある。「人間の運命」は全14巻の自伝的書下ろし大河小説で、39年芸術選奨を受賞、全巻完結した43年に日本芸術院賞を受賞。10年に設立された日本ペンクラブでも活躍し、戦後は日本代表としてしばしば海外にとび、副会長を経て、会長を3期(40〜49年)つとめた。60年神の声を聞く体験をしてからは「神の微笑」「神の慈愛」など神シリーズを執筆。「芹沢光治良作品集」(全16巻)がある。　[団]日本文芸家協会、日本ペンクラブ

千田 夏光　せんだ・かこう

評論家　ノンフィクション作家　小説家　[生]大正13年8月28日　[没]平成12年12月22日　[出]旧満州・大連　本名＝千田貞晴(せんだ・さだはる)　[学]日本大学法文学部社会学科中退　[歴]毎日新聞記者を経て著述業。当初は“手作りの美”を追う著作が多かったが、のちに戦争を材料にしたものを多く取り扱う。弱い立場の者を描くドキュメンタリー作家としてルポルタージュ作品を発表した。著書に「死者の告発」「終焉の姉妹」「従軍慰安婦〈正・続〉」「従軍慰安婦・慶子」「精薄児の書いたラブレター」「民芸旅行」「後継ぎはないのか」「天皇と勅語と昭和史」「俘虜になった大本営参謀」「皇軍阿片謀略」「新天皇の足音」「皇后の股肱」「甕の中の兵隊」「錠光如来」など多数。

ぜんとう ひろよ

シナリオライター　[生]昭和34年　[出]滋賀県　本名＝善塔弘代　[学]京都芸術短期大学卒　[賞]新人映画シナリオコンクール佳作(第39回)(平成1年)「満ち足りた悲願」、大伴昌司賞奨励賞(シナリオ作家協会)(第2回)(平成1年)、新人テレビシナリオコンクール佳作(第29回)(平成2年)「恋のクリアランスセール」、菊池寛ドラマ賞佳作(第1回)(平成3年)「墓場で花見」　[歴]浄土真宗仏光寺派本山、自然食品商社勤務を経て、昭和58年上京。シナリオ講座第5期研修科修了。平成2年新人テレビシナリオコンクールで佳作入選し、つづいて「カレンダーif、もしもあの時…」で映画シナリオデビュー。3年初めての戯曲「墓場で花見」で第1回菊池寛ドラマ賞の佳作を受賞。　[団]シナリオ作家協会

【そ】

蘇 曼殊　そ・まんしゅ

小説家　㊖中国　㊓1884年8月10日　㊚1918年5月2日　㊒上海　日本名＝河井宗之助　㊫早稲田大学高等予科　㊮19歳の時早稲田大学高等予科に入学、翌年中国に戻り、24歳の時ふたたび来日。陳独秀に兄事、辛亥革命の運動に参与。日本では宮崎滔天らと交わる。のち中国各地、南洋などを放浪。1912年執筆の「断鴻零雁記」が有名。

宗 瑛　そう・えい

小説家　㊓明治40年8月2日　㊒東京　本名＝片山総子　㊮昭和3年「胡生の出発」を「山繭」に、「空の下に遊ぶ獣の子たち」を「創作月刊」に発表。4年「文学」に発表した「プロテウスの倒影」は堀辰雄に推賞された。5年新興芸術派に参加、「天の人形」「穴の中の眼」「猟」「荒磯」「幻影」などを雑誌に次々に発表したが、結婚後執筆を絶った。

宗 左近　そう・さこん

詩人　評論家　フランス文学者　元・昭和女子大学教授　㊕フランス象徴詩　美学　㊓大正8年5月1日　㊒福岡県戸畑市(現・北九州市戸畑区)　本名＝古賀照一(こが・しょういち)　㊫東京帝国大学文学部哲学科(昭和20年)卒　㊙文字以前と文字以後(たとえば骨董)　㊜歴程賞(第6回)(昭和43年)「炎える母」、詩歌文学館賞(第10回)(平成7年)「藤の花」　㊮雑誌「同時代」に加わって小説を発表する一方、草野心平の「歴程」に参加。のち「歴程」同人。昭和43年東京大空襲の体験的長編詩集「炎える母」で歴程賞受賞。61年には「ドキュメント・わが母 絆」を出版。詩集「大河童」「お化け」「縄文」「風文」「断文」「縄文連祷」「藤の花」のほか、「芸術の条件」「美のイメエジ」「私の縄文美術鑑賞」「日本美縄文の系譜」「小林一茶」など芸術・美術評論・解説書や小説も多い。訳書にロラン・バルト「表徴の帝国」など。三善晃の曲に詞をつけた校歌もある。63年4月宮城県新田町に縄文芸術館を寄贈した。　㊐日本現代詩人会、日本文芸家協会　㊎妻＝宗香(帽子作家)

蒼 龍一　そう・りゅういち

小説家　奈良産業大学法学部助教授　㊕国文学　㊓昭和15年2月29日　㊒兵庫県　本名＝阿尾時男(あお・ときお)　㊫北海道大学文学部文学科卒　㊙京極為兼、日系人文学　㊜読売賞・小論文(昭52年度)、石森延男児童文学奨励賞、神戸文学賞、中部ペンクラブ文学賞(第3回)(平成2年)「鄰人たちの庭」　㊮大学卒業後、高校教師、商社マンを務めたが、昭和43年最後の移民船となったアルゼンチナ丸に乗り、放浪生活に。直前まで岐阜県多治見市に住み、「東濃文学」創設に参加。以後アメリカから南米各国を回りながら創作を続ける。現在は奈良産業大学助教授。

蒼社 廉三　そうじゃ・れんぞう

推理作家　㊓大正13年3月15日　㊒愛媛県今治市　本名＝柳瀬廉　㊫広島高校(旧制)卒　㊜「小説クラブ」新人賞(昭和32年)、宝石賞(第2回)(昭和36年)「屍衛兵」　㊮戦後、炭坑夫、ミシン販売業など10数種の職業を転々とする。昭和32年「小説クラブ」新人賞、36年「屍衛兵」により第2回宝石賞を受賞。作品に「紅の殺意」「殺人交響曲」など。

宗田 理　そうだ・おさむ

小説家　㊓昭和3年5月8日　㊒愛知県幡豆郡一色町　㊫日本大学芸術学部映画学科(昭和28年)卒　㊮シナリオライター、編集者、PR代理業を経て、著作活動にはいる。昭和54年「未知海域」が直木賞候補となる。ユーモア・ミステリーから冒険サスペンスまで幅広く手がけ、「ぼくらの七日間戦争」「ぼくらの天使ゲーム」「ぼくらのラストサマー」などのシリーズは子どもたちに広く読まれている。平成3年「ぼくらの七日間戦争」が、12年「仮面学園」が映画化された。一方、ある白血病の少女との交流について、著書の中で触れたことから、他の読者との交流の輪が広がり、10年そのやりとりを「明日も必ず晴れますように」としてまとめた。他の著書に「小説・日米自動車戦争」「欲望の靴」「大熱血！！落ちこぼれ探偵団」「13歳の黙示録」他。　㊐日本文芸家協会

左右田 謙　そうだ・けん

推理作家　㊓大正11年10月23日　㊒大阪府大阪市　本名＝角田実　㊫早稲田大学商学部卒　㊮千葉の市立習志野高校教諭をつとめた。昭和25年本名で執筆した「山荘殺人事件」が100万円懸賞中編の部で第一席入選。他の作品に「つばくろ」「県立S高事件」など。　㊎兄＝角田重三郎(東北大学名誉教授・故人)

草野 唯雄　そうの・ただお

推理作家　㊓大正4年10月21日　㊒福岡県大牟田市　本名＝荘野忠雄(しょうの・ただお)　㊫法政大学専門部中退　㊜宝石中篇賞(第1回)(昭和37年)「交叉する線」　㊮明治鉱業に勤務。昭和36年「交叉する線」により第1回宝石中篇賞を受賞。以後、本格サスペンスを手がける

作家として活躍、44年から2年間は日本推理作家協会書記局長を務める。代表作に「北の廃坑」「爆発予告」「明日知れぬ命」「もう一人の乗客」「文豪挫折す」「消えた郵便配達人」「見知らぬ顔の女」など。 [団]日本文芸家協会、日本推理作家協会

相馬 繁美　そうま・しげみ

作家 [没]昭和57年2月12日 [学]鎌倉アカデミア文学科卒 [賞]読売新聞短編小説賞(第9回)「枇杷とロザリオ」、療養文学賞(第12回)「白の残像」 [歴]高見順に師事。「枇杷とロザリオ」で第9回読売新聞短編小説賞、「白の残像」で第12回療養文学賞をそれぞれ受賞した。

相馬 泰三　そうま・たいぞう

小説家 [生]明治18年12月29日 [没]昭和27年5月15日 [出]新潟県中蒲原郡庄瀬村(現・白根市) 本名=相馬退蔵 [学]早稲田大学英文科(明治39年)中退 [歴]万朝報に勤務し、そのかたわら「早稲田文学」に「地獄」などの小説を発表。大正元年「奇蹟」の創刊に参加し「夢」「小さき影」などを発表。大正3年「六月」を刊行。7年長篇「荊棘の路」を刊行。その後は文学的に行きづまった。他の代表作品に「田舎医師の子」「羽織」「道伴れ」などがある。 [家]父=相馬久衛(医師)

相馬 隆　そうま・たかし

推理作家 [生]昭和22年1月11日 [出]長崎県 本名=小田隆則 [学]東京大学農学部卒 [賞]小説推理新人賞(第10回)(昭和63年)「グラン・マーの犯罪」 [歴]千葉県庁研究機関に勤務。学生時代より小説を書き始める。著書に「グラン・マーの犯罪」「今宵は死体と」。

草間 暉雄　そうま・てるお

劇作家 [生]昭和12年 [没]昭和37年5月3日 [出]旧満州 [学]早稲田大学国文科(昭和36年)卒 [歴]早大劇研に所属し昭和35年「広場の孤独」を脚色・演出、「汚れた手」を演出する。36年劇団独立劇場を結成、「惨虐立法」を執筆、翌年上演。著書に「惨虐立法 草間暉雄遺稿集」がある。25歳による早死は「惨虐立法」1篇しか書き残す余地を与えなかったが、作品はみずみずしく論理的な不条理劇である。

宗谷 真爾　そうや・しんじ

小説家 文芸・美術評論家 医師 宗谷小児科病院長 [専]小児科 [生]大正14年12月25日 [没]平成3年4月22日 [出]千葉県野田市 本名=宗谷真(そうや・しん) [学]慶応義塾大学医学部(昭和26年)卒 [賞]農民文学賞(第7回)(昭和37年)「なっこぶし」、中央公論小説新人賞(第8回)(昭和38年)「鼠浄土」 [歴]静岡引佐日赤病院勤務を経て、昭和29年宗谷病院を開業。一方、在学中から「文芸首都」同人となり、卒業後は郷土の同人誌「野田文学」、医師仲間の同人誌「城砦」同人の他、第3次「批評」に参加。小説、詩、評論のほか、美術・古代文明のエッセイなどで多彩な活動をつづける。著書に小説「鼠浄土」「なっこぶし」「影の神」「虐殺された神」「王朝妖狐譚」「山椒太夫考」、評論「アンコール史跡考」「エロスと涅槃」「影の美学」「写楽絵」、エッセイ「風と影のエロス」など。 [団]日本文芸家協会、世界史蹟研究会、日本浮世絵協会

添田 唖蝉坊　そえだ・あぜんぼう

壮士演歌師 詩人 [生]明治5年11月25日 [没]昭和19年2月8日 [出]足柄県大磯(現・神奈川県大磯町) 本名=添田平吉(そえだ・へいきち) 筆名=不知山人、俳号=凡人 [歴]明治末期、「ストライキ節」や「あゝ金の世」など壮士節や大衆演歌を数多く自作し、街頭で歌い、金権政治、労働貴族など時代を痛烈に批判して拍手喝采を浴びた畸人奇行家。大正7年演歌組合・青年親交会を設立、会長となり、機関紙「演歌」を発行して演歌の刷新と民衆の啓蒙に尽力した。また社会党評議員を務め、第1回普通選挙にも立候補。大震災後は仙人生活、遍路生活を送った。代表作に「ラッパ節」「ストトン節」「枯すすき」「パイノパイパイ(東京節)」「ノンキ節」など。著書に「添田唖蝉坊新流行歌集」「日本民謡全集」「浅草底流記」「流行歌・明治大正史」のほか、小説「狂ひ花」がある。 [家]長男=添田知道(小説家)

添田 知道　そえだ・ともみち

作家 演歌研究家 [専]社会評論 歌謡史 [生]明治35年6月14日 [没]昭和55年3月18日 [出]東京府本所区番場町 筆名=添田さつき(そえだ・さつき) [学]日本大学付属中学中退 [賞]新潮文芸賞(昭和17年)「教育者」、毎日出版文化賞(第18回)「演歌の明治大正史」 [歴]ノンキ節、ラッパ節で有名な演歌の元祖、添田唖蝉坊の長男。活版工、夕刊売り、文選工などに従事したのち、父の演歌活動に参加。復興節、ストトン節、東京節の作詞、編曲などヒット曲を手がける。昭和2年頃から文筆生活に入り、小説、エッセイ、演歌史のほか、香具師の生活など底辺文化に関する研究を発表。「小説教育者」で新潮文芸賞受賞、「演歌の明治大正史」で第18回毎日出版文化賞受賞。他の著作に「利根川随歩」「朝風街道」「香具師の生活」「ノンキ節ものがたり」など。 [家]父=添田唖蝉坊(壮士演歌師)

曽我廼家 五郎　そがのや・ごろう
喜劇俳優　劇作家　[生]明治10年9月6日　[没]昭和23年11月1日　[出]大阪府堺市　本名＝和田久一　筆名＝一堺漁人(いっかいぎょじん)、前名＝中村珊之助　[歴]歌舞伎俳優中村珊瑚郎の門下生となり、17歳で珊之助と名のって大阪浪花座で初舞台をふむ。大阪俄(にわか)の演技をもとに笑わせる芝居にとり組んでいたが、明治36年中村時代(のちの曽我廼家十郎)と知り合い、37年喜劇団・曽我廼家を結成、浪花座の旗上げ公演で曽我廼家五郎をなのる。日露戦争を題材にした「無筆の号外」が大当たりをとり、曽我廼家喜劇の基礎を築く。大正2年十郎と別れてヨーロッパに遊び、そこで喜劇を見直し、帰国後、一時平民劇団と称したが、のち五郎劇に改称。喜劇という新しいジャンルを開拓し、今日の松竹新喜劇の始祖となった。一堺漁人の筆名で多くの脚本を自作自演し、代表作に「幸助餅」「張子の虎」「葉桜」「へちまの花」などがあり、「曽我廼家五郎喜劇全集」(全20巻, 大鐙閣)が刊行されている。

曽我廼家 十郎　そがのや・じゅうろう
喜劇俳優　脚本家　[生]明治2年4月16日　[没]大正14年12月4日　[出]伊勢国松坂町(現・三重県伊勢市)　本名＝大松福松　筆名＝和老亭当郎(わろうてい・とうろう)　[歴]大阪の福井座で中村時代という名で歌舞伎を志したが、明治36年大阪俄の中村珊之助(のちの曽我廼五郎)と知り合い、37年五郎とともに喜劇団・曽我廼家を結成、曽我廼家十郎を名乗り、浪花座で喜劇「無筆の号外」を旗上げ。日露戦争に材を取って西洋料理とロシア人の名を混同する庶民生活のおかしさを描いて笑わせた。以来古くからの大阪俄の伝統に近代的感覚を盛り込んだ舞台演劇で大成功をおさめた。和老亭当郎のペンネームで台本も書き、「手」「あたま」などが代表作。後には五郎と別れ、東京有楽座に一座を興こした。

曽我廼家 十吾　そがのや・とおご
喜劇俳優　脚本家　[生]明治24年12月4日　[没]昭和49年4月7日　[出]兵庫県神戸市　本名＝西海文吾　前名＝曽我廼家文福、筆名＝茂林寺文福(もりんじ・ぶんぷく)　[学]橘小中退　[歴]明治32年神戸橘座で子役として初舞台。35年大阪に出、39年曽我廼家十郎に入門、曽我廼家文福と名乗る。その後喜劇団を転々、45年曽我廼家娯楽会座頭となり各地を巡演。大正13年永井茶釜と組み文福茶釜一座を興し、北九州で人気を博した。昭和2年曽我廼家十吾と改名、3年渋谷天外、浪花千栄子らと大阪に松竹家庭劇を結成、座長となる。23年曽我廼家五郎没後、明蝶、五郎八らを加えて松竹新喜劇を創立、24年道頓堀中座で旗揚げ公演。31年天外と対立し、退座、32年再び第2次松竹家庭劇を結成したが、40年解散。仁輪加(にわか)を土台にした芸風で、軽妙にして洒脱、十八番のお婆さん役には定評があった。一方、茂林寺文福の名で喜劇脚本「愛の小荷物」「アットン婆さん」など数百本を書いた。

祖田 浩一　そだ・こういち
作家　[専]江戸時代　[生]昭和10年8月21日　[出]島根県　本名＝祖田成利(そだ・しげり)　俳号＝赤蜂(せきほう)　[学]早稲田大学法学部卒　[興]人物研究　[歴]学生時代より、いくつかの同人誌に加わり、修業を重ねる。文芸通信社に約10年勤める。著書に「匠の肖像」「女たちの忠臣蔵」「昭和人物エピソード事典」「楠木正成」「事典・信長をめぐる50人」「日本奇人・稀人事典」などがある。　[団]日本文芸家協会、大衆文学研究会

曽田 文子　そだ・ふみこ
作家　コピーライター　[没]昭和58年2月4日　[出]愛知県豊橋市　本名＝中西はる子　[歴]『作家』同人で、昭和29年の第31回芥川賞の候補になった「引越前後」やテレビドラマ「由紀子」などの作品がある。名古屋文学学校の文学講座修了生による同人誌『弦』『無名』(没後『弦』に合併)、岩倉公民館での聴講生による雑誌『いわざの会』などで後進を指導してきた。

外岡 立人　そとおか・たつひと
小説家　医師　[専]小児科　[生]昭和19年　本名＝外岡立人(とのおか・たつひと)　[学]北海道大学医学部卒　[賞]さきがけ文学賞最高賞(平成9年)「メダル」、新風舎出版文学賞(フィクション部門優秀賞)(平成9年)「短編集 天馬のごとく」　[歴]北海道大学附属病院小児科で血液学、腫瘍学を研究。西ドイツ留学を経て、昭和58年から市立小樽病院で小児科診療と発育期スポーツ医学の研究に従事。体協公認アマチュア自転車競技連盟スポーツドクター。専門書に「心拍トレーニング」などがある。一方、平成5年頃から病院を舞台とした小説を書き始め、作品に「短編集 天馬のごとく」「メダルと墓標」など。

曽野 綾子　その・あやこ
小説家　日本船舶振興会会長　[生]昭和6年9月17日　[出]東京府南葛飾郡本田町　本名＝三浦知寿子　洗礼名＝マリア・エリザベト　[学]聖心女子大学文学部英文科(昭和29年)卒　[資]日本芸術院会員(平成5年)　[賞]聖十字架勲章(ローマ法王庁)(昭和45年)、ダミアン神父賞(韓国ハンセン病事業連合会)(昭和58年)、正論大賞(第3回)(昭和62年)、ウギョン文化芸術賞(韓国)(平成4年)、日本芸術院賞恩賜賞(第49回, 平4年度)(平成5年)、NHK放送文化賞(第46回, 平6

年度)(平成7年)、吉川英治文化賞(第31回)(平成9年)、財界賞(特別賞)(平成9年)、日本文芸大賞(第18回)(平成10年)「ほくそ笑む人々」、ヘレン・ケラー精神賞(平成12年) ㊙女子大在学中、19歳で同人誌「ラマンチャ」や第15次「新思潮」に参加、昭和28年先輩格の三浦朱門と結婚。29年「遠来の客たち」が芥川賞候補となり文壇にデビュー。世界各地を訪ねた経験をもとに、人間の欲望、詐術、老醜などの重いテーマを、内に宗教的良心を秘めた軽妙、明朗な文体で作品化し、有吉佐和子と共に"才女時代"と呼ばれる一時代を画した。45年エッセイ「誰のために愛するか」は200万部のベストセラーとなった。54年産婦人科医の乳児斡旋事件を扱った「神の汚れた手」は、第19回女流文学賞に選ばれたが辞退。主な作品に「無名碑」「たまゆら」「黎明」「リオ・グランデ」「幸福という名の不幸」「時の止まった赤ん坊」「戒老録」「失敗という人生はない」「ほくそ笑む人々」「陸影を見ず」など。56年長年の眼疾を手術、「贈られた眼の記録」を著わす。また臨教審委員、脳死臨調委員となるなど社会的にも活躍。平成5年日本芸術院会員。日本船舶振興会(通称・日本財団)理事を経て、7年会長に就任。12年オンコルセカ症による失明の予防、治療に対する貢献が認められ、ヘレン・ケラー精神賞を受賞。「曽野綾子選集」(全7巻、読売新聞社)「曽野綾子選集2」(全8巻)「曽野綾子作品選集」(全12巻、桃源社)「曽野綾子作品選集」(光風社)がある。㊥日本文芸家協会(理事)、女流文学者会、世界の中の日本を考える会、海外邦人宣教者活動援助後援会 ㊸夫=三浦朱門(小説家・元文化庁長官)、息子=三浦太郎(英知大教授・文化人類学)

園池 公致　そのいけ・きんゆき

小説家　㊤明治19年4月29日　㊦昭和49年1月3日　㊧東京　㊨学習院中等科中退　㊥公卿出身の家柄。明治29年から34年まで侍従職出仕として明治天皇につかえる。43年創刊の「白樺」に同人として参加し「薬局」「勘当」「遁走」などを発表。同誌の10周年記念号に「一人角力」を発表するが、昭和5年以降執筆から遠ざかった。

園河 銀灰色　そのかわ・ぎんかいしょく

「小説現代」新人賞を受賞　㊤昭和43年　㊧京都府　本名=小川顕太　㊨大阪芸術大学映像学科　㊙「小説現代」新人賞(第55回)(平成2年)「プラスチック高速桜(スピードチェリー)」　㊥在学中の平成2年に「小説現代」新人賞を受賞。

園田 英樹　そのだ・ひでき

作家　シナリオライター　㊤昭和32年9月22日　㊧佐賀県鳥栖市　㊨明治大学政経学部卒　㊥ハードボイルド小説に感化されて私立探偵になるが、のち明大に入学。大学在学中より演劇集団「日本」で演技と作劇を学ぶ。少年小説家・森忠明に影響を受け、劇団「帰燕風人舎」を創立。一方、「キャプテン翼」「アタッカーYOU」「ルパン三世」などのシナリオを書く。著書に「ゴッドマジンガー」「小説光の伝説」「わたしの逆風野郎たち」「スニーカー文庫・剣浪電設ティラノ」「聖竜王伝」などがある。

園部 晃三　そのべ・こうぞう

作家　㊤昭和32年8月2日　㊧群馬県　㊨フレズノ・アストフィッターズ・スクール(米国・獣医学コース)卒　㊙小説現代新人賞(第54回)(平成2年)「ロデオ・カウボーイ」　㊥母の実家が競走馬保養牧場だったことから8歳で乗馬を始める。16歳の夏、カリフォルニアの牧場に滞在し、カウボーイに興味を抱く。平成2年ロデオに初出場した時のことを描いた小説「ロデオ・カウボーイ」で小説現代新人賞を受賞。本職はスイートベイジル日本支社でテレビ関連コーディネーターとして各種プロモートを手掛ける。

薗部 芳郎　そのべ・よしお

小説家　㊤昭和4年　㊧東京　筆名=大泉志郎(おおいずみ・しろう)　㊨早稲田大学卒　㊥日本経済新聞社に入社し、主に流通業界およびその関連業界を担当、流通ジャーナリストとして活動。同社中小企業課長を経て、ビジネス界へ転身。日本信販常務、朝日クレジット社長、同社と丸興との合併に伴い丸興副社長、ダイエーファイナンス顧問を歴任。のち大泉志郎のペンネームで小説、評論を含めた幅広い執筆活動を行う。著書に「タバコやめたら!?」「小説・転職」「出処進退の人間学」などがある。

祖父江 一郎　そふえ・いちろう

作家　脚本家　㊤昭和20年　㊧群馬県多野郡万場町　筆名=小林伸男　㊨神奈川大学第二経済学部卒　㊙城戸賞(第6回)「一ノ倉沢」、ATG映画脚本賞(奨励賞、昭58年度)「砂漠を旅して」　㊥横浜市役所を振り出しに通信社記者、フリーライターなどを経て、作家。また小林伸男の筆名で映画脚本も執筆。作品に、ノンフィクション「三好橘界隈のこと」「蒲鉾太平記」「都市膨張」「いとしき老後のために」、歴史小説「関ケ原前普」、脚本「一ノ倉沢」「五百羅漢物語」「砂漠を旅して」などがある。

ゾペティ，デビット　Zoppetti, David
作家　[国]スイス　[生]1962年2月26日　[出]ジュネーブ　[学]ジュネーブ大学日本語学科('86年)中退、同志社大学文学部国文科('90年)卒　[賞]すばる文学賞(第20回)('96年)「いちげんさん」、日本エッセイストクラブ賞(第50回)(2002年)「旅日記」　[歴]父親はスイス人、母親は米国人で、英・仏語を母国語として育つ。日本語を独学で学び、兵役後の1983年初来日。ジュネーブ大学を中退し、'86年から日本に滞在。'91年テレビ朝日に入社、国際局を経て報道局に勤務、「ニュースステーション」の記者を務める。'96年同志社大学留学の経験をもとに執筆した小説「いちげんさん」がすばる文学賞を受賞、芥川賞候補などにもなった。同作品は、'98年京都市が映画製作に1億円を助成するシネメセナの第1回作品に選ばれ映画化された。のちテレビ朝日を退社し、執筆活動に専念。他の著書に「アレグリア」「旅日記」がある。

染崎 延房　そめざき・のぶふさ
作家(戯作者)　新聞記者　[生]文政元年10月(1818年)　[没]明治19年9月27日　[出]江戸　別号＝為永(狂仙亭)・春笑、為永春水(2代目)、柳北軒
[歴]対馬藩士に生まれる。天保7年ころ為永春水の門に入り、師の死後その2世を名のったが春水調の艶麗な作風よりも勧善懲悪的傾向に特色をみせた。嘉永8年合巻「時代鏡」を刊行。維新後は通俗史「近世紀聞」や実録もの「浪華史略」を刊行、戯作とは絶縁した。明治8年平仮名絵入新聞に入社し雑報、続き物を執筆した。

反町 守治　そりまち・もりじ
童話作家　[生]昭和12年　[出]埼玉県　[学]埼玉大学教育学部卒　[歴]中学2年のとき第1回読売綴り方作文コンクール埼玉予選で「僕の家」が特選入賞。中学卒業後、糊工場に住み込み働くが、進学への思いを断ち切れず、16歳で熊谷高校定時制に入学。苦学して大学卒業後、昭和40年から3年間和光学園に勤務したあと、都の公立学校に転じ、10年で退職。妻の実家の家業継承を経て、2年後復職。その間に児童文化の会の創設に参加、日本生活教育連盟事務局次長などを務め、のち児童文化の会運営委員。童話に「サンキュウ先生」などがある。
[団]児童文化の会

【た】

田井 洋子　たい・ようこ
劇作家　放送作家　日本放送作家協会評議員
[生]明治44年8月9日　[出]東京　本名＝丸茂ふぢ子
[学]東京府立第三高女(昭和4年)卒　[賞]芸術祭賞NHK第1位(第1回)(昭和23年)「魚紋」、紫綬褒章(昭和54年)、勲四等宝冠章(昭和60年)
[歴]昭和4年河井酔茗主宰詩社「女性時代」に入門。7年「舞台社」にて岡本綺堂らに師事。戦後はNHKラジオドラマ「魚紋」が第1位に入選して以来、放送作家として第一線で活躍。32年しろかね劇作会を創立し、代表。日本放送作家協会理事長、同協会放送作品ライブラリー調査研究委員会委員長をつとめ、のち理事。代表作にラジオ・ドラマ「滄海の魚鱗の宮」「最上川」、テレビ・ドラマ「恋文」「紅葉狩り」「残照」「ちょっといい姉妹」「風はまだ止まない」などがあり、著書に「女のいろは坂」「水のある砂漠」や「田井洋子作品選集」(青蛙書房)などがある。　[団]日本放送作家協会、日本演劇協会
[家]三女＝菊村礼(脚本家)

醍醐 麻沙夫　だいご・まさお
作家　[生]昭和10年1月3日　[出]神奈川県横浜市　本名＝広瀬富保(ひろせ・とみやす)　[学]学習院大学文学部(昭和35年)卒　[興]ブラジル日系移民についての歴史　[賞]オール読物新人賞(第45回)(昭和49年)「『銀座』と南十字星」、サントリーミステリー大賞佳作(第9回)「ヴィナスの濡れ衣」
[歴]昭和35年9月、ブラジルに移住。バンドマン、玩具セールスマン、洋品店経営、日本語教師、川漁師などをしながら、日系人文学愛好者の集いである「コロニア文学会」で小説を書き始める。49年にオール読物新人賞を受賞し、直木賞候補となる。「ヴィナスの濡れ衣」など主にサスペンス小説や旅行記を手がける他、日本人移民を追った記録文学「森の夢」がある。
[団]日本文芸家協会、サンパウロ人文学研究会

大道 珠貴　だいどう・たまき
小説家　[生]昭和41年4月10日　[出]福岡県　本名＝大道珠貴(おおみち・たまき)　[学]福岡中央高卒
[賞]九州芸術祭文学賞(佳作，第27回)(平成9年)「すりりんご」、九州芸術祭文学賞(最優秀作，第30回)(平成12年)「裸」　[歴]19歳の時読んだ太宰治の「人間失格」に触発され、小説を書き始める。平成12年「裸」が九州芸術祭文学賞最優秀作を受賞。他の作品に「すりりんご」「スッポン」がある。テレビの脚本も手がける。
[団]日本放送作家協会、日本脚本家連盟、日本文芸家協会

台場 達也　だいば・たつや
劇作家　[学]大阪大学　[賞]シアターコクーン戯曲賞(第1回)(平成6年)「NEVER SAY DREAM」
[歴]大阪大学4年生で、同大OB・学生の劇団に所属し、大道具を担当。平成6年戯曲の処女作「NEVER SAYDREAM」が第1回シアターコ

クーン戯曲賞を受賞し、栗山民夫演出により東京・シアター・コクーンで上演される。

平 安寿子　たいら・あずこ

小説家　[生]昭和28年　[出]広島県広島市　本名＝武藤多恵子　[学]広島女学院高卒　[賞]オール読物新人賞(第79回)(平成11年)「素晴らしい一日」　[歴]広告代理店や映画館に勤務、のちフリーライターに。新人登壇・文芸作品懸賞に2席入賞の経験も持つ。平成11年「素晴らしい一日」が第79回オール読物新人賞を受賞。著書に「素晴らしい一日」。

平 純夏　たいら・じゅんか

児童文学作家　[生]昭和39年　[出]兵庫県神戸市　[賞]ぶんげい創作児童文学賞「風を感じて」　[歴]短大卒業後、軽四輪自動車ディーラーに勤務し、1年4カ月で退社。著書に「風を感じて」がある。

たいら まさお

放送作家　児童文学作家　[専]作詞　童話　[生]昭和10年4月5日　[出]兵庫県神戸市　本名＝平正夫　[学]早稲田大学卒　[賞]RAB・地方の時代賞「下北能舞伝承」、映像コンクール大賞「下北能舞伝承」　[歴]早稲田大学演劇博物館学芸員を経て、児童文学作家、放送作家に。幼年童話に作品が多く、テレビドラマ「朝のポエム」、ラジオドラマ「気分は水玉模様/ファンタジー・ドラマ」、著書に「メルヘン・午後四時のシンデレラ」「折り鶴の少女」など。他に「がん病棟 周章狼狽記」がある。　[団]日本放送作家協会

平 龍生　たいら・りゅうせい

推理作家　[生]昭和10年4月5日　[出]兵庫県神戸市　本名＝平忠夫(たいら・ただお)　[学]早稲田大学第二文学部日本文学科卒　[賞]オール読物新人賞(第40回)(昭和47年)「真夜中の少年」、横溝正史賞(第3回)(昭和58年)「脱獄情死行」　[歴]広告ディレクターを経て、昭和33年以後フリーライターとして活躍。47年「真夜中の少年」でオール読物新人賞を受賞し推理作家に。主著に「脱獄情死行」「脱獄海峡」「放火一ファイヤーゲーム」「異教暗殺団」「非哭の闇」「死の花束殺人」など。　[団]日本文芸家協会、日本推理作家協会

田岡 典夫　たおか・のりお

小説家　[生]明治41年9月1日　[没]昭和57年4月7日　[出]高知県土佐郡旭村　[学]早稲田第一高等学院中退、日本俳優学校卒　[賞]直木賞(第16回)(昭和17年)「強情いちご」、毎日出版文化賞(第33回)(昭和54年)「小説野中兼山」　[歴]早大中退後、パリで暮らし帰国して昭和6年日本俳優学校に入るという変わった経歴の持つ。13年田中貢太郎に師事し、「博浪沙」の編集に携わり、16年「しばてん榎文書」などを発表。17年短編「強情いちご」で直木賞を受賞。戦後は、長谷川伸主宰の新鷹会に参加、「権九郎旅日記」などの作品を発表。作品の大半は郷里土佐に取材したもので、異色の時代小説家として知られた。ほかの代表作に「腹を立てた武士たち」「かげろうの館」「小説野中兼山」などがある。

高井 信　たかい・しん

小説家　[生]昭和32年　[出]愛知県名古屋市　[学]東京理科大学理学部応用物理学科(昭和56年)卒　[歴]高校時代からSF小説を書き始め、主宰する同人誌「ネオヌル」に短編「森」などを掲載。SF作家短編集に2作目の「シミリ現象」が収録されるなど、10代で早くもその素質を高く評価される。昭和54年SF専門誌「奇想天外」で商業誌にデビュー。58年SFショートショートコレクション「うるさい宇宙船」を出版。ロールプレイングゲームに材をとったファンタジーでも活躍。その他の著書に「目覚し時計」「超能力パニック」などがある。

高井 美樹　たかい・みき

童話作家　イラストレーター　[出]石川県金沢市　[学]金沢美術工芸大学デザイン科卒　[賞]創作童話コンクール優秀賞(第5回)(昭和61年)　[歴]月刊「幼児と保育」、教育絵本などでイラストや童話を書く。著書に「まねっこおに」「やさしさマジック」他。

高井 有一　たかい・ゆういち

小説家　元・日本文芸家協会理事長　[生]昭和7年4月27日　[出]東京府北豊島郡長崎町　本名＝田口哲郎　[学]早稲田大学文学部英文学科(昭和30年)卒　[資]日本芸術院会員(平成8年)　[賞]芥川賞(第54回)(昭和40年)「北の河」、芸術選奨文部大臣賞(第27回)(昭和51年)「夢の碑」、谷崎潤一郎賞(第20回)(昭和59年)「この国の空」、読売文学賞(小説賞, 第41回)(平成2年)「夜の蟻」、毎日芸術賞(第33回)(平成4年)「立原正秋」、大仏次郎賞(第26回)(平成11年)「高らかな挽歌」　[歴]少年期に両親に死別。共同通信社に入社、文化部記者となる。昭和50年退社。39年同人誌「犀」創刊に参加、翌年敗戦と母の入水自殺を描いた「北の河」で第54回芥川賞を受賞。抒情性の濃い緻密な文体が特徴。死と鎮魂、孤独と友情といったモチーフの作品が多く、自らの青少年期の体験に根ざした小説世界を展開している。代表作に「少年たちの戦場」「雪の涯の風葬」「夜明けの土地」「遠い日の海」「虫たちの棲家」「俄瀧(にわかだき)」「この国の空」「塵の都に」「野球と日本人」「作家の生き死」「高らかな挽歌」などの他、祖父の生涯を

書いた「夢の碑(いしぶみ)」や戦前の生活綴方運動を描いた「真実の学校」、「立原正秋」がある。平成11年日本文芸家協会副理事長を経て、12年理事長に就任。 ㊿日本文芸家協会 ㊂父=田口省吾(洋画家)、祖父=田口掬汀(小説家)

高石 きづた　たかいし・きづた

小説家　本名=宇田川きづた　㊿千葉師範(現・千葉大学教育学部)(昭和23年)卒、ドレスメーカー女学院(杉野学園)師範科卒　㊿千葉市内の小・中学校教師を6年間勤める。同人誌「投書ジャーナル」「学と文芸」「槇」の会員となり小説や童話を書く。作品に空知新聞小説部門入選作の「さく女」「ヒメジオン」、千葉児童文学賞佳作一席入選の「町へ行ったタンポポの話」、無法松の一生文学賞(岩田俊作賞)候補の「ハイテク坊や」がある。著書に「ハイテク坊や」。

高泉 淳子　たかいずみ・あつこ

女優　劇作家　遊◎機械／全自動シアター主宰　㊤昭和33年7月26日　㊦宮城県古川市　㊿早稲田大学社会科学部卒　㊿芸術祭賞(平6年度)「ラ・ヴィータ」　㊿大学時代に演劇研究会に入る。卒業後、白井晃、吉沢耕一らと昭和58年、遊◎機械／全自動シアターを旗揚げ。以来、すべての公演に主演。少年、少女から老人、老婆にいたるまで、性別を越え、あらゆる人間を個性的に演じる看板役者として活躍、少年"山田のぼる"を演じたシリーズで人気を得る。戯曲も担当し、作:高泉淳子、演出:白井晃のスタイルを確立。平成6年には自ら書き下ろした「ラ・ヴィータ」で文化庁芸術祭賞を受賞。ほかに、CD製作、トークイベントのパーソナリティー、CM、映画、テレビ出演、エッセイ執筆など多方面で活躍。代表作に「僕の時間の深呼吸」「ライフレッスン」「モンタージュ」「ムーンライト」「ラ・ヴィータ」「独りの国のアリス」「こわれた玩具」「食卓の木の下で」「きまぐれJAZZ倶楽部」「アナザデイ」「ア・ラ・カルト」等。主なテレビ番組「ポンキッキーズ」「週刊こどもニュース」等。 ㊂夫=白井晃(俳優・演出家)

高市 俊次　たかいち・しゅんじ

小説家　㊤昭和23年12月18日　㊦愛媛県伊予郡砥部町　㊿早稲田大学教育学部(昭和46年)卒　㊿歴史文学賞(第9回)(昭和60年)「花評者石山」　㊿学生時代は織田作之助の作品を好んで読んだ。その影響でシナリオを手がけ、放送作家の下でアルバイトをしたこともあるが、クイズ番組の手伝いをさせられるなどしだいに方向がずれていくように思い卒業と同時に故郷に戻る。しばらくは高校教師(国語)に専念していたが、昭和54年、定時制担当を機に小説を書き始める。古美術品愛好家の父が所蔵していた明治維新の頃の俳人・石山の短冊を見つけ、この人物にまつわる歴史小説「花評者石山」を執筆。これが60年第9回歴史文学賞に輝く。ほかの作品に「瓢壺の夢」などがある。 ㊿日本文芸家協会

高岩 肇　たかいわ・はじめ

シナリオライター　㊤明治43年11月9日　㊦東京　㊿慶應義塾大学英文科(昭和10年)卒　㊿シナリオ賞(昭和39年)「にっぽん泥棒物語」、シナリオ作家協会賞シナリオ功労賞(昭和57年)　㊿昭和10年松竹、13年新興キネマ東京撮影所を経て、18年大映東京撮影所脚本部員、25年以後フリーとなる。第一作は「若き日の凱歌」(14年)、代表作としては「大地の侍」(31年)、「忍びの者」シリーズ、「にっぽん泥棒物語」(40年)、「眠狂四郎」シリーズなど。他作品多数。 ㊿シナリオ作家協会

高尾 光　たかお・ひかる

小説家　㊦福岡県福岡市　本名=高尾光秀　㊿早稲田大学卒　㊿小説現代新人賞(平成13年)「テント」　㊿就職浪人中に受けたカルチャーセンターの文章講座がきっかけで小説を書き始める。出版社に入社し、勤務の傍ら懸賞随筆などに応募。平成13年「テント」で小説現代新人賞を受賞。ウエートリフティングで神奈川大会に出場したこともある。

高尾 稔　たかお・みのる

小説家　㊤大正14年8月30日　㊦佐賀県佐賀郡大和町　本名=高尾実　㊿神埼農業学校(昭和18年)卒　㊿佐賀県芸術文化賞(昭和61年度)　㊿郷土の文化雑誌「ふるさと」主宰。「九州文学」編集者、「城」同人。主著に「彦岳が見える」「盲目の作家宮崎康平伝」「吹くは風ばかり—私の中の劉寒吉」。 ㊿日本文芸家協会

高岡 水平　たかおか・すいへい

中央公論新人賞を受賞　㊤昭和36年9月10日　本名=高岡敏也　㊿東京理科大学理学部応用物理学科卒　㊿中央公論新人賞(平成2年)「突き進む鼻先の群れ」

高垣 眸　たかがき・ひとみ

作家　㊤明治31年1月20日　㊦昭和58年4月2日　㊦広島県尾道市　本名=高垣末男(たかがき・すえお)　㊿早稲田大学文学部英文学科(大正9年)卒　㊿新聞記者を志して上京したがかなわず、大正12年青梅実科高等女学校(現・都立多摩高)に英語教諭として赴任し、昭和11年まで青梅市で暮らす。教職の傍ら、少年向けの冒険小説を書き始める。大正14年の「竜神丸」を皮切りに「まぼろしの城」「豹の眼」などで一躍人気

425

作家となる。のちに教師を辞し、作家に専念。昭和10年雑誌「少年倶楽部」に連載した「快傑黒頭巾」は51年テレビドラマ化された他、映画も多く作られた。戦後はむしろ大人向きに転じて漁業問題にも関心を持ち、「魚の胎から生まれた男」の著作もある。右眼失明後に書いたSF「燃える地球」が遺作となった。　[家]二男＝高垣葵(作家)

高木 あきこ　たかぎ・あきこ

詩人　児童文学作家　まつぼっくりの会主宰　[生]昭和15年6月14日　[出]東京　本名＝石原晃子　旧姓(名)＝安藤　[学]東京学芸大学学芸学部国語科(昭和38年)卒　[賞]日本児童文学者協会新人賞(第5回)(昭和47年)「たいくつな王様」　[歴]大学在学中から詩を書き始め、以後、童話の世界でも活躍。「まつぼっくり」の同人として作品を発表。代表作に詩集「たいくつな王様」、童話「しりとりおつかい」「めいろのすきな女の子」「にげたパンツ」「ふしぎなホットケーキ島」、訳書に「わたしがうまれたところ」「マザー・グースのうた」「ユニコーンと海」などがある。　[団]日本児童文学者協会　[家]父＝高木卓(作家)

高木 彬光　たかぎ・あきみつ

推理作家　[生]大正9年9月25日　[没]平成7年9月9日　[出]青森県青森市　本名＝高木誠一　[学]京都帝国大学工学部冶金科(昭和18年)卒　[賞]日本推理作家協会賞(第3回)(昭和24年)「能面殺人事件」　[歴]昭和18年中島飛行機製作所に入社したが、終戦により、会社は解散。窮乏生活のなかで、易者から小説を書けば成功するといわれて作家生活に入った。処女作「刺青殺人事件」は江戸川乱歩の推薦を受け、23年岩谷書店から刊行され注目を浴びる。24年長編第2作「能面殺人事件」を発表し、本格派推理作家としての地位を確立。同年探偵作家クラブ書記長をつとめる。25年山田風太郎らと鬼クラブを結成。その後も坂口安吾の未完作「樹のごときもの歩く」を補完するなど、科学、経済、法廷他種々の分野に取り組んだ野心作を発表。探偵“神津恭介もの”が有名で、このほか「白昼の死角」「邪馬台国の秘密」「成吉思汗の秘密」「死を開く扉」「誘拐」「追跡」などの著書がある。47～49年「高木彬光長編推理小説全集」(全17巻)を刊行。また54年脳梗塞で倒れた際の闘病記「甦える」がある。　[団]日本推理作家協会(理事)、日本探偵作家クラブ、日本文芸家協会

高木 功　たかぎ・いさお

シナリオライター　[生]昭和31年5月17日　[没]平成6年7月19日　[出]大阪府大阪市　[学]大阪芸術大学中退　[賞]毎日映画コンクール脚本賞(昭61年度)「コミック雑誌なんかいらない！」、オール讀物新人賞(第73回)(平成5年)「百年、風を待つ」、シナリオ功労賞(第22回)(平成10年)　[歴]昭和55年「痴漢女教師」でシナリオライターとしてデビュー。滝田洋二郎監督とのコンビで20本以上の成人映画の脚本を書く。内田裕也とのコンビで始めて書いた一般映画のシナリオ「コミック雑誌なんかいらない！」で61年度毎日映画コンクール脚本賞を受賞。

高木 卓　たかぎ・たく

小説家　ドイツ文学者　音楽評論家　[専]ドイツ文学　[生]明治40年1月18日　[没]昭和49年12月28日　[出]東京市本郷区西片町　本名＝安藤熙(あんどう・ひろし)　[学]東京帝国大学独文科(昭和5年)卒　[歴]水戸高校、一高、東大教養学部、独協大教授を歴任。この間、「作家精神」に拠り文筆活動を続け、昭和5年「魔像」を発表し、11年発表の「遣唐船」が芥川賞候補となる。その後「長岡京」「歌と門の盾」(第11回芥川賞受賞作・辞退)「北方の星座」などを発表。また音楽評論でも活躍し「ヴァーグナー」などの著書があり、ほかに「郡司成忠大尉」「人間露伴」などの著書がある。　[家]父＝安藤勝一郎(英文学者)、母＝安藤幸(バイオリニスト)、娘＝高木あきこ(詩人・童話作家)

高木 敏子　たかぎ・としこ

児童文学作家　[生]昭和7年6月19日　[出]東京・本所　[学]東京都立第七高等女学校、文化学院卒　[賞]児童福祉文化賞(昭和53年)、JCJ賞(日本ジャーナリスト会議賞)奨励賞(昭和54年)　[歴]昭和20年12歳の時、3月10日の東京大空襲で母と2人の妹を、8月には神奈川県の二宮駅で米軍機による機銃掃射で父を失い、戦争孤児となる。父親はガラス工場を経営していた。52年3月、家族の33回忌にあたって「私の戦争体験」を自費出版。55年に加筆、訂正のうえ「ガラスのうさぎ」として出版、のち映画・テレビ化もされるミリオンセラーとなる。他の著書に「もういや『お国のために』には」「めぐりあい―ガラスのうさぎと私」など。　[団]日本児童文学者協会、国際児童図書評議会、日本文芸家協会

高木 俊朗　たかぎ・としろう

小説家　元・映画監督　[生]明治41年7月18日　[没]平成10年6月25日　[出]東京　本名＝竹中俊朗　[学]早稲田大学政治経済学部(昭和8年)卒　[賞]毎日映画コンクール文部大臣賞(昭和26年)「中尊寺」、イタリア・シネチタ賞(昭和28年)「柔道の王者」、ブルーリボン賞(昭和29年)「白

き神々の座」、教育映画祭賞(昭和31年)「桂離宮」、菊池寛賞(第23回)(昭和50年)「陸軍特別攻撃隊」　[歴]昭和8年松竹蒲田に入社。清水宏に師事し、のち富士スタジオ、日映へ移る。戦時中は、陸軍報道班員として中国、ジャワ、ビルマ戦線に従軍。この間、記録映画「広東進軍抄」、文化映画「北京の正月」「万寿山」などを発表。戦後は、22年劇映画「幸運の椅子」、他に「柔道の王者」「白き神々の座」などを監督。28年には「血斗」の脚本を執筆したが、以後は著述に専念する。著書は「陸軍特別攻撃隊」「インパール」「抗命」「全滅」「憤死」「知覧」など戦争をあつかったものが多い。
[団]日本文芸家協会

高樹 のぶ子　たかぎ・のぶこ
小説家　芥川賞選考委員　[生]昭和21年4月9日　[出]山口県防府市　本名＝鶴田信子(つるた・のぶこ)　[学]東京女子大学短期大学部卒　[賞]芥川賞(第90回)(昭和59年)「光抱く友よ」、島清恋愛文学賞(第1回)(平成6年)「蔦燃(つたもえ)」、女流文学賞(第34回)(平成7年)「水脈」、谷崎潤一郎賞(平成11年)「透光の樹」、西日本文化賞(社会文化部門，第60回)(平成13年)　[歴]昭和43年出版社に勤務、コンピューターの入門書などを担当する。20歳代で結婚、離婚を経験。53年再婚後、作家を志し同人誌「らむぷ」に参加。54年「文学界」新人賞候補、さらに「その細き道」「遠すぎる友」「追い風」で続けざまに芥川賞候補となる。59年「光抱く友よ」で第90回芥川賞を受賞。61年不倫をテーマにした初長編「波光きらめく果て」が藤田敏八監督により映画化され話題となり、フェミニズム論争に発展した。平成10年朝日新聞で「百年の預言」を連載。13年より芥川賞選考委員。他に青春小説「星空に帆をあげて」、「花嵐の森ふかく」「虹の交響」「サザンスコール」「蔦燃(つたもえ)」「億夜」「透光の樹」「満水子」、短編集「水脈」、ミステリー「陽ざかりの迷路」がある。　[団]日本文芸家協会、日本ペンクラブ　[家]夫＝鶴田哲朗(弁護士)

高城 肇　たかぎ・はじめ
小説家　潮書房社長　「丸」主宰　[専]英文関係戦争の問題　[生]大正15年3月5日　[出]千葉県　[学]明治学院大学文学部英文科(昭和24年)卒　[興]歴史関係　[歴]翻訳に従事後、潮書房に入社。昭和29年戦記ものの月刊誌「丸」を継承。31年潮書房、41年光人社を設立し、社長に就任。かたわら、小説家としても活躍し、著書に「ゼロ戦物語」「ヒロシマの原子雲」「非情の空」「雲の群像」「六機の護衛戦闘機」「撃墜王坂井三郎物語」「英君への手紙」、訳書に「信濃」(日本秘密空母の沈没)などがある。　[団]日本文芸家協会

高木 凛　たかぎ・りん
シナリオライター　[生]昭和22年7月31日　[出]東京都　本名＝堀川光子　旧姓(名)＝鈴木　[学]淑徳高等保育学校卒　[賞]新人シナリオコンクール佳作(第25回)(昭和61年)「鳩のいる風景」、城戸賞(第12回)(昭和61年)「ひかり」　[歴]出版社、保育所を経てシナリオ作家を目指す。YMCAシナリオ講座2期、研修科5期を修了。昭和61年新人テレビシナリオコンクールで「鳩のいる風景」が佳作に入選。また同年脚本「ひかり」で第12回城戸賞も受賞した。他の作品にTBS日曜劇場「兄ちゃんの恋・逃げた」「教室」「息子よ」、NHK「黄色い髪」などがある。乳癌の手術を受けた後、赤坂に沖縄懐石の店・潭亭を開く。

タカクラ テル
政治家　小説家　言語学者　日本共産党中央委員会顧問　元・衆院議員　元・参院議員　[生]明治24年4月14日　[没]昭和61年4月2日　[出]高知県幡多郡七郷村浮鞭　本名＝高倉輝　旧姓(名)＝高倉輝豊　旧筆名＝高倉テル(たかくら・てる)　[学]京都帝大英文学科(大正5年)卒　[歴]京大卒業後、京大の嘱託となりマルクス主義の研究を。その後長野県に移り、上田自由学校を設立。昭和8年、「長野県教員赤化事件」で検挙されたのをはじめ、23年までに検挙5回。20年10月共産党に入党。21年、戦後初の総選挙に長野県から立候補して当選。22年党中央委員。25年に参院全国区で当選したが、公職追放指令で無効。26年密出国し、中国、ソ連などで活躍。36年から再び中央委員。48年から中央委員顧問。言語学者でもあり、「ハコネ用水」「タカクラ・テル名作選」などの著書がある。

高桑 義生　たかくわ・ぎせい
小説家　俳人　「嵯峨野」主宰　[生]明治27年8月29日　[没]昭和56年7月1日　[出]東京・牛込　本名＝高桑義孝(たかくわ・よしたか)　旧号＝士心、筆名＝加住松花　[学]京北中学卒　[歴]読売新聞校正係、「秀才文壇」「新小説」などの編集者を経て、大衆作家(時代小説)となる。代表作に「黒髪地獄」「快侠七人組」「白蝶秘門」などがある。昭和12年日活(後の大映)に入社、京都撮影所脚本部長となり、長谷川一夫の「鳴門秘帖」や「無法松の一生」などを手がけた。また、京都に移って以来、京都の古寺・庭園を歩いて京都旧蹟研究の権威となる。俳句は48年から「嵯峨野」俳句会を主宰、広く嵯峨野一帯を愛し、その自然の美しさを詠んだ。「大衆文学全集—高桑義生集」、句集「嵯峨の土」、「新・京都歳時記」など多数の著作がある。

高崎 節子　たかさき・せつこ
小説家　元・法務省補導院長　[没]昭和48年　旧姓(名)＝山下　[歴]昭和23年労働省に入省、婦人少年室長、婦人少年行政監察官、法務省補導院長を歴任。戦後の混血児問題、婦人問題、新聞少年の労働改善などに取り組む。この前に豊島与志雄の弟子として小説を書き、婦人公論に「山峡」で当選。「九州文学」の同人として活動していた。没後3年の51年、友人知人により「むらさき―高崎節子追悼集」が刊行された。

高崎 綏子　たかさき・やすこ
小説家　[賞]九州芸術祭文学賞北九州市優秀賞(第19回)(昭和63年)「僕のいる場所」、岩下俊作賞(第1回)(平成3年)「水滴」　[歴]「海峡派」同人。

タカシ トシコ
児童文学作家　[生]昭和33年　[出]東京都　本名＝高士季子　[賞]児童文芸新人賞(第26回)(平成9年)「魔法使いが落ちてきた夏」　[歴]創作集団あんぐりらに所属。コンピューターを介したデザイナー、編集者のネットワーク「オクタント」のメンバーでもある。平成3年「七人のいろいろな魔法使い」で童話作家としてデビュー。作品に「魔法使いが落ちてきた夏」がある。　[家]父＝高士与市(児童文学作家)

高士 与市　たかし・よいち
児童文学作家　久留米信愛女学院短期大学生活文化学科教授　[生]昭和3年11月10日　[出]熊本県熊本市　筆名＝たかしよいち　[学]東洋語学専門学校(昭和23年)卒　[興]日本神話と隼人の役割　[賞]日本児童文学者協会賞(第5回)(昭和40年)「埋もれた日本」、サンケイ児童出版文化賞大賞(第23回)(昭和52年)「竜のいる島」、国際アンデルセン賞優良作品賞(昭和53年)「竜のいる島」、西日本文化賞(第51回・社会文化部門)(平成4年)　[歴]熊本大学図書館司書を経て、昭和32年上京、東京都墨田区立あずま図書館の創設に参画、43年退職。47年熊本短期大学講師、53年鹿児島女子短期大学教授、のち久留米信愛女学院短期大学教授。37年長編小説「狩人タロのぼうけん」を処女出版。以来、考古学・古生物学をテーマにした作品を書きつづける。主な作品に「埋れた日本」「竜のいる島」「日本発掘物語全集」(全15巻)「マンモスの悲劇」「しゅてんどうじ」など多数。　[団]日本文芸家協会、日本児童文学学会、考古学研究会　[家]長女＝タカシトシコ(児童文学作家)

高嶋 哲夫　たかしま・てつお
作家　[生]昭和24年7月7日　[出]岡山県玉野市　[学]慶応義塾大学大学院工学研究科修士課程修了　[賞]北日本文学賞(第24回)(平成2年)「帰国」、小説現代推理新人賞(第1回)(平成6年)「メルト・ダウン」、サントリーミステリー大賞・読者賞(第16回)(平成11年)「イントゥルーダー」　[歴]通産省電子技術総合研究所、日本原子力研究所で核融合の研究活動をする。昭和53年カリフォルニア大学大学院に留学し、日本語補習校「あさひ学園」の教壇にも立つ。56年帰国し、学習塾を開く。著書に「アメリカの学校生活」「カリフォルニアのあかねちゃん」「イントゥルーダー」「スピカ」など。　[団]日本推理作家協会、日本文芸家協会

高須 智士　たかす・さとし
小説家　[生]昭和38年　[学]慶応義塾大学経済学部卒　[賞]三田文学新人賞(第3回)(平成8年)「見知らぬ街を歩いた記憶」　[歴]都市銀行に7年勤め、渋谷支店を最後に退職。以後小説を執筆、「三田文学」に発表。平成8年「見知らぬ街を歩いた記憶」が第3回三田文学新人賞に入選。同作品を含む著書に「君を、愛している」がある。

高杉 良　たかすぎ・りょう
作家　[生]昭和14年1月25日　[出]東京都品川区　本名＝杉田亮一(すぎた・りょういち)　[学]早稲田大学文学部中退　[賞]キネマ旬報賞(脚本賞，平11年度)(平成12年)「金融腐蝕列島」　[歴]化学関係の専門誌記者、編集長の傍ら、小説も書き、昭和50年「虚構の城」でデビュー。以来「大脱走」「大逆転！」「広報室、沈黙す」など企業・経済小説の問題作を次々と発表。58年退職。平成11年「金融腐蝕列島 呪縛」が映画化され、自身も脚本に参加。他に「あざやかな退任」「人事異動」「祖国へ、熱き心を―フレッド和田勇物語」「小説・日本興業銀行1-5部」「青年社長」、「高杉良経済小説全集」(全15巻，角川書店)など。

高瀬 羽皐　たかせ・うこう
ジャーナリスト　社会事業家　[生]嘉永6年(1853年)　[没]大正13年11月17日　[出]茨城水戸　本名＝高瀬真卿(たかせ・しんきょう)　別号＝菊亭静、茂顕、茂卿など　[歴]「甲府日日新聞」「茨城新聞」「仙台日日」などを主宰。上京後は戯作者に転じ、「二十三年未来記」「書生肝濆誌」などを刊行。明治17年監獄の教誨師となり、翌年東京感化院を創設。

高瀬 千図　たかせ・ちず

小説家　[専]中世の研究　[生]昭和20年12月5日　[出]長崎県西彼杵郡長与町　本名＝勝目千図　[学]熊本女子大学文学部卒　[歴]長崎税関勤務を経て上京、作家となる。代表作に「イチの朝」(昭和59年芥川賞候補)、「水の匂い」「風の家」(昭和63年三島賞候補)、「天の曳航」、監訳にドン・ミゲル・ルイス「愛の選択」などがある。[団]日本文芸家協会　[家]娘＝高瀬千尋(翻訳家)

高瀬 文淵　たかせ・ぶんえん

評論家　小説家　[生]文久4年1月26日(1864年)　[没]昭和15年1月26日　[出]安房国(現・千葉県)　本名＝黒川安治　[学]千葉師範(明治14年)卒　[歴]富津小学校長などを歴任してのち上京し、文筆生活に入り「廻瀾」「詩篇 若葉」などの小説を発表。その後は小説を書くかたわら評論家として理想主義的文学論を展開する。日本女学校の教壇に立ち、教科書編集にもたずさわる。他の作品に「朝日影」「夕月夜」「富岡城」などがある。昭和5年日本文化協会を興し、9年「皇国の経論及規範」を刊行した。

高瀬 無弦　たかせ・むげん

童話作家　[生]明治34年　[出]大阪府　本名＝高瀬嘉男(たかせ・よしお)　[学]関西学院(大正5年)卒　[歴]昭和初期の自由芸術家連盟の主要なメンバーとして活躍。機関誌「童話の社会」に小川未明風の作品「スパイと少年」「消えた労働者」などを発表。のち、「光の子」や「日曜学校の友」などに口演童話、宗教童話、児童劇を発表する。著書に童話集「二つの太陽」「キリスト教児童劇脚本集」などがある。

高田 英太郎　たかだ・えいたろう

作家　高校教師(岐阜県立郡上北高)　[出]岐阜県　[学]早大文学部卒　[賞]新日本文学賞受賞(昭和38年)「黒い原点」　[歴]高校時代から詩、俳句、小説などを書き始める。北海道の新聞社に就職したが、労働争議のため退職。郷里の郡上八幡に戻って高校教師となる。昭和38年「黒い原点」で第3回新日本文学賞受賞。58年初めての詩集「風姿花伝抄」を出す。

高田 桂子　たかだ・けいこ

児童文学作家　[生]昭和20年8月14日　[出]広島県　本名＝小谷桂子　[学]京都大学文学部フランス文学科卒　[賞]路傍の石文学賞(第12回)(平成2年)「ざわめきやまない」　[歴]筑摩書房編集部勤務、コピーライターを経て、児童文学作家に。主な作品に「からからからが…」「メリー・メリーを追いかけて」「やくそく」「透きとおった季節」などがある。

高田 宏治　たかだ・こうじ

シナリオライター　元・シナリオ作家協会理事　[生]昭和9年4月7日　[出]大阪府　[学]東京大学文学部英文学科(昭和33年)卒　[賞]京都市民映画脚本賞(昭和46年)、くまもと映画祭日本映画脚本賞(第2回)(昭和51年)、年間代表シナリオ(昭和51年・52年・58年・60年)、日本アカデミー賞脚本賞(第7回)(昭和59年)「陽暉楼」、牧野省三賞(第38回)(平成8年)　[歴]昭和33年東映に入社。35年「白馬童子・南蛮寺の決闘」でシナリオライターとしてデビュー。36年退社後はフリーで活躍。時代劇、任侠映画、やくざ映画、実録映画など、主に東映を中心に多くの作品を手がける。主な作品に「柳生武芸帳」「忍者狩り」「まむしの兄弟」シリーズ、「仁義なき戦い・完結篇」「やくざ戦争日本の首領」「鬼龍院花子の生涯」「陽暉楼」「櫂」「極道の妻たち」シリーズ、「江戸城大乱」など。

高田 純　たかだ・じゅん

シナリオライター　[生]昭和23年12月11日　[出]長崎県戸島　[学]慶応義塾大学文学部卒　[賞]くまもと映画祭日本映画脚本賞(第10回)(昭和60年)　[歴]大学在学中から松原敏春のもとで、TV番組「ゲバゲバ90分」などのギャグを書く。映画評論を手がけた後、昭和48年にっかつ映画「必殺色仕掛け」で脚本家としてデビュー。主な作品に映画「河内のおっさんの唄」「いつか誰かが殺される」「闇に抱かれて」「ピンクのカーテン」「恋文」、テレビ「華麗なる刑事」(フジ)、「紙の灰皿」(TBS)などがある。

高田 保　たかた・たもつ

劇作家　随筆家　小説家　演出家　映画監督　[生]明治28年3月28日　[没]昭和27年2月20日　[出]茨城県新治郡土浦町(現・土浦市)　俳号＝羊軒　[学]早稲田大学英文科(大正6年)卒　[歴]大正の初期、浅草オペラ華やかな当時、"ペラゴロ"といわれた青春時代を過ごし、「活動倶楽部」「オペラ評論」の記者となる。古海卓二、根岸寛一らと知り合い、映画に携わる。13年に戯曲「天の岩戸」を雑誌「新小説」に発表、劇作家としてデビュー。昭和4年新築地劇団に参加、プロレタリア劇作家として活躍するが、5年検挙され転向。以後、新国劇、新派など商業演劇の脚色、演出をこなした。その間、2年戯曲集「人魂黄表紙」を刊行。また「水の影」(大14年)「少年諸君」(昭7年)など3本の映画を手がけたが、失敗に終った。戦後の23年12月から東京日日新聞に随筆「ブラリひょうたん」を連載、ウィットとユーモアに富んだ社会風刺で喝采を博した。同じように活躍した大宅壮一が「マクラの阿部真之助、オチの高田」と評したのは有名。27年結核のため死亡。作

品は「高田保著作集」(全5巻・創元社)に収録されている。

高田 大嗣　たかだ・ひろし
シナリオライター　[生]昭和19年10月15日　[出]神奈川県　本名＝高田龍彦　[学]桐朋学園大学芸術学部演劇科(昭和45年)卒　[歴]シナリオライターの石森史郎に師事。テレビドラマ「仮面ライダー」シリーズ、「二人の事件簿」「特捜最前線」などのシナリオを担当。一方、劇団を主宰し、演出も行なう。他にCM作家として「アートネイチャー」などを演出。平成3年公開映画「エバラ家の人々」では監督、シナリオを務めた。

高田 ふみよし　たかだ・ふみよし
放送作家　[専]ドラマ　学校放送　[生]大正13年6月30日　[出]茨城県　本名＝高田文美　[学]二松学舎専門学校卒　[賞]NHK懸賞物語入選(昭和31年度)「ラジオ」　[歴]テレビ作品に「わたしたちのくらし」(NHK)、戯曲に「流れ星」などがある。

高田 六常　たかだ・ろくじょう
第5回とやま文学賞を受賞　[学]高岡高商(旧制)(昭和9年)卒　[賞]とやま文学賞(第5回)(昭和62年)「窯」　[歴]昭和62年3月炭焼きの生活を描いた小説「窯」で、富山県民を対象にしたとやま文学賞(第5回)を受賞。長塚節の「炭焼きのむすめ」以上の作品との評。高商を卒業以来、家業の木材商に従事、約30年間を群馬や長野の山で過したが、それらの見聞が基になっている。

高千穂 遙　たかちほ・はるか
SF作家　アニメーションプロデューサー　スタジオぬえ代表　[生]昭和26年11月7日　[出]愛知県名古屋市　本名＝竹川公訓(たけかわ・きみよし)　[学]法政大学社会学部社会学科(昭和50年)卒　[歴]在学中にアニメーションの企画・製作集団“スタジオぬえ”を設立。昭和52年「銀河帝国への野望」でデビュー以来、「目覚めしものは竜」「狼たちの曠野」、「美獣―神々の戦士」「魔道神話」「クラッシャー・ジョウ」シリーズ、「暗黒拳聖伝」シリーズ、「神拳 李酔竜」シリーズなど次々と発表、SFからアクションにまで作品分野を拡大してきた。「クラッシャー・ジョウ」に続き、62年「ダーティペア」が映画化される。　[団]日本SF作家クラブ、日本文芸家協会

高任 和夫　たかとう・かずお
小説家　[生]昭和21年　[出]宮城県　[学]東北大学法学部(昭和44年)卒　[歴]昭和44年三井物産入社以来、審査畑を歩む。広島支店(現中国支社)勤務、審査部国内審査管理第二室長などを歴任。37歳で小説「商社審査部25時」を発表して以来、13年間会社員と執筆の二足のワラジを履き続けるが、平成8年退社。執筆に専念。企業を舞台にした小説の他、エッセイ集、書評もある。著書に「商社審査部25時」「四十代は男の峠」「過労病棟」「銀行捜査部25時」など。

高堂 要　たかどう・かなめ
劇作家　演出家　日本基督教団出版局長代行　[生]昭和7年4月10日　[没]平成13年12月21日　[出]岡山県倉敷市　本名＝高戸要(たかど・かなめ)　[学]東京神学大学(昭和30年)卒　[賞]アジアキリスト教文学賞(第3回)(平成13年)　[歴]俳優座スタジオ劇団三期会、二月座黒の会を経て劇団同人会。教文館常務を務める傍ら、劇作家として活動。のち同社専務。キリスト教文書センター理事、キリスト教出版販売協会幹事、NCC常任議員を務めた。著書に「物・魂・ごっこ―敗戦戯曲論ノート」「文学入門」(共著)、戯曲に「白い墓」「どんま」「おつむてんてん」、ドストエフスキーの「罪と罰」の一部を脚色した「酔っぱらいマルメラードフ」、評論「椎名麟三論」など。　[団]たねの会

高遠 砂夜　たかとお・さや
小説家　京元/由紀子　[生]昭和42年12月25日　[出]石川県　[歴]第20回コバルト・ノベル大賞佳作に「はるか海の彼方に」が入選。以後コバルト文庫から作品を発表。著書に「レィティアの涙」「白き乙女」「海風の笛」などがある。

高楼 方子　たかどの・ほうこ
児童文学作家　[生]昭和30年　[出]北海道函館市　本名＝松野方子(まつの・まさこ)　筆名＝たかどのほうこ　[学]東京女子大学文理学部日本文学科卒　[賞]路傍の石幼少年文学賞(第18回)(平成8年)「へんてこもりにいこうよ」「いたずらおばあさん」、児童福祉文化賞、産経児童出版文化賞(フジテレビ賞，第47回)(平成12年)「十一月の扉」　[歴]雑誌「母の友」に短編童話を発表。著書に長編「ココの詩」、童話「みどりいろのたね」「十一月の扉」、絵本「まあちゃんのながいかみ」「へんてこもりにいこうよ」「いたずらおばあさん」など。

高取 英　たかとり・えい
劇作家　詩人　マンガ評論家　マンガ原作者　月蝕歌劇団主宰　[専]マンガ史　[生]昭和27年1月17日　[出]大阪府堺市浜寺諏訪森　[学]大阪市立大学商学部(昭和51年)卒　[興]歴史、格闘技　[歴]学生時代、白夜劇場を主宰。昭和51年自主映画「アリスの叛乱」の脚本、監督を手がける。52〜55年「漫画エロジェニカ」の編集長。一方、51〜58年寺山修司のスタッフをつとめ、演劇団・蟷螂に戯曲を書く。60年月蝕歌劇団を結成。61年「女神ワルキューレ海底行」で旗揚げ。戯曲集に「聖ミカエラ学園漂流記」「少年極光都市」「女神ワルキューレ海底行」、評論集に「性度は動く」「月蝕歌劇団」「寺山修司論」など。　[団]日本演出家協会

高梨 悦郎　たかなし・えつろう
作家　いづみ書房(古書店)店主　筆名＝小倉俊生　[賞]野の文化賞(第1回)(昭和60年)「馬畔通信」　[歴]古書店いづみ書房を営む傍ら、昭和45年にガリ版の個人誌「馬畔通信」を発行。手作りのこの個人誌に小説を発表し続け、文学に情熱を傾けてきた。特に「馬畔通信」第14号に載せた短編小説「母の晩年」は人生問題を描いた秀作と評価された。60年、59年1月死去した山形市の詩人・真壁仁さんを記念する「野の文化賞」の第一回受賞者に選ばれる。

高梨 久　たかなし・ひさし
演出家　シナリオライター　[生]大正13年7月24日　[出]大阪府　[学]京都芸術大学卒　[賞]芸術祭脚本部門芸術大賞・文部大臣賞(第19回)「なんで可哀そうや」、国連劇3回入選　[歴]NHK・大阪放送で番組の制作にあたり、のち新聞小説やコラムを執筆。主な作品にラジオ「なんで可哀そうや」、小説「家庭の奔放」などのほか、戯曲も手がけている。　[団]日本放送作家協会

高野 和明　たかの・かずあき
脚本家　[生]昭和39年　[出]東京都　[賞]江戸川乱歩賞(第47回)(平成13年)「13階段」　[歴]学生時代から映画監督を目指して脚本修業。高校在学中に書いた脚本「幽霊」が城戸賞の最終選考に残り、昭和59年岡本喜八監督に弟子入り。映画、テレビの現場で下働きした後、平成元年渡米し、ABCネットワークのスタッフとして働く傍ら、ロサンゼルス・シティ・カレッジで映画演出を2年間学ぶ。帰国後、脚本家となる。平成13年「13階段」で江戸川乱歩賞を受賞。脚本担当に映画「国会へ行こう！」(斉藤ひろしと共同)、テレビ「火曜サスペンス劇場 魔の視線」(橋場千晃と共同)、「ネオドラマ 裏窓の女」などがある。

高野 澄　たかの・きよし
作家　日本史研究家　[専]日本史　[生]昭和13年10月1日　[出]埼玉県坂戸市　[学]同志社大学文学部社会学科卒、立命館大学大学院修了　[歴]立命館大学史学科助手を経て、在野の歴史研究家として活躍。日本史に取材した物語や評論が多数ある。著書に「なさけの系譜」「呂宋助左衛門」「賄賂の歴史」「怒濤の時代」「変わり者の日本史」「西郷隆盛よ江戸を焼くな」「勝海舟」「適塾と松下村塾」「性の日本史」「栄西」「文学でめぐる京都」など。　[団]日本文芸家協会、日本ペンクラブ

鷹野 つぎ　たかの・つぎ
小説家　評論家　随筆家　[生]明治23年8月15日　[没]昭和18年3月19日　[出]静岡県浜松市　旧姓(名)＝岸次　[学]浜松高女(昭和40年)卒　[歴]明治42年遠江新聞記者の鷹野弥三郎と結婚し、大正6年から東京で生活。島崎藤村に師事し、11年短編小説集「悲しき配分」を出版。12年結核を発病、以後約20年間の闘病生活。他に「ある道化役」「太陽の花」、随筆評論集に「子供と母の領分」「女性の首途」「幽明記」「鷹野つぎ著作集」(全4巻)などがある。

高野 正巳　たかの・まさみ
国文学者　児童文学者　東京女子医科大学名誉教授　[専]近世演劇　[生]明治38年3月3日　[出]福島県　旧姓(名)＝荒井　[学]東京帝大国文科(昭和4年)卒　文学博士(昭和16年)　[歴]昭和19年宮城県古川中学校長、21年奈良女高師教授、30年東京女子医科大学教授などを歴任。国文学者として活躍する一方、児童文学者としても活躍し、大正14年「金べこ」が「金の船」に1等入選。著書に「近世演劇の研究」「近松 文学と芸術」、童話集「ひょうたん船」、伝記「嘉納治五郎」などがある。

鷹野 祐希　たかの・ゆうき
小説家　[生]昭和47年2月21日　[出]神奈川県　[学]成城大学文芸学部文化史学科卒　[歴]「開静のとき」(「傀儡覚醒」と改題)が第6回ホワイトハート大賞佳作となり、作家デビュー。著書に「傀儡覚醒(くぐつかくせい)」がある。
http://plaza19.mbn.or.jp/~tenkuraion/

高野 裕美子　たかの・ゆみこ
翻訳家　[生]昭和32年　[出]北海道札幌市　本名＝長井裕美子(ながい・ゆみこ)　旧姓(名)＝高野　旧筆名＝冴木淳(さえき・じゅん)　[学]立教大学フランス文学科卒　[賞]日本ミステリー文学大賞新人賞(第3回)(平成11年)「サイレント・ナイト」　[歴]専門学校で英文タイプの教師をした後、バベル翻訳・外語学院で学ぶ。主な訳書に、A.ダーレス「眠られぬ夜のために」、D.マ

ッカーシー他「恐怖の分身」、G.ディナロ「赤い閃光」、I.メルキオー「標的はナチス最終兵器」など。平成11年「サイレント・ナイト」で第3回日本ミステリー文学大賞新人賞を受賞。

鷹野 良仁　たかの・よしひと
小説家　[生]昭和51年　[出]鹿児島県　[賞]角川学園小説大賞(第3回)(平成11年)「フィールド・オブ・スターライト新任艦長はいつも大変」　[歴]平成11年「フィールド・オブ・スターライト新任艦長はいつも大変」で角川学園小説大賞を受賞し、小説家デビュー。

高野 亘　たかの・わたる
群像新人文学賞を受賞　[生]昭和29年12月30日　[出]北海道滝川市　本名＝高野昌行　[学]一橋大学法学部卒、一橋大学大学院哲学専攻博士課程中退　[賞]群像新人文学賞(第33回・小説部門)(平成2年)「コンビニエンスロゴス」　[歴]成城大学、立正大学各非常勤講師をつとめる傍ら、創作に従事。平成2年「コンビニエンスロゴス」を刊行。

高場 詩朗　たかば・しろう
小説家　[生]昭和13年　[歴]コピーライターを始めとして、数多くの職業を経験しながら作家をめざす。昭和57年「長い愛の手紙」が第28回江戸川乱歩賞候補作となり、63年には「あしながおじさん殺人事件」が第1回日本推理サスペンス大賞の候補となった。著書に「神戸舞子浜殺人事件」。

鷹羽 十九哉　たかは・とくや
推理作家　[生]昭和3年4月27日　[出]栃木県足利市　本名＝半田昭三　[学]中央大学専門部法学科卒　[賞]サントリーミステリー大賞(第1回)(昭和58年)「虹へ、アヴァンチュール」　[歴]大学卒業後、進駐軍関係の商品検査官、記者を経て、神戸で進学塾の教師に。傍ら、推理小説を執筆。昭和58年「虹へ、アヴァンチュール」で第1回サントリーミステリー大賞を受賞。ペンネームの鷹羽は塾の名、十九哉はジュクージュークのしゃれ。他の作品に「石川啄木殺人事件」「不動産殺人事件」「板前さん、ご用心」など。
[団]日本文芸家協会

高橋 昭　たかはし・あきら
児童文学作家　読書運動家　[生]昭和4年3月31日　[出]岩手県　[学]盛岡中卒　[賞]学校図書館賞(第1回)(昭和46年)　[歴]小学校教員となり、作文教育や読書教育に力をそそぐ。昭和45年岩手県子どもの本研究会を結成し、以後、読書運動を推進。かたわら、幼年向けから高学年向けまで児童文学を創作。浄法寺町議。代表作に「マータンはまさおくん」「たつやとなぞの骨」「二週間の脱走兵」「ミナ子の転校」「ふきのとうみつけた」などがある。
[団]日本児童文学者協会、日本子どもの本研究会、岩手県子どもの本研究会

高橋 いさを　たかはし・いさお
劇作家　演出家　劇団ショーマ主宰　ノースウェット代表　[生]昭和36年9月7日　[出]東京都　本名＝高橋功　[学]日本大学芸術学部演劇学科(昭和57年)中退　[歴]大学在学中の昭和57年劇団ショーマを結成。以後、同劇団の作・演出を担当。以降、東京都内の小劇場を中心に年間1～3本のペースで公演。その展開の速さに“ジェットコースター演劇”の異名をとる。著書に「ある日、ぼくらは夢の中で出会う」「八月のシャハラザード」。

高橋 一起　たかはし・いっき
小説家　[賞]文学界新人賞(第56回)(昭和58年)「犬のように死にましょう」　[歴]広告会社を経営。著書に「犬のように死にましょう」「死者たちのフェアウェイ」がある。

高橋 うらら　たかはし・うらら
児童文学作家　本名＝高橋麗　[学]慶応義塾大学経済学部卒　[賞]毎日児童小説優秀賞「ミスターSによろしく」、宝塚ファミリーランド童話コンクール特賞「ねこのゆうびんやさん」、日本児童文芸家協会創作コンクール佳作「なわとびの女王」　[歴]著書に「ミスターSによろしく」「ねこのゆうびんやさん」「なわとびの女王」「いい天気」など。　[団]日本児童文芸家協会

高橋 治　たかはし・おさむ
小説家　映画監督　白山の自然を考える会会長　白山麓僻村塾塾長　[生]昭和4年5月23日　[出]千葉県千葉市新田町　[学]東京大学文学部国文学科(昭和28年)卒　[賞]芸術祭賞奨励賞(昭和52年)、小野宮吉戯曲平和賞(昭和52年)、泉鏡花記念金沢市民文学賞(昭和52年)「派兵」、直木賞(第90回)(昭和59年)「秘伝」、柴田錬三郎賞(第1回)(昭和63年)「名もなき道を」「別れてのちの恋歌」、吉川英治文学賞(第30回)(平成8年)「星の衣」　[歴]昭和28年松竹に入社。「東京物語」の助監督として小津安二郎監督の下で1ケ月間働いた経験をもつ。34年監督に昇進。「彼女だけが知っている」でデビュー。他の作品に「非情の男」「少年とラクダ」など。40年松竹退社後は芝居やドキュメントの執筆などに取り組む。52年「白鳥事件」「告発」の作・演出で芸術祭奨励賞、小野宮吉戯曲平和賞を受賞。57年小説「絢爛たる影絵・小津安二郎」を発表。59年に「秘伝」で第90回直木賞受賞。また、55年頃から環境破壊に対する発言も度々行い、63年石川県白峰村に白山僻村学校を(現・

財団法人白山麓僻村塾)を開校。著書に「地雷」「派兵」(1〜4)「紺青の鈴」「秘伝」「告発水俣病事件」「星の衣」「冬の炎〈上・下〉」など。
[団]日本文芸家協会

高橋 和巳 たかはし・かずみ
小説家 評論家 中国文学者 [専]六朝文学 唐文学(とくに李商隠) 清文学(とくに王士禛) [生]昭和6年8月31日 [没]昭和46年5月3日 [出]大阪府大阪市浪速区貝柄町 [学]京都大学文学部中国語学中国文学専攻(昭和29年)卒、京都大学大学院中国文学専攻(昭和34年)博士課程修了 [賞]文芸賞(第1回)(昭和37年)「悲の器」 [歴]昭和20年大阪大空襲で焼け出され、疎開先で文学書を濫読する。24年京都大学に入学、“政治と文学”が問題とされる中で処女作「片隅から」を発表。37年「悲の器」(第1回文芸賞)で諸家の絶賛を受ける。40年には'50年代の学生運動を描いた「憂鬱なる党派」を発表。42年京都大学助教授となり、44年学園闘争の渦中では、全共闘派の批判を最も誠実に受けとめた知識人といえる。「邪宗門」(41年)、「散華」(42年)、「我が心は石にあらず」(42年)、「日本の悪霊」(43年)、「わが解体」(44年)などつねに問題作を発表。一方「李商隠」(33年)など優れた中国文学研究の成果も残す。45年大学を辞すが、翌46年病にたおれ、死去。「高橋和巳全集」(全20巻, 河出書房新社)がある。
[団]日本文芸家協会、日本文芸著作権保護同盟
[家]妻=高橋たか子(小説家)

高橋 克彦 たかはし・かつひこ
浮世絵研究家 作家 アレン国際短期大学客員教授 [生]昭和22年8月6日 [出]岩手県盛岡市 [学]早稲田大学商学部(昭和50年)卒 [賞]江戸川乱歩賞(第29回)(昭和58年)「写楽殺人事件」、吉川英治文学新人賞(第7回)(昭和61年)「総門谷」、日本推理作家協会賞(第40回)(昭和62年)「北斎殺人事件」、直木賞(第106回)(平成4年)「緋い記憶」、吉川英治文学賞(第34回)(平成12年)「火怨」、放送文化賞(第53回)(平成14年) [歴]高校時代から浮世絵に興味を持ち始め、独学で浮世絵研究家に。美術館勤務を経て、昭和53年岩手県久慈市のアレン国際短期大学講師となり、助教授を経て、教授。のち客員教授。また研究家としての知識を最大限に活用した歴史推理小説「写楽殺人事件」で作家デビュー。伝奇、SF、怪奇、冒険、時代など様々なジャンルを手掛ける。平成11年読売新聞紙上に「京伝怪異帖」を連載。13年「時宗」がNHK大河ドラマ「北条時宗」としてドラマ化される。他の著書に「浮世絵鑑賞事典」「浮世絵ミステリーゾーン」「北斎殺人事件」「歌麿殺贋事件」「総門谷」「緋(あか)い記憶」「炎立つ」「火怨」、ノンフィクションに「黄昏綺譚」など。
[団]日本文芸家協会、日本推理作家協会、浮世絵協会

高橋 揆一郎 たかはし・きいちろう
作家 神田日勝記念館館長 [生]昭和3年4月10日 [出]北海道歌志内市上歌 本名=高橋良雄(たかはし・よしお) [学]札幌師範(昭和23年)中退 [興]芸術家の生涯(音楽・絵画)の小説化 [賞]文学界新人賞(第37回)(昭和48年)「ぽぷらと軍神」、芥川賞(第79回)(昭和53年)「伸予」、北海道新聞文学賞(第11回)(昭和52年)「観音力疾走」、北海道文化賞(平成3年)、新田次郎文学賞(第11回)(平成4年)「友子」、歌志内市名誉市民(平成9年) [歴]昭和23年住友石炭鉱業に入社。のち、イラストレーターとなるが、42歳で文学の道を志し、46年地元の同人誌「くりま」に参加。45年、23年間勤めた会社を退職し、48年「ぽぷらと軍神」で文学界新人賞、53年「伸予」で芥川賞を受賞。59年、50年11月以来休刊が続いていた「くりま」の編集人を買って出、同誌を9年ぶりに再刊した。また、北の文化会議世話人会代表、北海道文学館理事などもつとめる。下積みの生活者への共感が描かれたものが多く、著書に「観音力疾走・木偶おがみ」「狐沢夢幻」「青草の庭」「雨ごもり」など。
[団]日本文芸家協会、近代文学会

高橋 京子 たかはし・きょうこ
小説家 [生]昭和14年 [出]京都府京都市 [学]法政大学卒 [賞]埼玉文芸賞(第8回)(平成9年)「その橋をわたって」 [歴]昭和16年満州に渡り、奉天、営口を経て、21年帰国。平成9年「その橋をわたって」で埼玉文芸賞を受賞。

高橋 健 たかはし・けん
動物作家 池ノ平湿原を野生博物館にする会代表 [生]昭和5年7月25日 [出]岐阜県関市 本名=高橋健(たかはし・たけし) [学]早稲田大学教育学部英語英文学科卒 [賞]サンケイ児童出版文化賞(第28回)(昭和56年)「自然観察物語—自然のなかの動物たち」 [歴]在学中、早大童話会に所属。坪田譲治に師事。昭和30年平凡社に入社。20年間の編集者生活ののち、50年に退社し、以後作家生活に入る。この間、48年動物雑誌「アニマ」を企画・創刊。また、50年頃より都下・八王子の公園にオオムラサキ(蝶)が舞う林を再現する運動を続ける。54年オオムラサキを守る会設立。作品に「しまふくろうのまんと」「キツツキのあかいぼうし」「自然観察物語」(全10巻)「日本の自然誌」(全5巻)などの他、映画「キタキツネ物語」の企画・原作を手がけた。
[団]日本文芸家協会

高橋 源一郎　たかはし・げんいちろう

小説家　[生]昭和26年1月1日　[出]大阪府　[学]横浜国立大学経済学部(昭和46年)中退　[賞]群像新人長編小説賞(優秀作)(昭和56年)「さようなら、ギャングたち」、三島由紀夫賞(第1回)(昭和63年)「優雅で感傷的な日本野球」、伊藤整文学賞(第13回)(平成14年)「日本文学盛衰史」　[歴]麻布中から灘中へ転校。灘高を経て横浜国大に入学、全共闘運動に参加して逮捕される。その頃、古典から現代文学までを読みあさり、詩論を書く。大学を中退し、横浜で肉体労働を10年。昭和56年「さようなら、ギャングたち」で群像新人長編小説賞優秀賞を受賞、ポップ文学の旗手となる。63年「優雅で感傷的な日本野球」で三島賞受賞。平成3年湾岸戦争への日本加担に反対する声明に参加。12年9月より「朝日新聞」夕刊に「官能小説家—明治文学偽史」を連載。作品はほかに「虹の彼方に」「ジョン・レノン対火星人」「朝、起きて、君には言うことが何もないなら」「ジェイムス・ジョイスを読んだ猫」「文学がこんなにわかっていいかしら」「追憶の一九八九年」「タカハシさんの生活と意見」「ゴーストバスターズ」「あ・だ・る・と」「日本文学盛衰史」など。現代アメリカ文学にも詳しく、訳書にマキナニー「ブライト・ライツ・ビッグ・シティ」など。競馬評論も手がけ、新聞にコラムを執筆、ラジオ中継にも出演する。

高橋 玄洋　たかはし・げんよう

放送作家　劇作家　小説家　[生]昭和4年3月24日　[出]島根県松江市　本名＝高橋玄洋(たかはし・つねひろ)　[学]早稲田大学文学部国文科(昭和29年)卒　[賞]芸術祭賞(奨励賞)(昭和35年)「傷痕」、芸術祭賞(奨励賞)(昭和37年)「子機」、久保田万太郎賞(昭和42年)「いのちある日を」、芸術選奨文部大臣賞(昭和48年)、紫綬褒章(平成4年)、勲四等旭日小綬章(平成11年)　[歴]劇団・新派で北条秀司に劇作を師事。日本演劇協会の書記を経て、昭和34年NETテレビ(現・テレビ朝日)嘱託となり、局内の作家として活躍。37年退社、以後フリー。35年に書いた「傷痕」が芸術祭奨励賞を受け、放送作家の道へ。他の作品に「子機」「いのちある日を」「繭子ひとり」「バラ色の人生」や森繁久弥主演「だいこんの花」「三男三女婿一匹」、宇津井健主演「野々村病院物語」、堺正章主演「さよなら三角またきて四角」など。著書に「体験的なテレビドラマ作法」「風を見た女」「花を見るかな—評伝小林和作」「分水嶺」など。　[団]日本演劇協会(常任理事)、日本放送作家協会(監事)、日本文芸家協会、日本文芸著作権保護同盟(理事)

高橋 幸雄　たかはし・さちお

作家　中央大学名誉教授　[専]ドイツ文学　[生]大正1年8月2日　[没]昭和58年12月6日　[出]高知県　[学]東京帝大独文科(昭和12年)卒　[歴]戦前「アカイエル」「日本浪曼派」同人となり作品を発表。戦後「近代文学」の2期同人。著書に「シュティフター感想集」、創作集「幼年」「銀跡記」「梅檀の花」。　[団]日本文芸家協会、日本独文学会、西日本独文学会

高橋 新吉　たかはし・しんきち

詩人　小説家　美術評論家　仏教研究家　[生]明治34年1月28日　[没]昭和62年6月5日　[出]愛媛県西宇和郡伊方町　[学]八幡浜商(大正7年)中退　[賞]芸術選奨文部大臣賞(第23回・文学・評論部門)(昭和48年)「定本高橋新吉詩集」、日本詩人クラブ賞(第15回)(昭和57年)「空洞」、歴程賞(第23回)(昭和60年)　[歴]若い頃から放浪生活を送るが、挫折して故郷に帰る。大正9年「万朝報」の懸賞短編小説に「焰をかかぐ」が入選。同年ダダイスム思想に強い衝撃を受け、「ダダ仏問答」「断言はダダイスト」などを発表。12年「ダダイスト新吉の詩」を刊行、ダダイスムの先駆者となる。13年小説「ダダ」を刊行。昭和3年頃から禅の道にも入り、9年詩集「戯言集」を発表以後は東洋精神や仏教への傾倒を深める。戦後も「歴程」や「日本未来派」同人として旺盛な創作活動を展開。「定本高橋新吉詩集」など多くの詩集のほか、「無門関解説」「道元」「禅に参ず」の研究書や、小説「ダガバジジンギヂ物語」、美術論集「すずめ」など、著作は広い分野にわたる。57年「高橋新吉全集」(全4巻・青土社)刊行。　[団]現代詩人会、日本ペンクラブ、日本文芸家協会

高橋 季暉　たかはし・すえてる

劇作家　[没](生没年不詳)　[出]千葉県　[歴]大正末～昭和初期、農民劇作家として「解放」誌上で活躍。代表作に「小作人」「埃」、長編戯曲集「百姓一揆」などがあり、「小作人」は林房雄の初期の代表作「繭」と並び称された。「百姓一揆」は丹後宮津藩の事件を扱ったもので“水呑百姓の亡父”に捧げられたもの。

高橋 太華　たかはし・たいか

児童文学者　小説家　編集者　[生]文久3年(1863年)　[没]昭和22年2月25日　[出]岩代国(現・福島県)　本名＝高橋七郎　[歴]小学校卒業後上京、歴史・漢学者重野安繹に入門、同郷の小説家東海林散士に知遇を得た。散士の政治小説「佳人之奇遇」に加筆、さらに「東洋之佳人」は太華が執筆した。明治21年少年雑誌「少年園」編集主任、「小国民」の編集も助け、論説、少年向け歴史物語を書き、「幼年雑誌」「少年文学」

に執筆するなど少年雑誌育ての親として活躍。また根岸派の一人といわれ「小説百家選」に小説も書いた。30年代中期から川柳、狂歌の集成に従事。

高橋 たか子　たかはし・たかこ
小説家　[生]昭和7年3月2日　[出]京都府京都市　本名＝高橋和子(たかはし・たかこ)　旧姓(名)＝岡本　[学]京都大学文学部仏文科(昭和29年)卒　[賞]田村俊子賞(第13回)(昭和47年)「空の果てまで」、泉鏡花文学賞(第4回)(昭和51年)「誘惑者」、女流文学賞(第16回)(昭和52年)「ロンリー・ウーマン」、川端康成文学賞(第12回)(昭和60年)「恋う」、読売文学賞(昭和61年)「怒りの子」　[歴]昭和29年作家・高橋和巳と結婚。東京の「白描」同人として、幻想的短編を発表し注目される。46年5月に夫を亡くした後、小説家としての才能を開花させ、数多くの力作を発表。人間の内面の混濁を乾いた筆致で描き続ける。50年カトリックの洗礼を受け、55年フランスへ。60年修道院生活のためいったん筆を断つ。その後、帰国。近年は自らが"霊的著作"と呼ぶ宗教的エッセイを発表。代表作に「空の果てまで」「没落風景」「誘惑者」「装いせよ、わが魂よ」「怒りの子」「土地の力」「亡命者」「意識と存在の謎」や、「自選小説集」(全4巻，講談社)もある。　[団]日本文芸家協会　[家]夫＝高橋和巳(小説家・故人)

高橋 丈雄　たかはし・たけお
小説家　劇作家　[生]明治39年11月1日　[没]昭和61年7月7日　[出]東京　本名＝高橋武雄　[学]第一早稲田高等学院中退　[賞]文部大臣賞(昭和28年)「明治零年」　[歴]昭和4年「改造」の懸賞に戯曲「死なす」が入選。5年新興芸術派倶楽部の結成に参加。代表作に小説「厘、銭、円」(6年)、戯曲「ぽんち絵」(7年)などのほか、「高橋丈雄著作集」(全2巻)がある。

高橋 辰雄　たかはし・たつお
放送作家　演出家　多摩芸術学園映画科講師　[生]大正13年　[没]平成2年2月13日　[出]広島県　[学]海軍経理学校(第35期)卒、東京大学文学部美学科卒　[歴]海軍主計少尉。民放の開始以来、放送作家として立ち、戯曲、演出も手がける。著書に「せんちめんたるほおるの夜」「南北夢幻」「桜と錨」など。

高橋 忠治　たかはし・ちゅうじ
児童文学作家　詩人　「とうげの旗」編集長　黒姫童話館長　[生]昭和2年5月15日　[出]長野県飯山市　[学]法政大学文学部卒　[賞]新美南吉児童文学賞　[歴]教師になって2年目の25歳のときから児童文学のとりこに。長野県内の小中学校で教師を務める傍ら、信州の童話や児童向けの詩を書き続ける。「子どもと文学」を経て、昭和32年から信州児童文学界の「とうげの旗」同人として創作活動を行なう。53年から10年間、信州児童文学会会長。作品に「かんじきの歌」「黒い石の狩人」、詩集に「りんろろん」など。　[団]日本児童文学者協会(評議員)、信州児童文学会

高橋 蝶子　たかはし・ちょうこ
児童文学作家　[生]大正13年6月16日　[出]新潟県新発田市　[学]新発田高女卒　[賞]北川千代賞佳作(第7回)(昭和50年)「カロンの舟に祈りをのせて」　[歴]昭和46年第1期児童文学学校で学ぶ。主な作品に「一郎」「カロンの舟に祈りをのせて」「ぼくの中にぼくがいた」「赤い絵日記のなぞ」などがある。　[団]日本児童文学者協会、一期会

高橋 鉄　たかはし・てつ
性風俗研究家　小説家　評論家　[生]明治40年11月3日　[没]昭和46年5月31日　[出]東京市芝区愛宕下町　筆名＝古泉奔、黄表紙鉄輔、旧戸籍名＝高橋鉄次郎、呼び名＝高橋鉄之介　[学]日本大学心理学科(昭和7年)卒　[賞]フロイト賞(昭和12年)「象徴形成の無意識心理機制」　[歴]作家としては昭和12年「怪船人魚号」でデビュー。以後3年間に十数編の怪奇・耽奇的作品を発表した。14年「文学建設」同人となる。一方、在学中からフロイト深層心理学を学び、分析的性科学を樹立。戦後は性科学者として執筆活動に入り、「共学資料」「肉体芸術」を主宰。25年日本生活心理学会を創設、27年から機関誌「セイシン・リポート」を刊行。29年猥褻物販売等で起訴され、45年有罪が確定。著書に「交悦の心理学」「あるす・あまとりあ―性交態位62型の分析」「人性記」「徳川性典大鑑」「本朝艶本艶画の分析」「日本の神話」「浮世絵」「近世近代150年性風俗図史」など。作品集に「世界神秘郷」がある。

高橋 哲郎　たかはし・てつろう
著述家　[生]昭和9年　[出]京都府　[学]小樽商科大学(昭和34年)卒　[賞]埼玉文芸賞(平成11年)「律義なれど仁侠者―秩父困民党総理 田代栄助」　[歴]講談社に入社。営業畑を歩み、平成7年退職。在職中から秩父事件に興味を持ち、史料を読み調査に務める。退職とともに執筆活動に専念する。著書に「律義なれど仁侠者―秩父困民党総理 田代栄助」がある。

高橋 照夫　たかはし・てるお
小説家　[生]大正8年　[出]岐阜県　[学]東京鉄道教習所専門部卒　[賞]岐阜県芸術文化奨励賞(平成2年)　[歴]高等小学校卒業後、旧国鉄に就職。昭和49年退職。58年「美濃文学」同人となる。平成元年「稲葉一鉄」私家版を出し、11年刊行する。

高橋 直樹　たかはし・なおき
作家　[生]昭和35年3月22日　[出]東京都　[学]国学院大学文学部卒　[賞]オール読物新人賞(第72回)(平成4年)「尼子悲話」、中山義秀文学賞(第5回)(平成9年)「鎌倉擾乱」　[歴]東京法人会連合会に勤務する傍ら、歴史小説を執筆。著書に「闇の松明」「最後の総領・松平次郎三郎」「亀田大隅 最後の戦国武将」「鎌倉擾乱」「日輪を狙う者」など。　[団]日本文芸家協会

高橋 ななを　たかはし・ななお
小説家　本名＝高橋直子　[学]日本大学芸術学部文芸学科卒　[歴]卒業制作で芸術学部賞受賞。第5回パレットノベル大賞佳作でデビュー。著書に「志央美は作家志望」「18才の聖戦(ジハード)」「サイドシートで眠らせて」などがある。5月17日生まれ。

高橋 洋　たかはし・ひろし
脚本家　[生]昭和34年　[出]千葉県　[学]早稲田大学文学部ロシア文学科卒　[歴]早稲田大学シネマ研究会で自主製作を始め、「夜は千の眼を持つ」などを撮影。平成2年脚本家としてデビュー。主に恐怖映画の脚本を手掛け、「復讐・運命の訪問者」「蛇の道」「新生・トイレの花子さん」「女優霊」「リング2」などがある。他の作品にテレビ「離婚・恐婚・連婚」、映画「東方見聞録」「私を抱いてそしてキスして」、編著に「荒野のダッチワイフ―大和屋竺ダイナマイト傑作選」などがある。

高橋 宏幸　たかはし・ひろゆき
児童文学作家　絵本作家　[生]大正12年2月28日　[出]秋田県　本名＝高橋博之　[学]秋田鉱山専門学校機械科卒　[賞]日本児童文芸家協会賞(第15回)(平成3年)、児童文化功労者賞(第37回)(平成9年)　[歴]長年児童図書出版社の編集長をつとめたのち、児童文学・絵本作家となる。手づくり絵本では草分け的存在。作品に「チロヌップのきつね」「2どひらく絵本(全16巻)」「しろくろぐま」「ぼくUFOにのったよ」など多数。　[団]日本児童文学者協会、日本児童文芸家協会(理事長)、JBBY

高橋 文樹　たかはし・ふみき
小説家　[生]昭和54年8月16日　[出]千葉県　[学]東京大学文学部フランス文学科　[賞]幻冬舎NET学生文学大賞(第1回)(平成13年)「途中下車」　[歴]東京大学在学中の平成13年「途中下車」で第1回幻冬舎NET学生文学大賞を受賞。　[家]父＝高橋義夫(小説家)

高橋 昌男　たかはし・まさお
小説家　[生]昭和10年10月23日　[出]東京　[学]慶応義塾大学文学部仏文科(昭和33年)卒　[賞]平林たい子文学賞(評論部門, 第25回)(平成9年)「独楽の回転 甦る近代小説」　[歴]日常社会の中に見られるごく普通の男女の恋愛のもつれ、性愛への偏執をモチーフとした作品が多い。昭和60〜61年「三田文学」編集長。著書に「軒場の灯」「蜜の眠り」「鬼の太鼓」「昼酒」「町の秋」「夏至」「独楽の回転 甦る近代小説」など。　[団]日本文芸家協会、三田文学会(理事)

高橋 昌規　たかはし・まさき
著述家　[生]昭和17年　[出]宮城県若柳町　[賞]木下杢太郎文学大賞佳作(平成9年)「ふるさと」、千葉県詩人賞(平成10年)「輝く日々」　[歴]千葉県警察本部運転免許本部長、警察学校長、平成12年船橋警察署長を経て、千葉県警備業協会専務理事。傍ら、詩や小説を執筆。著書に「巡回連絡」「外勤警察」「警察署長の憂鬱」、詩集に「貧しい想像」、小説に「交番と青春」などがある。

高橋 町子　たかはし・まちこ
小説家　[生]昭和27年　[出]東京都　[歴]「少女みずき捕物ノート・ご用だっ!ねこねこユーカイ事件」が第2回「童話の海」に入選し、デビュー作となる。著書に「少女みずき捕物ノート オバケやしきのおさいふ事件」がある。

高橋 三千綱　たかはし・みちつな
小説家　[生]昭和23年1月5日　[出]大阪府豊中市曽根芳正園　[学]サンフランシスコ州立大学英語学科(昭和44年)中退、早稲田大学文学部英文科(昭和47年)中退　[賞]群像新人文学賞(第17回)(昭和49年)「退屈しのぎ」、芥川賞(第79回)(昭和53年)「九月の空」　[歴]セールスマン、通訳、土方、東京スポーツ記者など職を転々としたのち、文筆生活に入る。昭和49年「退屈しのぎ」で群像新人賞、53年「九月の空」で芥川賞受賞。そのほかに、アメリカでの労働経験を綴った唯一の長篇「葡萄畑」や「さすらいの甲子園」「こんな女と暮らしてみたい」など多数の著書がある。58年自作「真夜中のボクサー」を映画化、監督をつとめた。平成13年参院選比例区に自由連合から出

馬。 [団]日本文芸家協会、日本カジノ学会 [家]父＝高野三郎(作家)

高橋 光子　たかはし・みつこ

小説家 [生]昭和3年8月15日 [出]愛媛県 別名＝上条由紀(かみじょう・ゆき) [学]川之江高女(昭和20年)卒 [興]環境問題 [賞]文学界新人賞(第20回)(昭和40年)「蝶の季節」、潮賞(第12回・ノンフィクション部門優秀作)(平成5年)「ある兄弟の軌跡—『大正ロマン』の画像高畠華宵とその兄」 [歴]長年ラジオやテレビの脚本を手がけ、昭和40年文学界新人賞受賞をきっかけに小説家となる。著書に「遺る罪は在らじと」「ハムスターになった男」「恋のひとり旅」「津和野の恋」「高畠華宵とその兄」など。 [団]日本文芸家協会

高橋 稔　たかはし・みのる

シナリオライター [生]昭和6年 [没]平成3年6月2日 [出]石川県石川郡鶴来町 [学]早稲田大学文学部演劇科卒 [賞]シナリオ功労賞(平成4年) [歴]東宝シナリオ研究会、東映脚本研究生から東映専属契約となり、のち日本電波映画のプロデューサーを経て、フリーのシナリオライターに。映画「暴れん坊一代」「千姫と秀頼」「眠狂四郎円月殺法」、テレビ「銭形平次」「暴れん坊将軍」「必殺仕事人」「遠山の金さん」など時代劇の話題作を数多く執筆した。

高橋 泰邦　たかはし・やすくに

海洋作家 翻訳家 [専]西洋帆船 [生]大正14年5月31日 [出]東京 [学]早稲田大学理工学部(昭和22年)中退 [興]英国海事史、海軍史、東洋を含む世界海賊史 [歴]昭和26年NHKの懸賞に入選、29年講談社の懸賞に入選。これを機に、海洋作家・翻訳家として出発。スレッサー、マクベインなど多数の翻訳を手がけ、47年より日本翻訳専門学院講師もつとめる。また、34年の「殉職」以来、旺盛な創作を続けている。主な著書に「偽りの晴れ間」「南溟に吼える」、訳書に「海の男ホーンブロワー」シリーズなど多数。 [団]日本推理作家協会、他殺クラブ、日本文芸家協会

高橋 靖子　たかはし・やすこ

スタイリスト [生]昭和16年 [出]茨城県 [学]早稲田大学政経学部卒 [賞]読売ヒューマンドキュメンタリー大賞(第19回)(平成10年)「家族の回転扉」 [歴]広告代理店レマンのコピーライターを3年務めた後、スタイリストに。フリーランスのスタイリストの草分け的存在。昭和43年渡米。帰国後、やまもと寛斎のショーを皮切りに、音楽、テレビ、CFなど各方面で活躍。平成10年には2年半の養父の介護、自身の離婚などを綴った作品「家族の回転扉」で読売ヒューマンドキュメンタリー大賞を受賞。

高橋 洋子　たかはし・ようこ

小説家 女優 [生]昭和28年5月11日 [出]東京都大田区 本名＝三井洋子 旧姓(名)＝高橋 [学]三田高(昭和47年)卒、文学座附属演劇研究所(昭和48年)修了 [賞]エランドール賞(昭和48年)、中央公論新人賞(第7回)(昭和56年)「雨が好き」 [歴]昭和47年斎藤耕一監督「旅の重さ」に主演し、好評を得、つづいて48年NHKテレビ小説「北の家族」のヒロインに抜擢される。49年文学座を退団。同年映画「サンダカン八番娼館・望郷」の娼婦役を熱演し演技派女優の地位を確立。その後、「宵待草」「北陸代理戦争」、テレビ「求婚旅行」「時間よ止まれ」「売れっこ女房」「空白の殺意」などに出演。55年LP「シルエット」を出し、歌手活動も行い、「四季・奈津子」の主題歌「ボスホラスの海へ」を作詩・作曲・自演する。一方、56年に小説「雨が好き」を書き中央公論新人賞を受け、58年にはこの小説を主演・脚本・監督して映画化、多才ぶりをみせた。以後は作家活動に専念。他の作品に芥川賞候補になった「通りゃんせ」や「金魚時代」「恋しくて…Love Words」、エッセイ「雨を待ちながら」「アダージョの恋」など。 [団]日本文芸家協会 [家]夫＝三井誠(音楽家)

高橋 義夫　たかはし・よしお

小説家 [生]昭和20年10月26日 [出]千葉県船橋市 [学]早稲田大学文学部仏文科(昭和44年)卒 [賞]直木賞(第106回)(平成4年)「狼奉行」 [歴]月刊誌「BOX」の編集者を経て、昭和46年から執筆活動に入る。「闇の葬列」「秘宝月山丸」「北緯50度に消ゆ」「狼奉行」で直木賞候補に。また田舎暮し研究家としても有名で、本拠地を千葉におきながら、山形県西川町の民家を借りて暮らす。著書に「田舎暮らしの探求」「幻の明治維新」「怪商スネル」「田舎暮らしの幸福—七人の村長は語る」「メリケンざむらい」ほか。 [団]日本文芸家協会 [家]妻＝高橋三恵子(ノンフィクション作家)、息子＝高橋文樹(小説家)

高橋 和島　たかはし・わとう

小説家 [生]昭和12年1月31日 [出]旧樺太 本名＝高橋和島(たかはし・かずしま) [学]中央大学法学部(昭和37年)卒 [賞]オール讀物新人賞(第69回)(平成1年)「十三姫子が菅を刈る」、小説CLUB新人賞(第12回)(平成1年)「火燕飛んだ」 [歴]台湾で幼少期を過ごし、岐阜県で成人。大卒後、塾教師、業界紙記者を経て産業ロボット分野の専門誌編集者となり、昭和62年ニュースダイジェスト社専務編集局長に就任。63年退社、創作活動に入る。作品に「十三姫子が菅を刈る」「火燕飛んだ」「紅嵐」「怒帆」や古田織部の生涯を描いた「風炉のままに」、加藤民吉を追った「窯神伝説」など。平成元年

4月より矢野経済研究所名古屋支社勤務。
[団]日本文芸家協会

高畑 京一郎　たかはた・きょういちろう
小説家　[生]昭和42年　[出]静岡県　[賞]電撃ゲーム小説大賞(金賞，第1回)「クリス・クロス」
[歴]「クリス・クロス」で第1回電撃ゲーム小説大賞(金賞)を受賞して作家デビューを果たす。著書に「クリス・クロス―混沌の魔王」「タイム・リープ―あしたはきのう」「ダブル・キャスト」がある。

高畠 久　たかばたけ・きゅう
シナリオライター　映画・テレビプロデューサー　[生]昭和14年7月16日　[出]旧樺太　本名＝高畠久(たかばたけ・ひさし)　[学]早稲田大学文学部演劇科(昭和37年)卒　[歴]東宝文芸部を経て、昭和43年フリー。63年フォックスを設立。主な映画プロデュース作品に「銭ゲバ」「どてらい男」、映画脚本に「喜劇・右向け左！」「妖精フローレンス」等。主なテレビ・プロデュース作品に「松本清張・事件にせまる」、テレビ脚本に「傷だらけの天使」「荒野の用心棒」等。

高畠 藍泉　たかばたけ・らんせん
戯作者　新聞記者　[生]天保9年5月12日(1838年)　[没]明治18年11月18日　[出]江戸下谷世俗鳩組　本名＝高畠政(たかばたけ・ただす)
旧姓(名)＝高畠瓶三郎　諱＝高畑直吉(たかはた・なおきち)、別号＝柳亭種彦(3代目)、転々堂主人、足薪翁　[歴]生家は幕府のお坊主衆、初め幕府に仕えたが、家を弟に譲り、絵の修業をした。俳句、茶、芝居などを好み、一葉舎、転々堂とも称した。戊辰戦争には榎本武揚のため幕府の御用商人から資金を調達し武器を送った。明治5年東京日日新聞の創刊に参加、執筆の中心となった。8年落合芳幾を説いて「平仮名絵入新聞」を起こさせ、主筆となり、9年読売新聞に入社。10年には最初の夕刊紙「東京毎夕新聞」を出したが成功せず、大阪新聞、東京曙新聞、東洋新報などを転々とした。その間に多くの著作を残し、15年1月3代目柳亭種彦を襲名した。当時戯作界は仮名垣派、為永派、柳亭派の3派があり、柳亭派の主将として名声を博した。17年病気のため浅草千束村に引きこもり、晩年は悲惨な生活を送った。代表作は「怪化百物語」「巷説児手柏」「岡山紀聞筆之命毛」「三巴里之奇談」「蝶鳥筑波裾模様」「絵本五月雨物語」「柳亭叢書」など多数。

高浜 虚子　たかはま・きょし
俳人　小説家　[生]明治7年2月22日　[没]昭和34年4月8日　[出]愛媛県松山市長町新丁　本名＝高浜清　旧姓(名)＝池内　初号＝放子　[学]二高(現・東北大学)(明治27年)中退　[資]帝国芸術院会員(昭和12年)　[賞]文化勲章(昭和29年)
[歴]中学時代から回覧雑誌を出し、碧梧桐を知り、やがて子規を知り、俳句を学ぶ。明治30年松山で「ホトトギス」が創刊され、31年東京へ移ると共に編集に従事。31年から32年にかけて写生文のはじめとされる「浅草寺のくさぐさ」を発表。41年国民新聞社に入社し「国民文学欄」を編集。43年「ホトトギス」の編集に専念するため国民新聞社を退職。以後、俳句、小説と幅広く活躍。俳句は碧梧桐の新傾向に反対し、定型と季語を伝統として尊重した。昭和2年花鳥諷詠を提唱、多くの俳人を育てた。29年文化勲章を受章。「虚子句集」「五百句」「虚子秀句」などの句集、「鶏頭」「俳諧師」「柿二つ」「虹」などの小説のほか、「漱石氏と私」「定本高浜虚子全集」(毎日新聞社)など著書多数。
[家]長男＝高浜年尾(俳人)、二男＝池内友次郎(作曲家)、二女＝星野立子(俳人)、五女＝高木晴子(俳人)、六女＝上野章子(俳人)、兄＝池内信嘉(能楽師)

高林 聡子　たかばやし・さとこ
「トラ吉の宝物」の著者　[生]昭和58年　[出]静岡県浜松市　[賞]遠鉄ストア童話大賞(第4回)(平成8年)「トラ吉のたからもの」　[歴]浜松市立積志中学校2年生。平成8年第4回遠鉄ストア大賞を受賞。

高林 潤子　たかばやし・じゅんこ
児童文学作家　[出]石川県金沢市　[賞]学研読み特賞(第7回)「雪のにおい」　[歴]「雪のにおい」で第7回学研読み特賞を受賞。「よこはまどうわ」「ももたろう」同人。

高林 杳子　たかばやし・ようこ
ライター　[生]昭和43年　[出]静岡県　本名＝後藤真理　[学]早稲田大学文学部文芸専修卒　[賞]文学界新人賞(第76回)(平成5年)「無人草」
[歴]編集者として、美術書、写真集、評論などの出版に携わる。平成5年小説「無人草」で第76回文学界新人賞を受賞。以後、雑誌などに小説やエッセイを発表。

高原 弘吉　たかはら・こうきち
推理作家　[生]大正5年1月1日　[没]平成14年7月2日　[出]福岡県直方市　[学]鞍手中卒　[賞]オール読物推理小説新人賞(第1回)(昭和37年)「あるスカウトの死」　[歴]家業に従事し、のち北九州石炭鉱業直方部会に勤務。昭和37年に「あるスカウトの死」でオール読物推理小説新人賞受賞。

「小説会議」同人。他の著書に「黒の群像」「サスペンデッド・ゲーム」「どまぐれ一代」「栄光に賭ける」「消えた超人」「魔球の王者」など。㊐日本文芸家協会、日本推理作家協会

高藤 彰子　たかふじ・あきこ

シナリオライター　㊓昭和2年1月24日　㊒静岡県　㊔浜松高卒　㊕NHK芸術祭入選(昭和30年)「かまきり」　㊖主な作品にラジオ「かまきり」(NHK)、テレビ「ただいま11人」(TBS)、戯曲「線」など。

高星 由美子　たかぼし・ゆみこ

シナリオライター　㊓昭和35年　㊒茨城県　㊔茨城キリスト教大学中退　㊖大学ではシネマ研究会に所属し、脚本を書き、映画を撮っていた。昭和56年、第31回新人映画シナリオコンクールで1位を獲得。脚本書きに没頭して、大学は中退。主な作品に「おれたち夏希と甲子園」「ナイン」「タッチ」など。

高見 広春　たかみ・こうしゅん

小説家　㊓昭和44年　㊒香川県　㊔大阪大学文学部美学科卒、日本大学通信教育部文理学部中退　㊖平成3年四国新聞に記者として就職したが、作家を志し、5年で退社。その後も進路に迷い、高校で教育実習も経験。10年初の小説「バトル・ロワイアル」はベストセラーになった他、12年には深作欣二監督により映画化される。

高見 順　たかみ・じゅん

小説家　詩人　㊓明治40年1月30日　㊜昭和40年8月17日　㊒福井県坂井郡三国町　本名＝高間芳雄　旧姓(名)＝高間義雄　㊔東京帝国大学文学部英文学科(昭和5年)卒　㊕文学界賞(昭和11年)「文芸時評」、毎日出版文化賞(昭和34年)「昭和文学盛衰史」、新潮社文学賞(昭和38年)「いやな感じ」、野間文芸賞(昭和39年)「死の淵より」、菊池寛賞(昭和39年)、文化功労者(死後追贈)(昭和40年)　㊖日本プロレタリア作家同盟の一員として活躍した後、昭和10年「故旧忘れ得べき」で作家として認められ、10年代の代表的作家となる。戦時中は「如何なる星の下に」を発表。戦後も数多くの作品を発表。他の代表作に「今ひとたびの」「わが胸のここには」「生命の樹」「いやな感じ」などがある。詩人としては、武田麟太郎らと「人民文庫」を創刊し一時、詩を敵視した事もあったが、22年池田克己らと「日本未来派」を創刊、詩作を再開する。以後旺盛な詩作活動を展開し、「高見順詩集」「わが埋葬」「死の淵より」などの詩集に結実される。評論の部門でも活躍、「文芸時評」「昭和文学盛衰史」などがある。また日本ペンクラブ専務理事を務め、晩年は日本近代文学館の創立に参加、初代理事長として活躍。「高見順日記」は文学史のみならず、昭和史の資料としても貴重。「高見順全集」(全20巻・別巻1，勁草書房)がある。㊐日本文芸家協会、日本ペンクラブ、日本近代文学館　㊗父＝阪本蘋園(本名＝釤之助，漢詩人・福井県知事・貴族院議員)、異母兄＝阪本越郎(詩人，本姓＝坂本)

高見沢 潤子　たかみさわ・じゅんこ

劇作家　評論家　随筆家　㊓明治37年6月3日　㊒東京　本名＝高見沢冨士子　旧姓(名)＝小林　旧筆名＝高見沢蟲江(たかみさわ・なおえ)、高見沢文江　㊔東京女子大学英文科(昭和2年)卒　㊕キリスト教功労者(第17回)(昭和61年)　㊖文芸評論家・小林秀雄の実妹。昭和3年漫画家・田河水泡と恋愛結婚。執筆活動のほか、クリスチャンとして、「信徒の友」編集委員長をつとめるなど、多彩な活動を行なう。著書は「兄小林秀雄」「のらくろ ひとりぼっち」「兄小林秀雄との対話」、「一幕物脚本集」「キリスト教劇集クリスマス篇」、「愛されるよりも」「愛することの発見」「愛の重さ」「生きること生かされること」「人生の午後の時間」「シャロンの花」「自分を生かす聖書の言葉」「九十三歳の伝言」など多数。　㊐日本文芸家協会　㊗夫＝田河水泡(漫画家・故人)、長男＝高見沢邦郎(東京都立大学教授)、兄＝小林秀雄(文芸評論家・故人)

嵩峰 龍二　たかみね・りゅうじ

作家　㊓昭和38年　㊔名古屋大学卒　㊖大のアニメ・ファン。名古屋大学SF研OB。昭和60年「若き竜王伝説」でデビュー。半年間地方公務員を務めたのち、専業作家となる。著書に〈アドナ妖戦記〉〈ソルジャー・クイーン〉〈ルニセク群雄伝〉〈雷の娘シェクティ〉などの人気シリーズがある。乙女座。

高村 薫　たかむら・かおる

推理作家　㊓昭和28年2月6日　㊒大阪府大阪市　本名＝林みどり　㊔国際基督教大学フランス語専攻卒　㊕日本推理サスペンス大賞(第3回)(平成2年)「黄金を抱いて翔べ」、咲くやこの花賞(平成5年)、日本推理作家協会賞(第46回・長編部門)「リヴィエラを撃て」、日本冒険小説協会大賞(平成5年)「リヴィエラを撃て」、直木賞(第109回)(平成5年)「マークスの山」、毎日出版文化賞(文学・芸術部門，第52回)(平成10年)「レディ・ジョーカー」　㊖商社勤務を経て、マンション経営の傍ら推理小説を執筆。平成2年「黄金を抱いて翔べ」でデビュー。5年「マークスの山」で第109回直木賞を受賞。他の作品に「リヴィエラを撃て」

「神の火」「レディ・ジョーカー」「晴子情歌」、梁石日との共著に「快楽と救済」などがある。

高村 健一　たかむら・けんいち
脚本家　演出家　山形県芸術文化会議副会長　㋐大正14年1月2日　㋓神奈川商工卒　㋒斎藤茂吉文化賞（平成5年）　㋘演劇の脚本作家の組織作りに尽力し、「銅鑼（どら）の会」などの中心メンバーとして演劇活動を行う。放送劇の脚本を書き、平成4年には劇「紅花の里ふぁんたじあ」の脚本、演出を担当。昭和58年から平成3年まで山形市教育委員を務め、のち山形県芸術文化会議副会長。

篁 笙子　たかむら・しょうこ
フリーライター　アナウンサー　㋐昭和29年　㋓愛知県名古屋市　㋓早稲田大学第一文学部（昭和52年）卒　㋘放送局アナウンス室勤務を経て、フリーアナウンサーに。昭和61年短編小説「スプリング・ブレイク」で、女性の小説賞（現・ライラック文学賞）佳作。他の著書に「不可能を可能にした男―技術力で世界に挑む職人 岡野雅行」などがある。

高村 たかし　たかむら・たかし
童話作家　㋐昭和21年　㋓新潟県新潟市　本名＝保高信昭　㋓日本大学法学部卒　㋒日本民間放送連盟賞、日本児童文芸家協会コンクール優秀賞（第7回）「ばあちゃんのはね」、コスモス文学賞（第14回）「花びらの声」　㋘新潟放送に入社。記者、ディレクターを勤め、ドキュメンタリーなどに活躍。傍ら児童文学、エッセー、評論に活動。著書に「花びらの声」「つき夜の森のおくりもの」などがある。

高本 公夫　たかもと・きみお
作家　㋒競馬小説　馬券本　㋐昭和14年平成6年10月16日　㋓北海道根室市　㋓明治大学文学部英米文学科（昭和37年）卒　㋘作家を志し、大学卒業の頃、友人と共著の推理小説がオール読物新人賞2席となる。卒業後北海道に戻り、漁師、私立高校の英語教師、牧場経営などを経て、昭和53年上京。小池一夫劇画村塾第1期生を経て、馬券作家となり、56年「サラブレッドと話のできる男」で出版デビュー。以後、競馬小説や馬券のハウツーものを続けて出し、総売り上げは100万部を軽く突破、"馬券本のベストセラーは難しい"との定説を覆す。従来の血統、成績、調教といったデータによらず、馬名や騎手名、レース名などから隠された馬券の暗号を解く"タカモト理論"を確立、異色の馬券師として"タカモト教"と呼ばれるほどの支持を受ける。平成5年映画「望郷」に炭坑の副所長役で出演。著書に「馬券大戦争」「われら馬券成金」「正解！馬券的中のコツ」ほか、

小説「ダービーを撃つ女」「星から来た勝負師」「天皇賞同窓会」などがある。　㋒息子＝高本達矢（競馬予想家）

鷹守 諫也　たかもり・いさや
小説家　㋒第2回ホワイトハート大賞佳作を受賞した「永遠の刻」で小説家デビュー。他の著書に「Tears Roll Down」がある。5月17日生まれ。

高森 一栄子　たかもり・かずえこ
作家　貿易商　㋐昭和18年3月24日　㋓東京都　本名＝森田一栄子　㋓文化学院美術科卒　㋒エンタテインメント小説大賞（第8回）（昭和60年）「土踏まずの日記」　㋘象牙海岸大使館秘書、仏系商社勤務などを経て仏雑貨輸入販売。その間、海燕や群像などに投稿を重ね実力を磨く。昭和60年8月「土踏まずの日記」で第8回エンタテインメント小説大賞受賞。婦人文芸同人。

高森 千穂　たかもり・ちほ
児童文学作家　㋐昭和40年　㋓神奈川県　㋓慶応義塾大学文学部卒　㋒小川未明文学賞優秀賞（第8回）（平成11年）「レールの向こうの町から」　㋘コンピューター会社にシステムエンジニアとして勤務。傍ら児童文学を執筆し、「ひまわり時計」同人。平成11年「レールの向こうの町から」で、第8回小川未明文学賞優秀賞を受賞。著書に「レールの向こうへ」（「レールの向こうの町から」改題）、「ふたりでひとり旅」がある。

高谷 伸　たかや・しん
劇作家　演劇・舞踊評論家　㋐明治29年5月13日　㋑昭和41年8月23日　㋓京都市　本名＝高谷伸吉（たかや・のぶよし）　画号＝仙外　㋓京都絵画専門学校卒　㋘戯曲を書きながら、京都日の出新聞や関西中央新聞に演劇評を執筆。大正7年から大阪歌舞伎・実川延若のための雑誌「やぐら」を編集した。戯曲「八幡地獄」「大津事変余聞」、戯曲集「狭斜日記」、他に舞踊劇も書いた。また「明治演劇史伝上方篇」「日本舞台装置史」などがある。

高安 月郊　たかやす・げっこう
詩人　劇作家　評論家　㋐明治2年2月16日（1869年）　㋑昭和19年2月26日　㋓大阪市東区瓦町　本名＝高安三郎　別号＝愁風吟客　㋘明治22年頃から歴史に取材した叙情詩を作り、また劇作を志す。「社会の敵」「人形の家」の一部訳載など、イプセンの最初の紹介者としても知られ、27年以降は劇作に専念。29年に上京して処女戯曲「重盛」を刊行。以後「真田幸村」「イプセン作社会劇」などを刊行し、また演劇改良運動にもとりくむ。昭和期に入ってからは劇作の筆を絶ち「東西文学比較評論」「東西

文芸評伝」「日本文芸復興史」などを刊行。他の作品に「桜時雨」「後の羽衣」「ねざめぐさ」などがあり、詩集に「夜涛集」「春雪集」などがある。

高柳 芳夫　たかやなぎ・よしお
作家　桐朋学園大学教授　[専]推理小説 ドイツ文学　[生]昭和6年1月17日　[出]栃木県宇都宮市　[学]京都大学文学部独文科卒、京都大学大学院(昭和31年)修士課程修了　[興]ドイツ・ロシア・東欧諸国の政治，経済，文化　[賞]オール讀物推理小説新人賞(第10回)(昭和46年)「『黒い森』の宿」、江戸川乱歩賞(第25回)(昭和54年)「プラハからの道化たち」、西ドイツ勲一等功績十字勲章　[歴]外務省に入省、ベルリン総領事館、西ドイツ大使館などに20年勤務して退職、文筆活動に入る。主著に「プラハからの道化たち」「影を裁く日」など。　[団]日本文芸家協会、日本推理作家協会、日本独文学会

高山 栄子　たかやま・えいこ
児童文学作家　[生]昭和41年　[出]東京都　[学]早稲田大学文学部卒　[賞]新美南吉児童文学賞(第12回)(平成6年)「うそつきト・モ・ダ・チ」　[歴]学生時代は人形劇のサークルに所属し、人形づくりに励む。その後、創作活動をはじめる。著書に「四年三組石山カンタちょっとかわった変なやつ」「てっちゃんってへんな子、だけど…」「うそつきト・モ・ダ・チ」「じいちゃん、いつまでも家族だよ」など。

高山 久由　たかやま・ひさよし
児童文学作家　[出]千葉県　[賞]毎日児童小説最優秀(第37回)(昭和63年)「ちひろの見た家」　[歴]15歳で俳句や詩の創作を始め、食品会社に勤める傍ら、児童小説を手掛ける。

高山 由紀子　たかやま・ゆきこ
シナリオライター　[生]昭和20年4月4日　[出]東京都　[学]慶応義塾大学文学部東洋史学科卒　[賞]サレルノ国際映画祭グランプリ「遠野物語」　[歴]シナリオセンターに学び、昭和49年頃からシナリオを書き始め、51年東宝「メカゴジラの逆襲」でデビュー。以後、村野鉄太郎監督とのコンビで「月山」(54年)「遠野物語」(58年)「国東物語」(60年)「トリナクリア・ポルシェ959」を執筆。その他テレビ「夏の嵐」(フジ)、「必殺シリーズ」「特別機動捜査隊」(テレ朝)、「月影兵庫あばれ旅」(テレビ東京)など。平成8年映画「風のかたみ」で監督としてもデビュー。著書に「小説遠野物語」がある。　[家]父＝高山辰雄(画家)

高山 洋治　たかやま・ようじ
小説家　[生]昭和10年　[出]東京　別名＝早坂倫太郎(はやさか・りんたろう)　[学]青山学院大学中退　[歴]広告会社時代にNHK懸賞ラジオドラマに入選したことから、フリーライターを経て、作家となる。著書に「姫路城魔界殺人」「怒りの情報車」「ヒトラー最後の謎を追え」「ロシアから愛を」「遠山奉行影同心」「女仕置」「不知火清十郎一龍琴の巻」、訳書に「刑事コロンボ/アリバイのダイヤル」。

高城 修三　たき・しゅうぞう
小説家　京都造形芸術大学講師　[生]昭和22年10月4日　[出]香川県高松市　本名＝若狭雅信　[学]京都大学文学部言語学科卒　[賞]新潮新人賞(第9回)(昭和52年)「榧の木祭り」、芥川賞(第78回)(昭和52年)「榧の木祭り」　[歴]在学中から同人雑誌により創作活動をはじめた。卒業後出版社勤務を経て塾教師に。昭和52年「榧の木祭り」で新潮新人賞を受賞、つづけて芥川賞(52下)をも受賞した。ほかの作品に「糺の森」「闇を抱いて戦士たちよ」「京都伝説の風景」「鏡の栖」「満願」「約束の地」など。　[団]日本文芸家協会

滝 大作　たき・だいさく
放送作家　劇作家　演出家　お笑い総合商社主宰　[専]喜劇　[生]昭和8年7月22日　[出]東京都大田区田園調布　[学]早稲田大学中退　[歴]大学中退後、劇団作りを目指すが失敗。昭和34年NHKに入局、芸能畑のディレクターとして活躍。「お笑いオンステージ」「NHK紅白歌合戦」などを手がける。59年春刊行した処女作「冗談」が好評を博す。59年退局。赤塚不二夫、タモリらと“面白グループ”を結成。コント55号の生みの親でもある。のち放送作家、劇作家、演出家として幅広く活動。テレビ主体の“お笑い”に一石投じようと、お笑い総合商社を組織、主宰する。また平成9年には演劇プロデューサー・西舘好子と制作集団“滝組”を結成、7月旗揚げ公演「地球SOS！」を行う。作品にテレビ「ごきげんよう」「都会のタコツボ師」、著書に「古川ロッパ昭和日記」「パン猪狩の裏街道中膝栗毛」「とんぼを切りたかったコメディアン」など。　[団]日本脚本家連盟

多岐 友伊　たき・ともい
小説家　[生]昭和43年　[出]大阪府　[賞]少年ジャンプ小説賞大賞(第2回)「空飛ぶ船」　[歴]帆船や、海賊への造詣が深く、海洋冒険小説に意欲を燃やす。著書に「空飛ぶ船」がある。

滝井 孝作　たきい・こうさく

小説家　俳人　[生]明治27年4月4日　[没]昭和59年11月21日　[出]岐阜県高山町(現・高山市)　俳号＝折柴(せっさい)　[資]日本芸術院会員(昭和35年)　[賞]読売文学賞(昭和43年)「野趣」、勲三等瑞宝章(昭和44年)、日本文学大賞(昭和49年)「俳人仲間」、文化功労者(昭和49年)、勲二等瑞宝章(昭和50年)、八王子市名誉市民、高山市名誉市民　[歴]郷里の高山市の魚問屋で働きながら河東碧梧桐に師事。大正3年に上京後も新傾向の俳句を学び句作に専念したが、8年時事新聞記者、次いで「改造」の編集者となり、芥川龍之介や"生涯の師"志賀直哉に接してから作家を志し、9年に「弟」で文壇デビュー。翌10年から4年がかりで書いた「無限抱擁」(昭和2年刊行)は妻との恋の軌跡をさらけ出したもので、私小説の一つの典型とされ、川端康成からは日本一の恋愛小説と激賞された。その他の代表作に「欲呆け」「俳人仲間」「山茶花」、句集「折柴句集」「滝井孝作全句集」、随筆集「折柴随筆」「野草の花」「志賀さんの生活など」など。昭和10年の芥川賞創設以来、その選考委員を務めた。「滝井孝作全集」(全12巻・別巻1，中央公論社)がある。　[団]日本ペンクラブ、日本文芸家協会　[家]二女＝小町谷新子(芋版画家)

滝井 純　たきい・じゅん

児童文学作家　新作小学校(川崎市)校長　[生]昭和3年11月30日　[出]東京　[学]神奈川師範学校本科卒　[賞]日本児童劇作家協会賞「万年筆」、川崎文学特別賞「おりづる」、内山嘉吉賞「煙の中の子どもたち」　[歴]著書に「目でみるたより」「小学生の話し方教室」「ゲーム百選」、脚本に「万年筆」「おりづる」「煙の中の子どもたち」「白うさぎ・茶うさぎ」「階段」「仔猫」「ライバル」など。　[団]日本児童演劇協会、日本児童劇作の会、川崎市立小学校学校演劇研究会

多岐川 恭　たきがわ・きょう

推理作家　[生]大正9年1月7日　[没]平成6年12月31日　[出]福岡県北九州市八幡　本名＝松尾舜吉　旧筆名＝白家太郎　[学]東京帝国大学経済学部(昭和19年)卒　[賞]江戸川乱歩賞(第4回)(昭和33年)「濡れた心」、直木賞(第40回)(昭和33年)「落ちる」、紫綬褒章(平成1年)　[歴]在学中に応召、長崎県の捕虜収容所で通訳。戦後、東京銀行、毎日新聞記者を経て執筆生活に入る。昭和28年「みかん山」でデビュー。33年「濡れた心」で第4回江戸川乱歩賞、「落ちる」で第40回直木賞を受賞。ほかの代表作に「孤独な共犯者」「異郷の帆」「イブの時代」「氷柱」など。　[団]日本文芸家協会、日本推理作家協会

滝川 駿　たきかわ・しゅん

小説家　二十一日会主宰　[専]歴史小説　[生]明治39年10月25日　[出]兵庫県加古川市　本名＝佃武応　[学]日本大学文科中退　[歴]読売新聞記者、雑誌の編集者を経て作家となる。昭和19年「小堀遠州」が直木賞に内定するが陸軍の横槍で流れる。代表作に「世阿弥」「雲慶」「熊沢蕃山」など。

滝口 康彦　たきぐち・やすひこ

小説家　[生]大正13年3月13日　[出]長崎県佐世保市　本名＝原口康彦　[学]北多久尋常高小(昭和13年)卒　[賞]サンデー毎日大衆文芸(第54回)(昭和33年)「異聞浪人記」、オール読物新人賞(第15回)(昭和34年)「綾尾内記覚書」　[歴]郵便集配人、運送会社事務員を経て、昭和32年「高柳父子」を発表、作家業に。「城」「狼郡」同人。歴史時代小説を多く執筆し、著作に「異聞浪人記」「拝領妻始末」「落日の鷹」「滝口康彦傑作選」「仲秋十五日」「粟田口の狂女」「薩摩軍法」など。映画「切腹」「上意討ち」の原作者。　[団]日本文芸家協会

滝沢 敦子　たきざわ・あつこ

児童文学作家　[生]昭和30年　[出]新潟県　本名＝広川敦子　[学]文教大学卒　[賞]日本童話会賞(奨励賞，昭62年度)「父ちゃんはおまわりさん」　[歴]墨田区立墨田第二小学校教諭などを務める傍ら、児童文学を執筆。創作に「ひみつ基地にあつまれっ！」、他に「入学前、読み・書きはどう教えるか」など。

滝沢 解　たきざわ・かい

劇作家　劇画脚本家　追分小劇場主宰　[生]昭和8年5月13日　[出]群馬県　本名＝南沢栄一郎　[学]早稲田大学卒　[歴]昭和42年以降、劇画原作者として活躍。代表作に「高校さすらい派」「暴力湾」「猛者連ブギ」などがある。また、長野県で追分小劇場を主宰、「天女考」「鬼葛」「第八の暴走」等の脚本・演出を手がける。他の著書に「古神道」「修験道」「陰陽道物語」など。

滝沢 素水　たきざわ・そすい

実業家　児童文学作家　編集者　[生]明治17年　[没](没年不詳)　[出]秋田市　本名＝滝沢永二　[学]早稲田大学英文科(明治40年)卒　[歴]明治40年実業之日本社入社。「婦人世界」「日本少年」などの編集に携わり、出版部長も務めた。「少女の友」「日本少年」などに少年冒険小説を発表している。大正7年退社し実業界入り。大正証券、大和自動車などの取締役となる。11年雑誌「新女性」を発行、13年には銀行通信社を設立している。作品に「怪洞の奇蹟」「難船崎の怪」「空中魔」など。

滝沢 美恵子　たきざわ・みえこ

小説家 [生]昭和14年3月1日 [出]新潟県 本名＝滝沢美枝子 [学]東京外国語大学中国語学科中退 [賞]文学界新人賞(第69回)(平成1年)「ネコババのいる町で」、芥川賞(第102回)(平成2年)「ネコババのいる町で」 [歴]昭和海運定航課、マーシュアンドマクナレン社長秘書を経て、主婦。平成元年「ネコババのいる町で」で文壇デビュー。他に「舞台裏」がある。 [団]日本文芸家協会

滝沢 充子　たきざわ・みつこ

演出家 劇作家 ザ・ミスフィッツ主宰 [生]昭和36年10月14日 [出]新潟県 [学]桐朋学園短期大学部芸術科演劇専攻卒 [歴]パルコ、博品館劇場などで福田陽一郎、五社英雄らの演出助手として商業演劇での経験を積む一方、振付も手がけた。昭和63年桐朋学園演劇科時代の同期生や後輩を中心に女性だけの劇団ザ・ミスフィッツを結成して旗上げ、作・演出・振付をこなす。平成2年「ジェーンを探せ」を公演。

滝本 竜彦　たきもと・たつひこ

小説家 [生]昭和53年 [出]北海道桧山郡上ノ国町 [学]専修大学文学部中退 [賞]角川学園小説大賞(特別賞, 第5回)(平成13年)「ネガティブハッピー・チェーンソーエッヂ」 [歴]専修大学文学部に進むが、在学中に引きこもりとなり、3年生の時に中退。やがて小説を書き始め、平成13年「ネガティブハッピー・チェーンソーエッヂ」で第5回角川学園小説大賞特別賞を受賞してデビュー。他の著書に「NHKにようこそ…」がある。

滝本 陽一郎　たきもと・よういちろう

小説家 [出]兵庫県 本名＝藤井岳穂 [学]東京大学卒 [賞]横溝正史ミステリ大賞(テレビ東京賞, 第22回)(平成14年)「逃げ口上」 [歴]平成14年「逃げ口上」で第22回横溝正史ミステリ大賞テレビ東京賞を受賞。

鐸木 能光　たくき・よしみつ

作曲家 フリーライター 小説家 [生]昭和30年4月28日 [出]福島県福島市 [学]上智大学外国語学部英語学科卒 [賞]小説すばる新人賞(第4回)(平成3年)「マリアの父親」 [歴]小説執筆の傍ら、自宅の四畳半和室を改造したタヌパック・スタジオで独自の音楽創作活動も行う。主な著作にCDブックスの「プラネタリウムの空」(マガジンハウス)、「天狗の棲む地」「雨の降る星」「グレイの鍵盤」「カムナの調合」「アンガジェ」「G線上の悪魔」「インターネット時代の文章術」、エッセイ集「狸と五線譜」などがある。 [団]推理作家協会、日本文芸家協会
http://tanupack.com/

田口 掬汀　たぐち・きくてい

小説家 劇作家 美術批評家 [生]明治8年1月18日 [没]昭和18年8月9日 [出]秋田県角館町 本名＝田口鏡次郎 [歴]小学卒業後丁稚奉公などをした後、郡役所の雇いとなり、そのかたわら「新声」などに投稿。明治33年上京して新声社に入社し、美文、評論などを発表。「機動演習」「片瀬川」などの小説を発表し、36年「新生涯」を大阪毎日新聞に連載し、以後作家として活躍。また戯曲「伯爵夫人」なども多く発表。41年大阪毎日新聞社に入ったが、43年川上音二郎の大阪帝国座座付き作者となった。大正3年「ふたおもて」を発表するが、その後は美術批評に専念、日本画研究もし、15年東京府嘱託となって、美術館の経営に参画した。 [家]息子＝田口省吾(洋画家)、孫＝高井有一(小説家)

田口 賢司　たぐち・けんじ

テレビプロデューサー 小説家 ジェイ・スカイ・スポーツ編成制作局制作部長 [生]昭和36年1月11日 [出]岐阜県加茂郡 [学]同志社大学文学部文化学科哲学・倫理学専攻(昭和59年)卒 [歴]昭和59年テレビマンユニオン第8期メンバー試験に合格し、入社。テレビプロデューサーとして、活躍するかたわら、「GS」への執筆など小説・エッセイを発表し、作家としても活動。61年「TV・EV・BROADCAST」(フジテレビ録画チャンネル4・5)、62年東京国際ビデオ・ビエンナーレなどを手がけた。平成7年休職し、渡米。9年帰国後、JスカイB(現・スカイパーフェクTV！)に転じ、ジェイ・スカイ・スポーツ総合プロデューサーを務める。13年同編成制作局制作部長。著書に小説「Boys don't cry」「センチメンタル・エデュケイション」「ラヴリィ」、共著に「受験参考書の愉楽」など。

田口 孝太郎　たぐち・こうたろう

劇作家 歌人 [生]昭和4年10月21日 [出]北海道森町 [学]北海道教育大学函館分校卒 [賞]日本アマチュア演劇連盟脚本賞(昭和50年)、青年劇場戯曲賞(佳作賞)「一つの旗」、滝川市政功労奨励者 [歴]昭和24年森中学校教諭となり、51〜57年滝川高校教諭を務めた。高文連草創期の中心者。57年教員退職後、滝川演劇鑑賞協会を組織、青年、婦人の演劇指導などにあたる。脚本は「ゆうべおっと雪の夜話」など30本以上。りとむ短歌会同人でもあり、歌集に「田口孝太郎歌集」がある。 [団]日本劇作家協会、全国高等学校演劇協議会(顧問)

田口 竹男　たぐち・たけお

劇作家　⊕明治42年7月11日　⊖昭和23年6月15日　⊕東京・芝高輪　⊕高輪中(昭和2年)卒　⊕京都府庁に勤務していたが、昭和8年上京し東京中央電話局に勤務。そのかたわら劇作家を志し「酒屋」「京都三条通り」などを発表。12年「劇作」同人となり編集を担当。戦後は京都新聞に勤めながら劇作を発表。作品に「文化議員」などがある。没後「賢女気質」が刊行された。

田口 幸彦　たぐち・ゆきひこ

作家　筑豊作家同盟事務局長　元・国鉄筑豊線鯰田駅助役　⊕福岡県田川郡赤池町　⊕門司鉄道教習所電子科卒　⊕国鉄文芸年度賞(昭和50年)　⊕旧国鉄職員。筑豊地区の各駅を回り、筑豊線鯰田駅助役を最後に昭和54年退職。国鉄にいた44年頃から小説を書き始め、50年国鉄文芸年度賞を受賞。58年短編集を出版、60年筑豊作家同盟を結成し、「ぶらり文学社」を主宰。平成元年旧国鉄時代の労使問題をテーマにした小説集「ベートーベン助役日記」を出版。

田口 ランディ　たぐち・らんでぃ

小説家　コラムニスト　⊕東京都　⊕婦人公論文芸賞(第1回)(平成13年)「できればムカつかずに生きたい」　⊕茨城県の高校を卒業して上京。広告代理店、編集プロダクション勤務などを経て、フリーライターとなる。心理学、夢分析、マリンスポーツ、アウトドア分野で執筆活動を展開。メールマガジンで社会派エッセイを配信する。平成12年初の書き下ろし小説「コンセント」を発表、14年中原俊監督により映画化される。他の小説に「ミッドナイト・コール」「アンテナ」「モザイク」、エッセイに「忘れないよ！ヴェトナム」「癒しの森―ひかりのあめふるしま 屋久島」「もう消費すら快楽じゃない彼女へ」「できればムカつかずに生きたい」「オカルト」などがある。

田久保 英夫　たくぼ・ひでお

小説家　芥川賞選考委員　⊕昭和3年1月25日　⊖平成13年4月14日　⊕東京・浅草　⊕慶応義塾大学文学部仏文科(昭和28年)卒　⊕芥川賞(第61回)(昭和44年)「深い河」、毎日出版文化賞(昭和51年)「髪の環」、芸術選奨文部大臣賞(第29回・文学・評論部門)(昭和53年)「触媒」、川端康成文学賞(第12回)(昭和60年)「辻火」、読売文学賞(小説賞)(昭和61年)「海図」、野間文芸賞(第50回)(平成9年)「木霊集」　⊕料亭の家に生まれる。中学時代カリエスで長期療養をし、その間に詩を作り始める。慶大在学中は第2次「三田文学」の編集に携わり、29年山川方夫らと第3次「三田文学」を起こす。

卒業後、東京・新橋に旗亭を経営する一方、詩・小説・放送台本・舞台脚本などを書き、36年「解禁」「睡蓮」が続けて芥川賞候補となり、44年朝鮮戦争中に米軍キャンプでアルバイトした経験を基に創作した「深い河」で芥川賞受賞。気品ある文体による短編を次々に発表した。他の作品に「髪の環」「触媒」「女人祭」「辻火」「海図」「氷夢」「夢ごころ」「空の華」「木霊集」など。　⊕三田文学会、日本文芸家協会

武井 岳史　たけい・がくし

俳優　児童劇作家　⊕昭和36年　⊕兵庫県　⊕逗子高卒　⊕講談社児童文学新人賞(第35回)(平成6年)「やっぱし アウトドア？」　⊕児童劇団・たんぽぽの俳優として全国を公演。舞台脚色作品に「ルドルフとイッパイアッテナ」「中岡はどこぜよ」などがある。　⊕日本児童劇作家会議

武井 遵　たけい・じゅん

作家　ニセ一万円札事件;宝石商強盗殺人　⊕昭和13年1月21日　⊕群馬県群馬郡榛名町　筆名＝北原綴(きたはら・つづる)　⊕群馬県立榛名高中退　⊕父は韓国人の知日派詩人・金素雲、母は日本人。2歳の時両親は離婚、伯父夫婦に育てられる。小中学校の成績は良く、県立榛名高に首席で入学。しかし2年で中退し上京、ギターの流しをしながらクラブ、キャバレーを転々とする。一方、昭和45年頃から童話を書き始め、「山のメルヘン・木の実のふる村」は選定図書にもなった。この間、傷害、恐喝、詐欺など犯罪歴も重ね、51年1月には、宝石取引をめぐって起こした水中銃発射事件で前橋刑務所に8年間服役。59年仮出所後は、宝石ブローカー、新興宗教教祖、芸能プロ経営などさまざまな職業を持つ。62年4月総額35億円にのぼる"ニセ一万円札事件"が発覚、事件の主犯として通貨偽造の疑いで警視庁から全国に指名手配され、同月東京都内で逮捕された。なお、東京・上野の宝石商失踪事件にもかかわっていた疑いで取り調べを受けていたが、同月28日殺人を自供した。　⊕父＝金素雲(韓国の詩人)

武井 武雄　たけい・たけお

童画家　版画家　童話作家　元・日本童画家協会代表　⊕明治27年6月25日　⊖昭和58年2月7日　⊕長野県諏訪郡平野村(現・岡谷市)　⊕東京美術学校(現・東京芸術大学)洋画科(大正8年)卒　⊕紫綬褒章(昭和34年)、勲四等旭日小綬章(昭和42年)　⊕「赤い鳥」「金の船」「コドモノクニ」などをめぐる童話童謡運動に参加し、童画を描き始め、大正12年「武井武雄童画展」を開催。昭和2年日本童画家協会創立に参加。21年日本童画会を結成。戦前の童話「赤ノッポ青ノッポ」や、終戦直後の画文集「戦

後気伋画帳」などで知られ、自ら名づけた“童画”を独立した地位にまで高めた。版画家としても活躍し、19年日本版画協会会員となり、同協会展に出品。また昭和10年以来、紙、表紙、印刷に工夫をこらした手づくり絵本「刊本」づくりに力を入れ、作品は139冊に及び、配本を受ける“刊本作品友の会”会員には、永井路子・岡部冬彦・芳村真理・飯沢匡らがいた。著書に童話「お噺の卵」「ラムラム王」、絵本「あるき太郎」、童画集「妖精伝奇」、エッセイ「本とその周辺」「日本の郷土玩具」などの他、「武井武雄作品集」（全3巻）「童画集」がある。

武井 博　たけい・ひろし

児童文学作家　玉川大学講師　元・NHKチーフディレクター　[生]昭和11年10月6日　[出]埼玉県　[学]早稲田大学文学部卒　[歴]NHKに入局。幼児・子ども向け番組の企画・制作に専心。テレビ・ディレクターとして「ひょっこりひょうたん島」「少年ドラマ・シリーズ」「おーい!はに丸」などを企画・演出。そのかたわら童話を書き、作品に「はらぺこプンタ」「モグラが三千あつまって」「めだちたがりのロロくん」など。訳書に「スルーク博士の育児書」など。　[団]JBBY

竹内 一郎　たけうち・いちろう

演出家　演劇評論家　劇作家　ジャーナリスト　劇団ワンダーランド主宰　九州大谷短期大学助教授　[生]昭和31年5月24日　[出]福岡県久留米市　筆名＝さいふうめい（さい・ふうめい）　[学]横浜国立大学教育学部心理学科卒　[賞]舞台芸術創作奨励賞特別賞（第12回）（平成2年）「星に願いを」、講談社漫画賞（少年部門，第24回）（平成12年）「哲也」　[歴]父親の転勤に伴い、横浜の高校に進学。この頃、阿佐田哲也の著書を読み、共感する。予備校時代に戯曲のおもしろさを知り大学進学後、早稲田小劇場（現・SCOT）で活動。のち劇作家の山崎哲らと劇団転位21を結成。舞台演出を中心に活動し、雑誌・新聞等のコラムも執筆。“さいふうめい”のペンネームで戯曲、漫才・創作落語の台本を多数執筆。一方、平成3〜4年文化庁芸術家在外研修員としてフィリピン芸能を調査、研究。またカジノ、競馬、麻雀などのギャンブル、運命などにも興味を持つ。8年久留米に帰郷。阿佐田をモデルにした漫画「勝負師伝説 哲也」の原作を担当。12年同作品で講談社漫画賞を受賞。九州大谷短期大学助教授も務める。戯曲に「マインドゲーム」「モンテカルロ珈琲店」「星に願いを」、著書に「儲かる若者会社のつくり方」「『会社』でなくて『仕事』を選べ」「がんを生きる—ルポ・生きがい療法」などがある。
[団]日本演出家協会

竹内 逸三　たけうち・いつぞう

美術評論家　小説家　随筆家　[生]明治24年1月1日　[没]昭和55年3月12日　[出]京都市　筆名＝竹内逸（たけうち・いつ）　[学]早稲田大学中退　[歴]大正中期、国画創作協会機関誌「創作」に「ドガ及び彼の前後」「寧楽紀行の断片」「夢殿救世観音の微笑」などを執筆。また、小説、随筆なども書き、昭和7年から「文芸春秋」などに「欧洲女難記」「文芸人の墓」「嵯峨野の猫」などを発表。著書にそれらをまとめた「浮世散見」や「涼風地帯」、短編集「噴水」、随筆「栖鳳閑話」がある。　[家]父＝竹内栖鳳（日本画家）

竹内 克子　たけうち・かつこ

シナリオライター　[生]昭和34年　[出]東京都　[学]明治大学文学部文学科卒　[賞]新人テレビシナリオコンクール佳作（第27回）（昭和63年）「プール」、新人映画シナリオコンクール佳作（平成1年）「偽りの星またたく下で」　[歴]大学卒業後、翻訳会社に就職。退職後アルバイトのかたわらシナリオ講座5期基礎科、研修科修了。

竹内 恵子　たけうち・けいこ

児童文学作家　[出]長野県飯田市　[学]文化服装学院師範科卒、中央美術学園絵画科卒　[賞]「幼児開発」童話優秀賞（昭和61年）　[歴]自宅で洋服を作り、洋裁教室を開く傍ら、童話を書く。61年月刊誌「幼児開発」の童話優秀賞を受賞、中日新聞で入選4回。他に折り紙も教える。

竹内 銃一郎　たけうち・じゅういちろう

劇作家　演出家　HI-HO2主宰　[生]昭和22年10月11日　[出]愛知県半田市　本名＝竹内徳義　前名＝竹内純一郎（たけうち・じゅんいちろう）　[学]早稲田大学第一文学部（昭和45年）中退　[賞]岸田国士戯曲賞（第25回）（昭和56年）「あの大鴉、さえも」、紀伊国屋演劇賞（第30回）（平成7年）「月ノ光」、読売文学賞（戯曲シナリオ賞，第47回）（平成8年）「月ノ光」、読売演劇大賞（演出家賞，第3回，平7年度）（平成8年）、芸術選奨文部大臣賞（第49回，平10年度）（平成11年）「今宵かぎりは…」「風立ちぬ」　[歴]高校時代から映画、芝居に関心を持ち、早大を中退して昭和50年劇団斜光社を結成。暴力と抑圧をテーマにアナーキーな笑いのある舞台を作ってきた。54年解散し、翌年「秘法零番館」を結成。56年代表作「あの大鴉、さえも」で第25回岸田国士戯曲賞受賞。平成元年秘法零番館を解散し、2年新しい集団HI-HO2（ヒホーツー）を結成。10年若手演劇人たちとともに新集団・カメレオン会議を結成。その他の作品に「今宵かぎりは…」「風立ちぬ」、戯曲集に「檸檬」「Z」「酔・待・草」「ひまわり」など。
[団]日本演出者協会

竹内 正一　たけうち・しょういち

小説家 [生]明治35年6月12日 [没]昭和49年3月10日 [出]旧満州・大連 [学]早稲田大学仏文科(大正15年)卒 [歴]南満州鉄道に入り、ハルビン満鉄図書館長となった。「早稲田文学」、「新潮」、同人誌「作文」などに満州を描いた短編を発表、詩情のある作品が評価された。短編集「氷花」「復活祭」、長編「哈爾浜入城」など。戦後引き揚げ後も執筆活動を続けた。

竹内 昌平　たけうち・しょうへい

労働運動家 小説家 [生]明治37年10月21日 [没](没年不詳) [出]神奈川県中郡国府村(現・大磯町) [学]法政大学文学部中退 [歴]昭和3年東京市電気局に入り東交車輛部副部長となる。6年の争議で中間派の立場をとる。その後横浜市電争議で検挙されたりするが、9年の東交大ストライキに際しては組合本部を守った。戦後は共産党に入党した。戦前は「創作月刊」「文学評論」「人民文庫」などに小説作品を発表、この間12年に長編「東京市電」を刊行した。戦後は23年「勤労者文学」に「労働結婚」を発表。

竹内 智恵子　たけうち・ちえこ

小説家 [生]昭和7年3月27日 [出]福島県会津若松市 旧姓(名)=米山 [学]会津高女卒 [賞]福島県文学賞(詩, 第29回)(昭和51年)「会津俚耳覚え」 [歴]昔話や伝説、炉辺物語などの聞き書きを続け、詩形式で発表。また農山村の埋もれた女性の歴史と民俗を調査、研究している。著書に「会津俚耳覚え」「会津宿り花考」「会津民話詩抄」「福島の伝説」「昭和遊女考」「娑波恋どり」他。 [団]民話と文学の会、日本民話の会、現代詩謡作家連盟

竹内 てるよ　たけうち・てるよ

詩人 児童文学者 [生]明治37年12月21日 [没]平成13年2月4日 [出]北海道札幌市 本名=竹内照代 [学]日本高女中退 [賞]文芸汎論詩集賞(第7回)(昭和15年)「静かなる愛」 [歴]結婚後脊椎カリエスのため婚家を追われて東京へ出る。3年間の婦人記者生活を経て結婚するが、結核のため25歳で離婚。以後、病苦と貧困に耐えながら詩作を続け、主としてアナキズム系の詩誌に発表。その間、神谷暢と協力して、昭和4年渓文社を創設。戦後は人生をテーマにした詩や童話などを執筆した。詩集に「叛く」「静かなる愛」「生命の歌」など。自叙伝「海のオルゴール」はテレビドラマ化された。また自らの数奇な人生を語るビデオ「生きて書く―てるよおばあちゃんの話」がある。 [団]日本文芸家協会、日本児童文芸家協会

竹内 日出男　たけうち・ひでお

脚本家 [生]昭和8年11月26日 [出]兵庫県 [学]東京大学文学部卒 [賞]芸術祭優秀賞(昭和56年)「流れて遠き」(NHK)、芸術作品賞(平成1年)「モグラたちの夢ゲリラ」(FM東京) [歴]昭和32年NHKに入局。以来20年にわたり、主にドラマ番組の演出と制作にあたる。52年希望退職し、以後、ラジオ・テレビの脚本執筆を中心に文筆活動を行う。文化庁芸術祭に度々入賞。主な作品にラジオ「モグラたちの夢ゲリラ」(FM東京)、テレビ「中学生日記」「NHKスペシャル 命愛してやまず」(NHK)など。著書に「NHK―公共放送の歴史と課題」「中学生日記シナリオ集―坂道のふたり」「流れて遠き―オーディオドラマ脚本選集」など。

竹内 紘子　たけうち・ひろこ

詩人 児童文学作家 高校教師(徳島文理高) [生]昭和19年 [出]徳島県徳島市 [学]徳島大学卒 [賞]毎日児童小説コンクール入選(第33回)(昭和59年)「ボートピープル」、毎日児童小説コンクール最優秀賞(第50回)(平成13年)「まぶらいの島(魂の島)」 [歴]徳島県内の公立高校教師を経て、徳島文理高校教諭。傍ら、昭和51年とくしま県民文芸詩部門で受賞して以来、詩・創作活動を始める。「詩脈」「逆光」同人。童話に「ミサイルみのむし」、詩集に「天地(あめつち)と」がある。 [団]日本児童文学者協会

竹内 ひろみち　たけうち・ひろみち

童話作家 [生]昭和40年 [出]愛知県 [学]成蹊大学文学部卒 [賞]福島正実記念SF童話賞(第12回) [歴]会社勤めのかたわら創作に励む。作品に「ボンベ星人がやってきた」がある。 [団]創作集団プロミネンス

竹内 真　たけうち・まこと

小説家 [生]昭和46年7月9日 [出]群馬県高崎市 [学]慶応義塾大学法学部卒 [賞]ゆきのまち幻想文学賞大賞(一般部門, 第5回)(平成7年)「スペースシップ」、三田文学新人賞(第2回)(平成7年)「ブラック・ボックス」、毎日児童小説最優秀賞(中学生向き, 第44回)(平成7年)「三年五組・ザ・ムービー」、小説現代新人賞(第66回)(平成10年)「神楽坂ファミリー」、小説すばる新人賞(第12回)(平成11年)「粗忽拳銃」 [歴]大学在学中の平成7年小説「ブラック・ボックス」で三田文学新人賞、10年「神楽坂ファミリー」で小説現代新人賞など多数受賞。11年「粗忽拳銃」で本格デビュー。またイラストも描く。著書に「三年五組・ザ・ムービー」「僕らが世界を救った夜」「カレーライフ」などがある。 http://www.asahi-net.or.jp/~hi3m-tkuc/

竹内 泰宏　たけうち・やすひろ
小説家　文芸評論家　⑰アジア・アフリカ文学　㊌昭和5年10月12日　⑰平成9年11月13日　⑰東京都文京区　本名＝竹内泰郎(たけうち・やすお)　㊿東京大学経済学部経済学科(昭和29年)卒　㊿河出長編小説賞(第1回)(昭和42年)「希望の砦」　㊾学生時代より文化運動誌「希望」に小説・評論を発表。昭和42年「希望の砦」によって第1回河出長編小説賞を受賞。アジア・アフリカ作家会議にも積極的に参加し、「人間の土地」「少年たちの戦争」などの長編や、「アジア・アフリカの文学と心」「境界線の文学論」「第三世界の文学への招待」などの評論があり、第三世界の文学を積極的に紹介。訳書にM.クネーネ「アフリカ創生の神話」など。　㊿日本AA作家会議、日本文芸家協会、新日本文学会　㊷妻＝髙良留美子(詩人)

竹内 勇太郎　たけうち・ゆうたろう
劇作家　脚本家　小説家　⑰日本史　現代演劇　㊌大正8年11月10日　⑰平成5年2月14日　⑰山梨県塩山市　㊿山梨師範(昭和16年)卒　㊾中学教師を2年、地元新聞記者を5年つとめ、その間演劇専門誌にシナリオを投稿、のちプロの劇作家となる。この他、テレビドラマの脚本や歴史小説も手がける。代表作に「山本勘介」(全7巻)「三匹の侍」「女侠曼陀羅」など。　㊿日本放送作家協会、日本脚本家連盟、山文協

たけうち りうと
小説家　㊿ホワイトハート大賞(第1回)「INTEN SITY」　㊾同人誌に小説、漫画を数年、写真、音楽もたしなみ、愛車ラファーガで湘南海岸を快走する。「INTEN SITY」でデビュー。著書に「風の祭」「海をわたるトンボ」などがある。11月9日生まれ。　http://www4.osk.3web.ne.jp/~teria/

竹岡 範男　たけおか・のりお
詩人　小説家　僧侶　宝福寺代表役員　お吉記念館館長　㊌大正3年7月23日　⑰静岡県　筆名＝竹岡光哉、法名＝釈大雲(しゃく・だいうん)　㊿早稲田大学教育学部(昭和13年)卒　㊿国際アカデミー賞(昭和55年)　㊿NHK児童音楽コンクール課題曲の「森の小鳩よ教えておくれ」「樹氷の街」の作詞者であり、芥川賞候補になったこともある。著書に「血は長江の空を染めて」「唐人お吉物語」「竹岡範男詩集」など。　㊿日本詩人連盟、日本詩人クラブ、日本ペンクラブ、JASRAC、日本作家クラブ

竹岡 葉月　たけおか・はずき
小説家　㊌昭和54年8月10日　㊿大正大学文学部　㊿ノベル大賞(佳作、平11年度)「僕に降る雨」　㊾「僕に降る雨」で平成11年度ノベル大賞佳作を受賞。著書に「ウォーターソング」がある。大正大学文学部に在学。

竹折 勉　たけおり・つとむ
作家　⑰古代史　㊌昭和4年1月11日　⑰大分県中津市大字野依　㊿中津商(昭和19年)中退　⑰宇佐神宮の原初形態、豊前地方の初期仏教　㊾昭和21年小倉郵便局に勤務、大阪市、北九州市を転々とし、58年大分県大貞郵便局局長代理を最後に退職。この間、全逓文学会に所属して、創作活動を続ける。作品に小説「凍る日」「童魚の詩」「鬼師」「西海に燃ゆ」のほか、古代史研究書として「御澄池真薦のナゾ」「豊の国宇佐八幡の神まつり」「法蓮―豊国の傑僧」など。　㊿歴史研究会

武上 純希　たけがみ・じゅんき
小説家　放送作家　㊌昭和30年2月26日　⑰鹿児島県　本名＝山崎昌三　㊿日活テレビ映画芸術学院卒　㊿「戦国魔神ゴーショーグン」で脚本家としてデビュー。「幻夢戦記レダ」「ゲゲゲの鬼太郎」「ポケットモンスター」(以上アニメ)、「スケ番刑事・少女忍法帖伝奇」「花のあすか組」「世にも奇妙な物語」などビデオ・テレビ脚本を多数手がける。小説に「純潔!!火柱マンション」「古代幻視行・姫巫女」シリーズなどがある。

竹河 聖　たけかわ・せい
作家　⑰伝奇小説　⑰東京都大田区田園調布　㊿青山学院大学文学部卒　㊾大学在学中ミステリー・クラブに所属し、推理文学同人誌に作品を発表する。昭和60年「悪魔ステーション」でデビューし、SF、怪奇、ホラーサスペンスの分野で活躍。著書に「魔女たちの囁き」「バミューダ霊海ドーム」「死霊たちの仮面」「ハロウィンの影」「月の無い夜に」「風の大陸」など。　㊿日本ペンクラブ、日本推理作家協会、日本文芸家協会

武川 みづえ　たけかわ・みづえ
児童文学作家　㊌昭和10年5月10日　⑰東京　本名＝武川美恵　㊿津田塾大学英文学科卒　㊿日本童話会賞(第5回)(昭和44年)「ギターナ・ロマンティカ」、小学館文学賞(第19回)(昭和45年)「空中アトリエ」　㊾小学校時代、旧満州の吉林で過ごし、戦後、群馬県富岡に引揚げる。津田塾大卒後、会社員となるが、30歳になって童話を書き始め、「子どもの町」同人となる。主な作品に「ギターナ・ロマンティカ」「空中アトリエ」「おりんぼまつり」「おか

あさんは白雪ひめ」「歌え ビエント」など。 [団]日本児童文学者協会

竹越 和夫　たけこし・かずお

演劇評論家　作家　日本演劇協会評議員　[生]明治38年6月12日　[没]昭和57年10月10日　[出]大阪　筆名(後期)＝竹越一雄　[学]東京帝大文学部独文科(昭和4年)卒　[歴]日本放送協会文芸課長、演出部長を経て、戦後日本文芸家協会書記局長。演劇に通じ、季刊雑誌「劇と評論」を再刊、松竹の歌舞伎審議会委員も務めた。著書は「演劇紀行」など。また、昭和22年「文芸時代」同人となり、代表作に大阪の庶民生活の哀歓を描いた「ゆくへも知らず」、続編「風塵」がある。

竹崎 有斐　たけざき・ゆうひ

児童文学作家　[生]大正12年8月1日　[没]平成5年9月17日　[出]熊本県熊本市　[学]早稲田大学高等師範部国漢科(昭和23年)卒　[賞]サンケイ児童出版文化賞(第24回)(昭和52年)「石切り山の人びと」、小学館文学賞(第26回)(昭和52年)「石切り山の人びと」、日本児童文学者協会賞(第17回)(昭和52年)「石切り山の人びと」、路傍の石文学賞(第3回)(昭和56年)「花吹雪のごとく」、野間児童文芸賞(第22回)(昭和59年)「にげだした兵隊―原一平の戦争」　[歴]昭和17年大学入学と同時に早大童話会入会。18年出征し、20年9月復員。23年小峰書店に入社。37年リコー宣伝部に移り、48年より文筆活動に入る。この間、40年から「びわの実学校」に作品を発表、44年同人となる。52年「石切り山の人びと」でサンケイ児童出版文化賞など3つの賞を受賞。ほかに、「火をふけゴロ八」「のら犬ノラさん」「花吹雪のごとく」「にげだした兵隊」など多数の作品がある。　[団]日本文芸家協会、日本民話の会

竹下 文子　たけした・ふみこ

児童文学作家　[生]昭和32年2月18日　[出]福岡県北九州市　本名＝鈴木文子　[学]東京学芸大学教育学部卒　[賞]日本童話会賞(第14回)(昭52年度)「月売りの話」、野間児童文芸賞推奨作品賞(第17回)(昭和54年)「星とトランペット」、路傍の石文学賞(幼少年文学賞，第17回)(平成7年)「黒ねこサンゴロウ〈1，2〉」、絵本にっぽん賞(第8回)「むぎわらぼうし」　[歴]21歳のとき「星とトランペット」でデビュー以来ファンタジーを書き続ける。作品に「土曜日のシモン」「風町通信」「ぼうしの好きな女の子」「風時間のピエロたち」「わたしおてつだいねこ」「むぎわらぼうし」や、〈黒ねこサンゴロウ〉シリーズなど。 [家]夫＝鈴木まもる(画家)

竹下 龍之介　たけした・りゅうのすけ

福島正実記念SF童話大賞を受賞　[学]都城市立東小　[賞]福島正実記念SF童話大賞(平2年度)(平成3年)「天才えりちゃん金魚を食べた」、新風賞(特別賞，第26回)(平成4年)「天才えりちゃん金魚を食べた」　[歴]市役所に務める両親と妹との4人家族の長男。本を読んでもらうのが好きで、2歳半でひらがなを書き、3歳9カ月から日記を書き始める。平成2年幼稚園在園中に妹を主人公にしたSF童話「天才えりちゃん金魚を食べた」を書き43万部のベストセラーになる。2作目の「天才えりちゃん月に行く」を完成させ、エッセイ「ヨーグルトマト」も執筆。 [家]母＝竹下真由美(「龍之介―竹下家の子育て日記」の著者)

竹柴 其水　たけしば・きすい

歌舞伎狂言作者　[生]弘化4年10月(1847年) [没]大正12年2月7日　[出]江戸・京橋　本名＝岡田新蔵(おかだ・しんぞう)　幼名＝駒沢鏡之助、前名＝熨斗進蔵、熨斗進三(のし・しんぞう)、竹柴進三(たけしば・しんぞう)　[歴]大工の子に生まれるが、京橋の材木商岡田家の養子となる。幼少から芝居を好み、12代目守田勘弥、3代目桜田治助の門を経て、河竹黙阿弥の門に入り、竹柴進三を名のる。明治17年新宮座の立作者に進み、20年師の俳名其水を継ぐ。その後、明治座の立作者となり、初代市川左団次のために多くの新作を書く。主な作品に「神明恵和合取組(め組の喧嘩)」「那智滝祈誓文覚」「三人片輪」などがある。

竹島 将　たけしま・しょう

作家　[生]昭和32年11月20日　[没]平成2年7月6日 [出]静岡県沼津市　本名＝竹島将(たけしま・まさし)　[学]法政大学中退　[歴]映画・TV・CFの演出、製作に従事し、昭和59年には映画「甦るヒーロー、片山敬済」のプロデュースを手がける。同年「ファントム強奪」で作家としてデビュー。以後の作品に「男たちの神話」「黄金郷への漂泊者」「制覇する者」「破滅の日」「熱き魂の彼方へ」、〈ファントムシリーズ〉〈野獣外伝シリーズ〉などがある。また、「TEAM TAKESHIMA」オーナーとしてオートバイ世界グランプリに参戦、平成元年には世界ランキング6位を獲得した。

武田 亜公　たけだ・あこう

児童文学作家　童謡詩人　[生]明治39年4月10日 [出]秋田県仙北郡協和村　本名＝武田義雄　[学]小学校高等科卒　[歴]製材工出身で、昭和の初め労働運動に参加しながら、プロレタリア童謡詩人として活躍。戦後郷里で農業を営み、文化運動にたずさわる。童謡集「小さい同志」童

話集「山の上の町」「武田亜公童話全集」などがある。　日本児童文学者協会(名誉会員)

武田　敦　たけだ・あつし
映画プロデューサー　シナリオライター　元・大映専務　昭和2年1月16日　旧満州・熊岳城　早稲田大学政治経済学部(昭和26年)卒　シナリオ賞(昭和40年、43年)　昭和26年新星映画社に入り山本薩夫に師事する。28年フリーとなり、記録映画「生きている人形」を共同監督。以後、社会的なテーマの作品を中心に手がける。この間、青銅プロダクション主宰を経て、49年大映専務・東京撮影所長に就任。主な監督作品に「ドレイ工場」「沖縄」、シナリオ作品に「雪崩」「にっぽん泥棒物語」「戦争と人間 第二部・第三部」「天皇の世紀」、製作担当に「ガラスのうさぎ」「敦煌」など。　日本シナリオ作家協会　妻=岸旗江(女優)、娘=武田美穂(児童文学作家)

武田　一度　たけだ・いちど
劇作家　演出家　俳優　犯罪友の会主宰　昭和25年　大阪府大阪市西成区　関西大学中退　飛田演劇賞、演劇チャンピオン賞　唐十郎のテント芝居「二都物語」に衝撃を受け、昭和51年劇団・犯罪友の会を結成・主宰。近松門左衛門の「曽根崎心中」を取り上げるなど主に江戸時代に焦点をあてオリジナリティを追究。専ら野外劇で様々な試みに挑戦し、平成5年パリで「赤と黒」を公演、好評を博す。6年関西野外劇連絡協議会を設立、理事長。野外劇関係者のための飛田(とびた)演劇賞を創設。著書に「牡丹のゆくへ—武田一度戯曲集」。

武田　英子　たけだ・えいこ
児童文学作家　昭和5年6月6日　東京　帝国女子専国文科(昭和25年)卒　野間児童文学新人賞(昭和44年)「海のかがり火」、エルバ賞(昭和56年)「八方にらみねこ」、日本の絵本賞絵本にっぽん大賞(第4回)(昭和56年)「八方にらみねこ」　昭和45年8月処女作「海からきた少年兵」を「週刊朝日」に発表。著書に「海のかがり火」「地図から消された島」「八方にらみねこ」「青い目の人形メリーちゃん」「人形たちの懸け橋」など。　日本児童文学者協会、日本児童文芸家協会

武田　鶯塘　たけだ・おうとう
俳人　記者　小説家　明治4年10月10日　昭和10年5月31日　東京　本名=武田桜桃四郎(たけだ・おとしろう)　別号=桜桃、修古庵　改玉社中　明治25年山岸荷葉(硯友社派)らと「詞海」を発行。28年博文館に入り「太陽」「文芸倶楽部」「少年世界」の編集に従事、巌谷小波や江見水蔭らの下で助筆、「中学世界」で

も執筆選評、少年文の言文一致体に貢献した。その後毎日電報、大阪毎日新聞、中外新報などの社会部長を務め、俳句欄を担当した。俳句は紅葉らの紫吟社に学び、大正2年小波らの賛助で俳誌「南柯」を創刊、主宰。「俳諧自由自在」のほか自撰句集「鶯塘集」がある。小説も「文芸倶楽部」などに執筆。

武田　仰天子　たけだ・ぎょうてんし
小説家　嘉永7年7月25日(1854年)　大正15年4月10日　大阪　本名=武田頴　河泉学校(堺市)卒　大阪で小学教師をし、明治22年「都の花」に「三都の花」を発表、文壇に入った。23年「新著百種」に「新世帯」を発表、京阪の新文学運動に参加。24年雑誌「なにはがた」を発刊、「浪花文学」に至るまで関西文壇に重きをなした。また大阪いろは新聞などの三面記者を経て30年東京朝日新聞に入社。小説「諏訪都」、34年「何」「梅若心中」、以後歴史小説「明智光秀」「荒木又右衛門」「清正」などを同紙に執筆、半井桃水とともに東朝の通俗物語の双璧として活躍。「二代忠孝」「競馬」など少年ものも多く、「婦女界」にも執筆、大衆文学の先駆となった。

武田　幸一　たけだ・こういち
童話作家　明治41年1月3日　平成6年3月29日　福岡市　本名=竹田幸一　青年時代から童謡を作り、昭和初年代に「おひなた」などを「赤い鳥」に発表。長く新聞記者をつとめ、第2次大戦中から童話の創作を始める。戦後、北九州地区の児童文化運動を推進し、昭和28年「火の国」を創刊。「小さい旗」同人。著書に「かに平の出発」「赤い湖」「サボテン島の風」「てんぐの橋」などがある。　日本児童文学者協会

武田　交来　たけだ・こうらい
作家(戯作者)　文政2年1月16日(1819年)　明治15年10月22日　江戸・木挽町　本名=武田勝次郎　山関人、松阿弥　合巻版の版下書家の梅素玄魚の門に入り筆耕を業とする。明治に入り作家に転向し、13年農民暴動実話を脚色した「冠松真土夜暴動」によって文名を高めた。他に黙阿弥の脚本「霜夜鐘十時辻筮」を合巻したものもある。

武田　繁太郎　たけだ・しげたろう
小説家　大正8年8月20日　昭和61年6月8日　兵庫県神戸市　早稲田大学独文科(昭和18年)卒　文学者賞(第1回)(昭和26年)「風潮」　学生時代から「矩火」「正統」「文学行動」などの同人誌に参加。昭和26年部落問題をテーマとした「風潮」で文学賞を受賞して文壇にデビュー。27年の「生野銀山」などで4

期連続芥川賞候補となる。34年芦屋マダムの生態を描いた「芦屋夫人」がわいせつ容疑で摘発されたが、不起訴処分となった。代表作は他に「紫雲英」（27年）「黒い季節」（35年）など。また60年には初のドキュメンタリー「沈黙の四十年」を出版した。

武田 泰淳　たけだ・たいじゅん

小説家　中国文学研究家　[生]明治45年2月12日　[没]昭和51年10月5日　[出]東京市本郷区東片町(現・東京都文京区)　旧姓(名)＝大島　幼名＝覚　[学]東京帝大支那文学科(昭和7年)中退　[賞]日本文学大賞(第5回)(昭和48年)「快楽」、野間文芸賞(第29回)(昭和51年)「目まいのする散歩」　[歴]父の師僧・武田芳淳の姓を継ぐ。浦和高校在学中から中国文学に関心を持ち、昭和6年東大支那文学科に進む。9年3月竹内好、岡崎俊夫らと中国文学研究会を創設。12年には召集され中支戦線でたたかう。18年「司馬遷—史記の世界」を刊行した。19年中日文化協会に就職。上海で敗戦を迎え、帰国後、本格的に小説を書き始め、22年に「審判」「蝮のすゑ」を発表。翌年、「近代文学」同人に参加する。27年「風媒花」、29年「ひかりごけ」を刊行し、自己の文学を確立、戦後文学の中核的存在となる。他の主な作品に「森と湖のまつり」「秋風秋雨人を愁殺す」「富士」「快楽(けらく)」、評論「人間・文学・歴史」、エッセイ「滅亡について」などがあり、「武田泰淳全集」(全18巻・別巻3巻，筑摩書房)も刊行されている。　[家]妻＝武田百合子(随筆家)、娘＝武田花(写真家)

武田 武彦　たけだ・たけひこ

作家　翻訳家　[専]英文学　[生]大正8年1月21日　[出]東京　[学]早稲田大学政治経済学部(昭和17年)卒　[歴]岩谷満、城昌幸と共に昭和21年探偵雑誌「宝石」を創刊、23年から編集長をつとめた。25年退社。以後、「とむらひ饅頭」「踊子殺人事件」「チャタレイ部落」などの犯罪小説を発表。30年以降に少年少女物を執筆している。ほかに「黒バラの怪人」「怪異ラブ・ロマン集」、ドイル「姿なきスパイ」、ウェルズ「とうめい人間」、ポー「ゆうれい船」などの翻訳もある。　[団]日本推理作家協会

武田 鉄矢　たけだ・てつや

俳優　歌手　[生]昭和24年4月11日　[出]福岡県福岡市博多区麦野　グループ名＝海援隊(かいえんたい)、ペンネーム＝片倉蒼　[学]福岡教育大学(昭和48年)中退　[賞]日本アカデミー賞助演男優賞(昭52年度)「幸福の黄色いハンカチ」、キネマ旬報賞助演男優賞(昭52年度)、報知新聞最優秀新人賞(昭52年度)、エランドール賞(昭52年度)、日本レコード大賞(西条八十賞，第22回)(昭和55年)、ゴールデンアロー賞(放送賞，第29回)(平成4年)「101回目のプロポーズ」、日本文芸大賞(優秀童話賞，第12回)(平成4年)「夏のクリスマスツリー」　[歴]昭和43年福岡教育大学に入学、在学中フォークグループ・海援隊を結成、47年LP「海援隊がゆく」でプロとしてデビュー。48年「母に捧げるバラード」が大ヒットし、NHK「紅白歌合戦」に初出演。52年「幸福の黄色いハンカチ」で映画初出演し、キネマ旬報助演男優賞ほか各種新人賞を受賞。以後「刑事物語」シリーズ(57年〜)「幕末青春グラフィティー/Ronin坂本龍馬」(61年)などで脚本、主演と活躍する。テレビは54年からTBS「3年B組金八先生」シリーズで金八先生を演じ人気を得、ドラマで歌った「贈る言葉」もヒット。57年海援隊解散、58年事務所・武田鉄矢商店設立。平成2年から種子島に子どものための研修施設・武田鉄矢村を建設。5年から原作・脚本・主演・監督(2作目から)を担当した「プロゴルファー織部金次郎」シリーズを発表。6年海援隊が再活動。9年10月「新・題名のない音楽会」の司会を担当。12年ドラマ「教習所物語」に出演し、共演者の水前寺清子とのデュエット「いきてゆく物語」を発売。13年情報バラエティ番組「解決！クスリになるテレビ」の司会を務める。他の出演にテレビ「徳川家康」「太平記」「101回目のプロポーズ」「バージンロード」「ソムリエ」「プリズンホテル」「パーフェクトラブ！」など。著書に「ふられ虫の唄」「母に捧げるラストバラード」「夏のクリスマスツリー」がある。

竹田 敏彦　たけだ・としひこ

小説家　劇作家　[生]明治24年7月15日　[没]昭和36年11月15日　[出]香川県仲多度郡多度津町　本名＝竹田敏太郎　[学]早稲田大学英文科(明治44年)中退　[歴]丸亀中在学時代に生家の没落にあい、以後苦学を続ける。早大中退後大阪時事新報、大阪毎日新聞の司法記者となるが、大正13年上京し、新国劇の文芸部長となる。昭和4年発表の「早慶決勝の日」が新国劇で上演され、好評を得る。以後流行作家となって「子は誰のもの」「検事の妹」などを発表。戦後も「母と子の窓」などを発表。また郷里の多度津に更生施設「丸亀少女の家」を創立した。

竹田 敏行　たけだ・としゆき

小説家　[生]大正2年3月11日　[没]昭和42年11月24日　[出]東京　[学]早稲田大学独文科卒　[歴]処女作は昭和15年6月「文化組織」に書いた「市政の紊乱について」。同誌には「シュプリアン先生の逃亡」などを発表。戦後は「太鼓」「消滅」のほか「群像」に書いた「スピノザの石」が芥川賞候補になった。著書はアプレゲール叢書の1冊の劇作集「最後の退場」がある。

竹田 真砂子　たけだ・まさこ

作家　[生]昭和13年3月21日　[出]東京・神楽坂　本名＝川俣昌子　[学]法政大学卒　[賞]オール讀物新人賞（昭和57年）「十六夜に」　[歴]昭和57年オール讀物新人賞受賞を機に、執筆活動に入る。歴史に材を採った作品が多い。平成6年タウン誌「ここは牛込、神楽坂」（季刊）の創刊を発案。著書に「写真芸者小とみ」「鏡花幻想」「信玄公ご息女の事につき」「雪の降る音」「宵の夢」など。　[団]日本文芸家協会

竹田 まゆみ　たけだ・まゆみ

児童文学作家　[生]昭和8年9月11日　[没]平成14年5月11日　[出]広島県広島市　本名＝竹田真瑜美　[学]広島県立女子短期大学国文科卒　[歴]中学校教師を経て、昭和44年広島県内の児童文学作家でつくる「こどもの家」に参加、創作を開始。46年「あしたへげんまん」でデビュー。のち実弟の那須正幹と同人誌「きょうだい」を創刊。小学生のとき広島市内から世羅に疎開し、被爆を逃れた経験から“ヒロシマ”を題材にした作品が多い。主な作品に「ガラスびんの夏」「風のみた街」「冬のイニシアル」「夕映えになるまでに」「ロクの菜の花畑」「ぼく」「ぼくは未来の七冠王」など。　[団]日本児童文学者協会、広島県児童文学研究会　[家]弟＝那須正幹（児童文学作家）

武田 美穂　たけだ・みほ

イラストレーター　児童文学作家　[生]昭和34年　[出]東京都　[学]日本大学芸術学部油絵科中退　[賞]クレヨンハウス絵本大賞（最優秀作品賞，第8回）（昭和61年）「あしたえんそく」、日本の絵本賞絵本にっぽん賞（平成3年）「ふしぎのおうちはドキドキなのだ」、講談社出版文化賞（絵本賞）（平成4年）「となりのせきのますだくん」、絵本の里大賞びばからす賞（第2回）（平成4年）「となりのせきのますだくん」、日本の絵本賞絵本にっぽん賞（第15回）（平成4年）「となりのせきのますだくん」、日本絵本賞（読者賞・山田養蜂場賞，第6回）（平成13年）「すみっこのおばけ」　[歴]数多くのアルバイトを経て、イラストレーターとして独立。子ども向けの本や広告・雑誌を手がける。作品に「はいしゃさんこわいの」「あしたえんそく」「ふしぎのおうちはドキドキなのだ」「ワカバさんの正しい悩み解消法」「すみっこのおばけ」「となりのせきのますだくん」に始まる〈ますだくん〉シリーズなどがある。　[家]父＝武田敦（映画プロデューサー）、母＝岸旗江（女優）

武田 八洲満　たけだ・やすみ

小説家　[生]昭和2年5月8日　[没]昭和61年9月13日　[出]宮城県遠田郡南郷町　[学]東京商科大学専門部中退　[賞]オール讀物新人賞（第22回）（昭和38年）「大事」　[歴]日本図書館協会、出版業を経て、昭和38年「大事」でオール讀物新人賞を受賞。長谷川伸に師事し、46年から51年にかけて「紀伊国屋文左衛門」「信虎」「炎の旅路」「生麦一錠」が各々直木賞候補にあがった。他の作品に「信玄」「勝頼」「マリア・ルス事件」「箱館戦争」など。

武田 雄一郎　たけだ・ゆういちろう

作家　[生]大正12年　[出]長野県　本名＝滝沢一雄　[学]明治農業専門学校（現・明大農学部）卒　[賞]農民文学賞（昭和57年）「陸の孤島」　[歴]高校教員を30年つとめ、昭和57年4月から長野県立図書館行政嘱託に。57年、「陸の孤島」で第25回農民文学賞を受賞。「層」同人で30年の創作キャリアを持つ。

武田 麟太郎　たけだ・りんたろう

小説家　[生]明治37年5月9日　[没]昭和21年3月31日　[出]大阪府大阪市南区日本橋東　[学]東京帝大文学部仏文科中退　[歴]東京帝大へ入学した大正15年、同人雑誌「辻馬車」に参加し、中退した昭和2年から編集責任者となり、のち「大学左派」「十月」の同人となる。3年頃から帝大セツルメントで働らき、検挙されたこともある。5年左翼イデオロギーにもとづく風俗小説「暴力」「反逆の呂律」を刊行。西鶴の影響を強く受け、7年「日本三文オペラ」を発表し、以後市井事ものの作家として活躍し、9年には名作「銀座八丁」を発表した。11年時局的な動きに対抗し「人民文庫」を創刊したが、時局の流れに勝てず、13年廃刊となった。その他の代表作に「釜ケ崎」「勘定」「一の酉」「下界の眺め」などがあり、「武田麟太郎全集」（全16巻，六興出版社）が刊行されている。

武谷 千保美　たけたに・ちほみ

児童文学作家　[生]昭和30年9月17日　[出]千葉県　本名＝中村千保美　[学]フェリス女学院短期大学音楽科卒　[賞]毎日童話新人賞（第5回）「あけるなよこのひき出し」、児童文芸新人賞（第11回）「あけるなよこのひき出し」　[歴]主な作品に「おにいちゃんあげます」「あけるなよこのひき出し」「アルマのくしゃみに気をつけろ！」など。一般向けの著書にジャカルタ駐在記「おっかなびっくり南の国」がある。　[団]日本児童文芸家協会

武智 鉄二　たけち・てつじ
演出家　演劇評論家　映画監督　観照堂画廊　[専]古典演劇　映画　[生]大正1年12月10日　[没]昭和63年7月26日　[出]大阪市北区梅田町　本名＝川口鉄二(かわぐち・てつじ)　[学]京都帝国大学経済学部(昭和11年)卒　[賞]毎日芸術賞(昭和29年)、大阪市民文化賞(昭和30年)　[歴]個人雑誌「劇評」を創刊、評論活動を開始。戦争中、伝統芸術保護のため「断絃会」を組織。戦後、中村扇雀らを用いた"武智歌舞伎"の演出で注目を集め、能・狂言の手法をとり入れた前衛演劇で一世を風靡。昭和39年映画「白日夢」で日本映画の興行記録を作る。翌40年の映画「黒い雪」はわいせつ裁判の走りとなり、無罪判決をかちとった。49年には参院選に自民党から立候補した。著書は「古代出雲帝国の謎」「伝統と断絶」「競馬」「三島由紀夫の首」「武智鉄二全集」(6巻)など多数。　[団]日本演劇学会、伝統芸術の会、日本文芸家協会、日本オペラ協会(評議員)、日本演劇協会(評議員)　[家]妻＝川口秀子(日本舞踊家)、娘＝川口小枝(日本舞踊家)

武富 良祐　たけとみ・りょうゆう
陸上競技コーチ　文筆家　[生]昭和16年　[学]沖縄水産高卒　[賞]琉球新報短篇小説賞(第19回)、琉球新報児童文学賞(第3回)、少年少女陸上競技指導者表彰(平成3年)、安藤百福記念賞　[歴]昭和58年より浦添陸上クラブに関わる。著書に「太陽の天使たち―沖縄の子どもと陸上コーチ」がある。

竹中 亮　たけなか・りょう
作家　[生]昭和36年10月9日　[出]東京都　[学]早稲田大学文学部卒　[賞]歴史群像大賞(奨励賞,第5回)「真田大戦記」　[歴]旅行代理店にて、企画、広告編集、カナダ勤務を経験したあと、執筆活動に入る。日本史上の覇者の後継者に対する帝王学教育を研究する。第5回歴史群像大賞奨励賞を受賞。著書に「真田大戦記」がある。

竹西 寛子　たけにし・ひろこ
小説家　評論家　[生]昭和4年4月11日　[出]広島県広島市　[学]早稲田大学文学部国文科(昭和27年)卒　[資]日本芸術院会員(文芸)(平成6年)　[賞]田村俊子賞(第4回)(昭和39年)「往還の記」、平林たい子文学賞(第1回・評論)(昭和48年)「式子内親王・永福門院」、芸術選奨文部大臣新人賞(第26回)(昭和51年)「鶴」、女流文学賞(第17回)(昭和53年)「管絃祭」、川端康成文学賞(第8回)(昭和56年)「兵隊宿」、毎日芸術賞(第27回)(昭和61年)「山川登美子」、日本芸術院賞(第50回・平5年度)(平成6年)、勲三等瑞宝章(平成13年)　[歴]河出書房、筑摩書房で編集者生活を送り、昭和33年頃から丹羽文雄主宰の「文学者」や「思想の科学」などに評論を発表。37年退社し、38年「往還の記―日本の古典に想う」により田村俊子賞受賞。小説家としては広島体験にもとづいた短編「儀式」(38年)で注目される。48年「式子内親王・永福門院」で平林たい子賞、56年「兵隊宿」で川端康成文学賞を受賞。44年より早稲田大学講師。ほかに「源氏物語論」「鶴」「古典日記」「管絃祭」「月次抄」「歌の王朝」「空に立つ波 古今和歌集」「春」「山川登美子―『明星』の歌人」「日本の恋歌」「比叡の雪」「百人一首」やエッセイ集「道づれのない旅」「愛するという言葉」「時のかたみ」などがある。　[団]日本文芸家協会(理事)、日本著作権保護同盟、日本ペンクラブ　[家]弟＝竹西正志(作曲家)

竹貫 佳水　たけぬき・かすい
小説家　編集者　[生]明治8年3月10日　[没]大正11年7月12日　[出]群馬県前橋　本名＝竹貫直人　旧姓(名)＝竹貫直次　[歴]私塾攻玉舎に学び陸軍測量技師を経て小説家江見水蔭に師事。明治30年ごろ「狂花怨」などを発表。37年博文館に入社、「少年世界」「中学世界」編集に従事。児童文学作品を多く書き、また育児園を設立、のち東京市日比谷図書館の児童室に勤め、功績をあげた。

竹野 栄　たけの・さかえ
児童文学作家　[専]教育問題　[生]大正11年4月27日　[出]北海道(奥尻島)　[学]北海道第二師範卒、国学院大学文学部卒　[賞]講談社児童文学新人賞(第4回)(昭和38年)「ブチよしっかり渡れ」　[歴]約40年間の教員生活を送り、東京都中野区江原、練馬区中村西、関町北の各小学校長を歴任し、のち旭教育研究所勤務。かたわら、児童文学・教育問題等の執筆に当たる。主な作品に「こうちょう先生なにしているの」「あべくらさんの動物病院」「パトカーに乗ったウミネコ」「でもね、せんせい」など。　[団]日本児童文芸家協会(理事長)

武野 藤介　たけの・とうすけ
小説家　評論家　[生]明治32年4月3日　[没]昭和41年7月26日　[出]岡山県　本名＝武野真寿太(たけの・ますた)　[学]早稲田大学露文科中退　[歴]文壇ゴシップやコント等で活躍。戦後は艶笑文学に専念した。著書に「文士の側面裏面」「現代作家 表現の研究」「文壇余白」「文壇今昔物語」などがある。

竹野 雅人　たけの・まさと
小説家　[生]昭和41年9月23日　[出]東京都　[学]法政大学経営学部(平成1年)卒　[賞]海燕新人文学賞(第5回)(昭和61年)「正方形の食卓」、野間文芸新人賞(第16回)(平成6年)「私の自叙伝前篇」　[歴]昭和61年「正方形の食卓」で第5回海燕新人文学賞を受賞。平成元年東宝に入社。

同年ファミコンを題材にした表題作や「純愛映画」を収めた作品集「純愛映画・山田さん日記」を刊行し、サラリーマンと作家の両立を目指す。他の作品に「大きく回って、三回転半」「似てない生活」「私の自叙伝前篇」など。
[団]日本文芸家協会

竹野 昌代　たけの・まさよ
文学界新人賞を受賞　[生]昭和42年　[出]長野県　[学]信州大学教育学部国語科　[賞]文学界新人賞(第71回)(平成2年)「狂いバチ、迷いバチ」　[歴]信州大学に入学し、昭和63年から中国・武漢大学留学、平成2年帰国。この間小説を執筆、信州・伊那に伝わる蜂の巣追い“スガレ釣り”をテーマに「狂いバチ、迷いバチ」で、平成2年文学界新人賞を受賞。

竹之内 静雄　たけのうち・しずお
作家　元・筑摩書房社長　[生]大正2年11月25日　[没]平成9年12月19日　[出]静岡県　[学]京都帝国大学文学部哲学科(昭和15年)卒　[歴]昭和15年河出書房に入社。16年筑摩書房に移り、41～47年社長を務めた。この間、32年に定価1万2000円の「鉄斎」を編集、豪華本ブームの口火を切った。24年「ロッダム号の船長」が芥川賞候補となる。ほかの著書に「大司馬大将軍霍光」、人物評伝「先師先人」「先知先哲」などがある。

武林 無想庵　たけばやし・むそうあん
小説家　翻訳家　[生]明治13年2月23日　[没]昭和37年3月27日　[出]北海道・札幌　本名＝武林盛一　旧姓(名)＝武林磐雄　[学]東京帝国大学文科大学(明治38年)中退　[歴]東京帝大在学中「帝国文学」の編集委員となり、明治36年「神秘」を発表。38年、大学を中退し、京都新聞社につとめるが、放蕩、放浪を重ねる。その間、大正2年「サフォ」を、5年には「サニン」を翻訳刊行したりし、9年「ピルロニストのやうに」を発表。9年から11年迄フランスを旅行し、11年「結婚礼讃」を、12年にエッセイ集「文明病患者」を刊行、共に代表作となる。12年から昭和9年迄、再度フランスに渡った。その間「『Cocu』のなげき」「飢渇信」などの作品を発表、またゾラの「巴里の胃袋」などを翻訳。8年に右眼を18年に左眼を失明するが、その間にもゾラの「大地」などを翻訳する。戦後24年に共産党に入党した。この他の主な作品に「性欲の触手」などがあり、また「むさうあん物語」や「盲目日記」などもある。

竹原 素子　たけはら・もとこ
小説家　[生]昭和2年　[出]新潟県加茂市　本名＝高鍋愛子　[学]三条高女卒、新潟県立臨時教員養成所卒　[賞]茨城文学賞(第3回)(昭和53年)「青雲の翳」、長塚節賞(第3回)(昭54年度)「孤影遙かなり」　[歴]著書に「影を追う」「家族の挽歌」「阿修羅は語らず」「打たれ花」、共著に「教師の懲戒と体罰」「教育と体罰―水戸五中事件裁判の記録」。　[団]茨城文芸協会(常任幹事)

武宮 閣之　たけみや・かつし
児童文学作家　[生]昭和31年　[出]大阪市　本名＝朝田武史　[学]立命館大学卒　[賞]自由都市文学賞佳作(第1回)(平成1年)「ホモ・ビカレンス創世記」、ハヤカワ・ミステリ・コンテスト佳作(第1回)(平成2年)「月光見返り美人」、ぶんけい創作児童文学賞「魔の四角形―見知らぬ町へ」　[歴]東大阪市教育委員会勤務。作品に「月光見返り美人」「魔の四角形―見知らぬ町へ」がある。

竹村 篤　たけむら・あつし
小説家　[生]昭和2年　[出]栃木県　本名＝飯塚悼朗　[学]東京農業大学卒　[賞]日本作家クラブ賞(第3回)　[歴]雑誌「蚕糸の光」の編集のかたわら故・山手樹一郎に師事し、時代小説を主に著作活動にとりくむ。著書に「天保三国誌」「横浜開港熱血商人」「竹邑亭奇聞」他。

竹村 潔　たけむら・きよし
シナリオライター　大橋学園情報社会学講師　[生]昭和17年5月8日　[出]三重県四日市市　本名＝竹村弘　[学]大阪電気通信大学卒　[歴]サラリーマン、通信教育添削指導などを経て、昭和44年放送作家となる。劇団大福帳代表、大橋学園情報社会学講師などを歴任。主な作品にテレビ「パソコンばんざい」(CBC)、戯曲「京女死への旅路・小屋守り」、小説「鬼がめざめるとき」「狐の仇討」など。　[団]日本放送作家協会、日本脚本家連盟

竹村 直伸　たけむら・なおのぶ
推理作家　[生]大正10年10月6日　[出]千葉市　[学]中央大学法学部(昭和23年)卒　[歴]役人、銀行員を経て、執筆活動に入る。昭和33年「風の便り」が懸賞第一席となる。作品に「タロの死」「似合わない指輪」など。

竹本 員子　たけもと・かずこ
小説家　児童文学作家　イラストレーター　[生]大正15年1月8日　[出]兵庫県神戸市　本名＝河村員子(かわむら・かずこ)　筆名＝竹本和代　[学]松蔭高女(昭和19年)卒、フェイマス・アーチスツ・スクールズ　[賞]教育館キリスト教児童文学全集創作童話公募最優秀賞(昭和58年)

[歴]昭和23年「遺族」が「新日本文学」創作コンクールに入選。戦争の犠牲となった女性を描き、他の作品に「娘の恋」「麦畑」「つかみあい」など。児童文学の面でも活躍し、「いっすんぼうし」「うりこひめ」「とげとげの山姥」「大工と山姥」などがある。　[団]日本クリスチャン・ペンクラブ、一彩会、日本文芸家協会、児童文芸家協会

竹本 健治　たけもと・けんじ

小説家　[生]昭和29年9月17日　[出]兵庫県相生市　[学]東洋大学文学部哲学科(昭和53年)中退　[歴]昭和52年「匣の中の失楽」を「幻影城」に連載し、翌53年単行本として刊行しデビュー。ミステリー、SF作家として活躍。著書に「囲碁殺人事件」「狂い壁狂い窓」「将棋殺人事件」「クー」「カケスはカケスの森」など。

竹森 一男　たけもり・かずお

小説家　[生]明治43年4月5日　[没]昭和54年12月31日　[出]北海道　[学]住友工高卒　[歴]「文芸」創刊記念号の昭和9年「少年の果実」が懸賞小説に入選。以後「嘘の宿」「駐屯記」などを発表。戦後は「文芸復興」「文芸首都」の同人となり「レンパン島」や「小説陸軍省」などを発表した。

竹森 千珂　たけもり・ちか

朝日新人文学賞を受賞　[生]昭和49年　本名＝竹森未稲子　[学]京都大学経済学部　[賞]朝日新人文学賞(第7回)(平成8年)「金色の魚」　[歴]大学経済学部4年生。

武谷 牧子　たけや・まきこ

小説家　[生]昭和28年2月17日　[出]千葉県　本名＝竹谷牧子　[学]慶応義塾大学文学部卒、中央大学大学院博士課程3年修了　[賞]小説すばる新人賞(第8回)(平成7年)「英文科AトゥZ」　[歴]中央大学、東京薬科大学で英米文学・語学の非常勤講師を経て、平成6年から3年間夫の転勤でシカコに在住。9年7月帰国。7年「英文科AトゥZ」で小説すばる新人賞を受賞。他の著書に「シカゴ、君のいた街」がある。

竹山 道雄　たけやま・みちお

ドイツ文学者　評論家　元・東京大学教授　[専]ドイツ文学　[生]明治36年7月17日　[没]昭和59年6月15日　[出]東京　[学]東京帝大独文科(大正15年)卒　[資]日本芸術院会員(昭和58年)　[賞]毎日出版文化賞(昭和23年)「ビルマの竪琴」、芸術選奨文部大臣賞(第1回)(昭和25年)「ビルマの竪琴」、文芸春秋記者賞(第14回)(昭和33年)「妄想とその犠牲」、読売文学賞(第13回)(昭和36年)、菊池寛賞(第31回)(昭和58年)　[歴]東大を出てドイツに留学後、一高、東大教授を務め、昭和26年退官後は著作活動に専念。戦前は独文学者として「ゲーテ詩集」やニーチェの「ツァラトストラはかく語りき」を翻訳し、シュバイツァーを初めて日本に紹介。戦後の22年に発表された戦争批判の長編小説「ビルマの竪琴」は映画、演劇化されて広く共感を呼んだ。また評論家として戦中は軍部を批判、戦後は進歩的思想に反対し続けたリベラリストで、43年には「米原子力空母エンタープライズの寄港に賛成」と発言、論争を呼んでいる。「昭和の精神史」「失われた青春」「古都遍歴」などの著書、「竹山道雄著作集」(全8巻，福武書店)がある。　[団]日本文芸家協会　[家]妹＝船田文子(主婦連副会長)

竹山 洋　たけやま・よう

脚本家　小説家　[生]昭和21年7月28日　[出]埼玉県所沢市　本名＝武田淳一　[学]早稲田大学文学部演劇科卒　[賞]橋田寿賀子賞(橋田賞，第2回)(平成6年)、芸術選奨文部科学大臣賞(第51回，平12年度)(平成13年)「菜の花の沖」「夫の宿題」　[歴]制作会社、構成作家、雑誌記者を経て、30歳で脚本家に。平成8年NHK大河ドラマ「秀吉」を担当。他の主な作品にテレビ「鉄道公安官」「特捜最前線」(テレ朝)、「土曜ドラマ」「京、ふたり」「菜の花の沖」「夫の宿題」「利家とまつ」(NHK)、「水曜ドラマスペシャル」「俺たちの時代」「日曜劇場」(TBS)、「男と女のミステリー」(フジ)、映画「うれしはずかし物語」「四十七人の刺客」「義務と演技」「ホタル」など。　[団]日本放送作家協会

田郷 虎雄　たごう・とらお

劇作家　小説家　[生]明治34年5月25日　[没]昭和25年7月12日　[出]長崎県平戸町　[学]長崎師範卒　[歴]佐世保で小学校に5年勤め、結婚後の昭和2年一家で上京、代用教員をしながら文学を修業。戯曲「印度」が第4回「改造」懸賞創作に当選、6年4月号掲載。以後生活は苦しく、少女小説などを書いてしのいだ。戦時中、翼賛会所属作家として体制に協力したことを戦後深く恥じ、筆を折った。雑誌発表の戯曲「猪之吉」、少女小説「双葉と美鳥」、開拓文芸選書の1冊「螟蛉子」所収の戯曲「満洲国」、小説「愛」などがある。

太宰 治　だざい・おさむ

小説家　[生]明治42年6月19日　[没]昭和23年6月13日　[出]青森県北津軽郡金木村大字金木字朝日山　本名＝津島修治(つしま・しゅうじ)　[学]東京帝大仏文科(昭和5年)中退　[歴]大地主の生まれ。青森中時代から作家を志望し、弘前高を経て、東大入学後、井伏鱒二に師事する。東大在学中は共産主義運動に関係したが脱退、自殺未遂事件をおこした。昭和8年第一作「思ひ出」に続いて「魚服記」を発表、その後「猿

面冠者」「ロマネスク」「道化の華」などを発表。10年佐藤春夫らの日本浪曼派に参加。同年都新聞の入社試験に落ちて自殺を図る。また「逆行」が第1回の芥川賞次席になり、作家としての地位をかためる。11年作品集「晩年」を刊行するが、同年芥川賞の選に洩れ再び自殺未遂。14年結婚、以後「富嶽百景」「走れメロス」「新ハムレット」「津軽」「お伽草子」などを発表し、15年には「女生徒」で透谷文学賞を受賞。戦後、22年に代表作となった長編小説「斜陽」や「人間失格」「ヴィヨンの妻」などを相次いで発表したが、23年6月遺稿「グッド・バイ」を残して山崎富栄と共に玉川上水で入水自殺を遂げた。無頼作家として人気があり、命日の桜桃忌には多くのファンが集まる。「太宰治全集」(全12巻、筑摩書房)がある。平成10年妻の遺品から未公開の遺書と代表作「人間失格」の草稿が発見された。同年、昭和53年より休止していた太宰治文学賞が復活。
㊗父＝津島源右衛門(貴院議員)、妻＝津島美知子、娘＝津島佑子(小説家)

田坂 具隆　たさか・ともたか
映画監督　㊐明治35年4月14日　㊥昭和49年10月17日　㊍広島県豊田郡沼田村東村(現・三原市沼田町)　㊎三高中退　㊏ベネチア国際映画祭大衆文化大臣賞(昭和13年)「五人の斥候兵」、ブルーリボン賞監督賞(第9回・昭和33年度)「陽のあたる坂道」、年間代表シナリオ(第15回・昭和38年度)「五番町夕霧楼」、京都市民映画祭監督賞(昭和38年)「五番町夕霧楼」、芸術選奨(第17回・昭和41年度)「湖の琴」、牧野省三賞(第10回)(昭和42年)　㊐大正13年日活大将軍撮影所に助監督として入社。三枝源次郎、村田実、溝口健二、鈴木謙作らに師事。15年「かぼちゃ騒動記」で監督に昇進。昭和2年「鉄腕記者」以後の15本は脚本・山本嘉次郎とのコンビが続く。7年新映画社設立に参加、新興キネマを経て、再び日活に戻る。「真実一路」をはじめ一貫してヒューマニズム思想のあふれる作品を撮りつづけた。13年の「五人の斥候兵」は日本初の外国映画祭受賞作となった。ほかの代表作に「明治一代女」「路傍の石」「五人の斥候兵」「土と兵隊」「女中っ子」「乳母車」「五番町夕霧楼」「湖(うみ)の琴」などがある。
㊗妻＝滝花久子(女優)、弟＝田坂勝彦(映画監督・故人)

田崎 久美子　たさき・くみこ
小説家　㊐昭和37年11月2日　㊏「小説CLUB」新人賞(第9回)　㊏「小説CLUB」第9回新人賞受賞、昭和61年デビュー。著書に「ときめきのエチュード」。

田崎 弘章　たさき・ひろあき
佐世保工業高等専門学校助教授　㊐昭和33年　㊍長崎県島原市　㊎早稲田大学文学部卒　㊏九州芸術祭文学賞最優秀作(第29回)(平成8年)「静かの海」　㊏大学卒業後長崎に戻り、長崎北高、口加高の教師を経て、平成7年佐世保工業高等専門学校助教授に。国語を担当。ラグビー部の監督も務める。一方、高校時代文芸部長を務め、宮沢賢治に傾倒。大学時代日本近代詩の叙情の問題を研究。平成8年初めての小説「静かの海」を執筆。

田沢 稲舟　たざわ・いなぶね
小説家　㊐明治7年12月28日　㊥明治29年9月10日　㊍山形県鶴岡市本町　本名＝田沢錦(たざわ・きん)　㊎共立女子職業学校(現・共立女子大学)図画科　㊏明治23年上京し、24年共立女子職業学校図案科に入学。山田美妙に師事し、26年新作浄瑠璃を習作。28年「医学修業」を「文芸倶楽部」に発表、文壇に認められる。同年美妙と結婚し、29年合作「峰の残月」を発表するが間もなく離婚。その後は胸を病み早逝した。遺稿に「五大堂」「唯我独尊」「小町湯」など。63年「田沢稲舟全集」(東北出版企画)が刊行され、平成8年没後100年を記念し、代表作を集めた「田沢いなぶね作品集」が出版される。

田島 栄　たじま・さかえ
脚本家　㊐昭和7年　㊍神奈川県横浜市　㊏昭和31年前進座に入る。同座所属脚本家として山本周五郎原作「青べか物語」、新田次郎の「怒る富士」、小林多喜二の母を描いた三浦綾子の「母」など多数手がける。歴史劇や時代劇が多い。新潟県・紫雲寺町が予算を組み、町民が演じる史劇「風雲の湖―紫雲寺潟の干拓」の台本を書き、平成8年6月の公演へ向け、出演者の指導に当たる。

田島 淳　たじま・じゅん
劇作家　㊐明治31年1月19日　㊥昭和50年1月29日　㊍神奈川県横浜市　㊎早稲田大学英文科(大正11年)卒　㊏早大在学中に松竹キネマに入社。在学中「能祇」が国民文芸会の懸賞脚本に当選するなど早くから劇作家として活躍。のち松竹本社文芸部に入社。大正期に活躍し「能祇と泥棒」「拾遺太閤記」「冬ざれ」「親鸞」「沢市の眼」などがあり、大正15年「田島淳戯曲集」を刊行。昭和期に入ってから劇作から遠ざかり、演出などをする。昭和43年復刊された「劇と評論」では編集長をつとめた。

田島 象二　たじま・しょうじ
戯文家　新聞記者　[生]嘉永5年(1852年)　[没]明治42年8月30日　[出]江戸　号=任天、酔多道士、御門情人　[歴]幼児より和漢の学を修め、とくに国学に傾倒し尊皇攘夷を奉じた。維新後は滑稽諷刺の筆をとり、明治10年「団々珍聞」に入社し、15年「読売新聞」主筆となる。主な著書に「一大奇書 書林之庫」「花柳事情」「西国烈女伝」などがある。

田島 伸二　たじま・しんじ
児童文学作家　エッセイスト　[生]昭和22年　[出]広島県三次市　[学]早稲田大学教育学部卒、タゴール国際大学(インド)卒　[賞]講談社出版文化賞(絵本賞, 第20回)(平成1年)「さばくのきょうりゅう」　[歴]昭和52年よりユネスコ・アジア文化センターでアジア・太平洋地域の図書開発、識字教育を担当。図書開発課長を経て、同センターと国際協力事業団に共同派遣され、パキスタンのイスラマバードで識字教育にあたる。傍ら、童話の創作と翻訳に従事。著書に「大亀ガウディの海」「砂漠の恐竜」は17ケ国、27言語に翻訳、出版される。他の著書に「びっくり星の伝説」、紙芝居「パンダのりんごとり」、訳書に「馬のたまご」他。エッセイ集に「雲の夢想録」「沈黙の珊瑚礁」など。

多島 斗志之　たじま・としゆき
小説家　広告制作ディレクター　[生]昭和23年10月24日　[出]大阪府　本名=鈴田恵　筆名=多島健　[学]早稲田大学政治経済学部卒　[賞]小説現代新人賞(第39回)(昭和57年)「あなたは不屈のハンコ・ハンター」　[歴]広告代理店に勤務。その後フリーの広告制作ディレクターとして活躍する傍ら、ミステリー小説を書き続ける。昭和57年多島健の筆名で小説現代新人賞を受賞。60年「移情閣ゲーム」で作家デビュー。ほかに「聖夜の越境者」「ソ連謀略計画を撃て」「クリスマス黙示録」などがある。

田島 一　たじま・はじめ
小説家　[生]昭和20年　[出]愛媛県　[賞]多喜二百合子賞(第26回)「遠景の森」　[歴]著書に「戦士たち」「遠景の森」などがある。　[団]日本民主主義文学同盟

田島 義雄　たじま・よしお
児童演劇評論家　ちっぽけ劇場主宰　元・日本児童演劇協会事務局長　[生]大正13年5月30日　[没]平成14年6月3日　[出]東京・杉並　本名=霜田茂美　[学]明星学園中学卒　[歴]在学中、少年俳優として劇団東童に入団。戦後は、ラジオドラマやテレビの脚本、演出、劇団経営など幅広く活躍。昭和48年以後、児童演劇評論を手掛けた。58年ちっぽけ劇場を創設し、人形劇上演を中心に活動。代表作に「春の童謡」「歌う糸車」「みほとろっぺとむじなっ子」などがあり、著書に「音楽の劇」「現代人形劇作品集 6」がある。　[団]日本児童演劇協会、国際人形劇連盟、日本放送作家組合、日本放送作家協会　[家]父=霜田静志(教育家)

田代 倫　たしろ・ひとし
小説家　[生]明治20年10月4日　[没](没年不詳)　[出]熊本市　[歴]明治末期、森鷗外に小説、脚本の指導を受け長編や短編を書いたが、出入り3年くらいで義絶された。大正10年代から社会問題、精神問題を扱った作品を発表した。長編「新しきアダムとイブ」、短編集「異邦人の苦笑」、戯曲集「闇の使者」などがある。

多田 漁山人　ただ・ぎょさんじん
小説家　戯曲家　[没](生没年不詳)　本名=多田寛　別号=古木山人　[学]東京帝国大学医学部卒　[歴]尾崎紅葉の硯友社に参加、機関紙「文庫」(のち我楽多文庫)に明治22年3～10月戯曲「積雲節松枝」を連載。23、24年には小説に転じ「都の花」に「光清寺」「雲間の月」などを発表。のち本業の医師に戻った。

多田 省軒　ただ・しょうけん
探偵小説作家　[没](生没年不詳)　本名=多田喜太郎　[歴]経歴などは定かではないが多作な作家で著書多数。明治26年「無惨の幽閉」をはじめとして「破れ畳」「月夜の犯罪」「箱根の墜道」などを刊行。

多田 鉄雄　ただ・てつお
小説家　詩人　[生]明治20年8月16日　[没]昭和45年12月11日　[出]佐賀県唐津　[学]早稲田大学政治経済科(大正3年)卒　[歴]「明星」に「対花集」「追憶」などの詩を発表、「明星」廃刊後「新潮」に拠った。大正9年から「歴史写真」「演芸と映画」など月刊誌を編集、のち武野藤介らと同人誌「作品主義」を出し、昭和9年三上秀吉らと同人誌「制作」を創刊した。創作集「河豚」「モデルと氷菓」などがある。

多田 徹　ただ・とおる
劇作家　児童演劇活動家　劇団風の子代表　[生]昭和2年11月30日　[出]東京　本名=岸亨　[学]早稲田大学政治学部科中退　[賞]NHK脚本賞(昭和35年)「カレドニア号出帆す」、東京都児童演劇コンクール最優秀賞(昭和36年)「ボタッ子行進曲」、斎田喬戯曲賞(第2回)(昭和37年)「ボタっ子行進曲」、芸能功労者表彰(第27回)(平成14年)　[歴]戦後、こども会活動をはじめ、昭和25年劇団風の子を創立し脚本・演出を手がける。35年「カレドニア号出帆す」、36年「ボタッ子行進曲」を発表し作家としての地位を確立。ほかに「宝のつるはし」「黄金の花が咲

いたとさ」「陽気なハンス」「ジョディとフラッグ」などがある。また47年の発足時から平成3年まで19年間日本児童演劇劇団協議会（児演協）の代表幹事を務めた。　㊸日本児童演劇劇団協議会、日本児童劇作家会議、国際児童青少年演劇協会日本センター　㊷弟＝宮下雅巳（俳優）、岸功（作曲家）

但田 富雄　ただ・とみお

小説家　元・高校教師　㊤昭和8年　㊦平成10年8月10日　㊥富山県東礪波郡井波町　㊧早稲田大学卒　㊨富山県立高校教師として勤務。平成6年井波高校校長を最後に退職。のち富山国際大学に勤務。一方、「早稲田文学」「文学者」「文芸首都」等に作品を発表。昭和47年「父」が北日本文学賞選奨となり、48年「鴉の円舞」、49年「法事のあとで」、51年「やつめうなぎ」が文学界新人賞最終候補作となる。また県の文芸総合誌「とやま文学」の創刊から企画編集に携わった他、「芸文とやま」「教育文芸とやま」の編集にも参加した。　㊸日本ペンクラブ

多田 尋子　ただ・ひろこ

小説家　㊤昭和7年1月19日　㊥長崎県　本名＝石亀博子　㊧日本女子大学文学部国文科卒　㊨昭和56年朝日カルチャセンターで駒田信二に師事。教室の文集「蜂」に「路地」「凪」を発表後、63年「白い部屋」が、平成元年「単身者たち」「裔の子」「白蛇の家」が、各々第96、100、101、102回芥川賞候補となる。他の作品に「殯笛」「慰撫」、作品集に「裔の子」「臆病な成就」がある。　㊸日本文芸家協会

多田 裕計　ただ・ゆうけい

小説家　俳人　㊤大正1年8月18日　㊦昭和55年7月8日　㊥福井市江戸上町　㊧早稲田大学仏文科卒業　㊥芥川賞（第13回）（昭和16年）「長江デルタ」、大衆文芸懇話会賞（昭和24年）「蛇師」　㊨横光利一に師事し、同人雑誌「黙示」に参加。昭和15年上海中華映画に入社し上海へ。16年「長江デルタ」で第13回芥川賞を受賞。その後の作品に「アジアの砂」「叙事詩」「小説芭蕉」などがある。俳句は28年「鶴」に参加し、37年俳誌「れもん」を創刊主宰し、句集に「浪漫抄」「多田裕計句集」、評論集に「芭蕉・その生活と美学」などがある。

ただの 仁子　ただの・じんこ

児童文学作家　㊤昭和27年　㊥千葉県　本名＝吉田仁子（よしだ・じんこ）　㊥びわの実童話教室賞（昭和54年度）「佐衛門さまの梅の木」、福島正実記念SF童話賞（第4回）（昭和62年）「おじさんのふしぎな店」　㊨童話雑誌「びわの実学校」に投稿し「佐衛門さまの梅の木」で昭和54年度びわの実童話教室賞受賞。代表作に「おにばばのコーヒー」「グレとパコの話」など。著書に「かいぞくノンとかいぞくドン」。

橘 恭介　たちばな・きょうすけ

小説家　㊤昭和50年　㊥スニーカー大賞（金賞）（第3回）「ダーク・デイズ」　㊨高校中退後、小説家を志し、「ダーク・デイズ」で第3回スニーカー大賞金賞を受賞。著書に「ダーク・デイズ」がある。

橘 外男　たちばな・そとお

小説家　㊤明治27年10月10日　㊦昭和34年7月6日　㊥群馬県高崎市　㊧中学中退　㊥直木賞（第7回）（昭和13年）「ナリン殿下への回想」　㊨素行が悪く中学を退学させられ、21歳の時は刑務所にも入る。出獄後は医科機械輸出業など多くの仕事を転々とし、大正11年「太陽の沈みゆく時」を刊行して作家となる。昭和11年「酒場ルーレット紛擾記」が「文芸春秋」の実話募集に入選し、13年「ナリン殿下への回想」で直木賞を受賞。戦時中は満州で過ごしたが、戦後帰国してからは怪奇幻想小説に力を入れ、代表作に「陰獣トリステサ」「青白き裸女群像」などがあり、他に自伝「私は前科者である」「ある小説家の思い出」がある。

橘 もも　たちばな・もも

「翼をください」がティーンズハート大賞佳作を受賞　㊤昭和59年2月28日　本名＝野口桃子　㊧愛知淑徳高　㊥ティーンズハート大賞（佳作, 第7回）（平成12年）「翼をください」　㊨平成12年いじめを題材にした処女小説「翼をください」が、第7回ティーンズハート賞の佳作に選ばれる。

立花 夕子　たちばな・ゆうこ

ラジオたんぱドラマ大賞を受賞　㊤昭和36年1月18日　㊥山口県下関市　本名＝井本雅子　㊧津田塾大学国際関係学科卒　㊥ラジオたんぱドラマ大賞（平成1年）「きっとあなたに」　㊨貿易会社に勤務しながらシナリオの勉強を続ける。

橘 有未　たちばな・ゆうみ

小説家　㊤昭和54年10月11日　㊧立命館大学文学部史学科　㊥コバルトノベル大賞（平8年度）「SILENT VOICE」　㊨大学在学中の平成8年にコバルトノベル大賞を受賞。著書に「銀の刻印」「幻想懐古店─時の末裔」がある。

橘 善男　たちばな・よしお
小説家　㋴昭和24年1月27日　㋭北海道静内郡静内町　㋖早稲田大学教育学部中退、二松学舎大学文学部卒　㋟神奈川県勤労者文芸コンクール第1席入賞、神奈川新聞文芸コンクール入賞、日教組文学賞、優駿エッセイ賞、岩手日報社北の文学賞(佳作)、全労連文学賞(第3回)(平成6年)、やまなし文学賞、さきがけ文学賞　㋛神奈川県立相武台高、相原高、上溝高、藤沢工業高を経て、小田原城東高校教師。文学賞など受賞多数。また小説CLUB新人賞候補作品などがある。著書に「輓馬祭」、共著に「現代文」などがある。　㋝日本文芸家協会

立原 えりか　たちはら・えりか
児童文学作家　㋴昭和12年10月13日　㋭東京　本名＝渡辺久美子　㋖白鴎高(昭和30年)卒　㋟日本児童文学者協会新人賞(第8回)(昭和34年)「人魚のくつ」、講談社児童文学新人賞(第2回)(昭和36年)「でかでか人とちびちび人」　㋛昭和33年に吉田とし、神沢利子らと同人雑誌「だ・かぽ」を刊行。自費出版した童話集「人魚のくつ」で34年に児童文学者協会新人賞、36年には「でかでか人とちびちび人」で講談社児童文学新人賞を受賞。幻想性豊かな独特の空想世界と詩情に満ちた作品群は、子どもよりもむしろ大人にファンが多い。「海賊」同人。他の代表作に「木馬がのった白い船」「ちいさい妖精のちいさいギター」「恋する魔女」「小さな恋物語」「ほそいほそいきんのいと」「赤い糸の電話」「あきのえんそくはたからさがし」「火食鳥幻想」など。「立原えりか作品集」(全7巻、思潮社)、「立原えりかのファンタジーランド」(全16巻、青土社)がある。　㋝日本児童文学者協会、日本ペンクラブ　㋕夫＝渡辺藤一(画家)

立原 とうや　たちはら・とうや
小説家　㋴昭和44年2月8日　㋭大阪府　別表記＝立原透耶　㋖大阪女子大学中国文学専攻卒　㋟コバルト読者大賞(平成3年下)「夢売りのたまご」　㋛平成3年コバルト文庫でデビュー。立原とうや名義の著書に〈ダークサイド・ハンター〉シリーズの「水竜覚醒」「紅蓮の洗礼」「双貌の救世主」、〈シャドウ・サークル〉シリーズの「後継者の鈴」「闇に吹く風」「CITY VICE〈1～3〉」、立原透耶名義の著書に「闇の皇子」などがある。

立原 正秋　たちはら・まさあき
小説家　㋴大正15年1月6日　㋜昭和55年8月12日　㋭旧朝鮮・大邱　本名＝米本正秋　㋖早稲田大学国文科(昭和23年)除籍　㋟近代文学賞(第2回)(昭和36年)「八月の午後」、直木賞(第55回)(昭和41年)「白い罌粟」　㋛昭和6年父が死去、10年渡日、12年母の再婚先の横須賀に移る。25年から鎌倉に住む。放浪生活を続けたあと31年ごろから小説を書き始め、33年「他人の自由」で文壇に出る。36年「八月の午後」で第2回近代文学賞を受賞、41年には「白い罌粟」で第55回直木賞を受賞。そのほか「薪能」「剣ケ崎」「漆の花」「冬の旅」「きぬた」「冬のかたみに」などを間断なく世に問い、特異な作風でベストセラー作家の地位を築いた。39年から「犀」主宰、44年には第7次「早稲田文学」編集長となったが、酒と女とけんかという"無頼派"の一面も。小説のほかに、随筆集「坂道と雲と」「旅のなか」、詩集「光と風」がある。59年に「立原正秋全集」(全24巻、角川書店)が刊行された。　㋕妻＝立原光代、息子＝立原潮(料理人・立原オーナー)、長女＝立原幹(エッセイスト)

立原 りう　たちはら・りう
シナリオライター　㋟テレビ大賞優秀個人賞(第7回・昭和49年度)　㋛小津安二郎と父・野田高梧の共同脚本のほとんどの清書を手伝う。昭和38年小津監督が亡くなってから、独学で脚本を書き始める。57年小津の名作「東京物語」の現代版テレビドラマ「新・東京物語」を脚色。他の作品にテレビ「若者たち」(山内久、早坂暁と共同)など。　㋕父＝野田高梧(シナリオライター)、夫＝山内久(シナリオライター)

龍尾 洋一　たつお・よういち
SF作家　児童文学作家　㋴昭和39年　㋭鹿児島県鹿児島市　㋖鹿児島経済大学中退　㋟福島正実記念SF童話賞優秀賞(第3回)「タッくんの空中トンネル」　㋛大学在学中に第3回福島正実記念SF童話賞に応募、「タッくんの空中トンネル」で、優秀賞をうける。

立川 洋三　たつかわ・ようぞう
小説家　ドイツ文学者　立教大学名誉教授　㋴昭和3年7月5日　㋭愛知県名古屋市　㋖東京大学文学部独文科(昭和28年)卒　㋟都立北園高校教諭を経て、昭和32年立教大学専任講師、36年助教授、43年教授。平成6年退任。この間、昭和39年西ベルリンに留学中の一日本人の目を通して、そこに生きる人々の姿を描いた「ラッペル狂詩曲」で芥川賞候補となる。ほかに「木造療養所」「異説の足どり」などがあり、カフカ「審判」などの訳書もある。　㋝日本独文学会

龍田 慶子　たつた・けいこ
小説家　能楽研究家　㋴昭和3年1月13日　㋭京都府　本名＝三上慶子　㋖恵泉女学園中、慶応義塾大学通信教育学部中退　㋟西日本文化賞(第10回)(昭和26年)　㋛昭和20年から8年間、父と2人、九州の山奥の分校で教える。26年「山村児童教育に尽くした功績」で第10回

西日本文化賞を父娘ともに受賞。著書に「私の能学自習帖」「能学鑑賞十二月」など。 ㊥日本文芸家協会 ㊙父=三上秀吉(作家)

辰野 九紫　たつの・きゅうし
小説家　㊍明治25年7月16日　㊐昭和37年8月6日　㊥鳥取市　本名=小堀龍二　㊥東京帝国大学法科卒　㊙会社員生活を10年間していたが、昭和4年「青バスの女」を発表して作家生活に入り、以後「養子は辛い！」などのユーモア小説を発表した。

龍野 咲人　たつの・さきと
詩人　小説家　㊍明治44年9月15日　㊐昭和59年6月12日　㊥長野県上田市　本名=大久保幸雄　㊥長野師範卒　㊙近代文学賞(第5回)(昭和38年)「火山灰の道」　㊙昭和5年頃から詩作を行い「星林」に詩作を発表。詩集に「香響」「莟める雪」「水仙の名に」などがある。他に小説「火山灰の道」、随筆集「信州の詩情」などがある。

竜口 亘　たつのくち・わたる
小説家　歯科医　㊍昭和37年　㊥宮城県仙台市　本名=猪苗代治(いなわしろ・おさむ)　㊥東北大学歯学部(平成1年)卒　㊙朝日新人文学賞(第2回)(平成2年)「ぼくと相棒」　㊙幼年より化石に魅せられ、化石採集を趣味としてきた。東北大学入学後、化石採集クラブに入会。昭和63年9月仙台市南部の竜の口峡谷で、400万年前の鯨の化石を発見して話題となる。59年にも、同年代の地層からアシカの全身の化石を発見している。卒業後、歯科医として仙台市内の病院に勤務する傍ら、化石採集クラブ仲間の鹿島春光とコンビを組んで小説を書く。平成元年「ぼくと相棒」で第2回朝日新人文学賞を受賞。

たつみや 章　たつみや・しょう
小説家　㊍昭和29年7月2日　㊥神奈川県　本名=広瀬賜代　別筆名=秋月こお(あきずき・こお)　㊥明治大学文学部史学地理学科卒　㊙小説ウィングス優秀賞(第1回)、アニメディア大賞小説部門賞、講談社児童文学新人賞(第32回)(平成3年)「ぼくの・稲荷山戦記」、熊日文学賞(第36回)「ぼくの・稲荷山戦記」、産経児童出版文化賞(JR賞、第43回)(平成8年)「水の伝説」、野間児童文芸賞(第37回)(平成11年)「月神の統べる森で」　㊙結婚後熊本市に移り住み、児童文学を書き始める。著書に「ぼくの・稲荷山戦記」「夜の神話」「水の伝説」「月神の統べる森で」など。傍ら、秋月こおの名で少女小説も執筆、中島梓の"小説道場"の出身で、「JUNE」よりデビュー。秋月こお名義の著書に〈富士見二丁目交響楽団シリーズ〉、〈ワンダーBOYシリーズ〉、〈HS龍宮リターンズシリーズ〉のほか、「青春新撰組BARAGAKI！(バラガキ)〈1〉」「夢見る眠り男」「Barパラダイスへようこそ」などがある。

伊達 一行　だて・いっこう
小説家　㊍昭和25年12月14日　㊥秋田県　本名=矢田部実　㊥青山学院大学文学部神学科卒　㊙すばる文学賞(第6回)(昭和57年)「沙耶のいる透視図」　㊙昭和56年作家デビュー。57年「沙耶のいる透視図」で第6回すばる文学賞受賞。雑誌「すばる」に連作短編を執筆。著書に「スクラップ・ストーリー」「哀しみのキュベレー」「1.9m2の孤独」「バビロン記1980」「みちのく女郎屋蜃気楼」「夜をめぐる13の短い物語」他。

伊達 虔　だて・けん
小説家　㊍昭和12年4月1日　㊥広島県因島市　㊥茨木高卒　㊙潮賞(小説部門、第15回)「海人」　㊙建築資料研究社に勤務し、通信衛星による建設業向けビジネステレビ「建設テレビジョン」番組制作を行う。小説に「海人」「記憶の血脈」がある。　㊥日本文芸家協会

館 淳一　たて・じゅんいち
小説家　ルポライター　風俗評論家　㊍昭和18年　㊥北海道　㊥日本大学芸術学部放送学科卒　㊙実家の没落に伴い清掃業アルバイト、別荘管理人、土木作業員、不動産セールスマンなど、各種の職業を転々とする。その後芸能記者、フリー編集者をつとめるかたわら、闇光生に私淑。昭和50年にハードバイオレンス小説「凶獣は闇を撃つ」を「別冊SMファン」に発表してデビュー。その後、SM雑誌から中間小説雑誌を舞台に作品を発表している。またルポライター、パーティージョーク研究家としても活躍。著書に「闇から来た猟人」「絹の淫ら夢」「姦られる」「姉弟日記」「セーラー服恥じらい日記」「女医・秘密診断室」など。　㊥日本推理作家協会、日本文芸家クラブ　http://www.ient.or.jp/~tate/

伊達 豊　だて・みのる
児童劇作家　㊍明治30年5月7日　㊐昭和36年10月12日　㊥東京　㊥早稲田大学英文科(大正12年)卒　㊙大正12年以降、早大演劇博物館に勤め、坪内逍遙に師事。昭和8年には日本児童劇協会結成に尽力、事務局を担当して機関誌「児童劇」の編集に従事、逍遙の後継者として活躍した。協会は16年戦時体制で解散。著書に「家庭及学校用児童劇」「みのる児童劇」などがある。

舘 有紀　たて・ゆき

小説家　医師　[出]福井県福井市　[学]自治医科大学(平成6年)卒　[賞]らいらっく文学賞(第20回)(平成11年)「木漏れ日」、日本海文学大賞(小説部門大賞，第10回)(平成11年)「赦しの庭」　[歴]医学生の頃からエッセイなどを発表。平成10年茨城県東海村立東海病院に外科医として勤務。11年「赦(ゆる)しの庭」で第10回日本海文学大賞小説部門大賞を受賞。他の作品に「木漏れ日」がある。

立石 美和　たていし・みわ

劇作家　小説家　[没](生没年不詳)　[出]和歌山県　[学]早稲田大学英文科卒　[歴]同窓に細田源吉、鷲尾雨工、青野季吉、保高徳蔵らがいた。鷲尾によると、江戸っ子のようにふるまい、歌舞音曲、芝居、演芸の通であったという。永井荷風の影響を強く受けた。大正2年細田、保高らを加え「美の廃墟」を創刊、戯曲「南の一夜」、小説「すべて町の子は悲しと聞く」などを発表。またオストロフスキーの戯曲「嵐」を翻訳連載した。

館岡 謙之助　たておか・けんのすけ

シナリオライター　[生]明治40年3月1日　[没]昭和43年9月4日　[出]秋田県大久保町(現・昭和町)　[学]日本映画俳優学校脚本科　[歴]昭和6年入江プロダクションに脚本部員として入社。10年新興大泉に移るが、一時秋田へ帰郷。14年日活多摩川に入社。監督・島耕二と文芸作品を手がける。19年満州映画協会にいた八木保太郎の招きで渡満。21年帰国し、以後戦前と同様に文芸作品のシナリオ中心に執筆。主な作品に「次郎物語」「愛の一家」「新雪」「三百六十五夜」「明治天皇と日露大戦争」など。

立岡 洋二　たておか・ようじ

小説家　フリーライター　[生]昭和15年　[出]東京　[学]青山学院大学(昭和37年)卒　[歴]サラリーマンを経験した後、昭和43〜53年八ケ岳山麓野辺山原に山小屋・牧人小舎を経営。59年山の文学同人「弦工房」を創立、主宰し、月報「風景」を発行。63年まで「野の会」代表をつとめる。著書に「八ケ岳山麓」「八ケ岳ふたたび」「山旅残歌—失われいく風景」「岩魚百態」(共著)他。

立川 談四楼　たてかわ・だんしろう

落語家　小説家　[生]昭和26年6月30日　[出]群馬県邑楽郡邑楽町　本名＝高田正一　前名＝立川寸志　[学]太田高(昭和45年)卒　[歴]昭和45年立川談志に入門。立川寸志で前座。50年二ツ目に昇進し、談四楼襲名。58年真打ち。北沢八幡宮で毎月独演会を開催。同年春の談志一門の落語協会脱退事件を種に、処女作「屈折十三年」を文芸春秋に発表。引きつづき「前座の恋の物語」を同誌に。著書に小説集「石油ポンプの女」他がある。

建倉 圭介　たてくら・けいすけ

横溝正史賞佳作を受賞　[生]昭和27年　[出]岩手県盛岡市　本名＝野崎幸司　[学]京都工芸繊維大学卒　[賞]横溝正史賞佳作(第17回)(平成9年)「いま一度の賭け」　[歴]コンピューターソフト会社の役員を務める一方、推理小説に取り組み、「いま一度の賭け」などを執筆。

立野 信之　たての・のぶゆき

小説家　評論家　[生]明治36年10月17日　[没]昭和46年10月25日　[出]千葉県五井町(現・市原市)　[学]関東中学中退　[賞]直木賞(第28回・昭27年度)(昭和28年)「叛乱」　[歴]中学時代から「国民文学」などに短歌を投稿する。中学中退後は「簇生」「千葉文化」「新興文学」などの創刊に参加する。大正13年入営し、除隊後はプロレタリア文学の作家、評論家として活躍し、短編「標的になった彼奴」「軍隊病」や評論「プロレタリア文学の新しき前進方向」などを発表。昭和3年「戦旗」編集委員、のち日本プロレタリア作家同盟書記などを歴任し、5年治安維持法違反で検挙されたが、転向を表明し執行猶予となる。転向後は「友情」「流れ」などを発表し、戦後は現代史に取材した「太陽はまた昇る—公爵近衛文麿」や28年直木賞受賞の「叛乱」や「黒い花」「赤と黒」「壊滅」「明治大帝」「日本占領」などを発表した。41年まで日本ペンクラブ専務理事をつとめた。

立松 和平　たてまつ・わへい

小説家　[生]昭和22年12月15日　[出]栃木県宇都宮市川向町　本名＝横松和夫(よこまつ・かずお)　[学]早稲田大学政治経済学部経済学科(昭和46年)卒　[賞]早稲田文学新人賞(第1回)「自転車」、野間文芸新人賞(第2回)(昭和55年)「遠雷」、若い作家のためのロータス賞(第2回)(昭和61年)、坪田譲治文学賞(平成5年)「卵洗い」、毎日出版文化賞(第51回)(平成9年)「毒—風聞・田中正造」　[歴]雑誌「早稲田文学」に「途方にくれて」「自転車」「今も時だ」などを発表。「今も時だ」は、戦後の学園闘争時代の体験を最初に小説化した作品として注目される。また「自転車」で第1回早稲田文学新人賞受賞。大学卒業後、土工、運転手、宇都宮市役所勤務を経て、昭和53年より執筆活動に専念する。55年「遠雷」で第2回野間文芸新人賞を受賞。連合赤軍リンチ殺人事件を題材にした「光の雨」は、死刑囚の手記を無断引用したと批判され、平成10年一から書き直した。13年同作品が高橋伴明監督により映画化される。14年初の歌舞伎戯曲「道元の月」を発表。他の作品に「光匂い満ちてよ」「火の車」「ブリキの

北回帰線」「歓喜の市」「世紀末通りの人びと」「春雷」「性的黙示録」「天地の夢」「うんたまぎるー」「鳥の道」「雨のサーキット」「卵洗い」「毒―風聞・田中正造」「地霊」、写真集「釧路湿原」などがある。ボクシングやカーラリーにも精力的にとり組み、テレビ朝日の「ニュースステーション」では「心と感動の旅」のリポーターとしても活躍するなど多才ぶりを発揮。平成2年、3年パリ・ダカールラリーにナビゲーターとして参加。5年アジア農民元気大学(略称=アカホレ)を開校、総長に。㊐日本文芸家協会、日本ペンクラブ(理事)
http://www.tatematsu-wahei.co.jp/

田中 晶子　たなか・あきこ

シナリオライター　㊐昭和35年4月8日　㊐東京都府中市　㊐桐朋女子高(昭和54年)卒、和光大学人間関係学科中退　㊐新人映画シナリオコンクール入選(第29回)(昭和54年)「人形嫌い」　㊐昭和54年、高校3年のとき「人形嫌い」が映画シナリオコンクールに入選。次々と脚本の依頼が舞い込み、シナリオライターとなる。主な映画シナリオに「鉄騎兵、跳んだ」「なんとなく、クリスタル」「マノン」「ダイヤモンドは傷つかない」「セカンドラブ」。「おやすみ、テディ・ベア」(TBS系)でテレビにも進出。

田中 阿里子　たなか・ありこ

小説家　歌人　㊐大正10年7月29日　㊐京都府　本名=田中文子　㊐京都高女卒　㊐婦人公論女流新人賞(第3回)(昭和35年)「鱶」　㊐短歌を作る傍ら、昭和27年頃からNHKなどに放送台本を書く。35年戦争体験を医者の立場から描いた「鱶」で婦人公論女流新人賞を受賞。他に「闇の中の対話」「終らない喜劇」「悲歌大伴家持」「秋艶記」「魂のゆりかご」、共著「新時代のパイオニアたち―人物近代女性史」などの作品の他、「京都の花暦」「花の京都」「大和の花暦」等の随筆集がある。　㊐日本文芸家協会、日本ペンクラブ　㊐夫=邦光史郎(作家・故人)

田中 育美　たなか・いくみ

童話作家　㊐昭和61年4月26日　㊐愛媛県　㊐香川大学教育学部卒　㊐わたぼうし文学賞特別賞(第5回)(昭和60年)「おだんご山のゴンベーさん」　㊐東京の出版社勤めを経て、昭和48年結婚。55年5月乳がんと診断され、1カ月後に手術。翌56年2月に再発し、全身9カ所の骨転移であと半年の命と知る。以来、身辺整理を兼ねて日記がわりに詩を書くようになり、3人の子供達のために童話づくりも始める。そうのちの一つ、「おだんご山のゴンベーさん」が、60年第5回わたぼうし文学賞で特別賞を受賞。59年に夫が蒸発後は、子供を宣教師に養子に出し、ホスピスで闘病生活を送る。熱心なクリスチャン。「最後の最後までぬるま湯の中で終わりたくない」とホスピスを仮退院し、61年1月「絆(きずな)、星の小守唄―5年5カ月をがん患者として生きて」を京都の糺書房から出版。

田中 宇一郎　たなか・ういちろう

小説家　童話作家　㊐明治24年12月10日　㊐昭和49年4月9日　㊐山形県鶴岡　本名=田中卯一郎　号=耕之助　㊐東京高師卒　㊐上京して行商、会社員、教員、新聞記者などを転々、短編、童話などを書いた。大正5年ごろには島崎藤村に師事して、最初の「藤村全集」、「定本版藤村文庫」の校正を手伝った。著書に「悩める人々」「回想の島崎藤村」などがある。

田中 雨村　たなか・うそん

小説家　邦楽評論家　㊐明治21年6月30日　㊐昭和41年5月25日　㊐東京・麹町隼町　本名=田中治之助　筆名=英十三(はなぶさ・じゅうざ)　㊐学習院卒　㊐田中雨村のペンネームで白樺派同人。実業界を隠居後、小唄、うた沢など趣味に生きた。麹町十三番地の住居に因んで筆名を英十三とした。雑誌「酒中花」同人。作品には吉田草紙庵と組んだ小唄「髪結新三」「辰五郎」「毛剃」など、著書に「うた沢茶話」「草紙庵小唄」「一中節」がある。

田中 介二　たなか・かいじ

小説家　俳優　㊐明治19年12月29日　㊐昭和37年11月10日　㊐東京　㊐早稲田大学英文科(明治43年)卒　㊐在学中から早稲田文学に多くの小説を書き、大正の初めにかけ新進作家として認められた。その後芸術座に入り俳優となった。次いで沢田正二郎らと脱退、美術劇場を興し、6年新国劇を結成。13年金井謹之助らと同志座を旗揚げしたが間もなく解散、金井修一座、大江美智子一座に参加、剣劇俳優として活躍した。

田中 和夫　たなか・かずお

小説家　劇団寒流代表　㊐昭和8年3月13日　㊐北海道江別市　㊐江別高卒　㊐北海道新聞文学賞(小説，第16回)(昭和57年)「残響」、国鉄加賀山賞(昭和58年)、北海道文化奨励賞(昭和63年)　㊐昭和27年国鉄入社。30年車掌試験に合格。以来、62年の国鉄解体まで車掌としてつとめ、札幌車掌区車掌長で退職。のち札幌ターミナルビル、エスタサービスに勤務。一方、高校時代から明治時代の北海道群像を中心に小説や戯曲を書く。30年「札幌文学」同人。48年「国鉄北海道文学」(62年「鉄道林」に改題)を創刊、編集人をつとめ、現在同人。57年国鉄入社30年を記念し、北海道開拓使の村橋久成の波乱の一生を小説「残響」に

まとめ自費出版、道新文学賞を受けた。他に季刊「北のくらし」編集長、劇団寒流代表をつとめる。他の著書に「私のさよなら列車」「木製戦闘キ106」「物語サッポロビール」など。㊐北海道文学館(評議員)、日本ペンクラブ

田中 香津子　たなか・かずこ

盲学校教師(大阪府立盲学校)　昭和63年織田作之助賞を受賞　㊓昭和28年7月7日　㊥島根県益田市　本名＝田中和子　㊫同志社大学文学部卒　㊮織田作之助賞(第5回)(昭和63年)「気流」　㊯出版社勤務を経て、昭和53年大阪府立盲学校高等部教諭。

田中 喜三　たなか・きぞう

脚本家　劇作家　㊥富山県滑川市赤浜　㊫富山大学教育学部卒　㊮大谷竹次郎賞(奨励賞，第3回，昭49年度)「信康」、大谷竹次郎賞(第5回・第17回，昭51年度・63年度)「小堀遠州」「武田信玄」　㊯学生時代から演劇、映画に夢中になり、80倍の難関を突破して、松竹の助監督試験に合格。映画の衰退で演劇部に移り、劇作に。新作歌舞伎の脚本で3度大谷賞を受賞。作品に「信康」「小堀遠州」「鬼あざみ」「新平家物語」「武田信玄」などがある。　㊕弟＝田中洋(高校教師)

田中 健三　たなか・けんぞう

作家　漁業協同組合職員　㊥愛媛県松山市　㊫早稲田大学法学部中退　㊮文学界新人賞「あなしの吹く頃」　㊯中3の時、父が病死。苦学して早大法学部に入学するが、無理なバイト生活のため右目を失明、半年で中退し帰郷。仕事で接する海と漁師町を舞台に小説を書く。「あなしの吹く頃」で文学界新人賞を、6度目の応募で受賞。

田中 光二　たなか・こうじ

小説家　㊓昭和16年2月14日　㊥旧朝鮮・京城　㊫早稲田大学文学部英文科(昭和43年)卒　㊮角川小説賞(第6回)(昭和54年)「血と黄金」、吉川英治文学新人賞(第1回)(昭和55年)「黄金の罠」　㊯昭和34年NHK入局。47年退職。有線テレビのディレクター時代に書いた「幻覚の地平線」で作家デビュー。昭和54年「血と黄金」で角川小説賞、55年「黄金の罠」で吉川英治文学新人賞を受賞。小説取材のため世界中をかけめぐっており、SFから冒険活劇、ハードボイルドと幅広く活躍。平成3年父・田中英光の生涯を描いた「オリンポスの黄昏」を執筆。著作に「大いなる逃亡」「国家殺し」「新・太平洋戦記」「レイテ沖・日米開戦」など。㊐日本SF作家クラブ、日本推理作家協会、日本ペンクラブ　㊕父＝田中英光(小説家・故人)

田中 貢太郎　たなか・こうたろう

小説家　随筆家　㊓明治13年3月2日　㊚昭和16年2月1日　㊥高知県長岡郡三里村仁井田(現・高知市)　号＝桃葉、虹蛇楼　㊮菊池寛賞(第3回)(昭和15年)　㊯小学3年修了後、漢学塾に通い、代用教員や新聞記者などをつとめ、明治36年上京。病のため一度帰郷し、40年再上京する。42年に刊行された田岡嶺雲の「明治叛臣伝」の調査、執筆に協力。45年雑文集「四季と人生」を刊行。大正3年「田岡嶺雲・幸徳秋水・奥宮健之追懐録」を発表して注目を浴び、以後「中央公論」に多くの実録ものを発表。さらに怪談ものや大衆小説を多く発表し、「怪談全集」「奇談全集」「旋風時代」「蛾眉往来」「朱唇」などの作品がある。昭和5年随筆雑誌「博浪沙」を創刊。また俳句も桂月に学び、句集に「田中貢太郎俳句集」がある。没後、生前の業績に対して菊池寛賞が与えられた。

田中 小実昌　たなか・こみまさ

小説家　翻訳家　㊓大正14年4月29日　㊚平成12年2月27日　㊥東京　㊫東京帝国大学文学部哲学科中退　㊮噂賞(小説賞，第2回)(昭和48年)、直木賞(第81回)(昭和54年)「ミミのこと」「浪曲師朝日丸の話」、谷崎潤一郎賞(第15回)(昭和54年)「ポロポロ」　㊯広島県呉市で育ち、東大中退後、戦後の混乱期をバーテン、テキ屋などをして過ごす。東京渋谷のストリップ劇場で働く。その頃の体験を描いた随筆集として「かぶりつきバカ」などがある。昭和54年「浪曲師朝日丸の話」「ミミのこと」で直木賞を受賞。また「ポロポロ」で谷崎潤一郎賞を受賞。ほかに「幻の女」「自動巻時計の一日」「コミサマ・ロードショー」「ご臨終トトカルチョ」「ふらふら日記」「浪曲師朝日丸の話」「アメン父」や西田幾多郎、柄谷行人などのことの小説集「ないものの存在」など。人生の悲哀をユーモア風に描く。翻訳家としても活躍し、訳書にブラウン「ストリッパー」などがある。トレードマークのベレー帽をかぶり、“コミさん”の愛称で親しまれ、映画やテレビに出演、ひょうひょうとしたコメントで人気を集めた。また映画の賞の審査員をするほど映画通でも知られた。晩年は糖尿病を患っていたが、海外旅行に出掛けることも多く、平成12年旅行先の米国で死去。㊐日本文芸家協会

田中 志津　たなか・しず

小説家　㊓大正6年1月20日　㊥新潟県小千谷　本名＝田中シヅ　㊫相川高女卒　㊯昭和41年随筆日記「雑草の息吹き」がNHKで「今日の佳き日は」と題してドラマ化される。41～42年同人誌「文学往来」同人。著書に「信濃川」「遠い海鳴りの町」「佐渡金山の町の人々」「冬吹

え」などがある。 ㊺日本文芸家協会 ㊹娘＝田中保子（詩人）

田中 純　たなか・じゅん
小説家　評論家　㊷明治23年1月19日　㊸昭和41年4月20日　㊵広島市　㊶早稲田大学英文科（大正4年）卒　㊾早くから「露西亜文芸の主潮」をはじめツルゲーネフの「ルーヂン」「処女地」を翻訳刊行する。のち春陽堂に入社し「新小説」の編集主任となる。大正8年「人間」の創刊に参加し、この頃から創作活動もし「妻」などを発表。ドライザーの「アメリカの悲劇」を翻訳するなど、小説、戯曲、評論、翻訳と幅広く活躍した。

田中 順三　たなか・じゅんぞう
小説家　㊷昭和6年7月25日　㊵埼玉県飯能市　㊶巣鴨高卒　㊺埼玉文芸賞（第22回・26回）（平成4年・8年）「開運堂」「縄文憧憬」　㊾昭和22年頃、蔵原伸二郎を知り、勧められて小説を書き始める。25年土屋稔、森和夫らと同人誌「雑草」を創刊し小説を発表。「陽炎」に小説を書く。15年ほど創作から遠ざかったが、47年から再び筆を執り、地元誌に長編「山の都」を発表。49年森、町田多加次らと同人誌「高麗峠」創刊。他に「文芸埼玉」「春秋」「鈴」「馬車」等に作品を発表する。「埼玉の文学」の取材中、中谷孝雄夫妻を知り、人柄に深く傾倒し、師事する。51年私費を投じて「蔵原伸二郎小説全集」を出版、蔵原の再評価に大きく貢献した。中谷孝雄記念館・田中縄文文化館館長。著書に「山の都」「開運堂」「奥武蔵悲歌」「寒さ峠」「縄文憧憬」。㊺日本文芸家協会、日本ペンクラブ、日本現代詩人会、日本詩人クラブ

田中 澄江　たなか・すみえ
劇作家　小説家　女性の登山の会主宰　㊻歴史　地理　古典　㊷明治41年4月11日　㊸平成12年3月1日　㊵東京・板橋　旧姓（名）＝辻村　㊶東京女高師（現・お茶の水女子大学）国文科（昭和7年）卒　㊺ブルーリボン賞脚本賞（第2回・昭和26年度）「我が家は楽し」「少年期」「めし」、NHK放送文化賞（第13回）（昭和37年）、芸術祭賞優秀賞（音楽放送部門）（第26回・昭和46年度）「NHK・長崎の緋扇」（作詞）、芸術選奨文部大臣賞（文学・評論部門）（第24回）（昭和48年）「カキツバタ群落」、紫綬褒章（昭和52年）、読売文学賞（第32回・随筆紀行賞）（昭和55年）「花の百名山」、勲四等宝冠章（昭和59年）、紫式部文学賞（平成8年）「夫の始末」、東京都名誉都民（平成11年）　㊾昭和7年聖心女子学院に勤務。学生時代から岡本綺堂主宰の「舞台」などで習作にはげむ。9年劇作家・田中千禾夫と結婚。菊池寛の戯曲研究会にも参加、14年「劇作」に発表した「はる・あき」で知られるようになる。戦後は一時期地方新聞の芸能記者として働きながら戯曲「悪女と壁と壁」「京都の虹」などを発表。26年カトリックの洗礼を受ける。30年「つづみの女」、34年「がらしあ・細川夫人」を発表する一方、小説面でも活躍し「虹は夜」「きりしたん殉教のあとをたずねて」などを発表。また、NHK朝のテレビ小説「うず潮」「虹」で知られるシナリオ作家でもあった。登山好きで知られ、女性の登山家の会を主宰。昭和63年自宅に無名女性画家のための嫁菜の花美術館を建設。晩年は随筆「老いは迎え討て」などを著し、老年哲学を説いた。他の著書に「カキツバタ群落」「ハマナデシコと妻たち」「花の百名山」「新・花の百名山」、自叙伝「遠い日の花のかたみに」、自伝風連作をまとめた「夫の始末」などがある。㊺日本ペンクラブ、日本演劇協会、日本文芸家協会、日本放送作家協会　㊹夫＝田中千禾夫（劇作家）、長男＝田中聖夫（嫁菜の花美術館館長）

田中 総一郎　たなか・そういちろう
劇作家　演出家　㊷明治32年11月10日　㊵東京　㊶東京帝大美学科卒　㊾三高時代、京都の新劇団エラン・ヴィタルに参加。東京では小山内薫に従って第1次「劇と評論」を編集。大正12年の東京大震災後、京都で東亜キネマに入ったが、のち関西松竹に転じ、阪東寿三郎と第一劇場を主宰した。昭和5年満州に渡り新聞記者となった。戯曲集「午前八時」、戯曲「青春」「団欒」など。

田中 艸太郎　たなか・そうたろう
小説家　文芸評論家　文芸誌「城」主宰　佐賀女子短期大学名誉教授　㊻国語表現法　文学　㊷大正12年9月22日　㊸平成5年12月10日　㊵旧朝鮮　本名＝田中寿義雄（たなか・すぎお）　㊶京城高商卒　㊺佐賀県芸術文化賞（昭和57年度）　㊾昭和18年学徒出陣し、20年佐賀に復員。佐賀県立図書館を経て、佐賀教育庁に勤務。県立九州陶磁文化館館長を経て、佐賀女子短期大学教授に就任。西日本三十人委員のメンバーでもある。この間、22年「九州文学」同人となり、また「未知派」「城」などを創刊。著書に短編集「半・真実」、小説「マルスの顔」、評論「下村湖人論」「地方在住作家・芸術家についての覚書」「火野葦平論」「こをろの時代」「文学と人間」などがある。

田中 崇博　たなか・たかひろ
小説家　㊷昭和44年　㊵山形県　㊺歴史群像賞（佳作）（平成7年）「太平洋の嵐」　㊾平成7年「太平洋の嵐〈4〉」で第2回歴史群像賞佳作を受賞。

田中 千禾夫　たなか・ちかお

劇作家　演出家　桐朋学園大学名誉教授　[生]明治38年10月10日　[没]平成7年11月29日　[出]長崎県長崎市馬町　[学]慶応義塾大学文学部仏文科(昭和5年)卒　[資]日本芸術院会員(昭和56年)　[賞]読売文学賞(戯曲賞，第6回)(昭和29年)「教育」、岸田演劇賞(第6回)(昭和34年)「マリアの首」、芸術選奨文部大臣賞(文学・評論部門，第10回)(昭和34年)「マリアの首」「千鳥」、毎日出版文化賞(昭和53年)「劇的文体論序説」、日本芸術院賞恩賜賞(文芸部門，第36回)(昭和54年)、勲三等瑞宝章(昭和57年)　[歴]大学在学中に新劇研究所に入り、岸田国士・岩田豊雄(獅子文六)らの指導を受ける。卒論はフランスの劇作家、ポール・ジェラルディ。昭和7年第1次「劇作」同人となり、8年処女作「おふくろ」を発表、築地座で上演され一躍注目される。9年から演出も始め、12年文学座建設に参加。19年退団。活躍するのは戦後になってからで、22年実存的戯曲「雲の涯(はたて)」を発表。26年千田是也に請われて俳優座演出部員となり、29年「教育」を初演。戯曲のテーマは、魂の救済、心の渇き、愛の無償性など、形而上的な主題への好気心であり、45年頃以降からは日本の宗教への関心が強まっている。代表作「マリアの首」「8段」「千鳥」「冒険・藤堂作右衛門の」「右往左往」などの他、草創期のテレビドラマ「花子」などの原作や評論「物言う術」「劇的文体論序説」があり、「田中千禾夫戯曲全集」(全7巻，白水社)が刊行されている。　[団]俳優座、日本文芸家協会　[家]妻＝田中澄江(劇作家・小説家)、長男＝田中聖夫(嫁菜の花美術館館長代理)

田中 千里　たなか・ちさと

香川菊池寛賞を受賞　[出]香川県高松市　[学]東京女子体育大学卒　[賞]香川菊池寛賞(第26回)(平成3年)「あかつき荘」　[歴]主婦業、喫茶店経営の傍ら、文化教室で小説・随筆作法を学び、小説を書き始める。昭和61年から「四国作家」同人。

田中 哲弥　たなか・てつや

小説家　[生]昭和38年　[出]兵庫県神戸市　[学]関西学院大学卒、関西学院大学大学院修了　[賞]星新一ショートショートコンテスト(優秀賞)(昭和59年)「朝ごはんが食べたい」　[歴]昭和59年「朝ごはんが食べたい」が星新一ショートショート・コンテスト優秀作に選ばれる。大学院修了後、吉本興業で舞台・テレビの台本作家、コピーライターを経て、「大久保町の決闘」で小説家としてデビュー。他の著書に「大久保町は燃えているか」「さらば愛しき大久保町」「やみなべの陰謀」、訳書に「悪魔の国からこっちに丁稚」など。　http://www.kh.rim.or.jp/~tezya/

田中 敏樹　たなか・としき

小説家　[生]明治37年1月1日　[出]福井県　本名＝田中敏治　[学]明治大学商科卒　[賞]オール讀物新人賞(第12回)(昭和33年)「切腹九人目」　[歴]阪妻プロダクション脚本部に入社。その後松竹に移りシナリオを多く執筆。大阪毎夕新聞の懸賞小説に応募、「襖」が当選。第1回直木賞作品募集に応じ「軍国悲談」で最終予選に残る。第51回サンデー毎日大衆文芸に「贋物鼠小僧」が入選候補作となる。

田中 富雄　たなか・とみお

放送作家　私塾経営　徳島作家の会主宰　[生]大正7年3月7日　[出]徳島市　[学]教員検定　[興]皇極女帝の生涯　[歴]私塾経営のかたわら、創作活動。「かたりべ」同人。昭和55年〜平成元年「阿波の歴史を小説にする会」代表。著書に「祖谷の秘曲」「改新の女帝」「蒙古襲来・念仏水軍記」などがある。　[団]日本放送作家協会

田中 英光　たなか・ひでみつ

小説家　[生]大正2年1月10日　[没]昭和24年11月3日　[出]東京市赤坂区榎坂町(現・東京都港区)　[学]早稲田大学政経学部(昭和10年)卒　[賞]池谷信三郎賞(第7回)(昭和15年)「オリンポスの果実」　[歴]中学時代から詩や短歌を書く。昭和5年第二早稲田高等学院に入学し漕艇部に入り、早大時代の7年、ロサンゼルス・オリンピックに早大クルーの一員として参加する。7年秋から9年にかけて左翼運動に参加。10年「非望」を創刊し「急行列車」などを発表。横浜ゴム製造に入社し、京城に赴く。上京した際、太宰治を訪ね、以後私淑する。12年召集を受ける。15年「オリンポスの果実」を発表し、池谷信三郎賞を受賞。20年横浜ゴムを退社し、作家生活に入る。21年共産党に入党したが22年離党。アドルム、カルモチンを服用するなど生活が乱れ、愛人を刺して逮捕されたりしたが、24年11月太宰治の墓前で多量の催眠鎮静剤を飲んで自殺する。他の作品に「われは海の子」「N機関区」「少女」「地下室から」「酔いどれ船」「野狐」「愛と憎しみの傷に」「さようなら」(遺稿集)などがあり、「田中英光全集」(全11巻，芳賀書店)が刊行された。　[家]息子＝田中光二(小説家)

田中 博　たなか・ひろし

児童文学作家　著述家　[生]昭和5年　[出]福岡県　[学]福岡第一師範卒　[賞]講談社児童文学新人賞(昭和45年)「遠い朝」、野間児童文芸賞(昭和48年)「日の御子の国」　[歴]久留米大学附設中学部長を経て、作家活動に専念。著書に「筑紫の磐井〈上・下〉」「花ことば抄」「東海に蓬莱国あり―徐福伝」がある。

田中 啓文 たなか・ひろふみ
小説家 [生]昭和37年11月9日 [出]大阪府大阪市 [学]神戸大学卒 [賞]ファンタジーロマン大賞(第2回・入賞) [歴]小学校5年生の時に作家を志す。大学在学中はSF研究会に籍を置く一方、コーベマリックジャズオーケストラでテナーサックスを吹く。自己のバンド他で阪神間のライブハウスに出演。著書に「背徳のレクイエム」「緊縛の救世主(メシア)」などがある。

田中 文雄 たなか・ふみお
小説家 [専]モダンホラー ミステリー SF [生]昭和16年9月22日 [出]栃木県宇都宮市 [学]早稲田大学政治経済学部(昭和39年)卒 [興]無限 [賞]ハヤカワSFコンテスト佳作(昭和40年) [歴]ワセダミステリクラブOB。東宝で主として、SF・怪奇映画をプロデュースするかたわら、昭和40年「夏の旅人」で作家デビュー。61年東宝を退社し、執筆に専念する。著書に「竜神戦士ハンニバル」「氷神女王アーシュラ」「誘拐」「蔦に覆われた棺」「水底の顔」など。[団]日本推理作家協会、日本SF作家クラブ、映画テレビ製作者協会

田中 文子 たなか・ふみこ
文筆家 [生]昭和24年 [出]兵庫県神戸市 [学]神戸大学農学部植物遺伝学専攻卒 [賞]日本児童文学者協会賞(新人賞,第36回)(平成8年)「マサヒロ」 [歴]平成2年同人誌「未来っ子」会員となり、創作活動を始める。主な作品に「マサヒロ」があり、第20回部落解放文学賞で入選、平成8年日本児童文学者協会賞でも新人賞を受賞。

田中 雅美 たなか・まさみ
小説家 [生]昭和33年1月17日 [出]東京都 [学]中央大学文学部フランス文学科卒 [賞]青春小説新人賞、小説新潮新人賞(第7回)(昭和54年)「いのちに満ちる日」 [歴]大学4年生の時、青春小説新人賞、小説新潮新人賞を受賞。著書に集英社コバルト文庫「恋の罪」「スターは君だ!!」「ペパーミント祭」「謎いっぱいのアリス」「さくら荘のエンゼル」「ジュリエットメモリー」「あっちゃんの推理ポケット」「密約」など多数。 [団]日本推理作家協会、日本文芸家協会

田中 守幸 たなか・もりゆき
劇作家 演出家 劇団展覧会のA主宰 [生]昭和33年 [出]和歌山県 [学]関西大学卒 [賞]テアトロ・イン・キャビン戯曲賞(第7回)(平成4年)「H2O—フクロオオカミにおける進化論について」 [歴]会社勤務の傍ら、昭和58年大学時代の演劇仲間とともに劇団展覧会のAを旗揚げし、主宰者に。

田中 康夫 たなか・やすお
小説家 元・長野県知事 [生]昭和31年4月12日 [出]東京都武蔵野市 [学]一橋大学法学部(昭和56年)卒 [賞]文芸賞(昭55年度)「なんとなく、クリスタル」 [歴]小学2年から高校卒業までを長野県上田市と松本市で過ごす。大学在学中、「なんとなく、クリスタル」で昭和55年度文芸賞を受賞。新しい感覚のその作品は話題を呼び、“クリスタル・ブーム”を巻き起こし、映画化もされる。その後は、執筆の傍ら、テレビタレントとして司会などでも活躍。月刊誌「噂の真相」に「東京ペログリ日記」を連載。一方、平成3年湾岸戦争への日本加担に反対する声明に参加。7年阪神大震災後には、神戸でボランティア活動に従事、神戸空港建設反対の市民運動に積極的に取り組むなど行動派としても知られる。12年10月保守王国と言われる長野県知事選に立候補、引退する吉村午良知事の後継者として出馬した池田典隆元副知事を11万票以上の大差で破り当選。県政の改革を掲げ、県民と同じ目線で接し、しなやかな施策を速やかに実行に移すとして、県職員の意識改革に取り組む。13年2月ダム建設に依存しない利水・治水事業を唱えた“脱ダム宣言”を行い、県議会や市町村長らとの摩擦を生む。14年6月下諏訪ダム、本体工事を発注済みだった浅川ダムをともに建設中止することを表明、県議会との対立を深め、7月不信任決議案が可決され失職する。他の著書に「ブリリアントな午後」「昔みたい」「H」、随筆「ぼくだけの東京ドライブ」「トーキョー大沈入」「ファディッシュ考現学」「ラディカルな個人主義」「神戸震災日記」「いまどき真っ当な料理店」「全日空は病んでいる」など。 [団]日本文芸家協会
http://www.yasu-kichi.com

田中 泰高 たなか・やすたか
小説家 [生]大正15年12月8日 [没]平成7年3月14日 [出]京都府 [学]京都市立美術専門学校卒 [賞]文学界新人賞(第31回)「鯉の病院」 [歴]主著に「鯉の病院」「銀色の持ち時間」など。[団]日本文芸家協会、日本ペンクラブ

田中 夕風 たなか・ゆうかぜ
小説家 国文学者 [生]明治5年5月2日 [没]昭和27年3月26日 [出]東京・牛込 本名=田中栄子 別名=小林栄子 [歴]明治22年落合直文・萩野由之らに師事、国文、国史を学んだ。25年ごろ尾崎紅葉の門に入り、28年読売新聞などに「子煩悩」、「別宅」などを発表。のち教職に就いた。小林栄子名で「源氏物語活釈」(全2冊)、「伊勢物語活釈」、また「露伴清談」の著書がある。

田中 陽造　たなか・ようぞう

シナリオライター　[生]昭和14年5月17日　[出]東京・日本橋　[学]早稲田大学文学部卒　[賞]年間代表シナリオ(昭51・55・56・60年度)「嗚呼!!花の応援団」「ツィゴイネルワイゼン」「陽炎座」「魔の刻」、毎日映画コンクール脚本賞(第35回，昭55年度)「ツィゴイネルワイゼン」、キネマ旬報賞(脚本賞，第26回・40回，昭55年度・平6年度)「ツィゴイネルワイゼン」「居酒屋ゆうれい」、ヨコハマ映画祭脚本賞(第16回，平6年度)「居酒屋ゆうれい」、毎日映画コンクール(脚本賞，第49回，平6年度)「居酒屋ゆうれい」「夏の庭」、おおさか映画祭脚本賞(第20回，平6年度)　[歴]日劇ミュージックホール演出部、ラジオドラマ作家、週刊誌記者などを経て、鈴木清順監督のグループに加わり、“具流八郎”の集団ペンネームでシナリオを書き始める。昭和47年から日活(現・にっかつ)で数多くのロマンポルノを手がけ、51年より「花の応援団」シリーズが大ヒット。その後、鈴木清順監督の「ツィゴイネルワイゼン」(55年)「陽炎座」(56年)「夢二」(平3年)や相米慎二監督の「セーラー服と機関銃」「魚影の群れ」「雪の断章」「光る女」などのシナリオを手がけた。他の主な作品に「秘本・袖と袖」「おんなの細道・濡れた海峡」「ラブレター」「上海バンスキング」「居酒屋ゆうれい」「夏の庭」など。

田中 芳樹　たなか・よしき

小説家　[生]昭和27年10月22日　[出]熊本県熊本市　本名＝田中美樹　[学]学習院大学文学部国文科卒、学習院大学大学院博士課程修了　[賞]幻影城新人賞(第3回)(昭和53年)「緑の草原に…」、星雲賞(昭和63年)「銀河英雄伝説」　[歴]「銀河英雄伝説」「創竜伝」など壮大なスケールのSFロマンで人気を得る。のちに中国歴史小説も手がけ、平成7年には「隋唐演義」の編訳を担当。他の著書に「アルスラーン戦記」「マヴァール年代記」「紅塵」「風よ、万里を翔けよ」「タイタニア」「中国武将列伝」「西風の戦記」「野望円舞曲」など多数。　[団]SF作家クラブ、日中文化交流協会、日本文芸家協会

田中 りえ　たなか・りえ

小説家　[生]昭和31年7月1日　[出]東京都　[学]早稲田大学文学部文芸学科(昭和56年)卒　[歴]西武百貨店勤務を経て、「おやすみなさい、と男たちへ」でデビュー。その他の作品に「ぞうさんダンスで、さよならモスクワ」「やさしくねむって」など。62年秋ドイツ人の医師と結婚。　[家]父＝田中小実昌(小説家)

田中 涼葉　たなか・りょうよう

小説家　[生]明治6年　[没]明治31年1月29日　[出]石川県金沢　本名＝田中泰造　旧筆名＝梅島涼葉　[歴]上京して尾崎紅葉の門に入り、明治30年4月の文芸倶楽部に梅島涼葉の名で、文語体の「お高祖頭巾」を発表。31年2〜3月「国民之友」に書いた「仇浪」(紅葉補)が代表作だが、発表直前病死。没後34年小栗風葉の「院長」、泉鏡花(紅葉補)「月下園」を併収した「仇浪」が紅葉、涼風の名で出版された。跋文は徳田秋声。

棚田 吾郎　たなだ・ごろう

シナリオライター　[生]大正2年10月23日　[没](没年不詳)　[出]愛媛県　本名＝棚田慎吾　[学]高工卒　[賞]年間代表シナリオ(第6回・昭和29年度)「どぶ」、シナリオ功労賞(第17回)(平成5年)　[歴]関東配電(現・東京電力)、軍隊生活を経て大映に入社。主な脚本に「花咲く家族」「いつの日か花咲かん」「慶安秘帖」「上海の女」「若い人たち」など。著作に「陸軍残虐物語」。「凧」同人。　[団]日本シナリオ作家協会

田辺 耕一郎　たなべ・こういちろう

小説家　評論家　[生]明治36年11月3日　[没](没年不詳)　[出]広島県　[学]中学中退　[歴]「若草」の編集長を経て日本プロレタリア作家同盟に加盟し「ナップ」「戦旗」の編集に従事する。昭和9年「現実」を創刊。17年「青春紀行」を刊行。戦後は広島に在住し、地方文化の指導育成、原水爆反対運動などにあたった。

田辺 聖子　たなべ・せいこ

小説家　直木賞選考委員　[生]昭和3年3月27日　[出]大阪府大阪市此花区上福島(現・福島区)　[学]樟蔭女専国文科(昭和22年)卒　[賞]大阪市民文芸賞(昭和31年)「虹」、大阪芸術賞(昭和51年)、芥川賞(第50回)(昭和39年)「感傷旅行」、兵庫県文化賞(昭和57年)、女流文学賞(第26回)(昭和62年)「花衣ぬぐやまつわる…」、日本文芸大賞(第10回)(平成2年)、吉川英治文学賞(第27回)(平成5年)「ひねくれ一茶」、菊池寛賞(第42回)(平成6年)、紫綬褒章(平成7年)、大阪女性基金プリムラ賞(大賞)(平成9年)、エイボン女性年度賞(女性大賞)(平成10年)、泉鏡花賞(第26回)(平成10年)「道頓堀の雨に別れて以来なり」、読売文学賞(評論・伝記賞，第50回)(平成11年)「道頓堀の雨に別れて以来なり」、文化功労者(平成12年)　[歴]樟蔭女専国文科卒業後、大阪の問屋に勤務。在学中から小説を習作し、のち大阪文学学校に学ぶ。昭和30年頃、同人雑誌「航路」に参加し、31年「虹」で大阪市民文芸賞を受賞。33年「花狩」が「婦人生活」の懸賞小説に当選。39年「感傷旅行(センチメンタル・ジャーニイ)」で芥川賞を受賞。作風

は巧みな大阪弁で夫婦あるいは男女の機微と生態を描くものが多い。エッセイ〈カモカのおっちゃん〉シリーズでは、パートナーの川野純夫が"カモカのおっちゃん"としてたびたび登場した。他の著書に「女の日時計」「すべってころんで」「夕ごはんたべた？」「私的生活」「ひねくれ一茶」、自伝的小説「私の大阪八景」「しんこ細工の猿や雉」、伝記小説「千すじの黒髪―わが愛の与謝野晶子」「花衣ぬぐやまつわる…わが愛の杉田久女」、川柳作家・岸本水府伝「道頓堀の雨に別れて以来なり」「夢はるか吉屋信子」などのほか、古典にも強く「新源氏物語」（全5巻）がある。また、「田辺聖子長篇全集」（全18巻，文芸春秋社）も刊行されている。62年直木賞選考委員。平成12年文化功労者。 ㊼日本文芸家協会、日本放送作家協会 ㊟パートナー=川野純夫(故人)、弟=田辺聡(田辺企画代表)

田辺 茂一　たなべ・もいち

出版人　随筆家　紀伊国屋書店会長　⊕明治38年2月12日　⊖昭和56年12月11日　⊕東京都新宿区　本名=田辺茂一(たなべ・しげいち)　㊥慶応義塾高等部(大正15年)卒　㊦昭和2年東京・新宿で紀伊国屋書店を開業、21年株式会社に改組し社長に就任。55年会長。この間、全国26店、海外3店という日本一の書店に育て上げる一方、文芸誌「文芸都市」「行動」などのパトロンとして活躍。自らも小説や艶笑随筆で軽妙な筆をみせたほか、絵画や演劇にも造詣が深く、画廊や劇場(紀伊国屋ホール)を設けたりもした。41年には紀伊国屋演劇賞を創設。また毎夜のように銀座や六本木の酒場に出没、"夜の市長"との異名もある粋人だった。著書に小説集「世話した女」、艶笑随筆集「酔眼竹生島」「夜の市長」など。 ㊟息子=田辺礼一(紀伊国屋書店副会長)

田波 靖男　たなみ・やすお

脚本家　映画プロデューサー　⊕昭和8年12月12日　⊖平成12年3月21日　⊕東京・麻布　㊥慶応義塾大学文学部(昭和32年)卒　㊦昭和32年東宝文芸部に入社。プロデューサー助手を経て、36年映画「慕情の人」でシナリオライターとしてデビュー。以降「若大将」シリーズの全作品や植木等の「無責任」シリーズなど東宝コメディーを数多く手がける。40年東宝を退社し、シナリオライターとして独立。映画、舞台、テレビの脚本、小説などを執筆する傍ら、プロデューサーとして劇映画を製作。45年ジャック・プロダクションを設立し、代表取締役に就任。主な作品に、映画「女家族」「馬鹿と鋏」「パリの哀愁」「ブルージーンズ・メモリー」「グレート・アフリカ」(イタリア映画)「シャタラー」、テレビ「アニメ・三銃士」「人

形劇・三国志」「太陽にほえろ！」、舞台「ドレミファ物語」、小説「卒業旅行」「ファースト・ラブ・メモリー」「ぼくたちの戦争」など。 ㊼日本シナリオ作家協会(理事)、日本映画テレビプロデューサー協会

谷 克二　たに・かつじ

小説家　⊕昭和16年3月5日　⊕宮崎県延岡市　本名=谷正勝(たに・まさかつ)　㊥早稲田大学商学部(昭和38年)卒　㊦元亀・天正時代に於ける大名及び寺社勢力について　㊦野性時代新人文学賞(第1回)(昭和49年)「追うもの」、角川小説賞(第5回)(昭和53年)「狙撃者」　㊦昭和37年旧西ドイツに渡り、フォルクスワーゲン本社に入社。その後、ロンドン大学で経済史を学ぶ。帰国後、テレビ宮崎役員。49年第1作「追うもの」で第1回野性時代新人文学賞受賞。主著に「狙撃者」「フォルクスワーゲン18番工場」「皇帝がのこした影」「蒼き火焔樹」「フィナンシャル・ゲーム」「老猿」「神の大きな手」など。 ㊼日本ペンクラブ、日本文芸家協会

谷 活東　たに・かつとう

小説家　俳人　⊕明治10年　⊖明治39年1月8日　⊕東京　本名=谷半治　別号=春星池　㊥国学院中退　㊦信濃毎日新聞記者を務める。一方尾崎紅葉の門に入り、江見水蔭に兄事。「明星」「卯杖」などに詩を発表。小説家として「両国十ケ町」「金春稲荷」「女郎蜘」などの作品がある。

谷 けい子　たに・けいこ

詩人　童話作家　グリーン購入ネットワークかごしま代表　本名=若松佳子　㊦全国アマチュア映像コンクール入選「恋文口笛」　㊦再生紙普及運動などの環境問題に取り組む。詩集に「ひとひらの夢を」「ふるさとをこの胸に」「リンゴの日」、絵本に「コアラちゃんのぼうけん」、絵本詩集に「キリン物語」、童話「はるかなる屋久杉」「大クスの木は知っていた」などがある。

谿 渓太郎　たに・けいたろう

放送作家　⊕大正13年10月10日　⊕大阪府　本名=谷口純平　別名=谷口照子　㊥愛知工業卒　㊦昭和24年「宝石」懸賞小説に「考古学殺人事件」「心霊家族」「東風荘殺人事件」を応募。また谷口照子の名で、25年「新青年」と26年「宝石」に「名探偵ルー女史」を発表。以後33年まで「探偵倶楽部」を中心に十数編の長・短編を発表し、白井竜らと名古屋探偵作家クラブを設立。のち放送作家として活躍し、推理小説の執筆は余絶える。戯曲に「新説・桃太郎」「大和楽・淀殿」などがある。一方、57年10月東京・国立劇場演芸場で「葵咲く那古野遊

芸」という名古屋の大道芸を十景にまとめて発表した。58年全日本カラオケ音楽協会理事長に選ばれ、カラオケ・マナーの普及に尽力。

谷 甲州　たに・こうしゅう

SF作家　[生]昭和26年3月30日　[出]兵庫県伊丹市　本名＝谷本秀喜　[学]大阪工業大学土木工学科(昭和48年)卒　[賞]星雲賞(昭62年度)、新田次郎文学賞(第15回)(平成8年)「沢の音」など　[歴]青年海外協力隊員、広報誌編集者、国際協力事業団派遣専門家などを経てSF作家となる。「仮装巡洋艦バシリスク」「惑星CB‐8越冬隊」「エリヌス—戒厳令」などの〈航空宇宙軍史〉シリーズの他、「マニラ・サンクション」「遙かなり神々の座」「白き嶺の男」「凍樹の森」などの山岳冒険小説、〈覇者の戦塵〉シリーズなどの架空戦記を多く執筆する。[団]日本文芸家協会、日本SF作家クラブ、日本冒険作家クラブ

谷 恒生　たに・こうせい

小説家　[生]昭和20年9月18日　[出]東京　[学]鳥羽商船高(昭和41年)卒　[歴]日本海汽船に入り、定期貨物船の乗組員となる。一等航海士を務めた後、昭和52年に「喜望峰」を著してデビュー。以後「マラッカ海峡」「ホーン岬」を連作し、海洋冒険小説の第一人者となる。のちに、SF伝奇小説の分野に進出し、著作に「紀・魍魎伝説」「髑髏伝」「北の怒濤」「信長」などがある。[団]日本推理作家協会、日本文芸家協会

谷 譲次　たに・じょうじ

⇒林不忘(はやし・ふぼう)を見よ

谷 真介　たに・しんすけ

児童文学作家　[生]昭和10年9月7日　[出]東京・品川　本名＝赤坂早苗(あかさか・さなえ)　[学]中央大学第二文学部仏文科中退　[興]キリシタン史　[賞]厚生省児童福祉文化奨励賞(昭和51年)、ジュニア・ノンフィクション文学賞(第3回)(昭和51年)「台風の島に生きる」、巌谷小波文芸賞(第15回)(平成4年)「行事むかしむかし」　[歴]大学中退後雑誌「総合」、書評文化紙「週刊読書人」に勤務し、児童文学を執筆。昭和38年「みんながねむるとき」を刊行し、以後児童文学作家として活躍。ナンセンス、SF童話、ノンフィクションと幅広い作風を持ち、「台風の島に生きる」「トン子ちゃんのアフリカぼうけん」「ひみつの動物園」「失われぬ季節」「かげろうの村」「沖縄少年漂流記」などの作品がある。[団]日本文芸家協会　[家]兄＝水木連(画家)、弟＝赤坂三好(画家)

谷 俊彦　たに・としひこ

作家　[生]昭和31年　[出]愛知県名古屋市　[学]東京大学工学部卒、東京大学大学院修了　[賞]毎日21世紀賞(昭和59年)「人間と科学」、小説新潮新人賞(第4回)(昭和61年)「木村家の人びと」、2001年への提言最優秀論文賞(平成5年)「二十一世紀への共生主義」　[歴]大手メーカーの技術系研究所の研究員。「正月休みや朝早く目が覚めた時を利用して」書き上げた小説「木村家の人びと」で昭和61年、第4回小説新潮新人賞を受賞。あらゆる手段を使って金もうけをする、すさまじい一家の物語で、その奇想天外な内容に審査員も絶賛。63年には映画化もされた。平成7年表題作を含めて3編を収録した作品集「木村家の人びと」を刊行。

谷 正純　たに・まさすみ

劇作家　演出家　宝塚歌劇団　[出]佐賀県杵島郡江北町　[学]日本大学芸術学部映画学科　[歴]小学6年まで佐賀県の杵島炭砿の炭住で育つ。小津安二郎にあこがれ、映画監督を目指したのち、宝塚に座付き作家として入団。「散る花よ風の囁きを聞け」でデビュー以来、皇女和宮を描いた「武蔵野の露と消ゆとも」など時代ものを数多く手がける。平成9年新作「エル・ドラード」を演出。

谷 瑞恵　たに・みずえ

小説家　[賞]ロマン大賞(佳作，平9年度)「パラダイス ルネッサンス」　[歴]「パラダイス ルネッサンス」で、平成9年度ロマン大賞佳作に入選。他の作品に「夜想」「ルナティック シャイン」「摩天楼ドール」などがある。2月3日生まれ。

谷 竜治　たに・りゅうじ

小説家　元・函館深掘中学校教頭　[生]大正11年4月1日　[出]北海道函館市　[学]函館師範卒　[歴]シベリア抑留体験をもとにした「日曜日に(ウ・ワスクリセーニェ)」が北海道新聞社創立30周年記念事業、日曜版連載懸賞(第1回)に入選。他の著書に「一本木」がある。　[団]日本ペンクラブ

谷岡 亜紀　たにおか・あき

劇作家　歌人　[生]昭和34年11月19日　[出]高知市　[学]早稲田大学中退　[賞]現代短歌評論賞(第5回)(昭和62年)、現代歌人協会賞(第38回)(平成6年)「臨海」　[歴]劇作の傍らコンピューターゲーム・シナリオを創作。昭和62年8月「『ライトヴァース』の残した問題」で第5回現代短歌評論賞を受賞。「心の花」所属。他の著書に「〈劇〉的短歌論」、共著に「短歌をつくろう」、歌集に「臨海」がある。

谷川 健一　たにがわ・けんいち
評論家　日本地名研究所所長　[専]民俗学　地名　[生]大正10年7月28日　[出]熊本県水俣市　[学]東京大学文学部(昭和27年)卒　[賞]芸術選奨文部大臣賞(第42回・平3年度)(平成4年)「南島文学発生論」、南方熊楠賞(第2回)(平成4年)、川崎市文化賞(平成4年)、短歌研究賞(第37回)(平成13年)　[歴]平凡社に入り、「太陽」の創刊編集長。「日本残酷物語」の企画にも参画したが病気で退職。昭和43年から評論活動に。柳田国男、折口信夫らの影響を受け、「常民への照射」「魔の系譜」「古代史ノオト」「黒潮の民俗学」「青銅の神の足跡」「鍛冶屋の母」「白鳥伝説」「日本の地名」「南島文学発生論」、「谷川健一著作集」(全10巻, 三一書房)など編・著書多数。処女作の「最後の攘夷党」は直木賞候補となった。また53年地名を守る会を設立し代表、56年日本地名研究所初代所長、63年近畿大学教授。同大民俗学研究所長も務めた。　[団]日本文芸家協会、宮古島の神と森を考える会(会長)　[家]弟=谷川雁(詩人)

谷口 茂　たにぐち・しげる
小説家　ドイツ文学者　明治学院大学教授　[専]ドイツ文学　宗教学　[生]昭和8年2月1日　[出]鹿児島県　[学]東京大学文学部ドイツ文学科(昭和34年)卒、東京大学大学院人文科学研究科宗教学専攻(昭和39年)博士課程修了　[歴]学生時代から創作を志し、昭和36年発表の「めじろ塚」が芥川賞候補作品となる。43年作品集「若き医師の告白」を、48年評伝「フランツ・カフカの生涯」を刊行。他の著書に「宗教の人間学」、訳書にローカッター「人間学のすすめ」、ローレンツ「人間性の解体」、ミヒャエル・ラントンマン「哲学的人間学」、カフカ「日記」などがある。　[団]日本宗教学会、日本独文学会、仏教文学会、日本文芸家協会

谷口 千吉　たにぐち・せんきち
映画監督　[生]明治45年2月19日　[出]東京府寺島村(現・江東区)　[学]早稲田大学英文科(昭和5年)中退　[歴]学生時代「左翼劇場」に入り新劇活動をするが、昭和8年PCL(のちの東宝)に入社。助監督として山本嘉次郎、島津保次郎につく。22年、黒沢明との共同脚本による「銀嶺の果て」で監督デビュー。つづいて「ジャコ万と鉄」「暁の脱走」を撮り、好調なすべり出しで期待されたが、以後足ぶみをつづける。しかし、45年の長編記録映画「日本万国博」と50年の「アサンテ・サーナ」で注目を浴びた。他の作品に「潮騒」「独立機関銃隊未だ射撃中」などがある。　[団]日本映画監督協会(理事)　[家]妻=八千草薫(女優)、父=谷口直貞(建築学者)

谷口 善太郎　たにぐち・ぜんたろう
政治家　作家　元・衆院議員　元・日本共産党中央委員　[生]明治32年9月18日　[没]昭和49年6月8日　[出]石川県能美郡国府和気(現・辰口町)　筆名=磯村秀次、須井一(すい・はじめ)、加賀耿二(かが・こうじ)　[学]高小卒　[歴]大正10年京都で清水焼工場に就職、11年京都府陶磁器従業員組合に加入、陶磁器工ストライキを指導。12年日本共産党京都支部創立に参加、13年京都労働学校を設立。昭和3年3.15事件で検挙されたが、結核で出所。須井一、加賀耿二の筆名で「綿」「清水焼風景」などの小説を発表。15年中央公論特派員として中国を視察、16年大映に入社。戦後20年共産党再建に参加、京都府委員。24年衆院議員に当選。25年のレッドパージで追放され、27年解除。35年総選挙で当選、以後連続当選。45年同党国会議員団長。この間36年から同党中央委員を務めた。

谷口 武　たにぐち・たけし
児童文学作家　教育者　[生]明治29年　[没]昭和35年　[出]香川県三豊郡財田村　[学]香川師範卒　[歴]大正13年小原国芳の求めに応じて上京。成城小学校、玉川学園の教師となる。その間イデア書院の児童図書や玉川学園出版部の「児童図書館叢書」の編集に携わる。昭和7年京都帝大で哲学と教育学を学ぶ。10年から20年にかけて和光学園の2代目校長を務める。戦後、和光中学の初代校長に就任。のち大阪府の教育界で活躍した。作品に「イエス・キリスト」「イソップ動物園」など。

谷口 哲秋　たにぐち・てつあき
作家　[生]昭和16年10月30日　[出]長崎県西彼杵郡大島町　本名=谷口哲男　[学]大崎高卒　[賞]文学界新人賞(第65回)(昭和62年)「遠方より」　[歴]高校卒業後さまざまな職業を経て、昭和52年から福岡市に移住。

谷口 裕貴　たにぐち・ひろき
SF作家　[生]昭和46年　[出]和歌山県和歌山市　[学]龍谷大学文学部史学科卒　[賞]日本SF新人賞(第2回)(平成13年)「ドッグファイト」　[歴]平成13年「ドッグファイト」で第2回日本SF新人賞を受賞してデビュー。他の著書に「遺産の方舟」。

谷口 葉子　たにぐち・ようこ
作家　[生]昭和12年2月26日　[出]岩手県　[学]盛岡白百合学園高卒　[賞]作家賞(第17回)(昭和56年)「失語」　[歴]高校まで盛岡で過ごす。シナリオライターとして日活に7年勤め、のち資格を取って父親とともに薬局を経営。著書に「毒の祀り」「いよよ華やぐ」「草の声」など。　[団]日本文芸家協会

谷崎 潤一郎　たにざき・じゅんいちろう

小説家　[生]明治19年7月24日　[没]昭和40年7月30日　[出]東京市日本橋区蠣殻町(現・東京都中央区)　[学]東京帝国大学国文科(明治44年)中退　[資]帝国芸術院会員(昭和12年)、米国文学芸術アカデミー名誉会員(昭和39年)　[賞]文化勲章(昭和24年)、文化功労者(昭和26年)　[歴]幼少時代から和漢の古典に親しみ、一高在学中「校友会雑誌」に「狆の葬式」などを発表。東大在学中の明治43年、第2次「新思潮」を創刊し、創刊号に「誕生」を発表、さらに「刺青」などを発表。後「スバル」同人となる。44年「秘密」を発表、永井荷風に激賞され、新進作家としてデビューする。ロマン派的な立場から唯美的、退廃的な作品を多く発表。戦前の代表作に「お艶殺し」「異端者の悲しみ」「痴人の愛」「卍」「吉野葛」「春琴抄」「盲目物語」「武州公秘話」「陰翳礼讃」などがある。この間、昭和5年に離婚した妻・千代が佐藤春夫と結婚する旨の3名連署の声明文を発表、その経緯は「蓼喰ふ虫」にまとめられている。10年から「源氏物語」の口語訳を始め、16年に完結、以後も「新訳」「新々訳」と“谷崎源氏”に力を注いだ。戦争中は「細雪」を執筆、軍部の圧力で完成しなかったが、戦後の23年に完結。戦後も「少将滋幹の母」「過酸化満俺水の夢」「鍵」「瘋癲老人日記」などを発表し、旺盛な作家活動を示した。他に自伝的な作品「青春物語」「幼少時代」「雪後庵夜話」など。「谷崎潤一郎全集」(全30巻，中央公論社)がある。24年文化勲章を受章。　[家]弟＝谷崎精二(小説家・英文学者)、妻＝谷崎松子(「倚松庵の夢」の著者)

谷崎 淳子　たにざき・じゅんこ

高校教師(鹿児島高)　全国高校総合文化祭演劇部門で文化庁長官賞受賞　[出]鹿児島市　[学]京都女子大学卒　[賞]全国高校総合文化祭創作脚本賞(第14回)(平成2年)「からす」　[歴]祖父の代からの教員3代目。鹿児島高校演劇部顧問として同部を指導。平成2年第14回全国高校総合文化祭の演劇部門での文化庁長官賞に導く。また、自ら執筆したその台本「からす」により、自身も創作脚本賞を受賞。

谷崎 精二　たにざき・せいじ

小説家　評論家　英文学者　早稲田大学名誉教授　[生]明治23年12月19日　[没]昭和46年12月14日　[出]東京・日本橋蠣殻町　[学]早稲田大学英文科卒　文学博士　[歴]高等小学校卒業後苦学し、発電所夜勤員などをし、早大に入学する。在学中「奇蹟」の同人となる。卒業後、万朝報記者となり、明治44年「おびえ」を発表、以後「地に頬つけて」などを発表し、大正6年「離合」を発表して作家生活に入る。その間、ポーやガルシンの作品を翻訳し、10年早大講師に就任。以後、作家、評論家、英文学者として幅広く活躍し、昭和23年から35年まで早大文学部部長をつとめた。このほか作家として「生と死の愛」「結婚記」「失はれた愛」などがあり、評論面では「文学の諸問題」「小説形態の研究」などがあり、英文学者としても「英文学作家論」「エドガア・ポオ人と作品」などの著書がある。　[家]長兄＝谷崎潤一郎(作家)

谷崎 旭寿　たにざき・てるひさ

作家　[生]大正6年3月20日　[出]熊本県南関町　[学]早稲田大学文学部フランス文学科(昭和15年)中退　[賞]熊日文学賞(昭和49年)　[歴]作品「箱」で第33回直木賞候補に、以後、歴史小説を多数発表する。著書に正史三国志による四部作「洛陽燃ゆ」「赤壁の戦い」「劉備と孔明」「秋風五丈原」など。

谷村 志穂　たにむら・しほ

作家　[生]昭和37年10月29日　[出]北海道札幌市　[学]北海道大学農学部応用動物学専攻(昭和60年)卒　[歴]出版社勤務を経て、作家に。平成2年に発表した最初の本「結婚しないかもしれない症候群」に続いて3年小説「アクアリウムの鯨」を発表。同年11月に発表した「十四歳のエンゲージ」は15万部を超えるベストセラー。5年長編小説「眠らない瞳」が野間文芸新人賞最終候補作となる。代表作に小説「僕らの広大なさびしさ」「ジョニーになった父」「助教授ルリ子の恋」、オーストラリア紀行書「時のない島」、短編小説集「花のような人」など。他に訳書にヘンリー・ミラーの初期小説「クレイジー・コック」、プロ野球選手との対談集「野球に逢った日」など。「ダ・カーポ」をはじめ数々の媒体に連載を執筆。テレビ「遠くへ行きたい」「TVタックル」、ラジオ「ドライヴ・ア・ラ・カルト」「AS TIME GOES BY」(レギュラー)などにも出演。また、各地での講演会やイベントなど精力的に活動している。　[団]日本文芸家協会
http://www.shiho-net.org/

谷村 礼三郎　たにむら・れいさぶろう

文筆業　明石ペンクラブ事務局長　[生]大正15年10月21日　[出]兵庫県　[学]明石中(昭和20年)卒　[賞]オール読物一幕物戯曲演劇奨励賞(昭和39年)「とびになった女」、半どんの会現代芸術文学賞(昭和56年)、明石市文化功労賞(昭和59年)　[歴]生家は菓子業。昭和43年半どんの会明石支部事務局長、50年NHK「兵庫史を歩く」講師、55年明石ペンクラブ事務局長兼「明石大門」編集人。57年より明石市立あかねが丘学園講師を歴任。同年市民文化誌「あかいし」編集人。明石市芸術文化センター副理事長も務めた。著書に「明石の空襲」「オペラ台本―

イワイさまおじゃったか」「兵庫史を歩く」（共著）、小説集「父の骨」「赤い手袋」他。

谷本 敏雄　たにもと・としお
小説家　[生]大正6年12月6日　[出]三重県　[学]東京帝大国文科（昭和15年）卒　[歴]大学卒業後に応召、復員して山脇女子専門学校などに勤めた。大学同期で、第1次戦後派の作家として活動していた梅崎春生に刺激されて創作を始めた。作品には長編「暗峡」「暗い饗宴」、戦争小説を集めた「最後の戦闘機」などがある。

谷屋 充　たにや・みつる
劇作家　演出家　[生]明治36年3月31日　[没]平成1年11月1日　[出]東京　本名＝渡辺光太郎（わたなべ・みつたろう）　[学]同志社大学文学部中退　[歴]長谷川伸の門下。在学中から新劇運動に関係し、昭和4年新国劇に入り、新興座文芸部長を経て、新国劇文芸部長になる。戦後はフリーとなって、主に新国劇「沓掛時次郎」「瞼の母」などの脚色、演出をする。戯曲集に「明治五年」があり、他に「桃中軒雲右衛門とその妻」「おやさま」（前後篇）などがある。　[団]日本演劇協会、日本作家クラブ、日本文芸家協会、新鷹会　[家]息子＝今村京路（前進座幹事会事務局長）、孫＝藤川矢之輔（俳優）

谷山 浩子　たにやま・ひろこ
シンガーソングライター　作家　[生]昭和31年8月29日　[出]神奈川県横浜市　[学]お茶の水女子大附高卒　[歴]お茶の水女子大附属中から作曲を始め、昭和47年同高入学直後の15歳でアルバム「静かでいいな」を発売。49年ヤマハのポプコン入賞などを経て、50年シングル「お早うございますの帽子屋さん」で本格デビュー。52年シングル「河のほとりに」、アルバム「ねこの森には帰れない」でメジャーデビュー。一貫して少女の心情を歌い続ける。一方、ラジオDJ、童話集・エッセイ集の出版、アイドル・タレントへの楽曲の提供、レコード・プロデュースなど、マルチタレントとして幅広く活躍。62年1月より「101人コンサート」を続けている。平成10年童話の朗読と歌を融合させたステージ、幻想図書館を開催。アルバムに「漂流楽団」「しっぽのきもち」「ボクハ・キミガ・スキ」「しまうま」「僕は鳥じゃない」などがある。著書に「谷山浩子/童話館」「悪魔祓いの浩子さん」「猫森集会」など。8年結婚。　[団]日本文芸家協会　http://taniyama.hiroko.com/

種村 直樹　たねむら・なおき
レイルウェイ・ライター　推理作家　[専]鉄道と汽車旅　[生]昭和11年3月7日　[出]滋賀県大津市　[学]京都大学法学部（昭和34年）卒　[興]赤字ローカル線と中小民鉄の駅　[歴]14年間の毎日新聞記者時代は鉄道取材が中心。昭和48年退社。以来、鉄道と汽車旅をテーマに著作を続ける。58年3月、日本の国・私鉄の全線を乗り終えた。著書に「時刻表の旅」「鉄道旅行術」「気まぐれ列車で出発進行」「種村直樹のレールウェイ・レビュー」「種村直樹の汽車旅事典」「『青春18きっぷ』の旅」「ユーラシア大陸飲み継ぎ紀行」、推理小説「トンネル駅連続怪死事件」「長浜鉄道記念館」「JR最初の事件」など。　[団]日本文芸家協会、日本推理作家協会

田野 武裕　たの・たけひろ
小説家　医師　[生]昭和19年1月3日　[出]新潟県　[学]東北大学医学部卒　[賞]文学界新人賞（第55回）（昭和57年）「浮上」　[歴]東北大学医学部で研究に従事し、昭和52年退職。以後病院に内科医として勤務しながら医療をテーマに小説を執筆、60年からは妻の経営する病院に勤めながら創作活動を続ける。作品に「浮上」「芒野」「秋の別れ」「夕映え」（芥川賞候補作）や作品集「再生」などがある。

田場 美津子　たば・みつこ
作家　[生]昭和22年　[出]沖縄県　[学]琉球大学短期大学部法政科卒　[賞]海燕新人文学賞（第4回）（昭和60年）「仮眠室」　[歴]沖縄県庁に務めるが、昭和56年退職し上京。60年「仮眠室」で第4回「海燕」新人文学賞を受賞。著書に「仮眠室」。

田畑 修一郎　たばた・しゅういちろう
小説家　[生]明治36年9月2日　[没]昭和18年7月23日　[出]島根県益田町（現・益田市）　本名＝田畑修蔵　[学]早稲田大学英文科（昭和2年）中退　[歴]学生時代から宇野浩二に師事。大正15年玉井雅夫（火野葦平）らと同人誌「街」創刊、「林檎樹の猫」を発表。昭和6年蔵原伸二郎らと「雄鶏」創刊、7年「麒麟」と改題。同年「鳥羽家の子供」「父母系」発表。9年丹羽文雄らと「世紀」、翌年「木靴」を創刊。作品集「鳥羽家の子供」が中山義秀の「厚物咲」と13年上半期芥川賞を競う。他に短編集「乳牛」「悪童」「蜥蜴の歌」、長編「医師高間房一氏」「郷愁」、紀行「出雲・石見」、童話「さかだち学校」など。「田畑修一郎全集」（全3巻）がある。

田畑 麦彦　たばた・むぎひこ

作家　⽣昭和3年3月31日　⽣東京　本名＝篠原省三　⽣慶応義塾大学経済学部(昭和25年)卒　⽣文芸賞(第1回)(昭和37年)「嬰へ短調」　⽣昭和33年創刊の「批評」同人として、実質的な発行人をつとめ、同誌に小説や評論を発表。37年「嬰へ短調」が第1回の文芸賞に入選し、以後「もう一つの世界」などを発表。44年から長らく「文芸」の同人雑誌評をつとめた。のち「半世界」同人。著書に「祭壇」など。
⽣日本文芸家協会

田原 総一朗　たはら・そういちろう

ジャーナリスト　ノンフィクション作家　テレビキャスター　⽣政治　経済　先端技術　⽣昭和9年4月15日　⽣滋賀県彦根市　⽣早稲田大学第一文学部国文科(昭和35年)卒　⽣年間代表シナリオ(昭和46年度)「あらかじめ失われた恋人たちよ」(共作)、テレビジョンATP賞(第10回・特別賞)(平成5年)、城戸又一賞(平成10年)　⽣昭和35年岩波映画製作所に入社。38年東京12チャンネル(現・テレビ東京)開局とともに入局。ディレクターとして「ドキュメンタリー青春」「ドキュメンタリー・ナウ」などを手がけ、51年退社。フリージャーナリストとして、石油、原子力、鉄など産業全般にわたって精力的に執筆活動を展開、「原子力戦争」を皮切りに、「日本の官僚1980」「鉄神話の崩壊」「通貨マフィア戦争」「遺伝子産業革命」「電通」「マイコン・ウォーズ」「業際の時代」「メディアウォーズ」「飽食時代の性」「戦争論争戦」「日本の戦争」などを著した。政治・経済・先端技術と幅広い分野で時代の最先端の問題を鋭い時代感覚でとらえ、エネルギッシュにこなしている。「サンデープロジェクト」などをはじめ、テレビ出演も多く、テレビ朝日の激論番組「朝まで生テレビ」や、「田原総一朗の異議あり」の司会役もつとめる。
⽣日本ペンクラブ、日本文芸家協会　⽣妻＝田原節子(元アナウンサー・旧姓村上)、長女＝田原敦子(テレビディレクター)

田部 俊行　たべ・としゆき

シナリオライター　シナリオ作家協会シナリオ講座講師　⽣昭和25年　⽣東京都中野区　⽣早稲田大学社会科学部卒　⽣公務員、映写技師、プロットライター、中島丈博清書係などを経て、シナリオ作家協会の新人映画シナリオコンクールに入選。昭和55年テレビ映画「俺はおまわり君」でデビュー。以後「あぶない刑事」「勝手にしやがれ！ヘイ・ブラザー」などで活躍。映画脚本は「泣きぼくろ」「私を抱いてそしてキスして」「あひるのうたがきこえてくるよ」など。平成6年からシナリオ作家協会シナリオ講座講師を務める。

玉井 裕志　たまい・ひろし

元・酪農家　小説家　朝霞文学会代表　⽣昭和9年8月6日　⽣北海道釧路市　本名＝玉井博　⽣弟子屈中(昭和25年)卒　⽣北海道新聞文学賞佳作(第21回)(昭和62年)「萌える大草原」、別海町文化奨励賞(昭和63年)　⽣昭和33年北海道・別海町に入植、酪農を営む傍ら創作を始め、41年から文芸同人誌「朝霧」を主宰、"牛飼いの作家"と言われた。62年「萌える大草原」で北海道新聞文学賞佳作を受賞。63年酪農後継者だった娘が交通事故の後遺症で酪農を断念。70頭の牛群を1人では管理できず、平成元年酪農経営を閉じた。別海清掃センター職員。著書に「草の葉のそよぎ」がある。

玉井 政雄　たまい・まさお

小説家　元・東筑紫女子短期大学教授　⽣近代日本文学　⽣明治43年3月25日　⽣昭和59年10月8日　⽣福岡県北九州市　⽣東京帝国大学政治学科(昭和12年)卒　⽣九州文学賞(昭和20年)「桃園記」　⽣家業の玉井組を継ぎ、のち新聞記者や旧若松市公安委員、東筑紫短大教授などを務め、随筆や小説も手がけた。著書に「兵隊の花園」「南方画廊」「道化役者」「刀と聖書」「ごんぞう物語」「吉田磯吉小伝」「兄・火野葦平私記」など。　⽣兄＝火野葦平(作家・故人)

玉岡 かおる　たまおか・かおる

小説家　⽣昭和31年11月6日　⽣兵庫県三木市　本名＝釜谷かおる　⽣神戸女学院大学文学部総合文化学科卒　⽣ノンノ・ノンフィクション大賞(昭和58年)、神戸文学賞(昭和62年)「夢食い魚のブルー・グッドバイ」、及川記念奨励賞(平成2年)　⽣2年間三木中学教諭を務めた後、昭和61年「夢食い魚のブルー・グッドバイ」で受賞し、作家デビュー。テレビのコメンテーターとしても活躍。他の作品には「なみだ蟹のムーンライト・チアーズ」「サイレント・ラブ」「神戸ハートブレイク・ストリート」「ラスト・ラヴ」「をんな紋」など。

たまおか みちこ

児童文学作家　⽣昭和14年　⽣大阪府　本名＝玉岡美智子　⽣同志社女子大学英文科卒　⽣宝塚ファミリーランド童話コンクール特賞(第1回)(昭和58年)「もも色のゾウ」、日本アンデルセン協会賞「もも色のゾウ」　⽣朝日カルチャーセンターで丸川栄子、吉橋通夫の指導を受ける。のち、京都児童文学会「やんちゃ」同人。作品に「もも色のゾウ」「こんぎつねとようびんやさん」、著書に「こんぎつねのおくりもの」などがある。

玉川 一郎　たまがわ・いちろう

小説家　[生]明治38年11月5日　[没]昭和53年10月15日　[出]東京　[学]東京外語仏語科(昭和3年)卒　[歴]大学卒業後、宣伝関係の会社に勤めたが、昭和初期にユーモア小説を書き、以後ユーモア小説作家となる。一方、演芸や江戸時代の風俗にも造詣が深く、多くの演芸台本、新作落語なども執筆し、戦後はラジオで活躍した。雑学の大家として知られ、「雑学のすすめ」などの多くの著書もあり、落語漫才作家長屋という作家集団を主宰したこともある。

玉川 雄介　たまがわ・ゆうすけ

童話作家　[生]明治43年2月10日　[出]北海道虻田郡ニセコ町　本名＝仲沢一郎　[学]札幌商工卒　[賞]札幌市民文化奨励賞(平成1年)　[歴]開拓農民の子。昭和10年頃童話を書き始める。13年北炭夕張鉱に勤務。機関紙「炭光」を編集発行。27年和田徹三らと日本児童文学者協会北海道支部を設立、36年「森の仲間」を創刊。59年より代表。著書に「コールの町のチップ」「北海道児童文学全集 10」など。　[団]日本児童文学者協会(名誉会員)

玉木 明　たまき・あきら

小説家　ジャーナリスト　[専]メディア・ジャーナリズム論　[生]昭和15年7月30日　[出]新潟県　本名＝岡野明　[学]早稲田大学文学部社会学専攻(昭和39年)卒　[歴]新潟日報記者、中学校教師を経て、雑誌記者となる。著書に「言語としてのニュー・ジャーナリズム」「ニュース報道の言論」、共著に「死子生児」「子ども」他。

玉貫 寛　たまき・かん

作家　俳人　外科医師　[生]大正5年2月20日　[没]昭和60年5月20日　[出]愛媛県松山市　本名＝玉貫真幸(たまき・まさき)　[学]京都大学医学部卒　[賞]天狼コロナ賞(昭和42年)、天狼賞(昭和43年)　[歴]昭和28年から松山市で外科医院を開院する傍ら小説を書き、54年「蘭の跡」で第81回芥川賞候補となった。そのほか医師としての知識から自らのがんを知り、その闘病生活を小説化、雑誌「海燕」の60年2、4、5月号に連作の形で掲載、5月15日「交響」と題して出版された。また俳人としても活躍し、25年「炎昼」同人。「天狼」同人。　[団]俳人協会

玉木 正之　たまき・まさゆき

スポーツライター　音楽評論家　小説家　[生]昭和27年4月6日　[出]京都府京都市東山区祇園　[学]東京大学教養学部中退　[歴]ミニコミの編集者などを経て、フリーの主にプロ野球をテーマとするスポーツライターとなる。また、音楽評論家として「CDジャーナル」などに音楽コラムを連載。平成4年11月スポーツライター廃業を宣言して、作家に転身。9年2月に結成された政策集団グループ21のメンバー。著書に「野球人よ、こいつがプロだ！」「プロ野球大事典」「不思議の国の野球」「タイガースへの鎮魂歌」「定本・長嶋茂雄」「されど球は飛ぶ」「Jリーグからの風」「音楽は嫌い歌が好き」など、訳書にロバート・ホワイティング「和をもって日本となす」など。グループ21としての著書に「不良債権の正体」がある。　[団]日本文芸家協会

田宮 虎彦　たみや・とらひこ

小説家　[生]明治44年8月10日　[没]昭和63年4月9日　[出]東京　[学]東京帝大文学部国文科(昭和11年)卒　[賞]毎日出版文化賞(昭和26年)「絵本」　[歴]生後すぐ高知市に移るが、父が船員だったため各地を転々として育つ。東大在学中「日暦」「人民文庫」などの同人に加わる。卒業後、都新聞社に入社したが、間もなく退社し、国際映画協会、京華高女など多くの職場を転々とする。昭和20年、文明社を創立し「文明」を創刊。22年発表の「霧の中」が出世作となり、以後作家として活躍。「物語の中」「落城」「鷺」などの歴史小説をはじめ「足摺岬」「絵本」「銀心中」「異端の子」「沖縄の手記から」など多くの作品がある。また亡き妻との往復書簡集「愛のかたみ」を32年に刊行し、話題となったこともある。63年1月脳こうそくで倒れ、4月9日病気を苦に飛び降り自殺した。　[家]長男＝田宮兵衛(お茶の水女子大学助教授)、二男＝田宮堅二(桐朋学園大学助教授)

田向 正健　たむかい・せいけん

シナリオライター　[生]昭和11年9月7日　[出]東京　[学]明治大学文学部仏文科(昭和36年)卒　[賞]テレビ大賞「冬の旅」「雲のじゅうたん」、放送文化基金賞(第5回・ドラマ部門奨励賞)(昭和54年)「優しい時代」、芸術祭賞優秀賞(テレビドラマ部門)(昭和57年)「リラックス」、向田邦子賞(第6回)(昭和62年)「橋の上においでよ」、日本映画テレビプロデューサー協会賞特別賞(昭和63年)、芸術選奨文部大臣賞(第44回・平5年度)「街角」、紫綬褒章(平成12年)　[歴]昭和36年700人に9人の難関を突破して松竹に入社。助監督を経て、44年「とめてくれるなおっ母さん」で監督デビュー。直後、松竹を退社、木下恵介監督に誘われて脚本家の道に。木下恵介プロに在籍したのちフリー。主にテレビドラマの脚本家として活躍。作品に「冬の旅」「雲のじゅうたん」(NHKテレビ小説)「優しい時代」(NHK土曜ドラマ)「リラックス～松原克己の日常生活」(関西テレビ)「橋の上においでよ」「真夜中のテニス」「武田信玄」(NHK大河ドラマ)「信長」(NHK大河ドラマ)「街角」などがある。

田村 幸二　たむら・こうじ

シナリオライター　[生]大正3年4月23日　[没]平成6年1月17日　[出]石川県　[学]日本大学卒　[賞]東京都民映画コンクール(演出，鑑賞部門)(昭和36年)「母と娘」　[歴]松竹大船撮影所監督部で小津安二郎に師事。後にテレビでも多数の脚本を執筆。主な作品に映画「噴煙」「母と娘」、テレビ「限りなき前進」「愛のかたみ」など。[団]日本放送作家協会

田村 順子　たむら・じゅんこ

クラブ順子経営　[生]昭和16年4月28日　[出]東京都豊島区　本名＝和田茂子　[学]東洋女子学園高卒　[歴]OL、モデルを経て、山口洋子のクラブ「姫」のホステスに。昭和42年独立して銀座にクラブ順子を開店。芸能人、作家などの通う店として話題になる。傍ら、スポーツ紙に小説を連載し、その映画に主演もした。49年俳優の和田浩治と結婚するが、61年がんのため死別。舞台演出や映画出演、小説の執筆などもこなす。平成4年エッセイ集「JUNKO・13坪の中の人生」を刊行。8年順子が30周年を迎えた。12年銀座を舞台にした映画「女帝」をプロデュースする。　[家]夫＝和田浩治(俳優・故人)

田村 松魚　たむら・しょうぎょ

小説家　[生]明治7年2月4日　[没]昭和23年3月6日　[出]高知県宿毛町　本名＝田村昌新(たむら・まさとし)　別号＝入江新八　[歴]明治30年「若旦那」を発表し、以後「新小説」「文芸倶楽部」などに作品を発表。36年から42年にかけてアメリカ留学をし、その間インディアナ大学で1年間学ぶ。帰国後、万朝報社に5年間勤務。著書に「三湖楼」「北米の花」「脚本家」などがある。[家]父＝田村昌義(宿毛町長)、妻＝田村俊子(作家・離婚)

田村 泰次郎　たむら・たいじろう

小説家　[生]明治44年11月30日　[没]昭和58年11月2日　[出]三重県三重郡富田村富田(現・四日市市)　[学]早稲田大学仏文科(昭和9年)卒　[歴]在学中から小説を書き始め、同人雑誌「東京派」「新科学的文芸」「桜」などに小説や評論を発表。昭和9年早大卒後、小説「選手」によって文壇に登場、以後めざましい活動をし文壇に確固たる地歩を固める。15年に応召、中国各地を転戦して21年に帰国。同年9月の「肉体の悪魔」と翌年3月の「肉体の門」で“肉体文学”の人気作家に。その後も「春婦伝」「女拓」「蝗(いなご)」などを発表したが、「肉体の解放こそ人間の解放」という従軍体験から得た主張は衝撃的で、「肉体の門」など作品の一部は映画化されて評判を呼んだ。また美術評論家連盟に所属し、美術品の収集家としても知られた。[家]兄＝田村正衛(元田村紡績社長)

田村 孟　たむら・つとむ

脚本家　小説家　[生]昭和8年1月5日　[没]平成9年3月28日　[出]群馬県甘楽郡妙義町　筆名(小説)＝青木八束(あおき・やつか)　[学]東京大学文学部国文科(昭和30年)卒　[賞]年間代表シナリオ(昭36・41・43・44・51・59年度)「飼育」「白昼の通り魔」「日本春歌考」「絞死刑」「少年」「青春の殺人者」「瀬戸内少年野球団」、キネマ旬報賞脚本賞(昭43・44・46・51年度)「絞死刑」「少年」「儀式」「青春の殺人者」、毎日映画コンクール脚本賞(第24回，昭44年度)「少年」、文学界新人賞(第36回)(昭和48年)「蛇いちごの周囲」、日本アカデミー賞優秀脚本賞(昭和59年)「瀬戸内少年野球団」　[歴]昭和30年松竹大船撮影所助監督部に入る。大島渚監督を筆頭にした松竹ヌーベルバーグ運動に参加。35年映画化シナリオ第1作「彼女だけが知っている」を高橋治と共作。同年自作シナリオ「悪人志願」を監督。56年松竹を退社し、大島渚らと創造社を設立。「飼育」(36年)から「夏の妹」(47年)にいたる大島作品のほとんどのシナリオを手がけた。48年創造社解散後フリーとなる。ほかの主な作品に「青春の殺人者」(長谷川和彦監督)「瀬戸内少年野球団」(篠田正浩監督)などがある。また多くのテレビドラマを書き、青木八束の筆名で小説も手がける。

田村 登正　たむら・とうせい

小説家　[賞]電撃ゲーム小説大賞(大賞，第8回)(平成14年)「大唐風雲記」　[歴]著書に「大唐風雲記」がある。

田村 俊子　たむら・としこ

小説家　[生]明治17年4月25日　[没]昭和20年4月16日　[出]東京府浅草区蔵前(現・東京都台東区)　本名＝佐藤俊子(さとう・としこ)　別名＝佐藤露英、田村とし子、市川華紅、中国名＝左俊芝　[学]日本女子大学国文科(明治34年)中退　[歴]日本女子大中退後、幸田露伴に入門、田村松魚と知り合う。明治36年「露分衣」を発表。その後、舞台女優となったが、44年「あきらめ」が大阪朝日新聞の懸賞小説に一等当選し、以後作家となり、「誓言」「木乃伊の口紅」「女作者」「炮烙の刑」などを発表。大正7年「破壊した後」の発表後、カナダのバンクーバーに行き、民衆社を経営したりする。昭和11年帰国し、作家として復帰するが、中央公論社特派員として中国に渡り、後に上海で華字女性雑誌「女声」を刊行したりした。没後の36年印税を基金にした田村俊子賞が設置された。

田村 西男　たむら・にしお

小説家　劇作家　劇評家　[生]明治12年2月11日　[没]昭和33年1月21日　[出]東京・日本橋　本名＝田村喜三郎　[学]東京法学院(現・中央大学)卒　[歴]明治36年から「文芸倶楽部」などに小説を書き、40年滑稽文芸誌「笑」を創刊して花柳小説を発表した。また中央新聞の演芸欄を担当、毎日派文士劇、演芸通話会の文士劇で活躍した。花柳小説集「芸者」「又芸者」「芸者新話」「半玉」「芸者花競」などのほか、戯曲「椀久」「実話伊勢音頭」などがある。　[家]長女＝田村秋子(女優)

田村 優之　たむら・まさゆき

新聞記者　小説家　日本経済新聞社　[生]昭和36年　[出]香川県　本名＝田村正之　[学]早稲田大学政治経済学部卒　[賞]開高健賞(第7回)(平成10年)「ゆらゆらと浮かんで消えていく王国に」　[歴]平成10年「ゆらゆらと浮かんで消えていく王国に」で第7回開高健賞を受賞。共著に「企業活動の監視」「株主の反乱」などがある。

田村 喜子　たむら・よしこ

ノンフィクション作家　[生]昭和7年10月25日　[出]京都府　[学]京都府立大学文学部(昭和30年)卒　[興]土木関係　[歴]都新聞記者を経て文筆活動に入る。著書に「むろまち」「京都インクライン物語」「京都フランス物語」「北海道浪漫鉄道」「剛毅木訥―鉄道技師・藤井松太郎の生涯」「物語・分水路」「関門とんねる物語」など。　[団]日本文芸家協会、日本ペンクラブ

為永 春江　ためなが・しゅんこう

作家(戯作者)　[生]文化14年(1817年)　[没]明治29年　本名＝知久沢堂　別号＝狂文亭　[歴]幕末には「いろは文庫」「春色初若那」など人情本を執筆した。明治に入ってからは新聞に随筆を、戯作雑誌に人情本調の小説を発表した。

田山 花袋　たやま・かたい

小説家　詩人　[生]明治4年12月13日　[没]昭和5年5月13日　[出]栃木県邑楽郡館林町(現・群馬県館林市)　本名＝田山録弥　別号＝汲古　[歴]早くから漢詩文を学び、明治18年より「頴才新誌」に投稿。19年上京し、歌人松浦辰男に入門し、小説を書き始める。24年尾崎紅葉を訪問、「瓜畑」を発表。以後しばらく硯友社系の雑誌に発表したのち、「文学界」「国民之友」などに詩や小説を発表するようになる。この期の代表的な詩の作品に「わが影」がある。32年博文館に入社、写実主義的傾向をみせるが、35年「重右衛門の最後」、37年「露骨なる描写」(評論)を発表し、日本自然主義の代表的作家となり、以後「蒲団」「田舎教師」をはじめ、三部作「生」「妻」「縁」など名作を発表。大正期に入ってからも「時は過ぎゆく」「一兵卒の銃殺」などを発表した。小説のほかにも「長編小説の研究」やエッセイ集「小説作法」「インキ壺」、回想記「東京の三十年」、ルポルタージュ「東京震災記」や数多くの紀行文集など、著書は多い。

樽谷 春緒　たるたに・はるお

シナリオライター　[生]昭和40年　[出]大阪府　[賞]BKラジオドラマ脚本懸賞募集、TBS新鋭シナリオ賞　[歴]BKラジオドラマ、TBS新鋭シナリオ賞など3つのシナリオコンクールで入賞したのを機に、シナリオライターデビュー。主な作品に「家族の食卓・妻の入院」(フジテレビ)、「ジューンブライド」(東京放送)、「ふたりの夫を愛した私」(東京放送)、「イナゴ課長のご栄転日記」(NHK)、映画「アタシはジュース」などがある。

多和田 葉子　たわだ・ようこ

小説家　[生]昭和35年3月23日　[出]東京都中野区　[学]早稲田大学文学部(昭和57年)卒、ハンブルク大学大学院修士課程修了　[賞]ハンブルク市文学奨励賞(平成2年)、群像新人文学賞(第34回・小説部門)(平成3年)「かかとを失くして」、芥川賞(第108回)(平成5年)「犬婿入り」、シャミッソー賞(平成8年)、泉鏡花文学賞(第28回)(平成12年)「ヒナギクのお茶の場合」　[歴]昭和57年ドイツ・ハンブルクにあるドイツ語本輸出会社に研修社員として赴任。5年在籍した後、通訳、家庭教師、大学の助手などをしながら、小説を書く。平成4年「ペルソナ」が芥川賞候補となり、5年「犬婿入り」で第108回芥川賞を受賞。著書に「三人関係」「光とゼラチンのライプチッヒ」「ヒナギクのお茶の場合」「変身のためのオピウム」などがある。

団 鬼六　だん・おにろく

作家　[生]昭和6年9月1日　[出]滋賀県彦根市　本名＝黒岩幸彦　[学]関西学院大学法学部(昭和30年)卒　[興]精神医学にもとづく怪奇小説　[賞]オール新人杯佳作(昭和32年)　[歴]シナリオ書き、教師、バーのマスター等を転々とし、昭和32年「親子丼」が文芸春秋のオール新人杯に入賞して作家業に。当初「宿命の壁」「大穴」など純文学を書いていたが、次第にポルノ小説に手を染める。のち、「奇譚倶楽部」に投稿した「花と蛇」が評判を呼び、未開拓の分野だったSM小説の第一人者となる。他の代表作に「夕顔夫人」「黒薔薇夫人」「紅薔薇夫人」や将棋シリーズ「鬼六将棋三昧」などがある。英語教師、ポルノ映画監督、雑誌社経営なども務め、随筆の名手でもある。平成元年断筆宣言したが、5年後に「真剣士小池重明」で復活。他の著書に

檀一雄 だん・かずお

小説家　⊕明治45年2月3日　⊗昭和51年1月2日　⊕福岡県山門郡沖ノ端村(本籍、現・柳川市)　⊗東京帝国大学経済学部(昭和10年)卒　®野間文芸奨励賞(第4回)(昭和19年)「天明」、直木賞(第24回、昭和25年度下期)(昭和26年)「長恨歌」「真説石川五右衛門」、読売文学賞(第27回)(昭和50年)「火宅の人」、日本文学大賞(第8回)(昭和51年)「火宅の人」

®在学中より佐藤春夫に師事し、「鶴」「青い花」を経て「日本浪曼派」に参加。昭和10年「夕張胡亭塾景観」で第2回芥川賞の候補となる。昭和10年代は中国大陸を放浪し、応召されても中国を歩いた。12年「花筐」を刊行。19年「天明」で野間文芸奨励賞を受賞。25年病死した愛妻のことを書いた「リツ子・その愛」「リツ子・その死」を刊行。26年「長恨歌」「真説石川五右衛門」で直木賞を受賞し、旺盛な作家活動に入る。また、43年には「ポリタイア」を創刊、編集長となる。50年刊行の長編小説「火宅の人」は最後の作品となったが、読売文学賞および日本文学大賞を受賞した。料理好きでも知られた。他の作品に「ペンギン記」、「夕日と拳銃」、詩集「虚空象嵌」「檀一雄詩集」「檀一雄全詩集」があり、「檀一雄全集」(全8巻)も刊行されている。

®長男=檀太郎(料理研究家・エッセイスト)、長女=檀ふみ(女優)、異父弟=高岩淡(東映社長)

丹潔 たん・きよし

小説家　⊕明治29年9月20日　⊗昭和43年1月18日　⊕東京・銀座新道　⊗高輪中学卒、東洋大学哲学科中退　®苦しい生活の中で高輪中学を卒業。民衆作家として、その後小川未明の青鳥会に参加。「黒煙」同人となり、プロレタリア童話などを発表。大杉栄の弟子と自称し、「青年雄弁」の文芸欄担当、プロレタリア作家の道を進む。大杉栄の虐殺を契機に作家活動を中止。大正7年21歳の時「民衆の為に」を刊行した。訳書に「ドストエフスキー警句集」がある。

檀良彦 だん・よしひこ

作家　⊕昭和7年　⊕東京　⊗早稲田大学卒　®昭和33年新聞社に入り、社会部を経て政治部記者となる。60年安保以来の政治・外交などの分野で取材活動を行い、のち情報、メディア・プロジェクト部門を担当。のち、情報関連企業の代表取締役。著書に「黎明の艦隊」シリーズ、「人間田中角栄」などがある。

ダンカン

コメディアン　俳優　構成作家　⊕昭和34年1月3日　⊕埼玉県　本名=飯塚実　®昭和57年談志一門に入るが、漫談に方向転換して、58年たけし軍団に入団。別名"泣きのダンカン"といわれる。「風雲!たけし城」「天才・たけしの元気が出るテレビ」などにレギュラー出演。一方、北野武監督の「3-4×10月」で俳優として映画デビュー。以後、「みんな〜やってるか!」「BeRLiN」「8月の約束」、青山真治監督「チンピラ」、テレビ「スーパージョッキー」「平成教育委員会」「毛利元就」「タモリ倶楽部」「出没!アド街ック天国」などに出演。またテレビ番組の構成作家としても活躍。平成10年映画「生きない」で脚本、主演を担当、スイス・ロカルノ国際映画祭コンペ部門に正式出品され、特別賞にあたる全キリスト教会賞を受賞。

丹沢秦 たんざわ・しん

海燕新人文学賞を受賞　⊕神奈川県　本名=森木康一　⊗早稲田大学第一文学部文芸科卒　®海燕新人文学賞(第13回)(平成6年)「落書きスプレー」　®公務員を務める傍ら、小説を執筆。作品に「落書きスプレー」などがある。

丹野てい子 たんの・ていこ

児童文学者　⊕明治28年4月9日　⊗(没年不詳)　⊕東京・四谷区左門町　本名=野町禎子　旧姓(名)=丹野　筆名(結婚後)=野町てい　⊗日本女子大学英文科(大正9年)卒　®鈴木三重吉に師事、「赤い鳥」社に大正11年1月まで勤め、「芥子の花」「馬鹿の笛」「丘の家」「木鼠のをばさん」などを「赤い鳥」に発表。のち母校桜楓会、愛国婦人会などで雑誌の編集に従事、昭和7年結婚の後、野町ていの名で作品を書いた。

団野文丈 だんの・ふみたけ

群像新人文学賞優秀作に入賞　⊕徳島県　⊗徳島東高卒　®群像新人文学賞(優秀作、小説部門、第38回)(平成7年)「離人たち」

【ち】

崔洋一 チェ・ヤンイル

映画監督　⊕韓国　⊕1949年7月6日　⊕東京都練馬区　⊗朝鮮高級学校京級部(高校)('64年)卒、東京綜合写真専門学校中退、延世大学語学学院　®毎日映画コンクールスポニチグランプリ新人賞('83年)「十階のモスキート」、ヨコハマ映画祭新人監督賞('83年)「十階のモスキート」、ヨコハマ映画祭脚本賞('89年)「Aサインデイズ」、日刊スポーツ映画大賞石原裕

次郎賞監督賞（第6回）（'93年）「月はどっちに出ている」、報知映画賞作品賞・監督賞（第18回）（'93年）「月はどっちに出ている」、ヨコハマ映画祭作品賞・監督賞（第15回）（'93年）「月はどっちに出ている」、高崎映画祭作品賞（第8回）（'93年）「月はどっちに出ている」、キネマ旬報賞日本映画監督賞・脚本賞（'93年度）（'94年）、毎日映画コンクール脚本賞（第48回・'93年度）（'94年）「月はどっちに出ている」、ブルーリボン賞作品賞（第36回・'93年度）（'94年）「月はどっちに出ている」、青丘文化賞（'93年度）（'94年）、おおさか映画祭作品賞・監督賞（第19回・'93年度）「月はどっちに出ている」、マザーズ・フォレスト賞（'95年）、ロカルノ国際映画祭国際シネクラブ連盟賞（'99年）「豚の報い」 ㉘在日韓国人2世。父親とは別れ、日本人である母親に育てられた。日活の照明係助手・制作部・小道具などを経て、1976（昭和51）年大島渚監督「愛のコリーダ」のチーフ助監督として注目を集める。'81年テレビ映画「プロハンター」で監督となり、'83年内田裕也主演「十階のモスキート」で劇場デビュー。以後"沖縄3部作"「いつか誰かが殺される」「友よ、静かに眠れ」「Aサインデイズ」の他、「性的犯罪」「黒いドレスの女」など犯罪をハード・ボイルド・タッチで撮った作品を発表、ニューシネマ監督の硬派の代表格に目される。他に「月はどっちに出ている」「マークスの山」「犬、走る」「豚の報い」、共著に「20代の人生暦」がある。北朝鮮籍だったが、のち韓国籍を取得し、'96年韓国語の勉強のためソウルの延世大学語学学院に入学。また'99年大島渚監督の映画「御法度」に俳優として近藤勇役で出演。

近石 綏子　ちかいし・やすこ
劇作家　㊵昭和7年11月20日　㊷東京　㊹東洋大学文学部中退　㊸国民文化研究所、ついで大橋喜一の戯曲研究会で演劇を学び、昭和40年「生けるひびき」を「テアトロ」に発表してデビュー。以後、「橋」「楽園終着駅」「二人で他人」などを経て、平成2年第7作目にあたる「僕のメリーゴーランド」を東演で公演。㉘夫＝近石真介（俳優）、息子＝土方優人（俳優）

近松 秋江　ちかまつ・しゅうこう
小説家　㊵明治9年5月4日　㊶昭和19年4月23日　㊷岡山県和気郡藤野山　本名＝徳田浩司　㊹東京専門学校（現・早稲田大学）英文科（明治34年）卒　㊸少年時代から文学に関心を抱き、東京専門学校在学中から島村抱月の担当する「読売新聞」の月曜付録で小説の月評を行う。卒業後、博文館、母校出版部、中央公論社などに勤務。明治43年「別れたる妻に送る手紙」を発表して文壇に登場、以後「執着」「疑惑」などを発表。他に「黒髪」「子の愛の為に」などの作品が大正期に発表されている。また「文壇無駄話」や「文壇三十年」などの著書もある。「近松秋江全集」（全13巻，八木書店）がある。

知切 光歳　ちぎり・こうさい
劇作家　小説家　㊵明治35年10月13日　㊶昭和57年8月5日　㊷広島県呉市　㊸久保田万太郎、友松円諦に師事。昭和19年に、幕末の僧を描いた「宇都宮黙霖」を発表。戦後、放送ライターとしてNHKラジオ「光を掲げた人々」などを手がけた。32年には全日本仏教会代表としてビルマ、インドを巡歴。代表作に、史伝「日本の聖まんだら」、小説「玄奘三蔵」、戯曲「黙林三部作」「左義まつり」「邪宗門」があるほか、研究「天狗考」（3部）がある。㊿日本演劇協会

遅塚 麗水　ちずか・れいすい
小説家　ジャーナリスト　紀行文家　㊵慶応2年12月27日（1866年）　㊶昭和17年8月23日　㊷駿河国沼津（静岡県）　本名＝遅塚金太郎　別号＝紫仙波、踏波山、俳号＝松白　㊸幼なじみの幸田露伴のすすめで小説を書き始め、明治23年郵便報知新聞社に入社。26年山岳文学の先駆とされる「不二の高根」を発表し、好評を得る。日清戦争では従軍記者として活躍。その後も小説執筆のかたわら南洋諸島などを歴訪し、紀行作家としても独自の地位を築いた。著書に「陣中日記」「日本名勝記」など。

千世 まゆ子　ちせ・まゆこ
児童文学作家　㊵昭和29年　㊷福島県郡山市　本名＝荒井千賀子　別筆名＝千世繭子　㊹郡山女子短期大学卒　㊻産経児童出版文化賞（第37回）（平成2年）「百年前の報道カメラマン」　㊸福島中央テレビ勤務を経て、昭和57年同人誌「ろっき」、「日本民話の会」に参加し、創作や民話の研究で活躍。著書に「磐梯山大噴火を激写　百年前の報道カメラマン」「海のオルゴール」「日本のむかし話　一年生」、共著に「動物園へ行こうよ」など。　㊿日本民話の会、日本児童文学会

千田 三四郎　ちだ・さんしろう
作家　㊵大正11年5月18日　㊷北海道岩見沢市　㊹早稲田大学文学部国文科卒　㊸北海道新聞記者となり、昭和54年論説委員で定年退職後、執筆に専念。「人間像」同人。著書に「流れの軌跡」「詩人の斜影」「草の迷路─根釧原野」「道のり」「遠い疼き」など。　㊿日本文芸家協会

知念 正真　ちねん・せいしん

劇作家　演出家　琉球放送営業促進部参事　[生]昭和16年12月4日　[出]沖縄市古謝　[学]二松学舎大学(昭和37年)中退　[賞]岸田国士戯曲賞(第22回)(昭和52年)「人類館」　[歴]琉球放送に勤めながら、劇団「創造」に所属。昭和51年、明治36年大阪勧業博覧会に“琉球人”として遊女が陳列された人類館事件に取材した「人類館」を作・演出。一貫して近代沖縄や基地の街コザ(現・沖縄市)にこだわり続け、「コザ版どん底」(S62年)、「コザ版ゴドー」(S63年)などを演出、上演した。

知念 正昭　ちねん・まさあき

高校教師(北部農林高)　琉球新報短編小説賞を受賞　[出]沖縄県国頭郡本部町渡久地　[学]琉球大学国文科卒　[賞]琉球新報短編小説賞(第16回・昭和63年度)「シンナ」　[歴]昭和64年作品「シンナ」で第16回琉球新報短編小説賞を受賞。北部農林高校教師。

知念 正文　ちねん・まさふみ

俳優　劇作家　演出家　劇団鳥獣戯画主宰　[生]昭和25年7月21日　[出]東京都　[学]早稲田大学中退　[賞]シアター・グリーン賞個人賞(第2回)(昭和57年)　[歴]学生劇団を経て、つかこうへいの劇団暫に入団。後、退団して昭和50年劇団鳥獣戯画を結成する。同劇団で「好色一代男」「好色五人女」「桜姫恋袖絵」などの歌舞伎ミュージカル・シリーズを生み出し、ニュー・カブキの旗手として知られるように。シェイクスピア作品「夏の夜の夢」の歌舞伎ミュージカル化、テレビ「ポンキッキーズ」(フジ)の演出などを手がける他、NHK連続テレビ小説「ひまわり」に出演。創作、演出やテレビ、CMの振付け等、幅広く活動する。他の作品に舞台「ピーターパンが墜ちる日」「魔人街」「真夏の夜の夢」など。

千野 隆司　ちの・たかし

小説家　[生]昭和26年9月17日　[出]東京都　[学]国学院大学文学部文学科卒　[賞]小説推理新人賞(第12回)(平成2年)「夜の道行」　[歴]出版社勤務を経て、中学校教員。一方、江戸時代に材を取った小説を執筆。著書に「浜町河岸夕暮れ—市蔵、情けの手織り帖」「かんざし図絵」などがある。　[団]日本文芸家協会、日本推理作家協会

茅野 裕城子　ちの・ゆきこ

作家　[生]昭和30年7月6日　[出]東京都　[学]青山学院大学文学部フランス文学科卒　[賞]文学界新人賞佳作(第65回)(昭和62年)「有髪」、すばる文学賞(第19回)(平成8年)「韓素音の月」　[歴]トラベルライターとして各地へ足を運ぶ。平成4年北京大学へ留学し中国現代文学を学ぶ。著書に「大陸游民」「韓素音の月」など。　[団]日本文芸家協会、日本ペンクラブ

千葉 清士　ちば・きよし

小説家　[生]大正8年8月　[出]広島県甲奴郡上下町　[学]早稲田大学商学部卒　[賞]日本私家本図館賞佳作(第1回)(昭和53年)「ゆれる天気図」　[歴]陸軍主計中尉の時、中国大陸で終戦。農業や炭鉱勤務の後、昭和25年広島県立世羅高校教諭、国泰寺高校教諭、北陽高校教頭、福山葦陽高校長等を歴任。55年定年退職後は、著作活動に専念。著書に「ゆれる天気図」「未熟な季節」「愛の乱気流」他。

千葉 暁　ちば・さとし

作家　編集者　[生]昭和35年1月5日　[出]東京都　[学]法政大学経済学部中退　[歴]タカラ発行「デュアルマガジン」編集長を務め、以後、編集ディレクターとして「ボトムズオデッセイ」「バイファム・パーフェクトメモリー」「モビルスーツ大図鑑」「BLUE KNIGHT」等、主にアニメ出版物を担当する。昭和63年「旋風の狩猟機」で作家デビュー。他の著書に「アルス・マグナ」「聖刻群龍伝」シリーズなど。

千葉 茂樹　ちば・しげき

映画監督　脚本家　地球家族の会代表　[生]昭和8年2月12日　[出]福島県福島市清水ケ丘町　[学]福島大学経済学部2年(昭和29年)中退、日本大学芸術学部映画学科(昭和31年)卒　[賞]赤十字映画祭短編記録部門最優秀賞(昭和54年)「マザー・テレサとその世界」、キネマ旬報賞文化映画作品賞(昭和54年)、毎日映画コンクール教育文化映画賞(昭和54年)、毎日映画コンクール文化映画賞(昭和57年)「アンデスの嶺のもとに」、毎日社会福祉顕彰(第29回)(平成11年)、日本カトリック映画賞(特別優秀賞,第25回)(平成13年)「豪日に架ける」　[歴]シナリオコンクール入選後、大映東京撮影所で助監督修業。のち近代映画協会に参加。49年同会製作のドキュメント「愛の養子たち」で監督デビュー。以降、近代映画協会や東京シネマビデオなどで記録映画を多く演出。54年の「マザー・テレサとその世界」ではキネマ旬報賞文化映画作品賞をはじめ数々の賞を受賞。またマザー・テレサ功労者会世話人代表、市民グループ・地球家族の会代表などを務め、国内外の社会的弱者の支援、環境運動を続ける。著書に「マザー・テレサとその世界」「マザー・テレサこんにちは」、他の作品に「アウシュビッツ愛の奇跡—コルベ神父の生涯」「アンデスの嶺のもとに」「明日の看護をめざして」「リアムのすむ村・ぼくらの隣人たち」「豪日に架ける」など。

千葉 茂　ちば・しげる

劇作家　劇団無尽舎主宰　[学]斐太高(昭和53年)卒　[賞]名古屋文化振興賞(戯曲の部,第16回)(平成12年)「合縁奇縁」　[歴]岐阜県高山市で製菓業を営む一方、平成7年劇団・無尽舎を旗揚げし、演劇活動を行う。12年自作の戯曲「合縁奇縁」が名古屋市文化振興事業団の名古屋文化振興賞に選ばれる。

千葉 治平　ちば・じへい

小説家　[生]大正10年10月31日　[没]平成3年6月23日　[出]秋田県仙北郡田沢湖町　本名＝堀川治平(ほりかわ・じへい)　[学]南満州工専通信工学科(昭和19年)卒　[賞]地上文学賞(第1回)(昭和28年)「馬市果てて」、直木賞(第54回)(昭和40年)「虜愁記」　[歴]満鉄調査部、陸軍通信学校を経て、昭和21年日本発送電入社。24年東北電力に合併、51年東北電力を定年退職。かたわら小説を書き、40年「虜愁記」で直木賞受賞。「秋田文学」同人。ほかに「八郎潟」「アンデスの花」「山の湖の物語」など多数。平成5年、戦後間もなく秋田県角館町の新聞に連載した歴史小説「蘆名(あしな)記」が発見された。　[団]日本文芸家協会　[家]姉＝坂本梅子(詩人)

千葉 省三　ちば・しょうぞう

児童文学者　[生]明治25年12月12日　[没]昭和50年10月13日　[出]栃木県河内郡篠井村　[学]栃木県立宇都宮中卒　[賞]サンケイ児童出版文化賞大賞(第15回)(昭和43年)「千葉省三童話全集」　[歴]中学時代から「文章世界」などに投稿し、卒業後栃木県の小学校代用教員をする。大正3年上京し、日月社、植竹書院を経て、6年コドモ社に入社。9年「童話」が創刊され、その編集に当ると共に、創刊号に「めくら鬼」「沙漠の宝」を発表し、童話作家として出発した。以後「虎ちゃんの日記」などを発表し、昭和4年「トテ馬車」を刊行。以後、少女小説や通俗小説も書いたが、「地蔵さま」「竹やぶ」などを発表。18年疎開した頃から筆を絶ったが、43年「千葉省三童話全集」全6巻に対して、サンケイ児童出版文化賞が贈られた。

千葉 新太郎　ちば・しんたろう

脚本家　本名＝千葉規博(ちば・のりひろ)　[賞]函館山ロープウェイ映画祭シナリオ大賞(グランプリ,第3回)(平成10年)「ポケットティッシュブルース」　[歴]大学中退後、アルバイトで生計を立てながらシナリオ創作に取り組む。自らのアルバイト経験をヒントにした「ポケットティッシュブルース」で、平成10年函館山ロープウェイ映画祭第3回シナリオ大賞グランプリを受賞。

千葉 多喜子　ちば・たきこ

脚本家　[生]昭和14年3月26日　[出]広島県福山市　[学]昭和女子大学文家政学部卒　[賞]読売テレビゴールデンシナリオ賞優秀賞(昭58年度)(昭和58年)「千羽鶴幻想」、菊池寛ドラマ賞(第3回・佳作)(平成5年)「ピトルギの鈴」　[歴]大学卒業後、一時広告代理店に勤務。昭和51年両親を相次ぎ亡くしたのを機にシナリオ・センターに通い始める。58年「千羽鶴幻想」で読売テレビゴールデンシナリオ賞優秀賞を受賞。他の作品に「ピトルギの鈴」など。

千葉 幹夫　ちば・みきお

児童文学作家　[専]絵本研究　[生]昭和19年7月27日　[出]宮城県　[学]早稲田大学法学部卒　[歴]児童図書出版社編集部勤務を経て独立。多摩美術大学多摩芸術学園9年間で絵本概論、児童文学論などを講ずるかたわら、児童文学の創作、雑誌に絵本時評などの連載を手がける。また、民俗学の立場から妖怪研究をすすめる。また、少年サッカーチームのコーチ・監督を長年務める。著書に「ヘイタロウ妖怪ばなし」(全5巻)、「妖怪お化け雑学事典」「西郷隆盛と大久保利通」「全国妖怪事典」「たのしいサッカー教室〈1〉入門—サッカーはともだち」など。　[団]日本文芸家協会

千葉 龍　ちば・りょう

小説家　詩人　中日新聞社友　「金沢文学」主宰　[生]昭和8年2月10日　[出]石川県輪島市　本名＝池端秀生　旧筆名＝池端秀介(いけばた・ひでお)　[学]金沢泉丘高中退　[歴]北陸新聞社に入社。文化部長代行を経て、合併後の中日新聞北陸本社記者となり、編集委員、論説委員を歴任。かたわら、韻・散文の習作を重ね、のち主として詩と小説を手掛ける。「関西文学」「作家」などの同人を経て、「金沢文学」主宰。詩集に「雑草の鼻唄」「炎群はわが魂を包み」「無告の詩」などがあり、昭和57年刊行の「池端秀介詩集」を最後に、ペンネームを千葉龍に変更。のち詩集「玄」刊行。小説に「『志野』恋歌」「夜のつぎは、朝」がある。　[団]日本文芸家協会、日本ペンクラブ、現代詩人会、詩人クラブ

茶木 滋　ちゃき・しげる

童謡詩人　童話作家　[生]明治43年1月5日　[没]平成10年11月1日　[出]神奈川県横須賀市　本名＝茶木七郎　[学]明治薬専(昭和6年)卒　[賞]芸術選奨文部大臣賞(昭和29年)「めだかの学校」　[歴]製薬会社に勤務のかたわら、「赤い鳥」「金の星」「童話」などに童謡や童話を投稿。昭和3年平林武雄らと同人誌「羊歯」を作り、14年には関英雄らと「童話精神」を創刊。中田喜直作曲の童謡「めだかの学校」は有名。童謡集に「鮒のお祭」「とんぼのおつかい」がある。

ⓈⓇ日本童謡協会、日本児童文学者協会（名誉会員）、詩と音楽の会

張 赫宙 ちょう・かくちゅう
⇒張赫宙（ジャン・ヒョクジュ）を見よ

千代原 真智子 ちよはら・まちこ
児童文学者 ⓔ福岡県・筑豊 ⓚすばる書房絵本評論優秀賞（第1回）、毎日小さな童話大賞（第10回・山下明生賞） ⓗ図書館司書を務める。「みみずく」同人。著書に詩集に「パリパリサラダ―ちよはらまちこ詩集」、エッセイ「家族ごっこ―世にも不思議な母娘（おやこ）の話」がある。 ⓢ日本児童文学者協会

陳 舜臣 ちん・しゅんしん
小説家 ⓑ大正13年2月18日 ⓔ台湾・台北 ⓖ大阪外国語学校（現・大阪外国語大学）印度語科（昭和18年）卒 ⓙ日本芸術院会員（平成8年） ⓚ江戸川乱歩賞（第7回）（昭和36年）「枯草の根」、直木賞（第60回）（昭和44年）「青玉獅子香炉」、日本推理作家協会賞（第23回）（昭和45年）「玉嶺よふたたび」「孔雀の道」、毎日出版文化賞（第25回）（昭和46年）「実録・アヘン戦争」、大仏次郎賞（第13回）（昭和51年）「敦煌の旅」、日本翻訳文化賞（第20回、昭和58年度）「叛旗―小説・李自成」（姚雪垠著）、NHK放送文化賞（第36回、昭和59年度）、読売文学賞（随筆・紀行賞、第40回）（平成1年）「茶事遍路」、吉川英治文学賞（平成4年）「諸葛孔明」、朝日賞（平成4年度）（平成5年）、日本芸術院賞（平成7年）「作家としての業績」、井上靖文化賞（第3回）（平成7年）、大阪芸術賞（平成8年）、勲三等瑞宝章（平成10年） ⓗ母校の西南アジア語研究所助手を経て、戦後、家業の貿易業に従事。昭和32年ころから小説を書き始め、36年「枯草の根」で第7回江戸川乱歩賞を受けてデビュー。44年に「青玉獅子香炉」で第60回直木賞を受賞。推理小説でスタートしたが、3部作「阿片戦争」（42年）などの中国歴史小説、史伝へと作域を広げる。日中国交回復後の47年からは度々中国へ旅行し、多くの紀行や評論を書く。平成2年日本に帰化。7年脳内出血で倒れ、闘病生活を送る。5年のNHK大河ドラマ「琉球の風」の書き下ろしを手がける。著書に「敦煌の旅」「中国の歴史」（全15巻）「江は流れず」「太平天国」「日本人と中国人」「中国近代史ノート」「諸葛孔明」「桃源郷」など多数。「陳舜臣全集」（全27巻、講談社）、「陳舜臣中国ライブラリー」（全30巻、集英社）がある。 ⓢ日本文芸家協会、日本推理作家協会、日本ペンクラブ ⓕ長男＝陳立人（写真家）

【つ】

つか こうへい
劇作家 小説家 演出家 北区つかこうへい劇団主宰 つかこうへい事務所主宰 ⓔ韓国 ⓑ昭和23年4月24日 ⓔ福岡県嘉穂郡嘉穂町 本名＝金峰雄（きむ・ぼんうん） ⓖ慶応義塾大学文学部仏哲学科中退 ⓚ岸田国士戯曲賞（第18回）（昭和47年）「熱海殺人事件」、ゴールデンアロー賞演劇賞（第14回、昭和51年度）、直木賞（第86回）（昭和56年）「蒲田行進曲」、キネマ旬報賞脚本賞（第28回、昭和57年度）「蒲田行進曲」、日本アカデミー賞最優秀脚本賞（第6回）（昭和58年）「蒲田行進曲」、読売文学賞（戯曲賞，第42回）（平成3年）「飛龍伝'90」 ⓗ在日韓国人2世。在学中から学生劇団に加わり、昭和45年戯曲「郵便配達しばし」でデビュー。47年「熱海殺人事件」で岸田戯曲賞を最年少で受賞し、若手の人気劇作家となる。49年"つかこうへい劇団"を創立。喜劇仕立ての中に、庶民や若者の願望、誠実さ、やさしさをうたい、爆発的なブームを呼んで「巷談松ケ浦ゴドー戒」「戦争で死ねなかったお父さんのために」「初級革命講座飛龍伝」「ストリッパー物語」「いつも心に太陽を」などを公演。56年「蒲田行進曲」で戦後世代最初の直木賞を受賞。57年事務所を解散し、以後文筆活動に専念。エッセイ「つかへい腹黒日記」、小説「広島に原爆を落とす日」などを出版。60年4月初めて祖国韓国の地を踏み、同年11月ソウルで韓国人役者による「ソウル版熱海殺人事件」を上演、大成功をおさめた。62年4月同じ芝居をそのまま東京で公演する。平成元年「幕末純情伝―黄金マイクの謎」を上演。6年4月東京都北区と組んで"北区つかこうへい劇団"を旗揚げ。7年大分市つかこうへい劇団を旗揚げ、地方からの文化発信を目指し、12年まで活動した。11年「熱い海―東京から来た刑事」「熱い波―平壌から来た刑事」を日韓両国で上演。他の著書に「娘に語る祖国」「竜馬伝」など。 ⓢ日本文芸家協会

塚越 享生 つかごし・きょうせい
小説家 ⓑ明治27年9月4日 ⓓ大正6年3月7日 ⓔ千葉県安房郡勝山町字田子 ⓖ安房中学校中退 ⓗ胸を病み家で独学。明治45年から「文章世界」に和歌、短文を投稿。大正3年8月の文章世界に小説「梅雨の頃」が掲載され、4～5年にかけ「利根川べりの或る町」「物憂き人々」「闖入音」「冬され」「大きな屋敷」を次々発表。6年早稲田文学に「開墾小屋」を執筆し、「文章世界」出身の鬼才とされたが、衰弱で力尽

きた。没後宮崎節編・発行の「享生全集」（全1巻）がある。

司城 志朗　つかさき・しろう

小説家　㊓昭和25年1月25日　㊒愛知県名古屋市　本名＝柴垣建次　㊫名古屋大学文学部卒　㊔角川小説賞（第10回）（昭和58年）「暗闇にノーサイド」、開高健賞（奨励賞，第3回）（平成6年）「ひとつぶの砂で砂漠を語れ」、サントリーミステリー大賞（読者賞，第15回）（平成9年）「ゲノム・ハザード」　㊧少年時代よりNHK名古屋のドラマに出演。名古屋大学文学部在学中、ラジオドラマの脚本を手がける。卒業後、上京。昭和58年矢作俊彦と合作の「暗闇にノーサイド」で第10回角川小説賞受賞。以後、サスペンス、ミステリー、冒険小説に健筆をふるう。著書に「？はてなの家族殺人事件」「ペルーから来た娘」「日出づる国のスパイ」「香港パラダイス」「冬とさすらいの探偵」「メランコリー・ブルー」「ひとつぶの砂で砂漠を語れ」「スリーパー・ゲノム」など。　㊐日本文芸家協会

塚田 正公　つかだ・まさきみ

児童文学作家　㊓大正3年1月13日　㊒長野県　㊫長野県師範学校卒　㊔塚原健二郎文学賞奨励賞（第2回）（昭和54年）「美と愛のたたかい 近代彫刻の父・荻原碌山」　㊧長野県内の小中学校教員を35年間務め、その間斎藤茂吉に短歌、坪田譲治に児童文学の指導を受ける。主に伝記を手がけ、「まけるな一茶」「美と愛のたたかい 近代彫刻の父・荻原碌山」「二羽の白鳥」などがある。　㊐日本児童文学者協会、信州児童文学会

塚原 健二郎　つかはら・けんじろう

児童文学者　童話作家　㊓明治28年2月16日　㊥昭和40年8月7日　㊒長野県東条村　俳号＝子竹　㊫松代農業学校中退　㊔未明文学賞（第3回）（昭和35年）「風と花の輪」　㊧15歳で小諸の雑貨商に勤める。大正5年上京し、島崎藤村に師事、また7年に武者小路実篤の新しき村に参加。のち「中央文学」の編集などをつとめ、10年「血につながる人々」を発表し作家生活に入る。15年「水なし車」を発表して童話作家となり、以後幅広く活躍。昭和8年頃から集団主義童話を提唱し、また地域の児童文化活動、消費組合運動にとりくむ。戦時中は少国民文化協会会員、戦後は日本児童文学者協会理事、会長となる。没後、塚原健二郎文化賞が設けられた。主な作品に「七階の子どもたち」「犬のものがたり」「風船は空に」「風と花の輪」などがある。　㊕長男＝塚原亮一（児童文学者）

塚原 渋柿園　つかはら・じゅうしえん

小説家　㊓嘉永1年3月1日（1848年）　㊥大正6年7月5日　㊒江戸市ケ谷合羽坂　本名＝塚原靖（つかはら・しずむ）　㊧沼津兵学校、静岡医学校、浅間下集学所で洋学を修め「魯国事情」を翻訳。明治7年横浜毎日新聞に入社。11年東京日日新聞に移る。15年京城の壬午事件に際して渡韓。19年処女作「何ごとも金づく 慾情新話」を発表。以後作家として活躍し政治小説「条約改正」、歴史小説「敵討 浄瑠璃坂」「天草一揆」「由井正雪」などを発表するなど、数多くの著書がある。

津上 忠　つがみ・ただし

劇作家　演出家　元・劇団「前進座」副幹事長　㊓大正13年2月27日　㊒東京・渋谷　㊫東京工専卒、舞台芸術学院本科（昭和25年）卒　㊔日本演劇協会賞（昭和41年）「五重塔」　㊧昭和26年舞台芸術学院第1期生による劇団「劇座」に入団。27年劇座が前進座に合併され、以来、前進座の代表的劇作家、演出家として活躍。かたわら、ラジオ、テレビの脚本を書き、商業演劇界でも活躍。作品に「乞食の歌」「黒田騒動」「早春の賦—小林多喜二」などがあり、41年には「五重塔」で日本演劇協会賞を受賞。著書に「演劇と文学の間」「歴史小説と歴史劇」「歴史紀行」「演劇論講座」（共編，全7巻）「津上忠歴史劇集」「現代劇選集」「戯曲選・炎城秘録」等がある。　㊐日本演劇協会（専務理事）、日本劇作家協会（監事）、日本演出者協会、日本文芸家協会、日本民主主義文学同盟、国際演劇協会

塚本 邦雄　つかもと・くにお

歌人　小説家　評論家　近畿大学文芸学部教授「玲瓏」主宰　㊓大正11年8月7日　㊒滋賀県神崎郡五個荘村字川並　㊫彦根高商　㊔現代歌人協会賞（第3回）（昭和34年）「日本人霊歌」、詩歌文学館賞（第2回・現代短歌部門）（昭和62年）「詩歌変」、迢空賞（第23回）（平成1年）「不変律」、紫綬褒章（平成2年）、斎藤茂吉短歌文学賞（第3回）（平成4年）「黄金律」、現代短歌大賞（第16回）（平成5年）「魔王」、勲四等旭日小綬章（平成9年）　㊧昭和20年大阪の総合商社・又一に入社。47年まで勤務し、財務部次長などを務めた。歌人としては、22年前川佐美雄に師事、「日本歌人」に短歌を発表。24年「メトード」を創刊。短歌結社に所属せず、26年第一歌集「水葬物語」を刊行し、以後「装飾楽句」「日本人霊歌」「水銀伝説」「感幻楽」「定本・塚本邦雄湊合歌集」などの歌集を刊行し、第三歌集「日本人霊歌」で34年に現代歌人協会賞を受賞。35年同人誌「極」を創刊。38年頃から多方面な活動を始め、47年小説「紺青のわかれ」を刊行、以後「連弾」「藤原定家」「獅子流離譚」「露とこたへて—業平朝臣歌物語」「荊冠伝説

―小説イエス・キリスト」などを刊行。56年から毎日新聞「けさひらく言葉」を連載する。62年10年がかりでまとめた「茂吉秀歌」(全5巻，文芸春秋)を出版。平成元年近畿大学文芸学部教授に就任。非写実的な幻想の歌を詠み、“言葉の魔術師”と呼ばれる。他に歌集「魔王」、評論「定型幻視論」「定家百首」「先駆的詩歌論」、エッセイ「幻想紀行」などがある。「塚本邦雄全集」(全16巻，ゆまに書房)がある。
㊐現代歌人協会、日本文芸家協会

塚本 青史　つかもと・せいし
小説家　㊓昭和24年4月9日　㊍岡山県倉敷市　㊫同志社大学文学部卒　㊑京都に本社のある美術関係中心の印刷会社東京営業部に勤務。昭和53年・56年度「年鑑日本のイラストレーション」に作品が収録された。平成3年9月処女短編ミステリー集「迫迫」を出版。その後、中国を題材とした歴史小説で人気作家となる。代表作に「霍去病」「呂后」「王莽」「白起」など。
㊐日本文芸家協会

津川 泉　つがわ・いずみ
放送作家　劇作家　㊓昭和24年10月13日　㊍茨城県　㊫美学校卒　㊮ラジオドラマ懸賞佳作(昭和50年，51年)、TBC民放祭優秀賞(昭和61年)「初に業ありき―俳優上山草人」、芸術選奨文部大臣新人賞(第39回・昭63年度)(平成1年)「うむまあ木の空」、民間放送連盟賞最優秀賞(平成1年)「永遠のジャック&ベティ」、放送文化基金賞奨励賞(平成1年)「夜明けのショパン」
㊑昭和50年ラジオドラマ懸賞佳作入賞作「どびん割り」でデビュー。56年より日本放送作家協会会員となり、以後、本格的に作家活動に入る。その後、東宝現代劇の戯曲科に学び、平成2年に北極舎第1回プロデュース公演「樹声」で劇界にデビュー。この間、数々の賞を受賞し、主な作品に「オルゴールの詩がきこえる」「あさをの家」「初に業(わざ)ありき―俳優上山草人」「ラジオ図書館」(TBS)などがある。
㊐日本放送作家協会

津川 武一　つがわ・たけいち
政治家　評論家　医師　健生病院名誉院長　元・衆院議員(共産党)　㊓明治43年8月2日　㊎昭和63年9月4日　㊍青森県南津軽郡浪岡町　㊫東京帝国大学医学部(昭和14年)卒業　㊮サンデー毎日大衆文芸賞入賞(昭和29年)「過剰兵」、青森県文芸協会賞(第2回)(昭和55年)
㊑東大医学部副手を経て、昭和20年弘前市に津川診療所を開設。27年健生病院院長。38年青森県議2期を経て、44年以来衆院議員に5選。61年落選。小説家、文学研究者でもあり、著書に、小説集「農婦」「骨肉の姦」、評論「葛西善蔵」「癲癇の歌人定家」などがある。

津川 正四　つかわ・まさし
作家　文芸評論家　㊓大正14年2月10日　㊍秋田県　㊫法政大学法科卒　㊑36年間にわたり、中学校教員、教育委員会、高校教員などを歴任。文学界新人賞、群像新人賞の候補になり、「文芸広場」年度賞を3度受賞し、特別賞も受賞。「山形文学」「杜」同人。著書に「小説にみる現代教師像」「文芸広場の三十年」「教師の小説百編―『文芸広場』四十年の歩み」など。
㊐日本文芸家協会、全国教職員文芸協会、日本児童文芸家協会、山形県芸術文化会議、山形市芸術文化協会

次田 万貴子　つぎた・まきこ
作家　歌人　㊓大正5年　㊍東京　旧姓(名)=田中　㊫東京女高師附属高女専攻科国語部(昭和12年)卒、東京文理科大学国語国文科選科(昭和16年)修了　㊮歌人クラブ賞「五季」　㊑昭和16年結婚。31年より高校講師を18年間勤める。著書に小説「女医」「二人を時がさきしより」「草のわな」「那須の氷雪」、合同歌集「五季」、歴史随想「西郷さんの首」「二百五十年目の仇討ち」「家康のもう一人の姫君」など。
㊇父=田中義能(神道学者)、夫=次田真幸(国文学者・故人)

月足 亮　つきたり・りょう
オール讀物新人賞受賞　㊓昭和22年3月30日　㊍福岡県八女市　本名=林秀博　㊫明治大学文学部卒　㊮オール讀物新人賞(第72回)(平成4年)「北風のランナー」　㊑26回の投稿の末、平成4年「北風のランナー」で第72回オール讀物新人賞を受賞。読売広告会社に勤務。

槻野 けい　つきの・けい
児童文学作家　㊓昭和5年8月10日　㊍長野県上伊那郡　本名=吉田多計子　㊫岡谷高女卒　㊮北川千代賞(第4回)(昭和47年)「生きていくこと」　㊑辰野朝日新聞社、時事通信社長野支局、松本分局、岡谷局に勤務し、昭和30年結婚。35年頃新児童文化の会に入会、児童文化に関心を持つようになる。主な作品に「このゆびとまれ青い空」「おるすばん110ばん」「あんぱん110ばん」「見てるよ！ヒトミ」「ジーゼルカーはまんいんです」など。
㊐日本児童文学者協会、日本こどもの本研究会

月乃 光司　つきの・こうじ
「窓の外は青―アルコール依存症からの脱出!!」の著者　㊓昭和40年2月3日　㊍富山県富山市　㊮にいがた市民文学(小説部門奨励賞，第3回)(平成12年)「窓の外は青」　㊑昭和55年高校に入学するが、対人恐怖症により不登校となる。59年大学に入学するが、1週間ほど通

学したのみで2年間引きこもりの生活を送る。61年大学を中退し、上京。漫画やカット制作を職業とするが、63年頃よりアルコール依存症となり、平成元年新潟に戻る。入院治療し、依存症より立ち直る。7年生活の発見会会員。11年日本キリスト教団東中通教会にて受洗。AA新潟グループ所属。著書に「窓の外は青―アルコール依存症からの脱出！！」がある。
[団]越冬友の会、にいがた映画塾

月俣 留美　つきまた・るみ

第2回文芸山口賞を受賞　本名＝吉村留美　[賞]文芸山口賞(第2回)(昭和62年)「遙かなる」　[歴]山口県防府市内の主婦。昭和62年「遙かなる」で第2回文芸山口賞受賞。

月本 裕　つきもと・ゆたか

フリーライター　編集者　[生]昭和35年9月8日　[出]東京都文京区　[学]上智大学外国語学部ロシア語学科中退、法政大学文学部日本文学科中退　[賞]坊ちゃん文学賞大賞(第1回)(平成1年)「今日もクジラは元気だよ」　[歴]歌舞伎や芝居が好きで、江戸の文学や文化にひかれ、大学では西鶴や南北を読む。中退後、フリーの雑誌編集者として若者向け雑誌の編集を手がける。またフリーライターとして平成3～5年「週刊SPA！」にコラム「馬券王への道」を連載。法大在学中に光文社から「『東京時代』は永遠です」を出版。他の著書に「キャッチ」「競馬熱病時代」「賭ける魂」などがある。　http://member.nifty.ne.jp/ibet/

佃 血秋　つくだ・けっしゅう

映画監督　シナリオライター　[生]明治37年　[没]昭和26年5月30日　[出]富山県氷見郡氷見町(現・氷見市)　本名＝佃順　[学]高岡中(現・高岡高)中退　[歴]大正12年帝国キネマ脚本部に入り「血戦」「白藤権八郎」などを執筆。14年「お半長右衛門」で監督デビュー。その後は脚本・脚色の仕事を中心とし、松竹蒲田撮影所、阪妻プロダクション、東亜キネマなどに所属。戦後は映倫事務局に勤務し、「ドレミファ先生」を執筆後、昭和26年長野県で急病のため死去。主な監督作品に「恋の鳥」、脚本に「帰らぬ笹笛」「君恋し」「哀恋日記」、脚色に「籠の鳥」「嵐」「怪談げらげら草紙」など。

佃 実夫　つくだ・じつお

作家　[専]小説　近代史　文献探索学　[生]大正14年12月27日　[没]昭和54年3月9日　[出]徳島県阿南市　[学]徳島青年師範(昭和21年)3年修了　[賞]日本図書館協会奨学論文賞(昭和31年)、徳島新聞文化賞(昭和42年)、インファンテ・ドン・エンリッケ勲章(昭和44年)　[歴]郵便局勤務、教員、徳島県立図書館司書、横浜市図書館司書ののち昭和44年東横学園女子短大講師となった。思想の科学研究会員。歴史小説、伝記などに優れ、著書に「わがモラエス伝」「阿波自由党始末記」「若き志士たち」「失われた歴史」「赤と黒の喪章」など。他に「文献探索学入門」「中国紀行アルバム」もある。
[家]妻＝佃陽子(随筆家)

佃 典彦　つくだ・のりひこ

劇作家　演出家　俳優　劇団B級遊撃隊主宰　[生]昭和39年　[出]愛知県名古屋市　[学]名城大学　[賞]名古屋文化振興賞(入選)(昭和62年)「審判」、名古屋市芸術賞(芸術奨励賞)(平成7年)、劇作家協会新人戯曲優秀賞(第2回)(平成8年)「KAN-KAN」、読売演劇大賞優秀作品賞(第4回)(平成8年)「KAN-KAN」、松原英治・若尾正也記念演劇賞(第5回)(平成13年)「満ち足りた散歩者」　[歴]大学在学中から演劇の世界に入り、劇団B級遊撃隊を結成。作品「審判」で全国的に名を知られるようになる。俳優としてテレビ、ラジオにも出演。著書に戯曲集「土管」。

筑波 昭　つくば・あきら

作家　[生]昭和3年12月17日　[出]茨城県日立市　本名＝塚野昭　筆名＝黒木曜之助(くろき・ようのすけ)　[学]日大芸術学部中退　[歴]昭和25年茨城新聞社入社。40年編集局次長を経て、フリーに。豊富な記者体験をもとに、社会的な作品を発表。また、黒木曜之助の筆名で多数のスパイ推理小説を書いている。ノンフィクションには「津山三十人殺し」「昭和四十六年、群馬の春」「巣鴨若妻殺し」がある。

柘植 久慶　つげ・ひさよし

軍事ジャーナリスト　小説家　[生]昭和17年6月21日　[出]愛知県　[学]慶応義塾大学法学部政治学科(昭和40年)卒　[歴]大学1年の昭和36年傭兵部隊の一員としてコンゴ動乱に参加。37年フランス外人部隊の格闘技教官としてアルジェリアに赴く。大学卒業後、サラリーマン生活を経験した後、45年頃から、ラオス政府軍の格闘技教官を経て、アメリカ陸軍特殊部隊(グリーンベレー)に加わり、インドシナで戦う。61年から執筆活動に入り、現代の特殊戦争を経験した軍事ジャーナリスト、作家として活躍。また、ビジネスマンとしても豊富な海外駐在経験を持っている。主著にノンフィクション作品「ザ・グリンベレー」「フランス外人部隊」「サバイバル・バイブル」「ランサン作戦」、小説「女王の身代金」「喜望峰の星」「零の記号」など。
[家]娘＝平木友見子(女優)

辻 章　つじ・あきら

作家　元・「群像」編集長　[生]昭和20年4月15日　[出]神奈川県足柄下郡箱根町　[学]横浜国立大学経済学部卒　[賞]泉鏡花文学賞(第23回)(平成7年)「夢の方位」　[歴]昭和41年講談社に入社。「群像」編集部、文芸第一部、「群像」編集長を経て、59年退職。61年「三田文学」に自閉症児の子どもとの生活を描いた「未明」を発表。他の作品に「彼岸花火」「みやまなるこゆり」「空中の家」「こいのぼり」など、作品集に「逆羽」がある。　[団]日本文芸家協会

辻 勝三郎　つじ・かつさぶろう

作家　[生]大正5年7月12日　[出]東京都中央区築地　[歴]昭和12年現役兵として関東軍に入隊。中国華北の戦場で過ごし、10年後に復員。戦後、作家活動に入る。ニッポン放送、フジテレビ、産経新聞出版局を経て、高齢者の同人誌「ずいひつ世羅美」を主宰。著書に「戦友群像」「不完全な魂」「熱河の譜」など。　[団]日本文芸家協会

辻 邦　つじ・くに

児童文学作家　[生]昭和18年　[出]宮城県仙台市　[学]盛岡白百合学園高卒、日本児童文学学校(第8期)修了　[歴]上京し、劇団「仲間」に8年間在籍。結婚後、児童文学の勉強を始める。子供たちに楽しんでもらえる作品をめざして、創作活動を続ける。鶴見正夫主催の「土の会」同人。デビュー作は「父ちゃんはスターだぜ」、そのほかの作品に「ゆき子はいま十二歳」「おねえちゃんずるいよ」「父ちゃんはスタントマン」「いぼがえるのホクロ」「ぼくのあにきタケちゃん」「ジュンのふしあわせ物語」「ママとふたり一ねんせい」など多数がある。

辻 邦生　つじ・くにお

小説家　[専]フランス文学　[生]大正14年9月24日　[没]平成11年7月29日　[出]東京市本郷駒込　[学]東京大学仏文学科(昭和27年)卒　[資]日本芸術院会員(平成8年)　[賞]近代文学賞(第4回)(昭和37年)「廻廊にて」、芸術選奨文部大臣新人賞(文芸・評論部門・第19回)(昭和43年)「安土往還記」、毎日芸術賞(第14回)(昭和47年)「背教者ユリアヌス」、イタリア共和国功労勲章カバリエーレ・ウフィチアーレ章(平成7年)、谷崎潤一郎賞(第31回)(平成7年)「西行花伝」　[歴]松本高校時代に北杜夫を知り、東大入学後は渡辺一夫に師事する。昭和31年学習院大学講師となり、32年に渡仏、森有正をしばしば訪ねる。帰国後、「廻廊にて」を執筆し、文壇デビュー。37年同作品は近代文学賞を受賞。41年立教大学助教授、のち東京農工大学教授を経て、学習院大学教授。平成3年3月退任し、講師。この間、昭和43年「安土往還記」で芸術選奨を、47年「背教者ユリアヌス」で毎日芸術賞を受賞。小説、戯曲、評論と幅広く活躍し「夏の砦」「北の岬」「天草の雅歌」「春の戴冠」「嵯峨野明月記」「銀杏散りやまず」「西行花伝」「フーシエ革命暦」などの作品がある。他に「辻邦生作品」(全6巻，河出書房社)、「辻邦生全短編」(全2巻，中央公論社)。　[団]日本フランス文学会、日本文芸家協会　[家]妻＝辻佐保子(名古屋大学名誉教授)、父＝辻靖剛(薩摩琵琶奏者)

辻 仁成　つじ・じんせい

小説家　ミュージシャン　映画監督　[生]昭和34年10月4日　[出]北海道函館市　本名＝辻仁成(つじ・ひとなり)　グループ名＝ECHOES(えこーず)　[学]成城大学中退　[賞]芥川賞(第116回)(平成9年)「海峡の光」、函館市栄誉賞(平成9年)、フェミナ賞(平成11年)「白仏」、日本文化デザイン賞(平成12年)、アジア映画祭最優秀イマージュ賞(第3回)(平成13年)「ほとけ」、ドーヴィル映画祭グランプリ(平成13年)「ほとけ」　[歴]小学校6年でギターを始め、中学・高校・大学で各々バンドを結成。昭和56年エコーズを結成。57年CBSソニーのSDオーディションで優秀アーティストに選ばれ、以後ライブハウス等を中心に活動。60年4月アルバム「Welcome To The Lost Child Club」とシングル「Bad Morning」でデビュー。グループ内ではギターとボーカルの他に作詞作曲も手掛ける。音楽活動の他オールナイトニッポンのDJをつとめ、「Lost Child Club」という新聞を出したり、詩の朗読会を開くなど多彩に活躍。平成元年処女小説「ピアニシモ」ですばる文学賞を受賞。同年エコーズを解散、ソロ活動を始める。4年同人誌「ガギュー」を創刊。7年「天使のわけまえ」で映画初監督。8年作家専業を宣言。9年「海峡の光」で第116回芥川賞を受賞。同年小説「OPEN HOUSE」が南果歩主演で映画化される。10年2月ソニー・ミュージックエンターテインメントが発足させた新レーベル、パッサジオDISCSのゼネラルプロデューサーとなる。同時に自身のシングル「この頃(TYO MiX)」を発売。同年映画「千年旅人」では原作、脚本、監督、音楽を一手に引き受ける。11年自身が男の視点から、江国香織が女の視点からひとつの恋を描いた共作恋愛小説「冷静と情熱のあいだ Blu」を刊行。同年「白仏」のフランス語翻訳本「ル・ブッダ・ブラン」で日本人として初のフェミナ賞を受賞。12年「愛をください」で初めて連続ドラマの脚本を手掛ける。同年監督3作目となる映画「ほとけ」を製作、13年アジア映画祭最優秀イマージュ賞、ドーヴィル映画祭グランプリ(最優秀イマージュ賞)を受賞。同年第51回ベルリン国際映画祭パノラマ部門に正式招待される。同年元エコー

ズの伊藤浩樹とともにエコーズ・オブ・ユースを結成、シングル「恋するために生まれた」をリリース。他の著書に「クラウディ」「ニュートンの林檎」「母なる凪と父となる時化」、エッセイ集に「ガラスの天井」、江國香織との共著「恋するために生まれた」、監督作品に「フィラメント」など。7年女優の南果歩と結婚するが、12年離婚。14年女優の中山美穂と再婚。㊾日本文芸家協会　㊷妻＝中山美穂（女優）
http://www.j-tsuji-h.com/

辻　信太郎　つじ・しんたろう
映画プロデューサー　作家　サンリオ社長　㊤昭和2年12月7日　㊥山梨県甲府市　㊦桐生工専化学工業科（現・群馬大学工学部）（昭和22年）卒　㊳昭和24年山梨県庁職員を経て、35年山梨シルクセンター（48年サンリオと改称）を創立。43年サンリオ電機工業、翌年サンリオグリーティング、46年サンリオリース、50年サンリオアメリカを設立。異色のサンリオグループを独創的な経営で率いる。57年東証一部に上場。自分でアニメ映画の原作も書き、アカデミー賞の記録映画「愛のファミリー」や「キタキツネ物語」「ハローキティ」「けろけろけろっぴ」など20本以上の映画を製作。メルヘン作家として、「いちごの王さまのメッセージ」「シリウスの伝説」などの著書がある。平成2年私費でアジア交流基金を設立。6年同社のオリジナル・キャラクター"キティちゃん"が日本ユニセフの子ども大使に任命される。㊾日本文芸家協会、日本ペンクラブ、日本映画テレビプロデューサー協会　㊷息子＝辻邦彦（サンリオ専務）

辻　久一　つじ・ひさかず
シナリオライター　映画プロデューサー　㊤大正3年3月18日　㊹昭和56年1月3日　㊥兵庫県　筆名＝野上徹夫　㊦東京帝国大学文学部ドイツ文学科（昭和10年）卒　㊳東大在学中から映画評論の筆を執り始め、雑誌「映画評論」の常連執筆者に。また「シナリオ研究」「劇作」にも寄稿。明大文芸科講師となるが、昭和14年に召集を受け、中国に出征。上海軍報道部勤務となり、日本軍占領下の映画行政に当たる。18年に除隊して、中華電影に入社、国際合作処所属。21年引揚げ、大映京都撮影所に入社。溝口健二監督作品「雨月物語」「山椒大夫」をはじめ、数多くの作品をプロデュースし、31年に企画部長となる。46年大映倒産により退社後は、浪速短大教授、映倫管理委員会審査員を務め、「東芝日曜劇場」などのテレビドラマに健筆をふるった。シナリオの代表作に、映画「新平家物語」、テレビ「かみさんと私」などがある。48〜55年映倫管理委員を務めた。著書に「中華電影史話——兵卒の日中映画・想記」。

辻　真先　つじ・まさき
小説家　アニメ脚本家　漫画原作者　㊤昭和7年3月23日　㊥愛知県名古屋市　本名＝桂真佐喜　㊦名古屋大学文学部国文科（昭和29年）卒　㊳都市交通、レジャー産業　㊺日本推理作家協会賞（第35回・長篇部門）（昭和56年）「アリスの国の殺人」、池内祥三文学奨励賞（第13回）（昭和57年）「ユーカリさん　孤独の人」「吾輩の人」、アニメグランプリ脚本賞（昭和52〜57年）　㊳昭和29年NHK入局。人気番組の制作演出を務めたが、37年NHKをやめてアニメの脚本家に。「エイトマン」「ジャングル大帝」「巨人の星」「サザエさん」「ドラえもん」など数多く手がけ、この世界の第一人者。また、56年には小説「アリスの国の殺人」で日本推理作家協会賞受賞。他の作品に「離島ツアー殺人事件」「ピーターパンの殺人」「旅路一村でいちばんの首吊りの木」「汽車旅がいちばん」、「迷犬ルパン」シリーズ、「ユーカリさん」シリーズなど。㊾日本推理作家協会、日本放送作家協会、日本文芸家協会、日本文芸著作権保護同盟（常務理事）、冒険小説協会、アニメーション協会、脚本家連盟

辻　昌利　つじ・まさとし
小説家　コピーライター　㊤昭和38年　㊥大阪府大阪市　㊦近畿大学法学部法律学科卒　㊺角川春樹小説賞（第1回）（平成12年）「ひらめきの風」㊳業界紙記者、コピーライターなどの傍ら脚本家を目指す。小説も執筆し、平成12年「ひらめきの風」で角川春樹小説賞を受賞。

辻　美沙子　つじ・みさこ
小説家　㊤昭和9年3月4日　㊥旧朝鮮・木浦府　㊦和洋女子大学家政学部卒　㊺それいゆ短編新人賞（昭和33年）、家のひかり新人懸賞（長編小説第一席）（昭和36年）「林檎の花咲く町」　㊳木浦の国民学校在学中敗戦となり、昭和20年11月秋田に引き揚げる。学生時代から作家・林房雄に師事。37年家の光第一席の長編小説「林檎の花咲く町」が東宝で映画化される（岩内克巳監督）。その後雑誌に青春小説を発表。「世界日報」に「回想の林房雄」を長期連載した。他の著書に「虹のファンタジア」「鳳蘭物語」「無窮花を知らなかった頃—回想・わが心の木浦（モッポ）」がある。㊾日本ペンクラブ、大衆文学研究会

辻　征夫　つじ・ゆきお
詩人　小説家　㊤昭和14年8月14日　㊹平成12年1月14日　㊥東京　㊦明治大学文学部仏文科卒　㊺歴程賞（第25回）（昭和62年）「かぜのひきかた」、高見順賞（第21回）（平成3年）「ヴェルレーヌの余白に」、詩歌文学館賞（第9回）（平成6年）「河口眺望」、芸術選奨文部大臣賞（第

44回・平5年度)「河口眺望」、萩原朔太郎賞(第4回)(平成8年)「俳諧辻詩集」、現代詩花椿賞(第14回)(平成8年)　15歳頃から詩作を「人生と文芸」に投稿し、のちに「現代詩手帖」などに発表する。昭和34年「鰐」の創刊に参加し、のち「牧神」に加わる。37年詩集「学校の思い出」を刊行。以後「いまは吟遊詩人」「隅田川まで」「落日」「辻征夫詩集」「天使・蝶・白い雲などいくつかの瞑想」「かぜのひきかた」「ロビンソン、この詩はなに?」「鶯」「ヴェル-ヌの余白に」「河口眺望」「俳諧辻詩集」、評論集では「かんたんな混沌」などを刊行。平成11年小説「ぼくたちの(俎板のような)拳銃」を出版し、三島由紀夫賞候補となる。10年秋頃から運動機能に障害が起こる難病にかかり療養中だったが、12年1月死去。
日本現代詩人会、日本文芸家協会

辻 由子　つじ・ゆきこ
小説家　詩人　福島大学非常勤講師　昭和27年　北海道札幌市　東北大学文学部卒　昭和62年「晩春杜へ」で福島県文学賞準賞を受賞。「自由人」同人。著書に「幸福な島」(平成7年)、「水の橋宿─浸された街並へ」がある。
福島県現代詩人会

辻 亮一　つじ・りょういち
小説家　大正3年9月28日　滋賀県五箇荘　早稲田大学文学部仏文科(昭和13年)卒　芥川賞(第23回)(昭和25年)「異邦人」　早大在学中、八木義徳らと同人雑誌「黙示」を創刊する。昭和13年東満州産業に入社。敗戦後、中米軍手榴弾工場に勤務し、23年帰国。寡作家であるが、25年「異邦人」で芥川賞を受賞。他の作品に「木枯国にて」「春いづこの里に」「修道者」「黄泉」などがある。
日本文芸家協会

辻井 喬　つじい・たかし
⇒堤清二(つつみ・せいじ)を見よ

辻井 南青紀　つじい・なおき
小説家　昭和42年　千葉県　早稲田大学第一文学部仏文科卒　朝日新人文学賞(第11回)(平成12年)「無頭人」　大学時代、映画の自主製作に熱中。卒業後、読売新聞浦和支局勤務。警察記者を担当。のちNHKディレクターを経て、広島市内の塾教師を務める。一方、小説に取り組み、平成12年「無頭人」で第11回朝日新人文学賞を受賞。

辻井 良　つじい・りょう
小説家　元・CMディレクター　昭和9年　栃木県日光市　本名=佐瀬喜市郎(させ・きいちろう)　Aee技術術賞(第5回・7回)、日本テレフィルム賞(第9回)、読売短編小説賞(第69回)、時事人小説賞(第2回)、潮賞(小説部門賞、第3回)(昭和59年)「河のにおい」　昭和31年～平成元年電通プロックスに在籍。テレビのCMカメラマン、ディレクター、技術部長、広報室長など歴任。「映画テレビ技術」編集委員も務めた。専門学校講師を務める。著書に「テレビ・コマーシャル映像のすべて」など。

辻内 智貴　つじうち・ともき
小説家　昭和31年　福岡県飯塚市　東京デザイナー学院卒　太宰治賞(第16回)(平成12年)「多輝子ちゃん」　歌手、バンド活動の後、小説を執筆。平成12年小説「多輝子ちゃん」で太宰治賞を受賞。

辻原 登　つじはら・のぼる
小説家　昭和20年12月15日　和歌山県日高郡印南町　本名=村上博　大阪学芸大附属高卒、文化学院卒　芥川賞(第103回)(平成2年)「村の名前」、読売文学賞(小説賞、第50回)(平成11年)「翔べ麒麟」、谷崎潤一郎賞(第36回)平成12年)「遊動亭円木」　高卒後上京し、同人誌「第3次文学共和国」に参加。昭和42年郷里の田辺市に帰り、家業に従事。45年再び上京、貿易会社に就職。60年「犬かけて」を機に創作を再開。一時神戸に移る。平成2年「村の名前」で芥川賞を受賞。この頃から東海大学で小説の創作作法について教鞭をとる。4年3月コスモ・コンピュータ・ビジネス総務部長を退職し、執筆に専念。主な作品に「十三月」「野の寂しさ」「百合の心」「森林書」「マノンの肉体」「家族写真」「翔べ麒麟」「遊動亭円木」「発熱」など。
日本文芸家協会

都島 紫香　つしま・しこう
童話作家　口演童話　明治43年　昭和54年　愛知県　本名=都島鈴吉　中京商卒　名古屋市の社会教育を担当。大西巨人らの薫陶を受け、中京地区口演童話最盛期の推進力となった。雑誌「愛護」「童話人」などを発行。昭和22年現在の中部児童文学会にまで発展した名古屋童話作家協会を結成した。

津島 佑子　つしま・ゆうこ
小説家　昭和22年3月30日　東京都三鷹市　本名=津島里子　白百合女子大学文学部英文科(昭和44年)卒　田村俊子賞(第16回)(昭和51年)「葎の母」、泉鏡花文学賞(第5回)(昭和52年)「草の臥所」、女流文学賞(第17回)(昭

和53年)「寵児」、野間文芸新人賞(第1回)(昭和54年)「光の領分」、川端康成文学賞(第10回)(昭和58年)「黙市」、読売文学賞(第38回)(昭和62年)「夜の光に追われて」、平林たい子文学賞(第17回)(平成1年)「真昼へ」、伊藤整文学賞(第6回)(平成7年)「風よ、空駆ける風よ」、谷崎潤一郎賞(第34回)(平成10年)「火の山—山猿記」、野間文芸賞(第51回)(平成10年)「火の山—山猿記」、大仏次郎賞(第28回)(平成13年)「笑いオオカミ」　[歴]父は小説家の太宰治。大学在学中から同人誌「文芸首都」の同人となり、22歳のとき津島佑子の筆名で「文芸」に作品を発表。24歳で、はじめての短編集「謝肉祭」を出し、知的で叙情幻想的な作風を持つ女流新人として注目された。以後、その資質を生かした実力作を発表し続け、多くの文芸賞を受賞している。平成3年湾岸戦争への日本加担に反対する声明に参加。同年10月～4年4月までパリ大学東洋語学校で近代日本文学を講義。7年アイヌ叙事詩の監修を手がける。代表作に「葎の母」「草の臥所」「寵児」「光の領分」「火の河のほとりで」「逢魔物語」「黙市」「真昼へ」「風よ、空駆ける風よ」「火の山—山猿記」「笑いオオカミ」や、愛児を失った経験から生まれた「大いなる夢よ、光よ」など。
[団]日本文芸家協会　[家]父＝太宰治(小説家)、母＝津島美知子

辻村 乙未　つじむら・おとみ

小説家　[生]明治28年11月15日　[没]昭和49年7月30日　[出]岡山県和気郡伊里村(現・備前市)　旧姓(名)＝正宗　[歴]地理学者で東大教授の辻村太郎と結婚。大正11年島崎藤村主宰の「処女地」に参加、5月号から小説「春愁」「靴」「憂悩」「眼を開く頃」「無花果の村」などを次々発表した。正宗白鳥、敦夫、得三郎らは兄。
[家]夫＝辻村太郎(地理学者)、兄＝正宗白鳥、正宗敦夫(歌人)、正宗得三郎(洋画家)

辻村 もと子　つじむら・もとこ

小説家　[生]明治39年2月11日　[没]昭和21年5月24日　[出]北海道岩見沢　[学]日本女子大学国文科(昭和3年)卒　[歴]「火の鳥」を経て「文芸主潮」同人。昭和3年「春の落葉」を処女出版。17年に北海道開拓の青年を描いた長編「馬追原野」を発表、他に短編集「風の街」がある。

辻本 久美子　つじもと・くみこ

北の戯曲賞で大賞を受賞　[出]大阪府大阪市　旧筆名＝幹久美子　[賞]北の戯曲賞(優秀賞，第1回)(平成11年)、北の戯曲賞(大賞，第2回)(平成12年)「鳥は今も歌うか」　[歴]昭和50年から5年間、漫画家・幹久美子として少女漫画誌「別冊マーガレット」などで活躍。平成7年から戯曲に取り組み、11年北の戯曲賞で優秀賞、12年「鳥は今も歌うか」で同大賞を受賞。

辻本 浩太郎　つじもと・こうたろう

小説家　演出家　[生]明治33年1月28日　[出]岡山県　[学]日本大学中退　[歴]統計局、鉄道省などに勤務、大正13年に個人誌「人間群」を創刊。「文芸市場」に小説を書いた。昭和2年「文芸解放」同人となり「田吾爺とその倅」「カレンダー・ロール」などを発表した。4年「青服工場」を結成し、プロレタリア演劇同盟に参加したが、さらに映画に転じた。「強い男」「ロシアの胴体」などの著書がある。

辻山 春子　つじやま・はるこ

劇作家　[生]明治36年1月12日　[出]長崎県佐世保市　本名＝井上　[学]福岡女子師範卒　[歴]小学校教師となるが、2年余で病気退職。大正15年結婚以来、医者の妻としての仕事のかたわら、執筆を続けてきた。「女人芸術」誌発表期には、円地文子と並び注目を集めた。戦後、アカンサスの会、女流作家五人の会に所属。作品に「ファーブルハウスの乙女」「小野宮の人々」「くに子の死」「にしき木」など。

都築 隆広　つずき・たかひろ

小説家　[生]昭和53年　[出]山梨県　[学]東海大学文学部史学科卒　[賞]文学界新人賞(第91回)(平成13年)「看板屋の恋」　[歴]平成13年「看板屋の恋」で文学界新人賞を受賞。

都築 直子　つずき・なおこ

スカイダイバー　小説家　[生]昭和30年　[出]東京都目黒区　[学]上智大学外国語学部フランス語学科(昭和54年)卒　[賞]小説現代新人賞(第53回)(平成1年)「エル・キャンプ」　[歴]幼いころから空を飛ぶことにあこがれ、高校3年の夏、初めてスカイダイビングを経験。両親の反対で一時中断したが、大学卒業後、就職してからは土日曜は必ずジャンプをしに出かける。昭和59年外資系商社をやめ、米国に渡りパラシュート連盟のジャンプマスターの資格を取る。日本ではトップクラスで帰国後はインストラクターを務める。かたわらフライング・フォトグラファー、フライング・ライターと称して関係誌に寄稿。第一作「私、ピーターパン」の他、「エル・キャンプ」「青い空 黒い死」などがある。

都筑 均　つずき・ひとし

小説家　元・佐賀新聞報道・文化部長　[生]大正13年3月5日　[出]長崎県佐世保市　本名＝福富寿之　[歴]佐賀新聞報道・文化部長、夕刊フクニチ新聞運動・校閲部長を務め、昭和54年定年後、福岡市嘱託として「市政だより」編集企画、「福岡

市議会史」編纂を担当。一方、昭和18年第2期「九州文学」同人を経て、「城」同人。小説に「影の誘惑」「日日是好日」「愛撫」、評論、エッセイに「梅崎春生覚書」「文学佐賀の乱」、テレビシナリオに「ここに花あらば」などがある。㊙日本文芸家協会

都筑 道夫　つずき・みちお
推理作家　㊌昭和4年7月6日　㊍東京・小石川　本名＝松岡巌　㊐早稲田実業中退　㊙日本推理作家協会賞(第54回)(平成13年)「推理作家が出来るまで」　㊙雑誌編集のかたわら、10代後半から時代小説を書きはじめる。その後翻訳を手がけ、「エラリイ・クイーンズ・ミステリー・マガジン」日本語版編集長をつとめた。昭和36年「やぶにらみの時計」で推理作家として注目される。代表作に「七十五羽の烏」「南部殺し唄」、「退職刑事」シリーズ、「なめくじ長屋」シリーズ、「推理作家が出来るまで」など。㊙日本推理作家協会、日本文芸家協会

続橋 利雄　つずきはし・としお
児童文学作家　北海道栄養短期大学講師　㊌昭和3年12月26日　㊍秋田県　㊐法政大学文学部(通信制)卒　㊙5歳で渡道。昭和25年から39年間北海道内の小学校教師、小樽市立桜小学校校長などを務めた。かたわら児童文学者としても活躍。52年教師仲間らと後志児童文学の会「北の虹」を設立。日本児童文芸家協会北海道支部長を務める。平成元年より北海道栄養短期大学講師。6年4月小学生向けの文芸誌「小学生文芸」を創刊。10年1月第12号を最後に廃刊。著書に「魔法の竹ぶえ」「ポロン森の王者」「北の大地のアスパラ学校」「壁をやぶる少年」などがある。㊙日本児童文芸家協会

津田 光造　つだ・こうぞう
小説家　評論家　㊌明治22年12月2日　㊎(没年不詳)　㊍神奈川県足柄上郡南足柄村　㊐早稲田大学英文科中退　㊙第2次「種蒔く人」「熱風」同人となりブルジョア文学を批判。農村小説も書いた。大正10年長編「大地の呻吟」、昭和6年「僧房の黎明」などを発表。のちに民族主義的方向へ移った。評論に「二宮尊徳の民主生活」「皇道自治精義」がある。

津田 さち子　つだ・さちこ
小説家　随筆家　㊌大正15年　㊍大阪府　本名＝小松千枝子　㊐生野高女卒　㊙関西文学賞(第3回)(昭和43年)「花と氷」　㊙古典、歴史、宗教などの幅広い教養を生かして、思索に富んだ文章を書く。大阪・富田林市で文化講座「道元の生涯」を開講。著書に「持統女帝の生涯」「筑紫の沙門」「河内飛鳥をゆく」「こころの寺」ほか。㊙日本ペンクラブ

津田 三郎　つだ・さぶろう
作家　㊌昭和8年5月12日　㊍東京　㊐中央大学卒　㊙1000ドル賞(第1回)「雑兵物語」　㊙新聞記者、雑誌編集記者を経て、文筆業に。著書に「雑兵物語」「京の祭」「家康誅殺」「秀吉・英雄伝説の軌跡」他。

津田 信　つだ・しん
小説家　㊌大正14年9月　㊎昭和58年11月22日　㊍東京　本名＝山田勝雄(やまだ・かつお)　㊐東京都立三商卒　㊙日本経済新聞記者を経て昭和41年から作家活動をはじめた。著書に「日本工作人」「夜々に掟を」「たそがれの橋」など。

津田 幸於　つだ・ゆきお
映画評論家　シナリオライター　㊌大正9年3月13日　㊎平成13年4月7日　㊍東京府武蔵野村吉祥寺(現・武蔵野市)　本名＝平石実　㊐中央大学中退　㊙昭和9年東京海上火災保険の給仕となり、商業学校(夜間)に入学。14年正社員。社内でアマチュア劇団を作り、脚本と演出を担当。戦後は在社のまま新聞、雑誌などに映画評論を執筆。29年に退社し、映画評論家として執筆活動のかたわらラジオドラマをかく。のちシナリオライターとなる。著書に「映画芸術論」「映画の手帳」など。シナリオ作品にテレビ「水戸黄門」「大岡越前」「銭形平次」などのシリーズや、「天使が消えた」(フジ)、「愛を裁く女たち」(YTV)など多数がある。63年より膀胱癌、大腸癌、肺癌で手術を受けて以来、癌患者の立場から学会でも発言した。

土田 耕平　つちだ・こうへい
歌人　童話作家　㊌明治28年6月10日　㊎昭和15年8月12日　㊍長野県諏訪郡上諏訪町　㊐東京中学(大正4年)卒　㊙諏訪中学を3年で中退し、玉川小学校教諭となる。同校にいた島木赤彦に師事し、大正2年上京して東京中学に入学。卒業後郷里の小学校に勤務したが、健康を害して大正10年迄伊豆大島で療養する。その後は上諏訪、明石、大和郡山、東京などを転々として郷里に帰る。歌集「青杉」「斑雪」、童話集「鹿の眼」「原っぱ」などがある。昭和25年信濃毎日新聞社から「土田耕平童話集」が刊行された。

土田 英生　つちだ・ひでお
劇作家　演出家　俳優　MONO代表　㊌昭和42年3月26日　㊍愛知県大府市　㊙OMS戯曲賞(大賞、第6回)「その鉄塔に男たちはいるという」、咲くやこの花賞(平11年度)(平成12年)、京都市芸術新人賞(平11年度)(平成12年)、大阪舞台芸術賞(奨励賞、平11年度)(平成12年)、芸術祭賞(優秀賞、演劇部門)(平成13年)「崩れた石垣、のぼる鮭たち」　㊙平成元年立命

館大学OBを中心に劇団B級プラクティズ(現・MONO)を結成。2年より全作品の作・演出を担当。作品に「赤い薬」「燕のいる駅」「崩れた石垣、のぼる鮭たち」など。

土屋 清　つちや・きよし

劇作家　[没]昭和62年11月8日　[出]広島市　[賞]小野宮吉賞(昭和48年)　[歴]昭和34年地元広島の劇団「月曜会」を結成。また原爆、労働争議などをテーマに社会派の劇作を手掛けた。代表作「河」(38年)は、原爆詩人・峠三吉の半生を通して、朝鮮戦争やレッドパージなど激動する社会情勢下の青春群像を描いたもので、全国の劇団で上演。48年には、演劇を通し平和に貢献した作品に贈られる小野宮吉賞を受賞した。

土屋 純　つちや・じゅん

高校教師(福島商)　[生]昭和22年9月　[出]岩手県大船渡市　[学]東北学院大学英文学科(昭和45年)卒　[賞]北の文学賞(昭和57年)「白い犬の伝説」、北日本文学賞選奨(第22回)(昭和62年)「海鳴り」　[歴]北海道興部高校を経て、福島商業高で英語を教える。

土屋 隆夫　つちや・たかお

推理作家　[生]大正6年1月25日　[出]長野県北佐久郡立科町　[学]中央大学法学部(昭和13年)卒　[賞]日本推理作家協会賞(第16回)(昭和38年)「影の告発」、日本ミステリー文学大賞(第5回)(平成13年)　[歴]戦前から会社勤めのかたわらシナリオを執筆。昭和22年に郷里で中学校教師となり、24年から「宝石」に短編を発表。38年に「影の告発」により、第16回日本推理作家協会賞を受賞。代表作に「危険な童話」「不安な産声」「赤の組曲」「針の誘い」「盲目の鴉」など。[団]日本推理作家協会、日本文芸家協会

土屋 弘光　つちや・ひろみつ

劇作家　元・高校教師　沼津市民劇場委員長　[生]昭和5年3月　[出]静岡県　[学]国学院大学文学部卒　[賞]静岡県文化奨励賞(昭和57年)　[歴]昭和28年より高校教員となり、静岡県立沼津工業高校などで41年間教壇に立つ。演劇鑑賞団体「伊豆市民劇場」委員長を経て、「沼津市民劇場」委員長。著書に「羅生門異聞 土屋弘光戯曲集」、創作童話「風の道」他。

土家 由岐雄　つちや・ゆきお

児童文学作家　[生]明治37年6月10日　[没]平成11年7月3日　[出]東京都文京区　本名＝土屋由岐雄　[学]東京工科学校採鉱冶金科卒　[賞]小学館文学賞(第1回)(昭和27年)「三びきのこねこ」、野間児童文芸賞(第9回)(昭和46年)「東京っ子物語」　[歴]小卒後三菱の給仕として働くが、大正11年三菱の給費で東京工科学校採鉱冶金科を卒業、シンガポール支店勤務。その間にも童話や詩を発表。子供の世界を子供の心でうたう俳句"童句"という新しいジャンルを開く。代表作の「東京っ子物語」で野間児童文芸賞受賞。実話に基づき創作した「かわいそうなぞう」は英訳もされ、100万部を超えるベストセラーとなった。他の作品に「三びきのこねこ」「人形天使」など多数。61年5月埼玉県狭山市の子供動物園に童句碑が建立された。[団]日本児童文芸家協会、児童ペンの会、日本詩文芸協会(名誉会員)、日本文芸家協会、国際童句作家クラブ、日本童句協会

筒井 敬介　つつい・けいすけ

児童文学作家　劇作家　[生]大正7年1月3日　[出]東京・神田　本名＝小西理夫(こにし・まさお)　[学]慶応義塾大学経済学部(昭和16年)中退　[賞]芸術祭賞奨励賞(第12回)(昭和32年)「名付けてサクラ」、ベニス映画祭教育部門グランプリ(昭和32年)「お姉さんといっしょ」、芸術祭賞文部大臣奨励賞(第17回)(昭和37年)「婚約未定旅行」、斎田喬戯曲賞(第8回)(昭和47年)「ゴリラの学校」「何にでもなれる時間」、国際アンデルセン賞国内賞(第7回)(昭和48年)「かちかち山のすぐそばで」、サンケイ児童出版文化賞(第20回)(昭和48年)「かちかち山のすぐそばで」、巌谷小波文芸賞(第6回)(昭和58年)「筒井敬介児童劇集」、紫綬褒章(昭和61年)、勲四等旭日小綬章(平成4年)　[歴]学生時代から劇団東童文芸演出部員として活躍し、青麦座演劇研究所設立にも参加。戦後児童文学の創作に専念。かたわら昭和23年NHK契約作家となり、ラジオ・テレビ脚本の制作にもたずさわる。著書は「かちかち山のすぐそばで」「コルプス先生」シリーズなどのほか、「筒井敬介童話全集」(全12巻)「筒井敬介児童劇集」(全3巻)がある。[団]新日本文学会、日本文芸家協会

筒井 敏雄　つつい・としお

小説家　[生]明治38年12月17日　[没]昭和58年10月27日　[出]愛知県北設楽郡設楽町　本名＝七原敏雄(ななはら・としお)　[歴]はじめ小山内薫の門下生として劇作を志し、のち尾崎士郎に師事し小説に専念した。代表作に「開花一族」「白梅小梅」など。　[団]児童文芸家協会

筒井 ともみ　つつい・ともみ

シナリオライター　小説家　[生]昭和23年7月10日　[出]東京都世田谷区　[学]成城大学文学部卒　[賞]キネマ旬報賞脚本賞(昭和61年)「それから」、日本アカデミー賞優秀脚本賞(昭和61年)「それから」、日本アカデミー賞優秀脚本賞(平成1年)「華の乱」、向田邦子賞(第14回)(平成8年)「響子」　[歴]シナリオ研究所を経て、昭和52年テレビアニメ「ドン・チャック物語」でシナリオ

ライターとしてデビュー。代表作にテレビ「家族ゲーム」「もしも学校で…?」「追う男」、映画「それから」「微熱少年」「源氏物語」「失楽園」、著書に「月影の市」「女優」「舌の記憶」など。㊵シナリオ作家協会、日本放送作家協会

筒井 広志　つつい・ひろし
作家　作曲家　㊸昭和10年8月26日　㊷慶応義塾大学卒　㊻在学中よりTBSラジオ小説「私の好きな小説」の劇伴音楽を担当し、卒業後は作曲家・広瀬健次郎に師事するかたわら、日劇、東宝歌舞伎、コマ劇場等の音楽を担当。昭和55年「月刊BIGMAN」にSF小説「我等が宇宙永遠に平和なれ」を連載。以来執筆活動を展開。著書に「アルファケンタウリからの客」「アンダンテでいこう」「夢を見る前にシャワーを浴びて」など。

筒井 康隆　つつい・やすたか
小説家　俳優　㊸昭和9年9月24日　㊶大阪府大阪市北堀江　㊷同志社大学文学部卒　㊺超虚構性　㊹泉鏡花文学賞(第9回)(昭和56年)「虚人たち」、谷崎潤一郎賞(第23回)(昭和62年)「夢の木坂分岐点」、川端康成文学賞(第16回)(平成1年)「ヨッパ谷への降下」、ダイヤモンド・パーソナリティ賞(平成2年)、日本文化デザイン賞(平成3年)、日本SF大賞(第13回)(平成4年)「朝のガスパール」、フランス芸術文化勲章シュバリエ章(平成9年)、読売文学賞(小説部門、第51回)(平成12年)「わたしのグランパ」　㊻昭和35年SF同人誌「NULL」を主宰、同誌に発表した作品「お助け」が「宝石」に転載され文壇にデビュー。現代社会の不毛を徹底したオフザケやパロディでナンセンスなものに変えてみせる手法で、人気に。60年「筒井康隆全集」(全24巻、新潮社)が完結。平成3年朝日新聞に「朝のガスパール」を連載。5年高校教科書に採用された作品の表現がてんかんに対する差別を助長するとして、てんかん協会から抗議をうけたことをきっかけに断筆を宣言。8年12月断筆を解くことを発表、出版3社と用語使用のルールを覚書きでかわした。9年復活第1作「邪眼鳥」を刊行。また、公式ホームページ上でインターネット小説を連載。主な作品に「ベトナム観光公社」「大いなる助走」「虚人たち」「言語蠱覚」「虚航船団」「ベティ・ブープ伝」「夢の木坂分岐点」「文学部唯野教授」「短篇小説講義」「ヨッパ谷への降下」「敵」「わたしのグランパ」などがある。また学生時代から演劇に関わり、昭和57年筒井康隆大一座を組織し、「ジーザス・クライスト・トリックスター──山にのぼりて笑え」「スタア」などを自作・自演した。平成7年朗読劇「白石加代子VS筒井康隆」を上演。9年ホリプロと所属契約をかわし、俳優として本格デビュー。他の

出演作に映画「大いなる助走」、テレビ「時をかける少女」「ガラスの仮面」など。㊵日本ペンクラブ、日本推理作家協会、日本SF作家クラブ　㊷父=筒井嘉隆(動物学者・故人)　http://www.jali.or.jp/tti/

筒井 頼子　つつい・よりこ
絵本作家　㊸昭和20年　㊶東京都　㊷浦和西高卒　㊹エズラ・ジャック・キーツ賞新人作家賞(平成1年)　㊻広告会社などに勤務。その後絵本、童話などの創作活動に従事。絵本作品に「はじめてのおつかい」「あさえとちいさいいもうと」「いく子の町」などがある。

堤 しゅんぺい　つつみ・しゅんぺい
児童文学作家　㊸昭和32年　㊶岡山県　本名=赤堀裕嗣　㊷香川大学教育学部卒　㊹石森延男児童文学奨励賞(第4回)「なまえはレオン」、岡山市民の童話最優秀賞「二人目の神様」　㊻岡山県内の小学校に勤めるかたわら創作活動を続ける。「なまえはレオン」で第4回石森延男児童文学奨励賞受賞。著書に「ヘイキの平三郎」「タヌキのばけかたおしえます」「ぼくらはムリヤリ探偵団」「ぼくらの夏物語」他。

堤 清二　つつみ・せいじ
詩人　小説家　セゾン文化財団理事長　元・西武セゾングループ代表　㊸昭和2年3月30日　㊶東京　筆名=辻井喬(つじい・たかし)　㊷東京大学経済学部(昭和26年)卒　㊹室生犀星賞(昭和36年)「異邦人」、平林たい子文学賞(昭和59年)「いつもと同じ春」、レジオン・ド・ヌール勲章四等(昭和62年)、地球賞(第15回)(平成2年)「ようなき人の」、全日本文具協会ベスト・オフィス・ユーザー賞(平成3年)、高見順賞(第23回)(平成5年)「群青、わが黙示」、谷崎潤一郎賞(第30回)(平成6年)「虹の岬」、歴程賞(第38回)(平成12年)「群青、わが黙示」「南冥・旅の終り」「わたつみ・しあわせな日日」、親鸞賞(第1回)(平成12年)「沈める城」、藤村記念歴程賞(第38回)(平成13年)、芸術選奨文部科学大臣賞(第51回、平12年度)(平成13年)「風の生涯」、加藤郁乎賞(第3回)(平成13年)「命あまさず」　㊻在学中は学生運動の活動家であったが、左翼運動を離れ、衆院議長だった父・康次郎の秘書を務める。昭和30年西武百貨店取締役店長。39年父の急逝で西武王国流通部門の代表となる。以後スーパーの西友ストアを創設するなど積極策を展開。西武百貨店、西洋フードシステムズ、西洋環境開発の各会長のほか西友、パルコなどの代表取締役を兼ねる西武セゾングループの総帥となる。リベラル派財界人のリーダー的存在で、柔軟な思考と先取り的経済活動は常に注目を集める。平成8年グループ筆頭代表幹事の急逝を受け、インターコンチ

ネンタルホテルズCEO代行をつとめる。同年〜10年4月経済同友会副代表幹事。一方、セゾングループ活性化のため3年に代表を辞任したのを始め、10年にはパルコ取締役も退任、グループ企業の役職を順次退く。日本福祉大学客員教授もつとめる。また辻井喬のペンネームで詩人・小説家としても知られ、著書に「異邦人」「宛名のない手紙」「けもの道は暗い」「深夜の読書」「いつもと同じ春」「彷徨の季節の中で」「虹の岬」「風の生涯」「命あまさず」、詩集に「群青、わが黙示」「南冥・旅の終り」「わたつみ・しあわせな日日」などがある。
[団]日本ペンクラブ(理事)、現代詩人会、日本文芸家協会(常務理事)　[家]父＝堤康次郎(西武鉄道創始者・衆院議長)、弟＝堤義明(西武鉄道グループ総帥)、堤猶二(インターコンチネンタルホテルジャパン社長)、妹＝堤邦子(セゾンコーポレーション取締役・故人)、長男＝堤康二(西武百貨店取締役)

堤 千代　つつみ・ちよ

小説家　[生]大正6年9月20日　[没]昭和30年11月10日　[出]東京　本名＝堤文子　[賞]直木賞(第11回)(昭和15年)「小指」　[歴]先天的な心臓障害のため自宅で独学する。昭和14年投稿の「小指」が「オール読物」に掲載され14年下半期の直木賞候補作品となり、15年「小指」ほかで直木賞を受賞。他の作品に「再会」「夕雀草」「柳の四季」などがある。

堤 春恵　つつみ・はるえ

劇作家　[生]昭和25年2月　[出]大阪府　[学]慶応義塾大学文学部仏文科(昭和47年)卒、大阪大学文学部美術科卒、大阪大学大学院芸術研究科修了、インディアナ大学大学院博士課程　[興]三島由紀夫　[賞]文化庁舞台芸術創作奨励特別賞(昭62年度)「鹿鳴館異聞—仮装」、読売文学賞戯曲賞(第44回)(平成5年)「仮名手本ハムレット」
[歴]慶応義塾大学在学中は歌舞伎研究会に夢中になり、学士入学した大阪大学美学科では人形浄瑠璃、同大学院芸術研究科では明治時代の歌舞伎の演技法を専攻。この間昭和53年にチェリストの堤剛と結婚。夫がインディアナ大学教授となり、渡米、同大学演劇学部で聴講、劇作を勉強。62年第1作「鹿鳴館異聞—仮装」が文化庁舞台芸術創作奨励特別賞を受賞、平成2年には俳優座で上演された。3年インディアナ大学大学院に入学、日本学を専攻。他に「仮名手本ハムレット」。　[家]父＝佐治敬三(サントリー会長・故人)、夫＝堤剛(チェリスト)

堤 亮二　つつみ・りょうじ

児童文学作家　[生]昭和43年　[出]熊本県菊池市　[学]福岡教育大学中退　[歴]演劇活動をするかたわら、遊園地作業員などさまざまな職業を経験。はじめて書いた子ども向けの作品が第4回童話の海に入選する。著書に「さち子と白いきつね」がある。

綱田 紀美子　つなだ・きみこ

文筆家　[生]昭和15年　[出]中国・上海　[学]宇都宮大学学芸学部卒　[賞]日教組文学賞(第12回)(昭和52年)「芝生焼打委員会」、総評文学賞小説特別賞(第14回)(昭和52年)「芝生焼打委員会」
[歴]昭和50年「実験学校」で第10回日教組文学賞佳作、60年「風の時代」で新日本文学賞佳作。平成2〜4年「風を越え森に銘せ」を日教組教育新聞に連載。著書に「風に記せ、森に記せ」がある。

綱淵 謙錠　つなぶち・けんじょう

作家　[生]大正13年9月21日　[没]平成8年4月14日
[出]旧樺太　雅号＝狄斎(てきさい)　[学]東京大学文学部英文学科(昭和28年)卒　[賞]直木賞(第67回)(昭和47年)「斬」　[歴]樺太で育ち、昭和18年に新潟へ移住。新潟時代は「猟人」同人として活躍。大学を卒業した28年中央公論社に入社し、「谷崎潤一郎全集」の編集、「中央公論」編集次長、「婦人公論」編集長などを経て46年に退職。47年には日本ペンクラブ事務局長を務める。47年「斬」で直木賞を受賞し、作家生活に入る。主な作品に「苔」「濤」「極」「航」「戊辰落日」「越後太平記」「幕臣列伝」「乱」などがある。またT・S・エリオットの研究者としても知られ「批評の限界線」「エリオット詩劇論集」の訳書がある。　[団]日本文芸家協会、日本文芸著作権保護同盟(常務理事)

恒川 陽一郎　つねかわ・よういちろう

小説家　詩人　[生]明治21年1月26日　[没]大正5年8月29日　[出]広島県　号＝石村　[学]第一高等学校(明治39年)入学　[歴]東京府立一中の学友会雑誌で活躍、谷崎潤一郎らと親交。第四高等学校に1年間いて一高へ入り、校友会雑誌に執筆。明治40年新詩社に入り、詩歌や自伝的小説「女役者」「湯殿の女」「浜町河岸」などを発表した。また「昴」「新思潮」「峡湾」などにも筆を執った。夫人は赤坂の名妓万龍で、小山内薫の「梅龍の話」などで話題となった。著書に「旧道」がある。

恒松 恭助　つねまつ・きょうすけ

小説家　放送作家　⽣明治43年12月22日　⽣千葉県　⽣早稲田大学文学部卒　⽣早大時代「人間」に所属。戦後「文学者」の編集委員等をつとめ創作する一方、放送作家として昭和31年以降約10年間、NHKの「チロリン村とクルミの木」の台本を執筆した。著書に「風化の季節」などがある。千葉市文化振興センター理事。　⽣日本文芸家協会

津野 創一　つの・そういち

推理作家　⽣昭和12年3月4日　⽣平成4年8月　⽣台湾・台北市　⽣首里高卒　⽣小説推理新人賞(第7回)(昭和60年)「手遅れの死」　⽣琉球新報記者、雑誌編集者を経て、月刊誌「青い海」を創刊、作家活動に。ノンフィクションをはじめ新聞連載小説「碧の殺意」などの作品もあり、沖縄をからめたディテールの巧みさとリアルな人物描写で注目される。また沖縄県人会兵庫県本部の月刊誌「榕樹」の復刊に尽力、同編集長を務めた。著書に「手遅れの死」「群れ星なみだ色」など。平成5年遺稿・追悼文集「青い海の彼方へ」が刊行される。　⽣日本推理作家協会

角田 喜久雄　つのだ・きくお

小説家　⽣明治39年5月25日　⽣平成6年3月26日　⽣東京都台東区　⽣東京高等工芸学工芸印刷工芸科(昭和3年)卒　⽣サンデー毎日大衆文芸賞(第1回)(大正15年)「発狂」、日本推理作家協会賞(第11回)(昭和32年)「笛吹けば人が死ぬ」　⽣中学時代から小説を書き、大正11年「毛皮の外套を着た男」を発表し、14年「キング」の懸賞で「罠の罠」が入選、15年には「発狂」が「サンデー毎日」の第1回大衆文芸に入選し、15年「発狂」を刊行。昭和3年大学を卒業して研究助手嘱託となり、4年海軍水路部に勤務。その年時代小説「倭絵銀山図」を発表。以後時代小説や探偵小説を多く著し、32年「笛吹けば人が死ぬ」で日本推理作家協会賞を受賞。その他の作品に「髑髏銭」「妖棋伝」「高木家の惨劇」「奇蹟のボレロ」「沼垂の女」などがある。「角田喜久雄全集」(全13巻、講談社)がある。　⽣日本文芸家協会、日本推理作家協会(名誉会員)、日本作家クラブ、東京作家クラブ

津野田 幸作　つのだ・こうさく

医師　小説家　⽣昭和14年　⽣東京　⽣東京医科歯科大学医学部卒　⽣医師として大学附属病院で集中治療に携わる傍ら、歴史小説を執筆。平成13年「戦国大乱〈1〉」で第7回歴史群像大賞奨励賞を受賞。

角田 房子　つのだ・ふさこ

ノンフィクション作家　小説家　⽣大正3年12月5日　⽣東京　本名＝角田フサ(つのだ・ふさ)　旧姓(名)＝中村　⽣ソルボンヌ大学中退　⽣文芸春秋読者賞(第21回)(昭和36年)「東独のヒルダ」、婦人公論読者賞(第3回)(昭和39年)「風の鳴る国境」、新田次郎文学賞(第4回)(昭和60年)「責任—ラバウルの将軍 今村均」、新潮学芸賞(第1回)(昭和63年)「閔妃暗殺」、東京都文化賞(第11回)(平成7年)　⽣ソルボンヌ大学留学など在仏生活10年を経て、デビュー。現代史をみつめるノンフィクション作家として幅広く活躍。丹念に資料にあたり、綿密に細心な取材を積み重ねる。平成11年日本軍による李朝王妃の暗殺事件に光を当てたベストセラー「閔妃暗殺—朝鮮王朝末期の国母」の韓国語版印税を大韓赤十字社に寄付する。著書に「東独のヒルダ」「風の鳴る国境」「責任—ラバウルの将軍 今村均」「アマゾンの歌」「甘粕大尉」「約束の大地」「一死、大罪を謝す—陸軍大臣阿南惟幾」「碧素・日本ペニシリン物語」「わが祖国—禹博士の運命の種」「悲しみの島サハリン—戦後責任の背景」などがある。　⽣日本文芸家協会

椿 八郎　つばき・はちろう

推理作家　眼科医　新井薬師眼科医院長　⽣明治33年4月18日　⽣昭和60年1月27日　⽣長野県松本市　本名＝藤森章(ふじもり・あきら)　⽣慶応義塾大学医学部(大正14年)卒　医学博士(昭和11年)　⽣昭和3年満鉄長春医院眼科医長となり、のち監察役。戦後、東京電力病院眼科医長、新井薬師眼科医院長などを務める傍ら「カメレオン黄金虫」(24年)で推理小説界にデビュー。代表作に「贋造犯人」「薬指」「アヴェマリア」「守護符」など。NHKラジオの人気番組「話の泉」の回答者でもあった。

椿 実　つばき・みのる

小説家　神話研究家　元・代々木高校校長　⽣日本宗教史　⽣大正14年10月31日　⽣平成14年3月28日　⽣東京大学文学部(昭和25年)卒、東京大学大学院修了　⽣戦後、吉行淳之介らとの同人誌「葦」や第14次「新思潮」「次元」「群像」などに幻想的な小説を発表するが、昭和27年作家活動を断ち、教員生活に入る。都立竹早高校定時制教頭、深川商業高校校長、代々木高校校長などを歴任するかたわら、日本神話を研究。著書に「新撰亀相記の研究」「椿実全作品」「蝶々と紅茶ポット」など。　⽣日本宗教学会、国際青少年友好協会

津原 泰水 つはら・やすみ

小説家 [生]昭和39年9月4日 [出]広島県広島市 別筆名=津原やすみ [学]青山学院大学国際政治経済学部卒 [歴]大学在学中は推理小説研究会に所属。平成元年津原やすみ名義で少女小説作家としてデビュー。人気を得て、8年間に30余作を発表。平成8年少女小説を引退。津原泰水名義で執筆を始める。津原やすみ名義での少女小説の作品に「星からきたボーイフレンド」「地球に落ちてきたイトコ」「夢の中のダンス」「初恋のリフレイン」、他の作品に「妖都」「ペニス」など。

壺井 栄 つぼい・さかえ

小説家 童話作家 [生]明治32年8月5日 [没]昭和42年6月23日 [出]香川県小豆郡坂手村(現・内海町坂手) 旧姓(名)=岩井栄 [学]内海高小(大正2年)卒 [賞]新潮社文芸賞(第4回)(昭和16年)「暦」、芸術選奨文部大臣賞(第2回)(昭和26年)「母のない子と子のない母と」、児童文学者協会児童文学賞(第1回)(昭和26年)「柿の木のある家」、女流文学者賞(第7回)(昭和30年)「風」 [歴]尋常小学校卒業後、郵便局、村役場などに勤務し、大正14年上京、壺井繁治と結婚する。昭和3年から全日本無産者芸術連盟(ナップ)の運動に加わり、佐多稲子、宮本百合子らを知る。10年「月給日」を、11年「大根の葉」を発表して作家となり、16年「暦」で新潮社文学賞を受賞。17年童話「十五夜の月」を刊行し、26年「柿の木のある家」で児童文学者協会児童文学賞を受賞するなど、童話作家としても活躍。27年「二十四の瞳」を発表、30年映画化されて一大ブームを起こした。30年「風」で女流文学者賞を、32年「母のない子と子のない母と」で芸術選奨を受賞。その他の代表作として「妻の座」「右文覚え書」「裲襠」「岸うつ波」などがある。他に「壺井栄全集」(全10巻, 筑摩書房)、「壺井栄全集」(全12巻, 文泉堂出版)。 [家]夫=壺井繁治(詩人)

壺井 昭治 つぼい・しょうじ

脚本家 [生]昭和4年6月19日 [没]平成12年10月26日 [出]東京 [学]青山学院大学英米文学部教育学科中退 [歴]松江陸軍病院で終戦を迎え、大学を中退して福島の新聞社に勤務。のちシナリオ研究所6期生となり、脚本家として活躍。作品に映画「私は18才・まる秘二号生活」「天と地と」、テレビドラマ「特別機動捜査隊」などがある。著書に「聖母たちの鎮魂賦」がある。

坪内 士行 つぼうち・しこう

劇作家 舞踊評論家 元・早稲田大学教授 元・東宝芸能社長 [生]明治20年8月16日 [没]昭和61年3月19日 [出]愛知県名古屋市 [学]早稲田大学英文科(明治42年)卒、ハーバード大学(明治44年)修了 [賞]紫綬褒章(昭和38年)、勲三等瑞宝章(昭和49年) [歴]日本舞踊の修業を積み、早大卒業後、米国ハーバード大学に留学、英国で俳優修業もした。帰国後、宝塚歌劇の顧問、東宝劇場の文芸部長を経て、戦後東宝芸能社長、早大教授などを歴任した。著書に「なすな恋」「シェークスピア入門」「越しかた九十年」など。 [団]日本演劇協会(顧問)、逍遙協会(理事) [家]養父・おじ=坪内逍遙(作家)、妻=坪内操(芸名=雲井浪子・宝塚男役第一号スター)、長女=坪内ミキ子(女優)

坪内 逍遙 つぼうち・しょうよう

小説家 評論家 劇作家 翻訳家 教育家 [生]安政6年5月22日(1859年) [没]昭和10年2月28日 [出]美濃国加茂郡太田村(岐阜県美濃加茂市) 本名=坪内雄蔵(つぼうち・ゆうぞう) 幼名=勇蔵 [学]東京大学文学部政治経済学科(明治16年)卒 文学博士 [歴]代官手代の三男に生まれる。明治16年東京専門学校(現・早稲田大学)の講師となる。18年から19年にかけて小説「当世書生気質」、小説論「小説神髄」を刊行し、小説改良の呼びかけとなり、近代日本文学の指導者となる。23年専門学校に文学科(文学部)を創設し、24年「早稲田文学」を創刊。24年から25年にかけて、森鴎外との間に“没理想論争”をおこす。この間、従来のシェークスピア研究・翻訳を続け、さらに近松研究も加わり、27〜28年史劇「桐一葉」、30年「沓手鳥孤城落月」を発表。37年頃からは新劇革新運動に参加。42年島村抱月が主導して結成された文芸協会の会長となり、俳優の養成や沙翁(シェークスピア)劇などを上演、大正2年には解散。4年早稲田大学教授を辞職し、以後文筆に専念した。小説、演劇、評論と文学・演劇面での著書は多く、また倫理学の本もある。15年〜昭和2年「逍遙選集」(自選, 全15巻)、明治42年〜昭和3年「沙翁全集」(全40巻)を刊行。一方、大正13年頃から和歌や俳句に親しむようになり、没後に「歌・俳集」(昭和30年)が刊行された。 [家]養女=飯塚くに(「父 逍遙の背中」の著者)

坪田 譲治 つぼた・じょうじ

児童文学作家 小説家 [生]明治23年3月3日(戸籍=6月3日) [没]昭和57年7月7日 [出]岡山県御野郡石井村島田(現・岡山市島田本町) [学]早稲田大学英文科(大正4年)卒 [資]日本芸術院会員(昭和39年) [賞]新潮社文芸賞(第2回)(昭和14年)「子供の四季」、日本芸術院賞(第11回, 昭29年度)(昭和30年)「坪田譲治全集」、サンケ

イ児童出版文化賞(第3回)(昭和31年)「日本のむかし話(全6巻)」(編書)、毎日出版文化賞(昭和35年)、サンケイ児童出版文化賞(第8回)(昭和36年)「新美南吉童話全集(全3巻)」(編書)、サンケイ児童出版文化賞(第17回)(昭和45年)「かっぱとドンコツ」、毎日出版文化賞(昭和44年)、朝日賞(第44回・昭48年度)、野間児童文芸賞(第12回)(昭和49年)「ねずみのいびき」、巌谷小波文芸賞(第3回)(昭和55年)「びわの実学校」(編書) ㊙小川未明に師事して児童文化の創作に努め、昭和2年鈴木三重吉主宰の「赤い鳥」に童話「河童の話」を発表してデビュー。10年「改造」に発表した短編小説「お化けの世界」が出世作に。11年中編小説「風の中の子供」を朝日新聞に、13年長編小説「子供の四季」を都新聞に連載して文壇に登場、15年には「善太と三平」がベストセラーとなった。戦後は「魔性のもの」などを発表。30年「坪田譲治全集」(全8巻)で芸術院賞受賞、39年芸術院会員となる。38年には童話雑誌「びわの実学校」を創刊。他の著書に童話集「魔法」「狐狩り」「かっぱとドンコツ」「ねずみのいびき」、「坪田譲治全集」(全12巻, 新潮社)、「坪田譲治童話全集」(全12巻・別巻1, 岩崎書店)などがある。㊙息子=坪田正男(びわの実文庫主宰)、坪田理基男(児童文学作家)

坪田 ひかる　つぼた・ひかる
童話作家　㊷大阪府大阪市　㊙サトウハチロー記念かあさんの詩全国コンクール最優秀賞(第4回)　㊙元製図士。第4回サトウハチロー記念かあさんの詩全国コンクール最優秀賞受賞。

坪田 宏　つぼた・ひろし
推理作家　㊷明治41年4月3日　㊸昭和29年2月21日　㊷愛知県名古屋市南区　本名=米倉一夫　㊷名古屋商業学校卒　㊙学校卒業後、朝鮮に渡り鉄工となる。終戦後引き揚げ、いろいろな仕事に従事、晩年は精神病院の事務局員を務めた。昭和24年の「茶色の上着」以来、亡くなるまで合わせて20編程の中短編を「宝石」「探偵実話」に発表した。作品に「非情線の女」「勲章」「俺は生きている」「灰になった男」など。

壺田 正一　つぼた・まさかず
小説家　元・中学校教師　元・緑ケ丘中学校(上野市)校長　㊷大正12年　㊷三重県　㊷法政大学文学部日本文学科卒　㊙三重県の小中学校で30年余り教師を務め、昭和53年上野市立緑ケ丘中校長を最後に退職。のち童話「子だぬきマコちゃん」、〈ふるさと物語〉シリーズ、小説「少年平家物語」など青少年向けの本を執筆。

坪田 勝　つぼた・まさる
劇作家　㊷明治37年9月4日　㊸昭和16年3月18日　㊷東京　㊷早稲田大学英文科卒　㊙早大に入った大正15年「街」の創刊号に戯曲「トロイの木馬」を発表、岸田国士が激賞した。新進劇作家として注目されたが、父の没後、後継実業家となった。代表作5編と田畑修一郎作年譜を収めた遺稿集「トロイの木馬」が昭和17年に出された。

妻木 新平　つまき・しんぺい
小説家　㊷明治38年5月6日　㊸昭和42年3月28日　㊷鹿児島県出水郡西長島村　本名=福永隼人　㊷日本大学芸術科卒　㊙「短篇小説」同人、戦時中の統合でこれが「文芸主潮」、さらに「日本文学者」となったが、これを組織した日本青年文学者会事務局長を務めた。戦後、「碑」同人。著書に「妻の従軍」、長編「村の国葬」などがある。

津村 京村　つむら・きょうそん
劇作家　小説家　㊷明治26年8月17日　㊸昭和12年4月5日　㊷兵庫県明石市　本名=津村京太郎　㊙小学校卒業後、独学で小説、戯曲の創作をし、大正10年演劇雑誌「人と芸術」を創刊。自伝小説「結婚地獄」、戯曲集「死の接吻」「異風心中」「二頭馬車」などの著書がある。

津村 秀介　つむら・しゅうすけ
推理作家　㊷昭和8年12月7日　㊸平成12年9月28日　㊷神奈川県横浜市　本名=飯倉良(いいくら・りょう)　㊙出版社編集者を経て、神奈川新聞嘱託に。この間、昭和29年より「近代文学」に作品を発表。のち、立原正秋らと始めた文芸誌「犀」に「沼の偽り」発表して推理小説に転身。57年「影の複合」で推理作家としてデビューして以後、アリバイ崩しひとすじに書き続けた。主な著書に「時間の風蝕」「黒い流域」「裏街」「虚空の時差」「山陰殺人事件」「瀬戸内を渡る死者」「宍道湖殺人事件」「天竜峡殺人事件」など。㊙日本推理作家協会、日本文芸家協会

津村 節子　つむら・せつこ
小説家　㊷昭和3年6月5日　㊷福井県福井市佐佳枝中町　本名=吉村節子(よしむら・せつこ)　旧姓(名)=北原　㊷学習院短期大学国文科(昭和28年)卒　㊙婦人朝日今月の新人賞(昭和33年)、同人雑誌賞(第11回)(昭和39年)「さい果て」、芥川賞(第53回)(昭和40年)「玩具」、女流文学賞(平成2年)「流星雨」、芸術選奨文部大臣賞(平成10年)、勲四等宝冠章(平成13年)　㊙短大在学中、同人雑誌「赤絵」に参加、昭和28年卒業の年に作家・吉村昭と結婚。30年頃から丹羽文雄主宰の「文学者」に参加。31年小田仁二郎、瀬戸内晴美らと同人誌「Z」を刊行。

39年「さい果て」で新潮社の同人雑誌賞を、40年「玩具」で第53回芥川賞を受賞した。他の主な作品に「炎の舞い」「遅咲きの梅」「冬銀河」「白百合の崖」「海の星座」「千輪の華」「流星雨」「智恵子飛ぶ」、短編集に「玩具」「夜光時計」「葬女」、エッセイ「女の引き出し」など。
[団]日本文芸家協会(理事)、日本文芸著作権保護同盟(常務理事)、日本ペンクラブ、日本女流文学者会　[家]夫=吉村昭(小説家)

津本 陽　つもと・よう
小説家　直木賞選考委員　[専]時代小説　[生]昭和4年3月23日　[出]和歌山県和歌山市　本名=津本寅吉(つもと・とらよし)　[学]東北大学法学部(昭和26年)卒　[賞]直木賞(第79回)(昭和53年)「深重の海」、和歌山県文化賞(平成5年)、吉川英治文学賞(第29回)(平成7年)「夢のまた夢」、紫綬褒章(平成9年)　[歴]13年間のサラリーマン生活後、実家で不動産会社を設立。かたわら35歳から同人誌「VIKING(バイキング)」に12年かかわる。昭和53年同誌に連載した和歌山県の捕鯨漁民を描いた「深重(じんじゅう)の海」で第79回直木賞を受賞。さらに「明治撃剣会」で明治剣豪物に新ジャンルを開拓した。その後は歴史小説を多く発表、「下天は夢か」はミリオンセラーとなった。他の作品に「蟻の構図」「南海綺譚」「恋の涯」「真紅のセラティア」「明治撃剣会」「柳生兵庫助」「千葉周作」「織田信長」「夢のまた夢」「乾坤の夢」など多数。
[団]日本文芸家協会、日本ペンクラブ

津山 紘一　つやま・こういち
小説家　[専]SF　ショートショート　[生]昭和19年8月1日　[出]福岡県北九州市若松区　[学]日本大学芸術学部映画学科(昭和43年)卒　[興]第2次世界大戦に関すること　[賞]問題小説新人賞(第2回)(昭和51年)「13」　[歴]主な著書に「宇宙料理店」「ABC大辞典」など。　[団]日本文芸家協会

鶴岡 千代子　つるおか・ちよこ
童話作家　[生]大正15年　[出]東京　[学]千葉師範学校女子部卒　[賞]児童文芸新人賞(第7回)(昭和53年)「白い虹」、日本童謡賞(第15回)「白いクジャク」　[歴]教職生活を経て、作家活動に。作詩研究誌「おてだま」同人。日本童謡協会事務局長を務める。著作に「まじょまじょせんせいやってきた!」、童謡集「白い虹」「白いクジャク」など。　[団]日本童謡協会、日本児童文芸家協会、詩と音楽の会、新・波の会

鶴ケ野 勉　つるがの・つとむ
作家　高校教師(妻高校)　[出]鹿児島県姶良郡隼人町　[学]鹿児島大学卒　[賞]九州芸術祭文学賞最優秀作(第23回)(平成5年)「神楽舞いの後で」　[歴]妻高の英語教諭で進路指導部長を務める。一方昭和48年から小説を書き始める。一貫して地方や農村をテーマに執筆。

鶴島 美智子　つるしま・みちこ
児童文学作家　[生]昭和12年10月24日　[出]島根県松江市　[学]東洋大学文学部卒　[賞]北川千代賞佳作(第14回)(昭和57年)「素の夏」
[歴]代表作に「夕焼けの姉妹」(「素の夏」改作)「野の花は光をあびて」がある。
[団]木曜童話会「みみずく」、日本児童文学者協会

鶴田 知也　つるた・ともや
小説家　「農業・農民」編集長　[生]明治35年2月19日　[没]昭和63年4月1日　[出]福岡県小倉市
[学]東京神学社神学校(大正11年)中退　[賞]芥川賞(第3回)(昭和11年)「コシャマイン記」、小学館文学賞(第4回)(昭和30年)「ハッタラはわが故郷」　[歴]植村正久の神学校を中退後、大正12年名古屋に移り、葉山嘉樹の指導の下、労働組合運動に従事する。昭和2年に労農芸術家連盟に加入し、機関誌「文芸戦線」同人となる。以後、プロレタリア作家の道を歩み、11年にアイヌ民族の運命を描いた「コシャマイン記」で第3回芥川賞受賞、その神話風の文体で独自の領域を拓いた。戦後は酪農業の専門家として生きたが、28年の「社会主義文学」の発行や、29年に日本農民文学会の結成にかかわるなど、農民文学、児童文学者としても活躍。39年より農業問題研究会議事務局長、43年から「農業・農民」編集長を務めた。著書に「鶴田知也作品集」(新時代社)「鶴田知也作品選」(非売品)の他、「百草百木誌」「野草譜」などの画文集がある。
[家]弟=福田新生(洋画家)

釣巻 礼公　つるまき・れいこう
推理作家　[生]昭和26年　[出]神奈川県藤沢市
[学]神奈川工卒　[賞]小説現代推理新人賞(第2回)(平成7年)「沈黙の輪」　[歴]平成4年22年間勤めた沖電機を退社し、推理作家を志す。独学ながらその後、オール読物推理新人賞、江戸川乱歩賞、横溝正史賞、創元推理短編賞の最終候補に選ばれた。

鶴見 正夫　つるみ・まさお
童謡詩人　児童文学作家　[生]大正15年3月19日
[没]平成7年9月7日　[出]新潟県村上市　[学]早稲田大学政治経済学部(昭和23年)卒　[賞]童謡コンクール文部大臣奨励賞(昭和26年)、日本童謡賞(第6回)(昭和51年)「あめふりくまのこ」、

赤い鳥文学賞(昭和51年)、ジュニア・ノンフィクション文学賞(昭和52年)、サトウハチロー賞(第3回)(平成3年)　[歴]大学時代から童謡を作り始め、のち童話、児童文学も手がける。小学館、国会図書館勤務を経て、昭和35年から文筆に専念。38年から11年間阪田寛夫らと「6の会」を結成、「あめふりくまのこ」「おうむ」などの名曲を生み出す。創作に「最後のサムライ」「日本海の詩」「鮭のくる川」「長い冬の物語」など。　[団]日本文芸家協会、詩と音楽の会、日本童謡協会、音楽著作権協会

鶴見 祐輔　つるみ・ゆうすけ

政治家　評論家　小説家　衆院議員　参院議員　厚相　[生]明治18年1月3日　[没]昭和48年11月1日　[出]群馬県新町　[学]東京帝大法学部政治科(明治43年)卒　[賞]メルボルン大学名誉法学博士　[歴]内閣拓殖局、鉄道院に勤務。大正15年退官後、海外の対日世論緩和のため、欧米や豪州、インド各国の大学を歴訪し、太平洋会議にも毎回出席して民間外交の推進に努めた。昭和3年以来衆院議員に4回当選し、米内内閣の内務政務次官から戦時中は翼政会、日政会顧問となり、戦後は進歩党結成に参加して幹事長に就任したが、のち公職追放となる。解除後の28年から参院議員1期、その間第1次鳩山内閣の厚相を務めた。英語に堪能で「チャーチル」「現代日本論」を英文で書いたほか、政治評論、小説・伝記ものなどベストセラーになった著書も多い。主なものは「母」「子」「プルターク英雄伝」「英雄待望論」「自由人の旅日記」「後藤新平」(全4巻)「感激の生活」など。　[家]長女＝鶴見和子(社会学者・上智大学名誉教授)、長男＝鶴見俊輔(評論家)

【て】

鄭　てい

⇒鄭(ジョン)を見よ

出口 敏雄　でぐち・としお

劇作家　[専]児童演劇　[生]昭和2年　[出]大阪府大阪市　[学]大阪府立機械工専(現・大阪府立大学工学部)(昭和23年)卒　[歴]昭和23年追手門学院中学部に勤務。42〜51年新設の茨木学舎に転属。57年追手門学院大手前中・高校教頭、60年同校長に就任、平成2年退職。昭和63年〜平成元年大阪府私立中高等学校理科教育研究会会長を務めた。大阪学校劇作研究同人会同人。著書に「赤い小函―出口敏雄劇作選」がある。　[団]日本児童演劇協会

出口 富美子　でぐち・ふみこ

詩人　小説家　フリーライター　[生]昭和15年9月22日　[出]北海道茅部郡森町　[学]森高(昭和33年)卒　[歴]高校生の頃から小説家志望。同人誌「表現」(函館)、「新未来」(東京)同人。北海道詩人協会、NHK共催の朗読詩コンクールで「卑弥呼口伝」で最優秀賞を受賞したこともある。昭和57年フランスの外人部隊に身を投じた日本青年のことを知り、当時住んでいた苫小牧から1歳の二男を連れての“子連れ取材”に旅立つ。日本各地からフランスまでの取材を重ね、59年「青春のブラックホール」として出版した。また57年沖縄初訪以来沖縄戦史に関心を持ち、シーサー(屋根獅子)の陶板レリーフをつくり、平成4年東京で個展開催。ビデオ制作、イベント企画も手がける。離婚して東京に在住。他の著書に「孤児になった沖縄」がある。

出口 裕弘　でぐち・ゆうこう

小説家　フランス文学者　元・一橋大学経済学部教授　[専]小説制作　フランス近代文学　[生]昭和3年8月15日　[出]東京・日暮里　本名＝出口裕弘(でぐち・やすひろ)　[学]東京大学文学部フランス文学科(昭和26年)卒　[興]ジョルジュ・バタイユ　[歴]昭和29年北海道大学専任講師、30年渋沢龍彦らと「ジャンル」を創刊。38年一橋大学専任講師、45年より同大学教授を務めた。この間、37〜38年及び52〜53年パリ大学に留学。平成4年一橋大学定年退官。著書に「ボードレール」「ロートレアモンのパリ」「私設・東京オペラ」「ペンギンが喧嘩した日」「古典の愛とエロス」、訳書にバタイユ「内的経験」、ショヴォー「ショヴォー君とルノー君のお話集」など多数。近年は小説創作を主とし「京子変幻」「天使扼殺者」「越境者の祭り」「街の果て」「ろまねすく」「夜と扉」がある。　[団]日本フランス語フランス文学会、日本文芸家協会

出久根 達郎　でくね・たつろう

作家　芳雅堂書店主人　[生]昭和19年3月31日　[出]茨城県行方郡北浦村　[賞]講談社エッセイ賞(第8回)(平成4年)「本のお口よごしですが」、直木賞(第108回)(平成5年)「佃島ふたり書房」　[歴]昭和34年中学を卒業し、集団就職で東京・月島の古書店・文雅堂書店に住み込む。漫画家志望で作文投稿が趣味だった少年に、古書店の主人は古典文学100巻を読めと教える。48年東京・高円寺に芳雅堂書店を開き、手づくりの古書在庫目録「書宴」を出す。その中に書いた文章をまとめて、60年「古本綺譚」を発行。もっぱら古書に絡む話を書き、平成3年1月には直木賞候補に挙げられた。5年「佃島ふたり書房」で直木賞受賞。他に「古書彷徨」「御書物同心日記」、作品集「猫の縁談」「無明の

蝶」「本のお口よごしですが」などがある。㊏日本文芸家協会、日本エッセイストクラブ

豊島 英彦　てしま・ひでひこ

医師　小説家　高松第一病院名誉院長　㊐大正10年　㊥福岡県田川郡彦山村　本名＝手島晧一　㊫京城帝大医学部(昭和19年)卒　㊞軍医として従軍し、昭和22年復員。その後、横浜国立病院、大阪市立医科大学第一外科助教授、30年高松市立旭丘病院長を経て、37年高松第一病院長に。その後、高松第一病院名誉院長。著書に「四季・高松」「愛・朝鮮海峡」「スペイン広場」「仲間じゃもん」「南の風―小説 阿波丸事件余録」「地獄の沙汰も」など。

手島 悠介　てしま・ゆうすけ

児童文学作家　㊐昭和10年1月10日　㊥台湾・高雄　本名＝手島秀晴(てしま・ひではる)　㊫学習院大学文学部哲学科中退　㊙児童文学におけるノンフィクションの分野　㊕学研児童文学賞(第2回)佳作入選、日本児童文芸家協会賞(第14回)「ふしぎなかぎばあさん」　㊞雑誌記者などをし、病気療養中の昭和41年頃から児童読み物を書き始める。47年に処女出版。57年出版のカンボジア難民少女の記録「やせっぽちのチア」の印税を全額難民救済に送り続けるなど、ノンフィクション児童書を書いては印税を社会事業に贈り続けている。主な作品に「わたしがふたりいた話」「がんばれ！盲導犬サーブ」「飛べ！千羽づる」、〈かぎばあさん〉シリーズなど。　㊏日本児童文学者協会、日本児童文芸家協会、日本文芸家協会

手塚 英孝　てずか・ひでたか

小説家　評論家　㊐明治39年12月15日　㊰昭和56年12月1日　㊥山口県光市　㊫慶応義塾大学中退　㊕多喜二百合子賞(昭48年度)「落葉をまく庭」　㊞昭和6年日本プロレタリア作家同盟員となり、文化連盟(コップ)の結成、プロレタリア文学運動再編成の仕事に参加。7年のコップに対する大弾圧により、8年検挙され、懲役2年執行猶予5年となり、11年出獄。その後は「小林多喜二全集」の編さんの一員となり、戦後、精密な伝記「小林多喜二」を刊行。宮本百合子の死後、26年多喜二百合子研究会の創立に参加、のち副議長をつとめた。民主主義文学同盟常任理事。作品集「落葉をまく庭」、「手塚英孝著作集」(全3巻，新日本出版社)がある。

てつま よしとう

小説家　㊐昭和38年1月　㊥石川県　㊕ファミ通エンタテインメント大賞(小説部門佳作，第2回)(平成12年)「GUNNER」　㊞平成12年「GUNNER」で第2回ファミ通エンタテインメント大賞小説部門佳作を受賞。　http://www.nsknet.or.jp/~tetsuma/index.html

出村 孝雄　でむら・たかお

童話作家　㊐明治41年6月4日　㊰平成13年7月24日　㊥愛知県・篠島　㊫愛知第一師範(現・愛知教育大学)卒　㊕久留島武彦文化賞(第15回)、児童文化功労者賞(平成8年)　㊞小学校教師を経て、童話作家となる。昭和27年月刊誌「育ての手帖」を創刊し、「育ての会」主幹。53～59年全国童話人協会会長、名古屋童話協会長を務め、児童文化と社会教育活動に従事した。作品に「島っ子物語」「てんぐ風」「島の王さま」などがある。　㊏全国童話人協会(顧問)、日本児童文学者協会、日本児童文芸家協会

寺内 小春　てらうち・こはる

シナリオライター　㊐昭和6年10月18日　㊥旧朝鮮・京城　㊫安達高卒　㊕向田邦子賞(第5回)(昭和62年)「イキのいい奴」　㊞女学校2年の昭和20年10月敗戦で引き揚げ、父の故郷福島県二本松市へ帰る。その後家事育児のかたわらシナリオ研究所で学び、主婦作家としてスタート。プロ第一作は「知らない同志」(TBS)。NHKテレビ小説「おていちゃん」「なっちゃんの写真館」「父からの贈りもの」の脚本家でもあり、61年には故郷二本松を舞台とした「はね駒」を書く。

寺内 大吉　てらうち・だいきち

小説家　スポーツ評論家　僧侶　大吉寺(浄土宗)住職　㊐大正10年10月6日　㊥東京都世田谷区　本名＝成田有恒(なりた・ゆうこう)　㊫大正大学宗教学部(昭和20年)卒　㊕サンデー毎日大衆文芸賞(第47回)(昭和30年)「逢春門」、オール読物新人賞(第8回)(昭和31年)「黒い旅路」、直木賞(第44回)(昭和35年)「はぐれ念仏」、毎日出版文化賞(第37回)(昭和58年)「念仏ひじり三国志」　㊞宮沢有為男に師事。純文学風短編から出発したが、その後、大衆文学に転じ、昭和30年「逢春門」で第47回サンデー毎日大衆文学賞を受賞。31年司馬遼太郎らと同人誌「近代説話」を創刊、35年同誌掲載の「はぐれ念仏」で第44回直木賞を受賞。スポーツ評論家としても活躍し、特にボクシング、プロレスなどの評論・解説で有名。ほかに「名なし如来」「浄土物語」「競輪上人随聞記」「賭けごと師」「沢庵と崇伝」(上下)「念仏ひじり三国志―法然をめぐる人々」(全5巻)「化城の昭和史」(上下)「仏教小話集」などがある。大吉寺住職でもあり、平成3～11年浄土宗宗務総長。　㊏日本文芸家協会、日本学生バスケットボール連盟、日本ペンクラブ

寺尾 幸夫　てらお・ゆきお
小説家　⽣明治22年8月30日　没昭和8年1月1日　出東京・小石川　本名＝玉虫孝五郎(たまむし・こうごろう)　号＝戯象　学早稲田大学英文科中退　歴在学中から博文館の「冒険世界」に戯象の名で書いた。大学を中退して読売新聞社に入り社会部長を務めたが昭和6年退社、作家活動に入った。「細君解放記」「結婚適齢期」「高女物語」「愛は何処まで」「夫唱婦随」などユーモア小説を多く書いた。

寺門 秀雄　てらかど・ひでお
作家　⽣明治41年11月24日　出茨城県　学日本大学中退　賞新潮社文芸賞(第7回)(昭和19年)「里恋ひ記」　著著書に「村里恋し、去る年悲し」など。　所日本文芸家協会

寺久保 友哉　てらくぼ・ともや
作家　医師　専精神病理学　⽣昭和12年6月4日　没平成11年1月22日　出東京　学北海道大学医学部(昭和42年)卒　賞北海道新聞文学賞(第8回)(昭和49年)「停留所前の家」　歴京都大学病院を経て、昭和47年から札幌で精神神経科医を開業。作家活動は「北方文芸」に拠り作品を発表し、49年に「停留所前の家」が第8回北海道新聞文学賞を受賞。51年から52年にかけて「文芸」に発表した「棄小舟」「陽ざかりの道」「こころの匂い」「火の影」がいずれも芥川賞候補となった。精神科医としての描出の斬新さが高く評価された。62年「恋人たちの時刻」が映画化された。作品集に「こころの匂い」「停留所前の家」がある。　所日本文芸家協会

寺崎 浩　てらさき・ひろし
小説家　詩人　⽣明治37年3月22日　没昭和55年12月10日　出秋田市　学早稲田大学文学部仏文科中退　歴早大在学中、火野葦平らと同人誌「街」を創刊。また西条八十に師事し、同人詩誌「棕櫚」「パンテオン」などに小曲風の象徴詩を発表。昭和3年頃から横光利一に師事。10年文壇にデビュー。以後は小説に専念。11年徳田秋声の娘喜代と結婚。代表作に短編集「祝典」、長編「女の港」「情熱」、詩集「落葉に描いた組曲」など。

寺沢 正美　てらさわ・まさみ
教師　児童文学作家　⽣昭和3年　出愛知県　学愛知教育大学卒　歴大卒後、教職に従事。作品に「ヒグラシの鳴く山」「三河の民話」「安城が原の水音」「天竜の山に消えた少年」、共著に「花まつりのてんぐ」「むかしむかし」他。　所中部児童文学会、日本児童文学者協会

寺島 アキ子　てらしま・あきこ
劇作家　放送作家　⽣大正15年6月17日　出旧満州・大連　本名＝寺嶋秋子(てらしま・あきこ)　学文化学院女子部(昭和18年)卒　賞テレビ大賞特別賞(昭和54年)、勲四等瑞宝章(平成8年)　歴東宝演劇研究会、新協劇団文芸部などを経て、東京芸術座文芸部部長。昭和33年よりフリー。作家としては23年舞台劇「モルモット」でデビュー。民放の開局以来放送作家として活躍、社会派ドラマ「氷点」「判決」などを書いた。41年放送作家組合設立に参加、常務理事となり、脚本料の値上げや著作権使用料の取立て交渉に尽力した。50年から国語審議会委員。戯曲、ラジオドラマ、映画シナリオも手がける。著書に「旅の記憶」「したたかに生きた女たち」など。　所日本放送作家協会、日本演劇協会、日本脚本家連盟

寺島 俊治　てらしま・としはる
児童文学作家　小学校教師　⽣昭和13年3月31日　出長野市　学信州大学教育学部卒　賞塚原健二郎文学賞(第7回)(昭和59年)「るすばんこおろぎ」　著主な作品に「善光寺平の民話」「るすばんこおろぎ」などがある。　所日本児童文学者協会、信州児童文学会

寺田 鼎　てらだ・かなえ
小説家　翻訳家　⽣明治34年2月6日　没昭和11年12月7日　出鹿児島県日置郡吉利村　歴アメリカ人家庭で生活し英語に堪能。外人ガイド、外国商社などに勤めた後パラマウント社に入った。やがて映画批評家となり「空想部落」の脚色上演などから、翻訳家に転じた。主な翻訳にA.ホープの「ゼンダ城の虜」、M.ゴールド「金のない猶太人」、G.タリー「人生の乞食」などがある。

寺田 憲史　てらだ・けんじ
脚本家　動画構成　⽣昭和27年7月11日　出東京都　学早稲田大学教育学部卒　歴大学在学中、日活が募集していた"キャンパス・ポルノ"に応募し合格。映画の助監督となり、CFやアニメ、舞台の演出なども手掛ける。のち、フリーのシナリオライターとしてアニメ、小説、ファミコンなど多方面で活動。作品に「気まぐれオレンジ・ロード」(テレビ・映画とも)「ワイルドで行こう！」(フジ)、ビデオ「仙女一夜」(全3巻、シナリオ・監督とも)がある。著書に「バビ・ストック、2」「花のあすか組！」、ゲームシナリオに「ファイナル・ファンタジー〈1～3〉」「マーメノイド」などがある。

寺田 太郎　てらだ・たろう

シナリオライター　日本放送作家協会理事　⊗昭和55年12月31日　⊕米国・ニューヨーク　筆名＝藤高穂　⊛昭和3年築地小劇場に俳優として参加。10年日本放送協会募集の放送文芸に「高原にて」が入選し、ラジオドラマのシナリオライターとして活躍。23年NHK専属ライターになる一方、劇団俳優座文芸部演出部に入り舞台監督もつとめた。50年千代田学院、日本工学院専門学校講師。代表作に「深淵」「七日捲きの置時計」「過去」など。没後「高原にて」が出版された。

寺田 敏雄　てらだ・としお

シナリオライター　⊕昭和34年　⊕東京都杉並区　⊗成蹊高卒　⊛テレビの歌番組や情報番組、ドキュメンタリー番組の演出、構成、舞台の作・演出を手がけながらシナリオを独学。作品に映画「グッバイ・ママ」(松竹)、ドラマ「ジェラシー」「憎しみに微笑んで」「クニさんちの魔女たち」「ガラスの靴」「つぐみへ…」「R-17」など。

寺田 信義　てらだ・のぶよし

シナリオライター　日本シナリオ作家協会常務理事　⊕昭和7年11月1日　⊕福岡県　⊗中央大学法学部卒　⊛カクレタヴァリ国際映画祭グランプリ、シナリオ賞(第9回・昭32年度)「異母兄弟」、芸術祭賞奨励賞　⊛在学中、キヌタプロでの「ともしび」を共同執筆し、以後シナリオライターとして活躍。主な作品に映画「東京の人」「異母兄弟」「ひとりっ子」、テレビ「36号室」「死・わが愛」「孤独のメス」など。

寺林 峻　てらばやし・しゅん

小説家　僧侶　阿弥陀寺(高野山真言宗)住職　⊕昭和14年8月8日　⊕兵庫県飾磨郡夢前町　本名＝寺岡俊人　⊗慶応義塾大学文学部(昭和38年)卒　⊛密教とマンダラ、歴史上の人物再見　⊛オール読物新人賞(第57回)(昭和55年)「幕切れ」、姫路市芸術文化賞　⊛高野山での僧侶の修業をしたあと昭和39年から6年間宗教専門誌「中外日報」の記者。退社して姫路市に住み、市の広報紙やPR雑誌の編集に従事。57年春から父のあとをつぎ薬上寺住職に。その後、阿弥陀寺住職。著書に「立山の平蔵三代」「腹心―秀吉と清正」「もう一人の空海」「神々のさすらい」「怒濤の人吉田茂」「泥まみれの微笑―叡尊と忍性」「姫路城黒って寒からず　小説・河合道臣」など。　⊕日本文芸家協会、日本ペンクラブ

寺村 輝夫　てらむら・てるお

児童文学作家　文京女子大学人間学部教授　王さま文庫主宰　童話雑誌「のん」主宰　⊕昭和3年11月8日　⊕東京市本郷区(現・文京区)　⊗早稲田大学専門部政治経済科(昭和24年)卒　⊛保育と絵本　⊛毎日出版文化賞(第15回)(昭和36年)「ぼくは王さま」、絵本にっぽん賞(第3回)(昭和55年)「あいうえおうさま」、国際アンデルセン賞優良賞(昭和56年)「おしゃべりなたまごやき」、講談社出版文化賞絵本賞(第13回)(昭和57年)「おおきなちいさいぞう」、巌谷小波文芸賞(第17回)(昭和59年)、児童文化功労者賞(第39回)(平成12年)　⊛旧制中学3年修了時(16歳)、海軍予科練習生を志願。海軍航空隊に入り、終戦時には特攻隊員として出撃を待つ。戦後早大専門部に入り、早大童話会に所属して童話の道に入る。卒業後、出版社に務めながら童話を書き、昭和36年処女出版の「ぼくは王さま」で毎日出版文化賞を受賞、童話作家の地位を築く。独自の文体で読者の心をとらえ、日本の児童文学としては珍しいナンセンス・テールの分野を確立した。44年文筆生活に入り、「王さまシリーズ」をはじめ幼年童話を中心に旺盛な創作活動を展開。絵本「おしゃべりなたまごやき」で国際アンデルセン賞優良賞受賞。一方、47年より自宅を開放して"王さま文庫"を開設、57年からは童話雑誌「のん」を主宰・発行し、後進への道を開いている。また、文京保育専門学校(現・文京女子短期大学)講師を経て、保育科教授、のち文京女子大学人間学部教授。坪田譲治主宰「びわの実学校」編集同人。ナンセンス童話のほか、「アフリカのシュバイツァー」などのノンフィクション作品も書く。主な作品に「ぼくは王さま全集」(全10巻)「ちいさな王さまシリーズ」(全10巻)「かいぞくポケットシリーズ」「寺村輝夫のむかしばなし」(全15巻)、「寺村輝夫童話全集」(全20巻、ポプラ社)がある。卵が大好きで、卵料理家を自認。　⊕日本文芸家協会、日本国際児童図書協議会

寺村 朋輝　てらむら・ともき

群像新人文学賞を受賞した京大生　⊕佐賀県　⊗京都大学文学部(日本哲学)　⊛群像新人文学賞(第45回)(平成14年)「死せる魂の幻想」　⊛高校卒業後の浪人時代から文学に親しむ。京都大学1年生の時に初めて書いた小説「死せる魂の幻想」を、平成14年3年生の時に群像新人文学賞へ投稿、処女作で同賞を受賞。京大では日本哲学を専攻する。

寺山 修司　てらやま・しゅうじ

歌人　詩人　劇作家　演出家　映画監督　元・天井桟敷代表者　⊕昭和10年12月10日　⊗昭和58年5月4日　⊕青森県上北郡六戸村(現・三沢市・籍)　⊗早稲田大学教育学部(昭和31

年)中退　[賞]短歌研究新人賞(第2回)(昭和29年)「チェホフ祭」、イタリア賞グランプリ(昭和39年，41年)、芸術祭賞奨励賞(昭和39年，41年，43年)、久保田万太郎賞(第1回)(昭和39年)「犬神の女」、芸術祭賞(昭和42年)、年間代表シナリオ(昭和43年度，49年度，53年度)「初恋・地獄篇」「田園に死す」「サード」、サンレモ国際映画祭グランプリ(昭和46年)「書を捨てよ町へ出よう」(映画監督)、芸術選奨文部大臣新人賞(第25回・昭49年度)「田園に死す」、日本作詩大賞作品賞(昭47，48年度)「ひとの一生かくれんぼ」「たかが人生じゃないの」(唄・日吉ミミ)　[歴]在学中から前衛歌人として注目されたが、卒業後は既成の価値観や常識に反逆して"書を捨てよ町へ出よう"をモットーとし、昭和42年には演劇実験室・天井桟敷を設立、作家兼演出家として多彩な前衛活動を展開してヤング世代の旗手ともなった。若者たちへのアピール「家出のすすめ」は多くの家出少年を天井桟敷に引きつける一方、世間の反発を呼んだ。また競馬やボクシングの解説者としても活躍。主な舞台に市街劇「ノック」や「盲人書簡」「疫病流行記」「奴婢訓」「レミング」「百年の孤独」など。著作に歌集「血と麦」「田園に死す」、小説「あゝ荒野」、戯曲集「血は立ったまま眠っている」、評論集「遊撃とその誇り」、長編叙事詩「地獄篇」など、映画作品に「トマトケチャップ皇帝」「書を捨てよ町へ出よう」「田園に死す」などがあるほか、「寺山修司全歌集」(沖積舎)「寺山修司全詩歌句」(思潮社)「寺山修司演劇論集」(国文社)「寺山修司の戯曲」(全9巻，思潮社)がある。平成9年三沢市に寺山修司記念館がオープン。11年、60年代に楽曲用として作っていた詞8編が見つかり、曲をつけてCD化される。　[家]母=寺山ハツ

寺山 富三　てらやま・とみぞう

児童文学作家　[生]昭和44年　[出]早稲田大学教育学部卒　[賞]ぶんけい創作児童文学賞(学生短編賞佳作，第2回)(平成4年)「ちっぽけな自分」、日本児童文学創作コンクール(入選，第15回)(平成3年)「海のむこうでぼくが泣いている」　[歴]在学中、早稲田大学児童文学研究会に所属。児童文学、詩作に活躍。著書に「ぼくと時計の時差について」がある。　[団]日本児童文学者協会

田 漢　でん・かん　(ティエン・ハン)

劇作家　[国]中国　[生]1898年　[没]1968年12月10日　[出]湖南省漢寿県　字=寿昌　[歴]長沙の中学卒業後、日本に留学、東京高師在学中から新劇運動に熱中し、郭沫若らの創造社に参加した。のち脱退して南国社を創設、多数の戯曲を発表した。解放後、全国戯劇協会主席となる。「愛国進軍歌」の作詞者としても有名。

典厩 五郎　てんきゅう・ごろう

推理作家　シナリオライター　[生]昭和14年9月16日　[出]東京　本名=宮下教雄(みやした・のりお)　[学]立命館大学文学部卒　[賞]サントリーミステリー大賞・大賞及び読者賞(第5回)(昭和62年)「土壇場でハリー・ライム」　[歴]コピーライター、関西新聞の記者を経て、シナリオ研究所で修業したのち、日活に入社。昭和45年「あばれ丁半」でデビュー。以後、映画は「ずべ公番長」シリーズ、「ヴァージンなんか怖くない」など約50本、テレビは「プレイガール」「新五捕物帳」など多数。主に時代劇を得意とする一方で、小説家も目指し各種のコンクールに応募。62年「土壇場でハリー・ライム」がサントリーミステリー大賞に3度めの挑戦で選ばれた。また合わせて読者賞も受賞。その他の著書に「ロマノフ王朝の秘宝」「シオンの娘へ告げよ」など。　[団]日本文芸家協会、日本放送作家協会、日本推理作家協会

天童 荒太　てんどう・あらた

小説家　[生]昭和35年5月8日　[出]愛媛県松山市　本名=栗田教行(くりた・きょうこう)　[学]明治大学文学部演劇学科(昭和58年)卒　[賞]野性時代新人文学賞(第13回)(昭和61年)「白の家族」、アンデルセンのメルヘン大賞(優秀賞，第3回)(昭和61年)「おかしな星ふるらくえんじま」、日本推理サスペンス大賞(優秀賞，第6回)(平成5年)「孤独の歌声」、山本周五郎賞(第9回)(平成8年)「家族狩り」、日本推理作家協会賞(長編部門，第53回)(平成12年)「永遠の仔」　[歴]昭和61年「白の家族」で野性時代新人文学賞を受賞。その後、映画の脚本を手掛けた後、天童荒太の筆名で小説に専念。平成8年「家族狩り」で山本周五郎賞を受賞。12年「永遠の仔〈上・下〉」がベストセラーとなり、テレビドラマ化される。他の作品に本名の栗田教行名義で「陽炎」「ジパング〈上・下〉」、天童荒太名義で「孤独の歌声」「あふれた愛」、映画脚本「アジアンビート」などがある。　[団]日本文芸家協会、日本推理作家協会

天藤 真　てんどう・しん

推理作家　千葉敬愛短期大学教授　[生]大正4年8月8日　[没]昭和58年1月25日　[出]東京　本名=遠藤晋(えんどう・すすむ)　[学]東京帝国大学国文科卒　[賞]宝石短編賞(第2回(昭和38年)「鷹と鳶」、日本推理作家協会賞(第32回)(昭和54年)「大誘拐」　[歴]同盟通信記者として旧満州に渡る。終戦後、引揚げて千葉で開拓農民となる。のち千葉敬愛短期大学に出講する傍ら、昭和37年からミステリー小説を書き始め、江戸川

乱歩賞次席に入選。54年「大誘拐」で第32回日本推理作家協会賞受賞。代表作に「皆殺しパーティ」「殺しへの招待」「死角に消えた殺人者」「遠き日にありて」など。「天藤真推理小説全集」（創元推理文庫）がある。

天堂 晋助　てんどう・しんすけ

著述家　小説家　[生]昭和43年　[出]埼玉県　[賞]歴史群像大賞（奨励賞，第2回）　[歴]編集者の安原顕が創設した創作学校で小説を学ぶ。第2回歴史群像大賞で奨励賞を受賞したのを機に会社を退職し、執筆に専念。「歴史読本」「歴史と旅」などで活躍。著書に「秦始皇帝と暗殺者」などがある。

【と】

戸井 十月　とい・じゅうがつ

作家　映像ディレクター　[専]冒険小説　紀行ノンフィクション　自然と人間の共存　娯楽映画製作　[生]昭和23年10月12日　[出]東京都新宿区　[学]武蔵野美術大学商業デザイン科（昭和45年）中退　[興]バイク、車での旅から見えてくる世界と時代と人間、ボーダーレス時代の人間たちとの出会い　[歴]昭和50年フリーライターの事務所プレス75を作って代表に。55年解散。自らの体を張った行動が、若い世代の共感を呼ぶ。著書に「硬派れ」「シャコタン・ブギ」「日常術」「風の旅団」「冒険王」「エルドラドへの道」「越境者」「ボーダー」「旅人に訊け」など。62年秋に、バイク仲間で結成したグループ"エル・コヨーテ"と北・南米大陸を4カ月間でバイク縦断した。平成3年映画「風の国」を監督。9年北米大陸、10年オーストラリア大陸をオートバイで一周。13年アフリカ大陸をオートバイで縦断する旅に出発。　[団]日本文芸家協会、日本ペンクラブ　[家]父＝戸井昌造（画家）、母＝戸井綿子（紅型染色家）

土井 行夫　どい・ゆきお

劇作家　放送作家　[生]大正15年9月14日　[没]昭和60年3月7日　[出]大阪　[学]大阪工専（現・大阪府立大学）（昭和22年）卒　[賞]芸術祭賞奨励賞（昭和31年，36年，37年）、イタリア放送協会賞（昭和37年）「山はこわくなかった」、サントリーミステリー大賞（第3回）（昭和60年）「名なし鳥飛んだ」　[歴]大阪市立の高校で数学教師をつとめ、昭和28年現職。のち放送作家として、ラジオ、テレビの脚本を多数発表。31年、NHKテレビ「ひょう六とそばの花」で芸術祭奨励賞、37年NHKラジオ「山はこわくなかった」でイタリア放送協会賞を受賞。その他の作品に脚本「おばあちゃんの神様」「一坪の空」「猫じゃ猫じゃ」「桂春団治」、「名なし鳥飛んだ」など。　[団]日本演劇協会

土居 良一　どい・りょういち

小説家　[生]昭和30年3月23日　[出]北海道札幌市　[学]旭丘高卒　[賞]群像新人長編小説賞（第1回）（昭和53年）「カリフォルニア」、道新文学賞（昭和60年）　[歴]米国のフレズノ・アダルト・スクールに留学。昭和53年小説「カリフォルニア」で第1回群像新人長編小説賞を受賞。受賞後第1作は「凍傷」。続く「島影」は55年度下期の芥川賞（84回）候補作となる。以後の作品は「狩野」、連作集「夜界」、「ネクロポリス」など。　[団]日本文芸家協会

戸石 泰一　といし・たいいち

小説家　[生]大正8年1月28日　[没]昭和53年10月31日　[出]宮城県仙台市　[学]東京帝国大学文学部国文科卒　[歴]大学在学中から太宰治に師事、卒業と同時に召集され南方戦線に赴く。戦後八雲書店に勤務し「太宰治全集」を編集。昭和24年「肉腫」、26年「瘴気」を発表。37年から約10年間、都高教組の専従役員。病を得て、再び文学に専念。太宰治、田中英光、小山清を描いた「青い波がくずれる」の他、「操り人形」「玉砕」「火と雪の森」などの作品がある。

戸板 康二　といた・やすじ

演劇評論家　小説家　日本演劇協会常任理事　[生]大正4年12月14日　[没]平成5年1月23日　[出]東京・芝　[学]慶応義塾大学文学部国文科（昭和13年）卒　[資]日本芸術院会員（平成3年）　[賞]戸川秋骨賞（第1回）（昭和24年）「丸本歌舞伎」、芸術選奨文部大臣賞（文学評論部門，第3回）（昭和28年）「劇場の椅子」「今日の歌舞伎」、直木賞（第42回）（昭和34年）「団十郎切腹事件」、日本推理作家協会賞（第29回）（昭和50年）「グリーン車の子供」、菊池寛賞（第24回）（昭和51年）、日本芸術院賞（文芸部門，第33回）（昭和52年）、東京都文化賞（第3回）（昭和62年）、明治村賞（第17回）（平成3年）　[歴]明治製菓勤務後、久保田万太郎のすすめで日本演劇社に入り、「日本演劇」編集長となる。昭和25年演劇評論家として独立。江戸川乱歩のすすめにより33年「車引殺人事件」を発表、推理小説作家に。34年には「団十郎切腹事件」で第42回直木賞を受賞。著書は他に「今日の歌舞伎」「忠臣蔵」「尾上菊五郎」「グリーン車の子供」「ちょっといい話」など多数。歌舞伎を一般大衆のものとしたことで51年に菊池寛賞、翌年評論活動で芸術院賞を受賞。その一方で、俳句は昭和14年頃から内田水中亭の句会に出席して作句。句集に「花すこし」「袖机」、ほかに「久保田

万太郎」「句会で会った人」がある。 [団]日本文芸家協会、日本演劇協会、日本演劇学会

十市 梨夫 といち・なしお

作家 果樹栽培業者 [生]明治43年1月 [出]高知県南国市 本名＝土居太輿(どい・たおき) [学]旧制高等小学校卒 [賞]農民文学賞(昭和58年)「先祖祭りの夜」 [歴]農家の長男として父のあとを継ぎ、ナシ栽培のかたわら小説を書き続ける。昭和58年の第26回農民文学賞に小説「先祖祭りの夜」が入選し、73歳の受賞ということで話題になる。20歳のとき地元の高知新聞「新年文芸」に短編小説が入選して以来だという。ほかに「乳房」「ナシの花」など。文芸誌「なんと」同人。 [団]日本農民文学会

東海 散士 とうかい・さんし

政治家 小説家 ジャーナリスト 衆院議員(憲政本党) [生]嘉永5年12月2日(1853年) [没]大正11年9月25日 [出]安房国富津(千葉県) 本名＝柴四朗(しば・しろう) [歴]明治元年戊辰戦争に従軍、官軍の会津城攻撃に対戦、落城後東京に拘禁。10年西南戦争では東京日日新聞に戦報を送った。11年渡米、ハーバード大学、ペンシルベニア大学で経済学を学び18年帰国。20年政治小説「佳人之奇遇」初編を刊行、文名をあげた。19〜30年にかけ続編を執筆。一方国権主義を主張、農商務相・谷干城に招かれ19年再び洋行。20年帰国、21年「大阪毎日新聞」主筆となり、また雑誌「経世評論」を発刊し、後藤象二郎の大同団結運動に尽力。25年第2回衆院選挙に福島から当選、憲政本党に所属、農商務次官、外務参政官などを務めた。著書は他に「東洋之佳人」「埃及近世史」などがある。 [家]弟＝柴五郎(陸軍大将)

堂垣 園江 どうがき・そのえ

小説家 [生]昭和35年5月29日 [出]大阪府 [学]滋賀県立短期大学卒 [賞]群像新人文学賞(優秀作,第39回)「足下の土」、野間文芸新人賞(第23回)(平成13年)「ベラクルス」 [歴]「足下の土」が第39回群像新人文学賞優秀作となる。平成5〜9年カナダに暮らし、その後メキシコに在住。著書に「ゼラブカからの招待状」「ベラクルス」がある。

東郷 実 とうごう・みのる

小説家 ジャーナリスト [生]昭和12年7月7日 [出]福岡県 本名＝東郷和生(とうごう・かずお) 筆名＝伍東和郎(小説家)、郷田稔(実用書) [学]早稲田大学文学部卒 [賞]オール読物推理小説新人賞 [歴]時代小説や推理小説の一方、文書の書き方、スピーチなどのハウツー物の著作も多い。共著に「こまったときのはがきの書き方」など。 [団]日本文芸家クラブ、日本作家クラブ

東郷 隆 とうごう・りゅう

軍事評論家 作家 [生]昭和26年12月16日 [出]神奈川県横浜市 [学]国学院大学経済学部卒 [賞]吉川英治文学新人賞(第15回)(平成6年)「大砲松」 [歴]国学院大学博物館学研究助手、グラフィックデザイナーを経て、編集者となる。「コンバット・マガジン」編集部に籍をおいたこともある。アフガニスタン国境への潜入も経験。ノンフィクション、小説、漫画の原作、コンピュータゲームソフトなど多彩な分野で活動。著作に第104回直木賞候補となった歴史奇談小説「人造記」、同106回候補「猫間」のほか、「大砲松」やパロディータッチの軍事評論「戦場は僕らのオモチャ箱」を始め、「褐色の装甲(ヘルガ)」「定吉七番」シリーズなどがある。 [団]日本文芸家協会、日本推理作家協会

東条 泰子 とうじょう・ひろこ

児童文学作家 [出]福井県 本名＝東条宏子 [学]福井高女卒 [賞]福井県文学コンクール1席知事賞「もぐらの窓」「黒いサングラス」「演枝」 [歴]童話アマ作家「がるつの会」同人。著書に「涼子 三じゅうまる」。 [団]日本児童文学者協会

藤堂 志津子 とうどう・しずこ

小説家 [生]昭和24年3月14日 [出]北海道札幌市 本名＝熊谷政江(くまがい・まさえ) [学]藤女子短期大学国文科卒 [賞]北海道新聞文学賞(第21回・昭62年度)「マドンナのごとく」、直木賞(第100回)(平成1年)「熟れてゆく夏」、北海道栄誉をたたえて賞(平成1年)、札幌市民芸術賞(平成2年) [歴]アルバイトやコピーライターののち、昭和58年パブリックセンターに入社。企画制作課課長を経て、63年フリーとなる。一方、学生時代より小説を書く。62年に書いた「マドンナのごとく」は北海道新聞文学賞を受け、直木賞候補となり、平成元年「熟れてゆく夏」で直木賞を受賞。ほかに「あの日、あなたは」などがある。 [団]日本文芸家協会

東野 光生 とうの・こうせい

作家 日本画家 白韻会主宰 [専]水墨画 [生]昭和21年 [出]和歌山県田原 本名＝山本太郎 [賞]芸術選奨文部科学大臣新人賞(第51回,平12年度)(平成13年)「似顔絵」 [歴]墨絵を内山雨会に師事。国際交流基金の支給を受けてフロリダ州立大学客員教授を務めた。代表作は「涅槃図」「大日如来図」「臨照図」など。画集に「涅槃—東野光生寺院水墨画の世界」。作品は東福寺、室泉寺、ジャクソンビル美術館などに収蔵されている。また、小説に「浅黄の帽子」「似顔絵」がある。

東野 司　とうの・つかさ

SF作家　[生]昭和32年　[出]香川県高松市　[学]横浜国立大学大学院中退　[歴]高校時代から同人誌を発行し小説も書く。横浜国大大学院中退後、パソコンソフトのマニュアル執筆を手がけるなど、テクニカルライターの仕事をする傍ら小説修業をつづけ、昭和61年「SFマガジン」誌に「赤い涙」を発表。他に電脳小説〈ミルキーピア物語〉シリーズ、「電脳セッション」などがある。

東野辺 薫　とうのべ・かおる

小説家　[生]明治35年3月9日　[没]昭和37年6月25日　[出]福島県二本松　本名＝野辺慎一　[学]早稲田大学高等師範部国漢科卒　[賞]芥川賞(第18回)(昭和19年)「和紙」　[歴]昭和16年「国土」が東京日日新聞の懸賞小説に入選し、「サンデー毎日」に掲載される。19年「和紙」で芥川賞を受賞。戦後は郷里の高校教師をつとめるかたわら、県文学会会長をつとめた。他の作品に「栄雅堂」「人生退場」などがある。

堂場 瞬一　どうば・しゅんいち

小説家　新聞記者　[生]昭和38年　[出]茨城県　本名＝山野辺一也　[学]青山学院大学国際政治経済学部卒　[賞]小説すばる新人賞(第13回)(平成12年)「8年」　[歴]昭和61年読売新聞社に入社。社会部記者などを経て、ホームページ「Yomiuri On-Line」の編集担当。傍ら、小説を執筆し、平成12年「8年」で第13回小説すばる新人賞を受賞。

堂本 昭彦　どうもと・あきひこ

作家　[専]近代剣道史　伝統工芸　[生]昭和12年1月7日　[出]熊本県　[学]早稲田大学卒　[興]人物伝記　[歴]フリーのジャーナリスト、評論家として活躍し、多方面にわたるルポルタージュや著作を発表。著書に「鬼伝」「修道学院の青春」「明治撃剣家 風のごとく発す」、編集書に「中山博道 剣道口述集」「高野佐三郎剣道遺稿集」。

堂本 茂　どうもと・しげる

作家　[生]大正13年8月2日　[没]平成9年11月22日　[出]愛媛県新居浜市　本名＝永野滋之(ながの・しげゆき)　[学]北海道大学医学部(昭和26年)卒　医学博士　[賞]東洋高圧文化賞、静内町文化功労表彰　[歴]東洋高圧北海道工業所病院勤務を経て、昭和37年東京都練馬区で開業。42年北海道静内町で外科医開業。この間、創作活動を続け、53年から「静内文芸」を主宰、同誌と「北方文芸」を中心に活躍。著書に「海からの声」「花びらの舞い」「知覧巡礼」「暗い森」、エッセイ集「花の回廊」「多生の縁」など。56年より静内町文化連盟会長を務めた。　[団]北海道文化団体協議会、静内町文化連盟

堂本 正樹　どうもと・まさき

演劇評論家　劇作家　演出家　能劇の座代表　[専]中世演劇　[生]昭和8年11月1日　[出]神奈川県横浜市　本名＝堂本正男　[学]慶応義塾大学国文科(昭和30年)中退　[興]世阿弥伝、初・二代梅若実伝　[賞]観世寿夫記念法政大学能楽賞(第5回)(昭和58年)「能・狂言の芸」　[歴]新演劇人グループ・テアトロ海に所属。平成5年10月にオープンした鎌倉芸術館の演劇監督をつとめる。11年代表を務める能劇の座が松尾芸能特別賞を受賞。著書に「囚人たち」「三島由紀夫の演劇」「能・狂言の芸」「世阿弥」「古典劇との対決」、戯曲に「私の可愛いシャワー室」「堂本正樹一幕劇集」「中世芸能人の思想—世阿弥あとさき」など。　[団]芸能史研究会、国際演劇評論家協会、演劇学会、歌舞伎学会

童門 冬二　どうもん・ふゆじ

小説家　[生]昭和2年10月19日　[出]東京　本名＝太田久行(おおた・ひさゆき)　[学]東海大学附属中(旧制)卒　[興]歴史にみる組織と人間　[賞]勲三等瑞宝章(平成11年)　[歴]昭和19年志願して海軍土浦航空隊に入隊。翌年終戦。復員後、22年目黒区役所に勤務。のち東京都庁へ移り、知事秘書、広報室長、企画調整局長、政策室長などを歴任。54年美濃部都知事の引退とともに都庁を去り、作家生活に専念。同人誌「さ・え・ら」「時代」に拠り小説を発表、本名ではテレビ・シナリオ「新選組始末記」などを執筆。代表作は第43回芥川賞の候補作「暗い川が手を叩く」や「小説 上杉鷹山」など。他に「親鸞」「勝海舟」「青春児—小説伊藤博文」「小説二宮金次郎」「ばさらの群れ」「志士の海峡」「北の王国」「近釈三国志」などがある。また日本各地の中小企業団体、自治体、文化グループなどを対象に講演もしている。　[団]日本文芸家協会、日本推理作家協会

遠矢 徹彦　とうや・てつひこ

小説家　[生]昭和15年　[出]石川県金沢市　本名＝遠矢政行　[学]法政大学日本文学科中退　[賞]新日本文学賞(平成10年)「ボルバの行方」　[歴]美学校にて木彫を学び、日社大専修科を経て、障害者授産施設木彫科指導員、木彫塾講師に。のち日本文学学校研究科22期修了。昭和49年同人誌「アンタレス」を創刊するが、のち終刊。53年文学伝習所に参加、文学伝習所機関誌等で創作活動を開始。平成10年「ボルバの行方」で新日本文学賞受賞。著書に「波うちよせる家」がある。　[団]新日本文学会

蟷螂 襲　とうろう・しゅう

劇作家　俳優　PM/飛ぶ教室座長　[生]昭和33年　[出]兵庫県　[学]立命館大学文学部哲学科卒　[賞]扇町ミュージアムスクエアOMS戯曲賞（大賞，第5回）（平成10年）「滝の茶屋のおじちゃん」　[歴]昭和54年劇団犯罪友の会「手首の紅薊」で初舞台を踏む。その後、幻実劇場、55年満開座を経て、平成元年笑殺軍団リリパット・アーミーで活動。6年「千年の居留守」（作・演出担当）で、劇団PM/飛ぶ教室を旗揚げ。以降、劇団の全作品の作・演出を手掛け、関西弁を駆使した人情劇的な作風の作品を多数上演。関西を拠点に活動する。他の作・演出作品に「嵐のとなりの寝椅子」「滝の茶屋のおじちゃん」「強いばかりが男じゃないといつか教えてくれたひと」など。

遠山 あき　とおやま・あき

小説家　[生]大正6年10月24日　[出]千葉県　[学]千葉県女子師範（現・千葉大学教育学部）卒　[賞]千葉文学賞（第21回）（昭和52年）「雪あかり」、農民文学賞（第23回）（昭和54年）「鷺谷」　[歴]教員一家に育ち、昭和23年まで教員をつとめる。農家に嫁ぎ、戦後の農地改革を機に農業に従事。封建的な山村での、生活の不合理な点を書こうと、還暦を前に農民文学会に入会。昭和52年小説「雪あかり」で千葉文学賞を受賞。54年には、土や山林の愛着を綴った「鷺谷」（「農民文学」170号）で第23回農民文学賞を受賞。同人誌「槇」編集発行人。ほかに「山村物語」「風のうた」「養老川雑記」などがある。　[団]日本農民文学会、日本文芸家協会

遠山 順一　とおやま・じゅんいち

経済ジャーナリスト　小説家　[生]昭和6年　[出]千葉市　旧筆名＝仲本潤平（なかもと・じゅんぺい）　[学]早稲田大学文学部仏文科（昭和29年）卒　[歴]千葉日報などの地方紙や業界誌、経済誌を経て、昭和47年よりフリーライターとして、新聞・雑誌に経済記事や企業小説を執筆。著書は「トマト銀行の挑戦」「富士銀行と三和銀行が合併する日」などがある。

十返 肇　とがえり・はじめ

評論家　小説家　[生]大正3年3月25日　[没]昭和38年8月28日　[出]香川県高松市　旧姓(名)＝十返一（とがえり・はじめ）　筆名＝大方宗多（おおかた・そうだ）　[学]日本大学芸術科（昭和10年）卒　[歴]高松市の料亭・淀川楼の長男に生まれる。18歳で上京、日大芸術科に入学。在学中から中河与一主宰「翰林」の同人となり、文芸時評を連載して新進評論家として認められる。昭和16年処女評論集「時代の作家」を出版。戦時中は「新文化」（「セルパン」改題）編集長、映画シナリオ執筆などをする。戦後、22年から文芸時評を再開、25年文学者」同人となり、29年「贋の季節」を刊行。31年自伝的長編小説「最初の季節」を出す。30年代、文壇ゴシップ、映画、野球、風俗、社会などの時評を書き、軽評論の一方の雄となる。他の著書に「現代文壇人群像」「『文壇』の崩壊」「けちん坊」「文壇放浪記」「実感的文学論」など、「十返肇著作集」（全2巻，講談社）がある。戦後、一を肇に改名している。　[家]妻＝十返千鶴子（随筆家）

戸梶 圭太　とかじ・けいた

小説家　[生]昭和43年　[出]東京都　[学]学習院大学文学部心理学科卒　[賞]新潮ミステリー倶楽部賞（第3回）「闇の楽園」　[歴]大学卒業後、ミュージシャンを志し、フリーターに。平成10年「闇の楽園」でデビュー。他の著書に「溺れる魚」（13年映画化）、「レイミー聖女再臨」「湾岸リベンジャー」「OUTLIMIT」などがある。

富樫 利一　とがし・としかず

作家　[生]昭和7年　[出]北海道夕張郡栗山町　[学]夕張北高卒　[歴]元・登別市職員。知里真志保を語る会会員としてアイヌ文化の保存伝承に取り組む。アイヌ同胞のための学校設立に奔走したアイヌ青年・金成太郎の生涯をノンフィクション風小説「エノン(いずこへ)―アイヌの赤い星」にまとめ平成4年出版した。北海道新聞のコラム「朝の食卓」同人。他の著書に「ラメトク（勇者）起つ―クナシリ・メナシの戦い」。

富樫 倫太郎　とがし・りんたろう

文筆業　[生]昭和36年4月5日　[出]北海道札幌市　[学]北海道大学経済学部経営学科（昭和60年）卒　[賞]歴史群像大賞（第4回）（平成10年）「修羅の跫」　[歴]上京し進学塾の講師をしながら、文筆活動に入る。著書に「修羅の跫」がある。

渡嘉敷 守礼　とかしき・しゅれい

俳優　劇作家　[生]明治16年　[没]昭和2年　[出]沖縄県　[歴]明治中期、11歳で芝居に入り、兄の守良と好劇会創立に参加。独学で狂言、演出を研究、大正5年ごろ好劇会を脱退、若手を集めて一座を組み「オセロ」「不如帰」などを上演した。　[家]兄＝渡嘉敷守良（琉球舞踊家）

戸川 猪佐武　とがわ・いさむ

政治評論家　[生]大正12年12月16日　[没]昭和58年3月19日　[出]神奈川県平塚市　[学]早稲田大学政治学科（昭和22年）卒　[賞]日本文芸大賞現代文学賞（第3回）（昭和58年）「小説吉田学校」　[歴]読売新聞社に入社。政治部記者として首相官邸、政党などを担当。ロンドン・モスクワ各特派員なども務め、昭和36年退社。テレビ解説者を経て、38年総選挙に神奈川3区から立候補したが落選。その後は保守政界に詳しい

政治評論家として活動。特に自民党人脈を描いた著書の「小説吉田学校」はベストセラーとなり、映画化もされた。著書はほかに「日本の首相」「昭和外交史」「素顔の昭和」「悪の社会学」「政権争奪」「小説自民党対共産党」など。また57年のホテルニュージャパン火災の住人被害者の会代表をしていた。
㊎父＝戸川貞雄(元平塚市長)、弟＝菊村到(作家)

戸川 貞雄　とがわ・さだお
小説家　元・平塚市長　㊣明治25年12月25日　㊰昭和49年7月5日　㊍東京　㊫早稲田大学英文科(大正7年)卒　㊧同人雑誌「地平線」「基調」などに関係し、大正10年「蠢く」を発表し、11年「屠牛場の群」を発表するなど新進作家として活躍。のち「不同調」に参加し「翻弄」などを発表。昭和期に入ってからは通俗小説作家となり、「女性の復讐」などを発表する。昭和30〜38年平塚市長を務めた。
㊎子＝戸川猪佐武(政治評論家)、菊村到(作家)

戸川 静子　とがわ・しずこ
小説家　㊣明治39年5月15日　㊍静岡県静岡市　本名＝西郷静子　㊫成女高女卒　㊧昭和初期の「女人芸術」に「淫売婦」、「火の鳥」に「季節マダム」「流産」などを発表。戦後31年、「婦人文芸」に「独居の女」、34年「左と右の記憶」や戯曲などを書いた。「独居の女」は33年「婦人朝日」に「女の歌」と改題再掲され、「光と影の青春」「晩秋」などとともに単行本となった。

戸川 昌子　とがわ・まさこ
推理作家　シャンソン歌手　㊣昭和8年3月23日　㊍東京・青山　本名＝内田昌子　㊫千歳高女卒　㊜江戸川乱歩賞(第8回)(昭和37年)「大いなる幻影」　㊧伊藤忠商事の英文タイピストとしてOL生活をしていたが、シャンソン歌手に転向し銀巴里でデビュー。その後小説を書き始め、昭和37年「大いなる幻影」で作家としてデビュー。以後「猟人日記」「蜃気楼の帯」「美しき獲物たち」など旺盛な筆力で活躍。42年東京・渋谷に“青い部屋”を開店、川端康成、三島由紀夫、柴田練三郎や石原裕次郎ら多士済々に親しまれる。歌手としても50年、レコード「リリー・マルレーン」を出す。57年には都市計画中央審議会委員になるなど活動は多彩。また44歳の高年出産で話題となった。平成13年参院選比例区に自由連合から出馬。
㊞日本推理作家協会、日本ペンクラブ

戸川 幸夫　とがわ・ゆきお
作家　日本動物愛護協会理事　㊕動物文学　㊣明治45年4月15日　㊍福岡県若松市(現・北九州市)　㊫山形高理科(昭和11年)中退　㊜直木賞(第32回)(昭和29年)「高安犬物語」、新鷹会賞(第1回)(昭和29年)「高安犬物語」、サンケイ児童出版文化賞(昭和37年，昭和43年)、芸術選奨文部大臣賞(第28回)(昭和52年)「戸川幸夫動物文学全集」、紫綬褒章(昭和55年)、児童文化功労者(昭和60年)、勲三等瑞宝章(昭和61年)、産経児童出版文化賞(美術賞，第44回)(平成9年)「オホーツクの海に生きる」
㊧生後まもなく若松市の実業家の養子となる。大正12年一家で上京。東京日日新聞(現・毎日新聞)記者、社会部副部長などを務める傍ら、長谷川伸主宰の新鷹会に入り、動物小説を書き始める。昭和29年「高安犬物語」で直木賞受賞、以後単行本は二百冊を超える。動物文学という新しい小説の分野を開拓し、小説を書くために世界各地を旅行している。40年沖縄・西表島のイリオモテヤマネコを発見したことで有名。子供向け読み物も執筆。日本動物愛護協会理事、世界野生生物基金委員などとしても活躍。俳人としては「渋柿」系俳人関谷嘶風の手ほどきを受け、「渋柿」所属。他の著書に「野生への旅」(全5巻)「人間提督山本五十六」「けものみち」、「戸川幸夫動物文学全集」(全10巻，冬樹社)、「戸川幸夫動物文学全集」(全15巻，講談社)がある。　㊞新鷹会、日本文芸家協会、日本哺乳動物学会、俳人協会、日本動物愛護協会(理事)、世界野生生物基金日本委員会、世界自然保護基金日本委員会、日本自然保護協会
㊎娘＝戸川文(作家)、戸川久美(野生トラの保護活動を支援)

とき ありえ
児童文学作家　㊣昭和26年1月2日　㊍東京都　本名＝青木康子　㊫上智大学中退　㊜日本児童文学者協会新人賞(第22回)(平成1年)「のぞみとぞぞみちゃん」　㊧パリ大学文学部に4年間留学。著書に「小さいかみさまプッチ」「のぞみとぞぞみちゃん」などがある。　㊞日本児童文学者協会、日本文芸家協会

土岐 雄三　とき・ゆうぞう
小説家　日本ペンクラブ専務理事　㊣明治40年6月16日　㊰平成1年8月7日　㊍東京　㊫青山学院高等部商業科(昭和5年)卒
㊧印刷屋の小僧や逓信省の役人をしたあと青山学院商科を卒業、昭和5年三井信託に入り、証券部長を経て、36年福岡支店長、同年取締役。38年退任、日停モータース社長に就任。一方、在職中から作家としても活躍し、ユーモア小説を得意とした。放送作家としても活躍。また、山本周五郎との交友が長く、周五郎に

関する文章も多い。日本ペンクラブ専務理事をつとめた。主な著書に「カミさんと私」「サラリーマン人生」「くたばれ上役」「花嫁の父」「わが山本周五郎」「山本周五郎からの手紙」「生きている山本周五郎」など。55年参院選埼玉地区に出馬したが、次点で落選した。㊥日本放送作家協会、日本文芸家協会、日本ペンクラブ

鴇田 英太郎　ときた・えいたろう

劇作家　㊤明治32年1月19日　㊦昭和4年7月10日　㊥宮城県石巻　㊨早稲田大学商科中退、慶応義塾大学文科中退　㊧はじめ大正活映の俳優となり、谷崎潤一郎の世話になった。その後「演劇新潮」に一幕もののシナリオを書き、小山内薫に師事、第2次「劇と評論」同人となって劇作を続けた。昭和4年胃がんに倒れ、病床で新作3本を書き戯曲集「現代生活考」に収められた。

時無 ゆたか　ときなし・ゆたか

小説家　㊤昭和43年7月　㊥東京都　㊨スニーカー大賞(優秀賞、第6回)(平成13年)「明日の夜明け」　㊧大卒後、化学系会社に勤務する傍ら小説を執筆。平成13年「明日の夜明け」でスニーカー大賞優秀賞を受賞。

磨家 信一　とぎや・しんいち

岡山・吉備の国文学賞を受賞　㊤大正15年　㊥岡山市西大寺　㊨京都薬学専門学校中退　㊨新潮社同人雑誌賞(第5回)(昭和33年)「大宮踊り」、岡山吉備の国文学賞(第2回)(平成5年)「赤い勲章」　㊧京都薬学専門学校に進むが、結核を患い帰郷。以後、病院の事務職員として勤務。この間、昭和25年ごろ療養生活を続けるかたわら、津山市内の同人雑誌「文学山河」に参加。

常盤 新平　ときわ・しんぺい

翻訳家　随筆家　小説家　㊨アメリカ現代文学　㊤昭和6年3月1日　㊥岩手県水沢村(現・水沢市)　㊨早稲田大学文学部英文科卒、早稲田大学大学院　㊨直木賞(第96回)(昭和62年)「遠いアメリカ」　㊧早川書房に入社。「ハヤカワ・ミステリ・マガジン」編集長を経て、翻訳家・文筆家生活に入る。昭和62年自伝的小説「遠いアメリカ」で直木賞を受賞。米国ジャーナリズムやマフィアの動向に詳しい。植草甚一(故人)の後を継ぐ、雑学の王様。著書に「アメリカの編集者たち」「アメリカン ジャズ エイジ」「ニューヨーク五番街物語」「ニューヨーク読本」「熱愛者」「熱愛者ふたたび」など、訳書はウッドワード&バーンスタイン「大統領の陰謀」、ブレンダン・ギル「ニューヨーカー物語」、タリーズ「汝の父を敬え」ほか多数。平成元年初の長編小説「罪人なる我等のために」を刊行する。㊥日本文芸家協会、日本ペンクラブ

徳田 一穂　とくだ・かずほ

小説家　㊤明治37年3月20日　㊦昭和56年7月2日　㊥東京　㊨慶応義塾大学文学部(昭和3年)中退　㊧徳田秋声の長男。「あらくれ」の編集同人となる。かたわら小説を書き、主な小説に「縛られた女」「女の職業」「取残された町」「花影」「北の旅」「白い姉妹」、随筆集「受難の芸術」などがある。自宅は「徳田秋声旧宅」として都史跡に指定されている。　㊨父=徳田秋声(小説家)

徳田 秋声　とくだ・しゅうせい

小説家　㊤明治4年12月23日(1872年2月1日)　㊦昭和18年11月18日　㊥石川県金沢市横山町二番丁　本名=徳田末雄　㊨第四高等中学校(四高)(明治24年)中退　㊨帝国芸術院会員(昭和12年)　㊨菊池寛賞(第1回)(昭和13年)「仮装人物」　㊧明治28年上京して博文館に入り、同郷の泉鏡花の勧めで尾崎紅葉に入門。32年紅葉の推薦により読売新聞社に入社。33年「雲のゆくへ」で小説家としての地位を確立。36年紅葉の死後自然主義へと移行、「新世帯」(明41)、「黴」(明44)、「爛」(大2)、「あらくれ」(大4)などを発表、自然主義文学の代表作家となった。大正15年妻の急死後、若い作家志望の山田順子と親しくなり、"順子のもの"の一連の作品を書く。以後、私小説・心境小説に手を染め、「仮装人物」(昭10〜13)は名作とされる。戦時中は軍情報局の弾圧をうけ、「縮図」(昭16)は未完のまま中絶した。「秋声全集」(全14巻・別1巻、非凡閣)、「秋声全集」(復刻版・全18冊、臨川書店)がある。　㊨息子=徳田一穂(小説家)

徳田 戯二　とくだ・じょうじ

小説家　㊤明治31年2月19日　㊦昭和49年8月16日　㊥京都市　本名=徳田徳次郎　㊨専修大学政経科卒　㊧大正末期のアバンギャルデスム運動の一翼をにない、昭和期に入って「文芸都市」「行動」「文芸首都」などに参加し、戦後は文戦作家クラブを結成。そのかたわら日本著作者団体協議会理事、日本出版文化研究所所長などを歴任。著書に「一番美しく」「徳田戯二選集」などがある。

徳冨 愛子　とくとみ・あいこ

徳冨蘆花の妻　㊤明治7年7月18日　㊦昭和22年2月20日　㊥熊本県菊池郡隈府町(現・菊池市)　本名=徳冨藍　旧姓(名)=原田　筆名=蘭芳、黄花　㊨東京女高師(明治27年)卒　㊧明治27年蘆花と結婚。「家庭雑誌」に蘭芳、黄花の名で史伝、随筆、家政記事などを書い

た。38年キリスト教に入信。大正8年夫とともに新生にめざめて世界旅行、10年その紀行「日本から日本へ」(全2巻)を夫婦共著で出し、次いで14年には結婚生活懺悔録といった小説「冨士」(全4巻)にまとめ公刊した。
[家]夫=徳冨蘆花(小説家)

徳冨 蘆花　とくとみ・ろか
小説家　[生]明治1年10月25日　[没]昭和2年9月18日　[出]熊本県大江村(現・熊本市大江町)　本名=徳冨健次郎(とくとみ・けんじろう)　[学]同志社(明治13年)中退　[歴]明治11年同志社に入るが中退。18年キリスト教の洗礼を受け伝道に従事した後、22年上京。兄・蘇峰の経営する民友社に入り翻訳、短編小説等を発表。27年原田藍(愛子)と結婚。31年初の作品集「青山白雲」を刊行。33年通俗的問題小説「不如帰」が好評を博しその名を知られる。同年「自然と人生」、34年「思出の記」を刊行。35年政界を批判して兄と訣別。38年妻と旅行中富士山で暴風雨に遭い、自伝小説「冨士」(全4巻，大正14～昭和3年刊行)のきっかけとなった。39年聖地巡礼の旅に立ち、帰途トルストイを訪問。帰国後農村に永住の地を求めて北多摩に移住、その生活ぶりは随想集「みゝずのたはこと」に記される。また、43年の大逆事件に際し「謀叛論」と題する講演を行った。大正8年妻と共に第二のアダム(日子)、イブ(日女)だと自覚し、「日本から日本へ」を発表した。他に「竹崎順子」、「蘆花全集」(全20巻，新潮社)、「蘆花日記」(全7巻，筑摩書房)などがある。
[家]妻=徳冨愛子、父=徳富一敬(漢学者)、兄=徳富蘇峰(評論家)

徳永 和子　とくなが・かずこ
児童文学作家　[生]昭和13年　[没]平成7年6月21日　[出]東京　[学]九州大学文学部心理学科卒
[歴]子供が3歳の時に幼稚園から借りてきた絵本に魅せられ、以来児童文学の世界に。近所の主婦8人で持ち回りの読み聞かせの会を結成し、続いて図書館から200冊の本を借り、「しおかぜ文庫」を開設。52年2月北九州市に本拠地を置く児童文学誌「小さい旗」に参加し、56年幼い頃の体験をもとに描いた絵本「いえなかったありがとう」を発表。61年荒れる中学生とマスコミのあり方を書いた小説「報道」を発表。
[団]日本児童文学者協会

徳永 真一郎　とくなが・しんいちろう
小説家　随筆家　[専]歴史散歩　歴史小説
[生]大正3年6月1日　[没]平成13年12月5日　[出]香川県綾歌郡飯山町下真時　本名=徳永真一
[学]高松中(昭和7年)卒　[賞]吉川英治賞(昭和39年)、滋賀県文化賞(昭和58年)、ブルー・レイク賞(昭和60年)、地域文化功労賞(昭和61年)、勲五等瑞宝章(平成4年)　[歴]昭和7年三越高松支店入社。12年大鉄(現・近鉄)を経て、15年毎日新聞社に入社。鳥取支局長、大津支局長、大阪本社学生新聞部長、編集局参与を歴任するかたわら、歴史小説を中心に数々の作品を生み出した。44年退職。のち学生新聞部時代に自ら紙上で連載した第1作「少年三国志」が東映により映画化された。46年びわ湖放送常務に就任、49年退社し、文筆生活に入る。主著に「寺田屋お登勢日記」「影の大老」「家康・十六武将」「東福門院和子」「影の将軍」「明智光秀」「大久保利通」「幕末列藩流血録」など多数。
[団]日本文芸家協会、日本ペンクラブ、新鷹会、小説会議、滋賀作家クラブ、滋賀県文学会

徳永 直　とくなが・すなお
小説家　[生]明治32年1月20日　[没]昭和33年2月15日　[出]熊本県飽託郡花園村(現・熊本市)
[学]錦城学館(大正2年)中退　[歴]小学校6年で印刷工となり、印刷工場を転々とし、また熊本専売局職工、熊本電気の見習い工などもする。大正8年労働運動で検挙され、9年熊本印刷労働組合創立に参加する。10年島原時事新報社に入るが、すぐに解雇されて上京、博文館印刷所(のちの共同印刷)などに勤務し、労働運動に参加。15年の共同印刷争議に敗北するが、その体験をもとに、昭和4年「太陽のない街」を「戦旗」に発表し、ナップ系の作家としての活躍を始める。以後「能率委員会」「失業都市東京」「戦列への道」などを発表するが、8年に転向し「冬枯れ」「はたらく一家」「八年制」などを発表。戦時中は18年「光をかかぐる人々」を刊行。戦後は新日本文学会に参加し、21年共産党に入党する。戦後の作品としては「妻よねむれ」「日本人サトウ」「静かなる山々」「草いきれ」などがある。

徳山 諄一　とくやま・じゅんいち
小説家　[生]昭和18年8月1日　[出]東京　本名=田奈純一　旧筆名=岡嶋二人(おかじま・ふたり)
[学]法政大学経済学部中退　[賞]江戸川乱歩賞(第28回)(昭和57年)「焦茶色のパステル」、吉川英治文学新人賞(第10回)(平成1年)「99%の誘拐」　[歴]会社員、自営業を経て、ニュー・メカニックスに勤務。昭和57年フリーライターの井上泉とコンビを組み"岡嶋二人"という共作筆名で書いた競馬ミステリー「焦茶色のパステル」が第28回江戸川乱歩賞を受賞。"岡嶋二人"は映画「おかしな二人」をもじったもの。以後共作をつづけ、他に「あした天気にしておくれ」「タイトルマッチ」「99%の誘拐」などがある。平成元年「99%の誘拐」で吉川英治文学新人賞を受賞した後、「クラインの壺」刊行と同時にコンビを解消。　[団]日本推理作家協会

土佐 文雄　とさ・ふみお

小説家　⽣昭和4年10月29日　没平成9年9月6日　出高知県高知市　本名=藤本幹吉(ふじもと・みきよし)　学龍谷大学文学部(昭和27年)卒　賞椋庵文学賞(昭和45年)、高知県出版文化賞(昭和48年)　著書に、小説「重い靴の音」「人間の骨」「土佐一条家の秘宝」「力士一代」、紀行「同行二人」など。

戸沢 正保　とざわ・まさやす

英文学者　小説家　翻訳家　東京外国語学校校長　生明治6年6月　没昭和30年3月12日　出茨城県水戸市　旧姓(名)=菊池　別号=戸沢姑射(とざわ・こや)、藐姑射山人　学東京帝大文化大学英文科(明治32年)卒　歴明治34年山口高校教員、38年五高教授、大正9年山口高校教授、昭和2年弘前高校長、7年東京外語校長、13年退職。若い頃浅野和三郎とともに「沙翁全集」の翻訳を行なった。また明治27年読売新聞の歴史小説懸賞募集に「しのぶ露」が当選。その後も「帝国文学」に歴史小説を発表した。
家兄=菊池幽芳(小説家)

としま かをり

児童文学作家　生昭和37年　出山形県　賞日本児童文芸家協会創作募集幼年童話部門最優秀賞(平成1年)　歴日本児童教育専門学校児童文学創作講座で学ぶ。著書に「バスにのって はじめての おつかい」「パスツールものがたり」などがある。　所児童文芸家協会

戸塚 博司　とづか・ひろし

児童劇作家　生明治42年　出東京　筆名=戸塚比呂志　学高小卒　歴薬種店員、雑貨商を経て戦後は群馬県で郵便局に勤務。「童話」に劇作が入選。昭和9年関英雄らと同人誌「童話草紙」を発行。16年小池慎太郎主宰の新児童劇場(のち新児童劇団)に入る。18年「どんぐり村のどんぐり」を執筆公演。29年「アラジンとふしぎなランプ」を公演。他の代表作に「こども創世紀」など。

とだ かずこ

児童文学作家　生昭和8年8月9日　出長野市　本名=戸田和子　学長野県立短期大学文科卒　賞塚原健二郎文学賞(第5回)(昭和57年)「おれたちわんぱくクラス」　主な作品に「ぼくはおとうさんの子どもだい」「おれたちわんぱくクラス」などがある。　所日本子どもの本研究会、信濃子どもの本創作研究会

戸田 和代　とだ・かずよ

児童文学作家　生昭和14年　出東京　学日本大学文理学部哲学科(通信教育)卒　賞児童文芸新人賞(第17回)(昭和63年)「ないないねこのなくしもの」、ひろすけ童話賞(第8回)(平成9年)「きつねのでんわボックス」　歴結婚し子育てが終わるころに通信教育の大学に入学。同時に日本児童文芸家協会の創作講座を受講。のち創作グループ「こん」同人。昭和60年「ふくろおばけ」を発表。他の著書に「ないないねこのなくしもの」「ぼくの三日坊主日記」「くまさんじゃなくてきつねさん」「さかなのやくそく」「きつねのでんわボックス」などがある。　所日本児童文芸家協会(理事)

戸田 欽堂　とだ・きんどう

民権論者　戯作者　生嘉永3年7月19日(1850年)　没明治23年8月10日　出美濃国大垣　本名=戸田氏益　号=戸田鉄研、戯号=孤宿情仙、花柳粋史　歴大垣藩主戸田氏正の庶子。明治4年渡米して洗礼を受け、帰国後キリスト教の布教に従事する。やがて自由民権運動に関心を抱き北辰社に加盟して国会開設建議の草案を作成したり、講演会を行なったりして、華族民権家として広く知られた。13年政治小説の先駆といえる「民権演義情海波瀾」を刊行。他の著作に脚本「薫夕東風英軍記」「吾妻ゑびす」などがある。
家父=戸田氏正(大垣藩主)

戸田 鎮子　とだ・しずこ

小説家　「じゅん文学」主宰　生昭和17年　出愛知県名古屋市　学愛知県立女子大学文学部国文科卒　賞作家賞(第26回・平元年度)「旅のウィーク」　歴昭和40年女子大4年の時から小谷剛主宰の「作家」同人となり、小説を書き続ける。昭和62年から中日文化センター小説教室で講師も務めている。文芸同人誌「じゅん文学」主宰。著書に「作家・小谷剛と『作家』」「幻想ファミリー」。　所中部ペンクラブ(副会長)

戸田 房子　とだ・ふさこ

作家　評論家　生大正3年2月13日　出東京　本名=戸田ふさ子　学台南州立一高女卒　賞平林たい子文学賞(第15回・小説部門)(昭和62年)「詩人の妻—生田花世」　歴幼児期、台湾へ移住。昭和13年単身帰京。昭和25年平林たい子と出会い、約20年口述筆記を受け持つ。著書に「砂漠の花」「平林たい子—砂漠の花の愛と性」「燃えて生きよ—平林たい子の生涯」「詩人の妻—生田花世」がある。　所日本文芸家協会

利根川 裕　とねがわ・ゆたか

小説家　文芸評論家　司会者　[専]近代日本文学　[生]昭和2年3月28日　[出]新潟県糸魚川　[学]東京大学文学部哲学科(昭和25年)卒　[賞]日本文芸大賞(特別賞,第4回)(昭和59年)「十一世市川団十郎」「ホットアングル」、日本文芸大賞(第11回)(平成3年)「それぞれの方舟」　[歴]都立上野高校教員を経て、昭和34年から中央公論社に勤務。41年2.26事件を背景にした「宴」で作家デビュー。つづく「館」も評判となる。42年「婦人公論」副編集長を最後に退職。小説の他、評論も手がける。また55年10月のテレビ朝日「トゥナイト」スタート以来13年半司会を務め、平成6年降板。早稲田大学、文教大学、武蔵野女子大学の各講師。平成3年レイクランド大学日本校名誉学長、日本ビジネス専門学校校長、のち新潟経営大学教授を務めた。小説集「幸福の素顔」「開かれた暦」、評論集「亀井勝一郎」「北一輝」「十一世市川団十郎」「日本人の死に方」「明治を創った人々」「歌舞伎英雄伝説」などがある。　[団]日本文芸家協会、日本ペンクラブ、日中文化交流協会　[家]息子=利根川展(テレビディレクター)

外村 繁　とのむら・しげる

小説家　[生]明治35年12月23日　[没]昭和36年7月28日　[出]滋賀県神崎郡南五個荘村大字金堂(現・五個荘町)　本名=外村茂　[学]東京帝国大学経済学部(昭和2年)卒　[賞]池谷信三郎賞(第5回)(昭和13年)「草筏」、野間文芸賞(第9回)(昭和31年)「筏」、読売文学賞(第12回・小説賞)(昭和35年)「澪標」　[歴]江戸時代から続く近江商人の旧家に育つ。三高時代、文芸部の委員となり、梶井基次郎、中谷孝雄らを知る。東大在学中の大正14年、梶井、中谷らと「青空」を創刊し「母の子等」を発表。昭和11年江州商人の世界を書いた「草筏」が第1回芥川賞候補作品となり、13年同作品で池谷信三郎賞を受賞。「草筏」は長篇3部作で、第2部「筏」は31年野間文芸賞を受賞、第3部「花筏」は33年に刊行された。また35年には「澪標」で読売文学賞を受賞した。地味な私小説作家であるが、他に「夢幻泡影」「最上川」「落日の光景」「澪れにぞ澪れし」などの作品がある。平成10年生家の蔵を利用した外村繁文学館が開館。

外村 民彦　とのむら・たみひこ

ジャーナリスト　児童文学作家　元・朝日新聞東京本社企画報道室編集委員　[生]昭和5年11月13日　[出]滋賀県　[学]九州大学文学部西洋史学科卒　[歴]昭和28年朝日新聞社に入社。編集委員、社会部を経て、54年編集委員に。朝日新聞「ひと」欄、54～63年「こころのページ」を担当し、宗教分野を取材。平成2年退職。著書に「願いを生きる」「宗教は核時代に何が出来るか―アッシジの祈り全記録」「みんなでつくった小さな学校―愛真高校物語」、児童文学作品に「ねずみたちと音楽会」「願いを生きる」「おそくきたツクツクホウシ」などがある。

鳥羽 亮　とば・りょう

小説家　[生]昭和21年8月31日　[出]埼玉県秩父郡長瀞町　本名=鳥羽貴徳　[学]埼玉大学教育学部卒　[賞]江戸川乱歩賞(第36回)(平成2年)「剣の道殺人事件」　[歴]在学中に剣道3段を取得。昭和44年より埼玉県下のいくつかの小学校教師を務め、63年立野小学校教頭に。一方、高校、大学時代から文学にあこがれ、教師になってからも小説を書き続ける。次第に小説から遠ざかるようになったが、40歳を過ぎた頃一念発起し、学生時代の剣道の経験を生かし「剣の道殺人事件」を執筆、平成2年同作品で江戸川乱歩賞を受賞。その後は主に時代小説を執筆、作品に「三鬼の剣」「秘剣鬼の骨」など。　[団]日本推理作家協会、日本文芸家協会

土橋 成男　どばし・しげお

劇作家　[没]平成4年12月9日　[出]東京　[歴]NHKから新国劇文芸部を経て、商業演劇の作・演出家、またテレビ時代劇の脚本家として活躍。東京・新橋演舞場や明治座などでの舞台作品の脚本、脚色を幅広く手掛けた。作品に「磯川兵助功名噺」「ちどりの河岸」「利根の名月」「薄桜記」など。

土橋 治重　どばし・じじゅう

詩人　歴史作家　「風」主宰　八潮文芸懇談会会長　[専]歴史小説　[生]明治42年4月25日　[没]平成5年6月20日　[出]山梨県東山梨郡日下部村下井尻(現・山梨市)　本名=土橋治重(どばし・はるしげ)　[学]サンフランシスコ・リテラリイカレッジ(昭和5年)修了　[賞]日本詩人クラブ賞(第25回)(平成4年)「根」　[歴]大正13年、旧制日川中学3年のとき父親のいるサンフランシスコへ渡る。昭和8年帰国、14年上京して朝日新聞に入社。横須賀、鎌倉、新潟、鎌倉、東京本社と25年間新聞記者生活を送る。鎌倉に赴任の時、鎌倉文士とのつき合いがきっかけで、24年「日本未来派」に詩を発表、詩人としてのスタートを切る。33年現代詩人会副幹事長。36年詩誌「風」を創刊、61年100号を出した。この間、有望な詩人を多く詩壇に送り出した。主な詩集に「花」「異聞詩集」、著書に「武田信玄」「斎藤道三」、詩集「サンフランシスコ日本人町」「甲陽軍鑑」など。　[団]日本文芸家協会、日本現代詩人会、日本ペンクラブ　[家]長男=黒井和男(キネマ旬報編集長)

土橋 寿　どばし・ひさし
児童文学作家　帝京学園短期大学保育科教授　[専]心理学　[生]昭和7年11月25日　[出]山梨県　筆名＝車田寿(くるまだ・ひさし)　[学]山梨大学教育学部心理学専攻卒、日本大学卒、東京教育大学卒　[歴]歴史学者・色川大吉が提唱した“自分史”の普及と収集、保存の運動を進め、平成6年日本自分史学会を発足させた。日本自分史文学館館長も務める。14年子どもたちに自分史を普及させるために教職員向けの研究会である山梨学校自分史研究会を発足させる。著書に「スタンレーのアフリカ探検」「へき地へ行った校長先生」「日本消防の父」、童句集「ふじざくら」などがある。　[団]日本自分史学会(会長)、日本児童文学者協会、日本児童ペンクラブ、日本児童文学学会

戸部 新十郎　とべ・しんじゅうろう
小説家　[専]時代・歴史物　[生]大正15年4月8日　[出]石川県七尾市　旧筆名＝多岐流太郎(たき・りゅうたろう)　[学]早稲田大学政治経済学部中退　[興]忍者、剣士、武将　[歴]北国新聞社の記者を経て、文筆生活に入る。「安見隠岐の罪状」で昭和48年の直木賞候補に。他に「蜂須賀小六」(全3巻)「風盗」「前田利家」(上下)「妖説五三ノ桐」「服部半蔵」(全10巻)「考証 宮本武蔵」「戦国史譚 徳川家康」「徳川秀忠」(全3巻)などがある。また43年頃まで使用していた筆名・多岐流太郎名義の著書に「忍法水滸伝」など。　[団]日本文芸家協会、新鷹会　[家]父＝戸部良祐(代議士・故人)

泊 篤志　とまり・あつし
劇作家　飛ぶ劇場代表　[生]昭和43年　[出]福岡県北九州市　[学]北九州大学卒　[賞]劇作家協会最優秀新人劇曲賞(第3回)(平成9年)「生態系カズクン」　[歴]北九州大学で演劇研究会に所属、アマチュア劇団・飛ぶ教室にも在籍。卒業後上京し、ビデオゲーム制作会社で企画に携わる。2年ほどで退社し、平成5年帰郷。飛ぶ劇場の代表となり、作、演出、出演を兼ねる。同年からスタートした北九州演劇祭に参加を続け、6年からは演劇祭事務局の仕事も担当。

泊里 仁美　とまり・ひとみ
シナリオライター　[生]昭和21年8月1日　[没]昭和58年5月4日　[出]東京　本名＝藤原仁美　[学]日大二高卒　[歴]証券会社に勤務の傍らシナリオを執筆。昭和49年テレビ「バーディ大作戦」でデビュー。プロとして活躍するが、58年5月神奈川県葉山町の海岸で溺死体となって発見される。TBSテレビ小説「女、かけこみ寺」(58年4～10月放映)の脚本を書いていたがなぜか途中で降ろされ、「死にたい」ともらしていたという。鎌倉市梶原の自宅に「生まれ変わって出直したい」との遺書があった。主な作品にテレビ「刑事くん」「刑事犬カール」「コメットさん」(TBS)など。

泊 美津子　とまり・みつこ
小説CLUB新人賞を受賞　[生]昭和32年3月23日　[出]和歌山県　本名＝吉田美津子　[学]早稲田大学文学部卒　[賞]小説CLUB新人賞(第16回)(平成5年)　[歴]会社員を経て主婦業の傍ら小説を書く。平成5年より「小説CLUB」に小説を連載。

富岡 多恵子　とみおか・たえこ
小説家　詩人　[生]昭和10年7月28日　[出]大阪府大阪市此花区　本名＝菅多惠子(すが・たえこ)　[学]大阪女子大学文学部英文科(昭和32年)卒　[賞]H氏賞(第8回)(昭和33年)「返礼」、室生犀星詩人賞(第2回)(昭和36年)「物語の明くる日」、田村俊子賞(第14回)(昭和48年)「植物祭」、女流文学賞(第13回)(昭和49年)「冥途の家族」、川端康成文学賞(第4回)(昭和52年)「立切れ」、読売文学賞(評論・伝記賞，第45回)(平成6年)「中勘助の恋」、野間文芸賞(第50回)(平成9年)「ひべるにあ島紀行」、紫式部文学賞(第11回)(平成13年)「釋迢空ノート」、毎日出版文化賞(文学芸術部門，第55回)(平成13年)「釋迢空ノート」　[歴]昭和32年の詩集「返礼」で一躍詩壇に認められ、36年には「物語の明くる日」で室生犀星賞受賞。45年以降小説を書き始め、49年「冥途の家族」が女流文学賞、52年の「立切れ」が川端康成文学賞と、第一線作家として頭角を現す。日常生活の庶民の哀歓や心のうずきが見事にとらえられ、「壷中庵異聞」はその代表作。評論、シナリオ、戯曲などの分野でも活躍。ほかに「富岡多恵子詩集」「植物祭」「波うつ土地」「漫才作者秋田実」「表現の風景」「近松浄瑠璃私考」「中勘助の恋」「ひべるにあ島紀行」「釋迢空ノート」など多数。
[団]日本文芸家協会

冨川 元文　とみかわ・もとふみ
シナリオライター　[生]昭和24年2月11日　[出]愛知県一宮市　[学]多摩美術大学彫刻科卒　[賞]芸術祭賞優秀賞(昭和54年)「親切」(NHK)、向田邦子賞(第10回)(平成4年)、芸術選奨文部大臣新人賞(第44回・平5年度)「牛の目ン玉」「三十三年目の台風」「系列」　[歴]墨田区立横川小の図工教諭の傍ら、仕事の合間に脚本を書き、昭和54年日本放送作家協会主催、NHK後援の創作テレビドラマ脚本公募に作品「親切」が入選。NHKテレビで放送され、芸術祭優秀賞を獲得。2作目の「絆」は55年7月NHKテレビの「ドラマ人間模様」で5回連続放送された。作品は他にNHK大河ドラマ「峠の群像」、NHK朝のテレビ小説「心はいつもラムネ色」や「牛

の目ン玉」「三十三年目の台風」「系列」など。映画「うなぎ」の脚本も手がけた。

富崎 喜代美　とみさき・きよみ

小説家　㉒佐賀県文学賞(小説部門一席)、九州芸術祭文学賞(佳作、第32回)「かたつむり」　㉘新聞投稿を皮切りに文章を書き始める。息子たちが学校に行っているに昼間に原稿を書き、佐賀県文学賞小説部門で3年連続一席に輝く。平成14年「かたつむり」で第32回九州芸術祭文学賞佳作となり、同作が「文学界」に掲載される。

富沢 有為男　とみさわ・ういお

画家　小説家　㉕明治35年3月29日　㉖昭和45年1月15日　㉗大分県大分市　㉛東京美術学校西洋画科中退　㉒芥川賞(第4回)(昭和11年)「地中海」　㉘岡田三郎助に師事。大正9年新愛知新聞入社。昭和2年渡仏、4年帰国。10年帝展初入選。井伏鱒二らと親しくなり、佐藤春夫に知遇される。11年美術誌「東陽」に「地中海」を発表し、第4回芥川賞受賞。12年「地中海・法廷」、13年武漢作戦従軍記「中支戦線」を中央公論に発表、以後右傾化。14年尾崎士郎らと「文芸日本」を創刊。戦後「侠骨一代」が高倉健主演で映画化された。他の作品に長篇「白い壁画」、作品集に「法律の轍」「ふるさと」「富沢有為男選集」(集団形星刊)、評論集「芸術論」がある。　㊳息子=冨沢暉(元陸上自衛隊陸上幕僚長)

富島 健夫　とみしま・たけお

小説家　㉕昭和6年10月25日　㉖平成10年2月5日　㉗福岡県京都郡刈田町　本名=冨島健夫　㉛早稲田大学文学部仏文科(昭和30年)卒　㉘早大在学中から丹羽文雄に師事。昭和28年「喪家の狗」が芥川賞候補になる。30年卒業後、河出書房に勤務。31年「黒い河」を処女出版、松竹映画化されて話題を呼ぶ。32年より作家に専念。36年頃からジュニア小説の分野を開拓し、第一人者的存在に。43年に発表した「おさな妻」などで性描写を取り入れて議論を呼んだ。後、官能生活に鋭く切り込んだ数々の作品を発表、川上宗薫、宇能鴻一郎とともにポルノ御三家と呼ばれた。他の代表作に「雪の記憶」「恋と少年」「初夜の海」「青春の野望」「女人追憶」など。「富島健夫青春文学選集」(全14巻、集英社)、「富島健夫小説選集」(全22巻、実業之日本社)がある。　㊴日本文芸家協会、日本文芸著作権保護同盟

富田 祐弘　とみた・すけひろ

アニメ作家　小説家　㉕昭和23年4月14日　㉗埼玉県　本名=富田洋司　㉛日本大学卒　㉘多彩な職業の後、アニメ「SF西遊記スタージンガー」のシナリオを手がける。代表作に「伝説巨人イデオン」「超時空要塞マクロス」「新ビックリマン」他。「ガル・フォース」(全5巻)で小説デビュー。

富田 常雄　とみた・つねお

小説家　㉕明治37年1月1日　㉖昭和42年10月16日　㉗東京・小石川富坂　筆名=伊皿木恒夫、日夏恒夫　㉛明治大学商学部卒　㉒直木賞(第21回)(昭和24年)「面」「刺青」　㉘明大卒業後、劇団心座の文芸部に参加し、多くの作品を脚色し、また「U9号」などを発表。昭和5年頃から少年雑誌に「トンカツ大将」などの読物小説を書く。17年に発表した「姿三四郎」が大ベストセラーとなり、翌18年黒沢明により映画化された。24年「面」「刺青」で直木賞を受賞。以後大衆文学作家として活躍し、「白虎」「風来物語」「弁慶」「熊谷次郎」などを発表した。　㊳父=富田常次郎(柔道家)

富永 滋人　とみなが・しげと

著述家　㉕大正11年　㉖平成8年8月23日　㉗福岡県　本名=富永藟(とみなが・しげる)　㉒オール読物新人賞(第27回)(昭和40年)「ぼてこ陣屋」、大阪府知事表彰(文化芸術部門)(昭和51年)、関西文学選奨特別賞(第23回)(平成4年)「とっておき日本外交」　㉘十条製紙都島工場に停年退職まで勤務。昭和40年から作家活動に入る。のち、「小林一三伝」「歴史ロマン」を新聞に連載。歴史小説を主に書き、主な著書に「戦国群雄列伝」、共著に「豊臣秀吉七つの謎」などがある。

富永 敏治　とみなが・としはる

児童文学作家　㉕昭和3年　㉒新・北陸児童文学賞(第1回)(平成2年)「サーモンピンクの旗はひらめく」、部落解放文学賞(児童文学部門、第21回)(平成7年)「地の底にいななく」　㉘昭和20年代に地域の子ども会活動に携わったとこから児童文学と出合い、勤務していた三菱化成の社内報に短編童話を発表するなど、創作に励む。昭和30年児童文学を志す仲間5人で「小さい旗の会」を結成、同人誌「小さい旗」を発行。作品に長崎原爆を描いた「夕焼日記」や、室内模型飛行機の滞空時間世界記録を更新した野中繁吉の伝記「とべ!!翼竜号─模型飛行機ひとすじに生命をかける男」、共著に「福岡県の民話」など。　㊴日本児童文学者協会

富永 直久　とみなが・なおひさ
作家　[生]昭和8年3月22日　[出]東京都墨田区吾嬬町　[学]早稲田大学仏文科中退　[歴]ペーパーバックス推理読みで英語をマスター。「CAN英語」を考案、その著書「英語は電車の中で」「CAN英語」はベストセラーとなる。雑誌「面白半分」に「君が買わなかった傑作」で小説デビュー。著訳書に「デッ漢書」「傑作ヒーローがやってきた」「ポクテ」など。

富永 浩史　とみなが・ひろし
小説家　[賞]ファンタジア長編小説大賞(佳作,第5回)「死天使は冬至に踊る」　[歴]ライターを経て、「死天使は冬至に踊る」で小説デビュー。著書に「機巧天使サンダルフォン」「Sepietta」がある。

富野 由悠季　とみの・よしゆき
アニメーション作家　[専]アニメーション　小説作詩　[生]昭和16年11月5日　[出]神奈川県小田原市　本名＝富野喜幸(とみの・よしゆき)　別名＝井荻麟(いおぎ・りん)　[学]日本大学芸術学部映画学科(昭和38年)卒　[興]SFでなく宗教的でない言葉の発見　[歴]昭和39年虫プロ(漫画製作会社)に入社、すぐ手塚治虫の「鉄腕アトム」の脚本、演出を担当、デビューする。3年後フリーとなり、CM制作や東京デザイナー学院講師をするが水に合わず、再びアニメに戻る。テレビシリーズ「海のトリトン」「勇者ライディーン」「ラ・セーヌの星」を監督し、注目される。自作の「ダイターン3」「機動戦士ガンダム」「伝説巨人イデオン」「戦闘メカ・ザブングル」「聖戦士ダンバイン」「重戦機エルガイム」を次々に監督。この間「機動戦士ガンダム」を映画化と活字化、「伝説巨人イデオン」をソノラマ版で刊行。その後「機動戦士Zガンダム」(全5部)「リーンの翼」(全6部)を刊行。ロボットアニメ一筋に描き、その根底に人類愛が流れる。この間57年由悠季と改名。平成10年、14年ぶりのオリジナル作品「ブレンパワード」を監督。また井荻麟の筆名で主題歌の作詞も行う。小説の他、自伝的著書「だから僕は……」がある。
[団]日本音楽著作権協会

富ノ沢 麟太郎　とみのさわ・りんたろう
小説家　[生]明治32年3月25日　[没]大正14年2月24日　[出]山形市　本名＝富沢麟太郎　[学]早稲田大学予科中退　[歴]中学時代から映画を好み、幻想世界の美を文学に求める。佐藤春夫に師事し、大正10年横光利一らと同人誌「街」を創刊、処女作「ムハメットと煙草」などを発表。11年には中山義秀らと「塔」を創刊し、「セレナアド—LUNATIC-STORY」を発表。他の作品に「流星」などがあり、没後に佐藤春夫が「夢と真実」を私家版で刊行。また昭和11年に「富ノ沢麟太郎集」(横光利一編)が刊行された。

富安 陽子　とみやす・ようこ
児童文学作家　[生]昭和34年　[出]大阪府　[学]和光大学人文学部文学科卒　[賞]日本児童文学者協会新人賞(平成3年)「クヌギ林のザワザワ荘」、小学館文学賞(第40回)(平成3年)「クヌギ林のザワザワ荘」、新美南吉児童文学賞「小さな山神スズナ姫」、産経児童出版文化賞(第48回)(平成13年)「空へつづく神話」　[歴]高校生のころから童話を書きはじめ、「子どもの館」などの雑誌に作品を発表、昭和61年児童文学作家としてデビュー。著書に「やまんば山のモッコたち」「クヌギ林のザワザワ荘」「おとうさんの玉手箱」「空へつづく神話」など。

友清 恵子　ともきよ・けいこ
小説家　詩人　[生]昭和11年　[出]福井県坂井郡三国町　[学]福井大学(昭和34年)卒　[歴]東京都公立中学の英語教師。昭和46年「日本海作家」同人。54年「錆びた星」が文学界同人雑誌推薦作となる。56年から「トンネルの譜」、60年から「優しい修羅たち」、平成2年から「百草は風のこころに」をそれぞれ「日刊福井」に連載。著書に小説集「錆びた星」のほか、詩集に「土蜂の唄」「独活の唄」「岩魚の唄」。

友田 多喜雄　ともだ・たきお
詩人　児童文学作家　[生]昭和6年4月4日　[出]東京　[学]成城中卒　[賞]小熊秀雄賞(第2回)(昭和44年)　[歴]旧制中学中退。昭和20年北海道へ移住、約20年農業を営む。39年離農し、札幌で北海道農民連盟事務局長などを務め、63年退職。この間、創作活動を続け、詩人、童謡作家、児童文学作家として幅広く活躍。作品に詩画集「ちいさなものたち」「仔馬/羊たち」、詩集「サイロのそばで」「光多とともに」などがある。

友成 純一　ともなり・じゅんいち
映画評論家　フリーライター　作家　[生]昭和29年　[出]福岡県嘉穂郡庄内町　[学]早稲田大学政治経済学部卒　[賞]「幻影城」新人賞(評論家部門)(昭和51年)　[歴]昭和51年探偵小説雑誌「幻影城」の第2回新人賞評論部門受賞で商業誌デビュー。その後、ミステリー評論等のフリーライターとして活躍するかたわら、60年猟奇ポルノ「凌辱の魔界」で作家デビュー。以後スプラッタ、アクション、SF小説と幅広い執筆活動を展開、映画評論家としても活躍。著書に「肉の儀式」「聖獣都市 土竜の聖杯」「魔獣戦線1990ベルリン」「淫獣軍団」「爆殺都市」「黄金竜伝説」など多数。

伴野 朗　ともの・ろう

作家　[生]昭和11年7月16日　[出]愛媛県松山市　[学]東京外国語大学中国語科(昭和35年)卒　[興]中国　[賞]江戸川乱歩賞(第22回)(昭和51年)「五十万年の死角」、日本推理作家協会賞(第37回)(昭和59年)「傷ついた野獣」　[歴]朝日新聞社に入り、外報部などを経て、上海支局長。平成元年退社。昭和51年「五十万年の死角」で江戸川乱歩賞受賞。歴史と冒険・推理を組合せた作風で独自の世界を展開。主な著書に「大航海」「マッカーサーの陰謀」「必殺者」「驃騎将軍の死」「傷ついた野獣」など。母校である東京外国語大学のラグビー部監督を務めたこともある。　[団]日本冒険小説協会、日本推理作家協会、日本冒険作家クラブ(代表幹事)

土門 弘幸　どもん・ひろゆき

ゲーム小説作家　[生]昭和51年8月8日　[出]三重県　[賞]電撃ゲーム小説大賞(第1回)(平成6年)「五霊闘士オーキ伝―五霊闘士現臨！」　[歴]本とゲームに埋もれ、私立高校を中退。定時制高校に通いながら家業手伝い。自称ゲームオタク。著書に「五霊闘士オーキ伝―五霊闘士現臨！」がある。

豊岡 佐一郎　とよおか・さいちろう

劇作家　演出家　[生]明治30年4月1日　[没]昭和12年5月25日　[出]大阪市　[学]早稲田大学英文科(大正7年)卒　[歴]早大卒業後大阪に帰り、大正9年同人誌「作と評論」を創刊、戯曲「転生」「功名」などを発表。坪内士行の戯曲研究会(芸術協会)に参加、昭和2年に七月座を興し、関西の新劇運動を展開した。5年新興演劇同人、10年大阪の新劇団を集結して大阪協同劇団を興しその中心となった。戯曲集「郊外生活者の朝」、遺稿集「功名」。

豊島 与志雄　とよしま・よしお

小説家　翻訳家　[生]明治23年11月27日　[没]昭和30年6月18日　[出]福岡県朝倉郡福田村小隈(現・甘木市福田町)　[学]東京帝国大学仏文科卒　[歴]東京帝大在学中の大正3年、芥川龍之介らと第3次「新思潮」をおこし「湖水と我等」を発表。6年「生あらば」を刊行して、作家として認められた。以後「蘇生」「微笑」「反抗」「野ざらし」「人間繁栄」などを刊行。「レ・ミゼラブル」や「ジャン・クリストフ」などの翻訳もした。陸軍幼年学校、法政大学、東京帝大などで教え、昭和7年明治大学教授に就任。13年「白い朝」を刊行、また8年には評論集「書かれざる作品」を刊行。小説、戯曲、評論、翻訳、児童文学と幅広く活躍した。戦後は日本ペン・クラブの再建に努力し、幹事長として活躍する一方で、「高尾ざんげ」「白蛾」「山吹の花」などを発表した。　[家]孫＝志摩のぶこ(児童文学作家)

豊田 有恒　とよた・ありつね

作家　島根県立大学教授　[生]昭和13年5月25日　[出]群馬県前橋市　本名＝豊田有恒(とよだ・ありつね)　[学]慶応義塾大学医学部中退、武蔵大学経済学部(昭和38年)卒　[歴]虫プロで「鉄腕アトム」のシナリオを1年半手がけ、昭和37年SF小説「火星で最後の…」が第1回SFコンテストで佳作入選しデビュー。42年発表した処女長編SF「モンゴルの残光」で認められ、以後、SF、アクション、歴史、ノンフィクションなど幅広い分野で執筆。のちに、創作集団・パラレル・クリエーションを主宰。60～62年日本SF作家クラブ会長を務めた。平成12年島根県立大学教授に就任。主な作品に「地球の汚名」「改体者」「倭王の末裔」「邪馬台国」シリーズ、「ヤマトタケル」シリーズ、「韓国の挑戦」「原発の挑戦」など。　[団]日本推理作家協会、日本SF作家クラブ(名誉会員)、日本文芸家協会、少年文芸作家クラブ、日本ペンクラブ

豊田 一郎　とよだ・いちろう

作家　[生]昭和7年3月20日　[出]東京　本名＝豊田幸雄(とよた・ゆきお)　[学]早稲田大学文学部卒　[歴]昭和36年時事通信社入社。週刊時事編集部次長、海外部次長、熊本支局長、編集局文化部次長、61年文化部長。作品に「洪水に浮かぶ一粒の麦」「ガラスの箱の中のガラスの人形」「沈む太陽に接吻を」など。　[団]東京作家クラブ、日本文芸家協会、日本ペンクラブ、全国同人雑誌作家協会

豊田 行二　とよだ・こうじ

小説家　[生]昭和11年5月11日　[没]平成8年11月7日　[出]山口県下関市　本名＝渡辺修造(わたなべ・しゅうぞう)　[学]早稲田大学大学院経済学研究科財政学専攻(昭和36年)修士課程修了　[賞]オール讀物新人賞(第32回)(昭和43年)「示談書」、日本文芸大賞(現代文学賞,第4回)(昭和59年)「作家前後」　[歴]新聞記者、代議士秘書を経て、昭和43年「示談書」でオール讀物新人賞受賞。妻子を下関に残して上京、週刊大衆のリライター、ゴーストライターとして、糸山英太郎の「怪物商法」「太陽への挑戦」を書く。また、文化放送のパーソナリティとして「男のワイド」に1年間出演。作品も政治内幕ものから官能小説までと幅広く、「小説金脈列島」「オイル・ギャンブラー」「乳房の饗宴」「OL狩り」「大いなる野望」「サファリの誘拐者」などの著書がある。　[団]日本文芸家協会、日本ペンクラブ、日本推理作家協会、日本文芸家クラブ(理事長)

豊田 三郎　とよだ・さぶろう
小説家　[生]明治40年2月12日　[没]昭和34年11月18日　[出]埼玉県川柳村柿木(現・草加市)　本名＝森村三郎　[学]東京帝国大学独文科(昭和5年)卒　[賞]文学報国会小説部会賞(第1回)(昭和19年)「行軍」　[歴]「赤い鳥」編集部を経て、昭和8年紀伊国屋書店出版部に入社し「行動」編集長となる。そのかたわら「弔花」などの作品を発表し行動主義文学の代表的作家となる。のち湘南中学教員となり、また従軍する。戦後日本文芸家協会書記局長に就任。他の主な作品に「北京の家」「青年時代」「行軍」「黒白」「仮面天使」「好きな絵」などがある。
[家]長女＝森村桂(作家)

豊田 穣　とよだ・じょう
小説家　「季刊作家」編集主幹　[生]大正9年3月14日　[没]平成6年1月30日　[出]岐阜県本巣郡穂積町　本名＝豊田穣(とよだ・みのる)　旧筆名＝大谷誠　[学]海兵(昭和15年)卒　[賞]岐阜県文化賞(第1回)(昭和26年)「ミッドウェー海戦」、直木賞(第64回)(昭和45年)「長良川」、紫綬褒章(昭和61年)、中日文化賞(第45回)(平成4年)
[歴]艦上爆撃機パイロットになり、ソロモン海域で撃墜され米軍捕虜に。戦後、中日新聞記者、東京新聞文化部次長を務め、昭和51年定年退職。この間22年「ニューカレドニア」で文壇デビュー。24年「帰還」が第1回横光利一賞次席となり、名古屋の「作家」同人として活躍。45年連作長編「長良川」で直木賞受賞。退職後、執筆に専念。若き日の生死の体験を根底に抱えつつ、自己の内面を静察し続けるその創作方法から、重厚な私小説的作品が多い。代表作「ミッドウエー海戦」「昭和交響楽」(3部・20巻)のほか、自伝的作品「母ふたりの記」「海の紋章」、戦争記録文学「蒼空の器」「七人の生還者」「豊田穣戦記文学集」(全11巻)、エッセイ集「男の人生劇場」などがある。平成7年岐阜県図書館に“豊田穣文庫”が誕生した。
[団]日本文芸家協会、日本ペンクラブ

豊田 四郎　とよだ・しろう
映画監督　[生]明治39年1月3日　[没]昭和52年11月13日　[出]京都市上京区室町出水　[学]府立一中(大正13年)卒　[賞]ブルーリボン賞監督賞(昭和30年度)「夫婦善哉」　[歴]大正13年松竹蒲田撮影所に助監督として入社。島津保次郎に師事。昭和4年「彩られる唇」で監督デビュー。11年東京発声に入社、「泣虫小僧」「冬の宿」「小島の春」など文芸映画の名作を次々発表。16年東宝所属となる。戦後はしばらく低迷をつづけるが、森鴎外の「雁」(28年)、織田作之助の「夫婦善哉」(30年)で息を吹き返し、以後、「猫と庄造と二人の女」「雪国」「濹東綺譚」(ぼくとうきたん)などもっぱら文芸ものを手がけた。晩年のものに「恍惚の人」がある。

豊田 次雄　とよだ・つぎお
俳人　童話作家　[没]昭和56年12月20日　[出]三重県　[歴]幼児向け月刊絵本「ひかりのくに」の編集長を昭和21年の創刊から41年まで務め、かたわら童話作家として活躍。その後、俳人として南大阪を中心に「銀泥俳句社」を主宰。

豊田 正子　とよだ・まさこ
小説家　[生]大正11年11月13日　[出]東京・葛飾　[学]渋江小卒　[賞]日本エッセイストクラブ賞(第34回)(昭和61年)「花の別れ」　[歴]小学生の時に書いた生活記録「綴方教室」で有名になり、のちプロレタリア文学運動に参加。新日本文学会から離れ、昭和25年共産党に入党し、江馬修らと「人民文学」を起こす。平成3年脳こうそくで倒れ、リハビリ中。同年「おゆき」復刊。主な著書に「粘土のお面」「芽ばえ」「おゆき」「花の別れ」など。　[団]日本ペンクラブ、日本エッセイストクラブ　[家]夫＝江馬修(小説家・故人)

鳥井 綾子　とりい・あやこ
小説家　[生]昭和20年4月25日　[出]北海道広尾郡大樹町　[学]大樹高卒　[賞]帯広市民文芸賞(昭和53年)、日本農民文学賞(第31回)(昭和63年)「坂のむこうに」　[歴]高卒後、北海道大樹町職員として町立国保病院に勤務。昭和44年に結婚し、夫を助け、商業を営む。小説は高校時代から書き始めたが、結婚して一時中断、50年から再開。「黎」(札幌市)同人。

鳥井 架南子　とりい・かなこ
推理作家　[生]昭和28年10月2日　[出]愛知県中島郡祖父江町　本名＝渡部章代(わたなべ・あきよ)　旧筆名＝鳥井加南子(とりい・かなこ)　[学]南山大学大学院文学研究科人類学専攻(昭和56年)修士課程修了　[賞]江戸川乱歩賞(第30回)(昭和59年)「天女の末裔―殺人村落調査報告書」
[歴]愛知県祖父江町の開業医の三女。高校生のとき「Yの悲劇」を読んでミステリーの世界にのめりこみ、事務員、英語講師等をしながら小説家をめざす。昭和58年「トワイライト」で江戸川乱歩賞候補となり、59年7月「天女の末裔」で受賞。ほかに「悪夢の妖怪村」「悪夢の幽霊都市」「オンラインの微笑」「悪女天使」などがある。平成5年よりペンネームを加南子から架南子に改名。　[団]日本文芸家協会

鳥海 永行　とりうみ・ひさゆき

アニメーション監督　小説家　[生]昭和16年10月29日　[出]神奈川県伊勢原市　[学]中央大学法学部政治学科(昭和41年)卒　[歴]竜の子プロダクションに入社。脚本・演出を担当し、特に総監督をつとめた「科学忍者隊ガッチャマン」は内容の漸新さから2年間放映される人気番組になった。その後「破裏拳ポリマー」「宇宙の騎士テッカマン」「ゴワッパー5・ゴーダム」などを手がける。昭和53年同プロ退社、布川ゆうじ等とアーチスト集団・スタジオぴえろを設立。「ニルスのふしぎな旅」「太陽の子エステバン」(NHK)、「宇宙戦士バルディオス」を手がけ、世界初のオリジナルビデオアニメ「ダロス」4部作の原作・脚本・演出を担当。他に「エリア88」(ビデオ)「沙羅曼蛇」「雲のように風のように」など。その後、フリー。小説も手がけ、著書に「月光、魔鏡を射る時」「時の影」「標的は悪魔」「フルムーン伝説インドラ」「水無し川かげろう草子」などがある。

鳥飼 久裕　とりかい・ひさひろ

小説家　編集者　元・「海燕」編集長　[生]昭和35年　[出]福岡県　筆名＝鳥飼否宇(とりかい・ひう)　[学]九州大学理学部(昭和57年)卒　[賞]横溝正史ミステリ大賞(優秀賞，第21回)(平成13年)「中空」　[歴]福武書店に入社。進研ゼミ中学講座の教材編集担当を経て、平成4年出版事業本部出版部。5年文芸誌「海燕」編集長。のちフリー。13年「中空」で第21回横溝正史ミステリ大賞優秀賞を受賞。

鳥越 碧　とりごえ・みどり

フリーライター　[生]昭和19年5月17日　[出]福岡県北九州市　[学]同志社女子大学英文科卒　[賞]時代小説大賞(第1回)(平成2年)「雁金屋草紙(かりがねやそうし)」　[歴]カネボウ・ディオール、川鉄物産の社長秘書を務め、昭和58年からフリーライターに。業務用マニュアル、生活百科などを作るほか、デザインやレイアウト、インタビューも手がける。平成2年小学生の時から好きだった尾形光琳をテーマに時代小説「雁金屋草紙」を執筆。他に「後朝―和泉式部日記抄」「萌がさね 藤原道長室明子相聞」がある。

鳥海 仟　とりのうみ・せん

演出家　脚本家　劇団「吟遊詩人」主宰　東京アナウンス学院講師　[出]山形県酒田市　本名＝鳥海俊材　[学]茨城大学経済学部卒　[賞]ギャラクシー特別賞(第16回・昭53年度)「不確実性の時代」　[歴]舞台芸術学院で演出論を学び、同学院の講師を経て、劇団「新人会」演出部に所属。アニメーション「いなかっぺ大将」「タイムボカンシリーズ」「宇宙戦艦ヤマト」等の音響監督のほか、「魔可異風婆伝」の作者。TBS系東京アナウンス学院の講師。アニメ原作に「ドン・どんべえ魔界大冒険」、劇作に「異聞カチカチ山―惚れたが悪いか」「鳴物噺―怪談・牡丹燈籠」など。

十和田 操　とわだ・みさお

小説家　[生]明治33年3月8日　[没]昭和53年1月15日　[出]岐阜県郡上郡口明方村　本名＝和田豊彦　[学]明治学院高等学部文芸科(大正13年)卒　[歴]卒業後志願兵として岐阜の歩兵連隊に入隊し、除隊後時事新報社会部記者となる。昭和4年「葡萄園」に参加。11年発表の「判任官の子」は芥川賞候補作品となる。12年朝日新聞社出版部に入社、以後も作家として活躍した。他の主な作品に「屋根裏出身」「平時の秋」「老兵従軍旅誌」「いつお前は嫁に行く」「十和田操作品集」などがある。

【な】

内木 文英　ないき・ふみえ

劇作家　脚本家　東海大学理事　全国高校演劇協議会名誉会長　東海大学附属望星高校名誉校長　[生]大正13年8月27日　[出]東京　[学]早稲田大学文学部文学科国文学専攻卒　[歴]中学校・高等学校の国語の教員をしながら、多くの戯曲を書く。特に通信制高校教育と高校演劇に情熱を傾ける。東海大学附属浦安高校、同望星高校の校長を歴任。代表的な作品に「祝い日」「ある死神の話」「かげぼうし幻想」「オリオンは高くうたう」など。著書に「劇をしましょう」「内木文英一幕劇集」「かつてこの地は海であった」「望星高校物語」「内木文英脚本集」など。　[団]全国高等学校演劇協議会(名誉会長)、全日本アマチュア演劇協議会(副会長)、日本児童演劇協会(会長代行)、日本演劇学会、全国高等学校通信制教育研究会(顧問)、全国私立通信制高等学校協会(会長)

内藤 辰雄　ないとう・たつお

小説家　[生]明治26年2月11日　[没]昭和41年10月26日　[出]岡山県浅口郡　本名＝内藤恵吉　[学]岡山県立商中退　[歴]石版屋の小僧、沖人夫、土工、車力、新聞記者など多くの仕事を転々とし、大正8年創刊の「黒煙」同人となる。8年発表の「馬を洗ふ」で作家として認められ、10年長篇「空に指して語る」を発表。大正期労働文学の担い手として「卒倒者」「人夫市場」などの作品を書く。昭和3年日本労働芸術家連盟を結成し、「労働芸術家」を発行したが、のちに運動からはなれた。　[家]息子＝内藤陳(書評家・コメディアン)

内藤 千代子　ないとう・ちよこ
小説家　[生]明治26年12月9日　[没]大正14年3月23日　[出]東京・下谷西町　[歴]象牙彫師の父のもとで幼時藤沢に育ち、小説を読み、学校教育は受けなかった。明治41年「女学世界」に投稿し始め、「田舎住居の処女日記」、次いで「毒蛇」などを発表、掲載作品を次々単行本として刊行、有名になった。他に「エンゲージ」「生ひ立ちの記」などがある。

内藤 初穂　ないとう・はつほ
作家　[生]大正10年1月3日　[出]東京　[学]東京帝国大学工学部船舶工学科卒　[歴]海軍技術士官。戦後、岩波書店編集部を経て、昭和50年より著述業。著書にノンフィクション「桜花」「狂気の海―太平洋の女王浅間丸の生涯」「軍艦総長・平賀譲」「THUNDER GODS」などがある。
[団]日本文芸家協会

内藤 裕敬　ないとう・ひろのり
演出家　劇作家　南河内万歳一座主宰　[生]昭和34年12月4日　[出]東京都東久留米市　[学]大阪芸術大学舞台芸術学科卒　[賞]オレンジ演劇祭スタッフ賞(第2回)(昭和58年)「都会の扉」、オレンジ演劇祭グランプリ(第3回)(昭和59年)「都会からの風」、テアトロ・イン・キャビン戯曲賞(第2回)(昭和62年)「唇に聴いてみる」、大阪市芸術文化新人賞・咲くやこの花賞(平成1年)、大阪府民劇場奨励賞、扇町ミュージアムスクウエア戯曲賞(大賞，第3回)(平成8年)「夏休み」、読売演劇大賞(優秀演出家賞)(平成12年)
[歴]大学で劇作家・演出家の秋浜悟史助教授に師事。昭和55年唐十郎作「蛇姫様」の演出を手がけ、同年10月南河内万歳一座を旗揚げ。以来同一座の作・演出を手がける。58年名古屋、59年東京に進出、以来、毎年2回大阪→東京→名古屋の3都市公演を行なう。平成2年南河内番外一座“偉大”を旗揚げ。3～4年6月南河内万歳一座10周年記念の劇団活動休止。上演作に「ラブレター」「正義の味方」「ハムレット」「青木さん家の奥さん」「夏休み」「なつざんしょ…一夏残暑」など。

内藤 誠　ないとう・まこと
映画監督　脚本家　翻訳家　中部大学人文学部教授　[専]映像文化史　[生]昭和11年3月6日
[出]愛知県名古屋市　[学]早稲田大学政治経済学部(昭和34年)卒　[興]ゴダールの映画とJ.G.バラードのSF　[賞]文部大臣賞(昭和54年)「わたんべ」(児童映画)、おおさか映画祭自主製作賞(昭和59年):藤本賞奨励賞(第10回)(平成3年)「釣りバカ日誌3」　[歴]昭和34年東映に助監督として入社。44年監督に昇進し、「不良番長シリーズ」を手掛ける。「十代・恵子の場合」を最後に東映を退社、フリーに。また、中部大学人文学部助教授を経て、教授も務める。他の主な監督作品に「俗物図鑑」「スタア」などがあり、著書に「インディアン日本をめざす」(児童読物)「友よ メキシコよ」「昭和の映画少年」「少女物語」「映画的筒井論と康隆的映画論」「快楽亭ブラック」「シネマと銃口と怪人」などがある。
[団]日本映画監督協会、日本シナリオ作家協会

内藤 幸政　ないとう・ゆきまさ
劇作家　神官　湊川神社権宮司　[生]大正4年
[出]東京　[学]国学院大学(昭和11年)卒　[賞]芸術祭文部大臣賞(昭和29年)「日本献上記」　[歴]大卒後橿原市神宮神職となり、昭和18年応召、北京陸軍病院などに勤務。復員後、新聞社記者に。45年定年退職後、再び神主となる。主な作品に戯曲「日本献上記」「大江山酒呑童子」「茶壺に追われて」、著書に「ことわざ応用術」「八幡神誕生」などがある。　[団]日本演劇協会

内流 悠人　ないる・ゆうと
新潮ミステリー倶楽部賞を受賞　[出]愛知県小牧市　本名＝浅井秀則　[学]専修大学(都市社会学)　[賞]新潮ミステリー倶楽部賞(第4回)(平成11年)「栄光一途」　[歴]大学時代は小説の同人誌活動に専念。出版社・経済界に入社し新書の編集などを経て、帰郷。社会保険労務士事務所に勤務の傍らミステリーを執筆する。

奈浦 なほ　なうら・なほ
劇作家　エッセイスト　フリーライター　[専]子供の文化　教育問題　[生]昭和35年　[出]東京都
本名＝飯田奈浦　[学]日本大学芸術学部演劇学科卒　[歴]都内の出版社勤務を経て、米国ポートランド州立大学に留学、帰国後は戯曲を発表する一方、フリーライターとして活動。藤沢市で市民運動にかかわり、昭和63年から「思想の科学」編集委員。子供の目で戦争と現代社会をとらえたファンタジックな戯曲「ポテトフラワーズ・ドウ・ナッツ・ブルーム(おいもの花は咲かない)」(大学の卒業制作)が、平成元年秋ロサンゼルスで日系演出家マコ若松のプロデュースにより実験上演。著書に「冒険育児」「ママのだいへんしん」。子どもは一男一女。
[団]日本演劇教育連盟

直井 潔　なおい・きよし
小説家　[生]大正4年4月1日　[没]平成9年11月23日　[出]広島県広島市　本名＝溝井勇三　[学]滝川中卒　[賞]平林たい子文学賞(第5回)(昭和52年)「一縷の川」　、兵庫県文化賞(昭和56年)
[歴]日華事変で応召し、風土病にかかって生涯身体が不自由になる。志賀直哉に師事し、昭和18年「清流」を発表。戦後は21年「清流」を刊行し、27年発表の「淵」は芥川賞候補作品となる。52年「一縷の川」で平林たい子文学賞を受賞した。　[団]日本文芸家協会

直居 欽哉　なおい・きんや

シナリオライター　放送作家　㊓大正11年10月30日　㊙平成6年12月19日　㊐大阪府　㊫早稲田大学専門部(昭和18年)卒　㊥シナリオ作家協会賞(昭和28年)、シナリオ功労賞(平成4年)　㊞第13期海軍飛行予備学生として入隊し、零戦に搭乗。20年4月には徳之島沖に不時着するが辛くも生還。昭和21年復員。23年重宗プロダクションを経て、27年新世紀映画に所属。この間、八木保太郎に師事してシナリオを学び、33年日活、38年東映、43年大映と脚本契約をする。のちフリー。日本シナリオ作家協会常務理事を務めた。主な作品に、映画「雲流るゝ果てに」「第三の死角」「丹下左膳」「人生劇場飛車角」、「女の賭場」「四谷怪談」「座頭市御用旅」など。　㊐日本シナリオ作家協会　㊋息子＝直居隆雄(ジャズギタリスト)

直木 三十五　なおき・さんじゅうご

小説家　映画監督　出版プロデューサー　㊓明治24年2月12日　㊙昭和9年2月24日　㊐大阪府大阪市南区内安堂寺町　本名＝植村宗一　㊫早稲田大学英文科中退　㊞早稲田大学を除籍後、大正7年春秋社をおこし「トルストイ全集」を刊行し、また雑誌「主潮」を創刊。その後三上於菟吉と元泉社を興こしたりしたが失敗。大阪にもどりプラトン社に入社。月刊誌「苦楽」の編集にあたり「仇討十種」を連載。14年退社し京都で連合映画芸術家協会を設立、マキノ省三と「第二の接吻」「月形半平太」などを製作したが、これも失敗。再度上京し、昭和4年「週刊朝日」に「由比根元大殺記」を連載、作家として認められ、5〜6年にかけて「東京日日新聞」に発表した「南国太平記」で時代小説の花形作家となる。時代小説、時局小説、現代小説と幅広く活躍し、「荒木又右衛門」「楠木正成」「日本の戦慄」などの作品の他、「直木三十五全集」(全21巻，改造社)「直木三十五作品集」がある。筆名は31歳のときに直木三十一で月評を試みたのが最初で以後年齢が増えるごとに筆名を改め、三十四をとばして三十五で定着した。没後の10年、友人の菊池寛によって直木三十五賞が設けられ大衆文学の発展に寄与した。

直良 三樹子　なおら・みきこ

小説家　㊓大正15年4月17日　㊐東京　本名＝升水美恵子　㊫日本女子専卒　㊥婦人朝日入選(昭和33年)「ぼろぼろ」、中村星湖文学賞(第10回)(平成8年)「見果てぬ『明石原人』」　㊞昭和33年「婦人朝日」に処女作「ぼろぼろ」が入選し、作家生活へ。「週刊現代」特派記者を経て、「宝石」「女性自身」その他の月刊誌、週刊誌に小説を発表するが、47年心臓病のため一時休筆。近年は「歴史小説・時代小説解説」「日本文芸鑑賞大事典」などの全集物、事典物の解説を主としている。平成7年明石人骨を発見した父・信夫の一生を綴った「見果てぬ夢『明石原人』—考古学者直良信夫の生涯」を発表。他の著書に「鎌倉 女ひとり旅」「私はこの愛にすべてをかけた」(共著)他。　㊐日本ペンクラブ、大衆文学研究会、横浜文芸懇話会、横浜ペンクラブ、日本文芸家協会　㊋父＝直良信夫(考古学者)

中 勘助　なか・かんすけ

小説家　詩人　随筆家　㊓明治18年5月22日　㊙昭和40年5月3日　㊐東京・神田　㊫東京大学国文科(明治42年)卒　㊥朝日文化賞(昭和40年)「中勘助全集」　㊞東大在学中に夏目漱石の教えを受け、以後師事する。大正2年、漱石の紹介で「銀の匙」が「東京朝日新聞」に連載され、以後作家、詩人、随筆家として活躍。小説に「銀の匙」をはじめ「提婆達多」「犬」や童話集「鳥の物語」、詩集に「琅玕」「飛鳥」、随筆に「街路樹」などがある。昭和40年「中勘助全集」全13巻で朝日文化賞を受賞した。

那珂 孝平　なか・こうへい

小説家　㊓明治37年7月1日　㊙平成1年11月20日　㊐新潟県北魚沼郡小千谷町(現・小千谷市)　本名＝仲孝平　㊫逓信省講習所卒　㊞大正12〜13年文芸春秋の編集同人、「集団」同人の後「人民文庫」に加わり、昭和12年「正直な人々」を発表。解散後海軍管理工場に勤めたが、19年横浜事件に連座、検挙された。戦後は新日本文学会会員となり、共産党にも一時入党した。他に「菊池寛」がある。

永井 愛　ながい・あい

劇作家　演出家　二兎社主宰　日本劇作家協会会長　㊓昭和26年10月16日　㊐東京都練馬区　㊫桐朋学園大学演劇専攻科卒　㊥芸術祭賞(大賞，演劇部門)(平成7年)「パパのデモクラシー」、紀伊国屋演劇賞(個人賞，第31回)(平成8年)「僕の東京日記」、鶴屋南北戯曲賞(第1回)(平成10年)「ら抜きの殺意」、芸術選奨文部大臣新人賞(平成10年)、岸田国士戯曲賞(第44回)(平成12年)「兄帰る」、読売文学賞(戯曲シナリオ賞，第52回)(平成13年)「萩家の三姉妹」、朝日舞台芸術賞(松元松代賞，第1回)(平成14年)「こんにちは、母さん」「日暮町風土記」、読売演劇大賞(第9回)(平成14年)「こんにちは、母さん」　㊞秋浜悟史、岡村春彦主宰の春秋団に研究生として入り、役者としての自分を生かせる演劇を求めているうち、大石静と出会う。互いに共鳴し、昭和56年女性2人だけの劇団・二兎社を結成。以来、劇作、演出、出演のすべてを2人でこなす。結成10年目に大石は二兎社を離れる。平成7年「パパのデ

モクラシー」で芸術祭賞大賞、12年「兄帰る」で岸田国士戯曲賞を受賞。14年日本劇作家協会会長に就任。代表作に「カズオ」「ファンレター」「僕の東京日記」「こんにちは、母さん」「萩家の三姉妹」「日暮町風土記」、著書に「ら抜きの殺意」など。

長井 彬 ながい・あきら
推理作家 ㊏大正13年11月18日 ㊣平成14年5月25日 ㊐和歌山県田辺市 ㊊東京大学文学部哲学科卒（昭和56年）「原子炉の蟹」 ㊗毎日新聞社で31年間を整理部一筋に過ごし、昭和54年定年退職。その後、推理小説を志し、55年の江戸川乱歩賞では最終段階で落選したが、56年「原子炉の蟹」で受賞。社会派の本格ミステリーのほか、山を題材にした推理小説で人気を得る。代表作に「殺人オンライン」「連続殺人マグニチュード8」「北アルプス殺人組曲」「函館五稜郭の闇」「ゴッホ殺人事件」など。 ㊐日本推理作家協会

永井 明 ながい・あきら
児童文学作家 ㊏大正10年 ㊣昭和54年 ㊐栃木県佐野市 ㊊幼少児マヒにかかり歩行不能となる。肢体不自由児施設柏学園で小学校教育を受ける。キリスト教児童文学作家として多くの聖書物語を書いた。著書に「キリスト」「聖パウロ」「私の心のイエス」など。

永井 荷風 ながい・かふう
小説家 随筆家 ㊏明治12年12月3日 ㊣昭和34年4月30日 ㊐東京市小石川区金富町 本名＝永井壮吉 別号＝断腸亭（だんちょうてい）主人、石南居士（せきなんこじ）、鯉川兼待（こいかわかねまち）、金阜山人（きんぷさんじん） ㊗日本芸術院会員（昭和29年） ㊇文化勲章（昭和27年） ㊙明治31年広津柳浪に師事、ゾラ、モーパッサンに傾倒する。36年からアメリカ、フランスに外遊し41年に帰国、「あめりか物語」「ふらんす物語」で名をあげ、耽美派を代表する流行作家となり、「孤」「新帰朝者日記」「すみだ川」などを発表。43年上田敏・森鴎外の推薦で慶応義塾教授となり「三田文学」を主宰。43年の大逆事件などを契機に次第に江戸戯作の世界に韜晦し、八重次、富松らの芸妓と交情を重ね、「新橋夜話」など花柳界ものを多く発表。大正期の代表作に「腕くらべ」「おかめ笹」、随筆集に「日和下駄」など。昭和に入り風俗小説「つゆのあとさき」、「墨東綺譚（ぼくとうきたん）」で大家として復活。戦時空襲で書斎・偏奇館が焼失。戦後の著書に、日記「断腸亭日乗」（大正6年～）がある。また、詩人としての業績に「海潮音」「月下の一群」と並ぶフランス翻訳詩集「珊瑚集」や詩作41篇を収める「偏奇館吟草」があり、他に「荷風句集」がある。27年文化勲章を受章、29年芸術院会員。独身独居を続け、慣習や通念への反抗を貫いた。晩年は人を遠ざけて毎日カツ丼を食べ、浅草レビューに通うなど奇人として知られた。貯金通帳を握りしめて死去。「荷風全集」（全29巻，岩波書店）がある。 ㊕父＝永井久一郎（実業家・漢詩人）、祖父＝鷲津毅堂（儒学者）

永井 するみ ながい・するみ
小説家 ㊏昭和36年8月12日 ㊐東京都 ㊊東京芸術大学楽理科中退、北海道大学農学部農業生物学科卒 ㊗新潮ミステリー倶楽部賞（第1回）（平成8年）「枯れ蔵」 ㊙コンピューター会社のシステムエンジニアを経て、フリーのコンピューターインストラクターに。平成8年第1回新潮ミステリー倶楽部賞を受賞し、本格的な作家生活に入る。著書に「枯れ蔵」「樹縛」「ミレニアム」がある。 ㊐日本文芸家協会

中井 拓志 なかい・たくし
日本ホラー小説大賞長編賞を受賞 ㊏昭和46年 ㊐福岡県 ㊊立命館大学経済学部中退 ㊗日本ホラー小説大賞（長編賞，第4回）（平成9年）「レフトハンド」 ㊙著書に「レフトハンド」がある。

永井 龍男 ながい・たつお
小説家 鎌倉文学館館長 ㊏明治37年5月20日 ㊣平成2年10月12日 ㊐東京・神田 俳号＝東門居（とうもんきょ） ㊊一ツ橋高小（大正7年）卒 ㊗日本芸術院会員（昭和43年） ㊇横光利一賞（第2回）（昭和24年）「朝霧」、野間文芸賞（第18回）（昭和40年）「一個その他」、日本芸術院賞（昭和40年）「一個その他」、読売文学賞（第20回・随筆・紀行賞）（昭和43年）「わが切抜帖より」、読売文学賞（第24回・小説賞）（昭和47年）「コチャバンバ行き」、菊池寛賞（第20回）（昭和47年）、勲二等瑞宝章（昭和49年）、川端康成文学賞（第2回）（昭和50年）「秋」、文化勲章（昭和56年） ㊙米穀取引所仲買店に奉公するが、病気のため3ケ月で退職し、文学に親しむ。大正9年文芸誌「サンエス」に「活版屋の話」が当選。12年「黒い御飯」で菊池寛に認められ、小林秀雄と親交を結ぶ。昭和2年文芸春秋社入社。14年「文芸春秋」編集長、19年専務、20年退社。戦後は創作活動を活発にし、「朝霧」（24年）で横光利一賞受賞。格調高い文章で知られる短編の名手で、芥川龍之介を継ぐ存在ともいわれる。代表作に「石版東京地図」（新聞小説）「青梅雨」（短編）「一個その他」（短編集）「コチャバンバ行き」（長編）「秋」（短編）など。43年芸術院会員、56年文化勲章受賞。52年「エーゲ海に捧ぐ」の評価をめぐって芥川賞選考委員を辞任。川端康成文学賞選考委員もつとめ

た。「永井龍男全集」(全12巻，講談社)がある。また文壇俳句会やいとう句会などを中心に句作を続け、特に日常生活を題材とする秀句が多い。句集に「永井龍男句集」「句集雲に鳥」「文壇俳句会今昔」「東門居句手帖」など。
[団]日本文芸家協会(名誉会員)

中井 紀夫　なかい・のりお
小説家　[生]昭和27年11月20日　[出]東京都　[学]武蔵大学人文学部卒　[賞]星雲賞(昭和63年)「山の上の交響楽」　[歴]ハヤカワSFコンテストでデビュー。著書に「南から来た拳銃使い」「裏切り砦の拳銃無頼」「ワニよ銃をとれ」「世にも奇妙な物語」「山の上の交響楽」「ブリーフ、シャツ、福神漬」など。
[団]日本SF作家クラブ

中井 英夫　なかい・ひでお
小説家　詩人　[生]大正11年9月17日　[没]平成5年12月10日　[出]東京・田端　別名＝塔晶夫(とう・あきお)　[学]東京大学言語学科(昭和24年)中退　[賞]泉鏡花文学賞(第2回)(昭和49年)「悪夢の骨牌」　[歴]昭和24〜35年「日本短歌」「短歌研究」(日本短歌社)、「短歌」(角川書店)などの編集長を務め、塚本邦雄、寺山修司ら前衛歌人を発掘。39年に塔晶夫の筆名で発表した推理小説「虚無への供物」で、耽美的な幻想文学者としてのスタイルを確立した。他の代表作に「幻想博物館「悪夢の骨牌」「人外境通信」「真珠母の匣」からなる「とらんぷ譚」、連作長編「人形たちの夜」、短編集「見知らぬ旗」「黒鳥の囁き」「薔薇への供物」など、評論・エッセイ集に「黒衣の短歌史」「月蝕領宣言」他多数ある。その幻想性とロマンチシズムを兼ね備えた、不思議で妖美な作品群を多く発表した。「中井英夫作品集」(全10巻・別巻1，三一書房)、「中井英夫全集」(東京創元社)がある。
[団]日本文芸家協会　[家]父＝中井猛之進(植物学者)

永井 浩　ながい・ひろし
詩人　放送作家　北海道文学館理事　洞爺血清研究所所長　[生]昭和4年1月24日　[出]北海道島牧郡島牧村　[学]帯広畜産大学獣医学科卒　[賞]NHKラジオドラマ年間最優秀賞(昭和39年)「祭」(詩劇)、北海道新聞文学賞(昭和45年)「陶器の時代」(詩集)、芸術祭賞優秀賞(昭和46年)「合唱組曲・白い世界」　[歴]在学中より詩作をはじめ、詩誌「塑像」を創刊。以後、「オメガ」「野性」「波紋」「オルフェ」「山の樹」同人となる。昭和33年「核」創立に参加。39年より札幌医科大学臨床動物実験室長を務めた。詩作のかたわら、放送シナリオも執筆。詩集に「余白」「陶器の時代」「反世界」など。
[団]日本現代詩人会、日本放送作家協会、北海道詩人協会、日本文芸家協会

永井 萠二　ながい・ほうじ
児童文学作家　[生]大正9年5月4日　[没]平成5年9月6日　[出]島根県　[学]早稲田大学文学部社会学科(昭和19年)卒　[賞]サンケイ児童出版文化賞(第3回)(昭和31年)「ささぶね船長」、日本児童文化功労賞　[歴]在学中、早大童話会に所属し「童苑」や「童話会」に作品を発表。昭和21年朝日新聞社に入社。「週刊朝日」記者、編集委員などを経て、聖徳学園短期大学教授に就任。のち青山学院女子短期大学講師を務める。この間、30年「ささぶね船長」を刊行し、31年サンケイ児童出版文化賞を受賞。「びわの実学校」同人。他の作品に「赤まんま」「雑草の歌」「サンアンツンの孤児」「子鹿物語」などがある。
[団]日本ペンクラブ、日本児童文芸家協会

中井 正晃　なかい・まさあき
小説家　[生]明治35年8月13日　[没]昭和43年12月17日　[出]兵庫県　本名＝中井狷介　[学]大阪英語学校卒　[歴]昭和5年頃から葉山嘉樹に師事し「労農文学」などに小説や短歌を発表。戦後は「社会主義文学」同人となる。作品集に16年刊の「裸身の道」がある。

永井 路子　ながい・みちこ
小説家　[生]大正14年3月31日　[出]東京　本名＝黒板擴子(くろいた・ひろこ)　[学]東京女子大学国文科(昭和19年)卒　[賞]サンデー毎日懸賞小説入選(昭和27年)「三条院記」、直木賞(第52回)(昭和39年)「炎環」、女流文学賞(第21回)(昭和57年)「氷輪」、菊池寛賞(第32回)(昭和59年)、吉川英治文学賞(第22回)(昭和63年)「雲と風と」、日本放送協会放送文化賞(第48回)(平成9年)　[歴]昭和24年小学館に入り編集に携わるかたわら歴史小説を書く。昭和27年「三条院記」がサンデー毎日の懸賞小説に入選。36年「青苔記」が直木賞候補となり退社、文筆生活に入る。39年鎌倉時代を描いた「炎環」で52回直木賞を受賞。以後、歴史小説の分野で野心作を次々発表。57年「氷輪」で第21回女流文学賞受賞。他の主な作品にガラシヤ夫人を描いた「朱なる十字架」や「北条政子」「一豊の妻」「つわものの賦」「乱紋」「雲と風と」など。平成9年のNHK大河ドラマ「毛利元就」の原作として「山霧」「元就、そして女たち」がある。「永井路子歴史小説全集」もある。8年戦後50年を機に歴史小説を“断筆”し評伝に取り組む。他に「日本夫婦げんか考」などがある。
[団]日本文芸家協会

永井 泰宇　ながい・やすたか
作家　劇画原作者　[生]昭和16年3月10日　[出]中国・上海　[学]文京高卒　[歴]昭和44年「鮮血のパプテスマ」で江戸川乱歩賞候補となり、「デビルマン」のノベライズでデビュー。SF・劇画原作で活躍。著書に「凄ノ王(すさのおう)伝説」「手天童子」「聖母大戦」「超神戦線」「39」など。　[家]弟＝永井豪(漫画家)

中井 由希恵　なかい・ゆきえ
小説家　[歴]作品「ミューズに抱かれて」が平成12年度ロマン大賞佳作に入選。

永井 義男　ながい・よしお
作家　エフエムジャパン・ニュース・エディター　[専]中国史　人口問題　[生]昭和24年4月20日　[出]福岡県福岡市　筆名＝日高傭起(ひだか・ようき)　[学]東京外国語大学外国語学部インド・パキスタン語学科卒　[興]中国軍事史、人口と環境問題　[賞]開高健賞(第6回)(平成9年)「算学奇人伝」　[歴]福武書店編集部勤務、国際協力機関広報課勤務を経て、フリーに。コピーライターの他、エフエム放送局のニュースエディターも務める。アジア人口・開発協会で中国の人口と開発に関する調査研究に従事したこともある。平成7年「深川猟奇心中」で小説家としてデビュー。他の著書に「算学奇人伝」、編著に「日本人の行動と論理」「ビジネスマンのための中国日本歴史名言集」「劉基百戦奇略」など。

永井 柳太郎　ながい・りゅうたろう
政治家　評論家　戯曲家　衆院議員(翼賛政治会)　逓信相　[生]明治14年4月16日　[没]昭和19年12月4日　[出]石川県金沢市　[学]早稲田大学(明治38年)卒、オックスフォード大学　[歴]明治39年オックスフォード大学に留学。42年帰国し早大教授となり植民政策・社会政策を担当。44年雑誌「新日本」主筆となる。大正9年憲政会から衆院議員に当選し、8期つとめた。雄弁、隻脚の大衆政治家として常に時流と共に歩む。昭和6年民政党幹事長、7年斎藤内閣の拓相、12年第1次近衛内閣の逓信相、14年阿部内閣の逓信相兼鉄道相などを歴任。15年脱党して東亜新秩序論者に変貌し、太平洋戦争中は大政翼賛会興亜局長、翼賛政治会常任総務、大日本教育会長などを務めた。普通選挙実現を説いて原内閣を批判した「西レーニン、東に原敬」の演説が特に有名で、「永井柳太郎氏大演説集」(大日本雄弁会編)がある。　[家]長男＝永井道雄(教育学者・文相)

永井 鱗太郎　ながい・りんたろう
児童劇作家　日本児童演劇協会名誉会員　こまの会主宰　[生]明治40年2月26日　[没]昭和60年11月5日　[出]福井県　本名＝永井善太郎(ながい・ぜんたろう)　[学]福井師範(昭和2年)卒　[賞]小学館文学賞(第2回)(昭和28年)「お月さまをたべたやっこだこ」、児童文化功労者賞(第22回)(昭和55年)、勲五等瑞宝章(昭和59年)　[歴]小学教師の傍ら児童劇団を主宰し、多くの児童劇作品を書いた。主な著書に「学校劇図説」「学校劇十二か月」、作品に「あかいおりづる」など。児童劇脚本研究会「こまの会」を主宰。　[団]日本児童演劇協会、日本児童文芸家協会、こまの会

長井 るり子　ながい・るりこ
児童文学作家　[生]昭和24年5月21日　[出]埼玉県　[学]中央大学文学部卒　[賞]MOE童話大賞(第6回)「わたしのママは、ママハハママ」　[歴]短編「わたしのママは、ママハハママ」で、第6回MOE童話大賞を受賞。それを長編にしたものを、処女出版した。作品に「魔女があなたを占います」「けっこん大はんたい！」など。「しゃぼん玉」同人。

中石 孝　なかいし・たかし
小説家　[生]昭和4年1月11日　[没]平成11年11月14日　[出]香川県　[学]早稲田大学国文科(昭和26年)卒　[歴]「現代文学序説」同人として小説を書き始め、昭和39年第一作品集「夢を紡ぐ」を刊行。他に「祝婚歌」「平家れくいえむ紀行」、評伝「織田作之助」など。高校教師もつとめる。　[団]日本文芸家協会

永石 拓　ながいし・たく
小説現代新人賞を受賞　本名＝西吾郎　[学]信州大学経済学部卒　[賞]小説現代新人賞(第61回)(平成5年)「ふざけんな、ミーノ」　[歴]医学情報研究所勤務。

中内 蝶二　なかうち・ちょうじ
劇作家　劇評家　小説家　新聞記者　邦楽研究家　[生]明治8年5月5日　[没]昭和12年2月19日　[出]高知市桂浜　本名＝中内義一　[学]東京帝国大学国文科(明治33年)卒　[歴]博文館編輯部に入り、「難破船」などの小説を発表。明治38年万朝報、のち国民新聞に移り、劇評を担当するかたわら小説、戯曲、邦楽の作詞を発表。小説家としては江戸の巷説や通俗史に取材したものが多い。戯曲家としては「山上山」「未亡人」「箱根の小説」やヴィクトル・グルットゲン「憲兵モエビウス」からの翻案「大尉の娘」などの新派脚本、邦楽では長唄「紀文大尽」などの作詞が多数あり、著書に「日本俗曲通」、歌詞集「日本音曲全集」(共編)がある。晩年読売新聞社の嘱託、長唄協会理事などをつとめた。

中江 良夫　なかえ・よしお
劇作家　⊕明治43年5月3日　⊗昭和61年1月8日　⊕北海道室蘭市　本名=中江吉雄(なかえ・よしお)　⊕札幌逓信講習所卒　室蘭の旧制高等小を卒業して上京、警視庁の無電技手をしながら演劇を勉強し、昭和8年にNHKの懸賞ドラマで「馬そり」で当選。その後、新宿のムーラン・ルージュ文芸部に入り、「生活の河」「にしん場」は軽演劇に新しい道を開いたと注目された。民放の「チャッカリ夫人ウッカリ夫人」などラジオ脚本も多く手がけた。また新劇のために「どぶろくの辰」を書き、「無法一代」なども脚色した。近作に「下北の弥太郎」「ふりむけば夕陽」などがある。
❀弟=佐山俊二(コメディアン・故人)

長尾 宇迦　ながお・うか
小説家　⊕大正15年2月3日　⊕山口県　本名=長尾豊　⊕国学院大学卒　❀岩手日報新聞小説賞(第2回)(昭和33年)「白い寒波」、小説現代新人賞(第2回)(昭和39年)「山風記」　❀盛岡市の高校教師を務めながら同人誌「東北文脈」を発刊、地方風土に取材した風俗小説を発表。著書に「山風記」「善知鳥の鼓」「幇間記」「籠の鳥」がある。　⊕日本文芸家協会

長尾 健一　ながお・けんいち
児童文学作家　⊕昭和17年　⊕山口県　⊕山口大学中退、図書館短期大学卒　❀アンデルセンメルヘン大賞(第5回)「かっぱのさら」、毎日児童小説最優秀(第37回)(昭和63年)「海賊とみかんと北斗七星」　❀大阪府立図書館に勤めた後、児童小説を手掛ける。

長尾 広生　ながお・こうせい
シナリオライター　⊕大正9年5月9日　⊕愛媛県松山市　本名=長野広生(ながの・ひろむ)　⊕北京興亜学院(昭和15年)仮卒　❀現代史研究　❀ギャラクシー選奨(第14回・昭和51年度)「B円を阻止せよ」、テレビ大賞優秀作品賞(第10回・昭和52年度)「海は甦える」　❀昭和21年復員後、南海タイムスを経て、23年愛媛新聞社に入る。29年から脚本家・現代史研究家として活動。シナリオ作品に「B円を阻止せよ」「海は甦える」(昭52年)がある。著書に「テレビ小説 昨日の雲は帰ってこない」「西安事変―中国現代史の転回点」「波瀾万丈―高橋是清その時代・上下巻」がある。

長尾 誠夫　ながお・せいお
高校教師　作家　⊕昭和30年　⊕愛媛県伊予市　⊕東京学芸大学卒　❀サントリーミステリー大賞読者賞(第4回)「源氏物語人殺し絵巻」　❀大学卒業後、高校の国語教諭となる。新しい国語教育を目指し発言する。一方、昭和61年映画シナリオとして考えたアイディアを小説にした「源氏物語人殺し絵巻」で、第4回サントリーミステリー大賞読者賞受賞。著書に「秀吉 秘峰の陰謀」「黄泉国の皇子」「柴田勝家」「神隠しの村」「前田利家」などがある。
http://homepage1.nifty.com/1010/

長尾 良　ながお・はじめ
小説家　⊕大正4年4月5日　⊗昭和47年3月29日　⊕兵庫県　⊕東京帝大美学美術史科卒、東京帝大大学院　❀昭和14年に「コギト」同人。17年同誌に連載のエッセー「地下の島」は佐藤春夫に推奨された。戦後「巣鴨の家」を発表、他に「太宰治 その人と」がある。死後「長尾良作品集」が刊行された。

中尾 三十里　なかお・みどり
児童文学作家　⊕昭和28年8月2日　⊕大阪府　本名=馬場みどり　⊕四条畷学園高卒　❀カネボウ・ミセス童話大賞(第10回)(平成2年)「かいじゅうパパ」、小さな童話大賞(角野栄子賞、第15回)(平成10年)「藤沢の乱」　❀主婦業の傍ら、独学で童話を書き始める。作品に「かいじゅうパパ」「しっぽにごようじん」「藤沢の乱」などがある。

長尾 雄　ながお・ゆう
小説家　演芸評論家　随筆家　俳人　⊕明治34年6月28日　⊗平成7年12月31日　⊕東京　本名=長尾雄(ながお・たけし)　⊕慶応義塾大学文学部英文科卒　❀慶応義塾大学高等学校教員。かたわら「三田文学」同人となり、昭和2年より数多くの短編小説を発表。15年には長編小説「雲」を連載、戦後NHKの「私の本棚」で放送された。俳句は43年「若葉」入門、富安風生・清崎敏郎に師事。53年同人。54年「岬」同人。　⊕俳人協会

長尾 由多加　ながお・ゆたか
推理作家　⊕昭和27年1月29日　⊕新潟県　本名=亀岡雄美　⊕山形大学文学部ドイツ文学科(昭和49年)卒　❀オール読物推理小説新人賞(第26回)(昭和62年)「庭の薔薇の紅い花びらの下」　❀大学時代から同人誌に作品を発表。卒業後もアルバイトをしながら執筆活動を続ける。昭和62年はじめて書いたミステリー「庭の薔薇の紅い花びらの下」でオール読物推理小説新人賞を受賞し、デビュー。他に「悪夢の続き―風の匂いを嗅ぐ男たち」など。

長尾 喜又 ながお・よしまた

演出家 劇作家 翻訳家 研究劇団チルラ主宰 ㊗英仏演劇 ㊍大正9年 ㊊文化学院文学部卒、東京外国語大学仏語科卒、慶応義塾大学文学部卒 ㊞文学座演出部員を経て、中村高校校務主任、吉祥女子高校英語科主任ほか、専門学校講師を務めた。戯曲集に「人の子」、訳書に「ソ連生活三十年」「キリスト教の演劇」、クリスティ・ブラウン「マイ・レフトフット」他。放送劇「晩春」ほか脚色(NHK等)、オペラ演出「受難」など。他の著書に「地の塵──通信兵の敗戦行記」がある。

中岡 京平 なかおか・きょうへい

シナリオライター ㊍昭和29年11月11日 ㊊福岡県 ㊋飯田長姫高卒、多摩芸術学園映画学科中退 ㊞城戸賞(昭和53年)「夏の栄光」、おおさか映画祭脚本賞(第4回・昭53年度)「帰らざる日々」、年間代表シナリオ(昭53, 60, 62年度)「帰らざる日々」「生きてみたいもう一度 新宿バス放火事件」「螢川」 ㊞昭和53年「夏の栄光」で城戸賞を受け以来10代の青春像を書き続けてきた。主な作品に、映画「残照」「帰らざる日々」「九月の空」「不良少年」「螢川」、テレビ「火曜サスペンス劇場・帰郷」「ハーフポテトな俺たち」「美しい嘘つけますか」(テレ朝)、ビデオ「ハートブレイクは昨日まで」(兼監督)。 ㊙日本放送作家協会

長岡 千代子 ながおか・ちよこ

北日本文学賞を受賞 ㊍昭和31年 ㊊島根県 ㊋東洋大学文学部卒 ㊞北日本文学賞(第28回)(平成6年)「遠きうす闇」 ㊞会社に勤務。

長沖 一 ながおき・まこと

放送作家 元・帝塚山学院短期大学学長 ㊍明治37年1月30日 ㊌昭和51年8月5日 ㊊大阪府大阪市 ㊋東京帝大文学部美学科卒 ㊞在学中藤沢桓夫、秋田実らと交わり、同人誌「辻馬車」に参加、編集責任者となる。昭和13年から吉本興業文芸部でPR誌などに関係。22年フリーとなり、NHKラジオの人気番組「アチャコ青春手帳」(27年)「お父さんはお人好し」(29年)などの放送作家として活躍。この間帝塚山学院大学教授をつとめ、41年文学部長、50年同短大学長。著書に「大阪の女」「肉体交響楽」などがある。

中上 健次 なかがみ・けんじ

作家 熊野大学出版局代表 ㊍昭和21年8月2日 ㊌平成4年8月12日 ㊊和歌山県新宮市 ㊋新宮高(昭和40年)卒 ㊞芥川賞(第74回)(昭和50年)「岬」、毎日出版文化賞(第31回)(昭和52年)「枯木灘」、芸術選奨文部大臣新人賞(第28回・文学評論部門)(昭和52年)「枯木灘」、和歌山県文化表彰(平成4年) ㊞高卒後上京、「文芸首都」に加わり、保高徳蔵の指導を受ける。羽田国際空港事業勤務のかたわら小説を書き続け、芥川賞候補になること三度。昭和49年第一作品集「十九歳の地図」で注目を集め、50年「岬」で第74回芥川賞を受賞。以後、故郷の紀州(紀伊半島)を主題にした作品を描き続け、「枯木灘」「化粧」「水の女」「鳳仙花」など旺盛な創作ぶりを示す。血縁と土地(路地)に密着した〈物語〉の作法は骨太く強靭。平成2年永山則夫死刑囚の入会問題をめぐり、日本文芸家協会を脱退。3年湾岸戦争への日本加担に反対する声明に参加。4年腎臓がんで摘出手術を受ける。5年以来、新宮市で在野の市民講座・熊野大学を主宰。他の代表作に「鳩どもの家」「千年の愉楽」「地の果て至上の時」「奇蹟」「日輪の翼」「讃歌」、ドキュメント「紀州 木の国・根の国物語」、エッセイ集「鳥のように獣のように」「破壊せよ、とアイラーは言った」、対談「小林秀雄をこえて」など。「中上健次全短編小説」(河出書房新社)、「中上健次全集」(全15巻,集英社)、「中上健次選集」(全12巻,小学館)、「中上健次エッセイ撰集」(恒文社21)がある。 ㊙日本文芸家協会、日本ペンクラブ ㊔妻=紀和鏡(推理作家)、長女=中上紀(小説家)

中紙 輝一 なかがみ・てるかず

酪農家 作家 ㊍大正11年11月18日 ㊌平成4年8月19日 ㊊富山県高岡市 ㊋早稲田大学商学部卒 ㊞農民文学賞(第15回)(昭和47年)「北海道牛飼い抄」、帯広市文化奨励賞、ダンと町村酪農文化賞(第6回)(平成1年) ㊞早大在学中動員され、札幌や千島の部隊に。終戦後都会を嫌って帯広郊外に掘っ立て小屋を建て、荒地・酷寒と闘って、15ヘクタールの耕地面積に乳牛60頭の平均的牧農家となる。この間、政府の場当り的な農業政策に対する反骨精神から、昭和31年日本農民文学会に入会して小説を書き、47年「北海道牛飼い抄」で農民文学賞を受賞。 ㊙日本農民文学会

中上 紀 なかがみ・のり

小説家 ㊍昭和46年1月29日 ㊊東京都国分寺市 ㊋ハワイ大学芸術学部美術史科(平成9年)卒 ㊞すばる文学賞(第23回)(平成11年)「彼女のプレンカ」 ㊞小説家・故中上健次と推理作家・紀和鏡の長女。米国カリフォルニア州の高校と短大で学んだ後、ハワイ大学芸術学部で学ぶ。在学中にアジアの文化や寺院に関心を持ち、東洋美術史を研究、またアジア各地への旅を繰り返し、エッセイを書き始める。平成11年ミャンマーの魅力を描いた紀行文「イラワジの赤い花」で作家デビュー。同年9月小説「彼女のプレンカ」で第23回すばる文学賞を受

賞。英会話学校講師を経て、執筆に専念。
[家]父＝中上健次(小説家・故人)、母＝紀和鏡(推理作家)

中川 圭士　なかがわ・けいじ
小説家　[生]昭和52年　[歴]平成11年大学在学中に「セレスティアル・フォース—天国から来た特殊部隊」が角川スニーカー大賞読者賞・奨励賞を受賞し、デビュー。著書に「鷹音市ヒーロー騒動録」など。ペンネームの圭士は俳優ニコラス・ケイジにちなむ。

中川 剛　なかがわ・ごう
小説家　広島大学法学部教授　[専]公法(アメリカ統治機構)　[生]昭和9年2月24日　[没]平成7年2月12日　[出]徳島県　筆名＝中川裕朗(なかがわ・ゆうろう)　[学]京都大学法学部(昭和32年)卒、京都大学大学院法学研究科公法学専攻博士課程修了　法学博士(京都大学)　[賞]サントリーミステリー大賞佳作(第7回)(平成1年)「猟人の眠り」　[歴]広島大学教授をつとめる傍ら、小説も書く。著書に「行政権の研究」「町内会—日本人の自治感覚」「不思議のフィリピン」「日本人の法感覚」のほか、小説「ホームズは女だった」「四・三光年の地上で」「キャンパス殺人事件」「ロートレックの処刑台」、訳書にエラリー・クイーン編「シャーロック・ホームズの災難」(共訳)など。　[団]日本公法学会

中川 静子　なかがわ・しずこ
作家　[生]大正8年3月22日　[没]平成6年1月27日　[出]徳島県麻植郡川島町　[賞]オール読物新人賞(第25回)(昭和39年)「幽囚転々」、徳島県出版文化賞(第11回)(昭和62年)「小少将」
[歴]小学校卒業と同時に働き始め職を転々とする。呼吸不全の持病があり、経済的に恵まれない中で小説を書き続け、昭和39年「徳島作家」に「幽囚転々」を発表。直木賞候補にも2度選ばれた。35年頃吉野川と阿波藍をテーマにした小説の執筆を思い立ち、50年頃から資料集めや調査を続け、原稿用紙450枚を書き進めた。のち入退院をくり返しながら70枚を書き上げ、2年「藍師の家」を出版。
[団]徳島県作家協会(理事)、徳島ペンクラブ、徳島作家の会、阿波の歴史を小説にする会

中川 童二　なかがわ・どうじ
小説家　[生]明治37年9月22日　[没]昭和61年8月9日　[出]東京　本名＝中川光一　[学]新潟県立盲学校専攻科卒　[賞]点字毎日賞「こうろぎの子」、サンデー毎日大衆文芸賞(第48回)(昭和30年)「ど腐れ炎上記」、サンデー毎日大衆文芸賞(第53回)(昭和33年)「鮭と狐の村」　[歴]本郷洋画研究所に学んだのち商業美術を始め、中川造型図案社を経営。昭和20年失明。盲学校で点字を学んで文学を志し、長谷川伸に師事。代表作に「鮭と狐の村」(33年)、「杖と笛の記」(35年)など。　[団]日本文芸家協会、新鷹会

仲川 利久　なかがわ・としひさ
脚本家　演出家　元・テレビプロデューサー
[歴]朝日放送のプロデューサーを務め、「必殺仕事人」など必殺シリーズを10年間手がけ、看板番組に成長させた。他に「天皇の世紀」、タイガースのファン感謝祭のプロデュースなども担当。傍ら、外部の舞台芸術にも関心を持ち、市民参加のミュージカル作りなどに取り組む。昭和60年吹田市文化会館(メイシアター)の開館記念のプロデュースをきっかけに、61年から隔年で新作演劇の作、演出を担当。平成13年同シアター“気立て学校”公演の「一休さ～ん」の脚本を担当。

中川 なをみ　なかがわ・なおみ
児童文学作家　[生]昭和21年5月28日　[出]山形県韮崎市　[賞]北川千代賞佳作(第10回)(昭和53年)「夜汽車の見える坂道」　[歴]日本児童文学学校の第1期生。「夜汽車の見える坂道」で、第10回北川千代賞佳作に入賞。「一期会」「未来っ子」同人。著書に「まぼろしのストライカー」、共著に「そらをとんだみんな」他。　[団]日本児童文学者協会

中川 順夫　なかがわ・のりお
シナリオライター　映画監督　[生]明治42年9月5日　[出]大阪市　本名＝中川清　[学]今宮工(大正15年)卒　[歴]昭和5年新興キネマ監督部に助監督として入り、渡辺新太郎らに師事。その後、理研映画、読売新聞社映画部、日映に勤務し、記録映画の製作に従事。15年監督となり、「オモチャの科学」を撮る。以後、科学映画、教育映画、報道映画を専門とするが、戦後フリーとなり、26年初めて劇映画「ひょっとこ飛脚」を撮る。しかし50年以降再び記録映画に戻り、主に脚本や映画編集で活躍。シナリオの主な作品に映画「一人狼」(日活)、テレビ「青春の群像」(NTV)「海の非常線」(フジ)などがある。
[団]日本放送作家協会

中川 広子　なかがわ・ひろこ
函館港イルミナシオン映画祭シナリオ大賞を受賞　[学]札幌大谷短期大学　[賞]函館港イルミナシオン映画祭シナリオ大賞(第4回)(平成11年)「ホーリー・ハニー・プレイ」　[歴]高校時代、放送局でラジオドラマのシナリオを執筆。札幌大谷短期大学に入学後、北海道大学の映画サークルで活動し、5分間の短編を初監督。その後、アルバイト生活の傍ら、映画の自主製作を続ける。平成11年「ホーリー・ハニー・プレイ」で第4回函館港イルミナシオン映画祭シナリオ大賞を受賞。

中川 正文　なかがわ・まさふみ
児童文学作家　児童文化研究家　人形劇演出家　善教寺住職　大阪国際児童文学館理事長・館長　京都女子大学名誉教授　⑳児童文化論　㊤大正10年1月11日　㊥奈良県　㊦龍谷大学文学部（昭和24年）卒　㊥久留島武彦文化賞（第26回）（昭和61年）、京都府文化賞功労賞（第6回）（昭和63年）、ヒューマン大賞（第6回）（平成2年）、博報賞（平成3年）、児童文化功労者賞（第39回）（平成12年）　㊥昭和14年に童話作家クラブ、ついで新児童文学集団に参加し、童話、児童小説を発表。大学卒業後、大阪児童文化社に入社。25年京都女子大学児童学科専任講師、のち教授として児童文化論を講じ、61年退職。また同年まで京都女子大学の人形劇・影絵の組織・子どもの劇場を主宰した。ほかに京都児童演劇研究所長、京都児童文化研究所長、京都人形劇協議会長などを歴任。著書に「児童文化」「青い林檎」「ごろはちだいみょうじん」「ねずみのおいしゃさま」「京都の伝説」「近江の伝説」「京わらべうた」「おやじとむすこ」「子どもにもらわれる12章」などがある。㊗日本児童文学者協会、日本児童文芸家協会、日本児童文学学会（会長）、民族芸能学会、京都山科RC

中河 与一　なかがわ・よいち
小説家　㊤明治30年2月28日　㊦平成6年12月12日　㊥香川県坂出町（現・坂出市、本籍）　㊦早稲田大学英文科（大正11年）中退　㊥透谷文学賞（第1回）（昭和12年）「愛恋無限」、勲三等瑞宝章（昭和51年）　㊥初め、スケッチや短歌に熱中し「朱欒」に投稿。大正7年上京し、本郷美術研究所に通う。11年歌集「光る波」を刊行。10年頃から小説を発表し、12年発表の「或る新婚者」で作家としての地位を確立。13年川端康成らと「文芸時代」を創刊し新感覚派運動に参加、「刺繍せられた野菜」などを発表。昭和12年「愛恋無限」で第1回の透谷文学賞を受賞。13年代表作「天の夕顔」を発表、人気を集めた。戦時中は「文芸世紀」を主宰。評論面でも「形式主義芸術論」「フォルマリズム芸術論」の著書があり、他の歌集に「秘帖」「中河与一全歌集」がある。戦後は「失楽の庭」「悲劇の季節」「探美の夜」などの作品があり、「中河与一全集」（全12巻、角川書店）も刊行されている。㊗日本山岳会、日本文芸家協会、全日本学士会（名誉会員）　㊥前妻＝中河幹子（歌人）、二男＝中河原理（音楽評論家）

中川 芳三　なかがわ・よしぞう
脚本家　演出家　松竹常務　㊤昭和6年10月6日　㊥大阪府大阪市　筆名＝奈河彰輔（なかわ・しょうすけ）、中川彰（なかがわ・あきら）　㊦大阪大学経済学部（昭和31年）卒　㊥大谷竹次郎賞（平成5年）「慙紅葉汗顔見勢（はじもみじあせのかおみせ）」、「倭仮名在原系図（やまとがなありわらけいず）」　㊥幼少年時から祖父母に連れられて芝居を観て育つ。昭和32年松竹入社。関西歌舞伎の企画・製作を担当。奇抜な大阪の狂言を残そうと努力を続けた。58年南座支配人、第二演劇部長を経て、63年取締役。のち常務。この間39年より歌舞伎の古脚本を現代に復活させる補綴（ほてつ）の仕事に携わり、河奈彰輔の名で4代鶴屋南北作の「慙紅葉汗顔見勢（はじもみじあせのかおみせ）」や「倭仮名在原系図（やまとがなありわらけいず）」などの猿之助歌舞伎を含め約200本を制作。かたわら、中川彰の筆名で歌舞伎以外の脚本、演出にも手がける。著書に「はじ紅葉小町桜奈河彰輔芝居二題」「彰輔版・独道中五十三駅」など。㊗日本演劇協会（理事）

中川 芳郎　なかがわ・よしろう
小説家　㊤昭和17年11月12日　㊥新潟県佐渡　㊦東京大学仏文科（昭和41年）卒　㊥医学書院に勤めながら小説を書いた。昭和45年9月「群像」発表の「埋葬」で注目され、47年4月「群像」発表の「島の光」が同年下半期の芥川賞候補となった。

中川 李枝子　なかがわ・りえこ
児童文学作家　東京子ども図書館理事　㊤昭和10年9月29日　㊥北海道札幌市　旧姓（名）＝大村　㊦東京都立高等保母学院（昭和30年）卒　㊥サンケイ児童出版文化賞（第10回）（昭和38年）「いやいやえん」、NHK児童文学奨励賞（第1回）（昭和38年）「いやいやえん」、野間児童文芸賞推奨作品賞（第1回）（昭和38年）「いやいやえん」、厚生大臣賞「いやいやえん」、毎日出版文化賞（第34回）（昭和55年）「子犬のロクがやってきた」　㊥昭和31年から約15年間、東京で保母のかたわら女5人で児童文学の同人雑誌「いたどり」をつくる。34年初作「いやいやえん」を発表し、同作品でサンケイ児童出版文化賞など受賞。55年には「子犬のロクがやってきた」で毎日出版文化賞を受賞した。「ぐりとぐら」シリーズは発行部数が1千万部を超えるロングベストセラーとなる。他に「そらいろのたね」「ももいろのきりん」など。㊗日本文芸家協会、日本音楽著作権協会　㊥夫＝中川宗弥（画家）、妹＝山脇百合子（画家）

仲木 貞一　なかぎ・ていいち
劇作家　演劇評論家　㊤明治19年9月11日　㊦昭和29年4月28日　㊥石川県金沢　㊦早稲田大学英文科卒　㊥読売新聞記者を経て大正3年芸術座舞台主任、6年新国座付き作者。その後東京中央放送局、松竹キネマなどに関係、12年日本大学講師。翻訳にメーテルリンク「室内」、

グレゴリー夫人「ヒヤシンス・ハルヴュー」、チェーホフ「結婚申込」など。戯曲「空中の悲劇」「飛行曲」「マダムX」「暁」「祭の夜」「柿実る村」「山賊と首」「春霞墨田堤」など。著書に「須磨子の一生」「蝕める恋」のほか「映画劇作法」など。

仲倉 重郎　なかくら・しげお
映画監督　シナリオライター　[生]昭和16年8月21日　[出]旧朝鮮　[学]東京大学文学部(昭和40年)卒　[歴]昭和40年松竹撮影所に助監督として入社。野村芳太郎、加藤泰などといった個性的な監督のチーフ助監督をつとめ、その脚本にも多く参加。のち子どもの歌の作詞を手がけるようになり、NHKの「みんなのうた」「おかあさんといっしょ」で発表。58年「きつね」で監督デビュー。62年フリーとなり、アトリエ“ASIMOV・II”を設立。テレビドラマ、舞台、ドキュメントも手がける。脚本に「ざ・鬼太鼓座」「お伽草紙」など。
[団]日本映画監督協会(理事)、日本放送作家協会、日本脚本家連盟

中倉 真知子　なかくら・まちこ
文筆家　[生]昭和26年　[学]早稲田大学中退　[賞]学生援護会懸賞小説大賞「羽ばたけニワトリ」、パンプキンシンデレラ大賞エッセイ賞大賞「筆に乗って、アン、ドゥ、トゥ」、パンプキンシンデレラ大賞童話賞大賞「いただきます!」
[歴]第2次大戦中に学徒動員や女子挺身隊として軍需工場などで働かされた女性たちの体験を記録し、平成5年「誰もいない教室—聞き書き少女たちの戦争」を出版。

永倉 萬治　ながくら・まんじ
作家　[生]昭和23年1月27日　[没]平成12年10月5日　[出]埼玉県志木市　本名=長倉恭一(ながくら・きょういち)　[学]立教大学経済学部(昭和44年)中退　[賞]講談社エッセイ賞(第5回)(平成1年)「アニバーサリー・ソング」　[歴]大学在学中に東京キッドブラザーズに参加して、ロックミュージカル「黄金バット」「短距離ランナーの孤独」などに舞台出演の後、編集者としてマドラ出版に勤務。昭和59年から執筆活動に専念する。「ビッグコミック」「サンデー毎日」「オール読物」などに独特のコラムやエッセイ、小説を連載、軽妙しゃ脱な語り口で都会に生きる男女の心模様を描く。平成元年3月高血圧性脳出血で倒れたが、リハビリを経て、2年復帰。著書に「みんなアフリカ」「アニバーサリー・ソング」「陽差しの関係」「ジェーンの朝とキティの夜」「ラスト・ワルツ」「黄金バット」「荒木のおばさん」「四重奏」、エッセイ集「大青春」、短編集「これで おしまい」など。13年脳出血の発作に倒れて以後、執筆活動を手助けしてきた妻の長倉有子の手により遺作「ぼろぼろ三銃士」が完成、共著の形で出版された。
[団]日本文芸家協会　[家]妻=長倉有子(元編集者)、妹=釉木淑乃(小説家)

長坂 秀佳　ながさか・しゅうけい
シナリオライター　小説家　[生]昭和16年11月3日　[出]愛知県豊川市　本名=長坂秀佳(ながさか・ひでか)　[学]豊橋工卒　[賞]江戸川乱歩賞(第35回)(平成1年)「浅草エノケン一座の嵐」　[歴]高校卒業後上京、プラスチック工場で働いたのち東宝撮影所に入る。社内ではシナリオライターとして認められなかったが、昭和41年NHK懸賞テレビドラマに「もの言う犬」が佳作入選し、3年後フリーの脚本家として独立。主な作品に「特捜最前線」「若き血に燃ゆる」(59年、テレビ東京新年12時間ドラマ)「元禄サラリーマン考 朝日文左衛門の日記」(61年中部日本放送創立35周年記念番組)「都会の森」「七人の女弁護士」などがあり、著書に小説「嵐学の時代 青春編・飛翔編」「浅草エノケン一座の嵐」「Jr.—愛の関係」、共著に「都会の森」など。また「こむぎいろの天使」では表紙、挿絵も担当。
[団]日本推理作家協会、日本放送作家協会、日本文芸家協会、日本脚本家連盟

長崎 謙二郎　ながさき・けんじろう
小説家　弁士　[生]明治36年11月19日　[没]昭和43年6月14日　[出]京都　本名=長崎謙二　別名=川路謙、草薙一雄　[学]小学校中退　[歴]役所の給仕などで自活しながら独学、活動写真の弁士となった。川路謙の名で東京、大阪、京都、岡山の一流館で活躍、活弁界に新風をもたらしたが、無声映画がトーキーに変わるとともに小説界に転身。昭和16年発表の「元治元年」が代表作で、他に「風流女剣伝」「平安情歌」「夜ざくら浪人」「青空花頭巾」などがある。戦後は邦枝完二の下仕事などをし、ふるわなかった。

長崎 源之助　ながさき・げんのすけ
児童文学作家　よこはま文庫の会会長　豆の木文庫主宰　[生]大正13年2月19日　[出]神奈川県横浜市　[学]浅野中(旧制)中退　[賞]児童文学者協会新人賞(第6回)(昭和31年)「トコトンヤレ」「チャコベエ」、日本児童文学者協会賞(第8回)(昭和43年)「ヒョコタンの山羊」、日本児童文学者協会賞(第18回)(昭和53年)「トンネル山の子どもたち」、野間児童文芸賞(第18回)(昭和55年)「忘れられた島へ」、赤い靴児童文化大賞(第5回)(昭和59年)「私のよこはま物語」、赤い鳥文学賞(特別賞,第19回)(平成1年)「長崎源之助全集」、横浜文化賞(平成11年)、神奈川文化賞(平成12年)　[歴]昭和19年応召し、北支で実戦訓練を受ける。21年帰国。日本童話会に入会、24年平塚武二に師事。25年佐藤さとる、いぬ

いとみこらと同人誌「豆の木」を発刊。43年から児童文学の創作に専念、45年から自宅で“豆の木文庫”を開設。47年“よこはま文庫の会”を創立。代表作に「あほうの星」「トンネル山の子どもたち」「赤ちゃんが生まれました」「東京からきた女の子」「忘れられた島へ」、「長崎源之助全集」（全20巻，偕成社）などがある。
[団]日本児童文学者協会、日本文芸家協会

長崎 夏海　ながさき・なつみ

児童文学作家　[生]昭和36年　[出]東京都　[学]城北高卒　[賞]日本児童文学者協会賞(第40回)(平成12年)「トゥインクル」　[歴]図書館、ファッションモデル、喫茶店等のアルバイトを経て、昭和61年「A DAY(ア・デイ)」でデビュー。「季節風」同人。著書に「パッチンどめはだれにもあげない」「マイ・ネイム・イズ…」「トゥインクル」などがある。　[団]全国児童文学同人誌連絡会

中里 介山　なかざと・かいざん

小説家　[生]明治18年4月4日　[没]昭和19年4月28日　[出]神奈川県西多摩郡羽村(現・東京都羽村市)　本名＝中里弥之助　別号＝羽村子、石雲生、遊於　[学]西多摩小学校高等科卒　[歴]幼少の頃から古典を耽読し、明治30年12歳で上京して書生となり、その後何度か上京、帰村をくり返す。東京電話局の交換手、キリスト教の伝道、小学校の代用教員などをしながら「万朝報」に新体詩を投稿。キリスト教的社会主義の思想から幸徳秋水、山口孤剣らに接し、「平民新聞」の懸賞小説で「何の罪」が佳作で入選。「平民新聞」の寄稿家から38年「直言」の編集同人となり、その年火鞭会を組織し、39年「今人古人」を刊行。同年都新聞社に入社し、大正11年まで社員として活躍する。「都新聞」には「高野の義人」「島原城」などを連載、大正2年から「大菩薩峠」を連載する。「大菩薩峠」は「隣人之友」などに書きつがれたが、昭和19年の急逝で未完の大作となった。都新聞退職後は隣人学園を創設し、昭和3年に羽村に西隣村塾を開設した。大正15年「隣人之友」を創刊し、昭和10年には「峠」を創刊。11年衆議院選挙に立候補したが落選。第二次大戦中、日本文学報国会の加入をことわり、日露戦争以来の反戦主義者としての思想をつらぬいた。「中里介山全集」（全20巻，筑摩書房）がある。

中里 喜昭　なかざと・きしょう

小説家　[生]昭和11年3月13日　[出]長崎県長崎市大井手町　本名＝中里喜昭(なかざと・よしあき)　[学]三菱長崎造船技術学校卒　[興]高度成長後の文化変容における個と共同体　[賞]日本共産党創立40周年記念作品募集入選(昭和38年)「分岐」、多喜二百合子賞(第2回)(昭和44年)「仮のねむり」　[歴]「民主文学」を中心に活躍。昭和34年第2回アカハタ短編小説募集に「地金どろぼう」が入選しデビュー。38年日本共産党創立40周年記念作品募集に「分岐」が入選。さらに44年には大作「仮のねむり」が多喜二・百合子賞を受賞。のち離党。「葦牙」同人。ほかの作品に「水無川」「ふたたび歌え」「香焼島―地方自治の先駆的実験」「与論の末裔」「昭和末期」などがある。　[団]日本文芸家協会

中里 恒子　なかざと・つねこ

小説家　[生]明治42年12月23日　[没]昭和62年4月5日　[出]神奈川県藤沢市　本名＝佐藤恒　旧姓(名)＝中里　[学]神奈川高女(大正14年)卒　[資]日本芸術院会員(昭和58年)　[賞]芥川賞(第8回)(昭和13年)「乗合馬車」、読売文学賞(小説賞，第25回)(昭和48年)「歌枕」、日本芸術院賞恩賜賞(第31回，昭和49年度)(昭和50年)「わが庵」、女流文学賞(第18回)(昭和54年)「誰袖草」
[歴]昭和3年処女作「砂上の塔」を「創作月刊」に発表、同年創刊の女性だけの同人誌「火の鳥」に参加。兄が戦前では珍しい国際結婚をしたことから、これをテーマにした「乗合馬車」を13年に発表。女性初の芥川賞を受賞した。「此の世」「歌枕」「わが庵」「時雨の記」、短編集「花筐」などが代表作。透徹した目で人生、風土をみつめた作風に定評がある。58年日本芸術院会員。「中里恒子全集」（全18巻，中央公論社)がある。　[団]日本女流文学者会、日本ペンクラブ、日本文芸家協会

中里 融司　なかざと・ゆうじ

小説家　漫画原作者　[生]昭和32年2月4日　[出]東京都杉並区　[学]武蔵大学経済学部卒　[賞]歴史群像賞「板東武陣侠―信長を討て!」　[歴]銀行員を経て、漫画原作者に転身。またパソコンシミュレーションゲーム「織田信長」「徳川家康」のシナリオも担当。さらに歴史、小説、伝奇、ファンタジーの各分野に筆を伸ばす。著書「板東武陣侠―信長を討て!」で小説家デビュー。他の著書に「東の太陽 西の鷲」「戦国覇王伝」がある。
[団]日本インターネット歴史作家協会　http://www.chaldea.ne.jp/nakazato/index.html

中沢 けい　なかざわ・けい

小説家　[生]昭和34年10月6日　[出]千葉県館山市　本名＝本田恵美子　旧姓(名)＝成田　[学]明治大学政経学部(二部)(昭和58年)卒　[賞]群像新人文学賞(小説部門，第21回)(昭和53年)「海を感じる時」、野間文芸新人賞(第7回)(昭和60年)「水平線上にて」　[歴]家業は釣り船屋で、10歳の時に父を失う。早くから文学書に親しみ、高校在学中に書いた小説「海を感じる時」で昭和53年「群像」新人文学賞を受賞、60万部のヒットとなった。以後、年1作のペースで「余白の部分」「海上の家」「野ぶどうを摘む」「女ともだち」

「ひとりでいるよ一羽の鳥が」「水平線上にて」「時の装飾法」「楽隊のうさぎ」など執筆。身近な人間関係を軸にした構成に、郷愁感のある叙情的な作品が多い。　㊵日本文芸家協会

永沢 慶樹　ながさわ・けいじゅ
脚本家　㊷昭和40年　㊸平成12年9月29日　㊹東京都　㊺朱雀高卒、にっかつ芸術学院卒　㊻大和屋竺に師事。第13回創作TVドラマ脚本懸賞募集佳作。「東大一直線・劣等先生が行く！」(TBS・小田切正明監督)でデビュー。以後「嫁姑・受験戦争」(MBS)、「悲しいほど好き！」(CX)、「塀の中の懲りない奴ら！」(KSS・薬師寺光幸監督)などを執筆、オリジナルビデオを中心に活躍した。他に映画「ミナミの帝王」「女囚処刑人マリア」など。構成に「開戦～パールハーバー50」(NHKエンタープライズ・浦岡敬一監督)、戯曲「香港ラプソディー」(宮本亜門演出)などもある。

中沢 茂　なかざわ・しげる
小説家　㊷明治42年1月4日　㊸平成9年9月1日　㊹北海道根室市　㊺根室商中退　㊻根室市文化賞(昭和43年)、北海道文化奨励賞(昭和44年)、北海道新聞文学賞(第12回)(昭和53年)「紙飛行機」　㊼大正3年一家で北海道根室に移住。昭和7年個人雑誌「測量船」を刊行、文学活動に入る。10年同人誌「どろの木を育くむ人々」に参加。戦後は主に「札幌文学」に作品を発表。のち同人。九谷屋金物店経営の傍ら作家活動を行う。著書に「中沢原」「愛山供養」「紙飛行機」「画家チヌカルコロ」「青春」「太陽叩き」などがある。

中沢 静雄　なかざわ・しずお
小説家　㊷明治18年11月11日　㊸昭和2年3月29日　㊹群馬県倉賀野町　㊺高等小学校を卒業して明治35年上京。小僧、職工、新聞配達、小学校教員をしながら国語伝習所、国学院に学んだ。東京朝日新聞、時事新報、福岡日日新聞、早稲田文学などに自然主義的な小説、童話、随筆、評論を書いた。創作集「一日の糧」がある。

中沢 晶子　なかざわ・しょうこ
児童文学作家　㊷昭和28年　㊹愛知県名古屋市　本名=中川緑　㊺同志社大学文学部卒　㊻野間児童文芸新人賞(第26回)(平成3年)「ジクソーステーション」　㊼教育図書などの編集、コピーライターを経て、百貨店に広告ディレクターとして勤務するかたわら、児童文学を書きつづける。著書に「1983年熱い秋のノート」「あしたは晴れた空の下で」「あした月夜の庭で」など。　㊵HIP(平和のためのヒロシマ通訳者グループ)

仲沢 清太郎　なかざわ・せいたろう
劇作家　㊷明治35年4月30日　㊸昭和45年2月2日　㊹岡山県紙屋町　本名=中島毅造　㊺東洋大学文学部卒　㊻左翼演劇運動に参加、トランク劇団の作者兼俳優で活躍。昭和6年ごろから浅草のカジノ・フォーリーや金龍館などで軽演劇作者として多くの喜劇を書いた。代表戯曲に「裏町感化院」「ドルラル半三」などがある。戦後は浅草ロック座・浅香光代一座の経営に当たった。

長沢 雅彦　ながさわ・まさひこ
映画監督　脚本家　㊷昭和40年2月28日　㊹秋田県　㊺早稲田大学卒　㊻ヨコハマ映画祭新人監督賞(第23回)(平成14年)「ココニイルコト」、毎日映画コンクールスポニチグランプリ新人賞(第56回、平成13年度)「ココニイルコト」、藤本賞(新人賞，第21回)(平成14年)「ココニイルコト」　㊼CM制作会社を経て、ディレクターズカンパニーで助監督を務める。岩井俊二監督「Love Letter」、三枝健起監督「MYSTY」などをプロデュースし、篠原哲雄監督「はつ恋」のシナリオ作品で注目される。平成13年「ココニイルコト」で監督デビュー。14年日韓共同製作「ソウル」を監督。

中沢 正弘　なかざわ・まさひろ
小説家　㊻農民文学賞(第32回)(平成1年)「風に訊く日々」　㊵日本農民文学会

中沢 巠夫　なかざわ・みちお
小説家　㊷明治38年12月31日　㊸昭和60年2月13日　㊹東京　㊺法政大学商科(昭和3年)卒　㊻歴史文学賞「阿波山岳党」　㊼電気器具の自営業に携わるが3年で廃業。シナリオライターとなり、教育映画製作に従事する。昭和8年歴史小説「調練兵脱走」が文芸春秋「オール読物」の懸賞小説に入選。10年山手樹一郎らの「大衆文学」同人になり、14年海音寺潮五郎らと「文学建設」を創刊。22年から作家生活に入る。大衆誌に時代小説を次々と発表したが、30年に病に倒れてから歴史研究に力をそそいだ。子ども向きの史実伝記小説も多く、日本児童文芸家協会理事もつとめた。主な作品に「阿波山岳党」「明治暗殺史録」「幕末暗殺史録」「高橋是清」「上杉謙信」「おしゃれ源吾」「天狗童子」など。　㊵日本児童文芸家協会、日本文芸著作権保護同盟

中沢 ゆかり　なかざわ・ゆかり
北日本文学賞を受賞　㊷昭和35年　㊹兵庫県　本名=畠ゆかり　㊺武庫川女子大学卒　㊻北日本文学賞(第26回)(平成4年)「夏の花」

仲路 さとる　なかじ・さとる

小説家 [生]昭和34年 [出]北海道桧山郡 [賞]歴史群像賞(平成6年)「異 戦国志〈2〉真田風雲録」 [歴]特許事務所に勤め、図面(テクニカル・イラスト)を描くかたわら、休日に執筆。著書に「異戦国志」シリーズ13巻などがある。 http://www.tofus.co.jp/

中島 梓　なかじま・あずさ

小説家 文芸評論家 演出家 脚本家 エッセイスト [生]昭和28年2月13日 [出]東京都葛飾区 筆名(小説)=栗本薫(くりもと・かおる) [学]早稲田大学文学部文芸科(昭和50年)卒 [賞]幻影城新人賞佳作(評論部門, 第2回)(昭和51年)「都筑道夫の生活と推理」、群像新人文学賞(評論部門, 第20回)(昭和52年)「文学の輪郭」、江戸川乱歩賞(第24回)(昭和53年)「ぼくらの時代」、吉川英治文学新人賞(第2回)(昭和56年)「絃の聖域」 [歴]昭和52年評論「文学の輪郭」で群像新人賞を受賞、文芸評論家としてデビュー。著書に「コミュニケーション不全症候群」「小説道場」など。翌53年には栗本薫の名で江戸川乱歩賞を受賞して推理作家としてもデビュー。54年SFファンタジー「グイン・サーガ」シリーズの執筆を開始、全100巻を目指す。その他、伝奇小説、芸道小説、ミュージカル脚本・演出など、幅広いジャンルで活躍。平成4年手術から2年目に乳がん体験を公表した「アマゾネスのように」を執筆。他の著書に「ぼくらの時代」「絃の聖域」「魔界水滸伝」「伊集院大介」「夢幻戦記」「終わりのないラブソング」「真夜中の天使」シリーズなど。昭和56年結婚。 [団]日本SF作家クラブ、日本推理作家協会、日本ペンクラブ、日本文芸家協会、日中文化交流協会 [家]父=山田秀雄(元石川島播磨重工業常務・故人)、夫=今岡清(元「SFマガジン」編集長・翻訳家)

中島 敦　なかじま・あつし

小説家 [生]明治42年5月5日 [没]昭和17年12月4日 [出]東京市四谷区箪笥町(現・東京都新宿区) [学]東京帝大国文科(昭和8年)卒 [賞]毎日出版文化賞(第3回)(昭和24年)「中島敦全集」 [歴]大学卒業後、横浜高女の教師に就任。一高時代から同人雑誌には属さずに創作をし、また幅広く文学を学ぶ。昭和9年「虎狩」を中央公論社の公募に応募し、選外佳作となる。11年「狼疾記」「かめれおん日記」を書く。一高時代から喘息に苦しみ、転地療養を目的に16年休職、南洋庁の国語教科書編集書記としてパラオに赴く。17年「山月記」「文字禍」が「古譚」の総題で「文学界」に発表されて評価される。以後、作家として立つことを決意し、同年「光と風と夢」「南島譚」を刊行したが、12月に死去した。遺作に名作「李陵」がある。没後の23年から24年にかけて「中島敦全集」(全3巻, 筑摩書房)が刊行され、毎日出版文化賞が与えられた。 [家]祖父=中島撫山(漢学者)

中島 淳彦　なかしま・あつひこ

劇作家 [出]宮崎県日南市 [学]吾田中卒 [歴]17歳で上京、20歳から演劇活動を開始。昭和61年劇団"ホンキートンクシアター"を旗揚げし、舞台に立つ傍ら、脚本や演出も担当。同劇団解散後、平成9年青山勝らと劇団"道学先生"を旗揚げ。座付き作者として心にしみる人情喜劇を書き続ける。作品に「ザブザブ波止場」「あたらしいバカをうごかせるのは古いバカじゃないだろう」「エキスポ」(岸田戯曲賞候補)など。

中島 あやこ　なかじま・あやこ

童話作家 [生]昭和15年 [出]新潟県 [賞]日本童話会賞(平成2年) [歴]福祉の仕事にたずさわりながら、日本童話会会員として後藤楢根、石原武両氏に童話、詩の創作を学ぶ。著書に「おひさまってくいしんぼう」「もうひとつの部屋—中島あやこ詩集」がある。 [団]日本童話会

中島 和夫　なかじま・かずお

作家 文芸評論家 元・「群像」編集長 [専]近代日本文学 [生]大正13年9月14日 [出]埼玉県 [学]早稲田大学政経学部(昭和23年)卒 [歴]昭和23年講談社に入社、出版部、「キング」編集部を経て、31年「群像」編集部勤務。41～46年同誌編集長。46年から文芸局次長・文学事典編纂部長として「日本近代文学大事典」の出版に携わる。60年定年退社。この間、6年間早稲田大学講師を務めた。著書に「銀河千里」「文学者における人間の研究」など。 [団]日本文芸家協会

中島 かずき　なかしま・かずき

劇作家 [生]昭和34年 [出]福岡県 [学]立教大学卒 [歴]昭和60年「炎のハイバーステップ」より劇団新感線に座付作家として参加。以来、劇団公演3本柱のひとつ"いのうえ歌舞伎"と呼ばれる時代劇活劇を中心としたシリーズを担当。代表作に「Boast is Red～野獣郎見参!」「髑髏城の七人」「Susanoh—魔性の剣」、戯曲集に「LOST SEVEN」がある。

中島 欣也　なかじま・きんや

作家 元・新潟日報常務 [生]大正11年5月6日 [出]新潟県三条市 [学]陸軍航空士官学校(昭和18年)卒 [歴]戦闘機パイロット。戦後、公職追放解除とともに、昭和27年新潟日報入社、社会部記者に。以後、学芸部長、報道部長、編集局長を歴任、59年常務で退社。著書に「戊辰朝日山」「ゲリラ将軍」「愛憎・河井継之助」「破帽と軍帽」など。 [団]日本ペンクラブ

中島 孤島　なかじま・ことう
小説家　評論家　翻訳家　[生]明治11年10月27日　[没]昭和21年4月9日　[出]長野県北佐久郡三井村　本名＝中島茂一　[学]東京専門学校(明治32年)卒　[歴]明治33年から「明星」に評論や美文を発表。34年から38年頃まで「新小説」の「海外文壇」欄を担当。「早稲田学報」にも参加し評論を発表する。その一方で「新気運」を37年に発表。明治末年文芸革新会を組織するが、その後文壇からはなれた。以後は児童のために、海外作品の翻訳に専念。「沙翁物語」などを訳出する。主な作品に「娘気質」「良判事」などの小説や「ギリシヤ神話」「暗黒時代史」「性愛史話」などの著書がある。

中島 貞夫　なかじま・さだお
映画監督　大阪芸術大学芸術学部映像学科教授　京都映画祭総合プロデューサー　[生]昭和9年8月8日　[出]千葉県東金市　[学]東京大学文学部美学科(昭和34年)卒　[賞]日本映画監督協会新人賞(昭和41年)「893愚連隊」、年間代表シナリオ(昭和41年度)「893愚連隊」、日本映画記者会賞(昭和42年)、京都市民映画祭監督賞(昭和44年)、くまもと映画祭大賞(第2回・昭51年度)、インド国際映画祭監督賞(昭和60年)「序の舞」、京都市文化功労者(平成13年)　[歴]昭和34年東映に入社。マキノ雅裕、田坂具隆などの助監督を務め、39年「くの一忍法」でデビュー。42年退社、のち東映契約監督を経て、フリー。57年「制覇」を監督。他に「大奥マル秘物語」「日本暗殺秘録」「木枯紋次郎」「序の舞」「瀬降り物語」「人生劇場」「首領(ドン)を殺(と)った男」「極道の妻たち」シリーズなどの作品がある。62年より大阪芸術大学教授も務める。
[団]日本映画監督協会、日本シナリオ協会

中島 たい子　なかじま・たいこ
シナリオライター　[生]昭和44年8月19日　[出]東京都　[学]多摩美術大学美術学部卒　[賞]日本テレビシナリオ登竜門大賞(平成7年)「チキチキバンバン」　[歴]短大時代にプロダクションでコントのネタ作りを手伝い、卒業後番組制作会社のアルバイトで放送作家助手を務めた後、多摩美術大学に入学。授業でシナリオを書くうち、脚本家を志す。卒業後、脚本コンクールにたびたび応募。中国料理店にアルバイトで勤務。

中島 丈博　なかじま・たけひろ
脚本家　映画監督　中島プロダクション主宰　[生]昭和10年11月12日　[出]高知県中村市　[学]中村高(昭和29年)卒　[賞]毎日映画コンクール脚本賞(昭50年度)「祭りの準備」、キネマ旬報賞脚本賞(昭50年度)「祭りの準備」、モンテカルロ国際テレビ映画祭脚本賞(昭和59年)「野のきよらにひかりさす」、ATG映画脚本賞(第6回)(昭和60年)「郷愁」、芸術選奨文部大臣賞(第38回,昭62年度)(昭和63年)「極楽への招待」「絆」、向田邦子賞(第8回)(平成2年)、藤本賞奨励賞(第12回)(平成5年)「おこげ」、毎日映画コンクール脚本賞(第53回，平10年度)(平成11年)「ラブ・レター」「あ、春」、紫綬褒章(平成11年)　[歴]高知相互銀行に就職するが、2年で辞めて上京、シナリオ研究所に第1期生として入る。橋本忍に師事し、東宝映画「南の風と波」(昭37年公開)のシナリオを執筆してデビュー。日活専属ライターを経て、映画、テレビに数多くの作品を発表。主な映画作品に「津軽じょんがら節」「赤ちょうちん」「祭の準備」「夏の別れ」など。テレビでは「わが美わしの友」「極楽家族」「真珠夫人」のほか、NHK大河ドラマ「草燃える」「春の波濤」「炎立つ」「元禄繚乱」など多数。62年映画「郷愁」で監督デビュー。他の監督作品に「おこげ」がある。

中島 千恵子　なかじま・ちえこ
児童文学作家　放送作家　滋賀文教短期大学教授　[生]大正13年5月21日　[没]平成11年11月16日　[出]京都府京都市　[学]同志社大学文学部(昭和24年)卒　[賞]毎日児童小説入選(第17回)(昭和42年)「まめだの三吉」、毎日児童小説入選(第18回)(昭和43年)「タブーの島」　[歴]長浜市立図書館館長を経て、滋賀文教短期大学教授をつとめた。著書に「三吉ダヌキの八面相」(「まめだの三吉」改作)「近江の民話」「近江のわらべうた」「タブーの島」「おはなぎつね」、ラジオ作品に「山にあるいのち」「日本海」などがある。
[団]日本児童文学者協会、日本子どもの本研究会、日本放送作家協会、日本民話の会

中島 直人　なかじま・なおと
小説家　[生]明治37年4月20日　[没]昭和15年12月13日　[出]米国・ハワイ　[学]早稲田大学英文科中退　[歴]少年時代をハワイですごし、「新科学的文芸」「木靴」などの同人となる。「ワイアワ駅」「キビ火事」などの作品があり、昭和11年「ハワイ物語」を刊行。同年ハワイに渡り、さらにサンフランシスコ郊外の日本人学校校長になったが、交通事故で死去した。

中島 信子　なかじま・のぶこ
児童文学作家　[生]昭和22年3月25日　[出]長野県大町市　本名＝伊藤信子　[学]東洋大学短期大学部国文科卒　[歴]大学在学中、詩人山本和夫に児童文学を師事。昭和42年旺文社に入社、中学生向け雑誌を担当。44年退職、48年まで日本児童文学者協会の事務員を務める。「トナカイ村」等の同人誌サークルに参加し、創作活動にはいる。45年「薫は少女」で第2回北川千代賞佳作第1席受賞。主な作品に「いつか夜明

けに」「冬を旅する少女」「くいしんぼうはさびしんぼう」など。　㊽日本児童文学者協会

中嶋 博行　なかじま・ひろゆき
弁護士　推理作家　関法律事務所所長　㊕犯罪学　犯罪被害者学　日米の司法制度　㊤昭和29年9月12日　㊥茨城県　本名＝関博行（せき・ひろゆき）　㊦早稲田大学法学部卒　㊨江戸川乱歩賞（第40回）（平成6年）「検察官の証言」
㊣昭和60年司法試験に合格。横浜市で弁護士を開業し、消費者問題や知的所有権問題を担当。一方、平成6年江戸川乱歩賞を受賞の後、推理小説家としても活躍。著書に「検察捜査」「違法弁護」「司法戦争」などがある。　㊽横浜弁護士会、日本推理作家協会

中島 道子　なかじま・みちこ
作家　㊤昭和3年　㊥福井県坂井郡三国町　㊦実践女子大学国文科卒　㊨全国教職員文芸協会会誌「文芸広場」昭和58年度小説部門受賞。「日本家作家」同人。著書に「越前三国湊の俳人、遊女哥川」「武田勝頼の母、諏訪御寮人」「明智光秀の妻熙子」「裏切りの系譜—信長・光秀・秀吉の最期」「怨念の絵師・岩佐又兵衛」など。　㊽全国教職員文芸協会、日本ペンクラブ、明智光秀公顕彰会（副会長）

中島 睦美　なかじま・むつみ
児童文学作家　㊤昭和33年　㊥東京都　㊨児童文化の会年度賞（昭和52年）「ふたりのカコちゃん」
㊣小学校4年で脳腫瘍の手術を受け、後遺症のため、父と後家の手伝いをしながら勉強。昭和52年「ふたりのカコちゃん」で児童文化の会年度賞受賞。著書に「ムッチャンの詩」「詩のノート'78」「詩のノートⅡしあわせってなんだろう」。　㊽児童文化の会

長嶋 有　ながしま・ゆう
小説家　㊤昭和47年　㊥北海道　俳号＝肩甲　㊦東洋大学（2部）文学部国文学科卒　㊨文学界新人賞（第92回）（平成13年）「サイドカーに犬」、芥川賞（第126回）（平成14年）「猛スピードで母は」　㊣幼少期に両親が離婚し、北海道で母に育てられる。高校時代から作家を志し、印鑑メーカー・シャチハタ勤務を経て、作家に転身。平成13年「サイドカーに犬」で文学界新人賞を受賞。14年北海道の小都市に暮らす母子家庭の日常を小学校高学年の男子の目から描いた「猛スピードで母は」で芥川賞を受賞。"肩甲"の俳号を持つ俳人でもあり、句集に「月に行く」などがある。

中島 らも　なかじま・らも
ライター　プランナー　劇団リリパット・アーミー主宰　㊤昭和27年4月3日　㊥兵庫県尼崎市　本名＝中島裕之（なかじま・ゆうし）　㊦大阪芸術大学放送学科卒　㊨TCC賞準新人賞（昭和58年）、吉川英治文学新人賞（平成4年）「今夜、すべてのバーで」、日本推理作家協会賞（第47回）（平成6年）「ガダラの豚」
㊣印刷会社を経て、昭和56年広告代理店・日広エージェンシーに入り、「かねてつデリカフーズ」の漫画入り広告で売り出す。同社企画課長を経て、62年7月大阪北浜に中島らも事務所を設立。コピーを書く傍ら朝日新聞「明るい悩み相談室」の回答者、テレビ番組の構成・出演、雑誌のエッセイなど多彩な分野で活躍。笑殺軍団リリパット・アーミー主宰。平成12年初の書下ろし長編小説「バンド・オブ・ザ・ナイト」を刊行。著書に「頭の中がカユいんだ」「なにわのアホぢから」「中島らもの明るい悩み相談室」「今夜、すべてのバーで」「愛をひっかけるための釘」「人体模型の夜」「ガダラの豚」「水に似た感情」「あの娘（こ）は石ころ」などがある。

中条 厚　なかじょう・あつし
作家　㊤昭和5年3月13日　㊥福島県会津若松市　㊦埼玉大学理学部中退　㊣父方母方の両曽祖父が戊辰戦争を城中で戦った。昭和41年市川市に開塾し、学習塾全国連合協議会副会長、千葉学習塾協同組合理事長を務めた。のち全国学習塾協会監事、教育ペンクラブ会長。37年「上京」で福島県文学賞、平成元年「杭」で愛のサンジョルディ最優秀賞などを受賞。著書に「杭」「出てきてよ、お父さん」「少年白虎隊」などがある。　㊽会津史学会、史談会、日本ペンクラブ、日本文芸家協会

中条 孝子　なかじょう・たかこ
小説家　㊤昭和13年5月31日　㊥大阪府堺市　㊦関西外国語短大英米語学科卒　㊨エンタテインメント小説大賞佳作（第2回・昭54年度）「おたやんの赤ちょうちん」、織田作之助賞（第2回）（昭和60年）「どれあい」、読売女性ヒューマンドキュメンタリー大賞・カネボウスペシャル入選（第8回）「手づくり葬式・やりたい!!」
㊣30歳を過ぎてからエッセイなどを書き始め、「おたやんの赤ちょうちん」で作家デビュー。第2作の「どれあい」で第2回織田作之助賞を受賞。昭和61年肺がんで夫を亡くした後、実体験をもとに"手づくり葬式"の一部始終を「手づくり葬式・やりたい!!」として執筆。62年から丹後半島の中郡大宮町三重に自宅とは別に創作の場として一軒の農家を借り、"どれあい庵"と名づけ、執筆の傍ら畑仕事やパッチワークに興じる。

永瀬 三吾　ながせ・さんご
推理作家　㊐明治35年9月1日　㊀平成2年11月19日　㊥東京　㊫仏語専修卒　㊩日本推理作家協会賞(第8回)(昭和29年)「売国奴」　㊧中国で京津新聞社長となり、戦後引揚げて、昭和22年「軍鶏」を発表。以後、推理小説を発表。27年から32年にかけて岩谷書店に勤務し「宝石」を発表。その間の29年「売国奴」で日本推理作家協会賞を受賞。唯一の長篇「白眼鬼」のほか「殺人乱数表」「発狂者」などの作品がある。　㊓日本文芸家協会、日本推理作家協会

長瀬 隆　ながせ・たかし
小説家　㊕ロシア文学　㊐昭和6年　㊥北海道帯広市　㊫早稲田大学第一文学部露文科卒　㊧商社でソ連、中国貿易を担当。著書に「樺太よ遠く孤独な」「ヒロシマまでの長い道」、訳書に「ドストエフスキーの創造」など。

長瀬 正枝　ながせ・まさえ
作家　㊐昭和9年　㊀平成11年4月13日　㊥旧満州・大連　本名＝長瀬正子　旧筆名＝標冴子(しめじ・さえこ)　㊫熊本県立女子大学卒　㊧名古屋市立猪子石中学校教諭などを経て、作家活動に入る。教職のかたわら、同人誌「裸形」に参加。のち同人となり、標冴子のペンネームで発表した小説がNHKのラジオ放送に採用された。平成2〜7年テレビ「中学生日記」の脚本を担当。ラジオ「美しき漂い」の脚本も執筆。敗戦期の旧満州・安東(現・中国遼寧省丹東市)で、日本人難民の救済に努めた末に処刑された"お町さん"こと道宮咲子さんの記録をまとめ、61年に「お町さん」として出版。　㊓愛知日中友好婦人連盟

中薗 英助　なかぞの・えいすけ
小説家　㊕中国・朝鮮・アジア・国際問題　㊐大正9年8月27日　㊀平成14年4月9日　㊥福岡県八女市　本名＝中園英樹(なかぞの・えいき)　㊫八女中(昭和12年)卒　㊩日本推理作家協会賞(評論その他の部門，第34回)(昭和56年)「闇のカーニバル」、読売文学賞(小説賞，第44回)(平成5年)「北京飯店旧館にて」、大仏次郎賞(第22回)(平成7年)「鳥居龍蔵伝」、神奈川文化賞(第45回)(平成8年)　㊧旧満州を経て、昭和13年北京遊学。15年邦字紙「東亜新報」記者となり、敗戦の翌年帰国。戦後もジャーナリスト生活ののち、25年「近代文学」に「烙印」を発表して作家業に入り、「夜よシンバルをうち鳴らせ」で評価を確立。純文学と並行して、インドネシア賠償問題を扱った「密書」(36年)、日韓関係を扱った「密航定期便」(38年)など国際スパイ小説を執筆、先駆者となる。金大中氏事件を取材した実録小説「拉致」は、平成14年公開の日韓合作映画「KT」の原作となった。昭和56年評論「闇のカーニバル」で日本推理作家協会賞、平成5年「北京飯店旧館にて」で読売文学賞、7年「鳥居龍蔵伝」で大仏次郎賞を受賞。他の代表作に「侮蔑のとき」「死電区間」「祭の死ぬ日」「エサウの裔」「裸者たちの国境」「聖欅伝説」「オリンポスの柱の蔭に」「切支丹探偵」「桜の橋」「北京原人追跡」など。ライフワークだった自伝的歴史小説「南蛮仏」は未完。　㊓日本文芸家協会、日本推理作家協会、神奈川文学振興会

中園 健司　なかぞの・けんじ
シナリオライター　㊐昭和27年　㊥福岡県　㊩TBS新鋭シナリオ賞(第2回)「消えた箱船」　㊧第2回TBS新鋭シナリオ賞「消えた箱船」でデビュー。以後TBS「家庭の問題」シリーズ、フジ系列の「世にも奇妙な物語」「旅情サスペンス」「不思議サスペンス」などの各シリーズ物や昼の連続ドラマ「魅惑の夏」「愛の天使」、ドラマスペシャル「遠い歓声」「京都殺人まんだら」「シングル・アゲイン」などのほかビデオ映画「B面の夏」「新・キタの帝王」など多数手がける。

中園 ミホ　なかぞの・みほ
シナリオライター　㊐昭和34年7月16日　㊥東京都中野区　本名＝中園美保　㊫日本大学芸術学部放送学科卒　㊧広告会社に就職し、コピーライターとして働く。1年3ケ月で退社後は四柱推命占師などで生計を立てる。平成元年ドラマ「ニュータウン仮処分」の脚本でデビュー。代表作はドラマ「世にも奇妙な物語」「白鳥麗子でございます」「主婦たちのざけんなヨ」「Dearウーマン」「Age，35〜恋しくて」「FOR YOU」「ラスト・ラブ」「不機嫌な果実」「チョコレート革命」「恋の奇跡」「恋愛中毒」「やまとなでしこ」「スタアの恋」などがある。

永田 衡吉　ながた・こうきち
民俗芸能研究家　劇作家　神奈川県民俗芸能保存協会会長　㊕民俗芸能史　㊐明治26年11月20日　㊀平成2年2月27日　㊥和歌山県新宮市　㊫早稲田大学英文科(大正6年)卒、東京帝大美学美術史選科(大正9年)修了　文学博士　㊩勲五等瑞宝章(昭和44年)　㊧大正10年「寂光の路」を発表し、以後劇作家として活躍し「信州義民伝」「源義朝」「大久保と西郷」などを発表。昭和5年日本俳優学校の設立に参加し、11年の廃校まで講師をつとめる。その一方で民俗芸能や人形芝居を早くから研究し、昭和2年民俗芸術の会を柳田国男らと創立し、機関誌「民俗芸術」を発刊。著書に「厩戸皇子」「平泉記」「林子平」などの戯曲集、童話劇集「夢の

踊子」や研究書「日本の人形芝居」「神奈川県民俗芸能誌」などがある。

中田 耕治　なかだ・こうじ
小説家　劇作家　文芸評論家　翻訳家　元・女子美術大学教授　[生]昭和2年11月5日　[出]東京都大田区　[学]明治大学文学部英文科(昭和27年)卒　[興]ルネサンス、現代短歌、世紀末　[賞]近代文学賞(第5回)(昭和38年)「ボルジア家の人々」　[歴]「近代文学」「制作」同人。はじめ俳優座で戯曲論の講師をし、「グループ・シアター」他で演出を手掛ける。のち、第一作「闘う理由、希望の理由」などの小説をはじめ、劇作、文芸評論、翻訳など多彩な執筆活動を展開。明治大学講師、バベル翻訳学院顧問もつとめる。著訳書は、小説「危険な女」「おお季節よ 城よ」、戯曲集「聖家族」「異聞猿飛佐助」、評論集「怪蛇の眼」、評伝「ド・ブランヴィリエ侯爵夫人」「ルクレツィア・ボルジア」「メディチ家の人びと」、翻訳S.E.ヒルトン「アウトサイダー」、サマーズ「マリリン・モンローの真実」、「ヘミングウェイ短篇集」など多数。評論を中心とした「中田耕治コレクション」(1期6巻，2期6巻，青弓社)がある。
[団]日本文芸家協会

中田 早紀　なかた・さき
小説家　[賞]ティーンズハート大賞(佳作，第8回)「やりなおしの夏」　[歴]著書に「やりなおしの夏」「100点満点のきみ」がある。5月9日生まれ。

中田 重顕　なかた・しげあき
小説家　[生]昭和17年　[出]旧満州　[賞]三重県文学新人賞(平成4年)　[歴]昭和33年脊髄カリエスによって、三重県立肢体不自由児養護施設に入園し、そこで義務教育を終了する。平成2年同人誌「文宴」に加入、小説を発表し始める。平成5年12月号の「文学界」に、その年の上半期同人誌優秀賞として、「雪降る代々木正春寺」が掲載される。8年「季刊文科」創刊号に「東京オリンピックのあった頃」が掲載される。著書に「たそがれ、サムトの婆と」がある。

中田 竜雄　なかた・たつお
シナリオライター　[生]大正2年1月5日　[没]昭和35年6月4日　[出]東京都港区青山　[学]横浜英語専門学校卒　[賞]サンデー毎日大衆文芸入選(第34回・昭21年度)「鮭姫」　[歴]横浜の貿易商社に勤務していたが、昭和14年新興キネマの懸賞シナリオ募集に当選したのがきっかけで、大泉撮影所脚本部に入社。若手シナリオ作家の集まり「シャポの会」の新興キネマの代表格。17年水の江滝子の劇団たんぽぽの文芸部長となる。21年にサンデー毎日の大衆文芸賞受賞、以後フリー。国際劇場のショーの台本や美空ひばりプロや歌舞伎座プロと契約し、娯楽作品を提供した。主な作品に「たのしき今宵」「名探偵アジャパー氏」「けちんぼ長者」「かごや太平記」「愛の翼」「哀愁のリンゴ園」「競艶雪之丞変化」など。

長田 秀雄　ながた・ひでお
詩人　劇作家　小説家　[生]明治18年5月13日　[没]昭和24年5月5日　[出]東京・神田　[学]明治大学独文科　[歴]明治37年「文庫」同人となり、38年新詩社に入って「春愁」などの詩作を発表。41年パンの会を興し、42年から「スバル」に作品を発表。43年発表の戯曲「歓楽の鬼」を発表して注目され、以後「琴平丸」「飢渇」などを発表。大正9年には「大仏開眼」を発表した。7年には芸術座の脚本部員となり、8年には新劇協会の創立に尽力。9年から昭和3年まで市村座顧問となり、9年新協劇団に参加した。また「金の船」「赤い鳥」などに童話、童話劇を発表して活躍した。　[家]祖父＝長田穂積(国学者)、父＝長田足穂(医師)、弟＝長田幹彦(作家)

永田 秀郎　ながた・ひでろう
劇作家　元・高校教師　[生]昭和9年7月16日　[出]北海道釧路市　[学]明治大学文学部卒　[賞]釧路文学賞(昭和61年)　[歴]昭和33年以降顧問として高校演劇部の指導にあたり創作劇を執筆、発表。40年戯曲研究会を発足、41年から公演を始め、釧路の劇団どらま・ぐるうぷを創立。戯曲に「さいはての啄木」「海を見つめる男」「傘おどり修羅」があり、いずれも公演される。また「釧路叢書」に戦後釧路演劇史を書く。平成7年3月まで釧路湖陵高校教諭を務めた。著書に「跪くひと八代斌助」がある。「北海文学」同人。

長田 幹彦　ながた・みきひこ
小説家　[生]明治20年3月1日　[没]昭和39年5月6日　[出]東京市麹町区飯田町　[学]早大英文科(明治45年)卒　[歴]早大在学中に新詩社社友となり、小説「冷灰」などを発表。明治41年「スバル」に参加し、44年「澪」を、45年「零落」を発表して作家となり、大正5年「澪」を刊行。祇園や舞妓など、いわゆる情話文学として「祇園」「鴨川情話」などを刊行。後に通俗小説に転じ「祇園宵待草」などを刊行し、11年「幹彦全集」全6巻を刊行。以後も「不知火」「女優部屋」「小説明治天皇」などを発表。また14年創設された東京中央放送局の文芸顧問となってラジオドラマを書き、昭和4年には日本ビクター蓄音機の顧問となって「祇園小唄」など歌謡曲の作詩もし、27年には超心理現象研究会を創設した。
[家]兄＝長田秀雄(詩人・劇作家)

中田 よう子　なかだ・ようこ
児童文学作家　[生]昭和39年　[出]山梨県甲府市　本名=土屋よう子　[学]日本短期大学部国文学科卒　[賞]児童文芸新人賞(第21回)「ウエルカム!スカイブルーへ」　[歴]会社員として働くかたわら、児童文学の創作活動を続ける。著書に「ウエルカム!スカイブルーへ」「友だちは1/2ゆうれい」などがある。　[団]日本児童文芸家協会

長竹 裕子　ながたけ・ひろこ
小説家　防衛大学校外国語教室教官　[専]英語　[生]昭和34年　[出]埼玉県浦和市　[学]慶応義塾大学経済学部卒、慶応義塾大学大学院文学研究科英文学専攻博士課程中退　[歴]英語教師の傍ら小説を書き続ける。昭和60年「果実」、62年「フランシスの末裔」、63年「ヴェロニカの微笑」を発表。著書に平成元年第102回芥川賞候補作になった「植物工場」がある。

中谷 彰宏　なかたに・あきひろ
作家　俳優　演出家　(株)中谷彰宏事務所代表取締役　[専]恋愛　トレンド　人材開発　映画　[生]昭和34年4月14日　[出]大阪府堺市　[学]早稲田大学第一文学部演劇科(昭和59年)卒　[賞]ACCラジオCM賞(昭和62年)「AGF」、ACCテレビCM賞(昭和63年)「リクルートフロムA」、TCC準新人賞(昭和63年)「リクルートフロムA」、ACCラジオCM賞(平成1年)「ネピア」、ACCラジオCM賞(平成2年)「ネピア」「AGF」　[歴]中学時代から朝日放送やラジオ大阪に学生DJとして出演。大学在学中の昭和58年小説「目覚し時計の夢」で作家デビュー。59年博報堂に入社。CMプランナーとしてTVCM、ラジオCMの企画・演出を手がける。傍ら、パーソナリティ、俳優、空間プロデューサーなどトレンドクリエーターとしても活躍。平成3年退社し、中谷彰宏事務所を設立。就職本「面接の達人」シリーズはベストセラーとなり、就職セミナー等の講師も務める。他の著書に「農耕派サラリーマンvs狩猟派サラリーマン」「複業の達人」「本当の恋の達人」「受験の達人」「ここまでは誰でもやる」、小説に「恋愛小説」「天使の誘惑」など。俳優としての出演作にテレビドラマ「ゆずれない夜」「ひまわり」「事件記者」「国産ひなむすめ」、映画「修羅がゆく10」、舞台「天使がくれたラブレター」「恋愛一人芝居/ドア男」などがある。　http://www.an-web.com

中谷 孝雄　なかたに・たかお
小説家　[生]明治34年10月1日　[没]平成7年9月7日　[出]三重県一志郡七栗村(現・久居市)　[学]東京帝国大学独文科中退　[賞]芸術選奨文部大臣賞(第19回)(昭和43年)「招魂の賦」　[歴]東京帝大時代に梶井基次郎と同人誌「青空」を創刊し、「春着」「土民」などを発表。佐藤春夫に師事し、昭和7年創刊の「麒麟」同人となり「春」を発表。9年「春の絵巻」を発表して認められ、10年保田与重郎の「日本浪曼派」同人となる。以後「都の花」「死とその周囲」などを発表。戦後も「業平系図」「梶井基次郎」などを著し、43年「招魂の賦」で芸術選奨を受賞した。平成3年俳誌「鈴」を創刊。義仲寺無名庵庵主。　[団]日本文芸家協会　[家]妻=平林英子(小説家)

中谷 徳太郎　なかたに・とくたろう
小説家　劇作家　[生]明治19年7月7日　[没]大正9年1月18日　[出]東京・深川木場　[学]早稲田大学英文科(聴講生)(明治42年)卒　[歴]坪内逍遥の指導を受け、大正年間早稲田文学、文章世界などに多くの作品を発表、長谷川時雨と編集に従事した演劇雑誌「シバヰ」にも執筆。文壇に認められなかったが、「孔雀夫人」(文章世界・大正4年6月)は特異な作品として評価された。逍遥序・楠山正雄編集の著作「孔雀夫人」、下町の知友ら編集の遺稿集「三人の女に」がある。

中津 文彦　なかつ・ふみひこ
推理作家　[生]昭和16年12月23日　[出]岩手県一関市　本名=広嶼文彦　[学]学習院大学経済学部卒　[賞]江戸川乱歩賞(第28回)(昭和57年)「黄金流砂」、角川小説賞(第12回)(昭和60年)「七人の共犯者」　[歴]昭和40年岩手日報に入社。報道記者として松尾鉱山閉山などを取材。57年平泉の終焉を素材にした「黄金流砂」で第28回江戸川乱歩賞受賞。のち、新聞社を退き著述に専念。主な著書に「ジンギスカン殺人事件」「伊達騒動殺人事件」「喪失荒野」「七人の共犯者」「山田長政の密書」「闇の弁慶」「消えた義経」など。　[団]日本推理作家協会、日本文芸家協会

中津 攸子　なかつ・ゆうこ
俳人　作家　[生]昭和10年2月8日　[出]東京都台東区浅草　[学]東京学芸大学卒　[歴]西吾嬬小教諭、国府台女子学院教諭を経て、作家。「沖」同人。著書に「武田氏の祖は高麗王か」「万葉集で読む古代争乱」「戦国武田の女たち」「ジュニア版市川の歴史」「小説 松尾芭蕉」他。　[団]俳人協会、日本ペンクラブ、日本文芸家協会

長塚 圭史　ながつか・けいし
脚本家　演出家　阿佐ケ谷スパイダース主宰　[生]昭和50年5月9日　[出]東京都　[学]早稲田大学中退　[歴]父は俳優の長塚京三。大学入学後、小劇団・阿佐ケ谷スパイダースを旗揚げし、主宰、脚本、演出、俳優として活躍。若い世代に圧倒的人気を誇る。平成12年テレビドラマ「東京らぶ」の脚本を担当、自らも漫画家役で出演。同年父の初のひとり芝居で脚本と演出を

手掛ける。他の脚本作品にテレビドラマ「世にも奇妙な物語」、出演作品に映画「ざわざわ下北沢」、テレビドラマ「OUT」「喪服のランデヴー」、舞台「デジャ・ヴュ01」などがある。
[家]父＝長塚京三(俳優)

長塚 節　ながつか・たかし
歌人　小説家　[生]明治12年4月3日　[没]大正4年2月8日　[出]茨城県結城郡岡田村国生(現・石下町国生)　号＝桜芽、夏木、青果、黄海楼主人　[学]茨城中(現・水戸一高)(明治29年)中退　[歴]正岡子規に師事し、子規亡き後の明治36年伊藤左千夫らと「馬酔木」を創刊、歌作、歌論にと活躍する。41年廃刊後、「アララギ」に参加。万葉調の写生に徹し「うみ苧(お)集」「行く春」などを発表。36年頃から小説を書き始め「炭焼の娘」「佐渡が島」などを発表、43年に名作「土」を発表。44年喉頭結核となり、病床で「わが病」「病中雑詠」などを発表。大正3年から死の直前迄書き続けられた「鍼の如く」は231首の大作となっている。「長塚節全集」(全7巻・別巻1，春陽堂)がある。

長堂 英吉　ながどう・えいきち
小説家　琉球大学講師　南涛文学会会長　[生]昭和7年11月3日　[出]沖縄県那覇市　本名＝謝花長英　[学]明治大学文学部卒、フロリダ大学大学院修了　[賞]北方文芸賞(第3回)(昭和62年)「ナーハイバイ(散り散りばらばら)の歌」、沖縄タイムス芸術選賞大賞(第23回・文学部門)(昭和63年)「ナーハイバイの歌」、沖縄タイムス芸術選賞「海鳴り」、新潮新人賞(平成2年)「ランタナの花の咲く頃に」、芸術選奨文部大臣新人賞(第50回，平11年度)(平成12年)「黄色軍艦」　[歴]極東放送アナウンサー、アメリカ民政府教育部、沖縄女子短期大学助教授を経て、琉球大学短期大学部非常勤講師。かたわら、同人誌「南涛文学」を主宰。30歳で初めて小説を手がけ、地元の新聞の懸賞小説で佳作入選したのをはじめ、“九州・沖縄文学賞”の沖縄文学賞の沖縄代表に2度選ばれている。昭和62年第2次大戦下の沖縄で、苦闘する家族をえがいた小説「ナーハイバイ(散り散りばらばら)の歌」で、「北方文芸」創刊20周年記念文学賞を受賞。他の著書に「ボクサー」「鼓太平記」「ランタナの花の咲くころに」「エンパイア・ステートビルの紙ヒコーキ」「黄色軍艦」などがある。
[団]日本文芸家協会

中堂 利夫　なかどう・としお
推理作家　[生]昭和10年5月3日　[没]平成6年9月12日　[出]大阪府　[賞]サンデー毎日推理小説部門新人賞(昭和51年)「異形の神」　[歴]昭和51年「異形の神」がサンデー毎日新人賞〈推理小説部門〉を受賞し、それを機に作家生活に入る。著書に「報酬は死の囁き」「狼の鎮魂歌」「やさぐれ刑事」「妖流海域」「野望の標的」「あの闇を撃て」「破戒の海」など。
[団]日本推理作家協会、日本文芸家協会

中戸川 吉二　なかとがわ・きちじ
小説家　[生]明治29年5月20日　[没]昭和17年11月19日　[出]北海道釧路市　[学]明治大学(大正3年)中退　[歴]里見弴に師事。春陽堂に入り「新小説」の編集に従事したが、2カ月で辞め文筆に専念。大正7年第5次「新思潮」同人となり「反射する心」などを発表。8年第1創作集「イボタの虫」を刊行、他に「縁なき衆生」「友情」「青春」などがある。昭和に入ってみるべき作品活動はない。

中西 伊之助　なかにし・いのすけ
社会主義運動家　小説家　[生]明治26年2月7日　[没]昭和33年9月1日　[出]京都・山城　[学]中央大学法律科　[歴]少年時代から様々な職業に従い、兵役後朝鮮に渡り新聞記者として坑夫虐待を暴露し投獄される。帰国後、中央大学に学び新聞記者となる。大正8年日本交通労働組合を結成、書記長として争議を指導し、9年検挙され入獄した。11年「赫土に芽ぐむもの」を刊行。以後「汝等の背後より」などを発表。労働運動をするかたわら、作家としても活躍。12年「種蒔く人」の同人となり、のち「文芸戦線」に参加。昭和3年無産大衆党に参加。以後日本大衆党、全国大衆党などに参加。戦後は共産党に入り衆院議員となるが、27年離党。他の作品に「農夫喜兵衛の死」「この罪を見よ」「赤い絨毯」など数多くある。

中西 卓郎　なかにし・たくろう
小説家　[生]昭和5年　[出]京都府中部峰山町五箇　[学]同志社大学文学部英文学科卒　[歴]様々な職業を経て、30歳で京都市公立中学校教師となり、市立桂中学校、樫原中学校、梅津中学校などに勤務。野球部監督としても活躍し、梅津中時代には大リーグの大家友和投手を育てた。平成3年定年退職し、以後8年まで明徳商業高校に勤務。その後は執筆活動に入る。第7回小説宝石エンターテインメント小説大賞に「廊下の鳴る家」が佳作第一席となる。京都新聞社「読者の短編小説」に数回入選。著書に「消えゆく時間」がある。傍ら、風景を中心に油絵を描き、2年に1度個展を開催。

中西 武夫　なかにし・たけお
劇作家　演出家　演劇評論家　元・朝日放送プロデューサー　元・大阪芸術大学教授　[生]明治41年10月8日　[没]平成11年1月23日　[出]東京・芝区　旧姓(名)＝菊本　[学]京都帝国大学文学部(昭和6年)卒　[賞]大阪市民劇場賞(昭和29年)、大

阪府民劇場奨励賞(昭和43年)、芸団協・芸能功労賞(昭和59年)　㊫朝日放送プロデューサー、大阪芸術大学教授、兵庫県立尼崎青少年創造劇場理事などを歴任。戯曲に「憂愁夫人」(宝塚歌劇)「街の風景」(関西新劇合同)「探偵物語」(かもめ座)、著書に「東亜の舞踊」など。㊐日本演劇学会

中西 梅花　なかにし・ばいか

小説家　詩人　㊝慶応2年4月1日(1866年)　㊡明治31年9月30日　㊞江戸・浅草　本名＝中西幹男　別号＝落花漂絮ほか　㊫田島任天に師事し、饗庭篁村に兄事する。森鷗外、徳富蘇峰らと交わり、明治21年頃読売新聞に入社し、記者として活躍する一方で「機姫物語」などの小説を発表。23年読売を退社、「国民新聞」「国民之友」などに作品を発表し、24年「新体梅花詩集」を刊行した。

中西 芳朗　なかにし・よしろう

旅行文学作家　㊥口演童話　㊝明治25年　㊡昭和56年　㊞奈良県　本名＝中西芳三郎　㊖法政大学国文科卒　㊫奈良師範卒業後地元の小学校校長を経て大正中期に上京。「白い花お伽会」を主宰して全国各地を行脚する。大正10年牛込区柳町の自宅にコドモ芸術学園を創設。「童話美談」(全4巻)、「童話劇集」(全5巻)などを刊行。昭和9年個人雑誌「童話の研究」を創刊。戯曲、評論などを執筆する。戦後は都庁の観光案内所に嘱託として務め、49年「西国巡礼記」を刊行した。他に「しいやん物語」「童話の仕方」など。

なかにし 礼　なかにし・れい

小説家　作詞家　演出家　㊝昭和13年9月2日　㊞旧満州・牡丹江　本名＝中西礼三　㊖立教大学文学部仏文科(昭和40年)卒　㊮日本レコード大賞作詩賞(昭和42年，45年)、日本レコード大賞(昭和43年，44年，57年)、日本レコードセールス大賞作詩賞(昭和43年，44年，45年)、ゴールデンアロー賞(音楽)(昭和45年)、JASRAC賞(昭和58年)、古賀政男記念音楽大賞(第10回)(平成1年)「風の盆恋歌」、日本作詩大賞(第22回)(平成1年)「風の盆恋歌」、直木賞(第122回)(平成12年)「長崎ぶらぶら節」　㊫満州生まれで、王侯貴族のような生活から一転、難民となって引き揚げる。在学中にシャンソンの訳詞をはじめ、流行歌の作詞を手がける。「知りたくないの」「時には娼婦のように」「北酒場」「ホテル」などヒット曲は300以上にのぼる。その後ミュージカルやクラシック界にも活動を拡げ、平成4年オペラ「ワカヒメ」の台本・演出を担当。5～6年鎌倉芸術館芸術総監督、6～7年日本音楽著作権協会理事長。11年主要作品417曲を8年がかりで21枚のCDにまとめた大全集「夢と喝采の日々」を完成させた。同年作・総演出を手がけた世界劇「眠り王」を上演。10年には自伝小説「兄弟」が直木賞候補となり、12年「長崎ぶらぶら節」で第122回直木賞を受賞。他の著書に「漂泊の歌」「翔べ！わが想いよ」「赤い月」などがある。　㊐日本音楽著作権協会(評議員)、日本作詩家協会、日本音楽作家団体協議会、日本文芸家協会　㊮妻＝石田ゆり(元歌手)、長男＝中西康夫(歌手)

長野 京子　ながの・きょうこ

児童文学作家　放送作家　㊝大正3年1月1日　㊞北海道函館市　本名＝長野京　㊖函館高女卒　㊫札幌の小学校教師だった昭和14年に書いた短編小説が「婦人公論」に入選。子育ての傍ら、NHKや民放のラジオドラマ、童話を執筆。35年から18年間札幌市婦人相談員も務めた。著書に「黒ねこリィの話」「雪ふり峠」「ふたりだけのひみつ」「夕やけ牧場」「カモメ荘からの電話」、ラジオドラマに「二人の女」「風雪」などがある。㊐日本児童文学者協会、北海道児童文学の会、日本放送作家協会

中野 孝次　なかの・こうじ

作家　ドイツ文学者　神奈川文学振興会理事長　元・国学院大学教授　㊥ドイツ現代文学　㊝大正14年1月1日　㊞千葉県市川市　㊖東京大学文学部独文科(昭和25年)卒　㊯地球上の生存がどうなるか　㊮日本エッセイスト・クラブ賞(第24回)(昭和51年)「ブリューゲルへの旅」、平林たい子文学賞(小説・第7回)(昭和54年)「麦熟るる日に」、新田次郎文学賞(第7回)(昭和63年)「ハラスのいた日々」、芸術選奨文部大臣賞(第50回，平11年度)(平成12年)「暗殺者」　㊫独学で専検に合格し、東京大学でドイツ文学を研究。昭和27年から56年まで国学院大学で教え、以後作家生活に入る。独文学者としてカフカ、ノサック、フリッシュなどの翻訳をする一方で、45年頃より「実朝考」や現代文学についての評論も発表。作品に、自伝三部作「麦熟るる日に」「苦い夏」「季節の終り」や「はみ出した明日」「生のなかばに」「ある中国残留孤児の場合」や、「ハラスのいた日々」「ブリューゲルへの旅」「清貧の思想」「生き方の美学」「論語の智慧50章」「犬のいる暮らし」「暗殺者」などがある。また57年には「核戦争の危機を訴える文学者の声明」を呼びかけ、文学者の反核運動を推進。文壇囲碁でも有名で、60年には文化人訪中囲碁団を組織して、中国のアマと対局した。「中野孝次作品」(全10巻，作品社)がある。㊐日本文芸家協会、日本ペンクラブ、神奈川文学振興会(理事長)

中野 晃輔　なかの・こうすけ

フリーライター　㊌昭和10年　㊍大阪市　㊎毎日児童小説賞最優秀「青い海の彼方へ」、毎日児童小説賞優秀「海賊王子」、毎日児童小説賞優秀「それぞれの風」、毎日児童小説賞最優秀「おれたちの夏」　㊏外航船乗組員、自衛隊通信員、業界紙企画部勤務を経て、PR紙編集企画業を自営。著書に「ぼくのほそ道―メイ句がゆく」、共著に「伝統に生きる人々」他がある。

中野 光風　なかの・こうふう

小説家　㊌大正11年2月25日　㊫天王寺師範(現・大阪教育大学)(昭和16年)卒　㊏昭和18年太平洋戦争に従軍。22年ソビエト連邦タタール自治共和国から復員。57年まで教職に従事する一方、時代小説を執筆。著書に「逃散」「はぐれ鳥」「大坂犯科帳」他。　㊐堺古文書同好会(会友)、日本文芸家協会

中野 重治　なかの・しげはる

詩人　小説家　評論家　参院議員(共産党)　㊌明治35年1月25日　㊑昭和54年8月24日　㊍福井県坂井郡高椋村(現・丸岡町)　筆名＝日下部鉄(くさかべ・てつ)　㊫東京帝国大学独文科(昭和2年)卒　㊎毎日出版文化賞(第9回)(昭和30年)「むらぎも」、読売文学賞(第11回)(昭和34年)「梨の花」、野間文芸賞(第22回)(昭和44年)「甲乙丙丁」、朝日賞(昭和52年)「中野重治全集・全28巻」　㊏四高時代から創作活動をし、東大入学後は大正14年「裸像」を創刊。東大新人会に参加し、林房雄らと社会文芸研究会を結成、翌15年マルクス主義芸術研究会に発展した。この年「驢馬」を創刊し「夜明け前のさよなら」「機関車」などの詩を発表。昭和2年「プロレタリア芸術」を創刊、3年蔵原惟人らと全日本無産者芸術連盟(ナップ)を結成し、プロレタリア文学運動の中心人物となる。6年日本共産党に入党。7年弾圧で逮捕され、2年余りの獄中生活をする。転向出所後は「村の家」「汽車の罐焚き」「歌のわかれ」「空想家とシナリオ」などを発表。戦後は新日本文学会の結成に参加し、荒正人らと“政治と文学論争”を展開。また22年日本共産党から立候補して3年間参院議員として活躍。25年党を除名され、のち復党したが、39年別派を結成、再び除名された。22年「五勺の酒」を発表した後も小説、評論の部門で活躍し、30年「むらぎも」で毎日出版文化賞を、34年「梨の花」で読売文学賞を、44年「甲乙丙丁」で野間文芸賞を受賞。ほかに「中野重治詩集」「斎藤茂吉ノオト」「愛しき者へ」(書簡集，上下)「中野重治全集」(全28巻，筑摩書房)などがある。　㊇妻＝原泉(女優)、妹＝中野鈴子(詩人)

中野 章子　なかの・しょうこ

エッセイスト　小説家　㊌昭和21年　㊍長崎県長崎市　㊫長崎南高(昭和40年)卒　㊎九州芸術祭文学賞(第14回・地区優秀作)(昭和58年)「遠い花火」　㊏昭和44年結婚。一男二女を育てる傍ら、小説・随筆などを発表。「西九州文学」同人、西諫早読書会代表。平成9年京都に転居。著書に「彷徨と回帰―野呂邦暢の文学世界」、共編に「野呂邦暢・長谷川修往復書簡集」、共著に「男たちの天地」など。

中野 隆夫　なかの・たかお

作家　㊌大正13年3月10日　㊑平成14年4月6日　㊍大阪府高石市　㊫小卒　㊏「文学地帯」同人。小児リウマチが悪化し多発性関節炎のため、17歳から寝たきりの生活を続け、病床で独学。全身の関節のうち、普通に動くのは左肩だけだが、ねじれた指にペンを挟んで小説やエッセイを執筆。昭和41年創作民話「花折峠」がNHK大津放送局で放送され、また三橋節子画伯の代表作のモチーフとしても取り上げられた。平成9年「寝たきり関白日記」を刊行。他の作品に「ほたるぶくろ―野の花の物語」「星月夜」「田螺(たにし)のつぶやき」、詩画集「おしくらまんじゅ」など。　㊐滋賀作家クラブ　http://www.kisweb.ne.jp/personal/youichirou/takaonakano

中野 輝士　なかの・てるし

児童文学作家　㊌昭和32年　㊍北海道紋別郡遠軽町　㊫北星女子短期大学英文科卒　㊏「おじぞうさまとチョコレート」で琵琶湖夢街道童話賞入選。「へびくんととかげくん」で共石創作童話入選。著書に「ミンクのチム」(共著)。

長野 信子　ながの・のぶこ

作家　㊌昭和30年　㊍山口県　㊫山口県立岩国商卒　㊎レディース文庫小説賞「琥珀の瞳」　㊏第一回レディース文庫「小説賞」受賞。読書が大好きで、書くものはスリリングなラブ・ストーリーが得意。著書に「琥珀の瞳」。

中野 秀人　なかの・ひでと

詩人　画家　評論家　小説家　戯曲家　㊌明治31年5月17日　㊑昭和41年5月13日　㊍福岡県福岡市　㊫慶応義塾大学高等予科中退、早稲田大学政経学部中退　㊎文芸汎論詩集賞(第5回)(昭和13年)「聖歌隊」　㊏大正9年プロレタリア文学を論じた「第四階級の文学」が「文章世界」の懸賞論文に当選する。早大中退後は国民新聞を経て、大正11年朝日新聞記者となり、そのかたわら詩などを発表。記者生活を退め、大正15年英、仏に渡る。帰国後は詩人、評論家として活躍、昭和13年処女詩集「聖歌隊」を刊行し、文芸汎論詩集賞を受賞。14

年には童話集「黄色い虹」を刊行。15年花田清輝らと「文化組織」を創刊。戦後は新日本文学会などに参加し、共産党にも入党するが、36年脱退する。23年には長篇「聖霊の家」を刊行した。他の著書に「中野秀人散文自選集」「中野秀人画集・画論」などがあり、没後「中野秀人全詩集」（思潮社）が刊行された。
[家]兄＝中野正剛（政治家）

中野 勝　なかの・まさる

群像新人文学賞小説部門優秀作受賞　[生]昭和29年　[出]石川県　[学]同志社大学卒　[賞]群像新人文学賞（第35回）小説部門優秀作「鳩を食べる」　[歴]自営業。

長野 まゆみ　ながの・まゆみ

作家　[生]昭和34年8月13日　[出]東京都　[学]女子美術大学卒　[賞]文芸賞（第25回）（昭和63年）「少年アリス」　[歴]昭和63年「少年アリス」で第25回文芸賞受賞。他の著書に「野ばら」「星降る夜のクリスマス」「仔犬の気持ち」「天体議会」「夜間飛行」「八月六日上々天気」などがある。自著の装画も手掛ける。　[団]日本文芸家協会

中野 みち子　なかの・みちこ

児童文学作家　[生]昭和4年3月29日　[出]埼玉県熊谷市　本名＝吉田美智子　[学]埼玉大学教員養成科修了　[賞]埼玉文芸賞（第10回）（昭和54年）「七つになったけんちゃん」、児童文化の会新人賞特別大賞（第9回）（昭和60年）「シャクシャイン物語」　[歴]小学校教師を務める傍ら、昭和35年頃から「文芸広場」に短歌、童話を投稿、39年児童文化の会に入会。作品に「海辺のマーチ」「先生のおとおりだい！」「一年生のつうしんぼ」などがある。
[団]児童文化の会、日本子どもの本研究会、日本児童文学者協会

中野 実　なかの・みのる

劇作家　小説家　[生]明治34年11月30日　[没]昭和48年1月3日　[出]大阪府　[学]法政大学文科中退　[賞]毎日演劇賞「明日の幸福」　[歴]岡本綺堂に師事し、昭和6年「二等寝台車」を発表、新派によって上演される。以後、劇作家、ユーモア小説作家として活躍。29年発表の脚本「明日の幸福」で毎日演劇賞を受賞。戯曲集に「明日の幸福」「千曲川通信」などがあり、小説では「パパの青春」「坊ちゃん重役」などがある。

中野 美代子　なかの・みよこ

小説家　評論家　北海道大学名誉教授　[専]中国文学　[生]昭和8年3月4日　[出]北海道札幌市　[学]北海道大学文学部中国文学科（昭和31年）卒　[興]中国神話論　[賞]芸術選奨文部大臣新人賞（昭和55年）「孫悟空の誕生」　[歴]オーストラリア国立大学助手・講師、北海道大学文学部助教授を経て、言語文化部教授。平成8年3月退官。国語審議会委員。「孫悟空の誕生」で芸術選奨新人賞を受賞。中央アジアの旅を2度し、元明の古文献探捜、伝承収集、照合、解読に取り組む。著書に「砂漠に埋れた文字―パスパ文字のはなし」「カニバリズム論」「孫悟空の誕生―サルの民話学と『西遊記』」「西遊記の秘密」「中国の妖怪」「中国の英傑6 三蔵法師」「龍の住むランドスケープ」「孫悟空はサルかな？」「眠る石」「奇景の図像学」など。また故小野忍の後を継ぎ「西遊記」（3～10巻，岩波文庫）を全訳、刊行。　[団]日本中国学会、東方学会、日本文芸家協会

中野 良浩　なかの・よしひろ

オール讀物推理小説新人賞を受賞　[生]昭和36年4月14日　[学]龍谷大学文学部日本史学科卒　[賞]オール讀物推理小説新人賞（第29回）（平成2年）「小田原の織社」　[歴]三和実業勤務の傍ら、戦国時代などを舞台にした推理小説を執筆。平成2年2作目「小田原の織社」でオール讀物推理小説新人賞を受賞。

中場 利一　なかば・りいち

小説家　[生]昭和34年4月3日　[出]大阪府岸和田市　[学]佐野工中退　[歴]工業高校を中退後、トラック運転手など職を転々としながら、「本の雑誌」に投稿を始め、編集長の椎名誠に見出され、執筆するようになる。平成6年岸和田での中学時代を描いた「岸和田少年愚連隊」でデビュー。7年続編の「岸和田少年愚連隊・血煙り純情編」を発表、合わせて10万部を超えるヒットとなる。8年には井筒和幸監督により映画化もされた。「週刊プレイボーイ」「本の雑誌」などに連載を執筆。9年7月覚醒剤取締法違反で現行犯逮捕される。9月大阪地裁より懲役2年、執行猶予3年の有罪判決が下された。

永畑 道子　ながはた・みちこ

評論家　作家　女性史研究　熊本近代文学館館長　[専]婦人・教育問題　女性史　[生]昭和5年9月27日　[出]熊本県熊本市水道町　[学]熊本大学法文学部東洋史学科（昭和28年）卒　[興]ノンフィクション、幕末の女たち、北村透谷、近現代の中国と日本　[賞]日本文芸大賞ノンフィクション賞（第5回）（昭和60年）「恋の華・白蓮事件」
[歴]熊本日日新聞社会部記者を経て、昭和30年上京。福音館「母の友」編集者を経てフリーに。教育・婦人問題を中心に執筆活動を行う。54～55年テレビ朝日「女のひろば」キャスターをつとめた。のち、女子美術短期大学教授。平成7年熊本近代文学館館長に就任。著書に、映画化された「華の乱」や「恋の華・白蓮事件」「PTA歳時記」「夢のかけ橋―晶子と武郎有情」「炎の女・大正女性生活史」「野の女・明

治女性生活史」「乱の女・昭和の女はどう生きたか」「花を投げた女たち」「ほんとうの学校を求めて」、編著に髙橋逸枝の「全集」未収録作品集「わが道はつねに吹雪けり」など。
[団]日本文芸家協会、日本エッセイストクラブ
[家]父=安永信一郎(歌人)、姉=安永蕗子(歌人)、二男=永畑風人(銅版作家)

永原 孝道　ながはら・たかみち

詩人　作家　[生]昭和38年12月15日　[出]岡山県　筆名=宇月原晴明(うつきばら・はるあき)　[学]早稲田大学文学部日本文学科卒　[賞]三田文学新人賞(第6回)(平成11年)「お伽ばなしの王様―青山二郎論のために」、日本ファンタジーノベル大賞(第11回)(平成11年)「信長 あるいは戴冠せるアンドロギュヌス」　[歴]大学時代は作家・重松清とともに早稲田文学編集に携わる。出版社勤務の傍ら著述活動続け、平成11年評論「お伽ばなしの王様―青山二郎論のために」で第6回三田文学新人賞、小説「信長あるいは戴冠せるアンドロギュヌス」で第11回日本ファンタジーノベル大賞を受賞。他の著書に詩集「イライザのために」、エッセイ「ワードウォーズ―言語は戦争する」などがある。
[団]三田文学会、日本文芸家協会

中原 昌也　なかはら・まさや

ミュージシャン　作家　[生]昭和45年　[出]東京都　[賞]三島由紀夫賞(第14回)(平成13年)「あらゆる場所に花束が…」　[歴]昭和60年頃からノイズ・ミュージシャンとして活躍。暴力温泉芸者やヘアスタイルスティクスなどのユニットで音楽活動を行い、平成6年秋にはUSツアーも開催。7年ミニアルバム「TEENAGE PETSOUNDS」を発表。8年旧作「OTIS」を再編集したアルバムでメジャーデビュー。一方、「ソドムの映画市～あるいは、グレートハンティング的(反)批評闘争」などの映画評論でも知られる。8年より雑誌「文芸」に短編を発表し、10年には初の小説集「マリ&フィフィの虐殺ソングブック」を発表。13年「あらゆる場所に花束が…」で三島由紀夫賞を受賞。他に共著「悪趣味洋画劇場」がある。

中平 まみ　なかひら・まみ

小説家　[生]昭和28年12月26日　[出]東京都　本名=中平真実　[学]武蔵野音楽大学ピアノ科中退　[賞]文芸賞(昭和55年)「ストレイ・シープ」
[歴]テレビ朝日のニュース番組のアシスタントとして3年間レギュラー出演。チャレンジ精神旺盛で、作詞、作曲腕だめしに応募(「真昼の夢」で最優秀賞)したり、コピーライターに応募したりした。昭和55年「ストレイ・シープ」で文芸賞受賞し作家としてデビュー。ほかに「マリリン・ブルウ」「映画座」「バラのしたで」「恋ひ恋ひて」、エッセイ「まみのリラックス倶楽部」、「ブラックシープ 映画監督『中平康』伝」など。平成13年参院選比例区に自由連合から出馬。　[団]日本文芸家協会、女流文学者会
[家]父=中平康(映画監督・故人)

仲町 貞子　なかまち・さだこ

小説家　[生]明治27年3月22日　[没]昭和41年6月16日　[出]長崎県南高来郡大三東村(現・有明町)　本名=柴田オキツ　筆名=宮本のり　[学]長崎県立高女(明治44年)卒　[歴]2歳で受洗。大正6年頃郷里を出て7年医師と結婚し、京都に在住。昭和初年に別府で知り合った詩人・北川冬彦と結婚して上京するが、後に離婚。10年頃文芸批評家・井上良雄と同棲し、13年結婚。その間6年頃から小説を手がけ、「磁場」「麵麭」などの同人として作品を発表し、11年小説集「梅の花」を刊行。14年に随筆集「蓼の花」を刊行した。のち文芸活動を停止し、プロテスタントの信仰生活に入る。「仲町貞子全集」(砂子屋書房)がある。
[家]夫=井上良雄(文芸評論家)

中町 信　なかまち・しん

推理作家　[生]昭和10年1月6日　[出]群馬県沼田市　本名=中町信(なかまち・あきら)　[学]早稲田大学文学部卒　[賞]双葉推理賞(第4回)(昭和44年)「急行しろやま」　[歴]医学書院出版部に勤務するかたわら、クリスティや鮎川哲也に触発されミステリーを書き始める。昭和44年「急行しろやま」で第4回双葉推理賞を受賞。著書に「新人賞殺人事件」「殺された女」「高校野球殺人事件」「散歩する死者」「奥只見温泉郷殺人事件」「心の旅路」「Sの悲劇」他。
[団]日本推理作家協会、日本ペンクラブ

永松 定　ながまつ・さだむ

小説家　英文学者　翻訳家　熊本女子大学名誉教授　[生]明治37年4月8日　[没]昭和60年2月7日　[出]熊本県玉名郡菊水町　[学]東京帝大英文科(昭和3年)卒　[賞]勲三等旭日中綬章(昭和51年)
[歴]昭和24年から熊本女子大教授。44年定年退官後、福岡大、梅光女学院大などの教授を務めた。作家としても知られ、熊本の同人誌「詩と真実」の主宰者を長く務めた。著書に「小説集 万有引力」「田舎住い」「永松定作品集」など。ジェームス・ジョイスの「ユリシーズ」を故伊藤整氏らと翻訳した。

永見 徳太郎　ながみ・とくたろう

劇作家　南蛮美術研究家　[生]明治23年8月5日　[没]昭和25年10月23日　[出]長崎　号=夏汀　[歴]倉庫業を営むかたわら市会議員、商工会議所議員、ブラジル国名誉領事などをつとめる。南方ゴム園経営に失敗後、昭和初年東京に移住

し劇作、南蛮研究に従う。戯曲集「愛染艸」、随筆集「南蛮長崎草」など多くの著書があり、南蛮趣味の蒐集でも有名であった。

永見 隆二　ながみ・りゅうじ

シナリオライター　[生]大正1年　[没]昭和26年　[出]岩手県宮古市　[学]日本大学芸術科卒　[歴]映画会社、新聞社等に投稿した小説が映画化されたのをきっかけに、成瀬巳喜男に招かれP・C・Lに入社。「お嬢さん」(大12年)「美しき出発」(14年)等ヒット作を執筆する。その後日活多摩川で「風の又三郎」、日活が大映に変わってから「歴史」「シンガポール総攻撃」などを執筆した。他に「チョコレートガール」「赤い唇赤い頬」(共に原作)などがある。

中村 彰彦　なかむら・あきひこ

作家　文芸評論家　[専]日本歴史　近現代日本文学　[生]昭和24年6月23日　[出]東京都港区　本名＝加藤保栄(かとう・やすえい)　[学]東北大学文学部国文学科卒　[興]戊辰戦争、会津史　[賞]文学界新人賞佳作(第34回)(昭和47年)「風船ガムの海」、エンタテイメント小説大賞(第10回)(昭和62年)「明治新選組」、中山義秀文学賞(第1回)(平成5年)「五左衛門坂の敵討」、直木賞(第111回)(平成6年)「二つの山河」　[歴]昭和48年より文芸春秋社に勤務するかたわら、執筆活動を続け、平成3年6月退社して執筆に専念。6年「二つの山河」で第111回直木賞を受賞。著書に「明治を駆けぬけた女たち」「決断！新選組」「激闘！新選組」「明治新選組」「乱世の主役と脇役」「鬼官兵衛烈風録」「五左衛門坂の敵討」「遊撃隊始末」「竜馬伝説を追え」、評論に「『日本語のタミル起源説』衰亡史」「古代史小説の世界」、歴史読物に「歴史人物紀行」など。[団]会津会、会津史談会、会津史学会、日本文芸家協会、日本ペンクラブ

中村 晃　なかむら・あきら

歴史作家　東海大学山形高等学校名誉校長　[生]昭和3年9月　[出]山形県寒河江市　本名＝中村昭　[学]東北大学文学部哲学科(昭和28年)卒　[賞]青鷗賞(準賞)(昭和54年・56年)、山形市芸文協議会新人賞、山形県私立学校教育功労者　[歴]「かたりべ」同人。著書に「風雲に吼ゆ 岩崎弥太郎」「量の時代」「諸行無常の歌」「雪女」「怪物登場」「大軍師直江山城守」「修羅鷹最上義光」など。

中村 敦夫　なかむら・あつお

俳優　作家　脚本家　参院議員(無所属　東京)　[生]昭和15年2月18日　[出]東京都豊島区要町　本名＝中村敦雄　[学]東京外国語大学マレー・オランダ語科(昭和35年)中退、俳優座養成所(第12期生)(昭和38年)卒　[賞]ATP賞(個人賞)(昭和62年)、日本映画テレビプロデューサー協会賞(特別賞，平5年度)(平成6年)、毎日映画コンクール男優助演賞(第49回，平6年度)「集団左遷」、ブルーリボン賞(助演男優賞，平6年度)「集団左遷」　[歴]4歳の時に父の郷里・福島県いわき市に疎開、中学まで過ごす。都立新宿高から東京外国語大学マレー・オランダ語科に進むが、商社員へのおきまりのコースを嫌い、2年で中退、俳優座養成所に入る。昭和37年俳優座に入団。39年東西演劇技術交換留学生としてハワイ大学で9ケ月学び、その後米国を放浪旅行する。劇団では役者としてよりも翻訳、評論などの活動で認められていた。46年退団。47年連続テレビドラマ「木枯し紋次郎」でニヒルな渡世人・紋次郎を好演し、一躍脚光を浴びる。その後も俳優として映画「襤褸の旗」「異邦人の河」「南十字星」、テレビ「追跡」「水滸伝」「必殺仕事人」などで活躍。59〜63年3月のTBS「中村敦夫の地球発22時」では国際的感覚あふれるキャスターぶりで注目を集めた。この間「木枯紋次郎」で初演出、以降サスペンスドラマなどの演出を手がける。平成5年「帰って来た木枯し紋次郎」で11年振りに俳優復帰、以後テレビ「銀行」「官僚たちの夏」、映画「四十七人の刺客」「集団左遷」「大夜逃・夜逃げ屋本舗3」に出演。また筆もたち、58年ハードボイルド風の国際情報小説「チェンマイの首」を著し、ベストセラーとなった。他に「ジャカルタの目」「マニラの鼻」などの著書がある。一方、7年新党さきがけ公認で参院選東京選挙区に立候補したが落選。8年政治と市民の橋渡しを目指すメッセージ演劇を掲げたアマチュア劇団・東京クラブを結成、「RATS-霞ケ関のドブねずみ」で旗揚げ公演をする。10年再び新党さきがけの推薦で参院選東京選挙区に立候補し、当選。同年10月一人で新党、国民会議を旗揚げする。12年武村正義代表の衆院選落選により、さきがけ(現・みどりの会議)代表に就任。[家]弟＝中村勝行(脚本家)

中村 うさぎ　なかむら・うさぎ

小説家　[生]昭和33年2月　[出]福岡県　[学]同志社大学英文科卒　[歴]コピーライター、雑誌「電撃アドベンチャーズ」などのライターを経て、平成3年「極道くん漫遊記」で作家デビュー。ジュニア向けのファンタジー小説の他にエッセイも発表。「週刊文春」に「ショッピングの女王」を連載。他の著書に「中村うさぎのすきだぜっ！ファンタジー」「家族狂」「ア・リトル・ドラゴン」「女殺借金地獄—中村うさぎのビンボー日記」「だって、欲しいんだもん」「人生張ってます 無頼な女たちと語る」などがある。

中村 恵里加　なかむら・えりか
小説家　[生]昭和50年　[出]東京都　[賞]電撃ゲーム小説大賞(金賞，第6回(平成11年))「ダブルブリッド」　[歴]高校卒業後は、アルバイトをしながら小説に取り組む。平成11年「ダブルブリッド」で電撃ゲーム小説大賞金賞を受賞。

中村 和恵　なかむら・かずえ
小説家　明治大学法学部講師　[専]オセアニア文化論　[生]昭和41年3月25日　[出]北海道札幌市　[学]お茶の水女子大学文教育学部英文科卒、東京大学大学院総合文化研究科比較文学比較文化専攻博士課程中退　[興]英語圏旧植民地国の文学研究　[賞]学生小説コンクール(新潮社)(昭和63年)「E」　[歴]2歳の時北海道に移る。中学時代をモスクワで過ごす。札幌北高校2年の時、1年間ヴィクトリア州立フッツクレイ女子高(オーストラリア)に留学。高校時代から小説の創作を手がけ、のち詩の同人誌を主宰。63年第一作「E」で「新潮」創刊千号記念学生小説コンクールに当選。のち帝塚山学院大学専任講師、成城大学専任講師を経て、明治大学法学部講師。小説、詩、評論など多彩に活躍。著書に、詩集「トカゲのラザロ」、エッセイ集「キミハドコニイルノ」など。　[団]日本比較文学会、オーストラリア学会、オーストラリアニュージーランド文学会　[家]父＝中村健之介(ロシア文学者)

中村 花痩　なかむら・かそう
小説家　俳人　[生]慶応3年9月(1867年)　[没]明治32年2月7日　[出]江戸　本名＝中村壮　別号＝柳園、雪後　[学]高等商業学校(現・一橋大学)卒　[歴]硯友社に参加し、また句作もする。「新著百種」「都の花」などに時代小説を発表し、また探偵小説も執筆。明治30年頃万朝報社に入社。「こぼれ萩」などの著書がある。

中村 勝行　なかむら・かつゆき
脚本家　小説家　[生]昭和17年11月14日　[出]東京　筆名＝黒崎裕一郎(くろさき・ゆういちろう)　[学]東京電機大学中退　[賞]時代小説大賞(平成7年)「蘭と狗(いぬ)」　[歴]テレビ番組制作会社に入社。退社後、フリーの脚本家となる。「必殺仕掛人」で脚本家デビュー。主な作品にテレビ「銭形平次」「太陽にほえろ!」「木枯し紋次郎」「火曜スーパーワイド」「ハングマン」、戯曲「たかが結婚されど結婚」「キャバレー物語」など。著書に「蘭と狗」がある。また、黒崎裕一郎の筆名で時代小説「冥府の刺客」「死神幻十郎」「はぐれ柳生殺人剣」などがある。　[家]兄＝中村敦夫(俳優・参院議員)

中村 きい子　なかむら・きいこ
小説家　[生]昭和3年3月20日　[没]平成8年5月30日　[出]鹿児島県　[学]高小卒　[賞]田村俊子賞(第7回)(昭和41年)「女と刀」　[歴]母は薩摩藩士族の娘で、男女差別の激しい中、被害者意識を持たず、それを見返す形で生きてきた。サークル村運動に参加しながら、「思想の科学」昭和39年4月〜40年12月に母をモデルにした「女と刀」を連載し、41年出版。その後、脳血栓で倒れたが、平成5年「女と刀」の続篇ともいえる「わがの仕事」を上梓。

中村 吉蔵　なかむら・きちぞう
劇作家　小説家　演劇研究家　[生]明治10年5月15日　[没]昭和16年12月24日　[出]島根県津和野町　号＝春雨　[学]東京専門学校(現・早稲田大学)英文学哲学科卒　文学博士(昭和17年)「日本戯曲技巧論」　[歴]家業の魚問屋兼旅館業を継いだが、文学を志し、明治29年大阪に上り大阪市郵便為替貯金管理所に勤め「文庫」などに投稿。30年浪華青年文学会をおこし「よしあし草」を創刊。32年上京し東京専門学校に入学。34年「大阪毎日新聞」の懸賞小説に「無花果」が入選し、以後作家として活躍。39年欧米に留学し、近代劇へ関心を深める。帰国後は戯曲作家として活躍し、大正2年芸術座舞台監督となり、大正6年以降は劇作に専念、9年にはイプセン会を主宰した。小説に「小羊」「のぞみの星」などがあり、戯曲に「剃刀」「飯」「井伊大老の死」などがある。

中村 喬次　なかむら・きょうじ
琉球新報文化部副部長　九州芸術祭文学賞最優秀賞を受賞　[出]鹿児島県(奄美大島)　[賞]九州芸術祭文学賞最優秀賞(第22回)(平成4年)「スク鳴り」　[歴]南海日日新聞を経て、昭和48年から琉球新報記者。現在、文化部副部長。一方、沖縄の自然や海を題材にした小説執筆にも取り組む。

中村 欣一　なかむら・きんいち
劇作家　劇団群馬中芸代表　[生]昭和9年1月11日　[出]旧朝鮮　[学]勢多農林高卒　[賞]演劇教育賞(第26回)(昭和61年)「やけあとのブレーメン楽団」、斎田喬戯曲賞(第26回)(平成3年)「パナンペ・ペナンペ昔話」　[歴]作品に「まけうさぎプット」「やけあとのブレーメン楽団」「竹と龍」「パナンペ・ペナンペむかしものがたり」。　[団]日本児童演劇協会、群馬文化国体連絡会議

中村 草田男　なかむら・くさたお

俳人　成蹊大学名誉教授　[生]明治34年7月24日　[没]昭和58年8月5日　[出]愛媛県松山市　本名＝中村清一郎(なかむら・せいいちろう)　[学]東京帝国大学国文科(昭和8年)卒　[賞]紫綬褒章(昭和47年)、勲三等瑞宝章(昭和49年)、芸術選奨文部大臣賞(昭和53年)「風船の使者」、日本芸術院賞恩賜賞(昭和59年)　[歴]大学卒後、成蹊学園に就職。高校・成蹊大学政経学部教授として33年間務め、昭和42年定年退職し、44年名誉教授。俳句は昭和4年高浜虚子に入門し、「ホトトギス」に投句のかたわら東大俳句会に参加。9年「ホトトギス」同人。この頃より新興俳句運動に批判的で、加藤楸邨、石田波郷らとともに"人間探求派"と称せられた。21年主宰誌「万緑」を創刊。以後、伝統の固有性を継承しつつ、堅実な近代化を推進し、現代俳句の中心的存在となり、現代俳句協会幹事長、俳人協会初代会長をつとめた。また31年より東京新聞俳壇選者、34年より朝日新聞俳壇選者。句集「長子」「火の鳥」「万緑」「来し方行方」「銀河依然」「母郷行」「美田」などのほか、「俳句入門」、メルヘン集「風船の使者」など著書多数。「降る雪や明治は遠くなりにけり」の句で知られる。「中村草田男全集」(全18巻・別巻1，みすず書房)がある。

中村 ケイジ　なかむら・けいじ

作家　[学]西海学園高卒　[賞]歴史群像大賞(奨励賞，第5回)(平成10年)「有事—防衛庁特殊偵察救難隊」　[歴]陸自生徒(25期中退)、海自曹学(7期)を経験し、看護学生として医療や医用工学の現場を知る。のち執筆活動を行う。著書に「有事—防衛庁特殊偵察救難隊」がある。

中村 幻児　なかむら・げんじ

映画監督　脚本家　インターメディア代表取締役　映像塾代表　[生]昭和21年11月21日　[出]栃木県大田原市　[学]慶応義塾大学文学部(昭和43年)中退、東京綜合写真専門学校卒　[賞]ズーム・アップ映画祭作品賞・監督賞(昭和50年)「濡れた唇・しなやかに熱く」　[歴]大学在学中からCM、PR映画、独立系プロダクションで撮影助手などを務める。大学中退後はフリーの助監督として、ポルノ映画を手掛ける。若松プロ、国映を経て、昭和46年日活の下請けプロダクションプリマ企画で成人映画としては最年少の25歳で監督デビュー。以来、「処女失神」「濡れた唇・しなやかに熱く」「赤い娼婦・突き刺す！」など100本近くのポルノ映画を撮る。47年幻児プロダクション(のちの雄プロダクション)を設立。57年「ウイークエンド・シャッフル」で一般映画にも進出。59年中村幻児事務所(現・インターメディア)を設立し代表。60年「V.マドンナ大戦争」、平成3年「殺人がいっぱい」、10年「元気の神様」を発表。12年松山ホステス殺人事件を題材にした映画「カモメ」では監督の他、脚本、撮影も手がける。また、4年より映像塾を主宰し、若手育成にも尽力。　[団]日本映画監督協会(理事)　[家]妻＝鈴木佐知(女優)

中村 光至　なかむら・こうじ

小説家　[生]大正11年9月16日　[没]平成10年11月3日　[出]熊本県山鹿市　本名＝中村光至(なかむら・みつし)　[学]大東文化学院日本文学科卒　[賞]オール読物新人賞(昭和35年)「白い紐」、福岡市文化賞(第18回)(平成5年)　[歴]約40年間福岡県警の事務職員として教養課に勤務し、月刊誌「暁鐘」や「福岡県警察史」の執筆編集に携わった。昭和23年「九州文学」に処女作「米五勺」を発表。以来、35年「白い紐」でオール読物新人賞を受賞、40年「氷の庭」で直木賞候補となる。「南方文学」同人。ミステリーに新分野ロマンポリシエ(警察小説)を開拓。主著に「特別捜査本部」「署長特命」「漂着死体」「捜査」「遊撃刑事」「追撃」「拉致」など。　[団]日本文芸家協会

中村 古峡　なかむら・こきょう

小説家　医師　異常心理研究の草分け　[専]変態心理　精神医学　異常心理　[生]明治14年2月20日　[没]昭和27年9月12日　[出]奈良県生駒　本名＝中村蓊(なかむら・しげる)　筆名＝胆駒古峡　[学]東京帝大英文科卒、東京医専(昭和3年)卒　[歴]夏目漱石門下生として東京朝日新聞社に入社したが、作家への夢が断ち難く、明治43年退社し、長編「殻」を朝日新聞に連載。大正2年同作品を出版し好評を博す。6年文学を棄て、日本精神医学会を組織し、月刊機関誌「変態心理」を創刊。健康と病気、正常と異常の区別を排した精神医学と変態心理学の必要を説き、現代の異常心理研究の草分けとして偉大な業績を残した。また千葉市に中村古峡療養所(のちの中村古峡記念病院)を開院。昭和12年には詩人・中原中也が入院した。著書に「変態心理の研究」「二重人格の女」などの他、作家としての作品に「甥」「永久の良人」などがある。平成11年「変態心理」全巻の復刻版が出版される。

中村 弧月　なかむら・こげつ

文芸評論家　小説家　[生]明治14年5月6日　[没](没年不詳)　[出]東京・浅草　本名＝中村八郎　[学]早稲田大学英文科卒　[歴]明治時代にゴーリキー「暮ゆく海」などを翻訳。大正に入り「早稲田文学」に「彼、彼自身及び其影」などの小説を発表、「文章世界」に文芸時評を書いた。大正4年同誌に正宗白鳥、谷崎潤一郎、田村俊子、武者小路実篤らを論じた「現代作家論」を

連載した。同年「第三帝国」の編集者となり、文芸時評を担当。5～6年評論、小説を発表。坂本紅蓮洞らと並ぶ蓬髪垢衣の大正文壇の奇人として知られる。著書に「現代作家論」「最も新しき鶏の飼方」など。

中村 暁　なかむら・さとる
脚本家　演出家　宝塚歌劇団演出部　⊕昭和29年9月　⊕大阪市　⊗同志社大学美学芸術学部卒　⊛昭和52年宝塚歌劇団に入り、演出部の一員として活躍。60年宝塚バウホール公演の「スウィート・リトル・ロックンロール」で座付作者兼演出家としてデビュー。平成4年アメリカ映画「心の旅路」のミュージカル化を手がける。

中村 真一郎　なかむら・しんいちろう
作家　文芸評論家　詩人　戯曲家　日本近代文学館理事長　全国文学館協議会会長　⊗王朝物語　江戸漢詩　古代中世ラテン詩　⊕大正7年3月5日　⊕平成9年12月25日　⊕東京市日本橋区箱崎町　雅号＝暗泉、海星巣漁老、仙渓草堂、色後庵逸星、俳号＝村樹　⊗東京帝国大学仏文科(昭和16年)卒　⊛日本芸術院会員(平成3年)　⊛芸術選奨文部大臣賞(文学・評論部門・第22回)(昭和46年)「頼山陽とその時代」、谷崎潤一郎賞(第14回)(昭和53年)「夏」、日本文学大賞(第17回)(昭和60年)「冬」、歴程賞(第27回)(平成1年)「蛎崎波響の生涯」、読売文学賞(評論・伝記賞、第41回)(平成2年)「蛎崎波響の生涯」、日本芸術院賞(平元年度)(平成2年)、勲三等瑞宝章(平成6年)　⊛大学在学中に「山の樹」同人となり、昭和16年ネルヴァルの「火の娘」を翻訳して刊行。17年福永武彦、加藤周一らとマチネポエティックを結成し、22年「1946文学的考察」を刊行。また「死の影の下に」を刊行。以後、小説、詩、評論、古典、演劇、翻訳と多分野で活躍し、46年「頼山陽とその時代」で芸術選奨を、53年「四季」四部作の「夏」で谷崎潤一郎賞を、60年「冬」で日本文学大賞を受賞。平成5年日本近代文学館理事長に就任。6年全国文学館協議会の初代会長となった。他に「空中庭園」「雲のゆき来」「蛎崎波響の生涯」「眼の快楽」「王朝物語」などがある。
⊛日本ペンクラブ、日本文芸家協会(監事)
⊛妻＝佐岐えりぬ(詩人・エッセイスト)

中村 新太郎　なかむら・しんたろう
児童文学作家　評論家　⊗日本近代史・文学史　⊕明治43年9月27日　⊕昭和52年　⊕茨城県北相馬郡小文間村(現・取手市)　別名＝日野信夫　⊗茨城師範学校(昭和5年)卒　⊛郷里での教師生活を経て、上京して出版社で働く。著書に短編小説集「村の風俗」「教育文学論」がある。戦後は日本共産党茨城県委員、県委員長などを務める。30年ごろから著述業に入って児童

文学評論、伝記、歴史物語などで活躍。代表作に「天平の虹」などがある。

中村 星湖　なかむら・せいこ
小説家　評論家　翻訳家　⊕明治17年2月11日　⊕昭和49年4月13日　⊕山梨県南都留郡河口村(現・河口湖町河口)　本名＝中村将為(なかむら・まさため)　別号＝銀漢子　⊗早稲田大学英文科(明治40年)卒　⊛山梨県文化功労者(昭和31年)　⊛早くから「中学世界」などに投稿し、早大時代は「万朝報」の懸賞募集に応じた。明治39年「盲巡礼」が「新小説」の懸賞で1等当選し、40年「少年行」を発表して作家生活に入る。41年短編集「半生」を刊行し、43年「星湖集」「影」を刊行。その間の38年、海老名弾正から受洗する。大正5年「早稲田文学」を主宰し、15年日本女子高等学院教授に就任。昭和20年郷里に疎開したのちは、晴耕雨読の生活に入る。26年山梨短期大学教授となり、31年山梨県文化功労者として表彰される。他の作品に「漂泊」「女のなか」「失はれた指環」など、評論に「農民劇場入門」、翻訳に「ボワリー夫人」「ピーターパン」「三つの物語」「湖上の美人」、児童読み物に「子ども聖書・旧約物語」がある。62年中村星湖文学賞(財団法人・山人会主催)が設立された。

中村 武志　なかむら・たけし
小説家　随筆家　東京間借人協会会長　⊕明治42年1月15日　⊕平成4年12月11日　⊕長野県塩尻市　⊗法政大学高等師範部国語漢文科(昭和7年)卒　⊛大正15年松本中学校卒業後、国鉄に入り、本社厚生局で機関誌「国鉄」の編集などをし、昭和39年退職。内田百閒に師事し、在職中から「目白三平」シリーズのサラリーマン・ユーモア作家として知られた。44年全国サラリーマン同盟を結成し、土地、住宅問題の市民運動に積極的に参加。47年の衆院選には東京9区で民社党から立候補したが落選。41年より東京間借人協会会長を務める。著書に「目白三平ものがたり」「いわしの頭」「ぬかみそ帳」「男ヤモメにウジわかず」「沢庵のしっぽ」「百鬼園先生故郷へ帰る」などがある。
⊛日本ペンクラブ、日本文芸家協会

中村 達夫　なかむら・たつお
作家　彦根藩甲冑資料研究所所長　⊗武具甲冑　⊕昭和17年　⊕滋賀県彦根市　⊗彦根東高卒　⊛北日本文学賞(第8回)(昭和49年)「越の老函人」、淡交社グラフィック茶道小説新人賞(昭和52年)"赤備え"で知られる彦根藩井伊家歴代藩主の甲冑に関する初の本格研究書「井伊家歴代甲冑と創業軍史」を出版。他の著書に「酒の人物史譚」「彦根藩侍物語」など。

中村 地平　なかむら・ちへい

小説家　⽣明治41年2月7日　没昭和38年2月26日　出宮崎県宮崎市　本名＝中村治兵衛　学東京帝国大学美術史科(昭和8年)卒　経学生時代同人誌「あかでもす」「四人」を発行。井伏鱒二に師事し、昭和7年「熱帯柳の種子」を発表。9年都新聞社に入社し文化部記者として2年半勤務し、のち日本大学芸術学部講師となる。この間、日本浪曼派に参加し、12年「土龍どんもぽっくり」、13年「南方郵信」を発表。戦時中は陸軍報道班員としてマレーに1年間滞在する。戦後は「日向日日新聞」の編集総務を経て、宮崎県立図書館長、のち宮崎相互銀行社長となる。主な著書に「小さな小説」「長耳国漂流記」「台湾小説集」「義妹」「八年間」などのほか、「中村地平全集」(全5巻、皆美社)がある。

中村 ときを　なかむら・ときお

作家　歴史小説　児童文学　民話　郷土史　⽣明治39年9月10日　出茨城県神栖町　本名＝鈴木時蔵(すずき・ときぞう)　筆名＝中山俊彦　学鹿島農学校(昭和12年)卒　著先端科学と人間未来生活、開発と社会変革　賞小説倶楽部新人賞、読売短編小説新人賞、童話作品ベスト3賞(第2回)(昭和40年)、日本童話会賞(第4回)(昭和42年)「太陽はぼくたちのもの」、児童文化功労者賞(第19回)(昭和52年)、現代少年文学賞(特別賞、第9回)(昭和55年)「北からの星」　職神栖町教育委員長をつとめた。著書に「太陽はぼくたちのもの」「関東むかしむかし」「北からの星」「筑波嶺詩人」「水郷風土記」「鹿島灘風土記」などがある。　所日本児童文学者協会、日本児童文芸家協会、現代少年文学作家集団、小さな窓の会、茨城文芸協会

中村 豊秀　なかむら・とよひで

作家　⽣大正12年　出東京　賞部落解放文学賞(第27回)(平成12年)「小島に祈る」　経各種職業を経て、昭和30年より執筆活動に専念。山手樹一郎に師事。著書に「大ばか小ばか」「脱東京実験記」「紀州与力騒動」「背広をきた侍—小説・新渡戸稲造」「幕末武士の失業と再就職」など。他にハンセン病をテーマとした「小島に祈る」「女と男と」「見えない症状」などがある。

中村 八朗　なかむら・はちろう

小説家　⽣大正3年4月16日　没平成11年2月3日　出長野県長野市　学早稲田大学文学部仏文科(昭和13年)卒　経丹羽文雄に師事し、同人雑誌「黙示」「早稲田文学」「文芸汎論」などに小説を発表。昭和24年発表の「桑門の街」が芥川賞候補作品となり、以後直木賞候補に7回なる。のち丹羽文雄主宰「文学者」の中心人物となった。著書に「マラッカの火」「聖母の領域」「三人姉妹」「ある陸軍予備士官の手記」「十五日会と"文学者"」などがある。

中村 正常　なかむら・まさつね

劇作家　小説家　⽣明治34年11月6日　没昭和56年11月6日　出東京・小石川区　学七高中退　賞改造懸賞入選(第2回)(昭和4年)「マカロニ」　経岸田国士に師事し、「悲劇喜劇」の編集に従事。昭和4年戯曲「マカロニ」が第2回改造懸賞に入選してデビュー。5年新興芸術倶楽部に「蝙蝠座」同人として参加。昭和初期の文壇にナンセンス文学の雄として活躍したが、新興芸術派の衰退とともに文壇を去った。小説に「ボア吉の求婚」「隕石の寝所」などがあるほか戯曲も数多い。一人娘の女優・中村メイコを、家庭で教え育てあげたことでも有名。　家妻＝中村チエコ(著述家)、娘＝中村メイコ(女優)、孫＝神津カンナ(エッセイスト)、神津はづき(女優)、神津善之介(画家)

中村 正軌　なかむら・まさのり

小説家　⽣昭和3年2月16日　出神奈川県　学学習院大学文政学部(昭和27年)卒　賞直木賞(第84回)(昭和56年)「元首の謀叛」　経昭和31年日航入社。以来、米国ロサンゼルス、西独ハンブルク、オーストラリアに駐在。海外経験豊かな国際派。55年「元首の謀叛」を出版して、翌年直木賞を受賞したが、その後は業務に専念して執筆していなかった。63年定年退職し作家に復帰、平成3年「貧者の核爆弾」を発表。　所日本文芸家協会

仲村 雅彦　なかむら・まさひこ

小説家　⽣昭和11年　没平成2年5月31日　出東京　別名＝花輪鬼十郎　学早稲田大学中退　賞問題小説新人賞(第10回)　経故寺山修司などと俳誌同人。早大中退後、新聞記者を経て、組織の機関誌に携わる。花輪鬼十郎の名前で「闇の修羅道」を新聞に連載。著書に「日本の暴力団」「あばれん坊」「ザ・ヒットマン」(映画化)「破門！」、監修書に「テキヤのマネー学」他。

中村 正弘　なかむら・まさひろ

推理作家　大阪教育大学名誉教授　数学(解析学)　⽣大正8年1月11日　出東京・神田　筆名＝天城一(あまぎ・はじめ)　学東北帝大理学部数学科(昭和16年)卒　理学博士(東北大学)　経大阪教育大学教授をつとめた。専門の数学の分野で「数学教育史」などの著書がある。一方、推理小説を執筆。昭和22年「不思議な国の犯罪」を発表し、以後「高天原の犯罪」「圷家殺人事件」「急行さんべ」などの作品がある。

中村 昌義　なかむら・まさよし

小説家　[生]昭和6年1月　[没]昭和60年1月13日　[出]旧樺太・真岡町　本名＝中村重敬(なかむら・しげたか)　[学]早大政経学部中退　[賞]芸術選奨文部大臣新人賞(昭54年度)　[歴]和洋女子大図書館勤務から執筆に専念。主な作品は、小説「淵の声」「静かな日」など。「陸橋からの眺め」で昭和54年度芸術選奨文部大臣新人賞を受賞した。

中村 光夫　なかむら・みつお

文芸評論家　小説家　明治大学名誉教授　日本近代文学館常務理事　[専]フランス文学　[生]明治44年2月5日　[没]昭和63年7月12日　[出]東京市本郷区駒込　本名＝木庭一郎(こば・いちろう)　[学]東京帝国大学文学部フランス文学科(昭和10年)卒　[資]日本芸術院会員(昭和45年)　[賞]文学界賞(第4回)(昭和11年)「二葉亭四迷論」、池谷信三郎賞(第1回)(昭和11年)「二葉亭四迷論」、読売文学賞(第3回・文芸評論賞)(昭和26年)、読売文学賞(第10回・評論伝記賞)(昭和33年)「二葉亭四迷伝」、岸田演劇賞(第7回)(昭和35年)「パリ繁昌記」、読売文学賞(第16回・戯曲賞)(昭和39年)「汽笛一声」、日本芸術院賞(第23回)(昭和41年)、野間文芸賞(第20回)(昭和42年)「贋の偶像」、文化功労者(昭和57年)　[歴]昭和24年より明治大学勤務、27〜28年東京大学講師、35〜36年京都大学講師。学生時代から文芸批評に手を染め、11年「二葉亭四迷論」で文学界賞を受賞し、新進評論家として認められた。戦後も「風俗小説論」をはじめ多く作家論を発表、またカミュの「異邦人」・政治小説などのテーマをめぐり、丹羽文雄、広津和郎らと論争を展開。38年小説「わが性の白書」や戯曲「パリ繁昌記」「汽笛一声」を書き、話題となった。42年「贋の偶像」で野間文芸賞受賞、57年文化功労者。主著に「谷崎潤一郎論」「志賀直哉論」「中島敦研究」「二葉亭四迷伝」「モーパッサン」。絶筆に「時の壁」(未定)があり、「中村光夫全集」(全16巻，筑摩書房)にまとめられている。　[団]日本文芸家協会、日本ペンクラブ

なかむら みのる

小説家　[生]昭和11年　[出]新潟県　[学]村上高卒　[賞]多喜二・百合子賞(第29回)「山峡の町で」、日本共産党創立65周年記念文芸作品長編小説入選「恩田の人々」　[歴]著書に「恩田の人々」「設計図」など。　[団]日本民主主義文学同盟

中村 武羅夫　なかむら・むらお

編集者　小説家　評論家　[生]明治19年10月4日　[没]昭和24年5月13日　[出]北海道空知郡岩見沢村(現・岩見沢市)　[学]岩見沢小(明治36年)卒　[歴]代用教員をしていたが、文学を志し「文章世界」などに投稿。明治40年上京し小栗風葉の門下となる。41年新潮社に入社し、42年「現代文士 廿八人」を刊行。大正初期には「新潮」編集の中心人物となる。大正14年文芸誌「不動調」を創刊、昭和4年「近代生活」を創刊し新興芸術派の中心人物となる。5年プロレタリア文学のありかたを批判した評論集「誰だ?花園を荒す者は!」を刊行。10年長編小説「人生」の第一部「悪の門」を刊行。以後、昭和10年代にかけて通俗小説で人気作家となった。戦時中は日本文学報国会の常任理事、事務局長として活躍。他の著書に小説「獣人」「地霊」「嘆きの都」や回想録「明治大正の文学者たち」などがある。

中村 守己　なかむら・もりみ

文筆家　シナリオライター　[出]福岡県福岡市　[賞]菊池寛ドラマ賞(佳作賞)(平成7年)「一筆啓上お待ち申し上げ候」、菊池寛ドラマ賞(平成8年)「八木山峠」、北の戯曲賞(第1回)(平成11年)「盆の銅鑼」　[歴]20歳のとき筑豊の小さな炭鉱に入る。のち、郵便局に勤務。50歳の時シナリオの執筆を始める。平成2年定年を迎え札幌に移住。6年文化庁舞台芸術創作奨励賞の佳作に選ばれる。小説に「ドーン・パッパの見える街」、戯曲に「明日の無い炭鉱」「盆の銅鑼」、シナリオに「八木山峠」がある。

中村 隆資　なかむら・りゅうすけ

小説家　[生]昭和26年5月22日　[出]東京都　本名＝中村隆　[学]早稲田大学法学部卒　[賞]文学界新人賞(第69回)(平成1年)「流離譚」　[歴]ウイスキー会社の営業、塾講師、出版社、タウン誌編集を経て、広告制作に従事する傍ら、時代ものの小説を執筆。作品集に「地蔵記」「天下を呑んだ男」。　[団]日本文芸家協会

中村 ルミ子　なかむら・るみこ

児童文学作家　[生]昭和30年　[出]東京都　[学]共立女子短期大学卒　[賞]国民文化祭さいたま・全国児童文学祭入選(平成1年)「アカネの忘れ石」　[歴]日本童話会にて創作の勉強をする。現在、地域文庫の世話人として活動。作品に「ママがエリコでエリコがママで」「カンカンカンキチ」などがある。

中村 令子　なかむら・れいこ

アンデルセンのメルヘン大賞を受賞　[賞]アンデルセンのメルヘン大賞(平成1年)(第6回)「雲の上のキャベツ畑」　[歴]高校の数学教師を経て、昭和62年結婚し、家庭に入ったのを機に童話づくりを始める。

中本 たか子　なかもと・たかこ

小説家　㊓明治36年11月19日　㊇平成2年9月　㊍山口県豊浦郡角島村　本名＝蔵原タカ子　旧姓(名)＝中本　㊫山口高女(大正9年)卒　㊞小学校教員を経て、昭和2年上京。4年「女人芸術」に処女作「鈴虫の雌」を発表。亀戸に移り、帯刀貞代の「労働女塾」を手伝い、左翼運動に巻き込まれて検挙される。拷問、病気、保釈、松沢病院強制入院を経て、退院後本格的に労働文学を志す。8年再検挙され11年まで服役。16年マルクス主義理論家蔵原惟人と結婚。戦後共産党入党。新日本文学会、日本民主主義文学同盟に所属し、それぞれ幹事を務めた。作品に砂川闘争を描いた「滑走路」のほか「不死鳥」「はまゆう咲く島」「死の鞭と光」「わが生は苦悩に灼かれて」など。　㊐日本民主主義文学同盟　㊎夫＝蔵原惟人(日本共産党名誉幹部会委員・故人)

長森 光代　ながもり・みつよ

歌人　小説家　㊓大正11年2月27日　㊍東京　筆名＝森屋耀子(もりや・ようこ)　㊫東京第三高女卒、アリアンス・フランセーズ　㊞昭和38年渡仏し、ソルボンヌ、ルーブル美術史学校等で学び、41年に帰国。46年再び渡仏し、1年間パリに滞在後、ブルゴーニュ地方クールトワ村で8年間過す。53年に帰国。「アララギ」「文芸生活」同人。平成11年父で2.26事件の関係者を裁いた陸軍法務官、小川関治郎の回想録を執筆、愛知県美和町歴史資料館から「美和町史人物編」として出版された。著書に随筆集「ブルゴーニュの村便り」、歌集「野のマリア」「幻日」、小説集「イヨンヌの深き霧」などがある。　㊐日本文芸家協会　㊎父＝小川関治郎(元陸軍法務官・故人)、夫＝長森聡(洋画家・新潟大学教授)

中谷 無涯　なかや・むがい

小説家　詩人　㊓明治4年3月18日　㊇昭和8年12月24日　㊍東京・麻布　本名＝中谷哲次郎，戸籍名＝中谷為知(なかや・ためちか)　㊞小学卒後、雑貨輸出商や小学教員などをしながら詩や短篇を「露光」などに投稿し、明治25年幸田露伴の門下生となる。新体詩「鉄槌」や小説「かるかや物語」で文壇に登場。30年出家し各地の住職をつとめた。39年詩集「すひかつら」を刊行した。

中康 弘通　なかやす・ひろみち

史家　作家　歌人　丸種(株)貿易担当　㊕切腹の歴史　文芸　芸能　㊓大正14年3月30日　㊍兵庫県神戸市　本名＝中村稔(なかむら・みのる)　㊫神戸第三中学校(昭和19年)卒、兵庫医学専門学校(昭和21年)中退　㊗切腹願望　㊛雪国賞(昭和21年)、新月賞(昭和33年)　㊞著書に「少年悲歌」「切腹」「女人哀詩」など。　㊐歴史研究会、新月短歌社、京都歌人協会

中山 あい子　なかやま・あいこ

小説家　㊓大正11年1月9日　㊇平成12年5月1日　㊍東京　本名＝中山愛子(なかやま・あいこ)　㊫活水女学院(長崎)(昭和15年)卒　㊛小説現代新人賞(第1回)(昭和39年)「優しい女」　㊞昭和21年から37年まで、イギリス大使館に勤務。33年瀬戸内晴美らの「女流」同人となり、35年には自ら「炎」を創刊。39年「優しい女」で第1回の小説現代新人賞を受賞。以後、中間小説で活躍し、「奥山相姦」「昭和娼婦伝」「旅の終りのかもめ鳥」「私の東京物語」「春の岬」などの著書がある。　㊐日本文芸家協会　㊎長女＝中山マリ(女優)

永山 一郎　ながやま・いちろう

詩人　小説家　㊓昭和9年8月11日　㊇昭和39年3月26日　㊍山形県最上郡金山町　筆名＝青沢永　㊫山形大学教育学部二部(昭和30年)修了　㊞山形県下の小学校、分校などの教員をし、そのなかで組合活動をする。昭和31年詩集「地の中の異国」を刊行。他に小説「夢の男」「配達人No.7に関する日記」などがある。辺地の分校に帰任の途中モーターバイク事故で死去した。

中山 エイ子　なかやま・えいこ

児童文学作家　㊓昭和26年　㊍鹿児島県　㊛日本童話会奨励賞(昭和58年)　㊞著書に「大和ごころはひとすじに—尊皇の系譜」(共著)、童謡集に「秋のきつね」。

中山 可穂　なかやま・かほ

小説家　㊓昭和35年　㊍愛知県名古屋市　㊫早稲田大学教育学部英語英文学科卒　㊛TOKYO FMショート・ストーリー・グランプリ、朝日新人文学賞(第6回)(平成7年)「天使の骨」、山本周五郎賞(第14回)(平成13年)「白い薔薇の淵まで」　㊞大学卒業後、劇団を主宰。作、演出を手がける傍ら、役者もこなす。劇団を解散して5年後、会社員となるが、勤務時間のほとんどを小説を書くことに費やし、マイナーな新人賞をいくつか受賞。のち退職し創作活動に専念。射手座。著書に「猫背の王子」「天使の骨」「熱帯感傷紀行(アジア・センチメンタル・ロード)」「白い薔薇の淵まで」がある。

中山 義秀　なかやま・ぎしゅう

小説家　㊓明治33年10月5日　㊇昭和44年8月19日　㊍福島県西白河郡大信村　本名＝中山議秀　㊫早稲田大学英文科(大正12年)卒　㊔日本芸術院会員(昭和42年)　㊛芥川賞(第7回)(昭和13年)「厚物咲」、野間文芸賞(第

17回)((昭和39年)「咲庵」、日本芸術院賞(第22回・文芸部門)(昭和40年)「咲庵」　[歴]大学卒業後昭和8年まで、三重県立津中学、成田中学で英語教師をする。その間「塔」などの同人雑誌で活躍し、11年「電光」を刊行。13年「厚物咲」で芥川賞を受賞。以後作家として幅広く活躍し「碑」「美しき囮」などを発表。戦後も「テニヤンの末日」「少年死刑囚」などを発表する一方で戦国武将もの、剣豪ものなどを書くようになり「平手造酒」「戦国武将録」などを発表。39年「咲庵」で野間文芸賞を受賞し、40年には日本芸術院賞を受賞した。その他の代表作として「信夫の鷹」「台上の月」「芭蕉庵桃青」などがあり、自伝「私の文壇風月」もある。42年芸術院会員となった。平成4年には生地福島県大信村によって中山義秀文学賞が創設され、5年同地に記念文学館が開館した。

中山 幸太　なかやま・こうた

小説家　[生]昭和40年11月　[賞]新潮新人賞(第24回)(平成4年)「カワサキタン」　[歴]平成4年就職するが、新潮新人賞を受賞し退職。著書に「人人人人」がある。

中山 白峰　なかやま・しらね

小説家　[没](生没年不詳)　本名＝中山重孝　[歴]兄が大学予備門で尾崎紅葉の友人。紅葉の門下となり、明治29年「少年世界」に「いゝ子」などを書き、30年「国民の友」に紅葉補「むすめ太夫」を執筆。他に文芸倶楽部に書いた「仮の夫」「水中花」などがある。泉鏡花に追従した作風といわれる。

中山 士朗　なかやま・しろう

作家　[生]昭和5年11月22日　[出]広島県広島市　[学]早稲田大学文学部露文科卒　[賞]日本エッセイスト・クラブ賞(第42回)(平成6年)「原爆亭折ふし」　[歴]著書に「何とも知れない未来に―死の影」「天の羊〈被爆死した南方特別留学生〉」「消霧燈」「宇品桟橋」「原爆亭折ふし」など。　[団]日本文芸家協会

中山 善三郎　なかやま・ぜんざぶろう

劇作家　随筆家　[生]明治37年6月21日　[没]昭和49年1月13日　[出]秋田市　筆名＝塩谷国四郎　[学]日本大学専門部(昭和2年)卒　[歴]毎日新聞東京本社に入り、社会部員、長野支局長、社会部長を経て昭和30年「サンデー毎日」編集長、退職後出版局顧問。また日本文芸家協会会員、日本演劇協会会員、ざこくらぶ会員。著書に「写真記者物語」「釣りキチの履歴」「釣人の四季」、劇作「罪・その周辺」などがある。

中山 堅恵　なかやま・たけしげ

文筆業　「群」代表　[生]大正7年　[出]新潟県　[賞]露木寛賞(第5回・雑誌部門)(平成1年)「水無川に潰える」、中村星湖文学賞(第6回)(平成4年)「ガダルカナル島戦戦」　[歴]同人誌「群」に連載した「水無川に潰える」により、平成元年、山梨県の同人誌「文学と歴史」の会主宰の第5回露木寛賞を受賞。現在、「群」代表。

中山 茅集子　なかやま・ちずこ

小説家　[生]大正15年　[出]北海道札幌市　[学]府中高女(広島県立)(昭和19年)卒　[賞]女流新人賞(第19回)(昭和51年)「蛇の卵」　[歴]昭和52年井上光晴文学伝習所に参加する。著書に「背中のキリスト」「かくも熱き亡霊たち―樺太物語」がある。

中山 千夏　なかやま・ちなつ

作家　タレント　元・参院議員(無党派市民連合)　[生]昭和23年7月13日　[出]熊本県山鹿市　本名＝前田千夏　[学]麹町女子学園高等部卒　[賞]日本文芸大賞(特別賞，第1回)(昭和56年)、月間最優秀外国フィクション賞(イギリス)(平成2年)　[歴]11歳で菊田一夫に見いだされ、東京・芸術座で「がめつい奴」「がしんたれ」に出演し、天才子役といわれた。以後、女優、歌手、テレビタレント、司会者として活躍。小説でも注目され、「子役の時間」「羽音」などで第81回から連続3回直木賞候補に。昭和46年ジャズ・ピアニスト佐藤允彦と結婚したが、53年離婚。52年市民の政治参加を旗印として発足した革新自由連合に参加、代表となる(58年解散)。55年参院選に出馬し全国区第5位で当選。58年の参院比例区では無党派市民連合を結成し戦ったが当選者ゼロの完敗に終わる。61年参院東京地方区に出馬して落選。月刊誌「地球通信」編集長。他の著書に「国会積木くずし」「からだノート」「中国ノート」「ドント式がやってきた」「偏見自在」「ヒットラーでも死刑にしないの？」や訳書「古事記伝」など。　[団]死刑をなくす女の会(代表)

中山 登紀子　なかやま・ときこ

作家　[生]昭和8年5月21日　[出]石川県金沢市　本名＝中山道子　[学]金沢大学卒　[賞]女流新人賞(第20回)(昭和52年)「舫いあう男たち」　[歴]「文芸首都」を経て、同人誌を主宰。昭和46年から夫は地下鉄工事で大阪へ単身赴任。以後14年間、2人の娘としゅうとを一手に引き受けて悪戦苦闘。それをまとめた「単身赴任」が60年4月に出版された。平林たい子記念文学会常務理事を務める。ほかに「舫いあう男たち」「擬態」などがある。　[団]日本文芸家協会、日本ペンクラブ

中山 知子　なかやま・ともこ

童謡詩人　童話作家　翻訳家　青山学院大学文学部講師　㊙児童文学　音楽　舞台関連芸術　㊚大正15年2月25日　㊐東京都新宿区　㊣日本女子大学(昭和22年)卒　㊙川端康成に師事。創作に「星の木の葉」「夜ふけの四人」、作詞に「ピエロのトランペット」「おんまはみんな」などがある。また欧米児童文学の研究紹介につとめ、「O・ヘンリー少女名作全集」「若草物語」「ふしぎの国のアリス」など訳書・訳詩が多数ある。　㊙日本国際児童図書評議会、日本児童文芸家協会、詩と音楽の会、日本児童文学者協会

永山 則夫　ながやま・のりお

小説家　連続射殺事件(108号事件)の犯人　㊚昭和24年6月27日　㊙平成9年8月1日　㊐北海道網走市　㊙新日本文学賞(第19回)(昭和58年)「木橋」　㊙昭和40年集団就職で上京、職を転々とした。43年横須賀海軍基地でピストルを盗み、ガードマンを射殺したのを皮切りに計4人を射殺。44年逮捕され、54年一審で死刑判決。56年控訴審判決は無期懲役だったが、58年最高裁から東京高裁に差し戻しとなり、62年3月死刑判決、平成2年5月上告棄却で死刑判決が確定。46年獄中で書いた手記「無知の涙」が刊行され、反響を呼んだ。55年12月文通を続けていた日系米人の新垣和美さんと獄中結婚。58年自伝小説「木橋」で新日本文学賞受賞。61年1月主任弁護人解任、同年4月離婚。支援活動をしてきた諸団体とも訣別。平成2年日本文芸家協会に入会申請したが拒否された。8年ドイツの詩人、アルンフリード・アステルの推薦によってドイツのザール州作家同盟会員となった。他の作品に「破流(はる)」「異水」「陸の眼」「華」など。9年死刑執行後、その遺志を継ぎ著作の印税などで"永山こども基金"が設立された。

中山 正男　なかやま・まさお

小説家　実業家　㊚明治44年1月26日　㊙昭和44年10月22日　㊐北海道佐呂間町　㊣専修大学法科(昭和8年)中退　㊙昭和8年大学を中退し独力で陸軍画報社を設立、社長として雑誌「陸軍画報」を刊行。日中戦争中、南京城攻略戦に従軍して書いた「脇坂部隊」は当時ベストセラーになった。34年第一世論社社長。戦後、下中弥三郎らの後援で若者たちのための「日本ユースホステル」運動を推進した。著書には自伝的小説「馬喰一代」「続馬喰一代」「無法者」のほか「一軍国主義者の直言」などがある。

中山 みどり　なかやま・みどり

詩人　小説家　㊚昭和9年12月3日　㊐旧満州・奉天　㊣愛知学芸大学卒、名古屋学院大学外国語学部中国語学科(平成11年)卒　㊙三重県文学新人賞(小説部門)(昭和55年)、文芸広場年度賞(創作)(昭和55年)、三重県文化奨励賞(文学部門)(平成7年)　㊙三重県の高校教師となり、平成元年三重県立四日市高等学校に赴任。7年定年退職し、名古屋学院大学に入学。卒業後、大学院に進学。愛知学芸大学時代から詩を書き始め、詩誌「原始林」「幻市」同人。文芸誌「連用形」を刊行。著書に詩集「あの街へ」「青い海へ」、短編集「森のように　海のように」「連用形」、エッセイ集「いつまでも文学少女でいたい」などがある。

長与 善郎　ながよ・よしろう

小説家　劇作家　評論家　㊚明治21年8月6日　㊙昭和36年10月29日　㊐東京市麻布区宮村町(現・東京都港区)　㊣東京帝大英文科(大正2年)中退　㊙読売文学賞(第11回・評論伝記賞)(昭和34年)「わが心の遍歴」　㊙明治44年「白樺」の同人となり「春宵」「亡き姉に」などを発表する一方、人道主義の論客としても活躍。大正5年から6年にかけて発表した「項羽と劉邦」で文壇的地位を確立し、以後「青銅の基督」「竹沢先生と云ふ人」などを発表。小説、戯曲、評論、随筆と幅広く活躍。昭和8年明治大学講師として東洋思想を講じ、10年から12年には満鉄の嘱託となって3度満州、中国を旅行、東洋への親近感から「韓非子」「東洋芸術の諸相」を刊行。戦後も幅広く活躍し、34年刊行の「わが心の遍歴」で読売文学賞を受賞した。
㊙父=長与専斎(医政家)、兄=長与又郎(医学者)

半井 桃水　なからい・とうすい

小説家　㊚万延1年12月2日(1860年)　㊙大正15年11月21日　㊐対馬国府中(長崎県厳原町)　本名=半井洌(なからい・きよし)　別号=菊阿弥、桃水痴史　㊙11歳で上京、共立学舎で学び、三菱に入社したが、けんかして退職。明治13年大阪魁新聞に入社したが、廃刊後、父が医院を開いていた釜山に渡る。21年東京朝日新聞記者となり、22年同紙に「唖聾子」を発表。以後小説記者として「くされ縁」「海王丸」、23年「業平竹」、24年「胡沙吹く風」など次々発表、人気作家となった。31年からは大阪朝日にも歴史小説を執筆した。晩年(40年)の代表作に「天狗回状」がある。樋口一葉の師であり、恋人といわれた。　㊙父=半井湛四郎(対馬藩主宗家の典医)

仲若 直子　なかわか・なおこ
小説家　[出]沖縄県石垣市　[学]立正大学中退　[賞]琉球新報短編小説賞(昭和54年)、九州芸術祭文学賞最優秀賞(第20回)(平成2年)「犬盗人」　[歴]15歳で島を出て東京の高校に進み、立正大学に。中退して沖縄・那覇の住宅関係の業界紙記者となり、このあとも東京、西表島と放浪の生活を送る。この間に結婚、離婚を経験。昭和59年から石垣に戻り、編集、出版の仕事に従事。創作集を出版したほか、地元新聞にの小説を連載。

中渡瀬 正晃　なかわたせ・まさあき
小説家　[没]平成14年1月18日　[出]鹿児島県鹿児島市　[学]ラ・サール高卒　[賞]九州沖縄文学地区優秀作(第1回)(昭和45年)、南日本文学賞(第1回)(昭和48年)　[歴]写真館経営の傍ら、郷土文芸誌「原色派」「カンナ」「みなみの手帖」などに小説を発表。昭和45年「隣人」で第1回九州沖縄文学賞地区優秀作、48年「冷える」で第1回南日本文学賞受賞。61年南日本新聞に「出口まで」を連載した。

南木 佳士　なぎ・けいし
小説家　医師　佐久総合病院内科医長　[生]昭和26年10月13日　[出]群馬県吾妻郡嬬恋村　本名＝霜田哲夫　[学]秋田大学医学部卒　[賞]文学界新人賞(第53回)(昭和56年)「破水」、佐久文化賞(第6回)(昭和63年)、芥川賞(第100回)(平成1年)「ダイヤモンドダスト」　[歴]昭和52年6月から佐久総合病院に勤務。現在、同病院内科医長。56年タイの難民医療日本チーム基地に派遣される。同年「破水」で第53回文学界新人賞を受賞、その報をタイ現地で受け取った。平成元年候補5回目の「ダイヤモンドダスト」で芥川賞を受賞した。著書は他に「エチオピアからの手紙」「落葉小僧」「医学生」「山中静夫氏の尊厳死」「冬物語」「ふつうの医者たち」など。　[団]日本文芸家協会

名木田 恵子　なぎた・けいこ
ジュニア小説家　漫画原作者　[生]昭和24年11月28日　[出]東京都　筆名(漫画原作者)＝水木杏子(みずき・きょうこ)　[学]文化学院文科卒　[興]ファンタジィの世界　[賞]講談社漫画賞(第1回)(昭和52年)「キャンディ・キャンディ」　[歴]昭和37年ジュニア雑誌の短編小説賞に入選。以来、創作に専念する。水木杏子の名で原作を手がけた漫画「キャンディ・キャンディ」は大ヒット作品となり、テレビアニメ化された。著書に「海におちる雪」「イヴの樹」「ムーンライト・エクスプレス」「ひとり旅」「ナイトゲーム」「天国からの手紙」「もういちど歌って」「回転木馬の恋人たち」「海時間のマリン」など多数。一方、「キャンディ・キャンディ」のキャラクター商品の作画を原作者の許可なく行うのは著作権の侵害にあたるとして、漫画家・いがらしゆみこと広告会社に対し作画と商品化の禁止を求めた裁判で、平成11年2月東京地裁は訴えを認め、商品化を前提とした原画の作製は無断複製にあたるとの判断を下した。12年3月東京高裁、13年10月最高裁でも訴えが認められ、勝訴が確定。またキャラクター商品の販売に対する損害賠償を求めた訴訟では、14年5月東京地裁はいがらしや販売会社などに約3000万円の支払いを命じた。　[団]日本児童文芸家協会、日本文芸家協会

納言 恭平　なごん・きょうへい
小説家　評論家　[生]明治33年5月12日　[没]昭和24年7月6日　[出]熊本県玉名郡天水町　本名＝奥村五十嵐　[学]熊本高工卒　[歴]八幡製鉄所に勤務していたが、大正7年上京し新潮社に勤務して「文学時代」「日の出」の編集に従事する。昭和14年同人誌「文学建設」に参加し、24年捕物作家クラブの発起人となる。主な作品に「七之助捕物帖」「神風連の妻」などがある。

梨木 香歩　なしき・かほ
児童文学作家　[生]昭和34年　[出]鹿児島県　[学]同志社大学　[賞]小学館文学賞(第44回)(平成7年)「西の魔女が死んだ」、児童文学ファンタジー大賞(第1回)(平成7年)「裏庭」　[歴]英国のインターナショナル・サフォロワーデン・ベルカレッジで学び、児童文学者ベティ・ウェストモーガン・ボーエンに師事。のち主婦業の傍ら児童文学雑誌「飛ぶ教室」に寄稿を続ける。平成6年プロデビュー。著書に「西の魔女が死んだ」「裏庭」「エンジェル エンジェル エンジェル」「丹生都比売」「からくりからくさ」、共訳にG.B.マシューズ「哲学と子ども」など。

那須 国男　なす・くにお
評論家　小説家　[専]アフリカ研究　[生]大正6年9月20日　[出]東京　[学]慶応義塾大学仏文科(昭和16年)卒　[歴]第2次大戦中ベトナムの在サイゴン日本大使館情報部に勤務。帰国後は編集者となって「個性」「人間」を編集し、そのかたわら小説を発表する。代表作に「暗い階段」「還らざる旅路」など。のちに文学から遠ざかり、アフリカ研究者となり、昭和35年アフリカ協会設立とともに調査担当に就任。著書に「アフリカの誘惑」「アフリカ探検物語」「アフリカ年鑑」('71〜'90年版)、訳書にジェキンス著「ブラック・シオニズム」などがある。

那須 辰造　なす・たつぞう

小説家　児童文学者　翻訳家　能楽鑑賞家　⊕明治37年7月30日　⊗昭和50年4月5日　⊕和歌山県田辺市　⊛東京帝大仏文科(昭和4年)卒　㊗サンケイ児童出版文化賞(第3回)(昭和31年)「緑の十字架」　㊸第10次「新思潮」や「文芸レビュー」など多くの同人雑誌に創作を発表するかたわら、ラルボー、マッシス、フルニエなどを翻訳紹介する。昭和8年短篇集「釦つけする家」を刊行、以後児童文学作家として活躍。「うぐひす」「次郎兵衛物語」「哀傷日記」「緑の十字架」などを発表。その他の著書に「松尾芭蕉」「那須辰造著作集」(全3巻、講談社)などがある。

那須 正幹　なす・まさもと

児童文学作家　⊕昭和17年6月6日　⊕広島県広島市　⊛島根農科大学林学科(現・島根大学農学部)卒　㊗大衆児童文学　絵本にっぽん賞(平成1年)「ぼくらの地図旅行」、路傍の石文学賞(第16回)(平成6年)「さぎ師たちの空」、日本児童文学者協会賞(第35回)(平成7年)「お江戸の百太郎 乙松、宙に舞う」、産経児童出版文化賞(第43回)(平成8年)「絵で読む 広島の原爆」、巌谷小波文芸賞(第23回)(平成12年)「ズッコケ三人組」シリーズ、野間児童文芸賞(第38回)(平成12年)「ズッコケ三人組のバック・トゥ・ザ・フューチャー」　㊸商事会社勤務を経て、家業の書道塾を手伝う。児童文学作家の姉・竹田まゆみの影響で執筆するようになり、昭和43年「子どもの家」同人。のち姉と同人誌「きょうだい」を創刊。56年川村たかしらと児童文学創作集団を結成、「亜空間」を発行している。1600万部を超えるベストセラー「ズッコケ三人組」シリーズのほか「ゆきだるまゆうびん」「べんきょうすいとり神」「うわさのズッコケ株式会社」「お江戸の百太郎シリーズ」「さぎ師たちの空」「絵で読む 広島の原爆」などの作品がある。平成9年「ズッコケ三人組」が映画化され、11年にはドラマ化された。 ㊹日本児童文学者協会、日本子どもの本研究会、児童文学創作集団、日本文芸家協会　㊂姉＝竹田まゆみ(児童文学作家・故人)

那須 真知子　なす・まちこ

脚本家　⊕昭和27年10月5日　⊕福島県　⊛青山学院大学法学部(昭和49年)卒　㊸某大手建設会社に勤めたのち、シナリオセンターに通う。24歳の時、にっかつロマンポルノのシナリオ公募に応じて採用され、「横須賀男狩り/少女悦楽」として映画化されたのがきっかけで脚本家になる。昭和52年那須博之監督と結婚。同監督とのコンビによる「ビー・バップ・ハイスクール」シリーズが大ヒットとなり、東映の青春映画路線を開発したと注目を集める。ほかの主なシナリオに映画「赤い通り雨」「早春物語」「化身」「別れぬ理由」「桜の樹の下で」、テレビ「私が死んだ夜」など。　㊂夫＝那須博之(映画監督)

那須 与志樹　なす・よしき

読売テレビゴールデンシナリオ賞を受賞　⊕昭和24年1月6日　本名＝高島与一　⊛大阪市立大学文学部除籍、大阪シナリオ学校修了　㊗読売テレビゴールデンシナリオ賞最優秀賞(第10回)(平成2年)「時の壁の中に」　㊸労働組合で書記を務めていたが、健康を害し32歳で退職。のちプロの脚本家を目指して昭和56年にシナリオ学校に入り、その後はセールスマンや学習塾教師などをしながら勉強を続ける。

那須田 敏子　なすだ・としこ

児童文学作家　ひくまの出版社長　⊕昭和9年4月8日　⊕静岡県浜松市　筆名＝西野綾子(にしの・あやこ)　⊛浜松市立高(昭和29年)卒、静岡大学教育学部中退　㊗よい絵本賞(昭和59年)「小さな赤いてぶくろ」　㊸昭和32年児童文学作家・那須田稔と結婚。53年夫とともに、童話、絵本シリーズを中心とした児童文学の出版社として"ひくまの出版"を設立し、社長。「日本の神話」(全10巻)などの好企画でしばしば話題になる。一方、西野綾子のペンネームで「遠江の里 姫街道」(上下)、絵本「小さな赤いてぶくろ」、童話「ふうちゃんのハーモニカ」などを出版。　㊂夫＝那須田稔(児童文学作家)、次男＝那須田淳(児童文学作家)

那須田 稔　なすだ・みのる

児童文学作家　(株)ひくまの出版顧問　㊗中国児童文学　⊕昭和6年4月10日　⊕静岡県浜松市　⊛東洋大学国文学科(昭和28年)卒、愛知大学中国文学科(昭和31年)中退　㊗地方出版論　㊨講談社新人賞(昭和37年)「ぼくらの出航」、日本児童文学者協会賞(第6回)(昭和41年)「シラカバと少女」、毎日出版文化賞(第21回)(昭和42年)「おとぎばなしシリーズ」　㊸「詩と詩人」「列島」に同人として参加。昭和33年「日本児童文学」に少年詩を発表、34年日本児童文学者協会事務局に勤務。37年「ぼくらの出航」を刊行し児童文学作家となる。41年「シラカバと少女」で日本児童文学者協会賞を受賞。ほかに「もう一つの夏」「チョウのいる丘」や詩集「ジャパニイズ広場」などがある。　㊹日本文芸家協会　㊂妻＝那須田敏子(児童文学作家)、二男＝那須田淳(児童文学作家)

なだ いなだ

作家　評論家　精神科医　[専]フランス語　心理学　精神医学　[生]昭和4年6月8日　[出]東京　本名＝堀内秀(ほりうち・しげる)　[学]慶応義塾大学医学部(昭和28年)卒　医学博士　[興]アルコール依存　[賞]婦人公論読者賞(第7回)(昭和44年)「娘の学校」、毎日出版文化賞(昭和45年)「お医者さん」、ベストメン賞(平成3年)　[歴]昭和28～29年フランスに留学の後、慶応病院神経科や国立療養所久里浜病院などに勤務。かたわら小説、エッセイ、評論を発表。34年小説「帽子を…」で注目され、40年エスプリに富んだエッセイ「パパのおくりもの」で一躍有名となった。44年からTBSラジオ「こども電話相談室」を担当。63年4月明治学院大学教授に就任。精神科医としては「アルコール中毒—社会的人間としての病気」「カルテの余白」などがあり、ほかにエッセイ・評論「人間この非人間的なもの」「江戸狂歌」「影の部分」「権威と権力」、詩集「なだ・いなだ詩集」、小説「海」「れとると」「影の部分」、訳書「スポック博士の現代診断」など幅広く活躍、58年には「なだいなだ全集」(全12巻，筑摩書房)が刊行された。ペンネームは“何もなくて、何もない”を意味するスペイン語からとった。　[団]日本文芸家協会

夏 文彦　なつ・ふみひこ

作家　[生]昭和19年　[没]平成4年8月25日　[出]東京　本名＝富田幹雄　[学]中央美術学園絵画科卒　[歴]週刊誌記者を経て作家生活に。作品に「戦国少年隊」シリーズ、「さらば愛しき娘よ」「女戦士復讐の饗宴」などがある。また、黒木和雄監督の映画「竜馬暗殺」のプロデューサーも務めた。

夏井 孝裕　なつい・たかひろ

劇作家　演出家　reset-N主宰　[生]昭和47年1月21日　[出]長崎県福江市　[学]上智大学中退　[賞]劇作家協会新人戯曲賞(第4回)(平成11年)「knob」　[歴]上智大学で演劇活動を始め、2年で退学。劇団reset.を旗揚げし、4作品を発表して解消。「本牧マクベス」「筒井康隆VS.白石加代子」などの演出助手を経て、劇団reset-Nを主宰。　[団]日本演出者協会、演劇人会議
http://village.infoweb.ne.jp/~reset

夏川 裕樹　なつかわ・ゆうき

小説家　[生]昭和40年10月26日　[出]東京都　本名＝鈴木裕明　[学]慶応義塾大学経済学部卒　[歴]慶大在学中に、昭和61年「さよならハイマン」で第10回コバルト短編小説新人賞に佳作入選。62年「祭りの時」で第9回コバルトノベル大賞に佳作入選。著書にコバルトシリーズ「キミのハートを追いかけて」「スマイル・アゲイン!」「きみを取り戻したくて」などがある。

夏樹 静子　なつき・しずこ

作家　[専]推理小説　犯罪文学　[生]昭和13年12月21日　[出]東京・芝　本名＝出光静子　旧姓(名)＝五十嵐　旧筆名＝夏樹しのぶ、五十嵐静子　[学]慶応義塾大学文学部英文科(昭和36年)卒　[興]科学技術・医学の発達、核の危険などによる人間生活の変化　[賞]福岡市文学賞(第2回，昭46年度)(昭和47年)、日本推理作家協会賞(第26回)(昭和48年)「蒸発」、福岡市文化賞(第12回)(昭和62年)、フランス犯罪小説大賞(第54回)(平成1年)、西日本文化賞(社会文化部門，第58回)(平成11年)、中国探偵小説試合大会翻訳作品賞(中国)(平成13年)「Wの悲劇」　[歴]昭和35年大学在学中、五十嵐静子名義の「すれ違った死」が江戸川乱歩賞候補となる。その後、3年間NHKテレビの推理番組「私だけが知っている」の台本執筆を手がける。37年夏樹しのぶ名義で「ガラスの鎖」を発表。38年結婚、以後5年間主婦専業となる。44年長女誕生をきっかけに執筆した「天使が消えていく」で再び江戸川乱歩賞に応募、受賞は逸したが翌45年刊行され、以後作家として活躍。48年「蒸発」で日本推理作家協会賞を受賞。平成13年1年間の休筆を経て、「量刑」を執筆。ほかに「喪失」「目撃」「風の扉」「遠い約束」「Wの悲劇」「遙かな坂」「ドーム」「ペルソナ・ノン・グラータ」「女優X—伊藤蘭奢の生涯」「白愁のとき」「茉莉子」、「夏樹静子作品集」(全10巻，講談社)、自身の体験による「椅子がこわい—私の腰痛放浪記」などの著書がある。終戦前後に疎開していた静岡県川根町に“夏樹文庫”がある。
[団]日本文芸家協会、日本ペンクラブ、日本推理作家協会　[家]夫＝出光芳秀(新出光社長)、兄＝五十嵐均(ミストラル社長)

夏堀 正元　なつぼり・まさもと

小説家　[生]大正14年1月30日　[没]平成11年1月4日　[出]北海道小樽市　[学]早稲田大学文学部国文科(昭和21年)中退　[歴]昭和21年北海道新聞東京支社に入社、8年間社会部に勤務。29年退社し作家活動に入る。26年藤原審爾、和田芳恵、戸石泰一らと同人雑誌「小説」を創刊。29年下山事件を題材とした長編小説「罠」を発表し、社会派作家の評価を受ける。「青年の階段」「海鳴りの街」「北の墓標」「北に燃える」「風来の人—小説高田保」「愛と別れの街」「豚とミサイル」などがある。社会性豊かな評論・ルポルタージュにも活躍。　[団]日本文芸家協会、新日本文学会、日本ペンクラブ(理事)

夏目 漱石　なつめ・そうせき

小説家　英文学者　⽣慶応3年1月5日(1867年)　歿大正5年12月9日　出江戸・牛込馬場下横町(現・東京都新宿区喜久井町)　本名＝夏目金之助(なつめ・きんのすけ)　学東京帝大文科大学英文科(明治26年)卒　歴明治26年東京高師、28年松山中学、29年五高教授を経て、33年イギリスに留学し、"漢文学と英文学の違い"などから研究を断念、強度の神経症に陥る。36年に帰国後一高、東京帝大各講師を歴任。38年高浜虚子のすすめで「ホトトギス」に「吾輩は猫である」を発表。さらに翌39年、「坊ちゃん」「草枕」を発表し、作家としての文名を高める。40年教職を辞して東京朝日新聞社に入り、本格的な作家活動に入る。晩年にいたるまで"木曜会"を続け、森田草平、鈴木三重吉、芥川龍之介など秀れた門下を多く出した。また、子規の影響を受け俳句や漢詩も娯しんだ。他の代表作に39年「倫敦塔」、40年「虞美人草」、41年「坑夫」「夢十夜」「三四郎」、42年「それから」、43年「門」、45年「彼岸過迄」、大正元年「行人」、3年「こゝろ」「道草」など。この間明治42年胃かいようで大吐血(修善寺の大患)、44年文学博士を辞退、大正2年神経衰弱に悩む。5年最後の「明暗」の完成を見ずに死去した。「漱石全集」(全18巻、岩波書店)などがある。昭和59年発行の千円札紙幣の肖像になった。
家長男＝夏目純一(バイオリニスト)、孫＝夏目房之介(コラムニスト)

夏目 大介　なつめ・だいすけ
⇒和久峻三(わく・しゅんぞう)を見よ

夏目 漠　なつめ・ばく

小説家　詩人　「文学匪賊」主宰　⽣明治43年3月28日　歿平成5年2月21日　出鹿児島市　本名＝北原三男(きたはら・かずお)　学東京帝国大学法学部卒　歴台湾総督府、厚生省などを経て、昭和21年鹿児島県職員。41年県文化センター初代館長に就任。この間、30年より詩作など文学活動を行う。「九州文学」同人、詩誌「火山灰」同人。詩集に「火の中の眼」「含羞曠野」「悲愁参百日」、小説集に「霰の如く乱れ来る」がある。

名取 高史　なとり・たかし

シナリオライター　⽣昭和40年　学青山学院大学二部文学部教育学科中退、日本映画学校演出コース卒　歴平成7年第4回新人シナリオコンクールで選外佳作をとり、8年映画「藪の中」(監督・佐藤寿保)でシナリオライターとしてデビュー。

七尾 あきら　ななお・あきら

SF作家　⽣昭和44年3月31日　学早稲田大学文学部卒　賞スニーカー大賞(金賞、第1回)「ゴッド・クライシス―天来鬼神伝」　著「ゴッド・クライシス―天来鬼神伝」で第1回スニーカー大賞金賞を受賞し、作家デビュー。著書に「ゴッド・クライシス―天来鬼神伝」「古墳バスター夏実」などがある。

鍋島 寿美枝　なべしま・すみえ

児童文学作家　⽣高知市　学高知大学教育学部卒　賞大原富枝賞(第1回)(平成4年)　歴28年間、小学校で教える。著書に「めがねをもらったもぐらくん」「おこげさんのにゃんにゃん記」「まほうよとけろみのるくん」がある。
所日本児童文芸家協会

生江 健次　なまえ・けんじ

劇作家　小説家　⽣明治40年11月24日　歿昭和20年7月26日　出兵庫県神戸市　学慶応義塾大学卒　歴慶大在学中の昭和2年戯曲「部落挿話」、評論「藤森成吉小論」を発表。ボルシェビキに走り、「戦旗」の編集に従事、6年「ナップ」に「過程」を発表。転向後は文芸春秋社に入ったが、18年報道班員としてフィリピンに渡り20年ルソン島で餓死。作品「過程」は戦後「全集・現代文学の発見」に再掲された。
家父＝生江孝之(社会運動家、廃娼運動の草分け・故人)

生瀬 勝久　なませ・かつひさ

俳優　劇作家　演出家　⽣昭和35年10月13日　出兵庫県西宮市　別名＝槍魔栗三助(やりまくり・さんすけ)　学同志社大学文学部社会学科卒　歴在学中より、槍魔栗三助の名で漫才や落語に活躍。昭和58年劇団そとばこまちに入団。63年第4代座長となり、作者、演出家としても活躍。NHKドラマ「純ちゃんの応援歌」に出演の他、平成9年にはNHK大河ドラマ「毛利元就」にレギュラー出演。他の出演作にドラマ「妹よ」「夫婦善哉」「愛していると言ってくれ」「奇跡のロマンス」「カンパニー」「恋のバカンス」「硝子のかけらたち」「鬼の棲家」「甘い生活。」「Quiz」「トリック」「ウソコイ」、映画「恋と花火と観覧車」、舞台「ローゼンクランツとギルデンスターンは死んだ」「七人ぐらいの兵士」など。バラエティー番組「現代用語の基礎体力」「週刊TV広辞苑」などにも出演。

奈街 三郎　なまち・さぶろう

児童文学者　⽣明治40年1月2日　歿昭和53年12月23日　出宮城県仙台市　本名＝山田三郎　学東京商卒　賞小学館文学賞(第1回・昭27年度)「まいごのドーナツ」　歴大正末期から「童話」に投稿し、小川未明に師事。大正14年新興

551

童話連盟を結成し「新興童話」を創刊。以後も多くの童話雑誌に関係し、昭和6年「コドモノクニ」を編集。以後多くの童話雑誌を編集するかたわら創作し、12年「海へ行つた靴」を刊行。他の著書に「かたつむりの旅」「とけいの3時くん」などがある。

並河 亮　なみかわ・りょう
英文学者　翻訳家　劇作家　元・日本大学教授　[生]明治38年12月26日　[没]昭和59年5月8日　[出]島根県　[学]東京帝国大学法学部卒　文学博士　[賞]芸術祭賞、芸術祭奨励賞、モンテカルロ国際テレビ祭カトリック特別賞、イラン王室文化賞、トルコ共和国学術文化賞　[歴]戦後アプトン・シンクレアの大作「ラニー・バット」の翻訳によって知られた。ほかにドス・パソス作「U・S・A」三部作など現代アメリカ文学の翻訳を手がけ、インド美術の紹介にもつとめた。NHK国際部、毎日放送を経て、文化学院教授、日大教授などを歴任、文化庁芸術祭審査員を務めたこともある。その他の著書として「ウィリアム・ブレイク研究」「ボロブドール」「文楽を護る人々」「ジャズ史」などの他、「人形師忠吉」（日テレ）「女人連祷」（CBC）など多数の放送台本がある。
[家]息子＝並河万里（写真家）

並木 鏡太郎　なみき・きょうたろう
映画監督　[生]明治36年3月7日　[没]平成13年2月14日　[出]大阪府大阪市日本橋町　本名＝金田寅雄（かねた・とらお）　旧筆名＝並木狂太郎　[学]東京神田商工学校商科（大正12年）中退　[歴]商工学校中退後、生家に帰る。マキノプロにいた友人の脚本家・西条照太郎や北本黎らに勧められて脚本「追はれゆく人」「めしと女」を書き、いずれも映画化された。大正15年マキノに入社。助監督として牧野省三に師事。傍ら並木狂太郎のペンネームで二川文太郎の「照る日もくる日も」などの脚本を書く。昭和4年鏡太郎と改名して河津清三郎主演「夜討曽我」で監督デビュー。6年マキノ解散後、帝キネ、東活を経て、第2次寛プロに入社。山中貞雄とともに「右門捕物帖」「鞍馬天狗」の“アラカン映画”の黄金時代を築いた。11年寛プロが解散し、翌年東宝に入社するが、戦時色が濃くなった映画界に順応できなくなり、吉本、松竹移動劇団の隊長となる。戦後しばらくはマキノ芸能社で舞台脚本・演出にたずさわるが、24年嵐寛寿郎の綜芸プロに招かれ「右門捕物帖・謎の八十八夜」でカムバック。再びアラカンの“座付き作者”として活躍、主に新東宝で監督を続けた。35年新東宝解散の直前「花嫁吸血魔」を最後に監督をやめ、太平洋テレビ映画部、営業部次長などを務めた後、引退。合同句集に「ひふ」がある。
[家]妻＝津路清子（女優）

波山 不規夫　なみやま・ふきお
小説家　[生]明治20年2月1日　[没]（没年不詳）　[出]茨城県筑波郡　本名＝石川道三郎　[学]早稲田大学哲学科卒　[歴]北海タイムズの記者となり、明治43年早稲田文学に「裏道」、中央公論に「旧痕」「病血」などを発表。その後沈黙、大正3年早稲田文学に「丸髷」などを書いた。

滑川 道夫　なめかわ・みちお
児童文学者　児童文化評論家　東京成徳短期大学名誉教授　日本児童文学学会会長　[専]日本児童文学史研究　[生]明治39年11月3日　[没]平成4年12月13日　[出]秋田県湯沢町下町（現・湯沢市）　筆名＝滑川三千夫（なめかわ・みちお）　[学]秋田師範専攻科（昭和4年）卒、日本大学高等師範部国語漢文学科（昭和13年）卒　教育学博士（筑波大学）（昭和55年）　[賞]サンケイ児童出版文化賞（昭和35年，36年）、垣内松三賞（昭和36年）「少年少女つづり方作文全集」、読書科学賞（日本読書学会）（昭和45年）、全国大学国語教育学会賞（昭和52年）、日本作文会賞（昭和54年）「日本作文綴方教育史 大正編」、勲四等旭日小綬章（昭和56年）、毎日出版文化賞（第35回）（昭和56年）「桃太郎像の変容」、日本児童文学学会賞（第13回）（平成1年）「日本児童文学の軌跡」、湯沢市名誉市民（平成2年）、郵政省簡易保険局諸井賞（平成4年）　[歴]昭和21年私立成蹊小学校主事、32年成蹊学園教育研究所長、23年文部省図書館職員養成所講師、41年東京教育大学専任講師、45年東京成徳短期大学教授・付属図書館長を歴任。国語教育、読書指導、作文教育、児童文化評論といった各方面に業績がある。著書に「文学形象の綴方教育」「読書指導」「オモチャ教育論」「児童文化論」「桃太郎像の変容」「日本児童文学の軌跡」のほか、詩集「泉」、創作「行動半径二百メートル」などがある。
[団]日本読書学会、日本文芸家協会、日本児童文学者協会（名誉会員）、日本児童文学学会

楢 信子　なら・のぶこ
小説家　評論家　[専]高校教育課程　読書教育　[生]昭和6年3月21日　[出]岐阜県　本名＝稲垣信子（いながき・のぶこ）　旧姓（名）＝多治見　[学]奈良女子大学文学部英語英文学科（昭和29年）卒　[興]学校教育の中の図書館活動のあるべき姿、海外の高校図書館の活動内容（IASLより）　[歴]昭和29年共立女子学園講師、31年品川区立荏原六中、37年西多摩郡福生町立福生中、41年東京都立日野高等学校図書館を経て、実践女子大学講師となる。49年夫の稲垣瑞雄とともに文芸誌「双鷲」を発刊。著書に「冬つらぬきて」「星を奪う者たち」などがある。　[団]東京都高等学校図書館研究会（教育課程）、東京都司書教諭研究会、International Association of

School Librarianship、日本文芸家協会　[家]夫＝稲垣瑞雄（作家）

奈良 裕明　なら・ひろあき

作家　[生]昭和35年　[出]東京　[学]早稲田大学卒　[賞]すばる文学賞（第13回）（平成1年）「チン・ドン・ジャン」　[歴]編集プロダクション勤務のかたわら小説を執筆。平成元年「チン・ドン・ジャン」ですばる文学賞を受賞して作家デビュー。他の著書に「宝島の幻燈館」「円盤へようこそ」など。

楢崎 勤　ならさき・つとむ

小説家　編集者　[生]明治34年11月7日　[没]昭和53年12月1日　[出]山口県萩市　[学]中学（京城）卒　[歴]大正14年新潮社に入社し「新潮」の編集に従事する。そのかたわら創作をし「白粉草が春菊になつた話」「神聖な裸婦」「相川マユミといふ女」「希望」などを発表し、新興芸術派の作家として活躍する。昭和21年読売新聞社に移り、図書編集部長などを歴任。退職後「作家の舞台裏」を刊行した。

奈良迫 ミチ　ならさこ・みち

作家　ドレスアップ伊東代表取締役　[生]昭和11年4月13日　[出]鹿児島県　本名＝奈良迫ミチ子（ならさこ・みちこ）　[学]お茶の水女子大学文学部英文科（昭和35年）卒　[賞]南日本文学賞（第13回）（昭和60年）「パリの朝」、鹿児島県芸術文化奨励賞（昭和60年）、日本随筆家協会賞（第19回）（平成1年）「わたしの中の蝶々夫人」　[歴]昭和42年から雑誌「原色派」に作品を次々発表。60年「パリの朝」で第13回南日本文学賞、鹿児島県芸術文化奨励賞受賞。この間35年電通国際広告局勤務を経て、39年ドレスアップ伊東設立、同社代表取締役。MBC文章教室講師を務める。著書に「パリの朝」「パリの画廊」「帝国ホテル」「パリのココナッツティ」「ナコン事件」。　[団]日本随筆家協会、日本文芸家協会

楢山 芙二夫　ならやま・ふじお

小説家　[生]昭和23年6月13日　[出]岩手県岩手郡雫石町　本名＝楢山富士雄　[学]桐朋学園短期大学演劇科卒　[賞]オール讀物新人賞（第46回）（昭和50年）「ニューヨークのサムライ」　[歴]昭和50年「ニューヨークのサムライ」で第46回オール讀物新人賞を受賞。直木賞候補2回。ハードボイルド、ミステリー、青春風俗小説などを手がけ、5回にわたるアメリカ放浪体験に基づいたサスペンスものを得意とする。作品に「午前零時の星条旗」「マンハッタンのバラード」「魔の聖域」「天使の街の脅迫者」「冬は罠をしかける」「この風でジルバを」「傷だらけの銃弾」など。詩集に「仮に部屋と呼ばれる詩のバリアント」、エッセイ・対談集に「愛してるとか愛してないとか」がある。　[団]日本推理作家協会、日中文化交流協会、日本文芸家協会、米国推理作家協会

成井 豊　なるい・ゆたか

脚本家　演出家　演劇集団キャラメルボックス代表　[生]昭和36年10月8日　[出]埼玉県飯能市　[学]早稲田大学第一文学部文芸専攻（昭和59年）卒　[歴]高校2年生の時、つかこうへいの「熱海殺人事件」を観て劇作家を目指す。大学在学中は演劇サークル・てあと350'で作・演出を担当。卒業後、埼玉県の県立高校教諭を務める一方、昭和60年演劇集団キャラメルボックスを結成。平成4年8年間の教職生活を辞め、演劇に専念。結成以来、すべての作品の脚本・演出を手掛ける。また、漫画の原作、小説、コラムも執筆。著書に「不思議なクリスマスのつくりかた」「サンタクロースが歌ってくれた」「ナツヤスミ語辞典」。

成沢 昌茂　なるさわ・まさしげ

脚本家　演出家　映画監督　[生]大正14年1月29日　[出]長野県上田市原町　[学]日本大学芸術学部（昭和19年）卒　[賞]シナリオ賞（昭和26年・34年）、シルバースター国民映画脚本賞、京都市民映画祭脚本賞（昭和35年）、シナリオ功労賞（第19回）（平成7年）　[歴]昭和16年松竹京都に入社するが、19年学徒出陣し、20年復員。21年松竹を退社し、22年脚本家として出発。27年からは師匠・溝口健二を追って大映と契約、溝口作品「噂の女」「新平家物語」「赤線地帯」の脚本を担当。37年「裸体」で監督デビュー。以後、「四畳半物語・娼婦しの」「花札渡世」などを撮るが、43年以降は映画界から遠ざかる。舞台とテレビで演出をかねた脚本家として活躍。テレビ作品にNHK連続人形劇「真田十勇士」、戯曲に「浪花の恋の物語」などがある。　[団]日本演劇協会、日本シナリオ作家協会、日本音楽著作権協会

成島 行雄　なるしま・ゆきお

劇作家　文筆家　[生]昭和3年　[出]栃木県河内郡篠井村（現・今市市）　[学]国学院大学文学部卒　[歴]高校教員となり、平成元年栃木県立上三川高等学校校長を最後に定年退職。八幡台幼稚園園長となる。11年蕪村顕彰会を設立し、事務局長。昭和51年栃木県芸術祭30周年記念公演に「ファンタジアとちぎ」を執筆、平成3年文化庁芸術祭栃木公演記念公演に「しもつけ賛歌」、4年県民オペラ10周年記念公演に「那須与一」を執筆。著書に「樹の島抄」「こんたりぼ」「求法曼荼羅（ぐほうまくだら）」「蕪村誕生」などがある。　[団]栃木県文芸家協会、蕪村研究会

成島 柳北　なるしま・りゅうほく
漢詩人　随筆家　ジャーナリスト　朝野新聞社長　[生]天保8年2月16日(1837年)　[没]明治17年11月30日　[出]江戸浅草御厩河岸　本名=成島惟弘　幼名=甲子麿、前名=甲子太郎、惟弘、字=保民、別号=確堂、誰園、我楽多堂　[歴]徳川幕府の奥儒者の名門に生まれ、18歳で家督を継いで、祖父の著書「東照宮実記」500余巻、父の著書「後鑑」375巻の編集を担当。安政6年(1859)「柳橋新誌」を執筆。のち外国奉行、会計副総裁まで昇進したが維新で退官。明治5年外遊し「航西日乗」「柳橋新誌第二編」を刊行。7年朝野新聞社長に就任。主筆として、反骨精神を発揮した。9年筆禍で入獄し、「柳橋新誌第3編」は発禁処分を受けた。また、10年に勃発した西南戦争の際には反政府側に立ち、このころから社運が傾きはじめたが、同年に創刊した漢詩文雑誌「花月新誌」に力を注いだ。他に戯文集「伊都満底草(いつまでぐさ)」「柳北奇文」「成島柳北全集」(博文館)などがある。
[家]祖父=成島東岳(儒学者)、父=成島稼堂(儒学者)、孫=大島隆一(美術評論家)

成瀬 正一　なるせ・しょういち
フランス文学者　小説家　九州帝国大学法文学部教授　[生]明治25年4月26日　[没]昭和11年4月13日　[出]神奈川県横浜市　[学]東京帝大英文科(大正5年)卒　[歴]在学中、菊池寛らと第4次「新思潮」を創刊。「骨晒し」など理想主義的作品を発表。大正5年欧米留学。14年九州帝大講師、15年教授となり、以後同大でフランス文学を講じた。著作に「仏蘭西文学研究」、訳書にロマン・ロラン「トルストイ」などがある。

成瀬 巳喜男　なるせ・みきお
映画監督　[生]明治38年8月20日　[没]昭和44年7月2日　[出]東京・四谷　[学]工手学校卒　[賞]毎日映画コンクール監督賞(昭26年度)「めし」、ブルーリボン賞監督賞(昭27年度)「稲妻」「おかあさん」、毎日映画コンクール監督賞(昭30年度)「浮雲」、キネマ旬報賞監督賞(昭30年度)「浮雲」　[歴]大正9年松竹蒲田撮影所に小道具係として入社。のち助監督部に移り、昭和5年「チャンバラ夫婦」で監督デビュー。10年PCL(現・東宝)に移り、「妻よ薔薇のやうに」「鶴八鶴次郎」で注目される。12年PCLの看板女優・千葉早智子と結婚するがのち破局。長く低迷の時代がつづくが、戦後の26年「めし」で息を吹き返し、以後、「おかあさん」「稲妻」「夫婦」「妻」「あにいもうと」「山の音」「晩菊」と名作を次々と発表、そしてその頂点ともいうべき代表作「浮雲」に結晶する。平凡な市井の人物たちを日常的なリアリズムで描き、一貫して女性を主題とした作品を撮りつづけた。

成瀬 無極　なるせ・むきょく
ドイツ文学者　随筆家　劇作家　京都大学名誉教授　[生]明治17年1月1日　[没]昭和33年1月4日　[出]東京　本名=成瀬清(なるせ・きよし)
[学]東京帝大文科大学独文科(明治40年)卒
文学博士(昭和5年)　[歴]独文学者として、三高、京大、慶大などの教授を歴任。大正10年ドイツへ留学し、12年帰国。昭和6年日本ゲーテ協会を作り、10年会長に就任。代表的な著書に「近代独逸文芸思潮」「疾風怒濤時代と現代独逸文学」「文芸に現はれた人間の姿」などがあるほか、トーマス・マン、ハウプトマンなどの翻訳でも知られる。戦後は横綱審議委員などもつとめた。自伝的著書に「四十歳」「五十歳の男」、戯曲「七十歳の男」がある。没後「無極集」が刊行された。

鳴海 丈　なるみ・じょう
作家　漫画原作者　[生]昭和30年10月30日　[出]山形県米沢市　本名=佐竹武彦　[学]西南学院大学法学部卒　[賞]青春小説新人賞(第14回)「灰とダイヤモンド」、講談社少女まんが原作賞(第5回)「ガラスの少年」　[歴]「超電子バイオマン」第42話でシナリオ・デビュー、また週刊少年チャンピオン連載「伝鬼活人剣」で漫画原作者デビュー。漫画原作、時代小説、ジュヴナイルと多方面で活躍。著作に「アニメ・キャラ大全集」「オーディーン」「黄金のプリンセス」「大江戸えぃりあん草紙」「外道狩り」、脚本に「THE八犬伝」など。　[団]日本文芸家協会、日本脚本家連盟、日本放送作家協会

鳴海 章　なるみ・しょう
小説家　[生]昭和33年7月9日　[出]北海道帯広市
本名=三井章芳　[学]日本大学法学部(昭和56年)卒　[賞]江戸川乱歩賞(第37回)(平成3年)「ナイト・ダンサー」　[歴]中学2年から小説を書き始める。東京都内のユナイトPRに勤務し、総合商社、コンピューター、エレクトロニクスメーカー等のPR活動に従事するかたわら、航空小説を手がける。のち作家活動に専念。著書に「ナイト・ダンサー」「リヴァイアサン」「五十年目の零戦」「航空事故調査官」「第七の天使」「風花」「輓馬」や、〈ゼロ・シリーズ〉〈原子力空母・信濃シリーズ〉などがある。　[団]日本文芸家協会、日本推理作家協会

鳴海 風　なるみ・ふう
小説家　[生]昭和28年10月15日　[出]新潟県加茂市　本名=原嶋茂　[学]東北大学大学院機械工学専攻課程修了　[賞]池内祥三文学奨励賞(第20回)(平成2年)「五厘の魂」、歴史文学賞(第16回)(平成3年)「円周率を計算した男」
[歴]日本電装(現・デンソー)に勤務のかたわら小説を執筆。「新鷹会」会員。著書に「円周率を計

算した男」「算聖伝―関孝和の生涯」など。 ㊥日本文芸家協会 http://www.d2.dion.ne.jp/~narumifu/

なるみや　ますみ
童話作家　㊤平成7年1月17日　㊧滋賀県大津市　本名＝成宮真純　㊨金城学院大学文学部卒　㊺毎日童話新人賞(優秀賞, 第19回)(平成7年)「ミドリノ森のビビとベソ」　㊴豊田工業大学事務局に勤務。平成3年結婚ののち、カルチャースクールで童話創作講座を受講し、初の応募作品が受賞。以後同人誌「花」などに作品を発表し、新進童話作家として活動が軌道に乗り始めた矢先の、7年1月阪神大震災により死去。生前書きためた童話作品をがれきの中から両親が拾い集め、同年10月遺稿集の第1巻「ふうみん池にワニが出た」として出版。㊕父＝若山浩(愛知学院大学教授)

成本　和子　なるもと・かずこ
童話作家　詩人　㊙児童文学　童謡　㊤昭和7年12月27日　㊧岡山県　㊨児島高　㊺岡山市民の童話最優秀賞、岡山市文化奨励賞(昭57年度)、日本童話会奨励賞(昭59年度)、岡山県教育関係功労賞(昭61年度)　㊴岡山市西大寺の創作童話グループ「いちばんぼし童話の会」のメンバーで、現代の民話作りをめざしている。㊷日本児童文学者協会、日本児童文芸家協会、日本童謡協会、日本童話会、いちばん星童話の会

鳴山　草平　なるやま・そうへい
小説家　㊤明治35年5月30日　㊦昭和47年3月7日　㊧山梨県南都留郡宝村(現・都留市)　本名＝前田好照　㊨早稲田大学卒　㊴農林学校(現・農林高校)、平塚高女(現・平塚江南高校)など、山梨や神奈川で教師を務める。昭和14年「新青年」の千円懸賞小説に「極楽剣法」が入選し、以後時代小説、ユーモア小説作家として活躍。代表作に「きんぴら先生青春記」などがある。

畷　文兵　なわて・ぶんぺい
小説家　元・北日本新聞論説委員　㊤大正2年4月20日　㊦昭和63年9月27日　㊧石川県　本名＝木村外吉(きむら・そときち)　㊨富山師範(昭8年)卒　㊺朝日新聞社賞(昭和14年)、文部大臣賞(昭和14年)「恩愛遮断機」、講談倶楽部賞(昭和31年)「遠火の馬子唄」　㊴昭和14年小説活動を始める。戦後、文芸同人誌「文学祭」を創刊、31年には「妖盗墓」が直木賞候補に。41年以来、北日本文学賞の選考にあたり、43年から長編「風の中の微塵」を北日本新聞に連載。

南木　顕生　なんき・あきお
シナリオライター　㊤昭和39年9月16日　㊧大阪府　㊨追手門学院大学文学部社会学科卒　㊺城戸賞(準入選, 第20回)(平成7年)「熱帯低気圧同盟」　㊴広告代理店、映画会社、制作プロダクションなどに勤務。後、アルバイトの傍らシナリオ作家協会シナリオ講座研修科(第22期)でシナリオ執筆を学ぶ。平成8年映画「狩人たちの触覚」でデビュー。他の作品に、映画「渇きの街」(9年)など。

南家　礼子　なんけ・れいこ
小説家　ブライダルアドバイザー　筆名＝小林礼子　㊺ムー伝奇ノベル大賞(佳作, 第1回)　㊴損保会社勤務、学習塾、英会話講師を経て、ブライダルアドバイザーに。傍ら小説の執筆を始め、小川未明文学賞、ライラック文学賞などに入賞。ミステリアスで感傷的なホラーというジャンルを開拓。著書に南家礼子名義で「センチメンタル・ゴースト・ペイン」、小林礼子名義で「ガールフレンド」などがある。

南条　三郎　なんじょう・さぶろう
小説家　㊤明治39年11月12日　㊦昭和32年5月22日　㊧岡山市　本名＝安井徳雄　㊨早稲田大学国文科(昭和6年)卒　㊺千葉亀雄賞(昭和14年)「断雲」　㊴毎日新聞社「小学生新聞」の編集、高校教師などを経て昭和12年「明暗二人影」が、13年「浮名長者」が、21年「艶影」が「サンデー毎日」大衆文芸部門に入選。時代小説を多数発表し、他の作品に「断雲」「本阿弥一門」などがある。

南条　竹則　なんじょう・たけのり
翻訳家　㊙比較文学　㊤昭和33年11月11日　㊧東京都　㊨東京大学文学部西洋史学科(昭和57年)卒、東京大学大学院人文科学研究科英語英文学専攻(昭和63年)修士課程修了　㊻ライマーズ・クラブ研究　㊺日本ファンタジーノベル大賞(優秀賞, 第5回)(平成5年)「酒仙」　㊴電気通信大学講師、助教授を経て、学習院大学講師。イギリス幻想小説を中心に翻訳を行う。著書に「酒仙」「遊仙譜」「満漢全席」「恐怖の黄金時代」、訳書にアーサー・マッケン「輝く金字塔」、共訳にマリオ・プラーツ「肉体と死と悪魔」、ブラックウッド他「イギリス怪談集」など。㊷日本文芸家協会、日本英文学会

南条　範夫　なんじょう・のりお
小説家　経済学者　元・国学院大学教授　㊤明治41年11月14日　㊧東京・銀座　本名＝古賀英正　別名＝町田波津夫、有馬融夫　㊨東京帝国大学法学部・経済学部(昭和5年)卒　㊺オール新人杯(第1回)(昭和27年)「子守の殿」、直木賞(第35回)(昭和31年)「灯台鬼」、紫綬褒章(昭

和50年)、吉川英治文学賞(第16回)(昭和57年)「細香日記」、勲三等瑞宝章(昭和57年)　㊿東京大学経済学部助手、満鉄事業部などを経て、昭和26年「週刊朝日」の懸賞小説に「出べそ物語」が入選。27年には「子守の殿」でオール新人杯(のちのオール読物新人賞)を受賞、さらに「サンデー毎日」の懸賞小説にも入選し、31年「灯台鬼」で直木賞を受賞。以後、時代小説を中心に幅広く活躍し、50年にはNHK大河ドラマ「元禄太平記」を書き下ろす。57年「細香日記」で吉川英治文学賞を受賞。他に「武士道残酷物語」「織田信長」「古城物語」「大名廃絶録」「いじめ刃傷」「幾松という女」など多くの作品がある。また、一方では経済学者として中央大学教授、国学院大学教授を務め、「日本金融資本論」など専門分野での著書もある。　㊿日本文芸家協会

難波 利三　なんば・としぞう
小説家　㋾昭和11年9月25日　㋞島根県　㋕関西外国語大学(昭和35年)中退　㋯オール読物新人賞(昭和47年)「地虫」、直木賞(第91回)(昭和59年)「てんのじ村」、温泉津町名誉町民(島根県)(平成12年)　㋾結核で療養所にいた時「小説新潮」の懸賞に2度入選。昭和40年に退院し、英語塾を開く傍ら、本格的に書き始める。47年の「地虫」がオール読物新人賞と同時に直木賞候補に。以来、大阪の底辺の人情を描き続け、「雑魚の棲む路地」「天を突く喇叭」などで候補になること5回。59年候補6回目にして「てんのじ村」で直木賞受賞。他に「天皇の座布団」「漫才ブルース」「大阪笑人物語」「クルティッシュ号の来た日」「それ行け！OB課長」などの作品がある。　㊿日本推理作家協会、日本文芸家協会、日本ペンクラブ

南原 幹雄　なんばら・みきお
小説家　㋾昭和13年3月23日　㋞東京都世田谷区　本名＝安井幹雄(やすい・みきお)　㋕早稲田大学政治経済学部(昭和35年)卒　㋯小説現代新人賞(第21回)(昭和48年)「女絵地獄」、吉川英治文学新人賞(第2回)(昭和56年)「闇と影の百年戦争」、日本文芸大賞(第17回)(平成9年)「銭五の海」　㋾日活に入社し、企画部を経て、昭和50年退職。48年「女絵地獄」で小説現代新人賞を受賞。以後、時代小説を多く書き、56年「闇と影の百年戦争」で吉川英治文学新人賞を受賞。作品に「北の黙示録」「暗殺者の神話」「鴻池一族の野望」「抜け荷百万石」「御三家の反逆」「百万石太平記」「銭五の海」などがある。　㊿日本文芸家協会、日本ペンクラブ

南部 樹未子　なんぶ・きみこ
小説家　㋾昭和5年9月23日　㋞旧樺太・豊原　本名＝南部キミ子　㋕武蔵高女卒　㋯女流新人賞(第2回)(昭和34年)「流氷の街」　㋾電気会社勤務や雑誌編集に従事する傍ら、「文芸首都」に作品を発表。昭和34年老人医療施設に勤務した時の経験をもとにした「流氷の街」で第2回女流新人賞を受賞した。推理小説を多く書き、著書に「火刑」「失われた眠り」「北の別れ」「アシジの月」「金木犀の薫る街」などがある。　㊿日本文芸家協会、日本推理作家協会

南部 修太郎　なんぶ・しゅうたろう
小説家　㋾明治25年10月12日　㋵昭和11年6月22日　㋞宮城県仙台市　㋕慶応義塾大学文学科(大正6年)卒　㋾在学中からチェーホフの翻訳などを「三田文学」に発表。大正5年「修道院の秋」「落葉樹」を発表。卒業後9年迄「三田文学」の編集主任をし、その間同誌に「潮騒」「夜行列車の客」などを発表。また作家論も多く執筆。他の作品に「湖水の上」「或る空地の人々」などがある。また10年頃から少女小説も書いた。

南部 英夫　なんぶ・ひでお
映画監督　㋾昭和14年9月7日　㋞福井県武生市　㋕早稲田大学第一法学部(昭和39年)卒　㋯年間代表シナリオ(昭55年度)「神様のくれた赤ん坊」　㋾昭和40年松竹大船撮影所監督助手室に入社。主に前田陽一、山根成之の助監督をつとめる。前田の「喜劇・日本列島震度0」、山根の「あした輝く」「港のヨーコ」などの脚本を共同で執筆。51年「愛と誠・完結篇」で監督デビュー。続いて「少林寺拳法・マサシ香港に現わる」「カラテ大戦争」、記録映画「格闘技オリンピック」を監督。63年フリー。テレビでは「ひな人形亡霊」(フジ)「女の手記・堂島めぐりあい」(東京12ch)など。　㊿日本映画監督協会

南坊 義道　なんぼう・よしみち
作家　㋾昭和5年11月13日　㋞山口県　本名＝福村勝典(ふくむら・かつすけ)　㋕早稲田大学文学部露文科中退　㋾編集者から作家に。著書に「夜の幽閉者」「深くわが汝より」「権力と芸術」「現代創作入門」「近代をどう越えるか」。　㊿日本AA作家会議、日本文芸家協会

南里 征典　なんり・せいてん
作家　㋾昭和14年8月24日　㋞福岡県粕屋郡宇美町　本名＝南里勝典(なんり・かつのり)　㋕香椎高中退　㋯日本文芸大賞現代文学賞(第2回)(昭和57年)「獅子は闇にて涙を流す」、日本文芸家クラブ大賞(特別賞、第1回・9回)(平成4年・12年)「紅の翼」　㋾高校時代から新聞部や社研部

で活躍。作家を志し大下宇陀児に師事。昭和34年同人誌「福岡文芸」の創刊に参加。35年日本農業新聞社に入社。54年報道部次長兼論説委員を最後に退職し、作家稼業に専念。事実上のデビュー作は雑誌「問題小説」に発表した「鳩よゆるやかに飛べ」。57年「獅子は闇にて涙を流す」などで、日本文芸大賞・現代文学賞受賞。国際冒険小説ほか多分野に活躍。日本文芸家クラブ理事長を務めた。代表作に「未完の対局」「天草は血染めの刃」「紅の翼」などがある。
㊵日本文芸家協会、日本文芸家クラブ

【 に 】

新妻 澄子 にいづま・すみこ
小説家 ㊐東京都 ㊤吉野せい賞(第10回)奨励賞(昭和62年)「芽生え」、吉野せい賞(第11回)(昭和63年)「小さな迷路」 ㊦戦災に遭い、東京からいわき市に移住。小学校教員を27年間務めた。

新津 きよみ にいつ・きよみ
推理作家 ㊐昭和32年5月4日 ㊐長野県大町市 ㊤青山学院大学文学部仏文科(昭和55年)卒 ㊦旅行代理店、商社等勤務のかたわら、講談社フェーマススクールの小説講座に通い、創作活動を続ける。昭和62年「ソフトボイルドの天使たち」が横溝正史賞の候補となり、翌年「両面テープのお嬢さん」でデビュー。以来、ハードボイルドや本格、ユーモア推理など広く推理小説に意欲を燃やす。他の著書に「突然変異のマタニティ」「ヴァージン家族」「結婚させない女」「女監察医・叶理香子」「喪失の殺意」「正当防衛」など。 ㊵雨の会(推理作家集団)
㊸夫=折原一(推理作家)

新沼 孝夫 にいぬま・たかお
フリーライター ㊐岩手県 筆名=館四郎 ㊤教育番組国際コンクール入賞「もののすわり」 ㊦中学校教師、外航船舶KK社員等を経て、昭和32年小説「0番街の狼」が映画化され、これを機にライターに転身。NHK教育番組の委嘱ライターとなり、学校向けテレビ理科番組の台本を長年手がける。一方、小説「曲り首の男」が第16回小説現代新人賞候補に、また「曲った話」が第41回オール読物新人賞候補になるなど小説家としても活躍。著書に「人間とは―ある鼎談 カラス・ゴキブリ・ドブネズミ」がある。

新美 てるこ にいみ・てるこ
児童文学作家 ㊐神奈川県 ㊤アンデルセンのメルヘン大賞(昭和60年) ㊦池袋コミュニティ・カレッジ、日本児童文学創作教室六期で創作を学ぶ。童話集「ずるやすみの一日」に作品「シクラメン」が収録されている。「火曜日のころん」同人。作品に「山桜通りのふしぎな声」がある。

新美 南吉 にいみ・なんきち
童話作家 児童文学者 ㊐大正2年7月30日 ㊨昭和18年3月22日 ㊐愛知県知多郡半田町(現・半田市) 本名=渡辺正八 ㊤東京外国語学校(現・東京外国語大学)英語部文科(昭和11年)卒 ㊤毎日出版文化賞(第14回)(昭和35年)「新美南吉全集」(全3巻、大日本図書)、サンケイ児童出版文化賞(第8回)(昭和36年)「新美南吉全集」、高橋五山賞(昭和55年) ㊦中学時代に鈴木三重吉の「赤い鳥」に投稿、昭和6年「正坊とクロ」「張紅倫」、7年「ごんぎつね」「のら犬」が入選した。この間巽聖歌らの童謡雑誌「チチノキ」同人となる。11年郷里の安城高女で教鞭をとり、童話・童謡・詩・小説など創作活動を続けたが、結核のため短い生涯に終る。死後その民芸品的な名作群の多くは知人らの手により刊行された。主な作品に「赤いろうそく」「川」「屁」「ごんぎつね」「手ぶくろを買いに」、作品集に「花のき村と盗人たち」「おじいさんのランプ」「牛をつないだ椿の木」「大岡越前守」「和太郎さんと牛」「久助君の話」などがあり、全集に「校定 新美南吉全集」(全12巻、大日本図書)がある。平成6年6月愛知県半田市に新美南吉記念館が開館。

新山 新太郎 にいやま・しんたろう
農民作家 農民運動家 ㊐秋田県湯沢市 筆名=畑辰太 ㊤高小卒 ㊦横手盆地の農家の12人兄弟の長男に生まれる。一家を支えるため百姓仕事に明け暮れる一方、その生活苦を小説に書き、昭和6年「十一人目の兄」を「文芸戦線」に投稿。同郷の農民作家・伊藤永之介や芥川賞作家・鶴田知也と知り合う。戦後、農民運動を通じて、運動家の栗林三郎を衆院に送るなど活躍。

仁王門 大五郎 におうもん・だいごろう
劇作家 演出家 満開座主宰 ㊐昭和26年9月14日 ㊐広島市 本名=岩崎和夫 ㊤立命館大学 ㊦昭和52年劇団満開座を旗揚げ、関西劇界の暴れん坊として知られた。一時休団を経て活動再開。平成元年、自作・演出の「水準近効都市」を大阪、東京で上演。

二階堂 黎人　にかいどう・れいと
小説家　[生]昭和34年7月19日　[出]東京都　本名＝大西克巳　[学]中央大学理工学部(昭和59年)卒　[賞]鮎川哲也賞(第1回)(平成2年)「吸血の家」　[歴]日本船舶品質管理協会勤務の傍ら、小説を執筆。「地獄の奇術師」で小説家デビュー。のち執筆に専念。他の著書に「人狼城の恐怖」「バラ迷宮　二階堂蘭子推理集」などがある。　[団]日本推理作家協会　http://homepage1.nifty.com/NIKAIDOU/

仁川 高丸　にがわ・たかまる
作家　[生]昭和38年8月23日　[出]兵庫県　本名＝竹田純子　[学]立命館大学文学部西洋史学科卒　[歴]平成3年「微熱狼少女」で第15回すばる文学賞佳作を受賞。他の著書に「キス」、エッセイ「身に覚えのあるナニワ恋愛塾」など。　[団]日本文芸家協会

仁木 悦子　にき・えつこ
推理作家　[生]昭和3年3月7日　[没]昭和61年11月23日　[出]富山県富山市神通町　本名＝二日市三重(ふつかいち・みえ)　旧姓(名)=大井　別名＝大井三重子(おおい・みえこ)　[賞]江戸川乱歩賞(第3回)(昭和32年)「猫は知っていた」、日本推理作家協会賞(第34回)(昭和55年)「赤い猫」　[歴]4歳の時カリエスにかかり、以後独学。昭和29年児童文学同人誌「にじ」の発刊に参加、30年童話作家グループ・小さい仲間に入会。36年女流推理作家数名と霧の会を結成。この間、32年本格推理小説「猫は知っていた」で江戸川乱歩賞を受賞し、日本のクリスティと評されデビュー。日本初の本格派女流探偵作家で、その境遇とともに一躍脚光を浴びた。作品に「林の中の家」「二つの陰画」「冷えきった街」などの長編、「粘土の犬」「穴」「虹の立つ村」などの本格推理短編の他、童話集「水曜日のクルト」がある。また「障害者の太平洋戦争を記録する会」を発足させ、夫らと共に、体験記を出版するなどの活動でも知られた。　[団]日本推理作家協会、日本文芸家協会、日本ペンクラブ　[家]夫＝後藤安彦(＝二日市安)(翻訳家)

仁木 雄太郎　にき・ゆうたろう
問題小説創刊30周年記念懸賞の受賞者　[出]福岡県福岡市　[学]九州大学経済学部卒　[賞]問題小説創刊30周年記念懸賞(短編小説)(平成11年)「夏の出口」　[歴]平成9年新聞社を退社。11年短編「夏の出口」で問題小説創刊30周年記念懸賞を受賞。

ニコル，C.W.　Nicol, Clive William
作家　探検家　ナチュラリスト　東洋工学環境専門学校副校長　[生]昭和15年7月17日　[出]英国・サウスウェールズ　[学]セントポール教育大学中退　[歴]イギリスの教育大学を中退して、20歳でカナダに移住。カナダ政府の職員として、北極の動物調査や環境問題にたずさわる。昭和37年空手修業のため初来日。40〜42年カナダ水産研究所北極生物基地で海洋哺乳動物を研究。この間、41年捕鯨監視員として日本のキャッチャーボートに乗り組む。42年から2年間エチオピアの国立山岳公園の開設に従事。44年再来日、日本大学で水産学を学ぶ。50年沖縄海洋博カナダ副館長。日本の捕鯨に興味を抱き、53年捕鯨の基地・和歌山県太地町に移住し、取材を始める。この取材をもとに、のち小説「勇魚(いさな)」を書き上げ62年に出版、ベストセラーとなる。55年に日本女性と結婚し、日本永住権を得て、以後信州黒姫山麓に住む。平成6年東洋工学環境専門学校副校長。7年8年がかりでカナダ国籍から日本国籍を取得。11年小説「風を見た少年」がアニメ映画化される。主な著書に、小説「ティキシィ」、「バーナード・リーチの日時計」「冒険家の食卓」「C・W・ニコルの青春記」「C・W・ニコルのおいしい博物誌」「盟約」など。冒険家としても知られ、10数回北極越冬隊長を務めた。地球を愛するナチュラリストとしての発言も多い。空手5段。　[家]妻＝ニコル麻莉子(作曲家)

西内 ミナミ　にしうち・みなみ
児童文学作家　[生]昭和13年9月24日　[出]京都府京都市　本名＝西内南　別名＝西内みなみ　[学]東京女子大学社会科学科卒　[歴]在学中から創作を始め、「バオバブ」同人。コピーライターを経て、創作に専念する。また地域の子ども文庫活動にもたずさわっている。子ども文庫ぐるんぱ主宰。著作に「ぐるんぱのようちえん」「おもいついたらそのときに！」「しっこっこのほん」「しまねこシーマン影の国へ」など。　[団]日本児童文学者協会、国際児童図書評議会日本支部、日本子どもの本研究会

西浦 一輝　にしうら・かずき
小説家　[生]昭和37年　[出]東京都　[学]専修大学法学部卒　[賞]横溝正史賞(佳作，第16回)「夏色の軌跡」　[歴]平成8年「夏色の軌跡」が第16回横溝正史賞佳作となる。著書に「夏色の軌跡」「銀色の蛾」「セカンド ヴォイス」がある。

西尾 正　にしお・ただし
推理作家　[生]明治40年12月12日　[没]昭和24年3月10日　[出]東京　旧筆名＝三田正　[学]慶応義塾大学経済学部卒　[歴]当初、三田正の筆名で「ぷろふいる」誌に評論を発表。昭和9年「陳情書」で小説家としてデビュー、「新青年」を中心に執筆した。代表作に「青い鴉」「骸骨」「海蛇」など。

西岡 光秋　にしおか・こうしゅう
詩人　評論家　小説家　[専]詩　国文学　[生]昭和9年1月3日　[出]広島県高田郡吉田町　本名＝西岡光明(にしおか・みつあき)　筆名＝安芸静馬(あき・しずま)　[学]国学院大学文学部(昭和32年)卒　[興]日本の児童文学の再検討、近代詩から現代詩の体系的把握　[賞]日本詩人クラブ賞(第4回)(昭和46年)「詩集・鵜匠」　[歴]最高検察庁、法務省法務総合研究所等を経て、千葉地方検察庁総務部調査課長を依頼退職。詩人として知られ、昭和38年から受刑者のための教化新聞「人」紙文芸コンクール選者、少年院向けの教化新聞「わこうど」の読書感想文の選者をつとめる。著書は、詩集「運河紀行」「雲と郷愁」「菊のわかれ」「西岡光秋詩集」、評論「萩原朔太郎詩がたみ」、短編集「幻の犬」、随筆集「口笛」、句集「爆笑」があるほか、法律関係の実用書等多数。　[団]日本文芸家協会、日本現代詩人会、日本ペンクラブ、日本詩人クラブ、新・波の会、日本児童文学学会

西荻 弓絵　にしおぎ・ゆみえ
シナリオライター　[生]昭和35年　[出]東京都　本名＝醍醐久美子　[学]慶応義塾大学卒　[賞]橋田寿賀子賞(新人脚本賞，第2回)(平成6年)「ダブル・キッチン」「スウィート・ホーム」　[歴]商社に入社、2年間のOL生活の後退職、脚本学校に通学。平成3年脚本家としてデビュー。作品にTBS「ダブル・キッチン」「スウィート・ホーム」、6年フジテレビ「グッドモーニング」、小説に「ケイゾク」など。

西垣 通　にしがき・とおる
小説家　東京大学大学院情学環・学際情報学府教授　[専]情報工学　情報文化論　[生]昭和23年12月12日　[出]東京都　[学]東京大学工学部計数工学科(昭和47年)卒　工学博士(東京大学)(昭和57年)　[興]人工知能、マルチメディア、グループウェア　[賞]情報処理学会論文賞(昭和54年)、サントリー学芸賞(芸術・文学部門)(平成3年)「デジタル・ナルシス」　[歴]昭和47年から日立製作所、米国スタンフォード大学にてコンピューター・システムの研究開発に携わった後、61年明治大学助教授、平成3年教授。のち、東京大学教授。幅広い観点から情報化社会に考察を加えている。この間、フランスのランス大学文学部に研究者として滞在。10年朝日新聞書評委員。小説家でもあり「刺客(テロリスト)の青い花」などの作品がある。他の著書に「秘術としてのAI思考」「AI」「文科系のコンピュータ事始め」「ペシミスティック・サイボーグ」「デジタル・ナルシス」「思考機械」「思想としてのパソコン」など。　[団]情報処理学会、IEEE、Association for Computing Machinery(ACM)、日本記号学会、日本ペンクラブ

西川 紀子　にしかわ・としこ
児童文学作家　[生]昭和18年12月24日　[没]昭和63年5月　[出]兵庫県　[学]京都府立大学卒　[賞]北川千代賞「少女の四季」　[歴]昭和45年より「小さな窓の会」同人として活躍。後、児童文学学校第1期生を終え、「木の会」を結成した。主な作品に「わたしのしゅうぜん横町」「花はなーんの花」「しりたがりやの魔女」「かしねこ屋ジロさん」など。

西川 夏代　にしかわ・なつよ
児童文学作家　[生]昭和14年　[出]東京　[学]日本大学文理学部国文科卒　[賞]現代少年詩集新人賞(第4回)(昭和63年)「卒業式の日」、現代少年詩集秀作賞(第1回)(平成3年)「シーソーゲーム」　[歴]新聞社出版局勤務を経て、児童文学の道に入る。新聞・雑誌などで童詩・童話の執筆活動をしている。作品に「みか子のおふろ屋さん日記」「ぼくは四番打者」「野球少年物語」「あおいとりとんだ」など。　[団]日本児童文芸家協会、まいまいの会

西川 のぶ子　にしかわ・のぶこ
小説家　[生]大正6年　[出]秋田市　[学]秋田県立女子師範卒　[賞]鶴シニア文学大賞(第1回)(平成7年)「家族さがし」　[歴]戦前秋田で小学校教師を務める。傍ら小説を執筆し、昭和17年秋田魁新報に小説「佐藤信淵」を連載。戦後上京し、社会党本部文化宣伝部に約7年間勤務。のち主婦業の傍ら「秋田文芸」「婦人公論」などに小説を応募、掲載される。著書に「家族さがし」がある。

西川 久子　にしかわ・ひさこ
作家　[専]フランス語　フランス文学　[生]昭和7年　[出]京都府京都市　[学]京都大学大学院文学研究科フランス文学専攻修了　[歴]高校教師を経て、滋賀女子短期大学非常勤講師。隣に越してきたアメリカの黒人女性との交際や、横浜の中学生浮浪者襲撃事件に触発され、黒人少年やいじめっ子を通して現代のさまざまな問題を織り込んだ「ロバートがやって来た」を執筆し、昭和61年出版。他に「絵日記—少女の日米開戦」、訳書に「エミール」など。
[団]日本児童文学者協会

西川 満　にしかわ・みつる

詩人　作家　日本天后会総裁　㊐明治41年2月12日　㊀平成11年2月24日　㊁福島県会津若松市　㊫早稲田大学文学部仏文科(昭和8年)卒　㊯文芸汎論詩集賞・詩業功労賞(第4回)(昭和12年)、台湾文化賞(昭和18年)「赤嵌記」、夏目漱石賞佳作(第1回)(昭和21年)「会真記」　㊱昭和9年から17年まで台湾日日新報に勤務し、文化欄を担当する。そのかたわら9年「媽祖」を、15年「台湾文芸」を創刊。10年処女詩集「媽祖祭」を刊行し、12年刊行の「亜片」で文芸汎論詩集賞の詩業功労賞を受賞。17年刊行の小説「赤嵌記」で台湾文化賞を受賞。戦後は21年「会真記」が夏目漱石賞佳作となる。天上聖母算命学を創唱して、台湾に魁星桜文庫を設立し、44年「生命の塔」阿佐谷大聖堂を建立した。他の著書に「中国小説集」(上下)、「西川満全詩集」などがある。　㊥日本文芸家協会、日本詩人クラブ　㊨長男＝西川潤(早稲田大学教授)

西木 正明　にしき・まさあき

小説家　ノンフィクション作家　㊐昭和15年5月25日　㊁秋田県仙北郡西木村　本名＝鈴木正昭(すずき・まさあき)　㊫早稲田大学教育学部社会科学中退　㊯日本ノンフィクション賞(新人賞，昭55年度)「オホーツク諜報船」、直木賞(第99回)(昭和63年)「凍れる瞳」「端島の女」、新田次郎文学賞(第14回)(平成7年)「夢幻の山旅」、柴田錬三郎賞(第13回)(平成12年)「夢顔さんによろしく」　㊱大学在学中は探険部に所属し、アラスカ方面まで足を延ばす。「平凡パンチ」「週刊平凡」などの記者を経て、昭和55年2月からフリー。週刊誌の記者をしながら自費で北海道、シベリア、さらにレポ船が運んだ脱走アメリカ兵に会うためスカンジナビアまで足をはこび取材、55年「オホーツク諜報船」で日本ノンフィクション賞新人賞受賞。63年には「凍れる瞳」「端島の女」で第99回直木賞を受賞した。ほかの著書に「首相官邸のトンネル」「オホーツク特急」「霧が止むまで待て」「ケープタウンから来た手紙」「夢幻の山旅」「夢顔さんによろしく」「わが心、南溟に消ゆ」など。　㊥日本文芸家協会、日本推理作家協会、冒険作家クラブ、日本ペンクラブ　㊨妻＝桑原幸子(元女優)

西口 克己　にしぐち・かつみ

作家　京都府議(共産党　京都市伏見区)　㊐大正2年4月6日　㊀昭和61年3月15日　㊁京都府　㊫東京帝国大学文学部西洋哲学科(昭和11年)卒　㊱昭和11年労働科学研究所入所。20年労研を辞め帰郷。34～50年京都市議(共産党)を経て、50年から京都府議となり3期つとめる。一方、30年から作家活動に入り、代表作に、京都市伏見区中書島の旧遊廓の女性の解放の歴史を描き、31年の売春防止法制定のきっかけの一つになったとされる「廓(くるわ)」(直木賞候補作)をはじめ「祇園祭」「高野長英」などがあり、その多くは映画や劇になった。

西沢 杏子　にしざわ・きょうこ

詩人　児童文学作家　㊐昭和16年4月26日　㊁佐賀県　本名＝西沢京子　㊫鹿島高卒　㊯毎日新聞はないちもんめ小さな童話大賞山下明生賞(昭和60年)「トカゲのはしご」　㊱「てんぐ」所属。平成8年初の詩集「虫の落とし文」を刊行。他に「虫の曼陀羅」などがある。　㊥日本文芸家協会、日本児童文学者協会

西沢 正太郎　にしざわ・しょうたろう

児童文学者　㊐大正12年1月5日　㊁埼玉県入間郡　㊫中央大学法学部(昭和18年)卒　㊯講談社児童文学新人賞(第2回)(昭和36年)「プリズム村誕生」、現代少年文学賞(第1回)(昭和38年)「夜なんかきえろ」、小学館文学賞(第15回)(昭和41年)「青いスクラム」　㊱戦後福田清人に師事し「文芸首都」などに小説、評論を発表。昭和36年「プリズム村誕生」を刊行し、講談社児童文学新人賞を受賞。以後児童文学作家として活躍し、41年「青いスクラム」で小学館文学賞を受賞。その他の作品に「野っぱらクラス」「ヤッポのさけび」「その壁をこえろ」「パパはしょくぶつはかせ」などがある。　㊥日本文芸家協会、日本児童文芸家協会、日本児童文学者協会、日本児童文学学会

西沢 裕子　にしざわ・ひろこ

シナリオライター　㊐昭和4年11月3日　㊁長野県　㊫早稲田大学文学部卒　㊱八木保太郎に師事し、日活専属のライターとして映画「黎明八月十五日」などを手がける。その後テレビにも進出。主な作品にテレビ「絹の家」「文子とはつ」「白き牡丹に」(TBS)、「大奥」(フジ)、「判決」(テレ朝)、映画「制覇」、戯曲「今戸心中」「藤十郎の恋」、小説「妻」などがある。　㊥日本シナリオ作家協会

西沢 実　にしざわ・みのる

劇作家　作詞家　放送番組センター理事　㊐大正7年1月2日　㊁長野県長野市　筆名＝苗川正　㊫中央大学法学部(昭和16年)卒　博士(芸術学)(日本大学)(平成12年)　㊯芸術祭賞文部大臣奨励賞(昭和26年)「裸の皇帝」、日本放送教育協会賞(昭和35年)「マイクの旅」、芸術祭賞奨励賞(昭和39年)「狐切支丹」、紫綬褒章(昭和59年)、勲四等旭日小綬章(平成3年)、NHK放送文化賞(平7年度)(平成8年)　㊱陸軍戦車隊長としてトラック島で終戦を迎える。復員後、放送劇を書き始め、NHK放送劇団養成所

を経て、NHK専属劇作家となり、ラジオドラマを手掛ける。"ラジオ作家"の呼称を日本で初めて使ったことでも知られる。昭和27年から34年にかけて約30本続いた「架空実況放送」が大ヒット。他に「マイクの旅」など連続ものの脚本を担当。のちフリー。一方、日本大学芸術学部に日本初の放送学科が設置された58年から平成10年の定年まで大学・大学院で脚本論などの非常勤講師を務めた。12年論文「創始期ラジオドラマとラジオドラマの"ことば"研究」で同大の芸術学論文博士となる。著書に戯曲「裸の皇帝」、「脚本とは」「話しことば書きことば（日本語講座）」「学習評価の研究」「富士怒る」などがある。 ㊙日本放送作家協会（理事）、日本放送芸術学会、日本演劇協会

西沢 揚太郎　にしざわ・ようたろう

劇作家　演劇評論家　㋐明治39年9月27日　㋛昭和63年8月11日　㋑宮城県　㋩早稲田大学文学部（昭和5年）卒、のちに「劇文学」「演劇評論」などで新劇評論を発表。戦後は第2次「悲劇喜劇」に多くの戯曲、演劇評論を発表し、そのかたわら同誌の編集に力をそそぐ。主な作品に「風立ちぬ」「鈍魚」「台風季」「竹錆季」（戯曲集）「某月某日」（随筆集）などがある。　㊙日本演劇学会、日本演劇協会、全日本アマチュア演劇協議会

西島 大　にしじま・だい

劇作家　㋐昭和2年11月24日　㋑大阪府　㋩國學院大学専門部卒　㋥昭和30年劇団青年座に入団、文芸部に所属。43年幹事、49年文芸部長。戯曲に「昭和の子供」「情痴」「神々の死」「謀殺・二上山鎮魂」、テレビ作品に「Gメン'82」（TBS）などがある。　㊙日本演劇協会、日本放送作家協会

西田 一夫　にしだ・かずお

シナリオライター　㋐大正14年2月16日　㋛昭和63年2月27日　㋑北海道　㋩明治薬専卒　㋥昭和22年劇団ムーランルージュ文芸部、多摩川園劇団文芸部で脚本を執筆。25年脱退し、ロック座、セントラル劇場に脚本を提供。34年頃より、ラジオ、テレビ、映画のシナリオに専念。映画「機動捜査班シリーズ」「前科十三犯」、テレビ「特ダネ記者」などで活躍。

西田 シャトナー　にしだ・しゃとなー

劇作家　演出家　元・惑星ピスタチオ主宰　㋐昭和40年8月13日　㋑大阪府大阪市　㋥神戸大学の演劇研究会で活動していた腹筋善之介らとともに、平成元年劇団・惑星ピスタチオを旗揚げ、作演出を手掛ける。"パワーマイム"なる独自の身体表現と"カメラワーク"と呼ぶ斬新な演出法を駆使して、エンターテインメント性の高さと、身体表現としての演劇の実験性を両立させる。9年「熱闘！飛龍小学校パワード」で人気劇団としての地位を確立。12年「4人のN氏」を最後に約10年にわたる同劇団の活動に終止符を打つ。他の作品に「World」「破壊ランナー」「ナイフ」などがある。

西田 俊也　にしだ・としや

小説家　㋐昭和35年10月30日　㋑奈良県　㋩大阪外国語大学ロシア語学科中退　㋥コバルト短編小説新人賞佳作入選（第17回）（昭和63年）、「遅い放課後」、コバルトノベル大賞入選（第12回）（昭和63年）「恋はセサミ」　㋥昭和63年小説家としてデビュー。著書に「ローズバラードを聴かせて」「ハートじかけのラブソング」「月影のサーカス」「ギラギラ」他。

西田 豊子　にしだ・とよこ

劇作家　㋐昭和23年　㋑北海道河東郡鹿追町　㋩帯広柏葉高卒　㋥O夫人児童演劇賞（第13回）（平成10年）　㋥母・初音は農村詩人。昭和54年仲間と劇団・青芸を創立。平成3年から日本とロシアの演劇関係者の間で進められていた日ロ共同制作音楽劇の「羽衣」を執筆。7年モスクワのロシア・アカデミー・青年劇場で初演され、好評を博す。他の創作脚本に「小さな炎のファンタジー」「三人であそぼ」などがある。

西田 政治　にしだ・まさじ

推理作家　翻訳家　㋐明治26年8月31日　㋛昭和59年2月9日　㋑兵庫県神戸市　別名＝秋野菊作、花園守平、八重野潮路　㋩関西学院高等商業部（大正5年）卒　㋥大正9年に創刊された雑誌「新青年」に八重野潮路のペンネームで入選、秋野菊作の筆名で推理時評、戦後は花園守平の名で短編を執筆。日本の推理小説の草分け的存在で、ビーストン、チェスタトン、カー、クィーンなどの紹介につとめた。昭和23年に関西探偵作家クラブが創設されると会長に就任。海野十三、横溝正史らとともに推理小説ブームの火付け役となり、日本推理作家協会の名誉会員だった。主な作品に「湯原御殿殺人事件」、短評的時評に「雑草庭園」、翻訳にビーストン「マイナスの夜光珠」、カー「皇帝の嗅煙草入」「火刑法廷」、クィーン「神の燈火」「帝王死す」など多数。

西谷 史　にしたに・あや

作家　㋐昭和30年3月14日　㋑三重県津市　㋩北海道大学経済学部卒　㋥昭和52年東芝に入社。家庭機器事業部暖房器具営業部で商品企画やセールスをしていたが、59年退社。コンピューターゲーム企画立案会社ニュートピア・プランニングの取締役の傍ら小説を書き、作詞、作曲もこなす。著書に〈神々の血脈シリー

ズ〉、〈介&光シリーズ〉、〈デジタル・デビル・ストーリーシリーズ〉、「2020年ホログラフ元年」「三番目のワッ」など。 ㊹日本文芸家協会

西谷 洋 にしたに・ひろし
農民作家 本名＝水田博義 ㊤佐賀農芸高卒、佐賀農業講習所卒 ㊥九州芸術祭文学賞(第11回)(昭和56年)「秋蝉の村」、地上文学賞(昭和56年)「茜とんぼ」 ㊦佐賀農業講習所を出て東京へ。父親が倒れた昭和54年に帰郷、農業に従事しながら、小説を書く。作品に「秋蝉の村」「茜とんぼ」など。

仁科 透 にしな・とおる
推理作家 元・昭和シェル石油常務 元・ダイヤ石油会長 ㊿昭和4年2月20日 ㊤東京 本名＝吉野道男(よしの・みちお) ㊤明治大学商学部(昭和26年)卒 ㊥週刊朝日宝石共催懸賞推理小説第1席(昭和32年)「F旅客殺人事件」 ㊦昭和26年昭和石油入社。45年新潟支店長、48年仙台支店長、50年販売第1部長、52年東京支店長、54年取締役、のち常務。60年シェル石油と合併して昭和シェル石油常務となり、平成元年退任し、ダイヤ石油社長となり、5年会長に就任。6年退任。余暇に仁科透のペンネームで推理小説を書いていたが、退任後は執筆に専念。著書に「三人の夜」「熱砂に眠れ」「黄金の麒麟―異聞八百屋お七」。

西野辰吉 にしの・たつきち
小説家 評論家 ㊿大正5年2月12日 ㊸平成11年10月21日 ㊤北海道深川市 ㊤須麻馬内高小(昭和5年)卒 ㊥毎日出版文化賞(昭和31年)「秩父困民党」 ㊦高等小学校卒業後、足尾銅山雑役夫をし、昭和9年上京。築地魚河岸の人夫、歯医者の書生、業界新聞、出版社などを転々とし、その間創作の勉強をする。22年新日本文学会に参加し、23年共産党に入党。22年「廃帝トキヒト記」を発表し、以後進歩的な作家として活躍。以後「米系日人」「秩父困民党」「東方の人」などを発表し、31年「秩父困民党」で毎日出版文化賞を受賞。40年日本民主主義文学同盟を結成し、42年「民主文学」編集長となるが、44年退会。同年共産党も離党。他に「戦後文学覚え書」「異色の日本論」「東方の人」「石狩川紀行」「伊藤律伝説」、また児童書に「母のいる山」「栄冠の蔭」などがある。
㊹日本文芸家協会

西原 啓 にしはら・けい
小説家 ㊿昭和2年2月18日 ㊸平成6年9月17日 ㊤岡山県 ㊤東京大学文学部仏文科(昭和26年)卒 ㊥群像新人文学賞(第5回)(昭和37年)「日蝕」 ㊦学芸通信社常務。昭和37年戦時下の高等学校の勤労動員生活を描いた「日蝕」で第5回の群像新人文学賞を受賞し、同題の作品集を43年に刊行。他の作品に「煤煙」「海鳴り」などがある。 ㊹新日本文学会、日本文芸家協会、AA作家会議

西原健次 にしはら・けんじ
小説家 ㊿昭和18年 ㊤広島県 ㊤中央大学経済学部(昭和41年)卒 ㊥地上文学賞(第42回)、浦和スポーツ文学賞(優秀賞、第2回)、伊豆文学賞(優秀賞、第4回)、北海道文学賞(奨励賞、第21回)、あだち区民文学賞(第11回)「炎」 ㊦作品に小説「炎」がある。

西村 文 にしむら・あや
児童文学作家 ㊤大阪府 ㊤帝塚山学院短期大学文芸第二部卒 ㊥リブラン創作童話優秀賞(第11回)(平成11年)、ニッサン童話と絵本のグランプリ童話大賞(第17回)(平成13年)「さようなら、ピー太」 ㊦平成13年「さようなら、ピー太」で第17回ニッサン童話と絵本のグランプリ童話大賞を受賞。

西村恭子 にしむら・きょうこ
フリーライター ㊥兵庫県童話公募展優秀賞「オルガンのおよめいり」 ㊦放送劇団、放送局、新聞編集記者などを経て、フリーライターに。「季節風」同人。著書に「しあわせのブレスレット」「オルガンのおよめいり」「しあわせ畑のクローバー」「だいすき少女の童話〈4年生〉」(共著)。 ㊹日本児童文学者協会

西村京太郎 にしむら・きょうたろう
推理作家 ㊿昭和5年9月6日 ㊤東京 本名＝矢島喜八郎(やじま・きはちろう) ㊤東京都立電機工(昭和24年)卒 ㊥オール読物推理小説新人賞(第2回)(昭和38年)「歪んだ朝」、江戸川乱歩賞(第11回)(昭和40年)「天使の傷痕」、日本推理作家協会賞(第34回・長篇部門)(昭和56年)「終着駅殺人事件」、日本文芸家クラブ大賞(特別賞、第6回)(平成9年) ㊦高校卒業後10年間人事院に勤務していたが、創作を志して退職し、以後トラック運転手、私立探偵、警備員、保険外交員などの仕事を転々とする。昭和36年処女作「黒の記憶」を発表、作家生活に入る。その後、社会派推理「天使の傷痕」、スパイ小説「D機関情報」、SF「おお21世紀」、ユーモア推理「名探偵なんか怖くない」などの他、聾唖を扱った「四つの終止符」、アイヌ問題の「殺人者はオーロラを見た」など多彩な小説を発表。53年には「寝台特急殺人事件」を発表して"トラベルミステリー"を開拓、以後〈十津川警部シリーズ〉で驚異的なベストセラー作家となる。他の作品に「歪んだ朝」「消えたタンカー」「太陽の砂」「殺しの双曲線」「脱出」「炎の墓標」「女流作家」など。平成10年度高額納

税者番付・作家部門で1位となる。13年神奈川県湯河原町に西村京太郎記念館がオープン。㊿日本文芸家協会、日本推理作家協会、新鷹会 http://www4.i-younet.ne.jp/~kyotaro/

西村 健治　にしむら・けんじ
シナリオライター　俳優　Kakei Land主宰　㊷昭和36年7月　㊹大分県臼杵市　芸名＝西村華景(にしむら・かけい)　㊻高校卒業後、土浦市のプリマハムに入社後、1年足らずで退職し、帰郷。その後役者を志し上京。アルバイトをしながらパントマイムの指導を受け、昭和56年頃パフォーマンスを楽しませる新宿・KONで働きながら修業を続ける。のち、劇男一世風靡を結成、全国的人気となった。22歳の時、柳葉敏郎ら7人での一世風靡SEPIAとして芸能界デビューし、中村華景の名で役者に。24歳の時、自ら脚本、演出、主演のすべてをこなす劇団Kakei Landを結成。28歳でグループ解散後、劇団活動に専念。毎年1回東京・下北沢、築地の小劇場などで、芝居の公演を続ける。

西村 滋　にしむら・しげる
児童文学作家　ノンフィクション作家　㊷大正15年4月7日　㊹愛知県名古屋市　㊺名古屋古新尋常小学校4年中退　㊻日本ノンフィクション賞(第2回)(昭和50年)「雨にも負けて風にも負けて」、路傍の石文学賞(第7回)(昭和60年)「母恋い放浪記」　㊼6歳で母、9歳で父を亡くして孤児となり、放浪生活を送る。昭和18年から5年間は東京都世田谷区の教護院で補導員となる。さまざまな仕事に就く傍ら、映画「不良少年」の原作「笑わない青春」でデビュー。以後、戦争孤児をテーマとした小説を書き続ける。他の作品に「雨にも負けて風にも負けて」「お菓子放浪記」「それぞれの富士」などがある。

西村 寿行　にしむら・じゅこう
推理作家　㊺バイオレンス小説　㊷昭和5年11月3日　㊹香川県高松市男木島　㊻新聞記者、速記者、自動車運転手、飲食店経営などの仕事を転々とする傍ら、創作を志す。昭和44年「犬鷲」がオール読物新人賞佳作となり、47年には朝日新聞社募集の動物愛育記に入選。48年「瀬戸内殺人海流」を刊行、以後社会性、告発性を強く打ち出した推理小説作家として幅広く活躍。「安楽死」「屍ango峡」「君よ憤怒の河を渡れ」「犬笛」「荒涼山河風ありて」「修羅の峠」「癌病船」などの他、「世界新動物記」の著書もある。　㊽兄＝西村望(小説家)

西村 渚山　にしむら・しょざん
小説家　㊷明治11年4月4日　㊸昭和21年　㊹滋賀県水口　本名＝西村恵次郎　㊺外国語学校卒　㊻巌谷小波の門人、木曜会メンバー。明治34年徳田秋声、生田葵山、田口掬汀と合著で「新婚旅行」を出版。38年小波のいる博文館に入り「中学世界」などの編集者となった。かたわら文芸界、文章世界などに短編小説「浮雲」「親の家」などを発表した。

西村 聡淳　にしむら・そうじゅん
作家　「玄海灘」主宰　㊷昭和3年7月11日　㊹福岡県　本名＝西村淳(にしむら・あつし)　㊺佐賀高(旧制)中退　㊻福岡市文学賞(平成8年)「殉難の日」　㊼昭和20年旧制伝習館中学在学中、三井三池製作所に学徒動員され、同年8月7日の空襲で級友17人を失う。戦後旧制佐賀高に入学。2年の時筋ジストロフィーを発病、医師から数年の命と宣告されたが、食事や漢方療法などで奇跡的に克服。フランス料理店を経営する傍ら、60歳から小説を書き始め、平成7年学徒動員中空襲で死亡した級友らを描いた「殉難の日」を出版し、福岡市文学賞を受賞。同人誌「玄海灘」主宰、「九州文学」同人。他の著書に「雪の音」「天翔ける雲」などがある。㊿日本文芸家協会

西村 孝史　にしむら・たかし
広告プランナー　シナリオライター　南北社　㊷昭和30年3月　㊹兵庫県　㊺関西学院大学(昭和52年)卒　㊻新人テレビシナリオコンクール(第26回)入選「合わせ鏡」　㊼昭和52年広研入社。57年南北社に移り、広告プランナーをつとめる。傍ら、シナリオ講座研修科3期を修了。

西村 天囚　にしむら・てんしゅう
ジャーナリスト　小説家　漢学者　㊷慶応1年7月23日(1865年)　㊸大正13年7月29日　㊹大隅国種子島西之表(鹿児島県西之表市)　本名＝西村時彦(にしむら・ときつね)　別号＝碩園、紫駿道人　㊺帝国大学文科大学(現・東大文学部)古典講習科(明治19年)中退　文学博士(大正9年)　㊻明治20年社会時事諷刺小説「屑屋の籠」を出版して注目され、「さざなみ新聞」「大阪公論」などを経て、23年大阪朝日新聞記者となる。その間「なにはがた」「浪花文学」を創刊。日清戦争後は文学から離れ、新聞記者に専念する。29年東京朝日新聞に移るが、35年再び大阪朝日新聞に戻る。大正7年の白虹事件後、編輯顧問となり、「朝日新聞編輯綱領」を起草した。8年朝日新聞を退社。また漢学研究にもつとめ「日本宋学史附宋学考」を明治42年に刊行。京都帝大講師、宮内省御用掛などを歴任した。

西村 宣之　にしむら・のぶゆき

シナリオライター　[生]昭和40年5月　[出]秋田県大曲市　[学]大曲高卒、横浜放送映画専門学院(昭和61年)卒　[賞]ATG脚本賞特別奨励賞(第14回)(平成5年)「呉への伝言」　[歴]高校を卒業後、今村昌平監督が院長を務める横浜放送映画専門学院に10期生として入学。昭和61年4月同学院が日本映画学校として新しいスタートをきるに際し、学生の脚本、演出による映画を製作することに決まり、その脚本に自身の書いた「ふたつの輪」が選ばれる。映画タイトルは「君は裸足の神を見たか」に改題され、現場では東北の方言指導に当たった。他の作品に「呉への伝言」。

西村 望　にしむら・ぼう

小説家　[生]大正15年1月10日　[出]香川県高松市男木島　本名＝西村望(にしむら・のぞむ)　[学]大連市乙種工卒　[歴]満鉄社員、新聞記者、テレビのレポーターを経て、昭和53年「鬼畜」で作家デビュー。ひたすら犯罪を描くことで人間の業(ごう)を追求し続ける、異色の犯罪作家。ほかの作品に「薄化粧」「丑三つの村」「犬死にせしものの墓碑銘」「風の辻」「目明し文吉」など。[団]日本文芸家協会　[家]弟＝西村寿行(小説家)

西村 まり子　にしむら・まりこ

童話作家　[出]山口県　[学]日本大学通信教育部文理学部　[賞]ニッサン童話と絵本のグランプリ童話大賞(第14回)(平成10年)　[歴]東宝に入社、帝国劇場に勤務した後、作家を志す。日本大学通信教育部文理学部に在籍。絵本に「ポレポレ」がある。

西村 祐見子　にしむら・ゆみこ

童話作家　[生]昭和40年　[出]福岡県　[学]児童教育専門学校絵本科研究科卒　[賞]日本児童文芸家協会創作童謡部門最優秀賞(第1回)、日本童謡賞(新人賞，第31回)(平成13年)「せいざのなまえ」、児童文芸新人賞(第30回)(平成13年)「せいざのなまえ」　[歴]童謡詩人・矢崎節夫に師事。平成4年度版小学校国語教科書に詩「小さな林」が掲載される。作品に童話「おなかでぴっかり」「くまさんのえ、ください」、童謡集「せいざのなまえ」など多数。

西本 鶏介　にしもと・けいすけ

昭和女子大学文学部教授　[専]児童文学　[生]昭和9年9月30日　[出]奈良県高市郡(現・大和高田市)　本名＝西本敬介(にしもと・けいすけ)　[学]国学院大学文学部日本文学科(昭和33年)卒　[興]民話　[歴]大学3年の時、句集「薔薇と母」を刊行。卒業後、医学系出版社に勤務するが、まもなく文筆を志し「トナカイ村」に参加。「児童文学の伝統と創造」「こんにちわ未明おじさん」などを発表して、ロマンティシズム、ファンタジーの文学を提唱。のち、昭和女子大文学部教授に就任。評論集に「児童文学の創造」「空想と真実の国」「文学のなかの子ども」「児童文学の書き方」「北原白秋わが心の詩」、創作に「うみをかけるうま」「おとうさんやくそくだよ」などがある。　[団]日本児童文学者協会、日本児童文学学会、日本児童文芸家協会、日本文芸家協会

西山 あつ子　にしやま・あつこ

第14回毎日童話新人賞最優秀新人賞を受賞
[出]岩手県　[学]法政大学卒　[賞]毎日童話新人賞最優秀新人賞(第14回)(平成2年)「ドンはかせとおばあさん」　[歴]主婦の傍ら同人サークル「田無童話会」に所属し童話の創作を続ける。
[団]田無童話会

西山 敏夫　にしやま・としお

児童文学者　[生]明治38年9月19日　[出]神奈川県　[学]早稲田大学高等師範部(昭和5年)卒　[賞]小学館文学賞(第7回)(昭和33年)「よこはま物語」
[歴]第2次世界大戦中から童話創作をはじめ、昭和18年「ホアンのナイフ」を発表。戦後も童話作家として活躍し、23年「おらんだ焼」を刊行。33年「よこはま物語」で小学館文学賞を受賞。他の作品に「バスであったおばあさん」「日本の民話」などがある。　[団]日本児童文芸家協会

西山 安雄　にしやま・やすお

小説家　医師　[生]明治37年10月20日　[出]山梨県　[学]東北帝大医学部卒　[歴]自宅で内科医院開業。戦後民主主義文学運動に加わり、「新日本文学」に小説「運河」「嵐はきたえる」などを発表。同人誌「文学芸術」に参加し、「父の病歴」を発表。昭和35〜36年「アカハタ」に「不退去罪」を連載した。他に「光芒」「人と人との間」などがある。

二反長 半　にたんおさ・なかば

小説家　児童文学作家　[生]明治40年11月20日　[没]昭和52年7月5日　[出]大阪府茨木市　[学]法政大学高等師範部国漢科(昭和7年)卒　[賞]小学館文化賞(第2回)(昭和28年)「子牛の仲間」、児童文化功労者(第29回)(平成1年)　[歴]女学校教師をつとめていたが、昭和9年上京し「星座」同人となって児童文学を執筆。14年少年文芸懇話会を結成し「少年文学」を創刊。16年「桜の国の少年」を刊行。以後も児童文学作家として幅広く活躍し、「大地に立つ子」「自転車と犬」「子牛の仲間」「うかれバイオリン」や評論集「児童文学の展望」などの著書がある。また、実父で阿片王として知られた二反長音蔵の伝記「戦争と日本阿片

史 阿片王二反長音蔵の生涯」もある。
[家]父＝二反長音蔵(阿片王)

新田 一実 にった・かずみ
⇒後藤恵理子(ごとう・えりこ)，里見 敦子(さとみ・あつこ)を見よ

新田 潤 にった・じゅん
小説家 [生]明治37年9月18日 [没]昭和53年5月14日 [出]長野県上田市 本名＝半田祐一 [学]東京帝国大学英文科(昭和5年)卒 [歴]学生時代「文芸交錯」を刊行。昭和8年「日暦」を創刊し「煙管」を発表。9年「片意地な街」を、11年「崖」を発表し新進作家として認められる。11年「人民文庫」の創刊に参加、同年「片意地な街」を刊行。戦後は風俗的な小説に傾いた。他の作品に「姉妹」「東京地下鉄」「わが青春の仲間たち」など著書は数多い。

新田 純子 にった・じゅんこ
作家 [生]昭和17年 [出]東京都 [学]立教大学文学部卒 [賞]女流新人賞(第26回)(昭和58年)「飛蝶」 [歴]大学在学中に東京五輪の通訳として選手村で働き、卒業後海外協力事業団所属の通訳となるが、結婚後2児の誕生を機に退職。その後作家を志し、昭和58年「飛蝶」で第26回中央公論社主催女流新人賞受賞。平成2年受賞作品を中心とした短編集「飛蝶」、エッセイ集「猫とマリモ」を出版。他の著書に「トルコ幻想」「その男、はかりしれず―日本の近代をつくった男・浅野総一郎伝」「はるかなるトルコから」など。 [団]日本ペンクラブ

新田 次郎 にった・じろう
小説家 [生]明治45年6月6日 [没]昭和55年2月15日 [出]長野県上諏訪町(現・諏訪市) 本名＝藤原寛人(ふじわら・ひろと) [学]無線電信講習所本科(現・電気通信大学)(昭和7年)卒 [賞]直木賞(第34回)(昭和30年)「強力伝」、吉川英治文学賞(第8回)(昭和49年)「武田信玄」、紫綬褒章(昭和54年) [歴]昭和7年中央気象台(現・気象庁)に就職、6年間富士山測候所に勤務。18年満州国中央気象台高層気象台課長に転じ、新京(長春)で終戦を迎える。1年余の抑留を経て、21年10月帰国し、気象庁に復職。24年妻藤原ていの引揚げの記録「流れる星は生きている」がベストセラーとなったのに刺激されて、26年富士山測候所時代の経験をもとにして「強力伝」を執筆、「サンデー毎日」懸賞小説1席となり、30年に直木賞を受賞。その後「孤高の人」「縦走路」などによって山岳小説という分野を開拓、中でも「八甲田山死の彷徨」はミリオンセラーとなった。作品はライフワークともいえる「武田信玄」(4巻)「武田勝頼」(3巻)などの歴史小説の他、気象庁の体験を生かした「毛髪湿度計」「桜島」「昭和新山」、抑留体験を扱った「望郷」などがある。55年毎日新聞に「孤愁―サウダーデ」を連載中に急死した。「完結版新田次郎全集」(全11巻，新潮社)がある。
[家]妻＝藤原てい(作家)、息子＝藤原正彦(数学者)

新田 静湾 にった・せいわん
小説家 [生]明治11年 [没](没年不詳) [出]島根県松江 本名＝新田新一郎 [歴]郷里の私塾に学び上京、小説家江見水蔭の江水社の作家として活躍。明治31～36年にかけ文芸倶楽部に「櫓太鼓」、「威力圧力」など、国木田独歩、広津柳浪らの作品と並載された。40年代には作品数少なく、山陽新報の記者を務めたといわれる。

新田 晴彦 にった・はるひこ
翻訳家 [生]昭和29年8月8日 [出]広島県尾道市 [学]関西外国語大学卒 [賞]NTT薫風ドラマ大賞(第2回)(平成4年)「風の仲間たち」 [歴]8年間の会社勤務を経て、英文翻訳業に就き、英語塾講師も務める。一方、平成3年ろうあの少女が熱気球に乗って巻き起こす騒動を軸に若者の交流を描いたドラマシナリオ「風の仲間たち」を制作、4年第2回NTT薫風ドラマ大賞を受賞し同年日本テレビでドラマ化される。

仁田 義男 にった・よしお
小説家 [生]大正11年5月24日 [出]兵庫県 本名＝寺田義男 [学]大阪外国語学校(昭和16年)中退 [賞]文学界新人賞(第6回)(昭和33年)「墓場の野師」 [歴]武田薬品に勤務後、小説家となる。著書に「やはり神さまはいた」「苛烈！ガダルカナル」「大老の首」「画狂一代・小説葛飾北斎」「剣聖伊藤一刀斎」など。 [団]日本文芸家協会

日塔 淳子 にっとう・じゅんこ
劇作家 [生]昭和35年2月17日 [出]山形県 [学]米沢東高(昭和53年)卒 [賞]文化庁舞台芸術創作奨励賞(現代演劇部門佳作，第15回，平4年度)「25時」 [歴]東宝現代劇戯曲研究会在籍。

二取 由子 にとり・ゆうこ
作家 [生]昭和23年11月1日 [出]北海道札幌市 本名＝高橋由子 [学]札幌南高卒 [賞]オール讀物新人賞(第62回)(昭和58年)「眠りの前に」 [歴]札幌トヨタ自動車勤務を経て、昭和54年まで雑誌記者。その後小説を書き始め、58年「眠りの前に」で第62回オール讀物新人賞を受賞。

二宮 隆雄　にのみや・たかお
作家　元・ヨット選手　㋴昭和21年3月　㋛愛知県半田市　㋕立教大学経済学部卒　㋡小説現代新人賞(第55回)(平成2年)「疾風伝」　㋭高校時代よりヨット競技をつづけ、全日本選手権で15回優勝、世界選手権には10回出場。アメリカズ・カップ時のNHKテレビ解説者。一方、平成2年「疾風伝」で「小説現代」新人賞を受賞し、以後作家生活に入る。作品に「挑戦艇」「紀州二番組」「龍宮伝説」「海を獲る」など"海"をテーマにした執筆活動をつづける。他の著書に「小説 細井平洲」「千石船風濤録」などがある。

二宮 由紀子　にのみや・ゆきこ
童話作家　㋴昭和30年　㋛大阪府　旧筆名=定岡章司　㋕京都大学文学部卒　㋡日本絵本賞(翻訳家絵本賞、第1回)(平成7年)「だれか、そいつをつかまえろ」、赤い鳥文学賞(平成12年)「ハリネズミのプルプル」シリーズ　㋭大学在学中、定岡章司の筆名で執筆。著書に「あはけぼの団地のあ」「へびのしっぽ」「うっかりウサギのう～んと長かった1日」〈ハリネズミのプルプル〉シリーズなどがある。

楡 周平　にれ・しゅうへい
小説家　㋴昭和32年　㋭米国系企業に勤務中の平成8年に書いた「Cの福音」がベストセラーとなり、作家業に専念する。他の著書に「クーデター」「猛禽の宴」「ガリバー・パニック」「マリア・プロジェクト」などがある。

楡井 亜木子　にれい・あきこ
小説家　㋴昭和36年7月16日　㋛大阪府　㋕共立女子大学中退　㋡すばる文学賞(第16回)(平成4年)「チューリップの誕生日」　㋜日本文芸家協会

丹羽 昌一　にわ・しょういち
サントリーミステリー大賞を受賞　㋴昭和8年　㋛北海道函館市　㋡サントリーミステリー大賞(第12回)(平成7年)「天皇(エンペラドール)の密使」　㋭昭和34年外務省に入省。キューバやチリに勤務。現在は慶応義塾大学などでスペイン語の講師を務める。著書に「天皇(エンペラドール)の密使」がある。

新羽 精之　にわ・せいし
推理作家　㋴昭和4年7月22日　㋵昭和52年12月31日　㋛長野県佐世保市　本名=荒木精一　旧筆名=夏木蜻一　㋕同志社大学中退　㋭洋服商を経て英語教師の傍ら、ラジオドラマ脚本を執筆。昭和33年夏木蜻一名義で「炎の犬」を発表して推理小説界にデビュー。代表作に「進化論の問題」「火の鳥」など。

丹羽 正　にわ・ただし
小説家　㋮英語学　㋴昭和4年5月11日　㋛愛知県名古屋市　㋕東京大学英文科(昭和27年)卒　㋭昭和32年から小川国夫らと雑誌「青銅時代」を出版する。明治大学政治経済学部教授などを務めた。著書に「青の諧調」「浄光寺の春」「彼岸のほとり」「白鳥」他。　㋜英文学会、日本文芸家協会

丹羽 文雄　にわ・ふみお
小説家　日本文芸著作権保護同盟名誉会長　㋴明治37年11月22日　㋛三重県四日市市　㋕早稲田大学国文科(昭和4年)卒　㋡日本芸術院会員(昭和40年)　㋮東・西本願寺史　㋡中央公論社文芸賞(第2回)(昭和18年)「海戦」、野間文芸賞(第6回)(昭和28年)「蛇と鳩」、毎日芸術賞(昭和35年)「顔」、読売文学賞(第18回・小説賞)(昭和41年)「一路」、仏教伝道文化賞(昭和44年)「親鸞」、菊池寛賞(第22回)(昭和49年)、文化勲章(昭和52年)、野間文芸賞(第36回)(昭和58年)「蓮如」　㋭浄土真宗の末寺の長男に生まれる。昭和7年出奔した母をモデルにした「鮎」を発表し作家生活に入り、9年発表の「贅肉」で作家としての地位を確立、10年代の代表的作家となる。市井事ものから20年代は風俗ものになり、親鸞の思想へ入っていった。作品は多く、戦後の代表作に「厭がらせの年齢」「蛇と鳩」「青麦」「日日の背信」「禁猟区」「親鸞とその妻」「顔」「献身」「一路」「親鸞」「蓮如」(全8巻)「ひと我を非情の作家と呼ぶ」など。31年日本文芸家協会の理事長に就任(後に会長)。25年には「文学者」を創刊し、若い作家を育てた。「丹羽文雄文学全集」(全28巻、講談社)がある。また、日本のゴルフ隆盛の功労者の一人で文壇界のゴルフの会、丹羽学校の校長。さらに作家の健康保険制度を確立したことでも知られる。平林たい子記念文学会理事長も務めた。61年頃からアルツハイマー病を発病、平成9年長女によって「父・丹羽文雄 介護の日々」が出版された。　㋜日本文芸家協会(名誉会員)、日本文芸著作権保護同盟(名誉会長)、文芸美術国民健康保険組合(会長)　㋠妻=丹羽綾子(随筆家・故人)、長女=本田桂子(料理研究家・故人)

【ぬ】

額田 六福　ぬかだ・ろっぷく
劇作家　㋴明治23年10月2日　㋵昭和23年12月21日　㋛岡山県勝田郡勝間田町　本名=額田六福(ぬかだ・むつとみ)　㋕早稲田大学英文科(大正9

年)卒　㊧17歳の時右手首を手術で失ない、また脊椎カリエスを病み、その静養中に劇作を志し、大正5年上京し岡本綺堂門下生となる。同年「新演芸」の歌舞伎座用脚本の募集に応じ「出陣」が1等に入選。11年「冬木心中」「真如」を発表、それぞれ市村座、帝劇で上演され、以後劇作家として活躍。歌舞伎・新派・新国劇の脚本を多く手がけ、翻案劇「白野弁十郎」は新国劇の当たり狂言となる。昭和5年より戯曲誌「舞台」を主宰。作品には映画化されたものも多い。「額田六福戯曲集」がある。
㊥娘=額田やえ子(翻訳家)

貫井 徳郎　ぬくい・とくろう
ミステリー作家　㊤昭和43年2月25日　㊦東京都渋谷区　㊫早稲田大学商学部卒　㊧会社員を経て作家活動。平成5年鮎川哲也賞候補作の長編「慟哭」でデビュー。その後、「烙印」「失踪症候群」「鬼流殺生祭」「崩れる」などを発表。11年井上夢人とともにインターネットで作品を出版する作家集団・e-NOVELSの創設に携わる。　http://www.hi-ho.ne.jp/nukui/

沼 正三　ぬま・しょうぞう
小説家　㊤大正15年3月19日　㊦福岡県　本名=天野哲夫(あまの・てつお)　㊫福岡商卒　㊧戦前満州を放浪し終戦間際に帰国。戦後は様々な職業を遍歴し、昭和42年より新潮社に勤務。戦後最大の奇書といわれる「家畜人ヤプー」の作者。同書は日本人の後裔である家畜人ヤプーの姿を豊かな教養で描いた幻想小説で、マゾヒズムの極致といわれる。31年12月号からSM雑誌「奇譚クラブ」に20回にわたって連載、三島由紀夫、埴谷雄高らに絶讃された。45年単行本出版と同時にベストセラーとなるが、右翼の攻撃対象ともなる。57年覆面作家であったと名乗りでる(のち代理人を自称)。平成3年完結編が刊行される。著書に「異嗜食的作家論」「ある夢想家の手帖から」「禁じられた青春」「女神のストッキング—エロスの反宇宙」など。

沼口 勝之　ぬまぐち・かつゆき
小説家　㊤昭和29年　㊦大阪府　㊫関西学院大学文学部卒　㊨歴史文学賞(第20回，平7年度)(平成8年)「孤愁の仮面」　㊧大阪府立高校の教師を務める。一方、小説を執筆し、平成8年「孤愁の仮面」で歴史文学賞を受賞。
㊐日本インターネット歴史作家協会　http://www.rinku.zaq.ne.jp/bkajt905/

沼田 陽一　ぬまた・よういち
作家　㊤大正15年7月14日　㊣平成9年12月25日　㊦東京市京橋区築地　㊫東京都立機械工業学校卒　㊧鎌倉アカデミア文学科第1期生。河出書房、主婦と生活社などの編集員を経て、昭和35年以降作家として活躍。犬に関するエッセイ、小説の第一人者。著書に「コメディアン犬舎の友情」「コメディアン犬舎殺人事件」「愛しき犬たちの物語」他。
㊐自然と動物を考える市民会議、ナショナル・エアデールテリア・クラブ(相談役)

【ね】

ねじめ 正一　ねじめ・しょういち
詩人　小説家　㊤昭和23年6月16日　㊦東京都杉並区　本名=祢寝正一　㊫青山学院大学経済学部(昭和56年)中退　㊨H氏賞(第31回)(昭和56年)「ふ」、直木賞(第101回)(平成1年)「高円寺純情商店街」、けんぶち絵本の里大賞(びばからす賞，第4回)(平成6年)「ひゃくえんだま」　㊧家業は東京・阿佐ケ谷の民芸店“ねじめ民芸店”で、昭和61年まで店主を務めた。かたわら詩作を始め、56年処女詩集「ふ」で第31回H氏賞受賞。平成元年直木賞受賞以降は、小説などの散文に力を入れる。他に「下駄履き寸劇」「脳膜メンマ」「これからのねじめ民芸店ヒント」「ねじめの歯ぎしり」「ねじめ正一詩集」「広告詩」、小説「高円寺純情商店街」「熊谷突撃商店」「二十三年介護」、絵本「ひゃくえんだま」などがある。また薩摩出身で江戸時代にロシアへ漂着し、女帝アンナに認められ、世界初の露日辞典を6冊著したゴンザに興味を持ち、地方紙で小説を連載した。重層的な詩的言語の世界を拓き、過激で派手なパフォーマンスによっても有名。テレビ、ラジオにも進出。また、草野球チーム・ファウルズを持ち、年間数十試合をこなすほどの野球好き。
㊐日本文芸家協会

根野 村夫　ねの・むらお
シナリオライター　宮島カンツリー　㊤大正15年1月14日　㊦広島県　本名=波多貢　㊫海兵卒　㊨「中国新聞」新人登壇入選(昭和34年)「沈む霧」、芸術祭ドラマ入選(昭和42年)「星への遠い一夜」　㊧主な作品にラジオ「星への遠い一夜」「かぞえ唄幻想」、小説「沈む霧」など。

【の】

野阿 梓　のあ・あずさ

SF作家　[生]昭和29年　[出]福岡県福岡市　[学]西南学院大学文学部外国語学科フランス語専攻卒　[賞]ハヤカワSFコンテスト入選第1席(第5回)(昭和54年)「花狩人」　[歴]昭和54年大学時代に書いた第1作「花狩人」で第5回ハヤカワSFコンテスト入選第1席を獲得。同作品は流麗な文章、少女漫画を思わせる甘美な幻想性、銀河連邦の支配構造の秘密という形で表象する深みを持った世界観で高く評価され、若手随一の文章力の持ち主として期待される。萩尾望都のファン。作品はまずコミックで下書きし、それを文章化する方法で書いているという。著書は他に「武装音楽祭」「銀河赤道祭」「凶天使」「バベルの薫り」など。　[家]父＝石沢栄太郎(推理作家)

野一色 幹夫　のいしき・みきお

小説家　随筆家　[生]大正10年6月5日　[没]平成1年8月26日　[出]東京・浅草　本名＝野一色幹雄　[学]東京高等工芸中退　[歴]昭和14年NHK放送文芸に入選。浅草を舞台にした小説を多く発表し、昭和22年「浅草の狐」を刊行。以後「浅草」「浅草の幽霊」「浅草戦後三十年」などを刊行。他に「ガンとともにさようなら-母の死を見守る123日-」がある。　[団]日本文芸家協会、日本ペンクラブ

能坂 利雄　のうさか・としお

作家　紋章研究家　日本紋章学研究所長　[専]歴史小説　東アジア古代文化史　[生]大正11年9月9日　[没]平成3年8月1日　[出]富山県氷見市　[学]富山師範卒　[歴]NHKテレビ・ラジオを通じドラマや紋章・姓氏のエッセイなどを放映(送)。古代史・民俗学を通じ、東アジア古代文化成立の研究に精進する。昭和63年「法眼」叙位。主な著書に「日本史の原像」「戦国前田一族」「家系と家紋」「日本家紋大鑑」「北陸古代王朝の謎」「北陸史23の謎」「北陸合戦考」、小説「北陸の剣豪」「北陸の騒動」など。　[団]日本文芸家協会、日本ペンクラブ

野上 彰　のがみ・あきら

詩人　劇作家　[生]明治41年11月28日　[没]昭和42年11月4日　[出]徳島市新内町　本名＝藤本登　[学]東京帝大文学部美学科(昭和4年)中退、京都帝大法学部(昭和8年)中退　[歴]囲碁雑誌の編集長から、自らも創作を始めた。昭和21年大地書房を創立し、月刊誌「プロメテ」「白鳥」を創刊。また芸術前衛運動団体「火の会」を結成。24年に「日本語訳詩委員会」、41年には"正しい日本語と美しい歌を"をスローガンにした「波の会」を結成。日本童謡協会事務局長、東京シャンソン協会会長なども務めた。詩と音楽との融合を目ざし、「こうもり」「メリー・ウィドー」ほか多数のオペラの訳詩、放送劇も手がけた。童謡集「子どもの唄」、詩集「前奏曲」「幼き歌」、童話「ジル・マーチンものがたり」、随筆集「囲碁太平記」、訳書「ラング世界童話全集」(共訳)などがある。

野上 龍雄　のがみ・たつお

シナリオライター　[生]昭和3年3月28日　[出]東京　[学]東京大学文学部仏文科(昭和28年)卒　[賞]京都市民映画祭脚本賞(昭和47年,50年)、芸術祭賞大賞(昭和54年)「葉蔭の露」、シナリオ功労賞(第22回)(平成10年)　[歴]ポートチェッカー、助監督を経て、昭和32年大映脚本家養成所を卒業。日活企画部を経て、35年東映、41年日活と契約。43年以後フリー。主な作品に「日本侠客伝」「三人のやくざ・股旅」「日本女侠伝」「血桜三兄弟」「追いつめる」「鉄砲玉の美学」、テレビ「愛の劇場」「三匹の侍」「鬼平犯科帳」「必殺仕事人」など。　[団]日本シナリオ作家協会

野上 弥生子　のがみ・やえこ

小説家　[生]明治18年5月6日　[没]昭和60年3月30日　[出]大分県北海部郡臼杵町(現・臼杵市)　本名＝野上ヤエ　旧姓(名)＝小手川　[学]明治女学校(明治39年)卒　[資]日本芸術院会員(昭和35年)　[賞]読売文学賞(第9回)(昭和32年)「迷路」、女流文学賞(第3回)(昭和39年)「秀吉と利休」、文化功労者(昭和40年)、文化勲章(昭和46年)、日本文学大賞(文芸部門・第18回)(昭和61年)「森」　[歴]16歳で上京、明治女学校を卒業。明治39年同郷の野上豊一郎(英文学者、戦後法大総長)と結婚し、夏目漱石の門下となる。40年処女作「縁」で文学デビュー。一時は平塚らいてうの「青鞜」に参加。大正末から昭和初期にかけて「海神丸」「大石良雄」や「真知子」などを書き、作家としての地歩を固めた。昭和11年から20年がかりで完結した「迷路」(全6巻)は10年代を舞台に軍国主義下に苦悩する左翼転向者の魂の軌跡を描いた大河小説。また37、38年にかけて権威者と芸術家との葛藤を描いた長編「秀吉と利休」は野上文学の最高傑作とされている。46年文化勲章受章。「野上弥生子全集」(全23巻・別巻3,岩波書店)、「野上弥生子全小説」(全15巻,岩波書店)がある。　[団]日本文芸家協会　[家]夫＝野上豊一郎(英文学者・法大総長)、長男＝野上素一(イタリア文学者)、二男＝野上茂吉郎(理論物理学者)、三男＝野上燿三(原子核物理学者)

野口 赫宙　のぐち・かくちゅう

小説家 [生]明治38年10月13日 [出]埼玉県 本名＝野口稔 別名＝張赫宙(ちゃん・ひょくちゅ) [学]大邱高等普通学校(大正15年)卒 [歴]昭和7年「餓鬼道」が「改造」の懸賞小説で2等当選し、以後「追はれる人々」「アン・ヘエラ」「密輸業者」などを発表。戦後も「嗚呼朝鮮」「無窮花」「ガン病棟」「嵐の詩」「マヤインカへ縄文人を追う」「ForlornJurney」などの作品がある。27年日本に帰化、そのため多くの作品は野口赫宙名になっている。 [団]日本農民文学会、日本翻訳家協会、国際宇宙法学会

野口 すみ子　のぐち・すみこ

児童文学作家 [生]昭和15年7月17日 [出]東京 [学]共立女子短期大学卒 [賞]児童文芸新人賞(第15回)(昭和61年)「おとうさんの伝記」 [歴]会社員を経て、東京都の小学校教師に。児童文学同人「牛の会」に所属し、創作の勉強を続けている。著書に「おとうさんの伝記」「児童会会長立候補宣言」など。 [団]日本児童文学者協会

野口 武彦　のぐち・たけひこ

文芸批評家 元・神戸大学文学部文学科教授 [専]近世文学 近代日本文学 [生]昭和12年6月28日 [出]東京都新宿区 [学]早稲田大学卒、東京大学文学部国文科(昭和39年)卒、東京大学大学院国語国文学科(昭和42年)博士課程中退 [興]江戸時代兵学思想 [賞]東京大学五月祭賞(昭和42年)「価値ある脚」、亀井勝一郎賞(第5回)(昭和48年)「谷崎潤一郎論」、サントリー学芸賞(思想・歴史部門)(昭和50年)「江戸の歴史家」、芸術選奨文部大臣賞(昭60年度)「『源氏物語』を江戸時代から読む」、和辻哲郎文化賞(第4回)(平成4年)「江戸の兵学思想」 [歴]早大在学中の安保闘争で、学生運動のリーダーとして活躍。卒業後、東大に学士入学し、昭和38年「東大文学」に参加、「石川淳論」を連載。42年「価値ある脚」で五月祭賞を受賞。43年から神戸大学に勤務し、45年から2年間ハーバード大学へ留学。48年「谷崎潤一郎論」で亀井勝一郎賞を、50年「江戸の歴史家」でサントリー学芸賞を受賞。平成13年神戸大を退官。「三島由紀夫の世界」「頼山陽」「作家の方法」「谷崎潤一郎論」「江戸の兵学思想」「荻生徂徠」などの他、小説「洪水の後」などもあり、幅広く活躍。 [団]国際ペンクラブ、日本文芸家協会、東大国語国文学会

野口 達二　のぐち・たつじ

劇作家 元・「歌舞伎」編集長 [専]歌舞伎 [生]昭和3年3月8日 [没]平成11年2月22日 [出]秋田県秋田市土崎 [学]早稲田大学文学部芸術科中退 [賞]サンケイ児童出版文化賞(昭和42年)、長谷川伸賞(昭和58年)、大谷竹次郎賞「若き日の清盛」、紫綬褒章(平成5年) [歴]出版編集の仕事をする傍ら、劇作を手掛け、劇作家となる。代表作に「富樫」「静御前」「草の根の志士たち」「吉野太夫」など。昭和40年から10年間、伝統ある演劇雑誌「歌舞伎」編集長として第3期を復刊、話題をまいた。劇作や長谷川伸の研究で、長谷川伸賞などを受賞。61年～平成6年月刊誌「演劇界」の監修者をつとめた。著書に「歌舞伎」「歌舞伎はるあき」「秋田の伝説」など、戯曲集に「舞台という空間」「野口達二戯曲撰」がある。 [団]日本演劇協会(劇作部会幹事)

野口 冨士男　のぐち・ふじお

小説家 [生]明治44年7月4日 [没]平成5年11月22日 [出]東京都千代田区麹町 本名＝平井冨士男(ひらい・ふじお) [学]慶応義塾大学予科(昭和5年)中退、文化学院卒 [資]日本芸術院会員(昭和62年) [賞]毎日芸術賞(昭和41年)「徳田秋声伝」、読売文学賞(随筆・紀行部門・第27回)(昭和50年)「わが荷風」、読売文学賞(小説部門・第30回)(昭和53年)「かくてありけり」、川端康成文学賞(第7回)(昭和55年)「なぎの葉考」、日本芸術院賞(文芸部門・第38回)(昭和56年)、菊池寛賞(第34回)(昭和61年)「感触的昭和文壇史」 [歴]紀伊国屋書店、都新聞社などに勤務する一方、「行動」など多くの同人雑誌に関係を持ち、昭和15年「風の系譜」を刊行。19年海軍に応召、その体験が後の「海軍日記」となる。40年評伝「徳田秋声伝」を刊行して高い評価を受け、翌年毎日芸術賞を受賞。以後、幅広く活躍し、50年「わが荷風」、53年「かくてありけり」で読売文学賞を、55年「なぎの葉考」で川端康成文学賞を受賞し、56年には日本芸術院賞を受賞。59年から63年まで日本文芸家協会理事長をつとめた。平成3年「野口冨士男自選小説全集」(全2巻，河出書房新社)を出版。没後の6年越谷市立図書館に野口冨士男文庫が開設された。 [団]日本文芸家協会(理事)、三田文学会

野口 喜洋　のぐち・よしひろ

小説家 [専]情報処理 [生]昭和35年1月15日 [出]東京都 筆名＝山之口洋(やまのぐち・よう) [学]東京大学工学部機械工学科(昭和59年)卒 [興]自然言語処理、オブジェクト指向プログラミング、電子化辞書 [賞]日本ファンタジーノベル大賞(第10回)(平成10年)「オルガニスト」 [歴]松下電器産業東京情報システム研究所より日本電子化辞書研究所に出向。次世代知識処理用の汎用電子化辞書の研究に従事。のち再び松下電器産業マルチメディアシステム研究所に勤務。一方、平成10年には「オルガニスト」で日本ファンタジーノベル大賞を受賞するなど、小説家としても活躍。他の著書に「C++

オブジェクト指向への10steps」がある。 [団]情報処理学会、情報文化学会、日本文芸家協会

野坂 昭如 のさか・あきゆき

小説家　歌手　元・参院議員　[生]昭和5年10月10日　[出]兵庫県神戸市　[学]早稲田大学文学部仏文科(昭和32年)中退　[賞]日本レコード大賞作詞賞(昭和38年)「オモチャのチャチャチャ」、直木賞(第58回)(昭和43年)「火垂るの墓」「アメリカひじき」、講談社エッセイ賞(第1回)(昭和60年)「我が闘争 こけつまろびつ闇を撃つ」、パチンコ文化賞(第2回)(昭和62年)、吉川英治文学賞(第31回)(平成9年)「同心円」　[歴]大学在学中、様々なアルバイトをし、コント作家、CMソング作詞家などをする。昭和37年「プレイボーイ入門」を、38年「エロ事師たち」を刊行。43年戦争・占領体験を描いた「火垂るの墓」「アメリカひじき」で直木賞を受賞、"焼跡闇市派"を自称し、歌手やタレントとしても知名度が高い。47年「面白半分」編集長として「四畳半襖の下張」裁判で刑事事件の被告となる。49年参院選に立候補、58年に当選するが、田中金権政治にけじめをつけるため議員を辞職、同年12月の衆院選に新潟3区より立候補した。平成元年アニメ化された「火垂るの墓」の印税などをもとに現代日本文学の仏語訳事業への協力基金を設け、運営組織"東西南北縦横斜の会"を設立、世話人になる。12年歌手活動を再開し、アルバム「ザ・平成唱歌集 巻之一」をリリース。13年参院選比例区に自由連合から立候補。他の作品に「一九四五・夏・神戸」「骨餓身峠死人葛」「俺はNOSAKAだ」「同心円」「かくて日本人は飢死する」、絵本に「ウミガメと少年」、妹尾河童との共著に「少年Hと少年A」、「野坂昭如コレクション」(全3巻, 国書刊行会)などがある。 [団]日本ペンクラブ、日本文芸家協会 [家]父=野坂相如(元・新潟県副知事)、長女=愛耀子(宝塚歌劇団団員)、兄=野坂恒如(ジャズ評論家)

野崎 六助 のざき・ろくすけ

映画・ミステリー評論家　文芸評論家　作家 [専]アメリカ文学　ミステリー　[生]昭和22年11月9日　[出]東京都品川区　[学]桃山高卒　[興]資本主義の中の子供、移民文学、在日朝鮮人文学 [賞]日本推理作家協会賞(第45回)(平成4年)「北米探偵小説論」　[歴]高校卒業後、十数種の職業を転々とする。結婚歴及び破婚歴、共に2回。京都文学学校自主講座運動、京大西部講堂連絡協議会、劇団曲馬館などに関わる。「同時代批評」「映画芸術」書評紙などに映画批評・ミステリ批評・アメリカ文学研究などを寄稿。著書に「幻視するバリケード―復員文学論」「亡命者帰らず」「空中ブランコに乗る子供たち―ポストモダンの若者学」「北米探偵小説論」「ラップ・シティ」など。 [団]日本文芸家協会、日本推理作家協会

野沢 純 のざわ・きよし

小説家　[生]明治37年5月5日　[没]昭和41年3月3日　[出]長野県諏訪郡蓼科　本名=野沢忠(のざわ・きよし)　[学]成城学園卒　[歴]イデヤ書店編集部に入社。昭和9年「報知新聞」の1万円懸賞小説に「世紀の青空」が当選。以後「勘太郎吹雪峠」「番太罷り通る」などの時代小説を発表した。

野沢 尚 のざわ・ひさし

脚本家　小説家　[生]昭和35年5月7日　[出]愛知県名古屋市　[学]日本大学芸術学部映画科(昭和58年)卒　[賞]城戸賞準入賞(第9回)(昭和58年)「V・マドンナ大戦争」、ギャラクシー奨励賞「手枕さげて」、芸術作品賞(平2年度)「愛の世界」、江戸川乱歩賞(第43回)(平成9年)「破線のマリス」、向田邦子賞(第17回)(平成11年)「結婚前夜」「眠れる森」、吉川英治文学新人賞(第22回)(平成13年)「深紅」、芸術選奨文部科学大臣賞(平13年度)(平成14年)「反乱のボヤージュ」 [歴]プロットライターを経て、昭和58年城戸賞入選を機に、60年テレビドラマ「殺して、あなた」で脚本家デビュー。以後、テレビ、映画で活躍。テレビでは読売テレビのディレクター鶴橋康夫と組んだ作品が多い。主なテレビ作品に「親愛なる者へ」「素晴らしきかな人生」「この愛に生きて」「恋人よ」「青い鳥」「結婚前夜」「眠れる森」「リミット もしも、わが子が…」「水曜日の情事」「眠れぬ夜を抱いて」「反乱のボヤージュ」、映画作品に「マリリンに逢いたい」「その男、凶暴につき」「赤と黒の熱情」「ラストソング」、小説に「恋人よ」「破線のマリス」「恋愛時代〈上・下〉」「深紅」「龍時 01-02」など。 [団]日本シナリオ作家協会

野島 伸司 のじま・しんじ

脚本家　[生]昭和38年3月4日　[出]新潟県柏崎市 [学]中央大学法学部中退　[賞]フジテレビ・ヤングシナリオライター大賞(第2回)(昭和63年)「時には母のない子のように」　[歴]中央大学時代ロサンゼルスに10ケ月滞在、帰国後中退。テレビのアルバイトをしながらYMCA伴和彦のシナリオ講座を受講。昭和63年連続ドラマ「君が嘘をついた」でデビュー。他に連続ドラマ「愛しあってるかい!」「すてきな片思い」「101回目のプロポーズ」「愛という名のもとに」「高校教師」「ひとつ屋根の下」「家なき子」「人間・失格」「未成年」「世紀末の詩」「フードファイト」「ストロベリー・オンザ・ショートケーキ」「ゴールデンボウル」や、映画「君は僕をスキになる」を手掛ける。平成12年SMAP「らいおんハート」で作詞家デビュー。13年イラスト

レーター・くろさきげんと共著で絵本「コオロギくんの恋」を出版。

能島 武文　のじま・たけぶみ
劇作家　演劇評論家　翻訳家　[生]明治31年5月15日　[没]昭和53年3月10日　[出]大阪市北区　[学]早稲田大学英文科　[歴]在学中の大正11年市村座脚本部に入り、かたわら「劇と評論」を創刊。同年「秋の心」「波紋」を発表。のち「演劇新潮」編集同人となり、劇評・劇論を担当。また第一書房の『近代劇全集』の編集にも従事。他に「東京小景」「詩人の靴」などの作品があり、著書に「作劇の理論と実際」がある。後年は推理小説の翻訳に転じ、クリスティ「スタイルズ荘の怪事件」、ガードナー「義眼殺人事件」「ビロードの爪」、ハメット「血の収穫」などを訳出した。

野島 辰次　のじま・たつじ
小説家　[生]明治25年6月19日　[没](没年不詳)　[出]東京市本郷区元町　[学]慶応義塾大学中退　[歴]大正9年から時事新報記者となり、14年「不同調」同人。昭和7年日本ファシズム連盟を結成、中央執行委員長を務め「ファシズム」を主宰した。評論、童話、長編小説「記念碑」などがある。

野島 千恵子　のじま・ちえこ
作家　[生]昭和9年　[出]北海道　[賞]女流新人賞(第22回)(昭和54年)「日暮れの前に」、北日本文学賞(第13回)(昭和54年)「氷の橋」　[歴]昭和50年頃、自衛官の夫と別居し、夫の定年退職とともに離婚。別居当時から自活しようと就職活動をするが、希望する所には入れなかった。そこで、若い頃から好きだった小説を書こうと思い立ち、作家の駒田信二のカルチャーセンター小説実作講座の受講生に。その結果、54年に女流新人賞(中央公論)、北日本文学賞(北日本新聞社)を受賞。58年、唯一の著書の印税をはたいてパプア・ニューギニアで5カ月暮らした。作品に「記憶の彼方」「駒田信二の小説教室」「わにの国どきどき探検記」がある。

野島 誠　のじま・まこと
九州芸術祭文学賞最優秀賞受賞　[出]福岡県田川郡香春町　[学]田川工中退　[賞]九州芸術祭文学賞最優秀賞(第21回・平2年度)(平成3年)「斜坑」　[歴]炭鉱員の家庭に生まれ、小学4年の時炭鉱事故で父を亡くす。東京、大阪、北九州などで製本工、看護士見習、トラック運転手など30もの職を経験。昭和56年福岡県・香春町に戻り、印刷会社からタイプ印刷の注文を受け生計を立てる。一方中学時代から作家にあこがれ、炭鉱をテーマに小説を書き続ける。

野尻 抱介　のじり・ほうすけ
SF作家　[生]昭和36年　[出]三重県　[賞]SFマガジン読者賞(国内部門)(平成11年)「太陽の簒奪者」、SFオンライン賞(SF中短編部門，第1回)(平成11年)「沈黙のフライバイ」　[歴]文化系大学を卒業後、計測制御・CADのプログラマー、ゲームデザイナーを経て、SF作家になる。平成4年「ヴェイスの盲点」でデビューし、「SFマガジン」「SFオンライン」などに執筆。11年「SFマガジン」掲載の「太陽の簒奪者」がSFマガジン読者賞を受賞、同年オンライン小説「沈黙のフライバイ」がSFオンライン賞SF中短編部門賞を受賞。著書に「アンクスの海賊」「タリファの子守歌」「ロケットガール」「アフナスの貴石」「私と月につきあって」「ベクフットの虜」「SETI@homeファンブック」「ピニェルの振り子」などがある。　[団]宇宙作家クラブ　http://www.asahi-net.or.jp/~xb2n-aok/index2.htm

能勢 紘也　のせ・ひろや
シナリオライター　[生]昭和13年12月22日　[出]兵庫県　[学]同志社大学中退、舞台芸術学院卒　[賞]芸術祭優秀賞「日傘と剃刀」、ゴールデンウインドミル賞シルバー賞「近未来物語」、国際ラジオドラマコンクール第2位「近未来物語」　[歴]舞台の裏方を経てシナリオライターとなる。作品にラジオドラマ「日傘と剃刀」「近未来物語」、テレビドラマ「天下堂々」「中学生日記」、舞台劇「風船大作戦」等。著書に「聖戦少女」、童話集「ひゃくねんさん」、絵本に「カタカナことば・あいうえお」他。　[団]日本放送作家協会

野田 高梧　のだ・こうご
シナリオライター　[生]明治26年11月19日　[没]昭和43年9月23日　[出]長崎県　[学]早稲田大学英文科(大正6年)卒　[賞]毎日映画コンクール脚本賞(昭和24年)、芸術選奨(映画部門)(昭和35年)　[歴]雑誌社の映画記者、東京市役所の市史編纂室に勤務したのち、大正13年松竹蒲田撮影所脚本部に入社。広津柳浪「骨ぬすみ」の脚色を振出しにプロ脚本家となり、終生、松竹に籍をおいた。サラリーマンの生活感情に材を求めてその哀感を描き、小市民映画の分野を切り開く。昭和25年シナリオ作家協会の初代会長となり、以後脚本界の重鎮と目された。戦前はメロドラマを得意とし、作品に「新珠」「会社員生活」「愛染かつら」などがあり、戦後は小津安二郎監督と組む作品が多く、代表作に「晩春」「麦秋」「東京物語」「早春」「彼岸花」「秋日和」などがある。著書に「シナリオ方法論」「シナリオ構造論」など。　[家]兄＝野田九甫(画家)

野田 秀樹　のだ・ひでき

劇作家　演出家　俳優　ノダ・マップ(NODA・MAP)代表取締役　[生]昭和30年12月20日　[出]長崎県崎戸島　[学]東京大学法学部(昭和56年)中退　[賞]岸田国士戯曲賞(第27回)(昭和57年)「野獣降臨」、紀伊国屋演劇賞(第20回)(昭和60年)「白夜の女騎士」「彗星の使者」「宇宙蒸発」、芸術祭賞(第45回)(平成2年)「三代目、りちやあど」、テアトロ演劇賞(第19回)(平成3年)「赤穂浪士」「透明人間の蒸気」、日本文化デザイン会議賞(大賞)(平成9年)、菊田一夫演劇賞(第23回)(平成10年)「キル」、鶴屋南北戯曲賞(第2回)(平成11年)「Right Eye」、紀伊国屋演劇賞(第34回)(平成11年)、読売演劇大賞(作品賞，第7回)(平成12年)「パンドラの鐘」、芸術選奨文部大臣賞(第50回，平11年度)(平成12年)「パンドラの鐘」、朝日舞台芸術賞(グランプリ，第1回)(平成14年)「野田版・研辰の討たれ」　[歴]昭和47年教育大学附属駒場高で処女戯曲を自作自演。大学在学中の51年劇団夢の遊眠社を結成、自作「走れメルス」を上演し注目される。以後、自ら脚本、演出、主演し、“演劇はスポーツだ”とユニークな演劇観を試み、若者の圧倒的共感を得る。56年の「少年狩り」で人気爆発。61年日生劇場でシェークスピア「十二夜」を演出。ほかに「野獣降臨(のけものきたりて)」「小指の思い出」「怪盗乱魔」「二万七千光年の旅」「宇宙蒸発」「透明人間の蒸気(ゆげ)」などを上演。平成4年11月夢の遊眠社を解散、文化庁の芸術家在外研修員として1年間英国に留学。5年帰国し、企画製作会社NODA・MAPを設立、6年1月東京と大阪で「キル」を上演(9年7〜8月再演)。以後「原作・罪と罰」「TABOO」「赤鬼」「Right Eye」「半神」「農業少女」「贋作・桜の森の満開の下」などを上演。11年演出家・蜷川幸雄と同時期に別キャストでそれぞれ上演する「パンドラの鐘」が話題となる。13年「2001人芝居」で初の一人芝居に挑む。同年中村勘九郎主演「研辰の討たれ」の脚本・演出を手掛ける。エッセイストとしても定評がある。昭和60年夢の遊眠社の女優、竹下明子と結婚するが、のち離婚。

野田 昌宏　のだ・まさひろ

テレビ・プロデューサー　SF作家　日本テレワークKK社長　[専]宇宙問題　SF史　映像論　[生]昭和8年8月18日　[出]福岡県福岡市　本名＝野田宏一郎(のだ・こういちろう)　[学]学習院大学政経学部政治学科(昭和34年)卒　[興]宇宙開発、第2次大戦航空戦史　[賞]日本SF大賞(特別賞)(平成7年)「『科学小説』神髄―アメリカSFの源流」、星雲賞(ノンフィクション部門，第26回)(平成8年)「愛しのワンダーランド」　[歴]昭和34年フジテレビに第1期生として入社。「スター千一夜」「ちびっこのど自慢」「ひらけ！ポンキッキ」などの人気番組を制作した花形ディレクターだったが、50年フジテレビを退社。日本テレワークを設立、59年社長に就任。大学時代からSFの創作・評論活動を行い、著書に「SF英雄群像」「レモン月夜の宇宙船」「あけましておめでとう計画」「愛しのワンダーランド」「銀河乞食軍団シリーズ」、訳書にチャンドラー「遙かなり銀河辺境」「NASA・アメリカ航空宇宙局」など多数。　[団]日本SF作家クラブ、アメリカ軍戦史協会

野中 ともそ　のなか・ともそ

ライター　小説家　イラストレーター　[出]東京都　本名＝野中智美　[学]明治大学文学部演劇学専攻卒　[賞]小説すばる新人賞(第11回)(平成11年)「パンの鳴る海、緋の舞う空」　[歴]音楽誌、ファッション誌の編集を経て、ライター、イラストレーターに。平成4年からニューヨークに在住、現地、日本の雑誌に寄稿。またアートジュエリーを制作、ギャラリーやブティックに展示、販売。人間、音楽、ファッション分野に独自のイラストとエッセイで活躍。著書に「ニューヨーク街角スケッチ」「ニューヨーク・アンティーク物語」「カリブ海おひるねスケッチ」「パンの鳴る海、緋の舞う空」、5人の作家によるオムニバス小説集「いたずら天使」がある。
[団]日本文芸家協会

野中 友博　のなか・ともひろ

劇作家　紅王国主宰　[学]桐朋学園大学演劇科卒　[賞]テアトロ新人戯曲賞(平成10年)「化蝶譚(けてふたん)」　[歴]高校時代SFやロックに熱中、寺山修司が主宰する天井桟敷の舞台を見て演劇に目覚める。入団を目指したが、大学卒業目前に寺山急逝のため、断念。23歳で自分の劇団を旗揚げ、ほどなく活動を中止。平成10年「化蝶譚(けてふたん)」でテアトロ新人戯曲賞を受賞を機に、演劇実験室・紅王国を旗揚げし、受賞作とその姉妹編「井戸童」を上演。
[家]妻＝三浦美穂子(女優)

野中 柊　のなか・ひいらぎ

翻訳家　小説家　[生]昭和39年12月5日　[出]新潟県　本名＝内山千晶　[学]立教大学法学部卒　[賞]海燕新人文学賞(第10回)(平成3年)「ヨモギ・アイス」　[歴]渡米し、3年半ニューヨーク州イサカ市で作家活動を行い、平成5年帰国。著書に「チョコレット・オーガズム」「アンダーソン家のヨメ」「グリーン・クリスマス」がある。

野長瀬 正夫　のながせ・まさお
詩人　児童文学者　元・金の星社顧問　[生]明治39年2月8日　[没]昭和59年4月22日　[出]奈良県　[学]旧制中学卒　[賞]文芸汎論詩集賞(第10回)(昭和18年)「大和吉野」、サンケイ児童出版文化賞(第17回)(昭和45年)「あの日の空は青かった」、野間児童文芸賞(第14回)(昭和51年)「小さなぼくの家」、赤い鳥文学賞(第6回)(昭和51年)「小さなぼくの家」、日本児童文芸家協会賞(第4回)(昭和54年)「小さな愛のうた」　[歴]中学時代から詩作をはじめ、教員、編集者のかたわら詩や児童向け小説を書き、詩集「小さなぼくの家」で野間児童文芸賞と赤い鳥文学賞を、又「あの日の空は青かった」でサンケイ児童出版文化賞を受賞。その他の詩集に「故園の詩」「日本叙情」「晩年叙情」「大和吉野」「夕日の老人ブルース」等がある。　[団]日本児童文学者協会、日本文芸家協会、日本現代詩人会

乃南 アサ　のなみ・あさ
推理作家　[生]昭和35年8月19日　[出]東京都　本名＝矢沢朝子　[学]早稲田大学社会科学部中退　[賞]日本推理サスペンス大賞優秀作(第1回)(昭和63年)「幸福な朝食」、直木賞(第115回)(平成8年)「凍える牙」　[歴]大学中退後、広告代理店勤務などを経て、文筆業に入る。昭和63年日本テレビ開局35年を記念して新設された“日本推理サスペンス大賞”で「幸福な朝食」が優秀作に選ばれ、作家デビュー。同作品はドラマ化された。平成8年「凍える牙」で第115回直木賞を受賞。他の作品に「6月19日の花嫁」「微笑がえし」「ヴァンサンカンまでに」「パソコン通信殺人事件」「トゥインクル・ボーイ」「来なけりゃいいのに」「花散る頃の殺人」など。　[団]日本推理作家協会、日本文芸家協会

野原 一夫　のはら・かずお
作家　文芸評論家　元・筑摩書房取締役　[生]大正11年3月30日　[没]平成11年7月31日　[出]東京　[学]東京帝国大学独文科(昭和18年)卒　[歴]終戦後、新潮社に入社。昭和28年筑摩書房へ移り、「太宰治全集」などの編集を担当。53年筑摩書房の倒産を機に文筆活動に入る。主著に「回想太宰治」「含羞の人 回想の古田晁」「人間 檀一雄」「人間坂口安吾」他。　[団]日本文芸家協会

野原 なおこ　のはら・なおこ
児童文学作家　[生]昭和20年　[出]新潟県　[学]岩手大学教育学部卒、日本児童文学学校(12期生)卒　[賞]子ども世界新人賞「走りたいな飛ぶように」　[歴]著書に「走りたいな飛ぶように」「ぼくの夢発、不可思議ゆき」など。

野火 晃　のび・あきら
作家　ジャーナリスト　児童文学作家　[生]大正13年12月10日　[出]神奈川県横浜市　[賞]講談社児童文学新人賞(第18回)(昭和52年)「虎」、サンケイ児童出版文化賞推薦図書「あて名だけの手紙」　[歴]高校教師を経て、ジャーナリスト、作家に。のちに児童文学も執筆。主著に「虎」「消えたぼくをさがせ」「あて名だけの手紙」「ノア」「みえっぱり針右衛門」「レミング・シンドローム 去勢者たちのメサイア」など。　[団]日本児童文芸家協会

延江 浩　のぶえ・ひろし
ラジオプロデューサー　作家　FM東京編成局制作部　[生]昭和33年3月31日　[出]東京都　[学]慶応義塾大学文学部卒　[賞]小説現代新人賞(第60回)(平成5年)「アタシはジュース」、ギャラクシー奨励賞(平成8年)「ミイラになるまで」　[歴]FM東京(TOKYO FM)のプロデューサーを務める。一方仕事で詩人の清水哲男と出会ったことがきっかけで、仕事の傍ら小説に取り組み、女子高生とイラン人青年の出会いと別れを描いた「アタシはジュース」などを執筆、平成8年映画化。同年作品集「アタシはジュース」を出版。他にエッセイ、映画評論などを手がける。

伸岡 律　のぶおか・りつ
小説家　[生]昭和5年3月12日　[出]富山県　本名＝江田律　[学]日本大学文理学部英文学科卒　[賞]宮城県芸術協会文芸賞(昭和61年)「月日は流れて」　[歴]「仙台文学」同人。昭和55年「海と花弁」、61年「月日は流れて」を「仙台文学」に発表。著書に「このはずくの来た家」がある。

延原 謙　のぶはら・けん
翻訳家　編集者　小説家　[専]推理小説　[生]明治25年9月1日　[没]昭和52年6月21日　[出]岡山県津山　[学]早稲田大学理工学部電気科(大正4年)卒　[歴]大阪市電鉄部、日立製作所、逓信省電気試験所などに勤務するかたわら、英米推理小説を翻訳し、コナン・ドイル「緋色の研究」「四つ署名」などを紹介する。のち、博物館編集部に入社し、昭和3年11月から4年7月まで「新青年」の編集長を務めた。13年中国に渡り貿易業に従事し、戦後は雄鶏社の「雄鶏通信」編集長を経て翻訳に専念。主な訳書に、コナン・ドイル「シャーロック・ホームズ全集」の全訳の他、エラリー・クイーン「Xの悲劇」、ヴァン・ダイン「ベンスン殺人事件」、アイルズ「殺意」などがある。創作では「れえむつま」「氷を砕く」などがある。

信本 敬子　のぶもと・けいこ

脚本家　[生]昭和39年　[出]北海道旭川市　[学]旭川高等看護学院(昭和60年)卒　[賞]フジテレビヤングシナリオ大賞(第3回)(平成1年)「ハートにブルーのワクチン」　[歴]2年間旭川医科大附属病院で看護婦を務めたが、シナリオライターを目指し、昭和62年上京。東京ムービー新社を経てグロービジョン社に務め、テレビ放映用洋画の字幕スーパー原稿をチェックする仕事を担当。平成元年独立。主な作品に映画「ハートにブルーのワクチン」「ナースコール」「MACROSSPLUS」、ドラマ「白線流し」など。

野辺地 天馬　のべち・てんま

牧師　童話作家　口演童話家　[生]明治18年1月7日　[没]昭和40年4月24日　[出]岩手県北福岡　本名＝野辺地三右衛門　[学]東京聖書学院卒　[歴]ホーリネス教会牧師となり、浅草、南豆福音伝導館、名古屋、仙台などで伝導、口演童話活動から童話創作に進み、大正6年児童講演社を設立、「虹」を創刊。また東京聖書学院教授も務めた。童話集「金の鈴」「母を慕ひて」、著書に「日々の光」「近世偉人物語」「旧約物語」「新約物語」「母は強し」「聖書の人々」「青春の旅」「晩秋の感謝」などがある。

登坂 北嶺　のぼりざか・ほくれい

小説家　[生]明治12年7月12日　[没]大正7年6月21日　[出]新潟県　本名＝登坂良平　[歴]博文館「中学世界」に投書を続け、明治34年6月の「新声」に小説「首途」が掲載された。以来同誌に小説、評論などを執筆、一時「新声」記者を務めた。小説「残月」「ちぎれ雲」などのほか、新声社刊「青年叢書」にも執筆。「新潮」にも作品を書いた。

野間 宏　のま・ひろし

小説家　評論家　詩人　[生]大正4年2月23日　[没]平成3年1月2日　[出]兵庫県神戸市長田区　[学]京都帝大文学部仏文科(昭和13年)卒　[賞]毎日出版文化賞(第6回)(昭和27年)「真空地帯」、河出文化賞(昭和45年)「青年の環」、谷崎潤一郎賞(第7回)(昭和46年)「青年の環」、ロータス賞(アジア・アフリカ会議)(昭和48年)、松本治一郎賞(昭和52年)、朝日賞(昭和64年)　[歴]父は在家真宗一派の教祖。三高時代、竹内勝太郎を知り傾倒。同人誌「三人」を創刊し、詩、小説などを発表。京大時代は「人民戦線」グループに参画。昭和13年大阪市役所に勤務し、被差別部落関係の仕事を担当。16年応召、北支、バターン、コレヒドールなど転戦するが、マラリアに罹り帰還。18年思想犯として大阪陸軍刑務所に入所。戦後、日本共産党に入党。21年「暗い絵」を発表し、作家生活に入る。27年「真空地帯」で毎日出版文化賞を、46年代表作「青年の環」(全6部5巻)で谷崎潤一郎賞を受賞。他に「さいころの空」「わが塔はそこに立つ」などの長篇、「サルトル論」「親鸞」「文学の探求」などの評論・エッセイ、「山繭」「星座の痛み」「野間宏全詩集」などの詩集がある。また、差別問題などの社会問題でも幅広く活躍し、52年に第1回の松本治一郎賞を受賞した。この方面の著書に「差別・その根源を問う」「狭山裁判」などがあるほか、没後の平成9年月刊誌「世界」に長期連載した未完の「完本狭山事件」が刊行される。また「野間宏全集」(全22巻・別巻1巻，筑摩書房)などもある。　[団]日本文芸家協会、差別とたたかう文化会議、日中文化交流協会、日本ペンクラブ、新日本文学会、AA作家会議

野間井 淳　のまい・じゅん

新潮新人賞を受賞　[出]三重県　[学]旭高中退　[賞]新潮新人賞(第25回)(平成5年)「骸骨山脈」

野町 祥太郎　のまち・しょうたろう

小説家　[生]昭和8年　[出]東京・日本橋　[学]早稲田大学卒　[歴]出版社勤務を経てフリーとなり、文筆活動に入る。スポーツ紙、週刊誌等にユニークな競馬論を執筆。「オール讀物推理小説新人賞」候補にもなる。著書に「X3号を追え」「本命馬を消せ」「易者ギャル事件帳」、競馬小説に「本命馬を消せ」「日本ダービーを乗取れ」などがある。　[団]日本推理作家協会

野溝 七生子　のみぞ・なおこ

小説家　近代文学研究家　元・東洋大学文学部教授　[生]明治30年1月2日　[没]昭和62年2月12日　[出]兵庫県姫路市　[学]東洋大学文化学科(大正13年)卒　[歴]女学校卒業後、同志社女学校英文科予科を経て、東洋大学文化学科の一回生として大正13年に卒業。在学中、長編小説「山梔」が「福岡日日新聞」の懸賞小説で一等に入選。長編小説としては「山梔」のほか「女獣心理」があり、短編集としては「南天屋敷」「月影」がある。昭和26年から42年まで、母校東洋大学で近代文学を講じた。近代文学研究者としては、比較文学の方法に拠る「森鴎外訳『ファウスト』注解」などがある。

野村 愛正　のむら・あいせい

小説家　俳人　[生]明治24年8月21日　[没]昭和49年7月6日　[出]鳥取県　号＝野村牛耳(のむら・ぎゅうじ)　[学]鳥取中(現・鳥取西高)卒　[歴]鳥取新報社に入社するが、大正3年上京し、5年「土の霊」を発表。6年「大阪朝日新聞」の懸賞小説に「明ゆく路」が1等入選する。以後作家生活に入り、昭和に入って児童文学も手がけた。また連句師としては、伊東月草の手ほどきを受

け、さらに根津蘆丈に学ぶ。35年都心連句会を結成、46年義仲寺連句会を主宰するなど昭和後期の蕉風連句を支えた。著書に「カムチャッカの鬼」「土の霊」「虹の冠」「ヒマラヤの牙」、連句集「摩天楼」「むれ鯨」などがある。

野村 一秋　のむら・かずあき

児童文学作家　元・小学校教師　[生]昭和29年　[出]愛知県　本名＝深谷一秋　[学]関西大学社会学部卒　[歴]刈谷市平成小学校などに20年間勤務。一方、昭和50年から児童文学にかかわり、児童文学創作集団「亜空間」の同人に。平成2年同人誌に「天小森(てんこもり)教授、宿題ひきうけます」を発表、7年小学3・4年生向け児童書として出版。小学校教師を退職後は文筆生活に入り、毎日新聞に「のらカメさんた」を、毎日小学生新聞に「天下無敵の三蔵くん」を連載。プレアデス同人。　[団]日本児童文学者協会、日本児童文芸家協会

野村 かほり　のむら・かほり

小説家　潮賞を受賞　[生]昭和22年　[出]群馬県　[学]高崎高卒　[賞]潮賞(小説部門，第19回)(平成12年)「雪の扇」　[歴]高崎市立歴史民俗資料館に勤務の傍ら、小説を執筆。平成12年「雪の扇」で潮賞を受賞。

野村 胡堂　のむら・こどう

小説家　音楽評論家　[生]明治15年10月15日　[没]昭和38年4月14日　[出]岩手県紫波郡彦部村　本名＝野村長一(のむら・おさかず)　俳号＝薫舟、別名＝野村あらえびす(のむら・あらえびす)　[学]東京帝国大学法科中退　[賞]菊池寛賞(第6回)(昭和33年)、紫綬褒章(昭和35年)　[歴]明治45年報知新聞社入社、社会部長、文芸部長を歴任。大正2年胡堂名義の処女作を発表。代表作「銭形平次捕物控」は昭和6年4月から32年8月まで書き続けられ、岡本綺堂の傑作「半七捕物帳」としばしば対比される。綺堂が英国型なのに対し、胡堂はアメリカ型のユーモア感覚を持つと言われる。不気味な怪奇譚「奇談クラブ」も代表作の一つ。24年捕物作家クラブ結成以来会長をつとめた。33年菊池寛賞受賞、35年には紫綬褒章を受章。“あらえびす”の別名で音楽評論にも健筆を振るい、名著「名曲決定盤」などがある。38年1億円を投じて財団法人野村学芸財団を設立、育英奨学金や学術研究の助成を図った。平成7年岩手県紫波町に野村胡堂あらえびす記念館が完成。12年SPレコードのコレクションがCD化され、「あらえびすSP名曲決定盤」(全10枚)として発売される。　[家]二女＝松田瓊子(小説家)

野村 順一　のむら・じゅんいち

作家　建築家　京都市芸術文化協会理事　[賞]京都市芸術文化協会賞(昭和62年度)(昭和62年)　[歴]昭和29年小谷剛氏主宰の文学誌「作家」の同人となり、38年京都ペンの会を結成、次々と短編小説を発表する。日本ペンクラブ会員、京都ペンの会会長、京都市芸術文化協会理事として活躍。62年6月、62年度京都市芸術文化協会賞受賞。小説の分野の功労が認められたもの。　[団]日本ペンクラブ

野村 尚吾　のむら・しょうご

小説家　[生]明治45年1月2日　[没]昭和50年5月15日　[出]富山市　本名＝野村利尚　[学]早稲田大学英文科(昭和10年)卒　[賞]小説新潮賞(第11回)(昭和40年)「戦雲の座」、毎日出版文化賞「伝記谷崎潤一郎」　[歴]在学中から同人雑誌「早稲田文科」「泉」などを創刊。昭和14年から16年にかけて「早稲田文学」の編集に従事し、16年から毎日新聞社出版編集部に41年迄勤務。17年「岬の気」が「文芸」推薦作品となる。また同年発表の「旅情の華」が芥川賞候補作品となり、23年発表の「白い面皮」は横光賞候補作品に、25年発表の「遠き岬」も芥川賞候補作品となる。また37年刊の「乱世詩人伝」は直木賞候補作品となった。

野村 昇司　のむら・しょうじ

児童文学作家　玉川大学文学部講師　元・大田区立赤松小学校校長　[生]昭和8年6月10日　[出]神奈川県横浜市鶴見区　[学]横浜国立大学教育学部心理科(昭和32年)卒　[興]子ども部屋の功罪、住宅と子どもの生活(児童文学として)　[賞]読売教育賞(昭42年度)　[歴]昭和32年大田区立大森第二小学校、35年入新井第五小学校、42年田園調布小学校、53年羽田旭小学校、58年南蒲小学校に勤務。東調布第三小学校教頭、志茂田小学校校長などを経て、赤松小学校校長。教師のかたわら創作活動にはげみ、「竹の三吉」「つきあいにくい奴ら」「おばけ電車」「月夜の卒業式」「おっしょさん—郷土の人三橋欣三郎」などの作品を発表。さらに、作文教育、生活指導などの面で、幅広く子どもたちの問題にとり組む。

野村 敏雄　のむら・としお

小説家　[生]大正15年11月28日　[出]東京・新宿　[学]明治学院大学英文科卒　[賞]サンケイ児童出版文化賞(第33回)(昭和61年)、長谷川伸賞(第36回)(平成13年)　[歴]雑誌編集者、劇団文芸部員などを経て、昭和30年より作家として独立。処女作「老眼鏡と土性骨」が第32回直木賞候補作に選ばれた。主著に「城」「聖岳伝奇」「夜の賭け」「葬送屋菊太郎」「新田義貞」、ノンフィクション「新宿裏町三代記」(大宅壮一ノンフィ

クション賞候補)、史伝「武田信玄」など。[所]日本文芸家協会、新鷹会

野村 政夫　のむら・まさお
児童劇作家　小説家　[生]明治42年　[没]昭和21年　[出]東京　別名＝野村正雄　[学]早稲田大学文学部中退　[歴]坪内逍遙の児童劇運動の影響を受けて自宅に私設学園を開設。「子供のドラマ」などの児童劇脚本のシリーズを数多く刊行する。また、朗読法の指導書を始め、大衆小説などまで幅広く執筆活動を行う。昭和21年5月劇団童話座を結成して「小公子」を公演。その後まもなく急逝した。著書に「児童劇の作り方と指導法」「学校劇研究」など。

野村 正樹　のむら・まさき
推理作家　NML野村オフィス代表　[専]マーケティング　若者・女性文化　[生]昭和19年8月17日　[出]兵庫県神戸市　[学]慶応義塾大学経済学部卒　[賞]日本文芸大賞(第11回・現代文学賞)(平成3年)「シンデレラの朝」　[歴]昭和42年サントリーに入社。15年間宣伝部に在籍し、マーケティング推進部メディア・プロデューサー課長代理を経て、営業推進本部参事。平成6年サントリーミュージアム開館を推進し広報部長に就任。7年春、選択定年制度でサントリーを退社、独立しNML野村オフィス代表。また都市情報論、若者・女性文化の研究家としても活躍し、流行語“シティ・ウオッチング”の作者。61年「殺意のバカンス」で推理作家としてデビュー。サントリーミステリー大賞創設以来、毎年応募し、62年まで6回連続入選。著書に「殺意のバカンス」「逢う時はいつも殺人」「光の国のアリス」「ワインレッドの殺意」「八月の消えた花嫁」「シンデレラの朝」「あの日マリエンバートで」「殺されてカリビアン」「トレンドは夜つくられる」「東京トレンド感知術」など。　[所]日本推理作家協会、日本ペンクラブ、日本文芸家協会
http://www2s.biglobe.ne.jp/~nml

野村 美月　のむら・みずき
小説家　[出]福島県　[賞]ファミ通エンタテインメント大賞(最優秀賞, 小説部門, 第3回)「赤城山卓球場に歌声は響く」　[歴]幼い頃から作家を目指す。「赤城山卓球場に歌声は響く」で第3回ファミ通エンタテインメント大賞小説部門最優秀賞を受賞。他の著書に「フォーマイダーリン!」がある。

野村 ゆき　のむら・ゆき
童話作家　[生]昭和9年　[出]秋田県大館市　本名＝野村ユキ　[歴]東京童話会本部委員、県立保母養成校講師、千葉県保育専門指導員を務める。また、読み聞かせの勉強会・ゆきのわを主宰。著書に「ねえ、おはなしして!—語り聞かせるお話集」、編著に「園児のためのおはなしカリキュラム」「だれでも話せるおはなし選集」「幼児がよろこぶおなし集」「えっちゃんのながぐつ」「現代の子ども文化」「童話台本集〈12〜38集〉」「私の童話のあゆみ〜そして紡いだお話」などがある。　[所]東京童話会

野村 芳太郎　のむら・よしたろう
映画監督　[務]プロダクション役員　橋本プロダクション役員　[生]大正8年4月23日　[出]東京　[学]慶応義塾大学文学部(昭和16年)卒　[賞]ブルーリボン賞新人監督賞(昭和27年)、毎日映画コンクール監督賞(昭49年度)「砂の器」、ゴールデン・アロー賞(昭49年度)、日本映画ペンクラブ賞(昭49年度)、芸術選奨文部大臣賞(第29回・昭53年度)「事件」「鬼畜」、毎日映画コンクール監督賞(昭53年度)「事件」、ブルーリボン賞監督賞(昭53年度)「鬼畜」「事件」、日本アカデミー賞監督賞(第2回・昭53年度)「鬼畜」「事件」、毎日映画コンクール脚本賞(昭57年度)「疑惑」、紫綬褒章(昭和60年)、牧野省三賞(第28回)(昭和61年)、勲四等旭日小綬章(平成5年)、日本映画批評家賞功労賞(平成5年)
[歴]昭和16年松竹大船撮影所助監督部に入るが17年応召、21年に復員。助監督として家城巳代治、黒沢明らにつく。27年「鳩」で監督デビュー。以後日本映画の二本立て時代に多くの大衆映画を撮り続けてきた戦後松竹の代表的作家。主な作品に「張込み」「ゼロの焦点」「拝啓天皇陛下様」「五瓣の椿」「砂の器」「昭和枯れすすき」「鬼畜」「事件」など。59年松竹専属契約監督となる。プロダクション・クラップボード社長。　[所]日本映画監督協会
[家]父＝野村芳亭(映画監督)

野村 吉哉　のむら・よしや
詩人　童話作家　[生]明治34年11月15日　[没]昭和15年8月29日　[出]京都市　[歴]叔父に従って東京、満州と転住、染物屋や玩具店の小僧をしながら大正末期から詩作を始めた。ダダイスム詩運動に参加、「ダムダム」「感覚革命」「新興文学」などに詩、評論などを寄稿。晩年「童話時代」を刊行主宰した。詩集「星の音楽」「三角形の太陽」などがある。没後童話集「柿の木のある家」(昭16)、評論集「童話文学の問題」(昭18)などが刊行された。放浪時代の林芙美子と親しかった。

野本 淳一　のもと・じゅんいち
児童文学作家　[生]昭和17年9月3日　[出]茨城県日立市　[学]早稲田大学卒　[賞]新美南吉児童文学賞(第10回)(平成4年)「短針だけの時計」
[歴]児童図書出版社に勤務。著書に「ドラムカン作戦」「ごんたとべえのでんぐりがえし」「に

げだしたぼうし」「おかしなおかしのけんきゅうじょ」「短針だけの時計」他がある。

野本 隆 のもと・たかし

小説家 [生]昭和29年 [出]新潟県糸魚川市 [学]東京理科大学大学院大気物理学専攻(昭和55年)修士課程修了 [賞]池内文学奨励賞(平成6年)「夕暮れ」「いじめられっ子ゲーム」 [歴]専修大学附属高等学校理科教師となり、かたわら「大衆文学」誌に小説を発表、「新鷹会」同人として文学活動を始める。著書に「バーチャルチルドレン」などがある。

野元 正 のもと・ただし

小説家 [出]東京都 本名＝小森正幹 [学]京都大学農学部林学科造園学専攻(昭和42年)卒 [賞]ブルーメール賞(第26回)(平成9年)「トライアングル」 [歴]大学で造園学を専攻し、神戸市役所に入庁後、公園造りにかかわる。のち課長に。一方、野元正のペンネームで、昭和63年頃から小説に取り組み、阪神大震災対策本部の一員として被災地を回った体験を元にした「トライアングル」や、バブル不況の影響で1戸しか入居しないマンションを舞台にした「海のかけら」など時事的なテーマを純文学的手法で執筆。関西の文学同人誌「八月の群れ」に25編を発表。平成10年公園建設という公共事業を舞台に住民と行政との対立を役人の側から描いた短編小説集「幻の池」を出版。他の著書に「海の萌え立ち」など。

野矢 一郎 のや・いちろう

童話作家 小学校教師 滋賀県同和教育研究会教育内容部長 [生]昭和4年4月2日 [出]滋賀県甲賀郡土山町 筆名＝鈴鹿一郎(すずか・いちろう) [賞]文芸広場年度賞(昭和35年) [歴]昭和22年小学校教師になったときから童話作りを始める。35年全国小・中学校教諭の同人誌「文芸広場」の年度賞受賞。主な作品に「子うしがはいた赤いくつ」「全員リレーマル秘大作戦」「転校生とぼくの秘密」など。 [団]日本児童文芸家協会、日本児童文学者協会

法月 一生 のりずき・かずお

シナリオライター [生]昭和21年6月23日 [出]東京都 [学]横浜放送映画専門学院(現・日本映画学校)卒 [歴]20代の頃、同人誌に小説を書く。その後、兄と問屋を経営していたが、横浜放送映画専門学院の生徒募集のポスターを見て、商売をやめ、シナリオライターをめざす。馬場当に師事し、昭和55年木曜ゴールデンドラマ「仮説三億円事件」(共作)でデビュー。現在、日本映画学校で後輩の指導にあたる。作品に「見知らぬ恋人」「家族の奇蹟」「残映の季節」「天使が消えた夏」他。 [団]日本シナリオ作家協会

法月 綸太郎 のりずき・りんたろう

推理作家 [生]昭和39年10月15日 [出]島根県松江市 本名＝山田純也 [学]京都大学法学部卒 [賞]日本推理作家協会賞(短編部門，第55回)(平成14年)「都市伝説パズル」 [歴]銀行勤務を経て、推理作家に。島田荘司の推せんで23歳の時「密閉教室」でデビュー。京大推理小説研究会出身。“新本格”と呼ばれる推理小説の旗手の一人で、その明解で論理的な文体は本格推理小説への誘い水ともなっている。著書に「雪密室」「誰彼(たそがれ)」「パズル崩壊」「一の悲劇」「法月綸太郎の新冒険」「都市伝説パズル」、青春小説と推理を融合させた「頼子のために」など。 [団]日本推理作家協会

乗峯 栄一 のりみね・えいいち

作家 [生]昭和30年 [出]大阪府 [学]早稲田大学文学部卒 [賞]小説新潮新人賞佳作賞(第10回)(平成4年)「奈良林さんのアドバイス」、朝日新人文学賞(第9回)(平成10年)「なにわ忠臣蔵伝説」 [歴]大阪スポーツニッポンの土曜と日曜日に予想コラム「乗峯栄一の賭け」を連載。また、雑誌「競馬王」では「関西競馬王」編集長を務める。著書に「乗峯栄一の賭け―天才競馬コラムニストの栄光と苦悩〈92～96〉」「奈良林さんのアドバイス」「なにわ忠臣蔵伝説」「お笑い競馬改造講座」などがある。定時制高校教員を務めたこともある。

野呂 邦暢 のろ・くにのぶ

小説家 [生]昭和12年9月20日 [没]昭和55年5月7日 [出]長崎市岩川町 本名＝納所邦暢(のうしょ・くにのぶ) [学]諫早高(昭和31年)卒 [賞]文学界新人賞佳作(昭和40年)「ある男の故郷」、芥川賞(第70回)(昭和49年)「草のつるぎ」 [歴]高校卒業後上京、職業を転々とし、昭和32年佐世保市の陸上自衛隊相浦第8教育隊に入隊。40年「ある男の故郷」が文学界新人賞佳作に入選。翌年「壁の絵」が芥川賞候補になったのをはじめ、何度か候補にあがり、49年に自衛隊体験をもとに書きあげた「草のつるぎ」で芥川賞受賞。ほかの代表作に「諫早菖蒲日記」「落城記」「丘の火」や長谷川修との「往復書簡集」。命日には菖蒲忌が営まれている。

野呂 重雄 のろ・しげお

小説家 [生]昭和6年11月12日 [出]沖縄県 本名＝原信夫 [学]早稲田大学文学部露文科卒 [歴]昭和30年から東京の中学校で英語教師として14年間働く。日教組の活動家でもあった。34年「天国遊び」を発表、教育現場の病弊を歯ぎれのよい文体でえぐった作品として注目され、以後、新日本文学会の作家として活躍。著書に「天国遊び」のほか、「黒木太郎

の愛と冒険」「混沌の中から未来を」などがある。ほかに非行問題をあつかった「非行少年」や「林間学校」などの作品がある。
㊐新日本文学会

【は】

灰崎 抗　はいさき・こう
小説家　㊐昭和47年　㊫ムー伝奇ノベル大賞優秀賞(第1回)(平成13年)「想師」　㊬平成13年「想師」で第1回ムー伝奇ノベル大賞優秀賞を受賞し、作家デビュー。

灰谷 健次郎　はいたに・けんじろう
児童文学作家　㊐昭和9年10月31日　㊥兵庫県神戸市　㊫大阪学芸大学(現・大阪教育大学)(昭和31年)卒　㊫日本児童文学者協会新人賞(第8回)(昭和50年)「兎の眼」、小学館文学賞(第27回)(昭和53年)「ひとりぼっちの動物園」、路傍の石文学賞(第1回)(昭和54年)「兎の眼」「太陽の子」　㊬17年間小学校教師を務める傍ら児童詩誌「きりん」の編集に携わるが、学校管理が強まるなか、昭和48年辞任、沖縄・アジア放浪の後作家活動に専念する。49年初めて出した「兎の眼」は最終的には200万部に達する大ベストセラーとなる。その他、映画・TV化された「太陽の子」「せんせいけらいになれ」などで子供達が生きていく上で一番大きな問題をテーマに、人間のこころの優しさを描く。55年住居を神戸から淡路島の山中に移し、1人で自給自足の生活をはじめる。58年新しい保育園づくりをめざして、神戸市北部に"太陽の子保育園"をつくり、その経営母体の社会福祉法人・太陽の会理事長を務める。平成3年沖縄・渡嘉敷島に移住。他の著書に「保育園日記」「海の図」「優しさという階段」「島物語」、長編小説「天の瞳」、短編小説集「子どもの隣り」、エッセイ集「島へ行く」、「灰谷健次郎の本」(全24巻，理論社)、「灰谷健次郎の発言」(全8巻，岩波書店)などがある。9年神戸小6男児殺害事件で写真週刊誌「フォーカス」が逮捕された中学3年生の少年の顔写真を掲載したことに抗議し、新潮社から「太陽の子」や「兎の眼」など約30点の版権をすべて引き揚げた。
㊐日本児童文学者協会、日本文芸家協会

梅亭 金鵞　ばいてい・きんが
作家(戯作者)　㊐文政4年3月30日(1821年)　㊣明治26年6月30日　㊥江戸・両国　本名＝瓜生政和　通称＝熊三郎　㊬戯作者松亭金水の門に入り、瀬川如皐の脚本「与話情浮名横櫛」を翻案した人情本「柳之横櫛」や滑稽本「七偏人」などで地位を確立した。明治に入ると「西洋新書」「西洋見聞図解」のような西洋事情紹介書も刊行した。戯作雑誌に滑稽小説や戯文を執筆している。

灰野 庄平　はいの・しょうへい
劇作家　演劇評論家・研究家　㊐明治20年4月14日　㊣昭和6年4月26日　㊥新潟県刈羽郡吉井村　㊫東京帝大哲学科(明治44年)卒　㊬二高時代から演劇を研究、小山内薫らと知り合いアイルランド演劇を勉強。明治末から「スバル」などに戯曲、「演芸画報」「新演芸」に劇評を書いた。45年ミツワ石鹸の丸見屋商店に入社、丸見屋文庫を管理する傍ら、日本演劇史研究に従事。大正3年三木露風らと雑誌「未来」を創刊。同年から15年間日大文学部で日本演劇史を講義。戯曲集に「秦の始皇」があり、晩年第一書房の「近代劇全集」に英国、アイルランドの戯曲翻訳を収録。没後「大日本演劇史」が刊行された。

萩山 綾音　はぎやま・あやね
群像新人文学賞優秀作に入賞　㊥東京都　㊫東京学芸大学教育学部卒　㊫群像新人文学賞(優秀作，小説部門，第38回)(平成7年)「影をめぐるとき」

波木里 正吉　はぎり・まさよし
小説家　全抑協(シベリア会)熊本県副会長　㊐大正9年3月1日　㊥熊本県下益城郡城南町　本名＝南部吉正　㊫陸軍中野学校(昭和17年)卒　㊫熊日文学賞(昭和40年)「サバーカ」「ペレシルカの逃亡兵」、西日本芸術奨励賞(昭和45年)、九州芸術祭地区賞(昭和52年)、詩と真実賞　㊬昭和17年北部軍司令部参謀部付。戦後シベリア抑留。43年熊本県下益城郡養蚕連合会長、46年東南産業社内報編集長、56年全国戦後強制抑留保償要求推進協議会熊本県連合会事務局長等を歴任。「詩と真実」同人、「新地方派」同人。著書に「ナホトカ港」「オロッコ物語」「シベリアの灯」「雪万十」がある。

萩原 一学　はぎわら・いちがく
児童文学作家　㊐明治43年3月23日　㊥東京　本名＝萩原安治郎　㊫中央商業学校卒　㊬小説を志し、昭和12年「遊女解放令」が「週刊朝日」に入選。33年「新潮」に発表した「煙突の男」が芥川賞候補に。のち児童文学に転向し、代表作に「平太の休日」「木場の少年」「木場の夕焼け」がある。

萩原 乙彦　はぎわら・おとひこ
作家(戯作者)　俳人　⽣⽂政9年(1826年)　⽋明治19年2月29日　⽣江戸・根津(東京都文京区)　本名=森語一郎　号=梅暮里谷峨(2世)、能六斎、鈴亭主人、対梅宇　俳諧は一時庵に学ぶ。明治2年対梅宇乙彦の名で「芳058帖」を出した。古俳書の蒐集にも手を染めた。代表作に人情本「春色連理梅」、漢文戯作「東京開化繁昌誌」がある。

萩原 亨　はぎわら・とおる
小説家　⽣昭和47年　⽣大阪府　⽣摂陽中卒　⽣群像新人文学賞(第44回)(平成13年)「蚕の心臓ファンクラブ」　⽣中学卒業後、板前修業やレンタルビデオ店でのアルバイトなど様々な仕事を経験。思い付いた言葉をノートにメモしていたものをもとに小説を書くようになり、平成13年3作目の作品「蚕の心臓ファンクラブ」で群像新人文学賞を受賞。

萩原 雪夫　はぎわら・ゆきお
歌舞伎舞踊作家　⽣神奈川県横浜市　⽣大谷竹次郎賞(平成3年)「さくら川」、勲四等瑞宝章(平成4年)　⽣両親の影響で幼い頃から歌舞伎に親しむ。昭和19年から歌舞伎役者の6代目尾上菊五郎と深交を結び、歌舞伎舞踊作家を志す。演劇や映画などにも興味を持ち、22年東京タイムズに入社して芸能分野を幅広く取材。27年「雪の道成寺」でデビュー以来、戦後歌舞伎の名優たちの舞踊劇を書き続け、「鬼揃紅葉狩」、「世之介桜」、「春霞猿若舞」、「松緑偲草摺」など30作以上を制作。舞踊家向け作品に「おかる」、「女人香炉」、「日本橋」、「驟雨去来」など100作を記録。

萩原 葉子　はぎわら・ようこ
小説家　エッセイスト　⽣大正9年9月4日　⽣東京　⽣精華高女卒　⽣日本エッセイストクラブ賞(第8回)(昭和35年)「父・萩原朔太郎」、円卓賞(第1回)(昭和39年)「木馬館」、田村俊子賞(第6回)(昭和40年)「天上の花」、新潮社文学賞(第13回)(昭和41年)「天上の花」、女流文学賞(第15回)(昭和51年)「蕁麻の家」、高橋元吉文化賞(平成10年)「蕁麻の家」、毎日芸術賞(第40回、平10年度)(平成11年)「蕁麻の家」　⽣父は詩人・萩原朔太郎。31歳の時、航空技師だった夫との結婚生活にピリオドを打って自立。ミシンを踏んで一人息子を育てるかたわら、文筆活動に親しむ。昭和34年処女作「父・萩原朔太郎」を刊行し、翌35年に日本エッセイスト・クラブ賞を受賞。以後執筆生活に入り、39年「木馬館」で第1回円卓賞を受賞し、作家としての活動も始める。作品としては、父、母、祖母など、身近に題材を求めたものが多い。40年「天上の花―三好達治抄」で田村俊子賞、51年には「蕁麻の家」で女流文学賞を受賞。他に「花笑み」「束の間の午後」「閉ざされた庭」、随筆集「うぬぼれ鏡」「しあわせをよぶねこワッペンのおしゃれグッズ」などがある。 また42歳のとき社交ダンスを習いはじめ、やがてフラメンコ、モダンダンス、ジャズダンスなどを次々とマスター。リサイタルも開いて好評。造形の個展も開くなど多才。
⽣日本文芸家協会、日本エッセイストクラブ、日本ペンクラブ、女流文学者会　⽣父=萩原朔太郎(詩人)、息子=萩原朔美(エッセイスト・多摩美大教授)

萩原 良彦　はぎわら・よしひこ
作家　⽣昭和4年6月15日　⽣東京　本名=萩原林一　⽣金沢市立一工卒　⽣昭和28年国鉄入社、新宿駅の小荷物掛をふりだしに、助手から登用試験をうけて車掌になるが、上司に反抗して荷扱いに降格、半月板を傷めて、最後は有楽町駅の出札掛として60年に退職。勤務のかたわら、源氏鶏太、中沢啓夫(みちお)に師事、鉄道を素材、テーマにした数多くの小説、ノンフィクション、エッセイを執筆。著書に「発車5分前」「日本の鉄道」「上越新幹線」「国鉄ぺいぺい三十年」、初のミステリー「ひかり115号殺人事件」等がある。

朴 重鎬　パク・ジュンホ
小説家　「民濤」編集委員　⽣韓国　⽣1935年　⽣北海道室蘭市　本名=朴重次(パク・ジュンチャ)　⽣東京外国語大学イタリア語科卒　⽣北海道新聞文学賞(第22回)('88年)「回帰」、小谷剛文学賞(佳作, 第4回)('95年)　⽣東京で新聞社に勤めたが、1969年病気療養のため室蘭に帰り、創作活動に入る。'86年「離別」で北海道新聞文学賞佳作。在日朝鮮人、在日韓国人の初の文学季刊誌「民濤」の編集委員となり、'87創刊にこぎつける。'91年韓国で刊行される「海外同胞作家作品集」に収録される。作品集に「犬の鑑札」。

間 太平　はざま・たいへい
小説家　⽣明治43年11月21日　⽣山口県防府市　本名=伊藤博　⽣東京高師英語科(昭和10年)卒　⽣岩手県立一中、都立七中、横浜翠嵐高校などの教諭、神奈川県高等学校教職員組合委員長などを経て、昭和30～50年神奈川県議を務めた。その間「創作と評論」「文陣」「小説界」「碑」「新文化」同人。著書に「廃墟」「太平洋戦争」「老いらく」「みちのくの果て」「ソ連・中国・朝鮮」、句集に「歳月」などがある。
⽣日本文芸家協会

迫間 健　はざま・たけし
放送作家　劇作家　演出家　日本放送作家組合総代　[生]大正8年8月2日　[出]大阪府　本名＝岸本敏猷　[学]関西大学専門部卒　[歴]テレビ作品に「暴れん坊将軍II」、戯曲に「馬喰一代」「どぶろくの辰」などがある。

葉治 英哉　はじ・えいさい
小説家　[生]昭和3年　[出]青森県　本名＝奥山英一　[学]青森師範本科中退、法政大学文学部日本文学科卒　[賞]八戸市文化奨励賞(平2年度)、地上文学賞(第37回)(平成2年)「戊辰牛方参陣記」、松本清張賞(第1回)(平成6年)「狈物見隊顛末(またぎものみたいてんまつ)」　[歴]会社経営などの後、小説を書く。著書に「松平容保」「今村均」「春またぎ」など。

土師 清二　はじ・せいじ
小説家　俳人　[生]明治26年9月14日　[没]昭和52年2月4日　[出]岡山県邑久郡国府村(現・長船町)　本名＝深谷静太　旧姓(名)＝赤松　[学]小学校高等科中退　[歴]明治37年から岡山市の商店に丁稚奉公に出る。44年石川安次郎を頼って上京し、書生の傍ら三田英語学校に通う。中国民報を経て、大阪朝日新聞に入社。大正11年「旬間朝日」を創刊し、土師清二の筆名で、処女作「水野十郎左衛門」を連載。15年退社して作家専業となり、翌昭和2年の「砂絵呪縛」で一躍流行作家となった。代表作は他に「青鷺の霊」「津島牡丹」「風雪の人」、「土師清二代表作選集」(全6巻，同光社)など。また少年時代より俳句に親しみ、晩年まで句作を続けた。句集に「水母集」「土日会句集」がある。

橋浦 方人　はしうら・ほうじん
映画監督　シナリオライター　[生]昭和19年2月21日　[出]宮城県名取市　[学]早稲田大学第一政経学部中退　[賞]日本映画監督協会新人賞(昭53年度)「星空のマリオネット」　[歴]“編集の神様”といわれた伊勢長之助の編集室で働いたのち、昭和43年岩波映画に入り、契約助監督となる。48年東京ビデオセンターに移り、PR映画や教育映画、テレビドキュメンタリーなどを撮る。50年自主製作の劇映画「青春散歌・置けない日々」で映画青年達の屈折した日常を描いて注目を集める。53年「星空のマリオネット」で日本映画監督協会新人賞を受賞。55年北陸の海辺の町を舞台にした「海潮音」(ATG配給)で戦後の時代を映す。

橋爪 健　はしずめ・けん
詩人　評論家　小説家　[生]明治33年2月20日　[没]昭和39年8月20日　[出]長野県松本市　[学]東京帝国大学文科大学中退　[歴]一高時代から詩作をし、大正11年「合掌の春」「午前の愛撫」を刊行。のちアナーキズム、ダダイズムの影響を受け、13年「ダムダム」に参加。昭和2年「文芸公論」を創刊し「陣痛期の文学」を刊行。他の著書に「貝殻幻想」「多喜二虐殺」「文壇残酷物語」などがある。

橋爪 彦七　はしずめ・ひこしち
小説家　[生]明治29年8月1日　[出]東京　本名＝壇達二　[学]宇治山田中学中退　[歴]大正8年講談倶楽部の懸賞小説に「清貞尼」が入選、前田曙山の知遇を得た。股旅もの、勤皇佐幕ものが多く「剣侠江戸嵐」「大楠公」「満月りんどう笠」などが代表作。

橋田 寿賀子　はしだ・すがこ
脚本家　劇作家　橋田文化財団理事長　[生]大正14年5月10日　[出]旧朝鮮・京城　本名＝岩崎寿賀子(いわさき・すがこ)　[学]日本女子大学国文科卒、早稲田大学文学部芸術科卒　[賞]NHK放送文化賞(第30回)(昭和54年)「夫婦」、ゴールデンアロー賞(第16回・放送賞)(昭和54年)「夫婦」、テレビ大賞(個人賞)(昭和54年)「夫婦」、松尾芸能賞(第3回・大賞)(昭和57年)、菊池寛賞(第32回)(昭和59年)、紫綬褒章(昭和63年)、東京都文化賞(第5回)(平成1年)、日本映画テレビプロデューサー協会賞(平4年度・特別賞)(平成5年)、毎日芸術賞(第35回・特別賞)(平成6年)、勲三等瑞宝章(平成12年)　[歴]松竹脚本部を経て昭和34年からフリー。「愛と死を見つめて」「ただいま11人」などのテレビドラマを書き、大野靖子、向田邦子と並び女流ライターの“三傑”といわれた。その後、「となりの芝生」「夫婦」などの“辛口ホームドラマ”で主婦層の圧倒的支持を受け、さらに56年NHK大河ドラマ「おんな太閤記」、58年NHK連続テレビ小説「おしん」、61年NHK大河ドラマ「いのち」、平成元年同「春日局」、5年「渡る世間は鬼ばかり」と話題作を次々と執筆し、ヒットメーカーとして活躍。平成2年国立循環器病センター倫理委員。4年脚本家や演出家、俳優の養成などを目的に橋田文化財団を設立、理事長に就任。5年には橋田寿賀子賞が制定された。著書に「母たちの遺産」「渡る世間に鬼千匹」など。[団]日本放送作家組合、日本文芸家協会、日本シナリオ作家協会　[家]夫＝岩崎嘉一(TBS社友・岩崎企画代表)

羽島 トオル　はじま・とおる
音楽ディレクター　小説家　ポニーキャニオン第6A&R室副部長　[生]昭和29年4月26日　[出]神奈川県横浜市　本名＝羽島亨　[学]慶応義塾大学法学部卒　[賞]小説現代新人賞(第57回)(平成3年)「銀の雨」　[歴]キャニオンレコードに入社。音楽ディレクターとして田原俊彦、岩城滉一、石川さゆりなどを担当、ヒット曲多数がある。平成3年「銀の雨」で小説現代新人賞を受賞する。以後、小説も発表。著書に「センチメンタル16(シックスティーン)」「ソウル・ブラザース」などがある。

橋村 明可梨　はしむら・あかり
童話作家　[出]大阪府大阪市　[学]宝塚音楽学校卒　[賞]毎日童話新人賞(優良賞, 第18回)「野ばらのなかのアリギリス園」　[歴]宝塚歌劇団入団を経て、自営業に。著書に「おしゃれなリカちゃん」「席がえドキドキ四年生」「ゆうれい事件を追え」などがある。

橋本 以蔵　はしもと・いぞう
映画監督　シナリオライター　[生]昭和29年2月21日　[出]島根県　本名＝橋本真也　[学]津和野高卒　[歴]高校卒業後、上京し水商売のアルバイトをしながら、劇団NLTや金子信雄のマールイにて役者修業をする。その後、シナリオに転じ、昭和59年「素晴らしきサーカス野郎」(共作)でデビュー。また映画監督を勧められ、57年自主映画「ISAMI」を製作、劇場公開され、ビデオ化もされた。主なシナリオ作品に「スケバン刑事I・II」「バロー・ギャングBC」「孔雀王」「FIVE」。脚本・監督作品に「名門！多古西応援団」「CFガール」他。

橋本 英吉　はしもと・えいきち
小説家　[生]明治31年11月1日　[没]昭和53年4月20日　[出]福岡県　本名＝白石亀吉　[学]高等小学卒　[歴]郵便局員、豆腐行商などを経て三井田川鉱業所に入り支柱夫を8年ほどする。大正11年上京し、13年博文館にモノタイプ工として入社するがストライキで解雇され、その後労働運動のオルグ活動をする。15年「炭脈の昼」を発表し、昭和2年文芸春秋社に入社。プロレタリア文学運動に参加し「嫁支度」「棺と赤旗」などを発表し、5年「市街線」を発表。6年共産党に入党し、検挙されたこともある。その他の作品に「衣食住その他」「炭坑」などがあり、戦後も「富士山頂」などを発表した。

橋本 栄子　はしもと・えいこ
脚本家　[出]北海道札幌市　[学]実践女子大学卒　[賞]高校演劇全国大会優秀賞(昭51年度)「はい、さいなら」、高校演劇全国大会優秀賞(昭46年度)「大千軒岳の切支丹」　[歴]大学卒業後、札幌北星学園女子高へ赴任。30年間国語を教えるかたわら、これまで60本のオリジナル脚本を書き、演出した。高校演劇では、社会的関心を見失わない作家として知られ、老人問題に鋭くせまった「はい、さいなら」は、昭和51年度の高校演劇全国大会優秀賞を獲得。他、「大千軒岳の切支丹」でも46年度、同賞を受賞。59年3月に教員生活に終止符をうち、脚本家に転進。デビュー作は、松谷みよ子原作「私のアンネ＝フランク」。

橋本 治　はしもと・おさむ
作家　[生]昭和23年3月25日　[出]東京都　[学]東京大学文学部国文科(昭和48年)卒　[賞]小説現代新人賞佳作(昭和52年)「桃尻娘」、新潮学芸賞(第9回)(平成8年)「宗教なんかこわくない!」　[歴]昭和43年、東大生の時描いた駒場祭のポスター「とめてくれるなおっかさん、背中の銀杏が泣いている。男東大どこへ行く」で注目を集め、イラストレーターに。52年ユーモア青春小説「桃尻娘」が小説現代新人賞佳作となり、作家デビュー。"桃尻娘"シリーズ(全6巻)のほかSF「暗野」、詩集「大戦序曲」、評論「蓮と刀」「恋愛論」「宗教なんかこわくない！」、漫画評論「花咲く乙女たちのキンピラゴボウ」、日記「1989」、「絵本徒然草」など多彩に活躍。62年～平成7年の「桃尻語訳 枕草子」はベストセラーとなる。他に「窯変 源氏物語」(全14巻)「双調 平家物語」(全12巻)がある。セーター編みの趣味も有名で、編物実用書「手トリ足トリ」の著書もある。

橋本 和子　はしもと・かずこ
シナリオライター　[生]昭和17年1月2日　[出]広島市　[学]共立女子大学(昭和39年)卒　[賞]創作テレビドラマ脚本懸賞入選(昭和57年)「残照の中から」　[歴]昭和55年シナリオセンターに学ぶ。57年創作テレビドラマ脚本懸賞募集に「残照の中から」が入選、58年NHKで放送されデビューする。主なTV作品は「火曜サスペンス・母の神話が崩れる時」「同・ロープ殺人事件」「木曜ゴールデン・先生助けて！」「金曜女のドラマスペシャル・しあわせ芝居」他。また小倉市民劇団の戯曲「シーボルトの娘」「走れウラシマオー」などを執筆。小説に平家盛を扱った「海渡る風と光」。

橋本 勝三郎　はしもと・かつさぶろう

作家　[生]昭和7年　[出]神奈川県横浜市　[賞]大衆文学研究賞(第4回)(平成2年)「『森の石松』の世界」　[歴]長期療養の後、労組の文化機関誌編集を勤め、昭和40年に退職。その後出版社で百科辞典編集部嘱託を務めた後フリーとなり、各文芸誌に小説を発表。著書に「黙っている朝」「文章の書き方・活かし方」「江戸の百女事典」「弓子の川」や、浪曲の世界を描いた「『森の石松』の世界」他。　[団]日本ペンクラブ

橋本 康司郎　はしもと・こうしろう

コピーライター　[生]昭和37年8月4日　[出]宮城県仙台市　[学]多摩美術大学美術学部中退　[賞]潮賞(第7回)(昭和63年)「遙かなるニューヨーク」　[歴]著書に「遙かなるニューヨーク」「ウェディングベルが鳴り終わるまで」。

橋本 五郎　はしもと・ごろう

推理作家　[生]明治36年5月1日　[没]昭和23年5月29日　[出]岡山県邑久郡牛窓町　本名＝荒木猛　別名＝荒木十三郎(あらき・じゅうざぶろう)、女銭外二　[学]日本大学美学科中退　[歴]大正15年「れてーろ・えん・ら・かーう゛ぉ」を発表し、以後「海竜館事件」「疑問の三」などを発表。昭和3年から7年にかけて「新青年」を編集する。12年から13年にかけて支那事変で出征し、その後も報道班員として徴用された。戦後は筆名を女銭外二と改めて「二十一番街の客」などを発表した。

橋本 忍　はしもと・しのぶ

脚本家　映画プロデューサー　橋本プロダクション社長　[生]大正7年4月18日　[出]兵庫県神崎郡市川町　[学]大鉄教習所卒　[賞]ブルーリボン賞脚本賞(昭31年度，33年度，37年度，41年度)、毎日映画コンクール脚本賞(昭31年度，33年度，35年度，41年度，49年度)、キネマ旬報賞脚本賞(昭33年度，35年度，41年度，42年度，49年度)、芸術祭賞(脚本)(昭和33年)、NHK特別賞、シナリオ功労賞(平成3年)、勲四等旭日小綬章(平成3年)　[歴]20歳すぎで兵役に就くが、肺結核で傷痍軍人療養所に入る。のち、伊丹万作の師事を乞いながら黒沢明と出会う。昭和24年の「羅生門」以来、「生きる」「七人の侍」「生きものの記録」「蜘蛛巣城」など「悪い奴ほどよく眠る」までの殆んどの黒沢作品に脚本チームの一人として参画する。その他、松本清張原作の「張込み」「黒い画集」などのサスペンスものにも才能を発揮。そして「真昼の暗黒」「切腹」「白い巨塔」「上意討ち」「首」「人間革命」「日本の一番長い日」などの骨太の力作を書きつづけ、数々の賞を受賞。戦後シナリオライターの第一人者。49年には橋本プロを設立。「砂の器」「八甲田山」をプロデュースする。テレビでも「いろはにほへと」「私は貝になりたい」(34年・TBS)の問題作がある。34年には「私は貝になりたい」の監督もつとめた。シナリオ作家協会理事長もつとめた。　[団]日本シナリオ作家協会　[家]息子＝橋本信吾(シナリオライター)

橋元 淳一郎　はしもと・じゅんいちろう

SF作家　相愛大学人文学部教授　[専]情報科学　[生]昭和22年3月1日　[出]大阪府　[学]京都大学理学部物理学科(昭和44年)卒、京都大学大学院理学研究科物理学専攻修士課程修了　[歴]相愛大学人文学部講師、助教授を経て、教授。ハードSF研究所員。ユニークな短編を発表するSF作家でもある。著書に「物理・橋元流解法の大原則」「シュレディンガーの猫は元気か―サイエンス・コラム175」「われ思うゆえに思考実験あり」、共著に「アインシュタインTV3」「ニュートンの新冒険」などがある。　[団]日本物理学会、日本天文学会、電気情報通信学会、米国科学振興協会、日本SF作家クラブ、日本文芸家協会

橋本 信吾　はしもと・しんご

シナリオライター　[生]昭和19年　[出]兵庫県　[学]慶応義塾大学商学部(昭和42年)卒　[歴]テレビ製作会社で主にスポーツ番組のディレクターを担当。昭和48年フリーとなり、フィルムの編集を始める。シナリオライターである父・橋本忍の橋本プロダクションに入り、「八甲田山」「幻の湖」等の製作に参加。58年頃からシナリオを書き始め、61年公開の「旅路―村でいちばんの首吊りの木―」のシナリオを父と共同で書き上げる。　[家]父＝橋本忍(シナリオライター)

橋本 武　はしもと・たけし

民俗研究家　猪苗代湖南民俗研究所主宰　元・郡山市文化財保護審議会委員　[生]大正3年10月　[没]平成9年8月15日　[出]福島県郡山市湖南町　[学]小高卒　[賞]福島県文学賞(小説部門正賞)(昭和61年)、郡山市文化功労賞(昭和62年)　[歴]兵役を経て農業に従事。傍ら、昭和30年から地元湖南町や会津地方の民俗研究を始める。37年湖南町に伝わる民俗芸能・早乙女踊りを復活させ、保存会長。44年自宅に猪苗代湖南民俗研究所を設立。湖南民俗館創設、「民具目録」出版。同市文化財保護審議委員を務めたほか、各地教育委員会の委嘱で市町村史や民俗誌編さんを手がける。　[団]日本民俗学会、福島県民俗学会、会津民俗研究会

橋本 紡　はしもと・つむぐ

小説家　[出]三重県伊勢市　[賞]電撃ゲーム小説大賞(金賞，第4回)　[歴]作品に「猫目狩り」、〈バトルシップガール〉シリーズなどがある。

橋本 都耶子　はしもと・つやこ
　作家　㋃大正7年　㋛奈良県　㋕奈良女子師範（旧制）卒　㋩平林たい子賞（第6回）（昭和53年）「朝鮮あさがお」　㋫教職40年ののち作家となった。「文学雑誌」同人。

橋本 ときお　はしもと・ときお
　児童文学作家　小学校教師　㋃昭和8年11月15日　㋛石川県珠洲市　本名＝橋本登喜男　㋕金沢大学卒　㋩北陸児童文学賞（第3回）（昭和40年）　㋫珠洲市で小学校教師を務めるかたわら、昭和34年角山勝義らと北陸児童文学協会を結成し、機関誌「つのぶえ」編集代表となる。代表作に「トキのいる山」「百様タイコ」「ひとりぼっちの政一」「わんぱくクラスは26人」。
　㋣日本児童文学者協会

橋本 浩　はしもと・ひろし
　小説家　㋃昭和40年　㋛東京都荒川区　㋕大正大学文芸コース卒　㋩TOKYO FM「LOVE STATION」ショート・ストーリー・グランプリ」（佳作賞、第1回）（平成4年）、パレットノベル大賞（第14回）「クランク・アップ」
　㋫広告会社に勤めながら小説を書き続ける。著書に「クランク・アップ」などがある。

橋本 昌樹　はしもと・まさき
　小説家　㋃昭和3年　㋛昭和48年4月16日　㋛東京　本名＝橋本正季　㋕東京高師文科（昭和25年）卒　㋩陸軍予科士官学校在学中に敗戦。昭和25年教員となったが、26年NHKアナウンサーに転じ、2年間勤務、その後教職に戻り46年まで勤めた。祖父冒世が残した西南の役従軍日誌を発見して、西南の役の文献史料を集め、47年「田原坂」を発刊した。
　㋜父＝橋本虎之助（陸軍中将・故人）

橋本 雄介　はしもと・ゆうすけ
　小説家　㋃昭和7年10月17日　㋛熊本県　㋕熊本県立鹿本中学校卒　㋩新日本文学賞（第11回）（昭和47年）「フィニッシュ・フラッグ」　㋫昭和30年八幡製鉄所入社、働きながら同人誌「職場作家」を発行。47年「フィニッシュ・フラッグ」で第11回新日本文学賞を受賞した。基幹産業内部の合理化、自動化、労働と労働者の変質、監視、労働災害、職階制の矛盾などを的確な文体で捉えた労働文学の代表。

橋谷 桂子　はしや・けいこ
　童話作家　㋃昭和16年　㋛福井県　㋕藤島高卒　㋩新美南吉童話賞（最優秀賞、第8回）「みーんなみんなドクドクドックン」、カネボウ・ミセス童話大賞（第18回）「コッコばあさんのおひっこし」　㋫福井県職員を退職後、ふくい児童文学会にて童話を勉強。「みーんなみんなドクドクドックン」で第8回新美南吉童話賞最優秀賞を、「コッコばあさんのおひっこし」で第18回カネボウ・ミセス童話大賞を受賞。著書に「コッコばあさんのおひっこし」などがある。

長谷 健　はせ・けん
　小説家　児童文学者　㋃明治37年10月17日　㋺昭和32年12月21日　㋛福岡県柳川市下宮永　本名＝藤田定俊　旧姓（名）＝堤　㋕福岡師範卒　㋩芥川賞（第9回）（昭和14年）「あさくさの子供」　㋫県下の小学校に5年間勤務。昭和4年上京して浅草小学校などに勤務する。そのかたわら「白墨」などの同人雑誌に参加し、14年「あさくさの子供」を発表。15年教職から退き作家生活に入るが、疎開して郷里の小学校に勤務。24年上京し「静かなる怒涛」などを上梓。32年東京作家クラブ事務局長となる。また児童文学でも「虹の立たない国」などの作品を書いた。郷里の先輩北原白秋の伝記小説3部作に取り組み、「からたちの花」「邪宗門」に続く「帰去来」執筆中に交通事故死した。平成2年柳川市に長谷健資料館が完成。

長谷 敏司　はせ・さとし
　小説家　㋃昭和49年　㋛大阪府　㋕関西大学卒　㋩スニーカー大賞（金賞、第6回）（平成13年）「戦略拠点32098 楽園」　㋫平成13年第6回スニーカー大賞金賞を受賞した「戦略拠点32098 楽園」で作家デビュー。

馳 星周　はせ・せいしゅう
　推理作家　㋃昭和40年2月18日　㋛北海道浦河郡浦河町　本名＝坂東齢人（ばんどう・としひと）　別筆名＝古神陸（こがみ・りく）　㋕横浜市立大学文理学部仏文科卒　㋩吉川英治文学新人賞（第18回）（平成9年）「不夜城」、大藪春彦賞（第1回）（平成11年）「漂流街」　㋫出版社で3年半編集者を務めた後、平成元年からミステリー・冒険小説の書評、文芸評論を本名で執筆。3年古神陸の名で覆面作家としてデビュー。「我が愛しの天使」「愚か者の墓標」「猛き神の紋章」などSFファンタジーアクション小説を手掛ける。8年ハードボイルド作品「不夜城」で覆面作家・馳星周としてデビュー。同作品はベストセラーとなり、ランキング本「このミステリーがすごい！」で1位に。直木賞候補にもなる。9年から小説に専念。同年「鎮魂歌―不夜城II」を出版。11年「夜光虫」が直木賞候補に。他の作品に「漂流街」「孤独の絆」「M」「ダーク・ムーン」、エッセイに「蹴球中毒」（共著）など。ペンネームは香港の映画スター周星馳（チャウ・シンチー）を逆にしたもの。
　㋣日本文芸家協会、日本推理作家協会

長谷 基弘　はせ・もとひろ

劇作家　演出家　劇団桃唄309代表　[生]昭和42年4月6日　[出]東京都杉並区　[賞]劇作家協会新人戯曲賞(平成8年・平成9年)　[歴]昭和の戦争芸術家たちを描いた「私のエンジン」、在米日系人収容所を舞台にした「この藍、侵すべからず」で平成8、9年と2年連続で劇作家協会新人戯曲賞を受賞。9年は山田かまちをモデルにした「KAMATI」の作演出を手がけて話題に。

長谷川 修　はせがわ・おさむ

小説家　[生]大正15年3月8日　[没]昭和54年5月1日　[出]山口県下関市　[学]京都帝国大学卒　[歴]大学では化学を専攻する傍ら映画に熱中。松竹の助監督試験に通るが親類の反対で断念、宇部市の化学薬品会社に就職。入社後半年で肺浸潤を患い、2年間の療養生活を送る。昭和38年短編「キリストの足」が東大新聞五月祭賞佳作となり、文壇にデビュー。その後下関で水産大学化学科教官をつとめながら、私小説的な作品を主に「新潮」に発表。「真赤な兎」「孤島の生活」「哲学者の商法」「まぼろしの風景画」「ヘリウム氏」「黄金狂時代」などで芥川賞候補に4回なった。著書に「ふうてん学生の孤独」「遙かなる旅へ」「野呂邦暢・長谷川修往復書簡集」「住吉詣で」(遺著)などがある。

長谷川 公之　はせがわ・きみゆき

シナリオライター　美術評論家　[専]映画・TVのシナリオ　現代版画　工芸　クラフト　[生]大正14年6月25日　[出]東京　[学]千葉医科大学(現・千葉大学医学部)(昭和23年)卒　[賞]芸術祭賞奨励賞(昭和33年)「人命」、ブルーリボン賞脚本賞(昭和35年)「警視庁物語シリーズ」、優秀番組賞(昭和53年)「密約」、ミズノ・スポーツ・ライター賞(平成3年)「衝撃—東独スポーツ王国の秘密」、シナリオ功労賞(第19回)(平成7年)　[歴]昭和25年より警視庁刑事部鑑識課法医学室に勤務して、検死に従事。かたわら、学生時代に発表した作品が映画化されたことからシナリオ作家となる。32年警視庁を退職し、以後シナリオ執筆に専念する。主な作品に映画「警視庁物語シリーズ」「陸軍中野学校」「幻の馬」「女賭博師」、テレビ「密約」「七人の刑事」など多数。また美術評論家としても活躍し、著書に「現代版画・イメージの追跡」「美しいから使いたい」「現代版画コレクター事典」「衝撃—東独スポーツ王国の秘密」「負の肖像」などがある。　[団]日本シナリオ作家協会、日本放送作家協会、日本推理作家協会、東洋陶磁学会

長谷川 憲司　はせがわ・けんじ

小説家　[生]昭和11年9月29日　[出]大阪府大阪市天王寺区　[学]大阪市立工芸高卒　[賞]織田作之助賞(第4回)(昭和62年)「浪速怒り寿司」　[歴]月刊「あまから手帖」「大阪人」などに小説を連載。三重県津市で不動産業を営む。NHK文化センター京都・大阪教室の文章講座講師も務める。著書に「浪速怒り寿司」「売り屋たち」「京都八橋一郎小説教室」などがある。

長谷川 幸延　はせがわ・こうえん

小説家　劇作家　演出家　日本演劇協会評議員　日本放送作家協会評議員　[生]明治37年2月11日　[没]昭和52年6月27日　[出]大阪市曽根崎　[賞]新潮社文芸賞(第5回)(昭和17年)「冠婚葬祭」、大阪芸術賞(昭和41年)　[歴]幼小より演劇に親しみ、大正12年戯曲「路は遙けし」により、劇作家、演出家として出発。14年大阪放送開局と共に嘱託となり、ラジオ・ドラマを執筆。昭和14年に上京、長谷川伸門下となり、16年「冠婚葬祭」(第5回新潮賞)で小説家としての地歩も固める。代表作に「寄席行燈」「桂春団治」、劇作「殺陣師段平」など。

長谷川 孝治　はせがわ・こうじ

劇作家　演出家　弘前劇場主宰　[生]昭和31年　[出]青森県南津軽郡浪岡町　[賞]日本劇作家協会新人劇曲賞(第1回)(平成7年)「職員室の午後」　[歴]昭和50年劇団弘前劇場結成、座付き作家・演出家。63年から毎年東京公演を行う。代表作に「戯曲太宰治論」「職員室の午後」「家には高い木があった」「茜色の空」「春の光」などがある。

長谷川 時雨　はせがわ・しぐれ

劇作家　小説家　随筆家　[生]明治12年10月1日　[没]昭和16年8月22日　[出]東京府日本橋区(現・東京都中央区)　本名＝長谷川ヤス　[歴]厳しい教育方針で育てられ、明治30年結婚したが、それに破れて文筆生活に入り、小説、歌舞伎脚本、舞踊劇、劇評などの分野で幅広く活躍した。34年処女小説「うづみ火」が「女学世界」に当選し、38年処女戯曲「海潮音」が「読売新聞」の懸賞で特選となる。41年「覇王丸」が日本海軍協会の脚本懸賞に当選し、44年には史劇「さくら吹雪」(旧題「操」)が歌舞伎座で上演され劇作家として認められる。45年舞踊研究会を結成、また「シバヰ」を創刊。大正3年狂言座を結成。5年頃から三上於莵吉と同棲し、美人伝の仕事に専念し、「美人伝」「近代美人伝」「名婦伝」などを刊行。傍ら「童話」などに児童劇「やつてみつこ」などを執筆する。また、12年岡田八千代と「女人芸術」を創刊したが、関東大震災のため2号で中絶、昭和3年に三上於莵吉の協力で復刊させ、林芙美子、円地文

子らを育てた。8年には婦人団体・輝ク会を結成するなど、幅広く活躍した。その他の代表作に「落日」「ある日の午後」「旧聞日本橋」などがあり、「長谷川時雨全集」(全5巻，日本文林社)も刊行されている。　[家]妹＝長谷川春子(洋画家)

長谷川 潤二　はせがわ・じゅんじ

小説家　[生]昭和8年1月　[出]福岡県　本名＝古屋信二　[学]九州大学法学部卒　[賞]小説すばる新人賞(第1回)(昭和63年)「こちらノーム」　[歴]卒業と同時に上京し、政治・経済・科学記事を中心としたフリーライターとなり、主に週刊誌に執筆する。昭和63年第1回小説すばる新人賞を受賞してから、創作活動に力を入れる。著書に「こちらノーム」「キラー・ウイルスを撃て」「考えることは面白い」など。

長谷川 四郎　はせがわ・しろう

作家　詩人　翻訳家　[専]ドイツ文学　ロシア語　[生]明治42年6月7日　[没]昭和62年4月19日　[出]北海道函館市　[学]法政大学独文科(昭和11年)卒　[賞]毎日出版文化賞(昭和44年)「長谷川四郎作品集」　[歴]昭和12年満鉄調査部に勤務、16年アルセーニエフの探検記「デルスウ・ウザーラ」を翻訳。翌年満州帝国協和会調査部に入る。19年応召、敗戦でソ連軍の捕虜となり、5年間のシベリア収容所経験をへて、25年2月帰国。27年処女創作集「シベリヤ物語」を発表。前期の代表作に「鶴」がある。作家生活のかたわら、28年から法政大学教授を務める。「ブレヒト詩集」、ジョルジュ・デュアメル「パスキエ家の記録」全10巻の翻訳など訳業も多い。「長谷川四郎作品集」(全4巻)及び「長谷川四郎全集」(全14巻)がある。　[団]新日本文学会、日本文芸家協会　[家]父＝長谷川淑夫(元函館新聞社長)、兄＝林不忘(作家)、長谷川潾二郎(洋画家)、長谷川濬(ロシア文学者)

長谷川 伸　はせがわ・しん

小説家　劇作家　[生]明治17年3月15日　[没]昭和38年6月11日　[出]神奈川県横浜市太田日の出町　本名＝長谷川伸二郎，のち伸　別筆名＝山野芋作、長谷川芋生、浜の里人　[賞]菊池寛賞(昭和31年)、朝日文化賞(昭36年度)(昭和37年)　[歴]小学校中退後、小僧、土方、石工などをし、その間に文学の勉強をする。以後、内外商事週報、ジャパン・ガゼットなどの臨時雇い記者を務め、明治42年横浜毎朝新聞を経て、44年都新聞に移り、「都新聞」紙上に「横浜音頭」などを発表。大正11年「サンデー毎日」に「天正殺人鬼」他短編を発表。13年発表の「作手伝五左衛門」以降、長谷川伸の筆名を使う。同年発表の「夜もすがら検校」が出世作となり、14年都新聞を退社して作家活動に入る。以後、「沓掛時次郎」(昭3年)、「瞼の母」(5年)、「一本刀土俵入」(6年)など股旅物の戯曲や「紅蝙蝠」(5〜6年)、「刺青判官」(8年)などの時代小説で一時代を画す。とくに股旅物は沢田正二郎らの舞台上演や映画化で人気を博した。やがて史実を尊重した歴史小説へと傾倒し、「荒木又右衛門」(11〜12年)や「相楽総三とその同志」(15〜16年)などを発表。戦後はさらに徹底した史伝体の「日本捕虜志」(24〜25年)を書き、31年同書および多年の文学活動で菊池寛賞を受賞、37年には多年にわたる演劇界への貢献で朝日文化賞を受賞した。また戦前から二十六日会、新鷹会など研究会を自宅で開き、山手樹一郎、山岡荘八、村上元三ら多くの後進を育てた。「長谷川伸全集」(全16巻，朝日新聞社)がある。

長谷川 卓　はせがわ・たく

小説家　[生]昭和24年　[出]東京　[学]早稲田大学大学院文学研究科演劇専攻修士課程修了　[賞]群像新人文学賞(第23回)(昭和55年)「昼と夜」、角川春樹小説賞(第2回)(平成12年)「南稜七ツ家秘録・七ツの二ツ」　[歴]昭和55年「昼と夜」で第23回群像新人賞を受賞。56年「百舌が啼いてから」で芥川賞候補となる。昭和女子大学勤務。文芸誌「群像」などに執筆。他の作品に「南稜七ツ家秘録・七ツの二ツ」、共著に「安倍晴明と陰陽道」など。

長谷川 美智子　はせがわ・みちこ

児童文学作家　[生]昭和20年1月2日　[出]台湾・台北　[学]東京教育大学(現・筑波大学)文学部卒　[賞]埼玉文芸賞(準賞，第20回)(平成2年)、埼玉文芸賞(第26回)(平成8年)「見沼の波留(はる)」　[歴]昭和52年第27回毎日児童小説「さらば、太陽の都」入選、56年第30回「早春の巣立ち」入選。平成2年、3年ベストエッセイ(文芸春秋刊)入選。著書に「さらば太陽の都」「見沼の波留(はる)」などがある。　[団]日本児童文学者協会

長谷川 康夫　はせがわ・やすお

演出家　映画監督　劇作家　[生]昭和28年6月12日　[出]北海道札幌市　[学]早稲田大学政経学部中退　[歴]在学中、劇団暫の新入生歓迎公演で、つかこうへいの芝居を見てそのまま入団。昭和49年「初級革命講座飛龍伝」でデビュー、以後風間杜夫、平田満らとつか作品のほとんどに出演、つか事務所解散間際の「いつも心に太陽を」、NHKドラマ「かけおち'83」では主演。57年のつか事務所解散後、演出家・劇作家に転身する。「一度だけ純情物語」(61年)「女たちよ疾走れ」(62年)「少年日記をカバンにつめて」(63年)などの自作を演出。平成2年オムニバス映画「バカヤロー！3 へんな奴ら」の第2話「過ぎた甘えは許さない」で映画監督デ

ビュー。4年映画「エンジェル 僕の歌は君の歌」では脚本に挑戦、同名の単行本も発行。7年映画「君を忘れない」の脚本を担当。9年映画「恋は舞い降りた。」を発表。 ㊽妻＝大橋恵理子（元女優）

長谷部 慶次 はせべ・けいじ
シナリオライター ㊤大正3年10月8日 ㊥山形県酒田市 ㊧酒田商卒 ㊨シナリオ賞（昭33, 39, 43年度）「炎上」「赤い殺意」「神々の深き欲望」、年間代表シナリオ（昭47, 52年度）「忍ぶ川」「はなれ瞽女おりん」、ブルーリボン賞脚本賞（第14回, 昭38年度）「にっぽん昆虫記」、芸術祭賞奨励賞（演劇部門）（17回・昭37年度）「パラジ―神々と豚々」、芸術祭賞奨励賞（テレビドラマ部門）（第22回・昭42年度）「わかれ」、毎日映画コンクール脚本賞（第23回・昭43年度）「神々の深き欲望」、キネマ旬報賞 脚本賞（第18回・昭47年度）「忍ぶ川」㊽昭和12年東宝撮影所入社。20年東宝の録音部から演出部へ移り、26年エイトプロダクションなどに参加。以後シナリオを書く。32年大映と契約、35年日活と契約。43年以後フリー。主な作品に「炎上」「にっぽん昆虫記」「赤い殺意」「わかれ」「神々の深き欲望」「忍ぶ川」「はなれ瞽女おりん」など。
㊙日本シナリオ作家協会

長谷部 孝 はせべ・たかし
劇作家 ㊤明治29年10月29日 ㊦（没年不詳）㊥三重県鈴鹿 ㊧早稲田大学英文科（大正7年）卒 ㊽早大在学中から片上天弦らの回覧雑誌「屋上」に参加、のち同人誌「地平線」「基調」を同期生と発行、戯曲「終列車を待つ人々」などを発表した。卒業後「婦人画報」の編集に従事し、昭和2年中村吉蔵主宰の「演劇研究」編集に携わった。水谷竹紫、八重子の第2次芸術座の演出も手がけた。戯曲「レストラン」「応酬」「靴磨きと女車掌」などがある。

畑 耕一 はた・こういち
小説家 評論家 劇作家 俳人 ㊤明治29年5月10日 ㊦昭和32年10月6日 ㊥広島市 別号＝蜘盦（ちさん）、汝庵 ㊧東京帝大英文科（大正7年）卒 ㊽東京日日新聞記者となり、大正2年三田文学に「怪談」を発表、次いで「おぼろ」「道頓堀」など永井荷風らの影響を受けた耽美的作品を書いた。13年松竹キネマに入社、映画演劇などに活躍。一方大正末「十六夜会」、のち「ゆく春」などの俳誌に参加。昭和9年「海蝶」創刊、俳句批評文を書いた。小説「棘の楽園」「陽気な喇叭卒」「女たらしの昇天」「夜の序曲」、戯曲集「笑ひきれぬ話」のほか「劇場壁談義」、句集「露坐」「蜘蛛うごく」などがある。

秦 恒平 はた・こうへい
小説家 文芸評論家 元・東京工業大学工学部教授 ㊨文学批評 文学史 ㊤昭和10年12月21日 ㊥京都府京都市 別名＝秦宗遠（はた・そうえん） ㊧同志社大学文学部文化学科（昭和33年）卒 ㊨信仰と芸能の社会史 ㊨太宰治賞（第5回）（昭和44年）「清経入水」 ㊽昭和34年上京し医学書院に勤めるが、37年から小説を書き始め、44年「清経入水」で太宰治賞受賞。46年「廬山」が芥川賞候補。49年退社して、文筆生活に入る。平成3〜8年東京工業大学教授を務めた。谷崎潤一郎に傾倒し、王朝文学の影響を受けた幻想的な作風。12年からインターネット上のホームページに文学の"万人誌"「e-文庫・湖=umi」を開設。著書に小説「慈子」「みごもりの湖」「冬祭り」「誘惑」「北の時代」「墨牡丹」「秋萩帖」「親指のマリア」の他、評論「谷崎潤一郎―〈源氏物語〉体験」「戯曲こころ」、エッセイ「京のわる口」などがある。61年自著のうち品切・絶版本を私家版「湖（うみ）の本」として刊行し、書籍流通制度に対し警鐘を鳴らした。 ㊙日本文芸家協会、日本ペンクラブ（理事）、美学会 ㊹弟＝北沢恒彦（評論家・故人）
http://www.2s.biglobe.ne.jp/~hatak/

秦 豊吉 はた・とよきち
随筆家 翻訳家 小説家 演劇プロデューサー 帝国劇場社長 ㊤明治25年1月14日 ㊦昭和31年7月5日 ㊥東京市日本橋区（現・東京都中央区） 筆名＝丸木砂土（まるき・さど） ㊧東京帝大法科大学独法科（大正6年）卒 ㊽三菱商事勤務の傍ら、ゲーテ「ファウスト」や、レマルク「西部戦線異状なし」などの翻訳を行う。小林一三の知遇を得、昭和8年東京宝塚劇場に転じ、ショーや東宝国民劇の制作を担当、15年社長に就任。戦後、帝都座で初のストリップ「額縁ショー」をプロデュース、評判となる。23年公職追放となるが25年復帰、帝国劇場社長となり、帝劇ミュージカルなどで腕をふるい、日劇ダンシングチームを育てた。また、丸木砂土の筆名で随筆、小説、読物などを多く発表した。小説の代表作には「半処女」「新妻早慶戦」など。著書に「独逸文芸生活」「伯林・東京」「劇場二十年」などがある。

畑 正憲 はた・まさのり
随筆家 動物文学者 ㊨動物文学 ㊤昭和10年4月17日 ㊥福岡県福岡市 ㊧東京大学理学部動物学科卒、東京大学大学院運動生理学専攻（昭和36年）修了 ㊨日本エッセイスト・クラブ賞（第16回）（昭和43年）「われら動物みな兄弟」、菊池寛賞（第25回）（昭和52年） ㊽5歳の時、家族と共に中国へ移住。昭和19年に帰国。東大理学部卒業後、36年学研映画社に入社し、43年退社するまで動物記録映画を作る。43年「われら

動物みな兄弟」で日本エッセイスト・クラブ賞を受賞。46年家族をあげて北海道・釧路の無人島に移住し、その後同浜中村に100万坪の土地を借り、ムツゴロウ動物王国を建国。ここでの動物との共生の様子はフジテレビ「ムツゴロウとゆかいな仲間たち」としてシリーズ化され、平成13年までの21年間人気番組として放送された。著書に「ムツゴロウの青春記」「ムツゴロウノ絵本1～4」「畑正憲作品集」などがあり、昭和52年人と動物の心のふれあいを描き、北海道に“動物王国”を造るまで、その全生活を賭けた環境の文学として菊池寛賞を受賞した。文筆活動の他、61年には映画「子猫物語」の総監督を務め、配収54億円(邦画史上3位)の大ヒットに導くなど幅広く活躍する。
[団]日本エッセイスト・クラブ、日本文芸家協会、日本自然保護協会

畑 嶺明　はた・みねあき
シナリオライター　[生]昭和20年5月13日　[出]東京　[学]東京外国語大学独語科中退　[歴]文学座の俳優を経て放送作家となり、テレビ「俺たちの勲章」「俺たちの旅」など「俺たちシリーズ」(日テレ)でデビュー。「毎度おさわがせします」(TBS)、「妻たちの課外授業」(日テレ)が大ヒットする。特に「毎度おさわがせします」は茶の間の性教育ドラマという新しい分野に挑戦して成功をおさめる。他の作品にテレビ「花の降る午後」(NHK)、「恋人も濡れる街角」(NTV)など。著書に「学校を笑っちゃえ！」。

畑 裕子　はた・ゆうこ
小説家　[生]昭和23年5月　[出]京都府中郡大宮町　[学]奈良女子大学文学部国文学科(昭和47年)卒　[賞]滋賀県文学祭小説の部芸術祭賞(昭和63年, 平成1年, 4年)「天上の鼓」「花不動」「虹の懸橋」、地上文学賞(家の光)佳作(第38回)(平成3年)「数珠」、朝日新人文学賞(第5回)(平成5年)「面(おもて)・変幻」、地上文学賞(第41回)(平成6年)「姥が宿」　[歴]昭和47年から11年間公立中学校教師を経験。58年滋賀県蒲生郡に転居し、大阪の同人誌「奇蹟の会」、滋賀の同人誌「くうかん」で小説創作に取り組む。著書に「面・変幻」「近江百人一首を歩く」「姥が宿」「虹の懸橋」など。

羽太 雄平　はた・ゆうへい
作家　[生]昭和19年1月14日　[出]東京都　本名＝羽太康雄　[賞]小説CLUB新人賞(第12回)(平成1年)「完全なる凶器」、時代小説大賞(第2回)(平成3年)「本多の狐」　[歴]カメラマン、広告会社社長を経て作家に。著書に「芋奉行青木昆陽」「乱の裔」「本多の狐」。　[団]日本文芸家協会、日本推理作家協会

羽田 令子　はだ・れいこ
小説家　[生]昭和11年8月26日　[出]静岡県　[学]静岡大学教育学部(昭和33年)卒　[賞]日本文芸大賞(女流文学賞)(平成8年)「王城はいま…」、日本文芸大賞(ルポルター賞)(平成11年)「黄金の四角地帯」　[歴]昭和39～42年ブラジルに滞在。47～53年タイに滞在。フリーライターを経て、作家活動に入る。国際ペン大会、アジア・アフリカ作家会議などに参加。またタイ国知的障害者福祉財団理事などを務め、日本やタイで障害者への奉仕活動にも従事。62年からタイに滞在。著書に「愛の日追って」「きみは空から舞い降りた」「王城はいま…」「熱帯のるつぼ」「黄金の四角地帯」など。　[団]日本文芸家協会、日本ペンクラブ、アジア・アフリカ作家会議、大衆文学研究会、サイヤム・ソサエティ(タイ)、タイ国外人記者クラブ

畠 祐美子　はたけ・ゆみこ
劇団リ・ボン主宰　[学]上智大学卒　[賞]舞台芸術創作奨励賞(現代演劇部門佳作, 平8年度・9年度)(平成9年・10年)「行かせてッ！沢井一太郎の憂鬱」　[歴]平成2年6年間勤めた女子高の英語教師を辞め、東宝現代劇戯曲科の14期生に。卒業後同戯曲研究会に進み、6年修了。藤原新平、石沢秀二に師事。一方家庭教師の仕事の傍ら、大学時代女声合唱団の仲間だった森明美と、プロデュース・システムの劇団リ・ボンを結成し活動を続ける。同年第4回公演で作・演出した「UNIFORMED MEN—セーラー服を着た男たち」を上演。

畠中 恵　はたけなか・めぐみ
小説家　[生]昭和34年　[出]愛知県名古屋市　[学]名古屋造形芸術短期大学ビジュアルデザインコース・イラスト科卒　[賞]日本ファンタジーノベル大賞(優秀賞, 第13回)(平成13年)「しゃばけ」　[歴]漫画家アシスタント、書店員などをしながら漫画家を志し、昭和63年小学館の漫画雑誌でデビュー。以後読みきりストーリー漫画を発表する一方、作家を目指す。著書に「しゃばけ」がある。

畑沢 聖悟　はたざわ・せいご
俳優　劇作家　脚本家　[生]昭和39年8月12日　[出]秋田県五城目町　[学]秋田大学卒　[賞]ギャラクシー賞(最優秀賞)(第35回)(平成10年)「まんずまんず物語—為信のクリスマス」、日本民間放送連盟賞(最優秀賞)(平成11年)「県立戦隊アオモレンジャー」、芸術祭賞(大賞)(平成11年)「シュウさんと修ちゃんと風の列車」、放送文化基金賞(番組賞, 第27回)(平成13年)「2001年の三段ドロップ」　[歴]大学在学中から秋田市内の劇団に参加。卒業後、大館市で中学校教師をしていたが、平成3年青森・弘前劇

場に俳優として参加。5年より青森放送制作ラジオドラマの脚本を多数執筆。俳優、劇作家、演出家、放送作家と多彩な顔を持つ。この間、7年青森県高校教員採用試験に合格、青森中央高校の美術教師となり、演劇部の指導にも携わる。主な作・演出作品に「召命」「定礎」「月と牛の耳」、ラジオドラマ脚本に「まんずまんず物語―為信のクリスマス」「県立戦隊アオモレンジャー」「シュウさんと修ちゃんと風の列車」「2001年の三段ドロップ」などがある。

畑島 喜久生　はたじま・きくお

詩人　児童文学作家　東京保育専門学校校長　[専]児童詩教育　童謡・少年詩　[生]昭和5年3月1日　[出]長崎県対馬　[学]長崎師範(昭和24年)卒、国学院大学文学部史学科(昭和31年)卒　[興]子どものことばと詩、童謡・少年詩の歴史　[歴]15歳の時、西浦上で原子爆弾被爆。郷里で5年間教職につき、昭和29年上京。以後、東京都の公立小学校教員として、一貫して子ども本位の教育をつらぬく。また児童詩教育にも取り組み、「現代児童詩」を主宰。57年教頭職につき、61年東京都調布市立国領小学校長。平成2年退職。のち白百合女子大学講師、東京学芸大学講師を経て、東京保育専門学校校長。著書に「たゆまぬ歩み おれはカタツムリ―長崎平和像を作った北村西望」「詩がすきになる本」「いま、教師であること」「弥吉菅一と児童詩教育」、詩集「吃音の構造」、少年詩集「魚類図鑑」など多数。　[団]現代児童詩研究会、日本児童文学者協会、「子どもと詩」文学会

畑中 弘子　はたなか・ひろこ

児童文学作家　[生]昭和18年4月21日　[出]奈良県　[学]関西外国語短期大学米英科卒、浪速短期大学卒　[賞]毎日児童小説小学生向け準入選(第32回)(昭和57年)「はじめてのホームラン」　[歴]幼稚園教諭を9年間務め、児童文学作家として独立。「未来っ子」「ふらここ」同人。作品に「はじめてのホームラン」「幻惑星からきた少女」他。　[団]日本児童文学者協会

畑中 康雄　はたなか・やすお

作家　[生]昭和3年6月27日　[出]旧樺太(サハリン)　[学]大平高小(旧樺太)卒　[歴]中学受験に失敗して、15歳で炭鉱員となる。敗戦前年には茨城県の常磐炭鉱へ徴用。戦後北海道歌志内へ。ここで結核を患い労務者生活を経験。この頃から文学に親むようになり、三井芦別鉱に勤務した昭和26年から労働機関誌紙を舞台に労働者の小説を次々と発表。37年上京し、自動車工場に勤務。九州・筑豊の炭坑画家、故山本作兵衛との出会いを機に雑誌「労働者」を創刊。8号からは全ページを小説「炭鉱労働者」にあて、1年1冊のペースで発行。戦後の合理化攻勢の中での炭鉱マンの闘いと生活を個人史に時代背景を重ね描いた貴重な記録文学。平成8年執筆開始から20年で完結した。著書に「待つ旅―シベリア鉄道に乗る」「崩壊する自動車工場」。

波多野 忠夫　はたの・ただお

小説家　パズル作家　[出]岩手県盛岡市　[学]京都大学文学部中退　[賞]早稲田文学新人賞　[歴]作家を志し大学中退後約5年間放浪生活を送り、書店やTBSラジオなどで働いた。のちアルバイト仲間とパズルを制作するペンギン・グループを結成。以後小説を執筆する傍らパズル作家としても活躍。昭和51年から読売日曜版の「ファミリーパズル」の出題者を務める。

羽田野 直子　はたの・なおこ

シナリオライター　[学]東京女子大学文理学部哲学科(昭和58年)卒　[歴]昭和58年東京・山手YMCAシナリオ講座第1期生。60年から市川森一に師事、美術番組、刑事ドラマの企画書作成に従事。平成4年「往診ドクター事件カルテ」(ABC)を2本書いて脚本家デビュー。週1回日本大学芸術学部映画学科で市川の代講を務める。他の作品に映画「LESSON」(6年)。

波多野 鷹　はたの・よう

小説家　[生]昭和42年10月10日　[出]東京都　本名＝波多野幾也　[学]学習院大学文学部心理学科中退　[賞]コバルト・ノベル大賞(第5回)(昭和60年)「青いリボンの飛越」　[歴]昭和60年「青いリボンの飛越」で、第5回コバルト・ノベル大賞を受賞し、執筆活動に入る。著書にコバルトシリーズ「宇宙色トラベラー」「零時の鐘はもう鳴らない」「トライアゲイン」「ファイナル・シュート」「不思議英国」、「鷹狩りへの招待」など。[団]鳥学会、動物行動学会、日本アジアアロワナ協会、日本爬虫両棲類学会、日本放鷹協会、日本野鳥の会　[家]父＝波多野里望(学習院大学法学部教授)、妻＝久美沙織(小説家)

畑本 秋一　はたもと・しゅういち

映画監督　シナリオライター　[生]明治37年8月8日　[出]東京　[歴]大正12年日活京都撮影所脚本部に入社、細山喜代松監督の「街の物語」を第1作に脚本を書いて以来、日活京都の一流監督の作品を次々と担当した。昭和3年監督部に移り、4本の作品を演出。翌年再び脚本部に戻ったが、7年監督不足から再び監督部に転じ、「花の東京」など3本撮ったが大失敗となり、9年退社し、新興キネマ脚本部に入った。その後、映画界から転業、シチズン時計会社に勤務ののち、消息不明。主な脚本作品に「七面鳥の行衛」「歓楽の女」「猛犬の秘密」「ふるさと」「唐人お吉」など。

畑山 博　はたやま・ひろし

小説家　[専]教育論　[生]昭和10年5月18日　[没]平成13年9月2日　[出]東京・馬込　[学]日大一高中退　[賞]群像新人賞(最優秀作)(昭和41年)「一坪の大陸」、芥川賞(第67回)(昭和47年)「いつか汽笛を鳴らして」　[歴]戦時中は長野県の山中で母と疎開生活を送る。高校中退後、新聞店店員、町工場の旋盤工など各種の職業を転々とし、昭和41年からラジオ、テレビの放送台本作家となり、NHK教育テレビの「若い広場」を7年間担当。教育問題などに積極的な発言を続けた。傍ら社会の底辺で懸命に生きる人々を題材にした小説を執筆し、41年「一坪の大陸」が群像新人賞最優秀作に、「みんな手くびになってしまった」が新日本文学賞佳作になる。47年「いつか汽笛を鳴らして」で芥川賞を受賞。教育や子育てをテーマにした小説やエッセイを執筆、講演活動でも活躍した。また、自宅に銀河鉄道始発駅を作るほど宮沢賢治の研究に没頭し、著書に「教師 宮沢賢治のしごと」がある。他の著書に「狩られる者たち」「蝸牛のように」「海に降る雪」「二人だけの島」「母を拭く夜」「宮沢賢治幻想辞典―全創作鑑賞」「パクチャル族創世神話」「織田信長」「森の小さな方舟暮らし」「一遍」などがある。
[団]日本文芸家協会

蜂屋 誠一　はちや・せいいち

作家　[生]昭和44年　[出]神奈川県横浜市　[学]成蹊大学卒　[賞]毎日児童小説特別賞「タイム・ウォーズ」、うつのみやこども賞(平成1年)「ジャパニーズ・ドリーム」　[歴]中学3年の時「タイム・ウォーズ」で毎日児童小説特別賞受賞し、処女出版される。著書に「ジャパニーズ・ドリーム」「スターライト・キッズ」「ギャレット・ワイバン未知なる地平」など。

蜂谷 緑　はちや・みどり

小説家　劇作家　「PTA研究」編集委員　[生]昭和7年　[出]岡山県　本名＝近藤緑　[学]文化学院卒　[賞]毎日出版文化賞(昭和61年)「ミズバショウよいつまでも」　[歴]戦中・戦後を信州・安曇野で過ごし、短歌・演劇に興味を持つ。高校時代「祭」により高校演劇コンクール創作劇賞を受賞、以後「悲劇喜劇」に戯曲を発表する他、雑誌「アルプ」などに山の紀行文を執筆。また、昭和46年PTA研究会を結成し、年10回機関誌を発行する。著書に「ミズバショウよいつまでも」「情念のともる町」「尾瀬失ってはならないもの」(共著)他。　[団]日本山岳会(自然保護委員)　[家]夫＝近藤信行(作家)

八匠 衆一　はっしょう・しゅういち

小説家　[生]大正6年3月30日　[出]北海道旭川市　本名＝松尾一光(まつお・かずみつ)　[学]日本大学芸術科(昭和12年)卒　[賞]平林たい子賞(第10回)(昭和57年)「生命盡きる日」　[歴]名古屋の同人誌に発表した「未決囚」が昭和30年度直木賞候補作品となる。また小説「梅崎春生―虐の関係」で注目を浴び、57年「生命盡きる日」で第10回平林たい子賞受賞。他に「地宴」「風花の道」など。　[団]日本文芸家協会

八田 尚之　はった・なおゆき

シナリオライター　劇作家　演出家　手織座主宰　[生]明治38年12月2日　[没]昭和39年8月25日　[出]北海道小樽　[学]明治大学中退　[歴]大正15年勝見庸太郎プロに入所以来、マキノ映画、日活、東京発声、南旺、東宝、新東宝など転々としながらシナリオを書きつづけた。代表作品に「若い人」「泣き虫小僧」「冬の宿」「多甚古村」「空想部落」などがあり、"文芸映画"と呼ばれる作品に大きな足跡を残した。一方、昭和17年に劇団苦楽座結成に参加、29年には手織座を創設し、戯曲を書くとともに演出も手がけた。戯曲は没後「八田尚之作品集」(全3巻)として刊行された。
[家]妻＝宝生あやこ(女優)

八田 元夫　はった・もとお

演出家　劇作家　元・東演(劇団)代表者　[生]明治36年11月13日　[没]昭和51年9月17日　[出]東京・本郷　[学]東京帝大美学科(大正15年)卒　[歴]在学中から演劇記者となり、秋田雨雀の先駆座に参加、大正15年トランク劇場に演出助手兼俳優として参加。全国映画従業員組合東京支部委員長、プロレタリア戯曲研究会に参加。昭和6年新築地劇団演出部に入り、「検察官」「天祐丸」「どん底」などの演出を担当した。15年新築地劇団の強制解散で検挙、懲役2年執行猶予3年の判決。出獄後、丸山定夫らの移動劇団桜隊に参加。21年第2次新協劇団に参加、スタニスラフスキー・システムの研究と実践を続け34年下村正夫と東京演劇ゼミナール(劇団東演の前身)を創設。三好十郎の「廃墟」「その人を知らず」などを演出した。著書に戯曲「まだ今日のほうが！」「私は海峡を越えてしまった」、演劇論「演劇と対話」などがある。

服部 ケイ　はっとり・けい

シナリオライター　劇作家　演出家　演劇企画K主宰　[生]昭和7年7月7日　[出]東京　本名＝服部佳子　前名＝服部佳(はっとり・けい)
[学]早稲田大学文学部卒　[賞]年間代表シナリオ(昭和54年)「あゝ、野麦峠」　[歴]早大大学院演劇研修課程で演劇を学んだ後、ロンドン大学サマースクールで演劇・文学コースをも学ぶ。

昭和30年日活撮影所製作部にスクリプターとして入社。数年後脚本部に移籍しシナリオライターに。「刺青一代」「忍びの者・伊賀屋敷」「女の賭場」「ごんたくれ」など、日活、大映映画の脚本を執筆し、日活を退社、脚本契約に切り替える。44年よりフリーとなり、以後テレビ映画・ドラマの売れっ子脚本家として活躍。主なシナリオに、テレビ「木枯らし紋次郎」「松本清張名作シリーズ」「東芝日曜劇場」「塚本次郎の夏」「悪女の季節」、映画「新座頭市物語・笠間の血祭り」「霧の旗」「あゝ、野麦峠」など。55年より戯曲にもとりくみ、「唐人お吉」「雪の華・忠臣蔵いのちの刻」(帝劇)、「花嫁」「橘ものがたり」「江戸の恋」(明治座)などがある。平成2年9月"演劇企画K"を旗上げし、「バーサーよりよろしく」「奇妙なロマンス」「語り部・稗田阿礼」などを翻訳・作・演出している。T.ウイリアムズと自作の書きおろし演出という二本立が特長。　[団]日本シナリオ作家協会　[家]祖父=服部撫松(戯文家・故人)

服部 慎一　はっとり・しんいち
作家　[生]昭和7年　[出]鳥取県　[学]明治大学文学部仏文科卒　[賞]銀の雫文芸賞(最優秀賞,第4回)(平成3年)「杉の芽」　[歴]昭和31年読売新聞社に入社。松江支局長を最後に、平成元年退職。3年短編小説「杉の芽」にて第4回銀の雫文芸賞の最優秀賞を受賞。著書に「ポケットベル」などがある。　[団]日本旅のペンクラブ

服部 武四郎　はっとり・たけしろう
シナリオライター　作家　[生]大正14年1月　[出]大阪府　[賞]芸術祭賞文部大臣賞(テレビドラマ部門)(第20回)(昭和41年)「薩摩の芋の物語」　[歴]昭和20年天理中学(現・天理高校)第2部教諭に奉職。同教頭をつとめ、58年定年退職後、奈良テレビ報道制作局参与を経て、現在フリーで脚本執筆。舞台、テレビの脚本も多数手がける。著書に「教祖(おやさま)物語」(共著)など。　[団]日本放送芸術学会

服部 撫松　はっとり・ぶしょう
戯文家　ジャーナリスト　[生]天保12年2月15日(1841年)　[没]明治41年8月15日　[出]磐城国安達郡岳下村(現・二本松市)　本名=服部誠一(はっとり・せいいち)　[歴]文久年間に江戸に出、湯島聖堂で学ぶ。明治2年藩の儒官に任じられるが、間もなく上京し廃藩と共に家塾を開く。7年「東京新繁昌記」初篇を刊行。9年九春社をおこし「東京新誌」を創刊、以後「広易問答新報」「中外口問新報」「江潮新報」などを創刊。雑誌の面でも「春野草紙」などを創刊。そのかたわら「東京新繁盛記」を14年にかけて全7編で完成させた。他の著書に「第二世無想兵衛胡蝶物語」「東京 柳巷新誌」「二十三年国会未来記」などがある。

服部 真澄　はっとり・ますみ
小説家　編集者　[生]昭和36年7月31日　[出]東京都　[学]早稲田大学教育学部国語国文学科卒　[賞]吉川英治文学新人賞(第18回)(平成9年)「鷲の驕り」　[歴]大学在学中はバンド・サークルのナレオでリードギターを担当。編集プロダクション勤務を経て、平成4年からフリーの編集者に。一方小説に取り組み、7年「龍の契り」で小説家デビュー。同作品は直木賞候補となる。9年「鷲の驕り」で吉川英治文学新人賞を受賞。他の著書に「ディール・メイカー」「骨董市で家を買う」などがある。　[団]日本文芸家協会

服部 まゆみ　はっとり・まゆみ
版画家　小説家　[生]昭和23年　[出]東京・日本橋　[学]現代思潮社美学校卒　[賞]日仏現代美術展3席ビブリオティック・デ・ザール賞(第10回)(昭和59年)、横溝正史賞(第7回)(昭和62年)「時のアラベスク」　[歴]小学校から高校まで静岡・熱海で過ごし、その後東京・本郷へ。昭和45年現代思想社の美学校へ入学。加納光於版画工房に入り銅版画を学ぶ。59年第10回日仏現代美術展で3席のビブリオティック・デ・ザール賞を受賞。この受賞式がパリで行われ、初の海外旅行へ。旅行の思い出を小説にした「時のアラベスク」で62年、第7回横溝正史賞を受賞。平成11年「この闇と光」が直木賞候補となる。他の著書に「罪深き緑の夏」「黒猫遁走曲」「一八八八 切り裂きジャック」など。

初野 晴　はつの・せい
ミステリー作家　[出]静岡県　本名=宮田剛志　[学]法政大学卒　[賞]横溝正史ミステリ大賞(第22回)(平成14年)「水の時計」　[歴]平成14年「水の時計」で第22回横溝正史ミステリ大賞を受賞。

花井 愛子　はない・あいこ
小説家　マンガ原作者　コピーライター　ワーズ・ワークス社長　[生]昭和31年11月30日　[出]愛知県名古屋市　別名=神戸あやか(かんべ・あやか)、浦根絵夢(うらね・えむ)　[学]南山高卒　[賞]宣伝会議賞　[歴]名古屋の短大中退後、OLを経てコピーライターに。昭和56年エージー社入社後、コピー作品で数多く受賞。59年フリーとなり、広告制作・出版プロデュースなどを行う。漫画の原作や歌謡曲の作詞も手がける。62年4月に講談社X文庫(ティーンズハート シリーズ)から「一週間のオリーブ」でジュニア小説界にデビュー。以来次々にヒットし、女子高生の超人気アイドル作家となる。「山田ババアに花束を」は舞台化された。のち企画制作プロダクション・ワーズ・ワークスを主宰

し、クリエイティブディレクター、コピーライター、小説家、エッセイスト、少女まんが原作者などとして幅広く活動。他の作品に「小説・生徒諸君」「花嫁衣裳は誰が着る」「恋曜日」「星の恋人たち」「ただいま!!」、コミックスでは「夢行き階段」「ジュディ！」など。
[団]日本文芸家協会

花井 俊子　はない・としこ
小説家　[没](生没年不詳)　[出]愛知県名古屋市　[賞]作家賞(第10回)(昭和49年)「赤い電車が見える家」、作品賞(第1回)(昭和55年)「降ってきた姫」　[歴]名古屋市の素封家に生まれる。水泳に打ち込み女医にあこがれるが、公立女学校に失敗し私立女学校に。昭和24年名古屋南部の公立中学校の家庭科教師となる。非行問題にとりくんだのが小説を書くきっかけに。文芸誌「作家」で活躍。作品に「赤い電車が見える家」「降ってきた姫」がある。　[家]息子＝青海健(文芸評論家)

花井 泰子　はない・やすこ
児童文学作家　[生]昭和10年　[出]愛知県豊川市　[賞]子ども世界新人賞(第12回)(昭和63年)「新河岸の八助」、埼玉文芸賞(第22回)(平成3年)「新河岸の八助」　[歴]童話雑誌「子ども世界」、同人誌「はんの木」に作品を発表。文芸川越編集委員を務める。また、人形劇団・どんぐり座の座員として台本も手掛ける。著書に「新河岸の八助」「ともだち100人つくろう」(共著)他。
[団]児童文化の会、むさしの児童文化の会、文芸広場、小さな童話の会、郷土高階愛好の会

花烏賊 康繁　はないか・やすしげ
児童文学作家　[生]昭和22年　[出]山形県　[歴]児童文学作家として活動、山形童話の会“もんぺの子”同人。平成14年旧日本軍の憲兵として満州(現・中国東北部)で残虐行為に関わった体験を手記に綴った土屋芳雄さんの生き様を子どもたちに伝えるために、その手記をまとめて「人間の良心 元憲兵 土屋芳雄の悔悟」として刊行。他の著書に「タヌキ森の仲間たち」。
[団]山形市芸術文化協会

花岡 大学　はなおか・だいがく
児童文学作家　奈良文化女子短期大学名誉教授　[専]仏典童話　[生]明治42年2月6日　[没]昭和63年1月29日　[出]奈良県吉野郡大淀町
本名＝花岡大岳　幼名＝如是(ゆきよし)、別名＝乗田新二郎(ひきた・しんじろう)　[学]龍谷大学文学部史学科(昭和9年)卒　[賞]未明文学賞奨励賞(昭和36年)「かたすみの満月」、小学館文学賞(第11回)(昭和37年)「ゆうやけ学校」、正力松太郎賞(第1回)(昭和52年)、仏教伝道文化賞(第20回)(昭和60年)、サンケイ児童出版文化賞、西本願寺門主賞
[歴]大阪市で小学校の代用教員をしていたが、昭和11年毎日新聞が出していた児童雑誌「大毎コドモ」に書いた童話が好評で童話作家となる。同年上原弘毅と童話作家連盟(のち童話作家クラブと改称)を結成し、「童話作家」を発行。14年新児童文学集団に参加し、童話集「月夜の牛車」(16年)で認められる。戦後は旺盛な創作活動を展開するかたわら、京都女子大学教授、奈良文化女子短期大学教授を歴任。この間、仏典童話に境地を拓き、48年その活動の場として、個人雑誌「まゆーら(くじゃく)」を創刊。「花岡大学童話文学全集」(全6巻，法蔵館)「花岡大学仏典童話全集」(全8巻，法蔵館)「続花岡大学仏典童話全集」(全2巻，法蔵館)がある。

花笠 文京(2代目)　はながさ・ぶんきょう
戯作者　[生]安政4年(1857年)　[没]大正15年　[出]江戸　本名＝渡辺義方　別号＝湾白童子、文京舎文京　[歴]仮名垣魯文門下で、「いろは」「絵入自由」などの新聞記者だったがのちに実業界に転じた。代表作に広沢参議暗殺事件に取材した「名広沢辺萍」、毒婦ものの「冬児立闇鴟」、芸者ものの「金花胡蝶幻」がある。

羽中田 誠　はなかだ・まこと
小説家　元・報知新聞社編集局総務　東京作家クラブ委員　[没]昭和63年5月13日　[出]山梨県甲府市　[歴]昭和7年読売新聞社入社。社会部次長、娯楽よみうり編集部長、読売スポーツ編集部長、婦人部長などをつとめ、報知新聞社出向。「小説と詩と評論」同人。著書に「小説・骨が原」などがある。

花形 みつる　はながた・みつる
小説家　[生]昭和28年　[出]神奈川県横須賀市
本名＝江川三重子　[学]東京学芸大学卒　[賞]野間児童文芸新人賞(第36回)(平成10年)「ドラゴンといっしょ」、野間児童文芸賞(第39回)(平成13年)「ぎりぎりトライアングル」　[歴]夫とともに学習塾を経営するかたわら、週1回の遊びの塾で子どもたちと遊び、その体験をもとに小説を執筆。「逃げろウルトラマン」は第25回文芸賞候補作となる。その他の著書に「ゴジラの出そうな夕焼けだった」「ドラゴンといっしょ」「ぎりぎりトライアングル」、エッセイ集「花形みつるの『こどもの事情』講座」「一瞬の原っぱ」などがある。

花木 深　はなき・しん

小説家　[生]大正14年　[出]東京都　本名＝小牧力蔵　[賞]サントリーミステリー大賞(大賞・読者賞，第10回)(平成4年)「B29の行方」　[歴]昭和26年チェースマンハッタン銀行に入行。61年退行。著書に「B29の行方」「天使の墓」などがある。

華城 文子　はなぎ・ふみこ

小説家　[生]昭和10年8月12日　[出]山口県佐波郡華城村(現・防府市)　本名＝玉井文子　[学]山口県立女子短期大学家政科(昭和31年)卒　[賞]群像新人文学賞(第27回)(昭和59年)「ダミアンズ、私の獲物」　[歴]昭和59年「ダミアンズ、私の獲物」で群像新人文学賞を受賞する。著書に「マタンサはまだ」がある。

花田 明子　はなだ・あきこ

劇作家　三角フラスコ主宰　[出]京都府長岡京市　[学]京都女子大学　[賞]OMS戯曲賞(佳作，第4回)(平成9年)「鈴虫のこえ、宵のホタル」　[歴]大学1年の時演劇部の新入生歓迎公演に出演したことがきっかけで芝居のとりこに。3年の時劇団・三角フラスコを旗揚げ。就職後も芝居への思いが断ち切れず1年で退職。平成7年初めて自作の戯曲を公演。8年家族への思いをテーマにした戯曲「鈴虫のこえ、宵のホタル」を上演。役者、演出もこなす。

花田 清輝　はなだ・きよてる

評論家　小説家　劇作家　[生]明治42年3月29日　[没]昭和49年9月23日　[出]福岡県福岡市東公園　[学]京都帝大英文科中退　[賞]サンデー毎日大衆文芸(第8回)(昭和6年)「七」　[歴]大学在学中の昭和6年「サンデー毎日」懸賞募集大衆小説部門に「七」が入選。11年中野正剛の東方会に参加。14年、中野秀人、岡本潤らと文化再出発の会を結成し「文化組織」を創刊。16年「自明の理」(のち「錯乱の論理」と改題)を刊行。戦後は21年「復興期の精神」を刊行し、さらに綜合文化協会、夜の会などを結成、前衛的芸術運動をこころみた。23年日本共産党に入党するが、党指導部を批判し、36年除名。27年「新日本文学」の編集長となるが、29年内紛のためにおろされる。その後「ものぐさ太郎」「泥棒論語」を発表し、小説家、戯曲作家としても活躍。「鳥獣戯話」「ものみな歌でおわる」「室町小説集」などの作品がある。34年、三々会を結成して演劇刷新運動を展開。35年には記録芸術の会を結成して「現代芸術」を創刊するなど、多方面で幅広く活躍し、「アヴァンギャルド芸術」「映画的思考」「近代の超克」など多くの作品がある。

花登 筐　はなと・こばこ

放送作家　小説家　劇作家　演出家　元・東宝芸能常務　元・劇団喜劇主幹　[生]昭和3年3月12日　[没]昭和58年10月3日　[出]滋賀県大津市　本名＝花登善之助(はなと・ぜんのすけ)　[学]同志社大学商学部(昭和26年)卒　[賞]芸術祭賞文部大臣特別奨励賞(昭和41年)、芸術祭賞文部大臣賞(昭和43年)、大阪府芸術賞(昭和43年)　[歴]学生時代からの芝居好きで、テレビ時代の幕開けとともに上方喜劇のヒットを飛ばしたが、「やりくりアパート」「番頭はんと丁稚どん」(昭和34〜36年)などが代表的番組。昭和29年OSミュージックの構成兼作家として東宝の専属となり、35年には大村崑、芦屋雁之助、小雁らと劇団笑いの王国を結成して東京にも進出。47年劇団喜劇主宰。その後も「じゅんさいはん」「あまくちからくち」「細うで繁盛記」「どてらい男」などの“商魂ドラマ”がヒットし、30年間に書いたテレビドラマは約6000本、舞台は500本。東宝芸能常務としても活躍した。小説の代表作に「銭牝」「ぬかるみの女」、戯曲に「粉雪の村」「天草の女」「さばの頭」など。著書に「私の裏切り裏切られ史」「花登筐長篇選集」(全10巻，講談社)などがある。50年女優・星由里子と結婚。

花房 柳外　はなぶさ・りゅうがい

新派劇作者　[生]明治5年11月24日　[没]明治39年4月30日　[出]岡山県　本名＝花房卓三　別名＝竹柴作造　[歴]はじめ河竹新七(3代目)の門弟で竹柴作造といったが、新派劇界に転じ川上一座の座付き作者となり「洋行中の悲劇」ほかを脚色。また宮戸座に「己が罪」「金色夜叉」も脚色。明治35年洋式演劇社を設立してイプセン作「社会の敵」を翻案上演した。

花村 奨　はなむら・すすむ

小説家　詩人　「森」(詩誌)主宰　[生]明治44年8月12日　[出]岐阜県　[学]東洋大学東洋文学科(昭和8年)卒　[賞]文部大臣賞「美しき首途」　[歴]出版社、高校等に勤務してのち作家生活に入る。著書に「美しき首途」「最上徳内」「鉄砲伝来物語」「勝海舟物語」「風雪会津藩物語」、詩集に「沙羅の木のように」他多数。　[団]新鷹会、かたりべの会、日本文芸家協会

花村 萬月　はなむら・まんげつ

小説家　[生]昭和30年2月5日　[出]東京都　本名＝吉川一郎　[学]サレジオ中卒　[賞]小説すばる新人賞(第2回)(平成1年)「ゴッド・ブレイス物語」、吉川英治文学新人賞(平成10年)「皆月」、芥川賞(第119回)(平成10年)「ゲルマニウムの夜」　[歴]中学校卒業後、全国を放浪し、様々な職を重ねる。平成元年「ゴッド・ブレイス物語」で第2回小説すばる新人賞を受賞しプロデ

ビュー。10年「ゲルマニウムの夜」で第119回芥川賞を受賞。他の著書に「眠り猫」「重金属青年団」「渋谷ルシファー」「なで肩の狐」「聖殺人者イグナシオ」「ヘビ・ゲージ」「笑う山崎」「セラフィムの夜」「ピグマリオン・コンプレックス」「皆月」「ぢん・ぢん・ぢん」「二進法の犬」「守宮薄緑」「オスメス」など。㊼日本文芸家協会、推理作家協会

花谷 玲子　はなや・れいこ
中国新聞社新人登壇・文芸作品懸賞募集第3席入賞　㊤昭和29年9月17日　㊦広島県福山市　㊧高校卒　㊨中国新聞社新人登壇・文芸作品懸賞第3席(第20回)(昭和63年)「『素描』1月4日・ホテル」　㊴昭和48年福山市内の高校を卒業。51年同市内の印刷会社に勤務。59年写植オペレーターとして独立。63年5月中国新聞社主催の第20回新人登壇・文芸作品懸賞募集に応募し、第3席入賞。受賞作は「『素描』1月4日・ホテル」。

花輪 莞爾　はなわ・かんじ
小説家　翻訳家　国学院大学外国語教授　㊧フランス象徴派　㊤昭和11年1月6日　㊦東京　㊧東京大学文学部仏文科(昭和35年)卒、東京大学大学院人文科学研究科仏語仏文学専攻(昭和40年)博士課程修了　㊨維新史、坂本龍馬、昭和維新、石原莞爾とその時代　㊴昭和46年発表の「渋面の祭」が芥川賞候補作品となり、47年「ガラスの夏」を刊行。仏文学者として国学院大学に勤務し、フランソワ・ボワイエ「禁じられた遊び」やジュール・ヴェルヌ「海底二万哩」、共訳「ランボー全集」など多くの翻訳書がある。著書に「埋もれた時」「悪夢『名画』劇場」「悪夢少劇場」「悪夢五十一夜」「坂本龍馬とその時代」「猫鏡」「石原莞爾独走す」などがある。また「長ぐつをはいたねこ」「ぼくの村」など童話の翻訳もある。　㊼日本フランス語フランス文学会

塙 英夫　はなわ・ひでお
小説家　㊤大正1年10月25日　㊥昭和63年2月20日　㊦東京　本名＝塙正　㊧一高中退　㊴左翼運動に関係し、転向後も渡満して反戦運動をする。昭和16年「アルカリ地帯」を発表。戦後は日教組関係の仕事に従事したのち、作家に専念する。著書に「背教徒」「自由の樹」などがある。

羽生田 敏　はにうだ・さとし
児童文学者　黒姫童話館館長　信州児童文学会副会長　㊤昭和9年7月3日　㊦長野県須坂市　㊧信州大学教育学部卒　㊨塚原健二郎文学賞(第9回)(昭和62年)「天(たかし)は小石になった」　㊧「とうげの旗」同人。須坂市立常盤中学校校長もつとめた。代表作に「高井の民話」「おおめしぐたろう」「兄弟星」などがある。㊼信州児童文学会

埴原 一亟　はにはら・いちじょう
小説家　㊤明治40年10月5日　㊦山梨県　㊧早稲田大学露文科中退　㊨「店員」「下職人」「翌檜」が芥川賞候補となる。新日本文学会会員、文芸復興同人。著書に「埴原一亟創作集」「人間地図」がある。

埴谷 雄高　はにや・ゆたか
小説家　評論家　㊤明治42年12月19日(戸籍：明治43年1月1日)　㊥平成9年2月19日　㊦福島県相馬郡小高町　本名＝般若豊(はんにゃ・ゆたか)　㊧日本大学予科(昭和3年)中退　㊨谷崎潤一郎賞(第6回)(昭和45年)「闇のなかの黒い馬」、日本文学大賞(第8回)(昭和51年)「死霊」、歴程賞(第28回)(平成2年)　㊴中学1年の時、東京に転居。日大入学後、アナーキズムの影響を受け、昭和6年共産党に入党。農民運動に従事したが、7年に検挙され、8年に転向出獄。20年文芸評論家の平野謙らと「近代文学」を創刊し、形而上学的な主題を繰広げた「死霊」を連載。45年「闇の中の黒い馬」で谷崎潤一郎賞を受賞、その後「死霊」の執筆を再開し、51年日本文学大賞を受賞、第一次戦後派作家としての活動を続けた。評論家としてはスターリニズム批判の先駆的存在として'60年安保世代に大きな影響を与え、「永久革命者の悲哀」などの政治的考察を多く発表。著書にアフォリズム集「不合理ゆえに吾信ず」「幻視の中の政治」のほか、「埴谷雄高作品集」(全15巻・別巻1、河出書房新社)「埴谷雄高評論選書」(全3巻、講談社)がある。平成12年福島県小高町に埴谷・島尾記念文学資料館がオープンした。㊼日本文芸家協会

埴輪 史郎　はにわ・しろう
推理作家　㊤明治45年1月　㊦宮城県仙台市　本名＝平楽太郎　㊴日立製作所に設計技師として入社。「パンポン」という社内誌を創刊。戦争中戯曲を書き「鍋釜談議」で日本厚生文化賞を受賞。NHKその他の募集にも入選。昭和25年「宝石」百万円コンクール中編部門に「海底の墓場」が入選、以後六編ほど探偵小説を発表。代表作に「ハルピンの妖女」「緊褌殺人事件」。

羽根田 康美　はねだ・やすみ
「LA心中」で文学界新人賞を受賞　㊤昭和31年　㊦大阪府　㊧和歌山大学中退　㊨文学界新人賞(第88回)(平成11年)「LA心中」

羽田 幸男　はねだ・ゆきお

童話作家　[生]昭和26年　[出]福島県　[学]法政大学文学部日本文学科卒　[賞]かんでん北文庫童話大賞(第5回)(平成5年)　[歴]大学時代から童話に関心を持ち、創作活動に従事。受賞歴がある。著書に「本日開店クマくんの料理店」などがある。

馬場 啓一　ばば・けいいち

エッセイスト　小説家　[生]昭和23年　[出]福岡県　[学]早稲田大学法学部卒　[歴]CMディレクターを経て、作家活動に入る。ライフ・スタイル全般に関するエッセイ、特にライフ・スタイルを切り口としたミステリー評論には定評がある。著書に「VANグラフィティ」「フットノート・パレード」「ザ・ハードボイルド」「愛と哀しみのライカ」「和の作法」「白洲次郎の生き方」、共著に「スペンサーの料理」、編著に「ザ・フィフティーズ」、訳書に「ザ・ヴォイス フランク・シナトラの人生」など。

馬場 信浩　ばば・のぶひろ

小説家　[専]大衆芸能(笑いの起源)　[生]昭和16年11月5日　[出]大阪府枚方市　[学]明治大学文学部演劇科(昭和37年)中退　[興]スポーツ文化論　[賞]エンタテイメント小説大賞(第1回)(昭和53年)「くすぶりの龍」　[歴]ぶどうの会俳優養成所卒業後、舞台中心に演劇活動に励む。一方小説を書き始め、昭和53年「小説宝石」主催エンタテイメント小説大賞を「くすぶりの龍」で受賞。同年テレビ朝日「23時ショー」の司会者となる。57年「落ちこぼれ軍団の奇跡」発表、のち「スクール・ウォーズ」としてTV化される。以後「栄光のノーサイド」「ノーサイド伝説」などのスポーツ作品を発表する。スポーツ評論家としても活躍。作品は他に「金色の波光」「将棋連盟が甦った日」など。

羽場 博行　はば・ひろゆき

推理作家　[生]昭和32年6月23日　[出]愛知県名古屋市　[学]工学院大学建築学科(昭和55年)卒　[賞]横溝正史賞(第12回)[H4年]「レプリカ」　[歴]建築会社勤務を経てフリーの建築士に。一方昭和62年から推理小説を書き始め、日本推理サスペンス大賞や横溝正史賞の最終候補にノミネートされた。平成4年「長い導火線」がテレビドラマ化された。作品に「朝もやの中に街が消える」「仮想現実の殺人」「崩壊曲線」など。　[団]日本文芸家協会

幅 房子　はば・ふさこ

童話作家　[生]昭和3年　[出]長野県大町市　[学]長野師範女子部卒　[賞]塚原健二郎文学奨励賞(第11回)「ビルマの砂」　[歴]小学校、幼稚園等に勤務。退職後、信濃子どもの本創作研究会に入会し、農業のかたわら童話の創作を志す。著書に「ビルマの砂」。

馬場 真人　ばば・まひと

CFプランナー　小説家　[生]昭和22年2月11日　[出]石川県金沢市　本名＝馬場マユト　筆名＝ばばまこと(ばば・まこと)　[学]早稲田大学教育学部社会学科卒　[賞]潮賞(ノンフィクション部門優秀作)(昭和62年)「ビッグ・アップル・ラン」、小説現代新人賞(第50回)(昭和63年)「グッバイ・ルビーチューズディ」　[歴]広告代理店でクリエイティブ部門に勤務する傍ら、小説を執筆。作品に「銀座広告社第一制作室」がある。

馬場 真理子　ばば・まりこ

児童文学作家　[生]昭和29年　[出]宮城県石巻市　[学]東北学院大学経済学部卒　[賞]福島正実記念SF童話賞大賞(第9回)「パパがワニになった日」　[歴]著書に「パパがワニになった日」がある。

馬場 ゆみ　ばば・ゆみ

小説家　[出]東京都　[学]立正大学文学部卒　[賞]ハーレクインロマンス・サンリオ大賞(昭和59年)　[歴]1月22日生まれ。著書に「冬のノクターン」「恋と拳銃」「ロング・トール・シンデレラ」。

帚木 蓬生　ははきぎ・ほうせい

小説家　医師　八幡厚生病院診療部長　[専]精神科学　[生]昭和22年　[出]福岡県小郡市　本名＝森山成彬(もりやま・なりあきら)　[学]東京大学文学部仏文科(昭和44年)卒、九州大学医学部(昭和53年)卒　[賞]九州沖縄芸術祭文学賞(第6回)(昭和50年)「頭蓋に立つ旗」、日本推理サスペンス大賞佳作(第3回)(平成2年)「賞の柩」、吉川英治文学新人賞(第14回)(平成5年)「三たびの海峡」、山本周五郎賞(第8回)(平成7年)「閉鎖病棟」、福岡県文化賞(第3回)(平成7年)、柴田錬三郎賞(第10回)(平成9年)「逃亡」　[歴]昭和44年TBSに入社。46年退職、九大医学部に入り直し精神科医になる。54年フランス政府の給費生としてマルセーユへ留学。傍ら小説を執筆。作品に「白い夏の墓標」「十二年目の映像」「カシスの舞い」「賞の柩」「アフリカの蹄」「閉鎖病棟」「逃亡」「受精」「安楽病棟」など。

羽深 律　はぶか・りつ

編集者　ライター　大気舎経営　[生]昭和23年　[出]東京・人形町　[学]横浜国立大学卒　[賞]小説新潮新人賞　[歴]東京海上火災を経て、JICC(現・宝島社)に入社。「月刊宝島」編集者時代に小説新潮新人賞受賞。その後フリーとなり、書籍の編集や週刊誌のライターとして活躍。のち古物商兼出版社の大気舎(東京都江東区)を営む。著書に「質屋の知恵袋・平成売物図鑑」、訳書に「現代語訳・南総里見八犬伝〈1～6〉」がある。

浜 祥子　はま・さちこ

童謡詩人　童話作家　[生]昭和19年　[出]北海道　[学]中央大学文学部卒　[賞]カネボウ・FM童謡大賞(第4回)(平成1年)、小川未明文学賞大賞(第1回)(平成4年)「おじいさんのすべり台」　[歴]福島県立養護学校教諭を経て、フリーとなり、自宅に「子ども文庫」をつくって地域の子供たちと接しながら詩や童話を創作。　[家]兄＝宗像紀夫(東京地検特捜部副部長)

浜 たかや　はま・たかや

児童文学作家　[生]昭和10年7月13日　[出]愛知県岡崎市　本名＝浜野孝也　[学]早稲田大学中退　[賞]日本児童文学者協会新人賞(第18回)(昭和60年)「太陽の牙」、サンケイ児童出版文化賞(第32回，35回，39回)(昭和60年，63年，平成4年)「太陽の牙」「遠い水の伝説」「月の巫女」、赤い鳥文学賞(第19回)(平成1年)「風、草原を走る」　[歴]評論に「神沢利子氏における『見ること』と『食べること』」、代表作に「太陽の牙」「火の王誕生」「犬・犬・みんな犬」「宇宙人の地球日記」「月の巫女」「遠い水の伝説」「風、草原を走る」など。　[団]日本児童文学者協会、中部児童文学会

はま まさのり

小説家　[生]昭和37年8月7日　[出]福岡県北九州市　本名＝下河内久登　[学]法政大学中退　[歴]大学在学中からライターを志し、MBS系TVアニメ「超時空騎団サザンクロス」でシナリオライターとしてデビュー。のち、玩具の企画、雑誌編集などを経て、作家に。著書に「青の騎士ベルゼルガ物語」シリーズ、「凶兵器ヴァンヴィール」「マージナル・マスターズ」シリーズなど。

はま みつを

児童文学作家　[生]昭和8年9月20日　[出]長野県塩尻市　本名＝浜光雄　[学]信州大学教育学部卒　[賞]信州児童文学会作品賞(第4回)(昭和39年)「北をさす星」、赤い鳥文学賞(第9回)(昭和54年)「春よこい」、塚原健二郎文学賞(第5回)(昭和57年)「レンゲの季節」、産経児童出版文化賞(第37回)(平成2年)　[歴]中学校教師の傍ら、児童文学を執筆。文芸誌「ザザ」を経て、昭和31年「とうげの旗」創刊に参加、編集長を務め、「信濃の民話」の編集を担当。代表作に「かぼちゃ戦争」「春よこい」「わが母の肖像」「先生の赤ちゃん」などがある。　[団]日本児童文学者協会、信州児童文学会

浜尾 四郎　はまお・しろう

探偵小説家　弁護士　[生]明治29年4月20日　[没]昭和10年1月29日　[出]東京　[学]東京帝国大学独法科(大正12年)卒　[歴]東大卒業後検事局に勤務し、昭和3年弁護士を開業。そのかたわら探偵小説を書き、4年「彼が殺したか」を発表。以後「殺人小説集」「殺人鬼」などを刊行。8年貴族院議員になった。　[家]父＝加藤照麿(男爵)、弟＝京極高鋭(音楽評論家)、古河緑波

浜口 賢治　はまぐち・けんじ

小説家　童話作家　[生]昭和5年　[出]長崎県西彼杵郡大瀬戸町雪浦　[学]瓊浦中　[歴]原爆症と闘いながら自営業。昭和55年事業を閉鎖、文学修業のため上京。東急コミュニティーに勤めながら小説、童話創作に励む。平成6年読売新聞大阪本社広告局募集の仏教童話「島のお寺」が入選。他に作品多数。著書に「西海の聖者―小説・中浦ジュリアン」がある。

浜口 隆義　はまぐち・たかよし

小説家　[生]昭和28年　[出]兵庫県淡路島　[学]国立児島海員学校卒、大検合格　[賞]文学界新人賞佳作(第65回)(昭和62年)「遊泥の海」、文学界新人賞(第67回)(昭和63年)「夏の果て」　[歴]数々の職業を転々としながら日本各地を放浪し、昭和61年2月交通事故のため、淡路島に帰郷。以来文筆業に専念する。

浜口 拓　はまぐち・たく

三重フレネ研究会事務局長　「青い鳥」編集委員　[生]昭和35年　[出]三重県　[学]三重大学教育学部卒、三重大学教育専攻科修了　[賞]鳥羽市マリン文学賞(地方文学賞，第6回)　[歴]伊勢志摩で小中学校講師を務めたのち、志摩町で学習塾を開く。趣味と実益を兼ねた教育学と心理学研究、文芸創作を楽しむ。三重フレネ研究会事務局長、三重民間教育研究所所員。「石の詩」同人、「青い鳥」編集委員。著書に「異・邦・人―My Alone Lover」がある。　[団]フレネ教育研究会

浜崎 健自　はまざき・けんじ

高校教師(鹿児島県立錦江湾高)　作家　筆名＝青崎庚次　[学]鹿児島大学教育学部2年制国語科(昭和27年)卒、国学院大学文学部(昭和35年)卒　[賞]九州芸術文学賞(昭和59年度)「黍の葉揺れやまず」　[歴]教師の傍ら小説を手掛け、昭和47年、地元・鹿児島県の新聞の新春文芸コンクー

ルでいきなり佳作。59年には別の地元紙の第1回文学賞を受賞した。50年から4年間赴任した徳之島で取材した西郷隆盛の遠島処分時代の小説「黍(きび)の葉揺れやまず」で59年度九州芸術祭文学賞を受賞。

浜崎 達也　はまざき・たつや

小説家　[生]昭和48年　[出]茨城県　[学]筑波大学比較文化学類卒　[賞]角川スニーカー大賞(優秀賞，第4回)(平成11年)「トリスメギトス―光の神遺物」　[歴]ゲーム会社勤務を経て、フリーライターに。平成11年第4回角川スニーカー大賞優秀賞を受賞。著書に「トリスメギトス―光の神遺物(レリクス)」「ワンピース」「ラブ・アンド・デストロイ」などがある。

浜田 糸衛　はまだ・いとえ

作家　婦人運動家　日中友好神奈川県婦人連絡会名誉会長　[生]明治40年　[出]高知県吾川郡伊野町　[学]高知県立高女卒　[歴]昭和7年長編小説「雌伏」を出版。戦後は婦人運動に携り、日本女子勤労連盟委員長、全日本婦人団体連合会事務局長を歴任。28年コペンハーゲンでの世界婦人大会に出席。ソ連、東欧、中国を歴訪。50年日中友好神奈川県婦人連絡会を結成。平成5年10回目の訪中を果たす。長編童話に「野に帰ったバラ」「豚と紅玉」「金の環の少年」「あまとんさん」など。

浜田 金広　はまだ・かねひろ

シナリオライター　[生]昭和36年　[出]長崎県　[学]横浜放送映画専門学校卒　[賞]新人映画シナリオコンクール佳作(第39回)(平成1年)「大安吉日」　[歴]TVドラマのA・Dを経験した後、アルバイト生活を送りながらシナリオを執筆。

浜田 けい子　はまだ・けいこ

児童文学作家　[出]大阪府大阪市　本名＝浜田慶子　[学]明治大学文学部演劇学科卒　[賞]現代少年文学賞(第3回)(昭和40年)「魔女ジパングを行く」、路傍の石文学賞(第10回)(昭和63年)「まぼろしの難波宮」　[歴]NHKで幼児番組の台本を執筆。ノンフィクション、SF、歴史についての著作が多い。著書に「太陽とつるぎの歌」「野をかける少年」「おれの名はスパイ」「まぼろしの難波宮」など。　[団]日本児童文芸家協会、日本児童文学者協会、少年文芸作家クラブ、ノンフィクション児童文学の会　[家]夫＝浜田泰三(元早稲田大学教授)

浜田 隼雄　はまだ・はやお

小説家　[生]明治42年1月16日　[没]昭和48年3月26日　[出]宮城県仙台　[学]東京帝国大学法文学部　[賞]台湾文芸賞(昭和17年)「南方住民村」　[歴]学生時代、学生運動、農民運動に参加。卒業後台湾で教師生活をし、そのかたわら創作をして「南方住民村」などを発表。戦後は郷里に帰り、富ノ沢麟太郎を調査したりする。新日本文学会、日本民主主義文学同盟に参加。没後の昭和50年「浜田隼雄作品集」が刊行された。

浜田 広介　はまだ・ひろすけ

児童文学作家　[生]明治26年5月25日　[没]昭和48年11月17日　[出]山形県東置賜郡屋代村(現・高畠町)　本名＝浜田広助　[学]早稲田大学英文科(大正7年)卒　[賞]児童文化賞(第1回・幼年物)(昭和15年)「ひらがな童話集」、野間文芸奨励賞(第2回)(昭和17年)「りゅうの目の涙」、芸能選奨文部大臣賞(文学・評論部門・第3回・昭和27年度)「ひろすけ童話集」、サンケイ児童出版文化賞(第4回，8回)(昭和32年，36年)「浜田広介童話選集」「あいうえおのほん―字をおぼえはじめた子どもたちのための」、国際アンデルセン賞国内賞(第2回)(昭和38年)「ないた赤おに」　[歴]米沢中学在学中、短歌グループ「果樹林社」を結成し、「秀才文壇」に短歌や小説を投稿。大正3年から「万朝報」に短編小説を投稿。6年、処女作童話「黄金の稲束」が大阪朝日新聞の「新作お伽噺」に入選、児童文学へ進むきっかけとなる。7年早大卒業後、春秋社の「トルストイ全集」の校正に従事。8年「良友」誌の編集者、作家となる。10年実業之日本社に入社。のち、関東大震災で退社、文筆活動に入る。東北人らしいねばりと誠実な人柄をもって大正、昭和の50年以上を約1000編におよぶ童話を書き続け、戦後の児童文学の盛況をもたらす先駆的役割をつとめた。代表作に「ないた赤おに」「椋鳥の夢」「大将の銅像」「ひろすけ童話読本」「ひらがな童話集」など。昭和30年日本児童文芸家協会を設立し、初代理事長、41年会長となり、没するまで児童文学の普及と創作活動を推進した。“ひろすけ童話”の全容は「ひろすけ幼年文学全集」(全12巻)と「浜田広介全集」(全12巻)にみることができる。平成元年功績を讃え、ひろすけ童話賞が創設された。[家]娘＝浜田留美(国際学友会日本語学校講師)

浜田 順子　はまだ・よりこ

文芸賞を受賞　[生]昭和49年　[出]兵庫県　[学]武庫川女子大学卒　[賞]文芸賞(第36回)(平成11年)「Tiny，tiny」　[歴]フリーターとして病院の図書室で司書のアルバイトをするかたわら、執筆活動を行う。

浜野 えつひろ　はまの・えつひろ

児童文学作家　[生]昭和36年　[出]東京都　[学]明治大学文学部卒　[賞]ぶんけい創作児童文学賞(佳作，第2回)「電子モンスター、あらわる！」、児童文芸新人賞(第27回)(平成10年)「少年カニスの旅」　[歴]学生時代は演劇活動に熱中。外資系出版社勤務のかたわら創作活動。作品に「電子モンスター、あらわる！—コンピュータゲームからの秘密通信」「少年カニスの旅」がある。[団]日本児童文学者協会

浜野 健三郎　はまの・けんざぶろう

小説家　[生]明治44年8月1日　[没]平成7年2月13日　[出]栃木県　[学]早稲田大学文学部英文科(昭和11年)卒　[歴]「文学者」創刊当初から同人となり、同誌で創作活動を続け、昭和30年「私版スサノオ紀」を刊行。33年には「毎日新聞」に「最後の谷」を連載。その他の著書に「死者の棲む谷」「評伝 石川達三の世界」などがある。

浜野 卓也　はまの・たくや

作家　文芸評論家　元・山口女子大学文学部教授　[専]児童文学　近代日本文学　[生]大正15年1月5日　[出]静岡県御殿場市　[学]早稲田大学文学部国文科(昭和30年)卒　[興]童話創作、歴史小説創作、戦後児童文学史、宮沢賢治，新美南吉の比較研究　[賞]毎日児童小説(第14回)(昭和39年)「みずほ太平記」、新美南吉文学賞(第7回)(昭和49年)「新美南吉の世界」、サンケイ児童出版文化賞(第25回)(昭和53年)「やまんばおゆき」、小学館文学賞(第31回)(昭和57年)「とねと鬼丸」、児童文化功労者賞(第37回)(平成9年)　[歴]中学、高校での教員生活の傍ら創作を始め、上野高教頭を最後に退職。山口女子大学教授、のち日本大学芸術学部講師などを歴任。主な著書に「やまんばおゆき」「とねと鬼丸」「五年二組の宿題戦争」「五年二組の秘密クラブ」「堀のある村」などの創作の他、評論に「新美南吉の世界」「立原道造……はれなき哀しみの詩」「戦後児童文学作品論」「童話にみる近代作家の原点」など多数。　[団]日本児童文学者協会、日本児童文芸家協会、日本児童文学学会(代表理事)、日本文芸家協会、日本詩人クラブ

浜本 浩　はまもと・ひろし

小説家　[生]明治24年4月20日　[没]昭和34年3月12日　[出]高知市　[学]同志社中学部(明治42年)中退　[賞]新潮社文芸賞(第1回)(昭和13年)「浅草の灯」　[歴]博文館に入るが、のち南信日日新聞、信濃毎日新聞、高知新聞の記者を歴任し、大正8年改造社京都支局長になる。昭和7年改造社を辞して作家活動に入り、「十二階下の少年達」「浅草の灯」などを発表。戦時中は海軍報道隊員としてラバウルなどに従軍した。

早川 三代治　はやかわ・みよじ

経済学者　小説家　[生]明治28年6月22日　[没]昭和37年8月28日　[出]北海道小樽市　[学]北海道帝国大学農学部(大正10年)卒　経済学博士(早稲田大学)(昭和35年)　[歴]大学卒業後4年間ヨーロッパに留学し、ウィーン大学などで数理学派の経済学を修める。帰国後、北海道帝国大学講師となり、昭和9年助教授。11年退職し、郷里で地主生活に入るが、研究は続け、23年小樽商科大学教授、32年早稲田大学教育学部教授を務める。一方、北大予科時代に有島武郎に接し、その後も「北大文芸」に度々小説を発表。島崎藤村に師事し「聖女と肉体」「ル・シラアジュ」「土と人」などを刊行。経済学の分野では「純理経済学序論」などの著書9冊がある。

早坂 暁　はやさか・あきら

作家　脚本家　演出家　[生]昭和4年8月11日　[出]愛媛県北条市　本名＝富田祥資(とみた・よしすけ)　[学]日本大学芸術学部演劇科(昭和31年)卒　[賞]ギャラクシー賞(昭和43年)、年間シナリオ(昭50年度・52年度)「青春の雨」「青春の門自立篇」、モンテカルロ国際テレビ祭シナリオ賞(昭和50年・52年)、芸術祭賞優秀賞(昭50年度・53年度)、テレビ大賞(優秀個人賞)(昭和54年)、芸術選奨文部大臣賞(放送部門)(昭和54年)「修羅の旅して」「続・事件」、日本映画テレビプロデューサー協会賞(特別賞)(昭和55年)、放送文化基金賞(昭和56年)、NHK放送文化賞(昭和57年)、向田邦子賞(第4回)(昭和60年)「花へんろ・風の昭和日記」、新田次郎文学賞(第9回)(平成2年)「華日記—昭和いけ花戦国史」、講談社エッセイ賞(第6回)(平成2年)「公園通りの猫たち」、放送文化基金賞(平成3年)「女相撲」、紫綬褒章(平成6年)、勲四等旭日小綬章(平成12年)　[歴]生家は北条市の商家で、父親は芝居小屋を所有していた。敗戦直後の広島で無数の人魂を見て以来、原爆にこだわり続ける。昭和36年から脚本家としての仕事を始め、「七人の刑事」などを書く。50年テレビ・ドキュメンタリー「君は明日を掴めるか」、53年ドラマ「わが兄はホトトギス」で芸術祭優秀賞を受賞。つづいて「修羅の旅して」などで54年度芸術選奨文部大臣賞を受賞するなど、受賞多数。人間へのいたわりを描き、“社会派”と称される。日本放送作家協会理事長を務めた。他の代表作にテレビ「新・事件」シリーズ、「天下御免」「夢千代日記」「花へんろ」、映画「空海」「夏少女」「天国の駅」など。小説の執筆にも意欲を示し、著書に小説「ダウンタウン・ヒーローズ」「日本ルイ14世伝」「山頭火」「華日記」「四季物語」「東京パラダイス」、エッセイ「公園通りの猫」「夢の景色」「テレビがやって来た！」がある。また「好色一代男」「夢千代日

記・暁のひと」など舞台演出も手がける。　⑰日本脚本家連盟

早坂 久子　はやさか・ひさこ
劇作家　詩人　㊌大正15年2月12日　㊙東京都渋谷区　㊥日本女子大学文学部国文科(昭和23年)卒　㊤岸田国士戯曲賞(第6回)(昭和35年)「相聞」　㊨教師を経て、昭和28年「悲劇喜劇」編集部に入る。同誌戯曲研究会に参加し、同誌に多くの戯曲を発表。戯曲に「相聞」「雁の帰るとき」、詩集に「ふあんたじあ」などがある。劇団仲間に所属。　⑰日本演劇協会

林 郁　はやし・いく
作家　㊙小説　女性問題　㊌昭和11年8月18日　㊙長野県岡谷市　本名=川名郁子(かわな・いくこ)　㊥早稲田大学政治経済学部(昭和35年)卒　㊨女性、エコロジー、宗教、辺境への旅　㊨女性の目で見た現実の矛盾を執筆。昭和58年「満州・その幻の国ゆえに—中国残留妻と孤児の記録」で注目を集め、更に心身ともに別れたも同然の夫婦の内面を取りあげた「家庭内離婚」が連続テレビドラマにもなり、話題を呼ぶ。ほかに「あなたは誰ですか」「新編・大河流れゆく」「やさしさごっこの時代」など。　⑰日本文芸家協会、日本ペンクラブ

林 逸馬　はやし・いつま
小説家　㊌明治36年6月23日　㊍昭和47年9月2日　㊙福岡県　㊥東京帝大文学部社会学科(昭和3年)卒　㊤九州文学賞(第4回)(昭和19年)「筑後川」　㊨時代小説「大虚」が福岡日日新聞の懸賞小説1等に当選して同社に入った。社会部、調査部、文化部に勤めながら「九州文学」「芸林」同人として作家活動を続けた。九州文学賞の「筑後川」のほか、「サルと人間の間」「危険な娘」「旅宿」「九州むかしむかし」などの著書がある。ドストエフスキー研究でも知られる。

林 えり子　はやし・えりこ
作家　㊌昭和15年1月2日　㊙東京・本郷　本名=林恵理子　㊥慶応義塾大学文学部(昭和37年)卒　㊤大衆文学研究賞(評論・伝記部門、第11回)(平成9年)「川柳人・川上三太郎」　㊨雑誌編集者を経て、作家活動に入る。著書に「愛せしこの身なれど・夢二の妻」「桂跡のひまわり」「仮装—男装の麗人・川島芳子」「結婚百物語」「川柳人・川上三太郎」など。　⑰日中文化交流協会、日本文芸家協会

林 一夫　はやし・かずお
児童文学作家　医事評論家　㊌昭和8年9月14日　㊙北海道　㊥早稲田大学文学部(昭和34年)卒　㊨編集者を経て医学リポーターとして、各種雑誌にリポートを発表する。東洋医学舎で「漢方医薬新聞」の編集長をつとめる傍ら、児童文学の世界でも活躍。著書に「ほんとうの月見草効果」「逆説砂糖効果」「霊芝研究用資料」(1～3)「漢方で無理なくスッキリやせる」「葉隠ものがたり」「宮本武蔵—その物語と実像」「不死蝶の誕生—卓球への偏見・侮辱と戦った少年・田舛彦介の物語」他多数。　⑰日本児童文学者協会

林 京子　はやし・きょうこ
小説家　㊌昭和5年8月28日　㊙中国・上海　本名=宮崎京子(みやざき・きょうこ)　㊥長崎高女卒　㊤芥川賞(第73回)(昭和50年)「祭りの場」、群像新人文学賞(第18回・小説部門)(昭和50年)「祭りの場」、女流文学賞(第22回)(昭和58年)「上海」、川端康成文学賞(第11回)(昭和59年)「三界の家」、谷崎潤一郎賞(第26回)(平成2年)「やすらかに今はねむり給え」、野間文芸賞(第53回)(平成12年)「長い時間をかけた人間の経験」、神奈川文化賞(平成13年)　㊨昭和6年から上海に居留。20年2月帰国して、同年8月長崎で被爆。37年「文芸首都」に参加し、文筆活動に入る。克明な被爆の記録である「祭りの場」で50年群像新人賞、芥川賞を受賞。その後も8月9日の被爆者として「ギヤマンビードロ」「無きが如し」「やすらかに今はねむり給え」などの作品を書く。平成元年大江健三郎らと共に、日本原水爆被害者団体協議会刊の『『あの日』の証言』を英訳する運動に参加。他に、「上海」「三界の家」「長い時間をかけた人間の経験」、エッセイ「ヴァージニアの蒼い空」「瞬間の記憶」、中短編集「谷間」「輪舞」などがある。　⑰日本文芸家協会

林 圭一　はやし・けいいち
劇作家　演出家　シナリオライター　㊌昭和4年　㊥文化学院(昭和23年)卒　㊨昭和19年予科練に入隊。菊田一夫に師事して、昭和23年古川ロッパ一座の舞台監督となり巡業に加わる。のち空気座文芸部、新宿セントラル劇場を経て、28年東宝・日劇製作室に入り、数々の芝居、ミュージカルを手がける。38年東宝を退社、その後はフリーの劇作・演出家、放送作家として活動する。著書に「舞台裏の喜劇人たち」がある。

林 黒土　はやし・こくど
児童文学作家　児童劇作家　⽣大正8年2月1日　出福岡県　本名=黒土康男　東京農業専門学校(現・筑波大学農学部)卒　毎日児童小説(第3回)(昭和28年)「光の子」、日本児童劇作家協会賞(昭和31年)「花火」「青い火花」、テアトロ劇曲賞(昭和42年)「貧乏神」　児童劇執筆の傍ら、歌舞伎座様式で建てられた飯塚市の嘉穂劇場保存運動など、地域文化の研究・振興にも関わっている。九州大谷短期大学客員教授も務めた。著書に「林黒土一幕劇集」「かとりかのれぷぶりか」「光の子」「春雷」「筑豊の少女」「黒い太陽」などがある。
所日本児童演劇協会、日本演劇学会、九州作家

林 俊　はやし・しゅん
作家　⽣大正2年10月11日　出長野県飯田市　⼤東文化学院中退　信州文学賞(第1回)(昭和44年)「雨夜空」　信州文芸誌協会長などをつとめる。著書に「人虫記」「寺の音」「りんご並木」など。　所日本文芸家協会、新日本文学会、日本ペンクラブ

林 青梧　はやし・せいご
小説家　南京大学名誉教授　⽣昭和4年11月19日　出東京　本名=亀谷梧郎(かめがい・ごろう)　東京都立大学人文学部英文学科(昭和29年)卒　社会党文芸賞(第1回)、中国国家友誼奨　昭和21年朝鮮より帰国。大学卒業後、日大豊山高校、日本大学芸術学部にて教鞭を執る。異国での敗戦体験を核に「文芸日本」「文学者」に拠り創作活動を開始。以来、数回芥川賞および直木賞候補となるなど、教職のかたわら、社会派歴史作家として活躍。平成2～7年南京大学客員教授。著書に「飢餓革命」「誰のための大地」「ながい鉛の道」「文明開化の光と闇」「足利尊氏」「満鉄特急あじあ物語」「王国の記念碑」「『日本書紀』の暗号」などがある。
所日本文芸家協会、日本ペンクラブ

林 髞　はやし・たかし
生理学者　推理作家　慶応義塾大学名誉教授　⼤脳生理学　⽣明治30年5月6日　昭和44年10月31日　出山梨県甲府市　筆名=木々高太郎(きぎ・たかたろう)　慶応義塾大学医学部(大正13年)卒　医学博士　直木賞(第4回・昭和11年度)「人生の阿呆」、日本探偵作家クラブ賞(第1回・短編賞)(昭和23年)「新月」、福沢賞(昭和26年)　加藤元一教授の門下に入り神経生理学を専攻。昭和7年ソビエト留学、パブロフの下で条件反射理論を学び、日本へ紹介。条件反射を手がかりに大脳生理に迫った。慶応義塾大学講師、助教授を経て、21年教授に就任。26年「錐体外路系の実験生理学的研究」で福沢賞を受賞。40年に大学を退職。文筆の才にも恵まれ、木々高太郎の筆名で9年海野十三の勧めで発表した「網膜脈視症」が精神分析を扱った特異な探偵小説として注目される。12年に「人生の阿呆」で第4回直木賞受賞。23年「新月」で第1回探偵作家クラブ賞を受けた。"探偵小説芸術論"を展開し、論理的遊戯であると主張する甲賀三郎と論争、"推理小説"の名称を提唱。28～30年探偵作家クラブ会長を務め、江戸川乱歩賞の選者もつとめた。また、医学啓蒙書も多数執筆、「頭のよくなる本」(35年)はベストセラーとなる。他の小説に「青色鞏膜」「文学少女」などがあり、「木々高太郎全集」(全6巻, 朝日新聞社)がある。

林 多加志　はやし・たかし
フリーライター　⽣昭和30年　出千葉県船橋市　中央大学文学部国文学科卒　講談社児童文学新人賞入選(第31回)(平成2年)「ウソつきのススメ」　出版社勤務を経て、フリーライターに。少年雑誌などに寄稿しながら、故・大石真に師事して児童文学を学ぶ。

はやし たかし
放送作家　童話作家　コント作家　⽣昭和12年2月18日　出千葉県　本名=林孝　早稲田大学文学部卒　大学在学中から、NHK、TBS等でテレビ・ラジオの台本を作成。創作テレビドラマから、NHK「おはなし玉手箱」「おはし出てこい」等の放送台本は人気を得た。その他創作童話、短編小説(ゴルフ千一夜等)、英文翻訳、偉人・科学マンガのシナリオ構成など著書多数。特に松本零士原作「銀河鉄道999」(全4巻)がベストセラーになり、話題を呼ぶ。以後、宇宙や地球ものの講演が多くなる。現在は産経学園講師、CHKラジオドラマ審査委員長。劇団すぎのこ顧問。清瀬市議を4期務めた。平成10年参院選神奈川選挙区にスポーツ平和党から立候補するが落選。「サンデー毎日」に「ゴルフジョーク」を連載する。他の著書に「刀を切る刀」「過去に戻された国」、訳書にダニエル・デフォー「ロビンソン・クルーソー」などがある。

林 トモアキ　はやし・ともあき
小説家　⽣昭和54年9月17日　出新潟県　新潟工科専門学校自動車工学科卒　角川学園小説大賞(優秀賞, 第5回)「ばいおれんすまじかる!」　「ばいおれんすまじかる!」で第5回角川学園小説大賞優秀賞を受賞。

林 二九太　はやし・にくた
劇作家　小説家　㋺明治29年4月11日　㋩東京・銀座　本名＝林二九太(はやし・ふくた)　㋬慶応義塾大学文科中退　㋕大正15年脚本「うし紅」が「演芸画報」に掲載されたのを機に文筆の道に入る。代表作に「大東京は曇り後晴れ」「郵便屋さん」「バンカラ社員」がある。

林 秀彦　はやし・ひでひこ
作家　㋺昭和9年9月26日　㋩東京　㋬ザールブリュッケン大学(西独)、モンペリエ大学(仏)哲学科(昭和35年)卒　㋕作家・映画監督の国際化　㋬学習院高等科を経て西ドイツ・ザールブリュッケン大学、フランス・モンペリエ大学で哲学を学ぶ。帰国後松山善三に師事し、放送作家の道に。代表作に「ただいま11人」「七人の刑事」「鳩の海」「池中玄太シリーズ」など。また「父親がする娘教育」「梗概」「女と別れた男たち」などの著書がある。63年オーストラリアの自然の中へ遁世。　㋵日本脚本家連盟、日本放送作家協会、Australian Writers Guild、The Australian Society of Authors

林 弘明　はやし・ひろあき
シナリオライター　㋺昭和7年10月21日　㋩山口県柳井市　㋬中央大学法学部(昭和30年)中退、シナリオ研究所(第1期)(昭和33年)修了　㋕文部大臣賞(昭和45年)「平泉の文化財」　㋬昭和30年出版社の編集部員を経て、34年シナリオコンクール受賞。37年日活専属ライターに。「腰抜けガンファイター」「命しらずのろくでなし」などを手がけ、42年フリーに。以後、短編映画、ドキュメンタリー、VTR作品などを多く手がける。著書に「そろそろ晩年何かをしよう—森氏の迷留変奇行」。　㋵シナリオ作家協会

林 房雄　はやし・ふさお
小説家　評論家　㋺明治36年5月30日　㋺昭和50年10月9日　㋩大分県大分市大分港　本名＝後藤寿夫(ごとう・ひさお)　別名＝白井明　㋬東京帝国大学法科中退　㋕文学界賞(第13回)(昭和12年)「乃木大将」、大衆雑誌懇話会賞(第1回)(昭和22年)「妖魚」　㋬大正8年旧制・五高在学中、マルキシズムに傾倒、12年東大に進んで新人会の活動家となる。14年雑誌「マルクス主義」に「日和見主義の誕生」などの論文を発表し、15年東京の学生連合委員長として治安維持法違反事件で起訴され、昭和5年に下獄。一方、大正15年に文芸戦線に処女作「林檎」を発表、注目される。その後「絵のない絵本」「N監獄署懲罰日記」などを発表、昭和4年朝日新聞に「都会双曲線」を連載、新進作家として一家をなした。5年には共産党シンパ事件で検挙され、1年9カ月獄中生活。9年に3度目の獄中生活を送るが、その後は転向。この間、7年に獄中で温めていた構想を長編小説「青年」として発表。他の代表作に「壮年」「西郷隆盛」など。戦後、公職追放されたが、25年「息子の青春」、29年「息子の縁談」などの明朗もので復活し、また「大東亜戦争肯定論」「続大東亜戦争肯定論」「神武天皇実在論」等を著した。「林房雄著作集」(全3巻，翼書院)がある。

林 不忘　はやし・ふぼう
小説家　翻訳家　㋺明治33年1月17日　㋺昭和10年6月29日　㋩新潟県佐渡郡相川町(佐渡島)　本名＝長谷川海太郎(はせがわ・うみたろう)　別筆名＝谷譲次(たに・じょうじ)、牧逸馬(まき・いつま)　㋬函館中(大正6年)中退　㋕大正7年渡米、オハイオ・ノーザン大学に籍を置き各地を放浪、13年帰国。14年谷譲次の筆名で「ヤング東郷」を書き、つづいて林不忘の筆名で探偵雑誌に時代物を書いて文名を認められた。さらに牧逸馬の筆名で海外推理小説の翻訳や通俗小説を書いた。谷譲次名ものに「テキサス無宿」「めりけんじゃっぷ商売往来」「もだん・でかめろん」など"めりけんじゃっぷもの"がある。昭和2年から東京日日新聞に「新版大岡政談」(林不忘名)を連載し大衆文壇の花形作家となる。同年外遊。帰国後の5年東京日日新聞に長編小説「この太陽」「七つの海」を連載、さらに婦人雑誌に進出して7年から「地上の星座」(牧逸馬名)を連載、大ヒットした。時代小説では「丹下左膳」(林不忘名)が人気を博し、片目片腕の怪剣士は大河内伝次郎の映画とともに記憶される。また「世界怪奇実話」(牧逸馬名)では実録小説の分野を開拓するなど、一人数役をこなし、"文壇のモンスター"といわれた。作品は「一人三人全集」(全6巻，河出書房新社)に収められている。　㋛父＝長谷川淑夫(元函館新聞社長)、弟＝長谷川潾二郎(洋画家)、長谷川濬(ロシア文学者)、長谷川四郎(作家)

林 芙美子　はやし・ふみこ
小説家　詩人　㋺明治36年12月31日　㋺昭和26年6月28日　㋩山口県下関市田中町　本名＝林フミコ　別筆名＝秋沼陽子　㋬尾道高女(大正11年)卒　㋕女流文学者賞(第3回)(昭和24年)「晩菊」　㋬大正11年上京、売り子、女給などさまざまな職を転々としながら、詩や童話を発表。この時期、アナーキスト詩人、萩原恭次郎、高橋新吉らと知りあい大きな影響を受ける。13年7月友谷静栄と詩誌「二人」を創刊。昭和3年から4年にかけて「女人芸術」に「放浪記」を発表して好評をうける。4年詩集「蒼馬を見たり」を刊行。5年刊行の「放浪記」はベストセラーとなり、作家としての立場を確立

した。5年中国を、6年から7年にかけてはヨーロッパを旅行。6年「風琴と魚の町」、10年「泣虫小僧」「牡蠣」、11年「稲妻」など秀作を次々と発表。戦争中も従軍作家として、中国、満州、朝鮮を歩く。戦後は戦前にまさる旺盛な創作活動をはじめ、「晩菊」「浮雲」などを発表、流行作家として活躍したが、「めし」を「朝日新聞」に連載中、持病の心臓弁膜症に過労が重なって急逝した。「林芙美子全集」(全16巻, 文泉堂)(全23巻, 新潮社)や「林芙美子全詩集」がある。

林 柾木　はやし・まさき

小説家　[生]明治33年1月2日　[没]昭和23年4月29日　[出]群馬県　[学]早稲田大学仏文科卒　[歴]「早稲田文学」同人。平林初之輔について雑誌「太陽」編集に従事。翻訳、平林遺稿集の編集などをし、作家活動。昭和19年「早稲田文学」に発表の「昔の人」で認められた。次いで「伉儷」が21年後半期の日本小説代表作全集の1作に選ばれた。他に「年月」「すててこ」「村端れ」「黒門の家」など。翻訳にジー・シミュレー「詩の昆虫」、ルシャン・ジャン「人々の中に」がある。

林 真理子　はやし・まりこ

小説家　エッセイスト　直木賞選考委員　[生]昭和29年4月1日　[出]山梨県山梨市　[学]日本大学芸術学部文芸学科卒　[賞]TCC賞新人賞(昭和56年)、直木賞(第94回)(昭和61年)「最終便に間に合えば」「京都まで」、きものグレース京都大賞(第7回)(平成4年)、柴田錬三郎賞(第8回)(平成7年)「白蓮れんれん」、吉川英治文学賞(第32回)(平成10年)「みんなの秘密」　[歴]コピーライターを経て、昭和58年エッセイ集「ルンルンを買っておうちに帰ろう」を出版、大ベストセラーとなる。その後、エッセイ「花より結婚きびダンゴ」で結婚ブームをつくりだすなど、人気エッセイストの地位を確立。テレビ、CMなどにも出演するが、59年に書いた処女小説「星影のステラ」が直木賞候補になったのを機に、執筆業に専念。次々と作品が候補にあがり、61年「最終便に間に合えば」「京都まで」で第94回直木賞受賞。平成8年日本文芸家協会理事。同年「不機嫌な果実」がベストセラーになり、映画化される。12年直木賞選考委員。エッセイ、小説を多数連載。他に「戦争特派員」「本を読む女」「ミカドの淑女」「白蓮れんれん」「強運な女になる」「みんなの秘密」「葡萄物語」「ミスキャスト」「美女入門」など。
[団]日本文芸家協会(理事)、日本ペンクラブ

林 和　はやし・やわら

劇作家　[生]明治20年8月28日　[没]昭和29年5月5日　[出]千葉県小見川町　[学]早稲田大学高等師範部(明治40年)卒　[歴]文芸協会演劇所出身で、大正初年「大正演芸」主筆となり、のち「黒猫」を指導し黒猫座を作る。大正3年文芸座を創立、舞台監督兼主事となる。主な作品に「髑髏小町」「悪魔の曲」「心中両国話」などがあり、10年戯曲集「公暁」を刊行した。

林 容一郎　はやし・よういちろう

詩人　小説家　[生]明治35年11月20日　[没]昭和37年3月23日　[出]北海道小樽市新地町　本名＝平沢哲男　別筆名＝林良応　[歴]「クラルテ」同人として小林多喜二らと詩を書いた。上京して西条八十、野口米次郎に師事。昭和7年「三田文学」に小説「ジンタ・サーカス」などを発表したが、病気で札幌に帰った。戦後は童話を書いた。「札幌文学」同人。小説「阿寒族」「函館戦争」、創作集「阿寒族」、林みや発行、平沢秀和編「林容一郎全集」がある。

林 禧男　はやし・よしお

放送作家　[生]昭和14年1月11日　[出]岡山県　[学]明治大学卒　[賞]懸賞脚本第一席(昭和39年)「愛は永遠に」(宝塚歌劇)　[歴]主な作品に戯曲「愛は永遠に」、映画「男三匹やったるでえ?!」(松竹)、ラジオ「あなたと夜と音楽と」(FM大阪)など。

林葉 直子　はやしば・なおこ

タレント　元・棋士　将棋5段　[生]昭和43年1月24日　[出]福岡県筑紫野市　[学]第一薬科大学薬学科　[賞]将棋大賞女流棋士賞(昭和62年, 平成2年, 3年)　[歴]7歳の時から将棋を始め、昭和54年11歳でアマ女流名人に。55年に上京して米長邦雄9段の内弟子となる。56年初段、58年4段。57年史上最年少の中学3年で第4期女流王将、女流名人となり、“天才少女棋士”と一躍注目を浴びた。以来、女流王将のタイトルを連続10期(平成3年まで)、また女流名人のタイトルも58年から61年1月中井広恵に敗れるまで連続3期獲得。平成元年レディースオープン優勝。3年再び女流名人位。5年故大山康晴15世名代を記念して創設された大山名人杯倉敷藤花戦で初の倉敷藤花位を獲得。テレビやCMや本の出版など“タレント”としても活躍。昭和62年に出版した小説「とんでもポリスは恋泥棒」は10万部のベストセラーとなり、シリーズ化している。平成6年5月日本将棋連盟に休養願いを提出後、失跡、同年10月末まで出場停止処分となる。11月大山名人杯倉敷藤花に敗れ無冠に。7年8月日本将棋連盟に退会届を提出、棋士を廃業。同年ヘアヌード写真集を出し話題となる。

12年Vシネマ「秘宴」で女優デビュー。他の写真集に「林葉直子写真集・SCANDAL」など。

林原 玉枝　はやしばら・たまえ

児童文学作家 [出]広島県尾道市 [賞]児童文化の会幼年文学賞(平成2年)、けんぶち絵本の里大賞(第1回)(平成3年)「おばあさんのすーぷ」 [歴]作品に「ロクさんのふしぎなるすばん」「風の子ぷう」「おばあさんのすーぷ」「不思議な鳥」「森のお店やさん」、紙芝居「ホットケーキをたべに」「はやくめをだせ」など。 [団]児童文化の会、日本児童文学者協会

早瀬 利之　はやせ・としゆき

作家 ゴルフ評論家 元・「アサヒゴルフ」編集長 [専]スポーツ 伝説 [生]昭和15年12月15日 [出]長崎県南松浦郡三井楽町 筆名＝佐治渉、早瀬厚(はやせ・あつし) [学]鹿児島大学(昭和38年)卒 [賞]ミズノ・スポーツライター賞(第2回)(平成4年)「タイガー・モリと呼ばれた男」 [歴]数々の週刊誌、雑誌記者を経て、「アサヒゴルフ」編集長を務める。昭和55年退社し、フリーライターとして「諸君！」「週刊文春」等に執筆。ゴルフ評論の傍ら、「三田文学」「小説クラブ」「オール讀物」などに小説を発表。著書に「小説平和相互銀行」「日本オープン殺人事件」「右手―戸田藤一郎の生涯」「名器の伝説―不思議な会社本間ゴルフの秘密」「ジャンボ―尾崎将司挫折と栄光の軌跡」「タイガー・モリと呼ばれた男―幻の剣士・森寅雄の生涯」、訳書にジェリー・ブルーム「ゴルフ・ザ・基本」など。 [団]日本ペンクラブ、ゴルフペンクラブ

早野 梓　はやの・あずさ

小説家 ファナック労組書記長 本名＝武藤壮夫(むとう・たけお) [学]武蔵工業大学工学部経営工学科(昭和44年)卒 [歴]富士通に入社、生産技術部に配属。昭和47年ロボットメーカーのファナックに転じ、のち労組専従、56年から書記局長を務める。一方、昭和58年山梨県・忍野村に本社が移転したのをきっかけに、富士山のふもとに広がる青木ケ原樹海の散策を始め、100体ほどの死体と遭遇。死の背景を調査し、組合の出版物に樹海を題材にしたエッセーを執筆。著書にミステリー短編集「ちょっとミステリー―青木ケ原樹海事件簿」、長編ミステリー「幸福の遺伝子」がある。

早野 美智代　はやの・みちよ

児童文学作家 [生]昭和27年 [出]長崎県 本名＝大塚美智代 [学]お茶の水女子大学文教育学部卒 [歴]日本児童文学者協会主催のコンクールに応募、「ちびでもでっかい一年生」で入選。「ママがきれいになるとあぶない」でデビューし、「たいへんだ！ぼくにいもうとがいた」は、その続編。あたらしい児童文学として注目をあつめる。他の作品に「レストラン海賊船へようこそ」など。

早船 ちよ　はやふね・ちよ

小説家 児童文学作家 児童文化運動家 元・美作女子大学教授 [生]大正3年7月25日 [出]岐阜県吉城郡古川町 [学]高山女子小学校高等科(昭和4年)卒 [賞]日本児童文学者協会賞(第2回)(昭和37年)「キューポラのある街」、厚生大臣賞(昭和37年)、サンケイ児童出版文化賞(第9回)(昭和37年)「ポンのヒッチハイク」 [歴]高等科時代「綴方読本」に毎月、詩、作文を投稿。学校卒後、小学校準教員検定試験に合格。飛騨毎日新聞社社員、看護婦見習、東洋レーヨン、片倉製糸など製糸工場勤務を経験。昭和8年上京、9年井野川潔と結婚。16年文学同人誌「山脈」(現・「新作家」)を創刊。戦時中、夫の郷里・埼玉県川口市に疎開、戦後は浦和に住む。37年“児童文化の会”を創立し、代表、「新児童文化」(現・「子ども世界」)を創刊。代表作に川口市を舞台にした「キューポラのある街」(6部作)「ちさ・女の歴史」「トーキョー夢の島」「いのち生まれる時」「世界の民謡」(6部作)「早船ちよ幼年童話集」などがある。 [団]児童文化の会、新作家協会、日本児童文学者協会、民主主義文学同盟 [家]夫＝井野川潔(評論家・故人)

葉山 修平　はやま・しゅうへい

小説家 駒沢短期大学名誉教授 [専]近代日本文学 [生]昭和5年3月16日 [出]千葉県 本名＝安藤幸輔 [学]東京大学大学院(昭和31年)修士課程修了 [賞]室生犀星顕彰大野茂男賞(研究・評論部門，第1回)(平成7年)「小説の方法」 [歴]中学校教員を経て、昭和32年短編「バスケットの仔猫」が室生犀星に評価されてデビュー。著書に「終らざる時の証しに」「時よ乳母車を押せ」「異形の群れ」「小説室生犀星」「新釈好色五人女」「小説の方法」や短編集「日本いそっぷ噺」など。 [団]日本文芸家協会、室生犀星学会(代表理事)、日本ペンクラブ

羽山 信樹　はやま・のぶき

小説家 [専]時代小説 [生]昭和19年12月23日 [没]平成9年6月10日 [出]東京都 [学]武蔵工業大学卒 [歴]編集、取材記者として世界中を旅する。地中海で小説執筆を着想し、昭和58年長編時代小説「流され者」でデビュー。作品に「幕末刺客列伝」「第六天魔王信長」「総統の午前零時」「是非に及ばず」「邪しき者」「信長豪剣記」などがある。 [団]日本文芸家協会

葉山 嘉樹　はやま・よしき

小説家　[生]明治27年3月12日　[没]昭和20年10月18日　[出]福岡県京都郡豊津村　本名＝葉山嘉重　[学]早稲田大学高等予科文科(大正2年)中退　[賞]渡辺賞(第1回)(昭和2年)　[歴]大正2年早大高等予科文科に入学したが、すぐに中退し、カルカッタ航路の貨物船水夫の見習いとなる。足を負傷し、その後門司鉄道管理局、明治専門学校、名古屋セメント会社に勤務し、10年名古屋新聞社会部記者となるが、愛知時計の労働争議で退職し、争議団に加わって逮捕され、禁錮2カ月の判決で名古屋監獄に服役。12年第1次共産党事件で検挙され、13年から14年にかけて懲役7ケ月で巣鴨刑務所に服役。獄中で小説を執筆し、14年「淫売婦」を、15年「セメント樽の中の手紙」を「文芸戦線」に発表、15年「海に生くる人々」を刊行し、プロレタリア文学の代表的作家として活躍。プロレタリア文学運動の末期には作家クラブを結成したが、その後天龍河、上伊那、中津川へ移り、「今日様」「山谿に生くる人々」「海と山と」などを発表。19年山口村の開拓団の一員として満州に渡り、敗戦後の10月列車内で脳溢血をおこして客死した。他の著書に「葉山嘉樹日記」「葉山嘉樹随筆集」「葉山嘉樹全集」(全6巻，筑摩書房)などがある。

はやみね かおる

児童文学作家　[生]昭和39年4月　[出]三重県　本名＝竹内勇人(たけうち・いさと)　[学]三重大学教育学部卒　[賞]講談社児童文学新人賞(入選，第30回)「怪盗道化師(ピエロ)」　[歴]小学校の教師をする一方、児童文学作家として活躍。「怪盗道化師(ピエロ)」が第30回講談社児童文学賞新人賞に入選。講談社青い鳥文庫で発表している「名探偵夢水清志郎事件ノート」は大人気シリーズに。他の著書に「オタカラ ウォーズ」「バイバイ スクール」「そして5人がいなくなる」「機巧館のかぞえ唄」など。

原 勝文　はら・かつゆき

作家　[生]昭和16年　[出]東京・八丁堀　[学]日本大学法学部新聞学科卒　[賞]現代文学新人賞(第6回)(昭和61年)「小説医師法、薬事法」　[歴]電波新聞社記者を経て、執筆活動に入る。小説・ルポルタージュ、医学・健康、宗教関係等に幅広く活躍。著書に「ものがたり戒名」「鈴木さんの本」「健康法一覧の本」「百歳長寿学入門」「コブラが効く」など数十冊。

原 源一　はら・げんいち

劇作家　[生]大正9年2月5日　[出]静岡県修善寺　[学]早稲田大学専門部中退　[賞]新劇戯曲賞佳作(昭和34年)「漁港」　[歴]戦後、日立製作所清水工場に勤めながら第一次自立演劇に参加。昭和25年レッドパージで追放。のち「新劇場」「テアトロ」の編集を経て、劇団民芸に入り、文芸部所属。代表作は「馬のいる家族」「漁港」「地下水の噴水」など。

原 健三郎　はら・けんざぶろう

元・衆院議員(自民党)　[生]明治40年2月6日　[出]兵庫県津名郡浅野村斗ノ内(現・北淡町)　[学]早稲田大学政経学部(昭和6年)卒、コロンビア大学大学院、オレゴン大学大学院修士課程修了　[賞]勲一等旭日桐花大綬章(平成8年)　[歴]コロンビア大学、オレゴン大学に留学。帰国後、講談社に入社。「現代」編集長などを務める。昭和21年第1回の総選挙で政界入りし、衆院副議長、43年及び46年労相、55年国土庁長官、61年衆院議長などを歴任した。党内最長老の一人。中曽根派、渡辺派を経て、村上・亀井派。当選20回で、平成8年2月議員在職50年の特別表彰を受けた。現役最高齢(93歳)の国会議員であったが、12年引退。またシナリオライターとしても知られ、主な作品に映画「ギターを持った渡り鳥」(日活)をはじめとする“渡り鳥シリーズ”がある。

原 岳人　はら・たけと

日本ファンタジーノベル大賞優秀賞を受賞　[生]昭和36年　[出]兵庫県高砂市　[学]龍谷大学経済学部卒　[賞]日本ファンタジーノベル大賞優秀賞(第3回)(平成3年)「なんか島開拓誌」　[歴]ディック・ベイリー、山田正紀、諸星大二郎、筒井康隆の作品を愛読、ガルシア・マルケスの「百年の孤独」に大きな影響を受ける。

原 民喜　はら・たみき

小説家　詩人　[生]明治38年11月15日　[没]昭和26年3月13日　[出]広島県広島市　[学]慶応義塾大学文学部英文科(昭和7年)卒　[賞]水上滝太郎賞(第1回)(昭和23年)「夏の花」　[歴]中学時代から詩作を始め、大正13年広島で同人誌「少年詩人」を出す。慶大時代は同人誌に詩や小説を発表する一方で、ダダイズムからマルキシズムへと関心を深める。昭和10年掌篇小説集「焔」を刊行。11年から16年にかけて「三田文学」に「貂」などの多くの作品を発表する。17年から19年にかけて船橋中学の英語教師をつとめ、退職後は朝日映画社の嘱託となるが、19年愛妻が病没、20年郷里・広島に疎開し、8月被爆する。被爆の体験を22年「夏の花」として発表、第1回水上滝太郎賞を受賞。26年西荻窪—吉祥寺間の国鉄線路で飛込み自殺した。「夏

の花」のほか「廃墟から」「壊滅の序曲」「鎮魂歌」などの作品があり、詩集に「原民喜詩集」がある。また「定本原民喜全集」(全3巻・別1巻，青土社)などが刊行されている。

原 千代海　はら・ちよみ

劇作家　演劇評論家　フランス文学者　アマチュア演劇連盟会長　[生]明治40年2月22日　[出]大阪府　[学]玉川大学文学部卒、アテネ・フランセ(昭和7年)修了　[賞]セントオラフ勲章(ノルウェー)(平成2年)、日本翻訳文化賞(第27回)(平成2年)「イプセン戯曲全集」　[歴]岸田国士に師事し、また「劇作」の同人に参加し、劇作家、仏文学者として活躍。戦後、「実験劇場」の委員、文学座主事などをつとめる。著書に「牛女房」「原千代海一幕劇集」「イプセン」などがあり、他にエーメ「クレランバール」、ジロドゥー「クック船長航海異聞」、「イプセン戯曲全集」などの翻訳がある。　[団]日本演劇協会、国際演劇協会

原 のぶこ　はら・のぶこ

児童文学作家　[生]昭和26年12月5日　[出]神奈川県川崎市　本名＝武内裕美子　[学]和光大学人文学部卒　[賞]日本児童文学者協会新人賞(第21回)(昭和63年)「シゲちゃんが猿になった」　[歴]サラ金悲劇をリアルに描写し、人間性の貧しさに警鐘をと童話「冬の歌」(アリス館刊)を昭和59年12月処女出版。高校の歴史講師を務めた後、児童文学に専念している。　[団]生活・表現の会、全国児童文学同人誌連絡会

原 秀雄　はら・ひでお

弁護士　作家　[生]大正11年1月2日　[出]長野県飯田市　[学]中央大学専門部法学科(夜間部)(昭和25年)卒　[歴]昭和17～18年長野県下伊那郡泰阜村北国民学校助教。18～20年応召。24年司法試験合格。27～39年新潟、釧路、函館、横浜、東京、長野、横浜の地方検察庁検事を歴任。39年弁護士に。著書に小説「日没国物語」「朴変仁—リコとピョン共和国」があり、日本では稀なユートピア文学と評される。

原 弘子　はら・ひろこ

作家　[生]昭和13年11月14日　[出]京都市　[学]今治北高校卒　[歴]「10時の会」「らむぷ」を経て「九州作家」の同人として、作家活動を続ける。船乗りの夫と結婚したため、1人の時が多く男女の愛をテーマにした小説が多い。昭和45年頃、昔瀬戸内海にいた海賊、村上水軍のことを知り、その歴史を調査。60年、村上水軍を題材にとった時代小説「海の蛍火」が第9回歴史文学賞の最終選考6編に残り、高い評価を受ける。他に「仮面」「赤絵の血」「かげろう」などの著書がある。

原 抱一庵　はら・ほういつあん

小説家　翻訳家　[生]慶応2年11月14日(1866年)　[没]明治37年8月23日　[出]岩城国郡山(福島県)　本名＝原余三郎　[学]札幌農学校　[歴]明治23年森田思軒を頼って上京し、報知新聞に入社。「闇中政治家」を発表してユゴー流ヒューマニズムの日本的定着を促す。25年報知新聞社を辞し「仙台自由新聞」主筆となるが、倒産のためその後各社を転々とする。児童文学も書いたが、デ・アミーチス「十二健児」「三千里」の紹介者として知られる。ほかの代表作に「聖人か盗賊か」などがある。

原 百代　はら・ももよ

作家　翻訳家　[生]大正1年9月16日　[没]平成3年8月12日　[出]東京都中央区　[学]津田英学塾(現・津田塾大学)(昭和9年)卒　[賞]エイボン女性大賞(昭和57年)「武則天」　[歴]翻訳の仕事を続けながら、戦後は米軍事情報団に勤務、のち被爆者らのルポも。交通事故で重傷を負いながら、13年の歳月をかけて壮大な歴史ロマン「武則天」を書き上げた。他の著書に「主婦のノイローゼからの解放」、訳書にヘレン・ミアーズ「アメリカの反省」、アントン・シリガ「ロシアの謎」など。

原 尞　はら・りょう

作家　ジャズピアニスト　[生]昭和21年12月18日　[出]佐賀県鳥栖市　本名＝原孝　[学]九州大学文学部美学美術史科(昭和44年)卒　[賞]直木賞(第102回)(平成2年)「私が殺した少女」　[歴]大学卒業と同時に上京し、1970年代をとおしてフリーのジャズピアニストとして活躍した。のち翻訳ミステリーに傾倒し、昭和60年頃より故郷に戻り著述活動に専念。63年「そして夜は甦る」で作家としてデビュー、第2回山本周五郎賞の候補にもなった。一貫して私立探偵・沢崎シリーズを発表。平成2年「私が殺した少女」で直木賞を受賞。他の著書に短編集「天使たちの探偵」、長編「さらば長き眠り」など。　[団]日本推理作家協会、日本文芸家協会

原口 真智子　はらぐち・まちこ

小説家　「歩行」主宰　[生]昭和26年12月4日　[出]福岡県福岡市　[学]早稲田大学政治経済学部卒　[賞]九州芸術祭文学賞福岡地区優秀作(昭58年度，60年度)、北日本文学賞(第23回)(平成1年)「電車」、文学界下半期同人雑誌優秀作(平成3年)「かなしい雪男」、福岡市文学賞(第23回)(平成5年)　[歴]東京銀行に勤め、結婚で退職。2女出産後小説を書き始めた。「午前」同人。同誌に発表した「クレオメ」は第114回芥川賞候補となる。作品は「夢家族」「神婚」「墜天使」「揺曳」、作品集「神婚(かみよび)」など。　[団]日本文芸家協会、日本ペンクラブ

原島 将郎 はらしま・まさお
シナリオライター　シナリオ・センター主宰　⑰昭和3年　⑲シナリオ功労賞（第22回）（平成10年）　⑱東京映画企画室、テレビ部を経て、シナリオセンターに入社。主な作品に映画「恐喝」「黒い花びら」、テレビ「ダイヤル110番」「ママちょっと来て」、共著に「シナリオの基礎Q&A」などがある。　㉑日本シナリオ作家協会

原田 一美 はらだ・かずみ
児童文学作家　⑰大正15年8月24日　⑯徳島県麻植郡　⑳徳島師範本科卒　⑲学研児童文学賞準入選（第1回）（昭和44年）「ホタルの歌」、教育功労者表彰（徳島県教育委）（昭和44年）、石森延男児童文学奨励賞（第1回）（昭和52年）「がんばれパンダっ子」、徳島新聞社賞教育賞（昭和55年）　⑱在学中「徳島師範学校童話研究会」を結成し、県内を童話口演して回る。師範卒後、小学校教師となり、「徳島児童文学研究会」の結成に参加。口演と創作活動のかたわら、児童劇、指人形劇などの脚本・演出にも携わる。その後、小学校長、徳島県教育委員会指導主事などを歴任しながら、講演、執筆活動を続ける。主な作品に「ホタルの歌」「ドイツさん物語」「大統領のメダル」など。　㉑徳島ペンクラブ（理事）、徳島児童文化研究会、日本児童文学者協会（徳島支部長）

原田 謙次 はらだ・けんじ
歌人　小説家　⑰明治26年8月8日　⑱（没年不詳）　⑯長崎県長崎市　⑳早稲田大学英文科（大正9年）卒　⑱吉江孤雁、島崎藤村に師事し、歌人・詩人として出発。蛮船社同人となり、大正4年「饗宴」を刊行。ほかに歌集「却火」、小説「生の凱歌」などがある。

原田 重久 はらだ・しげひさ
作家　元・国立市文化財専門委員　⑱地方史民俗学　⑰昭和60年12月14日　⑲「サンデー毎日」大衆文芸（第33回）（昭和18年）「みのり」、日本作家クラブ賞（第6回）（昭和55年）「むさしの手帖」　⑱昭和10年、谷保村役場（現国立市役所）勤務のかたわら書いた小説「誤植綺譚（きだん）」でサンデー毎日の懸賞小説に入選、作家の道へ。戦後はNHKのラジオ放送作家を長く勤める。多摩地方の郷土史研究に打ち込み「国立風土記」「武蔵野の民話と伝説」のほか創作民話「梅林に消えた雪女」などの著作がある。作詞家としても活躍、東京都歌、都立国立高校の校歌などの作品がある。俳句の代表作である「風落ちて青田の秩序戻りけり」は、句碑となって国立市の谷保天満宮の梅林の中にある。

原田 譲二 はらだ・じょうじ
詩人　新聞記者　⑰明治18年3月26日　⑱昭和39年2月10日　⑯岡山県後月郡西江原村　筆名＝原田ゆづる　⑳早稲田大学英文科（明治41年）卒　⑱大学卒業後、報知新聞社に入社。のち東京朝日新聞社に入り、九州支局長、本社社会部長などを勤めた。詩人としては、「新声」派を経て、のち「文庫」派として活躍。作家としては、「文庫」「早稲田文学」「新古文林」などに小説を発表した。

原田 真介 はらだ・しんすけ
小説家　⑰昭和10年　⑯東京　⑳早稲田大学卒　⑲日本文芸家クラブ大賞（第5回）（平成8年）「無限青春」　⑱フリーライター、新聞記者を経て、執筆活動に専念する。平成8年「無限青春」で第5回日本文芸家クラブ大賞を受賞。著書に「似ている女」などがある。

原田 種夫 はらだ・たねお
作家　詩人　「九州文学」発行者　⑰明治34年2月16日　⑱平成1年8月15日　⑯福岡市　本名＝原田種雄　⑳法政大学予科英文科（大正13年）中退　⑲九州文学賞（小説・第1回）（昭和16年）「闘銭記」、勲五等双光旭日章（昭和48年）、西日本文化賞（昭和48年）、福岡市文化賞（昭和51年）　⑱大正14年福岡詩社に参加し、加藤介春に師事。昭和3年芸術家協会を結成し「瘋癲病院」を創刊。翌4年には全九州詩人協会を結成。「九州詩歌」や「九州芸術」で活躍し、13年に創刊された「九州文学」の主要同人となる。福岡文化連盟理事長もつとめた。「風塵」「家系」「南蛮絵師」などの作品のほか「原田種夫全詩集」「西日本文壇史」「萩の抄」「実践・火野葦平」「原田種夫全集」（全5巻）「九州文壇日記」（昭和4年〜平成元年）などの著書がある。平成5年遺贈された蔵書を元に、福岡市民図書館内に原田文庫が開設された。　㉑日本文芸家協会

原田 真人 はらだ・まさと
映画監督　映画評論家　⑰昭和24年7月3日　⑯静岡県沼津市　⑳沼津東高（昭和43年）卒、ペッパーダイン大学（米国）中退　⑲ヴァレンシエンヌ冒険映画祭準グランプリ・最優秀監督賞「KAMIKAZE TAXI」（平成9年）、報知映画賞（監督賞、第22回）（平成9年）「バウンス ko GALS」、ヨコハマ映画祭脚本賞（第19回）（平成10年）「バウンス ko GALS」、ブルーリボン賞作品賞（第40回、平9年度）（平成10年）「バウンス ko GALS」、報知映画賞（作品賞、第24回）（平成11年）「金融腐蝕列島」、キネマ旬報賞（監督賞、平11年度）（平成12年）「金融腐蝕列島」　⑱3浪の後大学進学を断念して昭和47年ロンドンへ渡り、48年からロスに居住。ハリウッドで皿洗いしながら映画にのめりこんだ青春時

代を送る。映画誌に寄稿し、映画祭を求めてヨーロッパをさすらい、見た映画がざっと4千本。54年自伝ともいうべき「さらば映画の友よ・インディアンサマー」を監督。59年封切りの戦後初の日独合作映画「ウインディー」が監督第2作。61年パリ・ダカール・ラリーを映画にした「PARIS―DAKAR 15000栄光への挑戦」を製作。平成9年援助交際する少女を描いた映画「バウンス ko GALS」、11年金融業界の闇の部分を描いた「金融腐蝕列島 呪縛」を監督。他の作品に「さらば愛しき人よ」「ガンヘッド」「KAMIKAZE TAXI」「栄光と狂気」（カナダとの合作映画）「狗神」「突入せよ！『あさま山荘』事件」などがある。批評家としては「キネマ旬報」を中心に執筆活動を行っている。著書に「ハリウッド映画特急」「砂塵のレーサーたち―パリ・ダカール最前線」など。　[家]妻＝福田みずほ（教育評論家）

原田 宗典　はらだ・むねのり

作家　コピーライター　[専]小説　劇　[生]昭和34年3月25日　[出]東京都　[学]早稲田大学第一文学部演劇科卒　[賞]月刊プレイボーイ短篇小説賞グランプリ（昭和58年）、すばる文学賞（入選，第8回）（昭和59年）「おまえと暮らせない」、毎日広告賞（特選2席）（昭和60年）、朝日広告賞（準賞）（昭和61年）　[歴]在学中から岩永嘉弘のもとでコピーライターのアシスタントとして活動。かたわら小説も書き、昭和59年「おまえと暮らせない」で第8回すばる文学賞入選。60年毎日広告賞特選2席、61年準朝日広告賞と、コピーライターとしての受賞も多い。また劇団東京壱組への戯曲執筆なども手がける。著書に「優しくって少しばか」「スメル男」「時々、風と話す」「十九、二十」「ゼロをつなぐ」「しょうがない人」「吾輩ハ苦手デアル」「貴方には買えないもの名鑑」「百人の王様 わがまま王」「笑ってる場合」など。

原田 康子　はらだ・やすこ

小説家　[生]昭和3年1月12日　[出]北海道釧路市　本名＝佐々木康子　[学]釧路市立高女（昭和20年）卒　[賞]女流文学者賞（第8回・38回）（昭和32年・平成11年）「挽歌」「蝋涙」　[歴]昭和24年東北海道新聞の記者となる。26年結婚、28年退社して「北海文学」同人となる。30～31年「北海文学」に連載した「挽歌」が東都書房から単行本として出版されて70万部の大ベストセラーとなり、映画化と相まって“挽歌ブーム”をもたらした。著書はほかに「日曜日の白い雲」「遠い森」「恋人たち」「サビタの記憶」「風の砦」「蝋涙」など。　[団]日本文芸家協会

ハリス，ジェームス　Harris, James B.

英語講師　元・旺文社編集顧問　[生]1916年9月4日　[出]兵庫県神戸市　日本名＝平柳秀夫　[学]セント・ジョセフ・カレッジ卒　[歴]英国人でロンドン・タイムズの極東特派員だった父と日本人の母との間に生まれ、学校を出ると、ジャパン・アドバタイザー（現・ジャパン・タイムズ）に入社。父の死後、日本に帰化し、太平洋戦争中は山梨県の東部63部隊に召集されて中国北部を転戦した。1946年復員後はジャパン・タイムズに復帰、その後、米経済誌「フォーチュン」東京支局を経て、文化放送に経営参加することになった旺文社に編集顧問として入社。'58年秋から'92年秋までの34年間文化放送のラジオ講座「百万人の英語」を担当、他に'95年4月までの43年間「大学受験講座」の講師を務め、“受験生の神様”と呼ばれた。傍ら探偵小説家として処女作「冬の魔術」を発表。以後、長短編110余編を刊行。　[家]息子＝ハリス，ロバート（ラジオパーソナリティー）

張山 秀一　はりやま・しゅういち

童話作家　[生]昭和34年9月19日　[学]弘前大学卒　[賞]イチゴ絵本童話グランプリ優秀賞（第1回）、朝日ジャーナルノンフィクション大賞入選（第4回）、ニッサン童話と絵本のグランプリ童話の部大賞（第5回）（平成1年）、日本旅行記賞（第17回）（平成3年）「マチャプチャレへ」　[歴]投稿を続け、小説、旅行記、童話の執筆を目指している。

春江 一也　はるえ・かずや

小説家　外交官　[生]昭和11年10月9日　[出]旧朝鮮・京城　[学]法政大学卒　[賞]ダバオ市名誉市民（平成12年）　[歴]昭和37年外務省に入省。40～44年在チェコスロバキア大使館に勤務。43年スターリン体制に反対して民衆が立ち上がった“プラハの春”に遭遇し、ソ連軍侵入の第1報を日本に打電した。その後、ベルリンの日本大使館勤務、在ダバオ総領事館勤務を経て、外務官僚として、国際会議などで活躍。のち参院議員政策秘書。一方、平成10年チェコスロバキア勤務時代の体験をもとにしたドキュメントタッチのサスペンス・ノベル「プラハの春」を出版し、小説家デビュー。11年ベルリンの壁崩壊を描いた続編「ベルリンの秋」を発表。

春木 一夫　はるき・いちお

作家　[生]大正7年4月15日　[没]昭和57年12月28日　[出]兵庫県　[学]関西大学法学部卒、警察大学校卒　[賞]井植文学賞（第4回）（昭和54年）　[歴]兵庫県警警察官となり警部補で退官、文筆生活に入り、著書に満州開拓団の悲劇を描いた「遙かなり墓標」や「灘五郷歴史散歩」「日本列島縦断記」などがある。

春口 裕子　はるぐち・ゆうこ
小説家 [生]昭和45年 [出]神奈川県横浜市 [学]慶応義塾大学文学部卒 [賞]ホラーサスペンス大賞(特別賞，第2回)(平成13年)「火群の館」 [歴]損害保険会社勤務を経て、執筆活動に専念。平成13年「火群の館」で第2回ホラーサスペンス大賞特別賞を受賞し、作家デビュー。

榛名 しおり　はるな・しおり
小説家 [賞]ホワイトハート大賞(佳作，第3回)「マリア」 [歴]「マリア」で第3回ホワイトハート大賞佳作を受賞。他の作品に「王女リーズ」「ブロア物語」、〈アレクサンドロス伝奇〉シリーズの「デュロスの聖母」「ミエザの深き眠り」「碧きエーゲの恩寵」「光と影のトラキア」「煌めくヘルメスの下に」「カルタゴの儚き花嫁」「フェニキア紫の伝説」などがある。

春山 希義　はるやま・きよし
小説家 帯広市民文芸編集委員長 [生]昭和8年1月26日 [出]東京 [学]北海道教育大学旭川分校卒 [賞]帯広市民文芸賞(昭和46年)、文学界新人賞(第39回)(昭和49年)「雪のない冬」 [歴]帯広市図書館発行の「帯広市民文芸」2号以降に「不毛地帯のサイロ」「敗北」「新しい部屋」など多くの作品を発表。「北海道新鋭小説集〈6〉」に「迎え火」が収録される。中学教師のかたわら、「帯広市民文芸」編集委員長を務める。帯広市立第一中教諭。

伴 和子　ばん・かずこ
児童文学作家 [生]昭和50年5月22日 [出]神奈川県横浜市 [学]大妻女子大学文学部英文学科(平成10年)卒 [賞]ほたる賞(第1回)(平成7年)「いじめっ子ばんざい」 [歴]大妻女子大学勤務。著書に「父から娘へバトンタッチ」、共著に「とべないホタル〈10〉星月夜の川べり」がある。

韓 丘庸　ハン・クヨン
児童文学作家 大阪外国語大学講師 「サリコッ」主宰 [生]1934年 [出]京都府向日市 [学]神戸市外国語大学卒、天理大学卒 [歴]1967年有志と京都児童文学会創立、創作、評論活動を精力的に続ける。在日朝鮮児童文学誌「サリコッ(萩の花)」主宰。松山大学経済学部助教授、のち大阪外国語大学講師。著書に「海べの童話」「ソウルの春にさようならを」「ゆずの花の祭壇」「朝鮮歳時の旅」、編著に「朝鮮を理解する児童文学100冊の本」、訳書に「ユンボギの詩」「夜中に見た靴―韓国短編童話集」他。 [団]朝鮮作家同盟、在日本朝鮮文学芸術家同盟、日本児童文学者協会、京都児童文学会

番 伸二　ばん・しんじ
小説家 [生]明治41年11月3日 [没]昭和24年11月5日 [出]東京・麹町 本名＝古川真治(ふるかわ・しんじ) [学]立教大学史学科卒 [歴]昭和6年サンデー毎日大衆文芸賞に佳作入選、以後「オール読物」などに維新物や明治物を書き作家活動。9年「新興大衆文芸」発刊の編集委員を務めた。戦後、「浅草の女たち」「我等九人の楽団員」など現代風俗小説を多く書いた。

ハーン, ラフカディオ
⇒小泉八雲(こいずみ・やくも) を見よ

韓 龍茂　ハン・リョンム
詩人 ジャーナリスト 翻訳家 小説家 コリア文学語学研究所所長 「アジアサマリー」編集長 [専]朝鮮文学 朝鮮語学 [国]朝鮮 [生]1952年7月23日 [出]東京都練馬区旭町 筆名＝白勇一(ペギョンイル) [学]朝鮮大学校文学部('75年)卒 [興]在日朝鮮詩文学史、ハングル表記・発音の統一、頻度順ハングル基本単語集 [賞]金日成青年栄誉賞('75年)、朝鮮功労メダル('80年)、朝鮮作家同盟賞('80年)「祖国訪問詩抄」、朝鮮総連中央賞('82年，'85年)「蒼い栄山江の流れよ」「新たな出航」 [歴]日本朝鮮文化交流協会朝鮮語教室講師を経て、コリア文学・語学研究所所長、国際高麗学会文学部会会員。「アジアサマリー」編集長も務める。またハングルによる詩作に従事。著書に「漢字熟語ハングル基本辞典」(1987全国学校図書館協議会選定図書)「ハングル基礎会話」「ハングルの第一歩」「ふりがなハングル会話」「ハングル決まり文句選集」「ドリル・ハングル」、共著に「ハングル基本単語辞典」、ハングル詩集「母なる胸よ」、「幼い時―韓龍茂短編小説集」など。 [団]国際高麗学会、朝鮮作家同盟、在日本朝鮮文学芸術家同盟

番匠谷 英一　ばんしょうや・えいいち
劇作家 ドイツ文学者 立教大学名誉教授 [生]明治28年8月14日 [没]昭和41年6月17日 [出]大阪市 [学]京都帝国大学独文科(大正9年)卒 [歴]大谷大学、三高、龍谷大学、立教大学教授などを歴任。昭和31年立教大学日本文学科初代科長に就任するなど、独文学者として幅広く活躍。大正13年「黎明」が大阪中座で上演され戯曲作家としても活躍。劇作に「上高地抄」「蜂と毛虫」「父と子」などの作品がある。独文学者としてもマイアーフエルスター「アルト・ハイデルベルグ」をはじめ「ハイネ恋愛詩集」など多くの翻訳書がある。

半田 義之　はんだ・よしゆき
小説家　⊕明治44年7月2日　⊕昭和45年8月1日　⊕神奈川県横浜市　⊕前橋中学校卒　⊕芥川賞(第9回)(昭和14年)「鶏騒動」　⊕国鉄職員となりながら文学を志し、「文芸首都」などに参加。昭和14年「鶏騒動」を発表。太平洋戦争中は陸軍報道班員としてラバウルに派遣される。戦後は新日本文学会に参加し、のち民主主義文学同盟に参加。作品集に「虚無の式典」「幸福な切符」や「国鉄幹線」などがある。

坂東 賢治　ばんどう・けんじ
脚本家　⊕日本テレビシナリオ登竜門優秀賞(第3回)(平成10年)「パノラマだから大丈夫」　⊕平成10年日本テレビシナリオ登竜門優秀賞を受賞。作品に「ShinD」「新・俺たちの旅」など。

坂東 真砂子　ばんどう・まさこ
作家　⊕昭和33年3月30日　⊕高知県佐川町　⊕奈良女子大学家政学部住居学科卒　⊕ノンノ・ノンフィクション賞(第1回)、毎日童話新人賞(第7回・優秀賞)、日本ホラー小説大賞佳作(第1回)(平成6年)「虫」、直木賞(第116回)(平成9年)「山妣」　⊕大学卒業後イタリアのミラノ工科大学、ブレラ美術学院に2年間留学。昭和57〜62年寺村輝夫主宰の童話雑誌「のん」に作品を発表。「クリーニング屋のお月さま」「はじまりの卵の物語」などの童話を書いていたが、平成5年から一般小説を発表。「死国」はホラー小説ブームの先鞭となる。9年「山妣」で第116回直木賞を受賞した。「死国」「狗神」は映画化された。10年3月タヒチ島に移住、その後イタリア、のちタヒチに住む。その他の作品に「桃色浄土」「桜雨」「旅涯ての地」「わたし」「善魂宿」、紀行文「ミラノの風とシニョリーナ」、エッセイ集「身辺怪記」、児童文学「満月の夜 古池で」など。

板東 三百　ばんどう・みつお
小説家　⊕明治39年9月1日　⊕昭和21年10月15日　⊕北海道旭川市　旧姓(名)=赤坂　⊕東北帝大国文科卒　⊕宇野浩二に師事。保高徳蔵を知って「文芸首都」同人となり、昭和14年同誌に「兵村」を発表、芥川賞候補となった。のち、上京して教員生活をはじめる。かたわら小説を書き、創作集に「兵村」「兵屋記」、「屯田兵物語」、短編集「雪みち」がある。

坂の 外夜　ばんの・とよ
童話作家 玩具デザイナー　⊕昭和39年　⊕愛知県一宮市　⊕名古屋造形芸術短期大学造形芸術学科ビジュアルデザインコース卒　⊕ほたる賞(第6回)「ぼくの宿題」　⊕昭和59年〜平成6年玩具デザイナーとして勤務、おふろ絵本、パストイ、ままごとシリーズなどを手掛けた。童話「ぼくの宿題」で第6回ほたる賞を受賞。著書に同作を改題した「ぼくはゆうれい」がある。

半村 良　はんむら・りょう
小説家　⊕昭和8年10月27日　⊕平成14年3月4日　⊕東京・深川　本名=清野平太郎(きよの・へいたろう)　⊕両国高(昭和27年)卒　⊕泉鏡花賞(第1回)(昭和48年)「産霊山秘録」、直木賞(第72回)(昭和49年)「雨やどり」、日本SF大賞(第9回)(昭和63年)「岬一郎の抵抗」、柴田錬三郎賞(第6回)(平成5年)「かかし長屋」　⊕高校卒業後、事務員、工員、バーテンなど30数種の職業を転々とする。広告代理店勤務中の昭和37年ハヤカワSFコンテストに「収穫」が第3席に入選、SF作家の道に。46年伝奇小説とSF小説の要素を合わせた「石の血脈」が出世作となり、48年「産霊山秘録」で第1回泉鏡花文学賞を受賞。翌49年「雨やどり」で直木賞を受賞、流行作家としての地位を築いた。54年には「戦国自衛隊」が映画化されて話題となり、63年「岬一郎の抵抗」で日本SF大賞を受賞。完結までに18年かけた「妖星伝」(全7巻)は伝奇SFの傑作とされた。一方、「かかし長屋」で柴田錬三郎賞を受賞するなど時代小説でも活躍、代表作に長編「すべて辛抱」がある。他の作品に「聖母伝説」「魔境殺神事件」「英雄伝説」など。55年から全80巻の予定でSF大河小説「太陽の世界」を執筆したが18巻で中断した。　⊕日本ペンクラブ、日本SF作家クラブ、日本文芸家協会

【ひ】

火浦 功　ひうら・こう
SF作家　⊕昭和31年11月14日　⊕広島県三原市　本名=宮脇敏博　⊕和光大学文学部中退　⊕SFマガジンSFコンテスト入賞(昭和55年)　⊕昭和55年「SFマガジン」のSFコンテスト入賞。以来、若手SF作家として活躍。著書に「日曜日には宇宙人とお茶を」「大熱血」「ハードボイルドで行こう」「高飛びレイク」シリーズ、「スターライト」シリーズがある。　⊕日本SF作家クラブ

比江島 重孝 ひえじま・しげたか

児童文学作家　元・生目小学校(宮崎市)校長
㋱民話　㋓大正13年10月26日　㋕昭和59年1月31日　㋜宮崎県児湯郡新富町　㋖大邱師範(昭和17年)卒　㋚宮崎県文化賞(昭和52年)、石森延男児童文学奨励賞(昭和52年)　㋳戦後、内地に引き揚げ、昭和24年から第一妻小学校教諭をふり出しに、宮崎、茶臼原、穂北、桑野内、上新田、通山、宮崎東、生目の各小学校に勤務。教べんを執る傍ら、童話文学の創作活動と県内民話の採集を行い、著書には「山の分校シリーズ」(全六巻)「かっぱ小僧」「神様と土ぐも」、民話集「日向の民話1、2集」や、宮崎の民話を解説した「ふるさと民話考」などがある。　㋛日本児童文学者協会

比嘉 辰夫 ひが・たつお

詩人　作家　㋓昭和28年　㋜沖縄県　㋖沖縄国際大学文学部卒　㋚文学界新人賞佳作(第70回)(平成2年)「猫の火」、琉球新報短編小説賞(平成3年)　㋳詩集に「屋根の上のシーサー」、短編小説集に「黄昏の家・故郷の花」がある。

比嘉 佑典 ひが・ゆうてん

児童文学作家　㋓昭和15年　㋜沖縄県国頭郡今帰仁村　㋖琉球大学卒、東洋大学卒　㋚青い海児童文学賞(創作昔ばなし部門、第5回)(昭和58年)「海へびと神童」、青い海児童文学賞(短編児童小説部門、第5回)(昭和58年)「山羊と戦争」、青い海児童文学賞(短編児童小説部門、第6回)(昭和59年)「とうさんの宝島」
㋳昭和58年「海へびと神童」「山羊と戦争」などで第5回青い海児童文学賞、59年「とうさんの宝島」で第6回青い海児童文学賞を受賞。平成8年名護市に私設の"山原遊びと創造の森図書館"を開設した。著書に「海やからドンドン」などがある。

日影 丈吉 ひかげ・じょうきち

推理作家　フランス料理研究家　㋓明治41年6月12日　㋕平成3年9月22日　㋜東京都江東区深川　本名=片岡十一(かたおか・じゅういち)　㋖アテネ・フランセ卒　㋚宝石懸賞小説(百万円懸賞第二席)(昭和24年)「かむなぎうた」、日本探偵作家クラブ賞(第9回)(昭和31年)「狐の鶏」、泉鏡花文学賞(第18回)(平成2年)「泥汽車」　㋳フランス語教師、原書による調理士の教育に当り、戦後は短編映画の制作をする。昭和24年「かむなぎうた」でデビュー。推理小説作家として活躍し「奇妙な隊商」「内部の真実」「恐怖博物誌」「女の家」「咬まれた手」「ひこばえ」「夕931」などの作品のほか、ルルーの「黒衣婦人の香り」などの翻訳、エッセー集「味覚幻想」、短編集「泥汽車」など、著書は数多い。　㋛日本文芸家協会

東 栄一 ひがし・えいいち

医療ジャーナリスト　ノンフィクション作家
㋱医療　高齢者福祉　保健　医薬品産業　生命倫理　医療保険　㋓昭和25年3月19日　㋜石川県鳳至郡門前町字五十洲中町　㋖東京スクール・オブ・ビジネス卒　㋱生命倫理、医療関連の小説、高齢者介護　㋳医療・薬事専門紙「薬事ニュース」記者として厚生省記者クラブに所属。その後、経済誌に転じ、「経済界」デスク、副編集長を経て平成元年にフリーライターとして独立。執筆・評論活動のほか医療関係のジャーナリストとして活躍。著書に「医薬品産業・激動の未来」、小説「新薬汚染」「医薬品産業新時代」「医療不信」「救急病棟24時」「老人介護24時」「ホスピス24時」など。　㋛医療ジャーナリスト懇話会、日本著作権協議会
http://homepage1.nifty.com/HIGASHI/

東 君平 ひがし・くんぺい

漫画家　イラストレーター　絵本・童話作家
㋓昭和15年1月9日　㋕昭和61年12月3日　㋜兵庫県神戸市　㋚サンリオ美術賞(第14回)(昭和63年)　㋳16歳で家を出、写真屋で働きながら絵を勉強する。22歳の時「漫画読本」でデビュー。翌年結婚し渡米。6ケ月のニューヨーク生活を経て、帰国後、創作活動に取り組む。切り絵を使った漫画、イラスト、絵本など数多くの作品を発表し、人気を得る。昭和48年より毎日新聞に「おはようどうわ」、49年より「詩とメルヘン」に「くんぺい魔法ばなし」の連載を始め、数多くの人々に愛読された。主な作品に「ぼくらは森の音楽家」「どれみふぁけろけろ」「ゆびきりえんそく」「おかあさんの耳、日曜」「女の子ってな・ん・だ」など多数。平成2年山梨県小淵沢町にくんぺい童話館が開かれた。
㋘妻=東英子(くんぺい童話館主宰)、長女=東菜奈(絵本作家)

東 多江子 ひがし・たえこ

シナリオライター　㋓昭和29年4月16日　㋜福岡県　㋖同志社大学卒　㋚BKラジオドラマ懸賞募集入選(昭和57年)　㋳大阪でフリーライターをしている時、初めて書いたシナリオが昭和57年BKラジオドラマ懸賞募集に入選。以来、テレビ・ラジオ・芝居と幅広く執筆。60年新人ライターのグループ"ライターズ・カンパニー"を設立。主な作品にラジオ「時のない国その他の国」「花より結婚キビだんご」、テレビ「二度のお別れ」「暗闇のセレナーデ」「ええにょぼ」、ミュージカル「ツインラブ」他。

東 菜奈　ひがし・なな
絵本作家　[生]昭和40年　[出]東京都　[学]日本大学芸術学部卒、ダートマス大学大学院修了、東京デザイナー学院　[歴]旅行会社で通訳の仕事に携わったあと東京デザイナー学院に学び、のち絵本作家として活動。執筆のほかイラスト、翻訳などの活動も行う。平成12年童話作家だった父・東君平の半生を小説にした「風を待つ少年」を刊行。作品に「さんきち」「はじめてのテーブルマナー」「行ってみたいな あんな国こんな国(全6巻)」などがある。　[家]父＝東君平(童話作家)、母＝東英子(くんぺい童話館主宰)

東 理夫　ひがし・みちお
小説家　エッセイスト　[生]昭和16年8月2日　[出]東京都港区南青山　[学]立教大学文学部心理学科中退　[賞]日本冒険小説協会最優秀エッセイ賞　[歴]小説家、脚本家、エッセイスト、ミステリー評論家のほかアマチュア料理研究家でもある。また'60年代フォークソングブームの火付け役で、自著のフォークギターの教則本はベストセラーになった。著書に「ウエストコースト・ドライヴ514マイル」「南青山探偵事務所」「風がブルースを唄う」「アメリカ橋まで」「エルヴィス・プレスリー」、共著に「スペンサーの料理」「歌で知るアメリカ」など。　[団]日本冒険作家クラブ、日本文芸家協会

東 峰夫　ひがし・みねお
小説家　[生]昭和13年5月15日　[出]沖縄県コザ市(現・沖縄市)　本名＝東恩納常夫(ひがしおんな・つねお)　[学]コザ高(昭和31年)中退　[賞]文学界新人賞(第33回)(昭和46年)「オキナワの少年」、芥川賞(第66回)(昭和47年)「オキナワの少年」　[歴]高校中退後、嘉手納米軍基地労務者となり、昭和39年上京し日雇い労務者をしながら小説を書く。46年「オキナワの少年」が文学界新人賞となり、47年同作品で芥川賞を受賞。52年結婚、56年帰郷するが、59年再び上京。他の作品に「島でのさようなら」「大きな鳩の影」などがある。　[団]日本文芸家協会

東 由多加　ひがし・ゆたか
演出家　映画監督　劇作家　東京キッドブラザース主宰　[生]昭和20年5月12日　[没]平成12年4月20日　[出]長崎県　[学]早稲田大学教育学部(昭和41年)中退　[歴]昭和42年寺山修司と結成した天井桟敷を経て、44年東京キッドブラザースを創設し、同年「東京キッド」を上演。「黄金バット」のニューヨーク公演、「南総里見八犬伝」のアムステルダム公演などを次々と実現、ロック・ミュージカルの新境地を開いた。劇作家としては約60本のミュージカル作品を発表。代表作は「失われた藍の色」「冬のシンガポール」など。また映画「ピーターソンの鳥」「霧のマンハッタン」で監督を務めた。著書に「地球よとまれ ぼくは話したいんだ」「ぼくたちが愛のために戦ったということを」がある。

東 陽一　ひがし・よういち
映画監督　脚本家　[生]昭和9年11月14日　[出]和歌山県海草郡野上町　[学]早稲田大学文学部英文科(昭和33年)卒　[賞]日本映画監督協会新人賞(昭和46年)「やさしいにっぽん人」、芸術選奨文部大臣新人賞(昭53年度)「サード」、キネマ旬報賞日本映画監督賞(昭53年度)「サード」、毎日映画コンクール監督賞(第47回・平4年度)「橋のない川」、日刊スポーツ映画大賞・石原裕次郎賞監督賞(第5回)(平成4年)「橋のない川」、報知映画賞監督賞(第17回，平4年度)「橋のない川」、ベルリン国際映画祭銀熊賞特別作品賞(平成8年)「絵の中のぼくの村」、国際フランダース映画祭グランプリ(第23回)(平成8年)「絵の中のぼくの村」、和歌山県文化功労賞(平成8年)、アミアン国際映画祭最優秀作品賞(第16回)(平成8年)「絵の中のぼくの村」、山路ふみ子映画賞(第20回)(平成8年)「絵の中のぼくの村」、芸術選奨文部大臣賞(第47回，平8年度)(平成9年)「絵の中のぼくの村」、キネマ旬報読者ベストテン(平8年度)(平成9年)「絵の中のぼくの村」、紫綬褒章(平成11年)　[歴]昭和33年岩波映画に入社。黒木和雄監督のもとで助監を務めたのち、37年退社。44年東プロダクションを設立、48年青林舎を設立、52年幻燈社を設立。「沖縄列島」(記録映画，44年)「やさしいにっぽん人」(劇映画，46年)等を発表。53年ATGと提携した「サード」を監督し、一躍脚光を浴びる。以後、「もう頬づえはつかない」「四季・奈津子」「マノン」「ザ・レイプ」「化身」「橋のない川」「絵の中のぼくの村」「ボクの、おじさん」と話題作を撮り続ける。著書に「映画と風船―ぼくと映画と女優たち」「午後4時の映画の本」。

東野 圭吾　ひがしの・けいご
推理作家　[生]昭和33年2月4日　[出]大阪府大阪市　[学]大阪府立大学電気工学科卒　[賞]江戸川乱歩賞(第31回)(昭和60年)「放課後」、日本推理作家協会賞(長編部門，第52回)(平成11年)「秘密」　[歴]日本電装に入社、“効率のいい溶接法の開発”に取り組んでいた。一方、推理小説も書き、昭和59年「魔球」で江戸川乱歩賞候補になり、翌60年「放課後」で第31回乱歩賞受賞。61年退社、上京して執筆活動に専念。平成11年「秘密」が広末涼子主演で映画化される。ほかの作品に「学生街の殺人」「眠りの森」「鳥人計画」「依頼人の娘」「変身」「虹を操る少年」「パラレルワールド・ラブストーリー」「名探偵の掟」「どちらかが彼女を殺した」「天空の蜂」「私が彼を殺

した」「白夜行」「片想い」などがある。　[団]日本推理作家協会

東坊城 恭長　ひがしぼうじょう・やすなが

映画監督　俳優　[生]明治37年9月9日　[没]昭和19年9月22日　[出]東京市四谷区　[学]慶応義塾大学(大正13年)中退　[歴]大正13年華族仲間の小笠原プロダクションにアルバイトとして入り2本の映画に出演する。これを契機に同年、日活京都へ入社。「青春の歌」で本格デビュー。線は細いが気品ある二枚目として、時に準主役級で出演する。昭和2年、恋の逃避行をした竹内良一の代役として「椿姫」に主演したあと俳優をやめる。「旅芸人」で監督デビュー。以後、監督・脚本家の道を歩む。6年妹の入江たか子と入江プロ設立。15年、健康上の理由で映画界を離れた。主な脚本作品に「靴」「第二の母」、監督作品に「鉄路の狼」「まごころ」「僕には恋人があります」「浅草悲歌」など。　[家]妹＝入江たか子

干刈 あがた　ひかり・あがた

小説家　[生]昭和18年1月25日　[没]平成4年9月6日　[出]東京都青梅市　本名＝浅井和枝　[学]早稲田大学政経学部新聞学科中退　[賞]海燕新人文学賞(第1回)(昭和57年)「樹下の家族」、芸術選奨文部大臣新人賞(第35回・昭59年度)「ゆっくり東京女子マラソン」、野間文芸新人賞(第8回)(昭和61年)「しずかにわたすこがねのゆびわ」　[歴]大学中退後、コピーライター、15年間の主婦生活を経て離婚。昭和57年より小説を書き始め、同年「樹下の家族」で第1回海燕新人文学賞を受賞。続く「ウホッホ探険隊」と「ゆっくり東京女子マラソン」で第90回(58年下期)と91回(59年上期)の芥川賞候補に。離婚家庭の母子像や女性の生き方、家族の問題などをテーマに執筆。他に「しずかにわたすこがねのゆびわ」「黄色い髪」「ウォークinチャコールグレイ」「名残りのコスモス」など。

ひかわ 玲子　ひかわ・れいこ

SF作家　[生]昭和33年5月17日　[出]東京都町田市　旧筆名＝氷川玲子(ひかわ・れいこ)　[学]早稲田大学社会科学部(昭和56年)卒　[歴]学生時代はワセダ・ミステリ・クラブやファンタジーのクラブ、ローラリアスに在籍。ビクター音楽産業のアニメ部門に4年間勤務した後、退社、アニメ関係の雑誌のライターを経て、昭和63年氷川玲子のペンネームで「ダーコーヴァ年代記」を翻訳。同年「ドラゴンマガジン」にファンタジー小説「バセット英雄伝・エルヴァーズ」の連載を開始。この作品が人気を呼んで、単行本で「女戦士エファラ&ジェリオラシリーズ」が刊行された。他の著書に「青い髪のシリーン」「グラヴィスの封印」など。　[団]日本推理作家協会、日本SF作家クラブ、日本文芸家協会　[家]父＝渡辺茂(音楽評論家・故人)

氷川 瓏　ひかわ・ろう

推理作家　[生]大正2年7月16日　[没]平成1年12月26日　[出]東京　本名＝渡辺祐一　[学]東京商大専門部(昭和10年)卒　[賞]探偵作家クラブ新人奨励賞(昭和29年)「睡蓮夫人」　[歴]昭和21年掌編「乳母車」でデビュー。以後「睡蓮夫人」「陽炎の家」「帰国」など発表。また、本名で純文学同人誌に作品を発表し、のちに自ら「文学造型」を主宰。30年代には江戸川乱歩作品の子供向けリライトを手掛ける。　[団]日本推理作家協会、日本児童文芸家協会、日本文芸家協会　[家]弟＝渡辺茂(音楽評論家)

疋田 哲夫　ひきた・てつお

放送作家　(株)オフィス大利宇成(おりじなる)代表取締役　(株)オリジナル企画社長　[生]昭和23年7月9日　[出]奈良市　[学]大阪工業大学中退　[賞]日本民間放送連盟賞金賞(娯楽部門)「夜はクネクネ」(昭和58年)、ギャラクシー賞選奨「パペポTV」(昭和63年)、上方お笑い大賞秋田実賞(第21回)(平成4年)　[歴]毎日テレビ「夜はクネクネ」、読売テレビ「パペポTV」の構成のほか、「部長刑事」「新・必殺仕置人」などの脚本も手がける。エッセイ集に「哲ちゃんの『哲学』―不良中年講座」がある。　[団]日本放送作家協会

引間 徹　ひきま・てつ

小説家　[生]昭和39年4月3日　[出]東京都　[学]早稲田大学文学部卒　[賞]早稲田文学新人賞(第6回)(平成1年)「テレフォン・バランス」、すばる文学賞(第17回)(平成5年)「19分25秒」　[歴]著書に「地下鉄の軍曹」「19分25秒」「屋根裏のアルマジロー」がある。

樋口 一葉　ひぐち・いちよう

小説家　歌人　[生]明治5年3月25日　[没]明治29年11月23日　[出]東京府第二大区一小区内幸町(現・千代田区)　本名＝樋口奈津(ひぐち・なつ)　別名＝浅香のぬき子、春日野しか子、樋口夏子　[学]青海学校小学高等科第4級修了　[歴]東京府官吏・則義の二女として生まれる。明治14年青海学校小学高等第4級を首席で卒業。19年14歳の時に歌人・中島歌子の萩の舎(はぎのや)塾に入り、早くから歌の才能を示す。20年長兄が早世、22年父を失くし、二兄と姉が家を出ていたため17歳で家督を相続。父が事業の失敗により多額の負債を残したため、婚約者から一方的に婚約を解消され、母と妹を抱えて針仕事などをして生計を立てる。萩の舎塾の先輩である田辺花圃(のち評論家の三宅雪嶺と結婚して三宅に改姓)が小説で稿料を得

たことに刺激されて小説家を志し、24年朝日新聞の小説記者であった半井桃水に師事。25年処女作「闇桜」を桃水主宰の「武蔵野」に発表するが、桃水との関係が醜聞となったため、交際を断つ。同年「都の花」に出世作となる「うもれ木」を発表。26年生活に行き詰まり、吉原遊郭の近くにある下谷龍泉寺町に転居して荒物や子ども向けの駄菓子を商うが失敗。27年本郷丸山福山町に転居、創作に専念して「大つごもり」「にごりえ」「十三夜」「わかれ道」などを次々に発表。中でも下谷龍泉寺町時代の色町観察を生かした「たけくらべ」は文芸誌「めさまし草」誌上の鼎談合評「三人冗語」で森鷗外、幸田露伴、斎藤緑雨の絶賛を受けた。また高山樗牛など他の辛口の批評家からも賞賛され、女流作家の第一人者として、“今紫式部”“今清少納言”と呼ばれた。しかし、29年初夏から体調をくずし、同年11月肺結核のために死去。他の作品に「ゆく雲」「われから」「うらむらさき」などがあり、20〜29年に断続的に書かれた日記をまとめた「一葉日記」も高い評価を得ている。「樋口一葉全集」(全7巻, 筑摩書房)、「全集 樋口一葉」(全4巻, 小学館)など全集も多く編まれている。平成14年新五千円札の肖像に選ばれた。

樋口 紅陽　ひぐち・こうよう

作家　[専]口演童話　[生]明治22年　[没](没年不詳)　[出]福岡県　本名=樋口紋太　[歴]久留米市で印刷工として働いたのち、文学を志して上京。大正9年頃から私設の“日本お伽学校”を創立して、口演童話や各種児童読み物を中心に著述活動を行った。著書に「童話劇と対話 ひばりの歌」「女学校劇実演脚本集」など。

樋口 茂子　ひぐち・しげこ

小説家　放送作家　[生]昭和3年1月24日　[出]静岡県清水市　本名=樋口茂　俳号=楊子　[学]堀川高女(昭和20年)卒　[興]古代史、宗教　[歴]高女時代脊髄カリエスにかかり、闘病生活をする。昭和32年「非情の庭」を刊行して注目されるが、40年代は膠原病のために静養。50年「京の尼寺」を発表して文筆生活にもどる。平成8年30年ぶりに長編小説「小説壬申の乱」を発表。他に「凍土」「古代幻想の旅」「自分史の作成と鑑賞」「三十六歌仙の舞台」。また「自分の生きる場所」「現代派」など放送作家としても活躍。[団]日本文芸家協会

樋口 修吉　ひぐち・しゅうきち

小説家　[生]昭和13年3月2日　[没]平成13年10月4日　[出]福岡県福岡市　本名=黄田康嗣　[学]慶応義塾大学文学部卒、慶応義塾大学法学部卒　[賞]小説現代新人賞(第36回)(昭和56年)「ジェームス山の李蘭」　[歴]三井物産を退職後、ヨーロッパ、南米などを放浪。昭和56年「ジェームス山の李蘭」で小説現代新人賞を受賞して作家に。著書に「アバターの島」「銀座ラプソディ」「針路はディキシーランド」「本牧ララバイ」「銀座一期一会」「銀座北ホテル」「たまゆらの女」「花川戸へ」「贋冬扇記」「縁かいな」「東京老舗の履歴書」など。　[団]日本文芸家協会、三田文学会

樋口 範子　ひぐち・のりこ

小説家　翻訳家　[生]昭和24年　[出]東京　[学]立教女学院高卒　[賞]山梨県芸術祭賞(平成2年)　[歴]高校卒業後の昭和43〜45年イスラエルのキブツ・カブリ・アボカド園で働く。帰国後、山中湖畔児童養護施設保母、手作りパン屋を経て、喫茶店を営む。著書に「私のカプリ」「この子はだあれ」、訳書に「キブツ その素顔—大地に帰ったユダヤ人の記録」「六号病室のなかまたち」などがある。

樋口 有介　ひぐち・ゆうすけ

小説家　[生]昭和25年7月5日　[出]群馬県前橋市　本名=樋口裕一　[学]国学院大学文学部哲学科中退　[賞]サントリーミステリー大賞(読者賞, 第6回)(昭和63年)「ぼくと、ぼくらの夏」　[歴]劇団員、業界誌記者、青焼工を経験ののち、作家活動に入る。昭和63年「ぼくと、ぼくらの夏」でサントリーミステリー大賞読者賞を受賞。平成2年「風少女」が直木賞候補となる。他に「彼女はたぶん魔法を使う」「八月の舟」「ろくでなし」などがある。

日暮 裕一　ひぐらし・ゆういち

シナリオライター　[生]昭和32年11月13日　[出]千葉県　[学]日本大学芸術学部映画学科脚本コース卒　[歴]卒業制作に書いたシナリオが学部長賞を受ける。その頃、特別講師としてきた永原秀一の募集に応じ、以後「西部警察」の脚本家グループ「ブロー・バック・プロ」に出入りする。昭和57年「西部警察PART1・氷点下の激闘」(共作)でデビュー。主な作品にテレビ「西部警察PART1・2・3」「キャッツ・アイ」「ただいま絶好調!」「ザ・ハングマン5」「ベイシティ刑事」、映画「押忍!!空手部」など。[団]日本放送作家協会

ひこ・田中　ひこたなか

児童文学作家　テレビゲーム評論家　[生]昭和28年　[出]大阪府　本名=田中正彦　[学]同志社大学文学部卒　[賞]椋鳩十児童文学賞(第1回)(平成3年)「お引越し」、産経児童出版文化賞(JR賞, 第44回)(平成9年)「ごめん」　[歴]作品に「お引越し」「カレンダー」「ごめん」など。また、児童文学についての講演活動を年間約100回行う。

比佐 芳武　ひさ・よしたけ

シナリオライター　[没]昭和56年12月17日　[出]北海道　本名＝武久猛(たけひさ・たけし)　[歴]戦前のマキノ、大映などを経て東映専属となる。昭和21年、片岡千恵蔵主演の「七つの顔」などで、戦後日本映画のヒーロー第一号ともいうべき“多羅尾伴内”の生みの親となった。ほかの代表作に「仁俠清水港」「水戸黄門」など。

久板 栄二郎　ひさいた・えいじろう

劇作家　シナリオライター　[生]明治31年7月3日　[没]昭和51年6月9日　[出]宮城県岩沼町(現・岩沼市)　[学]東京大学国文科(昭和2年)卒　[賞]紫綬褒章(昭和46年)　[歴]二高在学中に処女戯曲「蒼白い接吻」を執筆。東大に入学して阿部知二らと同人雑誌「朱門」を発行したが、のち左翼文化運動に身を投じ、プロレタリア戯曲「犠牲者」を発表し注目された。その後左翼劇場に入り、日本プロレタリア劇場同盟の中央常任委員として活躍。「断層」「北東の風」「千万人と雖も我行かん」などのリアリズム戯曲で文才の声価を高めた。昭和15年8月の新劇関係者の一斉検挙で逮捕されたが、翌年保釈。戦後はシナリオライターとして活躍。「大曽根家の朝」(木下恵介監督)、「わが青春に悔なし」(黒沢明監督)などの名作のほか「巌頭の女」、「赤いカーディガン」などの劇作を手がけた。

久生 十蘭　ひさお・じゅうらん

小説家　劇作家　演出家　[生]明治35年4月6日　[没]昭和32年10月6日　[出]北海道函館市　本名＝阿部正雄　筆名＝谷川早　[賞]新青年賞(第1回)(昭和14年)「キャラコさん」、直木賞(第26回)(昭和26年)「鈴木主水」　[歴]中学卒業後、函館毎日新聞社に勤めるが、演劇への情熱から、昭和3年に上京して岸田国士に師事する。4年から8年にかけて渡仏し、演劇を学ぶ。帰国後、探偵小説を書きはじめ、9年「新青年」に「ノンシャラ道中記」を連載、10年初の小説「黄金遁走曲」を発表。14年「キャラコさん」で新青年賞を受賞し、26年「鈴木主水」で直木賞を受賞。29年ニューヨークのヘラルド・トリビューン紙の国際短篇小説コンクールで「母子像」が一等に入選。舞台演出、脚本執筆を手がけるほか、時代小説、現代小説、探偵小説と巾広く活躍し、「金狼」「湖畔」「墓地展望学」「だいこん」「肌色の月」「平賀源内捕物帳」などの作品がある。

火坂 雅志　ひさか・まさし

小説家　[生]昭和31年5月4日　[出]新潟県新潟市　本名＝中川雅志　[学]早稲田大学商学部卒　[歴]大学卒業後、新人物往来社に入社、「歴史読本」編集者として全国各地を取材してまわる。昭和63年歴史エンターテイメント小説「花月秘拳行」でデビュー。平成2年新人物往来社を退職。主な作品に「骨法秘伝」「楠木正成―異形の逆襲」「壮心の夢」「柳生烈堂」「覇商の門」など。　[団]日本文芸家協会

久高 明子　ひさたか・あきこ

童話作家　全国教職員文芸協会理事　[生]昭和12年　[出]旧満州・ハルビン　[学]学習院大学文学部哲学科卒　[賞]文芸広場年間賞(童話部門，昭60年度)　[歴]東京都の公立中学校教師を務め、平成10年定年退職。この間、児童・生徒向けに童話を書く。作品に創作童話集「チンチンコバカマ」がある。　[団]全国教職員文芸協会、日本児童文芸家協会

久間 十義　ひさま・じゅうぎ

小説家　[生]昭和28年11月27日　[出]北海道新冠郡新冠町　[学]早稲田大学文学部仏文科卒　[賞]文芸賞(佳作，第24回)(昭和62年)「マネーゲームそして/あるいはランビエ絞輪上のスキップ」、三島由紀夫賞(第3回)(平成2年)「世紀末鯨鯢記」　[歴]友人と学習塾を経営する傍ら批評家を目指すが、30歳で小説家に転向。昭和62年豊田商事事件を扱った「マネーゲームそして/あるいはランビエ絞輪上のスキップ」で文芸賞佳作を受賞。平成2年塾講師をやめ創作に専念。他にイエスの方舟事件を素材にした「聖マリア・らぷそでぃ」やメルヴィル「白鯨」を下敷きにした「世紀末鯨鯢記」、「海で三番目につよいもの」「魔の国アンヌピウカ」「刑事たちの夏」「ダブルフェイス」など。11年まで朝日新聞書評委員を務める。　[団]日本文芸家協会

久松 一声　ひさまつ・いっせい

劇作家　[生]明治11年　[没](没年不詳)　[出]東京・浅草　[学]明治法律学校(現・明治大学)卒　[歴]外交官志願で高等文官試験を受けるが不合格。川上眉山の小説を愛読し小説家を目ざしたが挫折し劇作家となる。日本舞踊革新の第一声をあげ、主な作品に「平重衡」「三人猟師」がある。

久松 義典　ひさまつ・よしのり

教育家　政治家　新聞記者　小説家　[生]安政2年10月(1855年)　[没]明治38年6月2日　[出]伊勢国桑名(三重県)　幼名＝芳次郎、号＝狷堂　[学]東京英語学校中退　[歴]明治12年栃木の師範学校へ赴任し、間もなく校長となる。同年「泰西 雄弁大家集」正続2冊を刊行。栃木県内で自由民権の利を説き、15年辞職して上京、立憲改進党に入党すると共に報知新聞社に入社、「泰西 革命史鑑」を刊行。23年「北海道毎日新聞」主筆。この間、大阪新報社に招かれ改進主義を遊説。小説家、政治家、新聞記者として幅

広く活躍し、その後も「代議政体月雪花」や、社会主義的な「近世社会主義評論」「社会小説東洋社会党」などを刊行した。

久丸 修　ひさまる・おさむ
小説家　テレビ・ディレクター　テレビ西日本制作局制作部部付部長　[生]昭和13年　[出]熊本県山鹿市　本名＝徳丸望　[賞]オール讀物推理小説新人賞（第9回）（昭和45年）「荒れた粒子」、福岡市文学賞（第19回）（平成1年）　[歴]テレビ西日本制作局制作部次長を経て、部付部長。傍ら、執筆活動も行う。著書に「荒れた粒子」「迷走—国際女子マラソン殺人事件」「待っていた女」。　[団]日本推理作家協会

久山 秀子　ひさやま・ひでこ
推理作家　[生]明治38年5月1日　[出]東京・下谷　本名＝芳村升　別名＝久山千代子　[歴]横須賀の海軍経理学校教官。筆名に女性名を用いた。大正14年「浮かれている『隼』」を「新青年」に発表してデビュー。昭和12年に絶筆したが、30年「梅由兵衛捕物噺」を連作で執筆。また、久山千代子名義で「当世やくざ渡世」などの作品がある。

飛沢 磨利子　ひざわ・まりこ
小説家　[生]昭和43年11月11日　[賞]ホワイトホート大賞（エンタテインメント部門大賞）「赤い髪のガッシュ」　[歴]著書に「赤い髪のガッシュ」「閉ざされた大地」「炎の結界」「天使の幼虫—隣界ハンター〈3〉」がある。

ひしい のりこ
児童文学作家　[生]昭和15年1月1日　[出]埼玉県比企郡　本名＝菱伊敬子（ひしい・のりこ）　[学]東京家政大学児童学科卒、日本児童文学学校（第3期）修了　[賞]児童文芸家協会新人賞（第5回）（昭和51年）「おばけのゆらとねこのにゃあ」　[歴]作品に「1とうしょうはだあれ」「モミの木のクリスマス・イブ」「2年1組わすれんぼチャンピオン」などがある。　[団]日本児童文学者協会、日本児童文芸家協会

土方 鉄　ひじかた・てつ
作家　評論家　俳人　元・「解放新聞」編集長　[専]部落問題　[生]昭和2年1月11日　[出]京都府京都市　本名＝福井正美（ふくい・まさみ）　旧姓(名)＝藤川　[学]小卒　[興]古代における差別の発生（起源）　[賞]新日本文学賞（第3回）（昭和38年）「地下茎」、年間代表シナリオ（昭48年度）「狭山の黒い雨」、花曜賞（第21回）（平成4年）「猷の心」（俳句）　[歴]昭和13年鉄工所に就職するが、17年肺結核で肋骨を9本切除、10年間の療養生活を送る。24年共産党に入党、26年には部落解放同盟京都府連書記に就任、朝田善之助、三木一平らに運動理論を学ぶ。34年中央本部に移り、北原泰作と機関紙を編集。更に新日本文学会に入り、「人間の血はかれない」「人間に光あれ」を出版。39年共産党を離れ差別問題に専念、50年「解放新聞」編集長に就任。平成2年退任し、作家活動に専念。著書に「差別への凝視」（49年）、「差別と表現」（50年）、「妣（はは）の闇」（平2年）などがある。　[団]新日本文学会、現代俳句協会、差別とたたかう文化会議

斐太 猪之介　ひだ・いのすけ
新聞記者　小説家　[生]明治44年7月26日　[出]岐阜県斐太　本名＝井之丸喜久蔵　[学]中央大学法科卒　[歴]朝日新聞社に入社し、そのかたわら小説を書きニホンオオカミ追跡譚「オオカミ追跡十八年」を昭和45年に刊行。その他の作品に「山がたり」全3巻などがある。

肥田 美代子　ひだ・みよこ
児童文学作家　衆院議員（民主党　比例・近畿）　元・参院議員（社会党）　[生]昭和16年3月1日　[出]大阪府大阪市　[学]大阪薬科大学（昭和40年）卒　[歴]「亜空間」「どんかく」各同人。主な著書に「先生はおちこぼれ」「ミスター父ちゃん大ぼうけん」「白いおかあさん」「月火水木金土」シリーズ、「学校ふしぎものがたり」シリーズなど。平成元年社会党から参院選比例区に当選、「わたしの国会フレッシュ日記」を出版。7年落選。8年民主党から衆院比例区に当選。2期目。　[団]日本児童文学者協会　http://www1.ocn.ne.jp/~miyoko/index.html

人見 嘉久彦　ひとみ・かくひこ
劇作家　演出家　大阪芸術大学舞台芸術学科教授　[専]近代・現代戯曲　[生]昭和2年2月27日　[出]岡山市　[学]京都府立二中夜間中学（昭和20年）卒　[興]西欧中世の演劇　[賞]岸田国士戯曲賞（第10回）（昭和39年）「友絵の鼓」　[歴]大阪芸術大学講師などを経て、現在教授。西洋演劇史専攻。主な作品に「津和野」「奢りの岬」「隅田川」「花と風狂」などがある。　[団]日本演劇協会、日本演劇学会、民族芸術学会、国際演劇協会

日向 康　ひなた・やすし
小説家　ノンフィクション作家　[専]田中正造研究　近現代史（日本）研究　[生]大正14年5月22日　[出]福島県白河市　[学]陸士（昭和20年）卒　[興]尊王攘夷を旗印として樹立した明治政府が開国に向う経過、「戦後」を何時までとみるかという問題　[賞]大仏次郎賞（第6回）（昭和54年）「果てなき旅」　[歴]足尾鉱毒事件を闘い抜いた田中正造の伝記「果てなき旅」で、昭和54年大仏次郎賞を受賞。また、6年を費やした「松川事件—謎の累積」を57年刊行。他の著書に「非命の譜」「林竹二—天の仕事」など。　[団]思想の科学研究会、日本文芸家協会

日夏 英太郎　ひなつ・えいたろう

脚本家　映画監督　[生]明治41年9月21日　[没]昭和27年9月9日　[出]朝鮮・咸鏡南道　本名＝許泳(ほ・よん)　別名＝ドクター・フユン　[歴]日夏英太郎の名前で松竹の時代劇の脚本を数多く発表。また衣笠貞之助監督のもとで映画作りを学び、昭和12年「大阪夏の陣」の助監督となるが、誤って姫路城の石垣を爆破し実刑を受ける。16年朝鮮軍指令部に売り込んで戦争を讃美する映画「君とぼく」を製作。しかし、評判が悪かったため1作きりで用済みとなり、17年自ら希望して報道班員として日本軍政下のジャワに渡る。18年オーストラリア人捕虜に対する日本軍の人道的処遇を描いた宣伝映画「Calling Australia(豪州への呼び声)」を製作。この映画は東京裁判の証拠として採用された。敗戦後、インドネシアにとどまり、ドクター・フユンと改名、22年インドネシア初の映画演劇学校・キノドラマ・アトリエを設立、インドネシア映画人の育成に情熱を傾けた。遺作は「天と地の間に」。

火野 葦平　ひの・あしへい

小説家　[生]明治39年12月3日(戸籍:明治40年1月25日)　[没]昭和35年1月24日　[出]福岡県若松市(現・北九州市若松区)　本名＝玉井勝則(たまい・かつのり)　[学]早稲田大学文学部英文科中退　[賞]芥川賞(第6回)(昭和12年)「糞尿譚」、朝日新聞文化賞(昭和15年)「麦と兵隊」「土と兵隊」「花と兵隊」、福岡日日新聞文化賞(昭和15年)「麦と兵隊」「土と兵隊」「花と兵隊」、日本芸術院賞(文芸部門・第16回)(昭和34年)「革命前後」　[歴]中学時代から創作を試み、大正14年童話集「首を売る店」を刊行。のち「聖杯」「文学会議」などに加わる。昭和4年家業の玉井組を継ぎ、石炭沖仲仕となる。6年ゼネストを指導、翌年逮捕され転向。9年から火野葦平の筆名を使用。12年中国へ出征、出征直前に詩集「山上軍艦」を刊行、出征中「糞尿譚」で芥川賞を受賞。従軍中「麦と兵隊」「土と兵隊」「花と兵隊」の兵隊三部作を発表し、以後も多くの戦争小説を書く。太平洋戦争中はフィリピン、ビルマで従軍。18年原田種夫の編集による詩集「青狐」を刊行。23年戦争協力者として追放を受け、25年に解除。解除後は多忙な作家生活に入り、「花と龍」「赤い国の旅人」「革命前後」などを発表。34年「革命前後」で日本芸術院賞を受賞したが、35年に睡眠薬自殺をした。「火野葦平選集」(全8巻,東京創元社)がある。60年故郷の北九州市若松区の若松市民会館内に火野葦平資料館が設置され、平成11年には旧居・河伯洞が改修オープンされた。

[家]三男＝玉井史太郎(河伯洞管理人)

日野 啓三　ひの・けいぞう

小説家　評論家　芥川賞選考委員　元・読売新聞編集委員　[生]昭和4年6月14日　[出]東京都渋谷区　[学]東京大学文学部社会学科(昭和27年)卒　[資]日本芸術院会員(平成12年)

[賞]平林たい子文学賞(小説・第2回)(昭和49年)「此岸の家」、芥川賞(第72回)(昭和50年)「あの夕陽」、泉鏡花文学賞(第10回)(昭和57年)「抱擁」、谷崎潤一郎賞(第22回)(昭和61年)「砂丘が動くように」、芸術選奨文部大臣賞(昭和61年)「夢の島」、伊藤整文学賞(第3回)(平成4年)「断崖の年」、野間文芸賞(第46回)(平成5年)「台風の目」、読売文学賞(小説賞,第47回)(平成8年)「光」、日本芸術院賞(平11年度)(平成12年)

[歴]昭和27年読売新聞社に入社し、外報部勤務となり、ソウル、サイゴンなどで特派員生活をする。39～40年にかけてはベトナム戦争を取材し、41年「ベトナム報道」を刊行。51年編集委員。評論の面では、29年「現代評論」を創刊。42年「存在の芸術」を刊行。作家としては、46年に「還れぬ旅」を刊行。50年「あの夕陽」で第72回芥川賞を受賞。ほかに「此岸の家」「抱擁」「夢の島」「夢を走る」「砂丘が動くように」「どこでもないどこか」「台風の目」「光」「天地」「梯の立つ都市 冥府と永遠の花」などがある。

[団]日本文芸家協会

日野 多香子　ひの・たかこ

児童文学作家　[生]昭和12年1月4日　[出]東京都中野区　本名＝山下多香子　[学]東京学芸大学中等教育学科国語科卒　[賞]日本児童文学者協会新人賞(第10回)(昭和52年)「闇と光の中」

[歴]日本童話会、同人誌「だ・かぽ」に所属。昭和44年「風の花ぞの」(のち「ここに空がある」に改題)が講談社児童文学新人賞佳作に入選しデビュー。主な作品に「闇と光の中」「プラウプトリの海が見える」「友情の二人三脚」「おばあちゃんの星みいつけた」「ふるさとの山河を歌の心に」など。

[団]日本児童文学者協会、日本児童文芸家協会

日比 茂樹　ひび・しげき

児童文学作家　[生]昭和18年11月17日　[出]東京　[学]東京学芸大学教育学科卒　[賞]野間児童文芸賞推奨作品賞(第22回)(昭和59年)「白いパン」、小学館文学賞(第33回)(昭和59年)「白いパン」、新美南吉児童文学賞(第9回)(平成3年)「少年釣り師・住谷陽平」　[歴]板橋区立小学校を経て、台東区立東小学校教諭。児童文学同人誌「牛」同人。昭和53年「カツオドリ飛ぶ海」でデビュー。ほかに「バレンタインデーの贈り物」「白いパン」「あの日のバッシーあの日のぼく」「少年釣り師・住谷陽平」などの著書がある。

響 リュウ　ひびき・りゅう

作曲家　劇作家　演出家　Z航海団主宰　[生]昭和17年12月12日　[出]青森県弘前市　本名＝田中隆司(たなか・たかし)　[歴]中学時代クラシックの作曲家を志し、高校時代古藤孝子に師事、ピアノを学ぶ。2年の時上京して福井文彦に師事。岩手県で代用教員を経験後再び上京し松本民之助に師事。のち作曲家になり、ピアノの弾き語りも行う。一方演劇に興味を持ち、昭和45年烈婦連を上演する会に所属し役者のほか制作・音楽を担当。ギリシャ悲劇「メディア」の改定版「迷出夜」を初台本、演出したことがきっかけとなり劇作の道に。47年幻劇団を主宰。「海の涯—ぼくたちのためのこの世の花」など劇作、演出した。61年～平成元年万国四季協会を主宰し、カフカの影響を受けた「城」「笛」などの劇作、演出にあたる。3年風花舎第1回公演で新作の「扉」を演出。グループ「蒼」会員。　[団]日本劇作家協会、新・波の会、日本音楽著作権協会

日比野 士朗　ひびの・しろう

小説家　[生]明治36年4月29日　[没]昭和50年9月10日　[出]東京市　[学]八高(大正12年)中退　[賞]池谷信三郎賞(第6回・昭和14年度)「呉淞クリーク」　[歴]兵庫県で代用教員をし、大正15年1年志願して歩兵第一連隊に入隊。昭和9年河北新報に入社し東京支社勤務となった翌12年応召する。除隊後、軍隊体験をもとに創作集「呉淞クリーク」を刊行し、以後作家として活躍。文化奉公会、大政翼賛会で活躍したが、戦後は文筆活動から退いた。

氷室 冴子　ひむろ・さえこ

小説家　[生]昭和32年1月11日　[出]北海道岩見沢市　本名＝碓井小恵子(うすい・さえこ)　[学]藤女子大学国文学科(昭和54年)卒　[賞]青春小説新人賞(昭和52年)「さようならアルルカン」　[歴]大学3年のとき、「小説ジュニア」の懸賞小説に応募して佳作となる。卒業後、札幌で友人と共同生活をしながら執筆を始め、集英社の若者向け文庫「コバルト・シリーズ」から出した作品は、いずれも数十万部を記録。“少女小説”の代表的人気作家で、女性の多様な生き方と友情を軸にした作品を生み続ける。作品に「なんて素敵にジャパネスク」シリーズ、「クララ白書」「アグネス白書」「銀の海 金の大地」シリーズの他、「なぎさボーイ」「多恵子ガール」「マイ・ディア」「ターン」「シンデレラ迷宮」「ホンの幸せ」「雑居時代」「ざ・ちぇんじ!」「海がきこえる」など。　[団]日本文芸家協会

姫野 カオルコ　ひめの・かおるこ

作家　[生]昭和33年　[出]滋賀県　[学]青山学院大学文学部卒　[歴]大学在学中に雑誌の公募に小説を応募したのを機に1980年代前半にはアダルト雑誌でリライトや映画評をしていたが、平成2年、公衆道徳を厳守する女子学生の物語「ひと呼んでミツコ」で単行本デビュー。同年、随想風小説「ガラスの仮面の告白」も刊行。以降、鋭角的な新しい文体から戦前風ともいえる独特の倫理主義を湛えた文体まで、非常に幅広い作風で評価を得る。他の作品に小説「変奏曲」「ドールハウス」「喪失記」「レンタル(不倫)」「受難」(第117回直木賞候補作)「整形美女」「サイケ」、随筆「禁欲のススメ」「愛は勝つ、もんか」「ブスのくせに!」など。　[団]日本文芸家協会

檜山 良昭　ひやま・よしあき

推理作家　[生]昭和18年9月5日　[出]茨城県那珂郡那珂町　[学]早稲田大学政経学部卒、京都大学大学院経済学研究科経済政策史専攻(昭和48年)中退　[興]江戸時代の研究　[賞]日本推理作家協会賞(第32回)(昭和54年)「スターリン暗殺計画」　[歴]著書に「スターリン暗殺計画」「アイヒマンの遺産」「ヒトラーの陰謀」「糧断!1999年の朝」「日本本土決戦」「円卓の7人」「核爆弾ジャック」「祖国をソ連に売った36人の日本人」「日本潰滅」「二人の芭蕉」「大戦略・日独決戦/開戦編」「幻の超重爆撃機『富嶽』」などがある。　[団]日本推理作家協会、日本シミュレーション・ゲーミング学会

日向 章一郎　ひゅうが・しょういちろう

作家　[生]昭和36年3月3日　[出]埼玉県　本名＝鴻野淳　[学]立教大学文学部日本文学科卒　[賞]コバルト短編小説新人賞(第6回)　[歴]第6回コバルト短編小説新人賞入選。著書に「放課後のトム・ソーヤー」などの〈放課後〉シリーズ、「牝羊座は教室の星つかい」などの〈星座〉シリーズ、「シリアス・タッチで口説かせて」「きみのハートはミステリー」など。

兵本 善矩　ひょうもと・よしのり

小説家　[生]明治39年11月3日　[没]昭和42年2月21日　[出]奈良県五条　[歴]昭和7年「布引」でデビュー。以後「一代果て」「靭の男」などを発表、注目されるが、その後は流離、放浪の生活を重ね、消息も不明だった。

ピョン キジャ

童話作家　翻訳家　[生]昭和15年　漢字名＝卞記子　[賞]ニッサン童話と絵本のグランプリ優秀賞(童話の部，第6回，平元年度)「春姫という名前の赤ちゃん」　[歴]在日朝鮮人2世。創作童話「春姫という名前の赤ちゃん」で第6回ニッサ

陽羅 義光 ひら・よしみつ
小説家　詩人　「小説と詩と評論」編集長　⊕昭和21年12月21日　⊕神奈川県横須賀市　本名＝佐藤義光　⊕早稲田大学文学部美学美術史学科卒　⊕全作家文学賞（奨励賞、平9年度）（平成10年）「太宰治新論」、日本文芸大賞（歴史小説奨励賞、第20回）（平成12年）「道元の風」　⊕「視点」同人、「小説と詩と評論」編集長。小説に「受難のとき」、評論に「広告の最前線と未来学」「太宰治新論」、詩集に「無言絶句」「四角い宇宙」などがある。　⊕全国同人雑誌作家協会（常務理事）、日本ペンクラブ、日本文芸家協会

平井 秋子 ひらい・あきこ
文筆業　⊕大正3年　⊕福岡県　⊕樺太庁立豊原高女（昭和6年）卒　⊕昭和33年「豊中文学の会」「大阪作家」同人。56年毎日新聞社児童小説入選。63年山梨女性ずいひつの会に入会。著書に「楓内侍―明治の歌人税所敦子」がある。

平井 和正 ひらい・かずまさ
SF作家　⊕昭和13年5月13日　⊕神奈川県横須賀市　⊕中央大学法学部卒　⊕大学時代から創作活動を始め、昭和38年「エイトマン」の原作を書いてSF作家として地位を確立。代表作に「狼の紋章」などのアダルト・ウルフガイ・シリーズ、「幻魔大戦」シリーズなどの他、多数のエンターテイメント作品がある。SF界の"言霊使いの作家"と称される独自の世界を形作っている。他に「スパイダーマン」「死霊狩り」「ハルマゲドンの少女」「月光魔術団」など。　⊕日本SF作家クラブ、日本文芸家協会
http://www.wolfguy.com/

平井 信作 ひらい・しんさく
小説家　⊕大正2年4月6日　⊕平成1年6月5日　⊕青森県南津軽郡浪岡町　⊕弘前中（昭和6年）卒　⊕昭和23年「生柿吾三郎の来歴」を「東奥日報」に連載。以後、りんご移出商を営むかたわら地方生活に根を下ろした作品を書き続け、42年「生柿吾三郎の税金闘争」が直木賞候補作品となる。著書に42年刊行の「生柿吾三郎の税金闘争」をはじめ「生柿吾三郎の来歴」「太行山脈」「津軽艶笑譚」（9巻）などがある。
⊕日本文芸家協会

平井 蒼太 ひらい・そうた
推理作家　風俗文献収集家　⊕明治33年8月5日　⊕昭和46年7月2日　⊕愛知県名古屋市　本名＝平井通　筆名＝薔薇蒼太郎　⊕戦前兄弟で古書店「三人書房」を開く。その後大阪電気局に勤務中カリエスを病んで闘病生活をおくる。戦後後楽園野球場に勤めながら風俗文献収集に精を出す。昭和27年風俗雑誌「あまとりあ」に「花魁少女」を発表、以後四本の短編を書く。代表作に「嫐指」。　⊕兄＝江戸川乱歩

平井 晩村 ひらい・ばんそん
詩人　小説家　⊕明治17年5月13日　⊕大正8年9月2日　⊕群馬県前橋市　本名＝平井駒次郎　⊕早稲田大学高等師範部国漢科（明治36年）卒　⊕早くから詩作を投稿し、文庫派の詩人として注目される。卒業後報知新聞社に入り「陸奥福堂下獄記」などを連載するが、大正3年退社、作家生活に入る。4年前橋に帰郷し、晩年は上野毎日新聞主幹を務めた。詩集に「野葡萄」「麦笛」、民謡集に「麦笛」、少年小説集に「涙の花」、著書に「曽我兄弟」「白虎隊」「風雲回顧録」などがある。

平石 耕一 ひらいし・こういち
劇作家　演出家　⊕昭和30年8月14日　⊕佐賀県佐賀市　⊕大阪芸術大学中退、早稲田大学中退、日本大学農獣医学部卒　⊕文化庁舞台芸術創作奨励特別賞（平3年度）「橙色の嘘」、日本演劇協会賞（第9回）（平成12年）　⊕東京芸術座に入団し、文芸演出部に所属。家族をベースにした作品を書き続け、平成4年のアトリエ公演「この雨やめば、夏」などを制作。5年「橙色の嘘」が日本劇団協議会の主催公演として舞台化される。他の作品に「家路」「湧きいずる水は」などがある。傍ら劇団アポストロフィーを主宰。

平石 貴樹 ひらいし・たかき
小説家　東京大学大学院人文社会系研究科教授　⊕英文学　現代アメリカ小説　⊕昭和23年10月28日　⊕東京　⊕東京大学文学部英語英米文学科卒、東京大学大学院人文科学研究科英文学専攻博士課程中退　⊕すばる文学賞（第7回）（昭和58年）「虹のカマクーラ」　⊕武蔵大学などを経て、東京大学教養学部助教授、のち教授。著書に「虹のカマクーラ」「笑ってジクソー、殺してパズル」「フィリップ・マーロウよりも孤独」「だれもがポウを愛していた」。
⊕日本アメリカ文学会

平泉 和美　ひらいずみ・かずみ

毎日児童小説コンクール小学生向き部門で最優秀賞を受賞　⊕熊本県熊本市　筆名=大庭桂（おおば・けい）　⊗西南学院大学卒　⊛毎日児童小説コンクール優秀賞（平成9年）、長塚節文学賞（小説部門大賞）（平成9年）、毎日児童小説コンクール最優秀賞（小学生向き部門、第48回）（平成11年）「竜の谷のひみつ」　⊕昭和56年勝山市で白山信仰の社として平安時代から続く平泉寺白山神社の神主家に嫁ぎ、自らも神職を務める。嫁いで間もなく、住んでいた伊勢市の児童書サークルに入ったことがきっかけで児童文学を書き始める。勝山市に転居後、「竜の谷のひみつ」など、主に北陸の風土や風景、暮らしを織りまぜた作品を大庭桂の名で発表。受賞も多数。

平出 修　ひらいで・しゅう

歌人　小説家　弁護士　⊕明治11年4月3日　⊗大正3年3月17日　⊕新潟県中蒲原郡石山村（現・新潟市）　旧姓（名）=児玉　別号=露花、黒瞳子　⊗明治法律学校（現・明大）（明治36年）卒　⊕明治25年亀田町高等小学校を卒業し、同校の代用職員となる。早くから文芸に関心を抱き新聞雑誌などに投稿する。33年東京新詩社に入り「明星」誌上に短歌、評論を発表。この年教職を辞して平出家に結婚入籍し、明治法律学校に進む。36年卒業後の翌年弁護士登録を行ない、38年神田神保町に法律事務所を開業。43年の大逆事件では高木顕明、崎久保誓一両被告の弁護人を務めた。この間、34年「新派和歌評論」を刊行。42年石川啄木らと「スバル」を発行。のち小説も執筆し「畜生道」「逆徒」などを発表した。「定本平出修集」（全3巻）がある。

平岩 弓枝　ひらいわ・ゆみえ

小説家　劇作家　⊕昭和7年3月15日　⊕東京・代々木八幡　⊗日本女子大学文学部国文科卒　⊛直木賞（第41回）（昭和34年）、新鷹会賞（第10回）（昭和34年）「鏨師」「狂言師」、NHK放送文化賞（第30回）（昭和54年）、菊田一夫演劇賞（大賞、第12回）（昭和61年度）（昭和62年）、日本文芸大賞（第9回）（平成1年）、吉川英治文学賞（平成3年）「花影の花」、紫綬褒章（平成9年）、菊池寛賞（第46回）（平成10年）　⊕代々木八幡の神官の家に生まれ、幼い頃から日本舞踊や古典芸能を習う。長谷川伸、戸川幸夫に師事し、長谷川伸主宰の新鷹会会員となり、昭和34年「大衆文芸」に発表した「鏨（たがね）師」で直木賞を受賞、同時に「鏨（たがね）師」と「狂言師」で新鷹会賞を受賞。その後、時代小説、現代小説、ジュニア小説と手を拡げ、またテレビドラマの台本作家として茶の間に知られるなど、幅広く活躍。62年には直木賞選考委員となる。以後は主に時代小説で活躍。なかでも49年から連載している「御宿かわせみ」はNHKでドラマ化もされて人気を博した。他に「はやぶさ新八御用帳」シリーズ、「水鳥の関」などがある。他には「女の顔」「若い海峡」「おんなみち」「若い真珠」など。ドラマの脚本に「肝っ玉かあさん」「ありがとう」などがある。　⊛日本文芸家協会（理事）、日本ペンクラブ、新鷹会、日本文芸著作権保護同盟（常務理事）　⊗父=平岩満雄（代々木八幡宮名誉宮司）

平尾 勝彦　ひらお・かつひこ

児童文学作家　元・岡山児童文学会長　⊕平成3年3月18日　⊕戦中に教師となり、徴兵され航空戦艦・伊勢に乗り組む。教職復帰後児童文学を執筆、岡山県文学選奨童話部門審査員を務め、昭和49年から岡山児童文学会会長。岡山女子短大の非常勤講師として児童文学について講義も行う。岡山児童文学会の会誌「松ぼっくり」に自らの戦争体験をもとに「両棲（りょうせい）生あおい巨獣」を連載、平成3年死去後の「平尾勝彦追悼号」まで続いた。4年妻により自費出版され、平和教育の教材にと倉敷市などの小、中学校に寄贈された。

平尾 不孤　ひらお・ふこ

小説家　⊕明治7年4月　⊗明治38年5月28日　⊕岡山市　本名=平尾徳五郎　⊗東京専門学校文学科（明治29年）中退　⊕大阪の「造士新聞」を経て「小天地」編集員となり明治34年1月同誌に小説「小麦畑」を発表。次いで早稲田学報編集員となり、さらに文芸界に入ったが失職。37年読売新聞の脚本募集に「志士関武彦」が1等当選、掲載された。「新小説」編集の後藤宙外を頼り、同誌に脚本「恋のお医者」、小説「人まね」などを発表。また早稲田学報、文芸界、新声などに評論を書いた。

平岡 篤頼　ひらおか・とくよし

文芸評論家　フランス文学者　小説家　早稲田大学名誉教授　⊛フランス小説　日本現代文学　⊕昭和4年5月2日　⊕大阪府　旧姓（名）=妹尾篤頼（せのお・とくよし）　⊗早稲田大学文学部仏文科（昭和27年）卒、早稲田大学大学院文学研究科仏文学専攻（昭和36年）博士課程修了　⊛アラン・ロブ＝グリエ、クロード・シモン　⊛クローデル賞（第3回）（昭和43年）「フランドルへの道」（訳）　⊕昭和32～35年パリ大学（ソルボンヌ）に留学。37年早稲田大学講師、40年助教授、44～45年パリ第8大学に留学、45年早稲田大学教授。早稲田大学エクステンションセンター所長兼任。「早稲田文学」発行人。主著に創作集「消えた煙突」、評論「変容と試行」「迷路の小説論」、訳書にクロード・シモン「フランドルへの道」など多数。

㊀日本フランス語フランス文学会、日本文芸家協会

平賀 春郊　ひらが・しゅんこう

小説家　歌人　㊐明治15年6月26日　㊎昭和27年5月25日　㊓宮崎県延岡市　本名＝平賀財蔵　㊫東京帝国大学国文科卒　㊧旧制中学、山口高校、松江高校教授などを歴任。中学生時代から同級の若山牧水らと回覧雑誌を作り作歌する。「創作」同人となり、没後「平賀春郊歌集」が刊行された。

平川 虎臣　ひらかわ・こしん

小説家　㊐明治36年10月25日　㊎昭和44年5月2日　㊓熊本県　㊧放浪生活をする中で上司小剣に師事し、昭和9年「生き甲斐の問題」「手紙」「花」などを発表し、14年「神々の愛」を刊行。昭和10年代に多く活躍し、著書に「愛情浪曼」「花と門」「母郷」などがあり、他に詩集「涙多き人生」(昭7)がある。

平木 国夫　ひらき・くにお

小説家　㊐大正13年8月6日　㊓石川県七尾市　㊫千葉工業大学(昭和21年)中退　㊧学生時代、大日本飛行協会学生航空隊横浜飛行訓練所(旧・学連)で水上機の操縦教育を受ける。特攻隊に編入されるが、出撃前に終戦。戦後は伊藤忠航空、日本航空機輸送に勤務し、航空大学校で民間航空史を教え、かたわら小説を書く。処女作はノンフィクション小説「空気の階段を登れ」。その後、日本航空界の基礎を築いた"飛行家たち"の夢と現実を描いた「日本ヒコーキ物語」を刊行。ほかに「青空と修道院」「バロン滋野の生涯」「羽田空港の歴史」「南国イカロス記」「伊予から翔んだイカロスたち—えひめ民間航空史」など。「人間像」同人。羽田航空宇宙博物館設立準備会副会長もつとめる。　㊀日本文芸家協会、航空ジャーナリスト協会

平木 白星　ひらき・はくせい

詩人　戯曲家　㊐明治9年3月2日　㊎大正4年12月20日　㊓千葉県市原郡姉崎村　本名＝平木照雄　㊫一高中退　㊧東京郵便電信局から逓信省に勤めるかたわら詩作に励んだ。「東京独立雑誌」「明星」に詩、評論、随筆を発表。与謝野鉄幹と韻文朗読会を創設して詩の詠唱に関心を注いだ。明治36年詩集「日本国家」を刊行。その後「万朝報」の新体詩選評を行ない、また劇詩を発表した。晩年の戯曲に「慶応から明治」がある。

平沢 計七　ひらさわ・けいしち

労働運動家　劇作家　小説家　プロレタリア演劇運動の先駆者　㊐明治22年7月14日　㊎大正12年9月4日　㊓埼玉県大宮市　旧姓(名)＝田中　号＝紫魂　㊫高小卒　㊧日本鉄道大宮工場付属の職工見習生教場で、近代的鍛冶工の技術を学ぶ。この頃から「文章世界」などに投稿。大宮工場、鉄道院新橋工場、同院浜松工場に勤務し、そのかたわら小山内薫に師事して、明治44年戯曲「夜行軍」を発表。大正3年南葛飾郡大島町の東京スプリング製作所に就職し、友愛会に入って大島支部を組織し、5年本部書記となり、機関誌「労働及産業」の編集に従事。7年出版部長に就任。8年小説・戯曲集「創作・労働問題」を刊行。9年友愛会を脱退し、純労働者組合を結成、主事。10年労働劇団を組織して自作品を上演、プロレタリア演劇の先駆者となる。「新組織」「労働週報」などの編集に携わり、日本鋳鋼所、関東車輛工組合などの争議を指導。12年9月1日に起こった関東大震災直後の混乱に乗じて亀戸警察署に検束され、虐殺された(亀戸事件)。

平田 オリザ　ひらた・おりざ

劇作家　演出家　劇団青年団主宰　桜美林大学文学部総合文化学科助教授　こまばアゴラ劇場支配人　㊐昭和37年11月8日　㊓東京都　㊫国際基督教大学教養学部人文科学科(昭和61年)卒　㊜岸田国士戯曲賞(第39回)(平成7年)「東京ノート」、読売演劇大賞(最優秀演出家賞，第5回，平9年度)(平成10年)「月の岬」、芸術祭賞(優秀賞，平12年度)「逃げてゆくもの」　㊧昭和54年5月から55年9月までの約1年半、世界26ケ国を単身自転車で旅し、その経験を、一冊の本にまとめた。大学在学中の58年劇団青年団を結成。59年交換留学生として、ソウルの延世大学に約1年間留学。のち、東京・駒場のアゴラ劇場を本拠として活動、脚本執筆のほか、62年より演出も手がける。全国10劇団を集め、63年12月から"大世紀末演劇展"を開催。演劇活動の中で青森の劇団道路劇場と出会い、平成2年7月同劇団の南太平洋バヌアツ共和国での公演にスタッフとして参加。5年代表作「ソウル市民」の韓国語版をソウルと釜山で上演。また7年より劇作家の松田正隆と共に"月の岬プロジェクト"を京都で発足、地域演劇の活性化に貢献。10年「東京ノート」をソウルの"芸術の殿堂"で公演、11年には仏語版「東京ノート」をパリをはじめフランス国内で巡演。桜美林大学助教授も務める。他の作品に「S高原から」「遠い日々の人」など。著書に「演劇入門」「現代口語演劇のために」「平田オリザ戯曲集」など。　㊀日本劇作家協会(理事)、演劇人会議(評議委員)、日本文芸家協会　㊇母＝平田慶子(心理カウンセラー)

平田 敬　ひらた・けい

小説家　⽣昭和6年6月6日　出東京　学慶応義塾大学文学部仏文科(昭和29年)卒　所「三田文学」の編集に携わる。大学卒業後、化学工業会社に勤務。「平和の日々」でデビューし、「日々残映」が芥川賞候補、「ダイビング」「喝采の谷」と2度直木賞候補になる。昭和35〜54年までTBSに勤め、ドキュメンタリー番組や討論番組を制作。その傍ら、「小説TBS闘争」「喝采の谷」などを出版。55年ハワイに移住。ホノルルのラジオ番組で15年間朝のパーソナリティを務める。その後19年半ぶりに帰国。著書に「真夜中のサラリーマン」「けものたちの黄金—東京テレビM資金事件」「花実のネットワーク」など。　所日本文芸家協会

平田 兼三　ひらた・けんぞう

劇作家　演出家　⽣明治27年3月4日　没昭和51年10月1日　出東京・本郷　本名=平田兼三郎　学京華商業卒　所ソビエトに渡り大正4年帰国。小山内薫の新劇場に参加したのを機に劇界に入り、5年歌舞伎座の作者部屋に入り、間もなく浅草の吾妻座作者責任者となる。昭和6年前進座の創立にともない前進座に移る。脚色ものは多いが、著書に「歌舞伎演出論」(昭18)がある。

平田 小六　ひらた・ころく

小説家　評論家　所農民文学　美術評論　⽣明治36年11月1日　没昭和51年5月18日　出秋田県大館町　別名=木村狷介(きむら・けんすけ)　学弘前中学校卒　所大正12年小学校本科区教員資格を取り、青森県で小学校に勤めた。昭和4年上京、東京毎日新聞などに勤務、7年唯物論研究会の機関誌「唯物論研究」編集助手。8年11月から「文化集団」に長編「囚はれた大地」を連載、注目された。同時に「文芸」「文学界」「新潮」などに農村を舞台の作品を次々発表。13年天津に脱出、京津日日、米穀生産者団体などを経て戦後引き揚げた。21年「群像」に「片隅で」を発表、以後「常森を尋ねて」「杜のあけくれ」などを雑誌に書き、木村狷介の名で評論、評伝も執筆。他に「童児」「トルストイ人生読本」「瑞穂村」「平田小六短編集」などがある。

平田 晋策　ひらた・しんさく

軍事問題評論家　児童文学者　⽣明治37年3月6日　没昭和11年1月28日　出兵庫県赤穂町加里屋　学龍野中中退　所赤穂に薬種商を営む家に生まれる。竜野中中退後、社会運動に参加。上京後早大聴講生となり、早大建設者同盟に参加したが大正10年暁民共産党事件で検挙される。転向後仏教に傾倒、「愚禿親鸞」「親鸞教の精髄」などを出版。さらに昭和5年から「国防の危機」「労農赤軍」などを出版、軍事評論家となった。また少年倶楽部の依頼で「昭和遊撃隊」「新戦艦高千穂」など少年少女向き軍事冒険小説も書いた。衆院選に立候補し、運動中遭難。追悼文集に「平田晋策氏を偲ぶ」がある。

平田 俊子　ひらた・としこ

詩人　⽣昭和30年6月30日　出島根県　本名=島崎俊子　学立命館大学文学部卒　所現代詩新人賞(昭和57年)「鼻茸」、晩翠賞(第39回)(平成10年)「ターミナル」、舞台芸術創作奨励賞(現代演劇部門, 平11年度)(平成12年)　所小学校3年のときに既にボードレールを読む。大学時代は文芸サークルに所属。詩集に「ラッキョウの恩返し」「アトランティスは水くさい」「夜ごとふとる女」「(お)もろい夫婦」「ターミナル」、著書に「ふむふむ芸能人図鑑」、戯曲集に「開運ラジオ」など。　所日本文芸家協会

平塚 武二　ひらつか・たけじ

児童文学作家　⽣明治37年7月24日　没昭和46年3月1日　出神奈川県横浜市中区末吉町　学青山学院高等部英文科(昭和2年)卒　所松永延造の知遇を得て創作の手ほどきをうけ、昭和4年赤い鳥社に入社。「赤い鳥」に童話を書き始めたが同誌の廃刊で一時逼塞、17年「風と花びら」を上梓して童話作家としての地歩を確立した。戦後は「太陽よりも月よりも」など無国籍童話と呼ばれた風刺的な童話を書く一方、「玉むしのずしの物語」など唯美主義的な童話にも才能を示し、また"願望性虚言症"といわれるほど自分の願望と現実とを一緒にしてしまう性癖があり、児童文学界の奇人として知られた。小川未明、坪田譲治から現代児童文学が台頭するまでの狭間に活躍した地味だがすぐれた童話作家の一人。「平塚武二童話全集」(全6巻)がある。

平戸 敬二　ひらと・けいじ

劇作家　新生松竹新喜劇文芸部長　没平成5年2月15日　出京都市　本名=平戸慶次郎　旧芸名=平戸潤　所上方お笑い大賞秋田実賞(平成2年)　所昭和21年新生松竹新喜劇の前身の一つの劇団すいと・ほーむ(2代目渋谷天外主宰)に入団、平戸潤の芸名で役者に。その後約2年間療養。24年松竹新喜劇に入り、藤山寛美の座付き作家として約40年間にわたって活躍、「あみだ池の鳩」など新作脚本約2000本を書いた。

平中 悠一　ひらなか・ゆういち

小説家　⽣昭和40年12月4日　出大阪府　本名=平中景　学関西学院大学卒　所文芸賞(昭和59年)「She's Rain」　所予備校で大学受験勉強中に、河出書房新社主催の文芸賞に応募。小説「She's Rain」で昭和59年度文芸

賞を受賞。他に「Early Autumn」「ギンガム・チェック」など。 [団]日本文芸家協会 http://www.threeweb.ad.jp/~hiranaka/

平野 厚　ひらの・あつし
児童文学作家 [生]昭和29年 [出]埼玉県熊谷市 [学]早稲田大学理工学部卒 [賞]日本児童文学創作コンクール入選(第10回)「ラ・マルセイエーズ」 [歴]会社勤務の傍ら創作活動。早大児童文学研究会、アゴラ、わっせなどを経て、サークル拓、全国同人誌連絡会に所属。著書に「インディ2号の栄光」「マミ、キッド、そしてぼく」「三振をした日に読む本」(共著)など。

平野 威馬雄　ひらの・いまお
詩人 児童文学者 小説家 フランス文学者 レミの会(混血児救済団体)会長 [生]明治33年5月5日 [没]昭和61年11月11日 [出]東京・青山北町 筆名=ひらのいまを(ひらの・いまお) [学]上智大学文学部ドイツ哲学科(昭和3年)卒 [賞]サンケイ児童出版文化賞(第6回)(昭和34年)「レミは生きている」 [歴]父がフランス系アメリカ人、母が日本人。18歳でモーパッサン選集の翻訳を手がけ、金子光晴により「早熟の天才少年」と評される。昭和28年から“レミの会”を主宰して混血児救済運動に尽力、他に競輪廃止、麻薬追放運動も行い、“空飛ぶ円盤”の研究や「お化けを守る会」など幅広い活動を行う。自伝「混血人生記」や翻訳「ファーブル昆虫記」、詩集「青火事」、研究書「フランス象徴詩の研究」、伝記「くまぐす外伝」「平賀源内の生涯」のほか、少年文学、フランス自然主義文学、UFOに関して300余冊の著書がある。 [団]日本ペンクラブ [家]長女=平野レミ(シャンソン歌手・料理評論家)、父=ブイ，ヘンリー・パイク

平野 啓一郎　ひらの・けいいちろう
小説家 [生]昭和50年6月22日 [出]福岡県北九州市八幡西区 [学]京都大学法学部(平成11年)卒 [賞]芥川賞(第120回)(平成11年)「日蝕」、京都府文化賞(奨励賞，第18回)(平成12年) [歴]幼児の時に父を亡くし、母親の実家で育てられた。高校2年から小説を書き始め、三島由紀夫やユング、宗教学者M.エリアーデらに影響を受ける。平成10年15世紀フランスの異端審判をテーマに取り上げ、旧字体の荘重な文体で綴った形而上学的な処女小説「日蝕」が、文芸誌「新潮」8月号の巻頭に一挙掲載され、破格の大型新人の登場と話題になる。11年1月同作品で第120回芥川賞を受賞。現役大学生の受賞は村上龍以来23年ぶり。他の作品に「一月物語」「文明の憂鬱」がある。 [団]日本文芸家協会

平野 純　ひらの・じゅん
作家 [生]昭和28年12月20日 [出]東京都新宿区角筈 本名=平野淳(ひらの・じゅん) 別名=陳純(ちん・じゅん) [学]東北大学法学部(昭和56年)卒 [興]中国研究 [賞]文芸賞(第16回)(昭和57年)「日曜日には愛の胡瓜を」 [歴]在学中、超能力者・森本聖堂についての研究論文を発表。卒業後はライターとして活動するかたわら、心霊学や中国の風水思想の調査、研究活動に従事。全国の怪奇超現象を研究テーマとする。一方、「日曜日には愛の胡瓜を」で昭和57年度文芸賞受賞。他の著書に「鏡の森の黄色い馬」「カルデラ湖殺人事件」「アスパラガス白書」「上海バビロン」など。 [団]日本文芸家協会、日本ペンクラブ、日本風水研究会

平野 直　ひらの・ただし
童話作家 童謡詩人 [生]明治35年3月28日 [没]昭和61年4月23日 [出]岩手県北上市 別名=冬木憑 [歴]昭和5年童謡同人誌「チチノキ」同人となり、11年私家版童謡集「ぼたんの子守唄」を刊行。一方、柳田国男に師事し8年頃より昔話に魅せられ岩手県の民話の採集に尽力。18年民話集「すねこたんぱこ」を刊行。戦後は童話、小説、ノンフィクションなど幅広い分野に活躍し、主な著書に「ゆめみわらし」「岩手の伝説」「やまなしもぎ」「残ったのは二人」「わらしっこ・遊びっこ」など。 [団]日本児童文学者協会、日本児童ペンクラブ、日本児童文化振興協議会

平野 温美　ひらの・はるみ
北見工業大学教授 [専]人間科学 [生]昭和20年1月11日 [出]広島県尾道市 [学]東京教育大学大学院文学研究科修士課程修了 [賞]文芸北見賞、北海道新聞文学賞(平成8年)「白い月」 [歴]北見工業大学講師などを経て、平成3年教授。北見文化連盟副会長、「文芸北見」発刊実行委員長、北見文学同人。著書に短編集「白い月」がある。 [家]夫=林白言(北見文化連盟創始者・故人)

平野 文　ひらの・ふみ
声優 小説家 [生]昭和30年4月23日 [出]東京都杉並区 [学]玉川大学文学部芸術学科卒 [歴]12歳の時劇団こまどりに所属し、テレビドラマにも出演。高校生の時にはディスクジョッキーも。以来、深夜放送の「走れ歌謡曲」を担当したりしていたが、昭和57年テレビアニメ「うる星やつら」の主人公ラムちゃんの声を受け持って人気者に。アニメ、洋画の吹き替え、ナレーションの他、リポーターとしても活躍。62年「ファースト・ラヴを抱きしめて」を発表し、小説家としてもデビュー。平成元年築地の仲卸

商の3代目と結婚、著書「お見合い相手は魚河岸のプリンス」を発表。他の著書に「市場の美味しい魚」など。 [家]夫＝小川貢一(堺静専務)

平野 ますみ　ひらの・ますみ

児童文学作家　童謡詩人　[生]昭和6年6月22日　[出]静岡県下田市　別名＝大沢今日子　[学]下田南高卒　[賞]新美南吉文学賞(第4回)(昭和46年)「春のかくれんぼ」、毎日児童小説(第23回)(昭和48年)「千恵はきょう」　[歴]昭和28年から「絵本」に詩、童謡を発表。33年「主婦の友」ホームソングに「春のかくれんぼ」が入選。46年第1期日本児童文学学校に学ぶ。童話作品に「太一の海」「もんぺはすてき」「つくし団地のガキ大将」「千恵はきょう」、童謡集に「春のかくれんぼ」などがある。 [団]日本音楽著作権協会、日本児童文学者協会、国際婦人教育振興会、高齢者福祉協会

平野 稜子　ひらの・りょうこ

作家　詩人　[生]昭和15年　[出]京都府京都市　別名＝ひらのりょうこ　[学]同志社女子大学英文科中退　[賞]読売女性ヒューマン・ドキュメンタリー大賞・入選賞(昭和59年)主婦の友女のドキュメント・入選(昭和60年)、自由都市文学賞(第10回)(平成10年)「花」　[歴]4歳の時旧満州で両親と死別。引き揚げ、京都・西陣に育つ。30代から文筆活動を始める。昭和59年読売"女性ヒューマン・ドキュメンタリー"大賞入選賞受賞。詩集に「ブルー・ジーンズ」「沐浴の鞠子」「五月の風にのって」、著書に「宋の次郎」「銭形平次はわたしの家だった」「京都寺の味」、随筆に「小袖春秋」。

平野 零児　ひらの・れいじ

小説家　[生]明治30年2月6日　[没]昭和36年8月26日　[出]兵庫県　本名＝平野嶺夫　別名＝平野零二　[学]正則英語学校中退　[歴]大阪毎日新聞、東京日日新聞記者を経て、馬場孤蝶に師事して作家生活に入る。戦争小説、軍事読物などを執筆し、戦後はその裏面をあばく読物を発表した。著書に随筆集「満洲国皇帝」他。

平林 英子　ひらばやし・えいこ

作家　[生]明治35年11月23日　[没]平成13年12月17日　[出]長野県諏訪郡中洲村福島(現・諏訪市)　本名＝中谷英子　[学]高小卒　[賞]芸術選奨文部大臣新人賞(第24回)(昭和48年)「夜明けの風」　[歴]大正10年武者小路実篤に師事して新しき村に入るが、翌年長野新聞社学芸部に入社。13年中谷孝雄と結婚。昭和7年日本プロレタリア作家同盟に加盟するが9年に解散後は「日本浪曼派」に所属。戦前の女性文学活動に加わった。作品に「南枝北枝」「青空の人たち」「夜明けの風」など。 [団]日本文芸家協会、日本児童文芸家協会　[家]夫＝中谷孝雄(小説家)

平林 規好　ひらばやし・きよし

小説家　[生]昭和26年　[出]北海道札幌市　[歴]コピーライター、PR誌編集者などを経て、文筆業に入る。他に草野球チーム「レッドムーン うーん・ズ」の創設メンバー、機関誌編集人。また、全国各地で、街づくり、都市論、広告景観などをテーマとする講演活動を行う。著書に「看板物語」。

平林 たい子　ひらばやし・たいこ

小説家　[生]明治38年10月3日　[没]昭和47年2月17日　[出]長野県諏訪郡中洲村(現・諏訪市)　本名＝平林タイ　[学]長野県立諏訪高女(大正11年)卒　[賞]朝日新聞懸賞小説(大正15年)「残品」、渡辺賞(第3回)(昭和4年)、女流文学者賞(第1回)(昭和22年)「かういふ女」、女流文学賞(第7回)(昭和43年)「秘密」、日本芸術院恩賜賞(第28回・文芸部門)(昭和46年)　[歴]13歳で作家を志し県立諏訪高女に首席で入学。土屋文明に学び、国木田独歩や志賀直哉に傾倒。卒後上京して電話交換手、女給などを転々。堺利彦の知遇を得るほか、アナーキスト等と交わり、山本虎三と満州・朝鮮を放浪。帰国後の昭和2年懸賞小説に「嘲る」が入選、同年「文芸戦線」に発表した「施療室にて」でプロレタリア作家として認められ、以後体験に根ざす反逆的作品で、昭和期の代表的女流作家となった。12年には人民戦線事件で検挙される。戦後は反共的姿勢に転じ、文化フォーラムの日本委員として活動、安保反対闘争、松川事件の無罪判決などを批判し、物議をかもす。代表作に「かういふ女」「地底の歌」「秘密」「敷設列車」「私は生きる」のほか、「平林たい子全集」(全12巻・潮出版社)がある。死後、平林たい子文学賞が設定された。

平林 敏彦　ひらばやし・としひこ

詩人　作家　[生]大正13年8月3日　[出]神奈川県横浜市　筆名＝草鹿宏(くさか・ひろし)　[学]横浜商(旧制)卒　[歴]昭和15年ごろから詩作を始め、「四季」などに作品を発表。敗戦直後、同人誌「新詩派」を創刊。その後26年に飯島耕一、中島可一郎らと「詩行動」を、29年に大岡信、岩田宏らと「今日」を編集発行。この間、「詩学」「新日本文学」「現代詩」などに詩や評論を発表。第一詩集「廃墟」(26年)は戦後の象徴的詩集といわれた。63年、34年ぶりに詩集「水辺の光1987年冬」を刊行。他に詩集「環の光景」「磔刑の夏」「月あかりの村で」がある。また、草鹿宏のペンネームで「翔べイカロスの翼」「私は13歳」「勇者に翼ありて」「菩提樹の丘」など多くの著書を刊行している。 [団]日本

現代詩人会、日本児童文芸家協会、日本文芸家協会、日本ペンクラブ

平林 彪吾　ひらばやし・ひょうご
小説家　[生]明治36年9月1日　[没]昭和14年4月28日　[出]鹿児島県始良郡日当山村　本名＝松元実　[学]日本大学高工建築科卒、日本大学社会学科卒　[賞]人民文庫賞（昭和13年）　[歴]復興局建築技手を経て、喫茶店、撞球場などを経営。昭和2年詩誌「第一芸術」を発行。左翼的同人誌「尖兵旗」、「大学前衛」同人、6年プロレタリア作家同盟に加盟。10年6月「鶏飼ひのコムミュニスト」が文芸懸賞作品に入選。11年伊藤整らと第2次「現実」創刊、「高い精神」を発表。さらに武田麟太郎主宰の「人民文庫」に「肉体の罪」を発表、文庫賞受賞。他に「輸血協会」「月のある庭」など。14年1月「長篇文庫」に「光ある庭」を連載し始めたが、病に倒れた。作品集は「月のある庭」のみ。

平松 誠治　ひらまつ・せいじ
中央公論新人賞を受賞　[生]昭和43年　[出]埼玉県　[学]埼玉県立吹上高卒　[賞]中央公論新人賞（平1年度）「アドベンチャー」

平松 哲夫　ひらまつ・てつお
児童文学作家　放送作家　[賞]PHP優秀作品賞（第8回）、新美南吉文学賞（第11回）（昭和53年）「一番星にいちばん近い丘」　[歴]昭和47年より伝説を発掘し始め、新聞などに連載。「中部児童文学」同人。また東海ラジオ「ぶっつけワイド」で東海地方の民話、伝説を紹介するコーナー・わがまちむかしばなしを12年にわたり担当。代表作に「一番星にいちばん近い丘」、著書に「わがまちのむかしばなし」「東海むかしばなしの旅」がある。

平谷 美樹　ひらや・よしき
小説家　[生]昭和35年　[出]岩手県久慈市　[学]大阪芸術大学卒　[賞]小松左京賞（第1回）（平成12年）「エリ・エリ」　[歴]岩手県内で中学校美術教師を務める。平成12年「エンデュミオン エンデュミオン」で小説家デビュー。同年「エリ・エリ」で第1回小松左京賞を受賞。

平山 寿三郎　ひらやま・じゅさぶろう
小説家　[生]昭和8年　[出]東京　本名＝森健寿　[学]佐倉高卒　[賞]時代小説大賞（第9回）（平成10年）「東京城の夕映え」　[歴]高校卒業後、東販などを経て、昭和36年外食産業会社に入社。平成5年の定年まで勤め、その後小説家に。平成10年「東京城の夕映え」（のち「東京城残影」に改題）で第9回時代小説大賞受賞。

平山 蘆江　ひらやま・ろこう
小説家　随筆家　[生]明治15年11月15日　[没]昭和28年4月18日　[出]兵庫県神戸市　本名＝平山壮太郎　[学]東京府立四中中退　[歴]明治40年都新聞社（現・東京新聞社）に入社。演芸欄の担当記者として活躍するかたわら、作家として、大正14年には直木三十五、長谷川伸らと第一次「大衆文芸」を創刊、大衆文芸開拓へのきっかけとなった。昭和5年都新聞社を退社し、作家活動に専念。代表作品に「西南戦争」「唐人船」などがある。また都々逸の洒脱さを好み、東京神田で都々逸学校を開くなど、その発展のために尽力したことでも知られる。

日向 真幸来　ひるが・まさき
小説家　[生]昭和46年3月10日　[賞]ソノラマ文庫大賞（佳作，第3回）（平成12年）「夢売り童子陰陽譚」　[歴]歴史好きが高じてオカルト世界を描くファンタジー作家として活動。平成12年ソノラマ文庫大賞佳作「夢売り童子陰陽譚」で作家デビュー。

比留間 千稲　ひるま・ちいね
小説家　[出]香川県・小豆島　[学]法政大学文学部卒　[賞]「月刊カドカワ」掌篇小説大賞（優秀賞）（昭和59年）「立体交差」　[歴]婦人生活社「ベビーエイジ」編集部でライターをはじめる。昭和55年同人誌「イシス」を発刊。平成元年亡夫の小説集「使徒 前田隆之介作品集」をまとめる。のち、「三田文学」に小説「告別」「ラプンツェルや、ラプンツェル」などが掲載される。著書に「ラップ様愛情譚」、共著に「高度成長期の日本人」がある。　[団]三田文学会　[家]夫＝前田隆之介（小説家・故人）

比留間 久夫　ひるま・ひさお
小説家　[生]昭和35年2月13日　[出]東京都立川市　[学]福生高卒、武蔵大学人文学部社会学科除籍　[賞]文芸賞（第26回）（平成1年）「YES・YES・YES」　[歴]中学の頃から音楽好きで、大学を中退後もロック・バンドでギターを演奏していたが、音楽から小説に転向。平成元年ホモセクシュアルの世界を描いた「YES・YES・YES」は若い女性中心に17万部売れる。好きなミュージシャンはセックス・ピストルズの故シド・ビシャス、好きな作家はスティーブン・キングと大江健三郎という。他に「ハッピー・バースディ」「ベスト・フレンズ」「ULTRA POP」などがある。

広井 王子　ひろい・おうじ
コンピュータゲーム・プランナー　小説家　マルチクリエイター　レッド・エンタテインメント会長　[生]昭和29年2月8日　[出]東京都墨田区向島　本名＝広井照久　[学]立教大学法学部（昭和49年）中退、英国王立幻想研究所卒

[歴]玉の井遊廓を遊び場に育った下町っ子。元映画青年で、自主上映サークルに所属。昭和57年企画集団レッド・カンパニーを設立、ロッテのおまけ「ジョイントロボ」「ネクロスの要塞」シリーズなど数々のヒット商品を開発。63年テレビアニメ「魔神英雄伝ワタル」が大ヒット。平成元年CD-ROMのロールプレイングゲーム「天外魔境」の総監督を務める。4年アドベンチャーゲーム「サクラ大戦」の総合プロデューサーを務め、ミュージカル化の際には脚本、演出、作詞も手掛ける。12年レッド・エンタテインメントに社名変更。少年少女向けの小説家としても活躍し、著書に「魔動王グランゾート」、小説「映画 東方見聞録龍の伝説」「オレたちの黄金伝説」、漫画「王立院 雲丸の生涯」(原作)などがある。
http://www.red-entertainment.co.jp/

広池 秋子　ひろいけ・あきこ
ヨーガ健康法研究指導家　小説家　[生]大正8年11月1日　[出]埼玉県熊谷市　本名＝増田秋子　[学]東京府立第七高女(昭和12年)卒　[歴]主婦の友社、小山書店などに勤務し、小学校教師となる。また保高徳蔵、丹羽文雄に師事して小説を書き始め、昭和28年「オンリー達」が芥川賞候補となり、33年上京して文筆活動に専念。「男性に関する88章」「愛と憎しみの街」「日本の中のベトナム戦争」などを発表。48歳からヨーガを始め、ヨーガ教室を開き指導者に転身。ヨガ関係の著書に「爽快ヨガ健康法」「奇跡の生活ヨーガ」「驚くべき健康法」など。
[団]日本女流文学者会、日本文芸家協会

広岡 千明　ひろおか・ちあき
翻訳家　[生]昭和32年　[出]東京都　[学]早稲田大学法学部卒　[賞]小説現代新人賞(第62回)(平成6年)「猫の生涯」　[歴]フリーター、生活科学研究所プロジェクト研究員を経て、国際間の訴訟文書や裁判書類の翻訳家となる。

広越 たかし　ひろこし・たかし
児童文学作家　[生]昭和34年　[出]東京都大田区　本名＝広越貴志　[学]東京学芸大学卒　[賞]「日本児童文学」新人賞佳作(第3回)(昭和53年)「兄ちゃん」、NHK子どもの歌コンクール優秀曲賞(第3回)(昭和60年)　[歴]サークル・拓同人。現代の子供達をとらえる創作を続けている。著書に「土よう日のごごはめいたんてい」「ほしにおねがいひとつだけ」などがある。　[団]全国児童文学同人誌連絡会

ヒロコ・ムトー
エッセイスト　作詞家　[生]昭和20年　[出]東京都　本名＝相沢紘子　[学]青山学院大学文学部仏文科(昭和43年)卒　[歴]昭和43年TBSテレビ制作部にタイム・キーパーとして勤務。翌年いずみたく主宰のオール・スタッフプロダクションに作詞家として所属し、古賀賞入賞曲など多数作詞。51年渡米し、54年帰国。のち子供創作ミュージカルの原作者、脚本家、作詞家として活躍。著書に「ミキ、アメリカに帰りたい」「妻たちの海外駐在」「愛の日記」「恋の日記」「不忘窯の人びと」「野良猫ムーチョ心に吹く風」、ミュージカル作品に「青いガラスとエメラルド」「白姫伝説」などがある。

広沢 栄　ひろさわ・えい
シナリオライター　[没]平成8年12月27日　[出]神奈川県小田原市　本名＝広沢栄一　[学]神奈川県立工業学校図案科(昭和18年)卒、鎌倉アカデミア演劇科(第1期)卒　[賞]シナリオ賞(昭35・43・44年度)「筑豊のこどもたち」「日本の青春」「わが恋わが歌」、シナリオ賞(特別賞，昭44年度)「十三妹(シンサイメイ)中国忍者伝」、芸術祭賞(優秀賞，第24回，昭44年度)「わが恋わが歌」、シナリオ功労賞(第17回)(平成5年)　[歴]東宝映画撮影所の演出助手を経て、シナリオ作家となる。主な作品に映画「悪の紋章」「日本の青春」「わが恋わが歌」「サンダカン八番娼館」、テレビ「昭和怪盗伝」「明治撃剣会」「鬼平犯科帳」「非情のライセンス」など。著書に「昭和映画私史」「シナリオ作法」「日本映画の時代」。
[団]日本シナリオ作家協会

広沢 康郎　ひろさわ・やすお
作家　[生]大正11年4月11日　[出]宮城県仙台市　[学]東京第二師範卒　[賞]福島県文学賞(小説，第16回)(昭和38年)「嫁革命」、農民文学賞(第29回)(昭和61年)「鯉の徳兵衛稲転見聞録」　[歴]母親の影響で15、6歳ころから短歌を詠み始め、その後小説も書き出す。特攻要員として敗戦を迎え、母親の実家がある喜多方市に戻る。青年会長や中学校教師、日教組支部役員を経て、陸上自衛隊に入隊。一等陸尉まで進んだが、40歳前に除隊し再び教師に。「考現」「盆地」の同人。昭和38年「嫁革命」で福島県文学賞を受賞、61年「鯉の徳兵衛稲転見聞録」で第29回農民文学賞を受賞。他に「特定不況地帯」、歌集「戦中派青春歌日記」がある。
[団]日本文芸家協会、日本農民文学会、日本ペンクラブ

広島 友好　ひろしま・ともよし
劇作家　詩人　演劇街文芸部　[生]昭和40年2月23日　[出]山口県山口市　[学]山口高卒　[賞]テアトロ新人劇曲賞(第7回)(平成8年)「安吾往来」、青年劇場創作劇曲賞(平成9年)「サラエヴォのゴドー」　[歴]高校在学中から詩作を始める。平成2年劇団・演劇街の設立に参加し、劇作家に。主な作品に「安吾往来」「カンボジアダンス」「家族のへその緒」「犬鳴の滝」のほか、創作フラメンコ構成台本「群青一回天に散った学徒兵の生涯」「おうこくの木」や詩集「にせものほんもの」などがある。　[団]西日本劇作家の会、湾詩社、詩海詩社

広瀬 襄　ひろせ・じょう
映画監督　[生]昭和13年12月20日　[出]愛知県大府市大府町　[学]早稲田大学文学部国文学科(昭和36年)卒　[賞]シナリオ賞(昭和40年)「陽の出の叫び」　[歴]学生時代に見た松竹ヌーヴェル・ヴァーグの作品に感銘し、昭和36年松竹大船撮影所助監督室に入社。吉田喜重に師事しほとんどの吉田作品に参加する。39年に松竹から吉田が去ってからは中村登、前田陽一から多くを学ぶ。40年脚本「陽の出の叫び」が藤田敏八の監督デビュー作として映画化される。48年監督に昇進し松竹歌謡曲路線・天地真理主演の「愛ってなんだろう」でデビューする。山根成之、斎藤耕一などと共に40年代後半の松竹青春映画を担った。シナリオ作品は「智恵子抄」「わが闘争」など監督作品よりも多い。他の作品にテレビ「おれは男だ」「わが子よ」など。
[団]日本映画監督協会

広瀬 寿美子　ひろせ・すみこ
放送脚本新人賞優秀賞を受賞　[出]茨城県　[学]銚子高(昭和33年)卒　[賞]放送脚本新人賞優秀賞(昭和58年)「夏のうねり」　[歴]35年婦人警官となり、42年長男の出産と共に退職。56年から新聞で知った日本放送作家組合の放送作家教室に通い、58年「夏のうねり」で同賞を受賞。同年8月ドラマ化された。

広瀬 隆　ひろせ・たかし
反原発運動家　ノンフイクション作家　緑の会代表　[生]昭和18年1月24日　[出]東京都　[学]早稲田大学理工学部応用化学科(昭和40年)卒
[歴]大手メーカーに技術者として6年間勤めたのち、医学書の翻訳にたずさわる。傍ら市民運動にも関わり、市民グループ・緑の会の代表に。その過程で「原子力発電とは何か」「東京に原発を!」「ジョン・ウェインはなぜ死んだか」「危険な話」を相次いで著し、反原発運動を積極的に展開。また短編小説集「魔術の花」、童話「なぞの旅」、評論「クラウゼヴィッツの暗号文」「億万長者はハリウッドを殺す」など執筆活動は多彩。　[家]父＝広瀬三郎(建築家・故人)

広瀬 正　ひろせ・ただし
小説家　[生]大正13年9月30日　[没]昭和47年3月9日　[出]東京・京橋　本名＝広瀬祥吉　[学]日本大学工学部卒　[歴]戦後バンドマンで出発。昭和27年、広瀬正とスカイトーンズを結成、テナーサックス奏者として鳴らした。ジャズ評論家いソノてルヲが「ジャングルをさまようキング・コングのうめき声」と評した実に豪快なプレーで、ジャズ雑誌の人気投票1位になる。バンドを解散後に執筆した「マイナス・ゼロ」「ツイスト」「エロス」は、立て続けに直木賞候補になったSF長編で、司馬遼太郎に高く評価された。ミュージシャン出身のSF界期待の星であったが、心臓まひで急死。

広瀬 仁紀　ひろせ・にき
小説家　[生]昭和6年10月15日　[没]平成7年1月15日　[出]東京　本名＝広瀬満(ひろせ・みつる)
[学]成城大学経済学部卒　[歴]歌舞伎や映画の雑誌編集者、フリーのルポライターを経て昭和51年から創作活動に入る。デビュー作「適塾の維新」が同年下半期の直木賞候補になる。以後、銀行等を素材にした経済小説を相次いで発表。他に歴史小説、経済ミステリなど多数の作品がある。著書に「企業生贄」「偽装倒産」「社長後継人事」「株価操作」「乗っ取り屋」「薩南の鷹」「天正十年夏・本能寺炎上」「忠臣蔵外伝・大野九郎兵衛始末」などがある。

広瀬 寿子　ひろせ・ひさこ
児童文学作家　[生]昭和12年10月12日　[出]京都府　[学]園部高卒　[賞]児童文芸新人賞(第8回)(昭和54年)「小さなジュンのすてきな友だち」
[歴]昭和35年頃から「塔」同人として短歌を学ぶ。滞米生活の体験をもとに書いた初めての創作「小さなジュンのすてきな友だち」で昭和54年第8回児童文芸新人賞を受賞。著作に「国のむこうの小さな家」「アメリカからの転校生」など。　[団]日本児童文芸家協会(理事)

広瀬 麻紀　ひろせ・まき
童話作家　[生]昭和39年　[出]東京都　[学]東京女子大学短期大学部英語科卒　[賞]'95リブラン創作童話優秀賞「ふしぎなきんぎょ」、カネボウ・ミセス童話大賞(第16回)「招待状はヤドカリ」
[歴]伊勢丹に勤務。かたわら創作童話を執筆。作品に「ふしぎなきんぎょ」「招待状はヤドカリ」がある。

広瀬 誠　ひろせ・まこと

作家 [生]昭和29年12月6日 [出]東京都 [学]北海道大学理学部高分子学科中退 [賞]北海道青少年科学文化振興賞(芸術文化部門・第12回)「遠すぎる栄光」 [歴]北海タイムス校閲部勤務を経て、フリーとなり、「幽幻」代表、「小説壱号」編集人。のち出版社校閲部に勤務。大学在学中に同人誌活動を始め、「北方文芸」「くりま」などに作品を多数発表。著書に「遠すぎる栄光」「学校へ行きたい」「藤沢周平。人生の極意」、共著に「論争を快適にする30の法則」などがある。

広田 衣世　ひろた・きぬよ

童話作家 [生]昭和46年 [出]島根県 [学]武蔵野女子大学短期大学部卒 [賞]福島正実記念SF童話賞(大賞, 第18回)(平成13年)「ぼくらの縁結び大作戦」 [歴]童話作家として、様々なジャンルの作品を執筆。平成13年「ぼくらの縁結び大作戦」で福島正実記念SF童話大賞を受賞。共著に「ゆみちゃんのランドセル」「あの少年はだれ？」「ふしぎな銭湯」「貧乏神が食べたもの」「ハルバアチャンの安来節」などがある。

弘田 静憲　ひろた・しずのり

小説家 [生]昭和12年 [出]愛媛県 [学]愛媛大学卒 [賞]オール讀物推理小説新人賞(第12回)(昭和48年)「金魚を飼う女」 [歴]昭和48年「金魚を飼う女」で第12回オール讀物推理小説新人賞を受賞。著書に「海の呪縛」「天才投手」など。

広田 雅之　ひろた・まさゆき

劇作家 [生]昭和5年 [賞]新劇戯曲賞佳作(第5回)(昭和34年)「友情舞踏会」 [歴]昭和32年「新劇」に戯曲「カクテル・パーティー」を発表し注目される。他の作品に「友情舞踏会」「砂と城」など。

ひろた みを

ノンフィクション作家 [生]昭和24年 [出]北海道函館市 本名＝見尾田博樹 [学]函館工業高等専門学校土木工学科(昭和46年)卒 [賞]野間児童文芸賞(新人賞, 第35回)(平成9年)「ジグザグトラック家族」 [歴]五洋建設設計課に勤務ののちフリーエディター、コピーライターを経て、ルポライター。宗教問題、医療問題、老人・青少年問題などについて、各種雑誌に記事を執筆。著書に「にっぽん新・新宗教事情」「ルポルタージュ 真如苑」、児童文学「そらから恐竜がおちてきた」「ジグザグ トラック家族」など。

広田 美知男　ひろた・みちお

フリーライター [生]昭和11年 [出]三重県 [学]同志社大学経済学部(昭和34年)卒 [歴]神戸新聞社記者を経て兵庫県教育委員会事務主事、神奈川県公立校教員、その後フリー記者となる。作家清水一行に評価され、大阪新聞、スポーツニッポン、小説雑誌などに連載小説「三宮ラブコール」「ニコリスカヤの雨」などを執筆。昭和53年第1回小説宝石エンターテインメント大賞に入選。自伝物ライター、専門学校講師でも活躍。著書に実用書「文書の書き方」「実用手紙の書き方」「すぐに役立つ文書の基本例文集」「心おきなく人生の卒業式を迎えるための身の回り整理学」などがある。

広田 睦　ひろた・むつみ

セシールシナリオ大賞を受賞 [生]昭和41年2月1日 [出]山口県下関市 本名＝広田睦美 [学]筑波大学大学院教育学研究科中退 [賞]セシールシナリオ大賞(第1回)(平成4年)「真夜中のパーティー」 [歴]塾講師を務めながらプロの脚本家をめざす。

広谷 鏡子　ひろたに・きょうこ

小説家 [生]昭和35年12月17日 [出]香川県丸亀市 [学]早稲田大学文学部(昭和58年)卒 [賞]すばる文学賞(第19回)(平成7年)「不随の家」 [歴]昭和59年NHKに入局。美術部庶務、総務局の社内広報誌編集を経て、平成6年放送センター事業部に配属、教育・教養イベントの企画・運営を担当。平成7年現代大阪弁での文楽公演を企画し、8年江戸東京博物館ホールで近松門左衛門の「曽根崎心中」を公演。一方、7年「不随の家」がすばる文学賞を受賞。他の著書に「げつようび」、エッセイ集に「恋する文楽」など。

広津 和郎　ひろつ・かずお

小説家 評論家 [生]明治24年12月5日 [没]昭和43年9月21日 [出]東京市牛込区矢来町(現・東京都新宿区) [学]早稲田大学英文科(大正12年)卒 [資]日本芸術院会員(昭和25年) [賞]野間文芸賞(第16回)(昭和38年)「年月のあしおと」 [歴]中学時代から「万朝報」や「女子文壇」の懸賞小説に応募し、たびたび入選する。早大在学中の大正元年「奇蹟」を創刊し「夜」「疲れたる死」などを発表。2年、モーパッサンの「女の一生」を翻訳刊行。トルストイ「戦争と平和」の翻訳にも携わり、評論「怒れるトルストイ」なども発表。初期は評論家として認められたが、6年「神経病時代」を発表し、作家としても認められる。以後、作家、評論家として幅広く活躍し「死児を抱いて」「崖」「さまよへる琉球人」などを発表、評論では「作者の感想」などの著書がある。昭和に入ってからも「風雨強かるべし」「昭和初年のインテリ

作家」「女給」などを発表。戦後は10年余にわたって"松川事件"にとり組み、「松川裁判」に結実した。また26年にはカミュの「異邦人」をめぐる中村光夫との論争("異邦人論争")でも話題となる。24年日本文芸家協会会長、25年日本芸術院会員になる。38年自伝的文壇回想録「年月のあしおと」で野間文芸賞を受賞。平成10年神奈川近代文学館で「広津柳浪・和郎・桃子展―広津家三代の文学」が開催された。
㉜父＝広津柳浪（小説家）、長女＝広津桃子（小説家）

弘津 千代　ひろつ・ちよ

劇作家　㊾明治34年1月5日　㊿山口県　㋚日本女子大学国文科（大正11年）卒　㋟大正10年劇作家中村吉蔵に師事。15年以降、「演劇研究」「新演劇」などに歴史劇を発表するとともに、「演芸画報」「演劇研究」「映画と演劇」などに演劇評論を書いた。代表作は「吉田御殿」（春陽堂刊「日本戯曲全集」所収）「妖鱗草紙」など。

広津 桃子　ひろつ・ももこ

作家　㊾大正7年3月21日　㊿昭和63年11月24日　㋚東京　㋛日本女子大学国文科卒　㋟田村俊子賞（第12回）（昭和46年）「春の音」、女流文学賞（第20回）（昭和56年）「石蕗の花」　㋠父・広津和郎に協力、松川事件の真相究明に取り組む。昭和43年に亡父の思い出を綴った「波の音」で認められ、46年に「春の音」で第12回田村俊子賞、56年に「石蕗の花」で第20回女流文学賞を受賞。ほかの作品に「父広津和郎」など。平成10年神奈川近代文学館で「広津柳浪・和郎・桃子展―広津家三代の文学」が開催された。　㉜父＝広津和郎（作家）、祖父＝広津柳浪（作家）

広津 柳浪　ひろつ・りゅうろう

小説家　㊾文久1年6月8日（1861年）　㊿昭和3年10月15日　㋚肥前国長崎材木町（長崎県長崎市）　本名＝広津直人　幼名＝金次郎、別号＝蒼々園、木水子、崖の人　㋟久留米藩士で医師の子。帝大医科大学予備門退学後、明治11年五代友厚にしたがって大阪に行き、大阪商法会議所の書記見習となる。13年上京し、14年農商務省官吏となるが、文学書を耽読し、18年退職、館林へ行く。20年上京し、処女作「女子参政蜃中楼」を発表。21年博文館に入社。22年硯友社同人となり、「残菊」を発表、出世作となる。のちに「小文学」「江戸紫」を編集。23年東京中新聞に入社、「おち椿」（のち落椿）「おのが罪」などを発表。28年「変目伝」「黒蜥蜴」など深刻小説、悲惨小説を発表し、一時代を画した。その他の代表作として、29年発表の「今戸心中」「河内屋」など愛欲のもつれを描いた作品がある。　㉜二男＝広津和郎（小説家）、孫＝広津桃子（小説家）

広野 八郎　ひろの・はちろう

作家　㊾明治40年　㋚長崎県大村市　㋛佐賀県S氏賞「地むしの唄」、内山文化賞「地むしの唄」　㋟数々の職業を経て、昭和3年大阪の海員養成所を卒業、海上生活を経験する。船員生活時代に福岡県豊津市出身のプロレタリア作家・葉山嘉樹の知遇をうけ4年より「文芸戦線」「文船」に詩・小説を発表。6年上京し、のち葉山らとプロレタリア作家クラブ創立に参加、機関誌「労農文学」で活動。その後、炭坑夫となり、戦後37年まで坑内生活をおくる。退職後大阪で土木労務者として数年間過ごし、帰省後51年「九州人」に「追慕の旅」を発表。52年2月～53年7月「愛と苦悩と窮乏と―葉山嘉樹回想」を連載。その間海員文学同人誌「繁留索」に下級船員時代の日記の一部を「マドロス哀史」と題して発表し、各新聞により戦前の海上労働史研究の数少ない文献のひとつとして評価される。同人誌「城」に労働体験をもとに執筆を続け、「地むしの唄」を連載。著書に「華氏140度の船底から〈上・下〉」「葉山嘉樹・私史」他がある。

広鰭 恵利子　ひろはた・えりこ

童話作家　㊾昭和33年　㋚北海道根室市　㋛北星学園大学英文科卒　㋜北の児童文学賞（第16回）（平成12年）「遠い約束」　㋝「季節風」同人。作品に「つりじいさん」「ホントの敵はどこにいる？」「牧場の月子」「原野の子ら」などがある。

広部 直之　ひろべ・なおゆき

小説家　㊾昭和13年　㋚千葉県木更津市　㋛田代賞（第2回）（昭和49年）「甌穴」、上毛文学賞（第11回）（昭和50年）「無告の囚人」　㋟昭和49年「甌穴」で田代賞、50年「無告の囚人」で上毛文学賞を受賞。他の著書に「来歴の狭間の中で」がある。

広山 義慶　ひろやま・よしのり

推理作家　㊾昭和12年1月30日　㋚大阪府大阪市　本名＝広山明志　㋛早稲田大学仏文科中退　㋟フランス語の翻訳、通訳の仕事に携わった後、児童文学や伝記の創作執筆、TVドラマの脚本、漫画の原作などを手がけ、昭和58年本格推理「夏回帰線」でデビュー。以後作家活動に専念。著書に「波の殺意」「平家物語殺人事件」「青葉城恋歌殺人事件」『源氏物語』原典殺人事件」「上諏訪殺人ルート」「女喰い」など。
㊷日本推理作家協会、日本文芸家協会

広渡 常敏　ひろわたり・つねとし
演出家　劇作家　東京演劇アンサンブル主宰　[専]ベルトルト・ブレヒトの仕事　[生]昭和2年8月3日　[出]福岡県宗像郡福間町　[学]九州大学美学科中退　[興]ルイス・マンフォード　[賞]芸術選奨文部大臣新人賞(昭和42年)　[歴]俳優座養成所3期生を中心に「東京演劇アンサンブル」を結成。拠点劇場ブレヒトの芝居小屋で連続的にブレヒトの作品を上演している。チェーホフの「かもめ」、木下順二作「オットーと呼ばれる日本人」、宮沢賢治の「グスコーブドリの伝記」「銀河鉄道の夜」などの脚本・演出。著書に「稽古場の手帖」「夜の空を翔ける―広渡常敏戯曲集」がある。

【ふ】

深井 迪子　ふかい・みちこ
小説家　[生]昭和7年2月7日　[出]京都府京都市　[学]早稲田大学第二文学部国文科(昭和32年)卒　[賞]学生小説コンクール(第1回)(昭和29年)「秋から冬へ」　[歴]昭和29年「文芸」の学生小説コンクールで「秋から冬へ」が当選。31年発表の「夏の嵐」は芥川賞候補作品となる。著書に「夏の嵐」「偽りの青春」「ひとときの愛」などがある。　[団]日本文芸家協会　[家]夫＝深井人詩(書誌研究家)

深尾 道典　ふかお・どうてん
シナリオライター　映画監督　[生]昭和11年6月26日　[出]滋賀県神崎郡五個荘町　[学]早稲田大学第一文学部文学科美術専攻(昭和36年)卒　[賞]キネマ旬報賞脚本賞(昭43年度)「絞死刑」、年間代表シナリオ(昭43年度)「絞死刑」　[歴]昭和36年東映入社。京都撮影所でマキノ雅弘、加藤泰らの助監督を務め、48年「女医の愛欲日記」で監督デビュー。第2作「好色源平絵巻」の後は、主にシナリオ作家として映画・テレビ・ラジオドラマの脚本を書く。43年小松川女高生殺人事件の犯人を扱った「いつでもないいつか、どこでもないどこか」は大島渚監督「絞死刑」の同名の共同脚本となった。他の脚本に「日を愛しむ」(舞台)、シナリオ集に「蛇海」「緑年時代」「もめん家族」、エッセイ集に「水のほとりにて」など。　[団]日本シナリオ作家協会(理事)

深沢 一夫　ふかざわ・かずお
放送作家　児童文学作家　深沢一夫演劇教室主宰　[生]昭和8年12月27日　[出]神奈川県横浜市　本名＝原和男　[学]神奈川県立二中中退　[歴]履物屋店員、人形劇団員などを経て、「アイヌの恋歌」が「週刊朝日」ミュージカル脚本募集に入選。以後作家生活に入る。作品に「判決」「太陽の王子・ホルスの大冒険」。児童書に「さい君今年もがんばったね」「ミチコとクミ」などがある。　[団]日本放送作家協会

深沢 七郎　ふかざわ・しちろう
小説家　[生]大正3年1月29日　[没]昭和62年8月18日　[出]山梨県東八代郡石和町　芸名＝桃原青二、ジミー川上　[学]日川中(昭和6年)卒　[賞]中央公論新人賞(第1回)(昭和31年)「楢山節考」、川端康成文学賞(第7回・辞退)(昭和55年)「みちのくの人形たち」、谷崎潤一郎賞(第17回)(昭和56年)「みちのくの人形たち」　[歴]中学卒業後上京し、流転の生活の中でギターを勉強。戦後も旅まわりなどをしていたが、桃原青二の名で日劇ミュージックホールに出演。昭和31年姥捨てをテーマにした「楢山節考」で第1回中央公論新人賞を受賞、文壇に鮮烈にデビュー。35年「風流夢譚」で右翼テロの嶋中事件を誘発、一時身を隠す放浪生活に入る。40年埼玉県菖蒲町にラブミー農場を開き、46年には東京で今川焼屋を開業するなどの異色の活動で知られた。56年「みちのくの人形たち」で谷崎潤一郎賞を受賞。他の主な作品に「笛吹川」「千秋楽」「甲州子守歌」「庶民列伝」「人間滅亡的人生案内」「極楽まくらおとし図」など。デビュー作「楢山節考」は2度映画化され、今村昌平監督、坂本スミ子、緒形拳主演の再映画化作品は58年にカンヌ映画祭でグランプリを受賞した。「深沢七郎選集」(全3巻)、「深沢七郎傑作小説集」(全4巻)がある。

深沢 美潮　ふかざわ・みしお
小説家　[学]武蔵野美術大学造形学部卒　[歴]ファッション、音楽関係を中心としたコピーライター業の後、コンピュータのテクニカルライティングを始める。月刊「コンプティーク」等で、ゲームレビューやエッセイを執筆。パソコン通信ネットのPC-VANでは98クラブを主宰し、ファズ(Fuzz Ball)の名で活躍している。さらに小説を執筆。著書に小説「フォーチュン・クエスト」シリーズ、「バンド・クエスト」シリーズなど。

深田 久弥　ふかだ・きゅうや
小説家　山岳紀行家　ヒマラヤ研究家　日本山岳会副会長　[生]明治36年3月11日　[没]昭和46年3月21日　[出]石川県大聖寺町(現・加賀市)　[学]東京帝国大学文学部哲学科(昭和5年)中退　[賞]読売文学賞(評論・伝記賞・第16回)(昭和39年)「日本百名山」　[歴]東京帝大在学中、第10次「新思潮」に発表した「武人鑑賞録」が川端康成らに認められ、「文学」同人となる。在学中は改造社に勤務していたが、昭和5年「オ

ロッコの娘」を発表。同年大学を中退して作家生活に入る一方、各地の山を登山する。8年小林秀雄らと「文学界」を創刊。10年代に「鎌倉夫人」「知と愛」「贋修道院」「親友」などを刊行。19年応召し、中国各地を転戦して21年復員。復員後は越後湯沢、金沢などを転々とし、30年東京に転居。32年「贋作家故郷へ行く」を最後に小説の筆を折る。以後、山岳随筆やヒマラヤ研究に力を注ぐようになり、33年ヒマラヤ探査行をする。39年「日本百名山」で読売文学賞を受賞。43年日本山岳会副会長に就任。46年茅ケ岳頂上近くで、脳卒中で急逝する。随筆紀行集として「わが山々」「山岳展望」「山頂山麓」などがあるほか、ヒマラヤ紀行文「ヒマラヤ—山と人」「雲の上の道」「ヒマラヤの高峰」、「深田久弥・山の文学全集」(全12巻,朝日新聞社)などがある。

深田 祐介　ふかだ・ゆうすけ

小説家　評論家　[生]昭和6年7月15日　[出]東京都千代田区　本名＝深田雄輔(ふかだ・ゆうすけ)　[学]早稲田大学法学部(昭和30年)卒　[賞]文学界新人賞(第7回)(昭和33年)「あざやかなひとびと」、大宅壮一ノンフィクション賞(第7回)(昭和51年)「新西洋事情」、直木賞(第87回)(昭和57年)「炎熱商人」、文芸春秋読者賞(昭和62年)「新東洋事情」、国際報道文化賞(中国)(平成8年)　[歴]昭和35年日本航空に入社。海外駐在員、広報室次長を経験。57年「炎熱商人」で直木賞を受賞し、これを機に58年日本航空を退社し、作家生活に入る。他の著書に「あざやかなひとびと」「新西洋事情」「日本商人事情」「革命商人」「男たちの前線」「スチュワーデス物語」などがある。　[団]日本文芸家協会(理事)

深津 篤史　ふかつ・しげふみ

劇作家　桃園会主宰　[出]兵庫県芦屋市　[学]同志社大学　[賞]岸田国士戯曲賞(第42回)(平成10年)「うちやまつり」　[歴]大学の劇団に入る。平成4年仲間2人と大阪で劇団・桃園(とうえん)会を旗揚げ。「うちやまつり」など、日常の人間関係のささいなひずみを通して人間の暗部や喪失感を描いた作品を多数発表。他の劇団への書き下ろしや演出なども行う。

深見 真　ふかみ・まこと

小説家　[出]熊本県　[賞]富士見ヤングミステリー大賞(第1回)　[歴]第1回富士見ヤングミステリー大賞を受賞。「ブロークン・フィスト 戦う少女と残酷な少年」でデビュー。

深谷 晶子　ふかや・あきこ

小説家　[生]昭和54年12月25日　[学]刈谷東高　[賞]コバルト・ノベル大賞(平10年度)「サカナナ」　[歴]高校在学中に「サカナナ」で平成10年度コバルト・ノベル大賞を受賞。著書に「少年のカケラ」「水のなかの光」がある。

深谷 仁一　ふかや・じんいち

シナリオライター　[生]昭和31年2月14日　[出]埼玉県　[学]早稲田大学卒　[賞]フジテレビヤングシナリオ大賞(第1回)(昭和62年)「パンダ誘拐される」　[歴]学生時代、8ミリ映画に夢中だったが、向田邦子のTVドラマ「あ・うん」の影響を受け、放送作家教室に通う。学習塾経営のかたわら、シナリオライターとして活動。

深谷 忠記　ふかや・ただき

推理作家　[生]昭和18年12月17日　[出]千葉県　本名＝深谷忠記(ふかや・ただのり)　[学]東京大学理学部卒　[歴]昭和57年「ハーメルンの笛を聴け」で江戸川乱歩賞候補、60年「殺人ウイルスを追え」(「一万分の一ミリの殺人」と改題)でサントリーミステリー大賞佳作。著書に「ハムレットの内申書」「西多摩殺人事件」「0.096逆転の殺人」「おちこぼれ探偵塾」「『法隆寺の謎』殺人事件」「人麻呂の悲劇」など。　[団]日本推理作家協会、日本文芸家協会

福 明子　ふく・あきこ

小学校教師(成瀬小)　熊野の里児童文学賞で大賞を受賞　[学]横浜国立大学卒　[賞]熊野の里児童文学賞大賞(第1回)(平成8年)「花咲かじっちゃん」　[歴]大学卒業後小説などを書き続け、平成3年頃から童話も手がける。8年「花咲かじっちゃん」が、静岡県・豊田町が熊野(ゆや)の里・児童文学賞の第1回大賞を受賞し、同年秋絵本化される。

福井 馨　ふくい・かおる

小説家　[生]大正9年10月28日　[没]平成7年3月29日　[出]鳥取市　[学]早稲田大学文学部英文学科卒　[賞]平林たい子文学賞(第13回)(昭和60年)「風樹」

福井 和　ふくい・かず

児童文学作家　[生]昭和6年　[出]京都市　[学]京都教育大学卒　[賞]「日本児童文学」創作コンクール(第9回)「B面」　[歴]同人誌「すねいる」「亜空間」などで多くの作品を発表。「どんかく」同人。著書に「トマトを食べに帰っておいで」他。　[団]日本児童文学者協会

福井 晴敏　ふくい・はるとし

小説家　[生]昭和43年　[出]東京都墨田区　[学]千葉商科大学中退　[賞]江戸川乱歩賞(第44回)(平成10年)「トゥエルブ Y.O.」、大藪春彦賞(第2回)(平成12年)「亡国のイージス」、日本推理作家協会賞(長編部門，第53回)(平成12年)「亡国のイージス」　[歴]大学在学中は、さまざまなアルバイトをしながら日本各地を放浪。大学を中退し、警備会社に勤務の傍ら、文筆活動を行う。平成10年「トゥエルブY.O.」で第44回江戸川乱歩賞、12年「亡国のイージス」で大藪春彦賞、日本推理作家協会賞を受賞。他の著書に「川の深さは」がある。

福岡 さだお　ふくおか・さだお

病院事務員　第3回織田作之助賞受賞　[出]三重県　[学]関西大学文学部新聞学科卒　[賞]織田作之助賞(第3回)(昭和61年)「犬の戦場」　[歴]病院勤務の傍ら創作活動を続け、昭和61年「犬の戦場」で第3回織田作之助賞受賞。

福岡 徹　ふくおか・とおる

小説家　医師　[生]大正13年3月30日　[没]昭和49年8月2日　[出]福岡県　本名＝富安徹太郎　[学]千葉医大(昭和24年)卒　[歴]開業医で同人誌「新制作」を主宰。名古屋の同人誌「作家」同人。昭和40年出版の第1作品集「未来喪失」は人工受精を、続く第2作品集「鬼の手」では妊娠中絶をテーマに医者の立場、苦悩を描いた作品。他に乃木大将伝「軍神」、乃木夫人を描いた「華燭」などがある。

福川 祐司　ふくかわ・ゆうじ

児童文学作家　[生]昭和20年　[出]長野県飯田市　[賞]金の星社新人賞「はばたけ流星」、講談社児童文学新人賞「大王杉たおれる」　[歴]出版社で編集に従事したのち、文筆活動に入る。著書に「吉田松陰」「物語で読む法華経」「巌窟王」などがある。

福沢 英敏　ふくざわ・ひでとし

作家　近代文芸社社長　[生]昭和18年1月8日　[出]長野県伊那市　[学]中央労働学院文芸科卒　[歴]昭和54年長野県諏訪市に出版社・檸檬社を設立。その後、自費出版の近代文芸社を設立。日本図書刊行会代表も務める。「アイヌ問題」で芥川賞候補になったこともある。著書に「彼の立場」「純物語」「死のほとり」「新ヨブ記」など。　[団]日本文芸家協会、日本ペンクラブ

福島 佐松　ふくしま・さまつ

児童文学者　童話作家　江南女子短期大学名誉教授　[生]明治39年9月30日　[没]平成1年11月28日　[出]愛知県名古屋市　[学]愛知第一師範学校(現・愛教大学)専攻科　[賞]久留島武彦文化賞(第26回)(昭和61年)　[歴]大正15年名古屋市笠寺尋常高等小を振り出しに、数多くの小学校を回る。昭和57年江南女子短大を定年退職。終戦直後に「名古屋童話作家協会」を結成。編著書に「日本の幼児教育」「話の小ばこ」など。　[団]日本児童文学者協会

福島 順子　ふくしま・じゅんこ

第19回新人登壇で文芸2席を受賞　[生]昭和12年7月14日　[出]大阪市東区　[学]山口県立宇部高校(昭和31年)卒　[賞]山口県創作懇談会会長賞(昭和59年)「御居処(おいど)」、文芸山口賞(第1回)(昭和60年)「冬の蜻蛉」、新人登壇第2席(第19回)(昭和62年)「となりの猫」　[歴]文章教室に通いはじめて書くことの喜びを知り、専業主婦の傍ら、昭和53年頃文芸同人「ふるさと」に加わり随筆や小説を発表。59年に「御居処(おいど)」で山口県創作懇談会会長賞を、また60年には、二卵性双生児に対する母親の心理を描いた「冬の蜻蛉」で第1回文芸山口賞をそれぞれ受賞。62年、「となりの猫」で第19回新人登壇文芸作品懸賞募集に第2席(第1席は該当なし)に輝いた。

福島 次郎　ふくしま・じろう

小説家　[生]昭和5年　[出]熊本県　[学]東洋大学国文科卒　[賞]九州文学賞(昭和50年)「阿武隈の霜」　[歴]昭和62年まで34年間熊本の県立高校で国語教師を務める。かたわら、小説を執筆、平成8年「バスタオル」、11年「蝶のかたみ」が芥川賞候補となる。10年作家・三島由紀夫との思い出を綴った実名小説「三島由紀夫―剣と寒紅」を発表するが、三島の遺族から小説内の手紙の公表が著作権侵害にあたるとして、出版差し止めを求められる。11年10月東京地裁は出版禁止と総額500万円の支払いと謝罪広告の掲載を命じる判決を下した。のち控訴するが、12年5月東京高裁は一審を支持し控訴を棄却。

福島 のりよ　ふくしま・のりよ

児童文学作家　[生]昭和12年　[出]岡山県　本名＝福島憲代　[学]ノートルダム清心女子大学文学部卒　[賞]'88年埼玉文芸賞準賞(昭和63年)「いい秋見つけた！」　[歴]月刊誌「子どもの世界」、同人誌「新作家」「はんの木」に作品を発表している。著書に「いい秋見つけた！」「ホタルがとんだ日」他。　[団]新作家協会、児童文化の会、むさしの児童文化の会

福島 正実　ふくしま・まさみ

小説家　評論家　翻訳家　㊤昭和4年2月18日　㊦昭和51年4月9日　㊥旧樺太・豊原　本名＝加藤正実　㊫明治大学文学部中退　㊞昭和31年早川書房に入社。32年から海外SFシリーズの出版を手がけ、34年日本初のSF月刊誌「SFマガジン」を刊行、SF評論家としても活躍した。のち出版部長を経て、作家、翻訳家として独立。また光瀬龍らと少年文芸作家クラブを創設。著書に「SFの世界」「アシモフ博士のQ&A100」、SF童話に「おしいれタイムマシン」「こんや円盤がやってくる」、訳書にクラーク「未来のプロフィル」などがある。㊪息子＝加藤喬（米国防総省言語学校日本語教官）

福住 一義　ふくずみ・かずよし

「男の隠れ家」編集長　㊤昭和24年　㊥広島県　ペンネーム＝山川一作　㊫慶応義塾大学法学部中退　㊯文学界新人賞（第55回）（昭和57年）「雷電石縁起」　㊞税務関係の公益団体に勤めながら、小説修業。昭和57年第55回文学界新人賞を受賞。平成9年末、20年間勤務した公益団体を辞め、10年出版社「あいであ・らいふ」に転職、「男の隠れ家」編集長。

福田 紀一　ふくだ・きいち

小説家　㊤昭和5年2月11日　㊥大阪府　㊫京都大学文学部哲学科（昭和28年）卒　㊯サントリー学芸賞（第1回）（昭和54年）「おやじの国史とむすこの日本史」　㊞大阪明星高校教諭を経て、大阪工業大学教授。「VIKING」同人。著書に「おやじの国史とむすこの日本史」「こんにちは一寸法師」「ホヤわが心の朝」など。㊓日本文芸家協会

福田 清人　ふくだ・きよと

小説家　児童文学作家　評論家　日本児童文芸家協会会長　㊐日本近代文学　児童文学　㊤明治37年11月29日　㊦平成7年6月13日　㊥長崎県上波佐見村　㊫東京帝国大学国文学科（昭和4年）卒　㊯サンケイ児童出版文化賞（第5回）（昭和33年）「天平の少年」、国際アンデルセン賞国内賞（第3回）（昭和40年）「春の目玉」、野間児童文芸賞（第4回）（昭和41年）「秋の目玉」、勲四等旭日小綬章（昭和50年）、サンケイ児童出版文化賞（第26回）（昭和54年）「長崎キリシタン物語」、波佐見町名誉町民（昭和55年）　㊞東大在学中から小説を発表し、昭和4年第一書房に入社、「セルパン」等の編集長を務める。「新思潮」「文芸レビュー」などの同人雑誌に参加し、8年第1短編集「河童の巣」を刊行、以後「脱出」「生の彩色」などを刊行。戦後、児童文学に転じ、30年日本児童文芸家協会を結成、37年には滑川道夫らと日本児童文学学会を設立した。代表作に「岬の少年たち」「天平の少年」、自伝的3部作「春の目玉」「秋の目玉」「暁の目玉」、「長崎キリシタン物語」「咸臨丸物語」など。その一方で近代文学研究者としても活躍し、日本大学、実践女子大学、立教大学などの教授を務め、「硯友社の文学運動」「国木田独歩」「俳人石井露月の生涯」「近代の日本文学史」「写生文派の研究」「夏目漱石読本」や「児童文学・研究と創作」などを刊行した。「福田清人著作集」（全3巻，冬樹社）がある。㊓日本文芸家協会（名誉会員）、日本ペンクラブ（名誉会員）、日本児童文芸家協会、日本児童文学学会（理事）、日本近代文学館（顧問）

福田 琴月　ふくだ・きんげつ

小説家　児童文学作家　㊤明治8年7月22日　㊦大正3年6月13日　㊥大阪市　本名＝福田喜八　㊫大阪共立薬学学校卒　㊞通俗的家庭小説、少年文学などを執筆。明治35年金港堂の「少年界」「少女界」が創刊されて記者となり、多くの作品を発表。また同社発行の「お伽噺シリーズ」に執筆、森桂園と共著「お伽噺十二ケ月」刊行。安価な小型本シリーズを出しヒット、おとぎばなし大衆化に貢献。また少年世界に書いた少年冒険小説「白薔薇館」が好評。著書に「お伽噺いろは短歌」（全6冊）、「捨児」などがある。

福田 蛍二　ふくだ・けいじ

作家　㊦昭和61年7月3日　㊥茨城県　本名＝福田敬二（ふくだ・けいじ）　㊯宝石賞（昭和37年）「抒情の殺人」、小説サンデー毎日新人賞（第4回）（昭和48年）「酒場と女」　㊞元茨城県立石岡商高校長で、教員時代から推理小説を書き始め、昭和37年「抒情の殺人」で宝石賞、48年には「宿場と女」で小説サンデー毎日新人賞受賞。

福田 卓郎　ふくだ・たくろう

シナリオライター　疾風DO党主宰　㊤昭和36年　㊥愛媛県　㊫日本大学芸術学部映画学科監督コース卒　㊯ACC最優秀スポットCM賞（昭和63年）、民放祭優秀賞（昭和63年）　㊞在学中から映画、演劇活動を始め、東宝演劇演出部に入社。昭和62年劇団疾風DO党を結成、東宝を辞め、コピーライターとしても活動。同年大学の卒業製作の16ミリ映画をリミックスし、ビデオ「獣人伝説」として発売。平成3年「就職戦線異常なし」で脚本家デビュー。他の作品に、映画「咬みつきたい」、テレビ「世にも奇妙な物語」など。　http://www2.odn.ne.jp/bpw/

福田 健雄　ふくだ・たけお

児童文学作家　[生]大正14年　[出]青森県　[賞]日本児童文学新人賞(第2回)「キツネのくる納屋」　[歴]「ずぐり」「ころぼっくる」「きびっこ」同人。自宅で、子どもたちとお母さんのための「青い鳥文庫」を開いている。著書に「ゆみ子とゆみ子」「冷たい水はいかが」他。　[団]日本児童文学者協会、青森県児童文学研究会

福田 恒存　ふくだ・つねあり

評論家　劇作家　演出家　翻訳家　[専]イギリス文学　[生]大正1年8月25日　[没]平成6年11月20日　[出]東京市本郷区東片町　[学]東京帝国大学英文科(昭和11年)卒　[資]日本芸術院会員(昭和56年)　[賞]読売文学賞(戯曲賞・第4回)(昭和27年)「龍を撫でた男」、岸田演劇賞(第2回)(昭和30年)「『シェイクスピア全集』の訳業」、芸術選奨文部大臣賞(第6回)(昭和30年)「『ハムレット』の訳業・演出」、読売文学賞(評論伝記賞・第12回)(昭和35年)「私の国語教室」、読売文学賞(研究翻訳賞・第19回)(昭和42年)「シェイクスピア全集」、日本文学大賞(第3回)(昭和46年)「総統いまだ死せず」、菊池寛賞(第28回)(昭和55年)、日本芸術院賞(文芸部門・第37回)(昭和55年)、勲三等旭日中綬章(昭和61年)　[歴]日本大学医学部予科講師、日本語教育振興会、太平洋協会アメリカ研究室勤務などを経て、東京女子大学講師、京都産業大学教授を務めた。卒論にあつかったロレンスの思想を基盤に幅広く活躍し、評論家として「人間・この劇的なるもの」、劇作家として「キティ颱風」「龍を撫でた男」「総統いまだ死せず」、翻訳家として「シェイクスピア全集」(全19巻)などの著書があり、読売文学賞、岸田演劇賞、芸術選奨、日本文学大賞、菊池寛賞、芸術院賞を受賞。昭和29年進歩的文化人を批判して平和論論争をおこす。また国語問題の論争家としても知られ、「私の国語教室」がある。演劇人としても38年に現代演劇協会を設立し、劇団・雲(のち昴)を主宰。「福田恆存全集」(全8巻，文芸春秋)がある他、平成4年より「福田恆存翻訳全集」(全8巻，文芸春秋)が刊行される。　[家]二男=福田逸(明大助教授・英文学)

福田 登女子　ふくだ・とめこ

小説家　[生]昭和11年　[出]埼玉県大里郡寄居町　旧姓(名)=横田　[学]文化服装学院師範科(昭和32年)卒　[賞]埼玉文芸賞(正賞)(昭和62年)「秋寂ぶ」　[歴]昭和32年熊谷専修高等学校の教員となるが、35年結婚により退職。高校時代から小説を書き、俳句や詩を発表する。55年「文芸桶川」の編集委員となり歴史小説を発表。62年小説「秋寂ぶ」が埼玉文芸賞正賞を受賞する。平成8年より「修羅」編集同人。著書に「堂坂の家—桶川宿伝馬騒動異聞」がある。　[団]埼玉文芸懇話会

福田 洋　ふくだ・ひろし

推理作家　[生]昭和4年8月1日　[出]大分県別府市　別名=桜田忍(さくらだ・しのぶ)　[学]大分経済専門学校(現・大分大学)卒　[賞]オール讀物推理小説新人賞(第13回)(昭和49年)「艶やかな死神」　[歴]東京や大阪で、経済誌の出版、不動産会社、クラブ経営に当たる。40歳になって推理小説を書き始め、昭和49年「艶やかな死神」でオール讀物推理小説新人賞を受賞。「極刑」「凶弾」「推理小説殺人事件」「誘惑の迷路」「殺人者の資格」「強殺」など犯罪をテーマにした作品を多数執筆。　[団]日本推理作家協会、日本文芸家協会

福田 百合子　ふくだ・ゆりこ

小説家　中原中也記念館館長　山口県立大学名誉教授　[専]中世文学　[生]昭和3年9月16日　[出]山口県吉敷郡大内村(現・山口市宮島町)　[学]山口女専国語科(昭和23年)卒、関西学院大学大学院日本文学研究科(昭和37年)修士課程修了　[興]中世女流歌人の研究、中原中也　[賞]山口県芸術文化振興奨励賞(昭和45年)　[歴]昭和25年山口女子短期大学助手、41年講師、43年助教授を経て、50年山口女子大学(現・山口県立大学)教授に就任。平成6年2月に開館した中原中也記念館の初代館長を務める。著書に「中世の女流歌人」「心のふるさと散歩」などの他、歌集「花実」、小説「外郎の家」「槙野川」「鵜を抱く女」がある。　[団]西日本国語国文学会、和歌文学会、中世文学会、全国大学国語国文学会

福田 陽一郎　ふくだ・よういちろう

演出家　シナリオライター　[生]昭和7年6月25日　[出]東京　[学]東京大学文学部フランス文学科卒　[歴]昭和32年日本テレビ入社。ドラマ「男嫌い」「おとこ同志おんな同志」などの演出を手がけ、ディレクターとして活躍。47年フリーとなる。日本のミュージカル・ステージを確立させた一人で、大ヒット作に木の実ナナ、細川俊之主演「ショーガール」シリーズ(49〜63年)がある。またブロードウェイのヒットステージを日本で成功させた功績も大きく、特にニール・サイモンの作品「おかしな二人」「第二章」「映画に出たい!」の演出は高く評価される。都会派現代劇の第一人者。平成2年映画「こんにちわ、さようなら」で脚本・監督をつとめる。他のシナリオに「離婚ともだち」「夏に逝く女」、著書に「男と女はまちがい電話」「女と男は15のキーワード」など。

福田 善之 ふくだ・よしゆき
劇作家 演出家 ⊕昭和6年10月21日 ⊕東京・日本橋 本名=鴻巣泰三 ⊕東京大学文学部仏文科(昭和29年)卒 ⊕芸術祭賞奨励賞(昭和33年)「オッペケペ」、紀伊国屋演劇賞(第28回)(平成5年)「壁の中の妖精」「幻燈辻馬車」、読売文学賞(戯曲・シナリオ賞、第46回、平6年度)(平成7年)「私の下町―母の写真」、紫綬褒章(平成13年) ⊕東大在学中の昭和27年「富士山麓」を藤田朝也と共作し、翌28年の五月祭で上演。卒業後、東京タイムスの記者を経て、岡倉士朗に請われ、その下で演出助手を務め、劇作家として出発する。32年「長い墓標の列」の初稿を発表。33年「オッペケペ」で芸術祭奨励賞を、39年には「袴垂れはどこだ」で岸田国士戯曲賞を受賞するが、審査員への不信を理由に辞退。この間、35年に観世栄夫らと青年芸術劇場を結成(41年解散)。'70年代に新劇と訣別し新しい大衆演劇をめざす。その後人形劇の結城座と組み、「お花ゆめ地獄」など夢幻ものや、シェークスピアを上演。またミュージカルの脚本・演出も手がける。他に戯曲「真田風雲録」「異聞猿飛佐助」「日本の悪霊」「魔女伝説」「しんげき忠臣蔵」「白樺の林に友が消えた」「希望―幕末無頼篇」「壁の中の妖精」「幻燈辻馬車」「私の下町3部作」「れすとらん自由亭希望」やテレビ「大いなる朝」(TBS)の脚本、著書に「福田善之作品集」「福田善之第二作品集」などがある。 ⊕日本文芸家協会、日本演出者協会(理事)、日本シナリオ作家協会、演劇協会(理事)

福地 源一郎 ふくち・げんいちろう
ジャーナリスト 劇作家 小説家 東京日日新聞社長 衆院議員(無所属) ⊕天保12年3月23日(1841年) ⊕明治39年1月4日 ⊕肥前国長崎(長崎県長崎市) 号=福地桜痴(ふくち・おうち)、福地星泓(ふくち・せいおう)、福地吾曹子、夢之舎主人、幼名=八十吉、諱=万世(つむよ)、字=尚甫 ⊕15歳の時オランダ通詞名村花蹊に蘭学を学び、安政5年江戸に出て英学を学んだ。また幕府に出仕して通訳、翻訳の仕事に従事。文久元年と慶応元年に幕府使節の一員として渡欧。明治元年条野採菊と共に佐幕派の新聞「江湖新聞」を発刊したが、新政府から逮捕、発禁処分を受けた。3年渋沢栄一の紹介で伊藤博文と会い意気投合、渡米する伊藤に随行。同年大蔵省御雇となり、4年には岩倉具視の率いる米欧漫遊に一等書記官として参加。7年条野採菊が創刊した「東京日日新聞」主筆に迎えられ、政府擁護の立場で自由民権派批判の筆をふるった。御用新聞の悪評もあったが、社説は好評だった。9年社長。11年東京府議に当選、12年議長に就任。15年水野寅次郎らと立憲帝政党を組織、北海道開拓使払い下げ問題で、21年東日社長を引退した。その後は演劇に深く関心、22年歌舞伎改良を提唱して歌舞伎座を建設、座主となる。9代目市川団十郎と投合、改良史劇を続々発表、人気一等となった。傍ら、史書の著述に専念。団十郎の死で劇壇を退き、その後政界に転じ、37年衆議院議員に当選した。著書は「幕府衰亡論」「懐往事談」「幕末政治家」などの歴史物から小説「もしや草紙」「嘘八百」「伏魔殿」「大策士」「山県大弐」「水野閣老」、劇作「春日局」「侠客春雨傘」「大森彦七」「芳哉義士誉」など多数。

福地 文乃 ふくち・ふみの
小説家 ⊕明治34年 ⊕昭和59年 ⊕山梨県甲府市 ⊕日本女子大学社会事業学部卒 ⊕中村星湖文学賞特別賞(第1回)(昭和62年)「電車の中の四季」 ⊕著書に「くちべに」など。没後の昭和62年、私家版「電車の中の四季」で中村星湖文学賞特別賞を受賞した。

福地 誠 ふくち・まこと
文筆家 ⊕大正13年 ⊕茨城県水戸市 ⊕茨城文学賞(第15回・小説部門)(平成2年)「眩暈」 ⊕茨城新聞編集局報道部長、論説員を経て、茨城県議会広報紙「県会だより」編集員。文芸誌「水戸評論」、俳句結社「日めくり」同人。著書に「水戸残影」がある。

福富 哲 ふくとみ・さとし
テレビプロデューサー 東京サウンドプロダクション常務制作本部長 ⊕昭和11年 ⊕東京 ⊕横浜国立大学学芸学部(昭和36年)卒 ⊕芸術選奨放送部門新人賞(第30回・昭54年度)(昭和55年)「吉展ちゃん事件」(テレビドラマ)、日本文芸大賞現代小説賞(平4年度)「残照」 ⊕昭和36年NET(現・テレビ朝日)入社。教育、科学番組を製作する教育局を経て、51年からドラマ製作に転身。低迷するテレビドラマ界に、タブーに近かった凶悪事件の犯人が主役のニュー・ジャーナリズムで新風を吹き込む。54年芸術選奨受賞の「吉展ちゃん事件」は泉谷しげるの好演もあり、テレビドラマ史に残る傑作といわれる。他にテレビ大賞、芸術祭優秀賞など多数。平成2年テレビ朝日を退社。東京サウンドプロダクション制作本部長。代表作は他に「密約」「海よ眠れ」「美貌なれ昭和」「ロス発・第一級殺人の女」など。また、著書に老人の性を扱った小説「残照」などがある。

福永 恭助 ふくなが・きょうすけ
小説家 国語学者 ⊕国語国字問題 ⊕明治22年3月11日 ⊕昭和46年12月22日 ⊕東京 ⊕海兵卒 ⊕少佐で退役し、海軍生活から取材した少年向き海洋小説、戦記小説などを発表。一方、国語国字問題に関心を持ち、口語化運動

にたずさわった。著書に「大洋巡航物語」「口語辞典」(共著)などがある。

福永 渙　ふくなが・きよし

詩人　翻訳家　小説家　[生]明治19年3月22日　[没]昭和11年5月5日　[出]福井市　筆名＝福永挽歌(ふくなが・ばんか)、福永冬浦　[学]早稲田大学文学部英文科(明治41年)卒　[歴]二六新報、東京日日新聞、名古屋新聞等の記者を経て、万朝報に入社。早くから「早稲田文学」「文章世界」などに詩や小説を発表。明治45年詩集「習作」、大正9年小説集「夜の海」を刊行。また翻訳にはデュマの「椿姫」など多数ある。

福永 武彦　ふくなが・たけひこ

小説家　評論家　学習院大学文学部教授　[生]大正7年3月19日　[没]昭和54年8月13日　[出]福岡県筑紫郡二日市町(現・筑紫野市大字二日市)　別名＝加田伶太郎(かだ・れいたろう)、船田学　[学]東京帝国大学文学部仏文科(昭和16年)卒　[賞]毎日出版文化賞(昭和36年)「ゴーギャンの世界」、日本文学大賞(第4回)(昭和47年)「死の島」　[歴]旧制一高在学中からフランス象徴詩を学び始め、昭和17年加藤周一、中村真一郎らとマチネ・ポエティクを結成、詩、小説、評論を書く。21年処女作「塔」を発表。23年処女詩集「ある青春」、ついで「マチネ・ポエティク詩集」を刊行。作家としては寡作で、32年に発表した処女長編「風土」には約10年を費やしている。愛と孤独の作家とも云われ、挫折した芸術家を主人公にとりあげる場合が多い。加田伶太郎の筆名で探偵小説、船田学の筆名でSFを書いている。36年より学習院大学教授を務めた。主著に「草の花」「忘却の河」「風のかたみ」「死の島」「海市」やエッセイ「愛の試み」など。「福永武彦詩集」「福永武彦全集」(全20巻，新潮社)がある。　[家]息子＝池沢夏樹(小説家)

福永 法弘　ふくなが・のりひろ

俳人　小説家　[生]昭和30年　[出]山口県　[賞]四谷ラウンド文学賞(第3回)(平成12年)「白頭山から来た手紙」　[歴]日本政策投資銀行で北海道支店次長などを歴任。傍ら、俳人、小説家として活動する。平成12年「白頭山から来た手紙」で第3回四谷ラウンド文学賞を受賞。「天為」同人。

福永 令三　ふくなが・れいぞう

児童文学作家　[生]昭和3年12月25日　[出]愛知県名古屋市　[学]早稲田大学文学部国文科卒　[賞]オール讀物新人賞(第9回)(昭和31年)「赤い鴉」、モービル児童文学賞(昭和38年)、講談社児童文学新人賞(第5回)(昭和39年)「クレヨン王国の十二カ月」　[歴]大学卒業後すぐ文筆生活に入る。昭和39年「クレヨン王国の十二カ月」で第5回講談社児童文学新人賞受賞。43〜63年自然に親しむ心をもった児童を育てる目的で学習塾をひらく。日曜夜の童話教室を小田原市栄町オービックビルで開講。代表作に「クレヨン王国」シリーズ。　[団]日本文芸家協会

福村 久　ふくむら・ひさし

小説家　[生]大正3年6月29日　[没]昭和21年5月19日　[出]兵庫県神戸市灘区湊町　[学]早稲田大学仏文科(昭和15年)卒　[歴]日本放送協会勤務。在学中から北条誠らと「阿房」のメンバーで、昭和12年「水品の嘆き」、13年「トマトみのる頃」、16年「藤棚のある家」、「ある夫妻」などを発表。「早稲田大学」にも「花をたべる鼠たち」「二つの朝」などを書いた。17年に「隣人」を刊行。早稲田系新人として嘱望されたが、戦後病に倒れた。

覆面 作家　ふくも・さくや

作家　[生]昭和27年　[出]長崎県島原市　[歴]長崎県立高校の教師。平成9年「耳が聞こえないんだよ」で創作・ふるさと長与のおはなし優秀賞を受賞。著書に「転校して来た地底人」がある。

福本 和也　ふくもと・かずや

推理作家　[生]昭和3年9月23日　[没]平成9年1月1日　[出]大阪府大阪市　本名＝福本一弥　[学]日本大学中退　[歴]プロパイロット養成の教官の後、日大航空部教官として13年間務め、昭和58年勇退。8種類の航空関係ライセンス保持、滞空時間8千時間のベテランパイロット。また航空推理小説家として活躍。著書に「ちかいの魔球」「謎の巨人機」「UFO殺人事件」「謎の水上機」「消えたパイロット」「傷痕の翼」「暴力株式会社」シリーズなど。　[団]日本文芸家協会、日本推理作家協会

福本 武久　ふくもと・たけひさ

作家　[生]昭和17年4月21日　[出]京都府京都市　[学]同志社大学法学部(昭和40年)卒　[賞]太宰治賞(第14回)(昭和53年)「電車ごっこ停戦」　[歴]著書に小説「電車ごっこ停戦」「新島襄とその妻」「地の歌人三ケ島葭子」「疾走する家族」など。　[団]日本文芸家協会　http://www.mars.dti.ne.jp/~takefuku/

福元 正実　ふくもと・まさみ

小説家　神官　春日神社宮司　[生]昭和8年12月1日　[出]鹿児島県鹿屋市　[学]鹿屋高卒　[歴]郵便局勤務、スタンドバー、ビジネスホテル経営を経て、昭和52年から鹿屋市の春日神社宮司を務める。一方20歳頃から短歌を詠み、のち文芸同人誌「火山地帯」の編集・発行を続けている島比呂志と出会ったことがきっかけと

なり、59年頃から同誌を拠点に小説を書き続ける。63年「鴉」が初めて「文学界」に転載される。平成3年「文学界」に転載された「七面鳥の森」が第104回芥川賞候補に選ばれた。　[団]日本文芸家協会

不二 今日子　ふじ・きょうこ

小説家　[生]大正14年1月18日　[出]東京　本名=笠原八千代　[学]国府台学院高女卒、仏教大学通信教育修了　[賞]太宰治賞(第11回)(昭和50年)「花捨て」　[歴]著書に「花捨て」など。　[団]国際宇宙法学会

藤 桂子　ふじ・けいこ

推理作家　[生]昭和18年　[出]神奈川県　本名=森川桂子　旧姓(名)=遠藤　[学]上智大学文学部卒　[歴]出版社勤務を経て、父親の藤雪夫と世界初の父娘合作の推理小説「獅子座」でデビュー。ついで「黒水仙」を刊行。父親没後の昭和62年単独名で「疑惑の墓標」を発表。他に「逆回りの時計」「二重螺旋の惨劇」がある。　[家]父=藤雪夫(推理作家・故人)

藤 公之介　ふじ・こうのすけ

作詞家　放送作家　詩人　小説家　演出家　(株)サン・アンド・フラワー代表　[生]昭和16年5月17日　[出]宮城県塩釜市　本名=工藤喜美夫(くどう・きみお)　[学]日本大学芸術学部(昭和38年)卒　[賞]芸術祭賞優秀賞(昭和56年)「銀色の人生に歌を」　[歴]作詞のヒット曲に「いとしのロビン・フットさま」など。詩、小説、脚本など幅広く手がける。作品に映画「ウィーン物語ジェミニYとS」、戯曲「傷だらけの天使」、小説「12星座・恋のパンプキン通り」、詩集「恋のダウンタウン」ほかがある。　[団]日本ペンクラブ、日本放送作家協会、日本作詞家協会

富士 正晴　ふじ・まさはる

小説家　詩人　[生]大正2年10月30日　[没]昭和62年7月15日　[出]徳島県三好郡山城谷村　本名=富士正明　[学]三高文科(昭和10年)中退　[賞]毎日出版文化賞(第22回)(昭和43年)「桂春団治」、大阪芸術賞(昭和46年)　[歴]三高在学中に竹内勝太郎を知り、また野間宏らと「三人」を創刊。退学後、大阪府庁や出版社などに勤め、昭和19年に中国へ出征し、21年復員。22年島尾敏雄らと「VIKING」を創刊。のち文筆生活に入る。代表作に「贋・久坂葉子伝」「小詩集」「帝国軍隊における学習・序」「たんぽぽの歌」「大河内伝次郎」「富士正晴詩集1932～1978」などがある。水墨、彩画を趣味とする一方で、伊東静雄、竹内勝太郎、久坂葉子の研究をし、その紹介者としての功績もある。晩年は竹林に囲まれた自宅から殆ど外出せず、“竹林の仙人”と呼ばれた。

藤 真知子　ふじ・まちこ

児童文学作家　[専]幼年童話　[生]昭和25年8月30日　[出]東京都　本名=加藤真知子　[学]東京女子大学卒　[歴]第1回ポプラ社こどもの文学に「まじょ子どんな子ふしぎな子」が入選しデビュー。ファンタジーを書ける数少ない作家の一人。「ふしぎなくにのまじょ子」などの〈まじょこシリーズ〉、「まほうの国からママがきた！」などの〈わたしのママは魔女シリーズ〉や〈じどうしゃカーくんシリーズ〉が子供たちの人気を博している。

藤 水名子　ふじ・みなこ

小説家　[生]昭和39年6月29日　[出]栃木県宇都宮市　本名=後藤水名子　[学]日本大学文理学部中国文学科中退　[賞]小説すばる新人賞(第4回)(平成3年)「涼州賦」　[歴]平成3年唐末の中国を舞台にした「涼州賦」で小説すばる新人賞を受賞。その後も、北宋、明などの時代を背景にした歴史活劇を執筆。著書に「赤壁の宴」「王昭君」「項羽を殺した男」「浪漫's」「開封死踊演武」「公子風狂」「風月夢夢秘曲紅楼夢」など。　[団]日本文芸家協会、日本推理作家協会、日本インターネット歴史作家協会
http://village.infoweb.ne.jp/~fwnv3461/

藤井 薫　ふじい・かおる

劇作家　[生]昭和5年　[没]平成7年5月1日　[出]京都府　[学]滋賀大学経済学部卒　[歴]新聞記者を経て、昭和35年松竹新喜劇文芸部、42年新歌舞伎座、大劇等の専属作家となり脚本を執筆。同時に新聞、雑誌等の連載小説を発表。のちフリーとなり、ノンフィクション、小説の分野でも活躍。舞台脚本に「ちぎれ雲」「天下の脱線野郎」、小説および随筆に「京芝居物語」「湖の輝き」「楽屋の独裁者」「さらば松竹新喜劇—天外・寛美と過した日々」など。　[団]思想の科学研究会

藤井 重夫　ふじい・しげお

小説家　[生]大正5年2月10日　[没]昭和54年1月17日　[出]兵庫県豊岡市　[学]豊岡商卒　[賞]直木賞(第53回)(昭和40年)「虹」　[歴]20歳で上京し、翌年応召して中国各地を4年間転戦する。昭和16年朝日新聞社に入社し、同社南方特派員として2年間戦地生活をする。34年朝日新聞社を退社、以後作家生活に専念し、26年「佳人」が芥川賞候補作品となり、40年「虹」で直木賞を受賞。他の著書に「家紋の果」「風紋」などがある。

藤井 青銅　ふじい・せいどう

小説家　放送作家　[生]昭和30年10月20日　[出]山口県　本名＝藤井正道　[学]法政大学卒　[歴]第1回星新一ショートショートコンテスト入選をきっかけに放送作家となり、テレビ「オシャレ30・30」、ラジオ「オールナイトニッポン」などを手がける。また、SF、ユーモア、スポーツ小説など、幅広いジャンルをこなすエンターテイナー作家としても活躍。著書に「死人にシナチク」「プリズム・ショット」「愛と青春のサンバイマン」「超能力はワインの香り」「宇宙の法則」他。

藤井 則行　ふじい・のりゆき

詩人　児童文学作家　高校教師　[生]昭和9年8月15日　[出]福井県鯖江市　[学]福井大学教育学部卒　[賞]北陸児童文学賞(第5回)(昭和42年)、福井県文化芸術賞(平成1年)、現代少年詩集新人賞奨励賞(第6回)(平成1年)「友へ」　[歴]高校教師を務めるかたわら、「文芸広場」などに童話を発表。「ふくい童話サークル」代表。「ゆきのみ」「果実」「土星」同人。詩集に「ゆき」「みみとっと」「胎動」「初蝉」などがある。　[団]日本児童文学者協会、福井県詩人懇話会(幹事)、福井県文化協議会(理事)

藤井 博吉　ふじい・ひろきち

小説家　[生]昭和6年　[出]三重県　[学]早稲田大学文学部中退　[歴]昭和59年「桃青・小田原町絵図」が第43回小説現代新人賞佳作となる。著書に「現銀掛値無しに仕り候」「白木屋犯科帳」「密使・光琳一百万両申し受け候」などがある。

藤井 まさみ　ふじい・まさみ

児童文学作家　[生]昭和3年2月24日　[出]京都市　本名＝藤井マサミ　[学]立命館大学文学部日本文学科卒　[賞]石森延男児童文学奨励賞(第4回)(昭和55年)「あら草のジャン」　[歴]「亜空間」同人。代表作に「うしろのしょうめん」「天に舞う蝶」などがある。　[団]日本児童文学者協会

藤井 真澄　ふじい・ますみ

劇作家　[生]明治22年2月5日　[没]昭和37年1月10日　[出]岡山県　[学]早稲田大学専門部政経科(大正2年)卒　[歴]在学中から日蓮主義、社会主義に傾倒し、大正6年中央公論社を退職し、劇作に熱中。8年「黒煙」を創刊し戯曲「窟」「日本第一の智者」などを発表。労働文学の代表的作家となるが、関東大震災以後日本民族主義に没入する。戯曲集「民本主義者」「妖怪時代」や歴史小説「超人日蓮」などの著書がある。

藤枝 静男　ふじえだ・しずお

小説家　[生]明治41年1月1日　[没]平成5年4月16日　[出]静岡県藤枝町(現・藤枝市)　本名＝勝見次郎　[学]千葉医科大学眼科(昭和11年)卒　医学博士　[賞]芸術選奨文部大臣賞(文学・評論部門・第18回)(昭和42年)「空気頭」、平林たい子文学賞(第2回)(昭和49年)「愛国者たち」、谷崎潤一郎賞(第12回)(昭和51年)「田紳有楽」、中日文化賞(第31回)(昭和53年)、野間文芸賞(第32回)(昭和54年)「悲しいだけ」　[歴]大学卒業後、医局で眼科を研究。昭和17年平塚の海軍火薬廠付属病院に勤務。戦後は妻の実家で眼科診療を手伝い、25年浜松市で眼科医院を開業。文学の面では志賀直哉、滝井孝作に私淑し、22年に初作「路」を発表。42年「空気頭」で芸術選奨を、49年「愛国者たち」で平林たい子文学賞を、51年「田紳有楽」で谷崎潤一郎賞を、54年「悲しいだけ」で野間文芸賞を受賞。他の作品に「イペリット眼」「凶徒津田三蔵」「欣求浄土」「愛国者たち」「田紳有楽」や亡き妻に捧げた「悲しいだけ」などがある。　[団]日本文芸家協会

藤岡 真　ふじおか・しん

CMディレクター　[生]昭和26年　[出]神奈川県鎌倉市　本名＝深尾慎二　[学]早稲田大学理工学部卒　[賞]ACCグランプリ、小説新潮新人賞(第10回)(平成4年)「笑歩」　[歴]博報堂に入社。CMディレクターとして活躍し、ACCグランプリ他、数々の賞を受賞。著書に「ゲッベルスの贈り物」「笑歩」がある。

藤岡 筑邨　ふじおか・ちくそん

俳人　作家　「りんどう」主宰　「屋上」主宰　[専]長野県俳句史　近代文学史　[生]大正12年10月11日　[出]長野県松本市　本名＝藤岡改造(ふじおか・かいぞう)　[学]二松学舎専(昭和19年)卒　[賞]松本市芸術文化功労賞(昭和54年)　[歴]昭和17年高浜虚子、京極杞陽に師事。18年富安風生の知遇を得、23年「若葉」同人となる。同年以来俳誌「りんどう」主宰。同人誌「屋上」も主宰。信濃毎日新聞俳壇選者。俳句の他に本名で小説なども執筆。国語教育、特に現代文教育に造詣が深く現代文学習方法の体系化をはじめて試みた。句集に「蒼滴集」「姨捨」「城ある町」、著書に「信濃歳時記」「信濃路の俳人たち」「信濃秀句100選」、小説集「幽霊の出ない話」「悪魔はもう歌わない」など。　[団]俳人協会(評議員)、信州文芸誌協会、日本文芸家協会

武鹿 悦子　ぶしか・えつこ

童謡詩人　児童文学作家　[生]昭和3年12月20日　[出]東京都港区　本名＝荒谷悦子　[学]東京都立第八高女(昭和20年)卒　[賞]赤い鳥文学賞(第6回)「こわれたおもちゃ」、サンケイ児童出版文化賞(第30回)(昭和58年)「ねこぜんまい」、日本童謡賞(第6回，13回)「こわれたおもちゃ」「ねこぜんまい」、サトウハチロー賞(第7回)(平成7年)　[歴]昭和26年頃よりNHK「うたのおばさん」などに童謡を発表。「鵞鳥の会」会員として子どもの歌の世界に新風を送り込んだ。また、童謡集「こわれたおもちゃ」、詩集「ねこぜんまい」、童話「みほちゃんとわごわごわー」「りえの氷の旅」「りえの雲の旅」など。　[団]日本児童文学者協会、日本童謡協会(理事)、JASRAC、日本文芸家協会

藤蔭 道子　ふじかげ・みちこ

小説家　[生]昭和20年11月21日　[出]東京都　本名＝高野道子　[学]神代高卒　[賞]室生犀星顕彰大野茂男賞(創作部門，第1回)(平成7年)「小説和泉式部抄」　[歴]「花粉期」「水誌」「冬扇」同人。著書に「白い夢」「虹と鎖」「小説和泉式部抄」や「藤蔭道子集」がある。　[団]室生犀星学会、日本文芸家協会

藤上 貴矢　ふじかみ・きや

漫画原作家　小説家　[生]昭和42年7月14日　[学]駒沢大学法学部政治学科卒　[賞]集英社青年漫画原作大賞(奨励賞)(平成5年)、コバルト読者大賞(平成6年)「なつかしの雨」　[歴]漫画原作家として活動。小説家を目指し投稿を続ける。著書に「なつかしの雨」「学園戦隊バトルフォース」「学園戦隊バトルフォース―オペレーションG」がある。

藤川 桂介　ふじかわ・けいすけ

作家　[専]小説　脚本　[生]昭和9年6月16日　[出]東京都墨田区　本名＝伊藤英夫(いとう・ひでお)　[学]慶応義塾大学文学部国文学科(昭和33年)卒　[興]古代史　[歴]そば屋の老舗「長浦」の長男。学生時代ラジオドラマの全日本コンクール脚本賞関東大会で3年連続入賞。卒業後作家をめざしたため勘当となる。放送作家となり、「マジンガーZ」「さすらいの太陽」の原作、「ムーミン」「1000年女王」「銀河鉄道999」の脚本、「宇宙戦艦ヤマト」「ゴッド・マーズ」の脚本・構成を手がける。58年から本格的に作家活動に入り、60年には小説「宇宙皇子(うつのみこ)」第1期「地上編」10巻を完結、通算1000万部の大ベストセラーとなる。他に著書に「神童記」「天翔船(あまかけるふね)に乗って」「篁・変成秘抄」「紅のサザンクロス」など。　[団]日本文芸家協会、日本ペンクラブ、日本放送作家協会、日本脚本家連盟、日本音楽著作権組合

藤川 健夫　ふじかわ・たけお

劇作家　人間座主宰　元・法政大学教授　[専]英文学　[生]大正4年12月26日　[出]福岡県福岡市　本名＝武藤駿雄(むとう・たけお)　[学]東京帝大文学部英文科卒　[歴]英文学、英米演劇研究の傍ら、40代から戯曲を書きはじめ、30編あまりを創作。著書には「藤川健夫戯曲集」(全5巻)のほか、「石川啄木・青木繁の生涯」「文学・演劇のリアリティと変革性」「英単語連想記憶術」「現代アメリカ文学」(共著)など。訳書にH.ファスト「死刑台のメロディー」など。　[団]日本民主主義文学同盟、世界文学会

藤川 能　ふじかわ・ちから

小説家　[生]大正6年7月17日　[出]愛知県　[学]明治大学文学部文芸科(昭和13年)卒　[歴]新聞記者、軍隊生活を経て、昭和17年より教員生活に入る。かたわら小説を執筆。「文学無限」同人。著書に小説「東一番室」「愛飢え王」や「わが巨匠たち」など。　[団]日本文芸家協会、駿河台文学会(幹事)

藤木 靖子　ふじき・やすこ

作家　[生]昭和8年1月10日　[出]香川県高松市　本名＝石垣靖子　[学]香川県立高松高校卒　[賞]宝石賞(第1回)(昭和35年)「女と子供」　[歴]謄写筆耕業ののち、昭和32年に結婚。35年「女と子供」で第1回宝石賞を受賞。ミステリー小説、まんが画作を経てジュニア小説を書く。作品に「隣りの人々」「危ない恋人」など。　[団]日本推理作家協会

藤口 透吾　ふじぐち・とうご

小説家　[生]明治42年10月28日　[没]昭和45年12月20日　[出]福岡市大工町　本名＝藤口藤吉　[学]福岡市立第一専修学校(昭和8年)卒　[歴]昭和9年上京し東京府社会課その他に勤務。そのかたわら小説を執筆し芥川賞候補作品となった「老骨の座」などを発表。その後心身障害児のドキュメント「0学級の子供たち」や歴史読物「江戸火消年代記」などを刊行した。

藤崎 慎吾　ふじさき・しんご

SF作家　[生]昭和37年　[出]東京都　本名＝遠藤慎一　[学]メリーランド大学大学院海洋河口部環境科学専攻修士課程修了　[賞]日本SFファンジン大賞(平成8年)「レフト・アローン」　[歴]雑誌編集者、テレビ番組プロデューサーなどを経て、マルチメディア系コンテンツの制作に携わる。平成7年同人誌「宇宙塵」に中編「レフト・アローン」を発表、8年同作品で日本SFファンジン大賞を受賞。他の作品に「クリスタルサイレンス」がある。

藤沢 浅二郎　ふじさわ・あさじろう

新派俳優　作家　⽣慶応2年4月25日(1866年)　没大正6年3月3日　出京都　略雑誌「活眼」の記者を経て、明治24年川上音二郎の壮士芝居一座に俳優兼作者として参加。「板垣君遭難実記」「経国美談」「金色夜叉」などの台本を執筆。役者としては最初女形をつとめた、のち立役に回る。「金色夜叉」の貫一などが当り役。新派劇壇の重鎮として川上の補佐役もつとめた。41年に私財を投じて、東京・牛込に東京俳優養成所(のちの東京俳優学校)を設立。小山内薫らが学んだ。晩年は映画にも出演したが、役に恵まれなかった。

藤沢 清典　ふじさわ・きよつね

作家　中学校教師(札幌市立北辰中)　⽣昭和3年10月5日　出北海道静内郡静内町　略北海道大学文学部哲学科(昭和23年)卒　受北方文芸賞(第2回)(昭和59年)「川霧の流れる村で」略大学卒業後、上京して業界誌に勤めながら同人誌「Σ(シグマ)」に加わる。昭和30年に帰郷して様似高校教諭、35年から札幌の月寒中、明園中などで国語を担当。この間、「札幌文学」に加わり、「北方文芸」などに作品を発表。「底」をはじめ3編が「北海道新鋭小説集」に3年連続して収められている。石狩川河口付近を好んで題材としており、他の作品に「粉雪黒い」「みつみつし久米の子ら」「砂」など。

藤沢 古雪　ふじさわ・こせつ

劇作家　⽣没(生没年不詳)　本名＝藤沢周次　略明治34年ごろから小説を執筆。37年劇作に転じ、帝国文学に「かくれ蓑」を発表、次いで翻訳「オルレアンの少女」出版、新小説に「地獄おとし」発表。40年「心の花」に「女だてら」、帝国文学に「おぼろ染」、太陽に「ぬぢけもの」発表。同年細川忠興の妻伽羅奢の自刃を描いた「がらしあ」1幕2場を出版した。川上貞奴の児童劇批評も書いたが、大正初期で筆を折っている。

藤沢 周　ふじさわ・しゅう

小説家　⽣昭和34年1月10日　出新潟県新潟市　略法政大学文学部卒　受芥川賞(第119回)(平成10年)「ブエノスアイレス午前零時」略昭和59年〜平成8年書評紙「図書新聞」の編集者を務めた。5年「ゾーンを左に曲がれ」で作家デビュー。「外回り」「サイゴン・ピックアップ」「砂と光」がそれぞれ芥川賞候補となる。10年「ブエノスアイレス午前零時」で第119回芥川賞を受賞。同年10月朝日新聞に「オレンジ・アンド・タール」を連載。他の作品に「死亡遊戯」「SATORI」「礫」「愛人」、短編集「ソロ」などがある。　所日本文学協会、日本文芸家協会

藤沢 周平　ふじさわ・しゅうへい

小説家　⽣昭和2年12月26日　没平成9年1月26日　出山形県東田川郡黄金村大字高坂(現・鶴岡市)　本名＝小菅留治　略山形師範(現・山形大教育学部)(昭和24年)卒　受オール読物新人賞(第38回)(昭和46年)「溟い海」、直木賞(第69回)(昭和48年)「暗殺の年輪」、吉川英治文学賞(第20回)(昭和61年)「白き瓶」、菊池寛賞(第37回)(平成1年)、芸術選奨文部大臣賞(平元年度)(平成2年)「市塵」、朝日賞(平成6年)、東京都文化賞(第10回)(平成6年)、紫綬褒章(平成7年)、山形県民栄誉賞(平成9年)略2年間教職についた後、結核で5年間の闘病生活を経て、昭和32年から業界紙の編集に携わる。38年より小説の投稿を始め、46年「溟い海」でオール読物新人賞を受賞。直木賞の候補作品ともなり、以後本格的作家活動に入る。48年「暗殺の年輪」で直木賞を受賞。市井ものを中心に時代小説、歴史小説の各分野で幅広く活躍し、小説づくりのうまさ、文章の名手として定評があった。主な著書に「又蔵の火」「闇の梯子」「一茶」「用心棒日月抄」「回天の門」「春秋の檻」「孤剣」「夜の橋」「密謀」「愛憎の檻」「海鳴り」「白き瓶 小説・長塚節」「蝉しぐれ」「市塵」「三屋清左衛門残日録」「玄鳥」「漆の実のみのる国」などがある。56年「藤沢周平短篇傑作選」(全4巻, 文芸春秋)、平成4年6月「藤沢周平全集」(全23巻, 文芸春秋)がまとめられた。　所日本文芸家協会、日本文芸著作権保護同盟(理事)

藤沢 清造　ふじさわ・せいぞう

小説家　劇作家　劇評家　⽣明治22年10月28日　没昭和7年1月29日　出石川県七尾市　略小学校尋常科卒　略代書屋などに奉公し、18歳頃文学を志して上京。製綿工場に勤めた後、演芸画報社に入社。大正11年「根津権現裏」を刊行して文壇に登場。寡作と放埒のため、貧困のうちに生涯を終えた。平成13年「藤沢清造全集」(全5巻・別巻2, 朝日書林)が刊行される。

藤沢 桓夫　ふじさわ・たけお

小説家　⽣明治37年7月12日　没平成1年6月12日　出大阪市　略東京帝国大学文学部国文科(昭和5年)卒　受大阪市文化賞(昭和35年)略大阪高校在学中から「猟人」などの同人雑誌を創刊し、大正14年「辻馬車」に参加して「首」などを発表。横光利一、川端康成ら新感覚派の影響をうけたが、後にプロレタリア文学に移り「ローザになれなかった女」「傷だらけの歌」などを発表。その後健康を害し、昭和8年以降大阪に定住し、新聞、雑誌の連載小説を書き、大阪文壇の大御所的存在となる。将棋、麻雀、競馬など趣味が広い。「傷だらけの歌」「辻馬車時代」「新雪」「大阪自叙伝」「回

想の大阪文学」などの著書のほか、「藤沢桓夫長編小説選集」(全20巻，東方社)がある。[団]日本文芸家協会、日本ペンクラブ　[家]祖父=藤沢南岳(漢学者)、父=藤沢黄坂(漢学者)

藤沢 美雄　ふじさわ・よしお

民話作家　[生]大正14年4月1日　[出]岩手県　[賞]川柳人賞、夢助賞　[歴]国鉄盛岡工場に勤務のかたわら川柳を作る。のち民話と小ばなしの採集を始め、著述に専念。岩手の艶笑譚や妖怪話を10年がかりで集めてきた。著書に「岩手艶笑譚」「いわて・こばなし」「いわて妖怪こばなし」など。

藤島 一虎　ふじしま・いっこ

小説家　[生]明治28年9月16日　[没]昭和52年11月8日　[出]熊本県玉名市　本名=伊藤熊男　[学]農業学校卒　[歴]大正3年九州日報大牟田支局に入社。8年五月信子一座に俳優兼文芸部員で入座。10年都新聞の懸賞小説に当選し、以後長谷川伸の知遇を得る。代表作に「幕末剣客物語」などがある。

藤島 泰輔　ふじしま・たいすけ

小説家　[生]昭和8年1月9日　[没]平成9年6月28日　[出]東京都新宿区　筆名=ポール・ボネ　[学]学習院大学政治学科(昭和31年)卒　[歴]昭和31年皇太子(当時)の学友として書いた「孤独の人」でデビュー。以後「日本の上流社会」「上流夫人」などを発表。三島由紀夫自決以後、民族主義的意識を強める。49年韓国の詩人・金芝河氏が無期懲役の判決を受けた際、日本ペンクラブ代表として韓国を訪問し「言論弾圧ではない」と発言して物議を醸した。一方、45年にはエベレスト・スキー隊総本部長としてヒマラヤ遠征。頻繁に海外旅行をし、訪問国は80を越える。また4億円稼いだランニングフリーの馬主でもある。他の著書に「白い日本人」「忠誠登録」「大冒険」「戦後とは何だ」「東京山の手の人々」「馬主の愉しみ」などがある。　[団]日本ペンクラブ、日本文芸家協会、日本文化会議、日本アメリカ学会　[家]妻=メリー喜多川(ジャニーズ事務所副社長)

藤末 千鶴　ふじすえ・ちずる

九州大学附属病院看護部長　[賞]福岡市民芸術祭小説部門市議会議長賞(昭和61年)、九州芸術祭文学賞福岡市優秀賞(第19回)(昭和63年)「配転」　[歴]九州大学附属病院看護部長を務めるかたわら、福岡市在住の作家中村光至のカルチャー講座に通い小説を書く。昭和61年福岡市民芸術祭小説部門市議会議長賞受賞。63年配置転換を命じられた青年公務員の心の悩みを描いた小説「配転」で第19回九州芸術祭文学賞福岡市優秀賞受賞。編書に「術前・術中・術後ケアマニュアル」がある。

藤瀬 凡夫　ふじせ・ぼんぷ

元・高校教師　[生]明治45年　[出]富山市　本名=藤瀬茂美(ふじせ・しげよし)　[学]京都帝国大学英文科(昭和13年)卒　[賞]北日本文学賞(第1回)(昭和42年)「二つの火」　[歴]旧制富山中学を振り出しに、富山県内の高校の英語教諭を歴任。昭和32年「螢雪時代」に「カッパ先生」を連載、これを「カッパ先生行状記」として出版。62年新版「カッパ先生」を出版。

藤田 晃　ふじた・あきら

作家　[国]米国　[生]大正9年　[出]カリフォルニア州　[学]早稲田大学政経学科中退　[歴]日系2世。2歳で静岡県の祖父母の許に。早大中退後、再び米国へ戻った帰米2世。昭和41年日米開戦に伴ない、ボストン収容所に強制収容され、収容所内にて機関誌「怒涛」編集。57年アメリカ市民権回復。ロサンゼルス在住で、同人誌「南加文芸」を中心に文筆活動を続けている。著書に「農地の光景」。

ふじた あさや

劇作家　演出家　[生]昭和9年3月6日　[出]東京　本名=藤田朝也　[学]早稲田大学文学部演劇科中退　[賞]斉田喬戯曲賞(第11回)(昭和50年)「さんしょう太夫」、全国児童演劇賞(昭和56年)、芸術祭賞(平3年度)「ひとり芝居・しのだづま考」　[歴]高校時代から福田善之らと演劇活動を行う。28年「富士山麓」(福田と共作)を上演、注目される。40年劇団三十人会に所属。48年からフリーで、前進座、文化座、青年劇場などに作品を提供。テレビドラマの脚本も手がける。児童演劇、高校生の演劇活動を支援し、その貢献により56年に第4回全国児童演劇賞受賞。また49年から年1回の伝統芸能公演の企画、演出を担当。50年日本演出者協会事務局長、のち副理事長。他に日本劇団協議会常務理事なども務める。主な戯曲に「日本の教育1960」「日本の公害」「臨界幻想」「現代狂言」、テレビ「風雪シリーズ・枯れすすき」(NHK)、著書に「体験的脚本創作法」「太郎冠者物語」など。　[団]日本演劇協会(理事)、日本演出者協会(理事)、芸団協(常任理事)、日本劇団協議会(専務理事)、日本芸能実演団体協議会(常任理事)、日本劇作家協会(理事)、日本演劇教育連盟(顧問)　[家]父=藤田親昌(元中央公論編集長・故人)

藤田 健二　ふじた・けんじ

小説家　ノンフィクション作家　[生]昭和19年6月29日　[出]香川県三豊郡高瀬町　[学]法政大学文学部日本文学科卒　[興]幕末の異色人物発掘　[歴]新聞記者、「経済界」編集長を経て、昭和57年から文筆生活に入り、経済ものから小説までと幅広い執筆活動を行う。主著に「この信念で儲ける」「金もうけの名文句」「商売は足

である」「組織疲労」、ほか詩集「片足のリズム」、小説「ゆさぶり」「欲望の女」など。
[団]日本ペンクラブ

藤田 五郎　ふじた・ごろう

作家　[専]任侠徒・右翼人墓碑調査・発見　[生]昭和6年11月2日　[没]平成5年12月11日　[出]東京都江東区深川　[歴]東京・新宿の暴力団に入り、青年部長などを経験。昭和40年拳銃不法所持で入獄。出所後、昭和42年自伝的小説「無頼」を出版し、文筆家としてデビュー。以後の作品に「関東の仁義」「新宿暴力街」」「仁義の墓場」「仁侠大百科」「関西極道者一実録戦後やくざ史」ほか多数。

藤田 圭雄　ふじた・たまお

童謡詩人・研究家　児童文学作家　作詞家　日本児童文学者協会名誉会長　日本童謡協会名誉会長　[生]明治38年11月11日　[没]平成11年11月7日　[出]東京市牛込区(現・東京都新宿区)　[学]早稲田大学文学部独文科(昭和5年)卒　[賞]日本児童文学者協会賞(第12回)(昭和47年)「日本童謡史」、日本児童文学学会賞(第1回)(昭和52年)「解題戦後日本童謡年表」、日本童謡賞(昭和47年，52年)、巌谷小波文芸賞特別賞(第8回)(昭和60年)「日本童謡史」(増補新版)、勲四等旭日小綬章(昭和63年)、サトウハチロー賞(第2回)(平成2年)　[歴]平凡社大百科事典編集部を経て、昭和8年中央公論社入社。編集者として「綴方読本」などを編み、戦時下の綴方教育に貢献した。21年実業之日本社に移って「赤とんぼ」を創刊、「ビルマの竪琴」を世に出したことでも知られる。23年中央公論社に復帰し「少年少女」「中央公論」「婦人公論」各編集部長、出版部長、取締役を歴任。日本児童文学者協会会長、日本童謡協会会長、川端康成記念館館長、川端康成記念会理事長を歴任。一方、読売新聞社主催の"全国小・中学校作文コンクール"の創設にも携わり、長年審査員を務めた。著書は、ライフワークともいうべき「日本童謡史」のほか、「解題戦後日本童謡年表」、童謡集「地球の病気」「ぼくは海賊」、童話集「けんちゃんあそびましょ」「山が燃える日」、絵本「ふたつのたいよう」「ひとりぼっちのねこ」「チンチン電車の走る街」、随筆集「ハワイの虹」など多数。
[団]日本児童文学者協会(名誉会長)、日本童謡協会(名誉会長)、日本児童文学学会、大阪国際児童文学会、川端康成記念会、日本東京著作権協会、詩と音楽の会、日本文芸家協会

藤田 伝　ふじた・でん

劇作家　演出家　劇団1980主宰　[生]昭和7年9月9日　[出]大分県　本名＝藤田育男　[学]日本大学芸術学部(昭和26年)中退　[賞]紀伊国屋演劇賞(第29回)(平成6年)「行路死亡人考」　[歴]新協劇団などを経て、昭和38年劇団俳優小劇場に入り、「剣ケ崎」「琉球処分」「黒念仏殺人事件」などをつくるが、46年解散。55年日本映画学校の教え子たちと劇団1980結成。62・63年福岡県高校演劇コンクールの審査員をつとめ、平成元年福岡農業高校教諭・石山浩一郎作の反戦喜劇「神露渕村夜叉伝(じろぶちむらやしゃでん)」を上演する。他の作品・著書に「黒念仏殺人事件」「ツイテナイ日本人」「日本土民考1—口寄せ・六ケ所からくり算用」「謎解き河内十人斬り」「行路死亡人考」「男冬村村会議事録」「行路死亡人考」がある。　[団]日本演出者協会

藤田 敏雄　ふじた・としお

劇作家　作詞家　[生]昭和3年　[出]滋賀県　[学]京都府立一中(旧制)卒　[歴]宝塚歌劇団文芸部を振り出しに、放送作家を経て、ミュージカルの脚本、作詞、演出を手がける。代表作に「死神」「洪水の前」「リリー・マルレーン」「歌麿」など。　[団]日本音楽著作権協会

藤田 敏八　ふじた・としや

映画監督　俳優　[生]昭和7年1月16日　[没]平成9年8月29日　[出]三重県四日市市　本名＝藤田繁夫　[学]東京大学文学部仏文科(昭和30年)卒　[賞]日本映画監督協会新人賞(昭和42年)「非行少年・陽の出の叫び」、日本シナリオ作家協会シナリオ賞「愛の渇き」、山路ふみ子賞(第2回)(昭和53年)「帰らざる日々」　[歴]東大仏文科へ進み、演劇活動に熱中。俳優座養成所を経て、昭和30年助監督として日活に入社。42年監督に昇進。第1作「非行少年・陽の出の叫び」などで'70年代硬質の青春を扱う。その後「八月の濡れた砂」「エロスは甘き香り」「赤ちょうちん」「妹」「バージンブルース」「帰らざる日々」など時代を敏感に反映した作品で若者の強い支持を受ける。55年には鈴木清順監督の「ツィゴイネルワイゼン」に"俳優"として出演、日本アカデミー賞の優秀助演男優賞を受賞。監督作品はほかに「スローなブギにしてくれ」「海燕ジョーの奇跡」「ダイヤモンドは傷つかない」「ダブルベッド」など。映画出演に「タンポポ」など。52年女優の赤座美代子と結婚するが、のち離婚。
[団]日本映画監督協会、日本シナリオ作家協会

藤田 のぼる ふじた・のぼる
児童文学評論家 作家 日本児童文学者協会事務局長 [生]昭和25年3月5日 [出]秋田県 本名＝藤田昇 [学]秋田大学教育学部卒 [歴]東京都内の私立小学校教師を経て、日本児童文学者協会に勤務。のち事務局長。淑徳短期大学講師も務める。一方、昭和50年頃から「日本児童文学」「季刊児童文学批評」を中心に評論を行う。61年からは創作も手がけ、作品に「雪咲く村へ」「山本先生ゆうびんです」「麦畑になれなかった屋根たち」など。著書に「児童文学に今を問う」「児童文学への3つの質問」などがある。 [団]日本児童文学者協会、児童文学評論研究会

藤田 博保 ふじた・ひろやす
児童文学作家 [生]大正13年5月21日 [出]青森県北津軽郡鶴田町 [学]仙台高工土木科中退 [賞]地上文学賞(第14回)(昭和41年)「十六歳」、講談社児童文学新人賞(昭和50年)「情っぱりとシャモ」 [歴]教員生活を経て、昭和55年から執筆活動に専念。作品に「十六歳」「情っぱりとシャモ」「ネプタの一番太鼓」「音の旅人」など。 [団]日本児童文芸家協会、日本児童文学者協会

藤田 富美恵 ふじた・ふみえ
児童文学作家 [専]児童文学創作 [生]昭和13年10月31日 [出]大阪府大阪市 旧姓(名)＝林 [学]帝塚山学院短期大学文科文芸科卒 [興]樹医、チンドン屋さん、大阪の路地 [賞]宝塚ファミリーランド・デンマークチボリガーデン賞(第3回)「おばあちゃんのエーデルワイス」、婦人と暮し童話賞(第6回)(昭和62年)「ほおずきにんぎょう」、カネボウ・ミセス童話大賞(第8回)(昭和63年)「うんどう会にはトビックス!」、潮賞(ノンフィクション, 第8回)(平成1年)「父の背中」、上方お笑い大賞(秋田実賞, 第24回)(平成7年) [歴]朝日カルチャーセンターの「童話を書く」講座で、丸川栄子に師事。昭和63年「うんどう会にはトビックス!」がカネボウ・ミセス童話大賞を受賞。ほかに「おばあちゃんのエーデルワイス」「ほおずきにんぎょう」「あの子は気になる転校生」「玉造日の出通三光館」など作品多数。 [団]日本児童文学者協会 [家]父＝秋田実(漫才台本作家・故人)

藤田 雅矢 ふじた・まさや
小説家 [専]作物 [生]昭和36年 [出]京都府京都市 [学]京都大学農学部卒 [興]裸麦の品種改良 [賞]日本ファンタジーノベル大賞(優秀賞, 第7回)(平成7年)「糞袋」 [歴]農林水産省に入省。農蚕園芸局、九州農業試験場を経て、平成7年四国農業試験場に勤務。傍ら、高校生時代からSFに熱中し、以来同人誌「零(ゼロ)」を主宰し、小説を執筆。

藤田 美佐子 ふじた・みさこ
小説家 [生]昭和10年1月25日 [出]愛媛県 筆名＝岡本朝子 [学]早稲田大学教育学部卒 [賞]愛媛文芸誌協会賞(第2回)(平成3年) [歴]大学2年の時、第二回新潮同人雑誌賞候補作「桔梗軒」が「新潮」に掲載され、以後同誌に小説、エッセイを発表。卒業後、「女性自身」記者を経て、昭和40年フリーに。多数の雑誌に中・高生向け小説を執筆。「文脈」同人。著書に「さらば少国民」がある。 [団]日本文芸家協会

藤田 宜永 ふじた・よしなが
小説家 エッセイスト 翻訳家 [生]昭和25年4月12日 [出]福井県福井市 [学]早稲田大学文学部中退 [賞]日本推理作家協会賞(長編部門, 第48回)(平成7年)「鋼鉄の騎士」、直木賞(第125回)(平成13年)「愛の領分」 [歴]昭和48年23歳でパリに渡り、フランス・ミステリーの翻訳を手掛ける。55年までフランスのエールフランスに勤務。同年帰国後、エッセイの執筆を開始し、61年「野望のラビリンス」で小説デビュー。平成13年「愛の領分」で直木賞を受賞。他の著書に「ラブソングの記号学」「標的の向こう側」「眠れ、優しき獣たち」「モダン東京物語」「堕ちたイカロス」「ダブル・スチール」「鋼鉄の騎士」「樹下の想い」「虜」、妻・小池真理子との共著に「夢色ふたり暮し」、訳書にマンシェット「危険なささやき」、マレ「サンジェルマン殺人狂騒曲」「シャンゼリゼは死体がいっぱい」などがある。 [団]日本文芸家協会、冒険作家クラブ、日本推理作家協会 [家]妻＝小池真理子(推理作家)

藤波 祐子 ふじなみ・ゆうこ
児童文学作家 [生]昭和42年 [出]神奈川県藤沢市 [学]青山学院女子短期大学卒 [歴]日本児童文学者協会の創作教室に学ぶ。平成11年「夢みるマリー」で第16回福島正実記念SF童話賞の佳作を受賞。「じゅうしまつ」同人。

藤野 古白 ふじの・こはく
俳人 劇作家 [生]明治4年8月8日 [没]明治28年4月12日 [出]伊予国浮穴郡久万町(愛媛県) 本名＝藤野潔 別号＝湖泊堂、壷伯 [学]東京専門学校 [歴]正岡子規の従弟で早くから句作をし、また劇作家としても東京専門学校在学中「早稲田文学」に戯曲「人柱築島由来」などを発表。ピストル自殺をしたが、没後の明治30年「古白遺稿」(子規編)が刊行された。

ふしの

藤野 千夜 ふじの・ちや
小説家 ⓑ昭和37年2月27日 ⓟ福岡県北九州市 ⓔ千葉大学教育学部卒 ⓟ海燕新人文学賞(第14回)(平成7年)(平成10年)「おしゃべり怪談」、芥川賞(第122回)(平成11年)「夏の約束」 ⓔ子供の頃から生まれつきの女性になじめなかった。出版社に勤務、漫画雑誌の編集に携わった後、執筆活動に入る。平成11年「夏の約束」で第122回芥川賞候補となる、他の著書に「少年とか少女のポルノ」「午後の時間割」など。ⓔ日本文芸家協会

椎野 道流 しいの・みちる
作家 医師 ⓑ法医学 ⓟ兵庫県 ⓔ関西学院大学社会学部卒 本名=池田洋子 ⓟ大賞・レディース・ミステリー特別賞(第1回)(平成元年)「北のお城のお姫様」ⓟFNSレディース・ミステリー特別賞ⓔ生まれ。医科大学法医学教室に入る。非常勤監察医も務める。「人買荷哉」が第3回ワイトハート大賞(エンタティンメント小説部門)に入賞となる。単行本に「人買荷哉」がある。

藤巻 幸作 ふじまき・こうさく
果実園園地業 ⓑ山梨県 ⓟ加納伯高小卒 ⓔ中村星湖文学賞(第3回)(平成11年)「九栗火星の女」ⓟ昭和22年4月25日ⓟ中村星湖顕彰会年10月 ⓔ山梨県の果実園経営者。リアルスコーラル大学ヴィーン校公共管理大学院留学、チェラコンスキ大学社会科学院大学研究所客員研究員、山梨県民文芸誌「中央線」編集人。著書に「武田隠し金山殺人事件」「死の谷のタンプ」「殺世の経済社会学への7つのインフォマティクマーについて」他。

不二 牧 駿 ふじまき・しゅん
作家 「中央線」編集人 ⓑ熊本県・天草三郎 本名=藤巻幹雄 ⓔ東京教育大学現・筑波大学)卒、山梨大学経済研究科修了 ⓟ力

伏見 晃 ふしみ・あきら
シナリオライター ⓑ明治33年6月18日 ⓟ愛知県安城市 本名=野村昭和45年9月27日 ⓔ明治大学商科中退、早くからシナリオ才を見せ、映画撮影所脚本部に入り、尋常、「鉄扇町」「村の花嫁」「務所帰り」「伊豆第一」などして、第1作は「鉄砲町」、以後「生きてはみたが」「花嫁の寝言」「人生の大府新け」「天国に結ぶ恋」「生きとし生けるもの」「伊豆第一の踊子」「抜女は何を忘れたか」「木石」など、五所平之助、小津安二郎、斎藤寅次郎監督らと所のコンビ作品が多い。戦後作品には「音楽五人男」のコンビ作品が多い。戦後作品には「音楽五人男」「悲しきが小鳩」「東山先生風流記」。

伏見 丘太郎 ふしみ・きゅうたろう
小説家 ⓑ大正4年10月25日 ⓟ大阪府 ⓔ武蔵野美術大学造形学部基礎デザイン学科卒 本名=藤田敏男 ⓟ福田大学中退 ⓟ小説現代新人賞(第5回)(昭和40年)「悪い猫」

伏見 健二 ふしみ・けんじ
ゲームデザイナー 小説家 ⓑ昭和43年12月8日 ⓟ東京都 ⓔ武蔵野美術大学造形学部基礎デザイン学科卒 ⓟ大学在学中からゲームデザイナーとして、テーブルトークRPG「ブルーフォレスト物語」「ブルーフォレスト物語」などの作品を発表。ゲームデザイン会社FEARを設立、小説も手がけ、著書に「サイレンの大群航路」「ザ・コズミック・フォードリベインン・オブ・ザ・コズミック・フォージ」「ブルーフォレスト物語」「奇書三国志」などがある。

藤枝 耕造 ふじえだ・こうぞう
弁護士 ⓑ昭和28年 ⓟ横浜国立大学造形学部基礎デザイン学科卒 ⓟ埼玉県 ⓔ福田大学現代新7年)「昭和の砦」 ⓟ法律事務所を共同経営。著書に「昭和の砦」がある。

藤村 正太 ふじむら・しょうた
推理作家 ⓑ大正13年1月9日 ⓟ昭和52年3月15日 ⓟ富山県八尾市 ⓔ東京商大予科卒 別名=川島郁夫しま・いくお) ⓟ小説推理小説(第9回)(昭和24年)「黄色の環」 ⓟ宝石新人賞(昭和24年)(昭和38年)「孤独なアスファルト」 ⓔ昭和24年結核治療期中川島郁夫の名で投稿した「黄色の環」が「宝石」懸賞小説に入選。25年「新潮」に「虚影」を発表。本格派として手がけるが30年代半ばには川島名かけ落ちての仕事が中心となり推理番組当、38年江戸川乱歩賞に応募した「孤独なアスファルト」で江戸川乱歩賞を受賞、以後推理作家として活躍。「体事局第三課」「コンピューター殺人事件」。

件」「脱サラリーマン事件」「特命社員殺人事件」などの作品がある。

藤本 義一　ふじもと・ぎいち
小説家　放送作家　テレビ司会者　のぞみの会代表　浜風の家理事長　㊗昭和8年1月26日　㊊大阪府堺市　本名＝藤本義一（ふじもと・よしかず）　㊗大阪府立大学経済学部（昭和33年）卒　㊗芸術祭文部大臣賞（戯曲部門）（昭和32年）「つばくろの歌」、噂賞（第1回）（昭和47年）、直木賞（第71回）（昭和49年）「鬼の詩」、日本文芸大賞（第7回）（昭和62年）「螢の宿」、関西大賞（第1回）（昭和61年）、大阪芸術賞（平成10年）　㊗大学在学中、ラジオドラマ「つばくろの歌」で昭和32年度芸術祭文部大臣賞を受賞。卒業後、宝塚映画に入社し、「駅前シリーズ」など多くのシナリオを執筆。川島雄三に師事し、37年から放送作家として独立し「法善寺横丁」などを執筆。40年から日本テレビの深夜番組「11PM」の司会者となり、平成2年最終回（2520回）まで出演。44年から大阪弁と上方的発想をいかした軽妙な作風の小説も発表し、昭和49年「鬼の詩」で直木賞を受賞。また、漫才集団"笑の会"を主宰し、上方の若手漫才師や漫才作家の育成にあたるなど幅広く活躍。阪神大震災では両親を亡くした遺児らのために心のケア施設の建設に取り組み、11年浜風の家をオープンした。他の著作に「生きいそぎの記」「元禄流行作家―わが西鶴」「殺られ」「白い血が流れる」「はぐれ刑事」「贋芸人抄」など。　㊗日本ペンクラブ、日本演劇協会、日本文芸家協会、日本放送作家協会（関西支部長）

藤本 恵子　ふじもと・けいこ
小説家　㊗昭和26年3月26日　㊊滋賀県大津市　本名＝山田恵子　㊗大津高卒　㊗作家賞（第13回）（昭和52年）「ウエイトレス」、文学界新人賞（第62回）（昭和61年）「比叡を仰ぐ」、開高健賞（第10回）（平成13年）「築地にひびく銅鑼」　㊗保母をつとめた後、昭和49年上京。会社勤めの傍ら同人誌を経て、「作家」「早稲田文学」などに発表。社会派小説を希求し、作品に「ウエイトレス」や芥川賞候補になった「比叡を仰ぐ」、「はなばん」など、著書に「クレソン」「女三銃士まかり通る」「築地にひびく銅鑼―小説・丸山定夫」がある。

藤本 泉　ふじもと・せん
作家　㊗王朝女流作家について　㊗大正12年2月15日　㊊東京都　本名＝藤本せん子　㊗日本大学国文科（昭和30年）卒　㊗小説現代新人賞（第6回）（昭和41年）「媼繁昌記」、江戸川乱歩賞（第23回）（昭和52年）「時をきざむ潮」　㊗昭和41年「媼繁昌記」により小説現代新人賞、52年「時をきざむ潮」により江戸川乱歩賞

受賞の女流ミステリー作家。また「源氏物語」「枕草子」などの古典文学への造詣も深く、斬新な説を発表する。主な著書に「暗号のレーニン」「ガラスの迷路」「地図にない谷」「源氏物語99の謎」「枕草子の謎」がある。　㊗日本推理作家協会

藤本 たか子　ふじもと・たかこ
児童文学作家　㊗昭和28年　㊊兵庫県神戸市　㊗関西学院大学法学部卒　㊗ほのぼの童話館創作童話募集（第6回・一般）（昭和63年）「サメ太のしんさつ」、日本童話会賞B賞（平成2年）、志木市いろは文学賞大賞（平成2年）、ニッサン童話と絵本のグランプリ童話大賞（第7回）（平成3年）　㊗自然破壊への怒りがきっかけとなって、独学で童話を書き始める。著書に「ワニとごうとう」がある。

藤本 藤陰　ふじもと・とういん
小説家　㊗（生没年不詳）　㊊千葉県佐倉　本名＝藤本真　㊗明治21～36年にかけ雑誌「都の花」「文芸倶楽部」「太陽」などに小説や脚本を書いた。作品に「藤の一本」「むしづ」「絞々」「鋸びき」「少女椿」「雪霽」などがある。24年5月「都の花」に発表の「淫婆」は風俗紊乱のかどで発禁となった。

藤本 信行　ふじもと・のぶゆき
シナリオライター　㊗昭和32年3月　㊊宮城県塩釜市　㊗日本工学院専門学校卒　㊗学校卒業後、フリーのアシスタント・ディレクターをしながら、初めてのシナリオ作品「意地悪ばあさん」を演出家と共同執筆。その後、「月曜ドラマランド」の常連作家に。A・Dと脚本家の兼業をつづけた後、昭和60年よりシナリオライターとして独立。主な作品に「月曜ドラマランド・転校生」「同・サザエさん」「同・ボスコアドベンチャ」「一休さん・喝」他。　㊗日本シナリオ作家協会

藤本 ひとみ　ふじもと・ひとみ
小説家　㊗歴史小説　㊗昭和26年11月2日　㊊長野県飯田市　筆名＝王領寺静（おうりょうじ・しずか）、藤本瞳　㊗飯田風越高（昭和45年）卒　㊗コバルト・ノベル大賞（第4回）（昭和60年）「眼差」　㊗昭和45年立川社会保険事務所、46年杉並区役所に勤務。在職中、第2回少年マガジン漫画原作賞を受賞し、初め少女漫画の原作を書く。のち少女小説に転向、57年退職する。60年集英社の第4回コバルト・ノベル大賞を受賞後、売れっ子になる。少女漫画作品に「あこがれコレクション」「階段は知っている」、著書に「まんが家マリナ」シリーズや「ロマンスパン伝説」「あっぷる神話」、歴史ロマネスク、犯罪心理小説に「ブルボンの封印」「見知らぬ遊戯

643

—鑑定医シャルル」「ハプスブルクの宝剣」「侯爵サド」「マリー・アントワネットの生涯」「予言者ノストラダムス」などがある。また、王領寺静の筆名で「黄金拍車」「骸骨族(ジョリー・ロジャー)トラベル」などの「異次元騎士カズマ」シリーズがある。累計2000万部の超ベストセラー作家。　[団]日本文芸家協会

冨士本 由紀　ふじもと・ゆき

作家　コピーライター　[生]昭和30年5月15日　[出]島根県松江市　[学]関西女子美術短期大学(現・関西芸術短期大学)商業デザイン学科卒　[賞]小説すばる新人賞(第7回)(平成6年)「アルテミスたちの情事」　[歴]広告デザイナーからコピーライターに転じる。傍ら、小説を執筆、平成6年「アルテミスたちの情事」で第7回小説すばる新人賞を受賞。著書に「包帯をまいたイブ」「けだるい無性」など。　[団]日本文芸家協会

藤森 慨　ふじもり・がい

小説家　[出]愛知県名古屋市　本名＝渡辺佳八　[学]南山大学文学部卒　[賞]エンタテイメント小説大賞(第3回)(昭和55年)「団地夢想譚」　[歴]デパート勤務、塾講師を経て昭和51年から小学校教員となる。大学時代から小説を書き始め、文芸誌などに投稿を続け、夫人の話す団地のできごとを素材にした7作目、「団地夢想譚」で雑誌「小説宝石」主催の第3回エンタテイメント小説大賞を受賞。

藤森 淳三　ふじもり・じゅんぞう

小説家　評論家　[生]明治30年1月3日　[出]三重県上野町　別名＝藤森順三　[学]早稲田大学英文科中退　[歴]横光利一と上野中学同窓。大正10年横光、富ノ沢麟太郎らと同人誌「街」を刊行。その後「サンエス」「不同調」などの編集に携わり、作品を発表。小説集「秘密の花園」、童話集「小人国の話」のほか評論集「文壇は動く」、美術評論「小林古径」などがある。

藤森 司郎　ふじもり・しろう

作家　労働者文学会議議長　[生]大正14年11月25日　[出]長野県諏訪市　[学]国鉄教習所卒　[興]労働者文学の新展開　[賞]総評文学賞(昭和40年)　[歴]著書に小説集「鉄道員」がある。　[団]新日本文学会

藤森 成吉　ふじもり・せいきち

小説家　劇作家　俳人　[生]明治25年8月28日　[没]昭和52年5月26日　[出]長野県諏訪郡上諏訪町角間　俳号＝山心子　[学]東京帝大独文科(大正5年)卒　[歴]大正3年処女長編小説「波」(後「若き日の悩み」)で鈴木三重吉に認められ、4年「新潮」に「雲雀」を発表。5年岡倉由三郎の長女のぶ子と結婚、六高講師となるが半年で辞任。7年「山」で文壇に復帰。その間、大杉栄の影響で日本社会主義同盟に関係、自ら労働生活を体験、その記録「狼へ」を「改造」に、また15年「新潮」に戯曲「磔茂左衛門」を発表。昭和2年「何が彼女をさうさせたか」が好評で、時の流行語となった。3年全日本無産者芸術連盟(ナップ)に参加、日本プロレタリア作家同盟の初代委員長となり、プロレタリア文学運動との関わりを深める。ソビエトに潜行し世界文学者会議に出席、帰国後検挙され転向。10年代は歴史小説「渡辺崋山」や戯曲「江戸城明渡し」「北斉」などを執筆。戦後、新日本文学会の結成に参加、24年共産党入党。長編「悲しき愛」「独白の女」などを発表した。一方、大正7年頃から句作を始め、句集「蝉しぐれ」「天翔ける」、句文集「山心」、俳句・短歌・詩を収めた「詩曼陀羅」がある。ほかに童話集「ピオの話」など。

藤原 伊織　ふじわら・いおり

小説家　[生]昭和23年2月17日　[出]大阪府　本名＝藤原利一(ふじわら・としかず)　[学]東京大学文学部仏文科(昭和48年)卒　[賞]すばる文学賞(第9回)(昭和60年)「ダックスフントのワープ」、江戸川乱歩賞(第41回)(平成7年)「テロリストのパラソル」、直木賞(第114回)(平成8年)「テロリストのパラソル」　[歴]昭和48年電通に入社。大阪支社ラジオテレビ局、東京本社第10営業局、第4クリエーティブ局などを経て、平成4年営業局広報室電通報編集部副理事。8年10月ソフト開発事業センター文化事業部長。そのかたわら、作家として活躍。著書に「ダックスフントのワープ」「テロリストのパラソル」「ひまわりの祝祭」「雪が降る」「てのひらの闇」など。　[団]日本推理作家協会、日本文芸家協会

藤原 一生　ふじわら・いっせい

児童文学作家　日本けん玉協会会長　[生]大正13年5月1日　[没]平成6年2月27日　[出]東京・深川　本名＝藤原一生(ふじわら・かずお)　[学]小卒　[歴]小学校を卒業し、印刷所に就職。昭和19年陸軍に入隊、中国大陸へ。20年復員。書店勤務などを経て、児童文学作家に。一方、昭和50年日本けん玉協会を設立。会長を務め、統一ルールの制定や段級制度の導入など、けん玉の普及に力を尽し、平成2年少年少女全日本けん玉道選手権大会を開催。著書にスラム街で育ち、教会に預けられた少年の頃の体験をもとに書きロングセラーとなった「あかい目—ぼくのイエスさま」や「イエスの目」「タロ・ジロは生きていた」など。　[団]日本児童文学者協会

藤原 宰太郎　ふじわら・さいたろう
推理作家　推理トリック研究家　[生]昭和7年　[出]広島県　[学]早稲田大学文学部露文科卒　[歴]執筆のかたわら、世界の推理小説数千冊を読破。推理トリック研究の第一人者。著書に「探偵ゲーム」「世界の名探偵50人」「名探偵に挑戦」、推理小説「密室の死重奏」「無人島の首なし死体」などがある。

藤原 審爾　ふじわら・しんじ
小説家　[生]大正10年3月31日　[没]昭和59年12月20日　[出]岡山県片上町　[学]青山学院高商部(昭和15年)中退　[賞]直木賞(第27回)(昭和27年)「罪な女」、小説新潮賞(第9回)(昭和38年)「殿様と口紅」　[歴]幼少時に両親を失くし、岡山県の祖父に育てられる。肺結核のため療養生活などをしながら、戦後間もなく奥津温泉を舞台にしたらしい「秋津温泉」などの恋愛小説を発表して文壇に登場し、昭和3年上京、27年「罪の女」他で直木賞を受賞。その後は風俗小説や推理小説へと執筆領域を広げ、「秋津温泉」「泥だらけの純情」「赤い殺意」など映画化された作品も多い。多彩な趣味人としても知られ、国体の東京代表にもなった野球チーム「藤原組」のオーナーでもあった。「藤原審爾作品集」(全7巻，森脇文庫)がある。　[団]日本文芸家協会　[家]二女=藤真利子(女優)

藤原 新也　ふじわら・しんや
写真家　作家　画家　[生]昭和19年3月4日　[出]福岡県北九州市門司　[学]東京芸術大学油絵科中退　[賞]日本写真協会賞新人賞(第26回)(昭和51年)、木村伊兵衛写真賞(第3回，昭52年度)(昭和53年)「逍遙游記」ほか、毎日芸術賞(第23回，昭56年度)(昭和57年)「全東洋街道」、日本文化デザイン賞(昭和59年)　[歴]昭和44年東京芸大油絵科在学中に、写真機を片手にアジア諸国を旅し、大学は自然中退。その総決算として発表した「全東洋街道」で、57年第23回毎日芸術賞受賞。この間、特異な仕事ぶりで知られ、写真集「肖遙游記」(53年)「夢つづれ」(54年)「藤原新也印度拾年」(54年)など刊行。写真週刊誌「フォーカス」に1年間の予定で連載の「東京漂流」が6回でストップ。この間の事情は著書「東京漂流」(58年)に詳しい。文・絵・写・音など芸術のジャンルを自在に駆使する新しい時代風景の表現者といわれている。平成10年初の小説「ディングルの入江」を刊行。他の著書に「チベット放浪」「インド放浪」「インド行脚」「メメント・モリ」「アメリカ」「アメリカ日記」「平成幸福音頭」「藤原新也の現在」シリーズ(全6巻，新潮社)など。　[団]日本文芸家協会
http://www.fujiwarashinya.com/

藤原 征矢　ふじわら・せいや
小説家　ジャーナリスト　[生]昭和35年7月5日　[出]東京都大田区　別筆名=久保田正志(くぼた・まさし)　[学]東京大学法学部卒　[歴]大手繊維メーカーに3年間勤務のち、退社、執筆活動に入る。「ときめきアフタースクール」で作家としてデビュー。ジュヴナイル小説を発表する一方、久保田正志の名で「プレジデント」誌などで経済ライターとしても活躍。著書に「魔法使いのくれた夢」「恋のトップスピン」「新選組風雲録」、経済サスペンス「ドル・ハンターズ」など。

藤原 京　ふじわら・たかし
小説家　[生]昭和42年3月11日　[学]専修大学文学部国文学科卒　[賞]小説現代新人賞、群像新人賞、小説新潮新人賞、オール讀物新人賞、ファンタジーロマン大賞(第2回)(平成5年)「龍王の淡海」　[歴]昭和58年に作家を志し、平成5年デビュー。著書に「龍王の淡海(うみ)」がある。

藤原 てい　ふじわら・てい
小説家　随筆家　[生]大正7年11月6日　[出]長野県茅野市　[学]諏訪高女専攻科(昭和11年)卒　[歴]昭和14年藤原寛人(作家・新田次郎)と結婚し、夫の転勤で18年満州に渡る。終戦後、夫を残して3児と共に北朝鮮から引揚げ、その時の体験記「流れる星は生きている」を24年に刊行し、当時のベストセラーとなる。他の著書に「灰色の丘」「赤い丘赤い河」「いのち流れるとき」「旅路」「生きる」「三つの国境線」などがある。夫の死後一周忌の56年新田次郎記念会を発足させ、新田次郎文学賞を設けた。平成元年夫の蔵書、生原稿、取材ノートなどを長野県諏訪市の新田次郎記念室へ送り出す。
[団]日本文芸家協会　[家]夫=新田次郎(小説家・故人)、息子=藤原正彦(数学者)

藤原 智美　ふじわら・ともみ
小説家　[生]昭和30年7月20日　[出]福岡県福岡市　[学]明治大学政治経済学部政治学科卒　[賞]芥川賞(第107回)(平成4年)「運転士」　[歴]学生劇団で脚本、演出を担当。フリーライター、およびコピーライターを経て、30歳すぎから小説を書き始め、「王を撃て」で小説家デビュー。平成4年「運転士」で芥川賞を受賞。他の作品に「リアリティ」「家をつくるということ」「家族を『する』家」などがある。　[団]日本文芸家協会

藤原 真莉　ふじわら・まり
小説家　[生]昭和53年1月8日　[学]福岡商情報処理科卒　[賞]'95年上期コバルト読者大賞(平成7年)「帰る日まで」　[歴]著書に「帰る日まで」「天の星地の獣」「風のめぐる時を」「星の眠る檻—天帝譚」などがある。

布勢 博一　ふせ・ひろいち
放送作家　日本放送作家組合常務理事　[生]昭和6年10月18日　[出]福岡県浮羽郡田主丸町　[学]明治大学文学部演劇科中退　[賞]ATP賞個人賞(昭和62年)　[歴]昭和33年からテレビのシナリオを手がける。デビュー作は「ダイヤル110番・家族は五人いた」。他に「オレの愛妻物語」「熱中時代」(日テレ)「ご近所の星」「たけしくん、ハイ!」「純ちゃんの応援歌」「近松青春日記」(NHK)「女は男をどう変える」(フジ)などの作品がある。　[団]日本放送作家協会　[家]娘=布勢真穂(女優)

布施 雅男　ふせ・まさお
作家　[生]昭和2年12月17日　[出]東京・滝野川　[学]大阪大学国文卒　[歴]戦後、新興芸術文学会委員、「群星」「彩光」「中央文学」同人。現在、「骨壺」「滋賀作家」同人。著書に「花骨壺・落城霊秘」「歴史小説への招待七話」「蘭花物語 頼山陽と妻梨影」。

総生 寛　ふそう・かん
戯作者　[生]天保12年(1841年)　[没]明治27年10月9日　[出]上総国(千葉県)　本名=岩橋寛　号=七杉子、鉄径道人、天保銭人　[歴]仮名垣魯文の友人で魯文の「西洋道中膝栗毛」第12〜15編までを引き継いで執筆した。また「滑稽演説会」を刊行し漢学に造詣深く、狂詩もよくした。主な作品に「千変万化世界大演劇一幕噺」「文明膝栗毛」など。

二葉亭 四迷　ふたばてい・しめい
小説家　翻訳家　[専]ロシア文学　[生]元治1年2月28日(1864年)　[没]明治42年5月10日　[出]江戸・市ケ谷(合羽坂尾州藩邸)　本名=長谷川辰之助(はせがわ・たつのすけ)　別号=冷々亭杏雨　[学]東京外語露語部(明治18年)中退　[歴]明治19年坪内逍遙の勧めで「小説総論」を発表し、20年「浮雲」第一編を発表。"言文一致"による文体で日本近代小説の先駆となった。22年内閣官報局雇員となって文壇を去るが、30年に退官するまで様々な形で勉強する。30年ゴーゴリ「肖像画」やツルゲーネフ「うき草」を翻訳。32年東京外語教授に就任し、35年北京を訪ねる。37年大阪朝日新聞東京出張員となるが、間もなく退職し、39年「其面影」を発表して文壇に復帰する。以後「あひびき」「平凡」などを発表。一方、25年頃から俳句に親しみ、盛んに句作する。句集はないが、俳句愛好の文人の一人でもあった。41年宿願のロシア行を朝日新聞特派員として実現することになり、日露戦争防止のための両国民の相互理解などにつとめたが、航路帰国の途中死去した。「二葉亭四迷全集」(全9巻，岩波書店)がある。

筆内 幸子　ふでうち・ゆきこ
作家　[生]大正5年3月16日　[没]平成9年5月30日　[出]千葉県　[学]東京女子師範卒　[賞]日本文芸大賞(女流文学賞，第1回)(昭和56年)　[歴]著書に「悲恋の五箇山流刑」「百万石を支えた女人たち」「銭屋五兵衛と、千賀」「いのち限りあれば」「丹那婆」「頼朝をめぐる女人たち」「相場の偉人・山崎種二伝」「訓育一道の人」「葉姫流転」「川島甚兵衛覚書」他多数。　[団]日本ペンクラブ、日本文芸家協会

舟木 重雄　ふなき・しげお
小説家　[生]明治17年12月25日　[没]昭和26年6月28日　[出]東京・芝　[学]早稲田大学哲学科(大正2年)卒　[歴]大正2年「奇蹟」の創刊に参加し、そのまとめ役となり、また短編「馬車」などを発表。のち奈良に住み、生涯を志賀直哉と交わった。　[家]弟=舟木重信(小説家・ドイツ文学者)

舟木 重信　ふなき・しげのぶ
ドイツ文学者　小説家　[生]明治26年7月27日　[没]昭和50年4月29日　[出]広島県江田島　[学]東京帝国大学独文科(大正7年)卒　[賞]日本芸術院賞(昭和40年)「詩人ハイネ 生活と作品」、ドイツ民主共和国友好名誉賞(昭和49年)　[歴]昭和9年早大独文科創設以来早大にあり、のち名誉教授に。小説家としては8年短篇集「楽園の外」を刊行し、同年ファシズムに抗して学芸自由同盟を結成、書記長となる。独文学者としては、日本におけるハイネの科学的研究の基礎をすえ、40年大著「詩人ハイネ 生活と作品」を刊行したほか「ゲーテ・生活と作品」などの著書がある。　[家]兄=舟木重雄(小説家)

船木 繁　ふなき・しげる
作家　元・山一証券取締役西部地区長　[専]軍事史　[生]大正4年3月　[出]東京　[学]陸士(第47期)卒、陸大(第59期)卒　[歴]終戦時、陸軍少佐、支那派遣軍参謀。昭和24年山一証券に入社、42年同社取締役西部地区長。関連会社役員等を歴任。その後、軍事史の研究に専念。著書に「蒙塵 小浜氏善大佐伝」「支那派遣総司令官 岡村寧次」「陸軍大臣の昭和史」「皇弟溥傑の昭和史」「陸軍大臣 木越安綱」他。

船越 義彰　ふなこし・ぎしょう
作家　詩人　那覇市文化協会顧問　[生]大正14年12月27日　[出]沖縄県那覇市　[学]中野高等無線学校卒　[賞]山之口貘賞(第5回)、沖縄タイムス芸術選賞文学大賞(第16回)　[歴]琉球政府広報課長、琉球電電公社秘書課長、KDD沖縄国際通信事務所副参事を歴任。那覇市大綱曳保存会相談役。郷土史に取材した小説を発表。著書に「船越義彰詩集」「きじむなあ物語」「なはわらべ行状記」など。

舟越 健之輔　ふなこし・けんのすけ

ノンフィクション作家　詩人　小説家　[専]一般社会の人物・事件の発掘　[生]昭和17年4月24日　[出]福岡県直方市　本名＝舟越健之亮　[学]国学院大学文学部(昭和40年)卒　[興]国際養子(海を渡った赤ちゃんたちを追跡)、日本各地で人々のために社会の流れに抗した人物や小集団を追う　[賞]埼玉文芸賞奨励賞(第4回・詩)(昭和48年)「おまえはどこにいるか」、日本ノンフィクション賞新人賞(第10回)(昭和58年)「箱族の街」　[歴]昭和56年まで毎日広告社勤務。かたわら詩を書く。"四角い箱の家に住み、箱の列車にのり、箱のオフィスに"と四六時箱から箱へとしばられているサラリーマンの嘆きを「箱族の街」にまとめて出版。ほかに「『大列車衝突』の夏」「赤ちゃん漂流」「世紀末漂流」「世紀末ラブソング」など。詩集に「おまえはどこにいるか」「待ち場所」がある。　[団]日本詩人クラブ、日本ペンクラブ、日本文芸家協会

船坂 弘　ふなさか・ひろし

小説家　大盛堂書店会長　大盛堂商事社長　[生]大正9年10月30日　[出]栃木県　[学]東京神田満蒙学校専門部(昭和15年)卒　[歴]大盛堂書店社長を経て、会長。第2次世界大戦に従軍し、南方戦線で負傷。戦後、「サクラサクラ」「玉砕」「硫黄島 ああ！栗林兵団」などを執筆。これらの著書の印税をもとにパラオ諸島慰霊団を組織し、慰霊碑を建立した。ほかに「英霊の絶叫」「聖書と刀」など。　[団]日本文芸家協会

舟崎 靖子　ふなざき・やすこ

児童文学作家　小説家　[生]昭和19年5月17日　[出]神奈川県小田原市　本名＝近江靖子　別筆名＝村上靖子(むらかみ・やすこ)　[学]川村学園女子短期大学英文科卒　[賞]日本レコード大賞(童謡賞)(昭和39年)「うたう足の歌」、サンケイ児童出版文化賞(第25回)(昭和53年)「ひろしのしょうばい」、赤い鳥文学賞(第14回)(昭和59年)「とべないカラスととばないカラス」、絵本にっぽん賞(第7回)(昭和59年)「やいトカゲ」、日本児童文学者協会賞(第33回)(平成5年)「亀八」、産経児童出版文化賞(第40回)(平成5年)「亀八」　[歴]昭和39年「うたう足の歌」の作詞でレコード大賞童謡賞を受賞。46年、夫の舟崎克彦(のち離婚)との共著「トンカチと花将軍」によって児童文学作家としてデビューする。53年には「ひろしのしょうばい」によりサンケイ児童出版文化賞受賞。ほかの主な作品に、絵本「やいトカゲ」、童話「ジロリのはさみ」「とべないカラスととばないカラス」「あんちゃん」「亀八」などがある。62年はじめての小説「わが命の輝ける時」を出版。　[団]国際児童図書評議会日本支部

舟崎 克彦　ふなざき・よしひこ

童話作家　絵本作家　挿絵画家　[生]昭和20年2月2日　[出]東京都豊島区池袋　[学]学習院大学経済学部(昭和34年)卒　[賞]赤い鳥文学賞(第4回)(昭和49年)「トンカチと花将軍」「ぽっぺん先生と帰らずの沼」、国際アンデルセン賞優良作品賞(昭和50年)「雨の動物園」、サンケイ児童出版文化賞(第22回)(昭和50年)「雨の動物園」、ボローニャ国際児童図書展グラフィック賞(昭和50年)「あのこがみえる」、サンケイ児童出版文化賞(昭和57年)「Qはせかいいち」、絵本にっぽん賞(第7回)(昭和59年)「はかまだれ」、路傍の石文学賞(第11回)(平成1年)「ぽっぺん先生」　[歴]高校時代から詩作を始め、大学時代は柔道部主将を務める。大学卒後東京建物に勤務するが病気で退社。療養中の昭和46年、妻の舟崎靖子(のち離婚)との共著で「トンカチと花将軍」を発表して注目され、以後著述に専念。挿画、絵本も描き、翻訳、作詞、テレビの脚本と活躍の場は多岐にわたる。ほかの代表作品に「ぽっぺん先生の日曜日」「ぽっぺん先生と帰らずの沼」などの「ぽっぺん先生」シリーズ、「雨の動物園」、「黒猫ジルバ」シリーズ、「きょうりゅうがやってきた」シリーズ、「ポッケはぺんりやさん」シリーズなどの他、エッセイ集「ファンタジーの祝祭」、小説集「貘のいる風景」「鐘はなり私はのこる」、詩集「いもむしの詩」「塔は影をかばい乍ら」などもある。　[団]日本国際児童図書評議会、世界野生生物保護基金日本委員会、日本文芸家協会　[家]父＝舟崎悌次郎(建築設計家)

船地 慧　ふなち・さとし

作家　[生]昭和7年5月30日　[没]平成13年12月5日　[出]兵庫県姫路市白浜町　本名＝淵先毅　[学]飾磨工(昭和26年)卒、日本エディタースクール2年コース修了　[賞]姫路文化賞(昭和50年)　[歴]上京して江戸川乱歩の門をたたき、探偵クラブ社に勤務。その後、郷里で教職に就くかたわら、ミステリーの分野で小説、評論、翻訳など幅広く手がけ、「姫路文学」同人として活躍。昭和47年に教師を辞職し、スペイン滞在を経て、フリーライターとなる。作品は悪漢小説、郷土史、ルポルタージュ、ポルノと多岐にわたり、著作に「堕落論」「朝食には女陰も死もない」「播磨の史実と幻想」「スペインわが愛」「たくあん」「暗黒の海」「大暴走」「鳥羽僧正私記」など。　[団]日本推理作家協会、日本児童文芸家協会、日本文芸家協会

船戸 安之　ふなど・やすゆき
小説家　[生]昭和10年10月20日　[没]平成2年5月7日　[出]埼玉県本庄市宮本町　筆名＝船戸鑑聖(ふなど・あきまさ)　[学]早稲田大学大学院修了　[賞]埼玉文学賞(昭和47年，63年)　[歴]本庄高校教諭をつとめた。著書に「勝海舟―物語と史蹟をたずねて」「平賀源内―物語と史蹟をたずねて」「赤穂浪士―物語と史蹟をたずねて」など。

船戸 与一　ふなど・よいち
小説家　[生]昭和19年2月8日　[出]山口県下関市　本名＝原田建司　筆名＝豊浦志朗(とようら・しろう)　[学]早稲田大学法学部(昭和44年)卒　[賞]日本冒険小説協会大賞(昭和60年)「山猫の夏」、吉川英治文学新人賞(第6回)(昭和60年)「山猫の夏」、日本推理作家協会賞(第42回)(平成1年)「伝説なき地」、山本周五郎賞(第5回)(平成4年)「砂のクロニクル」、日本冒険小説協会大賞(平成4年)「砂のクロニクル」、直木賞(第123回)(平成12年)「虹の谷の五月」　[歴]学生時代は探検部に所属、アラスカのエスキモー村で生活するなどの冒険行を重ねる。昭和43年早稲田在籍のまま小学館に入社、翌44年退社。のち、マダガスカル旅行、祥伝社勤務を経て、フリーのルポ・ライターに。豊浦志郎の名で「硬派と宿命」「叛アメリカ史」など海外の民族解放戦線を題材にしたルポルタージュを発表する。54年から小説を手がけ、持ち前の海外取材力を生かした冒険ものを執筆。同年船戸与一で発表した長編「非合法員」で注目され、60年に長編小説「山猫の夏」で日本冒険小説協会大賞、吉川英治文学新人賞を受賞。平成12年「虹の谷の五月」で直木賞を受賞。他の代表作に「夜のオデッセイア」「蛮賊ども」「猛き箱舟」「神話の果て」「かくも短き眠り」「午後の行商人」「流沙の塔〈上・下〉」、初の時代小説「蝦夷地別件」など。　[団]日本推理作家協会、日本文芸家協会

舟橋 和郎　ふなはし・かずお
シナリオライター　[生]大正8年7月2日　[出]東京　[学]明治大学文学部文芸科(昭和18年)卒　[賞]シナリオ賞(シナリオ作家協会)(第2回)(昭和25年)「きけわだつみの声」、シナリオ功労賞(平成3年)　[歴]昭和18年菊池寛秘書となり、19年大映企画部入社。19年応召し20年復員。21年シナリオ第1作「彼と彼女は行く」を発表してシナリオライターに転じ、のちフリーとなる。代表作に「きけわだつみの声」「雪夫人絵図」「二等兵物語」「くちづけ」「雁の寺」「剣」「与太郎戦記」など。著書に「兄・舟橋聖一の素顔」「シナリオ作法四十八章」がある。　[団]日本シナリオ作家協会　[家]兄＝舟橋聖一(小説家)

舩橋 幸恵　ふなばし・さちえ
童話作家　東京都豊島区教育委員会生涯学習推進事業プログラムコーディネーター　[出]東京都豊島区　[賞]毎日児童小説(中学生向き優秀賞，第42回)「光の踊り子」　[歴]教職を経て、豊島区教育委員会生涯学習推進事業プログラム・コーディネーター。「あっぷ」「じゅうしまつ」同人。著書に「光の踊り子」がある。　[団]児童読み物研究会、全国児童文学同人誌連絡会

舟橋 聖一　ふなはし・せいいち
小説家　劇作家　[生]明治37年12月25日　[没]昭和51年1月13日　[出]東京市本所区横網町(現・東京都墨田区)　[学]東京帝国大学文学部国文科(昭和3年)卒　[資]日本芸術院会員(昭和42年)　[賞]毎日芸術賞(昭和39年)「ある女の遠景」、彦根市名誉市民(昭和39年)、野間文芸賞(第20回)(昭和42年)「好きな女の胸飾り」、文化功労者(昭和50年)　[歴]東大国文科時代「朱門」同人となり、大正14年村山知義、河原崎長十郎らと劇団心座を結成、戯曲集「愛欲の一匙」を発表する。15年戯曲「白い腕」を「新潮」に掲載して文壇にデビュー。その後明大教授をつとめながら小説を書き始め、昭和8年阿部知二らと雑誌「行動」を創刊、行動主義を唱えて「ダイヴイング」を発表、注目を集める。13年「木石」で認められ、以後「悉皆屋康吉」「雪夫人絵図」「芸者小夏」「花の生涯」「絵島生島」「ある女の遠景」などの代表作を書いた。「新・忠臣蔵」は平成11年NHK大河ドラマ「元禄繚乱」の原作。他に伝記「岩野泡鳴伝」、自伝小説「真贋の記」、「舟橋聖一選集」(全13巻，新潮社)がある。昭和42年日本芸術院会員。相撲愛好家で長く横綱審議委員会委員長をつとめた。　[家]弟＝舟橋和郎(シナリオライター)

船山 馨　ふなやま・かおる
小説家　[生]大正3年3月31日　[没]昭和56年8月5日　[出]北海道札幌市　[学]明治大学商学部中退　[賞]野間文芸賞奨励賞(第5回)(昭和20年)「笛」「塔」、小説新潮賞(第14回)(昭和43年)「石狩平野」、吉川英治文学賞(第15回)(昭和56年)「茜いろの坂」　[歴]大学中退後、北海タイムスに入社。昭和14年上京し、四社連合に勤務する傍ら「創作」同人となり、16年「衣裳」「北国物語」を刊行し、作家生活に入る。20年「笛」「塔」で野間文芸奨励賞を受賞。24年頃から覚醒剤中毒になったが、40年「石狩平野」を連載して復活、42年刊行の同書はベストセラーとなり、43年小説新潮賞を受賞。以後「お登勢」「放浪家族」など多くの作品を発表し、56年「茜いろの坂」で吉川英治文学賞を受賞した。　[家]長男＝船山真之(講談社社長室局長)、二男＝船山滋生(彫刻家)

武馬 美恵子　ぶま・みえこ

児童文学作家　㊞群馬県安中市　㊫福島正実記念SF童話賞佳作(第6回)(平成1年)「さよならはショパンで」、福島正実記念SF童話賞大賞(第9回)(平成4年)「めいたんていワープくん」　㊧平成3年には地人会の木村光一が広島・長崎で被爆した母子らの手記を基に構成した朗読劇「この子たちの夏」を可児市で上演、舞台監督をつとめる。著書に「めいたんていワープくん」、共著に「絵本の指導」「よんであげたい絵本」がある。

夫馬 基彦　ふま・もとひこ

小説家　日本大学芸術学部文芸科助教授　㊤昭和18年12月2日　㊞愛知県一宮市　㊫早稲田大学文学部仏文科中退　㊫中央公論新人賞(昭和52年)「宝塔湧出」　㊧フリーライターで生計をたてながら、パリやインド等を10年間放浪。帰国後、29歳の年末から半年間伊豆の山村に暮らす。この村は昭和61年に発表された「緑の谷、地の星」の舞台となった。52年「宝塔湧出」で中央公論新人賞受賞。62年「緑色の渚」「金色の海」などが芥川賞候補になる。「楽平(らっぺ)・シンジ、そして二つの短篇」「夢現」「紅葉の秋の」「六月の家」「風の塔」や、"子離れ中年シングル"を扱った「ステップ・ファミリー」、紀行「美術館のある町へ」などの著書がある。平成9年4月日本大学芸術学部助教授に就任。　㊕日本文芸家協会、日本ペンクラブ

麓 昌平　ふもと・しょうへい

推理作家　㊫推理界新人賞(第1回)(昭和44年)「歪んだ直線」　㊧国立大学医学部文部教官、私立大学講師の経歴を持つ開業医。昭和37年「濁ったいずみ」を発表。著書に「血の埋葬」「影の白衣」「鴉の骸」他。

冬 敏之　ふゆ・としゆき

小説家　㊤昭和10年　㊦平成14年2月26日　㊞愛知県　本名＝深津俊博　㊧7歳の時ハンセン病を発症し、父、兄とともに東京の多磨全生園に強制入所させられる。昭和43年26年間の療養所生活に終止符を打ち、療養所時代から書いていた小説が縁で知り合った仲間の仲介で埼玉県内の市役所に就職して社会復帰を果たす。のちC型肝炎ウイルスに感染し、平成12年肝臓がんの告知を受ける。以後も、東京地裁のハンセン病国家賠償訴訟の原告として活動、国のハンセン病隔離政策の不当性を訴えた。13年ハンセン病療養所の生活や社会復帰の体験をつづった短編小説集「ハンセン病療養所」を出版。他の著書に「埋もれる日々」「風花」。　㊕日本民主主義文学同盟

冬木 薫　ふゆき・かおる

作家　㊞北海道士別市　本名＝佐藤充孝(さとう・みつたか)　筆名＝雪原昴、佐冬充孝　㊫北海道学芸大学(現・北海道教育大学)旭川分校(昭和37年)卒　㊫すばる文学賞佳作(第8回)(昭和59年)「天北の詩人たち」　㊧大学卒業後、上川管内東神楽村(現・東神楽町)立忠栄中を振り出しに宗谷管内の道立中頓別高を経て昭和50年から道立琴似工業高定時制へ。高校生の時から詩、俳句に興味を持ち、休む事なく創作活動を続けている。佐冬充孝、雪原昴などのペンネームで短歌、児童文学にも造詣が深い。55年から1年かけて脱稿した「天北の詩人たち」が、59年第8回すばる文学賞で佳作に選ばれた。

ふゆき たかし

作家　㊤昭和5年　㊞宮崎市　㊫津田スクールオブビジネス卒　㊫サントリーミステリー大賞佳作賞(第8回)(平成2年)「暗示の壁」　㊧貿易会社を興すが20年を経て倒産。以後執筆に専念。早くから文学を志すが、文学修行だけでは駄目との分析から、哲学、心理学、比較行動学、科学に本格的に取組んできた。心理小説、幻想文学、SF、児童文学と幅広く執筆。著書に児童文学「黄泉の湯」「さようなら妖精」「青き薔薇のノクターン」、SF小説「エピソード1＝イロル」など。

古井 由吉　ふるい・よしきち

小説家　エッセイスト　翻訳家　芥川賞選考委員　㊤昭和12年11月19日　㊞東京都荏原区(現・品川区)　㊫東京大学文学部(昭和35年)卒、東京大学大学院独文科(昭和37年)修士課程修了　㊫芥川賞(第64回)(昭和46年)「杳子」、日本文学大賞(第12回)(昭和55年)「栖」、谷崎潤一郎賞(第19回)(昭和58年)「槿(あさがお)」、川端康成文学賞(第14回)(昭和62年)「中山坂」、読売文学賞(小説賞，第41回)(平成2年)「仮往生伝試文」、毎日芸術賞(第38回)(平成8年)「白髪の唄」　㊧昭和37年金沢大学助手となり、40年から45年まで立教大学助教授としてドイツ語を教える。この頃、ブロッホの「誘惑者」やムジールの「愛の完成」などを翻訳。43年第一作「木曜日に」を同人雑誌「白描」に発表。45年以後、本格的に作家活動に入る。46年「杳子」で芥川賞を受賞。魂の深層にひそむ狂気に接した情動を凝視する独特の文体を構築する。55年「栖」で日本文学大賞を、58年「槿(あさがお)」で谷崎潤一郎賞を受賞。他の作品に「円陣を組む女たち」「妻隠」「行隠れ」「水」「眉雨」「仮往生伝試文」「楽天記」「白髪の唄」など。「古井由吉作品」(全7巻，河出書房新社)「古井由吉全エッセイ」(全3巻，作品社)がある。　㊕日本文芸家協会

古井戸 敦美　ふるいど・あつみ
著述業　俳優　小説現代新人賞を受賞　本名＝三田つばめ　[学]早稲田大学卒　[賞]小説現代新人賞(第56回)(平成3年)「ウォッチャー」

古岡 孝信　ふるおか・たかのぶ
小説家　[生]昭和18年3月2日　[出]大分県　[賞]新日本文学賞(第25回)(平成6年)「夏の家」、全労連文学賞(平成11年)「山が消える」、新風舎出版賞(フィクション部門最優秀賞)(平成12年)「離婚式」　[歴]耶馬渓町役場に勤めたあと教師になり、精薄者など社会的弱者を抹殺する社会を見つめながら小説修業を続ける。昭和56年「大きな花の咲く日まで」を出版。昭和45年の第1回より毎回九州芸術祭文学賞に応募。平成11年大分県立大野高校を退職。他の著書に「塗り替えられた原画」「大きな花の咲く日まで」「愛を織る」「離婚式」など。　[団]日本ペンクラブ

古川 嘉一郎　ふるかわ・かいちろう
放送作家　演芸評論家　小説家　[生]昭和17年10月15日　[出]大阪府大阪市　[学]立命館大学文学部卒　[賞]秋田実賞(昭和60年)　[歴]コピーライター、雑誌「上方芸能」の編集委員などを経て、フリーライターとして、テレビ・ラジオ番組の企画構成、演芸評論、新聞・雑誌への執筆などで活躍。担当した番組に「晴れ時々たかじん」「ザ・スポーツ龍談」「もず唱平のカラオケナイト倶楽部」「たかじんNOばあ〜」など。主な著書に「なにわの急ぎ星・ドキュメント林家小染」「上方笑芸の世界」「少年の日を越えて―漫才教室の卒業生たち」「横山やすし 夢のなごり」、小説「虹色の龍・才賀紀彦物語」「あご師一代ごんたくれ」など。
[団]日本放送作家協会(関西支部事務局長)

古川 魁蕾　ふるかわ・かいらい
戯作者　新聞記者　[生]安政1年(1854年)　[没]明治41年8月20日　[出]江戸　本名＝古川精一　別号＝古江山人、鬼斗生　[歴]魁、東京絵入などの新聞社を転々としたが、染崎延房を師として人情本風な新聞小説に才筆をふるい、岡本起泉、饗庭篁村とともに三才子と称された。主な作品に「花茨胡蝶廼彩色」など。

古川 薫　ふるかわ・かおる
小説家　[専]地方史　[生]大正14年6月5日　[出]山口県下関市　[学]山口大学教育学部卒　[賞]直木賞(第104回，平2年度下期)(平成3年)「漂泊者のアリア」、山口県芸術文化振興奨励特別賞(平成3年)　[歴]教員、山口新聞編集局長を経て、昭和45年作家生活に入る。資料に基づいた幕末における長州の志士達を書いた作品が多く、在職中に書いた40年「走狗」で直木賞候補となって以来、49年「女体蔵志」、50年「塞翁の虹」、53年「十三人の修羅」、54年「野山獄相聞抄」、56年「きらめき侍」「刀痕記」、57年「暗殺の森」などを経て、平成3年10回目の「漂泊者のアリア」(藤原義江の生涯)で直木賞を受賞。「獅子の廊下」や「長州歴史散歩」などの著書があり、他に「椋梨藤太覚え書き」「炎の塔」「享保三年、虚ろ舟飛来す」「郡司八平礼法指南」「閉じられた海図」「不逞の魂」「正午位置」「ザビエルの謎」「剣と法典」「花も嵐も女優・田中絹代の生涯」などの作品がある。
[団]日本文芸家協会、日本ペンクラブ　[家]妻＝森重香代子(歌人)

古川 登志夫　ふるかわ・としお
声優　俳優　演出家　劇作家　劇団青杜主宰
[生]昭和21年7月16日　[出]栃木県栃木市　本名＝古川利夫　[学]日本大学芸術学部演劇科卒　[歴]中学2年生のとき上京し、児童劇団に入団。高校演劇部を経て日大芸術学部演劇科演技コースに学ぶ。卒業後も新劇の中堅劇団に所属し、昭和51年アニメブームに乗って声優としてデビュー。以後「うる星やつら」「機動戦士ガンダム」「Dr.スランプ アラレちゃん」「北斗の拳」など多くの作品に出演。55年念願の劇団・青杜(せいとう)を設立し、脚本、演出、主演俳優を兼ね活躍。代表作に「麒麟」「天馬」など。また趣味でロックバンドを持ちボーカル&ギターを担当、レコードも出している。
[家]妻＝柿沼紫乃(女優)

古川 日出男　ふるかわ・ひでお
舞台演出家　小説家　[生]昭和41年　[出]福島県
[学]早稲田大学文学部中退　[賞]日本推理作家協会賞(長編および連作短編集部門，第55回)(平成14年)「アラビアの夜の種族」　[歴]ウィザードリー誕生10周年記念祭「WIZ'91」の総合演出を手がける。平成3年短編「アンダー・ウォーター」が第17回ハヤカワ・SFコンテストの最終候補作に残る。著書に〈砂の王〉シリーズ、「沈黙」「アラビアの夜の種族」などがある。

古川 良範　ふるかわ・よしのり
劇作家　シナリオライター　[生]明治42年8月25日　[出]香川県綾歌郡綾上町　別名＝古川良、矢野文雄　[学]高松中中退　[歴]上京して水守亀之助に師事、プロキノ映画(日本プロレタリア映画同盟)運動に参加し、「全線」(昭和8年)を脚本・監督。9年検挙。13年豊田正子の「綴方教室」を脚色、新築地劇団上演。14年松竹加茂撮影所脚本部に入り、井上正夫一座のため「日柳燕石」を執筆。15年文化映画「塩をつくる人々」を演出。17年中華電影公司、18年理研科学映画を経て戦後フリーとなり、劇映画、テレビ、文化教育映画などの脚本で活躍した。

古沢 元　ふるさわ・げん

小説家　⊛明治40年12月11日　⊗昭和21年5月3日　⊕岩手県和賀郡沢内村　本名＝古沢玉次郎（ふるさわ・たまじろう）　別筆名＝秦巳三雄（はた・みさお）　⊚第二高等学校（昭和3年）中退　⊛昭和5年上野壮夫とともに「戦旗」編集に携わり、「高知の漁民騒動」を秦巳三雄のペンネームで発表。その後、古沢元のペンネームで「日暦」「人民文庫」同人、「人民文庫」廃刊後、「槐」「麦」「正統」同人。「麦」の「紀文抄」が直木賞候補となる。代表作は「びしゃもんだて夜話」。日本青年文学者会常任委員となるが、終戦の年に応召、シベリアに抑留されて翌年病死した。　⊛長男＝古沢襄（元共同通信社常務理事）

古沢 安二郎　ふるさわ・やすじろう

小説家　元・芝浦工業大学教授　⊛アメリカ文学　⊛明治35年2月6日　⊗昭和58年9月3日　⊕新潟県三条町　本名＝古沢安次郎　⊚東京帝大文学部英文学科（大正15年）卒　⊛未完の長編「元木氏と南海」など、昭和初頭には芸術派系の新進作家と注目された。その後、明大教授、陸軍司政官、芝浦工大教授を歴任。著書に「英文学雑記」「ホイットマン論序説」、訳書にA.ハックスリーの「飢えと光り」など多数。

古庄 健一　ふるしょう・けんいち

福岡県立大川高校演劇部顧問　ペンネーム＝石山浩一郎　⊚福岡教育大卒　⊛全日本アマ演劇脚本賞（昭和56年）「しらみとり少女」　⊛在学中から演劇部で戯曲を書き、昭和56年「しらみとり少女」で全日本アマ演劇脚本賞を受賞。この間約50作の戯曲を執筆。市民劇にも取り組む。

古荘 正朗　ふるしょう・ただあき

小説家　⊛昭和30年6月4日　⊗平成2年12月4日　⊕熊本県　⊚東京大学法学部（昭和54年）卒　Master of Low（コロンビア大学）（昭和58年）　⊛文学界新人賞（第48回）（昭和54年）「年頃」　⊛昭和54年富士銀行に入行。同年「年頃」で文学界新人賞を受賞。将来を嘱望されながら、35歳で病没。没後、未発表作品を集めた「真夏のドライブ」が出版された。

古田 足日　ふるた・たるひ

児童文学作家・評論家　元・山口女子大学教授　⊛現代児童文学　⊛昭和2年11月29日　⊕愛媛県川之江町（現・川之江市）　⊚早稲田大学文学部露文科（昭和29年）中退　⊛子どもと文化　⊛日本児童文学者協会新人賞（第9回）（昭和35年）「現代児童文学論」、日本児童文学者協会賞（第7回）（昭和42年）「宿題ひきうけ株式会社」、巌谷小波文芸賞（第17回）（平成6年）「古田足日子どもの本」　⊛昭和28年早大童話会による宣言「少年文学宣言」の中心メンバーで、大学在学中から童話を書き始める。49～51年「日本児童文学」編集長、51～58年山口女子大学児童文化学科教授を務めた。主な作品に「宿題ひきうけ株式会社」「モグラ原っぱの仲間たち」「大きい1年生と小さな2年生」「ロボット・カミイ」など。現代児童文学のオピニオン・リーダー的存在で評論集「現代児童文学論」「児童文学の旗」「児童文化とは何か」や、「古田足日子どもの本」（全13巻・別巻1、童心社）がある。　⊛日本児童文学者協会、子どもの文化研究所、日本文芸家協会、児童文学批評の会

古田 求　ふるた・もとむ

シナリオライター　⊛昭和22年4月9日　⊕佐賀市　⊚国学院大学文学部卒　⊛毎日映画コンクール脚本賞（昭和57年）「疑惑」、日本アカデミー賞脚本賞（第18回、平6年度）　⊛井手雅人に師事。フリーの助監督を10年経験した後、昭和53年「ダイナマイトどんどん」（岡本喜八監督）でシナリオデビュー。野村芳太郎監督作品「疑惑」のシナリオが57年度毎日映画コンクールの脚本賞となる。ほかに映画「迷走地図」「薄化粧」「十手舞」「忠臣蔵外伝 四谷怪談」（共同執筆）、テレビ「西海道談綺」「男女交通刑務所」「西遊記」なども手がけた。

古田 芳生　ふるた・よしお

小説家　銀行員　⊛大正9年3月24日　⊕徳島市　⊚徳島県立徳島商卒　⊛銀行に勤め、中央公論第3回新人賞に応募、昭和35年その作品を書き直して「三十六号室」として「中央公論」から発表、好評を得た。37年「新日本文学」に「おとといのこと」、39年「群像」に「よしこの」などを書いた。

古館 清太郎　ふるだち・せいたろう

翻訳家　小説家　⊛明治22年　⊗（没年不詳）　⊕佐賀県唐津　筆名＝松浦紅霞、古館清朗　⊚早稲田大学英文科（大正4年）卒　⊛春陽堂、わんやなどに勤めたが、「新日本」「科学と文芸」「文芸行動」などで執筆活動。大正7年神田豊穂らと春秋社を設立、8年トルストイ全集を企画して「復活」を翻訳した。小説「トルストイ」「国境」などがある。

古橋 秀之　ふるはし・ひでゆき

小説家　⊛昭和46年　⊕神奈川県　⊛電撃ゲーム小説大賞「ブラックロッド」　⊛ゲーム会社に勤務のかたわら書いた「ブロックロッド」で電撃ゲーム小説大賞の大賞を受賞して作家デビュー。

ふるやま　　　　　　　　　作家・小説家人名事典

古山 高麗雄　ふるやま・こまお
小説家　元・「季刊芸術」編集長　⑰大正9年8月6日　⑱平成14年3月14日　⑲旧朝鮮・新義州　㉑三高（昭和16年）中退　㉘芥川賞（第63回）（昭和45年）「プレオー8の夜明け」、芸術選奨文部大臣新人賞(文学評論部門，第23回）（昭和47年）「小さな市街図」、川端康成文学賞（第21回）（平成6年）「セミの追憶」、菊池寛賞（第48回）（平成12年）　㉚昭和17年召集され東南アジアを転戦、ラオスで終戦を迎え、戦犯として収監される。22年復員。25年河出書房に入社、以後編集者として会社を転々とし、42年「季刊芸術」の編集長となる。一方、自ら小説を書き始め、44年短編「墓地で」でデビュー。翌45年サイゴン戦犯収容所での経験を書いた第2作「プレオー8の夜明け」で芥川賞を受賞、50歳の新人作家として話題を呼んだ。主に戦争の無残さ、むなしさをテーマに小説を書き続け、引き揚げ体験を描いた「小さな市街図」で芸術選奨文部大臣新人賞、「セミの追憶」で川端康成文学賞、中国大陸での激戦を描いた「断作戦」「龍陵会戦」「フーコン戦記」の長編3部作で菊池寛賞を受賞した。ほかの代表作に「湯タンポにビール入れて」「点鬼簿」「螢の宿」「身世打鈴」「二十三の戦争短編小説」「私がヒッピーだったころ」「半ちく半助捕物ばなし」、エッセイ集「反時代的、反教養的、反叙情的」などがある。　㊸日本文芸家協会、日本ペンクラブ、日本文芸著作権保護同盟

古山 知己　ふるやま・ともみ
高校教師（兵庫県立鈴蘭台西高）　⑯同和教育　⑰昭和35年　㉘のじぎく文芸賞（創作脚本部門賞）（平成6年）「扉の向こうに叫びたい」　㉚兵庫県立鈴蘭台西高等学校で社会科教諭を務める。平成5年第40回兵庫県同和教育研究大会で「同和HR委員の自主的な活動及びその実践と課題」を発表。6年創作脚本「扉の向こうに叫びたい」で、のじぎく文芸賞創作脚本部門賞を受賞。著書に「日本の企業と同和問題」。

【へ】

別所 真紀子　べっしょ・まきこ
詩人　作家　⑰昭和9年3月1日　⑲島根県　㉑日本社会事業学校卒　㉘新潮新人賞（昭和54年）、長谷川如是閑賞入選（昭和60年）、歴史文学賞（第21回）（平成8年）「雪はことしも」　㉚婦人学級自由グループ講師をつとめる。著書に「芭蕉にひらかれた俳諧の女性史」「雪はことしも」「主婦の戦争体験記」（共著）、詩集に「アケボノ象は雪を見たか」「しなやかな日常」、童話に「まほうのりんごがとんできた」他。　㊸日本現代詩人会、連句協会、現代詩ラ・メールの会、草の実会、日本文芸家協会、日本ペンクラブ

別唐 晶司　べっとう・しょうじ
京都大学医学部助手　⑯分子生物学　⑰昭和35年　⑲大分県　㉑京都大学医学部卒　㉘新潮新人賞（第24回）（平成4年）「螺旋の肖像」　㉚米国Jules Stein Eye Instituteで網膜色素上皮細胞の食食機能に関する分子生物学的研究に従事。その後京都大学医学部助手。著書に「螺旋の肖像」「メタリック」がある。

別宮 善郎　べつみや・よしろう
小説家　⑰昭和7年　㉘東洋出版文学賞「驤(じょう)」　㉚処女作「驤(じょう)」で東洋出版文学賞を受賞。ほかの著書に「匪躬の節」がある。

別役 実　べつやく・みのる
劇作家　童話作家　⑰昭和12年4月6日　⑲長野県　㉑早稲田大学政治経済学部政治学科（昭和35年）中退　㉘岸田国士戯曲賞（第13回）（昭和42年）「マッチ売りの少女」「赤い鳥の居る風景」、紀伊國屋演劇賞（第5回）（昭和45年）、芸術選奨文部大臣新人賞（第22回，昭和46年度）「そよそよ族の反乱」、年間代表シナリオ（昭48年度）「戒厳令」、テアトロ演劇賞（第11回，昭58年度）「うしろの正面だあれ」、斎田喬戯曲賞（第21回）（昭和60年度）「不思議の国のアリスの『帽子屋さんのお茶の会』」、読売文学賞（第39回，戯曲賞）（昭和62年度）「諸国を遍歴する二人の騎士の物語」、芸術選奨文部大臣賞（第38回，昭62年度）「ジョバンニの父への旅」「諸国を遍歴する二人の騎士の物語」、毎日芸術賞（特別賞，第39回，平9年度）（平成10年）　㉚昭和21年満洲から引揚げる。大学在学中、学生劇団・自由舞台に参加、35年戯曲第1作「貸間あり」を鈴木忠志演出で上演する。36年新島ミサイル基地反対闘争に参加したあと、東京土建に組合書記として勤務。同年末、鈴木忠志らと劇団自由舞台（41年早稲田小劇場に改称）を結成し、37年ベケットらの不条理劇に影響を受けた作品「象」を上演、注目を集める。42年「マッチ売りの少女」「赤い鳥の居る風景」で岸田戯曲賞を受賞。43年組合書記を退職、44年早稲田小劇場を退団し、劇作家として自立の道を歩み始める。47年山崎正和らと手の会を結成。独自の文体で、人間に内在する自明性の虚をつく芝居を書きつづける。他の主な戯曲に「スパイものがたり」「不思議の国のアリス」「街と飛行船」「移動」「椅子と伝説」「あーぶくたった、にいたった」「にしむくさむらい」「マザー・マ

ザー・マザー」「太郎の屋根に雪降りつむ」「ハイキング」などがある。多彩な文筆活動で知られ、童話「おさかなの手紙」、映画「銀河鉄道」の脚本、エッセイ「台詞の風景」、評論「犯罪症候群」などもあり、「別役実戯曲集」(三一書房)、「別役実童話集」(三一書房)が刊行されている。 [団]演劇集団「手の会」、日本劇作家協会 [家]妻=楠侑子(女優)

辺見 じゅん　へんみ・じゅん

ノンフィクション作家　歌人　[生]昭和14年7月26日　[出]富山県富山市　本名=清水真弓　旧姓(名)=角川　[学]早稲田大学文学部仏文科卒　[賞]短歌愛読者賞(昭和55年)、新田次郎文学賞(昭和59年)「男たちの大和」、現代短歌女流賞(第12回)(昭和63年)「闇の祝祭」、講談社ノンフィクション賞(第11回)(平成1年)「収容所から来た遺書」、大宅壮一ノンフィクション賞(第21回)(平成2年)「収容所から来た遺書」、ミズノスポーツライター賞(平10年度)(平成11年)「夢、未だ盡きず」　[歴]幼少より父角川源義の影響を受け、短歌など諸文学に親しむ。早大2年の時「60年安保」で一時中退、4年間の編集者生活後に再編入して早大仏文科を卒業。昭和45年頃から本格的に文筆業に入る。デビュー作「呪われたシルクロード」「たおやかな鬼たち」「海の娼婦はしりかね」など民俗・民話をテーマにした著作が多い。歌集に「雪の座」「水祭りの桟橋」がある。59年には、不沈戦艦大和の最後に新事実を掘り当てた「男たちの大和」が新田次郎文学賞を受賞。他に「収容所(ラーゲリ)から来た遺書」「大下弘―虹の生涯」「夢、未だ盡きず」や編著「日本の遺言」などがある。 [団]日本文芸家協会　[家]父=角川源義(角川書店創業者・故人)、弟=角川春樹(角川春樹事務所特別顧問)、角川歴彦(角川書店会長)

逸見 広　へんみ・ひろし

小説家　[生]明治32年1月19日　[没]昭和46年11月23日　[出]山形県河北町　[学]早稲田大学独文科(大正15年)卒　[歴]早稲田高等学院講師となり、そのかたわら文学活動に専念する。昭和10年発表の「悪童」は芥川賞候補作品となり、他に「死児を焼く二人」「風鈴を争ふ」「委ぬる者」「村の倫理」などの作品がある。戦後は新制早稲田高等学院教頭、早大教育学部教授を歴任した。

辺見 庸　へんみ・よう

小説家　ノンフィクション作家　元・共同通信編集委員　[生]昭和19年9月27日　[出]宮城県石巻市　本名=辺見秀逸(へんみ・しゅういつ)　[学]早稲田大学文学部(昭和43年)卒　[賞]日本新聞協会賞(昭53年度)、芥川賞(第105回)(平成3年)「自動起床装置」、講談社ノンフィクション賞(第16回)(平成6年)「もの食う人びと」、JTB紀行文学大賞(第3回)(平成6年)「もの食う人びと」　[歴]昭和45年共同通信社に入社。横浜支局を経て、50年本社外信部へ。52～55年と、59～62年追放されるまでの2度にわたり北京特派員を務める。最初の北京滞在中には近代化を進める中国情勢について健筆をふるい、北京支局長(当時)とともに53年度日本新聞協会賞を受賞。この間、56年から2年間カリフォルニア大学バークレー校に留学。また、北朝鮮の金正日のスクープや中越戦争開戦(1979年2月)もスクープするなど花形記者として活躍していたが、62年5月国外追放処分を受け、帰国。同年2月党中央の重要文献をスクープしたことが直接の原因といわれる。平成元年から1年間ハノイ支局長をつとめ、2年5月帰国、のち外信部次長、編集委員を経て、8年12月退社。この間、小説も書き始め、3年「自動起床装置」で第105回芥川賞を受賞、7年には「もの食う人びと」で講談社ノンフィクション賞を受賞。他の著書に「ホテル・トンニャットからの手紙」「異境風景列車」「ナイト・トレイン異境行」「眼の探索」など、共著に「私たちはどのような時代に生きているのか」がある。　[団]日本文芸家協会　[家]父=辺見和郎(元福島民友新聞取締役論説委員長・故人)

【ほ】

北条 民雄　ほうじょう・たみお

小説家　[生]大正3年9月22日　[没]昭和12年12月5日　[出]徳島県　別名=秩父号一　[学]小学校高等科(昭和4年)卒　[歴]小学校卒業後上京。薬問屋の住込み店員、臨時工などをして働くかたわら法政中学に学ぶ。昭和7年徳島に帰り、農業に従事しながら文学に没頭。20歳のとき癩を発病し、9年多磨全生園に入院。川端康成を介して11年に「いのちの初夜」を発表、たちまち文壇の注目を集める。その後ハンセン病をテーマにした小説、随筆を次々と発表したが、23歳の若さで死去した。他の作品に「間木老人」「癩院受胎」「猫料理」「道化芝居」などがあり、「北条民雄全集」(全2巻，創元社)もある。

北条 秀司　ほうじょう・ひでじ

劇作家　演出家　[生]明治35年11月7日　[没]平成8年5月19日　[出]大阪府大阪市堀江　本名=飯野秀二　[学]関西大学文学科(昭和2年)卒　[賞]新潮社文芸賞(第4回)(昭和15年)「閣下」、毎日演劇賞(昭和26年，30年)、NHK放送文化賞(昭和30年)、芸術選奨文部大臣賞(第15回・文学・

ほうじょう まこと

北条　誠　ほうじょう・まこと　小説家、放送作家、劇作家　⓾大正7年1月5日　⓾東京市銀座（現・東京都中央区）　⓾早稲田大学文学部国文科（昭和15年）卒　⓾野間文芸奨励賞（第5回）（昭和21年）「一年」、川端康成賞に師事し、昭和15年「繊細と鍵」が川端賞候補になったほか、太平洋戦争で応召して渡満、身動して兵役免除となる。戦後、鎌倉文庫で編集員を務めるかたわら、作家生活に入る。22年から始まったNHKのラジオ・ドラマ「向う三軒両隣り」の台本でより作家活動に入る。その後は劇作家としても活躍、好評を得、日本近代文学館、日本文芸家協会、日本ペンクラブなどの役員も歴任。他の代表作に小説「虹の設計」「花の生涯」「わが恋やまず」、放送台本「舞踊」「この世の花」などがある。⓾姉=北条静子（アナウンサー）

ほうだ こうさく

蓬田　耕作　ほうだ・こうさく　作家　⓾福島県いわき市　⓾昭和51年「雨」で第5回週刊小説新人賞を受賞、昭和51年「雨」で第5回週刊小説新人賞を受賞、昭和51年「雨」で第5回週刊小説新人賞を受賞、昭和51年「雨」で第5回週刊小説新人賞を受賞。⓾編集者、ルポライター等を経て、昭和51年「雨」で第5回週刊小説新人賞を受賞、昭和51年「雨」で第5回週刊小説新人賞を受賞。⓾週刊小説新人賞（第5回）（昭和51年）「雨」　⓾編集者、ルポライター等を経て、本格的なバイオレンスを描く作家として活躍、主著に「梅竜伝説」、主著に「梅竜伝説」、主著に「梅竜伝説」「格闘技入門」「触れて欲しい人は13歳」「梅竜伝説」、主著に「梅竜伝説」「格闘技入門」「触れて欲しい人は13歳」「梅竜伝説」「格闘技入門」「触れて欲しい人は13歳」「梅竜伝説」「格闘技入門」「触れて欲しい人は13歳」「性犯罪の死角」など。

ほうじ りゅうすけ

芳地　隆介　ほうち・りゅうすけ　戯曲家　⓾昭和9年　⓾香川県　⓾小野宮吉戯曲賞（昭和40年）「北条秀司戯曲選集」（全8巻、菊池寛賞（第21回）（昭和48年）「春日局」、文化功労者（昭和62年）　⓾大正15年に上京し、かねてから劇作を志し、山梨道夫の門下に入社。野田秀作をきっかけに戯曲に着手、大谷竹次郎賞を受け、また劇作に専念、42年「閣下」を刊行、昭和15年に劇作家として立ち、以降も舞台、映画、ラジオ、テレビにおいて多くの作品を発表している。また、日本演劇協会の会員としても活躍、日本演劇協会の会員としても活躍、39年に「北条秀司戯曲選集」（全8巻）を刊行し、新潮社文芸賞を受賞。40年には芸術選奨を、40年には著者として演劇協会の創立者として演劇文化に貢献した。とくに菊池寛賞を受賞し、49年「春日局」で大谷竹次郎賞を受賞し、また平成5年まで29年間日本演劇協会会長を務めた。他の作品に戯曲「王将」「松川事件」「女将」「閣下」「末摘花」「信濃の一本」、テレビ「弧と雷鳴」「姫様御意」「未摘花」「信濃の一本」「防風林」など。⓾日本演劇協会（名誉会長）、⓾日本演劇協会、日本演劇協会（名誉会長）、国際演劇協会（名誉会長）

ほうらい たいぞう

蓬莱　泰三　ほうらい・たいぞう　放送作家　⓾昭和4年4月2日　⓾兵庫県　⓾神戸大学文学部卒　⓾芸術祭優秀賞（昭和44年）「紐組」・チコタン、イタリア放送協会賞（昭和49年）「海に降ったピアノ」、芸術祭新人賞、芥川賞（第113回）（平成7年）「このの人の朝」（小説部門）、第25回（平成9年）「季節の記憶」　⓾放送作家、作詞家として活躍。昭和49年以来NHK「中学生日記」の脚本を担当しミュージカルの演出も手がける。主な作品にテレビ「中学生日記」、ラジオ「海に降ったピアノ」、オペラ「ひとりの夜」、作詞に「紐組チコタン」「つの笛」、童話「ツバルのみずうみ」など。

ほさか かずし

保坂　和志　ほさか・かずし　小説家　⓾昭和31年10月15日　⓾神奈川県　⓾早稲田大学政経学部卒　⓾野間文芸新人賞（平成5年）「この人の閾」、芥川賞（第113回）（平成7年）「この人の閾」、第25回（平成9年）「季節の記憶」　⓾同志社大学文学部卒、平成たいそう文学賞（第113回）「季節の記憶」「季節の記憶」　⓾昭和56年～平成5年西武百貨店に勤務、平成元年退社、ミュージカル、カレッジに勤務。以後、執筆活動に入る。7年「この人の閾」で小説すばる新人賞を受賞する。10年「朝日新聞」に「もうひとつの朝食」を連載。著書に「プレーンソング」「草の上の朝食」「猫に時間の流れる」「季節の記憶」など。

ほさか まさやす

保阪　正康　ほさか・まさやす　ノンフィクション作家、評論家　⓾昭和14年12月14日　⓾北海道札幌市　⓾同志社大学文学部卒　⓾医療問題（昭和38年）、医学史、国際政治社会学科（昭和38年）　⓾新聞記者、雑誌編集者等を経てフリー。医学史、とくに昭和史中の実証的研究を志し、歴史の中に埋もれた事件、人物に光を当て、近年は医療問題に取り組む。主著は「死なう団事件」「5.15事件」「東条英機と天皇の時代」「大学医学部の昭和史」「父の　⓾冬氏機と天皇の時代」「三島由紀夫と楯の会事件」「医界・裏　⓾蝕の標図」「福島鋳三の論理」「天皇の時代」「医界・裏　⓾父の

履歴書」「安楽死と尊厳死」「後藤田正晴」「吉田茂という逆説」「実学と虚学」など多数。
㊼日本ペンクラブ、軍事史学会、人体科学会、日本文芸家協会

星 四郎　ほし・しろう

劇作家　松竹芸能タレント養成所理事長
㊷昭和49年8月9日　本名＝星三良　㊻昭和23年松竹新喜劇の結成に参加。松竹芸能文芸部長を経て、43年松竹芸能タレント養成所を結成し理事長に就任。主な作品に「お祭り提灯」「城崎みやげ」「俄市・落語町」など。

星 新一　ほし・しんいち

SF作家　㊷大正15年9月6日　㊸平成9年12月30日　㊹東京・本郷　本名＝星親一　㊺東京帝国大学農学部農芸化学科(昭和23年)卒、東京大学大学院中退　㊽日本推理作家協会賞(第21回)(昭和43年)「妄想銀行」、日本SF大賞(特別賞、第19回)(平成10年)　㊻父は星製薬の創業者・星一、祖父は人類学者小金井良精、祖母は森鷗外の妹喜美子。幼少の頃は祖父母の家で育った。大学院中退後、星製薬に入社し、昭和26年父死去のため社長に就任したが、社業不振のため32年経営から身を引く。同年SF同人雑誌「宇宙塵」に発表した「セキストラ」が「宝石」に転載されて注目を浴び、続く「ボッコちゃん」「おーいでてこーい」も好評だったため作家となる決心をする。43年「妄想銀行」および過去の業績で日本推理作家協会賞を受賞。ショートショートの第一人者として1000以上の作品を発表、SFファンやミステリーファンだけでなく、広く一般読者層に指示された。その他、時代小説、伝記小説、少年小説、戯曲など多方面で独創性を発揮した。代表作に「気まぐれ指数」「殿さまの日」、エッセイ集「進化した猿たち」、作品集に「人造美人」「ようこそ地球さん」「エヌ氏の遊園地」「気まぐれロボット」「だれかさんの悪夢」など。父の伝記「人民は弱し、官吏は強し」、祖父の伝記「祖父・小金井良精の記」がある。他に「星新一の作品集」(全18巻、新潮社)がある。
㊼日本文芸家協会、日本推理作家協会、日本SF作家クラブ、日本農芸化学会　㊿父＝星一(星製薬創業者)、祖父＝小金井良精(人類学者)、祖母＝小金井喜美子(作家)

星川 清司　ほしかわ・せいじ

小説家　元・シナリオライター　㊷大正15年10月27日　㊹東京　㊺山形高中退　㊽シナリオ賞特別賞(第15回・昭和38年度)「暴動」、芸術祭賞優秀賞(第25回・昭和45年度・テレビドラマ部門)「わが父北斎」、イタリア賞グランプリ(昭和47年)「わが父北斎」、直木賞(第102回)(平成2年)「小伝抄」　㊻旧制山形高在学中から10数年間の闘病生活を送る。昭和32年からシナリオライターとして大映、日活と契約。代表作に映画「暴動」「座頭市シリーズ」「眠狂四郎シリーズ」「新撰組始末記」「陸軍中野学校」、テレビ「三匹の侍」「眠狂四郎」「戦国無宿」「わが父北斎」などがある。かたわら小説を執筆し、46年「菩薩のわらい」を発表。平成元年から小説に専念し、2年「小伝抄」で直木賞を受賞。他の作品に「利休」「おかめひょっとこ」「夢小袖」「小村雪岱」などがある。

星田 三平　ほしだ・さんぺい

推理作家　㊷大正2年2月2日　㊸昭和38年5月31日　㊹愛媛県松山市　本名＝飯尾伝　㊻昭和5年「新青年」に「せんとらる地球市建設記録」で探偵作家としてデビューし、数篇の探偵小説を書く。代表作「エル・ベチョオ」は17才の時の作という。職業作家をめざし上京するが挫折し筆を折った。

保篠 龍緒　ほしの・たつお

翻訳家　小説家　㊷明治25年11月6日　㊸昭和43年6月4日　㊹長野県　本名＝星野辰男　㊺東京外国語学校仏語科(大正3年)卒　㊻文部省に入り、通信教育調査委員となる。ルブランの「怪紳士」を読んでルパンものに関心を抱き、大正7年からその訳書を刊行。昭和4年から5年にかけて「ルパン全集」全12巻別巻2巻を個人訳で刊行し、以後も朝日新聞記者、日本映画社勤務の傍ら翻訳を続けた。小説に「山又山」「黄面具」などがある。

星野 天知　ほしの・てんち

小説家　評論家　㊷文久2年1月15日(1862年)　㊸昭和25年9月17日　㊹江戸・日本橋　別号＝天地坊、天為居士、破蓮坊　㊺農科大学(明治22年)卒　㊻在学中カトリックの洗礼を受け、卒業後は明治女学校に勤務し、明治23年女学雑誌社から「女学生」を創刊。26年には「文学界」を創刊し小説、評論を発表。29年「うらわか草」を編集。33年「文学雑著破蓮黒」を、35年作品集「山菅」を刊行。37年鎌倉女学校の創立に際し副校長となったが翌年退職。晩年の昭和13年「黙歩七十年」を刊行した。
㊿長男＝星野吉人(彫刻家)

星野 智幸　ほしの・ともゆき

小説家　㊷昭和40年7月13日　㊹静岡県裾野市　㊺早稲田大学第一文学部文芸専修(昭和63年)卒　㊽文芸賞(第34回)(平成9年)「最後の吐息」、三島由紀夫賞(第13回)(平成12年)「目覚めよと人魚は歌う」　㊻新聞記者を2年間勤めたのち、ラテンアメリカ文学研究のため平成3〜4年と6〜7年の2回、メキシコに留学。スペイン語を中心の翻訳業、フリーライターとして活

動。平成9年「最後の吐息」で文芸賞を受賞した後、小説家として活躍。著書に「嫐嬲(なぶりあい)」、構成に「茶の間の男」などがある。(団)日本文芸家協会　http://www.ne.jp/asahi/hoshino/tomoyuki/

星野 有三　ほしの・ゆうぞう

児童文学作家　(生)昭和22年4月13日　(出)東京　本名＝小倉明(おぐら・あきら)　(学)東京学芸大学教育学部卒　(賞)小川未明文学賞優秀賞(第1回)(平成4年)「パン焼きコンクール」　(歴)「牛」同人。宮沢賢治の人と作品に共感を覚える。代表作に「ぼくの町に行きませんか」「東京セントラル小学校のなぞ」がある。千葉県庁勤務。(団)日本児童文学者協会

穂積 純太郎　ほずみ・じゅんたろう

劇作家　(生)明治43年7月2日　(没)昭和59年7月13日　(出)新潟県佐渡　本名＝宮本三佐男(みやもと・みさお)　(学)早稲田大学第一高等学院中退　(歴)マキノプロダクション、新宿ムーラン・ルージュ脚本部、古川ロッパ一座文芸部を経てフリーに。ラジオドラマ「赤胴鈴之助」、民芸の「無頼官軍」などの脚本を手がけた。戯曲集「タンポポ女学校」がある。評論でも活躍した。

穂積 驚　ほずみ・みはる

小説家　劇作家　(生)大正1年10月13日　(没)昭和55年1月19日　(出)長崎県佐世保市　本名＝森健二(もり・けんじ)　(学)佐世保商業卒　(賞)直木賞(第36回)(昭和31年)「勝烏」、新鷹会賞(第5回)(昭和31年)「勝烏」　(歴)昭和7年に上京、大衆演劇の梅沢昇一座に入る。長谷川伸に師事し、11年「下駄ッ八仁義」を発表後、作家生活へ。31年「勝烏」で第36回直木賞受賞。新鷹会に属し、時代物小説、娯楽時代物を多く書いた。

細井 和喜蔵　ほそい・わきぞう

小説家　社会運動家　(生)明治30年5月9日　(没)大正14年8月18日　(出)京都府与謝郡加悦町　(歴)小学5年で中退し、機屋の小僧、油さし工として大阪に出、紡績工場で働きながら大正9年に上京。東京モスリン紡績亀戸工場に入って労働争議に参加。12年詩誌「悍馬」を創刊。13年から「改造」に連載し、14年刊行された記録文学「女工哀史」で認められたが、刊行直後に貧困のうちに世を去った。他の著書に遺稿出版として「奴隷」「工場」「無限の鐘」、著作集に「細井和喜蔵全集」(全4巻)がある。

細川 武子　ほそかわ・たけこ

児童文学者　(生)明治25年6月16日　(没)昭和31年9月28日　(出)東京　(学)東京府女子師範学校(明治45年)卒　(歴)幼小女学校教師、私立立華学園の中、高校校長、同幼稚園長など歴任。島崎藤村、浜田広介を師とし、日本童話協会に所属。大正6年大阪朝日新聞懸賞お伽噺に「白鳩の願ひ」が3等入賞、以来童話を書き、童話集「細川武子放送童話集」「おかあさん」、少女小説「女学生記」「少女の国」「少女の四季」などがある。

細川 董　ほそかわ・ただす

小説家　洋画家　哲学者　元・大阪樟蔭大学教授　(生)大正15年12月14日　(出)香川県　(学)京都大学文学部(昭和25年)卒　(歴)関西大学講師、大阪樟蔭大学教授を経て、関西女子美術短期大学(現・関西芸術短期大学)教授に就任。著書に「小説・女子大学」「哲学者になれる絵本」「美と形而上学」など。

細川 真理子　ほそかわ・まりこ

薬剤師　北海道国立民族学博物館友の会代表　札幌こどもミュージカル代表　(生)昭和6年　(出)長崎県長崎市　(学)長崎大学卒　(賞)札幌市文化奨励賞、サントリー地域文化賞、モービル児童文化賞(第33回)(平成10年)、国際交流基金地域交流振興賞(団体)(平成10年)　(歴)幼い頃からピアノを習い、大学時代には大中寅二に作曲を学ぶ。結婚後、夫の病院を手伝う傍ら、子供たちにピアノを教える。のちアイヌ民話をもとにオペレッタ「きつねのチャランケ」を創作、婦人ボランティアグループ"りら"を主宰し、昭和57年子どもミュージカルとして上演。以後、「きつねのチャランケパート2」「ピフスッキおじさんのローカンから出たおはなし」「オラバ」など毎年1作のペースで創作、公演を続ける。61年及び平成2年にはポーランドで「クラコフ物語」「ポロリンタン」を公演した。7年初演の「ポンタとキタキツネ」はヒットし、10年同名の本となり刊行された。　(家)夫＝細川忍(発寒中央病院院長)、妹＝岩城節子(声楽家)

細越 夏村　ほそごえ・かそん

詩人　小説家　(生)明治17年5月25日　(没)昭和4年1月15日　(出)岩手県盛岡市加賀野町　本名＝細越省一　(学)早稲田大学英文科(明治39年)卒　(歴)盛岡中学で金田一京助ら、早大で会津八一、相馬御風らと同級。「明星」、ついで「白百合」に投稿。39年在学中に詩集「霊笛」を刊行。東京火災保険に一時勤めたが、家業の金融業につき、雑誌、新聞に発表。43〜44年口語自由詩「迷へる巡礼の詩集」「菩提樹の花咲く頃」「星過ぎし後」「褐色の花」「春の楽座」の5詩集を

自費出版。他に冒険、怪奇、恋愛小説など50余編、随筆集「石人録」などがある。

細田 源吉　ほそだ・げんきち

小説家　[生]明治24年6月1日　[没]昭和49年8月9日　[出]埼玉県　[学]早稲田大学文学部英文科(大正4年)卒　[歴]日本橋の洋服反物問屋に3年間丁稚奉公をし、その後苦学しながら大学へ進む。卒業後春陽堂に入社、「新小説」「中央文学」の編集に携わる。その間小説を執筆し、大正7年「空骸」、8年「死を恃んで行く女」を発表して文壇に登場。9年「死を恃む女」を刊行し、以後「罪に立つ」などを発表。13年「未亡人」、14年「本心」を刊行しプロレタリア作家へ成長して行く。15年「文芸行動」を創刊。プロレタリア文学作家としては「誘惑」「この人達の上に」「陰謀」などの作品がある。昭和7年検挙されて転向するが、戦後は執筆をせず府中刑務所の篤志面接委員をつとめた。また少年時代から俳句に親しみ、戦後の26年つゆ草句会を興して主宰。句集に「松柏」がある。

細田 民樹　ほそだ・たみき

小説家　[生]明治25年1月27日　[没]昭和47年10月5日　[出]東京　[学]早稲田大学英文科(大正4年)卒　[歴]早くから「文章世界」などに詩文を投稿する。卒業後徴兵で広島騎兵第五連隊に入営し、3年間をすごす。除隊後作家活動に入り、大正13年「或兵卒の記録」を刊行。プロレタリア文学に属し「悩める破婚者」「赤い曙」「黒の死刑女囚」「真理の春」「生活線ABC」などを次々と刊行。戦後も「広島悲歌」などを刊行した。

細野 孝二郎　ほその・こうじろう

小説家　[生]明治34年12月18日　[没]昭和52年2月1日　[出]岐阜県　[歴]新聞記者、雑誌記者などを転々とし、プロレタリア文学者として活躍した。著書に「愛情の基準」「真実に生きた魂」(共著)などがある。

細野 耕三　ほその・こうぞう

作家　[生]大正12年7月23日　[出]東京　[学]官立無線電信講習所(現・電気通信大学)(昭和19年)卒　[賞]サンデー毎日海洋文学賞(昭和35年)「黄色い士官」、芸術祭賞奨励賞(昭和35年)「海鳴」　[歴]昭和19年陸軍船舶通信隊入隊、暁1980部隊に転属。21年復員。22年復員船V82号に、24〜30年日産汽船外国航路の船舶通信士として乗船。30年同社退社、読売新聞大阪本社文化部嘱託となる。38年退社。傍ら、小説を書き始め、30年と31年にNHKラジオ小説に連続入選、35年には「黄色い士官」でサンデー毎日海洋文学賞を受賞。著書に「北航路」「人皇零年」「三匹の侍」「ドルフィン号航海記」「砲煙の海へ」「尾形光琳二代目乾山」「桃花紅」「刀剣鑑賞入門」など。　[団]NHK脚本研究会

細屋 満実　ほそや・まみ

農業手伝い　第1回家の光童話賞を受賞　[出]岩手県盛岡市　[学]武蔵野女子大卒　[賞]家の光童話賞(第1回)(昭和61年)「どんどんべろべろ」　[歴]昭和61年第1回家の光童話賞(家の光協会)に、書きためた30編ほどの中から「どんどんべろべろ」を送り、受賞した。

帆田 春樹　ほだ・はるき

小説家　詩人　[生]明治42年11月22日　[没]平成11年8月7日　[出]神奈川県　本名＝本田十蔵　[学]早稲田大学中退　[歴]昭和17年「野すみれ」を発表し、以後「明け暮れ」「泥ぼこり」「餌食について」「木の着物」「処女行路」「白萩の抄」などを発表したほか、詩や童話の作品もある。　[団]日本文芸家協会

堀田 あけみ　ほった・あけみ

小説家　[生]昭和39年5月28日　[出]愛知県海部郡　本名＝小原朱美　旧姓(名)＝堀田　[学]名古屋大学教育学部心理学科(昭和62年)卒、名古屋大学大学院教育心理学専攻博士課程修了　[賞]文芸賞(第15回)(昭和56年)「1980アイコ 十六歳」　[歴]愛知県立中村高2年の時、「1980アイコ 十六歳」で昭和56年度文芸賞を受賞。文学賞受賞の史上最年少記録となる。教育心理学を学ぶかたわら、創作活動を続ける。62年4月大学院に進学し、博士課程修了後、研究生に。また名城大学および愛知学院大学で心理学の講座を担当。著書は他に「イノセントガール」「愛をする人」「花のもとにて」「あなたなんか」「唇の、することは。」など。平成7年動物写真家の小原玲と結婚。　[団]日本文芸家協会、日本心理学会、日本教育心理学会　[家]夫＝小原玲(動物写真家)

堀田 清美　ほった・きよみ

劇作家　[生]大正11年3月13日　[出]広島県安芸郡音戸町　[学]広島商業卒　[賞]新劇戯曲賞(第4回)(昭和32年)「島」　[歴]上京して昭和16年日立製作所亀有工場に就職、広島師団に徴兵入隊、20年8月の原爆は関西にいて免れる。戦後同工場に復帰、組合活動のかたわら自立演劇運動に打ち込み、22年に戯曲「運転工の息子」、24年「子ねずみ」などを発表、自立劇団で上演。25年レッドパージで解雇され、29年劇団民芸文芸部に入った。30年に「島」(代表作)を発表、32年これを改稿、岡倉士朗演出で民芸が上演、反響を呼ぶ。32年第4回新劇戯曲賞を受賞。「島」は戦後の自立演劇、職場演劇の運動の一つの頂点をなす作品で、その後も民芸などで度々上演された。　[団]演出者協会

堀田 昇一　ほった・しょういち
小説家　⽣明治36年3月24日　没(没年不詳)　出熊本県　学天草中卒　歴中学卒業後、坑夫、船員などをしながら、プロレタリア文学運動に加わり、昭和5年「奴隷市場」を発表。のちに「人民文庫」同人となり「自由ケ丘パルテノン」を発表し、13年「槐」を創刊して2号より編集を担当。他の作品に「労働官僚」「貨物船」「池袋モンパルナス」などがある。戦後は新日本文学会に参加した。

堀田 善衛　ほった・よしえ
作家　文芸評論家　⽣大正7年7月17日　没平成10年9月5日　出富山県高岡市　学慶応義塾大学文学部仏文科(昭和17年)卒　賞芥川賞(第26回)(昭和26年)「広場の孤独」「漢奸」、毎日出版文化賞(昭和46年)「方丈記私記」、大仏次郎賞(第4回)(昭和52年)「ゴヤ」、ロータス賞(昭和53年)、スペイン賢王アルフォンソ十世十字勲章(昭和54年)、朝日賞(平成7年)、和辻哲郎文化賞(第7回)(平成7年)「ミシェル城館の人」、日本芸術院賞(文芸部門、第54回、平9年度)(平成10年)　歴在学中、同人誌「荒地」「山の樹」「詩集」に参加し、詩人として出発。昭和17年国際文化振興会に就職。同年「批評」同人となり詩と詩論を発表。20年中国に派遣され、上海で武田泰淳、石上玄一郎を知る。敗戦後は中国国民党宣伝部に徴用された、22年帰国。同年世界日報社に入社、翌23年同社解散まで記者を務めた。25年「祖国喪失」を発表。26年「広場の孤独」「漢奸」その他で芥川賞を受賞。その後も国際的視野をもつ作風で「歯車」「歴史」「時間」「記念碑」「橋上幻像」「海鳴りの底から」「審判」「若き日の詩人たちの肖像」「路上の人」、モンテーニュの伝記「ミシェル城館の人」(全3巻)などの中・長編小説を発表。評論部門でも幅広く活躍し、52年「ゴヤ」(4部作)で大仏次郎賞を受賞。同年から63年までスペインで暮らした。他にエッセイ集「インドで考えたこと」「乱世の文学者」「上海にて」「キューバ紀行」「方丈記私記」「スペイン断章」「定家明月記私抄」などがあり、国際作家としてはアジア・アフリカ作家会議の活動の功績で53年にロータス賞を受賞している。「堀田善衞全集」(全16巻、筑摩書房)がある。
所日本文芸家協会

保前 信英　ほまえ・のぶひで
小説家　⽣昭和37年　出埼玉県　学早稲田大学大学院建築計画学専攻修士課程修了　賞中央公論新人賞(第20回)(平成6年)「静謐な空」　歴清水建設で建築デザイナーを務める傍ら小説を執筆。平成4年東京・渋谷の創作学校で、書評誌「リテレール」編集長・安原顯が主宰する新人作家養成講座を受講。5年中央公論新人賞の最終予選で落選したのを機に退社し、小説家の道に。作品に「静謐な空」などがある。

堀 晃　ほり・あきら
SF作家　推理作家　⽣昭和19年6月21日　出兵庫県竜野市　学大阪大学基礎工学部卒　歴宇宙SF、時間SF　賞日本SF大賞(第1回)(昭和56年)「太陽風交点」　歴敷島紡績勤務。高校2年の時、筒井康隆主催の同人誌に投稿。以来ハードSFを主体に執筆。56年「太陽風交点」で第1回日本SF大賞受賞。他の代表作に「恐怖省」「漂流物体X」など。　所日本文芸家協会、日本推理作家協会、日本SF作家クラブ

堀 和久　ほり・かずひさ
小説家　⽣昭和6年8月22日　出福岡県北九州市　本名=堀江和男　学日本大学芸術学部映画科中退　賞オール読物新人賞(第51回)(昭和52年)「享保貢象始末」、中山義秀文学賞(第2回)(平成6年)「長い道程」　歴浅草フランス座などの宣伝部員、シナリオライター、映像ディレクターなどを経て、執筆生活に入る。昭和52年歴史小説「享保貢象始末」で第51回オール読物新人賞を受賞。以後、歴史に材をとった小説、読物を多数発表。著書に「大久保長安」「春日局」「夢空幻」「死にとうない―仙厓和尚伝」「長い道程」など。

堀 辰雄　ほり・たつお
小説家　⽣明治37年12月28日　没昭和28年5月28日　出東京市麹町区平河町(現・東京都千代田区)　学東京帝国大学国文科(昭和4年)卒　賞中央公論社文芸賞(第1回)(昭和17年)「菜穂子」　歴一高時代、芥川龍之介、室生犀星に師事する機会を得る。東京帝大在学中の大正15年、中野重治らと「驢馬」を創刊。コクトー、アポリネール、ランボーらの翻訳を旺盛に発表。昭和2年「ルウベンスの偽画」を発表。4年「コクトオ抄」を刊行し、「文学」同人となる。5年第一短編集「不器用な天使」を刊行したが、その後大喀血をし、死までの長い療養生活に入る。8年「四季」を創刊。プルーストやリルケの影響を受けると共に、王朝文学への深い関心をしめし、抒情的な作風を作りあげた。他の代表作に小説「聖家族」「恢復期」「燃ゆる頬」「美しい村」「風立ちぬ」「かげろふの日記」「菜穂子」、エッセイ「大和路・信濃路」などがあり、「堀辰雄全集」(全8巻・別2巻、筑摩書房)などが刊行されている。また、詩作は多くないが、立原道造、津村信夫など後のマチネ・ポエティクの詩人たちに影響を与えた。「堀辰雄詩集」がある。

堀 直子　ほり・なおこ
児童文学作家　[生]昭和28年7月7日　[出]群馬県高崎市　本名＝藤代直子　[学]昭和女子大学文学部日本文学科卒　[賞]日本児童文学者協会新人賞(第14回)(昭和56年)「おれたちのはばたきを聞け」、サンケイ児童出版文化賞(第31回)(昭和59年)「つむじ風のマリア」　[歴]昭和55年「おれたちのはばたきを聞け」でデビュー、翌56年第14回日本児童文学者協会新人賞を受賞。日本児童教育専門学校講師を経て、著作活動に。59年には「つむじ風のマリア」で第31回サンケイ児童出版文化賞を受賞している。他の作品に「つの笛がひびく」「ぼくとロビンとクッキーと」「ショーちゃんは名探偵?」「ライオンが走った日」「プリンセスの翼」「少女たちの帆を張って」などがある。　[団]日本児童文学者協会

堀井 清　ほりい・きよし
小説家　[生]昭和11年　[賞]中部ペンクラブ文学賞(第6回・佳作)(平成5年)「明日が見えない」、中部ペンクラブ文学賞(第11回)(平成10年)「さようならの年月」　[歴]「文芸中部」編集委員、中部ペンクラブ理事も務める。小説集に「光のいれもの」「明日が見えない」「さようならの年月」などがある。　[団]中部ペンクラブ

堀池 撫子　ほりいけ・なつこ
シナリオライター　エッセイスト　[生]昭和2年　[没]昭和61年6月8日　[出]東京　[学]東京府立第十七高女卒、杉野学園師範科卒　[歴]アテネフランセ、シナリオ研究所に学び、脚本家としてシナリオコンクールで入選を重ねる。元・日活映画監督の夫と喫茶店を経営する傍ら、エッセーや絵画などの創作活動を行い、松山善三らとの交際によって文学の世界に興味を持つようになった。昭和56年「パリの猫はニャアと鳴く」が女性ヒューマン・ドキュメンタリーに入選。ほかに脚本「あるルフランの記録」「ベルグラの男」、著書に「夢の喫茶店プラン」「ルフランの日々」などの作品がある。

堀内 新泉　ほりうち・しんせん
小説家　詩人　[生]明治6年11月　[没](没年不詳)　[出]京都　[学]第一高等中学校中退　[歴]上京し東京英語学校を経て一高中退。幸田露伴の門人となり、一時国民新聞記者。明治末から大正初めにかけ、立志伝的な小説「全力の人」「人の友」「人一人」などを著作、青少年に好評。「新声」「文庫」にも詩歌を発表。

堀内 純子　ほりうち・すみこ
児童文学作家　[生]昭和4年2月3日　[出]旧朝鮮・京城　[学]京城第一高女(昭和20年)卒、東京学芸大学中退　[賞]野間児童文芸推奨作品賞(第21回)(昭和58年)「はるかな鐘の音」、野間児童文芸賞(第25回)(昭和62年)「ルビー色の旅」、赤い鳥文学賞(第23回)(平成5年)「ふたりの愛子」　[歴]東京学芸大学を病気中退、10年間の療養後、昭和33年衛生検査技師として沼津市立病院に勤務。43年退職して、児童文学に専念。深いテーマを、声高でなく、ファンタジーの手法で描いた作品が多い。「ひまわり」同人。主な作品に「いねむりジーゼルカー」「小さな町のゆうびんやさん」「なつかしのサバンナ」「チコと空とぶバッチン」「赤いハンカチのひみつ」「見えない緑のドア」「青い花のさく島」「ふたりの愛子」など。　[団]児童文化の会

堀江 潤　ほりえ・じゅん
いわき市役所四倉支所保健衛生係　吉野せい賞を受賞　[学]福島県立安積高校卒　[賞]吉野せい賞(昭和60年)「明るい表通り」　[歴]秋田海上保安部、那山拘置所、いわき民報社に勤務した後いわき市役所に入り、現在四倉支所保健衛生係。23歳頃から小説を書き始め、拘置所職員が初めて死刑執行に立ち会い苦悩する姿を描いていた「明るい表通り」で昭和60年吉野せい賞受賞。司法関係機関誌の文芸特集に1位入賞、藤沢桓夫から激賞されたことも。弓のほかに音楽、アマチュア無線と趣味も豊富で、音楽は53年に作曲した「春が来ても」がNHK「あなたのメロディー」に採用されている。

堀江 史朗　ほりえ・しろう
劇作家　脚本家　プロデューサー　シナリオセンター特別顧問　元・博報堂副社長　[生]大正2年6月24日　[出]大阪府　[学]大阪商科大学高商部(昭和9年)卒　[歴]昭和9年NHK大阪に入局。23年東京に転勤。「陽気な喫茶店」「愉快な仲間」などの番組を手がけた。26年東宝映画の再建に乗り出し、文芸部長に就任。その後、36年博報堂に入社、副社長、特別顧問を務めた。代表作に戯曲「女の家族」(25年)、ラジオ「波の言葉」(33年)、テレビ「咲子さんちょっと」(TBS, 34年)などがある。著書に「ラジオドラマの作り方」「ラジオドラマの書き方と演出」「放送劇脚本集」。　[団]日本演劇協会(評議員)、日本放送作家協会　[家]姉＝近藤若菜(放送作家)

堀江 敏幸　ほりえ・としゆき
作家　明治大学理工学部助教授　[専]20世紀フランス文学　[生]昭和39年1月3日　[出]岐阜県多治見市　[学]早稲田大学仏文科卒、東京大学大学院博士課程中退　[賞]三島由紀夫賞(第12回)(平成11年)「おぱらばん」、芥川賞(第124回)

(平成13年)「熊の敷石」　㉚東京工業大学専任講師を経て、明治大学講師、のち助教授。平成元年から3年半フランス政府給費留学生としてパリ第3大学博士課程に留学。11年「おぱらばん」で三島由紀夫賞、13年「熊の敷石」で芥川賞を受賞するなど作家としても活動する。著書に「郊外へ」「書かれる手」「回送電車」「いつか王子駅で」、訳書にリオ「踏みはずし」、エルヴェ・ギベール「赤い帽子の男」「幻のイマージュ」がある。

堀江 林之助　ほりえ・りんのすけ
劇作家　㉒芸術祭ラジオ部門奨励賞(昭和28年)「源五郎雪女」(CBC)、民放祭電通賞(昭和30年)「菜の花月夜」　㉚昭和12年頃より戯曲作品を執筆。主な作品に戯曲「昔がたり源五郎・三部作」「菜の花月夜」「雲雀」「うぐいすの一文銭」「深く青い滝」などがある。

堀尾 青史　ほりお・せいし
児童文学作家　紙芝居作家　子どもの文化研究所所長　宮沢賢治記念会評議員　㊋大正3年3月22日　㊣平成3年11月6日　㊌兵庫県高砂市　本名=堀尾勉　㉓明治大学中退　㉒宮沢賢治賞(第1回)(平成3年)　㉚昭和13年日本教育紙芝居協会設立に参加し、機関紙「教育紙芝居」の編集に従事。紙芝居「うづら」「芭蕉」「どこへいくのかな」などの脚本も手がけ後継者指導にもあたる。44年城戸幡太郎らと「子どもの文化研究所」を設立し、62年より所長をつとめる。(財)文民教育協会理事長。また、宮沢賢治研究者としても知られる。主な著書に「銀河の旅人」「松葉づえの少女」「ブタのブリアン大かつやく」「年譜 宮沢賢治伝」、共編に「父が語る太平洋戦争」「宮沢賢治童話全集」がある。

堀川 潭　ほりかわ・たん
小説家　㊋大正6年1月29日　㊣昭和54年2月4日　㊌島根県益田市　本名=髙橋義樹　㉓日本大学芸術科卒　㉚昭和19年海軍報道班員としてサイパン島従軍、グアム島で捕虜となり、ハワイ収容所に送られて21年帰国。「新文化」「文学生活」などに小説を執筆。短編集「運命の卵」のほか「玉砕島」「グアム島の生と死」などがある。

堀川 弘通　ほりかわ・ひろみち
映画監督　㊋大正5年12月28日　㊌京都府京都市　㉒東京帝大文学部美学美術史科(昭和15年)卒　㉒教育映画祭最高賞(昭和44年)「母と子」、勲四等瑞宝章(平成4年)、Bunkamuraドゥマゴ文学賞(第11回)(平成13年)「評伝 黒沢明」　㉚昭和15年東宝入社、山本嘉次郎、黒沢明、成瀬巳喜男の助監督をつとめた。30年「あすなろ物語」で監督デビュー。以後の作品に「女殺し油地獄」(32年)、「裸の大将」(33年)、「黒い画集・あるサラリーマンの証言」(35年)、「激動の昭和史・軍閥」(45年)など。52年「アラスカ物語」を最後に独立プロに移り、「こどもは自殺を予告する」(54年)、「ムッちゃんの詩」(60年)など教育、児童映画などを手がける。著書に「評伝 黒沢明」がある。　㉖日本映画監督協会　㉘兄=堀川直義(成城大名誉教授)

堀切 和雅　ほりきり・かずまさ
脚本家　演出家　作詞家　劇団月夜果実店主宰　青山学院女子短期大学講師　㊋昭和35年3月1日　㊌東京都　㉓早稲田大学政経学部政治学科卒　㉚岩波書店に入社し、「世界」の編集を経て、ジュニア新書の編集を手がける。一方学生時代はバンドを組み、のち劇団月夜果実店を設立、主宰。主な作品に「宇宙零下に抗して」「墜ちる星☆割れる月」など。また仕事の傍ら、2年かけて戦没学生の手記「きけ わだつみのこえ」を読み、遺族や関係者を訪ねて、学徒兵たち1人ひとりの人柄やその心情について調べあげ、平成5年「三〇代が読んだ『わだつみ』」を執筆。他の著書に「結論を急がない人のための日本国憲法」「『30代後半』という病気」など。

堀越 真　ほりこし・まこと
脚本家　劇作家　㊋昭和26年2月18日　㊌茨城県水戸市　㉓早稲田大学文学部(昭和47年)中退　㉒菊田一夫演劇賞(第11回)(昭和60年)「エドの舞踏会」、芸術選奨新人賞(第41回)(平成3年)「終着駅」　㉚東宝現代劇養成所戯曲科を経て、東宝演劇部に所属。主な戯曲作品に「化粧」「エドの舞踏会」「人生はガタゴト列車に乗って…」「恋文」「質屋の女房」「長崎ぶらぶら節」(以上脚本)、「花月亭の女たち」「江戸のまどんな」(以上オリジナル)、オリジナルミュージカル「風と共に去りぬ」などがある。

堀沢 光儀　ほりさわ・みつぎ
作家　㊋昭和12年9月10日　㊌岩手県久慈市　筆名=儀村方夫(よしむら・まさお)　㉓久慈高卒　㉒農民文学賞(第12回)(昭和44年)「にがい米」、岩手県教育表彰(昭和44年)　㉚昭和44年「にがい米」で第12回農民文学賞を受賞。同年岩手県教育表彰(芸術文化部門)を受ける。河北文芸入選3回。岩手県農協五連会長室次長を務めた。主な著書に「岩手のメルヘン」「冬の苺」など。

堀場 正雄　ほりば・まさお

詩人　小説家　評論家　[生]明治39年7月23日　[出]愛知県　[学]大正大学中退　[歴]名古屋で詩作のあと上京。「麺麭」創刊に参加し小説を発表。昭和13年名古屋新聞特派員として武漢に従軍。著書に「遠征記」「遠征と詩歌」「悖徳者」（小説）、「英雄と祭典」（評論）などがある。

本郷 純子　ほんごう・じゅんこ

小説家　随筆家　[生]昭和4年8月11日　[出]山梨県　本名＝窪田純子　[学]実践女子専国文卒　[歴]高校教師のかたわら、随筆家、小説家として活躍。「紅炉」「大衆文学静岡」同人。歴史研究会・武田氏研究会会員。随筆集に「風に舞う影」「夢殿の秋」、小説に「蝉丸異聞」「比良もがり笛」などがある。　[団]日本文芸家協会、大衆文学研究会、山人会

本沢 みなみ　ほんざわ・みなみ

小説家　[生]昭和49年4月27日　[出]埼玉県　[学]実践女子大学文学部卒　[歴]「ゴーイング・マイ・ウェイ」で平成6年下期コバルト・ノベル大賞佳作入選。著書に「東京ANGEL—少年たちの真夜中を撃て」などがある。

本所 次郎　ほんしょ・じろう

経済作家　経済ジャーナリスト　[生]昭和12年9月23日　[出]東京・本所（現・墨田区東駒形）　本名＝小宮山恵一（こみやま・けいいち）　[学]明治学院大学英文科卒　[興]事件に関係した人間模様　[歴]経済紙記者として26年間、運輸、金融、財界などの取材に携わる。昭和62年から執筆活動に専念。財界、歴史上の人物ドキュメンタリーや企業小説を多数手がける。著書に「転覆」「金色の翼」「経団連」「昭和大番頭」などがある。　[団]日本文芸家協会

本庄 桂輔　ほんじょう・けいすけ

劇作家　小説家　フランス演劇研究家　[生]明治34年5月24日　[没]平成6年8月27日　[出]東京・麹町　本名＝本庄桂介　筆名＝高嶋慶三　[学]立教大学英文科（大正15年）卒　[歴]大学時代から同人雑誌に戯曲を発表し、昭和2年「没落」を発表。3〜6年フランスに留学し、演劇を研究する。帰国後、立教大学講師となり、のち教授に就任。7年創刊の第3次「劇と評論」に参加し、編集を担当しながら「雄々しき妻」「土曜日の夜」などを発表。9年美術座同人となる。小説も執筆し、17年「結婚行進曲」を刊行。19年三菱重工業に入社、26〜59年丸善の月刊誌「学鐙」編集長。演劇研究の著書に「演劇の鬼」「サラ・ベルナールの一生」「フランス近代劇史」などがある。[団]日本文芸家協会、日本フランス語フランス文学会、日本演劇学会

本城 美智子　ほんじょう・みちこ

小説家　エッセイスト　[生]昭和28年10月13日　[出]神奈川県　本名＝鈴木美智子　[学]明治学院大学文学部卒　[賞]すばる文学賞（第10回）（昭和61年）「十六歳のマリンブルー」　[歴]大学時代から小説を書き始め、昭和61年「十六歳のマリンブルー」ですばる文学賞（第10回）を受賞。62年3月デザイン会社を退職。天文ガイド、小説、エッセイなどを執筆。著書に「彼と彼女の百の微罪」「夢境の花」「プライベートな星空」など。　[団]日本文芸家協会、東洋文化研究会

本庄 陸男　ほんじょう・むつお

小説家　教育評論家　[生]明治38年2月20日　[没]昭和14年7月23日　[出]北海道石狩郡当別村太美（現・当別町）　本名＝本庄陸男（ほんじょう・りくお）　筆名＝岩木喬、江藤三郎　[学]青山師範（大正14年）卒　[賞]人民文庫賞（第2回）（昭和11年）「女の子男の子」　[歴]父は旧佐賀藩士で開拓農民として北海道に渡り、北見に移住。高等小学校卒業後代用教員をしたり、樺太で職工をするなどさまざまな職種を経験し、苦学しながら青山師範に入学。在学中から小品などを発表し、また多くの教育評論を発表。卒業後小学校の教員となり、教員生活中にプロレタリア芸術運動に参加。前衛芸術家連盟を経て、昭和3年ナップ（全日本無産者芸術連盟）に参加、同年「資本主義下の小学校」を刊行するが発禁となる。5年教員組合事件で明治小学校を免職となり、以後プロレタリア文化・文学運動に専念。7年非合法下の共産党に入党。9年日本プロレタリア作家同盟（ナップ文学部の後身）解散後、雑誌「現実」の創刊に参加し「白い壁」などを発表して注目され、作家として認められた。11年雑誌「人民文庫」に参加、武田麟太郎の依頼で編集責任者となる。13年同人雑誌「槐」（えんじゅ）を創刊し、代表作「石狩川」を発表した。ファッショ化が進み、転向旋風に吹きまくられた昭和10年代に、作家としての良心を守り抜いた。他の主な作品に「女の子男の子」「石狩は懐く」「橋梁」などのほか、「本庄睦男遺稿集」（昭39年）がある。平成5年から「本庄睦男全集」（全6巻・別巻1，影書房）が刊行された。

本田 緒生　ほんだ・おせい

推理作家　[生]明治33年4月15日　[没]昭和58年5月18日　[出]愛知県名古屋市　本名＝松原乙之助，松原鉄二郎　旧姓（名）＝北尾　別号＝あわじ生　[歴]肥料問屋の養子となるが、戦時中の統制のため廃業。食料営団（のち公団）に32年間勤めて、昭和49年退職し、家業を継ぐ。かたわら文筆活動も行ない、大正11年あわじ生名義の「美の誘惑」が懸賞入選。以後、「新趣味」「新青年」「探偵趣味」などに短篇を執筆。昭和3年同人「猟奇」の発刊に参加、責任同人となる

が、9年の「波紋」を最後に絶筆。51年40数年ぶりに「幻影城」に「謎の殺人」を発表。作品に「呪はれた真珠」「蒔かれし種」「鮭」など。

本田 節子　ほんだ・せつこ

歌人 作家 ㊀昭和6年2月24日 ㊁熊本県菊池郡泗水町 本名＝本田セツコ ㊂菊池高女卒、熊本県立第一高(昭和42年)卒 ㊃熊本県文化懇話会新人賞(平成2年)、炎歴賞(第2回) ㊄昭和36年より10年を歌誌「炎歴」の編集・発行。のち歌誌「かりん」に拠る。40年よりNHK、熊本放送、熊本日日新聞等で司会等のレギュラー番組や執筆活動を行う。著書に「小百合葉子と『たんぽぽ』」「朝鮮王朝最後の皇太子妃」、共著に「みてさろ記」など。 ㊅熊本県文化懇話会

本多 孝好　ほんだ・たかよし

小説家 ㊀昭和46年 ㊁東京都 ㊂慶応義塾大学法学部卒 ㊃小説推理新人賞(第16回)(平成6年)「眠りの海」 ㊄平成6年「眠りの海」で第16回小説推理新人賞を受賞。著書に「MISSING(ミッシング)」がある。

本田 美禅　ほんだ・びぜん

小説家 ㊀慶応4年5月20日(1868年) ㊆昭和21年3月29日 ㊁長野県飯田 本名＝本田浜太郎 ㊂小学校中退 ㊄丁稚奉公ののち、明治14年砲兵工廠の職工となる。16年検定試験を受けて神戸小学校訓導補助員に。18年砲兵工廠の火工科入学試験に合格、20年卒業して熊本の第六師団野戦砲兵隊付となる。24年熊本忠愛新報に入社し東京の駐在員となるが、間もなく新聞が廃刊となり、26年大阪のプール女学校講師、27年日清戦争の従軍記者となる。38年「大阪新報」の脚本募集に「日本丸」が当選。他の代表作に「御洒落狂女」がある。

本田 昌子　ほんだ・まさこ

児童文学作家 ㊀昭和34年 ㊁山口県 ㊂山口大学理学部化学科卒 ㊃福島正実記念SF童話賞佳作(第9回)「未完成ライラック」、講談社児童文学新人賞佳作(第33回)「万里子へ」 ㊄著書に「未完完ライラック」「朝がくるまで」がある。

本多 美智子　ほんだ・みちこ

小説家 ㊃作家賞(第22回)(昭和60年)「落し穴」 ㊄父親と兄を戦争で亡くし、弟と母親の生活を支えるために、会社勤めから水商売までさまざまな仕事を経験。弟の結婚を機に文化教室に通い始め、小説の道に。小谷剛氏主催の「作家」社に加わり、昭和46年同人となる。「作家」60年12月号に載った短編私小説「落し穴」で第22回作家賞を受賞。

本間 久　ほんま・ひさし

小説家 批評家 ㊆(生没年不詳) ㊄明治43年ごろ二六新報などの記者を務めた。著書に長編小説「枯木」、社会評論集「白眼」、訳書にシェーンヴィチ「死に行く身」「女優ナナ」などがある。

本間 正樹　ほんま・まさき

フリーライター 児童文学作家 ㊀昭和27年10月23日 ㊁新潟県佐渡郡 筆名＝明山一穂(あきやま・かずほ) ㊂早稲田大学文学部ロシア文学科卒 ㊄雑誌編集者を経て、フリーに。昭和55年から56年にかけて半年間、米国アリゾナ州のナバホ・インディアン保留地に滞在。口承文芸のほか児童文学に関心が深く、童話の著作がある。著書に「ソンゴクウ銀いろの雲にのる」「日本の伝説を探る」「ひこうきにのったよ」「コヨーテは赤い月に吠える」など。

本間 芳男　ほんま・よしお

作家 ㊇児童文学 小説 ㊀昭和8年11月24日 ㊁新潟県西蒲原郡巻町 ㊂巻高卒 ㊃北陸児童文学賞(第6回)(昭和44年)「死なないルウ」 ㊄小学校教師の傍ら、昭和35年北陸児童文学協会「つのぶえ」同人となり、処女作「黒わくの秘密」を発表。代表作に「死なないルウ」「越後国の赤い川」「父たちの河」「雪の降るくに」などがある。定年退職後7年を経て、20年ぶりに作品を執筆し、「蛍踏む夢」を刊行。 ㊅日本児童文学者協会、北陸児童文学協会

本村 拓哉　ほんむら・たくや

函館山ロープウェイ映画祭シナリオ大賞を受賞 ㊀昭和42年 ㊁東京都 ㊂早稲田大学第二文学部卒 ㊃函館山ロープウェイ映画祭シナリオ大賞(第1回)(平成8年)「『函館異聞』暗殺者啄木」 ㊄高校2年の時文化祭で上映する8ミリ作品のシナリオを初めて手がけ、以来シナリオライターを志す。

【ま】

舞坂 あき　まいさか・あき

小説家 ㊀昭和16年9月 ㊁北海道札幌市 本名＝春日志津子 ㊂共立女子短期大学卒 ㊃女流新人賞(平成2年)「落日の炎」 ㊄平成2年「落日の炎」で女流新人賞を受賞した後、「別冊婦人公論」「小説新潮」などに短編を発表。著書に「女の落日」。 ㊅日本ペンクラブ

米田 孝　まいた・たかし

児童劇作家　[生]大正10年　[没]昭和45年　[出]北海道函館市　[歴]17歳頃から童話や詩作に熱中。昭和17年新函館新聞社（現・北海道新聞社）に入社。一方、22年函館童劇集団を結成し、23年の第2回の発表会で「イワンの馬鹿」（原作トルストイ）を上演。以後39年札幌に転勤するまで、童話劇13本、放送劇194本、バレエ5本、オペラ1本を執筆するなど児童劇作家として活躍し、函館の演劇界をリードした。札幌では病気がちで執筆活動を中止。45年整理部図案課（現・デザイン課）在職中、死去。平成9年妻により、代表作8本を収めた「米田孝童話劇学校劇脚本選集」が出版された。

前川 麻子　まえかわ・あさこ

女優　演出家　脚本家　小説家　[生]昭和42年8月19日　[出]東京都渋谷区桜丘　本名＝今田麻子（こんた・あさこ）　[学]東京都立大附属高卒　[賞]ヨコハマ映画祭新人賞（昭和63年）、おおさか映画祭新人賞（昭和63年）、にっかつロマン大賞主演女優賞（昭和63年）、初日通信大賞（主演女優賞，第5回，平元年度）「センチメンタル・アマレット・ポジティブ」「何日君再来」、小説新潮長編新人賞（第6回）（平成12年）「鞄屋の娘」　[歴]6歳から14歳までNHK劇団に所属。映画「家族ゲーム」「噛む女」「ほんの5g」などに出演、個性派女優として話題になるほか、昭和60年から劇団・品行方正児童会を主宰し、脚本、演出、役者の一人三役をこなす。63年映画「母娘監禁・牝」の演技で、ヨコハマ映画祭新人賞、おおさか映画祭新人賞、にっかつロマン大賞主演女優賞を受賞。他に劇団マニャーナ・セラ・マーニャを主宰。平成3年品行方正児童会を脱退。自作に「センチメンタル・アマレット・ポジティブ」などがある。12年「鞄屋の娘」で小説新潮長編新人賞を受賞。同年「明日を抱きしめて」はテレビドラマ化された。　[家]父＝前川宏司（放送作家・故人）

前川 宏司　まえかわ・こうじ

放送作家　劇作家　[生]昭和12年5月5日　[没]昭和57年11月24日　[出]東京都　本名＝前川宏司（まえかわ・ひろし）　[学]早稲田大学卒　[歴]テレビの人気番組「お笑いオンステージ」「お好み演芸会」（NHK）、「8時だよ全員集合」「花王名人劇場」などの脚本・構成を担当。名古屋・中日劇場で上演中の「花のお江戸のてんぷく駕籠屋」を作、演出したのが遺作だった。戯曲に「雲の上団五郎一座」がある。　[家]娘＝前川麻子（女優）

前川 康男　まえかわ・やすお

児童文学作家　[生]大正10年12月25日　[出]東京・京橋木挽町　[学]早稲田大学文学部独文科（昭和19年）卒　[賞]日本児童文学者協会新人賞（第2回）（昭和27年）「川将軍」、サンケイ児童出版文化賞（第15回）（昭和43年）「ヤン」、児童福祉文化賞奨励賞（昭和43年）、日本児童文学者協会賞（第10回）（昭和45年）「魔神の海」、野間児童文芸賞（第19回）（昭和56年）「かわいそうな自動車の話」、紫綬褒章（平成3年）、勲四等旭日小綬章（平成8年）　[歴]昭和14年第一早稲田高等学院に入学、早大童話会で創作童話に没頭。学徒出陣の戦場体験が、以後の創作活動の根幹となる。25～36年新潮社勤務。38年から坪田譲治の「びわの実学校」編集同人。45年に「魔神の海」で第10回日本児童文学者協会賞を受賞し、現代日本児童文学の代表的リアリズム作家となる。56年「かわいそうな自動車の話」で第19回野間児童文芸賞を受賞。著書に「ヤン」「だんまり鬼十」など。　[団]日本児童文学者協会、日本文芸家協会、「赤い鳥」の会（世話人代表）

前田 愛子　まえだ・あいこ

作家　[生]昭和5年11月3日　[出]鹿児島県川内市　[学]川内商工（昭和23年）卒　[歴]昭和50年「文化評論」50年度文学作品長編部門に「響け、蒸気の雲」が選外佳作。60～61年戯曲「明治艶歌」を大阪オレンジルーム並びに東京、沖縄の各ジャンジャンにて上演。著書に「響け、蒸気の雲」「歌え、わが明星の詩」「龍馬の妻おりょう」。

前田 晁　まえだ・あきら

小説家　翻訳家　[生]明治12年1月15日　[没]昭和36年9月9日　[出]山梨県山梨市　号＝木城　[学]早稲田大学　[歴]明治31年電信技師として甲府から東京に転任し、のち早大に入り、明治37年隆文館に勤務する。39年博文館に移り「文章世界」の編集をするかたわら、自ら創作し「盲人」「独身」などを発表。またゴンクールの「陥穽」など翻訳面でも活躍。大正2年博文館を退社し、4年から6年にかけて「読売新聞」婦人部長を務め、13年から金星堂の「世界文学」を主宰した。昭和18年電通出版部顧問となり、19年出版部長になり、22年退社。主な著書に「途上」「遠望」や「明治大正の文学人」などがある。62年前田晁文化賞（財団法人・山人会主催）が設定された。　[家]妻＝徳永寿美子（童話作家）

前田 曙山　まえだ・しょざん

小説家　園芸家　[生]明治4年11月21日　[没]昭和16年2月8日　[出]東京・馬喰町　本名＝前田次郎　[学]日本英学館卒　[歴]兄太郎が硯友社員であったことから明治24年「千紫万紅」に「江戸桜」を発表、硯友社系作家としてデビュー。以後「男やもめ」「蝗うり」「にごり水」「腕くらべ」

(「千枚張」の改題)「檜舞台」などを発表。この間「園芸之友」を発刊、俳誌「キヌタ」を主宰。大正12年大阪朝日新聞に長編時代小説「燃ゆる渦巻」、13年東京朝日に「落花の舞」を連載、好評を博し、大衆小説家としての地位を確立した。

前田 純敬　まえだ・すみのり

小説家　[生]大正11年3月9日　[出]鹿児島県鹿児島市　[学]東京外国語大学仏語科卒　[歴]戦後間もなく「VIKING」に参加。24年「夏草」が芥川賞候補作品になり、新進作家として活躍し「背後の眼」「檻」などを発表。著書に「練尾布由子」「深い靄」「喪の女」などがある。[団]日本ペンクラブ、日本文芸家協会

前田 珠子　まえだ・たまこ

小説家　[生]昭和40年10月15日　[出]佐賀県　[学]佐賀大学農学部　[歴]高校3年の頃から小説を書き始める。昭和62年投稿2回目にして、SFファンタジー「眠り姫の目覚める朝」が第9回コバルト・ノベル大賞佳作入選。以後コバルトシリーズ「宇宙(そら)に吹く風白い鳥」「イファンの王女」「まぼろみの守護者」「冥界の門」などを発表。　[団]日本文芸家協会

前田 朋子　まえだ・ともこ

小説家　[生]昭和34年　[出]和歌山県　[学]早稲田大学商学部卒　[賞]ぶんりき大賞(第2回)「美しき隣人」　[歴]丸紅勤務を経て、主婦の傍ら塾講師を務める。著作に「美しき隣人」などがある。

前田 悠衣　まえだ・ゆい

女優　シナリオライター　[生]昭和41年1月23日　[出]東京都　[学]宝塚音楽学校(昭和58年)卒　[歴]宝塚の娘役で4年間舞台に立つが退団し、昭和63年ドラマ・デビュー。以来ドラマ、ビデオ、CM、舞台などに出演。初めて書いた自作のシナリオが平成3年「刑事貴族2・愛する人のために」としてドラマ化された。以後、「刑事貴族」シリーズのシナリオを担当。ラジオドラマのシナリオ多数。他の出演にテレビ「凛々と」「百年の男」、ビデオ「ハートブレイクは昨日まで」など。

前田 依詩子　まえだ・よしこ

小説家　[生]大正12年　[出]中国・山海関　[学]天津日本高女卒、大妻技芸学校専門部中退　[賞]読売新聞社新聞小説賞(第1回・佳作)(昭和24年)「帯」　[歴]著書に「帯」がある。

前田河 広一郎　まえだこう・ひろいちろう

小説家　[生]明治21年11月13日　[没]昭和32年12月4日　[出]宮城県仙台市　[学]宮城県立一中(明治38年)中退　[歴]中学中退後上京して新紀元社に入社。「新紀元」廃刊後は農業などをして、明治40年渡米。シカゴで様々の仕事をし、在米社会主義者と交わり短篇「二十世紀」などを発表。大正5年シカゴからニューヨークに移り「今日の日本文壇」を発表。第一次大戦後は「日米週報」の編集長となり、9年13年間の在米生活を打ち切って帰国。「中外」編集長となり11年「三等船客」を刊行。以後「赤い馬車」「麺麭」「最後に笑ふ者」「快楽師の群」などを刊行。「文芸戦線」に参加し、プロレタリア文学作家として活躍。他の著書に「支那」「蘆花伝」「青春の自画像」などがある。

真壁 茂夫　まかべ・しげお

演出家　劇作家　俳優　OM-2主宰　[生]昭和30年12月12日　[出]埼玉県　[学]舞台芸術学院卒　[歴]サイレン館を経て、昭和55年黄色舞伎団を結成。のち黄色舞伎団2を経て、劇団OM-2を主宰。同劇団で観客が役者に見つめられるという“逆立ち芝居”を生み出して一躍、劇界の注目を浴びる。演出、美術のほか、下町演劇祭'90などのフェスティバルのプロデュースも手がける。主な作品に「赤い鳥の居る風景」「半月夜」「家庭の組立て」「B - DAMAGE」「架空の花」などがある。

牧 逸馬　まき・いつま

⇒林不忘(はやし・ふぼう) を見よ

真木 桂之助　まき・けいのすけ

作家　新潟放送相談役　[生]昭和3年8月8日　[出]新潟県新発田市　本名＝高沢正樹(たかざわ・まさき)　[学]文化学院(昭和23年)卒　[賞]農民文学賞(第2回)「崩れ去る大地に」、勲三等瑞宝章(平成13年)　[歴]昭和27年新潟日報入社。28年ラジオ新潟(現・新潟放送)に転じ、51年報道局次長、55年人事室長、59年社長室長、60年取締役、62年常務、平成元年専務を経て、3年社長。のち相談役。作家としても知られ、「海の侵人」で第51回直木賞の候補となる。著書に「崩れ去る大地に」「私の信濃川地図」「特殊作戦・K」他。[団]農民文学会、日本文芸家協会

真木 健一　まき・けんいち

小説家　[生]昭和44年　[出]東京都　[学]上智大学文学部フランス文学科(平成5年)卒　[賞]文芸賞佳作(第29回)(平成4年)「白い血」　[歴]著書に「白い血」がある。

槇 皓志　まき・こうし
詩人　児童文学作家　美術評論家　日本伝承史文学会理事長　山村女子短期大学名誉教授　[専]児童文学　現代詩　[生]大正13年10月8日　[出]山口県　本名＝今田光秋(いまだ・みつあき)　[学]国学院大学中退　[歴]海軍予備学生応召中に戦傷。戦後、文筆活動に入り、現代詩、ラジオドラマ、児童図書、美術評論、史話など執筆。昭和30年宮沢章二と共に紅天社を設立、現代詩を中心とした「朱樓」を創刊。のち多彩な同人によって綜合文芸誌の刊行につとめた。著書に詩集「善知鳥」、児童文学「とべ花よとんでおくれ」「おりづるのうた」などの他、「世界の文化遺産」「古代文化遺産・古代史考」「児童文学」「文章構成法」などがある。PL学園女子短期大学教授、山村女子短期大学教授・図書館長を経て、名誉教授。日本伝承史文学会理事長。[団]日本児童文芸家協会、日本文芸家協会、日本現代詩人会、日本ペンクラブ、日本伝承史文学会、埼玉県文化団体連合会(常任理事)、浦和文芸家協会(副会長)

槇 佐知子　まき・さちこ
作家　古典医学研究家　[専]古典医学　医史学　民俗学　[生]昭和8年　[出]静岡県榛原郡相良町　[学]相良高(昭和27年)卒、武蔵野美術大学通信制(昭和28年)中退　[賞]菊池寛賞(第34回)(昭和61年)「全訳精解大同類聚方」、エイボン女性大賞功績賞(昭和62年)「全訳精解大同類聚方」　[歴]小説家の故滝井孝作に師事し、世界各国の開国神話の比較研究や日本の古典文学の研究を進め、古典をテーマにした創作を多数発表。また昭和49年以来、丹波康頼が隋・唐の医書から撰述した、日本最古の医学全書「医心方」(全30巻)の研究に取り組み、平成6年第1期5冊が刊行。筑波技術短期大学講師も務める。8年「医心方」第2期5冊が刊行。「医心方養生篇現代訳」や医薬処方集の現代語訳「全訳精解大同類聚方」の他、著書に「春のわかれ」「シャエの王女」「今昔物語と医術と呪術」「医心方の世界」「くすり歳時記」「日本昔話と古代医術」などがある。　[団]日本医史学会、儀礼文化学会

牧 杜子尾　まき・としお
児童劇作家　元・中野区立多田小学校校長　[生]昭和2年8月18日　[出]大分市　本名＝牧敏雄　[学]早稲田大学日本文学科卒　[賞]日本児童演劇協会賞(昭和54年)　[歴]児童劇脚本研究会「こまの会」同人、戯曲作品に「ほんとうの宝ものは?」「消えた化け太郎」、著書に「世界のとんち話」「プレイゲーム」「牧杜子尾小学校劇30選」、編著書に「新選学校劇集」「たのしい小学校劇」などがある。　[団]日本児童演劇協会、東京都小学校児童文化研究会(特別理事)

真樹 日佐夫　まき・ひさお
小説家　劇画原作者　空手家　空手真樹道場首席師範　真樹プロ代表取締役　[生]昭和15年6月16日　[出]東京　本名＝高森真土(たかもり・まさと)　別名＝正木亜都(まさき・あど)、高森真士(たかもり・しんじ)　[学]早稲田大学文学部英文科中退　[賞]オール読物新人賞(第33回)(昭和43年)「兇器」　[歴]大山倍達の極真空手に入門、5段になる。一時は大山に継ぐナンバー2として後進の指導にあたった。昭和30年代から劇画の原作を書き始める一方小説も書き、43年には「兇器」でオール読物新人賞を受賞。劇画の代表作に「ワル」がある。60年6月兄梶原一騎と共作でミステリー小説「マルチーズらぷそでい」を書き、覆面作家正木亜都として発表。同年11月にはプロレス界と空手界の裏面を描いた「覆面レスラーぶるうす」を出版。著書に「割れた虚像」「カラテ」「格闘者」「極真カラテ二七人の侍」など。　[団]世界空手道連盟　[家]兄＝梶原一騎(劇画作家・故人)

槇 ひろし　まき・ひろし
童話作家　現代美術家　[生]昭和16年　[出]兵庫県神戸市　[学]多摩美術大学(昭和40年)卒　[賞]講談社児童文学新人賞(昭和47年)「カポンをはいたけんじ」　[歴]現代美術家として作品を発表する一方、童話、絵本などの創作を手がける。昭和47年童話「カポンをはいたけんじ」で講談社児童文学新人賞を受賞。他の著書に「さかだちぎつね」「ながいながいりんごのかわ」「キラキラまるのせんちょうさん」「山ぞくになったねこたち」、〈こどものともシリーズ〉に「やぎのはかせのだいはつめい」「みんなでわらった」などがある。

真木 洋三　まき・ようぞう
作家　[生]大正15年5月27日　[出]福岡県小郡市　本名＝石丸守孝(いしまる・もりたか)　[学]気象技術官養成所(現・気象大学校)(昭和22年)卒、九州大学経済学部(昭和26年)卒　[歴]福岡管気象台勤務を経て、九州大学入学。昭和26年読売新聞社入社。社会部記者を経て、福岡放送営業部長として出向のあと、読売新聞社に復帰。56年退社し、著述に専念。主な著書に「小説銀行管理」「流人」「東郷平八郎」「五代友厚」「モーツァルトは誰に殺されたか」などがある。
[団]日本文芸家協会、日本推理作家協会

蒔岡 雪子　まきおか・ゆきこ
文筆家　文学界新人賞を受賞　[出]東京都　[学]立教大学大学院博士課程修了　[賞]文学界新人賞(第94回)(平成14年)「飴玉が三つ」　[歴]平成14年「飴玉が三つ」で第94回文学界新人賞を受賞。

真岸 務　まぎし・つとむ
作家 元・高校教師 [生]大正14年 [出]大阪市生野区 本名=酒井利一 [学]大阪第一師範学校(昭和22年)卒、関西学院大学文学部日本文学科卒 [歴]昭和25年大阪市立天王寺中に赴任し、尼崎市立尼崎高校教頭、尼崎東高校校長、兵庫県立神崎工業高校校長などを歴任。61年に退職。この間、「木馬」「蟻」「蟹」などの同人として文学活動を続け、作品に「リルル・マリー」「凍傷」「た・か・さ・ご」などがある。

牧瀬 五夫　まきせ・いつお
作家 医師 [生]昭和25年4月 [出]福岡県 本名=牧瀬忠広(まきせ・ただひろ) [学]早稲田大学政経学部(昭和48年)中退、熊本大学医学部(昭和54年)卒 [歴]2年間の病院勤務を経て、60ケ国を放浪。昭和57年からポーランドに住み、58年ワルシャワ・メディカル・アカデミーに入学。その後生命保険会社のエキストラ医師となり、日本とワルシャワで執筆活動に従事。著書に「ワルシャワのドン・キホーテ」「熱砂の沈黙」や三部作「螺鈿の懐剣」「アムステルダム・入れ墨夜話」「ワルシャワ能面殺人事件」など。

牧南 恭子　まきなみ・やすこ
小説家 [出]中国・瀋陽 [学]名古屋市立女子短期大学卒 [歴]三菱電機に入社。OL生活の傍ら、サンリオロマンス賞に応募。佳作に2度入選。「爪先」でデビュー。ミステリーやホラータッチの短編を得意とする。また、日中戦争や満州を題材にした作品もある。著書に「帰らざる故国」など。

牧野 英二　まきの・えいじ
小説家 [生]明治42年4月25日 [出]神奈川県小田原市 [学]早稲田大学独文科(昭和7年)卒 [賞]新潮社文芸賞(第7回)(昭和19年)「突撃中隊の記録」 [歴]文芸春秋社に入った後モダン日本社(新太陽社)に転じ、編集・出版に従事。昭和12年応召、中国を転戦。18年「突撃中隊の記録」を発表。その後軍報道に協力、戦後筆を断った。 [家]兄=牧野信一(作家・故人)

まきの えり
小説家 [生]昭和28年12月11日 [出]兵庫県尼崎市 本名=槇野絵里 [学]立命館大学卒 [賞]早稲田文学新人賞(第4回)(昭和62年)「プツン」 [歴]昭和62年「早稲田文学」に「プツン」を発表し、注目を集める。その後、「クロワッサン」などに小説を発表している。著書に「まきの・えり作品集 プツン」など。 [団]日本文芸家協会

牧野 修　まきの・おさむ
小説家 [生]昭和33年3月 [出]大阪府大阪市 別筆名=牧野ねこ [学]大阪芸術大学芸術学部卒 [賞]奇想天外新人賞(第2回)(昭和54年)「名のない家」、幻想文学新人賞(第1回)(昭和60年)「召されし街」、ハイ!ノヴェル大賞(平成4年)「王の眠る丘」 [歴]高校時代に筒井康隆主催の同人誌「ネオ・ヌル」で活躍。大学在学中、第2回奇想天外新人賞を受賞。幻想文学、恐怖小説などを手がけ、「SFマガジン」誌に〈ネバーランド〉シリーズを不定期連載して好評を博す。著書に「プリンセス奪還」「ビヨンド ザ ビヨンド」「Mouse」「クロックタワー2 ヘレン編」など。

牧野 省三　まきの・しょうぞう
映画監督 映画製作者 [生]明治11年9月22日 [没]昭和4年7月25日 [出]京都府京都市西陣千本 別名=マキノ省三(まきの・しょうぞう) [歴]地方劇団員、演劇興行主を経て新設の映画会社、横田商会(のちの日活)に入り、明治41年初めての監督映画「本能寺合戦」を発表。翌年には岡山で地方回りの歌舞伎役者、尾上松之助に目をつけて映画界に入れ、以後日活京都撮影所長兼重役として、大正年間に彼が主演した時代劇作品を大量製作し、松之助時代を築く。また忍術映画やアクションもののほか教育映画にも着目し、大正10年にマキノ教育映画製作所を設立。12年にはマキノプロダクションを興して日活を去り、昭和初期には革新的な時代劇映画「浪人街」を製作した。昭和3年大作「実録忠臣蔵」を最後に引退、この間約350本を製作。明治時代に映画製作を始めてから、プロデューサー、脚本家、監督など映画のあらゆる分野を開拓して"日本映画の父"といわれた。 [家]息子=マキノ雅広(映画監督)、マキノ光雄(映画製作者)、松田定次(映画監督)、娘=マキノ智子(女優)、孫=長門裕之(俳優)、津川雅彦(俳優)、マキノ省一(テレビプロデューサー)、マキノ正幸(沖縄アクターズスクール校長)

牧野 信一　まきの・しんいち
小説家 [生]明治29年11月12日 [没]昭和11年3月24日 [出]神奈川県足柄下郡小田原町 [学]早稲田大学英文科(大正8年)卒 [歴]時事新報社の「少年」「少女」記者となり、大正8年同人誌「十三人」を創刊し、その2号に「爪」を発表し文壇に認められる。13年「父を売る子」を刊行。昭和5年創刊の「作品」に参加し、6年には「文科」を創刊、またこの頃「西部劇通信」を刊行。井伏鱒二、坂口安吾、石川淳などの新人発掘にも力があった。9年行きづまりを感じ小田原に引きこもる。初期のころは私小説の作風をとっていたが、昭和に入り知的幻想趣味の色が濃くなり、「村のストア派」「吊籠と月光と」「バ

ラルダ物語」「ゼーロン」「淡雪」などを発表。著書に「鬼涙村」「酒盗人」など。「牧野信一全集」（全3巻、人文書院）、「牧野信一全集」（筑摩書房、平成13年秋刊行予定）。

牧野 誠義　まきの・せいぎ

小説家　元・富山県警交通機動隊長　㊞とやま文学賞（昭和61年）「尾根の雨」　㊞警察官であった昭和22年県警の教養誌「まもり」の懸賞小説に入賞。文才が認められ37年から3年間「富山県警察史」を執筆。40年交通巡ら隊の初代隊長、42年退職。51年64歳の時日本一周のサイクリングに出発し見事完走、57年から日本一周サイクリング・シルバー会会長代行を務める。61年、山岳遭難を題材に若い男女の心の葛藤を描いた小説「尾根の雨」が、とやま文学賞を受賞。著書は他に「71歳日本一周の旅」など。

牧野 節子　まきの・せつこ

児童文学作家　㊞昭和24年5月22日　㊞東京都　本名＝国枝節子　㊞日本大学芸術学部放送学科卒　㊞ないちもんめ小さな童話大賞（第6回）（平成1年）「桐下駄」、女流新人賞（第35回）（平成4年）「水族館」　㊞電子オルガン、ピアノ教師の仕事の傍ら、30代の後半に入ってからものを書き始め、童話、小説、エッセイなど多方面にわたって執筆。「猫手大賞」入選、「美味しんぼ食コラム」準優秀作などの入選歴がある。著書に「極悪飛童」「いじわる退治ひみつ組」など。　㊞日本児童文学者協会、日本文芸家協会

マキノ ノゾミ

劇作家　演出家　M.O.P.(マキノ・オフィス・プロジェクト)主宰　㊞昭和34年9月29日　㊞静岡県　本名＝牧野望　㊞同志社大学文学部卒　㊞十三夜会賞（平成3年）「ピスケン」、筑紫学園戯曲賞（第1回）（平成6年）「モンローによろしく」、芸術選奨文部大臣新人賞（第45回、平6年度）「MOTHER」、京都市芸術新人賞（平成7年）、読売文学賞（戯曲シナリオ賞、第49回、平9年度）（平成10年）「東京原子核クラブ」、鶴屋南北戯曲賞（第4回）（平成13年）「高き彼物」、紀伊国屋演劇賞（第36回）（平成13年）　㊞大学在学中から演劇活動を始め、卒業後、劇団M.O.P.(マキノ・オフィス・プロジェクト)を結成、主宰。代表作に「HAPPY MAN」「ピスケン」「エンジェル・アイズ」「東京原子核クラブ」「高き彼物」「黒いハンカチーフ」がある。「HAPPY～」は石родзиにより漫画化、「週刊アクション」に連載された。平成4年「ピスケン」で東京国際演劇祭に参加。9年森光子主演の舞台「深川しぐれ」の脚本を担当。

牧野 不二夫　まきの・ふじお

劇作家　市民劇場「未来座」理事長　㊞大正7年4月19日　㊞平成2年7月31日　㊞愛知県名古屋市千種区　㊞大阪外語大中退　㊞新美南吉賞（第4回）「貝がらの詩」　㊞ラジオ、テレビの勃興期に売れっ子作家として「ラッキートンちゃん」などの連続ドラマを執筆。昭和41年井沢慶一らと市民劇場未来座を旗揚げし、理事長に就任。地元を題材にした自作の脚本を上演する他、俳優として風流座などの舞台に立ち、子ども劇場と称してミュージカルを上演するなど多彩に活動した。代表作に新美南吉を描いた「貝がらの詩」や、地役者・中山喜楽を扱った「かんしょ物語」、「やっとかめだなも」「金城おどり」「王子とこじき」など。　㊞日本放送協会、日本演劇協会、名古屋演劇ペンクラブ

牧野 吉晴　まきの・よしはる

美術評論家　小説家　㊞明治37年9月25日　㊞昭和32年12月21日　㊞愛知県名古屋市　本名＝牧野勝彦　㊞東京植民貿易語学校卒　在学中川端画学校にも通う。詩作を志したこともあるが小茂田青樹について日本画に専念し、昭和5年「猿猴図」が聖徳太子奉賛展に入選。「東陽」の編集をし、毎号美術評論を執筆。14年「文芸日本」を創刊。戦中から戦後にかけて小説を執筆し「遠い青空」「愛情一路」「唐手風雲録」などの作品がある。

牧原 あかり　まきはら・あかり

児童文学作家　㊞昭和27年3月24日　㊞新潟県　㊞国立音楽大学音楽学部中退　㊞講談社児童文学新人賞佳作（第24回）「くまのレストランのなぞ」　㊞ピアノ教師を務める傍ら、児童文学を創作。昭和58年講談社児童文学新人賞で、「くまのレストランのなぞ」（原作）が佳作に入選。翌年「くまのレストランのひみつ」と改題して刊行。平成3年国立台北師範大学に留学。他の著書に「まいごの手紙のひみつ」。

槇本 楠郎　まきもと・くすろう

児童文学者　歌人　㊞明治31年8月1日　㊞昭和31年9月15日　㊞岡山県吉備郡福谷村　本名＝槇本楠男　㊞早稲田大学予科中退　㊞農業にたずさわりながら文学を学び、大正11年詩集「処女林のひびき」を、14年編著「吉備郡民謡集」を刊行。のち児童文学面でプロレタリア文学運動に参加し「プロレタリア児童文学の諸問題」「プロレタリア童謡講話」、童謡集「赤い旗」を昭和5年に刊行。日本のファッショ化が進んだ10年から11年にかけては「新児童文学理論」や「仔猫の裁判」などの童話集を多く刊行。戦後は共産党に入党、児童文学者協会

で活躍するなど、生涯を民主的、芸術的児童文学のためのたたかいに捧げた。歌集に「婆婆の歌」(無産者歌人叢書)があり。 [家]娘＝槇本ナナ子(童話作家)

牧屋 善三　まきや・ぜんぞう

小説家 [生]明治40年5月17日 [没]昭和52年5月11日 [出]北海道松前町 本名＝岡田五郎 [学]明治学院高等部中退 [歴]昭和3年の3.15事件に連座、明治学院中退、大宅壮一の下で「千一夜物語」を翻訳、また浅草の軽演劇に脚本を書いた。丹羽文雄の推薦で15年「文学者」に「傀儡」を連載、のち「限りなき出発」と改めて出版。16年「青年芸術派」同人となり「春の雲光り」などを出版した。戦後は筆を絶った。 [家]兄＝岡田三郎(作家・故人)

正岡 容　まさおか・いるる

小説家 演芸評論家 [生]明治37年12月20日 [没]昭和33年12月7日 [出]東京・神田東松下町 旧姓(名)＝平井 旧名＝蓉 [学]日本大学芸術科(大正12年)中退 [歴]東京・神田に軍医の子として生まれ、のち正岡家の養子となる。大正11年、数えの19歳で歌集「新堀端」を刊行、翌年には文芸春秋に掲載された黄表紙風の小説「江戸再来記」が芥川龍之介から賞讃されて自信を得る。14年岩佐東一郎らと「開化草紙」を刊行。以後、酒にひたり女性遍歴を重ねながらも小説、落語、浪曲の台本、評論を書き続けた。太平洋戦争中から書き始めた演芸に関する随筆・評論で戦後はその方面の権威者となった。その一方では寄席の世界に没入し、一時、コロムビア・レコード文芸部で浪曲を担当、落語家を志して高座に上がったこともある。東宝名人会顧問。また「寄席風俗」「日本浪曲史」「荷風前後」「明治東京風俗事典」、小説「影絵は踊る」「円朝」「寄席」、随筆「百花園」など数多くの著書があり、小沢昭一、加藤武、桂米朝、永井啓夫ら門弟の多いことでも知られた。「正岡容集覧」(仮面社)がある。 [家]弟＝最上純之介(詩人)

まさき えみこ

児童文学作家 小学校教師(大宮市立大宮南小) [生]昭和15年 [出]旧満州・大連 本名＝柴崎恵美子 別名＝柾木恵美子(まさき・えみこ) [学]埼玉大学教育学部卒 [賞]埼玉文芸賞(第11回)(昭和55年)「けん、いっしょに地球をまわろう」、「子ども世界」新人賞(昭和56年) [歴]大学卒業後、大宮市立宮原小学校、西小学校、芝川小学校を経て、大宮南小学校に赴任。大学生時代から「児童文化の会」の会員となり、作品を「子ども世界」に発表。主な作品に「じゅんちゃんと7まいのパンツ」「母さんの消えた時間」「えっちゃんとうっかりママ」他。 [団]児童文化の会、日本児童文学者協会

真崎 かや　まさき・かや

小説家 [生]昭和43年 [出]徳島県 [賞]ENIXエンターテインメントホラー大賞(短編小説部門優秀賞)(平成13年) [歴]平成13年「声を聞かせて」でENIXエンターテインメントホラー大賞短編小説部門優秀賞受賞。

正木 としか　まさき・としか

小説家 [出]東京都 本名＝正木淑香 [賞]北海道新聞文学賞(佳作,第28回)(平成6年)「パーティしようよ」 [歴]2歳から札幌で暮らす。大学時代まで文学とは無縁だったが、社会に出てから読んだ藤堂志津子の小説に感銘を受け、25歳の時から文化教室の創作教室で小説を書き始める。平成4年「風が吹く部屋」で文学界同人雑誌優秀作、6年「パーティーしようよ」で北海道新聞文学賞佳作となる。企画・編集会社に勤務。

正木 不如丘　まさき・ふじょきゅう

小説家 俳人 医師 信州富士見高原療養所所長 [生]明治20年2月26日 [没]昭和37年7月30日 [出]長野県上田 本名＝正木俊二 旧号＝零筑子 [学]東京帝大医科大学(大正2年)卒 医学博士 [歴]大正9年パリのパスツール研究所に留学、帰国後慶応義塾大学医学部助教授となった。11年朝日新聞に小説「診療簿余白」を連載、作家としてデビュー。以後昭和初期にかけ専門知識を生かした探偵小説「県立病院の幽霊」「手を下さざる殺人」「果樹園春秋」などのほか「木賊の秋」「とかげの尾」と多くの大衆小説も手がける。傍ら、昭和の初めから信州富士見高原療養所を経営、所長を務めた。同療養所は「風立ちぬ」の堀辰雄、婚約者の矢野綾子、竹久夢二らが入院したことや、久米正雄の小説「月よりの使者」の舞台として知られる。一方、独協中学在学中から俳句を始め、河東碧梧桐選「日本俳句」に投句。大学に入ってからは中断したが、のち療養所内の雑誌「高原人」に作品を発表、俳人としても活躍した。句集に「不如丘句歴」がある。

正延 哲士　まさのぶ・てつし

作家 [生]昭和6年 [出]高知県 [学]立命館大学文学部中退 [歴]高知放送製作部勤務の後、昭和55年「博士頭芦田主馬太夫」で執筆活動を始める。推理物、やくざものを得意とする。また、冤罪事件に関心を持ち、弁護活動に力を注ぐとともに、権力批判をつづけている。著書に「日本叛乱伝説」「遙かなり聖母の河」「最後の博徒―波谷守之の半生」「蒔絵職人・霜上則男の冤罪」「バリ島奇談」「七人御崎」「金融極道」「じゃがたらお春」他。 [団]日本推理作家協会

正宗 白鳥　まさむね・はくちょう

小説家　劇作家　評論家　[生]明治12年3月3日　[没]昭和37年10月28日　[出]岡山県和気郡穂浪村(現・備前市穂浪町)　本名＝正宗忠夫　別号＝白丁、剣菱　[学]東京専門学校(現・早稲田大学)(明治34年)卒　[資]帝国芸術院会員(昭和16年)　[賞]文化勲章(昭和25年)、文化功労者(昭和26年)、菊池寛賞(第5回)(昭和32年)、読売文学賞(第11回・小説賞)(昭和34年)「今年の秋」　[歴]小学校時代から文学書を耽読する。またキリスト教に傾倒し、明治30年に植村正久によって受洗する。34年「読売新聞」の「月曜文学」欄に評論を発表する。36年読売新聞社に入社、7年間在籍。この間、37年「寂寞」を発表して小説を書きはじめ、40年の「塵埃」、41年発表の「何処へ」で自然主義作家の登場と目され、以後小説、評論、随筆の面で幅広く活躍。昭和25年文化勲章を受章。32年批評活動で菊池寛賞を、34年「今年の秋」で読売文学賞を受賞した。他の代表作に「微光」「入江のほとり」「人を殺したが…」「今年の秋」「リー兄さん」などの小説、「人生の幸福」などの戯曲、評論「文壇人物評論」「作家論」「内村鑑三」「自然主義文学盛衰史」、自伝「文壇五十年」など。「正宗白鳥全集」(全30巻，福武書店)がある。　[家]弟＝正宗敦夫(万葉学者)、正宗得三郎(洋画家)、妹＝辻村乙未(小説家)

正本 ノン　まさもと・のん

作家　[生]昭和28年1月26日　[出]北海道釧路市　[学]上智大学卒　[賞]小説ジュニア青春新人賞「吐きだされた煙はため息と同じ長さ」　[歴]広告代理店に勤務の後、初めて書いた小説「吐きだされた煙はため息と同じ長さ」が「小説ジュニア」青春新人賞となる。主にコバルト文庫で活躍。他に「だってちょっとスキャンダル」「クレソンサラダをめしあがれ」「キラー通り7番地」「前略、親不孝通りから」「あいつ」などがある。

真尾 悦子　ましお・えつこ

作家　[生]大正8年10月18日　[出]東京　[学]共立女専卒　[歴]同人誌に小説を発表。「小説でなく事実を下敷きしたものを書きたい」と、以来さまざまな職業の女のありのままの姿を書き続ける。農村の“出稼ぎ未亡人”を書いた「土と女」、炭坑の女たちを訪ねた「地底の青春」、沖縄の女たちを描いた「いくさ世(ゆう)を生きて—沖縄戦の女たち」、北転船の遭難続く港町を描いた「海恋い—海難漁民と女たち」のほか「たった二人の工場から」「沖縄祝い唄」「気ままの虫」などの著作がある。　[団]日本民俗学会

間嶋 稔　まじま・みのる

作家　元・高校教師　[生]昭和5年　[出]新潟県　[学]新潟大学教育学部卒　[賞]松岡譲文学賞(第3回)(昭和53年)「海辺のレクイエム」、北日本文学賞(第18回)(昭和60年)「悪い夏」、日本海文学大賞(第2回)(平成3年)「海鳴りの丘」　[歴]公立高校教師を経て、新潟清心女子高校教諭・教頭、ノートルダム幼稚園園長を務める。その後、NHK新潟文化センターなどの講師を務める。著書に「間嶋稔の文章塾」「父親のための女の子の育て方」がある。

真下 五一　ましも・ごいち

小説家　随筆家　[生]明治39年5月5日　[没]昭和54年3月23日　[出]京都府　本名＝林五市　[学]明治大学商学部卒　[歴]教師をしながら文学を志し、芥川賞候補作品となった「仏間会議」をはじめ、「暖簾」などの作品を発表。著書に「鯉の髭」「京都の人」など。伝記小説と京都を描いたものが多い。

桝井 寿郎　ますい・としろう

小説家　梅花短期大学日本語表現科教授　[専]近世文学　[生]昭和9年5月24日　[出]大阪府大阪市　[学]甲南大学文学部国文科(昭和33年)卒　[興]井原西鶴、三好達治　[歴]梅花短期大学附属図書館長を務めた。著書に「近代怪談集」「井原西鶴」「大塩平八郎」「大阪地下鉄沿線ガイド」など。　[団]日本文芸家協会、日本ペンクラブ、ドフトエスキー文学会、西鶴文学会(代表)、日本詩人クラブ

真杉 静枝　ますぎ・しずえ

小説家　[生]明治34年10月3日　[没]昭和30年6月29日　[出]台湾　[学]台中高女中退　[歴]高女中退後は看護婦などをし、また若くして結婚生活に失敗してからは新聞記者などをする。この頃武者小路実篤を知り愛人としての生活を送る。昭和2年処女作「小魚の心」を発表し、以後「大調和」「女人芸術」などに発表する。8年「桜」の同人となり、中村地平と同棲する。13年「小魚の心」を刊行。17年に、中山義秀と結婚するが、20年離婚。戦後は鏡書房を設立したり、原爆少女のために尽くすなどした。また「読売新聞」の身の上相談で好評を博した。他の作品に「松山氏の下駄」「ながれ」「役割」「風の町」などがあるほか、少女小説も多数ある。　[家]元夫＝中山義秀(小説家)

増田 明子　ますだ・あきこ

児童文学作家　[生]昭和37年　[学]共立女子短期大学文科卒　[賞]MOE童話大賞(第9回)(昭和63年)「くしゃみくしゃくしゃ—ぼくの日記」、講談社児童文学新人賞(第33回)(平成4年)「7月のコンプレックス前線」　[歴]漫画雑誌編集プロダクション勤務の傍ら、童話の創作を手掛ける。

増田 篤夫　ますだ・あつお

小説家　評論家　⊕明治24年4月9日　⊗昭和11年2月26日　⊕滋賀県彦根　⊕早稲田大学英文科(大正3年)中退　⊕大正2年「朱欒」に退廃的な女性の恋愛心理を描いた「恋人譲渡の件」を発表。4年「早稲田文学」に「風」を書き、その後は評論に転じた。8年の「有島武郎論」は定評があり、続いて「有島生馬論」「福士幸次郎論」を書いた。昭和に入って三富朽葉の評論・伝記研究がある。

益田 太郎冠者　ますだ・たろうかじゃ

劇作家　実業家　台湾製糖専務取締役　⊕明治8年9月25日　⊗昭和28年5月18日　⊕東京・品川　本名=益田太郎(ますだ・たろう)　⊕アントワープ商業大学卒　⊕ベルギーに留学し、帰国後実業界で活躍。一方太郎冠者の筆名で明治37年頃から世相風刺の軽喜劇「正気の狂人」「玉手箱」などを書き、新派で上演された。39年からは帝国劇場重役となり文芸方面を担当、森律子のために毎回脚本を書き、名コンビを組んだ。「コロッケの歌」の作詞・作曲でも知られる。　⊕父=益田孝(三井財閥総帥)

舛田 利雄　ますだ・としお

映画監督　シナリオライター　⊕昭和2年10月5日　⊕兵庫県神戸市　⊕大阪外国語大学露語科(昭和24年)卒　⊕おおさか映画祭監督賞・作品賞(第6回、昭55年度)「二百三高地」、毎日映画コンクール監督賞(第44回、平元年度)「社葬」、ブルーリボン賞監督賞(第32回、平元年度)「社葬」、牧野省三賞(第33回)(平成3年)、紫綬褒章(平成5年)、勲四等旭日小綬章(平成11年)　⊕新東宝シナリオ塾で学び、昭和25年新東宝の助監督となる。29年日活に移籍し、「悪の報酬」「月蝕」「勝利者」などのシナリオを書く。32年「心と肉体の旅」で監督デビュー。以後裕次郎映画を手がけ、渡哲也の育ての親として日活アクションの屋台骨を支える。日活での代表作品は「錆びたナイフ」「赤い波止場」「人生劇場」「赤いハンカチ」「花と竜」など。43年からフリー。以降「トラ・トラ・トラ!」「暁の挑戦」「追いつめる」「人間革命」「さらば宇宙戦艦ヤマト」「二百三高地」「社葬」などの作品がある。　⊕息子=舛田明広(テレビディレクター)

増田 久雄　ますだ・ひさお

映画プロデューサー　シナリオライター　プルミエ・インターナショナル社長　⊕昭和21年　⊕東京都　筆名=北原陽一(きたはら・よういち)　⊕早稲田大学政経学部卒　⊕日本映画テレビプロデューサー協会賞(特別賞、平5年度)(平成6年)、エランドール賞(特別賞)　⊕大学卒業後、石原プロモーション勤務を経て、昭和51年プルミエ・インターナショナルを設立。映画、演劇、テレビの企画・製作を手がける。主な作品に映画「矢沢永吉RUN&RUN」「チ・ン・ピ・ラ」「バローギャングBC」「沙耶のいる透視図」「ロックよ、静かに流れよ」(脚本共)「君は僕をスキになる」「スキ!」「ナンミン・ロード」(脚本共)「課長島耕作」「高校教師」「ヒーローインタビュー」、アニメ映画「風を見た少年」他、演劇「おかしな二人」「朝食まで居たら?」(翻訳共)他。昭和62年「エアーウルフ」の翻訳本を出版。平成9年故石原裕次郎との思い出を描いた「太平洋の果実―石原裕次郎の下で」を出版。10年日本で初めて本格的な米国型タレント事務所、クリエイターズ・エージェンシーを設立。監督や脚本家に代わって映画会社などと交渉する代理人(エージェント)システムを業界に導入。

増田 みず子　ますだ・みずこ

小説家　⊕昭和23年11月13日　⊕東京都　本名=榛名みず子　⊕東京農工大学農学部植物防疫学科(昭和48年)卒　⊕野間文芸新人賞(第7回)(昭和60年)「自由時間」、泉鏡花文学賞(第14回)(昭和61年)「シングル・セル」、芸術選奨文部大臣新人賞(第42回, 平3年度)(平成4年)「夢虫(ゆめんむし)」、伊藤整文学賞(第12回)(平成13年)「月夜見」　⊕日本医科大学研究室に10年間勤務。一方、詩の形で自分の感受性を確かめることから出発し、処女作「死後の関係」以後、昭和52年頃から文芸雑誌に小説を発表。53年「個室の鍵」「桜寮」、54年「ふたつの春」「慰霊祭まで」で芥川賞候補となり、56年と58年にも候補にあげられる。61年に「シングル・セル」で第14回泉鏡花文学賞を受賞。集団の中から取り出して"個"としての人を描く作家として高い評価を受けている。他の著作に「道化の季節」「麦笛」「自殺志願」「内気な夜景」「独身病」「自由時間」「鬼の木」「ふたつの春」「童神」「禁止時間」「月夜見(つくよみ)」など。　⊕日本文芸家協会

増本 勲　ますもと・いさお

「ライオンの考えごと」の著者　⊕昭和36年　⊕広島県　⊕広島工業大学卒　⊕ニッサン童話と絵本のグランプリ童話大賞(第8回)(平成4年)「ライオンの考えごと」　⊕大学卒業後、国家公務員となる。童話に「ライオンの考えごと」がある。

桝本 清　ますもと・きよし

演出家　劇作家　映画監督　⊕明治16年　⊗昭和7年8月19日　⊕山口県　⊕早稲田大学文学部哲学科(明治39年)卒　⊕歌舞伎座の作者部屋で新派の台本を執筆。明治41年、新派俳優藤沢浅二郎開設の東京俳優養成所(のちの

俳優学校)主事となり、演技術、芸術概論を講じ、俳優育成に当たった。また同年吉沢商会が建てた目黒撮影所の文芸部を経て日活に入り、向島撮影所脚本部、角筈十二社撮影所長兼撮影課長。43年井上正夫と新時代劇協会を結成、初期新劇運動にも活躍。大正10年渡米、のち日活脚本部長、教育映画を製作した。戯曲「非国民」「悪夢」などがある。

舛山 六太　ますやま・ろくた

小説家　[生]大正6年　[出]旧朝鮮　[学]京城師範卒、立命館大学卒　[賞]千葉賞(昭和25年)「草、死なざりき」、サンデー毎日新人賞(昭和45年)「降倭記」　[歴]終戦時新京(現・中国吉林省長春市)師範学校教師。戦後京都市の中学校に勤務。昭和50年上京中学校長を最後に退職。著書に「草、死なざりき」「降倭記」「流氓」。

間瀬 昇　ませ・のぼる

作家　医師　「海」主宰　[専]内科学　[生]大正14年1月11日　[出]旧朝鮮・京城　[学]京城医学専門学校(昭和20年)卒　[賞]三重県文化奨励賞(昭51年度)　[歴]昭和41年文芸同人誌「海」を創刊主宰。51年度三重県文化奨励賞を受賞する。著書に「孤魂の作家私論」「青春残記」「間瀬昇作品集」などがある。　[団]日本文芸家協会

又吉 栄喜　またよし・えいき

小説家　[生]昭和22年7月15日　[出]沖縄県浦添市　[学]琉球大学法文学部史学科(昭和45年)卒　[賞]新沖縄文学賞佳作(第1回)(昭和50年)「海は蒼く」、琉球新報短篇小説賞(第4回)(昭和51年)「カーニバル闘牛大会」、九州芸術祭文学賞(第8回)(昭和52年)「ジョージが射殺した猪」、すばる文学賞(第4回)(昭和55年)「ギンネム屋敷」、芥川賞(第114回)(平成8年)「豚の報い」　[歴]昭和48年浦添市職員となる。その傍ら、47年頃から小説を書き始める。基地沖縄をテーマにした作品で新沖縄文学賞、九州芸術祭文学賞など地方の文学賞の受賞を重ね、55年「ギンネム屋敷」で第4回すばる文学賞を受賞。平成8年「豚の報い」で芥川賞を受賞。浦添市立図書館、11年浦添市美術館を退職して、執筆活動に専念。復帰後、次第に沖縄的感性が埋没して行く時代変化をとらえる。他の著書に「木登り豚」「果報は海から」「波の上のマリア」など。　[団]日本文芸家協会

町田 康　まちだ・こう

小説家　ロック歌手　俳優　[生]昭和37年1月15日　[出]大阪府大阪市住吉区　本名＝町田康(まちだ・やすし)　旧芸名＝町田町蔵(まちだ・まちぞう)　[学]今宮高卒　[賞]ドゥマゴ文学賞(第7回)(平成9年)「くっすん大黒」、野間文芸新人賞(第19回)(平成9年)「くっすん大黒」、芥川賞(第123回)(平成12年)「きれぎれ」、萩原朔太郎賞(第9回)(平成13年)「土間の四十八滝」、川端康成文学賞(第28回)(平成14年)「権現の踊り子」　[歴]17歳のとき大阪でロックン・ロール・バンドを結成したのを皮切りに、“INU”“FUNA”“人民オリンピック・ショウ”“至福団”とバンドを変遷。昭和56年INUの「メシ喰うな」でレコードデビューし、62年に町田町蔵名義で初めてのレコード「ほなどないせぇゆぅね」を出す。音楽活動と並行して俳優としても活動し、57年映画「爆裂都市」(石井聡亙監督)、62年「ロビンソンの庭」(山本政志監督)に出演。平成元年前衛劇団・維新派の舞台「スクラップ・オペラINDEX」にも出演し、話題を呼ぶ。3年名前を本名の町田康に戻し、町田康+北沢組を結成。4年詩集「供花」を発表、本格的に執筆活動を始める。7年町田康+ザ・グローリーを結成。12年「きれぎれ」で芥川賞を受賞。他のアルバムに「駐車場のヨハネ」「どうにかなる」「脳内シャッフル革命」、著書にエッセイ集「壊色」、小説「くっすん大黒」「夫婦茶碗」「屈辱ポンチ」「俺、南進して。」「土間の四十八滝」「権現の踊り子」、「町田康全歌詩集1977〜1997」などがある。他の映画出演作に「水の中の八月」「エンドレスワルツ」「アトランタブギ」「ロマンティックマニア」「黒い家」がある。　[団]日本文芸家協会　http://www.machidakou.com/

町田 トシコ　まちだ・としこ

小説家　[生]明治29年　[没]昭和53年1月30日　[出]長崎県北高来郡　本名＝堀井トシコ　[学]鶴鳴高女卒　[賞]中央公論懸賞新人小説三席入選(第2回)　[歴]中外日報社に勤務の傍ら詩・小説を執筆。小説「かんころめし」が第2回中央公論懸賞新人賞に入選する。他の著書に「かんころめし特派員」。　[団]日本女詩人会

町田 日出子　まちだ・ひでこ

翻訳家　児童文学作家　[生]昭和5年12月19日　[出]神奈川県　[学]津田塾大学英文科卒　[歴]在学中より、児童文学・翻訳を村岡花子に師事。戸板女子短大講師を経て、昭和56年神奈川県中井町に移住。以来夫と共に有機農業によるシオンの国で、診療助手、英語勉強会、百姓に従事。著訳書に「続あしながおじさん」「荒野をこえて」や、夫との共著「死ぬまで生きたい」「シオンの国からこんにちは」など。　[団]日本アメリカ文学会　[家]夫＝町田隆弘(医師・シオンの国主宰)

町田 柳塘　まちだ・りゅうとう

小説家　㊗（生没年不詳）　本名＝町田源次郎　別号＝町田柳次郎、楓村居士　㊥滑稽、探偵、奇伝小説を多く書き、発表年の明らかなものに明治37～40年にかけ「滑稽問答」「軍事小説・橘英男」「滑稽徳川明治史」「空中軍艦」「地下戦争」「伝記小説侠雄録」「滑稽冥府物語」などがあり、不明のものに「滑稽日本史」「日本奇人伝」「四十七士実伝」など。

街原 めえり　まちはら・めえり

児童文学作家　㊥MOE童話大賞（第8回）（昭和62年）「エムおばさんとくま」　㊥昭和62年偕成社とケイエス企画が共催する第8回「MOE童話大賞」を受賞。受賞作は「エムおばさんとくま」。

松井 計　まつい・けい

小説家　㊤昭和33年7月5日　㊥愛媛県八幡浜市　筆名＝松井永人（まつい・えいじん）、前名＝霧島永人（きりしま・えいじん）　㊥亜細亜大学経営学部（昭和58年）卒　㊥英語講師、古書店店主などを経て、作家活動に入る。純文学作品を出版後、若桜木虔らと"霧島永人"の筆名で創作集団・霧島那智に参加、戦争シミュレーション小説を多数発表。平成7年春独立。東京マルチメディア専門学校で映像心理学を教える。13年公団住宅を強制退去となり、路上生活を余儀なくされる。永人名義の著書に「血戦！帝国艦隊進撃ス」「東條英機暗殺‼」「土方歳三北海の剣」、本名の計名義の著書に「華やかなる憂鬱」「ホームレス作家」などがある。
㊥日本文芸家協会、推理作家協会、冒険作家クラブ

松井 今朝子　まつい・けさこ

歌舞伎研究家・脚本家　㊤昭和28年9月28日　㊥京都府京都市祇園町　㊥早稲田大学大学院文学研究科演劇学専攻修士課程修了　㊥ミリア特別審査員賞（平成8年）「デジタル歌舞伎エンサイクロペディア」、時代小説大賞（第8回）（平成9年）「仲蔵狂乱」　㊥祇園の料亭・川上の長女。昭和54年松竹演劇制作部に入り、歌舞伎の企画制作に携わる。58年ぴあに移り、演劇を担当。その後、フリーとなり編集コーディネーターとしてオフィス渓を主宰するかたわら、演出家の武智鉄二に師事して歌舞伎上演台本を作成。のち歌舞伎研究家、脚本家として活躍し、近松座の台本執筆、演出にも携わる。著書に「歌舞伎入門」「仲蔵狂乱」「ぴあ歌舞伎ワンダーランド」（監修）、CD-ROMに「デジタル歌舞伎エンサイクロペディア」がある。

松居 松翁　まつい・しょうおう

劇作家　舞台監督　㊤明治3年2月18日　㊦昭和8年7月14日　㊥宮城県塩釜　本名＝松居真玄（まつい・まさはる）　別号＝松居松葉（まつい・しょうよう）　㊥第1次「早稲田文学」の編集に従事し、明治27年処女脚本「昇旭朝鮮太平記」を発表。28年「中央新聞」記者となり、32年以降、初代市川左団次のために「悪源太」「敵国降伏」などの脚本を執筆。39年演劇研究のためヨーロッパに渡り、帰国後明治座で左団次の舞台監督となる。以後、文芸家協会、松竹などで舞台監督、脚本家として活躍。大正2年には公衆劇団を組織した。代表作に「茶を作る家」「政子と頼朝」「坂崎出羽守」などがあるほか、童話劇「子供の極楽」や、評論「芝居と子供」なども執筆した。

松居 スーザン　まつい・すーざん

児童文学作家　翻訳家　㊤昭和34年　㊥ニューヨーク州（米国）　筆名＝まついすーざん　㊥ウイリアムス大学作曲科卒　㊥宮沢賢治　㊥路傍の石幼少年文学賞（第19回）（平成9年）「森のおはなし」「はらっぱのおはなし」　㊥大学在学中にオーストリアのザルツブルグ・モーツァルテウムに留学、作曲科、ホルン科で学ぶ。卒業後、結婚のため来日。3人の子どもを育てながら創作、翻訳にとりくむ。著書に「おかあさんのたからばこ」「森のおはなし」「はらっぱのおはなし」、訳書に「ひぐまのあき」がある。

松居 直　まつい・ただし

児童文学者　福音館書店相談役　㊤大正15年10月5日　㊥京都府京都市北区　㊥同志社大学法学部（昭和26年）卒　㊥サンケイ児童出版文化賞大賞（第10回）（昭和38年）、サンケイ児童出版文化賞（第12回）（昭和40年）「ももたろう」、BIB特別功労賞（チェコスロバキア）、モービル児童文化賞（平成5年）　㊥26年福音館書店設立と同時に編集長に就任。取締役編集部長、43年社長を経て、60年会長。のち相談役。30年いぬいとみこ、鈴木晋一らと児童文学研究会を結成、35年「子どもと文学」（共著）を刊行し、伝統的な童話批判をして児童文学の本質を論じた。編集部長時代の31年月刊絵本「こどものとも」を創刊し、38年サンケイ児童出版文化賞大賞を受賞。著書の絵本「ももたろう」でも40年サンケイ児童出版文化賞を受賞している。創作絵本や民話絵本の領域を開拓し、今日の絵本の隆盛に寄与した第一人者。東京造形大学、白百合女子大学の非常勤講師も務めた。他の代表作に「やまのきかんしゃ」「ぴかくんめをまわす」「だいくとおにろく」など。また評論に「絵本とは何か」「絵本をみる眼」（共著）「わたしの絵本論」「絵本を読む」ほかがある。
㊥日本出版学会、日本国際児童図書評議会（理

事）[家]息子＝松居友（児童文学作家）、松居和（尺八奏者）、娘＝小風さち（児童文学作家）

松井 千尋　まつい・ちひろ

小説家　[生]昭和49年6月20日　[学]京都精華大学人文学部卒　[賞]ノベル大賞（読者大賞）（平11年）「ウェルカム・ミスター・エカリタン」　[歴]平成11年「ウェルカム・ミスター・エカリタン」でノベル大賞読者大賞受賞。

松井 智　まつい・とも

童話作家　[生]昭和42年　[賞]わたしの名ゼリフコンテスト名ゼリフ大賞（第1回）、毎日童話新人賞（第22回）　[歴]わたしの名ゼリフコンテストで名ゼリフ大賞を受賞。毎日童話新人賞に入賞。絵本の原案担当に「こわれたガラス箱」がある。

松居 友　まつい・とも

児童文学作家　元・福武書店児童部編集長　[生]昭和28年3月2日　[出]東京都杉並区　筆名＝本居つま（もとおり・つま）　[学]上智大学文学部ドイツ文学科卒、上智大学大学院ドイツ文学専攻（昭和54年）修士課程修了　[興]昔話、アイヌ文化　[歴]上智大学とザルツブルク大学でゲーテを研究。留学中知りあった米国女性と結婚して帰国、昭和55年福武書店児童部編集長となる。平成元年の冬、一家で北海道に移住。アイヌの民話からユングの心理学まで広い視野から児童文学や評論の執筆に専念。著書に「わたしの絵本体験」「昔話の死と誕生」、児童文学「鹿の谷のウタラとイララ」、絵本「シュシナーナとサバリコビレ」「ほのおのとり」など。　[団]千歳アイヌ文化伝承保存会、千歳の自然保護協会　[家]父＝松居直（福音館書店相談役）、弟＝松居和（尺八奏者）、妹＝小風さち（児童文学作家）
http://www.kitanomori.com

松井 稔　まつい・みのる

シナリオライター　元・映画監督　[生]明治36年1月16日　[没]平成7年5月14日　[出]大阪府大阪市北区樋之上町　[学]法政大学本科（大正15年）卒　[歴]法政大学在学中の大正14年松竹キネマ蒲田撮影所監督部に入社、清水宏監督に師事する。昭和6年監督に昇進、「落第未遂」でデビュー。10年松竹を退社し、翌年PCLに入社。宝塚少女歌劇団の作品などを撮るが16年映画界を離れる。戦後は主に映画・テレビのシナリオを執筆。主な作品に映画「新日本珍道中」（新東宝）、テレビ「花芯」「特別機動捜査隊」（テレ朝）など。

松井 安俊　まつい・やすとし

著述家　[生]昭和4年　[出]千葉県・九十九里浜　[賞]千葉児童文学賞（第26回）（昭和59年）「朱色のトキ」　[歴]旭、銚子、八日市場各市で小学校長、千葉県県立青年の家所長、県教育庁山武指導主事などを経て、旭市文書館に勤務。著作品に「房総の駅百景」「旭の風土と文化」「朱色のトキ」、編著に「写真集/飯岡・旭・八日市場の昭和史」、共著に「つげ口やの友子」などがある。

松浦 健郎　まつうら・けんろう

小説家　脚本家　映画監督　[生]大正9年9月29日　[没]昭和62年5月7日　[出]埼玉県秩父郡大滝村大血川　[学]日本大学専門部国文科（昭和17年）中退　[歴]昭和17年満州映画協会に入社。19年東宝に転じ、黒沢明、山本薩夫らの助監督をつとめる。戦後、23年脚本家に転向、代表作に「風速40米」（33年）、「電光石火の男」（35年）、「青年の椅子」（37年）など。また41年には小説「悪魔のようなすてきな奴」を発表した。

松浦 沢治　まつうら・さわじ

小説家　「玄海派」主宰　[生]大正3年10月31日　[出]佐賀県唐津市　[学]高小卒　[歴]木工所の一人息子として生まれ、家業に。唐津の松浦党の研究をライフワークとし、昭和54年長編時代物「虹の松原一揆」を著わす。41年に唐津市周辺の文学愛好者を集め、文芸誌「玄海派」を主宰。同人たちへの指導ぶりから“松浦塾”と呼ばれ、農民文学の山下惣一、西谷洋、女流の佐々木信子らを育てた。作品は他に小説集「熊襲部落」、長編小説「虹の部落」など。59年短編集「唐津近郷夜話」を刊行。他の著書に「玄海近郷異聞」「松浦佐用姫」など。

松浦 淳　まつうら・じゅん

医師　東北北海道文学賞を受賞　[出]北海道紋別市　[賞]東北北海道文学賞（第3回）（平成5年）「窓辺の頬杖」　[歴]札幌北楡病院の骨髄移植チームの一員として勤務の傍ら小説を執筆。

松浦 節　まつうら・せつ

元・高校教師　元・創価中学校校長　「伊奈半十郎上水記」で第6回歴史文学賞を受賞　[出]広島県　[学]広島大学卒　[賞]歴史文学賞（第6回）（平成13年）「伊奈半十郎上水記」　[歴]静岡県立富士高校、静岡高校の国語教師などを経て、平成元年から6年まで創価中学校校長を務める。13年「伊奈半十郎上水記」で第6回歴史文学賞を受賞。

松浦 寿輝　まつうら・ひさき

小説家　詩人　映画評論家　東京大学大学院総合文化研究科教授　[専]フランス近代詩　映像論　映画史　表象文化論　[生]昭和29年3月18日　[出]東京都　[学]東京大学教養学部フランス学科(昭和51年)卒、東京大学大学院仏語仏文学専攻(昭和55年)修士課程修了、パリ第3大学大学院博士課程修了　文学博士(パリ第3大学)(昭和56年)　[興]エッフェル塔、日本近代詩　[賞]高見順賞(第18回)(昭和63年)「冬の本」、吉田秀和賞(第5回)(平成7年)「エッフェル塔試論」、三島由紀夫賞(第9回)(平成8年)「折口信夫論」、渋沢クローデル賞(平山郁夫特別賞，第13回)(平成8年)「平面論―1880年代西欧」、芸術選奨文部大臣賞(第50回，平11年度)(平成12年)「知の庭園」、芥川賞(第123回)(平成12年)「花腐し」　[歴]昭和51～53年及び55～56年フランス政府の給費留学生として渡仏。東京大学教養学部フランス語科助手、電気通信大学助教授、東京大学教養学部助教授、のち大学院総合文化研究科助教授を経て、教授。研究者の傍ら、詩人、映画評論家としても活躍。のち小説も執筆するようになり、平成12年「花腐し」で芥川賞を受賞、東大教授の同賞受賞は初めて。他の著書に詩集「ウサギのダンス」「松浦寿輝詩集」「冬の本」「鳥の計画」、小説「幽」、小説集「もののたはむれ」、評論「記号論」「口唇論―記号と官能のトポス」「映画n-1」「スローモーション」「折口信夫論」「平面論―1880年代西欧」「知の庭園―19世紀パリの空間装置」、訳書に「ヴァレリー全集カイエ篇」(分担訳)ロベール・ブレッソン「シネマトグラフ覚書」など。「麒麟」同人。

松浦 理英子　まつうら・りえこ

小説家　[生]昭和33年8月7日　[出]愛媛県松山市　[学]青山学院大学文学部仏文科(昭和56年)卒　[賞]文学界新人賞(第47回)(昭和53年)「葬儀の日」、女流文学賞(第33回)(平成6年)「親指Pの修業時代」　[歴]昭和53年20歳でデビュー作品「葬儀の日」が第47回文学界新人賞を受賞。後に芥川賞候補となる。ほかの作品に「乾く夏」「肥満体恐怖症」「火のリズム」「セバスチャン」「ナチュラル・ウーマン」「親指Pの修業時代」「現代語訳樋口一葉『たけくらべ』」「おぼれる人生相談」「裏ヴァージョン」、エッセイ集に「ポケット・フェティッシュ」、対談集「おカルトお毒味定食」など。　[団]日本文芸家協会

松尾 光治　まつお・こうじ

文学界新人賞を受賞　[生]昭和33年　[出]千葉県　[学]早稲田大学中退　[賞]文学界新人賞(第78回)(平成6年)「ファースト・ブルース」　[歴]会社員。

松尾 スズキ　まつお・すずき

演出家　劇作家　俳優　大人計画主宰　[生]昭和37年12月15日　[出]福岡県北九州市折尾　本名＝松尾勝幸　[学]九州産業大学芸術学部　[賞]岸田国士戯曲賞(第41回)(平成9年)「ファンキー！宇宙は見える所までしかない」、ゴールデン・アロー賞(演劇賞，第38回，平12年度)(平成13年)　[歴]会社員、イラストレーターを経て、昭和63年劇団大人計画を結成。以来女子中学生から大人まで幅広いファンを獲得。役者として舞台に立つほか、テレビドラマ「若葉のころ」、映画「ナイトヘッド」「愛の新世界」「立入禁止！STAFF ONLY」、CFにも出演。平成10年竹内銃一郎のカメレオン会議に参画。作品に「マシーン日記」「愛の罰」「ファンキー！宇宙は見える所までしかない」「パンドラの鐘」「キレイ」、著書にエッセイ集「大人失格」がある。

松尾 由美　まつお・ゆみ

小説家　[生]昭和35年　[出]石川県金沢市　[学]お茶の水女子大学外国文学科英文学専攻(昭和58年)卒　[歴]7年間のOL生活を経て、作家に。平成元年第17回ハヤカワSFコンテスト入選。主な作品に「バルーン・タウンの殺人」「ブラック・エンジェル」「ピピネラ」など。

松岡 享子　まつおか・きょうこ

児童文学作家　翻訳家　評論家　東京子ども図書館理事長　[専]図書館学　児童文学　[生]昭和10年3月12日　[出]兵庫県神戸市　別名＝まつおかきょうこ(まつおか・きょうこ)　[学]神戸女学院大学英文科卒、慶応義塾大学図書館学科卒、ウエスタン・ミシガン大学大学院図書館学科(昭和38年)修士課程修了　[興]昔話、ストーリーテリング　[賞]サンケイ児童出版文化賞(第16回)(昭和44年)「くしゃみくしゃみ天のめぐみ」、子ども文庫功労賞(第3回，昭61年度)、エイボン女性年度賞(教育賞)(平成2年)、博報賞(国語教育部門，第24回)(平成5年)、日本絵本賞(翻訳絵本賞)(平成9年)「だちょうのくびはなぜながい？」、巌谷小波文芸賞(第22回)(平成11年)　[歴]米国ボルティモア市立公共図書館、大阪市立中央図書館勤務を経て、昭和42年家庭文庫“松の実文庫”を開設。49年東京子ども図書館を設立、理事長に就任。かたわら、児童文学の創作、翻訳、研究に従事。また、45年からユネスコ・アジア太平洋地域共同出版計画編集委員を務め、平成元年には国際識字年の記念絵本の編集に携わる。4年国際アンデルセン賞選考委員。著書に「くしゃみくしゃみ天のめぐみ」「おふろだいすき」「サンタクロースの部屋」「とこちゃんはどこ」「たのしいお話シリーズ」、訳書に「しろいうさぎとくろいうさぎ」「世界でいちばんやかましい音」など多数。

[団]日本図書館協会、ユネスコ・アジア文化センター(評議員)

松岡 圭祐　まつおか・けいすけ

小説家　催眠術師　臨床心理士　[生]昭和43年12月3日　[出]愛知県　[学]法政大学卒　[賞]サウス・インターナショナル・カウンセリング協会賞(平成8年)　[歴]4歳から催眠術を習い、21歳で催眠療法カウンセラーとなり、テレビ番組に催眠術師として出演するようになる。著書に「催眠術バイブル」「松岡圭祐の催眠絵本」「図解催眠術のかけ方」「催眠記憶術」がある。平成9年「催眠」で小説家としてデビュー。同書はベストセラーとなり、11年映画化される。12年「千里眼」が映画化され、脚本も担当。他の小説に「水の通う回路」「煙」がある。　[団]日本文芸家協会

松岡 弘一　まつおか・こういち

小説家　[生]昭和22年7月7日　[出]埼玉県比企郡川島町　[学]日本大学経済学部中退　[賞]黒豹小説賞(平成3年)「狂悪の遺産」、小説CLUB新人賞(平成3年)、池内祥三文学奨励賞(第21回)(平成3年)「坂道」「鬼婆」、日本文芸家クラブ大賞(短編小説部門，第6回)(平成9年)「仮面アルツハイマー症」　[歴]アルバイト生活を続けながら20年余り小説の執筆、投稿を繰り返す。平成3年池内祥三文学奨励賞などを立て続けに受賞し、プロ作家となる。新鷹会所属。著書に「ヒッチコックの卵」「X日(デー)の惨劇」「利己的殺人」「ノックアウト」「極道拳」「仮面アルツハイマー症」など。

松岡 沙鴎　まつおか・さおう

小説家　[生]昭和10年　[出]福岡県　[学]九州大学法学部(昭和34年)卒　[賞]新風社出版賞(奨励賞，フィクション部門，第12回)(平成12年)「埋められた金印」　[歴]平成12年「埋められた金印」で第12回新風社出版賞フィクション部門奨励賞受賞。

松岡 清治　まつおか・せいじ

シナリオライター　企画制作集団・陸蒸気(おかじょうき)代表　[生]昭和7年10月31日　[出]佐賀県唐津市　[学]早稲田大学第一文学部史学科卒　[歴]教育映画配給社、文化映画研究所などを経て、昭和36年日活映画「明日が私に微笑みかける」(共同脚本)でデビュー。その後、NHK脚本研究会で修業。NHK学校放送で15年間に300本以上の台本を担当。主な作品に映画「犯す！」「花芯の刺青・熟れた壺」(日活)、ラジオ「魔の視聴率」(NHK)、テレビアニメ「巨人の星」「ルパン三世」「ドラエモン」など。
[団]日本脚本家連盟

松岡 節　まつおか・せつ

児童文学作家　[生]昭和7年　[出]東京　[賞]ミセス童話大賞優秀賞(昭和57年)　[歴]奈良市立幼稚園に13年間勤務。その間第5回放送教育研究論文入賞、のち放送教育にあたる。その後、主婦業のかたわら創作活動に従事。著書に「ハンカチさんベレーさんマントさん」「ぜんべいじいさんのいちご」「つりかわマルくん」他。

松岡 照夫　まつおか・てるお

小説家　[生]大正3年4月8日　[没]昭和55年12月10日　[出]東京　号＝江鳥　[学]明治大学文芸科(昭和11年)卒　[歴]昭和14年応召。従軍中は江鳥の号で「鶴」に句作発表。戦後、文芸家協会勤務のかたわら、「文学会議」などに執筆。31年頃より作家生活に入る。「日本の怪奇」などがある。

松岡 やよい　まつおか・やよい

小説家　[賞]ティーンズハート大賞(優秀賞，第9回)「永遠に続く暗闇のなかで…」　[歴]「永遠に続く暗闇のなかで…」で第9回ティーンズハート大賞優秀賞を受賞し、作家デビュー。3月21日生まれ。

松岡 譲　まつおか・ゆずる

小説家　随筆家　[生]明治24年9月28日　[没]昭和44年7月22日　[出]新潟県古志郡石坂村(現・長岡市)　旧姓(名)＝松岡善譲　別号＝鴉山人　[学]東京帝大哲学科(大正6年)卒　[歴]東京帝大在学中の大正5年、芥川、菊池らと第四次「新思潮」を創刊し「罪の彼方へ」を発表。以後「砲兵中尉」などの小説を多く発表し、注目された。7年、漱石の長女筆子と結婚したが、結婚問題が尾を引き、文壇的には不遇であった。11年「九官鳥」を刊行し、12年には第一書房の処女出版として「法城を護る人々」上巻を刊行(15年完結)した。その他の作品に「憂鬱な愛人」「敦煌物語」などがある。他に漱石研究に打込み「漱石先生」「漱石・人とその文学」「漱石の漢詩」などの著書もある。　[家]娘＝松岡陽子

松岡 義和　まつおか・よしかず

劇作家　元・中学校教師　名寄短期大学生活学科教授　北見手づくり絵本の会代表　北海道芸術教育の会会長　[専]油彩(油絵)　[生]昭和13年3月2日　[出]北海道常呂郡訓子府町　[学]日本大学芸術学部美術科(昭和35年)卒　[賞]日本児童演劇協会地域児童文化功労賞(昭和62年)、石附賞(昭和63年)　[歴]北海道網走管内の小清水中、紋別・潮見中などを経て、昭和53年端野町立端野中学教諭、のち北見市立高栄中学教諭を務める。美術、特殊学級担任。同年北見手づくり絵本の会をつくり、できた作品の美術館建設を目ざす。59年地域の人々の協力を得て手

づくり絵本美術館をオープン。宮沢賢治の熱烈な心酔者で、手づくり絵本だけでなく障害児教育、児童演劇、野外教育と精力的な活動を続ける。のち名寄短期大学教授。著書に「村の子どもと雪ん子」「ある森の物語」など。㊾日本演劇教育連盟、宮沢賢治学会

松木 功　まつき・いさお
シナリオライター　プロデューサー　㊕昭和2年9月2日　㊡平成5年4月6日　㊊日本シナリオ作家協会シナリオ功労賞(平成6年)　㊋九州生まれ。昭和30年よりシナリオライターとして新東宝、東映などで執筆。37年からは電通制作のアニメ番組の脚本をプロデュース。40年国際放映とプロデューサーの専属契約をし、TV映画を制作。48年以降はフリー。主な作品に「剣聖暁の三十六番斬り」「特別機動捜査隊」「鉄人28号」(構成)「アルプスの少女ハイジ」(構成)などがある。

松樹 剛史　まつき・たけし
小説家　㊕昭和52年　㊋静岡県静岡市　筆名=久坂玄瑞　㊐大正大学文学部日本語日本文学科卒　㊊小説すばる新人賞(第4回)(平成14年)「ジョッキー」　㊌中学時代から歴史小説を愛読し、傍らゲームを通じて競馬ファンになる。卒業後久坂玄瑞のペンネームで競馬雑誌に投稿。平成14年競馬小説「ジョッキー」で第4回小説すばる新人賞を受賞。

真継 伸彦　まつき・のぶひこ
小説家　文芸評論家　俳人　姫路獨協大学一般教育部教授　㊕平成7年3月18日　㊋京都府　㊐京都大学文学部ドイツ文学科(昭和29年)卒　㊊文芸賞(第2回)(昭和38年)「鮫」　㊌大学卒業後上京し、校正のアルバイト、専修大学図書館勤務、青山学院大学講師などをしながら同人雑誌に参加。昭和40年芝浦工業大学講師になり、43~49年桃山学院大学に勤務、のち姫路獨協大学教授。38年、応仁の乱から天正年間までの一向一揆を描いた「鮫」で文芸賞を受賞。他に「鮫」の続篇「無明」、ハンガリー事件における知識人の苦悩を描いた「光る声」がある。45年「人間として」の創刊に参加。他に評論「未来喪失者の行動」、「親鸞全集」(全5巻・現代語訳)など。　㊾日本文芸家協会、日本独文学会

松木 ひろし　まつき・ひろし
シナリオライター　S・H・Pプロ　㊕昭和3年11月16日　㊋東京　本名=松木弘(まつき・ひろし)　㊐東京高(旧制)卒　㊌終戦後、鎌倉アカデミアで芝居を勉強。明治座文芸部、ニッポン放送を経て、昭和34年フジテレビへ。ディレクターをしていたが、36年に脚本家として独立。主な作品にテレビ「だいこんの花」「池中玄太80キロ」「ある日突然スパゲティ」「女7人あつまれば」、戯曲「婆娑に脱帽」など。㊾日本演劇協会、日本放送作家協会

松倉 紫苑　まつくら・しおん
小説家　㊕昭和34年1月4日　㊐東洋大学卒　㊊サンリオロマンス賞(第4回)(昭和61年)「よみがえった伝説」　㊌アルバイトの傍ら、創作に励む。著書「よみがえった伝説」で第4回サンリオロマンス賞を受賞。

松坂 忠則　まつさか・ただのり
カナモジカイ理事長　青少年文化の会理事長　元・産業能率短期大学教授　㊐国語学　児童文学　㊕明治35年1月20日　㊡昭和61年3月2日　㊋秋田県　㊐秋田県立工業講習所(大正6年)卒業　㊌教育普及のためにはカナ文字が必要としてカナ文字運動に傾倒。昭和2年「カナモジカイ」本部員となり、カナモジ・タイプライターの組織、漢字制限の方法、カナヅカイのあり方などの研究に従事し、23年から59年まで「カナモジカイ」理事長をつとめた。この間25年小・中学校国語教科書の編集に携わり、31年から国語審議会委員。38年から産業能率短大教授、ほかに「青少年文化の会」理事長も務めた。著書に「カナヅカイ論」「国語国字論争─復古主義への反論」「現代表記と文章技術」、児童文学短編集「火の赤十字」「朝雲のように」「山の王者」などがある。長男=松坂ヒロシ(早稲田大教育学部教授)

松崎 博臣　まつざき・ひろおみ
シナリオライター　映画監督　㊕明治34年　㊋千葉県勝浦市　本名=松崎省策(まつざき・せいさく)　㊐東京商科大学本科(昭和3年)卒　㊌昭和3年松竹蒲田脚本研究所に学び、同年脚本部に入社。蒲田専属脚本家として「青春交響楽」などのシナリオを書く。野村芳亭と組むことが多く、作品に「真理の春」や「金色夜叉」などがある。9年新興キネマ東京大泉撮影所に転社し監督となるが、作品は10年に撮った「国境の町」「木曽情話」の2本のみで、再び脚本家の仕事に戻る。戦後は大映の脚本家養成所主事や日本大学芸術学部映画学科でシナリオの講師をする。28年からは立正佼成会の布教映画の演出をしたり、「佼成ニュース」などを撮る。

松崎 美保　まつざき・みほ
小説家　㊕昭和30年　㊋宮崎県延岡市　㊐お茶の水女子大学哲学科中退　㊊早稲田文学新人賞(第6回)(平成1年)「まり子のこと」、文学界新人賞(第88回)(平成11年)「DAY LABOUR」　㊌作品に「まり子のこと」「DAY LABOUR」などがある。

松崎 洋二　まつざき・ようじ
小説家　松崎産業(株)社長　[生]昭和7年　[出]栃木県足利市　[学]早稲田大学第一法学部卒　[歴]昭和33年松崎産業(株)設立、キルティング事業を創業。足利を考える会代表世話人、足利市立西小学校PTA会長、足利女子高校PTA会長、足利市行政改革調査委員等を務めた。平成3年足利市長選に出馬。また学生時代に尾崎士郎から助言され、仕事の傍ら小説を書くようになる。著書に「地方政治入門」「足利義兼」「足利尊氏」他。

松沢 睦実　まつさわ・むつみ
児童文学作家　[生]昭和24年　[出]東京　[学]東洋大学仏教学科卒　[賞]毎日童話新人賞(昭和54年)「マノおじさんとねむりりゅう」　[歴]昭和54年「マノおじさんとねむりりゅう」で毎日童話新人賞を受賞。他の作品に「おおかみかいだんかけのぼれ」「オートバイにのったサンタクロース」「ヤミノヤミウシ物語」など。

松下 宗彦　まつした・むねひこ
白百合女子大学名誉教授　[専]上代文学　[生]大正4年3月29日　[没]平成9年3月17日　[出]東京　筆名＝鈴木五郎　[学]東京帝大文学部国文科(昭和16年)卒、東京大学大学院国文学専攻修士課程修了　[歴]白百合女子大学教授を経て、名誉教授。傍ら日本推理作家協会員で、著書に鈴木五郎の筆名で「上杉謙信異聞―謀略川中島」などがある。　[団]日本推理作家協会

松下 竜一　まつした・りゅういち
小説家　市民運動家　[専]ノンフィクション　[生]昭和12年2月15日　[出]大分県中津市　[学]中津北高(昭和30年)卒　[賞]講談社ノンフィクション賞(第4回)(昭和57年)「ルイズ―父に貰いし名は」　[歴]母親の急死で家業の豆腐屋を継ぎ、13年間父とともに豆腐屋を続けたが、著書「豆腐屋の四季」の出版を機会に昭和45年、家業を廃業して著述業に転身。他に大杉栄の遺児の生涯を描いた「ルイズ―父に貰いし名は」、セメント公害をとりあげた「風成の女たち」、甲山事件を扱った「記憶の闇」や「反核パビリオン繁盛記」「狼煙をみよ」「母よ、生きるべし」などがある。平成10年著作集「松下竜一 その仕事」の刊行開始、14年全30巻が完結した。一方、昭和47年から豊前火力発電所の建設反対運動に取りくみ、この闘争を機に住民運動の機関誌「草の根通信」を毎月欠かさず発行、平成9年300号を迎えた。

松代 達生　まつしろ・たつお
作家　[出]兵庫県神戸市　[学]神戸市外国語大学英米学科卒　[賞]文学界新人賞佳作(第44回)「子殺し」　[歴]小説「子殺し」が第44回文学界新人賞佳作に、「飛べない天使」が第77回直木賞候補作に選ばれる。著書に「飛べない天使」「愛の動詞・普段活用」、共著に「酒場漂流」など。

松田 瓊子　まつだ・けいこ
小説家　[生]大正5年3月19日　[没]昭和15年1月13日　[出]東京市小石川区高田豊川町(現・東京都文京区)　[学]日本女子大学附属高女(昭和8年)卒、日本女子大学校英文科中退　[歴]女学校時代から少女小説を書きはじめる。昭和12年「七つの蕾」を出版。同年政治学者・松田智雄と結婚。15年病没。著書に「七つの蕾」、遺稿「紫苑の園」「小さき碧」「サフランの歌」「香澄」、「少年小説大系〈第25巻〉少女小説名作集2」のほか「松田瓊子全集」(全6巻・別巻資料編，柳原書店)がある。　[家]夫＝松田智雄(東京大学名誉教授)、父＝野村胡堂(小説家・音楽評論家)

松田 章一　まつだ・しょういち
劇作家　[生]昭和11年　[出]石川県能美郡辰口町　[学]金沢大学法文学部(昭和34年)卒　[賞]文化庁舞台芸術創作奨励賞(昭和58年)「島清世に敗れたり」、金沢市民文化活動賞(昭和63年)、泉鏡花記念金沢市民文学賞(第25回)(平成9年)「戯曲集 和菓子屋包匠他」　[歴]昭和34年暁烏敏全集刊行会勤務、36年金沢大学法文学部助手を経て、39年同大学教育学部附属高校教諭となる。平成7年同校副校長となり、9年退職。2年より鏡花劇場代表を務める。著書に「松田章一脚本集」「直道の人」「戯曲集 和菓子屋包匠他」「暁烏敏―世と共に世を超えん」などがある。

松田 昭三　まつだ・しょうぞう
脚本家　[生]昭和3年3月27日　[出]新潟県　本名＝花安昭三　[学]東洋大学文学部国文科(昭和24年)卒　[賞]シナリオ功労賞(第22回)(平成10年)　[歴]昭和36年東宝脚本部研究生となり、新藤兼人、吉村公三郎監督に助監督としてつく。デビュー作は36年の日本テレビ「ママちょっと来て」。主な映画シナリオに「裸の19歳」「鯉のいる村」「はしれ!リュウ」他。著書に短篇小説集「陸奥土産」、随筆集「映画とペン」がある。　[団]日本シナリオ作家協会(監事)、日本文芸家協会、近代映画協会

松田 司郎　まつだ・しろう
児童文学作家　評論家　大阪国際女子大学人間科学部コミュニケーション学科教授　「きっどなっぷ」主宰　[生]昭和17年3月13日　[出]大阪府大阪市　[学]同志社大学文学部英文学科卒　[歴]昭和40年より文研出版で児童図書の編集に

たずさわり、59年退社。フリーライターを経て、帝国女子大学教授、大阪国際女子大学教授をつとめる。現代児童文学や宮沢賢治を講じる。子どもの本の批評家で、作家としては50年に発表した「ウネのてんぐ笑い」が処女作、ほかに「花あかり」「海のぼうや」など、評論集に「現代児童文学の世界」「子どもが扉をあけるとき」「宮沢賢治の旅」ほかがあり、訳書に「ちいさなシリーズ」など。同人誌「きっどなっぷ」を主宰。　[団]日本児童文学者協会、日本児童文学学会

松田 竹の嶋人　まつだ・たけのしまびと

小説家　[生]明治7年1月23日　[没]昭和14年4月7日　[出]熊本市　本名＝白井寅雄　[歴]明治13年熊本から東京移住、有斐学校に学んだ。のち実業界に転じたが、尾崎紅葉に知られ竹嶼の号で俳句、また大正14年から都新聞に「黒駒の勝蔵」（平凡社刊「現代大衆小説全集」収録）など時代小説を執筆。晩年実業界に復帰した。

松田 解子　まつだ・ときこ

小説家　[生]明治38年7月18日　[出]秋田県仙北郡荒川村　本名＝大沼ハナ(おおぬま・はな)　旧姓(名)＝松田ハナ　[学]秋田女子師範(大正13年)卒　[賞]多喜二・百合子賞(第2回)(昭和41年)「おりん口伝」、田村俊子賞(第8回)(昭和43年)「おりん口伝」　[歴]荒川銅山の鉱夫長屋で生まれる。2年間小学校教師を務めるが、労働歌を歌うなどしたことが問題となり、大正15年上京。江東地区の工場で働き、労働運動家大沼渉と結婚。昭和3年の共産党大弾圧で夫と共に検挙される。日本プロレタリア作家同盟に加わり、5年雑誌「女人芸術」に「全女性進出行進曲」が作詩入選。次いで小説、詩、随筆、評論を次々と発表。9年久保栄らと「文芸街」を創刊。「女性線」「朝の霧」など戦前の作品のほかに、戦後は「地底の人々」「おりん口伝」「回想の森」などがある。作品は実在感に富むと言われる。一方、感想評論集「子供とともに」を出版するなど、児童問題にも関心を深めた。詩集に「辛抱づよい者へ」「列」「松田解子詩集」。　[団]日本文芸家協会、日本民主主義文学同盟　[家]夫＝大沼渉(社会運動家)

松田 範祐　まつだ・のりよし

児童文学作家　高校教師(関西高校)　[生]昭和15年　[出]サイパン島　[学]慶応義塾大学卒　[歴]日本童話会において児童文学の基本を学び、同人誌「松ぼっくり」同人。昭和34年毎日児童小説に「チポリの国の物語」が佳作となる。著書に「きつねくんのてじな」「瀬戸の潮鳴り―小説・明石海人」がある。　[団]日本児童文学者協会

松田 寛夫　まつだ・ひろお

シナリオライター　[生]昭和8年9月3日　[出]京都府　[学]京都大学文学部独文科(昭和33年)卒　[賞]毎日映画コンクール脚本賞(平成2年)「社葬」　[歴]昭和33年東映に入社。助監督をつとめた後、昭和42年東映専属の脚本家となるが、45年以降フリー。主な作品に「脅喝こそわが人生」「網走番外地」シリーズ、「さそり」シリーズ、「人斬り与太・狂犬三兄弟」「仁義の墓場」「柳生一族の陰謀」「誘拐報道」「花いちもんめ」「激突」「社葬」他。

松田 正隆　まつだ・まさたか

劇作家　演出家　俳優　[生]昭和37年　[出]長崎県　[学]立命館大学卒　[賞]扇町ミュージアムスクエア戯曲賞(大賞，第1回)(平成6年)「坂の上の家」、扇町ミュージアムスクエア戯曲賞(特別賞，第2回)(平成7年)「海と日傘」、岸田国士戯曲賞(第40回，平7年度)(平成8年)「海と日傘」、京都市芸術新人賞(平7年度)(平成8年)、読売演劇大賞(作品賞，第5回)(平成10年)「月の岬」、読売文学賞(戯曲・シナリオ賞，第50回)(平成11年)「夏の砂の上」、京都府文化賞(奨励賞，第19回)(平成13年)　[歴]平成2年京都で劇団時空劇場を結成(9年解散)、作・演出を担当。第5回公演「紙屋悦子の青春」で注目される。戯曲に「坂の上の家」「海と日傘」「紙屋悦子の青春」「月の岬」「母たちの国へ」がある。また7年より演劇プロデューサーの遠藤寿美子、劇作家の平田オリザと共に“月の岬プロジェクト”を京都で発足、地域演劇の活性化に貢献。関西派演劇人の一人。

松田 美智子　まつだ・みちこ

ノンフィクション作家　小説家　[生]昭和24年8月7日　[出]山口県岩国市　筆名＝雨宮早希(あまみや・さき)、松田麻妙(まつだ・まみ)　[学]学習院女子短期大学英文科卒　[歴]俳優・松田優作と結婚。長女をもうけるが離婚。その後、シナリオなどの執筆活動に入る。平成3年松田との生活を綴った「永遠の挑発」で作家デビュー。出版社に勤務時代、事件の内幕話に興味を持ったことがきっかけで、ルポライターに。他の著書に「女子高生誘拐飼育事件」「美人銀行員オンライン横領事件」「情事の果て」「大学助教授の不完全犯罪」「少女はなぜ逃げなかったのか」「オウムの女」「なにが彼女を狂わせたか」「福田和子はなぜ男を魅了するのか」。雨宮早希の筆名でミステリ「EM」「遺体処置」も執筆。　[家]元夫＝松田優作(俳優・故人)

松田 良夫 まつだ・よしお
 小説家 ⊕大正8年3月14日 ⊕富山県魚津市 本名＝松田義雄 ⊗三日市農学校（昭和9年）卒 ⊕検事局雇員、巡査を経て、終戦後帰農。昭和30～56年文芸同人誌「つむぎ」を創刊し、主宰。著書に「和訳浄土三部経」「晴れたり曇ったり」「信じて愛して一親鸞と恵信尼」「けむり」他。 ⊕日本文芸家協会

松谷 健二 まつたに・けんじ
 翻訳家 ドイツ文学研究家 ⊕昭和3年8月12日 ⊕平成10年2月9日 ⊕東京 ⊗東北大学文学部文学科独文学専攻（昭和28年）卒 ⊕昭和28年静岡薬科大学講師。山形大学人文学部助教授、教授を経て、49年フリーの翻訳家となる。のちには小説も手がけた。主訳書に「エッダ」、レンジェル「オグの第二惑星」、ブーフハイム「Uボート」、シェール「オロスの男」、ダールトン＆エーヴェルス「宇宙英雄ローダン・シリーズ」、小説に「逆層」「アレクサンドロスの女」など。 ⊕日本文芸家協会

松谷 みよ子 まつたに・みよこ
 児童文学作家 松谷みよ子民話研究室主宰 「びわの実ノート」編集同人 ⊕大正15年2月15日 ⊕東京・神田元岩井町（現・岩本町） 本名＝松谷美代子 ⊗東洋高女（昭和17年）卒 ⊕児童文学者協会新人賞（第1回）（昭和26年）「貝になった子供」、講談社児童文学新人賞（第1回）（昭和35年）「龍の子太郎」、サンケイ児童出版文化賞（第8回）（昭和36年）「龍の子太郎」、国際アンデルセン賞（優良賞）（昭和37年）「龍の子太郎」、野間児童文芸賞（第2回）（昭和39年）「ちいさいモモちゃん」、NHK児童文学奨励賞（第3回）（昭和40年）、児童福祉文化賞奨励賞（昭和43年）、赤い鳥文学賞特別賞（第3回）（昭和48年）「松谷みよ子全集」（全15巻）、赤い鳥文学賞（第5回）（昭和50年）「モモちゃんとアカネちゃん」、日本児童文学者協会賞（第10回）（昭和54年）「私のアンネ＝フランク」、ライプチヒ国際図書デザイン展金賞（平成1年）「まちんと」、野間児童文芸賞（第30回）（平成4年）「アカネちゃんのなみだの海」、小学館文学賞（第43回）（平成6年）「あの世からの火」、巌谷小波文芸賞（第20回）（平成9年）「松谷みよ子の本」（全10巻、別巻1）、ダイヤモンドレディ賞（第14回）（平成11年） ⊕長野県中野市への疎開を経て、昭和22年坪田譲治の門下となり、その紹介で23年から「童話教室」などに作品を発表。30年民話研究家の瀬川拓男と結婚、人形劇団「太郎座」を創設、のち離婚。26年「貝になった子供」で児童文学者協会新人賞受賞以来、「龍の子太郎」でサンケイ児童出版文化賞、国際アンデルセン賞、「ちいさいモモちゃん」で野間児童文芸賞、「モモちゃんとアカネちゃん」で赤い鳥文学賞など次次と文学賞を受賞。坪田譲治の主宰する童話雑誌「びわの実学校」の第1号からの編集委員をつとめ、平成9年恩師の遺志を継いで「びわの実ノート」を創刊。ほかに松谷みよ子民話研究室を主宰。著書に「日本のむかしばなし」（全3巻）、「あかちゃんの本」（全9巻）、「ふたりのイーダ」「朝鮮の民話」（上下）、「ベトちゃんドクちゃんからのてがみ」や戦争に取材した「現代民話考」（全8巻）、731部隊をとりあげた「屋根裏部屋の秘密」、監修に絵本「かんこく・ちょうせんのみんわ」（全12巻）などがある。「松谷みよ子全集」（全15巻、講談社）「松谷みよ子の本」（全10巻、別巻1、講談社）など多数。 ⊕日本文芸家協会、日本民話の会、日本国際児童図書評議会（JBBY） ⊗父＝松谷与二郎（元衆院議員・故人）

松永 延造 まつなが・えんぞう
 小説家 詩人 ⊕明治28年4月26日 ⊕昭和13年11月20日 ⊕神奈川県横浜市 ⊗横浜商業専科卒 ⊕小学2年の時脊椎カリエスに罹り、以後44歳で死去するまで闘病生活を続ける。「白樺」を通じてトルストイの思想に感銘し、またドストエフスキーの作品に影響を受ける。「心理研究」「トルストイ研究」などに投稿し、大正11年「職工と微笑」、14年「出獄者品座龍彦の告白」、他に戯曲「横笛と時頼」などを刊行。その他の著書に「夢を喰ふ人」などがあり、また詩も発表した。

松永 健哉 まつなが・けんや
 教育家 小説家 元・黄十字学園代表 ⊕明治40年8月16日 ⊕平成8年2月19日 ⊕長崎県野母崎町 ⊗東京帝大教育学科（昭和9年）卒 ⊕読売教育賞（昭和44年） ⊕昭和6年新興教育研究所に参加、同書記局員の時検挙された。8年児童問題研究会を組織、9年東京第五日下小学校、11年東調布第一小学校を経て、12年日本教育紙芝居連盟を組織して理事。14年南支報道班員。戦後教育科学研究所長、長欠児童生徒援護会常務理事、名古屋保健衛生大学教授、黄十字学園代表などを歴任。「教育紙芝居講座」のほか、小説「民族の母」「海の曙」「二重潮」「かげろう」「少女スナマ」などがある。

松永 尚三 まつなが・なおみ
 劇作家 ジュネーブ州立大学文学部日本学科助教授 ⊕東京都 本名＝狩野晃一 ⊗慶応義塾大学文学部国文科卒、慶応義塾大学大学院文学研究科国文学専攻修了 ⊕文学座創作戯曲懸賞（平成10年）「翔べない金糸雀（カナリア）の唄」 ⊕ジュネーブ州立大学文学部で、日本文学と日本語を教える。平成10年「翔べない金糸雀（カナリア）の唄」で文学座創作戯曲懸

松永 義弘　まつなが・よしひろ
作家　⑱江戸時代(天保改革)　㊗昭和3年4月10日　⑰佐賀県東松浦郡　㊟日本大学文学部史学科(昭和28年)卒　㊞海事史、松浦党　㊟山手樹一郎の主宰する新樹会同人となる。時代小説を中心に活躍しているが、史料に裏打ちされたストーリーの中に、ロマン性豊かな奇談を織りこんだ作風は多くの読者を魅了している。主な作品には「海流」「合戦」「柳生一族の陰謀」「人間宮本武蔵」「柳生又右衛門」「越後からの雪だより」など。　㊟日本文芸家協会

松浪 和夫　まつなみ・かずお
読売テレビゴールデンシナリオ賞最優秀賞を受賞　㊗昭和40年4月11日　⑰福島県　㊟福島大学経済学部卒　㊞読売テレビゴールデンシナリオ賞最優秀賞(第9回)(平成1年)「光と影」、日本推理サスペンス大賞佳作(第4回、大賞なし)(平成3年)「エノラゲイ撃墜指令」　㊟平成元年銀行を退職し、執筆に専念。著書に「摘出」。

松波 治郎　まつなみ・じろう
小説家　随筆家　㊗明治33年7月9日　㊟昭和33年4月15日　⑰岐阜県　㊟東京物理学校卒、中央大学卒　㊞新愛知、東京朝日新聞、東京毎夕などに勤務。田山花袋に師事、野村胡堂と親交。捕物作家クラブ幹事。作品には「残月譜」「風雲九曜星」「梅田雲浜」などがある。

松野 大介　まつの・だいすけ
小説家　元・コメディアン　㊗昭和39年2月5日　⑰神奈川県　旧コンビ名＝ABブラザーズ(えーびーぶらざーず)　㊟汲沢高中退　㊞昭和60年タレントデビュー。中山秀征とABブラザーズを組み、コントを演じる。テレビ「いただきます」「お笑いベストヒット」などに出演。個人としても作詞活動や植木等のリメイク版を発表するなど活躍。一方、平成7年小説「ジェラシー」が文学界新人賞候補となり、同年「コールタールみたいな海」を文芸誌に掲載、小説デビュー。他の著書に小説「芸人失格」、エッセイ集「ひとり暮らしボーイズの欲望」、短編集「バスルーム」など。

松野 正子　まつの・まさこ
児童文学作家　翻訳家　㊗昭和10年7月12日　⑰愛媛県新居浜市　本名＝小林正子　㊟早稲田大学第一文学部国文学科(昭和33年)卒、コロンビア大学大学院図書館学科(昭和35年)修士課程修了　M.L.S(コロンビア)　㊞児童福祉文化賞(出版部門奨励賞)(昭和53年)「こぎつねコンとこだぬきポン」、サンケイ児童出版文化賞(第27回)(昭和55年)「はじめてのおてつだい」、高橋五山賞(昭和59年)、路傍の石幼少年文学賞(第9回)(昭和62年)「りょうちゃんとさとちゃんのおはなし」、サンケイ児童出版文化賞大賞(第34回)(昭和62年)「りょうちゃんとさとちゃんのおはなし」　㊟留学中、児童図書との関わりを持ち、創作活動に入る。梅花女子大学講師も務めた。「せかいいちのおんどり」「かぎのすきな王さま」「ももとこだぬき」「りょうちゃんとさとちゃんのおはなし」(全5巻)などの著書のほか、「がんばれウィリー」「ジェイコブとフクロウ」などの訳書がある。　㊟日本国際児童図書評議会

松原 一枝　まつばら・かずえ
小説家　㊗大正5年1月31日　⑰山口県　本名＝古田一枝　㊟福岡女専(現・福岡女子大学)国文科(昭和10年)卒　㊞「改造」懸賞小説入選(昭和18年)「大きな息子」、文学報国新人小説佳作(昭和18年)「大きな息子」、田村俊子賞(第10回)(昭和44年)「お前よ美しくあれと声がする」　㊟昭和18年「大きな息子」で「改造」の懸賞小説に当選。20年結婚、5年後に死別。以後31～55年大蔵事務官をつとめる傍ら創作活動を続ける。「詩と真実」同人。代表作に詩人・矢山哲治を描いた「お前よ美しくあれと声がする」、「藤田大佐の最後」「藤かゞみ」「いずれの日にか国に帰らん」「今はもうかえらない」「今日よりは旅人か」「中村天風一活きて生きた男」など。　㊟日本文芸家協会

松原 喜美子　まつばら・きみこ
児童文学作家　㊗昭和24年1月17日　⑰島根県松江市　㊟津田塾大学英文科卒　㊞講談社児童文学新人賞(第30回)(平成1年)「よめなシャンプー」　㊟主婦業の傍ら、昭和57年から同人誌「らんぷ」の同人となり、児童文学作品を書き始める。作品は「学年別子どものいいぶん」シリーズ(ポプラ社)に収められている「ひみつ作戦ゴー！」「日曜日の朝はレストランへ」など。著書に「あかはなトナカイトトのおはなし」。2女の母。

松原 澄子　まつばら・すみこ
エッセイスト　児童文学作家　㊗大正15年　⑰和歌山県　㊟明親高小(神戸市)(昭和17年)卒　㊞かわさき文学賞(第32回)(昭和63年)「すずの兵隊」、岡山・吉備の国文学賞(平成7年)「白石精子さん」、大和柳壇年間賞(平成12年)　㊟昭和17年結核を発病。23～32年病院、療養所に入院。30年詩集「夜明けに遠く」を出版。21年間にわたって"本を読んで語る会"を主宰した他、"自分史を書く会"を主宰、機関誌「大和川」を発行。72歳で奈良県立高校通信制を卒業。「86年版ベスト・エッセイ集」に「あしあ

と」が収録されている。児童文学作品に「ぼくらはスカラベスク探偵団」がある。他の著書に「お母ちゃん物語」「冬虫夏草」「片肺飛行」などがある。 [団]全国同人雑誌作家協会（理事）

松原 敏春　まつばら・としはる
脚本家 劇作家 演出家 [生]昭和22年2月13日 [没]平成13年2月6日 [出]岐阜県岐阜市 [学]慶応義塾大学法学部卒 [賞]向田邦子賞（平成5年）「家族日和'93」 [歴]在学中は落語研究会に所属、テレビ「巨泉・前武ゲバゲバ90分！」の脚本を手伝い、以来コメディ、コント番組の構成作家として活動。一方ドラマの台本を勉強、「かくれんぼ」で一本立ち。昭和60年以降、"金妻もの"の「金曜日には花を買って」や浅野温子・ゆう子主演の「抱きしめたい」などのヒット作をとばし、ホームドラマからトレンディードラマ、時代劇まで幅広い分野の脚本を執筆した。他の作品に「花咲け花子」「純情長良川」「結婚行進曲」「ハートに火をつけて」「腕におぼえあり2」「家族日和'93」「かりん」「小さな小さなあなたを産んで」「最後のストライク〜炎のストッパー 津田恒美・愛と死を見つめた直球人生」「菊次郎とさき」「角筈にて」などがある。また佐藤B作主宰の劇団"東京ボードビルショー"の文芸委員をつとめ、「黄昏れて、途方に暮れて」「明日を心の友として」などの作・演出を担当し座付き作家としても活躍した。「東京新聞」にコラム「言いたい放談」を連載、自身が癌で闘病中であることを明かしたが、平成13年入院先で死亡した。

松原 二十三階堂　まつばら・にじゅうさんかいどう
小説家 記録文学者 新聞記者 [生]慶応2年8月（1866年） [没]昭和10年2月26日 [出]伯耆国淀江町（鳥取県） 本名＝松原岩五郎（まつばら・いわごろう） 別号＝乾坤一布衣、大盃満引生、岫雲 [歴]明治15年頃家出して大阪に出、のち上京、いろいろな仕事をしながら苦学し、21年「文明疑問」を自費出版する。その後雑誌に作品を発表し、23年「好色二人息子」を刊行し、24年「かくし妻」「長者鑑」などを刊行。25年国民新聞社に入社、同紙上に「芝浦の朝烟」をはじめ「東京の最下層」などのルポルタージュを連載し、26年「最暗黒之東京」を刊行。日清戦争では従軍記者となり、最前線からの記事を送る。日清戦争後、民友社文学部長に就任。34年博文館から創刊された「女学世界」の編集長となる。他の著書に「征塵余録」「社会百方面」などがある。

松原 至大　まつばら・みちとも
童話作家 翻訳家 児童文学者 [生]明治26年3月3日 [没]昭和46年3月15日 [出]千葉市辰州町 別名＝村山至大 [学]早稲田大学英文科（大正4年）卒 [歴]東京日日新聞社に入社し、小学生新聞編集長などを歴任。大正5年頃から少女小説を執筆し「五つの路」などを発表。12年刊行の「鳩のお家」をはじめ「お母さん」「お日さま」などの童話集がある。13年「世界童謡選集」「マザアグウス子供の唄」なども翻訳し、童謡小曲集「赤い風船」を昭和10年に刊行。またオルコット「四人の少女」「若草物語」など英米児童文学の翻訳も多い。

松原 由美子　まつばら・ゆみこ
児童文学作家 編集者 [生]昭和35年 [出]東京都 [学]日本大学文理学部英文学科卒 [賞]児童文芸創作コンクール優秀賞、子ども世界新人賞、児童文芸新人賞（第28回）（平成11年）「双姫湖のコッポたち」 [歴]毎日童謡賞佳作受賞。園芸雑誌の編集にもたずさわる。著書に「花くいクジラ」「双姫湖のコッポたち」、共著に「はじめてものがたり5」「みんなこわい話」「おはなし宅急便」がある。 [団]日本児童文芸家協会、日本児童文学者協会

松村 栄子　まつむら・えいこ
小説家 [生]昭和36年7月3日 [出]福島県 本名＝朝比奈栄子 [学]筑波大学比較文化学類卒 [賞]海燕新人文学賞（第9回）（平成2年）「僕はかぐや姫」、芥川賞（第106回）（平成4年）「至高聖所（アバトーン）」 [歴]出版社、コンピュータ会社勤務を経て、文筆活動に入る。平成4年「至高聖所（アバトーン）」で芥川賞を受賞。他の作品に「僕はかぐや姫」がある。 [団]日本文芸家協会、インターネットML茶の湯コミュニティ [家]夫＝朝比奈英夫（光華女子大学助教授）

松村 隆　まつむら・たかし
「江さし草」編集長 [生]大正15年10月23日 [出]北海道江差町 [学]厚沢部高卒 [賞]いさり火文学賞（第3回）（平成12年）「追分ひと模様」 [歴]19歳でシベリアに抑留、復員後江差町役場に勤め、総務部長、江差追分会館館長に就任。退職後、江差追分の録音会社を設立。平成4年から郷土文芸誌「江さし草」編集長を務める。12年「追分ひと模様」で北海道新聞函館支社主催のいさり火文学賞を受賞。13年11月同誌は100号を迎えた。他に、北の桐を創る会会長、えさし文化事業協会長、江差町文化財調査委員などを務める。

松村 春輔　まつむら・はるすけ

劇作家　[没](生没年不詳)　[出]長門国(山口県)　号=桜雨、紅雪、柳東、基蜩(きちょう)　[歴]幕末、王政復古に携わったと言われる。維新後上京し、明治8〜9年「復古夢物語」9〜15年「開明小説 春雨文庫」などの実録小説に先鞭をつけた。その後時流に合わせて作風を転換し、人情もの「落花清談 春風日記」、風俗もの「東京娘風俗」、烈風もの「貞操節義 明治烈風伝」などに意欲をみせたが、「事実新話」を最後に消息が途絶えた。

松村 秀樹　まつむら・ひでき

医師　作家　トーキョー形成外科院長　[専]形成外科　[生]昭和22年　[出]広島県　[学]岡山大学医学部(昭和48年)卒　[賞]小説現代新人賞(第46回)(昭和61年)「大脳ケービング」　[歴]形成外科、美容外科を専門に2万例以上の手術を手がける。著書に「あとで泣かないための美容外科ガイド」がある。新広島形成病院副院長を経て、トーキョー形成外科院長。傍ら、趣味がこうじたコンピュータ・ソフトの会社を経営。ワープロの練習で文章を作り始めたのがきっかけで、小説を書くようになり、昭和61年「大脳ケービング」で第46回小説現代新人賞を受賞。他の著書に近未来医学小説「病院屋台」がある。
[団]日本形成外科学会

松村 美樹子　まつむら・みきこ

童話作家　[生]昭和44年　[出]埼玉県　[学]法政大学文学部日本文学科卒　[歴]大学で児童文学を学び作家となる。デビュー作「おかあさん、わたし家出します」は第4回「童話の海」に入選。

松村 光生　まつむら・みつお

小説家　[生]昭和23年　[出]山口県　[学]早稲田大学商学部中退　[歴]雑誌編集者を経て、フリーライターに。主に映画・ビデオの評論を行う。また、スティーブン・キングの短編小説「カインの末裔」「死神」「ほら、虎がいる」を翻訳。平成元年小説「グッドバイ・ロリポップ」で作家としてデビュー。著書に「悪い夏」。

松村 茂平　まつむら・もへい

小説家　詩人　元・朝日ヘリコプター(現・朝日航洋)常務　[生]大正5年3月30日　[没]平成14年4月29日　[出]福井県坂井郡丸岡町　本名=小林末二郎　[学]陸軍航空士官学校卒　[賞]埼玉文芸奨励賞(第6回)(昭和50年)「紙骨」　[歴]戦後文学を志す。詩集に「椽の下のコオロギ」「紙骨」「夢」、小説に「蓮如の炎」「真説・明智光秀」「鉄の城 本願寺顕如」、評論に「絶滅戦争大提言」「敗北の法則」などがある。　[団]日本文芸家協会、日本児童文芸家協会、日本詩文芸協会、東京作家クラブ

松村 喜雄　まつむら・よしお

推理作家　評論家　翻訳家　[生]大正7年9月16日　[没]平成4年1月10日　[出]東京　別名=花屋治(はなや・おさむ)　[学]東京外国語学校(現・東京外国語大学)仏語科卒　[賞]日本推理作家協会賞(第39回・評論の部)(昭和61年)「怪盗対名探偵」　[歴]外務省に入り、ハノイ大使府、ラオス大使館、サンフランシスコ総領事館在勤のかたわら、本格推理小説、国際情報小説を発表。昭和61年「怪盗対名探偵」で第39回推理作家協会賞(評論の部)を受賞。新聞「読書人」「信濃毎日」にミステリー評論を執筆。訳書にステーマン「マネキン人形殺害事件」ガボリオ「ルコック探偵」ボロアー「殺人者なき六つの殺人」ナルスジャック「死者は旅行中」、著書に「謀殺のメッセージ」など。

松本 ありさ　まつもと・ありさ

小説家　[出]東京都　[学]上智大学外国語学部卒　[歴]作家を目指すかたわらで、横浜の英会話学校の講師を務める。「リトル・ダーリン」で第3回パレットノベル大賞佳作受賞。12月21日生まれ。著書に「ぶるうじーんプリンセス」がある。

松本 功　まつもと・いさお

シナリオライター　[生]昭和11年7月29日　[出]長野県(本籍)　[学]立教大学英文科(昭和34年)卒　[歴]昭和34年東映企画本部に入社。36年共作の「二人だけの太陽」でライターデビュー。42年東映を退社し、東映専属の脚本家として契約。のちフリー。主な作品に、映画「昭和残侠伝」シリーズ、「極道」シリーズ、「不良番長」シリーズ、「ワル」シリーズ、「きかんしゃやえもん」「極道渡世の素敵な面々」「悲しきヒットマン」「泣きぼくろ」「極東黒社会」、テレビ「非情のライセンス」「影の軍団」「銭形平次」など多数。　[団]日本シナリオ作家協会

松本 きょうじ　まつもと・きょうじ

俳優　劇作家　演出家　[生]昭和29年9月9日　[出]神奈川県小田原市　本名=松本匡史　[学]日本大学芸術学部文芸学科中退　[歴]大学に入学した昭和49年に劇団・色えんぴつに入団。「グッドラック」で劇作家・役者としてスタート。20歳で劇団・摩天楼を結成し、つかこうへいの作品を上演。59年劇団ランプティ・パンプティを結成、主宰。作・演出・出演をこなし、同劇団は60年にシアター・グリーン大賞を受賞。主な作品に「今朝のデイリープラネット」「ライ麦畑のジョン・レノン」、演出に「松ケ浦ゴドー戒」など。平成2年解散後、本格的に俳優活動を開始。主な出演作に「ブラックコメディ」「あわれ彼女は娼婦」「マクベス」「リチャード三世」「イッツ・ショータイム」「黙阿弥オペラ」「紙

屋町さくらホテル」「トーチング・トリロジー」「ザ・フォーリナー」など。12年文化庁在外研修員としてロンドンに1年間滞在。

松本 苦味　まつもと・くみ

劇作家　翻訳家　[生]明治23年7月　[没](没年不詳)　[出]東京・京橋　本名＝松本圭亮　[歴]国民英学舎、東京外国語学校露語専修科に学び明治末～大正初め、底辺の人々を描い戯曲を発表、以後翻訳に専心。大正3年ゴーリキー「どん底」、7年ツルゲーネフ「春の水」などのロシア文学を翻訳。ニーチェ、イプセンなどの箴言集「珠玉抄」、「新約聖書一日一訓」の編訳著書を残した。また児童文学関係でも「おとぎの世界」などロシア、北欧の昔話、名作を多数翻訳した。12年の関東大震災以後消息不明。

松本 健一　まつもと・けんいち

評論家　小説家　麗沢大学国際経済学部教授　[専]日本近代精神史　[生]昭和21年1月22日　[出]群馬県前橋市　[学]東京大学経済学部(昭和43年)卒、法政大学大学院文学研究科日本文学専攻中退　[賞]アジア太平洋賞(大賞, 第7回)(平成7年)「近代アジア精神史の試み」　[歴]旭硝子勤務を経て、法政大学大学院で近代日本文学を専攻。のち評論・文筆の道に入る。昭和46年在学中に「若き北一輝」を発表して話題となる。平成元年京都精華大学教授、のち麗沢大学教授を務める。著書に「ドストエフスキーと日本人」「思想としての右翼」「中里介山」「石川啄木」「死語の戯れ」「戦後の精神」「大川周明」「昭和に死す」「竹内好論」「太宰治とその時代」「エンジェル・ヘアー」「三島由紀夫亡命伝説」「『世界史のゲーム』が日本を超える」「昭和天皇伝説」「われに万古の心あり」「日本がひらく『世界新秩序』」「司馬遼太郎」「評伝 佐久間象山」「地の記憶」シリーズなど。　[団]日本文芸家協会

松本 賢吾　まつもと・けんご

小説家　[生]昭和15年9月27日　[出]千葉県　本名＝竹野尚志　[学]豊川工卒　[歴]警察官、トラック運転手、添乗員、喫茶店、損保代理店、屋台など10種以上の職を転々とした後、平成8年「墓碑銘に接吻を」でデビュー。ハードボイルド長編で定評を得る。他の著書に「エンジェル・ダスト」などがある。　[団]日本文芸家協会

松本 幸子　まつもと・さちこ

作家　[生]昭和6年4月28日　[出]和歌山県和歌山市　[学]操山高専攻科(国文科)卒　[賞]歴史文学賞(第2回)(昭和52年)「閑谷の日日」　[歴]著書に「閑谷の日日」「高杉晋作の愛した女おうの」「千姫」「姫路城」がある。

松本 清張　まつもと・せいちょう

小説家　[生]明治42年12月21日　[没]平成4年8月4日　[出]福岡県企救郡板櫃村(現・北九州市小倉北区)　本名＝松本清張(まつもと・きよはる)　[学]小倉市立板櫃尋常小学校(のちの清水小学校)高等科(大正13年)卒　[賞]芥川賞(第28回・昭27年度下半期)(昭和28年)「或る『小倉日記』伝」、日本探偵作家クラブ賞(第10回)(昭和32年)「顔」、文芸春秋読者賞(第16回)(昭和34年)「小説帝銀事件」、日本ジャーナリスト会議賞(昭和38年)「日本の黒い霧」、婦人公論読者賞(第5回)(昭和41年)「砂漠の塩」、吉川英治文学賞(第1回)(昭和42年)「昭和史発掘」「花氷」「逃亡」、菊池寛賞(第18回)(昭和45年)「昭和史発掘」、小説現代ゴールデン読者賞(第3回)(昭和46年)「留守宅の事件」、NHK放送文化賞(第29回)(昭和53年)、朝日賞(平成2年)　[歴]小学校卒業後、給仕、印刷画工などを経て、昭和14年朝日新聞西部本社の広告部雇員となり、16年正社員。18～20年兵役。終戦後、朝日新聞社に復職し、広告部意匠係に勤務する傍ら、図案家として活躍。25年「西郷札」が「週刊朝日」の“百万人の小説”に入選するとともに第25回直木賞候補作となる。28年「或る『小倉日記』伝」で第28回芥川賞を受賞。29年東京本社に転勤。31年退社し、以後作家生活に専念。推理小説にも手を染め、33年「点と線」「眼の壁」が単行本として刊行されベストセラーとなり、いわゆる“社会派推理小説”ブームの火付け役となる。以後、「ゼロの焦点」「わるいやつら」「深層海流」「球形の荒野」「砂の器」「けものみち」など次々と発表、ミステリーの清張時代をつくる。一方、昭和史、古代史などの分野でも活躍し、「昭和史発掘」「日本の黒い霧」「古代史疑」「古代探求」を発表して注目を集めた。38年日本推理作家協会理事長となり、46年から2期4年会長を務める。42年第1回吉川英治文学賞を受賞したほか、菊池寛賞(45年)など多くの賞を受賞。作品は700編を越え、「松本清張全集」(全56巻, 文芸春秋)がある。平成5年短編を対象に松本清張賞が創設された。　[団]日本推理作家協会、日本文芸家協会

松本 泰　まつもと・たい

推理作家　翻訳家　[生]明治20年2月22日　[没]昭和14年4月19日　[出]東京・芝　本名＝松本泰三　[学]慶応義塾大学文学科(明治45年)卒　[歴]慶大在学中から「三田文学」「スバル」などに小説を発表し、大正2年「天鵞絨」を刊行。同年から7年にかけて2度渡英し、帰国後は高島屋に勤務するかたわら小説を発表。他の著書に「或る年の記念」や随筆集「炉辺と樹蔭」などがある。

松本 隆　まつもと・たかし

作家　作詞家　⽣昭和24年7月16日　出東京・青山　旧グループ名＝はっぴいえんど（はっぴいえんど）　学慶応義塾大学商学部中退　賞日本レコード大賞（第23回）（昭和56年）「ルビーの指輪」、日本レコードセールス大賞（作詞賞、第14回～21回）（昭和56年～63年）、日本レコード大賞（作詞賞、第23回・24回）（昭和56年・57年）「ルビーの指環」「小麦色のマーメイド」、日本作詩大賞（第16回・昭58年度）「冬のリヴィエラ」　歴昭和45年大学在学中に細野晴臣、大滝詠一、鈴木茂とロック・グループ"はっぴいえんど"を結成、ドラマー、作詞家として活躍。日本語によるロックのひとつの頂点を極めた。48年解散ののち、作詞家に転向し、「ルビーの指環」でレコード大賞作詞賞、「冬のリヴィエラ」で日本作詩大賞、「SUPREME」でレコード大賞アルバム大賞を受賞。松田聖子の「小麦色のマーメイド」「赤いスイートピー」をプロデュースした他、多くのアイドル歌手に詩を提供。大滝詠一とのコンビによる「ロング・バケーション」「イーチ・タイム」などのアルバムも大ヒットとなった。平成12年クミコのシングル「接吻」、アルバム「AURA」などをプロデュース。また、シューベルトの歌曲集「冬の旅」の現代訳を手がけ、著書に「風のくわるてっと」「秘密の花園」や小説「微熱少年」「紺碧海岸」などがある。　http://www.kazemachi.com/

松本 孝　まつもと・たかし

作家　⽣昭和7年9月28日　出東京都新宿区　学早稲田大学第一文学部仏文科（昭和31年）卒　歴原子力発電と日本　部「週刊新潮」連載の「黒い報告書」を執筆して話題を呼ぶ。昭和36年「顔のない情事」でデビュー。同年「夜の顔ぶれ」が第45回直木賞候補となり、執筆活動に入る。作品には現代の社会風俗を題材にした官能ハードボイルド風のものが多く、主なものに「新宿ふうてんブルース」「死を招く欲望」「ギャル狩り」「悪女の肌ざわり」などがある。　所日本ペンクラブ、日本推理作家協会、日本作家クラブ、日本文芸家協会

松本 利昭　まつもと・としあき

小説家　詩人　松本企業代表　日本詩教育研究所所長　得意歴史小説　児童詩　⽣大正13年12月11日　出兵庫県高砂市　本名＝松本博　学育英商工（大阪市）卒　歴歯科技工士を経て、戦後独力で少年写真新聞社を始め5社を設立。一方、昭和35年在来の生活児童詩の非詩性を指摘し、新しい児童詩（主体的児童詩）を提唱。著書に「松本利昭詩集・風景ゼロ」「悟空太閤記」「春日局」（全3巻）、「木曽義仲」「巴御前」「松本利昭詩全集」、「あたらしい児童詩をもとめて」「主体的児童詩教育の理論と方法」など。　所義仲復権の会、日本文芸家協会

松本 富生　まつもと・とみお

小説家　歌人　⽣昭和12年　出旧朝鮮　学明治大学文学部（昭和35年）卒　賞文学界新人賞（第63回）（昭和61年）「野薔薇の道」、栃木県文化奨励賞（昭和62年）　歴昭和17年父母と共に渡日。同人誌「北関東文学」主宰。著書に「流浪の果てに」「野薔薇の道」「風の通る道」など。　所日本ペンクラブ

松本 真樹　まつもと・まき

新人テレビシナリオコンクールで奨励賞を受賞　⽣昭和34年　出静岡県　学神奈川県立外語短期大学卒　賞新人テレビシナリオコンクール奨励賞（第28回）（平成1年）「夏の果実」　歴シナリオ講座で学び、アルバイト生活の傍ら、執筆。

松本 稔　まつもと・みのる

脚本家　学日本ジャーナリスト専門学校　賞城戸賞（第27回）（平成13年）「棒たおし！」　歴脚本家の松原敏春に師事してテレビドラマのシナリオコンテストに応募。平成13年初めて書いた映画シナリオ「棒たおし！」で第27回城戸賞を受賞。プロットライターとして活動する。

松本 泰人　まつもと・やすひと

小説家　ヘアデザイナー　⽣昭和23年　出香川県高松市仏生山町　筆名＝冴木恭兵　賞日本新鋭ヘアデザイナー・ベストテン（昭和51年）、香川菊池寛賞（第24回）（平成1年）「ひとりだけの儀式（セレモニー）」　歴美容界で活躍、昭和51年日本新鋭ヘアデザイナー・ベストテン入り。57年のCIC世界美容大会（パリ）プレゼンテーションステージ日本代表。58年から小説を書き始め、63年四国作家同人。平成元年「ひとりだけの儀式」で香川菊池寛賞受賞。著書に「ニュー・レザーカット」「抗原抗体反応」など。

松本 雄吉　まつもと・ゆうきち

演出家　劇作家　劇団維新派代表　⽣昭和21年10月10日　出熊本県天草郡　学大阪教育大学美術学科中退　歴昭和45年大阪で演劇集団・日本維新派を結成。作・演出を担当、関西を中心に劇団活動し、「1000年刻みの日時計」「千年シアター」「てなもんやコネクション」などの建造物、野外を舞台に実験的な演劇が注目を集める。62年維新派と改称。平成3年「少年街」で東京に進出。

松本 侑子　まつもと・ゆうこ
作家　[専]女性学全般　[生]昭和38年6月17日　[出]島根県出雲市今市町　本名＝松本裕子　[学]筑波大学第一学群社会学類政治学科卒　[興]性犯罪とフェミニズム、教育の中の性差別、摂食障害と少女論、「赤毛のアン」に引用される英文学、出雲の古代史　[賞]すばる文学賞（第11回）（昭和62年）「巨食症の明けない夜明け」　[歴]在学中の昭和60年「ニュースステーション」（テレビ朝日）のオーディションに合格。天気予報のキャスターをつとめる傍ら、小説も書き、62年「巨食症の明けない夜明け」で第11回すばる文学賞を受賞。翌年より、執筆に専念。著書はほかに「植物性恋愛」「偽りのマリリン・モンロー」「花の寝床」「別れの美学」「性の美学」「罪深い姫のおとぎ話」、訳書に「赤毛のアン」などがある。　[団]日本文芸家協会、日本ペンクラブ、国際ディベート学会　http://member.nifty.ne.jp/office-matsumoto/

松本 祐佳　まつもと・ゆか
児童文学作家　[生]昭和16年　[出]京都市　[学]山本高卒　[歴]表現することが好きで大阪の劇団・息吹で演劇を勉強、脚本家の片岡四郎に創作劇を学ぶ。昭和43年中川正文に童話の手ほどきを受け、45年京都児童文学会に入る。消えいく京の生活のにおいを子どもたちに伝えようと通りを題材にした童話を書き始め同会の同人誌「やんちゃ」に連載。平成4年「一条戻り橋—京のわらべうたを歩く」として出版。また保地謹哉に油彩を学び、グループ・ミールに所属する他、京かのこ火鏡句会にも在籍する。　[団]京都児童文学会

松本 之子　まつもと・ゆきこ
児童文学作家　[賞]毎日児童小説優秀作品（第41回）（平成4年）「雨の教会通り」　[歴]「児童文学・あっぷの会」同人。作品に「夏のやくそく」がある。著書に「だいすき少女の童話6年生」（共著）。

松本 梨江　まつもと・りえ
児童文学作家　[生]昭和13年　[出]福岡県北九州市門司　[賞]絵本とおはなし新人賞推奨作品賞（第2回）（昭和56年）「らっしゃい！」　[歴]「小さい旗」同人。著書に「ふしぎな歯医者さん」「ノートをはやくみてちょうだい」「おまつりの日のさようなら」「おばあちゃんの変身」など。　[団]日本児童文学者協会

松谷 雅志　まつや・まさし
小説家　[生]昭和47年　[出]兵庫県　[賞]ソノラマ文庫大賞（佳作，第4回）「真拳勝負！」　[歴]「真拳勝負！」でソノラマ文庫大賞佳作に入選し、小説家としてデビュー。

松山 思水　まつやま・しすい
編集者　児童文学者　[没]昭和35年　[出]和歌山県　本名＝松山二郎　[学]早稲田大学英文科（大正1年）卒　[歴]実業之日本社に入社、「日本少年」主任、娯楽雑誌「東京」編集主任を経て、早大出版部に転じ、教科書編集に従事。その間聖橋商工や2、3の学校で英語を教え、のち伝記編集主任。著書に「笑の爆弾」、原田三夫と共編の「少年少女科学文庫」（全6巻）「世界探険全集」などがある。大正中期以降本名で書いた旅行、民謡の著書がある。

松山 善三　まつやま・ぜんぞう
映画監督　脚本家　[生]大正14年4月3日　[出]兵庫県神戸市　[学]岩手医専（現・岩手医科大学）（昭和21年）中退　[賞]シナリオ賞（昭和31年，34年，36年，39年）、毎日映画コンクール脚本賞（昭36年度，平5年度）「名もなく貧しく美しく」ほか「虹の橋」「望郷」、ブルーリボン賞脚本賞（昭36年度）、外務大臣賞（昭和37年）、紫綬褒章（昭和62年）、ゴールデングローリー賞（平成7年）、勲四等旭日小綬章（平成7年）、舞台芸術創作奨励賞（現代演劇部門特別賞，平8年度）（平成9年）「JUST HOLD ME」　[歴]昭和23年松竹大船撮影所に入所、助監督として木下恵介監督などにつく。29年脚本家としてデビューし、以後、多くのシナリオを書く。代表作に「あなた買います」「人間の条件」（全5部）「虹の橋」「望郷」などがある。36年には監督も始め、「名もなく貧しく美しく」「われ一粒の麦なれど」「六条ゆきやま紬」「典子は、今」「喜びも悲しみも幾歳月」などを撮る。人間の善意を肯定して真っ向からひたおしに描いた作品には力作が多い。63年ミュージカルショップを設立、外国へも輸出できるミュージカル作りに取り組む。平成9年ミュージカル「ご親切は半分に」では老人ホームを描き、話題となる。同年これを土台とした映画「一本の手」を製作。2年埼玉県飯能市にゴルフ場建設を計画して話題になる。著書に「厚田村」「依田勉三の生涯」など。　[家]妻＝高峰秀子（女優）、弟＝すずのとし（詩人・児童文学作家）

間所 ひさこ　まどころ・ひさこ
児童文学作家　詩人　[生]昭和13年4月7日　[出]東京都北区　本名＝石川寿子　筆名＝森はるな　[学]墨田川高（昭和31年）卒　[賞]「童話」作品ベスト3賞（第1回・昭39年度）（昭和40年）、日本童話会賞（第1回・昭39年度）（昭和40年）、野間児童文芸賞推奨作品賞（第13回）（昭和50年）「山が近い日」　[歴]昭和26年日本童話会に入会。代表作に「リコはおかあさん」「ないしょにしといて」「とらねこゴエモン」、詩集「山が近い日」などがある。また森はるな名義でディズニーアニメの絵本を多く手がける。　[団]詩と音楽の会

まとの

真殿 皎 まどの・こう
小説家 詩人 �昭和2年4月6日 �茨城県 本名=大貫錦弥 �茨城キリスト教短期大学中退 �新潮社文学賞(第2回)(昭和26年)「鬼道」 �在学中に小説「鬼道」で第2回新潮社文学賞を受賞。その後「近代文学」に小説を発表。29年以後はおもに詩に転じる。花粉の会「オルフェ」創刊、同人。小説集に「鬼道」、詩集に「真殿皎詩集」「柊の朝」「火山弾の上で」「旅に出よう」「一路平安」などがある。 �日本文芸家協会

真鍋 和子 まなべ・かずこ
児童文学作家 �昭和22年8月12日 �東京都 本名=吉野和子 �清泉女子大学文学部国文科卒 �児童文芸新人賞(第2回)(昭和48年)「千本のえんとつ」、産経児童出版文化賞(第47回)(平成12年)「シマが基地になった日」 �図書館司書、中学・高校教師を経て、児童文学作家に。ノンフィクションや歴史文学を手がけ、作品に「かまくらの尼将軍―北条政子」「朝やけのランナー」「千本のえんとつ」「シマが基地になった日」などがある。 �日本児童文学者協会、日本児童文芸家協会(理事)、ノンフィクション児童文学の会

真鍋 呉夫 まなべ・くれお
小説家 俳人 �大正9年1月25日 �福岡県遠賀郡岡垣町 �文化学院文学部中退 �歴程賞(第30回)(平成4年)「雪女」、読売文学賞詩歌俳句賞(第44回)(平成5年)「雪女」 �昭和14年島尾敏雄らと「こをろ」を創刊。21年「午前」を創刊し、27年現在の会を結成。代表作に「二十歳の周辺」「嵐の中の一本の木」「サフォ追慕」「天命」「飛ぶ男」「黄金伝説」「評伝檀一雄」「天馬漂白」「露のきらめき」、句集に「雪女」などがある。 �日本文芸家協会

真鍋 秀夫 まなべ・ひでお
劇作家 �戦争中海軍軍人として乗艦、目を傷め、昭和19年傷痍軍人として帰国。芝居好きだったことから芸能界に入り、「金井修(しゅ)」「不二洋十」「神田千恵子」など大衆劇団の台本を執筆。25年「国定忠治」「月形半平太」などで知られる劇作家・行友李風に師事。37年新国劇に入団、小ぎれの係と事務の仕事に就く。40年退団、百貨店の掃除夫や新聞配達などをしながら芝居を書き続ける。

真鍋 元之 まなべ・もとゆき
小説家 大衆文学研究家 �明治43年9月12日 �昭和62年10月30日 �愛媛県宇摩郡関川村(現・土居町) �広島高師国文科(昭和6年)中退 �新鷹会賞特別奨励賞(第8回)(昭和33年)「炎風」 �高師中退後、上京して日本プロレタリア作家同盟に加入するが、後に脱退。昭和14年博文館に入社。勤務の傍ら時代小説を執筆。戦後は数年間新小説社の「大衆文芸」の編集をし、自ら「炎風」を連載。33年「炎風」で新鷹会賞特別奨励賞を受賞。その後は実作及び評論を手がける。他の作品に「正義の味方」、ノンフィクション「ある日赤紙が来て」などがあり、また大衆文学研究書として「大衆文学事典」などがある。

真鍋 鱗二郎 まなべ・りんじろう
作家 �大正5年3月7日 �愛媛県宇摩郡土居町北野 本名=真鍋八千代 �粟島商船学校(昭和11年)卒 �遠洋航路、国鉄連絡船に乗船し、病気により廃業、郷里に帰る。昭和28年新居浜市で友人たちと「内海文学」を創刊。戦中から戦後にかけ、「文芸首都」「新日本文学」「四国作家」に入会。のち「新作家」会員。著書に「瀬戸内海の子」などがある。 �新作家

間野 絢子 まの・あやこ
作家 �昭和4年1月 �東京 �広島市立第一高女(昭和20年)卒 �昭和20年広島にて被爆、重傷を負う。21年上京し、23年に間野謙三と結婚。平成元年夫とともに受洗したが、4年夫が死去。以来執筆を始め、6年自分史「土の器」を自費出版。6年短編「グラジオラスの紅い花」がNHK銀の雫文芸賞最優秀賞を受賞。日本基督教団新生教会会員。著書に「白いリボン―矢嶋楫子と共に歩む人たち」がある。

真野 さよ まの・さよ
小説家 �大正2年 �高知県 �日本女子大学文学部(昭和9年)中退 �婦人公論新人小説賞「蜂」 �戦後、詩作をはじめ、河井酔茗の塔影社に入る。昭和27年詩集「葡萄祭」発表。古典文学講読の教室を京阪神各地に開くかたわら、45年より読売新聞の「人生案内」回答者を務める。著書に「枯草の手袋」「愛の本」「黄昏記」がある。

馬淵 量司 まぶち・りょうじ
小説家 �大正4年12月9日 �静岡県浜松市 �慶応義塾大学文学部予科中退 �在学中から白井浩司らと同人誌「文科」を創刊、「陰花」「しま」などの作品を発表。長編「巡礼者の足跡」、創作集「不毛の墓場」がある。

馬渕 冷佑 まぶち・れいゆう
国語教育家 童話作家 �明治12年 �昭和16年 �岐阜県 �青山師範専攻科卒 �東京府立女子師範附属小学校を経て東京高師附属小学校教師を務める。国定国語読本編纂委員を務め、教師用解説書の著者として活躍。森鷗

外、鈴木三重吉、松村武雄とともに「標準日本お伽文庫」(全6冊)を完成させた。童話作家協会会員。童話に「夜叉が池」「蠅」など。

真船 豊　まふね・ゆたか

劇作家　小説家　㊓明治35年2月16日　㊖昭和52年8月3日　㊥福島県福良村　㊫早大英文科中退　㊩在学中の大正14年に「早稲田文学」に掲載された「寒鴨」が秋田雨雀の激賞を受ける。大学を中退して四国で農民運動に加わるなど放浪の末、昭和9年「劇文学」に発表した「鼬」が久保田万太郎演出、創作座で上演されて絶讃を得、劇作家としての地位を確保した。また「裸の町」と「太陽」は映画化され、「なだれ」はラジオ、ドラマの古典的名作といわれるまでになる。そして終戦前後の中国での体験を基にした長編戯曲の「中橋公館」は21年に千田是也の演出で俳優座で上演され、その後、真船、千田コンビが俳優座の一つの柱となった。また26年に文学座で上演のファルス(笑劇)「稲妻」は田村秋子、杉村春子の共演で好評を博す。このほか「黄色い部屋」など数多くの戯曲を残したが庶民の生活を喜劇的にとらえる点が評価され、長編小説「忍冬」、自伝小説「孤独の徒歩」などもある。

間宮 茂輔　まみや・もすけ

小説家　㊓明治32年2月20日　㊖昭和50年1月12日　㊥東京　本名＝間宮真言(まみや・まこと)　㊫慶応義塾大学文科予科中退　㊩株屋店員、鉱山事務員などをしながら文学を志し、昭和4年「朽ちゆく望楼」を発表。プロレタリア文学運動に接近し、やがて政治運動に入り、8年検挙され10年転向出獄した。転向後「母」「あらがね」、13年「突棒船」を刊行。戦時下においては農民文学懇話会に所属し、戦後は新日本文学会に参加。昭和10年代の他の作品に「怒涛」「鯨」「石榴の花」などがあり、戦後の作品に「過去の人」「党員作家」「鯨工船」などがある。戦後は評論家として「広津和郎」なども執筆、日本原水協、日朝協会などでも活躍した。

真山 青果　まやま・せいか

劇作家　小説家　考証家　㊓明治11年9月1日　㊖昭和23年3月25日　㊥宮城県仙台市裏五番町　本名＝真山彬(まやま・あきら)　別筆名＝亭々生　㊫仙台医専中退　㊞帝国芸術院会員(昭和17年)　㊩明治36年作家を志して上京し、佐藤紅緑、小栗風葉に師事。「南小泉村」など自然主義作品で注目されたが、44年に原稿の二重売り事件が指弾されると、自ら文壇を去って横浜・本牧に隠棲。大正2年喜多村緑郎に招かれて新派の座付作者となってから“亭々生”の筆名で多くの新派劇を書き、13年には「玄朴と長英」を中央公論誌上に発表。歴史劇の根幹を確立し、劇作家として復活した。以後「平将門」「江戸城総攻」(3部作)「大塩平八郎」「桃中軒雲右衛門」「坂本龍馬」「元禄忠臣蔵」「新門辰五郎」等に才能を示したが、たまたま青果劇が2代目左団次一座により数多く上演された関係から、左団次と2代目猿之助(のちの猿翁)両優を生かした数々の名作を生んだ。また戦後は西鶴研究家と自称し、「西鶴語彙考証」その他の研究的著作を残した。「真山青果全集」(全25巻，講談社)がある。昭和57年功績を記念し真山青果賞が創設された。　㊂娘＝真山美保(演出家・劇作家)

真山 美保　まやま・みほ

劇作家　演出家　新制作座文化センター理事長　㊓大正11年7月30日　㊥東京・牛込　本名＝真山美保子　㊫日本女子大学国文科卒　㊯文部大臣奨励賞(昭和27年)、菊池寛賞(昭和34年)、東京都文化賞(第4回)(昭和63年)　㊩新劇女優を志し、前進座、新協劇団を経て、昭和25年草村公宣らと劇団ヴェリテ・せるくるを結成。25年東京中心主義の新劇が見落していた地方に目を向け、槇村浩吉らと新制作座を旗上げ。自分の創作劇「泥かぶら」「市川馬五郎一座顛末記」を持って全国を巡回。38年八王子市に新制作座文化センターを建設し、共同生活を始めた。他の作品に「鳶の巣村快挙録」「野盗風の中を走る」など。著書に「日本中が私の劇場」がある。　㊐日本演出者協会(理事)　㊂夫＝槇村浩吉(俳優・故人)、父＝真山青果(劇作家・故人)

真弓 あきら　まゆみ・あきら

小説家　㊓昭和41年3月29日　㊫信州豊南女子短期大学国文科卒　㊯パレットノベル大賞(第4回)「怪盗ブラックドラゴン」　㊩コンピュータSE、ワープロオペレーター、法律事務所事務などさまざまの職業を体験後、執筆活動に専念。はじめて応募した作品「怪盗ブラックドラゴン」が第4回パレットノベル大賞に入賞する。著書に「怪盗ブラックドラゴン〈2〉」がある。

眉村 卓　まゆむら・たく

小説家　大阪芸術大学芸術学部文芸学科教授　㊓昭和9年10月20日　㊥大阪府大阪市西成区松原通　本名＝村上卓児(むらかみ・たくじ)　㊫大阪大学経済学部(昭和32年)卒　㊯ハヤカワSFコンテスト佳作(第1回)(昭和36年)「下級アイデアマン」、泉鏡花文学賞(第7回)(昭和54年)「消滅の光輪」、日本文芸大賞(特別賞，第7回)(昭和62年)「夕焼けの回転木馬」、大阪芸術賞(平成13年)　㊩学生時代は柔道3段のスポーツマン。耐火レンガ会社勤務、コピーライターを経て、SF作家として独立。主な作品に「ねらわれた

学園」「C席の客」「時空の旅人」「産業士官候補生」「飢餓列島」「司政官」「幻影の構成」「消滅の光輪」「夕焼けの回転木馬」「不定期エスパー」「引き潮のとき」（全5巻）など多数。また、平成10年癌を宣告された妻のために毎日1話ずつ書き続けたショートショート集「日がわり一話」を発行する。　[団]日本推理作家協会(理事)、日本文芸家協会、日本ペンクラブ(常務理事)　[家]娘＝村上知子(映画見習いスタッフ)

丸内 敏治　まるうち・としはる
シナリオライター　[生]昭和24年9月22日　[出]熊本県　[学]九州大学工学部建築学科中退　[賞]ヨコハマ映画祭脚本賞「無能の人」　[歴]学生運動で検挙され、昭和58年より2年半服役後、脚本家を志す。荒井晴彦に師事して、61年「ゾンビがくるりと輪を書いた」でテレビデビュー、63年「ほんの5g」（共作）で劇映画デビュー。ほかのテレビ作品に火曜サスペンス「知りすぎた女」「死角関係」、男と女のミステリー「十番街の殺人」、TBS「家庭の問題」など。映画作品に「無能の人」（平3年）、「シンガポール・スリング」（5年）他。メリエス所属。

丸尾 聡　まるお・さとし
劇作家　演出家　俳優　世の中と演劇するオフィスプロジェクトM代表　[生]昭和39年　[出]長野県長野市　[学]玉川大学文学部芸術学科卒　[賞]日本演劇家協会新人戯曲賞(優秀賞,第1回)（平成7年）「INAMURA走れ！」　[歴]昭和61年大学在学中に劇団・プロジェクトMを旗揚げ。作家、演出家、俳優、座長として活躍。平成4年劇団活動を休止し、他劇団への客演、演出を行う。5年劇団を“世の中と演劇するオフィスプロジェクトM”に改称し、劇団にとらわれない活動を行う。9年再び劇団化。この間、7年「INAMURA走れ！」で日本劇作家協会新人戯曲賞優秀賞を受賞。戯曲・演出作品に「M版真夏の夜の夢」「黄昏時の伝説・純愛編」「RAINED OUT THEATER」「ミツオとミミの世界大冒険」「蒲田に原爆を」「長靴をはいた猫」、ラジオドラマのシナリオに「小鳥の住処」「RED RAIN」「カラフル」、戯曲集に「終着駅の向こうには」などがある。　[団]日本演劇作家協会、日本演出家協会、国際演劇協会
http://www5.freeweb.ne.jp/art/projectm/

丸尾 長顕　まるお・ちょうけん
演出家　作家　日本喜劇人協会専務理事　日劇ミュージックホール顧問　[生]明治34年4月7日　[没]昭和61年2月28日　[出]大阪府大阪市　本名＝一の木長顕　[学]関西学院商科（大正11年）卒　[歴]昭和3年「芦屋夫人」が「週刊朝日」の懸賞に入選、モダニスムの代表作といわれる。宝塚歌劇団文芸部長を経て、8年上京。「婦人画報」編集長となる。戦時中、陸軍省情報部長嘱託となったため、戦後一時公職追放。26年小林一三に請われて日劇ミュージックホール・プロデューサーとなり、メリー松原、伊吹マリ、ジプシー・ローズ等の肉体美を擁し、洗練されたヌードショーを披露、同ホールの黄金時代を築き上げた。5人の女性と結婚した艶福家で、自称“年齢廃止連盟”会長の万年青年だった。著書に「桃」「変な女」「恋愛実務知識」「日劇ミュージックホールのすべて」「回想・小林一三」などがある。

丸岡 明　まるおか・あきら
小説家　能楽評論家　[生]明治40年6月29日　[没]昭和43年8月24日　[出]東京　[学]慶応義塾大学文学部仏文科（昭和9年）卒　[賞]芸術騎士勲章（フランス）（昭和37年）、芸術選奨文部大臣賞（第16回・昭和40年度）「静かな影絵」　[歴]早くから文学を志し、昭和5年「マダム・マルタンの涙」を発表。「新科学的文芸」同人となり、以後「無限動力機」「生きものの記録」「悲劇喜劇」などを発表。この間「柘榴の芽」「或る生涯」などを刊行。戦後は「三田文学」の編集にたずさわり「妖精供養」や「コンスタンチア物語」などを刊行。27年ニースの国際ペン・クラブ大会に出席。その一方で能楽評論家としても活躍、「現代謡曲全集」「観世流声の百番集」などを編集した。29、32、40年には東京能楽団を組織してヨーロッパ、アメリカで公演する。その他の作品に「静かな影絵」「赤いベレー帽」などがある。　[家]父＝丸岡桂（歌人）、妻＝丸岡美耶子（能楽書林会長）

まるおか かずこ
児童文学作家　[生]昭和25年　[出]埼玉県飯能市　本名＝丸岡和子　[学]東京学芸大学大学院修了　[賞]福島正実記念SF童話賞大賞(第7回)「ママはドラキュラ？」　[歴]小学校勤務のかたわら、こどもの本の創作をはじめる。「15期星」同人。著書に「ママはドラキュラ？」がある。

丸岡 九華　まるおか・きゅうか
詩人　小説家　[生]慶応1年（1865年）　[没]昭和2年7月9日　[出]江戸　本名＝丸岡久之助　[学]一橋高商　[歴]硯友社の詩人としてしられ「我楽多文庫」に「士卒の夢」「仏国帝ルイ十六世断頭台の段」「東台四季の月」などを発表。その他小説に「散浮花」などがある。学業卒業の後に実業界に入り、文筆をすてた。

丸川 賀世子　まるかわ・かよこ

小説家　㊓昭和6年　㊍徳島市　㊫富岡高女卒　㊮婦人公論新人賞(昭和38年)「巷のあんばい」　㊯「四国文学」の同人として筆をみがき、昭和38年に小説「巷のあんばい」で婦人公論新人賞を受賞。39年には職員として働いていた徳島東京物産斡旋所を退職、筆一本の生活に入る。著作に徳島出身の喜劇人、曽我廼家五九郎を描いた「浅草喜劇事始」や同じく徳島出身の奇術師、松旭斎天一の伝記小説「奇術師誕生」等があり、「新時代のパイオニアたち—人物近代女性史」では川上貞奴を担当した。また、長年の交友を綴った日記をもとにして「有吉佐和子とわたし」を著した。

丸林 久信　まるばやし・ひさのぶ

放送作家　映画監督　専修大学文学部講師　東京綜合写真専門学校講師　東京スクールオブビジネス講師　㊓大正6年11月17日　㊍三重県多気郡下御糸村　㊫早稲田大学文学部国文科(昭和15年)卒　㊯昭和15年東宝映画演出助手課に入社。16年に入隊し、ビルマ戦線を転戦。終戦後アーロン収容所に収容され、22年に復員。東宝に復社して、30年監督に昇進。「雪の炎」でデビューし、三木のり平、小林桂樹、中村メイコ等の一連の喜劇を監督した。36年から東宝テレビ部に移り、54年からフリー。著書に「秘録 特務諜報工作隊」「握り拳の丘」「映画制作ハンドブック」など。　㊐日本作家クラブ、日本放送作家協会、日本アカデミー賞協会

丸茂 ジュン　まるも・じゅん

小説家　㊓昭和28年5月21日　㊍静岡県静岡市　歴史作家名＝三郷純、詩人名＝千草かおり　㊫玉川大学英米文科(昭和51年)卒　㊯父親の三枝康高は、太宰治や森鴎外などの研究家でも知られる文芸評論家。大学卒業後、りんかい建設勤務、出版社の編集者を経て、昭和54年新聞小説「今夜のルージュはどんな味」でデビュー。岡江多紀、中村嘉子とともに"若手女流ポルノ作家の御三家"と呼ばれ、売れっ子になる。女性特有の微妙な感性と鋭い筆力によって描かれる耽美な世界が話題に。また出産を契機に「かるがも恋日記」「赤ちゃんは敏腕刑事」などベビーものも執筆。主な作品に「痴女伝説」「金曜日の女」「女貌たちの祭典」「それでも男が好き」「メス猫の葬列」「不倫地帯の夜」「出生届に父の名はなし」など。　㊐日本文芸家協会　㊕父＝三枝康高(文芸評論家)

丸元 淑生　まるもと・よしお

小説家　栄養学ジャーナリスト　㊓昭和9年2月5日　㊍福岡県　㊫東京大学文学部仏文科卒　㊯出版社経営、女性週刊誌や健康雑誌等の編集長を経て、昭和53年「秋月へ」「羽ばたき」が芥川賞候補となる。売れない時期に貧しくとも豊かな食生活を、と考えたのがきっかけで、アメリカの栄養学の本を読み漁り、現代栄養学、料理の研究家としても活躍。著書は「鳥はうたって残る」「秋月へ」「丸元淑生のシステム料理学」「いま、家庭料理をとりもどすには」「新・家庭料理」「おいしく治そう」など多数。　㊐日本文芸家協会

丸谷 才一　まるや・さいいち

作家　評論家　日本文芸家協会理事　㊓大正14年8月27日　㊍山形県鶴岡市　本名＝根村才一　㊫東京大学文学部英文学科(昭和25年)卒　㊖日本芸術院会員(平成10年)　㊮河出文化賞(第2回)(昭和42年)「笹まくら」、芥川賞(第59回)(昭和43年)「年の残り」、谷崎潤一郎賞(第8回)(昭和47年)「たった一人の反乱」、読売文学賞(第25回)(昭和48年)「後鳥羽院」、野間文芸賞(第38回)(昭和60年)「忠臣蔵とは何か」、川端康成文学賞(第15回)(昭和63年)「樹影譚」、芸術選奨文部大臣賞(平元年度)(平成2年)、インディペンデント外国文学年間特別賞(平成3年)「RAIN IN THE WIND(「横しぐれ」)」、鶴岡市名誉市民(平成6年)、大仏次郎賞(第26回)(平成11年)「新々百人一首」、菊池寛賞(第49回)(平成13年)　㊯大学卒業後、大学院に籍をおく傍ら高校講師になり、28年から40年まで国学院大学に勤務。英文学者としてジョイスやグリーンなど多くを翻訳。27年「秩序」を創刊し、35年「エホバの顔を避けて」を刊行。42年「笹まくら」で河出文化賞を、43年「年の残り」で芥川賞を、47年「たった一人の反乱」で谷崎潤一郎賞を、48年「後鳥羽院」で読売文学賞を受賞するなど受賞多数。小説、評論、随筆、翻訳、対談と幅広く活躍し、古典論、文章論、国語問題にも造詣が深い。芥川賞選考委員も務めた。平成8年駒沢大学教授の高松雄一らと共に、30年ぶりに「ユリシーズ」を共同新訳した。11年25年がかりで王朝和歌を選定し直した「新々百人一首」を刊行。他の著書に小説「裏声で歌へ君が代」「横しぐれ」「樹影譚」「女ざかり」、評論「日本語のために」「文章読本」「コロンブスの卵」、日本文学史3部作「日本文学史早わかり」「忠臣蔵とは何か」「恋と女の日本文学」、エッセイ「食通知ったかぶり」「遊び時間」など。　㊐日本文芸家協会　㊕妻＝根村絢子(劇評家)

丸山 金治　まるやま・きんじ

小説家　[生]大正4年10月26日　[没]昭和23年2月16日　[出]兵庫県神戸市葺合区熊内町　[学]駒沢大学中退　[歴]明治大学文芸科に入り里見弴の教えを受けた。中山義秀の世話で創元社に入ったが、改造社に転職。結核を病み、昭和18年ごろから悪化、死の床に筆を執った。没後短編集「四人の踊子」が出された。

丸山 健二　まるやま・けんじ

小説家　[生]昭和18年12月23日　[出]長野県飯山市　[学]仙台電波高(昭和39年)卒　[賞]芥川賞(第56回)(昭和41年)「夏の流れ」、文学界新人賞(第23回)(昭和41年)「夏の流れ」　[歴]高校卒業後、通信士として会社に勤務。昭和41年「夏の流れ」で文学界新人賞を受賞、あわせてその年の芥川賞を受賞。以後、作家生活に入り「正午なり」「僕たちの休日」「黒い海への訪問者」「雨のドラゴン」「火山の歌」「ときめきに死す」「群居せず」「月に泣く」「惑星の泉」「千日の瑠璃」「争いの樹の下で」「虹よ、冒涜の虹よ」、エッセイ集「安曇野の白い庭」などの作品を発表。44年に長野県に移住し、以後、都市と農村の問題を若者の生活や行動を通して書きつづけている。

丸山 昇一　まるやま・しょういち

シナリオライター　[生]昭和23年4月6日　[出]宮崎県　[学]日本大学芸術学部映画学科卒　[賞]毎日映画コンクール脚本賞(第47回，平4年度)「いつかギラギラする日」　[歴]コピーライターなどを経て、昭和54年テレビ「探偵物語」でデビュー。映画の初シナリオは「処刑遊戯」。以後、「翔んだカップル」「野獣死すべし」「ヨコハマBJブルース」「俺っちのウェディング」「すかんぴんウォーク」「ア・ホーマンス」「いつかギラギラする日」「走れ！イチロー」など多数手がける。著書に「松田優作+丸山昇一 未発表シナリオ集」など。

円山 園子　まるやま・そのこ

小説家　[生]昭和41年　[出]東京都　[学]学習院大学大学院人文学研究科修士課程修了　[賞]電撃ゲーム小説大賞(第6回)(平成11年)「勝ち戦の君」　[歴]システムエンジニアとして都内のコンピューター会社に勤務の傍ら、ファンタジー小説などを執筆。平成11年「勝ち戦の君」で電撃ゲーム小説大賞を受賞。

円山 夢久　まるやま・むく

「リングテイル」の著者　[生]昭和41年　[出]東京都　[学]学習院大学人文学部中世イギリス史専攻修士課程修了　[賞]電撃ゲーム小説大賞(第6回)(平成11年)「リングテイル」　[歴]システムエンジニアとして都内のコンピュータ会社に勤務の傍ら、小説を執筆。平成11年「リングテイル」で電撃ゲーム小説大賞を受賞。

丸山 義二　まるやま・よしじ

小説家　[生]明治36年2月26日　[没]昭和54年8月10日　[出]兵庫県　[学]兵庫県立龍野中学校卒　[賞]有馬頼寧賞(第1回)(昭和13年)「田舎」　[歴]上京して万朝報に入り編集長となったが退社。日本プロレタリア作家同盟に参加、小説「拾円札」を発表、「プロレタリア文学」などに作品を書いた。昭和10年貴司山治と「文学案内」を創刊、伊藤永之介らと「小説」「人民文庫」などに「貧農の敵」などを発表。13年農民文学懇話会に参画。「藁屋根記」「田舎」「土の歌」「庄内平野」などがあり、戦後日本農民文学会創設に参加した。

万造寺 斉　まんぞうじ・ひとし

歌人　小説家　英文学者　[生]明治19年7月29日　[没]昭和32年7月9日　[出]鹿児島県日置郡羽島村(現・串木野市)　[学]東京帝国大学英文科(明治45)卒　[歴]中学時代から「新声」などに投稿し、のち新詩社に参加。「明星」を経て「スバル」に参加し、大正3年「我等」を創刊。この時から短歌のみならず小説や翻訳面でも活躍する。大正6年愛媛県立西条中学英語教師となり、自己所有地を農民に開放し、京都へ移り、京都帝大で学び京都府立三中、梅花女専、京都師範、大谷大学教授などを歴任。昭和6年歌誌「街道」を創刊。歌集に「憧憬と漂泊」「蒼波集」などがあり、随筆集に「春を待ちつゝ」などがある。

万亭 応賀　まんてい・おうが

作家(戯作者)　[生]文政1年(1818年)　[没]明治23年8月30日　本名＝服部孝三郎(長三郎)　別号＝春頌斎、長恩堂　[歴]常陸下妻藩に出仕後、弘化初年に戯作界に入る。弘化2年合巻「釈迦八相倭文庫」より作家としてみとめられ、「聖徳太子大和鏡」「高祖朝日衣」「御所奉公東日記」など実録風の合巻類を刊行した。明治に入り「智恵秤」「日本女教師」「近世あきれかへる」など反時勢的な風刺作品を多く書く。16年「明良双葉草」を刊行。

【み】

三浦 綾子　みうら・あやこ

小説家　[生]大正11年4月25日　[没]平成11年10月12日　[出]北海道旭川市　[学]旭川市立高女(昭和14年)卒　[賞]朝日新聞1000万円懸賞小説1位入選(昭和39年)「氷点」、北海道新聞文化賞(社会文化賞，第48回)(平成6年)、井原西鶴賞(第1

回)(平成8年)「銃口」、北海道文化賞(平成8年)、アジア・キリスト教文学賞(第1回)(平成9年)、北海道開発功労賞(平成9年)、キリスト教功労者(平成11年) ㊥高等女学校卒業後、7年間小学校の教師を務め、昭和21年退職。この年肺結核となり、のち脊椎カリエスを併発して、13年間闘病生活を送る。この間、病床でキリスト教の洗礼を受ける。39年「氷点」が朝日新聞1000万円懸賞小説に当選し、12月から翌年11月にかけて「朝日新聞」紙上に連載された。以後作家生活に入り、「ひつじが丘」「積木の箱」「道ありき」「この土の器をも」「光あるうちに」「自我の構図」「天北原野」「細川ガラシヤ夫人」「塩狩峠」「銃口」などの作品を発表。「三浦綾子作品集」(全18巻、朝日新聞社)の他、全集や単行本に未収録の作品を集めた「雨はあした晴れるだろう」がある。57年直腸がんの手術を受け、3年後に再発。平成4年にはパーキンソン病を患い、入退院を繰り返した。晩年の作品はすべて口述したものを夫が執筆するという二人三脚で創作活動を続けた。㊥日本文芸家協会 ㊤夫=三浦光世(歌人)

三浦 清史 みうら・きよし
児童文学作家 小説家 児童文化研究会主宰 ㊥伝記 ノンフィクション 小説 ㊤昭和4年10月11日 ㊤北海道旭川市 本名=三浦清(みうら・きよし) 別名=おきたかし(おき・たかし) ㊤国学院大学(昭和28年)卒 ㊥TBSのラジオ・プロデューサーとしてドキュメント番組「ふきだまりの唄」などを手掛けた後、作家となる。児童文学、小説、伝記、随筆、音楽評論と多分野にわたって執筆。萌芽会も主宰。著書は「地球ミステリー探検」「ディズニー」「チャップリン」「国連極秘スクランブル計画」「落ちこぼれの偉人たち」「ショッキング二十世紀」「谷へ落ちたライオン」「幼稚園にきた宇宙人」、小説「宇宙戦艦ヤマト」「わが青春のアルカディア」など多数。柔道、空手、合気道合わせて9段の猛者。 ㊥日本文芸家協会

三浦 清宏 みうら・きよひろ
小説家 明治大学理工学部教授 ㊥アメリカ文学 ㊤昭和5年9月10日 ㊤北海道室蘭市 ㊤サンノゼ州立大学卒、アイオワ州立大学創作科修了 ㊥日米関係、心霊研究、禅 ㊤芥川賞(第98回)(昭和63年)「長男の出家」 ㊥昭和27年東京大学を中退して渡米、サンノゼ大学、アイオワ大学で学ぶ。旅行会社、航空会社等を経て、明治大学工学部教授。かたわら、小説も書き、「赤い帆」が第72回芥川賞候補となり、63年には「長男の出家」で第98回芥川賞を受賞。ほかの作品に「立て、坐れ、めしを食え、寝ろ」「トンボ眼鏡」「カリフォルニアの歌」「文学修行」、共著に「サリンジャーの世界」など。 ㊥日本アメリカ文学会、日本文芸家協会、日本心霊科学協会(理事)

三浦 恵 みうら・けい
文芸賞を受賞 ㊤昭和41年 ㊤和歌山県 ㊤横浜市立大学文理学部卒 ㊤文芸賞(第29回)(平成4年)「音符」 ㊥雑誌編集者。

三浦 佐久子 みうら・さくこ
小説家 ㊤昭和4年2月28日 ㊤栃木県 本名=三浦久子(みうら・ひさこ) ㊤東洋大学短期大学部国文科卒 ㊥東洋大学の情報処理システム発足当時からかかわり、のち総務次長。全国の私立大学150校で組織する、情報処理研修会副委員長も務めた。一方、昭和44年第1回新潮新人賞候補となる。閉山後の足尾銅山を取材し、ドキュメント「壺中の天地を求めて」を執筆、63年第3回地方出版文化功労賞次席を受賞。以後、執筆活動にはいる。他の著書に「遅すぎた結婚」「おたふく曼陀羅」、共著に「歴史と文学の回廊」「危うし日本列島」など。 ㊥日本ペンクラブ、大衆文学研究会、日本文芸家協会

三浦 朱門 みうら・しゅもん
作家 日本芸術文化振興会会長 元・文化庁長官 ㊤大正15年1月12日 ㊤東京・東中野 ㊤東京大学文学部言語学科(昭和23年)卒 ㊥日本芸術院会員(昭和62年) ㊤新潮社文学賞(第14回)(昭和42年)「箱庭」、芸術選奨文部大臣賞(文学・評論部門、第33回)(昭和57年)「武蔵野インディアン」、日本芸術院賞恩賜賞(第43回)(昭和62年)、正論大賞(第14回)(平成10年)、文化功労者(平成11年) ㊥昭和23年大学院へ入ると同時に、日本大学芸術科の講師に就任。以後、44年に学園紛争で辞職するまで教師を続けた。25年第15次「新思潮」を創刊し、26年「画鬼」(後「冥府山水図」と改題)を発表。"第三の新人"の一人として地道な創作活動を続ける。28年同人仲間の曽野綾子と結婚。38年にカトリックの洗礼を受ける。42年「箱庭」で新潮社文学賞を、57年「武蔵野インディアン」で芸術選奨を受賞。60~61年8月文化庁長官を務めた。63年~平成6年日本文芸家協会理事長。3年中部大学女子短期大学学長に就任。8年日本ユネスコ国内委員会会長、教育課程審議会会長となる。国立劇場会長、日本民謡協会理事長、日本映画映像文化振興センター初代理事長なども務める。他の作品に「にわか長官の510日」「日本をダメにした教育」「武蔵野ものがたり」などがある。 ㊥日本文芸家協会、文芸著作権保護同盟(理事) ㊤妻=曽野綾子(小説家)、息子=三浦太郎(英知大学教授)

三浦 精子　みうら・せいこ

児童文学作家　「ひろしま児童文学」編集長　[生]昭和11年7月12日　[出]山形県米沢市　[学]福岡大学教育学部卒　[賞]国民文化祭優秀賞「二つの麦わら帽子」、暁烏敏賞奨励賞「絵本で子育て」　[歴]高校教師を務める傍ら、すくすく文庫、子どもの家文庫を開く。定年後は大学非常勤講師。「原爆児童文学集」(全30巻，汐文社)刊行委員長。「ひろしま児童文学」編集長。著書に「ヤン一族の最後」「おばけがくれた青い紙―ほんとうにあったおばけの話〈3〉」(共著)など。　[団]日本児童文学者協会、日本子どもの本研究会、広島児童文学研究会、全国児童文学同人誌連絡会、安芸童話の会、広島文化団体連絡協議会、広島県子どもの読書連絡会

三浦 哲郎　みうら・てつお

小説家　芥川賞選考委員　[生]昭和6年3月16日　[出]青森県八戸市三日町　[学]早稲田大学文学部仏文科(昭和32年)卒　[資]日本芸術院会員(昭和63年)　[賞]同人雑誌賞(第2回)(昭和30年)「十五歳の周囲」、芥川賞(第44回)(昭和35年)「忍ぶ川」、野間文芸賞(第29回)(昭和51年)「拳銃と十五の短篇」、日本文学大賞(第15回)(昭和58年)「少年讃歌」、大仏次郎賞(昭和60年)「白夜を旅する人々」、東奥賞(特別賞)(平成1年)、川端康成文学賞(平成2年)「じねんじょ」、伊藤整文学賞(第2回)(平成3年)「みちづれ」、川端康成文学賞(第22回)(平成7年)「みのむし」　[歴]昭和24年早大政経学部に入学するが、25年次兄の失踪をきっかけに大学を中退し、郷里の八戸で中学教師になる。一家の病んだ血について思い悩み、この頃から小説の断片を書き始める。やがて、文学への志望を固め、28年早大文学部に再入学。30年「十五歳の周囲」で新潮同人雑誌賞を受賞し、井伏鱒二の知遇を得る。卒業後、文学に専念したが35年にPR編集社に就職。同年「忍ぶ川」で芥川賞を受賞し、作家としての地位を確立した。51年「拳銃と十五の短篇」で野間文芸賞を、58年「少年讃歌」で日本文学大賞を、60年「白夜を旅する人々」で大仏次郎賞を受賞。平成3年連作シリーズ「短篇集モザイク」、第1集「みちづれ」、6年第2集「ふなうた」、12年第3集「わくらば」を刊行。他の代表作に「初夜」「結婚」「海の道」「爛馬の鈴」「おろおろ草紙」「夜の哀しみ」「百日紅の咲かない夏」や、短編集「団欒」「愁月記」「三浦哲郎短篇小説全集」(全3巻)などがあり、「三浦哲郎自選全集」(全13巻，新潮社)が刊行されている。　[団]日本ペンクラブ、日本文芸家協会(理事)

三浦 浩　みうら・ひろし

作家　元・産経新聞論説委員　[生]昭和5年10月19日　[没]平成10年3月24日　[出]東京　[学]京都帝国大学文学部卒　[歴]昭和28年サンケイ新聞社に入社。社会部、文化部記者を経て、文化面編集部長、論説委員などを歴任。60年退職後、執筆活動に専念。この間ノースウェスタン大学、オックスフォード大学に留学。主著に「優しい街たち」「さらば静かなる時」「記憶の中の青春 小説・京大作家集団」「薔薇の眠り」「菜の花の賦」他。　[団]日本ペンクラブ、日本推理作家協会、日本文芸家協会　[家]父＝三浦義武(コーヒー研究家)

三浦 真奈美　みうら・まなみ

小説家　[歴]平成元年「行かないで―IF YOU GO AWAY」が第4回コバルト・ノベル大賞佳作となったのをきっかけに、コバルト文庫から次々に作品を発表。著書に「トマト畑クライシス」「竜の血族」「嵐の夜に生まれて」など。

三浦 美知子　みうら・みちこ

童話作家　俳人　立教女学院中学名誉主事　[生]明治42年1月30日　[没]平成6年7月31日　[出]石川県　[学]東京女高師文科卒　[賞]万緑新人賞(昭37年度)　[歴]昭和5年以来成蹊高女、立教女学院で教師を務め、51年退職。若い頃から俳句を好み、32年中村草田男に師事。38年同人、48年俳人協会会員、平成4年「万緑」森の座同人。また散文を国文学者の西尾実に学び、福田清人の指導を受ける。のち童話を書き始め、作品を専門雑誌に投稿。また同人誌にも参加。平成元年80歳の時童話集「赤い風船」を出版。2年2冊目の童話集「ピーちゃん」を自費出版。他に句文集「南瓜日記」「冬の濤」、句集「桃明り」などがある。　[団]日本児童文芸家協会、俳人協会　[家]夫＝三浦俊輔(画家)

みお ちづる

児童文学作家　[生]昭和43年　[出]埼玉県　本名＝三尾千鶴　[学]日本大学文理学部心理学科卒　[賞]児童文芸新人賞(第29回)(平成12年)「ナシスの塔の物語」、椋鳩十児童文学賞(第10回)(平成12年)「ナシスの塔の物語」　[歴]「季節風」「にじゅうまる」「天気輪」同人。平成12年「ナシスの塔の物語」で児童文芸新人賞、椋鳩十児童文学賞を受賞。

三上 於菟吉　みかみ・おときち

小説家　[生]明治24年2月4日　[没]昭和19年2月7日　[出]埼玉県北葛飾郡桜井村(現・庄和町)　別名＝水上藻花　[学]早稲田大学英文科中退　[歴]中学時代から文学に関心を抱く。大正4年「春光の下に」を刊行。5年「悪魔の恋」を発表して注目され、以後「日輪」「炎の空」など

を発表し、大衆文学の中心人物となる。多くの時代小説、現代小説を書き、他の代表作に「白鬼」「黒髪」「雪之丞変化」などがある。随筆集に「随筆わが漂泊」。大正5年頃より閨秀作家・長谷川時雨と同棲し、昭和3年には時雨を助けて「女人芸術」を創刊した。

三上 慶子　みかみ・けいこ

小説家　[生]昭和3年1月13日　[出]京都　[学]恵泉女子学園(昭和20年)卒　[賞]西日本新聞文化賞(昭和26年)　[歴]昭和20年熊本県球磨郡八ケ峰に疎開し、分校に勤務。その経験を26年「月明学校」として発表。同年山村の文化開発の功績に対し西日本文化賞を受賞。29年帰京し、以後、著述活動に専念。ほかの著書に「流感の谷」「私の能楽自習帖」などがある。　[家]父＝三上秀吉(小説家)

三上 秀吉　みかみ・ひできち

小説家　[生]明治26年6月1日　[没]昭和45年10月2日　[出]和歌山県　旧姓(名)＝龍田　[学]高松中卒　[歴]婦人之友社に入社し、編集長などを歴任して作家生活に入る。志賀直哉に師事し、昭和9年同人誌「制作」を創刊し、10年短編集「髪」を刊行。23〜24年「山脈」を主宰、他の著書に「志賀直哉」などがある。

三神 弘　みかみ・ひろし

小説家　[生]昭和20年11月23日　[出]山梨県　[学]法政大学中退　[賞]すばる文学賞(第6回)(昭和57年)「三日芝居」　[歴]コピーライター、広告代理店のディレクターなどを務めたあと、著作活動に入る。著書に「三日芝居」「花供養」がある。　[団]日本文芸家協会

三神 真彦　みかみ・まさひこ

映像作家　作家　[生]昭和7年2月24日　[出]東京　本名＝藤久真彦　[学]京都大学文学部美学科卒　[賞]太宰治賞(第7回)(昭和46年)「流刑地にて」、講談社ノンフィクション賞(第10回)(昭和63年)「わがままいっぱい名取洋之助」　[歴]大阪万博など多くの博覧会映像を中心に、テレビ教養番組、文化映画、産業映画の脚本家・監督として活躍。かたわら小説などを書き、著書に「流刑地にて」「幻影の時代」「映されない世界」「わがままいっぱい名取洋之助」などがある。　[団]日本文芸家協会

美川 きよ　みかわ・きよ

小説家　[生]明治33年9月28日　[没]昭和62年7月2日　[出]神奈川県横浜市　本名＝鳥海清子　旧筆名＝小林きよ　[学]大阪府立大手前高女卒　[賞]三田文学賞(第4回)(昭和13年)「女流作家」　[歴]大正15年「三田文学」に小林きよの筆名で、処女作「デリケート時代」を発表。その後、中断期間を経て、昭和5年旧姓の美川きよの名で「三田文学」に「父の恋愛」を書き復帰。代表作に「恐ろしき幸福」「女流作家」「新しき門」「美しき風」など。　[家]夫＝鳥海青児(洋画家)

見川 鯛山　みかわ・たいざん

作家　医師　那須温泉診療所見川医院院長　[生]大正5年11月22日　[出]栃木県安蘇郡植野村(現・佐野市)　本名＝見川泰山(みかわ・たいざん)　[学]昭和医専(昭和15年)卒　[賞]栃木県文化功労者賞(平成3年)　[歴]先祖代々医者の家の18代目。昭和18年医者のいなかった那須湯本温泉に那須温泉診療所見川医院を開業。診療のかたわら39年から著作活動にも従事。少年時代はフナ釣り、目白とりに熱中し、大人になってからは、狩猟、木登り、アユ釣りの名人。著書に「田舎医者」「本日も休診」「スキー万歳」「また本日も休診」「山医者健在なり」など。　[団]日本文芸家協会

三木 愛花　みき・あいか

新聞記者　戯文家　[生]文久1年4月5日(1861年)　[没]昭和8年2月6日　[出]上総国山武郡大網(千葉県)　本名＝三木貞一　[歴]明治13年上京し、田中従吾軒の塾に寓し漢学を修めた。「東京新誌」の記者を振出しにその後身「吾妻新誌」の主筆となり、さらに「朝野新聞」「東京公論」の記者を経て、新聞「寸鉄」を創刊。のち「万朝報」に入り、大正12年まで角力と将棋に力を尽した。主な作品に「東都仙洞綺話」「東都仙洞余譚」「社会仮粧舞」など。

三木 蒐一　みき・しゅういち

小説家　[生]明治40年9月8日　[没]昭和41年12月27日　[出]東京　本名＝風間真一　[学]早稲田大学英文科(昭和7年)卒　[歴]実業之日本社に勤務するかたわら「早稲田文学」や「文芸首都」の同人となり、作品を発表。昭和12年博文館に転じ、「講談雑誌」の編集に従事。作品に「地下鉄伸公」シリーズなどがある。　[家]弟＝風間益三(ユーモア作家)、風間完(画家)、妹＝十返千鶴子(評論家)

三木 澄子　みき・すみこ

小説家　児童文学者　[生]明治43年1月2日　[没]昭和63年4月16日　[出]長崎県長崎市　本名＝磯野澄子　[学]愛知県第一高等女学校卒　[歴]少女時代から文学を志し、昭和16年「手巾の歌」が芥川賞候補となり、デビュー。戦後は少女小説作家となり「まつゆき草」などを発表。49年網走に移住。他に少年少女向きの伝記「国木田独歩」などがある。同人誌「文芸網走」に連載中だった「晩祷」は未完となるが、のち完結原稿が発見された。　[団]日本児童文芸家協会

三木 卓　みき・たく

詩人　小説家　童話作家　[生]昭和10年5月13日　[出]東京・淀橋　本名＝冨田三樹　[学]早稲田大学文学部露文科(昭和34年)卒　[賞]H氏賞(第17回)(昭和42年)「東京午前三時」、高見順賞(第1回)(昭和45年)「わがキディ・ランド」、芥川賞(第69回)(昭和48年)「鶸」、野間児童文芸賞(第22回)(昭和59年)「ぽたぽた」、平林たい子文学賞(第14回)(昭和61年)「馭者の秋」、芸術選奨文部大臣賞(第39回，昭63年度)(平成1年)、路傍の石文学賞(第19回)(平成9年)「イヌのヒロシ」、谷崎潤一郎賞(第33回)(平成9年)「路地」、紫綬褒章(平成11年)、読売文学賞(小説賞，第51回)(平成12年)「裸足と貝殻」　[歴]幼年期を満州ですごし、昭和21年引揚げ、早稲田大学に入学。在学中は「文学組織」に参加、卒業後は「氾」に参加し、詩や評論を書く。42年第1詩集「東京午前三時」でH氏賞を、45年「わがキディ・ランド」で第1回高見順賞を受賞。作家としては、48年「鶸(ひわ)」で芥川賞を受賞、ほかに「砲撃のあとで」「ミッドワイフの家」「震える舌」「馭者の秋」「野いばらの衣」「路地」「裸足と貝殻」、心筋梗塞の闘病記「生還の記」などがある。また59年には「ぽたぽた」で野間児童文芸賞を受賞するなど幅広く活躍。童話集に「元気のさかだち」「七まいの葉」「イヌのヒロシ」などがある。　[団]日本文芸家協会

三木 天遊　みき・てんゆう

詩人　小説家　[生]明治8年3月12日　[没]大正12年9月1日(?)　[出]兵庫県赤穂　本名＝三木猶松　[学]東京専門学校文学科(明治27年)入学　[歴]明治28年早稲田文学に「月の国」、読売新聞に「武士の子」などを執筆。29年早稲田文学に「現世小観」、新小説に小説「鈴舟」などを発表。30年繁野天来と共著詩集「松虫鈴虫」を刊行。妹の死の衝撃で病気になり退学、帰省。32年詞華集「春風秋声」刊行。33年薄田泣菫と奈良に遊んだ。34年以降「よる浪の音を聞きて」「詩人帽」「新春の歌」「鴬音」「夏湖雨月」などを雑誌に発表。他に39年出版の「恋愛問題」がある。

ミキオ・E　みきおいー

コピーライター　コラムニスト　[生]昭和26年　[出]静岡県　[学]早稲田大学第一文学部仏文科中退　[賞]小川未明文学賞(大賞，第8回)(平成11年)「おけちゅう」　[歴]「月刊メジャー・リーグ」でコラム「体験的野球英語実況スタジアム」を連載。平成11年「おけちゅう」で小川未明文学賞大賞を受賞。

右来 左往　みぎき・さおう

劇作家　演出家　劇団パノラマ☆アワー主宰　[生]昭和37年6月22日　[出]愛知県　本名＝渡辺和美　[学]一宮西高(昭和55年)中退　[賞]文化庁舞台芸術創作奨励特別賞(現代演劇部門，第15回，平4年度)(平成5年)「ジャングルジム〜STEELWOODのハックルベリー」、日本劇作家協会新人戯曲コンクール(大賞，第1回)(平成6年)「あめゆじゅとてちけんじゃ」、京都演劇フェスティバル大賞(一般部門，第19回)(平成10年)、京都市芸術新人賞(平9年度)(平成10年)、尾宮賞(平成10年)「カゴメの図鑑」　[歴]昭和56年東映京都俳優養成所シナリオ科で結束信二に師事。平成元年劇団パノラマ☆アワー結成、主宰。2年第5回テアトロ・イン・キャビン戯曲賞佳作入選。主な作品に「パノラマ☆アワー〜あの夜、ぼくらは理科教室で空を飛んだ」「HELLO，EARTH〜心地よく秘密めいた空っぽ」「カゴメの図鑑」など。　[団]日本劇作家協会京都支部

右田 寅彦　みぎた・のぶひこ

戯作家　歌舞伎狂言作者　[生]慶応2年2月6日(1866年)　[没]大正9年1月11日　[出]豊後国臼杵　号＝柳塢亭、矮亭主人　[歴]11歳で上京し、三田英学校や漢学塾で学び、高畠藍泉に師事。めざまし新聞、都新聞、東京朝日新聞記者などを経て、明治42年帝国劇場開場とともに立作者となる。作品は「塩原高尾」「生島新五郎」「水谷高尾」など多数。

三雲 岳斗　みくも・がくと

小説家　[生]昭和45年　[出]大分県　[学]上智大学外国語学部卒　[賞]電撃ゲーム小説大賞(銀賞，第5回)「コールド・ゲヘナ」、日本SF新人賞(第1回)(平成11年)「M.G.H」　[歴]車の行商のため中国奥地を放浪する。第5回電撃ゲーム小説大賞銀賞受賞作品「コールド・ゲヘナ」で作家デビュー、他の作品に「M.G.H」がある。

御坂 真之　みさか・さねゆき

推理作家　[生]昭和31年　[出]埼玉県深谷市　本名＝大沢幸夫　[学]埼玉大学教育学部卒　[歴]平成3年作品「ダブルキャスト」が日本推理サスペンス大賞佳作となる。著書に「火獣」「ダブルキャスト」がある。

岬 兄悟　みさき・けいご

SF作家　[生]昭和29年12月30日　[出]東京都中央区日本橋　本名＝安達光雄　[学]国学院大学法学部卒　[歴]中学時代からロックに熱中、学生時代はブルース・バンドで活躍。同時にショート・ショートを発表しはじめ、昭和54年「SFマガジン」3月号に「頭上の脅威」でデビュー。著書に「女神にグッバイ」「魔女でもステディ」「洪水

パラダイス」「愛は爆発」「半身一体」など。㊿SF作家クラブ、日本文芸家協会 ㋚妻＝大原まり子（SF作家）

岬 三郎　みさき・さぶろう
小説家　㋙昭和21年　㋛宮城県気仙沼市　本名＝菊池武文　㋕仙台育英学園卒　㊾川崎文学賞、コスモス文学賞、北日本文学賞選奨（第23回・昭和63年度）「春蘭」　㊺調理師。昭和58年頃から小説を書き始め、川崎文学賞、コスモス文学賞などを受賞。63年「春蘭」で第23回北日本文学賞選奨を受賞。

三咲 光郎　みさき・みつお
小説家　㋙昭和34年10月　㋛大阪府岸和田市　㋕関西学院大学文学部日本文学科（昭和58年）卒　㊾オール読物新人賞（平成10年）「大正四年の狙撃手（スナイパー）」、松本清張賞（第8回）（平成13年）「群蝶の空」　㊺大阪府立高校での国語科教師の傍ら、20歳代後半から文学賞に応募する。平成10年「大正四年の狙撃手（スナイパー）」でオール読物新人賞、13年「群蝶の空」で第8回松本清張賞を受賞。

見沢 知廉　みさわ・ちれん
作家　思想家　エッセイスト　元・一水会議長　元・統一戦線義勇軍総裁　㋙昭和34年　㋛東京都文京区千駄木　本名＝髙橋哲央　㋕中央大学法学部中途除籍、慶応義塾大学文学部在籍　㊾コスモス賞（入選）（平成2年）「七号病室」、全作家賞（特別扱入選）（平成5年）「改稿・七号病室」、新日本文学賞（佳作、第25回）（平成6年）「天皇ごっこ」　㊺10代で非行及び新左翼運動に飛び込み、挫折、転向を経て、新右翼団体・統一戦線義勇軍の書記長他として活動。昭和57年23歳の時右翼版連合赤軍事件と呼ばれた内ゲバスパイ粛清事件や火炎瓶ゲリラ他の首謀者として逮捕され、以後平成6年まで12年間千葉刑務所（一時東拘、川越少年刑務所、八王子医療刑務所）に服役。服役中から自身の生きざまや右翼、非行、監獄、精神世界などを題材に小説を執筆。今は右翼活動は引退し著作業、作家に専念。著書に小説「天皇ごっこ」「蒼白の馬上」、ノンフィクション「囚人狂時代」「獄の息子は発狂寸前」など。小説「調律の帝国」は三島賞候補に。　㊿日本文芸家協会、三田文学会、日本文芸家クラブ協会、日本ペンクラブ　http://www.cam.hi-ho.ne.jp/misawa/

三品 蘭渓　みしな・りんけい
戯作者　新聞記者　㋘安政4年1月1日（1857年）　㋙昭和12年1月26日　㋛江戸・浅草　本名＝三品長三郎　別号＝柳条亭華彦　㋕工部大学校電気建築科（明治7年）中退　㊺明治8年工部省に入り、10年には西南戦争のため九州に出張するが健康を害し、13年に退職。柳亭種彦（3代目）門下となって戯作を執筆。15年東京絵入新聞の記者となる。29年東京朝日新聞に移る。代表作に「竹節清談」「噂の橘」。

三島 霜川　みしま・そうせん
小説家　劇評家　㋘明治9年7月30日　㋙昭和9年3月7日　㋛富山県西礪波郡麻生村　本名＝三島才二　別号＝犀児、歌之助、椋右衛門　㊺明治27年上京し、29年硯友社員となる。31年「埋れ井戸」が「新小説」の懸賞小説に当選。以後作家として活躍し、40年「解剖室」を発表。のちに創作から遠ざかり、大正2年演芸画報に入社後は犀児、椋右衛門などの筆名で歌舞伎批評に新境地を拓いた。没後「役者芸風記」が刊行された。

三島 通陽　みしま・みちはる
政治家　小説家　ボーイスカウト日本連盟創設者　参院議員（緑風会）　㋘明治30年1月1日　㋙昭和40年4月20日　㋛東京・麻布　筆名＝三島章道（みしま・しょうどう）　㋕学習院高等科（大正5年）中退　㊾ブロンズ・ウルフ賞（昭和36年）　㊺同人誌「三光」発行、大正8年「TOMODACHI」創刊。「愛の雫」「若き旅」「地中海前後」「寺田屋騒動」「おめでたき結婚」「三島章道創作全集」「英雄一代」のほか「劇芸術小論集」「演劇論と劇評集」「回想の乃木希典」などがある。創作活動のほか、大正9年日本初の少年団、ボーイスカウト日本連盟を結成、12年少年団日本連盟副会長となった。昭和4年貴族院議員、19年文部参与官、20年幣原喜重郎内閣の文部政務次官を歴任。この間、数次にわたりボーイスカウト世界大会などに出席。戦後参院議員（緑風会、当選1回）となり、またボーイスカウト日本連盟理事長、総長を務め、ボーイスカウトの育成に尽力した。㋚祖父＝三島通庸（福島県令・警視総監・子爵）、父＝三島弥太郎（日銀総裁）、妻＝三島純（ガールスカウト日本連盟初代会長）、娘＝三島昌子（元ガールスカウト日本連盟会長）

三島 由紀夫　みしま・ゆきお
小説家　劇作家　㋘大正14年1月14日　㋙昭和45年11月25日　㋛東京市四谷区永住町（現・東京都新宿区）　本名＝平岡公威（ひらおか・きみたけ）　㋕東京帝国大学法学部（昭和22年）卒　㊾新潮社文学賞（第1回）（昭和29年）「潮騒」、岸田演劇賞（第2回）（昭和30年）、読売文学賞（小説賞、第8回）（昭和31年）「金閣寺」、読売文学賞（劇曲賞、第13回）（昭和36年）「十日の菊」　㊺学習院高等科在学中の昭和16年に「花ざかりの森」を発表。この頃から日本浪漫派の影響をうける。22年東大卒業と同時に大蔵省に勤務するが、23年創作活動に専念するため退職。

24年「仮面の告白」を刊行し、作家としての地位を築く。29年「潮騒」で新潮社文学賞を、30年「白蟻の巣」で岸田演劇賞を、31年「金閣寺」で、36年「十日の菊」でそれぞれ読売文学賞を受賞するなど、小説、劇曲、評論の分野で幅広く活躍。43年10月楯の会を結成。44年「豊饒の海」全4巻を完結させた後、45年11月25日楯の会会員・森田必勝ら4名と共に自衛隊市ケ谷駐屯地に突入、憂国の檄をとばした後、割腹自決をとげた(三島事件)。他の代表作に小説「愛の渇き」「美徳のよろめき」「宴のあと」「鏡子の家」「午後の曳航」「憂国」「英霊の声」、戯曲「鹿鳴館」「近代能楽集」「サド侯爵夫人」などの他、「三島由紀夫全集」(全35巻・補1巻, 新潮社)、「三島由紀夫短編全集」(全2巻, 新潮社)「決定版 三島由紀夫全集」(全42巻, 新潮社, 平12年～)がある。 [家]妻=平岡瑤子、娘=平岡紀子(プロデューサー)、祖父=平岡定太郎(内務官僚)、父=平岡梓(農林官僚)、母=平岡倭文重、弟=平岡千之(元迎賓館館長)

三島 黎子　みしま・れいこ

北日本文学賞選奨を受賞　[生]昭和19年　[出]岩手県　本名=宇部真澄　[学]相模女子大学短期大学部卒　[賞]北日本文学賞選奨(第24回)(昭和63年度)「櫓(やぐら)」　[歴]小・中学校の教師を務めたのち、華・茶道教室を開く。昭和60年ころから小説を書き始め、63年「櫓」で第23回北日本文学賞選奨を受賞。

御荘 金吾　みしょう・きんご

放送作家　[生]明治41年12月11日　[没]昭和60年7月22日　[出]愛媛県　本名=木村力馬　[学]日本大学芸術学部(昭和3年)中退　[歴]市川右太衛門プロ、東宝演劇部などを経て、昭和23年からしばらくNHKの専属作家となり、ラジオドラマ「オペラ女優」「陽気な喫茶店」などを執筆。60年放送のNHK大河ドラマ「春の波濤」の演劇考証を担当。ほかに著書「おっぺけぺい」「川上音二郎伝」「ブラジルぶらぶら記」「アマゾンは流れる・日本人苦闘史」などがある。

水芦 光子　みずあし・みつこ

小説家　[生]大正3年9月12日　[出]石川県金沢市　[学]金沢第二高女(昭和7年)卒　[歴]詩から出発し、昭和21年詩集「雪かとおもふ」を刊行。以後小説に転じて「赤門文学」同人として活躍し、33年「許婚者」を刊行。他の著書に「雪の喪章」「その名、水に記す」「あざやかな樹」「みんみん刹那歌」などがある。　[団]日本文芸家協会

水上 あや　みずかみ・あや

小説家　[出]大分県大分市　[賞]千葉文学賞(第37回)(平成6年)「仏の顔」　[歴]昭和63年「冬薔薇」がテレビドラマ「愛の破局」としてドラマ化される。同時期に作家・葉山修平を知り、「だりん」同人となる。作品に「豊後刀」「母の郷」「標的」「魔女の愉しみ」、著書に「雛の贈りもの」「花の反逆 大友相麟の妻」などがある。

水上 多世　みずかみ・かずよ

詩人　童話作家　[生]昭和10年4月1日　[没]昭和63年10月3日　[出]福岡県八幡市(現・北九州市八幡東区)　別名=みずかみかずよ　[学]八幡中央高卒　[賞]愛の詩キャンペーン金賞一席(昭和49年)「愛のはじまり」、北九州市民文化賞(昭和56年)、丸山豊記念現代詩賞(平7年度)(平成8年)　[歴]私立尾倉幼稚園教諭時代から児童詩、童話を書き、夫平吉と児童文学誌「小さい旗」主宰。少年詩集「馬でかければ」「みのむしの行進」、童話「ぼくのねじはぼくがまく」「ごめんねキューピー」、戦争絵本「南の島の白い花」、短歌集「生かされて」などがある。小学校教科書に「あかいカーテン」「ふきのとう」「金のストロー」「馬でかければ」「つきよ」が採用された。没後、夫の編集による「みずかみかずよ全詩集 いのち」が出版された。　[団]日本児童文学者協会、日本児童文芸家協会　[家]夫=水上平吉(小さい旗の会主宰)

水上 貴史　みずかみ・たかし

劇作家　[賞]三重県文学新人賞(戯曲部門・第18回)(平成1年)　[歴]戯曲に「裁きの権利」など多くの作品があり、高校演劇などで上演される。平成元年3月、戯曲部門で第18回の三重県文学新人賞受賞。

水上 勉　みずかみ・つとむ

小説家　[生]大正8年3月8日　[出]京都府京都市上京区　僧名=承英　[学]立命館大学国文科(昭和13年)中退　[資]日本芸術院会員(昭和63年)　[賞]日本探偵作家クラブ賞(第14回)(昭和35年)「海の牙」、直木賞(第45回)(昭和36年)「雁の寺」、菊池寛賞(第19回)(昭和46年)「宇野浩二伝」、吉川英治文学賞(第7回)(昭和48年)「北国の女の物語」「兵卒の鬃」、谷崎潤一郎賞(第11回)(昭和50年)「一休」、川端康成文学賞(第4回)(昭和52年)「寺泊」、斎田喬戯曲賞(第16回)(昭和55年)「あひるの靴」、毎日芸術賞(昭和59年)「良寛」、日本芸術院賞恩賜賞(第42回)(昭和61年)、東京都文化賞(第8回)(平成4年)、文化功労者(平成10年)　[歴]若狭の貧農大工に生まれ9歳で京都の禅寺に入り、11歳で得度、13歳で脱走。衣笠山の等持院に移るが、中学終了時に脱走、新聞・牛乳配達・薬局の店員などしながら立命館の文科に入る。戦時は、満州の苦

力監督や小学校助教、兵卒として過ごす。昭和20年虹書房をおこして宇野浩二を知り、23年「フライパンの歌」を刊行。以降10年間洋服の行商や業界の広告取りで暮らす。34年推理小説「霧と影」を刊行し、35年「海の牙」で日本探偵作家クラブ賞(現・日本推理作家協会賞)を、36年「雁の寺」で直木賞を受賞し、幅広い旺盛な創作活動に入る。ほかの代表作に「飢餓海峡」「五番町夕霧楼」「越前竹人形」「金閣炎上」「宇野浩二伝」「北国の女の物語」「一休」「寺泊」「良寛」「破鞋—雪門玄松の生涯」などがある。また子ども向けに書いた「ブンナよ、木からおてりこい」があり、童話にも造詣が深い。「水上勉全集」(全26巻,中央公論社)、「水上勉選集」(全6巻,新潮社)、「水上勉社会派傑作集」(全5巻,朝日新聞社)、「新編 水上勉全集」(全16巻,中央公論社)もある。昭和60年福井県大飯町に“若州一滴文庫”を開設。芥川賞選考委員も務めた。　[団]日本推理作家協会、日本文芸家協会(監事)、日本ペンクラブ　[家]長男=窪島誠一郎(無言館館主)

水上 不二　みずかみ・ふじ

児童文学作家　[生]明治37年1月10日　[没]昭和40年　[出]宮城県気仙沼市　[学]水産学校(大正11年)卒　[歴]昭和3年上京、教員生活を送る。12年「昆虫列車」に参加し童謡で活躍。その後、童話も書き始め、戦後は「ら・て・れ」同人。主な作品に「海辺のおやしろ」「海のお星さま」「コロンブス」「六平アルバム」などがある。

水上 美佐雄　みずかみ・みさお

児童文学作家　[生]昭和2年5月8日　[出]和歌山県東牟婁郡古座川町　本名=水上操　[学]旧制中卒　[賞]学研児童文学賞入選(第4回)(昭和48年)「まぼろしのチョウ」、石森延男児童文学奨励賞(第2回)(昭和53年)「ありん子ちゃん」、石森延男児童文学奨励賞(第3回)(昭和54年)「水たまりの空」　[歴]教職につき、古座川町立明神小校長を最後に退職。児童文学作品に「でしこしの鳴く里」「メダカの歌」「草のにおい」「朝焼けの海」「走れ、モウ太」などがある。　[団]日本児童文芸家協会

水上 呂理　みずかみ・ろり

推理作家　[生]明治35年2月18日　[出]福島県福島市　本名=石川陸一郎　[学]明治大学法学科(大正15年)卒　[歴]時事新報社、曹達工業同業会、通産省化学局、国民経済研究協会を経て、工業経済研究所に勤務。著書に「世界の化学工業」など。一方、昭和3〜9年精神分析に材をとった探偵小説を「新青年」「ぷろふいる」に5編発表している。作品に「精神分析」「蹠の衝動」「瘋癲性痴呆患者の犯罪工作」や、シャーロック・ホームズの短編集の翻訳など。

水城 昭彦　みずき・あきひこ

小説家　フリーライター　[生]昭和29年9月8日　[出]神奈川県横浜市　[学]日本大学農獣医学部卒　[賞]青春小説新人賞(第13回)(昭和55年)「トウモロコシとヨットの夏」、小説現代新人賞(平成4年)　[歴]雑誌編集者を経て、著述業。雑誌「ランナーズ」などに寄稿。小説も執筆。ランナーでマラソンにも挑戦。著書に「夢の42.195キロに挑戦!マラソントレーニングブック」、小説に「湘南ラブストーリー」「夏への航海」など。

水樹 あきら　みずき・あきら

小説家　[生]昭和40年10月27日　[出]埼玉県　本名=金子真弓　[学]東京アナウンス学院卒　[賞]コバルト・ノベル大賞(第13回)(平成1年)「一平くん純情す」　[歴]劇団CCPR(クリエィティブ・カンパニー・プロジェクト・レビュー)に入所。その後ワープロオペレータを経て、執筆に専念する。著書に「ヒーローは187センチ」。

水木 京太　みずき・きょうた

劇作家　演劇評論家　[生]明治27年6月16日　[没]昭和23年7月1日　[出]秋田県横手町　本名=七尾嘉太郎　[学]慶応義塾大学文科(大正8年)卒　[歴]在学中小山内薫に傾倒。大正9年「三田文学」の編集にたずさわり、慶応義塾大学講師として劇文学を担当。昭和5年丸善に入社し、雑誌「学鐙」を主宰。「東京朝日新聞」に劇評も書いた。戦後は月刊誌「劇場」の主幹を務めた。この間、多くの戯曲を発表し、作品に「殉死」「仲秋名月」「フォード躍進」、著書に「新劇通」、「戯曲集 福沢諭吉」などがある。イプセン研究でも有名。　[家]娘=七尾伶子(女優)

水木 久美雄　みずき・くみお

劇作家　[生]明治33年1月31日　[出]愛知県蒲郡　[学]早稲田大学(昭和2年)卒　[歴]昭和2年第2次芸術座文芸部に入り、のち松竹幕内部、東宝文芸部を経て、東宝劇団に勤務。文芸課長。有楽座支配人、演劇部企画製作室長を歴任。25年から日大講師もつとめた。戯曲に「松虫と鈴虫」「明治用水」、舞踊劇に「淀君」「源氏物語」、著書に「演劇企画論」「ミュージカルへの道」「恩田木工」などがある。

水城 雄　みずき・ゆう

小説家　[生]昭和32年5月5日　[出]福井県　[学]同志社大学中退　[歴]バーテンダー、ジャズピアニストなどを経て、作家に。ラジオ番組キャスターなどのかたわら、地元・福井で舞踏家とのシンセサイザーによる共演も行う。昭和61年「疾れ風、吼えろ嵐」で小説家としてデビュー。また、パソコン・ネットで小説教室を主宰、小説、エッセイなどの指導を行う。著書に「熱風都市」「都会の森」「恋のキューピッド狂騒曲」

「機密喰い」「小説工房」「赤日の曠野」「水城式ピアノの弾き方」「インターネット時代 乗り遅れないための情報活用術」など。

水木 ゆうか　みずき・ゆうか

小説家　㊤昭和36年　㊦北海道　㊫新風舎出版賞(フィクション部門最優秀賞)「真夜中のシスターン」　㊩平成4年より地元文芸誌「北方文芸」に作品を発表し始める。創作を中断していた時期を経て、10年より同人雑誌「河108」に参加、再び創作活動に入る。「メロウ ボックス」という作品が、11年「文学界」同人雑誌優秀作に選ばれ、韓国外務省監修による「JAPANフォーラム43号」に翻訳転載される。「真夜中のシスターン」で新風舎出版賞フィクション部門最優秀賞を受賞。

水木 楊　みずき・よう

作家　元・日本経済新聞取締役論説主幹　㊤昭和12年10月30日　㊦兵庫県　本名＝市岡揚一郎(いちおか・よういちろう)　㊫自由学園最高学部卒　㊩昭和35年日本経済新聞社入社。46年ロンドン特派員、経済部次長、56～59年ワシントン支局長、外報部長を経て、60年東京編集局次長・国際総部長、63年編集局総務、平成元年論説副主幹、3年取締役論説主幹。のち退任。昭和63年水木楊のペンネームでIFノベル「1999年 日本再占領」を出版。他の著書に「2025年日本の死」「動乱はわが掌中にあり―情報将校明石元二郎の日露戦争」「美しい国のスパイ」「拒税同盟」「二〇〇六年の叛乱」「東京独立共和国」や、「田中角栄」など多数。

水木 洋子　みずき・ようこ

シナリオライター　劇作家　㊤大正2年8月25日　㊦東京都中央区　本名＝高木富子　㊫日本女子大学国文科(昭和5年)卒、文化学院専攻科演劇部卒　㊫菊池寛賞(第1回)(昭和28年)、ブルーリボン賞脚本賞(第10回・昭34年度)「キクとイサム」、毎日映画コンクール脚本賞(第14回・昭34年度)「キクとイサム」、NHK放送文化賞(昭和35年)、芸術選奨文部大臣賞(第10回・昭34年度)(昭和35年)「キクとイサム」、芸術祭賞奨励賞(昭和37年)、キネマ旬報賞脚本賞(昭36, 39年度)「婚期」「もず」「あれが港の灯だ」「怪談」「甘い汗」、紫綬褒章(昭和56年)、勲四等宝冠章(昭和62年)、年間代表シナリオ(昭24, 25, 27, 28, 29, 30, 32, 33, 34, 35, 36, 37, 39, 40年度)　㊩文化学院で演劇を専攻。菊池寛主宰脚本研究会、日本放送協会放送劇部門嘱託を経て、昭和23年八住利雄門下に。24年「女の一生」でシナリオ作家としてデビュー。30年代に入ると、その活動は目ざましいものとなる。代表作に映画「また逢う日まで」「ひめゆりの塔」「にごりえ」「夫婦」「あにいもうと」「浮雲」「あらくれ」「純愛物語」「キクとイサム」「おとうと」「怪談」など。テレビでは大河ドラマ「竜馬がゆく」、「甘柿しぶ柿つるし柿」などがある。人物の性格・心情のきめ細かい描写と、激しい感情性をユーモアや抒情で包みこむ描写を得意とする。また22年以来、千葉県市川市に在住。平成10年“死後、自宅を市川市に贈与する”という契約を結ぶ。12年同市で企画展が開催される。㊞日本演劇協会(理事)、日本シナリオ作家協会

水木 亮　みずき・りょう

作家　㊥戯曲　小説　山梨の民俗芸能　㊤昭和17年　㊦旧朝鮮　本名＝望月弘美　㊫早稲田大学教育学部国語国文学科卒、早稲田大学大学院文学研究科演劇学専攻修了　㊫織田作之助賞(第16回)(平成11年)「祝祭」　㊩4歳で母を亡くし、育ててくれた祖母の昔話がきっかけで物語の世界に魅せられる。その後小説に取り組むが、演劇に熱中し、昭和58年から自分が教えた定時制高校の卒業生を中心とした劇団コメディ・オブ・イエスタディを主宰、脚本と演出を手がける。平成11年20年ぶりの小説「祝祭」で、第16回織田作之助賞を受賞。甲府工(定時制)の教諭を務める。著書に戯曲集「うすべにの闇いとしの落花」「母の名は山崎けさのと申します」、「山梨の民俗芸能」など。

水城 嶺子　みずき・れいこ

編集者　作家　㊤昭和35年　㊦大阪市　本名＝園田礼子　㊫同志社大学文化学科卒　㊫横溝正史賞優秀作(第10回)(平成2年)「世紀末ロンドン・ラプソディ」

水沢 渓　みずさわ・けい

作家　評論家　㊥経済　医療　酒　㊤昭和10年　㊦北海道函館市　㊫早稲田大学第一政治経済学部政治学科(昭和35年)卒　㊥医療問題、老人問題　㊩昭和35年山一証券入社。40年より従業員組合中央執行委員をつとめ、44年退社。同年函館共愛会総合病院事務長となり、地域医療の変革につとめる。48年退任し、出版社に勤務。のち作家、評論家として経済小説、医療小説、酒・食に関する評論などを手がける。著書に「東京・美酒名酒 呑める店・買える店」「巨大証券の犯罪〈株の罠篇〉〈ウォーターフロント作戦篇〉」「マネーゲームの終焉」「兜町の光と影―仕手集団崩壊」「疑惑の判決」「兜町に滅びの歌が聞こえる」「遺体は誰のものか」など。

水沢 龍樹 みずさわ・たつき
小説家 [生]昭和32年 [出]群馬県富岡市 [学]群馬大学教育学部卒 [賞]小説CLUB新人賞(第18回)(平成2年)「平中淫火譚」 [歴]パンクロックバンドのボーカリストを経て、養護学校教師に。平成2年より本格的作家活動に入る。著書に「妖艶小野小町」「オオカミ判官」などがある。

水島 あやめ みずしま・あやめ
児童文学作家 [生]明治36年7月17日 [出]新潟県 本名=高野千歳 [学]日本女子大学卒 [歴]昭和14年「小公女」を翻訳、15年少女小説集「友情の小径」を発表、その叙情性と感傷性で女性にアピールした。他に「母への花束」「乙女椿」などがある。

みづしま 志穂 みずしま・しほ
児童文学作家 [生]昭和27年11月 [出]鹿児島県 本名=光島隆子 [学]九州女子大学管理栄養士学科卒 [賞]毎日児童小説入選(第32回)(昭和57年)「好きだった風 風だったきみ」、毎日童話新人賞最優秀賞(第7回)(昭和58年)「つよいぞポイポイ きみはヒーロー」、日本児童文学者協会新人賞(第17回)(昭和59年)「好きだった風 風だったきみ」 [歴]小学6年の時、毎日小学生新聞に応募した詩が西日本代表に。高校時代も文芸部。西本鶏介の童話スクールに通って勉強し、昭和57年「好きだった風 風だったきみ」で毎日児童小説入選、「つよいぞポイポイきみはヒーロー」で毎日童話新人賞最優秀賞を受賞した。他に〈ほうれんそうマンシリーズ〉、「でてこい、ゴンタ」などがある。

水島 爾保布 みずしま・におう
日本画家 漫画家 小説家 随筆家 [生]明治17年12月8日 [没]昭和33年12月30日 [出]東京 本名=水島爾保有 [学]東京美術学校卒 [歴]日本画を修め、大正半ばから漫画漫文家として活躍。また同人誌「モザイク」に参加し、小説や戯曲を発表。傍ら「赤い鳥」に童話を執筆、童話雑誌や童話集の挿絵も手がけた。画家としての代表作に「東海道五十三次」がある。著書に「愚談」「痴語」「新東京繁昌記」など。
[家]長男=今日泊亜蘭(SF作家)

水田 南陽 みずた・なんよう
小説家 新聞記者 翻訳家 [生]明治2年1月 [没](没年不詳) [出]淡路国鳥江(兵庫県) 本名=水田栄雄 別名=水田南陽外史(みずた・なんようがいし) [学]立教大学卒 [歴]明治24年ごろ中央新聞に入り、同紙にガボリオの「オルシヴァルの犯罪」を「大探偵」と題して訳出したのをはじめ、「夢中の玉」「珊瑚の徽章」などを次々発表。29〜32年渡欧し、英国滞在中にコナン・ドイルを知る。帰国後、「不思議の探偵」の総題目で「シャーロック・ホームズの冒険」を翻訳、日本のホームズ紹介の先駆となった。33年「大英国漫遊実記」を博文館から刊行。43年編集総長で退社、実業界に入った。

水谷 準 みずたに・じゅん
作家 翻訳家 [生]明治37年3月5日 [没]平成13年3月20日 [出]北海道函館市 本名=納谷三千男(なや・みちお) [学]早稲田大学文学部仏文科(昭和3年)卒 [賞]日本探偵作家クラブ賞(第5回)(昭和26年)「ある決闘」 [歴]早稲田高等学院在学中の大正11年、「好敵手」が「新青年」懸賞探偵小説に入選する。早大時代は「探偵趣味」の責任編集者となり、卒業後昭和3〜21年博文館編集部で「新青年」などを編集。傍ら、「孤児」「月光の部屋」「空で唄う男の話」「司馬家崩壊」などの作品を発表。戦後は作家に専念し、26年「ある決闘」で日本探偵作家クラブ賞を受賞。戦後の作品に「カナカナ船」「薔薇仮面」「夜獣」、〈瓢庵捕物帖シリーズ〉などがある。また、ゴルフ・ライターとしても活躍し、リトラー「アイアンに強くなるために」、ラニアン「完全なるショートゲーム」、ベン・ホーガン「モダン・ゴルフ」など訳書も多数。
[団]日本文芸家協会、日本推理作家協会

水谷 竹紫 みずたに・ちくし
演出家 劇作家 第二次芸術座主幹 [生]明治15年10月8日 [没]昭和10年9月14日 [出]長崎県 本名=水谷武 [学]早稲田大学文学部(明治39年)卒 [歴]文芸協会から大正2年島村抱月の芸術座理事。また第2次「早稲田文学」の劇評を担当。「やまと新聞」、「東京日日新聞」の記者となった。13年第2次芸術座を再興、演出、経営に尽力、義妹の水谷八重子を育成した。昭和7年には中村吉蔵と雑誌「演劇」を主宰。戯曲「戦国の女」、小説「熱灰」などがある。

水谷 俊之 みずたに・としゆき
映画監督 [生]昭和30年1月10日 [出]三重県三重郡川越町 [学]東北大学文学部仏文科(昭和53年)中退 [賞]日本映画プロフェッショナル映画大賞(作品賞,第2回,平4年度)「ひき逃げファミリー」、ベルフォーレ映画祭外国映画観客賞「ひき逃げファミリー」、年間代表シナリオ(平5年度)「ひき逃げファミリー」、ゆうばり国際冒険ファンタスティック映画祭グランプリ(第5回・ビデオ部門)(平成6年)「もっと過激 ふざけんじゃネェ!」
[歴]テレビ映画の照明助手、ピンク映画の助監督、脚本執筆等を経て、昭和57年「猟色OL・犯す」で監督としてデビュー。同年磯村一路、福岡芳穂、米田彰、周防正行と製作集団UNIT5を起こす。ピンク映画、ロマンポルノ、テレ

ビと転進を重ねながら、平成4年初の一般映画「ひき逃げファミリー」を監督。他の作品に「視姦白日夢」「スキャンティドール・脱ぎたての香り」「ハード・ペッティング」「The・えれくと」「勝手に死なせて！」「人間椅子」「ISOLA多重人格少女」、ビデオ作品「もっと過激 ふざけんじゃネェ！」などがあり、PR映画の演出も行う。

水谷 不倒　みずたに・ふとう

国文学者　小説家　㊓安政5年11月15日(1858年)　㊚昭和18年6月21日　㊒尾張国名古屋長者町(現・愛知県名古屋市)　本名＝水谷弓彦　㊫東京専門学校(現・早稲田大学)英語部(明治27年)卒　㊟尾張の国学者水谷民彦の六男として生まれる。明治元年東京に出て陸軍教導団に入り、21年歩兵曹長を最後に除隊。東京専門学校で近松を中心とする近世文学を学び、卒業後「錆刀」「薄唇」「めなしちご」などの小説を発表する傍ら、「続帝国文庫」の浄瑠璃、脚本類の校訂に携わる。32〜38年大阪毎日新聞記者を務め、40年精華書院に入社、「独逸語学雑誌」「初等独逸語研究」等多くのドイツ語雑誌を発行。大正8年「独逸語学雑誌」1月号を最後に雑誌編集から手を引き、以後近世文学の研究に没頭。精細な実証研究で知られ、近世文学研究の先駆者とされる。著書に「列伝体小説史」「西鶴本」「草双紙と読本の研究」「明治大正古書価の研究」「枯野の真葛」、「水谷不倒著書集」(全8巻，中央公論社)などがある。㊪父＝水谷民彦(国学者)

水谷 まさる　みずたに・まさる

詩人　児童文学作家　㊓明治27年12月25日　㊚昭和25年5月25日　㊒東京　本名＝水谷勝　㊫早稲田大学英文科卒　㊟コドモ社編集部に入り、のち東京社に移り、「少女画報」を編集ののち、著述生活に。「地平線」「基調」の同人として活躍のかたわら童話、児童読物、童謡を多く発表。昭和3年「童話文学」を創刊し「犬のものがたり」「ブランコ」などを発表。10年刊行の「葉っぱのめがね」をはじめ「薄れゆく月」「お菓子の国」などの童話集がある。

水谷 龍二　みずたに・りゅうじ

劇作家　星屑の会主宰　㊓昭和27年3月4日　㊒北海道苫小牧市　㊫苫小牧工業高等専門学校(昭和47年)卒　㊟バラエティ番組の構成作家を経て、ドラマの脚本、芝居の作・演出を始める。喜劇を得意とし、主な作品に「四月の雨」「小春の春」「ビートたけしの学問ノススメ」「刑事ガモさん」(TBS)、「パパこげてるョ！」(テレビ東京)、「コント55号のなんでそうなるの!?」(日テレ)、舞台「旅の空」「缶詰」など。平成6年演劇集団・星屑の会を結成。以後、「星屑の街」「マネージャー」「淋しい都に雪が降る」「ストロベリーハウス」などを上演。一方、12年東京・歌舞伎座の「納涼歌舞伎」で新作「愚図六」を書き下ろす。小説に「コンプレックス・ブルー」がある。

水藤 春夫　みずとう・はるお

児童文学者　児童文学研究家　㊓大正5年4月1日　㊚平成3年　㊒岡山県　㊫早稲田大学文学部国文科(昭和14年)卒　㊟在学中、早大童話会に参加。坪田譲治に師事し、「坪田譲治全集」(全8巻)を編さん校訂した。「びわの実学校」同人。創作・評論に活躍。著書に「岡山の伝説」(共著)、童話集に「イタチときつね花」「一ぽんのわらしべ」「わらしべ長者」がある。㊞日本児童文学者協会

水野 仙子　みずの・せんこ

小説家　㊓明治21年12月3日　㊚大正8年5月31日　㊒福島県須賀川町　本名＝服部テイ　㊫須賀川裁縫専修学校卒　㊟早くから「女子文壇」などに投稿し、42年発表の「徒労」で田山花袋に認められ、同年上京して田山家に起居する。43年「お波」「娘」を発表して文壇で認められる。44年花袋門下の川浪道三と結婚。同年「青鞜」同人となり、大正4年読売新聞社に入社するが病を得て5年退職し郷里に帰る。他の主な作品に「道」「嘘をつく日」「輝ける朝」などがある。㊪夫＝川浪磐根(歌人)、兄＝服部躬治(歌人)

水野 泰治　みずの・たいじ

小説家　㊓昭和2年3月27日　㊒東京　㊫東京府立商工卒　㊟雑誌編集者を経て、山手樹一郎に師事し、時代小説を学ぶ。「新樹」同人。集英社の1000万円懸賞小説に「殺意」が当選。著書に「わが青春の美智子妃殿下」「殺意」「歌麿殺人事件」「暗殺幻葬曲」「独眼龍 伊達政宗」。㊞日本文芸家協会、日本推理作家協会

水野 尚子　みずの・ひさこ

講談社児童文学新人賞受賞者　筆名＝池原はな　㊩講談社児童文学新人賞(昭和56年)「狐っ子」　㊟20年間に書きためた童話が二十数編。作品には動物と人間の主人公が多い。

瑞納 美鳳　みずの・みほ

小説家　㊓昭和44年5月20日　㊒東京都多摩市　本名＝梅沢みほ子　共同筆名＝霧島那智(きりしま・なち)　㊫湘北短期大学卒　㊟東京都町田市の読売文化センターで若桜木虔の指導を受け、若桜木と“霧島那智”の共同筆名を使用して「聖断帝国空軍の進撃」でデビュー。共同執筆に「欧州(ヨーロッパ)戦線大戦略」「真田幸村の鬼謀」「闇史・太閤記」、瑞納美鳳名義の著書に「新選組秘剣伝」などがある。㊞日本推

理作家協会、日本文芸家協会、日本インターネット歴史作家協会　http://www.interg.or.jp/blue/miho-m/

水野 葉舟　みずの・ようしゅう

歌人　詩人　随筆家　小説家　[生]明治16年4月9日　[没]昭和22年2月2日　[出]東京・下谷　本名＝水野盈太郎　旧筆名＝水野蝶郎　[学]早稲田大学政経科(明治38年)卒　[歴]中学時代から「文庫」などに投稿し、東京新詩社に参加し「明星」誌上に詩や短歌を発表。その後「山比古」「白百合」「白鳩」などに参加。明治39年第一著作集「あららぎ」と窪田空穂との共著歌集「明暗」を刊行。ついで小説や随筆を発表するようになり文壇での地位を築く。しかし、大正期に入ると児童ものに移行して、「小学男生」「小学少女」「少女の友」などに詩や小説を執筆した。著書に短篇集「微温」、小品文集「草と人」などがある。　[家]息子＝水野清(元衆院議員)

水野 良　みずの・りょう

ゲームデザイナー　小説家　グループSNE　[生]昭和38年　[出]大阪府　[学]立命館大学法学部卒　[歴]大学在学中より、ファンタジー世界や、あらゆるゲームに没頭し、各誌においてゲームの紹介などの執筆を始める。翻訳家・安田均のグループSNEに所属。ロール・プレイング・ゲーム「ロードス島戦記」で小説家デビュー。他の著書に「傭兵伝説クリスタニア―過去からの来訪者」など。

水橋 文美江　みずはし・ふみえ

シナリオライター　[生]昭和39年　[出]石川県金沢市　[賞]橋田寿賀子賞(個人新人賞,第5回)(平成9年)　[歴]幼児期から演劇に興味をもち、昭和57年上京。劇団・まるまる行進曲を主宰。作、演出、出演の1人3役をこなし、6年間で1000人ほど動員する劇団に育てあげる。63年退団。フジテレビ主催ヤングシナリオ大賞に4編応募し、うち1編が最終審査に残る。同局の大多亮プロデューサーの目に止まり、平成2年「おろしたての夫婦生活」(フジテレビ)でテレビデビュー。3年映画「新・同棲時代」(フジ制作)の脚本を手がける。他の作品に「HANAKOの結婚」(テレ朝)「七人のOLが行く」(同)「三人姉妹」(日テレ)「みにくいアヒルの子」(フジ)などがある。

水原 明人　みずはら・あきと

放送作家　[生]昭和4年4月21日　[出]東京都港区芝　本名＝石尾三治　[学]早稲田大学卒　[興]放送史、東京の話し言葉の研究　[賞]モンテカルロ・テレビ映画祭賞「ドブネズミ色の街」(NHK)　[歴]ドラマを手がけ、主な作品にラジオ「母と子の童話館」(文化放送)、テレビ「美に生きる」(テレビ東京)、「ドブネズミ色の街」(NHK)「岸田国士・秀作ドラマシリーズ」(NHK衛生第二)など。著書に「江戸語・東京語・標準語」がある。　[団]日本演劇学会、日本放送作家協会

三角 寛　みすみ・かん

小説家　山窩研究家　文芸坐創設者　[生]明治36年7月2日　[没]昭和46年11月8日　[出]大分県竹田市　本名＝三浦守(みうら・まもる)　僧名＝釈法幢　[学]日本大学法科卒　文学博士(東洋大学)(昭和37年)　[歴]小学校卒業後、仏門に入る。大正15年朝日新聞社に入り、社会部記者となったが、東京を騒がせた説教強盗事件を取材したのがきっかけで、山間を渡り歩いて暮らす山窩の研究を始めた。昭和5年「昭和妖婦伝」で文壇デビュー。8年に朝日新聞退社後は永井龍男のすすめで小説に転じ、「山窩血笑記」をはじめ、3部作「怪奇の山窩」「情炎の山窩」「純情の山窩」など、山窩を題材に多くの小説を書く。戦後は創作をやめ、23年に東京・池袋で映画館・人生坐(現・文芸坐)を開館し、ヨーロッパ名画を上映、洋画ファンに親しまれたが、同館の株主には吉川英治、徳川夢声らの文士がいた。この間、37年に東洋大学から「山窩族の社会の研究」で博士号を受ける。他の作品に「黒装束五人組」「慈悲心鳥」など。「三角寛サンカ選集」(全7巻,現代書館)がある。[家]長女＝三浦寛子(「父・三角寛」の著者)

水村 美苗　みずむら・みなえ

小説家　[出]東京都　本名＝岩井美苗　[学]エール大学大学院仏文科(昭和59年)博士課程修了　[賞]芸術選奨新人賞(第41回)(平成3年)「続 明暗」、野間文芸新人賞(第17回)(平成7年)「私小説 from left to right」　[歴]12歳で渡米し、以後ほとんど米国で暮らす。プリンストン大学講師を経て、59年帰国。平成2年からはミシガン大学客員助教授として近代日本文学を担当。10年スタンフォード大学客員教授。エール大学時代に教えを受けた評論家・柄谷行人の薦めで季刊「思潮」に連載したものを下敷きにして、2年夏目漱石の未完の絶筆「明暗」の続編、「続 明暗」を創作し上梓。7年英語まじりの横書きで「私小説 from left to right」を発表。他に評論「『男と男』と『男と女』―藤尾の死」、共著に「手紙、栞を添えて」がある。[家]夫＝岩井克人(東大経済学部教授)

水杜 明珠　みずもり・あけみ

小説家　[生]昭和44年6月2日　[出]静岡県　[賞]コバルト・ノベル大賞(第17回)　[歴]著書に「ヴィシュバ・ノール変異譚」がある。

水守 亀之助　みずもり・かめのすけ

小説家　[生]明治19年6月22日　[没]昭和33年12月15日　[出]兵庫県若狭野村（現・相生市）　[学]医学校中退　[歴]明治39年上京して田山花袋の門に入り、大正6年春陽堂に入社し、8年新潮社に移る。そのかたわら創作をし、8年「帰れる父」を発表して文壇にデビュー。ついで「闇を歩く」「傷ける心」などを刊行、幅広く作家活動をする。一方、早くから児童文学にも手を染め「童話」「金の星」「少女倶楽部」などに童話、少年・少女小説を発表した。他の著書に「我が墓標」「通り魔」「わが文壇紀行」などがある。

水守 三郎　みずもり・さぶろう

脚本家　[生]明治38年1月18日　[没]昭和48年7月7日　[出]東京都墨田区菊川（本籍）　本名＝水盛源一郎　[学]早稲田大学英文科（昭和4年）卒　[歴]雑誌「現代劇」の同人で、ガジノ・フォーリー、ムーラン・ルージュ、帝劇ミュージカルなどに属して劇作。ムーラン上演の「チャタレイ裁判」や秦豊吉との合作「喜劇蝶々さん」「マダム貞奴」などを書いた。他に小説「湖畔舞台」「洛西の人々」がある。

溝口 敦　みぞぐち・あつし

ノンフィクション作家　ジャーナリスト　社会評論家　[専]社会問題　[生]昭和17年7月5日　[出]東京都台東区　本名＝島田敬三（しまだ・けいぞう）　[学]早稲田大学政経学部（昭和40年）卒　[興]宗教、暴力団、美術、金融経済　[歴]徳間書店、博報堂PR企画室勤務を経て、フリーライターに。創価学会批判の論陣を張る。著書に「ニューサーティ・リポート」「反乱者の魂 小説・大塩平八郎」「性の彷徨者たち」「山口組 VS.一和会」「山口組ドキュメント 五代目山口組」「落ちる庶民の神—池田大作・権力者の構造」「宗教の火遊び」「消えた名画」、共著に「マフィア経済の生態—金融・証券に食い込む『闇』の勢力」などがある。平成2年暴力団関係者から出版書の内容をめぐって出版を取り止めるよう要求されていたが拒否、8月何者かに左脇背を刺されて重傷を負った。

溝口 勝美　みぞぐち・かつみ

映画プロデューサー　シナリオライター　元・大映企画社長　[生]昭和5年8月6日　[出]兵庫県城崎郡　[学]関西大学法学部法律学科（昭和28年）卒　[歴]昭和28年兵庫県庁に入るが、同年大映京都撮影所に転じる。企画部に所属し伊藤大輔の「地獄花」ほか8本の企画を手がける。31年監督部に移り、市川崑、マキノ雅弘、渡辺邦男、安田公義、池広一夫などの助監督をつとめる。45年退社、朝日広告社に入りCF制作に携わる。49年再建後の大映京都撮影所に入社。撮影所次長兼映画テレビ企画室長として、テレビドラマ「横溝正史シリーズ」などを手がける。52年大映企画社長に就任。その後、大映取締役兼大映映像取締役となり、盲導犬のドキュメンタリードラマ「ヤッピーとワイズとゾーラの物語/グーッド・グーッド」を制作。

溝口 健二　みぞぐち・けんじ

映画監督　[生]明治31年5月16日　[没]昭和31年8月24日　[出]東京市本郷区湯島（現・東京都文京区）　[学]小卒　[賞]ベネチア国際映画祭国際賞（昭和27年）「西鶴一代女」、ベネチア国際映画祭サンマルコ銀獅子賞1位（昭和28年）「雨月物語」、ベネチア国際映画祭サンマルコ銀獅子賞4位（昭和29年）「山椒大夫」、芸術選奨（第5回，昭29年度）「近松物語」、ブルーリボン賞（監督賞，第5回，昭29年度）「近松物語」、ブルーリボン賞（日本映画文化賞，第7回，昭31年度）、毎日映画コンクール特別賞（第11回，昭31年度）、紫綬褒章、勲四等瑞宝章　[歴]東京葵橋洋画研究所に学び、大正9年日活向島撮影所に助監督として入社。12年「愛に甦へる日」で監督デビュー。関東大震災で日活大将軍撮影所に移る。「紙人形春の囁き」（大15年）「唐人お吉」（昭5年）「滝の白糸」（8年）など無声映画時代から活躍、「浪華悲歌」「祇園の姉妹」（11年）で名声を高め、戦時中は「残菊物語」（14年）「芸道一代男」（16年）など芸道ものを連作。戦後は「西鶴一代女」（27年）「雨月物語」「祇園囃子」（28年）「山椒大夫」「近松物語」（29年）など名作を発表。下町情緒とフェミニズムを基調とした"女性映画"の巨匠として知られ、日本映画史上ばかりでなく、国際的にも重要な位置を占める。没後、特にヨーロッパでは彼の用いたカメラの長廻しが映画手法の一つの手本ともなり、ゴダール、リヴェット、ベルトルッチら多くの映画作家に愛された。LD「溝口健二大映作品全集」（10枚組）やLD「ある映画監督の生涯—溝口健二の記録」（新藤兼人監督）の他、「溝口健二集成」（キネマ旬報社）など関連書多数。

三田 薫子　みた・かおるこ

小説家　[出]石川県石川郡美川町　[歴]30歳頃から小説を書き始める。主な作品には「緋は紅よりも」「冬化粧」などがある。幼い頃から石川県の大河・手取川を日常生活の一部として育つ。平成2年、（財）河川環境管理財団が「河川整備基金」の設立を記念して募集した論文コンクール「我がまちの水辺の未来の夢」で最優秀の建設大臣賞を受賞した。受賞論文は「故郷美川町から見た手取川へのアプローチ」。

三田 完　みた・かん
テレビディレクター　テレビプロデューサー
[生]昭和31年　[出]埼玉県浦和市　本名＝長谷川敦
[学]慶応義塾大学文学部(昭和53年)卒　[賞]オール讀物新人賞(第80回)(平成12年)「桜川イワンの恋」　[歴]大学卒業後、NHKに勤務。テレビディレクター、プロデューサーとして主に歌謡番組を担当。平成元年酒井政利と出会い、「ファンレター」(シンシア)などのレコード制作に参加。のち退職し、コピーライターとしても活動する。平成12年小説「桜川イワンの恋」でオール讀物新人賞を受賞。著書に「プレイバック―70〜80年代のスター群像を創り上げたスーパー・プロデューサー酒井政利の輝跡」がある。

三田 純市　みた・じゅんいち
劇作家　小説家　芸能評論家　[専]上方芸能
[生]大正12年12月22日　[没]平成6年9月1日　[出]大阪市南区　本名＝野村全作(のむら・ぜんさく)
旧姓(名)＝三田　[学]慶応義塾大学経済学部(昭和21年)卒　[賞]芸術選奨文部大臣新人賞(第26回・昭50年度)(昭和51年)「道頓堀」、大阪市民文化功労表彰(昭和63年)、芸術選奨文部大臣賞(第44回・平5年度)「昭和上方笑芸史」
[歴]大阪道頓堀芝居茶屋「稲照」の長男に生まれる。朝日新聞社販売部に勤務、昭和26年に退社後、放送・演芸作家となる。曽我廼家十吾・渋谷天外に師事し、放送・演芸・劇作評論を業とする。著書に「上方芸能」「道頓堀」「おおさかののろけ」「遙かなり道頓堀」「昭和上方笑芸史」など。　[団]日本文芸家協会

三田 つばめ　みた・つばめ
小説家　[生]昭和40年9月26日　[出]東京都新宿区
[学]早稲田大学文学部演劇学科卒　[賞]小説現代新人賞「ウォッチャー」(平成3年)　[歴]大学在学中より演劇活動を始め、舞台、映画等に出演。著書に「バタココ」がある。

三田 照子　みた・てるこ
児童文学作家　[生]昭和8年　[出]徳島県　[学]辻高卒　[賞]毎日童話新人賞優良賞(第9回)(昭和60年)「2年2組のにくまれっこ」　[歴]高校卒業後、幼稚園・小学校・中学校教師として勤務。「2年2組のにくまれっこ」で第9回毎日童話新人賞(優良賞)を受賞。著書に「たぬきの学校の一年生」、共著に「ユミとイサムはけんか友だち」「校長先生ミスターペントン」「阿波おどりちびっ子連」など。また、大人向けの著書に「ハリウッドの怪優 上山草人とその妻・山川浦路」がある。　[団]日本児童文学者協会

美田 徹　みた・とおる
児童文芸新人賞受賞　[生]昭和38年　[出]東京都
[学]日本児童教育専門学校専攻課程児童文学科卒　[賞]児童文芸新人賞(第21回)(平成4年)「アカギツネとふしぎなスプレー」　[歴]精神障害者訓練施設の指導員を務める。

三田 誠広　みた・まさひろ
小説家　[生]昭和23年6月18日　[出]大阪府大阪市
[学]早稲田大学文学部演劇科卒　[賞]芥川賞(第77回)(昭和52年)「僕って何」　[歴]高校時代の昭和41年、処女作「Mの世界」が「文芸」の学生小説コンクールに佳作として入選。早大入学後、第2次早稲田闘争が起こり“二年Kクラス闘争委員会”に参加。卒業後、51年まで業界誌の編集やフリーライターの仕事をする。52年「僕って何」で芥川賞を受賞し、作家生活に入る。平成9年早稲田大学客員教授に就任。他の作品に「赤ん坊の生まれない日」「龍をみたか」「野辺送りの唄」「帰郷」「命」「デイドリーム・ビリーバー」「地に火を放つ者」、分担執筆に「授業を変えれば大学は変わる」などがあり、文芸時評や随筆、対談など幅広く活躍している。
[団]日本文芸家協会(常務理事)　[家]父＝三田繁雄(三田工業創業者・故人)、兄＝三田順啓(元三田工業社長)、姉＝三田和代(女優)

三谷 幸喜　みたに・こうき
脚本家　映画監督　元・東京サンシャインボーイズ主宰　[生]昭和36年7月8日　[出]東京都
[学]日本大学芸術学部演劇学科卒　[歴]昭和58年劇団・東京サンシャインボーイズを結成。「12人の優しい日本人」「ショウ・マスト・ゴーオン」などのヒット作を産み出す。テレビ作家としても活躍し、「やっぱり猫が好き」「振り返れば奴がいる」「王様のレストラン」「古畑任三郎」「総理と呼ばないで」「今夜、宇宙の片隅で」などの脚本を担当。平成3年「12人の優しい日本人」が自らの脚色で映画化される。6年9月公演の「罠」をもって東京サンシャインボーイズを解散。9年映画「ラヂオの時間」で映画監督としてデビューし数々の新人賞を受賞。11年「温水夫妻」「マトリョーシカ」の脚本・演出を手がける。同年喜劇「笑の大学」がロシアの国立オムスクドラマ劇場で翻訳上演される。同年自身がモデルとなり、倉本聡が脚本を手掛けたドラマ「玩具の神様」が制作される。12年「オケピ！」で初めて本格的なミュージカルを作・演出する。13年映画「みんなのいえ」を監督。16年1月スタートのNHK大河ドラマ「新選組！」の脚本を担当する予定。著書に「オンリー・ミー」「NOW and THEN」「気まずい二人」、共著に「これもまた別の話」などがある。7年10月女優の小林聡美と結婚。
[家]妻＝小林聡美(女優)

三谷 秀治　みたに・ひでじ
元・衆院議員(共産党)　㊓大正4年8月5日　㊡平成11年10月20日　㊥鳥取県　㊫多喜二百合子賞(第18回)(昭和61年)「火の鎖―和島為太郎伝」　㊮プロレタリア作家同盟から社会運動に参加。戦後、昭和26年から大阪府議5期、47年旧大阪4区より衆院議員に当選4期務めた。共産党議員団部落対策委員長などを歴任。著書に「議員稼業ボロおまっせ」「解同朝田派と同和行政」「同和行政と民主主義」「火の鎖」「大塩平八郎」など。　㊐日本民主主義文学同盟、大塩事件研究会

弥谷 まゆ美　みたに・まゆみ
作家　㊓昭和30年　㊥香川県　本名＝竹安まゆ美　㊫日本芸術学部卒、日大大学院中退　㊫香川菊池寛賞(昭和55年)　㊮著書に「耳なしうさぎ」「腹ぺこ童子」「好色一代女」など。

三田村 信行　みたむら・のぶゆき
児童文学作家　㊓昭和14年11月28日　㊥東京　㊫早稲田大学文学部国文科卒　㊮大学在学中、童話会に所属し、幼年童話研究誌「ぷう」に作品を発表。卒業後も同人誌「児童文学者」「蜂起」に寄って創作を続ける。またノンフィクションも手がける。作品に「遠くまでゆく日」「オオカミがきた」「風を売る男」「おとうさんがいっぱい」「自由のたびびと南方熊楠」「きつねのクリーニングや」、〈ウルフ探偵〉シリーズ、〈ネコカブリ小学校〉シリーズなど。

三田村 博史　みたむら・ひろし
小説家　㊓昭和11年　㊥岐阜県　㊫石森延男児童文学奨励賞(第2回)(昭和53年)「鳩と少年」、日航海外紀行文学賞(第4回)(昭和57年)「過去への旅」、中部ペンクラブ賞(第1回)(昭和63年)「常世の国」　㊮愛知県立高校で国語を教えるかたわら、小説を書く。「東海文学」同人、「文芸中部」編集委員。社会小説、歴史小説が多い。主著に「豚がゆく 車がゆく」(「常世の国」の改題)「潮風の一本道―うめさんの魚料理の城づくり八十年」など。

道井 直次　みちい・なおつぐ
演出家　演劇評論家　劇作家　元・関西芸術座代表　㊓大正14年9月30日　㊡平成14年5月12日　㊥大阪府大阪市　㊫京都大学文学部イタリア文学科(昭和23年)中退　㊫大阪文化祭賞「虫」「大阪城の虎」、東京都優秀児童演劇奨励賞「おかあさんだいっきらい」、大阪府民劇場奨励賞、大阪市民表彰(文化功労)、芸団協文化功労賞、日本児童演劇協会賞　㊮大阪外語(現・大阪外語大学)にてフランス語を、京都大学にてイタリア文学を学ぶ。戦後の関西新劇に加わり、炉辺クラブ、知性座、芸術劇場制作座を経て、昭和32年関西芸術座創設に参画し、42年代表となる。主な演出作品は藤本義一「虫」、かたおかしろう「大阪城の虎」、田辺聖子作品シリーズ「姥ざかり」「すべってころんで」などの大阪物、サラクルー「怒りの夜」などの本邦初演物、松谷みよ子「竜の子太郎」、安藤美紀夫「おかあさんだいっきらい」などの児童劇と幅広く、親子劇場運動にも取り組んだ。著書に「未来をひらく演劇」「演劇をすべての人のために」「翔る、趨る、喋る」「こころとからだのレッスン」など。　㊐アシテジ日本センター、日ソ協会大阪府連、日本演出家協会、日本演劇学会、日本児童演劇協会

光石 介太郎　みついし・かいたろう
小説家　㊓明治43年6月9日　㊡昭和59年2月20日　㊥福岡県　本名＝光石太郎　別名＝青砥一二郎　㊮昭和6年「新青年」に本名の光石太郎で「十八号室の殺人」が掲載される。10年同誌に掲載された「霧の夜」以降は光石介太郎の名で小説を発表。のち平塚白銀らとYDNペンサークルを作り、「新青年」に雑文を書いたり乱歩の助手のようなことをしていたが、やがて純文学に移った。12年から報知新聞に勤務。34年青砥一二郎名義の「豊作の頓死」が読売短編小説賞に入選。著書に「山風蠱」がある。

三石 由起子　みついし・ゆきこ
小説家　翻訳家　三石METHOD代表　㊕幼児才能教育　㊓昭和29年6月5日　㊥長野県飯田市　本名＝中村由起子　旧姓(名)＝三石　㊫早稲田大学文学部東洋哲学科(昭和56年)卒　㊖戦後のアメリカ合衆国における対日イメージの変遷　㊫トーマス賞(第1回・昭56年度)　㊮在学中、予備校でアルバイトをするかたわら、インド、ネパール、タイなどを放浪し、各種の国際会議の通訳もつとめた。昭和56年処女作「ダイアモンドは傷つかない」を出版、ベストセラーに。「奇跡の子・ドーラン」の翻訳を機に才能教育に乗り出す。2歳と3歳だった自分の子に独自の英才教育を行い、その記録「天才児を創る！」を出版。三石METHODで2歳から19歳までの生徒に個人教授を行う。他に「過激主婦宣言」「数学オリンピック」「マリアが私生児を生んだ日」「名門小学校への母親塾」など。　㊐日本文芸家協会

光岡 明　みつおか・あきら
小説家　元・熊本近代文学館館長　元・熊本日日新聞論説副委員長　㊓昭和7年11月3日　㊥熊本県熊本市　㊫熊本大学法文学部法学科(昭和30年)卒　㊫熊本日日新聞文化賞(第20回)(昭和53年)、直木賞(第86回)(昭和57年)「機雷」　㊮昭和30年熊本日日新聞社に入社。東

京支社編集部長、文化放送部長、編集局次長を経て、57年論説副委員長。59年熊本日日新聞情報文化センター社長、60年～平成7年熊本近代文学館館長。芥川賞には過去4回候補にあがっており、市井人の日常生活の底にある亀裂や父親をテーマに描き続ける。57年「機雷」で第86回直木賞受賞。ほかに「草と草との距離」「迷鳥」「千里眼千鶴子」「柳川の水よ、よみがえれ」、短編小説集に「薔薇噴水」など。
㊼日本文芸家協会、日本ペンクラブ、熊本県文化懇話会

光丘 真理 みつおか・まり
女優 ㊌昭和32年 ㊐宮城県仙台市 ㊊劇団文学座(17期生) ㊙日本児童文芸家協会創作コンクール優秀賞(第7回・9回) ㊤テレビドラマ「瀬戸の花嫁」で主演デビュー。NHK朝のドラマ「マー姉ちゃん」などに出演。創作童話研究グループ・ときの会所属。著書に「シャイン・キッズ」など。 ㊼日本児童文芸家協会(理事)

三津木 春影 みつぎ・しゅんえい
小説家 ㊌明治14年10月15日 ㊥大正4年7月14日 ㊐長野県伊那郡伊那町 本名=三津木一実(みつぎ・かずみ) ㊊早稲田大学英文科卒 ㊤明治38年「夢」「破船」を「新声」に発表し、以後「趣味」「文章世界」「読売新聞」などに田園文学風な作品を発表した。大正期に入り児童文学に移行して、「少年倶楽部」「少年」などに冒険、探検ものを中心とした小説を多数発表した。

三津木 貞子 みつぎ・ていこ
小説家 ㊌明治16年8月31日 ㊥昭和20年2月21日 ㊐栃木県那須郡佐久山町 ㊊栃木県立宇都宮高女卒 ㊤窪田空穂の十日会に参加して作歌。大正4年夫の三津木春影、次いで一子とも死別。7年から「黒潮」に小説「健」、「新時代」に「蒼ざめた顔」などを執筆。以後、新潮、文章倶楽部、サンデー毎日、週刊朝日などに短編小説を書いた。

三越 左千夫 みつこし・さちお
詩人 児童文学作家 ㊌大正5年8月24日 ㊥平成4年4月13日 ㊐千葉県香取郡大倉村(現・佐原市大倉) 本名=三津越幸助(みつこし・こうすけ) ㊊旧制中卒 ㊤雑誌記者などを経て詩作に専念する。「薔薇科」などの同人となり、童謡・童詩誌「きつつき」を主宰。またNHK「音楽夢くらべ」の詩の選と補選を12年間する。詩集に「柘榴の花」「夜の鶴」などがあり、童話に「あの町この町、日が暮れる」「ぼくはねこじゃない」「かあさんかあさん」などがある。
㊼日本現代詩人会、日本児童文学者協会

光瀬 俊明 みつせ・としあき
小説家 宗教家 ㊌明治32年9月25日 ㊥昭和49年5月17日 ㊐宮崎県児湯郡木城村 ㊊六高医科予科中退 ㊤大正15年倉田百三主宰の「生活者」の創刊に参加、編集にあたる。「生活者」廃刊後は求道の会生命会を組織し「生命」を創刊。小説や戯曲を執筆し、著書に「造られたもの」「親」などがある。

光瀬 龍 みつせ・りゅう
SF作家 ㊌昭和3年3月18日 ㊥平成11年7月7日 ㊐東京 本名=飯塚喜美雄 ㊊東京教育大学理学部動物学科(昭和28年)卒 ㊙日本SF大賞(特別賞、第20回)(平成11年) ㊤東京教育大動物学科卒後、同校哲学科に学ぶ。女子高校で11年間生物と地学を教えたあと、作家生活に入る。SF同人誌「宇宙塵」に参加。壮大なスケールのSF作家として知られ、また時代小説の分野でも異才を発揮。代表作に「ロン先生の虫眼鏡」「たそがれに還る」「百億の昼と千億の夜」「その花を見るな」、「カナン5100年」「その花を見るな」、「秘伝宮本武蔵」「明治残侠探偵帖」「平家物語」「喪われた都市の記録」「夕іа作戦」など。
㊼日本ペンクラブ、日本推理作家協会、日本文芸家協会、日本SF作家クラブ、少年文芸作家クラブ

三土 修平 みつち・しゅうへい
作家 東京理科大学理学部第一部教授 ㊎理論経済学 計量経済学 ㊌昭和24年2月16日 ㊐東京都 筆名=秦野純一(はたの・じゅんいち)、法名=三土修海(みつち・しゅうかい) ㊊東京大学法学部(昭和47年)卒、神戸大学大学院経済学研究科経済学経済政策専攻(昭和57年)博士課程修了 経済学博士(神戸大学)(平成2年) ㊙男女共生社会の経済理論、資本理論、仏教の現代的再生 ㊚潮賞(小説部門、第14回)(平成7年)「しろがねの雲—新・補陀洛渡海記」 ㊤昭和48年経済企画庁入庁。51年退官。57年愛媛大学法文学部講師、59年助教授、平成2年教授。のち東京理科大学教授。愛媛"骨髄バンク"を支援する会会長も務める。奈良・東大寺で得度。本名による経済学の専門書「基礎経済学」のほか、秦野純一の筆名で、「幸せのメッセンジャー」「聖地矢摺岬物語—神々の愛でし者たち」「小説・菩提」などの著書がある。
㊼日本経済学会、経済理論学会、日本エスペラント学会

三橋 一夫 みつはし・かずお
小説家 玄道輝行会会長 身心法学研究所長 ㊎心理学 体育学 ㊌明治41年8月27日 ㊐兵庫県 本名=三橋敏夫(みつはし・としお) ㊊慶応義塾大学経済学部(昭和7年)卒 ㊙象徴文学 ㊤代々武術家の家系に生まれる。慶大卒業後、

ヨーロッパに留学。昭和23年「腹話術師」を発表して作家となる。ユーモア小説、推理小説の分野で活躍し、著書に「ぽんくら社員と令嬢」「無敵五人男」「げんこつ青春記」「天国は盃の中に」など。他に武道、強健法の「24時間強健法」「母と子の五分間体操」「気の健康法」などがある。

光用 穆　みつもち・きよし

小説家　[生]明治20年3月10日　[没]昭和18年10月12日　[出]新潟県　[学]早稲田大学英文科(明治24年)卒　[歴]詩人相馬御風の家に寄寓、「稲風」同人となり、正宗白鳥ばりの作品を書いた。金沢で新聞記者となり「奇蹟」の同人として大正元年以後「メリーゴーラウンド」「高台」「旅立ちの日」などを執筆。3〜5年にかけ「創造」「早稲田文学」「洪水以後」などに「夜の獣」「人魚」「百足」などを発表。のち病気で文壇を離れた。

三戸岡 道夫　みとおか・みちお

小説家　元・協和銀行副頭取　[生]昭和3年8月20日　[出]静岡県浜松市　本名＝大貫満雄(おおぬき・みつお)　[学]東京大学法学部(昭和28年)卒　[歴]昭和28年協和銀行(現・あさひ銀行)に入り、55年取締役、57年常務、59年専務、60年副頭取。61年昭和地所社長に就任。平成2年退職後作家活動に入る。著書に「降格を命ず」「支店長の妻たち」「社長の椅子」「男たちの藩」など。

緑川 七央　みどりかわ・ななお

小説家　[生]昭和49年7月26日　[出]熊本県　[歴]平成5年「境界のテーゼ」で同年下期コバルト読者大賞を受賞。作品に「鎖ざされた窓―Dual Wendy」「宴海のキャロル」などがある。

緑川 貢　みどりかわ・みつぐ

小説家　[生]明治45年6月1日　[出]東京　本名＝内藤貢　[学]旧制中学中退　[歴]昭和10年「娼婦」を発表し、以後「赤猿」「漂泊者」「隣人」などを発表し、33年短編集「初恋」を刊行。「文芸復興」や「ポリタイア」同人として活躍し、現在「日本浪曼派」同人。

水上 滝太郎　みなかみ・たきたろう

小説家　評論家　劇作家　実業家　明治生命保険専務　[生]明治20年12月6日　[没]昭和15年3月23日　[出]東京市麻布区飯倉町(現・東京都港区)　本名＝阿部章蔵(あべ・しょうぞう)　[学]慶応義塾大学部理財科(明治45年)卒、ハーバード大学　[歴]慶大在学中の明治43年、永井荷風により「三田文学」が創刊され、44年同誌に処女作「山の手の子」を発表、新進作家として認められる。作品集「処女作」「その春の頃」「心づくし」を出版。大正元年米英仏に留学、5年帰国して父の創立した明治生命保険に勤務。6年から大阪に2年住み「大阪」「大阪の宿」などを発表。14年休刊中の「三田文学」を復刊。7年〜昭和15年「貝殻追放」と題する評論、随筆を書き続け、小説、戯曲も執筆。生涯作家と実業家の二重生活を続け、昭和15年明治生命保険専務に就任。「水上滝太郎全集」(全12巻，岩波書店)がある。
[家]父＝阿部泰蔵(明治生命保険創業者)

水上 洋子　みなかみ・ようこ

作家　インタビュアー　[生]昭和24年10月12日　[出]北海道札幌市　[学]同志社大学文学部卒　[歴]京都の染物デザイナーを経て上京後、雑誌のインタビュアー、ライターとして活躍。昭和57年都会的な、しゃれた男女の関係を題材にしたエッセイ集「素敵な朝帰り」が新鮮な語り口で読者の共感をよび、ベストセラーとなる。恋愛小説も手がける。著書に「毎日、恋のはしご」「恋人以上」「エーゲ海で恋のレッスン」「すべての女性は女神」「月がくれた愛人(アシック)」、共著に「女神の時代」他。
[団]女神文明研究会

皆川 博子　みながわ・ひろこ

小説家　[生]昭和4年12月8日(戸籍:昭和5年1月2日)　[出]東京　[学]東京女子大学外国語科英語英文学専攻中退　[賞]学研児童文学賞(第2回・ノンフィクション部門)(昭和45年)「川人」、小説現代新人賞(第20回)(昭和48年)「アルカディアの夏」、日本推理作家協会賞(第38回・長篇部門)(昭和60年)「壁―旅芝居殺人事件」、直木賞(第95回)(昭和61年)「恋紅」、柴田錬三郎賞(第3回)(平成2年)「薔薇忌」、吉川英治文学賞(第32回)(平成10年)「死の泉」　[歴]昭和48年「アルカディアの夏」により第20回小説現代新人賞を受賞してデビュー。青春の生態をいきいきと描いた作品が多く、「ライダーは闇に消えた」「水底の祭り」などを次々と発表。60年「壁―旅芝居殺人事件」で第38回日本推理作家協会賞(長篇部門)を、61年には「恋紅」で直木賞を受賞。他の作品に「散りしきる花」「薔薇忌」「阿国」「死の泉」など。　[団]日本文芸家協会、日本児童文学者協会、日本推理作家協会
[家]夫＝皆川慎吾(元交通公社総合開発社長)

水沢 蝶児　みなざわ・ちょうじ

SF作家　ジャーナリスト　教育総研顧問　[生]昭和27年8月1日　[出]東京都杉並区　本名＝馬場宏尚(ばば・ひろなお)　[学]学習院大学経済学部経済学科卒　[歴]夢と教育を設立、体験学習を重視する独特の教育システムを提唱する。フリーのジャーナリストとしてゲーム業界、ソフト業界や旅行業に関する本を執筆。一方、同人誌に純文学作品を発表。作家・豊田有恒との出会いを契機にSF同人誌「星群」に参加、以後SF作

家としても活躍。平成元年「タンタロスの罠」でプロ・デビュー。他に「獅子と薔薇の銀河」シリーズなど。また馬場宏尚の名でゲーム業界、パソコン・ソフト業界の著書に「ソニーが任天堂に食われる日」「任天堂が危ない」「大失業時代の家電業界」「ソニー・セガ・バンダイ・任天堂ゲーム機戦争'97」など。

湊 邦三　みなと・くにぞう
小説家　[生]明治31年7月27日　[出]広島県宮島　[学]錦城中学(東京)(明治45年)中退　[歴]中学中退後、独学。「報知新聞」「中国新聞」「大阪毎日新聞」の記者を経て、森永製菓、松坂屋の宣伝部員などをつとめる。大正15年「大衆文芸」に「花骨牌」などを発表し注目を浴び、以後、数多くの時代小説を書く。昭和13年南支へ従軍、16年にも海軍報道班員としてインドシナへ従軍。戦後、創価学会の戸田城聖と知り合い聖教新聞社書籍編集局の嘱託となり、29年以降18年間にわたって「日蓮大聖人」(全15巻)を刊行した。

南 新二　みなみ・しんじ
小説家　新聞記者　[生]天保6年1月7日(1835年)　[没]明治28年12月29日　[出]江戸・下谷　本名=谷村要助　別号=北古三、東の喜三二　[歴]幕府の御数奇屋坊主で、明治に入って東京絵入新聞、東京日日新聞、やまと新聞の記者などを歴任。また作家としても活躍し、明治23年「鎌倉武士」を刊行。江戸戯作系の特異な作家として、落語や小噺ものこしている。

南 達彦　みなみ・たつひこ
小説家　[生]明治31年2月11日　[没]昭和38年12月14日　[出]大阪市曽根崎新地　本名=三井七衛　[学]関西大学経済科卒　[歴]大学卒業後、雑誌記者などをし、そのかたわら創作し、作家生活に入る。ユーモア作家として活躍し「禁酒先生」「博士と三味線」「空手奥さん」やラジオドラマ「ごろごろグループ」などの作品がある。

三波 利夫　みなみ・としお
小説家　評論家　[生]明治41年5月28日　[没]昭和13年12月14日　[出]長野県　本名=北沢寿久　[学]東京高師中退　[歴]「作家群」「文芸首都」「槐」などの同人で、昭和10年「ニコライエフスク」が改造5月号懸賞創作に佳作入選。小説「黄色い風景」「養蚕」、戯曲「村の一日」、評論「生産文学論」などがある。

南 英男　みなみ・ひでお
小説家　[生]昭和19年　[出]東京都　[学]明治大学文学部卒、早稲田大学教育学部中退　[歴]料理専門誌の編集者を経て、24歳で文筆生活に入る。青春小説、サスペンス小説を手がける。主な著書に「さよなら イエスタデイ」「理由ある反抗」「月曜日が怖い」「残酷な朝」「一匹熊」などがある。　[団]日本ペンクラブ、日本作家クラブ、日本推理作家協会

南 史子　みなみ・ふみこ
児童文学作家　[生]昭和15年　[出]東京　[学]日本女子大学文学部英文科卒　[賞]「婦人と暮らし」童話賞(第2回)(昭和58年)「ぼくねこになりたいよ」　[歴]大学卒業後、同大学院児童学科に研究生として在籍、児童文学を学ぶ。童話集「にぎやかな首飾り〈1〉〈2〉」「よくばりな魔女たち」等に執筆している。「海賊」「木の花」各同人。著書に「ふしぎな時間旅行」。　[団]児童文芸家協会

南 幸夫　みなみ・ゆきお
小説家　[生]明治29年3月21日　[没]昭和39年8月19日　[出]和歌山市　[学]東京帝国大学英文科卒　[歴]大正12年文芸春秋編集同人、以後「蜘蛛」を経て13年「文芸時代」の同人となった。文芸時代には14～15年に一幕物「地獄へ」「夏の夜の話」「裏長屋」などがある。終刊と共に沈黙。昭和に入り郷里和歌山市で郵便局長。著書に「演劇と音楽」がある。

みなみ らんぼう
シンガーソングライター　エッセイスト　[生]昭和19年12月13日　[出]宮城県栗原郡志波姫町　本名=南寛康　[学]法政大学社会学部(昭和42年)卒　[歴]広告代理店勤務を経て、昭和46年「酔いどれ女の流れ唄」で作詞、作曲家として、48年「ウィスキーの小瓶」で歌手としてデビュー。51年「NHKみんなのうた」に発表した「山口さんちのつとむくん」がミリオンセラーとなる。テレビのリポーター、映画やCM音楽の作詞作曲などで活躍。エッセイに「おばあちゃんと花」(中学1年生の教科書に採用)、「野菜の花」、小説に「夏のページ」、絵本に「月からきたうさぎ」など。平成12年東京・武蔵野市教育委員に就任。

南川 潤　みなみかわ・じゅん
小説家　[生]大正2年9月2日　[没]昭和30年9月22日　[出]東京・日本橋　本名=秋山賢止　[学]慶応義塾大学英文科卒　[賞]三田文学賞(第2回)(昭和11年)「掌の性」、三田文学賞(第3回)(昭和12年)「風俗十日」　[歴]昭和11年「掌の性」で、12年「風俗十日」で連続三田文学賞を受賞し、学生作家として注目される。一時期出版社員

となるが、すぐに作家生活に入る。「人民文庫」「現代文学」などに参加し、16年「青年芸派派」同人となる。戦後「桐生青年タイムス」に寄稿し、上毛文芸会を組織するなど地域に根づいた活動を行う。持病の心臓病などのため、その才能を結実せぬまま急逝した。著書に「窓ひらく季節」など。

南沢 十七　みなみざわ・じゅうしち

小説家　翻訳家　[生]明治38年3月10日　[没]昭和57年9月26日　[出]宮城県仙台市　本名＝川端勇男　別号＝巳貴千尋　[学]東京外国語大学ドイツ語学科卒　[歴]内務省衛生試験所を経て、伝研に勤務。昭和7年「新青年」に「蛭」を発表してデビュー。「水晶線神経」「夢の殺人」「氷人」などSF的アイデアを活かした実話風探偵小説を寄稿するかたわら、川端勇男の名で科学記事や読物を執筆。ドイツ作家の翻訳も手がける。のち「科学画報」編集長を務めた。戦後は30年代に創作から離れ、科学新聞社、医療関係の会社に勤務。著書に「怪飛行艇」「竜奇城の怪人」「天外魔境」「変幻猿飛佐助」。

峰 専治　みね・せんじ

小説家　僧侶　[生]明治32年3月16日　[没]昭和30年9月13日　[出]滋賀県長浜　得度改名＝覚応　[学]農学校卒業　[歴]僧職のかたわら峰専治パンフレット発行所を持ち、志賀直哉に師事して、短編集「清和院」「理想人夫婦」を発行。大正15年個人誌「峰」のち「南土」を創刊。「左様なら」「赤靴鳥になれ」「母の手紙」などのほか作品集「芽」がある。一時上京したが晩年は郷土文学育成に貢献した。

峯 雪栄　みね・ゆきえ

小説家　[生]大正6年1月9日　[出]愛媛県　[学]松山高女(昭和9年)卒　[歴]昭和21年「麦秋」を発表して注目され、以後「青春」「霧の朝あけ」「雄花」などを発表し、24年「煩悩の果て」を刊行。後に中間小説に転じた。　[団]日本女流文学者会、日本文芸家協会

峰 隆一郎　みね・りゅういちろう

小説家　[生]昭和6年6月17日　[没]平成12年5月9日　[出]長崎県佐世保市　本名＝峰松隆　[学]日本大学芸術学部中退　[賞]問題小説新人賞(第5回)(昭和54年)「流れ灌頂」　[歴]出版社勤務のち、フリーライターを経て、作家活動に入る。昭和54年「流れ灌頂」で問題小説新人賞受賞。ハードボイルドタッチの時代小説から現代ミステリーまで幅広いジャンルで活躍。主著に〈人斬り弥介シリーズ〉「復讐鬼」「修羅が駆る」「アルプス特急あずさ殺人事件」「長崎平戸殺人事件」「阿寒湖マリモ殺人事件」「平戸切支丹寺殺人事件」「柳生十兵衛」「明治暗殺伝」など。
[団]日本文芸家協会、日本推理作家協会

みねかわ なおみ

児童文学者　[出]埼玉県　本名＝登川直美　[賞]宝塚ファミリーランド童話コンクール特賞「うす緑のはがき」、日本児童文芸家協会創作コンクール優秀賞　[歴]ジュラ児童文学創作講座に学んだ後、矢崎節夫に師事。矢崎節夫ゼミナール児童文学研究会、「貝がら」同人。著書に「ゆめうらない」がある。

峰岸 幸作　みねぎし・こうさく

小説家　[生]明治22年2月25日　[没]大正8年4月20日　[出]群馬県　[学]早稲田大学英文科(大正2年)卒　[歴]早稲田文学に「老犬」を発表、「奇蹟」同人として大正元年から2年にかけ「日没」「血」「たそがれ」「月光と青年」などを執筆。婦人評論記者を経て金沢の新聞主筆に招かれ、「デモクラシー」という言葉で筆禍事件を起こし、約1年間投獄された。

峰原 緑子　みねはら・みどりこ

小説家　[生]昭和36年11月14日　[出]東京都　[学]東京都立葛飾商卒、立正大学第2文学部国文科　[賞]文学界新人賞(第52回)(昭和56年)「風のけはい」　[歴]昭和54年17歳の時に書いて文学界新人賞に応募した「夏のさなかに」で注目される。55年「ゆらり、と」で同賞佳作。56年「風のけはい」が同賞入選し本格デビューとなる。著書に「風のけはい」。

箕浦 敏子　みのうら・としこ

児童文学作家　[生]昭和11年10月9日　[出]山口市　[学]山口女子短期大学国文科卒　[賞]北川千代賞佳作(第14回)(昭和57年)「マリアさん虹がみえますか」　[歴]著書に「マリアさん虹がみえますか」など。　[団]日本児童文学者協会

見延 典子　みのべ・のりこ

小説家　[生]昭和30年8月2日　[出]北海道札幌市　本名＝豊田典子　[学]早稲田大学文学部文芸科(昭和53年)卒　[歴]大学の卒業制作として書いた小説「もう頬づえはつかない」がベストセラーとなり、映画化もされ、女子大生作家のはしりとなる。昭和56年結婚、夫の故郷の広島に住む。また広島ホームテレビ「TVランド」コメンテーター、短期大学の講師なども務める。平成12年江戸後期の儒学者・頼山陽の母・梅颸が残した日記をもとに、評伝「すっぽらぽんのぽん」を著す。他の作品に「聖なる河」「男ともだち」「遺された指輪」「泣きたい夜」「三人姉妹」などがある。
[団]日本文芸家協会

三原 和人　みはら・かずと
喜劇作家　[没]昭和60年2月7日　[学]関西学院大卒　[歴]関西学院大卒後、吉本興業文芸部入り。約1500本の脚本を書いた。ナンセンス劇の多い吉本新喜劇の中で、社会的な問題を提起する姿勢を持ち続け、スタッフ、タレントから活躍を期待されていた。

三原 誠　みはら・まこと
作家　[生]昭和5年　[出]福岡県三井郡本郷村(現・大刀洗町)　[学]早大文学部英文科卒　[歴]昭和62年3月まで東京都内の小学校教師をつとめた。「季節風」同人。著書に「ぎしねらみ」「愛は光うすく」「汝等きりしたんニ非ズ」がある。[団]「季節風」

三村 伸太郎　みむら・しんたろう
シナリオライター　[生]明治30年10月1日　[没]昭和45年4月29日　[出]岡山市　本名＝岩井伸太郎　合同筆名＝梶原金八　[学]明治大学中退　[歴]近代劇協会を経て、大正15年松竹下加茂撮影所に入り、昭和3年衣笠貞之助監督の「海国記」を発表。以後山中貞雄監督、稲垣浩監督らとコンビを組んで多数の時代劇作品を発表した。主な作品に「雁太郎街道」「国定忠治」「人情紙風船」「藤十郎の恋」「股旅千一夜」「海を渡る祭礼」「血槍富士」「江戸遊民伝」などがあり、著書に「人情紙風船」「三村伸太郎創作シナリオ集」がある。

三村 晴彦　みむら・はるひこ
映画監督　シナリオライター　[生]昭和12年4月6日　[出]東京市　[学]早稲田大学文学部(昭和36年)卒　[歴]昭和36年松竹に入社後、助監督として多くの監督の下で演出助手を担当。57年「天城越え」で監督デビュー、平成元年フリーとなる。監督作品に「彩り河」「愛の陽炎」「瀬戸内少年野球団青春篇/最後の楽園」などがある。

三村 雅子　みむら・まさこ
小説家　[生]昭和8年　[出]東京　[学]早稲田大学卒　[賞]北日本文学賞(平成5年)「満月」

三村 渉　みむら・わたる
シナリオライター　[生]昭和30年　[出]三重県　共同筆名＝小松阿礼(こまつ・あれい)　[学]日本大学芸術学部卒　[賞]サンリオ脚本賞(昭和57年)「10センチの力感」　[歴]野村芳太郎監督に師事。昭和63年映画「フリーター」でライターデビュー。他に「恋はいつもアマンドピンク」「ゴジラVSメカゴジラ」「ヤマトタケル」「BAD GUY BEACH」など。また子供向けの「小さな冒険者」などの著作がある。[団]日本シナリオ作家協会

宮 静枝　みや・しずえ
詩人　小説家　[生]明治43年5月27日　[出]岩手県江刺市　筆名＝南城幽香(なんじょう・ゆうこう)　[学]岩谷堂高女卒　[歴]詩集に「菊花昇天」「花綵列島」、随想集に「雲は還らず」、著書に「馬賊と菜の花」などがある。　[団]環境を守る会(監事)、盛岡市消費者友の会(委員長)、盛岡市婦人懇談会　[家]二男＝みやこうせい(エッセイスト)

宮 林太郎　みや・りんたろう
作家　医師　東京作家クラブ会長　四宮医院長　[生]明治44年9月15日　[出]徳島県徳島市　本名＝四宮学　[学]東京医科歯科大学(昭和24年)卒　[歴]東京都目黒区祐天寺で医院を開業。文芸雑誌「星座」「小説と詩と評論」同人。全国同人雑誌作家協会理事長を経て、会長。著書に「硝子の中の慾望」「女・百の首」「卵巣の市街電車」「日本の幻滅」「ワイキキの時の時」「遙かなるパリ」「無縫庵日録」など。　[団]日本文芸家協会、東京作家クラブ(会長)

宮井 千津子　みやい・ちずこ
作家　[出]香川県　[学]高松東高　[賞]作家賞(第20回)(昭和59年)「天窓のある部屋」　[歴]高校時代、文芸部に所属。18歳で結婚し、30歳で離婚する。長女をひきとり大阪に出て保険会社勤務、スナック経営。のち、名古屋に移り医療事務員となる。かたわら「讃岐文学」「作家」同人となり小説を執筆。昭和59年、小学生の娘を連れて離婚した女性を描いた「天窓のある部屋」が第20回作家賞を受賞。

宮内 勝典　みやうち・かつすけ
小説家　[生]昭和19年10月4日　[出]鹿児島県山川町　[学]甲南高(昭和38年)卒　[賞]文芸賞(第13回)(昭和54年)「南風」、野間文芸新人賞(第3回)(昭和56年)「金色の象」　[歴]60年代末から5年間、インド、シルクロード、ニューヨーク、ヨーロッパなどを放浪。昭和54年「南風」で文芸賞を受賞してデビュー。「金色の象」で野間文芸新人賞を受賞。ニューヨークでの放浪体験を描いた「グリニッジの光りを離れて」、アメリカ人にインタビューしたノンフィクション「宇宙的ナンセンスの時代」で高い評価を得る。58年よりニューヨークに住み、平成3年帰国。他の作品に「火の降る日」「ニカラグア密航計画」「戦士のエロス」「ぼくは始祖鳥になりたい」「善悪の彼岸へ」など。　[団]日本文芸家協会

宮内 寒弥　みやうち・かんや
小説家 [生]明治45年2月28日 [没]昭和58年3月5日 [出]旧樺太 本名＝池上子郎(いけがみ・しろう) [学]早稲田大学英文科(昭和10年)卒業 [賞]平林たい子文学賞(昭和53年)「七里ケ浜」 [歴]学生時代より「早稲田文科」の同人として活躍。サハリンの流刑監獄跡に取材した「中央高地」で芥川賞候補になる。以後、「初雪」「都」など都会への憧憬と北方の辺境へのノスタルジーを抒情的な文体で描き、好評を博す。代表作に「からたちの花」「憂鬱なる水兵」のほか、「降誕祭まで」「艦隊葬送曲」がある。

宮内 婦貴子　みやうち・ふきこ
脚本家 [生]昭和8年2月27日 [出]静岡県三島市 本名＝杉本婦貴子 [学]神奈川県立立野高卒 [賞]年間代表シナリオ(昭61年度)「人間の約束」 [歴]シナリオ研究所、東宝シナリオ研究生を経て日活と契約。昭和38年日活「どん底だって平っちゃらさ」でデビュー。「成熟する季節」「美しい十代」などを執筆、のちフリーとなる。主な作品に映画「野菊の墓」「人間の約束」、テレビ「コメットさん」「ポーラ名作劇場・たそがれに愛をこめて」「いちばん星」など。著書に「おさびし山のさくらの木」がある。 [団]日本シナリオ作家協会、日本放送作家協会

宮尾 登美子　みやお・とみこ
小説家 [生]大正15年4月13日 [出]高知県高知市 [学]高坂高女(昭和18年)卒 [賞]婦人公論女流新人賞(昭和37年)「連」、太宰治賞(第9回)(昭和48年)「櫂」、女流文学賞(第16回)(昭和52年)「寒椿」、直木賞(第80回，昭53年下期)(昭和54年)「一絃の琴」、吉川英治文学賞(第17回)(昭和58年)「序の舞」、紫綬褒章(平成1年)、エランドール賞(特別賞，平7年度)(平成8年)「蔵」、日本酒大賞(第12回)(平成8年)、勲四等宝冠章(平成10年)、NHK放送文化賞(第51回)(平成12年) [歴]女学校卒業後、国民学校に代用教員として就職。昭和19年に結婚して満州にわたり、21年引揚げる。高知県の社会福祉協議会に勤めながら文学を志し、その間オール読物新人杯を得る。37年「連」で婦人公論女流新人賞を受賞。その後長いスランプに陥るが9年余を費し自らの生い立ちを描いた「櫂」で、48年第9回太宰治賞を受賞し、作家としての地位を築く。以後「陽暉楼」「寒椿」「一絃の琴」(第80回直木賞)「鬼龍院花子の生涯」「序の舞」「朱夏」「蔵」「クレオパトラ〈上・下〉」「天涯の花」など次々にヒット作を出し、ベストセラー作家の仲間入りをする。また作品の多くが芝居、映画、テレビ化され評判となる。平成4年「宮尾登美子全集」(朝日新聞社)が刊行された。11年北海道有珠郡壮瞥町に移住。同年より「週刊朝日」で「宮尾本 平家物語」を連載。 [団]日本文芸家協会

宮川 一郎　みやがわ・いちろう
劇作家 シナリオライター [生]大正14年11月18日 [出]岐阜県 本名＝真木壮介 [学]東京大学文学部卒 [賞]シナリオ功労賞(第19回)(平成7年) [歴]昭和25年新東宝入社。31年企画者となり、以後シナリオと二足のわらじをはくが、38年新東宝解散以後は東映と契約。43年よりフリー。主な作品に、映画「地獄」「代官所破り」「待ち伏せ」「脅迫」「女は復讐する」、テレビ「銭形平次シリーズ」「水戸黄門」「大岡越前」「雲霧仁左エ門」「盲人探偵」「女監察室生亜希子」「東芝日曜劇場・和宮御留」「浮浪雲」、戯曲「当節結婚の条件」「眠り人形」「松旭斎天勝」など。 [団]日本シナリオ作家協会、日本放送作家協会、日本演劇協会

宮川 ひろ　みやかわ・ひろ
児童文学作家 [生]大正12年3月15日 [出]群馬県 [学]金華学園教員養成所卒 [賞]赤い鳥文学賞(第8回)(昭和53年)「夜のかげぼうし」、児童福祉文化賞(昭和56年)、新美南吉児童文学賞(第3回)(昭和60年)「つばき地ぞう」、日本児童文学者協会賞(第30回)(平成2年)「桂子は風のなかで」 [歴]小学校に勤務する傍ら新日本童話教室、びわの実学校に学ぶ。小学校ものでは抜群といわれ、産休補助教員が主人公の「るすばん先生」や「四年三組」など広く読まれている。他の作品に「春駒のうた」「木のぼり公園」「夜のかげぼうし」「先生のつうしんぼ」など。「びわの実学校」同人。 [団]日本児童文学者協会、日本子どもの本研究会、日本文芸家協会

宮城 絢子　みやぎ・けんこ
シナリオライター フリーライター [生]昭和12年 [出]神奈川県鎌倉市 [歴]子育ての傍ら小説を書く。昭和57〜59年放送作家教室(日本放送作家組合)42期生として、同研修科で水原明人に師事。58年「春が来た」で放送脚本新人賞佳作入選する。平成元年〜3年夫の転勤に伴い、米国テネシー州ルイスバーグ市に住む。6年から鴻巣市の教育委員を務める。シナリオ作品に「春が来た」「木槿の家」「夏の或る日に」、著書に「カントリーは青い空」「山の贈りもの」など。

宮城 賢秀　みやぎ・けんしゅう
小説家 [生]昭和21年4月4日 [出]沖縄県那覇市 [学]神原中卒 [歴]内外に於て、10余種の仕事に就き、のち時代小説作家となる。著書に「天保刺客群像」「八丁堀親子鷹」「一橋隠密帳」「鏖殺」など。 [団]日本文芸家クラブ、日本文芸家協会

宮城 しず　みやぎ・しず

小説家　[生]大正13年　[出]沖縄県国頭郡国頭村　[学]国頭尋常高小高等科卒　[歴]昭和21年結婚。45年調理師の免許取得。市内の銀行、企業などに勤める。平成2年第21回九州芸術祭文学賞北九州地区優秀作を受賞。「文学未満」同人。

宮城谷 昌光　みやぎたに・まさみつ

小説家　直木賞選考委員　[生]昭和20年2月4日　[出]愛知県蒲郡市　本名＝宮城谷誠一　[学]早稲田大学文学部英文科(昭和42年)卒　[賞]新田次郎文学賞(第10回)(平成3年)「天空の舟」、直木賞(第105回)(平成3年)「夏姫春秋」、芸術選奨文部大臣賞(第44回・平5年度)「重耳〈上・中・下〉」、中日文化賞(第49回)(平成8年)、司馬遼太郎賞(第3回)(平成12年)、吉川英治文学賞(第35回)(平成13年)「子産〈上・下〉」　[歴]高校時代から作家を志す。大学卒業後、出版社編集部に勤務。同人誌に発表した小説「春潮」が立原正秋の目に留まり、知遇を得る。「早稲田文学」第2号に「天の華園」を発表。昭和47年帰郷し、学習塾経営の傍ら同人誌「朱羅」に所属、執筆活動に取り組む。「史記」「春秋左氏伝」など数十冊の原典資料を読破し、中国を題材にした作品を創作。平成3年「天空の舟」が第10回新田次郎文学賞受賞。これを機に、文筆活動に専念。同年7月「夏姫春秋」で第105回直木賞を受賞。12年直木賞選考委員。著書に「王家の風日」「侠骨記」「重耳〈上・中・下〉」「孟嘗君」(全5巻)、「楽毅」「奇貨居くべし」「青雲はるかに」「太公望〈上・中・下〉」「子産〈上・下〉」他。　[団]日本文芸家協会、日本ペンクラブ

宮口 しづえ　みやぐち・しづえ

児童文学作家　信州児童文学会名誉会長　[生]明治40年9月2日　[没]平成6年7月5日　[出]長野県北佐久郡小諸町(現・小諸市)　[学]松本女子師範(昭和2年)卒　[賞]日本児童文学者協会新人賞(昭和32年)「ミノスケのスキー帽」、小川未明文学賞奨励賞(昭和33年)「ゲンと不動明王」、野間児童文芸賞推奨作品賞(第12回)(昭和49年)「箱火ばちのおじいさん」、赤い鳥文学賞(第10回)(昭和55年)「宮口しづえ童話全集」　[歴]昭和32年短編童話集「ミノスケのスキー帽」を処女出版し、日本児童文学者協会新人賞を受賞。以後、長編「ゲンと不動明王」「山の終バス」「ゲンとイズミ」の3部作を発表。46～53年信州児童文学会長を務めた。他の作品に「箱火ばちのおじいさん」「山の終バス」「宮口しづえ童話全集」(全8巻)がある。　[団]日本児童文学者協会、信州児童文学会(名誉会長)

三宅 彰　みやけ・あきら

サントリーミステリー大賞を受賞　[生]昭和31年　[出]長野県上田市　[賞]サントリーミステリー大賞(第14回)(平成9年)「風よ！撃て」　[歴]東京の大学に進学後帰郷し、上田市役所に就職。のち同市教育委員会同和教育課で啓発活動に取り組む。一方、25歳の時労組機関紙に書いたことがきっかけで小説を書き始める。純文学系の文芸誌への投稿を経て、ミステリー小説に取り組む。

三宅 幾三郎　みやけ・いくさぶろう

小説家　英文学者　[生]明治30年10月15日　[没]昭和16年5月1日　[出]兵庫県　[学]東京大学英文科卒　[歴]高知高校、文化学院教授などを歴任。大正9年同人誌「行路」を創刊、「死へ」などを発表し、「音楽会」で新感覚派の一員として文壇に登場。のち英文学の翻訳に専念。小説集「山霊」や、サッカレー「虚栄の市」などの翻訳がある。

三宅 花圃　みやけ・かほ

小説家　随筆家　歌人　[生]明治1年12月23日　[没]昭和18年7月18日　[出]東京・本所　本名＝三宅龍子(みやけ・たつこ)　旧姓(名)＝田辺　[学]東京高女(明治22年)卒　[歴]中島歌子の塾(萩の舎塾)で樋口一葉らと学び、明治21年「藪の鶯」を刊行し出生作となる。その後「芦の一ふし」「八重桜」などを発表し、25年「みだれ咲」を刊行。同年三宅雪嶺と結婚し、その後は歌人、随筆家として活躍。他の主な作品に「露のよすが」「空行く月」「蛇物語」などがあり、他に野村望東尼の評伝「もとのしづく」、歌文集「花の趣味」などを著す。　[家]夫＝三宅雪嶺(評論家)、父＝田辺太一(外交官・漢学者)

三宅 孝太郎　みやけ・こうたろう

小説家　本名＝松江泰造　[学]早稲田大学文学部演劇専修(昭和35年)卒　[賞]オール読物新人賞(第64回)(昭和59年)「夕映え河岸」　[歴]「歴史読本」「思想の科学」などに歴史小説を執筆。著書に「夕映え河岸」「大芝居地獄草紙―小説・鶴屋南北」「竹中半兵衛」などがある。

三宅 青軒　みやけ・せいけん

小説家　[生]元治1年5月23日(1864年)　[没]大正3年1月6日　[出]京都　本名＝三宅彦弥　別号＝緑旋風、雨柳子　[歴]博文館の「文芸倶楽部」、金港堂の編集を経て二六新聞記者となった。明治25年刊「小説花相撲」に作品「この眼」が収録。当時深刻小説といわれた「奔馬」「堕落」「怨めしや」などを文芸倶楽部に執筆。39～44年にかけ大学館から「武士道小説・土手の道哲」、続編、「豪傑小説・拳骨勇蔵」、「豪傑小説・国姓爺の妻」、後編を、三芳屋書店から「女優菊

園露子」「後の菊園露子」などを緑旋風の名で刊行。英雄、探奇など大衆作家に終始した。

三宅 千代　みやけ・ちよ

歌人　小説家　眼科三宅病院会長　[生]大正7年1月7日　[出]愛知県名古屋市　[学]東京女子大学卒　[賞]新美南吉文学賞(第19回)(昭和58年)「夕映えの雲」、日本歌人クラブ賞(第17回)(平成2年)「冬のかまきり」、名古屋市芸術特賞(平成7年)　[歴]昭和14年白日社入社。23年以降作歌を中断。夫が病死した50年より、自伝風の小説「夕映えの雲」を書き始める。6年がかりで脱稿、57年自費出版し、58年新美南吉文学賞を受賞。第3期「詩歌」、「マチネ」同人。病院経営の合間に執筆をする。またこの間51年ごろから小中学生に短歌を教え、53年より子供短歌の会を主宰、59年子供短歌同人誌「白い鳥」を発行。歌集に「影なき樹」「月夜の楡の枝」「月の虹」「冬のかまきり」。　[団]現代歌人協会、日本文芸家協会、日本ペンクラブ、日本歌人クラブ(委員)　[家]夫＝三宅寅三(元眼科三宅病院院長・故人)、息子＝三宅謙作(眼科三宅病院院長)、三宅養三(名古屋大学眼科教授)

三宅 艶子　みやけ・つやこ

小説家　評論家　[生]大正1年11月23日　[没]平成6年1月17日　[出]東京　別名＝阿部艶子(あべ・つやこ)　[学]文化学院卒　[歴]三宅やす子の長女で、一時期阿部金剛と結婚生活をする。昭和7年から8年にかけて、やす子の絶筆「偽れる未亡人」の続篇として「墓石の言葉」を「婦人公論」に連載。小説家、評論家として「きづな」「トイレッタ」「女として考えること」「亭主教育」「男性飼育法」などの著書がある。　[団]日本文芸家協会、日本女流文学者会　[家]母＝三宅やす子(小説家)

三宅 知子　みやけ・ともこ

童謡詩人　児童文学作家　[生]昭和21年7月17日　[出]北海道室蘭市　[学]中央大学文学部哲学科卒　[賞]日本児童文芸家協会新人賞(第11回)(昭和57年)「空のまどをあけよう」　[歴]大学時代から詩を作り始める。童謡、合唱曲、歌曲の作詞多数。昭和59年「ハマナスの咲く電話ボックス」を出版。以降、童話作家としても活躍。詩集に「おひなさまとかけっこ」など。　[団]日本詩人クラブ、日本童謡協会、日本児童文学家協会、詩と音楽の会

三宅 直子　みやけ・なおこ

シナリオライター　[生]昭和12年3月24日　[出]東京　[学]実践女子学園高卒、シナリオ研究所研修科5期修了　[賞]NTV落語台本入選(昭和43年)、NHK放送記念懸賞ドラマ佳作入選(昭45年度)「根雪」、城戸賞準入選(第8回)(昭和57年)「かざぐるまの女達」、岩手県カシオペア脚本賞「九戸の胡桃めぐり愛」　[歴]高校を出て23歳で結婚、翌年長女を出産。初めて書いたシナリオがNHKの懸賞テレビドラマで佳作入選。シナリオ研究所に入って本格的勉強を始め、3年後に同じ懸賞ドラマで入選を果たす。44年「芽ふく頃」でシナリオライターとしてデビュー。作品にテレビ「ケンちゃん」シリーズ、「樫の木モック」「あばれはっちゃく」シリーズ、「難民少女チャウの出発」「ちびまる子ちゃん」、ビデオ「こんな時日本語で」など多数。著書に「エプロン作家奮戦記」「あなたにも書けるシナリオ術」。　[団]日本シナリオ作家協会、日本放送作家協会、日本脚本家連盟

三宅 雅子　みやけ・まさこ

作家　歌人　「長良文学」主宰　[生]昭和4年9月23日　[出]中国・天津　本名＝三宅雅代　旧姓(名)＝仲元　[学]天津宮島高女卒　[賞]大垣市文芸祭賞(昭和49年，51年)、岐阜市教育賞(昭和51年)「姑娘」、日本文芸大賞女流文学賞(第7回)(昭和62年)「阿修羅を棲まわせて」、岐阜県芸術文化奨励賞(昭62年度)、中部ペンクラブ文学賞(第6回・特別賞)(平成5年)「乱流」、日本土木学会出版文化賞(平5年度)(平成6年)「乱流」　[歴]歌誌「礁」同人として作句。子育てが終る頃から小説を書きはじめ、昭和49年より「美濃文学」同人となる。主婦作家として活躍し、その後短歌グループ「みやびの会」代表、「美濃文学」編集長、よみうりアカデミー現代短歌教室講師などを務め、61年から中部ペンクラブ副会長に。平成元年同人誌「長良文学」を創刊。代表作に「姑娘」「煩悩」「泥眼の面」「白い睡蓮」「乱流―オランダ水理工師デレーケ」「熱い河」など、著作集に「阿修羅を棲まわせて」がある。　[団]大衆文学研究会、日本文芸振興会、日本ペンクラブ、中部ペンクラブ

三宅 正幸　みやけ・まさゆき

児童文学作家　[出]岐阜県恵那郡山岡町　[学]名古屋高等工業専門学校土木科(現・名工大)卒　[賞]コボたち賞(第10回)(昭和62年)「片目の山猫」　[歴]教員になるが、石川啄木の歌を読み、児童文学に傾倒、恵那児童文学協会を興す。昭和62年「片目の山猫」で第10回「コボたち賞」受賞。　[団]恵那児童文学協会

三宅 やす子　みやけ・やすこ

小説家　評論家　[生]明治23年3月15日　[没]昭和7年1月18日　[出]京都市富小路丸太町　旧姓(名)＝加藤　[学]お茶の水高等女学校卒　[歴]明治43年昆虫学者三宅恒方と結婚。夏目漱石、小宮豊隆に師事し、大正10年夫の死去で文筆稼業を決意、評論、小説、講演などで活躍。12年「ウー

マン・カレント」創刊。15年朝日新聞に連載した「奔流」で認められ、「金」「燃ゆる花びら」、未完の遺作「偽れる未亡人」などを発表。ほかに評論集「未亡人論」「生活革新の機至る」「我子の性教育」、「三宅やす子全集」(全5巻)がある。　[家]娘＝三宅艶子(作家)、夫＝三宅恒方(昆虫学者)

三宅 由岐子　みやけ・ゆきこ
劇作家　[生]明治39年1月27日　[没]昭和12年2月26日　[出]東京都港区高輪　本名＝三宅由紀子　[学]双葉女学校中退　[歴]昭和7年発表の「晩秋」で認められ、9年築地座で上演された「春愁記」が代表作。他の作品に「花かげ」「寂しき人々」などがある。　[家]兄＝三宅三郎(劇評家)

宮越 郷平　みやこし・きょうへい
小説家　[賞]秋田魁文学賞「冬の航跡」　[歴]河北新報「計数管」にエッセイを執筆するなど活躍。平成13年秋田中で1年先輩だった劇作家・野口達二の伝記「心・魂・情・念のうねり 劇作家 野口達二」を出版。他の著書に「幻氷の岬」「冬の航跡」がある。

宮崎 晃　みやざき・あきら
映画監督　[生]昭和9年10月27日　[出]東京都荒川区日暮里　[学]東京外国語大学ロシア語科(昭和36年)卒　[賞]キネマ旬報賞脚本賞(第16回・昭45年度)「家族」「男はつらいよ・望郷篇」、毎日映画コンクール脚本賞(昭45，48年度)「男はつらいよ・望郷篇」「男はつらいよ・寅次郎忘れな草」、年間代表シナリオ(昭45，47，48年度)　[歴]昭和36年松竹大船撮影所に入社。野村芳太郎、山田洋次に師事。42年の「一発勝負」から"男はつらいよシリーズ"「故郷」「家族」などで山田洋次と脚本を共同執筆。46年監督に昇進し、「泣いてたまるか」でデビュー。真摯な演出で人生ものを撮る。50年「想い出のかたすみに」「友情」を演出するが、翌年フリーに。テレビの脚本も「花くれないに」「父と子と」「青葉繁れる」など多数。日大芸術学部講師もつとめる。　[団]日本映画監督協会

宮崎 一雨　みやざき・いちう
小説家　児童文学作家　[生]明治22年　[没](没年不詳)　[出]東京府日暮里村　[歴]「東京日々新聞」「新婦人」の記者を経て、「飛行少年」の主筆となる。のち「中央新聞」に移る。「少年倶楽部」「少女倶楽部」などにも多数執筆。代表作品に「日米未来戦」「馬賊大王」など。

宮崎 和雄　みやざき・かずお
小説家　[生]昭和43年　[出]千葉県船橋市　[賞]小説現代新人賞(第65回)(平成9年)「洗濯機は俺にまかせろ」　[歴]東京都内の私立高校を2年で中退。5年間調理師を務めたのち、フリーターに。一方、19歳頃から小説にのめり込み、24歳の時、作家・織田作之助の作品との出会いがきっかけで小説を書き始める。

宮崎 康平　みやざき・こうへい
詩人　作家　[専]国文学　古代史　[生]大正6年5月7日　[没]昭和55年3月16日　[出]長崎県島原市　本名＝宮崎一章(みやざき・かずあき)　幼名＝懋、旧筆名＝宮崎耿平　[学]早稲田大学文学部(昭和15年)卒　[賞]吉川英治賞(第1回)(昭和42年)「まぼろしの邪馬台国」　[歴]在学中東宝文芸課に入社し、文芸・演劇活動を始め、三好十郎に師事。昭和15年長兄の死去により郷里の島原市に帰り、南旺土木社長などを歴任。戦後、島原鉄道の常務取締役として会社の再建に当たるうち25年に過労から失明した。しかし、「九州文学」編集委員・世話人として、詩・ドラマ・小説を発表、失明をのりこえて活躍。また、その後再婚した和子夫人の協力で古代史を独自の立場で研究し、邪馬台国が島原半島に存在したと主張する「まぼろしの邪馬台国」を「九州文学」に発表、42年には講談社から刊行されて第1回吉川英治賞を受賞。43年からは長崎深江町に西海風土農研深江農場をつくり、無農薬野菜などの普及にも当たった。詩集に「茶昆の唄」があり、なかでも「島原の子守唄」「落城の賊」が有名。　[家]妻＝宮崎和子(土と文化の会会長)

宮崎 耕平　みやざき・こうへい
イラストレーター　[生]昭和23年11月2日　[出]長崎県　[学]口加高卒　[賞]カネボウ・ミセス童話大賞(第9回)「ふとんだぬきのぼうけん」　[歴]絵本に「ぼくのでんしゃ」「一ねん二くみはまほうのクラス」「カレーのしまのおひめさま」、挿絵作品に「むかえに行こう！」「とんできたしじゅうから」「たんじょう日物語シリーズ」(全5巻)などがある。　[団]日本児童出版美術家連盟

宮崎 湖処子　みやざき・こしょし
詩人　小説家　評論家　牧師　[生]元治1年9月20日(1864年)　[没]大正11年8月9日　[出]筑前国三奈木村(現・福岡県甘木市三奈木町)　本名＝宮崎八百吉　別号＝愛郷学人、西邱隠士、八面楼主人、高明学人　[学]東京専門学校(明治20年)卒　[歴]明治20年「日本情交之変遷」を刊行。21年東京経済雑誌に入り、「国民之友及び日本人」を連載、刊行。民友社に入社。23年「国民新聞」編集員となり、31年に退社するまで、多くの詩、小説、評論を発表。23年詩文集「帰省」を

刊行。以後「湖処子詩集」「抒情詩」などで島崎藤村以前の抒情詩人の第一人者といわれる。31年受洗。38年電報新聞に入社、文学欄を担当。34年本郷森川町教会牧師となり、35年聖学院神学校設立と同時に教授に就任するが、38年退職した。他の作品に小説「故郷」「村落小記」「黒髪」など。ワーズワースの最初の紹介者として知られる。

宮崎 三昧　みやざき・さんまい

小説家　[生]安政6年8月1日(1859年)　[没]大正8年3月22日　[出]江戸下谷御徒町　本名＝宮崎璋蔵　[学]東京師範(明治12年)卒　[歴]明治13年東京日日新聞に入社し、以後やまと新聞、電報新聞、大阪毎日新聞、大阪朝日新聞などの記者を歴任。そのかたわら小説を執筆し「嵯峨の尼物語」「松花録」などを発表。23年東京朝日新聞に入社し、同紙上に「かつら姫」などを発表した。30年以降は劇評や随筆を書くにとどまり、晩年は江戸文学の校訂、翻刻に専念した。代表作は歴史小説「塙団右衛門」。

宮崎 惇　みやざき・つとむ

作家　[生]昭和8年6月15日　[没]昭和56年11月16日　[出]長野県小諸市　[歴]昭和36年SF「愛」「忍者猿異聞」を発表以来注目を集め、SF、時代小説、劇画原作、評論など幅広い創作活動をこなした。主な著作に「ミスターサルトビ」「戦国忍者伝」「魔界住人」「時空間の剣鬼」「消された日本史」「大予言者の書」などがある。
[団]日本文芸家協会、日本推理作家協会、世界文学会

宮崎 登志子　みやざき・としこ

作家　[出]福井県・若狭　[学]京都外語大中退、愛知県立大卒　[賞]福井県文学コンクール入賞(昭和54年)「陣痛」　[歴]高校2年の時、校内作文コンクールで第1席に入賞したことを機に小説を書き始める。以来、悲しい衰れな女性をテーマに創作活動を続け、昭和54年6月「陣痛」で福井県文化協議会主催の第9回県文学コンクールに入賞。

宮崎 博史　みやざき・ひろし

小説家　[生]明治32年7月23日　[没]平成2年12月27日　[出]埼玉県浦和市　本名＝宮崎博　[学]慶応義塾大学経済学部(大正13年)卒　[歴]三越宣伝部長、セントラル映画宣伝部長などを歴任し、のちに作家生活に入りユーモア小説を発表。主な作品に「有楽町で逢いましょう」「青春日記」「めぐりあう日まで」「おさげ社長」「クラスに忍者あり」などがあり、著書に昭和31年から32年にかけて刊行した「青春万歳」正続2冊がある。　[団]日本文芸家協会

宮崎 学　みやざき・まなぶ

作家　[生]昭和20年10月25日　[出]京都府京都市　[学]早稲田大学法学部卒　[歴]京都の暴力団・寺村組組長の二男として生まれる。高校時代マルクス主義に傾倒し、昭和40年早稲田大学に進学後、あかつき部隊の名で知られた日本共産党の非公然ゲバルト部隊の現場責任者として、早大闘争や東大闘争など左翼運動にかかわった。その後「週刊現代」の記者を経て、家業の解体業を引き継いだが、55年負債25億円を抱え倒産。バブル期には地上げ屋も行い、ゼネコン恐喝で指名手配され逮捕。57年にはグリコ・森永事件の犯人と疑われ、一橋文哉著「闇に消えた怪人」の中でも最重要参考人・Mとして取り上げられた。平成8年50年の人生を綴った「突破者」を出版。12年原作担当の劇画が「突破者太陽伝」(高橋玄監督)として映画化され、自らも刑事役で出演。13年参院選比例区に新党・自由と希望から出馬。他の著書に「バトルトーク突破者」「不逞者」「突破者列伝」「突破の条件」、小説「海賊」、共著に「土壇場の経済学」「グリコ・森永事件―最重要参考人M」などがある。
http://www.zorro-me.com/miyazaki/

宮崎 夢柳　みやざき・むりゅう

新聞記者　翻訳家　小説家　[生]安政2年(1855年)　[没]明治22年7月23日　[出]土佐国(高知県)　本名＝宮崎富要　別号＝宮崎芙蓉(みやざき・ふよう)、戯号＝夢柳狂士　[歴]藩校致道館に学び、藩主容堂公に詩才を賞された。東京に遊学した後、明治13年自由党系の「高知新聞」記者となる。自由民権運動に加わり、15年上京して「絵入自由新聞」「自由燈」に政治小説を連載。主な作品にデュマの翻案「仏蘭西革命記自由乃凱歌」、ステプニャック「地底のロシヤ」に拠った「虚無党実伝記鬼啾啾」などがある。

宮崎 恭子　みやざき・やすこ

演出家　脚本家　無名塾主宰　[生]昭和6年5月15日　[没]平成8年6月27日　[出]長崎県長崎市　本名＝仲代恭子　旧姓(名)＝宮崎　筆名＝隆巴(りゅう・ともえ)　[学]女子学院(昭和25年)卒、俳優座養成所(第2期生)(昭和28年)卒　[賞]芸術祭賞(優秀賞)(昭和55年)「ソルネス」　[歴]昭和29年小沢昭一らと劇団新人会を結成、「森は生きている」などに出演。32年小沢らと俳優小劇場を結成。この間、NHK「バス通り裏」など次々とラジオやテレビのドラマに出演するが、32年に俳優・仲代達矢と結婚し、引退。40年ごろから、隆巴の筆名で「釣忍」などの脚本を書き始め、52年からは「令嬢ジュリー」などの演出も手がける。また50年11月から自宅に若い俳優たちの為の“無名塾”を開いて新人の育成に当たり、隆大介・役所広司・若村麻由美・渡辺梓・田中実らを送り出した。他の演出作品に「オイディプス

王」「どん底」「プァー・マーダラー」「ルパン」「肝っ玉おっ母と子供たち」「リチャード三世」「ソルネス」、出演作に「ハロルドとモード」など。主な脚本に「樅の木は残った」(テレビ)、「いのちぼうにふろう」(映画)、戯曲に「渋谷怪談」「ルパン」、著書に「大切な人」「仲代達矢さま おいしい人生をありがとう」などがある。[家]夫=仲代達矢(俳優)、養女=仲代奈緒(女優・歌手)、妹=宮崎総子(TBSキャスター)

宮沢 章夫　みやざわ・あきお
劇作家　演出家　劇団遊園地再生事業団代表　京都造形芸術大学助教授　[生]昭和31年12月9日　[出]静岡県　[学]多摩美術大学中退　[賞]岸田国士戯曲賞(第37回)(平成5年)「ヒネミ」　[歴]ラジオの台本作家としてスタート。昭和62年の「ハイブリッド・チャイルド」などテレビでの活動も多く、シティ・ボーイズ、いとうせいこうらと組んだ「ラジカル・ガジベリビンバ・システム」で作・演出を担当。63年仕事から離れ、マダガスカルで数ケ月生活する。平成2年劇団・遊園地再生事業団を主宰。作品ごとに俳優、スタッフを集めるスタイルで活動するが、12年1月活動を休止。主な作品に「遊園地再生」「ヒネミ」「砂に沈む月」など。また11年初の小説「サーチエンジン・システムクラッシュ」を発表、12年芥川賞候補となる。他の著書に「彼岸からの言葉」「牛への道」「わからなくなってきました」など。京都造形芸術大学助教授も務める。
http://www.u-ench.com/

宮沢 賢治　みやざわ・けんじ
詩人　童話作家　[生]明治29年8月27日　[没]昭和8年9月21日　[出]岩手県稗貫郡花巻町(現・花巻市豊沢町)　[学]盛岡高農(現・岩手大学農学部)(大正7年)卒　[歴]花巻の質古着商の長男として生まれ、浄土真宗の信仰の中に育つ。幼少から鉱物採集に熱中。盛岡高等農林学校在学中法華経を読み、熱心な日蓮宗信者となる。大正10年父に日蓮宗への改宗を勧めるが、聞きいれられず、家出して上京。日蓮宗伝導に携わる傍ら、詩や童話を創作。しかし、半年ほどで妹の発病のため帰郷。以後、4年間花巻農学校教諭を務める。13年詩集「春と修羅」、童話集「注文の多い料理店」を自費出版。15年羅須地人協会を設立し、若い農民に農学や芸術論を講義。のち治安当局の疑惑を招き、また自身の健康状態の悪化により頓挫。昭和6年頃一時回復し、東北砕石工場技師を務めるが、晩年のほとんどを病床で送った。多くの童話、詩、短歌、評論を残したが、ほとんど認められることなく37歳で夭折。没後、人間愛、科学的な宇宙感覚にあふれた独自の作風で、次第に多くの読者を獲得した。6年11月の手帳に記された「雨ニモマケズ」は有名。他の童話集に「風の又三郎」「銀河鉄道の夜」「セロ弾きのゴーシュ」「オツベルと象」「どんぐりと山猫」「よだかの星」「グスコーブドリの伝記」などがあり、「校本宮沢賢治全集」(筑摩書房)、「新修宮沢賢治全集」も刊行されている。[家]弟=宮沢清六(文芸評論家)

宮地 佐一郎　みやじ・さいちろう
作家　詩人　[生]大正13年9月6日　[出]高知県高知市　[学]法政大学国文科卒　[師]亀井勝一郎に師事し、「野中一族始末書」で大仏次郎の知遇を得る。「闘鶏絵図」「宮地家三代日記」「菊酒」で直木賞候補となる。同郷の先覚者坂本龍馬に傾倒。編述に「坂本龍馬全集」「中岡慎太郎全集」、著書に「日本ではじめて株式会社を創った男・坂本龍馬」「海援隊誕生記」など。[団]日本文芸家協会

宮下 和男　みやした・かずお
児童文学作家　飯田女子短期大学教授　[生]昭和5年3月14日　[出]長野県飯田市　[学]信州大学教育学部卒　[賞]日本児童文学者協会新人賞(第1回)(昭和43年)「きょうまんさまの夜」、塚原健二郎文学賞(第1回)(昭和53年)「湯かぶり仁太」　[歴]小学校教師を務めるかたわら児童文学の創作に励む。「信濃毎日新聞」と信州児童文学会の「とうげの旗」を主な発表の場としている。現在、飯田女子短期大学教授。代表作に「きょうまんさまの夜」「いねむり平太」「ばんどりだいこ」「山神の笛」「かぜこぞう」「湯かぶり仁太」「春の迷路」「少年の城」「少年・椋鳩十物語」などがある。[団]日本児童文学者協会、信州児童文学会(会長)

宮下 全司　みやした・ぜんじ
児童文学作家　群馬県文学賞選考委員　[生]昭和6年1月30日　[出]群馬県　[学]群馬大学学芸学部卒　[賞]上毛文学賞(第3回)(昭和42年)「ボロになったコンク」、学研ノンフィクション文学賞佳作「見えるってどんなん」　[歴]群馬県立聾学校の教師を務める傍ら、児童文学の創作に携わる。著書に「はやくこいこい夏休み」「あした遠足」「ボロになったコンク」「見えるってどんなん」「イタチ横町は大さわぎ」など。[団]日本児童文学者協会、日本児童文芸家協会

宮下 均　みやした・ひとし
医師　小説家　三笠総合病院精神科　[専]精神科学　[生]昭和34年　[出]北海道　[学]東北大学理学部地学科(昭和61年)卒　[賞]朝日新人文学賞(第2回)(平成2年)「ぼくと相棒」　[歴]平成2年「ぼくと相棒」で第2回朝日新人文学賞を受賞。6年から三笠総合病院精神科に勤務。著書に「鉄格子のむこうの青い空」がある。

宮下 正美　みやした・まさみ

教育者　児童文学者　[生]明治34年5月15日　[没]昭和57年12月17日　[出]長野県伊那谷　[学]慶応義塾大学心理学科卒　[歴]卒業後慶応幼稚舎の教師となる。戦後は湘南学園長を経て杉野短大教授に就任。そのかたわら児童文学者としても活躍し、少年小説「山をゆく歌」「消えた馬」のほか「小さな社会学者」「数のふしぎ」「児童読物の選び方」などの著書がある。

宮下 洋二　みやした・ようじ

小説家　詩人　[生]昭和21年7月12日　[出]群馬県藤岡市　[学]中央大学法学部卒　[賞]上毛文学賞　[歴]農業に従事しながら詩や小説、評論等の文筆活動を続ける。小説に「詩人の魂」「響けマントラ」、詩集に「エテルニテ124」など著書多数。　[団]上州文学会、日本文芸家協会、日本農民文学会、群馬ペンクラブ

宮島 清　みやじま・きよし

民話作家　[没]平成9年5月22日　[賞]エイジレス章(平成1年)　[歴]長野県の小学校で38年間教師を務めた。在職中より民話の創作に取り組む。著書に「真田郷の民話」などがある。

宮嶋 資夫　みやじま・すけお

アナーキスト　小説家　[生]明治19年8月1日　[没]昭和26年2月19日　[出]東京・四谷伝馬町　本名＝宮嶋信泰　[歴]四谷小学校高等科に学び、13歳から砂糖問屋の小僧など多くの仕事を転々とし放浪生活をする。のち都新聞編集員となり、大杉栄らの「近代思想」に共鳴。のち大正4年復刊された「近代思想」の発行人となる。5年労働文学の先駆的作品「坑夫」を刊行。9年「恨なき殺人」を刊行、また雑誌「労働者」発行、評論「第四階級の文学」を刊行するなど労働文学の作家として幅広く活躍した。昭和7年「禅に生きる」を刊行、以後「華厳経」などの仏教書を多く出版し、12年埼玉県大和田町平林寺僧坊の堂守りとなったが、18年京都の天龍寺の末寺遠塵庵に移る。戦後は浄土真宗に帰依し、25年「真宗に帰す」を刊行。没後「遍歴」と改題されて刊行された。

宮田 一誠　みやた・いっせい

小説家　[生]昭和3年　[出]神奈川県三浦市三崎　[学]善隣外事専ロシア語科中退　[歴]昭和58年まで三浦市役所に勤務。在職中の51年に探偵小説誌「幻影城」第1回新人賞小説部門「お精霊(しょうろ)舟」でデビュー。その後、54年「ショケラ」で第25回乱歩賞候補にもなる。時代小説、伝奇小説など多数。著書に「火の樹液」「三浦岬「民話」殺人事件」「浦賀与力」など。　[団]日本推理作家協会

宮田 達男　みやた・たつお

放送作家　映画プロデューサー　テレビプロデューサー　劇作家　[生]昭和3年10月7日　[出]東京　[学]慶應義塾大学経済学部卒　[賞]芸術祭賞奨励賞(昭和37年)「幽霊の靴」(ミュージカル)　[歴]主な作品に「お嫁さんシリーズ」(フジ)「七人の刑事」(TBS)など。　[団]日本映画テレビプロデューサー協会

宮田 正治　みやた・まさじ

児童文学作家　[学]埼玉師範(昭和20年)卒　[賞]埼玉文芸賞(昭和58年)「竜神の沼」　[歴]教職のかたわら、日本童話会に所属し、児童文学の創作について学ぶ。昭和58年歴史小説「竜神の沼」により、埼玉文芸賞受賞。著書に「竜神の沼」「竜神伝説」「光はいつもどこにでも」「見沼の竜」「落日のニホンオオカミ」他。　[団]日本民俗学会、日本童話会、日本児童文芸家協会

宮地 嘉六　みやち・かろく

小説家　[生]明治17年6月11日　[没]昭和33年4月10日　[出]佐賀県佐賀市　[学]小学校中退　[歴]仕立屋の弟子を出発に多くの職業を転々とし、佐世保海軍造船廠に入り、明治33年呉海軍工廠に移る。この頃から文学に関心を抱き、35年上京、富岡鉄工場などで働くが、36年神戸に帰る。41年再び上京して早大の聴講生となるが、経済的に苦しく呉へ戻って海軍工廠に入る。45年呉海軍工廠争議に参加して検挙される。大正2年上京し「奇蹟」の同人に。「鉄工場」「煤煙の臭ひ」「騒擾後」「或る職工の手記」「放浪者富蔵」などの作品を発表し、作家的地位を得る。9年日本社会主義同盟に参加。労働文学者として活躍するようになり、「破婚まで」「累」「愛の十字架」などを刊行。戦後は篆刻で生計を営み、昭和30年「老残」を刊行した。「宮地嘉六著作集」(全6巻，慶友社)がある。

宮津 博　みやつ・ひろし

劇作家　演出家　東童会会長　[生]明治44年3月22日　[没]平成10年7月21日　[出]兵庫県神戸市　本名＝西島錦三(にしじま・きんぞう)　[学]東京教員講習所　[歴]昭和3年ひまわり会を結成し、後に東京童話劇協会(後の劇団東童)を結成。日本の児童劇団の草分け的存在として、宮沢賢治や坪田譲治の作風を劇化、「風の又三郎」「お化けの世界」などを発表。編著書に「東童名作劇選集」「劇の脚本と演技」などがある。「歴程」同人。　[団]日本児童演劇協会(名誉会員)

宮寺 清一　みやでら・せいいち

小説家　[生]昭和10年7月26日　[出]東京　[学]都立五商卒　[賞]多喜二百合子賞(第20回)「和歌子・夏」　[歴]時計会社に勤務するかたわら、作家活動を展開。著書に「祭り囃子が聞こえる」「和歌子・夏」「冬の虹」「砂場の鳩」など。　[団]日本民主主義文学同盟

宮野 慶子　みやの・けいこ

児童文学作家　ノンフィクション作家　[生]昭和2年6月5日　[出]東京　[学]洗足高女卒　[賞]子供達に残す昭和の思い出入賞(小学館)(昭和58年)、サンケイ新聞オピニオンプラザ正論佳作(昭和59年)「私のボランティア活動」、ノンフィクション児童文学賞(大賞，第1回)(昭和60年)「ある犬たちの物語」　[歴]高女卒業後、専業主婦で一男二女をもうける。昭和57年から2年間、NHK通信教育の文章教室で学ぶ。58年小学館「子供達に残す昭和の思い出」に入賞。59年サンケイ新聞オピニオンプラザ正論「私のボランティア活動」で佳作。著書に「ジュニア・ノンフィクション〈24〉野犬ウーとエクセル」(「ある犬たちの物語」改題)。

宮野 素美子　みやの・すみこ

児童文学作家　[学]東京教育大学卒、筑波大学大学院地球科研究科中退　[歴]「そよかぜ姫の冒険」で第32回講談社児童文学新人賞佳作に。著書に「そよかぜ姫の冒険」がある。

宮野 妙子　みやの・たえこ

創作テレビドラマ脚本懸賞公募に佳作入選　[生]昭和18年　[出]東京都　[賞]NHK名古屋創作ラジオドラマ脚本懸賞公募佳作入選(昭和61年)、創作テレビドラマ脚本懸賞公募佳作入選(第12回)(昭和62年)「ああ野球」　[歴]昭和57年放送作家教室43期を受講し、その研修科で横光晃氏に師事。以後、自宅でパソコン教室を開きながら、シナリオ創作の修業を積む。

宮之内 一平　みやのうち・いっぺい

作家　旭川出版社代表　[生]大正2年10月1日　[出]北海道樺戸郡浦臼町　[学]東川尋常高小卒　[賞]旭川市民文化奨励賞(昭和44年)　[歴]農業、東宝勤務を経て、旭川で文筆活動を始める。著書に小説集「造材飯場」、随想集「被写体」などがある。

宮乃崎 桜子　みやのさき・さくらこ

小説家　筆名＝高館薫　[学]法政大学文学部哲学科卒　[賞]ウィングス小説大賞(第4回)(平成2年)、小説バトル優秀作(平成3年)、ホワイトハート大賞(第5回)「斎姫異聞」　[歴]4月17日生れ。著書に「舞夢・マイム・クライム」「鼓動の日」「斎姫異聞」などがある。

宮原 昭夫　みやはら・あきお

小説家　[生]昭和7年8月5日　[出]神奈川県横浜市　[学]早稲田大学文学部露文科(昭和35年)卒　[賞]文学界新人賞(第23回)(昭和41年)「石のニンフ達」、芥川賞(第67回)(昭和47年)「誰かが触った」　[歴]大学卒業後、大学院に進み、そのかたわら文学を志しながら、横浜予備校、たつみ学院、自宅学習塾の教師をする。昭和38年文芸賞の長編小説部門に応募した「ごったがえしの時点」を刊行。41年「石のニンフ達」で文学界新人賞を受賞、以後何度か芥川賞候補になり、47年「誰かが触った」で芥川賞を受賞。その他の主な著書として「あなたの町」「駆け落ち」「海のロシナンテ」「魑魅魍魎」「女たちのまつり」「ゴジラ丸船長」シリーズなどがある。　[団]日本文芸家協会、日本ペンクラブ

宮原 晃一郎　みやはら・こういちろう

北欧文学者　児童文学者　[生]明治15年9月2日　[没]昭和20年6月10日　[出]鹿児島県　本名＝宮原知久　[歴]幼時に父の勤務で札幌に移り、のち小樽新聞記者となり、当時札幌農学校の教師だった有島武郎とも交わる。その後上京し、大正7年発表の「薤露に代へて」を雑誌「中央公論」に発表。これが出世作となり、以後「赤い鳥」誌上に多くの童話を発表。童話集「龍宮の犬」「悪魔の尾」などを出版。また独学で外国語を修め、ヨーロッパ文学、特に北欧文学の翻訳紹介者として活躍。クヌート・ハムスンの「飢え」やキルケゴール「憂愁の哲理」など多くの訳書がある。他の著書に評論集「北欧の散策」など。

宮原 龍雄　みやはら・たつお

推理作家　[生]大正4年11月14日　[出]佐賀県佐賀市　本名＝宮原龍男　[歴]昭和15年佐賀新聞に入社。文化部長などを務め、27年に退社。24年に「三つの樽」が100万円懸賞C級応募作の三席に入賞、以後、ペダントリーに富んだ作品を執筆。37年に絶筆したが、51年「マクベス殺人事件」を発表した。他の作品に「不知火」「ニッポン・海鷹」など。

宮原 無花樹　みやはら・むかじゅ

児童文学作家　[生]明治40年4月8日　[出]広島県呉市　本名＝宮原多米吉　[学]法政大学国文科卒　[歴]小川未明に師事し、昭和4年同人誌「童話新潮」を奈街三郎らと発行、9年「童話草紙」を発刊主宰した。短編童話が主で、12年「村の活動写真」、18年「牛づれ兵隊」を出した。戦後は郷里に退き、児童劇運動を行った。

宮部 みゆき　みやべ・みゆき

推理作家　[生]昭和35年12月23日　[出]東京都江東区　本名＝矢部みゆき　[学]墨田川高卒　[賞]オール讀物推理小説新人賞(第26回)(昭和62年)「我らが隣人の犯罪」、歴史文学賞(佳作,第12回)(昭和62年)「かまいたち」、日本推理サスペンス大賞(第2回)(平成1年)「魔術はささやく」、吉川英治文学新人賞(平成4年)「本所深川ふしぎ草紙」、日本推理作家協会賞(第45回)(平成4年)「龍は眠る」、山本周五郎賞(第6回)(平成5年)「火車」、日本SF大賞(第18回)(平成9年)「蒲生邸事件」、直木賞(第120回)(平成11年)「理由」、毎日出版文化賞(特別賞,第55回)(平成13年)「模倣犯」、司馬遼太郎賞(第5回)(平成13年)、芸術選奨文部科学大臣賞(平13年度)(平成14年)「模倣犯」　[歴]速記業、法律事務所勤務などの傍ら昭和59年講談社フェーマススクールエンターテイメント小説教室を受講、小説を書き始める。62年「我らが隣人の犯罪」でオール讀物推理小説新人賞を受賞。平成元年退社し、執筆に専念。11年「理由」で第120回直木賞受賞。以後、「我らが隣人の犯罪」「かまいたち」「魔術はささやく」「レベル7」「龍は眠る」「火車」「蒲生邸事件」「長い長い殺人」「天狗風」「鳩笛草」「クロスファイア〈上・下〉」「模倣犯」など次々に話題作を発表。近年は時代小説にも進出、「本所深川ふしぎ草紙」「幻色江戸ごよみ」はNHKでドラマ化(「茂七の事件簿」)されて話題になった。　[団]日本文芸家協会、日本推理作家協会

三山 進　みやま・すすむ

推理作家　青山学院大学文学部教授　跡見学園女子大学名誉教授　[専]日本美術史　中世彫刻史　[生]昭和4年6月22日　[出]兵庫県神戸市　筆名＝久能啓二(くのう・けいじ)　[学]東京大学文学部美学美術史学科(昭和27年)卒、東京大学大学院人文科学研究科美学美術史学専攻修士課程修了　[興]禅宗彫刻、鎌倉仏師　[歴]昭和27年から40年まで鎌倉国宝館学芸員を務め、のち、跡見学園女子大教授を経て、青山学院大学文学部教授。著作に「鎌倉彫刻史論考」「鎌倉の禅宗美術」など。推理作家としても知られ、「手は汚れない」「日没の航跡」「偽わりの風景」などの作品がある。　[団]美術史学会、美学会、密教図像学会

宮本 研　みやもと・けん

劇作家　[生]大正15年12月2日　[没]昭和63年2月28日　[出]熊本県天草郡大矢野町　本名＝宮本照(みやもと・てらし)　[学]九州大学法文学部経済科(昭和25年)卒　[賞]岸田国士戯曲賞(第8回)(昭和37年)「日本人民共和国」「メカニズム作戦」、芸術祭奨励賞(昭和37年)「明治の柩」、芸術祭大賞(昭和48年)「鉄の伝説」　[歴]昭和13年父の勤務地・北京に渡り、北京日本小学校、北京日本中学校に学ぶ。19年帰国。25年九大卒業後、高校教師を経て、27年法務省に入り、10年間事務官として勤務。そのかたわら、自立劇団・麦の会を作り、32年処女作「僕等が歌をうたう時」を発表し、33年に「五月」を発表。社会問題を背景とし、後にブレヒトの演劇観に接近していった。37年「日本人民共和国」「メカニズム作戦」で岸田国士戯曲賞を受賞。42年英国の劇作家アーノルド・ウェスカーを招き3部作を上演。“ウェスカー68”の発起人代表を務める。他の代表作に「明治の柩」「美しきものの伝説」「阿Q外伝」「聖グレゴリーの殉教」「夢・桃中軒牛右衛門の」「花いちもんめ」など、また戯曲集「ザ・パイロット」「革命伝記四部作」がある。「宮本研全集」(白水社)が刊行されている。　[団]新日本文学会、日本演劇協会

宮本 輝　みやもと・てる

小説家　芥川賞選考委員　[生]昭和22年3月6日　[出]兵庫県神戸市灘区　本名＝宮本正仁　[学]追手門学院大学文学部(昭和45年)卒　[賞]太宰治賞(第13回)(昭和52年)「泥の河」、芥川賞(第78回,昭52年下期)(昭和53年)「蛍川」、吉川英治文学賞(第21回)(昭和62年)「優駿」　[歴]昭和45年サンケイ広告社に入社し企画製作部のコピーライターとなる。50年初めて小説を書き、会社を退職、「わが仲間」の同人となる。その後、和泉商会、BBCなどに就職したが、52年暮に退職。同年「泥の河」で太宰治賞を受賞し、翌53年「蛍川」で芥川賞を受賞。54年肺結核を患うが、その年に全治。平成7年芥川賞選考委員となる。4年よりライフワークの大河小説「流転の海」(全5部)を刊行。他の主な作品に「幻の光」「道頓堀川」「錦繍」「優駿」「ドナウの旅人」「胸の香り」「焚火の終わり」「月光の東」「睡蓮の長いまどろみ」「森のなかの海」など。「宮本輝全集」(全14巻,新潮社)、長編紀行「ひとたびはポプラに臥す」(全6巻,講談社)がある。　[団]日本文芸家協会

宮本 徳蔵　みやもと・とくぞう

小説家　[生]昭和5年2月18日　[出]三重県伊勢市　[学]東京大学文学部仏文科(昭和29年)卒、東京大学大学院(フランス文学)(昭和33年)修士課程修了　[賞]新潮新人賞(第5回)(昭和50年)「浮游」、読売文学賞(第38回・随筆紀行賞)(昭和62年)「力士漂泊」、柴田錬三郎賞(第4回)(平成3年)「虎砲記」　[歴]伊勢で土建会社を営んでいた父親が相撲の地方巡業の勧進元を引き受けたため、子どもの頃から相撲に親しみ、この50年近くの間、毎場所2回くらいは相撲を見ている。昭和60年、個人的な体験を間にはさ

みながら相撲の発生、歴史をたどる「力士漂泊 相撲のアルケオロジー」を出版した。他の著書に「相撲変幻」「河原花妖―歌舞伎のアルケオロジー」「虎砲記」などがある。 ㊐日本文芸家協会

宮本 昌孝　みやもと・まさたか

作家 ㊓昭和30年9月11日 ㊑静岡県浜松市 ㊕日本大学芸術学部放送学科卒 ㊖大学卒業後、児童向けのシナリオの創作に携わり、「じゃりん子チエ」等のアニメーション用脚本や手塚プロにて「鉄腕アトム」のシナリオを手がける。その後、オレンジ企画で漫画家すがやみつるとコンビを組み、「こんにちは、QCサークル」「ザ・商社」「ザ・銀行」などの情報コミックスの原作者として活躍。「剣豪将軍義輝」で時代小説に新境地を見せ以後、「夕立太平記」「こんぴら樽」などを発表。他にSF「失われし者タリオン」シリーズなどがある。 ㊐日本文芸家協会

宮本 幹也　みやもと・みきや

小説家 ㊓大正2年3月20日 ㊛平成5年11月2日 ㊑長野県上水内郡 本名＝宮本正勝 ㊕明治大学文芸学科(昭和9年)中退 ㊖昭和8年「サンデー毎日」の懸賞映画小説に入選し、日活多摩川撮影所脚本部に入る。「公論」編集長、日本有機化学研究所長を経て、24年作家生活に入り幅広く活躍。代表作に「魔子恐るべし」など。「宮本幹也選集」(全20巻)がある。 ㊐日本文芸家協会、東京作家クラブ、日本作家クラブ、日本推理作家協会

宮本 美智子　みやもと・みちこ

作家 ㊓昭和20年8月28日 ㊛平成9年6月13日 ㊑北海道富良野市 本名＝永沢美智子 ㊕北星学園大学英文科卒 ㊖昭和43年渡米、ゴーシェン大学に留学。その後、ニューヨークへ出てソニー勤務の後、44年結婚。"ザ・ニュー・ミュージアム"の設立に参加、同美術館の国際部長を経て、M&M ARTS MANAGEMENTのディレクターとしてニューヨーク、東京等で美術展の企画・開催に活躍。かたわらノンフィクションライターとして「ニューヨーク人間図鑑」などを執筆する。50年離婚、のちイラストレーターの永沢まことと再婚、60年に17年間の米国生活を切り上げて帰国。平成7年には「世にも美しいダイエット」が話題となった。ほかの著書に「ニューヨーク・エスニック図鑑」「ニューヨークの作家たち」「ニューヨーク女三代記」「女と男のニューヨーク」「アメリカの恋人」、小説集「愛のはてに」、夫との共著に「イタリア・トスカーナの優雅な食卓」「イタリアの幸せなキッチン」、訳書にジェイ・マキナニー「ストーリー・オブ・マイ・ライフ」、マイケル・シェイボン「ピッツバーグの秘密の夏」など。 ㊫夫＝永沢まこと(イラストレーター)

宮本 百合子　みやもと・ゆりこ

小説家 評論家 ㊓明治32年2月13日 ㊛昭和26年1月21日 ㊑東京市本郷区駒込林町(現・文京区千駄木) 本名＝宮本ユリ 旧姓(名)＝中条 旧筆名＝中条百合子(ちゅうじょう・ゆりこ) ㊕日本女子大学英文科(大正5年)中退 ㊖お茶の水高女を経て、大正5年日本女子大に入るが、「貧しき人々の群」を「中央公論」に発表後退学。7年アメリカへ遊学し荒木茂と結婚、13年離婚、その顛末を「伸子」にまとめる。同書はのちに作者の代表作で同時に大正文学の一代表作と評価される。昭和2年湯浅芳子とソビエトに渡り西欧を外遊。5年帰国し、日本プロレタリア作家同盟に加わる。6年日本共産党に入党、7年宮本顕治と結婚。戦時中執筆禁止・数度にわたる投獄と弾圧を受けながらも信念を貫き、戦後も「歌声よ、おこれ」など多くの評論で民主主義文学・平和運動に貢献した。20年新日本文学会結成に参画し、中央委員となる。他の小説に「風知草」「播州平野」「二つの庭」「道標」、宮本顕治との往復書簡集「十二年の手紙」、「宮本百合子全集」(全25巻・別巻2・補巻2・別冊1, 新日本出版社)(全15巻, 河出書房)がある。 ㊫夫＝宮本顕治(共産党議長)、父＝中条精一郎(建築家)

宮本 美夫　みやもと・よしお

童話作家 俳優 ㊓昭和5年 ㊑千葉県 芸名＝佐川二郎 ㊖海軍飛行予科練習生への入隊直前に終戦。漁業、農業などの手伝いをしながら東京の音楽学校声楽に2年、絵画に2年通う。昭和31年横浜にできた俳優養成所の研究生となり、33年東映に佐川二郎の芸名で入社。以後、東映系を中心に映画やテレビなど様々なメディアに多数出演。のち川柳に入門、朝霞おはなしの会にも入門する。平成11年「ぼくを食べて 人さま鳥さま」で童話作家デビュー。

宮森 さつき　みやもり・さつき

劇作家 ㊓昭和42年5月9日 ㊑北海道 ㊕旭川西高卒 ㊙北の戯曲賞(大賞)(平成12年)「五月の桜」、近松門左衛門賞(優秀賞, 第1回)(平成14年) ㊖平成12年「五月の桜」で北の戯曲賞大賞、14年「十六夜 いざよい」で第1回近松門左衛門賞優秀賞を受賞。

宮脇 俊三　みやわき・しゅんぞう

作家 元・中央公論社常務 ㊥鉄道 時刻表 ㊓大正15年12月9日 ㊑東京 ㊕東京大学文学部西洋史学科(昭和26年)卒 ㊙日本ノンフィクション賞(第5回)(昭和53年)「時刻表2万キロ」、新評賞(第9回)(昭和54年)「時刻表2万キロ」、

交通図書賞(昭和55年)「時刻表昭和史」、泉鏡花文学賞(第13回)(昭和60年)「殺意の風景」、交通文化賞(昭和60年)、JTB紀行文学大賞(第1回)「韓国・サハリン鉄道紀行」、菊池寛賞(第47回)(平成11年)　[歴]昭和26年中央公論社に入社。第二出版部長、「中央公論」編集長、編集局長、開発室長、常務を経て、53年に退職。同年「時刻表2万キロ」で日本ノンフィクション賞を、翌54年には新評賞を受賞した他、55年「時刻表昭和史」で交通図書賞を受賞。60年には「殺意の風景」で泉鏡花文学賞と交通文化賞を受賞。また、52年に国鉄全線を踏破するなどの鉄道好きで、他に「汽車旅12カ月」「終着駅は始発駅」「台湾鉄路千公里」「シベリア鉄道9400キロ」「中国火車旅行」「昭和八年 渋谷驛」「鉄道廃線跡を歩く」など多数の著書がある。
[団]日本文芸家協会、鉄道史学会、日本ペンクラブ、日本エッセイストクラブ

宮脇 紀雄　みやわき・としお

児童文学作家　日本児童文芸家協会理事　[生]明治40年2月15日　[没]昭和61年11月18日　[出]岡山県川上郡成羽町　[賞]野間児童文芸賞(第7回)(昭和44年)「山のおんごく物語」、日本児童文芸家協会賞(第1回)(昭和51年)「ねこの名はヘイ」、産経児童出版文化賞(第24回, 27回)(昭和52年, 55年)「おきんの花かんざし」「かきの木いっぽんみが三つ」、児童文化功労者賞(第21回)(昭和54年)　[歴]岡山県山間の農家に生まれ、農業を手伝った後、岡山市で書店を開業。昭和10年29歳で文学をめざし単身上京、坪田譲治の門をたたく。30年日本児童文芸家協会が創立され加入。代表作に「山のおんごく物語」「ねこの名はヘイ」などがあり、随筆集に「わが鶏肋の記」がある。　[団]日本文芸家協会、日本児童文芸家協会

三好 一光　みよし・いっこう

小説家　劇作家　[生]明治41年　[歴]昭和11年頃から「舞台」「国民演劇」などの雑誌に戯曲作品を執筆。戦後は時代小説や江戸時代の生活風俗研究などを手がける。主な作品に戯曲「恋すてふ」「アパートの人達」「続 恋すてふ」「立て直し十万石」「恋の弁長」、小説「消えた男」「清吉捕物帖シリーズ」、編著に「江戸東京 風俗語事典」「江戸語事典」など。

三好 京三　みよし・きょうぞう

小説家　[生]昭和6年3月27日　[出]岩手県胆沢郡前沢町　本名=佐々木久雄　[学]慶応義塾大学文学部(通信教育)(昭和46年)卒　[興]教育問題
[賞]文学界新人賞(第41回)(昭和50年)「子育てごっこ」、直木賞(第76回)(昭和51年)「子育てごっこ」　[歴]高校卒業後すぐに助教諭として教壇に立ち、岩手県衣川小学校大森分校で14年をすごす。その間、昭和46年に慶応義塾大学文学部を通信教育で卒業。教諭時代は僻地教育と国語問題に取り組み、53年退職。「北の文学」「東北文脈」などに参加し、「小説新潮」などに応募。50年「子育てごっこ」で文学界新人賞を受賞し、翌51年直木賞を受賞。「分校日記」「いのちの歌」「満ち足りた飢え」「女人平原」などのほか、歴史時代小説に「朱の流れ」「生きよ義経」「吉次黄金街道」がある。
[団]日本文芸家協会、日本ペンクラブ

三好 十郎　みよし・じゅうろう

劇作家　詩人　[生]明治35年4月23日　[没]昭和33年12月16日　[出]佐賀県佐賀市八戸町　[学]早稲田大学英文科(大正14年)卒　[賞]読売文学賞(第3回)(昭和26年)「炎の人」　[歴]吉江喬松に師事して初め詩作に励む。昭和3年処女戯曲「首を切るのは誰だ」を発表。プロレタリア劇作家として知られたが、のち組織を離れていった。10年PCL(東宝の前身)に入りシナリオを執筆。戦後も「崖」「廃墟」「その人を知らず」「炎の人」「冒した者」などで才能を示した。ほかの代表作に「斬られの仙太」「炭塵」「浮標」「おりき」など。「三好十郎の仕事」(全3巻・別巻1, 学芸書林)「定本三好十郎全詩集」がある。

三好 徹　みよし・とおる

小説家　[生]昭和6年1月7日　[出]東京　本名=河上雄三　[学]横浜高商(現・横浜国立大学経済学部)(昭和26年)卒　[賞]日本推理作家協会賞(第20回)(昭和42年)「風塵地帯」、直木賞(第58回)(昭和43年)「聖少女」　[歴]昭和25年在学中、読売新聞社に入社。地方部、調査部、科学報道本部、週刊読売編集部を経て、41年退職。34年「遠い声」が文学界新人賞の次席となる。35年推理小説に転じて「光と影」を刊行。42年「風塵地帯」で日本推理作家協会賞を受賞し、43年「聖少女」で直木賞を受賞した。社会派推理小説、スパイ小説、時代小説と幅広く活躍し、「海の沈黙」「チェ・ゲバラ伝」「興亡と夢」「閃光の遺産」などの作品がある。　[団]日本文芸家協会、日本ペンクラブ(副会長)、日本推理作家協会(理事)　[家]兄=河上敏雄(元第一実業社長・故人)、弟=河上和雄(弁護士)

三好 文夫　みよし・ふみお

小説家　アイヌ研究家　[生]昭和4年11月23日
[没]昭和53年7月3日　[出]北海道　[学]北海道第一師範(昭和22年)中退　[賞]北海日日新聞懸賞小説1位(昭和29年)「ピルトに響る譚」
[歴]幼年時代を帯広、釧路で過ごす。昭和22年道内の小学校に勤務。40年2月小説「重い神々の下僕」が第53回直木賞候補になる。同年旭川市立向陵小学校を退職し、高野斗志美らと「愚神郡」創刊。46年旭川文学学校長に就任。

53年大雪山愛山渓で死去。「冬濤」同人。主な作品に小説「シャクシャインが哭く」、評論「アイヌの歴史」、編著「杉村キナラブック・ユーカラ集」など。

三好 庸太　みよし・ようた

詩人　児童文学作家　[生]昭和17年12月1日　[出]群馬県　[学]玉川大学工学部電子科卒　[賞]日本童話会奨励賞(昭49年度・詩部門)　[歴]少年詩や児童文学を手がける。児童文学に「カエルのカータ大かつやく！」、詩集に「ひかる花」「ふしぎの森のふしぎの実」など。　[団]日本児童文学者協会、日本演劇教育連盟

三輪 和雄　みわ・かずお

医師　ノンフィクション作家　[専]脳神経外科学　[生]昭和2年8月1日　[出]愛知県名古屋市　[学]名古屋大学医学部卒　医学博士　[歴]名古屋大学医学部第一外科学教室、中京病院を経て、社会保険中央総合病院脳神経外科部長に就任。昭和63年より牧田総合病院、のち西武中央病院に勤務。34年、当時勤務していた中京病院や気象庁から資料を集めて、伊勢湾台風の記録「海吠える」を執筆。他の作品に「騎手福永洋一の闘い」「人工臓器の時代」「いのちある限り」「空白の五分間―三河島事故ある運転士の受難」「猛医の時代―武見太郎の生涯」「乱世三代の夢―勝沼精蔵物語」「脳外科医の独白」などがあり、専門書に「夢の科学」「脳死」がある。　[団]日本文芸家協会

三輪 滋　みわ・しげる

児童文学作家　イラストレーター　東京デザイナーズ・スペース　[生]昭和16年11月11日　[出]愛知県　[学]名古屋市立工芸高(昭和35年)卒　[賞]文学界新人賞(第45回)(昭和52年)「ステンドグラスの中の風景」　[歴]21歳のとき上京。百貨店宣伝部、デザイン事務所を経て昭和45年独立。絵本に「鬼の面をかぶった娘」「もりのひみつ」「ひとり」など。　[団]東京デザイナーズ・スペース、東京イラストレーターズ・ソサエティ

三輪 秀彦　みわ・ひでひこ

作家　翻訳家　明治大学文学部教授　[専]現代フランス文学　[生]昭和5年2月10日　[出]愛知県名古屋市　[学]東京大学文学部仏文科(昭和28年)卒、東京大学大学院人文研究科仏文学専攻修了　[賞]文芸賞佳作(第2回)(昭和38年)「内面の都市」　[歴]小佐井伸二、小川茂久らと「雙面神」を創刊。昭和38年「内面の都市」で第2回文芸賞に佳作入選。39年国学院大学助教授、46年明治大学助教授、47年教授。著書に「猫との共存」「夢の中間に」「夢と変容」など、主な訳書に、リオワ「彼女のように素敵な人生」クロッツ「殺し屋ダラカン」ブルトン「ヴァチカン復活プログラム」やサロート、デュラスの作品などヌーヴォー・ロマンのものが多数ある。　[団]日本文芸家協会

三輪 裕子　みわ・ひろこ

児童文学作家　[生]昭和26年11月6日　[出]東京都　[学]東京学芸大学教育学部(昭和49年)卒　[賞]講談社児童文学新人賞(第23回)(昭和57年)「子どもたち山へ行く」、野間児童文芸賞推奨作品賞(第25回)(昭和62年)「ぼくらは夏の山小屋で」、野間児童文芸賞(第27回)(平成1年)「パパさんの庭」　[歴]小学校教諭などを経て、主婦に。昭和50年頃より、児童文学の創作を始め、「子どもたち山へ行く」で、第23回講談社児童文学新人賞を受賞。同作品を改稿し「ぼくらの夏は山小屋で」と改題して刊行。他の作品に「パパさんの庭」(第27回野間児童文芸賞)、「峠をこえたふたりの夏」「森のホワイトクリスマス」「最後の夏休み」「太古の森へ」など。

三輪 弘忠　みわ・ひろただ

教育者　近代児童文学の第一作「少年之玉」の著者　[生]安政3年9月30日(1856年)　[没]昭和2年12月5日　[出]三河国渥美郡豊橋関屋町　[学]愛知師範(明治9年)卒　[歴]明治9年教師生活に入り、以後愛知県宝飯郡第一高小校長、県視学を歴任、43年尾濃電陶商会を設立。22年大日本教育会の少年書類懸賞法に応募した「少年之玉」が入選し、翌年刊行。昭和55年、児童文学作家堀尾幸平の著書「『少年之玉』研究」により三輪の全生涯のほぼ全容が明らかにされた。

三輪 令子　みわ・れいこ

シナリオライター　[生]昭和38年4月3日　[出]大阪府　筆名＝三輪美聡　[学]青山学院大学文学部(昭和61年)卒　[賞]大伴昌司賞奨励賞(第3回・シナリオ作家協会)(平成2年)「蝶の構図」、新人映画シナリオコンクール入選(第41回)(平成3年)「ベィビーフェイス」　[歴]昭和61年河出書房新社編集部に入社。退社後、シナリオ作家協会シナリオ講座14期研修科で学ぶ。

【む】

向井 豊昭　むかい・とよあき

小説家　[生]昭和8年　[出]東京　[賞]早稲田文学新人賞(第12回)(平成8年)「BARABARA」、四谷ラウンド文学賞(第2回)(平成11年)「BARABARA」　[歴]下北半島で育ち、アイヌ・モシリの小学校で

25年間働いた後、上京。著書に「BARABARA」がある。

武川 重太郎　むかわ・じゅうたろう
小説家　㋑明治34年1月2日　㋜昭和55年7月7日　㋕山梨県　別号＝柔剛生　㋩アテネ・フランセに学ぶ。少年時代に小栗風葉に師事し、上京して玄文社記者となり、そのかたわら大正14年より「不同調」同人として創作活動。のち「富士の国」主宰。主な作品に「甲州の侠客」「月今宵―山県大式」などがある。

椋 鳩十　むく・はとじゅう
作家　児童文学者　㋑明治38年1月22日　㋜昭和62年12月27日　㋕長野県下伊那郡喬木村　本名＝久保田彦穂（くぼた・ひこほ）　㋩法政大学国文科（昭和5年）卒　㋰サンケイ児童出版文化賞（第11回）（昭和39年）「孤島の野犬」、国際アンデルセン賞国内賞（第3回）（昭和40年）「孤島の野犬」、モービル児童文化賞（昭和43年）、赤い鳥文学賞（第1回）（昭和46年）「マヤの一生」「モモちゃんとあかね」、児童福祉文化賞（奨励賞）（昭和46年・47年）、学校図書館賞（昭和46年）、芸術選奨文部大臣賞（文学・評論部門、第33回）（昭和57年）「椋鳩十の本」「椋鳩十全集」　㋩大学在学中、豊島与志雄に師事。佐藤惣之助主宰の「詩之家」同人となり、詩集「駿馬」（大正15年）「夕の花園」（昭和2年）を刊行。5年から鹿児島に移り、教員生活をしながら山窩小説を書き、「山窩調」（8年）などを不刊行。この時から椋鳩十の筆名を使用。13年頃から「少年倶楽部」に動物小説を書き、18年「動物ども」を刊行。戦後26年の短編集「片耳の大鹿」で文部大臣奨励賞を受賞。その後も旺盛な創作活動をつづけ、代表作に「大空に生きる」「孤島の野犬」「マヤの一生」「モモちゃんとあかね」「ネズミ島物語」「けむり仙人」などがある。この間、22年鹿児島県立図書館長に就任し、"母と子の二十分間読書運動"を提唱、全国的な反響を呼んだ。42～53年ぶ鹿児島女子短期大学教授もつとめた。57年「椋鳩十の本」（全25巻・補巻、理論社）「椋鳩十全集」で芸術選奨を受賞した他、赤い鳥文学賞など受賞多数。　㋺日本児童文学者協会　㋭息子＝久保田喬彦（鹿児島市教育委員会指導員）

夢幻　むげん
小説家　㋑昭和36年　㋕愛媛県　㋰ジャンプ小説・NF大賞特別奨励賞（第1回）「ミッドナイト・マジック」　㋩著書に「ミッドナイト・マジック」「魔界西遊記」などがある。

向田 邦子　むこうだ・くにこ
脚本家　小説家　㋑昭和4年11月28日　㋜昭和56年8月22日　㋕東京都世田谷区若林　㋩実践女子専門学校国語科（昭和25年）卒　㋰直木賞（昭和55年度上）「花の名前」「かわうそ」「犬小屋」　㋩昭和27年雄鶏社に入社、「映画ストーリー」編集部に配属され、その後、35年同社を退社後、脚本家となり、テレビで「七人の孫」「時間ですよ」「だいこんの花」「寺内貫太郎一家」「阿修羅のごとく」「あ・うん」などのヒット作を書き続け、20年間に手がけた脚本は1000本以上。作家としても55年に短編連作「花の名前」「かわうそ」「犬小屋」（「思い出トランプ」に収録）で直木賞を受賞したほか、「父の詫び状」「眠る盃」などのエッセーを残した。出版社ハウス・オブ・ハウス・ジャパンからエッセイ集を出すことになり、56年8月に同社の志和池昭一郎社長らと一行4人で台湾を5日間の予定で取材旅行中に飛行機事故で急死した。「ボン・メルシャン」に寄稿した「楽しむ酒」が絶筆となる。平成元年「あ・うん」が降旗康男監督により映画化された。「向田邦子TV作品集」（全5巻、大和書房）「向田邦子全集」（全3巻、文芸春秋）がある。昭和58年功績を記念し、向田邦子賞が創設される。平成9年遺族により小学生時代の2年間を過ごした鹿児島市に遺品約5000点が寄贈される。
㋭妹＝向田和子（料亭「ままや」経営）

虫明 亜呂無　むしあけ・あろむ
作家　評論家　㋪フランス文学　㋑大正12年9月11日　㋜平成3年6月15日　㋕東京・湯島　㋩早稲田大学文学部仏文科（昭和22年）卒　㋩早稲田大学文学部副手を経てフリーになり、文芸批評、映画、スポーツ評論、エッセイなど幅広く活動。小説「シャガールの馬」で昭和54年の直木賞候補となる。情感のある独得の文体で知られる。著書に「スポーツ人間学」「わたしの競馬教室」「スポーツへの誘惑」「クラナッハの絵」「ロマンチック街道」「時さえ忘れて」など。また記録映画「札幌オリンピック」のシナリオも担当した。「虫明亜呂無の本」（筑摩書房、全3巻）がある。　㋺日本文芸家協会

武者小路 実篤　むしゃのこうじ・さねあつ
小説家　劇作家　随筆家　詩人　画家　㋑明治18年5月12日　㋜昭和51年4月9日　㋕東京府麹町区元園町（現・東京都千代田区）　筆名＝無車、不倒翁　㋩東京帝国大学社会学科中退　㋰帝国芸術院会員（昭和12年）　㋰菊池寛賞（第2回）（昭和14年）、文化勲章（昭和26年）、文化功労者（昭和27年）　㋩学習院時代、トルストイに傾倒し、また志賀直哉、木下利玄らを知り、明治43年「白樺」を創刊し、白樺派の代表作家となる。41年「荒野」を刊行。白樺時代の作品と

しては「お目出たき人」「世間知らず」「わしも知らない」「その妹」などがある。この頃、自由と自然を愛し、人道主義を主張して15人の同志と宮崎に"新らしき村"を大正7年につくったが、14年に村を離れねばならなかった。この間、「幸福者」「友情」「第三隠者の運命」「或る男」「愛慾」などをのこした。昭和に入ってからは絵筆に親しむことが多く「湖畔の画商」などの美術論、「二宮尊徳」などの伝記、「幸福な家族」などの家庭小説や「無車詩集」などがある。14年、新たに"新らしき村"を埼玉につくる。戦後は公職追放の処分をうけたが、24年「心」を創刊し、「真理先生」を連載して文壇にカムバックし、晩年には「一人の男」を完成させた。また画家としても多くの作品をのこした。「武者小路実篤全集」(全25巻，新潮社)、「武者小路実篤全集」(全18巻，小学館)がある。　[家]父=武者小路実世(子爵)、兄=武者小路公共(外交官)、三女=武者小路辰子(国文学者)

武藤 直治　むとう・なおはる

評論家　劇作家　[生]明治29年1月27日　[没]昭和30年2月4日　[出]神奈川県横浜市初音町　[学]早稲田大学英文科(大正8年)卒　[歴]大正8年同窓生浅原六朗、牧野信一、下村千秋らと同人誌「十三人」創刊。第2次「種蒔く人」、初期の「文芸戦線」に同人参加、プロレタリア文学運動を進めた。14年日本プロレタリア文芸連盟創立大会の発起人の一人として活躍したが昭和2年ごろから次第に関係を絶った。著書に「変態社会史」「『夜明け前』の作者―島崎藤村論攷」「文学概論」など。

棟居 仁　むねい・じん

フリーライター　[生]昭和35年5月5日　[学]東京スクール・オブ・ビジネスマスコミ広報科(昭和58年)卒　[賞]TBS新鋭シナリオ賞(昭和62年)「悲しみの吸血鬼」　[歴]昭和58年出版プロダクション「スタジオ・バード」入社。59年(株)「ザ・トラベル商社」に転じ、60年フリーライターとして独立した。

棟田 博　むねた・ひろし

小説家　[生]明治41年11月5日　[没]昭和63年4月30日　[出]岡山県津山市　[学]早稲田大学文学部国文科中退　[賞]野間文芸奨励賞(第2回)(昭和17年)「台児荘」　[歴]昭和12年応召され中国各地を転戦し、翌13年戦傷帰還。この間の経験を「分隊長の手記」としてまとめ、長谷川伸主宰の「大衆文芸」に連載、単行本としてもベストセラーとなった。17年「台児荘」で野間文芸奨励賞を受賞。戦後も戦争体験にもとづいた小説を発表し、37年「拝啓天皇陛下様」を刊行、以後「拝啓シリーズ」と称する連作を次々に発表。「棟田博兵隊小説文庫」(全7巻)がある。その一方で明治時代の鉄道開通に取材した「美作ノ国吉井川」などの作品もある。　[団]新鷹会、日本文芸家協会

武良 竜彦　むら・たつひこ

児童文学作家　ルポライター　[生]昭和23年　[出]熊本県　本名=宮村良二　[学]国学院大学文学部卒　[賞]SF童話賞(第5回)(昭和63年)「ピカピカピカリは光の子」　[歴]進学塾などに勤務のかたわら、創作活動を始める。平成元年から小学生向けの表現・作文クラブを開き、作文の直接指導をおこなう。その後、小中学生向けの通信添削講座に発展、顧問・監修者としての指導を続ける。著書に「三日月銀次郎が行く」「メルヘン中学物語―霧子と晴夫の新聞部日記」「書いてみよう らくらく作文」など。

村井 弦斎　むらい・げんさい

小説家　新聞記者　[生]文久3年12月18日(1863年)　[没]昭和2年7月30日　[出]三州豊橋　本名=村井寛　[学]東京外語学校(明治13年)中退　[歴]早くから文学を志し、明治17年渡米。サンフランシスコで苦学し、20年に帰国。21年「加利保留尼亜」を発表。「郵便報知新聞」の客員となり、のち正社員となって「鉄欄干」「小説家」など次々に発表。28年「報知新聞」編集長となり「写真術」「日の出島」など多くの作品を発表。36年には小説「食道楽」を連載、和洋中、分野を問わず約600食の献立と料理法を紹介し好評を博した。　[家]長女=村井米子(登山家・随筆家)

村井 志摩子　むらい・しまこ

演出家　劇作家　翻訳家　かたつむりの会主宰　広島の女上演委員会代表　[専]チェコ現代演劇　[生]昭和3年7月12日　[出]広島県広島市　本名=葛井志摩子(くずい・しまこ)　筆名=井村愛(いむら・あい)、マリエ・シマーチコヴァ　[学]東京女子大学国文科(昭和23年)卒、カレル大学(チェコ)大学院哲学科(昭和46年)博士課程修了　Ph.D.(カレル大学)(昭和42年)　[賞]紀伊国屋演劇賞(昭和43年)「路線の上にいる猫」、芸術選奨(昭和60年)「広島の女3部作」、マウイ市平和賞(昭和61年)フリンジファースト賞(エジンバラフェスティバル)(昭和63年)、谷本清平和賞(第9回)(平成9年)　[歴]昭和23年舞台芸術学院第1期生として、秋田雨雀、土方与志らに師事。26年前進座研究生、32年舞芸座を結成。33年チェコに留学。プラハ国立劇場、カレル大哲学科で学び、美学者ヤン・イカジョフスキーに認められて哲学博士号を受ける。のち、チェコ国立劇場の演出家クレイチャに師事。51年シマコ・ムライ・アクターズ・スタジオを設立。52年楠侑子と2人でかたつむりの会

を結成、以来定期公演を行い、58年には5周年記念公演「星の時間」を演出。平成11年解散。また、学友の多くが被爆した体験から、「テアトロ」誌に「広島の女」3部作を執筆。昭和59年一人芝居「広島の女・八月六日」を上演。現在、英語、スウゥーデン語、チェコ語に翻訳され世界各地で上演されている。また原爆ドームの設計者、ヤン・レツル(チェコ人)の生涯をたどるための資料収集を続け、平成4年レツルをめぐる女性たちを描いた「日本人形」を上演。他の著書に「女優の証言」「五丁目ママの日常」「私の夜の中」、訳書に「現代チェコ戯曲集」(共訳)、作品に「あの日、あの雨」など。昭和39年にプロデューサー葛井欣士郎と結婚。
[団]日本演出者協会　[家]夫＝葛井欣士郎(プロデューサー)

村尾 靖子　むらお・やすこ
作家　児童文学作家　[生]昭和19年　[出]山口県宇部市　[学]明治大学法学部(昭和42年)卒　[賞]島根県文化奨励賞(平成6年)　[歴]結婚後、家業の寝具店の仕事と4人の子育てをしながら、文章を書くことを始める。「山陰の女」「山陰文芸」同人。著書に「命をみつめて」「江の川―いのちと愛と」、児童文学「草原の風になりたい―義足で草原を駆ける少年の物語」、絵本「琴姫のなみだ」など。　[団]日本随筆家協会、日本児童文学者協会

村岡 花子　むらおか・はなこ
児童文学作家・翻訳家　日本ユネスコ協会連盟副会長　[生]明治26年6月21日　[没]昭和43年10月25日　[出]山梨県甲府市　本名＝村岡はな　[学]東洋英和女学院高等科(大正2年)卒　[歴]女学校在学中から童話を書き始める。卒業後、3年間甲府英和学校で教壇に立ったあと、教分館で婦人子ども向けの本の編集に携わる。昭和2年同人誌「火の鳥」を創刊し創作に励む。同年最初の翻訳、マーク・トウェインの「王子と乞食」を刊行し好評を得る。7年JOAK(NHKの前身)の嘱託となり、昭和10年代にラジオ「コドモの新聞」の解説を担当、そのなごやかな話しかけるような調子で“ラジオのおばさん”として親しまれた。戦後は、モンゴメリの「赤毛のアン」(全10巻)などの名訳で知られたほか、東京婦人会館理事長、総理府行政監察委員、日本ユネスコ協会連盟副会長、NHK理事、キリスト教文化委員会婦人部委員などをつとめ、幅広く活躍した。ほかの訳書に、ポスター「喜びの本」、バーネット「小公子」「小公女」、オルコット「若草物語」、ディケンズ「クリスマス・カロル」など多数。童話集に「紅い薔薇」「お山の雪」「桃色のたまご」「青いクツ」などがあり、随筆集に「母心抄」がある。東京・大森に“赤毛のアン記念館・村岡花子文庫”がある。
[家]孫＝村岡美枝(翻訳家)

村上 章子　むらかみ・あきこ
小説家　[生]昭和22年　[出]京都市　[学]京都府立大学女子短大部卒　[賞]女流新人賞(第27回)(昭和59年)「四月は残酷な月」　[歴]同人誌「アルカイド」所属。著書に「シャドウ・ボクシング」がある。

村上 昭美　むらかみ・あけみ
児童文学作家　外国絵本のおはなし会代表
[生]昭和26年　[出]東京都　[歴]結婚を機に徳島県に移り住む。徳島県郷土女性学級文芸コース講師、民生委員や児童委員、めばえ保育園理事、外国絵本のおはなし会の代表などを務める傍ら、徳島新聞阿波圏にコラムや童話を執筆。乳幼児から小学生に絵本の読み聞かせなども行う。寂聴塾塾生。著書に「みじかいお話」「わすれないよおとうさんのことば」など。
[団]日本児童文芸家協会

村上 一郎　むらかみ・いちろう
評論家　作家　歌人　[生]大正9年9月24日　[没]昭和50年3月29日　[出]東京・飯田町　別名＝井頭宣満　[学]東京商科大学(現・一橋大学)(昭和18年)卒　[歴]大正12年関東大震災により宇都宮へ移る。昭和18年東京商大を卒業後、海軍士官となり終戦をむかえる。戦後は久保栄に師事して「日本評論」の編集にたずさわるが、レッド・パージにあい、以後文筆に専念する。31年「典型」を創刊、39年には個人誌「無名鬼」を創刊、その間「試行」同人となる。著書に「久保栄論」「日本のロゴス」「明治維新の精神過程」「北一輝論」や小説「東国の人びと」「武蔵野断唱」、歌集「撃攘」などのほか、「村上一郎著作集」(全12巻)がある。

村上 元三　むらかみ・げんぞう
小説家　劇作家　新鷹会理事長　[生]明治43年3月14日　[出]東京　[学]青山学院中等部(昭和3年)卒　[賞]直木賞(第12回)(昭和16年)「上総風土記」、NHK放送文化賞(昭和40年)、紫綬褒章(昭和49年)、勲三等瑞宝章(昭和56年)　[歴]中学生の頃から同人誌に書き始め、昭和9年「利根の川霧」がサンデー毎日大衆文芸賞の選外佳作となり、映画化された。これを機に13年長谷川伸に師事して二十六日会に入会。16年「上総風土記」で第12回直木賞受賞。戦後24年「佐々木小次郎」を朝日新聞に連載して時代小説に新分野を拓き、一躍流行作家となった。以後、「加賀騒動」「源義経」「次郎長三国志」「水戸黄門」「三界飛脚」など多数の作品を発表。「村上元三文庫」(全9巻)、「村上元三選集」(全6巻)もある。また映画シナリオ、舞台劇、テレビ・

ドラマの脚本、演出も多く40年NHK放送文化賞を受賞している。 [団]日本文芸家協会、日本演劇協会、日本文芸著作権保護同盟(相談役) [家]長男＝村上慧(NHKプロデューサー)

村上 徳三郎　むらかみ・とくさぶろう

シナリオライター [生]明治32年7月11日 [出]東京 [歴]大正15年松竹蒲田撮影所で脚本を書き始める。当初は菊池寛や三上於菟吉などの原作を脚色していたが、昭和2年頃よりオリジナル作品を手がける。6年上山草人主演の「愛よ人類と共にあれ」を初めとする大作の成功を機に、松竹蒲田から不二映画に移り、「アメリカ航路」「天国の波止場」などの作品を残す。のち不二映画の倒産により新興大泉撮影所に移った。主な作品に「不滅の愛」「輝く昭和」「お嬢さん」「真実の愛」「麗人」など。

村上 浪六　むらかみ・なみろく

小説家 [生]慶応1年11月1日(1865年) [没]昭和19年12月1日 [出]大阪・堺 本名＝村上信(むらかみ・まこと) 別号＝ちぬの浦浪六、眠獅庵、無名氏 [歴]明治18年上京して農商務省の官吏になるが、政治家その他を夢みて各地を転々、大金を手にすると豪遊し、貧窮生活をすることをくり返す。23年郵便報知新聞社に入社し、24年「三日月」を発表、発表と同時に好評をもってむかえられたが文学的野心はなく、年末に退社。後、東京朝日新聞社に入社し「鬼奴」「当世五人男」などを発表したが、29年に退社。文壇での交遊は狭く、むしろ政財界に顔が広く、野心もあったので、作風は通俗的大衆的制約がある。作品では人生議論が多いが、大正11年発表の「時代相」以降文壇の表面に出ず、米相場、大連取引所設立などで活躍した。 [家]三男＝村上信彦(作家、女性史研究家)

村上 信彦　むらかみ・のぶひこ

小説家 評論家 [専]女性史 服装史 [生]明治42年3月30日 [没]昭和58年10月31日 [出]東京都 [学]早稲田第一高等学院中退 [賞]毎日出版文化賞(第31回)(昭和52年)「高群逸枝と柳田国男」 [歴]出版社興風館に勤務。戦争中は疎開し、戦後しばらくして作家を志し上京。のち男女の服装の差を調べたことから女性史研究へと進んだ。代表作に「音高く流れぬ」(4巻)があり、著書に「服装の歴史」(3巻)「明治女性史」(4巻)「黒助の日記」(3巻)「高群逸枝と柳田国男―婚制の問題を中心に」「近代史のおんな」「大正期の職業婦人」などがある。 [家]父＝村上浪六(小説家)

村上 春樹　むらかみ・はるき

小説家 [生]昭和24年1月12日 [出]兵庫県芦屋市 [学]早稲田大学文学部演劇科(昭和48年)卒 [賞]群像新人文学賞(第22回)(昭和54年)「風の歌を聴け」、野間文芸新人賞(第4回)(昭和57年)「羊をめぐる冒険」、絵本にっぽん賞特別賞(昭和59年)「西風号の遭難」、谷崎潤一郎賞(第21回)(昭和60年)「世界の終りとハードボイルド・ワンダーランド」、読売文学賞(小説賞，第47回)(平成8年)「ねじまき鳥クロニクル」、桑原武夫学芸賞(第2回)(平成11年)「約束された場所で」 [歴]大学卒業後、国分寺でジャズ喫茶店を経営。29歳のとき小説を書き始め、昭和54年処女作「風の歌を聴け」で群像新人文学賞を受賞したのを契機に作家生活に入る。57年「羊をめぐる冒険」で野間文芸新人賞を、60年には「世界の終りとハードボイルド・ワンダーランド」で谷崎潤一郎賞を受賞。62年9月に出版した「ノルウェイの森」が1年間で上下合わせて270万部のベストセラーとなり、“ムラカミブーム”をまきおこした。平成9年地下鉄サリン事件の被害者、関係者など約60人を取材した初のノンフィクション「アンダーグラウンド」を発表。10年オウム真理教の信者らへのインタビューをまとめた「約束された場所で」を出版。12年上から読んでも下から読んでも同じフレーズにある回文をまとめた「またたび浴びたタマ」を刊行。他の著書に小説「中国行きのスロウ・ボート」「1973年のピンボール」「ダンス・ダンス・ダンス」「国境の南、太陽の西」「ねじまき鳥クロニクル」「レキシントンの幽霊」「スプートニクの恋人」「神の子どもたちはみな踊る」、ノンフィクション「辺境・近境」「シドニー!」、エッセイ「村上ラヂオ」などがある。翻訳も手がけ、フイッツジェラルド「マイ・ロスト・シティー」、カーヴァー「ぼくが電話をかけている場所」、クリス・ヴァン・オールズバーグ「西風号の遭難」、マイケル・ギルモア「心臓を貫かれて」、ペイリ「最後の瞬間のすごく大きな変化」などの訳書がある。 [団]日本文芸家協会 http://opendoors.asahi-np.co.jp/span/asahido/index.htm

村上 ひとし　むらかみ・ひとし

小説家 児童文学作家 [生]大正6年4月16日 [出]山口県 本名＝村上仁 旧筆名＝村上尋(むらかみ・じん) [学]東京商科大学(現・一橋大学)中退、法政大学文学部卒 [賞]小説新潮賞(第2回)(昭和31年)「大川図絵」、結核予防会文芸特別賞(昭和58年) [歴]常磐松学園高校教師、出版社役員を経て、文筆業に。著書に「愛の夕やけ」「大川図絵」「泥の年輪」「真白き富士の嶺―三角錫子の生涯」。 [団]東京作家クラブ

村上 兵衛　むらかみ・ひょうえ
社会評論家　小説家　[生]大正12年12月6日　[出]島根県浜田市　本名＝村上宏城(むらかみ・ひろき)　[学]陸士(第57期)卒、東京大学文学部独文学科(昭和25年)卒　[興]第2次大戦とアジア　[賞]日本文芸大賞現代文学賞(第6回)(昭和61年)「陸士よもやま話」　[歴]近衛連隊連隊旗手となり、終戦時は陸軍中尉。三浦朱門らと第15次「新思潮」同人となり作家生活に入る。昭和31年「戦中派はこう考える」「天皇の戦争責任」などを次々に発表し、“戦中派”の旗手として話題になり、以後社会評論家として活躍。48年日本文化研究所を設立し、専務理事をつとめる。著書に「星落秋風」「連隊旗手」「桜と剣」「国破レテ―失われた昭和史」「繁栄日本への顧問―戦中派は考える」「歴史を忘れた日本人」「アジアに播かれた種子」「国家なき日本」などがある。　[団]日本文芸家協会、日本ノンフィクションクラブ

村上 政彦　むらかみ・まさひこ
作家　[生]昭和33年8月23日　[出]三重県津市　[学]玉川学園大学文学部中退　[賞]海燕新人文学賞(第6回)(昭和62年)「純愛」　[歴]建築業界誌記者を経て、津市で学習塾を経営。昭和62年9月「純愛」で第6回海燕新人文学賞を受賞。学習塾から手を引き、創作に専念している。他に「ドライブしない?」(第104回芥川賞候補)「ナイスボール」(第105回芥川賞候補)「青空」「魔王」「トキオ・ウィルス」など。　[団]日本文芸家協会

村上 幸雄　むらかみ・ゆきお
児童文学作家　児童文化運動家　[専]童話　児童劇　幼児教育　[生]大正3年5月25日　[出]京都府京都市　[学]同志社大学中退　[歴]短大幼児教育科の講師、教授を経て、のぞみ幼稚園を経営する。のち児童文化運動および執筆活動に従事。著書に「子どもの喜ぶ古典ユーモアばなし」「身近な材料でできる人形劇とテーブル劇場」「手軽に上演できる人形劇とペープサート脚本集」「「たのしいオペレッタ遊び」「幼児のための童話集」(全3巻)「ふしぎの国・日本再発見」、共編著に「子どもが息をのむこわい話・ふしぎな話〈1〉」など。　[団]日本児童演劇協会(名誉会員)、教育文筆者の会(代表委員)

村上 龍　むらかみ・りゅう
小説家　芥川賞選考委員　[生]昭和27年2月19日　[出]長崎県佐世保市　本名＝村上龍之助　[学]武蔵野美術大学中退　[賞]芥川賞(第75回)(昭和51年)「限りなく透明に近いブルー」、群像新人文学賞(第19回)(昭和51年)「限りなく透明に近いブルー」、野間文芸新人賞(第3回)(昭和56年)「コインロッカー・ベイビーズ」、タオルミナ映画祭2位(イタリア)(平成4年)「トパーズ」、平林たい子文学賞(小説部門，第24回)(平成8年)「村上龍映画小説集」、キューバ文化功労賞(平成8年)、読売文学賞(小説賞，第49回，平9年度)(平成10年)「イン ザ・ミソスープ」、谷崎潤一郎賞(第36回)(平成12年)「共生虫」　[歴]佐世保北高校を卒業した昭和45年に上京し、47年武蔵野美術大学に入学。在学中の51年基地の町の若者風俗を描いた「限りなく透明に近いブルー」で群像新人文学賞を受賞し、続いて芥川賞を受賞。単行本はベストセラーとなり、53年自らの監督で映画化、そのシナリオや撮影日記を含む「真昼の影像・真夜中の言葉」を54年に刊行。56年「コインロッカー・ベイビーズ」で野間文芸新人賞を受賞。平成4年監督を務めた「トパーズ」でイタリアのタオルミナ国際映画祭で第2位となる。13年「最後の家族」で初めて連続ドラマの脚本を手掛ける。他に「69」「海の向こうで戦争が始まる」「愛と幻想のファシズム」「トパーズ」「ラッフルズホテル」「コックサッカーブルース」「KYOKO」「イン・ザ・ミソスープ」「ヒューガ・ウイルス」「メランコリア」「ラブ&ポップ トパーズII」「白鳥」「共生虫」「希望の国のエクソダス」「悪魔のパス天使のゴール」や短編集「悲しき熱帯」「ニューヨーク・シティ・マラソン」、エッセイ「アメリカン・ドリーム」、「eメールの達人になる」、サッカー選手・中田英寿との共著に「文体とパスの精度」、対談集「存在の耐えがたきサルサ」、絵本「あの金で何が買えたか バブル・ファンタジー」、「村上龍映画小説集」「村上龍自選小説集」(集英社)など。スポーツイベントやグルメの取材など多方面で幅広く活躍。11年メールマガジン「JMM(ジャパン・メール・メディア)」を創刊、編集長。12年芥川賞選考委員。　[団]日本文芸家協会　[家]父＝村上新一郎(洋画家)　http://www.ryu-exodus.com/

村雨 貞郎　むらさめ・さだお
推理作家　[生]昭和24年1月30日　[出]高知県南国市　本名＝前田定夫　[学]英知大学文学部中退　[賞]小説推理新人賞(平成5年)、松本清張賞(第4回)(平成9年)「マリ子の肖像」　[歴]新聞記者、広告制作、PR紙の編集、工員等を経て、執筆業に専念。　[団]日本推理作家協会

村雨 退二郎　むらさめ・たいじろう
小説家　[生]明治36年3月21日　[没]昭和34年6月22日　[出]鳥取県東伯郡倉吉町(現・米子市)　本名＝坂本俊一郎　[学]角盤高小(大正5年)中退　[賞]サンデー毎日文芸賞(昭和10年)「泣くなルヴィニア」　[歴]雑誌の編集にたずさわる傍ら、「秀才文壇」「令女界」などに詩・小説を投稿。大正末期から農民運動に参加し、昭和3年3.15事件で検挙、投獄された。10年「泣くなルヴィ

ニア」が「サンデー毎日」の懸賞に入選。14年海音寺潮五郎らと「文学建設」を創刊。以後多数の歴史小説を発表。代表作に「応天門」「天草騒動記」「明治巌窟王」など。

村瀬 継弥　むらせ・つぐや

小説家　[生]昭和31年　[出]岐阜県岐阜市　[学]早稲田大学第一文学部文芸科卒　[賞]小説CLUB新人賞(佳作，第14回)(平成3年)、鮎川哲也賞(佳作，第6回)(平成7年)「藤田先生のミステリアスな一年」　[歴]私立高校教員のかたわら推理小説を書く。平成5年発表の「藤田先生と人間消失」が、日本推理作家協会編の推理小説代表作選集に収録される。著書に「水野先生と三百年密室」がある。　[団]日本推理作家協会

村田 喜代子　むらた・きよこ

小説家　[生]昭和20年4月12日　[出]福岡県北九州市八幡東区　[学]花尾中(昭和35年)卒　[賞]九州芸術祭小説部門最優秀賞(第7回)(昭和51年)「水中の声」、芥川賞(第97回)(昭和62年)「鍋の中」、北九州市民文化賞(昭和62年)、女流文学賞(平成2年)「白い山」、平林たい子文学賞(第20回)(平成4年)「真夜中の自転車」、紫式部文学賞(第7回)(平成9年)「蟹女」、川端康成文学賞(第25回)(平成10年)「望潮」、西日本文化賞(第57回)(平成10年)、芸術選奨文部大臣賞(第49回，平10年度)(平成11年)「龍秘御天歌」　[歴]新聞配達、映画館の切符もぎり、喫茶店のウエートレスをしながら映画シナリオの勉強をする。昭和42年結婚。51年第1作「水中の声」が九州芸術祭小説部門最優秀賞。同年同人誌「海峡派」に参加、57年脱退。60年個人誌「発表」を創刊。61年「文学界」に「熱愛」が掲載されデビュー。62年「鍋の中」で芥川賞を受賞。他の作品に「白い山」「真夜中の自転車」「蟹女」「硫黄谷心中」「望潮」「龍秘御天歌」、短編集「夜のヴィーナス」「名文を書かない文章講座」など。　[団]日本文芸家協会

村田 修子　むらた・しゅうこ

劇作家　[生]明治41年12月10日　[没]昭和51年9月5日　[出]佐賀県　本名＝篠原雪枝　[学]実践女子専門学校国文科(昭和4年)卒　[賞]新劇戯曲賞奨励賞(第1回)(昭和30年)「埋火」　[歴]弘前高等女学校教諭を経て婦人公論記者となり篠原敏之(後の中央公論編集長)と結婚、戦後は香蘭女学院に勤めた。戦前尾崎士郎の「人生劇場」、豊田正子の「続綴方教室」を脚色し新築地劇団で上演。女流劇作家団体「しろかね劇作会」所属、「婦人文芸」編集、放送作家組合理事。「生れた家」「埋火」「天使の部屋」「三メートル平方」「土筆」「はじめはみんな子どもだった」のほか、ラジオ、テレビ作品がある。　[家]夫＝篠原敏之(元中央公論編集長・故人)

村中 李衣　むらなか・りえ

児童文学作家　梅光女学院大学短期大学部助教授　[生]昭和33年10月21日　[出]山口県　本名＝高橋久子　[学]筑波大学卒、日本女子大学大学院児童学専攻修了　[賞]日本児童文学者協会新人賞(第17回)(昭和59年)「かむさはむにだ」、サンケイ児童出版文化賞(第32回)(昭和60年)「小さいベッド」、野間児童文芸賞(第28回)(平成2年)「おねいちゃん」　[歴]在学中、児文協茨城支部「青い星」同人となり、大学院で安藤美紀夫に師事。その後、慶応義塾大学医学部助手として、小児病棟での読書療法にとり組む。のち山口女子大学文学部助手、梅光女学院大学短期大学部児童文学講師を経て、助教授。大学、短大で児童文学を講ずる傍ら、病院の小児病棟でのカウンセリングなどを続ける。著書に「かむさはむにだ」「小さいベッド」「おねいちゃん」「ふしぎのくにのにほんご」などがある。　[団]日本児童文学学会、日本病院管理学会、日本児童文学者協会

村野 民子　むらの・たみこ

作家　[生]大正14年7月19日　[出]東京　別名＝村野温(むらの・たず)　[歴]昭和26～30年平林たい子の秘書を務めた。著書に「沙漠の人―女流作家の深淵」「沙漠に咲く―平林たい子と私」「いい顔になった」、村野温名義の小説に「対馬」などがある。　[団]日本文芸家協会

村橋 明郎　むらはし・あきお

映画監督　脚本家　[生]昭和29年　[出]岐阜県関市　[学]日本大学芸術学部映画学科卒　[歴]映画助監督(フリー)を13年、昭和62年テレビドラマ「オレゴンから愛87」(フジテレビ共作)で脚本家デビュー。平成4年「豆腐屋直次郎の裏の顔」第三話(朝日放送)で監督デビュー。8年「CAB」で劇場用映画監督デビュー。10年映画「しあわせになろうね」の監督、シナリオを手掛ける。シナリオはテレビドラマ「オレゴンから愛」シリーズ、「女猫 美しき復讐者」などがある。

村松 孝明　むらまつ・こうめい

作家　[生]昭和20年　[出]千葉県　[賞]総評文学賞(第14回)(昭和52年)「深夜勤務」　[歴]「深夜勤務」で第14回総評文学賞を受賞。著書に「笑う男」。

村松 駿吉　むらまつ・しゅんきち

小説家　[生]明治35年2月16日　[出]島根県松江市　本名=村松俊吉　[学]島根県立商業学校卒　[歴]新聞・雑誌記者を経て、新国劇文芸部に勤務。傍ら、長谷川伸に師事して小説を志す。著書に「おしどり忍法」「源義経」「はだかの英雄」「春の夜ばなし」など。

村松 梢風　むらまつ・しょうふう

小説家　[生]明治22年9月21日　[没]昭和36年2月13日　[出]静岡県周智郡飯田村(現・森町)　本名=村松義一　[学]慶応義塾大学中退　[歴]大正6年「琴姫物語」で作家としてデビュー。12年「中央公論」に連載した「近世名匠伝」は、いわゆる足で書いた人物評伝のはしりとなり、その後「本朝画人伝」「近代作家伝」「近世名勝負物語」などの連作を、戦中・戦後を通して精力的に発表し続けた。関東大震災後は清水市に住む。大正15年騒人社を設立、個人誌「騒人」を創刊、同誌に「正伝清水の次郎長」を発表。また13年以後、しばしば中国に渡って各地を遍歴、郭沫若、郁達夫ら中国の作家たちと交友し、中国を舞台にした紀行文「魔都」「上海」などを発表。日中戦争中は熱河作戦に従軍し、川島芳子をモデルとした現代小説「男装の麗人」を執筆している。このほか新聞小説では、平手造酒の人間像に新しい解釈を加えた「人間飢饉」(昭6年)をはじめ「ふらんすお政」「新水滸伝」「川上音二郎」「桃中軒雲右エ門」等がある。小説の代表作に「残菊物語」(昭12年)があり、巌谷槇一の脚色で新派の主要演目となり、のち度々映画化もされた。　[家]息子=村松道平(シナリオライター)、村松喬(教育評論家・小説家)、村松暎(中国文学者)、孫=村松友視(小説家)

村松 友視　むらまつ・ともみ

小説家　[生]昭和15年4月10日　[出]静岡県清水市　[学]慶応義塾大学文学部哲学科(昭和38年)卒　[賞]直木賞(第87回)(昭和57年)「時代屋の女房」、日本新語流行語大賞(昭和62年)、泉鏡花文学賞(第25回)(平成9年)「鎌倉のおばさん」　[歴]昭和38年中央公論社に勤務し、「婦人公論」「海」の編集などをしていたが56年10月退社。57年「時代屋の女房」で第87回直木賞を受賞。62年ウィスキーのCMに出演して、"ワンフィンガー""ツーフィンガー"の語をはやらせる。若者に多く読まれるシティー派。平成6年毎日新聞に「同僚の悪口」を連載。著書に「私、プロレスの味方です」「最後のベビー・フェイス」「七人のトーゴー」「夜のグラフィティ」「百合子さんは何色」「ファイター―評伝アントニオ猪木」「アブサン物語」「力道山がいた」などのほか、小説に「泪橋」「上海ララバイ」「俊寛のテーマ」「夢の始末書」「巴川」「鎌倉のおばさん」「奇天烈な店」「俵屋の不思議」「黒い花びら」がある。　[団]日本文芸家協会　[家]祖父=村松梢風(小説家)

村松 道平　むらまつ・みちへい

シナリオライター　[生]大正2年4月15日　[出]静岡県　[学]早稲田大学政治経済学部卒　[歴]昭和12年松竹大船撮影所宣伝部に入社。18年映画配給社の南方局に配属される。戦後22年東横映画の企画宣伝部に入り、24年「彼と彼女と名探偵」のシナリオが採用されたのをきっかけに脚本家の道に入る。26年東映企画宣伝部の専属ライターに。その後フリー。作風は几帳面。主な作品に映画「乱れ星荒神山」「天皇の帽子」「修羅八荒」「真田十勇士」「若さま侍捕物帳」「血と砂の血闘」、テレビ「野火」「風の三度笠」「六人の隠密・黄金」など。　[団]日本シナリオ作家協会　[家]父=村松梢風(小説家)、弟=村松喬(教育評論家・小説家)

村本 健太郎　むらもと・けんたろう

海燕新人文学賞を受賞　[生]昭和39年9月25日　[出]富山市　[学]横浜市立大学文理学部卒　[賞]海燕新人文学賞(第11回)(平成4年)「サナギのように私を縛って」　[歴]編集者として出版社に勤務。

村山 亜土　むらやま・あど

児童劇作家　ギャラリーTOM代表　[生]大正14年4月12日　[没]平成14年5月14日　[出]東京　[学]成城高(旧制)文科乙類卒　[賞]日本児童演劇協会賞(昭和35年)「新さるかに合戦」、サンケイ児童出版文化賞(昭和52年)、モービル児童文化賞(昭和61年)　[歴]父は前衛劇作家で美術家の村山知義。昭和59年一人息子が"ぼくら盲人にもロダンの彫刻を見る権利があるはずじゃないか"と言った一言が忘れられず、新居の一部を開放して"手で見るギャラリーTOM(現・ギャラリーTOM)"を開館。同ギャラリーは第一級芸術家の作品を盲人らが自由に触って鑑賞できるミニ美術館で、その活動から61年モービル児童文化賞を受賞。また同年から1年おきに全国の盲学校から生徒の作品を募るコンテスト・TOM賞を実施。著書に戯曲集「コックの王様」「新さるかに合戦」、エッセイ集「母と歩く時」などがある。　[団]日本児童演劇協会、日本児童劇作家会議　[家]父=村山知義(劇作家・美術家)、母=村山籌子(児童文学者)、妻=村山治江(金属工芸デザイナー)

村山 籌子　むらやま・かずこ

児童文学作家　[生]明治36年11月7日　[没]昭和21年8月4日　[出]香川県高松市　旧姓(名)＝岡内　[学]自由学園高等科(1期生)卒　[歴]自由学園在学中、羽仁もと子に認められ、卒業後、婦人之友社に入社、記者として活動。のち同社の「子供之友」編集に携わり、寄稿家となる。大正13年同誌にさし絵を描いていた村山知義と結婚。作品に「泣いてゐるお猫さん」「あめくん」「こほろぎの死」などがあり、没後「ママのおはなし」が発刊された。　[家]夫＝村山知義(劇作家)、長男＝村山亜土(児童劇作家)

村山 桂子　むらやま・けいこ

児童文学作家　[生]昭和5年4月25日　[出]静岡県　[学]お茶の水女子大学保育実習科卒　[歴]幼稚園に勤務のかたわら、昭和28年日本童話会に入り後藤楢根に師事。40年幼稚園を退職し家庭に入り幼年童話を書く。幼児の生活をあたたかな視点でとらえ、やわらかなタッチで描いた絵本・幼年童話に活躍。絵本に「たろうのおでかけ」「たろうのともだち」「たろうのばけつ」、幼年童話に「もりのおいしゃさん」「カンガルーのルーおばさん」「コンタのクリスマスケーキ」など。

村山 早紀　むらやま・さき

童話作家　[生]昭和38年1月17日　[出]長崎県　[学]活水女子大学文学部日本文学科卒　[賞]毎日童話新人賞最優秀賞(第15回)「ちいさいえりちゃん」、椋鳩十児童文学賞(第4回)(平成6年)「ちいさいえりちゃん」　[歴]同人誌「季節風」に所属。平成5年「ちいさいえりちゃん」でデビュー。他の著書に「魔法少女マリリン」シリーズ、「シェーラひめのぼうけん」シリーズ、「風の丘のルルー」シリーズ、「はるかな空の東」「人魚亭夢物語」など。　http://kazahaya.milkcafe.to/

村山 節　むらやま・せつ

高校教師　三重県文学新人賞の小説部門に入賞　[賞]三重県文学新人賞小説(第18回)(平成1年)　[歴]平成元年三重県文学新人賞の小説部門に入賞。同人誌「文宴」に作品を発表している。

村山 鳥逕　むらやま・ちょうけい

小説家　牧師　[生]明治10年　[没](没年不詳)　[出]東京　本名＝村山敏雄　[歴]親戚に尾崎紅葉と親しい医者がおり、紅葉の硯友社同人広津柳浪の家と親しく、紅葉門下の柳川春葉と幼友達という環境の中で、硯友社の藻社周辺作家としてデビュー。明治38年ごろから「明星」に投稿、龍土会にも出席した。一方角筈教会の牧師で、西大久保時代の島崎藤村とも親交があり、宗教小説「ささにごり」に藤村が序を書いた。

村山 知義　むらやま・ともよし

劇作家　演出家　画家　小説家　[生]明治34年1月18日　[没]昭和52年3月22日　[出]東京市神田区末広町(現・東京都千代田区)　画号＝TOM　[学]東京帝国大学哲学科中退　[賞]文学界賞(第3回)(昭和11年)「芝居の環」、テアトロ演劇賞(第1回・昭和48年度)「生涯400本演出達成」、芸能功労者表彰(第2回)(昭和51年)　[歴]大正10年渡欧。12年帰国して美術団体MAVO(マヴォ)を、また心座、前衛座、左翼劇場、新協劇団などの劇団を創設し、美術・演劇両面の運動に活躍。この間3回検挙された経験を持つ。戯曲「暴力日記」(昭4年)「東洋車輌工場」「志村夏江」(6年)「石狩川」(14年)を発表。また映画にも進出し、昭和11年「恋愛の責任」(監督・脚本)、12年「新撰組」(原作・脚本)、13年「初恋」(脚色・演出)の3本を手がけた。20年朝鮮・中国に亡命。帰国後の21年第2次新協劇団を再編成、34年東京芸術座を創設、戯曲「死んだ海」「国定忠治」「終末の刻」など発表。35年訪中新劇団団長、40年日本演出家協会会長などもつとめた。劇作家、小説家としても活躍し、著書は、「日本プロレタリア演劇論」「現代演出論」「演劇的自叙伝」「村山知義戯曲集」(上下)のほか、小説「白夜」(昭9年)「忍びの者」(5部作・37〜46年)、童話集「ロビンフッド」などがある。　[団]日本演出者協会　[家]父＝村山知二郎(海軍軍医)、妻＝清洲すみ子(女優)、長男＝村山亜土(児童劇作家)

村山 富士子　むらやま・ふじこ

小説家　[生]昭和22年8月24日　[出]新潟県　本名＝福村富士子　[学]明治大学文学部卒　[賞]太宰治賞(第12回)(昭和51年)「越後瞽女唄冬の旅」　[歴]著書に「越後瞽女唄冬の旅」「越後の伝説」。　[団]日本文芸家協会

村山 泰弘　むらやま・やすひろ

創作テレビドラマ脚本懸賞公募に佳作入選　[生]昭和30年　[出]熊本県　[学]近畿大学理工学部中退　[賞]創作テレビドラマ脚本懸賞公募佳作入選(第12回)(昭和62年)「風の真理子」　[歴]16ミリ映画の制作を経験。現在、ビルの窓ガラス清掃業に従事しながら、シナリオライターとして修業中。

村山 由佳　むらやま・ゆか

童話作家　小説家　[生]昭和39年7月10日　[出]東京都　[学]立教大学文学部日本文学科(昭和62年)卒　[賞]環境童話コンクール大賞(平成3年)「いのちのうた」、ニッサン童話と絵本のグランプリ佳作(平成3年)、少年ジャンプ小説ノンフィクション大賞佳作(第1回)(平成3年)「もう一度デジャ・ヴ」、小説すばる新人賞(第6回)(平成5年)「春妃(はるひ)〜デッ

サン」（のち「天使の卵(エンジェルス・エッグ)」に改題)、オメガ・アワード(平成10年) [歴]不動産会社勤務、塾講師などを経て、執筆活動に入る。千葉県鴨川市で元果樹園を入手、無農薬野菜を栽培するかたわら童話や大人向けの小説を執筆。著書に「ブンブンききいっぱつ―さらわれたママをすくいだせ！」「もう一度デジャ・ヴ」「天使の卵(エンジェルス・エッグ)」「翼」「夜明けまで1マイル」などがある。 [団]日本文芸家協会

村山 リウ　むらやま・りう

評論家　小説家　[専]源氏物語研究　婦人問題 [生]明治36年4月1日　[没]平成6年6月17日　[出]香川県琴平町　[学]日本女子大学国文科(大正12年)卒　[賞]大阪市民文化賞(昭和35年)、NHK放送文化賞(第31回, 昭54年度)(昭和55年)、勲四等宝冠章(昭和60年)、兵庫県文化賞(平成1年) [歴]岡山第一高女教諭を務めたが、昭和5年岡山医大副手の村山高と結婚。11年頃から地域婦人活動を行う。18年から大阪に住み女子挺身隊関連の仕事で大阪府庁に勤める。戦後、大阪市社会教育委員を初め、各種婦人団体の役員をつとめ、新聞の身の上相談や社会時評などで、婦人問題評論家として活躍。また、現代的視点からのユニークな「源氏物語」の解説、講演により、“村山源氏”という評価が確立する。昭和29年～平成3年源氏物語講座(婦人民生クラブ主催)講師。大阪ユネスコ協会副会長、大阪市選挙管理委員長なども歴任。主な著書に「源氏物語」（上中下）「私の源氏物語」「ときがたり源氏物語」「わたしの中の女の歴史」「女の自立」などがある。

室井 光広　むろい・みつひろ

文芸評論家　作家　詩人　[生]昭和30年1月7日 [出]福島県南会津郡下郷町　[学]早稲田大学中退、慶応義塾大学文学部哲学科卒　[賞]群像新人文学賞(第31回・評論部門)(昭和63年)「零(ゼロ)の力―J.L.ボルヘスをめぐる断章」、芥川賞(第111回)(平成6年)「おどるでく」　[歴]図書館勤務の傍ら、詩と批評の研鑽を積む。昭和63年「零り力―J.L.ボルヘスをめぐる断章」で群像新人文学賞(評論部門)を受賞。同年詩歌句集「漆の歴史」（私家版)を発行。平成3年小説第1作「猫又拾遺(ねこまたしゅうい)を発表。6年「おどるでく」で第111回芥川賞を受賞。評論に「批評家失格という事―初期小林秀雄の可能性」「キルケゴールとアンデルセン」、エッセイ集「縄文の記憶」など。 [団]日本文芸家協会

室生 朝子　むろう・あさこ

随筆家　小説家　[生]大正12年8月27日　[没]平成14年6月19日　[出]東京　[学]聖心女学院専門部国文科中退　[歴]室生犀星の長女で、犀星の「杏っ子」のモデル。昭和37年刊行の「赤とんぼ記」はモデル側から執筆した長編小説である。随筆家であるが、小説も書く。犀星のことを書いたものが多く、著書に「晩年の父犀星」「追想の犀星詩抄」「父室生犀星」「父犀星の秘密」「詩人の星 遙か―父犀星を訪ねて」、「あやめ随筆」「雪の墓」「うちの猫そとの猫」「花の歳時暦」などがある。その一方で、犀星書誌にとり組み、57年「室生犀星文学年譜」（共著)を刊行した。　[団]日本文芸家協会、日本ペンクラブ、日本エッセイストクラブ　[家]父＝室生犀星(小説家)

室生 犀星　むろう・さいせい

詩人　小説家　[生]明治22年8月1日　[没]昭和37年3月26日　[出]石川県金沢市裏千日町　本名＝室生照道　雅号＝魚眠洞　[学]金沢高小(明治35年)中退　[資]日本芸術院会員(昭和23年) [賞]渡辺賞(第2回)(昭和3年)、文芸懇話会賞(第1回)(昭和10年)「あにいもうと」、菊池寛賞(第3回)(昭和15年)「戦死」、読売文学賞(第9回・小説賞)(昭和32年)「杏っ子」、野間文芸賞(第12回)(昭和34年)「かげろふの日記遺文」、毎日出版文化賞(昭和34年)「わが愛する詩人の伝記」 [歴]少年時代から文学に傾倒し、詩や俳句を「北国新聞」などに投稿する。明治45年「スバル」に詩3篇を発表して注目され、大正3年萩原朔太郎らと「卓上噴水」を、5年には「感情」を創刊し、7年「愛の詩集」を刊行。同年「抒情小曲集」を刊行し、近代抒情詩の一頂点を形成した。以後、詩人、作家、随筆家として幅広く活躍。小説の分野では9年「性に目覚める頃」を刊行し、昭和9年に「あにいもうと」を発表し、文芸懇話会賞を受賞。15年「戦死」で菊池寛賞を受賞。戦後も死の直前まで活躍し、32年「杏っ子」で読売文学賞を、34年「かげろうの日記遺文」で野間文芸賞を受賞した。随筆の分野での作品も多く、「随筆女ひと」「わが愛する詩人の伝記」などがあり、ほかに「室生犀星全詩集」「室生犀星全集」（全12巻・別巻2, 新潮社)がある。35年には室生犀星詩人賞が設定された。また、没後の52年「室生犀星句集(魚眠洞全句)」が刊行された。 [家]妻＝室生とみ子(俳人)、長女＝室生朝子(随筆家)

室賀 信夫　むろが・のぶお
児童文学者　元・東海大学教授　[専]歴史地理学　[生]明治40年12月　[没]昭和57年2月15日　[出]東京　筆名＝須貝五郎(すかい・ごろう)　[学]京都帝大文学部史学科卒　博士号(京都大学)(昭和36年)　[賞]産経児童出版文化賞「日本人漂流ものがたり」　[歴]昭和21年京都帝国大学助教授を辞す。32年「地理学史研究」を創刊。42年東海大学教授。かたわら須貝五郎のペンネームで児童文学も書き「日本人漂流ものがたり」で産経児童出版文化賞を受けている。著書に「印度支那」「アメリカ国土論」「古地図抄―日本の地図の歩み」など。

室積 光　むろずみ・ひかる
劇作家　俳優　[生]昭和30年　[出]山口県　本名＝福田勝洋　[学]東京経済大学　[歴]大学在学中から俳優養成所に通い、21歳の時に映画デビュー。以後、「3年B組金八先生」などに出演。平成6年劇団・東京地下鉄劇場を旗揚げし、全国各地の小中高校を回り、自作劇を上演。13年新宿・歌舞伎町に水商売の基礎を教える都立高校が出来るという奇抜な小説「都立水商！」を発表。

室伏 哲郎　むろぶし・てつろう
評論家　作家　イベントプロデューサー　「PRINTS21」編集長　[専]政治経済犯罪　美術(特に版画，陶芸，ガラス)　[生]昭和5年12月14日　[出]神奈川県足柄下郡湯河原町　[学]東京大学文学部中退　[歴]梶山季之とともに集英社アウトサイダーに所属してルポライターになる。ロッキード事件発覚の8年前に“構造汚職”という新語を創り、現代の政財界の癒着を予見。“一票一揆”の造語者でもある。政治評論から美術批評まで幅広いジャンルで活躍する。テレビ朝日「女の広場」の司会を務めたこともあり、ソフトな語り口の辛口の評論で知られる。昭和48年「版画芸術」を、57年「炎芸術」を、平成2年「21世紀版画」を各創刊、各主幹・編集長に。のち、「PRINTS21」主幹・編集長。また、日本パチンコ学会、日本カジノ学会を主宰。主な著書に「汚職のすすめ」「日本のテロリスト」「戦後疑獄」「企業犯罪」「小説・一九九三年秋、日本クーデター」「コンピュータ犯罪戦争」「版画事典」「ヤマガタ・ヒロミチ物語」「無頼の名匠・加藤唐九郎」などがある。　[団]日本文芸家協会、日本カジノ学会

【 め 】

冥王 まさ子　めいおう・まさこ
小説家　[専]英文学　[生]昭和14年11月25日　[没]平成7年4月21日　[出]東京都世田谷区　本名＝柄谷真佐子　[学]東京外国語大学(昭和38年)卒、東京大学大学院人文科学研究科英文学専攻(昭和41年)修了　[賞]文芸賞(第13回)(昭和54年)「ある女のグリンプス」　[歴]昭和50年から1年間アメリカ東海岸の学園都市ニューヘイブンに住み、帰国直前の1カ月間、子連れでヨーロッパ各地を旅行、この体験を「天馬空を行く」として出版。のち、米国に渡り、シュタイナー・カレッジに籍を置く。主な作品に「ある女のグリンプス」「雪むかえ」、訳書にレイチェル・マカルパイン「フェアウェル・スピーチ」、共訳書にルドルフ・シュタイナー「魂の隠れた深み―精神分析を越えて」など。　[団]日本文芸家協会　[家]夫＝柄谷行人(批評家)

目取真 俊　めどるま・しゅん
小説家　[生]昭和35年10月6日　[出]沖縄県国頭郡今帰仁村　本名＝島袋正　[学]琉球大学法文学部卒　[賞]琉球新報短篇小説賞(第11回)(昭和58年)「魚群記」、新沖縄文学賞(第12回)(昭和61年)「平和通りと名づけられた街を歩いて」、九州芸術祭文学賞(第27回)(平成9年)「水滴」、芥川賞(第117回)(平成9年)「水滴」、川端康成文学賞(第26回)(平成12年)「魂込め」　[歴]警備員、塾講師を経て、高校教師。傍ら、沖縄の自然と共同体、そこに生きる人間との関わりを描き続ける。平成9年7月「水滴」で第117回芥川賞を受賞。他の著書に「魚群記」「平和通りと名づけられた街を歩いて」「魂込め」「沖縄草の声・根の意志」など。

【 も 】

茂市 久美子　もいち・くみこ
児童文学作家　[出]岩手県　[学]実践女子大学英文学科卒　[賞]ひろすけ童話賞(第3回)(平成4年)「おちばおちばとんでいけ」　[歴]大学在学中より那須辰造に師事。延べ1年半かけてエベレスト山群クーンブ地方を歩き民話を収集、昭和57年「ヒマラヤの民話を訪ねて」として出版した。その後もネパール、インド、パキスタンなどの山岳地方を訪ねている。童話同人誌「童」同人。著書は他に「氷河と青いケシの国」「よ

うこそタンポポしょくどうへ」「私のヒマラヤ紀行」など。 [家]夫＝藤田弘基(写真家)

毛利 志生子 もうり・しうこ
小説家 [学]龍谷大学文学部卒 [賞]ロマン大賞(平9年度)「カナリア・ファイル—金蚕蠱」 [歴]11月7日生まれ。大学卒業後、生花の専門学校を経て、トリミングを学ぶ。著書に「カナリア・ファイル」シリーズ、「ホームズ・ホテル」などがある。

毛利 恒之 もうり・つねゆき
放送作家 [専]ドラマ ドキュメンタリー 報道 [生]昭和8年2月8日 [出]福岡県大牟田市 [学]熊本大学卒 [興]犯罪研究、推理、初飛行の真相 [賞]久保田万太郎賞(第1回)(昭和39年)「十八年目の召集」、芸術祭賞奨励賞(第19回)「幾星霜」、レディ・ガスコイン賞(第7回)、動物愛護映画コンクール内閣総理大臣賞、日本民間放送連盟賞優秀賞(昭和57年)「騎馬武者現代を駆ける」、日本民間放送連盟賞優秀賞(昭和63年)「父は、夫は、戦争に行った—奉納写真の証言」 [歴]NHK契約ライターを経て、フリーの放送作家となる。主な作品に「十八年目の召集」(38年KBC)、「福大病院タリウム中毒事件の謎」(57年FBS)、北洋漁船の衝突事故を扱った「海難を超えて」(58年仙台OX)など。61年初めての推理小説「射殺」を刊行。平成10年死刑囚から牧師となった新垣三郎の半生を描いた「地獄の虹」を刊行。他に「宇宙飛行士エリソン・オニヅカ物語」など。特攻隊員について書いた小説「月光の夏」は九州を中心に市民の募金運動によって映画化された。 [団]放送批評懇談会、日本放送作家協会(理事)、日本ペンクラブ

最上 一平 もがみ・いっぺい
児童文学作家 [生]昭和32年4月11日 [出]山形県西村山郡朝日町 [学]上山農卒 [賞]日本児童文学者協会新人賞(第18回)(昭和60年)「銀のうさぎ」、日本児童文学者協会賞(第41回)「ぬくい山のきつね」 [歴]著書に「銀のうさぎ」「かみなり雲がでたぞ」「ぐみ色の涙」「ブーちゃんの秋」「友だちなんていわない」「ぬくい山のきつね」など。 [団]全国児童文学同人誌連絡会、日本児童文学者協会

最上 二郎 もがみ・じろう
児童文学作家 [生]昭和6年10月30日 [出]福島県郡山市 [学]福島大学学芸学部卒 [賞]毎日児童小説入賞(第11回)(昭和36年)「ギターをひく猟師」 [歴]元小学校教師で、空手の師範でもある。代表作に「マタギ少年記」「ギターをひく猟師」「先生のとっておきの話」「女医一服部けさ」などがある。 [団]日本児童文学者協会、福島児童文学研究会、日本子どもの本研究会

茂木 草介 もぎ・そうすけ
放送作家 [生]明治43年1月1日 [没]昭和55年7月14日 [出]大阪府 本名＝宮崎一郎 [学]同志社大学中退 [賞]サンデー毎日大衆文芸賞(昭和10年)、モナコテレビ祭最高脚本賞(昭和36年)「執行前三十分」、芸術祭賞文部大臣賞(テレビ部門)(昭和36年度)「釜ケ崎」、久保田万太郎賞(第2回)(昭和40年)、テレビ記者会賞(昭和42年)「横堀川」、NHK放送文化賞(昭和42年)「横堀川」、毎日芸術賞(昭和44年)「流れ雲」、紫綬褒章(昭和53年) [歴]昭和10年サンデー毎日大衆文芸賞を受賞してデビュー。戦後ラジオ、テレビのシナリオを書き続け、「釜ケ崎」で36年度芸術祭文部大臣賞受賞。NHKドラマ「横堀川」「太閤記」「樅ノ木は残った」「けったいな人びと」などで放送作家としての第一人者の地位を築いた。「茂木草介放送ドラマ集」がある。53年紫綬褒章受章。

母田 裕高 もだ・ゆたか
作家 日本リサーチマーケティング研究所第二部長 [出]愛知県名古屋市 本名＝東好一 [学]立命館大学法学部卒 [賞]中央公論新人賞(昭和56年)「溶けた貝」 [歴]職を転々としたが、現在は、日本リサーチのマーケティング研究所第二部長。56年初めての作品「溶けた貝」が、中央公論新人賞を受賞。

望月 清示 もちずき・きよし
小説家 [生]昭和8年 [出]東京・品川 [賞]埼玉文学賞(第12回)(昭和56年)「柩の家」 [歴]著書に「柩の家」「足の砦」などがある。「季刊作家」同人。

望月 茂 もちずき・しげる
評論家 小説家 [生]明治21年5月20日 [没]昭和30年4月19日 [出]茨城県新治郡都和村(現・土浦市並木町) 号＝紫峰、筆名＝筑波四郎 [学]第七高等学校中退 [歴]国民新聞記者となり、明治末、実業家野間清治に勧めて「講談倶楽部」を創刊、初代編集長となり、大衆雑誌流行のきっかけを作った。自ら筑波四郎の筆名で「国定忠治」など多くの大衆小説を書いた。大正6年退社、明治維新史を研究し、同年日本初の週刊誌「週」編集長となった。著書に「生野義挙と其同志」「藤森天山伝」「佐久良東雄」などがある。

望月 新三郎 もちずき・しんざぶろう
児童文学作家 [生]昭和6年12月16日 [出]神奈川県川崎市 [学]高卒 [歴]民話語りの新聞「かたりましょ」を発行し、民話の伝承に努める。作品に「ゆめみこぞう」「いぬとねことふしぎなたま」「とんちばなし」ほか多数。 [団]日本民話の会、子どもの文化研究所

望月 としの　もちずき・としの

小説家　婦人運動家　[没]平成1年10月8日　[歴]「中部文学」同人。徳富蘇峰の国民新聞の懸賞小説に「病める母」で当選するなど、大正から昭和初期にかけて小説家として活躍。戦後は昭和21年4月の衆院選に県内初の女性候補となるなど、婦人運動に尽くした。

望月 義　もちずき・よし

作家　[生]明治44年　[没]昭和60年12月18日　[出]神奈川県横浜市　[歴]昭和7年騎兵第13連隊に入隊、旧満州に渡り、翌年帰還。15年横浜で同人誌「浪曼」を主宰。16年治安維持法違反で検挙され、浪曼事件の首謀者として入獄した。18年出獄。19年応召。21年上海より復員。23年長編小説「ダライノール」を出版。以後、生活のために中断しながら「卑弥呼」「縄文人メンケ」「横浜物語」などを執筆。作家活動の傍ら「尾瀬の自然を守る会」の中心メンバーとして自然保護運動にも尽くした。

望月 由孝　もちずき・よしたか

高校教師　[生]昭和24年　[出]東京都　[賞]日教祖文学賞(第27回)(平成10年)「最後の授業」　[歴]千葉県立高校教師、県高等学校教育法研究会会長、立正大学講師を務める。平成10年「最後の授業」で第27回日教祖文学賞を受賞。他の著書に「女子高生の結婚宣言」などがある。

望月 芳郎　もちずき・よしろう

童話作家　[生]明治31年　[没]昭和20年3月22日　[出]山梨県塩山町　[学]東京農業大学卒　[歴]千葉農業学校教諭を経て、郷里で酒造業を営む。大正12年芥川龍之助を招いて夏期大学を開催。昭和14年「日本の子供」の編集に携わる。18年京城日報「小国民」編集長、同参事、文化部長を歴任。京城にて没する。童話集に「月の明るい野原」「白い河原の子供たち」がある。

持谷 靖子　もちたに・やすこ

民話作家　三国路紀行文学館館長　[生]昭和15年4月9日　[出]群馬県前橋市　[学]慶応義塾大学文学部卒、群馬県立女子短期大学(平成8年)修士課程修了　[歴]昭和39年新治村の猿ケ京ホテルに嫁す。家業の傍ら土地の民話採集をはじめ、63年ホテルの隣に三国路紀行文学館を設立、平成元年学芸員兼館長を務める。新治村民話の会事務局長、月夜之焼猿ケ京窯窯元。編著に「上州 新治の民話」など。　[団]日本民話の会、日本作家クラブ

茂木 隆治　もてぎ・りゅうじ

小説家　[生]昭和3年9月10日　[没]平成12年6月3日　[出]埼玉県浦和市　[学]明治大学商学部(昭和24年)卒、明治大学商科専門部本科(昭和26年)卒　[賞]全作家文学奨励賞(小説部門)(平成12年)「下田の場合」　[歴]昭和19年横須賀市武山海兵団に入団。父島・硫黄島で米軍の空襲にあう。「シジフォス」「花」「暖流」などを経て「視点」同人。「全作家」会員。著書に「夢の話」「返らぬ声」「下田の場合」他。

素 九鬼子　もと・くきこ

小説家　[出]愛媛県西条市　本名＝内藤恵美子　旧姓(名)＝松本　[学]県立西条高中退　[歴]昭和30年作家を志望し上京。32年内藤三郎(現・法政大学教授)と結婚。39年「旅の重さ」を由紀しげ子に送る。44年由紀しげ子の死後、原稿が発見されて刊行、のち映画化された。「パーマネントブルー」「大地の子守歌」「ひまやきりしたん」で連続3回直木賞候補となる。他の作品には「鬼の子ろろ」「さよならのサーカス」「鳥女」など。　[家]夫＝内藤三郎(法政大学教授)

本岡 類　もとおか・るい

推理作家　[生]昭和26年2月24日　[出]千葉県　本名＝村岡清明　[学]早稲田大学政経学部卒　[賞]オール読物推理小説新人賞(昭和56年)「歪んだ駒跡」　[歴]週刊誌編集者を経て、作家となる。昭和56年「歪んだ駒跡」でオール読物推理小説新人賞を受賞。著作に「白い森の幽霊殺人」「赤い森の結婚殺人」「一億二千万の闇」「白い手の錬金術」「窒息地帯」「羊ゲーム」「神の柩」など。　[団]日本推理作家協会、日本文芸家協会

元木 国雄　もとき・くにお

小説家　[生]大正3年10月16日　[没]平成4年3月13日　[出]山形市　[学]日本大学芸術科卒　[歴]「星座」「虚構」各同人。主著に「分教場の四季」「氷棺」など。　[団]日本文芸家協会

本村 義雄　もとむら・よしお

「くまごろう号」(童話・紙芝居)主宰　元・北九州市児童文化科学館館長　[生]昭和5年　[出]沖縄県宮古郡多良間村　[学]小倉師範(現・福岡教育大学)(昭和24年)卒　[賞]九州童話賞(第2回)、久留島武彦文化賞(第28回)(昭和63年)、西日本文化賞(第49回)(平成2年)　[歴]小倉師範で童話作家の阿南哲郎、久留島武彦に出会い口演童話に開眼。教職を経て北九州市で公務員として社会教育畑を歩く。子供の教育に暖かさが感じられなくなったことを嘆き全国巡回童話の旅に出ることを決意し、定年まで3年を残して、北九州市児童文化科学館長を退職。昭和60年からバスを改造した宿舎兼舞台の「くまごろう号」に乗り、全国の児童、園児に口演童

話や紙芝居、ゲームを届けて歩く。著書に「走れ！くまごろう」。 ㊿北九州児童文化連盟(副会長)

元持 栄美　もともち・えいび
放送作家　脚本家　㊗大正13年3月7日　㊣平成13年9月6日　㊦滋賀県　本名＝元持栄　㊧立命館大学理工学部(昭和22年)卒　㊽シナリオ功労賞(第17回)(平成5年)　㊻昭和21年松竹京都演出部、26年同脚本部、37年松竹大船脚本部を経て、47年フリー。主な作品にテレビ「ジョン万次郎」(NTV)、「はるかなる愛」(フジ)、「特別機動捜査隊」、映画シナリオに「としごろ」「おはなはん第二部」などがある。㊿日本シナリオ作家協会、日本放送作家協会

本山 節弥　もとやま・せつや
劇作家　森の会代表　北海道演劇協議会会長　㊗昭和5年3月3日　㊦旧朝鮮・ソウル　㊧北海道大学工学部卒　㊽札幌市民芸術賞(昭和48年)、北海道文化奨励賞(昭和57年)、札幌市教育実践者賞(平成2年)、北海道文化賞(平成12年)　㊻札幌開成高校の化学の教師の傍ら、高校演劇の創作と指導をする。自らの脚本で生徒たちを全国高校演劇コンクールに出場させ、最優秀賞を受賞。のち演劇集団札幌芸術の森・森の会代表。平成8年には創作狂言「女鬼」の脚本・演出を手掛けた。

本山 荻舟　もとやま・てきしゅう
小説家　料理研究家　演劇評論家　㊗明治14年3月27日　㊣昭和33年10月19日　㊦岡山県　本名＝本山仲造　㊧天城高小(明治26年)卒　㊻早くから「文庫」などに投稿し、明治33年「明星」の同人となって岡山で「星光」を創刊。同年山陽新報に入社、のち中国民報、二六新報、報知新聞、読売新聞などで記者生活をする(昭和19年まで)。一方、大正期に入って小説を執筆し「近世数奇伝」「近世剣客伝」「日蓮」などの作品がある。新聞社では演劇や料理記事を担当し、みずから京橋に「蔦屋」を経営。「日本食養道」「飲食日本史」「飲食事典」などは名著といわれる。演劇評論に「歌舞伎読本」「名人畸人」などがある。

本山 大生　もとやま・ともたか
脚本家　㊗昭和8年5月4日　㊣平成12年10月27日　㊦高知県　㊻昭和27年松竹京都撮影所脚本研究生となり、35年退社、契約脚本家となる。39年電波映画企画部に入社、ライター兼プロデューサーを務める。42年フリーに。映画「父と子と母」「天保水滸伝」「天下御免」「ド根性大将」、テレビ時代劇「銭形平次」「旗本退屈男」などの脚本を担当した。

もとやま ゆうほ
児童文学作家　フリーライター　㊦長崎県長崎市　本名＝元山優子　別筆名＝もとやまゆほ(もとやま・ゆほ)　㊧日本大学芸術学部文芸学科中退　㊽SF童話賞優秀賞(第5回)(昭和63年)「ともだちはむきたまごがお」、椋鳩十児童文学賞(第3回)(平成5年)「パパにあいたい日もあるさ」　㊻在学中よりコピーライターの仕事を手がけ、広告プロダクションなどを経て、フリーライター。著書に「パパにあいたい日もあるさ」、もとやまゆほ名義の「ほら、聞こえてくる」などがある。

本吉 欠伸　もとよし・けっしん
小説家　㊗元治2年1月(1865年)　㊣明治30年8月10日　㊦筑前国小倉(福岡県)　本名＝堺乙槌(さかい・おとづち)　筆名＝欠伸居士、別号＝桃南子、あくび　㊧慶応義塾中退　㊻遊学中の明治19年、新文学の影響を受け帰郷、福岡日日新聞に小説を寄稿。22年大阪に出て、文芸誌「花かたみ」を発行、駸々堂から小説「幼なじみ」「むら雲」「涙の淵」を刊行。また大阪日日新聞記者となり、24年西村天囚らと浪華文学会を結成、機関紙「なにはがた」編集人。同年大阪朝日新聞社入社、「寒紅梅」「人命犯」「牛疫」などで名をあげた。27年解雇されて上京、都新聞、めさまし新聞などに勤め、「刀痕浪人」、「壮士の犯罪」など乱作したが、放縦な生活のため養子先の豊津の士族・本吉家と断絶、新聞社も解雇、肺結核となり、実弟堺利彦の世話を受けた。　㊽弟＝堺利彦(社会主義運動家)

本吉 晴夫　もとよし・はるお
医師　小説家　㊸外科　㊗大正12年5月1日　㊦愛媛県松山市　本名＝本吉正晴(もとよし・まさはる)　㊧岡山医大専門部(昭和23年)卒　医学博士(昭和34年)　㊻昭和23年岡山大第二外科、国立松山病院(現・四国ガンセンター)勤務を経て、36年本吉外科病院を開業。のち東明病院に勤務。一方、同人誌「文脈」「アミーゴ」に小説を発表。「文脈」同人。著書に「告発」などがある。　㊿日本文芸家協会

桃井 章　ももい・あきら
シナリオライター　㊗昭和22年11月3日　㊦東京都　㊧北園高卒、シナリオ研究所修了　㊽年間代表シナリオ(平1年度)「釣りバカ日誌」　㊻PRライターを経て、昭和47年「真夜中の妖精」(日活)でデビュー。主な映画作品に「奴隷妻」「赤ちょうちん」「実録おんな鑑別所」「メス」「釣りバカ日誌」「結婚」など。テレビの脚本も手がけ、「私鉄沿線97分署」「花王愛の劇場」「ダブルマザー」などがある。　㊿日本放

送作家協会　㊁父＝桃井真（国際政治評論家）、妹＝桃井かおり（女優）

桃田 のん　ももた・のん
劇作家　演出家　㊊同志社大学文学部卒　㊝キャビン戯曲賞（昭和63年）「不眠のバルド」　㊙昭和58年大学の演劇サークルの仲間と劇団迷夢迷住を結成。京都を拠点に活動。

桃谷 方子　ももたに・ほうこ
小説家　�生昭和30年　㊣北海道札幌市　本名＝川美保子　㊝北海道新聞文学賞（第33回）（平成11年）「百合祭」　㊙「北方文芸」などに作品を発表。「百合祭」で文壇デビュー。平成13年同作品は浜野佐知監督により映画化される。他の著書に「青空」がある。

森 敦　もり・あつし
小説家　�生明治45年1月22日　㊣平成1年7月29日　㊣熊本県　㊊一高中退　㊝芥川賞（第70回、昭48年下期）（昭和49年）「月山」、野間文芸賞（第40回）（昭和62年）「われ逝くもののごとく」　㊙旧制一高中退後、横光利一に師事し、昭和9年「酩酊船（よいどれぶね）」を「東京日日新聞」「大阪毎日新聞」に連載し、太宰治・檀一雄らと同人雑誌「青い花」を創刊する。新鋭作家として期待されるが、以後放浪生活に入る。松本、奈良などを経て、戦後は山形県酒田市、三重県尾鷲市などを渡り、50歳代で東京に帰る。この間、30年「立像」を創刊。32年には三重県の電源開発に、37年には東京の近代印刷に勤務。43年から「ポリタイア」に小説を書く。49年「月山」で芥川賞を受賞、最高齢（61歳）の受賞者として話題になった。山形県朝日村の"月山祭"には毎年参加した。61年同村に"森敦文庫"ができる。主要著書に作品集「月山」「鳥海山」「私家版柳斎志異」短編集「浄土」や言語論「意味の変容」エッセー「わが青春わが放浪」「わが風土記」「文壇意外史」自伝「楽しかりし日々」などがある。平成11年山形県遊佐町の大平公園に文学碑が建立される。
㊁日本文芸家協会

森 いたる　もり・いたる
児童文学作家　�生大正2年7月21日　㊣静岡県静岡市　本名＝森至　㊊明治大学文科中退　㊝現代少年文学賞（第4回）（昭和43年）「新おとぎ草紙」　㊙雑誌「女性」の編集長を経て、作家生活にはいる。著作に「私のグチ日記」「ぼくはサウスポー」「ぼくたちの大事件」など。
㊁日本児童文芸家協会（顧問）

森 一歩　もり・いっぽ
児童文学作家　詩人　「児童文芸」編集長　�生昭和3年2月2日　㊣北海道旭川市　本名＝森和男　㊊慶応義塾大学英文科（昭和29年）中退　㊝文芸広場小説年度賞（昭和31年）、毎日児童小説賞（第9回）（昭和34年）「コロポックルの橋」、講談社児童小説入選（昭和35年）、オール読物新人杯次席入選（昭和35年）、池内祥三文学奨励賞（第12回）（昭和57年）「団地の猫」「九官鳥は泣いていた」、日本児童文芸家協会賞（第7回）（昭和57年）「帰ってきた鼻まがり」、伊東静雄賞（奨励賞、第6回）（平成7年）「骨壺」、児童文化功労賞（第37回）（平成10年）　㊙西脇順三郎に師事して詩作をしていたが、昭和35年「毎日小学生新聞」の懸賞に入選し、その作品を改稿して同年「コロポックルの橋」として刊行。以後児童文学作家として活躍し、57年「帰ってきた鼻まがり」で日本児童文芸家協会賞を、「団地の猫」「九官鳥は鳴いていた」で池内祥三文学奨励賞を受賞。その他の作品に「入れ歯のライオン」などがある。　㊁日本児童文学者協会、日本児童文芸家協会（常務理事）、日本文芸家協会、三田文学会、新鷹会

森 詠　もり・えい
小説家　�生昭和16年12月14日　㊣東京　㊊東京外国語大学イタリア語科（昭和41年）卒　㊛冒険小説、ハードボイルド小説　㊝日本冒険小説協会特別賞（第1回）（昭和57年）「燃える波濤」、坪田譲治文学賞（第10回，平6年度）（平成7年）「オサムの朝（あした）」　㊙大宅マスコミ塾の卒業生で、「週刊読書人」の編集者となり、「週刊ポスト」記者を経てフリーに。日本の戦後史の問題や、東南アジア、中東、アフリカ、中南米に取材し、パレスチナ難民問題、イラン・イラク戦争、資源問題を報道した。58年頃から冒険小説ハードボイルド作家に転身。ラグビーチーム"ピンク・エレファンツ"の会長をつとめる。平成7年「オサムの朝（あした）」で坪田譲治文学賞を受賞。11年同作品が映画化される。他の作品に「黒の機関」「石油帝国の陰謀」「燃える波濤」「日本封鎖」「さらばアフリカの女王」「真夜中の東側」「雨はいつまで降り続く」「さらばザンメル」「ナグネの海峡」「午後の砲声」「夏の旅人」「冬の翼」「冬の音楽」「日本朝鮮戦争」など。
㊁日本推理作家協会、日本文芸家協会、日本アジアアフリカ作家会議、日本冒険作家クラブ、日本ペンクラブ（理事）

森 絵都　もり・えと
フリーライター　児童文学作家　�生昭和43年4月2日　㊣千葉県　本名＝関口雅美　㊊日本児童教育専門学校卒　㊝講談社児童文学新人賞（第31回，平2年度）「リズム」、椋鳩十児童文

学賞(第2回)(平成4年)「リズム」、産経児童出版文化賞(ニッポン放送賞，第42回)(平成7年)「宇宙のみなしご」、野間児童文芸新人賞(第33回)(平成7年)「宇宙のみなしご」、路傍の石文学賞(第20回)(平成10年)「アーモンド入りチョコレートのワルツ」、野間児童文芸賞(第36回)(平成10年)「つきのふね」、産経児童出版文化賞(第46回)(平成11年)「カラフル」 [歴]シナリオなどのフリーライターとして活躍。主にテレビや映画のアニメーションのシナリオと児童文学を執筆。著書に「リズム」「ゴールド・フィッシュ」「宇宙のみなしご」「アーモンド入りチョコレートのワルツ」「つきのふね」「カラフル」などがある。 [団]日本文芸家協会

森 鷗外　もり・おうがい

小説家　評論家　陸軍軍医　[生]文久2年1月19日(1862年)　[没]大正11年7月9日　[出]石見国鹿足郡津和野町田村横堀(現・島根県鹿足郡津和野町町田)　本名＝森林太郎(もり・りんたろう)　別号＝鷗外漁師、千朶山房主人、牽舟居士、観潮楼主人　[学]東京大学医学部(明治14年)卒　[歴]医学校を卒業した明治14年に陸軍軍医となり、17年から21年にかけてドイツに留学し、衛生学および軍陣医学を学ぶ。軍医としての公的生活と文学者としての私的生活との矛盾に苦悩しながら、独自の文学を創造し、多数の作品を発表した。明治20年代の作品としては「舞姫」「うたかたの記」や新体詩の翻訳「於母影」などがあり、また「しがらみ草紙」を創刊した。40年陸軍軍医総監、陸軍省医務局長の軍医最高位となる。30年から40年代の作品としては「即興詩人」「ヰタ・セクスアリス」「青年」「雁」など。ほかに叙事詩「長宗我部信親」や日露戦争従軍体験を詩、短歌、俳句の形で詠んだ「うた日記」がある。また、この期における詩集はのちに詩歌集「沙羅の木」(大正4年刊)に集成された。大正時代は考証に基づく史伝を多く書き、「阿部一族」「大塩平八郎」「山椒大夫」「高瀬舟」「渋江抽斎」や「寒山拾得」などがある。大正5年医務局長を辞任し、6年に帝室博物館総長兼図書頭、8年帝国美術院長に就任した。文学以外の作品としては「西周伝」「帝諡考」「元号考」や「東京方眼図」などがあり、「医政全書稿本」の編述を始めとする医学論文も数多い。「鷗外全集」(全38巻，岩波書店)がある。　[家]弟＝三木竹二(劇評家)、妹＝小金井喜美子(翻訳家)、弟＝森潤三郎(近世学芸史研究家)、妻＝森志げ(小説家)、長男＝森於菟(解剖学者)、長女＝森茉莉(小説家)、二女＝小堀杏奴(随筆家)、三男＝森類(随筆家)、孫＝森富(生理学者・仙台大教授)、山田爵(仏文学者)、森常治(比較文学者・早大教授)

モリ，キョウコ

小説家　セント・ノーバード大学準教授　[国]米国　[生]1957年　[出]兵庫県神戸市　日本名＝森恭子　[学]神戸女学院大学　[歴]20歳で米国に渡り、英文学を学ぶ。1984年米国人と結婚し、続けて永住権、市民権を取得し、日本国籍を捨てる。セント・ノーバード大学で創作を講義する。一方、日本を舞台とする英語の自伝的小説「シズコズ・ドーター(静子の娘)」で作家デビュー。同作品は'93年「ニューヨーク・タイムズ」紙の年間ベストブックに選ばれ、'95年翻訳小説として日本で刊行。他に、自伝「The Dream of Water」がある。

森 暁紅　もり・ぎょうこう

編集者　演芸記者　戯文家　[生]明治15年11月25日　[没]昭和17年4月9日　[出]東京・神田　本名＝森庄助　[歴]早くから歌舞伎、講釈、落語などの芸能に親しみ、戯文にひいでて明治40年「芸壇三百人評」を刊行。石橋思案の見出され、大正5年博文館に入社、「文芸倶楽部」の編集を担当。のち「都新聞」に演芸記事を寄せ、岡鬼太郎と落語研究会を創立した。

森 啓朔　もり・けいさく

小説家　作詞家　サンキン(株)　[生]昭和17年1月28日　[出]大阪市港区　[学]港中卒　[賞]グラフィック茶道やすらぎ小説新人賞(佳作，第1回)(昭和52年)「念」、現代文芸賞(佳作，第2回)(昭和52年)　[歴]大阪・港区内の歯車工場で仕上げ見習工を3年勤め退職、サンキン庶務課勤務。この間独学で小説を書き、昭和43年大阪文学学校で詩人の井上俊夫に小説作法を学ぶ。52年以来「念」「祈りの果てに」を発表。平成6年には「忍冬」(板谷隆作曲・山口あかり歌)をカセットリリース。著書に「境川」「花いくさ」「忍冬」「伊波アヤの半生―忍び音の記」などがある。　[団]日本作詩家連盟

もり けん

童話作家　[出]大阪府大阪市　本名＝吉森正憲　[歴]平成6年オゾン層の破壊などの問題を取り上げた自作の童話が舞踊研究所のバレエミュージカル「ベジたべる物語―緑の星」として上演されることをきっかけに、23年間勤めた大阪市の幼児向け出版社を編集長を最後に辞め、舞台の助言と世話に専念。8年劇団すぎのこから絵本「みどりのほし」として出版。同時に同劇団による棒人形劇「緑の星」の全国巡回公演が始まり、2000年まで小学校や幼稚園などで演じられる。一方7年初めて訪れたモンゴルの雄大な自然と人々に魅せられて以来訪問を重ね、旅行記「草の元気と馬の元気と」を出版。9年ウランバートルで、ぬいぐるみ形式の人形

劇「緑の星」を公演し、得意のハーモニカでも交歓する。

森 三郎　もり・さぶろう
児童文学者　[生]明治44年1月24日　[没]平成5年8月　[出]愛知県碧海郡刈谷町(現・刈谷市)　[歴]幼年から童話を雑誌に投稿して才能を表し、昭和7年から鈴木三重吉に師事。「赤い鳥」の編集者もつとめ、同誌に多くの作品を発表。作品に「かささぎ物語」「雪こんこんお寺の柿の木」。戦後は作品を書いていない。平成7年より刈谷市から「森三郎童話選集 かささぎ物語」が出版された。150編ほどの作品を発表していたが、著作は初めて。　[家]兄＝森銑三(書誌学者)

森 志げ　もり・しげ
小説家　[生]明治13年5月3日　[没]昭和11年4月18日　本名＝森茂子　[歴]大審院判事・荒木博臣の長女。明治屋の渡辺勝太郎と離婚ののち、明治35年福岡県小倉にいた森鴎外と再婚した。家庭生活を助けるため、鴎外の考えで創作を始める。42～44年にかけ「スバル」に毎月小説を発表。鴎外の「半日」の裏面を描いた「波瀾」は有名。のち「青鞜」にも寄稿した。創作集「あだ花」がある。　[家]夫＝森鴎外(小説家)、長女＝森茉莉(小説家)、二女＝小堀杏奴(随筆家)、三男＝森類(随筆家)

森 滋　もり・しげる
シナリオライター　[生]昭和34年8月26日　[出]大阪府　[学]にっかつ芸術学院卒　[賞]TBS新鋭シナリオ大賞(第4回)(平成5年)「神様の罪滅ぼし」　[歴]映画監督を目指しVP制作会社を退社。フリーの助監督、小劇場舞台の脚本、演出、映像技師などを経て、自主製作映画「紅」の製作準備に携わる。

森 純　もり・じゅん
小説家　[生]昭和25年8月18日　[没]平成11年1月25日　[出]静岡県　本名＝森純夫(もり・すみお)　別筆名＝森純大(もり・すみひろ)　[学]日本大学芸術学部映画学科(昭和47年)中退　[賞]サントリーミステリー大賞(第13回)(平成8年)「八月の獲物」　[歴]自主映画制作、週刊誌ライターを経て、実用書のライター。健康、宗教、ビジネス、ニューサイエンスなど種々のジャンルの単行本を手掛ける。またミステリー小説も手掛け、平成8年「八月の獲物」がサントリーミステリー大賞を受賞。他の著書に「火曜日の聖餐」、森純夫名義の著書に「〔マンガ〕株式会社の知識」、森純大名義の著書に「西郷隆盛面白読本」「プロ野球 勝負の名言」などがある。

森 淳一　もり・じゅんいち
映画監督　脚本家　[生]昭和42年　[賞]ギャラクシー賞奨励賞(平成11年)「美少女H2～18歳のウソ」、サンダンス・NHK国際映像作家賞日本部門2000(平成12年)「Laundry」　[歴]高校、大学時代から8ミリ映画を撮り始める。助監督として平成6年「居酒屋ゆうれい」、8年「7月7日、晴れ」などに携わり、「踊る大予告編 第二部」「美少女H2～18歳のウソ」の演出を担当。12年初監督作品「Laundry」でサンダンス・NHK国際映像作家賞のグランプリにあたる日本部門2000を獲得。

森 進一　もり・しんいち
作家　関西医科大学名誉教授　[専]西洋古代哲学(古代ギリシャ思想)　[生]大正12年6月10日　[出]京都府京都市　筆名＝森泰三(もり・たいぞう)　[学]京都大学文学部(昭和24年)卒、京都大学大学院古代哲学専攻(昭和29年)博士課程修了　[興]文学と哲学の二途を歩むこと　[歴]京都大学講師を経て、昭和41年関西医科大学教授。一方、森泰三の筆名で小説を書き、「関西文学」同人。3度芥川賞候補となる。著書に小説「ある再婚」、「ホメロス物語」「雲の評定」など、訳書にアラン「プラトンに関する十一章」、テオプラストス「人さまざま」、プラトン「饗宴」ほか。　[団]日本西洋古典学会、関西哲学会、関西文学の会、日本文芸家協会

森 鈴　もり・すず
小説家　[生]昭和7年7月1日　[出]秋田県　[学]二松学舎大学国文科(昭和31年)卒　[歴]ラマンチャ会報編集者を経て作家活動に入る。昭和47年近所に住む作家中河与一に師事。48年茶道講師として青年の船に乗船し、グアム、パプアニューギニアなどで1カ月をすごす。53年短編集「天城」を出版。他に「サマルカンドの薔薇」「八幡太郎義家」など。

森 誠一郎　もり・せいいちろう
会社員　第5回海燕新人文学賞受賞　[生]昭和35年　[出]神奈川県　[学]早稲田大学文学部卒　[歴]昭和61年、竹野雅人氏とともに第5回海燕新人文学賞を受けた。受賞作は「分子レベルの愛」。

森 青花　もり・せいか
小説家　[生]昭和33年　[出]福岡県　[学]京都大学文学部独文科卒　[賞]日本ファンタジーノベル大賞(第11回)(平成11年)「BH85」　[歴]百貨店勤務を経て、小説家となる。作品に「BH85」がある。

盛 善吉　もり・ぜんきち

脚本家　映画監督　[生]昭和6年7月16日　[没]平成12年1月　[出]大阪府　[学]早稲田大学文学部卒　[歴]早稲田大学在学中から人形劇団・ころすけを主宰。戯曲、放送脚本、能評など多方面にわたり活躍した。また映画監督としても、民話や教育に題材をとった作品を製作。昭和51年初の作品「うどん学校」を製作。55年広島の被爆者の実情を描いた記録映画「世界の子らへ」がライプチヒの映画祭で栄誉賞を受賞。56年朝鮮人被爆者の記録映画「世界の人へ」を完成し、平成6年「8カ国語訳『世界の人へ』」を出版した。戯曲では「毛坊主」「のど仏」、脚本では「郵便往来」「万民・億民・兆民」「紳士の御旗」、著書に「文明の水栽培」「シーメンス事件—記録と資料」などがある。没後の13年、東京・練馬区に生前の作品を集めたフィルムライブラリーが開設。　[団]日本文芸家協会、日本放送作家協会、比較思想学会

森 荘已池　もり・そういち

作家　詩人　[生]明治40年5月3日　[没]平成11年3月13日　[出]岩手県盛岡市　本名＝森佐一　[学]東京外国語大学ロシア語科(昭和2年)中退　[賞]直木賞(第18回)(昭和19年)「山畠」「蛾と笹舟」、宮沢賢治賞(第4回)(平成6年)　[歴]岩手日報記者を経て、文筆業に専念。昭和18年「山畠」「蛾と笹舟」で直木賞受賞。この間、大正14年岩手県歌人協会、岩手県詩人協会を組織。15年草野心平の「銅鑼」に萩原恭次郎らと参加、詩を発表する。宮沢賢治とは亡くなるまで10年の親交があり、著書に「宮沢賢治の肖像」「私たちの詩人宮沢賢治」、編著に「宮沢賢治全集」などがある。

森 忠明　もり・ただあき

児童文学作家　[生]昭和23年5月11日　[出]東京都立川市　[学]大東文化大学文学部日本文学科(昭和43年)中退　[賞]児童演劇脚本募集NHK賞(昭和48年)「ボビーよぼくの心を走れ」、新美南吉児童文学賞(第5回)(昭和62年)「へびいちごをめしあがれ」、野間児童文芸賞(第26回)(平成3年)「ホーン岬まで」、赤い鳥文学賞(第28回)(平成10年)「グリーン・アイズ」　[歴]昭和42年天井桟敷文芸演出部に入る。脚本、演出を手がけ、のちタツノコプロ企画文芸部を経て、47年フリーとなり、児童文学を志す。48年児童演劇脚本募集で「ボビーよぼくの心を走れ」がNHK賞を受ける。主な作品に「あしたのぼくらはだれだろう」「きみはサヨナラ族か」「星くずのたずねびと」「悪友ものがたり」「こんなひとはめったにいない」「少年時代の画集」「地球で愛したことがある」「へびいちごをめしあがれ」「ホーン岬まで」「花をくわえてどこへゆく」「グリーン・アイズ」など多数。

森 直子　もり・なおこ

潮賞(小説部門)を受賞　[生]昭和44年　[出]東京都　[学]上智大学文学部教育学科　[賞]潮賞(第10回・小説部門)(平成3年)「スパイシー・ジェネレーション」　[歴]在学中の平成3年、潮賞を受賞。

森 宣子　もり・のぶこ

フリーライター　児童文学作家　[生]昭和6年5月1日　[出]東京　[学]東京都立第六高女卒、日本女子大学児童学科(通信)卒　[賞]児童文学者協会新人賞(第8回)(昭和34年)「サラサラ姫の物語」　[歴]日本銀行勤務の傍ら、昭和28年朝日児童文化の会に入り、機関誌の編集に従事。32年日本童話会に入会。平成元年日本経済新聞に「貯金箱、ブタ君にも歴史あり」を発表、これを機に日本銀行を退職。世界の貯金箱探訪の旅に出て、8年「貯金箱の本」を出版。作品に「貝がらのファンタジー」「サラサラ姫の物語」、著書に「カチカチ山裁判—高齢社会日本のおとぎ話」。

森 はな　もり・はな

児童文学作家　[生]明治42年4月16日　[没]平成1年6月14日　[出]兵庫県但馬　[学]明石女子師範学校(昭和3年)卒　[賞]日本児童文学者協会新人賞(第7回)(昭49年度)「じろはったん」、日本の絵本賞絵本にっぽん大賞(第5回)(昭和57年)「こんこんさまにさしあげそうろう」、加古川文化賞(第1回)(昭和59年)　[歴]小学校教員を32年間勤めた後、51歳で執筆活動に入る。昭和49年度児童文学者協会新人賞受賞。50年夫を失ったのを機に本格的な作家活動に入り、57年第5回の絵本にっぽん大賞を受賞。作品に「じろはったん」「もどってくるもどってこん」「こんこんさまにさしあげそうろう」など。　[団]日本児童文学者協会　[家]二男＝森俊樹(毎日新聞編集委員)

森 治美　もり・はるみ

シナリオライター　[生]昭和22年12月14日　[出]奈良県　[学]市邨学園女子短期大学卒　[賞]舞台芸術創作奨励賞特別賞(第3回・昭55年度)「じ・て・ん・しゃ」　[歴]若尾総合舞台研究所(舞台照明の仕事)、劇団文学座演出部研究生、モデル、コピーライターを経て、シナリオセンター作家養成講座15期生となる。昭和57年ラジオ「ふたりの部屋・マンハッタンストーリー」(NHK)でデビュー。主な作品にテレビ「秋燃え」(CBC)ラジオ「FMシアター・鬼になりたややさしい鬼に」「根津甚八のバイクスピリッツ」戯曲「じ・て・ん・しゃ」「魔女学級(ミュージカル)」「ティファニーで朝食を」他。　[団]日本放送作家協会

森 万紀子　もり・まきこ

小説家　[生]昭和9年12月19日　[出]山形県　本名＝松浦栄子　[学]酒田東高(昭和28年)卒　[賞]泉鏡花文学賞(第8回)(昭和55年)「雪女」　[歴]昭和40年文学界新人賞佳作となった「単独者」でデビュー。46年「黄色い娼婦」で芥川賞候補となり、「雪女」で55年第8回泉鏡花文学賞を受賞。他に「密約」「緋の道」「運河のある町」「囚われ」、エッセイ集「風の吹く町」などがある。

森 真沙子　もり・まさこ

ミステリー作家　[生]昭和19年1月4日　[出]北海道函館市　本名＝深江雅子　[学]奈良女子大学文学部国文科卒　[賞]小説現代新人賞(第33回)(昭和54年)「バラード・イン・ブルー」　[歴]昭和54年「バラード・イン・ブルー」で第33回小説現代新人賞を受賞し、59年本格推理小説「総統(フューラー)の招待者」でデビュー。著書に「雪女の棲む館」「カチューシャは歌わない」「夜の扉へ」など。　[団]日本文芸家協会

森 雅裕　もり・まさひろ

作家　[生]昭和28年4月18日　[出]兵庫県神戸市　[学]東京芸術大学美術学部芸術学科(昭和58年)卒　[賞]江戸川乱歩賞(第31回)(昭和60年)「モーツァルトは子守唄を歌わない」　[歴]高校卒業後、クラブのピアニスト・土木作業員などを経験し、25歳のとき東京芸大美術学部に入学、昭和58年卒業。卒論は北斎研究で、60年北斎を描いた「画狂人ラプソディ」で横溝正史賞佳作に。同年「モーツァルトは子守唄を歌わない」で江戸川乱歩賞受賞。著書に「五月香ロケーションPART1 感傷旅行戦士(センチメンタル・エニュオ)」「マン島物語」「ベートーベンは憂鬱症」「あした、カルメン通りで」「マンハッタン英雄未満」「推理小説常習犯」「鉄の花を挿す者」「会津斬鉄風」などがある。

森 茉莉　もり・まり

小説家　随筆家　[生]明治36年1月7日　[没]昭和62年6月6日　[出]東京　[学]仏英和高等女学校(大正8年)卒　[賞]日本エッセイスト・クラブ賞(第5回)(昭和32年)「父の帽子」、田村俊子賞(第2回)(昭和36年)「恋人たちの森」、泉鏡花文学賞(第3回)(昭和50年)「甘い蜜の部屋」　[歴]17歳で仏文学者山田珠樹と結婚したが離婚し、のち仏文学者佐藤彰と結婚したが再び離婚。以後、文学への道を歩み、室生犀星に師事。昭和32年父鴎外を回想した随筆集「父の帽子」を刊行し、日本エッセイスト・クラブ賞を受賞、50歳を過ぎて作家としてスタートした。36年小説「恋人たちの森」で田村俊子賞を、50年「甘い蜜の部屋」で泉鏡花文学賞を受賞。エッセイや日常生活の中の小さな出来事を描きつつ、貴族趣味的な美意識を漂わせた独特の私小説などを、ゆっくりしたペースで書き続けた。他の作品に小説「贅沢貧乏」「枯葉の寝床」、エッセイ「靴の音」「私の美の世界」「マリアの気紛れ書き」「記憶の絵」「薔薇くひ姫」、翻訳「マドゥモァゼル・ルウルウ」などがあるほか、「森茉莉・ロマンとエッセー」(全6巻)、編集者に送った手紙をまとめた「ぼやきと怒りのマリア」がある。　[団]日本エッセイストクラブ　[家]父＝森鴎外、母＝森志げ、長男＝山田𣝣(ヤマダジャク)(仏文学者・東大名誉教授)、兄＝森於菟(解剖学者)、妹＝小堀杏奴(随筆家)、弟＝森類(随筆家)

森 美樹　もり・みき

小説家　[出]埼玉県　[歴]11月26日生れ。留学やアルバイトを経て、作品「十六夜の行方」が講談社の第3回ティーンズハート大賞佳作に入選し、作家デビュー。著書に「三日月のささやき」。

森 三千代　もり・みちよ

詩人　小説家　[生]明治34年4月19日　[没]昭和52年6月29日　[出]三重県宇治山田(現・伊勢市)　[学]東京女高師中退　[賞]新潮社文芸賞(昭和18年)「小説和泉式部」　[歴]大正13年東京女高師在学中に金子光晴と結婚し、光晴らの詩誌「風景」に参加。昭和2年詩集「龍女の眸」、光晴との共著「鱶沈む」を刊行。3年から7年にかけて、光晴と中国、東南アジア、パリを放浪旅行する。12年「小紳士」を「文芸」に発表して文壇にデビュー。15年第一小説集「巴里の宿」刊行。戦後は全身リューマチのため半臥の状態が続いた。他の作品に「金色の伝説」「小説和泉式部」「巴里アポロ座」「豹」などがある。　[家]夫＝金子光晴(詩人)

森 百合子　もり・ゆりこ

児童文学作家　[生]昭和14年4月11日　[出]千葉県　[学]東京女子大学卒　[賞]北川千代賞奨励賞(第12回)(昭和55年)「おばさん塾」、講談社児童文学新人賞(第21回)(昭和55年)「サヤカの小さな青いノート」　[歴]「バオバブ」同人。代表作に「サヤカの小さな青いノート」「ハンカチ形の海の思い出」「スター」などがある。　[団]日本児童文学者協会、イギリス児童文学学会

森 瑤子　もり・ようこ

小説家　[生]昭和15年11月4日　[没]平成5年7月6日　[出]静岡県伊東市　本名＝伊藤雅代　[学]東京芸術大学音楽学部器楽科(バイオリン専攻)(昭和37年)卒　[賞]すばる文学賞(第2回)(昭和53年)「情事」、ルイーズ・ポメリー賞(第3回)(平成3年)　[歴]大学卒業と同時にバイオリンをやめる。広告会社に3年ほど勤務し、昭和39年英国人コピーライターと結婚。3人の娘を出産

した後、35歳ごろから小説を書き、53年「情事」ですばる文学賞を受賞。その後「誘惑」「傷」が芥川賞候補作品、「熱い風」が直木賞候補作品となる。サガンの影響が強く、作者の身辺を題材にした作品が多い。他に「嫉妬」「夜光虫」「別れ上手」などの作品がある。平成4年「風と共に去りぬ」の続編、「スカーレット」(アレクサンドラ・リプリー著)の翻訳を完成させた。エッセイ、脚本も手がけ、シティ感覚豊かな売れっ子女流作家だった。
[家]父=伊藤三男(小説家)、次女=ブラッキン,マリア(文筆家)

森 与志男　もり・よしお

小説家　[生]昭和5年12月5日　[出]東京　本名=松本吉央(まつもと・よしひさ)　[学]早稲田大学英語英文学科(昭和30年)卒　[興]大正・昭和初期から戦時下にかけての民主的な教育運動に参加した人々　[歴]都立大森高校教諭など歴任。日本民主主義文学同盟事務局長、常任幹事も務めた。主著に「荒地の旅」「傷だらけの足」「校長はなぜ死んだか」。

森 類　もり・るい

随筆家　[生]明治44年2月11日　[没]平成3年3月7日　[出]東京　[学]国士舘中学校中退　[歴]昭和16年安宅美根子と結婚、文化学院講師、出版社勤務。志賀直哉や佐藤春夫に師事、28年「世界」に「森家の兄弟」、31年「群像」に「鴎外の子供たち」を発表、加筆して「鴎外の子供たち あとに残されたものの記録」として出版。その後「小説と詩と評論」に拠った。作品に小説「驟雨」「百舌鳥」、戯曲「草鞋虫のいこひ」など。
[家]父=森鴎外、母=森志げ(小説家)、兄=森於菟(解剖学者)、姉=森茉莉(小説家)、小堀杏奴(随筆家)

森 礼子　もり・れいこ

小説家　劇作家　[生]昭和3年7月7日　[出]福岡県福岡市　本名=川田礼子　[学]福岡高女(昭和21年)卒　[興]宗教一般、女性問題　[賞]女流新人賞(昭和38年)「未完のカルテ」、芥川賞(第82回)(昭和55年)「モッキングバードのいる町」
[歴]一時、図書館に勤務。昭和22年受洗。31年上京し、33年小説「鎮魂曲」を「婦人朝日」の小説募集に応募、入選。38年「未完のカルテ」で女流新人賞受賞。その後、新劇に熱中し、劇団現代その他のサークルに7～8本の戯曲を書き、同時にテレビの脚本も手掛ける。55年「モッキングバードのいる町」で第82回芥川賞を受賞。ほかに「遊園地暮景」「天の猟犬・他人の血」「神女(かみんちゅ)」、戯曲「海辺の伝説」などがある。　[団]日本文芸家協会、日本女流文学者会、日本ペンクラブ、日本キリスト教芸術センター

森井 睦　もりい・むつみ

俳優　演出家　劇作家　劇団ピープルシアター主宰　[生]昭和14年2月27日　[出]大阪府大阪市　[学]関西大学法学部卒　[歴]高校時代、僻地を巡回する劇団のニュースに感激してぶどうの会に入団。55年ピープルシアターを結成し、57年在日韓国人政治犯母子を描いた「鳥は飛んでいるか」、60年痴呆老人となった実母を描いた「花の下にて春死なん」、平成元年横浜の浮浪者襲撃事件をもとにした「心、きれぎれの夢」、2年在日韓国朝鮮人問題に触れた「魂のカルメン」など、現代社会の諸問題をテーマにした作品を次々上演。

森泉 笙子　もりいずみ・しょうこ

作家　[生]昭和8年　[出]東京　別名=関根庸子　[学]武蔵野高校卒　[歴]高校卒業後、伊藤道郎舞踊研究所へ通い洋舞踊を習う。マネキン、ファッション・モデルなどを経て、朱里みさを舞踊団に入り、ハワイをはじめ各地を巡業。日劇ミュージックホールに出演中、丸尾長顕によって文学的才能を見い出される。その後埴谷雄高に師事。「私は宿命に唾をかけたい」でデビュー。昭和34年から40年まで新宿のバー「カヌー」のマダムに。現在は主婦。多くの文人と交友があり、著書に「危険な共存」「天国の一歩手前」「新宿の夜はキャラ色」「ブーゲンビレアの花冠」など。

森泉 博行　もりいずみ・ひろゆき

劇作家　演出家　[生]昭和20年6月11日　[出]東京都　[学]上智大学外国語学部フランス語学科卒
[歴]大学3年の時、劇団「四季」の戯曲「オンディーヌ」を見に行き、以来演劇一筋。大学卒業後、劇団「雲」の演出部に。初の上演作品は、昭和51年「世は無情、浮世名残りの夏の夜ばなし」(作・演出)。同年「雲」が分裂し、「円」の創立メンバーに加わる。現在、劇団「円」所属の劇作家・演出家。何度か岸田戯曲賞の候補になる。作品に戯曲「三匹の猿の話」「夾竹桃が舞って、風のような流離いがはじまった」TV「私鉄沿線97分署」他。　[団]劇団「円」

森内 俊雄　もりうち・としお

小説家　[生]昭和11年12月12日　[出]大阪府大阪市　[学]早稲田大学露文科卒　[賞]文学界新人賞(第29回)(昭和44年)「幼き者は驢馬に乗って」、泉鏡花文学賞(第1回)(昭和48年)「翔ぶ影」、読売文学賞小説賞(第42回)(平成3年)「氷河が来るまでに」、芸術選奨文部大臣賞(第41回)(平成3年)「氷河が来るまでに」
[歴]早大露文科在学中から詩や小説を書く。同級生に宮原昭夫、李恢成がいた。卒業後、婦人雑誌社や文芸出版社に勤務したが、昭和47年冬樹社を最後に退職。44年「幼き者は驢馬

に乗って」で文学界新人賞を受賞、芥川賞候補作品にもなった。作品は異常な心理で人生のわびしさと深いニヒリズムを追究しているが、その根本にはカトリックの思想がある。48年「翔ぶ影」で第1回泉鏡花文学賞を受賞。他に「骨川に行く」「春の疾走」「黄経八十度」「氷河が来るまでに」「桜桃」などがある。
㊞日本文芸家協会

森岡 利行　もりおか・としゆき
シナリオライター　俳優　㊝昭和35年4月1日　㊞大阪府八尾市　芸名＝森岡六太朗　㊞状況劇場、離風霊船などの小劇場を経て、エム・アール所属の俳優。劇団ストレイドッグ主宰(作・演出)。第5回フジテレビヤングシナリオ大賞の最終選考に残る。平成7年映画「新・悲しきヒットマン」で脚本家デビュー。シナリオ作品に「とんぼりの竜」「ミナミの帝王」シリーズ、「ヤンキー烈風隊」「不法滞在」「野獣死すべし」、ドラマ「シンデレラは眠らない」などがある。

森岡 浩之　もりおか・ひろゆき
SF作家　㊝昭和37年3月2日　㊞兵庫県　㊫京都府立大学文学部卒　㊫星雲賞(第28回)(平成9年)　㊞サラリーマンを経て、平成3年「夢の樹が接げたなら」で第17回ハヤカワ・SFコンテストに入選、同作品が「SFマガジン」に掲載され、作家デビュー。その後も同誌を中心にSF作品を発表。著書に「星界の紋章」シリーズ、「星界の戦旗」シリーズ、「夢の樹が接げたなら」「機械どもの荒野」「月と炎の戦記」などがある。　㊞日本文芸家協会

森川 哲郎　もりかわ・てつろう
作家　平沢貞通氏を救う会事務局長　㊝大正13年3月31日　㊡昭和57年12月17日　㊞東京・池袋　筆名＝大杉剛男　㊫早稲田大学中退、日本大学中退　㊞敗戦後、父が無実の罪で中国側に処刑されるという原体験をもつ。雑誌編集者、新聞記者を経て作家生活に入る。占領下の暗黒事件の一つ・帝銀事件の平沢被告と文通するうち、昭和37年平沢貞通氏を救う会を結成。事務局長として署名15000を集め再審請求を支援、新証拠の偽証を問われ自らも逮捕される。55年運動史「獄中三十二年」を刊行。ほかに「帝銀事件」「明治暗殺史」「日本史死刑史」「日本史 剣豪名勝負」などがある。
㊈息子＝平沢武彦(平沢貞通の養子)

森川 英太朗　もりかわ・ひでたろう
映画プロデューサー　シナリオライター　慶応義塾大学環境情報学部教授　㊝昭和6年10月3日　㊡平成8年1月31日　㊞京都市　㊫慶応義塾大学文学部(昭和30年)卒　㊞昭和30年松竹京都撮影所に入り、35年「武士道無残」の脚本・監督でデビューし、"松竹ヌーベルバーグ"の一人に数えられたが、これが唯一の監督作となった。37年創造社に移り、主にシナリオで活躍する。41年電通に入社、49年同社SP広告局企画開発部長に就任。テレビ局部長などを歴任し、平成5年定年退職。6年慶応義塾大学環境情報学部教授。父は高級割烹・京都浜作の初代、森川栄。主なシナリオ作品に映画「人間に賭けるな」「狼の王子」「愛慾」、テレビ「おかあさん」「幕末」「祇園物語」など。
㊞日本映画テレビプロデューサー協会

森木 正一　もりき・しょういち
推理作家　兵庫県警警視　㊝大正3年8月10日　㊡昭和57年2月28日　㊞高知県高岡郡　筆名＝冬木喬(ふゆき・きょう)　㊫中央警察学校(現・警察大学校)卒　㊫宝石賞(第5回)(昭和39年)「笞刑」　㊞昭和12年兵庫県警に入る。応召ののち、警察大学校に学ぶ。32年から県警本部捜査研究室に勤務。警視に昇進し、県警本部第三課長時代の39年に「笞刑」で第5回宝石賞を受賞。作品に「薔薇の翳」がある。

森久保 仙太郎　もりくぼ・せんたろう
児童文学作家　歌人　教育評論家　元・共栄学園短期大学教授　㊝大正6年10月2日　㊞神奈川県　筆名＝森比左志(もり・ひさし)、もりひさし　㊫鎌倉師範専攻科卒　㊫サンケイ児童出版文化賞(第18回)(昭和46年)「ちいさなきいろいかさ」　㊞小学校教師を経て、東京教育大学附属図書館図書文化協会主事、横浜国立大学、日本女子大学各講師、共栄学園短期大学教授を歴任。絵本の創作、翻訳、評論に活躍。歌誌「創世」代表・編集長。主な作品に「くまさぶろう」「やぎさんのひっこし」「ちいさなきいろいかさ」、翻訳に「はらぺこあおむし」「くまのアーネストおじさんシリーズ」などがある。一方、教育評論家、歌人としても活躍し、著書に「教師のための相談選書」「母と子の手帖」、歌集に「背なかのうた」「清子抄」などがある。
㊞日本児童文学者協会(名誉会員)

森崎 東　もりさき・あずま
映画監督　脚本家　㊝昭和2年11月19日　㊞長崎県島原市高島町　㊫京都大学法学部(昭和29年)卒　㊞京大新聞部で、独立プロ「雲ながるる果てに」による映画人座談会を企画したのが、映画界へのきっかけとなる。雑誌「時代映画」編集を経て、昭和31年松竹京都撮影所に助監督として入社。43年大船撮影所の脚本部へ移籍。長い下積み生活を送り、44年「喜劇・女は度胸」で監督デビュー。50年よりフリー。常に庶民のたくましい生きざまを、涙と笑いの混じった喜劇タッチで描き、代表作に「喜劇・女は男のふるさとョ」「喜劇・特出しヒモ天国」

「時代屋の女房」「生きてるうちが花なのよ死んだらそれ迄よ党宣言」「女咲かせます」「塀の中の懲りない面々」「夢見通りの人々」「釣りバカ日誌スペシャル」「美味しんぼ」などがある。また、映画「男はつらいよ」やテレビ「泣いてたまるか」などの脚本執筆も行った。

森崎 和江　もりさき・かずえ
詩人　評論家　作家　[専]ノンフィクション　[生]昭和2年4月20日　[出]福岡県　[学]福岡県女専家政科(昭和22年)卒　[興]女性問題、女性史、日本の生活文化　[賞]芸術祭賞優秀賞(テレビドラマ部門)(昭和52年)「祭りばやしが聞こえる」、芸術祭賞優秀賞(テレビドラマ部門)(昭和53年)「草の上の舞踏」、芸術祭賞優秀賞(ラジオ部門)(昭和53年)「海鳴り」、地方出版文化功労賞(記念特別賞, 第5回)(平成4年)「風になりたや旅ごころ」、福岡文化賞(平成3年)、西日本文化賞(社会文化賞, 第53回)(平成6年)、福岡県文化賞(第2回)(平成7年)　[歴]勤労動員中、結核に感染し、戦後の3年間療養所生活を送る。昭和25年詩誌「母音」同人となる。28年個人詩誌「波紋」刊行。33年筑豊の炭住街に転居。谷川雁らと「サークル村」を創刊。34～36年女性だけの交流誌「無名通信」を刊行。被搾取階級の視点を原点として独自の文化論、エロス論を展開。「非所有の所有―性と階級覚書」「第三の性」「闘いとエロス」や、詩集「さわやかな欠如」を刊行。民衆史に連続するエロス論は、51年に「からゆきさん」となって結実した。他に「慶州は母の呼び声 わが原郷」「ナヨロの海へ」「悲しすぎて笑う」、エッセイ集「詩的言語が萌える頃」「大人の童話・死の話」などがある。宗像市総合公園管理公社理事長も務める。　[団]放送作家協会　[家]息子＝松石泉(フリーライター・脚本家)

森沢 徳夫　もりさわ・のりお
探偵小説作家　[没](生没年不詳)　[歴]警視庁第二局の第一課長を長く勤めた人だといわれる。明治24年探偵実話の元祖とも言うべき「探偵淵軌」を刊行した。

森下 雨村　もりした・うそん
翻訳家　小説家　[生]明治23年2月23日　[没]昭和40年5月16日　[出]高知県佐川町　本名＝森下岩太郎　別名＝佐川春風　[学]早稲田大学英文科(明治43年)卒　[歴]やまと新聞記者となり、のち博文館に移って「冒険世界」の編集をし、大正9年創刊の「新青年」の編集をする。海外の探偵小説を積極的に取り上げ、江戸川乱歩らを育てる。昭和2年「文芸倶楽部」編集長となり、のちに編集局長を歴任、6年に退社して文筆業に専念。主な作品に「深夜の冒険」「白骨の処女」などがあり、またコリンズらの作品の翻訳もした。

森下 一仁　もりした・かつひと
SF作家　[生]昭和26年6月16日　[出]高知県高岡郡佐川町　[学]東京大学文学部心理学科卒　[歴]昭和54年「SFマガジン」に「プアプア」でデビュー。雑誌「奇想天外」「小説推理」、朝日新聞などに書評も書く。著書に「コスモス・ホテル」「天国の切符」「思考転移装置顛末」「沈む島」、評論に「現代SF最前線」などがある。小説のほかSF評論でも活躍。　[団]日本SF作家クラブ、日本推理作家協会　http://plaza5.mbn.or.jp/~SF/

森下 研　もりした・けん
児童文学作家　放送作家　[生]昭和5年7月3日　[出]福岡県北九州市門司区　[学]九州大学経済学部卒　[賞]児童福祉文化賞奨励賞(第15回)(昭和48年)「男たちの海」　[歴]大学卒業後、放送作家としてテレビ・ラジオの脚本を手がけ、昭和45年ごろから児童文学の創作を始める。作品に「ネコだらけの島」「蒼い狼の子」「タロ船長のぼうけん」「ゾウをころさないで」「ルソン助左衛門」「白い大陸のあつい友情」「神風のふいた国」「嵐、海原をかける」などがある。　[団]日本児童文学者協会、ノンフィクション児童文学の会、日本放送作家協会

森下 陽　もりした・たかし
千代田区区民課主事　岡山・吉備の国文学賞長編部門で最優秀賞を受賞　[生]昭和8年2月10日　[出]東京都中央区　[学]成徳学校中学部卒　[賞]岡山・吉備の国文学賞最優秀賞(長編部門)(第1回)(平成4年)「丘の雑草(あらくさ)たち」　[歴]戦後、赤貧の子供時代を送り家出後岡山駅の孤児たちとともに生活。のち浮浪児狩りにあい戦争孤児の収容施設少年の丘(現・成徳学校)に入所。卒業後水商売やホテルマンなどを転々としたのち千代田区役所職員になり、区民課主事を務める。一方平成元年少年の丘での体験をもとに小説を執筆。それを書き直し3年「丘の雑草(あらくさ)たち」を完成させた。「MCR」同人。

森下 直　もりした・ただし
脚本家　[生]昭和39年　[出]大阪府大阪市　本名＝森下直子　[学]大和川高卒　[賞]城戸賞(第21回)(平成7年)　[歴]写植オペレーターとして2年半勤めた後、食べ歩き雑誌の編集部に転職。のちラジオ、テレビの番組構成をおこなう。平成6年独立、おふぃすトンボを設立し、シナリオを書きはじめる。7年11月「誘拐」で城戸賞を受賞。のち映画化もされる。他の作品に〈新・部長刑事〉シリーズがある。

森下 真理　もりした・まり
児童文学作家　歌人　日中児童文学美術交流センター理事　[生]昭和5年5月25日　[出]東京・日本橋　本名＝森下和代　[学]京都府立第一高女卒　[賞]日本児童文学新人賞(第1回)(昭和51年)「街はずれの模型店」　[歴]一期会、Iの会、こだまの会に所属。著書に「ぼくも恐竜」「ナガサキの男の子」「長谷川時雨―人と生涯」「ポケット・コンテスト」、歌集に「花笑み」「母のうた」「花時計」などがある。　[団]日本児童文学者協会、日本歌人クラブ

森尻 純夫　もりじり・すみお
劇作家　演出家　[生]昭和16年　[出]東京　[学]早稲田大学文学部仏文科中退　[歴]昭和51年個人劇場として早稲田銅鑼魔館をオープン。劇作家、演出家として活躍する一方、民俗芸能の調査・研究に従事し、日本・インド・韓国などの伝統民俗芸能の紹介、展示制作などにも力を注ぐ。また、昭和39年珈琲専門店・Enété(あんねて)を開業。主要劇作品「愛の革命記念日」「敷布を捲って虹色世界」などの作・演出多数。平成9年早稲田銅鑼魔館を閉館。著書に「仏教行事歳時記 1月初詣」(共著)「銀座カフェ・ド・ランブル物語―珈琲の文化史」などがある。
[団]日本民俗芸能学会(理事)

森田 功　もりた・いさお
小説家　随筆家　医師　三鷹台診療所所長
[専]内科　小児科　[生]大正15年6月16日　[没]平成10年3月3日　[出]三重県一志郡美杉村　筆名＝皆実功　[学]三重大学医学部(昭和28年)卒　医学博士　[賞]北日本文学賞(第21回)(昭和62年)「残像」　[歴]順天堂大学医学部講師を経て、昭和37年内科・小児科の三鷹台診療所を開業。62年1月「残像」で第21回北日本文学賞受賞。ほかに「白い墓碑銘」「やぶ医者の言い分」「診療所の四季」「冥府の鬼手」「輝く波形」など。
[団]日本文芸家協会、日本医師会

森田 定治　もりた・さだはる
作家　[没]平成9年6月27日　[賞]九州芸術祭文学賞(昭和47年)、北九州市文化賞(昭和48年)
[歴]門司北高校、大里高校の教諭として勤務するかたわら小説家、詩人として活躍。代表作は小説「オープン・セサミ」「石の褥」など。

森田 信義　もりた・しんぎ
映画プロデューサー　劇作家　[生]明治30年12月6日　[没]昭和26年7月15日　[出]兵庫県神戸市
[学]慶応義塾大学文科中退　[歴]岡本綺堂に師事して「嫩会」同人となり、戯曲「ある日の午後」「織田信長」「田村」などを発表。宝塚国民座、新声劇の経営、演出にあたる。のち大沢商会を経て、昭和11年東宝プロデューサーとなり、「馬」「蛇姫様」などを製作した。戦後の混乱期に砧撮影所長となるが、26年7月、交通事故のため死亡した。

森田 誠吾　もりた・せいご
小説家　[生]大正14年10月25日　[出]東京・銀座
本名＝堀野誠吾　[学]東京商科大学(現・一橋大学)中退　[賞]直木賞(第94回)(昭和61年)「魚河岸ものがたり」　[歴]昭和26年父親が経営する広告制作会社・精美堂を引き継ぎ、55年社長。傍ら演劇に情熱を燃やし、東芸(のち民芸)へ。久保栄に師事した。処女作「曲亭馬琴遺稿」が第85回直木賞候補となる。その後「雑学者の死」を書き、3作目の「魚河岸ものがたり」で第94回直木賞を受賞。　[団]日本文芸家協会

森田 草平　もりた・そうへい
小説家　翻訳家　[生]明治14年3月19日　[没]昭和24年12月14日　[出]岐阜県稲葉郡鷺山村(現・岐阜市鷺山)　本名＝森田米松　[学]東京帝大英文科(明治39年)　[歴]明治38年漱石の門下に入り、大学卒業後の39年天台宗中学の英語教師となる。閨秀文学講座で平塚らいてうを知り、41年塩原尾花峠へ揃って死の旅へ出るが、追っ手に見つけられ下山、新聞で報道罵倒された。この時の経験を小説「煤煙」として42年「東京朝日新聞」に連載して成功した。「煤煙」は大正2年全4冊で完結。以後、10数年間は翻訳に精力を傾けイプセンの「野鴨」、ドストエフスキーの「悪霊」「カラマゾフの兄弟」、ゴーゴリの「死せる魂」などを刊行。12年から創作に戻り、14年自伝的な長編「輪廻」を完成させ、さらに「吉良家の人々」「光秀の死と秀吉」など歴史小説を発表。戦時中は昭和17年から18年にかけて「夏目漱石」全2冊を刊行。戦後、23年共産党に入党したが、実際行動はなく、24年から連載を始めた「細川ガラシヤ夫人」が絶筆となった。「森田草平選集」(全6巻，理論社)がある。
[家]息子＝森田堯丸(日本国際貿易促進協会副会長)

森田 たま　もりた・たま
随筆家　元・参院議員(自民党)　[生]明治27年12月19日　[没]昭和45年10月31日　[出]北海道札幌市　旧姓(名)＝村岡　[学]札幌高女中退
[歴]高女時代から文学を志し、「少女世界」「少女之友」などに投稿。18歳で上京、大正2年森田草平に師事し「新潮」などに「片瀬まで」「うはさ」などを発表。5年結婚のため筆を絶つ。中年期に入って文学活動を再開し、昭和7年「中央公論」に「着物・好色」を発表。11年の「もめん随筆」がベストセラーとなり女流随筆家としての地位を確立。また、37年自民党から参院全国区に立候補して当選、1期をつとめた。「随筆きぬた」「随筆ゆく道」

「をんな随筆」「ぎゐん随筆」「森田たま随筆全集」（全3巻）など数多くの随筆集があるほか、小説「石狩少女」「招かれぬ客」、童話集「船の兵隊」などもある。29年にはアムステルダム国際ペン大会に日本代表として出席した。森田たまパイオニア賞も創設された。[家]娘＝森田麗子（ファッション・コーディネーター）

もりた なるお

小説家　漫画家　[生]大正15年1月9日　[出]東京　本名＝森田成男　[学]警察学校卒　[賞]二科賞、二科漫画賞、小説現代新人賞（第23回）（昭和49年）「頂」、オール読物推理小説新人賞（第19回）（昭和55年）「真贋の構図」、新田次郎文学賞（第12回）（平成5年）「山を貫く」　[歴]小学校を卒業後、でっち奉公、土方、工夫、農業、警察官、戦争で海軍へと、さまざまな職業を経て、新制作協会の研究所で絵の勉強。近藤日出造に師事。風刺漫画で生計をたてながら小説を書き、「銃殺」で第104回直木賞候補になった。著書に「大空襲」「警察官物語」「横綱に叶う」「無名の盾」「画壇の月」「真贋の構図」「山を貫く」「鎮魂二・二六」など多数。　[団]日本漫画家協会

森田 博　もりた・ひろし

児童劇作家　元・中学校教師　[生]昭和7年3月18日　[出]大阪府堺市　[学]奈良学芸大学芸術科卒　[賞]文部大臣賞（昭和57年）「おおかみがやってきた」、演劇教育賞（第6回）（昭和61年）「だれかがよこしたちいさな手紙」　[歴]大阪市内の公立中学校教師を務めるかたわら、主に中学生向けの演劇脚本を執筆。退職後、説教節を再現することに尽力。「信徳丸」「信太妻」などに切り絵紙芝居を自作して公民館などで公演。学校演劇の脚本に「おおかみがやってきた」「だれかがよこしたちいさな手紙」「みんなにきこえない夜」、少年読み物に「恋のモーツアルト」などがある。　[団]日本演劇教育連盟

森田 文　もりた・ふみ

児童文学作家　[生]昭和8年10月1日　[出]大分県　[学]武庫川女子短期大学英文科卒　[賞]海洋文学大賞（第1回）（平成9年）「こだぬきダン 海へ行く」　[歴]日本児童文学学校一期生。童話雑誌「びわの実学校」などに作品を発表。代表作に「空とぶうばぐるま」「カッコウ時計のひみつ」「こねこからでんわです」「こだぬきダン 海へ行く」。　[団]日本児童文学者協会、一期会

盛田 勝寛　もりた・まさひろ

(社)桂浜水族館飼育研究員　[生]昭和36年　[出]北海道紋別市　[学]国際商科大学（現・東京国際大学）卒　[賞]潮賞（小説部門，第13回）（平成6年）「水族館の昼と夜」　[歴]著書に「水族館の昼と夜」がある。

森田 素夫　もりた・もとお

小説家　[生]明治44年10月24日　[没]昭和36年11月17日　[出]群馬県伊香保　[学]早稲田大学英文科卒　[歴]昭和8年「早稲田文科」を創刊、のち「泉」「早稲田文学」などに小説を発表。17年発表の「冬の神」は芥川賞候補作品となる。作品集に「女中の四季」「女中部屋」などがある。

森田 雄蔵　もりた・ゆうぞう

小説家　全国同人雑誌作家協会会長　[生]明治43年11月23日　[没]平成2年1月29日　[出]東京・京橋　本名＝森田優（もりた・まさる）　別名＝森田雄三　[学]法政大学文学部英文科（昭和10年）卒　[歴]戦後、本格的な作家活動に入る。「法政文学」「一座」「小説と詩と評論」などに小説を発表し、昭和33年「岳父書簡撰」を発表。42年代表作「料亭の息子」を刊行した。丹羽文雄の後を受けて全国同人雑誌作家協会会長を務めたほか、木々高太郎主宰の同人誌「小説と詩と評論」を継承し、新人作家の発掘に貢献した。　[団]日本文芸家協会、日本推理作家協会

森田 芳光　もりた・よしみつ

映画監督　[生]昭和25年1月25日　[出]神奈川県茅ケ崎市東海岸　[学]日本大学芸術学部放送学科（昭和47年）卒、大宅壮一マスコミ塾　[賞]ぴあフィルムフェスティバル入選（第2回）（昭和53年）「ライブ・イン・茅ケ崎」、ヨコハマ映画祭作品賞・新人監督賞（第3回・昭56年度）「の・ようなもの」、キネマ旬報賞日本映画監督賞・脚本賞（第29回・昭58年度）「家族ゲーム」、ブルーリボン賞監督賞（第26回・昭58年度）「家族ゲーム」、毎日映画コンクール脚本賞（第38回・昭58年度）「家族ゲーム」、ヨコハマ映画祭作品賞・脚本賞（第5回・昭58年度）、芸術選奨新人賞（第34回・昭58年度）「家族ゲーム」、日本映画監督協会新人賞（第24回・昭58年度）「家族ゲーム」、山路ふみ子映画賞（第9回）（昭和60年）「それから」、キネマ旬報賞日本映画監督賞（第31回・昭60年度）「それから」、ブルーリボン賞スタッフ賞（昭60年度）「それから」、報知映画賞監督賞（第10回・昭60年度）「それから」、ヨコハマ映画祭脚本賞（第8回・昭61年度）「そろばんずく」「ウホッッホ探検隊」、キネマ旬報賞脚本賞（第32回・昭61年度）「ウホッッホ探検隊」、年間代表シナリオ（昭61年度）「ウホッッホ探検隊」、報知映画賞（最優秀監督賞，第21回）（平成8年）「ハル」、ヨコハマ映画祭脚本賞（第18回）（平成8年）「ハル」、キネマ旬報読者ベストテン（平8年度）（平成9年）「ハル」　[歴]ハイロ・シネマ・フェストの「POS I—?」や「遠近術」「ライブ・イン・茅ケ崎」など8ミリ映画ではつとに知られていたが、昭和56年初の劇場用作品35ミリ「の・ようなもの」で注目され、翌年にはアイドル映画、ロマンポルノ

にまで手を広げ、いずれも高い評価を受けた。特に58年の「家族ゲーム」は同年度の映画賞を多数受賞した。その後も文芸もの、アクションもの、コメディなど果敢に取り組み、61年からは若手監督によるオムニバス映画「バカヤロー！」シリーズをプロデュース。平成9年モントリオール映画祭コンペ部門に「失楽園」を出品。11年ベルリン国際映画祭コンペ部門に「39 刑法第39条」を出品。他の作品に「シブがき隊・ボーイズ＆ガールズ」（昭57年）「家族ゲーム」（58年）「ときめきに死す」「メイン・テーマ」（S59年）「それから」（60年）「そろばんずく」（61年）「悲しい色やねん」（63年）「おいしい結婚」「ハル」（平8年）「黒い家」（平11年）「模倣犯」（14年）など。また脚本に「三年目の浮気」「ウホッホ探検隊」、著書に「東京監督」「思い出の森田芳光」などがある。

盛田 隆二　もりた・りゅうじ
小説家　⊕昭和29年12月23日　⊕埼玉県川越市　⊛早稲田文学新人賞佳作（第2回）（昭和60年）「夜よりも長い夢」　⊛昭和53年ぴあ（株）に入社。のち、「ぴあMUSIC COMPLEX」編集人。一方、高校時代から小説を書き、「夜よりも長い夢」「十七歳のマリア」「彼の人生」「穴のなかの獣」等を早稲田文学誌上に発表する。他の著書に「ストリート・チルドレン」「サウダージ」「リセット」「湾岸ラプソディ」など。　⊛日本文芸家協会

森谷 司郎　もりたに・しろう
映画監督　⊕昭和6年9月28日　⊕昭和59年12月2日　⊕東京・新宿番衆町　⊛早稲田大学仏文科（昭和30年）卒　⊛芸術選奨新人賞（昭和43年）「首」、年間代表シナリオ（昭和45年、57年）「赤頭巾ちゃん気をつけて」「海峡」、ブルーリボン賞スタッフ賞（昭和52年）「八甲田山」　⊛小学、中学時代を台湾で過ごし、昭和21年岡山に引き揚げる。早大卒業後の30年東宝に入社、黒沢明、成瀬巳喜男両監督らのもとで助監督をつとめたあと、41年に「ゼロファイター/大空戦」で監督デビュー。その後、「潮騒」「初めての愛」など東宝の青春映画路線を手がける一方、「首」など社会派ドラマでも演出の才をみせた。48年の「日本沈没」、52年の「八甲田山」はともに邦画系配給収入の記録を塗り替えた。そのほかに手がけた大作に「聖職の碑」「動乱」「漂流」などがあり、最後の作品は「小説・吉田学校」。

守友 恒　もりとも・ひさし
推理作家　⊕明治36年11月14日　⊕東京　本名＝守友順造　⊛歯科医を開業。昭和14年「青い服の男」でデビューし、探偵・冒険・秘境小説を執筆。作品に「死線の花」「幻想殺人事件」など。24年絶筆。

森永 武治　もりなが・たけじ
シナリオライター　放送ディレクター　⊕明治40年2月4日　⊕昭和60年4月11日　⊕東京　⊛宮内職員学術講習所卒　⊛宮内省に勤務後、放送劇脚本の公募に入選したのをきっかけに放送業界へ。昭和19～37年NHKに勤務し、数多くのドラマ演出を手がけた。また、脚本も書き、主な放送作品に「藤の花」（NHKラジオ）、「夜の声」（TBS）など、その他、戯曲に「幡随院長兵衛の手紙」「失恋の女神」がある。　⊛日本演劇協会

森野 昭　もりの・あきら
潮賞を受賞　⊕昭和18年　⊕北海道　⊛京都大学薬学部（昭和43年）卒　薬学博士　⊛潮賞（小説部門、第13回）（平成6年）「離れ猿」　⊛製薬会社研究所に勤務。50歳を機にカルチャーセンターに通い、小説を書き始める。

森福 都　もりふく・みやこ
小説家　⊕昭和38年3月31日　⊕山口県大島郡東和町　⊛広島大学医学部総合薬学科　⊛松本清張賞（第3回）（平成8年）「長安牡丹花異聞」、ホワイトハート大賞（エンタテインメント部門優秀賞、第2回）「薔薇の妙薬」　⊛少女時代から小説や漫画に熱中し、学生時代、松本清張の「菊枕」のシナリオ化も試みた。大卒後、製薬会社や病院の薬剤部に勤務を経て、小説に取り組むため退職。平成6年から横浜のカルチャーセンターで小嵐九八郎の指導を受ける。古代中国に材を執った小説を執筆。著書に「長安牡丹花異聞」「紅豚」がある。　⊛日本文芸家協会

森峰 あきら　もりみね・あきら
児童文学作家　⊕昭和32年　⊕奈良県　⊛関西大学文学部卒　⊛毎日童話賞優秀賞（第5回）　⊛「ばやしの会」同人、「亜空間」会員。著書に「プロレスあんちゃん」他。　⊛日本児童文学者協会

森村 桂　もりむら・かつら
小説家　画家　⊕昭和15年1月3日　⊕東京　⊛学習院大学国文科（昭和37年）卒　⊛大学卒業後、出版社に勤めたが間もなく退社。昭和39年、単身ニューカレドニア島などを旅し、帰国後「違っているかしら」を刊行。翌41年「天国にいちばん近い島」を刊行し、ベストセラ

一となる。以後、体験的、メルヘン的小説で若い女性の人気を得、「ほらふきココラテの冒険」「12時の鐘が鳴るまで」「それでも朝はくる」「父のいる光景」などを発表。探検家の谷口正彦と結婚、離婚を経て、54年再婚。52年に自主講座「もう一つの学校」を作り、話題となった。58年長野県軽井沢に移転。60年ティールーム"アリスの丘"を開店。近年はJR軽井沢駅の壁画制作など画家としても活動。㋱日本文芸家協会、日本音楽著作権協会　㋲父＝豊田三郎（小説家）、母＝森村浅香（歌人）

森村 誠一　もりむら・せいいち

小説家　㋴昭和8年1月2日　㋬埼玉県熊谷市本町　㋲青山学院大学文学部英米文学科（昭和33年）卒　㋵忠臣蔵、憲法　㋻江戸川乱歩賞（第15回）（昭和44年）「高層の死角」、日本推理作家協会賞（第26回）（昭和47年）「腐蝕の構造」、小説現代ゴールデン読者賞（第10回）（昭和49年）「空洞の怨恨」、角川小説賞（第3回）（昭和51年）「人間の証明」　㋲大学卒業後、新大阪ホテルを経てホテル・ニューオータニに勤務。昭和42年退職し、スクール・オブ・ビジネス観光学科主任講師になる。その間「幻の墓」など多くの作品を刊行。44年「高層の死角」で江戸川乱歩賞を、47年「腐蝕の構造」で日本推理作家協会賞を、51年「人間の証明」で角川小説賞を受賞。推理小説、社会小説と幅広く活躍。旧関東軍細菌部隊の実態を扱ったノンフィクション「悪魔の飽食」は大反響を呼びベストセラーとなる。他に「新幹線殺人事件」「死刑台の舞踏」「忠臣蔵」「エンドレス ピーク〈上・下〉」「笹の墓標」など著書多数。「人間の証明」など映画化、テレビ化された話題作も多い。「森村誠一長編推理選集」（全15巻，講談社）、「森村誠一短編推理選集」（全10巻，講談社）がある。㋱日本文芸家協会、日本推理作家協会

森村 南　もりむら・みなみ

「陋巷の狗」の著者　㋴昭和50年11月28日　㋬神奈川県　本名＝清水美穂（しみず・みほ）　㋲大阪芸術大学芸術学部文芸学科　㋻小説すばる新人賞（第9回）（平成8年）「陋巷の狗」　㋲高校2年の時ジャンプ小説・ノンフィクション大賞に入選。著書に「陋巷の狗」がある。

森本 巌夫　もりもと・いつお

小説家　㋴明治30年10月17日　㋬鳥取県西伯郡幡郷村　㋲小卒　㋲16歳で上京。店員、電工などを経て、「文章倶楽部」記者となる。大正14年「不同調」同人。のち「新文化」を主宰。小説に「喘ぐ」がある。　㋲孫＝光野桃（作家）

森本 薫　もりもと・かおる

劇作家　㋴明治45年6月4日　㋸昭和21年10月6日　㋬大阪府大阪市　㋲京都帝国大学英文科（昭和12年）卒　㋲三高在学中に処女作「ダム」を発表する。京大時代「部屋」を創刊。昭和9年発表の「わが家」で劇作家として認められ、以後「みごとな女」「華々しき一族」「かくて新年は」と、在学中に次々と作品を発表、注目を集めた。13年上京、15年文学座に入団。20年春「女の一生」を発表、杉村春子の当たり役の一つとなる。他に「無法松の一生」「富島松五郎伝」「怒濤」など、創作、脚色、翻訳、ラジオドラマ、映画シナリオと多彩な活動を展開して将来を嘱望されたが、21年結核のため34歳で夭折した。「森本薫戯曲全集」（全1巻，牧羊社）がある。

森本 忠　もりもと・ちゅう

小説家　熊本音楽短期大学名誉教授　元・熊本商科大学教授　㋵英文学　㋴明治36年9月2日　㋬熊本県飽託郡春日村大字久末字仲小路　本名＝森本忠八（もりもと・ちゅうはち）　㋲東京帝大文学部英吉利文学科（昭和2年）卒　㋻熊本日日新聞文学賞（昭和45年）「インサイダー」、熊本県芸術功労者顕彰（昭和59年）　㋲中学教諭を経て、昭和6年東京朝日新聞社入社。傍ら創作活動をする。19年大日本言論報国会常務理事、20年南日本新聞主筆、28年日本新聞協会審査室長を歴任。41年熊本商科大教授となり、50年熊本音楽短大教授、60年同名誉教授。著書に「僕の天路歴程」「匿れた人達」「インサイダー」、訳書にA.ハクスリ「半ドン」、T.S.エリオット「伝統文化論」など。　㋱東京大学英文学会、国語問題協議会、朝日旧友会　㋲父＝森本永八（一噌流笛師）

森本 房子　もりもと・ふさこ

小説家　㋴昭和4年　㋬東京　㋻埼玉文芸賞（第11回）（昭和55年）「幽鬼の舞」　㋲著書に「幽鬼の舞」「坂東の野に死す」、共著に「日本仁医物語」「日本伝奇伝説大事典」「江戸東京湾事典」「物語 信長をめぐる七人の女」などがある。㋱日本ペンクラブ

森本 由紀子　もりもと・ゆきこ

小説家　㋴昭和46年10月5日　㋬埼玉県川口市　㋲浦和商卒、武蔵野調理師専門学校卒　㋲会計事務所に勤めながら調理学校に通い免許を取得。平成6年「夏服のころ」が第2回ティーンズハート大賞佳作に入選。作品に「そばにいてね」「きっと初恋の誕生日」がある。

森谷 美加　もりや・みか
日本の子どもふるさと大賞創作口演童話大賞を受賞　㊌昭和17年10月11日　㊐東京　本名＝森谷江津子　㊕明治薬科大学卒　㊙日本の子どもふるさと大賞創作口演童話大賞（第1回）（平成2年）　㊧横浜で薬局を経営。

森山 清隆　もりやま・きよたか
推理作家　㊌昭和32年　㊐長崎県佐世保市　㊕山口大学人文学部卒　㊙日本推理サスペンス大賞（佳作、第7回）（平成6年）「回遊魚の夜」　㊧スタジオ機械販売会社勤務、にっかつ企画スタッフを経て、映画企画やテレビドラマ、バラエティー番組のプランニング事務所を経営。一方、平成7年「回遊魚の夜」で推理作家デビュー。

森山 啓　もりやま・けい
小説家　詩人　評論家　㊙スピノザ、ゲーテ、ハイネの汎神論　㊌明治37年3月10日　㊋平成3年7月26日　㊐新潟県岩船郡村上本町　本名＝森松慶治（もりまつ・けいじ）　㊕東京帝国大学文学部美学科（昭和3年）中退　㊙新潮社文芸賞（第6回）（昭和18年）「海の扉」、北国文化賞（昭和32年）、小松市文化賞（昭和44年）、中日文化賞（昭和58年）　㊧東大在学中にプロレタリア文学運動に加わり、詩集「隅田河」（発禁）「潮流」、評論集「芸術上のレアリズムと唯物論哲学」「文学論」「文学論争」を刊行。昭和11年「文学界」同人となり、作家として再出発。以後、「収穫以前」「日本海辺」「遠方の人」などを発表。18年「海の扉」で新潮社文芸賞を受賞。戦後は郷里の小松に在住し、「青梅の簾」「市之丞と青葉」「野菊の露」「生と愛の真実」などを刊行。　㊨日本文芸家協会、著作権保護同盟

森山 京　もりやま・みやこ
児童文学作家　㊌昭和4年7月10日　㊐東京　㊕神戸女学院大学中退　㊙準朝日広告賞、毎日広告デザイン賞、講談社児童文学新人賞佳作（第9回）（昭和43年）「こりすが五ひき」、ボローニャ国際児童図書展エルバ賞特別賞「ねこのしゃしんかん」、路傍の石幼少年文学賞（第11回）（平成1年）「きつねのこ」、小学館文学賞（第39回）（平成2年）「あしたもよかった」、野間児童文芸賞（第34回）（平成8年）、ひろすけ童話賞（第10回）（平成11年）「パンやのくまちゃん」　㊧小学生時代の殆どを旧満州の瀋陽で過ごす。大阪阪急百貨店宣伝部に勤めたのち、昭和35年上京、フリーのコピーライターを経て、日本デザインセンターにチーフコピーライターとして勤務。43年「こりすが5ひき」で第9回講談社児童文学新人賞佳作を受賞。出産・退職後再び童話の創作活動に入る。「ねこのしゃしんかん」は、ボローニャ国際児童書展エルバ賞推薦となる。作品はほかに「こうさぎのあいうえお」「うそっこうさぎ」「まねやのオイラ旅ねこ道中」「アンデルセンのえほん」「パンやのくまちゃん」シリーズなど多数。　㊨日本文芸家協会

杜山 悠　もりやま・ゆう
小説家　㊌大正5年12月13日　㊋平成10年3月10日　㊐兵庫県神戸市　本名＝茶谷幸男　㊕高小卒　㊙講談社倶楽部賞「ギスカン」　㊧神戸新聞社勤務を経て、作家生活に入る。郷土の歴史・風土に魅かれ、史話発掘に力を注いだ。作品「お陣屋のある村」「粟井宿の人足」は直木賞候補となった。主著に「忍者の系譜」「神戸歴史散歩」「山陰道史譚」「はりま風土記の旅」など。　㊨日本文芸家協会、日本ペンクラブ、風土記の会

森脇 道　もりわき・みち
小説家　㊌昭和19年　㊐東京都　㊕立教大学社会学部卒　㊙朝日ジャーナルノンフィクション大賞優秀賞（第2回）（昭和61年）「シフトチェンジ無手勝手」　㊧昭和43年日本テレビ入社。制作部プロデューサーとなるが、60年退社してヨーロッパを転々とする。61年「シフトチェンジ無手勝手」で第2回朝日ジャーナルノンフィクション大賞の優秀賞を受賞。「スーパー・ハイスクール・ギャング」で小説家としてデビュー。著書は他に「俺たちの翔んで青春」「少女探偵に明日はない」「633カントリークラブロード」など。現在は南フランスと日本で半年ずつ暮らし、著作中。

諸井 薫　もろい・かおる
作家　エッセイスト　出版プロデューサー　元・プレジデント社長　㊌昭和6年3月26日　㊋平成13年7月20日　㊐東京都渋谷区　本名＝本多光夫（ほんだ・みつお）　㊕早稲田大学文学部（昭和25年）中退　㊧昭和32年河出書房に入社、「週刊女性」を創刊し編集長。34年世界文化社に移り、常務・編集局長として「家庭画報」の隆盛を導くが、47年に独立し、編集プロダクション・DICを設立。フリーを経て、51年プレジデント社に副社長として入社。52年社長。「プレジデント」を歴史人物中心の誌面にし、飛躍的に部数を伸ばした。57年一時退いたが、58年6月再び社長に就任。のち取締役・主幹。平成元年タイムアシェットジャパン会長。9年中央公論社取締役相談役に招かれ、経営立て直しに尽力。10年最高顧問となる。また、男心を代弁するエッセイでも親しまれ、著書に「男の感情教育」「男の止まり木」「俠気について」「花疲れ」「未知子」「老いの気概」「男女の機微」「男の流儀」などがある。

もろい

諸井 条次 もろい・じょうじ
劇作家　㋐明治44年7月9日　㋑東京・湯島
㋘開成中学中退　㋒昭和25年新協劇団上演の「つばくろ」でデビュー。27年山口市で「はぐるま座」を結成、主宰。37年中国公演を行う。のち内紛で退団。ほかに「冬の旅」「千鳥太鼓」「野火」などがある。

両沢 和幸 もろさわ・かずゆき
映画監督　テレビプロデューサー　シナリオライター　㋐昭和35年11月24日　㋑埼玉県　㋘明治大学商学部卒　㋒大卒後、にっかつに入社。神代辰巳監督らの助監督を務める。後に企画部に異動、脚本を書き始める。ドラマのプロデュースなどを手がけ、「世にも奇妙な物語」に携わる。平成6年にっかつを退社し、テレビ界に転身。8年より〈ナースのお仕事〉シリーズを手掛け、14年映画版「ナースのお仕事ザ・ムービー」でも監督を務める。脚本を担当した作品に「お金がない!」「味いちもんめ」「せいぎのみかた」など。「ナースのお仕事」「月下の棋士」ではプロデュースを、「サンタが殺しにやって来た」では脚本、演出を担当。

諸田 玲子 もろた・れいこ
小説家　㋐昭和29年3月7日　㋑静岡県静岡市　㋘上智大学文学部英米文学科卒　㋒フリーのアナウンサーや外資系化粧品会社勤務の後、テレビドラマのノベライズや翻訳に携わる。平成8年中編集「眩惑」でデビュー。以後、立て続けに長編を発表。小説に「身毒丸」「誰そ彼れ心中」「幽恋舟」「鬼あざみ」、訳書に「愛されすぎた女の悲劇」などがある。　㋛日本文芸家協会

諸橋 宏明 もろはし・ひろあき
シナリオライター　小説家　㋐昭和32年　㋑福岡県　㋘明治大学文学部　㋒サンリオ脚本賞(第1回)(昭和56年)「道化のサムライ達」㋓在学中に8ミリ映画「道化のサムライ達」を制作(未完)。昭和56年「誰か故郷を想はざる」で第7回問題小説新人賞候補。他の作品に「仮面舞踏会」「一九六〇・獣たちの伝説」(脚本)、「モンゴリアン・グラフィティー」「ウィーン挽歌(クラーゲンリート)」がある。

諸星 澄子 もろほし・すみこ
小説家　㋐昭和7年6月21日　㋑神奈川県平塚市　本名=加藤澄子　㋘慶応義塾大学経済学部(昭和31年)卒　㋒昭和39年「電気計算機のセールスマン等」が直木賞候補になったのをきっかけに40年より作家活動に入る。42年頃からジュニア小説を多数発表。55年ミステリーに転向。著書に「蔵王絶唱」「誘拐者」など。
㋛日本文芸家協会

紋田 正博 もんだ・まさひろ
高校教師(徳島・日和佐高)　高校演劇指導者　㋑徳島県・日和佐町　㋘国士舘大卒　㋒全国高校演劇大会最優秀(昭和59年)「劇闘日本の夏」　㋓日和佐高3年の時、全国高校演劇大会の中・四国大会で1位。学生時代は寺山修司のアングラ劇に心引かれながらも飛び込みきれなかった体験を持つ。昭和57年母校の国語教諭になると同時に演劇部顧問に。座付き作者として「劇闘日本の夏」を書き、同作品で59年全国高校演劇大会最優秀を受賞した。

【 や 】

八重樫 実 やえがし・みのる
作家　元・「北の話」編集長　㋐大正12年11月1日　㋟平成11年11月29日　㋑北海道札幌市　㋘大連一中卒　㋒満州鉄道勤務時代に敗戦を迎え、復員。北海道庁に勤めたが、昭和24年帯広の新聞社に入り、休刊中の文芸雑誌「凍源」を復刊。その後、作家としての活動を始め、「札幌文学」「凍原」同人として活躍。38年出版社・凍原社を設立。北海道のタウン誌「北の話」を創刊し、編集長を務めた。"北海道を旅する手帖"と銘打って北海道とのかかわりをテーマにエッセイ、旅行記などを掲載、第一線の作家が寄稿し、発行部数は6万部に上った。平成9年12月第202号を最後に廃刊となった。著書に「氷の旗」「冬の燕」「終南山」「銀の宴」など。　㋛日本ペンクラブ、日本文芸家協会　㋕妻=津田遙子(元「北の話」発行人)

八起 正道 やおき・まさみち
児童文学作家　㋐昭和6年　本名=田中博崇　㋒福島正実記念SF童話賞(第6回)(平成1年)「ぼくのじしんえにっき」　㋓夜間高校卒業後、航空自衛隊、まんが家アシスタント、広告会社勤務などの傍ら、童話を創作。作品「ぼくのじしんえにっき」「ふうせんの日」。　㋛少年文芸作家クラブ

矢川 澄子 やがわ・すみこ
小説家　詩人　翻訳家　㋐昭和5年7月27日　㋟平成14年5月29日　㋑東京　㋘東京女子大学英文科卒、学習院大学独文科卒、東京大学文学部美学美術史学科中退　㋒昭和44年ころより文筆活動に入り、同時に英仏独語の翻訳も手がける。著書に創作集「架空の庭」「兎とよばれた女」「失われた庭」、詩集「ことばの国のアリス」「アリス閑吟抄」、評論「反少女の灰皿」「野溝七生子というひと」「アナイス・ニンの少女時代」、エッセイ集「愛の詩」など。訳書に

ブレヒト「暦物語」、ギャリコ「トンデモネズミ大活躍」「七つの人形の恋物語」「雪のひとひら」、「ぞうのババール」、「矢川澄子作品集成」(書肆山田)など多数。34年渋沢龍彦と結婚するが、43年離婚。平成7年「おにいちゃん―回想の渋沢龍彦」を出版。　㊐日本文芸家協会

八木 柊一郎　やぎ・しゅういちろう

劇作家　㊐昭和3年12月20日　㊐神奈川県横浜市　本名＝八木伸一　㊐山形高(昭和23年)中退　㊐岸田国士戯曲賞(第8回)(昭和37年)「波止場乞食と六人の息子たち」「コンベアーは止まらない」、芸術祭賞優秀賞(第25回)(昭和45年)「空巣」、紀伊国屋演劇賞(第22回)(昭和62年)、湯浅芳子賞(第2回)(平成7年)、芸術選奨文部大臣賞(第46回，平7年度)(平成8年)「メリー・ウィドウへの旅」　㊐昭和26年処女作「真木とノオトと二人の女」を発表。30年「三人の盗賊」で新劇界にデビュー。木下順二、宮本研ら新作家グループで60年安保に参加、社会性も加味した「コンベヤーは止らない」などの作品を発表。またミュージカルの分野では「泥の中のルビイ」「泥棒と私」などで新分野を開拓し、テレビドラマにも進出。ほかの作品に「空巣」「コンソメスープ昭和風」「女たちの招魂祭」「横浜物語」「国境のある家」「メリー・ウィドウへの旅」、「八木柊一郎戯曲集」(全2巻)などがある。　㊐日本演劇協会、日本放送作家協会

八木 荘司　やぎ・そうじ

作家　産経新聞東京本社編集特別委員　㊐昭和14年8月7日　㊐大阪府　筆名＝有沢創司(ありさわ・そうじ)　㊐京都大学文学部(昭和38年)卒　㊐日本推理サスペンス大賞(第5回)(平成4年)「ソウルに消ゆ」　㊐昭和38年サンケイ新聞社入社。60年大阪本社編集部社会部長、62年同編集長、平成元年東京本社論説委員、2年論説副委員長、4年委員長、6年特別記者・局長待遇、のち編集特別委員。著書にノンフィクション「原告・宮津裕子」、小説「ソウルに消ゆ」など。

八木 東作　やぎ・とうさく

小説家　劇作家　㊐明治34年4月20日　㊐東京・神田　㊐早稲田大学独文科(大正13年)卒　㊐大正10年時事新報懸賞短編小説に「秋の一日」が3等入選。同年早大演劇学会に参加、同会戯曲集第1集に「生きんとする心」、第2集に「末人」を書いた。15年10月の「新潮」新人号に「恋人を確かめる」を発表。のち文学党員同人。新潮社の「海外文学選書」の1冊にオイレンベルク「マリアの画像」の訳著がある。

八木 紀子　やぎ・のりこ

毎日童話新人賞最優秀新人賞を受賞　㊐北朝鮮・平壌　㊐大智大学卒　㊐毎日童話新人賞最優秀新人賞(第12回)(昭和63年)「ようふくなおしは まかせなさい」　㊐教員や絵本出版社勤務を経て、現在、主婦業の傍ら、童話教室で創作を勉強。

八木 保太郎　やぎ・やすたろう

シナリオライター　㊐明治36年2月3日　㊐昭和62年9月8日　㊐群馬県群馬郡京ケ島村萩原(現・高崎市萩原町)　㊐日本映画俳優学校(大正14年)卒　㊐年間代表シナリオ(昭25年，27年，28年，30年，32年，34年，39年，44年度)、溝口賞(第1回)(昭和32年)「米」、毎日映画コンクール特別賞(昭62年度)　㊐大正15年日活に監督助手として入社。のち脚本部に転じシナリオ作家となる。第1作は昭和5年の田坂具隆監督「この母を見よ」。昭和10年代前半は内田吐夢監督の「人生劇場」、豊田四郎監督の「小島の春」など文学映画を担当。その後東宝を経て、17年から20年まで満映製作部長。戦後も創作活動を続け、代表作に山本薩夫監督「人間の壁」、今井正監督「山びこ学校」などがある。平成2年映画殿堂入り。

八木 義徳　やぎ・よしのり

小説家　㊐明治44年10月21日　㊐平成11年11月9日　㊐北海道室蘭市大町(現・中央町)　㊐早稲田大学文学部仏文科(昭和13年)卒　㊐日本芸術院会員(平成1年)　㊐芥川賞(第19回)(昭和19年)「劉広福」、読売文学賞(小説賞・第28回)(昭和51年)「風祭」、日本芸術院賞恩賜賞(第44回)(昭和63年)、北海道新聞文化賞社会文化賞(第42回)(昭和63年)、勲三等瑞宝章(平成1年)、室蘭市名誉市民(平成1年)、菊池寛賞(第38回)(平成2年)、早稲田大学芸術功労者(平成4年)、地方出版文化功労賞(特別賞，第8回)(平成7年)「何年ぶりかの朝」　㊐少年時に有島武郎「生れ出づる悩み」を読んで文学に開眼。北海道帝大水産専門部時代、左翼の嫌疑をうけて上京し、東京でも非合法運動にまきこまれて満州に渡る。その後早稲田大学に入学し同人誌「黙示」創刊、横光利一に師事した。卒業後、昭和13年満州理化学工業社に入社して再び満州に渡り、18年帰国。19年「劉広福(りゅうかんふう)」で芥川賞を受賞したが、すぐに応召し、中国に渡って21年復員。戦後「母子鎮魂」や「私のソーニャ」を発表。「美しき晩年のために」「女」「摩周湖」「一枚の絵」「半生記」や、「文学の鬼を志望す」「文章教室」など、自己求道的な私小説が多くある。他に「八木義徳全集」(全8巻，福武書店)がある。平成11年故郷・北海道室蘭市の市立室蘭図書館附属文学資料館・港の文

学館内に"八木義徳記念室"が開設される。
㉚日本文芸家協会(理事)

八木 隆一郎　やぎ・りゅういちろう
劇作家　放送作家　㊷明治39年4月17日　㊸昭和40年5月12日　㊹秋田県能代市　本名＝八木財一郎　㊺函館商(大正13年)卒　㊻NHK放送文化賞(第5回・昭28年度)　㊼水守亀之助の知遇を得て小説を書いていたが、昭和5年左翼劇場に入り、のち新築地劇団に参加する。11年アイヌを題材にした「熊の唄」が井上正夫の演劇道場で上演されて注目される。戦前の作品に「赤道」「太平洋の嵐」などがあり、戦後の作品に「故郷の声」「海の星」「幻の宿」などがある。映画のシナリオも多く手がけ、内田吐夢作品「土」(北村勉と共同)、阿部豊作品「燃ゆる大空」「南海の花束」、成瀬巳喜男作品「石中先生行状記」、衣笠貞之助作品「大仏開眼」などがある。また「流木」「落日」など多くの放送劇も執筆し、草創期のラジオ、テレビドラマで活躍した。著書に「八木隆一郎ラジオ・ドラマ選集」(宝文館)「八木隆一郎戯曲選集」(牧羊社)、戯曲集「赤道」「幻の宿」などがある。㉚日本シナリオ作家協会、日本演劇協会　㊽娘＝八木昌子(女優)

八木沢 武孝　やぎざわ・ぶこう
映画監督　㊷明治43年4月3日　㊹東京　㊺東京帝国大学フランス文学科卒　㊼松竹脚本研究所を経て、昭和12年松竹大船撮影所に入社、「父よあなたは強かった」などのシナリオを書く。17年満映へ移り、松竹京都東京脚本部嘱託を経て、20年大映へ。24年「母の丘・ホルスタイン物語」を監督するが監督作品はこれ一本だけである。30年東映の嘱託となり、翌31年大映東京撮影所脚本家養成所の講師をし、以後はフリー。

八木田 宜子　やぎた・よしこ
児童文学作家　㊻英米児童文学　児童文化全般　㊷昭和12年11月11日　㊹東京　㊺東京大学教育学部教育学科(昭和36年)卒　㊼E.ネズビット　㊻出版社に勤務し、児童書の編集に従事。のちフリーとなり、児童書の翻訳・創作、及び児童文化の研究に従事。昭和58年より埼玉純真女子短期大学助教授、のち教授。「せいくらべ」「魔法の城」「もりのともだち」「ぼくのカモメ」「砂の妖精」「かがやく剣の秘密」「耳のそこからふえたいこ」など著・訳書多数。「八木田宜子みどりの絵本」(全12冊)もある。㉚日本児童文学学会、JBBY、日本児童文芸家協会、日本文芸家協会

八切 止夫　やぎり・とめお
小説家　㊻歴史研究　㊷大正5年12月22日　㊹神奈川県横浜市中区花咲町　本名＝矢留節夫　旧筆名＝耶止説夫　㊺日本大学文学部(昭和11年)卒業　㊻小説現代新人賞(第3回)(昭和39年)「寸法武者」　㊼戦前から、耶止説夫の筆名で「新青年」に作品を発表していたが、大本営執筆禁止第1号となり、休筆を余儀なくされる。終戦時には割腹未遂を起こすが再起。昭和30年、日本シェル出版を創立、「西郷隆盛」などの自著を多く刊行する。39年「寸法武者」で小説現代新人賞を受賞し、以後歴史作家として幅広く活躍。意表をつく新説で人気を得た。「信長殺し、光秀ではない」「戦国意外史」「庶民日本史辞典-八切史観」など多くの著書があり、「サンカの歴史」「サンカ民俗学」などの研究書でも知られる。㉚日本文芸家協会

矢口 敦子　やぐち・あつこ
小説家　㊷昭和28年3月9日　㊹北海道函館市　㊺慶応義塾大学文学部通信課程(昭和56年)卒、中央大学法学部通信課程(平成8年)卒　㊻高橋亀吉賞(入選)(平成5年)、女流新人文学賞(平成9年)「人形になる」　㊼心臓病で小学5年の時、就学猶予となり、以後通信教育を受け続け、大学を卒業。著書に「かぐや姫連続殺人事件」「家族の行方」「光の墓—タブの森へ」「人形になる」など。

矢崎 藍　やざき・あい
作家　桜花学園大学人文学部比較文化学科教授　㊻教育・文化論　古典文学(平安歌物語・和歌・俳諧)　児童文学　㊷昭和15年11月6日　㊹東京都豊島区北大塚　本名＝柴田竹代(しばた・たけよ)　旧姓(名)＝菊池　俳号＝藍(あい)　㊺お茶の水女子大学文教育学部国文学科卒　㊻日本文学の中の集団制作分野(贈答歌〜連歌、俳諧、現代連句)　㊼小学館で児童雑誌編集者を経て、昭和55年から作家活動に入る。ベストセラーとなったデビュー作「ああ子育て戦争」をはじめ、著書に「小説母親の条件」「幸せくらべ」「女と男のいる古典の世界」「物語百人一首」「連句恋々」、児童文学書に「チャーリー！」「チャーリーと鯖ネコ」のシリーズなど。桜花学園大学人文学部教授を務め、新聞・雑誌等に時評・コラムなども執筆する。㉚連句協会(理事)、ころも連句会(代表)、俳文学会、日本文芸家協会

矢崎 存美　やざき・ありみ
小説家　㊷昭和39年12月12日　㊹埼玉県東松山市　別名＝矢崎ありみ、矢崎魔夜(やざき・れいや)　㊻昭和60年星新一ショートショートコンテストに「殺人テレフォンショッピング」で入選。その後、同人誌「せる」に参加。平成元年

少女小説家としてデビュー。以後ノンフィクション・ノベル、エッセイなどを執筆。一方、パソコン通信ネットワーク・NIFTY-Serveの、映画フォーラム、冒険小説&ミステリーフォーラムのサブシステムオペレーターをつとめる。著書に矢崎麗夜「ありのままなら純情ボーイ」、矢崎存美の筆名で「パソ婚ネットワーク」「ぶたぶた」「刑事ぶたぶた」など。

矢崎 節夫　やざき・せつお

児童文学作家　童謡詩人　[生]昭和22年5月5日　[出]東京都　[学]早稲田大学英文科(昭和45年)卒　[賞]児童文芸新人賞(第4回)(昭和50年)「二十七ばん目のはこ」、赤い鳥文学賞(第12回)(昭和57年)「ほしとそらのしたで」、日本児童文学学会賞特別賞(第8回)(昭和59年)「金子みすゞ全集」編、日本児童文学学会賞(第17回)(平成5年)「童謡詩人……金子みすゞの生涯」、日本童謡賞(特別賞，第24回)(平成6年)　[歴]大学在学中より、子どもの歌の詩誌「ピアノとペン」に作品を発表。昭和57年より日本児童教育専門学校、58年より埼玉大学各講師を務める。現在、詩・童謡・童話など、各方面で活躍。主な作品に「あめって あめ」「かいじんゾロシリーズ」「みみこのゆうびん」、著書に「童謡詩人……金子みすゞの生涯」など多数。　[団]日本児童文芸家協会(常任理事)、日本児童文学学会

矢崎 充彦　やざき・みつひこ

映画監督　[生]昭和42年　[出]東京都　[学]慶応義塾大学経済学部卒　[賞]サンダンス・NHK国際映像作家賞(平成11年)「Go!」　[歴]大学卒業後、本田技研を経て、平成3年鎌倉映画塾に第1期生として入塾し、6年卒塾。間宮浩之と共同監督した卒業制作「歩道にあがれ」が第4回国際学生映画祭等で上映され、評判を呼ぶ。8年「今日、その道で」、10年「子供たちの傘」を監督。11年1月松沢直人との共同原作によるオリジナル脚本「Go!」がサンダンス・NHK国際映像作家賞を受賞。他の作品に「ハッピネス-0」がある。

矢島 さら　やじま・さら

小説家　[生]昭和36年3月12日　[出]神奈川県横浜市　筆名＝麻宮笙(あさみや・しょう)　[歴]大学を卒業、国語の先生の免許をもつ。フリーライターとして「週刊現代」「SPA!」などの雑誌に執筆したのち、ジュニア小説「放課後のう・ふ・ふ」で作家デビュー。恋愛小説、エッセイの他、麻宮笙のペンネームでファンタジー小説も執筆。著書に「原宿デビューします!」など。

矢嶋 輝夫　やじま・てるお

小説家　[生]昭和14年5月20日　[出]東京　[学]早稲田大学中退　[歴]「試行」を中心に創作活動を続け、昭和45年「裂魂」を刊行し、以後「暗き魚」「受難曲」「子供の情景」などを刊行。実存的な存在論と美意識の展開を中枢に据えた創作活動を続けている。

矢島 誠　やじま・まこと

作家　[生]昭和29年　[出]東京都　[学]中央大学文学部仏文科卒　[歴]雑誌編集者を経て、執筆活動に入る。20代で書いた「星狩人」が第29回江戸川乱歩賞の候補作となる。「霊南坂殺人事件」で小説家としてデビュー。他の著書に「鎌倉XX(ダブルエックス)の殺人」など。

矢島 正雄　やじま・まさお

シナリオライター　[生]昭和25年2月15日　[出]神奈川県川崎市　[学]東洋大学英米文学科卒　[賞]小学館漫画賞(昭和61年)「人間交差点」　[歴]サラリーマンとなるが、25歳のときNHK主催の創作ドラマ脚本懸賞コンクールに入選。さらに再度シナリオコンクールに入選したのをきっかけに脚本家に転身。主な作品にテレビ「魔性」「マニラから来た女」「福沢諭吉」「クセになりそな女たち」「愛とは決して後悔しないこと」「びんびん物語シリーズ」「凛凛と」「最高の食卓」など。

矢代 静一　やしろ・せいいち

劇作家　演出家　[生]昭和2年4月10日　[没]平成10年1月11日　[出]東京・銀座　[学]早稲田大学文学部仏文科(昭和25年)卒　[賞]紀伊国屋演劇賞(昭和46年)「写楽考」「パレスチナのサボテン」、読売文学賞(戯曲賞，第24回)(昭和47年)「写楽考」、芸術選奨文部大臣賞(昭52年度)(昭和53年)「浮世絵師三部作」、紫綬褒章(平成2年)、勲四等旭日小綬章(平成9年)　[歴]昭和19年早稲田高等学院在学中に俳優座研究生となり戦時下の移動劇団に加わる。大学時代は俳優座文芸部に属し、26年文学座に移る。25年から演出も始め、劇作家、演出家として活躍。38年文学座を退団し、NLTの結成に参加。のちフリーとなり、ミュージカルや商業演劇でも活躍。44年カトリックの洗礼を受けた。48年「写楽考」で読売文学賞を、53年「浮世絵師三部作」(「写楽考」「北斎漫画」「淫乱斎英泉」)で芸術選奨文部大臣賞を受賞。ほかの代表作に「城館」「絵姿女房」「壁画」「夜明けに消えた」などがある。著書に「画狂人・北斎考」「旗手たちの青春」「螺旋階段の上の神」「矢代静一戯曲全集」(全2巻)など。一貫して人間の内面を見つめる作品を書き続けた。NHK放送用語委員も務めた。　[団]日本文芸家協会、日本演劇協会　[家]妻＝山本和子(元女優)、娘＝矢代朝子(女優)

、毬谷友子(女優)、父=矢代乙吉(ヨシノヤ靴店会長)

安井 健太郎　やすい・けんたろう
小説家　㊷昭和49年　㊥大谷大学中退　㊾スニーカー大賞(第3回)(平成9年)「神々の黄昏―ラグナロク」　㊙バイク・ツーリングをしながら冒険物語を書く。著書に「ラグナロク―黒き獣」(受賞作「神々の黄昏―ラグナロク」改題)がある。

安江 生代　やすえ・いくよ
児童文学作家　㊷昭和25年　㊥京都府　㊾ニッサン童話と絵本のグランプリ(第6回)「まきをせおった少年」　㊙30歳の時、あまんきみこの講演会を聞いたことがきっかけで、童話を書き始める。宇治市や京都市に住む女性で結成した創作童話グループ「風のクレヨン」に入会。平成3年41歳の時に書いた「風の鳴る村」でデビュー。他の著書に「海からの手紙」がある。

安岡 章太郎　やすおか・しょうたろう
小説家　日本文芸家協会監事　㊷大正9年5月30日　㊥高知県高知市帯屋町　㊥慶応義塾大学文学部(昭和23年)卒　㊥日本芸術院会員　㊾芥川賞(第29回)(昭和28年)「悪い仲間」「陰気な愉しみ」、時事文学賞(第1期)(昭和28年)「ハウスガード」、芸術選奨文部大臣賞(文学・評論部門、第10回)(昭和34年)「海辺の光景」、野間文芸賞(第13回・第41回)(昭和35年・昭和63年)「海辺の光景」「僕の昭和史」、毎日出版文化賞(昭和42年)「幕が下りてから」、読売文学賞(小説賞、第25回)(昭和48年)「走れトマホーク」、日本芸術院賞(文芸部門、第32回)(昭和50年)、日本文学大賞(第14回)(昭和57年)「流離譚」、川端康成文学賞(第18回)(平成3年)「伯父の墓地」、朝日賞(平3年度)、勲三等瑞宝章(平成5年)、読売文学賞(随筆紀行賞、第47回)(平成8年)「果てもない道中記」、大仏次郎賞(第27回)(平成12年)「鏡川」、文化功労者(平成13年)　㊙慶大在学中の昭和19年に入営し満州に渡ったが、翌20年胸部疾患で内地送還となる。戦後も脊椎カリエスで病床生活をしたが、26年「ガラスの靴」を発表し、28年「悪い仲間」「陰気な愉しみ」で芥川賞を受賞。政治的なものに冷ややかで日常に重点を置いた作風で、吉行淳之介らと共に"第三の新人"と位置づけられた。その後も「海辺の光景」で34年に芸術選奨を、35年に野間文芸賞を受賞。48年「走れトマホーク」、平成8年「果てもない道中記」で読売文学賞、昭和57年安岡家の歴史を描いた「流離譚」で日本文学大賞を受賞、50年には芸術院賞を受賞した。平成12年19年ぶりの小説「鏡川」で大仏次郎賞を受賞。小説のほかに「志賀直哉私論」「小説家の小説論」「僕の昭和史1・2・3」などの評論もある。　㊙日本文芸家協会　㊨いとこ=安岡清彦(元最高裁判事)

安岡 伸好　やすおか・しんこう
小説家　㊷大正7年1月3日　㊥鹿児島県大島郡喜界ケ島　㊥早稲田大学政経学部卒　㊙復員して職場を転々、東京都教員となった。昭和30年「文学界」の第1回新人賞に「あお鳩の声」が入選、以後島を舞台にした作品を書いた。33年「えゝじゃないか」、35年「遠い海」を発表。

安川 茂雄　やすかわ・しげお
登山家　作家　元・四季書館社長　㊷大正14年12月13日　㊙昭和52年10月23日　㊥東京　本名=長越成雄　㊥早稲田大学文学部仏文科卒　㊙中学時代から登山を好み、登山家、編集者として活躍するかたわら「霧の山」などの山岳小説を発表。また登山史研究者として、昭和44年「近代日本登山史」を刊行。41年にはヒンズー・クシュ登山隊隊長を務めるなど海外でも活躍した。三笠書房編集長、朋文堂、あかね書房などの顧問を経て、49年四季書館設立。他の著書に「谷川岳研究」「パミールの短い夏」、訳書にヘックマイヤー「アルプスの三つの壁」など。

安田 二郎　やすだ・じろう
著述家　証券アナリスト　経済評論家　㊙証券分析　経済評論　家庭経済　経済小説　㊷昭和15年2月4日　㊥東京・新宿　㊥慶応義塾大学文学部哲学科(昭和37年)卒　㊥地下経済　㊙中学生の時から短波の株式市況を聞き、父親の秘書を経て、昭和37年投資相談業、評論活動に入る。58年に証券マンガ「饅頭こわい」の株価予想を担当し、高い確率で的中させていったことから、業界の注目を浴びた。経済小説も書き、著書に「マネーハンター」「兜町崩壊」「株の時代」「橘のある街」「亡国の兜町」など。　㊙日本証券アナリスト協会　㊨父=益田金六(株式評論家・故人)

安田 雅企　やすだ・まさき
小説家　元・東京犯罪研究会会長　㊙犯罪・アウトロー　世界の刑務所　ヤクザ　売春　麻薬　秘密結社　汚職　㊷昭和9年2月2日　㊥東京都目黒区洗足　本名=安田早苗(やすだ・さなえ)　筆名=大場左以門(おおば・さいもん)　㊥明治大学文学部仏文科卒　㊙アウトロー、変人奇人、政財界構造汚職、企業犯罪　㊙10代の終り頃、池袋や浅草などを放浪して、アウトサイダーの世界を知る。教員、古本屋、印刷所経営などを経て、犯罪ルポライター、小説家に。編集プロダクション・オカザキ出版専務。著書に「犯罪ブルバール」「パリ留学生人肉食事件」「少年少女犯罪」「エロトマニア」、共著に「新・ヤ

クザという生き方」などがある。 [団]雑学俱楽部、思想の科学、仮面の会

安田 真奈　やすだ・まな

映画監督 [生]昭和45年 [出]奈良県 [学]神戸大学卒 [賞]五日市映画祭グランプリ(平成6年)「わっつ・ごーいん・おん?」、五日市映画祭監督賞(平成7年)「ぽちぽちの俺ら」、ひろしま映像展グランプリ(平成8年)「おっさん・らぷそてー」、あきる野映画祭脚本賞(平成8年)「おっさん・らぷそてー」、キリンコンテンポラリーアワード奨励賞(平成8年)「ヒトチガイ」、ひろしま映像展演技賞(平成7年)「ヒトチガイ」、あきる野映画祭グランプリ(平成9年)「忘れな草子」、あきる野映画祭グランプリ(平成10年)「イタメシの純和風」 [歴]高校1年で映画に目覚め、大学でも映画研究会に所属し、8ミリ映画を撮影。卒業後は大手電器メーカーに勤務する傍ら自主映画を制作。ドラマ、コメディ、サスペンスなど幅広く手掛ける。作品に「わっつ・ごーいん・おん?」「ヒトチガイ」「イタメシの純和風」「オーライ」など。 http://www.asahi-net.or.jp/~GI2S-KSK/yasuda/pages/

安田 満　やすだ・みつる

小説家 ジャーナリスト [生]大正4年3月14日 [出]大分県 [歴]朝日新聞鹿屋通信局長を務め、のち客員。一方昭和38年頃から鹿屋市の季刊同人誌で「火山地帯」の同人として小説に取り組む。同誌87号と91号に掲載された「玄耳と猫と漱石と」と「南洲先生大将服焼片」の2編が中央文壇で評価され、平成5年小説集「玄耳と猫と漱石と」として出版。

保田 良雄　やすだ・よしお

小説家 [専]推理小説 冒険小説 [生]昭和5年12月 [出]大阪府 [学]関西学院大学経済学部(昭和29年)卒 [賞]サントリーミステリー大賞読者賞(第3回)(昭和60年)「カフカズに星墜ちて」 [歴]昭和35年オランダ系ナショナル・ハンデルス銀行、39年米系コンチネンタル・イリノイ銀行入行。外国為替ディーラー、外為課長、業務推進部次長などを経て、58年退職。著書に長編スパイ小説「ヨルダンで別れた男」など。

保高 徳蔵　やすたか・とくぞう

小説家 [生]明治22年12月7日 [没]昭和46年6月28日 [出]大阪府大阪市南区宗右衛門町 [学]早稲田大学英文科卒 [歴]中学卒業後、父の仕事で朝鮮に渡る。明治43年上京し、早稲田大学に入学。卒業後は読売新聞記者、博文館編集者や家業の手伝いをする。大正10年「棄てられたお豊」を発表。昭和3年「泥濘」が第1回改造社懸賞小説に入選した。7年「文学クオタリイ」を、8年「文芸首都」を創刊して主宰し、「文芸首都」は45年まで続き、多くの新人作家を育てた。著書に「孤独結婚」「勝者敗者」「道」(未完)や「作家と文壇」「人間青野季吉」などがある。 [家]妻=保高みさ子(小説家)

保高 みさ子　やすたか・みさこ

小説家 [生]大正3年5月15日 [出]東京 本名=保高ミサヲ 旧姓(名)=佐藤 [学]松山高女卒 [歴]唯物論に熱中し戸坂潤に傾倒していた昭和13年に保高徳蔵と結婚。結婚後、夫の主宰する「文芸首都」の編集実務にたずさわり、多くの新人作家を育てた。25年夫との家庭生活をモチーフにした「女の歴史」を刊行。46年「文芸首都」の歴史を物語風に描いた「花実の森」を刊行。ほかに「明日がある」「秩父事件の女たち」などがある。 [団]日本女流文学者会、日本ペンクラブ、日本文芸家協会 [家]夫=保高徳蔵(小説家・故人)

安成 二郎　やすなり・じろう

歌人 ジャーナリスト 小説家 [生]明治19年9月19日 [没]昭和49年4月30日 [出]秋田県北秋田郡阿仁合町 [学]大館中学中退 [歴]製練所で働き、上京後「楽天パック」などを経て「実業之世界」に入り、のち読売新聞社、毎日新聞社、平凡社に勤務する。大正5年歌集「貧乏と恋と」を刊行。小説は徳田秋声に師事し、大正14年「子を打つ」を刊行。歌人、小説家、ジャーナリストと幅広く活躍し、他の著書に「無政府地獄-大杉栄襍記」「花万朶」などがある。 [家]兄=安成貞雄(評論家)

安原 暢　やすはら・のぶ

小説家 [生]昭和23年 [出]新潟県長岡市 本名=長谷川泰行(はせがわ・やすゆき) [賞]文学界新人賞(昭和46年)「鎮魂歌」、新風舎出版賞(フィクション部門最優秀賞, 第5回)(平成9年)「水の底の新月」 [歴]長岡市で農業に従事するかたわら小説を執筆。著書に「夏の道連れ」「日々の黄昏」「水の底の新月」などがある。

安彦 良和　やすひこ・よしかず

漫画家 アニメーション作家 [生]昭和22年12月9日 [出]北海道紋別郡遠軽町 [学]引前大学人文学科西洋史専攻(昭和45年)中退 [賞]アニメグランプリアニメーター第1位(昭54, 55, 56, 57年度)、日本アニメ大賞作画賞(昭58年度)、日本アニメ大賞ファン大賞(昭60年度)「シャア・アズナブル」「フォウ・ムラサメ」、日本漫画家協会賞優秀賞(第19回)(平成2年)「ナムジ」 [歴]全共闘運動にかかわり、開学以来の処分で教師になることを断念、大学を中退。上京して昭和45年手塚治虫の虫プロのアニメーターとなり、「さすらいの太陽」「新ムーミン」「ワ

ンサくん」などの原画・動画制作に参加。48年に創映社(現・サンライズ)に移り、テレビ「機動戦士ガンダム」シリーズ(54年〜)のディレクターとキャラクター・デザインを担当。その他設定・作画監督担当に「勇者ライディーン」「わんぱく大昔クムクム」「ろぼっ子ビートン」「巨神ゴーグ」など。高千穂遙の〈クラッシャー・ジョウ〉シリーズでは、劇場用作品の監督のほか小説のカバーイラスト、本文イラストも担当した。61年自らの原作「アリオン」を初めてアニメ化し監督。現在は、漫画家に専念している。著書に「安彦良和イラストレーションズ」、ファンタジー・ロマン「鋼馬(ドルー)章伝〈1〜5〉」「テングリ大戦〈1〜4〉」、漫画及びアニメ「ヴィナス戦記」などがある。

八住 利雄　やすみ・としお
シナリオライター　劇作家　日本シナリオ作家協会理事長　㋷明治36年4月6日　㋸平成3年5月22日　㋱大阪府　㋶早稲田大学文学部露文学科(大正15年)卒　㋞年間代表シナリオ(昭和24年、25年、29年、30年、31年、32年、34年、36年)、毎日映画コンクール脚本賞(昭和30年)「夫婦善哉」、キネマ旬報賞脚本賞(昭和32年)「雪国」、シルバースター国民映画賞脚本賞(昭和35年)「暗夜行路」、カルロヴィ・ヴァリ映画祭脚本賞(チェコ)(昭和35年)「無法一代」紫綬褒章(昭和45年)、勲四等旭日小綬章(昭和51年)　㋷ロシア文学の翻訳、築地小劇場などの新劇運動を経て、昭和11年PCL(現・東宝)に入社。同年第1作「武士道朗らかなりし頃」を発表、14年の「樋口一葉」で注目され、以後シナリオライターに専念する。映画約250本、テレビ約60本のシナリオを書き、娯楽作品から文芸作品までジャンルを問わず幅広く活躍した。代表作に「戦争と平和」「女の一生」「また逢う日まで」「細雪」「戦艦大和」「大阪の宿」「或る女」「夫婦善哉」「猫と庄造と二人のをんな」「無法一代」「雪国」「暗夜行路」「日本海大海戦」など。55年頃から書くことを止め、以後悠々自適。日本シナリオ作家協会理事長に就任後は、著作権の確立、日中シナリオシンポジウム開催に尽力した。　㋷日本文芸家協会、日本シナリオ作家協会　㋛長男＝白坂依志夫(シナリオライター)

矢田 挿雲　やだ・そううん
小説家　俳人　㋷明治15年2月9日　㋸昭和36年12月13日　㋱石川県金沢市　本名＝矢田義勝　㋶東京専門学校(現・早稲田大学)卒　㋷代々加賀藩の医師の家に生まれる。軍人の父の転勤で東京、仙台と移り、のち東京専門学校へ。在学中から正岡子規門下に入り、句作を学ぶ。明治41年九州日報社に入社。のち、芸備日日新聞社を経て、大正4年報知新聞社に入る。8年「俳句と批評」を創刊。9〜12年野村胡堂のすすめで「江戸から東京へ」を「報知新聞」に連載。その後続篇を記し、昭和16年全3巻として刊行。また大正14年〜昭和9年小説「太閤記」を連載し、10〜12年にかけて全12冊で刊行。他に小説「忠臣蔵」なども連載。17年退職。文壇から遠ざる一方、俳誌「挿雲」を主宰、俳人として活躍した。

矢田 津世子　やだ・つせこ
小説家　㋷明治40年6月19日　㋸昭和19年3月14日　㋱秋田県南秋田郡五城目町　本名＝矢田ツセ　㋶麹町高女(大正13年)卒　㋷大正5年上京、日本興業銀行勤務を経て、昭和2年名古屋に移り「新愛知」や「名古屋新聞」に投稿し、5年「反逆」を発表。同年「文学時代」の懸賞小説に応募し「罠を跳び越える女」が当選する。その後「日暦」「人民文庫」に参加。11年発表の「神楽坂」は芥川賞候補作品となる。8年には共産党にカンパしたとして、特高に検挙された。その他の作品に「やどかり」「花隠」「茶粥の記」、「矢田津世子全集」(小沢書店、全11巻)など。平成7年遺族により、初版本などの遺品が五城目町に寄贈された。

矢玉 四郎　やだま・しろう
童話作家　画家　㋷昭和19年2月3日　㋱大分県別府市　㋶千葉大学工学部工業意匠学科卒　㋷コンピュータ会社広報課、下請デザイン事務所勤務などを経て、漫画家となる。のち童話作家に転向。創作童話「はれときどきぶた」「あしたぶたの日ぶたじかん」「ぼくときどきぶた」の"はれぶた"三部作が100万部以上の大ヒットとなる。ほかの作品に「おしいれの中のみこたん」「まぜまぜプイ」「まんだくんとマンガキン」など。
㋷日本児童出版美術家連盟、日本文芸家協会
http://village.infoweb.ne.jp/~harebuta/

八束 澄子　やつか・すみこ
作家　㋷昭和25年7月3日　㋱広島県因島市　㋶平安女学院短期大学英文科卒　㋞日本童話会新人賞(昭和57年)、岡山県文学選奨(昭和58年)、日本児童文学者協会賞(第34回)(平成6年)「青春航路ふぇにっくす丸」　㋛文芸誌「松ぼっくり」「ぷえる」などを経て、「季節風」の同人。著書に「海—ひとつの朝」「ミッドナイト・ステーション」「青春航路ふぇにっくす丸」などがある。　㋷日本児童文学者協会

八剣 浩太郎　やつるぎ・こうたろう

小説家　[専]西洋史　[生]大正15年4月23日　[出]北海道上川郡新得町　本名＝岡田稔(おかだ・みのる)　[学]明治大学専門部文芸科(昭和20年)卒　[興]ユダヤ・ブナイブリス及びマルキシズムの虚構について　[歴]教師、新聞記者を経て、小説家としてデビュー。主として時代風俗小説を執筆。作品に「赤穂義士，春色・奥の細道」「大江戸艶魔伝」など多数。考証、研究分野では「銭の歴史」「時代考証百科」の著書がある。学生時代はマンドリンクラブに所属し、ハーモニカやアコーディオンの演奏はプロ級の腕前。[団]日本文芸家協会

梁 雅子　やな・まさこ

小説家　エッセイスト　[生]明治44年4月22日　[没]昭和61年2月20日　[出]大阪府　[学]市岡高女卒、樟蔭女専国文科中退　[賞]女流文学者賞(第11回)(昭和35年)「悲田院」、大阪府芸術賞　[歴]歌人として出発したが、その後、稲垣足穂に師事し、昭和35年最初の長編小説「悲田院」で女流文学者賞を受け注目された。「道あれど」「恋人形」「まぼろし大江山」「文五郎一代」などの小説の他に、随筆集「浄瑠璃寺・岩船寺」「月の京都」「関西文学散歩」があり、エッセイストとしても知られる。

柳井 隆雄　やない・たかお

シナリオライター　[生]明治35年2月15日　[没]昭和56年5月30日　[出]広島県　[学]京城YMCA英語学校(大正8年)卒　[歴]大正9年朝鮮総督府通信局管理課勤務。11年武者小路実篤に師事し、"新しき村"運動に加わったが、昭和3年松竹蒲田撮影所第1期脚本研究所を卒業し、松竹脚本部員となる。20年松竹専属契約者。約150本の脚本を書き、代表作に「父ありき」(昭和17年)、「君の名は」(28、9年)などがあり、いわゆる"大船調メロドラマ"の作者として知られた。

柳川 春葉　やながわ・しゅんよう

小説家　[生]明治10年3月5日　[没]大正7年1月9日　[出]東京・下谷二長町　本名＝柳川専之(やながわ・つらゆき)　[歴]尾崎紅葉門下生となり、明治26年「怨之片袖」を刊行。31年春陽堂に入社し「新小説」の編集をするかたわら「行路心」「遠砧」「泊客」などを発表。33年頃から家庭小説の作家となり「夢の夢」「やどり木」「母の心」「富と愛」「生さぬ仲」などを発表した。また俳句に親しみ秋声会に参加。「新声」「卯杖」などに句文を発表。没後に句集「ひこばえ」が刊行された。

柳川 真一　やながわ・しんいち

シナリオライター　[生]明治41年11月26日　[没](没年不詳)　[出]兵庫県神戸市　[学]東京帝国大学英文科卒　[歴]松竹下加茂撮影所に入り、所長の城戸四郎に目をかけられる。映画化された初シナリオは昭和7年の「南蛮なでしこ」。戦前では「流転」「敵国降伏」「江戸の青空」が代表作。戦後は昭和20年の「抓って頂戴」に始まり、「それでも私はゆく」「夜の門」「大江戸七変化」「南海の情火」「唄祭り清水港」「赤城の子守唄」など娯楽作を中心に多数執筆。晩年には日大芸術学部の講師をつとめた。

柳 広司　やなぎ・こうじ

小説家　[生]昭和42年　[出]三重県　[学]神戸大学法学部卒　[賞]朝日新人文学賞(第12回)(平成13年)「贋作『坊っちゃん』殺人事件」　[歴]会社勤務を経て、小説家に。平成10年「挙匪(ボクサーズ)」で歴史群像大賞佳作。おもに歴史を舞台にしたサスペンス、ロジックで高い評価を得る。13年「贋作『坊っちゃん』殺人事件」で朝日新人文学賞を受賞。他の作品に長編小説「黄金の灰」がある。

柳 蒼二郎　やなぎ・そうじろう

小説家　(株)ジャスティー・プロモーション代表取締役　[生]昭和39年　[出]千葉県印旛郡酒々井町　[学]日本大学経済学部卒　[賞]歴史群像大賞(第7回)「異形の者」　[歴]広告代理店を経て、サインディスプレー会社に入社。のちジャスティー・プロモーション代表取締役。傍ら、小説を手掛け、著書に「異形の者」がある。

柳沢 昭成　やなぎさわ・あきなり

放送作家　貝谷芸術専門学校講師　[生]昭和10年5月14日　[出]東京　[学]豊多摩高卒　[興]昭和史の女性を主人公にした女性ドラマ　[歴]ドラマを中心に携わり、主な作品にテレビ「恋人たち」(テレ朝)、ラジオ「プレスリーでも聴かないか」(文化放送)「囚れたオオムラサキ」(NHK・FM)、戯曲「寄港地」(フィガロ)などがある。[団]日本放送作家協会、日本脚本家連盟(理事)

柳沢 類寿　やなぎさわ・るいじゅ

シナリオライター　[生]大正7年8月21日　[没]昭和45年　[出]東京　[学]日本大学芸術学部映画学科卒　[歴]松竹大船の脚本研究所を経て、助監督部に入社。昭和13年大庭秀雄監督、原節子主演の「颱風圏の女」の原作者としてスタート。以後「明日は給料日」「学生社長」「真実一路」など監督部に籍を置いてシナリオを執筆。29年退社、日活へ移る。また日大芸術科講師として学生の指導に熱心にあたる。他の作品に「愛のお荷物」「花ひらく」「浴槽の死美人」「道」「フランキーの牛乳屋」「流しの人気者」などがある。

柳田 知怒夫　やなぎだ・ちぬお

小説家　[生]明治40年12月19日　[没]昭和47年1月4日　[出]群馬県　本名＝柳田敏三　[賞]オール読物新人賞(第5回)(昭和29年)「お小人騒動」　[歴]長く教師を務めていたが、昭和29年に短編「お小人騒動」が第5回オール読物新人賞を受け、以後時代小説家として活躍。代表作に短編集「黒白」がある。

柳田 のり子　やなぎだ・のりこ

小説家　[生]昭和51年　[出]埼玉県川口市　[学]中央大学理工学部物理学科卒　[賞]インターネット文芸新人賞(第2回)(平成11年)「鳥のいる場所」　[歴]薬局事務員として勤務の傍ら、小説を執筆。平成11年「鳥のいる場所」でインターネット文芸新人賞を受賞。

柳原 一日　やなぎはら・いちひ

小説家　[生]昭和20年　[出]静岡県熱海市　[賞]サンリオロマンス賞(第2回)(昭和59年)「王妃の階段」　[歴]3ヵ月で書き上げて応募した「王妃の階段」で第2回サンリオロマンス賞を獲得、昭和59年ロマンス作家としてデビュー。作品に「城の他人」「舞踏」「左廻りのワルツ」「ラ・パンテーラ」など。

柳町 健郎　やなぎまち・たけお

小説家　[生]明治44年3月13日　[出]茨城県　本名＝宮川健一郎　[学]早稲田大学英文科(昭和11年)卒　[歴]教職に就き昭和46年水海道二高校長で退職。井伏鱒二、太宰治らと親しく、「文芸主潮」「文芸」、第3次「早稲田文学」などに小説を発表、井伏をモデルにした「蘭子」、次いで18年発表の「伝染病院」は芥川賞候補となった。他に中編「海港記」がある。

柳谷 圭子　やなぎや・けいこ

児童文学作家　翻訳家　[生]昭和17年6月8日　[出]東京　筆名＝やなぎやけいこ、谷みき(たに・みき)　[学]慶応義塾大学経済学部中退　[賞]サンケイ児童出版文化賞(大賞, 第28回)(昭和56年)「はるかなる黄金帝国」　[歴]大学3年のとき交通事故にあい、右手足に障害が残る。事故のあと、アルゼンチンのサルバドール大学歴史文学部に留学。昭和56年「はるかなる黄金帝国」が第28回サンケイ児童出版文化賞大賞を受賞。ほかの作品に「そりをひいたルン」「ほんとうの王さま」「ボートハウスのお客さま」など。　[団]日本児童文芸家協会、日本翻訳家協会、日本国際児童図書評議会

柳瀬 直子　やなせ・なおこ

小説家　「季刊作家」代表　[生]昭和11年　[出]大阪府　[学]本巣高卒　[賞]作家賞(第24回)(昭和63年)「凍港へ」、岐阜県芸術文化奨励賞(平成3年)　[歴]英語塾を経営しながら詩を書いていたが、昭和47年創刊された同人誌「美濃文学」に参加を誘われ小説を書き始めた。53年から「作家」同人、その後、編集にあたる。作品に「凍港へ」「神の午睡の時」「微笑む街」など。

梁取 三義　やなとり・みつよし

作詞家　作家　彩光社社長　日本作家協会会長　[生]大正5年6月25日　[出]福島県南会津郡只見町　本名＝梁取光義　[学]法政大学文学部卒　[歴]新聞、雑誌などの記者を経て、昭和17年「村のあけぼの」で作家デビュー。エッセイ、ラジオドラマなどを書くほか、歌謡曲の作詞も手掛ける。日本酒研究家としても有名。著書に「伊南川のほとり」「二等兵物語」「七転び人生」「石川啄木の生涯」「会津落城秘話」「小説若山牧水」「日本酒入門」などがある。　[団]日本酒の会(会長)、会津啄木会(会長)、日本音楽著作権協会、日本詩人連盟

矢野 朗　やの・あきら

小説家　[生]明治39年1月19日　[没]昭和34年6月30日　[出]福岡県　[学]豊国中学校(門司)(大正10年)中退　[賞]九州文学賞(第5回)(昭和22年)「めとる」　[歴]大阪に出て竹本津太夫の弟子となったが破門され、小倉で義太夫を教えながら文学活動。「微光」「九州文壇」を経て昭和12年「文学会議」を創刊、のち第2次「九州文学」に合流して同人。14年の「肉体の秋」が芥川賞候補となった。著書に「肉体の秋」「神童伝」「生炎」「青春の苔」などがある。

矢野 徹　やの・てつ

SF作家　翻訳家　[専]英語　[生]大正12年10月5日　[出]愛媛県松山市　[学]中央大学法学部(昭和18年)卒　[興]明治以後の日本の発展　[賞]カレル賞(昭和60年)　[歴]昭和28年アメリカのSFファンに招かれ渡米、フィラデルフィアで第11回世界SF大会に出席。日本SF界の草分けで、300冊を越える訳・著書がある。主な著書に「カムイの剣」「悪魔の戦場」「折紙宇宙船の伝説」「怒りのパソコン日記」、訳書にハーバート「砂の惑星」、ハインライン「地球の緑の丘」など。　[団]日本SF作家クラブ、日本推理作家協会、日本文芸家協会

矢野 龍渓　やの・りゅうけい
小説家　政治家　ジャーナリスト　[生]嘉永3年12月1日(1850年)　[没]昭和6年6月18日　[出]豊後国南海郡佐伯(現・大分県佐伯市)　本名＝矢野文雄　[学]慶応義塾(明治6年)卒　[歴]慶応義塾大阪分校校長、同徳島分校校長などを経て、明治9年「郵便報知新聞」副主筆。11年大蔵省書記官となり、のち太政官大書記官となり、14年下野する。15年大隈重信の立憲改進党結成に参加。「郵便報知新聞」を買取り、同紙上で論陣をはる。16年政治小説「経国美談」前篇を刊行(後篇は17年刊)。17年ヨーロッパ、アメリカを遊学し、19年帰国。23年冒険小説「浮城物語」を刊行。のち近事画報社顧問、大阪毎日新聞社副社長などを歴任。他の著書に「人権新説駁論」「周遊雑記」「新社会」、小説「不必要」などがある。

矢野目 源一　やのめ・げんいち
詩人　翻訳家　小説家　[生]明治29年11月30日　[没]昭和45年10月12日　[出]東京　[学]慶応義塾大学仏文科卒　[歴]「詩王」「オルフェオン」などに詩作を発表し、大正9年「光の処女」を刊行。14年には「聖瑪利亜の騎士」を刊行する。ついで作家になり艶笑文学を得意とし「風流色めがね」などの著書がある。他の著書に「幻庵清談」「席をかえてする話」やアンリ・ド・レニエの「情史」などの翻訳がある。

矢作 俊彦　やはぎ・としひこ
作家　映画監督　[生]昭和25年7月18日　[出]神奈川県横浜市　[学]東京教育大学附属駒場高卒　[賞]ドゥマゴ文学賞(第8回)(平成10年)　[歴]船会社のメッセンジャーボーイ、沖仲仕、コピーライター、シナリオ作家、漫画家などを経て作家となる。「抱きしめたい」でデビュー。他に「海から来たサムライ」「暗闇にノーサイド」「死ぬには手頃な日」「コルテスの収穫」「ブロードウェイの戦車」「マイクハマーへの伝言」「神様のピンチヒッター」「気分はもう戦争」「スズキさんの休息と遍歴」「東京カウボーイ」など。この間、昭和59年にっかつのアンソロジー映画「アゲイン」、平成4年「ギャンブラー」の監督を務めた。　[団]日本文芸家協会、映画監督協会

八幡 政男　やはた・まさお
小説家　[生]大正14年2月　[賞]埼玉文芸賞(第26回)(平成8年)「迷路」　[歴]高校教師を経て、文部省職員として国立大学勤務。昭和60年退職、以後著作生活に入る。同人雑誌「碑」同人。全国教職員文芸協会顧問。著書に「実践的文学入門」、小説「あしたの葬式」「遁世」「写真術師上野彦馬」「迷路」など。

矢彦沢 典子　やひこざわ・のりこ
小説家　[生]昭和35年12月9日　[出]長野県上田市　[学]国学院大学栃木短期大学国文科卒　[賞]ファンタジーロマン大賞(第1回)(平成4年)「天氷山時暁」　[歴]OLを経て、専業主婦。その後文章講座に通い、小説を書き始める。都築道夫、川又千秋、三宅直子に師事。著書に「海皇記」など。

八尋 舜右　やひろ・しゅんすけ
詩人　歴史作家　元・朝日新聞東京本社出版局編集委員　[専]江戸時代俳諧文学　[生]昭和10年11月30日　[出]宮崎県日向市　[学]早稲田大学文学部卒　[興]日本史上の武人・文人・宗教者の伝記　[歴]昭和46年朝日新聞社入社。東京本社図書編集室次長、60年出版編集委員、61年図書編集室長、平成2年7月出版局編集委員、3年5月歴史美術編集室編集委員。主著に「太宰治―道化と死」「信濃路」「坂本龍馬」「上杉謙信」「風よ軍師よ落日よ」、詩集に「領事館の虫」など。
[団]日本ペンクラブ、旅のペンクラブ、日本現代詩人会、日本文芸家協会

八尋 不二　やひろ・ふじ
シナリオライター　[生]明治37年7月18日　[没]昭和61年11月9日　[出]福岡県朝倉郡夜須町長者町　本名＝八尋実(やひろ・みのる)　[学]明治大学政経学部中退　[賞]年間代表シナリオ(昭30年度)「血槍富士」、紫綬褒章(昭和46年)、牧野省三賞(第17回)(昭和50年)、勲四等旭日小綬章(昭和53年)
[歴]昭和2年、マキノ映画で「学生五人男」を発表して以来約500本の映画シナリオを執筆。昭和初期、山中貞雄、三村伸太郎、稲垣浩らとの初の作家集団「鳴滝組」(共同ペンネーム・梶原金八)を結成。時代劇を数多く手がける。代表作は「素浪人罷り通る」「阿波おどり狸合戦」「維新の曲」「反逆児」など。戦後、伊藤大輔監督らと雑誌「時代映画」を編集、著書に「時代映画と50年」などがある。

籔 景三　やぶ・けいぞう
作家　[専]歴史　[生]大正15年11月7日　[出]奈良県天理市　本名＝籔秀道(やぶ・ひでみち)　[学]天理語学専門学校朝鮮語部(現・天理大学)卒
[興]歴史小説およびノンフィクション　[歴]天理図書館に35年間勤務して退職。「魔波」で第1回サンデー毎日小説賞候補、「笛の音色」で第6回歴史文学賞候補。著書に「筒井順慶とその一族」「豊臣秀頼」「大地にさす光」「まけるもんか」「近鉄奈良・京都線歴史散歩」。　[団]日本ペンクラブ、大衆文学研究会、日本文芸家協会

矢吹 透　やぶき・とう

小説家　[生]昭和40年11月6日　[出]東京都　[学]慶応義塾大学経済学部　[賞]小説現代新人賞(第47回)(昭和61年)「バスケット通りの人たち」　[歴]高校の頃に初めて投稿、没となり小説から遠ざかっていたが、慶応大学3年の時再び筆をとり「バスケット通りの人たち」を仕上げる。アメリカの大都市に生きるバレエダンサーの男たちのホモの話で、昭和61年第47回小説現代新人賞を受けた。「ホットドッグ・プレス」にエッセーを連載。

矢部 美智代　やべ・みちよ

児童文学作家　[生]昭和21年　[出]東京都　[学]慶応義塾大学文学部国文科卒　[賞]共同石油創作童話優秀賞(昭和54年)、日本児童文芸家協会創作幼年童話入選(昭和55年)　[歴]作家・戸板康二の助手を経て、創作童話を手がける。作品に「ぼくたちまん中ぐみ」「ゆき・ふわり」「だれかしら」「くまさんクリスマスおめでとう」「雨あがりのウエディング」「水平線がまぶしくて」など。　[団]日本児童文芸家協会

山内 謙吾　やまうち・けんご

小説家　[没](生没年不詳)　[歴]労農芸術家連盟分裂直後の昭和2年末、葉山嘉樹の推薦で「労芸」に参加。3年「文芸戦線」に書いた「線路工夫」はプロレタリア文学の代表作。5年「労芸」脱退、日本プロレタリア作家同盟に転じ、7年「プロレタリア文化」の編集発行人となった。9年弾圧されて解体、文学を離れた。

山内 将史　やまうち・まさし

毎日童話新人賞最優秀新人賞受賞　[出]北海道芦別市　[学]明治大学卒　[賞]毎日童話最優秀新人賞(第13回)(平成1年)「とんでもない ぞう」　[歴]昭和62年から童話を書きはじめ、平成元年第13回毎日童話新人賞の最優秀新人賞を受賞。受賞作は「とんでもない ぞう」。

山浦 弘靖　やまうら・ひろやす

推理作家　シナリオライター　[生]昭和13年1月28日　[出]東京・麻布　[学]早稲田大学文学部中退　[賞]芸術文化祭文部大臣賞「賊殺」　[歴]学生時代に脚本「賊殺」で芸術文化祭文部大臣賞を受賞。以後、シナリオライターとして活躍。代表作に「命みつめて」「ザ・ガードマン」「銀河鉄道999」〈必殺シリーズ〉、映画「ゴジラ対メカゴジラ」。その後推理小説を手がけ、都会派感覚のトラベル・ミステリーに定評がある。主な著書に「25時に消えた列車」「殺人切符は(ハート)色」〈女子高生・星子一人旅シリーズ〉〈旅刑事シリーズ〉〈ハイウェイ刑事シリーズ〉〈カクテル刑事シリーズ〉などがある。またコバルト文庫にも多数の著書がある。

山尾 悠子　やまお・ゆうこ

SF作家　[生]昭和30年3月25日　[出]岡山県岡山市　[学]同志社大学文学部卒　[歴]大学在学中の昭和48年「仮面舞踏会」をハヤカワSFコンテストに応募し最終候補作に残る。2年後、同作品が「SFマガジン」に掲載されデビュー。のち山陽放送に入社、テレビ制作部で美術を担当するが、2年ほどで退社、その後は執筆に専念する。作品はきわめて難解で前衛作家ボルヘスにたとえられ、熱狂的なファンを生んだ。結婚後は小説の世界から遠ざかるが、平成11年執筆を再開。12年旧作をまとめた「山尾悠子作品集成」が刊行された。代表作に「夢の棲む街 遠近法」「仮面物語」、歌集「角砂糖の日」など。　[団]日本SF作家クラブ、日本文芸家協会

山岡 荘八　やまおか・そうはち

小説家　[生]明治40年1月11日　[没]昭和53年9月30日　[出]新潟県北魚沼郡小出町　本名=藤野庄蔵　旧姓(名)=山内　別名=藤野荘三　[学]逓信官吏講習所(大正12年)卒　[賞]サンデー毎日大衆文芸(昭和13年)「約束」、野間文芸奨励賞(第2回)(昭和17年)「海底戦記」、中部日本文化賞(昭和33年)「徳川家康」、長谷川伸賞(第2回)(昭和42年)「徳川家康」、吉川英治文学賞(第2回)(昭和43年)「徳川家康」　[歴]17歳で印刷製本業・三誠社を創立。昭和8年「大衆倶楽部」を創刊し編集長に。9年同誌に発表した「佐渡の紅葉山人」から、山岡荘八の筆名を用いる。13年時代小説「約束」が第23回サンデー毎日大衆文芸に入選。15年長谷川伸の新鷹会に加わる。戦時中は従軍作家として各戦線をまわり、時局的な小説を発表。戦後公職追放、25年解除。同年より大作「徳川家康」(全26巻)に取りかかり、17年の歳月を費やしてこの大河小説をまとめる。以来、歴史小説を中心に幅広い活躍をしめした。他の主な著書に「千葉周作」「織田信長」「新太平記」「春の坂道」、「山岡荘八全集」(全46巻, 講談社)がある。また自衛隊友の会会長を長く務めた。

山岡 徳貴子　やまおか・ときこ

女優　脚本家　[生]昭和48年　[出]大阪府　[賞]kyoto演劇フェスティバル(優秀賞)「紡ぐ」、北海道戯曲コンクール優秀賞(平10年度)「逃げてゆくもの」　[歴]平成8年鈴江俊郎の劇団八時半に入団。女優として活動する傍ら、戯曲を執筆。創作戯曲に「笑う亀の実験」「満開の案山子がなる」など。また「さよなら方舟」「祭りの兆し」では演出も担当する。

山形 雄策　やまがた・ゆうさく
シナリオライター　[生]明治41年3月13日　[没]平成3年8月3日　[出]東京　本名＝町田敬一郎　[学]早稲田大学英文科中退　[賞]年間代表シナリオ(昭和25年，27年，31年，35年)　[歴]昭和14年島津保次郎主宰のシナリオ塾に入り、16年東宝文芸科に入社。23年東宝争議のレッドパージで山本薩夫監督らとともに退社。以後フリーとなり、数多くの独立プロ作品のシナリオを執筆。戦前は主に島津保次郎監督の、戦後は山本薩夫監督のシナリオを担当している。代表作に「民衆の敵」「暴力の街」「真空地帯」「台風騒動記」「武器なき闘い」「松川事件」「母さんの樹」などがある。著書に「山本薩夫演出の周辺」「井原西鶴」など。

山上 伊太郎　やまがみ・いたろう
シナリオライター　映画監督　[生]明治36年8月26日　[没]昭和20年6月18日　[出]京都市下京区宮川筋　[学]小卒　[歴]東亜キネマを経て大正15年マキノ映画に転じ、「浪人街」(第1話～第3話)「首の座」など映画史に一時期を画する名シナリオを続々発表。しかし不幸な社内紛争から、自ら監督を志し映画化するが、惨たんたる結果に終る。昭和18年陸軍軍属となりフィリピンに赴任し、20年戦死。著書に「山上伊太郎のシナリオ」がある。

山上 龍彦　やまがみ・たつひこ
小説家　漫画家　[生]昭和22年12月13日　[出]大阪府　漫画家名＝山上たつひこ、筆名＝秋津国宏　[学]大阪鉄道高卒　[歴]大阪の光伸書房に入社。編集のかたわら貸本劇画を発表。昭和40年「秘密指令0」でデビュー。44年「少年マガジン」に「二人の救世主」を発表。45年「週刊少年マガジン」に連載した「光る風」で一躍注目され、47年ギャグ漫画「喜劇新思想大系」、49年「がきデカ」は爆発的な人気を呼んだ。他の作品に「そこに奴が…」「鬼面帝国」「人類戦記」「玉鹿市役所・ええじゃない課」「にぎり寿司三億年」、「山上たつひこ選集」(全20巻，双葉社)などがある。その後、エッセイ、小説も手がけ、63年処女小説「ブロイラーは赤いほっぺ」を出版。平成元年9年ぶりに「がきデカ」の連載を再開し、2年連載終了をもって漫画家生活にピリオドを打ち、作家活動に入る。著書に「兄弟！尻が重い」「蝉花」「うるりとせ」など。
[団]日本文芸家協会

山上 貞一　やまかみ・ていいち
演劇評論家　小説家　[生]明治32年1月13日　[没]昭和46年5月17日　[出]大阪　[学]早稲田大学国文科中退　[歴]大阪の中央堂印刷所から松竹大阪支社芸能部に転じ、曽我廼家十吾、渋谷天外の松竹家庭劇主事を務めた。岡本綺堂門下と称し家庭劇の脚本を書き、雑誌に芝居評も書いた。戦後昭和28年宝塚歌劇団に入り、生徒監、郷土芸能研究室に勤務。著書に「芝居見たまゝ二十五番集」、短編小説集「春鶯囀」、劇曲集「出発前」がある。

山川 清　やまかわ・きよし
第19回九州芸術祭文学賞福岡県優秀賞受賞
[賞]福岡市民芸術祭賞小説・戯曲部門(昭和62年)「遺書の行方」、九州芸術祭文学賞福岡県優秀賞(第19回)(昭和63年)「落伍した青春」

山川 健一　やまかわ・けんいち
小説家　ロックミュージシャン　[生]昭和28年7月19日　[出]千葉県千葉市　[学]早稲田大学商学部(昭和52年)卒　[賞]早稲田キャンパス文芸賞「天使が浮かんでいた」、群像新人文学賞優秀作(昭和52年)「鏡の中のガラスの船」　[歴]在学中に「天使が浮かんでいた」で早稲田キャンパス文芸賞を受賞。さらに昭和52年「鏡の中のガラスの船」が、第20回「群像」新人文学賞優秀作となる。以来作家活動に専念。音楽・オートバイ・美術作品に関するモチーフが多い。主な作品に「さよならの挨拶を」「水晶の夜」「ロックス」「ライダーズ・ハイ」「壜の中のメッセージ」「サザンクロス物語」「時には、ツイン・トリップ」「セイヴ・ザ・ランド」「ブリティッシュ・ロックへの旅」「安息の地」「ニュースキャスター」、エッセイ集に「みんな19歳だった」「今日もロック・ステディ」「僕のハッピー・デイズ」「いつもそばに仲間がいた」など。一方、音楽活動では自身がボーカル・リーダーを務める大学時代以来のロック・バンド“山川健一&ザ・ルーディ”を主宰し、62年にメジャー・デビュー。月1回のペースでライブ活動を続ける。平成元年バンドSO MUCH TROUBLEを結成、作詞作曲・ボーカルを担当。　[団]日本文芸家協会
http://www.yamaken.com/

山川 方夫　やまかわ・まさお
小説家　[生]昭和5年2月25日　[没]昭和40年2月20日　[出]東京市下谷区上野桜木町(現・東京都台東区)　本名＝山川嘉巳(やまかわ・よしみ)　[学]慶応義塾大学文学部フランス文学科(昭和27年)卒、慶応義塾大学大学院文学研究科修了　[歴]慶大在学中に処女作「バンドの休暇」を発表し、以後「三田文学」などに多くの作品を発表。昭和29年から第3次「三田文学」の編集に携わる。33年の「水の壁」など、数回にわたって芥川賞候補作品となり、34年「その一年」を刊行。その後、短編集「海岸公園」「愛のごとく」を刊行。新進作家として活躍中の40年、交通事故で死去した。「山川方夫全集」(全5巻，冬樹社)、「山川方夫全集」(全7巻，筑摩書房)がある。
[家]父＝山川秀峰(日本画家)

山川 亮　やまかわ・りょう

小説家　[生]明治20年3月2日　[没]昭和32年4月14日　[出]福井県遠敷郡竹原村　本名＝山川亮蔵　別名＝鳳逸平　[学]早稲田大学英文科中退　[歴]小学教師、新聞記者などをしながら小川未明に師事し、大正2年「かくれんぼ」を発表。以後労働文学の作家として10年「種蒔く人」の同人となり「眼」などを発表。著書に「決闘」があり、他の代表作に「世紀の仮面」「泥棒亀とその仲間」などがある。プロレタリア文学退潮以降文壇と離れた。　[家]姉＝山川登美子(歌人)

山岸 一章　やまぎし・いっしょう

小説家　ルポライター　[生]大正12年5月13日　[出]東京　本名＝山岸一章(やまぎし・かずあき)　[学]小卒　[歴]小学校5年から工場で働き、昭和19年応召。戦後、国鉄大井工場に勤務し、22年共産党入党、国鉄労組大井支部分会長となる。25年レッドパージ。以後、共産党常任となり、赤旗記者、民主主義文学同盟常任幹事をつとめた。主な著書に「ベトナム」「革命と青春」「黙秘」「赤い月が昇る」「墓碑銘」など。

山岸 荷葉　やまぎし・かよう

小説家　[生]明治9年1月29日　[没]昭和20年3月10日　[出]東京・日本橋通油町　本名＝山岸惣次郎　別号＝加賀舎　[学]東京専門学校　[歴]硯友社社員となり、明治25年「詞海」を創刊し、30年「紅筆」を発表。32年読売新聞社に入社し劇評を担当する。主な作品に「紺暖簾」「雌蝶雄蝶」「五人娘」「失恋境」「春日杉」などがある。また「ハムレット」などの翻訳も多くある。

山岸 幸子　やまぎし・さちこ

童話作家　[生]昭和15年　[出]長野県須坂市　[学]東京都立保健婦助産婦学院保健婦学科卒　[賞]ミセス童話大賞(優秀賞，第11回)「ストーブあげます」　[歴]小学生の時から本が好きで、小説家を夢見る。長野県内で看護婦、小学校の養護教諭を経験後、結婚。のち大阪に移り、カルチャーセンターの童話講座で知り合った仲間と同人誌を発行。「ストーブあげます」でミセス童話大賞優秀賞を受賞。他の作品に「子犬の引っこし大作戦」がある。　[団]日本児童文学者協会　[家]夫＝山岸哲(鳥類学者)

山際 淳司　やまぎわ・じゅんじ

ノンフィクション作家　小説家　[生]昭和23年7月29日　[没]平成7年5月29日　[出]神奈川県逗子市　本名＝犬塚進(いぬずか・すすむ)　[学]中央大学法学部(昭和49年)卒　[賞]日本ノンフィクション賞(第8回)(昭和56年)「スローカーブを、もう一球」、毎日スポーツ人賞(文化賞，平7年度)(平成8年)　[歴]在学中から「女性自身」のデータを始め、昭和55年「ナンバー」創刊号の短編ノンフィクション「江夏の21球」でデビュー。平成6年からはNHK「サンデースポーツ」のキャスターをつとめた。著書に「スローカーブを、もう一球」「ナックルボールを風に」「逃げろ!ボクサー」「海へ、ボブスレー」など。　[団]日本文芸家協会　[家]妻＝山際澪(「急ぎすぎた旅人—山際淳司」の著者)

山口 泉　やまぐち・いずみ

小説家　[生]昭和30年7月28日　[出]長野県長野市篠ノ井　[学]東京芸術大学美術学部中退　[賞]太宰治賞(優秀賞，第13回)(昭和52年)「夜よ。天使を受胎せよ」、日本ファンタジーノベル大賞(優秀賞，第1回)(平成1年)「宇宙のみなもとの滝」　[歴]昭和52年大学在学中に書いた小説「夜よ。天使を受胎せよ」が第13回太宰治賞の優秀賞に。作品に、7年をかけた長編「旅する人びとの国」のほか、「吹雪の星の子どもたち」「星屑のオペラ」「宇宙のみなもとの滝」「アジア、冬物語」、短編集「悲惨鑑賞団」「ホテル・アウシュヴィッツ」など。　[団]日本文芸家協会　http://www.bekkoame.ne.jp/~iizzmm/

山口 寒水　やまぐち・かんすい

小説家　[生]明治17年4月5日　[没]明治37年6月28日　[出]群馬県渋川　[歴]前橋の私塾集成学館に学んだ。大農の次男で、博文館の「少年世界」が主催した「戸隠山探険隊」に参加、小説家で隊長の江見水蔭に気に入られ旗手を務めた。明治35年郷土誌「横野乃華」に処女作「故山去」を発表。上京して水蔭宅の書生となり、田山花袋を知った。36年1月読売新聞に短編「氷採人夫」を書き1等当選。結核のため帰郷、「横野乃華」に農民小説「桑一枝」を発表後死亡した。

山口 正介　やまぐち・しょうすけ

小説家　映画評論家　エッセイスト　[生]昭和25年10月29日　[出]東京都港区　[学]桐朋学園短期大学演劇科(昭和46年)卒　[歴]父は作家・山口瞳。オン・シアター自由劇場演出部を経て、映画評論、エッセイ、小説を執筆。著書に映画評論「机上の映写機」、小説「アメリカの親戚」「道化師は笑わない」「プラントハンターは殺さない」、「ぼくの父はこうして死んだ」がある。　[団]旅行作家協会、日本文芸家協会　[家]父＝山口瞳(作家・故人)

山口 蜂夫　やまぐち・はちお

小説家　[生]大正14年　[出]東京・浅草　本名＝山口峰三　[歴]昭和25年から会社に勤務。かたわら「サンデー毎日」などに応募した作品が数篇入選するが職務に追われ中断。退職後、再び執筆活動を始める。著書に「江戸から来た天使」「東都からくり絵図」。

山口 瞳　やまぐち・ひとみ

小説家　随筆家　[生]大正15年11月3日　[没]平成7年8月30日　[出]東京府荏原郡入新井町（現・大田区）　[学]国学院大学文学部日本文学科（昭和29年）卒　[賞]直木賞（第48回）（昭和38年）「江分利満氏の優雅な生活」、菊池寛賞（第27回）（昭和54年）「血族」　[歴]敗戦と同時に早稲田大学を中退し、昭和21年鎌倉アカデミーに入学。かたわら国土社に勤め、25年国学院大学に入学。後に「知性」編集部員となり、さらに33年開高健のいた寿屋（現・サントリー）宣伝部に移り、編集とコピーライターとしての才能を発揮する。一方、29年「現代評論」の同人となり、38年「週刊新潮」へのエッセイ「男性自身」の連載開始を機に文筆に専念。同年「江分利満氏の優雅な生活」で直木賞を受賞。54年「血族」で菊池寛賞を受賞。他に「小説・吉野秀雄先生」「わが町」「人殺し」「男性自身」「家族」「居酒屋兆治」「新東京百景」などの小説、随筆がある。61年10月還暦を機に連載中のもの以外の絶筆宣言をした。平成2年「草競馬流浪記」のテレビ化でテレビ初出演。「山口瞳大全」（全11巻，新潮社）を刊行中。　[団]日本文芸家協会　[家]息子＝山口正介（小説家）

山口 寛士　やまぐち・ひろし

ノンフィクション作家　[生]昭和12年2月9日　[出]東京　本名＝山口浩　[学]立教大学文学部（昭和35年）卒　[賞]小説クラブ新人賞（第6回）（昭和59年）　[歴]昭和35年産経広告社に入社。37年フリーのコピーライター、38年ラジオ・テレビのシナリオライターを経て、39年週刊誌のルポライターに。著書に「世界カジノの旅」「原理運動の素顔」「六本木無宿」などがある。

山口 雅也　やまぐち・まさや

評論家　エッセイスト　推理作家　[専]ミステリー　ハードボイルド　ジャズ等の音楽　映画　[生]昭和29年11月6日　[出]神奈川県横須賀市　[学]早稲田大学法学部卒　[興]マザーグース、ジャズ、ミステリ　[賞]日本推理作家協会賞（短編および連作短編集部門）（平成7年）「日本殺人事件」　[歴]昭和60年教材関係の出版社を退職。ミステリー&ハードボイルドの評論家に。「月刊プレイボーイ」「ミステリマガジン」「スイングジャーナル」「読売新聞」「エスクァイア日本版」等に執筆。共同プロデュースに「ハードボイルド」、プロデュースに「ミステリー展」がある。共著に吉田カツ作品集「ラウンド・ミッドナイト」など。推理小説「生ける屍の死」「キッド・ピストルズの冒涜（マザーグースの事件簿）」「日本殺人事件」など。　[団]日本推理作家協会、日本冒険作家協会

山口 勇子　やまぐち・ゆうこ

小説家　児童文学作家　元・原水爆禁止日本協議会代表　[生]大正5年10月22日　[没]平成12年1月3日　[出]広島県広島市　[学]広島女学院専門学校中退　[賞]多喜二・百合子賞（第1回）（昭和57年）「荒れ地野ばら」　[歴]戦後、原爆孤児の救援活動に参加したことから、“戦争と人間”をテーマとした創作をはじめ、広島の同人誌「子どもの家」に参加。その後、原水爆禁止日本協議会代表理事となり反核運動にとりくむ一方、日本民主主義文学同盟に所属して創作活動もつづける。東京・上野公園のモニュメント「原爆の火」設立の発起人にもなった。主な作品に「少女期」「かあさんの野菊」「人形マリー」「おこりじぞう」「荒れ地野ばら」「原爆の火の長い旅」「ヒロシマの火」などがある。　[団]日本民主主義文学同盟、原水爆禁止日本協議会、日本児童文学者協会

山口 洋子　やまぐち・ようこ

小説家　作詞家　クラブ経営者　[生]昭和12年5月10日　[出]愛知県名古屋市　[学]京都女子高中退　[賞]日本レコード大賞（第15回・作詞）（昭和48年）、古賀政男記念音楽大賞（第2回，昭56年度）、吉川英治文学新人賞（第5回）（昭和59年）「プライベート・ライブ」、直木賞（第93回）（昭和60年）「演歌の虫」「老梅」　[歴]15歳で喫茶店、16歳でバーを経営。17歳で東映第4期ニューフェイスとなるが、昭和31年19歳で銀座にクラブ・姫を開店、銀座最年少のママと言われた。42年頃から演歌の作詞を始め、「よこはま・たそがれ」「夜空」「千曲川」などのヒット曲を生み出した。55年「情人（アマン）」で作家のスタートをきり、58年直木賞候補、59年吉川英治文学新人賞、60年に「演歌の虫」「老梅」で第93回直木賞を受賞した。平成5年クラブ・姫の経営権を手放す。9年37年におよぶ“姫”の歴史を綴った「ザ・ラスト・ワルツ」を発表。他の著書に「愛する嘘を知ってますか」「愛されかた知ってますか」「おんな学30年」「夜の底に生きる」「ドント・ディスターブ」「プライベート・ライブ」など。　[団]日本文芸家協会、日本作詩家協会、東京運動記者クラブ

山倉 盛彦　やまくら・もりひこ

作家　神官　白山神社宮司　[生]明治44年　[出]福岡県　[学]国学院大学神道部（昭和7年）卒　[賞]読売新聞短編小説賞（昭和40年）「コント4」　[歴]福岡県岩崎八幡宮の社家に生まれる。京都市白山神社宮司の傍ら、執筆活動を行う。昭和30年短編小説「じょうだん氏」が「文芸」の推薦作となる。46年「文学者」に「私の中の村落」を発表。著書に「祭りの謎」「神とエロス」「貴族主義への旅立ち」他。

山崎 斌　やまざき・あきら
小説家　評論家　㋑明治25年11月9日　㋔昭和47年6月27日　㋓長野県東筑摩郡麻績村　㋟国民英学会で学び、23歳から漂浪生活に入り「京城日報」編集を経て、大正8年帰京。10年「二年間」を発表し、11年短篇集「郊外」を刊行。ついで12年に「静かなる情熱」、評論集「病めるキリスト教」を刊行する。13年「芸術解放」を創刊。戦後は古来から伝わる植物染めに関する研究をすすめ"草木染"と命名、「草木染百色鑑」などを刊行。他の主な著書に「女主人」「犠牲」「藤木の歩める道」などがある。㋲息子＝山崎青樹（染色家・日本画家）、山崎桃麿（染色家）

山崎 厚子　やまざき・あつこ
小説家　㋑昭和11年　㋓東京　㋟明治大学文学部東洋史専攻卒　㋒日本文芸家クラブ大賞（第1回・長編小説部門）（平成5年）「やわらかい綱—小説・江青異聞」　㋕子供が自立した後、カルチャースクールの小説教室に通いはじめ、同人誌歴10年に。中国の近代史、とくに中国革命に影響を与えた女性たちをテーマに執筆。著書に「やわらかい綱—小説・江青異聞」がある。

山崎 香織　やまざき・かおり
児童文学作家　㋑昭和33年　㋓茨城県　㋟茨城大学教育学部卒　㋒幼低学年童話新人賞「ゴウくんのぼうけんりょこう」　㋕大学卒業後、3年間教職にたずさわる。その頃より児童文学に興味をいだき、執筆をはじめる。著書に「ゴウくんのぼうけんりょこう」「ワニの花子さんおてつだいさんになる」。　㋱日本児童文学者協会

山崎 馨　やまざき・かおる
児童文学作家　㋑昭和5年9月10日　㋓東京　㋟東京学芸大学国語国文科卒　㋕昭和55年から妻と共に自宅で子ども文庫を主宰。草の根運動のひとつとして、平和への願いをこめた短冊を子供たちと作り、57年の国連軍縮特別総会に提出、平和運動家として知られるように。61年まで三鷹市立大沢台小学校に勤務。現在は児童文学作家として活躍。主な著書に「川と大地の歌」「想像から創造へ」など。　㋱日本親子読書センター　㋲妻＝山崎瑞江（深大寺たんぽぽ文庫主宰）

山崎 巌　やまざき・がん
シナリオライター　㋑昭和4年11月5日　㋔平成9年3月8日　㋓神奈川県横浜市　本名＝山崎岩男　㋟明治大学専門部文芸科卒　㋒川崎市民映画祭脚本賞「渡り鳥シリーズ」　㋕昭和32年日活と専属契約。小林旭主演の"渡り鳥シリーズ"などの脚本を手掛けた。46年よりフリーとなり、テレビ番組「遠山の金さん」「大江戸捜査網」「プレイガール」など数多くのシナリオを手がけた。一方、小説も執筆し、「五稜郭へ六万両」「夢のぬかるみ」などがある。㋲妻＝山崎洋子（作家）

山崎 紫紅　やまざき・しこう
劇作家　詩人　神奈川県議　横浜市議　㋑明治8年3月3日　㋔昭和14年12月22日　㋓神奈川県横浜市　本名＝山崎小三　㋟小学校卒　独学で文学を学び、明治30年頃から文庫派の詩人として知られる。「明星」「白百合」「文芸界」にも詩作を発表。「日蓮上人」「大日蓮華」の単行叙事詩がある。38年発表の「上杉謙信」が真砂座の伊井蓉峰一座に上演され、以後劇作に専念。主な作品集・著書に「七つ桔梗」「史劇十二曲」などがある。関東大震災後創作から遠ざかり、神奈川県会議長、横浜市議、横浜生糸取引所理事などを歴任した。

山崎 純　やまざき・じゅん
シナリオライター　ブルーマウンテン社長　㋑昭和33年9月8日　㋓東京都　筆名＝日高瞬　㋟独協大学法学部卒　㋒文化庁舞台芸術創作奨励特別賞（昭和57年度）「闇夜のエトランゼ」　㋕学生時代から演劇集団・憧夢を主催し、劇作と演出に当る。日高瞬の筆名で「闇夜のエトランゼ」なども発表。主な作品に「もっと過激にパラダイス」（NHK）など。TBSラジオを中心に活躍。平成9年放送作家19人で新会社ブルーマウンテンを設立、社長に就任。著書に「ヤマちゃんの調べてミソヅケ」。

山崎 哲　やまざき・てつ
劇作家　演出家　転位21主宰　㋑昭和21年6月21日　㋓宮崎県宮崎市　本名＝渡辺康徳　㋟広島大学文学部（昭和45年）中退　㋒「昭和の犯罪史」共同研究　㋒岸田国士戯曲賞（昭和56年）「うお伝説」「漂流家族」、紀伊国屋演劇賞（第21回）（昭和61年）　㋕唐十郎の劇団で演出助手を経て、昭和46年劇団つんぼさじき結成、「紅孔雀」「由比正雪の乱」などアジテーション的芝居を上演、54年解散。55年劇団「転位・21」を結成。「うお伝説—立教大助教授教え子殺人事件」「漂流家族—イエスの方舟事件」を上演、57年岸田国士戯曲賞を受賞。平成7年オウム事件を題材にした「サティアン」を上演。他に「異族の歌—伊集素子オンライン詐欺事件」「ホタルの柄」「子供の領分—金属バット殺人事件」「エリアンの手記—中野富士見中学校事件」「まことむすびの事件」など"犯罪フィールド・ノート"と名づけられる連作を続けている。著書に「失語の現在形」「平成『事件』ブック」、「山崎哲戯曲集」などがある。

㊾日本文芸家協会、日本演出家協会　㊿妻=栗山みち(女優)

山崎 豊子　やまさき・とよこ
小説家　㊷大正13年11月3日　㊸大阪府大阪市　本名=杉本豊子　㊹京都女専国文科(現・京都女子大学)(昭和19年)卒　㊺直木賞(第39回)(昭和33年)「花のれん」、大阪府芸術賞(昭和34年)「ぼんち」、婦人公論読者賞(第2回)(昭和38年)「花紋」、婦人公論読者賞(第6回)(昭和43年)「花宴」、菊池寛賞(第39回)(平成3年)「大地の子」　㊻昭和19年毎日新聞大阪本社に入社。調査部を経て、学芸部では井上靖のもとで働き、その指導を受ける。32年初作「暖簾」を刊行。33年「花のれん」で直木賞を受賞。同年退社して執筆に専念。38年に「花紋」で、43年に「花宴」で「婦人公論」読者賞を受賞。初期の船場ものから、やがて社会小説へと移り、38年から43年にかけて発表した「白い巨塔」では医学界にメスをいれて話題となり、ドラマ化された。また「二つの祖国」はNHK大河ドラマの原作に、「大地の子」は日中合作でドラマ化された。他に「ぼんち」「女の勲章」「女系家族」「華麗なる一族」「不毛地帯」、60年に発生した日航機墜落事故を題材とした「沈まぬ太陽」などがある。平成5年10月中国残留孤児の帰国子女に奨学助成を行う 山崎豊子文化財団を設立した。　㊾日本文芸家協会、日本ペンクラブ　㊿夫=杉本亀久雄(洋画家)、弟=山崎稔(MBS企画常務)

山崎 なずな　やまさき・なずな
児童文学作家　㊷昭和17年3月25日　㊸兵庫県　㊹国際基督教大学人文科学科卒　㊺家の光童話賞「まほうのガラスびん」　㊻児童文学同人「しゃっぽ」の創立に参加、童話を書きはじめる。著書に「草かんむりの女の子」「まほうのガラスびん」「アカシアゆうびん局のお客さん」。

山崎 秀雄　やまさき・ひでお
小説家　㊷昭和32年3月7日　㊸兵庫県神戸市　㊹関西大学文学部国文科卒　㊺ハヤカワ・ミステリ・コンテスト最優秀作(第2回)(平成3年)「隣に良心ありき」、九州さが大衆文学賞(佳作、第4回)(平成9年)「重すぎるトランク」　㊻会社勤務の傍ら小説も執筆。

山崎 人功　やまさき・ひとのり
作家　農業　㊸東京都　㊹日本医科大学専門部中退　㊺農民文学賞(第30回)(昭和62年)「檻の里」　㊻戦時中、両親のふるさとである長野県明科町へ疎開し、定着した。昭和29年の創設時より日本農民文学会に参加。農業、ガソリンスタンド経営の傍ら執筆を続け、昭和62年「檻の里」で農民文学賞受賞。

山崎 正和　やまさき・まさかず
劇作家　評論家　演出家　東亜大学学長　大阪大学名誉教授　兵庫現代芸術劇場芸術監督　㊶美学　演劇学　㊷昭和9年3月26日　㊸京都府京都市　㊹京都大学文学部美学科(昭和31年)卒、京都大学大学院美学美術史学専攻(昭和36年)博士課程修了　㊺人生と演技　㊺岸田国士戯曲賞(第9回)(昭和38年)「世阿弥」、芸術選奨文部大臣新人賞(評論集、第22回)(昭和46年)「劇的なる日本人」、読売文学賞(評論・伝記賞、第24回)(昭和47年)「鴎外 闘う家長」、芸術祭賞優秀賞(昭和48年)「実朝出帆」、毎日出版文化賞(第29回)(昭和50年)「病みあがりのアメリカ」、吉野作造賞(昭和59年)「柔らかい個人主義の誕生」、読売文学賞(戯曲賞、第36回)(昭和59年)「オイディプス昇天」、大阪文化賞(平成5年)、紫綬褒章(平成11年)　㊻少年期を奉天(現・瀋陽)で過ごす。昭和23年中国より引揚げ、27年京都大学に入学。39～41年エール大学に留学、同大講師を経て、コロンビア大学客員教授。47年別役実らと劇団・手の会を結成、代表。49年関西大学教授、51年大阪大学演劇学科教授、昭和57年東亜大学大学院教授を経て、12年学長。"ひょうご舞台芸術"芸術監督、兵庫現代芸術劇場芸術監督も兼任。大学院生の頃から戯作をはじめ、昭和38年「世阿弥」を発表し岸田国士戯曲賞を受賞。その後も「動物園作戦」「おう、エロイーズ!」「実朝出帆」「野望と夏草」など多くの戯曲を発表し、59年「オイディプス昇天」で読売文学賞を受賞。評論家としても深い学識と広い視界から、文芸批評、文明批評、芸術論、演劇論、史論、紀行など多彩な分野で活躍し、46年「劇的なる日本人」で芸術選奨を、47年「鴎外 闘う家長」で読売文学賞を受賞。他に「芸術現代論」「室町記」「不機嫌の時代」などがある。また自作「お気に召すままお芝居を」や、ミュージカル「天正の少年使節ものがたり」の演出も手がける。平成9年には自らが中心となり、日本の優れた論文を世界に紹介するニュースレターを日米欧共同で発行するプロジェクトを開始、10年1月第1号が発行された。「山崎正和著作集」(全12巻、中央公論社)がある。　㊾美学会、演劇学会、日本文芸家協会、文化経済学会　㊿父=山崎正武(動物学者)、妻=山崎茎子(大阪芸大教授)

山崎 光夫　やまさき・みつお
小説家　㊷昭和22年3月20日　㊸福井県福井市　㊹早稲田大学教育学部(昭和45年)卒　㊺小説現代新人賞(第44回)(昭和60年)「安楽処方箋」、新田次郎文学賞(第17回)(平成10年)「藪の中の家」　㊻TV番組構成業、雑誌記者を経て作家となる。医学分野を題材とした作品を多く

描き、「サイレント・サウスポー」他2点が直木賞候補となった。「プレジデント」に「日本の名薬」、「暮しと健康」に「元気回復丸―ちょっと楽しい医師と病気の話」を連載。著書に「安楽処方箋」「サイレント・サウスポー」「詐病」「ジェンナーの遺言」「精神外科医」「メディカル人事室」「ヒポクラテスの暗号」「藪の中の家」など。　[団]日本文芸家協会

山崎 洋子　やまざき・ようこ

推理作家　[生]昭和22年8月6日　[出]京都府宮津市　旧姓(名)＝松岡　筆名(脚本家)＝松岡志奈　[学]新城高卒　[賞]江戸川乱歩賞(第32回)(昭和61年)「花園の迷宮」　[歴]高校卒業後、コピーライターの仕事に従事。20歳で結婚し家庭に入ったが10年ほどで離婚。のち「大江戸捜査網」などテレビドラマの脚本を手掛けるようになり、仕事で知り合った脚本家・山崎巌と再婚。少女時代から推理小説の作家志望で仕事の傍らコツコツと執筆。昭和61年横浜の遊郭を舞台にした「花園の迷宮」で江戸川乱歩賞を受賞。他の作に「ヨコハマ幽霊ホテル」「自由ケ丘ダウンタウン物語」「熱帯夜」「歴史を騒がせた“悪女”たち」「熱月」など。　[団]日本文芸家協会、日本推理作家協会　[家]夫＝山崎巌(脚本家・故人)

山崎 陽子　やまざき・ようこ

童話作家　ミュージカル脚本家　[生]昭和10年12月5日　[出]東京　旧芸名＝旗雲朱美　[学]立教女学院高(昭和29年)卒　[賞]芸術祭賞優秀賞(昭和50年)「らくだい天使ペンキイ」、けんぶち絵本の里大賞(びばからす賞，第4回)(平成6年)「うさぎのぴこぴこ」(文)、芸術祭賞(大賞，演芸部門)(平成13年)「朗読ミュージカル『山崎陽子の世界IV』」　[歴]宝塚音楽学校を経て、昭和30年宝塚歌劇団に入る。旗雲朱美の芸名で男役として活躍。33年退団し、翌年結婚。のち童話作家となる。声楽家の阪本博士と組んでミュージカルの台本も執筆。作品に「らくだい天使ペンキイ」「小鳥になったライオン」「どうぶつたちのおしゃべり」「ひとりぼっちのおおかみ」「あのう…ですから、タカラヅカ」「はりねずみのピックル」「うさぎのぴこぴこ」など。　[団]日本文芸家協会　[家]夫＝山崎至朗(エスビー食品グループ代表)、息子＝山崎泰広(アクセスインターナショナル社長)

山里 永吉　やまざと・えいきち

画家　作家　歴史家　陶芸家　[生]明治35年8月18日　[没]平成1年5月5日　[出]沖縄県那覇市　[学]日本美術学校(大正13年)中退　[歴]美術学校で田河水泡と親しくなり、村山知義を紹介され、その影響で前衛美術運動のマヴォ(MAVO)に参加。昭和2年父の死で沖縄へ帰り、芝居の脚本や新聞小説を書いた。5年に出した「首里城明け渡し」は舞台でも演じられた。戦後、沖縄の日本復帰には反対、沖縄人の祖国は沖縄だと主張、琉球文化に固執した。琉球政府立博物館長、文化財保護委員長、琉球史料研究会会長、沖縄芸能連盟会長などを歴任、文化財の保護、収集などに努めた。著書に「沖縄歴史物語」「沖縄人の沖縄」、作品集に「山里永吉集」などがある。

山里 禎子　やまさと・ていこ

小説家　[生]昭和13年　本名＝島田貞子　[賞]九州芸術祭文学賞佳作(第14回・昭58年度)、文学界新人賞(第68回)(平成1年)「ソウル・トリップ」　[歴]沖縄県庁勤務を経て、小説に専念。身障者問題をライフワークの一つとしている。同人誌「亜熱帯」も刊行。

山里 るり　やまざと・るり

児童文学者　詩人　[生]昭和3年11月20日　[出]福井県　[学]大阪女子高等医学専門学校中退　[賞]日本児童文学者協会新人賞(第12回)(昭和54年)「野ばらのうた」　[歴]著書に「野ばらのうた」「黒うさぎルビーのけっこん」「春のゆびきり」など。　[団]日本児童文学者協会

山路 ひろ子　やまじ・ひろこ

小説家　[生]昭和12年10月18日　[没]平成6年9月25日　[出]北海道恵庭市　本名＝小見山弘子　[学]天使女子短期大学厚生科(昭和34年)卒　[賞]北日本文学賞選奨(第25回)(平成3年)「父とカリンズ」、潮賞(第12回・小説部門)(平成5年)「風花」　[歴]看護婦の傍ら小説を発表。「留萌文学」同人。作品に苫小牧民報に連載した「さようなら水色の街」や「留萌文学」に発表した「砂色の花」「もうひとつの沼」「鳩くる窓」などがある。

山下 勇　やました・いさむ

徳島地方気象台調査官　[生]昭和22年　[出]徳島市　[賞]小川未明文学賞(第2回)(平成5年)「ウミガメ ケン太の冒険」　[歴]昭和46年気象庁職員となり、平成3年徳島地方気象台調査官。仕事のかたわら、ウミガメと気象の関係について研究。シルバー大学校講師、テレビ、ラジオ、講演等に活躍。著書に「ウミガメ ケン太の冒険」がある。

山下 喬子　やました・きょうこ

小説家　[生]大正11年7月13日　[出]東京　[学]東京府立第四高女卒　[賞]講談社児童文学新人賞(昭和36年)「プファ少年」　[歴]高女在学中に堀辰雄に師事し、戦後は「文学者」で作品を発表。のちに児童文学も書き、昭和36年「プファ少年」を刊行。他に「ポールのあした」「悲しみ

は空の色」「陽は夜のぼる」や、伝記「ヘレン・ケラー」「トルストイ」などの著書がある。㋷日本ペンクラブ、大衆文学研究会、日本文芸家協会、日本児童文芸家協会

山下 三郎　やました・さぶろう
劇作家　㋑明治40年8月10日　㋣昭和59年10月12日　㋥埼玉県　本名＝山下伍七郎（やました・ごしちろう）　㋕京華商卒　㋭サトウハチロー氏の門下で、菊田一夫氏と兄弟弟子。菊田氏とともに、「笑いの王国」、東宝ミュージカルで活躍。テレビの「銭形平次」シリーズの一部も執筆。著書に「浅草の灯は消えず」など。

山下 惣一　やました・そういち
小説家　㋞農民問題　㋑昭和11年5月25日　㋥佐賀県唐津市　㋕湊中（昭和27年）卒　㋭佐賀県文学賞「嫁の一章」、農民文学賞（第13回）（昭和44年）「海鳴り」、地上文学賞（第27回）（昭和54年）「減反神社」　㋕中学卒後、農業に従事。都会にあこがれ、2度家出をしたが、かいまみた都会に幻滅して農業と取り組み、農業体験を小説やルポの形で発表。昭和44年農民文学賞、54年には地上文学賞を受賞。井上ひさし主宰の生活者大学校教頭を務める。農民文連合九州共同代表、アジア農民交流センター代表。「海鳴り」「ひこばえの歌」「土と日本人」「いま、村は大ゆれ」「日本の村再考」「野に詰す」「この大いなる残飯よ！」「身土不二（しんどふじ）の探究」「農の時代がやってきた」などの著書がある。㋷日本農民文学会

山下 智恵子　やました・ちえこ
作家　㋑昭和14年1月25日　㋥愛知県名古屋市　㋕名古屋大学文学部仏文科卒　㋭共産党スパイリンチ事件におけるハウスキーパー熊沢光子の生涯　㋳女流新人賞（第19回）（昭和51年）「埋める」、作家賞（第15回）（昭和54年）「犬」、愛知県芸術文化賞（昭57年度）（昭和58年）　㋕高校教師をやめ、家事、育児に専念していたが、やがて、小説を書き始める。昭和40年代始めから小谷剛主宰の「作家」合評会に参加、のち同人。その後評論家岡田孝一らと「貌」を創刊。代表作に「埋める」「犬」「錆のにおい」「呼出し音」「幻の塔」「女の地平線」「砂色の小さい蛇」など。

山下 明生　やました・はるお
児童文学作家　翻訳家　あかね書房顧問　㋑昭和12年3月11日　㋥広島県（能美島）　㋕京都大学文学部フランス文学科（昭和36年）卒　㋭野間児童文芸推奨作品賞（第11回）（昭和48年）「海のしろうま」、小学館文学賞（第24回）（昭和50年）「はんぶんちょうだい」、日本の絵本賞絵本にっぽん大賞（第6回）（昭和58年）「まつげの海のひこうせん」、赤い鳥文学賞（第16回）（昭和61年）「海のコウモリ」、日本児童文学者協会賞（第32回）（平成4年）「カモメの家」、路傍の石文学賞（第15回）（平成5年）「カモメの家」　㋕瀬戸内海の能美島に育つ。児童図書の編集から創作活動に入り、昭和45年デビュー作「かいぞくオネション」発表。「文芸冊子」同人。代表作品に「海のしろうま」「はんぶんちょうだい」「まつげの海のひこうせん」「海のコウモリ」「ふとんかいすいよく」「島ひきおに」「うみぼうやとうみぼうず」「カモメの家」など。また「バーバパパえほん」「すきですゴリラ」「ペンギンぼうやビブンデ」など翻訳の分野でも活躍。㋷日本文芸家協会

山下 夕美子　やました・ゆみこ
児童文学作家　㋑昭和15年4月27日　㋥東京　㋕伊藤道郎芸術学院（昭和36年）卒　㋭日本児童文学者協会短編賞（第2回・昭和41年度）「二年2組はヒヨコのクラス」、小学館文学賞（第18回）（昭和44年）「二年2組はヒヨコのクラス」　㋕最初、舞踊家を志すが、結婚により断念。広島に移住し、昭和40年広島児童文学研究会に入る。同人誌「子どもの家」同人。主な作品に「二年2組はヒヨコのクラス」「ごめんねぼっこ」「ますみちゃんがわらった」「うちの子じゃありません」など。

山下 利三郎　やました・りさぶろう
推理作家　㋑明治25年　㋣昭和27年3月29日　㋥京都　別名＝山下平八郎（やました・へいはちろう）　㋕伯父の家を嗣いで、山下姓となり、額縁商を営む。大正11年「誘拐者」でデビューし、「新青年」を中心に執筆。昭和8年創刊の「ぷろふいる」に協力し、筆名も平八郎に改めたが、その後は数編を発表しただけだった。作品に「頭の悪い男」「素晴らしや亮吉」「野呂家の秘密」など。

山科 誠　やましな・まこと
作家　バンダイ取締役名誉会長　マルチメディア・タイトル制作者連盟代表　㋑昭和20年2月24日　㋥東京都世田谷区　筆名＝茶屋二郎（ちゃや・じろう）　㋕慶応義塾大学経済学部（昭和42年）卒　㋭経済界大賞「青年経営者賞」昭57年度）、経営者賞（第36回）（平成5年）　㋕昭和42年小学館販売に入社、2年間外の世界を経験。44年バンダイに転じ、48年取締役、49年常務、51年副社長を経て、55年父の後を継いで社長に就任。平成8年11月同社の携帯用電子ペット"たまごっち"が大ヒット。9年セガ・エンタープライゼスと合併解消の混乱をめぐる責任をとり会長に退き、11年取締役名誉会長となる。傍ら、作家活動にも精力を傾け、仏陀を描いた「目覚めた人」、キリスト教に関する「異

言の秘密」、日本の古代史に迫った「日本書紀は独立宣言書だった」を執筆。12年茶屋二郎の筆名で本能寺の変から関ケ原の戦いまでを描いた歴史小説「遠く永い夢」を発表。㊟父＝山科直治（バンダイ創業者）、弟＝山科統（トーイン社長）

山代 巴　やましろ・ともえ

小説家　㊐明治45年6月8日　㊗広島県芦品郡栗生村登呂茂谷（現・府中市栗柄町）旧姓（名）＝徳毛　㊥府中高女卒、東京女子美専洋画師範科中退　㊤画家を志して東京女子美術専門学校洋画師範科に入学、プロレタリア美術にふれ反戦運動に参加。昭和10年銀座の図案社に入社。12年元共産党員の山代吉宗（のち獄中死）と結婚し、京浜工場街に移る。15年、治安維持法違反で夫と共に検挙され敗戦まで獄中に。戦後は、広島県で農村文化運動、主婦の生活記録運動に積極的に取り組み、かたわら民話的作品を書く。代表作に「蕗のとう」「芽ぐむ頃」「おかねさん」「荷車の歌」「民話を生む人々」「濁流を越えて」など。61年には女囚刑務所を舞台に、自身の体験をこめた大河小説「囚われの女たち」（全10巻）を刊行した。「山代巴文庫」シリーズ（経書房）がある。㊙新日本文学会

山田 詠美　やまだ・えいみ

小説家　㊐昭和34年2月8日　㊗東京都福生市　本名＝山田双葉（やまだ・ふたば）　㊥明治大学文学部（昭和55年）中退　㊤文芸賞（昭和60年度）「ベッドタイムアイズ」、日本文芸大賞女流文学賞（第6回）（昭和61年）、直木賞（第97回）（昭和62年）「ソウル・ミュージック・ラバーズ・オンリー」、ベストフットワーカーズ賞（第1回）（昭和62年）、平林たい子文学賞（第17回）（平成1年）「風葬の教室」、女流文学賞（第30回）（平成3年）「トラッシュ」、泉鏡花文学賞（第24回）（平成8年）「アニマル・ロジック」、読売文学賞（小説賞、第52回）（平成13年）「A2Z」　㊤大学在学中から山田双葉の名で漫画をコミック誌に連載し、大学中退後も漫画家として活躍していたが、"漫画は自分を表現する手段としては物足りない"とやめてクラブで働いたりアルバイトなどして生活。昭和55年頃から小説を書き始め、60年10月第1作「ベッドタイムアイズ」で文芸賞を受賞。同作品は第94回芥川賞候補にもなった。62年「ソウル・ミュージック・ラバーズ・オンリー」で直木賞を受賞。他の作品に「指の戯れ」「トラッシュ」「アニマル・ロジック」「4U（ヨンユー）」「マグネット」「風葬の教室」「A2Z」、短編集「姫君」などがある。㊙日本文芸家協会

山田 一夫　やまだ・かずお

小説家　㊐明治27年12月29日　㊟昭和48年11月19日　㊗京都　本名＝山田孝三郎　㊥同志社大学英文科卒　㊤大正5年父新次郎が一代で莫大な資産を築いた繊維問屋の家督を相続。大正9年ヨーロッパへ留学。以後絵画や文芸創作に打ち込んだ。このころは京都市左京区鴨上川上川原町に住んでいたが、晩年の昭和42、3年ころ北区平野上柳町に転居。生前の著作としては大正15年に春鳥会から刊行した画集、2冊の短編小説集「夢を孕む女」（昭和6年刊）、「配偶」（昭和10年刊）、随筆集「京洛風流抄」（昭和36年刊）があり、永井荷風も日記「断腸亭日乗」の昭和7年11月の頃で「夢を孕む女」を絶讃している。晩年の著者の加筆推敲原稿をもとに、「恥美抄」の総題で平成2年3月生田耕作京大名誉教授の編集・校訂で作品集が刊行された。

山田 克郎　やまだ・かつろう

小説家　㊐明治43年11月5日　㊟昭和58年4月26日　㊗石川県　本名＝山田克朗　㊥早大商学部（昭和11年）卒　㊤直木賞（第22回）（昭和24年）「海の廃園」　㊤海音寺潮五郎らの同人誌「文学建設」に参加。昭和24年短編「海の廃園」で第22回直木賞を受賞。その後も海に材をとった牧歌的でロマンチックな作品を数多く書いた。テレビの人気番組だった「快傑ハリマオ」の原作者。最近作に「ひとこの青春」がある。

山田 旭南　やまだ・きょくなん

小説家　㊐明治10年5月26日　㊟昭和24年　㊗福井県　本名＝山田馨　旧筆名＝朝倉蘆山人　㊥府立第一中学校卒　㊤大八洲学校に入り漢文、国語を学んだ。二六新報の記者として活躍したが、明治28年朝倉蘆山人の名で文芸倶楽部に「荻の上風」を発表。川上眉山の門下となり、29年12月岩片烏山と「雪月花」を創刊。34年7月の新小説第5回懸賞小説に「細杖」が最高点入選。38年文芸倶楽部に「明暗」、39〜43年「盗人の娘」「自殺」などを発表した。単行本に「草花物語」などがある。

山田 芝之園　やまだ・しばのえん

小説家　浪華文士　㊐万延1年7月16日（1860年）　㊟（没年不詳）　㊗江戸　本名＝山田三之助　㊤大阪・神戸に住み、関西の商家に知人を得る。尾崎紅葉に私淑し、硯友社を模倣した幻幽社を大阪の友人と結成。のち紅葉の指名で薫心社と改めて「葦分船」を発行し、同誌を中心に「我楽多文庫」に似た小説、劇評、時文などを執筆した。廃刊後は文壇から遠ざかり、東京へ移った。

山田 順子　やまだ・じゅんこ

小説家　[生]明治34年6月25日　[没]昭和36年8月27日　[出]秋田県　本名＝山田順(やまだ・ゆき)　[歴]弁護士と離婚した後、大正14年自伝風小説「流るゝまゝに」を出版。これを機に徳田秋声、竹久夢二と同棲。秋声の「元の枝へ」「仮装人物」のモデルとして知られた。文学者勝本清一郎とも同棲し、マスコミに浮名を流した。昭和29年「女弟子」を出版。

山田 正三　やまだ・しょうぞう

小説家　京都市東山図書館長　[生]昭和11年9月23日　[出]京都府京都市　[学]立命館大学文学部中退　[歴]京都市役所に入り、京都市立芸術大学事務局、東山図書館館長などを経て、山科勤労青少年ホーム所長。一方、小説家として活躍し、著書に「いのちの川」「京の歳時記」「本願寺」「日野富子」などがある。　[団]日本文芸家協会、日本ペンクラブ

山田 清三郎　やまだ・せいざぶろう

小説家　評論家　詩人　[生]明治29年6月13日　[没]昭和62年9月30日　[出]京都市下京区間之町通竹屋町　[歴]小学校を6年で中退、さまざまな労働に従事した後プロレタリア文学運動に参加。大正11年「新興文学」を創刊。「種蒔く人」「文芸戦線」同人。昭和4年全日本無産者芸術連盟(ナップ)結成の際、中央委員、「戦旗」編集責任者。「幽霊読者」「小さい田舎者」などを発表。6年共産党に入党。6年と9年の2度にわたり5年の獄中生活。転向後満州国生活5年、ソ連抑留生活5年を経て帰国。31年共産党に再入党。32～33年「転向記」(3巻)を刊行。松川事件、白鳥事件などの救援運動で活躍。58年「プロレタリア文化の青春像」を刊行。ほかに、歌集「囚衣」、短篇小説集「五月祭前後」、評論集「日本プロレタリア文芸運動史」「プロレタリア文学史」などがある。　[団]日本民主主義文学同盟、日本文芸家協会

山田 太一　やまだ・たいち

脚本家　小説家　[生]昭和9年6月6日　[出]東京・浅草　本名＝石坂太一(いしざか・たいち)　[学]早稲田大学教育学部国文科(昭和33年)卒　[賞]芸術選奨新人賞(昭和48年)「それぞれの秋」、放送文化賞(昭和56年)、芸術選奨文部大臣賞(昭和58年)、向田邦子賞(昭和58年)、テレビ大賞(優秀個人)(昭和59年)、菊池寛賞(昭和60年)、日本文芸大賞放送作家賞(第8回)(昭和63年)、山本周五郎賞(第1回)(昭和63年)「異人たちとの夏」、都民文化栄誉賞(平成1年)、毎日映画コンクール脚本賞(平2年度)(平成3年)「少年時代」、日本アカデミー賞最優秀脚本賞(第14回)(平成3年)「少年時代」、毎日芸術賞(第34回)(平成5年)、日本民間放送連盟賞(ドラマ部門)(平成10年)「奈良へ行くまで」　[歴]昭和33年松竹入社。木下恵介のもとで助監督。40年フリーになり、主としてテレビドラマのライターとなる。以後、次々と話題作を書きつづけ、代表作にテレビドラマ「それぞれの秋」「男たちの旅路」「獅子の時代」「想い出づくり」「岸辺のアルバム」「早春スケッチブック」「シャツの店」「ふぞろいの林檎たち」「今朝の秋」「日本の面影」「奈良へ行くまで」、舞台「離れて遠く二万キロ」などがある。著書に「飛ぶ夢をしばらく見ない」「異人たちとの夏」「丘の上の向日葵」「冬の蜃気楼」「見なれた町に風が吹く」「春の惑星」、エッセイ集「路上のボールペン」など。　[団]日本放送作家協会、シナリオ作家協会、日本文芸家協会　[家]妻＝石坂和子(山田太一プロ・アトラス社長)、長女＝木月さえこ(脚本家)

山田 多賀市　やまだ・たかいち

小説家　[生]明治40年12月16日　[没]平成2年9月30日　[出]長野県　本名＝山田多嘉市　[学]高小卒　[歴]家が貧しかったため、13歳の時年期奉公に出る。以後、土方やカワラ焼き職人として東海地方を転々とし12歳の時甲府盆地へ。カワラを焼きながら農民運動に参加、小作料引き下げ闘争などに打ち込んだ。その後胸を病み闘病生活に入り、作家に転身。しかしその内容が反戦的ととられ、検束を受けること十数回。昭和18年、35歳の時、徴兵をのがれようと死亡届を偽造。終戦後、自身の戸籍が20年7月6日をもって消えていることを確認。反戦運動として戸籍の復活拒否を貫いた。戦後「農民文学」を復し、のち農業技術誌を編集。著書に「耕土」「雑草」「農民文学代表作集」など。
[団]日本農民文学会

山田 隆之　やまだ・たかゆき

シナリオライター　[生]大正12年5月14日　[没]平成6年5月16日　[出]青森県　[学]早稲田大学文学部仏文科(昭和25年)卒　[賞]芸術祭賞(優秀賞)　[歴]昭和29年NHKラジオドラマ懸賞に入選し、フリーの放送作家に。ラジオドラマでは「日本女性史」「人間の条件」、テレビ放送開始後は「木枯し紋次郎」「座頭市シリーズ」「必殺仕掛人」「影の軍団」「名奉行遠山の金さん」「裸の大将」などを執筆。

山田 民雄　やまだ・たみお

劇作家　[生]昭和3年3月30日　[出]東京　[学]東京農林専門学校(昭和21年)卒　[賞]小野宮吉戯曲平和賞(第3回)(昭和42年)「かりそめの出発」「北赤道海流」　[歴]日本農業新聞記者を経て、農山漁村文化協会に入り、農村演劇運動を推進。農村演劇運動の衰退により、近年は企業労働者を描いた作品も発表。戯曲に「シグナルが

鳴っている」「熊よ…」「ミスター・ポンコツの夢」など。「山田民雄戯曲集」がある。

山田 時子　やまだ・ときこ
劇作家　[生]大正12年12月1日　[出]東京　[学]洗心高女国文科卒　[歴]第一生命保険に勤務のかたわら、演劇部の作家として活躍。その後、結婚して家庭に入り、以後ほとんど作品を発表していない。作品に「良縁」「女子寮記」がある。

山田 トキヨ　やまだ・ときよ
児童文学作家　[生]昭和10年　[出]旧朝鮮京城(ソウル)　[学]別府大学文学部国文科卒　[賞]石森延男児童文学奨励賞(第1回・2回)、毎日児童小説佳作(第31回)　[歴]著書に「ヒデちゃん高校へ行く」「愛の日記」、共著に「春をよびに」「ぼくはエイちゃん」「奈良の伝説」などがある。

山田 とし　やまだ・とし
小説家　熊本市総合婦人会館相談員　西日本文化サークル熊本教室講師　[生]昭和7年　[出]熊本県　[学]熊本大学(昭和30年)卒　[賞]九州芸術祭文学賞(第1回)(昭和45年)「白い切り紙」、九州文学賞(第7回)(昭和49年)「旅のわらべ」、熊日文学賞(第23回)(昭和56年)「千羽鶴の鴨を射て」　[歴]地元の週刊誌記者、高校講師などの傍ら、小説を執筆。作品に「白い切り紙」「旅のわらべ」「千羽鶴の鴨を射て」など。

山田 智彦　やまだ・ともひこ
小説家　元・東京相和銀行監査役　[専]純文学経済小説　歴史小説　紀行　[生]昭和11年3月23日　[没]平成13年4月17日　[出]岐阜県岐阜市　[学]早稲田大学文学部独文科(昭和33年)卒、早稲田大学大学院独文科修士課程修了　[賞]文学界新人賞佳作(第24回)(昭和42年)「犬の生活」、毎日出版文化賞(昭和51年)「水中庭園」　[歴]昭和33年東京相互銀行(現・東京相和銀行)に入行し、銀行員との二足のワラジをはきながら小説を精力的に書き続けた。社長室次長、総合企画室特別部長、監査役を経て、平成6年顧問。11年同行破綻に伴い退職。純文学畑から出発し、「予言者」「父の謝肉祭」などの作品で芥川賞候補に。銀行員の体験を生かした「重役室25時」「銀行頭取」「銀行合併」などの企業小説、経済小説や時代小説を執筆した。他に短編集「結婚生活」「家を出る」「実験室」「青年の領域」「魔の時間への旅」「水中庭園」「人間関係」、歴史小説「蒙古襲来」「義経の刺客」などがある。
[団]日本文芸家協会(常務理事)、日本ペンクラブ、日本文芸著作権保護同盟(常務理事)、日本近代文学館(監事)、神奈川文学振興会(理事)

山田 直堯　やまだ・なおたか
小説家　山田なおたか制作室主宰　[生]昭和13年　[出]岐阜県　[学]関西大学法学部卒　[賞]中央公論新人賞次席(昭和60年)　[歴]中日ニュース映画・企画制作、朝日新聞記者などを経て、山田なおたか制作室主宰。昭和60年中央公論新人賞次席。著書に「紫陽花」「知事の草稿」「赤い服」他。

山田 信夫　やまだ・のぶお
シナリオライター　[生]昭和7年7月11日　[没]平成10年2月2日　[出]中国・上海　[学]早稲田大学文学部(昭和31年)卒　[賞]毎日映画コンクール脚本賞(昭和51年)「不毛地帯」、向田邦子賞(第9回)(平成3年)「去っていく男」
[歴]昭和34年日活と契約、45年フリーとなる。主な作品に「戦争と人間」シリーズ、「憎いあンちくしょう」「執炎」「華麗なる一族」「動乱」「野ゆき山ゆき海べゆき」「ドン松五郎の大冒険」の他、NHK大河ドラマ「琉球の風」などがある。

山田 野理夫　やまだ・のりお
作家　詩人　歴史家　[生]大正11年7月16日　[出]宮城県仙台市　本名＝山田徳郎　[学]東北帝国大学文学部(昭和23年)卒　[興]土井晩翠・滝廉太郎を主軸とする明治期の芸術家の群像　[賞]農民文学賞(第6回)(昭和37年)「南部牛追唄」
[歴]宮城県史編纂委員を務めた。著書に「伊達騒動」「山田野理夫詩集」「東北散歩」「荒城の月」「柳田国男の光と影―佐々木喜善伝」、編著に「宮城の民話」など。　[団]日本文芸家協会、日本現代詩人会、日本詩人クラブ(理事)、日本ペンクラブ、クエビコの会

山田 美妙　やまだ・びみょう
小説家　詩人　国語学者　[生]慶応4年7月8日(1868年)　[没]明治43年10月24日　[出]東京・神田柳町　本名＝山田武太郎　別号＝樵耕蛙船、美妙斎、飛影、美妙子　[学]大学予備門(一高)
[歴]幼少時代から文学に親しみ、明治18年尾崎紅葉、石橋思案らと硯友社の創立に参加、「我楽多文庫」を編集し「竪琴草紙」を発表。19年共著「新体詞選」を刊行。20年言文一致体の「武蔵野」を発表し、好評を得る。21年短編集「夏木立」を刊行し、文壇的地位を確立。同年「都の花」の主幹となり「花ぐるま」「蝴蝶」「いちご姫」などを発表。一方、「言文一致論概略」「日本俗言文法論」など学究的な論文も発表。また24年新体詩上の新韻律法を「新調韻文青年唱歌集」で試みる。23年頃からは創作から遠ざかるが、25年から26年にかけて「日本大辞書」(全11冊)を編纂、刊行。その後の主な作品に「阿千代」「アギナルド」「桃色絹」「平重衡」「平清盛」などがある。34年から35年にかけて「言文一致文例」(全4冊)を刊行した。

山田 浩　やまだ・ひろし

人形劇作家　[生]明治40年　[没]昭和20年　[出]島根県出雲市　本名＝山田久寿郎　[学]島根師範卒　[歴]昭和4年成城学園に勤務。佐藤惣之助に詩を学ぶ。児童劇「夜明けの子供」が紀元2600年芸能祭に入選。昭和15年筒井敬介演出で劇団東童により上演された。脚本集に「おにやんまの誕生」、詩集に「林檎を射る」「平原の児」、小説に「潮村少年記」などがある。

山田 風太郎　やまだ・ふうたろう

小説家　[生]大正11年1月4日　[没]平成13年7月28日　[出]兵庫県養父郡関宮町　本名＝山田誠也　[学]東京医科大学(昭和24年)卒　[賞]「宝石」懸賞小説(第1回)(昭和21年)「達磨峠の殺人」、日本探偵作家クラブ賞(短篇賞，第2回)(昭和24年)「眼中の悪魔」「虚像淫楽」、菊池寛賞(第45回)(平成9年)、日本ミステリー文学大賞(第4回)(平成12年)　[歴]幼くして父母を失い、親戚の間を転々とする少年時代を送る。昭和17年家出同然に上京、軍需工場で働き、19年東京医科大学に入学。大学在学中の21年「達磨峠の殺人」が「宝石」の懸賞小説に入選して、推理作家としてデビュー。24年「眼中の悪魔」「虚像淫楽」で探偵作家クラブ賞を受け、作家の道へ進む。山本正夫、高木彬光らと共に本格推理ブームを生み、33〜34年「甲賀忍法帖」を発表して忍法ブームを起こした。以後、「くノ一忍法帖」「柳生忍法帖」「魔界転生」など次々と発表。40年代後半からは明治時代初期を扱った開化物に転じ、この時期の代表作に「警視庁草紙」「幻燈辻馬車」「明治断頭台」がある。他に「戦中派不戦日記」「同日同刻」「人間臨終図巻」「風眼抄」「八犬伝」や、「山田風太郎忍法全集」(全15巻，講談社)、「山田風太郎明治小説全集」(全14巻，筑摩書房)、「山田風太郎全集」(全16巻，講談社)などがある。　[団]日本文芸家協会、日本推理作家協会

山田 風見子　やまだ・ふみこ

フリーライター　[生]昭和34年1月26日　[出]長野県須坂市　本名＝山田富美子　[学]東北福祉大学社会福祉学部卒　[賞]ハヤカワ・ミステリ・コンテスト最優秀作(第3回)(平成4年)

山田 正紀　やまだ・まさき

小説家　[生]昭和25年1月16日　[出]愛知県名古屋市　[学]明治大学政治経済学部(昭和48年)卒　[賞]角川小説賞(第4回)(昭和52年)「神々の埋葬」、日本SF大賞(第3回)(昭和57年)「最後の敵」、星雲賞(日本長編部門，第26回)(平成8年)「機神兵団」、日本推理作家協会賞(長編および連作短編集部門，第55回)(平成14年)「ミステリ・オペラ」、本格ミステリ大賞(小説部門，第2回)(平成14年)「ミステリ・オペラ」　[歴]大学時代中近東を放浪。昭和48年SF同人誌「宇宙塵」に処女作「終末曲面」を発表、49年「神狩り」でデビュー。SF作家として52年「神々の埋葬」で角川小説賞受賞。2度直木賞候補となる。57年「最後の敵」で日本SF大賞を受賞。SFをはじめ幻想、近未来、犯罪、歴史と様々なジャンルで活躍。作品に「弥勒戦争」「宝石泥棒」「氷河民族」「地球・精神分析記録」「剥製の島」「神曲法廷」「ミステリ・オペラ」、〈機神兵団〉シリーズ、〈神獣聖戦〉シリーズなど。　[団]日本文芸家協会、日本SF作家クラブ

山田 正弘　やまだ・まさひろ

詩人　放送作家　シナリオ作家　日本放送作家組合総代　[生]昭和6年2月26日　[出]東京　本名＝梅原正弘　[学]文化学院文学部卒　[賞]シドニー国際映画祭南十字星賞(グランプリ)「エロス+虐殺」(ATG)　[歴]昭和29年詩誌「氾」の創刊に参加、清新な詩人の一人として注目される。のち、放送作家としても活躍、主な作品にNHKドラマ人間模様「とおりゃんせ」、NHK銀河テレビ小説「いけずごっこ」などがある。ほかに映画シナリオ「あひる飛びなさい」「エロス+虐殺」がある。　[団]現代詩の会、日本放送作家協会

山田 道保　やまだ・みちやす

小説家　[出]福岡県柳川市　[学]日本大学文学部卒　[賞]新潮全国同人誌特集入選(昭和32年)「器官」　[歴]昭和26年、火野葦平、長谷健のすすめで同人雑誌「隊商」に処女作「秘密」を発表。著書に「鈴子の嘘と真実」「亜矢子の計画」「青の明暗」他。

山田 啓代　やまだ・みちよ

小説家　[生]昭和10年　[出]兵庫県神戸市　[学]山口女子短期大学中退　[賞]熊日文学賞(昭和54年)「女舞い」　[歴]昭和38年〜平成4年熊本県警に勤務。5年「山頭火の妻」で読売ヒューマン・ドキュメンタリー大賞に入選。著書に小説集「女舞い」などがある。

山田 稔　やまだ・みのる

小説家　元・京都大学総合人間学部教授　[専]フランス文学　[生]昭和5年10月17日　[出]福岡県門司市(現・北九州市)　[学]京都大学文学部仏文科(昭和28年)卒　[興]現代の文学　[賞]芸術選奨文部大臣賞(文学・評論部門・第32回)(昭和56年)「コーマルタン界隈」、日仏翻訳文学賞(第6回)(平成11年)　[歴]昭和33年“日本小説をよむ会”を発足させ、35年「VIKING」同人となる。41年および52〜53年フランスに留学。43年「幸福へのパスポート」が、44年「犬のように」が芥川賞候補作品になり、56年「コーマルタン界隈」で芸術選奨を受賞。平成6年京都大学を退官。

他に「旅のなかの旅」「再会・女ともだち」「特別な一日」「スカトロジア」「シネマのある風景」、翻訳に「フランス短篇傑作選」、ロジェ・グルニエ「フラゴナールの婚約者」「チェーホフの感じ」「黒いピエロ」などの作品がある。
㊽日本フランス語フランス文学会

山田 宗樹　やまだ・むねき
推理作家　㊷昭和40年　㊷愛知県犬山市　㊷筑波大学大学院農学研究科（平成3年）博士課程中退　㊺横溝正史賞（第18回）（平成10年）「直線の死角」　㊽平成10年「直線の死角」で第18回横溝正史賞を受賞しデビュー。製薬会社勤務の傍ら、執筆活動を続ける。著書に「死者の鼓動」がある。

山田 もと　やまだ・もと
児童文学作家　㊷大正9年8月5日　㊷愛知県渥美郡　㊷田原高等技芸女学校卒　㊺ちぎり文学奨励賞「よだかのよでっぽう」、新風舎出版賞優秀賞（第6回）「牛と歩いた道」　㊽小学校教師を退職し執筆活動に入る。昭和33年から中部児童文学会同人。20年がかりで「水の歌」を完成。他に「首里の町がきえる日」「風にのる六年生」「四年のあの子は宇宙人」などがある。
㊽中部児童文学会、日本児童文学者協会

山手 樹一郎　やまて・きいちろう
小説家　㊷明治32年2月11日　㊷昭和53年3月16日　㊷栃木県黒磯市　本名＝井口長次（いぐち・ちょうじ）　別名＝井口朝二　㊷明治中（大正6年）卒　㊺野間文芸奨励賞（第4回）（昭和19年）「獄中記」「檻送記」「蟄居記」、勲三等瑞宝章（昭和52年）　㊽昭和2年博文館に入社。「少年少女譚海」の編集に携わりながら、「大剣聖荒木又右衛門」を発表。8年大林清・梶野千万騎らと、同人誌「大衆文学」を創刊。14年博文館を退社、長谷川伸主宰「十五日の会」（のちの新鷹派）に加わり、作家活動に入る。同年新聞小説「桃太郎侍」で人気を得る。戦後は22年から「夢介千両みやげ」を連載、その後も数多くの時代小説を書きつづけ、ユーモアと痛快さにあふれた作風は幅広い人気を集め、"貸本屋のベストセラー作家"の異名をとった。他の代表作に「獄中記」「檻送記」「蟄居記」の3部作をまとめた「峯山と長英」など。「山手樹一郎全集」（全40巻、講談社）、「山手樹一郎短編小説全集」（全15巻、桃園書房）、「山手樹一郎長編時代小説全集」（全82巻）が刊行されている。創作の一方で要会をつくり、後進の指導育成にもあたった。
㊷長男＝井口朝生（小説家）

大和 真也　やまと・まや
小説家　㊸SF　㊷昭和35年1月7日　㊷愛知県名古屋市　㊷名古屋市立北高校卒　㊺奇想天外新人賞（第1回）「カッチン」　㊽高校3年のとき、第1回奇想天外・新人賞に「カッチン」が佳作入選。同時入選した新井素子とともに高校生作家誕生と話題になった。著書に「フォックスさんにウィンクを」「眠り姫にキス！」「アダ」などがある。　㊽中部日本SF同好会

大和屋 竺　やまとや・あつし
シナリオライター　映画監督　㊷昭和12年6月19日　㊷平成5年1月16日　㊷北海道三笠市幌内町　㊷早稲田大学文学部史学科（昭和37年）卒　㊺日本映画プロフェッショナル大賞特別賞（平成5年）　㊽昭和37年日活助監督部に入社。病気のため休職中にシンガポールなどを放浪、41年に退社。同年若松プロ作品「裏切りの季節」で監督デビュー。その後、鈴木清順監督作品の共同脚本家グループに参加するなど脚本家として活躍。主なシナリオ作品に、映画「八月の濡れた砂」（共同）「戦国ロック・疾風の女たち」「不連続殺人事件」「マタギ」（共同）、テレビ「祭ばやしが聞える」「ルパン三世」など。

山名 美和子　やまな・みわこ
小説家　㊷昭和19年　㊷東京都　㊷早稲田大学文学部卒　㊽東京都、埼玉県の公立学校教師を経て、作家活動。平成6年「梅花二輪」が第19回歴史文学賞佳作となる。著書に「梅花二輪」がある。　㊽大衆文学研究会

山中 利子　やまなか・としこ
童話作家　元・きりん書房代表　㊷茨城県土浦市　㊷国立療養所東京病院附属高卒　㊺三越左千夫賞（第3回）「だあれもいない日」　㊽昭和47年頃に高田敏子主催の野火の会に参加、子どもたちと私家版詩集「りえとひろえとなおことママの詩の本」などを作る。55年同人誌「しいど」発足同人、板橋童話の会「土筆」代表。のち詩誌「マグノリアの木」同人。元看護婦で、平成13年春まで精神障害者のための社会適応訓練事業所として古書店・きりん書房を経営。著書に「まくらのひみつ」「だあれもいない日」「こころころころ」。　㊽日本児童文学者協会、日本詩人クラブ

山中 恒　やまなか・ひさし
児童文学作家　㊸児童読物　戦時教育史　㊷昭和6年7月20日　㊷北海道小樽市　㊷早稲田大学第二文学部芸術科（昭和30年）卒　㊺戦時下の児童文学・読み物　㊺日本児童文学者協会新人賞（第6回）（昭和31年）「赤毛のポチ」、サンケイ児童出版文化賞（第21回）（昭和48年）「三人泣きばやし」、巌谷小波文芸賞

(第1回)(昭和53年)「山中恒児童よみもの選集」、産経児童出版文化賞(第38回)(平成3年)「ぼくの町は戦場だった」、野間児童文芸賞(第31回)(平成5年)「とんでろじいちゃん」 ㊣大学卒業後、百貨店宣伝部に籍をおく。在学中に早大童話会に入会し、のちに“小さい仲間”を結成。昭和31年「赤毛のポチ」で児童文学者協会新人賞を受賞。自ら、“児童読み物作家”と名のり、以後、今日性に富んだ作品をつぎつぎに発表。リアリズムから幼年童話・ファンタジー・ユーモア物と多彩な活躍をつづける。35年より著述に専念。放送台本、映画シナリオも執筆。45年佐野美津男らと“六月社”(後・六月新社)を結成。54年「あばれはっちゃく」がテレビ朝日により連続ドラマ化されて圧倒的な視聴率を得る。また、大林宣彦監督により57年「おれがあいつであいつがおれで」が「転校生」として、60年「なんだかへんて子」が「さびしんぼう」として、平成11年「とんでろじいちゃん」が「あの、夏の日」として映画化。一方、昭和49年「ボクラ少国民」で戦時下教育の告発を始める。3千点の資料を逐一検討したこのシリーズは、全6部で、56年に完結。平成11年ベストセラーとなった妹尾河童の自伝的小説「少年H」の史実誤認や時制の矛盾を指摘した妻との共著「間違いだらけの少年H」を出版し、話題となる。ほかの代表作に「とべたら本こ」「サムライの子」「ボクラ少国民(6部作)」「新聞は戦争を美化せよ!」や、「山中恒児童よみもの選集」(全20巻)、共著に「書かれなかった戦争論」などがある。 ㊐日本マスコミ学会、日本放送作家協会、日本ペンクラブ ㊎妻=山中典子

山中 峯太郎　やまなか・みねたろう

作家 児童文学者 ㊓明治18年12月15日 ㊱昭和41年4月28日 ㊥大阪府大阪市 旧姓(名)=馬渕 筆名=大窪逸人、石上欣哉、山中未成 ㊫陸大卒 ㊮文芸春秋読者賞(第22回)(昭和37年)「実録アジアの曙」 ㊣大阪の呉服商の二男に生まれるが、陸軍一等軍医山中恒斎の養子に。陸軍士官学校時代から成績優秀で、職業軍人として将来を嘱望されたが、宗教的関心に赴き、大正9年頃から「否」「叛逆の子は語る」などを発表。中国革命問題にも関心を抱き、大正12年軍籍を脱して中国に渡り革命戦に参加した。帰国後、大衆小説、大衆的少年少女小説を多く発表するようになり、大衆小説として「燃える星影」「九条武子夫人」などがあり、大衆児童文学として「敵中横断三百里」「亜細亜の曙」「万国の王城」などがある。晩年の昭和37年「実録アジアの曙」で文芸春秋読者賞を受賞した。

山主 敏子　やまぬし・としこ

児童文学作家 元・日本児童文芸家協会理事長 ㊓明治40年6月3日 ㊱平成12年4月16日 ㊥東京 本名=瀬川敏子(せがわ・としこ) ㊫青山女学院専攻部英文科(昭和2年)卒 ㊮児童文化功労者(第29回)(平成1年) ㊣昭和11年同盟通信社(共同通信社の前身)入社。20年より共同通信社文化部勤務、次長を経て論説委員、37年退社。27年ごろから児童文学の仕事をはじめ、新聞、雑誌に短編童話を発表。のち著述に専念。50年〜平成2年日本児童文芸家協会理事長、のち顧問に。著書に「十代の悩みに答えて」「大西部開拓史」、伝記「クレオパトラ」「北条政子」、訳書に「若草物語」「あしながおじさん」「名犬ラッシー」「大きな森の小さな家」など。 ㊐日本文芸家協会、日本ペンクラブ、日本児童文芸家協会 ㊎弟=瀬川昌男(科学評論家)

山根 幸子　やまね・さちこ

児童文学作家 ㊓昭和10年 ㊥広島県 ㊫尾道短期大学経済科卒 ㊮「日本児童文学」創作コンクール入選(第5回)(昭和58年)「貝もたたったひとつ」 ㊣家業の酒舗店を経営。著書に「みきちゃんとムウ」「海をわたったネコ」、共著に「かがみのなかのおとうさん」「山つつじ」など。

山野 浩一　やまの・こういち

小説家 評論家 ㊕SF 前衛文学 馬産 競馬 オーストラリア文化 ㊓昭和14年11月27日 ㊥大阪府大阪市阿倍野区昭和町 ㊫関西学院大学法学部(昭和37年)中退 ㊮馬事文化賞(平成3年)「サラブレッドの誕生」 ㊣大学在学中は映画研究会に所属し、「映画評論」「映画芸術」「週刊読書新聞」などに評論を執筆。大学中退後、1年間コマーシャル映画プロダクション・関西映画に勤務し、昭和38年上京。39年戯曲「受付の靴下」が「悲劇喜劇」誌に掲載されデビュー。同年小説「X電車で行こう」が「宇宙塵」誌に掲載される。40年「優駿」誌で競馬ライターとしてもデビュー。以後、ニューウェーヴ、SF小説、評論の傍ら、サラブレッドの血統についての研究を重ね、独特の血統論を展開する。著書に「殺人者の空」「花と機械とゲシタルト」「レヴォリューション」「サラブレッドの誕生」「サラブレッド血統事典」など。 ㊐日本文芸家協会

山野 ひろを　やまの・ひろお

「毎日児童小説」最優秀作品「ようこそ海風荘へ」の著者 ㊥北海道様似郡様似町 ㊫北海道教育大学卒 ㊮毎日児童小説最優秀(第38回)(平成1年)「ようこそ海風荘へ」 ㊣保育園で働いたことがきっかけで、児童小説、童話の創作と取り組み、勤務の傍ら、創作活動を続

けている。平成元年、第38回「毎日児童小説」最優秀を「ようこそ海風荘へ」で受賞。

山ノ内 早苗　やまのうち・さなえ

大阪女性文芸賞を受賞　[生]昭和32年9月13日　[出]大阪市　本名＝石井早苗　[学]神戸女子大学卒　[賞]大阪女性文芸賞新人賞(第6回)(平成1年)「朝まで踊ろう」　[歴]文芸誌に応募を続け、平成元年「朝まで踊ろう」で大阪女性文芸賞新人賞受賞。同年4月から英語教室で講師。

山内 秋生　やまのうち・しゅうせい

児童文学作家　[生]明治23年10月29日　[没]昭和40年11月9日　[出]福島県南会津　本名＝山内秋生(やまのうち・あきお)　[学]日本大学国文科中退　[歴]雑誌、新聞の記者のかたわら、巌谷小波に師事、おとぎばなしを書いた。大正元年蘆谷蘆村らと少年文学研究会を創設。童話集に「螢のお宮」「星と語る」「とんぼの誕生」「父のふるさと」などがある。また小波とおとぎばなしの研究、整理に従事、小波没後「小波お伽選集」「こがね丸」「新八犬伝」などを刊行。児童文学史の研究「少年文学研究」もあり、講談社第1期「小川未明童話全集」の編集もした。

山内 久　やまのうち・ひさし

シナリオライター　日本シナリオ作家協会理事長　[生]大正14年4月29日　[出]東京　[学]東京外国語大学仏語部(昭和23年)卒　[賞]年間代表シナリオ(昭和26年，35年，40年，42年，44年，45年，53年)、ギャラクシー賞(昭和39年)「にごりえ」、放送記者会賞(昭和41年)「若者たち」、毎日映画コンクール脚本賞(昭和42年)、放送記者会賞(昭和43年)「みつめいたり」、芸術祭賞大賞(テレビ部門)(昭和45年)「海のあく日」、紫綬褒章(平成2年)　[歴]昭和24年松竹大船撮影所脚本部に入る。35年よりフリー。代表作に、映画「花のおもかげ」(25年)「幕末太陽伝」(31年)「豚と軍艦」(35年)「若者たち」(42年)「私が棄てた女」(43年)、テレビ「はらから」(NHK)「みつめいたり」(フジ)「海のあく日」(CBC)など。平成3年協同組合日本シナリオ作家協会理事長に就任。　[家]父＝山野一郎(漫談家)、兄＝山内明(俳優)、弟＝山内正(作曲家)、妻＝立原りう(シナリオライター)

山内 泰雄　やまのうち・やすお

シナリオライター　上野学園大学国際文化学部教授　[生]昭和6年3月20日　[出]東京　[学]学習院大学卒　[興]道化の研究、音楽劇研究　[歴]桐朋学園大学短期大学部教授を経て、上野学園大学教授。主な作品にテレビ「いれずみ」(日テレ)、戯曲「袈裟と盛遠」、著書に「歌の翼にのせて」など。

山之内 幸夫　やまのうち・ゆきお

弁護士　作家　[生]昭和21年4月22日　[出]香川県小豆郡(小豆島)　[学]早稲田大学法学部(昭和45年)卒　[歴]昭和47年司法試験合格、50年大阪で弁護士登録。51年以来広域暴力団・山口組組員の弁護を担当することが多く、59年8月から山口組顧問弁護士を務める。62年大阪弁護士会から懲戒処分を受け、顧問弁護士の肩書をはずしたが、その後も暴力団関係者らの弁護活動を続ける。一和会との山一抗争以来、「悲しきヒットマン」「警察のヤクザ捜査はこれでよいか！」などのタイトルで雑誌に執筆、警察の暴力的捜査の実態を指摘、告発する。63年「悲しきヒットマン」を刊行、映画化された。他の小説に「山口組太平洋捕物帳」「弾劾証拠」など。俳優としても活動し、映画「鬼火」に出演。平成10年には自著「女師(おんなし)」を映画化、自らプロデューサーを務めた。3年恐喝容疑で大阪府警に逮捕されるが、9年大阪高検は上告を断念し、無罪が確定した。　[団]大阪弁護士会、日本ペンクラブ

山村 魏　やまむら・たかし

小説家　[生]明治30年7月28日　[没]昭和30年10月2日　[出]愛知県名古屋市　[学]早稲田大学英文科中退　[歴]松竹蒲田文芸部に入り、大正8年早大同期の加藤清、河村邦成らと「若き日本」を創刊。10年ごろ「白樺」にメーテルリンク、ストリンドベリらの翻訳を発表した。昭和15年台湾に渡り、戦後21年帰国、名古屋市内の高校に勤めた。

山村 正夫　やまむら・まさお

推理作家　元・日本推理作家協会理事長　[専]英米推理小説　伝奇ミステリー小説　[生]昭和6年3月15日　[没]平成11年11月19日　[出]愛知県名古屋市　[学]名古屋外専英語科(現・南山大学)(昭和26年)卒　[賞]日本推理作家協会賞(評論部門)(昭和52年)「わが懐旧的探偵作家論」、角川小説賞(昭和55年)「湯殿山麓呪い村」　[歴]昭和24年「二重密室の謎」でデビュー。29～34年内外タイムス社社会部勤務。少年物やアクションものを書く傍ら、怪奇幻想小説と謎解き小説へ傾倒し、55年以後両者が一体化され、伝奇ミステリーとして展開された。35年日本探偵作家クラブ書記長、56～60年日本推理作家協会理事長。長年、青山学院大学推理小説研究会の顧問をつとめ、また58年からエンターテイメント小説作法教室で講義し、石塚京助、宮部みゆき、関口ふさえら多くの作家を育てた。主な作品に「獅子」「ボウリング殺人事件」「湯殿山麓呪い村」など。また「推理文壇戦後史」「わが懐旧的探偵作家論」がある。　[団]日本推理作家協会、日本文芸家協会、日本ペンクラブ、文芸美術健康保険組合

山村 美紗　やまむら・みさ
推理作家　⑪昭和9年8月25日　⑫平成8年9月5日　⑬旧朝鮮・京城　⑭京都府立大学文学部国文科(昭和32年)卒　⑯日本文芸大賞(第3回)(昭和58年)「消えた相続人」、京都府文化賞(功労賞、第10回)(平成4年)、京都府あけぼの賞(平成4年)　⑱昭和32～39年京都市立伏見中学の教壇に立ったのち、結婚し主婦に。42年頃から創作を始め、テレビドラマ「特別機動捜査隊」の脚本を担当。46年に「死体はクーラーが好き」が小説サンデー毎日新人賞候補となり、49年に「マラッカの海に消えた」でデビュー。「京都紫野殺人事件」「京都新婚旅行殺人事件」など京都を舞台にしたミステリーを多く執筆。作品の多くがテレビのサスペンスドラマ化され、"トリックの女王"と呼ばれた。ベストセラーに「花の棺」「百人一首殺人事件」「鳥獣の寺」など、他に「山村美紗長編推理選集」(全10巻、講談社)がある。　⑱日本文芸家協会、日本推理作家協会、日本ペンクラブ　⑲娘=山村紅葉(女優)、父=木村常信(京大名誉教授)、弟=木村汎(北大名誉教授)

山室 和子　やまむろ・かずこ
児童文学作家　⑪昭和21年　⑬神奈川県　⑭高校卒　⑱高校卒業後、主婦業の傍ら童話創作を続けている。昭和62年毎日新聞社・毎日児童小説入選。作品は主に幼年向け雑誌に掲載。著書に「おこりんぼうの王さま」。

山室 一広　やまむろ・かずひろ
作家　⑪昭和37年6月1日　⑬神奈川県横須賀市　⑭学習院大学中退　⑯すばる文学賞(第14回)(平成2年)「キャプテンの星座」　⑱著書に「キャプテンの星座」「虫くい」。

山本 勇夫　やまもと・いさお
小説家　⑪明治14年8月26日　⑫(没年不詳)　⑬東京・神田　⑱会社員、新聞記者、雑誌編集者を務め、岩野泡鳴の門弟で、泡鳴主宰の創作月評会メンバーの一人。大正14年「征服者の死」、時代物「小野の小町」や「業平」などを発表。「渋沢栄一全集」編集に従事した。中央文学に書いた「岩野泡鳴氏の逸話」、他に「高僧名著選集 白隠禅師」がある。

山本 一力　やまもと・いちりき
小説家　⑪昭和23年2月18日　⑬高知県高知市　本名=山本健一　⑭世田谷工芸卒　⑯オール読物新人賞(第77回)(平成9年)「蒼龍」、直木賞(第126回)(平成14年)「あかね空」　⑱14歳の時父を亡くし上京。住み込みで新聞配達をしながら高校を卒業。その後旅行代理店や広告制作会社勤め、コピーライターなどを経て、航空会社関連の商社で通信販売の企画の仕事に携わる。一方小説家・藤沢周平にあこがれ、平成6年から時代小説を書き始め、江戸の下町を舞台にした「蒼龍」を執筆。14年「あかね空」で直木賞を受賞。他の著書に「大川わたり」などがある。

山本 音也　やまもと・おとや
編集者　小学館出版局チーフプロデューサー　松本清張賞を受賞　⑪昭和19年　⑬和歌山県　本名=山本章　⑭立教大学卒　⑯松本清張賞(第9回)(平成14年)「偽書西鶴」　⑱平成14年「偽書西鶴」で第9回松本清張賞を受賞。

山本 嘉次郎　やまもと・かじろう
映画監督　⑪明治35年3月15日　⑫昭和48年9月21日　⑬東京・京橋　⑭慶応義塾大学理財科中退　⑯NHK放送文化賞(昭和41年)、紫綬褒章(昭和42年)　⑱大学中退後、大正11年、日活の助監督となり、13年には監督として「十字火の熱球」を発表。その後PCL(後の東宝)に移り、「エノケンの青春酔虎伝」「チャッキリ金太」などの喜劇もので成功する。東宝では昭和13年の長谷川一夫の「藤十郎の恋」を皮切りに、高峰秀子を起用した「綴方教室」「馬」などで映画監督としての地位を高め、太平洋戦争中も「ハワイ・マレー沖海戦」「加藤隼戦闘隊」などの戦争映画に優れた手腕を発揮し、門下に黒沢明、谷口千吉らを生んだ。戦後41年の「狸の休日」を最後にメガホンを置いた。その後は、NHKラジオの「話の泉」や「それは私です」などのレギュラー出演者として親しまれ、食通としても知られる。

山本 和夫　やまもと・かずお
詩人　児童文学作家　小説家　⑪明治40年4月25日　⑫平成8年5月25日　⑬福井県小浜市　⑭東洋大学倫理学東洋文学科(昭和4年)卒　⑯文芸汎論詩集賞(第6回)(昭和14年)「戦争」、小学館文学賞(第13回)(昭和39年)「燃える湖」、サンケイ児童出版文化賞(大賞，第22回)(昭和50年)「海と少年」、赤い鳥文学賞(第15回)(昭和60年)「シルクロードが走るゴビ砂漠」　⑱大学時代から詩作を始め「白山詩人」「三田文学」などに関係し、昭和13年刊行の「戦争」で文芸汎論詩集賞を受賞。以後「仙人と人間との間」「花のある村」「花咲く日」「亜細亜の旅」などの詩集や、童話集「戦場の月」「大将の馬」を刊行。戦時中は陸軍将校として中国で過ごす。戦後は東洋大学で児童文学を講じ、児童文学作家として活躍。「トナカイ」創刊に参加、「魔法」同人。小浜市に"山本和夫文庫"を設立し、読書運動に尽力。福井県立若狭歴史民俗資料館館長も務めた。他の著書に小説「一茎の葦」「青衣の姑娘」、児童文学「町をかついできた子」「燃える湖」「海と少年―山

本和夫少年詩集」「シルクロードが走るゴビ砂漠」、詩集「峠をゆく」「ゲーテの椅子」「影と共に」、評論「国木田独歩研究ノート」「子規ノート」「芭蕉ノート」などがあり、詩人、作家、評論家として幅広く活躍した。 [団]日本文芸家協会、日本現代詩人会、日本児童文学者協会(名誉会員)、日本児童文芸家協会(顧問) [家]妻＝山本藤枝(女性史研究家)

山元 清多　やまもと・きよかず

劇作家 演劇評論家 黒テント芸術監督 [生]昭和14年6月11日 [出]東京・亀戸 [学]東京大学教育学部教育心理学科卒 [賞]岸田国士戯曲賞(第27回)(昭和58年)「比置野ジャンバラヤ」 [歴]大学在学中に劇研に入るが、卒業後は時事通信のスポーツ記者となる。昭和42年津野海太郎、草野大悟らと六月劇場を創立。44年に第1作「海賊」を発表、第15回岸田戯曲賞の候補となる。45年演劇センター68/70(現・黒テント)創立に参加、座付作家となり、労働の問題を意識した作品を執筆。平成3年黒テント芸術監督に就任。また、テレビ、ラジオの脚本家としても活躍。他の作品に戯曲「与太浜パラダイス」「比置野ジャンバラヤ」、テレビ「ムー」「時間ですよ！たびたび・平成元年」「はいすくーる落書」(TBS)、戯曲集「さよならマックス」などがある。

山本 久美子　やまもと・くみこ

児童文学作家 [生]昭和29年7月25日 [出]東京都 [学]東京女子大学卒 [賞]毎日児童小説優秀作品(第40回・中学生向き)(平成3年)「波乱万丈『なんでも研究クラブ』」、毎日児童小説最優秀作品(第41回・中学生向き)(平成4年)「ニュームーン」 [歴]高校教師。「らんぷの会」同人。著書に「夕やけ朝やけかあさんの色」「だいすき少女の童話2年生」(共著)がある。

山本 恵子　やまもと・けいこ

小説家 [生]昭和35年 [出]大阪府 [学]PL学園女子短期大学初等教育学科卒 [賞]オール讀物新人賞(平成13年)(第81回)「夫婦鯉」 [歴]ファーストフード店員、整骨院助手、団体職員、私立幼稚園教諭など様々な職を経験。平成4年古い時代を舞台とした小説を書き始める。13年「夫婦鯉」が第81回オール讀物新人賞を受賞。

山本 恵三　やまもと・けいぞう

小説家 [出]鹿児島県 [学]国学院大学文学部卒 [歴]映画・TVのシナリオライター、記録・PR映画の監督、劇画原作者などを経て、昭和53年頃より本格的に小説に取り組む。100冊を超えるバイオレンス小説を発表。著書に「黄金の三角地帯」「熱き狼たちの標的」「闇を裂く銀牙」「鮮血の墓碑銘」など。

山本 甲士　やまもと・こうし

推理作家 [生]昭和38年 [出]滋賀県大津市 [学]北九州大学法学部卒 [賞]九州さが大衆文学賞佳作(平成8年)「ぺ天使たちのひみつ」、横溝正史賞優秀作(第16回)(平成8年)「ノーペイン、ノーゲイン」 [歴]大学卒業後アルバイトで続けていたフィットネスクラブのインストラクターを辞め、昭和63年北九州市役所に勤務。一方、平成2年から推理小説を執筆し、初めての作品が江戸川乱歩賞の第3次選考まで残った。その後一時創作活動を中止。7年横溝正史賞作家・姉小路祐の「推理作家製造学—入門編」に触発され、同年退職、義父の事業を手伝いながら執筆活動を再開。8年光文社文庫のアンソロジー「本格推理〈9〉」に「小指は語りき」が収録される。同年「ノーペイン、ノーゲイン」が横構正史賞優秀作に。他の作品に「ぺ天使たちのひみつ」「バッドブラッド」「騙り屋」など。

山本 薩夫　やまもと・さつお

映画監督 [生]明治43年7月15日 [没]昭和58年8月11日 [出]鹿児島市 [学]早大独文科中退 [賞]チェコ映画賞「太陽のない街」、毎日映画コンクール監督賞(第14回, 21回, 25回, 31回)(昭和34年, 41年, 45年, 51年)、ルムンバ賞(昭和39年)、ブルーリボン賞監督賞(第16回)(昭和40年)、芸術祭賞(昭和41年)「白い巨塔」、キネマ旬報賞監督賞(第40回)(昭和41年)「白い巨塔」 [歴]在学中から左翼演劇活動を続け、昭和8年松竹蒲田撮影所に入社。翌年PCCに移り、12年東宝の監督になって第1作「お嬢さん」を発表。戦前はメロドラマなども手がけたが、戦後は東宝争議で退社、レッドパージも受けて独立プロを創立し、「真空地帯」「荷車の歌」「白い巨塔」「戦争と人間」などイデオロギーの鮮明な作品を次々に製作。40年代後半からは大手映画会社と提携して「華麗なる一族」「不毛地帯」などで政財界の深層をえぐり、社会派映画の代表的監督とされた。 [家]息子＝山本駿(撮影監督)

山本 茂実　やまもと・しげみ

小説家 元・「葦」編集長 [生]大正6年2月20日 [没]平成10年3月27日 [出]長野県松本市並柳 [学]早稲田大学文学部哲学科卒 [歴]戦後青年運動に参加、昭和22年処女作「生き抜く悩み」が大ヒットとなる。23年早稲田大学に入学、「葦会」を組織。雑誌「葦」「小説葦」、27年総合雑誌「潮」などを創刊し、働く若者達の民主サークル運動に影響を与えた。庶民の歴史を描いたすぐれた記録文学を残す。また、青年海外協力隊の創立以来、講師を務めた。43年明治期の製糸工場で働く女性の労働現場を描いた「あゝ野麦峠」は250万部に達するロングセラーとなり、映画化された。著書に「松本連隊の最後」

「喜作新道」「高山祭―この絢爛たる飛騨哀史」「塩の道・米の道」など。　㊇妻＝山本和加子（著述家）

山本 修一　やまもと・しゅういち

フリーライター　㊐昭和25年1月　㊒京都府綾部市　㊫武蔵大学人文学部中退　㊓小説すばる新人賞（第1回）（昭和63年）「川の声」　㊗歌謡曲の作詞などを手がけた後、昭和51年から女性週刊誌の取材記者となる。63年「川の声」で第一回小説すばる新人賞受賞。

山本 周五郎　やまもと・しゅうごろう

小説家　㊐明治36年6月22日　㊝昭和42年2月14日　㊒山梨県北都留郡初狩村（現・大月市初狩）　本名＝清水三十六（しみず・さとむ）　㊫横浜第一中中退　㊓文芸春秋懸賞小説（第1回）（大正14年）「須磨寺附近」　㊗4歳の時上京、まもなく横浜に移り、小学校卒業直後に再び上京し、木挽町の山本周五郎質店で丁稚奉公をする。傍ら、正則英語学校、大原簿記学校に通う。大正12年の関東大震災で質店が罹災したので、関西に行き地方新聞記者、雑誌記者などをして13年帰京、日本魂社の記者となる。15年4月に発表した「須磨寺附近」が文壇出世作となる。昭和3年浦安に転居し、蒸気船で通勤しながら勉強する。6年大森・馬込に移り、この頃、山手樹一郎を知り、文筆に専念、娯楽小説、少年少女探偵小説などを発表。15、6年頃から歴史小説に佳作を見るようになり、18年「日本婦道記」で直木賞に推されたが「読者から寄せられた好評以外に、いかなる文学賞のありえようはずがない」との確信でそれを辞退し、以後も毎日出版文化賞、文芸春秋読者賞を辞退した。戦後は横浜市本牧元町に移り、旅館・間門園を仕事場とした。以後の代表作に「山彦乙女」「正雪記」「栄花物語」「樅ノ木は残った」「赤ひげ診療譚」「五弁の椿」「天地静大」「青べか物語」「虚空遍歴」「季節のない街」「さぶ」「ながい坂」など。「山本周五郎全集」（全30巻，新潮社）が刊行されている。

山本 禾太郎　やまもと・のぎたろう

小説家　㊐明治22年2月28日　㊝昭和26年3月16日　㊒兵庫県神戸市　本名＝山本種太郎　㊫小学校卒　㊗海洋測器製作所に勤務していた大正15年「新青年」の懸賞に「窓」が入選する。のち「新青年」「ぷろふいる」等に20編程の短編を発表。昭和7年には「小笛事件」を神戸新聞に連載。関西探偵作家クラブ副会長も務めるが、戦後は演劇に関心がうつった。

山本 英明　やまもと・ひであき

シナリオライター　㊐昭和10年　㊝平成3年4月2日　㊒東京　㊫早稲田大学卒　㊗昭和34年東映に入社し、「二人だけの太陽」でデビュー。44年退社後フリー。代表作に東映映画「昭和残侠伝」「不良番長」シリーズや、「解散式」「神戸国際ギャング」「さらば宇宙戦艦ヤマト」、テレビ「銭形平次」「桃太郎侍」などがある。

山本 弘　やまもと・ひろし

SF作家　ゲームデザイナー　㊐昭和31年　㊒京都府　㊫洛陽工電子科卒　㊗清掃作業員、生協職員などを経て、現在は安田均を代表とするゲーム・デザイナー集団・グループSNEのメンバー。常識から逸脱した内容の“トンデモ本”を研究する“と学会”会長を務め、編著「トンデモ本の世界」は続編と合わせて30万部売れる。他の著書に「ラプラスの魔」「サイバーナイト―ドキュメント戦士たちの肖像」「トンデモ ノストラダムス本の世界」、共著に「ガープス・妖魔夜行―妖怪アクションRPG」など。

山本 藤枝　やまもと・ふじえ

女性史研究家　児童文学作家　詩人　㊕女性史　㊐明治43年12月7日　㊒和歌山県かつらぎ町　本名＝山本フジエ　㊫東京女高師文科（昭和6年）卒　㊖古代史、近代史　㊓サンケイ児童出版文化賞（第24回）（昭和52年）「細川ガラシャ夫人」　㊗尾上柴舟の歌誌「水甕」に参加。18歳ごろより詩作をはじめ、「詩集」「詩佳人」に参加。のち、戦中から戦後にかけて露木陽子の筆名で少女小説や伝記などを書く。昭和35年ごろから女性史の研究に打ち込む。著書に「日本の女性史」（全4巻・共著）「黄金の釘を打ったひと―歌人・与謝野晶子の生涯」、詩集「近代の眸」、児童文学「雪割草」「手風琴の物語」「飛鳥はふぶき」「細川ガラシャ夫人」などがある。　㊑日本文芸家協会　㊇夫＝山本和夫（詩人・故人）

山本 文緒　やまもと・ふみお

小説家　㊐昭和37年11月13日　㊒神奈川県横浜市　㊫神奈川大学経済学部卒　㊓吉川英治文学新人賞（第20回）（平成11年）「恋愛中毒」、直木賞（第124回）（平成13年）「プラナリア」　㊗3年間のOL生活を経て、作家活動に入る。昭和62年「プレミアム・プールの日々」で第10回コバルト・ノベル大賞佳作入選し少女小説の作家としてデビュー。その後、「きらきら星をあげよう」「青空にハートのおねがい」を刊行。平成4年「パイナップルの彼方」から大人向けの小説に変更。11年「恋愛中毒」で吉川英治文学新人賞、13年「プラナリア」で直木賞を受賞。他の代表作に「ブルーもしくはブルー」「あなたには帰る家がある」「眠れるラプンツェ

ル」「群青の夜の羽毛布」「ブラックティ」「落下流水」などがある。

山本 政志　やまもと・まさし

映画監督　[生]昭和31年1月24日　[出]大分県大分市　[学]明治大学中退　[賞]ロカルノ国際映画祭審査員特別賞(昭和62年)「ロビンソンの庭」、ベルリン国際映画祭ZITTY賞(ヤングフォーラム部門最優秀賞)(昭和62年)「ロビンソンの庭」、日本映画監督協会新人賞(昭62年度)(昭和63年)「ロビンソンの庭」、おおさか映画祭脚本賞(第16回)(平成3年)「てなもんやコネクション」　[歴]明治大学中退後8ミリの制作を開始、昭和54年「看守殺し・序曲」、55年「聖テロリズム」を制作。16ミリ「闇のカーニバル」(57年)を58年カンヌ、ベルリン映画祭に出品し、評価を受ける。62年初の35ミリ劇場映画「ロビンソンの庭」を制作し、ベルリン映画祭などで受賞。平成2年「てなもんやコネクション」、3年中沢新一脚本の「熊楠 KUMAGUSU」の制作を開始するが休止。他の作品に「アトランタ・ブギ」「ジャンクフード」がある。　[団]日本映画監督協会　[家]妻＝鳳ルミ(女優・劇団☆新感線)

山本 昌代　やまもと・まさよ

作家　[生]昭和35年8月18日　[出]神奈川県横浜市　[学]希望ケ丘高卒、津田塾大学英語学科(昭和59年)中退　[賞]文芸賞(第17回)(昭和58年)「応為坦坦録」、三島由紀夫賞(第8回)(平成7年)「緑色の濁ったお茶あるいは幸福の散歩道」　[歴]大学在学中の昭和58年、北斎の娘を描いた「応為坦坦録」で文芸賞を受賞。江戸時代の絵師たちの生活やその姿をいきいきと描き、文章力への評価は高い。作品に第96・97回芥川賞候補作「豚神祀り」「春のたより」や「だいひつ屋」「葛城」「朝顔」など、著書に「文七殺し」「江戸役者異聞」「源内先生舟出祝」「善知鳥」「デンデラ野」「居酒屋ゆうれい」「緑色の濁ったお茶あるいは幸福の散歩道」などがある。

山本 三鈴　やまもと・みすず

小説家　随筆家　詩人　[生]昭和18年9月23日　[出]東京　筆名＝夏生羚(なつお・れい)　[学]市ケ谷商卒　[賞]文芸賞(第15回)(昭和56年)「みのむし」　[歴]著書に「みのむし」「石榴」「五月は晴れの日」など。　[団]日本文芸家協会、葵詩書財団

山本 道子　やまもと・みちこ

小説家　[生]昭和11年12月4日　[出]東京　本名＝古屋道子(ふるや・みちこ)　旧姓(名)＝山本　[学]跡見学園短期大学国文科(昭和32年)卒　[賞]新潮新人賞(第4回)(昭和47年)「魔法」、芥川賞(第68回)(昭和48年)「ベティさんの庭」、女流文学賞(第24回)(昭和60年)「ひとの樹」、泉鏡花文学賞(第21回)(平成5年)「喪服の子」、島清恋愛文学賞(第2回)(平成7年)「瑠璃唐草」　[歴]跡見学園短期大学に入学した昭和30年「文芸」の学生小説コンクールで「蜜蜂」が佳作入選。この頃から詩を書き始め、32年「歴程」同人となり、34年「壺の中」を刊行。以後「龍」「飾る」など次々に詩集を刊行。その間「凶区」などに参加。41年結婚し、44年から3年間、夫の転勤先であるオーストラリアに住む。帰国後の47年「魔法」で新潮新人賞を受賞し、以後48年「ベティさんの庭」で芥川賞を、60年「ひとの樹」で女流文学賞を受賞。他に「喪服の子」「山本道子詩集」がある。　[団]日本文芸家協会、日本ペンクラブ、日本現代詩人会

山元 護久　やまもと・もりひさ

児童文学作家　放送作家　[生]昭和9年　[没]昭和53年4月22日　[出]京都　本名＝山元大護　[学]早稲田大学独文科卒　[歴]在学中「早大童話会」で活躍し、童話同人誌「ぷう」を創刊。大学卒業後は、童話創作のほか、子ども向けテレビ番組の台本執筆や構成に携わった。NHKの「ひょっこりひょうたん島」「おかさんといっしょ」、フジ「ママと遊ぼうピンポンパン」など幼児番組の黄金期を築いた一人。童話の代表作に「その手にのるなクマ」「はしれロボット」などがある。

山本 悠介　やまもと・ゆうすけ

小説家　脚本家　[生]昭和13年　[出]北海道旭川市　[賞]海上保安庁長官賞(平成10年)　[歴]警察に2年間勤務の後、脚本家としてデビュー。主な作品に、連続テレビ映画「特別機動捜査隊」「七人の刑事」、テレビドラマ「判決」など。その後、作家に転じ、著書に小説「海の非常線」「悪魔の東京湾」「白い粉の恐怖」や、「時代が求めた日本語入力キーボード革命『ニコラ』の挑戦」など多数。

山本 有三　やまもと・ゆうぞう

小説家　劇作家　参院議員(緑風会)　[生]明治20年7月27日(戸籍＝9月1日)　[没]昭和49年1月11日　[出]栃木県下都賀郡栃木町(現・栃木市)　本名＝山本勇造　[学]東京帝国大学独文科(大正4年)卒　[資]帝国芸術院会員(昭和16年)　[賞]文化勲章(昭和40年)、三鷹市名誉市民、栃木市名誉市民　[歴]東大在学中、第3次「新思潮」に参加。大正9年「生命の冠」が明治座で上演され、劇作家としての地位を確立し、以後「嬰児殺し」「坂崎出羽守」「同志の人々」「海彦山彦」「西郷と大久保」「米百俵」などを発表。15年「生きとし生けるもの」を「朝日新聞」に連載し、小説家としても認められた。以後「波」「風」「女の一生」「真実一路」「路傍の石」などを発表、一時代の国民的作家となる。この間、

昭和7年明治大学に文芸科が設けられ、初代学科長に就任。10～12年「日本少国民文庫」(16巻)を編集刊行し、児童読物に新機軸を開く。16年帝国芸術院会員。戦後は21年に貴院議員に勅選され、22年参院議員(緑風会)に全国区から当選し、28年の任期満了まで務め、文科委員長、文部委員長、ユネスコ国内委員長などを歴任。また国語問題につくしたところも多かった。40年文化勲章を受章。戦後の作品は「無事の人」にとどまるが、晩年の48年に「濁流」を連載し、未完に終わった。「山本有三全集」(全10巻, 岩波書店)、「山本有三全集」(全12巻, 新潮社)がある。

山本 露葉 やまもと・ろよう
詩人 小説家 ㊤明治12年2月3日 ㊦昭和3年2月29日 ㊥東京・根岸 本名=山本三郎 ㊧東京専門学校文学科中退 ㊨明治28年「もしほ草紙」を創刊し、また「文庫」などに詩作を投稿する。32年児玉花外らとの共著詩集「風月万象」を刊行して詩壇に出る。のち小説に転じ、43年「新文芸」を、45年「モザイク」を創刊。主な作品に「外光と女」「太陽の笑」などがある。

八本 正幸 やもと・まさゆき
小説家 ㊤昭和33年7月8日 ㊥千葉県 ㊧東京デザイナー学院中退 ㊨小説新潮新人賞(第6回)(昭和63年)「失われた街-MY LOST TOWN」

鑓田 研一 やりた・けんいち
評論家 小説家 ㊤明治25年8月16日 ㊦昭和44年1月28日 ㊥山口県玖珂郡 本名=德座研一 別号=鑓田芳花 ㊧神戸中央中学校(大正9年)卒 ㊨明治末年から「新潮」などに評論や詩を投稿する。トルストイに傾倒し、大正7年「トルストイの生活と芸術」を訳出。関東大震災後上京し、昭和2年「農民」に参加。反マルクス主義の立場から4年に「無産農民の陣営より」を creuser。戦後、日本農民文学会の結成に参加。著書には農民文学作品のほか、「賀川豊彦」「石川啄木」「徳冨蘆花」「島崎藤村」などの伝記小説がある。

梁 石日 ヤン・ソクイル
作家 詩人 ㊥韓国 ㊤1936年8月13日 ㊥済州島 本名=梁正雄(ヤン・ジョンウ) ㊧高津高卒 ㊨人間の反自然的存在—仮装された自然の擬態について ㊨青丘文化賞(第16回)(平成2年)、山本周五郎賞(平成10年)「血と骨」 ㊨29歳の時、事業に失敗し、莫大な負債をかかえる。各地を放浪。様々な職を経て、タクシードライバーを10年つとめた後、作家に。平成10年「血と骨」で山本周五郎賞を受賞。同年柳美里原作の映画「家族シネマ」に主演。12年著書「夜を賭けて」が日韓合同で映画化される。他の著書に詩集「悪魔の彼方へ」、小説「タクシー狂躁曲」「族譜の果て」「夜の河を渡れ」「子宮の中の子守歌」「男の性解放—女からの質問状」「Z」「死は炎のごとく」、ノンフィクション「タクシードライバー日誌」、高村薫との共著に「快楽と救済」など。 ㊨日本文芸家協会

【ゆ】

湯浅 克衛 ゆあさ・かつえ
小説家 ㊤明治43年2月26日 ㊦昭和57年3月15日 ㊥香川県 本名=湯浅猛 ㊧早稲田第一高等学院中退 ㊨小、中学時代を朝鮮で過ごす。昭和10年処女作「カンナニ」を発表。同年「焔の記録」が「改造」懸賞創作佳作に入り作家に。第二次「現実」の同人を経て後に「人民文庫」に参加。ほかの作品に「移民」「城門の街」「青空どこまで」「連翹」など。

湯浅 真生 ゆあさ・まさお
小説家 宗教家 ㊤明治28年2月2日 ㊦昭和30年1月14日 ㊥福岡市 本名=湯浅勝義 ㊧早稲田大学英文科(大正7年)卒 ㊨大阪朝日新聞、中央新聞の記者のかたわら小説を執筆。大正12年中央新聞に長編「悩ましき影像」、14年文芸時代に「春の帽子」や短編を書いた。のち「ひとのみち教団」(現PL教団)に入信、幹部となった。著書に「人間の発見」(上下)がある。

唯川 恵 ゆいかわ・けい
小説家 エッセイスト ㊤昭和30年2月1日 ㊥石川県金沢市 本名=坂本泰子 ㊧金沢女子短期大学情報処理学科卒 ㊨コバルト・ノベル大賞(第3回)(昭和59年)「海色の午後」、直木賞(第126回)(平成14年)「肩ごしの恋人」 ㊨10年間の会社勤務を経て、小説を書き始める。昭和59年「海色の午後」で第3回コバルト・ノベル大賞し、以後、青春小説家、エッセイストとして活躍。平成14年「肩ごしの恋人」で直木賞を受賞。他の著書に「青春クロスピア」「Cボーイ・すくらんぶる」「少しだけラブストーリー」「そんなあなたにリフレイン」「シングル・ブルー」「いつかあなたを忘れる日まで」「愛なんか」「ため息の時間」など。 ㊨日本文芸家協会

柳 美里　ユウ・ミリ

小説家　劇作家　演出家　[国]韓国　[生]昭和43年6月22日　[出]神奈川県横浜市　演出名＝津島圭治　[学]横浜共立学園高(昭和59年)中退　[賞]岸田国士戯曲賞(第37回)(平成5年)「魚の祭」、泉鏡花文学賞(第24回)(平成8年)「フルハウス」、芥川賞(第116回)(平成9年)「家族シネマ」、木山捷平文学賞(第3回)(平成11年)「ゴールドラッシュ」、編集者が選ぶ雑誌ジャーナリズム賞(作品賞，第7回)(平成13年)「命」　[歴]在日韓国人2世。高校中退後、東由多加が主宰する東京キッドブラザーズの女優を経て、昭和63年青春五月党を創立、各公演ごとに俳優とスタッフを集めて上演。太宰治や織田作之助などの無頼派に心酔し、舞台では生と死をテーマにする。また、小説も手がけ平成9年「家族シネマ」で第116回芥川賞を受賞。10年同著は韓国人監督により映画化される。11年6月、6年発表の小説「石に泳ぐ魚」をめぐり、登場人物のモデルとなった女性がプライバシー侵害を訴え、単行本の出版差し止めと1000万円の損害賠償などを求めた訴訟で、東京地裁はプライバシー侵害を認め、小説の公表差し止めと総額130万円の慰謝料を支払う判決を下した。13年東京高裁は控訴を棄却。この間、12年自身の出産やかつての恋人でもあった東由多加について綴った「命」がベストセラーとなり、14年映画化される。その他の著書に「静物画」「向日葵の柩」「魚の祭」「フルハウス」「水辺のゆりかご」「タイル」「仮面の国」「ゴールドラッシュ」「魂」「生(いきる)」「声」など。　[団]日本文芸家協会　[家]妹＝柳愛里(女優)

有紀 恵美　ゆうき・えみ

児童文学作家　[生]昭和24年　[出]東京都　[学]図書館短期大学卒、東京経済大学二部経済学科卒　[賞]DIY創作子どもの本大賞(第2回)(平成5年)「あきことわたし」(のち「こげよブランコもっと高く」に改題)　[歴]都立高校図書館司書として働きながら、職場の問題をとりあげたミニコミ誌「天気輪」を発行。また、愛媛県伊方原発の隣町で子供時代を過ごしたことがあり、伊方原発の出力調整実験(昭和63年2月)以来、原発の問題をミニコミ誌で取り上げる。63年「サヨナラ原発ガイドブック―まだ、まにあうから」を出版した。平成5年DIY創作子どもの本大賞を受賞した「あきことわたし」(のち「こげよブランコもっと高く」に改題)で児童文学作家としてデビュー。18年間学校司書を務めた後、塾講師も務める。

結城 和義　ゆうき・かずよし

毎日新聞社北海道支社報道部　潮賞(小説部門)を受賞　[生]昭和26年4月20日　[出]北海道釧路市　本名＝真田和義　[学]中央大学卒　[賞]潮賞優秀作(第11回・小説部門)(平成4年)「パパは二人」　[歴]昭和50年毎日新聞社に入社。現在、北海道支社報道部勤務。

結城 恭介　ゆうき・きょうすけ

SF作家　[生]昭和39年12月28日　[出]千葉県千葉市　本名＝田中修　[学]弘前大学教育学部中退　[賞]小説新潮新人賞(第1回)(昭和58年)「美琴姫様騒動始末」　[歴]昭和58年浪人の時、処女作「美琴姫様騒動始末」で第1回小説新潮新人賞受賞。翌59年弘前大学教育学部に入学するが、寒さと情報量の少なさに耐えかねて千葉に戻る。小説の流れをフローチャート化し、ワープロで原稿を執筆するなど新人類作家として知られる。他の著書に「花のジャンスカ同盟」「奴の名はゴールド」「理姫―YURIHIME」や、「ガンダム0080・ポケットの中の戦争」「ヴァージンナイト・オルレアン」などがある。　[団]日本文芸家協会　http://member.nifty.ne.jp/eel/

結城 五郎　ゆうき・ごろう

医師　小説家　[専]内科学　[生]昭和18年　[出]東京都　本名＝高部吉庸(たかべ・よしのぶ)　[学]千葉大学医学部卒　[賞]小谷剛文学賞(第2回)(平成5年)「その夏の終わりに」、サントリーミステリー大賞(第15回)(平成9年)「心室細動」　[歴]千葉市で内科医院を営む。昭和59年から小説を書き、平成元年「作家」(「季刊作家」の前身)同人、4年「小説家」同人となる。作品に「心室細動」がある。

結城 昌治　ゆうき・しょうじ

作家　[生]昭和2年2月5日　[没]平成8年1月24日　[出]東京　本名＝田村幸雄(たむら・ゆきお)　[学]早稲田専門学校法科(昭和24年)卒　[賞]日本推理作家協会賞(第17回)(昭和39年)「夜の終る時」、直木賞(第63回)(昭和45年)「軍旗はためく下に」、吉川英治文学賞(第19回)(昭和60年)「終着駅」、紫綬褒章(平成6年)　[歴]昭和23年に検察事務官となったが、間もなく発病。24年に早稲田専門学校を卒業すると東京療養所に入院し、石田波郷、福永武彦を知り、句作を始める。句集に「歳月」など。34年「エラリイ・クイーンズ・ミステリー」の短編コンテストに「寒中水泳」が入選。38年「夜の終る時」で日本推理作家協会賞を、45年「軍旗はためく下に」で直木賞を、60年「終着駅」で吉川英治文学賞を受賞。推理小説、スパイ小説、ハードボイルド小説と幅広く活躍。他に「夜の終る時」「ゴメスの名はゴメス」「志ん生一代」などがある。　[団]日本文芸家協会

結城 信一 ゆうき・しんいち

小説家 国語問題協議会評議員 [生]大正5年3月6日 [没]昭和59年10月26日 [出]東京 [学]早稲田大学文学部英文科(昭和14年)卒 [賞]日本文学大賞(第12回)(昭和55年)「空の細道」 [歴]会津八一らに師事。国際学友会の日本語学校の教師などを経て、昭和23年「秋祭」で文壇に登場。26年「蛍草」が芥川賞候補となり、第三の新人の一人とみなされる。寡作で地味だが、清澄な作風で、老人と少女の交流を描いた「空の細道」で第12回日本文学大賞を受賞。ほかに「鶴の書」「鎮魂曲」「夜の鐘」などがある。平成12年「結城信一全集」(全3巻, 未知谷)が刊行された。 [団]日本文芸家協会、日本ペンクラブ

結城 辰二 ゆうき・たつじ

グラフィックデザイナー [生]昭和31年11月23日 [出]東京都 [学]東京都立工科短期大学(現・東京都立科学技術大学)航空原動機工学科卒 [賞]サントリーミステリー大賞(優秀作品賞, 第17回)(平成12年)「暴走ラボ」 [歴]写植オペレーター、玩具プランナーなどを経て、グラフィックデザイナー。27歳の時北海道に転居。著書に小説「緑人戦線」「暴走ラボ(研究所)」がある。

結城 真子 ゆうき・まこ

作家 [生]昭和37年9月27日 [出]大阪府吹田市 本名=宇賀神真子 [学]同志社大学法学部政治学科(昭和60年)卒 [賞]文芸賞(第26回)(平成1年)「ハッピーハウス」 [歴]リクルート勤務を経て、平成元年「ハッピーハウス」で文芸賞を受賞して執筆活動に入る。作品に「ケアレス・ラブ」「眠れない」「優しい友人」、エッセイ集「そうよアタシは不眠症の女」など。

佑木 美紀 ゆうき・みき

小説家 [生]昭和30年 [出]愛知県 本名=小沢法子 [学]名古屋市立女子短期大学経済学科卒 [賞]文学界新人賞(第59回)(昭和59年)「月姫降臨」 [歴]短大を出て就職。昭和57〜59年名古屋市の同人誌「群生」に参加。59年「月姫降臨」で第59回文学界新人賞を受賞。現実離れしたかのような人物・状況を好んで描き、他の作に「バナナクレープA転換」「貫入」「おかめ仮面」「醜女志願」など。

釉木 淑乃 ゆうき・よしの

小説家 [生]昭和30年10月3日 [出]埼玉県 本名=長倉淑乃 [学]青山学院高等部卒 [賞]すばる文学賞(第15回)(平成3年)「予感」 [歴]高卒後、ミール・ロシア語研究所でロシア語を学ぶ。のち翻訳会社勤務の傍ら、フリーのツアーコンダクターもこなす。著書に「ケンタウロス座」「リフレイン」などがある。 [家]兄=永倉万治(作家)

結城 亮一 ゆうき・りょういち

作家 [生]昭和12年1月8日 [出]山形県 [学]国学院大学国文科卒 [賞]山新文学賞(昭和41年)「マタニティ・ドレス」 [歴]日大山形高校教諭を務める傍ら、執筆活動に従事。「文芸山形」同人。著書に「あゝ東京行進曲」「トイレの灰皿」。 [団]日本文芸家協会

ゆうき りん

小説家 [生]昭和42年1月5日 [出]東京都 [賞]コバルト・ノベル大賞(第19回)「夜の家の魔女」 [歴]ファンタジー、ミステリー、時代小説と幅広く手がける。著書に「人知らずの森のルーナ」「薔薇の剣」「SILVER BULLETS」などがある。

遊道 渉 ゆうどう・わたる

鍼灸師 第7回潮賞小説部門受賞者 [生]昭和26年1月7日 [出]群馬県 本名=阿部幸雄 [学]早稲田大学文学部中退、東洋鍼灸専門学校卒 [賞]潮賞小説部門(第7回)(昭和63年)「農林技官」

友谷 蒼 ゆうや・あおい

小説家 [出]福島県 [賞]小説ASUKA大賞(読者大賞, 第7回)、スニーカー大賞(奨励賞, 第2回) [歴]著書に「若草一家でいこう!」「エウリディケの娘」、コミック原作に「星の砂漠〜タルシャス・ナイト」などがある。11月17日生まれ。

湯川 豊彦 ゆかわ・とよひこ

フリーライター [生]昭和20年 [出]北海道 [学]早稲田大学文学部 [賞]問題小説新人賞(第3回)(昭和52年) [歴]在学中からフリーライター・編集者として出版界で働き、小説を執筆。昭和62年千葉市緑区の集落に移り、田舎暮らしを開始。地元中学校のPTA会長を務める。著書に「中高年からの田舎暮らし—緑と静けさと安らぎのある新しい人生を求めて」、共著に「超ロングセラー絶滅寸前商品」がある。

由起 しげ子 ゆき・しげこ

小説家 [生]明治35年12月2日 [没]昭和44年12月30日 [出]大阪府堺市 本名=新飼志げ [学]神戸女学院音楽科 [賞]芥川賞(第21回)(昭和24年)「本の話」、小説新潮賞(第8回)(昭和37年)「沢夫人の貞節」 [歴]在学中個人的に山田耕筰に作曲を学ぶ。大正14年画家・伊原宇三郎と結婚し、15年渡仏し3年間滞在、その間マルグリット・ロンにピアノを習う。昭和20年夫との離婚後、文学に転じ、24年「本の話」を発表し、戦後最初の芥川賞を受賞。以後「告別」「漁火」「女中ッ子」「沢夫人の貞節」などの作品がある。

行友 李風　ゆきとも・りふう

小説家　劇作家　[生]明治10年3月2日　[没]昭和34年12月13日　[出]広島県尾道市土堂町　本名＝行友直次郎　[賞]なにわ賞(昭和32年)　[歴]明治39年大阪新報社に入り、社会部記者となりおもに演芸欄を担当する。大正5年退社し、大阪松竹合名会社文芸部に入り、6年新国劇の創作にともないその専属作者に。代表作に「月形半平太」「国定忠治」などがある。のち小説に転じ、14年「修羅八荒」を発表して人気作家となり、その後の作品に「獄門首土蔵」「巷説化島地獄」など。昭和32年上方文化振興の功労者として大阪府からなにわ賞を贈られた。

雪室 俊一　ゆきむろ・しゅんいち

放送作家　[専]動画　ドラマ　劇画　[生]昭和16年1月11日　[出]神奈川県川崎市　筆名＝洋駿太郎　[学]シナリオ研究所(第8期)(昭和36年)卒　[賞]毎日児童小説(優秀賞，第37回)「まぶしい季節」　[歴]テレビドラマ「近頃の若いやつ」が新人シナリオコンクールに佳作入選。昭和40年日活映画「あいつとの冒険」でデビュー。以後テレビに転じ、アニメを中心にドラマ、劇画原作などを手がける。手がけた脚本は3000本以上。主な作品に「ジャングル大帝」「ムーミン」「サザエさん」「魔法使いサリー」「キャンディキャンディ」「Drスランプ」「小さな恋のものがたり」「キテレツ大百科」などの他、映画「遠い海から来た少女」(広島県広報映画)、毎日児童小説コンクール優秀作「まぶしい季節」がある。
[団]日本放送作家協会

湯郷 将和　ゆごう・まさかず

作家　[生]昭和6年　[没]昭和63年7月1日　[出]山口県萩市　本名＝吉岡和雄　[学]二松学舎大学中退　[賞]NHK放送文学賞(第3回)(昭和56年)「遠雷と怒濤と」　[歴]妻と二人で孔版印刷を営むかたわら、同人雑誌で30年書き続ける。全国同人雑誌連盟の事務局を担当。昭和56年「遠雷と怒濤と」で第3回NHK放送文学賞を受賞し、同作品は58年にドラマ化された。他の作品に「キサク・タマイの冒険」など。

柚木 象吉　ゆずき・しょうきち

児童文学作家　教育雑誌ライター　[生]大正9年11月6日　[出]山梨県　本名＝石川茂　[学]増穂高小卒　[賞]日本児童文学者協会新人賞(第2回)(昭和44年)「ああ！五郎」　[歴]同人誌を創刊し、小説を執筆。昭和39年から3年間「台東区史」編さんに加わる。代表作に「ああ！五郎」「あすはいつくるか」「クリという名のイヌ」「少年は川を渡る」などがある。

譲原 昌子　ゆずりはら・まさこ

小説家　[生]明治44年11月14日　[没]昭和24年1月12日　[出]北海道　本名＝船橋きよの　別筆名＝鷲津ゆき　[学]豊原高等女学校師範科卒　[賞]新日本文学創作コンクール小説の部1位(第1回)「死なない蛸」　[歴]小学校教師のかたわら創作活動、昭和16年上京。「抒情歌」が第13回芥川賞候補、次いで「故郷の岸」が第17回芥川賞候補となった。戦後は結核に倒れたが、第1回新日本文学創作コンクール小説の部に「死なない蛸」が1位入選した。24年の「朝鮮ヤキ」が遺稿となった。処女短編集「朔北の闘ひ」、遺稿集「故郷の岸」がある。

弓館 小鰐　ゆだて・しょうがく

新聞記者　小説家　スポーツ評論家　[生]明治16年9月28日　[没]昭和33年8月3日　[出]岩手県一関市　本名＝弓館芳夫　[学]東京専門学校卒　[歴]万朝報から大正7年に東京日日新聞社に移り、「西遊記」を連載する。その後も「水滸伝」「スポーツ人国記」などを発表。著書に「ニヤニヤ交友帖」などがある。

祐未 みらの　ゆみ・みらの

作家　[生]昭和37年6月21日　[出]東京都　本名＝山田由美　[学]早稲田大学社会科学部(昭和60年)卒　[賞]サントリーミステリー大賞(読者賞，第11回)(平成5年)「緋の風」　[歴]昭和62年勤務していた証券会社を退社し、米国ニュージャージー州に語学留学。63年帰国後、旅行会社に入社。海外駐在員としてシンガポール、香港勤務後、平成2年帰国。外資系企業秘書を経て、作家に。4年ミステリー「緋の風―スカーレット・ウィンド」でデビュー。6年TVドラマ化され、自らも出演。他の著書に「異花受粉」「苦い血」など。

弓原 望　ゆみはら・のぞむ

小説家　[生]昭和46年11月9日　[出]東京都　[歴]大学在学中に書いた小説が、平成8年度集英社ロマン大賞の佳作となり、「マリオボーイの逆説」でデビュー。著書に「黄金の瞳燃えるとき」「ヴァージンシステム」「アーサー王子乱行記」シリーズなどがある。

夢野 久作　ゆめの・きゅうさく

小説家　[生]明治22年1月4日　[没]昭和11年3月11日　[出]福岡県福岡市小姓町(現・中央区大名)　本名＝杉山泰道(すぎやま・やすみち)　[学]慶応義塾大学文学部(大正2年)中退　[歴]修猷館を経て慶応大学に進んだが退学し、農園経営、僧侶、謡曲教授、新聞記者などを経て、大正11年童話「白髪小僧」を刊行。15年「新青年」の創作探偵小説に応募した「あやかしの鼓」が2等に当選、この時から夢野久作の筆名を用いる。昭和

10年代表作「ドグラ・マグラ」を刊行したが、その翌年死去。同作品は63年桂枝雀の主演で映画化された。他の作品に「瓶詰地獄」「押絵の奇蹟」「犬神博士」「氷の涯」「暗黒公使」など。「夢野久作全集」(全7巻，三一書房)がある。[家]父＝杉山茂丸(政治家)、三男＝杉山参緑(詩人)

夢枕 獏　ゆめまくら・ばく

作家　[専]SF小説　伝奇小説　[生]昭和26年1月1日　[出]神奈川県小田原市　本名＝米山峰夫　[学]東海大学文学部日本文学科(昭和48年)卒　[賞]日本SF大賞(第10回)(平成1年)「上弦の月を喰べる獅子」、柴田錬三郎賞(第11回)(平成10年)「神々の山嶺」、手塚治虫文化賞(マンガ大賞，第5回)(平成13年)「陰陽師」　[歴]就職に失敗し、上高地の山小屋でボイラーマン、写真屋の現像マン、タウン雑誌の編集など転々とするかたわら原稿を書く。昭和52年「奇想天外」誌に「カエルの死」でデビュー。濃密な性描写とシャープな暴力シーンから伝奇バイオレンス作家とも呼ばれる。平成11年4月朝日新聞に「陰陽師(おんみょうじ)」を連載、陰陽道ブームの火付け役となる。主な著書に「魔獣狩り」シリーズ、「幻獣変化」「闇狩り師」シリーズ、「キマイラ」シリーズ、「餓狼伝」シリーズ、「上弦の月を喰べる獅子」「神々の山嶺」「平成講釈安倍晴明伝」など。歌舞伎脚本に「三国伝来現象譚(さんごくでんらいげんしょうばなし)」がある。　[団]SF作家クラブ、日本文芸家協会

湯本 明子　ゆもと・あきこ

著述家　[専]杉田久女研究　[出]愛知県名古屋市　[学]愛知県立女子短期大学国文科卒　[賞]コスモス文学新人賞(掌編部門，第56回)(平成8年)、中部ペンクラブ賞(平成12年)「俳人杉田久女の世界」　[歴]昭和39年までの約10年間、中学校教師を務め、その後、中学校講師や英語塾を経営。一方、62年旅先で偶然墓地を発見したのをきっかけに、俳人・杉田久女に心酔し、その足跡を研究。同年名古屋近代文学史研究会誌に「杉田久女」を連載開始。その後、俳誌「若竹」にも転載され、平成10年完結。11年連載をまとめた初の著書「俳人杉田久女の世界」を出版。

湯本 香樹実　ゆもと・かずみ

シナリオライター　[生]昭和34年11月11日　[出]東京都　[学]東京音楽大学音楽学部作曲科卒　[賞]文化庁芸術作品賞「カモメの駅から」、日本児童文学者協会新人賞(第26回)(平成5年)「夏の庭―The Friends」、日本児童文芸家協会賞新人賞(平成5年)「夏の庭―The Friends」、ボストン・グローブ・ホーン・ブック賞(フィクション・詩部門大賞)(平成9年)「夏の庭―The Friends」　[歴]大学在学中に三枝成彰にすすめられ、オペラの台本を書き始める。その後ラジオ、テレビドラマの脚本を執筆。ラジオドラマに「カモメの駅から」、小説に「夏の庭―The Friends」、脚本に「千の記憶の物語」(オペラ)など。

由良 弥生　ゆら・やよい

小説家　[歴]幼少より、日本や世界の読み物文学に興味をいだき、学生時代は文学を専攻。世界各国に伝わる古典や伝承を研究。地域をこえて共通する比喩のイメージに関心をもち、初版「グリム童話」を再現し、ベストセラーに。著書に「大人もぞっとする初版『グリム童話』」「源氏物語」などがある。

ユール

小説家　[生]昭和50年7月8日　[出]大阪府　[賞]ノベル大賞(佳作・読者大賞，平12年度)「ぼくはここにいる」　[歴]「ぼくはここにいる」が、平成12年度ノベル大賞佳作・読者大賞を受賞し、13年小説家デビュー。

【よ】

麗 羅　ヨ・ラ

推理作家　[国]韓国　[生]1924年12月20日　[出]慶尚南道　本名＝鄭埈汶(じょん・じゅんむん)　[学]東京高工附属工科学校卒　[賞]サンデー毎日新人賞(第4回)('73年)「ルバング島の幽霊」、サントリーミステリー大賞読者賞(第1回)('82年)「桜子は帰ってきたか」　[歴]在日韓国人。1934年初来日。'43年日本陸軍特別志願兵となり、戦後の'45年11月帰国。昼間は中学教員、夜は共産党活動を行う。'50年朝鮮戦争勃発後、米軍志願兵として国連軍に従軍。'51年6月米軍を除隊し再び来日。以後さまざま職業を遍歴したのち、作家となる。'73年に「ルバング島の幽霊」で第4回サンデー毎日新人賞を受賞。ほかに「みちのく殺人行」「安曇野殺人行」「死者の柩を揺り動かすな」「山河哀号」「桜子は帰ってきたか」など。　[団]日本推理作家協会、在日本韓国人文化芸術協会

横井 慎治　よこい・しんじ

劇作家　[出]神奈川県横浜市　旧筆名＝真田さくら　[賞]テアトロ新人戯曲賞(第2回)(平成3年)「形而上恋愛考」　[歴]真田さくらの名で劇団「sei」に作品を提供。平成3年横井慎治に改名。

横井 幸雄　よこい・ゆきお

小説家　中部ペンクラブ会長　[生]昭和3年　[学]東京大学文学部中退　[歴]「作家」同人。平成10年中部ペンクラブ会長に就任。著書に「花のレンズ」「北の都漕艇歌」「文学・点と点」「少年の水郷」、「あらしの中の子ら」（編著）などがある。

横内 謙介　よこうち・けんすけ

演出家　劇作家　扉座主宰　[生]昭和36年9月22日　[出]東京都　[学]早稲田大学文学部演劇科（昭和61年）卒　[賞]全国アマチュア演劇協議会制作脚本賞「山椒魚だぞ！」、岸田国士戯曲賞（第36回）（平成4年）「患者には見えないラ・マンチャの王様の裸」、大谷竹次郎賞（第28回）（平成11年）「新・三国志」　[歴]15歳で戯曲を書き始め、高校在学中に「山椒魚だぞ！」で全国アマチュア演劇協議会制作脚本賞を受賞。昭和57年大学在学中に劇団・善人会議を結成。東京・下北沢のザ・スズナリをホームグランドに活躍。63年には銀座セゾン劇場で「きらら浮世伝」が中村勘九郎主演で上演され話題を呼んだ。平成5年劇団名を扉座に改称。市川猿之助のスーパー歌舞伎の書き下ろし、三島由紀夫「近代能楽集」の演出など、劇団外の仕事も多い。他の作品に「ジプシー」「夜曲」「新羅生門」「患者には見えないラ・マンチャの王様の裸」「お伽の棺」「新・三国志」など。

横内 好幸　よこうち・よしゆき

北九州市立井堀小学校校長　[生]昭和6年3月25日　筆名＝北倉万雪（きたくら・よしゆき）　[学]福岡第二師範学校本科（昭和26年）卒　[賞]読売教育侯補賞（第13回）（昭和39年）、教育企画賞（第2回）（昭和56年）、全国学芸コンクール入賞（小説部門，第25回）（昭和57年）、教育企画賞（第5回）（昭和60年）　[歴]昭和26～47年小倉市立小学校、北九州市立小学校の教諭、47～54年北九州市立中井小学校、小倉小学校、米町小学校、足原小学校の教頭、54年北九州市立小倉小学校校長を歴任。著書に「校長室の窓から」「確かな表現力を育てる作文指導」「後も姿に学ぶ」など。

横沢 彰　よこさわ・あきら

児童文学作家　[生]昭和36年　[出]新潟県糸魚川市　[歴]「まなざし」により日本児童文学者協会新人賞を受賞。著書に「まなざし」「地べたをけって飛びはねて」「いつか、きっと！」がある。　[団]全国児童文学同人雑誌連絡会

横田 順弥　よこた・じゅんや

SF作家　[専]明治時代の冒険小説関連事項　[生]昭和20年11月11日　[出]佐賀県藤津郡太良町　[学]法政大学法学部（昭和43年）卒　[興]明治時代の野球について、明治世相史　[賞]日本SF大賞（第9回）（昭和63年）「快男児押川春浪」　[歴]学生時代から「宇宙塵」などでSFファン活動をしていたが、昭和46年SF小説「宇宙通信X計画」でデビュー。その後「SFマガジン」に「日本SFこてん古典」を連載、日本古典SFの研究家としても有名。小松左京から“元祖ハチャハチャSF作家”の称号をもらっている。他の著書に「脱線！たいむましん奇譚」「宇宙ゴミ大戦争」「早慶戦の謎」「ポエム君とミラクルタウンの仲間たち」「火星人類の逆襲」「星影の伝説」「明治不可思議堂」「快男児押川春浪」「星影の伝説」「雲の上から見た明治」「五無斎先生探偵帳」など。小学生時代からの中日ドラゴンズファンで「イヤー優勝だドラゴンズ」などの著書もある。　[団]日本ペンクラブ、日本文芸家協会、日本SF作家クラブ

横田 創　よこた・はじめ

「（世界記録）」で群像新人文学賞を受賞　[生]昭和45年　[出]埼玉県大宮市　[賞]群像新人文学賞（小説部門，第43回）（平成12年）「（世界記録）」

横田 弘行　よこた・ひろゆき

放送作家　[専]学校放送　[生]昭和2年1月8日　[出]神奈川県　[学]横浜国立大学卒　[賞]ミュンヘン国際コンクール最優秀賞「仲間が欲しい」（NHK）、厚生大臣賞「からくり儀右衛門」（NHK）、日本賞郵政大臣賞「人形劇・くもの糸」（NHK）　[歴]主な作品に「仲間が欲しい」（NHK）、「からくり儀右衛門」（NHK）、「人形劇・くもの糸」（NHK）。

横田 文子　よこた・ふみこ

小説家　[生]明治42年12月18日　[出]長野県飯田　本名＝横田婦み子　[学]飯田高女卒　[歴]在学中から創作を続け昭和2年作家同盟に参加、「女人芸術」同人となる。8年「梶井基次郎全集」の編纂を手伝い、梶井の影響をうける。のち日本浪漫派、「コギト」同人。作品に「白日の書」「誘いの日」など。13年満州に渡り、満州文学の中心となって活躍した。

横田 与志　よこた・よし

シナリオライター　[生]昭和18年3月20日　[出]茨城県　[学]慶応義塾大学文学部中退　[賞]東京国際映画祭最優秀脚本賞（第14回）（平成13年）「化粧師―KEWAISHI」　[歴]教育映画、記録映画などを手がけたのち、小山内美江子との出会いが転機となってドラマの世界へ入る。平成13年「化粧師―KEWAISHI」で東京国際映画

祭最優秀脚本賞を受賞。他の作品に映画「青春狂詩曲」「ブリキの勲章」、テレビ「発車オーライ」「金八先生スペシャル」(共作)「総合商社」「ホテル」「新幹線'97恋物語」など。

横溝 正史　よこみぞ・せいし

推理作家　[生]明治35年5月25日　[没]昭和56年12月28日　[出]兵庫県神戸市　本名＝横溝正史(よこみぞ・まさし)　[学]大阪薬学専門学校(大正13年)卒　[賞]日本推理作家協会賞(第1回)(昭和22年)「本陣殺人事件」、勲三等瑞宝章(昭和51年)　[歴]大正10年「新青年」の懸賞小説に処女作「恐ろしき四月馬鹿」が入選、14年江戸川乱歩の探偵趣味の会設立に参加した。昭和2年「新青年」編集長に就任、6年には「探偵小説」に移り、海外の名作長編を紹介する。7年文筆に専念した矢先に結核に倒れるが、再起後の第1作「鬼火」(10年)で注目され本格的な作家活動に入る。戦前は「蔵の中」「夜光虫」「真珠郎」などロマン的なスリラー、サスペンスを発表したが、戦時体制下ともあって「人形佐七捕物帳」で時代小説に新境地を開拓。戦時中の病気静養と疎開の間に本格的な推理小説を徹底的に研究。戦後21年に「本陣殺人事件」を連載、戦争中抑圧されていた探偵小説に活気を与えた。またこれに続く「獄門島」「八つ墓村」の所謂“岡山物”で主人公・金田一耕助探偵は、江戸川乱歩の明智小五郎と並ぶスターとなり、以後「犬神家の一族」「女王蜂」などを経て、舞台を東京に移し、「病院坂の首縊りの家」(50〜52年)でアメリカに渡るまで30年間活躍した。作品は他に「蝶々殺人事件」「夜歩く」「悪魔の手毬唄」「悪霊島」など。46年頃から作品が文庫本として発売、さらに映画化され、一大ブームを巻き起こした。「横溝正史全集」(新版全18巻，講談社)がある。　[家]長男＝横溝亮一(音楽評論家)、弟＝横溝博(日産プリンス神戸販売社長)

横溝 美晶　よこみぞ・よしあき

小説家　[生]昭和38年10月21日　[出]神奈川県横浜市　[学]青山学院大学法学部(昭和62年)卒　[賞]小説推理新人賞(第9回)(昭和62年)「湾岸バッド・ボーイ・ブルー」　[歴]著書に「湾岸バッド・ボーイ・ブルー」「ツウィンカム野獣伝」「聖獣伝」「見鬼降魔の拳」「深夜、ジャガーは駆ける」など。

横光 晃　よこみつ・あきら

放送作家　脚本家　日本放送作家協会理事　[生]昭和5年7月1日　[没]平成13年9月15日　[出]北海道札幌市　本名＝山根富男　[学]空知農卒　[賞]ギャラクシー賞(大賞)「アドルフに告ぐ」、芸術選奨文部大臣賞(第46回，平7年度)(平成8年)「遙かなるズリ山」、紫綬褒章(平成10年)　[歴]NHK札幌放送劇団に入り、ラジオドラマの執筆を始める。のち専属ライターを経て、昭和36年上京、テレビドラマも手がけるようになる。平成3年NHKの連続ドラマ「君の名は」の脚本家・井沢満の降板に伴って、同番組の脚本を手がけた。他の主な作品にラジオ「二人の夢の東京」「遙かなるズリ山」「アドルフに告ぐ」、テレビ「オランダおいね」「ひまわりの道」(TBS)、「ちょっと気になる嫁」(CBC)など。著書に「情炎—遙かなる愛」「他人家族」「夫婦ようそろ」がある。　[団]日本放送作家協会、日本脚本家連盟

横光 利一　よこみつ・りいち

小説家　[生]明治31年3月17日　[没]昭和22年12月30日　[出]福島県北会津郡東山温泉　本名＝横光利一(よこみつ・としかず)　[学]早稲田大学中退　[賞]文芸懇話会賞(第1回)(昭和10年)、文学界賞(第3回)(昭和11年)　[歴]三重県東柘植村、伊賀の上野、近江の大津などで少年時代を過ごす。大正5年早大高等予科文科に入るが、学校には通わず習作に努めた。菊池寛を知り、12年創刊の「文芸春秋」の編集同人となり、同年発表の「日輪」「蠅」で新進作家としてデビュー。13年「文芸時代」創刊号の「頭ならびに腹」で“新感覚派”の呼称が与えられた。小説以外に評論・戯曲も執筆、私小説・プロ文学に対抗し、昭和3〜6年「上海」を発表。5年の「機械」から“新心理主義”の作品「寝園」「紋章」などを発表。11年渡仏、帰国後大作「旅愁」を書き始めるが、未完のまま22年に病死した。この間句作も手がけ、はせ川句会、文壇俳句会に参加。「定本横光利一全集」(全16巻，河出書房新社)「横光利一全集」(全23巻，改造社)(全10巻，非凡閣)がある。平成2年未発表小説「愛人の部屋」が発見された。10年生誕100年を記念して、上野時代の体験をもとに描いた作品「雪解」が復刊された。

横森 理香　よこもり・りか

エッセイスト　作家　[生]昭和38年5月19日　[出]山梨県　[学]多摩美術大学グラフィックデザイン科映像デザインコース卒　[歴]「CREA」など女性誌を中心に映画、美術などトレンドのライターとして活躍。のち渡米、2年間のニューヨーク遊学中に小説を書き始め、「夕刊フジ」に初の連載小説「お気楽不倫」を掲載。著書に「ニューヨーク・ナイト・トリップ」「エステマニア」「フェイタル」、訳書に「キューピー村物語」「愛の天使 いつも、そばにいるよ」がある。　[団]日本文芸家協会

横谷 芳枝　よこや・よしえ
作家　「晨」代表発行人　[生]昭和7年6月25日　[出]北海道根室市　[学]札幌静修高卒　[賞]作家賞(第23回)(昭和62年)「かんかん虫」、函館市長賞(昭和62年)　[歴]昭和50年開校の函館文学学校1期生。54年に創作仲間と「晨(しん)」を創刊、編集も担当。62年「晨」13号掲載の「かんかん虫」で第23回作家賞を受賞。

横山 昭作　よこやま・しょうさく
児童文学作家　元・成城学園幼稚園園長　[生]昭和2年1月25日　[出]山梨県北巨摩郡韮崎町(現・韮崎市)　[学]山梨師範(昭和22年)卒　[賞]渋沢秀雄賞「針と糸」　[歴]学徒出陣を体験し、戦後復学。山梨県下の公立学校に勤務し、県の派遣学生として東京教育大学心理学科に学ぶ。昭和28年から東京の成城学園に勤務し、主に文学教育や学校劇の分野で、子どもの情操表現教育に携わる。初等学校長、幼稚園長を歴任し、平成元年定年退職。この間、NHK学校放送企画委員、日本私立小学校連合会常任理事、山人会理事などを歴任。俳誌「黄鐘」同人。教育書に共著で「小学校の文学教育」「幼児の表現活動」、随筆集に「隣りの席」「子供のいる地図」、児童書に「あおですすめ」「ヘレン・ケラー」など。　[団]日本児童文学者協会、日本エッセイスト・クラブ、日本ペンクラブ

横山 秀夫　よこやま・ひでお
作家　[生]昭和32年　[出]東京都　[学]東京国際大学卒　[賞]サントリーミステリー大賞(佳作，第9回)(平成3年)「ルパンの消息」、松本清張賞(第5回)(平成10年)「陰の季節」、日本推理作家協会賞(短編部門，第53回)(平成12年)「動機」　[歴]昭和54年から12年間、上毛新聞社で記者を務めた。漫画原作に「週刊少年マガジン」の「事件列島ブル」など。著書に「平和の芽―語りつぐ原爆・沼田鈴子ものがたり」「出口のない海」「陰の季節」(平成11年直木賞候補)、「動機」がある。

横山 正雄　よこやま・まさお
児童文学作家　[生]昭和17年　[出]兵庫県　[賞]アンデルセンメルヘン大賞優秀賞(第3回)「こぶしの花」　[歴]長年、現代詩を書いてきたが、長女誕生とともに、童話にひかれ幼稚園と自宅で2年間、読み聞かせを行う。「弥次馬」同人。著書に「こぶしの花」「ようへいのじてんしゃ」「のろまなお父さん大へんしん」他。

横山 美智子　よこやま・みちこ
小説家　児童文学作家　[生]明治38年7月27日　[没]昭和61年9月30日　[出]広島県尾道市　[学]尾道高女卒　[歴]少女時代から「少女の友」に童話を投稿、昭和9年大阪朝日新聞の懸賞小説で「緑の地平線」が一等に入り、流行作家となる。その後は主に少女小説作家として活躍、代表作に「級の光」(2年)、「嵐の小夜曲(セレナーデ)」(5年)など。また野口雨情などを育てた童話雑誌「金の船」の主宰者でもあった。　[団]日本女流文学者会、日本児童文芸家協会

横山 充男　よこやま・みつお
児童文学作家　梅花女子大学文学部児童文学科助教授　[生]昭和28年2月19日　[出]高知県　[学]立命館大学文学部卒　[賞]やまなし文学賞(小説部門，第2回)(平成6年)「帰郷」、児童文芸新人賞(第23回)(平成6年)「少年の海」、日本児童文芸家協会賞(第24回)(平成12年)「光っちょるぜよ！ぼくら」　[歴]高校教諭を経て、梅花女子大学講師、のち助教授。「弥次馬」同人、「ぶらんこ」会員。児童文学作品に「ぶっこぬき三太」「少年の海」「星空のシグナル」「光っちょるぜよ！ぼくら」、小説に「帰郷」などがある。

横山 由和　よこやま・よしかず
演出家　劇作家　俳優　元・劇団音楽座代表　[生]昭和28年11月18日　[出]大阪府　[学]桐朋学園大学短期大学部演劇専攻(昭和52年)卒　[賞]紀伊国屋演劇賞(第25回)(平成2年)「シャボン玉とんだ宇宙までとんだ」「とってもゴースト」　[歴]昭和52年桐朋学園の同窓生を中心にオリジナルのミュージカルをやろうと、劇団音楽座を結成。56年から筒井広志著「アルファケンタウリからの客」の演出を志し、退団後の62年「シャボン玉とんだ宇宙(そら)までとんだ」として音楽座で上演。一躍メジャー劇団となった。現在フリー。作品に「ヴェローナ物語」「リトル・プリンス」などがある。

与謝野 晶子　よさの・あきこ
歌人　詩人　[生]明治11年12月7日　[没]昭和17年5月29日　[出]大阪府堺市甲斐町　本名＝与謝野しよう　旧姓(名)＝鳳晶子(ほう・あきこ)　初期の号＝小舟、白萩　[学]堺女学校卒　[歴]明治29年頃から歌作をはじめ、33年東京新詩社の創設と共に入会し、「明星」に数多くの作品を発表。34年「みだれ髪」を刊行、同年秋与謝野寛と結婚。「明星」の中心作家として、自由奔放、情熱的な歌風で浪漫主義詩歌の全盛期を現出させた。この頃の代表作に、「小扇」「毒草」(鉄幹との合著)「恋衣」(山川登美子・茅野雅子との合著)「舞姫」などがあり、大正期の代表作としては「さくら草」「舞ごろも」などがある。短歌、詩、小説、評論の各分野で活躍する一方、「源

氏物語」全巻の現代語訳として「新訳源氏物語」を発表したほか「新訳栄華物語」などもある。婦人問題、教育問題にも活躍し「人及び女として」「激動の中を行く」などの評論集があり、大正10年創立の文化学院では学監として女子教育を実践した。ほかに遺稿集「白桜集」、「雲のいろいろ」などの小説集や「短歌三百講」など著書は数多く、「定本与謝野晶子全集」(全20巻，講談社)、「与謝野晶子評論著作集」(全21巻，龍渓書舎)が刊行されている。平成5年には未発表作品「梗概源氏物語」が出版された。
[家]夫＝与謝野鉄幹(詩人・歌人)、息子＝与謝野秀(イタリア大使)、与謝野光(元東京医科歯科大学理事)、孫＝与謝野馨(元衆院議員)、与謝野達(元欧州復興開発銀行経理局次長)、与謝野肇(興銀インベストメント社長)

吉井 勇　よしい・いさむ
歌人　劇作家　小説家　[生]明治19年10月8日　[没]昭和35年11月19日　[出]東京市芝区高輪南町　[学]早稲田大学政経科中退　[資]日本芸術院会員(昭和23年)　[歴]伯爵幸蔵の二男に生まれる。大学を中退して明治38年「新詩社」に入り、「明星」に短歌を発表したがのち脱退、耽美派の拠点となった「パンの会」を北原白秋らと結成。また42年には石川啄木らと「スバル」を創刊したあと、第一歌集「酒ほがひ」、戯曲集「午後三時」を出版、明治末年にはスバル派詩人、劇作家として知られる。大正初期には「昨日まで」「祇園歌集」「東京紅燈集」「みれん」「祇園双紙」などの歌集を次々と出し、情痴の世界、京都祇園の風情、人生の哀歓を歌い上げたほか短編・長編小説、随筆から「伊勢物語」等の現代語訳など多方面にわたる活動を続けた。昭和30年古希を祝って京都・白川のほとりに歌碑が建てられ、没後は“かにかくに祭”が営まれる。他の代表歌集に「鸚鵡石」「人間経」「天彦」「形影抄」があるほか、「吉井勇全集」(全8巻・補巻1，番町書房)が刊行されている。平成9年書簡や日記、原稿など約4450点が京都府に寄付された。また、同年7月寄贈品の中から谷崎潤一郎の未発表随筆が発見された。
[家]父＝吉井幸蔵(海軍軍人・伯爵)、祖父＝吉井友実(元勲)、息子＝吉井滋(元後楽園球場支配人)

吉井 恵璃子　よしい・えりこ
小説家　[出]熊本県芦北郡芦北町　本名＝吉井江理子　[学]熊本短期大学卒　[賞]地上文学賞(平成4年)「この村、出ていきません」、九州芸術祭文学賞最優秀賞(第25回)(平成7年)「フユ婆の月」、草枕文学賞(第1回)(平成9年)「神様に一番近い場所」　[歴]印刷会社や百貨店に勤務したあと、結婚。三世代同居の専業農家の主婦に。家事や山仕事もこなし、深夜原稿用紙に向かう。短大時代からSF、ホラー系の作品を書き、結婚と前後してテーマは農村や過疎に。平成元年「はる」が九州芸術祭文学賞熊本県地区優秀作に選ばれる。他に作品「神様に一番近い場所」がある。

吉井 よう子　よしい・ようこ
作家　「季節」発行人　[生]昭和21年12月2日　[出]北海道紋別郡滝上町　本名＝岡本茂子　[学]藤女子大学文学部国文科(昭和44年)卒　[賞]北海道新聞文学賞(第23回)(平成1年)「伐り株」　[歴]北海道・滝上町の農家に生まれ、中学2年から札幌へ。大学卒後、OL生活3年、喫茶店経営を10年したのちグラフ出版の編集者に。昭和61年に誘われて旭川の「愚神群」同人となり、62年には仲間と「白雲木」を創刊。著書に「オルガン物語」など。

吉井川 洋　よしいがわ・ひろし
放送作家　品川白煉瓦(株)広報係　[生]大正4年12月15日　[出]岡山県　本名＝藤本勝美　[学]陸軍航空士官学校卒　[賞]芸術祭賞奨励賞(昭和41年)「母ちゃんの出稼ぎ」、岡山県文学選奨(昭和46年)「武将の死」　[歴]主な作品にラジオ「母ちゃんの出稼ぎ」、テレビ「武将の死」、著書に「15年の縮図」など。

吉植 芙美子　よしうえ・ふみこ
童話作家　[生]昭和20年10月6日　[出]東京都　[学]日本女子大学卒　[賞]小学館「わが子におくる創作童話」優秀賞(昭和61年)、アンデルセンのメルヘン大賞(第4回)(昭和62年)　[歴]昭和60年頃から童話を創作。童話創作の会「こてまり」に所属。

吉尾 なつ子　よしお・なつこ
小説家　[生]明治38年6月16日　[没]昭和43年4月4日　[出]岡山県　本名＝根本芳子　[学]京都女子高等専門学校英文科(昭和2年)卒　[歴]女学校教師、時事新報記者を経て作家生活に入った。昭和16年千島旅行、再婚後京城に住み、「国民文学」同人。戦後引き揚げ後上京。作品には戦前発禁となった「夜ごとの潮」や「しのび逢う人」「はじめに恋ありき」のほか、児童もの「にんじん」「ノートルダム物語」「ギリシヤ神話」、人生読本「女の条件・男の条件」「娘のための恋愛論」などがある。

吉岡 紋　よしおか・あや
小説家　らむぷの会主宰　[生]昭和8年　[出]福岡県豊前市　本名＝吉岡紋子　[学]福岡女子大学文学部国文科(昭和30年)卒　[賞]福岡市長賞(昭和50年)、福岡市民芸術祭賞(昭和50年，54年，57年)「闇の重さ」「グッバイロック」「蓮の見える家」、FBS2時間ドラマストーリー入賞(昭和59年)「求菩提の恋歌」、福岡市文学賞(第21

回)(平成3年) ㊥昭和55年西日本新聞「土曜童話」を執筆。60年文芸誌「ぷらむ」同人となり、63年筑紫工業高教諭を退職後、本格的に創作の道に。平成2年「月刊はかた」に「家族合わせ」を1年間連載、女性心理の細やかな描写で高い評価を受ける。

吉岡 忍 よしおか・しのぶ
ノンフィクション作家 ㊥昭和23年7月6日 ㊧長野県 ㊨早稲田大学政治経済学部中退 ㊥講談社ノンフィクション賞(第9回)(昭和62年)「墜落の夏」、日本ジャーナリストクラブ大賞(平成5年) ㊥大学時代べ平連ニュース「週刊アンポ」などの編集に参加。昭和51年にはロッキード問題「週刊ピーナッツ」を発行、編集長。教育・技術・社会問題などをテーマにルポルタージュを発表するほか、日本アジア・アフリカ作家会議事務局発行の「週刊ポストカード」編集長も務める。平成4年エイズを考える会を設立、世話人となる。12年テレビ「ニュースステーション」にコメンテーターとして出演。著書に「教師の休日」「街の夢、学校の力」「ガリバーと巨人の握手」「墜落の夏」「日本人ごっこ」「鏡の国のクーデター」「M/世界の憂鬱な先端」、小説「月のナイフ」など。 ㊥日本文芸家協会、日本ペンクラブ ㊥兄=吉岡攻(テレビディレクター)

吉岡 達夫 よしおか・たつお
小説家 ㊥大正6年6月6日 ㊧宮城県石巻市 ㊨早稲田大学文学部独文科(昭和18年)卒 ㊥文学者賞(昭和26年)「憂鬱な風景」 ㊥昭和27年産経新聞社に入社。文化部記者となり、35年退社。「新評論」編集顧問を経て、文筆に専念。この間22年「文学行動」を創刊し、23年「ただ陰翳をのみ」を連載。26年「憂鬱な風景」で文学者賞を受賞。ほかに「オレンヂ運河」「血の日曜日」「仏蘭西田舎遺聞」などの作品がある。 ㊥日本文芸家協会、日本ペンクラブ

吉岡 恒夫 よしおか・つねお
映画評論家 劇作家 ㊥大正14年3月10日 ㊧旧満州 ㊨早稲田大学法学部卒 ㊥東京府立第三商業学校を経て、早大に学ぶ。映画評論などを執筆する。著書に「蜜蜂学校」など。

芳岡 堂太 よしおか・どうた
小説家 ㊥昭和22年 ㊧福島県 本名=門田芳夫 ㊨早稲田大学法学部(昭和46年)卒 ㊥ワセダ賞「汚物袋」、横溝正史賞(第2回・入選)「メビウスの帯」 ㊥著書に「万延元年鴛鴦殺人事件」「坂本龍馬・男の値打ち」他。

吉岡 平 よしおか・ひとし
小説家 ㊥昭和35年7月16日 ㊧岡山県笠岡市 筆名=林明美(はやし・あけみ) ㊨早稲田大学第二文学部中退 ㊥アニメ雑誌、アイドル雑誌のライターを皮切りに文筆活動に入り、昭和59年「小説版・コータローまかりとおる」で作家デビュー。「ショート・サーキット」「スパルタンX」などの映画ノベライズを手がける。他の著書に「宇宙一の無責任男」シリーズ、「新・昭和遊撃隊」「魔星降臨」など。林明美の名でアイドル研究家として「C調アイドル大語解」も出版。

吉開 那津子 よしかい・なつこ
小説家 ㊥昭和15年5月16日 ㊧東京・芝 本名=相羽那津子 ㊨早稲田大学文学部心理学専修課程(昭和33年)卒 ㊥日本共産党創立記念作品募集(45周年記念作品募集・長編小説)(昭和42年)「旗」、多喜二百合子賞(第12回)(昭和55年)「前夜」 ㊥繊維業界紙記者を経て、作家。昭和42年日本共産党45周年記念文芸作品に「旗」が入選し、以後、文筆生活に入る。このほか、主な著書に「葦の歌」「揺れる窓辺」「消せない記憶」「遙かなるフィリス」「前夜」「希望」などがある。 ㊥日本民主主義文学同盟(常任幹事)

吉川 潮 よしかわ・うしお
演芸評論家 小説家 ㊥昭和23年8月1日 ㊧茨城県 ㊨立教大学経済学部(昭和46年)卒 ㊥新田次郎文学賞(第16回)(平成9年)「江戸前の男 春風亭柳朝一代記」 ㊥ルポライターのほか、放送作家として「青島幸男のお昼のワイドショー」などの構成を担当する一方、昭和54年から演芸評論家として演芸評、コラムを書き始める。55年「小説現代」で小説家としてデビュー。著書に「芸人奇行録・本当か冗談か」「昭和ルーニーバース伝」「あの頃の風」「狼の眼」「斬り込み―平成残侠伝」「相談屋マスター」「江戸前の男 春風亭柳朝一代記」「千秋楽の酒」「獅子の肖像」などがある。 ㊥日本文芸家協会

吉川 英治 よしかわ・えいじ
小説家 ㊥明治25年8月11日 ㊧昭和37年9月7日 ㊧神奈川県久良岐郡中村根岸(現・横浜市) 本名=吉川英次(よしかわ・ひでつぐ) 号=雉子郎(きじろう) ㊨太田尋常高小(明治36年)中退 ㊥菊池寛賞(復活第1回)(昭和28年)「新・平家物語」、文芸春秋読者賞(第8回)(昭和30年)「忘れ残りの記」、朝日文化賞(第26回)(昭和30年)、文化勲章(昭和35年)、毎日芸術大賞(昭和37年) ㊥高等小学校時代、家業が倒産したので中退し、船員工など様々な職業に従事する。その間、大正3年に「講談倶楽部」の懸賞小説で

「江の島物語」が一等に当選したほか「面白倶楽部」「少年倶楽部」でも当選する。大正10年から12年まで東京毎夕新聞社に勤務し、「親鸞記」などを執筆、以後文筆生活に入る。14年から15年にかけて「剣難女難」「神州天馬侠」「鳴門秘帖」などを発表し、壮大な虚構の世界を構築した。以後、「親鸞」「宮本武蔵」「新・平家物語」「私本太平記」など多くの作品を発表し、昭和28年「新・平家物語」で菊池寛賞を、30年「忘れ残りの記」で文芸春秋読者賞を受賞したほか、30年に朝日文化賞を、35年文化勲章を、37年毎日芸術大賞を受賞した。死後、吉川英治国民文化振興会が設立され、吉川英治文学賞、吉川英治文化賞、吉川英治文学新人賞が設けられた。昭和54年から命日の9月7日には東京・青梅の吉川英治記念館で英治忌が行なわれる。「吉川英治全集」(全53巻・補5巻,講談社)がある。　[家]息子＝吉川英明(著述家)

吉川 英明　よしかわ・えいめい

小説家　[生]昭和13年10月6日　[出]東京　[学]慶応義塾大学法学部卒　[歴]NHK放送記者、書店経営の傍ら、執筆。著者に「父 吉川英治」「吉川英治の世界」、小説「水よりも濃く」がある。　[団]日本文芸家協会、吉川英治国民文化振興会(理事)　[家]父＝吉川英治(小説家)

吉川 隆代　よしかわ・たかよ

池内祥三文学奨励賞を受賞　[生]昭和20年　[出]愛媛県新居浜市　[学]津田塾大学英文科卒、早稲田大学法学部卒　[賞]池内祥三文学奨励賞(第18回)(昭和63年)「父の涙」

吉川 良　よしかわ・まこと

小説家　[生]昭和12年2月24日　[出]東京　[学]駒沢大学仏教学部中退　[賞]すばる文学賞(第2回)(昭和53年)「自分の戦場」、ミズノスポーツライター賞(優秀賞,平11年度)(平成12年)「血と知と地」、馬事文化賞(平成12年)「血と知と地」　[歴]会社勤めを経て、作家活動へ。「自分の戦場」で第2回すばる文学賞受賞。作品に「その涙ながらの日」「神田村」「立ち止まっている男たち」「中年は作家をめざす」「セ・パ―さようならプロ野球」「君が代とわが世」「血と知と地」など。第81回、82回、83回芥川賞候補となった。　[団]日本文芸家協会

吉川 良太郎　よしかわ・りょうたろう

SF作家　[生]昭和51年　[出]新潟県　[学]中央大学大学院文学研究科仏文学専攻前期博士課程　[賞]日本SF新人賞(第2回)「ペロー・ザ・キャット全仕事」　[歴]中央大学大学院文学研究科に在籍する傍らSF小説を執筆。平成13年近未来のフランスの暗黒街が舞台のSF小説「ペロー・ザ・キャット全仕事」で、第2回日本SF新人賞を受賞。

吉住 侑子　よしずみ・ゆうこ

小説家　[生]昭和3年6月16日　[出]千葉県佐原市　本名＝根本美代　[学]千葉大学教員養成所修了、早稲田大学国語国文学専攻科卒　[賞]北日本文学賞(第20回)(昭和60年)「遊ぶ子どもの声きけば」　[歴]千葉大教員養成所を修了して、千葉県の小学校の教員に。その後上京、教員をしながら早大国語国文学専攻科を卒業。高校の教諭の傍ら、昭和38年から49年まで「文学者」同人、その後「きゃらばん」同人に。太宰治賞、新潮同人雑誌賞の各最終候補になったこともある。51年に作品集「六郎の行方」を出版。　[団]日本文芸家協会

吉田 金重　よしだ・かねしげ

小説家　[生]明治23年5月9日　[没]昭和41年4月21日　[出]岡山県　[歴]大工徒弟を経て大正4年上京、顛狂院看護人、巡査、人夫などを転々、労働運動にも投じた。その間藤井真澄を通じ近代思想講演会、青鳥会に出入りし、「黒煙」に参加。8年4月同誌に「人殺し」を発表。10～12年「解放」に「雨を衝いて」「盲狂の死」、夕刊報知新聞に「狂人の夢」、「新興文学」に「敗残者の群れ」、「太陽」に「鉄の呻き」など、労働文学者として底辺の人々の生活を描いた。

吉田 甲子太郎　よしだ・きねたろう

児童文学作家・翻訳家　[生]明治27年3月23日　[没]昭和32年1月8日　[出]東京　筆名＝朝日壮吉　[学]早稲田大学英文科(大正7年)卒　[歴]立教中学教員を経て、昭和7年明大教授に就任。児童文学者、翻訳家として幅広く活躍する。12年「日本少国民文庫」(全16巻)の編集にたずさわり、戦時中は日本少国民文化協会に関係して「少国民文化」などを編集。戦後は「銀河」の編集長などをつとめた。主な作品に「サランガの冒険」「源太の冒険」「兄弟いとこものがたり」などがある。

吉田 恵子　よしだ・けいこ

小説家　シナリオライター　[生]昭和34年6月15日　[出]岩手県　[賞]ATG脚本賞佳作(昭和63年)「僕のサクセスストーリー」　[歴]映画の企画、シナリオなどを執筆。著書に「超少女REIKO」がある。

吉田 健一　よしだ・けんいち

評論家　英文学者　小説家　[生]明治45年3月27日　[没]昭和52年8月3日　[出]東京市千駄ケ谷(現・東京都渋谷区)　[学]ケンブリッジ大学英文学(昭和6年)中退　[賞]読売文学賞(文芸評論賞,第8回)(昭和31年)「シェイクスピア」、新潮社文学賞(第4回)(昭和32年)「日本について」、野間文芸賞(第23回)(昭和45年)「ヨオロッパの世紀末」、読売文学賞(小説賞,第22回)(昭和45年)

「瓦礫の中」 [歴]20歳のころまで、外交官の父・吉田茂(のち首相)の任地に従ってイギリス、フランス、中国などで育ち、ケンブリッジ大に学ぶ。昭和6年中退して帰国、ポーやヴァレリーの翻訳を始める。14年中村光夫、山本健吉らとともに同人誌「批評」を創刊。戦後は翻訳、評論、随筆と一挙に多彩な活動を始める。抜群の語学力と生活感覚の豊かさとを身につけ、朝日新聞、読売新聞の文芸時評も担当した。主著に評論「英国の文学」「シェイクスピア」「日本について」「文学概論」「ヨオロッパの世紀末」「時間」、小説「瓦礫の中」「絵空ごと」「金沢」、随筆「私の食物誌」など。全集に「吉田健一著作集」(全30巻・補2巻，集英社)がある。
[家]父＝吉田茂(元首相)

吉田 紘二郎 よしだ・げんじろう

小説家 劇作家 随筆家 [生]明治19年11月24日 [没]昭和31年4月21日 [出]佐賀県神埼郡神埼町 本名＝吉田源次郎 [学]早稲田大学英文科(明治44年)卒 [賞]文部大臣賞(昭和16年)「仔馬は帰りぬ」 [歴]大卒後逓信局嘱託となり、またユニテリアン協会に入り、「六合雑誌」の編集に従事。大正5年早稲田大学講師(英文学)を経て、13年教授。この間、3年小説「磯ごよみ」を発表。一方、早くから児童文学にも関心を示し、多くの童話や少年少女小説を書いている。「天までとどけ」は昭和54年テレビ朝日で放映された。主な作品に「島の秋」「清作の妻」「妙法寺の叔母」「人間苦」や戯曲「西郷吉之助」「二条城の清正」「江戸最後の日」など。また随筆家としても活躍し「小鳥の来る日」「草光る」「わが詩わが旅」などがある他、「吉田紘二郎全集」(全18巻)などがある。

吉田 修一 よしだ・しゅういち

小説家 [生]昭和43年9月14日 [出]長崎県長崎市 [学]法政大学経営学部卒 [賞]文学界新人賞(第84回)(平成9年)「最後の息子」、山本周五郎賞(第15回)(平成14年)「パレード」、芥川賞(第127回)(平成14年)「パークライフ」 [歴]アルバイト生活を送りながら、24歳から小説を書く。平成9年ユーモラスなタッチで都会のオカマの愛を描いた「最後の息子」でデビュー、文学界新人賞を受賞。14年「パークライフ」で芥川賞を受賞。他の作品に「破片」「突風」「熱帯魚」「パレード」がある。

吉田 直 よしだ・すなお

「ジェノサイド・エンジェル」の著者 [生]昭和44年 [賞]スニーカー大賞(第2回)(平成9年)「ジェノサイド・エンジェル—叛逆の神々」 [歴]大学院在籍中の平成9年にスニーカー大賞を受賞。著書に「ジェノサイド・エンジェル—叛逆の神々」がある。

吉田 尚志 よしだ・たかし

児童文学作家 [生]昭和31年 [出]長崎県長崎市 [学]早稲田大学第一文学部卒 [賞]福島正実SF記念童話賞佳作(第11回)(平成6年)「宇宙移動動物園」 [歴]童話作品に「宇宙動物園ザナズー」がある。 [団]日本児童文学者協会

吉田 剛 よしだ・たけし

シナリオライター 映画監督 [生]昭和10年3月2日 [出]大阪府堺市 [学]関西大学国文科卒 [賞]おおさか映画祭新人監督賞(第18回・平4年度)(平成5年)「復活の朝」 [歴]昭和33年松竹大船撮影所演出助手となり、のち助監督を経て、57年フリーに。この間、テレビ「コマーシャル的こころ」「殉愛」「スキャンダル」「白い巨塔」「二人の医師」などを手がける。同年「復活の朝」で監督デビュー。脚本に映画「敦煌」「哀しい気分でジョーク」「必殺！主水死す」など。
[団]日本アカデミー賞協会

吉田 達子 よしだ・たつこ

児童文学作家 [賞]新美南吉童話賞(第一回)「カエルじぞう」 [歴]「こうべ」同人。著書に「カエルじぞう」「逆顔大王とえびすさま」「高速道路に出るおばけ」(共著)。

吉田 司 よしだ・つかさ

作家 [生]昭和20年9月29日 [出]山形県山形市小白川町 [学]早稲田大学文学部哲学科(昭和42年)中退 [興]“日本列島”の深層心理、バーチャル・リアリティ(人工現実感)の世界
[賞]大宅壮一ノンフィクション賞(第19回)(昭和63年)「下下戦記」 [歴]大学在学中に映画監督・小川紳介と小川プロを結成し、「三里塚の夏」などを製作。昭和45年から水俣に住み、47年5月胎児性を含む青年男女の水俣病患者と“若者宿”を組織。また在住当時に集めた聞き取りテープは500本に及ぶ。62年水俣の若者宿での体験記「下下(げげ)戦記」と小説「夜の食国(おすくに)」を出版。他の著書に「宗教ニッポン狂騒曲」「ひめゆりの忠臣蔵」「ビル・ゲイツに会った日」「宮沢賢治殺人事件」「スター誕生」などがある。

吉田 哲郎 よしだ・てつろう

シナリオライター [生]昭和4年8月26日 [出]北海道函館市 [学]広島陸軍幼年学校(昭和20年)中退 [歴]幼年学校2年在学時に敗戦となり、戦後は虚脱状態におちいる。炭鉱作業員、運転手など数々の職業を経て、昭和27年大映京都撮影所に脚本研究生として入社。専属脚本家として娯楽物を多く執筆するが、明晰でスッキリした作風が特徴。47年以降フリー。松竹京都撮影所内にある映画塾でシナリオの書き方を教える。手がけた作品は映画「酔いどれ二

刀流」「怪猫岡崎騒動」「赤銅鈴之助シリーズ」「大魔神シリーズ」「妖怪百物語シリーズ」、テレビ「柳生武芸帳」「銭形平次」「風」など。
[団]日本シナリオ作家協会

吉田 とし　よしだ・とし
児童文学作家　[生]大正14年2月7日　[没]昭和63年9月28日　[出]静岡県富士市　旧姓(名)＝渡辺　[学]日本女子大学国文科(昭和23年)中退　[賞]NHK児童文学賞奨励賞(第1回)(昭和38年)「巨人の風車」、小学館文学賞(第16回)(昭和42年)「じぶんの星」　[歴]昭和23年立原えりからと「だ・かぽ」を創刊。同年、処女作「追憶に君住む限り」を発表。児童文学作家として活躍し、36年「少年の海」を刊行、38年「巨人の風車」でNHK児童文学賞奨励賞を受賞し、42年には「じぶんの星」で小学館文学賞を受賞。この他の作品に「星ふたつ」「おはよう真知子」など。またジュニアロマンでも「青いノオト」「フィフティーン」などの作品があり、「吉田としジュニアロマン選集」(全10巻)、「吉田とし青春ロマン選集」(全5巻)にまとめられている。

吉田 十四雄　よしだ・としお
作家　[生]明治40年2月15日　[没]昭和57年8月11日　[出]三重県　本名＝吉田太郎(よしだ・たろう)　[学]北海道立十勝農業学校(大正15年)卒業　[賞]北海道新聞文学賞(昭和56年)「人間の土地」　[歴]家族の後を追って十勝管内に入植。道立十勝農業学校(現・札幌農高)卒後、牧夫、養鶏場経営、農夫などを経験し、昭和16年に「百姓記」が芥川賞候補になったが、56年夏にはライフワークの超大作「人間の土地」(2部8巻、約5000枚)を完結させ、56年度北海道新聞文学賞などを受賞した。

吉田 知子　よしだ・ともこ
小説家　[生]昭和9年2月6日　[出]静岡県浜松市　本名＝吉良知子(きら・ともこ)　[学]名古屋市立女子短期大学経済学科(昭和29年)卒　[賞]静岡芸術祭賞市民文芸賞(昭和36年)、芥川賞(第63回)(昭和45年)「無明長夜」、女流文学賞(第23回)(昭和59年)「満洲は知らない」、川端康成文学賞(第19回)(平成4年)「お供え」、泉鏡花文学賞(第27回)(平成11年)「箱の夫」、中日文化賞(第53回)(平成12年)「長年にわたり独自の文学世界を開拓」　[歴]昭和22年樺太から引揚げる。短大卒業後、浜松の誠心高校教諭を務めるかたわら、作品を発表。35年に退職して文筆に専念。36年静岡芸術祭賞市民文芸賞を受賞。38年夫の吉良任市と反リアリズムの作風を志向する同人雑誌「ゴム」を創刊し、本格的な創作活動に入る。45年「無明長夜」で芥川賞を受賞。48年には書下ろしの戯曲「鴻(おおとり)」を刊行。59年「満洲は知らない」で女流文学賞を受賞。小谷剛文学賞選考委員。他に「生きものたち」「天地玄黄」「聖供」「父の墓」「箱の夫」などがある。　[団]日本文芸家協会　[家]夫＝吉良任市(作家)

吉田 直樹　よしだ・なおき
小説家　光村図書出版編集部国語課　[生]昭和29年　[出]兵庫県神戸市　[学]関西学院大学商学部(昭和52年)卒　[歴]光村図書出版に入社。営業を経て、編集部国語課勤務のかたわらミステリーを書き出し、「ラスト・イニング」が第7回日本推理サスペンス大賞佳作となる。平成7年同作品でデビュー。

吉田 直哉　よしだ・なおや
映像作家　作家　NHKエンタープライズ顧問　元・武蔵野美術大学造形学部教授　[専]映像　[生]昭和6年4月1日　[出]東京・小石川　[学]東京大学文学部西洋哲学科(昭和28年)卒　[興]映像の哲学　[賞]芸術祭賞(奨励賞)(昭和39年)、芸術選奨文部大臣賞(昭和44年)「明治百年」、毎日芸術賞(昭和53年)、芸術祭賞(優秀賞)(昭和53年)「アマゾンの大逆流・ポロロッカ」、新潮文学大賞(昭和61年)「21世紀は警告する」、日本記者クラブ賞(平成2年)　[歴]昭和28年NHKに入り、スペシャル番組班チーフディレクターとなる。先端技術を駆使した映像にとりくみ、これまでに担当した作品は、ドキュメンタリーの「日本の素顔」「現代の記録」「NHK特集」、大河ドラマの「太閤記」「源義経」「樅ノ木は残った」、「明治百年」「未来への遺産シリーズ」「ミツコ」「太郎の国の物語」など大物ばかり。著書に「思い出し半笑い」「テレビ・その余白の思想」「私のなかのテレビ」「夢うつつの図鑑」など。63年「ジョナリアの噂」が第98回芥川賞候補となる。平成2年NHK放送総局顧問に退き、長崎オランダ村総合プロデューサーと武蔵野美術大映像科主任教授を務めた。のちNHKエンタープライズ顧問。　[団]日本文芸家協会、日本記者クラブ　[家]父＝吉田富三(病理学者)

吉田 典子　よしだ・のりこ
小説家　「森林鉄道」同人文学会代表　[生]昭和11年10月11日　[出]北海道函館市　[学]北海道学芸大学函館分校卒　[賞]らいらっく文学賞(佳作)(平成2年)「土曜日」、北日本文学賞選奨(第26回)(平成4年)「ブラックディスク」、北海道新聞文学賞(第26回)(平成5年)「妹の帽子」　[歴]7年間小学校教師を務める間、同人誌「表現」に参加。退職後、函館文学学校に学んで、42歳で小説を書き始め、のち同校事務局長。同人誌「森林鉄道」などに作品を発表し、のち同人文学会代表。「表現」同人。作品に「おくりもの」「羽織」「暗い廊下」「夜」「土曜日」「ブラックディスク」「妹の帽子」などがある。

吉田 比砂子　よしだ・ひさこ
児童文学作家　小説家　[生]大正13年9月11日　[出]岡山県上道郡　筆名＝南原湖美　[学]東京府立第一高女(昭和17年)卒　[興]人間の本質・生命の命題を文学に表わすこと　[賞]講談社児童文学新人賞(第1回)(昭和35年)「雄介のたび」、サンケイ児童出版文化賞(第10回)(昭和38年)「コーサラの王子」、小学館文学賞(第25回)(昭和51年)「マキコは泣いた」、児童文化功労者賞(第37回)(平成9年)、日本児童文芸家協会賞(第23回)(平成11年)「すっとこどっこい」　[歴]第2次世界大戦末期に満州に渡り、ここで敗戦を迎えた。講談社児童文学新人賞を受賞した「雄介のたび」は、このときの体験をもとにしている。日中友好残留孤児虹の会理事などもつとめる。ほかの作品に「コーサラの王子」「マキコは泣いた」「目が見えなくても」「おばけのがっこう」「モモコひとり旅」「すっとこどっこい」などがあり、小説に「なにを見んとて野にいでしか」「青春の中国記」がある。　[団]日本児童文芸家協会、日本アフガニスタン協会、日本パキスタン協会、東アジアの古代文化を考える会

吉田 秀樹　よしだ・ひでき
編集者　ポラーノ舎　[生]昭和21年　[出]石川県金沢市　[学]法政大学経済学部卒　[賞]毎日新聞童話新人賞(昭和60年)「まことくんてだあれ」、産経児童出版文化賞(第37回)(平成2年)「うごくかがく くっつく」　[歴]出版社勤務を経て、昭和59年フリー編集者の集団ポラーノ舎を設立。医学、科学書を多く手がける。62年から「うごくかがく」シリーズ(ほるぷ出版)の刊行を手がけ、平成2年に完結。

吉田 弘秋　よしだ・ひろあき
小説家　名古屋文学の会代表　[生]昭和10年　[出]愛知県名古屋市　[賞]中部ペンクラブ文学賞(第6回・佳作)(平成5年)「逢魔が時」　[歴]中部ペンクラブ副会長、名古屋文学の会代表。著書に「顔の中の祖国」「出来事(ドラマ)の時」「鬼の棲拠」などがある。　[団]中部ペンクラブ(副会長)、愛知芸術文化協会

吉田 浩　よしだ・ひろし
フリーライター　児童文学作家　[生]昭和35年　[出]新潟県南魚沼郡六日町　[学]法政大学文学部卒　[賞]MOE童話賞(第6回)(昭和60年)「吉田ひろしクラブ」　[歴]大学時代から童話を書き、寺村輝夫、小沢正に師事する。昭和59年「秘密の13時村」でデビュー。童話、風俗、ビジネス書など幅広い分野で執筆。また、平成8～11年農林水産省のシンクタンク・ふるさと情報センターに所属し、山村の調査も行う。著書に「名刺で遊ぶ本」「悪魔の出世マニュアル」、童話に「ロボットのたね」など。

吉田 文五　よしだ・ぶんご
放送作家　作詩家　劇作家　邦楽評論家　[生]明治43年12月12日　[没]平成6年5月2日　[出]広島県　本名＝米重中一　[学]同志社大学(昭和13年)卒　[歴]松竹脚本部、児童雑誌「ぎんのすず」編集室を経て、NHK広島放送局の専属契約ライターとして活躍。主な作品にテレビ「中国風土記」(NHK)、ラジオ「冬の蝶」(NHK)など。また長唄「広島の四季」の作詞も手がけた。著書に「日本の琴」、近松オペラ台本「岩長姫」など。　[団]日本放送作家協会(中国支部長)、日本放送作家組合(中国支部長)

吉田 満　よしだ・みつる
作家　元・日本銀行監事　[専]戦記文学　[生]大正12年1月6日　[没]昭和54年9月17日　[出]東京市青山北町(現・東京都港区)　[学]東京帝国大学法学部(昭和19年)卒　[歴]昭和18年12月東大在学中に召集を受け、19年海軍少尉、副電測士として“戦艦大和”乗員となる。20年4月徳之島北西にてアメリカ軍の攻撃を受け大和沈没、頭部に裂傷を負うが奇跡的に助かる。復員後、この時の壮絶な体験を「戦艦大和ノ最期」(刊行は27年)に著し、一躍有名となる。一方、20年12月に日銀に入行、青森支店長、48年国庫局長、50年監事と多方面に活躍した。「臼淵大尉の場合」「祖国と敵国の間」「特攻体験と戦後」「散華の世代から」「戦中派の死生観」など戦争体験に基づくエッセイが多い。

吉田 弥生　よしだ・やよい
シナリオライター　[出]兵庫県　[歴]平成10年創作テレビドラマ脚本懸賞公募で佳作受賞。作品に「検事 若浦葉子」、共著にインタビュー集「日本人の老後」、「こちら第三社会部」など。

吉田 縁　よしだ・ゆかり
小説家　[出]愛知県名古屋市　筆名＝尾崎綾香(おざき・あやか)、吉田真理子(よしだ・まりこ)　[学]名古屋市立女子短期大学卒　[賞]集英社コバルトノベル大賞佳作(平成7年)　[歴]名古屋市内の民間企業に約2年間勤めたのち、結婚退職。一方小さい頃からイラストや文章を書くことが好きで、妊娠中絵日記をつけ出したことがきっかけで創作活動に目覚める。平成4年から尾崎綾香や吉田真理子などの筆名で本格的に小説を執筆。8年初の文庫作品「薔薇の聖燭」を発表。他の著書に「マスカレードの長い夜」「聴罪師アドリアン」など。2月13日生まれ。

吉田 義昭　よしだ・よしあき
放送作家　[生]昭和7年1月8日　[没]平成1年5月9日　[出]青森市　[学]青森高校　[賞]映画広告電通賞(第37回)(昭和58年)「浪漫の灯はいまも(ニッカウヰスキー)」、文化庁こども向けテレビ優秀賞(昭和59年)「森のトントたち」　[歴]テレビ「東芝日曜劇場」ほか、映画、舞台と数多くの脚本を書いて活躍。テレビ「アルプスの少女ハイジ」「フランダースの犬」で、国内外の数々の作品賞を受け、「浪漫の灯はいまも」(ニッカウヰスキー)で第37回映画広告電通賞を受賞。著書に「思いやり」など。　[団]日本放送作家協会

吉田 与志雄　よしだ・よしお
小説家　[生]明治38年3月1日　[没]昭和35年9月24日　[出]神奈川県横浜市　本名＝吉田好雄　[学]日本大学文科中退　[歴]浅草の昭和館で脚本を書き、昭和8年「大学五月祭」を刊行。以後読切講談編集長などを経て少年歴史小説、児童伝記、長篇大衆小説の作家となる。著書に「北海黎明」「徳川家康」などがある。

吉田 喜重　よしだ・よししげ
映画監督　現代映画社代表取締役　[生]昭和8年2月16日　[出]福井県福井市佐佳枝下町　[学]東京大学文学部仏文科(昭和30年)卒　[賞]アギラ・アステカ勲章(メキシコ)(昭和61年)、芸術選奨文部大臣賞(第37回・49回，昭61年度・平10年度)(昭和62年・平成11年)「人間の約束」「小津安二郎の反映画」　[歴]昭和30年松竹大船撮影所演出課に入社、主に木下恵介に助監督として師事。35年「ろくでなし」で監督デビュー。「秋津温泉」「嵐を呼ぶ十八人」「日本脱出」などを撮る。39年退社、41年現代映画社を設立。「情炎」「エロス+虐殺」「戒厳令」を発表。61年13年ぶりに「人間の約束」を撮りカンヌ映画祭に出品。63年エミリー・ブロンテ原作を中世日本に置きかえた「嵐が丘」がフランスで話題となり、平成2年リヨンのオペラ座「蝶々夫人」の演出を担当。放送文化基金賞テレビエンターテイメント番組審査委員長を務める。他の作品に「水で書かれた物語」「女のみづうみ」「狂言師・三宅藤九郎」「鏡の女たち」など、著書に「自己否定の論理・想像力による変身」「小津安二郎の反映画」「メヒコ歓ばしき隠喩」などがある。　[家]妻＝岡田茉莉子(女優)

吉田 よりこ　よしだ・よりこ
児童文学作家　[出]東京都　本名＝吉田蓉理子　[歴]昭和40年、第6回講談社児童文学新人賞に応募し、作品「クリの木の下で」により、佳作入賞する。著書に「おまわりさんのさがしもの」「あばれないでおせっかい虫」など。

義経 進之　よしつね・のぶゆき
作家　義経精密工業社長　[生]昭和6年　[学]福岡大商学部卒　[歴]54年から小説を書き始め、56年度九州芸術祭文学賞入選。58年に、九州独立論をテーマにした近未来小説「日本分裂」を執筆し、情報小説の分野に意欲を燃やす。

吉富 利通　よしとみ・としみち
小説家　[生]大正5年3月28日　[没]昭和46年12月5日　[出]山口県　[学]早稲田大学国文学科(昭和16年)卒　[歴]東満州産業に入社、応召、陸軍航空少尉で敗戦。ソ連イルクーツク州に抑留、昭和23年復員。戦後職を転々、「文芸首都」「東北文学」や「文学者」「下界」などに小説を発表、36年以降ぜん息に苦しんだ。遺稿短編集「夏草」がある。

吉富 有　よしとみ・ゆう
小説家　[生]昭和40年7月17日　[出]大分県　本名＝倉富美和　[学]日本女子大学文学部国文科(昭和63年)卒　[賞]小説すばる新人賞(第5回)(平成4年)「オレンジ砂塵」　[歴]秘書を経て、DCL英会話講師を務める。かたわら小説を執筆。著書に「砂時計」。

吉留 路樹　よしとめ・ろじゅ
作家　[生]大正14年7月21日　[出]長崎県　[歴]新聞記者を経て文筆生活に入る。著書に「馬賊物語」「日本人と朝鮮人」「国鉄残酷物語」「朴政権の素顔」「嵐を呼ぶ動労」「玄界灘の灯」「熔岩」など。　[団]日本文芸家協会、AA作家会議

吉永 淳一　よしなが・じゅんいち
放送作家　舞台演出家　[生]昭和5年3月19日　[出]神奈川県　[学]慶応義塾大学卒　[賞]芸術祭奨励賞「雪ん子」(人形劇・竹田人形座)　[歴]戯曲作品に「雪ん子」「誰もいなくなった」「あららぎは谷を越えてゆく」「津軽三味の譜」、著書に「ゆきんこ」などがある。　[団]日本演出家協会、放送作家協会、全日本郷土芸能協会、日本民俗芸能学会

吉永 達彦　よしなが・たつひこ
小説家　[生]昭和33年　[出]大阪府　[賞]日本ホラー小説大賞(短編賞，第8回)(平成13年)「古川」　[歴]機械設計の会社に勤務する傍ら、平成12年より小説を執筆。のち退職し、執筆活動に専念。13年処女作「古川」で日本ホラー小説大賞短編賞を受賞。同年書き下ろしの「冥い沼」も収録した単行本「古川」を出版。

吉永 みち子　よしなが・みちこ

ノンフィクション作家　元・競馬記者　[生]昭和25年3月12日　[出]埼玉県川口市　旧筆名＝只野文代　[学]東京外国語大学インドネシア語科(昭和47年)卒　[賞]優駿誌エッセイ賞(昭和58年)「私の競馬、二転，三転」、大宅壮一ノンフィクション賞(第16回)(昭和60年)「気がつけば騎手の女房」　[歴]昭和43年当時、学園紛争の渦中でふれた競馬の世界にひかれ、競馬専門誌「勝馬」記者に。その後「日刊ゲンダイ」の競馬記者となり、7年間にわたり活躍。この時インタビューしたのがきっかけで、がんで夫人をなくした吉永正人騎手と52年結婚。その3人の子をひきとり、2男2女の母となる。58年「私の競馬、二転、三転」で優駿誌エッセイ賞を、60年には「気がつけば騎手の女房」で大宅壮一ノンフィクション賞を受賞。以降作家として活動する。平成14年外務省改革のために設置された変える会のメンバーに選出される。他の著書に「気がつけば三十半ば」「情熱倶楽部の女たち」、長篇小説「繋がれた夢」などがある。[団]日本文芸家協会　[家]夫＝吉永正人(調教師)、長男＝吉永護(騎手)

吉成 美和子　よしなり・みわこ

わが子におくる創作童話の優良賞を受賞　[出]北海道岩見沢市　[学]北海道教育大学岩見沢分校卒　[賞]「わが子におくる創作童話」優良賞(昭和61年)「チャンス、だけど」　[歴]昭和48年頃より童話を書きはじめ、童話づくりのサークル「くさの芽」の一員となる。61年、「わが子におくる創作童話」コンクール(小学館主催)で優良賞に選ばれた。受賞作品は「チャンス、だけど」。

吉野 臥城　よしの・がじょう

詩人　俳人　評論家　小説家　[生]明治9年5月3日　[没]大正15年4月27日　[出]宮城県伊具郡角田町　本名＝吉野甫　俳号＝牛南　[学]東京専門学校卒　[歴]早くから文学を志し、20歳の時に「文学界」に詩を発表した。「文芸時報」の記者を務めたのち、仙台で詩歌雑誌「新韻」を主宰発行。明治36年詩集「新韻集」を刊行。佐佐木信綱の短歌革新運動にも参加し、宮城県の短歌界に大きな影響を与えた。39年上京し、41年都会詩社を結成、詩の近代化をはかる。また評論家としても読売新聞紙上に「読過所感」などを発表。俳人としては小島孤舟、佐藤比君らと「うもれ木」を創刊、清秋会をおこした。他の著書に、短歌俳句集「木精」、詩集「小百合集」「野茨集」、編著「明治詩集」「新体詩研究」、小説「処女の秘密」「痛快」「独立独行」など。

吉野 一穂　よしの・かずほ

作家　[生]昭和28年　[出]東京都　[学]同志社大神学部卒　[賞]青春小説新人賞(第9回)(昭和51年)「感情日記」　[歴]大学在学中に「感情日記」で第9回青春小説新人賞を受賞。著書に「ピンクピーチ・ノート」「ピンクのモーツァルト〈1～2〉」「サラダデイズ・ペーパー」「―リサのダイエットブック―シスターズ」他。

吉野 亀三郎　よしの・かめさぶろう

小説家　東京大学名誉教授　[専]ウイルス学　[生]大正10年10月14日　[出]東京都中央区銀座　別名＝吉野義人(よしの・よしひと)、由良三郎(ゆら・さぶろう)　[学]東京帝国大学医学部医学科(昭和19年)卒　医学博士(東京大学)(昭和31年)　[興]ヘルペスウイルス症の診断　[賞]服部報公会報公賞(昭和35年)「一日孵化鶏卵によるウイルス感染の研究」、サントリーミステリー大賞(第2回)(昭和59年)「運命交響曲殺人事件」、勲三等旭日中綬章(平成9年)　[歴]国立予防衛生研究所技官、昭和36年横浜市立大学医学部細菌学教授を経て、43年東京大学医科学研究所教授。57年退官、同年山梨県立衛生公害研究所長。56年日本ウイルス学会会長。60年相互生物医学研究所(現・ビー・エム・エル)顧問などを務めた。ヘルペス・ウイルスが専門で、新抗体を発見した業績もあり、綿密な追試によりスモン・ウイルス説に幕を引いた一人でもある。研究職を退いた後ミステリーを書き始め、59年「運命交響曲殺人事件」で第2回サントリーミステリー大賞を受賞した。ほかに「殺人協奏曲ホ短調」「象牙の塔の殺意」「円周率πの殺人」「13は殺人の数字」「魔炎」などの作品や、「ミステリーを科学したら」「ミステリーの泣きどころ」などがある。[団]日本ウイルス学会、日本推理作家協会、日本文芸家協会

吉野 賛十　よしの・さんじゅう

推理作家　[生]明治36年1月25日　[没]昭和48年10月15日　[出]大阪府　本名＝永田東一郎　別名＝東一郎(あずま・いちろう)　[学]早稲田大学商学部卒　[歴]森永製菓に入社するが2年で退社し、東一郎の筆名で「新青年」に投稿。「ローランサンの女の事件」などが入選した。のち鎌倉に転居、西尾正と交わり、「彼の小説の世界」「出発」の短編集を東一郎の名で上梓。戦後山形県で高校教師を務めた後上京、千葉県立盲学校高等部に勤める。木々高太郎を知り、昭和29年「鼻」を「探偵実話」に発表。以後断続して20編に及ぶ短編を発表している。盲目世界に材をとったものが多い。河出書房の懸賞に長編を応募し第3位となるが出版されずに終わった。

よしまつ

吉野 せい　よしの・せい
作家　⽣明治32年4月15日　没昭和52年11月4日　出福島県小名浜町(現・いわき市)　旧姓(名)=若松　学尋常高小高等科(大正3年)卒　賞田村俊子賞(第15回)(昭和49年)「洟をたらした神」、大宅壮一ノンフィクション賞(第6回)(昭和50年)「洟をたらした神」
略尋常高等小学校高等科卒業後、検定で資格をとり2年ほど教員生活をする。このころ山村暮鳥に出会い影響を受け小説を書き始める。大正10年農民詩人の三野混沌(本名・吉野義也)と結婚し、阿武隈山系の菊竹山麓の荒れ地で開墾生活に入る。以後、50年間は農業、家事、子育てに専念し、文筆とは無縁の生活を送る。昭和45年夫の死後、農業・家事から解放され、百姓女の半生をつづり始める。46年山村暮鳥夫婦との交友記「暮鳥と混沌」を刊行。次いで49年開墾生活の辛酸を綴った「洟をたらした神」を刊行、75歳の農婦の作品として話題となる。同書で同年田村俊子賞を、翌50年大宅壮一ノンフィクション賞を受賞した。ほかに「道」がある。
家夫=三田混沌(詩人)

吉野 壮児　よしの・そうじ
小説家　翻訳家　⽣昭和8年4月28日　没平成5年1月10日　出神奈川県鎌倉市　学東京大学文学部仏文科(昭和33年)卒　略大学卒業前後から「新潮」「文学界」「三田文学」などに「金色の崩壊」「まないた棺」などを発表。昭和43年「歌びとの家」を刊行、訳書に「トップリーダーの引退」がある。　家父=吉野秀雄(歌人)

吉野 光　よしの・ひかる
小説家　仏教大学教授　⽣昭和13年　出長野県　学東京大学文学部美術史学科卒　賞文芸賞(第28回)「撃壊歌」　略東京国立博物館勤務、群馬県立女子大学教授などを経て、仏教大学教授。著書に「撃壊歌」「雪舟漂泊」「帰去来」「天敵」などがある。

芳野 昌之　よしの・まさゆき
作家　ミステリ書評家　⽣昭和5年8月26日　出兵庫県神戸市　本名=藤村健次郎(ふじむら・けんじろう)　学同志社大学文学部卒　略昭和31年読売新聞社入社。文化部次長(部長待遇)を経て、61年編集委員。一方、「ミステリマガジン」に翻訳ミステリ時評「What is your poison？」を4年間連載。現在は同誌に翻訳ミステリの新刊書評を執筆する。著書に「アガサ・スリスティーの誘惑」「夢を盗む女」。　所日本文芸家協会

吉橋 通夫　よしはし・みちお
児童文学作家　⽣昭和19年9月30日　出岡山県岡山市　学法政大学卒　賞毎日童話新人賞最優秀賞(第2回)(昭和53年)「たんばたろう」、日本児童文学者協会賞(第29回)(平成1年)「京のかざぐるま」　著書に「京のほたる火」「すっとび三太とさびぃんぼ」「まり子のおんがくかい」「たたけ勘太郎」「さんきち」など。「季節風」同人。　所京都児童文学会

吉原 晶子　よしはら・あきこ
児童文学作家　⽣昭和9年11月4日　出大阪市　学関西大学文学部卒　賞カネボウ・ミセス童話大賞(第9回)(平成1年)「ふとんだぬきのぼうけん」　略朝日カルチャー童話会で丸川栄子の指導をうける。「まいまい」同人。著書に「ふとんだぬきのぼうけん」。　所日本児童文学者協会

吉原 公一郎　よしはら・こういちろう
作家　評論家　⽣昭和3年6月22日　出福島県　本名=吉原泛(よしはら・ひろし)　学早稲田大学文学部仏文科中退　略一時「森脇文庫」に勤めた。独自の取材網を持ち、疑獄事件の取材には定評がある。ダグラス事件の渦中で死亡した日商岩井の島田三敬常務は「他殺」だったとして法医学的裏付けで論じた「謀殺一島田常務怪死事件」で、改めてその取材力を評価された。他に代表的な著書として、「松川事件の真犯人」「小説日本列島」「墜落」「いま飛行機は安全なのか」「日本航空 迷走から崩壊へ」などがある。また、戯曲も手掛け「もう一つの歴史」は劇団民芸が上演して好評だった。　所新日本文学会、日本文芸家協会、日本民主主義同盟

吉松 安弘　よしまつ・やすひろ
映画監督　脚本家　ノンフィクション作家　帝京大学教授　著日本文化論　異文化接触　⽣昭和8年11月24日　出東京市芝区白金三光町　学東京大学教育学部教育学科(昭和32年)卒　略昭和32年東宝撮影所に助監督として入社。岡本喜八「江分利満氏の優雅な生活」、黒沢明「用心棒」などにつく。48年「さえてるやつら」で監督デビュー。50年三浦友和・檀ふみ主演「陽のあたる坂道」が第2作。51年文化庁芸術家海外研修員として諸国を巡る。54年帰国し、国広富之のデビュー作「神様なぜ愛にも国境があるの」を撮る。58年よりフリー。60年帝京大学助教授となり、平成4年教授。著書に「ぼくのおかしな世界股旅記」「東條英機暗殺の夏」「バクダッド憂囚一商社マン・獄中の608日」など。　所日本映像民俗学会、日本民族学会、日本映画監督協会(理事)、日本旅行作家協会、文化庁在外研修員の会(世話人)

吉村 昭　よしむら・あきら
小説家　日本近代文学館常務理事　(生)昭和2年5月1日　(出)東京・日暮里　(学)学習院大学国文科(昭和28年)中退　(資)日本芸術院会員(平成9年)　(賞)太宰治賞(第2回)(昭和41年)「星への旅」、菊池寛賞(第21回)(昭和48年)「戦艦武蔵」「関東大震災」、吉川英治文学賞(第13回)(昭和54年)「ふぉん・しいほるとの娘」、芸術選奨文部大臣賞(文学・評論部門・第35回)(昭和59年)「破獄」、読売文学賞(小説賞・第36回)(昭和59年)「破獄」、毎日芸術賞(第26回)(昭和60年)「冷たい夏 熱い夏」、日本芸術院賞(第43回)(昭和62年)、都民文化栄誉賞(平成3年)、荒川区民栄誉賞(平成4年)、大仏次郎賞(第21回)(平成6年)「天狗争乱」、海洋文学大賞(特別賞,第4回)(平成12年)　(歴)学習院時代の昭和23年肺結核で肋骨5本を切除し、文学を志す。40年次兄の経営する製綿会社専務を退任し、以後文学に専念。「文学者」などに属し、38年「少女架刑」を刊行。41年北原昭のペンネームを用い「星への旅」で太宰治賞を受賞。48年「戦艦武蔵」「関東大震災」など一連のドキュメントで菊池寛賞を、54年「ふぉん・しいほるとの娘」で吉川英治文学賞を、59年「破獄」で読売文学賞ならびに芸術選奨を受賞。記録文学に独特の境地を開き、幅広く活躍している。平成9年には「闇にひらめく」が今村昌平監督により映画化され、「うなぎ」としてカンヌ国際映画祭パルムドール(最優秀作品賞)を受賞した。8年日本文芸家協会副理事長。他の著作に「高熱隧道」「間宮林蔵」「桜田門外ノ変」「天狗争乱」「落日の宴」「島抜け」「アメリカ彦蔵」など。　(団)日本ペンクラブ、日本文芸家協会(常務理事)　(家)妻=津村節子(作家)

吉村 公雄　よしむら・きみお
作家　詩人　随筆家　(生)昭和12年10月19日　(出)奈良県香芝市　本名=吉村公雄(よしむら・ただお)　(学)天理大学外国語学部英米語学科卒　(歴)天理高校英語教諭などを経て、東京国際文化研究会代表。著書に「南朝秘史後醍醐天皇」「新大和物語」など。　(団)日本ペンクラブ、日本旅行作家協会、日本文芸家協会、日本英文学会、日本シェイクスピア協会、国際シェイクスピア協会、日米文化振興会、国際ペンクラブ、日本文芸著作権保護同盟

吉村 健二　よしむら・けんじ
児童文学作家　(生)昭和29年　(出)長野県岡谷市　(学)慶応義塾大学法学部卒　(賞)ニッサン童話と絵本のグランプリ童話大賞(第6回)(平成2年)「ともこちゃんのたんじょうび」、講談社児童文学新人賞(第34回)(平成5年)「あけぼの丸と僕」　(歴)雑誌の編集者として勤務するかたわら童話を書く。その後、童話の他、演劇の脚本やコピーライターの仕事も手がける。著書に「ともこちゃんのたんじょうび」「あけぼの丸と僕」「ぼくとじいちゃんのハンバーグ」など。

吉村 滋　よしむら・しげる
小説家　元・熊本日日新聞社論説委員　(生)昭和2年10月9日　(出)熊本県熊本市　(学)九州大学経済学部卒　(賞)熊日文学賞(第15回)(昭和48年)「父と子」　(歴)熊本日日新聞社論説委員を勤めた。「詩と真実」同人。著者に「父と子」「白馬荘」「銀閣の影絵」。

吉村 正一郎　よしむら・しょういちろう
小説家　(生)昭和14年1月1日　(出)大阪府泉佐野市　別名=吉村文(よしむら・あや)　(学)ロサンゼルス・ベルモントスクール成人科卒　(賞)オール読物新人賞(第58回)(昭和56年)「石上草心の生涯」、時代小説大賞(第3回)(平成4年)「西鶴人情橋」　(歴)母は日系二世。昭和30年高校を中退し、マグロ漁船員として数年海上生活を体験。34年米国市民権を得て渡米するが、37年結婚を機に市民権を放棄して帰国。41年米国在住の弟がベトナムに派兵され、この頃から執筆活動に従事。著書に「石上草心の生涯」「葬儀屋軍曹ミツオ」「西鶴人情橋」などがある。　(団)日本文芸家協会

吉村 達也　よしむら・たつや
推理作家　(生)昭和27年3月21日　(出)東京都　筆名=杠葉啓(ゆずりは・けい)　(学)一橋大学商学部卒　(歴)CBSソニーを経て、ニッポン放送に入社。深夜放送のディレクター、DJ、編成部などを経て、昭和58年リビングマガジンに出向。編集長として一連の「おニャン子」シリーズ、「カチンカチン体操」など、タレント本のヒットを飛ばす。62年サンケイ出版との合併により扶桑社書籍編集部第四編集編集長。平成2年退社し創作に専念。一方、昭和62年より本格的にミステリー作家としての活動を開始。詰め将棋作家としても知られる。著書に「編集長連続殺人」「Kの悲劇」「カサブランカ殺人事件」「キラー通り殺人事件」「エンゼル急行を追え」「スターダスト殺人物語」など。　(団)日本文芸家協会、日本推理作家協会

吉村 登　よしむら・のぼる
小説家　劇作家　(賞)名古屋文化振興賞佳作(第3回・昭61年度)「風の樹」　(歴)名古屋の児童劇団うりんこに台本を書く。うりんこがドイツのリヒター原作「あの頃はフリードリヒがいた」を「黄色い扉」と題して公演したのが縁で、平成2年西ドイツへ研修の旅に。著書に「風の樹」「光と音の遁走曲(フーガ)」など。文芸誌「文芸中部」所属。

吉村 萬壱　よしむら・まんいち

小説家　[生]昭和36年　[学]京都教育大学第一社会科学科卒　[賞]文学界新人賞(第92回)(平成13年)「クチュクチュバーン」　[歴]平成13年「クチュクチュバーン」で第92回文学界新人賞を受賞。独自の世界観で紡がれる奇想天外な物語で注目を集める。

吉目木 晴彦　よしめき・はるひこ

小説家　[生]昭和32年2月25日　[出]神奈川県小田原市　[学]成蹊大学法学部卒　[賞]群像新人文学賞(第28回)(昭和60年)「ジパング」、野間文芸賞新人賞(第10回)(昭和63年)「ルイジアナ杭打ち」、平林たい子文学賞(第19回)(平成3年)「誇り高き人々」、芥川賞(第109回)(平成5年)「寂寥郊野(せきりょうこうや=ソリテュード・ポイント)」　[歴]昭和41～43年人種差別反対運動最盛期の米国ルイジアナ州バトンルージュ市で生活し、その後バンコクへ渡る。昭和60年「ジパング」、63年「ルイジアナ杭打ち」で注目される。他の作品に「めりけん」「沼のほとりのお喋りみみずく」「誇り高き人々」など。江馬修「山の民」に心酔し、またアメリカ大リーグ、特に1910年代から50年代終りまで存在した黒人大リーガーの記録収集に凝っている。平成5年「寂寥郊野(せきりょうこうや=ソリテュード・ポイント)」で第109回芥川賞を受賞。6年アイオワ大学客員教授。　[団]日本文芸家協会

吉本 直志郎　よしもと・なおしろう

児童文学作家　[生]昭和18年9月1日　[出]広島県広島市　本名=吉本直志朗　[学]国泰寺高卒　[賞]日本児童文学者協会新人賞(第12回)(昭和53年)「さよならは半分だけ」「右むけ、左!」、ボローニャ国際児童図書展グラフィック賞(第24回)(昭和62年)　[歴]高校卒業後、さまざまな職業を経て、文筆活動に入る。「亜空間」同人。主な作品に「青葉学園物語」(全5巻)、「とびだせバカラッチ隊」「おかあさんってよんでいい?」「北の天使南の天使」などがある。　[団]日本児童文学者協会、日本子どもの本研究会

吉本 ばなな　よしもと・ばなな

小説家　[生]昭和39年7月24日　[出]東京都　本名=吉本真秀子　[学]日本大学芸術学部文芸学科(昭和62年)卒　[賞]海燕新人文学賞(第6回)(昭和62年)「キッチン」、泉鏡花文学賞(第16回)(昭和63年)「キッチン」、芸術選奨文部大臣新人賞(第39回・昭63年度)(平成1年)「キッチン」「うたかた/サンクチュアリ」、山本周五郎賞(第2回)(平成1年)「TUGUMI(つぐみ)」、スカンノ文学賞(イタリア)(平成5年)、紫式部文学賞(第5回)(平成7年)「アムリタ」、アンダー35賞(第1回, イタリア)(平成8年)、銀のマスク賞(イタリア)(平成11年)、Bunkamuraドゥマゴ文学賞(第10回)(平成12年)「不倫と南米」　[歴]吉本隆明の二女として生まれ、小さい頃から作家になるのを夢みる。高校時代から習作を始め、大学時代には卒業制作「ムーンライト・シャドー」で芸術学部長賞を受賞。昭和62年短編小説「キッチン」(のちに映画化)で第6回海燕新人文学賞を受賞し、文壇にデビュー。平成3年同作品はイタリアでベストセラーとなる。11年創作活動第2期の始まりともいえる、2年ぶりの小説「ハードボイルド/ハードラック」を発表。漫画・テレビ文化で育った若い世代に支持されてミリオンセラーが続出、英訳書も多数ある。他の作品に「哀しい予感」「TUGUMI(つぐみ)」「白河夜船」「パイナツプリン」「とかげ」「SLY」「ハチ公の最後の恋人」「うたかた/サンクチュアリ」「アムリタ」「ハネムーン」「不倫と南米」「体は全部知っている」「虹」、「吉本ばなな自選選集」(新潮社)、父との共著に「吉本隆明×吉本ばなな」などがある。　[団]日本文芸家協会　[家]父=吉本隆明(評論家)、姉=ハルノ宵子(漫画家)

吉本 由美　よしもと・ゆみ

エッセイスト　[専]インテリア・暮し全般　[生]昭和23年7月12日　[出]熊本県熊本市大江町　[学]セツ・モード・セミナー卒　[歴]「スクリーン」編集部や大橋歩のアシスタントを経て、「アンアン」編集部へ。以来、雑貨インテリア・スタイリストとして「クロワッサン」「エル・ジャポン」「オリーブ」などの雑誌で活躍。のち執筆活動に入る。昭和61年にはNHKテレビ「スタジオL」などにも出演した。著書に「暮しを楽しむ雑貨ブック」「吉本由美のこだわり生活」「吉本由美〔一人〕暮し術・ネコはいいなァ」「嘘つき鏡」「かっこよく年をとりたい」、小説「ひみつ」「コンビニエンス・ストア」など。

吉屋 信子　よしや・のぶこ

小説家　[専]少女小説　[生]明治29年1月12日　[没]昭和48年7月11日　[出]新潟県新潟市　[学]栃木高女卒　[賞]朝日新聞懸賞小説(大朝創刊40周年記念文芸)(大正8年)「地の果まで」、女流文学者賞(第4回)(昭和27年)「鬼火」、菊池寛賞(第15回)(昭和42年)　[歴]竹久夢二の世界に魅かれ、栃木高女在学中から少女雑誌に投稿する。卒業後、作家を志して上京。大正8年「地の果まで」が大阪朝日新聞の懸賞小説として1等に入選し、9年1月から6カ月間連載された。続いて「東京朝日新聞」に「海の極みまで」を連載し、作家としての地位を築いた。昭和27年「鬼火」で女流文学賞を受賞し、42年には半世紀にわたる文学活動で菊池寛賞を受賞した。このほ

かの代表作に「女の友情」「未亡人」「良人の貞操」「安宅家の人々」「徳川の夫人たち」「女人平家」やエッセイ「自伝的女流文壇史」、童話集「花物語」など著書多数。「吉屋信子全集」(全12巻，朝日新聞社)がある。一方、戦時中に俳句を始め、宗有為子の名で「鶴」に投句、のち高浜虚子の指導を受け「ホトトギス」同人となる。文壇俳句会にも出席。没後「吉屋信子句集」が刊行された。

吉行 エイスケ　よしゆき・えいすけ

小説家　[生]明治39年5月10日　[没]昭和15年7月8日　[出]岡山県金川町(現・御津町)　本名＝吉行栄助　[学]岡山一中中退　[歴]岡山一中入学後アナキズム、ダダイズムの影響を受け、思想問題で4年次で中退し、大正11年上京する。13年「売恥醜文」を創刊、ついで「虚無思想研究」「近代生活」などに参加し、昭和5年新興芸術派倶楽部の結成に参加。4年発表の「孟買燐銃隊」で認められ、5年「女百貨店」「新種族ノラ」を刊行、“新社会派”を提唱した。27歳で文学に見きりをつけ、兜町で株屋を営むが失敗。他の著書に「新しき上海のプライベイト」「吉行エイスケ作品集」(全2巻，冬樹社)がある。平成9年NHK連続テレビ小説「あぐり」で脚光を浴び、20年ぶりに作品集が刊行される。
[家]妻＝吉行あぐり(美容師)、長男＝吉行淳之介(小説家)、長女＝吉行和子(女優)、二女＝吉行理恵(詩人・小説家)

吉行 淳之介　よしゆき・じゅんのすけ

小説家　[生]大正13年4月13日(戸籍:4月1日)　[没]平成6年7月26日　[出]岡山県岡山市　[学]東京大学英文学科中退　[資]日本芸術院会員
[賞]芥川賞(第31回)(昭和29年)「驟雨」、新潮社文学賞(第12回)(昭和40年)「不意の出来事」、芸術選奨文部大臣賞(文学・評論部門・第17回)(昭和41年)「星と月は天の穴」、谷崎潤一郎賞(第6回)(昭和45年)「暗室」、読売文学賞(小説賞・第27回)(昭和50年)「鞄の中身」、野間文芸賞(第31回)(昭和53年)「夕暮まで」、日本芸術院賞(文芸部門・第35回)(昭和53年)、講談社エッセー賞(第2回)(昭和61年)「人工水晶体」、パチンコ文化賞(第1回)(昭和61年)
[歴]静岡高校在学中から文学に関心を持ち、戦後「葦」や「世代」同人となる。東大中退後、大衆誌「モダン日本」の編集に携わる傍ら執筆を続け、「薔薇販売人」で認められる。敗戦後の赤線をテーマにした「原色の街」「娼婦の部屋」などを発表し、昭和29年「驟雨」で芥川賞受賞、小島信夫・庄野潤三らと共に“第三の新人”と呼ばれた。性をテーマにした「砂の上の植物群」「暗室」「夕暮まで」などの他、「すれすれ」などのエンターテインメントや「人工水晶体」など数多くのエッセイも手がけた。また座談の名手としても有名で、多くの対談集がある。「吉行淳之介全集」(全20巻，講談社)「吉行淳之介エンタテインメント全集」(全11巻，角川書店)「わが文学生活」(全12巻，潮出版社)「吉行淳之介全集」(全15巻，新潮社)がある。平成11年パートナーであった宮城まり子が園長を務める、ねむの木学園敷地内に吉行淳之介文学館がオープン。
[団]日本文芸家協会、日本ペンクラブ(理事)
[家]パートナー＝宮城まり子(女優)、父＝吉行エイスケ(作家)、母＝吉行あぐり(美容家)、妹＝吉行和子(女優)、吉行理恵(詩人)

吉行 理恵　よしゆき・りえ

詩人　小説家　[生]昭和14年7月8日　[出]東京市　本名＝吉行理恵子　[学]早稲田大学文学部日本文学科(昭和37年)卒　[賞]円卓賞(第2回)(昭和40年)「私は冬枯れの海にいます」、田村俊子賞(第8回)(昭和42年)「夢のなかで」、野間児童文芸推奨作品賞(第9回)(昭和46年)「まほうつかいのくしゃんねこ」、芥川賞(第85回)(昭和56年)「小さな貴婦人」、女流文学賞(第28回)(平成1年)「黄色い猫」　[歴]昭和32年早稲田大学に入学した頃から詩作を始め、38年「青い部屋」を刊行。以後「幻影」「夢のなかで」「吉行理恵詩集」を刊行し、「夢のなかで」で42年に田村俊子賞を受賞。40年頃から創作も始め、45年「記憶のなかに」を発表し、同題の創作集を47年に刊行。56年「小さな貴婦人」で芥川賞を受賞。ほかに「井戸の星」「迷路の双子」「吉行理恵詩集」などがある。また、46年には童話「まほうつかいのくしゃんねこ」で野間児童文芸推奨作品賞を受賞した。「歴程」同人。
[団]日本文芸家協会　[家]父＝吉行エイスケ(作家)、母＝吉行あぐり(美容家)、兄＝吉行淳之介(小説家)、姉＝吉行和子(女優)

依田 学海　よだ・がっかい

漢学者　演劇改良家　劇評家　劇作家　小説家
[生]天保4年11月24日(1833年)　[没]明治42年12月27日　[出]江戸　本名＝依田朝宗　字＝依田百川(よだ・ひゃくせん)、別号＝柳蔭　[歴]下総国佐倉藩士依田貞剛の次男。藤森天山に経史を学ぶ。安政5年佐倉藩の中小姓に任ぜられ、その後郡代官などを歴任。明治元年佐倉藩権大参事、5年東京会議所書記官に任じられ、8年太政官に出仕。11年修史局編輯官、14年文部省権少書記官となり、18年文部省少書記官を最後に官界を退く。官吏時代の著作に「譚海」4冊(明17〜18)がある。退官後は劇作や演劇改良に専念し、19年演劇改良会に参加。「吉野拾遺名歌誉」「文覚上人勧進帳」「拾遺後日連枝楠」などの作品の他、小説に「侠美人」などもあり明治文学で幅広く活躍した。「依田百川自伝」があ

る。平成3年から日誌「学海日録」(全11巻・別巻1，岩波書店)が刊行される。

与田 準一　よだ・じゅんいち

児童文学者　詩人　「赤い鳥」代表　[生]明治38年8月2日　[没]平成9年2月3日　[出]福岡県山門郡瀬高町上庄本町　旧姓(名)＝浅山　[学]上庄尋常高小(大正9年)卒　[賞]児童文化賞(第1回)(昭和14年)「山羊とお皿」、児童福祉文化賞奨励賞(昭和42年)、サンケイ児童出版文化賞(第14回)(昭和42年)「与田準一全集」(全6巻)、野間児童文芸賞(第11回)(昭和48年)「野ゆき山ゆき」、赤い鳥文学賞特別賞(昭和51年)、日本児童文学学会賞特別賞(第8回)(昭和59年)「金子みすゞ全集」(編)、モービル児童文化賞(第25回)(平成2年)　[歴]高小卒後、18歳から4年間小学校教師をしながら雑誌「赤い鳥」に童話や童謡を投稿。昭和3年上京、北原白秋門下に。5年から「赤い鳥」「コドモノヒカリ」などの編集を担当し、8年初の童謡集「旗・蜂・雲」を出版。25年から10年間日本女子大学児童科の講師をつとめ、37年日本児童文学者協会会長に就任。サンケイ児童出版文化大賞、野間児童文芸賞ほか受賞多数。代表作は「五十一番めのザボン」「十二のきりかぶ」など。「与田準一全集」(全6巻)がある。　[団]日本文芸家協会、日本児童文学者協会、赤い鳥の会、日本音楽著作権協会

依田 義賢　よだ・よしかた

シナリオライター　大阪芸術大学名誉教授　[専]映像論　映画研究　[生]明治42年4月14日　[没]平成3年11月14日　[出]京都府京都市　[学]京都市立第二商(昭和2年)卒　[賞]毎日映画コンクール脚本賞(昭32年度)「大阪物語」「異母兄弟」、アジアアフリカ映画祭シナリオ賞(昭和39年)、毎日出版文化賞(昭和39年)「溝口健二の人と芸術」、京都市文化功労者(昭和47年)、牧野省三賞(昭和52年)、紫綬褒章(昭和52年)、山路ふみ子賞(映画功労賞，第13回)(平成1年)、キネマ旬報賞(脚本賞，第63回，平元年度)(平成2年)「千利休・本覚坊遺文」　[歴]家の事情で住友銀行へ勤めるが左翼思想に傾倒し、退社。文芸の道に進むことを決心し、昭和5年日活京都撮影所の脚本部に入る。6年村田実監督「白い姉」でデビュー。11年「浪華悲歌」以来溝口健二監督とコンビを組み、「祇園の姉妹」「残菊物語」「浪花女」「元禄忠臣蔵」などを書く。戦後は「女優須磨子の恋」「西鶴一代女」「雨月物語」「山椒大夫」「近松物語」など。溝口作品以外に「大阪物語」「異母兄弟」「荷車の歌」「千利久」、「悪名」シリーズなどがあり、著書に「溝口健二の人と芸術」「依田義賢シナリオ集」(全2巻)がある。大阪芸術大学教授を務めた。　[団]日本シナリオ作家協会、日本映像学会

淀野 隆三　よどの・りゅうぞう

小説家　翻訳家　[専]フランス文学　[生]明治37年4月16日　[没]昭和42年7月7日　[出]京都市　本名＝淀野三吉　[学]東京帝国大学仏文科(昭和3年)卒　[歴]大正14年「青空」に参加。昭和4年から5年にかけて佐藤正彰らとプルースト「スワン家の方」を翻訳する。5年「詩・現実」を創刊。同年プロレタリア科学研究所に入り「マルクス・レーニン主義芸術学」を編集する。ジッドの「狭き門」、フィリップの「小さき町にて」など数多くの翻訳書がある。

米窪 満亮　よねくぼ・みつすけ

労働運動家　政治家　小説家　労相　衆院議員(社会党)　日本海員組合副会長　[生]明治21年9月16日　[没]昭和26年1月16日　[出]長野県塩尻　筆名＝米窪太刀雄　[学]商船学校(現・東京商船大学)(大正3年)卒　[歴]山国に育って海にあこがれ、商船学校を出たが、学生時代、米窪太刀雄の筆名で練習船・大成丸の船海日記を朝日新聞に連載、夏目漱石の激賞を受け「海のロマンス」として出版した。日本郵船の船長時代に「マドロスの悲哀」を著して会社を追われた後は、海上労働者の待遇改善を要求する運動に身を投じ、大正8年、ILO(国際労働機関)日本代表として国際会議に出席。11年日本海員組合に入り、その副会長を経て昭和11年には日本労働組合会議の副議長に就任。翌12年、社会大衆党から衆院議員に初当選し、以来当選4回。戦後は海員組合を再建、日本社会党結成に参加し、22年には片山内閣の国務相、初代労相を務めた。

米倉 テルミ　よねくら・てるみ

作家　[生]昭和9年9月7日　[出]福岡県福岡市　[学]福岡女子大学(昭和32年)卒　[歴]昭和27年小学校からの同窓生だった俳優の米倉斉加年と結婚。35～43年劇団青年芸術劇場経営部員。55年から10年間画家としても知られる夫の絵を扱う会社まさかね図案舎代表を務める。54～62年「理想の詩」に「米倉テルミすぽっといんたびゅー」を連載。59年には母校の小学校の創立100周年記念行事として創作劇「不思議な卵」を上演、その脚本を手がけた。著書に「友情夢譚」「モダンガールズ」がある。　[家]夫＝米倉斉加年(俳優)、長男＝米倉日呂登(演出家)、長女＝米倉加乃(イラストレーター)

米田 庄三郎　よねだ・しょうさぶろう

医師　推理作家　[生]明治38年2月12日　[出]奈良県吉野郡下市町　筆名＝米田三星(よねだ・さんせい)　[学]大阪帝大医学部(昭和7年)卒　[歴]昭和12年軍医として応召、中国大陸を転戦。20年奈良県立医専創設に際して教授。23年退職して下市町で診療所開業。一方、6年「生きて

いる皮膚」を「新青年」に発表、医学知識を生かした作品を数編発表。作品に「蜘」「告げ口心臓」がある。

米光 関月　よねみつ・かんげつ

小説家　[生]明治7年3月24日　[没]大正4年5月8日　[出]山口県下関　本名＝米光亀次郎　[学]東京専門学校中退　[歴]幸田露伴の門下で、明治32年8月の新小説に「生駒山」が当選。35年大阪毎日新聞に「薄墨の松」が2等当選。ちなみに1等は中村春雨の「無花果」だった。39〜41年にかけ成功雑誌社から「探険小説・短刀英雄」「少年水滸伝」「立志小説・砿山王」などを刊行。露伴門下の最好会編「短詩 初潮」に短詩が収録されている。

米村 圭伍　よねむら・けいご

小説家　[生]昭和31年　[出]神奈川県横須賀市　[学]早稲田大学政治経済学部卒　[賞]小説新潮長篇新人賞(第5回)(平成11年)「風流冷飯伝」　[歴]電機会社勤務ののち、松竹シナリオ研究所にてシナリオを学ぶ。平成9年「安政の遠足異聞」が菊地寛ドラマ賞佳作となる。11年第5回小説新潮長篇新人賞を受賞。著書に「風流冷飯伝」がある。

米村 晃多郎　よねむら・こうたろう

作家　「白描」主宰　[生]昭和2年5月23日　[没]昭和61年7月18日　[出]東京都　[学]早稲田大学仏文科(昭和25年)中退　[歴]北海道十勝の小中学校で教諭をしたのち帰京、作家となる。20年以上「北海道」というテーマを発酵させ、「サイロ物語」(「野づらの果て」「土くれ」「赤蝦夷松」など7編を収めた短編集)を書く。どの作品も北海道、道東の厳しい自然を舞台とする。

米山 公啓　よねやま・きみひろ

作家　医師　[専]神経内科学　[生]昭和27年5月10日　[出]山梨県甲府市　[学]聖マリアンナ医科大学医学部(昭和53年)卒、聖マリアンナ医科大学大学院医学研究科博士課程修了　医学博士　[興]脳卒中、老人医療　[歴]平成2年聖マリアンナ医科大学医学部第二内科専任講師を経て、助教授。同大学病院健康管理部副部長も務める。超音波を使った脳血流の測定装置や自律神経障害の診断装置の開発を手がけ、老人医療の問題に取り組む。月刊「エキスパートナース」にエッセイを連載。10年退職し、医師と作家を兼ねる。医学実用書、エッセイ、医学小説と幅広く執筆。著書に「大学病院・医者のものがたり—患者とナースの間で」「医者の半熟卵」「午前3時の医者ものがたり」「さらば大学病院」「医者がぼけた母親を介護するとき」、医療ミステリー「ロックド・イン症候群」「エイリアン・ハンド」「頭を抱える人々」などがある。　[団]日本脳卒中学会、日本老年医学会、日本臨床生理学会　http://www1.sphere.ne.jp/yoneyone/

よもぎ 律子　よもぎ・りつこ

童話作家　[生]昭和27年　[出]大分県　本名＝佐藤律子　[学]別府青山高卒　[賞]東北電力夢みる子供童話賞(大賞)「遊太」、カネボウ・ミセス童話大賞「けいこ先生のほけんしつ」　[歴]20代のころ、大分合同新聞に1年間詩を投稿した。平成5年から童話を書き始める。共著(作担当)に「けいこ先生のほけんしつ」がある。

【ら】

羅門 祐人　らもん・ゆうと

作家　ゲームデザイナー　(有)アーテック代表取締役　[生]昭和32年1月12日　[出]福岡県　本名＝山口祐平　[学]埼玉医科大学中退　[歴]医学部在学中からコンピュータソフト会社の社長として活躍。「暗黒城」「リグラス」「ミネルバトンサーガ」「ディガンの魔石」などのゲームを製作した。著書に「神々の巫子たち」「青き波濤」、〈自航惑星ガデュリン〉シリーズ、〈皇国の連合艦隊〉シリーズなど。　[団]日本文芸家協会

蘭 郁二郎　らん・いくじろう

小説家　[生]大正2年9月2日　[没]昭和19年1月5日　[出]東京・芝三田　本名＝遠藤敏夫　[学]東京高等工業学校電気科卒　[歴]昭和10年「探偵文学」の創刊と同時に同人となり、探偵小説を発表。11年「夢鬼」を刊行。16年頃から科学小説、冒険小説、少年読物に転じるが、19年海軍報道班員として台湾におもむき、飛行機事故で死去した。作品に「地図にない島」「地底大陸」「海底紳士」など。　[家]養父＝小野蕪子(俳人)

【り】

李　り

⇒李(ィ) を見よ

六道 慧　りくどう・けい

小説家　[出]東京都墨田区両国　[歴]高校時代より作家を志し、会社に勤めながら、小説を書き続ける。昭和63年〈大神伝〉シリーズでデビュー。他の著書に「時の光、時の影」「蒼いレクイエム」、〈アスカ〉シリーズ、〈千の顔を持つ男〉シリーズ、〈縁切屋〉シリーズなど。

リービ 英雄　りーび・ひでお
作家　法政大学国際文化学部教授　[専]日本文学ジャパノロジー　比較文化　英語教育　[国]米国　[生]1950年11月29日　[出]カリフォルニア州バークレー　本名＝リービ，ヒデオ・イアン　[学]プリンストン大学東洋学専攻('73年)卒、プリンストン大学大学院博士課程修了　文学博士(プリンストン大学)('78年)　[賞]日米友好基金翻訳賞(第1回)('79年)、全米図書賞('82年)「万葉集」(英訳)、野間文芸新人賞(第14回)('92年)「星条旗の聞こえない部屋」　[歴]外交官の父と共に台湾、香港などを移り住み、16歳から日本に住む。早大、東大、成城大学で「万葉集」を学び、その後、京大、東大で客員研究員。1977年プリンストン大学講師、'78年助教授を経て、スタンフォード大学日本文学準教授に。'87年小説「星条旗の聞こえない部屋」(日本語)で作家デビュー。'88年小説「新世界」を発表。'90年4月から日本の聖徳大学人文学部教授となり比較文化を講義する。'94年4月法政大学第一教養部教授。'99年4月国際文化学部教授。'67年以降日米を往復し、現在、東京在住。'91年「海燕」誌の文芸時評を担当するほか、「中央公論」「文芸春秋」「潮」「新潮」「文学界」などに論文・エッセイ等を発表。主著に日本語で「星条旗の聞こえない部屋」「日本語の勝利」「日本語を書く部屋」、英訳「万葉集」、英文「柿本人麻呂」他、現代日本文学の英訳など。
[団]日本文芸家協会、PENクラブ(ニューヨーク支部)

龍 一京　りゅう・いっきょう
作家　[生]昭和16年　[出]大分県別府市　[学]鶴見丘高卒　[賞]文芸作家クラブ大賞(長編小説部門，第7回)(平成10年)「雪迎え」　[歴]兵庫県警・司法警察員として主に公安警察を担当、多くの死体検視を経験。30歳で退職し、のち総合コンサルタントを経営、諸々の相談業務を通じて社会の舞台裏を見聞。実体験をもとに作家に転向。作家業と並行して作詩、作曲も手がける。著書に「警察捜査の決め手」「男が結婚したい女」「極道刑事」シリーズ、「都会の地平線」「戦闘刑事コブラ」「雪迎え」「鵲の橋」など。
[団]日本文芸家クラブ

劉 寒吉　りゅう・かんきち
小説家　[生]明治39年9月18日　[没]昭和61年4月20日　[出]福岡県小倉市(現・北九州市小倉北区)　本名＝浜田陸一(はまだ・りくいち)
[学]小倉商業(大正14年)卒　[賞]九州文学賞(第3回)(昭和18年)「山河の賊」　[歴]昭和7年岩下俊作らと詩誌「とらんしつと」を創刊。芥川・直木賞候補に挙げられること各2回。13年創刊の「九州文学」の大黒柱で、43年からは自ら編集をしている。一度も九州を離れず、作家活動と並行して地方文化の発展、掘り起こしに情熱を傾けた。代表作に「天草四郎」(33年)、「龍造寺党戦記」(46年)など。平成4年遺族によって「長崎小話」が出版された。
[団]日本文芸家協会

隆 慶一郎　りゅう・けいいちろう
シナリオライター　小説家　[生]大正12年9月30日　[没]平成1年11月4日　[出]東京・赤坂　本名＝池田一朗(いけだ・いちろう)　[学]東京帝国大学文学部仏文科(昭和23年)卒　[賞]日活シナリオ賞「にあんちゃん」、柴田錬三郎賞(第2回)(平成1年)「一夢庵風流記」、日本映画プロデューサー協会賞特別賞(平元年度)　[歴]文芸評論家・小林秀雄を慕って東京創元社に入社し、編集者となる。のち立教大学や中央大学で助教授としてフランス語を教え、昭和32年辞職。本名でシナリオを書き、映画、テレビのシナリオライターとして知られ、代表作に「陽の当たる坂道」「にあんちゃん」、日活アクション映画「錆びた鎖」、テレビドラマ「おりんさん」「鬼平犯科帳」など。59年隆慶一郎の名で「吉原御免状」を執筆、時代小説家としても活躍し始め、「小説新潮」に剣豪小説を連載する。著書に「鬼麿斬人剣」「柳生非情剣」「影武者徳川家康」「一夢庵風流記」や、エッセイ「時代小説の愉しみ」などがある。他に「隆慶一郎全集」(新潮社，全6巻)がある。　[団]日本シナリオ作家協会、日本放送作家協会(常務理事)、日本文芸家協会
[家]長女＝羽生真名(「歌う舟人」著者)

柳 美里　りゅう・みり
⇒柳美里(ユウ・ミリ)を見よ

柳岸亭 友彦　りゅうがいてい・ともひこ
探偵小説作家　[没](生没年不詳)　[歴]経歴など不明な点が多いが「万朝報」に時代探偵実話を発表。明治26年「樹上廼死骸」、27年「毒水阿定」「深閨仇枕」など。黒岩涙香の影響を強く受けている。

流山児 祥　りゅうざんじ・しょう
プロデューサー　演出家　俳優　劇作家　流山児事務所代表　[生]昭和22年11月2日　[出]熊本県　本名＝藤岡祥二　[学]青山学院大学経済学科中退　[賞]ヨコハマ映画際自主製作映画賞(第7回)(昭和61年)「血風ロック」　[歴]父は三池炭鉱の鉱夫で、総評副議長だった。大学では学園闘争に参加し、全共闘副議長をつとめた。"状況劇場"を経て、昭和45年"演劇団"を結成。10年間に46本(主に流山児の作品)を上演し、天井桟敷などに続く第2次アングラ・ブームを支える。55年劇団員の退団もあって、新たに"第二次演劇団"を編成。58年寺山修司の遺作となった「新・邪宗門」で暴力的な舞台作りが話題となった。

りゅうすいてい　　　　　　作家・小説家人名事典

59年"好きなことをやりたい"と劇団活動を一時休止し、"流山児事務所"を作り、様々な公演をプロデュースする。また長年の夢であった映画製作も手がけ「血風ロック」では第7回ヨコハマ映画祭自主製作映画賞を受賞。平成元年寺山修司七周忌追悼の「青ひげ公の城」をプロデュースする。映画出演作に「ミンボーの女」「きらいじゃないのよ2」など。主な著書に「浅草カルメン」「流山児が征く」「燃えよ流山児」がある。　⑩日本演出者協会(理事)　㉚妻＝山口美也子(女優)

柳水亭　種清　りゅうすいてい・たねきよ
作家(戯作者)　㊷文政4年(1821年)　㊸明治40年3月20日　㊹飛騨国高山　㉖河竹新七門下能晋輔として狂言作者となり、さらに戯作者柳下亭種員の門に転じ、種清と称して合巻を執筆した。明治に入り「艶娘毒蛇淵」などの戯作を刊行した。

龍胆寺　雄　りゅうたんじ・ゆう
作家　サボテン研究家　㊷明治34年4月27日　㊸平成4年6月3日　㊹茨城県下妻市　本名＝橘詰雄　㉖慶応義塾大学医学部中退　㊺「改造」懸賞創作1等(第1回)(昭和3年)「放浪時代」　㉚昭和3年「改造」創刊10周年記念の懸賞小説に「放浪時代」が当選、ついで同誌に発表した「アパアトの女たちと僕と」で認められる。新興芸術派の代表的作家として、4年「近代生活」を創刊し、5年新興芸術派クラブを結成。この時期の代表作に「魔子」(昭6)がある。しかし、9年発表の「M子への遺書」で文壇派閥を攻撃し、作家としての地位を失う。戦後の作に「不死鳥」などがあり、59〜61年には「龍胆寺雄全集」(全12巻)が刊行された。またサボテンの栽培、研究では国際的に知られ、日本沙漠植物研究会を主宰し、「シャボテン幻想」などの著書もある。平成元年全集刊行会の手により龍胆寺雄文学賞が設けられる。

笠亭　仙果　りゅうてい・せんか
戯作者　㊷天保8年(1837年)　㊸明治17年3月5日　本名＝篠田久次郎(しのだ・きゅうじろう)　別号＝篠田仙果(しのだ・せんか)　㉚明治10年刊行の「鹿児島戦記」「鹿児島戦争記」など西南の役を扱った実録もので名をあげた。また興聚社の社長兼編集者として戯作雑誌「月とスツポンチ」を発刊した。他に「桜田実記」「雪月花三遊新語」など。

梁　石日　りょう・せきじつ
⇒梁石日(ヤン・ソクイル)を見よ

寮　美千子　りょう・みちこ
児童文学作家　小説家　㊺SFファンタジー　㊷昭和30年　㊹東京都　本名＝松岡美千子　㉖中央大学文学部中退　㊺毎日童話新人賞最優秀賞(第10回)(昭和61年)「ねっけつビスケット チビスケくん」　㉚外務省勤務、PR誌の請負編集に携わったのち現代詩を経て、童話へ。童話学院に通い、童話創造を学ぶ。平成3年衛星放送ラジオ局セント・ギガのために多くの詩作品を制作。4年アジアン・カルチュラル・カウンシルの奨学金を得て米国を訪れ、先住民の居留地を旅する。これをきっかけに先住民の文化に強く興味を抱く。作品に「ねっけつビスケット チビスケくん」「ねこ地図いぬ地図りすの地図」、著書に「小惑星美術館」「ラジオスターレストラン」「おおかみのこがはしってきて」、訳書に「父は空 母は大地」「コヨーテを愛した少女」などがある。

リンゼイ　美恵子　りんぜい・みえこ
小説家　翻訳家　通訳　㊷昭和36年5月　㊹東京都葛飾区　本名＝岡部リンゼイ美恵　㉖青山学院大学経営学部(昭和59年)卒　M.B.A.(シェフィールド大学)(平成4年)　㊺女流新人賞(平成8年)「答えて、トマス」　㉚銀行勤務の後、平成2年英国に留学し通訳と翻訳の資格を取得。その後投資顧問銀行の駐在員の米国人男性と結婚し、チューリヒや、ハンブルク、ニューヨーク、東京などで生活。8年から香港在住。通訳、翻訳の傍ら、小説を執筆。著書に「答えて、トマス」。

【る】

ルディー　和子　Rudy, Kazuko
ウィトン・アクトン社代表取締役　日本ダイレクト・メール協会常務理事　㊺ダイレクト・マーケティング　データベース・マーケティング　㊷昭和23年10月10日　㊹愛知県名古屋市　㉖国際基督教大学(昭和46年)卒、上智大学国際部大学院経営経済(昭和53年)修士課程修了　㉚アメリカ化粧品会社エスティ・ローダー社マーケティング・マネジャー、タイム・インク、タイム・ライフ・ブックスのダイレクト・マーケティング事業部本部長を歴任。その後、マーケティング業務を行うウィトン・アクトン社代表。著書に「ニューメディア時代のテレホン・マーケティング」「データベース・マーケティング実践法」「ダイレクト・マーケティングの実際」

他。平成元年「ピンクのおもちゃネコ殺人事件」でミステリー作家としてもデビューした。

【れ】

麗羅　れい・ら
⇒麗羅(ヨ・ラ)を見よ

連城 三紀彦　れんじょう・みきひこ
小説家　僧侶　[生]昭和23年1月11日　[出]愛知県名古屋市　本名＝加藤甚吾(かとう・じんご)　法名＝智順　[学]早稲田大学政経学部経済学科(昭和47年)卒　[賞]幻影城新人賞(第3回)(昭和52年)「変調二人羽織」、日本推理作家協会賞(短篇部門)(第34回)(昭和55年)「戻り川心中」、吉川英治文学新人賞(第5回)(昭和59年)「宵待草夜情」、直木賞(第91回)(昭和59年)「恋文」、キネマ旬報賞キネマ旬報読者賞(平成2年)、柴田錬三郎賞(第9回)(平成8年)「隠れ菊」　[歴]代々続く浄土真宗のお寺の長男。在学中シナリオ研究のためパリに留学。名古屋で塾講師をしながら推理小説を書き始め、昭和52年第3回「幻影城」新人賞に「変調二人羽織」が入選してデビュー。55年「戻り川心中」で日本推理作家協会短篇賞、59年「恋文」で直木賞を受賞し人気作家となる。ほかに「宵待草夜情」「日曜日と九つの短編」「残紅」「隠れ菊」がある。60年12月仏門に入る。　[団]日本推理作家協会

【ろ】

六郷 一　ろくごう・はじめ
推理作家　[生]明治43年2月18日　[没]平成2年11月26日　[出]東京・本所　本名＝小林隆一　[歴]画家・牧師を志したのちに小説を書き始める。堀辰雄と交わり、「大衆倶楽部」に「盗人」を本名で発表。戦時中反戦運動で逮捕される。戦後フリーライターとして「平凡」に美空ひばりの記事などを書く。その後昭和22年探偵作家クラブ月例会に参加したのをきっかけに覆面作家として23年「夜行列車」を発表。他に「白鳥の歌」がある。56年の江戸川乱歩賞に応募した「失われた環」が最終予選まで残った。

【わ】

若合 春侑　わかい・すう
小説家　[生]昭和33年8月11日　[出]宮城県塩釜市　本名＝山野辺優子　[学]東北学院大学経済学部経済学科卒　[賞]文学界新人賞(第86回)(平成10年)「脳病院へまゐります。」　[歴]高校時代から作詞、作曲、ギターを始め、コンテストにも出場するなどシンガーソングライターを志したのち、断念。仙台市内の広告代理店・万里社の営業社員、新聞社のアルバイト、添削指導員などを経て、平成2年上京。谷崎潤一郎の世界に魅せられ、昭和初期の東京を舞台に、小説「脳病院へまゐります。」を執筆。11年「カタカナ三十九字の遺書」が第120回芥川賞候補となった。他の作品に「無花果日誌」など。

若一 光司　わかいち・こうじ
作家　[生]昭和25年10月16日　[出]大阪府大阪市　[学]大阪市立工芸高美術科卒　[賞]文芸賞(昭和58年度・第17回)「海に夜を重ねて」　[歴]高校在学中より大阪、東京で個展を開催し、現代美術作家として活動。その後、コピーライター、CFディレクター、プロダクトプランナーなどの仕事のかたわら中近東やアジアを放浪、中東問題や民族問題に関する評論を発表。昭和55年から小説も書き始め「海に夜を重ねて」で58年度文芸賞を受賞。アジア太平洋人権情報センター企画運営委員を務め、人権問題や国際交流の分野で積極的に発言する。著書に「漂う光に」「初歩的微視学入門」「最後の戦死者・陸軍一等兵小塚金七」「20世紀の自殺者たち」、訳書に「イスラエルの中のアラブ人」など。また少年時代から化石の収集・研究にも力を入れ、化石関係の著書に「楽しい化石採集」「石が語る、恐竜が目覚める。」などがある。60年兵庫県川辺郡の山中に独力で小屋を建てて住む。
[団]日本文芸家協会

若尾 徳平　わかお・とくへい
シナリオライター　[生]大正7年2月12日　[没]昭和51年12月6日　[出]山梨県甲府市　[学]慶応義塾大学法学部卒　[賞]アカデミー賞外国語映画賞(昭和30年)「宮本武蔵」　[歴]劇作家・中野実に師事。アーニーパイル劇場(現・東京宝塚劇場)を経て、東横映画(現・東映)、松竹、東宝でシナリオライターとして活躍。フリーの後、麻布学園教員となる。昭和30年には「宮本武蔵」でアカデミー賞外国語映画賞を受けた。他の主な作品に映画「新撰組」「逃げてきた花嫁」「琴の爪」「天馬往来」、テレビ「絶

唱」「刑事」「虞美人草」「明日の幸福」など。「若尾徳平作品集」(白川書房)がある。
㊳妹=三枝佐枝子(元「婦人公論」編集長)、息子=若尾哲平(俳優)

若木 未生　わかぎ・みお
小説家　㊤昭和43年12月2日　㊥埼玉県　本名=田中恵理子　㊦早稲田大学文学部中退　㊧平成元年「AGE」が第13回コバルト・ノベル大賞佳作入選。以後、女子中高生に人気のある少女小説家として活躍。著書に「天使はうまく踊れない」「セイレーンの聖母」「十字架の少女」や「ハイスクール・オーラバスター・シリーズ」など。作品はいずれも10万部を起すベストセラー。

若桜木 虔　わかさき・けん
小説家　スポーツ栄養評論家　代々木ゼミナール講師　新日本速読研究会副会長　㊤昭和22年1月29日　㊥静岡県沼津市　本名=稲村直彦(いなむら・なおひこ)　共同筆名=霧島那智(きりしま・なち)　㊦東京大学大学院農学系研究科農業生物学専攻(昭和52年)博士課程修了　㊧淑徳短期大学講師を経て、代々木ゼミナール講師。作家活動のかたわら、スポーツ栄養評論家として執筆、講演などに活躍。著作に「一緒にアクシア」「アポロンの剣闘士」のほか、SF学園シリーズ、サイボーグ・シリーズ、エスパー・シリーズなど多数。新日本速読研究会副会長もつとめ、共著に「左脳らくらく速読術」「英単語スーパー記憶術」「大学入試ラクラク突破 連続受験術」などがある。一方、瑞納美鳳と"霧島那智"の共同筆名を使用して「真田幸村の鬼謀」「闇史・太閤記」などを執筆。近年はゲームブックにも手を染める。
㊶日本推理作家協会、日本ペンクラブ、新日本速読学会(副会長)、日本文芸家協会　http://members.jcom.home.ne.jp/wakasaki/

若城 希伊子　わかしろ・きいこ
脚本家　小説家　むらさきの会主宰　㊤昭和2年4月4日　㊨平成10年12月22日　㊥東京・渋谷　㊦日本女子大学卒、慶応義塾大学文学部国文科(昭和25年)卒　㊧芸術祭賞(優秀賞)(昭和46年)「青磁の色は空の色」、新田次郎文学賞(第2回)(昭和58年)「小さな島の明治維新—ドミンゴ松次郎の旅」　㊧昭和46年ラジオドラマ「青磁の色は空の色」で芸術祭賞優秀賞を受賞。小説を書き始めて5年目の昭和58年「小さな島の明治維新—ドミンゴ松次郎の旅」で第2回新田次郎文学賞受賞。他に「ガラシャにつづく人々」「想い川」「愛・15歳の絶唱」「空よりの声」など著書多数。源氏物語講読の"むらさきの会"主宰。　㊶日本文芸家協会、日本ペンクラブ、日本放送作家組合、文芸著作権保護同盟(理事)

若杉 慧　わかすぎ・けい
小説家　㊤明治36年8月29日　㊨昭和62年8月24日　㊥広島市　本名=若杉恵(わかすぎ・さとし)　㊦広島師範学校本科(大正12年)卒業　㊧平林たい子文学賞(評論・第3回)(昭和50年)「長塚節素描」　㊧大正12年以降小学校や女学校で教員をし、昭和23年広島商船を退職して文筆生活に入る。7年「絵桑」を発表し、それを改題した「ひそやかな飼育」を9年に刊行。「文陣」「文芸首都」などに参加。当初は私小説的な作風であったが、「日暦」同人となってからは虚構小説も書き、21年「エデンの海」を発表。50年「長塚節素描」で平林たい子文学賞を受賞。石仏に関心を抱き「野の仏」「石仏讃歌」などの著書もある。少年少女小説に「いま来たこの道」など。

若杉 鳥子　わかすぎ・とりこ
歌人　小説家　㊤明治25年12月25日　㊨昭和12年12月18日　㊥東京・下谷　㊧「女子文壇」に小説を投稿。芸者置屋の養女となったが、家業を嫌って上京、中央新聞の記者となった。大正14年「烈日」で認められプロレタリア女流作家の草分けとなった。「梁上の足」「古鏡」「帰郷」などの主要作と随想短歌を収めた遺稿集「帰郷」がある。平成11年「一水塵—若杉鳥子詩歌集」(林幸雄編)が刊行された。

若竹 七海　わかたけ・ななみ
推理作家　㊤昭和38年7月12日　㊥東京都　旧筆名=木笥みはる(きち・みはる)　㊦立教大学卒　㊧立教大学ミステリクラブ出身。5年間のOL生活ののち、筆名を木笥みはるから若竹七海に変えて、平成3年「ぼくのミステリな日常」で推理作家としてデビュー。著書に「黄金の13」「心のなかの冷たい何か」「水上音楽堂の冒険」「プレゼント」「スクランブル」「八月の降霊会」、共著に「鮎川哲也と十三の謎'90」などがある。　㊶日本推理作家協会

若月 紫蘭　わかつき・しらん
劇作家　演劇研究家　国文学者　㊧国文学　㊤明治12年2月10日　㊨昭和37年7月22日　㊥山口県防府市　本名=若月保治　㊦東京帝国大学英文科(明治36年)卒　㊧明治41年万朝報に入社し、大正11年まで勤務。のち東洋大学教授、日本大学、山口大学講師を務めた。その間、メーテルリンク「青い鳥」や「アナトール・フランス傑作集」などを翻訳。その一方で戯曲を執筆し、「滅び行く家」「石田三成の死」などの著書を刊行。10年「人と芸術」を創刊、11年新劇研究所を設立。12年から国文学研究

に転じ「古浄瑠璃の新研究」などを著した。また旧制山口高校時代より句作を始め、のち大野酒竹、沼波瓊音に師事。歌俳集「銀鐘」、句集「春の影」がある。

若林 つや　わかばやし・つや

小説家　[生]明治38年11月12日　[没]平成10年12月5日　[出]静岡県下狩野村　本名＝杉山美都枝　別名＝若林つや子　[学]静岡女子師範第2部（現・静岡大学教育学部）（大正15年）卒　[歴]静岡県下の小学校教師を務めながら、長谷川時雨の「女人芸術」に投稿。教職を追われて上京。小林多喜二の指導を受けて創作を続け、「文化集団」に作品を発表。「輝ク」の編集にあたる。昭和10年前後は中谷孝雄や尾崎一雄らと交わり「鶴」の同人に。のち日本浪漫派に参加。平成7年55年ぶりに第2作品集「野薔薇幻相」を刊行した。作品に「断崖」「梢かすめて」「晩秋」、著書に「午前の花」など。

若林 利代　わかばやし・としよ

児童文学作家　[生]昭和2年5月28日　[出]埼玉県　[学]文化女子短期大学服装美学科卒　[賞]児童文芸新人賞（第1回）（昭和47年）「かなしいぶらんこ」　[歴]小学校教諭を務める傍ら、児童文学を創作。主な作品に「かなしいぶらんこ」「おんぶぎつね」「かちかちやま」「ぶんたはかわいいばけタヌキ」など。　[団]日本児童文芸家協会、宇宙風短歌会理事、奥武蔵文芸会、日本文芸家協会

若山 三郎　わかやま・さぶろう

小説家　[生]昭和6年3月16日　[出]新潟県刈羽郡高柳町　[学]柏崎高卒、明治大学中退　[歴]米軍通訳を経て、作家生活に入る。SF、推理小説などを手がけ、著書に「遅すぎた殺人事件」「オフィス殺人事件」「ロックミュージック殺人事件」「残酷な青春」「大物、出番です」「社長業・失敗・成功ここがきめて」「どかんと一発」など多数。　[団]日本文芸家協会

和木 清三郎　わき・せいざぶろう

編集者　小説家　[生]明治29年1月5日　[没]昭和45年4月20日　[出]広島市　本名＝脇恩三　[学]慶応義塾大学文学部英文科卒　[歴]在学中から改造社に勤め、大正10年「三田文学」10月号に「江頭校長の辞職」を発表。さらに「屑屋」「結婚愛」「みごもれる妻」などを執筆。昭和3年平松幹夫の急病で「三田文学」編集を担当、19年の辞任まで永井荷風時代とならぶ隆盛期を築いた。石坂洋次郎、山本健吉、北原武夫ら三田派新進、井伏鱒二ら学外新人登場にも貢献した。しかし出版部創設が因となって辞任、上海に渡った。戦後小泉信三の後援で雑誌「新文明」を創刊、45年まで続けた。

和久 峻三　わく・しゅんぞう

推理作家　弁護士　[生]昭和5年7月10日　[出]大阪府大阪市　本名＝古屋峻三　筆名＝和久一、夏目大介（なつめ・だいすけ）　[学]京都大学法学部（昭和30年）卒　[興]法律知識の普及　[賞]江戸川乱歩賞（第18回）（昭和47年）「仮面法廷」、日本推理作家協会賞（第42回）（平成1年）「雨月荘殺人事件」　[歴]昭和30年中部日本新聞社に入社して記者生活をし、36年退職。42年司法試験に合格し、44年弁護士として法律事務所を開設。その間、35年に滝井峻三名義で「紅い月」を、38年に和久一名義で「円空の鉈」を発表。47年「仮面法廷」で江戸川乱歩賞を受賞。“赤かぶ検事シリーズ”など弁護士としての視角から多くの推理小説を発表。「多国籍企業殺人事件」「赤かぶ検事奮戦記」「沈黙の裁き」「代言人落合源太郎の推理」「身のまわりの法律相談」などの著書がある。他に夏目大介のペンネームで「恐竜王子」「幽界戦士」などのSFバイオレンスものがある。また趣味の写真の分野でも知られ、写真集「日本の原風景」は日本図書館協会の選定図書となった。弟の滝井繁男は最高裁判事。　[団]日本弁護士連合会、日本推理作家協会　[家]妻＝古屋陽子（翻訳家）、弟＝滝井繁男（最高裁判事）　http://web.kyoto-inet.or.jp/people/akakabu/

和気 律次郎　わけ・りつじろう

翻訳家　小説家　[生]明治21年1月29日　[没]昭和50年5月22日　[出]愛媛県松山市　筆名＝水上規矩夫、和気律　[学]慶応義塾予科（明治42年）中退　[歴]平田禿木門下。明治末、水上規矩夫、和気律の名で評論を執筆。大正に入り「近代思想」「生活と芸術」に小説、評論、翻訳などを寄稿。5年やまと新聞から大阪毎日新聞社に転じた。13年「苦楽」創刊号から毎号探偵小説を執筆。昭和15年停年退職。著書に「争闘」「犯罪王カポネ」、訳書に「オスカア・ワイルド」「マグダラのマリア」などがある。

和沢 昌治　わざわ・しょうじ

俳優　[生]大正3年2月18日　[没]昭和63年4月17日　[出]石川県金沢市　本名＝和沢正次（わざわ・まさじ）　[賞]泉鏡花記念金沢市民文学賞（第9回）「犀川べりで」　[歴]「恐山宿坊」（NHK）「たんぽぽ」（日本テレビ系）「女の四季」（テレビ東京）など数多くのテレビドラマに出演したほか、小説「犀川べりで」で第9回泉鏡花記念金沢市民文学賞を受賞。また日本芸能実演家団体協議会事務局長、東京俳優生活協同組合理事を歴任。

鷲尾 雨工　わしお・うこう
小説家　㋒歴史小説　㋓明治25年4月27日　㋔昭和26年2月9日　㋕新潟県西蒲原郡黒埼町　本名=鷲尾浩　㋖早稲田大学英文科(大正4年)卒　㋗直木賞(第2回)(昭和11年)「吉野町太平記」　㋘学生時代にダヌンツィオの「フランチェスカ・ダ・リミニ」を翻訳刊行する。卒業後、平尾賛平商店広告部に勤務し、のち春秋社を設立し、あわせて冬夏社を経営。関東大震災後帰郷し、大正14年再上京し、おでん屋を経営するかたわら三井生命の外交員を務めた。昭和10年小説家に転進、11年「吉野朝太平記」で直木賞を受賞。その他の主な作品に「妖啾」「武家大名懐勘定物語」などがある。

鷲尾 三郎　わしお・さぶろう
推理作家　㋓明治41年1月25日　㋔平成1年12月2日　㋕大阪市　本名=岡本道夫　㋖同志社大学中退　㋘大学中退後商業に携わる。昭和24年「疑問の指輪」でデビュー、26年上京し作家専業、29年探偵作家クラブ新人奨励賞を受賞。40年江戸川乱歩の死去により絶筆、58年久々の長編「過去からの狙撃者」を発表。作品に「雪崩」「俺が法律だ」「地獄の神々」「白い蛇」「屍の記録」など。

鷲田 旌刀　わしだ・せいとう
新聞記者　小説家　㋔昭和45年2月14日　㋕群馬県前橋市　㋖中央大学法学部卒　㋗ロマン大賞(佳作、平13年度)「つばさ」　㋘大学卒業後、地方紙記者として働く。小説「つばさ」で平成13年度ロマン大賞佳作を受賞。著書に「放課後戦役」。

和城 弘志　わじょう・ひろし
小説家　㋔昭和16年　㋕岩手県久慈市夏井町　㋖中央大学第2文学部国文科卒　㋗東奥小説賞(第15回)(昭和46年)、月刊カドカワ掌編小説大賞「センコウ一本」「鬼灯盗人」、小説現代新人賞(佳作・第43回)(昭和59年)「海の落とし子」　㋘田辺商事横浜本社に勤務。著書に「河童」「海の落とし子」がある。

和田 安里子　わだ・ありこ
作家　㋔昭和26年　㋕新潟県上越市　㋖香蘭女学校専攻科卒　㋗カネボウ・ミセス童話大賞優秀賞(第1回)(昭和56年)「えどいちの夢どろぼう」　㋘日本放送作家教室でシナリオを学ぶ。日刊ぴあ編集室(現・ぴあ(株))に勤務。昭和56年「えどいちの夢どろぼう」で第1回カネボウ・ミセス童話大賞優秀賞受賞。著書に、「水まきごんのしん」「ひっくりカエルの大そうどう」。

和田 稲積　わだ・いずみ
新聞記者　小説家　㋓安政4年(1857年)　㋔明治26年10月5日　㋕土佐国長岡郡大津村(高知県)　号=愛梅野史、半狂道人、別名=馬鹿林鈍々　㋘明治13〜14年土佐の高知新聞、土陽新聞に坂崎紫瀾、宮崎夢柳らと自由民権の論陣を張った。弁舌さわやかで、講釈に加わって馬鹿林鈍々と称した。また高知新聞から土陽新聞にかけて諷刺的政治小説「春窓娘読本」を連載したが、当局の干渉で中絶。15年上京、絵入自由新聞に入社、政治小説を書いたが保安条例に触れ、一時甲州の新聞に逃れた。復帰後、合併された万朝報記者となった。

和田 頴太　わだ・えいた
作家　(株)博報堂勤務　㋔昭和11年　㋕石川県小松市　㋖早稲田大学文学部仏文専攻課程(昭和30年)卒　㋗小説現代新人賞(第24回)(昭和50年)「密猟者」　㋘昭和30年日本コロムビア(株)入社、後、(株)博報堂勤務。50年講談社・小説現代新人賞受賞。著書に、「南海の密輸船」「真珠湾攻撃 その予言者と実行者」など。

和田 勝一　わだ・かついち
劇作家　㋓明治33年3月23日　㋕奈良市邑地町　㋖奈良農(大正4年)卒　㋗文部大臣賞(昭和14年、16年)「海援隊」「江戸最後の日」　㋘農学校卒業後、6年間農耕に従事、その傍ら短歌を学ぶ。大正10年上京し、震災後に水守亀之助主宰の「随筆」編集同人となり、また真山青果の助手も務めた。昭和6年新築地劇団文芸部に参加し、7年農民劇「土地闘争」「大里村」を発表。のちに新築地劇団文芸部長となる。15年治安維持法で検挙され、18年まで拘留される。戦前の代表作に「陸を往く船」「海援隊」などがあり、戦後のものとしては「牛飼ひの歌」「大和の村」「天馬空をゆく」などがある。
㋙日本文芸家協会、日本演劇協会

和田 勝恵　わだ・かつえ
児童文学作家　㋔昭和20年4月14日　㋕広島県　㋖ノートルダム清心女子大学文学部卒　㋗北川千代賞奨励作品賞(第11回)(昭和54年)「新しい絵」、北川千代賞作品奨励賞(第13回)(昭和56年)「オレンジ色の星の出る日」　㋘子どもたちに英語を教えるかたわら、創作活動を続ける。主な作品に「オレンジ色の星の出る日」「ゆう子の夢の中」「麦畑のカマキリ」などがある。
㋙日本児童文学者協会

和田 憲明　わだ・けんめい

劇作家　演出家　劇団ウォーキング・スタッフ主宰　[生]昭和35年4月10日　[出]大阪府大阪市森ノ宮　[学]早稲田大学文学部卒　[賞]読売演劇大賞(作品賞，第7回)「ぜろまい」　[歴]昭和59年劇団ウォーキング・スタッフを結成。以後同劇団の作・演出を手がける。平成13年日韓合作の舞台「東亜悲恋」が日韓のアイドル2人の主演で上演され、大ヒット。14年サッカーW杯日韓共催大会に合わせ、東京、国内のサッカー試合開催地、韓国・ソウルで上演される。他の脚本担当に「クローズ・ユア・アイズ」「アリゲーター・ダンス」「SOLID」「ぜろまい」などがある。

和田 周　わだ・しゅう

劇作家　演出家　俳優　[生]昭和13年8月6日　[歴]昭和44年新人会を数十人の俳優とともに脱退した後、瀬畑奈津子と二人だけの集団“夜の樹”を結成。56年文芸座・ルピリエにて「キャベツ畑の中の遠い私の声」で旗上げし、自ら演出・主演した。その後トラックの運転手の傍ら、1年に1作ずつ書き下ろし、61年「上演台本」、63年「紙の上のピクニック」が岸田戯曲賞候補作に。　[家]妻＝瀬畑奈津子(女優・歌手)

和田 伝　わだ・つとう

小説家　[生]明治33年1月17日　[没]昭和60年10月12日　[出]神奈川県厚木市　[学]早稲田大学仏文科(大正12年)卒　[賞]新潮社文芸賞(第1回)(昭和13年)「沃土」、神奈川県文化賞(昭和30年)「日本農人伝」、厚木市民文化賞、厚木市名誉市民　[歴]厚木の豪農の家に生まれ、早大仏文科卒業。大正12年「山の奥へ」を「早稲田文学」に発表してデビュー。昭和13年「沃土」で第1回新潮社文芸賞を受賞。ほかに、戦後の農村民主化を背景に地主一家の崩壊を描いた「鰯雲」、明治末から戦後までの3代にわたる地主一族を主人公にした大河小説「門と倉」など、一貫して農村に生きる人々の哀歓を描き続けた。「和田伝全集」(全10巻)がある。日本農民文学会の初代会長。

和田 徹　わだ・とおる

小説家　高校教師　[生]昭和25年　[出]大阪市　[学]大阪教育大学(昭和50年)卒　[賞]織田作之助賞(佳作，第4回)(昭和62年)「もの乞いの唄」、小説現代新人賞(第62回)(平成6年)「空中庭園」　[歴]聾学校、養護学校を経て、定時制高校に勤務。高校教師の傍ら執筆を続ける。「せる」同人。著書に「ツナギ」。

和田 夏十　わだ・なっと

シナリオライター　[生]大正9年9月13日　[没]昭和58年2月18日　[出]兵庫県姫路市　本名＝市川由美子　洗礼名＝スコラスチカ　[学]東京女子英専(昭和16年)卒　[賞]年間代表シナリオ(昭31，33，34，37，38年度)「ビルマの竪琴」「炎上」「野火」「破戒」「太平洋ひとりぼっち」、キネマ旬報賞脚本賞(第5回・昭34年度)「野火」「鍵」、毎日映画コンクール脚本賞(第17回・昭37年度)「私は二歳」「破戒」、アジア映画祭脚本賞(昭和38年)　[歴]郵便局勤務を経て、通訳として東宝撮影所に入る。藤本プロ同人として知り合った映画監督の市川崑と昭和23年結婚後、市川の勧めでシナリオを書き始めた。第1作は26年の夫婦合作による「恋人」。喜劇調の「足にさわった女」「愛人」等を書くが、28年の「プーさん」翌年の「億万長者」あたりから社会批判の鋭い脚本、精神性が深いものを書き始める。以後「ビルマの竪琴」「炎上」「野火」「破戒」などの脚本を書く。37年の「私は二歳」はホームドラマの傑作といわれる。38年にはアジア映画祭で脚本賞を受けた。47年渋谷カトリック教会で洗礼を受ける。著書に「成城町271番地」(共著)の他、没後、谷川俊太郎の編により「和田夏十の本」が出版された。　[家]夫＝市川崑(映画監督)

和田 登　わだ・のぼる

児童文学作家　[生]昭和11年1月1日　[出]長野県長野市　[学]信州大学教育学部(昭和34年)卒　[興]戦争と児童文学　[賞]日本児童文学者協会短編賞(第1回)(昭和41年)「虫」、塚原健二郎文学賞(第1回)(昭和53年)「悲しみの砦」　[歴]学生時代に同人誌「とうげの旗」を創刊、以後10年間同誌を中心にSFファンタジーを書く。昭和46年に松代大本営工事のことを調べ始め、ノンフィクション「悲しみの砦」としてまとめて以来、戦争のことを子供達に伝える作品を書き始める。59年の劇映画「想い出のアン」の原作者。原作は長編「青い目の星座」。作品は他に「からねこさま」「夜明けの少年」「キムの十字架」など。長野市などで小学校教諭を務めた。　[団]日本児童文学者協会、信州児童文学会

和田 はつ子　わだ・はつこ

小説家　[生]昭和27年8月14日　[出]東京都千代田区神田　本名＝発田和子(ほった・かずこ)　[学]日本女子大学卒、日本女子大学大学院修士課程修了　[興]サイコミステリー(小説，カタログ)、ハーブ一般　[歴]サイコ・ミステリで高い評価を得る。また、「よい子できる子に明日はない」は昭和63年NHKドラマ「お入学」でテレビ化された。他に「出産お入門」「マリアの夏ソウル」「血族神話」「エステに通う女たち」「ハー

ブオイルの本」「心理分析官」「多重人格殺人」「かくし念仏」など。　[団]日本近代文学会

和田 ゆりえ　わだ・ゆりえ
作家　関西大学非常勤講師　[専]フランス文学　[生]昭和33年　[出]京都府京都市　[学]北海道大学文学部哲学科(昭和55年)卒、関西大学大学院文学研究科フランス文学専攻(昭和60年)博士課程中退　[歴]大学でフランス語を教える傍ら、小説を書き始める。平成12年処女作「魚たちの森へ」で織田作之助賞佳作、13年2作目「光への供物」が第125回芥川賞候補となる。共訳に「世紀末の政治」、J.ディディ・ユベルマン「アウラ・ヒステリカ―パリ精神病院の写真図像集」。

和田 芳恵　わだ・よしえ
文芸評論家　小説家　元・日本近代文学館常務理事　元・日本文芸家協会理事　[生]明治39年4月6日　[没]昭和52年10月5日　[出]北海道山越郡長万部町字国縫　[学]中央大学独法科(昭和6年)卒　[賞]日本芸術院賞(昭和32年)「一葉の日記」、直木賞(第50回)(昭和38年)「塵の中」、読売文学賞(第26回)(昭和49年)「接木の台」、日本文学大賞(第9回)(昭和52年)「暗い流れ」、川端康成文学賞(第5回)(昭和53年)「雪女」　[歴]昭和6年新潮社に入り、文芸誌編集や大衆雑誌「日の出」の編集長を務める。16年退社。樋口一葉の研究家として多くの評論、伝記を執筆、32年「一葉の日記」で日本芸術院賞を受賞。創作活動の方では38年「塵の中」で直木賞を受賞。短編小説のすぐれた書き手として評価され、49年「接木の台」で読売文学賞、53年「雪女」で川端康成文学賞を受賞した。「和田芳恵全集」(全5巻)がある。

和田 義雄　わだ・よしお
児童文学作家　北海道文学館常任理事　[生]大正3年3月2日　[没]昭和59年10月10日　[出]北海道旭川市　[学]沼南高(昭和3年)卒　[賞]札幌市民文化奨励賞(昭和52年)　[歴]北海道児童文学界の生き字引的存在。旧満州から復員後、児童雑誌「北の子供」を編集、のち児童文学同人誌「森の仲間」を主宰、創作を続けた。作品集に「雪の花が咲いた」「月の夜のママ」など。豆本「ぷやら新書」(全50巻)の編集発行などでも知られた。　[団]日本児童文学者協会

和田 義臣　わだ・よしおみ
児童劇作家　絵本作家　JULA出版局編集代表　日本児童教育専門学校主任講師　[生]大正2年6月15日　[出]福井市　筆名＝わだよしおみ　[学]早稲田大学文学部英文科中退　[賞]読売児童演劇祭最優秀賞(第1回)(昭和26年)「よだかの星」　[歴]はじめ商業演劇の脚本を書く。東宝、誠文堂新光社勤務を経て、児童劇作家、絵本作家となる。昭和40年森久保仙太郎、佐藤英和らと出版社を興し絵本「ロンパールーム」「11ぴきのねこ」など、絵本ブームの先駆を手がけた。戯曲作品に「よだかの星」「おばけの絵」「あべこべ物語」、絵本に「ちちんぷいぷい」「ろばのくろすけ」、著書に「脚本の書き方」「ねがいは水あめの詩に」、共著に「人物日本百年史」などがある。　[団]日本児童文芸家協会、日本演劇教育連盟(顧問)、日本児童演劇協会

渡壁 忠紀　わたかべ・ただき
高校教師(宇部中央高)　中国新聞文芸作品懸賞募集1席　[生]昭和12年8月29日　[出]山口県宇部市　[学]山口大学文理学部(昭和36年)卒　[賞]中国新聞社新人登壇・文芸作品懸賞第1席(第18回)(昭和61年)「耳」　[歴]高校で国語を教えるかたわら、同人誌に創作を発表。昭和61年春の中国新聞文芸作品懸賞募集に応募した「耳」が1席に入賞。また市民劇団「宇部芸術座」に属し、演劇にも打ち込んでいる。
[団]宇部芸術座(市民劇団)

渡瀬 草一郎　わたせ・そういちろう
小説家　[生]昭和53年　[出]神奈川県横浜市　[賞]電撃ゲーム小説大賞(金賞，第7回)(平成13年)「陰陽ノ京」　[歴]大学在籍中に就職浪人が確定し、その怨みを晴らすように書いた「陰陽ノ京」(「平安京八卦」改題)で第7回電撃ゲーム小説大賞金賞を受賞。

綿谷 雪　わたたに・きよし
歴史研究家　小説家　[専]時代考証　武道史
[生]明治36年1月17日　[没]昭和58年5月18日
[出]和歌山市　旧姓(名)＝吉川　筆名＝戸伏太兵(とぶし・たへい)　[学]早稲田大学国文学科(昭和5年)卒　[歴]紀州藩吉川流鉄砲師範吉川源五兵衛の嫡孫。幼くして父を喪い綿谷家の養子となる。早大在学中、劇作家・真山青果の助手をつとめ、また、三田村鳶魚主宰の「江戸読本」の編集にたずさわる。昭和14年海音寺潮五郎らと「文学建設」を創刊。戦時中は海軍指定工場の重役をつとめ、戦後、大阪松竹演劇部翻訳課課長となり、25年退社して以後文筆活動に専念する。傍ら武道研究誌「武芸帖」創刊、主宰。日本古武道史研究の第一人者。著書に「日本武芸小伝」「坂上田村麿」「江戸ルポルタージュ」「図説古武道史」「考証 江戸八百八町」「武芸流派大事典」、戯曲集「天ノ川辻」などがある。
[家]祖父＝吉川源五兵衛(吉川流鉄砲師範)

渡辺 明　わたなべ・あきら
作家　⊕大正5年12月1日　⊕群馬県碓氷郡松井田町新井　⊕東京鉄道教習所卒　⊕昭和19年ハルビン鉄道2連隊に入隊し、終戦後、北朝鮮、シベリアに抑留される。戦後は横川機関区アプト式電気機関士として働くかたわら、小説を執筆。「逃亡列車」は石原裕次郎主演で映画化された。他の著書に「小説箕輪城興亡史」「さすらいの赤い大地」「国定忠治おんな列伝」「秘剣馬庭念流」「楊貴妃転生」などがある。
⊕大衆文学研究会

渡辺 えり子　わたなべ・えりこ
女優　劇作家　演出家　歌手　宇宙堂主宰　⊕昭和30年1月5日　⊕山形県山形市　本名＝土屋えり子　⊕山形西高卒、舞台芸術学院卒　⊕シアターグリーン・ウィンターフェスティバル・グリーン賞(昭和56年)「夢坂下って雨が降る─化生篇」、岸田国士戯曲賞(第27回)(昭和58年)「ゲゲゲの」、紀伊国屋演劇賞(第22回)(昭和62年)「瞼の女　まだ見ぬからの手紙」、プラハ国際テレビ祭グランプリ(平成3年)「音・静かの海に眠れ」、日本映画プロフェッショナル大賞(特別賞、第4回)(平成7年)「忠臣蔵外伝・四谷怪談」「怖がる人々」、報知映画賞(最優秀助演女優賞、第21回)(平成8年)「Shall we ダンス?」、日本アカデミー賞助演女優賞(第20回、平成8年度)(平成9年)「Shall we ダンス?」　⊕舞台芸術学院、青俳演出部を経て、役者に。昭和53年劇団200(にじゅうまる)を結成、54年劇団300(さんじゅうまる)と改名し、主宰、劇作、演出、女優を兼ねる。同年「タ・イ・ム」を上演。以後、「夢坂下って雨が降る─化生篇」(56年)「夜の影─優しい怪談」(同年)、「ゲゲゲの」(58年)「踊る砂の伝説」を上演し、演劇界に確固とした地位を築く。60年頃より小劇場のみならず、商業演劇、映画、テレビと他方面で活発な活動を始め、特に女優として自分の持ち味を生かした存在感あふれる演技で貴重な存在となる。平成9年末で劇団は解散。10年歌手活動も始め、コンサート活動を行う。13年企画集団・宇宙堂を旗上げし、「星の村」を上演。主な出演作品に映画「青春かけおち篇」「いこか、もどろか」「グッバイ・ママ」「忠臣蔵外伝・四谷怪談」「怖がる人々」「Shall we ダンス?」、TV「おしん」「バラ色の人生」「明日はアタシの風が吹く」「淋しい女は太る」「天うらら」「転勤判事」シリーズ、「京都潜入捜査官」、舞台「マック・ザ・ナイフ」「ドレッサー」など。著書は戯曲の他、エッセイ集「不夜城の乙女」、童話集「屋根裏部屋のハミング」などがある。7年300劇団員と結婚。
⊕日本劇作家協会(理事)　⊕夫＝土屋良太(俳優)

渡辺 温　わたなべ・おん
小説家　⊕明治35年8月26日　⊕昭和2年5月10日　⊕北海道上磯郡　⊕慶応義塾高等部卒　⊕大正13年プラトン社の映画筋書募集に「影」が1等入選する。昭和2年博文館に入社し「新青年」の編集に従事するかたわら「可哀相な姉」「兵隊の死」などを発表した。　⊕兄＝渡辺啓助(推理作家)

渡辺 一雄　わたなべ・かずお
小説家　⊕昭和3年7月3日　⊕京都府京都市　本名＝小川一雄(おがわ・かずお)　⊕大阪市立商科大学(昭和27年)卒　⊕日本作家クラブ賞(昭和51年)「野望の椅子」　⊕昭和27年大丸入社。宣伝、営業、外商部等を経て、56年退社。49年最初の小説「おへこ」を「小説宝石」に発表。51年デパートの内幕小説として話題を呼んだ「野望の椅子」でデビュー。企業物小説、とりわけデパートを舞台とした複雑な人間関係を書く作家としてサラリーマン層に支持を受けている。最近では推理小説の分野でも多彩な筆をふるう。主な著書に「出社に及ばず」「黒い遺産」「復讐の椅子」「銀座デパート戦争」「秀和は西武を見限り、なぜダイエーに走るのか!?」「残酷な昇格」など。　⊕日本作家クラブ、日本ペンクラブ、サラリーマン問題研究会、日本文芸家協会

渡辺 勝利　わたなべ・かつとし
小説家　(株)東京経済社長　「三昧人」編集長　⊕昭和17年2月　⊕千葉県　⊕マーケティングリサーチ会社の経営を経て、昭和40年東京経済研究所(現・東京経済)を創立。42年株式改組し、ビジネス書(特にフランチャイズビジネスに関する書籍)を多数出版する。59年自費出版の可能性に着目し、その制作会社、MBC21(マイ・ブック・チェーン)を創業、フランチャイズを始める。平成7年「三昧人」を創刊、編集長も務める。著書に「外食産業の未来戦略」「フランチャイズブーム」「フランチャイズ21年史」「新出版事情と自費出版のすすめ」「大胆不敵な自費出版」などのほか、小説「駆け昇った男」「星岡茶寮」がある。　⊕日本フランチャイズチェーン協会(名誉会員)

渡辺 霞亭　わたなべ・かてい
小説家　⊕元治1年11月20日(1864年)　⊕大正15年4月7日　⊕尾張国名古屋(愛知県名古屋市)　本名＝渡辺勝　別号＝碧瑠璃園(へき・るりえん)、緑園、黒法師、黒頭巾、無名氏、春帆楼主人、哉平翁、朝霞隠士　⊕尾張藩士の子。好生館に学び、明治14年「岐阜日日新聞」に入社、同紙の作家として活躍する。その後名古屋の「金城新報」を経て、20年に上京し「燈新聞」、さらに東京朝日新聞社に入り、「三人同

胞」「阿姑麻」などで文壇に出る。23年大阪朝日新聞に入社し、関西文壇の重鎮と仰がれた。作品は多く、主に時代ものであるが「大石内蔵助」「渡辺崋山」「後藤又兵衛」や現代ものの「渦巻」などがある。

渡辺 喜恵子 わたなべ・きえこ
小説家　生大正3年11月6日　没平成9年8月8日
出秋田県北秋田郡鷹巣町　本名＝木下喜恵子
学能代高女（昭和6年）卒　受直木賞（第41回）（昭和34年）「馬淵川」　歴昭和17年「いのちのあとさき」を発表、創作活動に入る。第二次大戦後、上京して「三田文学」などに作品を発表。34年4代にわたる家族の変遷を描いた「馬淵川」で直木賞を受賞。他の作品に「海の幸」「啄木の妻」「万灯火」「みちのく子供風土記」「原生花園」などがある。　所日本ペンクラブ、日本文芸家協会、三田文学会

渡辺 清彦 わたなべ・きよひこ
福島県立医科大学助手　産婦人科　生昭和28年　出福島県　学福島県立医科大学卒　受福島県文学賞準賞（昭和55年）「聴診器」　歴昭和57年福島県立医大産婦人科入局、62年助手。55年「聴診器」で福島県文学賞準賞受賞。著書に「頸の秘密」他。

渡辺 啓助 わたなべ・けいすけ
推理作家　生明治34年1月10日　没平成14年1月19日　出秋田県秋田市　本名＝渡辺圭介
旧筆名＝岡田時彦　学九州帝国大学法文学部史学科（昭和5年）卒　歴大学卒業後、各地で教師をする。昭和4年岡田時彦名義で処女作「偽眼のマドンナ」を雑誌「新青年」に発表。その後も同誌に作品を発表し、12年に教員生活を辞め、作家生活に入る。時局の進展につれ、冒険小説、現地小説と幅を広げ、17年には陸軍報道部嘱託として蒙古に派遣された。戦後は怪奇小説や歴史ミステリー、SFなどで活躍。35～38年日本探偵作家クラブ（現・日本推理作家協会）会長。「オルドスの鷹」で直木賞候補に。その他の主な作品に「北京人類」「クムラン洞窟」「聖悪魔」「島」「鮮血羊燈」「二十世紀の怪異」「海、陸、空のなぞ」「ネメクモア」などがある。
所日本推理作家協会、日本文芸家協会
家弟＝渡辺温（小説家）

渡辺 剣次 わたなべ・けんじ
脚本家　推理小説研究家　生大正8年8月10日
没昭和51年8月28日　出東京　本名＝渡辺健治
学慶応義塾大学法学部（昭和17年）卒　歴日本放送協会に入社。昭和22年探偵作家クラブ書記長となる。映画シナリオ「死の十字路」「夜の牙」等の他、テレビ番組「私だけが知っている」の台本執筆にも参加。推理小説研究家とし

ても知られ、解説書「ミステリイ・カクテル」のほか、「13の密室」などのアンソロジーを手がけた。

渡辺 乾介 わたなべ・けんすけ
ジャーナリスト　政治全般　生昭和18年11月2日　出新潟県新津市　筆名＝ケニー鍋島（けにーなべしま）　学上智大学文学部新聞学科（昭和41年）中退　受宝石読者賞（昭和53年）　歴政界内幕記事の第一人者。「THINKING」編集長。4年にわたり「週刊ポスト」にODA（政府開発援助）追求記事を連載。またケニー鍋島の名で政治漫画「粟田のトラクター」の原作を手がける。平成11年処女小説「首相官邸」を発表。他の著書に「あのひと ひとつの小沢一郎論」「還流」「永田町仰天日記」。

渡辺 孝 わたなべ・こう
小説家　養蜂業　岐阜土地興業会長　渡辺養蜂場長　生大正10年9月17日　没平成10年8月13日　出岐阜県岐阜市　学神戸経済大学（昭和22年）卒　受藍綬褒章（昭和56年）、岐阜日日賞（昭和58年）、岐阜県芸術文化奨励賞（平成1年）
歴昭和22年渡辺養蜂場副場長、32年岐阜土地興業取締役、35年王乳センター社長、38年岐阜土地興業会長、同年日本リネンサプライ社長、42年東洋蜂産社長、45年産業リネン社長、50年渡辺養蜂場長。岐阜県教育委員長などもつとめた。著書に「ハナミツの百科」「美淳路燃ゆ」「ローヤルゼリーの科学」「飛鳥の百済びと」「ミツバチの歩んだ道―人類とともに一万年」などがある。
所日本花粉学会、民族芸術学会　家長男＝渡部一（弁護士）

渡辺 茂男 わたなべ・しげお
作家　評論家　翻訳家　図書館学　児童文学　生昭和3年3月20日　出静岡県静岡市
学慶応義塾大学図書館学科（昭和28年）卒、ウエスタン・リザーブ大学大学院（昭和30年）修士課程修了　受創作　厚生大臣賞（昭和44年）、サンケイ児童出版文化賞（第17回）（昭和45年）「寺町三丁目十一番地」、モービル児童文化賞（昭和55年）、講談社出版文化賞（絵本賞，第25回）（平成6年）「月夜のじどうしゃ」、産経児童出版文化賞（美術賞，第46回）（平成11年）「サマータイム ソング」
歴昭和25年CIE図書館、27年慶応義塾大学文学部図書館学科図書室、29年米国ケース・ウェスタン・リザーブ大学留学、30年ニューヨーク公共図書館Children's Deptを経て、32年慶応義塾大学勤務。46年ウェスタン・ミシガン大学客員教授。50年慶応義塾大学教授を退職。51～53年国際児童図書評議会（IBBY）副会長、61年子どもの本世界大会実行委員長

を歴任。現在はフリーな立場で子どもの本の仕事に専念。創作に、童話「もりのへなそうる」「寺町三丁目十一番地」などがあり、絵本「しょうぼうじどうしゃじぷた」「月夜のじどうしゃ」、翻訳には「センダックの世界」、童話「エルマーのぼうけん」「オズの魔法使い」「ミス・ビアンカ・シリーズ」「サマータイム ソング」など多数ある。㊎国際児童図書評議会、イギリス児童文学会、日本児童文学会、日本図書館学会、日本図書館協会、三田図書館・情報学会、日本ペンクラブ

渡辺 淳一　わたなべ・じゅんいち

小説家　直木賞選考委員　㊐昭和8年10月24日　㊍北海道札幌市　㊫札幌医科大学医学部(昭和33年)卒　医学博士　㊎新潮同人雑誌賞(第12回)(昭和40年)「死化粧」、直木賞(第63回)(昭和45年)「光と影」、吉川英治文学賞(第14回)(昭和55年)「遠き落日」「長崎ロシア遊女館」、文芸春秋読者賞(第48回)(昭和61年)「静寂(しじま)の声」、エランドール特別賞(第42回,平9年度)(平成10年)、新風賞(第32回)(平成10年)「失楽園」、ザ・ヒットメーカー(平成10年)　㊞大学在学中同人雑誌「凍檣(とうしょう)」(のち「くりま」)に参加。卒業後昭和41年から札幌医科大学整形外科講師をしていたが、同大で起きた和田寿郎教授の心臓移植事件後に脳死判定への疑義を唱えた「小説・心臓移植」(のち「白い宴」)を発表、43年に大学を辞めて上京、作家生活に入る。40年「死化粧」で注目され、テレビ・ラジオドラマも執筆。45年「光と影」で直木賞を受賞し、55年には「遠き落日」「長崎ロシア遊女館」で吉川英治文学賞を受賞。明治時代を中心とした歴史的伝記的なもの、男女の愛と性のものなど幅広く活躍。平成8年日本経済新聞に連載された「失楽園」はベストセラーとなり、映画化、テレビドラマ化された。他の著書に「ダブル・ハート」「女優」「花埋み」「ひとひらの雪」「うたかた」「静寂(しじま)の声」「源氏に愛された女たち」「男と女」「泪壺」「シャトウルージュ」、「渡辺淳一作品集」(全23巻,文芸春秋)、「渡辺淳一全集」(全24巻,角川書店)などがある。10年6月札幌市にエリエールスクエア札幌・渡辺淳一文学館が開館。㊎日本文芸家協会、医史学会、文芸著作権保護同盟、日本アイスランド協会(会長)、日露医学医術交流財団(評議員)

渡辺 毅　わたなべ・たけし

文筆業　㊐昭和9年　㊍旧樺太　㊎東北北海道文学賞(第1回)(平成2年)「小さな墓の物語」、坪田譲治文学賞(第12回)(平成9年)「ぼくたちの〈日露〉戦争」　㊞「文芸東北」同人。著書に「ワカソの棲む湖」「キツネのしりとり」「ぼくたちの〈日露〉戦争」などがある。

渡部 忠　わたなべ・ただし

「奥会津伊南川の物語」の著者　㊐昭和9年　㊍福島県　㊫国学院大学文学部国文学科卒　㊎福島県文学賞奨励賞(第37回)(昭和57年)「居平の吊橋」　㊞町立猪苗代中学教諭を振り出しに、県立高校教諭として中通り、浜通り、会津の各高校に勤務する。著書に「奥会津伊南川の物語」がある。

渡辺 利弥　わたなべ・としや

作家　㊐昭和9年2月16日　㊍群馬県榛名町　本名＝渡辺利一　㊫日本大学法学部(昭和31年)卒　㊎小説現代新人賞(第13回)(昭和44年)「とんがり」　㊞主な作品にラジオ「競馬・人・そして30年」、小説「凶弾の日本ダービー」、著書に「すってんてれすこ」「監督帝王学」など。㊎日本放送作家協会

渡辺 とみ　わたなべ・とみ

児童文学作家　㊐昭和8年　㊍山形県　㊫山形市看護婦養成所卒　㊎カネボウ・ミセス童話大賞(第12回)「なべのふた」　㊞昭和35年結婚のため退職。地域の児童文学のサークルや、横浜の朝日カルチャーセンター「創作童話教室」などで童話づくりを学ぶ。作品に「おかあさんのとびばこ」「あわてんぼかあさん」「なべのふた」がある。

渡辺 均　わたなべ・ひとし

小説家　新聞記者　㊐明治27年8月6日　㊢昭和26年3月16日　㊍兵庫県　㊫京都帝大文学部卒　㊞大正8年大阪毎日新聞社に入り、学芸部副部長などを務め昭和16年退社。この間サンデー毎日などに作品を書いた。長編「祇園十二夜」短編集「創作集 一茶の僻み」などがある。学生時代、江戸末期の滑稽本作者を研究、晩年には上方落語についても研究した。

渡辺 房男　わたなべ・ふさお

小説家　NHKエンタープライズ21プロデューサー　㊣歴史小説　㊐昭和19年　㊍山梨県甲府市　㊫東京大学文学部フランス文学科卒　㊎歴史文学賞(平成11年)(第23回)「桜田門外十万坪」、世田谷文学賞(小説部門)(平成11年)「指」　㊞NHKディレクターを経て、NHKエンタープライズ21プロデューサー。趣味の歴史探訪が高じて、小説を書き始める。平成11年明治維新後の元南町奉行与力の生き様を描いた「桜田門外十万坪」で、第23回歴史文学賞を受賞。他の著書に「ゲルマン紙幣一億円」「金目銀目五万両」がある。

渡辺 文則　わたなべ・ふみのり

ビジネス・ストーリー大賞を受賞　[生]昭和34年6月14日　[出]静岡県　[学]京都大学卒　[賞]ビジネス・ストーリー大賞(第3回)(平成4年)　[歴]会社員として音響室の設計に従事。

渡辺 真理子　わたなべ・まりこ

作家　[生]昭和25年2月25日　[出]福岡県　[学]東海学園女子短期大学国文科卒　[賞]オール読物新人賞(第66回)(昭和61年)「鬼灯市(ほうずきいち)」　[歴]広告会社に5年間勤め、エンジニアの夫と結婚。小説を手がけたのは昭和58年頃で、初めて書いた処女作がいきなり入選。“賞狙い”の色気で、以来2年間、短編を毎月1作ずつ出版社に送ったが、すべて佳作どまり。しかし61年の第66回オール読物新人賞で「鬼灯市(ほうずきいち)」が入賞。著書に「見えない靴」「稲妻のように」など。

渡辺 默禅　わたなべ・もくぜん

小説家　[生]明治3年6月30日　[没]昭和20年11月18日　[出]山形県南村山郡　[学]東京専門学校卒　[歴]明治23年「奥羽日報」を創刊。27年上京し、やまと新聞に入社、のち東京毎日新聞、都新聞、毎日電報に勤務し、43年退社。29年「不平鬼」を発表して文壇に出、「堀のお梅」「小松嵐」「女ざむらひ」などの作品がある。大衆小説の先駆者として青年記者時代の中里介山にも指導を与えた。

渡部 盛造　わたなべ・もりぞう

作家　[生]大正3年　[出]福島県・会津田島　[学]明治大学(昭和12年)卒　[賞]福島県文学賞(第30回)(昭和52年)「黄昏は今日も灰色」　[歴]昭和45年、盆地同人に。52年、福島県文学賞を受賞。著書に「奥会津の語り火」。

渡辺 由自　わたなべ・ゆうじ

シナリオライター　[生]昭和21年1月28日　[出]東京都世田谷区　[歴]シナリオ研究所を経て「傷だらけの天使」でデビュー。映画監督・堀川弘通に師事。主な作品に「江戸の旋風」シリーズ、「姿三四郎」、劇場映画「想い出のアン」。アニメ作品に「忍者戦士・飛影」「バリバリ伝説」、小説に「魔群惑星」「聖刻の書」「魔聖公子」各シリーズがある。

渡辺 由佳里　わたなべ・ゆかり

小説家　[賞]小説新潮長篇新人賞(第7回)(平成13年)「ノー ティアーズ」　[歴]助産婦、日本語学校コーディネーター、広告業、外資系医療製品製造会社プロダクトマネージャーなど様々な職業を経験。平成13年「ノー ティアーズ」で第7回小説新潮長篇新人賞を受賞。

渡辺 行男　わたなべ・ゆきお

小説家　元・衆院事務局憲政記念館主幹　[専]近代史　[生]大正15年8月16日　[出]福岡県豊前市　[学]明治大学文学部中退　[興]宇垣一成をめぐる昭和史研究　[歴]衆議院事務局に入り、憲政記念館企画調査主幹を経て、調査員。のち、豊前市立図書館館長。傍ら、歴史小説、ノンフィクションなどを執筆する。編著書に「櫨生うる里」「万機公論ニ決スベシ」「重光葵手記」「秋霜の人 広田弘毅」などがある。

渡辺 龍二　わたなべ・りゅうじ

小説家　[生]昭和33年　[出]北海道　[学]慶応義塾大学卒　[賞]歴史群像大賞(奨励賞, 第5回)「インパール1943―帝国『真』戦録」　[歴]公務員の傍ら、ノモンハン戦やインパール作戦に従軍した知人に話を聞き、戦記に興味を持つ。小説「インパール1943―帝国『真』戦録」で第5回歴史群像大賞奨励賞を受賞。共著に「教科書が教えない東南アジア」がある。

渡辺 わらん　わたなべ・わらん

児童文学作家　[出]福岡県　[賞]講談社児童文学新人賞(第41回)(平成12年)「ボーソーとんがりネズミ」　[歴]平成12年「ボーソーとんがりネズミ」で第41回講談社児童文学新人賞を受賞。

綿貫 六助　わたぬき・ろくすけ

小説家　[生]明治13年4月8日　[没]昭和21年12月19日　[出]群馬県利根郡久呂保村　[学]陸士卒、早稲田大学英文科(大正7年)卒　[歴]陸軍士官学校卒業後日露戦争に従軍し、のち早大に入る。長い軍隊生活や戦場体験などから、大正13年長篇「戦争」を刊行。12年には短篇集「霊肉を凝視めて」を刊行、以後大衆的な伝記や読物作家として活躍した。

綿矢 りさ　わたや・りさ

小説家　[生]昭和59年　[出]京都府京都市　本名＝山田梨沙　[学]紫野高卒、早稲田大学教育学部　[賞]文芸賞(第38回)(平成13年)「インストール」　[歴]京都市立紫野高校3年の平成13年、大学受験前にと初めて書いた小説「インストール」で第38回文芸賞を最年少の17歳で受賞。14年早稲田大学教育学部に入学。

渡 平民　わたり・へいみん

劇作家　[生]明治31年7月7日　[没]昭和10年8月12日　[出]東京・下谷　本名＝渡保次郎　[学]早稲田大学文科中退　[歴]「大公論」の編集に従事、また研究座の脚本主任を務めた。大正8年坪田譲治らの「黒煙」に参加、以後社会主義に立脚し、底辺の人々、労働者・農民の悲劇を多く書いた。著書に戯曲集「無産者の群」「監獄部屋」、翻訳書「欧米演劇史潮」などがある。

わたり むつこ

児童文学作家　絵本作家　㊗昭和14年8月8日　㊞宮城県白石市　本名＝池田睦子　旧姓(名)＝亘理　㊫東京女子大学文理学部日本文学科(昭和37年)卒　㊮毎日新聞児童小説入選(第20回)(昭和45年)「ヘイ!アラスカのともだち」、サンケイ児童出版文化賞(第27回)(昭和55年)「はなはなみんみ物語」　㊷大学在学中児童文学研究会・いそぎんちゃくに所属。児童出版社編集部に勤務後、アラスカに2年間住む。昭和45年その体験をもとに書いた「ヘイ!アラスカのともだち」が毎日新聞児童小説入選。「バオバブ」同人。「はなはなみんみ物語」で第27回サンケイ児童出版文化賞受賞。処女作の「アラスカの七つのほし」(「ヘイ!アラスカのともだち」改題)のほか、「ゆらぎの詩の物語」「よみがえる魔法の物語」「いちごばたけのちいさなおばあさん」「手のひらのカスタネット」「月魔法」「ちゅっちゅっポルカベポポを探せ」、絵本「とっぺくん」などがある。　㊐日本児童文学者協会、国際児童図書評議会日本支部(JBBY)

渡川 浩美　わたりかわ・ひろみ

童話作家　㊗昭和42年　㊞福岡県　㊫聖徳学園短期大学(現・聖徳大学短期大学部)文学科卒、日本女子大学家政学部児童学科通信教育課程卒　㊮毎日児童小説優秀賞(第44回)(平成7年)「とまと・ふぁーむ」　㊷日本児童文学者協会主宰の日本児童文学学校で創作を学ぶ。同人誌「おもちゃ箱」に所属。著書に「あたしの声がすき」がある。

渡野 玖美　わたりの・くみ

作家　㊗昭和22年　㊞石川県羽咋郡志賀町　㊮加賀文芸賞(昭和52年)「愛河」、加賀文芸賞(昭和56年)「白い風」、日本海文学大賞(第1回)(平成2年)「五里峠」　㊷昭和52年小説「愛河」で、56年小説「白い風」でいずれも加賀文芸賞を受賞している。「金沢文学」編集長。著書に「五里峠」「花塗りの里」など。　㊐日本ペンクラブ

和巻 耿介　わまき・こうすけ

小説家　㊗大正15年10月11日　㊒平成9年10月14日　㊞兵庫県三田市　本名＝和巻義一(わまき・よしかず)　㊫明治学院大学文学部(昭和28年)卒　㊮池内祥三文学奨励賞(第2回)(昭和47年)「雲雀は鳴かず」　㊷役所勤務、教師などを経て、文筆に専念。代表作に「天保漂流記」「江戸犯科絵図」「雲雀は鳴かず」「久美のいちばん星」「草の巨人」「王道の門」などがある。　㊐日本文芸家協会、日本推理作家協会、新鷹会

新訂 作家・小説家人名事典

2002年10月25日 第1刷発行

発　行　者／大高利夫
編集・発行／日外アソシエーツ株式会社
　　　　　〒143-8550 東京都大田区大森北1-23-8 第3下川ビル
　　　　　電話(03)3763-5241(代表)　FAX(03)3764-0845
　　　　　URL　http://www.nichigai.co.jp/
発　売　元／株式会社紀伊國屋書店
　　　　　〒163-8636 東京都新宿区新宿3-17-7
　　　　　電話(03)3354-0131(代表)
　　　　　ホールセール部(営業) 電話(03)5469-5918

電算漢字処理／日外アソシエーツ株式会社
印刷・製本／株式会社平河工業社

不許複製・禁無断転載　　　　　《中性紙三菱クリームエレガ使用》
(落丁・乱丁本はお取り替えいたします)
　ISBN4-8169-1739-X　　　　　Printed in Japan, 2002

本書はディジタルデータでご利用いただくことが
できます。詳細はお問い合わせください。

音楽・芸能

新訂増補 歌舞伎人名事典 野島寿三郎 編 2002.6刊
A5・950頁 定価(本体16,000円+税)

音楽家人名事典 新訂第3版 A5・780頁 定価(本体14,200円+税) 2001.11刊

テレビ・タレント人名事典 第5版 A5・1,220頁 定価(本体6,600円+税) 2001.7刊

芸能人物事典 明治 大正 昭和 A5・640頁 定価(本体6,600円+税) 1998.11刊

スポーツ人名事典 新訂第3版 A5・790頁 定価(本体8,800円+税) 2002.1刊

文学

詩歌人名事典 新訂第2版 A5・840頁 定価(本体16,000円+税) 2002.7刊

現代評論家人名事典 新訂第3版 A5・710頁 定価(本体16,000円+税) 2002.3刊

最新海外作家事典 新訂第3版 A5・900頁 定価(本体19,500円+税) 2002.1刊

歴史

名数人名事典 A5・450頁 定価(本体4,800円+税) 2000.12刊

図説 明治人物事典 湯本豪一 編
　政治家・軍人・言論人 B5・680頁 定価(本体9,500円+税) 2000.2刊
　文化人・学者・実業家 B5・600頁 定価(本体9,200円+税) 2000.11刊

事典 近代日本の先駆者 富田 仁編 1995.6刊
A5・680頁 定価(本体9,515円+税)

来日西洋人名事典 増補改訂普及版 武内 博編著 1995.1刊
B6・730頁 定価(本体4,660円+税)

公卿人名大事典 野島寿三郎 編 1994.7刊
A5・1,050頁 定価(本体18,252円+税)

新世紀へ——現代の知を代表する12万人を収録〈最新第5版〉
新訂 現代日本人名録2002 B5・4分冊 セット定価(本体79,000円+税) 2002.1刊

●お問い合わせ・資料請求は…　データベースカンパニー **日外アソシエーツ**
〒143-8550 東京都大田区大森北1-23-8
TEL.(03)3763-5241　FAX.(03)3764-0845
ホームページ http://www.nichigai.co.jp/